BIBLIOTHÈQUE

DE LA PLÉIADE

JEAN D'ORMESSON

Œuvres

II

ÉDITION ÉTABLIE
PAR PHILIPPE BERTHIER

CHRONOLOGIE
PAR BERNARD DEGOUT

nrf

GALLIMARD

Pour les Documents, voir la table des copyrights, p. 1551.

CE VOLUME CONTIENT :

PRÉFACE

Je n'ai plus qu'une ambition,
celle d'être un écrivain français[1].

Jean d'Ormesson ne déteste pas Jean d'Ormesson et n'est pas ingrat envers le sort qui est le sien. Nul moins que lui ne crache dans la soupe. Il faut dire qu'elle est exquise. Il ne méconnaît rien des bontés que la vie a eues pour lui. Aucune mauvaise fée autour de son berceau. Il ne cesse de remercier pour tous les dons reçus, mais est assez lucide pour se rendre compte qu'en cumulant tant d'avantages il est passé très près du précipice. Pour un peu, s'amuse-t-il, à force de privilèges et de réussites, il a bien failli devenir un écrivain maudit. Anti-Ecclésiaste, anti-Schopenhauer et anti-Cioran (qu'il admire pourtant), Jean d'Ormesson n'a donc jamais regretté « l'inconvénient d'être né ». Il se réclame, on l'a souvent relevé, d'un pessimisme joyeux ; avec lui, on est voué à l'oxymore, cette figure de style consistant à unir des termes qui normalement devraient hurler de se voir accouplés. Inutile de lui rappeler de quelles misères est pétrie la condition humaine, à combien de catastrophiques fatalités elle est en proie. Il le sait autant sinon plus que quiconque. Mais il a fait un pari définitif et s'y tient : au lieu de se répandre en vaticinations prophétiques, tel Jonas annonçant que Ninive sera détruite (du reste, elle l'est déjà), il préfère cueillir les bonheurs, petits ou grands, que lui offre sa route de privilégié. *I am what I am* : il ne voit pas de motif d'en être fier ni d'en avoir honte (nul n'est moins « repentant » que lui, c'est dire s'il nage à contre-courant), et il se plaît à ressusciter ce « monde d'hier » dont

1. Jean d'Ormesson, au cours de ses entretiens avec François Sureau : *Garçon de quoi écrire* (1989), Gallimard, coll. « Folio », p. 93.

parlait Stefan Zweig et qui est le sien, pleinement accepté malgré tous les griefs que l'on pourrait articuler sur son injustice ou son inconscience, et salué avec l'admiration pleine de gratitude que mérite une Atlantide engloutie, avec des vertus, des beautés et un langage que presque personne n'entend plus aujourd'hui. Comme il l'a dit joliment, ce monde-là lui a mis le pied à l'étrier mais, ensuite, il a « gardé la fidélité pour l'escabeau[1] ». Fidèle à la fidélité : il y a évidemment du Chateaubriand là-dessous, mais ce n'est assurément pas par pose ou par « genre ».

Le seul mérite qu'il s'attribue est de ne pas s'être laissé submerger par les facilités[2]. Sa tunique de Nessus à lui, qui l'eût cru, est son sourire devant la vie et sa célébration du bonheur. Que sa « spécialité » soit devenue le bonheur ne l'exalte pas outre mesure. C'est même, ose-t-il, « une vraie souffrance[3] ». Façon de répondre à ceux qui, tel Bernard Frank, l'ont trouvé trop doué pour le bonheur pour être un véritable artiste[4] ? Pas assez torturé, pas assez gémissant. De bons apôtres le mettent en garde : le bonheur est mal vu. Occupe-toi des abîmes. Le *grantécrivain* doit être accablé[5]. C'est oublier que toute grande littérature est gaie, et même celle qui affiche les teintes les plus sombres[6]. Mes livres, dit-il avec une bonne humeur cachant peut-être un secret dépit, sont des anxiolytiques qui devraient être remboursés par la Sécurité sociale[7]. Mais peut-on se résigner à l'étiquette de *feel-good writer*, avatar intellectuel du Prozac (même s'il est flatteur de constater qu'on provoque de nombreux phénomènes d'addiction) ? Pour certains, on ne saurait être heureux qu'au prix d'une monstrueuse indifférence au malheur d'autrui, et se voir catalogué « béat de service » ou « ravi de la crèche » vaut incrimination à la fois de sottise et d'inhumanité. Veut-on s'en défendre, on est aussitôt soupçonné d'hypocrisie : il est un peu provocant de se plaindre d'avoir tiré le gros lot. Pourtant, selon une des grandes maximes favorites de Jean d'Ormesson, « rien n'échoue comme le succès[8] ». Il s'achète le plus souvent par des débâcles clandestines, failles

1. Pierre Démeron, « Jusqu'au bout avec Jean d'Ormesson », entretien avec l'auteur, *Lui*, août 1978.
2. Voir *Garçon de quoi écrire*, p. 204 et 207.
3. Entretien avec Pierre Assouline, *Le Magazine littéraire*, avril 2016.
4. Voir *Je dirai malgré tout que cette vie fut belle*, p. 1281.
5. Voir *Voyez comme on danse*, p. 699.
6. Voir *Je dirai malgré tout que cette vie fut belle*, p. 1233.
7. Voir l'entretien avec Anthony Palou, *Le Figaro littéraire*, 20 septembre 2001.
8. Entretien avec Pierre Assouline, *Le Magazine littéraire*, avril 2016 ; Jérôme Dupuis, « Tics et tocs de Jean d'O », *L'Express*, 6 janvier 2016, pour la citation suivante.

et faillites que, dans une œuvre bavarde en surface et en réalité taciturne, il laisse parfois entrevoir quand il consent — rarement — à fendre ce qu'un critique a joliment appelé son « armure de tweed ». À François Nourissier il écrit : « Ce que nous cherchons sans doute tous, c'est à fermer nos blessures et puis — surtout, surtout — à les laisser ouvertes[1]. » On n'a guère prêté attention au fait que cet homme épanoui est aussi un homme meurtri. Il écrit, dit-il, bien entendu par plaisir, mais aussi « par chagrin » et parce que « quelque chose ne va pas[2] ». Pour réparer. Quoi ? La perte du temps, dans tous les sens du mot. La disparition du fief familial, bien sûr. La peine qu'on a faite à ses parents. Des déceptions amoureuses. Une insatisfaction têtue devant tout ce qu'on a manqué, tout ce qui a fini par faire de soi quelqu'un d'autre que celui qu'on avait imaginé, en pleine irresponsabilité désinvolte, au début du chemin. On écrit pour apporter, dans la mesure de ses moyens, un peu de beauté, de signification et de joie dans un monde en proie aux affres d'une gésine indéchiffrable. Pour se consoler, pour se rassurer, pour (se) faire croire, avec René Char qu'il aime à citer, que « nous sommes dans l'inconcevable, mais avec des repères éblouissants[3] ». La création est l'un de ces phares qui nous éclairent avant de basculer dans la nuit.

Lorsqu'on lui demande si, selon lui, son écriture a subi inflexions ou mues au cours d'une longue carrière — mot qui par ailleurs lui répugne, parce qu'il suppose une programmation et un plan auxquels cet improvisateur-né s'est toujours refusé —, Jean d'Ormesson répond par la négative[4], et il est frappant en effet qu'à travers le temps l'écrivain demeure *semper idem*. Il écrit toujours comme Jean d'Ormesson et laisse à d'autres le prestige ésotérique d'être considéré comme un artiste expérimental. Depuis ses débuts lestes et mondains, que son éditeur René Julliard, plein d'un espoir commercial vite trompé, plaçait dans la mouvance sagano-tropézienne, jusqu'aux méditations sidérales sur l'alpha et l'oméga des nébuleuses, en passant par la chronique d'un Moi entraîné dans les remous d'un siècle débordé, son timbre de ténorino a peu à peu glissé vers un baryton plus ombreux, mais foncièrement la voix n'a pas changé. Comment le pourrait-elle ? Jean d'Ormesson aime à rappeler le mot de Mauriac, à qui l'on reprochait absurdement

1. Lettre de Jean d'Ormesson à François Nourissier, s. d. [été 1968] (Fonds François Nourissier, B.N.F.).
2. *Voyez comme on danse*, p. 699 ; *Garçon de quoi écrire*, p. 70.
3. C'est l'une des épigraphes de *La Douane de mer* (p. 221).
4. Voir *Garçon de quoi écrire*, p. 314 ; voir aussi l'entretien avec Christophe Passer, *Le Matin Dimanche* (Suisse), 13 décembre 2015.

d'écrire toujours de la même façon : « Que voulez-vous, quand je commence une phrase, elle finit toujours par être du Mauriac ! » Et pour cause. À lui on a reproché d'écrire toujours le même livre, et même de faire mine d'écrire toujours le même « dernier livre » : c'est « mon côté Mistinguett[1] », répond-il avec une coquetterie charmante. Il assume volontiers le grief, et n'y voit pas matière à devoir s'excuser. Selon Proust, l'artiste vient dans le monde pour faire entendre une note, une seule, toujours la même, d'où l'effet de monotonie qu'il peut dégager : il n'a que cette note-là, et nul autre que lui ne saurait la produire. En termes de rhétorique, on pourrait dire que Jean d'Ormesson est homme de *dispositio* plus que d'*inventio*, d'où l'impression de déjà-lu que l'on peut ressentir à lire des œuvres qui se reprennent mutuellement, nullement par paresse bien entendu, ni par astuce d'un malin qui, d'un seul livre, en ferait quatre, mais parce que ces reprises (au sens musical) très délibérées scellent l'unité d'un univers personnel et littéraire cohérent, toujours le même et pourtant, à chaque modulation, subtilement différent. L'ormessonien fidèle connaît par cœur et reconnaît à chaque apparition les « biographèmes », pour parler comme Roland Barthes, que sont les ambassades, le château, l'École, le bureau, le journal, l'île grecque ou le *borgo* italien, autant de leitmotive récurrents veinant et moirant la pâte de l'écriture de leurs combinaisons variées sur un fond immobile. Il s'agit donc en fait moins d'œuvres isolées, se suivant à la queue leu leu sans communiquer comme les grains d'un rosaire, que d'un *continuum*, ce que François Nourissier appelle « une seule longue histoire composite [...] qu'il a composée de livre en livre, de vie en vie[2] ».

Gaston Gallimard, nous rapporte Jean d'Ormesson[3], disait à qui voulait l'entendre que trois choses avaient pour lui essentiellement compté. Dans l'ordre *decrescendo* : les bains de mer, les femmes et les livres. Les livres en dernier, chez l'Éditeur majuscule ! On n'en revient pas, avant de se souvenir, avec Jean d'Ormesson lui-même, que pour Stendhal « la grande affaire, ou plutôt la seule », avait été l'amour, ses ouvrages ne venant qu'ensuite, ainsi que l'indique l'épitaphe soigneusement pesée, en ordre cette fois *crescendo* : *visse, scrisse, amò* (« il a vécu, il a écrit, il a aimé »). Jean d'Ormesson déclare *sans ambages* être *tout* à fait sur la même ligne : nager dans

1. Ou Castafiore ; voir *C'était bien* (2003), Gallimard, coll. « Folio », p. 257.
2. François Nourissier, « À l'ami disparu », *Le Figaro Magazine*, 15 septembre 2001 (article reproduit dans la section « Documents » relative à *Voyez comme on danse*, p. 1504-1505).
3. Voir *C'était bien*, p. 30.

des eaux méditerranéennes, faire l'amour, noircir du papier, telle est, du plus au moins, la gradation de ses plaisirs. On peut s'étonner que la littérature arrive à la fin. On songe à Pierre Michon : « Devoir, laisse-moi ; ambition et richesse, et vous œuvres vaines, laissez-moi ; laisse-moi, savoir-faire, virtuosité pour rien. Et toi, plaisir d'être en ce monde, si tu existes, viens[1]. » Contrairement à Flaubert, Jean d'Ormesson ne s'est jamais condamné à cesser de vivre pour mieux écrire, et de caresser les corps pour mieux caresser les mots.

Sa trajectoire nous retrace comment il est devenu écrivain, sinon par hasard, du moins très progressivement et nullement pour obéir à une irrépressible vocation. Son milieu ne l'y encourageait pas vraiment : on préférait le service de l'État. Dans le bocal aux grands hommes, à l'École normale, inévitablement quelque chose a commencé à cristalliser. Mais l'entrée en littérature n'a rien eu d'une profession de vœux définitifs. Le peu d'écho rencontré par les premiers livres n'était pas de nature à fortifier la conviction qu'on était fait pour ça. À quarante et un ans, *Au revoir et merci* prenait déjà congé. Jean d'Ormesson ne perce, mais spectaculairement, qu'à quarante-six ans, avec le coup d'État de *La Gloire de l'Empire* (1971). On pense ici encore à Stendhal qui ne trouve sa voie qu'à quarante-quatre ans, avec *Armance*. Il est même arrivé à Jean d'Ormesson de dire qu'il n'eut l'ambition de devenir véritablement écrivain qu'après les trois années de direction du *Figaro*, soit à la cinquantaine[2]. Direction qu'il a d'ailleurs interprétée comme une dérobade plus ou moins consciente devant l'appel du livre, tué par l'article, un chemin de traverse pour échapper à la littérature en se plongeant jusqu'au cou dans les flots limoneux du journalisme, qui (on le sait depuis Balzac et ses *Illusions perdues*) en est la parodie dégradée, sinon la négation : « Pas de pornographie ! Pas de journalisme ! » lui avait enjoint Morand. On est là encore à l'opposé du flagellant de Croisset, mettant l'absolu dans la perfection d'une phrase, inconsistante et pourtant *incorruptible* comme un marbre athénien. Jean d'Ormesson n'a pas connu les tortures du gueuloir, les désespoirs parce qu'en trois jours on n'a pas écrit dix lignes dont on soit satisfait. Qu'on n'aille pas pourtant s'imaginer qu'il rédige facilement et vite. C'est un grand travailleur. Il a distribué ses journées à la manière d'un bénédictin qui vivrait dans le siècle (n'a-t-on pas vu en lui un « ermite de salon[3] » ?) : huit heures

1. Pierre Michon, « Vie d'Élie Mougnaud », *Pierre Michon*, Cahiers de l'Herne, 2017, p. 32.
2. Voir *Je dirai malgré tout que cette vie fut belle*, p. 1344.
3. Philippe Dufay, *Jean d'Ormesson*, Bartillat, 1997 (quatrième de couverture).

de besogne, huit heures pour la société, huit heures de sommeil. Peut-être la sérénité, à la fois innée et conquise, de son œuvre tient-elle à ce que, contrairement à tant de confrères agités, il est un bon dormeur.

Ne croyons pas pour autant que pour lui l'écriture soit une activité anodine. S'il a tant écrit sur le temps qui passe, ce n'est pas pour passer le temps ; et s'il ne va pas jusqu'à miser toute sa vie et sa survie à quitte ou double sur les mots (quoique…), il n'en déclare pas moins que pour lui ils ont remplacé patrie et religion, et qu'il y a dans la littérature quelque chose de sacré[1] : lui qu'un tempérament hédoniste et léger (au sens où Platon définit le poète comme « chose légère ») ne prédisposait pas à s'abîmer dans le vertige philosophique du langage — rien à voir avec la théologie négative de la littérature telle qu'un Maurice Blanchot l'a mise à la mode —, il confesse[2] qu'il lui arrive d'être saisi aux cheveux, emporté à certains moments par ce que, ne voulant pas se hausser du col, il refuse d'appeler inspiration. Lors de ces minutes de fièvre enthousiaste, qu'on n'ira tout de même pas jusqu'à qualifier de pythiques, il constate sans barguigner que si sa maison se mettait soudainement à brûler, plutôt que ses habitants de chair, il sauverait son manuscrit, fruit chéri de ses entrailles intellectuelles. Aveu méritoire, partagé sans doute par beaucoup d'écrivains qui, de peur de paraître monstrueux, n'oseraient pas le risquer. Ce grandiose égoïsme est à envisager *cum grano salis* : Jean d'Ormesson ne cherche pas à s'en (ni à nous en) faire accroire, et, hors de ces brefs orgasmes de l'esprit, aborde en général l'écriture de manière plus pondérée. Ses livres, dit-il, ne lui montent pas à la tête, et ce que sa production lui inspire relève de ce qu'en une formule acrobatique, très Montherlant, il appelle « une indifférence passionnée[3] ». De plus en plus passionnée, semble-t-il. Car s'il est clair qu'elle ne sauvera pas le monde et que, pour démarquer Sartre, devant un enfant qui meurt *Au plaisir de Dieu* ne fera jamais le poids, la littérature n'en reste pas moins une des bouées auxquelles la créature, ballotée entre les deux infinis pascaliens (aujourd'hui tellement plus infinis, si l'on peut dire, que ceux de Pascal), peut se raccrocher dignement avant de s'effacer comme, à la lisière des flots, ce « visage de sable » dont, dans une page célèbre des *Mots et les Choses*, a parlé Michel Foucault.

L'auteur, qui se demande parfois ce qu'il restera de son

1. Voir *C'est une chose étrange à la fin que le monde*, p. 1043.
2. Voir *Garçon de quoi écrire*, p. 33.
3. *C'était bien*, p. 104.

œuvre, peut-il déjà, comme Horace, dire avec un modeste orgueil : *Non omnis moriar*[1] ? Il se flatte parfois d'avoir joué un rôle dans l'évolution du genre romanesque et réussi à s'approcher d'un projet mégalomane : composer une sorte de roman choral des mentalités et des sentiments, une histoire romanesque de la sensibilité à travers siècles et classes sociales, au carrefour des sciences humaines (*La Gloire de l'Empire*) et de la biographie collective (*Au plaisir de Dieu*). Ce faisant, peut-être se sera-t-il situé — position très attirante pour lui — à l'avant-garde de l'arrière-garde, paradoxal et caracolant chevau-léger des réservistes, affairé à redonner vie au passé pour déchiffrer les prémonitions confuses de l'avenir, et bien entendu sans jamais se prendre pour un donneur de leçons, un écrivain à message, ni un « scruteur d'horizon » à la Hugo. Il croit, nous dit-il, à des choses « d'une simplicité effrayante » et qui le feraient rire chez les autres. Malgré incertitudes et angoisses soigneusement dissimulées sous l'insolence et le *ton*, il y a chez lui des aires de conviction inébranlable autour de la présence des disparus dans la mémoire des vivants et du viscéral attachement à la langue qui les arrache au néant. Inventer en se ressouvenant, et confier ses chances de survie au corps insubstantiel du langage dont on est légataire : les morts et les mots, indissociablement solidaires dans un pacte dont l'écrivain espère et gage l'efficacité, et en dehors duquel il ne reconnaît à son être au monde ni identité ni nécessité. Je suis la langue française, dit comme une évidence Jean d'Ormesson (qui, dans *Garçon de quoi écrire*, avouera la préférer même à la France[2]), et, avec elle, tous ceux qui la lui ont transmise à travers tant de générations pour qu'à son tour il en fasse bon usage. Et c'est pourquoi il la magnifie en acte, avec l'espoir qu'après lui on saura reconnaître que, fût-ce modiquement, il aura su en enrichir le fertile terreau alluvial. On comprend que le qualificatif de « fasciste » que Roland Barthes a accolé à la langue dans sa leçon inaugurale au Collège de France lui ait paru profanateur. *Loin d'asservir*, elle émancipe. Elle est la condition et la garante de notre liberté, entée sur la conscience de notre origine. Rien de nationaliste ou de chauvin, faut-il le dire, dans cette revendication d'un esprit tellement cosmopolite, mais qui n'oublie jamais ses racines, comme il devrait aller de soi si nous n'étions entrés dans l'ère des passions tristes (le *Selbsthass*) et du soupçon généralisé.

Avec une folle témérité qui révèle aussi un fond d'ingénuité

1. Ce sera le titre d'une des séquences de *C'était bien* (voir p. 120).
2. Voir *Garçon de quoi écrire*, p. 94.

très rafraîchissant, Jean d'Ormesson s'est proposé à partir de *La Gloire de l'Empire* de se colleter avec l'énigme du temps, son seul sujet au fond depuis qu'enfant il suivait de pièce en pièce, fasciné, M. Machavoine, le remonteur de pendules de Saint-Fargeau[1]. Tout infirme qu'il se sache et hors d'état d'escalader les cimes escarpées de la haute spéculation — à l'École normale, le « caïman » de philosophie Louis Althusser l'avait jugé trop faible, lui conseillant de renoncer à l'agrégation —, il n'a pas d'autre préoccupation et poursuit un mirage têtu : « Au lieu de tenter [d']abolir [le temps] à la façon des mystiques, mon rêve le plus secret serait de le pénétrer, de m'abandonner à lui, de me mêler à ses torrents et de le servir si étroitement qu'éperdument soumis à ses paradoxes mêmes, je parvienne enfin à le vaincre à force de l'accepter et à lui échapper en me livrant à lui[2]. » Dans ce programme remarquable, Jean d'Ormesson nous tend une clef qui ouvre la plupart de ses portes. Elle explique et justifie le caractère rhapsodique de ses œuvres (ce qui ne veut pas dire invertébré), si frappant.

*

Pour le second volume de ses *Œuvres* dans la Bibliothèque de la Pléiade, Jean d'Ormesson a choisi six titres qui permettent d'évaluer l'évolution (ou la constance) de ses préoccupations et de sa manière sur près de quarante ans.

Le premier ouvrage retenu, *Le Vagabond qui passe sous une ombrelle trouée* (1978), constitue ce que les doctes appellent « une analepse », c'est-à-dire plus simplement un retour en arrière dans la chronologie par rapport à *Histoire du Juif errant* (1991) sur lequel s'achevait le premier volume, et qu'il précède de treize ans. Ce récit, qui ne ressortit pas au genre des « Mémoires » (récusé par Jean d'Ormesson), relèverait plutôt des « Souvenirs », ainsi que s'intitulait *Au revoir et merci* (1966) dans la liste « Du même auteur » à la fin du *Vagabond*. À condition de se hâter d'ajouter que, sous l'apparence d'un retour au réel après les affabulations, toutes pétries d'autobiographie, d'*Au plaisir de Dieu*, la matière mémorielle y subit encore de surprenants avatars qui interdisent de la prendre au pied de la lettre. Même quand Jean d'Ormesson feuillette pour nous ses paperoles personnelles et familiales, la fiction est toujours aux aguets, prête à contaminer d'imaginaire irresponsable une narration donnée pour véridique, avec un sérieux et un naturel

1. Voir *Je dirai malgré tout que cette vie fut belle*, p. 1166.
2. *Le Vagabond qui passe sous une ombrelle trouée*, p. 176.

imperturbables non moins que pince-sans-rire. Visiblement, *La Gloire de l'Empire* et son univers complètement délesté, invérifiable, ont laissé des traces et s'insinuent sournoisement dans le vécu pour l'enrichir et le déstabiliser.

La Douane de mer (1994) emprunte à *Histoire du Juif errant* son lieu (Venise) et sa formule dialoguée, cette « ventriloquie » analysée par Marc Fumaroli[1], et qui sied idéalement à Jean d'Ormesson, puisqu'elle colle au plus près avec ce thyrse de discussion interne inlassable, ce « canon » où se répondent et se poursuivent les voix d'une pensée toujours instable, mutante, parce que toujours à l'état naissant et redoutant comme la mort la pétrification dans l'univoque. On la retrouvera dans *Le Rapport Gabriel* (1999), dans le prologue et la première partie de *C'est une chose étrange à la fin que le monde* (2010) et dans *Je dirai malgré tout que cette vie fut belle* (2016). C'est elle qui permet d'incarner et de vivifier les considérations *a priori* les plus aridement abstraites, et d'en faire théâtre. Sur la scène intime, deux partenaires qui n'en sont qu'un, et dont, après des débuts parfois difficiles, le compagnonnage fonctionne bientôt admirablement, se cherchent, se perdent, se retrouvent, se querellent et s'accordent, en quête d'un unisson peu à peu approché, mais toujours fuyant et menacé, parce que la loi des mortels est de ne jamais pouvoir jeter l'ancre dans une certitude supposée définitive sans aussitôt se suicider.

Dans *Voyez comme on danse* (2001), Jean d'Ormesson semble s'éloigner des grandes questions insolubles entre lesquelles tâtonne l'humanité pour s'autoriser à nouveau la jouissance d'un romanesque enchanté de son bariolage. Mais le fait qu'il détache ses couleurs chatoyantes sur fond de cimetière remet à sa place l'entrain chorégraphique induit par un titre de ronde enfantine. L'entretissage extravagant des destins et la somme à la fois improbable et inéluctable de hasards qui y président plongent un narrateur (ressemblant comme un frère à l'auteur sans être du tout lui) venu, en enterrant un ami, faire l'inventaire de ses pertes, dans une sorte de rêve éveillé où il s'interroge sur « ce qui passe » et « ce qui dure » — distinction fondatrice chez Jean d'Ormesson, qui en a fait l'assise même de sa réflexion sur l'être au monde, ici mise en œuvre de façon particulièrement concrète, à travers les parcours mouvementés d'un échantillonnage humain aussi bigarré que possible. Les chemins convergent ou (comme chez Borges) bifurquent, selon d'implacables caprices, dessinant une cartographie aussi ambiguë que les oracles de Delphes, où l'on rêve longuement sur des

1. Dans sa Préface au tome I de la présente édition (voir p. XXIII-XXIV).

traces en pointillé, dont on sait où elles conduisent — la fosse autour de laquelle grelotte toute la troupe, avant de s'y engloutir à son tour —, mais à peine comment, et surtout pas pourquoi. Avec des moyens inédits, Jean d'Ormesson, qui reconnaît volontiers être préoccupé par les mêmes idées et jusqu'à la névrose obsessionnelle[1], en revient toujours à ce qui le questionne sur le sens (signification et direction toujours problématiques), et dont l'aiguillon ne peut que se faire plus sensible au fur et à mesure que s'approche le terme du voyage.

Les deux ouvrages suivants, *C'est une chose étrange à la fin que le monde* et *Comme un chant d'espérance* (2014), ne peuvent être séparés, le second apparaissant comme une sorte de supplément ajouté au premier. Ils n'abandonnent pas complètement tout dispositif fictionnel, puisqu'on y voit Dieu, considéré comme le romancier *pantocrator*, faire part de ses états d'âme tandis que se déroule en bas de chez lui le roman, fait de tous les romans imaginables et même inimaginables, de l'espèce humaine. Mais ce qui prend rapidement le dessus, c'est l'étude des étapes par lesquelles celle-ci a dû passer pour parvenir à ce qu'elle est aujourd'hui et à l'idée qu'elle peut se faire de sa place dans l'Univers en fonction des dernières avancées de la science. Astrophysicien amateur, mais bien renseigné, et soucieux de rendre accessibles au plus grand nombre, en les résumant sans en trahir l'essentiel, les recherches de pointe, Jean d'Ormesson aurait-il renoncé à la littérature, à ses pompes et à ses œuvres, pour dresser à l'usage de tous un « état présent » des travaux sur l'histoire du cosmos (car telle est bien la découverte capitale : il a une histoire) ? Que non pas. C'est seulement en se la figurant que l'on peut éventuellement interpréter l'activité humaine en général, et celle d'écrivain en particulier. Comment nous comprendrions-nous si nous ne comprenons pas les étoiles ?

Tout récent, le dernier volume sélectionné, *Je dirai malgré tout que cette vie fut belle*, revient à une veine plus éprouvée, celle du *Vagabond qui passe sous une ombrelle trouée* et déjà d'*Au revoir et merci*, c'est-à-dire à l'évocation des grands moments d'une biographie encore une fois revisitée, mais renouvelée par la dramatisation d'une mise en accusation de Jean qui rit par Jean qui grogne[2], ce qui, au-delà de la confrontation peu amène entre les versants contrastés d'un même Moi, l'adret et l'ubac d'une personnalité, permet de lever certaines censures et

1. Voir *C'était bien*, p. 239.
2. Un recueil de chroniques de Jean d'Ormesson intitulé *Jean qui grogne et Jean qui rit* a été publié en 1984 chez Jean-Claude Lattès.

d'objectiver des tensions constitutives qu'une introspection classique n'aurait sans doute pas dégagées aussi nettement. En stricte orthodoxie freudienne, nul ne peut s'auto-analyser. Mais par le détour d'un dialogue sans concession avec lui-même, le nonagénaire parvient à se cerner dans sa complexité mieux qu'il ne l'a fait encore, et réussit, sinon à surprendre (car l'essentiel est déjà bien connu), du moins à émouvoir, avec des accents testamentaires dont l'authenticité ne trompe pas. Sans chavirer dans le pathétique, est-il besoin de le préciser. Lucidité, tenue. « En avant, calme et droit », aurait dit Morand[1]. Nul apitoiement dégoulinant sur soi-même. Sur quoi s'apitoyer, d'ailleurs ? Comme Édith Piaf qui jadis était venue le voir et chanter dans sa turne de la rue d'Ulm[2], non, rien de rien, il ne regrette rien.

*

Un des traits les plus séduisants des livres de Jean d'Ormesson, c'est qu'en les lisant on parcourt aussi une anthologie (polyglotte), tant y foisonnent références et citations. Naturellement, les grincheux n'y verront qu'importun pédantisme. Plaignons-les. Jean d'Ormesson n'a pas besoin de prouver à qui que ce soit qu'il a tout lu, car il a tout lu en effet. Et il ne s'agit pas pour lui d'« épater » (un de ses verbes fétiches) le lecteur, mais de se promener avec lui dans le délicieux jardin des Lettres, et de la poésie en particulier, où, comme des symboles baudelairiens, les poèmes nous observent « avec des regards familiers » et nous accompagnent de leur amitié. Des génies les plus universellement célébrés aux « notoirement méconnus », comme disait Vialatte, aux négligés, aux oubliés, il embrasse tout l'empan de l'héritage littéraire et le salue à toute occasion comme le plus sûr viatique dont nous puissions disposer pour nous assister dans notre traversée terrestre. Et, modestement, il voudrait être sûr d'avoir ajouté quelque chose *au patrimoine commun*. Quoi au juste, c'est ce qu'il est assez difficile de dire. Lui-même ne sait pas exactement où est sa place[3]. Une chose est sûre : très haute et très humble, son ambition, sans cocorico nationaliste bien sûr, est d'entrer dans le catalogue de la littérature française. Ni plus ni moins. C'est peu et c'est beaucoup. Ses modèles, il les a souvent cités : Mme de Sévigné, La Bruyère, Mme du Deffand, Benjamin

1. Voir Paul Morand, « Milady », *Nouvelles complètes*, Bibl. de la Pléiade, t. II, p. 191-257, et François Nourissier, *En avant, calme et droit*, Grasset, 1987.
2. Voir *Je dirai malgré tout que cette vie fut belle*, p. 1219.
3. Voir *Garçon de quoi écrire*, p. 395.

Constant, Chateaubriand, Mérimée[1]... Comment un d'Ormesson n'aurait-il pas un sens aigu de la tradition ? Mais pas question de se scléroser dans l'entropie d'un culte stérile du passé. Tel Chateaubriand, son double idéal, il veut greffer ce qui sera sur ce qui a été. La mémoire, bien sûr (la barbarie, c'est l'amnésie), mais féconde parce que ouverte sur l'inattendu qui viendra l'enrichir. Et le style classique, mais chiffonné et bousculé par d'impertinentes échappées d'une gouaille toute moderne, qui se divertit à dépeigner les perruques. Si l'héritier déshérité de Saint-Fargeau se considère forcément et sans illusions comme une fin de série, il refuse d'être « un *gentleman-fermeur* », ainsi que le qualifie Bruno de Cessole[2] et, parce que la nostalgie n'est pas son fort, adopte la devise des Broglie, adossée à un passé admirable, mais qui proclame résolument : « Pour l'avenir ». On serait tenté d'ajouter : « Quand même ! », comme, en 1816, son jumeau fantasmé, le noble vicomte, après : « Vive le Roi[3] ! »

Ce fut sans doute assez malaisé à admettre, mais enfin Jean d'Ormesson a fini par en prendre son parti : il n'est ni Homère, ni Montaigne, ni Shakespeare, ni Cervantès (tous deux morts à la même date mais non le même jour, ainsi qu'il le rappelle volontiers dans ses volutes historiques autour des bizarreries du comput humain), ni Proust. Il ne connaît que trop ce qui lui manque. Mais il a aussi des atouts. Pas dans la création ou le maniement des concepts : « Beaucoup de gens pensent. Je ne prétends pas penser[4]. » *Paulo minora canamus*, ce qui ne signifie pas renoncer à toute exigence. Issu d'une famille remarquable, et, dans cette enfilade d'aléas qui, au bout du compte, forgent un destin, ayant traversé des expériences aussi variées qu'enrichissantes, beaucoup voyagé, beaucoup aimé, beaucoup rencontré, beaucoup observé et lu, il ne s'est pas senti illégitime à écrire, en honnête homme qui ne se pique de rien mais est curieux de tout, et assaisonne ce qu'il écrit — depuis des anecdotes pour recueils d'*ana* jusqu'à ce qu'il appelle des préoccupations « futiles à force d'être fondamentales[5] », en passant par tout le spectre du roman, de l'essai, du récit, voire du conte — d'un sel attique dont le piquant, dans une époque de dérision et d'ignorance, réveille des saveurs qui sont celles

1. Voir les entretiens avec Bruno de Cessole, *Valeurs actuelles*, 17 juillet 2014 ; et avec Pierre Assouline, *Le Magazine littéraire*, avril 2016 ; voir aussi Franz-Olivier Giesbert, « Les Secrets de l'Écrivain-Soleil », *Le Point*, 31 décembre 2015.
2. Entretien avec Bruno de Cessole, *Valeurs actuelles*, 17 juillet 2014.
3. Chateaubriand, *De la monarchie selon la Charte* (1816).
4. *Garçon de quoi écrire*, p. 26.
5. *C'était bien*, p. 189.

d'une culture séculaire et d'un esprit national en voie de déshérence avancée. Même ceux qui l'apprécient modérément reconnaissent en Jean d'Ormesson un spécimen rare, et sans doute unique, en quoi se retrouve, par quel miracle, le parfum sinon le secret d'une civilisation de jour en jour plus fabuleuse, celle de l'Europe quand elle parlait français et n'avait pas encore succombé à l'immonde *globish*. Ses adversaires l'envient sourdement, parce qu'il a en abondance ce qui ne s'apprend pas et qu'ils n'auront jamais. Les communistes l'absolvent de sa particule et de son milieu, parce qu'il a célébré Aragon d'une manière inoubliable. Le chef charismatique de la gauche radicale, Jean-Luc Mélenchon, qui lui dit : « J'espère que cette poignée de main me passera un peu de votre talent » (à quoi, du tac au tac, l'intéressé rétorque : « J'espère que cette poignée de main ne me passera aucune de vos idées »), s'avoue battu, renonce à son insoumission et constate presque tendrement : « Cet homme est une faille dans l'espace-temps de notre époque morne et cruelle[1]. » Les antisémites ont leur « bon Juif ». Jean d'Ormesson relève avec délectation qu'il est « le bon homme de droite de la gauche ». Les conservateurs ne lui en veulent pas de s'être approché de François Mitterrand, si lettré, si vénitien (quoique passant pour florentin). Les catholiques lui remettent son péché d'agnosticisme. On lui passe ses redites et ses dadas, qu'on ne passerait à personne d'autre, et les mauvais coucheurs qui osent s'en gausser sont taxés d'inélégance : crime inexpiable contre un homme dont la « classe » vestimentaire, littéraire et — comment dire ? — existentielle crève les yeux et est même passée en proverbe. Jean-Marie Rouart en prend acte : « Jean d'Ormesson est quelqu'un qui réunit tout le monde. Le passé, le présent et l'avenir. Il fait partie des meubles de la République. Au-delà de la politique, c'est l'homme du consensus. » En somme, il est parvenu à devenir ce qu'à plusieurs reprises, dans une bouffée d'*hubris*, il a confié désirer être : ce qu'au Japon on appelle un « trésor national vivant[2] ». Dans cette panthéonisation anthume, le risque est évidemment que l'icône patrimoniale que tout le monde s'accorde à trouver si sympathique, et de plus en plus jeune à mesure qu'elle vieillit, n'en vienne à occulter l'écrivain qui, ainsi que le remarque Bernard-Henri Lévy[3], a fini, comme « en douce », et sans avoir l'air d'y toucher, par faire une œuvre, dont on ne reconnaît pas toujours la cohérence ni la nécessité.

1. Propos recueillis par Anne Fulda, *Le Figaro*, 27 novembre 2014 ; *ibid.*, pour les deux citations suivantes.
2. Entretien avec Marie Adam-Affortit, *Paris-Match*, 28 octobre 2010.
3. « Le Bloc-notes de Bernard-Henri Lévy », *Le Point*, 8 janvier 1994.

Cocteau se plaignait d'être dévisagé plutôt qu'envisagé. Il ne faudrait pas que pareille mésaventure arrivât à un artiste sincère tout autant que joueur, qui souffre du double handicap d'avoir un naturel espiègle — ce qui, pour certains, signifie forcément superficiel — et un faible (qu'il regrette) pour les moyens de communication et leur gril douillet, sur lequel, saint Laurent toujours volontaire, il se couche avec une visible volupté, évidemment coupable. Il redoute qu'à force d'ubiquité médiatique il soit devenu une « marque » et quelque chose, sur le marché, comme « un Schweppes de la culture[1] ». Trop poli et sociable pour dire non, on le voit partout. On se l'arrache, parce qu'on sait qu'avec lui l'ennui s'enfuira épouvanté. Ce n'est pas rien. Mais ce n'est pas l'essentiel. Il est le premier à le reconnaître : il devrait s'économiser davantage. Mais on ne se refait pas. Il aime aller, comme disent les militaires, « au contact ». Tout en sachant mieux que quiconque que c'est dans l'intimité et le silence de la lecture qu'il prendra sa véritable dimension.

Au Museum d'histoire naturelle, le visiteur, perplexe et ému, peut contempler, dans sa cage de verre, le dodo de l'île Maurice, représentant ultime d'une espèce éteinte avec lui. Loin de nous la suggestion d'empailler Jean d'Ormesson. Et pourtant ! Quand il aura, hélas, cette fois pour de bon, salué la compagnie, nous mesurerons ce que nous aurons perdu, et même ceux qu'il aura agacés risquent fort de chercher en vain quelqu'un qui lui ressemble.

*

Les lignes qui précèdent ont été rédigées le 3 décembre 2017. Deux jours plus tard, on annonçait le décès de Jean d'Ormesson. Nous avons décidé de n'y rien changer et de continuer à parler de lui au présent. Jean d'Ormesson avait trop aimé Chateaubriand ou, pour le dire plus justement, s'était trop identifié à lui, pour ne pas, comme lui, souhaiter s'exprimer d'outre-tombe, et ôter à la mort le dernier mot. Fausse sortie ? Un mois après s'être officiellement tu, il publiait *Et moi je vis toujours* (Gallimard, 2018), comme un pied de nez au silence. Il avait d'abord songé à intituler l'ouvrage *L'Histoire, roman*, par un nouveau clin d'œil à Aragon (auteur d'*Henri Matisse, roman* et de *Théâtre-roman*). Le titre finalement retenu, emprunté au Juif errant dont il avait conté l'histoire, en inverse le sens : au lieu de la complainte d'un malheureux gémissant

1. *Je dirai malgré tout que cette vie fut belle*, p. 1225.

d'être condamné, pour expier une faute ancienne, à traîner sans fin le fardeau de l'existence, c'est le bond joyeux sur la scène d'un comédien enchanté de surprendre son public en jaillissant tout à trac des coulisses où il semblait avoir définitivement disparu.

Bien entendu, il ne s'agit pas, *in extremis*, de se renouveler, mais plutôt de réviser une dernière fois le programme avant de passer le grand oral du néant. Et le programme, comme toujours chez Jean d'Ormesson, c'est *tout* : depuis la « selve obscure » dantesque des débuts de l'humanité jusqu'aux développements les plus récents de la science, un tour du temps et de l'espace en 280 pages, la grande aventure de l'espèce déroulée comme une bande dessinée *à tombeau ouvert*, menée tambour battant sur un *tempo* qui ne faiblit jamais, avec une alacrité juvénile. On a besoin de se rappeler que le guide si savant et si vivant, qui est notre Virgile dans le labyrinthe des hommes et des événements, va sur ses quatre-vingt-douze ans. Il pète le feu. Modestement (ou, au contraire, avec une ambition démesurée), il s'est institué le « nègre » de l'Histoire, à laquelle il prête sa voix à travers son indéchiffrable chaos. Ayant les deux sexes à la fois, comme Tirésias et les grands voyants, il a endossé un nombre infini d'avatars. La cavalcade est haletante, c'est un « parcours torrentiel » de noms et de faits dans lequel pourtant on ne se noie pas, car le cicérone a le vertige méthodique, sachant marquer clairement les articulations capitales et pointer l'essentiel. Certes, on pourrait dire, comme le chafouin Sainte-Beuve à propos de la *Vie de Rancé* de Chateaubriand (que Jean d'Ormesson admirait tant), que le scribe déverse ses fiches et vide les tiroirs de sa chiffonnière. Disons plutôt qu'il reste fidèle à une esthétique du télescopage à la Lautréamont de la machine à coudre et du parapluie, du collage détonant, voire du « cadavre exquis » : l'Histoire est une incomparable artiste de la déflagration poétique née du contact entre opposés (le dérisoire et le grandiose, le tragique et le comique, le bien et le mal). Et cette esthétique renvoie bien sûr à une interrogation philosophique endurante sur le sens ou le non-sens de ce magma, qui est aussi un chaudron bouillonnant de fictions réelles.

On repasse évidemment par des chemins bien connus — Jean d'Ormesson, on l'a dit, est un maître de ce qu'on a pu appeler l'auto-plagiat —, émaillés ici ou là d'allusions autobiographiques familières, mais on cueille aussi des surprises, avec des *zooms* sur des personnages moins rencontrés jusqu'alors : Frédéric II (le Hohenstaufen), le Vieux de la montagne, Huian-Tsang, Akbar, voire l'improbable Pauline Bellisle…

Jean d'Ormesson s'enchante encore de jongler selon les caprices d'une mousseuse liberté avec les visages et les époques, et de rêver aux uchronies potentielles (à chaque pas, l'Histoire aurait pu tourner autrement) comme un romancier qui, plutôt que de faire sortir la marquise à 5 heures, déciderait sans crier gare de faire rentrer le baron à minuit. Tout cela est infiniment amusant, terrible aussi, et surtout extraordinairement subjectif : dans les balances du promeneur historique, le 18 mai 1817, où Chateaubriand et Juliette Récamier se voient pour la première fois, pèse aussi lourd que le 23 août 1939, où se conclut le pacte germano-soviétique. Tout le monde est entraîné dans la même longue marche, mais, en profondeur, personne ne vit la même histoire. Éros et Polemos mènent le branle universel, mais chacun exécute ses propres figures selon les mystérieuses convocations de son Moi.

En somme, Jean d'Ormesson persiste et signe. Ce message d'un écrivain remonté des Enfers confirme, comme authentifiée par le passage de l'autre côté, la validité du *credo* qu'il avait toujours défendu : la vie est absurde et merveilleuse, elle est incompréhensible mais elle n'est pas vaine — surtout quand le voyage s'accompagne des irremplaçables compagnons que sont les livres à lire et à écrire, ces fragiles éternités de papier.

Que fera la postérité de Jean d'Ormesson ? Sera-t-il l'un de ces académiciens du XVIIe siècle dont un bourgeois de *Cyrano de Bergerac* égrène, en extase, la liste glorieuse : « Tous ces noms dont pas un ne mourra, que c'est beau ! » Tous ont bien entendu sombré corps et biens. Le personnage a déserté les tréteaux. Au fur et à mesure que disparaîtront ceux qui l'ont connue, la personne s'estompera. Restera l'écrivain, qui devra se défendre tout seul. Voici venu le temps de la mise à l'épreuve, de ce que Malraux appelait « la métamorphose ». L'histoire littéraire est riche de surprises, et ce ne sont pas toujours ceux qui s'encombrent de lourds bagages qui parviennent à destination. N'en déplaise à La Fontaine, face aux tortues, les lièvres ont quand même de bonnes chances[1].

PHILIPPE BERTHIER.

1. Nos remerciements les plus cordialement chaleureux à Guillaume Louet qui a réuni pour nous la documentation permettant d'analyser la réception des ouvrages de Jean d'Ormesson.

CHRONOLOGIE

Et il est exact que j'ai assez peu conduit ma vie [...].
J'ai horreur des vies programmées.
Que la mienne ne l'ait pas été, c'est peu dire[1].

1920

21 janvier : mariage d'André Le Fèvre d'Ormesson (né le 24 février 1877, descendant du défenseur de Foucquet, Olivier Le Fèvre d'Ormesson) et de Marie Anisson du Perron (née le 14 juillet 1892, arrière-petite-fille du conventionnel Louis-Michel Le Peletier de Saint-Fargeau), parents de Jean d'Ormesson.

1921

20 avril : naissance de Henry, frère aîné de Jean d'Ormesson.

1925

16 juin : naissance de Jean [Bruno Wladimir François-de-Paule Le Fèvre] d'Ormesson à Paris, rue de Grenelle. *Trois semaines plus tard*, départ d'André d'Ormesson pour la Bavière, où il a été nommé ministre de France à Munich. La famille d'Ormesson y demeura pendant huit ans ; elle quitta l'Allemagne après qu'Adolf Hitler eut été nommé chancelier de la république de Weimar, le 30 janvier 1933. « Le triomphe de Hitler entraîna le départ de mon père. Depuis plusieurs mois, sa situation était devenue intenable. Le matin, au petit déjeuner, le courrier, plus d'une fois, nous apportait des photographies de mon père avec des yeux crevés. Les menaces succédaient aux menaces. Le gouvernement

1. Sauf indication contraire, et jusqu'à l'année 1989, toutes les citations de Jean d'Ormesson sont empruntées à ses entretiens avec François Sureau, publiés en 1989 sous le titre, inspiré d'un hémistiche d'Aragon, de *Garçon de quoi écrire* ; Jean d'Ormesson déclare incidemment au cours de ces échanges que l'ouvrage qui les réunit tient pour lui lieu de Mémoires. Au reste, nous remercions l'auteur d'avoir bien voulu relire cette trop succincte chronologie.

français se résolut à déplacer mon père et à le nommer en Roumanie[1]. »

1933

Avril : le père de Jean d'Ormesson est nommé à la légation de France à Bucarest. La famille y restera jusqu'en 1936. « Pour aller en Roumanie, il fallait trois jours de train, ou dix jours de voiture. Les routes étaient mauvaises en Europe centrale et parfois nous nous retrouvions sur des chemins perdus au milieu des paysans éberlués. »

1936

André d'Ormesson est nommé ambassadeur au Brésil par Léon Blum ; Jean d'Ormesson, qui résida deux ans dans ce pays avec sa famille, y a poursuivi, comme en Allemagne puis en Roumanie, une vie « en autarcie ». « C'était l'existence confinée des postes diplomatiques et je vivais entre mes parents, leurs amis et les précepteurs. Une vie de nursery très artificielle. »

1938

Rentré en France après que son père a pris sa retraite, Jean d'Ormesson emménage avec sa famille au 97 rue du Bac, non loin de l'hôtel de Clermont-Tonnerre où mourut Chateaubriand en 1848. Inscrit au cours Bossuet, 51 rue Madame (« Je n'ai reçu aucune éducation religieuse. J'ai échappé [aux] bons pères [...]. Bossuet, c'était simplement l'antichambre de Louis-le-Grand, une sorte d'étude et on n'y parlait guère de religion »), il est ensuite élève à Louis-le-Grand, où il suit notamment le cours d'histoire de Georges Bidault, auquel il rendra plus tard cet hommage : « Il ne lisait pas son cours, ne s'embarrassait guère de papiers, dictait parfois, en les martelant, des formules brèves et explosives. Son originalité d'esprit éclatait à chaque mot. Déjà le vocabulaire fuyait toute banalité et des images audacieuses fusaient en feux d'artifice. S'il fallait résumer en un mot la nature de son enseignement, je crois que je dirais : une rigueur non conformiste[2] ».

1939

De septembre 1939 à mai 1940, au château d'Ormesson [propriété de l'oncle Wladimir d'Ormesson, 1888-1973] dans le Val-de-Marne : « Mes parents, comme tout le monde, craignaient que Paris ne fût

1. « Le Souvenir de mon père », *Le Figaro magazine*, 26 mars 1994, repris dans *Odeur du temps. Chroniques du temps qui passe*, Éditions Héloïse d'Ormesson, 2007, p. 345 ; voir également *Garçon de quoi écrire*, Gallimard, 1989, coll. « Folio », 1991, p. 121.
2. *Bulletin des amis de Georges Bidault*, n° 4, 2001.

détruit par les bombardements et nous nous sommes transportés à Ormesson, à quinze kilomètres de Paris. À Ormesson nous avons repris le système des institutrices et des cours par correspondance. Comme il fallait collaborer à l'effort de guerre, on nous faisait exécuter des menus travaux dans les bois. » Le père de Jean d'Ormesson, quoique retraité, travaille au Commissariat général à l'Information (fondé le *29 juillet* et dirigé par Jean Giraudoux), héritier de la Maison de la Presse créée en 1916 à des fins de propagande et d'information par Philippe Berthelot.

1940

Après quelques jours passés à Saint-Fargeau, l'exode conduit la famille par Moulins et Bordeaux à Lézignan. Puis elle s'installe à la pension Bon accueil, à Royat (Puy-de-Dôme). André d'Ormesson est nommé par le maréchal Pétain président de la Croix-Rouge, à Vichy ; il démissionne quelques jours après : « impossible de rester à Vichy, impossible de supporter Pétain et sa cour, Laval et ses manœuvres ».

Automne : élève en classe de première au lycée Blaise-Pascal de Clermont-Ferrand, Jean d'Ormesson passe la première partie de son baccalauréat. Avec Georges Conchon et Jean-Paul Aron, il dessine des croix de Lorraine sur les murs du lycée.

1941

La famille d'Ormesson s'installe à Nice. Elle vit « dans un grand hôtel divisé en appartements à l'année, à Cimiez. Il s'appelait, je crois, le Majestic. […] Il faisait très beau et j'avais faim. Je me suis mis à voler des confitures. Avec nous, il y avait un préfet délicieux, ami de la famille, qui s'appelait Marcel Ribière et dont le fils a eu un duel avec Gaston Deferre. […] À Nice, un autre vieil ami de la famille a voulu nous entraîner dans les activités de plein air, les chantiers, *Maréchal nous voilà*. Je préférais travailler. Toutes ces histoires m'ennuyaient à périr. […] Je ne me suis jamais senti très scout et je me suis abstenu de participer à tous ces jeux maréchalistes. Nous avions parfois des distractions plus frivoles. Mes parents se payaient comme ça, de temps en temps, des personnages improbables, et au nombre de ces personnages figurait à ce moment-là le baron de Korff. C'était probablement un baron balte, probablement un peu louche, tout à fait sympathique et qui, sans doute parce qu'il voulait plaire à ma mère, m'emmenait au théâtre. Il nous a emmenés voir *Comme la plume au vent*, avec l'actrice Gisèle Pascal. C'était comme s'il nous avait conduits au bordel. Un univers inconnu, flamboyant et trouble. Tout à fait fabuleux. Naturellement, c'était une épouvantable connerie. L'actrice était à l'époque la maîtresse du prince Rainier à qui son chapelain n'avait pas encore fait connaître Grace Kelly, et j'ai découvert là le péché social dans toute son horreur : l'actrice, le prince, les casinos, Nice, le baron balte et *la plume au vent*… De quoi frémir. D'un côté les études, la philosophie, de l'autre *la plume au vent*, ma vie s'annonçait sous de fâcheux auspices ».

1942

Jean d'Ormesson passe la seconde partie de son bachot à Nice.

À la fin de l'année, après l'invasion de la zone libre, la famille d'Ormesson rentre à Paris.

Hypokhâgne à Henri-IV. Jean d'Ormesson ne peut suivre en philosophie le cours de Ferdinand Alquié (qui « était l'auteur d'un livre sur le désir d'éternité, avait été surréaliste et parlait du bordel et de l'alcool, ce qui me grisait par avance ») et a pour professeurs Georges Bénézé (1888-1978) en philosophie (« plutôt kantien, vaguement collaborateur et assez emmerdant »), André Alba (1894-1979) en histoire, Jean Boudout (1902-1971) en lettres : « Lorsque je préparais Normale, un maître [Jean Boudout] à qui je dois beaucoup et à qui je dis ainsi, pour la première fois (car ce sont des choses qui ne s'expriment guère) toute la reconnaissance que je lui porte, nous apprenait à lire. C'est ce que j'ai retenu de plus précieux de toutes ces années studieuses et un peu poussiéreuses. Je suis entré à Normale parce que je savais lire. Mes notes n'étaient pas fameuses, sauf en français. Mon maître m'avait enseigné cet art d'exprimer un texte comme une orange, de le presser en tous sens et d'en tirer la saveur et la signification[1]. » Hypokhâgne, « ce fut, tout de suite, l'éblouissement. Évidemment, j'ai cessé d'être le premier, mais cela n'avait plus d'importance. D'abord, j'étais délivré de disciplines qui m'ennuyaient à périr, moins d'ailleurs les mathématiques que les sciences naturelles, avec en prime cette matière absurde qui avait été remise au goût du jour par Pétain et qui était la cosmographie. Toujours ces histoires de paysans gionesques, les pieds sur la terre qui ne ment pas et le regard vers le ciel étoilé : une sorte de kantisme agricole. Tout ça avait disparu. J'étais au royaume de l'intelligence, je découvrais l'émotion littéraire, et puis on me montrait l'envers des choses. C'était grisant de découvrir tout à coup qu'on pouvait voir le monde de différentes manières, le considérer comme objet, se libérer de lui peut-être, et certainement de soi-même. »

1943-1944

Khâgne à Henri-IV. Élève de Jean Hyppolite, « un professeur exceptionnel, auquel je dois beaucoup. […] Hyppolite m'a poussé vers Normale et vers l'agrégation de philosophie. En vérité, je ne pensais plus qu'à la philosophie qui ne pensait guère à moi. […]

1. Dans un article sur Jean Dutourd, *Arts*, 1er avril 1959.

Avec moi, il y avait des garçons remarquables, Claude Lefort par exemple. [...] Beaucoup m'ont aidé, et je leur en garde de la gratitude : Laplanche, Pontalis, Deleuze. Mais il n'y avait pas grand-chose à faire. J'étais léger. Et un peu bouché ». Ses goûts le portent, en philosophie, vers Spinoza (« Spinoza, que j'aime tant »), sur qui il fait son diplôme d'études supérieures — Jean d'Ormesson s'est caractérisé comme « hélas, un spinoziste d'avant Spinoza » ; en littérature, il va « au hasard, de Jules Romains aux surréalistes, de *La Princesse de Clèves* et de Benjamin Constant à Aragon ».

Août : « La libération de Paris m'a un peu ramené sur terre. On m'a mis une mitraillette Sten entre les mains, on me l'a retirée assez vite quand on a vu ce que j'en faisais, on m'a fait distribuer des tracts et j'ai retrouvé Georges Bidault [...]. C'était mon frère qui m'avait introduit dans ce milieu. C'est avec lui que j'étais sur la place de la Concorde quand les résistants de la police ont attaqué les Allemands installés du côté de l'hôtel Crillon, de l'Automobile-Club et du ministère de la Marine. Nous nous sommes jetés dans les Tuileries. Ils ont été encerclés par les Allemands qui nous ont demandé nos papiers. Ma carte d'identité avait été faite à Nice. Elle a paru louche à un Allemand qui a voulu me garder. Grâce à Dieu, je parlais allemand et mon frère m'a littéralement arraché des mains du soldat trop zélé. Nous nous sommes précipités sur le pont de Solferino. Les balles sifflaient autour de nous et un homme a été tué à quelques pas de nous. Nous sommes entrés dans un café et, en enfants soumis, nous avons téléphoné à nos parents pour les rassurer. Ils n'étaient pas inquiets du tout. Ils ne savaient pas, rue du Bac, ce qui se passait à la Concorde. Ce qui me frappe aujourd'hui, c'est que nous étions, nos professeurs et nous, très étrangers à tout ce qui se passait dans cette période, à la Résistance comme à la collaboration. »

1944-1945

Jean d'Ormesson est reçu à l'École normale supérieure, rue d'Ulm, 13e sur 20 (promotion de 1944).

Il a, « pendant quelques mois, une carte de la CGT ».

1945-1946

De juillet à septembre 1945, il est attaché au cabinet de Georges Bidault (ministre des Affaires étrangères du 10 septembre 1944 au 21 novembre 1945), ainsi qu'à des délégations françaises à plusieurs conférences internationales — conférence de la Paix, Assemblée générale des Nations Unies, notamment.

Appelé sous les drapeaux, au Mans puis à Vannes, dans un régiment de parachutistes coloniaux.

1948

22 octobre : premières lignes publiées de Jean d'Ormesson ; elles paraissent dans *Le Monde*, en réponse à une chronique de Georges Hourdin, « Qu'est-ce qu'un bourgeois ? » ; Jean d'Ormesson écrit au directeur du journal, Hubert Beuve-Méry, une lettre que celui-ci publie : « La notion qu'une étude plus approfondie me semblerait pouvoir dégager au cœur du concept de bourgeois, c'est finalement ce que l'on pourrait appeler la notion de sécurité. Le bourgeois est un monsieur qui ne se met jamais en jeu tout entier, même quand il sent brûler ses réserves. Il est toujours soutenu par quelqu'un, par quelque chose [...]. Il semble d'ailleurs que d'une manière générale le bourgeois accepte ce qui n'engage pas définitivement l'avenir ; il sait que la société bourgeoise exerce jusqu'aux limites du possible cette action de sécurité qui fait que le bourgeois est toujours sûr de quelque chose — de son bon droit, de lui-même, de sa famille, de son avenir — et, en fin de compte, qu'il est bourgeois[1]. »

Victoire de Montesquiou présente Philippe Baer à Jean d'Ormesson ; ils se lient d'une grande amitié.

1949

Jean d'Ormesson est reçu à l'agrégation de philosophie après y avoir échoué l'année précédente.

Il est recruté après son agrégation par le Bryn Mawr College, en Pennsylvanie ; à l'inquiétude de se retrouver au milieu de 6 000 jeunes filles américaines se joint une infection, vraisemblablement contractée en se baignant à Saint-Fargeau : « Je suis tombé gravement malade, hépatite, spirochétose, et j'ai dû passer six mois à Saint-Fargeau. »

1950

Jean d'Ormesson entre à l'UNESCO, recruté par Jacques Rueff (1896-1978) qui lui explique qu'il se trouve dans une situation embarrassante : « Il vient d'être élu président d'un nouveau conseil, le Conseil international de la philosophie et des sciences humaines [CIPSH], mais il n'a pas le temps de s'en occuper car il doit reprendre en main le franc. C'est pourquoi il cherche un normalien qui pourrait lui venir en aide. Je lui propose alors d'apporter ma contribution. Je devais y rester trois mois, j'y ai passé plus de trente ans de ma vie[2]. »

1. Repris dans *Saveur du temps. Chroniques du temps qui passe*, Éditions Héloïse d'Ormesson, 2009, p. 297-299.

2. Entretien réalisé par Chloé Belloc, le 15 mars 2005. Voir C. Belloc, *Le Conseil international de la philosophie et des sciences humaines. 1947-1955. Idéal et réalité d'un engagement*

9 septembre : Jean d'Ormesson publie son premier article : « un article absurde, genre *People* », dans *Paris Match*, « À Noirmoutier, la plage la plus fermée a pour reine une princesse ».

1951

19-20 février : réunion du CIPSH où se décide la création de la revue *Diogène*, organe de liaison d'une communauté scientifique morcelée par la Seconde Guerre mondiale et par l'affrontement des blocs.

23-24 mai : « Le comité de direction [du CIPSH] choisit à l'unanimité Roger Caillois comme rédacteur en chef de la nouvelle revue. Le comité adopte une formule prévoyant quatre numéros par an, de 144 pages chacun et recommande la publication de plusieurs éditions parallèles, notamment en langue française, espagnole, et si possible en d'autres langues telles que l'allemand et l'arabe. Il définit le caractère de la revue qui devra se situer à un niveau intellectuel élevé, à égale distance de l'érudition et de la vulgarisation[1]. »

1952

1er novembre : première livraison de *Diogène*, dont Jean d'Ormesson, détaché de l'Éducation nationale, est le secrétaire de rédaction : il sera ainsi conduit à voir quotidiennement Roger Caillois pendant vingt-cinq ans.

Il entre au bureau du CIPSH en tant que secrétaire général-adjoint ; le président est Jacques Rueff, et le secrétaire général Ronald Syme (1903-1989), « grand historien britannique, auquel *La Gloire de l'Empire* doit tant ».

1954

Automne : Jean d'Ormesson propose à René Julliard un recueil de nouvelles, intitulé *Les Vaines Amours*.

3 novembre : Aragon publie *Les Yeux et la Mémoire*, poème auquel Jean d'Ormesson empruntera plusieurs titres de ses livres.

20 décembre : René Julliard lui répond : « Un préjugé défavorable, je vous l'ai dit, s'attache aux nouvelles. Il nous est souvent très difficile de lutter contre ce préjugé et aujourd'hui encore, je craindrais que ce me soit vous rendre un mauvais service que de publier vos nouvelles, *Les Vaines Amours*, sans avoir, au préalable, imposé votre nom par un roman qui vous assure un grand public fidèle et durable. [...] Ce roman, je vous le dis tout de suite, je vous crois fort capable de l'écrire. Vos nouvelles ont toutes en commun une

scientifique et intellectuel, mémoire de maîtrise d'histoire, Université de Paris-I, sous la direction de Robert Frank et Marie-Françoise Lévy, 2005.

1. Lionel Moutot, *Biographie intellectuelle de la revue « Diogène ». Les « sciences diagonales » selon Roger Caillois*, L'Harmattan, 2006, p. 122.

écriture exceptionnelle. Une sorte d'élégance, non dénuée parfois de préciosité, mais toujours heureuse, une précision, une propriété qui font de vous un écrivain sensible et doué. De cette carrière, je ne demande qu'à être l'artisan[1]. »

1955

Jean d'Ormesson se lie avec l'historien d'art Hans Hahnloser (1899-1974), rencontré au CIPSH, fils de l'ophtalmologue suisse, grand collectionneur de peinture, Arthur Hahnloser.

1956

Jean d'Ormesson entame sa participation à la revue *La Parisienne*, dirigée par Jacques Laurent depuis 1953 et où François Nourissier a remplacé François Sentein comme rédacteur en chef. Jean d'Ormesson écrit ainsi dans la deuxième mouture de la revue, par exemple dans le numéro d'*octobre*, consacré à « La droite », au côté de Pierre Boutang, Emmanuel Berl, Robert Poulet, François Nourissier, etc.

19 juin : achevé d'imprimer de *L'amour est un plaisir*, édité par René Julliard, après avoir été proposé à Gallimard qui tarda à répondre à l'envoi.

1957

31 janvier : invitation chez Mme H., avenue Montaigne, qui donne lieu à un portrait de Jean d'Ormesson par Matthieu Galey : « Beaucoup de gens intéressants, parmi lesquels je choisis Jean Wahl, Roger Caillois et le jeune Jean d'Ormesson, dont j'avais lu, par chance, le roman. […] Jean d'Ormesson, trente ans et des poussières, pas grand non plus, le nez fort, la figure longue, la voix sèche, un peu pointue, mais des yeux bleu ciel d'une caressante beauté. De la classe, et même un rien de morgue sous la gentillesse, qui veut séduire à tout prix, pour le plaisir d'être aimé. De l'intelligence et une culture inépuisable, qu'il n'exploite pas encore tout à fait bien : il pourrait être plus brillant. Bien qu'il affecte de brocarder son oncle, l'ambassadeur, on sent qu'il reste de la famille, et ne la renie point. Son petit rire, bref, hennissant, est une défense, comme s'il tenait toujours à se moquer de lui-même. Mais il a de l'ambition, beaucoup d'ambition, sur un fond de sincérité presque ingénue. Singulier mélange, avec le charme en plus[2]. »

21 mars : discours de réception à l'Académie française de Wladimir d'Ormesson.

29 mars : mort d'André d'Ormesson, père de Jean.

1. Cité par Philippe Dufay, *Jean d'Ormesson*, Bartillat, 1999, p. 80-81.
2. M. Galey, *Journal*, t. I : *1953-1973*, Grasset, 1987, p. 118.

11 avril : Jean d'Ormesson écrit à Jean Paulhan, qui assista au prix Diogène remis le *7 mars* à Wladimir Weidlé, et lui envoie une photo prise à la cérémonie où ils figurent tous les deux. Il ajoute sous la lettre dactylographiée ces lignes manuscrites : « Je n'oublie pas Valery Larbaud et je vous remercie de m'avoir donné cette occasion de relire des pages fort plaisantes. Car nous sommes ainsi faits qu'il faut parfois nous pousser au plaisir. » Jean Paulhan répond, commentant la photo : « De toute évidence, l'homme n'est pas fait pour la joie (exception faite pour vous — mais c'est votre extrême jeunesse qui vous sauve). Je suis content que vous songiez au *V. L.*[1] », le numéro spécial d'hommage à Larbaud que prépare *La N.R.F.*

1er septembre : parution du numéro d'hommage (n° 57) que *La N.R.F.* consacre à Larbaud. Jean d'Ormesson y participe avec un article intitulé : « Valery Larbaud ou le Voyageur immobile » : « Valery Larbaud, chacun le sait, c'est l'irruption dans la littérature des revenus à sept zéros et de la Compagnie Internationale des Wagons-Lits et des Grands Express européens. [...] Revenus fabuleux, études philologiques, trains de luxe, valises de cuir, jeunes filles... [...] Je vois la gloire de Larbaud là où il aurait voulu, je crois, qu'on la trouvât vraiment : dans une recherche ardente. Il était un voyageur passionné que tous les trains du monde ne menaient jamais assez loin. »

8 septembre : Jacques Chardonne écrit à Paul Morand : « D'Ormesson est intelligent[2]. »

1958

Cette année-là, et la suivante, Jean d'Ormesson, parallèlement à ses activités à l'UNESCO, est conseiller technique au ministère de l'Éducation nationale ; conseiller également auprès de Maurice Herzog, alors haut commissaire puis secrétaire d'État à la Jeunesse et aux Sports. Il exercera cette fonction jusqu'en 1965.

6 août : Jean d'Ormesson publie une nouvelle, *Marella* (en clin d'œil à Marella Agnelli, l'épouse de Giovanni Agnelli ?).

8 octobre : publication dans *Arts*, à l'occasion du 50e anniversaire du premier volume des *Hommes de bonne volonté* de Jules Romains, d'un article de Jean d'Ormesson, « Érotique, policière et politique, l'œuvre de Jules Romains se relit encore sans ennui ». Paul Morand écrit à Jacques Chardonne, le *13 octobre*, qu'il l'a trouvé « drôle et insolent[3] ».

15 octobre : Jean d'Ormesson devient feuilletoniste à l'hebdomadaire *Arts*, en remplacement de Philippe Sénart — et le restera durant dix mois, jusqu'en juillet 1959. L'hebdomadaire, dont le

1. Archives IMEC/Fonds Jean Paulhan.
2. J. Chardonne – P. Morand, *Correspondance*, t. I : *1949-1960*, éd. Philippe Delpuech, Gallimard, 2013, p. 325.
3. *Ibid.*, p. 578.

directeur est Jacques Laurent et le rédacteur en chef André Parinaud, annonce ainsi ce changement : « Philippe Sénart a écrit brillamment pendant plusieurs années notre feuilleton littéraire. Un autre jeune écrivain, Jean d'Ormesson, cette année lui succède. » Son premier feuilleton fut consacré au réalisme contemporain, à travers les œuvres de Françoise Mallet-Joris et de Bertrand Poirot-Delpech. Ses articles dans *Arts* furent, pour Renaud Matignon, « des modèles d'impertinence et de sévérité savoureuse[1] ».

4 novembre : dans *Arts*, au sujet du premier roman de Philippe Sollers, *Une curieuse solitude* : « S'il me rappelle quelqu'un — et l'éloge n'est pas mince —, c'est Marcel Proust. Je ne sais rien de Philippe Sollers ; mais je parierais volontiers qu'il entretient avec Proust des relations fort étroites. [...] Et ce n'est pas peu de choses que de tenter, même imparfaitement, de réintroduire, dans les coucheries d'aujourd'hui, le ton désespéré de la profondeur proustienne. »

26 novembre : Jean d'Ormesson chronique assez vertement la remise des prix, Femina à Françoise Mallet-Joris, Médicis à Claude Ollier, qui lui inspirent ces lignes : « Je le dis tout de suite : l'avant-garde, en littérature, me trouve plus méfiant qu'enthousiaste. Je l'avoue, qu'on me comprenne bien, non pour être partial, mais pour éviter de l'être : je préviens d'avance pour que le lecteur d'emblée puisse rectifier mon tir. [...] En fait, sous les espèces de Claude Ollier, il va à une école littéraire, à une tendance. Les Éditions de Minuit ont l'air d'avoir été créées et mises au monde pour le prix Médicis et *vice versa*. »

17 décembre : publication dans *Arts* d'« Un météore fou dans l'univers de la littérature. *La Panoplie littéraire* de Bernard Frank (Julliard) : des Mémoires au futur antérieur[2] ». *Le lendemain*, Morand écrit à Chardonne : « Je suis sûr que vous trouverez excellente la chronique de Jean d'Ormesson sur B. Frank, "le météore fou", dans *Arts*. C'est insolent, drôle, amical et vrai ; un modèle de justesse. Comment peut-il être (d'Ormesson) d'une famille aussi stupide ? » — à quoi Chardonne répond le *20 décembre* : « Certes ! Excellent le d'Ormesson (Frank). C'est de la haute critique. Modèle de justesse. On dit que la critique de d'Ormesson est mauvaise, parce qu'on juge trop vite à Paris ; et puis on ne revient pas sur un premier jugement. On fait courir ainsi quantité de faux bruits. Au départ, on sentait chez d'Ormesson de la gêne ; ça n'allait pas bien. J'ai dit que cela ne valait rien. Je me trompais. Je le dis à présent. Trop tard (peut-être) pour détromper les autres. *À Paris on n'a pas le temps d'être* équitable »[3].

31 décembre : après avoir éreinté, dans *Arts*, un roman de Pierre

1. « Jean d'Ormesson. Un romancier cosmopolite et païen », *Le Figaro*, 18 mai 1987, repris dans *La Liberté de blâmer : trente ans de critique littéraire*, Bartillat, 1998, p. 435-438.
2. Voir p. 1514.
3. J. Chardonne – P. Morand, *Correspondance*, t. I, p. 609 et 613.

Brisson, directeur du *Figaro*, Jean d'Ormesson reçoit un coup de téléphone de Pierre Lazareff, qu'il ne connaissait pas alors, et qui lui dit : « Vous avez du culot. » « Un peu plus tard, grâce à Lazareff, j'ai travaillé à *Paris-Presse*, avec Jean-Jacques Servan-Schreiber. Kléber Haedens y tenait la rubrique des livres. »

1959

Les assemblées générales du CIPSH, qui débutent cette année-là, ont lieu tous les deux ans, et sont accompagnées d'un colloque. Le premier a pour thème « Le rôle des humanités dans un monde dominé par la technique ».

28 janvier : Jean d'Ormesson écrit dans *Arts* : « Petit à petit je me mets au courant de la littérature contemporaine. Je finirai peut-être par y connaître quelque chose pour vous en parler avec pertinence. »

21 avril : achevé d'imprimer de *Du côté de chez Jean*, le nouveau livre de Jean d'Ormesson (Julliard).

10 juin : article de Bernard Frank dans *Arts* intitulé « Du côté de chez Jean (d'Ormesson)[1] ». Jean d'Ormesson n'y répond pas dans les colonnes de l'hebdomadaire où il publie encore deux chroniques littéraires — la dernière paraissant le *8 août* — qui traitent notamment des œuvres de Jules Roy et de Louise de Vilmorin. Matthieu Galey semble prendre de plus en plus de place dans l'hebdomadaire, mais c'est Roger Nimier qui succède à Jean d'Ormesson, à partir du *7 novembre*, en tenant « La Chronique littéraire de Roger Nimier ».

1er juillet : on peut lire cette manchette dans *Arts* : « Vient de paraître : *Du côté de chez Jean*. Dans cet ouvrage qui vient de sortir en librairie, l'auteur, un de nos plus brillants romanciers et journalistes parisiens, nous entretient de lui-même. Mais il le fait avec tant d'humour et un tel tact qu'il n'est pas question de nous irriter. D'autant qu'en nous parlant de lui, il nous parle surtout de nous… M. Robert Kemp de l'Académie française a été séduit par ce livre ; il écrit : "Savez-vous que très souvent, cela fait penser à certains Caractères ou les mœurs de ce siècle ? le style même, attentif, ami du piquant et des nuances, éveille cette réminiscence que je crois flatteuse". Évoquer La Bruyère à propos de Jean d'Ormesson, rien n'est plus flatteur en effet, mais n'est-ce pas mérité ? » Dans ce même numéro d'*Arts*, le livre de Jean d'Ormesson est recommandé pour les vacances, et figure dans la catégorie « Vous les lirez, si vous voulez passer le temps », au côté des livres de Michel Déon et de Cécil Saint-Laurent [Jacques Laurent] ; il est jugé en ces termes : « Plaisant, vif, rapide, un portrait de notre époque, sans avoir l'air d'y toucher. »

Publication de *Mazarin* (Hachette), sous la direction de Georges

1. Voir p. 1519.

Mongrédien ; participent à l'ouvrage, entre autres, Roger Vailland, François Nourissier et Jean d'Ormesson.

1960

26 août : achevé d'imprimer d'*Un amour pour rien* (Julliard).

1961

2 juillet : mort d'Ernest Hemingway ; « Dans mes livres, je m'efforce toujours d'appliquer la règle de Hemingway, règle d'or du genre romanesque, selon laquelle les dialogues ne doivent pas avoir pour objet d'expliquer quelque chose, de faire avancer l'action : ils doivent faire entendre une voix. »

Octobre : assemblée générale du CIPSH ; le thème du colloque est « L'homme et son histoire en Orient ».

1962

2 avril : mariage avec Françoise Béghin. Jean d'Ormesson quitte la rue du Bac.

10 octobre : naissance de sa fille unique, Héloïse.

10 décembre : invitation chez Paul Morand, en compagnie de Claude Gallimard, de Bernard de Fallois, de Louise de Vilmorin et de Marthe de Fels.

1963

Conférence au Collège philosophique, présidé par Jean Wahl, intitulée « Arrivisme, snobisme, dandysme » ; elle est publiée dans *La Revue de métaphysique et de morale*. Les réflexions de Jean d'Ormesson sur ce sujet qui lui est cher (il a notamment publié dans *Arts*, le *13 mars*, un article intitulé « Le Dandy condamné à l'austérité ») s'achèvent sur les considérations suivantes : « C'est ainsi sous l'aspect de bourreaux d'eux-mêmes que nous apparaissent finalement, soumis aux autres, esclaves de leurs prestiges, ennemis de leur propre bonheur, victimes de l'insatisfaction même qui risquait à la rigueur de faire croire à leur grandeur, le Sisyphe de l'arrivisme banal, le snob, l'humilié, et ce moins inverti de l'élégance délirante : le dandy[1]. »

21-25 septembre : assemblée générale du CIPSH à Mexico ; le colloque, préparé par Jean d'Ormesson, a pour thème « Spontanéité et adaptation dans le développement des civilisations ».

19 novembre : Jean d'Ormesson écrit à Roger Caillois qu'il faudrait rassembler des documents sur Jaime Torrez Bodet, pour aider sa candidature, proposée par Ronald Syme, au prix Balzan[2].

1. *La Revue de métaphysique et de morale*, LXVIII, 4, octobre-décembre 1963, p. 459.
2. Archives de l'UNESCO.

11 décembre : Jean d'Ormesson entame une mission pour le CIPSH qui lui fait parcourir l'Afrique, l'Asie et le Moyen-Orient, jusqu'à la mi-janvier de l'année suivante. Il passe par Lagos (*12 décembre*), Ibadan (*13*), Leopoldville (*14*), Stanleyville (*16*), Usumbura (*19*), Mwanza (*20*), Dar El Salam (*21*), Zanzibar (*23*), Nairobi (*24*), Addis Abeba (*27*), Kartoum (*28*), Le Caire (*31*), puis Delhi (*3 janvier*), Bombay, Téhéran, Ispahan, et enfin Beyrouth. Au Caire, il tente de résoudre la question compliquée de l'édition de *Diogène* en arabe, avant de se rendre au Congrès des orientalistes à Delhi[1].

1964

1er juillet : Jean d'Ormesson informe le directeur général de l'UNESCO, René Maheu, qu'il est en train d'écrire un livre « sans doute un peu cynique dans la forme, où quelques lignes concernent — sans les nommer — le CIPSH et l'UNESCO et s'efforcent d'y expliquer la situation d'un esprit critique et pourtant — ou donc — à peu près honnête ». Dans cette même lettre, il écrit : « Je reste très attaché à ce monde savant que je regarde avec beaucoup de fatuité comme un peu le mien — et puis, je l'avoue aussi, à ma liberté — ou à une certaine idée mythique que je m'en fais[2]. »

Du 10 décembre au 24 décembre, Jean d'Ormesson effectue un périple en Amérique pour le CIPSH, qui le conduit de New York à Saint-Domingue, à San Juan de Porto Rico, aux Barbades, à Bogota, à Quito, Idma, Cuzco et Santiago du Chili.

1965

« À quarante ans nous ne sommes plus très contents. Oh ! ce n'est pas des jeunes gens que nous sommes mécontents, non, de ceux qui ont encore vingt ans, des étudiants, des apprentis, des blousons noirs, des vaillants et des vaillantes, des scouts et des guides, de ceux qui vont plus vite que nous à skis, de ceux qui découvrent encore Corneille et Rimbaud. Oh ! non : c'est de nous-mêmes. Nous ne traversons pas volontiers dans les clous en agitant *Le Monde* ou un parapluie contre ces motocyclistes de vingt ans si pressés de vivre avant de nous rejoindre. [...] Mais avoir quarante ans, ce n'est pas seulement sentir enfin l'histoire et le temps faire leurs ravages en nous. Ce n'est pas seulement Chérubin mort. Ce sont ces illusions perdues. Je n'ai jamais pensé, qu'on veuille bien me croire, que la jeunesse fût un âge délicieux. Pour ma part, je n'y retournerais pas volontiers. Pour ce qui est du bonheur, au moins de l'agrément de vivre, je crois qu'on en a davantage plus tard. [...] Nous ne sommes plus poètes. Nous voilà devenus chroniqueurs et mémorialistes, et bientôt historiens. Nous voilà, dans

1. *Ibid.*
2. *Ibid.*

la mélancolie, devenus apaisés, et presque heureux, et justes, et objectifs, et véridiques, et — ô horreur ! — sérieux. [...] La leçon, finalement, des hommes de quarante ans, c'est à peine la lassitude ou les compromissions, c'est tout simplement de savoir, selon une formule fameuse, que les choses sont ce qu'elles sont. Voilà pourquoi nos matins ne seront plus jamais triomphants [...]. Nous avons fini de rêver[1]. »

16-18 septembre : 8e assemblée générale du CIPSH à Copenhague ; le colloque porte sur le thème « Nord et Sud ».

6 octobre : parution dans *Arts* d'une étude assez longue sur François Mauriac : « Voici, je crois, ce que vous aurez été : le dernier des romanciers du destin. Allez, François Mauriac, je n'ai pas à être insolent avec vous ; d'abord parce que je n'en ai plus l'âge : un peu vieux pour un page, j'ai la moitié du vôtre, ce qui n'est déjà pas mal ; et puis je n'en ai même pas envie. Allez, mon vieux maître, allez en paix — et peut-être vers cette gloire que vous avait promise Barrès. Nous ne nous sommes pas ennuyés avec vous, jamais ; votre voix, en ce siècle, c'est celle de Racine et de Chateaubriand : l'éloge n'est pas mince[2]. »

1966

11 mars : *Au revoir et merci* (Julliard) est achevé d'imprimer ; Jean d'Ormesson en avait achevé la rédaction l'année précédente.

22 mars : membre de la Commission de contrôle du cinéma[3], Jean d'Ormesson participe à la réunion et au débat autour du cas « épineux » de *La Religieuse* de Jacques Rivette : « l'affaire a fait beaucoup de bruit, et nous étions tous en service commandé[4] », mais à l'issue de cette réunion, la commission autorise la diffusion du film, en formulant néanmoins une restriction pour les moins de 18 ans. Le *31 mars*, Yvon Bourges, secrétaire d'État à l'Information, prononcera l'interdiction du film, qui sera toutefois présenté au festival de Cannes en *mai*.

16 avril : Morand écrit à Chardonne : « Cette peur de passer pour réactionnaire [...], vous la retrouverez chez Jean d'Ormesson, dont le livre de souvenirs, *Au revoir et merci*, vient de paraître. Le poids de l'énorme Saint-Fargeau, qu'il tient de sa mère, l'écrase. Vous n'aurez pas le temps de lire le livre, mais si la prière d'insérer vous tombe sous les yeux, spirituelle, désinvolte, elle vous amusera. » Chardonne lui répond, le *20 avril*, qu'il a reçu de Jean

1. « Avoir quarante ans », *Arts*, 27 janvier 1965, repris dans *Jean qui grogne et Jean qui rit*, *J.-C. Lattès*, *1984*, p. 408-412.

2. « Allons, François Mauriac, nous ne nous serons pas ennuyés avec vous », *Arts*, 6 octobre 1965, repris dans *Jean qui grogne et Jean qui rit*, p. 308-324, ici, p. 324.

3. D'Ormesson participe à cette commission depuis au moins 1964 (voir la lettre à Léo Poldès, 5 août 1964, Archives de l'UNESCO).

4. Lettre à Pierre Moussa, 23 mars 1966 (Archives de l'UNESCO). Sur Pierre Moussa, connu à l'E.N.S., voir « Deux camarades : Althusser et Moussa », *Le Figaro magazine*, 2 novembre 1981, repris dans *Jean qui grogne et Jean qui rit*, p. 374-378.

d'Ormesson une lettre « fort intelligente et qui a beaucoup d'accent », et ajoute : « Je m'en tiendrai là. Un livre de lui pourrait me décevoir. Ce serait dommage. » Mais, sous l'influence peut-être de Camille Belguise, dont il écrit à Morand, le *26 avril*, qu'elle « lit avec plaisir le roman de Jean d'Ormesson », Chardonne en entreprend lui aussi la lecture, pour s'interrompre toutefois : « Je ne continue pas le livre de d'Ormesson, écrit-il à Morand le *1er mai*. C'est un peu tôt pour écrire ses souvenirs. »

2 juin : Morand envoie à Chardonne une carte postale représentant Saint-Fargeau, avec ce commentaire : « Voici la cabane de Jean d'Ormesson ; notre époque aura connu quelque chose de neuf : l'agrégé d'histoire avec castel[1]. »

11 octobre : participation à une réunion pour le CIPSH avec Michel Foucault.

Il rencontre à l'UNESCO la philosophe Jeanne Hersch (1910-2000).

1967

1er mars : publication dans *La N.R.F.*, sous le titre « Passage de l'homme ou les avatars de l'homme moderne », d'une chronique relative à Michel Foucault et plus particulièrement à *Les Mots et les Choses* : « Ce que Foucault apporte, c'est d'abord un système, avec sa grandeur et ses servitudes. La clef de ce système, c'est une conception nouvelle de la discontinuité des configurations du savoir qui assigne un double statut à l'Histoire : d'une part, elle est évidemment le lieu de déroulement des épistémologies successives, mais, d'autre part, elle ne constitue la dimension fondamentale du réel que pour une de ces configurations : précisément celle dont nous sortons. C'est évidemment le marxisme qui est visé et atteint par une telle démarche [...][2] ».

31 mai : Paul Ricœur et Henri Duméry proposent une charge de cours à Jean d'Ormesson à la faculté des Lettres de Nanterre : « Vous pouvez librement refuser ce que vous propose Ricœur. Mais je vous suggère d'accepter. [...] Ne soyez pas effrayé par les psychologues : il s'agit de leur faire de la philosophie *ad usum delphini,* et ils sont doux comme des moutons. [...] Voyez en toute indépendance et vous êtes à même d'accepter votre ticket d'entrée. Au bout d'un an, je vous promets le paradis[3]. » Finalement, Jean d'Ormesson décline la proposition. Le *12 octobre*, il écrit à Jacques Havet, alors rapporteur général de l'étude sur les tendances principales de la recherche dans les sciences de l'homme et de la culture à l'UNESCO : « Tu auras vu dans les journaux la situation

1. Les citations des lettres échangées entre J. Chardonne et P. Morand entre 1964 et 1968 sont extraites du troisième volume de la *Correspondance*, en préparation aux Éditions Gallimard.

2. *La N.R.F.*, n° 171, mars 1967, p. 477-490, ici p. 489.

3. Lettre d'Henri Duméry, 22 août 1967 (Archives de l'UNESCO).

quasi angoissante de Nanterre. Le travail ne doit pas y être très drôle, et je pense que Ricœur et Duméry cherchent de l'aide !... J'avoue que moi-même, bien que très tenté, je crains d'être bientôt débordé si je cède à la tentation[1]. »

Septembre : 9e assemblée générale du CIPSH à Bucarest, accompagnée d'un colloque dont le thème est « Tradition et innovation en Europe du Sud-Est ».

3 décembre : Henri Gouhier félicite Jean d'Ormesson pour son article sur Foucault paru dans *La N.R.F.* et lui propose de participer à *La Revue internationale de philosophie* : « On ne pouvait, je crois, exposer plus clairement les idées de Michel Foucault : *votre récit* — je ne trouve pas de mot plus juste — est limpide : vous nous racontez vraiment ce livre qui n'est pourtant pas un conte. J'aurais voulu vous écrire plus longuement, car je n'arrive pas à *réaliser* ce que vous me faites si bien comprendre quand on arrive à la fin de l'homme[2]. » *Cinq jours plus tard*, Jean d'Ormesson répond à Henri Gouhier : « À la réflexion, je me demande si la fin de l'homme n'est pas finalement plaquée sur le système de Foucault. L'essentiel, je crois, est sa conception de l'histoire — ou de l'absence d'histoire : ces niveaux différents et successifs dont chacun est imperméable à l'autre, et qui éliminent en tout cas l'idée de progrès. [...] Sans doute, toutes les philosophies, tous les systèmes, ont extrapolé vers l'avenir, mais au moins c'était dans la logique de leur développement, tandis que la succession d'images type lanterne magique de Foucault ne permet absolument pas des anticipations sur l'avenir[3]. »

8 décembre : Jean d'Ormesson part pour le Brésil.

Vente du château de Saint-Fargeau : « Puisque j'ai perdu Saint-Fargeau — le Plessis-lez-Vaudreuil d'*Au plaisir de Dieu* —, je ne m'attache plus à aucun lieu. Je crois qu'aucun endroit n'aura plus pour moi le charme et la majesté de Saint-Fargeau, cette combinaison de charme et de majesté. »

1968

23 février : Jean d'Ormesson invite à dîner chez lui Paul Morand et Kléber Haedens. *Le lendemain*, Paul Morand recommande à Jacques Chardonne la lecture d'un article de Jean d'Ormesson sur l'envahissement de la littérature par la science.

Mars : enregistrement des entretiens avec Emmanuel Berl, qui seront diffusés à la radio *au cours des deux mois suivants*. Leur transcription sera publiée en 1992. Jean d'Ormesson relate en ces termes les visites qu'il fait dans l'appartement de l'écrivain, au Palais-Royal : « Il me recevait dans sa chambre, le plus souvent

1. Archives de l'UNESCO.
2. *Ibid.*
3. *Ibid.*

étendu sur son lit, parfois en pyjama. Il fumait ses petits cigares et parlait pendant des heures. Avec ses cheveux blancs et son air de seigneur, il était très beau… Il me disait : “Au fond je ne parle qu'à deux personnes, à Malraux et à vous.” En fait, il parlait sans doute avec Malraux mais, entre nous, il parlait inlassablement, et j'écoutais[1]. »

25-26 avril : réunion de préparation pour la publication, par l'UNESCO, d'une anthologie sur « Les Horreurs de la guerre », projet qui remonte à l'année précédente.

8-10 mai : dans les premiers jours de « mai 68 », est organisé sous l'égide du CIPSH et de l'UNESCO, un colloque sur « Le Rôle de Karl Marx dans le développement de la pensée scientifique moderne », à l'occasion du 150e anniversaire de sa naissance. Jean d'Ormesson ouvre le débat du premier jour, auquel sont invités notamment à participer Jean Hyppolite, Roger Garaudy et Maxime Rodinson. Herbert Marcuse, assez peu connu jusqu'ici en France (ses premiers articles parurent en 1956), participe quant à lui à la quatrième partie du colloque, consacrée à « La condition de l'homme », en compagnie notamment d'Erich Fromm et d'Eric Hobsbawm. « Je me souviens qu'au moment du retrait américain [de l'UNESCO en 1984], *Le Figaro magazine*, où j'écrivais, a publié une interview de l'ambassadeur d'Amérique qui donnait notamment comme argument un colloque sur Marx qui s'était tenu à l'UNESCO. Il y avait un seul ennui : c'était moi qui l'avais organisé, et je peux vous assurer qu'il s'agissait d'un débat strictement scientifique. »

29 mai : mort de Jacques Chardonne.

Les Illusions de la mer (Julliard) est achevé d'imprimer « au 4e semestre ».

24 octobre : élection de Paul Morand à l'Académie française.

1969

14-19 janvier : voyage officiel à New York pour l'UNESCO.

23 mars : réception de Paul Morand à l'Académie française par Jacques Chastenet.

3-6 avril : voyage officiel à Malte pour l'UNESCO.

2 mai : Jean d'Ormesson répond dans *Le Figaro* à Jean-Jacques Servan-Schreiber, qui s'est réjoui dans *L'Express* du départ de De Gaulle à l'issue du référendum du *27 avril* : « Est-ce que ce n'est pas étrange, mon cher Jean-Jacques, d'être si fier — pour la première fois dans la vie d'un homme de ta génération — d'un *non* sans précédent dans les annales de ta jeune mémoire ? La chute […] te rend enfin si fier de ton pays, c'est celle d'un homme qui n'avait peut-être qu'un seul titre de gloire, mais qui ne lui sera pas

1. Cité par Laurence Vidal, « Emmanuel Berl – Jean d'Ormesson : l'alchimie des rencontres littéraires », *Le Figaro littéraire*, 17 février 1992.

retiré : celui d'avoir su dire *non*[1]. » C'est le début de sa carrière dans le quotidien.

Printemps-été : Jean d'Ormesson recommande Imre Toth (1921-2010), alors lecteur en mathématiques à l'université de Bucarest et récemment arrivé à Paris, à plusieurs personnes dont Frederick Burkhardt, président de l'American Council of Learned Societies à New York (*27 mai*), et le philosophe Gabriel Marcel (*10 juillet*).

8-11 septembre : 10e assemblée générale du CIPSH à Palerme ; le thème du colloque est « La Méditerranée, carrefour de civilisations ». « Je crois que l'idée de *La Gloire de l'Empire* est née là, à entendre parler des Normands, des Arabes, des Grecs, des Latins, de Frédéric II, devant les paysages de Sicile. »

1970

Mars : visite à Lawrence Durrell (1912-1990) à Londres, en vue d'un entretien télévisé.

16 octobre : lettre de Mgr Octavian Barlea (1913-2005), président de la Société académique roumaine : « Cher Comte, / Parmi les premiers vous avez eu la bonne grâce d'accepter de figurer dans le Comité d'honneur du 14e Congrès international de la Société académique roumaine et même d'honorer de votre présence la séance d'ouverture de ce Congrès. / Vos liens avec la Roumanie remontent à l'année 1933, lorsque votre regretté père, Ministre de France dans notre pays, avait su, d'emblée, conquérir, ainsi que la Marquise d'Ormesson, le cœur de tous les Roumains. / Vous continuez, cher Comte, cette tradition, car les paroles que vous avez bien voulu prononcer à l'occasion de l'ouverture du Congrès nous ont beaucoup touchés et nous sont allées droit au cœur[2]. »

3 avril : Jean d'Ormesson remercie Roger Caillois de l'envoi de *L'Écriture des pierres* : « [Votre geste et la dédicace] m'ont fait un immense plaisir. Quoi de surprenant ? Ce plaisir n'est que le reflet et l'image de celui que me donne un compagnonnage quotidien depuis tant d'années et qui m'a tant apporté. Ce sont des choses qu'on ne peut pas dire tous les jours. Je profite de cette occasion pour vous les dire — de tout cœur[3]. »

1971

14 janvier : élection de Roger Caillois à l'Académie française où il occupe le fauteuil de Jérôme Carcopino.

28 mars : Jean d'Ormesson retourne signé à Robert Gallimard le contrat — établi le *12* — pour *La Gloire de l'Empire*. Il y est stipulé que le manuscrit définitif sera remis sous quinzaine.

1. « Pour la première fois… Lettre ouverte à J.-J. S.-S. », *Le Figaro*, 2 mai 1969, repris dans *Jean qui grogne et Jean qui rit*, p. 213-214.
2. Archives de l'UNESCO.
3. Vichy, Médiathèque Valery-Larbaud, Fonds Roger Caillois.

31 mars : Jean d'Ormesson écrit à Christian Bourgois : « Je passe donc chez Gallimard : c'est la faute à Queneau[1] ! » — ainsi qu'à Roger Caillois et Michel Mohrt. Queneau soutiendra également la réédition d'*Au revoir et merci*, un livre « excellent et donnant pour ainsi dire la clef d'*Au plaisir de Dieu*[2] ».

Mai : Jean d'Ormesson devient critique littéraire aux *Nouvelles littéraires.*

28 juillet : il évoque l'achèvement de *La Gloire de l'Empire* dans une lettre à Max Horkheimer où il désigne son ouvrage comme une « histoire fiction » ou une « culture fiction » (« comme il y a une "science-fiction"[3] »).

22-24 septembre : 11e assemblée générale du CIPSH à Salzbourg, accompagnée d'un colloque dont le thème est « L'homme et la transformation de son milieu ».

29 septembre : achevé d'imprimer le *14*, *La Gloire de l'Empire* est mis en vente.

Octobre : Ronald Syme devient président du CIPSH, et Jean d'Ormesson lui succède au poste de secrétaire général, fonction qu'il exercera jusqu'en 1992.

4 novembre : le Grand Prix du roman de l'Académie française est décerné à Jean d'Ormesson pour *La Gloire de l'Empire*, par 17 voix contre 3 à *L'Enclave* de Christian Charrière.

1972

20 janvier : René Huygue reçoit Roger Caillois à l'Académie française : « Vous êtes, monsieur, un des plus curieux esprits de notre temps, des plus autonomes, des plus rétifs à ses entraînements. »

Un mercredi par mois, Jean d'Ormesson s'entretient sur France Culture avec une personnalité des sciences humaines, dans l'émission intitulée *Pour comprendre la pensée de*... En *février*, il a déjà accueilli Gabriel Marcel, Jean Beaufret et Jean Fourastié ; le *17*, il reçoit Claude Lévi-Strauss.

24 avril : mort de Pierre Lazareff, auquel Jean d'Ormesson reconnaît devoir beaucoup. « Pierre et Hélène Lazareff m'ont pris sous leur aile et m'ont promené de droite et de gauche. »

14 août : mort de Jules Romains.

5 septembre : dans une note d'Odette Laigle, datée de ce jour, apparaissent les noms des connaissances de Jean d'Ormesson chez Gallimard ; il y est dit que Jean d'Ormesson ne connaît « pas du tout » Jean Grosjean, Jacques Lemarchand, Louis-René des Forêts, et qu'il connaît « un peu seulement » Marcel Arland, Dominique Aury, Roger Grenier, Jean Blanzat, Michel Deguy[4]. Cette note a probablement été rédigée avant que Jean d'Ormesson ne soit

1. Archives de l'UNESCO.
2. Archives Gallimard.
3. Archives de l'UNESCO.
4. Archives Gallimard.

invité à rejoindre le comité de lecture de Gallimard, dont tous ces auteurs font partie. « Je voyais la maison Gallimard comme une forteresse de la littérature française et le comité de lecture comme la plus haute de ses tours de guet » ; Jean d'Ormesson le quittera en 1974, lorsqu'il prendra la direction du *Figaro* : « Je n'ai pas vu un seul chef-d'œuvre. [...] J'avais le sentiment d'être dans le saint des saints de la littérature française. Mais je n'ai rien vu passer[1]. »

21 septembre : suicide de Henry de Montherlant.

Parution du volume réalisé à l'occasion du 25e anniversaire de l'UNESCO, *Dans l'esprit des hommes. UNESCO 1946-1971*, auquel Jean d'Ormesson a collaboré.

1973

24 mai : élection de Claude Lévi-Strauss à l'Académie française au fauteuil de Montherlant. Jean d'Ormesson avait retiré sa candidature en apprenant celle de Lévi-Strauss : celui-ci choisira Jean d'Ormesson comme parrain pour sa réception.

26 mai : Jean d'Ormesson remercie Roger Caillois de l'envoi de *La Pieuvre, essai sur la logique de l'imaginaire* : « L'audace du projet est stupéfiante. Et puis, sa rigueur aussi. Le petit livre entre merveilleusement dans l'ensemble de vos travaux et en modifie en même temps l'économie générale par une ambition toujours croissante. Beaucoup de choses m'ont fait rêver [...]. Du coup, je repars pour Venise avec votre livre, pour voir si on peut établir une symétrie non plus dans l'espace, mais dans le temps[2]. »

15 septembre : mort de Wladimir d'Ormesson.

18 octobre : Jean d'Ormesson, aiguillonné par Paul Morand, est élu à l'Académie française au 12e fauteuil, qu'occupait Jules Romains.

19 octobre : il déclare au *Figaro* qu'il vient de terminer, après deux années de travail, la rédaction d'*Au plaisir de Dieu*.

Parution de la traduction italienne par Augusto Donaudy de *La Gloire de l'Empire* : *La Gloria dell'Impero* (Milan, Rizzoli).

1974

22 janvier : dialogue radiodiffusé sur France Culture, entre Jean d'Ormesson et René Maheu, directeur général de l'UNESCO. Jean d'Ormesson y déclare qu'il est en train de mettre « la dernière main » à son livre *Au plaisir de Dieu*[3].

11 février : Jean d'Ormesson écrit à Sir Ronald Syme : « J'ai reçu avec joie vos deux lettres du 28 et du 31. Merci de tout cœur. Je suis fier, ravi que vous acceptiez de me patronner ! La réception sous la Coupole sera le 6 juin. Serez-vous là ? Je le souhaite. Oui,

1. Entretien avec Gilles Martin-Chauffier, « Quand Jean d'Ormesson se balade à travers les siècles », *Paris Match*, 14 février 1991.
2. *Ibid.*
3. Archives de l'UNESCO.

J. Romains, ça va très bien — évidemment j'aurais préféré Saint-Simon, que vous relisez[1] ! »

16 février : il adresse à Odette Laigle une note dans laquelle il envisage de « minces modifications » à *Au plaisir de Dieu*.

Jean d'Ormesson devient directeur du *Figaro* et le restera jusqu'en 1977 : « Je me suis donc installé dans l'immense bureau du rond-point, tout à fait grisé, un peu inconscient. » Il se pose alors la question de la continuation de ses fonctions au sein du CIPSH. Le *28 février*, Sir Ronald Syme écrit à Jean d'Ormesson qu'il accepte de son côté, pour les mois à venir, l'arrangement d'emploi du temps que celui-ci lui propose : « *Le Figaro*, dont vous m'aviez déjà touché un mot. Oui, vous ne pouviez pas vous récuser ; d'ailleurs, vous avez bien choisi, j'en suis sûr. Ce que vous proposez pour le CIPSH (jusqu'en septembre 1975) est éminemment raisonnable — et très utile pour nous. Le Bureau vous sera reconnaissant. » Le *5 mars*, Jean d'Ormesson lui répond : « je quitte à l'instant le Directeur général. Je crois que nous sommes tous d'accord et je m'en réjouis. Je vous avoue que je ne pouvais imaginer mon départ brutal du CIPSH. Nous voilà donc bien embarqués encore sur le même bateau ! Je crois qu'on peut n'avoir aucune inquiétude pour l'administration quotidienne. Je réponds de la nouvelle formule comme si j'étais constamment présent moi-même[2]. » De fait, le poste de Jean d'Ormesson au CIPSH est formellement gelé par ses collègues, en attendant son retour.

2 avril : mort de Georges Pompidou. « Je suis allé souvent à l'Élysée ; je n'y suis d'ailleurs jamais autant allé que sous Pompidou. »

3 avril : rencontre de Malcy Ozannat au cours d'un dîner où se trouvent également conviés Paul Morand et Romain Gary.

6 juin : réception à l'Académie française ; le discours de Jean d'Ormesson s'achève sur ces mots : « Car il y a quelque chose de plus fort que la mort : c'est la présence des absents dans la mémoire des vivants et la transmission, à ceux qui ne sont pas encore, du nom, de la gloire, de la puissance et de l'allégresse de ceux qui ne sont plus, mais qui vivent à jamais dans l'esprit et dans le cœur de ceux qui se souviennent. » La réponse est prononcée par Thierry Maulnier.

7 juin : mise en vente d'*Au plaisir de Dieu* (Gallimard), achevé d'imprimer le *16 mai*.

27 juin : discours de réception à l'Académie française de Claude Lévi-Strauss, suivi de la réponse de Roger Caillois.

Malraux envoie *Lazare*, paru le *25 octobre*, à Jean d'Ormesson, « l'un de ses derniers livres, avec une dédicace dont je me souviens encore ».

15 novembre : Jean d'Ormesson écrit dans *Le Figaro* que « L'UNESCO

1. *Ibid.*
2. *Ibid.*

n'a jamais cessé […] d'être menacée par de multiples périls : le scepticisme, le gigantisme, la bureaucratie, la rivalité des influences. Mais le pire des dangers, et aujourd'hui plus que jamais, c'est la politisation[1] ».

1975

11 avril : Jean d'Ormesson participe à l'émission de Bernard Pivot, *Apostrophes*, autour d'Alexandre Soljenitsyne, en compagnie de Georges Nivat, Pierre Daix et Jean Daniel, avec lequel il débat vertement.

Juin : Jean Prouvost vend *Le Figaro* à Robert Hersant. Le *3*, Jean d'Ormesson rédige un éditorial : « Robert Hersant présente au moins deux atouts. D'abord, à la différence de la fameuse jument des philosophes qui avait toutes les qualités sauf l'existence, je veux bien croire que M. Robert Hersant cumule beaucoup de défauts, mais au moins il existe. Il est seul capable à l'heure actuelle de prendre en charge l'administration du *Figaro*. Ensuite, il faut bien constater que les fameux statuts qui sont la Bible du *Figaro* reconnaissent beaucoup de droits aux rédacteurs. Ils peuvent notamment s'opposer à la désignation du directeur. Mais le sens même des statuts est d'assurer une coupure entre le capital et la rédaction. Accorder à la rédaction un droit de regard sur la propriété, n'est-ce pas accorder, du même coup, à un futur propriétaire, un droit de regard sur la rédaction […] ? M. Robert Hersant est ce qu'il est. Je le dis tout net ; je ne me suis pas livré à une enquête sur ses activités. Je suis inondé, comme beaucoup, de brochures qui le dénoncent. […] Couvert par l'amnistie, Robert Hersant est un élu du peuple. Faut-il se montrer plus exigeant que les lois de la République et que la volonté populaire ? » Raymond Aron prend la décision avec Jean d'Ormesson de soutenir la candidature Hersant.

5 août : Jean d'Ormesson écrit à Roger Caillois : « J'ai sous les yeux *Pierres réfléchies* que je lis avec délices, pendant ces deux jours, au soleil de Corse. » Il y revient le *25* : « J'y vois — est-ce que je me trompe ? — la naissance de quelque chose de nouveau : une sorte de mystique, réaliste et minutieuse. […] En annexe et post-scriptum […] je me demande si cette insertion de l'homme dans la nature, une de vos clefs, je crois, n'est pas foncièrement antichrétienne. Est-ce que tout l'effort de l'Église n'a pas été de couper l'homme de la nature, de le soustraire à l'univers ? En ce sens, n'êtes-vous pas plus dangereux pour elle que tel ou tel anticlérical affirmé ? Est-ce que je me trompe ? Je ne dis pas que cet ouvrage soit plus mystique que telle ou telle de vos expériences précé-

1. « Un Africain à la tête de l'UNESCO. Amadou M'Bow : de la cause du paysan ouolof au Palais de la culture », cité par Chloé Maurel, *L'UNESCO de 1945 à 1974*, thèse de doctorat d'histoire, Université de Paris-I, sous la direction de Pascal Ory, 2005, p. 265.

dentes, mais enfin, il est amusant de voir liés ces thèmes de la mystique, de l'intégration de l'homme, de la nature et de la minutie réaliste : une sorte de mystique botanique et géographique. Rien que la pierre ! rien que le rêve ! et la pierre est un rêve. Et le rêve naît de la pierre. À vous de tout cœur[1]. »

17 octobre : mort de la mère de Jean d'Ormesson. « Dans la simplicité généreuse de son rayonnement et de son énergie, le souvenir de ma mère a le goût du bonheur. Je ne cesserai jamais de vivre dans son amour[2]. »

Parution à New York et à Londres d'une traduction de *La Gloire de l'Empire* (*The Glory of the Empire*, trad. Barbara Bray, Knopf / Allen & Unwin), et à Milan, d'une traduction d'*Au plaisir de Dieu* par Giovanni Bogliolo (*A Dio piacendo*, Rizzoli). Giovanni Bogliolo traduira en italien, par la suite, plusieurs des romans de Jean d'Ormesson.

1976

4 mars : mise en vente d'une réédition aux Éditions Gallimard d'*Au revoir et merci*, augmentée d'une préface intitulée « Dix ans plus tard ».

7 juillet : Jean d'Ormesson écrit à Roger Caillois, à propos d'un texte de ce dernier intitulé *Trois légendes et un caillou* : « Mais comment voulez-vous — hélas ! — que je présente vos pages aux malheureux lecteurs du *Figaro* ? D'abord, l'article est quatre fois trop long. (Il déborderait largement une page entière.) Et puis, il est trop difficile. Même les lecteurs du *Monde* (et ce « même » montre la différence entre eux et nous !) auraient peut-être du mal à le suivre. Je crois vraiment qu'il n'y a qu'une revue pour pouvoir le publier. Il passerait très loin au-dessus de la tête des lecteurs d'un quotidien[3]. » Et, le *4 octobre*, à propos d'un autre texte de Caillois : « Pour *Le Figaro*, toujours hélas ! le même problème : la longueur. Il m'est impossible de passer le tout. Mais peut-être pourrais-je en extraire deux pages ou deux pages et demie. […] Je pense souvent à vous et j'ai été content de vous revoir un peu[4]. »

20 mai : élection de Maurice Rheims à l'Académie française au fauteuil de Robert Aron.

23 juillet : mort de Paul Morand, « ce grand-père improbable qui m'a envoyé sous la Coupole[5] ».

21 septembre : mort d'Emmanuel Berl, « le premier écrivain qui m'ait pris au sérieux ».

1. Vichy, Médiathèque Valery-Larbaud, Fonds Roger Caillois.
2. « Le Souvenir de ma mère », *Le Figaro*, 31 octobre 1975, repris dans *Odeur du temps*, p. 349.
3. Vichy, Médiathèque Valery-Larbaud, Fonds Roger Caillois.
4. *Ibid.*
5. « Paul Morand, un grand-père improbable », *Madame Figaro*, 12 mars 1988, repris dans *Odeur du temps*, p. 362.

23 novembre : mort d'André Malraux ; « lui aussi m'aimait bien ».

14 décembre : à réception des *Cohérences aventureuses* de Caillois (« L'invraisemblance n'est certes pas indice de vérité, mais elle ne doit jamais pouvoir en détourner. De même, le déraisonnable n'est pas toujours preuve d'erreur »), Jean d'Ormesson lui écrit : « C'est une joie et un honneur pour moi d'avoir vu s'édifier cet univers de science et d'imagination, de vérité et de fantastique[1]. »

Parution de la traduction allemande par Gerhard Heller d'*Au plaisir de Dieu* (*Wie es Gott gefällt*, Francfort-sur-le-Main et Berlin, Ullstein Verlag). Jean d'Ormesson avait fait en 1970 la connaissance de Gerhard Heller qui lui avait présenté Ernst Jünger[2].

1977

25e anniversaire de *Diogène* et 100e livraison de la revue.

Juin : Jean d'Ormesson démissionne du *Figaro*. « Je ne suis pas parti assez vite, je le reconnais maintenant, déclare-t-il en 1989. C'est en 1976 qu'il aurait fallu partir, en même temps qu'Aron, quand Hersant a pris la présidence du directoire de la société de gestion. [...] Ce qu'il [Hersant] ne pouvait comprendre, en particulier, c'est que la direction du *Figaro* n'était pour moi que le dernier des chemins de traverse que j'avais empruntés durant ma vie, le plus beau des jouets, la plus glorieuse des occasions de fuite devant la littérature, mais rien d'autre. Un divertissement — au sens pascalien du mot, bien entendu. Et qu'au fond, pour les mêmes raisons qui m'avaient fait hésiter à assumer cette direction, j'étais soulagé, et même heureux de l'abandonner. [...] Le lendemain, c'était fini, la brume s'était dissipée. J'étais libre. Caillois m'a écrit pour me dire combien il était content de me voir débarrassé de ce qu'il appelait ma "tunique de Nessus". J'ai recommencé à vivre comme je voulais. » Jean d'Ormesson continue cependant à écrire dans le quotidien et tiendra une chronique dans *Le Figaro magazine*.

6 août : Roger Caillois lui écrit, à propos du *Vagabond qui passe sous une ombrelle trouée* qui paraîtra l'année suivante : « Mon cher Jean, j'ai été heureux de votre lettre et de connaître vos projets. Je vois que vous utilisez bien vos loisirs. Je lirai avec beaucoup de curiosité la suite d'*Au revoir et merci* [...] le titre me fait rêver par son caractère énigmatique : un vagabond ? qui passe sous une ombrelle ? est-elle si vaste ou la promène-t-il au-dessus de lui ? trouée ? elle l'abrite mal du soleil ou de la pluie ? en est-il heureux ou est-il ravi d'être à la fois protégé de l'insolation et de jouir de la chaleur du soleil ? Je me perds en conjectures : et j'attends le livre avec impatience[3]. »

1. Vichy, Médiathèque Valery-Larbaud, Fonds Roger Caillois.
2. Voir *Garçon de quoi écrire*, p. 124-125.
3. Archives de l'UNESCO.

Automne : Jean d'Ormesson fait la connaissance de Jorge Luis Borges lors d'une conférence que prononce l'écrivain argentin à la Sorbonne. Borges l'accueillera deux fois chez lui en Argentine.

19 décembre-4 janvier : diffusion de l'adaptation télévisée d'*Au plaisir de Dieu*, réalisée par Robert Mazoyer, avec Jacques Dumesnil dans le rôle du grand-père.

Parution à New York d'une traduction par Barbara Bray d'*Au plaisir de Dieu* : *At God's Pleasure* (Knopf).

1978

Cette année-là, et la suivante, Jean d'Ormesson anime à la télévision, avec Jacques Paugam, l'émission *Livres en fête* (TF1) ; il révèle *L'Ami retrouvé* de Fred Uhlmann (publié à Londres en 1971) dont la traduction en français paraît chez Gallimard ; il se passionne également pour *La Couronne de plumes et autres nouvelles* d'Isaac Bashevis Singer (paru chez Stock, en 1976).

5 janvier : Jean d'Ormesson annonce à Claude Gallimard qu'il compte se lancer dans une « entreprise plus ambitieuse » qu'*Au plaisir de Dieu*, « un peu plus secrète » et qui « prendra quelque temps ». Il hésite encore sur son titre : *Dieu, sa vie, son œuvre*, *Histoire de Dieu*, *Une histoire de Dieu*, ou encore *Dieu, roman*. Il sait déjà que ce sera un « gros livre » mais dont le « succès populaire sera moins net que pour *Au plaisir de Dieu* ». Des conseils seront pris à la fin du mois de *janvier* auprès de Me Kiejman pour voir s'il serait possible de réserver ces quelques titres, de les « bloquer ». Le livre sera bien différent du *Vagabond*, sur le point de paraître, et plus proche de *La Gloire de l'Empire*[1].

17 mai : parution du *Vagabond qui passe sous une ombrelle trouée* (Gallimard).

11 juillet : Jean d'Ormesson écrit à Roger Caillois qu'il a fait *la semaine précédente* une visite à Georges Dumézil, après avoir été pressenti pour répondre à son discours de réception à l'Académie française : « j'ai aussitôt dit que je ne voyais que deux personnes vraiment capables de recevoir dignement Dumézil : Lévi-Strauss et vous-même. Il faut que les choses soient bien claires. Je souhaiterais beaucoup que vous acceptiez de recevoir Dumézil mais je n'essaye pas, en disant cela, de me dérober — comme souvent… à une tâche. Il me semble que la préparation de ce discours vous revient tout légitimement et, encore une fois, j'espère que vous accepterez ; mais si vous pensiez que votre état de santé ne vous le permet pas, j'accepterais de m'y essayer — à condition que vous acceptiez, de votre côté, de m'aider de vos conseils[2]. » La réponse au discours de réception de Georges Dumézil sera prononcée le 14 juin 1979 par Claude Lévi-Strauss.

1. Archives Gallimard.
2. Vichy, Médiathèque Valery-Larbaud, Fonds Roger Caillois.

Août : soutenance, par Françoise Trudel, à l'Université du Québec à Trois-Rivières, d'une thèse intitulée *Le Temps et l'Espace dans le roman « Au plaisir de Dieu » de Jean d'Ormesson.*

21 décembre : mort de Roger Caillois. Jean d'Ormesson, qui pense d'abord mettre fin à *Diogène*, en raison du décès du fondateur de la revue, accepte dans un second temps d'en devenir le directeur de publication. Selon Lionel Moutot, « l'opposition entre historiens et sociologues au sein de la revue *Diogène*, à travers les textes publiés par Gusdorf et Veyne, traduit aussi une différence entre Roger Caillois et Jean d'Ormesson. En effet, on a pu souligner les influences qui rapprochaient la pensée de Caillois et celle de d'Ormesson. Cependant la formation philosophique du second ainsi que son amitié avec Gusdorf le rendirent plus sensible aux arguments des sociologues dans la mesure même où cette conception interdisciplinaire reposait sur l'idée qu'il fallait avant tout une conception de l'homme, une vision philosophique *a priori*, pour engager une recherche véritablement interdisciplinaire. De son côté, Roger Caillois, rejetant l'idée d'une histoire linéaire, s'était progressivement constitué une certaine conception de l'histoire, ce qui le rapprochait des historiens[1] ».

Parution de la traduction allemande par Gerhard Heller de *La Gloire de l'Empire* : *Der Glanz des Reiches* (Francfort-sur-le-Main/Vienne, Propylaën Verlag).

1979

27 janvier : « Je me promenais, il y a quelques jours, avec Jorge Luis Borges parmi les statues de marbre du parc Lezama où l'on retrouve, en plein cœur de Buenos Aires, quelque chose des jardins italiens de Florence ou de Rome[2]. »

1980

6 mars : Marguerite Yourcenar est élue à l'Académie française, au fauteuil de Roger Caillois. Jean d'Ormesson est l'artisan de cette élection. Il s'est heurté à de multiples obstacles et à des opposants décidés à faire feu de tout bois. André Chamson le traite de « galopin ». « On a même dit que j'avais été "actionné" par le président de la République. » Mais il révèle le moment venu que Caillois considérait l'auteur des *Mémoires d'Hadrien* « comme une proie toute désignée pour l'Académie ».

15 avril : mort de Jean-Paul Sartre.

30 octobre : remise du manuscrit définitif de *Dieu, sa vie, son œuvre*

1. *Biographie intellectuelle de la revue « Diogène ». Les « sciences diagonales » selon Roger Caillois*, p. 236.

2. « Merci, monsieur le poète », *Le Figaro magazine*, 3 février 1979, repris dans *Jean qui grogne et Jean qui rit*, p. 300-301.

à Claude Gallimard. Jean d'Ormesson lui en avait déjà adressé une version inachevée *pendant l'été.*

1981

2 janvier : mise en vente de *Dieu, sa vie, son œuvre.* Pour Jean Laloy, Jean d'Ormesson s'y montre « moraliste et philosophe [...] Cette conscience de la transcendance au cœur même du temps et des choses fait la force du livre[1] ».

22 janvier : Jean d'Ormesson prononce la réponse au discours de réception à l'Académie française de Marguerite Yourcenar, qui succède à Roger Caillois : « Être une femme ne suffit toujours pas pour s'asseoir sous la Coupole. Mais être une femme ne suffit plus pour être empêchée de s'y asseoir » ; il conclut son discours par ces mots : « Vous regrettiez tout à l'heure, Madame, que le nom de Caillois n'ait pas été donné à une pierre, comme celui de Goethe. J'ai appris, il y a quelques jours, qu'il avait été attribué à une variété de papillon. [...] À l'instant où je parle, quelque part dans le monde, volette au-dessus des pierres, et au-dessous des nuages un de ces insectes obscurs et pourtant lumineux qui faisaient rêver Caillois. Dans ce papillon éphémère et fragile qui porte, en hommage d'admiration et de-fidélité, le nom d'un grand esprit et d'un grand écrivain, je vois une image de la seule chose qui vaille, de la seule qui mérite en ce monde, à mes yeux, et aux vôtres, et à ceux de Caillois, l'épithète de divine : la dignité des hommes, fragments de la nature, mais maîtres de leur destin, dans le grand flot cosmique qui emporte l'univers[2]. »

1982

Parution de *Mon dernier rêve sera pour vous* : *une biographie sentimentale de Chateaubriand* (J.-C. Lattès). Jean d'Ormesson préside le Comité d'études Chateaubriand-La Vallée-aux-Loups qui prépare la réouverture de la Vallée-aux-Loups au public.

24 décembre : mort d'Aragon. *Le lendemain*, Jean d'Ormesson lui consacre un important article dans *Le Figaro* : « Il y a des poètes qu'on aime, des romanciers qu'on chérit contre vents et marées, en dépit de tout et de soi. Aragon, vivant ou mort, est un écrivain qu'on admire. Je l'admire plus que personne. [...] Le dernier sans doute des géants de notre temps[3]. »

1983

9 octobre : Michel Déon note à la suite d'un déjeuner avec

1. *Commentaire*, n° 13, 1981, p. 149.
2. M. Yourcenar, *Discours de réception et réponse de Jean d'Ormesson*, Gallimard, 1981.
3. « Tombeau pour un poète : Aragon », *Le Figaro*, 25 décembre 1982, repris dans *Jean qui grogne et Jean qui rit*, p. 294-295.

d'Ormesson : « depuis six mois, nous avons lu à peu près les mêmes livres[1] ».

17 octobre : mort de Raymond Aron.

1984

Publication d'un recueil d'articles et de chroniques parus dans différents journaux (*Le Figaro*, *Arts*, *Revue des deux mondes*, etc.) sous le titre *Jean qui grogne et Jean qui rit* (J.-C. Lattès).

1985

18 avril : élection de Michel Mohrt à l'Académie française au fauteuil de Marcel Brion. Michel Mohrt est l'une des rares personnes à qui Jean d'Ormesson fait parfois lire ses manuscrits avant publication.

Publication du *Vent du soir* (J.-C. Lattès).

1986

27 février : réponse de Jean d'Ormesson au discours de réception de Michel Mohrt à l'Académie française.

14 juin : mort de Jorge Luis Borges.

Parution de *Tous les hommes en sont fous* (J.-C. Lattès).

Octobre : le prix Vallombrosa couronne la traduction italienne par Giovanni Bogliolo du *Vent du soir* : *Il vento della sera. Romanzo* (Milan, Rizzoli).

1987

Le Bonheur à San Miniato (J.-C. Lattès). Au sujet des trois romans publiés chez Lattès, Marc Lambron jugera que « L'ambition de la trilogie est immense : récapituler des fragments de l'histoire du monde à partir des méditations d'un esprit qui les rêve. Les généalogies, les continents, les guerres, les amours, les entrecroisements baroques, les hasards secrets, les filiations incongrues[2] ».

26 mai : Jean d'Ormesson prononce un discours lors de l'inauguration de la Maison de Chateaubriand à la Vallée-aux-Loups.

18 novembre : remise du premier Grand Prix d'histoire Chateaubriand, sous la présidence de Jean d'Ormesson.

17 décembre : mort de Marguerite Yourcenar.

Publication d'un *Giornale di bordo. Gli ebrei, i communisti, le trappole della violenza* (trad. G. Secco, Milan, Spirali), resté inédit en français.

1. *Journal. 1947-1983*, L'Herne, 2009.
2. « Préface », *C'est l'amour que nous aimons*, Robert Laffont, 2012, p. 17.

1988

Mai : publication de l'*Album Chateaubriand* dont Jean d'Ormesson a choisi et commenté l'iconographie (Gallimard, coll. « Albums de la Pléiade », n° 27).

Mise en place du projet décennal « Étude intégrale des Routes de la soie : Routes de dialogue 1988-1997 » de l'UNESCO, auquel Jean d'Ormesson participe comme membre consultatif en sa qualité de secrétaire général du CIPSH. Plusieurs expéditions internationales sont lancées : la route du désert en Chine (juillet-août 1990), la route maritime de Venise à Osaka (octobre 1990-mars 1991) et la route de la steppe en Asie centrale soviétique (avril-juin 1991), etc.

Dans le cadre de l'émission télévisée *Parlez-moi d'histoire* (Antenne 2), consacrée aux grandes héroïnes et qu'il anime en compagnie de Bénédicte de Kerprigent, Jean d'Ormesson reçoit Bernadette Lafont, Carole Bouquet, Inès de La Fressange, Ludmila Mikaël, Catherine Deneuve…

1989

4 septembre : mort de Ronald Syme.

11 octobre : publication d'entretiens avec François Sureau sous le titre *Garçon de quoi écrire* (Gallimard).

1990

22 octobre : dans le cadre du projet des « Routes de la soie » (UNESCO), Jean d'Ormesson prononce à Venise, au départ de l'expédition de la route maritime, un discours intitulé « Pourquoi voyage-t-on ? » et qui s'achève sur ces mots : « Enfin, pour finir, je voudrais avoir une pensée pour deux catégories de voyageurs qui me sont particulièrement chers. La première catégorie, c'est ceux qui ne savent pas où ils vont, et naturellement vous reconnaissez là Christophe Colomb. Et la deuxième catégorie de voyageurs, ce sont ceux qui partent comme un écrivain français qui s'appelait Suarès, qui a écrit un très beau livre qui s'appelle *Le Voyage du Condottiere*, ceux qui partent à la recherche, non pas d'autre chose, mais d'eux-mêmes. Il me semble qu'avec ceux qui partent sans savoir où ils vont et ceux qui partent à la recherche d'eux-mêmes, nous avons une bonne définition de la vie scientifique et de la vie intellectuelle[1]. »

1. *La Littérature du voyage ou les Voyages de la littérature*, séminaire international, Venise, 22-24 octobre 1990 (Archives UNESCO).

1991

15 janvier : mise en vente d'*Histoire du Juif errant* (Gallimard) dont l'achevé d'imprimer porte la date du 10 décembre 1990.

1992

Jean d'Ormesson devient président du CIPSH, et restera à ce poste jusqu'en 1996.

Avril : sortie de la traduction italienne, par Giovanni Bogliolo, d'*Histoire du Juif errant* : *Il romanzo dell'ebreo errante* (Milan, Rizzoli).

17 octobre : parution de *La Fureur de lire la presse* (Fédération nationale de la presse française).

Enregistrés en mars 1968, les entretiens radiodiffusés avec Emmanuel Berl paraissent chez Grasset sous le titre *Tant que vous penserez à moi.*

1993

Cette année-là, et la suivante, Jean d'Ormesson participe aux réunions de la commission Culture et Développement de l'UNESCO, dirigée par Javier Pérez de Cuellar, l'ancien secrétaire général de l'ONU ; l'UNESCO avait confié pour mandat à cette commission d'« élaborer un rapport mondial sur la culture et le développement ainsi que des propositions concernant des activités urgentes et à long terme destinées à répondre aux besoins culturels dans le contexte du développement ».

1994

13 janvier : parution de *La Douane de mer* (Gallimard), roman achevé d'imprimer le 16 décembre 1993 : « Merci. Tout était bien. Tout était simple. L'ordre régnait sur l'univers. Je me suis retrouvé seul au-dessus de la Douane de mer. Nous étions le 26 juin, un peu avant midi. Il m'était arrivé quelque chose que Marie n'oublierait plus : j'étais mort. Tout le reste, peut-être, je l'avais inventé. Le monde n'existait pas. L'espace et le temps étaient une illusion. Les autres étaient des reflets. La vie était un songe. »

1995

17 mai : au matin de la passation de pouvoir entre François Mitterrand et Jacques Chirac, Jean d'Ormesson s'entretient avec le président sortant. *Le Rapport Gabriel* (1999) fera allusion à cette ultime rencontre.

1996

12 janvier : publication de *Presque tout sur presque rien* (Gallimard), achevé d'imprimer le 8 décembre 1995. « Il y a un roman plus vaste que le roman des hommes : c'est le roman du tout. »

Durant cette année-là et la suivante, sur une proposition de Pierre Bouteiller, Jean d'Ormesson s'entretient chaque semaine avec Olivier Barrot au sujet d'un écrivain. L'émission, intitulée *Histoire personnelle de la littérature*, est diffusée sur la Cinquième chaîne. « C'est à partir des notes prises pour la préparation de ce rendez-vous hebdomadaire » que Jean d'Ormesson écrira *Une autre histoire de la littérature française*[1].

À la fin de l'année, il quitte la présidence du CIPSH au terme de son mandat.

1997

4 février : mise en vente de *Casimir mène la grande vie* (Gallimard), achevé d'imprimer le *20 janvier*.

20 octobre : Jean d'Ormesson participe au 50e anniversaire de la Commission de la République française pour l'Éducation, la Science, et la Culture (« Des projets au service de l'UNESCO et du rayonnement culturel de la France »). Il se livre en quelque sorte à une profession de foi rétrospective et tournée vers l'avenir, d'une notable liberté de ton : « Il n'est pas tout à fait sûr que la culture, la philosophie, les sciences humaines, jouent le même rôle aujourd'hui qu'elles jouaient au temps de Valéry ou de Bergson, au sein de l'Institut international de coopération intellectuelle. [...] Permettez-moi, dans les deux minutes qui me restent, d'évoquer cette expérience qui a, au fond, nourri un tiers de ma vie, puisque l'autre tiers a été consacré au journalisme et le troisième à la littérature. [...] Je voudrais vous dire que, premièrement, je crois beaucoup aux institutions, mais je crois encore plus aux personnes. [...] Je voudrais dire également que, parallèlement à cet attachement [aux institutions], il est indispensable de conserver une certaine indépendance d'esprit. En effet, je crois qu'un des périls les plus grands qui menacent l'UNESCO, c'est une espèce de vague consensus appuyé sur ce qu'Aragon appelait tout à l'heure "le jargon international en formation". Et ce jargon international a beaucoup proliféré pendant les cinquante dernières années. J'avais parlé ici même en effet [...] non pas de langue de bois, mais de ce que j'avais appelé la langue guimauve, où tout est toujours très bien, et où finalement, le débat d'idées s'enlise dans un formidable ennui. Je crois qu'il faut essayer d'éviter cet ennui. Je suis évidemment de

1. « Avant-propos », *Une autre histoire de la littérature française*, Nil éditions, 1997-1998 ; Gallimard, coll. « Folio », 2005, t. I, p. 11.

ceux qui souhaitent beaucoup qu'il y ait des sortes de tempêtes intellectuelles, sinon au sein de l'Unesco, qui après tout ne dépend pas de nous, du moins au sein de la Commission nationale. Agitez les idées, faites régner les cent fleurs de la contestation, ne vous contentez pas de débats feutrés exagérément affectueux et fermés sur eux-mêmes[1]. »

4 novembre : *Aragon parmi nous*, co-signé avec Monique Dupont-Sagorin, paraît aux éditions du Cercle d'art.

Publication du premier tome d'*Une autre histoire de la littérature française* (Nil) : « J'aime les livres. Tout ce qui touche la littérature — ses acteurs, ses héros, ses partisans, ses adversaires, ses querelles, ses passions — me fait battre le cœur. Le triomphe du *Cid* m'enchante. La “petite société” autour de Chateaubriand et de cette raseuse de Mme de Staël m'amuse à la folie. La mort de Lucien de Rubempré me consterne autant que Wilde ou le baron de Charlus. Aragon me transporte. Et, j'aime mieux le dire tout de suite, Proust me fait beaucoup rire. »

1998

Publication du tome II d'*Une autre histoire de la littérature française* (Nil).

Jean d'Ormesson cesse d'être le directeur de *Diogène* à partir du numéro 184, d'octobre-décembre ; il est remplacé par un comité de direction.

1999

3 septembre : publication du *Rapport Gabriel* (Gallimard), achevé d'imprimer le *13 juillet*. « Ce n'était pas la première fois que les hommes mettaient Dieu hors de lui. Il leur avait tout donné. Et d'abord l'existence. Il finissait par se demander s'il avait bien fait de les tirer du néant. […] Il fit appeler l'ange Gabriel, qui lui avait déjà, à plusieurs reprises, servi de messager auprès des hommes. Gabriel, une nouvelle fois, descendit sur la Terre. Il s'installa chez moi. » Jean d'Ormesson obtient pour ce titre le Grand Prix Jean-Giono.

19 novembre : Marc Fumaroli succède, à la présidence du prix Chateaubriand, à Jean d'Ormesson, qui demeure membre du jury.

2000

19 octobre : Jean d'Ormesson donne à Rome une conférence organisée par l'Associazione Italia-Francia et intitulée « Rome et Venise ».

1. Bibliothèque de l'UNESCO. Voir aussi *Garçon de quoi écrire*, p. 269-274 et 278-279.

2001

16 mai : il figure au générique du nouveau film de Jean-Luc Godard, *Éloge de l'amour*, dans lequel plusieurs personnalités étrangères au monde du cinéma font une apparition.

13 septembre : publication de *Voyez comme on danse* (Robert Laffont). Au sommaire de ce roman, Churchill, Arthur Rubinstein, le maréchal Joukov, le valet de chambre d'Hitler et quelques autres.

2002

26 mai : le festival de Cannes décerne son prix… 1939. (Censé être attribué pour la première fois en septembre de cette année-là, il n'avait pu être remis en raison de l'entrée en guerre.) C'est Jean d'Ormesson qui préside le jury.

13 juillet : il est fait grand-officier de l'ordre national de la Légion d'honneur.

2003

9 janvier : publication chez Gallimard de *C'était bien* (achevé d'imprimer le 9 décembre 2002) : « La fête tire déjà vers sa fin. J'en ressens du regret et une sorte de soulagement. C'était bien, vraiment bien — et ça va bien comme ça. »

10 mars : Jean d'Ormesson rend hommage à Maurice Rheims (mort le *6*) dans la cour d'honneur des Invalides.

16 octobre : *Et toi mon cœur, pourquoi bats-tu* (Robert Laffont). Le livre est « fait des proses et des poèmes que je connais — ou connaissais — par cœur », indique Jean d'Ormesson, qui cite Fernando Pessoa : « La littérature est la preuve que la vie ne suffit pas » (voir à l'année 2007).

2004

Héloïse d'Ormesson crée la maison d'édition qui porte son nom. Elle publiera plusieurs livres de son père à partir de 2007.

15 décembre : Jean d'Ormesson prononce au musée d'Orsay un discours à l'occasion de la remise de son épée d'académicien à Valéry Giscard d'Estaing.

2005

8 août : publication d'*Une fête en larmes* (Robert Laffont) : « — Si j'étais très bavard, j'ajouterais que nous mourrons tous. Et je pourrais vous dire aussi, mais ce serait déjà trop long, que la vie est un rêve sombre et tragique – et qu'elle est très belle et très gaie. — Une fête en larmes ? dit Clara. — Une fête en larmes, lui dis-je. »

Septembre : dans *Diogène* (n° 211), Jean Bingen, helléniste, archéologue et papyrologue, consacre un article à « Jean d'Ormesson et le Conseil international de la philosophie et des sciences humaines ». Il décrit l'ancien secrétaire général (et ancien président) du CIPSH comme « l'intercesseur efficace auprès d'une nébuleuse lointaine, mais somptueusement dotée, l'UNESCO » et comme « l'homme chaleureux qui allait sauvegarder nos subventions nourricières de congrès et de compilations volumineuses, outils vitaux pour nos études ».

2006

5 octobre : dans son nouveau roman, *La Création du monde* (Robert Laffont), Jean d'Ormesson semble renouer avec la figure du Juif errant. Ses quatre personnages lisent un manuscrit attribué à un certain Laquedem, prénommé non pas Isaac, comme dans la tradition, mais Simon, à l'instar du héros d'*Histoire du Juif errant*. Simon Laquedem a la particularité de communiquer avec Dieu, qui lui raconte notamment les origines de l'univers.

Au cours d'une émission diffusée sur RTL le *9*, Jean d'Ormesson se déclare « agnostique », ce qui « ne veut pas dire athée », précise-t-il.

2007

24 mai : publication d'un recueil d'articles, sous le titre — emprunté à un poème d'Apollinaire — *Odeur du Temps. Chroniques du temps qui passe* (Éditions Héloïse d'Ormesson) : « Qu'est-ce qui a compté pour moi ? Les livres. Je leur ai voué un culte, je leur ai consacré le plus clair de mon temps. »

Robert Laffont publie dans sa collection « Bouquins » un volume d'*Œuvres choisies* de Jean d'Ormesson. Sous le titre *La vie ne suffit pas* sont réunis *Du côté de chez Jean*, *Mon dernier rêve sera pour vous*, *Et toi mon cœur, pourquoi bats-tu*, *Une autre histoire de la littérature française* et *Voyez comme on danse*.

2008

8 juin : interrogé par *La Dépêche du Midi* sur le point de savoir ce qu'il aurait aimé faire s'il n'avait été écrivain, Jean d'Ormesson répond : « Acteur ! »

2 octobre : publication de *Qu'ai-je donc fait* (Robert Laffont). « Les Aveux de Jean d'Ormesson », titre *Le Nouvel Observateur* qui évoque « une sorte de bilan d'outre-tombe ». *Le Figaro*, lui, parle des « Confessions de Jean d'Ormesson » : « examen de soi par soi ».

2009

1er octobre : nouveau recueil de *Chroniques du temps qui passe*, *Saveur du temps*, aux Éditions Héloïse d'Ormesson, qui publient simultanément un conte de Jean d'Ormesson, *L'Enfant qui attendait un train*.

2010

18 mars : Jean d'Ormesson répond au discours de réception de Simone Veil, élue à l'Académie française au fauteuil de Pierre Messmer, qui fut aussi celui de Racine — « De Racine, Madame ! De Racine ! » insiste Jean d'Ormesson. Il précise tout de même que la nouvelle académicienne succède aussi à Méziriac, Valincour, La Faye, Voisenon… — « ce que Jules Renard, dans son irrésistible *Journal*, appelle "le commun des immortels" ». La suite du discours est d'une autre tonalité. Jean d'Ormesson évoque Auschwitz : « En m'adressant à vous, Madame, en cette circonstance un peu solennelle, je pense avec émotion à tous ceux et à toutes celles qui ont connu l'horreur des camps de concentration et d'extermination. Leur souvenir à tous entre ici avec vous. »

19 août : *C'est une chose étrange à la fin que le monde*, le nouveau roman de Jean d'Ormesson, paraît chez Robert Laffont. Le titre en est emprunté à Aragon (*Les Yeux et la Mémoire*). L'auteur déclare au cours de plusieurs entretiens avoir souhaité écrire un livre qui traduise son étonnement d'être au monde.

2 septembre : sous le titre « Dieu, sa vie, son œuvre », *Le Figaro* donne la parole à l'astrophysicien Trinh Xuan Thuan qui « décrypte le fabuleux récit des origines du monde par Jean d'Ormesson ». L'auteur de *La Mélodie secrète* (sous-titré *Et l'homme créa l'univers*) et celui de *La Création du monde* se connaissent et s'apprécient.

2011

22 septembre : parution aux Éditions Héloïse d'Ormesson de *La Conversation*, la seule pièce de théâtre de l'auteur, dialogue imaginaire entre Bonaparte et Cambacérès un soir de l'hiver 1803-1804. « Jean d'Ormesson saisit l'ambition au moment où elle se change en histoire », indique le prière d'insérer.

24 novembre : Jean d'Ormesson rend hommage à Michel Mohrt (disparu le *17 août*) en l'église Saint-Germain-des-Prés. Mohrt, « un écrivain français et un marin breton, fidèle et plutôt sauvage », avait accompagné la publication de plusieurs livres de Jean d'Ormesson aux Éditions Gallimard.

2012

8 mars : mise en vente, chez Robert Laffont, dans la collection « Bouquins », d'un nouveau volume d'œuvres de Jean d'Ormesson, *C'est l'amour que nous aimons*. L'ouvrage réunit des romans d'amour : *L'amour est un plaisir*, *Un amour pour rien* et la trilogie inspirée de l'histoire des sœurs Mitford (*Le Vent du soir*, *Tous les hommes en sont fous*, *Le Bonheur à San Miniato*), ainsi que *Au revoir et merci*. Il est préfacé par Marc Lambron.

19 septembre : sortie du film de Christian Vincent, *Les Saveurs du palais*, avec Catherine Frot. L'histoire est inspirée de la vie de l'ancienne cuisinière de François Mitterrand. Dans le rôle du président de la République, Jean d'Ormesson.

La pièce de Jean d'Ormesson, *La Conversation*, est créée au théâtre Hébertot dans une mise en scène de Jean-Laurent Silvi. Maxime d'Aboville est Bonaparte ; Alain Pochet, Cambacérès.

« Cette année, j'ai fait mes débuts au cinéma et au théâtre. À mon âge, je suis un vieux débutant », déclare l'auteur au *Figaro* (*2 octobre*).

2013

Juin : Jean d'Ormesson publie un texte intitulé « Ah ! Jeunesse, jeunesse !… » dans le numéro de *La Nouvelle Revue française* consacré à « L'Enfance de la littérature ». Il évoque ses lectures d'enfance, notamment *Les Pieds nickelés*, « bande dessinée de la rébellion et de la transgression », et les aventures d'Arsène Lupin, « l'aventurier le plus étonnant et le plus attachant de la littérature populaire ».

22 août : Jean d'Ormesson emprunte de nouveau un vers à Aragon, *Un jour je m'en irai sans en avoir tout dit* (qui suit immédiatement *C'est une chose étrange à la fin que le monde* dans *Les Yeux et la Mémoire*), pour donner un titre à son nouveau roman (Robert Laffont), « roman de société », « roman d'amour », « roman de l'univers ».

À l'occasion d'une émission consacrée à ce livre sur RTL, Jean d'Ormesson évoque pour la première fois la maladie, un cancer, qui l'affecte depuis le début de l'année : « Je n'ai jamais pensé à la mort. Je pensais simplement à guérir. J'ai mis toutes mes forces à guérir. »

2014

14 février : *Le Figaro* annonce que l'œuvre de Jean d'Ormesson sera bientôt publiée dans la Bibliothèque de la Pléiade.

4 juin : au cours d'un entretien à la Radio-Télévision suisse, Jean d'Ormesson évoque de nouveau sa maladie — « J'avais 20 chances sur 100 de m'en sortir » — et aborde la question de la foi : « Je crois en Dieu parce que le jour se lève tous les matins. »

12 juin : *Comme un chant d'espérance* paraît aux Éditions Héloïse d'Ormesson : « Moins Camus que Kierkegaard, l'ancien agrégé de philosophie dessine les voies de l'absurde et du mystère, du hasard et du destin » (*Lire*).

3 juillet : *Le Point* réunit Jean d'Ormesson et Trinh Xuan Thuan pour un « Dialogue cosmique ». Les deux hommes répondent aux questions de Thomas Mahler sur la place de la science et sur celle de Dieu.

13 juillet : Jean d'Ormesson est élevé à la dignité de grand-croix de l'ordre national de la Légion d'honneur.

4 novembre : de passage à Genève où il est invité par la Société de lecture, Jean d'Ormesson déclare à *La Tribune de Genève*, qui lui demande dans quelle mesure il agirait différemment s'il avait la possibilité de revivre sa vie : « Je regrette […] de ne pas avoir écrit de livre unique, qui se tient à lui tout seul, comme l'*Iliade* ou l'*Odyssée*, *Don Quichotte* ou *À la recherche du temps perdu*. J'aurais dû faire un grand livre au lieu de plusieurs. »

23 décembre : trois jours après l'agression au couteau de trois policiers dans un commissariat à Joué-lès-Tours, et deux jours après un drame sur le marché de Noël à Dijon où un homme a foncé en voiture sur des piétons, Jean d'Ormesson rédige une tribune publiée dans *Le Figaro*, où il décrit l'état de guerre auquel est désormais confrontée la société : « Nous sommes en guerre. Une guerre qui n'ose pas dire son nom, nouvelle, étrange et obscure. Sans déclaration, sans armées en mouvement, sans champ de bataille, sans offensive de masse, sans raids d'aviation sur les grandes métropoles. Avec un nombre restreint de morts qui tombent un peu partout et presque au hasard dans des conditions dramatiques. Une guerre très loin de la guerre des étoiles et des visions d'avenir chères aux auteurs de science-fiction. Une sorte de guerre au rabais, une guerre d'otages et de guets-apens. Mais une guerre qui s'étend de Bruxelles à Toulouse, de New York à Paris, de l'Algérie, de la Libye, du Yémen à l'Afrique du Centre et de l'Ouest, de Syrie et d'Irak au Pakistan, à Dijon et à Sidney en Australie. La guerre n'est plus confiée à des armées en uniforme. Elle s'attache à chacun d'entre nous. […] La civilisation musulmane est à l'origine de quelques-unes des plus belles réalisations du génie humain. Daech déshonore cette grandeur de l'islam. » Et, attirant plus particulièrement l'attention sur la situation de communautés « au bord de l'anéantissement » au Proche-Orient, il poursuit : « Nous devrions crier que nous sommes tous des yézidis et des chrétiens de Syrie et d'Irak. »

2015

Janvier : le *9*, deux jours après l'attentat terroriste islamiste perpétré contre la rédaction de *Charlie Hebdo*, Jean d'Ormesson écrit une tribune publiée dans *Le Figaro* : « Loin de tous les lieux communs et de toutes les bassesses dont nous sommes abreuvés, nos yeux s'ouvrent soudain sous la violence du coup. Nous sommes tous des républicains et des démocrates attachés à leurs libertés. Mieux vaut rester debout dans la dignité et la liberté que vivre dans la peur et dans le renoncement. Devant la violence et la férocité, nous sommes tous des Charlie Hebdo. » Le *même jour*, il annonce qu'il participera à la marche républicaine du *11*, organisée en réaction aux attentats terroristes commis en France les *7* et *9*.

6 mars : il apporte son soutien, dans *Le Figaro*, à la pétition de Jacques Julliard en faveur des chrétiens d'Orient, qu'ont signée notamment Alain Finkielkraut, Marcel Gauchet, Claude Lanzmann, Jean-Luc Marion et Pierre Nora.

14 avril : Jean d'Ormesson est victime d'un malaise dans les coulisses de l'émission « C à vous » diffusée sur France 5. Il est hospitalisé au Val-de-Grâce, où il restera deux semaines.

16 avril : *Le Figaro littéraire* publie un texte de Mario Vargas Llosa consacré à l'écrivain : « Ses livres de fiction n'ont jamais été des instruments de propagande idéologique mais des histoires qui représentaient ou illustraient l'époque complexe où nous vivons, créant un monde alternatif apte à mieux comprendre celui que nous habitons, ou recréant un lointain passé qui, se refusant à mourir, reste secrètement opérant dans l'actualité. Ainsi ses ouvrages aux racines historiques ne sont jamais archéologiques, mais toujours modernes, car le passé y constitue une part intégrale du présent et aide à le modeler, soit en bien, soit en mal. » Le texte du prix Nobel de littérature est entouré des témoignages de l'écrivain espagnol Arturo Pérez-Reverte, de celui de l'écrivain égyptien Alaa El Aswany, ou encore de l'avis de l'essayiste italien Roberto Calasso : « Parmi d'autres, il y a deux lignées très aimées de l'héritage français, deux lignées que moi je chéris : la lignée Stendhal et la lignée Chateaubriand. Elles divergent, contrastent, se frottent, se piquent, se rapprochent parfois, déteignent l'une sur l'autre aussi. Mais toujours tenaces, débordantes de vitalité. Je connais un cas où elles cohabitent sans nullement se gêner, avec aisance (trop d'aisance, disent les malveillants, mais que faire quand il s'agit d'un don naturel ?). Ce cas, c'est Jean d'Ormesson. » Trois mois plus tard, pendant l'émission « Le Masque et la Plume », le critique Jean-Louis Ezine définira Jean d'Ormesson comme « le conciliateur des impossibles ».

17 avril : alors qu'il est hospitalisé, le volume des *Œuvres* de Jean d'Ormesson dans la Bibliothèque de la Pléiade sort en librairie. Il réunit *Au revoir et merci*, *La Gloire de l'Empire*, *Au plaisir de Dieu* et *Histoire du Juif errant*. La préface est de Marc Fumaroli et l'édition est établie par Bernard Degout.

24 avril : publication du pamphlet de Romaric Sangars intitulé *Suffirait-il d'aller gifler Jean d'Ormesson pour arranger la gueule de la littérature française ?* (Éditions Pierre-Guillaume de Roux).

20 août : parution du recueil *Dieu, les affaires et nous. Chronique d'un demi-siècle* (Robert Laffont), reprenant des articles parus dans *Le Figaro* et *Le Figaro magazine*. Jacques Julliard préface le recueil.

11 décembre : au cours d'un entretien avec Laure Adler, pour son émission « Hors-champs » sur France Culture, Jean d'Ormesson déclare : « Je défie qui que ce soit de trouver avec clarté les points de suture entre réalité et fiction dans ce que j'ai écrit. […] Le monde est un roman stupéfiant et inversement les romans sont très en dessous de la réalité. […] Imagination et réalité ont toujours été pour moi à peu près mêlées. Et finalement ma vie m'apparaît comme un tissu de choses extraordinaires. »

2016

1er janvier : parution de *Je dirai malgré tout que cette vie fut belle* (Gallimard), titre que Jean d'Ormesson emprunte une fois encore (après *C'est une chose étrange à la fin que le monde*, en 2010, et *Je m'en irai sans en avoir tout dit*, en 2013) à la deuxième section du poème *Les Yeux et la Mémoire* d'Aragon, dont c'est le dernier vers.

9 janvier : il participe à l'émission « Le Temps des écrivains » sur France Culture (en compagnie de Dany Laferrière) et déclare au sujet de son dernier livre : « C'est une autobiographie que j'ai essayé de présenter comme un roman. »

25 août : publication de *Ces moments de bonheur, ces midis d'incendie*, dans la collection « Bouquins », chez Robert Laffont ; l'ouvrage réunit *Une fête en larmes*, *Qu'ai-je donc fait*, *La Création du monde*, *Odeur du temps*, *Saveur du temps*, l'entretien avec Emmanuel Berl paru sous le titre *Tant que vous penserez à moi*, et *Discours*.

3 octobre : *Guide des égarés*, dont le titre est emprunté à Maïmonide, paraît, dans une coédition des Éditions Gallimard et des Éditions Héloïse d'Ormesson : « Je suis parti de l'idée que tout va mal, que les gens sont malheureux, mais ils pourraient être tellement plus malheureux ! Ce petit livre sur ce qu'il nous reste de bonheur s'est petit à petit transformé en une sorte de méditation métaphysique. Mais ce n'est pas pour autant un manuel de philosophie, il n'en a ni la rigueur, ni l'austérité. C'est un livre sérieux mais qui se veut par moments plutôt drôle. Si c'est de la philosophie, c'est ce que Hemingway appelait "de la philosophie avec poignées", c'est-à-dire facile à transporter » (propos extraits de l'entretien publié dans le *Bulletin* des Éditions Gallimard). L'auteur y « donne libre cours à son gai savoir, sa verve est intacte, son brio étincelant, quoique parfois teinté de mélancolie » (*Le Figaro*).

26 octobre : diffusion d'un entretien de Jean d'Ormesson par Léa Salamé, dans le cadre de l'émission « Stupéfiant », enregistré à la Maison de Chateaubriand de la Vallée-aux-Loups.

2017

18 janvier : Jean d'Ormesson prononce un hommage à Michel Déon (disparu le 28 décembre de l'année précédente) en l'église Saint-Germain-des-Prés. « Mon cher Michel, nous étions très différents : j'étais attaché à la République, à de Gaulle, à l'Europe. Tu étais nationaliste et monarchiste, tu ne portais dans ton cœur ni de Gaulle ni l'Europe. Et nos différences s'accordaient très bien. À une époque dominée par la pensée de gauche, par la toute-puissance de Sartre, par l'engagement, par l'absurde, par le Nouveau Roman, par de petits rebelles de pacotille, de routine et d'intérêts, tu étais très exactement le contraire d'un conformiste. Tu étais l'indépendance même. Tu étais un rebelle. » Si Jean d'Ormesson n'appartint jamais au groupe des « Hussards », dont faisait partie Déon, il « virevoltait » autour d'eux, comme il l'écrit dans *Je dirai malgré tout que cette vie fut belle.*

21 avril : deux jours avant le premier tour de l'élection présidentielle, Jean d'Ormesson et François Fillon (ce dernier a remporté le 27 novembre de l'année précédente l'élection primaire de la droite et du centre, et se trouve, depuis le *14 mars*, mis en examen pour différents chefs d'inculpation) posent ensemble en couverture du *Figaro magazine*. L'hebdomadaire publie leur entretien sous un titre ayant valeur de manifeste : « La France que nous voulons ». Quand on demandera plus tard à l'écrivain la raison pour laquelle il a continué d'afficher ainsi son soutien à un candidat mis en examen et qui ne semblait plus pouvoir remporter l'élection présidentielle, il répondra : « par fidélité », bien que ce fût un « chemin de croix ». La *semaine suivante*, il fait savoir dans une tribune du *Figaro* qu'il votera pour Emmanuel Macron au second tour de l'élection présidentielle.

Septembre : parution de la biographie *Emmanuel Berl. Cavalier seul* (Librairie Vuibert), d'Olivier Philipponnat et Patrick Lienhardt, avec une préface de Jean d'Ormesson.

26 novembre : Laurent Delahousse annonce dans *Le Journal du dimanche* que Jean d'Ormesson sera le personnage principal de son premier long-métrage. Il s'agit de « l'histoire d'un homme, en fin de vie, qui se demande s'il a vraiment écrit le chef-d'œuvre qu'il portait en lui ».

4-5 décembre : Jean d'Ormesson meurt dans la nuit d'une crise cardiaque à son domicile de Neuilly-sur-Seine.

8 décembre : un hommage national lui est rendu dans la cour des Invalides, où le président de la République, Emmanuel Macron, prononce son éloge funèbre : « Jean d'Ormesson était de ceux qui nous rappelaient que la légèreté n'est pas le contraire de la profondeur, mais de la lourdeur. [...] nous voici, cher Jean, face à vous. C'est-à-dire face à vos livres. Tous ceux que vous aviez égarés par vos diversions, que vous aviez accablés de votre modestie, tous ceux à qui vous aviez assuré que vous ne dureriez pas plus qu'un déjeuner de soleil, sont face à cette évidence, dont beaucoup déjà avaient conscience, se repassant le mot comme un secret. Cette évidence, c'est votre œuvre. Je ne dis pas : vos livres, je ne dis pas : vos romans. Je dis : votre œuvre. Car ce que vous avez construit, avec la nonchalance de qui semble ne pas y tenir, se tient devant nous, avec la force d'un édifice où tout est voulu et pensé, où l'on reconnaît à chaque page ce que les historiens de l'art appellent une palette, c'est-à-dire cette riche variété de couleurs que seule la singularité d'un regard unit. »

2018

11 janvier : le « roman » de Jean d'Ormesson *Et moi, je vis toujours* paraît aux Éditions Gallimard. Il était intitulé *L'Histoire, roman* jusqu'à ce que son auteur décide, quelques jours avant sa disparition, d'en changer le titre. « C'est un roman sur l'Histoire. Et ce personnage tantôt narrateur, tantôt narratrice, qui passe de siècle en siècle est éminemment romanesque. Ma thèse est qu'il n'y a qu'un roman et un seul : l'Histoire. Tous les autres ne sont que des fragments de cette grande épopée, la plus magnifique du monde parce qu'il n'y en a pas d'autre » (propos extraits de l'entretien réalisé en novembre de l'année précédente et publié dans le *Bulletin* des Éditions Gallimard). Le livre s'achève sur ces mots : « Ne me jugez pas trop sévèrement. Je vaux mieux que ces souvenirs lacunaires et aléatoires qui, non contents de s'emparer de ma voix, ne constituent, en dépit de leur ambition, qu'un livre de plus parmi d'autres. »

BERNARD DEGOUT.

LE VAGABOND QUI PASSE SOUS UNE OMBRELLE TROUÉE

Pour M.
à qui je dois tant.

Bah ! Tout compte fait, qu'aurai-je été ? Le vagabond qui passe sous une ombrelle trouée !

MAO TSÉ-TOUNG
(à Edgar Snow).

*La connaissance très rudimentaire que Snow avait de la langue chinoise et qui n'inclut sans doute jamais l'art de la contrepèterie ne s'était certes pas améliorée après un intervalle de quelque trente années passées loin de la Chine ; il n'y a donc rien d'étonnant à ce qu'il n'ait pas su reconnaître dans ce moine sous un parapluie évoqué par le Président un calembour archi-connu. L'expression par homophonie (*Wu — fa wu t'ien*) appelle plutôt le sens :* je n'ai ni foi ni loi.

SIMON LEYS.

La formule de Mao Tsé-toung que Snow traduit par : Le vagabond qui passe sous une ombrelle trouée *et Simon Leys par :* je n'ai ni foi ni loi *signifierait plutôt :* je ne crains rien ni personne sous le ciel et sur la terre ; ni Dieu ni maître ; je suis un homme libre.

(Conversations avec Han Suyin
et avec des sinologues.)

Ô saisons ô châteaux
Quelle âme est sans défaut ?

ARTHUR RIMBAUD.

Mon foyer n'attend plus de dieux qui soient ses hôtes.
J'augure d'aujourd'hui ce que sera demain,
Sachant ce que fut vivre et combien vivre est vain
Quand on n'est rien de plus qu'un homme, entre les autres.

HENRI DE RÉGNIER.

Si je range l'impossible Salut au magasin des accessoires, que reste-t-il ? Tout un homme, fait de tous les hommes et qui les vaut tous et que vaut n'importe qui.

JEAN-PAUL SARTRE.

Alles ist einfach, aber das Einfache ist schwierig.

CLAUSEWITZ.

EMPLOI DU TEMPS

LA PIÈCE D'EAU

Longtemps, je me suis demandé quoi faire. Je flottais dans l'incertitude et dans l'indécision. J'imaginais une vie entière sans signification et une mort inutile. Malgré les charmes — pour moi réels — de la paresse et de l'insouciance, mourir sans avoir rien fait me remplissait d'angoisses. *La Gloire de l'Empire* et *Au plaisir de Dieu* m'introduisirent enfin, assez tard à mes yeux, ou peut-être assez tôt, dans des cercles plus ou moins enchantés. J'écrivais. Quel bonheur ! L'Académie française, la direction du *Figaro*, une relative notoriété se refermèrent sur moi. Ah ! bravo. On me félicitait énormément. De vieilles dames et de jeunes garçons me demandaient d'écrire mon nom sur la première page de mes livres. Bravo. Encore bravo. J'avançais sous les pluies de fleurs dont rêvait mon enfance. Whoopee !

Ouais. Toutes les roses ont leurs épines, tous les honneurs ont leurs périls. Je me pavanais : quel ennui ! Et qui sait quelles déroutes sous ces acclamations ? Beaucoup, qui me voulaient *du bien*, me croyaient enfin sauvé. Sauvé de quoi ? De moi-même sans doute. Quelque chose, en secret, me murmurait pourtant que j'étais peut-être perdu. Le vertige me prenait. Perdu ? Sauvé ? Je n'en avais pas fini de m'interroger sur ma vie et sur ce monde plein de pièges où elle se déroulait.

J'ai raconté ailleurs, en mêlant la fiction à la réalité, les tours de pièce d'eau que, dans un univers évanoui, plein de châteaux et de gardes-chasse, je m'appliquais, enfant, en compagnie d'un père admiré et aimé qui s'inquiétait de mon avenir. Lorsque le soir s'annonçait, nous partions tous les deux nous promener ensemble autour de l'étang où se reflétaient les grands arbres et mon père me demandait, avec douceur et sévérité, ce que je comptais faire de ma vie. Ce que je comptais faire de… Seigneur ! Seigneur ! Les deux bêtes fantastiques du salut et de l'échec rôdaient déjà autour de moi pour se disputer mon destin. Le spectacle de leurs ballets m'a toujours fasciné : je les rêvais avant de les vivre. Voilà que je les ai vécus. Le rideau va tomber. Mon Dieu, je me tordais les mains : Que vais-je faire de ma vie ? Mon Dieu, je me tords les mains : Qu'ai-je donc fait de ma vie ?

Vivre est une expérience et une épreuve dont il s'agit, pour chacun, de se tirer le mieux possible : c'est ce qu'on appelle le bonheur, c'est ce qu'on appelle le salut. Il y a naturellement beaucoup de chemins vers le bonheur et le salut — vers le malheur aussi, et vers l'échec. Il n'est même pas tout à fait exclu que le bonheur soit un échec et que l'échec soit un salut. Vingt siècles de christianisme, depuis le Christ lui-même jusqu'à Kierkegaard ou à Dostoïevski, n'ont sans doute pas d'autre sens. Écrire, en tout cas, n'est qu'un chemin parmi beaucoup d'autres — et peut-être un des plus incertains. Le salut, plus qu'ailleurs, s'y confond avec l'échec, le bonheur avec le malheur. Par hasard, par distraction, par erreur peut-être, par paresse à coup sûr, je m'étais mis à le suivre. Que je m'arrête ici un peu et qu'à travers les reflets et les brumes qui montent de la pièce d'eau, je regarde où il m'a mené.

Écrire consiste évidemment d'abord à mettre un peu de soi-même dans le spectacle du monde. Personne ne voit jamais les choses qu'avec ses propres yeux. Sous tous les masques de l'imagination, je n'ai, comme tout un chacun, et que Dieu me pardonne et mes lecteurs avec lui, jamais parlé que de moi. Mais des autres en même temps, et de vous, et de notre passé à tous et de notre commun avenir. Tout le long, déjà, des tours de pièce d'eau en compagnie de mon père, ce passé et cet avenir ne me quittaient jamais : il y avait mon père et il y avait moi, il y avait les ombres, *également menaçantes*, du succès et de l'échec, il y avait surtout, présents à chaque pas, à chaque mot, tous les fantômes du passé et de l'avenir. J'avais un passé assuré : voilà un terrible atout. Mais l'avenir, dont j'attendais tout, me faisait vaguement peur. Il était absent malgré sa présence, et il était flou. Ce qui était difficile, c'était le passage d'un passé écrasant et toujours omniprésent à un avenir très pressant, mais dont je ne savais rien. Peu d'enfances auront été aussi peu habitées que la mienne par le génie, il va sans dire, mais aussi par le talent. Pas de tragédie en cinq actes, pas le moindre cahier d'écolier plein de pensées fulgurantes, pas de poèmes à ma mère. Une drôle d'attente au cœur, je me contentais d'être heureux. Un peu médiocre. Très heureux. Avec l'angoisse, en dessous, que je finissais par oublier. Il me reste de ce temps-là et de cette résignation désolante et exquise un goût très fort pour le bonheur : dans une époque couverte de cendres, il fait augurer assez mal de mon destin d'éternité.

Aujourd'hui encore, et parce que je me souviens de mes tours de pièce d'eau, il me semble distinguer à travers tous les débuts dans la vie quelque chose de terrifiant. Comme il est dur de naître ! Comme il est dur d'entrer dans ce monde d'adversité ! Vers quel avenir de ténèbres ou de fulgurations nous dirigeons-nous tous ? Le rêve de la poésie et sans doute plus encore de la science au siècle dernier — mais est-ce que toute science n'est pas d'abord poésie ? — était un rêve de progrès. Un des traits décisifs de l'âge où nous vivons est le soupçon jeté sur l'idée de progrès. Le drame de l'avenir, jadis, était qu'il n'en finissait jamais de ressembler au passé. Le triomphe du XIXe siècle — et peut-être son illusion — a été de projeter sur le futur toutes les promesses du bonheur. Le drame aujourd'hui de l'avenir est qu'il ne ressemble plus à rien de tout ce que nous avait offert le passé. Le voici sans cesse à réinventer à nouveau : quelle chance ! Mais désormais à tâtons et assez souvent dans le désespoir. L'espérance a fini par rejoindre la résignation au royaume des vieilles lunes. Personne ne croit plus aveuglément à ces lendemains de soleil réclamés avec fureur. Toute notre vie, en ce siècle d'ivresse, nous nous serons tous avancés avec impatience et effroi vers un avenir inconnu. Et moi aussi, dans le soir en train de tomber sur la pièce d'eau, je m'avançais avec impatience et effroi vers mon avenir inconnu. Par un merveilleux paradoxe, le premier rôle dans cet avenir qui n'existait pas encore était tenu par le passé.

La famille imaginaire que — par quels secrets fantasmes ? — je me suis inventée dans *Au plaisir de Dieu* était de type féodal, farouchement conservatrice et franchement réactionnaire. Ma famille authentique, dont je parlais avec plus de vérité dans *Au revoir et merci*, était résolument libérale. Les choses sont toujours autrement compliquées dans la vie réelle que dans la fiction romanesque. Mon père avait un dieu : c'était la République. Ambassadeur de la IIIe encore dans tout son éclat, il était, comme son père préfet de Gambetta, puis diplomate en Russie, en Grèce, au Portugal, comme un grand-père saint-simonien, ce qu'il était convenu d'appeler, dans le langage politique un peu ridicule de l'époque, un républicain de progrès. Il inclinait du côté du catholicisme social, du *Sillon*, de la démocratie populaire — qui désignait en ce temps-là non les régimes communistes mais la démocratie chrétienne. Il détestait la philosophie que j'ai beaucoup aimée, tout ce qui était obscur, compliqué et abstrait. La métaphysique l'ennuyait. Il y avait en lui quelque chose de naturel et de simple jusqu'à la naïveté. Il était plus chrétien que catholique, l'Action française lui faisait horreur et il préférait l'histoire politique et parlementaire à la littérature et à l'art, qu'il ignorait volontiers et dont il se méfiait.

Ce démocrate, ce libéral, qui se serait volontiers cherché des ancêtres et des modèles du côté du duc de Broglie et de l'orléanisme, était, en même temps, un mondain. Le mot a pris aujourd'hui une résonance presque déplaisante. Mon père assumait avec une suprême élégance ses obligations de mondain — ou peut-être plutôt d'homme du monde. Ah ! comme il est difficile de dépeindre et de cerner à peu près convenablement ceux qu'on a pourtant connus et aimés ! C'est que, toujours semblable à elle-même, la vie est en même temps d'une richesse si inépuisable qu'elle impose à chaque mot une nuance plus exacte et une correction. Le mot de *mondain* ou d'*homme du monde* suggère la légèreté, une vie de plaisir superficielle, peut-être une ombre de cynisme. De tout cela, en vérité, mon père, qui aimait pourtant le *monde*, était l'exact contraire. Le monde était pour lui, diplomate de tradition, une sorte, très délicieuse, de devoir d'état. Diplomate et mondain, mon père était d'abord un moraliste et un janséniste. Il était, tout à la fois, un homme de cœur et de société, un homme de devoir et de tendresse. Débrouillez-vous comme vous voudrez avec ces contradictions : mon père était un janséniste qui adorait les bals. Il dansait, l'âme très pure.

Je me demande quelquefois ce qu'il reste encore en moi

de cet amour mêlé de la vertu et du monde. Plus cynique, moins austère, moins aimable et moins rigoureux, j'ai, plus que lui, un faible pour les mots, pour la littérature, pour l'ironie, qu'il détestait, pour l'humour, qu'il ne cultivait guère. Je me suis longtemps imaginé plus moderne que lui. Maintenant que le temps passe et que sont passées mes années, je me vois le rejoindre, à une vitesse prodigieuse, dans les abîmes d'un passé rejeté au loin par l'avenir.

Depuis les tours de pièce d'eau, le passé et l'avenir m'ont toujours fait rêver et souvent délirer. Leurs relations, leur antagonisme, le poids qu'ils exercent l'un sur l'autre n'ont jamais cessé de me fasciner. J'ai toujours voulu parler du souvenir, de l'espérance, de la tradition et de la révolution. Avec une ombre d'ironie et de lyrisme démodé ou avec un penchant risqué pour l'épopée, *La Gloire de l'Empire* et *Au plaisir de Dieu* sont des rêveries sur un passé menacé et fasciné par l'avenir. Si une forme de mysticisme — et j'en suis très éloigné — devait jamais me tenter, j'inclinerais volontiers du côté de ces visions qui ramassent en un éclair et en une illumination la totalité des temps. Je crois profondément à la présence des morts et à la présence du futur. Je n'y crois pas, bien entendu, sous la forme assez grossière de je ne sais quelles manifestations. Je crois des choses très simples et, en vérité, très évidentes : que les morts survivent en nous, que les hommes ne périssent pas tout entiers tant que d'autres hommes pensent à eux et que l'histoire de l'avenir serait sans forme ni sens si elle ne surgissait d'un passé qui la commande et l'explique.

Cette solidarité et cette lutte entre le passé et l'avenir, il me semble les avoir éprouvées tout au long de ma vie. Adoré par mon père qui unissait si étrangement un amour sincère du progrès et de la démocratie à un véritable culte pour la tradition, le passé pesait très lourd sur moi. Dans l'impatience et parfois dans la crainte, je le fuyais vers l'avenir. Quand on refuse de mourir, il faut aimer l'avenir. Je le redoutais et je l'aimais. La condamnation du passé, si extraordinairement à la mode depuis le milieu de ce siècle, je ne m'y associais certes pas. Mais, par amour de la vie et de ses métamorphoses, je me défiais en même temps de je ne sais quel refus de l'avenir, au goût de ruines et de poussière. La littérature, la philosophie, l'histoire, je les voyais s'opposer avec assez d'évidence à toutes les idées reçues sur l'immobilité du temps et sur la permanence des valeurs :

j'ai fait de ce combat un des thèmes centraux d'*Au plaisir de Dieu.* Peut-être oserais-je dire que ce que j'ai essayé d'entreprendre au rond-point des Champs-Élysées, dès mon arrivée à la tête du *Figaro*, allait aussi dans le même sens. *Le Figaro* était une vieille institution en train de ployer peu à peu sous le poids accumulé des traditions et des routines. Il s'agissait de le tourner vers l'avenir sans rompre avec le passé. Ai-je réussi ? Je n'en sais rien. J'ai essayé.

Mondain avec une vénération pour la rigueur, très gai mais toujours sérieux, mon père, plutôt par simplicité que par habileté, avait concilié à miracle son goût pour les généalogies et ses convictions démocratiques. Peut-être, de son temps, était-ce encore facile ? Il détestait les faiseurs, les snobs, les aventuriers, la violence, le fascisme ; il aimait la vertu, la république et le devoir. Si j'ai été élevé dans un culte, ce n'était pas celui d'une monarchie à l'égard de laquelle nous avions toujours pris nos distances, ni celui d'une religion que mon père pratiquait avec une régularité un peu lointaine, déjà peuplée de Voltaire et d'Anatole France. Non. C'était dans le culte du devoir.

À quoi ressemblait-il, ce devoir ? Il était imprégné du christianisme le plus large, de la dévotion pour la tradition, de la vertu républicaine, et surtout, surtout, d'un sens farouche de l'État. S'il fallait résumer d'un mot, d'un seul, ce qui dominait notre existence dans le deuxième quart de ce siècle, c'était l'État. On ne plaisantait pas chez nous avec le service de l'État. Mon père le poussait, chose incroyable, jusqu'à une vraie tendresse pour les impôts. Il incarnait à merveille, sous sa gaieté naturelle, cette vertu ombrageuse que Montesquieu assignait pour fondement à la république. Vous voudrez bien vous souvenir que ces années 25 ou 30 étaient celles de Chanel ou du surréalisme, celles de Gide et de l'auto, celles où montaient le marxisme et la psychanalyse, les années folles de l'entre-deux-guerres et de la crise économique. Parce que nous servions l'État, toutes ces lumières dans le ciel et tous ces feux d'artifice ne brillaient guère pour nous. Mon père avait horreur de l'aventure et des paradoxes, et il se méfiait de tout ce qui scintillait. La vitesse, l'argent, la passion, l'avant-garde, les audaces sexuelles ou vestimentaires lui déplaisaient également. Il s'en tenait au bon sens et au bon ton, à l'absence de nationalisme, à un patriotisme éclairé, à des idées de centre-gauche et à un moralisme idéaliste. En dépit de son attachement à des modes d'existence qui s'enfonçaient déjà dans le souvenir, il était heureux de servir l'État sous ses formes républicaine et démocratique, dans ses espérances de progrès qu'il vénérait à l'égal des grands exemples du passé.

Ce serait pourtant une erreur d'imaginer mon père sous les espèces hybrides d'un radical-socialiste mâtiné de snobisme. J'imagine que, dans un siècle ou deux, les types de la société française au début du XXe siècle apparaîtront aux historiens sous des aspects étonnamment schématiques. Est-ce que nous ne ressuscitons pas nous-mêmes le passé sous des couleurs très inexactes, et souvent jusqu'au ridicule ? Mon père tenait du chrétien, de l'homme du monde, du haut fonctionnaire, du gentilhomme. Il n'appartenait pourtant ni au parti catholique, ni au cercle des viveurs, ni à la franc-maçonnerie radicale, ni — lui qui était si attaché au passé et à la tradition — à l'aristocratie traditionnelle. Il détestait le snobisme comme il détestait le fascisme, il détestait la révolution comme il détestait la violence. Cet homme si raffiné était en vérité un cœur pur, une âme très simple. Avec des traits spécifiques tout faits de tolérance et d'honneur, avec son caractère très doux, son horreur de la dictature, son admiration pour Briand, ses convictions européennes qui n'entraient jamais en conflit avec sa vénération pour l'État, il se situait au confluent de quelques-uns des courants — et sans doute pas les plus brillants, mais peut-être les plus estimables — du début de ce siècle et de la fin de l'autre.

Les deux clés de mon père, en fin de compte, étaient la rigueur et le bonheur. Et c'était dans la rigueur qu'il trouvait son bonheur. J'ai hérité plutôt de son goût pour le bonheur que de son goût pour la rigueur. Je suis souvent en retard et mon sens de la morale — c'est une litote — n'est sûrement pas sans faille. Mon père était toujours exact et le devoir était sa loi. Il disait qu'il était parfois difficile de savoir où se situait le devoir, mais qu'une fois repéré, déniché, déterminé, il n'y avait jamais aucune difficulté à le suivre jusqu'au bout, et à l'accomplir sans faiblesse. C'était très vrai dans son cas. Avec toute sa douceur, son affabilité, sa courtoisie légendaire, mon père était inébranlable. Il avait des principes. Il ne s'en écartait jamais. Je l'ai souvent vu, car il adorait la discussion, peser le pour et le contre et jauger des arguments. Je ne l'ai jamais vu, au grand jamais, dévier si peu que ce fût de ses sacrés principes. Le comble est que, chrétien, homme du monde, adversaire déclaré de toute métaphysique, mon père était en même temps un rationaliste presque farouche. Il était, je vous assure, un des êtres les moins complexes et les plus transparents qu'il m'ait été donné de rencontrer. Voilà que je m'étonne pourtant déjà de ses contradictions.

À la mort de ma grand-mère — je veux dire de la mère de ma mère —, nous soumettant naturellement aux rites et aux usages de notre milieu et de notre temps, nous avions fait graver, pour les distribuer à la famille et aux amis, des mémentos de la défunte — un de ces *souvenirs pieux* dont parlait merveilleusement, dans un livre récent, Marguerite Yourcenar. Sur le petit carton oblong, dont la partie supérieure était occupée par une photographie que nous avions pris soin de choisir ni trop ancienne ni trop récente, figurait une phrase, assez belle, extraite d'une lettre adressée à l'un de nous — à ma mère probablement — par le célèbre abbé Mugnier, dont je pourrais dire beaucoup de choses si je ne craignais de m'égarer ici en d'interminables digressions. Citée déjà quelque part dans *Au plaisir de Dieu*, cette pensée de l'abbé Mugnier, qui avait bien connu ma grand-mère, la dépeignait parfaitement : *Elle donnait la vision de ces chrétiens d'autrefois pour qui le monde n'était pas un obstacle et qui le traversaient tranquillement, les yeux fixés sur une autre vie.* Rationaliste comme je l'ai dit, chrétien très convaincu, mais — nouveau paradoxe — d'une façon presque moderne, plus attaché au Christ qu'à la lettre des dogmes qui le laissaient souvent sceptique, mon père n'avait certes pas les yeux fixés sur un autre monde. C'était dans le nôtre qu'il vivait, avec résolution et optimisme. Mais de lui aussi il aurait été très juste de dire qu'à la façon des chrétiens d'autrefois, ce monde qu'il adorait ne lui était pas un obstacle.

Impossible de me souvenir — il faudrait vérifier, tâche odieuse, et j'écris ces lignes pour mon plaisir — si mon père vivait encore lorsque j'ai vu pour la première fois *Le Maître de Santiago* d'Henry de Montherlant. C'était Henri Rollan qui jouait, avec une force incomparable, le rôle du *vieux seigneur* opposé au monde moderne et à la conquête des Indes. Il me rappelait mon père. Ils avaient, l'un et l'autre, la même horreur de l'or, du plaisir, de l'amour sensuel, des entraînements de la chair et de la facilité. Mais leur attitude à l'égard du monde était bien différente : le père de Mariana le rejetait sans recours et le mien y baignait comme un poisson dans l'eau. À l'extrême opposé du *Misanthrope*, comme il était aussi à l'extrême opposé de *Tartuffe* ou de *Don Juan*, mon père — bénie soit sa mémoire ! — était une espèce de maître de Santiago qui aurait aimé le monde et les hommes et pour qui l'amour de Dieu aurait passé d'abord par leur amour.

Je m'étonne parfois moi-même de la place occupée dans ce que j'écris par le souvenir de mon père. Tout le début d'*Au revoir et merci* était consacré à son portrait. Il apparaît moins clairement dans *Au plaisir de Dieu*, mais il n'est pas absent non plus de cette fiction romanesque. Certains me reprocheront peut-être de revenir sur les mêmes thèmes. Sans doute est-on toujours responsable de ce qu'on écrit. Mais est-ce qu'on choisit ce qu'on écrit ? Voilà l'écrivain, en fin de compte — mais n'est-ce pas vrai de tous les hommes, et de beaucoup d'actes de leur vie ? — responsable de ce qu'il n'a pas choisi. Je n'ai pas choisi mon père. J'ai à peine choisi d'en parler : j'en parle voilà tout — et peut-être presque sans le vouloir. Mais plus je m'avance dans cette vie qui se referme déjà derrière moi, plus son image lumineuse brille avec force au-dessus de moi. Je crois bien que, vivant, mon père n'avait pas d'ennemis. Je l'admire, aujourd'hui, d'avoir su se montrer, à chaque instant de son existence, en même temps si digne d'amour et si intransigeant.

Il n'est pas impossible que la psychanalyse ait raison et que ce retour en force de mon père mort dans ma vie ait des racines très profondes, ignorées de moi-même. Je n'en finirais pas de chercher dans mon souvenir les motifs enfouis de cette fidélité. Je parviendrais bien, sans doute, à les déceler un par un. Et puisque écrire est une sorte de rêve peut-être à peine éveillé, puisque la littérature est à elle seule une espèce de psychanalyse, je ne serais pas étonné d'être, ici même, en train de les découvrir. Pendant que j'écris ces lignes, tout un passé évanoui se met à revivre en moi. Il me semble que toujours plus loin de ma modeste personne qui n'est plus qu'un prétexte, et ma vie et le monde se reconstruisent peu à peu à l'ombre de mon père. Et j'en viens à me demander si la présence de mon père dans plusieurs de mes livres — et à ce stade si redoutable des premières pages d'où tout dépend — n'est pas le témoignage de la lointaine protection qu'en échange de ma tendresse et de ma gratitude, il exerce encore sur son fils.

Mes débuts dans la vie et mon âge déjà mûr — j'avais trente et un ans à l'époque de sa mort — avaient donné à mon père des motifs d'inquiétude et trop souvent de chagrin. Parce qu'il était mon père et surtout parce qu'il m'aimait, mon père avait pour moi des trésors d'indulgence. Mais quelque chose en moi de flottant et d'instable, mon absence de rigueur, un certain recul devant l'effort prolongé, ma légèreté en un mot le tourmentait beaucoup. Il n'avait pas tort, je le crains. Mon absence de vocation mit un comble à ces soucis. Jusque très tard dans ma vie, aucun métier ne m'attirait. Je n'avais envie de rien faire. Toute discipline un peu stricte me faisait horreur, non pas tant par paresse que, peut-être, par appétit : il me semblait qu'à m'enfermer dans un état tout le reste du monde m'échappait. Il n'y avait pas de choix qui ne m'apparût comme une limitation et, en fin de compte, comme un suicide. Mon adolescence et ma jeunesse s'étaient évanouies depuis longtemps quand je découvris enfin, avec une sorte de bonheur plein de trouble et de tremblement, que la seule activité au monde qui me parût grande et belle et à laquelle, en vérité, j'étais non seulement disposé mais déterminé à tout sacrifier était d'écrire. Mon père, qui comprenait presque tout, avait pressenti cette passion. « Si tu veux écrire… », me disait-il, avec une sorte de résignation. Il aurait préféré de très loin me voir devenir préfet, ambassadeur de France ou conseiller d'État. Il mettait Barrère et les deux Cambon bien au-dessus de Martin du Gard, d'André Gide ou de Proust. Mais enfin il y avait Giraudoux, il y avait Saint-John Perse, il y avait Claudel, il y avait Paul Morand. Il y avait Chateaubriand. Tous diplomates. Et écrivains en même temps. « Mais alors, au moins, écris ! » ajoutait-il avec une juste férocité. Car je n'écrivais pas non plus. Sous prétexte, est-ce que je sais ? de rêver ou de prendre des forces, je traînais, j'attendais, je ne faisais presque rien. Je dormais.

Je dormais beaucoup. Entre deux bâillements, entre deux siestes, j'écrivais de petits livres ignorés de Gallimard mais où René Julliard, avec une folle indulgence, voyait, *avant de mourir*, des promesses de chefs-d'œuvre : ils s'appelaient assez sottement *L'amour est un plaisir* ou *Du côté de chez Jean*. J'exultais avec modestie, et en fin de compte avec tristesse. Car je lisais *Paludes* et *Le Paysan de Paris*, *Le soleil se lève aussi*, *La Proie des flammes* de Styron. Et je mesurais les distances qui me séparaient à jamais de tout ce que j'admirais. Mon père avait raison. Ses craintes se réalisaient. Mon avenir se découvrait — sinistre : avec tous ces talents qui enchantaient mon père jusqu'à l'angoisse, j'étais parti assez bien pour une carrière de raté.

Je n'ai rien contre les ratés. J'en vois passer à travers la vie avec beaucoup de charme et de légèreté. Plusieurs d'entre eux me fascinent. Ils me semblent souvent plus libres, plus séduisants, et parfois même plus profonds que toutes ces mécaniques d'horlogerie fabriquées par concours sur des modèles immuables et dont dépendent nos destins. Après tant d'années de socialisme ou de surréalisme, rien ne me paraîtrait plus vulgaire que de taper encore aujourd'hui sur les cardinaux et sur les généraux, sur ces chères vieilles badernes — mes confrères et moi-même — confites sous la Coupole. Mais enfin combien de ministres, de présidents, de directeurs généraux, de patrons de droite ou de gauche, de puissants de ce monde, d'empanachés des lettres, des arts, de la politique, plus ineptes que les bons à rien ? Aujourd'hui encore, accablé de diplômes et de palmes académiques, je ne mets pas le succès, les honneurs, la réussite beaucoup plus haut que l'échec. Il y a des succès pitoyables et des échecs radieux. Dans cet univers où — argent, violence, prestige, révolution, pouvoir — ce qui compte c'est de gagner, j'ai de la tendresse pour les perdants. Et de l'indulgence pour les bons à rien. Je n'aurais pas détesté traîner dans le monde sans y laisser la moindre trace. La politique, l'administration, les affaires m'inspirent vite de la lassitude et souvent du mépris. Je me laisse aller de temps en temps aux poisons exquis de l'*à quoi bon ?* Le culte de la révolution — car la puissance d'aujourd'hui est autant là qu'ailleurs — me paraît aussi désolant que, jadis, celui de la guerre. Dieu sait si j'aime les livres : il m'arrive de les détester. Est-ce qu'il n'y a pas quelque chose de répugnant à passer son temps à se battre et à s'agiter ? Rêver, dormir, ne penser à rien, ne rien faire m'a toujours paru autrement délicieux que de gagner de l'argent, des batailles et même de la réputation. Je n'ai pas de faible pour l'effort. Mais mon père veillait.

On m'a souvent demandé pourquoi, avec de telles idées, avec ce mépris du succès, avec ces délices de nonchalance, je m'étais présenté à l'Académie française, pourquoi je m'étais laissé élire à la direction du *Figaro*. La réponse, pour moi, n'a jamais fait aucun doute : l'Académie française et la direction du *Figaro* me justifiaient enfin aux yeux de mon père disparu. Il détestait la presse presque autant que les affaires, il n'aimait pas vraiment la littérature. Mais *Le Figaro* et l'Académie sont des institutions : il les vénérait. Après tant de détours dans un jardin secret dont je ne dirai pas grand-chose, le tour de la pièce d'eau finissait par déboucher sur le rond-point des Champs-Élysées et sur le quai Conti. Il avait déjà débouché jadis, et toujours par hasard et toujours pour les mêmes raisons, sur les toits trop célèbres et les murs un peu lépreux de l'École de la rue d'Ulm. Au moment même où s'écroulaient toutes ces valeurs d'éternité, je n'ai jamais cessé de rassurer mon père sur le destin de son fils, sur la continuité de la famille et sur un avenir toujours fidèle au passé. Après tant d'inquiétudes, de chagrin et d'angoisses — et pas plus ici que dans *La Gloire de l'Empire* ou dans *Au plaisir de Dieu*, je n'ai l'intention aujourd'hui de vous raconter ma vie —, je lui devais bien ces apaisements, déposés hélas ! sur sa tombe.

Je n'ai jamais cessé de penser, cependant, que les existences les plus obscures offraient autant de ressources à l'imagination et aux songes — et peut-être beaucoup plus — que les carrières traversées par toutes les fanfares de l'histoire. Les vies du chevalier Des Grieux, de Villon, d'Emma Bovary, de mon amie Nane, de Rimbaud à Harrar sont beaucoup plus importantes dans le ciel des idées et pour la littérature que celles de Louis XVIII, de Louis-Philippe, de Napoléon III ou de Raymond Poincaré. Pour un écrivain, il n'y a pas d'inconvénient, il n'y a peut-être que des avantages à traîner de bouge en bouge et à finir sur l'échafaud ou pendu au fond d'une impasse ou dans une chambre de bonne. Il n'y a guère sur Hitler, sur Staline, sur Louis XIV, sur Mao Tsé-toung — et pourtant, quelles carrières ! — de romans comparables à ceux qui ressuscitent pour nous des séducteurs minables, des ivrognes ou des jeunes gens inconnus. Chacun sait que la sécurité est la plus détestable des écoles. Mais on dirait aussi, bizarrement, que la puissance affadit, qu'elle comble ses propres abîmes. Les *Commentaires* de César, les *Mémoires* de Saint-Simon, duc et pair, ceux de Chateaubriand, ministre des Affaires étrangères et ambassadeur à Rome, sont des exceptions éclatantes. Depuis Rousseau et Marcel Proust, depuis Rimbaud surtout, et Lautréamont, depuis Dostoïevski, bagnard, et Soljénitsyne, bagnard, c'est de l'obscurité que sort l'éclat, ce sont les ténèbres qui illuminent. Du temps que je flottais entre le sommeil et l'incertitude, une vague espérance ne cessait de m'habiter. Quand, tout autour de la pièce d'eau, mon père agitait à mes yeux des vocations époustouflantes de secrétaire d'ambassade, d'auditeur au Conseil d'État ou d'inspecteur des Finances, un instinct secret, et peut-être génial, où se mêlaient de la passion, de l'insouciance et de l'avachissement, m'invitait à ne rien faire.

Nous ne cultivions guère, dans la famille, les illuminations du génie. Mais nous ne cultivions pas non plus les charmes redoutables de l'habitude de ne rien faire. Mon père, mon grand-père, mon oncle Wladimir, plusieurs autres oncles, avaient été ou étaient encore — vous commencez à le savoir — ambassadeurs de France. Quand nous remontions, mon père et moi, en de fabuleuses excursions, les rameaux touffus de ces arbres généalogiques qui projettent encore leur ombre sur *Au plaisir de Dieu*, nous butions à chaque pas sur des Premiers Présidents et sur des conseillers d'État. Non pas ces ducs et pairs ni ces maréchaux de France forgés, pour les besoins de la cause, dans *Au plaisir de Dieu*. Mais des parlementaires, des gens de robe, des financiers d'État. Le souvenir mêle étrangement tout ce qui était jadis distinct et parfois antagoniste. La maison ducale de Plessis-lez-Vaudreuil, dans *Au plaisir de Dieu*, descend en droite ligne des grands seigneurs exaltés dans les *Mémoires* de Saint-Simon. Ma vraie famille appartenait, en vérité, à cette race des parlementaires exécrés par le duc et écrasés avec mépris par son génie furieux. Pour dire les choses très en gros, nous qui servions le roi, nous étions souvent contre lui. Saint-Simon aussi, d'ailleurs. Mais, de part et d'autre du souverain, nous nous situions à deux extrémités opposées de l'horizon politique et social de l'époque : Saint-Simon dénonçait le roi au nom des privilèges traditionnels de la féodalité ; et nous, au nom des droits déjà imprescriptibles de ces parlementaires, à la mine modeste et hautaine à la fois, qui ornent, sous leurs perruques et dans leurs robes austères, les murs de ce qui nous reste encore de nos maisons écroulées.

L'exemple le plus fameux de cette opposition au souverain est évidemment fourni par le procès de Fouquet, défendu, contre le roi, par Olivier d'Ormesson. Olivier II, dit le Larousse. Entré dans l'histoire aux côtés de Fouquet, de Louis XIV qui veut la perte de son ministre trop magnifique, de d'Artagnan qui arrête le surintendant foudroyé, de Colbert qui monte toute l'affaire — au besoin à coups de faux et de témoignages forgés —, cet Olivier II me fascinait. Ce n'étaient pas son nom, ni son prénom, ni ses vertus, ni sa gloire qui m'émerveillaient le plus. C'était le chiffre romain qui suivait son prénom. En aval comme en amont, il me posait des questions. Je me demandais ce qu'il pouvait bien y avoir de mystérieux et d'innomé avant les Olivier, les André, les Henry qui faisaient entrer notre nom dans les lettres de la marquise de Sévigné et dans l'histoire de Lavisse. Qu'est-ce qui se passait, auparavant ? De quelle forêt obscure, dépouillée de souvenirs et où ne poussait aucun nom, surgissaient ces ancêtres que faisait revivre mon père, en déplorant le plus souvent de me voir m'intéresser aussi peu à leurs exemples édifiants ? À l'autre bout de la chaîne, je m'imaginais assez mal en train de porter, même moralement, un chiffre romain à la suite de mon prénom. Il n'y avait eu, je crois, dans la famille, qu'un seul Jean avant moi. Je doutais un peu de passer à l'avenir sous le nom de Jean II.

Le prénom de Jean, en vérité, ne me venait guère des Ormesson. L'un des premiers Le Fèvre — qui n'étaient pas encore d'Ormesson —, le fils du mythique Adam, le père d'Olivier I, s'était bien appelé Jean. C'était avant la gloire naissante du premier des Le Fèvre devenus d'Ormesson, cet Olivier premier du nom, conseiller d'État, intendant des Finances, ami du chancelier de l'Hospital, contrôleur général, président de la Chambre des comptes (mon Dieu ! déjà, que de titres…) qui contribua puissamment au triomphe d'Henri de Navarre et dont Charles IX, auparavant, qui lui voulait du bien et lui avait proposé en vain des postes encore plus considérables, avait dit avec mélancolie : « J'ai mauvaise opinion de mes affaires puisque les honnêtes gens ne veulent pas s'en mêler. » Voilà déjà les fanfares et déjà leur refus. C'est une sorte de manie chez nous de refuser les emplois. Ce n'est pourtant pas à ce Jean-là, père d'Olivier I, que je dois mon prénom : il me venait plutôt du côté de ma mère.

Un petit frère de ma mère, qui n'avait pas eu le temps de vivre, avait porté le nom du favori de Jésus. C'est grâce à lui, je crois, que je me suis appelé Jean. Je me suis toujours plus occupé, dans ce que j'écrivais, de mon père que de ma mère. Il y avait plusieurs raisons à ce silence relatif. La première était que mon père, plus âgé que ma mère d'une bonne quinzaine d'années, dépendait davantage du modeste monument que lui élevaient mes mots : parce qu'il était mort. J'avais pour mon père et ma mère une égale affection. Mais ma mère, je la voyais, grâce au ciel, sinon chaque jour, du moins chaque semaine : dès que je restais quatre ou cinq jours sans lui donner de mes nouvelles, je sentais dans sa voix et dans ses yeux très bleus de la tristesse et des reproches. Je n'avais plus, au contraire, que le souvenir et le culte que je lui rendais dans mes livres pour maintenir avec mon père ces liens de tendresse inquiète qui le précipitaient avec moi autour de la pièce d'eau. Voilà pourquoi je parlais aux autres plutôt de mon père et de ses principes que de ma mère et de son amour. Loin de la rigueur de mes maniaques de l'État, mon prénom au moins me renvoyait, dans la famille, à une de ces branches féminines écrasées — dans la vénération, naturellement, dans la fidélité et dans le respect, mais enfin écrasées — par l'ombre modeste et dévorante des Ormesson.

La révolte des femmes de notre temps a beaucoup de côtés qui prêtent à rire. Il me semble pourtant qu'elles n'ont pas tort sur tous les points. Le fait si simple, si naturel, si évident pour tous, que les enfants prennent le nom du père peut porter à réflexion et, pourquoi pas ? à indignation. Je parle beaucoup des Ormesson, magistrats très intègres, parlementaires austères, toujours un peu rigides et peut-être vaguement irritants à force de vertu. Mais combien de gouttes de leur sang, pour employer une formule de jadis, peuvent bien couler dans mes veines ? De tous côtés, mille confluents me relient à des mondes dont je ne sais presque rien. Tous, autant que des hommes auxquels nous nous *rattachons,* nous sommes sortis de ces femmes dont, tout au long des siècles, nous avons laissé tomber les noms avec une sorte de négligence et peut-être de mépris. Je ne crois pas plus qu'un autre aux lois de l'hérédité. Je conçois que bien d'autres influences ont dû jouer sur moi et sur chacun d'entre nous. Mais enfin chacun a quelque chose en lui de son père et de sa mère. Et d'abord, tout simplement, le fait d'être là, et la vie. À partir de là, et vers la nuit des temps, quel réseau, quel lacis, quelles rumeurs infinies ! Comment ne pas penser à tous les mystères cachés dans cette forêt profonde où, depuis tant de siècles et tant de millénaires, tant d'êtres se sont agités pour parvenir jusqu'à moi qui les prolonge et les chante ? Quel mince ruisseau, dans ce fleuve immense, que les quinze ou vingt d'Ormesson dont l'histoire garde le souvenir ! J'ai beaucoup tourné, dans mes livres, autour de ces tableaux de famille où des ministres emperruqués tiennent une lettre à la main, avec ces mots : *Au Roy.* Je ne les renie pas. Je leur dois tout. Je leur appartiens. Mais c'est une bien autre lignée que je reconnais pour la mienne, c'est d'une famille bien plus vaste que je descends et me réclame : elles se confondent, à la limite, avec ce peuple obscur et immense de la multitude anonyme né — en remontant le courant de la vie qui descend — de la progression géométrique des ascendants et des origines.

Quelle foule, tout à coup, au-dessus de moi, comme au-dessous ! C'est un lieu commun que la multitude de demain. Ma multitude d'hier dans un monde pourtant restreint me frappe avec autant de force : dès la vingtième génération, plus d'un million d'ancêtres — faites le compte, je l'ai fait — dont je cumule les caractères, les vertus comme les vices. Avec un million de grands-pères, avec un million de grand-mères — un milliard assez vite, si l'on remonte un peu plus loin dans les générations et le temps —, me voilà accablé par tant de liens, par une ascendance si nombreuse qu'elle en devient vite paradoxale, inconcevable, proprement impossible. Je fais la part, naturellement, des ascendances communes, des cousinages, des alliances entre proches, de tout le fourbi de l'endogamie. Mais, à travers l'invraisemblance d'une hérédité si accablante, je le dis simplement parce que je le pense et parce que c'est vrai : ma famille, c'est l'humanité.

C'est bien ainsi, je crois, que l'entendait mon père. Tous ceux de notre nom étaient plutôt pour lui des modèles, des exemples, des symboles que des idoles exclusives. Mon père avait été, au Brésil, ambassadeur de Léon Blum. Il partageait avec le leader socialiste à la fois une allure extraordinairement aristocratique et un amour, parfois maladroit, mais sincère, des plus humbles. Il était le contraire d'un de ces hobereaux que j'ai essayé de dépeindre dans *Au plaisir de Dieu* : incapable de parler chasse, moisson, vendanges, élections municipales avec un paysan, il considérait sans horreur un avenir socialiste. Il préférait le socialisme aux formes extrêmes du nationalisme. Ceux que de son temps, on appelait encore les bolcheviks, il les détestait, naturellement. Mais il applaudissait des deux mains à l'alliance avec les Soviets contre le national-socialisme. Staline et Hitler — peut-être parce qu'il est mort trop peu de temps après ce fameux XXe congrès du parti communiste soviétique où les crimes de Staline furent dénoncés par Khrouchtchev —, il ne les mettait pas sur le même plan. Il reconnaissait dans le socialisme, et à la rigueur dans le communisme, quelque chose de cet humanisme populaire et international auquel il était attaché. Très loin de la foule et du peuple par le langage et les mœurs, il appartenait à l'humanité, dans un style très XIXe, par la générosité du cœur et de l'intelligence.

Parmi cette immense ascendance qui s'étendait jusqu'aux origines et dont ceux qui portaient mon nom ne constituaient qu'une fraction minuscule jusqu'à l'infime, il y avait certes de tout. Le temps n'est pas une ligne : c'est un double cône renversé dont les sommets se rejoignent pour s'étendre indéfiniment vers le passé et vers l'avenir et qui s'étrangle, au présent, sur chacun d'entre nous, minuscules infusoires dans l'infini des mondes. Au sein du cône de mon passé, ceux que j'appelais les miens et dont l'histoire avait gardé la trace représentaient quelques gouttes d'eau à peine dans l'océan de l'histoire. Tous les rêves de la famille — et, par un merveilleux paradoxe, ceux de mon père démocrate et républicain progressiste — voguaient sur ces gouttes d'eau.

C'est cette mythologie du passé et des ancêtres qui constitue le centre d'*Au plaisir de Dieu.* Le premier personnage du livre n'est ni le grand-père ni le château de Plessis-lez-Vaudreuil qui incarnent l'un et l'autre tous les prestiges de la tradition : c'est le temps. À contre-courant des flots du temps qui passe, *le grand*-père de mon livre tente désespérément de maintenir quelque chose de l'image du temps qui dure. À mi-chemin entre le souvenir et l'imagination, *Au plaisir de Dieu* est le récit, ironique, mélancolique et tendre, de son échec et de sa grandeur.

Comme dans *La Gloire de l'Empire*, il y avait dans *Au plaisir de Dieu* un mélange inextricable de réalité et de fiction. Que de lettres j'ai reçues pour me demander si le vieux seigneur de Plessis-lez-Vaudreuil était vraiment mon grand-père et où avait bien pu passer mon oncle Wladimir

Le Double Cône du temps

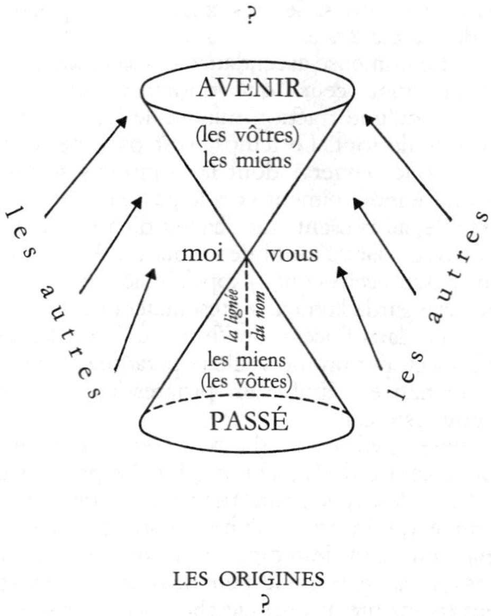

dont l'absence dans le tableau généalogique au début du roman rendait perplexes bien des lecteurs ! Que de lettres aussi pour demander sous quel nom d'emprunt s'était illustrée à l'écran ma jeune nièce Anne-Marie ou encore pour s'étonner de mon apparence physique à la télévision : non, je n'avais pas l'air d'être né en 1904 et je portais avec allégresse les soixante-dix ou douze ans du narrateur d'*Au plaisir de Dieu.* Toute œuvre d'art a sa part de fiction. Tout roman, pour une part, est réalité. Les exemples fameux de Balzac et de Proust m'avaient longtemps fait rêver. Balzac, sur son lit de mort, en train d'appeler Bianchon, le médecin imaginaire de *La Comédie humaine*, Proust, qui avait remplacé, dans sa chambre de malade et de reclus volontaire, les Chevigné et les Haas de la vie quotidienne par les Guermantes et les Swann de son songe éveillé, me murmuraient en secret des aventures prodigieuses, de secrètes confidences qui me faisaient délirer. Moi aussi, me souvenant de mon père, de mes tantes, de nos vergers et de nos chasses à courre, de tout ce que j'avais entr'aperçu, en modeste spectateur, de nos aventures collectives et de notre déclin éclatant, j'ai vécu entre l'Empereur Alexis de *La Gloire de l'Empire* et le grand-père accablé par le lent écroulement de Plessis-lez-Vaudreuil.

Ce mixte d'histoire et d'imagination a dérouté nombre de lecteurs. Je me souviens encore d'une vieille dame à qui j'avais dû avouer, au cours d'une de ces rituelles et ridicules séances de signature, que les Plessis-Vaudreuil n'étaient pas vraiment ma famille et que mes souvenirs étaient pour la plupart inventés. Elle s'en allait déçue, retournée, presque bouleversée, après m'avoir jeté : « Oh ! Monsieur… Et moi qui croyais que vous aviez tant de talent… » Je me cramponnais à ma table et je me répétais en moi-même la formule fameuse où Proust met l'état d'esprit où l'on invente infiniment au-dessus de l'état d'esprit où l'on observe.

N'allez surtout pas vous figurer, je vous prie, que la folie des grandeurs me soit montée à la tête et que je voie ma place marquée dans le livre sublime, qui se clôt peut-être sous nos yeux, de la littérature française. Je repère seulement mon domaine, les vieux arbres millénaires parmi lesquels je me promène. Je n'ai pas d'autre ambition que de jouer le rôle du dernier des brins d'herbe dans la forêt immense. À l'âge où les jeunes gens veulent tous devenir Lautréamont, Karl Marx, Sigmund Freud ou Lénine, je me contenterais volontiers, avec une exquise modestie, du sort assez peu envié d'un Octave Feuillet, d'un Paul Bourget au rabais, d'une espèce d'Henry Bordeaux. Être Toulet, Jules Renard, Laurent Tailhade ou Marcel Schwob me remplirait d'orgueil. Hélas ! je le pense avec plus de sérieux que vous ne l'imaginez : je me vois d'abord, et fondamentalement, sous les espèces d'un incapable. Non pas, sans doute, tout à fait un imbécile ou un bon à rien, mais un de ces incapables à qui la chance, le hasard, la société surtout ont réussi à faire une place parmi les tourbillons de ce monde.

Que je l'avoue une fois pour toutes : j'ai presque tout reçu de ce que cette vieille planète peut offrir à ses hôtes. Je touche du bois : j'ai eu de la veine. Femmes, honneurs, famille, fortune, j'ai presque tout connu des succès de cette vie. Je cours un risque en l'écrivant. Mais je l'écris par humilité. Mon mérite est très mince. J'ai tout trouvé en naissant.

Dans le deuxième quart de ce XXe siècle, je suis né, en Occident, dans une classe sociale qui cumulait tous les privilèges. Parce que j'avais des parents qui avaient le sens du devoir et qui savaient unir au goût de la tradition le libéralisme le plus vrai et le plus ouvert, j'ai regardé assez vite — et j'aurais pu et dû le faire avec plus de rigueur — plutôt du côté des livres, des idées, des études, que du côté du golf, des champs de course, des palaces de luxe et des boîtes de nuit. Toute ma carrière — comme je déteste ce mot que mon père aimait tant ! — est sortie de ce choix que d'autres ont fait pour moi. Mon seul mérite — et je n'y suis pour presque rien — est d'avoir transformé des privilèges sociaux en avantages intellectuels : par un paradoxe qui va assez loin, ceux-ci ne sont pas toujours liés à ceux-là. Ils le furent pour moi. C'est une chance. Je n'ai eu qu'à cueillir les fruits qui tombaient de tous les arbres que beaucoup d'autres, avant moi, avaient plantés pour moi.

Pas un mot ne sortira de ma bouche pour dénoncer, selon la mode, cette famille, ce milieu, ce passé d'où j'ai surgi tout armé. Je dis seulement merci, avec beaucoup de politesse, comme on m'a appris à le faire. Merci pour toute cette chance et merci pour tous ces bonheurs. Comment, en remerciant, en baisant les mains à la ronde, en faisant toutes mes grimaces et toutes mes révérences, l'idée ne me serait-elle pas venue qu'il fallait, même après coup, mériter, si peu que ce fût, tout ce qui m'avait été offert par l'enchaînement des effets et des causes, par le hasard, par les dieux ? Entre l'angoisse et la syphilis, beaucoup de grands écrivains ont écrit des chefs-d'œuvre parce qu'ils étaient malheureux. Comblé, sinon de talent, du moins de dons extérieurs, en bonne santé, curieux de tout, j'ai écrit quelques petits livres et aussi quelques gros livres parce que j'étais heureux.

Heureux ! Voilà un mot terrible de lâché. Quel scandale en notre âge ! Quel aveu ! Mais quoi ! J'étais heureux. Et je m'arrangeais pour l'être. Avec tout ce qu'il fallait d'égoïsme et d'indifférence. Je pense, comme les bonnes gens de ce qui reste encore de nos campagnes, qu'il n'y a pas d'autre malheur que la mort et la souffrance. J'ai vu mourir, comme tout le monde, beaucoup de ceux que j'aimais. J'en ai vu souffrir beaucoup. Et leurs souffrances — ni les miennes — ne me faisaient jamais plaisir. Je déteste la souffrance, même celle des autres. Mais au milieu de tant de douleurs, au milieu de tant de chagrins, au milieu de tant d'erreurs et de déceptions, oui, j'ai été heureux. Et cette vie inépuisable où tant de choses sont belles et bonnes, dans ces temps déchirés où le malheur est si bien vu, je la salue et je l'aime.

Quelle curieuse folie de penser et d'écrire que le mieux, dans ce monde, est de n'y être jamais passé et de n'être jamais né ! Je ne suis pas éloigné de croire moi-même que la vie, pour chacun, est une vallée de larmes et d'épreuves. Qu'importe ! Les fleurs poussent dans cette vallée, et nos pleurs les arrosent. Jusqu'au goût des larmes, jusqu'au souvenir des épreuves qui sont pleins de délices puisqu'ils appartiennent à la vie. Je ne sais pas à quels malheurs je suis promis en ce monde. Mais je n'aurai pas assez de l'éternité pour me réjouir d'y avoir vécu.

Le plus louche dans ce bonheur, c'est ma condition. Il faudrait, comme pour *tout le monde* — un homme n'est pas si simple —, beaucoup de traits pour me dépeindre. On pourrait donner des chiffres — une taille, un poids, des mensurations —, trouver des adjectifs de couleur et de forme, retracer une carrière, énumérer des livres, chercher à retrouver des sentiments, des espoirs, des ambitions, ressusciter des amours ou des amitiés. Parce que nous vivons aujourd'hui, au début du dernier quart du dernier siècle de ce deuxième millénaire après la naissance du Christ, il n'y a, je le crains, qu'une définition d'essentielle : j'appartiens à une classe économique et sociale très hautement privilégiée. Peut-être faut-il encore pousser un peu plus loin. Je me situe entre deux mondes : entre un monde qui s'efface et un monde très vivant, entre tout ce qui subsiste encore d'un univers du souvenir et un univers de l'annonce, de l'attente, de la promesse — peut-être trompeuses et fallacieuses, mais où se sont réfugiées toute la vie et la force perdues par la tradition. J'évolue depuis cinquante ans dans tous les cercles, eux-mêmes multiples, de la bourgeoisie intellectuelle.

Intellectuel. Privilégié. Bourgeois. Non, je n'en rougis pas. Et je n'en suis même pas très fier. Est-ce ma faute à moi si je suis né dans le VIIe, dans cette rue de Grenelle, bordée de vieux hôtels où le temps et l'histoire ont installé des ministres et un ambassadeur des Soviets qui n'avait pas encore émigré vers le XVIe et les abords du bois de Boulogne, si mon père était diplomate, si ma mère avait un château, si l'argent, de toutes parts, ne m'a jamais manqué ? On me dira naturellement qu'il fallait me révolter. Je n'en ai jamais senti, hors des élans vers la mode ou de brèves impatiences, l'impérieuse nécessité. Je ne vois pas, loin des miens, plus de vertus que chez eux. Je ne dis pas qu'il n'y ait ailleurs rien de grand ni de beau à admirer et à suivre. Je ne dis pas que les miens — et moi-même — ayons toujours été dénués de toute faiblesse et de tout ridicule. Je ne dis pas, surtout, que l'histoire ne tranchera pas, qu'elle n'est pas déjà en train de trancher, qu'elle ne rejettera pas dans le passé toute une partie immense de ce qu'aimaient mes parents — et que je ne déteste pas. Je dis seulement que tout un lot de crimes reprochés à la bourgeoisie, aveuglé peut-être par l'habitude et l'affection, je le recherche en vain chez les miens : ils n'étaient pas avides, ils n'avaient pas le culte de l'argent, ils n'étaient pas hautains, ils n'étaient pas cruels, ils n'étaient pas inhumains, ils n'étaient pas hypocrites — ou guère : moins, en tout cas, que beaucoup d'autres, aujourd'hui, sous nos yeux, qui dénoncent l'hypocrisie et la cultivent pour leur compte —, ils ignoraient la bassesse, l'égoïsme, la haine. Je les aimais, *je les aime* encore, pour tant de tendresse et de dignité.

Ce n'est pas pour moi que je plaide. C'est pour eux. Le surréalisme, le marxisme, la vitesse, la psychanalyse, le goût de vivre de Morand, le cynisme des hussards, la crise économique et la crise religieuse ont tout de même, depuis des années, soufflé en rafales sur votre modeste serviteur en même temps que sur vous. À côté de mes parents et de mes grands-parents et de ces fameux ancêtres jusqu'à la énième génération, je me sens tout plein de failles et de petites secousses. Eux, dans l'aveuglement — si vous y tenez — de leurs convictions et de leur foi, ils étaient inébranlables. Pour que leurs vertus, tant moquées — et parfois par moi-même — ne périssent pas tout entières, j'ai écrit *Au plaisir de Dieu.*

Plusieurs — plutôt, j'ai le regret de le dire, parmi les critiques et les journalistes que parmi le grand public qui a mieux vu mon dessein, construit autour du souvenir et de l'écoulement du temps — ont pris *Au plaisir de Dieu* pour une description et une illustration de l'aristocratie et de la noblesse. En un sens, il est vrai, Plessis-lez-Vaudreuil est un nid de gentilshommes. Ce sont leurs traditions, leurs rêveries, leurs illusions, leur conception de l'histoire que j'ai cherché à perpétuer. Et elles ne se confondent pas, en effet, avec celles de la bourgeoisie. Après beaucoup d'autres, j'ai moi-même suggéré que la noblesse terrienne donnait la main aux paysans par-dessus les bourgeois. Mais enfin, aux yeux des classes montantes — et l'évolution sociale leur donne de plus en plus raison —, l'aristocratie n'est rien d'autre — avec toujours, peut-être, une certaine capacité de susciter une vague nuance de surprise ou de curiosité — que la frange extrême de la grande bourgeoisie. Le tout donne du milieu un peu restreint que j'ai dépeint l'image d'un syncrétisme social où se mêlent toutes les classes, depuis le peuple des campagnes jusqu'à la grande bourgeoisie : c'est la fine fleur et la crème du métro à l'heure de pointe. Une telle interprétation est surtout exacte dans le cas de ma propre famille puisque l'histoire des d'Ormesson se confond, je l'ai déjà dit, avec les fastes modestes de la noblesse de robe, adversaire assez opiniâtre, tout au long de son histoire, de la noblesse d'épée. Les experts découvriraient naturellement dans mon arbre généalogique pas mal de noms assez éclatants, de ces beaux noms de fureur et de splendeur hautaine qui résonnent encore dans les livres parmi les cliquetis d'armes et les longues chevauchées. Mais, parmi la multitude que j'évoquais tout à l'heure, ils découvriraient aussi, et avec plus de facilité encore, des noms de bourgeois, d'artisans, de commerçants, de paysans, de plus en plus nombreux au fur et à mesure qu'ils s'enfonceraient dans le passé. C'est leurs vertus à tous que j'ai voulu chanter et la gloire de l'éternité à travers les changements.

Le long de la pièce d'eau, mon père — dont certains traits ont sans doute passé à mon grand-père de fiction — ne me parlait jamais de cette aristocratie ou de cette noblesse dont il se moquait plutôt. Il ne me parlait que de vertu. Pour lui, la vertu, la morale, le devoir, la république, l'État n'étaient qu'une seule et même chose, comme la littérature et l'amour n'en sont qu'une seule pour moi. Il y a quelque chose d'assez aristocratique qui n'apparaissait guère chez mon père et qui, par une espèce de paradoxe assez étonnant, resurgirait plutôt chez moi, à travers tout un lacis d'influences à la fois littéraires et bourgeoises où se retrouveraient pêle-mêle *Les Nourritures terrestres* et le goût du divertissement, un peu de Proust, un peu de Toulet, une certaine frivolité, un penchant pour l'aventure détestée par mon père : c'est le plaisir. Mon père ignorait le plaisir. Il ne le trouvait que dans le devoir. Tout au long de ma vie, j'ai bien aimé le plaisir. Et je ne l'ai pas toujours confondu avec le devoir.

Le corps, l'argent, le confort, les vêtements, la nouveauté, la vitesse, les femmes et l'amour m'occupent plus aujourd'hui qu'ils n'occupaient mon père. Une génération a passé, quelques années, pas mal d'idées. Le paysage a changé, l'air du temps, tout ce climat impalpable, fait de mille traits minuscules dont l'ensemble, toujours très digne, au-delà des modes, de séduire un romancier, constitue une époque. Voilà des siècles et des siècles que le monde ne fait que changer et que, toujours pareil à lui-même, il se présente pourtant à nous, à travers l'espace et l'histoire, sous tant de visages différents, inlassablement capables de nous surprendre et de nous émerveiller. Est-ce que le monde s'est plus transformé entre mon père et moi que dans les âges précédents, est-ce qu'il court aujourd'hui vers des catastrophes plus évidentes, est-ce que les choses autour de nous vont plus vite et plus mal ? Autant de questions si obscures et si vagues que mieux vaudrait sans doute s'abstenir de les poser. Les progrès de la science, des techniques, des transports, des moyens de diffusion ou d'extermination, je m'en voudrais tout de même d'y patauger à mon tour et de tomber dans les lieux communs qui font les délices de nos dîners et de nos hebdomadaires avant de glisser dans le néant de l'oubli, d'où surgiront, j'espère, dans l'avenir comme dans le passé, loin de la médiocrité des connaissances suffisantes et des commentateurs bavards, quelques-uns de ces baladins de génie, presque ignorés de leur vivant et dont le souvenir, plus tard, balaie tout ce qui pouvait passer de leur temps pour sérieux et pour important.

Au jugement de mon père, d'ailleurs, le long de la pièce d'eau, ces baladins et ces saltimbanques, ces poètes et ces romanciers que j'admirais déjà ne pesaient pas très lourd. Ils ne valaient guère mieux que les jouisseurs et les anarchistes. Dans le commerce des âmes, mon père, je le crains, faisait peu de crédit aux artistes. Il leur préférait, vous le savez, les universitaires et les fonctionnaires. Mon père aimait les idées. Il n'aimait guère les mots. Je l'ai dit, je dois le redire : il avait un peu de mépris pour la littérature. Il n'avait de l'estime que pour les grandes carrières au service de l'État. Je me demande quelquefois d'où m'est venu ce goût des livres qui a dirigé toute ma vie. J'avais autour de moi, en dehors de l'exemple de mon père, ou de celui de son frère, mon oncle Wladimir, ambassadeur évidemment, et académicien de surcroît, pas mal d'images de vies oisives, consacrées à la chasse ou aux activités classiques de l'existence bourgeoise. Entre la diplomatie et la Bourse, entre les dossiers et la chasse à courre, j'ai pris un autre chemin encore. Il y a toujours d'autres chemins. J'ai raconté des histoires.

Ce dérapage en moi vers des univers rêvés reste, à mes propres yeux, une espèce de mystère. On ne m'ôtera pas de l'idée qu'il s'agissait d'abord d'un comportement de fuite. Dans ce monde assez immobile que j'ai dépeint plus tard avec beaucoup de tendresse, je crois me souvenir que je piaffais aussi. Mais parce que, de tout ce qui s'offrait à mon vaste appétit, rien ne s'imposait à moi avec suffisamment de force pour exclure tout le reste, parce que je désirais presque *tout et que* j'étais capable de peu de chose, je rêvais mon avenir, et parfois même mon passé, au lieu de me mettre à les vivre.

Non, il n'y a pas de quoi se vanter. Je battais en retraite vers l'imagination. Il y avait là de la lâcheté, de la paresse, de la facilité et déjà un certain goût pour la publicité. Je crains de n'avoir écrit mes premiers livres que pour me distinguer et pour vivre dans d'autres esprits. Je me suis mis à écrire avant de savoir quoi écrire. C'est lentement, très lentement, que l'image de ce que je voulais faire, si floue dans mes débuts, s'est peu à peu précisée. J'aurais un peu honte, maintenant, d'écrire pour écrire. Il me semble — mais les exemples ne manquent pas d'artistes et d'écrivains en train de se tromper sur eux-mêmes et sur le sens de leur œuvre — que les choses en moi, et les mots, viennent désormais d'un peu plus loin. Ah ! ce n'est pas que je me mêle de messages ni de je ne sais quel magistère. Je dois l'avouer une fois de plus, et je n'ai guère varié sur ce point qui a fait mettre en doute, et sans doute à juste titre, mes capacités dans plusieurs domaines — et en dernier lieu dans celui de la presse : l'esprit de sérieux me fait horreur. Je ne crois pas aux gens graves, à la comédie d'importance qu'ils jouent à eux-mêmes comme aux autres. Lorsque je suis arrivé, dans des circonstances qui pourraient sans doute tenter des auteurs de Mémoires, à la tête du *Figaro*, et que — accablé enfin de ces soucis et de ces responsabilités que j'avais fuis toute ma vie — j'émettais quelques inquiétudes sur mon destin d'écrivain, j'entendais autour de moi des sirènes délicieuses me murmurer que des souvenirs sortiraient à coup sûr de ces expériences et de ces tumultes. Mais je n'écris jamais sur ce que je vois ou ce que je fais. La Grèce, le Népal, le ski, la presse, les rencontres et les dossiers : je vise plus haut et plus loin. Je rêve. Je veux plus de justesse et plus de vérité : j'invente. Tout ce que peuvent faire pour moi les circonstances de la vie que les autres disent réelle, ses bonheurs et ses malheurs, ses hasards et ses trésors, c'est de me servir de tremplin et de me donner envie de comprendre, de me souvenir, de ressusciter, de faire naître et de créer — de m'introduire à un autre monde et à une autre vie plus réels que les vrais. Il m'est arrivé de rentrer chez moi en courant, pressé par une urgence qui ne pouvait plus attendre. Non, je n'avais pas envie de pisser : j'avais besoin d'écrire. Et de donner le jour à des vies et à des univers qui n'existeraient que par moi.

Je me souviens de ces instants de miracle où quelque chose soufflait sur moi avec une violence qui me faisait mal : c'était le monde et le temps qui s'offraient en désordre *et qui me criaient* de les prendre et d'en faire ce que je voulais. Je restais là, immobile, au coin de la rue du Bac et de la rue de Varenne, sur un rocher des Lipari, dans mon bureau de l'Unesco ou du rond-point des Champs-Élysées. Ma médiocrité, ma paresse, mon absence de talent — *Les dernières pages de J.O.*, écrivait à peu près Jacques Chardonne, qui ne me détestait pourtant pas, *manquent extraordinairement de talent* —, comme je les maudissais ! Il me semblait que, là, à portée de la main, me narguait quelque chose d'ineffable et d'obscur, tout fait de grandeur, de succès et, pourquoi pas ? de gloire. La grandeur, le succès, la gloire me paraissent aujourd'hui à la fois redoutables et négligeables. Parce que l'imposture y règne, le plus souvent. Il y a un beau mot de Lacordaire, cité par Montherlant : *Franchement, j'ai pitié de la gloire.* Une modeste exactitude, un ton juste, la vérité, même forgée, voilà ce qui me fait rêver, voilà mes espérances. Je me souviens de la pièce d'eau. L'ombre de mon père est toujours devant moi. Je lui demande si c'est bien, si ça va, s'il est enfin content de moi. Ah ! s'il inclinait la tête, avec son sourire si doux, et s'il me prenait dans ses bras pour me dire qu'après tant de folies, j'ai fait enfin ce qu'il espérait — autre chose, bien sûr, mais peut-être mieux.

L'ÉTÉ

L'été ramenait la famille dans ce château de Saint-Fargeau qui m'a servi de modèle pour mon Plessis-lez-Vaudreuil, et dont on trouve déjà des traces dans *Au revoir et merci* et dans *La Gloire de l'Empire.* C'était une immense et vieille bâtisse. Ses briques roses sous ses toits noirs donnaient une allure étonnamment gaie à sa masse gigantesque. Dans la cour intérieure en forme de pentagone s'étaient succédé tour à tour, au fil des ans et de l'histoire, les mariages de famille, les chasses à courre, les enterrements, les visites princières, les hordes de touristes et les photographies de groupe, les chars allemands et les camions de déménagement. Je me revois encore, et jusqu'à mon dernier souffle, j'imagine, je me reverrai toujours à la fenêtre de ma chambre qui donnait sur le parc, sur la pièce d'eau, sur les premiers arbres, au loin, de cette grande forêt de chênes de ma Puisaye d'enfance, perdue, un peu loin de tout, entre Loire et Bourgogne.

Je n'avais pas toujours habité cette chambre à la vue somptueuse et paisible. Longtemps, je m'étais contenté d'un couloir plus modeste d'où je voyais les communs et les toits du village. Longtemps, aussi, j'avais eu sous les yeux des paysages bien différents : les Alpes de Bavière, les Carpates, la baie de Rio de Janeiro entre le Pain de Sucre et le Corcovado. L'amour romanesque de la littérature, deux grandes choses vagues, mais puissantes, l'ont lentement nourri en moi : les ombres, dans le passé, de ces ancêtres mystérieux dont mon père me parlait et ces décors, tout autour de la planète, qui se découvraient successivement à mes yeux d'enfant à peine étonné par toutes les facilités et toutes les splendeurs de ce monde.

Juste avant Hitler, la Bavière, ses lacs aimés de ses rois, ses montagnes, ses brasseries, ses culottes de peaux ont été pour moi comme une première patrie. Je crois entendre Verlaine, et aussi Duke Ellington, chanter d'une voix rauque et d'une voix angélique : *Souvenir, souvenir*... Quand je m'approche à nouveau, en voiture, l'été, du lac de Starnberg, de ses prairies si vertes et de ses hauts sommets neigeux au loin, quelque chose en moi me murmure des secrets familiers et inconnus : c'est le passé qui se désole de n'être plus que des images qui s'effacent peu à peu et qui mourront avec moi. Que la source à la fois de toute psychologie et de toute poésie se trouve dans ces paradis de l'enfance, rien de plus évident, à mes yeux. Parce que j'y ai vécu les premières années de mon passage dans ce monde, je ne cesserai jamais d'appartenir au soir en train de tomber sur un lac de Bavière.

Vous n'attendez pas de moi, je suppose, qu'à la façon de ces vieux généraux ou de ces diplomates en retraite qui se mettent soudain à lorgner du côté du quai Conti, je retrace ici les étapes de mon existence ou de la carrière de mon père. Rien ne m'ennuie comme les carrières. Je me suis longtemps refusé, grâce à Dieu, selon une formule bourgeoise qui s'évanouit sous nos yeux, à embrasser un état. Je m'inquiète aujourd'hui, à regarder derrière moi, de voir que la rue d'Ulm, l'agrégation de philosophie, les cabinets ministériels, l'Unesco, le journalisme, quelques livres, l'Académie française et *Le Figaro* dessinent peu à peu un paysage qui ressemble comme deux gouttes d'eau à une de ces carrières détestées. Je me méprise un peu, en vérité, d'être tombé aussi bas. Je rêvais d'autre chose, quand j'étais jeune. De plus grandes choses, et de plus hautes. De plus vagues, aussi. Quelles choses, quels rêves, quelles ambitions ? Je ne sais pas. Même alors, je ne savais pas. L'été, en tout cas, libéré de l'algèbre, de la géographie physique et des sciences naturelles, écrasé de soleil, le monde m'appartenait.

Dans nos temps modernes, cernés par la laideur industrielle et par toutes les folies de l'emploi du temps, tout été est une île. Et tous les étés successifs ne font qu'une seule île dans une vie. Beaucoup, autour de nous, et nous-mêmes souvent, ne vivons pendant onze mois que pour ces quatre semaines de l'été qui font entrer le soleil dans un douzième de nos existences. Parmi la grisaille des jours envahis par le quotidien, elles sont un havre de bonheur et d'insouciance. Chaque chef de gouvernement sait que, dans nos pays occidentaux au moins, toute révolution est impossible entre le 1er juillet et le 1er octobre : c'est la récréation du monde moderne, ce sont les grandes vacances de l'histoire. Pour moi aussi, pendant de longues années, l'été n'appartenait pas vraiment à la longue marche des années. Dans un mélange de mythe et de réalité plus profonde, c'était une exception où je m'arrachais au monde pour être enfin moi-même.

J'ai essayé de montrer, dans *Au plaisir de Dieu*, comment tous les étés, une fois sortis de l'histoire, se ressemblaient entre eux. Ils demeurent immobiles dans un temps en dérive. Et Plessis-lez-Vaudreuil reste pour moi l'image de Saint-Fargeau pétrifié par août, entre les interminables lectures sous les tilleuls centenaires et les processions en l'honneur de la Sainte Vierge autour de la pièce d'eau. Il y a, naturellement, un peu de mensonge dans ces images. Je me souviens que les soirs d'été, dans ma chambre, un vieux poste de T.S.F. qui datait d'avant-guerre et qui nous avait murmuré successivement les discours du maréchal et les appels du général m'apportait, dans la fièvre, vers le début des années 50, les échos brûlants de tous les plaisirs de la Côte et de Saint-Tropez. Saint-Fargeau était alors très loin de m'apparaître comme ce mythe de bonheur et de paix que je devais dépeindre plus tard sous le nom de Plessis-lez-Vaudreuil et enraciner pour toujours (voilà bien de la prétention…) dans ce département fictif de la Haute-Sarthe qui n'a jamais existé. Le vieux château de la famille m'était plutôt une prison. Ailleurs, le soleil brillait.

Quelques-uns de mes souvenirs de bonheur sont liés à ces matins d'été où je quittais en voiture, vers le sud, nos forêts mythiques de la Puisaye. Le soleil sur ma tête, je roulais vers mes rêves. Toute ma vie, le thème du départ — et il était lié à l'été et à ses bourdonnements — n'aura cessé de me fasciner. Je l'avais appris dans Gide, sans doute, ou chez ces surréalistes que je maniais avec précaution, toujours épouvanté de leur capacité de mépris pour le genre de vie que je menais. Le premier de mes livres ne valait pas grand-chose. Mais il commençait par une phrase qui devait sortir de moi à d'assez grandes profondeurs : *Le 26 juin, le patron m'appela. C'était pour me mettre à la porte.* Quelque quinze ou vingt ans plus tard, dans la vie et dans la fiction, un autre départ, plus tragique, devait jouer un double rôle capital dans mon existence et dans mes livres : nous quittions Saint-Fargeau et nous quittions Plessis-lez-Vaudreuil. Mais quand j'avais vingt-cinq ans — Seigneur !... il y a vingt-cinq ans... — le drame ne me frôlait guère. Je ne connaissais qu'un drame : c'était l'ennui. L'été, je le fuyais vers le sud.

Saint-Tropez, la Côte, les guignols de l'après-guerre, les longues voitures et les bateaux blancs ou noirs qui seraient délicieux sans leurs propriétaires — je leur ai consacré le plus mauvais de mes livres — ne m'attiraient pas longtemps. J'en rêvais à Saint-Fargeau. La réalité m'en dégoûtait vite. Je partais pour la haute Provence et pour l'Italie.

J'ai aimé peu de choses dans ma vie autant que la Provence et l'Italie. J'aimais d'abord le soleil. Je l'aimais un peu bizarrement. Il m'est toujours apparu comme une image à la fois de l'éternité et du néant. Il détruisait tout. Il faisait le vide. Il nettoyait le monde. Il éveillait en moi autant de tristesse que d'allégresse. Aujourd'hui encore, où j'ai enfin appris à travailler, une mélancolie m'envahit à regarder, au-dehors, quand je suis penché sur ma page blanche, le soleil en train de briller dans un ciel sans nuages. J'entends des rires, des appels sur la mer, tous les chuchotements de la marée et du sable, je sens la lavande et l'odeur forte du sel. Une espèce d'envie me pénètre parce que des jeunes gens font l'amour avant de dormir sous les pins. Ah ! comme le monde est grand et beau ! Et je me remets à écrire. En ces temps-là, déjà, où je ne travaillais guère — et je me dis quelquefois que j'ai encore trop travaillé et quelquefois aussi que j'aurais mieux fait de travailler beaucoup plus —, le soleil me faisait un peu peur. Il y avait dans sa splendeur quelque chose de déchirant.

Le bonheur n'est peut-être rien d'autre qu'un état de passage. J'ai été heureux, en sortant des brumes, à la rencontre du soleil. Le seuil de Valence, la traversée du Mont-Cenis ou du Grand-Saint-Bernard, la descente sur Florence ou sur Portofino, la vallée d'Aoste surtout, lorsqu'elle était toute en fleurs, entre ses vieux châteaux, au tournant du printemps, me laissent des souvenirs d'emportement et de jubilation où j'étais près de crier. J'ai semé un peu partout ces images de soleil et de bonheur qui transforment plusieurs de mes livres en annexes des guides bleus ou en Michelin littéraires. J'étais souvent, dans ces livres, avec une femme que j'aimais — et quelquefois avec plusieurs. J'étais souvent seul, dans la vraie vie. Ou quelquefois avec mon père.

Ces voyages d'Italie en compagnie de mon père me font entrer dans un monde si reculé et si doux qu'il me semble plutôt appartenir au rêve qu'à la réalité. Est-ce que je savais, en me promenant le soir avec lui à Pérouse ou à Spolète, que j'étais en train d'égrener avec négligence les plus beaux jours de ma vie ? Sans doute, alors même, songeais-je encore à autre chose ? À une fille rencontrée et dont je ne me souviens même plus, à une voiture de sport qui m'avait fait envie, à tous les mirages de la philosophie dont j'avais la tête farcie ? J'ai passé ma vie à rêver dans des rêves. Nous fuyions les palaces, nous arrivions, le soir, dans les petits hôtels de la province italienne — les Pouilles, les Marches, les Abruzzes, le Basilicate, la Toscane, l'Ombrie — et nous allions nous mêler, à l'heure de la télévision, aux processions des jeunes gens, très bruns dans leur chemise blanche, qui passaient lentement devant les jeunes filles. Ô Stendhal ! Ô Visconti ! Il y avait dans l'air une sorte de gaieté et d'animation calme qui mettait du bonheur dans les cœurs. C'était autour du début des années 50. La guerre n'était plus qu'un souvenir qui s'effaçait assez vite. La prospérité s'annonçait. La violence, les attentats, les otages, la politisation à outrance étaient encore tapis dans le futur. Nous nous promenions dans la nuit très douce et un tourbillon de paix nous emportait avec lui.

De temps en temps, bien sûr, j'avais envie d'être seul et de pouvoir poursuivre, dans l'ombre des vieilles ruelles de Florence ou de Rome, de prodigieuses aventures. Lorsque j'étais assis avec mon père à la terrasse d'une trattoria ou que nous déambulions après le dîner, il arrivait à une jeune serveuse ou à une étudiante scandinave de me regarder en souriant. Peut-être n'était-ce que par distraction ou peut-être allais-je parfois même jusqu'à inventer le sourire ? N'importe. Je l'imaginais, ce sourire, et il résonnait longtemps dans mon cœur.

J'emportais souvent, dans mes voyages, un de ces volumes de la Pléiade qui vous permettent de transporter toute une bibliothèque sur papier bible dans un format assez restreint. Et je choisissais Proust une fois sur deux ou sur trois. Il y a dans *À l'ombre des jeunes filles en fleurs* un merveilleux passage auquel, comme fréquemment chez Proust — *la madeleine, la petite phrase de Vinteuil, la mort de Bergotte* —, un côté très achevé en même temps que génial impose, à l'intérieur du flux inépuisable et à peine découpé de l'analyse proustienne, un titre spécifique. Ce passage qui me faisait rêver est connu de tous les lecteurs de la *Recherche* comme celui où apparaît soudain, au cours du voyage en chemin de fer vers Balbec, la vision fugitive de la jolie fille à l'aube — une belle laitière, éclairée obliquement par le soleil levant : *La vie m'aurait paru délicieuse si seulement j'avais pu, heure par heure, la passer avec elle, l'accompagner jusqu'au torrent, jusqu'à la vache, jusqu'au train, être toujours à ses côtés, me sentir connu d'elle, ayant une place dans ses pensées… Elle ne me vit pas, je l'appelai. Au-dessus de son corps très grand, le teint de sa figure était si doré qu'elle avait l'air d'être vue à travers un vitrail illuminé… Cette belle fille que j'apercevais encore, tandis que le train accélérait sa marche, c'était comme une partie d'une vie autre que celle que je connaissais… Mais hélas ! elle serait toujours absente de l'autre vie vers laquelle je m'en allais…*

Combien en ai-je rencontrés de ces visages et de ces corps qui, le temps d'un éclair, déchiraient quelque chose en moi au moment même de s'évanouir ! Je n'étais même pas, comme le narrateur de la *Recherche*, enfermé à l'aube dans un train. Je conduisais ma voiture, je me promenais à pied. Mais le temps de faire quelques mètres, de revenir sur mes pas, de rechercher l'apparition fugitive qui m'avait tant frappé, le monde avait déjà basculé et mon songe s'était dissipé. Avec mon père surtout, dans les petites villes italiennes, j'ai vu naître ainsi et s'effacer aussitôt des dizaines de destins qui me paraissaient enchanteurs et d'amours impérissables.

Si libéral en politique, mon père, dans le domaine des mœurs, était d'une rigueur d'un autre âge. Je dois, j'imagine, à cette éducation effrayante mon goût de l'amour comme péché. Gide écrit très bien quelque part — mais il a volé l'idée à Léonard de Vinci — que l'art vit de contrainte et meurt de liberté. L'amour — quoi d'étonnant ? — est tout pareil à l'art. Don Juan n'a évidemment de sens que dans une société catholique, bardée d'interdits et de châtiments. La société de tolérance est le coup le plus dur porté à la fois aux séducteurs et aux romanciers. On nous a rebattu les oreilles avec le cri de Dostoïevski : *Si Dieu n'existe pas, tout est permis.* Il faut naturellement ajouter que si tout est permis, la littérature est morte. Une opération assez simple permet peut-être aussi de conclure que la mort de Dieu entraîne l'écrivain dans sa ruine. *Tristan et Iseut*, *Le Cid*, *Phèdre*, *La Princesse de Clèves*, *Le Rouge et le Noir*, *L'Éducation sentimentale* et *Le Maître de Santiago* s'effondrent dans le néant si les règles s'effacent, si les principes sont ébranlés. Mon père avait des principes et il respectait une foule de règles. J'ai passé beaucoup de mon temps à les défendre à mon tour et à les transgresser. À les défendre, je le crains, pour mieux pouvoir les transgresser.

Est-ce que je suis fier de cette phrase qui sent à plein nez, bien au-delà du milieu de la vie, son adolescence provocante et ses jeux de déclin ? Non, je n'en suis pas fier. Je l'écris parce qu'elle est vraie et que, dans ce grand chambardement que nous vivons aujourd'hui et dans ses contradictions — les fameuses contradictions, peut-être, de la société libérale et du capitalisme —, je ne vois que la vérité pour pouvoir encore nous aider. Et je ne parle pas seulement d'une sincérité morale. Je parle d'une vérité plus profonde et cachée, recelée au fond d'elle-même par la société de notre temps et que l'art seul, je crois, peut révéler à nos yeux.

Quand je ressortais, le soir, mon père une fois couché, dans les rues sombres des petites villes, quelque chose bougeait en moi : un mélange d'attente et de répulsion, une espérance et une crainte. Vous me direz, ah ! ah ! que c'était un jeune homme qui avait envie de baiser. Pourquoi pas ? Depuis les mystères antiques jusqu'à Gide et Miller, jusqu'à Proust et Drieu, jusqu'à Montherlant et Claudel, en passant par saint Jean de la Croix et sainte Thérèse d'Avila, bien malin qui tracera entre la littérature et l'amour, entre l'art et le désir une frontière très précise. L'air était doux, la nuit, en été, dans les rues presque désertes de Venise et de Lucques. *Il avait marché dans ce quartier*, écrit Pieyre de Mandiargues à propos, je crois, de Fano, *et les vieux édifices ou leurs restes entouraient son vagabondage d'une architecture théâtrale où ne manquaient qu'un drame et des acteurs. Les villes d'Italie sont-elles donc un théâtre unique, toujours et partout le même, où tout pourrait se jouer ?* Moi aussi, je marchais dans mes villes italiennes. Moi aussi, j'attendais les acteurs et le drame avec cette impatience des catastrophes qui est une des marques de la jeunesse. Et je rêvais beaucoup à des choses vagues et exquises.

Je rêvais aussi assez souvent à des ombres évanouies qui m'avaient précédé, il y avait de longues années, sous ce même soleil de Toscane et d'Ombrie et dont mon père me parlait moins volontiers que des contrôleurs des finances et du défenseur de Fouquet. Contrairement, une fois de plus, à ma famille pseudo-ducale d'*Au plaisir de Dieu* qui pousse ses branches un peu partout dans les pays d'Europe, nous étions depuis toujours une famille très française — et, parmi des rameaux bretons, lyonnais, provençaux ou poitevins, le plus souvent parisienne. Nous n'avions que quelques alliances russes et un peu de sang irlandais. Le sang irlandais nous venait d'une très vieille et grande famille dont Mme de Boigne parle à plusieurs reprises dans ses célèbres *Mémoires*, si chers à Marcel Proust, et qui portait ce nom illustre des Fitz-Gerald, qui a marqué dans l'histoire. Voulez-vous que, parmi tant de fantômes innombrables, j'essaye de me souvenir ici de quelques-uns de ces Fitz-Gerald dont je descends en droite ligne et que j'évoquais souvent dans mes étés italiens ?

Vers la fin du XVIIIe siècle, Lord Fitz-Gerald était un gros propriétaire terrien sorti, j'imagine, des gravures de Hogarth. Il avait deux enfants, un fils et une fille. Le fils s'appelait Edward. La fille avait épousé Lord Kingston, un autre Irlandais, un peu sauvage et atrabilaire, qui ne quittait guère ses terres où il vivait en despote. Après avoir servi en Amérique, Edward Fitz-Gerald avait fait partie, au Parlement d'Irlande, de l'opposition nationale, favorable aux catholiques. En 1792, il s'était rendu à Paris où il avait noué une liaison avec la fille présumée de Philippe Égalité, duc d'Orléans, père du futur Louis-Philippe, cousin du roi et régicide, et de Mme de Genlis, gouvernante des enfants princiers. Cette jeune personne s'appelait Pamela, et il avait fini par l'épouser après la naissance d'un fils. Edward Fitz-Gerald devait, par la suite, se prendre d'enthousiasme pour la Révolution française et son nationalisme irlandais ne tarda pas beaucoup à se teinter de républicanisme. En 1798, ce précurseur de l'I.R.A. participait à l'insurrection militaire. Il fut capturé par les Anglais après une vigoureuse résistance et mourut en prison des suites de ses blessures. Pamela était morte en couches, à Paris, d'un second enfant mort-né. Le vieux Lord Fitz-Gerald n'avait jamais voulu reconnaître le mariage tardif de son fils avec une créature si douteuse, et le jeune Gerald, son petit-fils, restait à ses yeux un bâtard.

Lady Kingston, la sœur d'Edward, avait recueilli Gerald, son neveu. Elle l'avait fait élever. Elle l'aimait autant — ou peut-être plus — que ses propres enfants. Jusqu'à la mort du vieux Fitz-Gerald, dont la rigueur demeurait intraitable, elle avait été presque contrainte à dissimuler l'intérêt qu'elle portait au jeune orphelin. Après la mort de son père, Lady Kingston assura la carrière et l'avenir de son neveu. Elle lui permit de mener à bien les études les plus brillantes, elle le fit entrer dans les Gardes, elle lui assura, sur ses propres biens, des revenus égaux à ceux de ses enfants et elle facilita le mariage du jeune homme avec une cousine des Kingston qui s'appelait Mary Radcliffe et qui était douce et belle malgré sa grosse fortune. Le jeune ménage s'établit dans une maison que Lord Kingston possédait à Londres et qu'il n'habitait jamais puisqu'il ne quittait guère l'Irlande. Les années se mirent à passer, aussi calmes et heureuses que la vie d'Edward avait été agitée et tragique. À moins de quarante ans, Gerald Fitz-Gerald, neveu peut-être du futur roi des Français, extraordinairement bien de sa personne, selon la formule du temps et d'après les témoignages que nous en conservons, adoré de sa femme et de ses amis, colonel aux Gardes, était un homme comblé.

Il avait été élevé par sa tante à qui il devait tout. Il s'occupa beaucoup à son tour des enfants de sa bienfaitrice. Ainsi passent les générations dans les vieilles familles de tradition. Lady Kingston avait de nombreux enfants. La plupart étaient des filles. Le soin de leur éducation les amena successivement à Londres, où le colonel Fitz-Gerald était heureux de rendre aux enfants ce qu'il devait à la mère. Lady Ann, l'aînée des filles, était remarquable à bien

Généalogie simplifiée des Fitz-Gerald

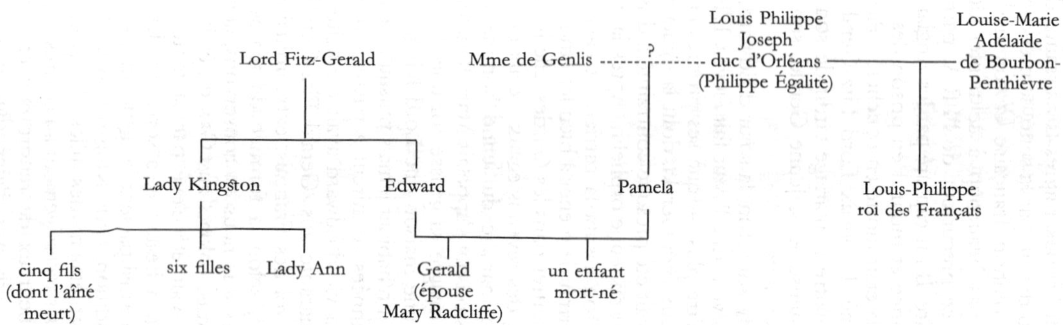

des égards. Elle était d'abord d'une beauté à couper le souffle. Nous avons toujours gardé dans la famille un petit médaillon qui m'avait souvent fait rêver. Lorsque j'évoquais, dans *Au plaisir de Dieu*, le trouble que peuvent faire naître dans les esprits et les cœurs ces vieilles photographies jaunies qu'on découvre au fond des commodes, espèces de pierres témoins effacées et vivantes des bonheurs et des secrets enfouis dans le passé, je pensais notamment à ce médaillon délicieux qui représentait Lady Ann. Avec ses longs cheveux bruns, ses yeux très bleus, son allure pure et songeuse, il y avait, dans l'image de Lady Ann, au-delà du temps qui passe et de toutes les modes fugitives, une sorte de beauté moderne et ancienne à la fois qui, comme tout ce qui est très beau, me faisait un peu mal. Pendant cinq ou six ans, ou peut-être un peu plus, le médaillon de Lady Ann avait disparu de Plessis-lez-Vaudreuil — je veux dire de Saint-Fargeau. Ma mère, mon frère Henry, mes deux sœurs et moi nous l'avions cherché partout. On avait accusé successivement des visiteurs irlandais, le chanoine Mouchoux qui venait dîner tous les dimanches, une institutrice allemande et, pour ne pas manquer aux traditions les plus sacrées des vieilles familles bourgeoises, deux ou trois domestiques éperdus, à l'attitude un peu louche. Autant de soupçons qui s'égaraient. Il y avait peu de chances de retrouver le médaillon : c'était moi qui l'avais volé.

Lady Ann était belle. Elle était aussi très sauvage. À partir de dix-sept ans, elle avait à peu près refusé de sortir dans le monde. Elle poursuivait des études de musique et d'histoire de l'art en compagnie de ses plus jeunes sœurs et elle montait à cheval avec passion. Beaucoup pensaient qu'elle finirait au couvent, car elle était pieuse jusqu'à l'exaltation. Le colonel Fitz-Gerald lui prêtait souvent des chevaux. Je l'ai traînée avec moi dans mes étés italiens.

Dans les rues de Vérone ou de Venise, l'été, le médaillon sacré dans ma poche ou au cou, je pensais souvent, en suivant de loin — car j'étais timide — ma jeune serveuse italienne ou mon étudiante scandinave en train de manger des cerises et de rêver au soleil, au destin de Lady Ann. Mon père était reparti pour Paris où l'appelait quelque affaire ou bien il rendait visite à un cardinal ou à un ambassadeur autrichien à la retraite qu'il avait connu jadis à Bucarest, ou peut-être à Genève, dans les palais poussiéreux et déjà fabuleux de l'antique S.D.N. Je me promenais avec Lady Ann le long des canaux de la Giudecca, sur les collines de Spolète ou sur les remparts de Lucques d'où j'apercevais, à travers les vieux arbres, l'église romane de San Michele, le Dôme dédié à saint Martin et la Piazza Napoleone, hantée par Pauline Borghèse et par Elisa Bacciochi. Par ces fantasmes secrets qui jouent un si grand rôle dans nos caves et nos souterrains, j'étais à mon tour, en moins bien, le colonel aux Gardes Gerald Fitz-Gerald.

Le monde m'a toujours semblé superbe et triste. Les vivants et les morts et ceux qui viendront après nous y poursuivent, sans se lasser, indifférents à l'expérience et aux avertissements, leurs formidables aventures. Lady Ann m'apparaissait tour à tour comme une sainte, comme une victime, comme une aventurière, comme une prostituée sacrée. Je reconnaissais le colonel dans les photographies de Paul Newman, dans des rétrospectives de Rudolf Valentino, dans le Lawrence d'Arabie du film de Sam Spiegel, joué par Peter O'Toole. Le film passait, je me souviens, dans un cinéma de Vérone, non loin de la Piazza Erbe, des tombeaux des Scaliger et du balcon de Juliette, assiégé par des Allemands, sentimentaux et consciencieux, que les spectres des morts ne tourmentaient pas trop.

Lady Ann aussi était passée par Vérone, vers la fin du printemps, avec Lady Kingston, sa mère, et deux ou trois de ses jeunes sœurs. Elles y avaient retrouvé le colonel Fitz-Gerald qui rentrait de Styrie ou de Carinthie où il était allé visiter une propriété qu'il se proposait d'acheter pour y tirer le cerf et le chevreuil, si Napoléon Bonaparte ne se mettait pas trop en travers de ses projets et de ses plaisirs. Le colonel était un cavalier réputé. Il était aussi grand chasseur.

Les choses, les événements, nos misérables destins ne bougent et ne se lient pas seulement à travers le temps, mais à travers l'espace. Les nouvelles, en ce temps-là, mettaient quelques jours à voyager. Avant la rencontre de Vérone, pendant que les Kingston étaient encore à Milan et le colonel à Venise, le fils aîné de Lady Kingston, qui avait toujours été un peu fragile, était tombé gravement malade. Il devait mourir quelques semaines plus tard. Sa mère et ses sœurs apprirent à Vérone qu'il était perdu. Elles décidèrent aussitôt de repartir pour Londres.

C'est là que le destin tourne sur ses gonds dérisoires. À

l'hôtel de Vérone où elles étaient descendues, Lady Kingston et ses filles se nourrissaient sagement de potage et de pâtes. Mais Lady Ann, un soir, avait demandé, que sais-je ? du poisson ou des œufs. Elle aussi, moins gravement que son frère, était tombée malade. Que faire ? Le colonel, grâce à Dieu, venait, à son tour, par le plus heureux des hasards, d'arriver à Vérone. Tout s'arrangeait. Lady Kingston et ses deux filles — ou trois filles, je ne sais plus — montèrent dans leur berline et partirent pour le Mont-Cenis ou pour le col du Saint-Bernard. Elles laissaient Lady Ann sous la garde, vigilante et sûre, du colonel Fitz-Gerald, chargé de la ramener, plus à loisir et guérie, vers l'Irlande et vers Londres.

Ce qui se passa alors — le devinez-vous déjà ? — à Vérone, à Côme, à Bellagio, personne, jamais, ne pourra rien en dire. À Côme, à Bellagio, à Vérone, j'ai longtemps marché, Lady Ann dans ma poche ou autour de mon cou, le colonel au cœur, sous les arcades et le long du lac, tout autour des arènes et dans les jardins Giusti au coucher du soleil, en reconstruisant l'histoire du monde autour de deux Irlandais très beaux — un militaire, une jeune fille pieuse — qui n'ont pas laissé de traces impérissables dans la mémoire des hommes. Aujourd'hui encore, ma famille est partagée : mon frère est pour le colonel, ma mère plutôt aussi, mon père était pour Lady Ann, et surtout contre le colonel, mes deux sœurs hésitent, et moi, je suis pour l'un et encore pour l'autre, je suis pour les deux. Vous avez déjà compris que toutes les flammes de l'été s'étaient allumées dans leurs cœurs.

Il n'y a pas de vin plus
soûl que le secret
Il n'y a pas plus grand'merveille
qu'à savoir sans partage

Alfred de Vigny avait déjà précédé Aragon en faisant murmurer à l'Ange des ténèbres en train de séduire Éloa :

Je suis le Roi secret des secrètes amours

Il n'y aurait pas de littérature, il n'y aurait guère d'amour s'il n'y avait pas de secret. Comme c'est beau, le secret ! Comme c'est effrayant, le secret ! D'Œdipe à Henry James, de Tristan et Iseut à Barbey d'Aurevilly et à Marcel Proust, de *Phèdre* à Balzac et à Jules Romains, rien ne m'émerveille autant et ne me fait plus de mal que ces îles atroces du secret dans nos mers si quotidiennes. Mme de Boigne, dans ses *Mémoires*, est tout à fait persuadée que le secret amour de Lady Ann a précédé la passion qu'elle a inspirée au colonel. Qui sait ? J'ai refait moi-même, cent fois, les chemins de délices et de croix du colonel et de Lady Ann. Tantôt Fitz-Gerald abusait purement et simplement de l'innocence de la jeune fille — vers ces heures, sans doute, du petit matin où la résistance des femmes est réduite à presque rien. Tantôt c'était la jeune personne qui détournait de ses devoirs le colonel des Gardes. À la façon d'un Queneau qui aurait lu Octave Feuillet et de ses *Exercices de style* revus et corrigés dans le genre larmoyant, j'ai écrit cent fois, en marchant en silence aux côtés de mon père, des versions contradictoires de cette ballade irlandaise sur les bords du lac de Côme.

Elle me faisait souffrir, je le jure, elle me fait encore souffrir. Je m'arrête, de temps en temps, je ferme les yeux, je murmure : « Non… non… » Mais il est déjà trop tard. La machine est en marche, elle ne s'arrêtera plus. Comme c'est drôle, l'amour : tantôt il brûle, avec de hautes flammes, avant de mourir presque aussitôt ; tantôt il s'allume, brusquement ou lentement, et, bien loin de s'éteindre, il embrase tout ce qu'il touche. Le destin, à Vérone, était très bien remonté, à la façon de ces réveils qui fonctionneront sans faille, dans une régularité rigoureuse, jusqu'à la sonnerie finale qui met un terme aux songes.

Gerald Fitz-Gerald avait fini par ramener Ann Kingston à sa mère. L'aîné des fils de Lady Kingston était en train de mourir. Personne ne s'occupa beaucoup des nouveaux arrivants qui revenaient d'Italie. On remercia pourtant le colonel, avec ce qu'il fallait d'effusion, pour avoir bien voulu se charger de veiller sur Lady Ann. Elle était un peu pâle et amaigrie, nous raconte Mme de Boigne. Rien de très étonnant après son indisposition de Vérone. Que le colonel était bon d'avoir pris, en Italie et tout au long du voyage, tant de soin et de peine ! Tout le monde était en Irlande autour du lit de mort de l'aîné. On invita le colonel à rester quelques jours parmi tous ces Kingston qui étaient sa vraie famille. Mon absence de talent m'a souvent fait enrager : il me semblait voir la scène, parmi les immenses prairies et les forêts de Lord Kingston — le vieux despote et ses fils, aussi sauvages que lui, quatre immenses gaillards immobiles et muets, le mourant dans son lit, les domestiques innombrables, Lady Kingston, suprême, le bras passé autour d'Ann agitée de sanglots, les filles répandues, des bassines dans les mains ou des linges sur les bras, à travers les couloirs et les escaliers de la maison, le colonel dans son coin, les bras croisés, et sombre.

Le fils aîné mourut. Le colonel Lord Fitz-Gerald soutint, pendant toutes les obsèques, Lady Ann défaillante. J'ai d'autres sources d'information sur les Kingston et les Fitz-Gerald que les *Mémoires* de Mme de Boigne : des papiers de famille, soigneusement classés par mon père, et qui, actes de propriété, expéditions de notaires, lettres des uns ou des autres, nous donnent une foule de détails sur ces événements qui se déroulaient au début de l'autre siècle. Il pleuvait, selon plusieurs lettres, le jour de l'enterrement. Après le soleil d'Italie, je vois, comme dans un film, ces torrents d'eau irlandaise emportant toute la boue du cimetière le long des chemins de terre.

Tout de suite après ce déluge irlandais et funèbre, les événements s'accélèrent. Toujours en compagnie de Lady Kingston et d'Ann, le colonel Fitz-Gerald regagne Londres. Il retrouve enfin sa femme qu'il n'avait pas vue depuis plusieurs mois. Mary Fitz-Gerald est la plus douce des épouses, la meilleure, la plus tendre. Est-ce que tout rentrerait dans l'ordre après la parenthèse italienne ? Mais les conséquences du passé ne s'effacent pas si facilement. La machine infernale déposée à Vérone continue ses ravages : Lady Ann disparaît, fuit le monde, s'enferme chez elle, ne veut plus voir personne. La comtesse de Boigne, qui habitait Londres à cette époque d'émigration, ne réussit même pas, nous raconte-t-elle dans ses *Mémoires*, à parvenir jusqu'à elle. Lady Ann dépérit, elle ne sourit plus jamais, elle est triste comme la mort qui se peint parfois sur son visage. Lady Kingston s'inquiète enfin : « Mais qu'est-ce que peut bien avoir ma pauvre Ann… ? » Le long de la pièce d'eau avec mon père, je me suis souvent imaginé les dialogues d'enfer entre la mère et la fille. La mère qui flaire le drame, mais n'en saisit pas les causes ; la fille muette, obstinée, murée dans son silence et son angoisse : « Oh ! ne me demandez rien, Maman… j'ai tellement mal à la tête… » J'entendais la voix plaintive en réponse aux questions pressantes et haletantes de la mère : « Mais enfin, ma petite Ann, me direz-vous… ? » Mais Ann ne disait rien. J'étais plus habitué, par mon expérience propre comme par la littérature, aux dialogues entre père et fils. Il y avait aussi quelque chose de déchirant dans cette mère et cette fille séparées par le secret.

Ce qu'il y a de merveilleux dans la vie — et ce qu'il devrait y avoir de merveilleux dans la littérature —, c'est que l'histoire, la société, les sentiments, les mouvements du cœur, le temps qu'il fait, l'argent, la religion, le hasard, les moindres gestes de chaque jour et les révélations les plus décisives y sont constamment mêlés. Un autre grand nom de l'histoire d'Angleterre et de France à la fois entre ici en scène. Je pourrais parler très longuement de l'illustre famille d'Harcourt, de ses origines normandes, de ses alliances avec les Lorraine, avec les Guise, avec les La Rochefoucauld, de ses maréchaux de France et de ses amiraux, de son rôle dans l'histoire pendant plus de mille ans. Une de ses branches nous fournissait, l'été, à quelques kilomètres de Saint-Fargeau, nos voisins les plus proches et les plus intimes. Quand l'une ou l'autre de mes tantes d'Harcourt venait goûter à Saint-Fargeau, la tête me tournait un peu : derrière les tasses à thé et la conversation assez plate qui se déroulait sous mes yeux, je voyais s'édifier lentement le monde fictif et vécu de Plessis-lez-Vaudreuil. Mais derrière les mythes romanesques qui allaient s'animer dans *Au plaisir de Dieu* se dressait, à son tour, le monde évanoui, mais réel, de l'histoire écoulée. Et je songeais à cette Lady Harcourt, amie intime de Lady Kingston, chez qui, pour la distraire, pour lui faire prendre l'air, pour lui changer les idées — admirables formules de la littérature bourgeoise ! —, la pauvre petite Lady Ann est envoyée par sa mère.

La propriété de Lady Harcourt, non seulement je ne la connais pas, mais je n'ai jamais su où elle pouvait bien se trouver. Pas très loin de Londres, j'imagine. Lady Harcourt, en tout cas, je me la représentais assez nettement. C'était une femme de tête et de décision, à la fois pieuse et pratique, habitée par toutes les rigueurs de son zèle méthodiste. Comment est-ce que les choses se passaient entre elle et Lady Ann ? Pas trop bien, je le crains. Ce qu'il y a de remarquable dans cet épisode, c'est l'absence d'événements — à tout le moins extérieurs. Rien que le cheminement souterrain et muet des pensées et des sentiments. Une correspondance clandestine, peut-être ? À jamais perdue, hélas, si elle a jamais existé. Mais si, voyons ! bien sûr ! elle n'avait pu cesser entre Gerald et Ann. Je me demande déjà par où elle passait, dans quelles mains, par quels canaux ? Elle suffisait, en tout cas, dans l'inaction sévère de la campagne et des mœurs, à mettre le feu à ces poudres intérieures et secrètes qui font sauter nos vies.

Un matin, à midi, la place de Lady Ann resta vide au déjeuner. On l'attendit, avec impatience et dans une irritation croissante, dix minutes, vingt minutes, une demi-heure. Lady Ann ne parut pas. Elle avait disparu.

La disparition de Lady Ann, je l'ai vécue dans mon cœur tout au long de ma vie. Je ne suis pas si loin que vous pourriez le croire de nos tours de pièce d'eau, de la lente maturation, du patient accouchement de *La Gloire de l'Empire* et d'*Au plaisir de Dieu*, de l'effondrement de Plessis-lez-Vaudreuil, de tout ce qui me passait par la tête dans les soirs de Saint-Fargeau, dans les rues obscures de Vérone, de Pérouse ou de Lucques. Lady Ann avait disparu ! Ah ! comme je rêvais, moi aussi, de disparaître de ce monde dont les tourbillons me fascinaient et me faisaient souffrir ! Partir… disparaître… Ne laisser qu'un souvenir qui s'effacerait peu à peu… Je me demande si mon père se doutait de ce que je ressentais secrètement en marchant auprès de lui le long de l'Arno ou de la Brenta, dans les jardins Boboli ou dans le parc de Saint-Fargeau. Il me parlait vertu, tradition, État. Je pensais à Lady Ann. Il me parlait de la famille, de sa continuité, de son honneur. Je ne pensais qu'à disparaître, un soir d'été, comme Lady Ann, de ce monde et de ses liens. J'étais moi-même Lady Ann et je partais avec elle. J'étais en même temps le colonel Fitz-Gerald et Lady Ann Kingston. C'est une affaire entendue : ce vieux couvent un peu gâteux de l'École normale supérieure, l'agrégation de philosophie, tant de rêves et d'ambitions étaient tapis quelque part, et tantôt dans l'avenir et tantôt dans le passé. Il m'arrivait même quelquefois de m'en gargariser un peu, dans le futur ou dans le souvenir, sous les espèces du projet ou sous les espèces du bilan. Mais, quelque part, très loin, dans le fond secret de mon cœur, mon espérance s'appelait : partir. Partir, m'en aller, rompre les amarres et les ponts, m'évanouir, disparaître. Un jour, je m'en irais pour de bon vers un ailleurs définitif.

Je me surprenais à murmurer que je mourrais avec joie. Qui peut dire de quel visage il accueillerait la mort ? Avec des larmes, peut-être, et des cris de désespoir. Je ne me targue certes pas d'héroïsme ni de stoïcisme. Je ne suis même pas tout à fait sûr de n'être pas un lâche. Mais, le long de la pièce d'eau et des canaux de Venise, comme j'ai rêvé de disparaître de ce monde que j'aimais tant ! Lady Ann avait disparu.

Il faut se représenter ici le branle-bas de combat déclenché par l'événement dans une grande famille anglaise de la fin du XVIIIe siècle ou du début du XIXe. C'est un beau spectacle qu'un corps social en émoi qui se met en mouvement. Quelques ordres suffirent à rameuter toute une troupe. La battue, la chasse à l'homme est lancée par Lady Harcourt. Des messagers partent pour prévenir les Kingston. Les groupes se déploient sur place et se forment en colonnes pour retrouver la disparue. Toute la journée, toute la nuit, à la lueur des flambeaux, on bat les forêts, les haies, les marais, les maisons de gardes, les huttes de charbonniers, les chemins le long des fermes et les fermes elles-mêmes, les carrefours et les grottes. On entend les hommes se héler de proche en proche. Quel tableau effrayant et superbe, sous le soleil de la fin de l'été, dans le soir en train de tomber, dans la nuit enfin close ! On cherchait Lady Ann qui avait disparu.

Un garde forestier tomba soudain, au bord de la rivière, sur un chapeau et un châle. Il les rapporta au château. Le chapeau et le châle appartenaient à Lady Ann. Il fallut retourner à la rivière où l'angoisse le disputait à la fureur, soigneusement entretenue par l'indignation de Lady Harcourt devant ce manquement aux convenances. Des hommes armés de perches se mirent à sonder les eaux. On avait fait venir de tous les étangs les bateaux qui servaient d'ordinaire à la pêche et à la chasse. Les recherches battaient leur plein lorsqu'un bûcheron de la scierie demanda à parler à l'intendant de Lady Harcourt : il avait vu, vers 5 heures, la demoiselle du château monter dans une voiture de poste. Il l'avait bien reconnue : elle était venue, quelques jours plus tôt, soigner la petite Margaret ou la petite Kathleen qui avait attrapé la rougeole. Le destin basculait encore. La disparue se muait en fugitive. Douze heures plus tard, grâce au zèle de Lady Harcourt, à ses convictions méthodistes et à son efficacité sans pitié, le nom de Lady Ann et son signalement détaillé s'affichaient sur tous les murs de la région et à la première page de toutes les gazettes du pays. J'ai un de ces journaux sous les yeux, au moment où j'écris ces lignes, et j'ose à peine le regarder.

Lady Kingston, éperdue, arriva chez Lady Harcourt. Elle vit — comme je les vois — les affiches et les journaux. Elle reprocha à Lady Harcourt cette cruelle publicité et ce zèle d'acharnement. « Ma chère, répondit Lady Harcourt — et la formule est sublime —, à chacun suivant ses œuvres. Et la morale veut que la peine suive aussitôt la faute. »

La faute, le péché, le mal : quelle effrayante sottise d'en faire reproche à Dieu ! Ah ! que le monde serait terne sans cet appel d'un vide tout peuplé de nos désirs ! À qui, dans son désarroi, avait d'abord songé Lady Kingston avant de rejoindre Lady Harcourt ? Au colonel Fitz-Gerald. Elle l'avait fait prévenir à la première nouvelle de la fuite de Lady Ann. On ne l'avait pas trouvé. On le supposa d'abord absent pour des affaires de son régiment. Lady Kingston avait beaucoup de peine à s'arracher à son aveuglement. Mais on découvrit assez vite que le colonel avait forgé des motifs d'absence et qu'il avait prétexté des obligations professionnelles, évidemment inventées. Elles s'effondraient l'une après l'autre dans l'invraisemblance et le mensonge.

Je pensais à Lady Ann. Je pensais aussi, souvent, à l'aveuglement de Lady Kingston. Et à son retour, sombre et brutal, à la réalité. Ils me faisaient mal, eux aussi — et la duplicité et le mensonge encore plus que le crime. J'imagine que sa fille ne cessait pas d'en souffrir. J'imagine que le colonel, homme d'honneur et de tradition, devait éprouver en lui-même tout ce que les passions de l'amour exigent de sacrifice. Sacrifice ? Est-ce que le mot est bien choisi ? Je pesais le mot. Oui : sacrifice.

Plusieurs jours passèrent, écrit Mme de Boigne. Je ne sais rien d'Ann ni du colonel pendant ces jours qui passent et qu'il faut leur laisser comme un sursis de passion, de bonheur plein de menaces, d'obscurité et d'angoisse. Les Kingston, cependant, ne restaient pas inactifs. La mobilisation se poursuivait. Les gros bataillons se rassemblaient : Lord Kingston et ses fils, mélange vengeur et puissant d'archanges et de bourreaux, arrivaient d'Irlande et débarquaient à Londres. Il ne s'agissait plus de chercher pour sauver, mais de rechercher pour punir. La chasse aux fugitifs était ouverte. L'armée, la police, tous les corps constitués, l'Angleterre entière se mettait sur le pied de guerre et traquait Gerald et Ann.

La promesse de récompenses agita bientôt tous les bas-fonds de Londres. Il ne fallut pas beaucoup de temps pour apprendre, par un mouchard, qu'un homme de trente-cinq ou quarante ans, dont le signalement pouvait répondre à peu près à celui du colonel, était sur le point de s'embarquer pour l'Amérique en compagnie de son fils, un jeune garçon d'une quinzaine d'années. Ce fils faillit entraîner ailleurs la fureur impatiente des poursuivants. Pour improbables qu'elles fussent, on se décida tout de même à suivre ces traces et à en avoir le cœur net. Accompagné de ses hommes de main, Lord Kingston et deux de ses fils tombèrent dans une salle enfumée et obscure, encombrée de marins. Une pièce plus petite donnait sur la salle : Fitz-Gerald et Ann y étaient assis autour d'une table. Ann était affreusement pâle et portait des vêtements d'homme. Ils se tenaient par la main.

Quand Lord Kingston entra dans la pièce, tous deux se couvrirent le visage de leurs mains enfin séparées. Dans le vacarme et le désordre — il fallut écarter les marins ivres qui se bousculaient à la porte et aux fenêtres pour assister à la scène —, les injures se mirent à pleuvoir. Gerald et Ann eurent la même formule. On les entendit murmurer l'un et l'autre : « Je suis très coupable. » Lady Ann fut ramenée sous bonne garde chez sa mère. Mais on ne leur permit pas de se voir. Son père et ses frères lui servaient de gardiens. L'évidence n'éclate jamais que quand on la soupçonne : Lady Ann était enceinte. *Elle ne chercha pas*, écrit Mme de Boigne, *à nier un état de grossesse déjà visible. Elle ne se défendait en aucune façon et convenait de ses torts avec une dignité calme et froide.*

Mon père ne m'avait jamais parlé qu'à contrecœur des aventures de Lady Ann et du colonel Fitz-Gerald. Moi, je vivais la scène comme si j'y avais assisté, je la tournais dans ma tête et je la retournais. Je finissais par inventer des solutions délicieuses qui faisaient sortir les acteurs de ce cercle infernal où ils se débattaient. Sans doute aurait-il suffi que le colonel Fitz-Gerald ne fût pas marié ou que sa femme fût morte pour que les cauchemars de Lady Ann se dissipent comme par enchantement. Et le divorce ? et la pilule ? Je me disais qu'aujourd'hui ces effrayantes aventures se régleraient sans trop de casse. Je me disais aussi que le salut de Lady Ann était la mort de la littérature et que la fameuse crise du roman était liée non seulement au déclin de la religion, de la notion d'honneur, de l'idée de caste ou de clan, mais tout simplement à la pilule.

Lady Ann multipliait dans le malheur les preuves de courage et de sang-froid. Elle avait demandé à voir Mary Fitz-Gerald. Elle la rencontra. Mary Fitz-Gerald aussi, dans son genre, était une femme exceptionnelle. Je regrette de ne les avoir introduites ni l'une ni l'autre, sous des visages d'emprunt, dans *La Gloire de l'Empire* ou dans *Au plaisir de Dieu*. Elles s'attendrirent un peu, toutes les deux, et elles versèrent quelques larmes. Ann recommanda à Mary d'aller au secours de Gerald et de lui apporter toute l'aide possible. Mary ne demandait pas mieux. Elle était toute disposée à le recevoir à bras ouverts. Elle n'avait jamais cessé de l'aimer.

Les scènes de théâtre se succédaient sans interruption : après la rencontre entre Mary et Ann, voici maintenant la rencontre entre Gerald et Mary. Mary était si humble et si pure qu'elle se présenta à son mari comme la messagère d'Ann et comme son porte-parole. Le colonel prit sa femme dans ses bras, lui dit qu'il l'admirait et qu'il la remerciait, mais que sa vie, désormais, ne pouvant plus être utile au bonheur de personne, il la consacrerait, sans espoir, mais sans trêve, à la victime qu'il avait entraînée dans tous les précipices du malheur. Il ne pouvait presque plus rien pour Lady Ann. Il lui devait seulement la consolation de savoir que les larmes de sang qu'il versait sur le sort de la jeune fille ne tariraient jamais.

J'ai ici, sur ma table, sauvées de la ruine de Saint-Fargeau, toutes les lettres adressées par Mary Fitz-Gerald aux Kingston et à son mari. Tant d'années après la catastrophe, elles gardent, si j'ose dire, toute leur fraîcheur dramatique. Impossible d'y trouver une parole ni un accent contre la conduite de Gerald Fitz-Gerald. Elle ne cherche, d'un bout à l'autre de la terrible épreuve, qu'à sauver son mari. Les indignations, les invectives, les mépris sont réservés aux persécuteurs du colonel et de Lady Ann. J'enviais le colonel : à travers les souffrances et l'horreur du cauchemar, les femmes de sa vie avaient été merveilleuses.

Le colonel Lord Fitz-Gerald avait envoyé aux autorités militaires sa démission de l'armée. Il avait transféré à sa femme la plus grande partie de ses biens et il s'était installé dans un petit village des environs de Londres. Il avait demandé à Mary de remettre à Lady Ann un petit billet ouvert où il lui donnait son adresse. Il y ajoutait qu'il attendrait jusqu'à la mort les désirs ou les ordres qu'il lui plairait d'exprimer, mais que lui ne tenterait jamais aucune démarche qui pourrait contribuer à l'enfoncer encore plus loin dans le malheur.

Les terres considérables que possédait Lord Kingston en Irlande s'étendaient jusqu'à des régions perdues et presque sauvages qui bordaient l'Atlantique. Lady Ann fut envoyée, non loin de l'Océan, dans une maison au seuil de la ruine où un ménage de gardiens arriérés et brutaux fut chargé de la surveiller. Le fils aîné de Lord Kingston, pendant ce temps, provoquait en duel le colonel Fitz-Gerald. À quelques pas de George Kingston, le colonel de pleine face, la poitrine offerte, essuya trois fois, sans une égratignure, le feu de son adversaire. Il avait pourtant fait ce qu'il pouvait pour recevoir la mort sans la donner : non content de tirer de côté ou en l'air, il avait feint de répondre coup pour coup au feu adverse, mais en n'utilisant, par une sorte de fraude inversée, que des cartouches chargées à blanc. Les frères de Lady Ann avaient beaucoup attendu de ce duel où le colonel Fitz-Gerald n'avait pas réussi à mourir. Parce que la main de l'aîné avait sans doute tremblé, il fallait maintenant chercher d'autres solutions. On les trouva.

Le temps était venu où Lady Ann devait avoir son enfant. Elle qui n'avait jamais rien redouté pour elle-même se mit à tout craindre, et sans doute à bon droit, pour son futur enfant. Ici se noue une intrigue qui ne fait pas honneur aux Kingston. Lady Ann, qui, dans la solitude de ses épreuves, avait soif de sympathie et d'affection, avait fini par entretenir des relations presque amicales avec la femme qui la gardait. Cette femme avait reçu de Lord Kingston des consignes très précises : elle était chargée de tenir le rôle classique du traître, qui n'était pas encore, en ce temps-là, aussi usé qu'aujourd'hui, et de capter la confiance de sa prisonnière. Au fur et à mesure que le temps passait, l'angoisse de Lady Ann devenait insupportable. La femme, par petites phrases, l'encourageait insensiblement dans l'idée encore vague de remettre l'enfant à naître entre les mains d'une personne très sûre qui se chargerait de l'élever. Est-ce que Lady Ann connaissait quelqu'un en qui elle pouvait avoir assez de confiance pour... ? Lady Ann ne connaissait qu'une personne, ne pensait qu'à une personne, ne vivait que pour une personne dont elle n'avait aucune nouvelle. La femme proposait de faire passer une lettre. Lady Ann écrivit un billet au colonel Fitz-Gerald : elle lui demandait en quelques lignes de faire enlever leur enfant.

Avant de parvenir au colonel, le billet de lAnn passa naturellement entre les mains de Lord Kingston et de ses fils. Le mécanisme monté à Vérone se déroulait impitoyablement. Le colonel Fitz-Gerald n'hésita pas un instant : il se déguisa en charretier et arriva seul, à pied, le soir, dans l'auberge, sur les terres des Kingston, que lui indiquait le billet. Le lendemain, avant l'aube, Lord Kingston et ses quatre fils pénétraient dans la chambre.

Les droits de l'homme en Angleterre ne sont pas un vain mot. Il y eut un procès, naturellement. Et même plusieurs : devant la Chambre des Pairs pour Lord Kingston, aux assises de Cork pour ses fils. Les cris de Mary Fitz-Gerald qui réclamait vengeance balayèrent toute l'Irlande et parvinrent jusqu'à Londres. On parla d'échafaud. Mais Lord Kingston était puissant. Faute de témoins décisifs, le père et les fils furent tous les cinq acquittés. Deux de ses fils passèrent en Allemagne. Personne ne sut jamais ce qui s'était passé exactement dans la chambre du colonel. Les uns dirent qu'un pistolet lui avait été tendu, les autres que Lord Kingston avait tiré lui-même. Le colonel Lord Fitz-Gerald, du régiment des Gardes, périt en tout cas de mort violente un matin de décembre dans une chambre d'auberge de Mitchelstown, au cœur de ce comté de Munster où s'étendaient à perte de vue les immenses terres des Kingston. On trouva sur le corps du colonel une miniature de Lady Ann et la lettre qui l'avait attiré. Elles étaient couvertes de sang. Ses frères, avec une cruauté inouïe, les apportèrent à Lady Ann. *Elle devint folle tellement furieuse*, écrit Mme de Boigne, *qu'il fallut user de force vis-à-vis d'elle.* Elle accoucha d'une fille qui devait être la grand-mère de mon arrière-grand-mère. On disait dans la famille qu'elle était étrange et belle. J'ai le billet entre les mains, avec ses taches de sang. La miniature est celle que j'avais volée à Saint-Fargeau et que j'avais emportée avec moi à Vérone et à Venise.

Voilà l'histoire de Lady Ann, telle que je me la répétais,

l'été, dans les petites villes italiennes où je me promenais avec mon père. Je descends d'Ann Kingston et de Gerald Fitz-Gerald comme je descends aussi des magistrats très intègres et des serviteurs de l'État dont mon père me parlait. Il reste beaucoup, dans mes étés, et des uns et des autres, et je me débrouille comme je peux entre ces ombres opposées.

Il me semble, dans mon existence, avoir aimé cinq ou six femmes. Je ne parle naturellement que de celles qui ont compté pour moi un peu plus qu'une fin de semaine dans les sables ou la neige. Je ne sais pas si c'est peu, je ne sais pas si c'est beaucoup. Je sais que tout le reste de ma vie, avec ses fanfares et ses cymbales, ne m'est que silence et cendres. Je m'en irai de ce monde avec la seule mémoire de ces jours et de ces nuits illuminés du soleil noir du délire et de la passion. Ce furent des amours moins tragiques, grâce à Dieu, que celles du colonel et de Lady Ann. Mais elles n'ont jamais été gaies. Je garde le souvenir le plus délicieux des femmes que je n'ai pas aimées. Et un souvenir terrifié de celles que j'ai aimées. Est-ce qu'il règne sur l'amour une sorte de malédiction ? Est-ce que, selon la formule foudroyante de Chateaubriand, l'amour doit être toujours trompé, fugitif ou coupable ? Je m'inquiète quelquefois : est-ce que, par hasard, par la force du sang, je serais une espèce de monstre, une créature anormale et cruelle pour moi-même aussi bien que pour les autres ? Mais je le demande très sérieusement : est-ce qu'il y a des amours heureuses ? Et si l'amour est heureux, est-ce donc encore de l'amour ? Entre la souffrance, l'atroce soleil de l'été et l'amour se sont noués pour moi des liens qui m'effraient un peu. J'ai toujours pensé aussi que l'amour, la littérature, la morale et le temps n'étaient qu'une seule et même chose sous des aspects et des noms différents. Ainsi s'établissent, à mes yeux, entre la littérature, la souffrance, le soleil, la morale, le temps qui passe et l'amour, de ces rapports subtils et forts qui me paraissent très évidents, dont j'ai souvent parlé et qui doivent beaucoup, j'imagine, au souvenir de Lady Ann.

Il m'arrive de me murmurer que je commence à passer l'âge des désastres de l'été. Il n'y a pas d'ennemi plus cruel que le temps refusé et je suis entré depuis belle lurette dans la seconde moitié de ma vie. Je mourrai peut-être demain soir, ou après-demain matin. Il est très douteux en tout cas que je sois toujours au monde et que je voie encore le soleil dans trente-cinq ou quarante ans. Tout ce que l'ombre menace est déjà dans la nuit. Ce qui est accompli est accompli, ce qui est raté est raté. Même les belles laitières à l'aube paraissent maintenant trop tard. Le train de Balbec roule trop vite vers la mer et il ne revient pas en arrière. Est-ce que le moment ne serait pas venu de me détourner de Lady Ann et de penser à autre chose qu'aux plaisirs sinistres de l'été ? Je me le dis, je me le répète, mais le soleil brille dans un ciel très bleu. Je le déteste, et je l'aime.

Je ferme les yeux. J'aurai connu ces étés brûlants de Saint-Fargeau et de Bavière, de Saint-Tropez et de Grèce, de Vérone et d'Irlande, les processions de la Vierge et les cœurs poignardés. J'aurai reçu ce soleil et son néant lumineux où, loin de toutes ces affaires des hommes, que je déteste et méprise, je m'échappais à moi-même et je m'évanouissais. J'aurai aimé quelques femmes. Et j'aurai eu mal — comme tout le monde. Je crie vers vous, Seigneur ! Merci beaucoup. Tout est bien.

LE SALON

Les feux de l'été épargnaient le salon. Ils s'arrêtaient sur son seuil, solennel et un peu sombre, hostile aux ravages du soleil qui dévore les couleurs. Le salon était une zone d'ombre, de demi-teintes, souvent de deuil, toujours de calme et de modération. Si loin que je regarde en arrière, je n'ai jamais cessé de vivre dans un monde de salons. Je passais de l'été au salon et du salon à l'été. Au milieu du salon, de vieilles dames très droites, un ruban noir autour du cou, étaient assises dans des fauteuils que personne n'avait jamais vendus et que nous n'avions jamais achetés : comme notre argent et comme notre nom, ils nous venaient de cette nuit des temps qui était elle-même une espèce de grand salon, plutôt obscur comme il se doit et où trônait le bon Dieu, ami de ma famille.

Le salon, sa conception, son nom même, appartient à un

monde en train de disparaître. Avec ses tableaux, ses dorures, ses guéridons couverts de bibelots, ses grands rideaux jaunes, ses bergères et ses poufs, il est l'image d'une civilisation qui s'évanouit sous nos yeux. À Plessis-lez-Vaudreuil, à Saint-Fargeau, rue du Bac ou avenue Marceau, dans les ambassades de mon père et dans les châteaux de ma famille, à Neuilly ou à Ormesson, il y avait plusieurs salons. Des successions de salons. Des enfilades de salons. La formule *enfilade de salons* était un de ces mots que nous employions assez souvent, entre *jolies manières* — *Il a de jolies manières* —, *bon goût*, *valeur morale* et le sacro-saint *milieu* — *De quel milieu sort-elle ? Est-ce qu'ils sont de notre milieu ?* Le salon et, à plus forte raison, les enfilades de salons étaient d'ailleurs eux-mêmes et à eux tout seuls un condensé et une preuve de bon goût, de milieu honorable, de jolies manières et de valeur morale.

Le langage était lié au salon. On s'habillait pour descendre au salon, on changeait aussi de langage avant d'y pénétrer. C'était par le salon que nous communiquions avec ceux qui avaient des salons comme nous, et c'était le salon qui nous séparait des autres et du reste du monde. Les salons n'étaient pas uniformément répandus sur la surface de la planète. Il y avait beaucoup de salons sur la rive gauche, entre la gare d'Austerlitz et les usines Citroën, entre le zouave de l'Alma et le lion de Belfort, sur la rive droite entre Boulogne et le Châtelet. Il y en avait en Touraine, en Bretagne, à Londres assurément, à Madrid, en Autriche, à l'extrême rigueur autour de Park Avenue ou de Sutton Place, ou aux environs de Long Island. Il y en avait à Moscou avant octobre 17, il y en avait à Pétrograd qui n'était pas encore Leningrad. Il y en avait — d'assez étranges et qui prêtaient à un mélange d'étonnement, d'admiration et de mépris — à Marrakech ou à Fès, il y en avait à Jaipur, à Udaipur, dans les palais de Lahore ou de Srinagar. Il n'y en avait pas au cœur de l'Afrique, dans le nord-est du Brésil, en Sibérie ou au Congo, autour des mines et des rizières. Il n'y en avait pas dans les banlieues qui rongeaient les grandes villes.

Le salon nous faisait vivre dans un univers proprement schizophrénique. Le monde était coupé en deux : ceux qui avaient des salons et ceux qui n'en avaient pas. Chacune de ces deux moitiés — très inégales — de la planète avait beaucoup de mal à s'imaginer l'autre. L'argent séparait naturellement aussi ceux qui en possédaient et ceux qui n'en possédaient pas. Il y avait des liens évidents entre le salon et l'argent, entre les tableaux, les commodes, les bergères, les tapisseries, les pendules qui s'entassaient dans le salon et la fortune dont ils étaient l'expression et la preuve. Mais l'argent restait, sinon une tare, du moins une chance, quelque chose dont on se félicitait, mais dont on ne se vantait pas vraiment, le fruit d'un accident ou un don gratuit de Dieu, une félicité extérieure. Il comptait, bien entendu. Il comptait et on le comptait. Mais c'était tout. Il n'allait pas plus loin. On l'oubliait. Il n'avait pas de valeur. Le salon, lui, n'appartenait plus au règne de la quantité, mais à celui de la qualité. Il était de l'ordre de la beauté. Parce qu'il était plein de souvenirs et de legs, il était aussi de l'ordre du passé. Parce qu'il était enfin le lieu des retrouvailles et des cérémonies de famille, il était de l'ordre des convenances. Le passé, la beauté, les convenances constituaient le trépied sur quoi reposait le salon.

Personne ne se conduisait au salon comme on se conduisait au grand air, dans les chambres, dans les couloirs. Le salon était un espace sacré où se déroulait un culte qui exigeait un recrutement, des fidèles, un recueillement, des vêtements. Ce culte, c'était la conversation. La conversation se déployait à la fois dans l'espace et dans le temps : d'un côté, elle tenait au milieu, de l'autre, elle tenait au passé. Les nouvelles, les souvenirs, les anecdotes y occupaient une place considérable parce que les uns et les autres remplissaient avec succès cette double fonction de liaison avec les contemporains de la même classe et avec la société des temps écoulés : ainsi se forgeaient à la fois — à travers l'espace — les mariages et les liens de parenté entre gens du même milieu et — à travers le temps — la tradition.

La conversation, la tradition, les mariages, le milieu, le salon en un mot constituait une réalité très compliquée et multiple. Il y avait en elle des intérêts matériels et économiques, des aspects sentimentaux, des soucis esthétiques, des préoccupations sociales naturellement. Il y avait aussi tout un système de considérations morales. Que ces considérations morales fussent elles-mêmes pénétrées, dominées et régies par l'argent et par le milieu, c'est une autre question, et qui ne se règle pas en un tournemain. Ce qui est sûr, en tout cas, c'est que des conflits pouvaient éclater entre la morale et l'argent comme ils pouvaient éclater entre la morale et l'amour. Le salon était le lieu géométrique et privilégié de ces affrontements, parfois sanglants.

Le salon constituait un monde très isolé et à très haute énergie. Il comportait des règles, des exclusions, des devoirs, des légendes et, naturellement, des routines et des ridicules. Le décor et le protocole composaient une partie essentielle du spectacle à peu près immuable offert chaque jour par le salon où l'intelligence et la sottise se partageaient les répliques. Le rire, la stupeur, l'indignation pouvaient naître d'un manquement aux usages et aux rites secrets du clan. Une couleur trop vive, un vêtement mal coupé, l'ignorance des conventions, la moindre faute de goût y prenaient des allures de catastrophe. Le salon était un mystère, une Église, un opéra. Le salut y jouait un rôle : l'accueil et la séparation étaient des rites de salon que le roman et surtout la scène — qui n'a longtemps été qu'une espèce de salon où était admis le public — ont largement exploités. Le silence aussi, et la rupture. Une immense partie de la littérature et du théâtre, de la musique, de la politique des quelques siècles écoulés prend sa source dans le salon. Toute évolution dans nos idées sur l'amour entraîne nécessairement une modification de la littérature. Il était impossible que la fin des salons ne signifie pas, elle aussi, un tournant dans la littérature. La fin d'une culture ou d'une civilisation est souvent illuminée par un dernier rayon de soleil plus éclatant que tous les autres : Justinien fait briller la gloire de Ravenne à la veille de la nuit barbare et Hegel porte la philosophie, qu'il accomplit et achève, à sa plus haute splendeur. Proust marque le triomphe et la fin de cette civilisation de salon qui, de *La Princesse de Clèves* à Barbey d'Aurevilly et à Raymond Radiguet, avait donné naissance à tant de chefs-d'œuvre.

Le salon, ses ombres, ses débauches de lumières — car après l'obscurité du jour, il s'illuminait avec la nuit — faisait assez bon ménage avec les haies, les grandes prairies, les forêts, les étangs. Le lien entre la nature et le salon, c'était la chasse. La guerre, aussi, mais surtout la chasse. Toutes tournées vers l'action, la guerre et la chasse finissaient par passer elles-mêmes sous l'autorité de la conversation et par se soumettre à ses exigences. Les hommes chassaient le jour et ils se racontaient le soir les guerres de leur jeunesse et les chasses de la veille. Les domestiques apportaient les lampes. Les femmes écoutaient les hommes, tricotaient et rêvaient.

À quoi rêvaient-elles, les femmes de nos guerriers, les femmes de nos chasseurs, dans les salons des classes dirigeantes, puis des classes possédantes, puis des classes déclinantes, tout au long des trois ou quatre siècles qui nous ont précédés ? Elles étaient, j'imagine, partagées comme toujours entre la religion, la passion et l'intérêt. J'aurais beaucoup aimé écrire une sorte de roman collectif des mentalités et des sentiments, une espèce de chronique de l'air du temps, une histoire romanesque de la sensibilité des hommes et des femmes à travers les siècles et les classes sociales. Ambition folle, démesurée, tout à fait disproportionnée à la modestie de mes moyens. Il reste des traces en moi de ce projet délirant. Je pense à la fois que, depuis l'homme de Cro-Magnon, nous sommes toujours semblables à nous-mêmes, qu'il n'y a entre nous, ni dans l'espace ni dans le temps, de différence décisive et qu'existe bel et bien la fameuse nature humaine niée par Sartre, mais aussi que cette nature est teintée, orientée, modelée par les mystérieux courants collectifs — mêlés de songes et d'intérêts, de convictions et de préjugés, de passion et de vices — qui font l'histoire et la société. Le salon était tout plein de ces forces impalpables.

La cérémonie et la tradition, qui pesaient sur nous de tout leur poids, constituaient des liens entre les salons de toutes les époques et de tous les climats. Bien avant les prolétaires, et plus largement qu'eux, au-delà des guerres et des haines collectives, à travers elles et en dépit d'elles, les salons de tous les âges et de tous les pays avaient réussi à s'unir. Les généalogies multinationales d'*Au plaisir de Dieu* donnaient une image de cet esprit universel, illustré, parmi beaucoup d'autres, par les Richelieu qui essaiment jusqu'en Crimée, par les Thurn und Taxis dont le nom se décline en Tour et Taxis ou en Torre Tasso, et par le prince de Ligne en qui se résume toute l'Europe. Avec leurs tueries imbéciles et héroïques, les guerres civiles de l'Europe — et surtout celle de 14 — avaient porté un coup terrible à cette internationale des salons et peint soudain les lustres, les reliures anciennes, les tableaux de maîtres et les éventails d'ivoire à des couleurs nationales qui juraient avec le velours et l'or des bergères et des cadres anciens. La haute, puis la moyenne bourgeoisie, avait pris le relais de l'aristocratie de l'épée et du sang. Elle l'avait, à la fois, renforcée et amollie, modernisée et abâtardie. Vieillir est le seul moyen de ne pas mourir. Changer est aussi le seul moyen de ne pas s'enfermer dans un passé évanoui. Mais la mort, où Chateaubriand voyait une infidélité éternelle — *Mme de Montbazon était allée à l'infidélité éternelle...* —, est aussi la plus décisive des fidélités. Refuser de mourir était une preuve d'intelligence non seulement envers le monde mais encore avec lui — au sens de l'expression : intelligence avec l'ennemi. C'était aussi l'abandon progressif de tout un équilibre moral et de tout un système de valeurs auquel il était impossible de toucher sans l'ébranler du même coup. Lorsque l'esclave de Hegel accepte de mourir dans la lutte pour la reconnaissance, il devient l'égal du maître, ou le maître du maître. Lorsque le maître accepte de vivre dans les changements de l'histoire, il s'adapte au monde et continue à se le soumettre, mais il abandonne à chaque fois un peu de ses raisons d'être et de sa vigueur d'origine. Certains parleront de trahison. Mais le choix est entre l'immobilisme et l'évolution. Et l'immobilisme, c'est la mort. La vie est évolution.

Mon père était de ceux qui avaient introduit la République dans les salons de la tradition. Il avait aussi, du même coup, contribué à maintenir la tradition dans les salons de la République. Toute la mythologie des ambassades s'animait à sa voix. Il établissait une chaîne de continuité entre Colbert, Louvois, Michel de l'Hospital, le président d'Aguesseau — à qui nous unissaient je ne sais quels sentiers dont témoigne, par exemple, le petit monument où s'inscrit notre nom en face de l'église d'Auteuil — et Léon Blum ou Louis Barthou. Il y avait, dans ce système, quelque chose de l'orléanisme et mon père, en effet, je crois l'avoir déjà dit, avait un faible pour Louis-Philippe, pour Guizot, pour Molé. Un certain mélange de libéralisme et de rigueur morale lui était assez cher. Il était pour 1789 et pour 1830. Il s'arrêtait à la Terreur et à la Commune. Et le 18 Brumaire ou la répression versaillaise le rejetaient à nouveau vers l'amour de la liberté. Il y avait de la belle âme en lui, et de la conscience déchirée. Il était, en ce sens, plutôt en avance sur son temps : dès 1930 ou 1935, européen, libéral, violemment antifasciste, il annonçait le M.R.P. auquel, aussitôt après la Libération, il allait adhérer avec un naïf et charmant enthousiasme, plein d'une fraîcheur d'adolescence. Si on avait voulu l'attaquer — et l'idée n'en venait à personne —, le seul angle possible se serait situé du côté de la gaucherie de ses exaltations populaires : il aurait fallu enfoncer le coin entre ses manières exquisement aristocratiques et son cœur démocrate — entre le salon et l'usine. Il était un fils des grandes espérances du XIXe siècle. Rien d'étonnant à le voir, entre ses enfilades de salons et ses almanachs de Gotha, plus éloigné de l'Action française que du socialisme.

Les enfants, chacun le sait, ne se posent qu'en s'opposant. J'ai toujours eu beaucoup de mal à m'opposer à mes parents, à leur tendre affection, à leur conception d'une vie très honorable et très gaie, au libéralisme très ouvert de mon père. Je m'efforçais de le déborder tantôt à droite et tantôt à gauche. Il me regardait en souriant, avec un air un peu désolé : « Je ne te comprends pas, me disait-il : tantôt tu es fasciste et tantôt communiste. » Ainsi me montrait-il, avec trente ans d'avance et dans mon propre miroir, à la fois que le libéralisme, hélas ! vivait ses derniers jours et que mes opinions politiques étaient un peu flottantes. Je ne vois pas de motifs de rougir de cette incertitude. Je m'en vanterais plutôt. Sauf les grandes exceptions qui touchent déjà à l'histoire, tout ce qui est politique au sens quotidien du mot ne mérite que du dédain.

Bien des années plus tard, Jean Prouvost, dans un accès d'inconscience, ou peut-être de ce génie dont il était coutumier, me faisait venir dans son salon de la rue de Rivoli dont les fenêtres et les balcons donnaient sur les Tuileries et il me faisait part de son intention de proposer mon nom comme directeur du *Figaro*. Le statut du *Figaro* n'était pas, à première vue, d'une transparence de cristal : il avait fallu, pour y parvenir, au terme d'un interminable accouchement, les événements de mai 68, une grève assez longue et la rivalité des deux copropriétaires — deux géants, comme on dit, de la presse et de l'industrie, dont je ferais volontiers quelque portrait plein de talent si je n'avais renoncé une fois pour toutes à ce genre d'exercice et s'ils n'étaient d'ailleurs l'un mon patron ou mon ex-patron et toujours mon ami et l'autre mon beau-père : Ferdinand Béghin et Jean Prouvost. Ce statut réclamait, par un jeu assez compliqué de majorité qualifiée et de minorité de blocage, l'accord de la rédaction pour la désignation du directeur. Un des rares hommes que j'admire — il y en a tout de même cinq ou six, depuis un raté notoire jusqu'à des universitaires et à des écrivains, et il y a deux ou trois femmes parmi eux —, Raymond Aron en l'occurrence, vint plaider ma cause devant les rédacteurs réunis. Peu curieux peut-être de littérature romanesque, ils ne savaient pas grand-chose de moi. L'un d'eux m'avait décrit à grands traits : *Il a les yeux de Michèle Morgan et le nez de Raymond Aron.* C'était Raymond Aron, justement, qui essayait de trouver en ma faveur des arguments décisifs. Il devait en énumérer trois, qui n'étaient pas sans valeur. Absent de cette discussion sur mes minces mérites, mais croyant pourtant entendre, après tant de récits, la voix de Raymond Aron en train de parler de moi, je vous les livre ici en dépit de ma modestie naturelle : *D'abord, il est très intelligent : votez pour lui. Ensuite, il est d'une ignorance encyclopédique : votez pour lui. Enfin, il a des opinions très fermes, mais vagues ; c'est bien commode : votez pour lui.* Derrière le prestige de Raymond Aron et ses convictions sans appel, derrière mes propres insuffisances, dont, une fois pour toutes, j'ai fini par prendre mon parti, j'imagine encore et toujours, évanouie mais présente, l'ombre inquiète de mon père, étonné de mon mépris pour la comédie grave et le sérieux frivole des tumultes de la politique.

Je vois bien, aujourd'hui, ce qui renvoie mon père parmi tous les fantômes des temps engloutis : ce ne sont pas ses idées politiques, c'est sa rigueur morale. Lui qui n'était ni monarchiste ni catholique ultra et qui regardait plutôt vers l'avenir que vers le passé, le jeu, le divorce, la liberté sexuelle, l'alcool, la drogue, jusqu'au tabac, et peut-être même jusqu'à l'automobile qu'il n'aimait guère, toutes les formes en un mot de l'affranchissement de l'individu et de notre fameuse émancipation lui paraissaient abominables. Il n'y avait pas de mot qui lui fût plus cher que le mot de tolérance. La société de tolérance lui aurait pourtant fait horreur. Car il faisait marcher la tolérance du même pas que la vertu. Que la tolérance, qu'il vénérait, mais qu'il enfermait dans la politique, pût s'étendre aussi aux mœurs l'aurait épouvanté.

La vie est ainsi faite que le côté de mon père, qui remontait relativement loin dans le passé et dans l'histoire et qui était lié à tout l'éclat des Ormesson sous la monarchie, était franchement républicain. Tandis que le côté de ma mère, avec ses noms souvent anciens mais bien moins illustres, était ardemment royaliste. Là encore, j'ai triché un peu dans *Au plaisir de Dieu*. Est-ce qu'on ne triche pas toujours un peu quand on écrit un livre — et peut-être même celui-ci ? Dans *Au plaisir de Dieu*, en tout cas, je me suis un peu souvenu, mais j'ai surtout inventé. Je devais le faire pour rendre aux événements et aux hommes une apparence de simplicité qui ne décourageât pas trop. Le schéma, dans la fiction, était assez simple : la vieille famille ducale, anonyme et ruinée de Plessis-lez-Vaudreuil voit l'argent d'une famille industrielle et bourgeoise qui n'a qu'un tiret pour éclairer son nom — les Remy-Michault — affluer par mariage parmi ses routines et ses traditions. La réalité, chez nous, était autrement compliquée. Nous avions bien une maison de famille qui s'appelait Ormesson, mais elle était revenue au frère de mon père, à mon oncle Wladimir, qui a raconté son histoire dans un petit livre pour nous précieux, intitulé *Notre vieille maison*. Notre château à nous — et j'emploie cette fois *nous* dans son sens le plus restreint : mon père, ma mère, mes frère et sœurs — portait le nom de Saint-Fargeau et nous venait de ma mère.

Moins connue que les Ormesson, la famille de ma mère s'appelait — et s'appelle encore — Anisson du Perron, ou quelquefois du Péron. C'était une famille d'imprimeurs. Elle avait des origines dauphinoises et des attaches lyonnaises. Depuis la fin du XVIIe siècle, elle avait surtout fourni une dynastie presque ininterrompue de directeurs toujours capables et souvent éminents à l'Imprimerie royale — puis à l'Imprimerie nationale. Pour les Anisson comme pour les Ormesson, les révolutions n'étaient pas insurmontables. Mais, à la différence des Ormesson, libéraux et contestataires dès le règne de Louis XIV, les Anisson étaient restés royalistes tout au long du XIXe siècle. Ils l'étaient encore au début du XXe. Mon grand-père Anisson, le père de ma mère, qui m'a peut-être fourni quelques traits pour le portrait de mon grand-père ducal et fictif de Plessis-lez-Vaudreuil, était officier de cavalerie. Il allait, comme tous les officiers de cavalerie à la fin du XIXe siècle, de garnison en garnison. Ma mère est née à Abbeville, au hasard d'une de ces affectations. Elle aurait pu naître aussi bien à Moulins ou à Amiens. Mon grand-père, selon la formule consacrée, avait de la fortune. D'où venait-elle cette fortune ? En vérité, je n'en sais trop rien. Mon père nous apprenait plutôt les parcours et les détours des généalogies que les trajets de l'argent. L'essentiel, pour lui, était que mon grand-père avait épousé une Boisgelin. Ah ! voilà du nouveau.

Les Boisgelin étaient une vieille famille bretonne, d'une illustration moyenne, mais d'une rare élégance. Elle avait compté des historiens, des diplomates, des maréchaux de camp, des maîtres de la garde-robe et des pairs de France. Un Bruno de Boisgelin avait été l'inspirateur et l'amant de l'irrésistible Aimée de Coigny, *la jeune captive* d'André Chénier. Le plus connu d'entre eux était le cardinal de Boisgelin, archevêque d'Aix et académicien avant la Révolution, émigré en Angleterre malgré sa réputation de libéral, archevêque de Tours et cardinal après le Concordat. Mais surtout, par les Boisgelin, nous touchions, d'une façon ou d'une autre, à tout ce qu'il y avait de plus raffiné et de plus ancien en France — les Castellane, les Ligne, les Talleyrand, les d'Harcourt. Ce n'était peut-être pas tout à fait — et encore ! — les sommets princiers des Guermantes qui faisaient délirer le jeune Proust : les La Rochefoucauld, les Noailles, les Brissac, les Rohan, les d'Arenberg, les d'Uzès, les Polignac. Mais c'était, sinon les mêmes alliances impériales et royales, du moins le même esprit et les mêmes manières. C'était le même milieu. C'étaient les mêmes salons.

Jansénistes, républicains, libéraux, à la fois trop austères et trop audacieux, les Ormesson ne fréquentaient guère ces salons. Il y avait bien eu, au XVIIe, un projet d'alliance entre les d'Uzès et les d'Ormesson. Il s'était heurté à des difficultés. La légende familiale répétait que le chef de clan lui-même avait écrit au puissant duc d'Uzès : il lui avait énuméré les obstacles insurmontables rencontrés par un rêve trop flatteur pour une famille de parlementaires et il avait fini par reconnaître, avec une humilité pleine d'orgueil, l'impossibilité d'un tel mariage entre des conditions si inégales. Nous racontions aussi assez volontiers que la Révolution seule avait empêché Louis XVI de transformer en duché le marquisat des Ormesson. Il restait tout de même que nous nous étions opposés à Louis XIV à propos de Fouquet, qu'un d'Ormesson avait été élu maire de Paris en pleine Terreur et que, bien avant la fin du XIXe siècle, la *famille* était républicaine. Louis XIV avait beau être venu à résipiscence en recommandant au fils de celui qu'il avait lui-même disgracié et exilé de tâcher d'être aussi honnête homme que le défenseur de Fouquet, Henry d'Ormesson avait beau avoir décliné la charge de maire de Paris, Anne

Louis d'Ormesson avait beau être monté sur l'échafaud en 1792, nous étions tous frappés du vice rédhibitoire des magistrats de l'ancien régime et des fonctionnaires du nouveau. Ce vice était le libéralisme. Nous étions des libéraux.

Quand ma mère avait annoncé autour d'elle, à ses oncles et à ses tantes, aux d'Harcourt ou aux Boisgelin, fine fleur de l'élégance militaire et parisienne, ses fiançailles avec mon père, ce n'avait été qu'un cri : *Mais il est républicain !* Personne ne niait les qualités de mon père, son charme, ses capacités. Mais il était libéral et républicain.

Voici pourtant les choses en train de se compliquer encore. Nous étions libéraux et républicains, hostiles à l'Empire, favorables à Gambetta. Mais nous ne comptions pas vraiment parmi nous de révolutionnaire. Par un renversement prodigieux, la famille de ma mère, monarchiste, ultra-catholique, conservatrice et réactionnaire, avait son révolutionnaire. C'était une des figures les plus éclatantes de l'extrême gauche historique. Elle est liée plus intimement à l'histoire de Saint-Fargeau que Remy-Michault (dit Michault de la Somme) à l'histoire de Plessis-lez-Vaudreuil. C'est Le Peletier de Saint-Fargeau.

Les Le Peletier — ou Lepeletier, ou Le Pelletier : chacun sait que l'orthographe en général, et celle des noms propres en particulier, est une invention bourgeoise du XIXe siècle — étaient une famille d'hommes politiques. Claude Le Peletier avait remplacé Colbert comme contrôleur général des Finances. *Conscient de son incompétence*, écrit le *Grand Larousse* avec simplicité, *il se retira et devint surintendant des Postes.* Le neveu de Claude, Michel, contrôleur général des Finances, lui aussi — la compétence économique au service de l'État est une espèce de manie dans mes familles et mon frère Henry lui-même est encore, de nos jours, inspecteur général des Finances —, fut un des liquidateurs orthodoxes du système génial de Law et de ses catastrophes. De même que les d'Ormesson avaient donné naissance à plusieurs branches — les d'Eaubonne, les Lezeau, les d'Amboile —, de même les Le Peletier s'étaient divisés, au fil des ans, en Le Peletier de Souzy, en Le Peletier des Forts, en Le Peletier de Rosanbo, en Le Peletier de Mortefontaine et en Le Peletier de Saint-Fargeau. Dès 1770, un Henry d'Ormesson — celui qui, sous la Révolution, devait être élu maire de Paris — avait d'ailleurs déjà épousé une Le Peletier de Mortefontaine. Le contrat de ce mariage est une pièce éblouissante pour les collectionneurs d'autographes : il est signé de Louis XV, du Dauphin, de la Dauphine, du comte et de la comtesse de Provence, du comte et de la comtesse d'Artois, de Mesdames Élisabeth, Marie-Adélaïde, Victoire, Louise et Sophie. Mais, pour mieux marquer son nom d'une terrible gloire noire et rouge, le plus célèbre des Le Peletier devait plutôt choisir une autre méthode, et sans doute plus sûre aux yeux de l'histoire à venir : c'était d'envoyer à l'échafaud ceux qui signaient naguère les contrats de famille. Il était un lointain descendant du père de Claude et l'arrière-petit-fils de Michel. Il s'appelait Louis Michel Le Peletier de Saint-Fargeau.

Il y avait, à cette époque, quatre frères Le Peletier qui partageaient entre eux une immense fortune et une situation exceptionnelle. Le plus jeune, Félix, était, à la veille de la Révolution, aide de camp de Charles-Eugène de Lorraine, duc d'Elbeuf, prince de Lambesc, colonel au Royal-Allemand. Il démissionna de ce poste pour entrer aux Jacobins et conspirer avec Babeuf. Babeuf exécuté, il adopta sa fille. Félix Le Peletier était franchement communiste. Selon la mode de l'époque, il échangeait de nombreuses lettres avec Louis Michel, son frère aîné, et il le trouvait un peu tiède.

Président à mortier au Parlement de Paris, Louis Michel Le Peletier fut tout naturellement élu député de la noblesse aux États généraux. En juillet 1789, il passa aux patriotes, demanda le rappel de Necker et suivit avec une régularité géniale la carrière classique d'un homme de gauche : il réclama à cor et à cri l'abolition de la peine de mort et puis, à la Convention, il vota la mort du roi.

Le Peletier de Saint-Fargeau, dont je descends en droite ligne et dont j'ai déjà parlé dans *Au revoir et merci*, est évidemment un des modèles du Michault de la Somme d'*Au plaisir de Dieu*. Mais la vérité, une fois de plus, m'a paru trop invraisemblable. Dans la fiction romanesque d'*Au plaisir de Dieu*, Remy Michault, dit Michault de la Somme — plus tard Remy-Michault —, fils d'un aubergiste et d'une fille de ferme, conventionnel et régicide, dont le fils Lazare est visiblement inspiré du Turelure de Claudel, vient s'agréger de l'extérieur, sous les espèces ravissantes de la tante Gabrielle, arrière-arrière-petite-fille de Lazare, à la famille ducale de Plessis-lez-Vaudreuil. Le Peletier de Saint-Fargeau, dans la réalité de l'histoire, appartenait bel et bien à la famille monarchiste, cléricale et réactionnaire de ma mère et de ma grand-mère qui traînait dans ses veines, comme un remords toujours vivant, le sang d'un régicide.

Le destin de Le Peletier de Saint-Fargeau était lié, de toute évidence à celui d'un prince du sang, descendant de Saint Louis et d'Henri IV, ancêtre lui-même de l'orléanisme et des prétendants au trône de France sous le régime républicain : Philippe Égalité, cousin de Louis XVI, régicide lui aussi et père de Louis-Philippe — père présumé également, vous vous en souvenez, de Pamela de Genlis, et grand-père supposé de Gerald Fitz-Gerald.

À l'époque déjà, les choses ne se passèrent pas toutes seules. J'ai évoqué dans *Au revoir et merci* l'assassinat, quelques heures à peine avant l'exécution de Louis XVI, de Le Peletier de Saint-Fargeau par Pierre-Nicolas-Marie Pâris, ancien membre de la garde constitutionnelle du roi. Le 20 janvier 1793 — 1er pluviôse an I — Le Peletier de Saint-Fargeau dînait, vers 5 heures du soir, chez Février, un restaurateur établi au fond des jardins du Palais-Royal — alors Palais Égalité —, non loin de l'emplacement actuel du *Grand Véfour*, où règne aujourd'hui, vedette des fourneaux et de la télévision, le chef Raymond Oliver. Pâris entre, aperçoit Le Peletier, s'avance vers lui, lui demande brièvement s'il a bien voté la mort du roi. Le conventionnel répond que oui et qu'il n'a fait que son devoir. Pâris le soufflette. Le Peletier se lève. Alors, Pâris tire son sabre et le lui plonge dans le ventre.

Pâris réussit à s'enfuir et à gagner Forges-les-Eaux, où il disparaît mystérieusement — ou peut-être se suicide. Le Peletier de Saint-Fargeau, après une saignée pratiquée par le chirurgien Bras d'Or, fut transporté place Vendôme, chez son frère Félix. Louis Michel dit à Félix qu'il mourait content puisqu'il mourait pour la liberté. Et il expira. Quelques jours plus tard, en grande pompe, son corps était transporté au Panthéon. On raconte qu'en entendant la rumeur sourde des chevaux et les coups de canon qui accompagnaient le convoi, la reine Marie-Antoinette crut que sa dernière heure était déjà arrivée.

Ces événements romanesques, et pour elle effroyables, ma famille maternelle ne devait pas s'en guérir. Elle ne voulait pas s'en souvenir et elle ne parvenait pas à les oublier. Il y a des traumatismes de l'histoire comme il y a des traumatismes sexuels ou sentimentaux. Cinq ou six générations successives allaient rester marquées par la vie et la mort de Le Peletier de Saint-Fargeau. Je dirais volontiers qu'il allait falloir attendre mon père pour faire rentrer dans la vie quotidienne et dans la conscience collective des salons de Saint-Fargeau la mémoire abhorrée de l'ancêtre conventionnel.

La légende ou l'histoire — plutôt l'histoire, je crois —, précieuse non seulement pour nous mais pour l'iconographie révolutionnaire, du tableau, par David, de Le Peletier sur son lit de mort, je l'ai rapportée dans *Au revoir et merci.* Il y a quelque chose de plus intéressant, s'il se peut, que le destin des individus : ce sont les destins collectifs. On y voit la contestation des parents par les enfants remonter le cours de l'histoire et les fils de révolutionnaires se réveiller réactionnaires. La fille de Louis Michel avait été serrée dans les bras de Robespierre, elle avait connu les acclamations de la Convention nationale, elle avait été proclamée pupille de la Révolution et on lui avait décerné le titre de Mademoiselle Nation. Elle se mit pourtant à exécrer son père, à piétiner sa mémoire et à racheter, pour les détruire, tous les souvenirs du régicide. Ainsi finit muré, quelque part autour de nous, dans l'épaisseur d'une des tours de notre vieille maison, aussi fameux que l'image de Marat assassiné dans sa baignoire, le célèbre tableau de Le Peletier par David. La fille du régicide avait racheté à prix d'or au peintre révolutionnaire, exilé aux Pays-Bas, l'image maudite de son père, et il n'en subsiste que des copies.

La présence de Le Peletier de Saint-Fargeau se faisait sentir un peu partout dans l'histoire et les lettres de la France révolutionnaire. Elle ne pesait sur les salons de ma grand-mère que sous les espèces du silence, de la détestation et de l'absence. La tradition et la révolution se mêlaient étrangement dans mon passé : la tradition était révolutionnaire et la révolution faisait partie de l'héritage. Notre bonne conscience à nous ne pouvait se rétablir que dans l'oubli et ceux qui nous attaquaient se réclamaient de nos propres ancêtres. La famille de ma mère était d'autant plus monarchiste qu'elle se sentait plus coupable, elle était d'autant plus attachée à la tradition et au passé qu'il lui fallait laisser tomber dans les abîmes de la censure collective la part la plus éclatante de son histoire souvent obscure.

Dans un livre récent sur *L'Individualisme révolutionnaire*, Alain Jouffroy rattache le souvenir de Le Peletier de Saint-Fargeau, non seulement à Marat, à Robespierre, à Saint-Just, à Babeuf et aux communards, non seulement au marquis de Sade qui prononçait, à la section des Piques, en septembre 93, son *Discours aux mânes de Marat et de Le Peletier*, mais encore à Lautréamont dont *Les Chants de Maldoror* se terminent sur le meurtre d'un jeune aristocrate anglais, Mervyn, en qui Alain Jouffroy voit un reflet de mon aïeul. Lautréamont, Sade, Marat, c'en était évidemment trop pour ma famille maternelle, monarchiste et réactionnaire. Contre le père régicide, elle avait choisi la fille, traditionaliste et parricide.

De la fenêtre du salon, les étrangers de passage chez nous voyaient s'étendre sous leurs yeux, pentagonale et rose, une des plus belles du monde, la cour intérieure de Saint-Fargeau. Ils se tournaient vers nous : ils nous disaient que c'était grand et que c'était beau. Une bonne partie de l'histoire de France défilait entre ces tours et ces murs de brique rose. Un pavillon de chasse aux temps des premiers Capétiens ; les fabuleuses aventures de Jacques Cœur, fils d'un marchand de Bourges, spéculateur en métaux précieux, ministre des Finances, membre du Conseil royal, ambassadeur à Rome, créancier du roi, seigneur de Saint-Fargeau, arrêté, évadé, amiral de la flotte affrétée par le pape pour soutenir Rhodes contre les Turcs, né à Bourges, mort à Chio ; le souvenir de Jean-Baptiste Lulli, marmiton à Saint-Fargeau avant de devenir chef de la bande des *Petits Violons* de Louis XIV, puis surintendant de la musique, et de collaborer avec Molière au *Ballet des ballets*, à *L'Amour médecin*, au *Grand Divertissement royal* et au *Bourgeois gentilhomme* ; les amours tumultueuses de la Grande Mademoiselle, exilée à Saint-Fargeau par son royal cousin après sa folle passion pour le duc de Lauzun, qui devait connaître bien d'autres séjours à la Bastille et à Pignerol — où il allait charmer ses loisirs en séduisant la fille de Fouquet, emprisonné comme lui, mais à l'étage au-dessous — et dont il faut lire dans Saint-Simon la hardiesse et l'insolence ; l'ombre de Mme de Sévigné, aussi attentive à Lauzun et à la Grande Mademoiselle qu'à Fouquet et à ses défenseurs, aussi présente à Saint-Fargeau qu'elle l'était à Ormesson, aussi curieuse des noces ratées de la cousine de Louis XIV que liée à André d'Ormesson qui prépare et signe le contrat de mariage de la future mère éplorée et de l'ardente épistolière, si chère à la grand-mère du narrateur de la *Recherche* : tout cela se précipitait dans la catastrophe éclatante de

Le Peletier de Saint-Fargeau. Tout au long de la façade qui donnait sur la cour, une frise de pierre répétait inlassablement le double motif de la fleur de lys et du monogramme de la Grande Mademoiselle — AMLO : Anne Marie Louise d'Orléans. Sans même parler des Fitz-Gerald, les d'Orléans, décidément, auront été liés à la famille : entre la Grande Mademoiselle, fille du duc d'Orléans, et mon père orléaniste de cœur et de raison, Le Peletier de Saint-Fargeau avait choisi son destin en attachant sa fortune à Philippe Égalité, régicide lui aussi et lui aussi duc d'Orléans. Toutes les fleurs de lys de la cour de Saint-Fargeau avaient été brisées à coup de maillet sous la Révolution, et la plupart aussi des monogrammes AMLO. Mais le reste du château du martyr de la liberté avait été épargné et rendu à la tradition par la Révolution.

Mon père, qui aimait à la fois le passé et le progrès, était merveilleusement à son aise dans les salons de Saint-Fargeau. Il humait l'air de la liberté parmi les vieilles pierres et les vieux papiers. Autour du XVIIIe et du XIXe siècle, s'établit ainsi, à mi-chemin du culte bourgeois de l'individualisme et d'une soumission quasi aveugle aux impératifs de la société, cette vie collective dont le salon était l'expression. Saint-Fargeau, comme Ormesson, fournissait à l'existence sociale un cadre prestigieux, plein de ces ombres du passé fréquentées avec délices par mon père, républicain de tradition et démocrate conservateur. Mais ce serait une erreur de s'imaginer les nuits de Saint-Fargeau illuminées *a giorno* par l'éclat des fêtes et des bals. Nous menions à Saint-Fargeau une vie patriarcale et presque recluse où l'arrivée d'une Citroën était un événement et la visite d'une actrice de réputation médiocre une sorte de révolution qui nous faisait frémir d'impatience ou d'inquiétude. Seules les chasses à courre, espèces de fantômes surgis d'une histoire immémoriale, mettaient dans les salons et dans les bois une animation sanglante, rendue un peu mélancolique par la fuite des années et par l'évocation — à des dates régulières qui laissaient mieux apparaître la décrépitude des temps et des mœurs — de souvenirs où la splendeur du passé ne cessait de faire contraste avec les ombres de la mort en train de s'étendre toujours plus loin, avec les tristesses du présent, avec les menaces de l'avenir.

Malgré la simplicité presque légendaire de mon père, les salons de ses ambassades étaient bien plus brillants que les immenses pièces un peu vides de Saint-Fargeau où ne venaient guère rendre visite à mon grand-père et à ma grand-mère, outre l'évêque une fois par an, le jour solennel de la confirmation, que des voisins de campagne et des lieutenants de louveterie, à l'exclusion de tout homme politique — ils étaient tous socialistes —, de tout artiste — ils étaient tous homosexuels —, de tout homme d'affaires ou de presse — ils étaient tous juifs —, de toute jeune femme trop élégante — elles étaient toutes divorcées — et de tout écrivain — ils étaient tous douteux. Les salons où mon père représentait la France étaient tout pleins au contraire de ce qui comptait dans ce monde. Si j'écrivais des Mémoires au lieu de ces pages un peu bizarres dont on ferait bien de se méfier, je raconterais ici les rencontres de mon frère, encore enfant, avec le futur Pie XII, alors cardinal Pacelli et nonce apostolique à Munich, qu'il avait tutoyé et traité de « mon vieux », l'irruption dans notre vie de la mort de Barthou ou de celle de Mermoz, les visites un peu guindées, ineffables et charmantes des marins de la *Jeanne-d'Arc* ou des acteurs du Français. Mais je l'ai dit déjà : en dépit des honneurs qui ont fini par me rattraper, je ne suis pas tombé encore tout à fait assez bas pour égrener mon passé et filer l'anecdote. Je m'y suis risqué pourtant — ah ! je parle trop de moi — au moins deux ou trois fois, vers trente-cinq ans d'abord, dans *Du côté de chez Jean* ou dans *Au revoir et merci*, il y a trois ans ensuite, dans *Au plaisir de Dieu*. Mais avec, dans ce dernier livre, cette circonstance atténuante que, m'approchant de l'âge de nos doux mémorialistes, je n'avais trouvé qu'une méthode pour m'écarter encore d'eux : c'était de me prendre pour Dieu le Père — que personne n'oserait jamais suspecter de gâtisme ni de complaisance envers lui-même — et de tout recréer.

Les salons, partout, à Saint-Fargeau ou à Bucarest, à Plessis-lez-Vaudreuil ou à Rio de Janeiro, à Munich ou à Ormesson, offraient des conditions assez médiocres pour le rêve et le génie. Longtemps, les salons ont joué un rôle capital dans la vie de l'esprit. Au confluent des conditions économiques, sociales, intellectuelles et morales, ils se sont effondrés, au moment où elles se modifiaient, dans une sorte de pastiche d'eux-mêmes d'où il est bien douteux que sorte un nouveau Proust — mais d'où, tout de même, Proust est sorti. Rideau, bien sûr. Mais chapeau. Chapeau, bien sûr. Mais rideau.

Longtemps, j'ai souffert — souffert ? est-ce le mot juste ? Longtemps, je me suis inquiété d'être un enfant de salon. Il y avait des enfants de ferme, des enfants d'usine, des enfants de square ou d'école, de la montagne ou de la mer. J'étais un enfant de salon. Je m'y suis fait. J'ai pris mes distances, mais je n'ai rien renié. Je l'ai dit et redit parce qu'il le faut, parce que c'est vrai et je le répète encore : je suis né dans la bourgeoisie, dans la haute bourgeoisie — ou, si vous y tenez absolument, dans l'aristocratie intellectuelle et dans la noblesse de robe. Au moment où s'éteignent tous ces feux du passé, qui n'étaient pas sans charme et qui n'étaient pas sans grandeur, je mourrai où je suis né, sans cette folie, qui frappe beaucoup, de courir derrière l'anoblissement du prolétariat vainqueur ou de ce monde des usines auquel je n'appartiens pas et dont je ne sais presque rien. Est-ce qu'on quitte un camp lorsque les vents se mettent à tourner et la fortune à changer ? C'est surtout si le marxisme a raison et s'il l'emporte que je me réclamerai de ma naissance. Si le sens de l'histoire n'était qu'un rêve et une folie, il y aurait peut-être encore moyen de s'arranger et de vivre dans ce monde nouveau avec plus d'intelligence et peut-être plus d'agrément. Mais s'il y a du vrai dans ces grands mouvements dont on nous casse les oreilles et qui s'exercent contre nous, contre mon passé, contre moi, contre nos fautes, si on veut, et contre nos erreurs, c'est alors que la fidélité prend sa signification d'exigence. C'est parce que les salons s'éteignent et que les laquais ivres s'avancent pour souffler les chandelles que je me souviens tout à coup de l'éclat des boiseries, entre les bergères Louis XV et les consoles vernies, toutes couvertes de bibelots rares et de souvenirs d'autrefois.

Salons !… Salles à manger où n'entraient jamais le moindre rayon de soleil ni le moindre souffle d'air !… Salles de bains déglinguées où rien ne fonctionnait jamais !… Qui vous chantera encore, après la mort de Proust ou de Valery Larbaud et la naissance atroce des salles d'eau et de séjour, dans le règne du grand standing et des livings à la mode ? Écrivons un jour une histoire des salons, qui sera en même temps, une histoire de la moralité, de la dignité, de la liberté — et, bien sûr de leurs contraires, et aussi de l'argent ! La tante Yvonne, une de ces duchesses du type rond et costaud, ma grand-mère Valentine, si belle et si pieuse à la fois, la tante des Glajeux, qui était ma marraine, le marquis de Boisgelin, mon parrain, la terrible tante La Faulotte, à l'avarice féroce, à l'égoïsme aveugle, la tante Yolande, orgueilleuse et géniale, je vous revois tous et toutes, assis dans vos grands fauteuils, sur vos cannes de battue ou devant vos pianos, entre vos tricots et vos mots en croix, entre vos châles et vos chapelets, entre vos tisanes et vos valets de pied. Qui se souviendra de vous quand ce monde ancien, penché au-dessus de l'abîme depuis un demi-siècle ou un peu plus, se sera écroulé pour de bon ? J'écris ici vos noms inconnus pour que quelque scoliaste futur, en train de démêler le vrai du faux dans *La Gloire de l'Empire* ou dans *Au plaisir de Dieu*, s'interroge enfin sur vous et vous ressuscite à son tour. Car vous êtes mon passé et mon sang et, autant ou sans doute plus que de Spinoza ou de Hegel, c'est de vous que j'ai reçu les formes et la couleur de ce monde où j'habite. J'aurai été lié par beaucoup de fils, qui me sont souvent chers, aux espérances et aux menaces de ces temps nouveaux qui nous guettent. Mais j'aurai tenu par vous à un monde évanoui que je respecte et admire : non, il n'était pas pire que les autres. Il était plus gai, en tout cas, plus serein, plus plein d'espoir que le nôtre. Vaille que vaille, ce monde d'hier, il nous aura mené jusqu'à nous. Et nous, où nous mènerons-nous donc ?

Oui, je sais, il est de bon ton aujourd'hui de dénoncer les siens. J'irais plutôt trop loin dans le sens opposé. Tout ce qu'il y avait de mesquin et d'étriqué dans les salons d'autrefois, à quoi bon y revenir encore après tant de films et de pièces de théâtre, tant de poèmes et de romans où la bourgeoisie et l'argent — à juste titre, souvent — sont fusillés à bout portant ? Il n'y a vraiment plus rien de neuf ni d'audacieux ni de risqué à houspiller mes vieilles tantes. Je me range à leurs côtés comme sur ces photos de famille où j'apparais très maigre, presque chétif, avec mes taches de rousseur et mon nez plus grand que moi. Le courage sans emploi et l'originalité feraient mieux désormais de s'attaquer à des monstres plus actifs, plus vivants et plus redoutables. Rien de plus instructif que de voir le conformisme, un peu à la façon de l'amour-propre de La Rochefoucauld, se glisser subtilement, pour croître et embellir, dans tout ce qui, à première vue, lui paraît le plus opposé : la hardiesse, l'insolence, la liberté d'esprit. Combien de cinéastes et d'écrivains ont imité, sans trop de périls, les vieilles recettes éculées et craché sur des cadavres depuis longtemps desséchés ? Il faudra encore quelques années pour que le roi se retrouve nu et que les soi-disant incendiaires se révèlent des pompiers — au sens esthétique du mot. En attendant, n'hésitons pas ! Profitons-en ! Et tapons sur les morts, ou sur les agonisants. Quoi de plus répugnant que cette course au lieu commun ? La version politique en est l'hypocrisie des princes qui nous gouvernent — et à droite et à gauche : sous leurs doigts de fée paradoxaux et leur baguette inversée, voici que l'or se change en plomb, les châteaux XVIIIe en pavillons de banlieue, les yachts en barques à moteur et les valets à la française en maritornes espagnoles. Ils jurent à qui mieux mieux qu'ils vivent sur leurs traitements, que leurs terres ne valent pas un clou et qu'ils sont pauvres comme Job.

Moi, je dois faire exception. J'ai grandi dans des châteaux où régnait la beauté. J'ai vécu dans des salons où s'entassaient des chefs-d'œuvre. L'or y brillait de mille feux et à chaque meuble, à chaque console, à chaque fauteuil, à chaque pendule — avec leurs noms fabuleux sortis de la nuit des temps : le régulateur, le cartel, la table demi-lune, la commode-tombeau, la marquise, le vernis Martin — s'attachaient les souvenirs de ceux qui, à travers les siècles, ont tenu à honneur de s'appeler comme moi. Je tiens à honneur, à mon tour, de m'appeler encore comme eux et de leur rester fidèle. J'aurais honte de les piétiner, de me rouler dans la boue, de cacher mes richesses — peut-être imaginaires, en tout cas pleines de rêve — sous les housses de la panique pour que la médiocrité m'en estime un peu plus et qu'on me pardonne un passé dont je ne suis pas responsable, mais que je reprends à mon compte, sans affectation et sans crainte. Je me moque bien de l'argent. Ces richesses-là et ces splendeurs n'ont rien à voir avec ses plaisirs ni avec ses misères. Elles sont de l'ordre du souvenir, de la légende et de l'honneur.

Qu'elles passent ! Je m'en fiche bien. Je les aurai connues. Qu'elles passent, qu'elles s'évanouissent. Mais qu'on ne me demande pas, en plus, de les renier ni de les oublier. Le temps viendra où le salon, avec ses Flandres et ses Gobelins, ses guéridons chargés d'ivoires, ses lourds rideaux de velours de Gênes, ses pastels et ses chenets, ses valets de pied et son langage, ne survivra dans notre mémoire que comme un monstre de la fable, comme un de ces dieux aztèques repoussants et sublimes, comme un bijou très rare, oublié et perdu. Moi au moins, je n'aurai pas massacré en esprit un des épisodes les plus charmants, malgré ses ridicules, et les moins inhumains, malgré ses égoïsmes, malgré ses cruautés, de notre histoire engloutie.

L'AUTOMNE

Je ne me sens pas en forme : il y a des années comme ça. Qui parle ? C'est notre temps. La fameuse boutade s'applique aussi à l'histoire. Voilà combien d'années, et de dizaines d'années, que le passé, la tradition, nos sacro-saintes valeurs, la bourgeoisie honteuse d'elle-même et notre vieille civilisation occidentale et chrétienne, appuyée sur un capitalisme dont seuls ses adversaires osent encore prononcer le nom, sont en train de gémir devant le sombre avenir et la mort qui les guette ? Je regarde en arrière : dans mes étés, dans nos salons, je ne vois que mines défaites, je n'entends que lamentations. J'assiste à des paniques, à des replis, à des exodes, à des combats d'arrière-garde, le plus souvent perdus d'avance, et à des évacuations. Jérémie frappe à la porte. Et, de temps en temps, il passe la tête. Et il crie. C'est l'automne de l'histoire — de la nôtre, tout au moins. Et le printemps est déjà pourri.

Rien ne ressemble à une décadence comme cet âge où nous vivons. Dans les livres d'histoire de nos arrière-petits-neveux, ce siècle qui est le nôtre et celui de nos pères et de nos enfants pourra-t-il passer pour autre chose que pour une marche à l'abîme ? Une marche à l'abîme d'ailleurs sans cesse reprise en dépit des désastres et des oiseaux de malheur, ce qui suppose malgré tout que la chute décisive et finale est toujours retardée. Toujours retardée et toujours imminente. Il me semble depuis que j'y suis — j'imagine tout de même que c'est une coïncidence — que le monde est en crise.

On me dira — je les entends d'ici — que ce n'est pas mon siècle, mais ma classe qui est en butte à l'histoire et qui se débat contre elle. Et que la montée du socialisme est en train de balayer les bibelots de nos étagères et toutes les photos de famille répandues dans nos salons envahis peu à peu par l'ombre de Karl Marx, flanqué de son brillant second, son compagnon et son ennemi, le docteur Sigmund Freud. C'est bien possible. Il est permis de soutenir que l'abîme sous nos pas n'est que celui de la bourgeoisie et du capitalisme et que le socialisme, éclatant de santé, les mains pleines de promesses, les bras chargés de cadeaux, s'avance, au contraire, sur les ruines de ses adversaires, un bon sourire aux lèvres, vers un avenir rayonnant.

Est-ce que cette vision du monde, qui aurait fait horreur à mon grand-père de Plessis-lez-Vaudreuil, mais finalement optimiste, est tout à fait justifiée ? Est-ce que ce n'est pas l'ensemble d'une civilisation industrielle beaucoup plus vaste que le capitalisme qui incline vers sa fin au moment même où elle triomphe ? Au-delà de ma classe, au-delà de la bourgeoisie, au-delà de cet *establishment* auquel je suis lié par tant de fils, comment ne pas soupçonner qu'à la façon du royaume du Bénin, des Mayas, des Incas, de l'Empire byzantin, c'est une civilisation, une culture, tout un monde occidental et un peu plus qu'occidental qui s'écroule sous nos yeux ?

1914 est un abîme. 1917 est un abîme. 1929 est un abîme. 1933 est un abîme, et 38 et 39. Et 1940. Et pour nous autres, Français, l'Indochine et l'Algérie, qu'on se situe d'ailleurs d'un côté ou de l'autre des barricades de l'histoire, sont des crucifixions. Mais Budapest aussi est une crucifixion, et Prague, et le XXe Congrès du parti communiste de l'U.R.S.S. Le capitalisme n'en finit pas de s'effondrer, mais il n'est pas encore à terre que le socialisme et le communisme commencent déjà à être touchés. Et à être dénoncés par leurs propres partisans avec plus de justesse et de violence que par leurs adversaires. Rien ne va plus. Et nulle part. Hitler est abattu. Mais Staline aussi. Des écrivains comme Soljénitsyne, des savants comme Sakharov, des historiens comme Amalrik, rejoints par pas mal de Français, par tout un lot d'anciens communistes et — délices de l'histoire ! — par Emmanuel Todd, le petit-fils de Nizan, des intellectuels et des militants, des philosophes, anciens ou nouveaux, d'innombrables témoins qui ont souffert dans leur chair et dans leur liberté, prédisent et espèrent, parmi beaucoup d'autres, parmi des dizaines et des centaines de milliers et sans doute des millions de bagnards et d'exilés, la fin de l'empire soviétique dans un avenir plus ou moins proche. Et peut-être se trompent-ils. Qu'importe ! Ils le pensent, ils l'écrivent. Et un pouvoir contesté est un pouvoir affaibli. Affaiblis, nous le sommes. Et depuis pas mal de temps. Mais les autres aussi, désormais. Les ballons du libéralisme sont crevés depuis belle lurette. Ils gisent quelque part au milieu des vieilles lunes. Mais voici que les mythes du socialisme et de ses patries successives et rivales s'effilochent sous nos yeux. Le libéralisme est en crise. Mais le socialisme aussi.

Il n'y a pas de fin de l'histoire. Nous savons désormais que la révolution est permanente. Elle est peut-être impossible. Elle est en tout cas permanente. Ce qui signifie peut-être qu'elle a perdu son sens et sa raison d'être. La révolution est une poupée russe : il y aura des révolutions dans la révolution, il y aura des révolutions dans les révolutions. La révolution est une de ces étiquettes de fromage où figurent une vache et une étiquette où figurent une vache et une étiquette, et ainsi de suite jusqu'à l'infini. Je crois que les connaisseurs parlent d'une image en abîme. La révolution est une image en abîme. Les révolutionnaires dissidents et progressistes la disputent aux révolutionnaires orthodoxes et conservateurs. Et ils se pendent les uns les autres. Les maladies de l'histoire s'attrapent comme la vérole : les contradictions du capitalisme sont passées au socialisme.

Les révolutionnaires orthodoxes et conservateurs montrent assez clairement à la fois que l'idée d'orthodoxie et de conservatisme est restée bien vivante et qu'elle est devenue très relative : ce qu'il s'agit de conserver, c'est un état de la révolution, avec ses privilèges et ses hiérarchies. Les révolutionnaires dissidents et progressistes montrent avec autant d'évidence que l'idée de progrès dont ils se réclament a été ébranlée : la révolution n'a pas suffi à l'assurer à jamais comme elle l'avait promis et tout, indéfiniment, est à recommencer, dans l'inquiétude et le soupçon.

Il y a peu d'événements plus importants dans notre siècle que la transmutation simultanée et la dégradation parallèle de l'idée de tradition et de l'idée de progrès. La tradition était jadis — surtout à droite — un des thèmes favoris de la culture, la référence majeure de l'éducation, le pilier même de la religion, un des axes de la vie familiale et sociale. Elle est aujourd'hui méprisée et rejetée. Ce que faisaient nos pères et les pères de nos pères ne nous intéresse plus guère. Et nous savons que nos fils ne vivront pas comme nous. La rupture l'emporte sur la continuité, la mise en question sur la transmission, le changement sur la tradition. On trouvera toujours des conservateurs, mais on se demande ce qu'ils conserveront — sinon le pouvoir et leurs privilèges nouveau-nés.

Inversement, il y a encore un demi-siècle ou un peu plus, les hommes — surtout ceux de gauche — peignaient volontiers l'avenir aux couleurs de l'espérance. Ils croyaient dur comme fer que l'homme était capable de s'améliorer, que la science allait régler tous ses problèmes et que demain serait une fête. Qui nourrit encore, de nos jours, cet optimisme béat, ces illusions très fraîches ? La démographie, la pollution, la bombe, la science-fiction, les camps de concentration et les sombres triomphes de la psychiatrie nous ont changé tout cela. Il faut toujours bouger, bien sûr, et remuer un peu un monde qui n'acceptera plus de rester immobile. Mais la révolution elle-même a perdu son éclat. Elle ne se fera plus une fois pour toutes. Elle ne constituera pas le bouquet final du feu d'artifice de l'histoire. Le pessimisme l'envahit. Non, demain ne sera pas une fête. Encore heureux si ce n'est pas un cauchemar.

Comment s'étonner de voir, autour de nous, des générations déboussolées ? Elles n'ont plus de passé et elles n'ont plus d'avenir. Plus rien où s'appuyer en bas, plus rien à espérer en haut. Une tradition vidée de son sens, une révolution, une technique, un progrès qui n'en finissent jamais de se trahir soi-même et de renvoyer à autre chose, plein de périls et d'incertitudes. Ah ! sans doute, nous irons, selon les slogans, vers plus de commodités pour tous et plus de justice sociale, vers moins d'inégalités, vers moins de ces privilèges économiques et sociaux dont je suis le premier à jouir et auxquels je renonce d'avance sans le moindre chagrin. Mais irons-nous vers plus de bonheur, vers une vie plus profonde et plus belle pour tous, vers plus de foi et d'espérance, vers une lumière d'aurore ? Qui l'espère encore de nos jours ? L'histoire, bizarrement, a *pris, ces derniers* temps, des teintes de crépuscule. Nous avons fini de croire aux Pères Noël de l'histoire. Nous le savons désormais : tout se passe comme si, à toutes les époques, le bilan final de l'humanité était toujours le même. Comme si la capacité de bonheur était toujours mesurée à la capacité de malheur. Et la dose de malheur à la dose de bonheur. Nous voyagerons plus vite, l'éventail des salaires aura tendance à se refermer, l'héritage sera contesté, les plus pauvres vivront mieux, ce qui n'est pas négligeable, et le sort des plus riches se rapprochera de la moyenne. Il sera moins triste d'être pauvre. Il sera moins gai d'être riche. Parfait. Chacun se donnera un peu moins de mal pour se distinguer des autres. Après tout, si on y tient... Je n'ai rien contre tout cela. À plusieurs égards, je le souhaite. Je m'y attends en tout cas. Mais nous ne serons pas plus heureux.

Dans le monde des idées, nous vivons quelque part entre *L'Internationale* et Louis XV, entre un chant qui nous crie : *Du passé, faisons table rase* et un roi qui murmure : *Après moi, le déluge.* Ce n'est pas seulement pour une classe, pour une poignée de féodaux, pour quelques milliers de bourgeois que l'avenir s'écroule en même temps que le passé : c'est pour tout le monde. L'angoisse est pour tout le monde. Le déclin des grandes espérances est aussi pour tout le monde. Comme à la fin de l'Empire romain, nous ne supportons plus ni nos maux ni leurs remèdes. Nous exigeons le progrès scientifique et technique, et ses conséquences nous font peur. Nous ne voulons plus de l'État, et nous réclamons sa protection, ses salaires, ses retraites. Des cortèges de jeunes gens qui ne rêvent que d'être fonctionnaires défilent à travers nos rues en criant : *À bas le pouvoir ! à bas la patrie ! à bas le gouvernement !* Nous voulons des automobiles et nous ne voulons pas d'embouteillages, nous voulons des avions et nous ne voulons pas de pollution. Nous détruisons tous ensemble l'épargne et l'héritage — mais nous les invoquons quand c'est de nous qu'il s'agit. Nous réclamons la révolution et la sécurité. Nous voulons le changement et que surtout rien ne bouge. Nous essayons de mettre l'homme à la place de ce Dieu que nous avons tué et nous découvrons avec horreur que lui aussi est en train de mourir — ou peut-être déjà mort. Et tapie au-dessus de nous et de nos illusions évanouies, silencieuse mais toujours présente, la bombe, enfant de notre génie, de nos longs efforts et de notre folie.

Plus d'avenir. Plus de passé. Quoi de surprenant à voir la littérature et l'art s'engouffrer dans l'angoisse à la suite de Kafka, dans l'absurde avec Ionesco, dans le désespoir avec Beckett ? Nous ne vivons pas par hasard dans le monde, souvent admirable et toujours fascinant, des surréalistes, de la dissonance et de Picasso. L'éternité du classicisme et des harmonies préétablies s'efface loin derrière nous. Tout se dégrade, tout se fissure. Regardez nos bâtiments. Regardez nos équilibres. Regardez nos forêts. Regardez nos croyances. Le seul cri d'espérance qu'une oreille attentive puisse capter dans nos déserts climatisés et surpeuplés est le cri le plus sinistre depuis le début des temps : *Ça durera bien autant que nous.*

Je ne suis pas spécialiste du Kremlin, de la Chine, des pays arabes. Je ne suis, en vérité, spécialiste de rien du tout. Je regarde, autour de moi, la vieille Europe à genoux. J'écoute. De temps en temps, je délire, mais avec vraisemblance. Le moins qu'on puisse dire est qu'à la différence d'hier l'Occident d'aujourd'hui ne construit pas pour l'éternité. Il se survit, voilà tout. Il traîne. Il agonise. Avec encore de belles journées, mais souvent déjà fraîches et qui font frissonner nos épaules délicates dans nos robes d'organdi, sous nos châles de mousseline. Après l'été si beau, voici l'automne.

J'aimerais bien me tromper et qu'une nouvelle Renaissance nous attende au coin de la rue. J'en doute un peu. Souvent, j'aimerais bien aussi cesser de vaticiner, cesser de pontifier et de prédire des désastres. Moraliser m'ennuie. Après tout, le destin de l'humanité ne repose pas sur mes épaules. Longtemps, j'ai fait profession de me moquer de tout et la marche du monde m'était indifférente. J'ai toujours détesté et méprisé les importants, les donneurs de leçons, ceux qui savent, ceux qui corrigent. Dans *Au revoir et merci*, dans *Du côté de chez Jean*, j'essayais de hisser la dérision à la hauteur d'un art de vivre. C'était le bon temps. Voilà qu'à force de me pencher, sous les auspices conjugués de Bouvard et Pécuchet, de Tocqueville, d'André Siegfried, sur notre avenir obscur et ses sacrés détours, je me vois parfois, à mon tour, sous les espèces haïssables d'un redresseur de torts et d'un scruteur d'horizon. Il serait grand temps de changer de style, de me méfier un peu et de me retrouver.

Tout cela est venu, naturellement, de ma liaison, *paradoxale et inévitable*, avec *Le Figaro*. Depuis les temps délicieux et insupportables où je menais une vie obscure dans mon bureau de l'Unesco, à m'occuper modestement de linguistique comparée, des traductions arabes d'Aristote, et d'un corpus des vases grecs, ou plutôt de ce qui reste de leurs tessons répandus sur toute la planète, il m'est arrivé trois ou quatre choses très banales et pour moi assez graves. Et elles ont bouleversé mon existence : Saint-Fargeau a été vendu avec ses arbres et ses souvenirs, je suis entré au *Figaro* et ma mère est morte. Comme mon père, je l'aimais. Ainsi vont les choses, le temps et notre pauvre histoire.

Je rêvais, quand j'étais jeune, de tous les vents improbables qui peuvent souffler sur une vie. Je lisais Malraux et Hemingway et Faulkner et les grands Russes, et je me disais — presque avec tristesse, quelle folie, presque avec regret, quelle sottise — que ma vie à moi ne connaîtrait jamais ces glissements de terrain qui détruisent un paysage. Il n'y a pourtant qu'à attendre et du seul temps qui passe naissent les tourbillons qui vous entraînent loin de vous-même. À vous, ensuite, de ressaisir tous les fils, de refermer la main sur les jours, les semaines, les mois, les années qui s'enfuient en tous sens, de rassembler tous ces événements hasardeux et pourtant nécessaires qui courent à hue et à dia et d'en faire un destin.

La Gloire de l'Empire était née jadis d'une première tentative de révolte et de lutte contre une tendance marquée à la schizophrénie. Ma vie était coupée en deux : d'un côté, les sciences humaines, l'ombre de Toynbee, les colloques à l'Unesco sur la civilisation byzantine ou sur les rapports ambigus de la guerre, de la culture et du commerce ; de l'autre, mes petits romans à deux sous où trois ou quatre personnages couraient en rond les uns après les autres et toujours autour de moi. J'aime beaucoup le ski. Un jour, à Chamonix, sur un remonte-pente un peu long, l'idée me vint soudain d'un roman ethnologique fondé sur les fabulations d'un de nos derniers Mohicans de la Nouvelle-Guinée ou de la Terre de Feu, d'un survivant Kwakiutl, d'un Alakaluf délirant ou d'un Bororo égaré, qui raconterait n'importe quoi, par goût de la fabulation ou simplement pour s'amuser, à un disciple de Lévi-Strauss. C'était l'intrusion de la fiction dans les sciences humaines ou des sciences humaines dans la fiction, et l'intuition centrale de *La Gloire de l'Empire*. Il allait suffire de la développer et le roman ethnologique se transformerait peu à peu en une fausse histoire, sinon de l'humanité, du moins d'une civilisation et d'une culture disparues. Les deux côtés de ma vie étaient réconciliés.

Mon travail quotidien et la fréquentation des sciences humaines étaient à l'origine de *La Gloire de l'Empire.* La fin de Saint-Fargeau, avec ses tours de brique rose et ses clochetons byzantins, est naturellement à la source d'*Au plaisir de Dieu.* Le jour où, pour la dernière fois, j'ai fermé derrière moi la porte de la vieille maison où je laissais tant de souvenirs, tant de légendes et d'histoire, quelque chose s'écroulait autour de moi et en moi. Je ne savais pas moi-même que je tenais par tant de liens, dont la rupture faisait mal, aux ombres de mon passé. J'en riais, bien souvent. Je n'aime pas tellement les meubles, les objets, les bibelots, ni leur accumulation à travers les âges : je préfère la rumeur que fait l'histoire des hommes. J'affiche assez volontiers une affectation d'indifférence à l'égard de ce qui m'entoure. Je vais jusqu'à m'amuser des débâcles de la vie. Je n'ai jamais cessé de penser, avec plus ou moins de succès, qu'il fallait toujours essayer de ne s'attacher qu'à l'essentiel. Le reste s'en va : tant pis ! Mais avec Saint-Fargeau, tout à coup, ce n'était pas le reste qui s'en allait : c'était l'essentiel. Je le découvrais avec épouvante. Voilà qu'en quittant l'immense cour pentagonale, les allées et les arbres qui m'avaient vu jouer, la pièce d'eau dont je faisais le tour en compagnie de mon père et de mon destin encore à venir, je ressentais quelque chose de profond et de triste, quelque chose d'insupportable comme ces douleurs qui naissent de ce qui s'achève à jamais, quelque chose de déchirant comme un chagrin d'amour.

Je pensais à mon vieux Chateaubriand et à cette belle phrase que j'aimais déjà à la folie avant de finir de la comprendre : *Rompre avec les choses réelles, ce n'est rien, mais avec les souvenirs ! Le cœur se brise à la séparation des songes.*

Je n'étais déjà plus un jeune homme quand j'ai quitté Saint-Fargeau. Mais j'étais un homme encore jeune, aux environs de la quarantaine, et qui avait une vie devant soi et qui n'avait jamais cessé de piaffer devant tous les rêves de la liberté et de la fin des attaches. Ma mère était une vieille dame dont la mère et la grand-mère et les arrière-grand-mères étaient nées à Saint-Fargeau et y avaient vécu avant d'y mourir. Toute son enfance, toute sa jeunesse s'étaient déroulées dans ce cadre somptueux et charmant. L'histoire cruelle de notre temps lui retirait l'espoir et la consolation d'y mourir un jour à son tour. Mon frère, mes sœurs, moi-même, nous savions tous très bien que la fin de Saint-Fargeau était le symbole et l'annonce de la fin de ma mère.

J'ai mené la vie la plus simple et la plus protégée. La plus banale, la plus conformiste. La plus entourée de famille, de société, d'ordre moral et d'honneurs. Il se trouve pourtant qu'en un sens, j'ai tué mon père et j'ai tué ma mère. *Moi, Pierre Rivière, ayant égorgé ma mère, ma sœur et mon frère*... Avec mes cravates de commandeur et l'estime des honnêtes gens, je ne suis pas si loin de l'assassin à la mode.

Je n'en suis pas si loin, non pas seulement au sens déjà très réel mais un peu abstrait de Hegel : *Les enfants sont la mort des parents*. Je n'en suis pas si loin en un sens bien plus concret. Les folies de ma longue jeunesse — est-ce qu'elle sera jamais liquidée, cette interminable adolescence ? — ont hâté peut-être la fin de mon père. Elles ont assombri ses derniers mois. Parce que je n'ai pas été capable de sauver Saint-Fargeau, j'ai rendu très obscures les dernières années de la vie de ma mère.

C'est vrai : j'aimais mon père. C'est vrai : j'aimais ma mère. J'ai fait une bonne partie de ce qu'il faut bien — hélas ! — appeler ma carrière littéraire sur les bons sentiments qu'ils ont su m'inspirer. Les mauvais sentiments que chantait André Gide, je les devinais épuisés, hors d'usage, usés jusqu'à la corde par trop de fréquentations médiocres et d'imitateurs imbéciles. J'ai été plus habile : à quelques frémissements près, j'ai été très honnête, très convenable, très honorable. Non, je n'étais pas hypocrite, et la mort de l'un et la mort de l'autre m'ont été les chagrins les plus cruels de ma vie. Mais ce que cachait cet amour me réveille encore la nuit et me fait souvent peur.

Sans le vouloir, dans les larmes et dans l'angoisse, par ma légèreté très coupable et mon inconsistance, j'ai désespéré mon père. Parce que je n'étais pas assez actif, assez courageux, assez riche, j'ai contribué à désespérer ma mère. Toute ma vie s'éclaire soudain à la lumière de ces tourments écrasés et avalés. Frère comique et déchiré du clown noir et du clown blanc, j'ai fait le clown vert ici et là, je me suis laissé aller, selon la formule de Stendhal, à toutes les délices et à toutes les hautes bassesses de la *comédie grave* où j'ai enfermé ma vie, j'ai parlé sous la Coupole et j'ai écrit dans *Le Figaro* pour que mon père me pardonne. J'ai édifié phrase à phrase le château imaginaire de Plessis-lez-Vaudreuil pour que ma mère, malgré tout, ait encore où rêver. Je n'avais pas réussi à lui garder son passé ; il était tout naturel que je lui en crée un autre et que je le lui offre en échange pour y ranger ses souvenirs.

Très loin de toutes les fariboles dans le vent, voici que je vois pourtant tous mes livres comme des espèces de cures exigées par ma vie. Quand je ne faisais presque rien, je donnais dans le cynisme avec *Au revoir et merci*, avec *Du côté de chez Jean*. Quand j'ai ressenti le besoin de retaper un monde éclaté autour de moi, j'ai écrit *La Gloire de l'Empire*. J'ai édifié un château de songe, dans *Au plaisir de Dieu*, sur les ruines d'un château de pierre emporté par le vent des automnes de l'histoire. Ce sont les tourmentes du *Figaro* qui soufflent dans l'ombrelle de ce vagabond-ci. Et mes peines de cœur et mes chagrins d'amour m'ont conduit, comme tout le monde, chez Julliard et chez Gallimard. Il y a quelque chose de désolant et de consolant à la fois dans cette simplicité d'âme. Bonne ou mauvaise, pour Soljénitsyne comme pour Musset, pour Villon comme pour Verlaine, pour Zola comme pour Hugo, la littérature consiste d'abord à transformer du désespoir en beauté et de l'horreur en vérité. *Vous et moi*, disait naguère Fellini à Simenon, *n'avons jamais raconté que des échecs. Tous les romans de Simenon sont l'histoire d'un échec. Et les films de Fellini ? Que sont-ils d'autre ?... Je crois que l'art, c'est ça : la possibilité de transformer l'échec en victoire, la tristesse en bonheur.* Et à quelqu'un qui s'étonnait de ne plus le voir écrire, Samuel Butler répondait : *Je ne suis pas encore assez bas.* Amour, politique, société, désastres publics ou privés, entre Proust malade et Oscar Wilde prisonnier, la littérature n'est peut-être rien d'autre qu'un bon usage des catastrophes.

Par un merveilleux paradoxe, plus encore que mon départ, mon arrivée au rond-point des Champs-Élysées où siégeait *Le Figaro* dans tout l'éclat de sa splendeur a été, en un sens — et, en vérité, dans le sens étymologique du mot —, une catastrophe dans mon existence. Un bouleversement. Un renversement complet de la situation. Toute ma vie, j'avais eu le temps. Toute ma vie, j'avais cultivé les loisirs et l'indifférence. Toute ma vie, j'avais refusé les charges, les responsabilités, les contraintes, et jusqu'aux plus minces soucis de la vie quotidienne. Tout le poids du monde me tombait sur la tête d'un seul coup. Naturellement, ça m'amusait. Et le pauvre cœur humain est ainsi fait que, quelquefois, ça me flattait. De l'illustre bureau ovale ou peut-être rond et aujourd'hui détruit où avait siégé Pierre Brisson — qui avait d'ailleurs, naguère, fait figurer mon nom, pour de secrets motifs, sur la liste noire des auteurs dont *Le Figaro* ne parlait pas —, la vue s'étendait de la Concorde à l'Étoile. Il n'y avait pas, dans tout Paris, de situation plus balzacienne : j'avais les Champs-Élysées à mes pieds, et la ville entière s'étalait sous mes yeux. Quelle revanche sur une vie qui m'avait pourtant déjà beaucoup donné ! La tête me tournait un peu. Je goûtais le vin nouveau de la puissance et de la gloire. À nous deux, Paris ! Mais, sous la pompe et les fanfares, j'avais encore la force, grâce à Dieu, de me moquer de moi-même. Je le jure : je m'en moquais.

Je n'avais pas manqué de chercher dans le *Larousse* en plusieurs volumes les noms de quelques-uns de mes prédécesseurs — d'Hippolyte de Villemessant, formidable farceur qui mystifiait ses lecteurs jusqu'à transformer, un beau jour, son journal traditionnel en un brûlot socialiste, ou d'Henri de Latouche, le grand amour de la pauvre et sublime Marceline Desbordes-Valmore, à Alphonse Karr, à Gaston Calmette, assassiné par Mme Caillaux dans son bureau du *Figaro*, et à Robert de Flers, l'auteur du *Roi* et de *L'Habit vert*. Ce que j'avais trouvé à la fin de la rubrique *Capus (Alfred)* m'avait glacé d'horreur : *Devenu, en 1914, directeur du* Figaro, *il consacra ses dernières années à ses fonctions de journaliste (Acad. fr., 1914)*. Ces mots sonnaient comme le glas de mes seules ambitions : celles d'écrire encore quelques livres et de devenir enfin un de ces êtres maudits, traqués par la prison, la misère et la folie et qu'on appelle écrivains. Je me précipitais à ma fenêtre. Je sortais sur le balcon. Une rumeur montait jusqu'à moi : les Champs-Élysées grouillaient de voitures, de passants, d'une animation fébrile et pourtant organisée qui aurait enchanté Jules Romains. *Paris était à mes ordres*. Comme dans mes années de jeunesse et dans mes folles amours, je respirais un grand coup. Entre le succès et l'échec, entre les triomphes trop apparents et mes secrètes ambitions, ma vie était ce ballet dont je rêvais obscurément en compagnie de mon père, autour de la pièce d'eau de mon enfance évanouie.

La tentation du pouvoir est un de ces lièvres mécaniques qui font courir nos grands chiens de la politique et des affaires. Je n'ignorais pas tout à fait ses prestiges un peu âcres. Mais je ne la ressentais qu'au deuxième ou au troisième degré. Je me voyais jouer un rôle. Je voyais les autres en train de me le voir jouer. La vraie passion du pouvoir ne laisse ni faille ni jeu. Je me retournais au contraire sans cesse sur le spectacle que je donnais. Ma vie était un peu rêvée comme ces souvenirs le sont. C'est une faiblesse. Je ne m'en vante pas. C'est mon plaisir. Je m'en flatte.

Il est vrai que détenir le pouvoir n'est peut-être rien d'autre que de faire croire qu'on le détient. Je ne cherchais même pas à le faire croire. Mais allez ôter de la tête des gens les idées qu'ils s'y fourrent ! C'était autour de moi un perpétuel ramage. J'avais beau jurer : « Mais non !… Mais non !… » et expliquer que mon pouvoir était plus mince qu'on ne risquait de le croire, la plupart ne prenaient mes dénégations trop sincères que pour une exquise modestie. La fonction de directeur d'un grand journal parisien n'est sans doute plus ce qu'elle était il y a quarante ou cinquante ans, avant la télévision, avant la Ve République, quand un article du *Figaro* parvenait aisément à faire tomber un gouvernement. Elle garde tout de même une sorte d'éclat charismatique. Je m'en sentais souvent auréolé malgré moi. Pilote de ligne, hôtesse de l'air, acteur de cinéma, détective privé, gentleman cambrioleur : c'est dans ces eaux chatoyantes que nage le journaliste. À plus forte raison, un directeur de journal. Directeur du *Figaro* et académicien, je me voyais apparaître comme un mélange de raseur, de vedette au rabais — ô Cooper ! ô Bogart ! — et de Mandrake le magicien.

Ceux qui m'avaient fait l'honneur et l'amitié de m'accueillir parmi eux au *Figaro* et qui savaient, eux, alors que j'en ignorais tout, ce qu'est la conception et la fabrication d'un journal, n'étaient pas dupes, naturellement. Moi non plus. Une complicité assez délicieuse s'instaurait ainsi entre nous. Il m'aurait été difficile de me présenter comme un technicien, comme un chef, comme un animateur sans reproches, comme un entraîneur d'hommes : j'éprouve déjà assez de peine à m'animer moi-même et à m'entraîner vaille que vaille dans les labyrinthes de la vie. J'ai heureusement compris assez vite qu'il ne faut jamais forcer son talent. Je me donnais pour ce que j'étais. Mes amis du *Figaro* me prenaient comme je suis. Tout allait bien. On s'imaginait au-dehors que la passion du pouvoir politique s'était emparée de moi. Je sortais sur mon balcon, à pic sur les Champs-Élysées, et je me récitais du Toulet, du Genet ou du Chateaubriand.

Voici qu'il me faut déjà corriger ces quelques lignes à peine écrites. Le détachement, le dilettantisme, le scepticisme, j'en fais, bien sûr, profession. Que je le dise une fois pour toutes : je ne crois pas à mon importance. J'ai déjà un peu de mal à croire au sérieux de l'histoire. Je me refuse, en tout cas, à jouer un de ces rôles dérisoires et de toute façon secondaires dans l'universelle comédie. Il faut être Alexandre, César, Frédéric II, Richelieu, Lénine, de Gaulle, Mao Tsé-toung — ou rien. C'était réglé : je n'étais rien. Je ne serais donc rien. Au *Figaro* ou ailleurs, je n'ai pourtant jamais écrit une ligne dont je me sois dit : « Je m'en fiche » ou « Je mens ». Les choses, dans le travail comme dans l'amour, sont toujours un peu plus compliquées que les mots dont on se sert. Au *Figaro*, comme à l'Unesco, où les enjeux étaient moins élevés et le public moins nombreux, je prenais mon travail à la fois de loin et à cœur. Je le faisais aussi honnêtement qu'il m'était possible de le faire, je n'étais ni acheté — c'est évident —, ni carrément cynique, ni tout à fait moqueur. Les événements m'emportaient. Ils n'y réussissaient que trop bien. Tout ce que nous avons vécu, tout ce que nous vivons et que nous vivrons encore suffit très largement à nous jeter dans les combats. L'histoire nous précipite en avant et nous contraint à nous battre. On a beau tout refuser, il arrive un moment où le tragique de l'existence et de notre destin en train de se faire, ou peut-être de se défaire, s'impose soudain à vous. Et l'indignation. Et le goût de la vérité. Tournier parle quelque part, et Nimier avant lui, d'un style de vie fondé sur une *désinvolture panique* qui ne fait rien prendre au sérieux, mais fait tout prendre au tragique. Fini de rire : à moi aussi, le monde tombait sur le paletot. Sous peine d'être traité de capon, il me fallait bien tomber la veste et me colleter un peu avec lui. Sous peine de voir tous les trains de l'histoire me passer sous le nez, il fallait bien me décider à choisir enfin le mien, à l'attraper en marche et à m'y accrocher. Victoire ! J'étais peut-être, en fin de compte, un peu moins léger que mon père n'avait pu le craindre. Mais c'est une malédiction — due peut-être aux Gémeaux auxquels je suis soumis : je ne m'épuise jamais dans ce qu'il m'arrive de faire.

Mes inclinations politiques, qui ne constituent pas le centre de ma vie mais auxquelles je tiens autant qu'un autre, s'expliquent peut-être en partie par cette distance envers les autres et surtout envers moi. Je suis un libéral parce que rien ne me fait plus horreur que le conformisme et la soumission et l'adhésion aveugles tels que nous les avons connus, tels que nous les connaissons encore, tels que nous les connaîtrons peut-être à nouveau. Je vis en marge de moi-même et d'étranges labyrinthes se dessinent dans ma tête, et aussi dans mon cœur. Je ne veux pas qu'on leur impose des vérités toutes faites et fabriquées ailleurs. Je suis très loin de nourrir cette folie de la politique que je vois faire tant de ravages et que je mépriserais plutôt. Comme souvent dans ma vie — et je suis bien loin de m'en vanter —, j'y ai été poussé par hasard, par la pression des choses et un peu malgré moi. J'ai fait de la politique contre la politique. J'ai fini par dîner, armé d'une longue cuiller, avec tous les démons de l'idéologie pour tâcher d'éviter leur triomphe et leur règne. Dans notre époque de masse, je constitue sans doute un résidu de quelques-uns des siècles qui nous ont précédés : le XVe, le XVIIIe, le XIXe. Je ne suis pas sourd à leurs appels ni à leurs leçons. Je n'ai pas d'indulgence pour les guerres de religions ni pour les convictions qui mènent au crime. Nous sommes au siècle des assassins : nous laisserons-nous égorger ? Je n'aime pas les mouvements de foule. Nous sommes à l'âge du grand nombre : nous laisserons-nous emporter ? Je suis tout entier du côté de l'individu, de ses mystères ineffables et de ses drames qui seuls m'importent.

Mon arrivée au *Figaro* — car il faut tout de même que j'en parle et j'imagine que beaucoup de lecteurs m'attendent ici au tournant — a coïncidé aussitôt avec une cascade d'événements. Un peu plus d'un mois à peine après mon installation — et on m'avait prévenu qu'il me faudrait six mois ou un an pour comprendre quoi que ce soit à la vie d'un journal —, Georges Pompidou mourait et la campagne s'ouvrait pour l'élection présidentielle. J'y étais précipité sans la moindre préparation et sans cette passion pour les affrontements politiques qui animait la plupart autour de moi. Jusqu'au sein du *Figaro*, elle les animait d'ailleurs en des sens très divers.

Depuis la mort de Pierre Brisson, *Le Figaro* était déchiré par une double série de conflits auxquels nous avons déjà fait brièvement allusion. La première opposait la rédaction aux propriétaires ; la seconde opposait les propriétaires entre eux. Au terme d'une longue grève des rédacteurs doublée d'une tension persistante entre les propriétaires, un protocole d'accord avait été signé. Il stipulait que la ligne politique du *Figaro* était fixée par son directeur. Et que ce directeur était élu indirectement à la fois par la société propriétaire et par la rédaction. J'avais été élu à l'unanimité. Quelques semaines plus tard, dans une série d'éditoriaux, je me prononçais en faveur de M. Giscard d'Estaing et j'engageais, du même coup, le journal à ses côtés. Dans l'incertitude qui régnait sur l'issue du scrutin, un certain nombre de journalistes manifestèrent alors ouvertement leur désaccord avec cette position et apportèrent leur soutien à M. François Mitterrand. *Le Figaro* se trouvait ainsi dans une situation paradoxale : le directeur traçait bien la ligne, mais elle n'était ni approuvée ni appuyée par l'unanimité du journal. Les journalistes sont légitimement attachés à la clause de conscience qui leur permet de quitter, avec des indemnités, un journal dont ils ne partagent plus l'orientation. Cette clause les *autorise* à partir, mais elle ne les y *contraint* pas. Ceux qui se déclaraient, dans une circonstance importante et peut-être capitale, hostiles aux positions du *Figaro* et de son directeur entendaient bien rester et poursuivre la lutte sur place. Plusieurs affichaient sans fard cette résolution de demeurer pour mener un combat. Dès les premiers jours de mon arrivée au journal, je me trouvais à la tête d'une maison divisée contre elle-même : je touchais du doigt la fragilité du libéralisme et les difficultés de ma tâche. Ce premier tourbillon, qui me laisse un souvenir mêlé d'excitation et de cauchemar, devait être suivi de beaucoup d'autres.

Aussitôt après l'été, c'était la réforme du *Figaro*. Rien n'est plus facile que d'imaginer un journal d'opposition un peu vif, surprenant, agressif, insolent. Rien n'est plus difficile que de rajeunir un journal modéré, plutôt conservateur, plus ou moins favorable aux choix du gouvernement et d'essayer d'en faire quelque chose qui ne soit pas trop poussiéreux. Le reproche le plus grave qui pouvait être adressé au *Figaro*, c'était d'être invertébré, fluctuant et confus. Selon la formule de jeunes gens venus manifester sous ses fenêtres quelques années avant mon arrivée, il ne *se mouillait* pas beaucoup. Il fallait, à la fois, l'ouvrir et le resserrer, le moderniser et le raffermir. Il fallait le transformer et le rendre, en même temps, plus fidèle à lui-même. Il fallait aussi le clarifier et le rendre plus lisible.

Cette remise en ordre passait par une espèce de nuit du 4 Août, par une prise de la Bastille, par un sacrilège, par un parricide qui consistait à déplacer le carnet mondain et à l'arracher au rez-de-chaussée de la politique étrangère où il brillait depuis des lustres. C'était une entreprise autrement plus ardue que de contribuer à faire élire le président de la République. Publiques ou privées, j'ai connu quelques crises dans ma chienne de vie. Aucune, jamais, ne m'a autant secoué que ce modeste coup d'État qui tendait à éloigner les fiançailles de nos bons jeunes gens et leurs beaux mariages des convulsions de notre planète. J'introduisais la révolution sociale dans les colonnes du *Figaro* et il vacillait sur ses bases. Que de lettres ! Que de télégrammes ! Que de regards foudroyants ! J'en venais à douter de ma rigueur morale et des fondements métaphysiques de la décision sans précédent qui m'avait fait expulser vers la fin du journal les mouvements démographiques de la bourgeoisie française. Je suis d'ailleurs persuadé qu'un nouveau déplacement de la page du carnet mondain, où les mariages et les deuils peuvent être saisis d'un seul coup d'œil, provoquerait aujourd'hui, en sens inverse, les mêmes protestations. Tant il est vrai que toute tradition n'est qu'une réforme acceptée et un progrès qui a réussi.

Dans mes rêves, dans mes délires, j'avais eu une autre idée qui avait quelque chose d'amusant et qui allait un peu plus loin : c'était d'agrémenter le carnet du jour de quelques marques ou dessins qui se seraient inspirés des signes conventionnels de nos guides touristiques. On aurait pu prévoir, par exemple, dans la rubrique des mariages et pour l'estimation des dots, une espèce de gros sac par dizaine d'anciens millions, un lit barré ou non selon la virginité, et une étoile, ou deux, ou trois, d'après une échelle de beauté qui aurait dû être établie avec le même sérieux et la même objectivité que la qualité d'une cuisine. Voilà qui aurait, je crois, rajeuni *Le Figaro*. Voilà ce que j'aurais appelé une révolution dans la presse. Mais il faut toujours penser d'abord à nos chers et fidèles lecteurs : j'ai tout de même bien fait, j'imagine, de renoncer assez vite à cette trouvaille de génie.

Les conflits apaisés, la réforme à peine terminée, la dernière page rénovée, *Le Figaro* aéré, l'imagination créatrice contenue dans de saines limites, la rumeur se mettait à courir de la vente du journal. Nous entrions dans une ère nouvelle, pleine de fureur et de bruits. Jean Prouvost avait été un mythe, un géant, une espèce de dieu vivant, à qui ont été consacrés, par ses adversaires et par ses amis, des torrents de livres et de souvenirs. Ses mots, ingénus et cruels — *Dites-moi, Gaston, ça dure combien de temps la reconnaissance ?* — ou, à son chauffeur qui lui demandait une augmentation : *Ah ! mon pauvre Marcel, nous avons tous nos problèmes...* —, y étaient presque aussi célèbres que ceux du général ou de François Mauriac. Voilà que sa haute silhouette de gentilhomme de presse et de pionnier assez génial s'éloignait parmi la stupeur attristée de ses maréchaux et de ses barons qui l'avaient cru éternel. Plus récente, mais fidèle, ma gratitude l'accompagnait. Elle était un peu ambiguë : c'était lui, après tout, qui m'avait jeté, d'une chiquenaude, dans cet enfer de délices, dans cet odieux paradis. Je n'aurai jamais fini de le remercier et de le bénir — et je lui en voulais tous les jours. Suivi et précédé d'une réputation détestable qu'il contribuait, je le soupçonne, à répandre lui-même, qui l'arrangeait plutôt et dont il jouait à merveille, l'ombre d'un autre monstre, d'un carnassier terrifiant, d'une bête sauvage dévorante se profilait derrière Jean Prouvost. Ouvrez le ban — ou fermez-le : c'était Robert Hersant.

Je n'écris pas de Mémoires. Je me garde bien aussi d'écrire un ouvrage sur la presse. On en trouve beaucoup d'excellents, et aussi de moins bons, et parfois de pitoyables, où il m'arrive même de figurer. Combien de fois m'a-t-on demandé si je prenais des notes sur les crises, sur les drames quotidiens, sur mes rencontres avec les puissants et avec les acteurs de la tragi-comédie, de Mitterrand à Chirac et à Michel Debré ? Non, je ne prenais pas de notes. Et — faut-il le dire encore une fois ? — dès que j'écris, j'invente. Ce n'est donc pas de l'histoire que j'offre à mes lecteurs. Ce sont plutôt des histoires. L'entrée de Robert Hersant au rond-point des Champs-Élysées allait nous en fournir jusqu'à plus soif.

Le Figaro traditionnel était une espèce de club, de cercle assez élégant, en tout cas d'institution. Il avait quelque chose d'essentiellement feutré, modéré et convenable. Jusqu'aux événements de 68 et à ses séquelles, jusqu'à la lutte sourde mais ardente entre ses deux copropriétaires, Ferdinand Béghin et Jean Prouvost, c'était le triomphe de la litote et du comme il faut. *Le Figaro*, lui aussi, était, à sa façon, un salon — mais, hélas ! en dérive. Il passait aux mains de *managers* très capables. Cette mutation un peu brutale posait beaucoup de problèmes, et à moi comme aux autres — et peut-être plus qu'aux autres. Il faudrait, naturellement, pour tracer un tableau un peu exact et complet, montrer les forces en présence et peser les enjeux économiques et électoraux. Je laisse très volontiers cette tâche aux professionnels de la presse et de la politique. Disons seulement que, plus proche désormais du poker que du bridge, la partie devenait sérieuse et chaude et qu'elle était liée au destin de la nation. Rappelons aussi d'un seul mot, puisque nous les avons déjà évoqués, que les groupes ne manquaient pas, au sein même du *Figaro*, qui étaient hostiles au *Figaro* et à ce qu'il représentait. À ceux qui étaient obstinément, et parfois aveuglément, fidèles au *Figaro* de jadis, s'opposaient désormais avec vigueur ceux qui voulaient le changer. Jusqu'où ? C'était la question. Les réunions de la Société des rédacteurs, où je me débrouillais comme je pouvais, avec beaucoup de naïveté et plutôt mal que bien, me laissent un souvenir mélangé. C'était amusant, mais modérément. Intéressant. Sans plus. Et un peu fatigant. J'avais pensé assez tôt que l'opposition radicale et désordonnée qui s'y manifestait bruyamment à Robert Hersant faisait le jeu de Robert Hersant et qu'à force de jurer qu'il n'arriverait jamais, il arriverait assez vite. Il arriva très vite.

Le Canard enchaîné, *Minute*, une foule de feuilles professionnelles, et *Le Monde* naturellement, vous en ont dit déjà et vous en diront encore beaucoup plus que moi-même. Avec plus de précision, je le leur accorde d'avance, et peut-être plus d'exactitude. Le plus clair pour moi, et le plus pénible, était que j'entrais dans un temps de problèmes, de difficultés et de luttes. Mon repos et mon agrément me soufflaient de me retirer aussitôt. Que ceux qui en doutent lèvent le doigt. Si je disais que le devoir me commandait de rester, je serais en train d'écrire, dans le style traditionnel, un éditorial du *Figaro*. Et peut-être ces quelques pages ont-elles un autre ton. Non, ce qui m'invitait à rester, c'était que le départ, qui flattait ma paresse et mon indifférence à la politique militante, était, sinon une trahison, du moins une espèce de désertion. Une bataille était engagée entre des factions rivales. Aucune n'avait les mains rigoureusement pures et blanches. Les arguments volaient comme les épithètes homériques dans les batailles de l'*Iliade*. Il y avait du vrai dans chacun d'eux. Et chacun d'eux, en même temps, était une arme de combat. Et puis, il y avait *Le Figaro*. J'ai donné, j'imagine, assez de preuves de scepticisme pour qu'on m'accorde un peu de crédit si j'écris ici, avec un sérieux inhabituel et naturellement passager, que tant que les forces m'étaient conservées, tant que le pouvoir effectif m'était assuré sans réserve, je me sentais lié à son sort et partiellement responsable de son avenir incertain.

Au milieu d'un tir de barrage et d'une accumulation d'attaques qui finissaient plutôt par servir Robert Hersant, jusqu'à le rendre presque sympathique, ou peut-être même franchement sympathique, parmi toute une série de réformes techniques indispensables et menées au pas de charge, il n'y avait pour moi qu'une chose de vraiment cruelle : c'était les départs. Bien avant l'arrivée de Robert Hersant, je n'avais déjà pas réussi — et je me le suis longtemps reproché — à empêcher celui de Bernard Pivot, à qui le destin, comme souvent, devait offrir une revanche éclatante sous les espèces de la télévision. Plus tard, de plein gré ou de force, parce qu'ils craignaient une inflexion de la ligne du journal ou parce que la gestion de l'entreprise exigeait des compressions et des licenciements, beaucoup de journalistes quittèrent *Le Figaro*, racheté par Robert Hersant, comme beaucoup, plus tard encore, devaient quitter *France-Soir*. Plusieurs, avec courtoisie, avaient été mes adversaires. Beaucoup étaient mes amis. Parce que leur départ et notre séparation m'ont posé des problèmes, et souvent difficiles, j'aurais voulu écrire ici, avec gratitude et amitié, les noms, sinon de tous, du moins de quelques-uns d'entre eux. Même abrégée, la liste en serait trop longue. Qu'ils sachent tous, en tout cas, ce qui ne leur fera ni chaud ni froid, qu'avec mon père mort et ma mère morte, et avec quelques jeunes femmes odieuses et belles, *ils ont été* les seuls à se révéler capables de m'empêcher de dormir. J'apprenais, un peu tard, qu'on peut être coincé par l'histoire quotidienne, comme j'avais appris déjà qu'on peut être coincé par l'amour. La vie n'est pas toujours simple. Et, malgré ce que je pensais dans mes folles années, elle n'est pas toujours gaie.

J'imaginais quelquefois, dans mes rêves de jeunesse, ce que pourrait être mon avenir. Si, je tournais déjà — mais toujours avec ironie — autour de quelques délires de triomphes et de pourpre, jamais, dans mes fabulations les plus folles, l'idée ne m'était venue que je serais un jour un directeur de journal, un éditorialiste politique, une espèce de censeur, un moraliste à l'occasion, presque un briseur de grèves et peut-être quelque chose comme un patron de combat. N'exagérons pas tout de suite : on finirait par me voir sous les traits d'un administrateur, d'un gestionnaire, d'un organisateur. De toute évidence, ce serait une lourde erreur.

Je l'ai dit et écrit une bonne vingtaine de fois. Je l'ai redit ici même. Je le répète encore, pour qu'on ne s'y trompe pas. Ce que je suis, fondamentalement, c'est un incapable. La liste de tout ce que je suis incapable de faire, depuis la cuisine jusqu'à la haute administration, depuis le bricolage le plus quotidien jusqu'aux fameuses *affaires*, m'épouvante bien souvent. En dépit de quelques conférences qui ont été autant de triomphes ridicules et dérisoires, je ne sais même pas parler. Et, je le crains, de moins en moins. Je ne suis pas sûr d'être excellent à la radio ou à la télévision. Je suis tout à fait certain de beaucoup m'ennuyer dans la moindre réunion de plus de deux personnes. Encore plus quand je dois parler. J'ai longtemps rêvé de réunir ceux qui travaillaient avec moi et de leur dire quelque chose de ce que je viens d'écrire tout à l'heure. Impossible. Comme ces amoureux, muets devant celle qu'ils aiment et que le papier blanc enflamme, je ne sais, bien ou mal, faire qu'une seule chose au monde : c'est d'écrire. Il me semble parfois, quand j'écris, que l'univers s'éclaircit un peu, qu'il finit par s'organiser, qu'il prend un semblant de sens. Je passe pour presque bavard. C'est un curieux malentendu. J'écris parce que je suis muet. J'écris pour enfin comprendre.

À l'instant même où Jean Prouvost, dans son salon de la rue de Rivoli, me proposait, vous vous en souvenez, de devenir directeur du *Figaro*, je me disais à la fois que c'était une invention géniale et une aventure insensée. Géniale, n'insistons pas : la schizophrénie peut très bien se combiner avec la paranoïa. Mais insensée, sûrement. Personne n'est plus incapable que moi de s'occuper de quoi que ce soit, y compris de sa propre vie. Je reprendrais volontiers à mon compte la formule de Montherlant qui écrit quelque part qu'il ne vaut rien que dans le loisir. Franchement, est-ce que ce n'est pas une drôle d'idée de coller un type de cette farine à la tête d'un journal ? Vous commencez à me connaître : à cette question que je pose, il ne vous est pas interdit de répondre par la négative, et même par l'indignation. La réédition d'*Au revoir et merci*, en tout cas, avait ceci de piquant qu'elle mettait en regard les fonctions et les responsabilités auxquelles j'étais parvenu et ce que j'en pensais douze ou quinze ans plus tôt. Ce que j'en pensais… Ce que j'en pense peut-être encore. Je n'ai pas tellement changé. Je méprise toujours autant tout un lot immense d'activités et de gens. *Il y a des jours*, écrit Chateaubriand, *où il faut dépenser son mépris avec économie, à cause du grand nombre de nécessiteux.* La seule différence est que le temps a passé, que les honneurs sont venus, qu'il m'arrive de frôler ce que je dédaignais et que les périls autour de nous n'ont cessé de s'accroître : il faut bien y faire face. Je garde, en tout cas, pour les grandeurs d'établissement les sentiments de Pascal : je m'incline devant elles, je vais jusqu'à les accepter. Mais le donjon résiste en moi et le pont-levis ne s'abaisse pas.

Il est tout à fait heureux que j'éprouve de tels sentiments à l'égard des fonctions, des honneurs et des responsabilités. Car il ne me suffirait pas de les choyer pour parvenir à les dominer. En vérité, tout cela me dépasse. Impossible de me remettre un papier sans que je le perde aussitôt, tout ce qui relève de l'argent — sauf celui que je dépense — m'ennuie éperdument et je nourris de la haine pour tout ce qui touche de près ou de loin à l'administration des hommes et des choses.

Cette horreur, non de l'imprimé — car j'aime à la passion les livres et les journaux — mais de la paperasse et de ses servitudes s'étend, je le confesse, jusqu'à la correspondance. Le succès de quelques-uns de mes livres, l'Académie, *Le Figaro*, je les ai payés assez cher : ils m'ont fait entrer dans des tumultes et dans des tourbillons que je n'ai cessé de maudire. Il m'est arrivé de recevoir une centaine de lettres par jour. Beaucoup me faisaient plaisir, me font encore plaisir. Plusieurs m'ont ému. Et quelques-unes m'ont bouleversé. Mais, une excellente éducation me faisant un devoir de répondre à toute lettre reçue, j'ai fini par redouter comme une épreuve et un supplice l'heure du facteur et du courrier. L'écriture étouffait l'écriture. Il m'a bien fallu prendre un jour, pour continuer à écrire, une résolution dont je tiens aujourd'hui à faire part au public avec quelque solennité : c'est celle de ne plus écrire. Je veux dire de ne plus écrire de lettres pour essayer, s'il se peut, d'écrire encore quelques livres. Que ceux qui m'écrivent des lettres dont je les remercie du fond du cœur, rétrospectivement et d'avance, veuillent donc me pardonner si je ne leur réponds plus. À mes yeux désolés, les factures, les faire-part, les demandes de renseignements ou de rendez-vous, les plaintes, les rectificatifs, les suggestions, et jusqu'aux éloges, restent désormais lettre morte. Je n'ouvre plus guère mes enveloppes. Par crainte des représailles, par goût du confort et par faiblesse, je ne fais d'exception que pour le Trésor public et le contrôleur des impôts. Mais il faut bien qu'ils sachent qu'ils sont évidemment pour beaucoup dans le déclin culturel de notre beau pays. Puisqu'ils prennent de mon temps et de mon énergie.

Il y a un film d'Ionesco où un personnage disparaît sous l'amoncellement du courrier. Et plusieurs faits divers rapportent la fin tragique de victimes du papier. Voulez-vous m'aider à éviter ce sort cruel ? Puisque j'ai la chance de pouvoir ici m'adresser à quelques lecteurs, je les supplie d'admirer et d'aimer à la folie la moindre ligne de ce que j'écris — mais, si possible, en silence. Et s'ils y tiennent vraiment, s'ils ne peuvent pas s'en empêcher, qu'ils s'écrivent plutôt entre eux, pour échanger leurs impressions et pour chanter mes louanges. Mieux encore : qu'ils m'écrivent donc, pour m'acclamer et me faire vivre — mais sans espoir de réponse. Et, puisqu'ils m'aiment et m'admirent — et je les approuve avec force —, qu'ils trouvent dans mon silence la promesse des nouveaux bonheurs que leur apporteront d'autres livres.

Un directeur de journal reçoit malheureusement autant de lettres qu'un écrivain. L'avalanche, certains jours, prenait, de part et d'autre, des allures de cauchemar. Je me mettais à maudire les hautes fonctions que m'avait values, selon la pesanteur des lois sociales les mieux vérifiées, mon incompétence déclarée. Une espèce de nausée me prenait. Je la connais, hélas ! Et dans mes bureaux directoriaux comme dans les bibliothèques publiques de mon adolescence ou dans ma chambre d'étudiant, le chant aigrelet de l'*à quoi bon ?* s'élevait à nouveau en moi. À quoi bon ? À quoi bon ? Parvenu presque au terme de ma course au clocher, je me remettais à rêver. À autre chose. À ailleurs. Encombrée de ces hochets que je n'avais pas su repousser, ma vie m'apparaissait toute mince. Mon Dieu ! Si mince… Qu'est-ce que j'avais fait de cette vie qui m'avait été offerte comme un cadeau somptueux ? Alors, je m'en allais dans mes songes enchantés. Je reprenais mes vieux livres. Je retrouvais Proust, Aragon, Giraudoux, trop oublié, Benjamin Constant, Maupassant, Hemingway. Il m'arrivait aussi d'ouvrir Céline. Et je le lisais.

Pourquoi Céline ? Parce que, un ou deux ans avant la fin de sa vie, il avait exprimé son opinion sur le style du *Figaro.* Je m'en voudrais de ne pas mettre sous les yeux de mes lecteurs ce que Céline pensait du journal que j'ai dirigé et où j'écris encore de temps en temps :

CÉLINE : *Le... Le... Je vois le journal, un journal que je lis... mon journal habituel,* Le Figaro, *parce que j'y regarde les nécrologies, n'est-ce pas... Eh bien, c'est un long prêchi-prêcha de bout en bout, n'est-ce pas... C'est exactement comme si j'étais à Saint-Sulpice, quand je lis ça... C'est un prêchi-prêcha... Ce qu'il faut faire, ne pas faire, penser, ne pas penser... Et, s'il vous plaît, vous devriez... Voilà... La vérité est là... Et je vous prie, dans la mesure où... Et cependant que... N'est-ce pas... Et puis je vous prie, il y a ceci que... Il ne doit pas être passé... Oh ! mais il me semble que... Enfin, vraiment, on est emmerdant, mais à en crever, n'est-ce pas... Quand vous avez lu ça, vous en tirez un agacement énorme, vous êtes irrité, vous le boufferiez ce journal, tellement il est assommant de pédantisme...*

L'INTERLOCUTEUR : *Mais c'est le classicisme français, ça !*

CÉLINE : *Ah ! oui, n'est-ce pas... On sait la vérité, alors... On la connaît... On y met de temps en temps une fantaisie... Ah ! une brève fantaisie de très bon ton, et puis on y ajoute une petite trouvaille... Où l'avez-vous trouvée, cette trouvaille ? Ah, qu'elle est mignonne ! que c'est fin !... C'est étonnant !... Ah, quelle fine trouvaille ! Hou là là, une petite acrostiche, là... Oh ! une petite... Une goupille, aussi, là... Oh, est-ce féminin ! Haa, toute la grâce féminine ! Haa, Hon, c'est emmerdant à crever !... Ça sent le morceau !... Dans ce ton-là, Mme de Staël a fait le maximum... Mais tous et toutes, d'ailleurs, ils sont féminins et jésuitiques à en crever... Ah, c'est assommant !*

Est-ce que, héritier à la fois des jésuites et de Mme de Staël, *Le Figaro*, tel que je l'ai rêvé, ressemblait encore, à l'ombre de sa fameuse plume, au portrait que Céline en traçait vers 1960 ? Avec Aron, avec Faizant, avec Frossard, avec tant d'autres, franchement, j'espère que non. Mais enfin, je ne sais pas. Je ne jurerais pas du contraire. En ce qui me concerne au moins, je n'aime pas beaucoup me relire. Et il en faudrait beaucoup pour me rassurer tout à fait.

Pour mon salut personnel, ce qui me faisait le plus peur, c'était de me sentir peu à peu investi par tout un réseau très subtil de responsabilités et d'entraves : il est très évident qu'une liberté souveraine de style n'est pas recommandée à un directeur de journal — surtout quand le journal s'appelle *Le Figaro.* La liste des coups de téléphone et des lettres que j'ai reçus est éloquente à cet égard. Sans même parler des fous, et surtout des folles — pour qui j'éprouve, je l'avoue, une vive prédilection —, des intrigants et des vaniteux — pour qui j'ai moins d'indulgence —, les uns me reprochaient, au nom de nos morts et des grands principes, de m'être montré en col roulé à la télévision et les autres m'assenaient, judicieusement j'imagine, des leçons de français, de morale et de savoir-vivre. Quelques-uns me voyaient même, avec beaucoup de subtilité, en communiste ou en gauchiste. Entre le temps dévoré, la raideur exigée, les manœuvres imposées et l'habileté recommandée, je finissais par me demander s'il était possible à un écrivain de survivre au journalisme. Je m'en inquiétais d'autant plus que, dans ma jeunesse sans prudence, j'avais terminé un article qui avait paru dans *Arts* par une phrase à la fois prophétique et vengeresse, dont j'ai déjà parlé ailleurs, et où j'affirmais hautement qu'il y a tout de même une justice et qu'il était impossible, à la fois, d'être directeur du *Figaro* et d'avoir du talent. L'ennui quand on crache en l'air, c'est que ça ne tarde jamais beaucoup à vous retomber sur le nez.

La coexistence en moi du journaliste et du romancier me devenait une hantise. J'énumérais volontiers les oppositions évidentes entre les deux formes d'écriture : le journaliste appartient d'abord à une équipe et l'écrivain est seul ; le journaliste parle de la vie des autres, sous chacune de ses phrases l'écrivain pense à sa mort ; le journaliste traite de l'urgent et l'écrivain de l'essentiel — et il est extrêmement rare que l'essentiel et l'urgent viennent à coïncider ; le journaliste est dans le temps qui passe, l'écrivain dans le temps qui dure : c'est le même mais sous d'autres espèces ; le journaliste se met à la disposition du monde et l'écrivain met le monde à sa disposition. Des souvenirs me revenaient : Gide appelait journalisme ce qui sera moins intéressant demain qu'aujourd'hui et Péguy disait que rien n'est plus vieux que le journal de ce matin — et qu'Homère est toujours jeune. Tout cela tournait dans ma tête et je me demandais avec angoisse s'il m'arriverait jamais d'écrire encore des livres.

Ce livre-ci est sorti de ces inquiétudes et de ces questions. Et, pas plus que les autres, souvent légers d'apparence et toujours écrits naturellement dans la sueur et l'angoisse, je sais bien que lui non plus ne répondra à aucun de ces tourments qui m'agitent. Il ne réglera rien. Il ne m'apaisera pas. Il me laissera cette soif que je maudis et bénis. Un jour, peut-être, je ne désirerai plus rien et les questions sans réponse ne me tordront plus les entrailles. Alors, tout sera fini.

J'imagine que les hommes ont toujours connu ces attentes désespérées et cette soif d'autre chose. Les poètes assurent que c'est une des marques les plus sûres de notre dignité. Je m'en réjouis : c'est de bon ton. J'avoue pourtant que je m'en passerais assez volontiers et que je ne détesterais pas, bien souvent, me sentir moins digne d'être un homme. Cette impatience qui ne m'a jamais abandonné d'aller ailleurs et de faire autre chose, cette insatisfaction fondamentale, ce besoin d'écrire des mots, des phrases, des livres assurément inutiles, d'où me viennent-ils ? À quoi me servent-ils ? À m'empêcher sans doute d'être heureux. Ma formidable capacité de bonheur, je ne vois que cette attente et la littérature pour la menacer un peu sérieusement. L'échec, la maladie, la pauvreté, la prison, l'approche de la mort et quelques femmes pourraient aussi s'y essayer. Mais c'est cet honneur des hommes qui fait surtout mon tourment. Mon Dieu, pourquoi faut-il toujours aller un peu plus loin ? Comme nous serions heureux si nous pouvions enfin nous arrêter un instant pour cueillir quelques fleurs sur le bord du chemin et pour dormir un peu à l'ombre des grands arbres.

LA BIBLIOTHÈQUE

J'ai beaucoup aimé les femmes. Mais je n'en dirai pas grand-chose. J'ai aussi beaucoup aimé les livres. Et j'en dirai quelques mots — inutiles comme tout le reste.

Le monde tel que nous le connaissons a été fait par les livres. De la Bible, du Coran, du *Mahabharata* au *Capital* et à Freud, de l'*Iliade* et de l'*Odyssée* à Voltaire et à Hugo, des *Upanishad* ou de Confucius à Hegel, à Proust et à nos livres de classe, les hommes vivent sur des idées transportées par des livres qu'ils n'ont pas toujours lus, mais dont ils sont les enfants. *L'histoire*, écrit André Glucksmann, *s'avance en feuilletant des livres.* J'ai longtemps fui le monde réel dans les livres qui me faisaient rêver et m'emportaient ailleurs. Mais ce monde réel lui-même était construit par les livres. Tout se passe comme si notre vie était établie en partie double : la vie d'abord, les livres ensuite. Et entre ces deux univers, des correspondances innombrables : les livres naissent de la vie, mais notre vie naît des livres.

C'est un sentiment de vertige que m'ont d'abord donné les livres. La bibliothèque de Saint-Fargeau était relativement modeste. Elle était incapable de rivaliser avec les splendeurs des Barante ou des Broglie. Elle est tout de même à l'origine de ces bibliothèques de rêve qui apparaissent dans *Au plaisir de Dieu* ou dans *La Gloire de l'Empire*. À la bibliothèque et à ses livres est liée une autre image, qui a beaucoup compté pour moi et qui joue un rôle, souvent caché, mais toujours évident, dans tout ce que j'ai pu écrire : c'est la figure du maître. Il n'y a pas de livre sans maître. Il n'y a pas de maître sans livre. Le personnage du précepteur qui débarque un beau matin à Plessis-lez-Vaudreuil est évidemment l'héritier d'une longue série de héros de romans ou de la vie réelle qui, d'Homère et de Socrate à Rabelais, à Fénelon, à Voltaire, à Balzac et de Mentor ou Aristote à Julien Sorel, à Robert Greslou ou à M. Hinstin, ont façonné de leurs mains, et avec l'aide des livres, le destin de leurs disciples. Dans *La Gloire de l'Empire*, la généalogie des maîtres et des élèves va de Thaumas à Fabricien, de Fabricien à Philocrate, de Philocrate à Alexis, d'Alexis à Bruince et enfin de Bruince — pardonnez ces délires — à toute l'illustre lignée des souverains pontifes de Rome. Elle est inséparable de l'abondante bibliographie qui énumère les livres liés, d'une façon ou d'une autre, à l'histoire de l'Empire. Les deux chaînes s'entremêlent et elles tissent à elles deux toute la trame de la vie rêvée. Notre vie quotidienne est toute faite, elle aussi, de l'influence de ceux qui nous ont légué leurs idées et des livres que nous avons lus.

Cet amour des livres prend sa source, naturellement,

dans plus de défauts que de vertus. C'est une règle générale : nos défauts nous sauvent souvent, et nos vertus nous perdent. Le sens de l'honneur, la droiture, la fidélité en ont envoyé plus d'un jusqu'au poteau d'exécution. Et c'est un lieu commun de soutenir que le mensonge et la bassesse sont à l'origine d'un bon nombre de ces carrières dites honorables et de ces réussites sociales que les plus jeunes, depuis toujours, ont bien raison de vomir — avant de s'y abandonner. Mais il faut aller plus loin : du vice jaillit souvent, non seulement l'apparence hypocrite du succès, mais la réalité du salut intellectuel et moral. Et il arrive à la vertu d'abrutir, de racornir et de ratatiner. *Peccate fortifer* est un mot admirable. Les vices familiers qui me jetaient vers les livres étaient la paresse, la nonchalance, un certain refus de l'effort et la fuite en moi-même.

Quelques-uns des souvenirs de bonheur qui me restent les plus chers se rattachent à des livres. L'argent, le succès, les voyages et peut-être même l'amour — non, tout de même pas l'amour, mais enfin presque tout le reste — pâlit un peu auprès des livres. Je me demande s'il ne m'est pas arrivé de préférer quelquefois l'amour de Swann pour Odette à mes propres sentiments. Est-ce un manque de vitalité ? Est-ce un affaiblissement du sens de la réalité ? Est-ce une indifférence à soi-même bien étrange chez un égoïste ? Mais la vie par procuration a toujours été pour moi l'occasion de délices. Une existence passée à lire m'aurait à coup sûr enchanté.

J'entre très facilement dans les idées des autres. Je suis plutôt porté à comprendre mes adversaires. De tels penchants constituent un terrain assez favorable à la lecture des romans. La radio, la télévision s'obstinent souvent, de notre temps, à vous présenter et à vous définir. Pour leur faciliter la tâche, pour leur mâcher la besogne, je dirais volontiers, pour ma part, que plutôt qu'un artiste, plutôt qu'un journaliste, plutôt qu'un amateur de politique ou de femmes — mon Dieu ! voilà de bien grands mots, et franchement ridicules —, je suis d'abord, avec plus de vérité et surtout plus de modestie, un lecteur de romans. Bizarrement, j'ai souvent un peu de peine, dans la vie de chaque jour, à imaginer et à comprendre ce que ressentent les autres. La psychologie m'a toujours ennuyé : à vrai dire, je n'y crois guère. On me le reproche parfois. Et ce manque d'intérêt pour nos petits mécanismes soigneusement démontés et soigneusement reconstruits m'a longtemps paru contredire ma passion pour la littérature. Lorsque j'ai vu le roman lui-même s'éloigner à bride abattue de toutes les fariboles de la psychologie, je me suis inquiété un peu moins de mon incapacité à deviner les autres. Et je me suis dit que, dans les livres comme dans la vie, les sentiments et les idées, dont les changements et l'éclat me fascinaient souvent jusqu'à l'angoisse, jusqu'à une sorte de terreur, étaient bien autre chose que ces agitations de marionnettes renfermées sur elles-mêmes ou ces systèmes tout faits et clos auxquels croyaient naguère les professeurs et les romanciers. Tout cela allait bien plus loin, s'enracinait plus profondément, se dissimulait plus savamment, entretenait des liens secrets avec le passé, la famille, l'enfance naturellement, mais aussi avec l'histoire, avec les conditions économiques et sociales, avec le climat et la langue, avec les mœurs et la religion, avec l'air du temps, avec tout ce qui se passe d'évident ou de profond — d'évident et de profond — autour de nous et en nous. *La Gloire de l'Empire* et *Au plaisir de Dieu* sortent en partie de cette conviction.

J'ai commencé, comme tout le monde, par m'intéresser aux histoires racontées par les livres. Je quittais mon quartier, mes habitudes, mon temps et je partais pour l'Angleterre saxonne, pour les grandes plaines de l'Ouest, pour les îles de la mer Égée, pour Bagdad et Samarkand, pour les glaces de l'Arctique, pour la cour du Roi-Soleil. Le livre entrait dans ma vie et ma vie se fondait dans le livre. Quand je le quittais le soir et que je m'endormais, il m'arrivait de me demander si je revivais le roman ou si je rêvais ma vie, si je rêvais le quotidien ou si je vivais mes rêves. Je me suis souvent senti plus proche de Cyrano, d'Aramis, de Béatrice Cenci ou d'Albertine que de mes camarades de travail, de mes amis, de ma famille. Aujourd'hui encore, après tant d'années, tant de fatigues, tant d'espérances déçues — ou peut-être réalisées : mais où est la différence ? — un livre, un bon livre, peut m'arracher à ce monde et m'introduire dans les songes. Les débuts de romans — *Longtemps, je me suis couché de bonne heure. Parfois, à peine ma bougie éteinte, mes yeux se fermaient si vite que je n'avais pas le temps de me dire : « Je m'endors »*... ou : *Le 15 mai 1796, le général Bonaparte fit son entrée dans Milan à la tête de cette jeune armée qui venait de passer le pont de Lodi et d'apprendre au monde qu'après tant de siècles César et Alexandre avaient un successeur*...

ou : *La première fois qu'Aurélien vit Bérénice, il la trouva franchement laide*… ou : *En des temps fort anciens, après la chute de l'Empire romain, mais avant le couronnement de Charlemagne comme empereur d'Occident, le roi Marc régnait sur la Cornouailles*… ou : *La magnificence et la galanterie n'ont jamais paru en France avec tant d'éclat que dans les dernières années du règne de Henri second*… — n'ont jamais cessé de me rendre fou d'impatience et de cette espèce d'admiration envieuse et presque douloureuse dont je parlais jadis dans *Au revoir et merci.* À l'intérieur même des livres, j'aimais et j'aime toujours ces naïvetés, ces répétitions, ces signes de reconnaissance qui sont comme les tics d'un écrivain et qui donnent à un style sa saveur incomparable. Le modèle en est chez Homère où chaque personnage est invariablement accompagné de sa petite musique personnelle et où le fils d'Ulysse n'ouvre jamais la bouche sans se faire annoncer par son indicatif obligé : *Posément, Télémaque le regarda et dit*… ni le fidèle Eumée par l'apostrophe surprenante et personnalisée : *Mais toi, porcher Eumée, tu lui dis en réponse*… Je ne pense pas qu'on puisse aimer la littérature sans cette jubilation secrète et pourtant évidente, sans cette complicité, sans ces clins d'œil très éloignés d'une frivolité vulgaire et où s'agitent plutôt des mystères presque ineffables dont on pourrait parler très longtemps.

Lorsque, à mon tour, dans l'angoisse, je m'essayais à écrire, il y a quelque quinze ans, ce petit livre de souvenirs et d'attente qui s'appelait *Au revoir et merci*, l'amour de la littérature me possédait tout entier. Que je le dise tout de suite : cet amour, comme trop souvent, n'était pas assez pur. Il n'était pas assez fort. Il ne s'était pas nourri suffisamment des peines, des sacrifices, des efforts réclamés par tous les dieux. Beaucoup de mes amis avaient lu bien plus que moi. Des pans entiers de la littérature m'échappaient complètement. Pis encore, et je l'avoue avec honte, il m'arrivait quelquefois de parler de livres ou d'auteurs que je ne connaissais que de rumeur. La superficialité, la dispersion, dont mon père redoutait tant pour moi les conséquences désastreuses, m'ont toujours menacé. Les plus bienveillants parlaient avec indulgence des dangers de la facilité. Il s'agissait plutôt d'insouciance et, en vérité, de paresse, et peut-être d'insuffisance. La littérature, comme tout le reste, est un métier qui s'apprend. Elle exige du travail, du discernement, de la patience. Malgré la Khâgne et Normale, je découvris presque trop tard que je n'aimais rien d'autre que les livres. La légèreté pourtant reculait peu à peu devant l'amour de la littérature. Je m'y jetai à corps perdu entre le soleil et le plaisir, et elle me grisait.

Tout de suite après ma famille, dont j'ai parlé plus que de raison, sur le mode du souvenir ou sur celui de la fiction, il y a une catégorie de personnes qui a tenu dans ma vie une place incomparable : ce sont, liés, comme je l'ai dit, à la philosophie, à la littérature et aux livres, ces hommes et ces femmes qui ont été pour moi quelque chose d'intermédiaire entre des maîtres et des amis et qui ont essayé de m'introduire, au-delà de mes lacunes et de mes faiblesses, à un peu plus de rigueur. De Jean Hyppolite à Roger Caillois, de Jeanne Hersch à Raymond Aron, de Marcel Thiébaut ou René Julliard à Paul Morand, à Kléber Haedens ou à Emmanuel Berl, ils m'ont ouvert des mondes nouveaux, où j'entrais émerveillé. Bien plus encore que mes origines sociales ou mon mode de vie, cette fidélité à des divinités tutélaires me rejette d'un seul coup dans un monde englouti. Le culte de la transmission du savoir s'arrête net au joli mois de mai de 1968. Qu'importe ! Je leur garde, à ces maîtres, plus d'affectueuse et d'admirative gratitude qu'ils ne sauraient imaginer. Je n'aspire à rien d'autre qu'au plus modeste strapontin dans le grand opéra, un peu délabré, hélas, mais toujours somptueux, de la littérature française. Ils ont contribué, à un titre ou à un autre, à m'en entrebâiller les portes. La chance, le hasard, l'amitié m'ont distribué plus de tickets et de billets gratuits que mon travail trop lâche et mes talents trop minces. Un jour, Gaston et Claude Gallimard, Raymond Queneau, Claude Roy, Dominique Aury, Michel Mohrt, Roger Caillois encore, Marcel Arland, Roger Grenier, Pierre Nora et leurs amis m'accueillirent dans ce qui était pour moi le saint des saints, le Walhalla, l'équivalent littéraire du paradis terrestre : le comité de lecture de la N.R.F. Les ombres de Gide, de Malraux, de Jacques Rivière, de Drieu la Rochelle flottaient encore dans ces lieux augustes. Même mon entrée sous la Coupole ne m'a pas fait plus d'honneur ni donné plus de joie que cette reconnaissance dont je n'aurais pas osé rêver à l'époque où, dans le doute, dans la crainte et le tremblement, j'écrivais *Au revoir et merci* avec une modestie qui se traduisait par l'insolence.

Depuis la rue d'Ulm, déjà, et l'agrégation de philosophie,

le déroulement de la fiction et son pur récit s'étaient mis peu à peu à me poser des questions. Dans notre âge du soupçon, il n'est plus possible d'écrire innocemment. Tout me faisait problème : ma classe sociale, mes rapports avec la tradition et la révolution, les relations, dont ont parlé Claude Roy, Albert Camus, Jean-Paul Sartre, Simone de Beauvoir, Pierre Daix et tant d'autres, entre le *nous* et le *moi*, et jusqu'au plaisir de la lecture et de l'écriture. J'ai raconté dans *Au revoir et merci* mes variations d'opinion à l'égard de *Cyrano de Bergerac*, j'ai toujours eu un faible pour Henri de Régnier, voire pour Anna de Noailles : tout ce petit monde de la rive droite n'était pas en odeur de sainteté à la N.R.F. Mes rapports avec Léon Blum, admiré par mon père, mais dénoncé comme homme de droite par mes camarades de Normale, avec le Front populaire, avec la grande lueur à l'Est, n'avaient jamais été faciles. Voilà que ça recommençait avec la littérature. Il y avait des ponts entre les deux rives, entre la droite et la gauche : Jules Renard ou Toulet. Je n'en finissais pas de me débattre comme je pouvais entre mes goûts dont je n'étais pas sûr et mes fascinations parfois coupables.

Quand je m'étais mis à écrire mes petits romans de jeunesse, l'existentialisme, puis le nouveau roman, et naturellement le marxisme, en attendant le structuralisme, occupaient la totalité de l'horizon littéraire. Je n'appartenais à aucune de ces puissantes Églises. Le nouveau roman, en un sens, j'ai expliqué pourquoi, m'avait apporté, en s'éloignant de cette psychologie où je me débrouillais si mal, une espèce de soulagement. En un autre sens, parce qu'il rejetait ces récits enchanteurs où je me laissais emporter, il m'apparaissait comme un désert de sécheresse et de stérilité. L'abandon de l'invention et de l'imagination ne m'apparaissait pas avec clarté comme une condition nécessaire de la création et de l'art. Il y avait bien un escadron de hussards et de francs-tireurs qui caracolaient joyeusement : les Nimier, les Blondin, les Laurent, les Nourissier, les Déon. Ils me plaisaient bien. Ils m'amusaient. Parfois ils m'épataient. Mais je ne leur appartenais pas non plus. Je ne rejetais pas le nouveau roman, la littérature de recherche, les boutiques de l'avant-garde : la nouveauté, l'originalité, le talent m'y apparaissaient très évidents. Je refusais simplement leur ambition avouée de couvrir le champ entier de la création littéraire. Je les voyais assez bien dans le rôle déjà enviable de saint Jean-Baptiste : ils annonçaient des temps nouveaux. Mais le Messie n'arrivait jamais. L'avant-garde n'en finit pas d'attendre ses Godot. L'œuvre achevée, bien pleine et ronde, qui soulèverait l'enthousiasme et balaierait les réserves, ne jaillissait pas des tâtonnements et des travaux de laboratoire. Il fallait regarder ailleurs, vers l'Angleterre, vers la Russie, vers les deux Amériques, peut-être plus loin encore, vers la Grèce, vers la Turquie, vers l'Argentine, vers le Brésil, vers la Colombie, vers Cuba, pour découvrir les chefs-d'œuvre où battait ce cœur usé et un peu démodé : l'humanité.

Sans doute cette inquiétude est-elle aussi vieille que la littérature elle-même, mais il me semblait arriver bien tard dans une civilisation épuisée et où tout avait été dit. Je ne parle pas, bien sûr, au titre de créateur — peut-être parce que mes lectures avaient été trop bonnes et mes modèles trop parfaits, toute ambition un peu haute m'aurait fait mourir de rire et monter le rouge au front —, mais de simple lecteur. En littérature comme en politique, la crise était en nous. Je me demandais quelquefois si la littérature, comme tant d'autres trésors menacés par la ruine, n'avait pas fait son temps.

Il est trop évident qu'à l'image des dynasties, des empires, des régimes politiques, les genres littéraires ne sont pas éternels. L'épopée, la tragédie, l'églogue n'ont plus de sens aujourd'hui. Il y a, entre la littérature et les systèmes politiques, économiques et sociaux, entre la littérature et le climat, entre la littérature et la technique, des liens infiniment subtils et complexes qui constituent le mystère du temps. Il serait tout à fait absurde de vouloir récrire aujourd'hui une tragédie de Corneille ou *Le Paradis perdu.* Il serait absurde également de vouloir refaire inlassablement *La Comédie humaine* ou *Madame Bovary.* Poussés par leurs intérêts, par leurs passions, par l'habitude, par une nostalgie souvent estimable, les hommes ont beaucoup de mal à se faire à l'idée la plus simple et la plus évidente : le temps passe et les choses changent. Combien de sonnets parfaits, combien de romans classiques s'étonnent de nos jours de leur insuccès peu mérité ? C'est qu'il est inutile de chercher, en 1978, à être Balzac ou Chateaubriand. Il faut vouloir être Chateaubriand sous l'Empire, il faut vouloir être Balzac au temps du romantisme. Après de Gaulle et Mao, après Einstein et Picasso, sous le vent du marxisme, à la fin du capitalisme, il faut tâcher d'être soi-même et de deviner ce qu'on veut être, ce qu'il est possible d'être et ce qu'on sera.

Le roman, dont il est permis de dire qu'il a envahi la littérature jusqu'à se confondre avec elle, est un genre littéraire relativement récent. Il n'est pas tout à fait impossible — mais, naturellement, je n'en sais rien — qu'il soit lié à la lutte des classes, qu'il soit contemporain d'une certaine forme de culture et qu'il soit condamné. Il commence avec *La Princesse de Clèves*, ou avec Chrétien de Troyes, ou avec le monde byzantin, ou avec *L'Âne d'or* d'Apulée. Et il finira. Je n'oublie pas Léon Daudet qui écrit quelque part : *Ceux qui prétendent que le roman a fait son temps se trompent. Ni les vices, ni les vertus, ni la faculté de s'étonner du bref passage terrestre n'ont fait leur temps.* Il y a pourtant, autour de nous, des symptômes évidents d'un essoufflement romanesque. En France surtout, comme le reste, comme presque tout, le roman est en crise.

D'abord, sa prolifération. Les choses qui vont mourir, commencent souvent, avant l'agonie, par beaucoup se développer. L'inflation du roman est mauvais signe pour le roman. Il n'est d'ailleurs pas impossible que le sommet de la courbe ne soit déjà atteint et peut-être même dépassé et que la littérature romanesque ne cède un peu de terrain devant l'envahissement des sciences humaines, de l'histoire, de la politique, des Mémoires et surtout des vedettes. Le culte des vedettes en littérature constitue un présage très inquiétant pour la littérature. Comme la politique, et pour des motifs analogues, la littérature est étouffée par le spectacle. Ce n'est plus la littérature qui fabrique ses célébrités. Ce sont les célébrités qui fabriquent de la littérature — ou ce qui en tient lieu.

L'inflation suivie de recul se combine d'évidence avec la médiocrité. Quand il paraît tant de romans, il faut bien que la plupart soient franchement mauvais. Le génie, après tout, et même le talent, sont des denrées plutôt rares. Il est clair que le niveau moyen s'est relativement amélioré avec les progrès de l'éducation : je ne connais presque personne qui ne soit à peu près capable d'écrire quelque chose qui ressemble à un livre. Mais ceux qui sont capables d'en écrire un excellent sont toujours aussi peu nombreux. Lâchons le mot : exceptionnels. On finira par se fatiguer — le public se fatigue déjà, les professionnels suivront —

de cette masse de médiocrité. Après avoir couru après le roman, les éditeurs s'en dégoûteront. Hier, les jeunes romanciers n'avaient même pas besoin de talent pour se faire publier. Demain, même des romanciers qui auront du talent auront peut-être du mal à se faire éditer. Le public qui criait : *Des romans ! des romans !* criera bientôt : *Des souvenirs ! des souvenirs !* ou : *Des essais ! des essais !* La politique occupera les places fortes abandonnées par l'imagination. Nous aurons échappé à la peste pour tomber dans le choléra.

Quelquefois, je m'assois et je pense ; et souvent, je m'assois seulement. Me permettez-vous pourtant un accès d'exaltation mégalomane ? Comme la politique, la littérature a besoin, à la fois de tradition et de mouvement. La seule façon de sauver le roman est d'en respecter les grandes lois fondamentales — et pourtant de les modifier. Je me prends parfois à rêver que j'ai joué un rôle dans l'évolution du genre romanesque. L'impossibilité d'écrire encore un roman dans le style du XIXe siècle jointe à la volonté de maintenir cependant une forme de récit fictif, le goût du romanesque uni à une relative familiarité avec les sciences humaines et avec les *Mémoires*, le besoin de nouveau et l'attachement à l'essentiel d'un héritage classique m'ont amené, deux fois, à réfléchir un peu sur le roman. La première fois, le roman se présente sous l'aspect d'une enquête universitaire dans le style des sciences humaines : et c'est *La Gloire de l'Empire*. La deuxième fois, le roman se donne pour des souvenirs et pour une espèce de biographie collective : et c'est *Au plaisir de Dieu*. Je dirais même volontiers qu'il y a une troisième fois — car, enfin, cet objet-ci est un livre et il est permis d'en parler dans un chapitre sur les livres : à égale distance de la critique et de la fiction, *Le Vagabond qui passe sous une ombrelle trouée* se situe au confluent imprévu de l'essai et du roman.

Peut-être faut-il aller un peu plus loin. Il n'est pas encore certain, mais il n'est pas impossible qu'à l'intérieur de la littérature, le roman soit menacé. Il n'est pas impossible non plus que ce soit la littérature, dans sa totalité, qui voie pâlir son étoile au ciel de notre culture. Voilà quelques millénaires que la vie intellectuelle des hommes se confond avec les livres et avec l'œuvre littéraire. Les modes, les styles, les écoles, les formes, les genres, les façons de regarder le monde et de le traduire se sont succédé au sein de la littérature universelle. La tragédie a remplacé l'épopée, le roman a supplanté le fabliau, la poésie ou la nouvelle ont connu des hauts et des bas. Voilà que le genre-roi de la littérature contemporaine semble avoir dépassé le sommet de sa courbe souveraine. Mais, au-delà du roman et de ses avatars successifs, si c'était toute la littérature qui s'acheminait lentement, avec encore des éclairs et parmi quelques triomphes, vers cette fin inéluctable qui attend, un jour ou l'autre, tout ce qui est né de l'homme ?

Pour nous au moins, qui vivons depuis des siècles dans un univers façonné par la littérature, l'hypothèse a sûrement quelque chose d'amer et de mélancolique. Elle est peut-être hardie. Elle n'est pas tout à fait folle. Marshall McLuhan est devenu célèbre, du jour au lendemain, pour avoir lancé, il y a déjà plusieurs années, l'idée du dépérissement de la galaxie Gutenberg — c'est-à-dire du livre et de l'imprimé — devant les attaques victorieuses de la radio, du cinéma, de la télévision et de leur descendance. Le livre, en fin de compte, et même le journal, se sont plutôt mieux défendus qu'on ne pouvait le craindre. On pourrait s'arrêter pendant des pages et des pages, pendant des heures et des heures, sur cette bataille de l'imprimé contre l'audio-visuel, dont dépend, en partie, l'image de notre culture. Disons simplement qu'il y a plus, quantitativement, dans un livre ou dans un journal que dans une émission, que l'attitude du lecteur est plus active que celle de l'auditeur ou du spectateur — et il y a du pour et du contre dans cette constatation — et enfin et surtout que le livre se prend et se laisse, qu'il permet les retours en arrière, qu'il est le lieu constant de la consultation et de la recherche alors que l'émission de radio ou de télévision est donnée une fois pour toutes et qu'elle ne revient pas sur elle-même.

Mais la fin de la littérature ne recoupe pas nécessairement la fin du livre et de l'imprimé. La littérature est à la fois plus et moins que le livre. Plus, car le théâtre, presque tout le cinéma, une bonne partie de la presse, de la radio, et de la télévision appartiennent à la littérature, et participent de ses prestiges. Moins, parce que — sous l'influence, entre autres, des moyens modernes de diffusion de masse — une part croissante des livres s'éloigne de la littérature vers la technique ou la politique. Et, en dépit de McLuhan, plus peut-être que le livre, c'est la littérature qui est menacée.

L'exemple le plus frappant de ces menaces est fourni par

le théâtre où l'offensive contre le texte est menée avec la même vigueur que l'offensive contre la partition dans le domaine de la musique. Le texte théâtral est en train de mourir. Avouons plutôt qu'il est mort. Le vrai auteur d'une pièce est désormais le metteur en scène, comme le vrai auteur d'un film est le réalisateur. Ne parlons même pas de la poésie qui agonise sous nos yeux. Non qu'il n'y ait plus de poètes : il y en a peut-être plus que jamais. Et il y en a d'excellents. Il y en a même d'admirables. Mais la foule ne les suit plus comme elle suivait jadis le corbillard de Hugo. Claudel, Apollinaire, Valéry, Jean Cocteau, Supervielle, Saint-John Perse, Queneau, Prévert, Michaux, Aragon, Éluard, Reverdy, Soupault, Pierre-Jean Jouve, Audiberti, Jean Genet, Pierre Emmanuel, Louise de Vilmorin, Francis Ponge, René Char, Robert Desnos, et puis encore, à la rigueur — je ne parle pas du talent qui peut bien être immense, je parle de la notoriété —, Patrice de La Tour du Pin, Marie Noël, Jean Tardieu, Yves Bonnefoy, Guillevic, André Salmon, Max Jacob et quelques autres auront été les derniers noms de poètes connus du très grand public. Et, dans la plupart des cas, pour des raisons extérieures à la seule poésie : Queneau grâce à Zazie, Genet et Audiberti par le théâtre, Aragon par ses romans, Michaux parce qu'il est aussi peintre, Louise de Vilmorin à travers Malraux et le cinéma, Prévert à cause de ses films et de ses chansons, Pierre Emmanuel parce qu'il est entré à l'Académie — et parce qu'il en est sorti. Jean Cayrol est un romancier. Aimé Césaire et Senghor sont des hommes politiques. Alain Bosquet est un critique. Jules Romains, qui se voulait d'abord poète, reste presque exclusivement, aux yeux de la postérité, l'auteur des *Hommes de bonne volonté* et de *Knock*. Il est possible que la poésie revienne à ses origines, qu'elle s'unisse à nouveau à la musique d'où elle sort et qu'elle s'incarne dans les chansons. Au même titre que Jean Effel, poète dessinateur, Piaf, Trenet, Léo Ferré, Brassens, Guy Béart, Jean Ferrat — qui m'a fait l'honneur, c'est la gloire, d'écrire une chanson contre moi — sont peut-être les vrais poètes populaires de notre temps, aux côtés d'Aragon, à la stature formidable, héritier à la fois de Hugo, de Béranger, du nationalisme barrésien, de la révolution et du surréalisme. C'est eux qui ont fait et feront, à leur mort, les gros titres des journaux. La poésie se détache lentement de la littérature pour entrer dans la musique, dans le dessin, dans la fête, dans l'insolite, dans la vie quotidienne. Tout ce qui faisait l'âme et le cœur de la littérature abandonne la littérature. Peut-être ne faut-il pas voir seulement dans le phénomène essentiel de notre nouveau roman une métamorphose supplémentaire de la littérature, mais tout ce qui reste de la littérature quand il n'y a plus de littérature : une sorte de coquille vide d'où toute substance s'est échappée.

Au moment où lecteurs et auteurs sont saisis de découragement devant l'avalanche des romans et des livres, peut-être se trompe-t-on de mal, peut-être l'abondance ne cache-t-elle que la pénurie ? Quoi de surprenant ? L'inflation n'est à la fois que l'effet et la cause de la rareté, et le trop-plein camoufle toujours un vide. Quoi de surprenant ? De l'Ecclésiaste aux Romantiques et à Gide, en passant par les Lumières et par les surréalistes, les livres, les intellectuels, les romanciers, les philosophes n'ont jamais cessé d'annoncer que les œuvres de l'homme étaient d'abord périssables, que tout changeait en ce monde et que l'avenir était toujours autre chose que la répétition du passé. Est-ce qu'ils s'imaginaient, par hasard, qu'on modifierait et la lame et le manche mais que le couteau subsisterait, qu'on tournerait en rond autour de formes nouvelles, qu'on bouleverserait le contenu en épargnant le contenant ? Nous savons bien, depuis Goethe, que la forme, c'est le fond. À force de changer de formes — et comment l'éviter ? —, on a touché au fond. Dans un article très important publié par *Le Monde*, Roger Caillois suggérait que, loin de marquer un début, Picasso risquait bien plutôt de signifier un terme : la fin de la peinture classique, bien sûr, mais peut-être de la peinture, et peut-être de l'art. Allons ! Encore un petit effort : peut-être de la culture.

Jamais le monde ne s'est autant que nous préoccupé de culture. Nous sommes tous des agités culturels ou, selon un mot fameux, des brouillons de culture. La Grèce de Périclès, de Platon et d'Eschyle, la Renaissance italienne, le siècle de Louis XIV s'en occupaient moins que nous. Les journaux, les radios, les partis politiques, les autorités, les Églises en ont tout plein la bouche. Elle a ses maisons, ses délégués, son budget, ses ministres. Ce n'est pas bon signe. Conformiste comme je le suis, nourri dans le sérail, directeur du *Figaro*, membre de plusieurs corps constitués, je nourris naturellement beaucoup d'estime et de respect pour les successeurs de Malraux. Mais là où il y a un ministre, est-ce qu'il y a encore de la culture ? Il est trop clair que l'administration, les arrêtés, le *Journal officiel*, et même les subventions, ne suffisent pas, et de très loin, à constituer une culture. Ne disons pas que c'est le contraire : il y aurait, à l'affirmer, un peu de provocation et de démagogie. Mais enfin, à notre époque surtout, la culture ne se décrète pas. On dit — on a parfois raison — que l'État n'en fait pas assez. Mais s'il en faisait trop, quelle catastrophe ! Un ministère de l'Environnement — les majuscules n'annoncent jamais rien de bon — a été créé au moment où la nature se mettait à être menacée. Il n'est pas exclu qu'on ait ressenti le besoin d'un ministère de la Culture au moment même où personne ne savait plus très bien ce que signifiait la culture. On ne s'interroge jamais que sur ce qui est en question. Ce qui va sans dire n'exige que le silence. On parle trop de la culture pour qu'on ne s'en inquiète pas.

Me voilà un peu pessimiste. Je sais bien que rien n'est plus difficile à juger que son propre temps. Aucune époque n'a été capable de prévoir avec précision ce qui lui survivrait. Le même phénomène se produira pour nous. De la masse obscure des livres qui nous submergent surgiront sans doute de grands noms. Des jeunes gens exaltés se les répéteront avec passion et nos arrière-petits-neveux s'étonneront alors de notre aveuglement. J'agite le spectre de la mort du roman : peut-être notre âge en fournira-t-il encore d'admirables. Je mets un peu en doute le mythe désormais universel de la culture : l'affaire n'est pas si simple.

J'imagine que la culture durera autant que l'homme. Parce qu'il sécrète sa propre culture, parce que tout ce qu'il fait a un sens, parce que son industrie, son commerce, ses mots, sa façon d'être constituent sa culture. Et l'homme ne cessera jamais d'avoir une façon d'être. Et donc d'être à la source d'une certaine forme de culture. Mais ce que nous appelons *culture*, la mémoire, le souvenir, l'amour de l'art, une certaine idée de la beauté, une continuité toujours neuve et toujours jaillissante, tout cela est fragile, plus que fragile, peut-être déjà dépassé, peut-être déjà condamné. La culture telle que nous l'entendons, ou telle que nous l'entendions, supposait une règle du jeu. Les règles pouvaient changer, rien de plus clair. Mais si on cessait de jouer ? Elle supposait surtout un langage. C'est le langage qui est mis en cause. Et par des forces très puissantes et diverses qui se précipitent sur nous des horizons les plus opposés. Le surréalisme, la montée de la technique, les modifications économiques et sociales, le goût du changement et de la contestation, l'occultation de Dieu, une autre idée de l'homme font de notre culture traditionnelle, héritée de la Grèce, du judaïsme, de Rome, et où Dieu et l'homme tenaient les rôles complices de rivaux associés, une espèce de survivance dans un monde bouleversé.

Pour quelqu'un qui écrit, pour tous ceux qui aiment les livres, la permanence de la langue pose un problème capital. Je comprends très bien tous ceux qui s'inquiètent et s'affligent de ses modifications très brutales. Mais je doute, en même temps, des moyens utilisés pour tâcher de les freiner, et même de la possibilité de s'y opposer si peu que ce soit. La fixation de la langue est un phénomène assez récent. L'orthographe, jadis, et même pour les noms propres, était plutôt douteuse. Beaucoup des événements et des tendances qui nous paraissent aujourd'hui si redoutables ne constituent, en vérité, qu'un retour à un état de choses antérieur au XIXe siècle ou à l'âge classique. Mais à cause de nos moyens formidables de communication, à cause de nos progrès techniques, à cause de l'unification de la planète, tout ce qui bouge est répercuté, tout ce qui change est multiplié. C'est vrai de la politique, des révolutions, des spectacles, de la mode, et même des faits divers. C'est vrai aussi de la culture. Voilà pourquoi beaucoup, un peu partout, aspirent à une libération et pourquoi beaucoup d'autres se préparent, dans le désespoir ou dans la résignation, à l'arrivée des barbares.

À notre époque de révolte et de recherches fiévreuses, pour beaucoup de raisons dont j'ai donné quelques-unes, je m'en tiens plutôt, pour ma part, à un relatif attachement à une certaine permanence. Dans un âge de mutations, j'ai très peu bouleversé. Tant pis. Ou tant mieux. Mais rien ne sert, en tout cas, de se boucher les yeux : tout change, et tout changera. Ce que nous ne savons pas, ce que personne ne sait, c'est comment nous changerons, dans quel sens et vers quoi. J'ai raconté, dans *Au plaisir de Dieu*, l'histoire d'une famille attachée à un passé dont elle avait surgi, dont elle était le fruit et l'image. J'ai essayé de montrer comment elle se débrouillait — et plutôt mal que bien — dans sa confrontation avec le monde moderne. J'en faisais un modèle, non de l'avenir, mais du passé. Elle était la dernière expression de tout un système de valeurs évanouies.

Et moi, qui la dépeignais, j'étais, je suis aussi le dernier d'une longue et illustre lignée.

Puisque mon milieu, ma classe sociale, la médiocrité de mes talents, un certain goût pour la fidélité et les causes perdues, mon recul devant une révolte qui me fascinait pourtant m'empêchaient de prendre place dans cette brillante avant-garde des défricheurs et des novateurs qui font tourner la tête des jeunes gens et qui avait fait tourner la mienne, je m'étais enrôlé franchement dans notre sacrée vieille arrière-garde, parmi les vétérans, les chouans, les amateurs de femmes, de jolies manières, d'anecdotes et de bibelots, les lecteurs du *Figaro* et les académiciens. Mais, puisqu'on m'a si souvent reproché ma prétendue modestie, je le dis avec simplicité : je ne m'y suis engagé que pour en prendre la tête. Et, franchement, je l'ai prise.

Est-ce que j'ignorerais, par hasard, que le temps passe et que les choses changent ? Il me semble bien, au contraire, que je n'ai jamais rien fait, d'un bout à l'autre de mes écrits, que de répéter inlassablement ces vérités premières. Oui, tout change, tout s'en va. Mais tout revient aussi. Les va-et-vient de l'histoire m'éblouissent sans m'affoler. Ni dans un sens ni dans l'autre. S'imagine-t-on, par hasard, que, petit Rastignac élevé chez les Grandlieu, les Cadignan, les Navarreins ou les Maufrigneuse, nouveau Swann né Guermantes, je n'ai choisi le souvenir et la fidélité que pour y faire carrière ? Je me moque bien de ma carrière — et si vous voulez en faire une, jeunes gens qui me lisez, je vous conseille vivement de regarder vers l'avenir plutôt que vers le passé et de casser les assiettes de la Compagnie des Indes plutôt que de les décrire ou de les conserver. Je me garde, il est vrai, de casser quoi que ce soit des merveilles de jadis : le temps, l'usure, les autres, les révolutions et les guerres s'en chargeront bien tout seuls. Mais rien, en même temps, ne m'est plus indifférent, pour mon usage personnel, que les soupières de Saxe et toutes les vaisselles plates : j'aime autant le carton, le plastique, le verre, tous ces trucs qui vont au four sans faire jamais d'histoires. Pour tout dire, je m'en fous, en ce qui me concerne, mais catégoriquement, royalement, avec la dernière vigueur. Si j'ai choisi de sauver, de préserver, d'essayer de me souvenir au lieu de tout démolir, c'est que je crois fermement qu'il y avait plus d'agrément — et pour tous — dans certains aspects du passé que dans certains aspects de l'avenir, et qu'après avoir tout détruit, nous n'aurons pas de cesse avant d'avoir tout reconstruit. Ou peut-être presque tout : parce qu'il y avait des abus, des navets, des ratages dans le passé comme il y en a dans le présent et comme il y en aura dans l'avenir. Ce qui m'agace dans un futur évidemment plein de menaces, c'est qu'on le dépeigne rayonnant : ce n'est pas pour dépeindre uniformément délicieux un passé plein d'horreurs. Le passé avait du bon et il avait du mauvais. L'avenir aura du bon et il aura du mauvais. Tâchons de sauver le bon et d'éviter le mauvais.

L'exemple le plus éclatant des vertus du passé qui reviennent au galop, c'est le culte rendu aujourd'hui au silence et à la solitude, à la lenteur, à la nature sauvage, aux arbres contre le béton, à la simplicité des mœurs et à la vie primitive. Il est clair que ce retour en arrière témoigne plutôt d'un refus de l'avenir que d'une conversion au passé : il serait tout à fait inéquitable et inexact de voir dans l'écologie une apologie du mode de vie féodal. Mais ce qui est certain, c'est que les grandes espérances mises par le passé dans un avenir dominé — et sauvé — par les progrès de la science et de la technique ont été en partie déçues. Et que l'avenir se mord les doigts de ne pas ressembler un peu plus à ce qu'il y avait de meilleur dans le passé.

On trouverait vingt exemples, et dans tous les domaines, des revanches éclatantes d'un passé méprisé, écrasé et oublié. Choisissons-en un au hasard : c'est en U.R.S.S., patrie de la révolution, que revivent avec le plus d'ardeur, et parfois avec excès, les vieilles vertus de la tradition — le culte de la famille, de la patrie, de l'armée, de la discipline, de toutes les rigueurs. Rien n'est plus instructif que de voir les vainqueurs — et souvent les bourreaux — charger sur leurs épaules les dépouilles des victimes et reprendre à leur compte les servitudes détestées et les rites dénoncés. Le talent, le génie font craquer tous les cadres et emportent dans leur élan les principes et les formes de la routine ou de la tradition. Mais il suffit d'attendre — parfois trois ou quatre ans, parfois cinq ou six siècles — pour que les systèmes nouveaux recueillent avec piété les enfants du passé, jetés négligemment par les nurses du changement avec les eaux du bain. La réforme, la révolution, la mutation, le temps qui passe finissent toujours par l'emporter. Mais le temps qui dure, aussi. Et avec lui la permanence et la continuité.

Sommes-nous si loin des livres et de la littérature ? La littérature, comme tout le reste, ne vit que de changement. Il est absurde et vain de vouloir l'arrêter, de la fixer sur des modèles, quelque éblouissants qu'ils soient. Elle marche, elle court, elle abandonne Ponsard et elle acclame Hugo, elle délaisse Octave Feuillet et elle découvre Marcel Proust. Aimer la littérature, c'est en attendre du nouveau. Mais quand le nouveau est là, il se tourne vers l'ancien. Ni Rimbaud ni Lautréamont n'effacent Homère et Virgile. L'histoire écrit pour toujours des pages nouvelles et immuables.

Le propre de notre époque, c'est qu'elle met en question non seulement le passé de la littérature, de la culture et de l'art, mais la littérature elle-même, et la culture, et l'art. Il est très difficile, il est peut-être impossible d'être franchement moderne et de s'en tenir en même temps aux formes classiques de la culture des siècles écoulés. Passons à la limite : il n'est pas tout à fait exclu que le monde de demain, coincé entre la routine et l'excès de novation, finisse, et peut-être assez vite, par se détourner de l'art. Que les livres, la peinture, la musique, la sculpture, frappés en bloc de vieillissement, apparaissent comme inutiles et gratuits, comme des témoins d'un vieux monde. Il n'est pas tout à fait exclu que les langues mortes disparaissent, que l'histoire s'évanouisse, que l'orthographe se dissolve. Ou qu'elles survivent, presque clandestinement, dans des catacombes du savoir. Alors, je n'aurai pas seulement dépeint un monde disparu et les derniers des Mohicans d'une société engloutie, je serai moi-même le dernier des Mohicans d'une littérature ensevelie. Mon ambition était claire : j'aspirais simplement à être le premier des derniers des Mohicans.

Je n'avais pas beaucoup de mérite à nourrir cette ambition, si modeste et démesurée. Car il n'y avait pour moi presque aucune autre solution. D'abord, comme je l'ai dit — voici l'humilité après l'orgueil —, en raison de la minceur de mes talents naturels. Mais aussi parce qu'il n'est pas tout à fait sûr qu'il y ait encore d'autres Indiens après les Mohicans. Ceux qui se moquent des Mohicans, de leurs tics, de leurs manies, ne tomberont peut-être pas sur les prairies des Sioux, sur les campements des Apaches. Ils tomberont sur des cow-boys et des constructeurs de chemin de fer, ennemis de tous les Indiens. Et ils auront bonne mine à vouloir perpétuer leurs calumets de la paix et leurs rites ancestraux. Ils auront beau crier : « Nous n'avons plus rien à voir avec ces pauvres vieux Mohicans ! Nous sommes les nouveaux Indiens ! » Des voix sorties de haut-parleurs leur répondront froidement : « Il n'y a plus d'Indiens. »

Allons ! Assez déliré. Il y aura toujours des Indiens. Ils n'écriront peut-être plus, ils ne peindront peut-être plus, ils ne composeront plus de musique. Ou on ne les lira plus, on ne les regardera plus, on ne les écoutera plus. On ne les admirera peut-être plus. Mais ils se promèneront toujours, tantôt tristes, tantôt gais, l'âme très pure et légère, au milieu des horreurs et des abominations dont ils prendront d'ailleurs leur part — mais toujours avec un peu de recul. Le recul devant le monde est une des formes du talent. Voilà pourquoi les peintres, les romanciers, les intellectuels, les artistes ne sont jamais vraiment au monde. L'art, la littérature, la création ne sont peut-être qu'une façon d'être. La nature, jadis, pour des millions d'écoliers, était un état d'âme. La culture, demain, sera une manière d'être. Un certain refus de la bassesse, de la réalité plate, des mesquineries d'ambition. Le moment est peut-être venu de recréer une espèce de chevalerie de l'âme qui tournera le dos à l'avoir et à ses revendications sans fin pour regarder vers l'être. Vers l'intérieur. Vers cette paix de soi-même qui est un autre nom du bonheur. Il faut cesser d'en vouloir plus, de courir le monde, d'accumuler des richesses. La clef de la culture — comme elle est simple, mon Dieu ! —, c'est de ne plus crier : *Encore plus ! encore plus !* mais : *De moins en moins ! toujours moins !* Il faut rêver de limites, il faut rêver de comprendre au lieu de posséder. Le cœur de ces préceptes, c'est qu'ils s'adressent à soi-même. Je veux dire à moi-même. Je ne recommande à personne de rentrer enfin en soi. Je le recommande à moi seul. Je veux, par égoïsme, garder pour moi tout seul les splendeurs du renoncement. Je laisse aux autres l'ambition, les succès, les honneurs, les conquêtes — et leur échec final : car rien n'échoue comme le succès. Je veux descendre en moi-même, un peu sourd, un peu aveugle, et me sauver d'un monde qui s'en va vers les ruines à travers l'abondance.

Je pense, en écrivant ces lignes, au destin de ce livre. Parce que j'ai derrière moi une mince notoriété, une vague rumeur, des distinctions hasardeuses, tout le poids formidable d'une société très puissante malgré ses ébranlements, et hélas ! déjà une carrière, *Le Vagabond qui passe sous une ombrelle trouée* ne passera pas, j'imagine, tout à fait inaperçu. La tentation, pour moi, qui nourris un faible coupable pour toutes les formes de publicité, sera certainement très forte de me ruer sous tous les projecteurs de notre société d'agitation, d'information et de communication, vers les radios, vers les télévisions, vers tous mes confrères journalistes. Ils me tendront leurs micros, tous ces sorbets d'acier, ces esquimaux sonores, et ils m'inonderont de lumière. Ils me demanderont avec insistance ce que j'ai bien voulu dire. Ce que j'ai voulu dire ? Mais rien d'autre que ce que vous lisez. Je n'ai rien à ajouter à ce que j'ai écrit. J'écris pour pouvoir me taire. Je n'aurai, en vérité, qu'à me balancer en silence sur les chaises des studios et des salles de rédaction et à répondre : Lisez, et laissez-moi en paix.

Si j'avais un peu de courage — mais j'en manque, n'en doutez pas —, je remettrais ces pages à mon estimable éditeur — car on n'écrit pas pour soi seul —, et puis, je me tairais. Sans dédicaces ni service de presse. Sans sourires entendus. Sans espoir de publicité. Sans un regard sur les chiffres de vente. Sans ces coups de téléphone monstrueux donnés par les auteurs aux directeurs de journaux — je les connais : je les ai reçus. Sans penser un instant au destin effrayant de ce livre perdu parmi les milliers, les centaines de milliers de livres qui font crouler les librairies et les bibliothèques. Je me souviendrais un peu de Voltaire qui écrivait déjà, en 1737 : *Prault en use très mal selon la coutume des libraires* (c'est-à-dire des éditeurs). *Qu'il ne m'échauffe pas les oreilles.* Et, en même temps, je murmurerais : Le voilà, mon cher Claude — c'est mon éditeur —, ce livre dont vous me parliez. Le voilà, ma chère nounou — c'est mon attachée de presse —, le voilà, mon cher Bernard, mon cher Pierre, mon cher François, mon cher André. Faites-en ce que vous voulez — et puis, surtout, n'en parlons plus.

J'espère tout de même qu'il se vendra, ce vagabond un peu suffisant, parce qu'il faut de l'argent pour profiter de ce monde qui nous est donné une fois pour toutes, pour épuiser cette vie qui ne se renouvellera pas. Je me suis un peu agité pour une société libérale et contre un socialisme qui me paraissait surtout tristounet et vaguement ennuyeux, plein de paperasses assommantes et de bons sentiments, appuyés bien sûr sur une police solide et autrement redoutables que nos principes de jadis. Mais je me battais, en vérité, pour les autres plutôt que pour moi. Le rêve, pour moi, serait une société socialiste qui, selon ses propres lois et ses promesses affichées, me donnerait de quoi vivre — un peu largement, bien sûr, car, faiblesse ou vanité, j'ai envie de bien vivre — et qui m'assurerait tous les mois, à chacun selon ses besoins, quelque huit ou neuf mille francs. Ou, à chacun selon ses capacités, peut-être plutôt le double. Sans compter, naturellement, ce que me vaut mon travail, mes légitimes économies, deux ou trois héritages, les largesses sans bornes de mon estimable éditeur, les gâteries du patron, collectif ou privé. Au prix du litre de pétrole, au prix du tricot de cachemire, ce n'est vraiment pas grand-chose. Mettons quatre mille dollars, et puis n'en parlons plus. Ou un peu moins de deux mille livres. Ou peut-être dix mille francs suisses. Ou des marks, si vous voulez. Ou des yens, je m'en fiche : je ne sais pas ce qu'ils valent. Vous choisirez votre monnaie. Et qui — je parle de la société à venir — et qui ne m'embêterait pas. Parce que, enfin, tout de même, trêve de simplicité, je suis un des grands noms de votre démocratie populaire, une sorte, à moi tout seul, de patrimoine en péril, un morceau égaré du puzzle multicolore de la France défigurée. Et je passerais enfin mon temps à faire ce que j'ai envie de faire, à regarder le soir tomber sur la neige ou la mer, à m'amuser de la folie des hommes, à jouer avec les mots et à dire à quelques jeunes femmes, peut-être seulement à cinq ou six, ou peut-être, mon Dieu, qui sait ? peut-être même à une seule, qu'elle est belle et qu'elle me plaît.

En ai-je écrit des bêtises ! Est-ce que c'est très sérieux pour le successeur de tant d'esprits réputés distingués, de Gaston Calmette victime d'un accident du travail, de six cents et quelques fées à jamais immortelles en dépit de leur grand âge et de leur obscurité, la baguette en forme d'épée et déguisées en scarabées ? La vérité est que l'art, la littérature, la culture, depuis qu'on s'en occupe un peu trop, comme de ces enfants malades dont le destin inquiète, n'ont besoin, comme toujours, que d'une seule chose, une seule, mais si précieuse et si rare qu'on a bien raison de s'affoler : c'est de talent. Il ne s'agit pas tellement de faire du bruit, ni d'imiter les anciens, ni de rechercher du nouveau, ni de pondre des théories, ni d'avoir des copains à la télévision. Il s'agit, à défaut de génie, d'avoir un peu de talent. Qu'est-ce que c'est que ça, le talent ? Ah ! mon

Dieu !… Eh bien ! voilà : vous prenez n'importe quoi, et vous en faites quelque chose. Voir *Le Paysan de Paris*, voir les masques du Bénin, voir *La Cigale et la Fourmi*, voir *Au clair de la lune* ou *Le Temps des cerises.* Vous prenez un barbier, une princesse grecque, la femme d'un pharmacien de province, la guerre de Troie, l'enfer, une bouteille de vin, trois pommes, sept notes de musique, un morceau de bois, ou un dieu, ou la mer aux poissons, et vous leur donnez une forme et des couleurs pour l'éternité. Je ne rêve à rien d'autre qu'à vivre ainsi, pour un bout de temps, par-delà les catastrophes et les bouleversements à venir, dans l'esprit des hommes et des femmes et des enfants encore à naître.

Ah ! moi aussi, j'attraperais bien un brin d'herbe, un bouton de culotte, un mot tombé de la bouche d'un immigré portugais, vous voyez, presque rien, un éclair, l'ombre d'un soupçon, un souvenir effacé, l'espérance la plus folle, et j'essayerais, sans doute en vain, d'en faire enfin quelque chose dont Pierre dirait à Marie : « Eh ! dis donc ! tu as vu… ? » Ah ! si ce vagabond qui passe sous une ombrelle trouée pouvait, le temps d'un soupir, faire rêver trois lecteurs, l'un à Poitiers ou à Marmande, l'autre à Maubeuge ou à Rennes, et le troisième dans le métro, près de la porte des Lilas, et puis peut-être encore, n'importe où dans ce monde, une lectrice inconnue, qui s'arrêterait un instant de caresser le corps endormi auprès d'elle, pour penser, très vaguement, en une lueur fugitive, à ce fragment de moi jeté au pied du lit où se célèbre bien autre chose que de la littérature : « Tiens ! qui c'est, ce type-là ? » avant de m'oublier et de sombrer à son tour sous son amour réveillé, qui ne sait rien de moi et peut-être presque rien d'elle.

L'HIVER

Une vie sans malheur — nous le savons depuis les Grecs, ou peut-être depuis la Bible — est un rêve impossible. Il est très remarquable que les plus grands malheurs soient aussi les plus banals. Et le malheur suprême est la mort. Celle des autres, j'entends. Car la sienne propre est autre chose, et au-delà du malheur. Notre mort n'est rien dans notre vie qu'une image très abstraite et une idée sans réalité puisque notre mort et notre vie ne se rencontreront jamais. Mais la mort des autres prend sa place dans notre vie. Et elle la bouleverse.

Ce formidable mystère du temps que nous touchons du doigt tous les jours et à chaque instant de notre vie est si présent et si clair qu'il ne cesse de nous égarer. Nous nous figurons volontiers que l'avenir n'est rien d'autre qu'un présent prolongé. Le changement, le vieillissement se laissent encore imaginer. Ce qui ne se laisse guère concevoir, c'est ce qui est radicalement nouveau. Par un merveilleux et sinistre paradoxe, le radicalement nouveau, c'est la mort.

La naissance est sans doute aussi l'irruption de quelque chose d'absolument original dans le mouvement éternel — ou peut-être presque éternel ? — de l'aventure de la vie. Mais toute naissance est vierge : elle n'est toute que futur. Personne ne sait jamais ce qu'on gagne avec une naissance. On n'y gagne que des espérances, des illusions et des rêves. Il faut attendre la mort pour savoir enfin ce qu'on perd.

La mort de ma mère, comme la mort de toutes les mères, adorées ou haïes, et même indifférentes, a été à la fois cette fin — et ce début. Il me fallait vivre sans ma mère. J'étais très lié avec ma mère. Comme mon père, comme ma grand-mère, ma mère aura tenu dans ma vie une place immense et unique. Mon père et ma mère ne vivaient que pour les autres. Mon père, pour les hommes — et pour nous : je veux dire pour la famille. Ma mère, presque pour nous seuls.

Malgré l'immensité de ma dette à son égard, je n'éprouve pas de remords à l'égard de ma mère. Peut-être parce que, inconsciemment, je pensais déjà à cet avenir où elle ne serait plus là, je l'ai aimée, vivante, comme je l'aime encore, morte. Je la voyais très souvent. Je voyageais avec elle. J'entretenais presque avec elle les relations qui unissent souvent à leur mère les homosexuels. Je ne suis pas très sûr, d'ailleurs, qu'elle n'ait pas éprouvé, ici ou là, quelques sentiments de jalousie à l'égard des autres femmes qui entraient dans ma vie — avant d'en ressortir. Elle gagnait toujours : elle demeurait. Je la trompais peut-être. Je ne l'ai jamais trahie. J'y ai très peu de mérite. Puisque je l'aimais.

À la mort de ma mère, ce terrible démon de la littérature

qui a fait écrire à tant d'auteurs des pages atroces ou sublimes sur la mort de leur mère m'a saisi à mon tour. De très étranges sentiments se combattent entre eux dans le pauvre cœur des hommes. J'éprouvais comme une honte à consacrer à ma mère des mots trop bien choisis et des phrases trop bien rangées où se glissaient d'autres soucis que le chagrin si pur et le simple désespoir. Il me semblait mêler deux ordres différents : la vie publique et la vie privée, la littérature et les sentiments. La littérature, de nos jours, a quitté les royaumes de l'émotion naturelle. Elle constitue un autre monde, avec ses règles bien à elle et ses exigences propres. L'essentiel lui échappe — c'est-à-dire le cœur. Il n'y a plus que le silence pour ce qui nous bouleverse.

J'ai longtemps hésité, pendant des jours et des jours, à rendre publics les mots où je la célébrais. Non qu'ils eussent pu la blesser. Mais parce que, plus encore que la haine, l'amour que nous portons aux êtres n'appartient qu'à nous seuls. Et même à nous, il ne nous appartient pas. Il n'appartient qu'au secret, au silence, au mystère du sacré. Ai-je eu tort ? Je ne sais pas. Peut-être. Mais il y avait quelque chose de plus fort que l'étouffement du chagrin : c'était le désir, peut-être un peu impur, et peut-être un peu trouble, de porter témoignage et d'élever aux yeux de tous quelque chose de modeste bien sûr, mais d'éclatant à la mémoire de ma mère. Je pensais, une fois de plus, avec une exquise simplicité, à mon vieux Chateaubriand : *Je voulais un grand bruit, afin qu'il montât jusqu'au séjour de ma mère. Au plaisir de Dieu*, en un sens, avait été écrit pour ma mère. Mais l'imagination et la fiction avaient brouillé les pistes et multiplié les personnages. Il me fallait quelques lignes où il ne fût question que d'elle. La veille de la Toussaint, l'avant-veille du jour des morts, je lui en demande pardon, ce fut plus fort que moi. Et, puisque l'injustice de ce monde me permettait de le faire, je publiai dans *Le Figaro* le premier, le dernier et le seul article qui m'ait jamais tenu à cœur.

LE SOUVENIR DE MA MÈRE

En ces jours des défunts, du souvenir et de tous les saints, j'ai vieilli d'un seul coup : ma mère est morte. Longtemps, j'ai été son fils, son enfant, son garçon, et elle m'appelait mon petit. Voilà que je ne suis plus l'enfant de personne et que je n'ai plus personne pour me séparer de la mort. Je n'ai plus derrière moi que l'image à jamais évanouie du visage de ma mère et son souvenir chéri.

J'aimais ma mère. Elle m'aimait. J'étais fier d'elle. Et — que Dieu me pardonne ! — il n'est pas impossible qu'elle ait poussé la faiblesse et la partialité jusqu'à être fière de ses fils. Un mot terrible de Sartre me reste toujours obscur : Il n'y a pas de bon père. C'est la règle. Le mien était merveilleux. Ma mère aussi était merveilleuse. Je fais appel ici à tous ceux qui ont connu mon père, janséniste et libéral, ma mère, si vivante et si gaie : Dites, n'est-ce pas qu'ils étaient merveilleux ? N'est-ce pas qu'ils étaient la bonté, la simplicité, la noblesse de l'esprit et de l'âme, la générosité et qu'ils pensaient aux autres beaucoup plus qu'à eux-mêmes ? N'est-ce pas qu'il était impossible à qui les avait rencontrés une seule fois de ne pas les admirer et de ne pas les aimer ?

Parce que ma mère était vivante et que mon père était mort, j'ai parlé beaucoup plus, dans ce que j'ai pu écrire, de mon père que de ma mère. Par je ne sais quelle pudeur dont je m'en veux peut-être, j'attendais, j'imagine, que ma mère fût partie pour lui dire que je l'aimais.

Qu'importe ! Est-ce que ma mère et moi nous avions besoin de paroles pour savoir que nous nous aimions ? Nous le savions, voilà tout. Derrière les souvenirs atroces de ce sombre combat du jour et de la nuit où nous finirons tous, jusqu'au dernier, par être vaincus et massacrés, voici que fleurit en moi, plein de fraîcheur et de vie, le souvenir lumineux du bonheur qui naissait de ma mère. Je me promène encore avec elle le long des étangs de Puisaye ou dans cette vieille forêt de Saint-Fargeau qui était sa vraie patrie et où elle avait laissé son cœur ; je refais avec elle ces grands voyages épuisants dont elle sortait alerte, indestructible et rose et où tout l'amusait ; je m'assieds toujours auprès d'elle devant ces mots croisés du Figaro d'où elle tirait des délices qui me font sourire et pleurer. Dans la simplicité généreuse de son rayonnement quotidien et de son énergie indomptable, le souvenir de ma mère a le goût du bonheur. Je ne cesserai jamais de vivre dans son amour.

Mort, où est ta victoire ? La mort ne peut rien contre le souvenir de ma mère. Au-delà de la mort, ce souvenir est vivant. Et ma mère elle-même, est-ce qu'elle est morte tout entière ? Ah ! Je ne verrai plus ma mère en train d'avancer vers moi pour me serrer contre elle et elle ne me verra plus me jeter dans ses bras. Je ne lui parlerai plus et elle ne me parlera plus. Nous ne rirons plus ensemble. Et c'est une douleur pour moi, pour mon frère et pour moi, qui ne s'apaisera pas. Mais comme mon père — ô mon père ! — comme sa mère — ô grand-mère ! — ma mère croyait que la mort n'est qu'une autre *vie. Elle croyait que la mort n'est rien d'autre que la vraie vie. Mort, où est ta victoire ? Ma mère est vivante puisqu'elle était chrétienne. Ma mère est vivante puisque l'amour qui nous unit est vivant dans nos cœurs.*

Il faut que je l'avoue. Tout ce que j'ai pu écrire sur Giscard, sur Chirac, sur Carter et Mao, sur Mitterrand ou Servan-Schreiber m'est un peu indifférent. Ces quelques phrases sur ma mère, j'y tiens peut-être plus qu'à tout le reste. Je crois à des choses d'une simplicité effrayante et qui me feraient rire chez les autres. Je crois à la communion des saints. Je crois à la vie des morts. Je crois que, par des voies mystérieuses et peut-être insensées, mon père et ma mère veillent encore sur leur fils. Je sens souvent leur présence, un peu sévère, bien sûr, mais toujours indulgente. Ils ont fini par me connaître. Et parce qu'ils m'aiment comme je les aime, ils me pardonnent mes folies.

Cette présence des morts est un thème très classique dans la littérature de tous les temps et de tous les pays. Dans le Paris de cette fin de siècle, il est passé de mode. Plus je vieillis, mieux je me console d'être moi aussi passé de mode. Tout au long de ma vie, je n'ai été que trop sensible à ces courants mystérieux et très forts qui traduisent l'air du temps et la sensibilité d'une époque. Il faut être de son temps, c'est clair, mais il faut aussi s'en moquer. Il faut en surgir, le comprendre, l'aimer, se laisser porter par lui — et puis, il faut le dépasser. Dans *La Gloire de l'Empire*, dans *Au plaisir de Dieu*, tout notre âge était là — nos révolutions, nos épreuves, nos déclins, nos attentes et nos résurrections —, mais je le méprisais aussi. Non pas parce que je lui opposais je ne sais quelle nostalgie des époques évanouies, non plus que l'espérance des temps nouveaux à venir. Mais parce que toutes les époques, le passé, le futur, et aussi le présent, doivent être, à la fois, acceptées et négligées, oubliées, et aimées. Il faut être dans le temps — et toujours un peu au-delà.

L'image de mon père apparaît très souvent dans ce que j'ai pu écrire. Elle apparaît dans *Au plaisir de Dieu*, dans *Au revoir et merci*, et, de nouveau, inlassablement, dans ce vagabond qui s'abrite en même temps sous son ombrelle trouée et sous le souvenir lumineux d'un janséniste libéral et d'un conservateur progressiste. Ma mère n'apparaissait nulle part. Elle était en moi si profondément installée et enfoncée qu'elle n'arrivait pas à en sortir. Je m'en étonnais parfois. Il m'est même arrivé de m'en excuser. J'ai écrit quelque part — dans *Au revoir et merci*, je crois, ou peut-être ici même, je ne sais plus, ou peut-être seulement dans l'article du *Figaro* — que je ne parlais pas d'elle parce qu'elle était vivante. Elle est morte. Je parle d'elle pour qu'elle revive. Pour qu'elle revive pour les autres comme elle vit toujours en moi.

Lorsque je pensais à elle — trop rapidement, comme je le fais souvent, car tous ceux qui me connaissent me savent, hélas ! trop avide, trop curieux, trop pressé de tout connaître pour ne pas être superficiel, à la façon des Gémeaux diront ceux qui y croient —, je me mettais à chercher ses traces, dissimulées, obscures, dans mes livres de jadis. L'idée m'est venue soudain qu'*Au plaisir de Dieu* n'avait pas seulement été écrit pour elle, mais qu'elle en était encore le personnage principal. J'ai souvent dit que le premier personnage du livre était Dieu lui-même : l'affection, la tendresse avaient beau m'égarer, non, Dieu n'était pas ma mère. Le deuxième était le temps — c'est-à-dire encore Dieu : ce n'était pas elle non plus. Le troisième était le château : c'était déjà presque elle, puisque Plessis-lez-Vaudreuil, que la télévision, à défaut de mon talent, aura fait connaître à des millions de spectateurs en France et hors de France, était en vérité Saint-Fargeau qui se confondait avec elle. Mais le quatrième personnage du livre ou du film était Sosthène, le vieux patriarche obstiné, le duc inébranlable de Plessis-Vaudreuil. Et ce personnage-là, c'était ma mère.

Sosthène de Plessis-Vaudreuil, qui commence un peu dans le style d'Octave Feuillet pour terminer (un peu) à la façon des grands vieillards de Shakespeare, n'est ni mon père ni mon grand-père. Il présente naturellement plusieurs traits qui leur reviennent. Il méprise l'argent comme mon père et il chasse comme mon grand-père. Il faut noter d'ailleurs que mon père détestait la chasse et que mon grand-père ne détestait pas l'argent. Mais la clé du personnage, son attachement physique à la terre où il est né et où tous les siens sont morts, son amour pour les bois, sa solidité sans failles, son tendre autoritarisme, son caractère entier et parfois presque bourru, très éloigné de la douceur de mon père et qui se retrouve chez mon frère, c'est ma mère qui la détient. Tels sont les miracles des personnages de roman : mon grand-père était ma mère. Je me demande si Jacques Dumesnil, qui incarne pour toujours, par les prestiges de l'écran, l'image de mon grand-père, s'est jamais douté, sous sa barbe noire, puis blanche, sous son vieux panama, qu'il jouait un rôle de femme. Et le rôle de la femme que j'ai le plus aimée, puisque c'était ma mère.

Ce qui sépare d'*Au revoir et merci* ce *Vagabond qui passe sous une ombrelle trouée*, qui en constitue la suite et peut-être l'accomplissement, ce sont les réponses fournies aux questions de mon père, quelques bonheurs caressés, quelques catastrophes survenues. C'est aussi le film pour la télévision qu'a tiré Robert Mazoyer d'*Au plaisir de Dieu*. L'entreprise était risquée. Flaubert parle quelque part de son acharnement à brouiller les contours de ses personnages et à fuir toute précision. Le cinéma fixe, fige, durcit, impose ses propres traits, ne laisse plus aucun champ à l'imagination. Il fallait s'entourer, pour éviter toute déception, de beaucoup de précautions. On m'assure que, quelques mois avant sa mort, Lucchino Visconti avait formé le projet de s'intéresser au *Plaisir de Dieu*. Les choses se sont passées autrement. Ce rêve évanoui au cœur, je ne regrette pourtant rien.

Longtemps, j'ai travaillé tout seul. À l'École normale, en préparant l'agrégation, plus tard à l'Unesco et dans ma vie professionnelle, j'ai connu les écuries, les colloques, les séminaires, les groupes, et aussi les chapelles. Je ne m'y suis jamais senti vraiment à l'aise. Le travail collectif, qui est l'une des marques et l'une des exigences de notre temps si dur et presque hostile aux individus isolés, je ne m'y plie qu'avec peine. C'est en partie pour cette raison, j'imagine, que j'ai choisi d'écrire. Pardonnez cet orgueil : il y a peu de choses que je préfère à être seul avec moi-même. Et à passer par ce tête-à-tête pour parler avec tous les autres, sans trop de crainte d'être interrompu. Deux fois, coup sur coup, cette solitude un peu hautaine, ou peut-être vaguement craintive, allait être brisée : au *Figaro* d'abord, derrière les caméras de Mazoyer ensuite. Je faisais, avec effroi, avec délices, l'apprentissage du travail d'équipe.

Les contradictions ne me manquent pas. Je les préfère, pour moi au moins, à l'étroitesse d'esprit et à l'obstination aveugle. J'aimais être seul — et je n'éprouve pourtant aucune difficulté à m'entendre avec les autres. On pourrait plutôt me reprocher de m'entendre trop bien avec eux. Souvent, au journal ou pendant la minutieuse préparation du film, je me prenais en flagrant délit d'entrer trop facilement dans d'autres raisons que les miennes. C'est le défaut des libéraux : ils préfèrent à peine leurs idées à celles des autres. Ils ont souvent raison : à n'accepter de fréquenter que ceux qui pensent comme vous, on court le risque de rencontrer un bon nombre d'imbéciles. Les autres, en tout cas, me fascinent. Pour un égoïste, c'est une position peu confortable. En dépit de mon goût pour le travail solitaire, elle me préparait assez bien, et peut-être presque trop bien, à l'effort collectif.

Dans le monde du cinéma et de la télévision, je ne connaissais presque personne. Inutile de le cacher, inutile de me le cacher : depuis trois ou quatre ans, je suis devenu — je ne m'en vante pas — une espèce d'homme public. Non, je ne m'en vante pas : la formule d'homme public me paraît plus insultante que sa version féminine. Je le dis avec simplicité : vivre sous les yeux des autres est un risque écrasant. Pour délicieuse qu'elle soit, il n'y a pas d'école plus désastreuse que le succès. Je le méprise un peu, et, d'avance, je le récuse. Mais qu'y faire ? Je n'y peux rien. En un sens, je l'ai voulu. Toutes proportions gardées, je suis comme ces vedettes plus ou moins triomphantes qui cherchent à fuir leur gloire après l'avoir poursuivie et qui minaudent sous leurs lunettes noires, fatiguées d'être reconnues et pourtant désespérées d'avance à l'idée de ne plus l'être.

Avant le carrefour du rond-point et du quai, j'étais extraordinairement loin de régner sur ce Paris dont j'ai un peu appris, depuis lors, à prendre les mesures. Rien ne m'indigne davantage que les jeunes écrivains qui voient dans la littérature une variété de la vie sociale et qui cherchent avec obstination à se faire recommander aux critiques et aux éditeurs. J'avais déposé moi-même mes premiers manuscrits chez l'huissier de Julliard, chez le concierge de Gallimard et la seule idée de me faire précéder par des coups de téléphone ou des lettres pressantes m'aurait couvert de honte. Je n'avais même pas osé aller jusqu'à ces demoiselles toutes-puissantes qui règnent sur les standards et le courrier des éditeurs et qui suffisaient très largement à me terroriser.

Depuis ce temps-là, bien sûr, j'ai fini par connaître tout ce qui compte un peu dans le seul monde qui m'importe : celui de la littérature, de l'édition et de ce que mon père appelait jadis, dans son langage du XIXe siècle, la *pensée* et les *idées*. Mais avec celui du cinéma — qu'il méprisait autant que ceux de la presse et des affaires —, je n'avais pas le moindre lien.

Les événements — n'en parlons pas : je n'écris pas de souvenirs… — me firent connaître les deux hommes qui allaient être à l'origine de la transposition à l'écran d'*Au plaisir de Dieu* : Paul Savatier et Robert Mazoyer. Robert Mazoyer était déjà — avec les Barma, les Averty, les Moati, les Lorenzi, les Bluwal, les Santelli, les Failevic, les Koralnik et quelques autres — l'un des grands noms du petit écran. Il avait mis en scène *L'Enchantement*, sur un texte de Michel Butor, et ces fameux *Gens de Mogador* qui avaient été, avec *Les Forsythe*, avec *Les Rois maudits*, avec *La Demoiselle d'Avignon*, un des succès majeurs de la télévision. Il me proposa, pour le découpage et les dialogues d'*Au plaisir de Dieu*, un de ses amis, acteur, romancier, scénariste, dialoguiste, qui avait publié plusieurs livres chez Gallimard : Paul Savatier. Jean Prouvost, Raoul Ergmann, Jean Farran m'avaient fait entrer dans l'univers formidable du *Figaro* et de la presse. Jean Rossignol, chez Gallimard, Robert Mazoyer, Paul Savatier me firent entrer dans le monde scintillant de la télévision et du cinéma. Les défauts ne me manquent pas. Mais je ne suis pas blasé. Plus près de la fin de mon existence que de son début, je commençais deux vies nouvelles avec une soif d'adolescent qui peut prêter à rire plutôt qu'avec un appétit de jeune loup vieillissant. Elles s'ouvraient sur quelques hommes qui devenaient autant d'amis. Elles débouchaient sur des foules.

Du premier instant au dernier, la préparation, le tournage, le montage d'*Au plaisir de Dieu* furent des délices pour moi. C'était une aventure affolante. Ce fut une espèce de fête. Il y a des choses qui se font : il est de bon ton de déclarer à vingt ans qu'on n'entrera jamais à l'Académie française et d'y entrer à soixante-dix ans ; il est de bon ton de débuter à gauche et de finir à droite ; il est de bon ton d'être bien poli avec ceux qui peuvent vous servir et d'écraser plus ou moins ceux qui vous seront toujours inutiles : j'espère n'être jamais tombé dans ces pièges un peu grossiers. Il est de bon ton également, pour un auteur, de se déclarer trahi par l'adaptation de son œuvre au cinéma. Ce piège-là aussi, j'ai réussi à l'éviter. Mais le mérite ne m'en revient pas. Il revient tout entier à Robert Mazoyer, à Paul Savatier et à leur équipe. J'ai trop peu participé à la naissance des neuf heures d'images et de sons qui allaient répandre largement à travers la France et presque à travers le monde la saga des Plessis-Vaudreuil. Mais, si modeste qu'ait été ma part, je garde de toute l'affaire un souvenir lumineux.

De Jacques Dumesnil, fabuleux patriarche, et de France Lambiotte, dans le rôle ambigu de la tante Gabrielle, au plus fugitif des figurants, du metteur en scène aux chauffeurs et aux cantinières, en passant par tous les techniciens de l'image et du son, des décors et des costumes, du maquillage et du montage, un peu de cet esprit de famille qu'incarnait le vieux gentilhomme avait passé sur l'équipe. Nous faisions quelque chose ensemble et la part de chacun était aussi décisive que celle de tous les autres. Au *Figaro*, je n'étais rien sans les centaines d'hommes et de femmes qui travaillaient avec moi, et souvent plus que moi — avec lesquels, plutôt, je m'étais mis à travailler. À Saint-Fargeau, à Paris, à Sully-Magenta, à Saint-Étienne, en Italie, je n'étais rien sans les centaines d'hommes et de femmes qui, d'une façon ou d'une autre, contribuaient à donner des couleurs et des formes, des paroles, une musique et la vie à mes rêves et à mes fantômes. Des tourbillons de milliards dansaient autour de moi. J'étais au centre de deux mondes qui me dépassaient de partout.

De temps en temps, le samedi, les veilles de fêtes, petit bourgeois de la grande presse, je m'échappais du monde du *Figaro* et je me jetais avec allégresse dans le monde de mon film. Je faisais cette expérience, aujourd'hui très banale mais qui m'émerveillait, de voir mes personnages de rêve, nés de ma chair et de mon sang, s'incarner à nouveau dans des corps étrangers. La tête me tournait un peu. Est-ce qu'elle n'a jamais cessé, cette pauvre tête, depuis les songes insensés et les folles espérances de ma jeunesse évanouie, de me tourner un peu ? Après les longs efforts, et les craintes, et presque les désespoirs, voilà que tout, soudain, se mettait à aller trop vite. Je m'essoufflais un peu à la poursuite de ma vie.

Comme Raymond Aron, que j'admirais depuis toujours, était devenu pour moi un ami un peu craint et presque un père un peu sévère, comme Jean Griot, ou Max Clos, ou Xavier Marchetti, ou Jacques Jacquet-Francillon ou Jean Martin-Chauffier, ou Alain Vernay, ou Sylvain Zegel, ou Renaud Matignon, ou Jean Chalon, ou tant d'autres étaient devenus des amis, Robert Mazoyer, puis Paul Savatier étaient devenus mes amis. L'automne de ma vie, l'hiver né de la mort de ma mère prenaient, grâce à eux tous, des allures de printemps. Par un paradoxe merveilleux, mon livre n'était plus seulement mon livre : il était devenu celui de Savatier et de Mazoyer. Paul Savatier défendait pied à pied l'idée et l'image qu'il s'en faisait. Plus d'une fois, il me reprocha — et il avait raison — de ne pas m'y tenir avec assez de force. Il luttait mieux que moi pour mon propre univers. Mais contre qui lutter ? Robert Mazoyer était entré de l'intérieur dans le cœur de mon grand-père, de la tante Gabrielle, de Jean-Christophe Comte, le précepteur, de Jean, le narrateur du livre, de Claude, le communiste, de Philippe, le fasciste, d'Anne-Marie, victime de la gloire.

Il y avait eu des instants, des jours, des semaines entières de découragement. Le ciel nous tombait sur la tête. Tout l'édifice d'*Au plaisir de Dieu* reposait sur le comédien qui allait tenir le rôle écrasant du grand-père. Nous avions pensé à Burt Lancaster, le héros du *Guépard* de Lampedusa et de Visconti, à Henry Fonda, à Sir Laurence Olivier, à Sir John Gielgud. Mais, vedettes de Hollywood ou acteurs shakespeariens, ils étaient trop chers pour nous. Nous avions pensé à Gabin, à qui j'avais téléphoné dans un élan de courage ou d'inconscience, au délicieux Claude Dauphin, à Charles Boyer qui aurait peut-être fait merveille, à Georges Wilson, à Daniel Ivernel, à Pierre Dux, plein d'amitié et de talent, à Pierre Bertin, à Charles Vanel, à Michel Etcheverry, à Michel Bouquet, à Paul Meurisse, à Alain Cuny… À tant d'autres encore… Sans parler de Pierre Fresnay dont l'image élégante et forte, la voix si particulière, les manières brusques et tranchantes m'étaient vaguement présentes à l'esprit quand je faisais naître, au croisement de mes souvenirs et de l'imagination, la figure du patriarche de Plessis-lez-Vaudreuil. Il y avait toujours des problèmes, des obstacles, des contretemps. Les uns étaient pris, les autres malades, d'autres encore estimaient que le vent de l'histoire ne soufflait pas assez fort sur le livre et le scénario. Et Pierre Fresnay était mort. Nous l'avions pourtant sous la main, mon grand-père ressuscité —, mais nous ne le savions pas. En voyant les premiers rushes où paraissait Jacques Dumesnil, nous comprîmes d'un seul coup que la partie était gagnée. Il n'y avait, il ne pouvait y avoir qu'un seul grand-père au monde, un seul duc de Plessis-Vaudreuil, un seul patriarche foudroyé : c'était lui.

Il se passait des choses étranges. De surprenants va-et-vient entre la fiction et la réalité. En voyant tourner le film à Saint-Fargeau, dans le cadre même qui avait donné naissance au livre, je ne savais plus très bien moi-même où s'arrêtait le rêve, où commençait la vie. À l'origine, tout était réel. Dans le livre, tout était faux. Au tournage, tout était joué. Dans le film, tout redevenait réel. Ma tante d'Harcourt — merci, ma tante — venait assister au tournage. L'ombre de plusieurs d'Harcourt — leur nom illustre reparaît jusque dans les pages de ce vagabond-ci — avait traîné dans ma tête quand j'écrivais mon livre. Plusieurs jeunes femmes de ma vie rôdaient autour du film. Il n'y avait plus de frontières entre le réel et l'imaginaire. La vérité flottait. Elle se faisait souvenir, image, mensonge, espérance, existence.

Un soir, en regardant tourner dans un salon dépeuplé, puis repeuplé, de Saint-Fargeau, une scène de notre vie engloutie, une espèce de vertige me prit. Il était fait d'une mélancolie très douce, d'une absence, d'un recul, d'un sentiment à la fois de la vanité et de la force de notre passage ici-bas. Les acteurs répétaient. C'était nous qu'ils répétaient. Et, à force de se glisser dans notre peau — qui n'était d'ailleurs pas la nôtre, puisque mon grand-père n'était pas mon grand-père, que ma nièce n'était pas ma nièce et que je n'étais pas le narrateur —, ils devenaient un peu plus que des personnages de mon roman : ils devenaient un peu nous-mêmes. Plus tard, peut-être pour me faire plaisir et pour me faire verser quelques larmes romanesques, ils me dirent qu'ils avaient eu le cœur serré en quittant Saint-Fargeau où les journées de travail avaient été illuminées par la confiance et l'amitié. Ainsi, ils faisaient un peu plus que de jouer notre vie, nos habitudes, notre départ : ils les vivaient à leur tour. La réalité ne s'était faite fiction que pour revenir à la vérité.

C'était une vérité collective. Les chapeaux de France Lambiotte — qui avait été *La Femme de Jean* de Yannick Bellon avant d'être la tante Gabrielle — ou de Nathalie Nell — qui sortait du *Portrait de Dora* d'Hélène Cixous avant d'être ma nièce Anne-Marie et de retrouver Yannick Bellon dans *L'Amour violé* —, les lumières de Jean Badal, patron de l'éclairage et de la photographie, les costumes, les voitures, les chiens de chasse, toutes les astuces de la technique, les arbres de la forêt et les ombres du soir y avaient leur large part. Les gens de Saint-Fargeau y contribuaient également. C'était la vie collective de tout un monde évanoui que j'avais voulu raconter dans *Au plaisir de Dieu.* C'était une vie collective qui le ressuscitait.

Il était une fois, à Saint-Fargeau, dans des temps déjà reculés, un vieux doyen qui portait le nom mélodieux de Mouchoux. Je ne l'ai jamais connu. J'ai seulement entendu raconter, à la façon des aventures des héros de l'*Iliade* ou de l'*Odyssée*, ses hauts faits légendaires. Il était doué, disait-on, d'un appétit insatiable et il avalait indistinctement des noix entières avec leurs coques, des chandelles à peine pilées et des suppositoires que mes vieux oncles, ces gamins, mélangeaient aux desserts. Le doyen que j'ai connu s'appelait le chanoine Camille Voury. Il avait été arrêté et déporté par les Allemands. Je l'ai fait revivre dans mon livre, et il revit dans le film, sous le nom fictif et réel de Mouchoux. Mais l'actuel doyen, le jeune abbé Bernard Alphonse, apparaît à son tour, en invité, en danseur, en commissaire-priseur, dans le film de Mazoyer. Il y apparaît aux côtés d'innombrables amis de ma mère et de ma famille, figures familières du bourg ou de la région, qui jouent pour moi des fantômes plus que ressuscités : vivants, et qui incarnent à jamais, autour de mon grand-père d'éternité aux traits de Jacques Dumesnil, une autre famille plus vraie que la vraie.

J'ai déjà dit un mot des innombrables questions qui m'avaient été posées sur les personnages d'*Au plaisir de Dieu.* Beaucoup, notamment, s'étaient interrogés sur l'identité réelle de ma nièce Anne-Marie, fille de mon cousin Pierre et d'Ursula, l'Allemande. Elle fait, vers la fin du livre, et du film, une carrière éblouissante dans le cinéma américain dont elle devient une des vedettes — sous un nom d'emprunt que je ne livrais pas. On comprenait ma discrétion, et on l'approuvait. Mais on aurait bien voulu connaître, à titre confidentiel bien entendu, le nom de guerre et de théâtre que l'arrière-petite-fille du duc de Plessis-Vaudreuil avait fait briller dans tous les ciels de l'après-guerre hollywoodien. J'étais évidemment bien en peine de le fournir. Mais si l'art, comme souvent, n'avait pas imité la nature, la nature, comme toujours, n'allait pas tarder à se venger et à imiter l'art. Dans le rôle, non d'Anne-Marie — tenu, je viens de le dire, par Nathalie Nell —, mais de ma sœur

Anne, tante d'Anne-Marie, une jeune comédienne de théâtre fait ses débuts à l'écran sous le nom de Jacqueline Parre. C'est la fille de mon frère, de mon vrai frère, cette fois, ma nièce et ma filleule. Seigneur ! Comme tout est simple ! Seigneur ! Comme tout se complique ! Comme les jours, les années, les êtres et le temps se referment en rond autour de nous ! Je te souhaite dans la vie, dans la vraie vie, tous les triomphes d'Anne-Marie et, dans trois quarts de siècle, ma vieille nièce par le sang, une fin moins cruelle que celle de ma nièce de rêve, qui m'est moins chère que toi.

Il suffit d'attendre. Tout arrive — mais souvent trop tard. Pierre Lazareff n'était plus de ce monde quand je suis devenu journaliste. René Julliard n'aura rien su de ces modestes succès qu'il m'annonçait en vain, année après année. Mon père n'aura connu de moi que mes livres les plus futiles. Mon oncle Wladimir, au flamboyant prénom, que tant de lecteurs s'étonnaient de ne pas voir apparaître dans la généalogie touffue des Plessis-Vaudreuil, est mort quelques jours avant mon entrée quai Conti, quelques semaines avant mon arrivée au rond-point des Champs-Élysées, quelques mois à peine avant la publication d'*Au plaisir de Dieu*. Ma mère n'aura pas vu, ressuscitée, glorifiée par Robert Mazoyer et par Jacques Dumesnil, toute rose sur le grand ciel bleu, la maison de son enfance, la maison où était morte sa mère, la maison de sa grand-mère et de son arrière-grand-mère, la maison où les dieux, la providence, l'histoire n'ont pas voulu qu'elle meure. Tous, ils sont partis avant que je puisse leur remettre, comme le petit enfant au matin de Noël, ce que, tout au long des semaines, des mois et des années, j'avais préparé pour eux dans le secret de mon cœur. Je me penchais à la fenêtre, je criais, je faisais de grands signes, j'agitais des mouchoirs, j'espérais qu'ils se retourneraient et qu'ils m'apercevraient encore, mais ils avaient déjà passé ce dernier coin de rue d'où personne ne revient jamais. C'est encore pour eux tous qui n'en finissaient peut-être pas — comme moi-même — de douter encore de moi, c'est encore pour me justifier — aux yeux de qui donc, grand Dieu ? et devant quel inquisiteur ? — que j'écris ce petit livre en forme de spirale où apparaissent à chaque étage les ombres de ceux qui ne sont plus et mes secrets fantasmes.

Est-ce que j'ai jamais cessé de vouloir me justifier ? *Au*

revoir et merci et ce vagabond-ci ne sont que des manuels de justification. La différence est que, dans le premier, je contemplais déjà avec ironie les cravates, les hochets, les bicornes qui allaient me tomber sur la tête, dans les bras, autour du cou, alors que je n'envisage pas vraiment, dans le second, ma candidature au prix Nobel de littérature. Pas vraiment… tiens !… tiens !… Il m'est pourtant arrivé de déjeuner — voilà ma vie : charmante simplicité — avec les académiciens suédois chargés de le décerner. Je ne sais plus qui disait que jamais lauréats plus illustres n'ont été couronnés par un jury plus obscur. Par une prudente prémonition, j'écrivais, il y a quinze ans, que les académiciens français me paraissaient très délicieux. Ce n'était pas seulement vrai, c'était aussi plus honorable que de leur cracher au visage avant de leur serrer la main avec des larmes dans les yeux. Ce coup-ci encore, pour rester fidèle à mon image si séduisante, pour exaspérer aussi un peu plus ceux qui ne la supportent pas, je dirais que les inconnus venus du Nord m'ont semblé ravissants. Un peu humanistes peut-être pour mon goût dépravé. Mais positivement ravissants. Fascinants. Irrésistibles. Le vagabond n'a encore rien dit du ski auquel je consacrais, dans *Au revoir et merci*, quelques pages admirables. Voici le bon moment pour un solo lyrique avec reprise par les chœurs dans un décor de sapins et de bouleaux givrés. Ah ! comme j'aimerais m'adonner aux joies vivifiantes du ski de fond avec la vaillante petite troupe des académiciens suédois ! Discernez-vous ici, sous l'alibi du sport, la démarche et l'irrésistible ascension d'un ambitieux des lettres ? Il y a quinze ans, par un mouvement audacieux, je mettais dans ma poche la bande du quai Conti. Aujourd'hui, sur ma lancée, je passe, dans le dos de l'Académie suédoise considérée comme un seul corps, une main glacée par toutes les neiges et tous les vents de la Scandinavie. Vous voyez le progrès, l'insensible reptation, les dimensions internationales après la consécration nationale ? Cristi ! l'habile homme ! Il me faut bien l'avouer : insatiable et comblé, il y a un seul rôle social qui me soit interdit, le plus couru, le plus répandu, le mieux porté, le plus élégant — celui du révolté et du contestataire. Voilà pourquoi — contrairement, je crois, aux plus saintes traditions — je me déclare aujourd'hui candidat au prix Nobel de littérature. La plupart de mes amis en rigolent en public et en rêvent en secret. Puisque personne n'y pense pour moi, je ne vois pas pourquoi je ne le réclamerais pas moi-même ouvertement. Mais je suis tout disposé à un certain nombre de concessions : je veux bien attendre, par exemple, encore dix-huit mois ou deux ans. Ça ira ? Eh bien, d'accord. O.K. Voilà une bonne chose de faite, et une question réglée.

Ce n'est pas, je le jure, que j'attache tant d'importance à ces voltes et contre-voltes, à ces figures de ballets, à ces exercices de trapèze qui marquent ce que je haïssais tant dans les années de ma jeunesse : une carrière, un état, une réussite sociale. J'aurais beaucoup à dire sur ces mots ravageurs et qu'aujourd'hui encore je ne méprise et déteste presque rien autant que le succès. Mais il me fallait, il me faut bien encore répondre aux questions que mon père m'adressait, il y a un peu plus de trente ans et au début de ce livre, le long de la pièce d'eau où, vers la fin du film, des multitudes innombrables auront vu le petit François, frère d'Alain, fils de Claude, petit-fils de Paul, arrière-petit-fils de Sosthène, dernier des Plessis-Vaudreuil — c'est-à-dire moi — se promener avec l'oncle Jean — c'est-à-dire avec mon père. C'est-à-dire avec moi. Puisque le petit François aux côtés de l'oncle Jean, c'est moi aux côtés de mon père. Et c'est moi avec moi. Tout cela a beau être vrai, c'est un peu compliqué. Mais ça ne fait rien, ça n'a plus d'importance. J'ai trouvé la réponse aux questions de mon père : je suis candidat au Nobel. Et, pour échapper d'avance à toute désillusion, je me le décerne à moi-même.

Si un doute, bien improbable, subsistait encore dans quelque esprit embrumé par la fièvre ou l'alcool, rassurez-vous : je rigole. Je ne me fais pas beaucoup d'illusions sur mon rôle dans ce monde, sur la place de ma vie dans ce formidable tourbillon où m'ont jeté un soir, ou peut-être un matin, la confiance et l'amour de mon père et de ma mère. L'idée d'être supérieur à qui que ce soit et digne de quoi que ce soit suffit à me faire pleurer de rire. On va encore crier à l'humilité feinte, à la fausse modestie. Faut-il que les hommes soient gonflés de vanité et de leur importance ! Ou bien faut-il vraiment que je sois moi-même fou d'orgueil ? C'est que je ne me compare pas aux seuls écrivains qui vivent dans ce pays, aux directeurs de journaux des XIXe et XXe siècles, aux six cents pensionnaires, aux neuf dixièmes oubliés, de la Coupole des bords de Seine. Le nœud de l'affaire est dans les repères que je prends : ils se situent un peu haut. Je ne cesse jamais de penser à la totalité des temps. Je me regarde, pardonnez-moi, comme la fourmi de La Fontaine, comme le ciron de Pascal dans cette fournaise de l'histoire où les dieux terrifiants de la nécessité ou du hasard — ou peut-être de la providence — nous ont laissés tomber. Si Eschyle, si Michel-Ange, si le vicomte de Chateaubriand, si Marcel Proust et Aragon comptent chacun pour dix ou vingt — ou peut-être pour cinq cents ou pour mille en ce qui concerne les premiers —, est-ce que je peux compter pour autre chose que pour zéro — ou peut-être un peu moins — dans la formidable addition qu'établiront un jour les bouliers de la providence ou les comptables de l'histoire ? Voilà pourquoi je suis modeste, et poli avec tout le monde, y compris les Suédois, et que je ne me crois pas, comme disait ma grand-mère. Oui, je ne suis candidat — et un peu plus que candidat, puisque je me déclare déjà lauréat — au prix Nobel de littérature que par courtoisie et humilité, et pour faire plaisir à mes amis de Stockholm. Et qu'on ne m'emmerde pas plus longtemps sur mon orgueilleuse modestie.

Tout de même… j'y reviens un instant… est-ce que je ne sais pas, par hasard, que je vaux un peu mieux que… ou que… ? J'avais écrit les noms de ces hommes considérables et d'ailleurs morts et oubliés après avoir brillé de mille feux, mais je les ai barrés, par décence. Je pense aussi à quelques vivants, déjà comblés par le siècle, déjà guettés par le néant. Parce que, eux, évidemment, ce n'est pas qu'ils comptent pour zéro : ils font tache sur l'insignifiance et sur la nullité. Je croirais volontiers que tous les hommes sont égaux. Excepté les hommes que les autres ou eux-mêmes jugent un peu vite supérieurs et qui valent un peu moins que les autres. *Pour moi*, écrit Descartes lui-même, *je n'ai jamais présumé que mon esprit fût en rien plus parfait que celui du commun.* Égaux ? Oui, tous les hommes sont égaux. Leurs actions, leurs œuvres, leurs traces ne sont pas égales. Mais qui en juge, sinon Dieu, sinon l'histoire ?

L'histoire. L'histoire à venir. L'histoire passée. Que serais-je, si j'étais seul ? J'ai été porté à bout de bras par des milliers de vivants, par des millions de morts. Merci aux morts. Et merci aux vivants. J'ai beaucoup parlé des morts. Que je dise ici quelques mots des vivants. Ils ont pris le relais des morts. Ils m'ont emporté, presque en dépit de moi, très loin au-delà de moi. Ils ont écrit le texte, ils ont planté le décor, ils ont fait venir le public, ils ont été les acteurs, les metteurs en scène, les éclairagistes et les décorateurs, les habilleuses, les souffleurs, et presque les auteurs de la pièce que j'ai jouée. Je ne suis rien sans eux : j'ai ajouté des virgules et des accents sur les voyelles. La suffisance du grand homme isolé m'a toujours paru comique. Non qu'il ne soit un grand homme. Je veux bien croire qu'il le soit. Mais il n'est admirable que parce qu'il est admiré. S'il n'y avait plus personne pour l'applaudir, il ne saurait même pas qu'il est digne d'être applaudi. Je ne vois pas seulement dans les autres des lecteurs ou des spectateurs, mais des complices, des coauteurs, des camarades, les colonnes du temple où je me donne en pâture. L'idée me vient, de temps en temps, non pas même d'une catastrophe, mais d'un très mince changement, d'une chiquenaude, d'une mutation mineure des esprits qui détruirait de fond en comble l'édifice de nos fragiles exploits. Tout le mécanisme de nos grandeurs d'établissement en serait bouleversé d'un seul coup. Un miracle quotidien fait tenir en équilibre le monde que nous nous sommes forgé. Nous sommes construits par les autres autant que nous sommes construits par nous-mêmes — et peut-être un peu plus.

Qu'est-ce que j'ai essayé d'être, qu'est-ce que j'espère être devenu au bout d'un demi-siècle d'incertitudes et d'angoisses, camouflées sous l'insolence et sous l'indifférence ? Un écrivain français, comme diraient — ils l'ont dit — un Michel Tournier ou un Patrick Modiano. Toute cette ambition repose sur un instrument : la langue française. Je suis de ceux qui pensent qu'une langue ne cesse jamais de bouger et l'assimilation de mots étrangers — italiens hier ou anglais aujourd'hui — ne m'empêche pas de dormir. Mais si j'accepte que ma langue bouge, je ne veux pas qu'elle s'abîme, qu'elle devienne obscure, qu'elle s'empâte ou qu'elle s'amaigrisse. Que cette langue soit menacée, que son influence diminue, je suis atteint du même coup. Tout ce que je suis, le peu que je représente est lié à cette grammaire, à cette syntaxe, à ces verbes et à ces noms, à leurs accords et à leur musique. Si j'étais né afghan, si j'étais né croate, ma langue maternelle m'aurait été un obstacle plutôt qu'un lien. L'anglais, l'espagnol, le russe, à la rigueur le chinois ou l'arabe, m'auraient fait lire sans doute par plus de lecteurs que le français. Mais le français, pour un écrivain, reste, aujourd'hui encore et malgré l'évidence de son déclin dans le monde, un outil merveilleux et une chance sans égale. Je ne suis pas né afghan, je ne suis pas né croate. Je suis né français, en un âge dont tous se plaignent pour des motifs opposés, mais qui m'a comblé de privilèges. Je ne suis pas seul au monde puisque des milliers de lecteurs, des millions de spectateurs me comprennent grâce à ma langue. Je ne suis rien sans cette langue. Je ne suis rien sans ceux qui l'ont parlée, qui la parlent, qui la parleront. Je dois tout à ces morts qui me l'ont léguée après l'avoir faite. Je dois tout aux vivants qui la comprennent et la lisent. Et je dois tout encore à ceux qui viendront après moi. Puisque je dois tout aux mots.

Rien de plus réactionnaire, naturellement, aux yeux de la mode d'aujourd'hui, que le culte des morts et du passé. Bien que son pessimisme et son ironie un peu distante aient pu provoquer à droite des réserves et des grincements de dents, il serait difficile de faire passer *Au plaisir de Dieu* pour un livre de gauche, ni le duc de Plessis-Vaudreuil pour un grand libéral. Mais il y a déjà, je le sais, quelque chose de réactionnaire — et, selon Barthes, de fasciste — dans l'attachement à sa langue. La langue est la société même, le pouvoir, l'État. Elle se confond, évidemment, avec la tradition. Elle traduit une volonté ou une espérance de survivre et de s'imposer. Dans la mythologie d'aujourd'hui, elle est une image de la violence culturelle. Eh bien, franchement, tant pis ! Je suis d'abord ma langue, et mes mots, et mes morts, et s'ils me classent à droite, qu'ils me classent donc à droite ! Pour parler aussi clairement et aussi simplement que possible, je m'en tape.

Je suis un peu fatigué, je l'avoue, de la course inlassable et vaguement ridicule qui précipite à gauche les intellectuels de ce pays. Je m'en voudrais de me pousser du coude et de lever la main et de claquer les doigts pour obtenir — et de qui ? — un brevet d'homme de gauche. Il me semble, quelquefois, que je ne possède pas non plus toutes les vertus requises pour un parfait homme de droite. Alors, où me ranger ? Eh bien, là naturellement où les autres me rangeront. Je hais la violence et j'ai plus d'estime pour beaucoup de Noirs que je n'en ai pour pas mal de Blancs. Je ne pense pas être fasciste, je ne crois pas être raciste. Mais, réflexion faite, je n'en sais rien. J'aurais sûrement hésité à condamner à mort le fasciste Brasillach. Admirateur, dès 40 — j'avais encore des culottes courtes —, du général de Gaulle, je n'ai jamais cessé de douter que Pétain fût un traître. Et disons-le carrément : j'ai beau croire avec force à l'égalité des hommes et des races, je trouverais pourtant moins surprenant que ma fille Héloïse — qui est jolie comme un cœur et marrante et tout — se mette à vivre avec un Italien, un Anglais, un Roumain, ou même un Américain, ou même, à la rigueur, un Français plutôt qu'avec un Angolais, un Ivoirien ou un Uzbek. Alors, raciste ? Allez, hypocrites ! Si j'avais vingt ans devant moi, je m'engagerais volontiers dans un éloge de la différence, de la spécificité, de la limite. L'universel ne prend son sens que par les diversités qu'il recouvre. À la splendeur de l'universel — et je ne la méconnais certes pas — répond la splendeur des particularismes. Un double mouvement s'effectue dans notre âge : l'un vers l'universel et la fraternité des hommes, l'autre vers des particularismes de plus en plus restreints. Est-ce que le Christ, jadis, ne parlait pas déjà de ces deux aspirations, apparemment contradictoires ? Il y a beaucoup de notions admirables dans la doctrine chrétienne. Celle de *prochain* me paraît un peu oubliée. Nous ne vivons pas dans un monde éthéré et abstrait, nous vivons ici, maintenant, avec des gens et des événements qui nous sont proches et d'autres qui nous sont plus lointains. Si ma fille choisissait le roi Pelé, Harry Belafonte, Sammy Davis Jr. ou peut-être Cassius Clay ou un aide de camp de Léopold Sédar Senghor, ou encore, pourquoi pas ? — luttons contre l'élitisme — un Mongol anonyme, un Boschiman, un Hottentot, un Pygmée, pour être l'homme de sa vie, ou d'un quart de sa vie, non, je n'en ferais pas une maladie. En un sens, je me dirais qu'elle ne manque pas d'ambition. Je la féliciterais peut-être de sa liberté d'esprit. Mais, parce que la couleur de la peau, qui n'établit évidemment aucune espèce de hiérarchie, constitue pourtant encore une différence à vaincre, je me dirais aussi qu'elle emprunte un chemin plus difficile que les autres.

Matériel ou moral, l'héritage ne m'est jamais apparu comme une nécessité ni comme une obligation. C'est un formidable avantage, c'est une facilité. Je n'éprouve que de l'estime pour ceux qui le refusent et qui s'en vont tout seuls vers l'avenir qu'ils ont choisi. L'avenir, de toute façon, ne répétera pas le passé. Ceux qui le précèdent ont bien raison, ceux qui l'inventent ont du génie. Mais il faut le manier avec prudence : il y a dans le passage du passé au futur quelque chose d'explosif pour le bonheur des hommes.

Mes arrière-grands-parents n'auraient jamais laissé leur fille épouser un divorcé. Ni un juif. Ni d'ailleurs un bourgeois. Mais les choses changent, et les esprits aussi. Et, franchement, je m'en réjouis. Je crois assez fermement, pour ma part, que, dans quelques centaines d'années, ou peut-être dans mille ans, ou cinq mille, si vous voulez, il n'y aura plus qu'une seule race à la surface de la terre : elle sera café au lait. J'espère tout de même qu'il restera quelques blonds aux yeux bleus — et aussi quelques milliardaires, mais c'est un autre problème — pour mettre un peu de variété dans cette grisaille basanée, un peu d'excès et d'énergie dans cette entropie galopante. Il y a encore cinquante ans, en tout cas, impossible pour Héloïse de partir sans drame majeur avec son Soudanais ou son Camerounais. Dans cent ans, au contraire, ou peut-être dans cinquante, tous les obstacles se seront évanouis sur sa route vers le cœur de l'Afrique. Mais si quelque autorité individuelle ou collective se mêlait de précipiter dès aujourd'hui le mouvement vers cette race unique et cet ordre universel, elle m'apparaîtrait aussitôt comme une effroyable tyrannie. Les Grecs avaient un culte pour la maturation du temps, pour le moment opportun, qu'ils vénéraient comme un dieu — un dieu mineur sans doute, mais un dieu — sous le nom de *Kairos*. Il y a des avenirs qu'on devine et qu'il faut se garder d'imposer. Ils viendront, mais en leur temps.

J'ai bien le regret, à cet égard, d'appartenir à une école qui sent tout à la fois la poussière et le fagot : celle des individualistes et des vieux libéraux qui mettent indéfiniment la personne au-dessus des groupes et qui s'imaginent, en même temps, obscurément, que des mécanismes naturels, remontés par quelque chose, ou peut-être par quelqu'un, avec barbe ou sans barbe, avec sceptre ou sans sceptre, avec foudre ou sans foudre, finiront par tout arranger. Voilà pourquoi je n'aime ni les dictatures, ni les groupes de pression, ni les foules, les masses, les fameuses collectivités. Je préfère qu'on laisse les gens — et moi — se débrouiller un peu tout seuls et qu'on ne les emmerde pas trop à coups de fêtes obligatoires et de saluts préfabriqués. Si la définition de l'homme de gauche est de mettre l'individu au-dessus de la collectivité, alors je suis un homme de gauche. Si la définition de l'homme de droite est de mettre la personne au-dessus de la masse, alors je suis un homme de droite. J'ai beau m'être livré, dans *Au plaisir de Dieu*, à la défense et à l'illustration d'une collectivité familiale — la moins tyrannique, d'ailleurs, et finalement la plus supportable —, le but de la création, pour moi, reste la personne individuelle. Je suis pour Dreyfus et pour Soljénitsyne. C'est une habitude de famille. Avec modération, mais avec fermeté, nous étions jadis pour Fouquet. Par un étrange paradoxe, mon individualisme, on le voit, a des relents tribaux et des racines collectives.

C'est ce qui fait, d'ailleurs, que je sois aussi pour l'État. Le nôtre, naturellement, l'État occidental. Pourquoi ? Parce qu'il est faible. À la différence de tant d'autres qui font le choix inverse, il me semble assez évident qu'il faut être contre l'État quand il est fort et pour l'État quand il est faible. À peine l'État, nourri de Bossuet et de Hegel — et de Marx peut-être ? le débat reste ouvert, mais chaque jour un peu moins —, se sent-il sûr de lui qu'une tentation irrésistible lui vient d'abuser de ses forces. C'est Caligula et Néron après César et Auguste, c'est Domitien après Titus, c'est Commode après Marc Aurèle, c'est Louis XIV contre Fouquet, c'est Robespierre et sa Terreur, c'est Hitler et Staline. Ce qui fera, j'imagine, la grandeur du général de Gaulle, c'est qu'il a eu, en son temps, dans son coin minuscule, dans ce jardin de curé qu'est la France d'aujourd'hui, une parcelle de pouvoir — et qu'il n'en a pas trop abusé. Un peu, sûrement. Mais pas trop. S'il m'est arrivé de défendre l'État en un temps où il était de bon ton de le traîner dans la boue, c'est que, contrairement à la doctrine établie, l'abattre ne serait pas le détruire : ce serait le faire passer en d'autres mains qui s'arrangeraient pour le renforcer.

Il y a quelque chose d'embêtant, aujourd'hui, dans cette impossibilité d'échapper à la politique. On a beau prendre des chemins de traverse et essayer de parler d'autre chose, on dirait que l'air empesté du temps vous y ramène inlassablement. Notre âge a le génie de ces systèmes-sangsues, de ces doctrines-ventouses qui ne se contentent pas de fonctionner en circuit fermé, mais qui attirent à eux, pour leur imposer un certain type d'interprétation, la totalité des expériences et des événements. La psychanalyse fournit un exemple éclatant de ces mécanismes très subtils et admirablement montés où la résistance au système n'est qu'un motif de plus d'inclusion dans le système. Le marxisme et la politique en général — mais y a-t-il encore une pensée politique en dehors du marxisme ? toute politique, même hostile au marxisme, ne s'établit plus, de nos jours, qu'en fonction du marxisme — nous en procurent un autre, peut-être un peu plus grossier, mais tout aussi efficace. À force de proclamer, en écho au marxisme, que tout est politique, la politique a fait, par un mélange de contamination et d'autosuggestion, que tout, en effet, est devenu politique. Ma vie, en tout cas — voilà longtemps déjà que je n'avais pas parlé de moi —, était devenue politique du jour où un vote unanime, à la fin de février 1974, m'avait assis dans le fauteuil électrique de directeur du *Figaro.*

Voici, de nouveau, *Le Figaro.* C'est la règle du jeu. Vous l'avez comprise, n'est-ce pas ? Et qu'on ne me parle pas de répétitions. *Le Vagabond qui passe sous une ombrelle trouée* ne visite pas successivement et dans un ordre hiérarchique les différents secteurs de ses déambulations sinueuses. Il ferait plutôt tourner son parasol à la façon, si vous voulez, d'un kaléidoscope. Et les mêmes paysages apparaîtraient sous d'autres lumières. Et les mêmes préoccupations reviendraient aux différents étages de l'ascension, par notre pèlerin, de la montagne de ses souvenirs et de son destin. Le mien, de gré ou de force, était devenu politique puisque je dirigeais un journal.

Qu'on le veuille ou non, *Le Figaro* était une institution qui tenait et qui tient une place importante dans la vie politique, économique, sociale et culturelle des Français. Dès le premier jour de mes nouvelles fonctions, malgré un tempérament qui m'éloignerait plutôt de ce type de considération, j'en ai été conscient. L'ennui était que le style propre du *Figaro* en rajoutait encore sur le sérieux et la componction exigés par le genre. Dès le premier jour aussi, et malgré une interview que je m'étais empressé d'accorder à un magazine relativement peu rigide et peu collet monté, je me sentis pris au piège. Mais il fallait jouer le jeu. Je le jouai. J'ai raconté tout à l'heure comment j'avais essayé de rajeunir le journal sans le faire pourtant basculer, comme certains m'y invitaient, dans le camp d'une contestation systématique qui me paraissait aussi insoutenable qu'une approbation sans conditions et acquise d'avance. J'ai évoqué aussi l'arrivée au rond-point de la bête du Gévaudan, de King-Kong, de l'ogre Robert Hersant. Voici qu'il me faut y revenir.

Je le fais avec des sentiments mêlés. Pourquoi ? Parce qu'il me semble entrer ainsi moi-même dans ce jeu mi-parisien, mi-politique que je n'ai cessé de dénoncer. La littérature est bien autre chose que le récit de ces démêlés qui font les dîners du printemps et qu'il suffira de six mois pour effacer de toutes les mémoires. L'importance des événements et des protagonistes (ce n'est pas de moi que je parle) ne fait rien à l'affaire. Malraux m'intéressait davantage quand il faisait surgir des inconnus devant nos yeux fascinés que quand il conversait avec de Gaulle ou avec Mao Tsé-toung. La littérature n'est pas le royaume du souvenir ni des puissants : c'est celui des humbles et de l'imagination. Franchement, Robert Hersant ne m'apparaît pas comme un humble. Et Raymond Aron, non plus. Et pour moi-même, j'hésite. Allons-y.

La conjonction, au *Figaro*, de son nouveau propriétaire et de son directeur était une des choses les plus comiques du monde. Mon père, si indulgent et si doux, avait toujours eu deux bêtes noires : les affaires et la presse. Il n'avait pas de mots assez durs ni pour l'une ni pour l'autre. Avec Robert Hersant, il aurait été servi.

Dès le début de notre cohabitation, je rappelai à Hersant que deux crocodiles peuvent difficilement vivre dans le même marigot — surtout quand l'un des deux n'en est pas un. Lui en était un, c'était sûr. Mais il avait pour lui quelque chose d'imprévu : c'était la violence inouïe des attaques, trop clairement concertées, dont il était l'objet. À peine avais-je abandonné la direction du *Figaro* qu'une télévision étrangère, attirée par le boucan et par l'odeur de la poudre, me demandait une interview. J'avais répondu de mon mieux aux questions qui m'étaient posées quand une curiosité me vint : je demandai à écouter le *chapeau* qui devait accompagner mon interview. En contrepoint aux éloges — évidemment justifiés — qui m'étaient destinés, j'apprenais avec stupeur que Robert Hersant avait été condamné à mort pour collaboration avec les nazis et qu'il avait été arraché à la guillotine ou au peloton d'exécution par Jean Lecanuet, ministre de la Justice, précisait-on, de Valéry Giscard d'Estaing. L'information constituait un merveilleux exemple de fausseté et d'amalgame. Autant que je sache, Robert Hersant — qui n'a pas fait, à mon sens, en 40 ou 41, les choix qu'il aurait fallu faire — n'a jamais été condamné à mort à la Libération et il n'a donc pas pu être sauvé par Jean Lecanuet d'une mort qui ne le menaçait pas. L'un et l'autre, d'ailleurs, ne devaient pas être très vieux dans les années 40. Enfin, et en tout cas, le Jean Lecanuet de la Libération n'avait évidemment encore rien à faire avec le futur ministre de la Justice de Valéry Giscard d'Estaing. Bon nombre d'accusations portées de toute part contre Hersant donnaient ainsi l'impression de vouloir servir moins la justice et la vérité que des intérêts partisans.

J'aurais préféré, chacun le sait, pour *Le Figaro* et pour moi, voir d'autres propriétaires succéder à Jean Prouvost, effrayé par la perspective d'un déficit passager et d'ailleurs assez mince, et à qui l'appui et la confiance des banques semblaient soudain faire défaut. Le défilé des prétendants dura pendant quelques mois du printemps et de l'été de 1975. On parla d'André Bettencourt, député, ancien ministre, mon ami au surplus, fidèle, loyal, courtois, charmant — ce sont des éloges dans ma bouche — et la droiture même, qui disposait, par sa femme, d'une assez grosse fortune liée à L'Oréal, une affaire de cosmétique aux dimensions internationales. L'idée de présider aux destinées d'un des plus grands journaux français amusait André Bettencourt et le fascinait : on le comprend. Mais la perspective des problèmes, des traquenards, des ennuis qui l'attendaient au rond-point le faisait reculer : on le comprend aussi. À chaque pas en avant, dans l'allégresse, il en faisait deux en arrière, dans l'angoisse. Ah ! je ne le blâme pas : j'en ai autant à mon service. Mais ce n'était pas le bon moyen de faire avancer l'affaire.

Alors, comme dans une bonne comédie, surgit — c'était inévitable —, à la façon d'un diablotin qui jaillit de sa boîte, Jean-Jacques Servan-Schreiber. Je le rencontrai une fois de plus, vif, rapide, intelligent, incroyablement sûr de lui, avec un goût de l'efficacité qui allait jusqu'à l'affectation, dans sa citadelle libérale et américanisée de la rue de Berri. C'était un monde de moquettes et de musique douce où un parfum d'aventure s'attachait, je ne sais trop pourquoi, au sillage des rédactrices et des secrétaires. Je commençais à le connaître, ce décor de fraîcheur un peu trouble, d'agitation nappée de calme et d'excitation contrôlée. C'était celui qui m'avait tant frappé quand, plusieurs années auparavant, encore relativement innocent, presque naïf, toujours affolé, j'étais allé rendre visite, dans un autre château fort de notre société féodale, aux alentours immédiats de la place de l'Étoile cette fois, à un autre puissant baron qui avait bien voulu étendre sur moi sa bienveillante protection : Marcel Bleustein-Blanchet, qui entretenait d'ailleurs, lui aussi — mais je ne m'en doutais, à l'époque, qu'obscurément —, des liens historiques avec *Le Figaro*. Cette nouvelle rencontre avec Jean-Jacques Servan-Schreiber — que Jacques Faizant, dans *Le Figaro*, affublait, Dieu sait pourquoi, de patins à roulettes — avait quelque chose pour moi de particulièrement amusant : c'était un article de J.-J. S.-S. célébrant dans *L'Express*, en 1969, le départ du général qui m'avait fait envoyer, en réplique, mon premier article au *Figaro*. Je partais pour la Sicile. À l'instant de prendre mon avion, je jetai mes deux pages dans une boîte à Orly. Trois jours plus tard, à Palerme, je les lisais dans le journal, première page, en bas, à droite. J.-J. S.-S. avait écrit que, pour la première fois, au lendemain du référendum qui renvoyait de Gaulle dans ses foyers de Colombey-les-Deux-Églises, il était fier de la France et des Français. Je lui répondais que de Gaulle nous avait donné — et presque seul — assez de motifs de fierté pour qu'il y eût quelque chose d'injuste et de choquant — et sans doute un peu plus — dans cette déclaration.

Voilà qu'une fois de plus nous risquions de nous retrouver — et ce coup-ci dans le même journal. Ce n'était pas la première fois, à vrai dire, que j'aurais travaillé avec lui. Il y avait plus de vingt ans — je l'ai raconté dans *Au revoir et merci* —, j'avais été sous ses ordres à *Paris-Presse* où régnait alors un Lazareff que je ne connaissais pas encore. Un beau matin, une idée de génie était venue à J.-J. S.-S. : c'était de m'envoyer à Rome pour interviewer le pape. Il avait raison, naturellement. J'avais des liens avec le pape : mon frère, âgé de sept ou huit ans, l'avait tutoyé par erreur ; mon oncle Wladimir s'entendait bien avec lui. N'importe : j'avais eu tellement peur que je m'étais taillé. Ç'avait été la fin de mes premiers débuts dans le journalisme. Je n'étais décidément pas destiné à collaborer avec J.-J. S.-S. L'affaire du *Figaro* ne se fit pas non plus. Jean Prouvost se refusa à vendre son journal à Jean-Jacques Servan-Schreiber, qui avait pourtant publié sur lui, dans *L'Express*, quelques mois plus tôt, un article élogieux qui portait un beau titre : *Le Vieux Lion*. Il ne restait plus en piste que Robert Hersant.

Les historiens de la presse établiront plus tard comment

les portes de Trézène — je veux dire les chemins du rond-point — se sont ouvertes devant le monstre dénoncé de tout côté à grands renforts de trompes. Le gouvernement, évidemment, aurait pu s'opposer à l'arrivée de Robert Hersant au *Figaro*. Le moins qu'on puisse dire est qu'il ne s'y opposa pas. Il est permis de le regretter. Il est aussi permis de le comprendre. Il faudra bien, un jour, établir le bilan de l'opération *Figaro*, peser ce qui a été gagné et ce qui a été perdu dans le changement de propriétaire et dans le nouveau régime. En amour, en politique, en affaires, celui qui s'en va n'est jamais très bien placé pour parler de celui qui arrive. Puisque je m'en allais, une estimation provisoire, sous bénéfice d'inventaire, devait tout naturellement me venir à l'esprit : l'intendance allait y gagner. Bravo. Tout le reste — l'esprit, l'âme, la crédibilité, le talent — allait nécessairement y perdre. Que le lecteur me pardonne : telles sont les vanités du cœur humain. Quant à la réalité, quant à la vérité, ou à ce que nous pouvons en atteindre, le jugement définitif sera porté par chacun. Par chacun — et par l'histoire. Je suis persuadé, pour ma part, qu'à cause ou en dépit de son très long passé et de ses traditions, *Le Figaro* reste et restera une force considérable et un élément nécessaire d'une presse française grâce à Dieu diversifiée. C'est pour cette raison qu'à la différence de Raymond Aron, émigré à *L'Express*, j'ai décidé d'accepter les propositions de Robert Hersant et de continuer à écrire dans un *Figaro* que j'avais cessé de diriger et dont je n'étais plus responsable, mais auquel je souhaitais et je souhaite, avec confiance et amitié, avec moi ou sans moi, un avenir très brillant.

Il faut bien reconnaître, dès aujourd'hui, que *Le Figaro* de Jean Prouvost vivait sous des statuts proprement aberrants. Quels statuts ? Une réponse un peu complète exigerait beaucoup de place et des exégèses juridiques fichtrement compliquées. Disons les choses d'une phrase : ils avaient été conçus et mis en place pour empêcher le propriétaire d'exercer aucune action réellement efficace dans son journal et sur son journal. Ce système me profitait — mais il était déraisonnable. Quand je suis arrivé au *Figaro*, il n'était pas seulement impossible à J.P. — entendez : Jean Prouvost — de publier quoi que ce fût dans son propre journal, mais il lui était encore pratiquement interdit de monter jusqu'à l'étage où fonctionnait la rédaction. La totalité du pouvoir était aux mains d'une seule personne — d'ailleurs désignée par Jean Prouvost avec l'accord de la rédaction : c'était moi. La totalité du pouvoir — sauf, évidemment, sur un point, un seul, mais capital : l'argent. Les finances relevaient du propriétaire. La fabrication quotidienne du journal et sa ligne générale relevaient du directeur, soutenu et harcelé par la Société des rédacteurs, par les différents syndicats et par les bruits de couloirs qui n'ont jamais cessé de faire dans tous les journaux, mais surtout au *Figaro*, un vacarme épouvantable.

Le système pouvait fonctionner parfaitement aussi longtemps que le journal gagnait beaucoup d'argent. Pendant de longues années, il en a beaucoup gagné. Alors, la direction et la société de gestion remettaient les bénéfices au propriétaire et lui disaient : « Maintenant, fichez-nous la paix. » Mais la crise du pétrole, la hausse du prix du papier, les débuts d'une inflation, sinon encore galopante, du moins accélérée, éclataient en 1974. *Le Figaro* perdait assez peu : quelques millions de nouveaux francs — mais, enfin, il les perdait. Jean Prouvost s'agitait, assez légitimement, et les banques derrière lui plus encore que lui-même. À tort ou à raison, il apparaissait bientôt à un propriétaire désarmé qu'il ne lui restait plus d'autre solution que de vendre *Le Figaro* — et de le vendre à quelqu'un qui n'aurait pas froid aux yeux. Le drame du *Figaro* est qu'il est passé en quelques mois d'un propriétaire qui n'avait aucun pouvoir à un propriétaire qui les réclamait tous.

Je n'avais pas manqué de mettre en garde — comment dit-on ? — les autorités. La nécessité d'une remise en ordre juridique et économique au *Figaro* ne faisait aucun doute. Le coulage financier y était phénoménal. Les prébendes et les sinécures y fleurissaient allégrement. Plusieurs qui ne faisaient presque rien, et souvent rien du tout, étaient payés plus cher que ceux qui travaillaient — il y en avait, et beaucoup — avec efficacité et talent. Tous les salaires étaient calculés sur seize mois — et parfois davantage. Le fabuleux hôtel du rond-point, qui incarnait la puissance et le prestige du *Figaro*, n'était même pas sa propriété. Durant tant d'années de vaches grasses, personne, semble-t-il, n'avait eu l'idée, après tout assez simple — ou peut-être un peu trop —, de l'acheter. On le louait — à chers deniers. Il s'agissait de passer, malgré les contestations et malgré les privilèges — et les unes et les autres ne manquaient pas de se conjuguer et de s'allier à l'occasion —, un fameux coup de balai dans les écuries d'Augias du rond-point des Champs-Élysées. Hersant en était capable. Et peut-être lui seul. D'où tant d'oppositions et tant d'hostilité. Mais il fallait peser avec soin les conditions d'une telle opération et en marquer les limites. Il était clair pour tout le monde, pour lui au moins, et pour moi, que faire appel à Robert Hersant, c'était remettre le balai à l'apprenti sorcier. Faute de sérieuses précautions, plus personne, après coup, ne le lui reprendrait des mains.

Selon ses traditions les plus saintes et son sacré folklore, réunions sur réunions se tinrent au *Figaro*. C'était un spectacle émouvant. Je l'ai déjà évoqué. Dans le désordre le plus complet et dans les vociférations, chacun jura qu'Hersant ne deviendrait jamais, mais alors là, jamais, propriétaire du *Figaro*. La vraie affaire, naturellement, se nouait bien ailleurs. Mais la scène était occupée par des acteurs qui se faisaient plaisir, se jetaient dans le mélodrame, jouaient le rôle de leur vie, militaient — ou manœuvraient pour le pouvoir. Robert Hersant contemplait toute cette agitation avec indifférence, et même avec satisfaction : il en était, avec évidence, le seul bénéficiaire. Car les excités et les médiocres creusaient eux-mêmes le piège où ils allaient tomber. Plus ils prétendaient s'opposer au libre choix du propriétaire dans le seul domaine qui restait le sien, plus ils accréditaient la rumeur ou le mythe d'un *Figaro* ingouvernable, plus le vide se faisait autour du journal devenu fou. Toutes les clameurs orchestrées qui montaient contre Hersant le rapprochaient de son but.

Une question flottait sur beaucoup de lèvres : d'où venait l'argent ? C'était une question un peu naïve — ou peut-être faussement naïve. Deux ans plus tard, un, deux, trois nouveaux journaux, tout à fait estimables, voyaient le jour successivement. Pour *Le Matin de Paris*, pour *J'informe*, l'éphémère quotidien de Joseph Fontanet, d'où venait l'argent ? Pour *Le Figaro*, des bruits innombrables couraient, plus faux les uns que les autres : c'était l'argent de Dassault, des contribuables, des Arabes, des Américains. J'avais une formule plus simple : d'abord, c'était de l'argent français ; ensuite il n'existait pas. C'était une boutade, naturellement. Je me demande encore si elle était si fausse. Grâce au feu vert du gouvernement, Hersant achetait *Le Figaro* avec un peu d'argent à lui, avec beaucoup d'argent prêté, avec l'argent, surtout, des bénéfices à venir du *Figaro* lui-même qui restait, malgré ses éclipses, grâce à son carnet mondain, à ses petites annonces, à sa publicité commerciale, une affaire de presse sans pareille.

Dans cette grande bagarre, il n'y avait que trois personnes qui comptaient : Robert Hersant, Raymond Aron et moi. Il y avait une différence entre les deux premiers et le dernier : Robert Hersant et Raymond Aron étaient tentés de penser, chacun pour son compte, qu'il y avait au *Figaro* (et peut-être ailleurs aussi) un seul nom d'essentiel — et ce n'était pas celui de l'autre. Je m'imaginais plutôt — et peut-être me trompais-je — que, dans les nouvelles circonstances qui venaient de se créer, *Le Figaro* ne pouvait subsister que par un accord entre le trio du propriétaire-gestionnaire, de l'éditorialiste incomparable pour qui j'éprouvais, on le sait, affection et admiration et du directeur qui, selon ma définition d'une redoutable modestie, ne faisait pas grand-chose — mais le faisait assez bien.

Ce directoire à trois avait bien failli ne pas naître. Convaincu que l'arrivée de Robert Hersant était inévitable et que l'attitude irresponsable de certains en précipitait l'échéance, je me disais en même temps que, lié à l'équipe sortante, je devais m'effacer avec elle devant l'équipe entrante dont le style était très différent et dont les desseins réels me restaient assez obscurs. À deux reprises, très sérieusement, j'envisageai mon départ. Au moment de la vente d'abord. C'était tout simple. J'avais déjà préparé l'article où je faisais mes adieux. Et puis, de tous côtés, le téléphone se mit à sonner et les messages affluèrent. Ils venaient de partout, de l'intérieur du journal et de l'extérieur, de droite et de gauche, et parfois de haut. On me faisait honte : est-ce que je pouvais abandonner le navire à la première difficulté ? C'était le moment, bien au contraire, d'attacher les ceintures et d'affronter les turbulences, les trous d'air, les coups de vent. *Le Figaro*, la presse française, le sort de la démocratie libérale se mettaient, tout à coup, à reposer sur mes frêles épaules. Quelle surprise ! Je découvrais mon importance avec un peu d'étonnement — et avec ironie. Personne ne m'avait consulté avant de faire ou de laisser venir Robert Hersant au *Figaro*. J'avais marqué au contraire les réserves et les craintes que, les choses étant ce qu'elles sont, m'inspirait l'opération. Maintenant, il me restait à la couvrir, au son de *La Marseillaise*.

Un an plus tard, une nouvelle crise éclatait. C'était l'étape suivante. Toutes proportions gardées et avec ce qu'il faut d'humour, c'était les Sudètes après l'Autriche, c'était Prague après Munich. Il faut entrer ici dans des détails mortellement ennuyeux. Le président du directoire — poste que j'occupais — était élu par un conseil de surveillance de douze membres où siégeaient sept représentants du propriétaire, deux délégués de la rédaction, un mandataire des cadres et deux membres de ce qu'il était convenu d'appeler le *groupe des cinq* ou le *clan des Lyonnais*, ou encore les héritiers de Pierre Brisson. Ce système biscornu remontait assez loin. Il prenait ses racines dans le sabordage, en 1942, à la suite de l'invasion de la zone libre par les Allemands, du *Figaro* replié à Lyon. À la Libération, une loi spéciale, appelée d'ailleurs familièrement « loi Brisson », accordait l'autorisation de reparaître aux journaux qui avaient suspendu leur publication avant une certaine date, très soigneusement choisie, de 1942. En ce qui concerne *Le Figaro*, cette loi s'inscrivait dans tout un contexte effroyablement compliqué. Tout est toujours compliqué au *Figaro*, que Maurras appelait la « maison maudite ». Et souvent imprévisible. Georges Bidault, qui avait puissamment contribué à l'adoption de la loi Brisson, devait plus tard, à cause de ses positions dans la guerre d'Algérie, être interdit au *Figaro*. Et moi qui figurais, du temps de ma folle jeunesse, sur la fameuse liste noire du journal, je devais en devenir le directeur. C'est le moment où jamais d'être un peu pédant et de rigoler en latin, la bouche à peine amère : *Habent sua fata libelli.*

Après avoir longtemps appartenu au parfumeur François Coty, *Le Figaro*, à la veille de la Seconde Guerre, était passé aux mains de Mme Cotnareanu, ex-femme de Coty. Réfugiés en Amérique pendant la guerre, éloignés du *Figaro* tout au long des années sombres, étrangers à l'évolution des événements et des esprits, les Cotnareanu s'étaient efforcés de reprendre, à la Libération, le contrôle de leur journal. C'était compter sans le climat qui régnait à Paris et dans la presse française en 1944. Déshonorée par la collaboration avec les envahisseurs allemands, la presse était l'objet d'un formidable et nécessaire bouleversement : à peine débarrassés des collaborateurs et des occupants, les journaux appartenaient, avec la bénédiction du nouveau gouvernement, à qui s'en emparait. Comment agir autrement ? À une situation révolutionnaire correspondaient, dans un calme d'ailleurs surprenant, des solutions révolutionnaires. Ainsi naissaient ou renaissaient, avec *Combat*, avec *Le Monde*, de grands journaux et de grands journalistes. Pierre Lazareff était du nombre avec *France-Soir* qui succédait au défunt *Paris-Soir*. Et naturellement, Pierre Brisson, avec *Le Figaro* ressuscité.

L'autorisation de paraître dont bénéficiait *Le Figaro* était accordée à Pierre Brisson et à son équipe. C'est cette formule qui reconnaissait à cinq compagnons lyonnais de Brisson une sorte de droit moral juridiquement établi sur la publication du *Figaro*. Les *Cinq* étaient assez partagés sur l'attitude à adopter à l'égard de Robert Hersant. Mais la voix d'un de leurs délégués au conseil de surveillance lui était acquise. Il en était de même pour le représentant — fort estimable — des cadres de la publicité et de l'administration. Les statuts exigeaient une majorité qualifiée de neuf voix sur douze pour la révocation ou la nomination du président du directoire. J'avais été élu à l'unanimité des sept voix de Jean Prouvost et de toutes les autres. Avec sept voix à lui, une voix des *Cinq*, une voix des cadres, Robert Hersant, à son tour, était assuré du succès. Mieux valait partir — ou alors négocier.

Tout le monde peut se tromper — et moi plus que les autres. J'ai commis à ce moment-là — c'était à la rentrée de 1976 — l'erreur de ne pas partir. Pourquoi ? Pour deux raisons. La première était que j'avais lié mon sort à celui de Raymond Aron. J'avais confiance en lui, je l'admirais, sa présence était pour moi une garantie suffisante. Raymond Aron était exaspéré — et il n'avait pas tort — par la complication et l'inefficacité voulue des statuts du *Figaro*. Ses relations avec les *Cinq* étaient médiocres, ses liens avec la rédaction, qui avaient été jadis étroits, s'étaient peu à peu distendus : il n'avait pas de motif de défendre un système qu'il n'approuvait pas vraiment. Il avait naguère contribué à l'édifier contre Prouvost. Je crois qu'il se mettait lentement à se repentir de son attitude. D'une intelligence foudroyante, d'une capacité de travail peu commune, d'une rigueur intellectuelle et morale sans faille, Raymond Aron était peu porté à s'interroger sur le bien-fondé de ses analyses et sur la justesse de ses positions. Sur deux points pourtant, il me semblait enclin à réviser ses jugements : à l'égard du général de Gaulle d'abord ; à l'égard de Prouvost ensuite.

Les relations entre de Gaulle et Aron ne s'étaient pas toujours maintenues au beau fixe. Aron était à Londres pendant la guerre, mais il avait pris ses distances avec le général ; Aron était passé au R.P.F., mais il était trop intelligent pour ne pas ruer dans les brancards ; dans bon nombre de ses articles du *Figaro* enfin, il s'en était pris à tel ou tel aspect de la politique du général. On raconte que Maurice Schumann, ministre des Affaires étrangères du général, avait évoqué un jour devant de Gaulle un de ces articles d'Aron franchement hostiles à la politique du gouvernement. Il n'avait obtenu aucune réponse. Mais au moment de quitter le bureau présidentiel, il avait entendu le général monologuer comme dans un rêve : *Aron… Aron… Est-ce que ce n'est pas ce personnage qui est journaliste au Collège de France et professeur au « Figaro » ?* Le mot était drôle et, à mes yeux, profondément injuste. Il illustre en tout cas assez bien les relations entre Raymond Aron et le général de Gaulle. Pour beaucoup de raisons, les rapports d'Aron avec Prouvost n'étaient guère plus cordiaux.

Le couple Aron-de Gaulle et le couple Aron-Prouvost étaient très loin, évidemment, de se situer sur le même plan. Mais, dans l'un et l'autre cas, je soupçonne Raymond Aron d'avoir nourri quelques regrets de son hostilité passée. Si l'histoire était à refaire, je doute qu'il eût repris à l'égard du général ses analyses très critiques. Il ne voulait pas non plus risquer de commettre à nouveau, à l'intérieur du *Figaro*, l'erreur qu'il avait commise, à son sens, du temps de Jean Prouvost. Robert Hersant, du coup, devenait le bénéficiaire de ces nouvelles dispositions : Raymond Aron l'acceptait. Peut-être parce qu'il l'estimait — et il avait raison — plus capable que moi-même de gérer les finances et l'administration d'un grand journal, pour un bout de temps au moins, il le soutenait. En tout cas, il restait. Sa seule décision constituait pour moi une incitation à rester également.

Il y avait une deuxième raison qui me poussait à accepter moi aussi l'élection de Robert Hersant à la présidence du directoire de la société de gestion : c'étaient mes relations avec lui. Elles étaient très loin d'être mauvaises. Qu'il fût énergique et courageux, je m'en doutais déjà. J'avais découvert avec un peu de surprise qu'il ne manquait pas non plus d'une intelligence très directe et très nette — et parfois un peu trop — ni même d'un certain charme, ou plutôt d'un charme certain, dont il savait se servir avec une capacité de persuasion souvent assez remarquable et auquel, personnellement, je n'ai, je le dis comme je le pense, jamais cessé d'être sensible. J'étais très éloigné de sa mentalité de chef d'entreprise. Il m'arrivait pourtant de me dire que, dans l'affaire, c'était lui qui prenait tous les risques, qui engageait ses biens, et peut-être sa vie, qui empochait les bénéfices sans doute — et ils ne devaient pas prêter à rire —, mais qui recevait aussi les coups. C'était un entrepreneur, un fonceur, presque un aventurier, un joueur. Avec des procédés qui n'étaient sûrement pas les miens, il avait construit un empire : de nos jours, ça ne pardonne pas. Il avait commis des erreurs, des fautes, certainement des injustices. Son style — je parle du style de vie, non du style littéraire — était sans doute douteux. Il avait choisi Pétain contre Churchill et de Gaulle, il avait fait venir Martine Carol pour se faire élire dans l'Oise, il n'était pas trop regardant sur les méthodes et les trucs, il avait dépossédé pas mal de gens, il s'était fait des ennemis sans nombre. Tout cela lui était reproché à crime. Peut-être avait-il seulement un peu trop bien réussi. Il n'y a pas de réussite tout à fait innocente. La sienne, de toute évidence, l'était moins encore que la plupart des autres. La rigueur morale lui était étrangère, et d'ailleurs indifférente. Du seul point de la puissance, il n'y a pas de force comparable à la force morale : par la faute des circonstances ou par sa faute à lui, je ne sais pas, Robert Hersant en était totalement dépourvu. Il faut ici, je crois, aller un peu plus loin : il s'en défendait, il s'en méfiait, il la repoussait comme une gêne et un aveu d'impuissance. Quelle faiblesse ! Mais, par la persévérance, par la puissance de travail, par son mépris pour les attaques et les injures, par sa capacité de décision, par l'ambition aussi, par sa soif de revanche sur les humiliations subies, sinon enfin par la hauteur, du moins par la largeur de vues, il était très supérieur à la plupart de ses adversaires.

Souvent, je l'ai dit déjà — le vagabond qui passe repasse par les mêmes carrefours —, des amis me poussaient à prendre des notes sur les événements et les hommes croisés par *Le Figaro* tout au long de sa route. Non, je ne prenais pas de notes. Mais après avoir vécu — pardonnez, je vous prie, ce style *Reader's Digest* —, de Georges Bidault à Roger Caillois, de Maurice Herzog à Paul Morand, de Jean Prouvost à Emmanuel Berl, avec tant d'hommes — et de femmes — extraordinaires et à qui je devais tant, voilà que je passais mes jours entre Raymond Aron et Robert Hersant. C'étaient deux monstres. Deux monstres d'orgueil, d'intelligence, de volonté de puissance. Ils étaient profondément différents et je n'entends établir ici aucun parallèle entre eux. J'étais, de toute évidence, infiniment plus proche de Raymond Aron. À certains égards, il me rappelait mon père. Non, Robert Hersant ne me rappelait pas mon père. Il y a des gens, comme cela, tout à coup, en un éclair, qui me rappellent mon père. Ni Maurice Herzog, ni Paul Morand. Mais, de temps en temps, Emmanuel Berl, Pierre Viansson-Ponté, Michel Mohrt, dont l'écriture sur une enveloppe me donne chaque fois un choc : je crois qu'au-delà des années et des abîmes de la mort, c'est mon père qui m'écrit. Aron, bien souvent, me faisait penser à mon père. Il pensait plus vite que mon père, et plus loin. Et avec moins d'humilité. Mais c'était le même effort vers quelque chose d'obscur et de très clair qui était la vérité. J'avais, j'ai pour Raymond Aron une affection presque filiale : celle que j'ai éprouvée ou que j'éprouve encore pour ceux qui m'ont aidé sur le chemin de la vie, non par des lettres d'introduction ou des rencontres avec les puissants, mais par l'exemple, par l'incitation au travail, par la main tendue et le sentier tracé dans la jungle des idées, celle que j'ai éprouvée pour Jean Hyppolite, mon professeur de philosophie dans la khâgne d'Henri-IV, celle que j'éprouve toujours pour Roger Caillois, qui ne laisse pas passer grand-chose des lâches facilités d'un esprit assoupi — celle du disciple pour son maître. Ah ! on avait bien essayé de me séparer de Raymond Aron. On me disait que…, on me répétait que… Et je me doutais bien qu'il estimait ses analyses politiques très supérieures aux miennes. Seulement, je vais vous dire : il avait raison. Il le savait, je le savais : tout était pour le mieux. Un de mes plus grands motifs de fierté était que des paris avaient été pris dès le lendemain de mon arrivée au *Figaro* : on donnait pour assuré que mes bonnes relations avec Raymond Aron ne dureraient pas trois mois. Elles ont duré trois ans et quatre mois à l'intérieur du *Figaro* — et elles durent encore, hors du *Figaro*. La clé du mystère est extrêmement simple : j'admirais Raymond Aron. J'avais confiance en lui. Il le savait. Et il avait, je crois, confiance aussi en moi.

Raymond Aron et Robert Hersant n'avaient qu'un point de commun ; ils croyaient l'un et l'autre que les choses n'allaient pas bien parce qu'on ne les écoutait pas assez et qu'elles iraient sûrement mieux si on les écoutait davantage. Ils avaient l'un et l'autre — avec, il faut bien le dire, des apparences de raison — des traits de mégalomanes et de paranoïaques. J'étais plutôt schizophrène et, en tout cas, cyclothymique. Rien ne m'ôtera de l'idée que Robert Hersant n'avait qu'un but : c'était d'être président de la République. Raymond Aron, moins fou, s'étonnait volontiers de n'avoir pas été le Kissinger français. Que je le dise tout de suite : j'aurais été de Gaulle, Pompidou ou Giscard, j'aurais choisi Aron pour conseiller du prince. Je ne suis pas tout à fait sûr que j'aurais élu Hersant à la tête de l'État si j'étais le peuple français.

Mes deux démons d'orgueil, j'avais une idée fixe : c'était de les faire travailler ensemble. On me murmurait à l'oreille : « Vous ne voyez donc pas qu'ils s'entendent entre eux contre vous ? Qu'Aron prend la politique et Hersant les finances, et qu'on vous laisse l'air du temps et le vent de l'histoire ? » Et, par-ci par-là, en effet, il pouvait sembler à un observateur superficiel que mon fauteuil de président du directoire de la société de gestion était l'objet d'une compétition entre Hersant et Aron, qui s'entendaient contre moi avant de se le disputer entre eux. Je m'en moquais pas mal. Je n'ai que faire des titres. Je voulais faire travailler ensemble Raymond Aron et Robert Hersant et qu'ils fassent à eux deux — avec moi — le meilleur journal de France. Seul, je ne pouvais pas le faire. Avec eux, je le pouvais. À l'occasion de la crise, Robert Hersant écrivit dans *Le Figaro* un article qui fit du bruit et où il parlait de ma faiblesse qui était ma seule force. Beaucoup me dirent : « Quelle insulte ! » Mais non. Il avait raison. Je me demande même parfois si je ne lui avais pas soufflé cette excellente formule qui me paraissait, tant elle était bonne, sortir plutôt de ma plume que de la sienne. Ma seule force, c'était ma faiblesse. Je ne cherchais pas à commander, à l'emporter sur les autres, à faire plier qui que ce fût : je ne cherchais qu'à convaincre. Oui, ma faiblesse faisait ma force. Mais quelle force ! Le drame, avec Hersant, c'est que sa force faisait sa faiblesse. J'étais tout à fait persuadé — mais lui ne l'était pas, ou peut-être pas encore, et peut-être me trompais-je à nouveau — que Robert Hersant sans Raymond Aron — ne parlons pas de moi — ferait du *Figaro* un journal de deuxième ordre, ou peut-être un peu moins.

L'affaire cassa sur des problèmes très sérieux et sur des points de détail. Les points de détail, très précis, dissimulaient comme toujours un climat d'ensemble assez vague. Disons d'un mot que la confiance n'y était plus. Tout mon système reposait sur le remplacement de structures compliquées et inefficaces par un directoire à trois. Il fallait que chacun y mette un peu du sien. Il fallait qu'Aron et moi, nous laissions à Hersant les soucis et les avantages de la gestion financière et administrative. Il fallait qu'Hersant et moi, nous laissions à Aron la direction politique. Il fallait qu'Hersant et Aron me laissent un rôle d'arbitre et de catalyseur. Il faut rendre cette justice à Robert Hersant — et je l'ai fait publiquement dans les colonnes du journal, Aron l'a fait de son côté dans un hebdomadaire — qu'il ne pesa jamais, si peu que ce fût, sur la liberté d'expression d'aucun journaliste du *Figaro* — ni sur la mienne. J'ai beaucoup d'estime et de respect pour Hubert Beuve-Méry. Dans un livre récent, Robert Escarpit, qui n'est, je pense, suspect d'hostilité ni à l'égard du *Monde* ni à l'égard de la gauche, rapporte une réponse d'Hubert Beuve-Méry à quelque protestation : *Ne vous plaignez pas. Je vous ai peut-être quelquefois empêché de dire ce que vous vouliez. Mais je ne vous ai jamais fait dire ce que vous ne vouliez pas !* Et Robert Escarpit ajoute (je ne fais que le citer car, d'accord sur le fond, je me sens en désaccord avec lui sur deux points de style et de syntaxe) : *Je lui en rends acte : c'est beaucoup plus de liberté que quiconque m'en a jamais offert, même dans l'Université.* Alors, Robert Hersant, en matière de liberté, est un parangon de vertu, un modèle, une image pieuse, un héros de bande dessinée : non seulement il ne m'a jamais rien fait dire de ce que je ne voulais pas dire, mais encore il ne m'a jamais empêché de rien dire de ce que je voulais dire.

Cette vérité établie et ces fleurs déposées, revenons à nos moutons noirs, à nos brebis enragées : le patron de presse idéal d'après les critères de la gauche la plus libérale détraqua un mécanisme extraordinairement fragile en procédant à des nominations à des postes importants sans l'accord d'Aron ni le mien, en intervenant dans la rédaction par personne interposée, en manifestant son intention de rédiger régulièrement des éditoriaux dans le journal. Quelques jours plus tard, la crise une fois éclatée, Hersant affirmait qu'il entendait écrire dans son journal ce qu'il voulait, quand il voulait, où il voulait. Non. De nos jours, dans quelque journal que ce soit, et surtout dans *Le Figaro*, en raison de ses statuts et de ses traditions, ni le propriétaire, ni le directeur, ni le rédacteur en chef, ni personne, n'écrit ce qu'il veut, où il veut, quand il veut. À la différence d'un livre où l'auteur est totalement libre — et je le suis évidemment dans ces pages où je parle d'affaires, de politique et de presse, tout autant que dans celles, plus sérieuses, où je parlais naguère de l'amour, du soleil, de l'Italie, de presque rien —, un journal, aujourd'hui, est une collectivité et un travail d'équipe. Qu'il le veuille ou non, même le propriétaire, surtout le propriétaire, le propriétaire plus encore que tout autre, est soumis à certaines règles et à certains principes de confiance mutuelle, et des bornes sont mises à son arbitraire. Prouvost était ligoté — et c'était intolérable. Hersant se voulait tout-puissant — et c'était impossible. Ni Aron ni moi nous ne pouvions admettre ces infractions au pacte tacite qui nous unissait. Aron fit monter les enchères en fixant la barre très haut et en exigeant délibérément des conditions inacceptables par Hersant : il réclama le fauteuil de président du directoire. Ç'avait été mon poste, c'était celui d'Hersant. On me murmura, bien entendu, que l'offensive d'Aron était dirigée contre moi autant que contre Hersant. Je laissai dire. Hersant, naturellement, ne pouvait pas céder. Aron, naturellement, ne voulait plus reculer. La rupture était inévitable. Elle survint au moment même où de graves ennuis de santé accablaient Raymond Aron. Il les domina avec courage. Il écrivit une série d'articles pour montrer avec éclat que l'épreuve était surmontée. Et il s'en alla.

Il me faut encore apporter ici deux séries de précisions. D'abord, il n'était pas question pour moi de suivre aveuglément Raymond Aron ni d'imiter ses démarches. Mais le nouvel équilibre du *Figaro* reposait sur le triangle dont j'ai longuement parlé. Si l'un des côtés ou l'un des angles fléchissait, l'ensemble de la construction s'écroulait. Il n'est pas impossible qu'au moment de l'élection de Robert Hersant à la présidence du directoire de la société de gestion du *Figaro*, Raymond Aron ait considéré l'éventualité, au cas de mon retrait, de rester seul avec Hersant. Ce duo-là n'aurait pas duré. Pour ma part, en tout cas, je n'envisageais pas l'hypothèse d'un tête-à-tête avec Hersant où la totalité des pouvoirs qui m'avait été reconnue par les textes me serait refusée par les faits. Le départ d'Aron de la direction politique rendait le mien inévitable de la direction générale.

Il me faut rappeler ensuite que j'étais loin d'être hostile par principe au pouvoir d'un propriétaire sur son entreprise — même s'il s'agissait d'une entreprise de presse. Toute l'attitude de la rédaction du *Figaro* à l'égard de Jean Prouvost était absurde, d'un bout à l'autre. Peut-être trouvait-elle des excuses dans les divisions qui s'étaient fait jour jadis, au sein même du capital, entre Ferdinand Béghin — mon beau-père — et Jean Prouvost. Bien avant mon arrivée au rond-point, Ferdinand Béghin avait vendu à Jean Prouvost la totalité de ses actions. La situation ne s'était pas débloquée pour autant. Bien au contraire. Jean Prouvost s'était trouvé en fait dans l'impossibilité d'exercer la moindre influence sur son propre journal. S'il n'avait pas été le propriétaire du *Figaro*, la rédaction tout entière aurait été enchantée de publier un article de Jean Prouvost, journaliste, mais parce que le journal lui appartenait, il lui était interdit d'y apparaître. C'était une situation intenable, et, à beaucoup d'égards, ridicule. Les fameux statuts du *Figaro* n'avaient pas d'autre but que de la perpétuer. Répétons-le sans fard : ils étaient conçus et rédigés pour empêcher le propriétaire d'agir à sa guise sur le journal. Je ne les approuvais pas en tout point, loin de là. Mais enfin, en acceptant, sur la proposition de Jean Prouvost et avec l'accord de la rédaction, la direction du *Figaro*, je les avais acceptés, du même coup. C'est sur ces statuts-là que j'avais été élu. C'est eux que mon élection me faisait un devoir de sauvegarder. Dans les circonstances difficiles dont je viens de donner une idée, un peu trop longue sans doute, et un peu fastidieuse, je ne m'étais pas attaché à les appliquer à la lettre — mais je me sentais tenu, en conscience, à en respecter l'esprit. À tort ou à raison — et j'accueille évidemment d'avance rectifications et critiques —, j'avais le sentiment que le trio en question à la tête du journal était en mesure de maintenir le prestige et la qualité du *Figaro* et d'assurer l'indépendance traditionnelle de sa rédaction. La troïka rompue, les garanties nécessaires s'évanouissaient. Je n'avais plus qu'à partir. Je partais.

Je partais, naturellement, avec des sentiments mélangés. Une crise avait éclaté. Je n'avais jamais connu *Le Figaro* qu'en train de rouler de crise en crise. Celle-ci, pour moi au moins, avait été cruelle. Elle était plus grave que les autres. Je n'avais pas su l'éviter. Elle avait multiplié les contradictions, elle avait tendu à l'extrême les caractères et les esprits, elle avait exigé des manœuvres et de rudes décisions, elle laissait derrière elle pas mal de dégâts et de ruines. De temps en temps, un découragement trouble s'était emparé de moi. Est-ce que tout cela valait la peine de tant d'efforts et d'amertume ? Est-ce qu'il n'y avait pas ailleurs du soleil et de la paix, de l'espérance et de l'amitié ? Je me demandais comment j'allais sortir de ce tourbillon en forme de labyrinthe. Comment ? Mais c'était tout simple : il n'y avait, comme toujours dans les épreuves, dans les désastres, qu'à regarder les choses en face, qu'à tenter de les dire — et mieux : de les écrire — comme on les ressentait. En se trompant peut-être. En déguisant sans doute, plus ou moins consciemment, plus ou moins volontairement, une impossible vérité, en effaçant, en inventant, en fabulant, comme il se doit. Mais avec sincérité. C'est ce que j'ai essayé de faire, et déjà, pour moi, tout se remettait en place et s'éclairait. Puisque je parlais de mes troubles, puisque j'étais en train de faire un livre de ce qui m'avait tant tourmenté, puisque l'histoire, avec sa douceur et son ordre implacables, se mettait déjà à reconquérir les territoires si longtemps occupés par les désordres de la passion et ses contradictions.

Restait *Le Figaro*, restait l'avenir. Je pensais au *Figaro* dont j'avais été responsable. Je pensais à ceux qui avaient eu confiance en moi : j'avais envie de leur demander pardon de mes faiblesses et de mes erreurs. Je roulais en moi-même les formules d'un écrivain non d'extrême gauche ni même de gauche, mais au contraire d'extrême droite : *Il n'est pas de plus belle, de plus intéressante profession que celle de journaliste : il n'en est pas qui exige plus de don, de tact et de vivacité. La conscience professionnelle est très éveillée dans ce milieu honnête, assidu, laborieux, où règnent l'esprit de corps et la camaraderie. Ce qui gâte le journalisme, c'est le propriétaire-directeur-principal actionnaire et homme d'affaires, c'est l'administration mal comprise et la publicité sans scrupule ni frein.* Ce jugement un peu abrupt est de Léon Daudet. Le même qui s'en prenait jadis, dans les pages de *L'Action française*, à mon oncle Wladimir, sous le nom déformé, mais à peine déguisé — et je me souviens encore de mon effroi enfantin, à la fois amusé et franchement horrifié, devant ce sacrilège — de *Wladimir d'Endormesson.* Le même qui l'adoptait encore comme repère météorologique et indiquait, jour après jour, avec une cruauté tout à fait injustifiée, la température relevée la veille, sous abri, à l'Observatoire de Paris ou au Jardin des Plantes : 5 degrés au-dessus ou 2 degrés au-dessous de Wladimir d'Ormesson. On le voit : il exagérait. Il avait l'habitude d'exagérer. Ce précurseur du *Canard enchaîné* n'avait jamais cessé de confondre le talent et l'injustice. Ah ! qu'ils sont difficiles et étroits, entre tous les chiendents de l'ennui et de la sottise, entre toutes les herbes folles du conformisme dévorant, les chemins de la justice et de la vérité !

Ma vie changeait d'un seul coup, comme elle avait changé d'un seul coup un soir de l'hiver 73-74. Après avoir été un des personnages sinon les plus puissants, du moins les plus influents, les plus adulés et les plus enviés de Paris, voilà que je n'étais — je ne dirai pas plus rien, ce qui ne serait pas très courtois pour mes confrères des bords de Seine, mais enfin plus grand-chose. Ou peut-être plutôt rien du tout — sinon moi-même.

Mais la liberté a toujours eu pour moi des charmes incomparables.

LA CHAPELLE

J'ai beaucoup parlé des morts, du passé, de la tradition et de la famille. Et peut-être un peu trop. Mon excuse est sans doute que le monde moderne en parle un peu trop peu. Aucune époque ne s'est voulue aussi libre que la nôtre et aucune pourtant n'a été plus esclave de la mode et de l'esprit du temps. Par le marxisme, par la psychanalyse, par le surréalisme, par l'exaltation de la révolte, du soupçon, du refus, par le culte du changement et de la révolution, l'anticonformisme a été élevé à la hauteur d'un impératif catégorique et d'une suprême institution. Et, par la force des moyens de communication de masse qui ont marqué notre âge, il a fini par se résoudre en un conformisme sans précédent. Voilà peut-être un des plus grands paradoxes de notre âge qui n'en est pas avare.

Les hommes, c'est vrai, étaient jadis prisonniers de la routine, de l'habitude, de la misère, de l'impossibilité de changer et de choisir. Et le progrès économique et social a consisté d'abord à leur fournir les moyens de changer de condition et de choisir leur destin. Mais une bonne part de ce progrès a été compromis et peut-être annulé — et à droite et à gauche, et dans les sociétés de consommation et dans les systèmes socialistes — par les techniques modernes, en grande partie inconscientes, d'intoxication collective et d'asservissement des masses. Jamais l'air du temps n'a été aussi lourd, jamais les modes intellectuelles n'ont pesé d'un tel poids que dans notre âge de lumières et d'émancipation. La publicité à l'Ouest, la propagande à l'Est, la télévision un peu partout ont pris le relais de la solitude et de la pauvreté. Et elles ont forgé de nouvelles chaînes, autrement délicieuses, mais aussi lourdes que les anciennes. Et — voilà le progrès — le plus souvent volontaires. La dictature, la censure, l'Inquisition, les polices secrètes sont devenues presque inutiles puisque les entraînements collectifs sont devenus irrésistibles. Faut-il que l'esprit de liberté ait des racines profondes en l'homme, faut-il aussi qu'ici ou là la dictature totalitaire ne connaisse pas de frein pour que des camps de concentration soient encore nécessaires ! Car nos goulags spirituels et le martèlement de nos slogans devraient largement suffire à nous maintenir dans les chemins du conformisme régnant et des idées reçues. Une de ces idées maîtresses et qu'on retrouve un peu partout, depuis les systèmes d'éducation jusqu'aux discours du dimanche, depuis le mépris pour l'histoire jusqu'à la vénération de la rupture et de tout ce qui est nouveau, depuis le dédain pour l'expérience et pour l'âge jusqu'à l'adulation de la jeunesse si caractéristique de notre temps, est que l'avenir n'a plus besoin du passé.

Kant parlait déjà, jadis, dans la *Critique de la raison pure*, d'une hirondelle qui s'imaginait qu'elle volerait plus aisément si l'air ne la gênait pas. Beaucoup se persuadent aujourd'hui que le passé est le frein de l'histoire alors que, de toute évidence, il en est la matière. L'avenir ne serait que chaos s'il n'y avait pas d'histoire. L'histoire ne serait qu'illusion s'il n'y avait pas de passé. L'histoire, c'est ce qui empêche l'avenir d'être n'importe quoi. Rien de plus affligeant qu'un passé qui refuse l'avenir. Mais rien de plus absurde et de plus redoutable qu'un avenir oublieux du passé. À une époque où la tradition, le passé, la famille ont été traînés dans la boue par des faibles, des inconscients ou des ambitieux, j'aurai au moins résisté à une des modes les plus funestes et les moins estimables de notre temps.

Que je le dise tout net : je n'étais, je ne suis guère désigné pour chanter la famille et la force de ses traditions. Dans ces années de jeunesse où se forme ce qu'on sera, j'étais plutôt un lecteur de Gide, du *Paysan de Paris* et des surréalistes que d'Octave Feuillet, de René Bazin ou d'Henry Bordeaux. Et à beaucoup d'égards, et pas seulement en esprit, j'ai souvent péché contre la famille. Je n'ai jamais aimé les règles, les brancards, les garde-fous, ce qui dirige et limite. Au point que, si mon goût pour le passé a réussi à me faire apparaître, aux yeux d'hommes de gauche, comme un conservateur et un réactionnaire, ma passion pour la liberté et mon penchant au désordre m'ont fait souvent passer, aux yeux de traditionalistes, pour une sorte de marginal, de franc-tireur et peut-être presque de bâtard qui vient foutre la merde et semer le mauvais grain dans la belle ordonnance des jardins à la française. C'est que je suis, moi aussi, un enfant de notre siècle. Et j'imagine qu'il est impossible aujourd'hui d'être fidèle au passé sans l'avoir d'abord piétiné, d'être du côté de la famille sans l'avoir d'abord démolie, de revenir peu à peu à toutes les splendeurs de l'ordre sans être passé par le désordre. *Sans détruire, on ne peut construire*, écrit Mao Tsé-toung. *Ainsi vient d'abord la destruction, qui porte en elle la construction.* L'histoire est plus rusée que les marxistes eux-mêmes. Pour moi et pour beaucoup d'autres, la formule de Mao sur la dialectique de la négation allait prendre bien des sens imprévus et subtils.

Rien ne me paraît plus éloquent, à cet égard, que la soudaine opposition au marxisme née du marxisme lui-même. Pendant des dizaines et des dizaines d'années, conservateurs et hommes de droite se sont cassé les dents sur les citadelles du marxisme. Staline n'y faisait rien, ni les purges successives, ni les massacres des koulaks, ni les procès de Moscou, ni les retours d'U.R.S.S., ni les pactes avec Hitler, ni les rumeurs persistantes sur les camps de Sibérie. C'est à l'intérieur de la forteresse imprenable que sont nées les révoltes qui menacent désormais la nouvelle orthodoxie. On dirait qu'aujourd'hui une des conditions nécessaires pour sauver sinon l'ordre, du moins les fondements à la fois de la liberté et de la tradition, c'est d'être passé par leur refus et que seuls les révolutionnaires peuvent dépasser la révolution. Il faut quelquefois des coupables pour servir la justice, il faut des convertis pour témoigner de la vérité, il faut des égarés pour retrouver les chemins trop longtemps négligés. Les figures dominantes de notre âge ne sont plus guère le saint, le héros, le chevalier sans peur et sans reproche, le disciple inébranlable. Ce sont bien plutôt le Bon Samaritain, saint Pierre trois fois renégat, le publicain racheté, le larron illuminé à la droite du Seigneur et Madeleine repentie. Tous les troupeaux de brebis fidèles ne pèsent presque d'aucun poids au regard de la seule brebis qui ait fait des bêtises. Au double royaume de la terre et du ciel, il n'y a plus de lauriers, il n'y a plus de trompettes que pour ceux de la onzième heure. Le mythe dominant de notre âge n'est peut-être plus Œdipe, ni don Juan, ni Faust : c'est cet enfant prodigue qu'à la fureur de l'aîné, toujours fidèle et sûr, le père de famille ne fête à son retour que parce qu'il était parti. Moi aussi, j'étais parti. Et dans mon petit domaine, j'avais accumulé les dégâts, j'avais semé les ruines.

En Occident, aujourd'hui, nous vivons sur un champ de ruines. De belles ruines, mais des ruines. De temps en temps, nous essayons, les uns et les autres, dans les discours, dans les banquets, de nous faire encore illusion. La vérité est que la vie chez nous, même pour les moins favorisés, est beaucoup plus acceptable que n'importe où ailleurs et le plus souvent assez plaisante, mais qu'elle est taraudée et affaiblie par tous les termites du doute et que les secrets décombres affleurent de partout sous les délices et les charmes, sous les souvenirs éclatants. Les autres, dans les pays neufs, vivent dans la misère et dans l'espérance. Nous vivons dans l'opulence, dans l'amertume et, sous les mythes de l'attente et de la révolution, dans tous les désespoirs de la nostalgie. Rien ne reste debout de ce qui avait fait vivre les générations successives pendant des siècles et des siècles. Nous avons tué le roi, nos forêts, nos sources d'eau pure, nos côtes, chacun répète que Dieu est mort et voici que les philosophes nous apprennent, avec pas mal d'arguments à l'appui de leur thèse, que l'homme à son tour touche déjà à sa fin. La légitimité, l'honneur, la vertu, l'humanisme, la tradition : autant de vieilles lunes bonnes à faire rire les enfants. Toute autorité est suspecte, toute naïveté un peu louche. La vérité elle-même se dissout sous nos doigts. Nous avons un dieu : c'est le soupçon. Il n'y a plus d'Église qui ne soit déchirée, plus de communauté qui n'éclate, plus d'histoire qui ne soit mise en question, plus de croyance qui tienne encore debout. Les dernières tentatives pour recréer une solidarité, une communauté, une fraternité et une espérance qui ne soient pas en même temps une rupture avec le passé ont dû se fabriquer des valeurs artificielles et bientôt monstrueuses : elles ont abouti au fascisme. Encore un peu de temps et chacun verra clairement que les vents du désastre soufflent sur nos futurs et sur leurs hypothèses avec tout autant de violence que sur nos passés engloutis. Pendant de longues années, le communisme s'est nourri de cet écroulement de l'Occident. Le voici frappé à son tour par les ravages qu'il dénonçait chez les autres et qu'il encourageait : ses grands hommes sont déboulonnés, son unité fracassée et son avenir menacé jusqu'au-delà d'un triomphe possible, mais encore aléatoire.

De ce constat d'échec et de ces espérances ébranlées naissent deux ou trois sentiments, souvent contradictoires, et dont il faut bien s'arranger. Le premier est qu'il n'y a plus grand-chose à sauver de ce qui constituait les fondements des sociétés du passé. Comment être encore conservateur aujourd'hui puisqu'il n'y a pratiquement plus rien à conserver ? Puisque les dogmes de notre temps s'appellent relativisme, progrès, transformisme, révolution. Puisque l'Église elle-même, image de l'éternité, s'est décidée à changer. Puisque, dans beaucoup de cas où les vertus et leur esprit ont fini par s'envoler, ne subsistent que les abus, les privilèges, les routines. Mais un autre sentiment, plus obscur et aussi plus profond, se fait jour en même temps. C'est qu'il faudra bien revenir, tôt ou tard, à quelques-unes de ces réalités ou de ces exigences qui ont été balancées un peu vite, en même temps que l'immobilisme, par les fenêtres de l'histoire. L'autorité, la famille, la tradition, le goût du travail et de la responsabilité, le sens de la continuité des générations et du lien nécessaire entre le souvenir et l'espérance reparaîtront nécessairement, sous une forme ou sous une autre, dans tout l'éclat de leur splendeur, et peut-être, hélas ! sous les espèces, aujourd'hui inimaginables, de la coercition et d'une rigueur dont le passé, tant honni, ne peut donner qu'une mince image.

L'histoire est toute faite de ces passages par la négation

qui aboutissent, sur un autre plan et à un autre niveau, à la restauration, et parfois au renforcement, des valeurs contestées. Nous avons déjà évoqué l'exemple de l'U.R.S.S. On en trouverait des dizaines d'autres. Voilà pourquoi le passé, si j'ose dire, a de beaux jours devant lui. Lorsque, miné par la bombe, par le discrédit croissant — et d'ailleurs déjà injuste — de la science naguère adulée, par le soupçon répandu sur l'idée de progrès, l'avenir fera encore un peu plus peur, le monde se réfugiera en masse dans les bras du passé. Il a trop attendu d'un avenir qui un jour l'effraiera pour qu'il ne se mette pas à peindre bientôt son passé de couleurs à leur tour un peu trop favorables, et peut-être mensongères. Mais, cette fois, dans l'autre sens. Tournant le dos au passé, éperdus d'un avenir dont nous savons pourtant que, comme ces femmes encore aimées mais déjà soupçonnées, il nous claquera un jour entre les doigts, nous en sommes aujourd'hui à l'autre extrême du balancier. Dans le grand vent du changement et des folles espérances en de nouveaux rivages, j'aurai au moins été de ceux qui auront regardé un instant en arrière et jeté encore un coup d'œil sur la vieille maison et les collines familières en train de disparaître à l'horizon.

Aujourd'hui où l'histoire n'a d'yeux que pour demain, j'aurai parlé du souvenir. Aujourd'hui où l'annonce, l'attente, la promesse sont les catégories fondamentales de l'histoire en train de se faire, j'aurai essayé d'être fidèle à la fidélité, à la douceur des origines et au poids écrasant mais délicieux du passé. Aujourd'hui où les hommes ne pensent qu'au temps qui passe, j'aurai été l'un des seuls à écrire quelque chose en l'honneur du temps qui dure.

J'ai souvent rêvé, dans la chapelle de Saint-Fargeau ou dans un de ces jardins d'éternité où nous finirons tous, devant les pierres de marbre qui ne portaient que quelques lignes après les mots sacrés :

ICI REPOSE
DANS LA PAIX DU SEIGNEUR

ou peut-être encore moins : un seul nom, et deux dates — celle de l'arrivée dans ce monde, celle du départ pour l'autre, le monde de l'espérance si longtemps attendue et de la vérité enfin rejointe. La mort a longtemps été un des thèmes majeurs de la littérature et de l'art. À l'âge de la bombe atomique et des camps de concentration, la mort n'a pas disparu de nos rêves et de nos cauchemars. Non. Mais nous l'avons modifiée jusqu'à la rendre méconnaissable : nous l'avons remplacée par le double thème du massacre et de l'euthanasie. Nous ne pensons plus aux morts. Nous pensons aux vivants en train d'être anéantis. Dans les meilleurs des cas, nous pensons à la mort sous ses aspects techniques, psychologiques, administratifs et sociaux. Nous nous efforçons de la rendre sereine et de la maquiller, comme nous avons maquillé le sexe et l'amour. Nous les banalisons, pour mieux cesser de les craindre. Mourir et faire l'amour vont finir par devenir sinistres à force de facilités. Un certain humanisme va nous priver de notre mort comme un certain libéralisme nous a privés de l'amour. L'idée de la mort comme royaume, et comme royaume de la vraie vie, l'a cédé peu à peu à l'idée de la mort comme passage, comme épreuve à surmonter, comme sacrifice camouflé et comme objet de scandale. Quoi de surprenant à cette métamorphose ? Nous sommes entrés dans les temps de la fin de l'éternité. Nous sommes entrés dans l'âge où Dieu le Père recule devant le Fils, où le Christ de la pitié et de la crucifixion l'emporte définitivement sur le Dieu de la création et du jugement dernier.

Sous les prétextes et les alibis, les grands troubles qui agitent sous nos yeux la chrétienté et l'Église de Rome n'ont peut-être pas d'autre sens. Longtemps, pendant quelque trois cents ou peut-être quatre cents ans, le Christ a dû lutter pour être l'égal du Père. L'arianisme, qui ébranle si profondément l'édifice de l'Église en cours de développement et qui joue un rôle si décisif dans l'histoire universelle, refuse de reconnaître au Fils l'égalité avec le Père. Ainsi, tout au long de la côte sud du bassin méditerranéen, contre la trinité chrétienne, quasiment dénoncée comme un polythéisme, l'arianisme militant — celui qui, plus au nord, abat l'Empire romain, s'empare de Rome avec les Barbares d'Alaric et de Genséric et menace de tout emporter — trace la voie à l'islam, monothéisme rigoureux où, objet d'une vénération fanatique, le prophète Mahomet n'est pourtant rien d'autre que le simple messager d'Allah, son envoyé sur cette terre, son serviteur et son héraut, plus près de saint Jean-Baptiste qui annonce le Seigneur que du Christ, fils de Dieu. Le triomphe de l'orthodoxie romaine, marqué par le symbole de Nicée et par ce *Je crois en Dieu, le Père tout-puissant, Créateur du ciel et de la terre, et en Jésus-Christ son Fils unique, notre Seigneur... Je crois au Saint-Esprit, la sainte Église catholique, la communion des saints, la rémission des péchés, la résurrection de la chair, la vie éternelle. Ainsi soit-il* que récitaient nos pères et nos mères, consacre à la fois la division et l'union mais surtout l'égalité mystique du Père, du Fils et du Saint-Esprit. Les plateaux de la balance restent longtemps immobiles. Pendant des siècles et des siècles. Pendant un peu plus d'un millénaire et demi. Mais comment ne pas voir qu'aujourd'hui un mouvement inverse à celui de l'arianisme s'accomplit sous nos yeux et qu'une nouvelle hiérarchie s'instaure entre les Personnes sacrées de la Sainte-Trinité ? Jésus n'est plus assis à la droite du Père. Le Crucifié occupe lui-même le trône de la souveraineté sacrée. Le Christ triomssphe et le Père s'efface. Et le Saint-Esprit ? Il disparaît. Non pas, sans doute, dans la métaphysique chrétienne, mais dans le sentiment populaire à coup sûr. Quel enfant, quel adulte, quel prêtre peut-être pourrait encore évoquer avec force et savoir la nature et le rôle du Saint-Esprit et se risquer à le hisser au même niveau de familière souveraineté et de vénération sacrée que Notre-Seigneur Jésus-Christ ? En vérité, à la Sainte-Trinité du Père, du Fils et du Saint-Esprit s'est substitué au XIXe et surtout au début du XXe siècle un nouveau couple sacré : Jésus-Christ, dieu sans doute, mais surtout homme et en tout cas dieu des vivants, et sa mère, la Vierge Marie, passée, presque subrepticement, du rang des saints majeurs à la dignité sacrée de la quasi-divinité et objet très évident de la vénération et de l'adoration populaires. C'est un autre épisode de l'histoire religieuse, ou peut-être de l'histoire universelle, que nous rencontrons ici : celui de la lutte de la Réforme, du jansénisme et de Port-Royal contre le culte de la Sainte Vierge. On sait que cette bataille-là a été peu à peu perdue, au sein de l'Église romaine, par les adversaires de Marie. Et la proclamation, au milieu du XIXe siècle, du dogme de l'Immaculée Conception, jointe à l'attachement populaire à la fête de l'Assomption, marque le triomphe des partisans du culte de la mère de Dieu.

Jésus. Marie. Comme des dizaines de millions d'enfants, j'ai été élevé sous la double invocation de cette double image de l'amour humain et divin. Je n'en connais pas de plus haute. J'ai écrit quelque part, il y a une quinzaine d'années, j'ai répété depuis lors que je croyais en très peu de chose. Oui, en notre âge de décombres, où l'ordre est pénétré de désordres et où la révolution est reniée par les révolutionnaires, je crois en très peu de chose. Ni à un ordre immuable, ni à la révolution comme but suprême de l'humanité. S'il me fallait pourtant, en un mot, dire à qui je crois, ce que j'admire et vénère, ce que j'espère, ce que j'attends et pour quoi, à la fin des fins, je serais prêt à mourir, je dirais : je suis chrétien. J'ai beaucoup d'admiration, et peut-être un peu plus, pour ce que je sais du stoïcisme, de l'épicurisme, du spinozisme, du système de Hegel et, par exemple, du bouddhisme. Il y a, en vérité, dans tout effort un peu cohérent pour comprendre le monde et pour l'expliquer, tant de dignité et tant de grandeur que les motifs d'adhésion ne font jamais défaut. Je me demande même si, à Rome, au IVe siècle ou au Ve, j'aurais quitté avec enthousiasme les traditions du paganisme pour la révolution chrétienne ? Même dans les choix métaphysiques, même dans les décisions de l'ordre de la transcendance, l'éducation, le milieu, l'époque, les conditions d'environnement pèsent d'un poids décisif. Mais enfin, élevé comme je l'ai été, à notre époque et dans ces circonstances, oui, je suis chrétien.

Je suis chrétien. Qu'est-ce que ça veut dire, aujourd'hui ? Je m'avance avec prudence sur ces terrains métaphysiques qui ne me sont guère familiers, mais qui posent à chaque homme, un beau jour — et ne serait-ce qu'au dernier —, une effrayante question. Se déclarer chrétien signifie désormais la reconnaissance d'une sorte de lien d'amour avec la seule personne du Christ, symbole et image divine de toute l'humanité, réalisation de l'univers, achèvement transcendantal de toute l'histoire des hommes. Il n'est pas impossible qu'après la montée spectaculaire de la Vierge au ciel de l'Église catholique, la deuxième moitié du XXe siècle, en raison notamment de la tendance à l'œcuménisme et des efforts de rapprochement avec le protestantisme, voie à nouveau un recul du culte marial et que le Christ règne désormais presque seul dans l'univers collectif de la conscience chrétienne. C'est autour de Jésus-Christ et de Jésus-Christ seul que se joue tout le grand drame contemporain de la conscience chrétienne. Croire au Christ, aujourd'hui, c'est naturellement croire en Dieu. Mais c'est croire en un Dieu en qui la dimension humaine s'est démesurément agrandie, en qui l'horizontal l'emporte sur le vertical et en qui tout souvenir de la création est en train d'être recouvert et peut-être effacé par le suprême sacrifice de la crucifixion.

Il faut comprendre que Dieu n'est en rien seigneur, hiérarchie, autorité, providence, technocrate qui aurait fait un plan, lequel se déroule tant bien que mal mais se déroule pourtant — qu'il est précisément la gratuité même, l'effacement de soi dans la nuit, le chaos dans la grisaille quotidienne... Je sais bien que ces formules viennent de quelques centaines de ces prêtres dits contestataires, nés de mai 68. Tout de même, pour un fidèle parmi les autres, est-ce qu'être chrétien, aujourd'hui, c'est croire de toutes ses forces à la création du monde par un Dieu tout-puissant ? Est-ce croire de toutes ses forces à la présence réelle de Dieu dans le pain et le vin de la sainte communion ? Est-ce croire de toutes ses forces à un Dieu-Providence qui soutient à chaque instant l'édifice de l'univers et qui règle, sinon à son gré, du moins en s'appuyant sur les lois de la nature et en jouant à cache-cache avec le mal et la liberté, le cours des astres et de l'histoire des hommes ? Est-ce même croire — je baisse la voix —, est-ce même croire de toutes ses forces à l'immortalité réelle et effective de l'âme ? Je ne sais pas les réponses à ces questions naïves. Je les pose, voilà tout. Et je me dis seulement qu'être chrétien aujourd'hui, ce n'est pas nécessairement avoir toute prête une réponse claire, univoque, catégorique, définitive et assurée à l'ensemble de ces interrogations.

Il me semble parfois qu'être chrétien aujourd'hui, c'est brûler tout simplement d'un amour humain si fort qu'il en devient divin. Le Christ est amour. Est-il encore autre chose ? Est-il puissance absolue, origine universelle, fin dernière en lui-même et à soi seul, raison unique de l'univers, maître de toute destinée ? Je parle ici avec respect pour tout ce qu'il reste de sacré dans notre monde ravagé, avec le seul souci d'entrevoir une vérité non dans des cieux ineffables, mais dans la conscience des hommes. Est-ce que le Christ aujourd'hui, après Renan et Teilhard de Chardin, après Vatican II, après l'*aggiornamento*, après la contestation, ne s'épuise pas tout entier dans l'amour infini de la totalité des hommes pour la totalité des hommes ? J'ai écrit tout à l'heure que notre époque marquait une revanche sur l'arianisme qui réservait à Dieu le Père tout caractère divin et ne reconnaissait au Verbe que la perfection de l'humanité.

Peut-être serait-il plus exact de dire que notre âge voit au contraire l'accomplissement de l'arianisme. À une réserve près — et elle est de taille : c'est que Dieu le Père s'évanouit. Pour le reste le Christ triomphe. Mais il risque de finir, dans l'inconscient collectif, par n'être rien d'autre qu'un homme, divinisé par l'amour. Alors, il n'est plus Dieu fait homme. Il est un homme devenu Dieu. Et le plus homme des hommes. Parce que l'amour des hommes est tout ce qu'il reste encore de divin parmi nous.

Attendez. Je n'ai pas fini. À une époque où le christianisme semble se purifier ainsi de toute métaphysique et rejeter définitivement tout ce qui pourrait subsister en lui de superstition primitive, jusqu'à se confondre avec l'amour humain, mais infini — infini, mais humain — auquel il se réduit, voici que je me précipite à l'autre extrémité de la chaîne des temps. Où ça ? Aux origines. Le christianisme fait comme le monde : il ne regarde plus que vers l'avenir. Et l'avenir des chrétiens, c'est la fusion indicible de l'amour des hommes et de Dieu. Mais les origines, qui s'en occupe encore ? La religion continue à se battre pour l'avenir, pour son avenir, elle a abandonné le passé aux triomphes de la science, aux prestiges du hasard, à la nécessité qui en naît. Le déterminisme et le transformisme règnent sans rivaux sérieux sur les débuts de l'homme et du monde. Et je veux bien croire à tout ce que nous apprend ou nous murmure la science sur l'éclatement des origines, sur les explosions primitives, sur la naissance du soleil, sur l'apparition de la vie, sur la lente genèse, infiniment improbable et puis soudain nécessaire, de ces organismes et de ces animaux dont surgit enfin l'homme. Je veux bien croire à toutes les coïncidences, mères de tous les mécanismes. Ce qui m'étonne parfois, c'est leur cumulation. Il n'a pas fallu seulement un hasard improbable, il en a fallu une infinité, et dans des ordres différents, et qui ne se détruisent pas les uns les autres, et qui, bien au contraire, se combinent et se renforcent. Cette coïncidence prodigieuse dans l'accumulation des hasards finit par devenir hallucinante. Mais il y a plus encore, et mieux. L'origine de la vie, je peux encore bien comprendre qu'il faille la chercher dans le stupéfiant hasard des combinaisons physiques, chimiques, biologiques. Après tout, dans la vie de chaque jour, le hasard règne aussi et il lui arrive aussi de réaliser des miracles. Mais comment expliquer que la structure du monde soit de bout en bout mathématique et qu'il y ait pour ainsi dire deux univers superposés : celui — que nous appelons réel — de la perception des sens et celui — intellectuel, idéal et plus réel que l'autre — de la structure profonde et de part en part intelligible qui le double et lui correspond ? La question, de nos jours, ne me paraît plus tant être : d'où vient la vie, d'où vient l'homme ? Nous le savons désormais. Ou nous nous en doutons. Mais d'où vient, non l'esprit de l'homme, ni son génie d'explication — puisqu'il suffit de savoir qu'ils sont le fruit de l'évolution —, mais l'ordre de la régularité, de l'harmonie, de la mathématique hors de l'homme ? D'où vient que le monde nous soit, non pas fermé, mais qu'il nous soit ouvert et qu'il y ait comme une correspondance mystérieusement préétablie entre les lois de l'esprit et celles de la nature ? D'où vient le rythme de l'univers, d'où vient le nombre, d'où vient l'espace, d'où vient le temps ? Hein ? D'où vient le temps ?

Je ne m'interroge pas ici sur les gaz, sur l'air, sur les étoiles, sur les planètes, sur la terre. On m'expliquera sans trop de peine que, dans certaines conditions, naturellement invraisemblables, tout cela a surgi du néant. Ah ! bravo. Excellent. Parfait. Je me contente très volontiers de ces mystères de la science qui ont au moins le mérite, sinon d'expliquer l'inexplicable, du moins de jeter quelques gouttes d'eau dans l'océan infini de la soif de comprendre, et de reculer un peu les murs où nous nous heurtons. Mais qui me dira d'où vient ce temps qui est la cause de tout et qui explique à lui seul tous les hasards les plus improbables et leur cumulation et l'enchaînement des mécanismes qui en découlent nécessairement ? Et par quel miracle sans nom il est sorti d'un néant ou d'une éternité, qui, à nos yeux au moins, ne se distinguent guère l'un de l'autre, pour jaillir dans l'univers ou plutôt, mieux encore, pour le constituer ? Je ne parle pas de l'histoire, de la chronologie, des saisons ni de leur retour, je parle de ce qui les supporte, du cadre qui leur permet d'être, de la forme vide où ils se déploient. Dépouillé de tout, tout nu, sans contenu, imperceptible, ineffable et pourtant réel, le temps est déjà de la création. Il est la condition et l'étoffe de la durée, de la maturation, de la vie. Il n'a pas surgi, j'imagine, d'un hasard, même prodigieux, ni d'une nécessité. Il n'est pas un accident. Il n'est pas une conséquence. Au même titre que l'espace vide — non pas celui de la surface de la terre, ni de l'éther autour de nous, ni des immensités intersidérales, mais l'espace pur et abstrait —, plus encore que l'espace, le temps est un début absolu dans lequel baigne la totalité de tout ce que nous connaissons et de ce que nous pouvons connaître. À tel point que Dieu et son éternité ne sont peut-être rien d'autre que ce qui est hors du temps. Dira-t-on que le temps est de toute éternité ? Si l'éternité est une absence de temps, le temps se confondrait alors avec l'absence de temps. Dira-t-on que le temps est une forme d'énergie ? Ce n'est pas dire grand-chose. Le temps n'a pas pu naître d'une réaction chimique, d'une explosion monstrueuse, ni encore, par définition, d'une lente évolution, ni de quoi que ce soit que nous puissions non seulement imaginer, mais encore concevoir. Il n'est pas de la matière, mais il est pourtant quelque chose. Il est de la création. Il est la condition de tout phénomène physique, biologique, matériel et intellectuel. Il ne saurait en être l'effet. Alors, d'où vient le temps ?

Les Grecs, les Romains, les Anciens en général, beaucoup de populations primitives avaient un culte pour le soleil. Aucune superstition ne me paraît plus légitime, et j'ai souvent parlé moi-même de cette fascination solaire sur la mer ou la neige où se mêlent, avec tant de force et de subtilité, la présence et l'absence, la plénitude de l'être et la splendeur du néant. Il y a une autre réalité qui me paraît bien digne d'être adorée et dont le soleil lui-même n'est peut-être qu'un symbole et l'éclatant messager : c'est le temps. Il a toutes les caractéristiques des grandes divinités : l'universalité, la toute-puissance, l'omniprésence et pourtant l'invisibilité, une cruauté inouïe, toutes les douceurs du pardon, de l'oubli, de la guérison, une capacité sans égale à revêtir successivement ou simultanément tous les masques les plus divers et les plus opposés, le génie d'être où il n'était pas et de ne plus être où il était et d'y être pourtant encore, le goût si caractéristique de toute providence pour un mélange de pouvoir écrasant et d'infinis paradoxes. Il noue, il dénoue, il prépare, il déjoue, il mûrit, il se hâte, il traîne, et il éclate. Il est partout à la fois et tout entier en chacun, il tisse sa trame sur le monde et la moindre cicatrice en train de se refermer, le moindre morceau de sucre en train de fondre dans notre tasse subit autant sa loi que les montagnes, les continents, les espèces animales, les Églises, la religion, les empires universels et les grandes batailles où se jouent, à la corne du bois ou sur les bords du fleuve, dans la petite aube glaciale ou dans le crépuscule du soir, les destins successifs de l'humanité.

Il s'amuse. Et parfois méchamment. Car c'est un dieu sans pitié. Impartial, follement juste, toujours exact, impitoyable. Tous sont égaux devant lui et il étend à chacun sa rigueur et ses bienfaits. Mais comme il punit qui le néglige ! Comme il se venge de qui l'oublie ! Et qui le vénère n'est jamais à l'abri de ses brusques colères. Comme il prolonge les situations, comme il en tire toutes les conséquences et comme, tout à coup, il les renverse sauvagement ! Il règne sur les cœurs comme il règne sur les corps et sur les esprits. Flanqué du souvenir et de l'espérance, il passe sans se retourner et il a déjà disparu qu'il est de nouveau de retour. C'est le dieu du changement et de la permanence, c'est le dieu de la succession et le dieu de la simultanéité, le dieu de la séparation et le dieu de la rencontre, le dieu de toutes les fins, le dieu de tous les débuts. Il est un dieu à la fois universel et dialectique. Tous les contraires s'unissent en lui et il les réconcilie. Il est le lien, le faisceau, l'unité et il ne cesse jamais de les rompre et de les faire éclater. Il est le nœud d'un monde qu'il divise, sépare, détruit. Mais il ne détruit que pour construire. Il construit en détruisant et il détruit en construisant. Si je n'étais pas chrétien, je sais bien quel Dieu j'adorerais : c'est le temps. Et, parce que je préfère sans doute le mystère à l'absurde, si les chrétiens n'ont plus de Dieu, je le remplace par le temps.

Je me demande si je n'ai pas tort de m'élever à ces hauteurs un peu vertigineuses de la métaphysique. Dans ce domaine-là aussi, je suis un incapable. Les savants rigoleront. Les philosophes aussi. Et ils auront bien raison. Je sais bien ce que je pense, les génies mis à part qui se comptent assez facilement sur les doigts des deux mains, de ces sommes philosophiques et de ces manuels de sagesse que méprisent les jeunes gens. Je préfère les amuseurs : Tristan Bernard ou Forain, Capus ou Alphonse Allais, sans parler, naturellement, de l'immense Jules Renard. Je donnerais pour le moindre mot qui ne rate pas son but tout le fatras fumeux de nos penseurs à la manque. Je n'ai pas beaucoup d'indulgence pour le sérieux de la pensée quand elle n'est pas foudroyante — ni surtout pour la mienne. Mais le temps, quelquefois, me fait un peu délirer. J'ai toujours eu un faible, coupable probablement, pour l'évidence et le banal, pour ce qui est là sous nos yeux, pour la lettre volée d'Edgar Poe, pour ce que personne ne voit parce que c'est trop visible, pour les mystères qui se cachent derrière trop de lumière. Le temps est le modèle même de ces abîmes quotidiens. Au lieu de tenter de l'abolir à la façon des mystiques, mon rêve le plus secret serait de le pénétrer, de m'abandonner à lui, de me mêler à ses torrents et de le servir si étroitement qu'éperdument soumis à ses paradoxes mêmes, je parvienne enfin à le vaincre à force de l'accepter et à lui échapper en me livrant à lui.

Pourquoi j'écris ? À cause du temps. Pour le fuir. Pour l'épuiser. Pour le combattre. Pour le servir. Pour le fixer un peu. Pour l'empêcher de s'évanouir. Pour le multiplier aussi, et, à la rigueur, pour en changer. Dans mes rêves, dans mes angoisses, dans mes amours, dans mes livres, je pars, comme ces héros des films américains ou des contes populaires, pour des vies étrangères, je m'embarque pour d'autres âges, je retourne un peu chez moi avant de m'en aller à nouveau, je remonte et descends à mon gré le cours des âges et des temps. J'essaie d'arrêter quelque chose de cet écoulement perpétuel et presque douloureux, de ce flux universel qui m'entraîne avec lui, de cette tempête très calme, imperturbable, immobile, de cette inondation sans rivière et sans eau, où tout s'abîme sans cesse, s'emporte, s'évanouit et n'apparaît que pour disparaître.

Je m'installe, du même coup, dans ces régions englouties où j'aurais pu être jadis et où je n'ai pas été. Car il faut reconstruire et honorer ce qui a été comme il faut comprendre et perpétuer ce qui est. Tout ce qui a été. Tout ce qui est. Et, si possible, un peu plus. Je vis ailleurs dans l'espace, ce qui n'est pas sorcier, je vis ailleurs dans le temps, ce qui est déjà plus calé, je vis autant dans le passé que je vis dans le présent, autant avec les morts qu'avec ceux d'aujourd'hui. Le culte des morts ne consiste pas tant à pleurer sur leur absence qu'à les ressusciter et à revivre avec eux. Je revis avec eux. Avec ceux que j'ai aimés, avec ceux que je n'ai même pas connus. Je vis la vie des autres autant que la mienne propre. Et, dans le passé comme dans le présent, je m'invente bien d'autres destins que la petite existence, à mon gré rabougrie, qui m'a été donnée, dans des limites trop étroites, par ces dieux très mesquins qui nous clouent tous dans le temps.

Est-ce que vous croyez que ma vie est ce tissu médiocre

d'insanités quotidiennes que j'ai livré aux radios et à votre sacrée télé, que j'ai retracé dans ce roman où vous avez cru lire des souvenirs ? Est-ce que vous me prenez par hasard pour un ministre radical, pour un diplomate de carrière, pour un fonctionnaire national ou international, pour un comique troupier, pour un directeur de journal, pour un membre de l'Institut, pour un employé du gaz, pour un tenancier de maison close, pour un trois-quarts de rugby, pour un propriétaire terrien ? Non, non. Rien de tout cela — ni d'ailleurs tout le reste. Je suis toujours autre chose que ce que je suis vraiment, je ne suis jamais vraiment ce que vous croyez que je suis. Je suis parmi vous tout à fait par hasard et presque par illusion. Je n'ai jamais cessé de me quitter. Ma vraie bibliographie est tout imaginaire. Est-ce que je suis né vraiment, comme je l'ai affirmé un peu vite dans ce livre où tant d'adversaires et peut-être même d'amis trouveront tant de folies et d'inexactitudes, dans cette vieille rue de Grenelle, entre la rue de Varenne, la rue du Bac, la rue Vaneau, la rue de Bellechasse — Seigneur ! si c'était vrai, quelle hérédité ! — vers le début du deuxième quart de cet éternel XXe siècle ? Ne serait-ce pas plutôt, comme je l'ai rappelé plus d'une fois, au bord d'un de ces lacs de Bavière, écrasé sous les Alpes et sous les souvenirs du roi fou, parmi les bras tendus, les chemises brunes, les croix gammées, à l'aurore du nazisme, d'où mon faible pour la bière, la neige et les culottes de peau ? Ou peut-être — d'où mon goût pour les dépaysements — dans un de ces luxueux wagons-lits tout en bois de l'Orient-Express de jadis, au grand effroi de ma mère qui s'est hâtée de tourner la loi et de me déclarer à Paris ? Ou encore dans les Eaux-Douces d'Asie, à quelques jets de pierre d'Anadolu Hisar, dans la grande maison aux portes de Scutari où mon père, ambassadeur de France à Ankara — dommage ! ce n'était déjà plus la Sublime Porte —, harcelé par le rhume des foins, passait entre les éternuements les dernières semaines du printemps et ces mois brûlants de l'été qu'il supportait si mal ? Ou sur la Riviera de Crimée, aux environs de Yalta, pour des motifs un peu mystérieux, liés au souvenir du prénom russe de mon oncle Wladimir, à la suite d'aventures effroyablement compliquées que je raconterai peut-être un jour si Dieu me prête vie et où sont mêlés plusieurs ministres des Soviets, une baronne balte d'une grande beauté, maîtresse d'un chiffreur du quai d'Orsay et deux ou trois gardes blancs rescapés par miracle des sanglantes aventures du général Wrangel ou de l'amiral Koltchak ? Ou dans ce château des Carpates dont je n'ai jamais cessé de me souvenir sous les noms fictifs et entièrement inventés de Saint-Fargeau ou de Plessis-lez-Vaudreuil et qui m'a valu pour marraine la comtesse de Noailles, d'origine roumaine, née Anna de Brancovan, et pour parrain un autre Roumain, un de ces amis de Marcel Proust, de Reynaldo Hahn, d'Henry Bernstein, de Paul Morand qui régnaient alors sur Paris, le charmant Antoine Bibesco, toujours en train de murmurer, à propos de Robert de Montesquiou ou des frères Karamazov, des secrets anodins et atrocement confidentiels qu'il ponctuait à chaque fois de sa fameuse formule : *Mais tombeau ! tombeau !* et à qui, au cours d'un séjour commun en Belgique et en Hollande pour visiter les musées, plein de pique-niques au bord des rivières et de baignades dans leurs eaux, Guillaume Apollinaire dédia les vers burlesques, olorimes et fameux :

Imbibe, imbibe, Escaut,
Imbibe un Bibesco ?

Ou, tout bêtement, dans quelque coin perdu de l'immense Amérique du Sud, en Bolivie, peut-être, ou encore au Brésil, à Rio de Janeiro par exemple, à l'ombre du Pain de Sucre et du Corcovado, le long de la fameuse baie, non pas à Ipanema, alors encore désert, ni à Copacabana, déjà trop élégant et envahi de boîtes de nuit, mais dans le quartier de Flamengo, plus calme et plus discret, mais toujours très bon ton, entre Botafogo et le centre de la ville ? Mieux vaut l'avouer tout de suite dans ce chapitre de la chapelle propice aux confessions, le vagabond qui passe n'a pas d'état civil, pas d'âge très assuré, pas de domicile très fixe, pas de profession stable, pas d'origines très certaines, pas de projets ni de desseins, pas de situation très définie, pas d'état ni de carrière sous son ombrelle trouée. Avec son parasol pour balancier, pour parachute, le cabotin, le funambule, l'artiste, le batteur d'estrade flotte un peu dans le ciel, au sommet des collines, sur ses filins d'acier, dans la poussière des chemins qui le mènent Dieu seul sait où. Il invente, il fabule, il imagine sa vie et le reste du monde qu'il peuple de ses songes. C'est ce qui s'appelle se souvenir — et aussi : espérer. Il ne ment pas par intérêt, par souci d'arriver, ni par basse commodité. Il ne ment même pas par vice, il ne ment pas pour mentir. Il ment par affolement. Il ment par fidélité. Il ment, le malheureux, et à son cœur défendant, parce que, comme beaucoup, comme tous autour de lui, il ne sait plus très bien où il en est, d'où il vient, vers quoi il va. Parce que les souvenirs et les dieux lui ont claqué dans la main. Parce qu'il est arrivé trop tard, à l'heure où la nuit commence déjà à tomber sur la force des points de repère, des monuments familiers, des traditions ancestrales, et sur la conscience de soi. Parce que le malheur des temps a exigé de lui qu'il n'ait ni foi ni loi.

Je récrirais volontiers, dans ce temps et dans d'autres, toute une multitude de souvenirs étonnamment précis et toujours différents, toute une série d'aventures que j'aurais rêvées au lieu de les vivre — et qu'à force de distraction et de concentration, à force d'indifférence et d'imagination, j'aurais fini par vivre. J'ai été, dans d'autres livres, un empereur fabuleux, des philosophes inventés, des chefs de guerre, des prêtres, des courtisanes de rêve, un narrateur supposé, un grand-père de fiction. J'ai été, dans ce livre même, le colonel aux Gardes Gerald Fitz-Gerald. Je l'ai rêvé doublement : d'abord parce que je ne l'étais pas. Ensuite — dites ? est-ce que vous avez des doutes ? dites ? qu'est-ce que vous en pensez ? — parce que je ne suis même plus très sûr qu'il ait jamais existé et que j'en viens à me demander, mais, franchement, je n'en sais rien, si j'ai jamais été uni par aucune parenté à cette famille irlandaise dont je me suis fait descendre et à laquelle je n'appartiendrais alors que par les liens — mais qu'ils sont forts ! — de l'imagination. Je suis ce colonel irlandais comme je suis Lady Ann. Je suis mon père et ma mère, mes grands-parents, mes ancêtres, et puis encore les vôtres. Je suis aussi leur petit-fils, et aux uns et aux autres. Ce qui fait que je me trouve enfin être aussi un peu vous-même. Je suis ceux qui sont morts, je suis ceux qui n'ont jamais été. Ils sortent tous de moi plus encore que je ne sors d'eux. Je suis parti pour Venise entre George et Alfred, pour Harrar avec Arthur, pour Alexandrie avec Antoine, pour Balbec avec Albertine, pour Angoulême avec Lucien, pour Grenoble avec Julien, pour Istanbul avec Marie-France, pour Beyrouth avec Gustave, et pour Deauville avec Auguste. J'entre à Constantinople avec un doge aveuglé par l'empereur byzantin Emmanuel Comnène, avec l'illustre Dandolo, despote par la grâce de Baudouin, empereur latin d'Orient, et, par son propre décret, *Seigneur du quart et demi de toute la Romanie* — et puis, deux siècles plus tard, aux côtés de Mahomet II. J'ai à peine le temps de me retourner, de me précipiter en Espagne et de quitter Grenade, tout en larmes, en soutenant de mon bras le malheureux Boabdil, accablé par sa mère, la sultane Aïcha. Je rencontre sur mon chemin le dernier des Abencérages. Du coup, je me prends — mais tombeau ! tombeau ! — pour le vicomte de Chateaubriand qui s'était pris pour lui. Et voilà qu'il me faut déjà repartir pour le Nouveau Monde qui vient d'être découvert, pour la Floride avec Colomb, pour les Philippines avec Magellan, pour Veracruz et Tenochtitlán avec Cortez et Montezuma, pour l'empire des Incas avec Pizarre, l'ancien porcher. À la différence de ces journalistes ou de ces photographes qui se trouvent toujours là, comme disent les publicités, où il se passe quelque chose, je suis en même temps et d'avance partout où il ne se passe rien, où il semble du moins qu'il ne se passe encore rien. Quelle patience ! Quel travail ! J'étais à Zurich avec Lénine, au milieu des grandes banques, à Prague avec Rodolphe et avec Tycho Brahé, à Vienne avec Sobieski, à Samarkand avec Alexis, à Plessis-lez-Vaudreuil avec toute ma tribu, à Tunis ou à Alger, j'ai oublié, je ne sais plus, avec l'exquise amie Nane. Je crois que je serai bientôt, dans le paradis terrestre et en quelque cinq cents ou peut-être six cents pages, Adam et Ève à peine sortis, éperdus, de la main du créateur. Et, si tout marche comme je le souhaite, j'espère bien — tombeau ! tombeau ! — j'espère bien devenir Dieu.

Redescendons un peu la gamme, puisqu'il est difficile de monter beaucoup plus haut. Je ne détesterais pas pouvoir être, pour quelque temps, un chat, un chien, une truie, l'hirondelle de Kant dont j'ai déjà parlé ou celle qui fait le printemps, une plante, une éponge, un oursin, l'aspic de Cléopâtre, un lion dévoreur de chrétiens, le cheval égorgé par Alexandre à l'entrée d'un désert où ses soldats à pied hésitaient à s'engager, le cloporte de Kafka. Je renoncerai, *je le crains*, à aller beaucoup plus loin, à remonter ailleurs dans la suite d'un temps qui n'existait pas encore, à émigrer dans des centaures, des sirènes, des licornes, des fées, des ogres, des farfadets qui n'ont d'être que dans les mots. Mais quoi ! Peut-être serait-il pourtant permis de rêver d'autres temps, d'autres règnes, d'autres espèces, d'autres univers possibles, ou, pourquoi pas ? impossibles ? Ah ! Il faudrait échapper au monde, à sa logique, à ses limites si étroites, à l'espace et au temps. Il faudrait échapper à Dieu et susciter soi-même autre chose d'inouï, d'ineffable et d'encore increé.

Ces rêves, ces ambitions, ces folies, ces fantasmes ont été à la fois combattus et nourris en moi par tout ce qu'il y a de plus routinier et de plus conservateur : par le culte du passé et de la tradition. Il se trouve, en effet, que je descends en droite ligne — par les femmes, mais en droite ligne — non de Mélusine ou de Prospero, non d'Alexandre ni de César, ni même de Charlemagne, mais, plus modestement, d'un homme d'État romain, orateur et écrivain, questeur aussi, prêteur, proconsul d'Afrique, préfet de Rome, consul enfin, et qui s'appelait Symmaque. Ce Symmaque et sa lignée m'ont arraché aux délires de l'imagination et m'ont ramené sur cette terre, dans son temps, dans son histoire, qui suffisent largement à apaiser en nous toutes les soifs d'aventures. Jugez-en plutôt par vous-même.

Issu d'une vieille famille de l'aristocratie romaine, aveuglément attaché à la tradition païenne au moment même où le christianisme se développait à Rome, Symmaque eut son heure de gloire et d'amertume à propos d'une affaire très célèbre qui l'opposa à saint Ambroise, archevêque de Milan et maître de saint Augustin qui reçut le baptême de ses mains épiscopales à l'âge de trente et un ans. Un autel de la Victoire avait été édifié à Rome, dans la salle même du Sénat. Les chrétiens triomphants et peu portés sur la tolérance depuis qu'ils étaient les plus forts exigeaient sa destruction. Les païens conservateurs évoquaient, avec ce qu'il fallait d'émotion, la grandeur passée de Rome et réclamaient son maintien. Saint Ambroise et Symmaque se firent, avec une égale éloquence, les porte-parole des deux causes. Faible et indécis, l'empereur flottait entre les deux clans. Saint Ambroise l'emporta en fin de compte et le conflit de l'autel et de la statue de la Victoire marque, à la veille de l'invasion barbare, une date importante dans le développement du christianisme à Rome. Plus tard, Symmaque allait se lier avec une des figures de femme les plus étonnantes de l'histoire, cette fameuse Galla Placidia, fille, sœur et mère d'empereurs romains, otage, puis reine des Goths, et dont les voyageurs contemplent encore à Ravenne, à deux pas de San Vitale, l'admirable mausolée.

Sautons quelques générations — et qui pèsent assez lourd puisque Rome, entre-temps, en l'espace d'un demi-siècle a été deux ou trois fois battue, envahie et pillée par les Barbares. Le grand Théodoric, prince des Amales, roi des Ostrogoths, un des modèles de *La Gloire de l'Empire*, héros légendaire de la littérature germanique sous le nom de Dietrich von Bern — c'est-à-dire de Vérone —, vainqueur et assassin de l'Hérule Odoacre, domine toute l'Italie, la Dalmatie, la Pannonie, la Norique et la Rhétie, sans compter la Provence, et réside à Ravenne où il fait édifier, avant les splendeurs de Justinien et de Théodora, l'église de Saint-Apollinaire-le-Neuf. Grâce à lui, le demi-barbare, l'ancien otage de Constantinople, l'illettré qui ne sait même pas lire, la littérature et la science survivent en Occident. Elles sont illustrées avec éclat par deux grands écrivains : l'un, grammairien, philosophe, homme d'État, s'appelle Cassiodore ; l'autre, poète, philosophe, homme d'État, auteur de la fameuse *Consolation philosophique*, c'est Boèce. L'un et l'autre obtiendront la confiance de Théodoric et seront ses ministres. Le premier, Cassiodore, trouvera même le temps de servir une reine au nom de jument, Amalasonte, la fille de Théodoric — qui finira étranglée par son cousin et mari —, avant de se retirer dans une sorte d'académie monastique où il devait mourir âgé de près de cent ans. Le second, Boèce, m'intéresse encore davantage, car il avait épousé Rusticiana, la fille d'un autre Symmaque qui descendait du premier, de celui que nous avons vu s'opposer à saint Ambroise à propos de l'autel de la Victoire. Et lui aussi est mon ancêtre, celui des Plessis-Vaudreuil, celui de Claude, le communiste, et d'Anne-Marie, l'actrice, que vous avez peut-être aperçus dans *Au plaisir de Dieu*.

Issu de l'ancienne et fameuse *gens Anicia*, ce personnage de Boèce joue un rôle essentiel dans l'histoire des idées : en lui se termine l'âge classique et s'ouvre le Moyen Âge. Tout jeune encore, déjà patrice, il est chargé d'accueillir et de haranguer Théodoric à son entrée dans Rome. Remarqué par le prince goth, il devient vite consul, prince du Sénat, maire du palais, maître des offices, directeur des monnaies. À Clotaire, roi des Francs, il envoie de la musique et à Gondebaud, roi des Burgondes, une clepsydre de son invention qui indique, sans roue, sans poids et sans ressort, grâce à une circulation d'eau d'un merveilleux mécanisme, les cours du soleil, de la lune et des autres astres. Traducteur de Platon et d'Aristote, il protège les lettres et les beaux-arts en même temps que les chrétiens auxquels il n'appartient pas, mais dont il est très proche. Tant de grandeur et de gloire devaient finir très mal. On l'accuse d'être vendu à l'empereur de Constantinople. Théodoric l'abandonne et le condamne à un supplice horrible : cette tête qui avait reçu tant de couronnes d'or et de laurier, de poésie et d'éloquence, un bandeau de soie ou de cuir la serre jusqu'à faire jaillir les yeux de leur orbite ; puis le corps palpitant de Boèce est jeté sur une poutre où il est frappé de verges et achevé à coups de hache. Ni Hitler ni Staline n'ont fait mieux que Théodoric dont tant de savants, d'historiens, de voyageurs et moi admirons tant les œuvres.

Il faudra attendre la mort d'Amalasonte pour voir l'empereur de Constantinople intervenir effectivement dans les affaires d'Italie. Près de dix ans après le supplice de Boèce, c'est l'assassinat de la fille de Théodoric par son époux Théodat qui sert de prétexte à Justinien pour la reconquête de l'Occident. Avec lui, avec l'immense Théodora, qui revit, elle aussi, dans *La Gloire de l'Empire*, avec le général Bélisaire, capitaine de légende, dont la disgrâce devait inspirer successivement, parmi tant de chefs-d'œuvre, et la tragédie de Rotrou où Théodora, amoureuse de Bélisaire, va jusqu'à le perdre par dépit dans l'esprit de Justinien et le grand tableau de David, au Louvre, où le casque de Bélisaire, aveugle et mendiant, devient un des symboles de la peinture académique, avec ces trois-là et avec quelques dizaines ou quelques centaines de milliers de figurants obscurs, c'est une époque nouvelle et glorieuse qui s'ouvre, pour un bref sursis, dans l'histoire de l'Occident : elle marque un dernier sursaut de la grandeur romaine, émigrée à Ravenne entre San Vitale et Sant'Apollinare in Classe, éclatants témoins de la splendeur justinienne avant la chute définitive sous les coups des Lombards, avant les ténèbres inspirées, traversées d'éclairs, de génie et de foi, de la longue éclipse du Moyen Âge.

Tout au long de ce Moyen Âge, Boèce, que personne ne lit plus de nos jours, joue un rôle capital, comparable à celui de Platon ou à celui d'Aristote, plus tard à celui de Descartes. À l'époque de Dante, au début du XIVe siècle, il est encore un des quatre auteurs classiques de l'université de Paris. Toute une légende se crée autour de sa figure historique. Il aurait vécu à Athènes, il se serait fait chrétien, il aurait été l'ami de saint Benoît et son hôte au Mont-Cassin, il aurait ressuscité et, saint et martyr, il aurait porté, à la façon de saint Denis, sa tête sanglante entre ses mains. Toute cette imagerie chrétienne demanderait une longue exégèse qui serait ici hors de propos. Disons seulement que la gloire croissante d'Aristote introduit, vers le XIIe siècle, grâce aux Arabes, dans les universités du Moyen Âge sonne peu à peu le glas de la réputation de Boèce. Et contentons-nous d'indiquer qu'au terme de fabuleuses aventures qu'il est impossible de rapporter dans ce très mince ouvrage, mais qui figurent tout au long dans de vieux manuscrits conservés successivement dans les monastères irlandais de Glendaloch, puis de Cuchulainn, l'un des fils de Boèce devait mener jusqu'à moi. Tandis qu'un autre…

Autant la lignée qui descend, par les femmes, de Symmaque, puis de Boèce jusqu'à ma modeste personne ne pose guère de questions, autant, je le sais, les événements historiques que je vais maintenant rapporter se heurteront à des objections, voire à de la méfiance et à de l'hostilité. Il me sera impossible, dans la limite étroite de ces quelques pages, de citer toutes mes sources, d'énumérer tous les documents que les loisirs dont je dispose depuis mon éloignement du *Figaro* m'ont permis de consulter. Je demande simplement au lecteur de faire ici confiance à l'historien que la préparation de *La Gloire de l'Empire* et d'*Au plaisir de Dieu* a largement familiarisé avec le maniement des archives et la recherche érudite. Voici ce que m'ont appris mes travaux sur cet autre fils de Boèce, qui est donc, à la quarantième ou cinquantième génération, un de mes oncles très lointains et quasi légendaires, et sur sa descendance.

Replaçons, encore une fois, pour que tout soit bien clair — ou aussi clair que possible —, les événements qui nous intéressent dans leur cadre historique. La chute de l'Empire romain, à laquelle l'historien anglais Gibbon a lié son nom, s'étend sur plusieurs siècles. Un film américain assez fameux en fait remonter les origines jusqu'au règne de Commode, le fils de Marc Aurèle, à la fin du IIe siècle. Plus de deux cents ans s'écoulent avant que les Wisigoths d'Alaric et de son beau-frère Ataulph — le mari de Galla Placidia — ne s'emparent de la Ville éternelle, bientôt suivis de plusieurs autres, enhardis par ce premier coup. Encore quelques dizaines d'années et c'est l'éclatante, mais fragile résurrection de la grandeur romaine transportée à Ravenne d'abord par

Théodoric, ensuite par Justinien et par Théodora qui, non contents d'édifier Sainte-Sophie à Constantinople, laissent la trace de leur gloire dans les mosaïques de San Vitale. Mais l'histoire est toujours pressée. Justinien meurt en 565. Moins de trois ans plus tard, Alboïn, roi des Lombards depuis 561, envahit à son tour tout le nord de l'Italie.

Nous ne manquons pas de témoignages sur les invasions des Barbares, d'Alaric à Genséric, de Ricimer à Odoacre, ni sur les différents sacs de Rome qui en furent la conséquence. La chute de Rome, capitale toute-puissante du monde antique, fut un de ces événements qui ébranlèrent l'univers au même titre que la prise de Constantinople, la découverte de l'Amérique ou la révolution d'Octobre. Rome elle-même, pourtant, subit moins de dégâts que, huit cents ans plus tôt, au temps et du fait des Gaulois, six ou sept cents ans plus tard, au temps et du fait des Normands ou, plus de mille ans plus tard, au temps et du fait des Impériaux. Une des explications avancées, notamment par saint Augustin — le disciple de saint Ambroise — dans *La Cité de Dieu*, s'appuie sur la religion des envahisseurs : ils étaient tous chrétiens. Ariens, sans doute. Mais chrétiens. Contre les conservateurs païens qui — tel Symmaque — voyaient dans l'abandon des cultes traditionnels une des causes du déclin, saint Augustin ne se prive pas de renverser l'argumentation : non seulement le christianisme n'est pour rien dans la décadence de l'Empire, mais encore il sauve Rome d'un désastre total. Les historiens discuteront le bien-fondé de la thèse. Après tout, les Normands et les Impériaux étaient aussi chrétiens. Mais saint Augustin, évidemment, ne pouvait pas prévoir cet avenir pire encore que l'atroce présent. Une chose est sûre : le premier flot des invasions barbares, s'il ébranla et détruisit, par la chute de Rome, un des mythes majeurs du monde antique, ne suffit pas à bouleverser de fond en comble les structures profondes de la vie quotidienne. Ce redoutable honneur était réservé aux Lombards.

Après le règne éclatant, mais relativement bref, de Théodoric, après la gloire incomparable, mais passagère, de Justinien et de Théodora, une nuit profonde et définitive — ou presque définitive : l'histoire est changeante et il y aura une Renaissance — tombe sur ce qui fut Rome et Ravenne, sur ce qui sera l'Italie. Dans le tourbillon de l'histoire, les destins individuels deviennent alors obscurs et souvent sinistres. Les Lombards s'établissent à Pavie où Alboïn ne tarde guère à se faire lui-même assassiner. Tout autour, tout s'écroule. Les deux fils de Boèce dont nous suivons les sorts parviennent à gagner Constantinople. Ils s'y installent. Ils y fondent leur famille. Romains de l'Occident émigrés en Orient, ils font carrière l'un et l'autre dans l'administration impériale. Eux ou leurs descendants deviennent successivement drongaires, toparques, silentiaires, sacellaires, spatarocandidats, prorospathaires, protovestiaires, orphanotrophes, hétériarques, logothètes du drome et, enfin, curopalates. Et, de nouveau, les années passent.

Deux ou trois cents ans après ces événements et ces bouleversements successifs et inouïs, une cérémonie assez étonnante se déroule à Constantinople : l'empereur reçoit, avec tout le protocole obligé, une ambassade qui a attiré beaucoup de curieux et provoqué parmi les innombrables dignitaires, et même parmi le peuple, des flots de commentaires. C'est une délégation de Barbares venus du Nord, on murmure même de très loin, d'au-delà de la Pannonie et de la Germanie, des régions peut-être qui avoisinent Thulé, l'île mystérieuse : on les appelle les Varègues. Vêtus de cuir et de peaux de bêtes, immenses, les yeux bleus, très blonds, l'air farouche, les Varègues répandent autour d'eux autant de terreur que jadis les Hiong-nou, les Wou-Houan et les Huns ou, plus tard, les Avars, les Ouïgours, les Petchenègues ou les Khazars. Ils ont conquis d'immenses terres sur les territoires actuels de l'Union soviétique et ils ont soumis les tribus slaves qui y demeuraient. Ils descendent les rivières sur de grandes barques creusées dans un seul tronc d'arbre et appelées monoxyles. Leur chef, Rurik, ou Riourik, a pris le titre de grand-duc et il vient proposer à l'empereur un traité d'alliance et de commerce.

L'histoire mêle inlassablement les incidents les plus minuscules aux ébranlements les plus gigantesques. L'ambassade des Varègues comportait des vieillards et des jeunes gens, des guerriers et des marchands, des négociateurs et des fils de princes. L'un d'eux, un homme entre deux âges, lointain cousin de Riourik, avait perdu sa femme : elle était morte en donnant le jour à une petite fille. L'enfant avait grandi. Elle avait maintenant seize ans, elle était devenue très belle, et elle avait supplié son père de lui permettre de l'accompagner jusqu'à Constantinople dont elle rêvait. Le lecteur aura déjà deviné toute la suite de l'histoire. L'arrière-petit-fils d'un des petits-fils de Boèce était un des familiers de la cour de l'Empereur où son père occupait des fonctions importantes. Son nom était Photius. Il tomba éperdument amoureux de la jeune fille aux yeux bleus, aux nattes blondes, qui faisait comme une tache de fragilité et de grâce dans la rigueur hirsute des géants venus du Nord. Il demanda sa main, il l'obtint et il partit avec les Varègues, devenus son peuple et sa famille, vers les forêts et les grandes plaines qu'ils avaient conquises sur les Slaves et vers leur capitale, qui s'appelait Kiev.

Il aurait pu vivre et mourir là. Mais le destin et l'histoire en décidèrent autrement. Les Varègues étaient des Vikings, c'est-à-dire des guerriers et des pillards venus de Scandinavie et que la soif d'aventures et un goût irrépressible pour les expéditions lointaines avaient lancés successivement, sur leurs fameux drakkars, vers les côtes d'Angleterre et de France et, sur leurs chevaux de combat, vers la vallée du Dniepr — le Borysthène de l'Antiquité —, vers Smolensk et vers Kiev. La conquête et la guerre étaient leur grand souci. Ceux qui étaient partis vers le Dniepr et l'Ukraine se livraient aussi au commerce de l'ambre, des fourrures et du bois — et souvent des esclaves. Ce trafic des fourrures — et du reste — joint à des complications familiales et dynastiques menèrent Photius jusqu'à Shiringssal, dans le fjord d'Oslo, jusqu'à Bjarkoy, au nord des îles Lofoten, et jusqu'à Hedeby, ville-marché, relais de commerce, capitale des Vikings. C'est à Hedeby que, dans les toutes dernières années du IXe siècle ou au début du Xe, s'éteint, encore assez jeune, mais déjà père de quatre fils et de cinq ou six filles, le descendant de Boèce et de Symmaque, né romain de Constantinople, mort varègue, viking, scandinave et normand.

Les petits-fils de Photius n'ont plus rien de latin ni de grec. Ils ne s'appellent plus Pompilius, Protus, Rutilius, Afranius, ni Alexis ou Justin. Ils s'appellent Hagar, Harald, Askold, Igor, Oleg, Rollon, Éric à la belle Chevelure, Éric à la Barbe blanche. Leurs pères, les quatre fils de Photius, ont été tous les quatre tués sur des champs de bataille : deux en Russie, un en Irlande ou en Angleterre, sous le successeur d'Alfred le Grand, un en France, dans une de ces expéditions mineures qui se produisent encore du côté de la Loire ou de la Bourgogne bien après le siège de Paris et le traité de Saint-Clair-sur-Epte. Deux de ces petits-fils

Généalogie simplifiée de Symmaque

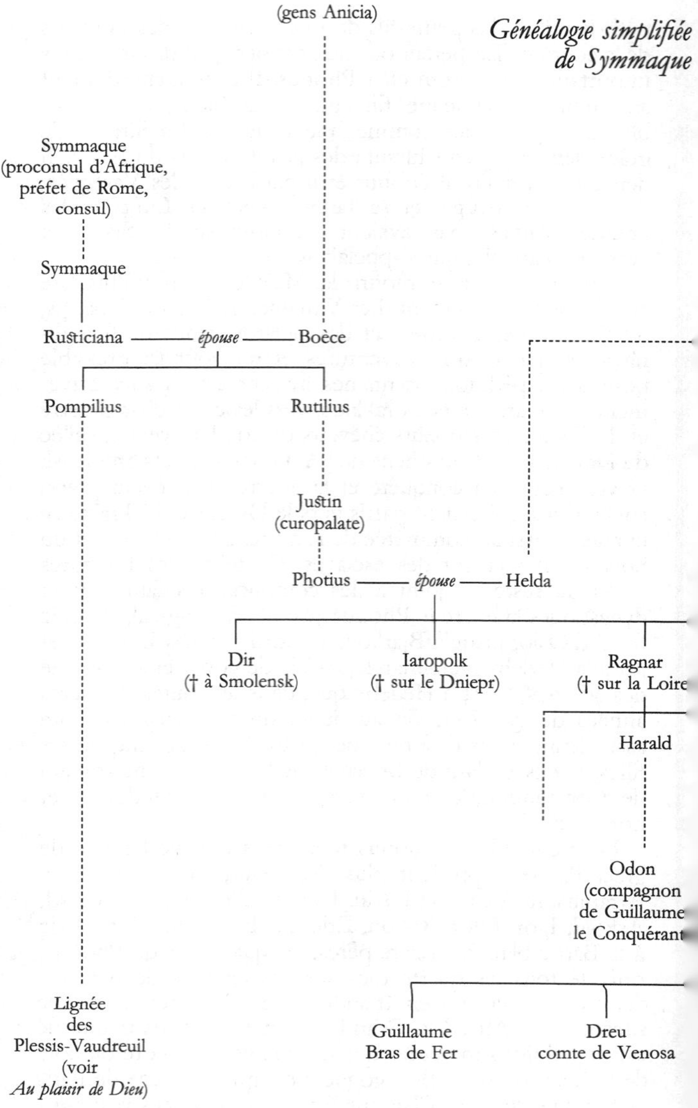

des descendants
et de Boèce

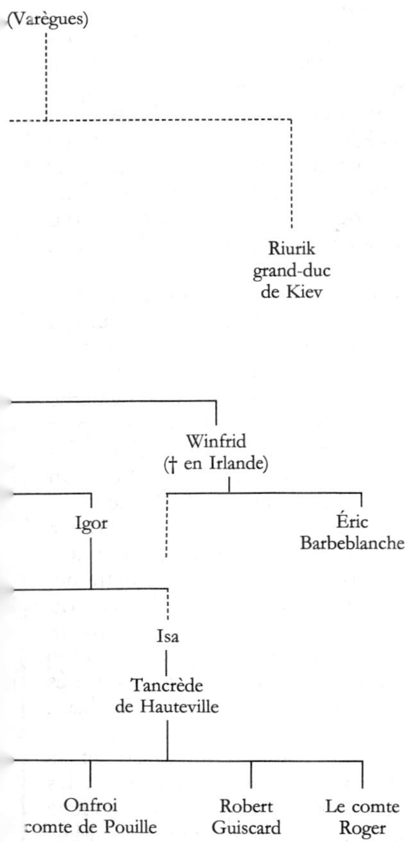

Événements historiques

Affaire de l'autel de la Victoire

Prise de Rome par Alaric

Théodoric à Ravenne

Justinien et Théodora à Ravenne

Les Lombards en Italie

Les Varègues en Ukraine

Les Vikings en Normandie

Ambassade des Varègues à Constantinople

Découverte du Labrador par Éric Barbeblanche puis par Éric le Rouge

Le dieu Viracocha chez les Indiens Quichuas

Naisssance de l'Empire inca

Conquête de la Sicile

Conquête de l'Angleterre

s'établissent en Normandie — et plus précisément à Saint-Aubin-le-Guichard (ou le-Guiscard) — où ils font souche avec éclat : l'un est le grand-père du plus proche compagnon de Guillaume le Conquérant, celui qui tue de sa propre main le roi Harold à Hastings ; de l'autre descend la mère de Tancrède de Hauteville dont trois fils — Guillaume Bras de fer, Dreu, comte de Venosa et Onfroi, comte de Pouille — conquièrent l'Italie du Sud et dont deux autres — Robert Guiscard et le grand comte Roger — s'apprêtent, en 1061, à franchir le détroit de Messine, à affronter les Arabes et à s'emparer de la Sicile, dont ils feront un royaume égal en raffinement et en somptuosité à l'Empire byzantin. Montherlant parle quelque part de l'admirable enchaînement qui fait succéder, en 1492, la découverte de l'Amérique à la prise de Grenade. Une même cascade de gloire se retrouve chez nos Normands : dans la même année 1066, Guillaume le Conquérant, vainqueur de Harold à Hastings, se fait couronner à Westminster et Robert et Roger s'emparent de Cefalu.

Voilà déjà des vies étonnantes. Mais le destin du troisième petit-fils est plus exceptionnel encore. C'est lui qui m'a fait rêver longtemps à l'étrange histoire des hommes. Il s'appelle Éric Barbeblanche — ou à la Barbe blanche —, parce qu'il a le poil si blond que ses cheveux et sa barbe en paraissent presque blancs. C'est un navigateur, plus encore qu'un guerrier. Il part pour les Hébrides, les Orcades, les Shetland, les Féroé — ou Foer-Oeer. Un printemps, puis un été, il pousse jusqu'à l'Islande. Il y retourne l'année suivante, mais il parvient cette fois à atteindre le Groenland. Il revient de nouveau vers la Scandinavie, prépare pendant deux ans, avec un soin extrême, une nouvelle expédition et s'embarque, à la fin de mars ou au début d'avril, avec sa femme, ses enfants et une petite troupe de quelque trois cents compagnons répartis sur cinq navires non pontés, longs d'une vingtaine de mètres, ornés de boucliers, à la proue décorée d'un dragon de bois, flamboyant et cruel.

Le plus dur n'est pas la mer : ils la connaissent et ils l'aiment, elle ne leur fait pas peur. Les femmes et les enfants ont quelquefois des nausées lorsque le vent se lève et que le mouvement des vagues se fait plus fort. Mais quelques jours suffisent à ces marins héréditaires pour prendre le rythme de la mer. Non, le plus dur, c'est le soleil. Il brûle, parfois affreusement, ces peaux très blanches de blonds. Il faut de la graisse et des herbes pour calmer les blessures d'où la peau se détache par lambeaux entiers et sanglants. La nourriture ne pose pas trop de problèmes : il y a des réserves à bord et les Vikings savent pêcher. Deux bateaux, sur les cinq, finissent pourtant par périr. L'un coule dans une tempête, l'autre disparaît dans le brouillard et la nuit. Tout l'été se passe, pour les trois navires qui subsistent, à naviguer vers l'ouest, à la poursuite du soleil couchant. Mais l'automne est encore loin d'être rattrapé par l'hiver que les trois navires d'Éric à la Barbe blanche ont découvert le Labrador.

Pendant qu'Éric et ses compagnons chassent le phoque et le renne, l'un des bateaux repart, avec ceux qui le veulent, vers l'Islande et la Norvège. C'est par ceux-là qu'on apprend la fantastique expédition d'Éric à la Barbe blanche. Les femmes et les enfants se la racontent le soir, à la lueur du feu. Elle s'enrichit d'anecdotes, de monstres marins, de baleines terrifiantes, de requins monstrueux et de la protection, souvent vaguement boudeuse, de la Reine des mers qui éprouve quelque chose qui ressemble à de l'amour pour Éric à la Barbe blanche. Le récit devint mythe, fabulation, légende. Un autre Viking, Éric le Rouge, s'embarque à son tour pour le Groenland et le Labrador. Il ne découvre aucune trace d'Éric à la Barbe blanche. Il regagne la Norvège. Il parle, tout naturellement, un peu plus de lui-même que de ceux qu'il cherchait. L'oubli recouvre peu à peu le souvenir du premier voyage et d'Éric à la Barbe blanche. Il semble qu'on ait rêvé. Les deux Éric n'en font plus qu'un seul. Et il s'appelle Éric le Rouge.

Éric à la Barbe blanche n'était pourtant pas mort. Qu'est-ce que fait un Viking qui a découvert le Nouveau Monde ? Devinez ? Il navigue. Ses frères, ses oncles, ses cousins, ses neveux avaient quitté la Norvège pour descendre vers le soleil, pour se ruer sur l'Ukraine, pour se répandre sur toutes les mers, pour s'emparer de la Normandie, pour conquérir l'Angleterre, pour se jeter sur la Sicile. Pendant des années et des années, avec les deux navires qui lui restent, Éric à la Barbe blanche pousse lui aussi vers le sud. Il s'engage dans le détroit de Belle-Isle, entre Terre-Neuve et le Labrador, il longe l'île d'Anticosti, il croise au large de la Gaspésie, dans le golfe du Saint-Laurent, il passe l'hiver dans ce qui sera plus tard l'île du Prince-Édouard. Quand

Éric le Rouge le recherche, il est vraisemblablement du côté de la Nouvelle-Écosse. Puis il descend encore le long des côtes de la Nouvelle-Angleterre — le Maine, le New Hampshire, le Massachusetts, le Connecticut, le New Jersey d'aujourd'hui. Lorsqu'il passe devant le site où s'élève maintenant New York, il répète, sans le savoir, une des scènes les plus célèbres d'un ouvrage que connaissaient par cœur ses ancêtres Symmaque et Boèce : celle où, dans l'*Énéide*, Énée pressent, le long des côtes du Latium, la gloire future de Rome. Mais quoi ! New York était encore un rêve tapi dans le futur. Rome n'existait presque plus et n'était plus que la coquille vide de sa grandeur passée. Et Éric à la Barbe blanche partait vers bien d'autres destins.

Les Vikings d'Amérique s'habituaient peu à peu à la chaleur croissante du Sud et à l'éclat du soleil. Avec leur peau tannée, leurs cheveux plus blonds que jamais et leur barbe interminable, ils prenaient des allures de géants fabuleux. Il n'était plus besoin, désormais, de s'arrêter pour hiverner. Le ciel était si pur et le climat si doux que la navigation devenait possible toute l'année. Il ne fallait s'arrêter que pour chasser, pour boire, pour faire des provisions de fruits, de miel et d'eau douce. À plusieurs reprises aussi, ils s'établirent quelques mois sur des sites privilégiés où ils défrichèrent et semèrent, puis attendirent les récoltes. Ils découvraient des arbres, des fleurs, des poissons, des animaux inconnus. De temps en temps, il semblait aux Vikings que des créatures les épiaient. Ils découvraient des traces de feu, de campements, de cultures abandonnées. Un jour, ils tombèrent sur des pièges où étaient prises des bêtes. Il y avait donc des hommes. Mais pendant des mois et des mois, ou des années et des années, ils n'en aperçurent aucun.

Ils descendirent ainsi, à la voile et à la rame, le long de la Virginie, des deux Carolines, de la Géorgie. Et ils arrivèrent en Floride. Là, les hommes les attendaient.

Le pays était enchanteur. Jamais les Vikings n'avaient vu une végétation aussi luxuriante. Les plaines glacées du Labrador étaient loin et il était presque impossible de croire que, là-bas, vers le nord et le nord-est, du côté de l'Islande et du Groenland, régnaient la neige et le froid. Éric à la Barbe blanche et ses compagnons passèrent deux ou trois ans en Floride. Plusieurs moururent des fièvres ou de diverses maladies. Mais des enfants naquirent. Les Vikings pensèrent qu'ils allaient finir leurs jours dans ce paradis retrouvé — ou plutôt découvert —, et dont ils n'auraient même pas osé rêver sept ou huit ans auparavant. Mais, un soir, se produisit ce qu'ils attendaient depuis tant d'années, ce qu'ils espéraient et craignaient : ils rencontrèrent des hommes.

Un groupe de Vikings étaient partis en exploration à la recherche de nouveaux points d'eau. Ils avançaient dans la forêt humide, parmi les arbres géants et les plantes souvent monstrueuses, lorsqu'ils aperçurent, au loin, à travers le feuillage, un lac qui brillait au soleil. Ils marchèrent vers le lac. La forêt, peu à peu, le cédait à un marécage qui entourait de toutes parts la vaste étendue d'eau douce. La progression devenait difficile. Pour éviter de s'enfoncer et peut-être de disparaître dans la boue presque liquide, il fallait suivre une sorte de chemin de crête constitué par une épine de rochers sur lesquels poussait une maigre végétation, suffisante cependant pour masquer souvent la vue. Soudain, à un détour du chemin, les Normands aperçurent un groupe d'une demi-douzaine d'hommes et de femmes accroupis autour d'un animal mort qu'ils étaient en train de dépecer.

Ils paraissaient misérables. Les Vikings étaient passés par de terribles épreuves. Loin de leur patrie et de leurs habitudes, sous un climat nouveau pour eux, dans l'inquiétude du lendemain, ils auraient pu, eux aussi, se laisser aller au découragement et cesser de lutter pour leur vie. Mais leur formidable tempérament, la robustesse de leur santé, un esprit d'aventure qui les poussait à une sorte d'optimisme presque féroce les avaient empêchés de s'abandonner. En voyant les créatures apeurées et déjetées qu'ils avaient sous leurs yeux, un sentiment assez étrange et assez rare chez eux les submergea d'un seul coup : c'était la pitié. Tout — leur avenir, un empire, une mythologie, une religion, une civilisation entière —, tout se joua à cet instant. S'ils s'étaient rués, pour les exterminer, sur les petits hommes très bruns, presque rouges, à la face peinturlurée, à l'allure de bêtes traquées qu'ils avaient devant eux, tout un pan de l'histoire du monde en aurait été bouleversé. Mais ils ne se ruèrent pas sur eux. Ils ne les tuèrent pas. Ils s'avancèrent seulement, immenses dans le soleil couchant, très blonds, leurs yeux bleus lançant des éclairs, leurs vieilles épées un peu rouillées à la main. Et les petits hommes bruns se jetèrent à leurs pieds.

Après tant d'années de solitude et de repliement sur eux-mêmes, les Vikings avaient soif, malgré leur sauvagerie et leur férocité, de retrouver des êtres humains. Ils devinrent presque amis. Les Vikings, à vrai dire, se demandèrent quelque temps si ces minuscules créatures qui leur arrivaient à la poitrine étaient des hommes ou des bêtes. Mais ils se persuadèrent assez vite que c'étaient des sortes d'hommes. C'étaient des Indiens Arawaks. Eux, les Indiens écrasés par la vie, ne doutèrent jamais que les géants Vikings, qui riaient très fort et qui mangeaient beaucoup, ne fussent des espèces de dieux.

Ils furent les Vendredis de ces Robinsons venus du Nord. Ou du ciel, ils ne savaient pas. Ils les servirent. Ils les aimèrent. Les enfants jouèrent ensemble. Et, en moins de quelques mois, ils se comprenaient les uns les autres. Ce furent les enfants des Normands qui servirent d'interprètes à leurs parents fascinés par ce qu'ils entendaient.

Vers le sud, loin dans le Sud, là où le soleil brillait avec plus de force encore, il y avait des îles merveilleuses. C'était la patrie des Arawaks. Ils en parlaient avec des flammes et des larmes dans la voix. Ils en avaient été chassés par une peuplade venue de l'enfer, comme les Normands venaient du ciel. Les envahisseurs étaient petits, laids, cruels. Ils se peignaient avec du rocou, sorte de matière cireuse et rouge qui entoure les graines du rocouyer. Ils sortaient de forêts fabuleuses qui s'étendaient de l'autre côté des mers, de l'autre côté du monde, plus loin encore vers le sud, là où régnaient des monstres à visage de perroquet et des singes à face humaine. Ils avaient tué tous les hommes et violé toutes les femmes. Eux, quelques dizaines, ou peut-être quelques centaines, avaient réussi à s'échapper sur des radeaux, dans des pirogues. Et ils avaient abouti sur ces côtes de Floride où les dieux les attendaient. Ils leur rendaient grâce, ils les bénissaient, ils leur offraient la seule chose qu'ils avaient pu sauver du désastre et de la tuerie, c'est-à-dire une vie qui leur appartenait désormais. Les Vikings s'étonnaient de cet accueil stupéfiant auquel les souvenirs de France, d'Angleterre, d'Irlande et de Russie ne les avaient guère habitués. Ils en riaient quelquefois, la nuit, quand ils étaient seuls. Et puis, lentement, ils se firent à ce culte dont ils étaient l'objet. Et ils l'encouragèrent. Des dieux naissaient de ces hommes qui venaient de si loin et qui avaient connu tant d'aventures.

Les envahisseurs des îles, les ennemis des Arawaks, s'appelaient eux-mêmes les Karibs. Ce sont ceux auxquels nos savants donnent aujourd'hui le nom plus courant de Caraïbes. Ces Karibs, là-bas, dans le Sud profond, faisaient rêver les Normands. Éric à la Barbe blanche en parlait le soir, devant le feu, à tous les siens réunis. Parce que c'était le pays de leur jeunesse, de leur naissance et de leurs amours, et qu'ils en avaient été chassés, les Arawaks peignaient les îles des Karibs sous les couleurs les plus ravissantes. Un beau matin, n'y tenant plus, Éric donna le signal du départ. On retourna aux bateaux qui n'avaient cessé d'être entretenus et qui avaient été réparés avec l'aide des Arawaks et, après l'humidité chaude des forêts et des lacs, on se prépara, avec beaucoup de joie, à affronter de nouveau la fortune de la mer.

Le drame vint des Arawaks. L'arrivée des Normands avait été pacifique. Leur départ fut sanglant. Pourquoi ? Parce que les Indiens ne voulaient pas laisser partir leurs dieux. Les Vikings comprirent tout à coup avec stupeur qu'ils étaient prisonniers de leurs serviteurs. Un combat s'engagea, dont l'issue n'était que trop prévisible. Quand les deux navires des Normands s'éloignèrent enfin des côtes, ils laissaient sur le sol de Floride les cadavres d'une dizaine d'Arawaks, morts désespérés d'avoir perdu tout ce qu'il y avait de sacré dans leurs pauvres existences.

La navigation reprit. C'était le bonheur, pour les Vikings. La mer était superbe, et les îles annoncées par les Arawaks ne tardèrent guère à apparaître à l'horizon, vers le sud. Les Normands touchèrent Cuba, Haïti, peut-être la Jamaïque ou Porto Rico. Mais l'accueil qu'ils rencontrèrent ne leur rappela que de très loin celui que leur avaient réservé les Arawaks de Floride. Ce ne fut partout qu'hostilité et violence. Les Scandinaves découvrirent avec étonnement que, derrière les mythes et les légendes, les récits des Arawaks contenaient beaucoup de réalité. Dans les îles des Antilles, il y avait deux langages. Les femmes indigènes, épousées de force par les envahisseurs, parlaient un langage que les Scandinaves, et surtout leurs enfants, parvenaient à comprendre : c'était de l'arawak. Mais les hommes, les vainqueurs, qui avaient tué et souvent mangé les vaincus, se servaient d'une autre langue : c'était le caraïbe. Il y avait bien d'autres oppositions entre les Karibs et les Arawaks : ceux-ci, par exemple, enterraient leurs morts couchés de tout leur long et ceux-là les ensevelissaient recroquevillés sur eux-mêmes dans la position du fœtus. Les Vikings, cependant, ne trouvèrent pas le loisir de pousser beaucoup leurs recherches ethnologiques et linguistiques. Il leur fallait se battre contre les Karibs. À différentes occasions, ils perdirent même plusieurs hommes. La mer, la maladie, la guerre avaient réduit à presque rien la petite troupe des Normands : il ne restait guère qu'une douzaine d'hommes sur les deux immenses barques, aux boucliers usés par la mer, qui avaient porté naguère chacune trente rameurs et trente guerriers. Heureusement des enfants étaient nés. Éric à la Barbe blanche estima qu'il était impossible de continuer à courir des risques insensés en face des féroces Karibs. Une vague de découragement passa sur les Vikings. Il n'était pas question, naturellement, de songer un instant à repartir vers le Labrador, ni le Groenland, ni l'Islande. Le voyage d'aller avait pris des années. Combien de temps prendrait donc le voyage de retour ? On pouvait rentrer en Floride. Mais derrière la lassitude passagère, la flamme de l'esprit de conquête et de l'esprit d'aventure ne s'était pas éteinte chez ces hommes de fer, à la prodigieuse énergie. Ils décidèrent de continuer et de s'en aller à la découverte de ces nouvelles terres enchantées dont leur avaient parlé les Arawaks et dont les femmes des Karibs leur avaient confirmé, en termes mystérieux et voilés par l'ignorance ou la peur, la lointaine existence.

Ils partirent à la recherche de ces mers inconnues et de ces forêts de rêve dont ils ignoraient tout. Ils naviguèrent dans le golfe du Mexique, dans le détroit de Yucatan, sur la mer des Antilles. Mais la chance insolente et proprement incroyable dont ils avaient bénéficié pendant des années et des années semblait les avoir abandonnés. Avant même d'avoir poussé vers les domaines présumés des fabuleux Karibs, vers le sud ou le sud-est, vers ce qui sera la Guyane ou le Venezuela, ils essuyèrent, quelque part entre Cuba et le Mexique, ou peut-être un peu plus bas, une effroyable tempête qui détruisit un des deux navires et voua à la mort la plupart des Normands. Le dernier bateau des Vikings finit par être jeté, plus qu'à moitié brisé, sur la côte du Honduras ou du Nicaragua d'aujourd'hui, ou, plus vraisemblablement, de Costa Rica ou de Panama. Éric à la Barbe blanche était sur ce navire drossé sur les rochers et il fut sauvé, encore une fois, des périls de la mer et des hommes avec quelques-uns des siens, survivants de cette formidable et secrète aventure. Mais il n'avait plus de bateau.

Ils vécurent ainsi, les Vikings naufragés, sur cet isthme inconnu, assez proche de l'endroit où, cinq cents ans plus tard, lors de son quatrième voyage, Christophe Colomb allait aborder ce Nouveau Monde qu'il s'imaginerait avoir découvert tout en le confondant avec les Indes d'Asie. Combien de temps demeurèrent-ils dans ce pays de hasard et d'occasion où les avaient précipités le vent, leur folle audace et leur soif de nouveau ? Encore un ou deux ans peut-être, ou peut-être un peu plus, ou peut-être un peu moins. Est-ce qu'ils nouèrent des liens avec des indigènes ? Est-ce qu'ils surent quelque chose de ce monde mystérieux qui s'étendait autour d'eux, les Chichimèques, les Tarasques, les Totonaques, les Mixtèques, les Zapotèques, les Toltèques, les Olmèques, les Aztèques, les Mayas au nord, les Chimus, les Mochicas, les Quichuas au sud ? Est-ce qu'ils se doutèrent surtout que, quelques centaines de kilomètres à peine vers le nord, une prodigieuse civilisation — celle du Nouvel Empire des Mayas — était en train de naître, ou de renaître — en tout cas de fleurir ? Franchement, je n'en ai aucune idée. Ce que je sais, c'est que, poussé par ses démons, ou peut-être par ses dieux, Éric à la Barbe blanche, homme plus que mûr maintenant, et déjà vieillissant, traverse de part en part l'isthme étroit où il a échoué, découvre avec émerveillement un océan inconnu, se sent repris, presque au terme de sa vie, par toutes les fièvres de sa jeunesse aventureuse, construit une embarcation à l'allure fabuleuse, qui tient à la fois du radeau primitif et des drakkars de son enfance et s'embarque, avec sa troupe, ou avec ce qu'il en reste, pour de nouvelles découvertes.

Après avoir longé, pendant de si longues années, dans l'Atlantique, des terres qui se trouvaient à leur droite, voici qu'ils longent, dans le Pacifique, en descendant toujours vers le sud, des terres qui se situent à leur gauche. Ce sont les côtes de la Colombie, et puis celles de l'Équateur. Les montagnes deviennent plus hautes, des falaises tombent à pic dans la mer. Quelque chose les étonne — et les inquiète un peu : après des chaleurs insupportables qui ne paraissent connaître ni l'accalmie des nuits ni le répit des saisons, il semble, pour la première fois, que la progression vers le sud ne signifie plus, en même temps, une marche vers la fournaise. Les nuits deviennent plus fraîches. Les pluies

Carte des voyages
des deux fils de Boèce,
de Photius
et d'Éric à la Barbe blanche
Itinéraire des deux
fils de Boèce —·—·—.
Itinéraire de Photius ....
Itinéraire d'Éric
à la Barbe blanche ———

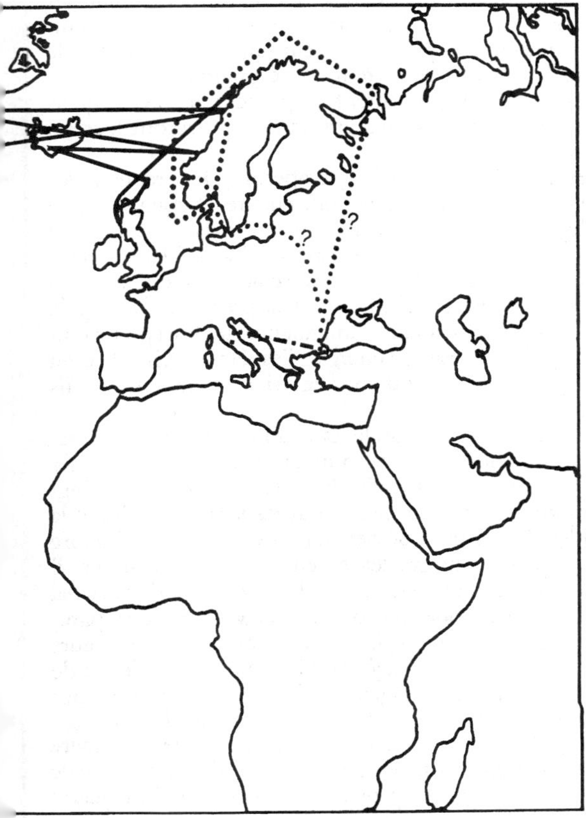

cessent d'être brûlantes. Une amorce de saisons se manifeste à nouveau. On dirait, en allant vers le sud, qu'on retourne vers le nord. Le ciel ne leur est plus d'aucune aide : des étoiles nouvelles et inconnues y brillent. Au bout de tant de voyages à toutes les extrémités de l'univers et de tant d'aventures plus extraordinaires les unes que les autres, les Vikings, que rien, jamais, n'a réussi à faire trembler, se murmurent qu'ils pénètrent enfin dans un monde inconnu. Une sorte de terreur et de grandeur sacrées les envahit tout à coup. Ils sentent, ils pensent, ils savent qu'ils sont au bord de révélations effrayantes qui seront leur fin ou leur triomphe.

Ils essuient de nouvelles tempêtes. Des requins les attaquent. Des hommes périssent encore et rougissent de leur sang la mer autour du radeau. La maladie et la mort frappent plusieurs d'entre eux. Éric à la Barbe blanche reste seul avec deux vieillards, avec une seule femme, qui est sa sœur, et avec quatre enfants. Pour la première fois, après tant de courage, après tant d'impatience, le désespoir s'empare d'eux. Le courage, l'énergie, l'espérance chevillée au corps, une curiosité insatiable en triomphent encore. Ils naviguent, vers le sud.

Un matin où le soleil brille dans un ciel très pur sur une mer de printemps, les survivants aperçoivent, le long des côtes, une, deux, trois, puis dix, puis quinze, puis vingt embarcations légères qui paraissent les surveiller. Éric à la Barbe blanche est presque devenu un vieil homme. Encore très beau et fort malgré les épreuves et les privations, il n'en est que plus impressionnant. Il se souvient de l'accueil des Indiens de Floride. Il ordonne aux Vikings de se parer de ce qu'il leur reste de leurs vieux casques et de leurs vêtements de guerre, ravagés par le temps et par le sel de la mer. Il s'y ajoute étrangement des ornements reçus des Arawaks ou des femmes des Karibs et sauvés du naufrage. Éric s'installe sur une sorte de trône à l'avant de son navire aux formes terrifiantes, où le dragon des drakkars se mêle à la peinture rouge qui provient du rocouyer. Les quatre enfants l'entourent, plus blonds les uns que les autres. C'est un spectacle miraculeux, plein de grandeur et de surprise. Les embarcations se rapprochent peu à peu du radeau des Scandinaves. Ils forment une sorte d'escorte qui l'entoure et le guide, l'emprisonne et l'honore. L'étrange cortège marin glisse ainsi vers un rocher, une espèce de falaise, qui surplombe la mer. Au sommet du rocher, dans des vêtements de fête, des chefs, des dignitaires, des prêtres. Tout autour, le long de la côte, une foule immense prosternée et qui grossit à chaque instant. À l'instant où le navire va aborder la terre, un nuage noir cache le soleil et un coup de tonnerre éclate. Éric à la Barbe blanche devine d'un seul coup son fabuleux destin, comme son futur peuple l'a déjà deviné : venu de la mer et du ciel, un dieu est donné aux Quichuas du Pérou.

Bien des siècles plus tard, quand les Espagnols débarqueront dans ce qu'ils appellent le Nouveau Monde, ils auront le double sentiment d'apparaître comme des dieux et de n'être pourtant que la lointaine réincarnation de héros de légendes et de mythes engloutis dans le passé. Quand on les torturera, quand on les plongera dans l'eau bouillante, quand on les soumettra à des supplices qui seront autant de fêtes, leurs bourreaux ne chercheront jamais qu'à savoir s'ils sont des dieux et s'ils marquent vraiment le retour de cet âge d'or illuminé à la fois par le souvenir et par l'oubli, et dont Éric à la Barbe blanche inaugurait le règne.

Descendant, comme moi-même, de Symmaque et de Boèce, Scandinave né de Rome, Normand surgi de Byzance, Viking jailli de la mer et tombé du soleil en même temps que la pluie, Éric à la Barbe blanche était le dieu Viracocha. Il apportait avec lui ces lois si étonnantes qui contraignent le souverain à épouser sa sœur et qui semblent vouloir protéger, au sein d'un État autoritaire et socialiste, la pureté d'une race supérieure et d'un clan né du soleil : l'empire des Incas était en train de naître.

Voilà ce qui m'a détourné des folles imaginations et des spéculations délirantes sur ce qui aurait pu être. Voilà ce qui m'a ramené, loin des songes impossibles, vers mon propre passé qui n'est que celui des hommes. Pourquoi d'autres univers et pourquoi d'autres êtres ? Rien que le monde, rien que la vie, rien que l'histoire, rien que les hommes. Mais le monde tout entier et la vie tout entière, toute l'histoire et tous les hommes. Ce qui a été m'émerveille. Ce qui sera me comble. Il me suffit de regarder derrière moi pour être ébloui par l'avenir.

LE PRINTEMPS

Voici que j'aperçois déjà, au bout de ce chemin si long — ou peut-être seulement si court —, le terme du voyage. Le voyage — et le chemin —, c'est ce livre qui parle, et sans doute un peu trop, de beaucoup d'autres livres et qui parle aussi de lui-même. Mais pour la première fois, le voyage et le chemin sont encore bien autre chose : ils sont ma vie elle-même, ils sont ma vie — et moi. Et non plus comme projet, mais plutôt comme passé. Et non plus comme espérance, mais plutôt comme souvenir. Et le terme en est ma mort.

Encore quelques pages, et le livre sera clos. Encore quelques années, et il ne me sera plus possible de retoucher quoi que ce soit au portrait que le temps aura, avec mon aide, composé de ma vie. Il me faudra laisser ce soin à ceux qui viendront après moi — s'ils s'occupent encore de moi, ce qui reste un peu douteux —, aux autres, et encore au temps. Que tous les minces détails que j'ai ici rapportés seront alors oiseux, inutiles et légers ! Que le moindre d'entre eux sera alors pesant puisqu'il contribuera, sans pitié, inexorablement, à jamais, à faire ce que j'aurai été et que plus rien au monde — et pas même Dieu — ne pourra plus changer.

L'envie vous prend parfois — mon Dieu ! comme elle me prend, presque à l'issue de l'entreprise… — de tout recommencer. On se dit que si la vie était à refaire, si le chemin était à refaire, si ce livre était à refaire, on les referait autrement — et, bien sûr, beaucoup mieux. Mais non ! On referait les mêmes, éternellement les mêmes, les mêmes nécessairement puisque cette vie et ce trajet et ce livre ne sont rien d'autre que moi-même. Ils sont moi-même pour l'éternité, comme votre vie, votre famille, vos actes, tout ce que vous avez pensé, voulu et fait est vous-même pour l'éternité.

Une sorte de détachement et de paix un peu affolée, une

sorte de panique calme s'empare alors de vous. Tout ce que nous sommes n'est presque rien, et, pour nous en tout cas, ce rien est presque tout. Notre vie à tous est un étrange mélange de totalité et de néant. Elle est tout pour nous, puisque, au-delà de notre plaisir et de nos espérances, au-delà de nous-mêmes, l'amour, le dévouement, la générosité, jusqu'à l'oubli de soi et jusqu'aux autres lui appartiennent tout entier. Le monde doit passer par elle pour parvenir jusqu'à nous. Et elle n'est presque rien puisqu'elle finira un jour sans laisser aucune trace apparente dans les mers du futur et qu'elle s'évanouira tout entière à la rencontre de quelque chose qui ressemble au néant. Toutes mes images de mon père, de Saint-Fargeau, de Plessis-lez-Vaudreuil, de Spinoza ou de Hegel, de mon enfance en Bavière, de mes livres, du *Figaro*, du marxisme ou de l'amour, tous mes souvenirs du passé, toute l'histoire du monde telle que je l'aurai recueillie — assez mal, j'imagine — et moi-même disparaîtrons d'un seul coup. La belle perte, dira-t-on. Vous permettez tout de même qu'elle me préoccupe et me touche. Et pourtant…

Toute ma vie, j'ai beaucoup pensé à moi-même. Voilà que je m'interroge sur la place et le rôle de la totalité. La totalité, pour moi, c'est ma vie, c'est moi-même. Et il n'y a rien au-delà puisque l'histoire et l'univers ne sont que mon regard. Mais voilà que ce regard — voilà que mon regard — s'éloigne un peu de moi. Famille, passé, avenir et tout l'ensemble des hommes, je me sens emporté dans un formidable tourbillon qui me domine et m'écrase. Et parce que j'en suis le centre, je m'imagine du même coup que j'en suis sans doute le maître. Mais le centre en est partout, chaque autre homme en est le centre et peut, dans sa folie, s'en figurer aussi le maître. Et le fantastique paradoxe de cette universelle totalité qui n'existe que pour moi et qui n'existe que par moi, c'est qu'elle continuera très bien à exister après moi. À exister sans moi. Il faut bien que je m'y fasse, à cette monstrueuse vérité que j'ai encore un peu de mal à regarder en face : le monde se passera de moi.

Mais l'histoire ne s'en passera pas. Oh ! je ne veux pas dire qu'elle se souviendra de moi et que d'autres, après moi, me trouveront sur leur chemin comme j'ai trouvé moi-même des sages, des guerriers, des courtisanes, des saints, les doges de Venise, les logothètes du drome, mon grand-père, mon cousin Claude et ma nièce Anne-Marie, l'exquis Toulet, le bon Bouilhet. J'aspire à des choses plus simples que le souvenir et la gloire : j'aspire, pour demain et dans les siècles des siècles, à un futur antérieur. J'aspire à avoir été. Ah ! je suis bien tranquille sur l'avenir qui m'attend puisque, comme tout un chacun, comme vous, comme tous les autres, même oublié de tous, je resterai tapi dans un coin de l'histoire. Et que plus rien, jamais, puisque j'aurai été, ne pourra m'en déloger.

Le miracle de l'histoire est dans cette résistance. Dieu maître de tout, la providence, le hasard, l'aveugle nécessité auraient parfaitement pu m'empêcher d'apparaître. Ils auraient pu renoncer à la création du monde à seule fin d'éviter que je figure jamais sur le registre des vivants. Mais maintenant, c'est trop tard : les morts vivent à jamais. Je ne sais pas où. Nulle part, peut-être. Mais ils vivent. Ils vivent puisqu'ils ont vécu et que le passé est immuable. Je mourrai. Mais j'aurai vécu. Et rien ne m'effacera jamais de la liste glorieuse des vivants et des morts.

Il y a un grand repos dans cet abandon au monde et dans cette soumission à un temps tout-puissant. Dans cette appartenance à quelque chose à la fois de fragile et d'éternel, qui ne cessera jamais de mourir et de passer et qui pourtant demeure. J'ai écrit des livres à la gloire de moi-même, à la gloire de ma famille, à la gloire de l'histoire. J'aimerais en écrire un à la gloire de Dieu et de sa création. J'écris celui-ci à la gloire du temps qui passe et qui pourtant ne passe pas. Je suis à jamais une des pièces de ce puzzle formidable dont quelque chose s'amuse qui s'appelle peut-être Dieu — ou peut-être le néant. Mais alors un néant alourdi d'un passé.

J'ai écrit, ici ou là — et je ne suis pas tellement fier de cette futilité ni de cette suffisance — que j'aimais le soleil, les livres, le rire, les mots, la neige, les chemises même, naguère encore les voitures, les femmes, presque tout, le passé et l'avenir. Je les aime parce que j'aime la vie. Et c'est bien trop peu dire que de dire que j'aime la vie. J'aime qu'il y ait de la vie. Je ne la connais que par moi. Je ne la connais qu'en moi. Mais je l'aime en dehors de moi. Ailleurs. Partout. Je l'aime à travers la mort. Je l'aime après ma mort. Je l'aime avant ma naissance. Je l'aime en deçà de moi-même et au-delà de moi-même. Et pour qu'il y en ait un peu plus dans notre monde minuscule, je me suis pris pour Dieu et j'en ai inventé.

Le souvenir et l'espérance, que j'ai tant pratiqués, ne sont que deux visages — opposés, et le même — de cet amour d'une vie qui me soutient et me dépasse. Je ne suis pas de ceux qui, dans leur fol orgueil, tournent le dos au passé. Je ne suis pas de ceux qui, dans leur amertume, tournent le dos au futur. J'appartiens à un groupe social dont l'avenir m'apparaît sombre. Il ne me viendrait pas à l'idée de le renier et de le mépriser. Parce qu'il a fait de grandes et belles choses. Parce que j'ai surgi de lui. Parce qu'il demeure dans le souvenir. Et que le souvenir est une espérance. Ma famille, mon clan, ma classe sociale, mon pays, l'Europe, l'Occident, je doute un peu qu'ils conservent, demain ou après-demain, la place privilégiée qu'ils occupent depuis des siècles, ou peut-être des millénaires. Mais, malgré la folie des nations, des partis, des groupes sociaux, des idéologies, malgré leur fureur de pouvoir et les coups de sang qui les prennent, malgré la bombe elle-même, je gémis assez peu sur le futur des hommes. D'abord parce que gémir ne sert jamais à rien. Ensuite parce que, malgré toutes les modes et toutes les contagions de la mauvaise conscience, je parviens sans trop de peine — mais tombeau ! tombeau ! — à penser à autre chose qu'au sort de l'univers et à mes responsabilités envers la postérité : pourquoi est-ce que je ferais quelque chose pour une postérité qui n'a encore rien fait pour moi ? Enfin parce que, en fin de compte, sous les masques estimables d'une indifférence et d'un cynisme qui changent un peu de l'hypocrisie où nous baignons tous les jours, je crois avec assez de fermeté au destin de l'humanité. Et que je lui appartiens.

Ah ! Dieu me préserve de sombrer, avec tant d'imbéciles, dans les fadeurs de l'humanisme ! Non, et tant pis pour le Nobel, je ne me range pas sous la bannière un peu molle, sous les couleurs délavées d'un humanisme croulant. Je crois à quelque chose de plus simple et de plus fort et qui fera rire à nouveau les savants et les foules. Je crois qu'une puissance invisible veille sur le salut des hommes. Eux-mêmes peut-être, obscurément. Ou peut-être quelqu'un d'autre. Là encore, je ne sais pas. Mais, tout au long de l'histoire, une sorte d'équilibre ne cesse jamais de s'établir entre les grands succès et les grandes catastrophes. Ni les uns ni les autres ne vont au bout d'eux-mêmes, ni les uns ni les autres ne durent jamais très longtemps. L'histoire devient lassante à force de hauts et de bas qui s'enchaînent et s'annulent. Les rois bien-aimés meurent et la prospérité s'effondre, mais les épidémies reculent et les dictateurs s'écroulent. Le Moyen Âge succède aux splendeurs du monde antique, mais on lui découvre des vertus et la Renaissance en surgit. On dirait qu'un souverain arbitre surveille les jeux de ce monde avec un balancier en guise de sceptre. Tous les maux recèlent déjà en eux-mêmes leurs remèdes. Mais la paix, la richesse, la grandeur, la gloire sont toujours grosses d'avance de leur propre déclin. La guerre, la violence, le mensonge, le crime, la douleur, la misère, la mort figurent à l'arsenal des moyens nécessaires à la suprême harmonie. L'histoire avance à coups d'horreurs. Mais elle avance. Elle ne s'arrête pas. Elle marche même d'un si bon pas que l'idée de progrès est venue tout naturellement à l'esprit des hommes qui se retournent avec effroi sur les abîmes qu'ils n'ont cessé de frôler et qui aspirent — mais en vain — à des jardins embaumés dans des avenirs de rêve. Il faut bien de l'espérance pour faire tourner un monde. Et, en dépit des leçons, de l'expérience, des bonnes résolutions après les grands désastres, ce ne seront à nouveau que malheurs et catastrophes. On aura espéré la charité et on aura eu l'Inquisition. On aura espéré la fraternité et on aura eu les usines. On aura espéré le socialisme et on aura eu les goulags. On aura espéré la paix et on aura eu la bombe. Mais le monde, tant qu'il sera, n'en finira pas d'espérer. Conservateur de progrès, individualiste de tradition, je n'en suis pas, je le crains, à un ridicule près, ni à une contradiction : j'ai le scepticisme plein d'espérance et le cynisme très enthousiaste.

On s'est beaucoup moqué des *Harmonies de la nature* et de Bernardin de Saint-Pierre, voyageur, égoïste, misanthrope chimérique, professeur de morale, ami de Jean-Jacques Rousseau, précurseur du romantisme et membre de l'Institut. Et je ne fais pas moi-même ma lecture favorite de son œuvre un peu pesante. Je ne vais pas jusqu'à croire que la vache a quatre mamelles pour pouvoir nourrir quelques hommes en plus d'un veau, que le melon a des côtes pour pouvoir être mangé en famille, que les puces sont noires pour être mieux repérées sur la blancheur de la peau, ni que Dieu les a inventées pour contraindre les riches à employer des pauvres chargés de les détruire et de faire régner la propreté, ni que les charançons qui ravagent les réserves de blé sont destinés par la Providence à lutter contre l'avarice. Non. Mais je ne suis pas loin de croire, à la façon d'un Leibniz mis en boîte par Voltaire, qu'à travers tant de chagrins, de malheurs, de souffrances, le monde est rudement bien fait. Il fonctionne plutôt mieux que les machines et les mécanismes qu'il a lui-même engendrés et qui ne sont d'ailleurs jamais que des reflets de son propre génie — et de celui de l'homme. Peut-être, comme le marché dans le système économique du libéralisme classique, suscite-t-il indéfiniment ses propres régulations ? Peut-être un Dieu créateur ne s'arrête-t-il jamais de soutenir sa création ? Allez savoir ! Mais ça marche.

Dans cet immense remue-ménage, inutile et sublime, plein de ficelles et de craquements, mais qui ne s'arrête jamais, qu'ai-je à faire ? Presque rien : ce que je peux et ce que je veux. On me jugera là-dessus. On me jugera ? Qui ça ? Mais Dieu, naturellement. C'est-à-dire moi-même d'abord, et puis tous ceux que j'aime, et puis l'ensemble des hommes, vivants et à venir — et peut-être même déjà morts : je doute un peu que le passé soit exclu du futur. Et puisque aucune énumération n'est jamais exhaustive, peut-être autre chose encore d'inconnu et que j'ignore et qui m'attend au coin du bois, au tournant, à la fin d'une histoire où je joue le rôle à la fois de la vedette et du dernier des figurants. Car ce monde qui roule et où je ne suis presque rien, à chaque minute, à chaque seconde, c'est sur moi qu'il repose. Quelle folie de s'imaginer qu'on pèse le moindre poids, qu'on joue le moindre rôle et qu'on serve à quoi que ce soit ! Quelle bassesse de penser que le moindre de nos actes, la moindre de nos pensées, le moindre de nos rêves ne s'inscrivent pas quelque part ! Je sais que je ne suis rien, mais que l'avenir du monde dépend pourtant de moi. Et qu'il faut que j'agisse comme s'il ne dépendait que de moi. Et je ne parle de moi que pour parler de vous. Dans les siècles des siècles, le sort de l'humanité vous a été confié à vous, à vous tous, à chacun de vous, à vous qui me lisez, à ce que vous faites, au plus mince de vos gestes, au plus secret de vos désirs. Dans les siècles des siècles l'avenir du monde, c'est vous, c'est nous, c'est moi, qui ne me sens comptable de rien et qui me moque de tout.

Je m'avance ainsi, inutile et rieur, flanqué de tout l'essaim de mes contradictions, vers ma mort assurée. Et quand je dis que tout est bien, il y a un peu de désespoir dans mon acceptation. Mais dans mon désespoir, il n'y a que de l'espérance. La vie n'est pas une fête et il n'y a rien de plus méprisable que de vouloir s'en amuser. Avec ses peines et ses malheurs, avec ses souffrances, avec la mort, elle n'est, d'un bout à l'autre, qu'une longue vallée de larmes. Mais, sombre, inutile, traversée, absurde, elle nous a été donnée pour que nous nous en réjouissions. Et, franchement, je m'en réjouis. Avec prudence et avec crainte, car nous ne cessons jamais d'être guettés par toutes les ruses d'un temps cruel et par son cortège de désastres. Mais, à travers les larmes, je ris. Parce que, après tant d'hivers et de morts, après tant de misère, après la fin de nos amours, il y aura toujours des printemps.

Ah ! sans doute, ce seront les printemps des autres. Mais qu'importe ! Je les rêve et les rêverai comme s'il s'agissait encore des miens. J'ai rêvé, dans le passé ou ailleurs, les rêves de beaucoup d'hommes. Je me sens encore capable de les rêver dans l'avenir. Dans les tours de pièce d'eau que je faisais, enfant, aux côtés de mon père, je ne rêvais que ma propre vie. J'ai fait un peu de progrès : voici que je rêve celles des autres. Il y aura beaucoup de cauchemars parmi ces songes futurs. Et je ne me sens pas d'humeur à bénir sans distinction tout ce que l'histoire nous prépare. Mais je me refuse à coup sûr à condamner l'avenir et à pleurer sur lui. Parce que l'histoire avance et qu'il y a de plus en plus de choses, de souvenirs, de machines et de siècles à peser lourd sur nous, je me dis, de temps en temps, que le monde est devenu compliqué et la vie difficile. Mais ils l'ont toujours été, ils ne cesseront jamais de l'être. La révolution, dit Mao, n'est pas un dîner de gala. Eh bien, l'histoire non plus. L'histoire n'a jamais été, elle ne sera jamais une partie de plaisir. Les prophètes sont étranges : tantôt ils se lamentent et tantôt ils claironnent. Dans les deux cas, folie. C'est dans une nuit interminable que quelque chose d'obscur se met à briller très doucement et très loin : une aube toujours fragile et qui ne se lève jamais. Mais qui ne s'éteint jamais.

Il n'y a pas de printemps qui s'installe pour toujours. Mais il n'y a pas d'hiver qui ne finisse par céder. À travers les saisons, il y a une vie qui se fait. Et j'ai parlé de la mienne : toutes les autres la valent bien. À travers toutes ces vies, il y a l'histoire qui s'avance. C'est cette histoire que j'aime. Dans le passé. Dans l'avenir. Avec tout ce qu'elle trimbale de sublime et d'atroce.

Les grands navigateurs, les Colomb, les Vikings, s'en allaient jadis, dans l'espace, vers des terres inconnues. Nous nous en allons, dans le temps, vers des cascades de nouveaux mondes. Après les avoir tant attendus et espérés, ces horizons de printemps, voilà qu'ils se mettent soudain, avec leurs machines et leurs polices, à nous faire un peu peur. Je n'éprouvais pas tant d'impatience. Je n'éprouve pas tant de crainte. Salut à ces temps qui viennent ! Comme ils seront loin de nous : bravo ! Comme ils seront proches de nous : bravo ! L'Amérique découverte se mettait à ressembler d'assez près au vieux monde, le Mexique à la Castille, la Cordillère des Andes à nos Alpes familières et le lac de Nahuel Huapi au lac des Quatre-Cantons un peu multiplié. Demain est inimaginable et ressemblera pourtant étrangement à hier. Un homme de la fin du XIXe, Pasteur ou Albert Samain, revenant parmi nous, serait abasourdi par le spectacle de nos avions, par les fusées dans le ciel, par l'état de nos mœurs et de nos esprits. Mais l'homme de Cro-Magnon rencontré dans la rue ne nous étonnerait guère : il était fait comme nous. Les choses changent très vite, et elles changent très lentement. Je veux bien croire à de sérieuses différences entre les primates dont nous descendons et Einstein ou Groucho Marx. Mais il n'y en a presque aucune entre Abraham et Alexandre le Grand, entre Périclès et Louis XIV, entre Colbert et Charles de Gaulle. La civilisation du cheval, de l'agriculture, de l'État en train de naître et de se développer, de la croissance de la ville impose une sorte d'unité à ceux qui relèvent d'elle, de Mohenjo-Daro à la conquête de la lune. Il n'est pas tout à fait exclu — encore que les journalistes, amateurs de sensationnel, et les professionnels de la science-fiction aient une tendance naturelle à l'exagération — que se déroule sous nos yeux quelque chose qui ressemble à une espèce de mutation. Mais quoi ! Nous en avons vu d'autres ! Et ce n'est pas parce que les filles couchent ou que la télévision fait du bruit ou qu'on entend le long des quais quelques rafales de mitraillettes qu'il faut se laisser aller à des terreurs de pacotille pour magazines de fin de semaine ou pour radios périphériques. Non, je n'ai pas peur des lendemains de l'histoire. Je les attends de pied ferme. Je vous préviens : ils ne seront pas roses. Pas plus roses que Qadesh, pas plus roses qu'Andrinople, pas plus roses que Stalingrad. Qu'importe ! J'ai le pessimisme plein d'espérance. J'attends les assassins et leur effondrement. J'attends le glas des désastres, le tocsin des catastrophes et tous les *Te Deum* des résurrections à venir.

Un jour, peut-être, dans quelques milliards d'années, un peu plus, un peu moins, le soleil ne se lèvera plus sur une terre ravagée. Sortis de la main de Dieu ou d'un hasard miraculeux, il nous a bien fallu commencer dans le petit matin du monde. Nous finirons, un beau soir. Je n'y serai plus. Ni vous non plus. Nous aurons pas mal souffert d'ici là. Des migraines. Des rhumatismes. Des cancers. D'affreuses amours. Des délires et des maux de dents. Des prisons et des tortures. La terreur et le chagrin. Nous aurons beaucoup vieilli. Nous serons morts mille et mille fois et des millions de fois et des milliards de fois. Nous nous serons penchés sur nous, et nous aurons pleuré. Les meilleurs d'entre nous se seront penchés sur les autres et, devant tant de misère, ils auront beaucoup pleuré. Les enfants seront morts et tout ce que nous aimions nous aura été arraché. Nous nous serons tournés vers Dieu et nous lui aurons demandé pourquoi, dans son atroce bonté, il nous a fait descendre ici pour être si malheureux. Nous nous serons dit qu'il n'y a pas de Dieu, qu'il n'y a que des choses qui s'arrangent mal, un temps inepte qui coule, imbécile et cruel. Nous nous serons tués, par dégoût. Nous nous serons mis à croire des choses qui auront été pires que le néant. Nous aurons sombré dans la folie, nous aurons fait n'importe quoi, nous aurons tiré sur les autres, et nous les aurons massacrés. Par centaines, par milliers, par dizaines et centaines de milliers. Par millions, quand nous l'aurons pu, et par dizaines de millions. Nous nous serons pris pour des dieux, pour Satan, pour le mal. Dans le bien et dans le mal, dans le sublime et dans l'horreur, nous aurons inventé des choses nouvelles auxquelles personne avant nous n'avait encore pensé. Nous aurons eu des enfants de nos filles et des enfants de nos mères, nous aurons fait des choses très belles et affreuses qui auront rendu nos noms et infâmes et illustres à travers tous les siècles. Nous nous serons grisés le soir, nous nous serons pendus le matin. Mais, avant la dernière nuit, il y aura d'autres printemps.

Je suis, vous êtes, nous sommes — oui, nous sommes, vous êtes, mais surtout je suis, moi qui me sais si peu de chose et qui m'estime si peu — tous les printemps du monde. Il y a quelque chose de plus fort que ce qui nous sépare : c'est ce qui nous unit. Il y a bien autre chose dans un homme que ce qu'il s'imagine être : il y a tout le reste — et tous les autres. Voilà ma force : je suis les autres. Un lien puissant traverse les espaces et les temps et fait de chacun de nous, parce qu'il les domine et les pense — et, pour ma part, franchement, je rêve exclusivement à cet étrange pouvoir —, comme le maître des mondes. Quelle gaieté ! Surtout, pas d'attendrissement, pas de grands sentiments, pas de grandiloquence, pas de pompe ridicule, pas de voix un peu trop haute ni de ton un peu forcé. Simplement : quelle gaieté !

Il n'est pas tout à fait exclu qu'un jour le monde et moi nous nous donnions sur la gueule. C'est bien possible. Tant pis. On ne gagne pas à tous les coups. Mais nous aurons été à la fête. Elle n'était pas trop mal. Tout le monde a fait ce qu'il a pu. Les arbres ont donné leurs feuilles et les oiseaux leurs chansons. On s'est baladé en auto ou à cheval. Les avares, les ambitieux, les acteurs, les médecins, les putains et les grands hommes ont fait chacun leur métier. Les assassins aussi. Joli spectacle. On nous a lu des poèmes, on est allé à la chasse, on a fait un peu de musique et on est parti pour la guerre. On a traversé les mers, on a joué aux échecs, on est monté en ballon, on a bu quelques verres à la terrasse des cafés. C'était bien. Il y avait, naturellement, ceux qui tombaient de la fenêtre ou d'un mur, les accidents de voitures, le hoquet, les fièvres chaudes. Mais il faisait très beau. On oubliait. Et on allait se baigner. On se battait beaucoup. Et pour qu'on se souvienne un peu de ce qui s'était passé, on inscrivait tout ça dans des cahiers et dans des livres. On pleurait, on riait, on se tenait par la main. Et le soir, en rentrant, on s'arrêtait un peu pour s'embrasser encore dans les portes cochères, sous les grands arbres du parc. Oh la la ! que d'amours splendides j'ai connues et rêvées ! Et quelles histoires merveilleuses je me suis fait raconter.

Comme je les ai aimées, ces histoires où la mère retrouvait son fils, où les traîtres finissaient par périr après d'interminables aventures, où les navigateurs l'emportaient sur les sirènes et sur les monstres marins, où les enfants de génie dessinaient à la craie sur le plancher du salon leur destin d'éternité ! À travers le temps et l'espace, sur les mers déchaînées, à travers les déserts, les forêts, les grandes villes et leurs bals, elles déroulaient leurs spirales où battait comme un cœur : c'était le destin des hommes. Je regardais, les larmes aux yeux, la respiration coupée, avec quelque chose en moi qui se cassait un peu et qui tenait à la fois de l'angoisse et de l'espérance, l'histoire du monde en train de se faire dans tant de gestes insignifiants, dans tant de mots murmurés, dans tant de lueurs à peine jaillies. Je me promenais parmi tout cela, hébété, presque hagard, éperdu d'admiration, impatient de rien perdre, insouciant et rêveur. Entre le monde et le moi, il se nouait quelque chose — presque rien, mais quelque chose : un lien d'amour et de gaieté.

Balançant mon fanal le long des trains étincelants du temps qui nous emporte, je me suis dépeint quelque part comme un lampiste de l'histoire, comme un agent secret de Dieu. Oui, lampiste de l'histoire que j'inspecte et retape. Oui, agent secret de Dieu que je sers et informe sur sa création même — incomplète, à mon sens, et très insuffisante, et à qui, ici ou là, quand l'occasion s'en présente, je ne rechigne jamais à donner un coup de pouce. Mais bien autre chose encore : les déguisements ne me manquent pas, ni les masques, ni les destins. Lampiste de l'histoire, agent secret de Dieu, je suis aussi, à ma façon, jailli mystérieusement de quelque estampe chinoise ravalée par Karl Marx, ce vagabond qui passe sous une ombrelle trouée dont parlait par erreur un demi-dieu des temps modernes. Je n'ai pas grand-chose à voir avec un paysan chinois, mi-poète, mi-tyran, abreuvé de marxisme, héroïque et sanglant. Mais, sous l'ombrelle trouée, le vagabond, c'est moi.

Pourquoi l'ombrelle ? Pourquoi trouée ? Pourquoi le vagabond ? L'ombrelle c'est ce qui protège — et Dieu sait si je le suis, protégé et bordé et couvert et abrité de tous les orages de l'histoire et des grains du malheur. Les trous, ce sont mes faiblesses, mes erreurs, mes folies, le temps qui coule à travers elles, les échecs et les peines, les malheurs — qu'ils soient bénis ! —, la misère de toutes ces choses et les épaules que vous haussez en lisant ces quelques pages : « Ça baisse, ce n'est pas très bon, c'est moins bien *que le reste.* » Et le vagabond, c'est moi.

Je suis ce vagabond qui court à travers le temps, hélé par tous les miens qui me réclament et m'appellent, tenté par tous les autres qui m'attendent sans le savoir. Je marche à travers l'histoire, ne sachant rien sur moi, ni sur le trajet que je suis, ni sur la ville d'où je viens, ni sur celle où j'arrive, ni pourquoi, ni comment. Je marche. Je passe. Je cours. Je marche parce qu'il faut marcher. Je marche parce que le temps n'est pas venu encore de m'asseoir et de mourir.

Il viendra bien ce temps qui donnera enfin la réponse à la question de mon père le long de la pièce d'eau : « Que vas-tu faire de ta vie ? Qu'est-ce que tu comptes faire de ta vie ? » La réponse est : « Je vais mourir. » Je vais mourir. Je vais rejoindre mon père et ma mère dans ces souvenirs qui s'effacent et que j'ai tant aimés. Mais j'en aurai ajouté de nouveaux aux anciens. Je ne serai pas mort pour rien puisque j'aurai vécu et que j'aurai, à mon tour, fabriqué des souvenirs. Et ils peuvent bien être sinistres : ils seront lumineux. Le monde n'est qu'une machine à créer des souvenirs. Au-delà des rires et de la gaieté que j'ai si longtemps caressés, je m'avance vers quelque chose de plus digne et de plus haut : le chagrin, la peine, tout ce qui nous a déchirés, la mort de ceux que nous aimions, la fin de Plessis-lez-Vaudreuil, les amours saccagées et le souvenir de nos crimes. Quel calme ! Quelle douceur ! Quelle paix ! Je suis, dans ce champ de désastres, le vagabond qui passe sous son ombrelle trouée.

Il passe. Comme il est gai ! Il passe. Le voyez-vous ? C'est un petit bonhomme qui serait insignifiant s'il ne semblait traîner dans son ombrelle trouée un peu de l'histoire du monde et de ce temps qui s'enfuit. On dirait que ses trous attrapent un peu du ciel. La nuit va tomber sur lui, et elle va l'engloutir. Mais il y aura une aube. Il y aura un printemps. Peut-être n'y sera-t-il plus. Mais d'autres y seront pour lui. Il a rêvé d'être les autres. Les autres seront un peu lui.

Je suis le vagabond qui passe sous une ombrelle trouée. L'ombrelle est toute petite et les trous sont énormes. Ils me permettent d'apercevoir les étoiles et la lune en train de se lever dans la nuit presque close. Je ne suis pas seul sur la colline d'où je descends vers la plaine et, plus loin, vers la forêt. Une foule immense m'entoure. C'est la foule innombrable de ceux à qui je dois tant, de ceux que j'ai aimés, de ceux qui m'ont aimé, de ceux qui m'ont détesté, de ceux à qui j'ai fait du mal, de la peine ou du tort, de ceux qui ne me sont rien — et à qui j'appartiens. Je marche. Je passe avant de m'évanouir dans la nuit qui m'attend. Je reconnais mon père, debout, très droit, un peu strict et sévère, et bouleversé d'amour sur le bord de l'étang. Je reconnais ma mère. Et nous ne nous disons rien. Parce que nous nous sommes trop aimés. Il y a un château dans le fond. Il disparaît dans la brume, avec tous ses trésors qu'un magicien recueille. Il y a des femmes dans la foule et quelques-unes courent vers moi. Je suis le vagabond qui passe sous son ombrelle trouée. Il y a des gens qui crient. Mon Dieu ! Qu'est-ce qu'ils crient ? Ils crient que je n'ai pas été juste et que j'ai détruit quelque chose de l'ordre et du bonheur qui m'avaient été confiés. Je passe. Je marche. Sous mon ombrelle et sous ses trous.

Quelle paix dans le soir qui tombe. C'est fini. La journée a été longue. Comme elle a été gaie ! Ah !... ce vagabond... Quels tours extraordinaires il a exécutés, sous sa fameuse ombrelle, sur la corde tendue raide entre les maisons du village ! Tout le monde a beaucoup ri, on s'est bien amusé. Quel talent ! Quelle gaieté ! Où s'en va-t-il, maintenant, le jongleur, dans la nuit ? Je ne sais pas. Il se tait. Une sorte de vague sourire flotte encore sur ses lèvres.

On dirait qu'il veut marcher aussi loin que possible avant que la nuit tombe, avant que l'hiver vienne. Il ne sait pas où il va. Il marche. Il ne sait pas d'où il vient. Il passe. Mais les gens du pays ne l'ont pas oublié. Quand il faisait ses tours sur les places publiques, ils retenaient tous leur souffle, les femmes, les vieillards, les enfants ébaubis — et puis les clameurs de joie et les applaudissements éclataient dans le silence. Certains murmurent, dans les bourgs, sur les routes du marché, que c'est un aventurier, un type peu recommandable dans ses habits de fête tombés un peu en loques, usés par les saisons, un garçon qui ne croit à rien, ni aux démons, ni aux sorciers, ni aux dragons sacrés, ni aux dents du Bouddha, ni aux préceptes de Confucius, ni aux plus saintes reliques, ni aux banderoles bigarrées, ni aux petits livres bariolés et qui s'incline en se moquant devant les gouverneurs et les seigneurs de la guerre. Il va dans les palais et il va dans les fermes où les filles se marient. Il fait ses tours, et il s'en va. Est-ce qu'il respecte quelque chose, le vagabond qui rit aux discours des savants et qui n'a pas peur des brigands qui écument les grandes routes ? Est-ce qu'il tient à quelque chose, le baladin qui passe et qui n'a pas de maison ? Ah ! à son ombrelle, peut-être. Il la serre dans sa main, il la fait tourner dans le ciel, il la dresse sur sa tête. Mais elle ne lui sert à rien : elle est toute pleine de trous.

On dirait qu'il aime les trous. Qu'il tient à son ombrelle parce qu'il en aime les trous. Qu'il est drôle, le vagabond ! Il doit être assez heureux. Parce qu'il n'est jamais prudent de trop tenir à sa femme, à son trésor, à sa santé, à son cheval, à son sabre, à ses vêtements, ni même à son ombrelle. Mais quand on ne tient qu'aux trous, ni le ciel ni la terre ne peuvent rien contre vous.

Les enfants l'accompagnent quand il sort des villages. Il les fait rire, je crois. Ils le suivent assez longtemps. Ils lui jettent quelques pierres, à lui et à son ombrelle, parce qu'ils pensent qu'il est fou. Elles font quelques trous nouveaux dans l'étoffe délavée par le soleil et la pluie. Alors, il leur sourit. Et ils dansent autour de lui et ils rient tous ensemble.

Déjà, la rumeur s'enfle. Ceux qui portent des messages, ceux qui partent pour les frontières, ceux qui vont voir des prêtres ou des médecins au loin, ceux qui voyagent vers la capitale pour rencontrer le prince se murmurent l'un à l'autre : « Dites… le vagabond… est-ce que vous l'avez déjà vu… ? » Oui, oui, on le connaît : certains l'ont aperçu en train de marcher, là-bas, au loin, dans la poussière du chemin, au milieu de la plaine. On nous a parlé de lui. On nous a fait sur lui, sur son passé plein de mystères, de stupéfiants récits. La dernière fois qu'on l'a vu, la dernière fois au moins qu'on a entendu parler de lui, il s'en allait vers la forêt, il suivait la rivière, il grimpait le long de la colline. Il faisait le tour de la pièce d'eau recouverte de nénuphars, où certains assuraient qu'il avait rendez-vous avec l'ombre de son père.

D'autres juraient leurs grands dieux l'avoir rencontré en personne et s'être entretenus brièvement avec lui, sur les marches d'un temple, dans le jardin d'un seigneur, dans une basse-cour, le long d'une route. Ils racontaient que, longtemps, il se serait demandé quoi faire. Il aurait écrit des chansons et il les aurait chantées. Il aurait recueilli les récits de sa vie, et ceux de la vie des autres. Il aurait inventé — ou peut-être même vécu ? — des aventures fabuleuses, des histoires de marins égarés sur la mer, de capitaines dans le désert, de châteaux évanouis, de philosophes très subtils, de bandits très cruels, de peintres et de bûcherons, de fugitifs et de princes, de femmes maudites et sauvées. On lui aurait proposé, ici ou là, de s'arrêter un peu, d'acheter un lopin de terre, de faire pousser du riz et d'élever des canards. Mais il n'avait jamais cessé de saluer la compagnie et de s'en aller, sous son ombrelle.

Les gens parlaient ainsi, disant n'importe quoi. Le soir, ils rentraient chez eux. Et ils étaient très las parce qu'ils avaient beaucoup travaillé dans les champs autour des villages ou dans les boutiques des villes. Et souvent ils étaient tristes. Parce que le père était mort, ou la mère, ou qu'un fils était parti pour un voyage ou pour la guerre. Et quelquefois ils buvaient, pour oublier, un peu d'alcool de riz, de seigle, ou encore de pomme. La femme, toujours penchée sur l'eau en train de bouillir pour la lessive ou la cuisine, tournait lentement les yeux vers l'homme, appuyé sur la table, la tête entre les mains, perdu dans ses calculs, dans ses projets ou dans ses songes, et ils échangeaient quelques mots. Ou ils essayaient de dormir aussi vite que possible, sans rêver, sans faire l'amour, abrutis par la fatigue, ou peut-être par le désespoir. Mais ils gardaient en eux, lumineux et dansant, le souvenir très léger, fragile, impérissable, du vagabond qui passe sous une ombrelle trouée.

TABLE DES ILLUSTRATIONS, DES TABLEAUX ET DES CARTES

LA DOUANE DE MER

À A.

Zum Sehen geboren,
Zum Schauen bestellt,
Dem Turme geschworen,
Gefällt mir die Welt.

GOETHE.

La empresa que hemos acometido es tan vasta que abarca — ahora lo sé — el mundo entero.

BORGES.

Nous sommes dans l'inconcevable, mais avec des repères éblouissants.

CHAR.

PROLOGUE

Et toi mon cœur pourquoi bats-tu
Comme un guetteur mélancolique
J'observe la nuit et la mort

APOLLINAIRE.

JE MEURS

Le 26 juin, un peu avant midi, il m'est arrivé quelque chose que je n'oublierai plus : je suis mort. La vie est injuste. La mort aussi. J'ai eu de la chance. Tout s'est passé assez vite. Le cœur a lâché. J'aurais pu me blesser. Pas du tout. Je suis tombé d'un seul coup, sans la moindre égratignure, dans les bras de Marie, devant la Douane de mer d'où la vue est si belle sur le palais des Doges et sur le haut campanile de San Giorgio Maggiore. J'avais essayé plus d'une fois de donner à l'un de mes livres le titre de *La Douane de mer*. On ne fait pas toujours ce qu'on veut. La Douane de mer s'est refusée à entrer dans ma vie. Elle est entrée dans ma mort.

L'être avec qui on meurt est aussi important que l'être de qui on naît. J'étais content de mourir devant la Douane de mer. J'étais content surtout de mourir auprès de Marie. J'avais été un vivant dans les bras de Marie. C'est aussi dans ses bras que je suis devenu un mort. Elle est restée longtemps avec moi au pied de la Douane de mer et j'avais, comme avant, ma tête sur ses genoux. Des larmes coulaient de ses yeux que j'avais tant aimés parce qu'ils étaient très bleus. Je ne bougeais pas. Je ne disais rien. Je n'ai jamais dit grand-chose. Je ne disais plus rien du tout. Elle baisait mes lèvres sans vie qui ne répondaient plus et elle pleurait en silence. Moi, je n'étais plus nulle part — ou peut-être déjà partout.

Elle a eu, le lendemain, une idée de génie et j'ai fait de mon mieux, mais en vain j'en ai peur, pour qu'elle me sache heureux et pour la remercier : nous avons remonté ensemble, moi déjà dans ma caisse, elle toujours dans ses larmes, toute la splendeur du Grand Canal. C'était très bien. Le soleil brillait sur le marbre et sur l'eau, sur les façades ocre et roses. Les palais, les musées, les marchés au poisson, les terrasses des hôtels, les grands piliers bleu et rouge où s'amarrent les gondoles, le pont de l'Accademia et le pont du Rialto défilaient devant nous. Les anges nous souriaient au fronton des églises. Quelques jeunes filles aussi, en train de sucer un *gelato*. Tout ce que j'avais aimé m'accompagnait à la gare pour mon dernier voyage. Il y avait beaucoup de beauté et beaucoup de souvenirs. Des projets, des échecs, des espoirs, des ambitions, des batailles gagnées et perdues. Des passions et des rêves. Le mariage du doge et de l'Adriatique à bord du *Bucentaure*. La peau de Bragadin arrachée par les Turcs. Les baisers et la mort de Bianca Cappello. La lecture, au loin, par un juif de génie atteint du rhume des foins et aux yeux d'odalisque, des *Pierres de Venise* de Ruskin. Il y avait Morand et Visconti, il y avait Commynes et Casanova, il y avait Henri de Régnier derrière ses longues moustaches et Byron avec son pied bot. Et Goethe, et Vivaldi, qu'on appelait le prêtre roux, et Wagner, et tous les autres. Et Chateaubriand, bien entendu. Il y avait des plaques de marbre en pagaille sur les murs, la flamme de mon nom dans le cœur de Marie, de grandes Suédoises brûlées par le soleil sous leurs robes courtes et claires, et beaucoup d'amoureux qui se tenaient par la main sans savoir trop quoi dire devant ces choses si vieilles d'où naissait tant de bonheur. J'ai eu envie, c'est vrai, de vivre encore un peu. Parce que le monde était beau et qu'il était bon d'y traîner.

J'avais aimé à la folie mon passage sur cette Terre, le soleil, l'espérance, le bruit de l'eau sur les pierres, les lendemains, ne rien faire, les clochettes des chèvres qui passaient en troupeau le long de la maison blanche où Marie et moi avions vécu à Symi, le silence et les mots. L'idée de n'être jamais né, caressée par tant de penseurs, m'a toujours fait horreur. Grâce à Dieu, j'étais né. J'avais pris place dans le temps et je m'étais baladé en espadrilles, le nez en l'air, le cœur léger, la main de Marie dans la mienne, sans amertume ni remords, dans les collines et sur les plages, le long des grands fleuves traversés avant nous par les conquérants, les pèlerins, les marchands de drap ou d'épices, les amoureux en fuite et dans ces petites villes d'Italie où il y avait tant d'arcades et si peu de trottoirs. Je m'étais assis dans des bistrots, sur des parapets de pont, dans des prairies au-dessus des lacs pour ne penser à rien. J'ai beaucoup pensé à rien. J'ai aimé presque tout de cette sacrée existence. Et ses vides autant que ses pleins. La vie m'avait tant donné, avec tant de surprises et de générosité, que je ne redoutais pas la mort qui en était l'achèvement. J'avais été enchanté d'arriver, je n'étais pas fâché de partir. Par paresse, par égoïsme, par curiosité aussi, l'idée de cesser de vivre pour passer enfin à autre chose ne me déplaisait pas. Mais il y avait Marie.

Ce sont les larmes de Marie qui m'ont fait hésiter au-dessus du Grand Canal au lieu de m'envoler d'un seul coup vers ce que je guettais déjà avec un peu d'impatience et de curiosité. Je distinguais encore la Douane de mer, la Salute, la Madonna dell'Orto où il y a un si beau Tintoret, San Giovanni e Paolo avec la statue en bronze de cette vieille ganache militaire qu'on appelait le Colleoni, San Giaccomo dell'Orio où nous allions souvent nous promener tous les deux, San Nicolò dei Mendicoli, misérable et superbe entre ses trois canaux, et, là-bas, tout en bas, dans sa gondole noire devenue soudain minuscule, Marie en train de pleurer sur ce qui avait été moi. C'est là, déjà assez haut, à l'instant de partir pour de bon vers de nouvelles aventures qui n'ont de nom dans aucune langue et de m'arracher à jamais aux images et aux rêves que j'avais tant aimés, que je suis tombé sur A.

PREMIER JOUR

Le sage est celui qui s'étonne de tout.

GIDE.

I

JE RENCONTRE A

A venait d'ailleurs. Et, je crois, d'assez loin. Il arrivait sur la Terre au moment où je la quittais. C'était un esprit naïf et charmant. Impossible, bien entendu, de vous le décrire si peu que ce soit puisque les esprits, comme vous savez, n'ont pas la moindre forme ni la moindre couleur. Ils flottent, ils volent, ils se déplacent à leur gré, ils se transforment sans cesse, ils sont partout à la fois. Et ils communiquent entre eux sans avoir besoin de langage. C'était une chance. Nous nous entendîmes aussitôt.

« Où suis-je ? me cria-t-il.

— Tout près de la Terre, répondis-je.

— La Terre ? C'est quoi, la Terre ?

— C'est une planète, lui dis-je.

— Ah ! nous nous intéressons beaucoup aux planètes, aux étoiles, à tout ce qui tourne dans le ciel et aux galaxies.

— Nous aussi, lui criai-je. Vous venez, j'imagine, d'une galaxie lointaine ?

— Je viens de la planète d'Urql, me dit-il. C'est le centre de l'univers. Je suis chargé de mission. C'est votre galaxie qui m'a paru lointaine.

— Il paraît que les galaxies, dis-je du ton le plus conciliant, s'éloignent les unes des autres à une vitesse vertigineuse.

— Ne m'en parlez pas, me dit-il. C'est affolant. Si j'avais tardé si peu que ce soit, je ne serais jamais arrivé. »

Je transcris ici dans notre langue le message indicible de A qui ne s'appelait d'ailleurs pas A. Les esprits ont des noms, comme nous l'apprennent la Bible, le *Popol-Vuh*, l'histoire de Gilgamesh et *Les Mille et Une Nuits*. Mais ce sont des noms compliqués. Celui de A était sans fin et ne ressemblait à rien de connu. Je décidai de l'appeler A, il décida de m'appeler O et nous devînmes l'un pour l'autre l'alpha et l'oméga.

J'appris de mon nouvel ami beaucoup de choses intéressantes. Elles parvinrent à me distraire pendant quelques instants des larmes de Marie et de la destination du voyage que je venais d'entreprendre. A me confia qu'il était un savant et que ses pairs l'avaient chargé d'une enquête sur la question, si irritante, de la pluralité des mondes et de l'existence ailleurs qu'à Urql. Il m'avoua que les opinions, autour de lui, étaient très partagées et que beaucoup de bons esprits croyaient dur comme fer qu'il n'y avait de pensée que chez eux.

« C'est amusant, lui dis-je. Nous avons le même débat. Beaucoup s'imaginent qu'il n'y a de vie que sur la Terre. Et d'autres soutiennent mordicus qu'il y a de la vie ailleurs. Pour départager les opinions et régler la question, nous émettons des ondes à régularité fixe à travers l'univers.

— Ah ! comme c'est curieux ! Nous faisons la même chose. Mais il n'est pas tout à fait sûr que vous puissiez comprendre quoi que ce soit à ce que nous envoyons ni que nous puissions saisir ce que vous émettez. Je crains que nos conceptions ne soient très différentes. Et nos idées. Et nos sens. Ou ce qui, chez nous, en tient lieu. Je sais bien ce qu'est la pensée, puisque je suis un esprit. Mais j'ai beaucoup de mal à saisir ce que vous appelez la vie. Êtes-vous en vie ? Êtes-vous vivant ?

— Non, lui dis-je. Puisque je suis mort. »

La mort était pour A aussi obscure que la vie. Il ignorait la vie. Il ignorait la mort. Je ne savais rien d'Urql. Il ne savait rien de notre monde ni des hommes qui l'habitent. Je compris assez vite qu'il avait tout à apprendre sur cette Terre où il débarquait.

« Quels sont vos projets ? lui demandai-je.

— Maintenant que je suis là, me dit-il, j'aimerais rester quelque temps à étudier votre planète. Tout ce que vous m'avez laissé entendre me fait croire que votre Terre est l'endroit idéal pour mener à bien mon enquête sur les mondes inconnus. Je sens qu'une gloire universelle m'attend peut-être à Urql. Imaginez la stupeur de mes concitoyens devant un univers aussi étrange et aussi invraisemblable que celui où vous habitez. Si j'osais, je… »

Il s'interrompit soudain, hésitant à poursuivre.

Je mis une main amicale sur son absence d'épaule et je l'encourageai comme je pus.

« Dites ce que vous voulez dire. N'ayez pas peur. Parlez donc.

— Eh bien, si j'osais, vous m'êtes si sympathique, vous me semblez si brillant… »

Le talent des gens d'Urql et leur lucidité commençaient à m'impressionner.

« … je vous demanderais de me servir de guide et d'interprète et de m'aider à rédiger le rapport que je dois fournir à mon retour sur Urql. »

L'idée de rester encore quelque temps sur la Terre où vivait Marie m'inonda soudain de joie. Le souvenir de ma mort me retint aussitôt. J'essayai d'expliquer à A que, malgré l'attirance que je ressentais aussi pour lui et malgré l'estime que m'inspirait son jugement, ma qualité de défunt m'interdisait de m'attarder sur la planète où nos destins contraires venaient de se croiser et m'obligeait à partir.

« Oh ! Quelques instants seulement. Nous irions le plus vite possible. Comment voulez-vous que je me débrouille seul sur cette Terre où tout semble si difficile ? Soyez bon pour un esprit égaré dans l'espace et montrez-lui tout ce qu'il ignore. »

Au point où j'en étais, il y avait grand avantage à accumuler les mérites et à faire le bien autour de moi. Marie, plus d'une fois, m'avait traité d'égoïste. Elle prétendait — à tort — que je ne pensais qu'à moi. Je me demandai en un éclair si le bien fait aux esprits était assimilé, en haut lieu, au bien qu'on faisait aux hommes. Je me dis qu'en tout cas rien ne pourrait m'être reproché si j'aidais un pur esprit à se renseigner sur cette Terre où nous avions vécu. Je me jetai à l'eau :

« Trois jours, dis-je à A sur le ton le plus ferme. Je vous donne trois jours. Je serai votre guide, je vous expliquerai la vie, la nature, l'histoire. Trois jours. Pas un de plus. Après, je dois partir.

— Qu'est-ce que ça veut dire, un jour ? » demanda A.

Je compris que ma vie après ma mort n'allait pas être commode.

« Eh bien…, lui dis-je en soupirant, le monde… »

Et je me disposai à lui expliquer, en voletant au-dessus de Venise et de son illustre lagune, l'Adriatique d'un côté et les Alpes de l'autre — et j'étais heureux pour A de la beauté du spectacle —, ce qu'était ce monde nouveau où il venait d'arriver.

II

PRÉSENTATION DE LA TERRE À UN ESPRIT VENU D'AILLEURS

« Je crois que le plus simple », dis-je à A au-dessus de l'Arsenal et de ses lions de pierre, « serait que vous me posiez des questions.

— Je ne crois pas, me dit A. On ne peut poser des questions que sur un système dont on sait déjà quelque chose. Ce qu'on ne connaît pas du tout, on ne le comprend pas du tout. Vous ne sauriez même pas quoi demander si vous débarquiez chez nous. Je ne sais pas quelles questions vous poser sur votre Terre. Expliquez-moi plutôt comment ça marche ici. »

J'indiquai d'abord que mon ignorance était à la mesure de ma bonne volonté, qu'elle prenait les dimensions d'une encyclopédie et que les risques d'erreur dans mes explications dépassaient toutes les bornes. Ensuite que la Terre était ronde, ce qui ne le surprit pas outre mesure, ou qu'elle avait la forme d'un melon, qu'elle tournait autour du Soleil en un an et autour d'elle-même en un jour, que la Lune tournait autour de la Terre en quelque chose comme un mois. Et qu'il y avait de la vie sur la Terre. La vie l'étonna beaucoup.

« Tout ce que vous m'avez raconté sur les mouvements de la Terre, du Soleil, de la Lune, je peux bien le comprendre. Tout bouge un peu partout dans les espaces là-haut, la plupart du temps très vite, et quelquefois en rond, ou à peu près en rond. Un cercle est pour tout esprit l'image de la simplicité et de la perfection. Ce que je ne comprends pas, c'est la vie. »

J'hésitai un instant. Ma situation n'avait pas mis longtemps à devenir difficile.

« Vous voyez ce qu'est le temps ? lui demandai-je.

— Je le devine », me dit-il.

Je respirai. C'était une chance.

« Bien sûr, reprit-il. Moi qui pourrais, sur votre Terre, être partout à la fois, j'ai mis longtemps à venir d'Urql.

— Bravo : c'est le cœur de l'affaire. Les choses, chez nous, ne sont pas toutes données en même temps. Elles se succèdent les unes aux autres et nous sommes emportés dans un flux invisible et pourtant invincible que la nature ou la Providence a découpé en jours et en nuits, en mois grâce à la Lune, en saisons, en années, et où nous introduisons, pour servir de repères à notre raison et à notre mémoire, des périodes et des rythmes, des semaines, des heures, des horloges, des fêtes, des effets et des causes, des espérances et des souvenirs.

Si vous aviez ignoré ce qu'est le temps, j'aurais été embêté : je n'aurais pas su quoi vous dire. Rien n'est plus simple que le temps aussi longtemps qu'on s'en fiche. Rien n'est plus inexplicable dès qu'on se met à s'en occuper. Ce mystère qui coule de source, cette évidence en forme d'abîme, de labyrinthe, de paradoxe, est au début et au centre de tout. Et où il y a du temps, il y a de l'histoire. »

Il m'arrêta aussitôt. Il comprenait ce qu'était le temps. Il ignorait ce qu'était l'histoire qui est de la vie mêlée au temps.

« L'histoire, lui dis-je, c'est quand les choses changent avec le temps.

— Parce que, chez vous, les choses changent ?

— Elles ne font que ça. Et elles restent les mêmes. Elles demeurent et elles changent. Elles sont imprévisibles et pourtant nécessaires. »

Il m'écoutait avec méfiance. Je m'embrouillais déjà. J'eus le sentiment déplaisant qu'il me prenait pour un fou ou pour un imbécile.

« Comme votre monde est étrange..., répétait-il avec stupeur. Comme votre monde est étrange... »

Je me mis à lui raconter, un peu en gros — et le récit nous prit du temps —, l'interminable histoire du temps. Nous survolions la Grèce, la Perse, la Chine, les Indes, et j'essayais de lui expliquer tant bien que mal que du *big bang* — il connaissait — était sortie la matière, que de la matière était sortie la vie et que de la vie était sortie la pensée. Et que ce chemin si long avait mené jusqu'à moi. Tout cela l'excitait et l'amusait prodigieusement.

« C'eſt si gai ! me dit-il. Et si invraisemblable. »

Je lui accordai que la vie était pleine d'imprévu et d'imagination.

« Et la mort ? me dit-il.

— C'eſt le contraire de la vie, et la même chose, bien entendu. La mort eſt inséparable de la vie. La vie eſt liée à la mort. Tout ce qui eſt vivant mourra. Tout ce qui eſt mort a vécu. Je n'ai vécu que pour mourir et je suis devenu un mort parce que j'étais un vivant. Ce sont les vivants qui meurent. Mais la vie continue. Ce qui eſt vivant disparaît et la vie se poursuit. »

Il me croyait à moitié. Il me trouvait impayable. Il pensait que j'inventais pour l'amuser, que je racontais n'importe quoi.

« Alors, vous, vous étiez vivant ?

— Je vous l'ai dit : je l'étais. La vie a surgi en moi, ou plutôt j'ai surgi en elle. J'ai appartenu à cette aventure dont la mort eſt la loi et que nous appelons la vie.

— Quelle horreur ! me dit-il.

— Ne croyez pas cela », lui dis-je quelque part, assez haut, entre l'Indus et le Gange. « Il n'y a rien à quoi les vivants tiennent autant qu'à la vie.

— Et vous êtes mort ? me dit-il.

— Je suis mort, lui dis-je. C'eſt ce qui me vaut l'honneur et l'avantage de m'entretenir avec vous. Si j'étais encore vivant, je serais empêtré dans un corps, prisonnier de l'espace et du temps, enfermé dans ce monde qui s'étend sous nos yeux…

— Sous nos yeux ?

— C'eſt une façon de parler. Pardonnez-moi. La force de l'habitude… Je prends tant de plaisir à votre compagnie que j'en oublie que je suis mort. Quand j'étais un vivant, j'avais une peau, une bouche, des oreilles, un nez. J'avais aussi des yeux.

— Des yeux…, murmura A. Incroyable !

— Tout cet attirail surprenant et fragile était commode pour voir, pour entendre et pour une foule d'autres choses dont je vous parlerai peut-être un jour et qui étaient souvent agréables. Beaucoup de vivants eſtiment que vivre eſt une tâche sans pareille. Ils ne l'échangeraient contre aucune autre. Tant que j'étais vivant, en revanche, il m'était interdit de discuter avec vous. J'aimais beaucoup être vivant. Les vivants ont beaucoup de chance et beaucoup d'avantages. Mais il ne leur est pas permis de communiquer directement de pensée à pensée ni d'esprit à esprit.

— J'ai beaucoup de mal à vous suivre et à me débrouiller dans ce que vous me dites. Le monde des esprits est si simple. Celui de la vie est si compliqué. Beaucoup de choses sur votre Terre me paraissent encore bien obscures. J'imagine la vie, d'après ce que vous me dites, comme une espèce de masse gélatineuse et plus encombrante qu'autre chose. Comment s'organise-t-elle ? Comment fait-elle pour agir ? Comment les vivants, par exemple, se distinguent-ils de la vie ? Se ressemblent-ils tous entre eux ou diffèrent-ils les uns des autres ? »

Je me vis soudain au bord de l'abîme. Allait-il falloir entamer un exposé général sur l'histoire de la vie et sur l'évolution ? Il me semblait prématuré de parler de Darwin, de Crick, de Watson et de quelques autres dont je ne savais presque rien à un esprit venu d'ailleurs, que j'avais rencontré par hasard et que je connaissais à peine. Je m'en tirai comme je pus.

« Il y a au sein de la vie, qui est une force puissante et en quelque sorte collective, des singularités autonomes qui fonctionnent par elles-mêmes — ou qui croient, plus ou moins, fonctionner par elles-mêmes. Nous avons un nom pour elles : nous les appelons individus. Après tout, vous êtes un esprit singulier au sein de la pensée universelle. J'étais de la même façon un vivant au sein de la vie.

— Ce sont les individus qui meurent et la vie qui se poursuit ?

— On ne saurait mieux dire », murmurai-je épuisé car il y avait peu de temps que j'étais devenu un esprit et l'épreuve avait été rude. « Rien n'a manqué au monde quand j'ai cessé de vivre. Ou alors, si peu de chose. La vie survit aux vivants. »

Ma subite lassitude n'échappa pas à A.

« Si la pensée est un effet de la vie, la vie un effet de la matière et la matière un effet du *big bang*, c'est un sacré chemin que vous avez parcouru.

— Un sacré chemin, lui dis-je.

— Vous avez accompli un travail qui ne prête pas à rire.

— Par personnes interposées, précisai-je avec modestie.

— La vie de chacun des vivants est-elle aussi fatigante que la vie en général ?

— À peine moins, avouai-je. Il faut se lever chaque matin.

— Ah ! dit-il après un instant de silence. Vous devez être bien content d'être mort. »

Je me tus à mon tour.

« J'aimais Marie », lui dis-je.

III

LE SOUVENIR DE MARIE

« Qui est Marie ? me dit A.

— C'est une femme, lui dis-je.

— Une femme ?

— Oui, lui dis-je. Enfin, un être humain. Un homme.

— Un homme ?

— La Terre est peuplée d'hommes. Et les hommes règnent sur la création. Ils sont la mesure de toute chose. Ils ont une idée de l'infini. Ils sont à l'image de l'absolu. Les hommes assurent souvent qu'il n'y a rien au-dessus des hommes. Il y a même des philosophes qui ont pensé et écrit qu'il n'y aurait pas d'univers s'il n'y avait pas d'homme. Ils soutiennent que c'est l'homme qui est la cause de l'univers et non pas l'univers qui est la cause de l'homme. L'homme a inventé la science, la morale, la peinture, la sculpture, la Bourse, l'État, le socialisme, le théâtre, la musique, le calembour et le golf. N'avez-vous jamais, sur Urql, entendu parler de ce centre de toutes choses, de ce chef-d'œuvre qu'est l'homme ? »

Non, c'était très étrange, et même un peu blessant, personne, à Urql, n'avait la moindre idée de ce que pouvait bien être un homme.

« C'est un être vivant, lui dis-je. Et de la plus belle eau. De l'espèce la plus rare. Du genre le plus raffiné. Nous l'appelons le genre humain. Il nous occupe énormément. Et, je crois, de plus en plus.

— Vous étiez un homme ? » demanda A.

Je pris un air modeste et le ton le plus simple.

« Oui, lui dis-je, j'étais un homme.

— Bravo ! » me dit-il.

Je m'inclinai, sans un mot.

« Et Marie eſt un homme ?

— Non. Marie eſt une femme.

— Mais les femmes sont des hommes ?

— Si vous voulez. Oui et non. Vous voyez les hommes ?

— À peu près, me dit A. J'essaie. Je fais ce que je peux.

— Une bonne moitié : des femmes.

— Quelle moitié ? demanda A.

— Pas dans ce sens-là, lui dis-je. Un homme sur deux eſt une femme. La moitié des hommes sont des femmes et toutes les femmes sont des hommes. Ce sont les pièges du langage. Toutes les langues sont pleines de pièges. Et ce n'eſt pas assez dire. Les langues elles-mêmes sont des pièges. Elles font les délices des philosophes, des poètes et des grammairiens. Le monde eſt un piège qui prend la forme du langage.

— Ce qui eſt surtout délicieux, me dit-il, c'eſt de pouvoir se passer du langage. »

Je lui exprimai mon accord avec vivacité. Tout le monde rêve de parler sans être gêné par les mots. Je lui dépeignis en quelques phrases la condition des hommes, obligés, pour se comprendre, de se soumettre au langage et à ses variétés.

« Dois-je entendre, me dit-il, que vous avez sur la Terre plusieurs langues différentes ?

— Des milliers, répondis-je. Et elles font comme les hommes : elles naissent, elles meurent, elles se transforment. La plupart diſtinguent le passé et le futur, le singulier et le pluriel, le masculin et le féminin. Et dans plusieurs d'entre elles, les femmes sont aussi des hommes.

— Pourquoi tout, sur la Terre, eſt-il si compliqué ?

— Parce qu'il y a le temps, et la vie, et l'hiſtoire, et les hommes, toujours si pleins de passions. Et surtout parce qu'il y a le sexe. Le sexe occupe à lui seul une place énorme dans notre monde. Et il eſt très compliqué. C'eſt lui, en grande partie, qui fait le charme de la planète. Et son obscurité.

— Mon cher O, déclara A avec un rien de solennité, les esprits n'ont pas de sexe.

— Je sais, lui répondis-je. Je crois même me rappeler que des hommes, jadis, se sont penchés sur ce problème.

— Mon cher O, reprit A, je ne comprends rien au sexe.

— Moi non plus, lui dis-je. Personne n'y comprend rien.

— Savez-vous, par hasard, pourquoi il y a des sexes ?

— Tout le monde le sait, répondis-je. C'est pour assurer la reproduction des individus, tous voués à la mort sans aucune exception. Il n'y a de sexe que parce qu'il y a la mort. La mort est la clé du sexe. Et le sexe est l'allié et l'ennemi de la mort. Ce sont des rivaux associés. La mort ne cesse jamais de l'emporter sur le sexe. Et le sexe ne cesse jamais de triompher de la mort. Et pour que personne n'y échappe et que la mort recule devant lui, le sexe est le plus doux et le plus violent, le plus simple et le plus compliqué, le plus libre et le plus nécessaire, le plus puissant et le plus répandu des instruments de plaisir.

— Comme vous y allez ! me dit A. On croirait à vous entendre qu'il n'y a rien d'autre sur la Terre.

— Quand l'amour est mêlé au sexe, lui dis-je, il n'y a rien d'autre. Le plaisir de l'amour est le plaisir par excellence. Et le plaisir est une des clés — certains disent la première — de ce monde où vous pénétrez. »

A, bien entendu, ne savait rien du plaisir. C'était un pur esprit. S'il avait pu connaître le plaisir, il l'aurait détesté, comme il détestait déjà l'histoire, le langage et le sexe. La seule idée d'un plaisir qui passait par un corps le remplissait d'indignation. Pour ne pas trop troubler ses premières heures ici-bas, je laissai tomber le plaisir et je lui parlai de Marie qui était pour moi le plaisir — et beaucoup plus que le plaisir.

« Ce qu'il y a de bien avec les hommes — et aussi avec les femmes —, c'est qu'on peut les décrire. Parce qu'ils ont tous un corps.

— Un corps…, marmonna-t-il, un corps…

— Un corps, lui dis-je. Oui. Un corps. Les hommes sont d'abord un corps. Et les femmes aussi. Marie a les yeux bleus, les cheveux très noirs, les lèvres rouges, la peau très douce. Elle est mince sans être étroite. Elle est grande sans être forte. Quand on la voit, on l'aime. Quand on l'aime, on veut la revoir. Elle est belle comme une œuvre d'art. »

A, bien entendu, ne savait rien de l'art.

« C'est de l'amour », lui dis-je pour aller un peu vite.

A connaissait l'amour parce que l'amour et le temps sont

au cœur de l'univers et qu'il n'y aurait pas d'étoiles, ni de planètes pour tourner autour d'elles, ni de trous noirs aux relents de meurtre, ni de galaxies toujours en cavale s'il n'y avait pas de temps et s'il n'y avait pas d'amour. La seule idée de Marie enchanta mon ami A.

« C'est la première image, me dit-il, que je me fais d'un homme.

— C'est la dernière image, lui dis-je, que je garde du monde. »

Nous parlâmes beaucoup de Marie.

« Allons la voir », me dit A.

C'était mon vœu le plus cher. Mon cœur, si j'ose dire, bondit dans ma poitrine.

« J'aime Marie, lui dis-je. L'amour, qui meut le soleil et les autres étoiles, s'installe aussi parfois entre deux êtres humains. Ils ne veulent plus vivre l'un sans l'autre, ils passent leur temps à se chercher. Ce qui m'a fait le plus de peine quand la vie m'a quitté, c'est de quitter Marie. »

À la différence du langage et du sexe, l'amour entre les humains plut beaucoup à mon ami A. Il lui rappelait, j'imagine, les lois de la gravitation et de l'attraction universelle.

« Le sexe, lui précisai-je par souci d'honnêteté, est lié à l'amour. Il y a, chez les hommes, des exemples innombrables de sexe sans amour. Mais, hors l'amour mystique que vous devez connaître et l'amour des parents pour les enfants ou des enfants pour leurs parents ou pour leurs frères et sœurs, l'amour sans le sexe ne se trouve qu'au théâtre et dans quelques romans que personne ne lit plus. »

Il fallut aussitôt, et ce n'était pas commode, essayer de lui expliquer ce qu'était le théâtre et ce qu'était un roman. Je lui dis que, souvent, pour s'amuser, pour se souvenir, pour s'élever, pour se faire peur, les hommes jouaient avec eux-mêmes et avec leur destin et ajoutaient une vie rêvée qu'ils appelaient littérature au rêve qu'était leur vie et qu'ils appelaient réalité. Il y avait beaucoup d'amour dans la réalité et plus d'amour encore dans la littérature.

« J'aurais aimé, dit A d'un air rêveur, être un héros de roman.

— Mais vous l'êtes », lui dis-je.

Il rit de bon cœur, battit des ailes et se tourna vers moi.

« Dites-moi tu, voulez-vous ? »

Il comprenait assez vite. La grammaire, au moins, n'avait déjà plus de secret pour lui qui venait pourtant d'arriver, après un long voyage, de contrées très lointaines.

IV

POURQUOI Y A-T-IL QUELQUE CHOSE AU LIEU DE RIEN ?

Même pour un esprit aussi doué que A, trois jours pour comprendre le monde et tout ce qui le compose, ce n'était pas beaucoup. Nous bouclâmes en moins de temps qu'il n'en faut pour le dire le tour de la planète, survolant le Pacifique et les plaines du Nouveau Monde avant de revenir sur l'Atlantique et sur notre vieille Europe, décatie et charmante. En repassant au-dessus de l'Olympe et des îles de l'Égée, l'Égypte en bas à droite avec ses pyramides, le Pont-Euxin devant nous, appelé aussi mer Noire, et le Caucase, et la Perse, je jouai encore un peu auprès de A, en moins bien j'imagine, le rôle d'Aristote auprès du jeune Alexandre ou celui de Chiron auprès d'Achille, de Jason et d'Hercule. Je n'ai jamais été ennemi d'un brin de pédantisme et je n'étais pas peu fier de mon disciple venu d'ailleurs. Je lui expliquai en peu de mots, ou plutôt sans mots du tout, ce qui aidait beaucoup, la naissance de l'histoire avec Hérodote ou Thucydide et celle de la philosophie avec Héraclite qui se baignait dans des fleuves renouvelés sans répit et soutenait que tout change, avec Parménide qui, s'attachant à l'Être immuable et unique, pensait que tout demeure, et avec Platon qui avait plus de génie et d'idées que tous les hommes avant lui, et aussi après lui. Il écoutait mon silence. Tout ce que je ne disais pas, il le retenait sans peine. Et ce qu'il ignorait encore, il le devinait et le tirait de lui-même qui en savait plus que moi sur ce qu'il ne savait pas. Rien n'était plus plaisant et plus gai que la mort avec A. Bientôt, les océans, l'atmosphère, l'air que respirent les hommes et les sentiments qu'ils éprouvent, Christophe Colomb et Magellan, Xénophon et Pascal, Ts'in Che Houang-ti et son mur qui se voit de si loin, le tabac, la syphilis, le rôle de la sainte Église catholique et romaine et de l'Inquisition, la souffrance et l'amour physique, le moteur à explosion et le régime des moussons, le Zohar et le bimétallisme n'eurent plus de secrets pour lui. De temps en temps, il butait sur une invraisemblance et il me posait des questions.

« Pardonne-moi, me disait-il, mais tout ce que tu me racontes est si surprenant que j'ai beaucoup de mal à y croire. Je crains que les miens, à Urql, ne m'accusent, à mon retour, d'avoir inventé ce monde dont tu me décris les mystères et qui m'étonne de plus en plus. La Terre des hommes, je l'avoue, m'est un motif de stupeur.

— Ton monde aussi doit être surprenant. Les autres sont toujours surprenants. Mais le plus surprenant, c'est soi-même. Tout ce qui existe est surprenant. Le seul motif de stupeur, c'est qu'il y ait quelque chose au lieu de rien. *Cur aliquid potius nihil ?*

— Qu'est-ce à dire ? demandait-il.

— C'est du latin », répondais-je.

Et nous partions sur le latin, sur le grec, sur le sanscrit et l'hébreu. Sur Leibniz et sur Heidegger. Sur Spinoza et sur Kant. Sur la connaissance du premier genre et sur les formes a priori de la sensibilité. De là, nous passions à la paix, à la guerre, au progrès, si douteux et pourtant si probable, de toute la suite des hommes, à l'argent, à la banque, aux assurances, au commerce et aux navires répandus à travers toutes les mers à la recherche d'épices, de trésors pleins de secrets et d'esclaves à revendre. À tous les tournants du chemin, nous trouvions d'autres chemins. Et à tous les détours d'un discours qui n'était que silence, nous nous heurtions à l'histoire et aux passions des hommes. L'histoire l'émerveillait. Les passions l'épouvantaient. L'or l'étonnait beaucoup.

« C'est un métal, lui disais-je.

— Comme les autres ?

— Ah ! non, lui disais-je. L'or est un symbole, une légende, un mythe — et une dure réalité. C'est un besoin et un rêve. Une échelle. Une hantise. D'une certaine façon, c'est une des clés du système. L'or — toujours la grammaire — est un autre nom de l'argent. Et un philosophe allemand qui avait beaucoup de talent, et peut-être du génie, et des disciples par millions et par dizaines de millions a récrit toute l'histoire du seul point de vue de l'argent.

— Je croyais — ai-je rêvé ? — que la clé du système, c'était d'abord le sexe et d'abord le plaisir ?

— C'est le sexe. C'est le plaisir. C'est l'argent. C'est la pensée. C'est un peu tout ce qu'on veut. La clé du système, c'est la vie. Et la vie est multiple. Elle se laisse prendre par tous les bouts. Toujours semblable à elle-même et toujours différente, elle est aussi diverse que les étoiles dans le ciel. Il y a beaucoup de clés pour ouvrir le système. Ou pour essayer de l'ouvrir. Car il n'est pas impossible que la clé du système, ce soit que le système n'a pas de clé.

— Je vois bien que le monde est un immense système. Ou un code, si tu préfères. Pour préparer le rapport que je dois faire aux gens d'Urql, je soulève, grâce à toi, l'un ou l'autre des coins du voile et j'aperçois, ici ou là, quelques taches d'une lumière qui me semble plutôt noire. C'est le code qui me manque pour parvenir enfin à la compréhension de ce mystère insondable que vous appelez l'évidence.

— Rien n'est plus évident, pour nous autres, les hommes, que ce monde où nous vivons. Nous avons beaucoup de mal à concevoir l'infini, l'éternité, l'ailleurs, tout ce qui se passe hors du temps et qui te paraît si simple. C'est ce qui te paraît obscur qui nous semble lumineux. Le temps coule de source. L'espace est bête comme chou. L'argent pose beaucoup de problèmes à chacun d'entre nous, mais il nous est familier : il nous donne ce que nous voulons parce qu'il est, sous le soleil, l'instrument du pouvoir et la mesure de nos désirs.

— Tout ce qui vous semble si évident me paraît le comble de l'arbitraire. Je sens qu'il y a quelque part quelque chose qui me manque.

— Le monde est un puzzle, lui dis-je.

— Il doit y avoir une pièce dont tu ne m'as pas parlé. »

L'Himalaya, loin sous nous, brillait de toutes ses neiges. Il cachait dans ses vallées des moines, des alpinistes, des commerçants, des amoureux. Je réfléchis un instant.

« C'est peut-être que nous sommes libres, lui dis-je. Ou que nous croyons l'être. Le monde, de part en part, est soumis à des lois d'une nécessité implacable, et pourtant quelque chose en nous nous souffle que nous sommes libres.

— Libres ?

— À chaque instant du temps, nous faisons ce que nous voulons. Nous disons ce que nous voulons. Nous écrivons ce que nous voulons. Nous forgeons notre propre destin. Les passions nous entraînent, le sexe, l'ambition, l'amour de l'or et du pouvoir. Nous nous jetons dans un avenir que nous croyons façonner à notre guise. Selon notre bon plaisir. Selon nos appétits et nos capacités. Et quand nous regardons derrière nous, tout ce que nous avons écrit, tout ce que nous avons dit, tout ce que nous avons fait se révèle nécessaire, immuable, figé à tout jamais, au-delà des siècles, dans les glaces de l'éternité.

— Ah ! ah ! » me dit-il.

Et il se tut longtemps.

« Le monde », reprit-il après un silence qui n'en finissait pas, « est une drôle d'aventure. Il ne faut pas que son souvenir soit perdu à jamais. Au travail ! Tu vas m'aider.

— Encore ! lui dis-je. C'est nerveux. Je suis mort. N'abuse pas. J'imaginais que la mort était un grand repos. Dans la vie, déjà, l'égoïsme, la paresse et quelques autres vertus mineures que je cultivais avec délice faisaient beaucoup de mon charme. Et celui de l'existence. J'aimerais, sous mon linceul, dormir encore un peu sans m'occuper des autres.

— Pense à la gloire ! me dit-il.

— Quelle gloire ? Je rêve d'oubli.

— Mais la gloire que donne Urql à ses bons serviteurs ! Je me sens incapable de rédiger sans toi le rapport sur la Terre que je dois remettre à mon retour. Toi qui parles d'Hérodote, de Thucydide, de Platon, tu sais écrire, j'imagine ?

— Écrire ?... Seigneur !... J'espérais que la mort au moins me dispenserait d'écrire. Je veux bien me promener quelques heures avec toi dans ce qui fut mon monde. Écrire m'accable.

— Tu n'as pas, ce me semble, fait grand-chose dans la vie. Tu seras, dans la mort, l'historien de la Terre racontée aux gens d'Urql. C'est une grande tâche pour A. C'est une grande tâche pour O. »

Et, dans un geste brusque, il me serra contre lui.

Voilà comment, sur le tard, entraîné par un esprit plein de flamme et de fougue, je devins écrivain, à mon corps défendant, dans le royaume des morts, pour l'immortalité.

V

LA TERRE EST UNE BOULE RONDE DANS L'ESPACE ET LE TEMPS

Le plus difficile était le début. Commencer est toujours rude. Surtout quand il s'agit de la totalité de l'existence et des hommes : on ne sait jamais d'où partir ni comment l'aborder. Je proposai à A une introduction solennelle et aussi générale que possible à toute étude sur ce monde. Elle s'ouvrait sur ces mots :

« "Les hommes habitent le temps. Ils habitent aussi l'espace et une boule plus ou moins ronde qui est l'objet du présent rapport, soumis avec respect aux autorités d'Urql…

— Supprime ça, coupa A. Ils ont déjà tendance à en faire un peu trop et à avoir la grosse tête.

— Ah ! eux aussi ? » lui dis-je.

Et je barrai les derniers mots avant de reprendre mon élan.

« "Les hommes habitent le temps. Ils habitent aussi l'espace et une boule plus ou moins ronde qui est l'objet du présent rapport et qu'ils appellent la Terre. La Terre, bizarrement, n'est pas seulement la terre. Elle est composée de terre et surtout d'eau."

— Encore la grammaire, grommela A.

— Déjà la grammaire, répondis-je. Et les majuscules. Et la métonymie. Bientôt le trope, l'hypallage, la synecdoque, l'antonomase, la catachrèse, la syllepse, l'anacoluthe. Et toute la théorie du langage et des figures de style. Et l'horreur sacrée des idées et des mots.

— Les mots, souffla-t-il d'une voix presque inaudible, doivent vous gêner beaucoup pour exprimer vos idées.

— Pas sûr, lui répondis-je. Si nous n'avions pas de mots, aurions-nous des idées ?

— Quelle idée ! s'écria A. J'ignorais tout des mots : ai-je l'air de manquer d'idées ? »

Je me tus un instant, pour réfléchir en silence.

« Laisse tomber, trancha A. Continue.

— "Elle est entourée d'air et les hommes le respirent.

Quand ils cessent de respirer, ils meurent. Ils meurent aussi quand il fait froid, quand il fait chaud, quand ils se cognent un peu fort, quand ils ont faim ou soif, quand quelque chose ne va pas, quand le chagrin les submerge ou quand le moment est venu de l'usure, de la déglingue et de l'avachissement. Les hommes sont très fragiles et, surtout vers la fin, ils passent à mourir une bonne partie de leur vie." »

A demeurait muet, sans un geste, comme absent, les yeux fixés dans le vide.

« Ça va ? lui demandai-je.

— Enfin…, répondit-il.

— Tu crois que, là-bas, à Urql, ils ne vont pas comprendre ? Ce n'est pas assez clair ?

— Tu veux que je te dise ? » murmura-t-il, épuisé à son tour. « Tes hommes ont l'air d'une blague. Cette pensée infinie enfermée dans des corps finis…, cette image de l'absolu commandée par des gaz et des liquides, par quelques degrés de plus ou de moins sur une échelle des températures, par des coups sur la tête ou par des coups au cœur… Tu m'avoueras… Ils vont croire que je me fiche d'eux.

— Reprenons, lui dis-je.

"La Terre est une boule ronde dans l'espace et le temps…"

— Ça, ça va ? demandai-je.

— Ça va, répondit A. Encore que…

— Encore que quoi ?

— Encore que l'espace et le temps posent déjà beaucoup de questions et que… »

Je vis le moment où l'ahuri tombé d'Urql allait me parler d'Einstein, de la relativité restreinte ou généralisée et du continuum espace-temps. Je m'arrangeai pour couper court.

« Attends un peu, lui dis-je.

"La Terre est habitée par différentes créatures aux noms presque innombrables dont la plus achevée, la plus ambitieuse et la plus compliquée s'appelle l'homme. L'homme n'a pas toujours existé. Et la Terre non plus. La Terre est plus vieille que l'homme. Personne ne sait très bien comment la Terre est née, et encore moins pourquoi. Et l'homme est né de la Terre, personne ne sait très bien comment, et encore moins pourquoi."

— Eh bien, me dit A, voilà enfin qui est clair.

— Merci beaucoup », lui dis-je.

Encouragé par A, soulagé de voir s'éloigner l'ombre du Grand Albert et de ses sorcelleries, je poursuivis la rédaction du document chargé de bouleverser les gens d'Urql.

« "Les hommes succèdent les uns aux autres par le jeu de la vie et de la mort. La mort naît de la vie et la vie naît de l'amour. L'amour est ce qui se passe entre deux êtres qui s'aiment. Il n'y a de vie chez les hommes, et il n'y a de mort chez les hommes, et il n'y a d'amour chez les hommes que parce que les hommes ont un corps. C'est le corps qui les installe dans l'espace et dans le temps."

— C'est dégoûtant, murmura A. J'aimerais bien que mon rapport ne sombre pas, dès le début, dans la pornographie.

— "L'amour est la clé du monde comme il est la clé de l'univers. Il n'y aurait pas d'enfants s'il n'y avait pas d'amour et il n'y aurait plus de monde s'il n'y avait plus d'enfants. Les enfants changent pour devenir des hommes à l'intérieur de leur vie comme les bactéries, les algues, les poissons, les primates ont changé pour devenir des hommes à l'intérieur de l'histoire. L'histoire a fait les hommes dans une continuité qui n'était que changement. Jusqu'à une catastrophe finale dont nous ne savons encore rien parce que les temps n'en sont pas venus et que nous ne sommes capables d'inventer que le passé, la règle du monde est que tout change et que tout continue."

— C'est très bien, me dit A. C'est bien écrit. »

Je saluai discrètement. A, décidément, ne manquait pas de jugement. Il avait le goût très sûr.

« On s'embarque sur tes mots comme sur un vaisseau de haut bord, et on se laisse emporter. Peut-être est-ce un peu abstrait ? Penses-tu que mes gens d'Urql vont lire ça jusqu'au bout ?

— Ils le liront, lui dis-je, parce que ton rapport sur la Terre…

— Notre rapport, dit A, avec beaucoup de courtoisie.

— … parce que le rapport sur la Terre rédigé par A et O, par A, esprit d'Urql, et par O, mort de la Terre, est *l'origine* et le modèle de tous les romans d'aventures. Écoute la suite.

"Les corps souffrent. Et ils pensent. Et peut-être ne pensent-ils que parce qu'ils souffrent et qu'ils meurent. La souffrance des hommes est un livre qui n'en finit pas. Et, confuse, hésitante, balbutiante, toujours vaincue et pourtant triomphante, la pensée des hommes est un roman sans fin. Le sang des corps y coule à flots. La mort est présente partout. Le bonheur et l'espoir, l'attente de quelque chose qui ne viendra peut-être jamais, une obscure aspiration à un lointain ineffable en sont le ressort et l'âme. La Terre est le royaume de la contradiction. Les corps et leurs esprits servent de champ de bataille à la douleur et à l'espérance. Parce qu'ils sont des esprits, les hommes sont habités par la pensée, le souvenir, l'imagination, la conscience. Mais parce qu'ils sont des corps, ils sont habités aussi par des élans obscurs qui s'appellent les passions. Les passions font le bonheur et le malheur des hommes."

— Des exemples ! cria A. Des exemples ! J'en ai assez de l'histoire. Je voudrais des histoires.

— Des exemples ? lui dis-je. Des histoires ? En voilà ! À la pelle ! Place aux travaux pratiques et aux sciences appliquées ! »

Et, descendant à tire-d'aile, nous allâmes voir Marie.

VI

MARIE DORT

Marie dormait. C'était l'été. Presque nue, très pâle, la tête posée sur un bras, ses longs cheveux noirs en désordre, les lèvres entrouvertes, elle dormait sur le lit où j'avais dormi avec elle. Son sein se soulevait légèrement, à intervalles réguliers. Je demeurai longtemps cloué sur place, immobile, sans un mot, rêvant qu'elle rêvait de moi. Les larmes me venaient aux yeux. J'aurais voulu vivre encore, la serrer contre moi et dormir dans ses bras. Comme à Venise avant le 26 de mon dernier mois de juin. Comme avant la Douane de mer et ma chute dans l'éternité.

« Regarde, dis-je à A. Le monde est beau. »

A se pencha en avant et contempla Marie avec beaucoup d'attention.

Un long moment passa. Il se tourna vers moi.

« C'est très curieux », me dit-il.

Curieux n'était pas le mot qui me serait venu à l'esprit

devant le corps de Marie étendu sur son lit. Mais enfin Marie était la première femme — et d'ailleurs le seul être humain — que A eût jamais vue. Il n'était pas impossible que sa pâleur, son nez très droit, ses oreilles dont j'étais fou, ses épaules et son cou dont je préfère ne rien dire, ses cinq doigts minces et longs à l'extrémité de chaque main, son sein rond et plein que j'avais tant caressé, ses jambes interminables et qui descendaient jusqu'à terre eussent de quoi surprendre un esprit venu d'Urql.

« C'est une femme, lui soufflai-je.

— Que fait-elle ? demanda A.

— Elle dort », murmurai-je très bas.

Le sommeil plongea A dans des abîmes de perplexité.

« Le sommeil, chuchotai-je, est une absence dans la présence, un évanouissement, un silence, une sorte de mort à l'essai et nécessaire à la vie.

Espèce de morte,
De quels corridors
Ouvres-tu la porte
Lorsque tu t'endors ?

On disparaît je ne sais où, de l'autre côté de je ne sais quoi, on oublie, on rêve, on renaît presque neuf. Rien n'a plus de charme au monde que ce retrait du monde. Les hommes occupent à dormir un bon quart de leur vie. Et souvent presque un tiers. À l'époque où j'étais vivant, mais je crois que c'était un record, je n'étais pas loin de la moitié.

— Puisque tu m'assures que les hommes passent à dormir l'essentiel de leur temps, il faudra, j'imagine, que le rapport tourne autour du sommeil ?

— Détrompe-toi, répondis-je. Les hommes sont une machine à dormir comme ils sont une machine à respirer, à manger et à boire, à pisser et à déféquer, accessoirement à suer, à bâiller, à roter, à péter. Et, bien sûr, à baiser.

— Pardon ? me dit A.

— Mais ce serait une lourde erreur de laisser croire à Urql qu'ils ne savent rien faire d'autre. Les hommes, dans leur histoire, ont inventé beaucoup d'autres choses. Et ils s'obstinent, dans leur vie, à en inventer encore beaucoup d'autres. Une bonne partie du monde est inventée par l'homme.

— On va voir ça », dit A.

Et il s'assit, à ma surprise, et presque à mon émoi, sur le bord du lit où reposait Marie. Les esprits, grâce à Dieu, pèsent moins lourd qu'un souffle, qu'une feuille, qu'un oiseau. Marie ne se réveilla pas. Elle fit un geste de la main. Elle poussa un soupir. Je jetai à A un regard de fureur. Il apprenait très vite — et peut-être un peu trop vite. Au moins par l'assurance, l'autorité, le sans-gêne, il se mettait déjà à ressembler à ces hommes dont, quelques heures plus tôt, il ne savait encore rien.

« Passe-moi de quoi écrire », me dit-il.

Je lui tendis le crayon dont se servait Marie pour souligner ses sourcils d'un trait discret et sombre.

« Bon, me dit-il. Alors, qu'est-ce qu'ils font ?

— Qui ça ? demandai-je.

— Mais les hommes ! me dit-il.

— Ils font la guerre, répondis-je en comptant sur mes doigts. Ils pêchent. Ils jouent au football. Ils chantent autour du feu et, dans une langue ou dans l'autre, ils écrivent *Die Lorelei*, *The Importance of Being Earnest*, le *Mahabharata* et la *Bhagavad-gita*, *Le Rêve dans le Pavillon rouge*, le *Genji monogatari*, *Don Quichotte de la Manche*, *Mon amie Nane* et, d'abord et avant tout, l'*Iliade* et *L'Odyssée*.

— Pas si vite, me dit A. La pêche, je vois ce que c'est. La guerre, aussi. Il faudra te procurer les règles du jeu de football : nous les mettrons en annexe à notre rapport sur le monde. Il faudra surtout me résumer en quelques pages l'essentiel de l'*Iliade* et l'*Odyssée* dont l'importance, à ton accent, ne m'a pas échappé.

— Ce n'est qu'un exemple, lui dis-je. Et, en littérature au moins, les résumés ne valent rien. L'essentiel est dans les détails, dans les mots, dans leur musique, et presque dans les lettres dont ils sont composés, dans les accents qui les surmontent, dans les virgules et les points qui les séparent les uns des autres. De toute façon, nous ne pourrons jamais faire en trois jours le tour de l'histoire des hommes.

— Il faudra bien, me dit-il. Pressons un peu.

— J'ai une idée, lui dis-je.

— Oui ? »

L'avantage avec les esprits, c'est qu'ils sont partout à la fois. Ils se déplacent à leur gré dans l'espace et le temps. Là où échouent les romanciers qui nous trimbalent sans grâce et le plus souvent sans succès dans les têtes et les cœurs de demain et d'hier, les esprits réussissent avec le plus parfait naturel.

« On va procéder par sondages », lui dis-je avec un enthousiasme qui m'étonna moi-même. « C'est commode. C'est moderne. Nous sauterons en avant. Nous reviendrons en arrière. Nous allons faire défiler devant nous les événements et les hommes. Et, pour chacun d'entre eux — la chute de l'Empire romain, Michel-Ange, mon amie Nane ou Platon —, le rapport chevillé au cœur, nous noterons les causes, les effets, les motifs et les buts.

— Plutôt crever, dit A.

— Comment, plutôt crever ? Il faut bien, pour comprendre le monde, que tu…

— Pas comme ça, en tout cas. C'est trop tarte.

— C'est l'histoire du monde, lui dis-je. Il n'y a rien d'autre.

— Et Marie ? me dit-il.

— Marie ?

— Oui, Marie. Si nous nous occupions plutôt de Marie ? Et de toi, bien entendu.

— Tu crois que pour le rapport… ?

— Épatant, me dit-il. Quoi de mieux ? Une tranche de vie. Un cas. Un exemple pris sur le vif. Peut-être, j'ose l'espérer, moins rasant que ton pensum. Et, en cas de nécessité, il serait toujours temps de revenir à Michel-Ange.

— Et à Platon, suppliai-je.

— À Platon, à Michel-Ange, à Thucydide, à Kant. À qui tu veux. Avec tout ça, et avec toi…

— Oh ! avec moi…, dis-je en rougissant et en sautant d'un pied sur l'autre.

— Si, si. J'insiste : avec toi. Avec les autres et avec toi, il me semble que les gens d'Urql devraient commencer à se faire une idée de ce qui se passe sur la Terre. »

VII

UN PARAPLUIE RUE DU DRAGON

Marie me jetait à l'eau. Quelques semaines, quelques mois après le 26 juin, elle était de retour au pied de la Douane de mer envahie par la brume et, après m'avoir gardé un peu de temps auprès d'elle, à Paris, dans un petit vase d'albâtre qui devenait encombrant, elle répandait mes cendres dans la lagune de Venise. C'était une jolie idée. En déversant dans la mer ce qui restait de moi, elle pensait à nous et à moi. Et moi, je pensais à elle et à nous. Les choses déjà se compliquaient. Le temps passait, comme toujours. Tout changeait avec lui. Elle était venue avec Rodolphe et j'étais là avec A qui se déplaçait à son gré, puisqu'il était un esprit, dans l'espace et dans le temps.

Rodolphe était mon ami. Il plut beaucoup à A. Il était aussi l'ami de Marie. Nous regardions, A et moi, les gestes de Marie en train de se défaire de ma vie et d'une partie de la sienne. Le soleil se couchait. L'Adriatique s'emparait de moi sous le regard de Rodolphe, d'un esprit venu d'Urql, de moi-même déjà mort et changé en souvenir et d'une troupe de Japonais qui prenaient des photos. Et je ne fus plus qu'une douleur dans le cœur de Marie.

A était comme chez lui entre l'église de la Salute et le palais des Doges. La Douane de mer était le premier monument à l'accueillir sur cette Terre et Marie était la première femme qu'il eût jamais aperçue. Il l'observait avec attention, hochait la tête, prenait des notes, étouffait de petits rires, me bourrait de coups de coude. Il s'amusait beaucoup, et s'effrayait un peu, des pensées de Marie, de Rodolphe — et des miennes.

« Explique-moi, me disait-il. Explique-moi. »

Je lui parlais du silence, de l'oubli, de l'absence. Je lui parlais de l'orgueil, de la tristesse, de la jalousie, de la haine qu'il serait impossible d'inventer si nous ne les connaissions pas. Je lui parlais du souvenir. Je lui parlais de l'espérance. Tout cela, qui lui semblait fou, avait une réalité sur la planète où vivent les hommes et où il avait débarqué.

Tout cela existait chez nous et n'existait que chez nous. La mélancolie et l'attente sont des spécialités de cette province reculée que nous appelons le monde.

« Les hommes habitent un monde d'une complication infinie dont les éléments sont en nombre limité, mais où les combinaisons des effets et des causes forment une jungle inextricable, une forêt dont personne ne sort et où tout ne cesse jamais de renvoyer à autre chose. De temps en temps, ils s'arrêtent. Ils s'étendent au soleil. Ils regardent la mer ou le ciel. Une sorte de paix les pénètre. Ils trouvent quelqu'un à aimer. Ils s'imaginent que tout sera beau et que tout sera simple.

— Simple ? murmura A.

— La première fois que j'ai vu Marie, il pleuvait à torrents. Plusieurs guerres s'étaient succédé. Le cheval ne régnait plus sur les champs de bataille. On se déplaçait très vite. Le cinéma s'emballait. La télévision minait la famille et la conversation. La pilule se glissait entre un des sexes et l'autre. C'était un âge du monde parmi d'autres. C'était à Paris, rue du Dragon.

— On ira ?

— On ira, lui dis-je. Nous irons où tu voudras. À l'intérieur de l'histoire, bien sûr. Et à l'intérieur de ce monde d'où aucun des vivants n'a le droit de sortir et dont je te donne le mode d'emploi. Parce que les hommes, pour survivre, doivent se nourrir encore, malgré tant de changements qui sont autant de progrès et autant de désastres, une ou deux fois par jour et parfois trois ou quatre…

— Quel ennui ! me dit-il.

— Un délice, répondis-je, … elle sortait d'un restaurant coréen ou chinois au moment où je passais sous un grand parapluie.

— Un parapluie… ? demanda A. Qu'est-ce que c'est que ça ?

— La pluie, mon cher A, est de l'eau qui tombe du ciel en grosses gouttes sur la terre et mouille les cheveux et la peau. Les femmes la craignent beaucoup parce qu'elle dérange leur coiffure. Les parapluies les en protègent. Marie hésitait sous son porche et se cachait la tête sous le journal du matin.

— Voulez-vous ?… », lui dis-je en hissant au-dessus d'elle, à la façon d'un dais ou d'un parasol pour déesse primitive, « mon parapluie de soie noire. »

Elle me regarda en souriant.

« Pourquoi pas ? me dit-elle. Merci beaucoup. N'importe quoi vaut mieux que les nouvelles du jour. »

Et nous allâmes tous les deux, de conserve, côte à côte, sous le même parapluie, jusqu'à un de ces cafés de Saint-Germain-des-Prés où se retrouvaient, depuis la guerre, pour se cacher et se faire voir, les philosophes, les actrices, les éditeurs et les amoureux. Nous n'étions pas éditeurs. Elle n'était pas actrice. Je n'étais pas philosophe. Il fallait bien nous ranger sous la rubrique des amoureux. Le plus simple était encore de le devenir l'un de l'autre. Nous nous y employâmes avec ardeur. Et nous y réussîmes.

« Ce qui me trouble le plus…, me dit A.

— Qu'est-ce qui te trouble ? dis-je à A.

— Ce qui me trouble, me dit A, c'est ton parapluie. Nous ignorons, à Urql, le parapluie, la pluie et jusqu'à cette eau qui ruisselle sur votre terre sous forme de mers et de fleuves. Je peux comprendre les guerres, la vitesse, les naissances, la pilule, les images sur un écran, les cafés et l'amour dont tu parles si souvent. Parce que tu me plais beaucoup et que tes fables m'amusent…

— Ce ne sont pas des fables, lui dis-je. C'est la réalité.

— C'est la même chose, me dit-il, … je peux comprendre à la rigueur que tu plaises à Marie et que Marie te plaise. Ni solide ni gazeuse, résistante et subtile, transparente, malléable, capable de prendre toutes les formes sans en avoir aucune, l'eau m'étonne beaucoup. La pluie qui tombe du ciel comme une vengeance divine, comme une bénédiction, me plonge dans une méditation où se mêlent la surprise, l'épouvante, l'émerveillement. Le parapluie me laisse pantois. J'y vois le génie des hommes et leur absurdité.

— C'est de la soie sur un manche de bois, tendue par des baleines.

— C'est un miracle, me dit-il. Ne le vois-tu donc pas ? Et c'est une dérision. Il me semble que ton monde entier est dans ce parapluie. Pourquoi y a-t-il, chez vous, des parapluies plutôt que rien ? Est-ce que tout, dans la vie, est aussi improbable et aussi inquiétant que le parapluie que tu promènes, au lendemain de grandes guerres, sous le règne du sexe, de la vitesse, de l'argent et sous la pluie qui tombe d'en haut sur la tête de Marie, dans la rue du Dragon ?

— Aussi improbable, aussi inquiétant, et encore beaucoup

plus, lui répondis-je. Nous vivons dans la nature et ses lois immuables, et aussi dans les détails et dans les accidents. Le hasard se mêle sans cesse à l'enchaînement nécessaire des causes et des effets dont il est, à la fois, le contraire et le fruit. Et notre liberté, dont je t'ai déjà, je crois, dit un mot trop rapide, vient brocher sur le tout. Nous pouvons, à chaque instant, aller à droite ou à gauche, changer d'avis, continuer, ou mettre fin d'un seul coup à notre passage sans motif dans cet entrelacs d'enchantements et d'absurdités rigoureuses que nous appelons le monde. La vie des hommes est un fouillis. Elle part dans tous les sens. C'est un désordre inénarrable et pourtant réglé par des lois. Dans ce trajet si court de la rue du Dragon à Saint-Germain-des-Prés, les seules pensées de Marie rempliraient un volume. Elles supposent tout un monde qui renvoie, de proche en proche, à l'ensemble de la création. Ce que je ressentais moi-même se heurtait et se combinait, à travers les gestes et à travers le langage, à ce qu'éprouvait Marie, et le couple que nous formions était déjà différent de la somme de nos différences. Ajoutes-y la rue, le boulevard, le café, tout ce qui était en train de s'y passer, tout ce qui s'y était passé dans les temps évanouis et tout ce qui s'y passerait avant leur ruine et leur destruction, ajoutes-y Paris autour de nous et tous les cercles concentriques dont l'ensemble forme la planète sur laquelle tu enquêtes et tu auras une idée, dans l'espace et dans le temps, de ce qui pesait sur nous, sur Marie et sur moi, de l'instant de notre rencontre sous mon parapluie noir jusqu'au moment où un garçon, nœud papillon, cheveux frisés, qui avait lui aussi une famille, une histoire, un passé, un avenir et ce pouvoir sur le monde que nous appelons liberté, et peut-être un parapluie, est venu nous demander ce que nous voulions boire.

— C'est effrayant, me dit A.

— Le monde est effrayant. La vie est effrayante. L'avantage prodigieux des récits sur la vie, c'est qu'ils choisissent une ligne, un thème, un trajet et qu'ils laissent tout le reste tomber dans le néant. C'est pourquoi le monde, à tes yeux, prend la figure de Marie. Elle est notre fil unique, puisque tu l'as voulu, dans le labyrinthe du monde. Je ne voudrais pas me vanter, mais, pour te simplifier la vie, je te simplifie la vie. Je ne sais pas ce que tu ferais si je n'étais pas là. Le torrent de l'histoire t'aurait déjà emporté et tu retournerais à Urql, éperdu, hagard, noyé sous le flot des phénomènes, ne comprenant rien à ce monde où tout se passe en même temps à travers tant de consciences qui sont autant de mémoires et autant d'espérances parmi tant d'événements, de machines et d'objets et où un avenir plein de terreur, qui laisse toujours tout ouvert, ne cesse jamais d'être grignoté par un passé immobile, à jamais engrangé dans on ne sait quel souvenir, et où plus rien n'est possible.

— Quelle chance d'être tombé sur toi au-dessus de la Douane de mer ! Je vois bien que le monde n'est bon qu'à en faire un récit.

— Ah ! lui dis-je, là encore n'en crois rien. Rien n'est plus délicieux que le monde où j'ai vécu, où Marie vit encore et où tu es tombé en arrivant de là-bas. Veux-tu, pendant que Marie, son vase d'albâtre sous le bras, s'en va avec Rodolphe par la riva degli Schiavoni vers la pensione Bucintoro où, pour beaucoup de raisons qu'il serait trop long d'énumérer, elle s'installe avec lui et avec mon souvenir, que nous lâchions l'avenir pour revenir au passé et que je te raconte un peu ce que j'ai vécu avec elle ?

— Bien sûr, me dit A, je ne suis là que pour ça. »

Et, repliant ses ailes pour m'écouter plus à son aise, il me fit signe d'y aller.

VIII

RIEN QUE LA TERRE

« Je me suis beaucoup promené avec Marie dans ce monde qui t'étonne. Il me paraissait tout simple. Familier. Évident. Il y avait un petit pays auquel j'appartenais par mes parents, par mes habitudes, par mon éducation et par mes parapluies : c'était la France. La France a une longue histoire. Je lui devais beaucoup. Je me confondais avec elle. J'étais vivant. J'étais un homme. J'étais aussi français.

La France est un pays avec des champs, des fleuves, des montagnes, des villages, des fromages et des vins. Et aussi avec une langue qui me paraissait très commode pour exprimer des idées, des sentiments, des passions et qui souvent m'enchantait. Beaucoup, avant moi, s'en étaient servis avec bonheur. Ils s'appelaient Rabelais, Montaigne,

Pascal, Corneille et Racine, Chateaubriand, Stendhal, Mérimée et Flaubert, Barrès et Aragon. Et encore Saint-Simon, et Hugo, et Balzac, et Proust. Il faudra, je le crains, que tu apprennes tous ces noms et qu'ils figurent dans le rapport. Parce qu'ils sont plus importants, pour comprendre quoi que ce soit à ces hommes dont je te parle et auxquels tu t'intéresses, que tout le reste mis ensemble. Chacun d'eux essayait de raconter un peu de ce monde et de cette vie que je m'épuise à t'expliquer. Je les lisais avec ivresse. Et avec désespoir. Parce qu'ils me décourageaient. Inutile de parler de ce monde dont ils avaient parlé. Aujourd'hui encore, je me sens incapable de te présenter cette planète comme ils te l'auraient présentée si tu avais eu la chance de tomber sur l'un d'eux au lieu de tomber sur moi. J'imagine la gloire de ton retour sur Urql avec un rapport préparé par Montaigne, par Flaubert ou par Proust… »

Mon émotion était si forte que je dus m'interrompre quelques instants et m'appuyer sur A.

« Calme-toi, me dit-il en m'entourant de son bras. Tout va bien. Le rapport avance. Il me semble même en bonne voie.

— Je ne sais pas, lui dis-je d'une voix un peu étranglée. Je ne sais pas. La France est un beau pays avec des villes illustres, pleines de maisons et de crimes. La plus grande s'appelle Paris et tout le monde la connaît.

— Pas à Urql, dit A.

— Pas à Urql, bien sûr, mais partout sur cette Terre. Tous les enfants du monde connaissent le nom de Hugo et le nom de Paris. C'était une grande chance, dans mon temps, d'être né à Paris et d'avoir été élevé dans la langue de Hugo. Ceux qui étaient nés au Soudan, au Kerala, au Chaco, aux Célèbes avaient moins de chances que moi de gagner quoi que ce fût au casino de la vie où ils avaient à peine leurs entrées. Le seul lieu de leur naissance, l'époque aussi, leur santé, leur famille, leur fortune, leurs talents bien entendu mettent beaucoup de différences entre les enfants de cette Terre. Il n'est pas sûr que les uns soient plus heureux que les autres. Mais quelques-uns sur cette planète sont en mesure de faire des choses que la plupart des autres ne peuvent même pas imaginer. J'étais du petit nombre qui avait de quoi manger, de quoi boire, de quoi lire, de quoi me promener. Je me suis beaucoup promené.

J'ai parcouru tous les pays que je t'ai montrés tout à l'heure et que tu as vus de très haut. Je n'ai pas pu sortir de mon temps, mais j'ai passé mon temps à sortir de l'espace où m'avaient jeté le hasard et la nécessité, qui ne sont que deux aspects d'une même réalité qui nous reste interdite et deux noms que notre savoir donne à notre ignorance. Le temps est la forme de notre impuissance, l'espace est la forme de notre puissance. Cette puissance-là m'a été accordée. C'est un immense avantage. J'ai eu le droit de transformer, en me promenant où je voulais et en voyant les traces que les hommes ont laissées sur le monde, la servitude en liberté et la fatalité en destin.

— Ça ne t'aura pas mené bien loin. Tu n'es jamais sorti de cette planète où vous êtes tous enfermés. Il me semble que, sur votre Terre, tout ressemble toujours à tout.

— Tu as raison, lui dis-je. Pendant quelques millions d'années, la Terre a été une prison pour ceux qui l'habitaient. Il n'est pas impossible que, dans les siècles qui viennent, ou dans les millénaires, nous parvenions, nous aussi, comme toi, à sortir de notre planète et de notre galaxie et à partir pour des ailleurs qui seront vraiment autre chose. Je crois qu'il n'est rien d'impossible au pouvoir de l'esprit ni aux ressources des hommes. Moi, je me suis contenté de ce monde où tu es tombé et ma devise est : Rien que la Terre. Rien que la Terre, pour nous, c'était déjà presque tout. J'ai beaucoup aimé la Terre. Je m'y suis promené avec Marie comme je m'y promène avec toi.

— C'était mieux ? » demanda A.

J'hésitai un instant.

« Oui, lui dis-je. C'était mieux. »

Il me sembla tout à coup qu'il éprouvait déjà les atteintes d'un de ces sentiments de l'âme qui n'appartiennent qu'aux humains.

« Et où alliez-vous ? me demanda-t-il, sur un ton un peu brusque.

— Un peu partout, lui dis-je. En Égypte. Au Mexique. Au Pérou. Aux Indes. Dans les îles grecques. Mais surtout en Italie.

— C'est la botte ? me dit-il. Là où il n'y a pas de trottoirs ?

— C'est la botte, lui dis-je. Et il n'y a pas de trottoirs. Mais il y a des églises, des palais, des statues, des tableaux, des ponts aussi, et des places à l'équilibre plein de mystère, qui ont donné un sens et un contenu à cette idée de beauté dont parlait déjà le vieux Platon et dont les peuples un peu partout, et surtout ceux de la Grèce, avaient toujours rêvé. Les hommes qui s'étaient installés là, sur les bords du Tibre, de la Brenta, de l'Arno, entre l'Adriatique et la mer Tyrrhénienne, avaient beaucoup de talents, et souvent du génie. Et, pendant des siècles, et des dizaines de siècles, au milieu des tueries et des pires injustices, ils ont rendu plus vivable la vie que nous vivons. Il y avait Michel-Ange...

— Encore! dit A. Je le connais: il laisse tomber son pinceau et un pape le ramasse. Ou peut-être un empereur.

— Bravo! lui dis-je. Tu sais déjà presque tout. Longtemps l'histoire du monde s'est jouée dans ce petit coin de Méditerranée, bourré d'architectes et de grands capitaines, où le quart ou le tiers de toutes les richesses du monde s'étaient accumulées.

— 1527 : sac de Rome.

— Et par qui, je te prie?

— Par les Impériaux de Charles Quint.

— Excellent, lui dis-je. Le rapport de A et O sur la planète appelée Terre avance à pas de géant. Il te suffira d'ajouter que les troupes de Charles Quint devant la Ville éternelle, pleine à craquer de chefs-d'œuvre et de plus de trésors que la caverne d'Ali Baba, étaient commandées par le connétable de Bourbon, qui avait rassemblé sous ses ordres une bande de lansquenets allemands, de mercenaires d'un peu partout et d'aventuriers de sac et de corde à qui il avait tourné la tête avec des rêves de pillage au pays du soleil, du pape, des courtisanes et qui avaient juré de le suivre "fût-ce à tous les diables", pour que les esprits les plus distingués d'Urql te considèrent comme un maître et acclament ton retour.

— Merci, me dit A. Tu es très chic. Tu es un frère. Si jamais tu viens à Urql...

— Mais attention! lui dis-je. C'est là que tout se complique. Si tu veux comprendre quelque chose à ce que font les hommes, ...

— Je le dois, me dit-il. Je le veux.

— Alors, il te faudra beaucoup de mémoire et beaucoup d'attention. Avec le connétable de Bourbon à la tête de ses lansquenets devant la Rome de Clément VII qui appartient à la lignée des Médicis aux mille ressources et qui est le premier de la longue série, ininterrompue jusqu'à

Jean-Paul II, des papes venus d'Italie et de nulle part ailleurs, tu mets le doigt dans un engrenage qui ne te lâchera plus et te dévorera jusqu'au cœur.

— Quel engrenage ? demanda-t-il.

— Mais l'histoire », répondis-je.

IX

LE SAC DE ROME

« L'avantage, avec l'histoire, c'est qu'on peut commencer où on veut. Il n'y a jamais de début, il n'y a jamais de fin. N'importe où, en histoire, mène toujours n'importe où. Sans même parler des Médicis, de Florence et de ses trésors, de ses peintres, de ses sculpteurs, de ses génies en tout genre dont chacun est un monde et occuperait toute une vie, Clément VII, à lui tout seul, t'entraînera assez loin. Il te fera remonter, vers le haut, jusqu'au premier Clément, qui intervient vers 96 d'après saint Irénée et Eusèbe de Césarée dans les affaires embrouillées de l'Église de Corinthe, jusqu'aux origines de la papauté, jusqu'à Clet, jusqu'à Lin, jusqu'à saint Pierre bien entendu, un des apôtres de ce Christ qui est tout ensemble plus qu'un homme et le plus homme des hommes et dont je te parlerai une autre fois, quand nous aurons le temps. Il te fera descendre, vers le bas et vers nous, jusqu'à Paul VI, à Jean XXIII, à Jean-Paul Ier, à Jean-Paul II, le pape à l'accent rugueux, venu de la Pologne soumise au communisme et aussi le premier à faire reculer le communisme.

— Le communisme… ? demanda A.

— Plus tard. Plus tard. Le Christ. Le communisme. Je t'expliquerai plus tard. On ne peut pas tout faire en même temps. Et ne m'interromps pas sans arrêt. On n'en finirait plus. Tu connais déjà les parapluies, la Douane de mer, *L'Iliade* et *L'Odyssée*, le pinceau de Michel-Ange et la rue du Dragon. Te voilà entré, sans le savoir, dans le formidable labyrinthe de l'Église catholique et romaine et de la papauté, la plus vieille et la plus longue, avec l'Empire céleste en Chine, de toutes les institutions jamais créées par les hommes. Tu auras du mal à en sortir. C'est comme une pelote interminable dont tu viens de tirer le premier fil. Et des tonnes de laine et de soie vont te tomber sur la tête. Il y a un Clément IV, qui s'appelle Gui Foulques le Gros et qui est né à Saint-Gilles, dans le Gard. Il y a un Clément V, qui s'appelle Bertrand de Got et qui est né en Gironde. Il y a un Clément VI, qui s'appelle Pierre Roger et qui est né près de Limoges avant de devenir archevêque de Sens, puis de Rouen, et enfin pape à Avignon. Il est fastueux et dépensier, il achète Avignon, il négocie avec l'empereur d'Allemagne et le roi d'Angleterre, il l'emporte à Rome sur Cola de Rienzo, un fils de cabaretier jeté dans la révolution par le mépris des grands et célébré par Pétrarque comme le successeur de Brutus, il obtient la soumission de Guillaume d'Occam, franciscain nominaliste, professeur à Oxford, célèbre pour son rasoir…

— Quel rasoir ? demanda A.

— Je l'ignore, répondis-je. Tout le monde a entendu parler du rasoir d'Occam, mais personne ne sait ce que c'est… qui, séparant radicalement la raison de la foi, ne reconnaissait au pape aucun pouvoir temporel, et, au plus fort de la peste noire, une sale maladie qui régnait à l'époque, il prend le parti des juifs que les populations rendent, un peu partout, responsables de l'épidémie. Quelque cent ans avant le nôtre, il y a même, en Avignon, un autre et un premier Clément VII. Il s'appelle Robert de Genève et c'est un antipape, opposé à Urbain VI. Il marque le départ du grand schisme d'Occident qui devait durer trente-neuf ans, de 1378 à 1417.

— Au secours ! s'écria A. Un Clément, ça va, sept Clément…

— Attends un peu, lui dis-je. Voici le bout du tunnel. Notre Clément VII à nous, un vrai pape, ce coup-ci, et qui habite Rome, comme il se doit, est le cousin de Léon X, second fils de Laurent le Magnifique, cardinal à treize ans, pape en 1513, qui…

— Ça va bien comme ça, me dit A. Je te dispense de Léon X.

— Comme tu voudras, lui dis-je sur un ton un peu sec. Je pensais que le plus majestueux des papes de la Renaissance — auquel succédera le dernier, pour longtemps, des papes non italiens, un Flamand, ennemi du luxe, qui s'appelait Adrien — aurait pu t'intéresser. Je vois bien que non. Tu n'as pas la tête assez forte. Ça ne fait rien. Dépêchons.

Courons la poste. Coupons au plus court. Ne retenons que l'essentiel. Et tant pis pour le rapport dont je commence à me demander, mais je n'y serai pour rien, s'il ne sera pas affreusement incomplet et un peu décevant pour les habitants d'Urql qui y chercheront en vain le nom de Léon X. Clément VII est archevêque de Florence avant d'être élu pape le 18 novembre 1523. C'est lui qui, en refusant de reconnaître le divorce d'Henry VIII, sera plus tard à l'origine du schisme de l'Église d'Angleterre.

— C'est important ? demanda A.

— Tout ce qui touche à la religion est toujours important et l'idée que les hommes se font de Dieu a coûté autant de sang que l'idée qu'ils se font d'eux-mêmes et de leur bonheur à venir. Et il me semble que les Anglais sont beaucoup plus anglais que les Français ne sont français ou les Italiens italiens. En attendant, avec François Ier, avec le roi d'Angleterre, avec les princes d'Italie, il constitue la Sainte Ligue contre l'empereur Charles Quint. Les Impériaux s'emparent de Rome en mai 1527...

— Au refrain ! s'écrie A. Sac de Rome : 1527.

— Sac de Rome : 1527... ravagent la ville de fond en comble et gardent le pape prisonnier pendant sept mois dans le château Saint-Ange, l'ancien mausolée d'Hadrien...

— Encore un pape ? demanda A.

— Non, lui dis-je. Un empereur. Un Romain. Un successeur de César et d'Auguste. Un des maîtres de cet empire qui, pendant des siècles et des siècles, va se confondre avec le monde. Transformé en forteresse, son tombeau, sur les bords du Tibre, est couronné par un ange de bronze qui remet son épée au fourreau pour marquer aux yeux de la Ville éternelle la fin d'une de ces épidémies de peste qui, déjà au VIe siècle, sous saint Grégoire le Grand, fondateur de la chrétienté médiévale, le plus grand peut-être des papes de tous les temps, qui donne son nom au chant grégorien...

— Laisse tomber, me dit A.

— ... et surtout vers le milieu du XIVe siècle, ont tué en Europe un habitant sur deux.

Tu seras heureux d'apprendre, et de noter dans le rapport, que l'ange pacificateur au sommet de l'ancien mausolée d'Hadrien joue le même rôle historique que l'église de la Salute, à Venise, derrière la Douane de mer où nous nous sommes rencontrés. En 1631, la construction, sur l'ordre de la Sérénissime, de l'église de Santa Maria della Salute — ou de la Santé — par un disciple de Palladio qui s'appelle Longhena et qui fait reposer l'édifice sur un million et demi de pilotis de bois célèbre le terme de la dernière offensive de la peste à Venise.

— Très heureux », me dit A.

Je le regardai de côté. Je me demandai un instant s'il se moquait de moi. Mais l'idée de se moquer de l'histoire me parut tellement absurde de la part d'un esprit venu d'Urql pour étudier la Terre que je décidai de poursuivre comme si de rien n'était.

« Le sac de Rome en 1527 marque à la fois l'écroulement et le triomphe de la Renaissance italienne. D'innombrables historiens, dont le dernier en date est André Chastel…

— Tu me donneras son nom, me dit A, avec l'orthographe exacte, les dates de sa vie terrestre et une bibliographie aussi complète que possible.

— … ont souligné l'importance, moins pour l'histoire militaire que pour l'histoire des arts, de la chute de la capitale du monde occidental : la catastrophe allait détourner des bords du Tibre et envoyer vers toute une série de villes de moyenne importance en train de se développer, parfois déjà avec magnificence, en Toscane, en Ombrie, dans les plaines de la Lombardie, des peintres, des sculpteurs, des architectes, des orfèvres appelés à répandre un peu partout les splendeurs et le génie de la Renaissance italienne. Ainsi, dans ce monde étudié par le rapport que réclament les gens d'Urql, le bien surgit du mal comme le mal surgit du bien.

— Attends un peu, me dit A. Je note.

— Si tu ne devais connaître, dans les heures qui nous restent sur les trois jours dont tu disposes, qu'une seule ville sur cette Terre, c'est à Rome, sans hésiter, que je voudrais t'entraîner. Elle est comme le résumé de l'histoire universelle. Elle naît dans des légendes — Romulus et Remus, l'enceinte du Palatin, la suite des rois étrusques —, contestées au siècle dernier par la critique des textes, confirmées en revanche de nos jours par l'archéologie qui prend le contre-pied de la philologie. Elle s'enfle peu à peu jusqu'à dominer le monde connu et, pendant quelque mille ans, elle règne sur l'univers qui tourne, en ces temps-là, autour du centre des armes, des richesses, des esprits et des lois : la Méditerranée. Pendant près de mille ans encore, elle retourne au néant et, passée de plus d'un million à trois ou quatre dizaines de milliers d'habitants, Rome n'est plus que la coquille vide de sa splendeur évanouie. Jusqu'à ce que la Renaissance et le génie de ses papes la hissent, à nouveau, à force d'audace et de patience, au premier rang des cités où l'histoire se fabrique à coups de capitaines, de juristes, d'architectes, d'écrivains.

Rome n'a pas souvent été prise par ses ennemis. On compte les chutes de Rome sur les doigts des deux mains. Charles Quint s'en empare en 1527...

— Sac de..., dit A.

— Oui, lui dis-je, et Napoléon et Hitler occupent la Ville éternelle pendant les brèves années où l'Europe est française avant de devenir allemande. Mais ni Hannibal, ni Attila, ni Frédéric II de Hohenstaufen, ni aucun des autres maîtres de cette construction formidable qui s'intitule avec orgueil le Saint Empire romain de nationalité germanique, ne viennent à bout des sept collines dominées par le Capitole. Tout au long de l'histoire de la Ville éternelle, seuls les Gaulois, les Normands, Alaric et les Barbares qui s'engouffrent à sa suite, Charles Quint, les deux Napoléon — le grand et son neveu — et le Führer Adolf Hitler voient leurs troupes camper au pied du Capitole.

Tout ce que ces assauts trimbalent avec eux de légendes et d'anecdotes — depuis les oies du Capitole et le *Vae victis* des Gaulois de Brennus jusqu'à la grâce fragile et émouvante du roi de Rome, depuis le feu sacré éteint en 410 par Alaric et ses Wisigoths jusqu'à la destruction, en 1084, par les Normands de Robert Guiscard, appelés au secours contre Henri IV d'Allemagne par le pape Grégoire VII, de l'église San Clemente, à deux pas du Colisée — remplirait plus de volumes que n'en pourraient parcourir tous les savants de la planète Urql. Le seul sac de Rome en 1527...

— Franchement, me dit A, ce sac-là commence à...

— C'est l'histoire, lui dis-je, ... nous *tiendrait en haleine* pendant des mois et des années. Il faudra nous contenter de marquer dans le rapport le nom du général qui commandait, sous les remparts de Rome, les troupes de Charles Quint. Mais je parie que, sous cette avalanche de guerriers et de papes, tu l'as déjà oublié.

— Tu me prends pour un imbécile ? C'était le connétable de Bourbon.

— Alors, là, chapeau ! Mais ce connétable de Bourbon... Oh là là ! C'est comme les sentiments de Marie sous le parapluie de soie noire de la rue du Dragon. Il nous renvoie au monde entier. À vingt-quatre ans, il reçoit l'épée de connétable des mains du roi de France. Il a vingt-cinq ans à la bataille de Marignan où il fait preuve d'un courage qui devient vite légendaire. Comte de Montpensier, de Forez, de Mercœur et de Clermont, dauphin d'Auvergne, prince du sang, à la tête d'immenses domaines, il obtient quelques jours après la bataille de Marignan le titre de vice-roi du Milanais. "Si j'avais pareil sujet", dit à François Ier Henry VIII d'Angleterre, un peu après le camp du Drap d'or, "je ne lui laisserais pas longtemps la tête sur les épaules." Il n'est pas impossible que Louise de Savoie, la mère de François Ier, soit tombée amoureuse de lui et qu'il se soit obstiné à repousser ses avances. Dépouillé de ses biens pour une raison ou pour une autre, il passe au service de Charles Quint qui est l'ennemi de François Ier et le roi fait repeindre en jaune — c'était la couleur des traîtres — la lourde porte de bois de son hôtel à Paris. Au soir d'une bataille dont je t'épargne le nom, il tombe, pour son malheur, sur Bayard, le chevalier modèle, sans peur et sans reproche, sur le point de mourir. Couvert de sang, appuyé contre un arbre, Bayard, au moment d'expirer, fait honte de sa conduite au connétable renégat et illustre l'idée de patrie. C'est une image qui a bercé longtemps les enfants de mon pays, au même titre que le vase de Soissons, la culotte que le roi Dagobert avait mise à l'envers, le panache blanc d'Henri IV, "l'État, c'est moi" de Louis XIV, Danton en train de s'écrier, à la tribune de la Convention nationale : "De l'audace, encore de l'audace, toujours de l'audace !" et les soldats de Verdun sous les obus du Kaiser.

— Des lieux communs ? me dit A.

— Peut-être, lui répondis-je. Mais d'abord des images, des récits et peut-être presque, déjà, des ébauches de romans. Trois ans après la rencontre avec Bayard en train de mourir, au moment où il s'élance sur l'échelle qu'il vient de dresser contre les fortifications, le connétable de Bourbon, à son tour, est tué sous les murs de Rome, un peu avant la chute et le sac de la ville, par un coup d'arquebuse tiré du haut des remparts. Et ce coup d'arquebuse, qui donc l'aurait tiré, ce beau matin de 1527 ? Je te le donne en cent, je te le donne en mille.

— Je ne suis pas fou de devinettes, me dit A avec humeur.

— C'était, d'après ses Mémoires, un aventurier de génie, un ami de Clément VII et de François Ier, un géant à l'égal des plus grands, qui était sculpteur, orfèvre, écrivain et soldat et dont, aujourd'hui encore, chacun peut aller voir, à Florence, dans la Loggia dei Lanzi, sur la piazza della Signoria, à deux pas des Uffizi, la fameuse statue de bronze qui représente Persée tenant la tête de Méduse. Il portait le beau nom de Benvenuto Cellini.

— Avec deux *l*? demanda A.

— Avec deux *l*, lui dis-je. Il avait, il faut bien le dire, autant d'imagination qu'il avait de génie et il mentait sans vergogne. C'est un autre Français, Philibert de Chalon, prince d'Orange, qui succède à notre connétable à la tête des armées impériales en train d'assiéger Rome, qui s'empare du château Saint-Ange, qui impose à Clément VII les plus dures conditions et qui laisse ses lansquenets piller de fond en comble la capitale de l'univers. Ainsi, par trois fois en moins de deux millénaires, malgré les oies qui piaillaient, les fulminations des papes et les rodomontades des orfèvres juchés sur les remparts, des gens de mon pays…

— Rappelle-moi… ? murmura A.

— La France, lui dis-je, … là-bas, vers l'ouest, là où le soleil se couche sur le vieux continent, … auront ravagé Rome : Brennus avec ses Gaulois, Robert Guiscard avec ses Normands, Philibert de Chalon avec ses lansquenets à l'accent germanique. Ils auront détruit Rome avec plus de succès et plus de conviction que tous les Vandales et tous les Wisigoths qui rêvaient surtout de s'intégrer à un empire dont la grandeur les fascinait et dont ils enviaient les richesses.

— Ouf ! me dit A. Si on allait boire quelque chose ? »

Il devenait homme, de plus en plus.

X

QUAND NOUS EN IRONS-NOUS ?

« Tu as raison, dis-je à A. Toutes ces histoires de lansquenets, de sculpteurs et de peintres, de papes, de connétables, on s'en fichait pas mal. Nous partions, Marie et moi.

Nous tournions le dos à l'histoire. Nous nous bouchions les oreilles. Nous ne voulions plus rien savoir. Nous quittions les grandes villes que tu as survolées et leurs agitations. Nous en avions assez de la foule, du bruit, de la fatigue, de l'ennui et des répétitions de la vie de chaque jour. Nous en avions assez du travail, de la pluie, de courir après l'argent, de ce que les gens rabâchaient, à l'ombre des modes et des intrigues, sans jamais se lasser. Nous avions envie d'autre chose. Nous avions envie d'ailleurs. Nous avions de grands départs inassouvis en nous. Nous voulions changer de vie. Les hommes passent leur vie à vouloir changer de vie. Ils espèrent toujours quelque chose. Le bonheur quand ils ne l'ont pas. Du nouveau quand ils l'ont. Nous ne pouvions pas, comme toi, nous jeter dans l'espace et partir pour d'autres mondes. Nous restions dans le nôtre. Nous allions vers le Sud. Vers le Midi. Vers le soleil. J'ai beaucoup aimé le soleil. Il brillait de mille feux qui répandaient la paix. Il m'arrachait au tumulte, à la complication, aux bégaiements de l'histoire. Il me rendait au silence. Il me rendait à moi-même.

Soleil, soleil !... Faute éclatante !
Toi qui masques la mort, soleil,
Sous l'azur et l'or d'une tente
Où les fleurs tiennent leur conseil ;
Par d'impénétrables délices,
Toi, le plus fier de mes complices,
Et de mes pièges le plus haut,
Tu gardes les cœurs de connaître
Que l'univers n'est qu'un défaut
Dans la pureté du non-être !

Soleil, qui suscites l'éveil
À l'être, et de feux l'accompagnes,
Toi qui l'enfermes d'un sommeil
Trompeusement peint de campagnes,
Fauteur des fantômes joyeux
Qui rendent sujette des yeux
La présence obscure de l'âme,
Toujours le mensonge m'a plu
Que tu répands sur l'absolu,
Ô roi des ombres fait de flamme !

— Qu'est-ce que c'est que ça ? demanda A en levant un sourcil.

— C'est un poème, lui dis-je. C'est de la poésie. »

La poésie ne disait rien à A. Il vivait dans la poésie, il était permis de soutenir qu'il se confondait avec elle, mais la poésie des hommes, c'est-à-dire d'abord la poésie des mots, il en ignorait tout.

« Ce sont des mots, repris-je. Et rien d'autre. C'est un langage. Mais choisi avec soin, mis dans un certain ordre, soumis à des règles variables, apparemment arbitraires mais toujours rigoureuses — et le plus haut de tous.

Honneur des hommes, saint Langage,
Discours prophétique et paré,
Belles chaînes en qui s'engage
Le dieu dans la chair égaré.

Illumination, largesse,
Voici parler une Sagesse
Et sonner une auguste Voix
Qui se connaît quand elle sonne
N'être plus la voix de personne
Tant que des ondes et des bois.

— Ce n'est pas si mal, me dit-il. Apprends-moi comment vous faites. Il faudra mentionner dans le rapport qu'il arrive aux hommes de se servir des mots comme d'une espèce de musique qui produirait un sens, mais où le sens, arrête-moi si je me trompe, me paraît très loin d'être tout. »

Je lui parlai de Ronsard, de Racine, de Shakespeare et de Goethe, de Baudelaire, de Verlaine, de Heine, d'Apollinaire. Je lui dis qu'il y avait des poèmes pour l'emporter sur le temps et pour passer d'âge en âge dans la mémoire des jeunes gens.

« Je te donne ces vers afin que, si mon nom
Aborde heureusement aux époques lointaines
Et fait rêver un soir les cervelles humaines,
Vaisseau favorisé par un grand aquilon,

Ta mémoire, pareille aux fables incertaines,
Fatigue le lecteur ainsi qu'un tympanon

Et par un fraternel et mystique chaînon
Reste comme pendue à mes rimes hautaines…

— C'est assez bien, me dit A.
— Assez bien ? lui dis-je. Je veux, mon neveu.
— Est-ce de toi ? » me dit-il.

J'hésitai, je l'avoue. Je n'aurais pas détesté, fût-ce au prix d'une imposture et d'une usurpation, briller un peu aux yeux de A qui me traitait parfois, me semblait-il, avec un rien de désinvolture. Le rêve d'une gloire posthume passa sur moi en trombe. Mais il convenait mal à un mort de mentir à un esprit. Surtout si le mensonge risquait de s'inscrire à jamais dans un rapport destiné à circuler, pour les siècles des siècles, dans de lointaines galaxies.

« Non, lui dis-je, ce n'est pas de moi.

— Ah ! me confia-t-il aussitôt avec simplicité, lorsque c'est toi qui parles, c'est plutôt ordinaire et peu digne d'intérêt. Mais dès que c'est un poète qui s'exprime par ta bouche, j'aurais presque envie de me changer en homme. »

Je me retins de le remercier avec trop de chaleur de ce témoignage de fraternité qui me faisait honneur. Il se tut un instant.

« Je me demande, reprit-il, d'où vient la sorte de bonheur que j'éprouve à écouter tes poèmes.

— C'est mystérieux », lui dis-je.

Je lui parlai des longues, des brèves, des dactyles, des spondées, des pieds, des rimes, des césures, des hémistiches, du rythme. J'ajoutai que la poésie ne se prouvait que par elle-même. Elle n'avait, comme la vérité, pas d'autre juge que son propre éclat. Elle n'était pas faite pour être expliquée, elle était faite pour être lue et pour être récitée. Elle était faite pour tourner les têtes et les cœurs et pour donner le vertige. C'était un poison délicieux et une griserie de l'âme. C'était les montagnes russes et les escarpolettes de la littérature.

« C'est vrai, me dit-il, j'ai presque un peu mal au cœur à force d'être balancé sur ces flots d'harmonie.

— Ne va pourtant pas imaginer qu'il y ait rien de mécanique dans ces transports si bien réglés. Ni les alexandrins, ni les octosyllabes, ni les pieds, ni la rime ne sont indispensables au plaisir que tu éprouves. Ce qui fait la poésie, c'est un équilibre secret entre le fond et la forme — qui ne se distinguent d'ailleurs pas —, c'est…

— Alors, coupa-t-il avec un peu d'impatience, ne les distinguons pas.

— ... c'est la charge de passion accumulée sous les mots, c'est leur couleur et leur poids, c'est leur sens et leur son, c'est la surprise mêlée à l'attente, c'est peut-être même ce qui n'est pas dit plus encore que ce qui est dit.

— La poésie telle que tu la dépeins et telle que je l'entends me paraît très supérieure à la prose insipide dont tu te sers à tort et à travers. Pourquoi, dans notre rapport, ne pas renoncer à la prose au profit de cette poésie qui pourrait susciter à Urql des sentiments d'étonnement et peut-être de plaisir ?

— La poésie, lui dis-je, est une cérémonie. C'est un jeu, une passion, une exigence de rigueur, un élan vers autre chose. Elle réclame beaucoup d'efforts et un peu de solennité. Nous ne l'utilisons pas dans nos relations quotidiennes avec les autres hommes, pour demander notre chemin, pour compter notre or, pour préparer un rapport, pour donner des instructions ou des informations de l'ordre de celles qui, grâce à toi, s'achemineront vers Urql. Nous avons recours à elle dans les exaltations du chagrin et surtout de l'amour.

— Encore l'amour ! me dit-il. C'est un peu lassant. Et toujours des mots. Entre nous, sur votre Terre, faites-vous autre chose que l'amour ? Et autre chose que des mots ?

— Beaucoup d'autres choses, lui dis-je. Et peut-être beaucoup trop. Je te parlerai des ponts, des châteaux forts, des voitures, des canons, des bateaux sur la mer que tu as déjà aperçus, des roulettes de casino et des machines à coudre. Mais la poésie, qui est hors d'atteinte du commun des mortels et qui me dépasse de si loin, n'est rien d'autre que de l'amour exprimé par des mots. La poésie est un art et je t'ai déjà indiqué que l'amour était au cœur de l'art. La musique est amour, la peinture est amour. La poésie aussi est d'abord de l'amour. Souvent mêlé à la tristesse, au regret, à la mélancolie. Un peu de chagrin et d'amour emportés par les mots.

Comme on voit sur la branche au mois de mai la rose,
En sa belle jeunesse, en sa première fleur,
Rendre le ciel jaloux de sa vive couleur,
Quand l'aube de ses pleurs au point du jour l'arrose ;

La grâce dans sa feuille, et l'amour se repose,
Embaumant les jardins et les arbres d'odeur,
Mais, battue ou de pluie ou d'excessive ardeur,
Languissante, elle meurt, feuille à feuille déclose.

Ainsi, en ta première et jeune nouveauté
Quand la terre et le ciel honoraient ta beauté,
La Parque t'a tuée et cendre tu reposes.

Pour obsèques reçois mes larmes et mes pleurs,
Ce vase plein de lait, ce panier plein de fleurs,
Afin que vif et mort ton corps ne soit que roses.

— Ah ! bien sûr..., me dit A. Il me semble que même à Urql...

— Oui, oui, lui dis-je, même à Urql...

Ils ont ce grand dégoût mystérieux de l'âme
Pour notre chair coupable et pour notre destin ;
Ils ont, êtres rêveurs qu'un autre azur réclame,
Je ne sais quelle soif de mourir le matin...

Quand nous en irons-nous où vous êtes, colombes !
Où sont les enfants morts et les printemps enfuis,
Et tous les chers amours dont nous sommes les tombes
Et toutes les clartés dont nous sommes les nuits ?

Vers ce grand ciel clément où sont tous les dictames,
Les aimés, les absents, les êtres purs et doux,
Les baisers des esprits et les regards des âmes,
Quand nous en irons-nous ? Quand nous en irons-nous ? »

A écoutait sans un mot, les ailes repliées.

« À mon goût, me dit-il, c'est un peu trop éloquent. Et peut-être un peu ampoulé. »

Mais il m'avoua du même souffle que le monde tout à coup lui semblait moins indigne des espaces infinis qu'il avait traversés. Les parapluies s'effaçaient. Le sac de Rome aussi. Les papes Clément s'écartaient. Le connétable de Bourbon s'éloignait en silence. Et les hommes l'épataient.

« Ce sont les chants, lui dis-je, de l'amour et de la mort. Les hommes ont peur de la mort, mais ils l'emportent sur elle par l'amour et les mots.

— Il me semble, me dit-il, qu'ils ne sont vraiment grands qu'en renonçant à cette Terre à laquelle ils tiennent tant. Tu as bien de la chance d'avoir fini de vivre. Les hommes ne cessent d'être ridicules — car je dois t'avouer qu'ils me semblent l'être, dans la vie dont tu parles, plus souvent que de raison — qu'en aspirant à la mort qui est la seconde et la seule vraie naissance.

— Je ne crois pas, lui dis-je. Pour tous ceux qui ont connu la souffrance et la vie, être mort, bien entendu, est un immense avantage. Mais vivre avant de mourir n'était pas mal non plus. La vie aussi peut être belle. Ne partons pas tout de suite. Traînons encore un peu sur cette Terre méprisable aux répugnantes merveilles.

Elle était déchaussée, elle était décoiffée,
Assise, les pieds nus, parmi les joncs penchants ;
Moi qui passais par là, je crus voir une fée
Et je lui dis : veux-tu t'en venir dans les champs ?

Elle me regarda de ce regard suprême
Qui reste à la beauté quand nous en triomphons
Et je lui dis : veux-tu, c'est le mois où l'on aime,
Veux-tu nous en aller sous les arbres profonds ?

Elle essuya ses pieds à l'herbe de la rive,
Elle me regarda pour la seconde fois
Et la belle folâtre alors devint pensive.
Oh ! comme les oiseaux chantaient au fond des bois !

Comme l'eau caressait doucement le rivage !
Je vis venir à moi, dans les grands roseaux verts,
La belle fille heureuse, effarée et sauvage,
Ses cheveux dans les yeux, et riant au travers.

— Je parierais volontiers, mon pauvre ami », me dit-il en riant d'un air un peu contraint, « que tu penses à Marie.

— Bien sûr, lui dis-je. Quand je pense à la vie, je ne pense pas à Galilée, ni à Benvenuto Cellini, ni à la mécanique des fluides, ni à la bataille de Pharsale, ni à la reproduction des phanérogames vasculaires, ni à aucun de ces mécanismes que j'ai essayé de te décrire pour te faire comprendre ce monde. Quand je pense à la vie, mon cher A, je me moque pas mal du monde. Quand je pense à la vie, c'est à Marie que je pense. Avant de partir pour de bon et de tomber sur toi au-dessus de la Douane de mer…

— Je m'en félicite tous les jours, bien que tu sois un voyou.

— Moi aussi, lui dis-je, bien que je ne sois pas poète.

— Ne te vexe pas, me dit-il. Je suis tout prêt à croire que tu n'es pas pire que les autres. Et ta prose est très convenable. Elle donne sur le monde et les hommes des informations très utiles. Elle fera, j'en suis sûr, un bruit énorme à Urql.

— Je m'en réjouis, lui dis-je. Je me vois déjà à Urql sous les acclamations… c'est avec Marie que je partais, loin de la rue du Dragon et de ses parapluies. Toute ma vie, j'ai rêvé de partir. Et de m'en aller ailleurs. Moins à la recherche d'autre chose qu'à ma propre recherche. Notre existence est pleine de charmes, et parfois de délices. Mais il arrive qu'elle nous paraisse aussi absurde qu'à toi. De ma naissance à ma mort, dans la joie et le chagrin, j'ai été poursuivi par un refrain que les esprits ne connaissent pas et qui est le propre des hommes, stupéfaits d'être jetés malgré eux, pour le meilleur et pour le pire, dans l'espace et dans le temps : c'était la chanson de l'à quoi bon. Mon démon le plus familier portait le nom d'à quoi bon. À quoi bon s'agiter ? À quoi bon vivre ? Et même, quelquefois, et c'était la pire et la plus cruelle des chansons, à quoi bon aimer et à quoi bon être heureux ? Il n'y avait que l'ailleurs pour combattre l'à quoi bon. Il y avait les routes, les îles, les plages, les petites villes inconnues où nous arrivions le soir. C'étaient autant d'antidotes au poison de l'à quoi bon. Le monde était beau. Il était aussi beau que Marie qui en était, à mes yeux, le symbole et l'image. Il se confondait avec elle. Je suis allé me promener avec Marie à travers cette planète que tu iras, dans quelques jours, raconter aux gens d'Urql.

Nous fuyions l'histoire, toujours en train de se faire et de nous envahir. L'histoire nous rattrapait. Nous avons passé notre temps à nous faire rattraper par le temps qui passait. Il y avait des guerres, des ruines, des révolutions, des typhons. Et il y avait des journaux pour nous en informer. Il y avait des malheurs et des crimes un peu partout, des incendies, des trahisons, des enfants qui mouraient. Il faut bien, de temps en temps, pour tenter de survivre, se détourner de l'histoire. Nous chassions le malheur des autres pour trouver notre bonheur. Nous étions l'un pour l'autre un assez grand théâtre.

Les soirs illuminés par l'ardeur du charbon,
Et les soirs au balcon, voilés de vapeurs roses,
Que ton sein m'était doux ! Que ton cœur m'était bon !
Nous avons dit souvent d'impérissables choses
Les soirs illuminés par l'ardeur du charbon.

Que les soleils sont beaux dans les chaudes soirées !
Que l'espace est profond ! Que le cœur est puissant !
En me penchant vers toi, reine des adorées,
Je croyais respirer le parfum de ton sang,
Que les soleils sont beaux dans les chaudes soirées !

La nuit s'épaississait ainsi qu'une cloison,
Et mes yeux dans le noir devinaient tes prunelles,
Et je buvais ton souffle, ô douceur ! ô poison !
Et tes pieds s'endormaient dans mes mains fraternelles.
La nuit s'épaississait ainsi qu'une cloison.

Je marchais avec Marie sur les plages désertes, sur les bords des grands fleuves, sur des places, le soir, éclairés par la lune. Le monde se refermait sur nous : sur Marie et sur moi.

— Je comprends mal, me dit A, l'avantage, sur votre Terre, d'être deux plutôt qu'un. Il me semble que l'histoire, que tu voulais tant fuir, commence dès qu'on est deux.

— C'est très vrai, lui dis-je. J'ai déjà remarqué que tu étais très intelligent et que tu comprenais vite ce qui se passe sur cette planète dont tu ignorais tout il y a encore quelques heures. Je te raconterai, si nous avons le temps, comment, tout au début, l'histoire a commencé avec Adam et Ève que nous ne cessons d'imiter depuis que le monde est monde et qui n'étaient rien d'autre, il y a très, très longtemps, que l'image primitive de Marie et de moi.

— Il y a combien de temps ? demanda A.

— Quelques millions d'années. Peut-être trois. Peut-être cinq.

— Est-ce beaucoup ? demanda A.

— Beaucoup pour nous, lui dis-je. Il est rare que les hommes vivent au-delà de cent ans. Beaucoup meurent à soixante ans, à cinquante, à trente. Sans même parler des soldats, dont le destin est de se faire tuer aussi vite que possible ni des enfants en bas âge qui n'ont longtemps été que des défunts en puissance, beaucoup de grands génies, des peintres, des prophètes, des mathématiciens, des rois, sont morts autour de trente ans.

— Tu me donneras les noms, me dit A.

— Je te les donnerai, lui dis-je. Tu me feras penser à Pic de la Mirandole, à Galois, à Giorgione, à Alexandre, à Jésus.

— Pic de la Mirandole, répéta A, en fermant les yeux sous l'effort. Galois. Giorgione. Alexandre. Et Jésus.

— Mais trois millions d'années, c'est très peu pour la vie et surtout pour la Terre. La vie a quelque chose comme quatre milliards d'années. Et la Terre, cinq milliards. Il faut que tu saches, pour le rapport…

— Je note, me cria A, je note.

— … qu'un milliard vaut mille millions. Et, bien au-delà de cette Terre que tu es venu visiter, le vieil univers, auquel tu appartiens comme moi, car même les esprits purs sont liés à ce qui est et aurait pu ne pas être, a quinze milliards d'années.

— Je ne sais pas qui est Adam et je ne sais pas qui est Ève. Mais j'imagine que les ennuis ont commencé avec eux, et par eux, et que c'est d'eux que descendent les connétables et les parapluies. Je crains que Marie n'ait été pour toi la somme de beaucoup d'ennuis que, Dieu seul sait pourquoi, peut-être parce que tu es malade ? peut-être pour faire le malin ? tu camouflais en bonheurs. J'ai beau me creuser la tête, j'ai beaucoup de mal à deviner ce que tu faisais avec elle. Peut-être parlais-tu avec elle, comme tu parles avec moi, du sort du monde et des hommes ?

— Pas du tout, lui dis-je. Je ne parlais pas. Ou si peu. Je l'embrassais.

— Embrasse-moi, me dit A, avec une certaine brusquerie.

— Pas question, lui dis-je. Il faudrait être malade. Un mort n'embrasse pas un esprit. C'est Marie que j'embrassais. Parce qu'elle était vivante. Et que j'étais vivant.

— Il faudra bien, pour le rapport, que…

— Je me moque de ton rapport. Débrouille-toi comme tu voudras. Avec ton physique d'ange, tu dois pouvoir trouver un mortel encore vivant que tu pourras embrasser pour enrichir ton rapport. Moi, c'est Marie que j'embrassais.

Je l'ai beaucoup embrassée. Je la prenais dans mes bras, je la serrais contre moi. Et ce qu'il y a de plus dur dans ma mort, c'est que je ne peux plus la serrer contre moi et que ce sont d'autres qui la prennent dans leurs bras.

— Rodolphe ? demanda A.

— Je ne sais pas. Fiche-moi la paix. Rodolphe, pour notre rapport, n'a pas le moindre intérêt. J'ai embrassé Marie dans ces villes d'Italie que tu as vues passer sous tes yeux. À Rome, à Sienne, à Florence, à Venise. Sur la terrasse de Pienza d'où la vue s'étend, au-delà des oliviers, jusqu'à Montepulciano. À Todi où, sur la place, il y a de grands escaliers qui montent vers une église et vers un vieux palais. J'ai embrassé Marie sur le sable de ces îles grecques que nous avons survolées. Elles portaient des noms qui étaient faits pour l'amour : Skyros, Skiathos, Skopelos, Amorgos, Kalymnos, Symi, Kouphonissia, Skinoussa… Quand nous passions au-dessus d'elles, je te parlais d'Aristote, de Thucydide, de Xénophon, d'Hérodote. Mais je ne pensais qu'à Marie. Et à nos baisers sur le sable que la mer recouvrait.

— Quelle idée ! me dit A. Je crains que les gens d'Urql ne se moquent beaucoup de toi. Et peut-être de moi par la même occasion. Et je dois t'avouer, mon pauvre O, que, dans ce monde si tragique et si plein de choses inouïes qui parlent d'éternité, tes baisers me consternent.

— C'est que tu ne sais pas, mon pauvre A, ce que c'est qu'un baiser. C'est ce que nos corps misérables ont inventé de mieux pour essayer, comme ils peuvent, d'oublier leur malheur et de monter vers l'amour. Les peintres, les musiciens, les poètes, les sculpteurs…

— Ceux-là, me dit A, parce qu'ils savent que la vie n'est qu'une image provisoire et dégradée de la mort, je ferai vénérer leur mémoire par les populations d'Urql.

— Eh bien, ils n'ont jamais cessé, dans ce monde que tu t'efforces de comprendre et sur quoi porte ton rapport, de rêver à l'amour qui est une force aussi obscure et aussi irrésistible que la nécessité ou le temps. Deux rêves dominent les hommes : la religion et l'amour. La religion règne sur la mort. Et l'amour, sur la vie. Aussi loin que tu remontes dans l'histoire de ces hommes, tu trouveras des traces de l'image qu'ils se font de leurs dieux et de leur avenir inconnu. Et des traces de leurs passions, dont la plus vive est l'amour. Parce que j'étais un homme, je me suis beaucoup occupé, au temps où je vivais, d'amour avec Marie. Et je suis parti avec elle. Et nous nous sommes promenés ensemble dans ce monde que tu veux connaître.

— Je m'y serais bien promené avec vous, dit A.

— Nous n'aurions pas voulu de toi, lui dis-je. Nous voulions être seuls tous les deux. Nous partions pour être seuls. Pour sortir de ce monde dans lequel tu veux entrer. Quand nous partions seuls, tous les deux, pour Venise, pour Todi, pour Grenade et Symi, pour la Méditerranée tout entière, nous partions pour nulle part. C'était nulle part — en mieux. Et nous voulions être seuls dans ces nulle part de rêve. Il y avait pourtant, c'est vrai, dans notre amour et dans notre solitude, des foules inépuisables d'architectes et de saints, de jardiniers et de peintres : ils avaient fait ce monde où nous allions nous perdre. Nous étions seuls, à deux, au milieu des cyprès, des oliviers, des cloîtres. Et des ombres invisibles marchaient autour de nous.

Nous avons tous, naturellement, une lourde histoire derrière nous. J'avais un père et une mère, un métier, des amis, des souvenirs, des ambitions. Marie aussi avait un père, une mère, une grand-mère, un chat, des craintes et des espérances.

— Tu m'en parleras ? me dit A. Il faudrait, pour le rapport, que je sache presque tout de ton métier, de tes amis, de vos familles à tous les deux et du chat de Marie.

— Je t'en parlerai, lui dis-je. Ce sera un peu rude, je le crains, et je ne sais pas très bien comment faire pour te présenter en trois jours la philosophie d'Aristote et le chat de Marie. Le chat s'appelait Foutinou. Le système d'Aristote est un peu plus compliqué. Toi, tu veux tout apprendre. Nous, nous voulions tout oublier. Mais le savoir et l'oubli sont mêlés sur cette Terre comme le plein et le vide, et le noir et le blanc, et l'amour et la haine. Les rues, les places, les églises où nous nous cachions étaient toutes faites d'histoire. Les mers où nous naviguions, le sable des plages où nous dormions avaient vu passer, siècle après siècle, pèlerins et conquérants. Aucun homme n'est une île et nous sommes tous liés au monde par des liens innombrables. *"Never send to know for whom the bell tolls : it tolls for thee."*

— Et ça, demanda A, c'est quoi ?

— C'est de l'anglais, lui dis-je. Une autre langue que le latin, et qu'on parle encore aujourd'hui un peu partout sur la planète.

— Plus largement que le français de Ronsard et de Hugo ?

— Oui, lui dis-je. Plus largement. “Ne demande jamais pour qui sonne le glas : c’est pour toi.”

— Je crois me rappeler, dit A, que l’Angleterre est une île.

— C’est une île, lui dis-je. Mais même les gens des îles ont des liens avec le monde. Car personne n’y échappe : ni les voyageurs, ni les Anglais, ni les ermites, ni les amants, ni même Marie et moi. Ces liens nous fabriquent et nous pèsent. Nous sommes tous des John Donne pour qui le glas ne cesse de sonner et nous avons tous, dans un coin de l’esprit et du cœur, le rêve d’un Robinson, jeté par le destin sur des rivages déserts et qui ne dépendrait de personne. Nous sommes tous un peu comme la colombe de Kant qui s’imaginait qu’elle volerait encore mieux si l’air ne la gênait pas. Nous profitions de l’histoire, Marie et moi, et puis nous la rejetions pour rester seuls tous les deux.

— Je vois ce que c’est, dit A. Le monde respire. Il bat à la façon d’un cœur. Il s’ouvre et il se ferme.

— Il s’ouvre, il se ferme ; il monte, il descend ; il avance, il recule ; il va dans un sens et dans l’autre. Le monde est d’abord le règne de la contradiction et de la confusion. Il faut que tu apprennes qu’on peut tout dire de lui. Il n’y a peut-être qu’une chose qui va toujours dans le même sens et dont on ne peut rien dire : c’est le temps. Tout bouge, tout change, tout se transforme, il n’y a que le monde qui reste. Il n’y a que le temps qui dure. Le temps est une catastrophe née de l’éternité, et il est simple comme elle. Et indicible comme elle. Tout le reste, sous le soleil, et d’abord les hommes, leurs pensées, leur fameuse psychologie, leurs œuvres, leurs amours, est une machine formidable qui n’a ni queue ni tête, qu’on ne sait pas comment prendre, dont on peut dire n’importe quoi et où l’esprit des hommes, et de chaque homme en particulier, essaie, mais toujours en vain, d’introduire un peu d’ordre. Ce qu’il y a d’inouï chez nous, essaie de comprendre ça et marque-le en lettres de feu sur tes tablettes de rêve, c’est que, jetés par Dieu sait qui dans une banlieue reculée et mineure de l’univers étoilé, les hommes ne sont presque rien…

— En effet, dit A.

— … et que le monde, et l’univers, et le Soleil, et toutes les galaxies jusqu’à Urql et au-delà tournent pourtant autour d’eux. Et autour de chacun d’entre eux.

— Tiens donc ! dit A.

— Il y a eu, dans le monde et dans l'histoire, des millions et des millions et des milliards de Marie. Et il y a eu des millions et des milliards de moi. Un miracle plus grand que le miracle du parapluie qui t'a tant étonné, c'est qu'à travers tout l'univers, depuis toujours et à jamais, il n'y a pourtant qu'un seul moi. Il n'y en a jamais eu d'autre. Il n'y en aura jamais d'autre. Et c'est moi. Ou c'était moi.

— Je note, dit A : le seul moi, c'est toi.

— Mais chaque toi est aussi un moi. C'est le fondement de toute morale et de toute métaphysique.

— J'essaierai, murmura A qui paraissait accablé, d'expliquer ces mystères à ceux qui m'ont envoyé dans ce palais des miroirs que vous appelez le monde.

— Chacun de ces hommes que tu aspires à connaître pour parler d'eux à Urql est d'abord quelque chose d'unique et à jamais irremplaçable : il est d'abord lui-même. Et chacun de ces lui-même est encore un moi-même : un peu de conscience et de liberté. Nous sommes tous et chacun au centre de notre monde. Nous sommes tous et chacun au centre de l'univers que tu as traversé.

— Ah ! ah ! dit A.

— Nous partions, mon cher A. Le monde tournait autour de nous, et autour de notre amour. C'était le bonheur. Même à l'intérieur d'un monde que personne ne quitte jamais, partir est un grand bonheur. J'ai beaucoup aimé partir. J'ai beaucoup aimé le monde. J'ai beaucoup aimé la vie. J'ai beaucoup aimé les femmes, les routes, les paysages. J'ai beaucoup aimé le plaisir. J'ai beaucoup aimé l'amour.

J'aimais, Seigneur, j'aimais, je voulais être aimé.

— Et elle, me demanda A, est-ce qu'elle t'aimait ?

— Sait-on jamais ? lui dis-je. Elle avait l'air.

— Je m'interroge, dit A d'un ton rêveur. Si j'avais été un homme, et si j'avais été une femme, est-ce que j'aurais aimé un type comme toi ? Est-ce que je lui aurais été fidèle ?

— Je lui ai posé la question, lui dis-je.

— Et alors ? me dit-il.

— Alors, quoi ?

— Est-ce qu'elle t'a répondu ?

— Oui, lui dis-je. Elle m'a répondu.

— Et qu'est-ce qu'elle t'a répondu ?

— Elle m'a murmuré un truc qui ressemblait à une chanson.

— Ce que tu peux être agaçant ! me dit-il. Notre travail n'avance plus. On dirait que tu fais exprès de traîner en longueur. Quel truc ? Quelle chanson ? Il faudra tout de même, que tu le veuilles ou non, qu'ils figurent dans le rapport.

— On ne peut pas toujours courir, lui dis-je. Laisse-moi souffler un peu. Rien ne retarde autant que le poids des souvenirs. C'était quelque chose comme ça :

J'ai choisi de rester fidèle
Pour rien pour le souci du temps
Pour pouvoir dire elle était belle
La vie au creux de mon amant »

XI

ON EFFACE TOUT ET ON RECOMMENCE

« Mon cher O, me dit A, ce que tu me racontes de toi-même me reste aussi obscur que ce que tu me racontes du monde. Il me semble que les mots que tu alignes avec tant de bonne volonté pour m'expliquer ta Terre pourraient tout aussi bien laisser la place à d'autres et qu'il y a dans tes discours quelque chose d'arbitraire.

— D'arbitraire ? m'écriai-je.

— D'accidentel, d'interchangeable, de lassant, d'inutile. Je ne suis pas très surpris de la mélancolie qui semble parfois t'envahir : on dirait que la vie n'est faite que de hasards.

— C'est la vie, lui dis-je. C'est l'histoire. Si nous menons à bien notre rapport pour Urql, il fera partie à jamais de l'histoire de ce monde où hasard et liberté sont les noms temporaires de la nécessité. L'histoire est nécessaire, immuable, de bout en bout rationnelle et logique. Il n'est pas question pour elle d'être différente de ce qu'elle est. Et elle est accidentelle, hasardeuse et inutile.

— Je te plains, me dit-il. Vivre est une sale affaire : autant pisser dans un violon. Tu m'assures que Rome a été prise, je ne sais plus très bien quand…

— 1527, lui dis-je.

— Ah ! oui, c'est vrai, 1527… par des lansquenets germaniques commandés par un Français et que tu as toujours aimé être ailleurs que tu n'es. Tout cela, je te l'accorde, est du plus vif intérêt. Mais on s'en passerait sans dommage. Le monde ne serait-il plus le monde sans Clément V ou VI — ou même sans Clément VII dont tu fais tout un foin ? Ce qui manque le plus à ton récit, c'est la nécessité. Pourquoi quelque chose au lieu de rien ? Mais aussi : pourquoi ceci ou cela plutôt qu'autre chose ? Je ne comprends presque rien au connétable de Bourbon, à Benvenuto Cellini, à Marie et à toi.

— Je détesterais que ton séjour sur cette Terre où je suis passé moi-même se soldât par un échec. Il faut que tu te mettes dans la tête que tout y est inutile et que tout y est nécessaire. Les parapluies et Marie et les règles du jeu de football autant que Clément VII et Benvenuto Cellini. On efface tout et on recommence.

— On recommence, me dit-il avec une lassitude mêlée de soumission.

— Je recommence, lui dis-je. Il y a, dans l'espace et dans le temps, quelque chose qui s'appelle le monde. Et il y a, dans ce monde, quelque chose qui s'appelle la vie. Et il y a, dans cette vie, quelque chose qui s'appelle l'histoire. Et dans l'histoire, il y a moi.

J'ai été, dans les jours de ma vie, un homme parmi les hommes. C'est une chance prodigieuse et une aventure sans égale. J'aurais pu ne pas être, ne rien savoir du monde, tout ignorer des hommes. Pas du tout. J'avais des yeux pour voir, des oreilles pour entendre, une langue pour parler et plusieurs autres outils pour faire pas mal de trucs dont nous parlerons en leur temps. Tout cela suggère qu'il y a quelque chose qu'on peut appeler le monde, et qu'il y a quelqu'un dans le monde qu'il est permis d'appeler moi. Ou *peut-être qu'il y a moi*, et le monde autour de moi.

Beaucoup de philosophes ont pensé que le monde et la vie n'étaient rien d'autre qu'un rêve. Un philosophe français, du nom de Descartes, a commencé, comme toi, par douter de l'évidence de tout ce qui semble si évident.

— Connu, ton Descartes ? Important, ton Descartes ? Je te demande ça pour le rapport.

— Très connu. Très important.

— Dois-je comprendre », insista-t-il en griffonnant le nom de Descartes dans l'absence de paume de son absence de main, un peu comme Charlot écrivait sur sa manchette, « que les philosophes français sont les plus importants ?

— Non, lui dis-je. Les plus importants, les plus séduisants, ceux qui ont lancé le plus d'idées dans l'air pur de l'Hellade, ce sont les Grecs. Et ensuite les Allemands, qui sont tous philosophes, musiciens et soldats. Mais aussi les Chinois. Les Chinois sont jaunes, et ils sont nombreux. Ils ont eu un philosophe du nom de Confucius, et un autre encore du nom de Lao-tseu qui a écrit un livre appelé le *Tao-tö-king*. Ils ont inventé la poudre, la boussole, la porcelaine pour imiter le jade, la soie, les feux d'artifice. Et ils mangent du riz. Un philosophe chinois qui rêve d'un papillon se demande, au réveil, s'il n'est pas un papillon qui rêve d'un philosophe. Personne ne peut prouver que ce que nous appelons le réel soit autre chose qu'un songe d'une cohérence sans faille. Il n'est pas impossible que tu sois encore à Urql et que le connétable de Bourbon, et Benvenuto Cellini, son meurtrier présumé, et tous les parapluies de la rue du Dragon, et Marie, et même moi qui te parle ne soyons rien d'autre que ton rêve. Et il n'est pas impossible que je ne sois pas mort du tout et que la Douane de mer, et Urql, et toi-même venu d'Urql, et le rapport que tu prépares avec mon aide balbutiante, ne soyez rien d'autre que mon rêve.

— Il se peut que tu me rêves, me dit A. Mais ce qu'il y a de troublant, c'est que je te rêve aussi. Et il se peut que je te rêve, mais il me semble bien, alors, que tu me rêves aussi.

— Rien de plus juste, lui dis-je. Tu mériterais d'être allemand. Ou chinois. Ou peut-être même d'être grec. Il y a entre les esprits — et permets-moi, je te prie, de me compter parmi eux depuis que je suis mort — une…

— Je t'en prie, me dit A.

— Merci beaucoup, lui dis-je… une espèce de dialogue et de correspondance qui donne au monde son épaisseur et sa réalité : il serait au moins surprenant que tant de monde rêve en même temps et puisse tenter de se comprendre en échangeant tant de rêves. Ou alors un réseau de rêves si bien coordonnés mériterait à coup sûr le nom de réalité. Il y a encore autre chose…

— Autre chose ?… demanda A en étouffant un bâillement. Et quoi donc ?

— C'est la souffrance. Les hommes se frottent les yeux et se demandent s'ils rêvent devant un grand bonheur ou devant beaucoup de beauté. "Est-ce que je rêve ?" s'écrient-ils dans les mauvais romans. Et parfois même : "Rêvé-je ?"

— "Rêvé-je ?" demanda A.

— Oui : "Rêvé-je ?" Et ils se passent la main sur le front, écrasés de stupeur. Ils ne se demandent jamais si la souffrance est un rêve. La souffrance est là. Elle ne laisse pas la moindre place aux jeux futiles de l'esprit ni aux subtilités de la métaphysique. La souffrance, dans ce monde, est ce qu'il y a de plus absurde. C'est aussi ce qui nous permet le moins de douter de sa réalité et de nous interroger sur son absurdité. Il est toujours possible de se demander si, oui ou non, on est heureux. Il est très difficile de nier un cancer, ou une sclérose en plaques, ou une balle en pleine poitrine, ou une jambe arrachée. Plus le plaisir est grand, plus le monde est léger. Plus la souffrance est dure, plus le monde est solide. Le monde existe, et nous aussi, parce que nous souffrons.

— Voilà une bonne nouvelle, dit A.

— Vraiment ? lui dis-je.

— Excellente. Tout ce que tu me racontais sur Michel-Ange et la rue du Dragon, et même tes poèmes, qui n'étaient pas déplaisants, avait quelque chose… comment dire ?… d'arbitraire et de flou. Je vois d'un seul coup d'œil, avec plaisir et clarté, comment la douleur et les larmes vous enracinent sur votre Terre. Voilà enfin du sérieux après tant de légèreté. Je crois que la souffrance plaira beaucoup à Urql.

— Je m'en réjouis, lui dis-je.

— J'imagine que la souffrance n'épargne jamais personne ?

— Personne, lui dis-je. Tout le monde meurt. Et mourir *n'est pas gai.*

— Ah bon ! me dit-il.

— La souffrance, la douleur, le malheur sont pourtant, si tu les observes avec soin, inégalement partagés entre les habitants de cette Terre qui risque d'apparaître aux yeux des belles âmes d'Urql comme un modèle d'injustice. Il y a des hommes dont la vie est plus facile et plus plaisante que celle des autres.

— Peut-être est-ce, me dit-il, parce que leur mérite leur a valu du bonheur ?

— Pas du tout, répondis-je. Dans la répartition des souffrances et des plaisirs règne le désordre le plus complet. Il y a des hommes dont on peut supposer que la vie est heureuse et des hommes dont la vie n'est qu'une caravane interminable de souffrances. Et il n'y a pas de justification apparente à cette inégalité de destins. Mais il se trouve aussi des philosophes…

— Encore ! s'écria A.

— Ils sont le sel de la Terre, lui répondis-je : ils s'interrogent comme toi sur tout ce qu'ils ne comprennent pas — et ils ne comprennent presque rien —… pour soutenir que l'équilibre se met de lui-même dans la vie et que ceux qui ont de grandes douleurs ont aussi de grandes joies alors que tout est insupportable à ceux qui ne semblent connaître que le bonheur. Ce n'est pas seulement pour les esprits que le monde est obscur. Rien n'est plus difficile, même pour un homme, que de comprendre les autres hommes. Et peut-être, d'ailleurs, de se comprendre lui-même. Les hommes sont à eux-mêmes une sorte de tâche infinie : ils dominent le monde et ne se comprennent pas.

— Tiens ! murmura A, c'est amusant.

— Amusant ?… lui dis-je.

— Enfin…, moins consternant que d'habitude. J'ai le sentiment — me trompé-je ? —…

— Ah ! bravo ! lui dis-je.

— … que tu dis moins de bêtises quand tu parles de la souffrance que quand tu parles d'amour. L'amour, par nature, vous rendrait-il stupide — toi et les autres hommes ? Bien sûr, tu ne cesses jamais, je l'ai remarqué aussitôt, d'enfiler des sottises. Mais elles me semblent moins accablantes quand les choses vont très mal que quand elles vont trop bien. »

J'exprimai, en termes choisis, ma gratitude à A. Je lui indiquai d'un mot qu'il retrouvait spontanément la sagesse des nations qui parle volontiers d'un imbécile heureux et du don divin des larmes.

« Bon, me dit A. Les choses s'arrangent un peu. Après tes élucubrations sur tous ces papes Clément…

— Mais c'est l'histoire ! m'écriai-je.

— Tant pis pour elle, me dit-il. Elle n'a ni queue ni tête.

— Pas si sûr, lui dis-je.

— … et après tes insanités sur Marie et sur toi et sur vos départs vers le Sud qui n'avaient pas le sens commun, ta souffrance me fait chaud au cœur. Je me réjouis de voir les hommes enfin bons à quelque chose qui ne soit pas d'une futilité et d'une légèreté écœurantes. Souffrez-vous tout le temps ?

— Mais non ! Bien sûr que non. Je t'ai déjà expliqué que la vie était pleine d'agréments et que la plupart des hommes y tenaient comme à la prunelle de leurs yeux — et souvent plus qu'à tout.

— Et que faites-vous entre deux souffrances ? À quoi s'occupent les hommes quand ils ne souffrent pas ? Et quand ils ne dorment pas ? J'imagine que tous ne peuvent pas être papes, philosophes, connétables, lansquenets ou marchands de parapluies ? J'imagine que la hantise de partir vers le Sud pour s'emparer de Rome ou se promener au soleil n'est pas le ressort principal de leurs activités ?

— Non, lui dis-je, elle ne l'est pas. Les hommes travaillent. Autant que l'or, ou l'amour, ou la politique, ou le sommeil, ou le rire, ou l'ennui, ou tout ce que tu voudras et qui nourrit tant de systèmes toujours désireux et toujours incapables de résumer l'univers, le travail est le propre de l'homme.

— Voilà du nouveau, me dit-il. Et pourquoi travaillent-ils ?

— Pour vivre. Pour manger. Pour gagner de l'argent. Pour tenir leur place dans le monde.

— Comme c'est curieux, me dit-il. Et quel ennui d'être un homme ! Travailles-tu ?

— Je ne travaille plus, lui dis-je avec une ombre d'humeur. Ou je ne devrais plus travailler. Je suis mort.

— Tant mieux pour toi, me dit-il. Je vois décidément de plus en plus d'avantages à sortir de cette vie si encombrée de corvées. Mais avant de mourir et de me rencontrer, hier, travaillais-tu ?

— Bien sûr, lui dis-je. Hier, je travaillais.

— Et à quoi, je te prie ?

— À la même chose, lui dis-je.

— À la même chose que quoi ?

— Qu'aujourd'hui, lui dis-je. Que ce que tu me fais faire depuis notre rencontre à la Douane de mer.

— Mais tu ne fais rien ! me dit-il. Ou presque rien : tu parles, tu mets des mots les uns derrière les autres, tu enfiles des idées au petit bonheur la chance et tu les changes en phrases.

— C'est ce que je faisais, lui dis-je, tant que j'étais vivant, avant de m'y remettre après ma mort pour te donner un coup de main.

— Est-ce un travail ? me demanda-t-il.

— C'en est un, affirmai-je. À peine un peu spécial. Il réclame des efforts, il exige des sacrifices, il procure du plaisir, il rapporte de l'argent. Il n'est pas impossible qu'il relève de quelque grâce. C'est un métier. C'est un art. C'est presque une vocation.

— Ceux qui font la guerre sont des soldats. Ceux qui naviguent sont des marins. Comment appelle-t-on, chez vous, ceux qui font ce que tu faisais ?

— Parce qu'on voit bien qu'ils écrivent pour laisser une trace de ce qu'ils disent et des idées qui leur viennent, parce qu'on voit bien qu'ils passent leur temps à écrire comme j'écris en ce moment à l'intention des gens d'Urql, on les traite d'écrivains.

— Et penses-tu que c'est bien, sur cette Terre d'où tu sors et dans l'histoire des hommes, d'avoir été un écrivain ?

— Ah ! lui dis-je, c'est selon. Écrire est un art facile et tout d'exécution. »

XII

A SE VEXE

« Eh bien, maintenant que nous savons — et c'est à se tordre — qu'il y a des hommes sur cette Terre et à quoi ils ressemblent, tâchons de découvrir, pour le noter dans le rapport, ce qu'ils font du temps qui leur est accordé. Je crois, si je me rappelle bien, car la tête me tourne un peu devant cette avalanche d'invraisemblances et de contradictions, que ce temps leur est compté ?

— Le temps dure, et il passe aussi. Les êtres et les choses s'en vont pour ne plus revenir, ils changent, ils s'évanouissent, et le temps les emporte.

— Où cela ? demanda A.

— Personne n'en sait rien, lui dis-je. Dans le passé, dans le souvenir, dans la mort, dans l'oubli. La seule chose qui subsiste dans ce temps qui s'écoule, c'est ce temps lui-même, qui n'est rien, qui est tout et qui n'a pas d'autre forme que les êtres qu'il dévore.

— Franchement, me dit A, j'ai beaucoup de mal à comprendre les délires que tu me racontes. Est-ce que les hommes les comprennent ?

— Ils ne se posent même pas la question, lui dis-je. Ils vivent dans le temps comme les poissons dans l'eau.

— Quel cauchemar, me dit-il, que cette vie d'illusion où votre seule liberté est d'explorer une prison dont les règles vous échappent ! Et le temps ne s'arrête jamais ?

— Il ne s'arrête jamais sur la vie qui n'existe que dans le temps et qui est liée à lui par des liens indissolubles et par son être même. Mais il s'arrête sur chacun de nous. Les hommes entrent dans le temps par la naissance et ils en sortent par la mort : c'est ce mince laps de temps qui constitue leur vie — et la vie de chaque homme n'est qu'une fraction minuscule de la grande vie du monde. Les hommes sont emportés par un temps qu'ils portent pourtant en eux et qui circule dans leur sang et dans leurs pensées. Ils sont tués par quelque chose qui fait partie d'eux-mêmes.

— Tant mieux pour eux, me dit-il.

— Tant mieux pour eux ?…

— Tu imagines l'horreur de rester à jamais enfermé dans le temps ? Je ne me méfie pas moins du temps, je dois te le dire, que du sexe et des corps. Je soupçonne que tout ce que tu me racontes de la vie et des hommes et que j'ai tant de peine à croire est déjà en germe dans ce mécanisme d'évanouissement et de mort.

— Tu as raison, dis-je à A. Le temps s'oppose à l'éternité comme l'ombre s'oppose au soleil. Le temps est le lieu de l'accident, du hasard, de l'éphémère, de la mort. Il est le lieu du changement. Il est le lieu des rencontres. Il est le lieu de l'histoire et de la parole parce qu'il est le lieu de la vie. L'éternité est le lieu de l'immuable, du silence et de la nécessité. Tu es toujours pareil à toi-même, tu n'as jamais parlé qu'avec moi que tu as rencontré dès que tu es tombé dans le temps au-dessus de la Douane de mer, et la vie des hommes ne peut t'apparaître que comme le comble de l'arbitraire.

— Les papes Clément…, me dit-il.

— Les papes Clément et tout le reste, et la mer, et le soleil, et la Ville éternelle qui finira bien par mourir, et les parapluies de la rue du Dragon, et même moi qui te parle, nous aurions pu ne pas être. Nous sommes des accidents surgis d'autres accidents dans le règne de l'arbitraire. Nous sommes entrés dans le temps qui nous a fait exister. Toi, tu n'existes pas. Parce que tu es éternel. Là où il y a du temps, il n'y a rien d'éternel. Et là où règne l'éternel, il n'y a ni temps ni vie. Le temps et l'éternité sont comme ces personnages qui, chaque fois que l'heure sonne, franchissent tour à tour, mais toujours séparément, pour frapper sur une cloche de bronze, la porte des horloges monumentales de nos cités médiévales. À l'intérieur du temps, quand il est midi, il ne peut pas être 2 heures, et quand il est 4 heures, il ne peut pas être minuit. De la même façon, mais à l'étage au-dessus, il ne peut pas y avoir de temps là où il y a l'éternité et il ne peut pas y avoir d'éternité là où il y a du temps. Et pourtant…

— Et pourtant ?

— Et pourtant, on dirait que le temps a un souvenir de l'éternité. Il y a dans le temps comme une saveur, comme un parfum d'éternité. Un parfum passé, évanoui, qui traîne dans le souvenir, dans la mélancolie, dans les passions de l'amour et dans le soir qui tombe sur la mer ou sur le sommet des montagnes. Quand je te parle du temps des hommes, tu n'y comprends rien du tout, et c'est bien naturel puisque les hommes eux-mêmes, qui sont plongés dedans, n'y comprennent rien non plus. Mais quand tu me parles d'éternité, il y a quelque chose en moi qui s'agite et s'émeut. Le temps n'est peut-être rien d'autre que de l'éternité dégradée. “La lumière est l'ombre de Dieu”, disait un philosophe qui a fini sur le bûcher. Le temps est de l'ombre, l'éternité est du soleil. Mais pour qu'il y ait de l'ombre, il faut qu'il y ait un soleil.

— Tous les hommes croient-ils comme toi qu'il y a de l'éternité derrière le temps, une immobilité cachée derrière le passage de l'éphémère et quelque chose d'essentiel derrière l'accidentel ?

— Pas du tout, lui dis-je. Beaucoup d'hommes, et des meilleurs, des plus illustres, des plus grands, sont persuadés que le temps n'a pas besoin de s'appuyer sur l'éternité. Ils croient que le temps et la vie sont sortis du hasard et que la nécessité a pris le relais du néant. Ils pensent que l'éternité est inutile pour expliquer le temps et que la nécessité est au cœur du réel.

— Ne s'interrogent-ils donc jamais sur la nécessité de ce qui passe chez vous pour la nécessité ? Pourquoi y aurait-il quelque chose de nécessaire dans cette nécessité qui n'est faite que de hasards, de rencontres, d'accidents et de temps qui passe ? Pourquoi l'effet suivrait-il la cause et pourquoi la somme des angles de vos triangles euclidiens serait-elle égale à deux droits de toute éternité ? Pourquoi, dans tous vos triangles rectangles, le carré de l'hypoténuse serait-il, depuis toujours et à jamais, égal au carré des deux autres côtés ? Pourquoi sauriez-vous d'avance que le soleil va se lever et que vous allez mourir ? La nécessité est bien autre chose qu'une répétition dont vous auriez pris l'habitude. Ce n'est pas pour la seule raison qu'il se lève tous les matins que le soleil se lèvera demain matin sur votre Terre. Ce n'est pas pour la seule et mince raison que tous les hommes d'un passé dont la rumeur vous poursuit ont bien fini par mourir que vous mourrez vous aussi. Tu soupçonnes, n'est-ce pas ? qu'il y a derrière votre nécessité quelque chose de plus fort que toutes les routines de la constatation. Et que la nécessité qui se déploie dans le temps est enracinée hors du temps. Le soleil se lève et les hommes meurent parce que la nécessité est un ordre immuable. Et la nécessité est un ordre immuable parce qu'elle est le reflet d'une puissance inconnue, cachée à tous les mortels, autrement nécessaire que votre nécessité de pacotille et de substitution vouée à disparaître en même temps qu'un univers à qui l'éternité est à jamais interdite parce qu'il est inscrit dans le temps.

— Eh bien, dis-je à A, quelle tirade ! Toi, quand tu t'y mets… Il me semble que les rôles se renversent et que je deviens, comme il se doit, l'élève de mon élève.

— Pour tout ce qui est du temps et de la vie, je reste ton disciple, me dit A. Tu sais que je n'y comprends goutte. Tu as tout à m'apprendre. Je ne sais rien de votre Terre, si bourrée de mystères que vous appelez évidences. Rien, sinon qu'elle n'a pas pu surgir du néant par hasard ou par distraction, que le temps n'est pas cause de lui-même et que l'histoire des hommes n'est pas le centre de l'univers.

— Aïe ! aïe ! aïe ! lui dis-je. Tu parles comme les vieillards des temps évanouis.

— Je ne fais pas beaucoup de différence entre vieillards et jeunes gens ni entre siècles écoulés et siècles encore à venir…

— C'est que tu ne connais rien à un des ressorts les plus puissants des hommes — et surtout des hommes d'aujourd'hui : le progrès. Depuis quelques siècles, la plupart des esprits distingués de ce monde soutiennent précisément l'inverse de ce que tu viens de dire. Ils sont persuadés que l'homme est le centre de tout : c'est ce qu'ils appellent l'humanisme. Et ils sont persuadés que le hasard et la nécessité sont à la source de l'histoire, de la vie, du temps et de tout l'univers.

— C'est absurde, me dit A.

— Ils le reconnaissent, lui dis-je. Mais ils assurent qu'il est plus absurde encore d'imaginer que quelque chose d'inconnu, dont il est impossible de rien dire, ait créé les choses connues, dont il est au moins permis de parler — et personne ne s'en prive. Ils disent que rejeter sur un mystère dont personne ne sait rien tout le poids de l'absurde est une solution de facilité. Ils préfèrent une vie, un temps, une histoire qu'on a du mal à comprendre mais qui ont le mérite d'exister à une éternité qui est la perfection même mais dont le seul défaut est de ne pas exister. Et, pour tout dire d'un mot, ils préfèrent ce qui existe à ce qui n'existe pas et l'absurde au mystère.

— Et moi, me dit A, crois-tu donc que j'existe ?

— Eh bien…, lui dis-je, avec un peu d'embarras.

— Quoi, eh bien ? C'est oui ou c'est non ?

— Difficile de répondre, lui dis-je. Et peut-être impossible. Il est clair qu'il y a désormais pour moi — et peut-être même pour d'autres, pour les gens d'Urql par exemple — quelque chose ou quelqu'un qui porte le nom de A. Il n'est pas tout à fait exclu que quelques-uns, en ce moment même, aient une pensée pour A et suivent, au moins en esprit, son voyage vers notre Terre, ses aventures ici-bas et sa rencontre avec moi, qui existe à n'en pas douter puisque je rédige ce rapport. Dans le souvenir des hommes, et dans leur imagination, A se met à jouir, en moins célèbre bien entendu, du même statut qu'Arsène Lupin, qu'Ajax, qu'Aïda, qu'Ahasvérus, qu'Athos et Aramis et, bien sûr, d'Artagnan, qu'Adolphe et Aurélien, que le prince André et Gustave Aschenbach, que Céleste Albaret ou Albertine disparue, qu'Atala, Amélie ou le prince Aben-Hamet, qu'Amfortas et le roi Arthur, qu'Alice et son miroir ou la comtesse Almaviva, que Daniel d'Arthez et Amédée Fleurissoire, que Mme Angot ou Mme Arnoux, qu'Amadis de Gaule et la duchesse d'Amalfi ou Alexandre le Grand, ou encore Aladin et sa lampe merveilleuse ou Ali Baba et ses quarante voleurs et pas mal d'Angélique.

— Ou Andromaque ? dit A. Ou Achille, peut-être ?

— Bravo ! lui dis-je. Quelle culture ! Et comme tu apprends vite ! On finit par se demander s'il n'y aurait pas quelque chose qui manquerait si A ne venait pas prendre place aux côtés d'Aurore de Kœnigsmark et de Lady Brett Ashley sous les traits d'Ava Gardner. Il serait peu raisonnable, en ce sens, de voir en toi un pur néant.

— Merci beaucoup », dit A.

Et il prenait l'air boudeur d'un écolier que son application et ses louables efforts n'empêchent pas d'être traité avec un peu de désinvolture.

« Si exister, en revanche, consiste à prendre place dans le temps et dans l'histoire des hommes, il est tout aussi clair que tu n'existes pas. Toujours pour la même raison : parce que tu es éternel et que seul existe pour nous ce qui surgit dans le temps et disparaît avec le temps. Il n'est pas très surprenant que tu préfères l'éternité au temps et que tu la discernes derrière lui. Faute d'éternité, tu sombres dans le néant. Si tu n'es pas nécessaire, tu deviens inutile. Aucun mortel ne t'a jamais rencontré et il a fallu que je meure pour m'entretenir avec toi. Je dois même t'avouer que si j'étais encore en vie, je douterais sans doute de toi.

— Personne ne doutera plus de moi quand, grâce à toi en grande partie, des lecteurs par millions se jetteront sur notre rapport.

— Tant que cela ? lui dis-je. On lit beaucoup à Urql.

— À Urql, me dit-il, et chez vous, sur la Terre.

— Comment cela, chez nous, sur la Terre ?

— Mais bien sûr, me dit-il. J'aurais du mal à croire que nos conversations sur les hommes n'intéressent pas les hommes.

— Franchement, murmurai-je, je n'aimerais pas que le rapport soit connu sur la Terre…

— Je vois ce que c'est, me dit-il. La Terre et les hommes ne ressemblent en rien à tes récits extravagants. Je pensais bien que, pour étrange qu'il fût, ton monde ne pouvait pas être aussi invraisemblable. Tu t'es moqué de moi, tu m'as raconté n'importe quoi. Et tu ne veux pas que tes sottises circulent parmi les tiens.

— Pas du tout, répondis-je. La Terre est comme je te le dis, ou à peu près, et les hommes aussi. Je suis sûr qu'ils se reconnaîtraient dans les portraits que je fais d'eux et de leur histoire. Ce qui cloche, c'est toi. Personne ne voudra jamais croire sur la Terre qu'il m'a suffi de mourir pour rencontrer, à Venise, au-dessus de la Douane de mer, un esprit qui s'appelait A et qui te ressemblait.

— Pourquoi donc ? me demanda A. Ils croiront bien, à Urql, que j'ai rencontré à Venise un... Dis donc, j'y pense tout à coup, Venise, la ville de marbre et d'eau, la ville à ne pas croire, toute rouge avec ses canaux, elle existe bien, au moins ?

— Le monde existe, lui dis-je. Et Venise aussi. C'est une ville construite sur l'eau qui est belle jusqu'à la douleur et qui fait rêver les hommes. Tu l'as vue, tu te souviens ?

— Ah ! on ne sait jamais... Après tout ce que tu m'as dit, ce pourrait être un rêve, un mirage, un délire, une hallucination...

— Mais non ! lui dis-je. Ne t'affole pas. Venise n'est pas moins vraie que tout le reste sur cette Terre. Elle n'est pas plus un mirage que notre jeunesse évanouie ou l'assassinat de Jules César ou les Royaumes combattants dans l'empire du Milieu. Nous avons des preuves par millions — des tableaux, des Mémoires, des récits de voyageurs, des photographies de touristes, des cartes et des plans... — de l'existence de Venise.

— Bon, alors, ils croiront bien, à Urql, que j'ai rencontré à Venise, ville improbable entre toutes, un mort qui te ressemblait et qui portait le nom de O. Ils peuvent bien croire, sur ta Terre, que tu as rencontré à Venise un esprit qui s'appelait A. Un mort — ou un vivant — est à peine plus vraisemblable qu'un esprit éternel.

— Tu ne les connais pas, lui dis-je. Ils se méfient de tout.

— Savent-ils, sur la Terre, ce qui se passe après la mort ?

— Non, lui dis-je, ils ne le savent pas. Ils savent des foules de choses. Sur la précession des équinoxes, sur la structure en double hélice de la molécule d'acide désoxyribonucléique, sur les fulgores porte-lanterne, sur les reines de Palmyre, sur les propriétés du quartz, sur les origines du tokharien. Ils connaissent la musique et la géométrie. Ils se livrent à la chasse à courre et à une quantité incroyable de manies et de plaisirs défendus. Ils ont inventé la pâtisserie, le violoncelle, l'informatique, les manières de table, la comptabilité en partie double, la montgolfière, le rugby, la relativité restreinte et généralisée. Ils ont déchiffré le maya et le linéaire B. Mais ils ne savent pas ce qui se passe après la mort. Les uns s'imaginent que la mort est une espèce de naissance et qu'elle ouvre sur la vraie vie dont la vie sur la Terre n'est qu'une image déformée et une caricature ; les autres croient qu'il n'y a de vie que la vie et que la mort est la fin de tout. Les uns et les autres camouflent une mort dont ils ne savent rien sous une vie dont ils ne savent pas grand-chose. Ni les uns ni les autres ne se jetteront sur un rapport conçu d'abord pour les gens d'Urql.

— Comme tu voudras, me dit-il d'un ton pincé. Je pensais que les hommes auraient été heureux d'en savoir un peu plus sur un esprit venu de si loin.

— Je crains, dis-je avec douceur, qu'une des passions les plus répandues chez les hommes que tu étudies ne soit en train de t'envahir.

— Ah bon ? me dit-il. Et laquelle, je te prie ?

— La vanité, lui dis-je. Rappelle-toi que le rapport n'est pas destiné à faire connaître des hommes un esprit venu d'Urql, mais à faire connaître les hommes de tes confrères, les esprits d'Urql. Et la gloire qui t'attend à Urql devrait, comme à moi, te suffire largement.

— Très bien, dit A. N'en parlons plus. Continuons à explorer ce monde qui ne saura rien de moi. Où en étions-nous ?

— Tu me demandais ce que les hommes, qui appartiennent au temps, pouvaient bien faire du temps, qui appartient aux hommes.

— Et qu'en font-ils ? dit A. Que font les hommes de ce temps qui est à eux ? Que fait le temps de ces hommes qui sont à lui ?

— Des histoires, lui dis-je. Des destins. Des romans. »

XIII

EST-CE AINSI QUE LES HOMMES VIVENT ?

Il y avait déjà plusieurs heures, pour compter comme les vivants, que je m'entretenais avec A et que je m'efforçais tant bien que mal de lui donner une idée de ce que vous êtes et de ce que vous espérez. J'aimerais beaucoup écrire ici que le soir tombait sur le monde. J'aimerais pouvoir écrire — quel repos ! — que nous nous souhaitions une bonne nuit et que nous nous quittions pour dormir. Mais les esprits, n'ayant pas d'yeux, ne peuvent pas les fermer, et le soir d'ailleurs ne tombe jamais sur un monde qui n'en finit pas de se poursuivre avant de se terminer. Il tombe ici, il tombe là, mais il y a toujours de la lumière et du mouvement quelque part. La nuit, le sommeil, les rêves impressionnaient beaucoup A. Je crois qu'ils lui faisaient peur. Il m'entraînait aussitôt vers le jour et vers l'activité. L'agitation des hommes le fascinait.

« Mais qu'est-ce qu'ils font ? » me disait-il.

J'avais du mal à répondre. C'est vrai : qu'est-ce qu'ils faisaient ? J'avais tenté, comme je pouvais, de lui indiquer qu'il y avait l'espace où les choses coexistaient et qu'il y avait le temps où elles se succédaient et s'excluaient les unes les autres. Tout cela lui paraissait bizarre, invraisemblable, inutilement recherché, mais en fin de compte acceptable. Ce que je ne lui avais pas dit, ou à peine, parce que c'était beaucoup plus difficile à imaginer et à expliquer, c'est que les hommes pensaient.

« Parce qu'ils pensent ? » demandait A.

Oui, bien sûr, ils pensaient. C'était même la pensée qui faisait d'eux des hommes. La main, la station debout, mais surtout la pensée. Le monde, pourtant si simple, était d'une affreuse complication. La matière était pleine de secrets que la vie la plus élaborée ne parvenait pas à percer. La fuite des galaxies et la marche des planètes, la nature de la lumière, la composition de l'air et de l'eau, la structure du moindre caillou ou du moindre fétu de paille posaient des questions innombrables et parfois insolubles. Ce n'étaient que jeux d'enfant et rosée du matin au regard de ce qui se passait dans la tête d'un idiot de village, alcoolique et goitreux. Les hommes riaient, chantaient, espéraient, se souvenaient, s'ennuyaient et aimaient. Les hommes pensaient.

« Ma pauvre tête, me disait A. J'ai le vertige du monde. »

Les montagnes, les forêts, les plages le long de la mer, les rivières et les fleuves, les déserts et les lacs le remplissaient d'un bonheur mêlé d'un peu d'effroi. Il ne comprenait pas bien pourquoi certaines formes et certaines couleurs l'emportaient sur les autres. Mais, de temps en temps, devant la beauté de ce monde, l'enthousiasme s'emparait de lui. Le découpage des côtes, les îles au milieu des flots, avec de l'eau très claire autour d'elles, les pics couverts de neige, les vallées très vertes et les dunes dans le désert, plusieurs villes aussi, bâties auprès de la mer, ou au pied d'une montagne, ou dans les plis d'un fleuve, et d'abord Venise, bien entendu, mais aussi Todi et les rêves de Bramante, ou Gubbio et Urbino, ou Fatehpur Sikri, si vite abandonnée parce qu'il n'y avait pas d'eau, ou Udaipur au bord de son lac, ou Rio de Janeiro avec son Pain de Sucre et son Corcovado, ou la Corne d'Or d'Istanbul, lui faisaient aimer l'espace et le temps, et le génie des hommes. Je serais prêt à jurer que, plus d'une fois, sous son calme apparent, derrière son flegme quasi britannique — s'il est permis d'attribuer à un esprit venu d'Urql les prétendues qualités, toujours un peu douteuses, de tel ou tel groupe national —, il éprouva quelque chose qui, au-delà de la stupeur, ressemblait à de l'émerveillement. Des choses minuscules et immenses — une toile d'araignée, une rose de sable, un cristal de neige sous le soleil, les couleurs des ailes d'un papillon d'Amazonie, le soir en train de tomber sur les îles de la mer Égée, sur Symi, sur Kalymnos ou sur Castellorizo, le fourmillement des étoiles dans la direction d'Urql, que les yeux des hommes ne pouvaient pas distinguer en raison de la distance — lui inspiraient des sentiments qu'il n'avait jamais éprouvés. Les hommes l'épouvantaient.

Les corps l'épouvantaient. Le sexe l'épouvantait. Le temps l'épouvantait, sous cette forme haletante, nécessaire et absurde que nous appelons l'histoire. Mais c'était surtout la pensée qui le plongeait dans des abîmes de chagrin et d'incrédulité.

« C'est très étrange, lui disais-je, puisque tu es toi-même un esprit et que tu n'es que pensée. »

Mais la pensée, chez A, se confondait avec la nécessité, la cohérence, l'absolu. Ce qui le mettait hors de lui, c'était la contradiction. Le flou. L'incertitude. Ce n'était pas lui qui aurait chanté :

Incertitude, ô mes délices…

Sa pensée à lui se déployait dans une sphère bien ronde et bien close aux dimensions de l'infini et qui ne cessait jamais de coïncider avec elle-même. Il avait le sentiment, je crois, et c'était une vraie souffrance, que la pensée des hommes fuyait sans cesse de partout. Le mensonge, le changement, l'éphémère, l'accidentel le mettaient mal à l'aise. Ce qu'il aimait le mieux, chez nous, c'était la mathématique, dont les fondements, pourtant, lui paraissaient mal assurés. Il détestait l'arbitraire qui est la loi du temps et des hommes.

« Au fond, lui disais-je, avoue-le, ce que tu n'aimes pas, c'est la liberté. »

Il prétendait que la seule liberté s'appelait nécessité. Le reste était des hoquets, des illusions, des grimaces, des faux-semblants. La pensée sur la Terre lui apparaissait comme un champ de bataille où régnait le désordre. Il déplorait que le monde visible fût doublé de bout en bout par le monde invisible de la pensée et des passions dont le foisonnement laissait loin derrière lui la multitude des grains de sable sur toutes les plages de la planète, des gouttes d'eau dans la mer et des étoiles dans le ciel.

« Nous créons ce désordre, lui disais-je, et nous en vivons. Il est notre honneur et notre bonheur. Les passions, c'est nous ; les idées, c'est nous ; les contradictions, c'est nous. Nous roulons d'erreur en erreur et de cette cascade d'échecs surgit notre vérité.

— Quelle horreur ! me disait-il.

— La grandeur des hommes, lui disais-je, ne vient pas d'une vérité qui nous échappe à jamais. Elle vient de nos efforts vers cette vérité inconnue : σὺν ὅλῃ τῇ ψυχῇ εἰς τὴν ἀλήθειαν ἰτέον.

— Qu'est-ce que c'est encore que ça ? me disait-il.

— C'est du grec, lui disais-je. Il faut aller à la vérité de toute son âme. Ce qui appartient aux hommes, ce n'est pas la vérité, c'est le chemin vers la vérité et l'effort pour y parvenir. On pourrait presque dire que, puisque nous sommes dans le temps qui ronge et détruit tout, la vérité ne nous regarde pas. Elle ne nous concerne pas. Ce n'est pas notre affaire. Le propre des hommes, et leur grandeur, c'est la suite de leurs erreurs dans la recherche de la vérité.

— Veux-tu dire que vos erreurs vous sont plus chères que la vérité ? »

Je me grattai la tête.

« Elles ne nous sont pas plus chères, lui dis-je. Mais elles nous sont plus proches. Nous ne sommes qu'essais, tâtonnements, aller et retour, recherches. Notre vérité, c'est la mort. Et notre vie est faite d'erreurs puisqu'elle se déploie dans une histoire où rien n'est jamais acquis et où tout se transforme. Toute la beauté du monde est dans le passager, dans la diversité, dans la contradiction. Elle est dans la liberté, qui consiste le plus souvent à être libre de se tromper et de dire n'importe quoi.

— Alors, c'est ça, la vie ? me dit-il.

— Je ne sais pas, lui répondis-je. Moi aussi, puisque je suis un homme, ou plutôt que j'en étais un, je dis n'importe quoi. Moi aussi, je me trompe peut-être. Moi aussi, j'en ai peur, et plus encore que personne, je roule d'erreur en erreur.

Elle avait un cœur d'hirondelle
Sur le canapé du bordel
Je venais m'allonger près d'elle
Dans les hoquets du pianola
Est-ce ainsi que les hommes vivent
Et leurs baisers au loin les suivent
Comme des soleils révolus. »

XIV

LES SOLEILS RÉVOLUS

« Faut-il inscrire dans le rapport », demanda A en agitant son crayon entre l'index et le médius, « que, poursuivis par des baisers à l'allure de soleil, les hommes aiment à s'étendre, au son d'un piano mécanique, sur des divans de maison de passe, auprès de cœurs d'hirondelles ?

— Je ne crois pas, lui dis-je. Ne te laisse pas entraîner jusque-là. Le génie d'Aragon…

— Est-ce que je le connais déjà, celui-là ? demanda A.

— Tu devrais, lui dis-je. Pour le rapport.

Ô mon jardin d'eau fraîche et d'ombre
Ma danse d'être mon cœur sombre
Mon ciel des étoiles sans nombre
Ma barque au loin douce à ramer

Ou :

Je suis plein du silence assourdissant d'aimer

Ou :

Au cloître que Rancé maintenant disparaisse.
Il n'a de prix pour nous que dans ce seul moment
Et dans ce seul regard qu'il jette à sa maîtresse,
Qui contient toutes les détresses,
Le feu du ciel volé brûle éternellement.

— Ah ! ah ! dit A.

— N'est-ce pas ? lui dis-je… ne doit pas t'égarer. Les hommes s'allongent très peu auprès de cœurs d'hirondelles. Ils sont plutôt tailleurs, architectes, astronomes, cuisiniers. Ils sont soldats et prêtres. Ils sont ambitieux, avares, barbiers, rongés par le remords, assoiffés de plaisirs, prêts à beaucoup de sacrifices et à beaucoup de crimes, danseuses, médecins, explorateurs et notaires. Ils sont aussi chasseurs, orgueilleux, pilotes de course, modestes, professeurs de musique, archivistes-paléographes, portés au rire ou au suicide, pleins de contradictions et de folies, amoureux et mystiques. Quelque chose les pousse, de toujours différent, et de toujours un peu semblable, qui les distingue des arbres, des pierres, des licornes, des trous noirs.

— Et qui les précipite dans des cloîtres.

— Rien de plus exact, répondis-je. Pas toujours. Pas à chaque coup. Mais parfois, et même assez souvent dans des temps évanouis. Tous les hommes se ressemblent et ils sont très divers. Presque tous, comme les singes, qui ressemblent eux-mêmes aux chiens, aux chats, aux veaux, aux chèvres, ont une tête, un cou, un tronc, deux bras achevés par deux mains et deux jambes achevées par deux pieds.

— Comme Marie ? demanda A.

— Comme Marie. Ne nous le dissimulons pas plus longtemps : la plupart du temps en moins bien. Mais les uns aiment l'argent, et les autres le détestent. Les uns veulent que tout change, et les autres que rien ne bouge. Les uns sont d'un côté, et les autres sont de l'autre. Et ce qui manque le moins, dans le monde, ce sont les côtés. En Europe, en Asie, en Amérique, un peu partout, il se trouve des hommes, tu le sais déjà, pour penser qu'il n'y a rien, mais alors rien du tout, en dehors de la matière, au-delà de cette Terre et de la vie qui s'y déroule. Et d'autres qui croient dur comme fer qu'il y a des dieux ou un Dieu et qu'il y a une vie après la mort. Ce sont eux surtout qui s'enferment dans les cloîtres. On leur donne le nom de moines, de bonzes, de nonnes, de vestales, de lamas. Rancé finit dans un cloître assez rude dont il fixa les règles et qui s'appelle la Trappe.

— À l'époque d'Aragon ?

— Pas du tout. Trois siècles plus tôt.

— Ce n'est pas grand-chose, remarqua A.

— Pas grand-chose pour toi. Et très long pour les hommes. Il faut que je te dise que notre rapport peut être conçu selon deux méthodes différentes. Et peut-être devra-t-il comporter deux parties, ou peut-être même deux tomes, pour résumer le monde et sa totalité.

— Deux tomes ! s'écria A.

— Au moins, lui dis-je. Le monde peut d'abord être considéré dans sa diversité à un moment donné. C'est déjà beaucoup. C'est une tâche infinie. Il peut aussi être reconstruit, à travers l'histoire et le temps, dans la variété de ses états successifs. Et c'est encore beaucoup plus. Avec le premier système, tu t'efforces d'obtenir une photographie instantanée de tout ce qui se passe à un même instant. Avec le second, tu reconstitues une évolution à travers une continuité, toute faite de changements qui s'engendrent sans se lasser.

L'une et l'autre entreprise est également illusoire et vouée d'avance à l'échec. Personne — et pas même toi — ne parviendra jamais à saisir d'un seul coup d'œil le formidable enchevêtrement de l'en-même-temps du monde.

Et personne, bien entendu, ne peut ressusciter la totalité d'un passé qui fut jadis un présent mais que le passage du temps a changé en oubli ou, dans le meilleur des cas, en souvenir. Dans l'espace, déjà, il est impossible de savoir en détail ce qui se passe à Pékin, à Moscou, à Chicago, à Rome. Il est même impossible de rendre compte, jusqu'à épuisement du réel, de la situation d'un quartier, d'une maison, d'une chambre, si petite soit-elle — ou même vide. Notre vide est toujours très plein. La réalité déborde sa description de partout. Mais l'espace, qui conserve tout, est encore bien plus maniable que le temps, où tout se dissipe et se perd.

Dans le temps, l'historien, l'archéologue, le savant ne recueillent que des bribes d'un passé évanoui. Ils restituent le plan d'une bataille, les couleurs d'un vêtement, la forme d'un palais, les termes d'un traité, les feux éteints d'une passion qui fut jadis brûlante. Ils sont incapables de nous rendre l'allure, le rythme, la saveur d'un présent à jamais disparu et tombé dans le passé. C'est te dire que l'ensemble du monde, malgré mes soins dévoués, tu n'en sauras jamais rien. Le rapport, j'ai le regret de te l'annoncer, ne dépassera pas le stade d'un balbutiement lacunaire sur une réalité qu'il n'est pas permis de traiter d'infinie, mais dont les combinaisons, en nombre indéfini, défient tout inventaire. Je peux tout juste te murmurer quelques mots égarés sur ce qui se passait à Paris, à l'ombre d'un grand roi flanqué d'un cardinal, dans les jours de Rancé, dont Aragon, trois siècles plus tard, malgré tant de divergences qui suffiraient à elles seules à remplir douze rapports et dans une ambiguïté où se mêlent société, histoire, métaphysique, allait chanter la gloire.

— Cesse de me décourager, veux-tu ? Et de vanter la grandeur de cette Terre qui n'est qu'un détail minuscule et un peu ridicule de l'univers que j'ai traversé pour venir jusqu'à toi. Donne-moi plutôt quelques détails sur Rancé et sur Aragon. Puisque tu as l'air d'y tenir, j'aimerais bien, au moins, les citer dans le rapport.

— C'est déjà fait, lui dis-je.

— Et explique-moi, du même coup, deux ou trois choses qui m'échappent. Qu'est-ce qui peut bien séparer les hommes les uns des autres et, par exemple, Aragon de Rancé ? Et pourquoi Aragon, qui semble si loin de lui, se croit-il obligé de parler de Rancé ?

— Les hommes, mon cher A, passent leur temps à penser, souvent d'ailleurs à rien, et à parler les uns aux autres et aussi les uns des autres. Au-delà des collines et des vallées, des fleuves, des océans, des forêts et des fleurs, le monde est plein de pensées, de paroles et de rêves. Une sorte de voile, une brume recouvre toute la Terre. C'est une enveloppe invisible qui est toute faite d'esprit. Tu y trouverais des montagnes de savoir et un abîme d'oubli qui doit bien, lui aussi, figurer quelque part. Ce que les hommes oublient, ce qu'ils cachent, ce qu'ils n'ont jamais su existe encore je ne sais où. Les crimes impunis, les amours clandestines, les enfants qui auraient pu naître et qui ne sont jamais nés, les secrets chuchotés à mi-voix dans la nuit, ce qui n'a jamais été dit et peut-être à peine pensé flotte autour de ce monde. Les hommes sont des bêtes, mon cher A, des machines, des tas d'atomes et de boue. Mais ce sont aussi des esprits.

— Vraiment ? dit A. Comme moi ?

— Bien sûr que non. Pas comme toi. Ils sont cloués au sol, emportés par le temps, enfoncés dans l'argile, dans le souci, dans le désir. Mais ils communiquent entre eux et ils parlent comme nous parlons.

— J'ai déjà remarqué, dit A, que les hommes parlaient beaucoup.

— Ils parlent, ils écrivent, ils parlent de ce qui a été écrit et ils écrivent encore sur ce qui a déjà été dit. Le monde est un spectacle, il est aussi une glose, et le commentaire d'un commentaire. Le monde est une histoire, il est aussi un langage. Et, au moins autant qu'un langage sur le monde, la parole des hommes est un langage sur un langage. Ce qui leur permet, à l'infini, d'exprimer des opinions qui diffèrent les unes des autres et de se distinguer entre eux tout en se répétant. “Le monde”, écrit un grand philosophe…

— Son nom ? demanda A en levant son crayon.

— Trop compliqué, lui dis-je. Il y a un *W* suivi d'un *i*, et puis deux *t* — *tt* — suivis d'un *g*, et puis encore un *e* et un *n* — *en* —, et enfin *stein*, ce qui est bien la seule chose prononçable dans son nom. “Le monde est tout ce qui arrive, le monde est l'ensemble des faits et non pas des choses.” Ce n'est pas assez dire. Le monde est aussi l'ensemble de tout ce qui n'arrive pas et qui est pourtant encore là : des idées, des paroles, des oublis, des silences, des croyances et des secrets. Rancé croit au Ciel et Aragon n'y croit pas. Mais…

— Mais Rancé parle d'Aragon et Aragon de Rancé.

— Oh ! A ! m'écriai-je. Tu sais bien que les hommes sont emportés par le temps…

— J'oubliais, me dit A.

— … et que seul Aragon a pu parler de Rancé. Mais s'il est vrai que Rancé a eu sur Aragon une influence évidente puisque des vers d'Aragon

Au cloître que Rancé maintenant disparaisse…

nous parlent de Rancé, il n'est pas tout à fait faux, parce que les hommes sont des esprits et qu'ils communiquent entre eux au-delà de l'espace et du temps, qu'Aragon, en un sens, a une influence sur Rancé : Rancé, après Aragon, n'est plus exactement, dans le souvenir des hommes, le même qu'avant Aragon.

— Et pourquoi Aragon, dans la masse innombrable des souvenirs de l'histoire dont tu as plein la bouche, a-t-il choisi Rancé qui, à beaucoup d'égards, si j'ai bien compris ce que tu racontais, était si loin de lui ?

— C'est que les hommes, comme toi, aiment beaucoup les histoires. Tu en réclamais tout à l'heure. Ils en réclament depuis toujours. Et, j'imagine, pour toujours. Les mythes, les légendes, les histoires d'amour et de mort les fascinent depuis le moment, précisément, où ils sont devenus des hommes. Au point qu'on peut se demander si ces hommes qui inventent des histoires, ce ne sont pas plutôt les histoires qui les ont inventés. Et l'histoire de Rancé est si belle que, comme l'histoire d'Ulysse, ou de Rama, ou d'Alexandre le Grand, on de Sindbâd le Marin, ou de Tristan et Iseut, elle a été reprise sans fin par ceux qui l'ont suivi.

— Raconte-la-moi, me dit A.

— Tu le veux vraiment ? lui demandai-je.

— Oui, je le veux. Pas pour moi. Pour le rapport.

— Eh bien, commençai-je, il était une fois un grand roi qui régnait sur un beau royaume. Le royaume s'appelait la France et il dominait de sa richesse et de la masse de ses habitants tous les pays voisins : l'Espagne, l'Angleterre, les Pays-Bas, la Savoie et les terres de l'Empire. Les hommes y étaient distingués et classés selon les règles rigoureuses qui s'attachent aux cultures et qui les constituent. Il y avait des nobles, des prêtres et le commun du peuple. La tâche des nobles, autour du roi, avait été, jadis, de défendre contre l'ennemi ceux qui s'étaient mis sous leur protection et de faire la guerre au péril de leur vie. Privilégiés tombés le plus souvent dans une inutilité d'où surgissaient, ici ou là, des génies éclatants qui s'appelaient Turenne, le Grand Condé, Saint-Simon, Maurice de Saxe, La Rochefoucauld, ou encore, ailleurs, le Prince Eugène, ils étaient devenus, avec le temps, grands seigneurs, courtisans, maréchaux, ducs et pairs. Ils détenaient les terres, la fortune et le pouvoir.

— Je ne comprends pas tout, coupa A, mais ça ne fait rien : continue.

— Les prêtres servaient Dieu et constituaient l'Église qui était, elle aussi, très puissante et très riche. Ceux qui la dirigeaient étaient les égaux des plus grands et donnaient en public, dans les églises où se rassemblait la foule des fidèles, des leçons au souverain. Les prêtres des campagnes étaient aussi pauvres que leurs ouailles, mais ils connaissaient le latin, souvent le grec, et ils savaient lire et écrire et compter. L'Église, pendant des siècles, s'était confondue avec le savoir, avec l'éducation, avec les lettres classiques dont elle avait assuré la survie. À l'époque de Rancé, des relations ambiguës de complicité et de rivalité unissaient l'Église aux ambitions d'un esprit en train de s'émanciper. Le plus grand nom de l'Église, en ce temps-là, était en même temps un des plus grands de cette littérature française dont je t'ai déjà parlé plusieurs fois.

— J'ai toujours l'impression que c'est la seule chose qui t'intéresse. Maniaque, hein ?

— Enfin…, lui répondis-je. Un peu, comme tout le monde. Toi aussi, tu verras, quand le rapport sera fini, tu aimeras les mots et leurs combinaisons. Le nom était celui de Bossuet qui se servait, pour régner sur les âmes, de toutes les ressources de la langue et de la rhétorique : "Dès ce soir, tu seras avec moi dans la maison de mon Père. Dans la maison de mon Père : quel séjour ! Avec moi : quelle compagnie ! Dès ce soir : quelle promptitude !" Au-dessous des nobles et des prêtres, dont le séparait une classe intermédiaire de bourgeois, de notaires, de médecins, de financiers, d'avocats, de parlementaires qui parvenaient parfois, à force d'efforts et de capacités, à se hisser jusqu'à la noblesse, le peuple était composé de paysans, d'artisans, de commerçants, de domestiques, de manœuvres. Parce qu'il était pauvre et ignorant, il ne comptait guère. Et il travaillait.

— Le travail..., dit A.

— Le travail, lui dis-je. Les femmes, en ces temps-là, et depuis de longs siècles, et peut-être des millénaires, étaient soumises aux hommes. Il leur arrivait de se distinguer par leur intelligence ou leur caractère et d'occuper, jusqu'au sommet de l'État, des fonctions d'autorité. Mais ce qui les distinguait surtout, c'était leur beauté. Il y avait, à la cour de France, des femmes que leur beauté avait rendues célèbres à travers le monde entier, c'est-à-dire — la Chine et les Indes étant trop loin et l'Afrique ignorée — à travers toute l'Europe. Une des femmes les plus belles, et les plus célèbres par leur beauté, de la Cour du grand roi était la duchesse de Montbazon.

Dès son âge le plus tendre, Marie de Bretagne avait brisé le cœur des hommes. Elle avait la beauté, elle avait la grâce, elle avait le charme et la majesté. Elle fut d'abord une enfant ravissante que les membres de sa famille regardaient grandir avec une sorte d'émerveillement. Bientôt sa réputation gagna, de proche en proche, des milieux de plus en plus larges. Le roi, la Cour, tous ceux qui l'apercevaient ne pouvaient plus oublier l'impression laissée par son passage et par son regard posé sur vous. Son mariage avec Hercule de Rohan, duc de Montbazon, un des plus grands seigneurs de la Cour, désespéra, au moins pour un temps, car, tu commences à le savoir, il n'est rien dans ce monde qui ne finisse par passer, tous ceux que sa beauté avait émus et fait rêver. Son nom se mit à être connu au-delà du cercle de ses familiers. On parlait d'elle jusque dans les faubourgs de la capitale ou dans les châteaux et les villes de province et elle devint l'héroïne d'un refrain populaire qui était encore chanté plus de trois siècles après sa mort :

Y avait dix filles dans un pré,
Toutes les dix à marier.
Y avait Dine, y avait Chine,
Y avait Claudine et Martine,
Ah ! Ah ! Ah !
Catherinette et Caterina,
Y avait la belle Suzon,
La duchesse de Montbazon,

Y avait Célimène
Et y avait la du Maine…
Le fils du roi vint à passer…

Un jour, après beaucoup d'autres, des princes et des capitaines, des poètes, des séducteurs dont elle avait tourné la tête et qu'elle n'avait pas toujours découragés, Rancé vint à passer. Elle se donna à lui.

Les hommes ne parlent pas seulement les uns des autres. Ils se rencontrent et ils se parlent les uns aux autres. Aucune aventure humaine, je te l'ai déjà expliqué, n'est une aventure solitaire. Les hommes sont liés entre eux par des liens innombrables qui vont de la foi à l'intérêt, en passant par la folie, l'amitié, la curiosité, la guerre. Aucun n'est aussi fort que l'amour qui emporte en même temps et les âmes et les corps. Rancé, comme beaucoup d'autres, se prit d'amour pour la Montbazon. Et la Montbazon, par une chance inouïe, se prit d'amour pour Rancé. Ils ont beau s'en défendre et se débattre contre eux-mêmes, il n'y a rien, mon cher A, que les hommes aiment autant que l'amour.

— Plus que l'or ? demanda A.

— Oui, je crois, lui dis-je. Je crois que les hommes aiment l'amour plus que l'or.

— Et les femmes ? demanda A. Aiment-elles aussi l'amour ?

— La même chose, répondis-je. Et peut-être pis encore. On raconte qu'un sage grec, du nom de Tirésias, avait obtenu des dieux de se transformer en femme. Il indiqua que les femmes, dans l'amour, éprouvaient neuf fois plus de plaisir que les hommes.

— Voyez-vous ça ! dit A. D'autres chiffres d'amour pour le rapport ? D'autres maximes bien frappées ?

— Il ne faudra pas trop parler de l'amour dans le rapport parce que, à la différence des échecs, de la navigation à voile, ou de la mathématique, on peut tout en dire et le contraire de tout. Notre rapport aux esprits d'Urql devra s'inspirer de toutes les rigueurs de la science. Rien de plus flou que l'amour. Ni de moins scientifique. Il n'est fait que de détails, d'accidents, de paradoxes, de surprises. Et de silence. Rancé était un libertin séduisant et doué. Il se destinait à l'Église, mais il ne croyait pas à grand-chose. Il jouait, il chassait, il plaisait beaucoup aux femmes. Un des drames de l'amour, c'est qu'il est contraire à toute morale, à toute justice distributive et qu'il est cumulatif. Comme l'argent va à l'argent, l'amour va à l'amour. Chacun de son côté, Mme de Montbazon et Rancé avaient déjà fait beaucoup de dégâts. Ils se jetèrent dans les bras l'un de l'autre. Ce furent des journées et des nuits de délire.

— Nous y voilà, dit A.

— Mon cher A, lui dis-je, il n'y a pas de rapport sur les hommes qui, à un moment ou à un autre, ne débouche sur l'amour. Il faudra t'y faire, malgré ta répugnance. Et malgré mon horreur pour ces ragots qui traînent dans tous nos romans. Mme de Montbazon et Rancé furent très heureux l'un par l'autre et ils se dirent de ces choses…

— Je les entends d'ici : révoltantes.

— … ravissantes, mon cher A, délicieuses et très douces, que les amants se murmurent depuis qu'il y a des hommes et des femmes pour parler et pour écouter et tant qu'il y en aura. Un jour, Rancé, qui était un homme comme les autres et qui aimait s'amuser, quitta Mme de Montbazon pour aller chasser quelques jours. Je ne sais rien, je l'avoue, des dernières paroles qu'ils échangèrent entre eux. Il est permis de supposer qu'ils se séparèrent dans les baisers. On peut aussi imaginer qu'elle le trouva trop gai à l'idée de partir et qu'elle lui en voulut. Ou qu'au moment de s'en aller il éprouva quelque chose qui ressemblait à du soulagement parce que les hommes qui aiment les femmes aspirent souvent à les quitter pour le seul bonheur de les retrouver.

— Tu te moques de moi ? dit A.

— Cesse de croire que je me moque de toi alors que je te rapporte avec simplicité ce qui fait la vie des hommes. Est-ce ma faute à moi si elle te paraît invraisemblable ? Rancé partit pour je ne sais où. Mme de Montbazon prit froid en se promenant dans le soir près de l'étang, ou attrapa la scarlatine, ou la rougeole, ou la petite vérole : elle mourut en trois jours. Rancé revint de la chasse. Pour se faire pardonner son absence et parce qu'il avait envie de serrer son amour contre lui, il se précipita vers elle avec sa vivacité et sa gaieté coutumières. Le devines-tu en train de se jeter, les bottes encore boueuses et l'épée au côté, dans la maison pleine de beaux meubles et de tableaux de maîtres ?

— Oui, oui, dit A. Je le devine.

— La première chose qu'il aperçut fut le corps de sa

maîtresse, étendu dans un cercueil. Mais le cercueil était trop petit pour ce qui avait été la duchesse de Montbazon. On avait dû lui couper la tête et la déposer sur sa poitrine, à la hauteur des seins.

— Tiens donc ! dit A.

— Le désespoir de Rancé fut à la mesure de sa passion. “Il invoqua la nuit et la lune. Il eut toutes les angoisses et toutes les palpitations de l’attente. Mme de Montbazon était allée à l’infidélité éternelle.”

— Je vois ce que c’est, me dit A : Aragon.

— Pas du tout, lui dis-je : Chateaubriand.

— Encore un, soupira-t-il.

— Et pas des moindres, lui dis-je. Chateaubriand…

— Allons-y », me dit A.

Et il s’installa pour m’écouter.

« Sûrement pas, lui dis-je. Ce serait trop long. Si je me mettais à te parler du vicomte de Chateaubriand, gentilhomme d’Ancien Régime, émigré sous la Terreur, libéral sous Charles X, défenseur des chats, de la liberté de la presse et de la monarchie légitime, symbole de toutes les valeurs et tissu de contradictions, toujours à contre-courant et croulant sous les honneurs, ambassadeur, pair de France, ministre des Affaires étrangères, menteur, rêveur, bluffeur, charmeur, épicurien à l’imagination catholique, théoricien de la fidélité, praticien de la séduction, pilier de la famille et de la tradition, peu hostile au sérail, amoureux de sa sœur Lucile, amant de Pauline, de Delphine, de Natalie, de Juliette, de Cordélia, d’Hortense et de tant d’autres, modèle de Hugo, de Barrès, d’Aragon, de tout ce qui leur ressemble dans le génie et la gloire, inventeur du romantisme, du progressisme conservateur, de la mélancolie moderne, rénovateur des ruines, de la nature, de la cathédrale gothique et des passions de l’amour, c’est le monde entier qui défilerait sous nos yeux.

— Je me demande, dit A, si n’importe lequel de ces hommes dont tu me parles sans te lasser ne ferait pas défiler le monde entier sous nos yeux ? Il me semble, si je te comprends bien, que tout l’univers, avec ses lois et ses rêves, se reflète en chacun d’eux.

— Rien n’est plus vrai, lui dis-je. Mais il y a des hommes — et des femmes — qui rendent le monde plus grand et plus gai. Un monde sans mer ou sans forêts ne me plairait pas beaucoup. Le monde sans Marie, le monde sans

Chateaubriand me plairait encore moins. Mais avec eux auprès de soi, c'est une chance à ne pas croire d'avoir passé quelques saisons, des printemps pleins de charme, des automnes délicieux, sur cette planète que tu trouves loin et qui est si familière au dernier de nos crétins, savant ou ignare, riche ou pauvre, misérable ou puissant. Chateaubriand était un écrivain catholique. Il croyait, comme Mauriac, comme Bloy, comme Bossuet, comme saint Augustin, que le Christ Jésus, né d'une vierge du nom de Marie, crucifié sous Tibère, ressuscité d'entre les morts, était le fils de Dieu.

— Pas si vite. Cette affaire-là m'intéresse. Y a-t-il beaucoup d'hommes pour croire que ce Jésus était le fils de Dieu ?

— Beaucoup, lui dis-je. Pas tous. Mais beaucoup. Et, durant pas mal de siècles, ils ont tenu une grande place et constitué une famille dont les membres étaient liés entre eux par la fraternité, par l'habitude, par l'amour — et parfois par la haine. Chateaubriand avait un confesseur qui s'appelait l'abbé Séguin. L'abbé Séguin avait un chat jaune, une vieille soutane trop longue dont il retroussait les pans pour aller voir les pauvres, des convictions très arrêtées, beaucoup d'influence sur le plus grand écrivain de la première moitié du XIXe siècle. Il invita Chateaubriand, dont il connaissait le passé, les faiblesses, les tentations, à consacrer un travail à l'abbé de Rancé qui s'était jeté dans un couvent pour oublier son malheur et ses amours coupables. L'idée n'était pas mauvaise. L'abbé de Rancé avait une maîtresse : c'était Mme de Montbazon. Le vicomte de Chateaubriand avait une femme, Céleste, et il avait une maîtresse : c'était Juliette Récamier, la plus belle créature de son temps. Elle avait tourné la tête et brisé le cœur de Lucien Bonaparte, de Benjamin Constant, du prince de Prusse, de Wellington. Elle n'avait jamais aimé que René. Aragon, qui, plus tard, allait mettre ses pas dans les pas de Chateaubriand et parler encore de Rancé, dont nous parlons nous-mêmes dans le rapport aux gens d'Urql, avait aussi une maîtresse : c'était Elsa Triolet. Elle était née à Moscou et elle écrivait des romans. Tu vois que les idées — et les femmes aussi — font courir, à travers le temps, comme un fil entre les hommes.

— Et toi, tu avais une maîtresse ?

— Oui, lui dis-je. Tu la connais. Tu l'as vue. C'était

Marie. Et j'aurais donné pour elle toutes les idées du monde. Et Marie, et Elsa, et Juliette, et Marie…

— Encore ! coupa A. Tu te répètes. J'aimerais, si tu veux bien, que le rapport ne bégaye pas comme un vieux disque rayé.

— Mais ce n'est pas la même ! m'écriai-je. C'est l'autre. C'est la première : c'est Marie de Bretagne, duchesse de Montbazon. Il arrive aux hommes de porter les mêmes noms. Il y a des foules de Marie, et des foules de Juliette, et des foules d'Armand, de François, de René et de Jean. Chateaubriand s'appelait François-René et Rancé, Armand-Jean.

— Des foules de A ? Des foules de O ?

— N'en doute pas, répondis-je. Tu sais bien que notre bonheur et notre drame, un de nos drames, un de nos bonheurs, c'est de ne pas être seuls au monde. Et Marie, et Elsa, et Juliette, et Marie, séparées par les siècles, par les croyances, par la culture, réunies par le souvenir et l'imagination, se répondent les unes aux autres à travers l'abbé de Rancé, libertin et trappiste, érudit et mondain, qui prêchait comme un ange et chassait comme un diable, le vicomte de Chateaubriand, ambassadeur et rebelle, pair de France, ami des chats, légitimiste et adultère, menacé par l'inceste, catholique couvert de femmes, et Aragon, surréaliste, directeur de journal, fils naturel d'un préfet de police, ami d'André Breton, d'Éluard, de Drieu la Rochelle emporté par le fascisme, communiste et poète aux érections difficiles, chantre des yeux d'Elsa tenté, et un peu plus, par le corps des jeunes gens. Quand Aragon — béni soit son nom ! — nous parle de Rancé — et béni soit son nom ! — et qu'il dépeint pour nous, avec des mots qui brûlent,

cette tête coupée au bord d'un plat d'argent,

il avait lu Chateaubriand — que béni soit son nom ! — et la *Vie de Rancé* imposée au pécheur par le doux abbé Séguin — que béni soit son nom ! — qui était la proie des pauvres et qui vivait, sous Louis-Philippe, au temps de Grégoire XVI, dans la rue Servandoni, à côté de Saint-Sulpice, pas très loin de la rue du Dragon, entre son vieux chat jaune, toujours en train de dormir sur une chaise de l'antichambre, et le crucifix de bois noir qui ornait son cabinet. Tu vois, mon pauvre A, le carrefour surpeuplé où nous

nous arrêtons un instant pour regarder le paysage et pour reprendre un peu de souffle. Nous pouvons repartir, au choix, vers les pauvres de l'abbé Séguin, vers Louis-Philippe, le roi bourgeois, vers le pape Grégoire XVI qui, entre Pie VIII et Pie IX…

— Oh ! non ! gémit A. Pitié ! Pas les papes !…

— … vers Elsa Triolet, maîtresse non seulement d'Aragon mais de Vladimir Maïakovski, bolchevik et poète, ennemi du monde tel qu'il est, qui devient son beau-frère et se tue en 1930, vers Mme de Montbazon, d'une beauté vigoureuse et épanouie, maîtresse non seulement de Rancé mais du duc d'Orléans, du prince de Condé, du comte de Soissons, du duc de Longueville, du duc de Guise, du duc de Beaufort et de plusieurs autres, née Marie de Bretagne, d'une illustre maison dont nous pourrions parler pendant des heures. Toute l'histoire d'un pays, qui est d'ailleurs le mien, se déviderait alors sous nos yeux. Le seul nom de Bretagne nous ferait remonter jusqu'à la nuit des temps, jusqu'à Merlin l'Enchanteur et à la fée Viviane dans la forêt de Brocéliande, jusqu'à la cour du roi Arthur et à la matière de Bretagne, avec Perceval et le roi Pêcheur et Guenièvre et Lancelot du Lac, et de là au prêtre Jean, à Wolfram von Eschenbach, à Wagner, à Louis II de Bavière et à Lola Montez, ou descendre jusqu'à Versailles avec ses courtisans, ses chambrières, ses abbés de cour, ses mousquetaires, et à Tallemant des Réaux qui tient la fonction de la concierge dans la loge du palais : il file l'anecdote sur les dames de son temps qu'il connaît mieux que personne et nous assure au passage qu'à trente-cinq ans sonnés Mme de Montbazon "défaisait toutes les autres au bal". Et là, au bal de la Cour, à Versailles, comme à Vienne, à la Hofburg, au temps de la double monarchie — les Kinsky, les Lobkowicz, les Schwarzenberg, les Starhemberg, mon cher A, et Klemens Wenzel Nepomuk Lothar, prince de Metternich-Winneburg, et le maréchal comte Radetzky von Radetz, et Sissi et Mayerling et la baronne Marie Vetsera —, comme à Rome, sous Auguste, sous Trajan, sous Hadrien, sous Marc Aurèle, comme à Florence, sous les Médicis, comme à Athènes, sous Périclès, la tête t'aurait tourné comme aux duchesses devant le vicomte, comme aux jeunes gens devant Juliette, comme aux princes du sang devant la Montbazon. Où regarder ? qui aborder ? qui suivre ? qui distinguer ? Qui inclure dans notre rapport ?

Parmi “toutes les autres” dont parle Tallemant des Réaux, parmi les jeunes femmes qui, au début de la *Vie de Rancé* commandée par l’abbé Séguin dans un esprit de pénitence, entourent l’irrésistible duchesse de Montbazon, maîtresse de Rancé avant sa conversion et son entrée à la Trappe, en voici une presque au hasard, choisie parmi tant d’autres : Renée de Rieu, dite “la belle Châteauneuf”. D’une beauté merveilleuse, elle aussi, elle a mené une de ces vies que nous racontent les vieux livres. Elle a été brillante et adulée, folle d’amour et de jalousie, emportée par toutes les fureurs. Elle a poignardé son premier mari, Châteauneuf, qui lui était infidèle. Son second mari, un Castellane, d’une vieille famille de Provence, a été assassiné par le grand prieur de France. Heureusement, avant d’expirer, il a eu le temps d’enfoncer son stylet dans le ventre de son assassin. Bagatelles. Platitudes. Main courante de la vie. C’est sa fille, j’imagine, qui va t’intéresser. Et tu vas voir pourquoi.

La fille de “la belle Châteauneuf” avait hérité de la beauté de sa mère. Elle s’appelait Marcelle de Castellane. La ville de Marseille lui avait servi de marraine. C’est là, au bord de la mer qui nous est le plus chère, dans la cité des marins grecs et des galériens de Monsieur Vincent, qu’elle rencontre le duc de Guise et qu’elle devient sa maîtresse. “Marcelle de Castellane lui plut”, écrit Chateaubriand au seuil de la vie de saint qu’il rédige pour racheter ses péchés et pour mieux s’en repaître. “Elle-même se laissa prendre d’amour : sa pâleur, étendue comme une première couche sous la blancheur de son teint, lui donnait un caractère de passion. À travers ce double lis transpiraient à peine les roses de la jeune fille. Elle avait de longs yeux bleus, héritage de sa mère. Elle dansait avec grâce et chantait à ravir.” Pourquoi reproduire ici, me diras-tu…

— Je ne dis rien, me dit A.

— N’importe, lui répondis-je. Tu le penses, je le sais. Pourquoi reproduire ici, et deux fois plutôt qu’une, dans la *Vie de Rancé* d’abord et dans le rapport destiné par nos soins aux autorités d’Urql ensuite, ce portrait d’une des jeunes femmes *qui accompagnent les* années folles du réformateur de la Trappe et qui tranchent sur son âge mûr et sur ta dignité d’esprit venu de si loin ? C’est que, sous les traits et le nom de la maîtresse du duc de Guise, Chateaubriand vieillissant trace le portrait de sa propre maîtresse, depuis longtemps évanouie dans les tumultes de l’histoire

— et moi, celui de la mienne, abandonnée, tu le sais, pour cause de mort subite devant la Douane de mer. La maîtresse de René portait, elle aussi, le nom illustre des Castellane. Elle ne le cédait pas en beauté à la filleule de Marseille qui ne le cédait pas à sa mère, “la belle Châteauneuf”, qui, malgré ce que raconte Tallemant des Réaux, ne le cédait pas à la Montbazon. Elle s’appelait Cordélia et, avec ses cheveux très noirs et ses larges yeux bleus, elle ressemblait à Marie.

— La tienne, cette fois-ci ? » demanda A.

Je baissai la tête avec modestie.

« La mienne, lui répondis-je.

— Félicitations, me dit A. Mais je croyais que la maîtresse de M. de Chateaubriand portait le nom de Juliette.

— C’était une autre, lui dis-je. M. de Chateaubriand aimait beaucoup les femmes. Et beaucoup de femmes, hélas, sont passées dans ce monde. Pour vivre. Et pour mourir. Et aussi beaucoup d’hommes.

— Combien ? demanda A, penché sur son carnet.

— À l’heure où je te parle, on suppose que quelque chose comme quatre-vingts milliards d’hommes se sont succédé sur cette Terre. Y compris les femmes. Et les maîtresses de René. Cordélia de Castellane, dont Chateaubriand devient fou, est une de ces quatre-vingts milliards de créatures à visage humain — ou plus ou moins humain. Elle est la fille du banquier Greffulhe. Elle est aussi la femme du colonel comte Boniface de Castellane, lointain descendant des Castellane de Provence à l’époque des Guise et de Rancé. Parce que toutes les femmes sont la fille de quelqu’un. Et que la plupart des filles sont la femme de quelqu’un. Et que les hommes aussi sont les fils de quelqu’un. Et que beaucoup d’hommes, en ce monde, auront *été,* à leur tour, le mari de quelqu’un. Chateaubriand, en ce temps-là, est ministre des Affaires étrangères du roi de France qui est le petit-fils du petit-fils du fils de Louis XIV. Il est un grand poète catholique au sommet de sa gloire. La fille du banquier l’affole, lui tourne la tête, le rend chèvre.

— Mais qu’est-ce qu’ils ont ? demanda A. C’est contagieux ?

— C’est la règle, lui dis-je. Tous les soirs que Dieu fait, il allait rendre visite à Juliette Récamier dans le petit logement qu’elle occupait, à quelques pas de chez lui, à quelques pas aussi de la rue du Dragon, à l'Abbaye-aux-Bois. À peine est-il tombé sur la coupe de Cordélia qu'il oublie et néglige Juliette qui se sent devenir soudain un chef-d'œuvre en péril. Que fait Juliette ?

— Elle pleure, me dit A.

— Bravo ! Tu comprends tout. La psychologie n'a plus de secret pour toi. Le cœur des hommes est ton affaire. Celui des femmes aussi. Elle pleure. Et puis, après ? Quoi d'autre ?...

— Elle se tue.

— Holà ! Pas si fort !

— Elle part.

— Eh bien, voilà ! Elle part. Elle part pour l'Italie, avec un jeune et un vieux pour respecter les convenances et rendre René jaloux. Le jeune s'appelle Ampère. Il est le fils d'un physicien très célèbre et très distrait qui se sert de son mouchoir pour effacer le tableau noir et fourre dans sa poche le chiffon plein de craie. Il est l'ami de Mérimée qui a écrit *Carmen* — c'est l'Espagne —, *Colomba* — c'est la Corse —, la *Vénus d'Ille* — c'est le fantastique — et beaucoup de choses sèches, belles, alertes, coupées au vif et toujours épatantes.

— Vous ne vous ennuyez pas, me dit A.

— On fait ce qu'on peut, lui dis-je. Le jeune Ampère a reçu un coup de marteau sur la tête le soir où son père — c'était le 1er janvier 1820, et il avait dix-neuf ans — l'a emmené chez Juliette. Il l'aimera jusqu'au bout d'un amour douloureux. "Quand elle est morte, écrit Prosper Mérimée, il m'a paru qu'il en éprouvait une sorte de soulagement."

— Seigneur ! dit A.

— Voilà les hommes, lui dis-je. Le vieux était Ballanche. C'était un imprimeur emporté par la métaphysique, à jamais exilé du bonheur, qui avait pensé successivement à se faire prêtre et à se marier et qui avait renoncé à l'un et à l'autre projet. Il bégaye, il est gauche, il a un visage concassé, d'une laideur presque repoussante, et jusqu'à son dernier jour, où il demandera humblement à se faire enterrer aux pieds de son idole, il aime Juliette sans espoir. De Chambéry, en Savoie, à deux pas de la frontière, en cachette de ses amoureux, un jour sinistre de novembre, la plus belle femme du siècle envoie à son amant une lettre qui commence par "Monsieur". "J'ai reçu votre billet de

Chambéry, lui répond René. Il m'a fait une peine cruelle. Le *Monsieur* m'a glacé. Vous reconnaîtrez que je ne l'ai pas mérité… »

— Quel menteur ! s'écria A. Et quel mufle ! Je vois bien que tu l'aimes. Moi, je le trouve odieux.

— C'est vrai, avouai-je. Impardonnable. Et on lui pardonne tout, ses mensonges, son égoïsme, son orgueil, ses égarements, comme l'abbé Séguin lui pardonnait ses péchés. Les hommes, mon cher A, ont inventé le mensonge, l'orgueil, l'égoïsme, le crime, et il faudra le dire à Urql. Ils ont aussi inventé le pardon. Il vit un grand amour, une passion dévorante avec Cordélia de Castellane, comme il en avait déjà vécu avec Natalie de Noailles qu'il avait fini par rendre folle ou avec Pauline de Beaumont qu'il avait trompée sans vergogne avec Delphine de Custine.

— C'est compliqué, dit A.

— Je simplifie beaucoup, lui dis-je. Pauline n'avait pas trouvé d'autre solution, pour reprendre l'avantage, que de se traîner jusqu'à Rome pour venir mourir dans ses bras, enfin refermés sur elle, désespérée et ravie.

— Attends un peu, me dit A en comptant sur ses doigts. Je numérote les Madames.

— Pauline, Delphine, Natalie, Cordélia, récitai-je sans reprendre haleine. Et Charlotte avant elles, et Hortense après elles. Et sa sœur Lucile pour mémoire. Et sa femme Céleste pour les archives. Sans tenir registre des raseuses, des sœurs mystiques, ni des oiseaux de passage — hirondelles et pinsons — qui traversent le ciel à tire-d'aile. Et, en marge, au-dessus d'elles, au-dessus d'elles pour l'éternité, sublime parce que c'était comme ça, frigide parce que, sans le savoir, elle avait épousé son père, ce qui n'est bon pour personne, aveugle parce qu'elle avait trop pleuré à la mort de Ballanche, Juliette Récamier — et béni soit son nom ! — qui déposera sur son cœur, à *l'instant où il* cessera de battre, un bouquet de verveine.

Juliette aimait René ; Cordélia aimait le ministre. Il lui écrit des lettres insensées et superbes, mon amour, mon cœur, mon ange, ma vie, je ne sais quoi de plus encore, je t'aime, je donnerais le monde pour une de tes caresses, que m'importe le monde sans toi, je baise tes pieds et tes cheveux, il l'enlève en calèche, il l'invite au bord de la mer, on a quelquefois l'impression qu'il voudrait lui faire un enfant et quand le roi le renvoie et ne veut plus de lui pour ministre, elle le renvoie aussi et ne veut plus de lui pour amant.

— C'est assez moche, dit A.

— Très moche, lui répondis-je. Mais Juliette veille au grain. Dès qu'elle apprend, en Italie, que René n'est plus ministre, elle devine que Cordélia va le lâcher aussi sec. Elle plante là ses deux amoureux, le trop jeune et le trop vieux. Après quelques détours, comme pour fuir son destin, elle rentre enfin à Paris. Le roi est mort, un autre roi est en train d'être sacré dans la cathédrale de Reims qui s'y connaît depuis des siècles dans ce genre de momerie. Chateaubriand, qui est à Reims pour jouer le jeu social avec ses petits camarades, se fait ramener à Paris en berline par un autre soupirant de Mme Récamier, un homme très distingué, un ennemi de Napoléon, un cagot de première, dont nous pourrions nous occuper pendant des semaines et des semaines et qui s'appelle Montmorency…

— Mais, dis donc, remarqua A, elle a presque autant d'hommes que René a de femmes ?

— Pas le même usage, lui dis-je… et, usés par la vie, blessés par les passions, poussés par une tendresse où se mêle la pitié pour leurs souffrances passées, René et Juliette se précipitent l'un vers l'autre. Lui a pris quelques rides, elle a gagné des cheveux blancs. Et, jusqu'à la mort du génie dans les bras de la beauté, jusqu'au bouquet de verveine déposé par Juliette sur le cœur de René — lui ne peut plus bouger et elle ne peut plus voir —, ils ne se quitteront plus.

— Chapeau ! dit A. Et rideau.

— Pas tout à fait, lui dis-je. Même s'il n'y a rien après la vie, la mort, pour les hommes, n'est pas toujours la fin de tout. Il arrive que quelque chose se poursuive et s'agite encore. Quelques dizaines d'années après la mort de Cordélia, une autre comtesse Greffulhe et un autre Castellane — car les noms, chez nous, d'une façon ou d'une autre, passent des parents aux enfants et tout ce petit monde descend de nos personnages — devaient fasciner Marcel Proust, dont je t'ai déjà parlé…

— Il me semble même, coupa A avec un semblant d'humeur, que tu ne parles que de lui.

— Plus que d'Aragon ou de Chateaubriand ?

— À peu près autant, me dit-il. Il doit pourtant y avoir sur cette Terre des gens qui n'écrivent pas ?

— C'est bien possible, lui dis-je. Mais ce sont ceux qui écrivent qui t'apprendront le monde… et lui prêter leurs traits pour la duchesse de Guermantes et Robert Saint-Loup qui sont les héros d'un livre dont il faudra noter le titre et qui devra figurer en entier, avec la *Vie de Rancé* et les *Mémoires d'outre-tombe*, dans les annexes à notre rapport.

— Avec les règles du jeu de football, me rappela A en levant le doigt.

— Et avec l'*Iliade* et l'*Odyssée*. Le monde est un vertige, un tourbillon, un carrousel déglingué qui ne cesse jamais d'entraîner des victimes nouvelles dans sa course sans répit et où, sous d'autres formes et sous d'autres couleurs, repassent les mêmes figures et les mêmes chevaux de retour. Tu as pris note de Céleste ?

— C'est la femme de René.

— De Lucile ?

— C'est la sœur.

— De Juliette ?

— La maîtresse en titre. La nuit mystique. La tendresse et les serments. Le dernier rêve sera pour elle.

— Bravo ! Rappelle-toi, je te prie, la Madame n° 3 et la Madame n° 4.

— Delphine, peut-être ? Ou…

— Non. Delphine, c'est la 2.

— Alors, Natalie de Noailles et Cordélia de Castellane.

— Ah ! bientôt, je te l'annonce, fierté et larmes de joie, tu présideras à Urql des colloques Chateaubriand et tu feras des conférences qui auront beaucoup de succès sur l'Enchanteur et ses Madames. Toutes les deux, mon cher A, la belle Cordélia, qui avait si peu de cœur, et Natalie de Noailles, qui était duchesse de Mouchy et que René appelait Mouche, ne prennent pas seulement place, à jamais, dans le catalogue du vicomte, elles sont aussi les maîtresses d'un personnage étonnant auquel il est impossible que nous ne soyons pas renvoyés, en dépit de l'abbé Séguin et de ses pieuses intentions, par la *Vie de Rancé* qui travaille dans le péché au moins autant que dans la grâce : il s'appelle Mathieu Molé. Il était le fils d'un Premier Président guillotiné sous la Terreur — je t'expliquerai de quoi il s'agit. Il sera préfet, conseiller d'État, ministre de plusieurs choses et des Affaires étrangères. Il sera président du Conseil. Il entrera à l'Académie française. Il sera un des modèles de Balzac dans *La Comédie humaine*. C'est l'ennemi le plus intime de M. de Chateaubriand.

— Ça ne finira donc jamais ? gémit A.

— Bien sûr que non, lui dis-je. Tout le problème est là, et de savoir aussi s'il y a quelque chose ou quelqu'un pour résumer, à soi tout seul, la totalité de ce qui ne finit jamais. Ce ne sera pas, en tout cas, notre misérable rapport aux éminentissimes seigneurs d'Urql qui pourra aspirer à un pareil honneur. Je t'ai déjà prévenu que tu repartirais d'ici avec un mince échantillon d'une foire qui n'en finit pas — et dont on se demande pourtant si elle existe —, d'une exposition sans limites — et pourtant limitée — et d'un mystère insondable. Mathieu Molé est le double et le contraire de René. Il partage avec lui des espérances et des ambitions, des souvenirs, des honneurs — et surtout deux maîtresses. Ils règnent, l'un et l'autre, aux côtés de Napoléon, de Robespierre, de Wellington, de Byron, sur tout un âge de ce monde. Ils sont aussi semblables et opposés qu'on peut l'être.

"Notre espèce se divise en deux parties inégales, écrit Chateaubriand : les hommes de la mort et aimés d'elle, troupeau choisi qui renaît, les hommes de la vie et oubliés d'elle, multitude de néant qui ne renaît plus." Chateaubriand est un homme de la mort. Molé est un homme de la vie. Il avait juré d'avance fidélité à tous les régimes présents et à venir. Libéral et conservateur, rallié successivement à l'Empire, aux Bourbons, à la monarchie de Juillet, il se mettra aux ordres de Napoléon, de Louis XVIII, de Louis-Philippe avant de finir par s'incliner devant Louis Napoléon, devenu Napoléon III. À son conservatisme opportuniste et sceptique s'opposent trait pour trait la fidélité désabusée et le goût des ruines du vicomte de Chateaubriand.

"Allez, venez, Mathieu, venez que je vous corrompe", lui disait René quand ils étaient amis au temps de leur jeunesse et qu'ils partaient se promener ensemble, bras dessus, bras dessous, dans le Paris du Premier Consul, du côté de la Butte-aux-Lapins, un terrain vague semé de blé où chantait l'alouette et qui s'étendait entre le haut de la rue de Miromesnil et le parc abandonné de Monceau. L'amitié, peu à peu, avait fait place à la méfiance, au mépris mutuel, à une espèce de haine à laquelle les femmes, naturellement, la pauvre Mouche devenue folle et Cordélia de Castellane, intrigante et superbe, n'étaient pas étrangères.

"Molé a réussi, écrit encore Chateaubriand, et tous les gens de sa sorte réussissent : il eﬆ médiocre, bas avec la puissance, arrogant avec la faiblesse ; il eﬆ riche, il a une antichambre chez sa belle-mère où il insulte les solliciteurs et une antichambre chez les miniﬆres où il va se faire insulter."

— Eh bien…, murmura A, le voilà habillé pour l'hiver.

— Tu penses bien que Molé n'allait pas laisser sans réponse une telle volée de bois vert. Les hommes aiment beaucoup à se répondre les uns aux autres. C'eﬆ une façon parmi d'autres de faire avancer l'hiﬆoire. Une formule des souvenirs du rallié perpétuel atteint l'auteur de la *Vie de Rancé* au défaut de la cuirasse : "Ce qui m'a toujours étonné chez M. de Chateaubriand, c'eﬆ cette capacité de s'émouvoir sans jamais rien ressentir."

— Mon Dieu ! dit A. Eﬆ-ce ainsi que les hommes vivent ?

— À peu près, lui répondis-je. Et leurs baisers au loin les suivent comme des soleils révolus. »

XV

A TEND UN PIÈGE

« Quel monde ! me dit A. Il y a des moments, je te jure, où l'envie me prend de tout plaquer et de repartir pour Urql les mains vides, sans le moindre rapport. Je prétendrai que je n'ai rien vu, rien trouvé et que la Terre n'exiﬆe pas. Et j'effacerai de mon cœur jusqu'au nom même des hommes.

— Tu aurais tort, lui dis-je. Un esprit ne peut pas mentir et, rêve ou réalité, il y a bien quelque chose sous le soleil que nous appelons le monde. Il eﬆ peuplé par les hommes et il eﬆ plus beau que tout à travers l'univers.

— Plus beau que Sirius ou Arcturus ? Plus beau que le reﬆe de la Voie lactée ? Plus beau que les trous noirs que les hommes ne peuvent pas voir parce que la lumière n'a pas assez de forces pour réussir à s'en échapper ? Tu me fais rire, mon pauvre O.

— Beaucoup plus beau, lui dis-je.

— Malgré la douleur et le chagrin, malgré les massacres et les mensonges, malgré les chaînes d'amants qui n'en finissent jamais, malgré le hasard imbécile, guetté aussitôt par la nécessité, et les inepties de l'histoire ?

— Malgré tout, lui dis-je. Et peut-être à cause de tout. Ce qu'il y a de plus consolant dans le désastre de ce monde, c'est que le pire n'y est jamais sûr.

— Le meilleur non plus, j'imagine ?

— Ni le meilleur ni le pire. Autant que je me souvienne, il n'était jamais impossible, chez nous, de découvrir une crapule sous le masque de l'honnête homme. Mais aussi un héros sous l'assassin. Et le salut dans l'abjection. Tout s'inverse, tout se combine, rien n'est jamais sauvé, rien n'est jamais perdu. Ce n'est pas par hasard que le symbole de la religion d'une bonne partie des hommes est un instrument de supplice. Le courage se mêle au crime, la pitié à la violence, l'amour au mensonge. Et l'espérance au désespoir devant l'horreur de vivre. Et tout, jusqu'au moindre détail, chante la gloire de l'univers.

J'ai eu tort, je le crains, de commencer par l'histoire. J'aurais dû commencer par les arbres, par la lumière du jour, par les petits matins et par le soir qui tombe, par l'eau qui t'intrigue tant et qui est la mère et la source et la condition des hommes. J'aurais dû commencer par le bonheur. Il est lié d'abord aux choses de tous les jours. L'eau, la pluie, la mer, la neige, et le soleil naturellement, sont des inventions de génie. Et, pour tout esprit un peu vif qui ne serait pas abruti par la routine et la paresse, une cascade de surprises. Le jour se lève : c'est une surprise. Il y a des fleurs : quelle surprise ! Des arbres, des rivières, des enfants et des chats : quelle surprise ! Il y a des êtres d'un autre sexe ou peut-être encore du même : quelle surprise ! Il arrive que les corps se taisent, qu'une grande paix t'envahisse, qu'aucune question ne te tourmente — et c'est encore une surprise. Les hommes sont d'abord faits pour vivre, et il arrive qu'ils y parviennent. Ils dorment, c'est délicieux. Ils se réveillent, c'est mieux encore. Ils sortent de chez eux et il y a le ciel au-dessus de leur tête avec des étoiles qui apparaissent quand le soleil s'en va et qui disparaissent quand il revient. On finit par s'habituer, mais c'est toujours une surprise. Quelquefois, la pluie tombe. Ils sortent le parapluie qui t'a tant fasciné. Parfois le soleil brille, et, je ne sais pas trop pourquoi, peut-être parce qu'on peut aller s'asseoir ensemble près du pont sur la rivière, le grand soleil a quelque chose qui réjouit les amoureux. Les cyprès, les canards, les pierres sur le chemin, le silence, les rires font partie de ce monde. Il y a de l'étrange dans tout, de la nuit dans les chênes, de l'imprévu dans les rencontres, du mystère dans chaque brin d'herbe, de la mélancolie dans le soir en train de tomber sur les îles, sur le désert, sur les banlieues surpeuplées. Les hommes sont comme toi : ils ont le sentiment d'avoir été jetés par hasard dans la patrie de l'absurde. Mais des liens de famille les unissent à l'absurde, le transfigurent du dedans et le rendent familier. Les hommes sont chez eux dans le monde. Ils n'y comprennent presque rien et ils lui sont attachés.

Ils marchent. Ils se promènent. Ils vont vers leur travail, leurs plaisirs, leurs amours. Ils sont emportés par le temps et ils l'emportent sur l'espace. Ils ne savent pas toujours ce qu'ils font, mais la seule vie suffit : elle les occupe tout entiers et elle les engage à agir sur le monde. Ils y sont obligés : la faim, la soif, le froid, la chaleur, le sommeil, l'amour. Et puis ils en rajoutent : ils inventent la patrie, les valeurs, le jeu d'échecs, le chemin de fer, les colloques, la peinture, l'honneur, la religion.

On dirait que la nature s'est d'abord chargée de tout. Elle impose ses règles, qui sont rudes, et qui contraignent les hommes. Il faut chasser, pêcher, cueillir des fruits, tailler des pierres, bâtir des huttes. Il faut fuir pour survivre. À mesure que le temps passe, les hommes, peu à peu, se sentent de plus en plus libres de prendre en main leur sort et de penser à autre chose. Ils rient, ils chantent, ils dessinent des bisons sur les murs, ils ornent les vases pour le vin, ils posent des masques d'or sur le visage des rois morts, ils construisent des pyramides, des ponts sur les rivières, des jardins suspendus, des citadelles pour faire la guerre. On voit surgir des comptables, des architectes, des capitaines, des pontifes. La pompe est amorcée. C'est ce qu'on appelle le progrès.

— Toi, me dit A, je te connais : tu ne vas pas tarder beaucoup à me parler de littérature.

— Tout juste, Auguste. Les uns disent qu'au début il y avait d'abord l'action. "*Am Anfang war die Tat.*" Les autres soutiennent que c'était la parole. "Au début était le verbe." La différence est plutôt mince. Dès que les hommes n'ont plus été poussés par des forces inconnues et qu'ils se sont mis à leur compte pour agir et pour penser, ils sont entrés dans les mots. C'est le début des catastrophes et un séjour enchanté. On dirait qu'un autre monde prend la relève du premier. Ce n'est pas assez dire que les mots décrivent le monde : ils le renouvellent et le constituent. C'est une autre Genèse, et c'est la Genèse même. Ce que tu rapporteras à Urql sera beaucoup mieux que le monde : son récit par des mots, sa création une seconde fois, son texte sans les ratures, sa démarche sans les attentes, son parfum sans les épines.

— Tu crois vraiment ? demanda A.

— Non, lui dis-je, je ne le crois pas. Je ne crois pas ce que je dis. Rien n'est mieux que le monde et tu sais déjà ce que je pense du sort de notre rapport. Mais l'échec sera ma faute. Il ne sera pas la faute des mots. Tu n'as pas eu la chance de tomber sur Homère, sur Shakespeare, sur Balzac, sur l'auteur des *Mille et Une Nuits* ou du *Ramayana*. Eux recréaient des mondes. Moi, je n'ai pas la force de faire vivre une bruyère. Tu es venu trop tard, mon cher A. Et tu t'es mal débrouillé. Il y a pourtant eu sur cette boule dont tu parleras à Urql des machines à faire rêver qui ont laissé un nom dans la mémoire de ses hôtes. On les appelle des livres. Moins rapides que les fusées, moins puissants que les canons, moins commodes que l'or ou le papier-monnaie, ils ne devraient tenir aucune place dans le rapport que nous préparons. Ils y jouent un rôle capital. Ils ont transformé le monde que tu viens étudier. Tu sauras bientôt tout, ou peut-être presque tout, sur les quinze milliards d'années de notre vieil univers, les cinq milliards d'années de la Terre, les quatre milliards de la vie, les trois millions de l'homme...

— Tant mieux, me dit A.

— Les livres occupent à peine, mince goutte d'eau dans l'océan, quelques milliers d'années. Dans ce temps si restreint, ils ont changé l'image que les hommes se font du monde et qu'ils se font d'eux-mêmes. Ils ont changé l'image que tu peux te faire d'eux.

— Est-ce que le rapport sera encore un livre ? demanda A.

— Oui, bien sûr, lui répondis-je. Le rapport sera un livre. Il sera encore un livre. Je veux dire un livre de plus. Et aussi que les livres, c'est une chance, n'ont pas déjà disparu.

— J'aime les livres, me dit A. Je leur souhaite longue vie. J'espère qu'ils dureront toujours.

— Sûrement pas, lui dis-je. Ils ont déjà duré longtemps. Ils dureront peut-être encore. Mais toujours, sûrement pas. Je n'irai pas jusqu'à soutenir que notre rapport aux gens d'Urql risque de constituer le bouquet final d'un feu d'artifice étalé sur trois ou quatre millénaires et qu'il sonnera le glas d'un art qui, des *Vedanta* à *L'Éducation sentimentale*, aux *Copains*, au *Paysan de Paris*, au *Soleil se lève aussi*, à la *Recherche du temps perdu*, a produit des chefs-d'œuvre. Mais il n'est pas impossible que le grand moment du livre soit déjà derrière nous et que le roman et la nouvelle, qui ont brillé si fort dans les deux derniers siècles, se préparent en secret à rejoindre l'épopée, l'églogue, le fabliau, l'élégie, la tragédie, le sonnet dans le cimetière des dieux morts.

— Dis-moi », murmura A d'un ton si doux que je ne décelai pas aussitôt sa perfidie masquée, « je crois me rappeler que toi-même, quand tu étais vivant, tu écrivais des livres ? »

Je tombai dans le piège les yeux fermés.

« J'en ai écrit plusieurs, répondis-je en me rengorgeant. Je dois avouer que quelques-uns…

— Sur Venise, peut-être ? Ou sur Chateaubriand ? Tu sembles les connaître un peu moins mal que tout le reste et, je le crains, un peu trop bien.

— Sur Chateaubriand, sur Venise, sur ma famille, sur Marie, sur l'histoire et sur Dieu, on m'assure que… »

À ma grande surprise et, je dois l'avouer, à ma contrariété, A m'interrompit sans vergogne et se mit à siffler entre ses dents de façon assez déplaisante pour un esprit de sa qualité.

« Si je comprends bien les hommes tels que tu me les décris, le déclin que tu dénonces dans les livres de ton temps risque de n'être rien d'autre qu'un effet du chagrin que tu éprouves à la médiocrité des tiens. »

Le coup fut assez rude. Je n'avais rien éprouvé d'aussi désagréable depuis le jour où Marie, un peu longuement à mon goût, m'avait parlé de Rodolphe.

« Mon Dieu ! », lui dis-je en me reprenant et en tâchant de faire bonne figure devant le messager d'Urql, porteur de mauvaises nouvelles, « chacun fait ce qu'il peut. Il n'est pas impossible que tu aies raison et que l'image que je donne du monde soit entachée et faussée par mon insuffisance. J'espère que notre rapport n'en souffrira pas trop.

— Ne t'en fais pas », me dit A en me posant la main sur l'épaule. « Je suis là. »

Cet esprit-là, de temps en temps, il parvenait à m'épater.

« C'est vrai. Tu as compris assez vite comment fonctionnent les hommes. Il y a dans ce qu'ils sont, il y a dans ce qu'ils disent, des abîmes, des intérêts, des retournements, des souvenirs, des oublis, des secrets qui font que leurs jugements ne peuvent jamais être séparés de celui qui les exprime. Un grand seigneur français a découvert le pot aux roses dès l'époque de Rancé. Il a écrit des maximes assez courtes — un jeu à la mode dans les salons du temps — qui, à force de tourner autour d'un thème unique, constituent un système. Le thème, et le système, c'est l'amour-propre. "L'amour-propre est l'amour de soi-même et de toutes choses pour soi. On ne peut sonder la profondeur ni percer les ténèbres de ses abîmes. Il est inconstant d'inconstance, de légèreté, d'amour de nouveauté, de lassitude et de dégoût ; il est capricieux et on le voit quelquefois travailler avec le dernier empressement et avec des travaux incroyables à obtenir des choses qui ne lui sont point avantageuses, et qui même lui sont nuisibles, mais qu'il poursuit parce qu'il les veut. Il est bizarre, et met souvent toute son application dans les emplois les plus frivoles. Il est dans tous les états de la vie et dans toutes les conditions ; il vit partout et il vit de tout, il vit de rien ; il s'accommode des choses et de leur privation ; il passe même dans le parti des gens qui lui font la guerre, il entre dans leurs desseins et, ce qui est admirable, il se hait lui-même avec eux, il conjure sa perte, il travaille même à sa ruine ; enfin, il ne se soucie que d'être et, pourvu qu'il soit, il veut bien être son ennemi."

— Eh bien, me dit A, vous n'êtes pas de tout repos.

— Il y a de plus grands génies dans la littérature que le duc de La Rochefoucauld. Il ne boxe pas dans la catégorie des Sophocle et des Cervantès, des Spinoza, des Goethe, des Shakespeare, des Tolstoï. Mais, avec ce soupçon d'un secret inavoué, enfoui au plus profond d'une conscience inconsciente, il entrebâille la porte qu'un des maîtres de mon temps, ou peut-être un peu avant, un médecin juif de la Vienne impériale déjà sur son déclin, armé d'outils autrement redoutables que le pauvre amour-propre — le rêve, l'inconscient, le refoulement, le complexe, et d'abord et avant tout le désir violent qu'ont les corps les uns des autres —, ouvrira à deux battants avec une subtilité et une brutalité enchanteresses : ce sera la révolution du Dr Sigmund Freud. Tu vois comment naissent, à travers livres et idées, des rivières souterraines, des généalogies spirituelles, des lignes de force imprévues et sans nombre. Comme celle de Darwin, de Karl Marx, d'Einstein…

— Je sais, dit A, je sais. Je déteste quand tu te répètes et que tu me prends pour un demeuré.

— … la révolution du Dr Freud sera encore l'œuvre des livres. Je ne suis pas sûr, je l'avoue, de ce que valent les miens, mais je sais, mon cher A, que les hommes de ce temps sont les enfants des livres.

— L'âge des livres se clôt. Les gens de ton époque ont-ils cessé d'écrire ?

— Bien sûr que non. Au contraire. Tout le monde écrit plus que jamais. Les livres fleurissent parce qu'ils meurent. Ou ils meurent parce qu'ils fleurissent. Nous sommes enfouis sous les images, mais aussi sous les livres. Culture et Communication sont devenues des lieux communs de l'espèce la plus basse : on leur a collé des majuscules et elles se sont changées en ministères. Dans le règne de l'esprit, le succès est mauvais signe. Les majuscules aussi. Le monde est ainsi fait que le triomphe d'un système marque déjà son déclin. Il y a plus de quatre siècles, un économiste anglais qui portait le nom de Gresham a inventé une loi où la simplicité le dispute au génie : la mauvaise monnaie chasse la bonne. Les mauvais livres chassent les bons. Tu t'étonnais tout à l'heure de mon hésitation à voir notre rapport publié sur cette Terre. C'est qu'un livre nouveau dans nos bibliothèques — on dit : "Une nouveauté", on crie : "Vient de paraître !" on fait de la publicité, on va quêter des articles, on se rue à la radio et à la télévision, dans le pire des cas on parle de *best-seller* — n'est qu'un peu plus de papier dans des torrents de papier. J'imagine avec fierté le bruit que fera notre rapport, malgré toutes ses lacunes, parmi les esprits d'Urql, tes confrères et amis, qui ne savent rien des hommes ni de leurs drôles d'inventions. Ici, sur cette Terre, il ne serait rien d'autre qu'un livre encore de plus parmi tant d'autres livres. Un de ces écrivains dont nous conservons le nom parce qu'ils ont jadis bouleversé des jeunes gens a rédigé lui-même, à l'intention de son disciple qui s'appelait Nathanaël et qui était un peu pour lui ce que je suis pour toi, le mode d'emploi de ses livres : il conseillait de les jeter. Veux-tu, mon pauvre vieil A, il en est temps encore, que nous allions nous promener et que nous jetions le rapport ?

— Et moi, me dit A, je t'ordonne, Nathanaël, de ne rien jeter du tout et de poursuivre tant bien que mal la rédaction de notre rapport. Je sais ce que tu vaux et ce que valent les hommes. Mais il faut que l'écho de vos misérables aventures et les noms de Virgile et de Stevenson, de Carpaccio, de Haydn, de Proust et de Borges, d'Einstein, du Dr Freud…

— Des papes Clément, lui dis-je.

— … des papes Clément, si tu y tiens, et de Benvenuto Cellini et du connétable de Bourbon…

— Et le mien ? suppliai-je.

— Je t'en prie… » me dit-il.

Et j'eus du mal, sur le moment, à comprendre s'il s'agissait d'un refus ou d'une invitation.

« … mais de Maynard et de Baïf, de Heine, de Kipling, d'Offenbach, de Toulet parviennent jusqu'aux gens d'Urql pour les empêcher de s'imaginer qu'ils règnent seuls sur l'univers. »

XVI

LA DILIGENCE IVRE

« Peut-être, me dit A, le moment est-il venu de voir où nous en sommes ?

— Les choses ont beaucoup changé depuis que le monde t'apparaissait comme une boule ronde dans l'univers. Dans la boule et dans le rapport, quelque chose a surgi. Mettons, pour faire bref et pour ratisser large, comme disent les imbéciles, qu'il s'agisse de la pensée. Avec tout ce qui la compose et tout ce qui la concerne : la science, la morale, la religion, l'imagination, le souvenir, l'espérance ou l'ironie, la métaphysique ou l'art. Avec tout ce qu'elle suppose de conséquences et de complications, de retournements, de remords et de contradictions. La pensée, par définition, s'exerce d'abord contre elle-même. Elle se combat, elle se réfute, elle se remet en cause, elle s'avance en se moquant, elle se méfie d'elle-même, elle se construit en se détruisant. Elle est partout et elle n'est nulle part, mais elle est d'abord où elle n'est pas. Elle se nie et elle ne se nie pas. Il lui est interdit et de rester où elle est et de s'éloigner à jamais. Il est impossible de la contester et de s'élever contre elle, car il n'y a que la pensée pour revenir sur la pensée et pour la dénoncer. Il est difficile, à la limite, de parler de la pensée, car c'est toujours d'elle qu'il s'agit et c'est elle-même qui se juge. Les hommes s'opposent à la nature, ils la conquièrent, ils la dominent ; ils ne peuvent rien contre la pensée, car la pensée, c'est eux-mêmes. Le seul moyen pour les hommes de l'emporter sur la pensée serait de tuer tous les hommes — y compris les tueurs. Les hommes, qui se croient libres, sont prisonniers de beaucoup de prisons. Ils sont prisonniers de l'espace. Ils sont prisonniers du temps. Ils sont prisonniers de la vie. Ils sont prisonniers de la pensée. Et la plus cruelle de toutes les prisons, la plus folle, la plus sublime, c'est la pensée. Parce qu'elle est en même temps la prison et la libération.

— Ne te donne pas trop de mal, me dit A. Tu n'as pas besoin, figure-toi, de me parler de la pensée. Parce que je sais ce que c'est.

— Non, lui dis-je, tu ne le sais pas. Tu sais ce qu'est la pensée triomphante des esprits, sans obstacles et sans limites. Tu ne sais pas ce qu'est la pauvre, la misérable pensée des hommes, empêtrée, balbutiante, guettée par le mensonge, par l'erreur, par la mauvaise foi, par l'ennui, par le hasard, par la folie. Menacée par l'échec. Plus menacée encore par le succès. Christophe Colomb se trompe, et il découvre l'Amérique. Einstein triomphe, et il ouvre la voie à la destruction de la planète par elle-même. Le monde, où la logique et la nécessité règnent avec une rigueur implacable, n'est qu'un immense paradoxe. Quand nous obtenons des réponses — et la science en obtient beaucoup —, c'est que nous oublions la vraie question. Et quand nous posons la vraie question, nous n'obtenons pas de réponse.

— Il faudra mettre tout cela par écrit pour l'édification des gens d'Urql.

— En un sens, c'est déjà fait. En un autre sens, c'est impossible. Je crains que tu ne sois déjà devenu un peu un homme. Parce que tu es venu sur notre Terre, que tu as vu Marie et que je t'ai beaucoup parlé de Benvenuto Cellini et du parapluie de la rue du Dragon, tu comprends à peu près ce que j'essaie de te dire avec tant de maladresse et de contradictions. Imagine un peu ce que pourraient représenter pour un esprit moyen d'Urql la conversion de Rancé ou les relations entre Molé et le vicomte de Chateaubriand. Il verrait dans le monde un enchevêtrement de mécanismes sans queue ni tête, d'une complication insensée, dont aucun habitant d'Urql n'aurait jamais été capable d'imaginer le moindre rouage. Les hommes dessinent parfois les silhouettes imaginaires de créatures venues d'autres planètes et ils inventent des antennes, des organes aberrants, des allures étranges ou grotesques, aussi éloignées que possible de notre propre univers, et pourtant, bien entendu — comment faire autrement ? — encore inspirées par lui. Personne, hors de ce monde, ne pourrait ni inventer ni même comprendre un homme. Les pierres, les rochers, à la rigueur les arbres et les algues dans la mer, un esprit extérieur pourrait les étudier et s'initier à leur structure ou à leurs transformations. Seul un homme — et encore — pourrait comprendre un homme. Toi, grâce à moi, grâce à notre rencontre devant la Douane de mer, tu es déjà un homme. Tu me dois une seule chose, mon cher A, mais ce n'est pas tout à fait rien : c'est d'avoir pris place dans ce monde où je t'ai fait entrer au moment d'en sortir.

— Très bien, dit A avec un soupçon d'impatience. Rédigeons.

— "Durant quinze milliards d'années…", commençai-je.

— Je constate, remarqua A, que nous remontons bien au-delà du déluge.

— Bien au-delà, lui dis-je. Le déluge, tel que le rapportent la Bible et plusieurs traditions extérieures au peuple hébreu, dont les tablettes d'Ebla et l'histoire de Deucalion, c'était hier. Et tu ne voudrais pas que je remisse aux esprits distingués d'Urql, qui s'étonneraient de notre légèreté, une description hâtive et bâclée, arbitrairement limitée aux dernières secondes de cette Terre. Je reprends. Durant quinze milliards d'années, le monde est livré à lui-même. Après, c'est-à-dire hier, il est livré aux hommes. L'époque primitive, celle des quinze milliards d'années, se divise à son tour en deux périodes inégales. La première dure une fraction infinitésimale de seconde : c'est ce qu'on appelle le *big bang*.

La deuxième dure quinze milliards d'années moins la fraction de seconde. Mais le plus important, c'est la fraction de seconde. Parce que c'est le début, le début du début du début du début, et que personne n'en sait rien et ne peut rien en dire. Quelque chose comme : *Pfuittt…*, ou peut-être plutôt : *Top.*

— *Top*, dit A.

— C'est ça : *Top.* Très bref. Et encore ce *top* très bref est-il beaucoup trop long. Il faut le diviser par quelques milliards de milliards de milliards. Tout, absolument tout, se joue dans cet espace de temps minuscule où l'histoire universelle est déjà en puissance et en germe : la victoire d'Alexandre le Grand sur Darius à Issos en 333 avant J.-C. et son mariage avec Roxane, la fille du satrape Oxyartès, la naissance de Jésus à Bethléem, sous le roi Hérode et sous l'empereur Tibère, entre un âne et un bœuf, celle du Bouddha à Kapilavastu, au pied de l'Himalaya, quelque cinq cents ans plus tôt, celle de Mahomet à La Mecque, quelque six cents ans plus tard, et la rédaction de ce rapport destiné aux gens d'Urql.

— Quoi ! s'étonna A. Tout cela ?

— Et tout le reste, précisai-je.

— Tout cela est déjà contenu dans le *top*, dans cet espace de temps si ridiculement bref ?

— C'est contenu sans être contenu. C'est contenu et ce n'est pas contenu. Ce n'est pas encore là et c'est pourtant déjà là. Le couronnement de Charlemagne et ma rencontre avec Marie et la rédaction de ce rapport ne sont rien d'autre que le fruit du développement de cette première fraction de seconde. Ils n'auraient jamais existé si cette première fraction de seconde n'avait pas existé. Ils en découlent nécessairement, avec une rigueur atroce, et pourtant librement, dans les quinze milliards d'années qui suivent notre *top* sonore et infinitésimal — sans compter les milliards et les milliards d'années qui sont encore devant nous.

— Ou peut-être seulement les millions ?

— Ou peut-être seulement les millions. Personne n'en sait rien sur cette Terre où tu débarques et d'où je me retire. Mais s'il n'y a pas de catastrophe provoquée par les hommes, ce sera plutôt des milliards.

— Je ne comprends pas grand-chose, me dit A. Je crains que mes amis d'Urql, qui voyagent moins que moi et dont on peut supposer qu'ils ont l'esprit moins ouvert…

— Certes, acquiesçai-je peut-être un peu trop vite et pour me faire bien voir.

— … ne comprennent rien du tout. On dirait un château de cartes que des enfants schizophrènes ou autistes se mettraient à édifier. Ou quelque Meccano géant, menacé d'un coup de vent.

— Ce qui vient au jour, mon cher A, dans cette première fraction de seconde…

— C'est l'espace, me dit A. Je sais. Il ne prête pas à rire. J'ai eu assez de mal à le traverser pour venir jusqu'à toi.

— Bien sûr. Mais aussi tout le reste. Et d'abord le temps. Et l'histoire. Et tout ce qui se déroule par la cause et par l'effet, par le jeu si bien trouvé de la cause et de l'effet. L'invention de la poudre et de la boussole par les Chinois, la découverte de l'Amérique par Christophe Colomb, l'invention de la roue on ne sait où par on ne sait qui, l'invention du zéro par un savant indien, du nom peut-être d'Aryabhata, qui le refile aux Arabes qui le refilent à l'Europe sont des trouvailles de génie. Elles ont quelque chose de mesquin et presque de ridicule à côté du coup d'audace et de théâtre qu'est l'invention de la cause suivie de son effet. Chaque effet ajoute quelque chose, dans le temps, à la cause qui le précède. Et la cause, pourtant, est déjà lourde de l'effet. Et l'effet tout entier est déjà dans la cause. L'effet est dans la cause comme le chêne dans le gland qui s'enfonce sous la terre, comme l'enfant à venir dans la semence du père dans le ventre de la mère. Il n'y a pas encore d'enfant, mais l'enfant est déjà là. L'avenir n'est pas encore là, mais il est déjà tout entier dans le passé qui le précède, le commande et l'annonce. Tout l'avenir du monde, tous les enfants des hommes sont déjà dans la fraction de seconde où éclate le *big bang*. Si je te donne le *big bang*, je te donne le monde entier et toute la suite des temps. Le seul ennui, c'est que je ne peux pas te le donner. La première seconde de l'univers nous est fermée, et sans doute à jamais. Nous pouvons remonter dans le passé jusqu'à quatorze milliards d'années, et peut-être jusqu'à quinze. C'est la moindre des choses. Une bagatelle. Un jeu d'enfant. Mais en aucun cas jusqu'à la première seconde de ces quinze milliards d'années. C'est ce que les physiciens, les astronomes, les savants appellent d'un joli nom : une *singularité*. Comme la naissance d'Adam et d'Ève, comme la première psychanalyse, elle échappe au jeu qu'elle déclenche dans le monde — et, par là, à la connaissance. Interdit. *Verboten. Off Limits. Pericoloso sporgersi.*

La seule chose que nous devinions de cette hypothèse très probable que constitue le *big bang*, c'est que l'univers, à ce moment-là, c'est-à-dire au début, se réduit à une pointe d'épingle. Minuscule. Imperceptible. Plus petite, de beaucoup, que ce qu'il y a de plus petit. D'une densité accablante. D'une chaleur effroyable de plusieurs milliards de milliards de milliards de degrés. Et puis, tout cela explose. Éclate. Se répand. En moins de trois secondes, la densité s'affaisse, la température s'écroule à quelques misérables petits milliards de degrés. C'est parti. L'histoire commence.

Le chevalier de Rancé et la Douane de mer et Marie et le parapluie de la rue du Dragon et jusqu'au dernier des mots de notre commun rapport sont déjà programmés. Ils sont déjà dans la boîte. Ils n'ont plus qu'à venir au jour, à grandir, à se développer, et à briller de tous les feux de l'existence et du temps avant de se retirer à leur tour, leur spectacle terminé, de ce fameux théâtre d'ombres que nous appelons réalité. Il y aura des étapes. Bien sûr, il y aura des étapes. Au bout de dix milliards d'années…

— Ça fait quelque chose, si je compte bien, comme cinq milliards d'années avant notre rencontre devant la Douane de mer ? dit A en baissant la tête sous l'effort.

— Jour pour jour, lui dis-je. Il y a donc cinq milliards d'années, apparaît sous le soleil l'objet favori de ton investigation : la Terre. Voilà une bonne chose de faite. En Europe au moins, on a longtemps cru, avec la Bible, que la Terre avait quatre mille ans à la naissance du Christ. Jusque vers 1830, pour des raisons surtout religieuses, un grand savant comme Cuvier maintient encore ce chiffre que Buffon, un demi-siècle plus tôt, avait eu l'audace de porter à soixante-quinze mille ans. Six ou huit siècles avant le Christ, les *Upanishad* indiens étaient plus près de la vérité : ils donnaient à la Terre quelque chose comme deux milliards d'années.

À peine la Terre est-elle là que les événements s'accélèrent et prennent, hop, hop, hop, un rythme endiablé : encore un milliard d'années et — quatre milliards d'années avant nous — la vie pointe son museau. C'est une deuxième révolution, et une deuxième création, aussi inexplicable que la première : il est presque aussi fort de voir de la vie surgir de la matière que de voir de la matière surgir de rien du tout. Affublés d'un chapeau claque et d'une baguette magique sous une large cape noire, voilà le hasard et la nécessité sous les traits de Mandrake, magicien de l'enfer, ou de Robert Houdin, prestidigitateur de génie. La soupe primitive mijote assez longtemps, dans des conditions improbables, à la bonne température, pour que des bactéries, des prébiontes, des algues vertes ou bleues apparaissent dans les eaux de la mer. Des algues vertes aux agnathes ou aux cyclostomes, qui sont des poissons sans mâchoires, au *Meganeura monyi*, qui est une espèce de libellule, aux dinosaures et aux diplodocus, qui ne sont plus des libellules, et à l'archéoptéryx qui est déjà un oiseau mais qui ne vole peut-être pas, c'est une promenade de santé, une routine un peu longue, une série de catastrophes qui font plutôt bâiller parce que les hommes ne sont pas là pour nous amuser de leurs grimaces et de leur babillage. Quand les mammifères entrent en scène, et surtout les délicieux primates — les lémuriens, les tarsiens, les musaraignes et nos amis les singes —, les hommes frappent à la porte. Ils arrivent au dernier moment, hier ou avant-hier, dans les trois ou quatre millions d'années qui viennent de passer comme une flèche. Les quinze milliards d'années qui nous séparent de la naissance de l'univers et même les quatre milliards d'années de la vie sont déjà presque entièrement écoulés quand la bande joyeuse des hommes vient s'installer parmi nous avec armes et bagages. La pensée des hommes se lève tard sur le monde. Et c'est un troisième mystère, aussi épais que les deux premiers : la naissance du bien et du mal, de l'espérance, du remords est aussi incompréhensible que la naissance de la vie ou la naissance de la matière.

— Mon pauvre O, me dit A, si tu comptes coller dans notre rapport ce feuilleton picaresque au scénario un peu débile où la diligence de la vie, plus ivre que tous les bateaux chantés par vos poètes, menée à un train d'enfer par un mystérieux postillon masqué à la Zorro, échappe par miracle à tous les guets-apens dressés par la géologie, la température, l'alimentation ou les météorites sur le chemin tourmenté qui va de la matière à la pensée, j'ai peur que personne, à Urql, ne nous prenne au sérieux.

— Simplifions ! m'écriai-je. Simplifions ! “Durant quinze milliards d'années, la Terre est livrée à elle-même — c'est-à-dire à la nature dont les lois rigoureuses mènent la matière et la vie, qui est née de la matière, qui est née d'on ne sait quoi. Au bout de quinze milliards d'années, un peu plus, un peu moins, la Terre eſt occupée par des envahisseurs venus de l'intérieur et surgis de la vie. Ils s'appellent eux-mêmes : les hommes. L'homme. *Homo. Uomo. Hombre. Man. Mensch. Menneske.* 'Ανθρωπος. *Tchelovek. Ember. Ren. Hito. Baniadam. Rajoul.* Et ils pensent."

— Ouais…, marmonna A.

— Qu'eſt-ce à dire ? demandai-je.

— L'idée me vient que tu es une algue avec du temps en plus. Tu es du temps, greffé sur l'algue. »

Parce que j'avais pris l'habitude de me conduire comme un homme, c'eſt-à-dire comme un esprit, je réfléchis un inſtant.

« Rien de plus juſte, lui dis-je.

— Quelle aventure ! me dit-il.

— Quel roman ! lui dis-je.

— Maintenant que je sais que vous êtes tous des algues qui ont eu la chance de durer, Chateaubriand m'étonne moins. Et Molé plus du tout.

— Ou peut-être, au contraire, t'étonnent-ils davantage ?

— Ah ? tu crois ?… Oui, peut-être… Tu me feras penser à y penser. »

XVII

LES TÉTRARQUES ET LA POUPÉE RUSSE

« Le monde eſt une poupée russe. Dans le grand roman de l'univers, il y a le roman de la Terre. Dans le grand roman de la Terre, il y a le roman de la vie. Dans le grand roman de la vie, il y a le roman de l'hiſtoire. Dans le grand roman de l'hiſtoire, il y a le roman de chacun de nous. Dans le roman de chacun de nous, il y a des nouvelles innombrables. Quand tu es arrivé au-dessus de Venise et que tu m'as trouvé en train de partir, tu as vu la ville et ses canaux, ses ponts, ses églises, l'Arsenal à un bout avec ses lions de pierre, San Nicolò dei Mendicoli, si sombre et seule, à l'autre, la place Saint-Marc au milieu, avec la basilique et le campanile et l'escalier des Géants dans le Palazzo Ducale, et les palais lombards ou gothiques ou Renaissance ou baroques le long du Grand Canal, et des maisons en grand nombre, souvent rouges, parfois vertes ou jaunes, ou même bleues comme à Burano que je ne détesterais pas te montrer avant de disparaître pour de bon de ce monde où il y a des couleurs et où il y a des maisons. Dans chacune de ces maisons, il y a des hommes et des femmes qui ont une vie, des pensées, des sentiments, des passions. Tu sais déjà combien ces passions et ces pensées se combinent et s'enchevêtrent. Elles s'attachent à chaque détour d'une vie qui n'en finit pas. Car Dieu est dans les détails — et l'histoire des hommes aussi.

Sur un des murs de Saint-Marc, du côté du palais des Doges, il y a un groupe de porphyre rose qui représente quatre personnages. Ce sont les deux Augustes et les deux Césars de l'Empire romain en déclin que ses dimensions mêmes avaient contraint de partager. Souvent Marie et moi nous nous sommes arrêtés devant le groupe des tétrarques en train de s'embrasser en un geste maladroit. Nous nous tenions par la main parce que nous nous aimions. Nous regardions les quatre hommes de pierre avec leurs robes et leurs épées à la poignée en bec d'aigle et leurs sandales à lacets et leurs drôles de chapeaux et nous les trouvions beaux. Ils nous faisaient rire avec un peu d'émotion. Nous ne savions pas qui ils étaient, nous ne savions rien d'eux. Ce sont les livres, naturellement, qui nous ont appris leur histoire. Un lien ténu s'établissait entre les empereurs romains dont nous voyions l'image et dont nous ignorions jusqu'au nom, l'artiste inconnu qui les avait sculptés il y avait mille cinq cents ans, tous ceux qui, à Byzance d'abord, puis à Venise, les avaient contemplés avec admiration, avec ennui, par routine, par plaisir, après une longue attente impatiente ou pour faire comme les autres, en ne sachant rien ou en sachant tout, et Marie et moi qui venions, à notre tour, nous planter devant eux.

Longtemps, les tétrarques de porphyre sur le flanc de Saint-Marc ont incarné pour moi tous les mystères de l'art, de l'histoire et du temps. Ils jetaient un pont entre Venise et Byzance, entre l'Empire romain et les jours de notre vie, entre toute la beauté du monde et mon amour pour Marie. “Tu te souviens des tétrarques ?” était devenu un mot de passe entre Marie et moi. Nous nous l'étions répété en riant ou les larmes dans les yeux, à Paris, en Grèce, à Ravello, à

New York, quand le soleil brillait dans nos cœurs comme il brillait sur le Grand Canal ou quand notre amour s'en allait en lambeaux avant de renaître de ses cendres pour me permettre de mourir dans les bras de Marie.

Tout autant que Venise et ses tétrarques de porphyre, Maubeuge, ou Valenciennes, ou Saint-Chély-d'Apcher, ou n'importe quel bled perdu du Canada ou du Nouveau-Mexique, ou cette petite ville d'Italie qui porte le beau nom de Borgo Pace mais qui ne possède ni le paysage ni les églises qui font la gloire de Todi ou d'Orvieto ou de Positano, peuvent servir de décor aux désirs, aux souffrances et aux passions des hommes. Ce qu'il y a à Venise, c'est que chaque pierre y est belle et que chaque coin de canal renvoie à quelque chose, à un souvenir, à une image, à des rêves évanouis. C'est pourquoi je m'y promenais si souvent avec Marie et que j'ai eu la chance d'y mourir devant la Douane de mer et de t'y rencontrer. Des Gesuiti, sur le chemin de l'Abbazia et de la Madonna dell'Orto, où les tentures vert et blanc, jetées ici ou là avec désinvolture, sont sculptées dans le marbre, aux Gesuati, sur les Zattere, des Fondamenta Nuove à la Giudecca et à l'isola di San Giorgio, nous marchions aux côtés de Byron, de Casanova, de Thomas Mann et de Visconti, d'Henri de Régnier et de Paul Morand. C'étaient nos amis dont, à la différence des tétrarques, nous savions presque tout, ce qu'ils étaient venus faire à Venise et qui ils avaient aimé, ce qu'ils avaient écrit et comment ils étaient morts, ce qui ne les empêchait pas, tu en sais quelque chose, d'être toujours avec nous, plus fidèles et plus présents que tant de vivants dont nous nous moquions comme d'une guigne. Il y avait nous et il y avait eux. Venise n'aurait pas été Venise s'ils n'avaient pas parlé de ses ponts, de ses peintres, de ses prisons, de ses gondoles avec tant de drôlerie et de subtilité :

Car sinueuse et délicate
Comme l'œuvre de ses fuseaux,
Venise est semblable à l'agate
Avec ses veines de canaux

et eux n'auraient pas été eux, le cœur de ce qu'ils étaient leur aurait manqué à jamais, s'ils n'avaient pas aimé Venise et s'ils ne l'avaient pas fait revivre dans ce qu'ils écrivaient. Wagner — nous le retrouvions à Ravello, dans la villa

Rufolo, où traînait aussi le souvenir de Styron et du plus beau de ses livres, *La Proie des flammes*, qui dépeint Ravello sous le nom de Sambuco — avait écrit *Parsifal* dans ce palais du Grand Canal devant lequel nous passions et repassions en gondole ou en vaporetto et que nous contemplions en silence. Chateaubriand — nous le retrouvions partout — était venu trois fois à Venise où il était descendu à l'auberge du Lion d'Or, puis à l'hôtel de l'Europe, à l'entrée du Grand Canal, en face de la Salute et de la Douane de mer. Et, chaque fois, mon cher A, c'est une comédie bouffe et un roman d'aventures.

— Il nous manquait, celui-là, bougonna A.

— Il manque toujours, lui dis-je. Comme manquent tous ceux qu'on aime et qui, à la différence de tout ce qui nous tire vers le bas, s'obstinent avec allégresse à nous tirer vers le haut. Les uns vivent avec la Bible, avec Homère, avec Hadrien ou avec Marc Aurèle, avec Virgile ou Horace, avec saint Augustin. Les autres avec Montaigne, avec Pascal, avec Shakespeare ou Mozart, avec Verlaine ou Carpaccio dont nous allions voir, Marie et moi, le *Songe de sainte Ursule* à l'Accademia ou la *Vie de saint Jérôme* à San Giorgio degli Schiavoni, avec la fuite des moines comme une volée de moineaux blanc et noir devant un lion plutôt placide et le fameux caniche de saint Augustin, éberlué par la lumière mystique qui tombe du ciel par la fenêtre. Beaucoup ne vivent avec personne et restent enfermés dans leur jardin minuscule, sans un regard sur la campagne d'automne ou de printemps qui prend tant de couleurs différentes ni sur les villes d'alentour où il se passe tant de choses. C'est un grand privilège de faire un bout de chemin avec ce qu'il y avait de mieux, de plus gai, de plus vivant parmi ceux qui sont morts. J'ai beaucoup vécu avec l'ami — et l'ennemi, et pourtant toujours l'ami — de Molé, de Joubert, de Fontanes, de tant d'autres, avec l'amant fidèle et infidèle de Juliette Récamier. J'ai beaucoup ri avec lui — comme avec Rabelais, avec Cervantès, avec Proust. Il faut que tu saches, mon cher A, que la vie des hommes est sinistre, pleine de souffrances et de larmes, obscurcie par l'absence, par la mort, par le chagrin, par la maladie, par la trahison et le mensonge. Et qu'elle est follement gaie. Quand Chateaubriand, venant de Paris dans une de ces belles et grosses voitures de voyage qu'on appelait joliment des "dormeuses", arrive à Venise pour la première fois, au cœur de l'été 1806

— il a mis dix jours de la place de la Concorde à l'auberge du Lion d'Or —, il a la tête pleine d'une grande affaire qui l'occupe tout entier.

— Un livre ! s'écria A.

— Pas du tout. »

Il se gratta la tête.

« 1806 ? Peut-être la politique, la France, ses relations avec l'Empereur ?

— Bien vu ! *Complimenti*, mon cher A ! *E tanti auguri !* Mais c'est encore autre chose.

— Alors, c'est une histoire d'amour.

— C'est une histoire d'amour. Chateaubriand, comme toi et moi, est fou d'amour pour une dame.

— Je n'ai jamais été fou d'amour pour une dame, murmura A.

— Excuse-moi, lui dis-je. Chateaubriand est amoureux de la dame qui, avant Cordélia de Castellane, va commencer lentement à l'éloigner de Mathieu Molé : elle s'appelle Natalie de Noailles.

— Oui, oui, dit A. Je sais. Elle est très belle.

— Je ne crois pas, lui dis-je, mais ça ne fait rien. Il l'aime. Ou il croit l'aimer. Quand il part pour Venise sous des prétextes divers — s'embarquer pour la Grèce, recueillir des images pour son livre sur les martyrs, aller prier sur les lieux de la passion du Christ —, il ne pense à rien d'autre qu'à Natalie de Noailles. Les algues, les diplodocus, les primates, les simiens, les milliards d'années de la Terre avant le premier sourire aboutissent à l'image, si vive qu'elle en devient floue et presque douloureuse, de Natalie de Noailles dans l'esprit, ou la mémoire, ou le cœur, on ne sait pas très bien, du vicomte de Chateaubriand. Mais parce que le monde est une poupée russe et qu'on peut, chaque fois, monter vers un ensemble plus vaste ou descendre vers un détail plus mince, l'amour de René pour Natalie est à son tour un univers à l'architecture envahissante et aux aventures innombrables. Il nous renvoie à l'Empire, à Napoléon, à la Révolution française, à la Terreur qui expédie vers l'échafaud le marquis de Laborde, père de Natalie ; à Londres où se réfugie le vicomte de Noailles, qui est aussi prince de Poix, qui sera duc de Mouchy, et qui est le mari de Natalie ; aux paysages écrasés de soleil de la Grèce et de la Terre Sainte où Chateaubriand part en pèlerinage, le cœur tout plein de Natalie ; à l'Andalousie, fille de l'islam, où, nouvelle Pénélope d'un Ulysse catholique, légitimiste et adultère, Natalie passe son temps à dessiner les colonnes de la mosquée de Cordoue ou la cour des Lions et la salle des Deux-Sœurs de l'Alhambra de Grenade en attendant le retour du navigateur éperdu qui, dévorant les moments sous sa voile impatiente, demande à l'étoile du soir des vents pour cingler plus vite et de la gloire pour se faire aimer.

— C'est de toi, ça ? demanda A.

— Non, lui dis-je. C'est de Chateaubriand.

— C'est bien ce que je pensais, dit A.

— N'importe lequel de ces épisodes, tu peux t'en emparer et le changer à son tour en un continent à explorer, un océan à parcourir. Le monde est fini, limité étroitement dans l'espace et dans le temps, en un sens minuscule — et il ne s'épuise jamais. Quand la Terreur se termine et que Natalie de Noailles, libérée de sa prison par la chute de Robespierre, peut enfin aller rejoindre à Londres son mari qu'elle aime d'un amour passionné et naïf, lui est tombé dans les filets et les bras d'une femme qui avait fait les beaux jours de la société londonienne de l'extrême fin du XVIIIe siècle et qui était la maîtresse du prince de Galles.

— Voilà que ça recommence, dit A.

— Le mari de Natalie avait une seule idée en tête : c'était de se débarrasser de sa femme qui venait le gêner dans ses nouvelles amours. Il demanda à un de ses amis, qui s'appelait Vintimille, de s'occuper de Natalie. Vintimille s'acquitta de sa tâche avec tant de conscience qu'il tomba amoureux fou de Mme de Noailles. Mais Natalie de Noailles, qui avait beaucoup d'affection pour son soupirant exalté, se refusait à lui par fidélité à un mari dont elle ignorait les intrigues et dont elle restait amoureuse. Vintimille, n'y tenant plus, se jeta à ses genoux et lui révéla, dans les larmes, la comédie cruelle inventée par Noailles. Ce fut un coup terrible pour Natalie dont la tête et le cœur avaient déjà été affaiblis par les épreuves de la prison et de la séparation. C'était l'époque du Directoire. Les femmes montraient leurs seins dans des robes transparentes.

— Ça ne m'étonne pas, dit A.

— Elle se jeta dans les plaisirs du haut de ses chagrins. Elle détesta le mari qu'elle avait tant aimé. Elle se donna à Vintimille tout en le méprisant. Elle méprisait son mari, elle méprisait son amant, elle méprisait les hommes — et elle les aimait. Le mépris est une arme mortelle. Vintimille finit par quitter la France pour aller se noyer dans les eaux de la baie de Naples. Et Natalie commença à donner les premiers signes de la folie qui devait l'emporter. Tu te rappelles Molé ?

— Je ne pense qu'à lui, dit A.

— Molé la dépeint à peu près à cette époque où, à cause des malheurs qu'elle avait traversés — tu vois comment la vie se tricote et s'arrange ? —, elle voulait plaire aux hommes et obtenir des preuves de plus en plus ardentes de leur admiration et de leur attachement : "C'était l'Armide…"

— L'Armide ? demanda A.

— Une déesse. Ou une héroïne. De l'Arioste ou du Tasse, je ne sais plus. Une dame, en tout cas, qui plaît à la folie. "C'était l'Armide. Soit qu'elle parlât, soit qu'elle chantât, le charme de sa voix était irrésistible. Sa coquetterie allait jusqu'à la manie. Elle ne pouvait supporter que les regards d'un homme s'arrêtassent sur elle avec indifférence. Je l'ai plus d'une fois surprise à table, cherchant avec inquiétude sur le visage des domestiques qui nous servaient l'impression qu'elle produisait sur eux." C'est de cette femme blessée à mort que Chateaubriand tombe amoureux. Toujours assoiffée de preuves d'admiration et de fidélité, toujours anxieuse de voir restaurée sa puissance sur les hommes si cruellement ébranlée par la trahison de son mari, elle se donnera à lui à Grenade s'il vient l'y rejoindre au terme de son pèlerinage en Grèce et en Terre Sainte. Tu imagines l'état d'excitation de René quand il arrive avec sa femme à l'auberge du Lion d'Or, à Venise, d'où, *via* Mestre et Trieste, il s'embarque pour l'Orient et pour le Golgotha avec Grenade dans le cœur ?

— Oui, oui, répondit A, j'imagine. »

Je crus discerner dans le ton de A comme une ombre d'impatience.

« La vérité, je vais te la dire : Chateaubriand, on s'en fiche.

— Vraiment ? » demanda A en inclinant la tête d'un mouvement ravissant.

« Je l'aime beaucoup, bien sûr, parce qu'il a écrit des choses épatantes qui font du bien quand on les lit : "L'homme n'a pas besoin de voyager pour s'agrandir." Ou encore…

— Je ne sais pas si je me suis agrandi, dit A. Mais j'ai beaucoup voyagé.

— Je te signale qu'un autre écrivain français, du nom de Céline, considère le voyage comme “un petit vertige pour couillons”.

— Merci beaucoup, dit A.

— … ou encore, et là, tu l'avoueras, l'auteur des *Mémoires d'outre-tombe* mérite en toute simplicité son épithète d'enchanteur : “Il faut être économe de son mépris en raison du grand nombre des nécessiteux.” Mais je pense toujours au rapport et l'épicurien catholique nous sert seulement à comprendre comment les algues avec du temps se débrouillent dans ce monde et comment marche la vie. Un point, c'est tout. Venise fut une déception. “Cette Venise, si je ne me trompe”, écrit René à un ami dont je pourrais te parler et dont je ne te parlerai pas parce que nous n'avons que trois jours pour rédiger le rapport, “vous déplairait autant qu'à moi. C'est une ville contre nature. On n'y peut faire un pas sans être obligé de s'embarquer, ou bien on est réduit à tourner dans d'étroits passages plus semblables à des corridors qu'à des rues. La place Saint-Marc seule, par l'ensemble plus que par la beauté des monuments, est fort remarquable et mérite sa renommée. L'architecture de Venise, presque toute de Palladio, est trop capricieuse et trop variée. Ce sont presque toujours deux, ou même trois palais bâtis les uns sur les autres. Il reste quelques bons tableaux de Paul Véronèse, de son frère, de Tintoret, du Bassan et du Titien.”

Le jugement brille, je le crains pour la mémoire du grand homme, par l'ignorance et la légèreté. Il rappelle les pages irrésistibles d'un voyageur français de grand renom — avant une certaine date, les voyageurs, surtout français, sont toujours de grand renom —, le président de Brosses, qui, un demi-siècle plus tôt, avait quitté son parlement de Dijon pour descendre vers l'Italie et envoyer des cartes postales à ses amis restés en France. Après avoir traité la peinture à Florence de “très méchants ouvrages pour la plupart”, le président de Brosses, qui n'aime que le baroque, nous a laissé une description célèbre de Saint-Marc qui annonce déjà celle de René : “Vous vous êtes figuré que c'était un lieu admirable, mais vous vous trompez bien fort : c'est une église à la grecque, basse, impénétrable à la lumière, d'un goût misérable, tant en dedans qu'au-dehors… On ne peut rien voir de si misérable que ces mosaïques… Le pavé est aussi en entier de mosaïque. Le tout a été si bien joint que, quoique le pavé soit enfoncé dans certains endroits et fort relevé dans d'autres, aucune petite pièce ne s'est démontée et n'a sauté : bref, c'est sans contredit le plus bel endroit du monde pour jouer à la toupie."

— C'est déjà quelque chose, dit A. Je ne détesterais pas être le premier esprit venu d'Urql à jouer à la toupie avec le président de Brosses, du parlement de Dijon, dans la basilique de Saint-Marc.

— C'est délicieux, lui dis-je, de te voir devenir, peu à peu, si semblable à nous autres. Mais ne finirons-nous pas par préférer à tous ces gens de talent qui se trompent avec tant d'ardeur la bonne Mme de Chateaubriand, si naïve, si simple, et qui souffre en silence de Pauline, de Natalie, de Juliette, de Cordélia et de toutes les Madames ?

— Céleste, prononça A.

— Céleste, en effet, qui mériterait à elle seule la moitié du rapport.

— Pas question, trancha A. À l'extrême rigueur, une note en bas de page.

— Pauvre Céleste, dont Victor Hugo écrira, avec un peu d'injustice : "Mme de Chateaubriand était fort bonne, ce qui ne l'empêchait pas d'être fort méchante. Elle avait la bonté officielle, ce qui ne fait aucun tort à la méchanceté domestique." Elle envoie de Venise quelques lignes à son ami Joubert, cloîtré dans sa maison de Villeneuve-sur-Yonne, entre ses vignes et ses fleurs, où il déchire, dans les livres qu'il lit en marchant à petits pas parce qu'il est toujours souffrant, les pages qui ne lui plaisent pas : "Je vous écris à bord du Lion d'Or, car les maisons ne sont ici que des vaisseaux à l'ancre. On voit de tout à Venise, excepté de la terre. Il y en a cependant un petit coin qu'on appelle la place Saint-Marc, et c'est là que les habitants vont se sécher le soir."

— C'est amusant, dit A.

— Ce qu'il y a aussi d'amusant, c'est qu'au moment de s'embarquer pour la Grèce, pour la Turquie, pour le tombeau du Christ — et pour ses amours adultères —, le poète catholique a trouvé quelqu'un à qui confier sa femme. C'est… Devine !…

— Molé ! lança A.

— Ce n'aurait pas été mal non plus. Mais, non, ce n'est pas Molé. C'est le métaphysicien bégayeur au visage concassé qui, quinze ou vingt ans plus tard, passera quelques mois à Rome où tu l'as déjà rencontré parce que ne comptent pour toi ni le temps ni l'histoire : c'est Ballanche.

— Je croyais que Ballanche était amoureux de Juliette ?

— Dans le monde où vivent les hommes, mon cher A, et c'est un autre de ses secrets, on peut à la fois être amoureux de Juliette et ami de Céleste. On peut être capitaine et ivrogne, bourrelier et manchot, assassin et orfèvre, intelligent et idiot. Ballanche était l'ami de Mme de Chateaubriand et, pendant que René naviguait sur les mers, l'image de Natalie gravée dans l'esprit et dans le cœur, il s'occupa tant bien que mal de la veuve provisoire. Ils purent lire tous les deux, dans le *Mercure de France*, une lettre que Chateaubriand avait réussi à faire parvenir au journal. Elle était précédée d'une notice de deux lignes, ciselée par la rédaction : "Nous croyons faire plaisir aux lecteurs du *Mercure* en leur donnant des nouvelles d'un voyageur..."

— De renom, souffla A.

— De renom, bien entendu, "auquel s'intéressent si vivement les amis des lettres et de la religion."

— Il me semble, murmura A de la voix la plus douce, que je commence à comprendre, grâce à Chateaubriand et à toi, comment fonctionnent les hommes.

— Eh bien, tant mieux ! lui dis-je. Le rapport avance un peu. Mais il faut que tu saches aussi que pendant le voyage en mer de M. de Chateaubriand, attiré et habité par Mme de Noailles, on se tue beaucoup en Europe. C'est Auerstaedt et Eylau, et la gloire de l'Empereur, et déjà, dans le lointain, ses défaites et sa chute. L'Espagne, où Natalie attend son voyageur en dessinant des cours et des colonnes et en flirtant vaguement avec de grands seigneurs portugais ou des colonels écossais, est déjà menacée par une guerre dont les horreurs et les flammes seront peintes par Goya. Et dans les Allemagnes en miettes, Hegel met la dernière main à la *Phénoménologie de l'esprit* qui est une espèce de rapport, inférieur au nôtre bien entendu, et à l'usage des seuls hommes. Et dans chaque palais et dans chaque masure de chaque ville et de chaque village, les passions des hommes se déchaînent.

— Je crains, remarqua A, que le rapport ne recule à mesure qu'il avance.

— C'est que le monde, lui dis-je, est un abîme sans fond, une tapisserie de Pénélope, une quête du Graal sans Graal.

— Et une poupée russe », dit A.

XVIII

LA GRANDE OURSE

J'entraînais ainsi A à travers le monde et les hommes pour nourrir le rapport et le faire avancer. De temps en temps, je l'avoue, je me prenais la tête entre les mains, je m'arrachais les cheveux. Dans quelle entreprise m'étais-je encore lancé ? Longtemps, le monde m'avait paru compliqué. Obscur. Souvent presque hostile. Son mode d'emploi m'échappait. Je passais mon temps à me débattre sans savoir où aller. Il me semblait être enfermé dans un univers clos où, par un cruel paradoxe, je ne parvenais pas à pénétrer. Ma place n'était nulle part. Je ne pouvais ni entrer ni sortir. Alors, vous entrez ou vous sortez ? Je ne savais pas, je bafouillais, je dansais d'un pied sur l'autre. Un mélange d'échecs et de tentations me tournait sur le cœur. J'aspirais au repos. Au moment où ma vie se simplifiait enfin puisque j'étais mort, voilà que je repartais dans une de ces aventures auxquelles, de mon vivant, je m'étais juré de renoncer. En voletant avec A au-dessus du Danube et du Rhin, du Congo et du Nil, de l'Amazone et de l'Orénoque, les grandes villes sous les yeux où s'entassaient les gens, entre les Alpes et l'Himalaya, le long des Rocheuses ou des Andes, hanté par le grand ouvrage qui occupait ma mort, je cherchais à me rappeler comment était la vie.

Je me souvenais qu'elle était belle. Elle était bonne. Elle était belle. « *Wie es auch sei, das Leben ist gut.* » D'après ce qu'on m'avait dit, elle ne commençait pas bien. Dans le sang et les cris. Elle ne finissait pas mieux. Dans l'angoisse et la mort. Les femmes souffraient pour la donner. Les corps qui la recevaient, autant que ceux qui la donnaient, étaient des machines à douleur. Et elle était belle.

À chaque instant, à chaque mot, me revenaient des images de ma vie avec Marie. J'aurais voulu, en vrac, les lier en bouquets et les remettre à A pour qu'il les emporte avec lui dans les vertes prairies d'Urql.

« Sont-elles vertes ? lui disais-je.

— Je croyais, me répondait-il avec un bon sourire, que

nous ne parlions pas d'Urql ni de moi, mais seulement de cette Terre et des hommes qui l'habitent ?

— Tu as raison, lui disais-je. Il n'y a rien d'autre. L'univers est la banlieue des hommes et tu n'existes que par moi. »

Je me battais contre l'oubli. C'était une tâche désespérée. « Je suis né… » lui disais-je. Et ma vie défilait à l'usage des gens d'Urql. Je lui racontais mon enfance, ma première scarlatine, mon premier émoi devant la fille d'un tailleur qui portait une robe rouge avec un nœud sur le côté, ma première rédaction sur une promenade à la campagne qui m'avait tant bouleversé…

« La promenade ? demandait A.

— Non, lui disais-je, la rédaction… » qu'il avait fallu me coucher et appeler le médecin, mes études dans un lycée, derrière le Panthéon, où une poignée de génies à venir étaient nourris de Platon, de Virgile et d'Horace, de Montaigne, d'Henri Heine, de Hegel et de Marx, le concours d'entrée à une école où la mythologie se mêlait à chaque pas à la réalité et où des infirmières en blouse blanche guettaient l'évanouissement des philologues et des grammairiens rejetés par le hasard, la nécessité ou le destin dans les ténèbres extérieures. »

A bâillait et prenait des notes.

« Rien n'est plus excitant et plus lassant à la fois que les biographies. Toutes les vies se ressemblent. Elles commencent par la naissance et elles finissent par la mort. C'est d'une banalité écœurante. C'est toujours la même chose. Les dieux eux-mêmes s'en vont, d'une façon ou d'une autre, et ceux qui les incarnent, les prêchent, les annoncent : Adonis au cours d'une chasse, Atys sous les coups de Cybèle qui va le changer en pin, Jean-Baptiste chez Hérode qui lui fait couper la tête pour plaire à Salomé, le Christ au Golgotha, le Bouddha du côté de Kuçinagara, Mahomet à Médine. Mais entre la naissance et la mort court une brève et longue surprise, toujours semblable à elle-même et pourtant toujours neuve. Et derrière l'histoire de chacun, comme derrière celle des dieux et de leurs prophètes ici-bas, il y a quelque chose d'immense qui est plus grand que la vie.

Seule comptait dans la mienne la présence de Marie. Cervantès et Shakespeare pâlissaient devant elle. Il y a eu des millions de Marie sur cette Terre. Mais il n'y en avait qu'une dans ma vie, et il n'y en aura qu'une dans le rapport : c'était elle. Seule dépasse de cette Terre où tout se ressemble toujours et où les enfants ne sont pas seuls à devoir être élevés, l'idée que les hommes se font d'eux-mêmes et de leur élévation. Mon élévation à moi portait le nom de Marie.

Marie — mais tu l'as vue — avait un mètre soixante-quatorze, les cheveux noirs, les yeux très bleus, un père marin, une mère bretonne. J'ai oublié son tour de hanches et son tour de poitrine. Ce n'était pas mal non plus. Nous nous promenions sous la pluie. Nous roulions en voiture. Nous nous jetions dans la mer. C'est ce que les hommes appellent vivre. Nous nous levions de la table où nous avions, selon des rites dérisoires mais d'une extrême importance, et à peu près universels dans leur diversité, qu'on appelle manières de table…

— C'est très comique, remarqua A.

— C'est les hommes mêmes, lui répondis-je, … passé une heure, ou un peu moins, ou parfois un peu plus, à nourrir la machine, et nous allions au cinéma. Nous allions au cinéma parce que nous vivions à l'époque des frères Lumière, de Méliès, de Hollywood, de Chaplin, d'Orson Welles. À une autre époque et en un autre lieu, nous aurions assisté aux courses de chars dans le cirque, à des tournois où des hérauts auraient agité des oriflammes et salué le vainqueur par des sonneries de trompettes, à des bouzkachis dans le désert, à des jeux de pelote dont la mort était le prix, à des régates de gondoles entre le bassin de Saint-Marc et le pont du Rialto. Mais nous vivions dans de grandes villes, au temps du machinisme, de la culture de masse et de la montée des images : nous allions au cinéma.

C'était une oasis au cœur de la foule innombrable, c'était le noir, la paix, le départ, le bonheur. Nous ne disions presque rien, nous nous tenions par la main. Le monde était là, nous nous confondions avec lui et il nous emportait. Ava Gardner ou Humphrey Bogart n'étaient que les prétextes où accrocher nos rêves. Le temps avait coulé. Il coulait. Il allait couler encore. Il bouillonnait en nous. Nous n'étions que souvenirs dont nous n'avions que faire. Nous n'étions qu'espérance. Aux Agriculteurs, aux Ursulines, dans des salles obscures au fin fond de la ville, nous buvions un peu de monde mis en bouteille pour nous. D'autres ont eu la guerre, le jazz, la foi, la tuberculose, la révolution, la terre ou la vigne, la mer, l'opéra, les ruines à déchiffrer de l'Antiquité classique, le cheval, l'Orient désert ou surpeuplé, n'importe quoi, un peu de tout. Nous avions le cinéma, l'Italie, l'automobile, les livres. Entre Ben-Hur, les tragiques grecs, les papes Clément et nous, il n'y avait que l'épaisseur du temps, de l'occasion et des mots. Depuis que les hommes sont hommes, ils n'ont jamais changé. Ils changent. Ils restent les mêmes. Tout bouge. Tout reste semblable. C'est le secret du monde.

— Enfin, tout de même, bougonna A, entre les algues et toi…

— Tu as raison, lui dis-je. Le décor se transforme, les choses se modifient. Mais lentement, si lentement… Entre Abraham et Homère, entre Zoroastre et Marie, il n'y a que des nuances. Je passe sous silence, je rejette dans les ténèbres tous ces milliards d'années où le monde existe à peine puisqu'il n'y a personne pour le penser, comme je tiens pour rien tout l'espace infini que tu as traversé. Je ne te parle que des hommes : une poussière, un soupir, une larme dans l'océan — et pourtant presque tout. Veux-tu que je te dise quelques mots de la prise de Constantinople, des événements de la Sorbonne au mois de mai 68, de la découverte de l'Amérique le 12 octobre 92, de la mort de Boèce, de l'enterrement d'Alaric ? Je vais te parler de Marie.

Marie avait un chat, une grand-mère, des amis. Nous avons longtemps été seuls tous les deux. Je ne vivais pas de l'air du temps : il ne nourrit pas ses gens. Tu sais déjà que pour aller voir *Notorious*, que nous appelions *Les Enchaînés*, où Ingrid Bergman, agent secret par amour, empoisonnée par son mari à la solde des nazis, est si belle dans l'escalier qu'elle descend en titubant, effondrée, rayonnante, appuyée sur son amant qui n'est autre que Cary Grant ravagé par la passion, ou *Philadelphia Story*, que nous appelions *Indiscrétions*, avec Katharine Hepburn et son voilier si *yawr*, pour absorber des langoustines et des bloody mary, pour filer en Toscane ou dans les îles du Dodécanèse, il faut de l'or, appelé argent. J'aurais préféré ne rien faire, m'abstenir de travailler, regarder ce qui se passe quand il ne se passe rien et me promener dans le monde, le nez en l'air, comme aujourd'hui avec toi. J'avais dû prendre un état. J'enseignais le grec classique et la philosophie de Platon, d'Aristote, de Plotin. Chacun fait ce qu'il peut. Marie avait étudié le droit pour devenir avocate et défendre des hommes d'affaires indélicats et véreux qui se faisaient passer pour des veuves et pour des orphelins. C'était la vie. Elle ne comptait pas. La vraie vie est ailleurs. Nous rêvions d'autre chose. Nous partions, comme tu sais, pour échapper à l'histoire, aux papes Clément, au connétable de Bourbon, à Benvenuto Cellini — et pour les retrouver aussitôt. Nous partions surtout pour changer de vie.

Je me souviens d'un soir — c'était plusieurs mois après notre rencontre dans la rue du Dragon — où nous étions allés, Marie et moi, à un de ces grands machins qui se donnaient, à Paris comme ailleurs, tout au long des derniers siècles, sous le nom de thé, de concert, de souper, de dîner, de redoute, de medianoche, de fête de charité, de bal masqué, de cocktail, de raout, et qui brillent de mille feux dans les romans de Pétrone, de Mme de La Fayette ou de Nancy Mitford, de Maupassant, de Morand ou de Proust, dans les Mémoires de Mme de Boigne, de Mme de La Tour du Pin, de Mme de Clermont-Tonnerre, de Maurice Martin du Gard, dans les films de Visconti, de Fellini, de René Clair, dans les pièces d'Oscar Wilde, dans les vaudevilles de Feydeau, dans les opérettes d'Offenbach. C'était un cocktail chez un éditeur installé à Paris, sur la rive gauche, au coin de la rue de l'Université et de la rue Sébastien-Bottin. L'éditeur s'appelait Gallimard comme je m'appelle O et toi A. Il avait publié beaucoup de livres dont quelques-uns au moins — il y en a de franchement nuls — seront très utiles pour le rapport. Il était, aux yeux de beaucoup, un des centres du monde.

— Si on allait le voir ? me dit A.

— Qui ça ? demandai-je.

— L'éditeur, me dit-il.

— Pour quoi faire ? demandai-je d'un ton déjà un peu rogue.

— Pour le rapport », bredouilla-t-il.

Je le regardai de travers.

« Je t'ai déjà expliqué, lui dis-je, que le rapport était pour Urql, et pour Urql seulement.

— Bon, bon, me dit-il. Ne te fâche pas. Continue.

— C'était le printemps. Nous étions jeunes et un peu impatients. Marie éclatait de beauté. Le pays où nous vivions était dominé, en ce temps-là, par la figure et peut-être plus encore par la voix d'un général de légende, exécré par les uns, vénéré par les autres. Et le monde autour de nous, par la rivalité de deux ennemis associés qui se disputaient le pouvoir et se le partageaient. C'était la grande affaire de l'époque, la constellation majeure qui commandait toutes les autres. Elle avait été annoncée, plus de cent ans à l'avance…

— Cent ans ! dit A. C'est bien peu. Il n'y a pas grand mérite.

— C'est énorme pour les hommes… par des génies comme Tocqueville ou comme Chateaubriand. Maintenant, elle était là. Et elle bloquait l'horizon. Personne, mais alors personne, au sein de la foule qui se pressait dans la chaleur presque intenable des salons surpeuplés de la maison Gallimard, n'aurait osé supposer que, quelques dizaines d'années plus tard, l'équilibre de la planète serait bouleversé de fond en comble par l'écroulement de l'un des deux géants.

Parce que nous étions en France, à la fin des années cinquante ou au début des années soixante, le fond des esprits était tapissé d'une étoffe impalpable où étaient brodés les noms du maréchal Staline et du général de Gaulle, la faucille et le marteau, la croix de Lorraine, l'aigle déployé, et peut-être un peu déplumé, des États-Unis d'Amérique et les filets rouge et noir de la couverture blanche des éditions Gallimard, appelées aussi N.R.F. pour surprendre un peu plus et embrouiller les esprits, comme Mme Verdurin prend le nom de Guermantes et comme l'abbé Vautrin n'est autre que Trompe-la-Mort.

Il y avait plusieurs salons aux plafonds assez hauts, avec des buffets où des serveurs en veste blanche versaient à boire aux invités, qui étaient venus en foule se faire voir les uns des autres, et offraient aux élégiaques tourmentés par le suicide, aux métaphysiciens de l'absurde ou de la transcendance, aux révolutionnaires qui réclamaient dans leurs livres une guerre des classes sans merci des sandwichs à la tomate et des brioches au pâté de foie.

— C'était bon ? demanda A.

— Pas terrible, répondis-je. Il y a mieux. Mais métaphysiciens et élégiaques se contentaient de ce qu'on leur donnait et ne boudaient pas leur plaisir. Les salons ouvraient sur un jardin où se promenaient pêle-mêle, au milieu des bureaux où s'entassaient des manuscrits qui hésitaient encore, avant lecture, entre navet et chef-d'œuvre, tous les hauts fonctionnaires de la cour de l'esprit, tous les dignitaires qui régnaient sur les livres à l'âge de l'industrie et de la publicité. Des critiques couverts de contrats, de préfaces, de voyages en Sicile — ou, plus simplement, d'espèces ou d'enveloppes remises et acceptées avec la plus charmante simplicité. Des écrivains de droite qui avaient fait carrière dans la désinvolture et que le succès de leurs cadets remplissait d'amertume. Des philosophes de gauche tourmentés également par les honneurs qu'ils avaient et ceux qu'ils n'avaient pas. Des poètes dévorés par la passion de réussir et de ne pas le montrer. Deux ou trois jeunes gens ambitieux qui se juraient à eux-mêmes de ne jamais ressembler à ces spectres vivants qu'ils avaient tant admirés quand ils lisaient leurs livres avant de les rencontrer. Plusieurs ministres au rebut, guettés par la retraite ou le désaveu des électeurs et qui voyaient dans des souvenirs rédigés par des nègres un espoir de survivre dans la mémoire du public. Et pas mal de femmes du monde, avides d'un peu de culture à l'ombre du génie et d'un doigt de champagne pour oublier le sexe qui leur tournait le ciboulot ou qui les avait déçues. Nous errions, Marie et moi, parmi les lauréats des prix Broquette-Gonin et les historiens du marxisme-léninisme.

Des nuages passaient dans le ciel, au-dessus du jardin. Quelques gouttes de pluie se mettaient à tomber. La foule des invités reflua dans les salons, à la recherche des grands hommes dont les livres nous avaient enchantés. On entendait Paulhan, à la parole mystérieuse, évoquer, d'une voix fluette, où se mêlait une ombre d'ironie et d'accent du Midi, une œuvre monumentale du plus vif intérêt, qu'il avait lue avec passion, qui ressemblait à la Bible et qu'il était urgent de renvoyer à Montpellier d'où elle avait été expédiée. On apercevait Aragon, l'air serré, les cheveux blancs, en train de s'entretenir avec un jeune homme vêtu de cuir, d'une beauté accablante. Morand, l'air d'un Mongol, croisait Caillois, l'air d'un Bouddha. Caillois racontait que Morand, coincé la veille dans un banquet en son honneur où toute retraite était coupée et où il s'ennuyait à périr, était passé sous la table pour regagner l'air libre. Morand racontait qu'au temps du surréalisme et du café Cyrano, en compagnie d'Aragon, d'Éluard, de Roussel et de quelques autres explorateurs de régions inconnues, impatients de changer la vie, Caillois, désormais rangé des voitures, installé à l'Unesco avant de l'être quai Conti, s'était pris de dispute avec André Breton à propos de haricots sauteurs rapportés du Mexique. Au nom de la raison conquérante et du droit à la vérité, Caillois avait proposé d'ouvrir, pour voir ce qu'il y avait dedans, les haricots que Breton, au nom de la poésie et du droit au mystère, voulait laisser sauter en paix dans la nuit de l'esprit. Les ombres de Proust et de Valéry, de Gide, de Saint-John Perse, de Claudel, de Larbaud flottaient dans l'atmosphère en même temps que des ragots sur les coucheries des uns ou des autres, des chiffres de droits d'auteur et des spéculations, la plupart démenties par la réalité, sur le prochain prix Goncourt. Intimes, ennemis, brouillés, jaloux, Sartre, Camus, Malraux, défilaient devant nous. Et toute l'armée allemande. Et Drieu la Rochelle. Et le communisme militant. Et le nouveau roman. Et le cortège sans fin des talents et des modes.

"Allons-nous-en", disait Marie.

Nous sortions. Le vacarme de la rue nous enveloppait de silence. J'avais une vieille Peugeot, à la capote déchirée où j'avais collé des rustines.

"Et maintenant ? dis-je à Marie.

— Partons.

— Mais pour où ?

— N'importe où. Mais partons."

C'est ainsi que Marie et moi, une fois encore, une fois de plus, nous sommes partis pour le Sud dans une voiture découverte. Nous avons roulé toute la nuit. Il faisait beau. L'air était doux. J'ai eu la chance, dans le ciel qui brillait sur nos têtes, de reconnaître la Grande Ourse et de la montrer à Marie. Un peu plus loin, dans le noir, nous avons deviné l'ombre des premiers oliviers et des premiers cyprès.

"Ça va ? lui disais-je.

— Ça va", me disait-elle.

Elle aimait beaucoup le vent, la nuit, les cyprès, les oliviers, les étoiles, la Grande Ourse. Par lassitude sans doute, ou peut-être par distraction, ou pour se protéger de la fraîcheur de ces petites heures qui précèdent le matin, elle se serrait contre moi, elle mettait sa tête sur mon épaule. La vie était toute simple et, c'est vrai, elle était belle. Quand nous sommes arrivés au-dessus de Portofino, le soleil se levait. »

XIX

MORT, OÙ EST TA VICTOIRE ?

« Bon, bon, me dit A. Les hommes descendent des algues et l'amour les occupe. Ils rient. Ils pleurent. Ils chantent. Ils écrivent des romans et de petites choses épatantes dont on pourrait se passer.

— Tu as tort de dire ça, remarquai-je.

— Ils se déplacent sur la Terre. Ils se retrouvent entre eux sur les champs de bataille ou chez leur éditeur. L'argent est la plus funeste des inventions de génie. Les hommes travaillent pour en gagner. On n'est jamais très sûr du sens que prend l'histoire. Et quelque chose d'obscur, dont personne ne sait rien, attire les hommes ailleurs, et plus loin, et plus haut.

— Mon cher A, lui dis-je, il faut avoir pitié des hommes parce qu'ils sont malheureux. Et il faut les envier parce qu'ils ont du génie. L'histoire est toute pleine de peintres, de musiciens, de chefs de guerre, de prophètes qui, de Moïse à Einstein, et avant, et après, ont laissé de grands noms qu'on rabâche aux enfants. Et on a bien raison. Car il n'y a rien de mieux que de façonner le monde, le comprendre, le transformer, le vaincre, le rendre plus beau. Je crois que, plus que les batailles, les traités, les lois, l'adoucissement des mœurs, et même les inventions qui changent la vie quotidienne — le feu, la roue, l'agriculture, la ville —, les petites choses inutiles dont tu parlais tout à l'heure rendent la vie supportable. Il n'est pas nécessaire, pour survivre, d'écrire *Œdipe roi* ou *Les Noces de Figaro*, de peindre *Le Miracle de la profanation de l'hostie* ou *La Bataille de San Romano*, avec ses croupes et ses lances, de faire surgir du marbre les pavements noir et blanc de la cathédrale de Sienne. Ce n'est pas nécessaire. C'est autre chose. Comme une sorte d'appel ou d'élan. Comme un besoin de mettre au jour. Comme une envie de donner à un rêve trouble et encore indistinct la solidité et la permanence de la pierre ou du chêne. Ce qui était inutile devient alors plus nécessaire que la nécessité parce que, par un mystère que je ne peux pas t'expliquer car il est inexplicable, la beauté aussi est nécessaire aux hommes. Une espèce de grammaire des rêves de l'homme se constitue siècle après siècle. Les œuvres ne renvoient plus seulement au monde réel d'où elles sortent : elles se renvoient les unes aux autres.

C'est un cri répété par mille sentinelles,
Un ordre renvoyé par mille porte-voix ;
C'est un phare allumé sur mille citadelles,
Un appel de chasseurs perdus dans les grands bois.

Au même titre que la religion, tout ce que tu trouves inutile — le livre ou le tableau, la cantate, le temple sur la colline ou au bord de la mer — est d'abord un lien entre les hommes. Il n'y a pas de livre s'il n'y a pas de lecteurs. Il n'y a pas de cathédrale s'il n'y a pas de fidèles. Le public est l'ennemi et la condition même de l'artiste. Pour un écrivain, pour un musicien, pour un peintre, il est aussi meurtrier de rechercher un public que de ne pas en avoir. Les grandes choses de ce monde sont faites à l'écart des autres, en dépit des autres, souvent contre les autres. Et elles sont faites pour eux. Tout finit, dans ce monde, par être jugé par les autres. Par ceux qui sont autour de nous, par ceux qui viennent après nous. Ils ont tous besoin d'autre chose que des choses nécessaires qui sont si inutiles et dont il suffit de mourir pour voir l'insignifiance. Il y a des sons, des formes, des couleurs et des livres pour enchanter les hommes. Et pour les rendre un peu plus hommes — ou peut-être un peu moins. Je veux dire pour les élever au-dessus de ce qu'ils étaient.

On discute beaucoup, chez nous, de la réalité du progrès. Les uns soutiennent que, oui, il y a un progrès chez les hommes, qu'ils avancent vers quelque chose, on ne sait pas très bien vers quoi, et que l'avenir, à coup sûr, vaut mieux que le passé. Les autres affirment que les hommes ne feront jamais beaucoup mieux que ce qu'ils ont déjà fait, que ce qu'on appelle le progrès est aussi une menace et qu'il est douteux que Hegel ou Picasso soient supérieurs à Platon ou à Piero della Francesca qui a peint, à Arezzo ou à Borgo San Sepolcro, des anges au sexe incertain et des empereurs en train de rêver.

— Et alors ? demanda A.

— Et alors, répondis-je, je ne fournis pas la réponse. Ce

n'est pas O, mon cher A, qui va donner des leçons à un esprit venu d'Urql. Je suis, tu t'en doutes bien, du côté des ignorants, des sceptiques, des imbéciles.

— Oui, dit A.

— Je trouve le monde épatant. Il m'amuse à la folie. Je ne sais pas où il va. Et parce que je suis un ignorant, un sceptique, un imbécile, je crois, contrairement à l'opinion de la quasi-totalité de mes contemporains, que l'homme n'est pas le maître de son propre destin, qu'il y a quelque chose au-dessus de lui qui donne un sens à l'univers et que ce qu'il a de mieux à faire…

— Eh bien », demanda A en penchant la tête d'un geste brusque, « ce secret des secrets, dis-moi donc ce que c'est ?

— C'est de faire ce qu'il peut. “*Wer immer strebend sich bemüht, den können wir erlösen.*”

Je ne sais pas où est l'âge d'or. Devant nous ? J'en doute un peu. Derrière nous, avec les Grecs, où la vie, à Athènes, sous Socrate ou sous Périclès, devait être délicieuse quand on avait la chance d'être un homme libre et de ne pas être un esclave ? Avec la Renaissance, au temps des papes Clément, ou de ce pape Léon X dont tu n'as rien voulu savoir, ou encore de Jules II ? Avec l'âge classique ou le temps des Lumières ? Je n'en suis pas très sûr. Je ne suis pas de ceux qui pensent qu'il aurait mieux valu vivre à l'époque de la guerre du feu ou des grottes ornées de dessins de bisons et de cerfs. Je suis bien où je suis, j'accepte ce que j'ai reçu, je me contente de ma vie, je ne cherche guère de réponses que pour répondre à tes questions et je me répète le précepte d'un philosophe chinois qui a vécu de mon temps : “À côté du noble art de faire faire les choses par les autres, il y a celui non moins noble de les laisser se faire toutes seules.”

— J'espère, me dit A, que tu ne comptes pas laisser le rapport se rédiger tout seul ? Et que tu n'es pas en train de te retirer de ta mort et de me le refiler ?

— La contradiction règne sur les hommes, et d'abord sur moi-même. Pourquoi, mais pourquoi donc, alors que j'étais si mort et si calme, ai-je accepté le tintouin que suppose le rapport ? Il faut que je sois tombé sur la tête quand je suis tombé sur toi.

— La gloire à Urql…, me dit A.

— Tu te moques de moi ? lui dis-je. La gloire à Urql, je m'en tape. Non, je crois que j'ai eu envie de t'expliquer, à toi, qui venais de si loin et ne savais rien de ce monde, ce qu'étaient la vie et les hommes. Parce que je leur appartiens et que je suis ce qu'ils sont. Et tu sais ce qu'ils sont ?

— Des génies, me dit A avec un drôle de sourire.

— Eh bien, oui : des génies. Et inutile de rigoler. Je veux bien t'accorder qu'ils ont eu de la chance. Et même beaucoup de chance. On se demande un peu pourquoi la fameuse évolution a toujours été dans le bon sens. Aucune mutation ne les a jamais desservis. Aucune impasse mortelle, aucune erreur d'aiguillage. De l'algue verte à Tolstoï, à Wagner, à Einstein, le chemin est montant, sablonneux, difficile, mais il ne se perd jamais dans les dunes ou dans les marécages. Quand ils étaient quelques milliers à se balader à travers le monde, un souffle pouvait les éteindre. On raconte que les diplodocus ont été détruits par une catastrophe dont nous ne savons pas la nature. Jusqu'à présent au moins, pas de catastrophe pour les hommes. Ce qui les menace, c'est eux-mêmes, et une vieille invention grecque, puisque les Grecs ont tout inventé. Les Grecs disaient que le danger le plus mortel pour les hommes, c'était l'ὕβρις — l'orgueil. Il n'y a plus guère que l'ὕβρις pour mettre les hommes en péril. Et, veux-tu que je te dise ?

— Dis-moi, me dit A.

— Si les hommes, par malheur, étaient emportés par l'ὕβρις, eh bien, je me demande si ce ne serait pas trop tard. Ils auraient fourni la preuve de ce qu'ils savaient faire. Ils ont eu de la chance, mais ils en ont profité. Ils laisseraient Sophocle derrière eux, et Cézanne, et Mozart, et Machu Picchu, et le temple de Konorak avec ses roues de pierre, et la Toscane avec ses vignes, ses oliviers, ses cyprès, et la Douane de mer où nous nous sommes rencontrés. Et mon amour pour Marie. Car la vraie gloire des hommes, ce ne sont pas les génies, les talents, ceux qui se distinguent des autres. Les génies, je les vénère, et les talents m'enchantent. Je détesterais me passer de Toulet, de Paganini, d'Arsène Lupin, de Lubitsch, des nouvelles de Somerset Maugham, et du *Temps des cerises*. Génies ou talents, la vraie gloire des hommes est ailleurs. Dans le silence, dans le travail, dans la patience, dans le courage. La vraie gloire des hommes, ce sont les hommes eux-mêmes, dans leur diversité et leur totalité. Les milliards et les milliards d'hommes dont les noms sont perdus mais dont la seule existence a fait marcher l'histoire. Si le monde était balayé, s'il était détruit sans recours, un cri s'élèverait encore : “Mort, où est ta victoire ?”

— Mais qui entendrait ce cri ? demanda A. Et surtout : qui le pousserait ?

— C'est toute la question, lui dis-je. Y aura-t-il quelqu'un, y aura-t-il quelque chose pour se souvenir du monde et des hommes quand les hommes auront disparu ?

— Quelqu'un… ? Quelque chose… ? Ah ! Peut-être le rapport ?

— C'est ça, lui dis-je. Le rapport. »

XX

HISTOIRES

Pour absurde qu'elle me parût, car pour la modestie je ne crains personne, l'idée que le rapport, conservé dans les archives d'Urql, constituerait un jour prochain, dans cinq milliards d'années, ou dans quinze, ou peut-être dans cinquante, le seul témoignage sur cet objet d'art sans pareil qu'aurait été le monde me trottait dans la tête. J'essayai, d'un seul coup, comme un client de supermarché s'efforce d'entasser sur son chariot le plus grand nombre possible de produits de première nécessité, de refiler à A l'essentiel des trésors de cette Terre. Renonçant, à contrecœur, au *Didon et Énée* de Purcell, résigné à l'impasse sur Johann Nepomuk Hummel et sur Marc-Antoine Charpentier, je me mis, comme je pouvais, à fredonner *La Traviata*, la *Cantate du café*, un bon bout du *Messie*, de longs passages de *Don Juan*, le prologue de *Tannhaüser*, *Le Roi barbu qui s'avance… bu qui s'avance… bu qui s'avance…* et *Ich bin von Kopf bis Fuss auf Liebe eingestellt.* Puisque les esprits et les morts, grâce à Dieu, sont plus vifs que les vivants, je lui décrivais en même temps, vaille que vaille, les subtilités sans fin de la composition des *Ménines*, au Prado de Madrid, si abondamment explorées par tant de commentateurs jusqu'à Michel Foucault dans *Les Mots et les Choses*, et de l'*Invention du corps de saint Marc*, où le saint en personne indique au commando de Vénitiens débarqués à Alexandrie pour le ramener chez eux l'emplacement de son propre corps. Je griffonnais à grands traits la montagne Sainte-Victoire, le nez cassé de Montefeltre, le petit pan de mur jaune que vous apercevez à droite, de l'autre côté de la rivière, en débouchant sur Delft, les lances de la ronde de nuit qui luisent à contresens des lances de l'averse. Je lui parlais de la dame, abandonnée sous sa voilette, assise, après l'amour, ou peut-être juste avant, en face d'un bellâtre à moustache, un peu trop bien nourri, un canotier sur la tête, type sanguin sans aucun doute, du genre de ceux qui se retournent, en remettant leur chemise, pour demander : “Alors, heureuse ?”, dans une barque sur l'eau qui envahit toute la toile. Je l'entraînais avec moi à Segeste, à Lecce, à Urbino, à Jaisalmer, parmi les tombes lyciennes à moitié immergées, ou dressées vers le ciel, de la baie de Kekova, au pied des observatoires de Samarkand ou de Fatehpur Sikri, au *Bom Jesus* de Congonhas do Campo où règne la gloire boiteuse de l'Aleijadinho. Je lui racontais les belles histoires à rire et à pleurer, à faire peur, à rêver que les hommes n'ont jamais cessé de réciter aux hommes.

« Peut-être parce que chacun d'eux est lui-même une histoire, les hommes aiment à la folie qu'on leur raconte des histoires. Le monde n'est qu'une histoire où s'emboîtent des histoires. La tienne, la mienne, la nôtre, celle de Marie et de moi, celles de Don Quichotte de la Manche et de Gargantua, de Sindbâd le Marin et de Robin des Bois, les aventures d'Arsène Lupin et celles du Juif errant. Elles commencent avec Adam et Ève, avec Gilgamesh, avec le *Mahabharata* et la *Bhagavad-Gita*, avec Ulysse, bien entendu, et Agamemnon, et Hélène de Troie, et Jason et Œdipe. La Bible n'est qu'une longue histoire dont les héros sont Dieu, le temps qui passe, la Terre promise et le peuple élu. Épisodes dramatiques et coups de théâtre se succèdent à un rythme affolant. Quand Ève naît d'une côte d'Adam, le nombre des hommes est doublé. Quand Caïn tue son frère Abel, c'est la moitié de l'humanité qui disparaît d'un seul coup : le plus terrible génocide de toute l'histoire du monde. Quand le Déluge se produit et tue tous les êtres qui prospèrent sur la terre, la partialité de Jéhovah en faveur des poissons a quelque chose de révoltant. Un des plus courts poèmes de la langue française rapporte, sans détails inutiles, comment Loth, pris de boisson, eut l'idée consternante de s'unir à sa fille :

Il but, il devint tendre,
Et puis, il fut son gendre.

La tragédie classique, le roman de formation, le mélodrame des boulevards s'ouvrent en fanfare avec le sacrifice d'Isaac par son père Abraham. Les récits de voyage qui brilleront de tous leurs feux avec *Les Mille et Une Nuits*, avec les récits de Rubroek ou de Jean du Plan Carpin, avec *Le Million* de Marco Polo, avec les aventures de Fa-hieng, de Yi-jing ou de Huian-tsang, pèlerins bouddhistes venus de Chine, malgré les déserts de Gobi et du Takla-Makan, malgré le Pamir, malgré l'Himalaya, à la recherche du Bouddha, avec Christophe Colomb et Magellan, avec les lettres du président de Brosses, avec Goethe et Chateaubriand, avec Stendhal et les Anglais qui partent pour l'Italie, pour les îles du Pacifique, pour la passe de Khyber et pour l'Afghanistan en compagnie de Byron, de Stevenson ou de Rudyard Kipling, sont déjà tout entiers dans *L'Odyssée* d'Ulysse qui tombe, d'un bout à l'autre de l'arc-en-ciel romanesque, du génie d'Homère dans le labyrinthe irlandais et tourmenté de James Joyce.

Il y a plus simple encore et encore plus fécond que la Bible et *L'Odyssée*. Un homme rencontre une femme, ils s'aiment, ils se quittent : plusieurs millénaires de l'histoire de ce monde tournent autour de ce modèle aux variations sans fin, inlassablement repris, transformé, compliqué par les générations successives et qu'il faudrait jeter par paquets entiers dans la fournaise de ton rapport. Un homme, une femme : quelle famille, quel milieu, quelle parenté, quelle fortune ? Comment se sont-ils vus ? grâce à qui ? depuis quand ? en quels lieux ? La société entière est tapie derrière eux. Des règles, des interdits, des intérêts, des passions. La plus simple des histoires d'amour entretient des relations avec la religion, avec l'argent, avec un passé immémorial, avec l'histoire dans tous ses états autant qu'avec le sexe et avec le cœur. On a pu soutenir que le roman, genre littéraire dominant pendant pas mal de siècles dans l'Occident chrétien largement soumis aux influences des Grecs, des Romains et des Juifs, était lié à la bourgeoisie où des restes de sacré se mêlent à la dérision, où la communication et l'échange se combinent aux privilèges et à l'interdiction. Entre l'homme et la femme, héros par excellence de toute histoire sur cette Terre depuis que l'histoire y est née, il faut, pour qu'il y ait histoire, qu'une attraction se produise. Il faut aussi des obstacles. Sans attraction, pas d'histoire. Mais sans obstacles, non plus.

Tous les obstacles les plus fous que tu peux inventer, l'histoire s'en est servie pour condamner le sexe et pour le magnifier. Les familles séparées par une haine ancestrale, le frère et la sœur, le père et la fille, la belle-mère et le gendre, le prêtre, le cardinal, la vestale ou la nonne, la séparation dans l'espace, la maladie et la mort, la fidélité au-delà du tombeau, l'amour de A pour B qui aime C qui aime A, l'impuissance, la frigidité, le vice ou l'ambition à l'assaut de l'innocence, l'inconscient et le crime et le bonheur dans le crime, l'attachement à la vertu, au trône, à la patrie, à la mère, à une situation économique, à un parti politique, l'homosexualité, célébrée chez les Grecs ou chez les Amazones, hier encore clandestine, aujourd'hui déclarée, la pitié, le remords, la tendresse, la bestialité et la haine de soi-même et l'amour de la souffrance, tout a été utilisé dans les histoires de cœur qui sont au cœur de l'histoire.

La ligne de chance, sans cesse, se mêle à la ligne de cœur et à la ligne de vie. Les jeux du hasard et du destin font les délices des hommes. Ne parlons même plus du neveu qui tombe amoureux de la femme que son oncle lui a demandé de ramener en bateau d'un pays étranger, ni de la femme qui meurt d'amour à l'ombre des forêts pour le fils de son mari, ni de l'adolescent qui s'éprend de la femme d'un soldat qui est parti pour la guerre, ni de la veuve qui aime un homme à qui le souvenir de son mari l'empêche de se donner, ni… Mais la liste est trop longue pour les trois jours dont nous disposons. Les mythes fondateurs se bousculent autour de la mort et de l'amour qui, plus que tout le reste, commandent et intriguent les hommes. Celui-ci, qui doit mourir, s'enfuit jusqu'à Samarkand pour échapper à la mort — qui l'attend à Samarkand. Celui-là, qui sait que l'enfant à qui il a donné le jour doit lui ôter la vie, fait disparaître son fils qui échappe par miracle à la mort préparée, revient, vingt ans plus tard, sur les lieux de son enfance et tue dans une bagarre un personnage inconnu qui n'est autre que son père, dont il épouse la femme qui n'est autre que sa mère. Ce troisième, car le fait divers et la chronique judiciaire ne cessent jamais de se mêler à la mythologie dont ils sont le miroir et l'envers et la cause et l'effet, poursuit pendant des années une femme qui le repousse et ne veut pas de lui. Quand, lassé de ses échecs, déjà usé par le malheur, il se détourne enfin d'elle pour finir sa vie avec une autre, elle lui cède et le tue.

Dans le comique, dans le tragique, les ressorts sont les mêmes et Feydeau, après tout, n'est pas si loin de Racine. Dans les chambres à éclipses et à répétition de l'hôtel du Libre-Échange, les portes claquent avec moins de grâce et de génie mais avec autant de rigueur que dans le palais de Néron. Les ressorts de l'homme sont semblables aux mécanismes de l'univers : limités et sans fin.

Les mêmes ressorts à l'œuvre dans les aventures de Moïse, de Joseph et de Putiphar, d'Esther, du cyclope Polyphème, dans *Britannicus* ou dans *Bajazet*, dans *Zadig*, dans *Le Rouge et le Noir*, dans les contes extraordinaires d'Edgar Poe, bien entendu, *La Lettre volée*, ou *Double assassinat dans la rue Morgue*, mènent à un autre type d'histoire dont tu devras parler à Urql et qui donne ses couleurs à tout un pan de monde moderne : le roman policier, le polar, le feuilleton d'aventures, le *giallo*, le film noir. La clé de l'affaire est la crainte, la surprise, la terreur, l'incertitude de ce qui va se passer et qui est toujours inattendu, encore imprévisible, et déjà inévitable. Le refrain est : “Et après ?” La méthode relève du tricot, du dessin d'un labyrinthe, de l'art de l'artificier qui dispose au bon moment ses pétards et ses bouquets. Il y a toujours un secret, un mystère, des héros noirs ou blancs, une intrigue en forme de question aux rebondissements successifs. À l'angoisse sacrée et à l'admiration que suscitaient les grands mythes derrière lesquels s'agitaient l'ordre du monde et les dieux succèdent la terreur feinte et l'amusement de la recherche d'un coupable qui n'est jamais qu'un homme. Passé des dieux aux héros et des héros aux créatures, le drame de l'univers est descendu sur la Terre jusqu'à s'enfermer dans un lieu clos : une cour, une ville, un groupe d'amis, souvent un quartier, une maison, jusqu'à une chambre fermée à clé. L'assassin, au fil des siècles, et de la complication croissante de la technique et de la société, devient de plus en plus improbable : le juge, le mari, le prêtre, le policier, le narrateur lui-même, ou le lecteur, trois personnes réunies, ou dix, ou douze, ou treize, ou, au contraire, une seule qui se cache sous plusieurs masques. L'important est de jouer avec notre destin pour nous distraire du temps qui passe et de détourner vers des voies de garage l'angoisse de notre condition, toujours pareille à elle-même mais camouflée par le talent. Sherlock Holmes, Rouletabille, Arsène Lupin, Hercule Poirot sont les prêtres laïques des mystères d'une humanité qui a appris à rire d'elle-même. Ils sont, dans un monde technique, ironique, blasé, déjà un peu fatigué de comprendre et de ne pas comprendre, nos préposés truqués à la terreur ancestrale.

Tout est histoire. Les guerres, les maladies, les larmes, les souffrances, le savoir, l'inconscient, la mort, les autres mondes et les dieux qui descendent sur cette Terre finissent par se changer en histoire. Il y a des histoires plus complètes, plus achevées, plus cohérentes que d'autres. Il y a des histoires qui renvoient, avec plus de style et d'éclat, à plus de réalité ou à plus de mystères que d'autres. On les appelle des chefs-d'œuvre. Le chef-d'œuvre le plus achevé, le plus cohérent, le plus complet, c'est l'histoire du monde dont les héros sont les hommes. C'est elle que tu raconteras à Urql sous les acclamations des esprits, tes confrères.

— Ce sera le rapport ? demanda A, une ombre d'inquiétude dans la voix.

— Ce sera le rapport, confirmai-je.

— Et le rapport lui-même sera-t-il un chef-d'œuvre ? »

J'hésitai encore un instant.

« Je t'ai déjà prévenu que, malgré tous nos efforts, le rapport ne sera jamais qu'un résumé de la totalité dont j'essaie, comme je peux, de te donner une idée. Ce sera une brève histoire de l'infini, un résumé de l'ineffable, une biographie de l'éternel — ou de ce qui paraît éternel aux yeux de l'éphémère. Il ne parlera que de l'image que les hommes se font d'eux-mêmes et de leurs éternelles espérances, à jamais déçues par cette autre forme du rêve qu'ils appellent réalité et à jamais renaissantes. Ce sera le reflet d'un reflet. Ce sera un miroir aux alouettes. Ce sera un échantillon des illusions des hommes qui sont plus grandes et plus belles que leurs œuvres les plus réussies.

— Alors, me dit A, ce sera mieux que le monde ?

— Ça fera moins de mal, lui dis-je. Mais il y manquera toujours quelque chose, un je-ne-sais-quoi, un presque rien qui est presque tout, une ouverture vers ailleurs, une béance…

— Une béance… ? demanda A.

— Une béance, lui dis-je. Une béance, une ouverture,

une attente d'infini qui fait que le monde est le monde et le rapport, un rapport.

— Ah ! mon Dieu ! s'écria A, ce sera moins bien que le monde ?

— Beaucoup moins bien, lui avouai-je. Mais plus bref et plus maniable. Tu pourras le mettre dans ta poche et l'emporter avec toi. »

DEUXIÈME JOUR

Surtout, pas de ragots. Le défunt avait horreur de ça.

MAÏAKOVSKI.

I

LE VOYAGE À ROME

« Je ne sais pas pourquoi, je ne sais même pas si j'ai raison, mais les villes d'hier, quand elles n'étaient pas trop grandes ni trop hautes, que des remparts les entouraient et que les rues étroites, un peu prises de boisson, s'avançaient en titubant, à la va-comme-je-te-pousse, parce qu'il n'y avait pas de voitures ni trop de monde dans le monde, me paraissent plus plaisantes que les villes d'aujourd'hui. Peut-être me diras-tu que je suis un mort arriéré. C'est bien possible. Ce que j'aimais en Italie, c'est que les murs n'étaient pas neufs et qu'ils avaient vécu. Et qu'ils étaient jaunes et ocre.

Nous nous installions, Marie et moi, sur de petites places au soleil où nous parlions de tout et de rien en regardant les passants et les façades des maisons où du linge de toutes les couleurs était en train de sécher. Le monde, mon cher A, c'est Hegel et Giorgione et Haendel et l'or des Scythes. C'est surtout du linge à sécher à toutes les fenêtres de la planète.

— Du linge ? demanda A. Nous allons inscrire dans le rapport que le monde est du linge ?

— Sans la moindre hésitation. Les hommes sont d'abord un corps. Et le *monde est d'abord du linge*. Du linge, des lessives, des courses, des commissions, de la cuisine, du ravaudage. Et des places au soleil. J'ai un faible pour les places. Il y en a de grandes et de somptueuses où passent les chefs d'État et les cars de touristes : elles sont comme le centre et l'emblème des villes, pleines d'affaires et de crimes, édifiées autour d'elles. La place de la Concorde, la place Vendôme, la place des Vosges à Paris. La piazza Navona à Rome. La place Saint-Marc à Venise. Maydân Châh à Ispahan. La place Rouge à Moscou. La place T'ien an Men à Pékin. Je préférais les plus petites, dont on ignore le nom, sur lesquelles on tombe tout à coup, avec un cri de surprise, derrière l'église ou le marché et dont le soleil et l'ombre se disputent les tilleuls, les bancs où dorment des clochards, les tables couvertes de bouteilles de vin ou de tasses de café. Nous avons beaucoup couru, Marie et moi, derrière ces places dans les villes où se cache le bonheur. Et les larmes me viennent aux yeux quand je nous revois tous les deux, nous tenant par la main, sur la place de Crémone ou sur celle de Bergame, là-haut, au-dessus de la plaine, sur la piazza San Ignazio, à Rome, qui a l'air d'un décor pour Marivaux ou pour Mozart, sur la place qui s'étend devant les vieilles mosaïques de Santa Maria in Trastevere, la première église chrétienne ouverte au culte à Rome, ou sur le campo, planté de trois platanes, qui entoure, à Venise, San Giacomo dell'Orio, dans ce quartier reculé qui est si loin du Lido et si loin de Saint-Marc et où ne viennent jamais les touristes.

Sur ces places si calmes et si belles, le monde nous rattrapait encore. Je me souviens d'un jour, c'était, je crois, au mois de juin…

— Est-ce à inclure dans le rapport ? m'interrompit A.

— Je n'en suis pas sûr, lui répondis-je. Non…, je ne crois pas… Je te raconte plutôt cette histoire pour que tu comprennes bien comment avance le monde. Tu pourras toi-même la répandre à Urql parmi les esprits de ton entourage, pour les distraire un peu quand ils te parleront du rapport qui les aura tant frappés.

— Et éblouis, ajouta A.

— Et qu'ils te feront part, en hochant la tête l'air soucieux, de leur stupeur et de leur incrédulité. C'était donc en juin, à Rome, sur la piazza Campitelli, à quelques pas du Capitole et du théâtre de Marcellus, en direction, si je ne me trompe, du Campo dei Fiori et de la piazza Farnese, vers la fin des années cinquante ou au début des années soixante.

— Lesquelles ? demanda A.

— Mais les miennes, bien sûr. Au cœur du XXe siècle après le Christ Jésus qui, malgré bouddhistes et musulmans en train de remâcher leur fureur et de ronchonner dans leur coin, et on peut les comprendre, nous sert de borne milliaire pour calculer le temps. Ce qui fait, dans un autre registre, un peu plus de deux mille sept cents ans après la fondation par Romulus de la Ville éternelle. Ou encore, si tu préfères, autour des années 1375 ou 1385 de l'hégire. J'aurais bien aimé connaître Rome, quelque deux cents ans plus tôt, vers la fin du XVIIIe siècle, avant l'entrée des troupes françaises qui exportaient la Révolution à la pointe de leurs baïonnettes. C'était déjà moins bien que sous Jules II ou Léon X…

— Ah ! le cousin de…

— Oui. Celui dont, par paresse, tu n'as rien voulu savoir… Il y avait moins de génies. L'air était plus pesant. C'était déjà moins bien. Mais encore pas si mal. Je me serais débrouillé comme j'aurais pu pour me faire attacher, en qualité de faquin, de valet, de messager, à un peintre, à un musicien, à un cardinal, à un grand seigneur. Au cardinal de Bernis, par exemple, archevêque d'Albi, ami de Mme de Pompadour, ambassadeur à Venise, secrétaire d'État aux Affaires étrangères, ambassadeur à Rome auprès de Clément XIV…

— Encore ! s'écria A.

— Encore, dis-je avec calme. Des poésies un peu maniérées dans le genre de celle-ci :

À UNE MARQUISE
QUI LUI DEMANDAIT
CE QUE C'EST QUE L'AMOUR

L'amour est un enfant, mon maître.
Il l'est aussi du berger et du roi.
Il est fait comme vous, il pense comme moi,
Mais il est plus hardi peut-être.

l'avaient fait surnommer par Voltaire *Babet la Bouquetière* avant de le faire élire, à vingt-neuf ans, à l'Académie française. Ç'aurait été délicieux de me promener le long du Tibre, au pied de la Trinité des Monts ou sur la via Appia, en compagnie du cardinal. Ou, le siècle d'après, c'est-à-dire, pour moi, le siècle d'avant…

— Pas si vite, dit A.

— C'est tout simple, lui dis-je. Toujours le temps. Fais

un effort. Vers 1840. Mettons, pour changer un peu, avec ce galopin de consul à Trieste, puis à Civitavecchia, qui se permettait de se moquer de son supérieur hiérarchique, quelques années à peine plus tôt, le vicomte de Chateaubriand, ambassadeur auprès du Saint-Siège de Sa Majesté le Roi Très Chrétien. Je ne sais pas si Stendhal — “le côté du lieutenant”, disait Albert Thibaudet —, qui n’avait pas de tendresse pour l’auteur des *Martyrs* et de *Génie du christianisme*, a jamais rencontré Chateaubriand — “le côté du vicomte”. Le vicomte, en tout cas, ne mentionne nulle part, ni dans sa correspondance avec Juliette Récamier — “Qu’on est heureux à l’écart de tout cela, et de vous aimer ! À vous pour la vie ! À vous ! À vous !” — ni dans les *Mémoires d’outre-tombe*, le nom du père de Julien Sorel et de Fabrice del Dongo qu’il n’avait sans doute jamais lu. Malgré le mépris de Chateaubriand pour le relâchement des mœurs modernes sur les ruines du Capitole — “Ce qu’il y a de vraiment déplorable ici, ce qui jure avec la nature des lieux, c’est cette multitude d’insipides Anglais et de frivoles dandys qui se tiennent enchaînés par les bras comme des chauves-souris par les ailes” —, je n’aurais pas détesté les prendre tous deux par ce bras si sévèrement condamné et me balader avec eux sous le château Saint-Ange, dans l’isola Tiberina et dans le Trastevere. Ç’aurait été fameux pour le rapport. Ç’aurait été du gâteau.

— Tu crois ? » demanda A, un peu d’inquiétude dans la voix.

« Sûr. Ils m’auraient, tour à tour, dit du mal l’un de l’autre.

— C’est un poseur, aurait murmuré Henri en profitant de l’absence de René qui, appuyé le long d’un mur, se serait attardé à jeter des regards mélancoliques sur la coupole de Saint-Pierre et sur Saint-Onuphre où le Tasse avait trouvé refuge. “La lune se leva au milieu de la nuit. Bientôt elle répandit dans les bois ce grand secret de mélancolie qu’elle aime à raconter aux vieux chênes et aux rivages antiques des mers” ou “Dites à la mer toutes mes tendresses pour elle. Dites-lui que je suis né au bruit de ses flots, qu’elle a vu mes premiers jeux, nourri mes premières larmes et mes premiers orages, que je l’aimerai jusqu’à mon dernier soupir et que je la prie de vous faire entendre quelques-unes de ses tempêtes d’automne” : hein ! qu’est-ce que vous en pensez ?

— Pas si mal, aurais-je répondu. Pas si mal.

— C’est vrai, dit A. Pas si mal.

— Quoi ! Comment, pas si mal ? La moindre de ces fadaises suffirait à me faire prendre en grippe toute la littérature française. C'est un phraseur, un hypocrite, un menteur, un père de l'Église couvert de femmes, un ascète en quête d'argent et assoiffé d'honneurs. Ce qu'il veut, c'est un confessionnal où baiser des jeunes femmes qui ne lui appartiennent pas et une cellule sur un théâtre où jouer la chattemitte. Tout ce qu'on déteste. C'est très précisément un de ces salauds que tu trouveras dans *La Nausée*, autour d'Antoine Roquentin, à l'époque où je triompherai. J'attends Henri Guillemin pour lui régler son compte et je félicite d'avance Jean-Paul Sartre d'aller pisser sur sa tombe.

— Parce que Sartre… ? demanda A.

— Oui, mon ami, lui dis-je. Et il s'en vantait.

— Et où Sartre est-il enterré ? » demanda A.

Je le considérai d'un air glacial.

« Ça ne te regarde pas, lui dis-je. D'ailleurs, personne ne s'en souvient plus, malgré les plus belles obsèques d'un écrivain depuis Victor Hugo.

René aurait rappliqué, sa belle tête tourmentée sur un corps presque difforme.

"Ce jeune homme", m'aurait-il confié après quelques mots aimables à mon endroit qui n'étaient pas volés, "a moins de talent qu'il ne le croit. Il n'a pas le moindre principe. Il ignore tout de la dignité. Il prétend aimer à la fois l'Empereur et la liberté : est-ce assez absurde ? Ce n'est pas par hasard qu'il tombera sur la mort du côté des grands boulevards, là où guettent dans l'ombre les femmes de mauvaise vie. Il nasillonne dans le vide et rien ne m'irrite comme ce succès qu'il attend de l'avenir."

Je les aurais entraînés tous les deux, chacun grommelant de son côté, jusqu'aux ruines du Colisée. Là, au cœur de Rome, parmi le sang des martyrs jetés aux bêtes ou crucifiés, ils s'étaient succédé dans les jours de leur vie. L'un serait sorti d'une visite dans un salon du Corso, d'une audience du Saint-Père, de la fête, gâchée et illuminée par un orage violent, que le vicomte ambassadeur, pair de France, ancien ministre des Affaires étrangères, vainqueur de la guerre d'Espagne, poète quasi officiel de la catholicité triomphante, venait d'offrir, dans le cadre somptueux de la villa Médicis, à la grande-duchesse de Russie. L'autre, encore touriste ou peut-être déjà consul, aurait rédigé un guide de Rome et des passions de l'amour et se serait installé, pour rêver, sur les gradins de l'amphithéâtre. Malgré les honneurs sous lesquels il croulait, l'ambassadeur catholique avait l'esprit et le cœur aussi occupés par les femmes que le voyageur inconnu. Et pas seulement par la sienne et par la grande-duchesse.

Quelques jours avant la fête à la villa Médicis, le Jeudi saint, au lendemain d'une lettre célèbre et souvent remaniée, car il faut ce qu'il faut, à Juliette Récamier — "Je sors de la chapelle Sixtine, après avoir assisté à Ténèbres et entendu chanter le *Miserere.* Le jour s'affaiblissait, les ombres envahissaient lentement les fresques de la chapelle et l'on n'apercevait plus que quelques grands traits du pinceau de Michel-Ange. Les cierges, tour à tour éteints, laissaient échapper de leur lumière étouffée une légère fumée blanche. Les cardinaux étaient à genoux, le nouveau pape prosterné. L'admirable prière de pénitence et de miséricorde, qui avait succédé aux lamentations du prophète, s'élevait par intervalles dans le silence et la nuit. Que n'étiez-vous là avec moi ! Quand aurai-je fini de mon avenir et quand n'aurai-je plus à faire dans le monde qu'à vous aimer et à vous consacrer mes derniers jours ? C'est une belle chose que Rome pour tout oublier, mépriser tout, et mourir" —…

— Eh bien, dit A, la lettre me plaît beaucoup. Il a bien fait de la travailler. Est-ce qu'il meurt ?

— Pas du tout, lui dis-je. Attends un peu. Quelques jours avant la fête à la villa Médicis, le Jeudi saint, au lendemain de la lettre à Juliette Récamier, à la veille de se jeter aux pieds du Saint-Père pour commémorer la mort du Christ avant de fêter sa résurrection, Chateaubriand venait de recevoir, sur la recommandation de Fortunée Hamelin — une créole de Saint-Domingue aux aventures innombrables, surnommée "la jolie laide" —, un jeune bas-bleu ravissant, affolé d'écriture, qui sera son dernier amour : il s'appelait Hortense Allart.

— N° 6, me souffla A.

— Voyez, aurais-je dit à Henri, il aime les femmes autant que vous. Un homme qui aime les femmes à la folie et qui aime aussi l'accordéon…

— L'aimait-il ? demanda A.

— Il s'y essaie, en tout cas : quatre ans plus tard, dans la vieille calèche de voyage du prince de Talleyrand qui le ramène de Prague où il est allé rendre visite à Charles X déchu…

— Chateaubriand dans la calèche de Talleyrand ? Mon monde s'écroule, dit A. Ou plutôt le tien.

— Sans Talleyrand, dis-je très vite. Sans Talleyrand. Il avait racheté la voiture : "Je fis radouber celle-ci, afin de la rendre capable de marcher contre nature : car, par son origine et ses habitudes, elle était peu disposée à courir après les rois tombés."

— Ah bon ! dit A.

— Sur les routes de Bohême, dans la calèche de Talleyrand, il jouera de cet instrument tout neuf qui vient d'être inventé par Buschmann sous le nom d'*handaoline* ou d'*harmonica à main* avant d'être baptisé *accordéon* par les musiciens autrichiens.

— En annexe au rapport, sous la rubrique : *Accordéon !* glapit A.

— Qu'est-ce que je disais ? demandai-je. Ah ! oui : un homme qui aime les femmes à la folie et aussi l'accordéon ne peut pas être tout à fait mauvais.

— Un snob, aurait grogné Henri, un boursouflé, un cagot, un jésuite, un ami des Bourbons, notre grand hypocrite national. Je l'ai toujours détesté.

— Mais j'y songe, aurais-je glissé à Henri avec une ombre de perfidie, il y a un lien entre vous.

— Un lien ? je voudrais bien voir ça.

— Vous l'avez vu, lui aurais-je dit. Il était bien joli. C'était le jeune bas-bleu ravissant. C'était la visiteuse du Jeudi saint. C'était Hortense Allart.

— Hortense Allart ? Aucun souvenir. Je me souviens d'Alexandrine, d'Angeline et d'Angela, de Matilde et d'Alberthe, de Menti, de Giulia…

— Ah ! lui aussi…, dit A.

— Tout le monde, lui dis-je. Tout le monde. Les écrivains comme les autres. N'avez-vous jamais habité au 71, rue de Richelieu ?

— Bien sûr que si, aurait répondu Stendhal. Mais je ne vois pas…

— Elle vous y adresse une longue lettre pour vous supplier de vous occuper d'elle et de son manuscrit qui n'est pas un chef-d'œuvre : "Veuillez me rendre ce service qui ne vous coûtera que quelques mots et qui m'obligerait infiniment." Prometteuse de secret, à la rigueur d'argent, ou peut-être même de caresses, la formule finale est un peu ambiguë : "On ne saura pas, si vous voulez, que c'est vous qui vous en êtes mêlé, et toutes les conditions me seront bonnes.”

— On ne peut pas être plus simple, dit A.

— Il semble que vous ne soyez pas resté tout à fait sourd à ces objurgations puisque, un mois et demi plus tard, elle fait parvenir une nouvelle lettre à M. Bayle (avec une faute d'orthographe), 71, rue de Richelieu : “J'ai reçu votre lettre avant-hier, Monsieur, et dans mon transport je vous dis que vous êtes un homme *charmant*...”

— Diable ! se serait écrié M. Beyle.

— Vous auriez eu tort, d'ailleurs, de profiter de ces transports pour tenter de la monter, selon vos vœux secrets, contre M. de Chateaubriand. Sainte-Beuve s'y était essayé et il s'était attiré de cette jeune femme audacieuse et pourtant fidèle une réponse plutôt cinglante : “C'était un homme que l'amour a charmé autant que la gloire, qui a aimé toute sa vie et qui était le plus tendre du monde. Il était bon et bienveillant. Il était très fier, surtout avec moi qui étais plus jeune que lui. Il ne croyait pas qu'on pût tant l'aimer alors qu'il était si doux, si beau, si soumis, si tendre... Prenez donc garde à ce que vous allez dire.”

— Je ne dis rien, aurait dit Stendhal.

— Et vous faites bien, aurait lancé Chateaubriand, qui était moins sourd et moins absent que tu ne pourrais le croire.

— Je ne crois rien, dit A. Et je ne dis rien.

— Et tu fais bien, lui dis-je. Il faut être très prudent quand il s'agit des hommes, toujours prêts à surprendre et à faire le contraire de ce qu'on est en droit d'attendre d'eux. Tu les crois sourds, et ils entendent. Tu les crois honnêtes, et ce sont des fripouilles. Tu les crois lâches ou légers, et leur courage t'étonne. Autant dire tout de suite que la psychologie, qui ne prophétise que le passé, est la plus vaine des sciences de l'homme dont aucune n'est très sûre. Aussi t'ai-je très peu parlé, pour le rapport, de ces sentiments de fiction que les romanciers du dimanche prêtent à leurs personnages. Le monde est déjà assez peuplé, assez flou, assez incohérent pour qu'on n'en rajoute pas et qu'on n'entasse pas de l'incertitude sur de l'incertitude ni de la prolifération sur de la prolifération. Je ne crois qu'à l'anecdote et à la métaphysique. C'est pourquoi notre rapport reposera sur l'histoire, qui se situe à mi-chemin du fait divers et de la philosophie.

— Et Stendhal ? demanda A. Qu'est-ce qu'on en fait ?

— Mais on s'en fiche, lui dis-je. C'est comme Chateaubriand. On ne va pas fêter le réveillon sur leurs bretelles, sur leurs calèches, sur leurs manies, sur leurs amours. Je ne les convoque dans le rapport que pour te distraire un peu. Ce sont de bons compagnons et ils t'en apprendront plus sur le monde que les banquiers ou les notaires qui ne s'occupent que d'argent et qui répètent tout le temps les mêmes choses. Avec Stendhal au moins, ou avec Chateaubriand, on s'amuse plus qu'avec les autres. Quand tu en auras assez du rapport, tu pourras toujours lire *Le Rouge et le Noir* ou les *Mémoires d'outre-tombe*. On ne peut pas faire beaucoup mieux. Mais nous, ici, toi et moi, qui apprenons le monde, nous n'avons pas le temps, comme le font les savants, les biographes, les historiens, de les suivre pas à pas. Il y a mille choses qui nous attendent. Elles nous attendent ici même, à Rome, où je te rappelle que nous sommes installés, à l'affût de la vie, sur la piazza Campitelli, à deux pas du Forum et du théâtre de Marcellus, au cœur de l'éternité.

Si j'avais été toi, mon cher A, je n'aurais cessé de me promener dans Rome avec les innombrables voyageurs — amants, artistes, pèlerins, conquérants, commerçants, écrivains ou savants —, qui, depuis près de trois mille ans, ont défilé au pied des sept collines. J'aurais suivi Brennus, les Allemands, les Normands, et le cardinal du Bellay, et Luther, et les Anglais du Grand Tour, et Claude Lorrain, et Hubert Robert, et Byron, et Goethe, et Maupassant, et Zola, et le Dr Sigmund Freud qui, pour des raisons obscures et, dans son système au moins, trop claires, eut tant de mal à parvenir jusqu'à la Ville éternelle. Je me serais mêlé à leur troupe, j'aurais marché avec eux, j'aurais écouté ce qu'ils disaient et j'en aurais appris sur les hommes plus que partout ailleurs.

— C'est ce que je fais, me dit A.

— C'est ce que tu fais ?

— Bien sûr, me dit-il. Pendant que je suis ici avec toi, voletant au-dessus du monde dans les feuillets du rapport, je suis aussi ailleurs avec les autres. Je suis les autres et je suis toi autant que je suis moi. C'est que je suis un esprit, mon pauvre O. Et les esprits, tu le sais, sont partout à la fois. Ils se promènent dans le passé, ils se promènent dans l'avenir. N'as-tu pas encore compris que j'étais tous les hommes ? Je me confonds aussitôt avec ceux dont tu me parles, j'entre dans l'un, j'entre dans l'autre, et j'en ressors à toute allure pour venir te rejoindre.

— Ça alors ! lui dis-je. Et qu'est-ce que je fais là-dedans ? Tu pourrais très bien écrire le rapport tout seul.

— Pas question, me dit-il. C'est un magma sans nom. Tu mets de l'ordre.

— Vraiment ? lui dis-je.

— Mais bien sûr. Tu me guides. Tu me limites.

— Je fais ce que je peux, lui dis-je en baissant la tête.

— Le monde est un bordel terrible. Malgré ta nullité, tu me rends un fier service. Tu m'expliques ce que je sais, tu rédiges ce que je suis. Mais si, d'une façon ou d'une autre, je n'étais pas tous les hommes, je ne comprendrais pas un seul mot de tout ce que tu me racontes.

— Ça alors ! répétai-je. C'est plus fort que de jouer au bouchon.

— Tu m'as déjà expliqué qu'il n'y a jamais que les hommes pour comprendre les hommes. C'est peut-être pour cette raison que votre Dieu s'est fait homme. Mais, dès que tu es un homme, tu comprends tout des hommes : Socrate, qui accouchait de leur pensée ceux qui parlaient avec lui, enseignait que savoir, c'est se souvenir et que chacun sait déjà tout.

— Alors, tu savais déjà tout ?

— J'aurais pu le savoir. Mais je ne le savais pas. Ce qu'il y a de bien dans le rapport, c'est que je m'y étonne, avec toi, de ce que j'aurais pu savoir. Et que je ne savais pas. »

II

LA FOLLE DE RIGA

« Sur la piazza Campitelli, à quelques pas du Capitole et du théâtre de Marcellus — et tu vois bien que le monde entier est déjà contenu dans ces mots en apparence sans mystère comme il est contenu dans l'édit de Milan ou le sacrifice d'Abraham, comme il est aussi contenu dans le moindre regard, dans le moindre brin d'herbe écrasé sous tes pas, dans la première idée qui nous vient le matin —, nous mangions des figues et du jambon de Parme : *prosciutto con fichi*. Et nous buvions du lambrusco, qui eﬆ un vin rouge pétillant de la région de Modène. La nourriture occupe beaucoup les hommes qui ont fait de la cuisine un art sans doute mineur, inférieur en élévation et en charme à la danse ou à la musique, mais autrement présent dans l'exiﬆence quotidienne du grand nombre. Car on eﬆ son père et sa mère, on eﬆ l'enfance et le paysage, on eﬆ les gens qu'on voit et les livres qu'on lit. On eﬆ aussi ce qu'on mange. Nous en étions à l'*espresso*, brûlant et très serré, le vin, l'alcool, le café tiennent dans notre vie une place plus importante que l'impératif catégorique ou le rayonnement de Hubble…

— Et pourtant…, lança A. Le rayonnement de Hubble… ! le décalage du speﬆre vers le rouge… ! Les soixante mille kilomètres parcourus à chaque seconde par les galaxies qui fichent le camp… !

— … quand un garçon insignifiant, à mes yeux tout au moins, et une jeune personne blonde aux cheveux courts, comme on en voit des centaines dans les rues de toutes les villes, vinrent s'inﬆaller à côté de nous. Marie, à ma ﬆupeur et, je dois l'avouer, à ma contrariété parce que notre solitude était rompue d'un seul coup et que nous rentrions dans le monde que nous voulions quitter, se jeta avec exaltation dans les bras de Lisa : c'était le nom de la blonde.

Je ne vais pas t'expliquer, inutile pour le rapport, les liens qui les unissaient. On peut toujours fournir des détails à la pelle. Ce qui eﬆ important, c'eﬆ les rencontres. La vie et les romans ne sont faits que de rencontres.

— Comme la nôtre ? demanda A.

— Comme la nôtre, lui dis-je. Et tout ce qui en découle. À la façon de tout le monde, Lisa avait un père, une mère, une famille, un métier, des hiﬆoires de cœur et des attaches un peu partout qui nous mèneraient n'importe où. À la façon de personne, elle était surtout lettonne. La Lettonie eﬆ un petit pays du Nord…

— Du nord de quoi ?

— Du nord de l'Europe, à l'hiﬆoire compliquée, entre l'Allemagne et la Russie. Dans les siècles où nous vivions, et dans les autres aussi, c'était une situation difficile. Il y avait des landes, des lacs, des bouleaux et des rennes, les Russes, les Polonais, les Finlandais, les Suédois, les Prussiens un peu plus loin, mais terriblement proches, les chevaliers

Porte-Glaive et les chevaliers Teutoniques, les deux batailles de Tannenberg, Ivan le Terrible et Pierre le Grand, Charles XII et Lénine, le traité de Brest-Litovsk et le maréchal Pilsudski, Eisenstein et Paderewski. Tout ce joli monde était assis avec nous autour de l'*espresso* de la piazza Campitelli.

— Les papes Clément sont de retour, gémit A.

— L'ennui avec les papes Clément, et avec tous les autres, y compris ceux du Nord, dont les noms flottent encore dans nos mémoires embrumées, c'est qu'ils enfoncent des échardes dans le cœur et les corps des hommes. Une fameuse écharde — et encore une rencontre —, c'est le pacte germano-soviétique, entre Molotov et Ribbentrop, c'est-à-dire entre Staline et Hitler, le 23 août 39.

— Tu m'agaces avec ton snobisme. Chaque homme a la folie de se croire au centre du monde et du temps. Précise le siècle, au moins.

— 1939, lui dis-je. Il y avait, dans ces temps-là, deux grands empires d'une puissance formidable, héritiers d'Alexandre, de Jules César, de Charlemagne et de Frédéric II, de Ts'in Che Houang-ti, de Gengis Khân ou de Tamerlan : le Reich allemand d'Adolf Hitler, l'Union soviétique de Staline. C'étaient des pays où revivait la conjonction qui avait fait la force des Chinois, des Romains, des Mongols : une caste militaire toute-puissante et des masses dominées, réduites à une obéissance qui pouvait passer pour volontaire et où se mêlait l'orgueil d'appartenir à une puissance conquérante à qui l'avenir était promis. Beaucoup plus que la jalousie, l'argent, l'ambition individuelle ou le sexe qui constituent le cœur et la matière de ces romans que personne ne lit plus, la politique, l'histoire, l'ambition collective sont les ressorts de la vie des hommes. Au moins à mon époque, soumise aux injonctions de Hegel et de Marx, où l'État était tout. Il y avait d'immenses prisons avec des détenus par millions, des polices secrètes, des procès réglés d'avance, des défilés sous le grand soleil de tous les printemps de la jeunesse ou aux flambeaux, la nuit, dans des cathédrales de lumière, une propagande incessante qui finissait par détruire l'idée même de vérité, et les deux armées les plus terrifiantes que le monde eût jamais connues. Aucun roman noir, aucune histoire de fantômes, aucun film policier, aucune pièce d'Eschyle ou de Shakespeare n'a fait plus peur au monde que les S.S. à tête de mort ou les chars soviétiques appuyés sur le K.G.B. Le coup de pistolet dans la nuque et la hache du bourreau se partageaient l'Europe. Le communisme avait dressé contre le capitalisme une formidable machine de guerre où la philosophie se mêlait à l'histoire et à l'économie politique. Le Reich allemand s'était édifié contre les juifs, chargés de tous les maux, contre le traité de Versailles, qui avait mis fin à une première guerre entre les nations de l'Europe divisée en deux camps, contre le capitalisme libéral et contre le communisme qui s'était emparé de la Russie en 1917. Ça va ?

— Ça va, me dit A. Continue.

— Les nationaux-socialistes de Hitler détestaient le communisme et la démocratie. Les communistes de Staline détestaient le national-socialisme et la démocratie. Les démocrates détestaient le communisme et le national-socialisme. C'était une partie de billard à trois bandes, un colin-maillard à trois coins, un jeu de barres à trois camps, dont chacun était l'ennemi des deux autres. Le 23 août 1939, le national-socialisme s'unissait au communisme contre la démocratie. Pour un peu moins de deux ans. Juste le temps de faire éclater la plus grande guerre de l'histoire.

— Très curieux, nota A. Inégalé dans le délire et par les dimensions, et pourtant vaguement répétitif. Est-ce que Thucydide, Charles Quint, Napoléon…

— La même farine, lui dis-je. Avec beaucoup de morts en plus, et des crimes en pagaille, et des souffrances sans fin, et quelque chose de subtil et de violent…

— Plus subtil que la politique ? Plus violent que l'ambition ?

— Je crois que oui, lui dis-je. C'est l'idéologie. Au nom de la race et de la nation, de la lutte des classes, du matérialisme historique, de la fin de l'histoire, elle a tué les hommes par dizaines de millions.

— Est-ce beaucoup ? demanda A.

— Beaucoup, lui dis-je. La mort d'un homme est une catastrophe.

— Pourquoi cela ? demanda A.

— Parce que la vie est sacrée, lui dis-je.

— Toute vie ? demanda A.

— Toute vie. Mais celle des hommes plus que toute autre. Car l'homme n'est pas une créature parmi les autres. Il est radicalement différent. Il y a un fil unique qui court à travers l'existence. À travers toute l'existence, si diverse qu'elle puisse être. Il y a un lien entre la terre et l'eau, entre l'eau et la vie, entre les lamproies et les escargots, entre les étoiles et les hommes. L'homme est parent des éponges, des oursins, des canards sauvages, des lamas d'Amérique. Mais il n'est ni une éponge, ni un oursin, ni un canard sauvage, ni un lama. Et, parce qu'il est un esprit en même temps qu'il est un corps, il est presque comme toi.

— N'exagérons pas tout de suite, dit A.

— Enfin, il est quelque chose entre une éponge et toi. La vie des hommes, du coup, est plus précieuse que l'or, que l'eau, que le feu. Elle est plus précieuse que l'amour.

— Plus précieuse que l'amour ?

— Aussi précieuse, si tu veux. Peut-être d'ailleurs est-ce la même chose. J'ai passé mon temps à t'expliquer qu'aux yeux des hommes au moins, et, j'imagine, ailleurs, mais ailleurs je ne sais pas, rien de plus précieux que l'homme, qui n'est rien et qui est tout, qui est une poussière dans le monde et le monde tout entier. La mort d'un homme est une fin du monde. La mort de dix millions d'hommes est une fin du monde multipliée par dix millions. Ce qui se passe alors, c'est que tu as le choix entre deux attitudes.

— Deux seulement ? » demanda A.

Je haussai les épaules.

« Une quantité, bien entendu. Une foule. Une infinité. Mais simplifions toujours, et mettons deux pour le moment. Tu peux prendre les grandes masses, la carte de la planète, la poussée allemande vers la Norvège et les Pyrénées, vers le Caucase et la Caspienne, vers le monde arabe avec Rommel, la ruée japonaise vers la Chine, vers Singapour, vers l'Australie et vers l'Inde, le resserrement des liens entre l'Angleterre de Churchill et l'Amérique de Roosevelt en vue de dominer les mers et le pétrole et de résister à Hitler et, pour couronner le tout, l'alliance victorieuse des démocraties libérales et du totalitarisme communiste contre les totalitarismes japonais et national-socialiste qui finissent par s'effondrer après avoir été à deux doigts de conquérir la planète — et avant de se changer, à leur tour, en démocraties libérales pour regagner dans la paix tout ce qu'ils avaient perdu dans la guerre.

— Important ? demanda A. Pour le rapport ?

— Capital, lui dis-je. Et aussi insignifiant que la guerre du Péloponnèse ou la lutte de Rome contre Carthage. Une page de l'histoire du monde — et une des plus sanglantes. Mais rien de plus qu'une page. Ce qui compte, c'est la souffrance. À travers l'histoire et ses péripéties, ce qui se dessine peu à peu, dans la sueur et les larmes, c'est la figure des hommes. Les batailles, les peintures, les inventions, les techniques n'ont de sens que par l'homme — et pour l'homme.

— Humaniste, je parie ?

— Pas si sûr. Pas si vite. On verra ça plus tard. Revenons à nos deux attitudes. Tu peux regarder les armées parcourir la planète. Tu peux aussi descendre dans une mercerie juive de Berlin ou de Vienne où le fils aime la musique et la fille les romans, dans un goulag de Sibérie peuplé de traîtres et de trotskistes, dans une famille française d'instituteurs ou de cheminots, écrasés par la défaite, où les uns se rallient à Pétain en souvenir de Verdun et les autres à de Gaulle dans l'espoir du lendemain. Ce qui règne là, c'est la douleur. Les grands desseins des puissants reposent sur le malheur d'une multitude de postiers, de confiseurs, de mineurs de fond, de jardiniers. La famille de Lisa rencontrée par hasard sur la piazza Campitelli avait la chance et le malheur d'être établie à Riga en 1939.

C'était une chance. Il y avait dans le passé de la Lettone aux cheveux blonds des Juifs, des Allemands, des Polonais, des Russes, des Scandinaves, des Hongrois, des Italiens. Il y avait même des Lettons. Ils avaient construit une maison. C'était une belle maison où habitait depuis toujours…

— Depuis toujours ? demanda A.

— Toujours, chez les hommes, a le sens de longtemps, … la grand-mère de Lisa. C'était une femme remarquable. Tout le monde, à Riga, la connaissait sous son prénom : Anna. À une époque où les femmes restaient le plus souvent, quand elles n'étaient pas à l'église, dans leur cuisine ou leur lingerie — les trois *K*, disaient les Allemands : *Kirche, Kinder, Küche*, l'église, les enfants, la cuisine —, Anna dirigeait le plus grand, et d'ailleurs peut-être le seul, des journaux de Riga. Trois ou quatre fois par an, elle partait avec les siens pour Berlin, si proche, pour Leningrad, plus proche encore, qui s'appelait naguère Saint-Pétersbourg, puis Petrograd, puis Leningrad, avant de s'appeler à nouveau Saint-Pétersbourg, pour Moscou, pour Paris ou pour Londres. Elle parlait le russe, l'allemand, l'anglais, le français. Elle comprenait l'italien qui était la langue de sa mère. Elle était partout chez elle. Elle était l'Europe à elle toute seule. Le charme, le savoir, la prospérité, la longue durée de l'Europe. Son insouciance, aussi, devant les drames qui montaient. Souvent, elle emmenait avec elle ses deux filles qui étaient belles comme le jour et, dans le hall du Ritz, place Vendôme, au casino de Monte-Carlo, à la cour d'Angleterre, à l'Opéra de Berlin, leur arrivée à toutes les trois faisait tourner les têtes. C'était un bonheur, à Riga, entre les deux grandes guerres, d'être Anna, ou une de ses filles, ou une de ses petites-filles.

C'était un malheur. Comme l'Arménie, comme le Liban, comme le Cachemire ou l'Irlande du Nord, comme Israël au XXe siècle ou l'Alsace-Lorraine à la fin du XIXe, les pays Baltes étaient situés dans une zone de fracture historique. Il y a des régions de fracture géologique. Il y a aussi des régions où l'histoire a longtemps hésité et où le mélange des races, des langues, des croyances, des opinions entraîne des turbulences. Il arrive que les choses, tout à coup, à cause de leur passé, prennent une allure chaotique. C'est embêtant. Il arrive que les hommes, individuellement ou en masse, soient coincés par ce qui se passe et emportés, malgré eux, car nul n'est méchant volontairement…

— Nul n'est méchant volontairement ?

— Nul n'est méchant volontairement : c'est Platon qui le dit, … dans des conflits meurtriers. Ils en sortent par le crime, par la prison, par la psychanalyse, par le suicide quand il s'agit des individus — ou par la guerre quand il s'agit des nations.

Et les quarante de Sébaste
Moins que ma vie martyrisés.

La grand-mère de Lisa connaissait mieux que personne la politique européenne entre les deux guerres mondiales. Elle connaissait pas mal de gens à Moscou et à Berlin. Elle connaissait Ribbentrop, Rudolf Hess, le maréchal Goering qui l'avait, plusieurs fois, invitée à la chasse. Elle avait aperçu en deux occasions le secrétaire général du Parti communiste de l'Union soviétique qui était un ancien séminariste géorgien du nom de Joseph Vissarionovitch Djougachvili et qui deviendrait bientôt le maréchal Staline. Et elle connaissait Litvinov, Molotov, Vychinski, quelques autres dignitaires du régime à qui il lui arrivait de parler de

Goering et de Goebbels. Elle connaissait aussi un intellectuel à lunettes qui devait atteindre plus tard à une espèce de célébrité anonyme en inspirant un des personnages — un intellectuel à lunettes qui lutte contre le héros — d'un film au succès mondial tiré d'un livre au succès mondial : *Le Docteur Jivago.* Au retour de Monte-Carlo et de Londres, où toute la famille avait été présentée à la reine dans un bal où les débutantes étaient laides à faire peur, une des deux filles d'Anna, la tante de notre Lisa, tomba amoureuse du communiste à lunettes. Tu vois le tableau, camarade ?

— Lequel ? demanda A. Le *prosciutto con fichi* de la piazza Campitelli ? La famille de Lisa dans la capitale de la Lettonie à la veille de la Seconde Guerre mondiale ? La situation de la planète au temps de Hitler et de Staline ? Ou les mouvements désordonnés de la passion amoureuse entre une jeune bourgeoise du Nord et un communiste à lunettes passé à la postérité dans un film américain sur la révolution d'Octobre ?

— Tout en même temps, lui répondis-je. Tu es maintenant assez grand, je veux dire assez vieux sur cette sacrée planète, pour comprendre que tout se passe en même temps dans ce monde où l'infini est une dimension du fini et où le moindre battement de cil ébranle tout l'univers. Tout s'enchaîne dans l'espace et tout s'enchaîne dans le temps. Car chaque instant de ce monde est le fruit du passé et chaque fraction du présent est déjà lourde de l'avenir. Chacun de nous, de proche en proche, est l'ensemble du monde, et une chaîne ininterrompue, qui prend tout en écharpe à la surface du globe, relie — peut-être est-ce surprenant pour un esprit qui débarque comme toi de ces espaces lointains où règne la simplicité de l'éternel et du vide ? — le *prosciutto con fichi* de la piazza Campitelli au secrétaire général du Parti communiste de l'Union soviétique et au plan quinquennal.

Ici s'introduisent, à l'intérieur du récit découpé au laser dans le rêve douloureux de la totalité souffrante, et qui passait, par bribes, d'Anna à ses deux filles, de ses filles à Lisa, de Lisa à Marie, de Marie à moi-même et de moi-même à toi, et peut-être de toi à Urql, des personnages subalternes qui font tourner le destin sur ses gonds bien huilés : un consul général d'Allemagne — depuis longtemps épris d'Anna — qui a compris très vite, ou peut-être même appris par ses relations à la Wilhelmstrasse, que des tractations secrètes entre Hitler et Staline risquent de valoir aux pays Baltes le sort assez peu enviable d'une monnaie d'échange ou d'un enjeu entre Russes et Allemands ; un homme d'affaires américain, d'origine arménienne, amoureux lui aussi de l'inusable grand-mère et très hostile, bien entendu, pour des raisons publiques et privées, au consul général ; et une espèce de vieille folle, alliée, selon ses dires, mais rien n'est plus douteux, aux illustres familles des Sobieski et des Czartoryski, qui traîne dans les salons des barons baltes de Riga où on la reçoit par pitié et où on l'appelle "la voyante" : elle lit l'avenir dans les tarots, dans les lignes de la main et dans le marc de café.

Anna, qui était veuve, belle, encore jeune, toute-puissante en Lettonie et qui dirigeait son journal d'une main de fer, donnait chaque année, dans sa grande maison de Riga, une réception à laquelle se pressaient les membres du gouvernement, le corps diplomatique et consulaire, toute la crème des barons baltes et tout ce qui comptait dans la presse lettone. À la fin de l'hiver ou au printemps 39, cinq ou six mois avant le pacte germano-soviétique, juste avant ou juste après l'invasion par Hitler de la Tchécoslovaquie, elle fit comme d'habitude. Il y avait là le consul général d'Allemagne et l'homme d'affaires américain qui arrivait d'Erivan, *via* Moscou. Il y avait le communiste à lunettes qui était l'amant de la tante de Lisa. Il y avait deux membres de la famille balte qui apparaît dans *Le Coup de grâce* de Marguerite Yourcenar. Et il y avait la vieille folle qui lisait dans les lignes de la main.

Vers la fin de la soirée, au moment où plusieurs invités allaient déjà reprendre leur manteau ou leur canne au vestiaire sur lequel veillait, en blouse noire et tablier blanc, une jeune femme de chambre de dix-neuf ans, originaire de Pologne, qui venait d'être engagée, la diseuse de bonne aventure prit la main d'Anna.

"Alors ?" demanda Anna.

L'autre regardait la main, prenait des mines, se taisait.

"Eh bien ? répéta Anna avec un peu d'impatience.

— Je vois des gens… je vois des choses… Mieux vaudrait quitter Riga", murmura-t-elle brusquement.

Et elle fondit en larmes. Une rumeur s'éleva parmi les invités.

"Ce n'est rien, dit Anna à mi-voix en se tournant vers ses amis. Elle est un peu folle."

La folle se leva, très pâle, et sortit. »

III

LE MONDE EST UN SPECTACLE

« Rapporté par Marie comme je le rapporte à toi-même, le récit de Lisa m'emportait avec lui. Comme m'auraient emporté les aventures de Gengis Khân ou de Sindbâd le Marin, ou celles d'un paysan du Yang Tse-kiang au temps des Royaumes combattants, ou celles d'un capitaine de la Grande Armée de Napoléon en train de repasser le Niémen ou la Berezina au cœur de l'hiver 1813, ou celles de Candide chez les Bulgares ou chez les Indiens Oreillons. J'aurais voulu tout savoir du communiste à lunettes qui occupait à Moscou des postes de plus en plus importants en attendant d'être soupçonné de trotskisme et de déviation idéologique et dont la tante de Lisa était tombée amoureuse. J'aurais voulu tout savoir de la tante de Lisa qui devenait comédienne et montait sur les planches. J'aurais voulu tout savoir des deux soupirants qui se disputaient le cœur d'Anna. J'aurais voulu tout savoir d'Anna dont me fascinait, je ne sais pourquoi, la figure lointaine et déjà presque effacée. J'aurais voulu tout savoir de la vie à Riga entre Hitler et Staline dont nous parlait Lisa, vers la fin des années cinquante ou au début des années soixante, à deux pas du théâtre de Marcellus, ravagé et reconstruit par les Orsini ou les Barberini — *quod Barbari non fecerunt, Barberini fecerunt* —, et de la statue équestre de Marc Aurèle qui se dressait encore, en ce temps-là, au centre du Capitole. Tu sais d'où nous arrivions quand nous étions tombés, Marie et moi, sur la Lettone de la piazza Campitelli ?

— De Portofino, dit A. Et d'une espèce de fête avec de drôles de gens rue de l'Université.

— Rien ne t'échappe, lui dis-je. On jurerait que, de toute ta vie, *tu n'as jamais rien fait* d'autre que d'être un homme parmi les hommes. Je me demande si tu n'auras pas du mal à redevenir un esprit étranger à ce monde qui absorbe tout ce qui le touche. Lisa était flanquée de ce type, tu te souviens ? qui m'avait paru insignifiant. Il était grand, maigre, aux yeux de Marie plutôt bien. Lui aussi avait une histoire, un passé, un métier, des parents — ce qu'il y a de fatigant, chez les hommes, c'est que, au moins jusqu'à ces temps-ci où tout change assez vite et où les enfants naissent d'éprouvettes, ils ont tous des parents — et nous pourrions partir sur ses traces à la poursuite de la vie et de ce monde sans fin auquel tu t'intéresses. Il portait le nom de Rodolphe.

— Ah ! ah ! dit A.

— C'est à Rome que Marie a rencontré Rodolphe.

— Marie t'aimait », me dit A en me mettant la main sur l'épaule. « J'imagine que l'amour met un peu d'ordre chez les hommes ?

— Et du désordre, lui dis-je. J'aimais Marie. Elle m'aimait. Elle devint l'amie de Rodolphe. Et Rodolphe, pourquoi pas ? tomba amoureux d'elle. Il vivait avec Lisa. Il la quitta pour Marie. Ou pour l'image de Marie qui vivait avec moi. Ce qui s'est passé, à Rome, à Paris, à Venise, de mon temps et après moi, entre Marie et Rodolphe, je ne peux pas te le dire parce que je ne le sais pas. La vie est faite aussi d'un voile enchanteur et cruel qu'on appelle le secret.

— Il n'y a pas de secret pour les esprits. Veux-tu qu'à mon tour je te parle de Rodolphe ?

— Merci beaucoup, lui dis-je. Je n'y tiens pas. Je te raconte la vie. Ne me raconte pas la mienne. Et encore moins celle des autres. Ce qu'il y a de délicieux dans la mort, c'est que nous avons fini de vivre, c'est-à-dire de souffrir. Toute vie est amère parce qu'elle se termine par la mort. La vie est une maladie mortelle, à transmission sexuelle, dont on se guérit un peu chaque jour et qui finit par nous emporter. La vie est un prêt gratuit que nous ne pouvons pas refuser, que nous devons toujours rembourser, qui nous est successivement consenti et retiré, et auquel nous tenons plus qu'à tout. Au moins tant que nous vivons.

Il n'y aurait qu'une chose de pire que de mourir : ce serait de ne pas mourir. Ne me replonge pas dans la vie : elle n'a de prix que parce qu'elle cesse. Tous, ou presque tous, nous avons peur de mourir. Mais, une fois dans la mort, dans la paix, dans l'oubli, aurions-nous envie de revenir sur cette Terre ? Et toi, à qui je raconte comme je peux ce que sont le monde, et la vie, et l'amour, et les parapluies, et les places de Rome et ces villes de Toscane et d'Ombrie où tu arrives, quand tu viens de France, par la vallée d'Aoste ou par les lacs italiens, aurais-tu envie de te changer en homme pour quelques dizaines d'années et de prendre un *espresso*, en attendant de mourir, sur la piazza Campitelli ?

— Je ne sais pas, me dit A. J'hésite.

— Je te comprends, lui dis-je. Moi, j'ai déjà donné. J'ai aimé à la folie descendre vers l'Italie à la façon d'Hannibal, de Bonaparte, de Goethe et de Byron, de Chateaubriand, de Stendhal. Le cœur me battait comme à eux, éléphants et génie et ambition en moins. Je n'avais pas d'éléphants. Je ne dirai rien du génie. Je n'avais pas beaucoup d'ambition.

— Pas beaucoup d'ambition ? demanda A.

— Non, répondis-je, pas beaucoup. Je n'avais pas envie de devenir consul, ni ministre, ni ambassadeur. Je n'avais pas envie de gagner des fortunes, de m'installer dans l'existence, d'être un gros propriétaire ou un industriel ou un chef d'entreprise. Je n'avais pas envie de commander des armées ou des flottes, de diriger des peuples. Je n'avais même pas envie de choisir un état. Encore moins de réussir. Réussir est un des mots les plus ignobles des temps modernes. Je détestais les affaires, les dossiers, les colloques, les brigues, les longs desseins. Je préférais la paresse, ne rien faire, le soleil sur la mer. J'ai adoré la vie quand il ne s'y passait presque rien. J'ai aimé le soir qui tombe et les petits matins, les poèmes d'Horace, de Hafiz, d'Omar Khayyam, de Toulet qui chantent le vin et les filles, les nouvelles de Borges avec leurs masques et leurs couteaux, leurs labyrinthes, leurs loteries, les voitures qu'on prenait pour s'en aller ailleurs et qui roulaient très vite sur des routes bordées d'arbres d'où partaient des chemins de terre, la naïveté de Marie. Quitte à embrasser quelque chose, je préférais, à coup sûr, que ce ne fût pas une carrière. Il m'a bien fallu montrer, à qui m'aimait et aux autres, que je pouvais, moi aussi, m'agiter comme tout le monde et faire ce qu'ils faisaient. J'ai eu, Dieu me pardonne, des idées, des opinions, des bureaux, des métiers. J'ai passé des concours. J'ai occupé des postes. Je m'en fichais pas mal. J'ai écrit quelques livres.

— Je sais, dit A. Sur Chateaubriand. Sur Venise. Et sur toi.

— J'ai fait ce qu'il fallait faire. J'ai surtout fait ce que j'ai pu. Je suis content d'être mort et de parler avec toi qui viens enfin d'ailleurs. Le monde est inutile. Je n'ai aimé que Marie.

— Rien d'autre ? demanda A. Rien d'autre dans ce monde ? »

Je cherchais dans mes souvenirs ce que j'avais aimé.

« Peut-être le monde lui-même, lui dis-je. La vie, bien sûr. Mais plus encore le monde. Le monde et son spectacle. Il y a dans la vie une prétention, une violence, un côté content de soi et vaguement conquérant qui ne me plaisaient qu'à moitié. Les imbéciles répètent que la vie est un combat, qu'il faut lutter pour vivre. Ces sonneries de clairon, ces appels aux armes me fatiguaient plutôt. J'aimais regarder le monde d'un peu loin, comme nous le faisons aujourd'hui, comme Lucrèce sur sa falaise — "*Suave mari magno...*" —, comme si j'étais de passage. Et je l'étais en effet. Une sorte de touriste en vacances sur les plages de cette planète, dans ses collines, dans ses campagnes. "Et vous restez combien de temps ?" "Oh ! Sauf accident, un peu moins d'un petit siècle." Visitez le monde au printemps ! Visitez le monde en automne ! Vous ne le regretterez pas : soixante-quinze ans de souffrances et de plaisirs mêlés et d'émerveillement garanti ! *All the world's a stage* : le monde est un théâtre. Nous y bâclons tous notre numéro sous les projecteurs de l'histoire, nous récitons notre texte, on nous applaudit, on nous siffle et, après avoir fait de la figuration à peine intelligente dans la plus belle des pièces — un succès universel, un triomphe, un chef-d'œuvre : l'histoire des hommes sur la Terre —, nous rentrons à jamais dans les loges de l'oubli et de l'éternité.

— Il doit pourtant y avoir, me dit A, des choses qui agitent les hommes et qui les font agir...

— Tu as raison, lui dis-je. Il y a pourtant au cœur des hommes quelque chose d'aussi fort que l'amour de la vie : c'est la curiosité. Ils veulent toujours savoir ce qui se passera après, ce qui s'est passé avant, ce qui se passe ailleurs, un peu plus loin, au-delà de la mer ou des collines. J'ai ressenti en moi tous les élans obscurs de la curiosité. Et, au cœur de la curiosité, il y a quelque chose qui est comme l'âme du monde, et son moteur : c'est le désir. Si j'ai aimé quelque chose en dehors de Marie — et peut-être Marie n'était-elle que son image descendue dans un corps —, c'est le désir. Il jette les hommes hors d'eux-mêmes. Il les fait partir sur les mers et au-delà des déserts, à la recherche de l'or, du sexe, du pouvoir, du savoir. S'il n'y avait pas de désir, il n'y aurait pas d'histoire et il n'y aurait pas d'hommes. Il n'y aurait que des animaux, des plantes, des machines. Les hommes, mon cher A, et c'est leur seule grandeur, sont toujours un peu plus loin.

— Les esprits aussi, me dit A. C'est pourquoi je suis venu d'Urql.

— Et c'est pourquoi je rédige pour toi et à l'usage des tiens le rapport sur la Terre. »

IV

LA MARCHE DU TEMPS

« Les années passèrent. Livrés à l'Union soviétique par le pacte Molotov-Ribbentrop, Riga, la Lettonie, les pays Baltes furent occupés par l'Armée rouge. Puis ce fut le tour des Allemands qui, après avoir été, pendant un peu moins de deux ans, les alliés de l'Union soviétique, étaient devenus ses ennemis. Ils restèrent trois ans. De l'été 41, moins éclatant que l'été 40 mais encore triomphal, à l'été 44, déjà annonciateur du crépuscule des dieux et de l'apocalypse. Après les Allemands, d'abord vainqueurs, puis vaincus, les Russes revinrent en maîtres pour un peu moins d'un demi-siècle.

Ce que fut l'occupation allemande, ce que fut l'occupation russe, il y a, pour nous l'apprendre, des souvenirs et des livres. La guerre est toujours cruelle. Elle est toujours semblable à elle-même. Mais, depuis Caïn et Abel et les empereurs de Chine, elle parvient encore à inventer des ruses nouvelles pour faire souffrir et de nouveaux délires. Le délire de Hitler, c'était les Juifs. Le délire de Staline, c'était l'ennemi de classe. Il y avait eu les Romains et les Carthaginois, les croisés et les musulmans, les Aztèques et les Espagnols, les Huns, les Mongols, les colonnes de Turreau en Vendée et les expéditions de Simon de Montfort contre les Albigeois. Tous tuaient avec allégresse, brûlaient, crucifiaient, fusillaient, guillotinaient, égorgeaient, torturaient. L'extermination des Juifs était d'une simplicité biblique : les Juifs, sans exception, étaient des criminels par droit de naissance. Une histoire courait l'Europe. Quelqu'un annonce : “On a arrêté tous les Juifs et tous les coiffeurs.” Et l'autre demande : “Pourquoi les coiffeurs ?” Un peu de l'histoire du monde et de ses souterrains est aussi dans ces mots. Hitler conquit l'Europe. Les Juifs des pays Baltes furent massacrés comme ceux de Pologne. Quand les Allemands furent battus et que les Russes arrivèrent, ce fut une autre paire de manches — et pourtant toujours la même : la grand-mère de Lisa… »

Je m'interrompis tout à coup. Je secouai la tête.

« Alors ? demanda A. Qu'est-ce qui se passe ? La grand-mère de Lisa… ?

— Je crois que je vais trop vite. Il faut que tu comprennes que le temps du rapport n'est pas celui de la vie. Quand je te raconte le monde, je ralentis, j'accélère, j'élague, je cours la poste. Je reviens en arrière, je me précipite en avant, je traîne, j'insiste, je choisis, je laisse tomber. Nous passons plus de temps devant notre *espresso* de la piazza Campitelli qu'à Riga dans les années noires sous Hitler et Staline. Chacune de nos histoires est découpée dans l'histoire. Tout l'art de qui les raconte est dans la façon de découper. On abandonne le monde entier. On suit à la trace un amour, une famille, un soldat, une maison. On dévide un fil rouge. On joue avec le temps comme d'un accordéon. Je soutiendrais volontiers que raconter une histoire n'est qu'une affaire de temps. Dans tous les sens du mot : les verbes et la durée.

Il faut d'abord savoir si tu emploies, dans ton récit, aussi bien pour les hommes que pour les esprits d'Urql, le présent, l'imparfait, le passé simple, le passé composé ou le plus-que-parfait, voire le futur ou le futur antérieur, temps métaphysique par excellence. “A rencontra O au-dessus de la Douane de mer le 26 juin vers midi.” Ou : “Le 26 juin vers midi, au-dessus de la Douane de mer, A rencontre O.” Ou encore : “A aura rencontré O le 26 juin vers midi au-dessus de la Douane de mer.” Tu vois les nuances, non seulement de temps, mais d'allure et de sens qu'entraîne le choix de la modulation du verbe.

Le passé simple est allègre, rapide, militaire, romanesque et stendhalien : “Le 15 mai 1796, le général Bonaparte fit son entrée dans Milan à la tête de cette jeune armée qui venait de franchir le pont de Lodi et d'apprendre au monde qu'après tant de siècles César et Alexandre avaient un successeur.” Ou : “La première fois qu'Aurélien vit Bérénice, il la trouva franchement laide.” Tu es embarqué malgré toi. Tu pars avec les autres et le monde est à toi.

Le présent enregistre avec une sorte de sécheresse. C'est un procès-verbal, un constat, une évidence : "Il n'y a qu'un problème philosophique vraiment sérieux : c'est le suicide." "L'homme est né libre, et partout il est dans les fers." "Les familles heureuses se ressemblent toutes, les familles malheureuses sont malheureuses chacune à leur façon."

"Dans Venise la rouge
Pas un bateau ne bouge."

L'imparfait, cher à Flaubert, est l'instrument du peintre qui te fait assister à une scène déjà close et frappée d'éternité dont, contrairement à ce qui se passe chez Stendhal, tu ne fais pas partie et que tu regardes du dehors sans pouvoir rien y changer : "Le 15 septembre 1840, vers 6 heures du matin, la *Ville-de-Montereau*, près de partir, fumait à gros bouillons devant le quai Saint-Bernard." "Comme il faisait une chaleur de trente-trois degrés, le boulevard Bourdon se trouvait absolument désert." "C'était à Mégara, faubourg de Carthage, dans les jardins d'Hamilcar." Ou encore : "René Dubardeau, mon père, avait un autre enfant que moi : c'était l'Europe." Tout est réglé d'avance. Tu n'as plus qu'à contempler le destin en train de se dérouler sous tes yeux.

Le passé composé est un regard en arrière, teinté de mélancolie : "Longtemps, je me suis couché de bonne heure..." Le futur antérieur, temps mystérieux s'il en est, t'expédie dans un avenir où tu n'es pas encore et d'où tu contemples un passé qui, au moment où tu parles, est à l'état de présent et parfois de futur. C'est le début vu de la fin, c'est la vie vue de la mort. Il faut ajouter que les temps de verbe ont des colorations sentimentales tout à fait indépendantes du déroulement temporel : il y a de la tendresse dans l'imparfait — on s'adresse souvent à l'imparfait aux animaux domestiques et aux enfants en bas âge —, de l'aventure dans le passé simple et du soupçon, voire de la menace, dans le futur antérieur.

Plus décisif encore est le choix, dans le moindre récit — et, bien entendu, dans le rapport que nous rédigeons sur l'état de la Terre —, d'un certain rythme du temps. Si j'avais voulu, mon cher A, présenter aux gens d'Urql l'intégralité du spectacle du monde — *All the world's a stage*... —, nous aurions dû, toi et moi, revivre, en temps réel, depuis les débuts, tous les milliards d'années qui se sont écoulées depuis les trois coups du *big bang.* Et c'est seulement au *big bang* que, par un paradoxe inouï, puisque c'est le seul événement dont l'accès reste interdit à la science, nous aurions pu vraiment assister dans sa totalité. Car, pour une fraction minuscule de seconde, l'univers se réduit, au moment du *big bang,* à une pointe d'épingle imperceptible, incandescente, d'une chaleur et d'une masse infinies, et qui contient tout ce qui existe. Immédiatement après, une seconde, une fraction de seconde après, il aurait déjà fallu être à la fois dans tous les points de l'espace. Et quelques milliards d'années plus tard, il aurait fallu, non seulement s'étendre à tous les horizons de la géographie et de l'histoire, mais se glisser, tâche impossible, dans tous les recoins et dans tous les détours de chaque conscience humaine. Tant d'espace ! Tant de temps ! Tant de pensée éparse ! Nous n'avons qu'un rapport. Et il ne doit pas être trop long ni trop lourd pour que tu puisses l'emporter avec toi jusqu'à Urql. Nous n'avons que trois jours. Et ce n'est pas beaucoup pour résumer le monde. Voilà pourquoi, après avoir traîné trop longtemps autour d'un *espresso*, je passe à toute allure…

— Avant de t'en aller, me dit A.

— Oui, lui dis-je, avant de m'en aller, sur les années terribles de la Lettonie soviétique au lendemain du pacte entre Hitler et Staline le 23 août 39, puis de la Lettonie allemande et nazie à la suite du déclenchement de l'opération Barbarossa dans la nuit du 21 au 22 juin 41, et enfin de la Lettonie à nouveau soviétique après la victoire de Staline sur Hitler et l'entrée à Riga des soldats de l'Armée rouge en train de poursuivre jusqu'en Pologne, jusqu'à l'Elbe, jusqu'à Berlin la Wehrmacht en déroute.

Si, entraînés par la conversation autour de l'*espresso* de la piazza Campitelli, nous entreprenions, toi et moi, le récit des aventures de la grand-mère de Lisa et que nous décidions de leur consacrer, à elles toutes seules, comme elles le méritent — mais comme le mérite aussi tout le reste : la revue par Homère des troupes et des navires rassemblés devant Troie ; l'appel par Chateaubriand ou par Proust des morts du Jockey Club ou du congrès de Vérone ; la liste des chapeaux, chez Rabelais, et des objets usuels qui peuvent servir de torchecul ; l'interminable catalogue des maîtresses de don Juan —, quatre ou cinq volumes du rapport, c'est du soir du 23 août qu'il nous faudrait partir. C'est là que tout commence.

La journée a été plutôt calme. Le temps est beau. Anna est rentrée du journal. Elle cause avec ses deux filles et avec quelques amis — parmi lesquels, bien sûr, le consul général d'Allemagne et l'Américain d'origine arménienne — dans le grand jardin qui entoure la maison. Voilà déjà un ou deux ans — depuis Munich, en tout cas, en septembre 38, et peut-être depuis l'Anschluss en mars — que le climat politique est très lourd en Europe. À chaque début de printemps, à chaque début d'automne, on se demande ce qui va arriver. L'hiver et l'été sont des plages plus sereines. Des trêves dans une course haletante. Quand le téléphone sonne dans la maison de Riga en ce beau soir d'août où il a fait très chaud, personne ne s'inquiète. Quand la maîtresse de maison, que la petite Polonaise est venue chercher dans le jardin, revient parmi ses filles et parmi ses amis, tout le monde comprend aussitôt, à sa démarche, à son air, qu'il se passe pourtant quelque chose.

“Rien de sérieux, j'espère ? lance quelqu'un.

— Je ne sais pas, répond-elle. Je ne suis pas sûre. Ribbentrop et Molotov ont signé aujourd'hui à Moscou un pacte de non-agression.

— Mais c'est la paix ! dit une voix.

— C'est plutôt la guerre”, dit Anna.

Personne ne sait rien de plus. Les annexes secrètes qui prévoient le partage de la Pologne et qui livrent les pays Baltes et quelques autres territoires à l'Union soviétique ne sont pas publiées. L'annonce du pacte lui-même est parvenue très vite à la grand-mère de Lisa parce qu'elle dirige un journal et qu'elle occupe à Riga une situation exceptionnelle. Et peut-être aussi parce qu'elle est de ceux qui ont servi de lien entre les gens de Hitler et les gens de Staline. Le lendemain et les jours qui suivent, quand les journaux et les radios auront diffusé la nouvelle, beaucoup d'hommes et de femmes à travers le monde n'en saisiront pas aussitôt la signification et la gravité. Elle a déjà compris ce que signifie le rapprochement entre Hitler et Staline. Elle sait que la France et l'Angleterre négociaient depuis longtemps avec Staline et Litvinov, son commissaire aux Affaires étrangères, remplacé en mai dernier — et c'était déjà un signe — par Viatcheslav Molotov. Elle sait aussi que Staline pense que les démocraties ont donné à Munich, en septembre 38, la mesure de leur faiblesse. Elle sait que l'occupation de la Tchécoslovaquie par Hitler, il y a à peine quelques mois, en mars 39, lui a paru la suite naturelle de la honte de Munich et ne l'a pas surprise. Elle devine le sens de la double volte-face soviétique et allemande : l'entente entre les deux chefs tout-puissants et ennemis est dictée, pour chacun, par une froide appréciation de leurs intérêts respectifs et elle indique, pour bientôt, une action conjointe contre le pays qui les sépare et dont la destruction va les unir — la Pologne.

Au soir du 23 août 1939, dans le jardin de sa maison où elle parle avec ses enfants, la grand-mère de Lisa a-t-elle une pensée pour la folle de Riga ? Il y a autre chose à faire, tant de décisions à prendre. Toute la nuit, la mère et les deux filles tournent et retournent dans leur tête les projets et les risques.

"C'est la guerre, dit la mère.

— Partons, dit celle des filles qui est la mère de Lisa.

— Impossible, dit la mère. Le journal, la maison, la famille, les gens. Il faut que vous partiez toutes les deux. Je reste.

— Je reste avec vous, dit la tante de Lisa.

— Je ne veux pas. Tu dois partir.

— Je ne veux pas. Je reste."

Ce qu'il y avait naturellement dans la tête et le cœur de la tante de Lisa, c'était l'image du communiste à lunettes. Il n'y avait pas très loin de Riga à Moscou. Moins loin encore de Riga à Leningrad où le communiste à lunettes se rendait très souvent. Partir pour Londres ou pour Paris, c'était couper à jamais les liens avec l'Union soviétique — et avec ses amours. La mère des deux filles était une femme très forte et très tendre. Elle aimait ses enfants. Elle voulait leur bonheur. Entretenait-elle, elle-même, une liaison avec le consul général ou avec l'Arménien — ou peut-être avec les deux ? Toi, sans doute, tu le sais ou tu pourrais le savoir. Mais Lisa ne le savait pas. Et je ne le sais pas non plus. Grâce à Dieu, je ne sais pas tout, puisque j'étais un homme.

Le consul général d'Allemagne et l'Américain d'Arménie, qui tiraient, comme tous ceux qui ne fermaient pas les yeux, les conclusions du pacte germano-soviétique, insistèrent, chacun de son côté, auprès de la femme qu'ils aimaient pour qu'elle se mît à l'abri, avec toute sa famille, des événements qui s'annonçaient.

“Que voulez-vous que je fasse ? leur répondait-elle. Que j’abandonne le journal, ses rédacteurs, ses typographes, ses lecteurs ? Que j’annonce que je m’en vais parce que j’ai peur ? Vous savez bien que je dois rester.”

Ils le savaient, bien entendu. Quarante-huit heures plus tard, le 25 août, par le train du soir, la mère de Lisa et Lisa, encore en barboteuse ou en robe à fleurs et à smocks, ou peut-être même installée dans quelque chose qui tenait du berceau et du sac de voyage, partaient pour Berlin, pour Paris et pour Londres. La tante de Lisa et sa mère restaient en Lettonie parce qu’il y avait à Riga un journal et ce qu’on appelle un devoir, parce qu’il y avait à Moscou un communiste à lunettes et ce qu’on appelle une passion.

La semaine d’après, la guerre éclatait en Pologne. Les Allemands et les Russes se la partageaient entre eux. Les pays Baltes devenaient une terre isolée entre le communisme et le national-socialisme.

Quelques mois plus tard, le général Karlis Ulmanis, tout en même temps *Vadonis*, c’est-à-dire Führer ou Duce, Premier ministre, président de la République, un dictateur, en vérité, qui dirigeait la Lettonie d’une main de fer et avec qui Anna entretenait les meilleures relations, était contraint de quitter le pouvoir et, en exécution des clauses secrètes du pacte Molotov-Ribbentrop, les troupes soviétiques pénétraient dans les pays Baltes.

On s’arrangea comme on put. Le *Vadonis* était déporté quelque part en Sibérie. La Lettonie était annexée à l’Union soviétique. Le communisme s’installait. Le journal, bien entendu, passait sous le contrôle du K.G.B. On survivait pourtant. Le consul général d’Allemagne était toujours en poste. L’Américain d’Arménie poursuivait ses affaires. La tante de Lisa, qui tenait des rôles de jeune première sur la scène du Grand Théâtre, filait le parfait amour avec le communiste à lunettes et envisageait de l’épouser. On recevait de temps en temps, par des voies détournées, par le consul, par l’Américain, une lettre de la mère de Lisa : la mère et la fille étaient, toutes les deux, installées en Angleterre, aux environs de Londres, où les risques de la guerre, déjà en train de rôder et de gronder sur la Manche après l’effondrement stupéfiant de la France, se révélaient soudain, par un imprévisible paradoxe, plus redoutables qu’en Lettonie. Londres flambait sous les bombes. Coventry n'existait plus. L'Angleterre tout entière vacillait au bord du gouffre où la France était déjà tombée.

"Vous souvenez-vous, dit un soir à ses amis la grand-mère de Lisa, vous souvenez-vous de la vieille folle qui prétendait lire l'avenir dans les lignes de la main ?"

Oui, oui, plusieurs de ceux qui étaient présents avaient connu la voyante. Mais personne ne savait ce qu'elle était devenue.

"Elle voulait que je quitte Riga..., dit Anna d'un ton rêveur. J'ai peur que la vie de ma fille ne soit plus dure encore à Londres que la nôtre à Riga.

— Mon Dieu ! lança quelqu'un, c'est vrai. Qui l'eût cru ?"

Les autres hochèrent la tête. Ils avaient de la chance dans leur malheur. Le monde autour d'eux était devenu un enfer.

Les larmes montaient aux yeux d'Anna qui pensait à Lisa. »

V

L'ÊTRE EST CE QUI EST

« Oh ! O, me dit A, rien ne m'amuse comme les hommes.

— Ils souffrent, lui rappelai-je.

— Je sais. Mais le récit de leurs malheurs donne un bonheur amer. J'aime à pleurer sur leurs souffrances. Je crois que mes amis d'Urql prendront autant de plaisir que moi à vos guerres, à vos passions, à vos échecs, à vos larmes, à toutes les folies où vous entraîne le désir. J'imagine que des histoires comme celles des dames de Riga, tu en as des centaines.

— Des milliers, lui dis-je. Sans compter toutes les autres — celles qui existeront un jour et qui n'existent pas encore. Car il faut bien noter dans le rapport sur la Terre que toutes les histoires que je te raconte sont des reflets du passé. Parce que j'étais un homme, je ne sais rien de l'avenir. Je ne peux que me souvenir. Ou alors inventer. Mais tout ce que les hommes imaginent est toujours marqué par le passé. Ils se contentent, pour faire du neuf, d'organiser autrement ce qui existe déjà. Il n'y a, pour inventer vraiment, que l'histoire en marche, l'histoire en train de se faire. Et ce que l'histoire inventera, aucun être vivant n'est capable de l'imaginer. L'avenir est un monopole du temps. Il faut que ce soit toi qui me dictes, pour le rapport, ce que feront les hommes et ce que sera le monde dans un million d'années.

— Mon cher O, me dit A, tu as été très bon pour moi. Nous savons, toi et moi, inutile, bien entendu, de le mentionner dans le rapport qui doit passer pour un chef-d'œuvre aux yeux de tous ses lecteurs, que tu n'es pas très fort. Mais tu as fait de ton mieux. Si je peux, de mon côté, t'apprendre si peu que ce soit en t'entraînant dans le monde tel qu'il sera après toi, je suis tout prêt, à mon tour, à te servir de guide dans un avenir qui t'est encore plus étranger que ce passé dont tu ne sais déjà pas grand-chose. »

L'offre de A me séduisait. Je pesais le pour et le contre. J'hésitais, comme d'habitude.

« Réflexion faite, lui dis-je, je préfère ne rien savoir. C'est un peu comme pour Rodolphe. Ce qui se passera après moi ne me regarde plus. J'en ai déjà assez avec tout ce passé qui me colle à la peau. Je sais, puisque tout se tient, que je ne peux pas me laver les mains de l'histoire après moi. Mais je voudrais que tu me tiennes quitte et que notre rapport sur les hommes se termine à ma mort. Tu écriras tout seul, si tu veux, la brève annexe nécessaire sur les cinq milliards d'années qui sont encore à venir et qui feront de nos enfants quelque chose d'aussi étranger aux êtres humains d'aujourd'hui que les êtres humains d'aujourd'hui sont étrangers aux algues. Je préfère te laisser à ton destin, ou au nôtre, et suivre le chemin interrompu par notre rencontre, qui m'a fait tant de plaisir, au-dessus de la Douane de mer. J'ai déjà eu assez de mal avec ma propre vie, sur laquelle pèse d'un poids très rude tout le passé du monde. Je renonce à un avenir dont je me sais pourtant, pour une part minuscule, solidaire et responsable.

Ce n'est pas que je sois aveugle ni plus couard que les autres. Il faut regarder les choses en face. Je sais bien que beaucoup de choses que j'ai aimées dans ce monde risquent de disparaître à jamais dans un avenir assez proche : les livres, les forêts, une certaine façon d'être, de se tenir, de penser, la Méditerranée elle-même dont on m'assure qu'elle ne sera plus, dans quelques millions d'années, qu'un souvenir éclatant. Ce qu'il adviendra après moi de ce qui fut mon monde, je ne le sais pas. Je ne veux pas le savoir. J'imagine que c'est pour épargner aux hommes des chagrins trop cruels qu'on les fait mourir avant que leur monde ne change avec trop de violence. Il y a des progrès, des succès, des triomphes qu'ils ne supporteraient pas. Je t'ai trop parlé du temps qui passe pour ignorer qu'il passe. J'ai trop aimé son allure et ses inventions dans le passé pour ne pas aimer son allure et ses inventions dans l'avenir. Je suis sûr que le monde sera très beau pour ceux qui viendront après moi. Mais je suis trop habitué à écrire avec un crayon et à me promener dans les forêts ou le long de la mer où naviguaient Ulysse et Virgile et toute la suite des doges sur le navire *Bucentaure* pour ne pas, tout à coup, être saisi d'une angoisse, non pas devant mon départ que je peux encore supporter, mais devant ce qui se passera après mon départ — et qui sera sans doute beaucoup mieux. Qui sera autre chose, en tout cas, et que je ne serais pas capable d'affronter. Il faut que tu me pardonnes : je ne suis pas, comme toi, un esprit venu d'Urql. Je ne suis qu'un homme qui appartient à son temps. Mon pauvre et vieil esprit à jamais éternel, je vais te dire quelque chose qui va te faire rire : ce qu'il y a de bien chez les hommes, c'est qu'ils s'évanouissent dans le temps et qu'ils s'en vont avec lui. »

Avec une amitié qui me toucha beaucoup, A passa son bras autour de mes épaules. Je crois que je versai quelques larmes.

« Ne t'en fais pas trop, me dit A. Tu sais bien ce qui va se passer. Tout va changer, mais si lentement qu'il semblera toujours que rien ne bouge jamais. La Terre disparaîtra, mais il y aura longtemps que les hommes auront quitté cette planète. La Terre est le berceau des hommes, mais les enfants des hommes ne restent pas à jamais confinés dans leur berceau. Les progrès seront stupéfiants, et ils ne régleront rien parce qu'aux souffrances guéries succéderont d'autres souffrances et qu'aux obstacles franchis succéderont d'autres obstacles. Il est aussi impossible pour toi d'imaginer l'univers dans cinq milliards d'années qu'il était impossible à une roche en fusion, ou à une algue bleue, ou même à Lucy, la petite créature africaine découverte de ton temps au sud-est de l'Afrique, d'imaginer Platon, Michel-Ange ou Darwin. Tous les problèmes que tu te poses et que se posent les tiens, je veux dire les hommes autour de toi depuis trois ou quatre mille ans, ne seront pas résolus. Mais ils seront contournés parce que l'esprit des hommes aura inventé autre chose et que l'histoire de l'univers inventera encore autre chose que l'esprit même des hommes. Ce sera de plus en plus fort — et peut-être, il faut bien le dire, de plus en plus sinistre. Quand les hommes auront quitté cette planète parce que la chaleur ou le froid ou une explosion atomique ou un accident encore imprévisible l'auront rendue invivable et qu'ils se seront établis quelque part dans une galaxie ou dans l'autre, ils se souviendront de la Terre comme d'un rêve évanoui. Vos doutes, vos souffrances, la brièveté de votre vie, votre soumission à une nature qui aura disparu sous la forme des forêts, des mers, des animaux sauvages, des régions inconnues, votre ignorance, votre naïveté apparaîtront comme un âge d'or. On parlera de la Terre comme vous parlez de l'Atlantide ou du jardin d'Éden. On finira par mettre en doute son existence légendaire. La vie, ou ce qui lui aura succédé, sera devenue abstraite, théorique, entièrement dominée, dans les siècles à venir, par la science et la technique — et, plus tard, par autre chose dont tu ne sais encore rien et dont personne ne sait rien et auprès de quoi la science, telle que tu la vénères et la redoutes aujourd'hui, sera quelque chose comme la magie du temps de l'âge de pierre ou de la guerre du feu.

Alors, peut-être, dans un temps très lointain, dans un espace inconnu, un savant venu d'Urql, car la Terre sera morte ou aura explosé, retrouvera le rapport. Les créatures, en ce temps-là, ou les créatures des créatures, ne sauront plus le bonheur que vous donnaient les livres. Elles communiqueront entre elles par des canaux qui n'ont encore aucun nom dans les langues que tu parles. Le rapport apparaîtra comme un objet mystérieux et qui fera un peu peur. Le savant venu d'Urql aura du mal à le déchiffrer et même à comprendre de quoi il s'agissait. À force d'efforts et de recherches, il découvrira pourtant les papes Clément, le connétable de Bourbon, cette cité étrange de Venise qui était bâtie sur l'eau et la Méditerranée qui aura disparu. Il découvrira Paris, qui ne sera plus qu'un souvenir dans le souvenir de la Terre, et la rue du Dragon, qui ne sera plus qu'un souvenir dans le souvenir du souvenir. Il vous découvrira, Marie et toi, mon cher O, comme des choses très précieuses dans le genre des primates et des diplodocus.

— Des diplodocus ? lui dis-je.

— Enfin…, me dit A. En moins grand. Peut-être pas en moins stupide. Tu vois ce que je veux dire. Des choses très vieilles, un peu comiques et un peu affolantes. Il se penchera sur toi, mon vieil O. Et il te trouvera délicieux. Il tombera sur Venise et il tâchera d'imaginer ce que pouvait bien être la Douane de mer. Et le palais des Doges. Et les fresques de Carpaccio à San Giorgio degli Schiavoni. Tout cela, bien entendu, lui paraîtra un peu fou. Et il ne manquera pas de bons esprits, parmi les savants, ses confrères, pour soutenir avec obstination que tout ce que raconte le rapport n'est que légende et invention. Il n'y aura qu'un personnage qui lui sera familier, comme il aurait été familier à un paysan du Moyen Âge, à un légionnaire romain, à un hoplite d'Alexandre, à n'importe lequel de tes ancêtres en train de polir une pierre ou un os — et comme il l'est à toi : c'est moi. Moi, je suis éternel. Tout au long de l'histoire des hommes, même ceux qui ne croient pas à moi, et à plus forte raison tous ceux qui veulent bien y croire, comprennent très bien qui je suis. C'est toi, mon pauvre O, qui, dans cinq milliards d'années, seras incompréhensible.

— Dans cinq milliards d'années ?

— Et même dans cinq millions. Moi, je serai toujours là, immuable, immarcescible, toujours nié bien sûr, et toujours renaissant. Dans un monde qui change comme tu changes toi-même — et en quelques jours, tu le sais bien, tu as beaucoup changé —, il faut quelque chose qui ne change pas. C'est moi. Je suis peut-être un rêve. Tu en es un aussi.

— Salut, lui dis-je. Salut à l'immortalité.

— Salut à la vie, me dit-il.

— C'est un salut à la mort, lui dis-je. La vie, la mort ne sont pas le contraire *l'une de l'autre. Elles sont* une seule et même chose qui s'oppose à l'éternité. Et pourtant…

— Et pourtant… ?

— Et pourtant, je ne crois pas que tu sois aussi loin de moi que tu le penses ni que je sois aussi loin de toi que je le crains. Nous appartenons, toi et moi, à quelque chose d'immense qui est plus grand que le monde et plus grand que cette vie que nous regardons comme sacrée, plus grand que l'histoire des hommes que je mets pourtant si haut, plus grand que l'univers d'où tu es tombé sur Venise, plus grand que moi, bien sûr, et plus grand que Marie, plus grand aussi que toi.

— Et qu'est-ce donc ? demanda A avec un peu de méfiance et d'humeur.

— Mais c'est l'être, lui dis-je. La vie qui monte si fort depuis quatre milliards d'années n'est qu'un sous-produit de l'être. Le monde et l'univers sont des fragments de l'être. Le passé et l'avenir et le temps tout entier ne s'inscrivent que dans l'être. La Terre appartient à l'être. Urql appartient à l'être. Et les esprits comme toi et tous les rêves de l'esprit n'existent que par l'être. Même achevée par la mort, la vie est une splendeur. Mais la folie des hommes est d'adorer la vie au lieu d'adorer l'être qui en est la cause et la source et le garant et la fin.

— Mon cher O, me dit A, je te trouve bien audacieux d'oser parler de l'être. Je suis venu sur cette Terre pour t'entendre parler de la vie. Peut-être — peut-être… — sur la vie et l'histoire as-tu quelque chose à dire. Pas grand-chose, d'ailleurs. Mais de l'être, à coup sûr, tu n'as le droit de rien dire.

— Mon cher A, lui dis-je, il faut être savant pour parler de la vie. Et pour parler de son histoire. Je t'ai prévenu aussitôt que je ne savais presque rien. La date du sac de Rome,

— 1527.

— le prénom de Molotov,

— Viatcheslav.

— la liste des papes Clément, la piazza Campitelli, quelques fragments épars de l'existence ici-bas du vicomte de Chateaubriand, quelques vers d'Aragon, la rue du Dragon sur la rive gauche de la Seine et à quoi sert un parapluie : toute ma science s'arrête là. Tu ne pouvais pas trouver, dans ce monde et dans son histoire, un moins bon guide que moi. Mais sur l'être, mon cher A, j'en sais autant que toi. Parce que la science de l'être, ou plutôt sa lumière, est en chacun de nous. Et que Platon, ou Spinoza, ou Hegel, ou Michel-Ange, ou Mozart, ou Tolstoï ou Léonard de Vinci — ou le Christ Jésus ou Mahomet ou le Bouddha — ne font rien d'autre, tu le sais comme moi après tout ce que je t'ai dit, que de le révéler au plus stupide d'entre nous. Et plus le message est grand, plus il est simple aussi. Tout le monde n'est pas capable de comprendre Aristote, d'aimer Haydn ou Rembrandt. Mais tout le monde est capable de comprendre le Bouddha, ou Mahomet, ou Jésus. Ils parlent aux masses, aux pauvres, aux enfants avant de parler aux savants. Et c'est eux qui nous parlent de l'être avec le plus de force. La vie, cette vie unique et irremplaçable que nous mettons au-dessus de tout, cette vie qui nous est sacrée, cette vie qui règne, sous forme de conscience, de pensée, de science, sur le monde et sur l'univers, il n'est pas exclu que cette vie ne nous ait été donnée que pour camoufler l'être. La vie est manifeste. L'être est caché sous la vie, sous la matière, sous les lois de l'univers. La vie éclate de partout. L'être se masque et se tait. La vie bouge, change, évolue, se transforme, prend les visages les plus divers. L'être reste immobile et toujours identique à lui-même. La vie passe. Et l'être est. L'être n'est pas ce qui apparaît, ce qui bouge, ce qui change, ce qui s'en va. L'être est ce qui est.

— Mon cher O, murmura A, je suis venu…

— Je sais : tu es venu de très loin et tu m'as rencontré au-dessus de la Douane de mer pour en savoir un peu plus sur ce monde et la vie. Et tu t'imagines que sur l'être tu en sais un bon bout, et en tout cas plus que moi qui n'étais qu'un homme emporté par le temps et par ses illusions. Et il est vrai que le monde est un spectacle insensé qui fait tourner les têtes et qui donne le vertige. Mais je ne voudrais pas que tu crusses…

— Que je crusse… ? me dit-il.

— … que tu crusses que, dans ce monde de délire, réglé par le hasard et la nécessité, la vie, à jamais, l'a emporté sur l'être. La vie est devenue si riche, si puissante et si riche, qu'elle a refoulé l'être dans des abîmes obscurs. Partout, de tout côté, nous nous heurtons à la vie, à ses inventions de génie, à son pouvoir sans bornes. Mais l'être est toujours là, en dessous, un peu plus loin, dissimulé aux regards et à l'orgueil des algues avec du temps. On ne voit que le monde et la vie. On n'entend que le monde et la vie. On ne parle que d'eux. On ne sent qu'eux. Il n'y a plus que la pensée et les mots pour se souvenir encore de l'être. Il est permis de soutenir que l'être s'est réfugié dans la grammaire et la mathématique. Dans la souffrance, aussi, dans l'étonnement, dans la surprise, dans le vide. Dans le dénuement et dans les signes.

— Ah ! bravo ! dit A d'un ton qui me plut à moitié. Très bien. Revenons sur Terre. Et le monde ? Et la vie ? Et notre rapport sur les hommes ?

— Le monde et la vie sont de toutes petites choses qui commencent avec le *big bang* il y a quinze milliards d'années, qui s'épanouissent avec les hommes et qui finiront bien par finir.

— Ah ! les hommes ! s'écria A. Les petits hommes de la Terre !

— Quand il pleut…, commençai-je, quand il pleut sur le monde, …

— Pardon ? me dit A.

— … ils passent sous des parapluies dans la rue du Dragon. »

VI

LE MONDE BASCULE

« De temps en temps, le monde bascule. Souvent, il semble dormir. On tue des hommes ici ou là, on s'aime, on se déteste, on construit des machines, mais il ne se passe pas grand-chose. Et puis, tout à coup, le monde bascule. Il bascule avec le premier rire, avec le premier mot, avec le premier feu, avec la première ville où s'élèvent quelques pierres. Il bascule avec l'Égypte. Il bascule avec les Grecs. Il bascule avec Alexandre. Il bascule, bien sûr, avec la mort du Christ qui le marque si fort qu'elle coupe l'histoire en deux. Et puis, il semble qu'il bascule de plus en plus souvent. Avec l'adoption de l'étrier, qui bouleverse la cavalerie, avec l'invention de l'arbalète, qui épouvante le pape, du canon, du collier de trait, du gouvernail d'étambot, de l'imprimerie, de la machine à vapeur, de l'électricité. Avec la chute de Constantinople. Avec la découverte de l'Amérique, le 12 octobre 1492, qui entraîne le déclin de la mère de toutes les mers et la fin de Venise. Avec la Révolution française. Avec Pearl Harbor. Avec la bombe atomique. Avec l'automobile, l'avion, la télévision, la pilule, le *premier homme* sur la Lune, le sida, la révolution d'Octobre et la fin du communisme dans la patrie du socialisme.

Dans la nuit du 21 au 22 juin 1941, le monde a encore basculé. Jusque-là, Hitler, à la tête des armées allemandes, a marché de succès en succès. À quelques exceptions près, l'Europe est devenue allemande. Du cercle polaire à la Méditerranée, de Brest à la frontière russe. Hitler a un allié qui s'appelle Mussolini et qui lui pèse plus qu'il ne lui sert. Les Italiens ont du mal à venir à bout des Grecs. Les Allemands doivent intervenir contre la Yougoslavie et la Grèce et la résistance est plus forte que prévue. L'offensive contre Staline, l'allié de l'été 39, qui devait se produire au printemps, est retardée de plusieurs semaines, jusqu'au premier jour de l'été. Le solstice d'été, avec son symbolisme, n'est pas une mauvaise date pour l'héritier de Siegfried, le protégé de Wotan, le maître des Nibelungen. Dans la nuit du 21 au 22 juin 41, avec des millions d'hommes et des milliers de chars et d'avions tapis dans un secret qui semble presque incroyable, l'opération Barbarossa déclenche la plus grande guerre, et la plus meurtrière, de l'histoire de l'humanité.

Rien n'échoue comme le succès. À la fin de juin 41, Hitler, au sommet de sa puissance, est déjà perdu. Il ne le sait pas encore, bien entendu. Il croit, et beaucoup croient avec lui, qu'il a gagné la guerre. Contre le communisme et l'Union soviétique, les troupes allemandes, un peu partout, et jusque dans l'Ukraine soviétique, sont accueillies en libératrices. Bientôt, massacres et incendies les feront détester et combattre. Aux premiers jours de l'offensive, elles sont plutôt bien reçues. Dans les pays Baltes et à Riga, la nouvelle de l'attaque est un coup de tonnerre. Comme en Bukovine ou en Moldavie, les Russes sont des envahisseurs et, sauf par une minorité d'intellectuels marxistes qui vont bientôt prendre le pouvoir pour un peu moins d'un demi-siècle — mais personne n'en sait encore rien —, le communisme est haï. Malgré le souvenir de Tannenberg et des chevaliers Teutoniques, le 22 juin 41, une explosion de joie secoue la Lituanie, la Lettonie, l'Estonie. Quand les blindés allemands, qui avancent à toute allure sans trouver beaucoup d'obstacles, pénètrent dans Riga, la grand-mère de Lisa, qui a connu pendant un an une occupation russe encore relativement supportable, partage les sentiments de l'immense majorité de la population. Durant trois années, les pays Baltes vont servir de base arrière aux troupes allemandes qui enlèvent Minsk, Pskov, Vitebsk, Smolensk, qui attaquent en vain Leningrad et qui sont arrêtées net, l'histoire est comme ça, par la conjonction de l'internationalisme chanté par Marx et Lénine et du nationalisme russe incarné par

Staline, qui est d'ailleurs géorgien. À quoi il faut ajouter le capitalisme américain qui fournit ses dollars, sa technique, ses bateaux.

Pendant trois ans, c'est la guerre. De la mer du Nord à la mer Noire, dans la neige et la glace, sous une chaleur écrasante, le canon tonne et la terre tremble. Plus question de partir. Pour aller où, grand Dieu ? Le monde est coupé en deux. Anna ne reçoit plus la moindre nouvelle de Londres, de sa fille, de sa petite-fille qui, quinze ou vingt ans plus tard, boira du lambrusco avec Marie et moi, dans une lumière d'été, sur la piazza Campitelli. Au moment où cinéma et théâtre commencent à la rendre presque célèbre en Lettonie, la tante de Lisa n'a plus aucune nouvelle du communiste à lunettes qui doit se battre à Leningrad contre les officiers allemands à la croix de fer et à la tête de mort, aux grands manteaux à revers blancs, qu'elle côtoie à Riga. Un peu moins de trois ans plus tard, au printemps 44, à peu près au moment où les Américains débarquent enfin en Normandie, c'est la débâcle allemande. Et la victoire de l'Armée rouge. Les Russes s'installent. Et le communisme. Après la croix gammée dont les morceaux brisés sont jetés à jamais dans les poubelles de l'histoire, la faucille et le marteau étendent leur ombre sur le monde. La fin de l'histoire est pour demain.

— J'ai un peu de mal à te suivre dans ces cascades d'invasions, plus compliquées que celles des Goths, des Suèves, des Vandales. Et je continue à ignorer ce qu'est ce communisme dont tu parles sans te lasser. Il y a déjà longtemps, c'était hier je crois, pour parler comme les hommes, tu m'avais promis de revenir sur deux choses qui semblaient t'agiter, je ne sais pas trop pourquoi, et qui me restaient un peu obscures : je crois que l'une d'elles était le communisme.

— Quelle mémoire ! m'écriai-je.

— Il faut bien, grogna-t-il. Toi, tu n'en as aucune. Tu oublies, tu te répètes, tu dis n'importe quoi, tu es guetté par Alzheimer.

— Pas toujours, triomphai-je : la seconde des deux choses était le christianisme.

— Il me semble, est-ce que je me trompe ? que, presque autant que tes conversations sur la piazza Campitelli et les parapluies de la rue du Dragon, presque autant, oserai-je le dire ?…

— Ose donc, l'encourageai-je. Ose donc.

— … que les aventures, peut-être un peu répétitives, du vicomte de Chateaubriand avec ses belles Madames, les deux choses mystérieuses ont leur place dans le rapport. Peut-être, mais c'est toi qui décides, le moment est-il venu de me mettre au parfum ?

VII

NIETZSCHE EST MORT

— Tu as raison, répondis-je. Notre rapport sur la Terre risquerait d'être incomplet si n'y figuraient pas un Allemand né à Trèves, en 1818, sous le nom de Karl Marx, et surtout un juif dont il n'est même pas permis de dire qu'il avait du génie et que nous appelons Jésus-Christ. J'hésite un peu, je l'avoue, à aborder ces chapitres. Parce que Marx et Jésus sont au cœur de ce que pensent les hommes, de ce qu'ils sentent, de ce qu'ils croient. Des ouvrages innombrables leur ont été consacrés et beaucoup d'hommes sont morts ou pour l'un ou pour l'autre. Des passions se sont déchaînées autour de l'un et de l'autre. Et depuis deux millénaires…

— Ce n'est pas beaucoup, remarqua A.

— C'est toujours la même chose, lui dis-je : ce n'est pas beaucoup pour toi, mais c'est beaucoup pour nous, depuis deux millénaires et pour des milliards d'hommes, le nom de Jésus est sacré.

— Pour toi aussi ? demanda A.

— Pour moi aussi, lui dis-je.

— Et celui de Marx, demanda A, est-il sacré aussi ?

— Non, lui dis-je. Et pour personne. Mais il a laissé son empreinte sur l'histoire, et ce n'est déjà pas mal.

— Pour combien de temps ? demanda A.

— Ah ! lui dis-je. Personne ne le sait. Car, contrairement à ce qu'il soutenait, l'histoire ne s'arrête pas. Elle se poursuit. Elle modifie les paysages et change les proportions. Le nom de Marx et celui de Jésus ne peuvent pas être comparés. Ils ne peuvent pas être mis sur le même plan. Ils ne peuvent pas être joints l'un à l'autre. Il n'est même pas impossible que nous ayons souffert, en prononçant leurs noms d'un même souffle, d'une erreur de perspective qui paraîtra stupéfiante à ceux qui viendront après nous. Car l'un est un philosophe. Et l'autre…

— Et l'autre… ? demanda A.

— C'est difficile à dire, répondis-je. L'autre, pour des milliards d'hommes, est un Dieu.

— Ah ! dit A.

— Je sais que vous n'avez à Urql aucune idée des hommes. Mais n'avez-vous jamais, à Urql, entendu le nom de Jésus ?

— Jamais », répondit A.

Je me tus un instant.

« Je n'en suis pas surpris, repris-je. Car ce Dieu est aussi un homme.

— Un homme ? demanda A.

— C'est un homme, répondis-je.

— Et pourtant Dieu ?

— Pour des milliards d'hommes et de femmes qui croient en lui, le Christ est homme et Dieu. »

A se tut à son tour.

« C'est mettre les hommes bien haut, dit-il, et la divinité assez bas que de changer un homme en Dieu et de faire de Dieu un homme. »

Je me tus à nouveau.

« Oui, lui dis-je. Avec le Christ, Dieu descend jusqu'aux hommes. Et, puisque le fils de l'homme est aussi fils de Dieu, Dieu, avec le Christ, fait monter l'homme jusqu'à Dieu. C'est précisément ce lien entre Dieu et les hommes qui est le propre du christianisme et qui fait sa grandeur.

— Qui décide de ces choses ? Sont-ce des hommes ? Ou est-ce Dieu ?

— Ce sont des hommes, lui dis-je. Mais inspirés par Dieu fait homme.

— Je vois bien, me dit A, que tu ne peux rien me dire de Dieu parce qu'il n'est pas donné aux hommes de rien savoir de Dieu.

— C'est vrai, lui dis-je. Et pourtant…

— Alors, comme toujours, parle-moi seulement des hommes.

— Depuis toujours, commençai-je — enfin, depuis qu'ils pensent, qu'ils ont ce malheur et ce bonheur de penser —, les hommes se sont fait des images très diverses de puissances extérieures et supérieures au monde, qui portent des foules de noms et que, dans le corps du rapport à l'usage des gens d'Urql et pour plus de commodité, nous appellerons divinités. Chez les Grecs, chez les Romains, chez les Aztèques, chez les Germains, chez les peuples d'Afrique et d'Asie, partout, dans les cultures les plus hautes et chez les barbares les plus reculés, ces divinités ont été innombrables. Mais, il y a trois ou quatre mille ans…

— Ah ! dit A, c'était hier.

— … du côté du Tigre et de l'Euphrate, puis sur les bords orientaux de la Méditerranée, pour la première fois, un homme de génie, un des plus grands, un des plus illustres de toute l'histoire de la vie, adore un Dieu unique, caché, tout-puissant, sans commencement et sans fin, justicier et vengeur, dont le nom ineffable ne peut être prononcé ni écrit. L'homme, qui s'appelle Abraham, donne son fils à Dieu comme, deux mille ans plus tard, Dieu donne son fils aux hommes. Entre ces deux sacrifices s'inscrivent les origines de la grande alliance entre les hommes et Dieu et naît le monothéisme. Sans même parler de l'islam qui s'y rattache aussi, c'est toute l'histoire du peuple juif, si clairement élu et si clairement maudit, et des débuts du christianisme. »

Épuisé par l'effort, je m'arrêtai hagard, incapable de poursuivre.

« Continue, me dit A.

— J'ai du mal, avouai-je. Je dois te prévenir ici que je sais très peu de chose sur la mécanique ondulatoire, sur la navigation à voile, sur la culture du maïs qui n'apparaît en Europe qu'après Christophe Colomb, sur la géologie, sur la médecine, sur la philosophie d'Avicenne, d'Averroès, de Maimonide, qui ont joué un rôle si décisif dans l'histoire de la pensée, mais que je ne sais rien du tout, non seulement sur Dieu…

— Bien entendu, dit A. Aucun homme ne sait rien de Dieu. Dieu ne va pas se confier aux algues avec du temps.

— … mais encore sur les idées que les hommes se font de Dieu et qui constituent une science appelée théologie.

— Est-ce une science exacte ? demanda A.

— Non, lui répondis-je, ce n'est pas une science exacte. Les sciences exactes tirent des conclusions rigoureuses aux conséquences sans appel de postulats arbitraires que personne ne peut prouver et dont elles ne s'occupent pas. La théologie est la science des fins dernières et des débuts absolus. Elle est la science des postulats.

— D'où les tient-elle ? demanda A.

— Des livres sacrés, lui dis-je.

— J'imagine que ces ouvrages sont plus importants pour notre travail que les règles du jeu de football qui figurent en annexe, et même que l'*Iliade* et l'*Odyssée* dont tu fais tant de cas ou que les *Mémoires d'outre-tombe*. Dis-moi le nom, je te prie, de ces livres sacrés dont je commence à me demander s'ils ne suffiraient pas, à eux seuls, à composer le rapport.

— Tout le monde a les siens, répondis-je : les Aztèques, les hindous, les bouddhistes, les Mongols, les taoïstes, les parsis, et même les mormons, ou saints des derniers jours, qui pensent que les Indiens d'Amérique sont les restes des tribus perdues d'Israël et dont le chef, Joseph Smith, découvrit, le 22 septembre 1827, sur une colline de l'État de New York, des plaques d'or gravées d'hiéroglyphes égyptiens qu'il réussit heureusement, à l'aide de deux pierres mentionnées dans la Bible et qui lui tombèrent par miracle sous la main, à déchiffrer en hâte avant leur disparition. Les musulmans ont le leur : c'est le Coran. Les juifs ont le leur : c'est la Bible, dont ils vénèrent surtout le début sous le nom de Torah. Et les chrétiens aussi ont le leur : c'est la Bible chrétienne. Elle comprend l'Ancien Testament, qui se confond avec la Bible juive, et le Nouveau Testament, dont le cœur est les Évangiles qui racontent la vie de Jésus, fils de Dieu et des hommes, Messie annoncé par les saintes Écritures. Car, selon ses propres mots, le Christ n'est pas venu abolir la loi juive, mais l'accomplir et l'achever.

— Tous ces livres, demanda A, racontent-ils la même chose ?

— Oui et non, répondis-je. Des choses assez différentes pour nourrir des haines qui durent encore entre juifs et chrétiens, entre chrétiens et musulmans, entre juifs et musulmans.

— C'est embêtant, dit A. J'aimerais que le rapport fût un peu cohérent.

— Et pourtant des choses assez semblables sur l'existence de Dieu, sur le bonheur du salut, sur le rôle de la prière et de la charité. La vraie différence est une différence de langage : Dieu ne porte pas le même nom dans les différentes religions. Et une différence de grammaire, de syntaxe et de signes : on ne lui plaît pas de la même façon, on ne l'adore pas selon les mêmes rites.

— Es-tu chrétien ? me demanda A.

— Je le suis. Ou je l'étais : j'imagine que, là où je vais quand je t'aurai quitté, les étiquettes de ce monde sont effacées assez vite et qu'il n'y a pas, chez les morts, les chrétiens et les autres. Ou j'essayais de l'être. Mes parents l'étaient. Et les parents de mes parents. Avant de me mettre à l'école de maîtres laïcs et progressistes, qui s'imaginaient eux aussi détenir la vérité, mais qui lui donnaient un sens nouveau en la mêlant de tolérance, j'avais été élevé, sans rigueur excessive, dans la religion catholique, apostolique et romaine. Et s'il fallait vraiment, dans tout l'espace des siècles, suivre quelqu'un jusqu'au bout, je crois que c'est Jésus que j'aimerais le mieux suivre. Il était fils d'une vierge, il est ressuscité des morts après avoir été crucifié sous le règne de Tibère, son corps s'élève au ciel sous les yeux de ses disciples, jusqu'à la fin des siècles son corps se change en pain, son sang se change en vin.

— Crois-tu tout cela ? demanda A.

— Je ne sais pas, lui dis-je. Il m'arrive d'hésiter. Le Christ, en vérité, n'a enseigné que deux choses : qu'il fallait aimer les autres et qu'il fallait aimer Dieu.

— Les aimes-tu ? me dit A.

— J'aime beaucoup Dieu, lui dis-je. Aimer Dieu est très commode. C'est beaucoup plus facile que d'aimer les autres. Dieu est un rêve. Il est loin. Il est ailleurs. Il est toujours en voyage. On ne sait rien de lui. Il te ressemble un peu, en beaucoup mieux bien entendu. Les autres sont là, et ils m'assomment. Ils réclament, ils prennent de la place, ils font du bruit, ils sentent mauvais. Il leur arrive, de temps en temps, d'écrire des livres meilleurs que les miens. Les autres me gênent tout le temps. Dieu ne me gêne jamais. Quand tout va bien, je le remercie. Quand tout va mal, je l'implore. Je sais que Dieu a d'autres chats à fouetter que les algues avec du temps. Il s'occupe de milliards d'étoiles dans des milliards de galaxies et de milliards de particules dans des milliards de molécules. Mais ce sont les hommes qui le turlupinent. C'est pourquoi, j'imagine, il nous a envoyé son fils sous le nom de Jésus.

Lui, Jésus, ne s'occupe que des hommes. Lui nous prend par la main. Lui pense à nous sans cesse puisqu'il est devenu un homme avant de mourir pour nous et qu'il sait comment ça se passe quand on trimbale un corps dans l'espace et dans le temps. Lui a fait descendre Dieu jusqu'aux souffrances des hommes. Il n'est pas un chef, un roi, un empereur, un richard, un patron. Il est un pauvre, un faible, un condamné à mort. Celui qui veut gagner sa vie la perdra, dit Jésus par la bouche de l'un ou l'autre des disciples qui s'expriment en son nom. C'est le coup de génie du christianisme et de l'Église catholique, qui a tant aimé, par la suite, la puissance et la gloire : ce qui triomphe, avec Jésus, c'est l'échec, la misère, la souffrance. Parce qu'il y a plus d'amour, sur cette Terre, du côté des vaincus que du côté des vainqueurs. On dirait que l'amour se taille quand se pointent les puissants. Jésus fuit la puissance comme les autres fuient la misère. Dès qu'il n'est plus un enfant, il se change en victime. Même si Jésus n'était qu'un mythe — et les savants assurent qu'il n'est pas plus un mythe qu'Alexandre ou César ou Cléopâtre ou Moïse —, il me semble que tant d'hommes et de femmes ont pensé à lui avec tant de tendresse qu'un peu de la tendresse du monde me revient sous son nom.

Je me dis quelquefois que, même si le christianisme et la religion catholique, apostolique et romaine…

— C'est joli, me dit A. Ça roule.

— Je sais, lui répondis-je. C'est tout le génie de l'Église… finissaient par disparaître…

— Disparaîtront-ils ? demanda A.

— Je n'en sais rien, lui dis-je. C'est toi qui le sais. Pas moi. Mais même si le christianisme et la religion catholique finissaient par disparaître, emportés par le temps qui emporte les hommes et leurs institutions, la religion des pauvres, des vaincus et des faibles ne finirait jamais. La gloire du Christ est dans sa souffrance plus encore que dans son triomphe. Les triomphes passent. La souffrance reste. Tout au long des siècles, avec l'Inquisition, avec l'ignominie éclatante des Borgia et de tant d'autres, avec la stupidité des prélats attachés au passé, avec un prince de Bourbon qui reçoit à l'âge de huit ans son chapeau de cardinal, avec la *pompe* et la *pourpre* de l'Église qu'il avait fondée aux côtés de pêcheurs et de prostituées, le Christ a souffert de son triomphe. Il triomphe dans sa souffrance. Et peut-être dans son échec. J'imagine très bien, dans un monde riche et dur qui aurait fini par rejeter les absurdités de nos dogmes, un petit groupe de sceptiques, écœurés par le conformisme et par la prospérité, avides enfin de paradoxes, vaguement tentés par autre chose, qui se réuniraient dans une cave et qui rompraient du pain et qui boiraient du vin en souvenir du Christ Jésus dont ils ne sauraient plus rien, sauf qu'il aimait les pauvres, les vaincus, les rebelles, ceux qui pleurent. Alors peut-être Jésus, à qui personne ne croirait plus, et pas même eux bien sûr, reviendrait-il parmi eux.

Plus que personne d'autre, Jésus introduit dans l'histoire quelque chose de sublime qu'il faudra noter dans le rapport parce que seuls les hommes le pratiquent et qu'il est leur bien propre au même titre que la pensée, mais à l'étage au-dessus : c'est le pardon. Plus encore qu'il n'ordonne et impose, le Christ oublie et efface. Au Dieu de vengeance et de ressentiment de l'Ancien Testament succède un homme d'amour et de miséricorde. Ce n'est pas par hasard qu'on l'appelle le Rédempteur : il rachète, et il pardonne. La croix cesse, avec lui, d'être un instrument de supplice pour devenir un signe de rachat.

— Je ne comprends pas, dit A. Qu'est-ce qu'il rachète ?

— Les péchés du monde, lui dis-je.

— Il les avait vendus, ou quoi ?

— C'est le seul fait d'être au monde qui est déjà une faute. Pour l'Église catholique, tous les hommes — sauf la Vierge, mère de Dieu — naissent avec un péché. C'est le péché originel.

— Faut-il inscrire dans le rapport que, sauf la Vierge, bien entendu, tous les hommes sont coupables et qu'ils sont tous enclins à être mauvais ?

— C'est un grand débat, lui dis-je. Il y a eu des philosophes pour soutenir que l'homme était bon par nature. L'Église est moins angélique que la Philosophie. L'homme n'est que faute aux yeux d'une doctrine qui remonte à Adam et où le fils de l'homme meurt pour sauver les enfants de Dieu. Et il n'est que pardon. La faute est au cœur de toutes les religions. Le pardon de la faute est au cœur du christianisme. Et, plus proprement, de la religion catholique qui aime tant les pécheurs qu'elle est capable de pardonner, en un clin d'œil de repentir, une vie entière de crimes. À un homme qui vient lui dire : “Mon père, j'ai tué”, le prêtre catholique répond par une question : “Combien de fois, mon fils ?” Et un dernier soupir d'espérance et de foi suffit à effacer toute une carrière de débauche. C'est pourquoi tant de libertins ont été catholiques. Et que tant de catholiques ont été libertins.

— Chateaubriand, dit A. Et l'abbé de Rancé.

— Et toute la foule des autres. Il y a un mot de Luther…

— Était-il catholique ?

— Justement, il cessait de l'être. Et, pour une multitude de raisons qui sont toujours les mêmes et dont la première…

— … est que tu ne sais rien…

— Et toi, tu devines tout… nous n'entrerons pas dans des querelles de religion qui ont occupé les hommes autant et plus que l'amour ou que l'or et qui ont fait verser des flots de sang pour des thèses obscures que personne ne lit plus, pour des phrases ambiguës, pour des mots contestés, pour une seule voyelle — le *iota* de ὁμοούσιος ou de ὁμοιούσιος qui déclenchait des passions que nous ne comprenons plus.

— Alors, dit A avec un peu d'impatience, ce mot de Luther ?

— "*Peccate fortiter. Credite fortius*" : "Péchez avec vigueur. Mais ayez une foi plus vigoureuse encore." Ce qu'il y a de plus beau dans le christianisme, qui a donné au monde, sous les espèces pourpre et or de l'Église catholique,

— apostolique et romaine,

— le plus formidable exemple d'une institution réussie et durable, avec ses fastes inouïs et ses compromissions et sa volonté de puissance et ses richesses sans bornes, ce sont ses filles perdues et ses mauvais garçons.

Avec l'Incarnation, avec la Trinité, avec l'Esprit-Saint qui fait le lien entre le Père et le Fils, l'Église catholique, mon cher A, est une chose si grande, et le christianisme, qui renverse l'ordre du monde et qui jette les rois, les puissants, les riches au pied d'un instrument de torture qui n'est ni plus ni moins qu'une guillotine ou qu'un gibet ou qu'un peloton d'exécution, est un mouvement du cœur d'une audace si stupéfiante que la totalité d'un rapport, qui couvrirait, du coup, la totalité de l'homme, pourrait leur être consacrée. Je me demande un peu pourquoi, depuis notre rencontre au-dessus de la Douane de mer, nous avons parlé d'autre chose.

— Et Dieu ? demanda A. Apparaît-il, de temps en temps, dans ces palais d'idées, dans ces constructions de mots, dans cette religion des hommes que des hommes ont conçue à la gloire des hommes au moins autant qu'à celle de Dieu ?

— Est-ce que les hommes parlent de Dieu ? Ont-ils le droit de parler de Dieu ? Ils parlent à Dieu, c'est tout. Ils l'adorent, ils le supplient, ils se jettent à ses pieds. Ils n'ont rien à dire de ce qu'ils ne peuvent pas concevoir. Dieu s'occupe des hommes et il décide de leur sort. Ce n'est pas aux hommes de s'occuper de Dieu ni de décider de son sort. Dieu n'existe pas dans l'histoire et dans le temps puisqu'il est éternel. Et eux ne sont que des hommes dans l'histoire et dans le temps.

Il y a quelques années, à un congrès de philosophie qui se tenait à Moscou, alors capitale d'un communisme qui, à défaut d'être sans maître, était au moins sans Dieu, le président de séance, un professeur à l'université de New York ou de Chicago, après avoir consulté sa montre, lança aux délégués : “Il nous reste cinq minutes. Nous pourrions peut-être aborder le problème de Dieu.” Il faisait bon marché de l'histoire qui courait, vers la même époque, amphithéâtres et campus. Sur les murs de la faculté de philosophie s'étale une inscription tracée en lettres géantes au marqueur ou à la bombe :

DIEU EST MORT
signé :
NIETZSCHE

Une main mystérieuse efface l'inscription et écrit à la place :

NIETZSCHE EST MORT
signé :
DIEU

Il y a beaucoup de choses géniales dans le christianisme et dans l'Église catholique. La plus géniale, à coup sûr, est d'avoir fait descendre Dieu, dont il n'est permis de rien dire, parmi les hommes que tout le monde connaît. C'est ce qu'on appelle l'Incarnation. Dieu est hors du temps et il est hors de l'histoire. Voilà qu'il entre dans le temps et qu'il entre dans l'histoire sous le nom de Jésus. Il n'est peut-être pas tout à fait interdit de penser que le christianisme, avec d'infinies précautions, et peut-être sans le savoir, sous couvert de faire de Dieu un homme, a fait de l'homme un Dieu.

D'innombrables hérésies, aux rebondissements et aux coups de théâtre dignes des films de Hollywood, tournent autour de ce mystère : Jésus est-il d'abord un Dieu ou est-il d'abord un homme ? Toutes les questions annexes, auxquelles sont liés les noms d'Arius ou des nestoriens, les conciles de Nicée, de Constantinople, d'Éphèse ou de Chalcédoine — le Fils est-il l'égal du Père ? Y a-t-il deux natures dans la personne du Christ ? Marie est-elle la mère du Dieu ou seulement la mère de l'homme ? Et la querelle du *Filioque*… — découlent de cette question où se joue, en vérité, tout le sens de notre rapport sur le monde et les hommes. La réponse de l'Église est qu'indissolublement Jésus est Dieu et homme. Un Dieu le Père — qui est le Fils en même temps que le Père puisque le Fils est aussi le Père et que les trois Personnes ne font jamais qu'un seul Dieu — règne toujours, inconnu, ineffable, à jamais immuable, identique à lui-même de toute éternité, hors du monde et du temps. Il s'est envoyé lui-même, sous les espèces du Fils, fils de Dieu et de l'homme, dans l'espace et dans le temps créés par le *big bang*. Pour y vivre comme les hommes. Et y mourir comme eux.

— Serait-ce là, demanda A, ce que tu appelles théologie ? »

Nous survolions des mers, des îles, de grands lacs dans les îles, et des volcans dans la mer.

« Je n'oserai jamais prétendre que ces récits en plein vol soient de la théologie : j'entends d'ici monter des lieux augustes où ils se rassemblent les rires des théologiens. Mais j'imagine que la théologie doit s'occuper comme nous — autrement, mais comme nous — de l'Incarnation et de la Sainte-Trinité.

— Serait-ce aussi, demanda encore A, ce que tu appelles philosophie ?

— Même motif, même punition. Le rapport destiné à Urql est à la philosophie ce que Courteline est à Shakespeare, ce que Guignol est au *Second Faust*. En moins drôle, malheureusement. Le rapport est muni d'une poignée, pour que tu aies moins de mal à l'emporter avec toi. Tu sais déjà que la philosophie se demande, avec étonnement, pourquoi il y a quelque chose au lieu de rien et ce que nous faisons sur cette Terre où tu as la chance, ou la malchance, de n'être que de passage.

— J'hésite, me confia A. Chance ou malchance ? J'hésite. J'ai d'abord pensé, tu le sais, que c'était un grand malheur d'être un homme sur la Terre au sein de l'univers. Je commence à me demander s'il n'y a pas de la gaieté, mêlée d'un peu de désespoir, à être, depuis toujours et dans les siècles des siècles, à la façon d'un héros, vaguement éberlué, de roman policier ou de roman d'aventures, une énigme dans une énigme au sein d'une autre énigme.

— Nous y voilà ! m'écriai-je. Voilà la philosophie : l'énigme, la stupeur, le désespoir, la gaieté. Tout y est. Le philosophe est gai parce qu'il sait qu'il ne sait rien et qu'à la différence des autres il n'espère plus du monde qu'un peu d'étonnement. Jusqu'où nous surprendrons-nous ? Jusqu'où nous mènera la stupeur devant notre condition ? Le philosophe est aussi perplexe devant le monde et les hommes que tu l'étais toi-même au-dessus de la Douane de mer.

— Je me souviens…, me dit A. Et l'impatience de savoir se mêlait à la stupeur devant ce que je voyais.

— Iris est fille de Thaumas. Le savoir naît de l'étonnement. Toute la partie du monde qui s'étend autour de la Douane de mer et que nous appelons l'Europe — un cap déchiqueté et minuscule à l'extrême bout de l'Asie — s'est construite sur deux piliers : la philosophie grecque, qui va essayer de répondre par la tragédie, par l'histoire, par la géométrie, par la science — par tant de statues aussi — à l'étonnement métaphysique devant cette merveille qu'est l'homme ; et la théologie chrétienne, aboutissement et renversement de la tradition juive, qui va demander à l'amour d'un Dieu tombé dans le temps et incarné dans l'histoire une réponse à ce mystère qu'est l'homme et une consolation à ses souffrances.

— Eh bien !… me dit A.

— Ça t'en bouche un coin, lui dis-je.

— Ce qui me chipote…, me dit-il.

— Qu'est-ce qui se passe encore ? lui demandai-je. Tout ne baigne pas dans la lumière ? Tout n'est pas clair comme de l'eau de roche ?

— Ce qui me chipote encore, me dit A, c'est que Dieu arrive dans le monde à un moment donné et dans un lieu donné. Pourquoi pas plus tôt ou plus tard ? Et pourquoi pas ailleurs ?

— Ne m'en parle pas, lui dis-je. C'est un casse-tête.

Dieu descend chez les Juifs — et, avec l'aide des Romains, ce sont des Juifs qui le tuent. Tu ne peux pas savoir les catastrophes déclenchées par ce meurtre. C'est la guerre des gangs à l'échelle de la planète. Le plus curieux est que les Juifs, qui se considéraient déjà, dans l'Ancien Testament, comme le peuple élu par excellence, sont confirmés, par le Nouveau, dans ce destin d'exception puisque, pour reprendre une formule de Mgr de Quélen, archevêque de Paris sous la Restauration, prédécesseur sous la Coupole de notre ami Molé…

— Roule ma poule ! » s'écria A qui ne se conduisait pas toujours comme on l'aurait souhaité.

« … Jésus n'est pas seulement fils de Dieu par son père, il appartient aussi, par sa mère, à une très bonne et très vieille famille de la tribu de David. Le peuple élu, bien sûr, se transforme en peuple maudit dès qu'il envoie le Messie au gibet, à la guillotine, au peloton d'exécution. Mais le moyen d'entrer dans l'histoire et dans le temps sans tomber dans les tumultes d'une situation politique, économique, sociale, sans faire partie d'un peuple, sans appartenir à une époque ? Jésus naît sous Auguste et il meurt sous Tibère, représenté par Ponce Pilate auprès du roi Hérode, qui collabore sans vergogne avec les troupes d'occupation. Et surtout, fondateur de tout le christianisme, père de l'Église catholique, des Églises orthodoxes, des Églises protestantes, de toutes les sectes schismatiques ou hérétiques qui se réclament du christianisme, Jésus est d'abord juif. Les protestants sont des catholiques qui se sont écartés de l'Église. Les catholiques sont des juifs qui se sont écartés d'Israël.

— Tu m'as déjà expliqué que les enfants, chez vous, sont la mort des parents.

— Jésus n'échappe pas à la règle. Une fois qu'il est entré dans l'histoire, et je ne sais pas si tu te rends compte de la catastrophe formidable — j'emploie le mot *catastrophe* dans le sens de bouleversement — qu'est l'entrée d'un Dieu dans l'histoire, une fois que le Christ est entré dans l'histoire, il suit les lois de l'histoire. Il les suit à la lettre — avec le coup de pouce nécessaire, parce que cet homme est Dieu. Il naît d'une femme — mais elle est vierge. Il vit comme tous les autres — mais il fait des miracles. Il meurt — mais il ressuscite.

Il fallait, pour que Jésus soit le Messie annoncé par les saintes Écritures et le fils de l'homme, que Marie soit une femme, mais il fallait aussi qu'elle puisse être mère de Dieu : d'où l'Immaculée Conception qui fait que Marie est, dans la doctrine catholique, la seule femme de l'histoire des hommes à naître d'une femme sans péché. Il fallait, pour que Jésus soit le fils de l'homme et le Christ Sauveur, qu'il soit crucifié par les siens : d'où la trahison de Judas. Si Judas, pris de remords, avait renoncé, au dernier instant, à livrer Jésus aux Romains et aux Juifs, il n'y aurait pas eu de christianisme. Le succès des zélotes, de ceux qui voulaient tout tout de suite, eût été la ruine des chrétiens dans les siècles des siècles. Le triomphe du christianisme — c'est sa clé et son cœur — devait passer par l'échec ; et sa vie, par sa mort. Tu vois bien que tu touches ici à quelque chose qui va plus loin que la seule doctrine religieuse pour atteindre la nature même et la racine de ce qu'est l'homme dans son histoire : Mort, où est ta victoire ?

Et l'artisan de cette victoire de l'échec sur la victoire, c'est celui-là même qui n'avait pas compris que la mort est plus forte que la vie pour assurer l'éternité dans le souvenir des hommes : c'est Judas. Le traître est la pierre maîtresse de l'entrée de Dieu dans l'histoire. Dieu pénètre dans l'histoire des hommes grâce à Marie qui lui donne la vie et grâce à Judas qui lui donne la mort. Le mal collabore avec le bien pour faire de l'histoire des hommes quelque chose de divin. Et Judas, le traître, le seul homme, peut-être, qui soit voué à jamais à l'enfer éternel, est, au même titre que Marie, la Vierge, assise dans le paradis à la droite de Dieu le Père qui est le père de leur Fils livré aux bourreaux pour sauver le monde et l'histoire, l'artisan noir de notre salut.

Et ce n'est pas assez dire que Judas, comme Marie, collabore à l'entrée, pleine d'amour et de sang, du Fils de Dieu dans le temps. C'est l'histoire tout entière qui l'annonce et la prépare. Adam, avant la faute, est déjà l'image de Jésus puisqu'il est le fils de Dieu. Ève, la première femme, qui ne naît pas comme les autres et qui se laisse emporter par le mal pour que l'histoire se fasse, est déjà Marie et Judas à la fois. Et Noé, et Abraham, et Isaac, et Moïse, et David, et Salomon ne sont, comme saint Jean-Baptiste, que les hérauts du Christ et de la descente de Dieu dans l'histoire obscure des hommes.

— Ce qui m'inquiète, quand tu parles des juifs, des catholiques, des protestants, des musulmans, c'est la diversité des interprétations possibles de l'histoire. Je ne voudrais pas que le rapport soit confisqué par une religion ni qu'il puisse être accusé de partialité métaphysique. Je me demande si l'or, dont tu m'as tant parlé, est aussi important que tu me l'avais dit et si les hommes ne sont pas divisés par leurs idées au moins autant que par leurs intérêts. Y aurait-il, chez les hommes, autant de religions que de langues ?

— Jusqu'à présent en tout cas, il y a, grâce à Dieu, moins de religions que de langues. Mais il y en a plusieurs, et beaucoup sont très belles. Et ceux qui croient à une religion croient naturellement, du même coup, qu'elle est la seule à être vraie. Ils se feraient tuer pour elle — et peut-on les en blâmer ? — plus sûrement que pour de l'or.

— Crois-tu que ta religion était la seule à être vraie ?

— Je ne sais pas, lui dis-je. Je ne croyais pas que ma famille était la seule à être bonne. Je ne croyais pas que ma patrie était la seule à être juste.

— Mais tu te ferais tuer pour elles ?

— Sans aucun doute, lui dis-je. J'aurais été trop heureux de me faire tuer pour la religion catholique, apostolique et romaine, à laquelle je ne croyais pas tout à fait, comme j'aurais été trop heureux de me faire tuer pour ma famille qui ne cessait de m'irriter ou pour ma patrie dont tu finiras bien par apprendre, par la bouche de l'un ou de l'autre, qu'elle est insupportable.

— Et pourquoi donc, je te prie, te battre pour des causes dont tu n'étais pas sûr ?

— Mais parce que c'étaient les miennes, lui répondis-je. Tu sais maintenant que les hommes ont un temps, et un lieu, et des amis, et des sentiments. Et que tout cela n'est que hasard, mêlé de nécessité. Mais il y a aussi quelque chose qui s'appelle souvenir, honneur, fidélité et qui fait que les hommes aiment à se battre et à mourir pour ce qu'ils croient et pour leurs attachements. Il n'y a rien de pire pour un homme que de ne croire à rien. C'est pourquoi un des plus grands de tous nos philosophes, le père de Fichte et de Schelling, le grand-père de Hegel, l'arrière-grand-père de Marx, a limité le savoir pour faire place à la foi.

— Son nom ! s'écria A. Je veux son nom pour le rapport !

— Il s'appelait Kant, lui dis-je, Emmanuel Kant, et il est né à Königsberg, dans la Prusse-Orientale, à l'époque des Lumières, à la fin de l'Ancien Régime, à la veille de la Révolution française qui a bouleversé le monde peut-être autant que le Christ. Il fait tourner les choses autour de l'esprit au lieu de faire tourner l'esprit autour des choses et sa révolution copernicienne est aussi radicale que celle des sans-culottes : en laissant dans une nuit noire des secrets hors d'atteinte, en montrant que les phénomènes ont besoin, pour surgir, de l'espace et du temps, il fonde un système formidable qui annonce bien d'autres systèmes.

— Dis-moi la vérité, supplia A. Ne te laisse pas aveugler par ton admiration pour Kant, par ton amour pour le Christ. N'y a-t-il pas, dans l'histoire, toute une foule de philosophes, de savants, de saints, de prophètes et de religions à avoir bouleversé le monde ?

— Bien sûr que oui, lui répondis-je. Tu as raison. Une foule. Einstein bouleverse le monde. Et Mahomet bouleverse le monde. Et Bouddha bouleverse le monde. C'est parce que mes parents étaient chrétiens, et les parents de mes parents, que je t'ai parlé du Christ dont ils me parlaient eux-mêmes. Il y a beaucoup d'autres systèmes, aussi forts, aussi subtils, et dont les disciples croient dur comme fer qu'ils détiennent la vérité. J'ignore presque tout des grandeurs du christianisme, de la transsubstantiation, de la grâce, de la parousie, du Saint-Esprit et des conciles sans fin où les hommes ont voté sur Dieu comme des députés sur une taxe ou sur une loi agraire et d'où est sortie la sainte Église. Je sais seulement, et à peine, qu'il y a quelque chose de très beau qu'on appelle, je crois, la communion des saints et qui permet à l'amour et aux mérites de circuler par la prière parmi tous ceux qui croient : dans l'état où je suis, j'attends tout du concours de ceux que j'ai aimés et qui, peut-être, m'ont aimé. De l'islam ou du bouddhisme, dont l'histoire, plus longue pour le bouddhisme et plus courte pour l'islam, est aussi compliquée que celle du christianisme, avec des schismes, et des hérésies, et des sages, et des écoles en pagaille, je ne sais rien du tout.

— Quel ennui ! gémit A. Qu'allons-nous faire pour le rapport ? Je ne peux tout de même pas me jeter pour combler ces lacunes sur toutes les âmes des morts qui passent et dont quelques-unes, j'imagine, sont musulmanes ou bouddhistes ?

— Ce n'est pas si grave, lui dis-je. Je t'avais prévenu, dès le début, c'est-à-dire dès ma fin, que je ne savais rien sur presque tout. C'est plutôt une chance. Si j'avais su quoi que ce fût sur la querelle des Investitures, sur les origines de l'opéra, sur la culture de la vigne, sur le précambrien, sur Thucydide ou sur Vivaldi, notre pauvre rapport aurait pris aussitôt des dimensions monstrueuses. Ne sachant rien sur rien, je passe, je glisse, je survole, je me hâte — glissez, mortels, n'appuyez pas — et une espèce d'équilibre s'établit dans la minceur. Et tu repartiras vers Urql aussi léger qu'une plume, une ombre de tentative de brouillon d'esquisse de projet de rapport entre tes mains de feu.

Et tu ne dois pas te faire d'illusions — faut-il te le dire encore une fois et te le répéter sans répit ? — sur la valeur du rapport. Je ne sais rien de l'avenir : il vieillira très vite. Je t'ai assez répété que les hommes sont dans l'espace et dans le temps. Le rapport aussi sera dans l'espace et dans le temps. J'étais blanc, bourgeois, français, européen, chrétien. Un ouvrier musulman, un paysan bouddhiste t'aurait livré un rapport tout à fait différent. Et puis, surtout, j'étais dans le temps. Un rapport, mon cher A, a beau parler de l'éternité, il n'est jamais éternel. Il est daté dans le temps et par l'histoire de ses auteurs. Je veux bien croire que tu es éternel. Mais, moi, je ne le suis pas. La preuve, c'est que je suis mort. Les dates de ma vie devront figurer dans le rapport dont la couverture portera nos deux noms :

A & O

RAPPORT
SUR LE MONDE
ET LES HOMMES

Tu vois que ma vie, ma pauvre vie, marque toute notre entreprise et qu'elle la rendra bientôt caduque. Il faudrait, pour bien faire, que le rapport fût revu et complété, par d'autres que moi il va sans dire, tous les quatre ou cinq ans.

— Tous les quatre ou cinq ans ! Comme tu y vas ! Je n'ai pas que ça à faire. As-tu réfléchi, mon cher O, à la durée du voyage, même pour un esprit comme moi qui se déplace, grâce à Dieu, un peu plus vite que la lumière ?

— Tu ne serais pas obligé de venir chaque fois toi-même. Le plus gros sera fait. Tu pourrais envoyer un de tes assistants — s'il y a, je n'en sais rien, des assistants chez les esprits. Un jeune esprit, peut-être, en train de finir ses études ?

— Cesse de dire des bêtises. Le rapport doit être établi une fois pour toutes. Je le vois comme un classique, comme la Bible, comme *Don Quichotte*, comme l'*Iliade* ou l'*Odyssée. A thing of beauty is joy for ever. Opus aere perennius*. Et κτῆμα ἐις ἀει.

— Cet ouvrage impérissable, il serait bien de le remanier à intervalles réguliers. Il serait mieux encore d'avoir autant de rapports qu'il y a de morts sur la Terre. Chaque mort aurait son rapport, chaque mort ferait rapport, chaque mort serait un rapport. Après tout, c'est à peu près ce qui se passe avec l'histoire du monde qui n'est elle-même rien d'autre qu'un rapport infini, écrit par tous les hommes. C'est bien parce que tu ne peux pas emporter jusqu'à Urql avec toi le monde et son passé que je me fais ici, pour toi, le greffier de l'histoire. Mais tu dois savoir que, du coup, conçu sans documents, sans archives, sans enquêtes par un ignorant aux idées très étroites, le rapport est plus près de l'œuvre d'imagination que du procès-verbal. Lâchons le mot : c'est un roman dont les personnages seraient les algues, le temps, les espaces infinis d'où tu es tombé parmi nous, et les hommes.

— Un roman ! s'écria A. Quelle horreur ! Je te supplie de ne pas laisser cette grossièreté vulgaire traîner dans le rapport.

— Je la retire, lui dis-je. Je l'efface. Je la biffe. Mais rien n'y fait et rien n'y fera : je n'en sais pas beaucoup plus sur l'islam ni sur le bouddhisme.

— Encore un effort, supplia A. Essaie de te rappeler. Est-ce que, dans le bouddhisme, un Dieu descend sur la

Terre ? Et Mahomet est-il, comme Jésus, le fils de Dieu fait homme ?

— Non, non, lui dis-je. Mahomet n'est qu'un prophète et il y a un seul Dieu dans le ciel de l'islam. Et son nom est Allah. On pourrait même soutenir que l'islam est un monothéisme plus radical que le christianisme avec sa Trinité et une religion plus abstraite, plus pure, plus dégagée.

Quelques années à peine après la mort du Prophète, l'islam se répand à une allure vertigineuse de l'Espagne à la Perse. Deux des plus grandes batailles de l'histoire — al-Qadisiyya et Nehavend — livrent la Perse indo-européenne des souverains sassanides aux Arabes musulmans, sous les ordres d'Omar, deuxième calife des croyants. C'est à ce moment précis que les Perses se changent soudain en Persans — avant de devenir ou de redevenir des Iraniens. Et, de l'autre côté du monde de la vigne et de l'olivier, les conquérants de l'islam traversent le nord de l'Afrique et s'emparent de l'Espagne. On m'a assuré que cette formidable cavalcade, où un nombre restreint de guerriers était sans doute engagé, avait été rendue possible par l'hérésie d'Arius qui, mettant en question, au profit de Dieu le Père, la divinité de Jésus, préparait le terrain, en Méditerranée et en Orient, pour le monothéisme rigoureux de l'islam.

La complication de l'islam ne vient pas de sa doctrine, qui est plus simple que celle de l'Église, mais de ses interprètes et de ses divisions. L'histoire de l'islam est plus tourmentée encore que l'histoire du christianisme et il faudrait des volumes entiers en annexe au rapport pour en donner une idée. Parce que l'image de Dieu, bien entendu, mais aussi le visage de l'homme n'ont pas le droit d'être reproduits, tu ne trouveras pas dans l'islam l'équivalent des Titien, des Giorgione, des Michel-Ange, des Léonard, des Raphaël…

— Encore une chance, grommela A.

— Mais la calligraphie, les arabesques, les miniatures, et surtout les commentaires et les gloses du Coran, et les gloses des gloses et les commentaires des commentaires, suffiraient à nous occuper pendant un bon bout d'éternité. Et, avec une foule d'histoires de commerçants et de chameliers qui s'emboîtent les unes dans les autres et que récite, pour ne pas mourir, à son époux sanguinaire la belle sultane Schéhérazade, *Les Mille et Une Nuits* sont un chef-d'œuvre au même titre que l'*Iliade* ou l'*Odyssée*. Veux-tu que je te raconte à mon tour pour les faire figurer dans le rapport l'histoire d'Aladin et de sa lampe merveilleuse ou celle d'Ali Baba et des quarante voleurs ?

— En annexe ! glapit A. En annexe ! T'imagines-tu par hasard que nous allons passer notre temps dans des contes à dormir debout et dans de vieilles paperasses illisibles ?

— Elles sont très lisibles, au contraire, et si le rapport, par miracle, pouvait leur ressembler, tu n'aurais plus à t'inquiéter de ton retour à Urql ni de l'accueil des tiens.

— J'ai d'autres choses à faire, s'écria-t-il au comble de l'énervement. Il faut que j'aille voir la Bourse, les avocats, les soldats qui se battent dans les plaines et le long des grands fleuves, les prostituées, les médecins, les architectes, les directeurs de cabinet des principaux ministères, les chefs d'entreprise dont tu ne me parles presque pas — es-tu tombé sur la tête ? — et dont je soupçonne, d'après ce que je vois, qu'ils font des choses considérables, et les bœufs de Kobé — mais tu te gardes bien de m'en rien dire — que les Japonais massent à la bière, je le sais de source sûre. Pour toi, je le vois bien, il n'y a que les philosophes et les littérateurs : on dirait que le monde a été construit à coups d'histoires de bonnes femmes, de contes de fées, de romans et de systèmes fumeux. Il n'y en a, à t'écouter, que pour saint Augustin et saint Thomas d'Aquin, pour Einstein, pour Spinoza, pour Hegel et pour Proust. Voilà que tu rappliques avec Schéhérazade. Tu es d'une légèreté, mon pauvre ami… Enfin… passons… Dis-moi vite, pour en finir, quelques mots, mais pas plus, après nous lâcherons la religion, qui nous a beaucoup occupés, pour revenir aux affaires sérieuses, sur Bouddha et le bouddhisme.

— Je ne crois pas que le bouddhisme soit vraiment une religion. Ce serait plutôt une sagesse. On peut, c'est très courant, être shintoïste et bouddhiste. On pourrait, à l'extrême rigueur, être chrétien et bouddhiste. Je connaissais au moins un jésuite, il est vrai qu'il était indien — et qu'il était jésuite —, qui se disait aussi bouddhiste. De tous les grands systèmes, qui constituent chacun comme une sorte de rapport sur l'état de la Terre, mais à l'usage des hommes cette fois et non à l'usage d'Urql, il me semble que le bouddhisme est le plus tolérant. Tu me reproches d'aimer les histoires. Toutes les religions sont des histoires merveilleuses. Il n'y a pas de plus belle histoire que l'histoire du Bouddha.

— Bon, bon, me dit A en s'installant comme pour dormir. Allons-y. Raconte-la. »

VIII

LE SOURIRE DU BOUDDHA

« Il était une fois dans une région de collines où, à l'ombre de hautes montagnes toujours couvertes par la neige, vivaient des singes, des tigres, des éléphants et des hommes, un tout petit royaume gouverné par un prince qui était très riche et très juste. Le prince et la princesse, qui était très belle, bien entendu, car les princes, dans les contes, ont toujours des femmes très belles, étaient les parents d'un fils qu'ils avaient appelé Gautama. Ils aimaient beaucoup ce fils qui avait fait preuve, très jeune, de beaucoup de vertus. On racontait que les statues de pierre d'un temple qu'il avait visité dans son enfance s'étaient agenouillées sur son passage. Le jeune prince, comme tous les jeunes gens, aimait la vie, et s'amuser. Pour le protéger le plus possible des dangers de ce monde, qui est injuste et cruel, et de ses tentations, qui sont nombreuses, le père et la mère de Gautama le faisaient vivre, sous la garde de serviteurs dévoués et nombreux, derrière les murs d'un palais et de son vaste jardin, plein de fleurs, de plantes rares, de fontaines et de kiosques où évoluaient des danseuses et jouaient des musiciens.

Souvent la princesse s'inquiétait, comme toutes les mères, du destin de son fils.

“Ah ! disait-elle, s'il venait à s'éprendre d'une des danseuses du jardin et qu'elle ne fût pas digne de lui, que deviendraient le trône et le pays ? Et s'il allait à la chasse sur son éléphant et qu'il rencontrât un de ces tigres mangeurs d'homme qui ne distinguent pas les princes des simples soldats, quel serait mon désespoir !”

Et elle allait trouver le prince, son mari, pour que les gardes qui veillaient sur leur fils fussent invités par leurs capitaines à accroître encore leur vigilance et leur sévérité.

Or, un jour qu'il regardait par la fenêtre de son palais avec un peu de mélancolie, car il aurait aimé se mêler à la foule des jeunes gens de son âge qui allaient chasser et danser, Gautama vit un spectacle en quatre scènes qui le frappa et l'émut, parce que sa nature était sensible et bonne, jusqu'à lui tirer les larmes des yeux.

Il aperçut d'abord un vieillard qui se promenait parmi la foule en agitant une sébile. C'était un mendiant écrasé par le poids des années. Son visage était couvert de plaies et d'une barbe dévorante. Ses mains tremblaient. Ses vêtements tombaient en loques. Il marchait avec difficulté, en s'appuyant sur un bâton. Les gens dans la rue se détournaient de lui, et parfois avec dégoût. Quelques-uns l'insultaient et lui reprochaient de mendier au lieu de travailler comme tout le monde. Mais l'âge et les infirmités l'empêchaient de travailler à la façon des porteurs d'eau, des tisserands, des pêcheurs sur la mer et de ceux qui s'occupent des éléphants. Les chiens aboyaient et grondaient à sa vue. De temps en temps, une femme compatissante lui donnait une obole ou versait dans l'écuelle de bois qu'il tendait aux passants un peu de riz ou de lait de buffle.

"Mon Dieu ! s'écria Gautama. Cet homme pourrait être mon père, ou mon grand-père, ou mon arrière-grand-père. Se peut-il que je sois heureux quand des hommes sont si malheureux ? La vie de misère qu'il mène fait honte à ma vie de plaisir. Il faudra que j'en parle à ma mère et que moi, qui jouis de tout dans un palais de délices, je fasse quelque chose pour soulager le malheur des vieillards et des mendiants du royaume de mon père."

À peine avait-il pris cette résolution que, se penchant à nouveau par la fenêtre, il vit passer un malade qu'on transportait sur une civière. Une femme âgée, qui devait être sa mère, le tenait par la main. À chaque pas de ceux qui le portaient avec beaucoup de précautions, le malade poussait des cris de douleur.

"Ah ! criait-il, je souffre, je souffre tant que je voudrais mourir ! Tuez-moi ! Tuez-moi ou guérissez-moi !"

Et sa mère essuyait avec une étoffe de soie la sueur qui couvrait son visage.

"Quelle horreur ! se dit Gautama. La souffrance est un si grand malheur que tous les plaisirs de la Terre ne suffisent pas à l'effacer. Je la sens planer au-dessus de moi comme au-dessus de tous les hommes."

Pendant qu'il se livrait à ces sombres réflexions, il entendit une rumeur qui montait de la rue. C'était un cortège de gens riches, vêtus avec splendeur, qui accompagnaient un mort dont ils allaient brûler le cadavre. Toute une famille en larmes, qui s'arrachait les cheveux et déchirait ses vêtements, suivait le corps du défunt. Les crécelles et les instruments de musique ne parvenaient pas à couvrir les sanglots de tous ceux et de toutes celles qui pleuraient un enfant, un père, un mari ou un frère.

Gautama baissa la tête et s'éloigna lentement de la fenêtre. Comme il était étrange de vivre dans l'insouciance, au milieu des fleurs et des mets les plus raffinés, quand la mort était déjà là ! La mort n'était pas un accident qu'un peu de prudence ou de courage permettrait d'éviter. Elle était inévitable pour tous et pour chacun et elle se confondait avec la vie dont elle assombrissait les plaisirs.

L'angoisse qui le pénétrait devant la misère, la souffrance, le temps qui passe et la mort lui devenait si pénible qu'il ressentit un besoin de fraîcheur et de grand air. Il revint vers la fenêtre. C'est alors qu'il aperçut dans la rue un moine errant en train de prier. Le moine ne voyait rien, n'entendait rien, ne disait rien. Le spectacle de la rue, si animée, si vivante, lui était étranger. Il regardait en dedans. Il vivait dans un autre monde qui niait le monde d'ici-bas. Il rayonnait d'un bonheur qui ne devait rien au plaisir ni aux illusions de l'existence. Il était sorti de la vie et il était sorti du monde.

C'est ce jour-là que Gautama renonça à son rang, à son palais, à ses biens et se dépouilla de sa vie pour partir sur les chemins, pour prêcher la vraie doctrine et pour devenir le Bouddha — ou l'Éveillé. On l'appela aussi Çakyamuni, c'est-à-dire le Sage des Çakya, parce qu'il était le fils du chef de la tribu des Çakya. Et, en Asie et à travers le monde, il bouleversa l'existence de beaucoup de centaines de millions d'hommes qui se détournèrent du monde et de ses illusions pour rentrer en eux-mêmes et marcher sur les traces du maître de la loi. »

« Bravo ! s'écria A. Bravo ! Voilà le plus joli conte que tu m'aies jamais raconté.

— Ce n'est pas un conte, lui dis-je. À quelques détails près, car je n'étais pas présent dans le palais des Çakya, c'est la réalité.

— Quoi ! le fils du chef de la tribu des Çakya a réellement vécu ? C'était un homme comme toi ?

— Comme moi, lui dis-je. Comme Jésus et comme moi. C'est ce que nous appelons un personnage historique.

— Es-tu, toi aussi, un personnage historique ?

— Non, lui dis-je. Il faut avoir changé le monde pour avoir droit au titre de personnage historique.

— Le rapport…, commença A.

— Même le rapport ne fera pas de ses auteurs des personnages historiques.

— Tu crois ? demanda A.

— Je le crains, répondis-je. Nous serons peut-être acclamés par les beaux esprits d'Urql, mais nous n'aurons pas changé un monde que nous nous serons contentés de décrire comme nous le pouvons. Alexandre le Grand et Platon sont des personnages historiques. Et Jésus, aussi, est un personnage historique. Et Mahomet. Et Bouddha. Mais avant d'être, l'un ou l'autre, des personnages historiques, ils sont d'abord des hommes qui sont entrés dans le temps et qui ont vécu sur cette Terre. Et moi aussi, j'étais un homme. Je suis un type dans le genre de Jésus et du Bouddha. »

A siffla de nouveau entre ses dents. Cette habitude m'agaçait.

« Et comment sait-on que le Bouddha a vraiment vécu sur votre Terre ?

— Nous avons des centaines, des milliers, des millions de témoignages.

— Comme pour Venise ? demanda A.

— Si tu veux. Comme pour Venise. Mais c'est très différent. Venise, tu peux y aller, t'y promener, regarder les palais, visiter les églises. Le Bouddha et Jésus, c'est par le témoignage de ceux qui ont vécu et marché et souffert avec eux que nous connaissons leur existence. Il y a des savants — un certain Couchoud, par exemple — qui ont mis en doute l'existence historique de Jésus. Il y a aussi des illuminés qui ont mis en doute l'existence de Napoléon. Ils ont vu dans l'Empereur, né dans une île au milieu des mers, mort dans une île au milieu des mers, entouré, au cours de sa vie, par des princes et des maréchaux comme par autant de planètes, un mythe solaire incarné. On a pu hésiter sur l'existence réelle de Romulus ou de Zoroastre — qu'on appelle aussi Zarathoustra. Mais personne ne doute aujourd'hui de l'existence de Jésus ni de celle du Bouddha.

— Et alors ? me dit A.

— Alors, quoi ?

— Jésus et Bouddha ?

— Quoi, Jésus et Bouddha ?

— Eh bien, parle-moi un peu d'eux, dis-moi ce que tu en sais, compare-les l'un à l'autre. Ne prends pas cet air d'abruti. Après tout, ils proposent l'un et l'autre aux hommes en train de souffrir quelque chose qui ressemble à un salut. J'aimerais bien avoir dans le rapport un parallèle un peu vif entre Jésus et Bouddha. Je ne sais pas pourquoi, j'ai le sentiment que ce coup-là devrait intéresser les gens d'Urql. »

Je regardai A. Il taillait son crayon.

« Dis-moi…

— Oui ? » me dit-il.

Il soufflait sur les petits copeaux de bois qui tombaient de son crayon sur les pages de son carnet de notes.

« Me prendrais-tu, par hasard, pour le rédacteur des pages culturelles d'un magazine de mode ? J'ai accepté, par faiblesse, de te balader parmi les hommes. Ce n'était pas pour entreprendre, une fois de plus, avec la vague idée de plaire aux lecteurs d'Urql, le parallèle usé entre Alexandre et César ou entre Corneille et Racine. C'était pour revoir le monde que j'avais dû quitter. J'ai beaucoup aimé le monde. J'aurais voulu retourner, une fois encore, avec toi, dans la campagne toscane, sur les routes du chianti du côté de Castellina ou entre Arezzo et Sienne, ou entre Montepulciano et Pienza où nous nous serions promenés dans la rue de l'Amour et dans la rue des Baisers. Ou encore en Ombrie où nous nous serions assis sur les marches des escaliers de Todi ou devant la façade de la cathédrale d'Orvieto dans le soleil couchant. Ou à Ravello, qui est si calme et si belle…

— Je sais, me dit A, je sais. Wagner. *Parsifal*. La villa Rufolo.

— Ou à Udaipur…

— Je sais aussi. Il y a un lac. Et une île dans le lac. Et un hôtel dans l'île. Et le palais du rajah sur la rive en face de l'île.

— Ou dans les *Sporades du Nord* qui sont très vertes et fraîches et qui s'appellent Skyros, Skiathos, Skopelos, et que je ne verrai plus jamais parce que seuls les vivants ont le droit d'aller sur la mer et d'arriver dans des îles quand le soleil va tomber, ou à Patmos où vécut saint Jean…

— Lequel ? demanda A. Celui d'Hérode et de Salomé,

dont la tête coupée fut présentée sur un plat, ou le disciple bien-aimé qui posait son front sur l'épaule de Jésus ?

— Celui aux longs cheveux blonds, répondis-je, et au front sur l'épaule du Christ. Il n'avait plus ses cheveux blonds, qui tombent au pied de la croix dans un tableau de Masaccio que j'admirais beaucoup au temps où je vivais, et il était déjà un vieillard quand il écrivit l'*Apocalypse* sur les hauteurs de Patmos où j'aurais tant voulu, une dernière fois, comme je l'avais fait avec Marie, et le ciel était très bleu et le soleil tapait très fort et nous étions très heureux parce que nous étions un homme et une femme et que nous nous aimions, monter à pied avec toi. Ou peut-être sur deux ânes qui auraient été contents pour une fois de porter la charge légère d'un esprit venu d'Urql et de l'ombre d'un mort. Et nous aurions vu, en bas, briller la mer Égée. La mer Égée… Entends-tu ?… La mer Égée !… Ou à Kalymnos, dont les maisons sont repeintes chaque année en bleu, en rose, en vert par les pêcheurs d'éponges. Ou encore à Symi…

— Je sais, soupira A. Tu m'as déjà parlé de Symi.

— Ô A ! lui dis-je, laisse-moi encore un peu te parler de Symi. Les âmes des pauvres morts sont liées à des lieux où ils ont été heureux et où ils aimeraient revenir. Moi, sans toi, jamais je n'aurais pu revenir à Symi. Si j'ai accepté de te servir de guide, c'était avec l'espoir secret de retourner à Symi. Au temps où j'étais un homme, j'ai vécu à Symi dans une grande maison blanche au bord d'une anse ronde et presque close qui s'appelait la baie de Pedi. La maison avait un jardin. Un mur entourait le jardin et les chèvres, le matin, descendaient des collines et défilaient le long du mur dans un tintement de cloches. Il y avait un arbre dans le jardin et il y avait une table sous l'arbre. J'ai passé là, avec Marie, quelques mois de ma vie, et, évanouis, éternels, ce sont à jamais les plus beaux.

— Et que faisiez-vous ? » demanda A en agitant son crayon et sur un ton où la suspicion se mêlait vaguement à l'enquête.

« Mais rien, lui dis-je. Nous ne faisions rien.

— L'amour ? demanda A.

— L'amour, lui dis-je. Le matin, de bonne heure, après le passage des chèvres, nous descendions à pied jusqu'au port de Symi où nous allions acheter du pain, du vin, de l'eau, du miel, du riz, des pâtes, du jambon. Nous revenions à pied. Nous dormions beaucoup. Nous nagions dans la baie. L'eau était calme et bleue. Nous voyions le sable et les pierres à quelques mètres sous nous. Quand nous avions fini de nous baigner, nous nous étendions sur les galets, le long du rivage, à la façon de gisants serrés l'un contre l'autre, et nous regardions la mer, au loin, où passaient des bateaux, de l'autre côté du goulet qui fermait notre baie. Et l'ouverture était si étroite qu'il fallait, pour les attraper dans la minceur du créneau, guetter les voiliers silencieux ou les pétarades des rafiots des pêcheurs qui laissaient dans le ciel des corolles de fumée : à peine apparaissaient-ils avec lenteur, presque avec solennité, dans l'angle étroit qui ouvrait sur le large qu'ils commençaient déjà à disparaître.

— Il y a quelque chose dont tu ne m'as pas parlé et qui, comme le rire ou le pardon, me semble très propre à l'homme : c'est l'ennui. Vous ne vous ennuyiez pas ? »

Je me mis à rire en silence.

« Ta question m'amuse parce qu'on nous l'a souvent posée, à Marie et à moi, “Quoi ! nous disait-on, si loin des journaux et de vos amis, ne sachant rien de ce qui se passait, vous ne vous ennuyiez pas ?” Non, nous ne nous ennuyions pas. Nous vivions. Nous étions jeunes. Nous regardions le monde. Nous nous aimions. Nous nous gardions bien de rien faire. Nous nous suffisions à nous-mêmes. Nous avions deux ou trois livres que nous lisions le soir, dans le jardin, avant d'aller dîner de *souvlaki*, de *tzatsiki* et de poivrons rôtis dans le bistrot du coin, où venaient des pêcheurs, un couple de Suédois, une Française un peu folle, qui avait vécu longtemps, à Paris et à New York, avec un peintre presque célèbre, et des inconnus qui surgissaient de nulle part, durant un soir ou deux, avant de repartir pour nulle part. Les livres étaient bons. C'étaient des romans anglais de Wodehouse où un *butler* du nom de Jeeves entretenait avec son patron, l'élégant Bertram Wooster, des relations inénarrables qui nous faisaient pleurer de rire, des récits de voyages d'Éric Newby — *Un petit tour dans l'Hindou Kouch* — ou de Leigh Fermor — *Le Temps des offrandes* —, les *Chroniques italiennes* de Stendhal ou les *Mémoires* de Dumas. Les autres, les livres qui figuraient depuis des semaines et des semaines sur la liste des succès des hebdomadaires parisiens, et que nous avions emportés par distraction et par lâcheté, nous les avions laissés dans les cabinets du bateau qui nous avait amenés.

Un jour, pris d'une agitation que nous ne contrôlions plus ou de la folie des grandeurs, nous avons loué, pour faire le tour de l'île, un bateau de pêcheur. Nous étions trois : le pêcheur, Marie et moi. Le bateau était très petit. Le moteur faisait un bruit d'enfer. De l'huile s'échappait de partout. Trois nuits de suite, pendant que le marin couchait sur son bateau, nous avons dormi à la belle étoile, sur les rochers du rivage. À l'autre bout de l'île, sur une hauteur escarpée, il y avait un monastère où nous sommes arrivés le troisième jour. Nous avons grimpé jusqu'en haut par de beaux escaliers que gravissent les pèlerins. Après deux jours de solitude, nous avions l'impression d'être rentrés dans le monde. Le monastère était propre et blanc, avec une petite église et une grande cour, croulant sous les bougainvillées, sur laquelle donnait une petite chambre. Peut-être parce qu'ils étaient tombés eux aussi sous le charme de Marie, les popes nous ont proposé de nous louer la chambre. La vue sur la mer était belle à faire peur. Notre maison de Pedi avait l'air, à côté, d'un clapier, d'une H.L.M. de banlieue. Nous avons hésité. Nous avons passé plusieurs heures à regarder l'île et la mer de la fenêtre de la chambre. Mais mon rasoir et Jeeves nous attendaient à Pedi. Nous sommes rentrés chez nous par le bateau du pêcheur.

— Et le Bouddha ? me dit A.

— Il souriait, lui dis-je.

— Comment ça, il souriait ?

— Tout le monde sait depuis toujours que le Christ n'a jamais ri. Rire n'est pas le propre de Dieu. Les dieux grecs riaient, les dieux germains riaient, il arrive aux dieux aztèques de rire d'un rire horrible. Le Dieu de la Bible ne rit pas. Et le Christ ne rit jamais. Il ne sourit pas non plus. S'il y a un humour de Dieu pour nourrir l'amour de Dieu, c'est un humour pince-sans-rire. Le rire du Dieu de la Bible n'éclate pas sur le monde, et la misère des hommes n'est jamais éclairée par un sourire de Jésus, dont la tendresse, chez Matthieu, chez Marc, chez Luc et chez Jean, est toujours proche des larmes. Sur les choses de ce monde, et sur ses illusions, flotte le sourire du Bouddha. Au don des larmes du Christ répond et s'oppose le sourire du Bouddha.

— Eh bien, me dit A, voilà ce que je voulais. Tu vois : dès que tu te donnes un peu de peine…

— Ne m'agace pas, lui dis-je. C'est assez dur d'être un

homme, ou de l'avoir été. N'abuse pas de tes pouvoirs. Toi, tu fais ce que tu veux, tu es ici, tu es là, tu t'en vas, tu reviens, tu flottes dans les airs, tu dis n'importe quoi, à la façon d'un esprit, que tu es, ou de ce personnage de roman que tu aurais voulu être. Moi, parce que je suis un homme, ou que je l'ai été, je me débats comme je peux dans mes souvenirs, dans mes regrets, dans mes remords, dans mes contradictions. Dans les difficultés du rapport. Dans la tristesse de la vie.

— Dans tes espérances, me dit A.

— C'est vrai. Tant que j'étais un homme, j'avais, chevillé au corps, quelque chose de merveilleux, qui s'appelait l'espérance. Ô A ! Comme j'ai été heureux à Symi ! Je n'espérais rien d'autre que l'amour de Marie. J'avais ce que j'espérais. Ce qu'il y a de plus beau dans l'amour partagé, c'est qu'on n'espère plus rien d'autre. Le monde m'était bien égal. Il se réduisait à Marie. Je crois que, pour Marie, il se réduisait à moi. La rue du Dragon s'était évanouie. Il n'y avait plus de papes Clément, Chateaubriand lui-même faisait preuve d'une discrétion qui ne lui était pas coutumière. Nous étions seuls tous les deux. Et nous riions au soleil.

La vie est triste, mon pauvre A. Je ne suis plus à Symi. Et pourquoi, je te prie, ne suis-je plus à Symi ? Parce qu'il y a quelque chose qui passe, et qui n'est pas l'amour, mais qui est le temps, où l'amour est inscrit, comme toutes choses de ce monde. Je crois bien que c'est le temps qui fait sourire le Bouddha. Et rien n'est plus triste que le sourire du Bouddha. Rien n'est plus réconfortant que les larmes du Christ. Parce qu'elles nous promettent un autre monde où régnera l'amour. Où il n'y aura plus de tristesse, où tout sera pardonné, où l'amour régnera. Rien n'est plus triste que le sourire du Bouddha. Parce qu'il nous dit que ce monde, et le bonheur de ce monde, n'est rien d'autre qu'une illusion. Et que le seul salut est dans le néant.

Ce que le Bouddha, après avoir quitté le palais de son père à Kapilavastu, avait découvert dans l'Éveil, au pied d'un figuier pippala aux lourdes racines aériennes, appelé en souvenir de lui *ficus religiosa*, c'est que, même à Symi, vivre était très cruel. Puisque la souffrance, un jour ou l'autre, par les chemins de la vieillesse, de la maladie, de la séparation, de la mort, fait irruption dans la vie, même l'existence des riches, des puissants, des princes, même l'existence de ceux qui s'aiment, même l'existence des dieux est vouée à l'échec. L'origine de tout malheur est dans ce qui nous animait, Marie et moi, avec une force si irrésistible sous le soleil de Symi : dans la quête du bonheur.

— Le bonheur n'a pas bonne presse, remarqua A, chez vos prophètes et chez vos dieux.

— C'est que, pour le Bouddha, le malheur est la loi de l'existence et que le bonheur ne peut pas durer. Et qu'il s'oppose, pour le Christ, à l'amour des pauvres et à la charité. C'est pourquoi, pour le Christ, il sera si difficile aux riches, aux puissants, aux heureux de ce monde, qui ont préféré leur bonheur d'ici-bas à l'amour du prochain, d'entrer dans le royaume des cieux. Et c'est pourquoi, pour le Bouddha, il faut cesser de nourrir en soi la soif d'existence qui est la racine de l'illusion du bonheur.

— Eh bien, pour toi, me dit A, tout va on ne peut mieux dans le meilleur des mondes — ou plutôt dans le plus mauvais, puisque ce que le Christ et le Bouddha recommandent avant tout, pour des motifs différents, c'est de le quitter et de mourir. Tu es mort. Tout est bien. Je te présente mes vœux et mes félicitations.

— Oui et non, répondis-je. Ce n'est pas tout à fait aussi simple. Il est vrai que tout chrétien devrait aimer la mort, qu'il n'a pas le droit de se donner, mais qui est la porte de cet autre monde et de cette autre vie dont le monde et la vie ne sont que l'annonce et la promesse. Celui qui croit en Jésus, la mort le jette aux pieds d'un Dieu dont le monde le sépare. Tout l'espoir des chrétiens est dans l'immortalité de l'âme et dans la vie éternelle. Mourir pour un chrétien, c'est naître à la vraie vie. “Je suis, dit le Christ, la résurrection et la vie.” Et sur la tombe de Claudel est gravée cette inscription : “Ici reposent la cendre et la semence de Paul Claudel.” Croire au Christ et à ses paroles, c'est croire que ceux qui s'aiment se retrouveront dans un monde où la chair, enfin, ses *délices trompeuses*, ses souffrances, ses mensonges n'empêcheront plus l'amour. C'est croire que, pour toujours, à jamais, sans fin, tu comprends ça, j'imagine, je reverrai Marie dans la gloire du Seigneur, dans un lieu de lumière et de paix à côté de quoi Symi fera figure d'enfer.

— Le crois-tu ? demanda A.

— Je l'espère, lui répondis-je. Ma foi n'est rien d'autre que la forme de mon espérance. Ce qu'enseigne le Bouddha est un peu plus compliqué.

— Plus compliqué que le christianisme ?

— En un sens, oui. Plus compliqué. Tu te rappelles que la Réforme sort de l'Église catholique comme l'Église catholique sortait de l'Ancien Testament ?

— Je me rappelle très bien, dit A. J'ai déjà remarqué que, chez vous, les hommes, tout sort toujours de tout.

— C'est la faute du temps. Eh bien, justement, le bouddhisme sort du brahmanisme, plus vieux que lui de beaucoup de siècles. Il en hérite une idée aussi invérifiable que la vie éternelle ou l'immortalité de l'âme : celle du cycle des renaissances. Il y a moins d'âmes dans le monde que de créatures pour y passer. Je meurs et je renais sous la forme d'un homme, d'un animal, d'un damné ou d'un sage. Chacune des renaissances et sa part de bonheur ou de malheur dans ce monde est déterminée, selon une justice immanente, rétrospective et inéluctable, par la valeur morale des actes accomplis dans les vies précédentes.

— Nom d'un chien ! s'écria A. Voilà une idée de génie !

— Tu vois bien que le but unique de toutes les religions est d'expliquer l'inexplicable. Pourquoi des riches et des pauvres, des larmes et des souffrances, des puissants et des misérables ? Le Christ prêche la patience : vous mourrez tous et les riches auront plus de mal que les autres à entrer dans le royaume des cieux où les souffrances et les larmes seront le meilleur des passeports. Les premiers seront les derniers, heureux les pauvres et les affamés, malheur aux riches et aux puissants car ils ont eu sur cette Terre ce qu'ils prenaient pour le bonheur. Et pour mieux montrer que les larmes et la souffrance sont la meilleure garantie de la vie éternelle, il se fait crucifier et il ne rit jamais. La solution du Bouddha est radicalement différente. Tu n'es plus responsable que d'une partie infime du destin qui t'est fait sur cette Terre : ce sont les autres, avant toi, qui en sont responsables. Tu n'as qu'à accepter le sort qui est le tien et qui ne dépend pas de toi dans la spirale des temps. Tout ce que tu peux faire, c'est tâcher que la vie qui viendra après toi soit meilleure que la tienne. Tu vois comment la *morale est imposée par la* religion : par la préparation et la crainte de la vie éternelle au sein de la vie de chacun dans le cas du christianisme ; par le cycle des renaissances successives dans le cas du bouddhisme. Si je torture les autres, si je couche avec ma mère, si j'ai volé ma fortune et si je suis chrétien, je serai privé à jamais de la vie éternelle où l'âme pure de Marie m'attendra en vain à l'ombre de la Sainte-Trinité et du Christ Jésus et de la Vierge, sa mère. Si tu massacres des innocents, si tu violes ta fille, si tu trahis tes amis et si tu es bouddhiste, tu seras changé en crapaud.

— Nom d'un chien ! répéta A.

— Ne t'occupe pas trop des conciles, des bulles des papes, de la liste des hérésies et des schismes qui donnent beaucoup de sa grandeur et de sa complication à l'Église catholique, ni des mots obscurs de karma, de dharma, de kalpa, de samsara, qui sonnent si bien à nos oreilles. Le Christ te dit seulement d'aimer d'un même amour le Père, le Fils, le Saint-Esprit qui ne font qu'un seul Dieu et d'aimer les autres comme toi-même pour entrer à jamais dans la vie éternelle. Le Bouddha te dit seulement que tout est passager, illusoire et changeant, qu'il n'y a ni âme immortelle ni Dieu éternel, omnipotent, créateur, et qu'il faut veiller à ne pas écraser une fourmi parce que l'âme de ton frère peut être passée en elle.

— Il me semble, remarqua A, que le rythme du bouddhiste est plus lent que celui du chrétien et que sa respiration spirituelle demande un peu plus de temps.

— Si tu veux, lui dis-je. Le destin du chrétien se joue durant une vie. C'est le pari de Pascal : l'éternité contre une poignée d'années. Et le sort d'une âme dans le souffle du repentir. Le destin du bouddhiste s'étire sur des vies sans nombre. Le but de la chaîne des vies est d'aboutir à l'extinction de la soif d'existence. “Extinction”, en sanscrit, se dit *nirvana*. La voie de la délivrance ne peut guère être suivie que par des moines mendiants qui sont appelés *biksu*. À force de pauvreté, de sacrifices, d'élévation, le biksu, au lieu de se changer encore une fois en libellule ou en tigre, tombera enfin dans le néant si ardemment poursuivi. Le saint et le biksu s'abstiennent du mal et font le bien. L'un et l'autre ont un rêve qui s'appelle le salut. Le salut du saint chrétien est la vie éternelle. Le salut du biksu bouddhiste est la fin de toute vie. »

Nous volions dans les airs. La Terre tournait sous nous.

« Je me demande, me souffla A en se tournant vers moi, si cette débauche d'idées, si ces jeux si savants n'ont pas d'abord pour but de faire accepter le monde par les hommes qui y vivent. »

Je me tus encore un instant. J'en avais assez de parler, de prendre des notes pour le rapport, de voir A s'énerver et agiter son crayon. Le monde défilait sous nos yeux. Je devinais des villes, des campagnes, des montagnes et des mers. C'était la Terre. Elle était bleue et belle. Elle était minuscule. Les hommes s'y succédaient avec talent, avec génie, sans rien savoir d'eux-mêmes. Ils étaient pris dans le filet de l'espace et du temps, des effets et des causes. Jésus ne pouvait pas naître dans le sud du Népal. Jamais le Bouddha n'aurait pu voir le jour parmi les rabbins d'Israël. L'un et l'autre survenaient dans la nécessité du milieu et du temps. Le pain et le vin du Christ appartenaient au pays de la vigne et du blé, des cyprès, des oliviers. Le cycle des renaissances était lié à des peuples où la vie collective pesait d'un poids terrible sur les individus.

« Entre la fin de l'enfance et les dernières années, dis-je à voix basse à A, il y a une longue période de la vie de Jésus dont nous ne savons rien. Certains ont prétendu, sans beaucoup de preuves en vérité, que le fils de la Vierge était parti pour l'Inde où, depuis cinq cents ans, fleurissait le bouddhisme.

— Eh bien », dit A, en allongeant ses jambes — et je voyais le moment où il allait allumer sa pipe —, « il faudra revenir sur tout cela. »

Je me tus à nouveau.

« Ô Symi…, murmurai-je. Ô Symi… Symi… »

IX

LA FIN DE L'HISTOIRE

« N'avons-nous pas laissé l'Armée rouge en train d'entrer dans Riga ?

— C'est exact, lui dis-je.

— Et Karl Marx et le communisme, dont tu m'as souvent parlé de façon aussi allusive que du Christ Jésus, n'étaient-ils pas tapis derrière les pays Baltes ?

— Rien de plus vrai, lui dis-je.

— Faudra-t-il indiquer dans le rapport que Karl Marx, comme Jésus, comme Mahomet, comme Bouddha, comme

Joseph Smith, était lui aussi, il y a à peine cent cinquante ans, un fondateur de religion ?

— "Ô mon âme, n'aspire pas à la vie immortelle, mais épuise le champ du possible."

— Qu'est-ce que c'est encore que ça ? marmonna A.

— Pindare, lui dis-je. Ou Hésiode, je ne sais plus. Pindare plutôt, je crois. Et traduit par Valéry, dont tu connais déjà le nom. Tout cela se répète et se répond. Le génie de Jésus, de Mahomet, du Bouddha, c'est qu'ils faisaient monter les espérances des hommes vers d'autres vies que celle-ci. Le génie de Karl Marx, c'est de faire descendre le ciel sur la Terre. Les religions promettent toujours que tout ira mieux ailleurs, et plus tard. Le cri de guerre de Karl Marx, qui devait courir à travers le monde comme une mèche enflammée, est : "Ici et maintenant !"

Jamais la philosophie n'a été à pareille fête. On a pu soutenir que Hegel fermait le grand cirque de la philosophie qui avait été ouvert par les présocratiques et inauguré sous les acclamations de la foule par Platon et par Aristote. Avec Husserl, avec Jaspers, et d'abord avec Heidegger, il y a encore de jolis numéros après la fermeture officielle. Il y a surtout deux bouquets éblouissants qui closent le feu d'artifice — ou peut-être d'artifices : le premier est tiré par Marx, et le second par Nietzsche. Le coup de génie de Marx, qui a fait trembler sur leur base les Églises et les États, c'est d'avoir compris que la philosophie, jusqu'à lui, n'avait fait que penser le monde, et qu'il s'agissait maintenant de le changer.

Changer la vie ! Changer le monde ! Les hommes n'attendaient que ça. Depuis que les hommes sont hommes, je n'arrête pas de te l'expliquer, ils aspirent à autre chose. Ce trop-plein d'énergie, ce supplément d'espérance, la religion le détournait vers l'au-delà des vies renaissantes ou de la vie éternelle. Karl Marx arrive et dit aux pauvres : "C'est dans cette vie-ci et dans ce monde-ci que vous serez heureux." Comment veux-tu que la foule des ouvriers et des paysans ne se jette pas derrière lui ? La philosophie, jusqu'à Marx, s'adressait à un petit lot de richards et de clercs, où se mêlaient des empereurs comme Marc Aurèle ou Frédéric II, le dernier des Hohenstaufen, celui qu'on appelait *Stupor mundi*, des papes, des moines, des maîtres d'école, des mendiants et des gueux au bord de l'anarchie et à l'extrême pointe de l'individualisme comme Diogène dans son tonneau, des saints comme François d'Assise. Le génie de Karl Marx consiste à découvrir une vérité d'une simplicité explosive : les riches sont de plus en plus riches et les pauvres sont de plus en plus nombreux. La philosophie, avec lui, jaillit en ouragan des cabinets de travail et des bibliothèques : elle soulève des foules énormes qui prennent le nom de masses. Le marxisme n'est rien d'autre que les masses populaires entraînées par la philosophie à la conquête de ce monde qui est l'objet de ton rapport aux autorités d'Urql.

— Très bien, dit A. Grâce à toi, je suis passé d'une conviction à une autre. J'ai été un peu chrétien. J'ai été un peu bouddhiste. L'islam m'a impressionné. Le stoïcisme m'a tenté. L'épicurisme aussi. Je n'ai pas détesté l'école de la désinvolture que tu as fait parader sous mes yeux. Voilà que je me sens marxiste. Peut-être pourrai-je convertir au matérialisme dialectique un certain nombre d'esprits purs…

— Ce n'est pas exclu, lui dis-je. Les affinités n'ont pas manqué entre le marxisme et les esprits purs.

— … et établir à Urql la première démocratie populaire dans ce que vous appelez une lointaine galaxie.

— Tous mes vœux, lui dis-je. De Spartacus, chef de gladiateurs et d'esclaves révoltés contre Rome, à Pancho Villa et à Emiliano Zapata, révolutionnaires mexicains qui, vers le début de ce siècle, entraînent derrière eux dans de grandes espérances des dizaines et des dizaines de milliers de paysans exploités, en passant par les taborites en Bohême, les niveleurs en Angleterre, les babouvistes en France, et des quantités de mouvements plus ou moins messianiques un peu partout dans le monde, les pauvres, les misérables n'ont jamais cessé de se révolter contre les riches et les puissants. Ce qui leur manquait, c'était une justification, une théorie, un appareil idéologique, un corpus universitaire. Karl Marx les leur fournit avec surabondance.

Il les leur fournit parce qu'il a du talent, une vision, une formidable capacité de travail. Il les leur fournit surtout parce qu'il arrive au bon moment. Les Grecs avaient un petit dieu qu'ils appelaient Καιρός. C'était le dieu de l'opportunité et du juste moment. Le petit dieu Καιρός intervient souvent dans le monde. Karl Marx se situe au carrefour d'innombrables courants qui le mènent comme par la main — ne soyons pas trop marxistes pour expliquer Karl Marx et accordons-lui, par surcroît, une ombre d'invention créatrice et de liberté individuelle — jusqu'à ses théories. Il débarque au terme de la fameuse généalogie dont je t'ai déjà parlé…

— *Kant qui genuit Fichte qui genuit Schelling qui genuit Hegel qui genuit Marx*, ânonna A.

— Il lui suffit de renverser Hegel et de le remettre sur ses pieds pour que l'idéalisme absolu se change soudain — comme l'or se change en plomb ou comme le plomb se change en or, au choix, selon tes opinions — en matérialisme dialectique. Il y a la fameuse lignée de l'économisme anglais. Il y a la lignée du socialisme français. Il y a surtout le matériel humain nécessaire pour faire entrer les masses dans la philosophie et pour permettre au Ciel de descendre sur la Terre : le prolétariat industriel et urbain, créé par le machinisme, fils lui-même de la science et des progrès techniques. Au confluent du prolétariat et de la philosophie, avec l'apport des rivières de l'économie politique et du mouvement socialiste : le fleuve immense du marxisme. Il emporte avec lui toute la jeunesse du monde.

Ce qu'a été pour les hommes de mon temps la révolution communiste, tu ne peux pas t'en douter. La présence des hommes sur cette Terre prenait un autre visage. C'était comme si tu déchirais et jetais à la poubelle de l'histoire tous les vieux rapports sur le monde pour en rédiger un nouveau. Le nouveau, c'était *Le Capital* et le *Manifeste du parti communiste*. Le monde changeait de base, la vie changeait de sens. Peut-être faudrait-il marquer dans notre rapport à nous, sous une rubrique "Fossoyeurs", ou — moins sinistre, vue de face — "Vers de nouveaux rivages", ou — poétique et aguichante — "La Terre tremble sous leurs pas", les noms de cinq voyous, parmi d'autres, qui ont transgressé les bonnes manières et tout ce qui se faisait jusqu'à eux dans les meilleures maisons : Darwin, qui saccage le passé de l'homme et remplace la main de Dieu par des bêtes répugnantes ; Marx, qui renverse l'ordre des choses, jette la vaisselle par la fenêtre et fait entrer le prolétariat dans les palais des philosophes, des archevêques et des rois ; Freud, qui farfouille dans les alcôves et dans les nurseries pour ramener à la lumière le plus de secrets possible ; Picasso, qui défigure et détruit les visages du monde et de l'homme ; Einstein, qui bouleverse l'évidence, si harmonieuse et si simple, d'un espace et d'un temps en train de jouer chacun dans son coin, pour présenter un monde absurde où des observateurs sans scrupule remontent soudain dans le temps en s'éloignant dans l'espace. »

A lui-même changeait de visage en écoutant ces horreurs.

« Je crains d'arriver à un moment fâcheux pour une photo de famille de ta sacrée planète. Tout s'effondre.

— Tout s'effondre. Jamais le monde n'a été si vite, sur un rythme si allègre, avec tant d'espérances. Et tout ce qu'il croyait est en miettes. Si tu étais venu, mon cher A, à l'époque de Voltaire, ou même de Chateaubriand, et que nous eussions alors rédigé un rapport sur l'état de la Terre, il serait bon, comme la plupart des livres que nous avions, Marie et moi, apportés à Symi, à être jeté au cabinet.

— Crois-tu au moins que ce rapport-ci… ?

— Je crains, mon pauvre A, je te l'ai seriné sur tous les tons, qu'il ne fasse pas plus d'usage, pour nous servir du langage des marchands de vêtements, que le funeste rapport auquel nous avons échappé il y a cent cinquante ou deux cents ans. Tout s'écroule. Tout fout le camp. Tout n'en finit pas de s'écrouler. Parce que tout s'est toujours écroulé et continue de s'écrouler. Et le marxisme lui-même, qui devait faire s'écrouler le vieux monde de jadis, est devenu un vieux monde écroulé à son tour. L'horizon indépassable a été dépassé et il traîne derrière nous comme le décor déglingué d'un vieux film de terreur qui n'aurait pas marché. L'histoire a sonné la fin de ce qui devait sonner la fin de l'histoire.

Le siècle d'Einstein, de Picasso, de Freud, de Staline et de Hitler a connu beaucoup de drames. Deux drames jumeaux l'encadrent et marquent d'un signe de feu ses années de jeunesse et son âge avancé. En 1917, la révolution d'Octobre, sous les ordres de Lénine, porte au pouvoir, à Moscou, la philosophie de Karl Marx qui était plutôt faite pour conquérir les capitales des grands pays industrialisés, l'Angleterre ou l'Allemagne. C'est à Moscou, en tout cas, que la philosophie en armes s'empare d'un État moderne. Ce n'est pas, comme chez Hitler, le début d'un âge nouveau *qui doit durer mille* ans. C'est un autre chapitre du rapport et de l'histoire des hommes — ou, plutôt, un autre rapport. C'est une étape nouvelle qui tourne une page à jamais. C'est un autre monde pour toujours, qui s'étendra peu à peu à l'ensemble de la planète. Soixante-quatorze années plus tard, en 1991, le communisme s'écroule dans la patrie du socialisme. De lui-même. De l'intérieur. Pendant trois quarts de siècle, le marxisme-léninisme, incarné et détourné par Staline, aura accumulé les victimes et les ruines. Il aura résisté triomphalement à ses ennemis extérieurs — les armées blanches, la Wehrmacht hitlérienne, les démocraties occidentales — et il sera tombé sous les coups du seul de ses adversaires qu'il ne pouvait pas combattre : c'était lui-même. Après Lénine, Staline, Khrouchtchev, Brejnev, Andropov et Tchernenko, le Parti communiste de l'Union soviétique finit par se donner à Mikhaïl Gorbatchev qui inscrit à jamais son nom sur le double tableau d'honneur des partisans de Karl Marx et de ses pires adversaires en s'imaginant que le système pourra guérir ses maux et se remettre à fonctionner dans la transparence et dans la liberté. À peine dégagé de la terreur qui le tenait debout, le communisme s'effondre dans le pays même où il avait triomphé et il entraîne dans sa chute le septième et dernier secrétaire.

La philosophie reposait sur des chars. Selon une formule célèbre, la dictature du prolétariat s'était transformée en dictature sur le prolétariat. Les intellectuels de l'Ouest étaient encore marxistes dans la fraîcheur de leur cœur que le prolétariat de Russie avait cessé de l'être. Pas le moindre poing ne se leva en Union soviétique pour défendre le communisme. Le régime qui devait changer le monde, marquer la fin de l'histoire et ouvrir un âge nouveau s'évanouissait sans laisser de trace. Staline, qui avait été adulé comme un empereur romain par tout ce qui comptait dans ce monde, était traîné dans la boue. Et ses statues, déboulonnées. Lénine mourait pour la deuxième fois. Karl Marx, qui avait nourri des générations successives de disciples éperdus et de commentateurs enfiévrés, tombait au rang de Paul Bourget, d'un homme de lettres du deuxième rang, d'un professeur de morale surpris dans une maison de mauvaise vie — c'était l'U.R.S.S. — et chahuté par ses élèves. Tout le monde avait été communiste et personne ne l'était plus. On a pu dire de Hitler qu'il ne laisserait dans l'histoire que l'image d'un agitateur à l'époque de Staline. Voilà que Staline et Hitler apparaissent tous les deux comme des chefs de bande rivaux dans un âge de propagande, de mensonges d'État, d'illusions évanouies — et de sang.

Au printemps 44, le communisme triomphe. Les Américains débarquent sur les plages de Normandie. Staline l'a déjà emporté sur Hitler. La plus puissante machine de guerre de tous les temps, l'armée allemande de Hitler, a été vaincue par l'espace, par les machines du capitalisme servies par les soldats innombrables du marxisme-léninisme, par l'hiver, par la neige et le froid, par la chaleur de l'été, par la poussière des plaines sans fin. Toute l'Europe de l'Est et du centre tombe sous la coupe de Staline. Ce qu'a été l'occupation allemande en Europe, et le massacre des Juifs, des communistes, des Tziganes, des homosexuels, est inscrit dans l'histoire en lettres de feu et de sang. Le déferlement de l'Armée rouge, alliée par la faute de Hitler et par la cruauté de l'histoire aux démocraties libérales, aux Américains de Roosevelt, à l'Angleterre de Churchill épuisée par la guerre qu'elle a menée toute seule, dans son île, pendant dix-huit mois, contre les Allemands tout-puissants, à la France libre du Général qui s'oppose au Maréchal et à l'État de Vichy, est pour ceux qui l'ont vécu un souvenir de cauchemar. L'Asie se rue sur l'Europe. L'enfer se déchaîne partout et les peuples ne savent plus, entre la peste et le choléra, vers quel saint se tourner. Pour la grand-mère et la tante de Lisa, il est déjà trop tard. Elles assistent, terrées dans leur maison de Riga, au retour de l'Armée rouge.

L'Armée rouge ! Toute l'espérance d'un monde repose sur ces deux mots où flamboient le triomphe de la philosophie et l'histoire en train de s'achever. L'Armée rouge ! Les ombres de Karl Marx, de Lénine, de Trotski, de Staline accompagnent les Mongols, les Kalmouks, les Tatars, les Kirghiz qui se ruent sur les pays Baltes, sur la Pologne martyrisée, sur la Prusse-Orientale où tout a commencé avec les promenades à heures fixes dans les allées de Königsberg et le système sans faille du réalisme pratique et de l'idéalisme transcendantal, inventé, à partir de Hume et de son sommeil dogmatique, par un professeur obscur du nom d'Emmanuel Kant. L'Armée rouge ! Une chape de plomb remplace l'autre et le rideau de fer baptisé par Churchill tombe, dans un fracas de fin du monde, sur la moitié de l'Europe.

Le consul général d'Allemagne à Riga avait été tué à Stalingrad où ses opinions un peu tièdes à l'égard du nazisme l'avaient fait envoyer. De Washington, de Moscou où il se rendait souvent puisque les États-Unis et l'U.R.S.S.

étaient alliés désormais malgré la haine qu'ils se portaient, l'Américain d'origine arménienne fit tout ce qu'il put — mais en vain — pour sauver la femme qu'il aimait. L'intellectuel communiste à lunettes du *Docteur Jivago* était tombé en disgrâce et avait été fusillé pour déviationnisme et activités fractionnelles. La grand-mère et la tante de Lisa furent arrêtées par le K.G.B. et envoyées en Sibérie. Dans le goulag, près d'Irkoutsk, où elles devaient mourir toutes les deux, Anna tomba, un beau matin où la température avoisinait -30, sur une vieille femme inconnue.

"Vous ne me reconnaissez pas ? lui demanda la vieille femme.

— Pas du tout, répondit-elle. Qui êtes-vous ?"

C'était la folle de Riga. »

X

CINQ HISTOIRES ET UN IDIOT

« La vie…, commença A.

— Mon pauvre ami, lui dis-je, la vie est comme le temps, comme le tout, comme le rien. Elle est trop évidente et trop proche, elle est trop vide, elle est trop pleine pour que le rapport soit en mesure d'en parler.

— C'est bien fâcheux, dit A. Si le rapport n'est pas capable de parler de la vie, qu'est-ce que nous faisons là ?

— Nous racontons des histoires pour tâcher de livrer à Urql, par des chemins de terre qui serpentent à travers la campagne, une vague idée des hommes. Je peux, vaille que vaille, et si tu as envie de sortir et de t'amuser un peu tu n'as qu'à lever le doigt, te raconter *On purge Bébé* ou *Occupe-toi d'Amélie* qui sont à se tordre de rire ou la guerre des Deux-Roses, qui est un peu moins comique, entre la maison d'York et la maison de Lancastre, un fait divers, une anecdote, la découverte de l'Amérique ou de la pénicilline, un livre, une trahison, le catalogue de la Manufacture française d'armes et de cycles de Saint-Étienne, une conversation, le soir, dans une de ces maisons coloniales d'Atlanta vers la fin de l'été de 1864, ou à la terrasse d'un café près du musée du Caire à la veille de l'offensive du maréchal

Rommel, déjà à El-Alamein ou à Marsa-Matrouh et si impatiemment attendu par les nationalistes en train de coudre des drapeaux avec la croix gammée, ou même, à la rigueur, l'histoire des algues et des primates, ou celle de mes grands-parents. Je t'ai parlé du marxisme avec un peu de détails — et peut-être un peu trop…

— Mais non, dit A avec beaucoup de courtoisie, mais non.

— … parce qu'il a constitué pour les hommes de mon temps ce qu'il était convenu d'appeler un horizon indépassable et qu'il a été dépassé. Je peux découper dans l'histoire et la vie autant de récits que tu voudras pour l'ébahissement des populations d'Urql. La vie tout court, le monde entier, c'est une autre paire de manches. La vie ne se raconte pas. Le monde ne se raconte pas. On est dedans. C'est tout. La vie est l'ensemble des forces qui résistent à une mort qui finit bien par venir et le monde est la totalité de ce qui existe et se passe et même ne se passe pas à la surface de cette planète où tu as atterri.

— Au lieu de me tourner la tête et de me donner le vertige avec des détails que j'ignore, peut-être pourrais-tu tout de même, suggéra A, si ce n'est pas trop te demander car la bonne volonté ne semble pas t'étouffer, peut-être pourrais-tu essayer de me dire en quelques mots de quoi avait l'air le monde quand tu y habitais ? Tu m'as parlé du cinéma, de Jésus, de Staline et de Hitler, de l'argent, des petits matins, de deux ou trois vieilles places à Venise ou à Rome. Il devait y avoir autre chose. Mais quoi ? C'est une question si simple que j'ai honte de te la poser. Il suffit de te souvenir de ce que tu voyais quand tu ouvrais les yeux et de ce que tu entendais quand tu passais parmi les gens au temps où tu vivais.

— Pas si simple, assurai-je. Il ne suffit pas d'entendre, il faut comprendre. Il ne suffit pas de voir, il faut choisir, construire, organiser. Il ne suffit pas de raconter, il faut donner un sens à ce que tu racontes. Sans cet ordre intérieur qui transfigure le chaos, le monde, tel qu'il roule dans son histoire et dans les espaces infinis, risque d'apparaître aux gens d'Urql comme une histoire racontée par un idiot…

— Évidemment, murmura A, c'est un risque.

— … pleine de bruit et de fureur et ne signifiant rien. La clé du rapport, c'est le sens. Car l'univers n'a pas de sens, mais le monde lui en donne un. Car le monde n'a pas de sens, mais la vie lui en donne un. Car la vie n'a pas de sens, mais la pensée lui en donne un.

— Ce que tu racontes est très beau, me dit A, mais je ne comprends pas ce que tu racontes.

— Je vais essayer de te l'expliquer, lui dis-je.

Un homme est dans sa maison. Il porte une robe avec une ceinture et des épaulettes assez larges qui lui font comme des ailes. Il a un sabre au côté. Il reçoit un messager, vêtu avec splendeur, qui vient d'arriver dans la cour de la grande maison de bois aux toits laqués et recourbés et qui est descendu de son cheval, maintenu par des serviteurs, pour lui remettre un objet, de forme oblongue, enveloppé avec soin dans une étoffe précieuse. Il déplie l'étoffe et découvre une épée assez courte, plutôt un long poignard, ciselé avec magnificence et orné de pierres précieuses. Le poignard est accompagné d'une lettre que le messager lui tend des deux mains, comme il avait fait déjà du poignard, en s'inclinant jusqu'à terre. La lettre vient de l'empereur. Elle est rédigée, avec des caractères superbes dont chacun est un dessin, en une langue raffinée. Il s'approche de la fenêtre pour lire avec respect la missive impériale. Elle n'est qu'éloges et compliments. Il faudrait beaucoup de bonne volonté — ou plutôt de mauvaise — pour déceler la moindre réserve parmi tant de courtoisie : "Vous avez poussé si loin les vertus de courage et d'obéissance à l'empereur, qui sont traditionnelles dans votre famille, que personne ne pourra plus, après vous, servir avec tant d'honneur…"

"Je vous remercie, dit-il au messager. Veuillez mettre ma gratitude et ma fidélité aux pieds de Sa Majesté Impériale et recommander à sa bonté, *dont* Elle me fournit encore la preuve, tous ceux qui me sont chers."

Le messager se retire à reculons en s'inclinant trois fois. L'homme appelle sa femme, ses enfants, ses soldats, ses serviteurs. Il leur dit quelques mots dans une langue gutturale. Tout le monde écoute, tête baissée. Quelques larmes sont versées furtivement par la femme. Elle les essuie aussitôt pour faire taire un enfant qui se met à crier. Tout le monde s'éloigne en silence, les femmes et les enfants à petits pas pressés, les soldats et les serviteurs avec de longues enjambées qui résonnent dans la maison de papier et de bois où le soir commence à tomber. L'homme reste seul dans une pièce presque vide. Il s'assied par terre, immobile, les jambes pliées sous lui. Sans un mot, sans un geste, les mains posées sur les genoux, il pense. Il voit des batailles à l'aube, des incendies, des marches dans la forêt, des matins de triomphe aux côtés de l'empereur.

Dans la cour de la maison, sous un portique à colonnes, des serviteurs étendent une natte de paille épaisse, recouverte d'un drap rouge. La nuit tombe. Tout est calme. Des lanternes sont allumées. Le maître de maison reparaît torse nu. Il est vêtu d'une culotte. Il a coupé la natte qui tombait sur sa nuque et rasé ses cheveux. Il est suivi d'un compagnon, son ami de toujours, qui porte un sabre courbe. Lui tient dans ses deux mains, dont la paume est tournée vers le ciel, le poignard de l'empereur. Il s'installe sur la natte de paille recouverte du drap rouge pour effacer le sang. Il saisit à deux mains le poignard de l'empereur, hésite à peine un instant, pèse sur le manche de toutes ses forces et s'ouvre lentement le ventre.

L'autre, debout derrière lui, lève son sabre vers le ciel. Il attend. Quand le sang coule à flots sur le drap, d'un geste rapide comme l'éclair il tranche la tête du maître.

Voici une femme dont le mari est mort avant-hier soir. Il fait une chaleur accablante. Tout le monde attend la pluie. Entourée de ses servantes, la femme, devant son miroir, se pare comme pour une fête. Elle n'aimait pas son mari. Il était riche, puissant et vieux. Il avait quarante-huit ans de plus qu'elle. Il est mort assez vite et son corps est devenu tout noir. Elle se rappelle son mariage, il y a moins de quatre ans. Elle sortait à peine de l'enfance. Elle avait, une fois encore, fait ce que lui dictaient ses parents, ses deux oncles, ses frères. Le cortège était passé, avec ses éléphants, devant les murs rouges de la ville, les mêmes qu'elle va longer de nouveau tout à l'heure. Elle a toujours eu le sentiment d'être parallèle à sa vie, de n'y être jamais entrée. Les fêtes, les promenades, les cérémonies, l'horreur des nuits. Il y a eu ce cavalier, venu de Jaisalmer, avec lequel elle avait échangé quelques mots dans le jardin des roses. Il y avait surtout ses deux enfants, un garçon et une fille, qu'elle vient d'aller embrasser.

Elle descend dans le jardin où toute une foule l'attend. Le cortège se forme et s'ébranle. C'est une débauche de couleurs, où dominent le jaune et le rouge, c'est un vacarme rompu par de soudains silences. Les prêtres marchent en tête, précédés et suivis d'innombrables musiciens. Puis viennent les éléphants, les gardes dont l'uniforme attire tous les regards, les bayadères, célèbres à travers tout le pays. Le corps est porté à bras d'hommes. Elle s'avance derrière le cercueil, appuyée sur le frère et un des fils du défunt. Le frère, à demi idiot, est rongé par l'ambition. Le fils, dont la mère est morte, l'a toujours détestée. À quoi peut-elle bien penser tout le long du trajet ?

La foule des spectateurs est de plus en plus nombreuse. On est venu des collines, des bords du fleuve, de villes aussi lointaines que Gwalior ou Chittorgar, peut-être de Ranakpur — et peut-être de Jaisalmer. Peut-être le cavalier dans le jardin des roses est-il caché quelque part ? Soudain, le cortège s'arrête. Le bûcher est là, devant les yeux de tous, au milieu des pierres légèrement inclinées qui servent d'oreillers aux éléphants endormis. Un grand silence se fait. Il semble que la chaleur du jour soit devenue intenable. La civière est hissée au-dessus de l'amas de brindilles et de bois parfumé. On jette des pétales de rose sur le corps du défunt. La veuve, ivre de boissons sacrées que les prêtres lui ont données à boire, monte à son tour par une échelle qui tremble donner un dernier baiser à ce qui fut son mari, si longtemps détesté. Le fils du défunt met le feu au bûcher d'où s'échappe aussitôt une épaisse fumée qui sent bon et qui monte à la tête. Les flammes jaillissent avec force. Elle ne redescend pas.

C'était un paysan un peu simple qui vivait loin de la ville. Tous les siens étaient morts. Les prêtres, avec un couteau d'obsidienne, avaient ouvert la poitrine et arraché le cœur d'un de ses fils. La solitude et la misère lui étaient montées à la tête. Les autorités avaient fini par l'abandonner à son sort et le laisser errer sur le haut plateau où il se nourrissait de racines et où il buvait l'eau des sources. De temps en temps, il tombait sur des guerriers, sur des pèlerins, sur des paysans comme lui qui revenaient du marché et qui lui laissaient des tomates et quelques épis de maïs. Il prononçait des mots sans suite et il partait en courant.

Un matin, il fit une rencontre qui le laissa sans voix. C'était une troupe, au loin, comme il n'en avait jamais vu. En tête, sur trois animaux fabuleux qui le séchèrent de frayeur, s'avançaient trois personnages qui ressemblaient à des hommes, mais si invraisemblables qu'il dut, à plusieurs reprises, passer sa main devant ses yeux comme pour chasser une vision. Ils portaient l'un une barbe blanche, les deux autres une barbe noire, et leur corps était enfermé dans un corset de métal qui brillait au soleil. Ils avaient sur la tête de grands chapeaux de feutre ornés de plumes et une longue épée pendait au flanc de la bête de cauchemar qui leur servait de monture. Derrière eux marchaient une vingtaine de soldats, avec une pique sur l'épaule.

Il se jeta à terre. Il regarda passer la troupe surgie de l'enfer et il comprit aussitôt qu'il avait trop vécu puisqu'il assistait au début d'une effroyable catastrophe. Les idées tournaient dans sa tête à une allure vertigineuse. Il se rappela tout à coup ce qu'un prêtre de Tenochtitlán lui avait raconté, un soir d'orage, il y avait déjà beaucoup d'années : Quetzalcoatl était parti sur l'eau vers le soleil levant et il avait promis de revenir. Il en était sûr, maintenant : les êtres qu'il avait vus, qui ne ressemblaient à personne ni à rien de ce qu'il connaissait et qui s'éloignaient déjà dans le lointain avec un bruit de métal qui vous glaçait jusqu'au cœur, étaient les messagers du dieu. À moins… il osait à peine formuler ce qui lui passait par la tête… à moins que le personnage en tête, plus superbe, plus inquiétant encore que les autres, entouré de marques de respect par tous ses compagnons, ne fût le dieu lui-même. Il attendit encore longtemps, toujours couché derrière un buisson d'épineux entouré de deux pierres qui le protégeaient des regards et de la fureur du dieu. Et puis il se leva comme un fou et se mit à courir sous le soleil en criant à tue-tête :

"Quetzalcoatl est revenu ! Quetzalcoatl est revenu !"

Verdun tenait toujours. Le prestige de la couronne imposait le succès de l'offensive allemande menée par le Kronprinz. Les Français, pour tenir, se laissaient saigner à blanc. Chaque unité engagée allait perdre un homme sur deux, et parfois deux sur trois. Pour les deux adversaires, qui laisseront sur le terrain, morts, blessés, disparus, un million d'hommes en chiffre rond, Verdun était devenu le symbole de la guerre et le cœur de la France.

La cote 304 était tombée. Le Mort-Homme était tombé. Le fort de Douaumont avait changé de mains plusieurs fois : il avait été pris par les Allemands, repris, reperdu. Après avoir résisté pendant plus de six mois, le commandant Raynal, qui était l'âme du fort de Vaux, avait été contraint de capituler. Les verrous de Verdun sautaient l'un après l'autre. Seul le fort de Souville tenait encore le coup sous les bombardements et protégeait Verdun.

"Allô ! Mangin ? C'est Pétain.

— Je vous entends très mal, mon général. Je vais essayer de vous passer le général.

— Dépêchez-vous, mon vieux. Je suis pressé."

Quelques secondes se passent. Grésillements. On entend au loin une rumeur de canonnade.

"Allô ! Ici, Mangin.

— Ah ! Mangin ! Où en est Souville ?

— La situation est désespérée. Toutes les communications sont coupées. Allô !... Vous m'entendez ?... Aucun renfort n'arrive plus. Le bombardement est ininterrompu.

— Qui commande là-bas ?

— Presque tout le monde a été tué. Allô !... Maintenant, c'est le lieutenant Dupuy.

— Dupuy ?

— Allô !... Oui. Kléber Dupuy.

— Ah ! Kléber Dupuy. Oui..., oui... On m'a parlé de ce pistolet-là... Allô !... Mangin !... Allô !... Allô !..."

Kléber Dupuy détestait la guerre. Les généraux. Les militaires. Il était instituteur. Il appartenait à une famille dont tous les membres étaient républicains, laïques, socialistes de père en fils. Les seuls militaires qui trouvaient grâce à leurs yeux étaient les soldats de l'an II. C'est pour cette raison, comme d'autres s'appellent Marceau, qu'on lui avait donné le prénom de Kléber. L'arrière-grand-père de Kléber avait été guillotiné avec Gracchus Babeuf. Le grand-père avait été mêlé aux Ateliers nationaux. Le père avait pris parti, sous la Commune de Paris, pour Rossel et pour Clemenceau. Kléber avait été élevé, non seulement avec les vieilles méthodes et les comptines, aux accents étrangement modernes, des instituteurs de gauche :

As-tu connu Kléber
Kléber Kléber
Quand il faisait des kilomètres
As-tu connu Kléber
Kléber Kléber
Sur son kangourou jaune et vert
Kléber Kléber
Avec son képi sur la tête
Kléber Kléber
Sur son kangourou jaune et vert…,

mais dans le culte de Proudhon, de Marx, de Jaurès, de l'Internationale socialiste dont son père était un militant. Il était ami de Barbusse, qui n'avait pas encore écrit *Le Feu*, et, quand il avait été surpris à distribuer parmi les hommes des brochures et des journaux pacifistes, il avait eu de sérieux ennuis avec Nivelle et Mangin, qui avait voulu le faire fusiller. C'était Pétain qui l'avait sauvé. Après de terribles engueulades, des semaines d'arrêts de rigueur et un peu de prison, on l'avait envoyé en première ligne, pour se faire tuer, au fort de Souville.

Socialiste, pacifiste, antimilitariste à tout crin, Kléber Dupuy ignorait la peur. Il haïssait la guerre. Les bombardements le faisaient rire.

“Ce sont les conneries qui continuent, disait-il. Garde-à-vous, salut militaire, envoi des couleurs, *Marseillaise* de mes deux, et, tout de suite après, les shrapnels et la grosse Bertha.”

Quand les officiers de Souville, coupé de tout contact, abandonné de Dieu et des hommes, avaient été tués jusqu'au dernier, il avait pris le commandement avec le grade de lieutenant. Il restait soixante-seize hommes. La plupart d'entre eux étaient des tirailleurs sénégalais qui faisaient horreur aux Allemands.

Il se passa alors quelque chose d'un peu inattendu. Le lieutenant Kléber Dupuy se prit-il d'affection pour ces grands gaillards noirs qui se jetaient à l'assaut en riant à gorge déployée et en lançant des obscénités que personne ne comprenait ? Se dit-il avec philosophie qu'il n'y avait rien d'autre à faire qu'à jouer le rôle auquel le conviait le destin, si cher à ces stoïciens dont il avait toujours un volume dans la poche et qu'il lisait volontiers, accoudé dans la casemate, entre deux bombardements ? Ou fut-il frappé, comme Saül sur le chemin de Damas, par une illumination qui lui fit brûler ce qu'il avait adoré et adorer ce qu'il avait brûlé ? Pour une raison ou pour une autre, face aux troupes d'assaut du Kronprinz, le lieutenant Kléber Dupuy, socialiste, pacifiste, instituteur de son état, se changea du jour au lendemain en héros national.

Quand le général Mangin, à la tête des renforts français, parvint enfin à desserrer l'étau des mâchoires du Kronprinz et à briser le siège de Souville, il restait dans le fort, blessés, hagards, secoués par la fièvre, au bord de la folie, quatorze tirailleurs sénégalais — et le lieutenant Kléber Dupuy. Ils avaient tenu tête à toute l'armée allemande. Le général Mangin arracha sa Légion d'honneur et l'épingla sur la poitrine de celui qu'il avait voulu faire fusiller. L'instituteur pleurait. »

« Dans vingt-cinq ou trente mille ans…

— C'est demain, me dit A.

— C'est demain, lui dis-je, Paris, Londres et Venise ne seront plus que des fables dans la mémoire des hommes. Quelque chose comme Éphèse, Halicarnasse, Babylone, comme Kadesh ou Karkemish. Des catastrophes immenses auront tout effacé. Les Atlantides fleuriront. D'Alexandre et d'Hercule, de Charlemagne et du prêtre Jean, personne ne saura plus lequel est réalité et lequel est légende. Les trois grandes guerres franco-allemandes, qui ont agité tant d'esprits, n'en feront plus qu'une seule, et peut-être mettra-t-on dans le lot les guerres de Napoléon et celles de Louis XIV. Peut-être l'âge des livres, des guerres, des forêts ne sera-t-il qu'un seul chapitre, allez ! ouste ! n'en parlons plus, des manuels à venir — ou de ce qui les remplacera. Il y aura tant de choses à apprendre sur une histoire de l'humanité aux dimensions accablantes que les gens de l'époque, pour des raisons différentes, malgré cassettes et archives, en sauront sur leur passé aussi peu que nous-mêmes. Peut-être, mon cher A, et je frémis à ces mots, auront-ils oublié le rapport aux gens d'Urql sur l'état de la Terre et leurs illustres auteurs.

— Ah ! mon Dieu ! s'écria A.

— Ça ne fait rien. Continuons. Dans vingt-cinq ou trente mille ans, des chercheurs venus d'ailleurs…

— Et d'où donc ? demanda A.

— Je n'en sais rien, lui dis-je. D'ailleurs. Mettons d'Urql, par exemple.

— D'Urql ? demanda A.

— Eh bien, oui. Pourquoi pas ?… s'agiteront sur les ruines de New York ou de Paris. Ce seront des ruines magnifiques. Tout ce qui nous a paru si laid à côté du Parthénon et de Persépolis sera empreint d'une grandeur dont tu n'as pas la moindre idée.

— Et toi non plus, me dit A.

— Moi non plus, bien entendu. L'Empire State Building ou le Grand Central de New York ou le Centre Pompidou ou la Maison de l'Unesco de la place de Fontenoy feront l'objet de fouilles très savantes menées avec des moyens que nous ne pouvons même pas imaginer et on tâchera de comprendre ce qu'étaient les hommes de notre temps, à quoi ils s'occupaient et à quoi ils croyaient.

— Un peu comme moi, dit A.

— Et comme pour toi aujourd'hui, et pour moi, ce sera une tâche surhumaine. Mais puisque, dans trente mille ans, les hommes seront des surhommes, non parce qu'ils seront supérieurs à ce que nous aurons été, mais parce qu'ils auront renoncé à être des hommes au profit de machines de plus en plus raffinées et de plus en plus efficaces qui en feront des surhommes, la tâche surhumaine sera tout de même accomplie. Appuyés sur leurs robots et sur leur quincaillerie nucléaire, les surhommes fouilleurs, archéologues, épigraphistes, historiens, philosophes, découvriront que des trains partaient du Grand Central et que des fonctionnaires d'État émargeaient à un budget et occupaient des bureaux dans la Maison de l'Unesco et au Centre Pompidou. Ce que faisaient à l'Unesco ou au Centre Pompidou les fonctionnaires d'État — ou d'États — sera déjà plus difficile, dans trente mille ans…

— Dans trente mille ans ?

— Oui, lui dis-je, dans trente mille ans, … à établir avec certitude. Mais enfin, tu peux imaginer que de très grands esprits, à la Champollion, à la Lévi-Strauss ou à la Dumézil, émettront l'hypothèse qu'ils exerçaient des *fonctions* à mi-chemin de la magie et du commerce, de la banque et de la religion, dans un domaine très obscur qu'on aura du mal à cerner et qui portait le nom de culture. Les uns soutiendront qu'il s'agissait de moines, souvent illuminés, qui répétaient sans fin les mêmes incantations et les mêmes litanies sur l'interculturel et sur la tolérance ; et les autres, de cyniques et de profiteurs qui constituaient, dans le genre des haruspices du Bas-Empire, une classe d'exploiteurs du pauvre peuple et qui éclataient de rire quand ils se regardaient. On aura du mal à comprendre à quoi pouvaient bien servir les archives imposantes conservées dans des lieux jadis appelés bibliothèques — une expression désuète qui venait, selon les savants, du vieux mot βίβλος, qui signifiait livre, ancien moyen de diffusion de la fameuse culture, objet elle-même de tant de spéculations contradictoires. D'innombrables systèmes, d'une complication inouïe, seront successivement édifiés. Pour les uns, la culture appartiendra définitivement au domaine de la religion. Pour les autres, elle relèvera d'un savoir accumulé par des mandarins à des fins de pouvoir. Pour d'autres encore, il ne s'agira que d'un jeu, d'une mystification ou d'un sport où les vainqueurs, acclamés par la foule, recevaient des médailles d'or et des guirlandes de lauriers.

Au milieu de ces délires et de ces interrogations, deux archéologues, un beau jour, un très jeune et un plus vieux, seront presque simultanément, par un coup de hasard, dans les ruines du Grand Central et de la Maison de l'Unesco, sur le site dit de New York et sur le chantier dit de Paris, à l'origine d'une double découverte assez mince, et pourtant capitale, qui fera un bruit énorme dans les milieux savants.

Elle fera un bruit énorme parce qu'un mystère l'entourera. Les trains, on avait compris : les gens montaient dedans pour s'en aller ailleurs à l'époque où ils avaient du temps à perdre et où, au lieu de se désintégrer ici et de se réintégrer là, ils faisaient des sauts de puce, dans le même corps, entre une ville et une autre. Les livres, on avait compris : les gens s'usaient les yeux à lire des aventures, d'une ineptie souvent assez rare, imprimées sur du papier dans des caractères dont chacun, pris isolément, ne signifiait rien du tout et dont l'ensemble constituait un système d'une difficulté infernale, connu sous le nom d'alphabet. Les chaises, les bureaux, les escaliers, les ascenseurs, les parkings à voitures, on avait fini par comprendre. Seule restera inexpliquée, et peut-être inexplicable, la double et mince et sans doute décisive découverte de nos deux archéologues.

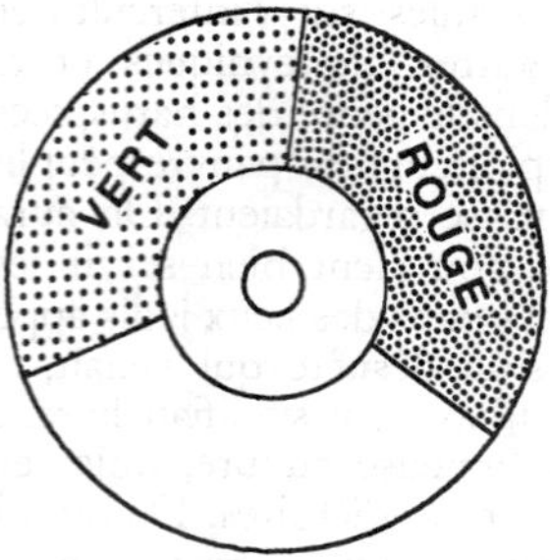

Ce sera un disque de petite taille. Presque le même à New York et sur les bords de la Seine. Par un miracle que la science ne bénira jamais assez, les deux exemplaires auront été retrouvés dans un état de conservation presque parfait. Le disque, en son centre, sera percé d'un trou. Le bord extérieur des deux tiers de sa surface sera colorié partie en vert, partie en rouge.

Des reproductions du disque auront été envoyées, à travers l'univers, à tous les parcs d'attractions et aux réserves folkloriques qui serviront de musées aux principales galaxies. On en verra même dans les coopératives d'approvisionnement où seront stockées les pilules nutritives et dans les centres spatiaux où des animations musicales et des jeux nucléaires les auront prises pour thème. On en aura fait des broches, des sceaux, des motifs de décoration. Les femmes en porteront à leur cou ou à leur tunique. Les hommes s'en serviront comme coupe-cigares ou comme porte-clés. Une colonie spatiale nouvelle, à la limite de notre galaxie, prendra le disque pour emblème et l'ornera d'une devise, empruntée à Michel-Ange, qui courra tout autour en lettres d'or : "Dieu a donné une sœur au souvenir et il l'a appelée l'espérance."

Grâce au développement des moyens de communication, la vénération obscure d'une histoire dont on ne saura plus grand-chose se sera répandue dans tous les coins de l'univers. L'objet deviendra le symbole du passé de l'humanité. Le symbole aussi du savoir sur ce passé — et de son ignorance. Il sera plus connu dans ces temps éloignés que ne le sont pour nous le vase de Vix ou *La Parisienne* de Cnossos avec son nez retroussé ou encore les guerriers de

Xian en terre cuite dont les reproductions ont circulé de grands magazines en grands magasins. Il sera, en plus petit, l'équivalent des Pyramides, de l'Acropole, de la place du Capitole, du temple d'Angkor Vat ou de Borobudur, de la cathédrale de Chartres, du jeu de pelote de Chichen Itza.

— De la Douane de mer, dit A.

— De la Douane de mer, lui dis-je.

Les écoliers le dessineront en même temps que l'image de cette Terre d'où ils seront venus. Le Disque deviendra un nom propre et le cœur même et l'essence d'une histoire qui n'en finira pas de s'étendre et de proliférer — et de sombrer dans l'oubli. Il sera l'objet de l'admiration des foules et d'une espèce de culte. Et rien ne sera plus familier à ces hommes de l'avenir que la forme du Disque, d'une simplicité parfaite, indéfiniment répétée sur tous les murs, sur le papier, sur les étoffes, sur les objets, inlassablement reproduite par les machines électroniques et nucléaires. Le signe le plus répandu de l'histoire de l'humanité sera aussi le plus mystérieux. Les théories se seront multipliées autour de la culture et de son rôle dans la société. Elles fleuriront plus nombreuses encore autour du Disque et de sa signification.

Pendant de longues années, peut-être durant plusieurs siècles, appuyée sur une épigraphie dont nous n'avons pas la moindre idée et sur un grand nombre de textes, de règlements, de circulaires, de manuels administratifs de notre temps, déchiffrés sans répit par les ordinateurs, régnera une thèse classique, dite “théorie des communications” : le Disque apparaîtra comme un signal utilisé par deux moyens de locomotion depuis longtemps disparus — le chemin de fer et l'automobile. Il sera hors de doute que la mention “feu vert” et “feu rouge” était fréquente dans les millions et les millions de tonnes d'archives répertoriées dans les grandes centrales électroniques de l'espace. Le feu vert permettait la circulation des engins, le feu rouge l'interdisait.

La première attaque contre la théorie fonctionnaliste des communications viendra de spécialistes des grandes organisations internationales — Saint Empire romain germanique, jésuites, francs-maçons, tribunal de la Rote, Inquisition, Société des Nations, aristocrates et socialistes, mafia, traite des Blanches, Nations unies, Unesco… — qui affirmeront que, s'il y avait bien des trains au Grand Central de New York, aucune trace de chemin de fer n'avait jamais pu être décelée dans les ruines de la place de Fontenoy à Paris. Le Disque sera, en outre, de dimensions si modestes qu'il eût fallu des yeux de lynx aux conducteurs pour pouvoir le déchiffrer d'un peu loin. Philosophes et savants avanceront alors une hypothèse révolutionnaire qui fera le plus grand bruit et marquera un retour, salué par beaucoup, à la spiritualité. Le Disque ne sera plus lié en rien à la circulation des automobiles et des chemins de fer : il prendra — comme la culture elle-même — une signification religieuse, et nécessairement ambiguë. Certains supposeront qu'il s'agissait d'une patène où étaient déposées des nourritures spirituelles — peut-être un légume vert et du vin rouge. D'autres, que le Disque était une roulette russe dont dépendaient la vie et la mort et que consultaient les empereurs avant de lever ou de baisser le pouce pour gracier les gladiateurs ou pour les condamner.

Les interprétations les plus subtiles se grefferont sur cette théorie. Les uns parleront d'une activité religieuse et magique, bizarrement mêlée de préoccupations financières, qui portait le nom de *politique* et où, d'après des textes anciens à la lecture très ardue, se retrouvaient, en effet, autour d'un pivot central appelé *démocratie* et représenté par le trou du milieu, des *Rouges* et des *Verts*. D'autres, appuyés sur des grimoires obscurs, établiront une relation entre le disque vert et rouge et le signe du yin et du yang dans la philosophie du tao. D'autres encore tireront le débat vers la littérature et exhumeront le souvenir d'un ouvrage très célèbre…

— Le rapport ? demanda A avec un grand sourire.

— Non, répondis-je. *Le Rouge et le Noir*. Ils sauront que la littérature, vers ces temps-là, était devenue une branche de la publicité. Ils imagineront que le disque était un présentoir ou un argument de vente pour un ouvrage dont le titre aurait été *Le Rouge et le Vert*, qui deviendra aussi fameux que s'il avait jamais vu le jour et dont ils chercheront partout, mais en vain, les traces inexistantes. Des hommes et des femmes de lettres lanceront sur les écrans nucléaires des feuilletons intitulés *Le Roman du Rouge et du Vert*, *Les Aventures du Rouge et du Vert*, Le *Retour du Rouge et du Vert*, où la vie intellectuelle de notre temps sera représentée sous des aspects hallucinants. Ils inventeront un contenu au néant et ils le baptiseront littérature. De savants érudits retrouveront, sur les bords de la Seine, des traces de malheureux vieillards enfouis sous la poussière de documents décomposés et livrés à la dérision et aux quolibets du public sous le nom d'hommes en vert. Et un archiviste-paléographe déterrera un drame d'un dénommé Hugo où il exhibera un vers — un "vert", selon une école nouvelle de critiques et de philosophes — qui lui vaudra autant de gloire que s'il l'avait conçu lui-même :

Regardez tous ! Voilà l'homme rouge qui passe !

Le Disque sera connu, pendant un siècle ou deux, sous le nom de "Disque des hommes verts et des hommes rouges".

L'histoire d'un passé immense fournira encore, autour du disque du Grand Central et de la Maison de l'Unesco, le matériel de beaucoup d'édifices d'une fragilité merveilleuse. On évoquera les jeux de Deauville, de Monte-Carlo, de Las Vegas où, autour d'un tapis vert, sortaient des numéros rouges. On dénichera les courses de chars de l'hippodrome de Byzance où s'affrontaient les Bleus, les Verts, les Blancs et les Rouges. Quand des esprits tatillons feront remarquer qu'entre l'empereur Justinien et la Maison de l'Unesco, entre l'impératrice Théodora et le Grand Central de New York s'étaient écoulés un millénaire ou deux, on fera donner Nostradamus dont les *Centuries*, traduites en nucléaire, seront toujours à la mode, on invoquera des mystères et des sociétés secrètes qui se seront perpétués pendant des siècles et des siècles — alors que tu sais bien que la seule société secrète qui vaille, c'est l'histoire des hommes à travers les millénaires — et on balaiera l'objection d'un revers de la main.

Le disque rouge et vert connaîtra encore, à travers les siècles, des avatars sans nombre. Des grammairiens — "voir rouge", "prendre sans vert", "rouge de honte", "vert de rage", "porter au rouge", "devenir vert pomme" —, des mystiques, des physiciens, des psychanalystes farceurs — "vert de Terre" et "mère rouge", et même, en une synthèse puissante : "être marqué au vert rouge" —, des joueurs, des fous, des militaires à la retraite, des chercheurs et curieux donneront leur avis tour à tour. Aucun ne découvrira la clef, si simple, de l'énigme. Le disque vert et rouge — mais le secret à jamais en sera perdu pour les hommes — commandait…

— Le respect ? proposa A.
— Sans doute, lui dis-je. Sans doute. Mais encore ?
— Le silence ?
— Parle sans crainte.
— La retraite ?
— Ce n'est pas faux. Développe un peu. Invente, imagine, suppose.
— L'accès à quelque chose ?
— Tu y es presque ! Tu brûles !
— Je ne sais pas, avoua A en secouant la tête. Je ne sais pas.
— La porte des chiottes », lui dis-je.

XI

JE ME BROUILLE AVEC A

« Tu passes ton temps à répéter que le temps est toujours le temps et que le temps change tout le temps.
— Ai-je dit des choses comme celles-là ? demandai-je.
— Tu les as dites. Tu les a écrites. Elles figurent déjà dans le rapport où chacun pourra les lire. Moi, qui ai l'esprit le plus simple puisque je n'appartiens pas à l'histoire et que je suis éternel, c'est ce changement qui m'étonne. La diversité du monde. La multiplicité des événements, des perspectives, des regards. Ce lien pourtant de l'un à l'autre par l'imagination et le souvenir. Et que nous puissions passer en esprit des samouraïs aux Aztèques et de l'avenir au passé.
— Tu as bien compris que c'était toujours le même cirque ? Les hommes succèdent aux algues, et les Romains succèdent aux Grecs, et Byzance succède à Rome, mais l'effet sort toujours de la cause et l'histoire est toujours là. Le monde est toujours le monde, personne ne saurait le confondre avec quoi que ce soit d'autre et il reste semblable à lui-même.
— J'ai bien compris aussi que c'était toujours différent. Les hommes ne sont plus des algues, et les Romains ne sont pas des Grecs, et Byzance n'est pas Rome. Le monde ne cesse de bouger.

— Comme le couteau de Jeannot. On change la lame. On change le manche. Et c'est toujours le même couteau : le couteau de Jeannot.

— N'y a-t-il pas des gens dont tu m'as souvent parlé à propos de Thucydide, de Xénophon, de Tacite et qui s'intéressent dans leurs ouvrages à la lame et au manche du couteau de Jeannot et aux changements de l'histoire des hommes ?

— Ah ! je vois à qui tu penses, lui dis-je : les historiens. Ils écrivent des rapports sur les hommes en particulier comme nous rédigeons un rapport sur les hommes en général. Ils expliquent d'où viennent les Francs, les Huns, les Mongols de Gengis Khân, et Gengis Khân lui-même, ou Lawrence d'Arabie, ou Annette von Droste-Hülshoff, et ce qu'ils ont espéré et accompli avant de disparaître. Nous, nous expliquons d'où viennent les hommes et ce qu'ils espèrent et accomplissent avant de disparaître.

— Les historiens racontent des batailles, des traités, des mariages, des carrières…

— Quelle horreur ! lui dis-je. Surtout, pas de ragots.

— … des émeutes et des révolutions, des inondations, des famines, des livres et des pièces de théâtre, le prix du blé ou de l'or, l'origine de la fourchette et de la voile latine, les débats des clercs et des savants sur les croyances et les institutions…

— Les papes Clément, lui dis-je.

— Entre autres, me dit-il. Et il y en a un peu trop. Ce que je voudrais mettre dans le rapport, c'est ce que les historiens ne mettent pas dans leurs ouvrages : la couleur des choses, l'étonnement d'être, la familiarité de l'univers et son éloignement, la façon de s'y tenir, de parler, de penser, l'image que vous vous faites d'un monde à qui vous appartenez et qui vous appartient, la mélancolie, l'ennui, l'ambition, le dégoût, les espérances cachées des jeunes gens. Tout ce qui se passe en secret, et sans que personne n'en sache rien, dans les esprits et les cœurs. Tu vois ce que je veux dire : l'air du temps. »

Ce fut mon tour, je n'attendais que ça, de siffler entre mes dents.

« Tu ne t'embêtes pas, lui dis-je. J'arrive à peine à comprendre ce que ressentait Marie dans la cour aux bougainvillées du monastère de Symi. J'arrive à peine à comprendre ce que je pensais moi-même. Encore moins à le traduire et à te l'expliquer. Comment veux-tu que je comprenne et que j'explique dans le rapport les sentiments et les pensées d'un samouraï, d'un Bushman, de la femme d'un guerrier aztèque ou d'un banquier de la Renaissance, d'un astronome de Samarkand, d'Uccello à Florence dans l'atelier de Ghiberti ou de Carpaccio à Venise en train de peindre ses courtisanes ?

— Je vais finir par te croire, grommela A : je suis tombé sur un incapable.

— N'en doute pas, lui dis-je.

— Si j'avais, au lieu de toi, rencontré Thucydide, ou Hugo…

— Ah ! murmurai-je, il va me sortir *Choses vues*…

— Ou Samuel Butler, ou Pepys, ou Dumas, ou Mérimée…

— Franchement, lui dis-je, impossible de trouver mieux.

— … l'affaire serait déjà dans le sac et je m'envolerais pour Urql avec un petit chef-d'œuvre qui me vaudrait l'estime et l'admiration de tous les esprits, mes confrères. Malheureusement…

— Malheureusement… ?

— Malheureusement, tu n'as pas la moindre idée de ce qu'il faudrait mettre dans le rapport pour éveiller chez les gens d'Urql une lueur d'intérêt.

— Tu sais, lui dis-je, ton rapport…

— Oui ? me dit-il.

— Il peut aller se faire foutre.

— La formule est délicate, me dit-il. Elle ne m'étonne pas de toi. Je te savais bon à rien. J'apprends que tu es un voyou. Je reconnais ma faute : j'aurais dû me méfier dès tes premières paroles où s'exprimait un esprit de dimension médiocre et ne jamais te confier une tâche de l'envergure du rapport. À peu près tout ce que tu racontes, avec un talent mesuré, n'a pas le moindre sens et le monde, à t'entendre, serait un drôle de bordel. Tu bredouilles, tu bafouilles, tu t'enferres, tu patauges, tu débites n'importe quoi. Je crains que la lecture du rapport, qui aurait dû être un enchantement, à la façon, par exemple, du travail sur Sirius de mon confrère Urxulzkromlech…

— Appelons-le U, suggérai-je.

— … si plein de savoir et de bon sens, ne se révèle très décevante. Aucun esprit d'Urql, je t'assure, ne pourra rien y comprendre et les hommes, par ta faute, passeront chez nous pour des mystères d'orgueil et de contradictions.

J'aurais mieux fait de m'adresser à une institution sérieuse où travaillent des hommes d'expérience et de poids : Harvard University, peut-être, ou le Polytechnicum de Zurich, ou l'Académie des sciences morales et politiques, qui appartient, je crois, à l'Institut de France…

— Très bonne idée, lui dis-je. Elle t'invitera sûrement, en échange, à faire une communication sur les problèmes monétaires d'Urql et ses valeurs éthiques.

— … ou encore l'Unesco, qui a rédigé à chers deniers, avec l'aide des gouvernements du monde entier, une *Histoire culturelle de l'humanité* qui doit rendre inutiles, j'imagine, tous les autres travaux du même genre.

— N'hésite pas, lui dis-je.

— Ou le Massachusetts Institute of Technology ou la London School of Economics ou l'Institute for Advanced Studies de Princeton, dont la réputation est parvenue jusqu'à moi.

— Grâce à qui ? murmurai-je.

— Toi, tu n'es même pas capable de répondre à la question pour enfants des écoles maternelles que je t'ai posée tout à l'heure et de me dire en quoi le monde où tu as vécu était différent de celui d'Ésope ou d'Horace, de La Fontaine, de Voltaire, de ton cher Chateaubriand, qui ont tous parlé avec tant de drôlerie et de talent de ce qu'ils avaient vu. Et même de celui de tes grands-parents qui ont peut-être évoqué devant toi, malgré ta stupidité qui devait leur causer tant de soucis, des souvenirs de leur vie.

— Écoute, lui dis-je, nous n'avons pas tellement de temps. Ne nous disputons pas. Je ne t'ai jamais caché que je ne savais presque rien. J'ai passé mon temps sur cette Terre à faire ce qui me plaisait et c'est pourquoi la vie m'a été délicieuse.

Nous sommes les petits lapins,
Gens étrangers à l'écriture
Et chaussés des seuls escarpins
Que nous a donnés la nature.

N'ayant pas lu Dostoïevski,
Nous conservons des airs peu rogues
Et certes ce n'est pas nous qui
Nous piquons d'être psychologues.

Nous sommes les petits lapins,
C'est le poil qui forme nos bottes
Et, n'ayant pas de calepins,
Nous ne prenons jamais de notes.

— Quelle mouche te pique ? gronda A. Tu deviens fou ?

— C'est toi qui me rends fou. Je n'aurais jamais dû t'écouter. Lorsque je t'ai rencontré au-dessus de la Douane de mer, je me suis laissé emporter par l'idée de revivre, dans la mort, avec Marie et avec toi, ce que j'avais tant aimé dans les jours de ma vie. Mais je vois bien que le rapport est incapable de rendre ce qu'il y avait de mieux sur cette planète où je me suis tant promené : une grandeur, un charme, une gaieté, une douceur… Tu as raison : je suis au-dessous de ma tâche. Tu feras mes excuses à Urql. Dis-leur, la prochaine fois, de descendre avec toi et de juger par eux-mêmes. C'est trop dur d'expliquer à quelqu'un qui n'en a pas la moindre idée ce qu'est le temps qui passe, l'odeur du foin coupé au-dessus des lacs de Bavière, la couleur de l'eau du côté de Naxos ou de la baie de Fethyie, la chute de l'empire d'Occident à l'époque d'Alaric, d'Odoacre ou de Théodoric et le rire de Marie.

Maintenant, avant de nous séparer et de partir chacun vers ce qui nous attend, toi du côté d'Urql et moi je ne sais où, je vais tout de même essayer de t'indiquer en deux mots, si je peux, et puisque tu me le demandes, comment était le monde au temps où j'y vivais.

— Merci », me dit A.

Et il me tendit la main.

C'était un gentil garçon.

XII

LA POSSESSION DU MONDE

Je me rapprochai de lui. Je baissai la voix pour qu'on ne m'entendît pas de Honshu ou de Shikoku que nous étions en train de survoler :

« Des créatures mystérieuses, depuis trois ou quatre siècles, sont les maîtres du monde. Elles ont mis la main dessus, elles s'en sont emparées. C'est le plus gros casse de l'histoire universelle.

— Fichtre ! » s'écria A en s'asseyant et en mettant son poing sous son menton. « Et qui soupçonne-t-on ?

— Devine ! lui dis-je.

— Des envahisseurs venus d'ailleurs, je parie, qui font rêver les braves gens ? Des extraterrestres descendus de leurs ovnis ? Des types un peu dans mon genre ? »

Je mis un doigt sur mes lèvres. Je regardai autour de moi.

« Pas du tout, chuchotai-je. Ce sont des types dans mon genre. Ce sont les hommes eux-mêmes.

— Les hommes eux-mêmes ! s'exclama A.

— C'est comme ça, lui dis-je. Officiel. Longtemps, les hommes ont été au-dessus, ou plutôt au-dessous, de tout soupçon.

— Quand ils étaient des algues, dit A.

— Et même plus tard, lui dis-je. La vie surgit du monde, les hommes surgissent de la vie, et entre le monde et les hommes s'engage une lutte à mort.

Vingt fois, trente fois, on peut penser que le monde, qui a pris un faux nom et se fait appeler la nature…

— Usurpation d'identité, maintenant ! s'écria A.

— Ils ne reculent devant rien, lui dis-je, … va l'emporter sur les hommes comme il l'a emporté sur les diplodocus, sur les archéoptéryx, sur les tribus perdues d'Israël, sur tout ce qu'il a égaré tout le long du chemin. On ne parierait pas deux sous sur les hommes, plus faibles, moins bien armés pour durer que tant d'autres de leurs confrères dans l'histoire de la vie. C'est une bataille rangée, c'est un combat de gladiateurs, c'est la course de Ben-Hur. On est là, haletant, un peu penché en avant, à regarder les hommes se battre contre le monde sous son faux nez de nature.

— Ah ! Je les vois ! cria A.

— Ils montent, ils baissent, ils gagnent, ils perdent. C'est le Déluge, qui noie tout le monde, ou presque ; c'est l'Atlantide, qui disparaît ; c'est la Grande Peste, qui, ici ou là, tue près d'un homme sur deux.

— Autant que Caïn et Abel.

— Les hommes se battent. Ils s'en sortent. Quand l'histoire commence…

— Eh là ! Ne m'as-tu pas raconté qu'elle commençait au *big bang* ?

— Je veux dire l'histoire des hommes, la vraie histoire, l'histoire écrite, avec des documents et avec des archives, celle qui vient après les cavernes et les pierres taillées, quand cette histoire-là démarre, l'homme est tiré d'affaire. Il regarde autour de lui. Il s'enchante de ses pouvoirs. Et à la façon d'un spéculateur d'Amérique ou du Proche-Orient qui se réjouit à grands sons de trompe de son premier million de dollars, à la façon d'un écrivain qui arrose son Goncourt, il se donne de grandes fêtes pour célébrer ses succès.

— De grandes fêtes ?

— Les jardins suspendus de Babylone sont une fête. Les Pyramides sont une fête. Le temple d'Artémis à Éphèse est une fête. Olympie et Delphes et les Panathénées sont des fêtes. Aux yeux de ceux qui viendront après, toute la Grèce est une fête. La Grèce est le bal des fiançailles de l'histoire avec l'homme. Oh ! bien sûr, même au moment des fiançailles, il y a du tirage et des drames. Tout n'est pas rose au temps d'Athènes, de Périclès, d'Alcibiade, de l'Érechtéion, de l'aurore de la philosophie, de la splendeur des tragiques grecs. Socrate lui-même est condamné à mort pour avoir perverti la jeunesse. Thucydide est l'historien d'une guerre pleine de massacres que nous appelons la guerre du Péloponnèse. Et mieux vaut, dans la Grèce classique, pour danser tout son soûl au grand bal de l'histoire, être un homme libre qu'un métèque, et surtout qu'un esclave. Et les Perses guettent déjà. Et Alexandre de Macédoine. Et Rome, un peu plus loin. Mais quand les hommes, plus tard, feuillettent dans leur album les photos de famille, les images des fiançailles gardent un parfum de bonheur. Si tu demandais aux hommes quel est le meilleur souvenir de leur longue existence…

— Longue ? demanda A.

— Ou brève, si tu préfères, c'est comme on veut, beaucoup, j'imagine, répondraient : la Grèce.

— On pourrait faire un sondage ? proposa A.

— Comme dans les jeux, le soir, à la télévision ? Meilleur souvenir de l'humanité ? XIXe : 7 % ; Premier Empire : 5 % ; Révolution : 10 % ; XVIIIe : 6 % ; Renaissance italienne : 23 % ; Grèce antique : 37 % ; ne savent pas : 12 %. Toute la famille se précipite dans le champ de la caméra pour embrasser le vainqueur. L'assistance bat des mains. L'animateur n'en peut plus d'émotion contrefaite. Confusion.

Bavardage. Vous connaissez bien la Grèce ? Non, mais ma belle-sœur… Bravo ! Vous êtes formidable. Vous avez gagné un four à micro-ondes et un billet pour deux à destination d'Épidaure.

Autant dire, plus simplement : la Grèce est la jeunesse du monde. D'où la surprise, l'étonnement, la grâce, tout ce que je t'ai déjà raconté. Mais l'essentiel est que, dans la Grèce antique, l'homme fait encore partie de la nature. C'est une merveille, mais une merveille de la nature. La plus grande, la plus belle, la plus rare merveille de la nature. L'homme est un miracle. Mais un miracle de la nature.

Quand le monde bascule de la nature aux hommes, je ne le sais pas. Je sais quand il bascule sur son axe et quand son centre passe de Venise et de la Méditerranée aux deux bords de l'Atlantique…

— 1492, dit A. Octobre 1492. 12 octobre 1492.

— Bravo ! Une télévision en couleurs. Et un billet pour Hollywood. Je ne sais pas quand l'équilibre instauré par la Grèce se rompt entre le monde et l'homme. Quelque part, je suppose, entre la Renaissance et la machine à vapeur. Alors naît le monde moderne, qui, au moment où je meurs, est déjà bien vieilli. On peut le définir, ce monde moderne, de cent façons différentes. Une des meilleures définitions est donnée par le plus grand des philosophes français…

— Descartes ? suggéra A.

— Bravo ! Un ordinateur.

— Il n'y en a pas tellement, me dit-il.

— D'ordinateurs ?

— Non, me dit-il. De philosophes français.

— Plus que tu ne crois, lui dis-je. Il serait bien injuste d'oublier dans le rapport le nom de Malebranche, qui est la rigueur même dans un délire divin, ou celui de Bergson, qui a la fluidité de l'expérience immédiate. Mais celui-là, c'est Descartes. Il nous fait voir dans les hommes les maîtres et possesseurs de toute la nature. Hier, c'était le monde qui dominait les hommes. Désormais, ce sont les hommes qui domineront le monde. On a beaucoup parlé, sur cette Terre, depuis un siècle et demi, d'un sens de l'histoire. L'histoire n'a pas tellement suivi les sens obligatoires qui lui étaient indiqués par les penseurs et les autorités. Elle s'est plutôt engouffrée, en bousculant les consignes, dans des sens interdits. Marx vaut l'Inquisition, et ce sont les rebelles à l'idéologie dominante qui ont montré les chemins de l'avenir. Si, à travers guerres et catastrophes sans la moindre importance…

— Sauf pour les morts, remarqua A.

— Et pour ceux qui les aimaient… s'il y a pourtant une direction que l'histoire a empruntée avec obstination, c'est celle qui débouche sur un carrefour encombré de machines et de gens qui s'agitent en tous sens dans un vacarme d'enfer. Le carrefour porte un nom : la possession du monde. Les hommes ont conquis le monde dont ils étaient un fruit, une fleur, un bourgeon, une excroissance parmi d'autres.

À plus ou moins brève échéance, la nature d'où sont sortis les hommes sera détruite par les hommes. Parce que c'est eux qui ont gagné la guerre. Tu connais déjà le coup des forêts, des animaux sauvages, des taches blanches sur la carte qui s'effacent jusqu'à disparaître, de la Méditerranée qui n'en a plus pour longtemps.

— C'est vrai, dit A. Quelques millions d'années.

— Là où l'homme prospère, dépérit la nature. L'homme avance : devant lui, la forêt ; derrière lui, le désert. Poussons les choses à bout : l'homme devient si puissant qu'il fait sauter la planète. La boucle est bouclée : la nature a fait l'homme et l'homme défait la nature.

L'homme était une branche de la vie, qui était une branche de la nature. Voilà qu'il règne sur la vie et qu'il règne sur la nature. Il règne avec tant de puissance que le royaume tout entier se réduit au seul roi. Maître et possesseur de toute la nature, l'homme est seul sur une Terre qu'il a réduite en esclavage et dont il fait ce qu'il veut.

Tel était le monde où j'ai vécu. On te parlera de grandes guerres, de coutumes disparues, de croyances qui s'affaiblissent, de la Révolution française, du machinisme industriel. Tout cela, qui est important, n'est que l'effet d'une seule cause : la prise de possession de l'univers par l'homme. L'homme, quand il était encore une partie de la nature, s'appuyait sur la nature. Brille, pendant des siècles, un symbole de cette nature qui apporte à l'homme un concours de tous les jours dont ni Alexandre, ni Hannibal, ni César, ni Cicéron, ni Montaigne, ni Chateaubriand, ni Stendhal, ni même Flaubert ou le jeune Maupassant, mais c'est l'extrême limite, ne sont capables de se passer : c'est le cheval. Dès que l'homme a réussi à s'emparer du monde, il n'a plus besoin du cheval. Il se sépare de lui. Le siècle où je suis mort est le premier siècle, depuis des millénaires, où l'homme s'avance sans cheval pour conquérir sa planète.

Ce qui a remplacé le cheval, tu le sais bien. C'est ce qui a tout remplacé. C'est le cœur du monde d'aujourd'hui dont tu me demandes de te parler. C'est ce que tu es venu chercher en me prenant par la main au-dessus de la Douane de mer. C'est… ? Allons !… À ton tour de montrer que tu comprends plus vite que les autres et que tu sais déjà presque tout. C'est… ?

— Euh…, bredouilla A.

— C'est la science, lui dis-je. La science l'emporte sur le cheval. Le cheval prend le nom de cheval-vapeur. Le monde n'est plus que savoir. Et, la plupart du temps, un savoir sur un savoir. La nature s'est effilée comme un sucre d'orge en fin de course. Elle est comme les forêts que les hommes traversent en voiture sur les saignées des autoroutes : elle est transparente jusqu'à l'inexistence. La science a pris le relais et l'a mise de côté. Victorieuse de la nature dont elle a jailli comme une fleur avant de la massacrer, la science est dans le monde moderne l'annonce, l'attente, la promesse — et aussi la menace. Elle est le nom qu'a pris l'histoire dans le temps de ma vie et l'image de nos terreurs comme de nos espérances.

Elle marque le triomphe de l'homme. Et, par un formidable paradoxe, le début de sa fin. La science achève l'homme. Elle le hisse au sommet et s'apprête déjà à le précipiter dans les abîmes. On le transforme, on l'opère, on le tripote, on le remplace. Les robots déboulent en rangs serrés du fond de l'horizon. On a pu chanter la mort de l'homme après la mort de Dieu. Entre la nature et la science, entre les dieux et les machines, le règne de l'homme tout seul n'aura pas été long. »

A me tira par la manche.

« Dis donc, il ne faudrait pas que notre rapport sur l'homme arrive au moment même où l'homme s'en va ?

— Tu sais, lui dis-je, je crois l'homme capable de tout. Je doute un peu qu'il se laisse faire par ceux qui veulent le chasser. L'homme est un fruit de la nature, la science est un fruit de l'homme ; l'homme a chassé la nature, la science chassera donc l'homme : je ne suis pas tout à fait sûr que les événements se plient à ce parallélisme et suivent ce chemin tout tracé. Je crois que l'homme est autre chose qu'une étape dans une histoire. Je crois qu'il est la fin de cette histoire. Et c'est pour cette raison que sa vie est sacrée.

— Il y a un Dieu qui s'est fait homme, dit A. Et, du coup, l'homme s'est fait Dieu.

— Si tu veux », murmurai-je à bout de souffle.

Et, les mains dans les poches, sifflotant les trompettes d'*Aïda*, j'allai faire quelques pas.

A me courut après.

« Comment ça : "Si tu veux" ? C'est toi qui l'as dit. Ne prends pas cet air exaspéré. Je ne fais que répéter ce que tu as dit.

— C'est vrai, avouai-je. Je vais t'expliquer ce qui se passe : je trouve qu'il y a beaucoup de mots. Voilà déjà près de deux jours que j'essaie de te montrer le monde. "Car, écrit Calvin dans son commentaire de la Genèse, Moïse a voulu simplement dire le monde." En toute modestie, je suis un autre Moïse à ton usage personnel. Et tout ce que j'arrive à faire, c'est d'entasser des mots. Si tu étais arrivé d'Urql il y a dix ou vingt mille ans, ou peut-être seulement cinq mille, nous aurions parlé beaucoup moins. Je t'aurais emmené chasser ou pêcher. Nous aurions regardé les arbres, les lacs, les montagnes, les nuages. Nous aurions fui les bêtes sauvages. Nous aurions offert des libations ou peut-être des sacrifices à quelques divinités responsables de la pluie ou de la fécondité. Nous nous serions longtemps tus. Mais depuis quelque temps, depuis quelques milliers d'années, et surtout depuis deux ou trois cents ans, les hommes auxquels tu as la bonté de marquer de l'intérêt…

— Pas de phrases, me dit A. Tu te plains des mots, et tu fais des phrases.

— … les hommes se sont mis à commenter le monde et à se commenter eux-mêmes. Le monde a été remplacé par ce savoir sur le monde dont je te parlais tout à l'heure et que nous appelons la science. Sur le monde et sur nous, nous savons de plus en plus de choses, nous savons presque tout. Sauf l'essentiel, bien entendu, qui reste aussi caché qu'aux temps les plus obscurs et les plus reculés : d'où nous venons, où nous allons, ce que nous faisons sur cette Terre. Sur ces points-là, mon cher A, aujourd'hui comme hier, aujourd'hui comme demain, le rapport se taira. »

XIII

LE DÉSENCHANTEMENT

« Êtes-vous heureux, au moins ? demanda A.

— C'est un grand problème, répondis-je. D'une façon ou d'une autre, tout le monde aspire à être heureux. Le jouisseur, naturellement, l'ambitieux, l'avare, le masochiste, le méchant, le médiocre au coin de la rue, mais aussi le soldat, le saint, le martyr, la mère qui se sacrifie pour le bonheur de son enfant. "Tous les hommes recherchent d'être heureux", nous dit Pascal, qui a écrit un sacré rapport sous le titre de *Pensées*…

— Un confrère ! s'écria A.

— Voilà, lui dis-je. Un confrère… "Cela est sans exception, quelques différents moyens qu'ils y emploient. Ils tendent tous à ce but. C'est le motif de toutes les actions de tous les hommes, jusqu'à ceux qui vont se pendre." Mais dans cette quête sans fin d'un rêve qui se dérobe, les hommes touchent-ils au but ? J'en doute un peu. Ce que les hommes d'aujourd'hui ont à leur disposition aurait stupéfié les hommes d'hier. Mais il ne suffit pas pour assurer leur bonheur que les hommes d'aujourd'hui disposent de ce qui aurait fait le bonheur des hommes d'hier. Car la folie des hommes est de croire que le bonheur n'est lié qu'au succès alors qu'il est lié aussi au rêve. "Malgré ce que croient les riches, a écrit un auteur de mon temps, l'argent fait le bonheur des pauvres. Malgré ce que croient les pauvres, l'argent ne fait pas le bonheur des riches."

La science répond à un désir, à une curiosité, à des besoins. Elle a tout bouleversé. Tu entres dans une maison. Tu tournes un robinet ou tu pousses un bouton : l'eau coule, la lumière brille, tes vêtements sont nettoyés, tes assiettes sont lavées, tu n'as ni chaud ni froid, tu sais ce qui se passe à Tokyo, à Sydney, à Rio de Janeiro, dans les villages les plus lointains et dans les vallées les plus reculées. Tu vas de plus en plus vite d'un bout de la Terre à l'autre. Et les machines ne t'aident pas seulement dans ta vie de chaque jour et dans tes déplacements. Elles t'aident aussi à penser. Si tu revenais dans vingt ans…

— Ça ne vaut pas la peine de partir.

— … ce n'est pas à un homme comme moi que tu demanderais de t'aider : c'est à une machine. Elle n'aurait pas besoin de trois jours : en moins de temps qu'il n'en faut pour le dire, elle t'établirait ton rapport sur la Terre et les hommes. Mais elle ne ferait rien d'autre, naturellement, que de te rendre, transformé, développé, accéléré, dans un autre ordre et à un autre rythme, ce que tu lui aurais déjà donné. Le mot d'ordre de la science, son cri de guerre, son refrain, c'est le succès. Elle s'y connaît en succès. Elle réussit tout ce qu'elle touche. Elle est un levier formidable. Mais c'est un levier aveugle. La science est en mesure de suivre n'importe quels chemins et d'en tracer de nouveaux. Mais sans savoir où ils mènent ni quel sera leur agrément. Ils iront tout droit et très loin. Mais ils ne suivront plus les rivières, ils ne seront plus bordés de platanes, ils ne courront plus à travers les vignes ou à travers les cyprès. Ils ne se perdront plus au petit matin dans des clairières inconnues. Le drame de la science, c'est qu'elle trouve ce qu'elle cherche. Le bonheur des hommes vient souvent de leurs fautes, de leurs erreurs, d'Amériques inattendues qu'ils n'avaient pas cherchées. Les machines inventées par les hommes sont capables de tout faire et de tout donner — sauf du bonheur. Car le bonheur n'habite guère les maisons du succès.

Il est douteux que les hommes, qui ont fait, depuis quelques millions d'années, et encore plus depuis quelques milliers, et encore plus depuis quelques centaines, et encore plus depuis quelques dizaines d'années, des progrès prodigieux, et en vérité accablants, soient plus heureux aujourd'hui qu'ils ne l'étaient avant-hier. Ils ont moins faim. Ils ont moins froid. Ils meurent moins vite. Ils se déplacent avec moins de peine. Et ils ont plus d'argent.

— Tous ? demanda A.

— Non. Pas tous. Mais un grand nombre. C'est déjà beaucoup. C'est énorme. Et la première tâche des hommes est d'empêcher d'autres hommes — parce que la vie est sacrée — d'avoir faim, de souffrir de la soif et de mourir trop jeunes. Le premier devoir des hommes, et peut-être d'ailleurs le seul, est de nous souvenir du *big bang*, des algues, du fil qui court à travers l'existence et d'essayer de comprendre que chacun d'entre nous est aussi un peu des autres et que les autres sont un peu de nous. Pour ceux qui n'ont rien, le bonheur est d'avoir quelque chose. Mais les choses sont ainsi faites sur cette Terre, mon cher A, et d'ailleurs pas si mal, que ceux qui ont déjà tout n'ont pas le bonheur en plus. Le bonheur est autre chose qu'une masse de satisfactions, qu'une accumulation de succès et de plaisirs. Tout se passe comme si le bonheur était toujours un peu plus loin.

Jamais les espérances n'ont été aussi grandes et aussi justifiées qu'au temps où je vivais. On faisait revivre les mourants, on allait sur la Lune, on chargeait les machines de travailler à notre place. Beaucoup s'imaginaient que la souffrance et la guerre seraient éliminées. Il n'y avait pas de bornes au pouvoir de la science. Un monde nouveau naissait à la place de l'ancien. Et on se mettait, tout à coup, à regretter l'ancien.

Comme les bienfaits de toutes les fées conviées à une naissance sont annulés par la malédiction d'une seule sorcière qu'on avait oubliée, les espérances apportées par l'histoire et par ce que nous appelons le progrès sont rongées du dedans par une inquiétude que la science traîne derrière elle. On dirait que le monde nouveau n'a plus le même charme que l'ancien. C'était moins bien avant, bien sûr. On avance, ça va mieux, on ne voudrait pas reculer pour un empire ni revenir en arrière. On tient à ses boutons et à ses robinets. Mais jusque dans le malheur du monde il y avait quelque chose que toutes les sciences et les techniques, avec leurs pouvoirs sans limites, sont incapables de nous donner. Quoi donc ? Peut-être simplement l'espérance. Par un paradoxe formidable, la science, longtemps, a été un autre nom de l'espérance. Peut-être faudra-t-il dire que l'espérance du succès était plus belle que le succès ? "Aurore" est un des mots qui revient le plus souvent sous la plume de Hugo. C'est aussi celui qui termine une des pièces les plus célèbres d'un certain Jean Giraudoux qui avait enchanté notre deuxième avant-guerre.

— Pour le rapport ? demanda A.

— Eh bien…, je crois que oui, bien que Giraudoux, à ma mort, fût quasi oublié :

> FEMME NARSÈS : Où en sommes-nous, ma pauvre Électre, où en sommes-nous !

> ÉLECTRE : Où nous en sommes ?
> FEMME NARSÈS : Oui, explique ! Je ne saisis jamais bien vite. Je sens évidemment qu'il se passe quelque chose, mais je me rends mal compte.

— Ah ! s'écria A. C'eﬆ tout moi.
— N'eﬆ-ce pas ? lui dis-je. Je reprends :

> FEMME NARSÈS : Oui, explique ! Je ne saisis jamais bien vite. Je sens évidemment qu'il se passe quelque chose, mais je me rends mal compte. Comment cela s'appelle-t-il, quand le jour se lève comme aujourd'hui, et que tout eﬆ gâché, que tout eﬆ saccagé, et que l'air pourtant se respire ?
> ÉLECTRE : Demande au mendiant. Il le sait.
> LE MENDIANT : Cela a un très beau nom, femme Narsès. Cela s'appelle l'aurore.

Aujourd'hui, on dirait que l'aurore n'entraîne plus avec elle le même mouvement de joie, le même élan d'espérance. C'eﬆ que nous avons connu trop d'aurores qui n'ont donné que des nuits. On dirait que le monde où j'ai vécu, et plus encore celui qui attend les hommes après moi, eﬆ aussi plein de désillusions que d'espérances réalisées. On dirait que, derrière elles, la science et la technique traînent, à la façon d'un remords, l'envers de leurs succès et leur propre négation. Le monde, qui eﬆ si jeune, eﬆ déjà un peu vieux. De l'avenir, avec son progrès, il ne voit plus que les menaces. Du passé, avec ses erreurs, il ne voit plus que les charmes. Le monde, plein de savoir et plein de lassitude, entre dans le désenchantement.

— Mais le monde, demanda A, n'eﬆ-il pas entré de tout temps dans le désenchantement ? N'a-t-il pas passé son exiﬆence à rouler vers des cataﬆrophes, qui se sont d'ailleurs produites sans jamais l'empêcher de poursuivre sa carrière ? N'a-t-il pas toujours regretté un passé qui le remplissait de terreur tant qu'il était encore un avenir ? N'a-t-il pas toujours balancé entre la crainte et l'espérance ? D'après ce que tu m'as raconté, il me semble que, depuis l'Éden et Aménophis III, pour ne rien dire de Talleyrand et des délices de ton siècle, l'avenir n'eﬆ plus ce qu'il était et la douceur de vivre se conjugue au passé.

— Tu as raison, lui dis-je. Le monde n'a jamais cessé

de pleurer sur un passé dont il ne pensait qu'à s'échapper et de redouter un avenir dont il attendait tout. Si jamais nous nous retrouvons un jour, après l'achèvement du rapport, nous pourrons nous atteler ensemble à un livre qui fera un malheur parmi les hommes.

— Ah ! celui-là enfin ne sera pas réservé aux seules populations d'Urql ?

— Non. Il sera pour tout le monde. Et d'abord pour les hommes. Il portera un beau titre. Il s'appellera : *Histoire de l'avenir depuis les temps les plus reculés.* »

XIV

UN MONSTRE FROID

« Maintenant que tu te fais une idée de la vie sur cette Terre, le moment est venu de te livrer un secret dont les hommes eux-mêmes ne s'inquiètent guère et qui est pourtant au cœur de ce monde que tu es venu explorer.

— Eh bien, dit A, je t'écoute.

— Tu sais que les hommes vivent à la croisée de deux royaumes, qui n'en forment d'ailleurs qu'un seul, mais qu'il est plus simple, pour le moment, de distinguer l'un de l'autre. Le premier est immense. Et il est tout simple. Il est matériel et sensible. Il s'étend sous tes yeux. Tu peux le voir, et le toucher, tu peux le parcourir en tous sens et revenir sur tes pas quand tu l'as traversé. Les hommes le conquièrent, le dominent et, chaque jour davantage, en sont les maîtres et les souverains. Ce royaume est l'espace.

— O.K., dit A.

— Le deuxième royaume est un royaume mystique.

— Mystique ? s'étonna A.

— Il est impalpable comme toi-même. La mort l'épargne comme toi-même. Il est partout à la fois. Il est invisible à tous les yeux, personne ne l'a jamais vu, ni senti, ni touché. Et pourtant il existe, il se confond avec l'existence et tout ce qui vit lui appartient. On ne le parcourt qu'une seule fois, on n'y revient jamais sur ses pas. À ceux qui le traversent, il n'offre jamais qu'une seule chance et le premier passage est aussi le dernier. Ceux qui se présentent à ses frontières sont aussitôt contraints de marcher jusqu'au bout, sans répit et sans halte. Personne, depuis toujours, ne l'a jamais conquis. Mais lui a dominé, asservi, dévoré les gens de toute espèce qui empruntaient ses routes. Ce royaume est le temps.

Il est tout à fait étrange que des hommes qui vivent dans le temps aient pu s'imaginer un instant que le monde où ils habitaient relevait d'abord de la matière. Il est difficile d'accorder au temps, si léger, si ténu, et pourtant inusable, le moindre caractère matériel. L'espace lui-même, où se déploient les substances et les corps, déborde la matière de partout : l'espace peut recouvrir du vide. Le temps, qui est le tissu dont est fait l'univers et qui tient dans toute vie une place beaucoup plus décisive que n'importe quelle combinaison de n'importe quelles substances, n'est ni un corps, ni une substance, ni une matière, ni même une vie. Il serait plus proche d'un rayonnement, d'une énergie, d'un souffle, c'est-à-dire de n'importe quoi, ou d'un esprit comme toi, que de la matière. On dirait que le temps, qui est le monde même et l'univers, sans lequel il n'y aurait ni vie, ni monde, ni univers, n'appartient ni au monde ni même à l'univers.

Du temps lui-même, comme de Dieu, personne ne peut rien dire. Les hommes, pour le manier, ont dû passer par l'espace : le sablier, le cadran solaire, la marche des aiguilles sur le cadran de nos horloges. "Si tu ne me demandes pas ce qu'est le temps, écrivait saint Augustin, je sais ce que c'est. Dès que tu me le demandes, je ne le sais plus." Tout ce que je peux faire, c'est de te parler de l'image que les hommes se font du temps. Elle est simplifiée par une évidence, aussi banale que possible, qui se confond pour eux avec la vie, avec le monde, avec l'univers, avec eux-mêmes, avec tout, et qui est ce que tu peux imaginer de plus compliqué et de plus élémentaire : le présent.

Dès qu'il s'agit des hommes, tout, absolument tout, sans la moindre exception, est toujours donné au présent. Aucun homme, jamais, n'a rien vu, rien entendu, rien senti, rien fait, rien pensé qu'au présent. Un homme ne sort jamais du présent. Il se nourrit dans le présent, il dort dans le présent, il se bat dans le présent, il pense à ses affaires, à ses amours et à Dieu dans le présent. Les hommes, qui se promènent à leur gré dans tous les points d'un espace dont ils s'emparent peu à peu, vivent à jamais dans un éternel présent.

Le temps passe pourtant. Il y a des choses qui étaient et qui ont cessé d'être. Il y a des choses qui ne sont pas encore et dont on peut penser qu'elles seront. Il y a des souvenirs et il y a des projets. Mais l'homme n'est pas comme toi. Il ne retourne jamais vers ce qui a été et qui n'est plus, il ne se promène jamais dans ce qui sera et qui n'est pas encore. Il passe son temps dans le présent. Il se souvient de ce qui a été. Mais il s'en souvient dans le présent. Il anticipe ce qui sera. Mais il l'anticipe dans le présent. Personne ne sait où est passé ce qui a cessé d'être. Personne ne sait où est tapi ce qui sera demain. Dans le royaume du temps ne règne que le présent.

De la tour escarpée de l'éternel présent dont il est prisonnier, l'homme aperçoit, dans deux directions opposées, deux monstres formidables dont l'appétit dévorant — que la vie soit un rêve ou une réalité — ne peut être mis en doute par personne. Le premier est l'avenir. On le dirait devant nous. L'autre est le passé. On le dirait derrière nous. Depuis l'instant où il arrive au monde, dès la naissance ou peut-être dès la conception — et le débat est loin d'être sans importance —, chaque homme a un passé. Jusqu'à l'instant où il meurt, et qui marque pour lui la fin de tout avenir dans l'espace et dans le temps, chaque homme a un futur. Tout au long de leur vie, et du haut de leur présent, les hommes ont un passé et ils ont un avenir. Et les deux monstres, entre eux, se déchirent le présent.

— Et lequel des deux monstres, demanda A, est le plus menaçant ? Le passé ou l'avenir ?

— Voilà une bonne question, lui dis-je. La réponse semble aller de soi : l'avenir. L'avenir est le lieu de l'attente, mais aussi des périls. Le passé est un cimetière où les morts enterrent les morts.

Tout se joue dans l'avenir parce que c'est là que les hommes, à chaque instant qui s'écoule, *ont l'intention* de passer le reste de leurs jours. Du passé montent des images, des souvenirs, des regrets, des remords qui finissent par se fondre dans la mélancolie et dans la nostalgie des univers disparus : une sorte de douceur morte et de charme désuet. L'avenir est plus viril, et presque militaire : il réveille les troupes au son du fifre et du tambour, il sonne la charge, il marche au combat sous des drapeaux déployés. Il est plein d'espérances. Et aussi de menaces.

Le passé est du côté du soir, des femmes, des longues

veillées auprès du feu, des parfums et des roses, des grands chapeaux évanouis, des éventails, des épices, des esclaves noires sous les tropiques. L'avenir est du côté du matin, des hommes, des batailles rangées sous des déluges de feu, des épées, de la Bourse, des prophètes sur les collines. Le passé a la tristesse et l'odeur encore tiède des lits défaits à la hâte et des foyers éteints. L'avenir est un glacier qui brille sous le soleil.

— Je vois ça, me dit A. Le passé est de tout repos. L'avenir est à haut risque.

— C'est ce qu'on croit, lui dis-je. C'est ce que répètent à longueur de journée ceux qui ne pensent pas plus loin que le bout de leur nez. Le passé dort. L'avenir bouillonne. La marine à voile, les lampes à huile, les jolies manières, la douceur de vivre, les presses à bras, les fiacres, les souliers à la poulaine, les incunables, les temples doriques, les animaux préhistoriques qui n'effraient plus personne et tous les fossiles de la Terre somnolent dans le passé. Les machines infernales sont déposées dans l'avenir. L'impatience, quoi de plus évident ? appartient à l'avenir. Les catastrophes aussi. On s'agite dans l'avenir, on est riche dans l'avenir, on est heureux dans l'avenir — et on meurt dans l'avenir. Le passé ronronne. L'avenir est tout ce qu'on attend pour faire mieux que le passé. Le passé est un aboli bibelot d'inanité sonore. C'est l'avenir qui triomphe.

— Eh bien, oui, dit A. Rien de plus clair.

— Rien de plus faux, lui dis-je. Dans l'affrontement des deux monstres que contemple le prisonnier des fenêtres de sa cellule de l'éternel présent, c'est l'avenir qui est vaincu. C'est le passé qui triomphe.

— Je voudrais bien voir ça, grogna A.

— Attends un peu », lui dis-je.

Et je pris mon souffle comme un coureur au moment de s'élancer, comme un plongeur sur son tremplin.

« Pour la Terre comme pour les hommes — car c'est toujours des hommes que je parle —, il y a quelque chose qui s'appelle le début. Les hommes naissent. La Terre se forme. Et l'univers lui-même, tel que nous le connaissons, commence avec le *big bang*. Tout de suite après le début, le passé et l'avenir prennent ensemble leur élan.

La loi de l'univers est que là où il y a un début, il y a aussi une fin. Parce que nous naissons, notre vie n'est pas éternelle. Nous naissons, donc nous mourrons. La vie de la Terre non plus ne sera pas éternelle. Personne ne doute que le Soleil finisse un jour par s'user et la Terre par disparaître. Nous ne savons pas quand, comme nous ne savons pas non plus, grâce à Dieu, la date exacte de notre mort. Mais nous savons qu'il y aura un terme au monde comme il y a un terme à notre vie. Ainsi, d'un côté, le passé du monde et le nôtre ne cesse jamais de s'accroître et, de l'autre, la durée de l'avenir, quelque indéterminée qu'elle puisse être, ne cesse jamais de se réduire.

— Ah ! mon Dieu ! s'écria A. Depuis que le monde est monde, l'avenir ne cesse de reculer devant l'invasion du passé !

— Nous y voilà ! lui dis-je. Ce n'est pas l'avenir, c'est le passé qui nous submerge. Dans la lutte à mort entre les deux dragons, le monstre menaçant, ce n'est plus l'avenir. C'est le passé. Contrairement aux apparences, c'est lui qui mène l'attaque. L'air absent, les yeux clos, il l'emporte pas à pas, pouce à pouce, sur un avenir fringant, l'air d'un officier de cavalerie qui porterait plutôt beau et ferait les gros bras, mais qui n'en finirait pas de reculer sous la pression de l'ennemi et de battre en retraite. Dans la vie de ce monde comme dans la vie de chacun, la poussée du passé est d'une régularité, d'une puissance, d'un tragique irrésistibles. Il n'y a que deux drames au monde. Le premier est individuel : c'est la souffrance. Le deuxième est collectif, et beaucoup plus que collectif : c'est que l'univers ne cesse jamais de tomber dans le passé.

— Est-ce un drame ? demanda A. N'est-ce pas plutôt une chance de voir ce monde disparaître mais aussi avancer ?

— C'est une chance. Et c'est un drame. Pour l'univers qui va vers sa fin et pour chacun de nous qui se voit, seconde après seconde, minute après minute, glisser dans un passé qui prend le visage de sa mort. Un beau jour, dans la vie de chaque homme, la réserve d'avenir s'épuise. Le passé a tout recouvert. Il meurt.

Jusqu'à l'instant de la mort, tant qu'un fortin d'avenir résiste à l'assaut des bataillons du passé, tant que la tache du passé ne s'est pas étendue sur la totalité de la carte d'un avenir peu à peu grignoté et acculé dans un coin, tant que les flots du passé n'ont pas tout envahi, un peu de liberté s'agite encore sur la mer, à la façon d'un baigneur en train de se noyer et dont on aperçoit, entre les vagues qui finiront par l'emporter, la tête qui veut crier et les bras qui se lèvent. Car la liberté des hommes, dont je t'ai trop peu parlé et qui leur appartient en propre au point que des philosophes ont pu soutenir que la liberté était l'homme même et que l'homme n'était rien d'autre qu'une liberté aux prises avec le monde, cette liberté ne s'exerce que sur la mince ligne de rencontre entre le passé et l'avenir.

Le propre du passé, c'est que la liberté n'y a plus cours. Le passé est un monstre froid dont aucun élément ne peut plus être modifié. Tu as encore le droit, à la rigueur, d'en transformer le sens en agissant sur l'avenir. Mais tu n'as plus le pouvoir de rien changer à sa structure ni aux événements qui l'ont constitué. Le monde entier, les autres, les planètes lointaines, l'univers, les siècles à venir, rien n'échappe aux hommes et à leurs ambitions. Le passé leur échappe.

Les hommes conservent du passé des images obligées et contraintes où la liberté ne joue plus et qu'ils appellent des souvenirs. Tu peux choisir tes souvenirs, essayer de les apprivoiser, attendre qu'ils s'effacent, construire avec leur aide des univers de fiction. Rien n'y fait : le passé est une masse immense qui ne cesse de s'étendre dans le temps comme l'univers lui-même, avec ses galaxies en expansion, acharnées à fuir toujours plus loin, ne cesse de s'étendre dans l'espace. Et c'est un bloc gelé et figé, un rêve *ne varietur*, sur lequel aucune force, aucun Dieu tout-puissant n'est plus capable d'agir. Ceux qui croient à Dieu lui prêtent un pouvoir sur l'avenir. Personne ne prête jamais à Dieu le moindre pouvoir sur le passé.

— Sais-tu que tu m'effraies un peu ? me dit A. Voudrais-tu me faire croire que c'est le passé qui règne sur l'univers ?

— Je ne dis pas cela. Le passé n'est pas roi. Il n'exerce aucun des pouvoirs liés à la royauté. Il n'ordonne pas, il ne décide rien, il ne prend pas la moindre initiative. S'il était roi, ce serait un roi fainéant. Tout ce qu'il est capable de faire, car il n'y a pas d'avenir qui ne soit commandé par le passé, c'est d'empêcher l'avenir d'être n'importe quoi.

— Ce n'est pas rien, remarqua A.

— Ce n'est pas rien, lui dis-je, mais ce n'est pas beaucoup. Le passé se contente d'engranger de l'avenir changé soudain en présent, frappé aussitôt d'évanouissement et tombé au rebut. Et de le détruire.

— De le détruire ? demanda A.

— Enfin... De le détruire d'une certaine façon. C'est un problème si grave que ce n'est pas ici que nous le réglerons. Peut-être de le détruire et de le conserver. Disons de le mettre de côté. On a pu parler de l'univers comme d'une machine à fabriquer des dieux morts. C'est surtout une machine à fabriquer du passé.

— À noter, dit A : le monde est une machine à fabriquer du passé.

— C'est un fait, lui dis-je. Et ce n'est pas vrai seulement pour chacun des êtres vivants qui est passé sur cette Terre...

— Si nous soulignions le mot *passé* ? dit A.

— Ce serait très malin, lui dis-je... avant de tomber à jamais dans le passé immobile. C'est vrai aussi de la Terre, du monde, de l'univers lui-même. L'univers est une machine à se jeter dans le passé.

— Faut-il comprendre, demanda A, que les galaxies, que vous appelez lointaines, seront, elles aussi, englouties dans le passé ?

— En doutes-tu ? lui demandai-je.

— Quoi ! Veux-tu dire qu'Urql même...

— Je suis un peu surpris d'être chargé de te l'apprendre. Que vous enseigne-t-on dans vos écoles d'esprits ? Comme Rome, comme Paris, comme New York, comme la Terre, Urql, bien entendu, sera changé en passé. La seule question qui se pose est de fixer la date. Il est permis d'imaginer qu'elle est assez lointaine.

— Quelques milliards d'années ? hasarda A.

— Je n'en sais rien du tout, lui dis-je. Peut-être des dizaines, ou des centaines, ou des milliers de milliards d'années. Mais la fin est au bout. Et le passé attend. Il est d'une patience infinie. Mais il ignore la pitié.

— Et moi ? demanda A.

— Toi, lui répondis-je, je ne sais pas. Les esprits purs m'échappent. Urql, en tout cas, ne fera pas exception. Urql n'échappera pas au monstre froid du passé. Puisque l'univers entier, qui est né du *big bang*, va, avec lenteur, mais avec certitude, vers sa fin nécessaire. Ce que je me demande... »

Je m'arrêtai un instant. Si j'avais encore été vivant, j'aurais bien bu un verre d'eau, ou peut-être un peu de champagne avec une goutte de framboise.

« Eh bien ? demanda A, la tête penchée en avant.

— ... c'est ce qui se passera quand le passé aura tout

envahi. Quand un homme, à son tour, pénètre dans le passé, il y a d'autres hommes pour s'en souvenir.

— Ou des femmes, suggéra A.

— Ou des femmes, bien entendu. Une des hantises des hommes a été, pendant des siècles, pendant des millénaires, de faire en sorte que leur souvenir ne s'efface pas aussitôt. Ils ont coupé la queue de leur chien, ils ont mis le feu à des temples, ils se sont jetés dans des volcans, ils ont conquis des empires, ils ont mesuré des distances de la Terre à la Lune, ils ont peint ou sculpté des visages et des corps, ils ont assemblé des sons qui nous paraissent harmonieux, ils ont mis des mots bout à bout pour que les hommes après eux se souviennent encore d'eux. Même ceux qui n'avaient pas fait grand-chose espéraient encore que l'amour que leur portaient des vivants les ferait survivre quelque temps. "Souvenez-vous dans vos prières de Sosthène de Plessis-Vaudreuil, ou d'Albert Rémy-Michault, ou de Jean-Christophe Comte..." était une inscription que l'on voyait souvent, de mon temps, sur les tombes des cimetières ou sous la rubrique nécrologique des journaux ou sur les images pieuses que les croyants glissaient, les unes derrière les autres, dans leurs livres de messe. Quand le monde aura disparu, quand il aura été pris dans les glaces du passé, qui se souviendra du monde ?

— Tiens ! oui, dit A. Qui donc ? Peut-être personne.

— Peut-être, lui dis-je. C'est une question qui me trotte dans la tête.

— C'est la même que de savoir si le passé est détruit au point que tout se passe comme s'il n'avait jamais existé.

— Oui, lui dis-je. C'est la même. Le monde a été, il est, il sera. Un jour, il aura été. C'est sûr. N'y aura-t-il vraiment rien ni personne pour se souvenir de lui ? Je ne sais pas pourquoi : j'ai du mal à le croire. Je me berce de l'espérance, qui est peut-être une illusion, que le souvenir du monde sera conservé quelque part comme le souvenir d'un mort ne périt pas tout à fait chez ceux qui l'ont aimé.

— Et le *rapport ? s'écria* A. *Tu oublies* le rapport ! Il y aura le rapport.

— Ça nous fera une belle jambe. Il faudrait quelqu'un pour le lire. Quand l'univers disparaîtra, le rapport, hélas ! mieux vaut t'y résigner, disparaîtra avec lui. Non, ce qu'il faudrait...

— C'est quelqu'un comme moi, déclara A, avec une charmante simplicité.

— Voilà, lui dis-je. Quelqu'un comme toi. Une espèce d'esprit pur, affranchi de l'espace et du temps, plus rapide que la lumière. Et encore, je ne sais pas si, toi, tu n'es pas lié d'une façon ou d'une autre à l'univers autour de nous. Il n'est même pas exclu que quelque lien que j'ignore te fasse dépendre de moi.

— Quelle suffisance ! s'écria A.

— La distance infinie qui me sépare de toi, peut-être existe-t-elle, multipliée par cent, par mille, par des millions et des milliards, par des chiffres infinis, entre toi et quelqu'un qui te serait, à toi, ce que tu es à moi et pour qui tu ne serais, miracle pour les autres, énigme pour toi-même, misérable poussière d'étoile jetée comme moi-même dans des flots d'inconnu, que ce que je suis à toi ?

— Ce sont des secrets, me dit-il, dont je n'ai pas le droit de parler.

— Même aux âmes des morts ?

— Même aux âmes des morts.

— Je m'en doutais », lui dis-je.

XV

ÊTRE DANS CE QUI N'EST PAS

« Il y a quelque chose qui m'échappe et qu'il faut m'expliquer. Tantôt tu parles du passé qui se jette sur l'avenir et le dévore à petit feu : tout bouge. Tantôt tu évoques la tour de l'éternel présent : rien ne bouge. Le temps est-il pour les hommes, comme pour moi, un océan immobile où nous nous déplaçons ? Ou ne cesse-t-il, au contraire, de courir et d'avancer ?

— Il bouge tout le temps. Il court. L'histoire des hommes et des choses ne cesse jamais d'avancer. Un être vivant qui ne ferait rien du tout, qui ne lèverait pas le petit doigt, qui passerait ses jours et ses nuits à dormir serait pourtant emporté vers la mort à la même allure terrifiante qu'un conquérant d'empires ou qu'un artiste de génie qui aurait changé l'image qu'on peut se faire de la vie. C'est que la bataille ne cesse jamais entre les deux monstres rivaux qui assiègent le présent. Ils luttent mufle contre mufle et tout le terrain abandonné à chaque instant par l'avenir est aussitôt occupé par le passé vainqueur. La ligne de front se déplace sans cesse, avec une régularité implacable, que rien ne peut contrarier, qui est la source de tout désespoir, et qui ne laisse place à rien. Il y a l'avenir, il y a le passé, et entre les deux il n'y a rien.

— Je ne comprends pas, dit A. Entre le passé et l'avenir il n'y a rien ?

— Rien du tout. Le passé n'en finit pas de mordre sur l'avenir et ce qui n'est plus l'avenir est déjà du passé.

— Je ne comprends pas, répéta A. Alors, où est le présent ?

— Mais nulle part, lui dis-je. Un des secrets de ce monde que tu viens explorer, c'est que le présent n'existe pas. Personne n'a jamais pu isoler le présent. C'est une substance plus volatile que le gaz le plus léger, un espace plus étroit que le point des géomètres qui n'a aucune épaisseur, une réalité plus fugitive que le quark le plus insécable. Borges, qui aurait été pour toi un guide inespéré…

— Borges ? » demanda A en levant la tête d'un mouvement brusque.

« Un Argentin cosmopolite qui racontait le monde à coups de paradoxes. Borges aimait à citer le vers d'un poète français dont le sexe, dans ses jeunes années, avait été happé par un jars en colère et qui devait servir de maître en même temps que d'ami à Racine, à Molière, à La Fontaine, à beaucoup d'autres.

— J'aimerais beaucoup que son nom figurât dans le rapport. D'abord parce que tu m'as assuré que Racine, Molière, La Fontaine étaient de très grands poètes. Mais surtout parce que la place d'un homme dont le sexe a été avalé par un jars est, à coup sûr, dans le rapport.

— C'était Boileau, lui dis-je.

— Et le vers ?

— Il est tout simple, mais il fait rêver :

Le moment où je parle est déjà loin de moi.

Le présent est un être de fuite qui ne se laisse jamais arrêter. Cette ardeur à s'évanouir a servi de thème, outre Boileau, à une foule de poètes qui se sont surtout lamentés de la brièveté de leurs amours, mais qui auraient pu tout aussi bien verser leurs larmes sur le soleil en train de se lever, sur l'eau en train de couler, sur la nuit en train de tomber ou sur n'importe quoi, puisque tout ici-bas n'apparaît que pour disparaître et qu'il est toujours trop tard pour rattraper ce qui est et qui, déjà, n'est plus.

Il y a, dans notre histoire, un certain nombre de grands mythes dont la plupart sont grecs et dont chacun constitue comme un rapport sur le monde et sur les passions des hommes : Œdipe, Achille, Ulysse, Jason, Hercule, Médée, Iphigénie et tant d'autres. Le propre de l'âge où j'ai vécu, où règne, comme tu le sais, toute la tristesse du désenchantement, est de manquer de mythes. Il y en a pourtant deux ou trois qui ont marqué le monde moderne : Don Juan, qui, sous le regard d'un Dieu défié, règne sur les frontières sulfureuses de l'amour, du plaisir et de la transgression, le Dr Faust, image de la science conquérante et du savoir sur le savoir, Isaac Laquedem, que nous appelons le Juif errant. Les Allemands, qui ont eu de grands soldats, de grands philosophes et de grands musiciens, ont aussi de grands poètes. Ils s'appellent Goethe, Novalis, Hölderlin ou Heine — pour ne pas parler d'Otto Julius Bierbaum, qui ne valait pas tripette, que j'aimais à la folie et qui écrivait de petites choses dans le genre de celle-ci :

Charlotte, Lotte, Lotte
Heisst meine Wäscherin.
Sie bringt mir meine Wäsche
Weil ich ihr Liebling bin.
Und hat sie nichts zu bringen,
Da kommt sie ohne Was.
Kein Tag geht ohne Lotte.
Auf Lotte ist Verlass.

— C'est une histoire de blanchisseuse ? demanda A.

— Bravo ! Une machine à laver. De blanchisseuse. Et de blanchisseuse amoureuse. Goethe, lui, qui avait du génie, écrit un *Faust*, et même deux, que le rapport ne peut pas laisser glisser dans le silence. Le Dr Faust est une espèce de philosophe, un intellectuel, un chercheur qui vend son âme au diable en échange de la science et du pouvoir. Dans une histoire plutôt embrouillée dont je t'épargne les détails, il est soudain question de freiner la marche du temps et de crier à l'heure qui passe : "Arrête ! tu es si belle !" L'heure, bien entendu, ne tient pas le moindre compte de ces objurgations et continue à tourner. Car l'univers entier, le monde en particulier, et les hommes plus spécialement, qui sont sans doute les seules créatures à être conscientes de la double catastrophe, sont emportés sans répit dans un espace qui se dilate et dans un temps qui s'avance.

Si plein de menaces et d'espérances, l'avenir attend devant nous d'être fauché par un présent mince et tranchant jusqu'à l'inexistence et d'être changé en passé. Enfoui sous les glaces et guetté par l'oubli, le passé, derrière nous, étend sans cesse son royaume, au point que dans quelques millénaires l'histoire, démesurément gonflée par tant d'acteurs et d'événements nouveaux, sera impossible à manier dans sa totalité et à enseigner aux enfants. Et, au milieu…

— Au milieu… ? demanda A en se penchant en avant.

— Rien du tout. Il n'y a pas l'épaisseur d'un papier à cigarette entre le terrain abandonné par l'avenir et le terrain occupé par le passé. Pas un cheveu. Pas un souffle.

— Pas un souffle ?

— Pas un souffle.

Le moment où je parle…

Personne n'a jamais pu planter le moindre drapeau sur le territoire du présent. Le passé, à la bonne heure ! On l'explore, on l'étudie, on en parle, on le chérit. Tout le passé de l'univers est comme ces papillons, chers à Jünger, à Nabokov, à Caillois, cloués enfin dans leur boîte et leur éternité, et parmi lesquels on se promène en déversant des flots de paroles qui ne sont pas sans charme. L'avenir aussi, au futur ou au conditionnel, sur les modes de l'irréel non encore entré en fonctions, on peut le jalonner, le mesurer, rêver longuement sur ses collines ou ses plages, d'une beauté à couper le souffle, et établir dans ses plaines vierges et apparemment indestructibles — mais tu sais maintenant ce qu'il en est — des gîtes d'étape, des auberges, des châteaux en Espagne et des fortifications dont personne ne devine encore, tant d'années à l'avance, la fragilité à venir. Il n'y a que le présent dont il est interdit de rien dire. Puisqu'il n'existe pas. »

A me regarda de ce regard que je commençais à connaître et qui ne me voulait pas de bien.

« Je t'y prends ! s'écria-t-il. Voilà déjà un bout de temps que je te soupçonne de dire n'importe quoi. Tu viens bien de m'assurer que le présent n'existait pas ?

— Essaie donc de le saisir, lui dis-je.

— Ne m'avais-tu pas affirmé avec le même aplomb que l'homme était enfermé à jamais dans la tour immobile de l'éternel présent ?

— Essaie donc d'en sortir, lui dis-je.

— Alors, éclata-t-il, comment concilies-tu ces deux propositions : le présent n'existe pas et l'homme y est installé ? »

S'il y avait eu un piano au-dessus des îles du Pacifique que nous étions en train de survoler, je crois que je m'y serais accoudé.

« Mon cher A, lui dis-je, tu mets le doigt ici sur un des mystères les plus profonds de ce monde que tu es venu explorer. Je ne pouvais pas t'en parler dès le début de notre rencontre : tu m'aurais pris pour un illuminé. Aussi t'ai-je amusé d'abord avec les papes Clément…

— Amusé ? demanda A.

— Enfin…, lui dis-je, avec la rue du Dragon, avec la découverte de l'Amérique, avec mille détails insignifiants qui pouvaient t'introduire, sans trop te bousculer, à la simplicité de l'abîme que tu contemples avec stupeur et que tu auras du mal à sonder : l'homme est installé dans quelque chose qui n'a pas la moindre existence.

Les uns pensent que le monde est une dure réalité, les autres soutiennent que c'est un rêve. Le monde n'est pas un rêve — ou alors c'est ce rêve que nous appelons réalité. La souffrance, le chagrin, les larmes, le souvenir, l'espérance, constituent un système d'une cohérence sans faille. Va expliquer à un homme qui a faim ou qui a soif, qui a perdu ceux qu'il aimait, qu'une maladie pernicieuse est en train de ronger ou dont la moitié du corps a été arrachée que la vie est un rêve. Il t'enverra au diable. Le monde est une réalité. Et la réalité est cruelle.

Mais cette réalité n'a pas la moindre consistance. Elle est prise dans un tourbillon. Elle est en équilibre sur un abîme. Chaque instant de notre vie est un paradoxe, un miracle, une leçon de métaphysique. Comment soutenir que le monde n'est fait que de matière quand il est, de part en part, traversé par le temps ? Et que les hommes habitent à jamais la splendeur d'un palais dont la première définition est qu'il n'existe pas ?

Les hommes ne vivent que dans le présent. Et il n'y a pas de présent. Voilà l'image la plus simple à donner, dans le rapport, de cette créature orgueilleuse que tu es venu étudier. »

XVI

ÉLOGE DU CORPS

« Ça ne s'arrange pas, me dit A. Déjà, les papes Clément, on n'y comprenait pas grand-chose. Voilà, à cause du temps qui la traverse et l'emporte, que la vie quotidienne d'un paysan de la Beauce, d'un broker de New York, d'un cavalier de la Horde d'or, d'un teinturier de Bruges ou de Venise me paraît un jeu d'une cruauté à faire dresser les cheveux sur la tête d'un esprit venu d'Urql.

— La vie est très simple, lui dis-je. C'est le plus banal des miracles. Elle était compliquée, de mon temps, par des guerres meurtrières et par une prolifération de papier appelée administration qui était plus irritante que douloureuse. Elle a été rude pour Carthage détruite par les Romains, pour les Romains balayés par les grandes invasions, pour les Allemands affamés par la guerre de Trente Ans, pour les Juifs et les Tziganes massacrés par les Allemands, pour les paysans chinois ou pour les masses indiennes d'un bout de l'histoire à l'autre, pour ceux qui étaient installés sur des chevalets de torture, ou perdus dans le désert, ou assiégés dans une ville sans espoir de secours. Mais partout et toujours, elle a charrié dans ses flots autant de bonheur que de larmes. Que le présent n'existe pas n'a pas la moindre importance pour les hommes qui en jouissent : ils ne s'en doutent même pas. Il n'est pas nécessaire pour traverser l'existence de se poser des questions. J'ai peur qu'à force de t'expliquer ce que sont le monde et les hommes je ne t'en donne une idée qui ne leur rende pas justice.

La vie est un système, un code secret, un mystère en pleine lumière. C'est aussi un camouflage. “Les hommes, qui sont malheureux par essence", écrit Leopardi, un poète italien, pessimiste et savant, du début du XIXe siècle, "veulent croire qu'ils le sont par accident." Les hommes, qui ne sont pas heureux, s'arrangent surtout pour oublier et pour dissimuler la vie, c'est-à-dire la souffrance et la mort, sous une avalanche de plaisirs. Ils disposent, dans ce sport qui se confond avec eux, d'un instrument étonnant : c'est le corps.

— Ah ! oui », s'écria A en faisant des mines et des grimaces et en se roulant en boule sur lui-même, « parle-moi un peu des corps. Rien n'est plus simple pour vous. Rien n'est plus mystérieux aux yeux d'un esprit pur.

— Il n'y a pas d'homme sans corps. Sur cette Terre au moins, il n'y a pas d'âme sans machine. De Virgile à Marie, de Jésus à Marcel Proust, tous les hommes dont je t'ai parlé, sans la moindre exception, disposaient de cette machine que nous appelons un corps. Le corps des hommes qui, comme tu le sais, est une invention assez récente, à peine plus vieille de quelques millions d'années que la littérature, la musique, l'agriculture ou le feu, a des emplois innombrables. Il sert à s'asseoir, à marcher, à se nourrir et à boire, à réparer d'autres machines, à fabriquer des enfants, à faire la guerre, à danser. Il sert surtout à souffrir. Il sert aussi au plaisir. Le plaisir ne vaut pas le bonheur. Mais il le remplace assez bien.

Tu as la chance, mon cher A, de ne pas avoir de corps. C'est un immense avantage. Tu ne vas pas chez le dentiste, tu ne souffres pas de la gale, du rhume des foins, de rhumatismes, du zona, de coliques néphrétiques, il ne viendrait à l'idée de personne de te couper une jambe, tu peux être partout à la fois. C'est un grand bonheur. C'est aussi une infirmité.

"J'étais très lié avec mon corps", écrit, à propos de sa jeunesse, un Chateaubriand devenu ambassadeur, ministre, académicien, pair de France, poète officiel du trône et de l'autel, "et il se donnait du plaisir par-dessus la tête." Le plaisir du corps prend des formes innombrables. Malgré mystiques et théologiens, ce qu'il y a de plus matériel dans l'homme est plein de subtilité et de contradictions. L'effort est un plaisir, le repos est un plaisir. S'habiller est un plaisir, se déshabiller est un plaisir. Boire quand on a soif et dormir quand on a sommeil sont des plaisirs qu'il est aussi difficile d'expliquer à ceux qui en ignorent tout que l'odeur des roses ou le spectre des couleurs ou le passage du temps.

Le corps des hommes, comme tu le sais, est constitué d'un tronc, de quatre membres munis d'extrémités que nous appelons pieds et mains et d'une tête reliée au tronc par une courte colonne, parfois un peu plus élancée chez certaines femmes qui peuvent tirer vanité de cette élongation, et que nous appelons le cou.

— Je sais, dit A, je sais : j'ai vu Marie dormir.

— La tête, par-devant, est agrémentée d'un visage. Derrière et en haut poussent les cheveux. Ils sont si nombreux, au moins dans la jeunesse, que personne, autant que je sache, ne connaît le nombre exact des cheveux qu'il transporte sur son crâne. Le visage jouit, chez les hommes, de beaucoup de privilèges. C'est là que se concentre l'essentiel des instruments qui nous fournissent des informations sur le monde extérieur et que nous appelons les sens. Le visage est d'abord une espèce de tableau de bord. Nous voyons avec le visage, nous entendons avec le visage, nous respirons avec le visage, nous mangeons et nous buvons avec le visage. Les instruments s'appellent les yeux, les oreilles, le nez, la bouche. Il arrive qu'ils tombent en panne. Les aveugles et les sourds sont pris en charge par les boy-scouts qui leur font traverser les rues, par des organismes de bienfaisance publics ou privés et par les psychologues qui s'intéressent à leur cas et en tirent des enseignements sur la machine humaine.

Le visage des hommes n'est pas seulement une console d'ordinateur. Il exprime des sentiments, des émotions, des passions. Les yeux et la bouche jouent, à des stades différents, un rôle essentiel dans l'amour. Les oreilles aussi, et le nez, comme tout le reste d'ailleurs, mais moins.

— Moins ? demanda A.

— Sauf exception, lui dis-je. Mais tu n'aimerais pas, je crois, que je t'en parle trop longuement.

— Pourquoi cela ? demanda A.

— C'est le sexe, lui dis-je.

— Ah !… murmura A.

— Parce que tant de choses importantes s'inscrivent sur les visages, une créature humaine est d'abord son visage. Tous les visages se ressemblent. Et ils sont tous différents. Si tu te promenais dans le monde en montrant ce dessin, chacun te dirait aussitôt que c'est le portrait d'un homme. Quel homme ? N'importe quel homme.

— Chateaubriand, demanda A, ressemblait-il à ça ?

— Bien sûr, lui répondis-je. Ou à peu près. Et Molé aussi.
— Et toi ? demanda A.
— Moi aussi, lui dis-je.
— Mais comment les gens parvenaient-ils à vous distinguer les uns des autres ?
— Sans aucune peine, lui dis-je. Il y a toujours deux yeux, deux oreilles, un nez, une bouche, et les hommes pourtant se reconnaissent entre eux sans la moindre difficulté. Personne ne confondra jamais le visage de John Wayne avec celui de Gary Cooper qui ne diffère du premier que par de minces détails. Il n'est pas exclu que ce soit une question d'habitude. Les Européens pensent d'ailleurs que tous les Chinois se ressemblent et il est possible que les Chinois aient du mal à distinguer un Blanc d'un Blanc ou un Noir d'un autre Noir. Je serais plutôt tenté de croire que derrière chaque visage se cachent des abîmes de métaphysique et tout le mystère du monde.

La surprise, la terreur, le désir s'affichent sur le visage. Ce que disent les visages n'est pas tout à fait aussi clair que la table de multiplication ni même que la palette des couleurs d'un Gauguin ou d'un Véronèse. Tout visage est ambigu. Il n'est pas certain que tu sois capable, à coup sûr, de l'extérieur, sans aucune information, de découvrir sur un visage les sentiments qui l'animent. Non seulement les hommes, et les femmes, apprennent à dissimuler ce qu'ils ressentent, mais l'extrême plaisir peut se confondre avec la douleur. Et un excès de joie avec le désespoir. Contemplant à Rome, dans la chapelle Cornaro de Sainte-Marie-de-la-Victoire, l'extase de sainte Thérèse telle que la voyait le Bernin, le président de Brosses, dont je t'ai déjà parlé, s'écriait : "Si c'est cela, l'amour divin, je le connais !"

Un visage tout seul est déjà compliqué. Deux visages face à face suffiraient largement à illustrer le rapport, et peut-être à le constituer. Si le monde entier est déjà contenu dans le Capitole et dans le théâtre de Marcellus, il l'est encore bien davantage dans le visage d'un homme — ou d'une femme — qui regarde un homme — ou une femme — en train de le regarder. Peut-être pourrait-on soutenir, avec un peu d'exagération poétique — mais tu reconnaîtras que je n'ai pas abusé du lyrisme des grands espaces et des grands sentiments —, qu'à chaque regard échangé entre deux de ces êtres vivants qu'il est convenu d'appeler hommes et qui traînent derrière eux, dans la lumière de la conscience ou dans les ténèbres de l'inconscient, tant de passé, tant de souvenirs, tant d'images, tant d'espérances, l'univers est recréé.

— Je me demande, murmura A, si le plus simple n'aurait pas été de ramener avec moi, parmi mes confrères d'Urql, deux exemplaires de ces hommes qui auraient pu passer leur temps à se regarder devant nous et à nous raconter le monde à travers leur visage comme tu essaies, tant bien que mal, de le faire dans ton rapport.

— Tu ne peux pas, lui dis-je. Non seulement le corps des hommes pourrit très rapidement mais il ne lui est pas permis, jusqu'à présent au moins, de s'éloigner de la Terre et de sa proche banlieue. Peut-être, dans des milliers et des milliers d'années, il n'est rien d'impossible au pouvoir de l'esprit et nous nous promenons déjà un peu dans nos environs immédiats, l'un de nous débarquera à Urql comme tu m'es apparu au-dessus de la Douane de mer. Tout ce que je te demande, c'est d'avoir alors une pensée pour ton vieil ami O qui faisait ce qu'il pouvait pour bourrer le rapport de tout ce qu'il ignorait.

— Promis, me dit A. Mais, surtout, pas d'émotion. Je crois que l'émotion serait considérée à Urql comme extrêmement vulgaire. Continue.

— D'accord, soupirai-je. Au temps où je vivais, les corps étaient liés à la Terre. Il y avait comme un accord entre la Terre et le corps des hommes. Les corps vivaient de la terre et retournaient à la terre. Et ils se promenaient à sa surface. Les corps des hommes s'asseyaient à la terrasse des cafés. Ils buvaient, ils mangeaient, ils s'étendaient sur les plages tout le long de la mer. Et ils faisaient du sport.

Dans l'enthousiasme général, ils sautaient, ils couraient, ils poursuivaient, selon des règles arbitraires et fixées par avance, des balles ou des ballons qui avaient été lancés par d'autres et qu'ils relançaient à leur tour.

— Vraiment ? dit A.

— Vraiment. Ils montaient sur des chevaux qui ne servaient plus guère qu'à galoper aussi vite que possible entre des haies de spectateurs qui poussaient de grands cris. Ils grimpaient le long des montagnes et ils les descendaient à toute allure sur de longues lattes assez étroites qui glissaient sur la neige.

— C'est très bizarre, remarqua A.

— C'était le bonheur, lui dis-je. Nous avons, Marie et moi, skié sur les fleurs, au printemps, entre de minces ruisseaux qui naissaient de la glace. La neige brillait sous le soleil. Nous suffoquions d'un bonheur qui était fait de griserie. Les hommes aiment la griserie. Dans la guerre ou dans la paix, les corps leur servent souvent à lutter les uns contre les autres et à atteindre un vertige qui leur fait tout oublier. Comme le théâtre, la danse ou la littérature, le sport est une espèce de jeu qui n'est pas nécessaire à la poursuite de la vie, mais où, pour des raisons qui ont été souvent étudiées par les philosophes et les savants, les hommes trouvent leur plaisir. La part des corps est plus ou moins grande selon les jeux auxquels on se livre. Elle est très faible dans le bridge, dans le gin-rummy, dans les mots croisés, dans la rédaction d'une nouvelle ou d'un roman. Elle est considérable dans le cyclisme, dans le tennis, dans le football, dans le rugby, dans toutes les formes d'athlétisme, et dans les sports en général qui ne sont rien d'autre qu'une entreprise de réhabilitation de notre pauvre corps, si calomnié par l'âme.

Le corps est pour les hommes une source de délices et de satisfaction. Tu te souviens de Symi ?

— Ça, me dit A, pour me souvenir de Symi, je me souviens de Symi. Il m'arrive de me demander si les esprits d'Urql, en lisant le rapport, ne verront pas le monde sous les espèces exclusives des papes Clément, du vicomte de Chateaubriand et de l'île de Symi.

— C'est une forme d'idiotisme, lui dis-je, et d'idiosyncrasie. Tous les hommes que tu interrogeras te parleront du même monde dans des termes différents et chacun y verra ce qu'il a le plus aimé. Les papes Clément, je ne sais pas, mais j'ai beaucoup aimé Chateaubriand et j'ai beaucoup aimé Symi. Quand nous étions, Marie et moi, au bord de la baie de Pedi, le soleil tapait très fort parce que c'était l'été.

— Je sais, dit A. Chez vous, l'hiver est froid. L'été est chaud.

— Et il faisait très chaud. Il y avait la chaleur, il y avait nos deux corps, et il y avait la mer. C'était une mer de légende où avait passé tout un monde de navigateurs et de conquérants. Ulysse était passé par là, et Jason, et les Vénitiens, et Andrea Doria à la tête de ses Génois et le terrible Khayr al-Din que nous appelons Karaddine ou Carradine ou encore Barberousse et qui commandait les galères de la flotte ottomane. Nous nous en moquions bien. Tous les papes Clément étaient tombés dans l'oubli. Il y avait la mer et nous. Et nous étions nos corps.

Nous courions vers la mer. Nous nous jetions dans l'eau. Le soleil sur la mer comme le soleil sur la neige est l'image d'un bonheur inconnu aux esprits. Nous nagions l'un près de l'autre. L'eau, qui t'est un mystère, est le plus fort peut-être de tous les lieux de bonheur. Nous nous glissions en elle, elle nous enveloppait de partout. Nous retournions à la mer comme au sein maternel, comme à notre origine. Si tu me demandais ce que j'ai fait de ma vie avant de te rencontrer, je ne parlerais ni de postes, ni de fonctions, ni d'études, ni de combats. Je parlerais de quelques livres, de Marie, du soleil, de la neige, de la mer. Je me suis baigné dans la mer parce que j'étais un corps.

— Ah ! s'écria A, j'aimerais avoir un corps, jouir du soleil sur la neige et me baigner avec toi dans la mer des dieux et des hommes.

— Ne parle pas trop vite, lui dis-je. Presque toujours, chez les hommes — regarde un peu leur histoire et cette histoire dégradée qu'ils appellent politique —, le résultat est contraire à ce qu'ils espéraient. Parce que le temps est la forme de la contradiction. Dans les corps surtout, la contradiction est à l'œuvre. Le corps, qui est le bonheur, est aussi la souffrance. Les corps sont faits pour souffrir. Le corps est une machine. La machine se déglingue. Il lui arrive de n'être plus rien qu'un appareil à produire de la douleur. Le corps qui glissait sur la neige et qui glissait dans l'eau est guetté par le cancer, par la souffrance, par la mort.

Peu après notre rencontre, tu te réjouissais de la souffrance qui enracine les hommes dans ce rêve sans consistance que nous appelons réalité. C'est le corps qui nous attache à cette Terre où tu es descendu. Il nous y attache par le plaisir, il nous attache par la souffrance. Si tu nous vois comme des machines, nous sommes des hommes parce que nous sommes aussi des esprits. Si tu nous vois comme des esprits, nous sommes des hommes parce que notre corps nous attache à la Terre.

— Je ne sais plus, dit A. Je ne sais plus si j'aimerais ou si je détesterais être un homme.

— Nous non plus, lui dis-je, nous non plus, nous ne savons pas. C'est pourquoi l'amour, où le corps joue un si grand rôle, tient une telle place dans notre vie. Les corps ne sont que plaisir, les corps ne sont que souffrance. L'amour est plaisir et souffrance. Le corps, chez les hommes, est le lieu de l'amour parce que, dans l'amour comme dans les corps, la souffrance se mêle au plaisir. Les corps des hommes sont d'abord faits pour l'amour parce qu'ils sont faits pour la souffrance et qu'ils sont faits pour le plaisir.

— À noter pour le rapport ! s'écria A.

— Si tu veux, lui dis-je. Tu peux inscrire dans le rapport que les hommes sont des corps attachés à la Terre par la souffrance et par le plaisir.

— Ah ! très bien ! me dit-il.

— Et emportés par l'amour.

— Emportés où ? demanda A.

— Dans la souffrance, lui dis-je. Et dans le plaisir.

— Quelle horreur ! murmura A.

— Au-delà du plaisir, lui dis-je. Et au-delà de la souffrance. Car nous ne sommes jetés sur la Terre ni pour des chagrins peu dignes ni pour un misérable bonheur. »

XVII

LE STATÈRE D'OR

« Mais alors, demanda A, si ce n'est ni pour le chagrin ni pour le bonheur, pourquoi êtes-vous sur la Terre ?

— Ça, mon petit bonhomme…

— Mon petit bonhomme ?… dit A en levant un sourcil.

— Excuse-moi, bredouillai-je, c'est l'enthousiasme, c'est

la crainte, c'est l'angoisse d'être un homme — ou de l'avoir été… personne ne peut te le dire. Beaucoup pensent que c'est comme ça et que nous sommes ici par hasard. D'autres soutiennent qu'il y a un Dieu — ou peut-être plusieurs, un Père, un Fils, un Olympe, toute une famille de dieux — qui a tout arrangé et qui nous laisse croire, à tort ou, on ne sait pas, à raison, que nous agissons par nous-mêmes. Et ce qu'il y a d'épatant, c'est que le piège est si bien tendu et la machine montée avec tant de rigueur et tant de précision que personne n'a aucun moyen de décider avec certitude si nous sommes nos propres maîtres ou les jouets de quelqu'un d'autre. Les génies, à cet égard, en savent aussi peu que les idiots de village et tout le monde, sur cette Terre, est logé à la même enseigne. Je crois que je t'ai déjà parlé de toutes ces choses qui agitent les philosophes et les théologiens et dont le reste des hommes ne s'occupent pas beaucoup.

— Comment expliques-tu que les hommes s'inquiètent si peu de leur origine et de leur destin à venir au seul bénéfice des quelques mois qu'ils ont à passer sur cette Terre ? C'est comme si un voyageur dans un train oubliait tout à coup d'où il vient et où il va.

— C'est qu'ils ont autre chose à faire, lui dis-je.

— Et quoi donc ? demanda-t-il.

— Du jardinage, lui dis-je.

— Du jardinage ? »

Et il tendit la main vers son carnet de notes.

Je l'arrêtai d'un geste.

« Du jardinage. Des courses à pied. Des opéras bouffes. Des terrines de canard. Des rectifications de frontière. Des statues de marbre. Des jeux de mots. Tout cela s'enchaîne sans fin dans de subtils engrenages qu'on appelle le destin. Veux-tu que je te raconte une histoire qui en montre les détours ?

— Pourquoi pas ? me dit-il. Une histoire de Chateaubriand avec une de ses Madames ? Une histoire d'Aztèque ou de samouraï ? Une histoire de Benvenuto Cellini et d'une de ces salières, d'un de ces bibelots précieux qu'il ciselait pour le pape, pour l'empereur ou pour les Médicis ?

— Non, non, lui dis-je. Encore une autre. C'est une histoire toute simple. Elle pourrait se passer à Francfort ou à Londres. Elle se passe à Paris, vers le tournant du siècle.

— De quel siècle ? me dit-il.

— Toujours le même. Le mien. Ou un peu avant moi. Vers la fin du siècle dernier. La bourgeoisie triomphe. Appuyée sur les machines de la possession du monde et du désenchantement, elle envahit la Terre. L'argent compte beaucoup. Il prend les formes les plus diverses. Des terres, des fermes, des bois, des maisons, des usines, des actions, des obligations, des collections d'objets rares. On collectionne presque tout : les tableaux, les vases, les statues, les monnaies, les timbres-poste. Nous pourrions passer plusieurs heures à nous occuper des timbres-poste… Veux-tu ?… Mais parlons plutôt des monnaies. C'est plus joli. C'est rond. Ça remonte plus loin dans le temps. Et ça fait rêver davantage.

— Va pour la monnaie, me dit-il. Tu m'as tellement répété que l'argent menait le monde…

— Il ne le mène pas, lui dis-je. Non, il ne le mène pas. Il pèse sur lui.

M. le marquis de Chamilly appartenait à ce qu'il est convenu d'appeler une vieille famille. Tu as bien compris qu'il n'y a pas de famille qui soit plus vieille que les autres, puisqu'elles remontent toutes à Lucy, notre ancêtre d'Afrique de l'Est dont nous descendons tous, aux primates, aux lémuriens et, en fin de compte, au *big bang*. Mais il y a des familles dont les membres, jadis, ont gagné des batailles ou tenu de grandes places, porté de beaux habits, accompagné des princes, épousé des princesses. Et elles en gardent le souvenir. Il y a des familles où les enfants sont tellement soutenus par le passé que l'avenir leur est assuré, ou leur semble assuré. M. le marquis de Chamilly appartenait à l'une de ces familles qu'on appelle bonnes ou vieilles.

— Pourquoi ne dis-tu pas tout de suite que ce sont des gens riches ?

— Parce que ce ne serait pas vrai. M. de Chamilly ne manquait certes de rien. Mais ce n'était pas l'argent qui donnait à M. de Chamilly tant d'apaisement et de calme. C'était son éducation, sa famille, son passé. Il y avait en France, entre la guerre de 70 et la Première Guerre mondiale, une foule de propriétaires, d'industriels, de commerçants, de banquiers qui étaient autrement riches que M. de Chamilly. Mais le nom de M. de Chamilly figurait déjà dans les *Mémoires* de Saint-Simon. Il n'y apparaît pas sous les aspects les plus flatteurs : "L'âge et le chagrin, écrivait le petit duc du Chamilly de son temps, l'avaient approché de l'imbécile." N'importe. Au bout d'un certain nombre de siècles, la stupidité même est encore un honneur. Une force. Un héritage dont il y a lieu d'être fier. Beaucoup de banquiers ou d'industriels auraient donné la moitié de leur or pour mener la vie du marquis, qui était bien moins riche qu'eux, ou pour épouser une de ses filles. M. de Chamilly portait des favoris, un col dur, une redingote. Il présidait avec élégance une société de bibliophiles et une société de numismates qui se réunissaient, à tour de rôle, tous les deux ou trois mois, dans son petit hôtel de la rue de Chanaleilles.

D'où lui était venu un goût pour les vieilles monnaies qui s'était bientôt transformé en passion, je n'en sais rien. Il avait fini par acquérir, dans le milieu des numismates, une certaine réputation dont il tirait vanité. Il possédait une monnaie de Corinthe à l'effigie de Pégase, une drachme d'Alexandre, frappé d'un mufle de lion, un denier de la République romaine qui représentait Apollon, deux sesterces d'Auguste, un solidus d'or de Théodore le Grand, une tétradrachme d'argent de Naxos, en Sicile, qui portait, à l'avers, une tête barbue de Dionysos et, au revers, un satyre ithyphallique assis, s'apprêtant à boire dans un canthare. Sa bible était l'ouvrage célèbre de Mionnet, *Description des médailles antiques*, qui ne quittait jamais sa table de travail et il s'enorgueillissait, dans sa bibliothèque, d'une édition originale de la *Doctrina numorum veterum* d'Eckhel et surtout de l'étude, plus économique que morphologique, de Guillaume Budé : *De asse.*

M. de Chamilly était lié avec les trois frères Reinach qui s'appelaient Joseph, Salomon, Théodore et qui avaient gagné à eux trois le surnom de *Je Sais Tout.* Ils étaient juifs et la famille de M. de Chamilly considérait avec un peu de réprobation leurs visites fréquentes rue de Chanaleilles. Le marquis, qui aimait les choses de l'esprit et qui se liera aussi, à différentes époques de son existence, avec Robert de Montesquiou, avec Robert de Flers, avec Daniel Halévy, avec Marcel Proust, faisait passer les convenances bien après le plaisir que lui donnaient le savoir et la conversation des trois frères. L'aîné faisait de la politique et soutenait la cause de Dreyfus. Le deuxième était normalien, agrégé de grammaire, membre de l'École d'Athènes, archéologue et philologue. Le troisième, Théodore, était historien et numismate. Souvent, dans sa jeunesse, M. de Chamilly, dont le prénom était Édouard, descendait avec Théodore, qui était son préféré, vers la côte qui était si belle entre Marseille et Monaco. Il leur était arrivé de naviguer, tous les deux, sur le voilier d'un jeune écrivain de talent, à peine plus âgé qu'eux, qui aimait aussi le Midi, la Corse, l'Algérie, l'Italie. Le jeune écrivain s'appelait Guy de Maupassant et son bateau, *Bel-Ami*. Théodore Reinach avait une prédilection pour le cap Ferrat et pour Beaulieu où il caressait déjà l'idée de faire bâtir, dans le style grec, une maison qui sera, plus tard, la villa Kerylos.

Un soir où Théodore Reinach dînait rue de Chanaleilles, le plat de résistance était une belle bécasse envoyée à ses deux amis par Guy de Maupassant. Ils commencèrent à parler de *La Maison Tellier*, de *Bel-Ami*, de *Pierre et Jean*, de l'affaire Dreyfus, de Boulanger, de la duchesse d'Uzès, des Brissac. Puis des Rothschild et des Éphrussi, qui étaient des alliés des Reinach. Enfin la conversation vint, comme toujours, sur les médailles et les monnaies. Reinach raconta que le mot *médaille*, qui n'est courant en France que vers le XVIe siècle, ne venait pas, comme on l'avait soutenu, du latin *metallia* ou *metallum*, métal, mais de l'italien *medaglia*, qui venait lui-même du latin *medius*, moitié, et signifiait "demi-denier". *Monnaie*, en revanche, était un mot français très ancien, qu'on trouve dans les textes dès onze cent et quelques et qui se rattache au mot latin *Moneta*, "la Conseillère", surnom donné à Junon dont le temple servait en même temps, dans l'Antiquité romaine, d'atelier monétaire.

"À propos, dit Reinach, il y a un jeune homme, à Angoulême, dont on me chante les louanges. Il a travaillé à Bordeaux avec Waddington et Blanchet. Et il aurait la passion des monnaies dont il fait commerce avec beaucoup de savoir et d'honnêteté.

— Comment s'appelle-t-il ? demanda Chamilly.

— Estienne, je crois. Charles Estienne.

— Eh bien, dit Chamilly, peut-être un jour pourrons-nous l'accueillir parmi nous."

Et ils parlèrent d'autre chose.

Quelque temps plus tard, sur un papier mauve frappé d'une couronne de marquis, Théodore Reinach reçut un mot de Chamilly :

"Cher ami,

J'ai entre les mains une pièce rare, très rare, qui m'est confiée pour quelques jours par mon beau-frère, le prince Makinski, conservateur du Cabinet des médailles du palais de l'Ermitage à Saint-Pétersbourg. Il en a fait l'acquisition à Berlin et il me l'a laissée en garde pendant son bref séjour à Monte-Carlo et à Nice. Je ne vous en dis pas plus pour vous laisser la surprise. Voulez-vous venir voir mon trésor mercredi ou jeudi ?"

Théodore Reinach répondit aussitôt que l'offre de son ami l'excitait au plus haut point et qu'il se proposait, si le jour convenait au marquis, de venir jeudi soir, en sortant de la Mazarine où il poursuivait des recherches. Il demandait l'autorisation d'amener le jeune Estienne dont ils avaient parlé l'autre jour et qui se trouvait par hasard à Paris.

Le jeudi, à 6 heures de l'après-midi, Charles Estienne vint chercher Théodore Reinach à la bibliothèque Mazarine. Ils prirent un fiacre tous les deux et, à 6 h 30 précises, ils se firent annoncer, dans le petit hôtel de la rue de Chanaleilles, par un valet de pied en habit à la française. Le marquis de Chamilly apparut aussitôt.

"C'est un grand plaisir pour moi, dit-il avec courtoisie au compagnon de Reinach, de vous accueillir dans cette maison où les amis des choses anciennes sont toujours bienvenus."

Charles Estienne était un homme de trente ou trente-cinq ans, plutôt petit, râblé, pas très bien de sa personne, dont la dégaine maladroite et les vêtements peu soignés contrastaient avec l'allure et l'aisance du marquis et du grand bourgeois cultivé. Il n'avait sans doute jamais pénétré dans un hôtel particulier du faubourg Saint-Germain et il paraissait intimidé par le décor et par ses interlocuteurs.

"Eh bien, dit Reinach au marquis, vous pouvez vous vanter de ménager vos effets. Je ne vis plus depuis votre lettre et la curiosité me dévore.

— Avant de passer dans mon cabinet, proposa Chamilly sur un ton malicieux, vous prendrez bien une tasse de thé ou un doigt de porto ?"

Ils s'assirent tous les trois sur des fauteuils de tapisserie au milieu du salon. Et, dissimulant leur impatience sous le charme des manières, ils se mirent à parler des travaux de Reinach et des occupations de Charles Estienne à Angoulême et à Bordeaux, où il avait poursuivi ses études et où il faisait maintenant commerce d'antiquités.

C'était la fin de l'automne. Pendant qu'ils conversaient tous les trois, la nuit se mit à tomber. Le marquis sonna. On apporta une lampe. M. de Chamilly montra encore à ses hôtes quelques tableaux de famille et quelques livres anciens. Enfin, tout le monde passa dans le cabinet de travail du marquis.

Sur la table, dans un écrin de velours bleu, reposait une des plus belles pièces que Théodore Reinach eût jamais vues. C'était un statère d'or de la fin du VIIe siècle, de forme ronde irrégulière et usé par le temps, qui représentait un masque grimaçant et grotesque.

“Oh ! oh ! s'écria Reinach. Voilà, en effet, qui ne prête pas à rire.”

Il demanda l'autorisation d'examiner le statère.

“Faites donc”, répondit le marquis.

Reinach s'approcha de la pièce avec une excitation et une gourmandise qui faisaient plaisir à voir. Il la prit, la soupesa, la caressa, la contempla.

“Eh bien ? demanda Chamilly.

— Une splendeur, dit Reinach. VIIe siècle. Athènes, ou peut-être Égine. Ou peut-être Éphèse. Oui…, plutôt Éphèse. Conservation remarquable. Une pièce unique.”

Et il la tendit à Estienne.

À ce moment précis, Estienne, sous le coup de l'émotion, fit un mouvement un peu brusque et renversa le guéridon qui supportait la lampe qui éclairait le cabinet. La lampe tomba et se brisa. Le cabinet, pendant quelques instants, fut plongé dans l'obscurité. Déjà, alerté par le bruit, le valet de pied se précipitait, une autre lampe à la main. Il redressa le guéridon et y posa sa lampe.

“Excusez-moi, bredouilla Estienne, au comble de la confusion. J'ai… j'ai…

— Ce n'est rien”, dit le marquis avec son exquise courtoisie.

Et, s'adressant au valet de pied :

“Voulez-vous, Auguste, emporter la lampe brisée ? Vous nettoierez plus tard.”

Le valet de pied s'inclinait, se glissait hors du cabinet, fermait la porte derrière lui. Les trois hommes reprenaient leur place. Reinach appuyait sa main sur l'épaule d'Estienne lorsque le marquis, soudain très pâle, s'écria :

“Le statère d'or !”

La pièce n'était plus sur la table, ni entre les mains de Reinach, ni entre celles d'Estienne. Elle avait disparu.

Les trois hommes se jetèrent à terre, regardèrent sous la table et sous le guéridon, retournèrent le tapis persan qui était jeté sur le parquet de bois. Rien. Ils cherchèrent dans les rainures du parquet, dans un tiroir qui était resté ouvert, dans les coins, sous les rideaux. Rien.

"Le valet de pied… ? murmura Reinach.

— Voyons ! Reinach ! dit le marquis d'un ton un peu sec. J'en réponds comme de moi-même. Auguste est au service de la famille depuis quarante-deux ans. Je lui confie tout ce que j'ai. Il est au-dessus de tout soupçon."

On fit tout de même venir Auguste. Le marquis lui demanda s'il avait vu la pièce d'or.

"Quelle pièce ? demanda Auguste.

— Celle qui était dans la boîte.

— Je n'ai rien vu du tout, grommela Auguste. Je ne suis entré dans le cabinet que quand le bruit m'y a appelé."

On renvoya Auguste.

"Messieurs, dit le marquis, je suis navré de cet incident. Mais vous comprendrez mon embarras. S'il ne s'agissait que de moi, je porterais l'affaire au compte profits et pertes. Mais il ne s'agit pas de moi. Cette pièce ne m'appartient pas. Elle est la propriété de mon beau-frère, le prince Makinski, qui en a fait l'acquisition pour le Cabinet des médailles du palais de l'Ermitage. J'en suis responsable envers lui. Je vais être contraint à une démarche apparemment très déplaisante. Peut-être la pièce s'est-elle glissée dans les vêtements de l'un ou de l'autre d'entre nous. À son insu, bien entendu. Je vous propose de procéder en commun à une fouille de nos effets. Et il va sans dire que je me plierai comme vous-mêmes à cette opération.

— Mais bien sûr ! s'écria Reinach. Rien de plus naturel."

Et il se mit aussitôt à retirer son veston noir.

C'est alors qu'il aperçut Estienne, debout, immobile, très pâle, en train de trembler de tous ses membres.

"Eh bien ? lui dit-il. Qu'est-ce qu'il y a ?

— C'est impossible, murmura Estienne d'une voix étranglée. Je ne veux pas. C'est indigne. Je suis un honnête homme.

— Personne n'en doute, dit Reinach.

— Je ne veux pas être fouillé."

Il y eut un grand silence.

M. le marquis de Chamilly était un gentilhomme de la vieille école. L'éducation qu'il avait reçue faisait qu'il se sentait supérieur à la plupart des gens autour de lui. Il nourrissait aussi un grand respect pour les autres, pour leur savoir, pour leur dignité. Il était l'hôte de cet homme qu'il ne connaissait pas. Il hésita. Il se demanda un instant s'il allait appeler Auguste et fouiller de force Charles Estienne. Il regarda Reinach.

Reinach écarta les bras, non pour se préparer à la fouille, mais en un geste d'impuissance. Estienne, écrasé par l'émotion, au bord de l'évanouissement, s'était laissé tomber sur un siège.

Le silence retomba sur le cabinet où la lampe éclairait d'une lumière soudain sinistre la table de travail sur laquelle reposait, ouvert et vide, l'écrin de velours bleu, veuf de son statère d'or.

"Comme vous voudrez, dit Chamilly.

— Écoutez..., dit Reinach emporté par l'agitation.

— Il n'y a rien à faire, dit Chamilly. Si monsieur refuse de se laisser fouiller, je ne l'y contraindrai pas."

Estienne se leva. Il titubait.

"Merci", dit-il.

Et il sortit du cabinet.

L'affaire fit un bruit énorme. Le prince Makinski et le marquis de Chamilly assumèrent à eux deux la somme qui avait été consacrée, en Allemagne, à l'achat du statère d'or. Elle n'était pas insignifiante. Théodore Reinach proposa de contribuer à la dépense et de partager la perte en trois. Chamilly refusa.

Théodore Reinach et ses frères représentaient, dans la France de la fin du siècle dernier, une réelle puissance. Ils menèrent contre Estienne une campagne implacable. Chamilly, de son côté, alerta les gens de son milieu. La carrière d'Estienne fut brisée d'un seul coup. Ses amis lui tournèrent le dos. Il dut vendre son entreprise. Sa femme, qui était la fille de négociants en vin très honorables de Bordeaux, finit par le quitter. Estienne partit pour l'Indochine qui était devenue française. Il disparut.

Les années passèrent. La guerre éclata. Il y eut l'automobile, le téléphone, le traité de Versailles, les années folles, la grande crise de 29, le jazz, le cinéma, les romans de Proust et de Morand. L'un soutenant l'autre, Théodore Reinach et le marquis de Chamilly étaient entrés à l'Institut. Vers la fin des années vingt, après avoir édifié à Beaulieu, dans un site ravissant au pied du cap Ferrat, la villa Kerylos que chacun peut visiter, Théodore Reinach mourut. M. de

Chamilly était un beau vieillard. Le nom de Charles Estienne était tombé dans l'oubli et ne disait plus rien à personne.

Au début des années trente, un peu avant l'arrivée de Hitler au pouvoir, les conséquences du Jeudi noir à Wall Street se firent sentir en France. M. le marquis de Chamilly eut à faire face à de sérieuses difficultés financières. Il garda l'élégance qui lui était coutumière et préféra se séparer de son hôtel de la rue de Chanaleilles plutôt que de ses monnaies. Il vendit sa maison et alla s'installer dans un appartement de Passy ou d'Auteuil. Au moment de vider son hôtel et de déménager ses trésors, il fit une découverte qui lui glaça le sang. Dans l'ourlet d'un des lourds rideaux de son cabinet de travail, il retrouva le statère d'or.

Il vieillit d'un seul coup. L'âge, les chagrins, la guerre, les problèmes financiers l'avaient laissé de marbre. L'injustice des soupçons qu'il avait conçus contre Charles Estienne eut raison de sa santé. Il dut s'aliter. Aux médecins qui venaient le visiter, il déclara :

“Ce n'est rien de physique. C'est un remords.”

Les remords de M. de Chamilly occupèrent brièvement quelques soirées parisiennes. Et on n'y pensa plus. Lui continuait à ruminer une douleur qui lui tournait les sangs. Pour essayer de retrouver Charles Estienne qui avait disparu, et qui était peut-être mort, il s'adressa à une de ces officines de détectives privés auxquels avaient recours les maris jaloux et les victimes de chantage.

La démarche lui fut pénible. Il se trouva en face d'un individu louche et obtus à qui il raconta, sans grand espoir et pour ne pas entrer dans des détails qui risquaient de paraître incroyables, une vague histoire d'héritage et de dédommagement. Trois semaines plus tard, à sa surprise, l'individu louche et obtus, dont le papier à lettres portait un masque et une loupe, lui annonçait que la trace de Charles Estienne avait été retrouvée : il s'occupait de moutons dans les Alpes de Provence.

M. de Chamilly lui écrivit une lettre. Ce fut, de toute son existence, l'acte qui lui coûta le plus. Il lui avouait que le chagrin le rongeait, qu'il était à la fin de sa vie et qu'il allait mourir. Mais qu'il ne voulait pas disparaître sans lui dire la vérité et sans lui demander pardon : le statère d'or avait été retrouvé.

Il lui disait qu'il était conscient d'une réparation trop tardive. Il avait détruit une vie. Il ne savait pas quoi faire pour obtenir un pardon qu'il n'osait espérer. Le reste de ses jours serait consacré à obéir aux ordres que Charles Estienne voudrait bien lui donner. Et ce qui restait de sa fortune lui était assuré.

"Il est bien dur pour moi de vous écrire tout ce que je viens de vous écrire. Jusqu'à ce que vous acceptiez de m'accorder votre pardon, je dois me considérer comme une espèce d'assassin, plus cruel, plus odieux que ceux qui tuent avec un couteau. Vous avez tout perdu. Par ma faute. Et c'est moi, pourtant, qui viens vous demander d'avoir pitié de moi."

Il attendit. Pas très longtemps. Au bout d'une dizaine de jours, il reçut, des Hautes-Alpes, la réponse de Charles Estienne. Le papier était médiocre et l'écriture tremblée.

"Monsieur le marquis,

Je vous remercie de votre lettre. Elle arrive tard. Je l'attends depuis quarante-cinq ans. C'est vrai : j'ai tout perdu. Ma femme, mon métier, mes amis, mon honneur. C'était rude parce que j'étais innocent. Ce que j'ai vécu depuis que je suis sorti de votre maison en ce soir d'automne où tout s'est arrêté, je ne vous le décrirai pas : vous le savez. Maintenant la paix m'est venue. Qu'elle vous vienne aussi. Je vais bientôt mourir. Vous aussi. Mourez en paix. Je ne peux rien vous dire d'autre. Je ne parle pas beaucoup. Et je ne sais plus écrire."

Les yeux du marquis se brouillaient. Il avait du mal à poursuivre sa lecture. Il enleva ses lunettes, les remit, essaya de poursuivre.

"Je voudrais pourtant vous expliquer pourquoi j'ai refusé de me laisser fouiller. Ce n'était pas par point d'honneur. C'était parce que je ne pouvais pas. Et pourquoi ne pouvais-je pas ? Parce que j'avais dans la poche de mon veston le statère d'or d'Éphèse."

Le cœur du marquis battait à tout rompre. Il crut qu'il allait se trouver mal. Il se leva. Il alla boire un verre d'eau. Il se rassit. Il remit ses lunettes.

"La pièce que vous nous avez montrée n'était pas unique, comme le croyait M. Reinach. Il y en avait un autre exemplaire. Par un coup de hasard dont je mesure l'invraisemblance, je l'avais dans ma poche. Je l'avais acheté quinze jours plus tôt à un Anglais un peu fou qui avait besoin d'argent. Je l'avais apporté d'Angoulême pour faire une surprise à M. Reinach et à vous. Pour une surprise, ç'a été une surprise. Quand j'ai vu votre pièce, la tête m'a tourné, j'ai cru que j'allais m'évanouir et j'ai fait tomber la lampe. Oh ! les deux monnaies n'étaient pas tout à fait identiques : la mienne était usée de l'autre côté et plusieurs détails différaient. Mais qui s'en serait rendu compte dans l'agitation où nous étions ? Je ne pouvais pas me laisser fouiller sous peine de passer pour un voleur. Je ne sais pas à qui — à vous ? à moi ? — la trop tardive vérité peut faire un peu de bien. Je vous raconte l'histoire parce qu'elle est vraie, que, tout au long de l'existence que j'ai traînée depuis lors, je me la suis répétée avec une sorte d'effroi sans jamais la dire à personne parce que personne ne m'aurait cru — et que je peux enfin, grâce à vous, partager ce fardeau qui, par la seule faute du hasard, a tant pesé sur ma vie.

Je vous prie d'agréer, Monsieur le marquis… »

Mais le marquis de Chamilly avait laissé tomber la lettre. Et, comme beaucoup de vieillards qu'un rien agite, il pleurait.

— Ah ? dit A. Il pleurait ?

— Les hommes rient beaucoup, lui dis-je. Et, on se demande un peu pourquoi, ils passent leur temps à pleurer. »

XVIII

BASILIQUES ET COCCINELLES

« Je vois ça, dit A. La vérité est triste. La mort est un soulagement. J'aurais mieux fait de ne pas venir. Le monde aurait mieux fait de ne jamais exister. Et chacun d'entre vous aurait mieux fait de se tenir à l'écart de cet enfer d'orgueil et de complication que vous appelez la vie. Même quand le sang ne coule pas, même sans jambe arrachée, même sans le moindre œil crevé, même sans souffrance physique, tout ce que tu me racontes n'est qu'horreur et erreur. On dirait que les plaisirs eux-mêmes ne sont là que pour se faner et pour servir d'écrin, avant de s'effacer, à la douleur et aux larmes. Tu aurais dû me dire tout de suite, au premier instant de notre rencontre au-dessus de la Douane de mer, que le monde était une machine à fabriquer du malheur. Ç'aurait été plus simple. Ç'aurait été plus exact. Et nous aurions gagné beaucoup de temps.

— Si c'est là l'image que je te donne du monde, je suis le pire des guides, et le plus infidèle. La vie est le bien suprême auquel les hommes tiennent plus qu'à tout et en perdant la vie les vivants perdent tout. Faut-il te le dire encore, et te le répéter sur tous les tons : le monde est beau. Oui, le monde est beau. Il réunit ceux qui s'aiment, il est le lieu du plaisir, du talent, du génie, du bonheur, c'est là, et là seulement, qu'on rencontre des lauriers-roses, des coccinelles, des basiliques romanes, du chocolat aux noisettes et du confit de canard, du château-lafite 1961, *das Lob des zweiten Tages* au beau milieu de la *Création* de Haydn, des commodes de Boulle, de Jacob, de Riesener, des calanques avec des pins qui descendent vers la mer et rien ne lui est supérieur parce qu'il n'y a rien d'autre sous le soleil.

— Quelle audace ! s'écria A. Quelle suffisance ! Quelle fatuité !

— Nous sommes les hommes, lui dis-je. Et les esprits eux-mêmes n'ont pas notre dignité. Et ils n'ont pas nos plaisirs. Nous souffrons, c'est vrai, nous nous trompons, nous ne savons rien, nous passons notre temps à nous débattre dans les ténèbres de l'histoire. Mais nous avons une idée du bonheur et de la perfection et notre grandeur vient de là : du contraste entre notre bassesse et nos aspirations. Une espérance nous anime. Nous croyons toujours que nous allons faire un peu mieux.

— Illusion ! grommela A. Illusion !

— Et alors ? lui dis-je. Si l'illusion est belle ? Et si l'illusion et la réalité n'étaient qu'une seule et même chose vue de deux côtés opposés ? Et peut-être, d'ailleurs, n'y a-t-il pas d'illusion et ne cessons-nous de monter, au-delà des déserts et des marais pestilentiels, par des sentiers de montagne le long des précipices, vers quelque chose d'inconnu ? De Lucy à Platon, de l'algue verte à Einstein, ou à moi, comme tu voudras…

— Vous n'y êtes pour rien. Ce n'est pas vous qui marchez. Ou si c'est vous qui marchez, ce n'est pas vous qui tracez votre route. Ce n'est pas vous qui décidez de vos itinéraires sur les cartes, dont on ne peut rien dire, du mystère et du rêve. Tout se passe en dehors de vous et au-dessus de vos pauvres têtes.

— Mais avec nous, en tout cas. Si nous n'étions pas là, non seulement notre monde, mais ton univers tout entier n'aurait plus aucun sens. Parce qu'il n'y aurait personne pour lui en chercher un. Tes cartes dont on ne peut rien dire ne seraient plus lues par personne. Nous souffrons, nous pleurons, nous passons notre temps à nous tromper pour que l'univers prenne un sens. Ce sont les hommes qui donnent un sens aux primates dont ils descendent, aux algues dont ils surgissent, au *big bang* qui a tout créé.

— Un sens..., un sens... Mais, mon pauvre ami, vous n'avez pas la moindre idée de tout ce qui vous précède et de tout ce qui vous entoure. Vous n'avez pas la moindre idée de ce qui vous attend. Vous avancez à tâtons, vous êtes des aveugles dans la nuit, des imbéciles qui ne comprennent rien, des fats qui s'imaginent qu'ils sont seuls dans l'univers et que l'espace et le temps tournent autour de leur boule dont ils ont fait le centre de tout et l'unique référence.

— Pas du tout, lui dis-je. Je ne crois pas que les hommes soient le centre du monde et s'il y a un nom que j'exècre — et une distinction que je décline —, c'est le nom d'humaniste. Je sais seulement que c'est bien d'être passé dans ce monde et d'avoir pris part à cette vie si pleine de sang et de souffrances et où les statères d'or ont une fâcheuse propension à se dissimuler dans les doublures des rideaux, avec tout ce qui s'ensuit. Il y a un peu de dignité, il y a un peu d'honneur à avoir été, pour le meilleur et pour le pire, un homme parmi les autres. Honneur, à la réflexion, est peut-être trop dire. Et dignité aussi. Il y a de l'emphase dans la formule, quelque chose de pompeux. Mettons simplement que j'y ai pris du plaisir. Et ce n'est déjà pas mal.

— Ah ! me dit-il, si c'est après le plaisir que tu cours, si c'est le plaisir que tu cherches...

— J'ai beaucoup aimé le plaisir, dis-je en baissant la tête. Il n'est pas tout à fait sûr — mais je t'avais prévenu — que je sois l'homme qu'il fallait pour préparer le rapport. Je manque de dignité et je manque de sérieux.

— *Charlotte, Lotte, Lotte*..., murmura A.

— Hélas ! lui dis-je. Et les petits lapins... Je t'ai déjà donné les noms de ceux qui se sont essayés à rédiger un rapport. La Bible est un bon rapport. *La Divine Comédie* est une espèce de rapport.

— Ah ! coupa A en ricanant. Avec D et V.

— D et V ?

— Dante et Virgile, voyons !... Et Béatrice dans le rôle de Marie... »

Je haussai les épaules.

« Les *Pensées* de Pascal, l'*Éthique* de Spinoza, les *Mémoires* de Saint-Simon, la *Phénoménologie de l'esprit*, les *Mémoires d'outre-tombe*, *La Comédie humaine*, *À la recherche du temps perdu* ont quelque chose d'un rapport. Peut-être aussi l'*Edda* des Scandinaves et le *Popol-Vuh* des Mayas-Quichés.

— Mon pauvre ami, me dit A.

— Bien sûr, lui dis-je. Ce sont des choses beaucoup plus petites que j'aurais dû et aimé faire : dans le genre de *Point de lendemain*, par exemple, ou de *Mon amie Nane*. Ce ne sont pas des rapports, mais…

— Mon pauvre ami », répéta A.

L'idée me traversa, et ce n'était pas agréable, que je venais de débiter une sottise.

« Ou peut-être même de *Molinoff, Indre-et-Loire*, ajoutai-je à la hâte, ou du *Parfum des îles Borromées*. Ou de ces romans anglais qu'il ne viendrait à l'idée de personne de garder dans sa bibliothèque et de recommander aux autres, mais qu'on ne peut pas lâcher tant qu'on les lit.

— De temps en temps, me dit A, je suis content pour toi que tu sois mort. Je t'assure : c'est mieux comme ça.

— Ah ? tu crois ? demandai-je.

— Beaucoup mieux. Et peut-être maintenant, puisque tu l'es, pourrais-tu encore me raconter une histoire sur les temps de ta vie ? Ce n'est pas que tes histoires… Mais, enfin, ce sont des histoires. Et, comme les hommes eux-mêmes, je crois, j'aime les histoires des hommes. »

XIX

LE PORTEFEUILLE

« Le monde est fini. Et il est infini. Son labyrinthe n'est que limites, et il n'a pas de limites.

— Difficile à comprendre, murmura A, pour un esprit venu d'Urql.

— Pour les hommes aussi, assurai-je. Et pourtant d'une évidence qui crève les yeux de chacun. Les sentiments, les émotions, les passions, tous ces mouvements de l'âme qui agitent tant les hommes sont en nombre réduit. Comme sont en nombre limité les chiffres dont nous nous servons ou les lettres de l'alphabet. Ce qui est illimité, c'est leurs combinaisons. On peut tout dire avec vingt-six lettres, tout calculer avec neuf chiffres, flanqués de leur zéro. Quelque énorme que soit un nombre, on peut toujours en forger un plus grand. Et aucun livre n'épuise le monde.

— Même le rapport ? demanda A.

— Même le rapport, lui dis-je. Et à la description d'un événement unique ou d'un seul et même homme, n'importe lequel, qui nous tomberait sous la main, nous pourrions consacrer beaucoup d'heures et beaucoup de volumes. Une infinité de volumes et une infinité d'heures. Car chaque homme est fermé sur lui-même. Mais pour ouvrir sur un monde qui n'en finit jamais.

Aux tempéraments, aux rencontres, aux hasards de l'existence, il faut ajouter tout ce qui est lié à l'histoire et qui donne ses couleurs à un milieu, à un pays, à une époque. L'état du savoir, bien entendu. La science, la technique, les routes, les communications. Le commerce, l'industrie, la situation économique. La religion. La culture. Jusqu'aux entraînements de la mode qui jouent un rôle décisif. On ne peut pas penser au temps de Hegel ou de Nietzsche, avec des machines à vapeur et bientôt des chemins de fer, comme on pensait au temps de Leibniz ou de saint Thomas d'Aquin. Il y a un climat des idées comme il y a un climat des périodes géologiques et de la géographie. Il y a des strates, des couches, des courants, des dominations et des règnes. Des épistémés, pour parler comme les pédants. Des préjugés, des lieux communs, des routines, des œillères.

Dans chaque âge survivent des traces des époques précédentes et affleurent déjà les signes des époques à venir. Au milieu d'un fatras qui n'a plus de sens aujourd'hui, on trouve chez les philosophes grecs antérieurs à Platon l'annonce de la science moderne et chez un al-Ghazali, qui introduit la dialectique grecque dans les idées islamiques et qui, avant de se convertir au mysticisme et de devenir derviche errant, professe à Bagdad, au XIe siècle, un esprit critique très proche du scepticisme, quelque chose qui sonne déjà comme le doute de Descartes. Une part du génie des hommes consiste à deviner, et parfois à inventer les ressorts des temps à venir. Aux esprits qui sont en retard et qui mettent leur grandeur dans leur fidélité s'opposent ceux qui sont en avance et qui bousculent les habitudes, les traditions, le confort, la continuité. Tout cela fait beaucoup de remous, et souvent beaucoup de mal. Passer d'hier à demain et du présent à l'avenir est aussi dur, pour les hommes, que d'arriver dans ce monde. Une fois que nous sommes dans le présent, et tu te rappelles que naître, c'est entrer dans un présent qui ne nous lâchera qu'à la mort, le présent nous submerge. Chacun ne peut penser que comme on pense dans son temps. Aristote, saint Augustin et jusqu'à Bossuet, qui sont des esprits d'une puissance exceptionnelle, ne sont pas capables de s'élever à la condamnation de l'esclavage : quelques siècles plus tard, elle apparaît comme une évidence à la brute la plus épaisse. Il faut un effort surhumain pour penser un peu au-delà et au-dessus de son milieu et de son temps. Et il est tout à fait impossible à un homme de penser autre chose que ce que pensent les hommes. C'est toute la leçon de ce génie dont je t'ai déjà parlé et qui s'appelle…

— Emmanuel Kant, murmura A en baissant la tête.

— Une machine à traitement de texte ! m'écriai-je au comble de l'enthousiasme. Et un billet de couple pour Königsberg, qui a pris le nom de Kaliningrad quand la ville est devenue russe après la chute d'Hitler. L'homme est un miracle fragile et qui se détraque pour un rien. Il se confond avec sa conscience, son jugement, sa volonté, sa liberté, qui ne connaissent pas de limites, qui sont comme l'oiseau dans les airs, presque comme toi à Urql, et il est jeté dans un monde dont il ne peut pas sortir, qui lui impose ses règles et auquel il se soumet.

La scène se passe à Paris, à l'extrême fin du XXe siècle après le passage du Christ sur cette Terre. Elle pourrait se passer à Londres, à Rome, à Francfort, à Marseille. Mais elle doit se passer en Europe ou dans un pays occupé depuis longtemps par des chrétiens privilégiés, ou plus ou moins privilégiés, qui se sentent menacés par la montée de temps nouveaux. Et il est impossible qu'elle prenne place dans une époque différente. Ou alors, il faut changer les personnages et leur cadre. Car les mêmes sentiments et des émotions comparables prennent des visages différents dans des temps successifs.

C'est un homme encore jeune. Nous l'appellerons Jean-Louis. Il se serait appelé Amédée ou Arthur vers le début du siècle, Victor cent ans plus tôt, Oskar ou Gerhardt ou Rainer-Maria de l'autre côté du Rhin, Abigail, Algernon,

Alistair ou Evelyn de l'autre côté de la Manche, Marcus Tullius ou Lentulus sous Tibère ou sous Hadrien. Jean-Louis n'est plus soldat, paysan, boutiquier, séminariste comme il l'aurait été à la veille ou au lendemain de la Révolution. Il est quelque chose comme un cadre moyen ou un technicien supérieur. Il est au chômage parce que les affaires marchent mal. La crise est là. Il a un appartement, un téléphone, une femme, une voiture et il prend ses vacances, l'été, en Espagne ou en Grèce. Mais il est sans travail, pour des raisons compliquées qui sont liées au progrès, qui en naissent et qui le contrarient. Il a un père dont les vingt ans ont été illuminés par la résistance contre les occupants et une femme dont le père a collaboré avec les Allemands. Elle s'appelle Yvonne. Le frère du père de Jean-Louis était militaire de carrière. Il s'est battu en Indochine. Il s'est battu en Algérie. Il s'est tué en voiture, du côté d'Avallon. Le frère d'Yvonne vient de mourir du cancer. De temps en temps, Jean-Louis emmène Yvonne au cinéma. Il cherche surtout du travail. Et ce n'est pas facile. Heureusement, sa femme travaille. À mi-temps, mais elle travaille. Lui épluche les petites annonces du *Figaro* et du *Monde*. Il lui arrive aussi de lire *Le Point*, *L'Express*, *Le Nouvel Observateur*. Il est plutôt de gauche. Ce qu'il apprend l'irrite souvent. Les soirées sont longues : il regarde la télévision.

Jean-Louis fume des Gauloises. Un soir, devant la télévision, il s'aperçoit qu'il n'a plus de cigarettes. Alors, il remet son veston qu'il avait déjà déposé sur le dossier d'une chaise en face du petit écran. Et il descend en acheter. Ce sont les gestes quotidiens des hommes de mon époque. Le printemps vient d'arriver. Il fait nuit. Il espère que le tabac sera encore ouvert. À peu près à mi-chemin entre chez lui et le tabac, entre deux réverbères, un homme l'arrête. Très brun, pas très grand, une cigarette aux lèvres. Il demande du feu, avec une ombre d'accent qu'on ne remarque même pas. Jean-Louis a sur lui une de ces pochettes en carton qui ont remplacé les vieilles boîtes d'allumettes. Il craque une allumette, la protège de ses deux mains, l'approche de la cigarette que l'autre tient dans sa bouche. L'homme sent un peu fort, il est tout près du corps de Jean-Louis, il s'appuie presque contre lui, et ce contact si proche n'est pas très agréable. L'idée lui vient tout à coup, c'est une évidence, c'est un fait, ce n'est pas un jugement de valeur ni une condamnation, que l'homme est un Arabe. L'Arabe s'éloigne à grands pas, très vite, presque en courant. Le point essentiel est que Jean-Louis ne pense à rien. Il poursuit son chemin. Il va acheter ses Gauloises. Et, tout en ne pensant à rien, il tâte, d'un geste machinal, les poches de son veston. Son sang ne fait qu'un tour : son portefeuille a disparu.

Aussitôt, il comprend tout. Il n'hésite pas une seconde. Il se retourne, il repart dans l'autre sens, il se lance à la poursuite de l'Arabe qui ne doit pas être bien loin. Il court à perdre haleine. Il aperçoit là-bas une silhouette qui s'éloigne. Il accélère encore. Il rattrape l'homme qui marche à bonne allure, mais qui ne semble plus se presser. La colère aveugle Jean-Louis, mais ne l'empêche pas de reconnaître l'Arabe qui, deux minutes plus tôt, ou trois peut-être, ou quatre, lui a demandé du feu. C'est lui. C'est bien lui. Il se jette sur l'homme, il le secoue. Il crie :

“Le portefeuille !”

L'autre, les bras devant les yeux, le visage fermé, ne fait pas le moindre geste. Alors la fureur envahit Jean-Louis. Il frappe l'Arabe au menton et au ventre. Il le jette à terre. Un peu de sang coule des lèvres de l'homme, effondré à ses pieds.

“Le portefeuille !”

L'Arabe fait un mouvement, met la main à sa poche. Jean-Louis devine que l'homme cherche une arme, un couteau, un revolver peut-être. Il lui assène un coup de pied au visage qui lui fait perdre connaissance. Jean-Louis se penche, le fouille, ne trouve pas trace d'une arme, mais tombe sur le portefeuille, un peu usé et noir. Il le reprend en hâte et le remet dans sa poche.

La tête lui tourne un peu, il laisse l'Arabe dans le caniveau, fait une croix sur les Gauloises qu'il était allé chercher, et rentre chez lui dans une agitation qu'il ne parvient pas à calmer. Il tremble si fort qu'il a du mal à introduire sa clef dans la serrure. Il se précipite à l'intérieur pour raconter ce qui s'est passé, il crie :

“Yvonne ! Yvonne !”

et il entend la voix de sa femme qui vient de la cuisine :

“Ah ! c'est toi. Tu as oublié ton portefeuille sur la télévision.” »

XX

LA FIN COMMENCE DÉJÀ

Deux jours s'étaient écoulés. Le troisième jour s'annonçait. À la façon de ces jeunes gens qui ne peuvent pas se quitter et qui se raccompagnent sans fin à la sortie du lycée, nous avions, A et moi, bavardant, nous arrêtant, reprenant, voletant sur place, fait plus de cent fois le tour du monde.

« Qu'elle est petite ! » s'écriait A en s'éloignant de la Terre et en y revenant d'un coup d'aile. « Attention ! Ne la ratons pas ! »

Voilà qu'en se penchant il reconnaissait la Suisse, nichée au pied des Alpes, le long des lacs et des glaciers, dans les nœuds de ses autoroutes, de ses tunnels et de ses échangeurs, la Chine immense, barrée de son mur, le Canada, le Brésil entre mer et forêt, l'Australie seule dans son coin. Il ne s'étonnait plus de ces formes et de ces couleurs qui auraient pu être différentes mais qui, pour un temps au moins, pour quelques dizaines ou quelques centaines de milliers de millénaires, et pour chacune des créatures emportées par la planète dans sa course éternelle, c'est-à-dire temporaire, étaient ce qu'elles étaient, ou ce qu'elles paraissaient être : la nécessité même, une décision prise de très loin, un destin à jamais. On ne pouvait qu'approuver : c'était comme ça. La Méditerranée l'amusait, avec ses ports et ses îles, ses temples, ses marins, ses navires sur la mer, ses marchés au soleil.

« Comme c'est gai ! disait-il.

— Ne t'y trompe pas, lui répondais-je. C'est la mer des dieux. Des prophètes. Des conquérants. Et des morts. »

Les grandes villes lui tournaient la tête. Les déserts le reposaient. Les océans, aussi. Parce que, immobiles ou en mouvement, il y avait quelque chose dans la mer et dans l'eau et dans leur transparence qui ressemblait à du rien.

« Le moment approche, mon vieil A, où je devrai te quitter. Bientôt, nous nous séparerons et chacun d'entre nous poursuivra son chemin seul, toi de galaxie en galaxie à travers l'immensité dont les hommes ne savent rien et moi dans ce repli sombre où nous finissons tous. Voilà qu'après la surprise de t'avoir rencontré m'envahit la mélancolie de la séparation déjà tapie dans un avenir dont l'ombre nous envahit. Car tu es tombé sur une Terre où tout finit par finir. Je n'oserais pas dire que nous avons vécu ensemble, puisque, toi, tu ne vis pas et que, moi, je ne vis plus, mais nous avons franchi de conserve des étendues d'espace et de temps qui ne prêtent pas à rire.

— Tu trouves ?... Enfin... si tu veux...

— Je m'étais habitué à toi. Je t'aime bien. S'il y a encore quelque chose, où je vais, qui puisse servir à se souvenir, je penserai souvent à toi.

— Moi aussi, je t'aime bien, me répondit A. Tu raisonnes comme un manche, tu ne fais pas oublier Virgile en train de servir de guide à Dante, ni Ariane dans le labyrinthe au secours de Thésée, ni aucun de ces maîtres qui dirigent leurs disciples à travers les tourmentes de l'existence, et le monde que tu m'as dépeint m'a l'air fichu comme l'as de pique. Mais tu as fait ce que tu pouvais, et ce n'est déjà pas si mal. Je ne garde pas un mauvais souvenir de ce grain de sable dans l'espace, de ce clin d'œil dans le temps que tu appelles la vie. Si je peux dire en haut lieu un mot du monde, et même de toi, je le ferai, sois-en sûr. Et, après tant d'illusions sous la rubrique existence, je te souhaite mille bonnes choses dans le néant où tu entres.

— Veux-tu encore, lui dis-je, me poser quelques questions sur les illusions de ce monde ?

— Je ne sais pas, me dit-il. N'est-ce pas toujours la même chose ? Je commence à comprendre comment tout cela fonctionne. Le monde est gonflé d'importance et de complication. Et il est bête comme chou. Ça monte, ça se développe, ça dégringole, ça s'en va. Et ça se suit pendant des siècles de siècles, comme à la queue leu leu. Allons plutôt boire un verre. Et si nous pouvions tomber sur Marie, ce ne serait pas plus mal. »

TROISIÈME JOUR

Eh bien, on s'en souviendra, de cette planète.
BARBEY D'AUREVILLY.

I

L'AUBERGE DU GRAND VOILE

« Le monde est une farce triste et une obscure splendeur que nous appelons réalité. Les hommes l'habitent et n'y comprennent rien. Tu n'es pas le premier, ni le dernier, à t'interroger sur son histoire, ses mystères et son sens. La pensée sort du monde, et l'englobe. Le monde fait la pensée, la pensée fait le monde. Il n'y aurait pas de pensée s'il n'y avait pas eu de la matière, un Soleil, des océans, des algues, des primates et des hommes. Y aurait-il un monde s'il n'y avait pas de pensée ? Rien n'épuise le monde et rien n'épuise la pensée. Les hommes s'amusent et ils pleurent, ils sont tisserands et boulangers, ils se promènent sur la Terre, ils écrivent des tragédies, ils courent après l'argent parce qu'il faut manger pour vivre et un toit pour dormir, ils deviennent ministres, clochards, ambassadeurs, peintres de la cour, assassins, musiciens, ils tombent amoureux de quelqu'un, ils écrivent des rapports, et ils meurent.

Le bonheur les occupe, et la passion aussi. Des mécanismes incertains les soulèvent les uns contre les autres, et souvent contre eux-mêmes. Le malheur les submerge, ils souffrent, ils ne comprennent plus, leur tête se brouille, ils haïssent, ils ont peur, ils espèrent que demain sera moins dur qu'hier. Ils sont curieux d'autre chose. Ils aimeraient bien savoir d'où ils viennent, où ils vont. Ils construisent des systèmes. La science est un système. La religion est un système. L'art est une espèce très subtile de système.

Moïse, Platon, Aristote, le Bouddha, Confucius, Mahomet, saint Thomas et Descartes, Spinoza et Hegel édifient des systèmes. Ptolémée aussi, et Copernic, et Kepler, et Galilée, et Newton, et Albert Einstein qui est devenu très célèbre pour avoir écrit $E = mc^2$ et pour avoir, idée de génie, tiré la langue au journaliste qui le photographiait. Chacun d'eux s'imagine qu'il découvre la vérité. Ils soulèvent seulement, l'un après l'autre, un nouveau coin du grand voile.

— Soulèves-tu, toi aussi, un petit coin du grand voile ?

— Tu veux rire ? lui répondis-je. Je ne soulève rien du tout. Je te promène dans le monde comme d'autres se promènent sur les Champs-Élysées, dans les jardins Boboli ou sur la colline du Pincio, le long des Zattere ou à travers Central Park. Je suis n'importe qui, je suis le premier venu, je suis le dernier arrivé. Je te raconte ce qui se passe sur cette planète où les hommes se succèdent et où tu es descendu après un long voyage, comme un voyageur qui s'arrête, au sortir de la forêt ou des défilés interminables à travers la montagne, dans une auberge inconnue.

— Drôle d'auberge ! murmura A.

— Drôle d'auberge, répétai-je. Qui est si familière, et dont personne ne sait rien. On arrive. On s'installe. On se croirait presque chez soi. Tout paraît simple et calme, tout semble aller de soi. Et puis, voilà, tout à coup, quelque chose qui se détraque. Oh ! pas grand-chose. Presque rien. Un robinet qui fuit. Une lézarde dans un mur. Un bruit imperceptible dans la chambre d'à côté. Moins grave, bien sûr, que si la maison s'écroulait ou si elle prenait feu. Mais agaçant. Insidieux. Bientôt insupportable. On s'interroge, on s'affole. On se demande où on est. Un malaise se fait jour. Où sommes-nous ? Que faisons-nous ? Quelle est cette drôle de bâtisse où tout s'en va de guingois ? C'est l'hôtel du Vertige. C'est l'auberge du Grand Voile.

On n'y est pas si mal. On crie, on râle, on tempête, on se plaint à la direction : les poires ne sont plus ce qu'elles étaient, les fraises n'ont plus le même goût. On assure que rien ne marche et que l'hôtel a beaucoup changé : il a perdu ses trois étoiles, il est guetté par la faillite et le dépôt de bilan. Mais, une fois qu'on y est et qu'on a déposé ses bagages, l'idée ne vous viendrait guère de vous en aller ailleurs. Pour la raison la plus simple : il n'y a pas d'ailleurs. Personne ne sait plus d'où on vient, personne ne sait plus où on va. On a tout oublié. Il n'y a rien d'autre nulle part. Il y a bien un jardin qui, de siècle en siècle, grâce à une sage gestion qui passe de père en fils, s'agrandit peu à peu et où on peut faire quelques pas, sous le soleil brûlant de l'été, sous les étoiles de la nuit. Le jardin tout entier appartient à l'auberge. L'auberge est confortable, on ne sait pas où on est et il n'y a pas d'ailleurs.

Le patron n'est pas là. Il laisse les clients se débrouiller entre eux. Les voyageurs débarquent, les uns après les autres. On dirait qu'ils repoussent ceux qui sont déjà là et qu'ils cherchent à prendre leur place, à s'installer dans leurs chambres. Vous criez : "Il y a quelqu'un ?" Mais personne ne répond. Vous tombez sur ceux d'avant, qui rivalisent de zèle entre eux et s'efforcent, à qui mieux mieux, pour faire preuve d'expérience et de bonne volonté, de vous filer des tuyaux, le plus souvent crevés, sur ce qui se passe à l'auberge. Vous tombez sur des soubrettes. Les soubrettes sont charmantes, avec leur mélange d'audace et de timidité. Elles sourient, elles font des grâces. Vous allez au bar de l'hôtel boire un verre avec elles. Elles ne sont pas bonnes à grand-chose, elles ne savent presque rien. Vous tombez sur des liftiers, des concierges galonnés qui se prennent au sérieux, des garçons d'étage, des comptables. Impossible d'obtenir d'eux des renseignements un peu sérieux sur l'auberge et sa direction. Ils vous tendent des tarifs, des menus, des dépliants. Ils vous soûlent de paroles. Mais vous ne comprenez rien. Des serviteurs prennent vos bagages, vous installent, vous donnent à boire. Ils assurent tous parler au nom du propriétaire. Mais ils ne disent pas tous la même chose, c'est un tohu-bohu indescriptible. Alors les voyageurs — les voyageurs, c'est vous, c'est nous tous, c'est même toi — se résignent et s'organisent. Ils essaient de s'occuper. Les uns jouent au tennis.

— Au tennis ! protesta A. Je ne joue pas au tennis.

— Ça ne fait rien, lui dis-je, les voyageurs y jouent pour toi, les autres font de la boxe ou de l'escrime, d'autres se chamaillent au croquet, d'autres encore vont nager dans la piscine de l'hôtel. On peut courir dans les bois. On peut s'essayer aux échecs. Certains s'installent dans leur chambre et rédigent un rapport sur l'état de l'auberge.

Une vieille dame sous un grand chapeau, des jeunes gens échevelés peignent à l'aquarelle sous les arbres de l'allée. Les plus raisonnables établissent des devis pour de nouveaux bâtiments. Le soir, on se réunit pour réciter des vers ou pour toucher du piano et faire un peu de musique. La vie passe ainsi, délicieuse, inutile, nécessaire, contradictoire.

Plusieurs ont mal à la tête, mal au foie, mal au cœur. Quelques-uns naturellement sont plus charmants que les autres, plus drôles, plus inventifs. Les jeunes filles les regardent. On improvise des jeux. On organise des concours. Des loteries. Des tombolas. Les vainqueurs obtiennent des prix et soufflent dans des mirlitons, sous des chapeaux de papier. Des regards s'échangent, des mains se frôlent. On se donne rendez-vous dans le jardin, sous la lune, dans les roseraies du parc. Il y a des excités qui jouent de la trompette. On aperçoit des enfants en train de se disputer entre eux ou avec les garnements descendus du village.

Le plus amusant, peut-être, est que chacun a son idée sur l'histoire de l'auberge. Les uns racontent des anecdotes sur les voyageurs du passé, les autres inventent des contes, des fables, des légendes, d'autres encore fouillent dans les caves ou montent dans les greniers pour tâcher de trouver qui a construit la maison et comment s'appelle le patron. Personne ne sait jamais rien de définitif ni de sûr. Mais il arrive que l'un ou l'autre déniche quelques pièces d'or enterrées sous un arbre ou une vieille carte du domaine déjà rongée par les vers.

On voit des maniaques mesurer les distances de la porte à la fenêtre, du plancher au plafond. On voit des amoureux se promener le long de l'étang. On entend des voix de femmes chanter de vieilles romances et on tombe sur des hommes en train de se battre en duel. Des étrangers qui viendraient de loin pourraient croire qu'ils pénètrent dans une maison de fous. Mais les cuisines fonctionnent, l'eau coule dans les salles de bains et un grand feu de bois brûle éternellement.

Les clients se plaignent beaucoup. De la nourriture. Du service. Des pannes de l'ascenseur. Du prix de la pension qui a toujours tendance à augmenter. Mais, sauf peut-être quelques malades qui se *jettent par les fenêtres*, tous essayent de rester aussi longtemps que possible. Ils se battent pour les meilleures chambres, pour une vue sur le jardin, pour les suites royales, pour des cabinets privés et pour un téléphone qui marche. Il y a des fous, bien entendu. Ils vous agrippent par le bras, ils vous entraînent derrière eux, ils vous racontent pendant des heures des histoires à dormir debout, ils vous murmurent à l'oreille que l'hôtel est hanté et que, la nuit dernière, ils ont vu des fantômes et des êtres venus d'ailleurs.

— Ah bon ! dit A. Ceux-là, ce sont des fous ?

— Naturellement, lui dis-je. Beaucoup ne font rien du tout. Ils s'étendent sur la pelouse ou le long de la piscine, ils sirotent quelque chose et ils attendent que le temps passe. Et il passe. Des dames grignotent des gâteaux et boivent un peu de thé. Elles disent qu'à l'auberge le temps est toujours beau et les températures agréables. Et c'est vrai. Le jardin, la piscine, l'établissement tout entier jouit d'un microclimat. Ailleurs, il fait trop chaud, ailleurs, il fait trop froid. À l'auberge, on est bien. La maison est climatisée. Elle offre aux voyageurs ce qu'il est convenu d'appeler des conditions idéales. On a refait le toit, on a repeint la façade. Les familles, les cousins, tout le cercle des relations a beau pousser les hauts cris, tout ce petit monde se succède dans ces lieux enchanteurs, aux promenades si charmantes, avec beaucoup d'agrément. On finit par penser qu'on n'est bien qu'à l'auberge.

Chacun s'arrange, à l'hôtel, pour utiliser tout son temps. On flâne, on bricole, on se déguise, on s'occupe des enfants, on fait un tour aux cuisines. Il y a une mosquée pour les uns, une synagogue pour les autres, une église pour les troisièmes : on s'y rend le vendredi, le samedi ou le dimanche. Chacun s'organise comme il veut, et souvent comme il peut. Tout le monde finit par partir.

Le moment arrive où il faut demander l'addition. "L'addition, s'il vous plaît." Ou : "Garçon ! l'addition." Il peut se faire qu'elle soit salée. Que diable ! On n'est pas toujours en voyage ! Il faut savoir s'amuser tant qu'on a la chance de profiter de la cuisine, des salons, de la piscine, des tennis, si justement renommés, de l'auberge du Grand Voile. Partir n'est pas gai : le paysage est si beau. Les uns s'en vont avec élégance, distribuant des pourboires, serrant les mains à la ronde. Les autres trépignent et pleurent un peu. C'est pour les enfants, pour les plus jeunes, que le départ est le plus dur. Ils ont envie de s'amuser, de se jeter encore du haut des plongeoirs, de se promener dans les bois, de retrouver des amis pour aller danser, le soir, devant le juke-box de l'hôtel. Mais il n'y a pas, dans l'établissement, de clients à demeure et, bon an, mal an, les locations se succèdent à un rythme soutenu. Il faut partir, c'est la règle. Et ceux qui vont prendre le train dans la petite gare un peu sinistre croisent le flot des nouveaux qui débarquent à leur tour, l'air un peu ahuri devant ce qui les attend à l'auberge du Grand Voile.

— C'est amusant, me dit A, tu m'aurais raconté tout ça avant-hier ou même hier, je n'aurais rien compris. Maintenant, il me semble que je vois à peu près ce qui se passe à l'auberge du Grand Voile et comment les gens s'en arrangent.

— C'est que tu as le code », lui dis-je.

II

LE RIRE DE MARIE

« Puisque, maintenant, tu as le code, tu dois commencer à comprendre quelque chose à ce qui se passe sur cette planète que nous appelons le monde et qui n'est qu'une partie minuscule de l'immense univers que tu as traversé pour aboutir à la Douane de mer, étrave triomphante en face de la Piazzetta, guérite de l'histoire à l'entrée du Grand Canal. Ou peut-être, au contraire, et à plus juste titre, ne comprends-tu plus rien du tout, parce que tu fais, à ton tour, partie d'un mécanisme qui se referme sur soi-même et ne laisse aucune place à un regard extérieur ? Tu t'es mis, toi aussi, à entrer dans le système dont tu ne peux plus sortir et à être prisonnier de ce code universel et pourtant si restreint, construit autour du temps, de la pensée, de la vie. Une des clés du système, et un de ses paradoxes, est que plus la sphère du savoir s'étend, plus le cercle s'élargit de ce qui reste encore ignoré. Ce qu'il s'agit de comprendre, c'est que plus tu comprends, moins tu comprends.

— Alors, me dit-il avec un peu d'humeur, restons-en là. Fin du rapport.

— Impossible, lui dis-je. Le système veut qu'on avance. Le code ne s'arrête jamais. Il fonctionne, il avale, il se reproduit, il progresse. Le drame, où nous en sommes, est qu'il est interdit de tracer le mot *Fin.* Le désir des hommes ne connaît pas de repos. Il emporte tout. C'est un torrent. Personne ne sait comment l'endiguer. C'est pourquoi il est si bon — si dur et si bon — qu'il y ait des termes provisoires, des obstacles, des passages obligés dans leur existence à chacun : ils s'appellent la faim, la soif, la maladie, la douleur, le sommeil, l'échec. Et surtout la mort. Mourir est une horreur. Ne pas mourir serait bien pire : une promesse de folie dans un temps sans pitié. Les hommes ont besoin, pour survivre, de bornes où s'arrêter. À côté de la grande borne que nous appelons la mort, il y a une petite borne que nous appelons l'amour. Ma borne à moi avait les yeux bleus, les cheveux noirs et elle s'appelait Marie.

— Une borne ? demanda A.

— Enfin, quelque chose où se reposer. Un terme. Un butoir. Quelque chose qui n'arrête pas les heures, puisque rien ne les arrête, mais qui les organise. Quelqu'un pour mettre un peu d'ordre dans le défilé du temps. Marie aimantait le monde et le temps. Elle leur donnait un centre, une direction. Elle suspendait l'histoire, et son éparpillement. On peut tout discuter, sauf la douleur, la mort, l'amour. Marie, pour moi, était indiscutable. Quel soulagement ! Quel bonheur ! Elle l'emportait sur l'histoire. Elle l'empêchait de couler entre les doigts du temps.

— Y a-t-il des vies, demanda A, qui ne se soient jamais arrêtées ? Y a-t-il des vies où il n'y ait pas d'amour ?

— Je ne sais pas, répondis-je. J'imagine que l'argent ou le pouvoir ou la science, qui ne freinent pas le monde mais qui contribuent au contraire à le précipiter dans une course sans fin, peuvent tenir lieu d'amour. Mon amour pour Marie était une fin de l'histoire. Je ne cherchais pas plus loin. Je n'en voulais pas davantage. Le monde baisait ses pieds. J'étais entré au port.

— Tu t'endormais, dit A.

— Peut-être, lui dis-je. Et peut-être pas. Elle mettait fin à l'histoire. Elle ne mettait pas fin aux rêves, aux souvenirs, à l'imagination. Le monde continuait à tourner : il tournait autour d'elle. Au moins autant qu'une fin, elle était aussi un début. Je me demande si le rapport n'est pas écrit pour elle : pour apporter à Urql un peu de son image et un peu de sa beauté. Pour faire entendre sa voix. Pour parler de ses mains. Pour que son rire retentisse au-delà de cette Terre dans laquelle, comme nous tous, elle était enfermée. C'est pour parler de Marie à travers Tamerlan, à travers la dentellière figurée par Vermeer, à travers le *big bang* et à travers Symi que j'ai accepté de rédiger avec toi le rapport sur la Terre. Quand je t'ai rencontré au-dessus de la Douane de mer, le monde, pour moi, se réduisait à Marie.

— Mais, dis-moi », souffla A en baissant un peu la voix comme si quelque défunt ou peut-être un autre esprit venu d'autres galaxies pouvait nous écouter, « n'as-tu jamais aimé personne avant d'aimer Marie ? »

J'hésitai un instant.

« Bien sûr que si, lui dis-je. Tu sais comment va le monde.

— Et comment ? demanda-t-il.

— Cahin-caha, lui dis-je. Il n'y a rien de simple sous le soleil, rien qui ne puisse être frappé par le doute et par l'incertitude. Chacun de nous, sur la Terre, a vu les choses changer, et de plus en plus vite, les vérités s'écrouler, l'évidence battue en brèche et beaucoup d'amours éternelles s'évanouir dans le passé. Il faut être très prudent quand on parle de durée, il faut fuir les grands mots et les grands sentiments. En amour comme en politique, l'angélisme, c'est l'ennemi. Les hommes sont imparfaits, hésitants, menacés par la myopie et la claudication, peut-être presque inachevés. Si je te disais que, pour moi, Marie, de tout temps, avait été seule au monde, si je te disais que, pour Marie, il n'y avait que moi au monde, l'angélisme nous guetterait. Nous ne sommes pas des anges. Nous sommes des hommes. Nous nous rencontrons sous la pluie, dans la rue du Dragon. L'inévitable, pour nous, naît de l'accidentel, et la fatalité, du hasard. Nous partons pour Todi, pour Symi, pour la villa Rufolo où Wagner…

— Je sais, dit A : *Parsifal.*

— La passion nous emporte. Mais nous n'en sommes pas dupes. Disons, plus simplement, que je préférais Marie à tout le reste de la vie. Et que peut-être Marie me préférait aux autres.

— À Rodolphe ? demanda A.

— À Rodolphe, lui dis-je. Mais je suis mort, le sais-tu ? Et la vie continue. Je ne sais pas ce que j'aurais fait si Marie était morte. On peut, naturellement, attendre avec confiance de mourir à son tour. On peut même se tuer. Mais, à défaut de se tuer, il faut s'occuper jusqu'au dernier instant. La vie est d'une banalité, d'une répétition consternantes. Et d'une invention sans limites. Je n'ose pas imaginer ce qui a bien pu se passer entre Rodolphe et Marie.

— Je t'ai déjà proposé…

— Je ne veux pas le savoir. Rodolphe, auprès de Marie, a un seul avantage, mais il est décisif : il est vivant. Je suis mort. Il n'y a que les vivants pour s'inscrire dans le monde, pour faire marcher l'histoire. Je ne dis pas que nous autres, mon cher A, les esprits et les morts, nous ne soyons rien du tout. Nous sommes autre chose. Et peut-être mieux. Il n'est pas tout à fait exclu que nous soyons plus proches de l'être, de sa profondeur, de sa nécessité — de son éternité, bien sûr : quand on est mort, c'est pour longtemps — que les pauvres vivants, emportés dans le flux sans fin, et pourtant si limité, des illusions, des apparences et des contradictions. Mais ce sont les vivants qui font cette chose abjecte et pourtant merveilleuse que nous appelons l'histoire. Ce sont les vivants qui vivent.

C'est Rodolphe qui se promène aux côtés de Marie — et j'en éprouve un chagrin qui m'empêche presque de te parler et de penser au rapport — dans ces petites villes d'Italie et dans le chapelet des îles grecques que tu devines sous tes yeux en te penchant un peu.

— Où ça ? demanda A.

— Là… en bas… vers la gauche… C'est pour lui, c'est pour eux que la mer brille sous le soleil du côté d'Amorgos, de Symi, de Castellorizo qui appartint jadis aux chevaliers de Rhodes et dont les habitants, en masse, sont partis pour l'Australie. Que Haydn a écrit ce *Lob des zweiten Tages* que j'avais tant aimé. Que Benozzo Gozzoli a représenté, à Florence, quelques-uns des membres de la famille Médicis…

— Clément VII, murmura A.

— Bravo ! m'écriai-je… depuis Pierre le Goutteux jusqu'à Laurent le Magnifique, sans s'oublier lui-même, avec son propre nom inscrit sur son bonnet, dans la fresque si gaie qui fait courir, sur les murs de la chapelle édifiée par Michelozzo au premier étage du palais Médicis-Riccardi, la procession des Rois mages. C'est lui — ah ! douleur non encore éprouvée — qui marche dans les rues de Saint-Germain-des-Prés ou du Trastevere, la main de Marie dans la sienne. C'est lui qui mange des langoustines ou du crabe à la mayonnaise et qui boit un peu de vin blanc avec Marie en face de lui, de l'autre côté de la table, et elle allume une cigarette sans attendre le café et elle se met à rire.

— Ça va ? » demanda A, avec un peu d'inquiétude qui me fit chaud au cœur.

« Ô A ! lui répondis-je. Le rire de Marie… Ce sont eux, tous les deux, qui vont voir, rue Christine ou au Quartier latin, Lauren Bacall en train d'expliquer à Humphrey Bogart, dans *To Have and Have Not*, alias *Le Port de l'angoisse*, comment s'y prendre pour siffler — *You know how to whistle, don't you ? You just put your lips together, and you blow...* — ou *Casablanca*, le cœur me manque, avec Ingrid Bergman.

— Plains-toi, me dit A. Tu as connu tout cela.

— C'est vrai, lui dis-je. Toi, tu n'as même pas su que la vie était belle. »

III

DIEU EST DANS LES DÉTAILS

« Les livres, les films, la musique, la peinture, la danse, l'architecture, la cuisine aussi, et les plantes, les animaux, les étoiles, la physique et la métaphysique, la totalité de la nature et la totalité de l'histoire ouvrent un champ assez vaste à ce que sera ce rapport qui se confond avec le monde. Le temps passe, mon cher A, et il me faudra bientôt te quitter pour ailleurs.

— Ne me quitte pas ! s'écria A. Que deviendrai-je sans toi ? J'errerai comme une âme en peine dans les couloirs interminables de l'auberge du Grand Voile, dans ce monde de folie que, malgré tous tes efforts, j'ai encore tant de mal à comprendre. De temps en temps, par éclairs, il me semble saisir quelque chose. Des lueurs me parviennent. Je devine que le temps s'écoule et qu'on ne peut rien en dire. Je sens courir entre les vivants comme un grand lien d'amour qui sauve de leur misère ce qui peut être sauvé. Je me rappelle qu'ils ne sortent de rien que pour tomber dans un gouffre dont personne ne sait rien. J'éprouve pour les hommes et pour tout ce qu'ils ont fait...

— On dit : leur œuvre, précisai-je. On se gargarise un peu : les œuvres des hommes. On cite Bach et Michel-Ange. Et Léonard de Vinci. Il n'est pas de mauvais ton d'ajouter le Dr Freud. On dit aussi : la culture. Ou : la civilisation. Et souvent : le progrès. On oppose culture et nature : c'est très commode.

— ... une immense curiosité et une immense compassion. Je ne saurai pas du tout, si tu me lâches, comment présenter à mes gens ce salmigondis d'évidences arbitraires et de délires organisés avec une suffisance et une subtilité incroyables que vous appelez le monde. Quand je rentrerai à Urql…

— Quand rentres-tu ? demandai-je d'un ton un peu mondain.

— Je ne sais pas encore, me dit-il en regardant ses ongles. Je ne sais pas si, après toi, je ne passerai pas quelques jours en Toscane ou au Rajasthan. J'ai aussi assez envie d'aller faire un petit tour dans la Grèce de Périclès, à Tenochtitlán au temps des Aztèques et chez Frédéric II.

— Lequel ? demandai-je.

— Hohenstaufen, bien entendu. Le Prussien est odieux. Rival de saint François d'Assise, ami et ennemi des papes, Sicilien et Allemand, fasciné par l'islam, le petit-fils de Barberousse et du Normand Roger II est autrement séduisant. Mais si tu n'es plus là, que deviendrai-je sans toi ?

— Je croyais, susurrai-je, que tu me prenais pour un crétin ?

— Mon Dieu, me dit-il, ce n'est pas que tu m'éblouisses par tes capacités…

— Non, bien sûr, lui dis-je.

— Mais tu as beaucoup voyagé, tu connais pas mal de monde et tu es si commode !

— Vraiment ? lui dis-je.

— Oui, me dit-il. Sans toi, il n'y avait aucune chance de voir le rapport venir au jour et prendre forme.

— C'est peut-être vrai, lui dis-je. Si ce rapport existe jamais, il me devra sans doute quelque chose. À beaucoup d'égards, tu m'es très supérieur. Mais j'ai un immense avantage que rien ni personne ne peut me retirer : j'ai été un homme, j'ai vécu, j'ai été roulé comme un galet par quelques flots d'histoire.

— Assez peu de chose, remarqua A.

— Très peu de chose, lui dis-je. Une vie n'est rien aux yeux du tout. À nos yeux, ce rien est tout. Quoi qu'il puisse maintenant me tomber sur la tête, je serai passé dans ce monde où tu n'es qu'en visite. Tu es dehors, je suis dedans. Tu viens d'ailleurs, et je m'en vais. Je dis des hommes et de la vie des choses souvent ineptes et peut-être inexactes, mais toi, qui es si brillant, tu ne peux rien en dire du tout parce que tu n'en es pas. Tu en sais aussi peu sur la Terre où j'ai vécu que j'en sais peu sur Urql d'où tu es arrivé. Si je n'avais pas été là, au-dessus de la Douane de mer, pour t'introduire aux fleuves, aux géomètres, aux passions de l'amour, aux parapluies, peut-être serais-tu rentré à Urql sans avoir rien deviné de Venise et d'Hérodote, et le monde, à jamais, te serait resté opaque.

— Il ne m'est pas très clair, bougonna A, mais enfin, grâce à toi, je m'en fais une idée.

— Plus qu'une idée, protestai-je. Tu sais que les hommes, par leur corps, s'inscrivent dans l'espace à la façon d'une pierre, d'un arbre, d'une éponge, d'une autruche. Et que, par leur pensée, ils peuvent se promener, sinon partout, du moins ailleurs. Ils ont une notion de l'impossible, de l'absolu, de l'infini. Ils marchent sous la pluie dans les rues des grandes villes. Ils mangent des cacahuètes. Ils constituent des empires. Ils écrivent des concertos. Ils s'aiment. Ils meurent. Et le temps les emporte. J'imagine qu'avec un tel bagage, qu'aucun esprit, jamais, n'aurait pu inventer, tu peux partir en paix et retourner à Urql.

— De temps en temps, remarqua A, le monde paraît tout simple. Et, de temps en temps, il se complique jusqu'à l'insupportable. Il me semble que le rapport pourrait se limiter à quelques mots. Et qu'il pourrait s'étendre aux dimensions de l'univers et de son histoire sans fin.

— Le rapport est comme le monde : il part dans tous les sens. On descend aux molécules, aux atomes, aux protons, aux neutrons, aux électrons, aux quarks. On monte jusqu'à l'Empire romain et à l'idée que les hommes se font de l'histoire et de Dieu. On peut se livrer à la linguistique, à la plongée sous-marine, à l'archéologie, au golf, à la musique concrète, à la peinture à l'huile. On peut boire et dormir. Le monde, comme Dieu, est dans les détails.

— Ce sont ces détails, dit A, que je voudrais connaître.

— Il faudrait être un homme, lui dis-je. Il faudrait savoir ne rien faire et te promener dans les rues avec des rêves insensés et des soucis d'argent.

— Si je gagnais de l'argent ? proposa A.

— Si tu avais un cancer, lui dis-je, si une femme te quittait, si le chagrin t'envahissait, si tu avais des neveux, des ancêtres, un avocat, des créanciers, si tu conduisais une voiture, si tu t'intéressais aux inscriptions d'Ebla ou de Doura-Europos et à la cuisine du Sud-Ouest, alors tu serais un homme. Il te faudrait souffrir, espérer, oublier, ne rien savoir. Il te faudrait comprendre la grandeur de l'échec.

— Je ne peux pas, me dit A. Je suis un esprit pur.

— Les hommes sont des esprits enfermés dans un

corps. Quand leur corps disparaît, ils disparaissent avec lui. Les hommes sont très grands parce qu'ils sont tout petits. Je crois que Jésus, dont je t'ai tant parlé, avait compris que la gloire des hommes est dans leur humilité. Et qu'ils deviennent plus grands quand ils cessent d'en vouloir plus.

— C'est compliqué, dit A.

— Très compliqué. Très simple. La mort est au bout de tout. Et le dernier mot, pourtant, n'est jamais à la mort.

— À la vie ? » demanda A.

La Terre était bleue comme une orange. J'étais un peu las de tourner autour d'elle. La grande rumeur des hommes parvenait jusqu'à nous.

« Je ne sais pas, lui dis-je, je n'en suis pas très sûr. La vie est une merveille. Depuis que je l'ai quittée, elle me fatigue un peu. Voilà que l'immensité me paraît peu de chose. Et l'histoire, un détail.

— Encore des détails, supplia A. Des histoires. De la vie.

— Quoi ! lui dis-je. Du sexe ? Du sang ? Du hasard ? Des passions ?

— S'il le faut… » soupira A.

IV

SEXE, MENSONGES ET COMPASSION

« “Qu'est-ce que c'est encore que cette salade ?” grommela Pierre Domberles.

Il tenait deux fiches d'une main, deux passeports de l'autre et ses yeux allaient très vite des deux passeports aux deux fiches et des deux fiches aux deux passeports. Une ride verticale se creusait au-dessus de son nez. Il était commissaire de bord sur la *Ville-de-Marseille* qui venait d'appareiller pour Gênes, Palerme, Taormina et Corfou.

Un des deux passeports portait le nom de Paul Davezy. Et l'autre, celui d'Hélène Fourmes, épouse Davezy. Paul Davezy habitait Salon-de-Provence, 22 route de Camerone. Par une étrange coïncidence, l'adresse d'Hélène Davezy était la même : 22 route de Camerone, Salon-de-Provence. Un lien de parenté entre Paul et Hélène semblait inévitable.

« Mère et fils ? » murmura Pierre.

Cette solution de génie était hélas impossible : Hélène Davezy avait trois ans de moins que Paul Davezy. Une probabilité d'une simplicité désolante s'imposait de plus en plus à l'esprit logique de Pierre Domberles qui avait fait de bonnes études et décroché une licence en droit à l'université d'Aix-en-Provence : Paul Davezy et Hélène Davezy présentaient toutes les apparences d'un mari et d'une femme. Ce qu'il y avait de troublant, c'est que Paul était installé dans la cabine 123 et Hélène dans la 42.

Pierre Domberles s'assit. Ce genre d'erreur était irritant au possible. C'était encore un coup de l'hôtesse qui sortait à peine de son école d'hôtellerie et que la Compagnie avait engagée sur sa jolie mine et vraisemblablement sur la recommandation d'un parrain ou d'un oncle qui devait jouer au bridge avec le Président. La Marine n'était plus ce qu'elle était. Pierre Domberles décrocha son téléphone intérieur et appela Monica.

Elle arriva presque aussitôt. Elle avait l'air très frais et une queue-de-cheval.

“Monica, aboya Pierre Domberles, j'en ai marre, mais marre !...

— Qu'est-ce qui se passe ? demanda Monica.

— Il se passe que vous avez encore fait une connerie. Regardez donc la 42 et la 123 et dites-moi ce que vous en pensez. »

Et il agitait les deux fiches et les deux passeports sous les yeux marron de l'hôtesse qui n'en menait pas large.

“Mon Dieu ! » dit Monica.

Elle consulta un long rouleau qui ne la quittait jamais, qui devait sortir d'une machine et qui se lisait un peu à la façon des manuscrits de l'Antiquité dans les mains des orateurs ou des poètes tragiques tels qu'on les voit dans les films de Cecil B. De Mille.

“42... 42...” murmura-t-elle en suivant du doigt les lignes imprimées qui dansaient devant ses yeux. « Je ne comprends pas...

— Quelle idiote”, grommela-t-il.

Et il prit le papier des mains de la jeune fille.

Ce qu'il vit ne contribua pas à faire baisser son rythme cardiaque ni sa tension artérielle. M. Paul Davezy était bien installé dans la 123 et Mme Hélène Davezy dans la 42. Ce qu'il y avait de diabolique, c'est que la 42, qui était une grande et belle cabine, avait été aussi attribuée à un certain Robert Peyrimont. Le pire était encore à venir : le pire était que Mme Roselyne Peyrimont avait été expédiée, sans autre forme de procès, dans la cabine 123, qui était celle de M. Davezy.

"Nom de Dieu ! s'écria Pierre. Ça va faire du joli. Il faut arranger ça tout de suite."

À cet instant précis, Pierre Domberles vit quelque chose s'inscrire dans la porte de la cabine que Monica, dans son émoi, avait laissée ouverte : c'était une tête aux yeux fixes qui semblait sortir d'un vieux film de terreur de l'époque du muet.

"Oui… ? dit Pierre, d'un ton rogue.

— Je cherche le commissaire de bord, bredouilla la tête aux yeux fixes.

— C'est moi, répondit Pierre en continuant à consulter la liste des passagers.

— Ah ! c'est vous", dit la tête.

Elle se laissa tomber sur le fauteuil de cuir qui ornait la cabine du commissaire et s'essuya avec un mouchoir.

"Que puis-je pour votre service ?" demanda le commissaire qui, tout au long de trente ans de carrière, dont vingt-deux en Extrême-Orient, en avait vu bien d'autres.

"Je suis M. Robert Peyrimont", dit la tête.

Pierre Domberles leva les yeux.

"Eh bien, dit-il, ça, c'est une chance !

— Vous trouvez ? dit M. Peyrimont.

— Je voulais vous voir, dit Pierre.

— Moi aussi », dit M. Peyrimont.

Il avait une figure ronde et rouge, une chemisette de sport verte sur un pantalon de toile, et il transpirait. Comme toujours, l'allure avachie et presque dépenaillée du passager en vacances contrastait avec la tenue très stricte du commissaire et de son adjointe qui étaient, en principe, à sa disposition.

Il y eut un long silence.

"J'ai un problème, dit M. Peyrimont.

— Je sais", *dit le commissaire.*

Il y eut un autre silence.

"Ah ! dit M. Peyrimont, vous savez déjà ?

— C'est notre métier", dit Pierre, soulagé d'échapper à une scène et à une bordée d'insultes dont étaient coutumiers les passagers qui estimaient que la Compagnie ne leur en donnait pas pour leur argent. « Et je voudrais avant tout vous présenter nos excuses.

— Vous n'y êtes pour rien.

— Enfin... » dit le commissaire qui commençait à trouver que l'autre y allait un peu fort dans une courtoisie et une soumission affectées.

"Je ne suis même pas sûr de... C'est Mme Davezy... la dame qui partage ma cabine...

— Je sais, dit le commissaire, je sais. Je suis désolé.

— Ah ! murmura Peyrimont. Elle a raison !

— Pardon ? dit le commissaire. Je ne comprends pas bien ce que...

— Mme Davezy — tout cela, naturellement, doit rester entre nous — a cru apercevoir son mari sur le pont des premières... j'ai d'abord cru qu'elle rêvait... mais elle a tellement insisté !... Alors, je suis venu vous demander si, par hasard, un certain M. Davezy... Paul Davezy... figurait sur vos... D'après ce que vous me dites, hélas ! il semble que..."

Le commissaire se passa la main sur le front. Monica ouvrait des yeux comme des soucoupes.

"Je ne comprends plus rien", dit-il.

Il fallut de longues explications pour parvenir enfin à la solution de l'énigme. M. Paul Davezy, qui habitait Salon-de-Provence, était l'amant de Mme Peyrimont. M. Peyrimont, qui habitait Lambesc, était l'amant de Mme Davezy. Et tous les quatre, deux par deux, à l'insu des deux autres, chacun répandant dans son ménage des mensonges que le conjoint avalait d'autant mieux qu'il était lui-même en train de mentir, s'étaient embarqués, pour une croisière de rêve, sur la *Ville-de-Marseille.* Ils débarquèrent tous les quatre, deux par deux, à la première escale. Gênes est une ville superbe, aux palais très discrets, au cimetière surprenant. »

« À cinq ou six cents kilomètres à l'ouest de Cheyenne, capitale du Wyoming, en direction de l'Idaho ou de l'Utah tout proche, au sud du célèbre parc national de Yellowstone, la petite ville de Green River, sur la rivière du même nom, mène une existence assez calme, rythmée surtout par les exigences, les routines, les aléas de l'élevage des bovins. Le jour où le bruit courut que Sue Lyonns était enceinte, ce fut comme un frémissement parmi les éleveurs et les garagistes de Green River et de ses environs. Il faut dire que Sue Lyonns ressemblait à ces publicités qui vantaient, à la télévision, des aliments pour chiens et chats ou des machines à laver. Elle avait des cheveux blonds, des yeux verts et des seins — vous voyez ça ? — à faire damner les évangélistes qui venaient, de temps en temps, entourés d'un vrai cirque de Plymouth et de Cadillac, prêcher la fin du monde et la vertu nécessaire.

Sue Lyonns avait seize ans. Sa mère était mormone et venait de Salt Lake City. La mère de son père était arrivée de Pologne au temps de la grande crise. C'étaient tous de braves gens, aux principes plutôt rigides, sans trop d'argent, entourés de l'estime des voisins, et Sue avait été élevée selon les vieilles méthodes. Le jour de ses seize ans, au moment de couper le gâteau sous les applaudissements — *Happy Birthday to You !* —, elle éclata en sanglots. Sa mère la prit dans ses bras et lui demanda la cause d'un chagrin si brutal et si imprévu. Elle murmura, dans les larmes, qu'elle attendait un enfant.

Le maréchal Staline en personne serait entré dans la pièce pour s'emparer d'un morceau du gâteau d'anniversaire que la stupeur de la famille et sa consternation n'eussent pas été plus vives. Sue !… La petite Sue !… La première question que posèrent la mère et le père et la grand-mère et les deux tantes, et, deux ou trois jours plus tard, la totalité de la population de Green River, qui n'était pas très nombreuse et qui, par des canaux mystérieux, avait tout su presque aussitôt, c'était : "Qui est le père ?" Avec, chez tous, un accent d'étonnement, et presque d'incrédulité. Car personne, à Green River, où ne régnait pas la débauche qui faisait rage à Denver ou à Fort Worth, pour ne rien dire de Dallas, n'était plus sage, plus raisonnable, plus décente, plus souvent donnée en exemple par les vieilles dames de Green River, qui ne prêtaient pas à rire, que la jeune Sue Lyonns.

Les jours passèrent. Et les semaines. La jeune Sue Lyonns, qui s'était faite à son état et qui se préparait sans affectation et sans crainte à la maternité, se refusait avec obstination à fournir le nom du séducteur. Ruses, pièges, prières, objurgations, menaces, rien n'y faisait.

"Dis-moi qui c'est, suppliait sa mère. Pourquoi ne l'épouserais-tu pas ?"

Le temps des larmes était passé. Sue souriait et se taisait.

Entre l'école, où elle ne brillait pas, sinon par son charme et sa gentillesse, et les soirées de baby-sitting dans les fermes de la région, moins pour gagner de l'argent de poche que pour rendre service aux voisins, Sue menait la même vie après l'aveu qu'avant. Il était difficile, cependant, d'empêcher les langues de courir. Tous les hommes de la ville et de ses environs, y compris les vieillards, les fiancés, les pasteurs, les infirmes, furent suspectés tour à tour d'être le père de l'enfant de Sue.

Pendant que Sue s'arrondissait, l'atmosphère s'alourdissait dans les foyers paisibles de Green River. Les femmes soupçonnaient leur mari. Les ménages se disputaient. Deux ou trois vagabonds dans la force de l'âge furent l'objet de harcèlements. Les autorités religieuses et municipales en vinrent à se pencher sur la question. Deux membres du Rotary, un pasteur, un colonel en retraite, une candidate, battue il est vrai, au Congrès des États-Unis interrogèrent Sue Lyonns. Toujours en vain.

Sue Lyonns n'était jamais seule. Elle n'allait guère au cinéma. Elle ne sortait jamais danser. Elle montait à cheval avec son frère qui ne la quittait pas d'une semelle. À la piscine, au tennis, elle ne fréquentait jamais personne. On examina le cas du bedeau, au temple, celui du garagiste où elle se rendait de temps en temps pour faire gonfler les pneus de sa bicyclette, ceux de l'épicier et de l'aide-pharmacien. Tout était clair comme de l'eau de roche.

Les seuls endroits où, par définition, elle passait quelques heures sans être entourée de témoins étaient les deux fermes où elle servait de baby-sitter à des amis de ses parents. Les pères de Jane et de Jimmy passèrent des instants difficiles. Ils n'eurent pas trop de peine à démontrer qu'à leur départ et à leur retour ils n'étaient jamais tête à tête avec Sue et que leur femme était toujours là. Jane, qui avait dix ans, était toute seule avec Sue. Mais, dans la maison de Jimmy, onze ans, il y avait un jardinier qui était français et qui venait de Bourgogne. Il s'appelait Jean-Pierre. Il avait vingt-cinq ou vingt-six ans. Il était charmant. Il jouait au ballon avec Jimmy. Son accent rendait folles toutes les jeunes femmes de Green River. Il buvait.

Un beau soir, Jean-Pierre, qui avait bu plus que de raison, fut pris à partie par quelques habitants de Green River. La foule grossit bientôt. Ils se rendirent tous sur la place principale où, pour rire d'abord, et puis de façon moins plaisante, ils s'instaurèrent en tribunal. Jean-Pierre titubait de fatigue et d'ivresse. Parce que c'était son chemin, Sue Lyonns vint à passer. Elle était à bicyclette. Elle s'arrêta un instant. Elle disparut assez vite. Vingt minutes plus tard, elle était de retour, le visage un peu rouge. La fièvre, sur la place, avait monté de quelques degrés. Jean-Pierre n'en menait pas large. Quand ils entendirent grésiller la sonnette de la bicyclette de Sue Lyonns, tous les juges improvisés tournèrent la tête vers elle. Elle avait arrêté sa bicyclette et elle regardait les gens, qui n'avaient d'yeux que pour elle, bien campée sur ses deux jambes, qui n'étaient pas repoussantes. Derrière elle, sur le porte-bagages, était installé un petit garçon que plusieurs reconnurent : c'était le jeune Jimmy Carpenter, le fils de John Carpenter et de la belle Barbara.

"Ça va comme ça, dit Sue. Laissez Jean-Pierre tranquille. *Leave Jean-Pierre alone.*"

Elle prononçait « Jean-Pierre » avec un accent américain qui était aussi inouï que l'accent de Jean-Pierre lui-même quand il parlait anglais.

"Le père, c'est moi", dit Jimmy d'une voix d'enfant.

Il y eut un grand silence.

Quelques rires fusèrent. Une jeune femme applaudit. Puis un homme. Puis cinq ou six.

Alors, Sue laissa tomber sa bicyclette et se retourna vers Jimmy qui lui arrivait à l'épaule. Et elle déposa un baiser sur la joue de l'enfant. »

« S'il n'y avait pas les bus, les trolleys, les automobiles, les motocyclettes, qui surgissent de partout dans un vacarme d'enfer, Bologne serait une des villes les plus délicieuses d'Italie. Elle est belle, grasse, rouge, savante, hérissée de tours et de campaniles, et on y mange bien. Le *Don Chisciotte*, le *Dante*, le *Notai*, et surtout *Al Pappagallo* sont des endroits que je te recommande.

— Hélas !... dit A. Trop tard.

— La prochaine fois, lui dis-je. La ville n'est pas à tomber par terre comme Venise ou comme Sienne. Je n'y ai pas les mêmes souvenirs qu'à Positano ou à Trani, à Castellina in Chianti, à Soglio...

— À Symi. À Sambuco. À Udaipur. À Bitonto.

— C'est ça, lui dis-je. Mais Rossini et Donizetti y

étudièrent et y enseignèrent. Et la fontaine de Neptune, due à Jean de Bologne, un Flamand né à Douai, le Palazzo comunale, la basilique San Petronio où Charles Quint fut couronné empereur par le pape Clément VII…

— Non ! s'exclama A.

— Si ! lui dis-je… et les deux hautes tours de la piazza di Porta Ravegnana ne sont pas mal du tout. L'avvocato Mario Rospogni est une des lumières de Bologne.

C'est ce que nous appelons un bel homme, avec une moustache noire. Il a quelque chose de Vittorio Gassman dans *Il Sorpasso*, que les Français traduisent par *Le Fanfaron*. Le nom de sa femme est Paola. Elle aussi est une belle femme. Et elle aussi a une ombre — mais une ombre seulement — de moustache. Elle est originaire de Sicile et elle ressemble à une de ces femmes que Vittorio de Sica traîne souvent derrière lui, dans ses films, avec mauvaise humeur.

L'avvocato Rospogni est souvent de mauvaise humeur. Il ressemble, à cet égard, à ces râleurs de Français dénoncés par Cocteau comme des Italiens de mauvaise humeur. Voilà des années déjà — *anni fa* — que, pour une raison ou pour une autre, les relations entre Mario et Paola ont commencé à tourner à l'aigre. Je crois, comment te dire… que ce que Paola aime le mieux en Mario, ce n'est plus sa présence.

— Je vois ça, dit A. Je connais les hommes. Et les femmes.

— La vie de Mario, heureusement, est illuminée depuis quelque temps par les charmes d'une jeune femme blonde qui ne serait pas le contraire de Silvana Mangano, si belle dans *Riz amer*. Ou peut-être, si tu préfères, d'Anita Ekberg dans *La Dolce Vita*. Si je te donne ces détails, c'est pour te fixer les idées.

— Je comprends, dit A. Merci beaucoup.

— Rien ne va jamais tout à fait mal dans ce monde qui t'est devenu familier. Et rien n'y va jamais tout à fait bien. Il semble à Mario que, depuis quelques semaines, la belle Carla, à son tour, commence à s'éloigner de lui. Ce n'est pas vraiment un souci. C'est une préoccupation. Il trouve encore du plaisir dans le lit de sa maîtresse, mais des signes, qu'il reconnaît, lui servent de sonnette d'alarme : Carla n'a plus pour lui les regards d'Alida Valli pour Fairley Granger au début de *Senso* ni ceux de Claudia Cardinale pour Alain

Delon — ou peut-être pour Burt Lancaster ? Ah ! l'échange des regards entre Burt et Claudia… — à la fin de la valse, aérienne et célèbre, du bal du *Gattopardo*.

Ce mercredi après-midi, après un déjeuner maussade en face de la Paola, plus brutale que jamais, Mario se rend à pied, par la piazza del Nettuno, jusqu'à son cabinet. Il s'est débarrassé de sa femme qui, grâce à Dieu, s'est mise aux cartes et qui est allée, comme souvent, jouer au bridge chez une amie du nom de Cristina, à l'autre bout de la ville. Il a fumé un de ses *toscani*, il s'est lavé la bouche avec de l'eau de Floris qu'une stagiaire, elle s'appelle Pia, qui est amoureuse de lui, lui a rapportée de Londres, il s'est passé de la gomina sur ses cheveux très noirs, et maintenant il déambule dans les rues en faisant de l'œil aux petites femmes blondes et scandinaves qui envahissent Bologne aux approches de l'été. L'air est léger. Il fait très beau. Quel malheur d'aller s'enfermer avec ces dossiers répugnants ! L'envie lui vient soudain d'aller faire une surprise à Carla.

Il tourne à gauche au lieu de tourner à droite. Plus jeune soudain de plusieurs années, il parcourt encore quelques centaines de mètres. Et il se retrouve au bas de l'immeuble où habite sa maîtresse.

Il monte l'escalier dont il connaît chaque marche. Il s'arrête au troisième étage. Au moment d'appuyer sur le bouton de la sonnette, il sort de sa serviette un vaporisateur de poche et il presse devant sa bouche, dont il n'est pas très sûr à cause des *toscani*, le mécanisme salvateur. Au moment où il se regarde dans le petit miroir qui ne le quitte jamais, il entend un bruit de dispute. Il distingue aussitôt la voix de la mère de Carla. C'est une vraie harpie. Elle lance des insultes à sa fille.

Il devine les mots de "traînée", de "putain", de "honte de la famille". Il colle l'oreille contre la porte. Il entend avec horreur la mère qui reproche à la fille de recevoir dans son lit, dès qu'elle s'imagine être seule, "cette horreur de dragon". Un dragon ? Quel dragon ? Il a tout juste le temps de se plaquer contre le mur et il voit la porte s'ouvrir et jaillir comme une furie un être décoiffé qui se rajuste à la hâte. C'est le dragon, bien sûr. Il est jeté à la rue par la mère de sa maîtresse. L'avvocato n'a aucune peine à le reconnaître aussitôt puisque c'est Paola, sa femme, qui sort du lit de Carla. »

« Si la comtesse Bathory est une Hongroise assoiffée de sang, Dracula, d'après la légende, est un seigneur des Carpates. Il sévit en Transylvanie. Le traité de Saint-Germain ne laisse place à aucun doute : aujourd'hui au moins, Dracula est roumain. Les Roumains sont irrésistibles. Ce sont des Latins de pure souche qui descendent des Romains, qui ont lutté contre les Turcs, qui ont été embêtés par les Russes et à qui se mêlent des Hongrois. Ils naissent divorcés, antisémites et francophiles. Être roumain, d'après Paul Morand, n'est pas une nationalité : c'est une profession. Paul Morand a du génie. Il introduit dans la littérature la vitesse, le jazz, le cinéma, la boxe, le cabriolet décapotable. Il ne cesse jamais de se tromper. Il dit n'importe quoi. Les Roumains sont charmants.

Marika Vulcaresco, ou Vulcarescu, comme tu voudras, avait l'air d'une vierge descendue d'une icône. Elle était douce et timide. Ses amis l'appelaient Bambi. Un peu après la fin de Carol II de Roumanie, qui ne valait pas grand-chose et qui avait une maîtresse du nom de Lupesco, que les journalistes américains ont longtemps eu du mal à distinguer de l'Unesco, un peu avant les débuts de Nicolae Ceausescu, qui était un monstre flanqué d'une femme qui était pire que lui et qui s'appelait Elena, elle habitait une ville de quelque cent mille habitants, au fin fond de la Transylvanie, en bordure des Carpates : Tîrgu Mures.

Il arriva à Bambi une aventure cruelle : le cœur, le foie, le cerveau, je ne sais pas, elle tomba morte dans la rue. Des passants la ramassèrent et la déposèrent à la morgue. C'était le soir, un peu tard. Il n'y avait plus à la morgue qu'un gardien arriéré qui s'appelait Radu Brabesco, ou peut-être Brabescu. Il était bourré de tzuica. La tzuica est à la vodka ou à la sljivovica ce que la mamaliga est à la polenta ou ce que *la caciula, le bonnet* de fourrure des Roumains, est à la bonne vieille chapka.

Radu Brabesco, ou Brabescu, rangea, comme il se doit, Marika Vulcaresco, ou peut-être Vulcarescu, dans la chambre froide destinée à cet effet. Il la déshabilla avec des gestes maladroits. Il l'étendit sur un drap blanc. Il joua quelques instants avec ses beaux cheveux blonds. Il la recouvrit d'un autre drap blanc. Et il retourna à ses amours qui avaient la saveur âcre de l'eau-de-vie de prune.

Il resta longtemps à rêver sur son verre qui avait une

fâcheuse propension à se vider et à se remplir avant de se vider de nouveau. Les vapeurs de l'alcool s'échappaient de ce verre sous les espèces des mèches blondes de la jolie tête de Marika. Dans la langue de son pays, il répétait : "Les mèches m'émèchent", et il se mettait à rire d'un rire idiot. À la fin, il se leva, il se dirigea vers la chambre froide et il viola la jeune morte.

Ce qui se passa alors ne pouvait se passer que dans le pays de Dracula, du château des Carpates et de Nosferatu le Vampire. Les mœurs, dans cette partie du monde évidemment arriérée, n'étaient pas encore ce qu'elles étaient déjà à Londres, à Rome, à Frisco, à Paris : Marika était vierge. Quand, après avoir caressé, dans une espèce d'hébétude qui se changeait en délices, ses cheveux, son visage d'ange, ses seins qui étaient très ronds, son ventre lisse, ses cuisses qui étaient encore chaudes, Radu Brabesco, ou Brabescu, la pénétra brutalement, la morte ouvrit les yeux et poussa un grand cri.

Les cheveux de Radu Brabesco, ou Brabescu, se dressèrent sur son crâne. Les yeux exorbités, les mains levées en avant dans un geste d'horreur, il se rejeta en arrière. La tête blonde aux grands yeux noirs se balançait de droite à gauche et s'écriait : "Non ! non !" Radu resta quelques instants à tituber sur place. Et puis, le fantôme se dressa sur son séant en murmurant : "Où suis-je ?" Tenant des deux mains son pantalon qui lui tombait sur les genoux et l'empêchait de courir, Radu Brabesco, ou Brabescu, se précipita en hurlant dans la rue.

— Ah ! mon Dieu ! s'écria A. Vous avez donc des fantômes ?

— Pas du tout, lui dis-je. Bambi était bien vivante. Le choc l'avait ramenée des abîmes où elle était descendue. Elle regarda le décor, plutôt minable, qu'elle ne connaissait pas et elle se mit à pleurer. Quand elle eut versé beaucoup de larmes et essuyé avec le drap sur lequel elle était couchée le sang qui coulait de ses cuisses, elle vit que la brute qui avait abusé d'elle avait laissé ouvertes, dans sa fuite, toutes les portes du local. Alors, elle rentra chez elle.

— Comment ça ? demanda A. En taxi, en métro, en auto-stop, à pied ?

— Mais quel raseur ! m'écriai-je. Je crois qu'aucune entreprise française n'a encore creusé de métro dans les entrailles de Tîrgu Mures. Et les taxis de nuit, car nous sommes en pleine nuit, ne doivent pas sillonner en grand nombre les rues obscures de la ville. Mettons qu'elle rentre à pied et n'en parlons surtout plus.

Radu erra toute la nuit à travers la petite ville. Il se jeta, au petit matin, dans le premier bistrot qui ouvrait ses portes aux ouvriers de l'aube. Il but, il but encore. Il criait : "La morte parlait ! la morte parlait !" Il fallut appeler la police. Écrasé par l'alcool et par la terreur, il raconta dans le détail toute sa nuit de cauchemar et que la morte avait ressuscité.

L'affaire, même en Roumanie qui s'y connaît en horreurs, fit un bruit du tonnerre. La presse roumaine, bien entendu, et même la presse internationale, et surtout les feuilles un peu douteuses qui mêlent voyance et scandales, princesses et pornographie, consacrèrent des colonnes entières au viol de Tîrgu Mures et à la nuit des morts-vivants.

Il y eut un procès, bien entendu. La famille de Bambi qui était mineure se porta partie civile. Il vint des journalistes de partout : le sang, la mort, le sexe, la vodka ou la tzuica, ils adorent ça. On vit des Français, des Allemands, des Espagnols, des Italiens, des Américains, et même des Japonais, arpenter les rues de Tîrgu Mures qui n'avait jamais été à pareille fête. La salle était trop petite pour les recevoir tous. Le procès dura deux jours. Radu Brabesco, ou Brabescu, risquait gros. Le viol sur une de ces mortes dont il avait la charge et qui, comble de malchance, n'était même pas morte, cumulait le crime le plus atroce et la faute professionnelle la plus impardonnable. Vers la fin du deuxième jour, avant le réquisitoire et la plaidoirie, le président se tourna vers Marika, qui n'avait pas dit un mot pendant tout le procès, et lui exprima, en termes choisis, la compassion du jury. Il lui demanda si elle avait quelque chose à ajouter à ce qu'elle avait entendu.

Bambi se leva. Oui, elle avait quelque chose à ajouter. Un grand silence tomba sur la salle. Les gens se hissaient sur la pointe des pieds et se tordaient le cou pour apercevoir la nuque ou le profil d'ange de Marika Vulcaresco, ou Vulcarescu. L'accusé baissait la tête. La tzuica ne le portait plus dans ses bras enchantés. On entendait voler toutes les mouches du scandale et de la mort.

Avec beaucoup de simplicité qui essayait en vain de lutter contre l'émotion, Bambi déclara que Radu Brabesco, ou Brabescu, l'avait violée sous le coup de l'ivresse et que c'était un crime difficile à pardonner. Mais qu'il l'avait, du même coup — et il y eut, dans la salle, des sourires vite étouffés par le maillet du président du jury —, sauvée d'une mort certaine. Et qu'il n'y avait, nulle part ni jamais, rien de meilleur que la vie qui l'emporte sur la mort.

Et elle se rassit. Tout le monde pleurait. Radu aussi. Et elle aussi.

Radu Brabesco, ou Brabescu, qui avait violé une morte et qui l'avait rendue à la vie, fut acquitté par le tribunal.

— Est-ce qu'elle l'épouse ? » chuchota A avec une espèce de gourmandise qui m'étonna un peu.

« L'histoire, lui répondis-je avec beaucoup de dignité, l'histoire ne le dit pas. »

« Je vois bien, me dit A, et je m'en doutais déjà un peu, que ce qui t'amuse, c'est le sexe. Ce qui t'intéresse, c'est le sexe. Le reste… Voilà quatre histoires que tu me racontes pour m'expliquer les hommes, et toutes les quatre tournent autour du sexe. N'y a-t-il donc rien d'autre pour entraîner les hommes ?

— Il y a beaucoup d'autres choses, lui répondis-je. Les plus belles sont le courage, le sacrifice, la charité.

— Mais tu ne connais pas d'histoires, je parie, où ces nobles sentiments jouent le même rôle que le sexe qui fait ce qu'il veut de vous tous ?

— Bien sûr que si, lui dis-je. Une quantité. Il n'y a, je t'assure, que l'embarras du choix… Tiens ! Dans la grande guerre entre les Allemands et les Russes, qui a été peut-être, dans la poussière et la neige, la plus terrible de toute l'histoire du monde, il y avait une poignée de Français. C'étaient les aviateurs de Normandie-Niémen. Le groupe de chasse "Normandie" avait été constitué à Rayak, en Syrie, au mois de septembre 1942, sous les ordres du commandant Pouliquen, puis du commandant Tulasne. Il gagna Moscou en avion. En mars 1943, il fut engagé sur le front germano-soviétique aux environs de Kalouga. Intégré sous forme de régiment dans la 303ᵉ division aérienne soviétique, il participa aux offensives de libération de la Russie blanche et le franchissement du Niémen en octobre 44 lui valut le nom, glorieux dans le monde entier, de "Normandie-Niémen". La formation quitta l'Armée rouge en juin 1945. Elle avait remporté plus de deux cents victoires. Un pilote sur deux avait été tué. Sept fois citée à l'ordre de l'Armée soviétique, elle fut décorée, en Russie, des ordres du Drapeau rouge et d'Alexandre Nevski, et, en France, de la Légion d'honneur, de la médaille militaire et de l'ordre de la Libération.

— Mes compliments, dit A.

— Le lieutenant Aymard de V... était l'un des pilotes de "Normandie-Niémen". Il avait été élevé dans un château, et tout le tremblement, du côté de l'Anjou. Le sabre et le goupillon régnaient sur sa famille qui représentait tout ce que tu peux rêver de plus réactionnaire. Son père, qui était couvert de femmes et qui avait perdu au jeu deux fortunes successives — la sienne et celle de sa femme —, était un admirateur de Maurras et de Léon Daudet et lisait *L'Action française.* Les premiers vers qu'Aymard eût appris, encore enfant, étaient ceux de La Fontaine :

Volupté, volupté, qui fut jadis maîtresse
Du plus bel esprit de la Grèce,
Ne me dédaigne pas, viens-t'en loger chez moi ;
Tu n'y seras pas sans emploi.
J'aime le jeu, l'amour, les livres, la musique,
La ville et la campagne, enfin tout ; il n'est rien
Qui ne me soit souverain bien,
Jusqu'au sombre plaisir d'un cœur mélancolique.

et de Charles Maurras :

L'olive est au pressoir, le vin est dans la tonne.
Une rieuse enfant nous verse le muscat.
Un vent frais a cueilli la verveine et la menthe
Pour nous envelopper des charités du sort.
Ami, nous raisonnons de l'humaine tourmente
Comme deux matelots qui reviennent au port.

Le père d'Aymard était un ami de Détroyat, qui avait connu son heure de gloire en volant sur le dos à l'émerveillement des populations et en établissant, en 1928, avec le commandant Weill, la première liaison aérienne de nuit entre Paris et Marseille. Détroyat avait fait piloter Aymard dès l'âge de quinze ans. Du coup, Aymard de V... était, à Londres, dès l'été 40, le plus jeune aviateur des Forces françaises libres. Au printemps de 1941, il lui était arrivé une aventure qui avait enchanté tous les Français de Londres. C'était la fin du grand *Blitz* qui, pendant près d'une année, quatre ans avant la reprise des bombardements par les V1 et les V2, avait détruit une bonne partie de la ville. Dans le ciel de Londres, V..., aux conduites de son chasseur, s'était accroché avec un appareil allemand. Après les poursuites, les feintes, les acrobaties traditionnelles, auxquelles V... était rompu depuis son âge le plus tendre, les deux pilotes, qui étaient si proches l'un de l'autre qu'ils distinguaient presque leurs traits derrière l'habitacle et le masque, s'étaient mitraillés mutuellement. Les deux avions, en flammes, tombèrent presque en même temps.

Les deux hommes, chacun de son côté, sautèrent en parachute. Le vent les poussa l'un vers l'autre. Ils s'aperçurent en plein ciel. L'Allemand leva la main. Fidèle à des traditions qui n'avaient pas besoin d'être mises en forme pour avoir force de loi, V... répondit à son salut. Ils touchèrent terre presque ensemble, dans un roulé-boulé impeccable, à quelques mètres l'un de l'autre. Chacun, selon la règle, plia son parachute. Ils marchèrent l'un vers l'autre et ils se mirent à rire.

Ils étaient tombés dans une espèce de parc entretenu avec tant de soin qu'on eût dit un jardin. Derrière quelques grands arbres s'élevait une maison. Un homme sortit de la maison et s'avança vers eux. Il portait une veste de tweed et il fumait une pipe. Quand il fut en face d'eux, les deux hommes saluèrent et se présentèrent.

“Oberleutnant Gerhardt Weber, glapit l'Allemand en claquant des talons.

— Sous-lieutenant Aymard de V...”, dit l'autre en traînant sur les mots avec un accent des faubourgs mêlé d'accent du Faubourg.

“*Well, well*”, répondit le troisième en les dévisageant tour à tour avec l'attention d'un entomologiste en train d'examiner dans un *herbaceous border* des insectes ou des fleurs rares, “*a German, a Frenchman... I assume I have to play my part as an Englishman. Have a cup of tea?*”

Michel Détroyat, qui n'aimait pas Staline, ne fut pas positivement enchanté d'apprendre qu'Aymard allait se battre aux côtés de l'Armée rouge. Le jeune lieutenant n'avait pas d'états d'âme. Il s'entendit à merveille avec les Soviétiques. Une discipline de fer régnait dans la patrie du socialisme. Au regard des communistes, qui ne plaisantaient pas avec leurs valeurs ni avec les moyens employés pour les faire triompher, les jésuites de son enfance pouvaient passer pour de doux rêveurs, pour des modèles de laxisme. Il se lia avec plusieurs aviateurs qui bredouillaient l'anglais, le français ou l'allemand. Il s'entendit surtout très bien, si l'on peut dire, avec un groupe de mécaniciens chargés de l'entretien des appareils : c'étaient des garçons très jeunes et très habiles qui ne comprenaient aucune autre langue que le russe qu'Aymard ne parlait pas. Ils communiquaient par gestes et ils allaient se soûler ensemble à la vodka.

Un jour où le lieutenant de V… devait accomplir une mission de routine envers Voronej et Tula, un mécanicien, qui bénéficiait d'une permission et qui voulait rejoindre sa famille, lui fit demander de l'emmener. C'était pratique courante dans l'aviation soviétique. Le trajet était court. Aymard accepta. L'avion du lieutenant de V… était un chasseur monoplace, muni d'une espèce de coffre où étaient entassés les outils, les munitions, les bagages. Selon la coutume, le mécanicien se glissa dans le coffre. Vingt minutes après le décollage, l'avion fut abattu par un chasseur allemand.

Aucun des deux hommes, par miracle, n'avait été blessé. Aymard, bien entendu, disposait d'un parachute. Mais le mécanicien, dans son coffre, en était dépourvu. Pendant que l'avion tombait en vrille, le Russe, par ses cris, par ses gestes, supplia le lieutenant de sauter en parachute. Arc-bouté sur son manche à balai, Aymard lançait des jurons et agitait sa main en signe de dénégation. Le mécanicien finit par ramper jusqu'au poste de pilotage et essaya de le pousser hors de l'avion. Aymard se cramponnait à son siège : il n'était pas question de se sauver tout seul. Dans les débris de l'appareil, on découvrit les deux corps, presque intacts, du vicomte Aymard de V…, lieutenant dans le groupe de chasse "Normandie-Niémen", et de Serguei Ouvlanov, originaire de Tula et tourneur à Voronej. Les deux hommes se connaissaient à peine. Ils se tenaient par la main. »

« Ah ! je comprends, dit A. Quand ce n'est pas le sexe, c'est la mort. Et quand ce n'est pas l'amour, c'est l'amitié.

— Ou la curiosité, ou l'ambition, ou le goût du plaisir, ou l'avidité, ou la générosité, ou la sainteté, ou la folie de la beauté, ou la folie tout court : il y a beaucoup de motifs à ce que font les hommes. Et j'aurais beaucoup d'histoires à te raconter sur eux : elles sont autant d'épisodes, autant de fragments et d'éclats de la grande histoire du monde. Les plus simples et les plus courtes sont souvent les plus belles et l'amour et la mort y tiennent toujours une grande place.

On m'a raconté qu'au cours d'une de ces affreuses guerres civiles doublées de guerres étrangères qu'a connues notre planète il y avait, dans une prison, deux condamnés à mort. C'étaient deux jeunes gens, et presque deux enfants. C'étaient des traîtres pour les uns, des héros pour les autres. C'étaient des héros qui, aux yeux de leurs juges, étaient devenus des traîtres. La prison tout entière vivait leur agonie. Il y a, dans les prisons, comme une âme collective qui fait que tous souffrent pour chacun. Ce qui transforme les prisons, où sont rassemblés assassins et voleurs, en une sorte de lieu saint. La veille du petit matin où les deux condamnés devaient être fusillés, un prêtre entra dans leur cellule.

C'était un drôle de prêtre. Un ancien syndicaliste. Un homme de passion et de plaisir. Il se promenait à moto. Il buvait de l'alcool. Il fumait des cigares. La hiérarchie officielle le regardait d'un sale œil. Quand il vint s'asseoir auprès d'eux, les deux jeunes gens levèrent à peine la tête.

Soudain s'éleva de la cellule un chant vengeur et libre : c'était un chant de guerre. Il était chanté à trois voix : une voix d'homme très grave et comme deux voix d'enfants. La prison tout entière écoutait, stupéfaite.

Après le chant de guerre, il y eut des chants d'amour. De vieilles chansons, des romances, des ritournelles des carrefours. Dans les cellules voisines, les tueurs, les héros, ceux qui n'en pouvaient plus de souffrir, se souvenaient de leurs amours et de leur jeunesse heureuse. Ils se mirent, à mi-voix, à chanter avec les autres. Un chant profond s'éleva à travers la prison.

Les gardiens, immobiles, savaient que c'était la dernière fête de ceux qui allaient mourir avant d'avoir vécu. Ils laissèrent faire. Peut-être, eux aussi, chantaient-ils, avec les autres, leur jeunesse piétinée.

Toute la nuit, les chants de mort alternèrent avec les

chants d'amour. La prison tout entière n'était plus qu'une chanson. De temps en temps, le silence retombait sur les hommes enchaînés. Et puis, une voix reprenait un chant d'église ou une chanson à boire. Et, de cellule en cellule, le feu du désespoir et de la joie mêlés se remettait à flamber.

Ils chantèrent *Le Temps des cerises* et *L'Internationale.* Ils chantèrent *Les Filles de Camaret* et des hymnes à la Vierge. Ils chantèrent *Le Chant des partisans* et *Maréchal, nous voilà !*

Au fond de plusieurs cellules, les durs se mirent à pleurer. Ils revoyaient des visages qu'ils avaient tenus entre leurs mains dans les printemps du bonheur, des ponts sur les rivières où les cœurs s'étaient embrasés, où les corps s'étaient embrassés, des petits matins le long des lacs ou dans les rues des grandes villes.

On entendait dans la prison, où ne résonnaient d'habitude que les bruits ignobles des seaux et des portes qui claquaient, des voix pures qui montaient dans la nuit encore close :

Ô Vierge Marie, mère du Sauveur…

ou :

Quand il reviendra, le temps des cerises,
Le gai rossignol, le merle moqueur…

ou :

Ami, entends-tu
Le vol noir des corbeaux
Sur nos plaines…

ou :

C'est la lutte finale.
Groupons-nous
Et, demain,
L'Internationale…

ou :

Chez nous, soyez Reine…
Soyez la Madone

Qu'on prie à genoux
Qui sourit et pardonne
Chez nous, chez nous…

Quand le jour se leva, épuisée, à bout de forces, la prison chantait encore. Les deux jeunes gens partirent ensemble, radieux, vers la mort qui chantait. Une voix s'élevait, toute seule, pour les accompagner dans leur dernier voyage dans ce monde enchanté. Au nom de toutes les brutes, qui tendaient, à travers les barreaux, leurs mains nues en signe d'adieu, elle chantait le *Magnificat.*

— Ah ! oui, dit A. Les hommes sont une âme égarée dans un corps.
— Non, répondis-je à A. Ce sont des corps d'où sort soudain une âme. »

V

LE SIÈGE

« La ville tenait toujours. L'eau se faisait rare dans les puits. Les femmes levaient les yeux pour voir si des nuages allaient amener la pluie. Mais le ciel restait pur, désespérément pur, et le soleil brillait sur la ville assiégée où il n'y avait plus ni viande, ni blé, ni lait et où l'or, inutile, ne servait plus à rien.

Comment la ville, depuis tant d'années si puissante et si riche, en était arrivée là, beaucoup déjà ne s'en souvenaient plus guère. Longtemps, les armées de la ville avaient été victorieuses. Elles avaient poussé jusqu'au Caucase, jusqu'à l'Indus, jusqu'aux déserts derrière le Nil et elles avaient fait régner l'ordre et la paix dans des pays très lointains. Toutes les familles de la ville comptaient au moins un soldat pour avoir pris part à ces expéditions fabuleuses d'où beaucoup n'étaient jamais revenus. Lui, le chef, le général, le maître de la ville, le prince avait encore remporté quelques victoires foudroyantes où son génie, une fois de plus, s'était donné libre cours. Mais la fortune des armes avait fini par se lasser. Les forces de l'ennemi n'avaient cessé de grossir. Des renforts lui étaient venus de partout. Il avait coupé le chemin de la mer. La victoire, fatiguée, avait changé de camp. Il avait fallu se replier en toute hâte et finir par se rejeter derrière les murailles de la ville. Et le siège avait commencé.

Il durait maintenant depuis plus de trois ans. Il y avait eu la neige, la pluie, un soleil dévorant et de nouveau le froid qui tuait les plus pauvres, et la chaleur qui apportait la peste. Les autorités faisaient régner un ordre que tout le monde acceptait parce que c'était la seule chance de survie. Toute la ville assistait, comme jadis, aux grandes fêtes religieuses et civiles où la misère et l'angoisse étaient camouflées tant bien que mal derrière les rites de toujours. Les prêtres, et surtout le grand prêtre, qui était l'oncle du prince, étaient entourés de la vénération générale : beaucoup, dans la ville, n'espéraient plus qu'un miracle.

Certains, au-dessus de tout soupçon — et le frère du prince lui-même —, avaient désespéré : ils étaient passés à l'ennemi. Deux ou trois d'entre les transfuges avaient été pris sur le fait et arrêtés à temps, l'un au moment où il tentait d'envoyer, par pigeon voyageur ou par des feux sur une tour ou sur une colline, des messages à l'ennemi, l'autre à l'instant même de s'engager, aux petites heures du matin, dans un passage secret qui débouchait sur la plaine aux environs de la ville. Les traîtres étaient passés devant un tribunal militaire qui n'avait pas traîné : en moins de vingt-quatre heures ils avaient été jugés et brûlés en place publique.

La faim, la soif, la peur régnaient, aux côtés du prince, sur la ville assiégée. Les caves et les greniers regorgeaient heureusement non seulement d'armes et de vêtements, mais de grain, de vin, de légumes séchés et d'huile. Il y avait dans les étables, à l'intérieur des remparts, des poules, des chèvres, des moutons, des bœufs et des vaches qui, d'abord en grand nombre, avaient fini peu à peu par devenir des trésors. Leurs propriétaires avaient fait fortune — mais à quoi pouvaient bien leur servir, dans la ville assiégée, des montagnes de pièces d'or ? — jusqu'à la décision des autorités de faire passer sous leur contrôle direct tout ce qui pouvait servir à nourrir les habitants. À mesure que la liberté s'amenuisait dans la ville, l'égalité et la fraternité se mettaient, peu à peu, à y régner en maîtres. Des illuminés s'installaient aux carrefours et annonçaient aux passants que le royaume des cieux était en train de descendre sur la ville assiégée. De moins en moins de détails séparaient le seigneur de son valet, le banquier de son barbier, le propriétaire du va-nu-pieds. C'est la vie qui distingue et met des différences entre les hommes. La mort les rapprochait et les unissait.

Au bout d'un an de siège, il devint capital, pour les assiégés comme pour les assiégeants, de savoir quelque chose sur les sentiments et le moral de l'ennemi. Des espions furent envoyés par la ville chez les assaillants et par les assaillants dans la ville. Quelques-uns furent reconnus, démasqués, arrêtés. Ils furent traités comme les traîtres. D'autres réussirent à revenir chez eux et à y donner des informations sur ce qui se passait dans l'autre camp. Ces informations, la plupart du temps, étaient contradictoires : les uns assuraient que l'ennemi était à bout de souffle et sur le point de céder. Les autres soutenaient qu'il se préparait à des affrontements décisifs.

L'essentiel, pour chacun des deux camps, était de faire croire à l'autre que ses forces étaient intactes. Les assaillants bombardaient la ville de légumes, souvent pourris, et de viandes, décomposées. Les assiégés déversaient sur les troupes rassemblées sous les remparts des tonneaux d'huile bouillante et de poix enflammée. Bientôt apparurent des projectiles d'une autre espèce : les assiégeants envoyèrent dans la ville, par-dessus les remparts, des cadavres de pestiférés que les assiégés s'efforçaient de brûler au plus vite.

Après deux ans et demi de siège, une rencontre fut organisée entre les princes des deux camps. Elle demanda beaucoup d'efforts et de conversations entre lieutenants. Plusieurs des messagers laissèrent leur vie dans l'affaire. Mais enfin, entourée de part et d'autre d'un luxe de précautions inouï, la conférence se tint dans la grande plaine devant la ville. Des otages avaient été remis en nombre égal par chacun des deux camps à l'autre et ils répondaient sur leur tête du bon déroulement de la conférence.

Cernée par les tueries, la rencontre fut une fête où chacun s'efforça d'impressionner son rival et de le convaincre de se retirer d'une lutte trop inégale. On mangea et on but sous des tentes tissées d'or, on prononça des discours, on envisagea des mariages entre les princes des assaillants et les filles de ceux de la ville, on se promit l'un à l'autre des monceaux de pièces d'or et des provinces entières. Il y eut des tournois et de la musique. Les prêtres essayèrent de s'entendre derrière le dos des guerriers. Venus d'un camp et de l'autre, des commerçants firent fortune, en vendant des fourrures aux assiégés qui souffraient de l'hiver et des icônes sacrées, provenant des temples de la ville, aux femmes des assiégeants et à leurs conseillers. Deux ou trois fois, les adversaires furent sur le point de s'entendre et de mettre fin au combat. Et ils finirent par rompre.

Chacun rentra chez soi et s'installa de plus belle dans une lutte languissante. Profitant de renseignements recueillis pendant la trêve, les troupes de la ville organisèrent des sorties et ramenèrent des prisonniers. Les assaillants se lancèrent dans des travaux de longue haleine. Un beau matin, les gens de la ville aperçurent dans la plaine, du côté de la forêt de chênes devant la poterne ouest, une tour de bois qui s'élevait. C'était une machine de guerre d'où des projectiles enflammés allaient tomber sur les assiégés. Toute la ville, jour après jour, se portait sur les murailles pour examiner les progrès de la menace qui signifiait sa fin. Les généraux de la ville se réunirent et décidèrent qu'il fallait détruire coûte que coûte la machine infernale. On posta des archers dans les échauguettes des remparts : ils tirèrent sur la tour de bois des flèches trempées dans la poix et enflammées au dernier moment. La tour prit feu et s'écroula.

Les assiégeants reprirent les travaux en installant des archers et des bombardes à chaque étage de la tour en train d'être reconstruite. Deux des échauguettes disposées en encorbellement furent détruites par les boulets. Les autres devinrent vite intenables. La tour s'élevait. Un commando suicide, composé de baroudeurs professionnels, de têtes brûlées, de condamnés à mort à qui on avait promis la vie sauve s'ils s'en tiraient, fut envoyé pour la détruire. Les hommes sortirent de nuit par une poterne, égorgèrent les gardes ennemis, arrivèrent jusqu'à la tour et la jetèrent à bas en y mettant le feu. Deux membres du commando réussirent à regagner la ville où ils furent fêtés comme des héros.

Une troisième fois, l'ennemi entreprit de reconstruire la tour. En pierre, ce coup-ci, et en fer. Et plus près encore des murailles. Les gens de la ville abattirent plusieurs douzaines d'ouvriers. Mais, au bout de quatre mois, la tour dominait les remparts. La ville voyait sa mort prendre forme sous ses yeux.

Tout au long du siège se succédèrent des exploits et des aventures amoureuses qui inspirèrent pendant des siècles, dans un camp et dans l'autre, les poètes et les historiens. Deux frères se battaient pour la ville assiégée contre les assaillants. L'un d'eux fut fait prisonnier après avoir été blessé. L'autre alla le chercher, abattit tous ses gardes, le ramena sur son dos jusqu'au pied des remparts et expira avec lui en rentrant dans la ville. Une des filles du prince de la ville avait été gardée quelques jours en otage par l'ennemi à l'occasion de la rencontre entre les capitaines des deux armées. Un des chefs des assiégeants avait eu, en la voyant, un coup de foudre pour sa beauté. Elle se prit d'amour pour lui. Tous les soirs, durant quatre mois, ils se rencontrèrent dans un jardin blotti sous les murailles dont elle avait les clés. On les surprit un beau matin, endormis après l'amour. Malgré ses pleurs et ses gémissements, les gens de la ville massacrèrent dans ses bras l'étranger qu'elle tentait en vain de protéger de son corps. Elle fut enfermée dans un des couvents de la haute ville où elle devint folle au bout de trois jours.

Il y avait des gens heureux dans la ville assiégée. Des aventuriers qui aimaient la guerre et méprisaient la peur, deux ou trois désespérés qui aspiraient à mourir, un grand mathématicien, qui était aussi géomètre, et que le siège ne gênait guère : il vivait dans les chiffres, les cercles, les triangles, les sphères, et il poursuivait ses recherches en traçant sur le sol ses figures enchantées. »

À peu près au moment où la tour de pierre et de fer commença à dominer les remparts, l'eau vint à manquer dans la ville » et A m'interrompit :

« Dis donc, s'écria-t-il, c'est quand, ton siège ? Et c'est où ?

— N'importe où, lui dis-je. N'importe quand. À Troie, à Carthage, à Rome, à Paris, à Stalingrad, à Berlin. Les armes diffèrent, et les esprits. Le paysage. Le climat. Le langage. Les habitudes. L'issue aussi du combat. Mais la situation est la même. Au lieu de te raconter les aventures des hommes, qui découlent sans fin les unes des autres, toujours différentes, et toujours identiques, je pourrais te décrire, à l'usage de tes collègues, des situations et des mécanismes qui forment, dans l'histoire des hommes, comme des constellations indéfiniment répétées. Nous aurions la guerre, la passion, le commerce, toutes les espèces de voyage — la conquête, l'amour de l'art, la foi, la curiosité, l'intérêt —, et encore la folie, la ruine, la maladie, l'ennui…

— L'ennui ? demanda A.

— L'ennui, lui dis-je. Comme l'espérance ou l'histoire, comme l'ambition, comme le mensonge, l'ennui est le propre des hommes. Et un dieu sombre et très puissant. »

VI

ÉLOGE DE L'ENNUI ET DES IMBÉCILES

« L'ennui promène à travers le monde ses yeux de merlan frit et sa gueule de requin. On le voit traîner sur les champs de courses, dans les réunions de famille, dans les salons à la mode, aux abords des grandes banques et des administrations, dans les débats et colloques et dans les banquets de fin d'année. C'est un habitué du confort et des vœux exaucés. Le moindre malheur le chasse, comme l'ail et le crucifix et le pieu en plein cœur au lever du soleil font s'évanouir les fantômes et disparaître les vampires. Il fuit les guerres civiles, les catastrophes, les famines de la Chine et du Sahel, les inondations du Bengale. Il ramène sa longue fraise dans la prospérité. C'est un parvenu, un rentier, un jouisseur fatigué rattrapé par sa fatigue, un aventurier à la retraite, un industriel sans industrie, une mâchoire qui se décroche sur une tribune qui s'assoupit, un mandarin sous sa coupole. Il erre sur les grands boulevards, il s'enferme dans les cafés et dans les cinémas, il s'endort sur des ouvrages qu'il n'arrive jamais à achever. L'histoire est une sole très plate, une limande avariée, un rouleau compresseur dans les grandes plaines du Nord envahies par la pluie, la surface de l'étang sous les brumes de l'automne. Et tous les jours se ressemblent.

Il se moque bien du passé, il n'attend rien de l'avenir. Et le présent est si long. Il bâille un monde sans relief, sans couleurs, où jamais rien n'arrive. Il ignore les passions, les fureurs, l'indignation, le chagrin. Il voudrait bien se fâcher. Il aimerait mieux mourir.

L'ennui efface d'un doigt hésitant la buée de son souffle sur le carreau de la fenêtre. Il dessine des ronds, des carrés, des cœurs percés d'une flèche où ne figure aucun nom,

des pendus au bout d'une corde où il se reconnaît.

Il chante des refrains d'enfance qui lui passent par la tête et qu'il répète sans se lasser :

À quoi je pense ? À rien peut-être.
Je regarde les vaches paître
Et la rivière s'écouler.

L'histoire, l'astronomie, le football, la haute finance : de très vagues caravanes à l'autre bout du désert, des rumeurs dans le lointain et qui ne parviennent qu'étouffées.

Demain l'accable. Hier l'assomme. Aujourd'hui le détruit. Il vit dans un présent interminable qui n'en finit pas de se répandre sur l'avenir et sur le passé. La seule compagnie qu'il supporte est celle de la paresse qui partage beaucoup de ses goûts — et surtout de ses dégoûts : ils détestent l'un et l'autre l'hystérie des motifs et des buts, des résolutions, des injonctions, des ordres, et l'impératif les révulse. Le mode de l'ennui est l'interrogation : "Que devenir ?"

“À quoi bon ?” “Mais qu’est-ce que je fais là ?” L’ennui est une trappe où les hommes disparaissent, une machine trop bien huilée qui les arrache à l’action et à l’histoire en train de se faire.

— J’ai déjà remarqué, me dit A, que tu aimais le paradoxe. J’eusse voulu, rêvé-je ?… »

Je m’inclinai, discrètement.

« … que tu me parlasses de Vitruve, de Paracelse, d’Auguste Comte, de Garibaldi, de Lénine, du président Wilson et de ces grands esprits qui sont l’honneur des hommes. Voilà que tu m’entraînes sur les chemins de l’ennui, flanqué de la paresse et de l’abrutissement, qui les ramène, si je comprends bien, à l’état d’huître, d’éponge, de carotte, de caillou à peine doté de mémoire et d’imagination.

— Ah ! lui dis-je, c’est que, par un joli renversement, et qui mérite l’admiration, la métaphysique rapplique à toute allure dans le vide de l’ennui. L’histoire et l’action n’ont peut-être pas d’autre but que de camoufler un abîme révélé par l’ennui. Voilà le fêtard désœuvré plus près de l’essentiel que le banquier, le ministre, l’administrateur délégué, l’exportateur affairé qui fait tourner à plein régime le commerce extérieur et les comptes de la nation. L’ennui ne se cache pas derrière les bosquets de la politique ou du tennis de table, dans les placards de la linguistique, sous les prétextes des beaux-arts. Il se livre tout nu au temps. Et l’être n’est pas très loin. Il affleure sous l’ennui comme la vérité sous le mensonge.

L’ennui est l’homme sans histoire et sans divertissement. Il se retourne sur lui-même. Il doute, il désespère. Il passe le temps qu’il exècre et dont il n’a pas l’usage à s’interroger sur lui-même. Il est la philosophie dans sa forme la plus fangeuse, sous les espèces du marécage. Quand il lance sur les plages sans fin le long de l’océan la mélopée déchirante qui l’a rendu célèbre : “J’ai rien à faire… Qu’est-ce que j’ peux faire ?… J’ sais pas quoi faire…”, il murmure déjà la formule des sceptiques guettés par le mysticisme : “Qu’est-ce que je fais là ?” Il y a quelque chose qui bée dans l’ennui : c’est l’être à l’état pur qui n’en peut plus de la vie et qui ne veut plus de l’histoire. L’ennui entre de plain-pied, par la porte de derrière, dans le royaume de l’esprit.

— Encore un effort, me dit A, et, après avoir meublé l’ennui en vestibule de la philosophie, après l’avoir décoré aux couleurs d'une métaphysique qui n'en demandait pas tant, tu abandonneras le rapport, tu te livreras là-bas, sous le soleil des îles, à des rêves de paresse et tu feras du raté, de l'abruti, de l'imbécile — car je vois bien qu'ils te séduisent — comme l'idéal à quoi tendre, comme l'archétype de l'homme.

— Pourquoi pas ? lui dis-je. J'aime beaucoup ne rien faire. J'ai un faible pour les ratés. L'ennui m'occupe et m'amuse. L'échec, pourquoi le cacher ? m'intéresse plus que le succès. Je ne mets pas l'imbécile qui a fini par réussir très au-dessus de l'imbécile qui a toujours échoué. Je les fourre en bloc tous les deux à mi-chemin du groupe restreint et plus bas que terre de ceux qui se croient si malins et du groupe, plus restreint encore et suprême, de ceux qui le sont vraiment. Moins haut que Flaubert, ou Érasme, ou le Dr Freud, qui appartiennent à la catégorie des génies — et qui aimaient d'ailleurs beaucoup les idiots et les fous —, mais plus haut que le chef, le ministre, la vedette, le patron, le secrétaire général, le président, le connaisseur, l'important, le suffisant, le pompeux : tout ce que le monde moderne admire sous l'étiquette succès, sous le panneau réussite, sous la rubrique pouvoir. Les définitions du raté et du talent distingué me semblent souvent interchangeables. C'est une question d'environnement, de situation, d'occasion. La Douane de mer où tu as débarqué est surmontée d'un globe, soutenu par deux atlantes, qui représente le monde. Et une statue de la Fortune est debout sur le monde sous l'aspect d'une girouette. C'est elle qui régit en souveraine le destin des vivants.

Au vent vif de la lagune
Qui l'oriente à son gré
J'ai vu tourner ta Fortune
Ô Dogana di Mare !

Beaucoup de noms célèbres auraient été ignorés s'ils n'avaient pas été servis par le hasard et la chance. Beaucoup d'idiots de village ou de voyous méprisés auraient pu acquérir de la réputation s'ils avaient trouvé leur chemin. À la fin de l'Ancien Régime, tu aurais du mal à dénicher en France un très grand capitaine. Dès le lendemain de la Révolution, tout au long des guerres de l'Empire, tu marches sur les généraux de génie qui seraient restés sur leur fumier et dans leurs arrière-boutiques si les temps n'avaient pas changé. Les maréchaux-ferrants, les aubergistes, les marchands de farine font des maréchaux très capables et des rois qui en valent d'autres. Des chefs de guerre inconnus dorment partout dans la paix et plus d'un poète, d'un artiste, d'un philosophe, d'un savant ont été étouffés par les convulsions de l'histoire. Je ne nie pas le talent, l'intelligence, la vertu, l'obstination, mais je crois que tout est d'abord affaire de circonstances et que l'histoire distribue à son gré les succès et les échecs, les puissants et les misérables. Le vent qu'il fait décide de tout.

La clé de l'affaire est que les hommes se valent. Et chacun d'entre eux est fait d'un peu tout le monde. Ce qui met entre eux un semblant de différence, c'est le hasard et l'occasion. Terreau de la philosophie, de la poésie, des beaux-arts en général, l'ennui n'est rien d'autre que la nudité de l'être qui n'a pas trouvé son hochet.

— Je crains, remarqua A, que l'attention de mes collègues, les esprits d'Urql, ne soit d'abord retenue par le semblant de différence. L'ennui les fera bâiller. Ils plaindront les ratés. Les imbéciles les agaceront. Ce qui les amusera, et peut-être à la folie, ce sont — batailles, carrières, institutions, pouvoirs, et peut-être mariages des vedettes et des princes — les hochets de l'histoire.

— Ils sont semblables aux hommes, lui répondis-je. Les hommes sont fous de hochets. »

VII

LES HOCHETS

« L'important, pour les hommes, c'est d'abord d'entrer dans le monde. C'est de naître. Tant que tu n'es pas né, tant que tu n'as pas pris place dans l'espace et le temps — et tu commences à savoir que l'espace n'est que du temps dégradé —, il n'y a rien de fait et il n'y a rien à faire. Mais à peine es-tu né que le cirque ouvre ses portes. Les lampions s'allument. Le public afflue. Les grosses caisses se mettent à rouler. Et le spectacle commence. Chaque homme est un poème récité par le destin. Et toutes les vies des hommes sont des numéros de cirque plus ou moins applaudis par la foule des badauds.

Les hommes, jusqu'à aujourd'hui — je me demande si les choses ne risquent pas de changer assez vite —, ont un père et une mère. La règle — il y a bien sûr des exceptions — est que le père et la mère s'inquiètent dès la naissance de l'avenir de leur enfant dans le théâtre du monde. Longtemps, ils lui ont fixé d'avance le rôle qu'il aurait à y jouer. Il n'y avait même pas, en vérité, de rôle à définir : tout était réglé d'avance par le climat, par la région, par les autres, par l'histoire. Et, la plupart du temps, le rôle de l'enfant était le même que celui des parents. Les hommes n'avaient pas d'autre destin que celui de leur espèce. C'est pour cette raison que l'histoire a longtemps paru immobile.

Un progrès décisif a été accompli quand la marche de l'histoire et le changement des habitudes — nous disons plus volontiers, avec le goût de l'emphase qui nous caractérise : l'évolution des mœurs — ont permis aux parents d'imaginer obscurément que le destin des enfants pourrait être différent du destin des parents. La liberté l'emportait sur la fatalité. Un pas, encore un pas, et l'idée audacieuse est venue aux parents qu'il ne serait pas impossible de consulter l'enfant sur ce qu'il voulait faire du temps qui lui était accordé pour s'amuser sur la scène avant de ressortir du théâtre où il venait d'entrer. Un refrain bienveillant et sinistre, qui est un des ressorts du grand roman du monde, est alors apparu dans la longue chanson des parents aux enfants : "Qu'est-ce que tu comptes faire de ta vie ?" Un choix inimaginable il y a encore trois mille ans. Un progrès. Et un drame.

La plupart des enfants n'ont pas la moindre idée de ce qu'ils veulent faire plus tard. Et rien n'est plus beau, plus beau et plus terrifiant, que les lents tâtonnements des enfants, puis des jeunes gens, aux prises avec la vie. On a donné un nom à ces efforts et à ces découvertes : on les a appelés les études.

L'apparition de l'école, de l'université, des études est une des marques du monde moderne. Elles constituent depuis Platon, depuis Aristote, depuis Virgile et Horace et depuis Charlemagne un des thèmes dominants de la planète que tu études. Plus les études sont universelles, plus elles sont longues et ouvertes, plus le progrès s'installe.

— Les enfants, demanda A, sont-ils friands d'études ?

— Je crois qu'ils les détestent, lui dis-je. Ils préféreraient faire comme nous, c'est-à-dire presque rien. Et se promener dans le monde.

— Presque rien ! s'écria A. Tu en as de bonnes ! Et le rapport ? Le compterais-tu, par hasard, pour rien ou pour presque rien ? Crois-tu que l'effet que j'en attends sur les esprits, mes collègues, et sur les populations d'Urql ne soit rien, ou presque rien ?

— Calme-toi, lui dis-je. Le rapport, c'est le monde. Le monde est peut-être peu de chose, mais, à coup sûr, il n'est pas rien. Et le rapport aussi n'est pas rien. Peu de chose peut-être, mais pas rien. Il existe, il est là, et tous les esprits d'Urql auront, un jour ou l'autre, le bonheur de le feuilleter. Et je sais bien que notre travail pour rendre compte de ce monde demande beaucoup d'efforts. Et qu'il est quelque chose comme les études des enfants : une attention, une patience, une recherche infinies.

— À la bonne heure, dit A.

— Mais tu es un esprit pur venu d'un autre monde. Et moi, je suis dans cet état délicieux, si proche du repos, de l'ennui, du sommeil, du presque rien, que nous appelons la mort. Les enfants sont dans la vie. Ils se débattent avec elle. Ce qu'il y a de cruel dans la mort, c'est qu'elle s'accroche encore à la vie. La mort une fois acquise est plus calme que la vie. La vie est une pieuvre, un tourbillon. Nous avons la chance, toi et moi, d'être en dehors de la vie : tu ne l'as jamais connue — et elle est derrière moi. Elle est devant les jeunes gens. Il faut qu'ils se jettent en elle comme dans un océan. C'est une aventure formidable. Elle les attire, elle les agite, elle remue en eux ces grandes espérances et ces sueurs d'angoisse que décrivent nos romans. Je crois que, bien souvent, ils aimeraient s'ennuyer et se promener sans but le long des fleuves ou parmi les collines et regarder autour d'eux et se laisser aller, comme nous, aux charmes purs de l'être. Mais il leur faut apprendre à choisir leurs hochets.

— Quels hochets ? demanda A.

— Mais l'argent, lui dis-je, la finance, l'administration, l'armée, le clergé, la musique, le ballon rond, l'aventure, l'archéologie, la peinture, les travaux publics, la politique, le vol à la tire, la cuisine, la théologie et tout le reste de ce train fantôme, de cette galerie des glaces et de ces montagnes russes que nous appelons le monde. Les hommes, mon cher A, ont à faire quelque chose de leur vie. Et s'ils hésitent à choisir, on les y contraint par la force. Par un décret divin et humain à la fois, ils doivent se mettre au travail. Les religions l'exigent, les gouvernements l'imposent, la société le réclame, l'égoïsme le conseille. Et s'ils s'y refusent, on les empêche de vivre. On les nourrit s'ils travaillent. On les habille s'ils travaillent. On les protège du froid s'ils travaillent. On les honore s'ils travaillent. Et, par un système d'une subtilité merveilleuse, on leur donne de l'argent en échange de leur travail afin qu'ils se nourrissent, qu'ils s'habillent, qu'ils se logent pour mieux retourner au travail.

Quelques-uns, parmi les hommes, voyant le rôle du travail dans l'histoire et le rôle de l'argent dans le travail, ont coupé au plus court : ils ont tourné autour de l'argent pour que l'argent tourne autour d'eux. Ils sont devenus banquiers, usuriers, prêteurs sur gages, financiers. Ils ont fait d'immenses fortunes, qui leur ont permis de s'occuper de musique et de beaux-arts, ou ils se sont ruinés à blanc et souvent suicidés en se pendant à une poutre, en se jetant d'un train ou en s'ouvrant les veines quand le bateau chargé d'épices avait fait naufrage avant d'entrer au port ou que la Bourse s'effondrait. On a vu des joueurs se tirer une balle dans la tête dans les jardins de Monte-Carlo parce que le 6 ou le 24 avaient tardé à sortir. Mais la plupart des hommes ne sont pas des joueurs. Et ils ne sont pas banquiers. Ils descendent dans les mines, ils construisent des voitures, ils vendent des fromages, des chapeaux, des bicyclettes, ils font pousser du blé, des pommes de terre, des vignes, ils naviguent sur la mer. Il est rare qu'ils fassent fortune. Une règle étrange les guide : plus le travail est dur et moins ils gagnent d'argent.

— Tu m'avais déjà parlé du travail et j'avais du mal à comprendre ce que travailler signifiait. Les esprits purs ne travaillent pas. Il faut, pour qu'il y ait travail, qu'il y ait une histoire et des corps. Je n'ai pas d'histoire, je n'ai pas de corps. Je vois bien que le travail est une espèce de malédiction et *qu'il est le cœur et la fin* des hommes. Peut-être pourrait-on indiquer aux esprits d'Urql que le temps a fait les hommes et que les hommes font leur travail ?

— Il est tout à fait vrai que le travail est une malédiction. Il y a une première malédiction : c'est la naissance. Il y a une deuxième malédiction : c'est le travail. Il y a une troisième malédiction : c'est la souffrance et la mort. Mais une fois que le monde et l'histoire ont pris le départ pour leur course, le vent se met à changer, la malédiction se retourne. La pire malédiction est de ne pas naître à ce monde, si plein de soleil et de beauté que les hommes les plus misérables sont moins à plaindre que les esprits...

— Même les esprits d'Urql ? demanda A.

— Même les esprits d'Urql, répondis-je : ils ne connaissent pas la Douane de mer, ils n'ont pas vu Marie, ils ne savent rien de l'histoire, des rouges-gorges, des torrents de montagne, de la baie de Pedi, de la découverte de l'imprimerie, de la bataille de Waterloo vue par Fabrice del Dongo, ils ignorent tout de l'olivier, de la chaleur, du bleu, de la chanson de Barberine, ils ne se sont pas baignés dans la mer.

— Ils auront le rapport, remarqua A.

— Je crains que le rapport ne leur donne de cette planète qu'une idée imprécise et une image assez floue. Ils ne ressentiront ni le bonheur de se lever le matin pour aller se promener sous les pins ni la honte et le chagrin qui font partie de ce monde et de sa beauté sans égale. Ce monde si beau est si cruel que la pire malédiction, après ne pas être né, serait de ne pas mourir. Le premier de ces droits de l'homme dont les temps modernes nous rebattent les oreilles est de nous en aller et de quitter cette machine ronde que nous avons tant aimée. Tous les hommes, grâce à Dieu, ont le droit de mourir. Mais, avant de partir pour ces vertes prairies de l'âme où nous nous ébattons, la pire des malédictions, pour les hommes de cette Terre, est de se voir refuser un travail dont la nécessité, pourtant, est déjà une malédiction que tout l'effort de la science, pendant des siècles, a consisté à conjurer.

— Quelle horreur ! s'écria A. Trois ou quatre fois, déjà, tu m'as raconté des choses odieuses qui m'ont fait dire : Quelle horreur ! Voilà que tu recommences et que tu m'expliques tout au long, du ton le plus uni, que, dans ce monde sans queue ni tête, tout est malédiction : naître et ne pas naître, mourir et ne pas mourir, travailler et ne pas travailler. Pourquoi le travail se mettrait-il à manquer ? Ne faut-il pas sur votre Terre, puisque les hommes ont le malheur d'être flanqués d'un corps, faire pousser des légumes et tailler des vêtements et construire des maisons ?

— Tu sais bien que le monde est un système, ou une suite de systèmes, et tous les systèmes se déglinguent. Il arrive un moment où le travail, au lieu de produire de l'argent, se met à en coûter. Alors le travail n'a plus de sens. Et on le refuse aux hommes.

— Qui le refuse ? demanda A.

— Mais qui veux-tu que ce soit ? répondis-je. Le système, évidemment. Et puis, d'autres hommes, évidemment.

— Je crains que le rapport, soupira A, ne flanque un coup terrible au moral des esprits d'Urql. Ils penseront que le monde n'est bon à rien qu'à être jeté au feu.

— Oh non ! m'écriai-je. Tu le sais, tu le vois bien : le monde est beau. Les hommes sont fous de la vie. Ils sont heureux d'être nés. Ils ont peur de mourir. Ils s'attachent à ce qu'ils font. Et, même quand ils n'en ont plus, ils rêvent encore à ce travail qui n'est que malédiction. Ils ont trouvé un nom pour le sillon qui, poursuivant le sillon légué par ceux d'avant, préparant le sillon de ceux qui viendront plus tard, va occuper toute leur vie : ils appellent ça une carrière.

— Une carrière ? répéta A avec une sorte de stupeur.

— Ils ont des carrières d'ingénieur, de soldat, d'avocat, de marin, d'ouvrier, d'employé, de diplomate, de mineur, de plombier, d'infirmière, et quand leur carrière est finie, on leur donne des médailles.

— Tu te moques de moi ? dit A. Des hochets sur des hochets ?

— Ils les aiment, affirmai-je. Parce que, autant que de pain, de vêtements, de maisons, les hommes ont besoin de se perdre dans quelque chose, et peut-être n'importe quoi, qui les dépasse un peu. Pour de l'argent, bien sûr. Et pour plus que de l'argent. Il n'est pas tout à fait sûr qu'il n'y ait pas dans le travail comme un élan obscur vers une forme de salut. L'argent est quelque chose d'accidentel dans l'histoire, et de plus récent encore que la musique, la peinture ou la littérature. Et quand les carrières rapportent très peu d'argent, on parle de vocation. Être prêtre est une vocation. Soigner les autres est une vocation. Se faire tuer est une vocation. Être peintre est une vocation. Être musicien est une vocation. Écrire des livres est une vocation.

— Et le rapport ? demanda A.

— Je crains, dis-je en riant, que ce ne soit une vocation. Je ne suis même pas sûr, en t'écoutant, que la gloire que tu m'as promise attende vraiment mon nom dans les assemblées d'Urql qui ne verront que délires — et ils ont peut-être raison — dans l'histoire que je leur raconte. Il faut pourtant que tu comprennes que ce monde si compliqué est plus simple que tu ne crois. Il y a un bonheur de l'effort, du courage, du travail accompli. Le paysan dans son champ, le marin sur la mer après les nuits d'hiver, le comptable avec ses comptes, le commerçant dans sa boutique : l'homme après son travail est heureux comme un roi.

— Tant mieux pour vous, dit A.

— À la différence des esprits venus d'Urql…

— C'est moi, indiqua A.

— Oui, lui dis-je, c'est toi… les hommes s'interrogent très peu sur l'espace et le temps, sur l'être, sur leur mort. Ils sont pris dans leurs hochets. Les hochets les emportent. Ils leur servent de passion et ils leur servent d'oubli. C'est un salut dérisoire — mais un salut tout de même. L'important, pour eux, est qu'un habit tombe bien, que le navire arrive au port, que la table ne boite pas, que le charbon soit extrait des mines où on va le chercher, que la voiture puisse rouler, que la peinture soit belle, que le livre soit achevé. Les meilleurs d'entre eux donneraient leur vie pour leur travail. Les soldats se font tuer sur les champs de bataille, les marins sombrent avec leur navire, les révolutionnaires sont fusillés à l'aube le sourire sur les lèvres et les poètes meurent de faim. Voilà la vie. Elle est toute simple.

— Bon ! me dit A. Assez rigolé. Au rapport ! Il faudra me mettre tout ça en ordre. C'est ficelé en dépit du bon sens. Il s'agit de couper. Et de ne garder que les grandes lignes. »

Je me pris la tête entre les mains.

« Peut-être pourrait-on envisager quelque chose de ce genre : “Les hommes passent du néant à l'espace et au temps pour se débrouiller comme ils peuvent dans le monde où ils sont tombés, avant de sortir à nouveau de l'espace et du temps pour des destinations inconnues.”

— J'imagine, dit A en levant les yeux au ciel, que mes collègues m'interrogeront sur “se débrouiller comme ils peuvent”. Les “destinations inconnues” ne les étonneront pas du tout. Sur ce sujet-là au moins, ils en connaissent un bout. Mais “se débrouiller comme ils peuvent dans le monde où ils sont tombés” leur paraîtra bien étrange. Que pourrai-je bien leur répondre ?

— Attends un peu », lui dis-je.

VIII

LE TOURBILLON DE LA VIE

Le monde s'étalait devant nous. Nous partîmes tous les deux voir les hommes dans leurs œuvres. Nous rencontrâmes des prêtres, des juges, des clochards, des amoureux, des cyclistes dans les plaines et à l'assaut des cols, des diplomates sous leurs plafonds peints par Rubens ou Michel-Ange, des bandits au coin des bois, des teinturiers, des facteurs, des galériens rivés à leur banc au fond de navires en train de couler, des boulangers, des notaires, des présentatrices de télévision, des magiciens, des cantatrices, des empoisonneuses à la solde d'empereurs, de maîtresses délaissées et du clan Médicis. Chacun s'agitait dans son coin, attaché au succès des entreprises où il était mêlé. Nous vîmes des soldats dans les montagnes du Tonkin et dans la jungle du Laos, des légionnaires romains à l'assaut de Massada, des franciscains sous les tentes du Grand Khân, des personnages de Kipling au pied de la passe de Khyber. Nous assistâmes au camp du Drap d'or, au congrès de Vérone avec le prince de Metternich et le vicomte de Chateaubriand, à l'assassinat de Röhm et de ses S.A. un soir de printemps au bord d'un lac de Bavière. Nous descendîmes dans des tavernes en Calabre, dans des palaces à Londres, à Rome, à Dallas, à Calcutta, où des pauvres mouraient dans les rues. Nous marchâmes avec des grévistes derrière des drapeaux rouges, avec Spartacus dans les Pouilles et en Lucanie, avec Pancho Villa et Emiliano Zapata sous le grand soleil de Durango ou de Cuernavaca, avec les troupes de Simon de Montfort à l'assaut des Cathares et de leurs châteaux haut perchés. Nous allumâmes un feu dans les savanes de l'Afrique de l'Est avec des cousins de Lucy, nous en entretînmes un autre aux côtés des vestales, nous nous chauffâmes à un troisième sous les yourtes des Ouïgours. Nous aperçûmes des rois en train d'être couronnés dans les églises de Reims, de Milan ou de Rome, et d'autres en train de fuir après de grandes défaites qui laissaient des corps sans nombre sur les champs de bataille où erraient des reines veuves. Nous fûmes crucifiés avec les esclaves, nous triomphâmes avec les empereurs au sommet de leur gloire avant d'être poignardés et jetés au ruisseau. Nous servîmes de témoins aux serments des amants.

Les hommes souffraient beaucoup. Devant les enfants en train de mourir parce qu'ils étaient tombés de cheval sous les yeux de leur mère ou qu'une voiture les happait, devant les pestiférés de Jaffa, devant les nomades égarés dans le désert par les mirages ou les vents de sable, devant les victimes des grands massacres de Gengis Khân ou de Hitler, A se cachait le visage derrière son bras replié. Le hasard et la nécessité ne suffisaient pas à produire de la souffrance : à la nature et à ses accidents se mêlaient des doctrines de mort et des desseins bien arrêtés. Les machines, les maladies, le sabre, la mitraillette, les gaz, l'eau et la corde, le pal, la guillotine, la hache, le poignard, le garrot et la croix, la roue, le couteau d'obsidienne, tout était bon aux vivants pour tourmenter d'autres vivants et pour les arracher à la vie. La mort était appelée à grands cris par ceux qui n'en pouvaient plus de souffrir et de souffrir encore. La pitié et la haine se partageaient l'histoire. La vengeance, la justice, le pardon, la conquête, le remords, l'espérance faisaient à travers l'histoire un vacarme de tous les diables.

Nous tombâmes sur des saints, sur des justes, sur des héros. Les uns étaient plus durs que l'acier, les autres pardonnaient tout. Vingt fois A s'écria qu'il voulait rentrer chez lui, à Urql, et oublier les hommes. Vingt fois, ces mêmes hommes lui arrachèrent des larmes à coups de bonté et de grandeur.

Nous prîmes part à des intrigues, à des manœuvres secrètes, à des complots, à des bals. Il y avait des valses, des parfums, des énigmes, des coups de théâtre. Il y avait des flots d'anecdotes et des calembours en pagaille. Les hommes bougeaient, voulaient autre chose, poursuivaient la gloire, la justice, la vérité, la beauté. Le pouvoir, aussi. Et l'argent. L'argent régnait partout. Il construisait des routes, des ponts, des immeubles, des voitures, des théâtres, des avions, des machines à tuer et des machines à sauver. Les hommes aimaient à répandre le sang et à l'empêcher de couler. Ils dispensaient des trésors d'énergie pour massacrer les gens, pour en blesser le plus possible avec férocité et pour les soigner avec acharnement.

L'amour s'emparait d'eux sous les formes les plus folles, et il les emportait. Les mères aimaient leurs enfants, les pères aimaient leur fille, le frère aimait sa sœur, la victime aimait le bourreau. Le sexe se mêlait à l'amour, à la haine, au pouvoir, à l'argent et dansait avec eux. L'obstacle, l'interdit, la distance, la sanction étaient autant d'attraits. Le monde était plein de ressorts et de mécanismes qui le faisaient fonctionner.

La contradiction était à l'œuvre partout. Elle enfonçait ses coins dans la simplicité du ciel, de la nuit, de l'eau, dans les élans du cœur. Et elle finissait par se résoudre dans la vie et le temps. Les hommes se battaient et se réconciliaient. Ils s'aimaient et ils se quittaient. Nous entrions dans les maisons, dans les boutiques, dans les gares, dans les musées, dans les écoles, dans les stades. Ils dansaient, ils lisaient, ils sautaient le plus loin et le plus haut possible, ils rédigeaient des lois, ils se jetaient dans des taxis et criaient au chauffeur : « Suivez cette voiture ! »

La curiosité les poussait, la jalousie, l'ambition, la vengeance, l'avidité. La folie s'emparait d'eux. Ils empruntaient des chemins très subtils et faisaient des choses obscures qu'ils ne comprenaient pas. Ils changeaient. Ils étaient libres. Ils étaient prisonniers. Ils se passaient la main sur les yeux et se demandaient à voix basse, mais assez haut pour qu'on les entende, s'ils avaient rêvé.

Ils s'agenouillaient au pied des autels. Ils montaient sur des chaises dans les jardins publics pour prononcer des discours qui changeaient le cours de l'histoire et ils les jetaient dans les bassins pour servir de sièges aux poissons. Ils baisaient la main des jeunes femmes, des pontifes, des parrains, de ceux qu'ils allaient abattre. Ils s'envolaient en ballon. Ils revenaient sur le lieu du crime. « Savez-vous », murmuraient-ils le soir, à la lueur des chandelles ou des lustres, dans les salles d'apparat où dansaient les jeunes gens, « que je vous ai toujours détesté ? »

Ils se souvenaient du passé et ils l'oubliaient. Ils imaginaient l'avenir. Depuis les temps les plus reculés, l'avenir était différent de ce qu'il avait été et de ce qu'ils avaient prévu. L'histoire était plus forte que les hommes et elle les roulait dans ses vagues. Personne ne pouvait se faire une idée, à l'époque où naissaient le feu, l'agriculture, la ville, de ce qui paraîtrait si évident au temps des grands empires ou du machinisme industriel. Personne ne pouvait se faire une idée, à l'époque des grands empires ou du machinisme industriel, de ce qui se passerait mille ans plus tard, qui semblerait si nécessaire et qui était encore impossible. De temps en temps, des esprits de génie inventaient la roue, la brouette, l'imprimerie, le zéro, le parachute, la machine à vapeur, l'étrier, le sous-marin, le parapluie et transformaient la vie des hommes. Et on apprenait leurs noms aux enfants des écoles, en même temps que les noms des fondateurs de religion, des poètes, des peintres, des musiciens et des conquérants quand ils étaient allés très loin et qu'ils avaient tué beaucoup de gens.

Nous descendîmes en Inde, en Chine, au Mexique, au Pérou, dans les salons de la Hofburg, dans les châteaux des Carpates et de la Loire, dans les châteaux en Espagne et dans ceux du roi Christophe et de Louis II de Bavière, dans les temples d'Éphèse et d'Agrigente, dans les pagodes de Pagan et de Chiang-mai, dans les huttes des chercheurs d'or et des chasseurs de bêtes fauves du Klondike et du Wyoming. Les hommes portaient des habits. Et jamais n'importe lesquels. À des époques reculées, dans les régions les plus chaudes, quelques-uns allaient nus. Mais même quand les corps n'étaient pas recouverts de vêtements, ils étaient ornés de peintures, de bijoux, de signes secrets ou visibles qui les distinguaient les uns des autres. Les hommes aimaient se distinguer de leurs ennemis, et peut-être surtout de leurs voisins. L'âge, le sexe, la race, la famille, la fortune, les fonctions les incitaient à se vêtir selon des rites et des habitudes qu'il était difficile, et presque impossible, d'enfreindre. La toge, la cuirasse, la robe, le pourpoint, le haut-de-chausses, la perruque, la redingote, le col cassé, le haut-de-forme, le melon, le sari, la djellaba, le boubou, la veste de tweed, le blazer bleu, pour ne rien dire des habits plus ou moins somptueux et souvent sacrés des prêtres des différentes religions ni des *uniformes militaires* qui composaient à eux seuls une formidable typologie hiérarchique et classificatrice, étaient liés chacun à un âge de l'humanité et à des rôles dans la société. Des grottes d'Altamira ou de Lascaux à la tour de Babel, des ziggourats des rois d'Élam et du mausolée d'Halicarnasse ou de la bibliothèque d'Alexandrie aux cathédrales du Moyen Âge et à l'Empire State Building, les maisons des hommes et leurs monuments offraient déjà un exemple à la fois de continuité et de variété innombrable. L'énumération de leurs vêtements rivalisait en longueur et en monotonie avec les listes sans fin des noms de poissons ou de fleurs. Chacune de ces maisons, chacun de ces vêtements correspondait à une utilité, à un métier, à une activité. Les hommes aimaient agir comme ils aimaient faire l'amour ou raconter des histoires. Au point qu'il était permis de soutenir indifféremment que l'essentiel de l'homme, c'était le sexe, ou l'action, ou la parole. Il y avait des gladiateurs, des notaires, des marmitons, des juges à la cour d'appel et à la Cour de cassation, des pompiers, des ramoneurs, des logothètes du drome, des scribes, parfois accroupis, des évêques, des chamanes, des postiers, des marins, et on les reconnaissait à leur allure, à leur langage et à leurs vêtements.

Ils dansaient, ils pleuraient, ils chantaient, ils riaient, ils fuyaient les incendies, les inondations, les avalanches, les invasions, ils se battaient entre eux, ils dessinaient, sur les murs, sur du bois, sur des toiles, des bisons ou des saints, des pommes aussi, et des baigneuses qui finissaient par se vendre très cher à des marchands de canons ou à des banquiers, ils édifiaient des États qui n'aspiraient qu'à se renforcer et à s'étendre avant de s'écrouler. Après avoir jailli on ne sait trop où, en Afrique peut-être, ou en Mésopotamie, ou peut-être encore ailleurs, et après s'être répandue à travers la planète, l'histoire avançait lentement, sous le joli nom d'entropie, vers l'unification et vers la platitude.

Les rumeurs couraient. Gog et Magog ou le prêtre Jean qui n'avaient jamais existé et que la crédulité populaire situait au Caucase ou en Éthiopie, ou peut-être encore dans les Indes mystérieuses et lointaines, agitaient les populations autant que l'assassinat de Jules César, la mort d'Alaric, la chute de Constantinople, la découverte de l'Amérique, la bataille d'Austerlitz, la condamnation de Dreyfus, la tragédie de Mayerling. La réalité était sans fin et l'imaginaire ajoutait encore à la réalité qui n'était peut-être qu'une idée concentrée et durcie.

Les hommes vivaient de miel, de fruits, de pain, de riz, de moutons, d'eau et de vin. De rêves aussi, de pensées obscures, de délires organisés et de folles espérances. La mort d'un prince ou d'un roi, le mariage des grands, la guerre naturellement, les jeux, les fêtes, les exploits physiques, la danse et la musique, la religion bien entendu, et peut-être d'abord l'or, l'argent, la rareté, tout ce qui se situait à part et au-dessus des autres les mettait dans tous leurs états.

L'intérêt privé et les soucis les plus quotidiens se combinaient aux spéculations sur la marche de l'histoire, sur l'univers et sur Dieu pour occuper les hommes et les pousser en avant. Des courriers partaient de Rome, de Byzance, de Venise, de Londres, de Moscou, de Pékin, de Samarkand. Des navigateurs doublaient l'Afrique vers les Indes et la Chine. Des adolescents à peine sortis de l'enfance tombaient éperdument amoureux de la sœur ou de la mère de celle qui leur était destinée. Un bûcheron se coupait à la hache sa jambe prise sous un arbre. Beaucoup mouraient pour que d'autres vivent.

Les hommes parlaient. Tant qu'il n'y avait pas de langage, il n'y avait pas d'histoire. Quand le langage se levait sur le monde, les poèmes d'amour, les décrets impériaux, les dogmes religieux, les règles du jeu de base-ball, le secret, l'information, les serments, l'histoire faisaient leur entrée sur la scène de l'histoire : l'histoire accueillait l'histoire. Par le langage, par la mémoire, par la pensée, par l'imagination, le monde allait triomphalement, sans esprit de retour, vers la complexité. Les échanges s'intensifiaient, les conversations se croisaient, les peuples se mélangeaient, tout circulait dans un tourbillon qui était le tourbillon même de la pensée et de la vie.

Tout se mêlait. Seule la fiction isolait les événements, les destins, les États, les périodes. Les écrivains se déguisaient en artilleurs, les philosophes devenaient fous, Cervantès perdait un bras à la bataille de Lépante et Chateaubriand, dans la guerre d'Espagne qu'il avait déclenchée, ne pensait qu'à Cordélia. Dans les jardins, dans les banquets, se nouaient en même temps des intrigues amoureuses et des conspirations. Le monde était mené à la fois par les idées, par l'argent, par le sexe, par l'amour, par la force, par les dieux ou par Dieu, par le hasard, par les nombres, par les astres, par le progrès, par *les juifs et les* francs-maçons au dire de quelques-uns, par le Saint Empire romain de nationalité germanique dans l'esprit de quelques autres, par le communisme, par l'État, par presque tout, et par rien.

On pouvait très bien ne rien faire. Ou le moins possible. Il n'était pas nécessaire de laisser des traces dans ce monde. On pouvait même les effacer pour essayer de se glisser entre les mailles du filet de l'histoire et de la mémoire des hommes. Beaucoup d'inconnus se trouvaient précipités par le hasard dans l'immortalité. Malgré tous leurs efforts, le souvenir de beaucoup d'ambitieux disparaissait avec eux. Le monde ne connaissait pas de recette ni de mode d'emploi universel. On pouvait toujours le prendre par un autre bout. Grâce à Dieu, l'intérêt personnel de chacun mettait un peu d'ordre dans ce désordre et dévidait un fil à travers le labyrinthe. L'univers disposait d'autant de perspectives qu'il comptait d'esprits incarnés dans l'espace et le temps. Chaque désir, chaque volonté, chaque conscience était un centre du monde.

Les hommes pensaient d'abord à eux. Et d'abord à leur corps. C'était leur capital le plus précieux. Sauf délire et sauf drame qui les incitait à se haïr eux-mêmes, sauf exaltation nationale ou mystique qui les invitait au sacrifice et à l'abnégation, ils s'efforçaient, autant que le permettaient leur tempérament et leurs moyens, de garder en bon état de marche la machine qui leur appartenait et à laquelle, en retour, ils appartenaient aussi. Nous vîmes des crânes et des ventres ouverts, des jambes et des bras coupés, des artères réparées et des viscères recousus. La médecine était une des occupations les plus graves et les plus constantes des hommes. Elle utilisait à peu près les mêmes méthodes que la torture. Elle taillait les corps, elle les faisait saigner et souffrir, elle les désarticulait. Mais c'était pour les sauver. Tout au long de l'histoire, le corps, son état, son bien-être constituait pour les hommes, sous le nom de santé, un souci permanent. Ils le préservaient, ils le soignaient, ils redoutaient comme la peste sa disparition ou ses pannes, ils s'efforçaient de le détruire chez ceux qu'ils n'aimaient pas et à qui ils donnaient le nom d'ennemis, ils souhaitaient à leurs amis de le conserver très longtemps.

Une jambe, une main, un œil, le sexe, surtout chez les mâles parce qu'il était chez eux, sinon plus fragile, du moins plus apparent et plus exposé aux coups et aux agressions extérieurs, le cœur et la tête pour tout le monde, étaient des possessions exclusives et sans prix. Les hommes passaient leur temps à utiliser ces outils qui jouaient un rôle plus ou moins décisif, mais toujours considérable, dans l'ensemble de toutes les occupations dont la liste intriguait *A*. Les hommes se confondaient avec leur corps et, dans ce monde au moins, un homme privé de corps n'était plus bon à rien. Leur corps ouvrait aux hommes tout le champ immense de l'histoire. Ils s'y ébattaient à leur gré, sous mille masques divers, toujours inquiets de voir et de sentir ce qui serait un jour leur dépouille s'altérer peu à peu sous l'effet du temps, des saisons, des années, libres et heureux parce qu'ils avaient un corps qui leur obéissait, c'était le cas de le dire, presque au doigt et à l'œil, prisonniers et malheureux parce qu'ils avaient un corps dont ils étaient la proie, la victime et l'otage. Par les voies les plus inattendues, et souvent les plus folles, à la façon des guépards ou des chèvres, à la façon de l'eau, et peut-être, qui sait ? à la façon des pierres et des galaxies, qui leur servaient au moins de décor, les hommes, cœur et sens d'un univers dont ils n'étaient ni la cause ni la fin, entretenaient en eux, contre vents et marées, la flamme fragile d'une vie qui illuminait l'univers.

IX

LE DIMANCHE DE L'HISTOIRE

« Ô O, s'écria A, nous n'y arriverons jamais. Nous avons vu trop loin, et trop haut. Nous avons beau, toi et moi — toi parce que tu es devenu un esprit, moi parce que je le suis depuis toujours —, nous promener à notre gré parmi les âges et les continents, ton monde, si ridiculement limité, est encore trop vaste et trop compliqué pour que nous puissions le cerner et l'enfermer dans les limites d'un rapport. Il nous échappe de partout. Il fuit sous nos pauvres doigts. Je ne sais même pas s'il faut nous inclure nous-mêmes, toi et moi, dans le catalogue à soumettre aux autorités d'Urql. Si nous nous abstenons de nous y introduire, le rapport sera incomplet puisque nous faisons partie du monde que nous voulons *étudier* et qu'il n'y aurait pas de rapport si nous n'étions pas là. Mais si nous nous incluons dans le rapport, comment parvenir à y mettre fin puisqu'il nous sera toujours possible d'échanger encore quelques paroles après avoir écrit le dernier mot et que, même après notre passage, le monde continuera ? J'en viens à me demander s'il ne faudrait pas un autre esprit pour nous penser tous les deux, et puis encore un autre pour nous penser tous les trois, et puis encore un autre pour nous penser tous les quatre, et ainsi de suite, hélas !

sans jamais aucune fin. Tant que le monde lui-même ne sera pas tombé dans le néant, il n'y aura pas de conclusion au tourbillon de la vie. Il faudrait attendre qu'il n'y ait plus rien pour pouvoir parler de tout.

— C'est pour cette raison, lui dis-je, que nous autres, les hommes, nous aimons tant les débuts. La vie est un torrent. L'histoire n'en finit pas. Il nous semble toujours que, pour comprendre quelque chose au flot qui nous emporte, il faut remonter aux origines. Les débuts sont simples. On y voit clair. On n'est pas distrait par le foisonnement des détails. Loin des deltas surpeuplés et des plaines où s'élèvent les villes aux passions innombrables, nous suivons les fleuves jusqu'aux sources, nous allons vers l'air pur et vers le dépouillement, nous cherchons l'origine des familles et des guerres, nous recommençons tout de zéro. C'est pourquoi je t'ai expliqué que les hommes sortaient des primates, que les primates sortaient des algues, que les algues sortaient de la matière et qu'en un point minuscule qui contenait l'univers la matière sortait du *big bang*.

À défaut de *big bang*, les hommes essaient sans cesse de commencer ou de recommencer quelque chose. De rendre, en un début, un peu de pureté au monde. Ils se lèvent le matin. Un nouvel amour efface tout du passé. Et chacun de nous, à sa naissance, incarne la nouveauté et l'innocence de la première aurore et du premier jardin. Les hommes sont la proie de beaucoup de tentations. Une de leurs tentations est la tentation du début. Parce qu'ils ont toujours envie de recréer un monde qui n'en finit pas de se compliquer et de se déglinguer. Quand nous avons commencé le rapport…

— "La Terre est une boule ronde dans l'espace et dans le temps…"

— … tout était neuf et possible. Maintenant, déjà, après deux jours et demi d'enquête, et quelques centaines de pages d'un rapport impossible, tout est plus difficile. Le temps passe. Les détails nous étouffent. Nous sommes assiégés par les images, les idées, les passions, les souvenirs. Les regrets aussi, et les remords. Nous avons la nostalgie de la douceur des débuts où tout était si simple et si plein de promesses.

— Tout est la faute du temps, s'écria A. Camouflé sous la vie il charrie trop de choses menacées par la mort et qui se multiplient en vain pour tenter de lutter contre elle. C'est le temps qui vous tue.

— Bien sûr, lui dis-je. Tu commences à le comprendre : le temps est tout. Aussi les hommes s'efforcent-ils de maîtriser le temps et de l'apprivoiser. Pour lutter contre l'avalanche de tout ce qui naît de la vie en direction de la mort et pour la canaliser, ils ont inventé quelque chose qui est au cœur de leur existence et qu'à force de banalité ils ne remarquent même plus : c'est le calendrier.

Aux ordres de la nature, les années, les saisons, les mois et les jours n'en finissent pas de commencer et de recommencer. Les hommes ont rajouté la semaine qu'ils ont tirée de leur chapeau. Les ensembles d'années, ils les ont groupés arbitrairement en siècles, en millénaires, en périodes et en époques, et ils les font commencer au gré de leur fantaisie et de leur volonté de pouvoir. Car qui domine le temps domine aussi le monde.

En Mésopotamie, en Chine, dans la Perse et aux Indes, en Égypte, en Grèce, chez les Romains et chez les Aztèques, le calendrier et les prêtres qui l'organisent et le corrigent en liaison avec le ciel règnent dans la toute-puissance et dans le mystère le plus sacré. Les uns croient à un temps cyclique, sans début et sans fin, qui revient sur lui-même, les autres à un temps linéaire et surgi du néant qui court à je ne sais quelle fin en forme de catastrophe. Héritière de tout sacré, l'Église catholique impose sa marque au temps en établissant le Christ Jésus à l'origine du calendrier. Avec, à son terme, la résurrection des morts et le Jugement dernier. Le monde, pendant deux mille ans, et le cycle n'est pas terminé, n'a eu que l'âge du Christ.

Quand, introduit par Mahomet sous le nom d'Allah, un autre Dieu surgit des déserts d'Arabie pour régner sur ce monde, il apporte, bien entendu, son propre calendrier qui s'ouvre avec l'hégire — *avec le départ* du Prophète pour Médine, que, par analogie peut-être avec la fuite de la sainte Famille en Égypte, nous appelons la fuite à Médine. Et le système chronologique de l'hégire ne coïncide pas avec le système chronologique de l'Église catholique, apostolique et romaine. Au sein même de l'Église, ceux qui décident hésitent : l'année commence en mars, puis au samedi saint, avant de commencer, arbitrairement, en janvier. Car la nature interdit d'ignorer les saisons, mais elle n'impose à l'année aucun début obligé.

Un jeu subtil s'établit entre la marche des astres et les calendriers officiels. Il tourne longtemps autour de la fixation de la date, sacrée entre toutes, de la résurrection de Jésus, "retrouvaille contemporaine, selon un historien des mythes et des religions, d'un moment transhistorique", désignation d'un "lot divin" dans la grisaille des jours. Cette résurrection s'inscrit tout naturellement dans le calendrier du peuple juif auquel appartenait Jésus. La chronologie de la Passion fournie par saint Jean, le disciple bien-aimé, fixe le jour de Pâques au 14 du mois de nisan du calendrier juif, c'est-à-dire à la Pâque juive. Ceux qui s'en tenaient à cette date du 14 du mois de nisan, et auxquels on a donné le nom de "quartodécimans", amarraient le calendrier chrétien au calendrier juif d'où il était issu.

Soucieuse de dégager le calendrier chrétien du calendrier juif, l'Église fixe successivement la date de la résurrection du Christ au premier dimanche après le 14 nisan, puis au premier dimanche après la pleine lune de ce même mois lunaire, ce qui a pour avantage d'éviter toute référence au calendrier juif. Mais, au terme de calculs d'une complication inouïe…

— Je n'en doute pas, dit A.

— … la fête chrétienne de Pâques, dégagée de la Pâque juive, devient une fête mobile, distinguée jusque dans l'orthographe de sa racine hébraïque.

L'épisode, décisif pour l'Église, de la fixation de la date de la résurrection du Sauveur ainsi réglée tant bien que mal, une autre épreuve chronologique attendait le monde chrétien.

Comme les Grecs, comme les Chinois, comme les Aztèques, comme tout le monde, les Romains, bien entendu, avaient leur calendrier. Son point de départ se confondait avec la fondation de Rome par Romulus, descendant d'Énée, nourrisson de la louve, assassin de son frère Remus. Mais les calculs des savants ont fort à faire en face des lois des astres et de la nature. Quelque sept cents ans après les origines mi-historiques mi-mythiques — et sans doute, en fin de compte, plus historiques que *mythiques* — de la Ville éternelle, sous le règne de Jules César, le dérèglement de l'année en était venu à un point tel qu'en raison du décalage entre la nature et le calendrier officiel les mois du printemps tombaient en plein hiver. Deux ans après la bataille de Pharsale — et cette date ignorée est autrement importante que celle de la bataille —, deux ans avant son assassinat en plein Sénat, au pied de la statue de Pompée, par Brutus et Cassius, Jules César, après avoir consulté un philosophe originaire d'Alexandrie, commentateur d'Aristote et astronome illustre, qui s'appelait Sosigène, décida que l'année en cours — qui allait prendre dans l'histoire le nom d'"année de confusion" — comporterait 455 jours et que toutes les années suivantes seraient de 365 jours avec, tous les quatre ans, un doublement du sixième jour précédant les ides de mars — d'où le mot *bissextile.* Le calendrier julien était né.

Un peu plus de quinze cents ans après la réforme de Jules César… »

Je jetai un coup d'œil sur A : il regardait dans le vide en direction du Tigre et de l'Euphrate que nous étions en train de survoler.

« Est-ce que je t'ennuie ? lui demandai-je.

— Pas du tout, me répondit A avec beaucoup de courtoisie. J'essaie de comprendre à quoi vous vous amusez. Continue.

— … le pape Grégoire XIII, deux cent vingt-troisième successeur de saint Pierre…

— Les papes Clément ! dit A. On n'en sortira jamais.

— Que veux-tu ?… lui dis-je. Il faut ce qu'il faut… constata que chaque année du calendrier julien était en avance de onze minutes sur l'année réelle. Cet excès de onze minutes était négligeable sur une année. Mais sur dix siècles, et plus encore sur cent, il risquait d'entraîner des catastrophes et des confusions sans nom. Il fallait, à tout prix, réduire l'avance prise par le calendrier julien sur la marche des astres. Il fallait couper dans l'étoffe trop large du calendrier officiel. Grégoire XIII décida que le lendemain du 4 octobre 1582 serait le 15 octobre et que dix jours, sinon de l'histoire du monde, du moins du calendrier des hommes, disparaîtraient dans le néant.

— Quoi ! » s'écria A au comble de l'excitation et soudain réveillé. « Dix jours qui n'existent pas, qui n'ont jamais existé, qui n'existeront jamais ?

— C'est le début du calendrier grégorien. Comme tous les vrais débuts, il surgit du rien, d'un abîme, du néant. D'une coupure radicale. Personne ne naît, personne ne meurt, aucun baiser n'est échangé, aucun serment, aucune parole, entre le 4 et le 15 octobre de 1582. C'est une panne de la vie, c'est une grève de l'histoire. C'est le trou noir de la chronologie. Il y a dix fois vingt-quatre heures qui n'ont jamais vu le jour. J'imagine quelles nouvelles inquiétantes, quelles pièces de théâtre prodigieuses, quelles batailles de rêve, quelles découvertes de cauchemar pourraient se situer dans ces jours qui n'ont jamais existé et qui sont enfoncés comme un coin de néant et enfin de silence dans le tumulte du monde. Du 4 au 15 octobre 1582, c'est le grand dimanche de l'histoire. Dieu prend dix jours de vacances et fait le ménage du temps.

— Tu m'étonneras toujours, me dit A. Je croyais avoir fait le tour des surprises dont tu étais capable. Mais je vois bien que l'histoire n'est pas avare de ressources. Tu n'es pas bon à grand-chose, mais le monde est inépuisable.

— Je n'ai jamais prétendu t'épater par moi-même. Je ne suis que ton guide dans le monde et le porte-parole très indigne d'une histoire plus grande que moi. Grâce à Grégoire XIII, la marche de l'histoire des hommes s'était remise au pas de la marche des astres tout autour de la Terre — ou de la marche de la Terre tout autour du Soleil et de celle de la Lune autour de notre boule. Restait le problème des onze minutes par an. Rien ne servait de remettre à l'heure le calendrier de l'histoire si la bombe des onze minutes restait dissimulée dans les rouages de l'horloge. Il n'était pas possible de recommencer tous les dix ou quinze siècles le tour de magie blanche destiné à laver le temps sale qui polluait l'histoire. En même temps qu'il rayait dix jours de l'histoire du monde, Grégoire XIII décréta, pour venir à bout des onze minutes qui détraquaient le système, que les années séculaires ne seraient plus bissextiles. On gagnait ainsi les onze minutes par année qui jetaient le trouble dans le temps. Malheureusement, on gagnait un peu plus de onze minutes par année. Il fallait accélérer avec modération après avoir ralenti avec brutalité. Ou peut-être ralentir avec prudence après avoir accéléré avec vigueur. Dans sa sagesse inspirée, encouragée par des savants et par des astronomes qui doublaient l'Esprit-Saint, Grégoire XIII décida donc *que les années séculaires ne seraient plus bissextiles* — à l'exception de celles dont le millésime était divisible par 400. L'année 1600, l'année 2000, les années 2400 et 2800 seraient des années bissextiles. Mais 1700, 1800, 1900, 2100, 2200, 2300 ne seraient pas bissextiles. L'histoire changeait de pas et retrouvait les astres.

— Eh bien, bravo ! dit A. Comment les hommes ont-ils pris ce passez muscade cosmique, ce tour de magie deux fois céleste puisque le Saint-Père le pape et la voûte constellée y ont part tous les deux ?

— C'est encore une autre histoire, lui dis-je. L'Espagne, le Portugal, les territoires divers qui formaient l'Italie adoptèrent le même jour la réforme du Saint-Père. Le roi de France — c'était Henri III — décida que le lendemain du dimanche 9 décembre serait le lundi 20 décembre. Dans les États catholiques du Saint Empire romain de nationalité germanique, en Allemagne et aux Pays-Bas, on raya d'un trait de plume, avec une charmante fraîcheur, toute la fin de l'année : le 21 décembre fut le dernier jour de 1582. En Bavière, le long du Rhin, dans les évêchés catholiques de Malines ou de Bruges, il n'y eut pas de Noël, par décision du Saint-Père, en l'an 1582 après le Christ Jésus.

Tu vois déjà ici combien, à la différence des mois, des saisons, des années qui sont des réalités si exigeantes qu'elles contraignent les calendriers à se plier à leurs lois, les jours de la semaine sont des inventions arbitraires. Car si la marche des jours n'avait pas été interrompue par le souverain pontife, le 20 décembre, en France, aurait dû tomber normalement un jeudi. Mais, puisqu'on supprimait dix jours, le lendemain du dimanche était bien obligé de se changer en lundi. Tu imagines aussi le désarroi de ceux dont on bousculait l'ordre des jours et l'imagination temporelle. Un peu comme les voyageurs qui, à la façon de Phileas Fogg et de son dévoué Passepartout, se retrouvent tourneboulés par les jeux des fuseaux horaires, illustration la plus élémentaire des liens de l'espace et du temps. Mais le cas des victimes de l'automne meurtrier et de l'hiver de 1582 est autrement pathétique, puisque le temps les accable en silence de ses sarcasmes et de ses coups sans qu'ils aient même à bouger. *Un témoin* de l'époque laisse échapper son trouble : “Je veux dire cecy : que l'eclipsement nouveau des dix jours du Pape m'ont prins si bas que je n'en puis bonnement accoustrer. Je suis des années auxquelles nous contions autrement. Un si ancien et long usage me vendique et rappelle à soy. Je suis contraint d'estre un peu heretique par là, incapable de nouvelleté, même corrective ; mon imagination, en despit de mes dents, se jette tousjours dix jours plus avant, ou plus arriere, et grommelle à mes oreilles.”

— Ce n'est pas Chateaubriand, ni Aragon, ni Proust. Est-ce Rabelais ? Est-ce Pascal ?

— Ni l'un ni l'autre, lui dis-je. Mais tu as accompli, en trois jours, des progrès très sérieux. Voilà que tu distingues déjà les époques et les styles. Bon élève. Peut bien faire. Non, ce n'est pas Pascal, mais c'est un maître de Pascal, même si Pascal le rejette. C'est l'auteur d'un rapport sur la Terre et les hommes que le nôtre hélas ! ne fera pas oublier.

— Alors ? demanda A.

— C'est Montaigne, lui dis-je. Dans ses *Essais*, livre III, chapitre X : *De mesnager sa volonté.* Tu auras noté l'allusion aux risques d'hérésie. C'est que nous sommes, en ce temps-là, vingt ou vingt-cinq ans après le concile de Trente, en pleine Contre-Réforme. Dans les États allemands protestants, la réforme du calendrier par le pape Grégoire XIII fut assimilée à la Contre-Réforme et rejetée sans appel. Il n'y avait pas d'autre solution que d'être l'ennemi d'un Soleil et d'une marche des astres qui pactisaient avec Rome. Il faudra attendre plus de cent ans pour que les États protestants d'Allemagne, acculés par un ciel qui s'éloignait de plus en plus de leurs tables astrologiques, finissent par adopter, de mauvaise grâce, le 13 septembre 1699, pour retrouver le rythme exact des saisons et des mois auquel était liée la Passion du Christ Jésus, le calendrier grégorien.

L'affaire n'était pas terminée. Les Églises orthodoxes, nées de la rupture doctrinale entre Constantinople et Rome, se montrèrent plus intransigeantes encore que les protestants germaniques. Elles avaient de bonnes raisons de se méfier de tout ce qui venait de l'Église catholique, apostolique et romaine : en 1204, la IVe croisade, qui s'était fixé comme but la reconquête sur les musulmans de Jérusalem et du tombeau du Christ, s'était laissée aller à s'emparer, par distraction sans doute, et en passant, de Constantinople, capitale religieuse de l'Orient orthodoxe, à la piller de fond en comble, à transporter ses chefs-d'œuvre à Venise ou ailleurs et à bâtir sur ses ruines pour quelques dizaines d'années l'empire latin d'Orient. Après la prise de Constantinople par les Turcs, en 1453, les Églises orthodoxes d'Orient restèrent séparées de Rome, par une haine vigilante. Elles n'avaient que faire de la Réforme et de la Contre-Réforme. Leur mot d'ordre était : "Plutôt le turban turc que la tiare latine."

C'est pour cet ensemble de raisons, liées à une longue

histoire religieuse et sacrée, à toute une série de brouilles et de ruptures fracassantes et, en fin de compte, à la méfiance à l'égard de Rome et de ses initiatives, que la révolution d'Octobre, en Russie, se passa en novembre. Le décalage entre le calendrier julien, conservé par les orthodoxes, et le calendrier grégorien, qui était de dix jours à la fin du XVIe siècle, était passé à treize jours au début du XXe à cause des fameuses onze minutes tapies dans chaque année. Lorsque, venu de Suisse à travers les lignes allemandes grâce à la bienveillance de Berlin, Lénine débarque de son fameux wagon plombé, qui n'était en fait qu'un compartiment séparé du reste du train par un simple coup de craie, pour réclamer, dans ses *Thèses d'avril*, qualifiées de "délire" par les socialistes révolutionnaires et par les mencheviks, la paix immédiate, la terre aux paysans, les usines aux ouvriers, tout le pouvoir aux soviets, le jour qui brille à Petrograd est le 3 avril 1917. C'est le 16 avril à Paris, à Londres, à Berlin et à Rome.

Bientôt Lénine et Zinoviev doivent se cacher en Finlande, Trotski et Lounatcharski sont emprisonnés, le social-démocrate Kerenski remplace à la tête du gouvernement provisoire le prince Lvov, conservateur libéral, hostile aux socialistes. Le 10 octobre — c'est le 23 ailleurs —, le Comité central bolchevik, composé de Lénine et de Zinoviev, rentrés clandestinement en Russie, de Trotski, libéré sous caution et élu président du soviet de Petrograd, de Kamenev, de Staline, de Dzerjinski, d'Alexandra Kollontaï et de quelques autres, vote par dix voix contre deux la préparation immédiate de l'insurrection armée, confiée à un comité militaire révolutionnaire, dirigé par Trotski. Le 25 octobre 1917, canonné par les pièces lourdes de la forteresse Pierre-et-Paul et du croiseur *Aurora*, le palais d'Hiver, siège du gouvernement provisoire, est pris d'assaut par la Garde rouge renforcée de soldats, de matelots, d'ouvriers rameutés par les bolcheviks. Kerenski réussit à s'enfuir. Treize ministres sont arrêtés. La révolution d'Octobre grave à jamais — et pour soixante-quatorze ans — son nom fatidique dans le calendrier julien de l'Église orthodoxe. Nous sommes le 7 novembre du calendrier grégorien : la révolution d'Octobre, qui change l'histoire du monde, se déroule en novembre. Il faudra attendre le début de 1918 pour que la Russie de Lénine adopte officiellement la réforme grégorienne. La

Grèce orthodoxe s'obstinera dans la fidélité au calendrier julien jusqu'en 1923.

— Et l'Angleterre ? demanda A.

— Selon la formule de Kepler, les protestants anglais préféraient, eux aussi, être en désaccord avec le Soleil que d'accord avec le pape. Ils ne se résignèrent à accepter la réforme grégorienne qu'en 1752. C'est ce qui explique un mystère de notre histoire littéraire. Deux grands génies de la littérature universelle, Shakespeare et Cervantès, auteurs l'un et l'autre, sous forme de théâtre ou de fiction romanesque, de rapports remarquables…

— Plus remarquables, coupa A, que… ?

— Oui, lui dis-je, plus remarquables… sur les illusions et les passions des hommes, meurent à la même date : le 23 avril 1616. Mais ils ne meurent pas le même jour : Shakespeare se retire de la scène d'un monde qu'il avait peuplé d'innombrables personnages le mardi 23 avril 1616 et Cervantès rejoint Don Quichotte de la Manche dans les rêves de l'éternité le samedi 23 avril 1616.

— Deviendrais-je homme ? demanda A. Il me semble que je deviens fou.

— La solution de l'énigme est que Cervantès meurt le premier, à Madrid, au cœur de l'Espagne catholique, le samedi 23 avril 1616 du calendrier grégorien. Et que Shakespeare meurt dix jours plus tard, à Stratford-on-Avon, Warwickshire, dans l'Angleterre protestante et dans le calendrier julien, le mardi 23 avril ancien style, c'est-à-dire le 3 mai dans le calendrier grégorien.

— C'est amusant, dit A.

— Si on veut, lui dis-je. Les hommes ne savent même pas quand ils meurent. Tout ce qu'ils savent, c'est qu'ils mourront. Et encore : ils le savent, mais ils ne le croient pas. Ils le savent pour la seule et bonne raison que tous les hommes sont toujours morts. Mais la vie de chacun consiste d'abord à ignorer la mort et à chasser son fantôme. Ce qu'il y a de plus cruel dans les maladies dont personne ne guérit, c'est que chacun sait, et l'intéressé lui-même, que le malade va mourir. Nous savons tous que nous mourrons, mais nous l'oublions. Et nous voulons l'oublier. C'est pourquoi les hommes courent après le plaisir, l'amour, le pouvoir ou l'argent sans trop penser à la mort. Ils courent après le divertissement pour se changer les idées. Par une bénédiction du ciel, ils ignorent quand ils mourront. C'est la condition même de la vie : elle leur permet de vivre comme s'ils étaient immortels. Et de mourir comme par surprise.

— Désormais, j'imagine, dans le calendrier grégorien ? demanda A.

— Ou dans un autre, lui dis-je. Qu'importe ? Tout ce que des hommes ont fait, d'autres hommes peuvent le changer, ou au moins l'oublier. C'est ce qu'ils n'ont pas fait — la mort, les saisons, les océans, la neige, les passions aussi, et les rêves — qui dure le plus longtemps et s'impose sans recours. »

X

UN « TE DEUM » À NOTRE-DAME

« Ce qu'il y a d'épatant dans le maniement du temps et des calendriers, c'est qu'il combine la liberté, l'arbitraire, le hasard — et la nécessité. Pour les hommes au moins, la nécessité première, plus évidente, de loin, que l'évidence et la nécessité de la mathématique ou de la géométrie, qui supposent des postulats toujours indémontrables et qui deviennent très lointaines dès que nous n'y pensons plus, c'est qu'il y a du temps, et qu'il passe.

Magré sa rudesse et sa brutalité — quand je me cogne, je me fais mal —, il est toujours permis de mettre en doute la réalité de la matière et de n'y voir qu'une sorte de rêve. Le temps n'a rien de douteux. Il est incompréhensible, mais il n'est pas douteux. Si le monde, comme on peut le croire, est une dure réalité, cette réalité est emportée par le temps. Si le monde, au contraire, n'est rien d'autre qu'un rêve, ce rêve aussi est emporté par le temps. Il n'est pas tout à fait sûr que le temps, à lui tout seul, suffise à faire un monde. Mais il n'y aurait pas de monde, et il n'y aurait plus rien — sinon l'éternité, sinon un rien qui serait le tout — s'il n'y avait pas de temps. Avant de s'incarner, ici ou là, dans le temps, Dieu, qui n'existe pas puisqu'il est éternel, est l'absence de tout temps. J'imagine que pour les esprits d'Urql il y a une nécessité divine de l'éternité et du tout qui n'est peut-être qu'un rien à nos yeux aveuglés. La nécessité, pour les hommes, porte le nom du temps.

La nécessité du temps, la liberté des hommes la découpe à son gré.

— À son gré ? demanda A.

— Pas tout à fait, lui dis-je. Je corrige ma formule. Tu sais déjà qu'il y a des jours, des mois, des saisons, des années et que personne n'y peut rien. Depuis que le monde est monde, il y a le jour et la nuit. Il y a le printemps et l'automne. Et la neige tombe en hiver et rarement en été. Mais les jours dans le mois et les heures dans le jour et les minutes dans l'heure et les secondes dans la minute — les siècles aussi, et les millénaires, à l'autre bout de l'éventail —, les hommes en font ce qu'ils veulent. C'est le règne de l'arbitraire après celui de la nécessité. Il y a un temps de la nature et un temps de la culture : les hommes sont coincés par le temps de la nature — le jour qui se lève, la nuit qui tombe, le Soleil et la Lune, la marée, le chaud et le froid —, et ils manient comme bon leur semble le temps de la culture.

L'année des Égyptiens, qui commençait, comme celle des Chaldéens ou des Perses, à l'équinoxe d'automne, comptait douze mois solaires de trente jours. Chaque mois était divisé en trois groupes de dix jours. Pour rattraper le Soleil, les prêtres égyptiens avaient institué, avec une science presque infaillible, cinq jours complémentaires, appelés "épagomènes" — c'est-à-dire "ajoutés". Les Grecs avaient des mois lunaires composés de trois séries de neuf ou de dix jours. Le calendrier romain reposait, lui aussi, sur des mois lunaires où les jours étaient divisés en trois groupes. Le premier groupe s'ouvrait sur un jour appelé calendes et s'achevait sur un jour qui portait le nom de nones : les nones tombaient le cinquième jour de chaque mois, sauf en mars, en mai, en juillet et en octobre où elles tombaient le septième jour. Le deuxième groupe se terminait avec les ides qui divisaient le mois en deux et qui étaient fixées au 13 de chaque mois, sauf en mars, mai, juillet et octobre où elles étaient fixées au 15 : les ides évitaient avec soin le jour néfaste du 14. Le troisième et dernier groupe comportait tout le reste des jours, jusqu'aux calendes du mois suivant. Le mot calendes, d'où sort évidemment le mot calendrier, vient lui-même de *calare*, appeler, parce que, le premier jour de chaque mois, le peuple de Rome était convoqué avec solennité pour apprendre, de la bouche des prêtres et des autorités, les dates des jours fériés. Le mot nones vient de neuf, parce que les nones tombaient toujours le neuvième jour avant les ides. Et le mot ides signifie diviser. Les Grecs ne connaissaient ni ides, ni nones, ni calendes. D'où l'expression "renvoyer aux calendes grecques" pour évoquer un événement qui n'aura jamais lieu.

— Seigneur Dieu !... murmura A.

— Nous y voilà ! m'écriai-je. C'est au Seigneur Dieu, c'est à Jéhovah, c'est à Iahvé que nous devons la semaine comme nous la connaissons, c'est-à-dire belle et ronde, refermée sur elle-même, presque éternelle à nos yeux, et en tout cas immuable avec ses sept jours bien comptés.

"Au commencement, Dieu créa le ciel et la terre." Il les crée en six jours et il se repose le septième : c'est l'origine de notre semaine, de ses six jours de travail et de son jour de repos. Aux leçons de la Bible s'ajoutent des apports babyloniens, alexandrins, hellénistiques. Aussi les jours de la semaine sont-ils placés sous le signe tantôt de la religion et tantôt de l'astrologie. La Lune, Mars, Mercure, Jupiter, Vénus sont à la source de notre lundi, de notre mardi, de notre mercredi, de notre jeudi, de notre vendredi. La Bible prend sa revanche à la fin de la semaine : le jour du Sabbat, *sabato* en italien, *sábado* en espagnol, et le jour du Seigneur, *dies dominica*, y perpétuent entre eux la lutte entre judaïsme et chrétienté, déjà présente dans l'antagonisme entre la Pâque des juifs et la fête de Pâques des chrétiens. Là comme ailleurs, le monde chrétien sort du monde juif avant de s'opposer à lui et Chaldéens et Égyptiens, pour ne rien dire des Grecs et des Romains, contribuent à l'œuvre commune, si lente et si compliquée, de division et de régulation d'un temps sur lequel finit par s'étendre le contrôle de l'Église.

— La tête me tourne, dit A.

— Ce n'est pas fini, lui dis-je. Le 20 septembre 1793, Gilbert Romme, député de la Montagne, mathématicien de profession, ancien précepteur en Russie du comte Stroganov, monte à la tribune de la Convention nationale : il présente un projet de réforme du calendrier traditionnel. Après la monarchie, c'est l'Église qu'il faut abattre. L'Église règne parce que c'est elle qui, avec une autorité arbitraire, impose son rythme au temps : toute l'année est articulée sur les fêtes religieuses de Noël et de Pâques, le dimanche, tous les sept jours, est le jour du Seigneur et les saints encombrent la totalité du calendrier de leurs noms et de leurs vertus.

Avec le concours d'un personnage séduisant et douteux, acteur, poète, auteur à succès, vainqueur des jeux Floraux de Toulouse où il a gagné l'églantine d'or qu'il a ajoutée à son nom, créateur de la romance populaire "Il pleut, il pleut, bergère, rentre tes blancs moutons...", trafiquant et opportuniste, qui porte le joli nom de Fabre d'Églantine, Romme fait adopter le calendrier républicain, triomphe de la Raison et du système décimal.

Le calendrier révolutionnaire, qui se substitue à la nomenclature de l'ignorance et de l'asservissement, part de la fondation de la République le 22 septembre 1792 : elle coïncide par une chance inouïe avec l'équinoxe d'automne. Le calendrier comporte douze mois égaux de trente jours chacun, auxquels sont ajoutés, pour compléter l'année, cinq jours qui n'appartiennent à aucun mois et qui sont appelés "jours complémentaires". Ce sont évidemment, car Romme était savant, les jours épagomènes des anciens Égyptiens.

L'astrologie était rejetée par la Convention nationale au même titre que la religion. La nomenclature planétaire des jours de la semaine "vulgaire" était bannie de l'histoire. Pour les noms des jours de la décade comme pour les mois de l'année, Romme avait d'abord prévu un simple numérotage ordinal : premier, deuxième, troisième..., etc., mois de l'année ; premier, deuxième, troisième..., etc., jour de la décade. Pour les noms des mois, il avait ensuite suggéré des appellations historiques et abstraites : Réunion, Régénération, Jeu de Paume ou Bastille... Mais, poète, écrivain, joueur, homme d'imagination et de sensibilité, Fabre d'Églantine soutint avec succès la nécessité d'introduire des images colorées et accessibles à la masse du peuple dans le nouveau calendrier. Pour les jours de la décade, il proposa et fit adopter par ce formidable creuset d'idées, de passions, de folies qu'était la Convention nationale les termes de primidi, duodi, tridi, quartidi, quintidi, sextidi, septidi, octidi, nonidi et décadi. Et pour les noms des mois, avec l'ambition d'indiquer d'un seul coup la saison, la température et l'état de la végétation : vendémiaire, brumaire, frimaire en automne ; nivôse, pluviôse, ventôse en hiver ; germinal, floréal, prairial au printemps ; messidor, thermidor, fructidor en été. Sous les espèces du calendrier révolutionnaire, l'Être suprême de Rousseau, avec son climat et ses productions, l'emportait sur le Dieu des chrétiens, héritier de l'histoire et des mythologies de l'Antiquité classique.

Les cinq jours complémentaires qui terminaient l'année étaient appelés "sans-culottides". Ils servaient à célébrer, sans trop de souci du ridicule, les fêtes républicaines de la Vertu, du Génie, du Travail, de l'Opinion et des Récompenses. S'y ajouteront plus tard, sous le Directoire, les multiples fêtes commémoratives d'une Révolution qui mêlait avec allégresse l'ancien système du temps et le nouveau : le 14 juillet, prise de la Bastille ; le 10 août, constitution de la Commune insurrectionnelle de Paris ; le 1er vendémiaire, jour de l'an républicain ; le 21 janvier, anniversaire de l'exécution du tyran ; le 9 thermidor, point final imposé à la Terreur par la Révolution triomphante — et pourrie.

"Les prêtres", écrit Fabre d'Églantine dans un texte remarquable à plus d'un titre et qui éclairera les esprits d'Urql, "les prêtres avaient assigné à chaque jour de l'année la commémoration d'un prétendu saint : ce catalogue ne présentait ni utilité ni méthode ; il était le répertoire du mensonge, de la duperie et du charlatanisme. Nous avons pensé que la nation, après avoir chassé cette foule de canonisés de son calendrier, devait y retrouver en face tous les objets, sinon de son culte, du moins de sa culture, les utiles productions de la terre, les instruments dont nous nous servons pour la cultiver, et les animaux domestiques, nos fidèles serviteurs dans ces travaux, animaux bien plus précieux sans doute, aux yeux de la raison, que les squelettes béatifiés tirés des catacombes de Rome." En conclusion et en exécution de ce discours si sensible, l'Épiphanie, la Toussaint, la Nativité de la Vierge et l'Annonciation laissaient la place à la poule, aux salsifis, aux noisettes, à la pierre à chaux.

Le dimanche, qui était le jour du Seigneur, avait été jeté par le décadi dans les poubelles de *l'histoire*. Dès le 7 octobre 1793 — le 16e jour du 1er mois de l'an II de l'ère des Français — la Convention nationale décrète que les fonctionnaires ne pourront prendre de vacances que les 10, 20, 30 de chaque mois. Mais très vite, quatre ou cinq mois plus tard, le repos cède la place à un des fantasmes majeurs de la Révolution, à une de ses hantises permanentes : la fête. Tous les décadis de l'année seront consacrés à des fêtes qui auront pour devoir de "faire chérir la nature et les vertus sociales" par tous les citoyens.

Tu sais maintenant à peu près comment marche le monde. Tu peux comprendre que, quelques années après les tourmentes de la Convention nationale en train d'accoucher d'un monde nouveau et fascinée par les fêtes, un écrivain célèbre et subtil, monarchiste celui-là, et bourgeois, modéré, progressiste, libéral, égoïste, mobile et contradictoire jusqu'à l'incohérence, partisan et admirateur de l'empereur Napoléon, amant de Mme de Staël et amoureux fou de Juliette Récamier, esprit nerveux et fin, impressionnable, desséché, le Suisse le plus français qui ait jamais existé, se prenne à soupirer : “Que l'État se borne à être juste. Nous nous chargeons d'être heureux.” C'était Benjamin Constant, et il n'est pas interdit de faire figurer son nom aux côtés de ceux d'Horace, de Degas, d'Offenbach, d'Oscar Wilde dans le rapport destiné à instruire et à distraire les gens d'Urql.

— Qu'arrive-t-il, demanda A, à Fabre d'Églantine et à Romme ?

— Devine, lui dis-je.

— Ils meurent, décida A.

— Gros malin ! lui dis-je. Après avoir fait accorder à la dépouille de Marat les honneurs du Panthéon, Romme se met à la tête des insurgés au cours d'une de ces journées révolutionnaires qui continuent d'agiter la Convention thermidorienne. Il a le dessous. On l'arrête. Il est condamné à mort et il se poignarde. Philippe Fabre, dit Fabre d'Églantine…

— À cause de l'églantine d'or remportée à Toulouse, ânonna A.

— … est compromis dans le scandale de la Compagnie des Indes qu'il a lui-même dénoncé et, accusé de corruption, il est guillotiné avec le clan Danton, le 5 avril 1794. Le calendrier qui était leur œuvre survécut quelques années à Fabre d'Églantine et à Romme.

En 1802, la paix est revenue avec l'Autriche grâce au traité de Lunéville, la paix est revenue avec l'Angleterre grâce au traité d'Amiens. Napoléon Bonaparte n'est peut-être pas encore au sommet de sa puissance : il est au sommet de son bonheur. Tout semble aller dans son sens et tout lui réussit : la fortune va à la fortune, comme l'infortune à l'infortune. Après douze ans de désordres et d'incertitudes, la confiance est de retour. Les succès résonnent comme des fanfares. Les derniers bandits qui infestaient la France à la faveur des troubles sont arrêtés en Provence. Pour la première fois depuis des années, la rente se met à monter. Le bruit court dans les salons de Paris qu'un ordre nouveau est sur le point d'être créé : ce sera la Légion d'honneur. Le 8 avril, la ratification du Concordat, déjà signé depuis un an, marque la réconciliation officielle de la France et de l'Église. Le 14 avril paraît, coup de théâtre et d'autel, le *Génie du christianisme*. Le 18 avril, jour de Pâques, une cérémonie stupéfiante réunit à Notre-Dame de Paris, pour un *Te Deum* solennel, tous les dignitaires d'un régime qui est né de la Révolution, qui en a vécu et qui l'achève — qui la couronne et qui la tue.

Entouré de ses généraux, parmi lesquels figurent la plupart des maréchaux et des princes de l'Empire encore à venir, et même quelques rois en puissance, issus de la chute et du martyre de la monarchie légitime, le Premier Consul, tout en rouge, protégé par Roustan et sa troupe de mamelouks, descend de son carrosse. Il s'avance sous un dais, jusqu'au fauteuil d'apparat qui l'attend dans le chœur. Flanqué du légat du pape et de Mgr de Boisgelin, archevêque de Tours, qui prononcera le prône, il y a là, pour l'accueillir, le nouvel archevêque de Paris. Il s'appelle Mgr de Belloy et ce n'est pas un jeune homme : il a près de trois fois l'âge du Premier Consul puisqu'il est né sous Louis XIV. Autour de ces vedettes dans leurs robes rutilantes, trente évêques fonctionnaires, aux ordres du Premier Consul et du Saint-Père réunis. Silencieux depuis si longtemps, le bourdon et les cloches de la cathédrale de Paris s'en donnent à cœur joie et sonnent à toute volée. De pudiques tentures dissimulent les statues des souverains décapités. Les mânes de Gilbert Romme et de Fabre d'Églantine n'ont qu'à bien se tenir. Un grand vent souffle en tempête sur les débris épars de la Raison et de l'Être suprême : c'est celui de la sainte Église et de la tradition, celui de l'ignorance et de l'asservissement qu'ils avaient dénoncés. Au premier rang de l'assistance trônent un séminariste régicide et un évêque apostat. Parmi tant de révolutionnaires convertis malgré eux et de vieux soldats de l'an II et de la Convention nationale à qui la tête tourne un peu, ils sont presque les seuls à être capables de suivre une messe qui leur rappelle leur passé. C'est Fouché et c'est Talleyrand.

L'opposition au Premier Consul et à la restauration religieuse a ses centres à l'Institut et chez les intellectuels. Les membres de l'Institut enragent de voir leur confrère Bonaparte — de la section des Sciences — "mener la République à confesse". Du coup — je bouge ma tour —, ils ont mis au concours l'éloge de la Réforme. Du coup — je bouge mon roi —, le Premier Consul a élargi aux Églises protestantes le bénéfice des mesures qu'il était en train de préparer. Les femmes jouent un grand rôle dans la bataille entre l'héritage de la Révolution et l'héritage de l'Église : les veuves des philosophes Helvétius et Condorcet reçoivent le renfort de Mme de Staël qui sonne en vain le tocsin pour essayer d'étouffer le bourdon de Notre-Dame : "Vous n'avez qu'un moment, demain le tyran aura quarante mille prêtres à son service."

L'opposition intellectuelle, qui combat les efforts de Bonaparte pour rouvrir les églises et revenir, à contre-courant de Fabre d'Églantine et de la Convention nationale, aux traditions religieuses et à l'ancien calendrier, trouve des appuis jusque dans le Conseil d'État, de création toute récente, jusqu'au sein de l'armée où le général corse ne manque ni de partisans fanatiques ni d'adversaires résolus. Pour se rendre à Notre-Dame et participer au *Te Deum*, les généraux Augereau, Lannes, Macdonald et Bernadotte se sont entassés dans le même carrosse. Tout le long du chemin, ils ont laissé libre cours à leur mauvaise humeur contre l'organisateur de la restauration religieuse. Les esprits s'échauffant, ils ont bien failli arrêter le carrosse pour faire demi-tour et rentrer bouder chez eux ou, pis, pour en descendre parmi la foule et tenter de la soulever contre la mascarade cléricale et le retour au passé. La raison l'a emporté. Ils ne sont pas les plus forts. Ils sont là tous les quatre, sous les hautes voûtes de Notre-Dame qui résonnent de l'homélie de Mgr de Boisgelin et des vieilles hymnes sacrées qui reprennent avec audace la place du *Ça ira* et de la *Carmagnole*. Ils rongent leur frein en silence. Seul Augereau, le plus monté de la bande des quatre contre le Premier Consul, n'arrête pas de ronchonner et d'exprimer, ouvertement, sa désapprobation.

Le général Moreau, lui, brille par son absence. Très beau, très élégant, adversaire déclaré du Premier Consul, il fait, ostensiblement, les cent pas aux Tuileries, en fumant un cigare, pendant que s'élèvent vers son rival et toute la pompe qui l'entoure les flots d'encens de la tradition et de la nomenclature religieuse. D'une intelligence assez redoutable, Moreau éprouve pour Bonaparte la même antipathie qu'Augereau. Il y a quelques jours, pour se moquer de la Légion d'honneur chère au Premier Consul, il a décerné en grande pompe une casserole d'or à son cuisinier. Ce n'est pas pour venir s'associer à ce qu'il appelle la grande momerie ou la capucinade. Un autre général, Delmas, résume assez bien l'opinion des opposants sur le *Te Deum* de Notre-Dame : "Il n'y manque que les cent mille hommes qui se sont fait tuer pour supprimer tout cela."

Autant en emporte le vent. Sous le porche de Notre-Dame, quand il remonte dans son carrosse, le Premier Consul est acclamé par la foule. L'opposition ne fait pas le poids en face de l'enthousiasme populaire. Ce que le peuple retient surtout de la restauration religieuse, c'est le retour à la célébration du dimanche. La suppression du décadi, le rétablissement du dimanche ont une première conséquence : on se reposera un jour sur sept au lieu d'un jour sur dix. Le progrès est sensible. La foule autour de la cathédrale applaudit en chantant :

Le dimanche l'on fêtera !
Alléluia !

Amputé de sa semaine de dix jours et de son décadi, le calendrier révolutionnaire traînera encore quelques années une existence théorique. Le 1er janvier 1806 — 11 nivôse an XIV —, il sera officiellement et définitivement aboli par un sénatus-consulte qui décrète que le calendrier grégorien sera remis en usage dans tout l'Empire français. Le calendrier révolutionnaire avait vécu un peu plus de treize ans. Il avait été utilisé — la plupart du temps, et surtout vers la fin, concurremment avec le calendrier traditionnel — pendant un peu moins d'une dizaine d'années.

Il réussit encore à revivre, sous une autre forme, grâce au génie de Staline. Le 1er octobre 1929, un peu plus de dix ans après le décret de Lénine qui remplaçait le calendrier julien par le calendrier grégorien, Staline supprimait en Union soviétique le samedi et le dimanche et instaurait la semaine productive de cinq jours. Les cinq jours de la semaine étaient numérotés de un à cinq, il y avait six semaines par mois, douze mois de trente jours par année, plus cinq jours fériés soviétiques — et un citoyen sur cinq se reposait chaque jour, à tour de rôle. La semaine de cinq jours ne mit pas longtemps à rejoindre dans le sépulcre des dieux morts le calendrier révolutionnaire de la Convention nationale. Et, du Japon à la Terre de Feu, de Washington à Moscou, de Barbizon à Tachkent et à Oulan-Bator, le calendrier grégorien se remit à régner sur le monde, sur la mémoire exécrée de Staline et sur le souvenir effacé de Fabre d'Églantine et de Romme, qui avaient, l'un et l'autre, péri de mort violente. Car il ne fait pas bon, ici-bas, jouer avec le temps.

— Ouf ! » murmura A.

XI

DISCOURS DE A AUX ESPRITS D'URQL

« Tu m'as convaincu, me dit A : je retournerai à Urql avec le sentiment que les hommes sont occupés tout entiers par l'histoire et le temps.

— Ils ne le sont pas, lui dis-je. Le temps les emporte, et l'histoire. Mais ils passent leur vie, leur vie si courte et si belle, à penser à autre chose.

— Mais à quoi ? s'écria A. À quoi ? Voilà ce qu'il faut savoir et raconter à Urql !

— À presque rien, lui dis-je. À l'argent. Au travail. Au confort. Au plaisir. Au temps qu'il fait. Aux vêtements à porter. Aux gens qu'il s'agit de voir. Aux affaires à traiter. À toutes les règles du jeu. À presque rien. Et à tout. Le monde est une machine à fabriquer du hasard avec des lois rigoureuses : les hommes avancent dans ce hasard au gré de leurs désirs. Le monde est une conspiration : les hommes se débattent comme ils peuvent au milieu des pièges et des désastres qui surgissent de partout. Le monde est un secret : et les hommes, depuis toujours et sans fin, s'efforcent de le percer.

Le monde est surtout un bonheur parmi tant de malheurs. C'est une fête en larmes. C'est un échec radieux. Je savais qu'un jour ou l'autre mon histoire ici-bas allait finir assez mal et que j'allais mourir puisque j'étais un homme.

J'ai fait ce que j'ai pu de cette stupeur ardente qui m'a été donnée sous forme de jours et de nuits, de forêts où me promener, de mers où me jeter, de mots à lire ou à écrire, de beauté et de rires. Un jour où il pleuvait, j'ai rencontré Marie dans la rue du Dragon. Et j'ai été heureux avec elle dans beaucoup de coins de cette Terre. Pour ces fragments d'espace, pour ces éclairs de temps, c'est bien d'avoir pris part à cette chose inconnue qui m'est aussi obscure du dedans qu'elle te l'est du dehors et que nous appelons la vie.

Tu peux regagner Urql avec des équations et des formules qui livreront une partie du secret de ce détail de l'univers où ont surgi les hommes. Tu peux rentrer chez toi avec des images qui donneront une idée de la beauté de la Terre et du génie de ses hôtes. Tu peux repartir avec des mots dans le genre du rapport que nous rédigeons tous les deux. Mots, images, équations s'essouffleront à courir après ce rêve sans fin qu'est la réalité. Il vaut mieux que tu rentres à Urql avec le nom de Marie. Si tu ne rapportes qu'une chose de ton expédition vers cette planète étrange dans une lointaine galaxie où je t'attendais depuis toujours, que ce soit le souvenir enchanté de Marie. Tu réuniras les esprits, tes confrères, et, après avoir distribué les exemplaires du rapport que nous aurons, toi et moi, terminé tant bien que mal, tu réclameras le silence et tu leur diras à mi-voix :

“J'ai rencontré sur la Terre, au-dessus de la Douane de mer, un homme parmi les autres : il portait le nom d'O. Il était né, par hasard, ici plutôt qu'ailleurs. Il a vécu, par hasard, dans ces années-là et non dans d'autres. Il est mort, par hasard, dans une ville de pierre et d'eau qui périra elle-même, entre le palais des Doges et l'isola di San Giorgio. Et cette suite de hasards est sa nécessité : il est O par hasard et pour l'éternité. Il était tout pour lui-même parce que chaque homme est à lui-même la totalité de l'univers et qu'à chaque homme qui meurt, c'est l'univers qui s'éteint. Le grand secret de ce monde, dont vous parle le rapport que vous avez entre les mains” — et il se fera, à ce moment, un grand bruit de pages qu'on tourne et de papier froissé —, “c'est…”

— Tu crois vraiment ? dit A.

— Je ne sais pas, lui dis-je. J'imagine. Le silence reviendra. Et tu continueras : “Le grand secret de ce monde, c'est qu'il n'a d'existence que dans l'esprit des hommes. Il y a des hommes parce qu'il y a un monde. Mais il n'y a de monde que parce qu'il y a des hommes. Les hommes sont des espèces de dieux enfoncés par leur corps dans l'ignorance et la peur. Chaque homme crée son propre monde dont nous croyons dur comme fer — mais personne ne peut le jurer — qu'il est le monde des autres. Chaque homme est enfoui en lui-même et le monde tout entier est enfoui avec lui. Le monde est l'ensemble de toutes ces solitudes et de toutes ces prisons.

Les hommes passent leur temps à se forger des clés pour quitter leur prison, pour s'en aller ailleurs et pour rejoindre les autres et leurs mondes inconnus. Les clés s'appellent savoir, beauté, espérance ou passion. Il y a la clé de la science : elle explique par le jeu des effets et des causes le déroulement des événements qui se situent dans l'espace et surtout dans le temps. Il y a la clé de l'art : elle précipite les âmes des hommes dans des rêves de bonheur et parfois de terreur, elle ouvre de grands espaces à l'imagination du sens, des sons, des couleurs et des formes. Il y a la clé de la religion : elle promet autre chose que la réalité, elle permet à ceux qui souffrent de supporter leurs souffrances. Il y a la clé de l'amour. Un jour, rue du Dragon, à Paris, vers la fin du XXe siècle après le Christ Jésus qui est sorti de l'éternité pour tomber dans le temps et le faire tourner autour de lui, O, sous un parapluie, a rencontré Marie. Le monde, aux yeux de O, a pris l'aspect de Marie.

Marie, aux yeux de O, était plus belle que les guerres, les escargots, les lessiveuses, les imprimés. Elle l'emportait pour lui sur la géométrie, sur le temple de Karnak, sur les charmes de la perspective chez Masaccio ou Uccello, sur le siège de Troie par les Achéens rusés aux navires innombrables, sur la découverte, un jour d'automne, sous Charles VIII en France, sous Ferdinand d'Aragon et Isabelle la Catholique, sous un pape Borgia, simoniaque et débauché, de toute une terre nouvelle par un Génois égaré. Elle avait plus de prix dans son cœur que les pièces d'eau de Versailles, que les trésors de Golconde, que tous les arbres de la forêt de Paimpont, de Brocéliande ou de Tronçais. Pour des raisons mécaniques qui sont liées au plaisir, les hommes, sur la planète Terre, jouent un grand rôle auprès des femmes. Et les femmes auprès des hommes. Et souvent les femmes auprès des femmes. Et les hommes auprès des hommes. Le corps de Marie était celui d'une femme. Il a fini par envahir tout l'horizon de O. C'est ce qu'ils appellent l'amour et l'amour les occupe plus que tout le reste au monde.

O mangeait et buvait parce qu'il avait un corps. Et il dormait beaucoup. Il s'entretenait avec moi parce qu'il était un esprit. Et que, privé de son corps, il n'était plus rien qu'un mort qui avait passé un peu de temps, quelques saisons, quelques années dans la mémoire du monde. Il était lié à Marie, dans les siècles de siècles, par cet élan impalpable, aussi fluide que le temps et aussi fort que lui, qui est au cœur du monde et qui, à chaque instant, lui permet de survivre.

ŒNONE

Ils ne se verront plus.

PHÈDRE

Ils s'aimeront toujours.

L'amour se fait entre les corps. Et il règne sur les esprits."

— Je leur dirai ça ? demanda A.

— C'est toi qui décides, lui dis-je. Ce n'est pas moi. Tu leur diras ce que tu veux. Ce qui se passe hors du monde ou, si tu préfères, hors du temps, ne me regarde plus. Dans l'idée que je me fais de toi, c'est ce que tu leur diras. Mais, de retour à Urql où je ne serai qu'un souvenir évanoui dans le temps et dans l'absence de temps, tu feras comme bon te semble. Et ce qu'ils penseront de toi, et de nous, je n'en sais rien du tout. Les hommes vivent dans le monde, ils ne parlent de rien d'autre. Et ce dont on ne peut pas parler, il faut le taire. Le silence ouvre aux hommes, enfermés dans leur monde, enfermés en eux-mêmes, un champ de rêves sans fin. »

XII

LE SILENCE

« N'aurions-nous pas mieux fait, demanda A, de commencer par le silence au lieu de finir avec lui ?

— Si tu veux m'indiquer que j'aurais dû me taire dès le début, n'hésite pas : je te l'accorde sans peine. Les hommes parlent toujours trop et presque tout ce qu'ils disent ne vaut pas d'être dit. Il serait dommage que Platon, ou Spinoza, ou Shakespeare, ou Racine, aient décidé de se taire. Tout ce que je t'ai raconté, en revanche, tu l'as remarqué plus d'une fois, n'a pas beaucoup d'intérêt. Mettons que je n'aie rien dit. Mais tu voulais tout savoir de ce monde où tu débarquais. Parce que je l'avais connu et qu'il n'est permis de parler que de ce qu'on connaît, j'ai essayé de te le dépeindre et de te l'expliquer.

J'aurais pu le laisser se raconter tout seul. Nous croyons que nous parlons, mais c'est le monde qui parle par nous. Il est plus éloquent que Démosthène et Hugo, que le discours de Marc Antoine sur le cadavre de César. Il enseigne tout mieux que personne. Nous n'inventons jamais rien : nous transformons ce qui existe, nous le présentons autrement. C'est ce que font les savants, les poètes, les historiens, les philosophes. Et les romanciers. J'aurais pu me dispenser d'ajouter mon grain de sel au spectacle des continents, des villes, des batailles entre les hommes, des passions de l'amour.

— N'exagère pas, me dit A. Tu en fais un peu trop. Je t'ai répété vingt fois que tu étais plutôt nul et que tu m'as beaucoup aidé. Il n'est pas exclu que je te fasse élever à Urql quelque chose d'ineffable qui ressemble à une statue. Je ferai graver sur le socle, dans ce qui nous sert de langue :

À
O
SON AMI
A

— Merci, lui dis-je d'une voix altérée par l'émotion. Voilà qui me paie de toutes mes peines. Je crois bien qu'après tant de paroles pour t'introduire au monde, je me tairai longtemps, la statue d'Urql à l'esprit et ton nom dans mon cœur.

— Ça va comme ça, grommela A. Tu connais les règles du rapport : pas de ragots, pas d'effusions, l'éclat de la vérité.

— Ô A ! lui dis-je. Je t'aime beaucoup. Je suis un égoïste qui a aimé Marie et qui a aimé A. J'aurais tant voulu donner le monde à Marie et te le donner à toi. C'est une tâche difficile. Après avoir traîné des pieds, parce que je suis alourdi non seulement par l'égoïsme mais aussi par la paresse, j'aurais voulu, moi aussi, t'élever une sorte de statue. La plus belle, la plus folle : le monde, sous forme de rapport, dont tu aurais été le centre. Nous serions partis, tous les deux — toi sous les traits de Socrate dans les *Dialogues* de Platon, moi sous ceux de l'interlocuteur, un benêt plutôt borné, plein de bonne volonté, qui dit des choses insignifiantes — pour les grands espaces et pour l'éternité. Pardonne-moi, mon cher A. Tu aurais mérité mieux que ton pauvre ami O, déjà guetté, grâce à Dieu, par le silence et le néant.

— Tu vivras, je te le jure, dans le souvenir des gens d'Urql.

— Tu crois vraiment ? » lui dis-je.

Et je crains que mes yeux ne se soient mis à briller au-dessus d'Ispahan et de Persépolis que nous venions de survoler, au-dessus de l'Hindou Kouch dont la masse imposante s'annonçait déjà au loin.

« J'en suis sûr, me dit A. Je ne sais rien des hommes, mais je connais mes confrères : ils te trouveront absurde, mais tu les étonneras.

— C'est un grand bonheur pour moi. Je te le dois tout entier. Oserais-je te dire encore que je ne suis pas seulement un égoïste et un paresseux… ?

— Quoi d'autre encore ? demanda A.

— J'aurais voulu… » lui dis-je.

Le rouge me montait au front.

« Allez ! me dit A. Accède au logos.

— J'aurais voulu laisser une trace dans ce monde que j'ai tant aimé. C'est raté. Je n'y ai pas fait grand-chose : je n'ai tenu une place que dans le cœur de Marie. Grâce à toi, peut-être, loin dans l'espace, hors du temps, à l'écart de nos sociétés passagères et changeantes qui se font et se défont, quelques dizaines d'esprits d'Urql se souviendront de moi.

Le monde est trop peuplé pour espérer y survivre. Il se transforme trop vite. Sa rumeur est trop forte. C'est d'abord pour cette raison que je ne voulais pas, tu t'en souviens, que le rapport fût connu ici-bas. Quand Homère ou Virgile, et peut-être Shakespeare et Rabelais, écrivaient leurs rapports sur les passions des hommes, ils étaient presque seuls dans le silence du monde. Le monde, et c'est bien comme ça parce que tout ce qui se déroule dans l'histoire, et jusqu'à ses pires horreurs, ne peut pas être autrement, est devenu un vrai bordel. Tout passe à fond de train. Tout s'oublie. Les gens crient tous en même temps. Et personne n'a plus le temps de voir le monde et sa beauté. Il n'est pas impossible que le silence devienne la seule issue dans un monde pressé et bruyant. Je suis heureux que mon souvenir parte pour Urql avec toi. Je vivrai encore un peu, ici-bas, dans la mémoire de Marie. Et je vivrai avec toi, à jamais, parmi les esprits d'Urql.

— Je te l'avais promis, me dit A avec simplicité. Je tiens toujours mes promesses.

— Alors, lui répondis-je, permets-moi de me taire. Depuis que le monde est monde, il a toujours fait du bruit. Il y a une rumeur de l'univers, il y a un chant des étoiles. Mais les hommes parlaient peu. Depuis qu'ils ont conquis le pouvoir et qu'ils l'ont emporté sur les pierres et les arbres et les autres animaux, ils n'arrêtent pas de piailler. Je n'ai plus guère envie de piailler avec eux. Au moins pendant un instant, taisons-nous tous les deux. Rentrons un peu en nous-mêmes. Préparons-nous à partir. Puisque toi, esprit d'Urql, tu repars pour chez toi. Et que moi, homme de cette Terre, qui étais vivant hier et qui suis mort aujourd'hui, je pars pour je ne sais où.

— Attends un peu, me dit A. Dis-moi encore des choses sur ce que tu as vu. Raconte-moi encore un peu les arbres, les parapluies, les passions et les hommes. Tu vas te taire pour toujours. Encore quelques heures à peine, et nous nous séparerons. Le silence t'emportera aussi sûrement dans le monde où tu vas que le temps le faisait dans le monde d'où tu viens…

— Quel bonheur ! lui dis-je. Après avoir tant parlé pour dire des choses inutiles…

— Ne m'agace pas ! grinça A. N'en rajoute pas tout le temps pour que je te jette des fleurs ! »

Je levai la main.

« Je n'en rajoute pas du tout. N'importe qui, sur cette Terre, aurait été capable de te servir de guide. Un mineur de fond dont la mine est fermée. Un petit-bourgeois retraité. Un rescapé du goulag ou des camps de concentration. Une Indienne d'Amazonie. Un banquier de Hong Kong ou de Singapour. Un paysan du Yunnan ou de Cuernavaca. Un centurion de Pompée, un marin de Magellan, un cavalier de Gengis Khân, un tailleur de pierre de Vérone, de Konarak ou de Borobudur. J'ai eu la chance de m'en aller au moment même où tu arrivais au-dessus de la Douane de mer. Je me suis trouvé là, c'est tout. Et je t'ai raconté des aventures et des savoirs périssables dont tu aurais pu te passer dans ton éternité. Et maintenant, après avoir tant parlé, avant d'entrer à mon tour dans ce qui ne change plus, qui n'a jamais changé et qui ne changera pas, je laisse le monde à son vacarme, je me réfugie dans le silence. Le silence aussi fait partie du possible et des pouvoirs des hommes.

— Eh bien ! me dit A, parle-moi un peu du silence. »

Je me mis à rire. Et je me tus.

Il se fit quelque chose comme un grand blanc entre nous.

On n'entendit plus rien que les vagues de la mer, les rumeurs des villes et la musique des sphères.

XIII

LE SOLEIL SUR SAMBUCO

« Ce n'est pas tout ça, me dit A. Il nous reste à peine quelques heures. Rien à sauver des eaux avant de couler à jamais ? Pas de repentir, pas de remords ? Pas d'oubli trop cuisant ?

— Bien sûr que si », murmurai-je.

Mais il ne m'entendit pas.

« Rien d'essentiel à ajouter au rapport pour donner aux gens d'Urql quelques lueurs sur une planète égarée parmi les cent milliards d'étoiles d'une galaxie parmi les autres ? Tu ne voudrais pas, j'imagine, me voir rentrer à Urql avec un rapport incomplet qui nous ferait honte à tous les deux ?

— Mon pauvre A, lui dis-je, tu devrais commencer à savoir qu'aucun rapport sur la Terre ne sera jamais complet. Le seul rapport complet sur le monde et son histoire, c'est le monde et son histoire : même à toi, esprit pur, sans limites et sans corps, il ne t'est pas permis de les emporter à Urql. Tu repartiras avec quelques mots, avec quelques images, avec un sentiment de stupeur et deux ou trois clins d'œil. Tu pourras dire à Urql que quelque chose d'obscur et de très lumineux se déroule sur la Terre. Et ce sera à peu près tout.

— J'aimerais t'annoncer qu'un jour, je ne sais quand, des liens étroits se noueront entre ton monde et Urql, que mes confrères en masse débarqueront sur votre Terre et que l'eau, la jalousie, le calendrier et l'or seront familiers chez nous. J'en doute un peu. À moi qui, sur votre Terre, peux être partout à la fois, il m'a fallu des millions et des millions de vos années pour parvenir jusqu'à toi. Quand un autre esprit d'Urql viendra se promener du côté de votre Galaxie et de la Voie lactée, j'ai bien peur que la Terre n'ait fini d'exister. Ce n'est pas demain que les gens d'Urql auront, par un autre que moi, des nouvelles de la Terre. Aussi, je t'en conjure, tâche de me dire en deux mots, pour que j'en fasse part aux esprits d'Urql, ce qui constitue pour toi le cœur et le sens du monde et de la vie.

Je rentrai en moi-même. Ma responsabilité m'écrasait. “Quoi ! me disais-je, des milliers d'esprits d'Urql vont se faire une idée du monde où nous vivons en écoutant A leur raconter ce que je lui aurai raconté ? N'aurais-je pas dû me contenter de lui remettre un dossier fait de dates et de photographies, de cartes géographiques, d'éphémérides, de cassettes, de chiffres et d'échantillons ?” Il me semblait pourtant que des graphiques et des listes d'événements étaient très incapables de révéler aux esprits d'Urql le secret de la vie. Plus que des calculs et des plans, plus que des généalogies, plus que des faits et leur enchaînement, la vie était une parole, un souvenir, une espérance, un élan. Un désespoir, peut-être, un oubli, une révolte. Quelque chose que les hommes comparaient à une flamme et qui était un feu plutôt qu'un document.

"Marie !" criai-je.

Elle était là. À côté de moi. Sur le balcon de la chambre 5 du Caruso Belvedere d'où elle sortait, les cheveux épars, encore à moitié endormie. Les yeux pleins de sommeil, éblouie par la lumière, elle s'appuyait contre moi.

La chaleur montait de la vallée du Dragon. Et elle tombait du ciel. Elle tombait sur les vignes, les oliviers, les orangers, les citronniers, les amandiers, les lauriers-roses. Sur la mer au loin. Sur les toits de tuile couleur de miel. Sur les roses d'Ispahan et sur les camélias. Nous étions en avril. Il n'y avait pas un nuage.

Nous étions arrivés à Sambuco par l'avion, le train, la voiture. Nous avions tout oublié. Nous avions laissé derrière nous tout ce que les esprits d'Urql n'ont pas besoin de savoir. Nous avions suivi, le long d'une côte rocheuse, une des plus belles routes de cette Terre. Le soir tombait. On apercevait des rochers aux formes sauvages en train de tomber dans la mer. Nous avions lu quelque part…

— Dans un rapport, peut-être ? suggéra A.

— Peut-être dans un rapport, que des pirates, jadis, s'étaient installés sur les pitons qui commandaient les vallées et sur les écueils où se brisaient les bateaux. Les pirates avaient disparu. Nous étions là tous les deux. Et nous nous aimions.

Nous avions traversé des bourgades de pêcheurs et de petites villes toutes blanches, blotties au fond des baies. Il y avait des plages, des tours, des couvents, des ponts vertigineux sur des gorges ou des ravins parsemés d'oliviers, des villages dont les noms donnaient envie de chanter : Sant'Agata sui Due Golfi ou Colli di San Pietro. On voyait dans les ports des navires venus de loin.

La nuit était close quand nous avons pris la route en lacet qui monte, le long de la vallée du Dragon, de Scala à Sambuco. Nous sommes entrés dans Sambuco comme dans la fraîcheur et dans le silence. Nous devinions dans l'obscurité, plutôt que nous n'apercevions, des villas, des jardins, des ruelles assez raides, des escaliers, des passages voûtés qui s'accrochaient aux pentes abruptes de la vallée du Dragon. Nous avons eu un peu de mal à trouver l'hôtel dont le nom flamboyant — le Caruso Belvedere — nous avait tant enchantés sous la pluie de Paris. Nous nous sommes jetés sur notre lit, *matrimoniale* grâce à Dieu, et nous nous sommes endormis dans les bras l'un de l'autre. Le lendemain matin, un grand soleil brillait sur la vallée du Dragon, sur Scala, sur Sambuco.

Ô A ! tu le sais déjà : il te faudra, à Urql, parler surtout de Marie. Et surtout du soleil. Tu pourras laisser tomber le Saint Empire romain de nationalité germanique, le crétacé et le jurassique, la projection de Mercator, les mille et une façons d'accommoder la tomate, les deux batailles de Tannenberg, les poésies d'Auguste Barbier et le Cartel des gauches, les jeux du cirque à Byzance et le moteur à explosion, les machines à traitement de texte et les fours à micro-ondes. Il faudra parler du soleil. Du soleil et du temps. C'est d'ailleurs la même chose : il n'y a de temps, pour les hommes, que parce qu'il y a un Soleil. À Sambuco, ce matin d'avril, le temps était arrêté. Le soleil était déjà haut. Et il était tout-puissant. Quand je suis sorti sur le balcon de la chambre 5 de l'hôtel Caruso Belvedere où j'avais dormi dans les bras de Marie, le soleil tombait sur le monde. Le monde s'était changé en soleil.

Il brillait sur les vignes et sur les arbres fruitiers. Il brillait sur la côte et la mer. Il brillait sur les pentes de la vallée du Dragon, sur les couvents, sur les chapelles, sur les maisons où vivaient les hommes. Il brillait sur les fontaines, sur les jardins, sur les cloîtres. Marie se serrait contre moi. Le monde entier était là. Il brûlait sous le soleil. Il se confondait avec lui. Ma vie flottait dans le soleil et elle pouvait s'achever. J'aurais vu le soleil briller sur Sambuco.

Il était inutile de rien savoir de Sambuco, de son histoire, des hôtes illustres et charmants qui s'y étaient succédé, des aventures innombrables auxquelles la vallée du Dragon avait servi de décor. J'avais la main de Marie dans la mienne. Le soleil écrasait tout. Il balayait le passé. Il ignorait l'avenir. Il détruisait l'espace. Il expulsait de l'univers tout ce qui n'était pas Sambuco. L'important, à Sambuco, n'était pas de se souvenir de ce qui s'était passé à Sambuco, *c'était* de se souvenir de Sambuco. Je me souvenais si fort de ce présent éternel, je m'en souviens si fort au moment de te quitter et de partir pour je ne sais où, là où il n'y a plus de soleil, que je voudrais que les esprits d'Urql, qui ne connaissent pas Sambuco, s'en souviennent pourtant à leur tour — et peut-être à ma place — et qu'ils y voient, grâce à toi, et aussi un peu grâce à moi, comme le cœur de cette vie que nous poursuivons depuis trois jours. Ô A ! le monde n'est rien d'autre que le soleil sur Sambuco. »

XIV

LE CŒUR DU MONDE

« Je croyais, murmura A, que c'était le soleil sur Symi.

— Essaie de comprendre…, lui dis-je.

— Voilà le plus beau, me dit-il.

— Oui, lui dis-je, essaie de comprendre. Le monde est le soleil sur Symi. Et c'est le soleil sur Sambuco. C'est aussi tout le reste. C'est la neige, la tempête, la violence, le crime. C'est le petit matin, c'est le charme des soirs à l'ombre des tilleuls. C'est le bonheur dans tous ses états. C'est l'enterrement des enfants qui sont partis dès l'aube et les batailles dans la plaine ou le long des grands fleuves. C'est l'arrivée, toutes voiles dehors, de n'importe quel marin dans n'importe quelle baie de n'importe quelle île de n'importe quel océan. Ou encore l'entrée, sous une pluie battante, dans le port de New York, quand tu vois la *skyline*, avec ses banques, ses assurances, ses conseils d'administration, ses gangsters et ses clochards, défiler devant toi. Le monde, c'est le songe de sainte Ursule et le caniche blanc de Carpaccio qui regarde saint Augustin en train d'apprendre, par une inspiration divine qui lui arrive par la fenêtre, la mort de saint Jérôme. C'est la dame à voilette dans un canot, sur l'eau, aux côtés d'un bellâtre dont je t'ai déjà parlé. C'est la *Louange du deuxième jour*, c'est le *Miserere* d'Allegri écouté par un enfant qui le transcrit de mémoire dans sa chambre d'auberge. Et c'est tout ce que l'enfant, plus tard, écrira pour l'éternité — ou, sinon pour l'éternité, du moins pour tous les hommes tant qu'il y en aura sur cette Terre.

C'est les pyramides des Égyptiens et aussi celles des Aztèques, et encore toute la foule de ceux qui ont dû mourir pour qu'on puisse les élever. C'est tous les monuments sur les collines ou dans les vallées, c'est les grandes villes et leur misère, c'est ce qui meurt et disparaît, les rhéteurs de l'ancienne Grèce, les galères, les caravelles, les trouvères et les troubadours, les meuniers, les canuts, les paysans dans les campagnes. C'est ce qui naît et se développe avant de s'en aller à son tour, c'est les jours après les jours, les nuits après les nuits, la masse énorme des inventions et des coups de génie, des erreurs aussi, des oublis, des secrets, et les coins de beauté où les hommes vont rêver.

Le monde a beaucoup d'aspects pour chacun d'entre nous. Il en a une multitude et presque une infinité pour toute la masse des hommes. Il y a un monde pour chaque homme et pour chaque instant de chaque homme. C'est parce que tu n'as pas pu rencontrer tous les hommes de toutes les époques et de tous les pays que tu t'es contenté de me rencontrer moi. Mon monde est à Sambuco, à Symi, autour de la Douane de mer, dans les environs de Chateaubriand, d'Aragon, de Toulet. Il y a beaucoup d'autres mondes. Il y a autant de mondes que d'esprits pour les voir et pour en parler. Et, par une espèce de miracle, tous ces mondes différents s'arrangent pour coller les uns aux autres et pour n'en faire qu'un seul. Le soleil de Sambuco est le soleil de Symi. Parce que le Soleil est unique.

Tu peux presque tout enlever de ce monde : il restera le monde. Tu peux enlever les fleuves, les montagnes, les arbres hélas ! et les voitures qui sont devenues une des clés et le symbole de l'âge où j'ai vécu. Tu peux enlever les prêtres, les juges, les présidents, les soldats. Tu peux enlever les livres, la musique, les tableaux, le saint-émilion et le nuits-saint-georges : le monde sera moins gai, mais il sera toujours le monde. À l'extrême limite, tu pourrais enlever les hommes. Il ne resterait plus rien — mais pourtant quelque chose : il resterait le monde tel qu'il était avant les hommes, il resterait le monde qui attendait les hommes. Il y a au moins deux choses que tu ne peux pas enlever du monde sans détruire le monde lui-même. Tu ne peux pas enlever le temps. Et tu ne peux pas enlever le Soleil.

Si tu enlevais le temps, tout l'univers exploserait. Si tu enlevais le Soleil, la catastrophe serait plus modeste : il n'y aurait plus de monde. Le monde et la vie sont des annexes du Soleil, ses faubourgs, sa banlieue. Il est très loin de nous, il est déjà une étape sur le chemin d'Urql et de l'univers tout entier.

— Ouais..., dit A. Enfin... si tu veux...

— Il est tout près de nous, il est ce qui nous est le plus proche. Nous vivons en lui. Quand il disparaît, nous nous réfugions dans le sommeil qui est une sorte d'absence. Quand il reparaît, nous nous levons et nous rentrons dans le monde. Ce qu'il y a de plus naturel à adorer sous le soleil, c'est le Soleil. Les peuples primitifs ne s'en sont pas privés. Les Aztèques tuaient des hommes pour que le soleil daigne briller à nouveau. Et Platon voyait dans le Soleil l'image suprême du Bien.

Beaucoup de temps et d'histoire a passé sous le soleil — et sur lui. Les hommes ont presque fini par oublier qu'ils lui doivent tout. Autant qu'à l'eau d'où ils sortent et qui t'étonnait tant. Et presque autant qu'au temps. L'eau, le soleil, le temps : voilà la vie, voilà le monde. Le feu, bien sûr, le langage, la roue, la musique, l'agriculture, la ville, la peinture, le moteur et les machines ont fini par l'éclipser. Quand tu es arrivé au-dessus de la Douane de mer, je ne t'ai pas crié, comme sur les affiches des agences de voyage : "Bienvenue au pays du soleil !" Je t'ai d'abord parlé des hommes et de leur histoire, des femmes, du sexe, de l'or, de la mathématique, des passions, du pouvoir. Mais derrière cette écume qui est sortie de la vie et qui l'a transformée, il y avait le Soleil.

Maintenant chaque homme a son soleil. L'argent est un soleil. La littérature est un soleil. L'État est un soleil. L'art est un soleil. L'avenir est un soleil. Toute l'histoire des hommes ne consiste peut-être qu'à camoufler le Soleil et à en créer d'autres. Mais si le Soleil, le vrai Soleil, le seul Soleil du Bon Dieu, disparaissait tout à coup, il n'y aurait plus de vie ni de monde. Et il n'y aurait plus d'hommes. »

XV

LA FIN DE TOUT

« Mais, mon pauvre ami, me dit A, tu le sais aussi bien que moi : votre Soleil disparaîtra.

— Je le sais, lui dis-je. Nous le savons tous. Nous savons aussi que nous mourrons. Nous faisons semblant de ne pas le savoir. Je crois t'avoir expliqué qu'il y a quelque chose, au cœur des hommes, qui s'appelle le désir. Et il n'en finit pas de lutter contre la mort. Mais le combat qu'il mène est un combat sans espoir. Au bout de chaque homme, il y a la mort. Au bout de l'histoire du monde, il y a la mort du Soleil. Dans cinq milliards d'années, ou quelque chose comme ça, il n'y aura plus de Soleil. Et il n'y aura plus de Terre. À l'instant où je quitte le monde que j'ai essayé de te présenter, peut-être sommes-nous à peu près dans le mitan du gué de l'histoire de la Terre : à quelques millions, à quelques dizaines ou centaines de millions d'années près, cinq milliards d'années de tirées, cinq milliards encore à tenir. Et, au milieu, la Douane de mer où je m'écroule un beau matin.

J'imagine que la fin sera aussi rude que les débuts. Nous n'aimons pas beaucoup penser au vert de bleu et à la soupe primitive d'où sont sortis les hommes. Je n'aimerais pas beaucoup voir le Soleil baisser comme une lampe qui s'éteint. Je préfère quitter ce monde aujourd'hui plutôt que dans cinq milliards d'années parce que je sais que l'avenir, comme il l'a toujours fait dans le passé, mais peut-être plus encore que dans le passé, nous annonce de beaux jours où nous périrons de frayeur. Car, pour parler comme un cardinal qui vivait au temps de Rancé, nous verrons des choses auprès desquelles les passées ne seront que verdures et pastourelles.

Nous avons déjà peur de ce que les hommes nous préparent pour le siècle prochain et pour ceux qui le suivront, c'est-à-dire pour demain et pour après-demain : des cerveaux qui changeront de corps, des corps qui changeront de cerveau, des mélanges de porcs et d'hommes, des réserves vivantes de poumons et de foies, des bombes capables, pour plus de sûreté, de détruire d'un seul coup plusieurs milliers de planètes. Ce qui se prépare au loin, depuis toujours, sans que nous en sachions rien, est autrement terrifiant. Je ne suis pas mécontent de partir avec toi pour des destinations inconnues avant de sécher sur place selon les promesses, à la fois, de nos savants les moins exaltés et de nos plus saintes Écritures.

— *Es-tu si sûr, me demanda A, de la fin de la Terre ?*

— Ah ! lui dis-je, tu as raison : je n'en suis pas sûr du tout. Ce qui est sûr, je crois, c'est que le Soleil finira : les étoiles brillent longtemps, mais elles ne sont pas éternelles. Le Soleil, un beau jour, en aura plus qu'assez de fournir de la chaleur, de la lumière, de l'énergie, de la beauté. Et de permettre la vie. Mais il y a quelque chose, ou peut-être quelqu'un, qui, à la stupeur générale, est peut-être encore capable de changer les règles du jeu. Ce magicien, tu l'as déjà deviné après tout ce que je t'ai dit, ce magicien…

— C'est l'homme ! s'écria A.

— Bien sûr, lui dis-je. C'est l'homme. Dans cinq milliards d'années, je t'en ai déjà dit quelques mots, il sera aussi loin de notre image d'aujourd'hui que notre image d'aujourd'hui est loin de la bactérie ou de l'algue dont nous sommes tous sortis. J'imagine, je ne sais pas, qu'il aura été capable de lancer dans l'espace un soleil de secours. Ou qu'il aura su modifier nos corps de façon si radicale que le Soleil, hélas ! ne leur sera plus nécessaire. Ou encore que les hommes, comme tu me l'as déjà suggéré, auront quitté la Terre avant que le Soleil ne les quitte. Il n'est pas impossible qu'à la fin des fins le Soleil finisse par s'éteindre et que la Terre disparaisse, mais que les hommes soient toujours là — ou plutôt ailleurs. Les hommes, ou quelque chose d'innommable qui descendra des hommes comme nous descendons nous-mêmes de ces choses innommables qui barbotaient dans la soupe primitive et où l'inconnu s'est fait vie.

— Je reviendrai voir, dit A.

— C'est ça, lui dis-je. Bonne idée. Je ne sais pas si les choses innommables qui descendront de nous auront gardé le souvenir de la Terre et des hommes tels qu'ils étaient de mon temps. Je crains que dans cinq milliards d'années le rapport lui-même, malgré tes espérances, ne soit tombé dans l'oubli. Au terme de l'avenir le plus lointain, j'imagine que le passé, c'est-à-dire notre présent d'aujourd'hui, sera réduit à l'état de mythe ou de légende dorée. Quelque chose, peut-être, comme un paradis très terrestre, comme un Éden peuplé d'Adams et d'Èves à l'innocence primitive et qui, malgré la misère de leur action sur l'univers, se mettront à incarner aux yeux du souvenir l'image même du bonheur. On les enviera parce qu'ils souffraient et mouraient avec simplicité, parce qu'ils savaient des choses inutiles, parce qu'ils n'étaient pas encore entrés dans les âges infernaux de la complexité.

— C'est comme ça, me dit A en souriant avec indulgence, que tu vois l'avenir de ces hommes auxquels tu appartiens ? »

Je haussai les épaules.

« Je n'en sais rien, bien sûr. Rien du tout. Moins que rien. Il est déjà difficile aux hommes de deviner quoi que ce soit de leur avenir immédiat. Nous avons eu, dans mon pays, qui porte le nom de France…

— Je sais, dit A avec un mouvement d'impatience, je sais : la France. Tu en as plein la bouche.

— … une Première Guerre mondiale qui a coûté beaucoup de morts et que nous avons gagnée. Qui aurait osé dire ou même penser, en 1918, que, vingt-deux ans plus tard, la France serait vaincue en quarante jours et détruite de fond en comble ? Et le coup de génie de quelques-uns — et ils n'étaient pas nombreux — a été de soutenir, dès le printemps radieux et sinistre de 40 qui voyait le triomphe des *Panzer* et des *Stuka* en train d'entrer comme dans du beurre dans la France radicale et radicale-socialiste, que l'Allemagne hitlérienne serait vaincue à son tour. Et, l'Allemagne vaincue, la Russie communiste était devenue toute-puissante. Elle répandait la terreur et régnait sur les esprits : les professeurs étaient communistes, les savants étaient communistes, les poètes étaient communistes. Quand des mécanismes obscurs et presque mystérieux l'ont fait tomber à son tour, le monde a été saisi de stupeur. L'histoire a plus d'imagination que tous les hommes réunis. Un célèbre rapport…

— De qui ? demanda A.

— Mon pauvre ami, lui dis-je, du préfet de police… prévoyait, à Paris, vers la fin du siècle dernier, des difficultés sans nom entraînées par la marée montante du crottin des chevaux, liée elle-même à l'accroissement de la circulation. Quelques années plus tard, le problème insoluble était réglé, comme par miracle, par la disparition des chevaux et l'envahissement de la ville par les automobiles. Le remède, bien entendu, était pire que le mal. On trouvera, à son tour, en son temps, quand la situation sera devenue intolérable, un remède au remède et l'histoire avancera de catastrophe en catastrophe et de progrès en progrès.

— Veux-tu dire, demanda A, que chaque progrès finit lentement mais sûrement, par se transformer en catastrophe ?

— Non, lui dis-je. Ou pas tout à fait. On monte toujours d'un niveau. Je crois au progrès avec obstination. Je crois qu'il n'y aurait pas de vie s'il n'y avait pas de progrès et que toute l'histoire du monde n'est qu'un immense progrès. Mais on ignore vers quoi.

Tu sais maintenant que Picasso ne peint pas mieux que Titien et que Kant ou Hegel ne sont pas plus grands que Platon. Mais l'homme a fait du chemin depuis Neandertal. Et plus de chemin encore depuis Lucy. Il avance — mais vers quoi ? Que nous avancions est hors de doute : c'est le but qui est caché. Tu sais déjà que Lucy n'a jamais pu imaginer, même de très loin, quelque chose comme le système d'Aristote, comme la peinture de Rembrandt ou du Tintoret, comme la conquête de la Lune. Je ne peux rien te dire, et personne ne peut rien te dire, sur le destin futur des hommes. Cinq milliards d'années, c'est un peu trop pour moi. Cinq millions d'années ne m'arrangeraient guère mieux. Et cinq cents ans, c'est-à-dire dix millions de fois moins que cinq milliards d'années, c'est déjà beaucoup pour ma pauvre et faible tête. Je ne sais pas, mon cher A, où je serai tout à l'heure quand je t'aurai quitté et que je serai parti pour de bon. Comment veux-tu que je sache ce que deviendront les hommes quand le Soleil ne brillera plus ? Ce que je sais, c'est que les hommes qui ont tellement changé en quelques millions d'années, où les choses changeaient si lentement, changeront encore davantage et encore bien plus vite dans les millions d'années à venir.

Ce que je sais aussi, c'est que, par une grâce divine, les hommes ne savent pas où ils vont. Si l'avenir nous était connu, la vie aussitôt deviendrait impossible. Nous savons que nous mourrons, mais nous ne savons pas quand. Et le désir nous emporte comme si nous étions immortels. Nous savons que la Terre disparaîtra un jour. Mais nous ne savons pas comment et nous ne savons pas si les hommes disparaîtront avec elle. Nous nous doutons bien que les hommes, qui sont entrés dans le temps, finiront par en sortir. Mais nous n'en sommes pas sûrs et, comme notre propre mort à chacun d'entre nous, la fin des temps et ses horreurs restent cachées à nos yeux. L'avenir est un secret. Et le monde est une énigme. »

XVI

L'ÉNIGME ET LE SECRET

« Halte-là ! s'écria A. Si le monde eſt un secret et que nous ne le percions pas, que mettrons-nous dans le rapport ?

— Tout, lui dis-je. Absolument tout. Comme dans la vie. Les arbres, les plages, les poissons, la jalousie, les bicyclettes, la charge de Reichshoffen. Absolument tout. Sauf le secret. Comme dans la vie. Le monde où tu es tombé eſt une énigme qui ne sera jamais résolue à l'intérieur de ce monde. Même ceux qui soutiennent avec obſtination qu'il n'y a pas de secret et que tout eſt simple comme bonjour auront du mal à t'expliquer d'où vient le temps et où il va. Et à quoi servent les lichens, les canards et les hommes.

— À rien, peut-être ? suggéra A.

— Je crains, lui dis-je, que tu ne les juges d'après moi. »

Je m'interrompis brièvement pour essayer de réfléchir à la queſtion posée par A. Elle méritait qu'on s'y arrêtât. Si les canards ne servaient à rien, à quoi servait le rapport ?

« Il n'eſt pas impossible, après tout, que rien ne serve à rien et que l'univers soit absurde. De grands esprits…

— Des esprits d'Urql ? demanda A.

— Mais non ! lui dis-je. Des esprits de la Terre… ont expliqué avec une force et une subtilité admirables qu'il n'y avait pas de secret. Ils ont trouvé un sens à leur vie dans ce monde en soutenant que le monde n'en avait pas. Ils ont donné un sens à leur vie en le refusant au monde. Et on les a beaucoup applaudis. Comme la pensée elle-même, comme l'imagination, comme le souvenir, l'espace et le temps étaient pour eux des propriétés de la matière. Et la matière était le fait du hasard et de la nécessité. Et la nécessité était tombée du ciel. Ou plutôt le ciel était tombé de la nécessité. »

A leva la tête.

« Mais alors, me dit-il, nous voilà au rouet. Nous revenons toujours au même point et nous tournons en rond : l'énigme, c'eſt la nécessité.

— Impossible, lui répondis-je, de mieux poser le problème. On ne voit pas pourquoi la nécessité serait seule à régner sur l'absurde. De quelque manière que tu prennes le monde et la vie, il y a du louche là-dessous. Il y a quelque chose qui cloche. Le monde va trop mal pour ce qu'il a de bien. Et il va trop bien pour ce qu'il a de mal. Quand une abeille a repéré des fleurs qui pourraient donner du miel, elle vient danser selon un code devant les autres abeilles. Ce code a été déchiffré, comme la langue des Mayas ou le linéaire B, mieux que la langue des Étrusques qui nous reste encore étrangère. Il indique la distance et la richesse du trésor mellifère et aussi sa direction par rapport au soleil. Les fourmis, qui, comme les abeilles, ont été étudiées par de grands hommes, donnent tout autant l'exemple d'une organisation sans faille et plutôt mystérieuse. Les castors aussi, les loups, les poulpes, les fleurs carnivores qui avalent tout ce qu'elles peuvent, et tous les trucs minuscules qui tournent dans les atomes, et les galaxies que tu connais mieux que moi et qui se taillent à toute allure…

— Enfin…, dit A. Pas terrible : le cinquième, à peu près, de la vitesse de la lumière.

— Pas terrible, lui dis-je. Mais tout de même : la lumière se déplace à la vitesse de trois cent mille kilomètres à la seconde. Et pour nous, au moins, c'est une vitesse record, puisque, jamais et nulle part, il n'y a rien de plus rapide. À toutes les questions que posent les abeilles, les fourmis, les galaxies, les neutrons, on finit bien — c'est la science et les progrès de la science — par répondre comment. Mais personne, jamais, n'a pu répondre pourquoi. Je peux te parler de mon père et de ma mère, de mon cœur qui m'a lâché, de ce que je faisais à Venise, de Marie et de Rodolphe et même de quelques autres, des algues dont je descends et des livres que j'ai lus. Si tu me demandes pourquoi je fais partie de ces hommes qui font partie de ce monde, je ne pourrai rien te dire. C'est comme ça. C'est un secret. C'est une énigme sans solution. »

A se tut un instant.

« Un secret, demanda-t-il, ne suppose-t-il pas quelqu'un pour garder le secret ?

— Tu as raison, lui dis-je. Tu as encore raison. Aussi le mot "secret", qui est si joli et si tentant, est-il sans doute exagéré. Il considère que le problème est déjà résolu et que la clé du mystère est déposée quelque part. Mieux vaut revenir à l'énigme : il y a toujours quelqu'un pour détenir le secret, il n'est pas impossible que l'énigme ne soit jamais résolue. Aucun homme, avant de mourir, n'est venu à bout de l'énigme de sa propre existence. Il y a de bonnes chances, ou plutôt un risque, que le monde disparaisse sans que l'énigme ait livré sa clé.

— Je l'ai toujours soupçonné, me dit A : vous êtes mal pris.

— J'ai peur que oui, lui dis-je. À vrai dire, on s'y fait. Les hommes se plaignent volontiers de l'état de leur corps, du manque d'argent, de leurs échecs en amour, du train des affaires et de la politique : tout cela, de tout temps, a toujours mal tourné et créé beaucoup de soucis. Ils s'inquiètent très peu de l'énigme du monde et de leur propre existence. Tout se passe comme s'il s'agissait d'abord de camoufler l'énigme sous une avalanche de préoccupations. On n'a pas le temps de penser à l'énigme parce qu'il faut arroser le jardin. Il faut mettre les lettres à la poste, il faut voir le médecin, l'avocat, le banquier, il faut allumer le feu, il faut passer au garage, il faut partir faire la guerre, il faut aller prendre le train. L'urgent n'en finit pas de l'emporter sur l'essentiel. L'énigme s'éloigne jusqu'à s'évanouir. Elle est expulsée par le besoin et par le divertissement.

Je ne montre pas le chemin qui fait sortir du labyrinthe. Je soutiens seulement qu'il y a un labyrinthe et qu'il y a une énigme. C'est parce qu'il y a une énigme qu'il y a quelque chose qui s'appelle la science et quelque chose qui s'appelle l'art et quelque chose encore qui s'appelle la religion. Si tout était donné d'avance, il n'y aurait ni science, ni art, ni religion. La clé du monde est cachée. Il faut bien essayer de la retrouver.

Quelques-uns s'imaginent qu'elle est perdue. Ce qui supposerait qu'elle était là avant d'être égarée. Je serais surpris que les hommes l'aient jamais tenue entre leurs mains. Je crois simplement qu'elle est cachée. Et encore : on peut faire au mot “caché” le même reproche évident que tu adressais déjà au mot “secret”. Peut-être faut-il se contenter de reconnaître que la clé n'est pas là. Peut-être n'y a-t-il pas de clé ? Peut-être est-elle dérobée à nos faibles regards ? Peut-être est-elle dissimulée pour nous contraindre à la chercher ? Je ne sais pas. Mais la clé n'est pas là.

— C'est embêtant, me dit A.

— Très embêtant, lui dis-je. Et enchanteur. Les hommes

vivent dans un monde dont ils n'ont pas la clé. C'est ce qui leur permet d'être libres. Ou d'imaginer qu'ils le sont. Ils cherchent la clé du monde comme les enfants, jadis, cherchaient les œufs de Pâques sous les chaises de la cuisine, dans le foin de l'étable ou derrière les chênes de la forêt. C'est une quête du Graal qui n'aboutit jamais et qui nous vaut des concertos, des natures mortes, des amphores et des tapisseries, des danses de mort dans les cimetières, des traités de métaphysique et des systèmes de l'univers.

Toi-même, ce que tu cherches pour la ramener à Urql, c'est la clé de ce monde. J'ai essayé de te tendre tout un trousseau de clés pour ouvrir quelques serrures. Mais la clé du donjon au cœur de la forteresse, tu ne la recevras de personne. Le monde n'est pas une ville vaincue dont le prince accablé remettrait la clé, comme dans une toile flamande, à son vainqueur en armure, avec une écharpe blanche, entouré de lanciers. Je ne te livre rien du tout si ce n'est une énigme.

Ce que tu rapporteras à Urql est le cœur même et l'essence de ces hommes dont tu voudrais tout savoir avec avidité : c'est une incertitude, un malaise, une interrogation. C'est le doute. Tu sais maintenant l'essentiel : c'est que les hommes ne savent pas. Tant de choses leur échappent, qu'ils poursuivront toujours et n'atteindront jamais ! Mais l'essentiel n'est peut-être pas que la science soit sans fin et que l'art renaisse de ses cendres. L'essentiel n'est même pas que quelque chose nous pousse à savoir ce que nous ne saurons jamais et à courir derrière une justice, une vérité, un bien qui n'en finissent pas de reculer devant nous et de se dérober à nos yeux. L'essentiel, dans le doute, ce n'est pas qu'on ne sache pas — c'est qu'il y ait quelque chose à savoir. Le monde est une énigme dont il y a quelque chose à savoir — mais nous ne savons pas quoi.

Nous ne savons pas quoi. Nous ne le saurons jamais. Mais il y a quelque chose. Nous ne sommes ni notre cause ni notre but. La cause est ailleurs, et le but est ailleurs. La cause est avant le *big bang* qui, pour mieux échapper aux investigations, est dans le jargon des physiciens — tu te rappelles ? — une "singularité", c'est-à-dire que les lois de la physique telle que nous l'avons édifiée ne s'appliquent pas à lui. Et le but n'est qu'en apparence de vivre d'abord et de mourir ensuite. Si le but de la vie des hommes n'était que la vie flanquée de la mort, les hommes ne se distingueraient pas des algues d'où ils sortent, des éponges, des otaries. Les hommes peignent de petites choses sur la toile ou le bois, ils assemblent des sons sous le nom de lieder, de fugues, de requiem ou des mots sous le nom de rapport parce qu'ils ont derrière la tête comme un ailleurs obscur qu'ils ont du mal à exprimer. Les hommes ont des idées dont ils ne savent pas d'où elles viennent. Ils sont vaguement étrangers à ce monde dont ils ne peuvent pas sortir. Le rapport destiné à Urql sur le monde et les hommes sera tout plein de quelque chose dont je ne peux rien te dire : autre chose que les hommes et ailleurs que le monde. »

XVII

ET QUE DIEU SOIT MAUDIT !

« Oh là là ! s'écria A.

— Oh là là ! lui dis-je. C'est le refrain des hommes. Nous mourrons, oh là là ! Nous sommes nés, oh là là ! Plus d'argent, oh là là ! Le foie qui cède, le cœur qui lâche, les poumons qui s'encrassent, les rhumatismes, le rhume des foins, oh là là ! Les amours qui traînent avant de se dissoudre, oh là là ! Il est très rare que les hommes ne s'écrient pas : "Oh là là !" Entre deux soleils sur Symi ou sur Sambuco, entre le *Saint Augustin* de Carpaccio et la *Création* de Haydn, entre un match de rugby et un lendemain d'élection dans un club du West End ou à la tête d'une société secrète dans la banlieue de Chicago ou de Naples, ils passent la main sur leur front et ils gémissent : "Oh là là !" Il y a le "Oh là là !" du vêtement déchiré ou taché par un geste maladroit et le "Oh là là !" de la souffrance et du départ des êtres aimés. Il y a le "Oh là là !" des défaites d'amour-propre et le "Oh là là !" des accidents de voiture. Il y a le "Oh là là !" des grandes batailles perdues et le "Oh là là !" des terreurs ancestrales devant l'eau, le feu, les loups, la terre qui tremble. Il y a le "Oh là là !" des riches quand la Bourse s'effondre et le "Oh là là !" des pauvres qui ne trouvent pas de travail. Il y a le "Oh là là !" du malade qui vient d'apprendre d'un médecin le nom de son destin et le “Oh là là !” de la serveuse de brasserie qui laisse tomber une assiette. Il y a surtout le “Oh là là !” des amours évanouies.

Il est plus déchirant et plus fort que les autres. Il est plus proche d’une mort à laquelle on aspire. Et les livres d’histoire, les romans, les poèmes, les journaux intimes, les lettres d’amour — car les hommes, et les femmes, ont, durant quelques siècles qui s’achèvent sous nos yeux, écrit et envoyé et déchiré et lu et baisé et jeté au feu beaucoup de lettres d’amour — gardent les traces…

— Pour le rapport, coupa A.

— Oui, lui dis-je, pour le rapport… des “Oh là là !” du cœur.

— Excellent, approuva A. Ça va nous changer un peu du secret et de l’énigme.

— Pas tellement, lui dis-je. Ce serait plutôt la même chose. Tout le bonheur des hommes, tout leur malheur, tout le mystère de leurs destins, tous leurs secrets et leurs espérances sont déjà dans les lettres dont ils s’abreuvent les uns les autres. Pendant quelques siècles qui s’achèvent sous nos yeux, de Cicéron, de Sénèque, de Pline le Jeune à Mme de Sévigné, à Voltaire, au prince de Ligne ou à Flaubert, les lettres sont le reflet des hommes et de leur condition. Et, surtout quand elles sont d’amour, elles ne peuvent pas échapper à cet élan vers l’usure et vers l’avachissement qui est la marque du temps et des corps. Personne n’a mieux parlé que notre fripouille bien-aimée…

— Notre fripouille bien-aimée… ? demanda A.

— Chateaubriand, lui dis-je, … de leur funeste destin : “D’abord les lettres sont longues, vives, multipliées ; le jour n’y suffit pas : on écrit au coucher du soleil ; on trace quelques mots au clair de lune. On s’est quitté à l’aube, à l’aube on épie la première clarté pour écrire ce que l’on croit avoir oublié de dire dans les heures de délices. Pas une idée, une image, une rêverie, un accident, une inquiétude qui n’ait sa lettre.

Voici qu’un matin quelque chose de presque insensible se glisse sur la beauté de cette passion comme une première ride sur le front d’une femme adorée. Les lettres s’abrègent, diminuent en nombre, se remplissent de nouvelles, de descriptions, de choses étrangères ; sûr d’aimer et d’être aimé, on est devenu raisonnable ; on se soumet à l’absence. Les serments vont toujours leur train ; ce sont toujours les mêmes mots, mais ils sont morts ; l'âme y manque : *je vous aime* n'est plus qu'une expression d'habitude, un protocole obligé, le *j'ai l'honneur d'être* de toute lettre d'amour."

— Pas si mal, accorda A.

— Travaux pratiques, lui dis-je : le 11 mars 1833...

— Qu'est-ce que c'est que ça ? demanda A.

— C'est une histoire, lui dis-je.

— Pour Urql ?

— Ah ! oui, lui dis-je. Pour Urql.

— Bon, me dit-il. Vas-y.

— Le 11 mars 1833, George Sand écrit à son ami Sainte-Beuve : "À propos, réflexion faite, je ne veux pas que vous m'ameniez Musset. Il est très dandy, nous ne nous conviendrions pas et j'avais plus de curiosité que d'intérêt à le voir. À la place de celui-là, je veux donc vous prier de m'amener Dumas, en l'art de qui j'ai trouvé de l'âme, abstraction faite du talent."

Sainte-Beuve appartenait à la race malheureuse des critiques. Il en souffrait. Il aurait voulu être poète, philosophe, romancier, inventer des passions et des personnages. Il regrettait, à tort, de n'être pas un créateur, comme si la grande critique n'était pas, elle aussi, une espèce de création. C'était un esprit sensible et subtil, plein de curiosité et de délicatesse. Il avait le génie des formules et des portraits littéraires. C'est lui qui reprochait à Vigny de faire "obélisque à part". C'est lui qui traitait le théâtre de Hugo de "marionnettes pour l'île des cyclopes". Et Hugo lui-même de "Caliban en train de poser pour Shakespeare". C'est lui qui disait de Juliette Récamier : "Elle aurait voulu tout arrêter en avril." C'est lui qui avait trouvé pour Chateaubriand la formule foudroyante : "C'était un épicurien qui avait l'imagination catholique."

— Je me souviens, dit A.

— Tu vois, lui dis-je : la Terre est une boule ronde et elle tourne sur elle-même. Il avait le visage poupin d'un chérubin qu'une méchante fée, par vengeance ou par jalousie, aurait changé en chanoine. Il était plein et circonspect comme un moine, et sa face ronde, rasée, rusée était très loin d'être belle. Il avait quelque chose de gras et de blanc : il ressemblait à une éponge trempée par la méchante fée dans une eau qui aurait déjà servi. Il avait l'air concupiscent, il était tendre et vilain. Si étrange que cela puisse paraître pour un homme qui se présente pour toujours aux yeux de la postérité sous les traits d'un vieux concierge coiffé d'une calotte noire, à l'époque du billet que lui envoie George Sand il avait vingt-neuf ans.

Amateur des œuvres des autres, grenouille terrifiée par l'amour et souvent amoureuse, bedeau du temple de Cnide, Sainte-Beuve était allé plus d'une fois chercher fortune d'amour auprès de ses confrères. Tu te rappelles Hortense Allart ?

— Bien sûr, me dit A avec un peu d'agacement, j'ai toujours l'impression que tu me prends pour un gâteux. Chateaubriand. Stendhal.

— Sainte-Beuve lui fit la cour. Il essaya même de la monter contre René qui, la mort déjà en vue — "Il est trop cruel de me parler de voyage. Je ferai bientôt le dernier" —, lui envoyait encore des lettres désespérées et radieuses : "Vous serez ma dernière muse, mon dernier enchantement, mon dernier rayon de soleil. Je mets mon âme à vos pieds." Ou : "Aimez-moi toujours un peu de souvenir. Je ne devrais pas me fier beaucoup au temps qui m'a toujours trompé ; mais je lui pardonne comme à vous. Je suis si heureux que vous me portiez encore un peu d'intérêt qu'il faut que je vous en remercie à genoux. Laissez-moi appuyer, ne fût-ce qu'en rêve, ma vie contre la vôtre." Hortense, qui avait déjà beaucoup trompé le vieux vicomte, mais qui restait fidèle à son souvenir, ne se laissa pas faire par le vilain chanoine. Elle lui adressa une longue lettre où elle l'envoyait au bain et lui parlait de René : "C'était un homme que l'amour a charmé presque autant que la gloire, qui a aimé toute sa vie et qui était le plus tendre du monde..."

— Je la connais déjà, coupa A.

— C'est vrai, lui dis-je. Tu sais déjà presque tout. Renvoyé dans son coin par la maîtresse d'une légende, Sainte-Beuve prit sa revanche avec la femme d'un géant. Il s'était insinué dans le ménage Hugo, il s'était lié avec Adèle, il avait trompé et haï Victor. À peine était-il devenu, avec une passion un peu prudente, l'amant de la femme de Victor Hugo que George Sand le tenta.

George Sand fumait le cigare. C'était une raseuse de génie. "Je ne suis pas, disait-elle, de ces âmes patientes qui accueillent l'injustice avec un visage serein." Elle s'est battue toute sa vie. Contre les autres. Pour elle-même. Pour les pauvres. Pour les femmes. Elle a été la voix des femmes dans un temps où les femmes n'avaient pas d'autre choix que de se taire.

— Oui, oui, murmura A, je commence à comprendre comment avance votre monde.

— Elle descendait d'une famille de rois, de soldats, de chanoinesses, de comédiennes, de la belle Aurore de Koenigsmark et du maréchal de Saxe qui avait des dons pour la guerre et qui écrivait des lettres délicieuses avec une orthographe délirante : "Il veule me metre de la Cadémie, cella mira comme une bage a un chien." Elle avait perdu son père qui avait des traits du Fabrice de Stendhal. Elle adorait sa mère qui était danseuse, ou moins que danseuse, et de la race vagabonde des bohémiens de ce monde. Son précepteur était fou. Parce qu'elle avait un cœur généreux, elle devint socialiste et elle resta chrétienne. Elle viola, dans sa vie privée comme dans sa vie publique, toutes les conventions de la société de son temps et elle força l'estime de ses adversaires mêmes par son travail et son courage. "Elle avait, dit Charles Maurras, qui n'est pas tendre envers elle, je ne sais quoi de glouton dans le mouvement du désir."

George avait abandonné successivement, sans parler de quelques autres, son mari Dudevant et son amant Sandeau. Avec son audace insensée et ses grands yeux en forme d'amande sous des cheveux presque noirs, Sainte-Beuve la trouva désirable. Il faut dire qu'elle avait fait de son mieux pour attiser ce désir et attirer le bedeau dans son petit appartement du 19 quai Malaquais : "Si je suis importune, dites-le-moi, mais venez me le dire vous-même… Il faut venir à toutes les heures que vous voudrez ; j'y serai toujours pour vous."

Sainte-Beuve prit peur devant ce torrent où se mêlaient la passion et une froideur de marbre. Elle eut beau lui écrire, avec une bonne dose de naïveté : "Vous avez dit une chose qui m'a fait de la peine : vous m'avez dit que vous aviez peur de moi. Chassez cette idée-là, je vous prie… Et ne croyez pas trop à tous mes airs sataniques : je vous jure que c'est un genre que je me donne… Vous êtes plus près de la nature des anges : tendez-moi donc la main et ne me laissez pas à Satan", le frère des anges contempla l'abîme, et il fit marche arrière. Il proposa à George une amitié "sérieuse" qui excluait tout le reste. George Sand s'inclina avec une résignation mêlée d'ironie :

"Après tout, mon ami, si je ne vous plais pas, soyez libre... Je ne vous tourmenterai pas davantage. Êtes-vous heureux ? Tant mieux ! J'en bénis le ciel et trouve que vous faites bien de m'éviter."

Peut-être vaguement conscient d'une ombre de ridicule, Sainte-Beuve essaya de se racheter en présentant à sa passion délaissée des candidats à l'aventure. Par amour de l'amour, George Sand était incapable de rester longtemps une femme sans homme. Quand Sainte-Beuve eut l'idée saugrenue de poser la candidature du philosophe Jouffroy qui venait de soutenir en Sorbonne, sur le Beau et le Sublime, une thèse remarquée, elle se soumit avec humilité et avec une fausse réserve : "Mon ami, je recevrai M. Jouffroy de votre main. Quelque peu disposée que je sois à m'entourer de figures nouvelles, je vaincrai cette première suggestion de ma sauvagerie et je trouverai sans doute dans la personne recommandée par vous si chaleureusement toutes les qualités qui méritent l'estime." Pas plus que Musset ou Dumas, Jouffroy, pourtant, ne fut retenu.

Trois semaines ou un mois après le billet qui condamnait Musset, George Sand se lia avec un autre ami de Sainte-Beuve dont je t'ai déjà parlé. Il était sec, crâne, ironique, un peu amer. Il écrivait des nouvelles et des lettres délicieuses. Il s'appelait Prosper Mérimée.

— C'est vrai, remarqua A : votre monde tourne en rond.

— On ne saurait mieux dire, lui répondis-je. Il renvoie toujours à lui-même. Quand George se mit à égrener le chapelet des platitudes de l'amitié amoureuse et à se réfugier derrière son mari ou sa migraine, aussi imaginaires l'un que l'autre, Prosper éclata de rire : "Je vous serais bien obligé de me dire si vous êtes guérie, si votre mari sort quelquefois tout seul, enfin si j'aurais quelque chance de vous voir sans vous ennuyer..." On ne peut pas être plus clair. La recette n'était pas mauvaise : "Je crus, écrivit-elle à Sainte-Beuve, qu'il avait le secret du bonheur et qu'il me l'apprendrait."

"Allons, dit-elle à Mérimée, je veux bien qu'il soit fait ainsi que vous le désirez puisque cela vous fait tant de plaisir, car, en ce qui me concerne, je dois vous déclarer que je suis très sûre de n'en avoir aucun." Mérimée, hélas ! n'en eut pas davantage. Ils montèrent tous les deux dans l'appartement du quai Malaquais. Ils soupèrent. Elle appela sa femme de chambre pour passer un déshabillé qui la déguisait en Turque mâtinée d'Espagnole. Mérimée rongeait son frein. Il prétendra plus tard que le comportement de George Sand avait manqué à la fois de pudeur et d'adresse et tué le désir. Ce fut un de ces fiascos qui tourmentaient Stendhal. Il laissera à George Sand en larmes un goût cruel de cendres et un souvenir d'amertume.

Le temps nous harcèle et nous presse : je n'ai plus le droit de me promener, au hasard des rencontres, à travers le vaste monde des abeilles, des galaxies, des parapluies et des amants. Il faut aller droit au but : le 20 juin 1833, le bon Buloz, directeur de la *Revue des Deux Mondes*, invite ses collaborateurs au restaurant Lointier, 104 rue de Richelieu.

— Le menu ? demanda A. Nous pourrions, si tu le souhaites, le faire figurer en annexe.

— Je regrette, lui dis-je. Je l'ignore. C'est un exemple de ces chutes consternantes dans l'oubli dont le monde est si prodigue. Chez Lointier, le 20 juin, George Sand et Alfred de Musset sont assis l'un auprès de l'autre comme Juliette et René étaient assis côte à côte le 28 mai 1817 chez Mme de Staël en train de mourir. C'est la première fois que ces deux-là se rencontrent. Alfred a vingt-deux ans. Et George en a vingt-neuf.

Alfred de Musset était un mélange de Chérubin et de Rimbaud. Il était, à dix-sept ans, un enfant de génie et, en même temps, un dandy. Il avait les yeux bleus, de longs cheveux blonds. Il portait une redingote à col de velours jusqu'à la ceinture, un pantalon collant de couleur bleu ciel, un chapeau haut de forme penché sur l'oreille. Byron était son modèle. L'auteur de *Childe Harold* aimait les hommes et les femmes et il avait eu un enfant de sa sœur Augusta. Poète et dandy, Musset, à défaut de coucher avec sa sœur, était lui aussi un libertin. Il jouait, il buvait, il se donnait avec une fureur vaine au champagne, à l'opium et aux filles, il entraînait au bordel ce pauvre novice affolé de Sainte-Beuve — qu'il appelait Sainte-Bévue avant que Hugo ne l'appelle Sainte-Bave. Les jeunes filles, dans les salons du Marais, de la rue de Clichy et du faubourg Saint-Germain ne rêvaient que de lui. Mais il trouvait plus de plaisir avec les prostituées dont il disait avec affectation : "On les caresse et on les insulte." Il aimait les femmes non pour être heureux, mais pour les tourmenter jusqu'à la mort.

Un page tendre et sensible cohabitait en lui avec ce libertin blasé et un peu ostentatoire. C'est de ce contraste et de cette dissonance que naissait sa poésie. Il voulait être Shakespeare, ou se taire. Parce qu'il tombait amoureux comme on s'enrhume, il écrivit des vers d'amour qui le rendirent célèbre à dix-sept ans. En mai 1833, *Les Caprices de Marianne* étaient publiés dans la *Revue des Deux Mondes*. Un mois plus tard, Musset était assis, chez Lointier, à côté de George Sand.

— Lointier, remarqua A avec finesse, c'était leur rue du Dragon, leur piazza Campitelli.

— Les rencontres…, lui dis-je. Que font les écrivains ? Ils passent leur temps à se parler de leurs livres. Alfred, en guise de fleurs, envoya à George Sand quelques vers sur un chapitre d'un roman tourmenté et bourré de défauts qu'elle avait publié un an plus tôt et qui s'appelait *Indiana* :

Sand, quand tu l'écrivais, où donc l'avais-tu vue,
Cette scène terrible où Noun, à demi nue,
Sur le lit d'Indiana s'enivre avec Raimon ?
Qui donc te la dictait, cette scène brûlante
Où l'amour cherche en vain, d'une main palpitante,
Le fantôme adoré de son illusion ?
As-tu rêvé cela, George, ou t'en souviens-tu ?

George répondit à Alfred des platitudes polies : "Outre le génie qui a présidé à vos créations, ces créations sont par elles-mêmes bien autrement belles que les miennes…" Et patati et patata. Mais à la fin de la lettre littéraire et morale, où une ombre de niaiserie se mêle à la flatterie, figuraient cinq lignes meurtrières : "Lorsque j'ai eu l'honneur de vous voir, je n'ai point osé vous engager à venir chez moi. Je crains encore que la gravité de mon intérieur vous effraye et vous ennuye. Cependant, si, dans un jour de fatigue et de dégoût de la vie active, vous étiez tenté d'entrer dans la cellule d'une recluse, vous y seriez reçu avec reconnaissance et cordialité." La machine infernale est montée.

— Oh là là ! dit A.

— D'Elle à Lui, en juillet, quinze jours peut-être, ou trois semaines, après leur première rencontre : "Pouvez-vous venir me voir demain samedi, après 9 heures ? Si vous avez autre chose à faire, écrivez-moi un mot pour que je ne vous attende pas et que je me plonge dans l'encre sans préoccupation ; pour que rien ne trouble mon auguste permanence." L'auguste permanence était une scie familière dont ils s'amusaient entre eux et une allusion transparente à la solennité de Sainte-Beuve.

L'histoire..., tu sais ?... l'histoire...

— Je sais, dit A.

— L'histoire rattrape nos héros. Le troisième anniversaire de la révolution qui a chassé les Bourbons pour les remplacer par Louis-Philippe va être célébré en juillet. Plutôt hostile au roi, la garde nationale doit pourtant être passée en revue par Louis-Philippe. De Lui à Elle : "Je suis obligé, Madame, de vous faire le plus triste aveu : je monte la garde jeudi prochain. Tout autre jour de la semaine, ou ce soir même si vous étiez libre, je suis tout à vos ordres et reconnaissant des moments que vous voudrez bien me sacrifier." Tu vois comment les choses se mettent en marche chez les hommes ?

— Je vois bien, dit A. Le désir, l'histoire, les obstacles, l'agitation. Tout cela est bien fatigant.

— Attends un peu, lui dis-je, ça continue. À la fin de juillet, George Sand met la dernière main à un nouveau roman, un peu tarte, dont le titre est *Lélia*. Les épreuves de *Lélia* sont envoyées à Alfred. Il lui écrit pour la remercier et, après quelques fadaises littéraires — "Il y a dans *Lélia* des vingtaines de pages qui vont droit au cœur..." —, il l'assure de son amitié et lui déclare en sifflotant : "Vous me connaissez assez pour être sûre que jamais le mot ridicule : *Voulez-vous ou ne voulez-vous pas ?* ne sortira de mes lèvres avec vous... Je puis être, non pas même votre ami, mais une espèce de camarade sans conséquence et sans droits, par conséquent sans jalousie et sans brouilles, capable de fumer votre tabac, de chiffonner vos peignoirs, et d'attraper des rhumes de cerveau en philosophant avec vous sous tous les marronniers de l'Europe moderne."

George Sand fit appel au camarade sans conséquence et sans droits pour obtenir de lui une chanson blasphématoire qu'un des personnages de *Lélia* devait déclamer d'une voix altérée par les vapeurs de l'alcool. Musset lui envoya quelques vers qu'elle inclut dans ses épreuves.

La chanson commençait par ces mots où revivait tout le passé du libertin romantique :

Si mon regard se lève au milieu de l'orgie,
Si ma lèvre tremblante et d'écume rougie
Va cherchant un baiser…

Et elle se terminait par ceux-ci, qui étaient prémonitoires :

Dans un baiser d'adieu que nos lèvres s'étreignent,
Qu'en un sommeil glacé tous mes désirs s'éteignent,
Et que Dieu soit maudit !

Alfred se rendait au 19 quai Malaquais. George le recevait dans la tenue qui avait coupé ses effets à Prosper Mérimée : robe de chambre ouverte de soie jaune et résille espagnole. Elle lui offrait du fin tabac d'Égypte et s'asseyait à terre sur un coussin pour fumer une longue pipe en cerisier de Bosnie qu'ils se passaient l'un à l'autre et dont ils tiraient alternativement de longues bouffées silencieuses. Alfred s'agenouillait aux pieds de George Sand et caressait ses babouches turques dont il admirait, assurait-il, les broderies orientales.

"Je ne crois pas plus à l'amitié qu'à l'amour entre une femme et un homme", lui déclarait Alfred. "Et moi, répondait George, je sens pour vous de l'intérêt et de l'affection." "J'aime toutes les femmes, s'écriait-il avec provocation, et je les méprise toutes !" Et il parlait du ver rongeur qui lui dévorait le cœur. On longeait les abîmes quand Musset déclarait : "Je ne travaille un peu proprement que quand je tombe de fatigue." Quand il tombait de fatigue… Quelle fatigue ? George rêvait sur cette énigme et avouait son attachement à "cet enfant malheureux et à ce qu'il eût pu être".

Dans les derniers jours de juillet, la chaleur tombait sur Paris, la dame brune du quai Malaquais reçut par la poste une lettre de l'enfant malheureux :

"Mon cher George,

J'ai quelque chose de bête et de ridicule à vous dire. Je vous l'écris sottement au lieu de vous l'avoir dit, je ne sais pourquoi, en rentrant de cette promenade. J'en serai désolé ce soir. Vous allez me rire au nez, me prendre pour un faiseur de phrases dans tous mes rapports avec vous jusqu'ici. Vous me mettrez à la porte et vous croirez que je mens. Je suis amoureux de vous."

Elle ne lui rit pas au nez, elle ne le mit pas à la porte. Elle ne se jeta pas non plus aussitôt dans ses bras. Elle hésita. Il lui écrivit une autre lettre :

"Aimez ceux qui savent aimer, je ne sais que souffrir. Il y a des jours où je me tuerais, mais je pleure, ou j'éclate de rire, non pas aujourd'hui, par exemple. Adieu, George, je vous aime comme un enfant."

Beaucoup plus que la déclaration d'amour qui l'avait précédé, ce billet un peu incohérent bouleversa George Sand. Elle le serrait entre ses mains tremblantes et elle répétait : "Comme un enfant ! Il m'aime comme un enfant ! Qu'est-ce qu'il a dit là, mon Dieu ! Et sait-il ce qu'il me fait ?" Dans les derniers jours du mois de juillet, George invita Musset à venir la voir chez elle à minuit. Elle l'attendait au haut des marches du 19 quai Malaquais. Dès qu'elle l'aperçut, elle se jeta dans ses bras. Il l'entraîna dans la chambre dont il tira les verrous et ils devinrent amants.

— Oh là là ! gémit A.

— Ils ne savaient pas encore qu'ils seraient, avec Samson et Dalila, avec Antoine et Cléopâtre, avec Philémon et Baucis, avec Roméo et Juliette, les amants les plus célèbres de toute l'histoire des hommes. Ils ne savaient pas non plus que leur amour, par les mécanismes les plus simples et les plus implacables, allait se transformer en enfer et qu'ils allaient maudire Dieu. "Sans ta jeunesse et la faiblesse que tes larmes m'ont causée, lui dit-elle, nous serions restés frère et sœur..." Plus encore que sa maîtresse, elle était devenue sa mère, la mère de l'enfant malheureux. Les écrivains n'en finissent pas de mêler leurs amours à la littérature et la littérature à leurs amours. Quelques heures à peine après leur première nuit au 19 quai Malaquais, George dédicaça à son amant les deux volumes de *Lélia* qui venaient de paraître. Sur le premier tome, elle écrivit : "À Monsieur mon gamin d'Alfred. George." Et sur le second : "À Monsieur le vicomte Alfred de Musset, hommage respectueux de son dévoué serviteur. George Sand." »

XVIII

UNE SAISON EN ENFER

« Tu es idiot, me dit A. Mais je t'aime beaucoup. J'aime aussi beaucoup Marie. Elle vaut mieux que toi. J'aime beaucoup Hortense Allart et Juliette Récamier. J'aime beaucoup ton vicomte, et Rancé, et Musset, et même Sainte-Beuve et Molé avec qui on ne voudrait pas déjeuner tous les jours. J'aime beaucoup George Sand. Mais pourquoi diable me racontes-tu son histoire ?

— Pour une seule raison, lui dis-je. Et toujours pour la même. Parce que je te raconte les hommes. Et que je te raconte leur histoire. Ce qu'ils font, ce qui les agite, ce qu'ils craignent, ce qu'ils espèrent. On ne peut pas trouver, pour illustrer les hommes, beaucoup mieux que Mme Sand. Elle est libre et vertueuse…

— Vertueuse ? demanda A.

— Parfaitement, lui dis-je. Vertueuse. Elle aime la vie et elle est malheureuse. Quand elle meurt…

— Parce qu'elle meurt ?

— Ne fais pas l'imbécile, lui dis-je. Quand elle meurt, le 8 juin 1876, Hugo envoie un message : "Je pleure une morte et je salue une immortelle… Est-ce que nous l'avons perdue ? Non. Les hautes figures disparaissent, mais ne s'évanouissent pas… La forme humaine est une occultation. Elle masque le vrai visage divin, qui est l'idée. George Sand était une idée ; elle est hors de la chair, la voilà libre ; elle est morte, la voilà vivante."

Flaubert et Renan *assistaient à l'enterrement*. Flaubert trouva le texte de Hugo très beau. Renan déclara qu'il était inepte et que c'était un ramassis de lieux communs. À l'instant où le corps de l'auteur de *Lélia* était déposé sous la terre, un rossignol se mit à chanter. Flaubert écrivit à son ami Tourgueniev : "La mort de la pauvre mère Sand m'a fait une peine infinie. J'ai pleuré à son enterrement comme un veau… Pauvre chère grande femme !… Il fallait la connaître comme je l'ai connue pour savoir tout ce qu'il y avait de féminin dans le grand homme, l'immensité de la tendresse qui se trouvait dans le génie."

— Parle-moi un peu de Tourgueniev, me dit A.

— Tourgueniev, commençai-je, était l'amant de Pauline Viardot, qui était la sœur de la Malibran. Lorsque Tourgueniev… »

Je m'arrêtai pile.

« Lorsque Tourgueniev… ? demanda A.

— Non, lui dis-je, je ne peux pas. Cette fois, franchement, nous n'avons plus le temps. Comment te parlerais-je de Tourgueniev sans te parler de Flaubert, son ami, géant parmi les géants ? Comment te parlerais-je de Flaubert sans te parler de Louise Colet qui avait écrit, sous le titre de *Lui*, un livre détestable sur les aventures de Musset et de Sand et qui avait été la maîtresse du philosophe Victor Cousin — *Du Vrai, du Beau, du Bien* —, de Musset lui-même et de l'auteur de *L'Éducation sentimentale* avant de devenir celle d'Alphonse Karr qu'elle finira par tenter de poignarder et qui exposera le poignard chez lui, orné d'une inscription :

Donné dans le dos par Mme Louise Colet

Comment te parlerais-je de Flaubert sans te parler de Maxime du Camp, son ami le plus intime, son compagnon de voyage en Grèce et en Égypte, où ils passèrent tous deux une nuit de fièvre, sur les bords du Nil, avec la courtisane Kuchiouk-Hanem, une grande et splendide créature dont la gorge dure avait une odeur de térébenthine sucrée, et où ne cessait de planer au-dessus de leur tête et du reste la menace du rhume de caleçon ? Sans te parler de Louis Bouilhet, son camarade de toujours, auteur de quelques vers dont l'écho, grâce à toi, parviendra peut-être jusqu'à Urql :

On est plus près du cœur quand la poitrine est plate

ou :

Ta lampe ne brûla qu'en empruntant ma flamme.
Comme le grand convive aux noces de Cana,
Je changeais en vin pur la fadeur de ton âme,
Et ce fut un festin dont plus d'un s'étonna.

Tu n'as jamais été dans tes jours les plus rares
Qu'un banal instrument sous mon archet vainqueur
Et, comme l'air qui sonne au bois creux des guitares,
J'ai fait chanter mon rêve au vide de ton cœur.

— Vraiment ? demanda A. Pour Urql ?

— J'en doute un peu, lui dis-je. Mais il faut de tout pour faire un monde et il y a un charme du pire comme il y a une lassitude du meilleur. J'aurais peut-être mieux fait de ne céder ni à l'un ni à l'autre et de me contenter de te remettre, pour que tu les emportes avec toi, le récit de la vie de Regulus ou de saint François d'Assise, le croquis des manœuvres d'Alexandre le Grand à Issos ou à Arbèles, de César à Pharsale, de Napoléon à Austerlitz, le *Sermon sur la montagne*, *Les Noces de Figaro*, une ou deux Vierges italiennes et quelques pommes de Cézanne, un dialogue de Platon et une brassée de vers de Racine, de Verlaine, de quelques autres :

Fais-moi boire au creux de tes mains
Si l'eau n'en dissout point la neige.

ou :

L'âme pleine d'amour et de mélancolie,
Et couché sur des fleurs et sous des orangers,
J'ai montré ma blessure aux deux mers d'Italie
Et fait dire ton nom aux échos étrangers.

ou :

Je t'aimais inconstant, qu'aurais-je fait fidèle ?

ou :

Ces jours, si longs pour moi, lui sembleront trop courts.

ou :

Tous les jours se levaient clairs et sereins pour eux.

ou :

J'arrive tout couvert encore de rosée
Que le vent du matin vient glacer à mon front.
Souffrez que ma fatigue à vos pieds reposée
Rêve des chers instants qui la délasseront.

Sur votre jeune sein laissez rouler ma tête,
Toute sonore encore de vos derniers baisers.
Laissez-la s'apaiser de la bonne tempête
Et que je dorme un peu puisque vous reposez.

Mais puisque j'ai commencé à te parler des parapluies, de la piazza Campitelli et des passions des hommes, je ne peux plus, maintenant, ni poursuivre ni m'arrêter. Comment ne pas te parler de Lucrèce Borgia, fille de pape, et de son frère César qui fit étrangler son mari sous ses yeux ? Comment ne pas te parler de ces souverains d'Égypte qui épousaient leur sœur sur l'ordre de leurs dieux ou, peut-être, on ne sait pas, pour réunir toutes les terres dans une seule main et mieux asseoir leur pouvoir ? Comment ne pas te parler des assassins et de leurs ruses de génie, des voyageurs dans le désert et à travers les vallées de l'Himalaya ou des Alpes, des héros et des saints qui savent mourir comme on rit et, par un mystère insondable et pourtant lumineux, préfèrent les autres à eux-mêmes ? Et comment t'en parler puisque le temps nous manque ?

— Finis au moins l'histoire de Musset et de Sand…, suggéra A.

— Pourquoi pas ? lui dis-je. Celle-là ou une autre…

— Je sais, grogna-t-il, je sais : c'est toujours la même chose. Mais il y a comme un charme à voir les hommes se débattre entre les passions qui les agitent et le temps qui les construit avant de les détruire.

— À tes ordres, lui dis-je. À tes ordres jusqu'au bout. Paris ne parlait que de *Lélia*. La presse se déchaîna contre l'ouvrage de George Sand. Le livre n'était pas fameux, mais il ne méritait pas tant d'honneur ni de cris indignés. *Le Figaro* du 18 août 1833 ne comptait que quatre pages. Il consacra à *Lélia* — quel rêve pour un romancier ! — la totalité de sa première page et la moitié de la deuxième. C'était pour descendre le livre en flammes. "*Lélia*, décrétait *Le Figaro*, vous fait rougir jusqu'aux genoux." Dans un autre journal, un certain Capo de Feuillide compara le roman à “un livre de M. Sade” dont il se refusait, par pudeur, à citer même le titre. “Le jour où vous ouvrirez *Lélia*, écrivait-il, renfermez-vous dans votre cabinet pour ne contaminer personne. Si vous avez une fille dont vous voulez que l’âme reste vierge et naïve, envoyez-la jouer aux champs avec ses compagnes.” Et, après avoir prononcé les noms de George Sand et de son héroïne, il réclamait un charbon ardent pour purifier ses lèvres.

Ces incidents, ces bavardages n’ont pas la moindre importance. Que font les amoureux ?

— Ils partent ! récita A. Et de préférence pour le Sud.

— Bravo ! m’écriai-je. George Sand et Musset partirent pour l’Italie le 12 décembre 1833. On assure qu’une dame voilée vint rendre visite, un beau soir, à Mme de Musset mère : c’était George Sand qui, prise soudain de scrupules, venait lui arracher la permission d’emmener son grand garçon, avec elle, en Italie. Mme de Musset aurait versé quelques larmes avant de finir par céder.

Le jour du départ, George avait troqué sa voilette contre un pantalon gris perle, des bottes en cuir de Russie et une casquette de velours à gland. Les choses ne commencèrent pas bien. La malle qu’ils prirent pour Lyon dans la cour de l’hôtel des Postes était la treizième de la journée. Au moment du départ, elle accrocha une borne et renversa un porteur d’eau. À Lyon, ils prirent un bateau qui descendait le Rhône jusqu’à Avignon. Et, à bord du bateau, il y avait un autre passager avec lequel ils s’entretinrent sans chaleur excessive et qui n’était autre que Stendhal.

— Je crois que tu exagères, me dit A, pour m’amuser et me faire plaisir, pour donner aux esprits d’Urql une jolie idée de ton monde.

— Pas du tout, lui dis-je. La vie est comme ça. Les deux amants laissèrent Stendhal poursuivre son voyage par la route et se rendirent à Marseille. George Sand prit encore le temps d’écrire un mot à Boucoiran, le précepteur des enfants, pour qu’il mette à l’abri des regards indiscrets, et surtout des recherches de son mari, les lettres, peut-être compromettantes, qu’elle avait laissées en désordre dans son secrétaire du 19 quai Malaquais. Et puis, on s’embarqua pour Gênes.

Pendant que George regardait la mer et fumait sur le pont, Alfred, dans sa cabine, fut affreusement malade.

George est sur le tillac
Fumant sa cigarette.
Musset, comme une bête,
A mal à l'estomac.

À Gênes, puis à Florence, ce fut le contraire : George, qui avait un roman à terminer pour Buloz et qui, à la fureur de Musset, travaillait huit heures par nuit dans sa chambre d'hôtel, fut prise de fièvre et de diarrhée. Moitié à cause de son travail, moitié à cause de sa maladie, elle se refusa à Musset. Il la traita de tous les noms : l'ennui personnifié, la rêveuse, la bête, la religieuse. Elle l'incita à faire comme elle, et à travailler sur une pièce de théâtre dont elle avait eu l'idée et qui deviendrait *Lorenzaccio*. Alors, exaspéré, il alla courir les bistrots et les filles qui ne font défaut nulle part.

À Florence, George Sand alla voir le *Persée* de Benvenuto Cellini...

— Ah ! mon Dieu ! s'écria A. Benvenuto Cellini...

— ... et les statues de Michel-Ange qui représentent le Jour et la Nuit, l'Aurore et le Crépuscule, l'Action et la Contemplation dans la chapelle des Médicis de l'église San Lorenzo. "Il me semblait, par moments, écrit-elle, que j'étais statue moi-même." Ils hésitèrent, à Florence, entre Venise et Rome. Ils tirèrent à pile ou face la suite de leur voyage. Ce fut Venise qui l'emporta. Ils entrèrent en gondole dans la cité des doges et dans le bassin de Saint-Marc. La lune éclairait les dômes de la vieille basilique écrasée sous les siècles et le palais ducal, aérien et massif. George ne se sentait pas bien. M. de Chateaubriand venait de quitter la ville aux palais roses et blancs où ils allaient cacher leur amour déjà en train de se faner avant même d'avoir éclos et où lui, pour l'emporter sur le souvenir de Lord Byron, avait brillé de mille feux dans les salons rivaux de Mme Albrizzi et de la comtesse Benzoni avant de graver à jamais sur le sable du Lido, où les vagues, une à une, les effaçaient en vain, les seize lettres bien-aimées du nom de Juliette Récamier.

La gondole les amena jusqu'à la riva degli Schiavoni et *ils* se rendirent au Danieli. On leur donna une chambre avec une vue admirable sur l'isola di San Giorgio et sur la Douane de mer. C'était la chambre n° 13. George était malade comme un chien. Alfred voulait sortir et se promener dans Venise dont il rêvait depuis si longtemps. Il était agité de ces sentiments violents et souvent contradictoires qui s'emparent de l'âme des hommes et qui les font se punir en punissant les autres. Il s'approcha du lit où gisait sa maîtresse, il se pencha vers elle et il lui dit :

"George, je m'étais trompé, je te demande pardon, mais je ne t'aime pas."

— Oh là là ! s'écria A.

— L'enfer commençait. Alfred courait les théâtres, les actrices, les danseuses, les bordels avec le consul de France qui lui servait de guide. George écoutait de son lit les rumeurs de Venise. Elle n'avait pas la force d'aller jusqu'à la fenêtre qui donnait sur tant de beauté. Un soir pourtant, ou plutôt un matin, la situation se renversa à nouveau. George était rétablie et Alfred rentra le visage tout en sang : il avait passé à se battre une bonne partie de la nuit. George dut le coucher. Il ne se releva pas : une fièvre, une typhoïde peut-être, une espèce de délire et de folie s'était emparée de lui et il voulait se tuer. George fit appeler le médecin qui s'était déjà occupé d'elle quand Alfred courait les bouges et les filles de la Fenice. Il s'appelait le docteur Pietro Pagello. Il avait vingt-six ans. Elle lui parla de Musset comme de la personne qu'elle aimait le plus au monde et elle lui confia son angoisse de le voir dans cet état.

Le reste, tout ce qui va suivre, tu l'as déjà deviné. Des milliers de livres et d'articles ont été rédigés sur les amants de Venise. On a répandu leurs portraits. On a tourné des films sur eux. Les uns les portaient aux nues, les autres les condamnaient comme l'image même de la décadence et de la dépravation. Les uns prenaient parti pour Lui, les autres la défendaient, Elle. Pendant des nuits et des nuits de délire et de convulsions, George Sand et Pagello soignèrent Musset avec dévouement. Pagello admirait le poète dont il avait lu quelques pages. Elle portait une lavallière, un col blanc à la Byron et elle sortait sur le balcon pour fumer un cigare. La nuit, ils veillaient ensemble sur le malade endormi, ils échangeaient à mi-voix quelques mots italiens et leurs mains s'effleuraient. Alfred, dans son délire, crut voir George et Pagello boire leur thé dans la même tasse et des flots d'encre de toutes les couleurs ont roulé dans cette tasse. Pagello avait des maîtresses. George était la maîtresse du malade de Pagello. Mais, un beau soir, le chagrin est un proxénète, recrue de fatigue et de détresse George eut envie de Pagello.

Une nuit où Musset dormait, George se mit soudain à écrire une longue lettre qui n'était faite, à son tour, que de délires haletants et d'interrogations : « Et toi, comment aimes-tu ?… Seras-tu pour moi un appui ou un maître ?… Sauras-tu pourquoi je suis triste ? Connais-tu la compassion, la patience, l'amitié ? On t'a élevé peut-être dans la conviction que les femmes n'ont pas d'âme. Sais-tu qu'elles en ont une ?… Serai-je ta compagne ou ton esclave ? Me désires-tu ou m'aimes-tu ? Quand ta passion sera satisfaite, sauras-tu me remercier ? Quand je te rendrai heureux, sauras-tu me le dire ?… Quand ta maîtresse s'endort dans tes bras, restes-tu éveillé à prier Dieu et à pleurer ?… N'apprends pas ma langue… Je voudrais ne pas savoir ton nom… » Elle prit les feuillets qu'elle venait d'écrire pendant une heure dans une sorte de rage, elle les glissa dans une enveloppe et elle la tendit à Pietro.

"Mais…, bredouilla Pagello, pour qui est-ce ?"

Alors, George, dans un mouvement plus réussi que la lettre tout entière, lui arracha l'enveloppe des mains et écrivit d'un trait : "Au stupide Pagello."

— Oh là là ! » dit A, en se détournant, dans un soupir presque inaudible.

« Il n'y a pas d'autre histoire, lui dis-je. Il y a d'autres versions, mais c'est toujours la même histoire. Elle peut prendre d'autres formes, elle raconte toujours la même chose. La version des amants de Venise est à peu près parfaite dans sa complication et sa simplicité. C'est pourquoi tant de livres lui ont été consacrés et c'est pourquoi le nom de Musset et le nom de George Sand ne seront pas oubliés tant qu'il y aura des hommes pour aimer les histoires.

— Il y a d'autres histoires, protesta A : c'est toi qui me l'as appris.

— Une foule d'histoires, lui dis-je, où ont leur place le hasard, le courage, l'ambition, la vengeance. Mais d'abord deux types d'histoires parce qu'il y a deux grandes passions pour agiter les hommes : le savoir et l'amour. Il y a le savoir qui s'étend sur le monde et qui le pénètre et le transforme peu à peu ; et il y a l'amour entre les hommes dont il est *inutile* de rien dire parce que tu sais déjà qu'il est le cœur et le sens de la vie. Il y a les savants et les amoureux.

Le reste occupe les hommes, mais n'a pas d'importance. Le pouvoir, les batailles, le commerce, l'argent, la vanité, la gourmandise… Tu ne mettras pas, dans le rapport, un grand capitaine ou un directeur d'administration centrale très au-dessus d'un cuisinier : ce sont grandeurs d'établissement et de commodité qui ne valent pas le moindre mouvement de charité envers les autres ou de curiosité devant l'ordre du monde. Tu vois aussi que ce que les hommes appellent l'art se situe quelque part entre la science et l'amour et conjugue l'une et l'autre. Il y a du savoir et de l'amour dans *La Bataille de San Romano* ou dans la *Messe du couronnement*, dans les danseuses de Degas, dans les *Mémoires d'outre-tombe*, dans la *Recherche du temps perdu*, dans la *Présentation de la Beauce à Notre-Dame de Chartres*.

— Et dans le rapport ? demanda A.

— Ah ! lui dis-je, je ne sais pas. Je voudrais qu'il contînt à l'usage des gens d'Urql tout le savoir des hommes et tout l'amour du monde.

Musset finit par guérir, grâce aux soins de sa maîtresse et de l'amant de sa maîtresse. Ils vécurent, à Venise, quelques semaines, tous les trois. Alfred avait blessé George. Elle se vengeait de lui à travers Pagello. Les sentiments des hommes ne sont pas noir et blanc. Ils oscillent sans fin entre le pas encore et le déjà plus, entre le je ne sais quoi et le presque rien, entre l'ombre et la lumière, entre l'évidence et la contradiction : ils flottent dans l'incertitude à la façon des quanta. Alfred n'aimait plus George et il l'aimait encore. George aimait Alfred et elle aimait Pagello. Pagello ne savait pas, il admirait le poète, il avait envie de la dame et il se laissait faire.

Le 29 mars, guéri, toujours souffrant, héroïque, un peu lâche, Alfred de Musset quitta Venise pour Paris. Il avait confié George à l'amour de Pietro. George l'accompagna en gondole jusqu'à Mestre. Et puis elle revint se jeter dans les bras de Pagello qui l'attendait sur la Piazzetta. Et ils parlèrent de Musset qui avait souffert entre eux deux, qui les avait fait souffrir et qu'ils avaient, en échange, fait souffrir à son tour.

George, qui n'avait plus un sou, s'installa chez le médecin. Pagello, qui était pauvre, faisait deux lieues à pied pour aller cueillir des fleurs dans les jardins des faubourgs et composer un bouquet qu'il offrait à sa maîtresse. George travaillait d'arrache-pied pour obtenir un peu d'argent de la *Revue des Deux Mondes* et de son directeur. Elle trouvait encore le temps de travailler à l'aiguille, de coudre des rideaux et de décorer, avec son énergie coutumière, l'intérieur du médecin : elle avait, dit joliment M. André Maurois, l'adultère ménager. Comment disposons-nous de cette foule de détails sur la vie vénitienne de George et de Pagello ? C'est qu'elle racontait ses amours nouvelles dans des lettres d'amour à son ancien amant.

George écrivait à Alfred. Alfred écrivait à George. C'était sublime et ridicule. Des passages entiers que des dames enivrées et des jeunes gens hors d'eux applaudiraient à tout rompre, pendant deux ou trois siècles, dans des salles de spectacle surchauffées — "J'ai souffert souvent, je me suis trompé quelquefois, mais j'ai aimé. C'est moi qui ai vécu et non pas un être factice créé par mon orgueil..." —, sortent des lettres échangées par George Sand et Musset au temps où ils ne s'aimaient plus et où ils s'aimaient encore.

Les amours évanouies nourrissaient ces échanges d'où surgissait, plus fort, un amour renaissant. "Tu m'as dit de partir, écrit Alfred, et je suis parti ; tu m'as dit de vivre, et je vis." "Adieu, adieu mon ange, écrit George. Adieu mon petit oiseau." "Je t'aime encore d'amour, écrit Musset. Tu t'es crue ma maîtresse, tu n'étais que ma mère." "Que j'aie été ta maîtresse ou ta mère, répond George, peu importe. Je sais que je t'aime, et c'est tout."

Musset racontait à George Sand qu'il s'était replongé dans la vie de plaisir d'où elle avait voulu le tirer. "Oh ! je t'en prie à genoux, suppliait George Sand, pas encore de vin, pas encore de filles ? C'est trop tôt !" "Parlez-moi de *vos* plaisirs", répliquait Musset. Et il rayait les mots, et griffonnait : "Non, pas ça !"

Le 24 juillet 1834, George Sand, à son tour, quittait Venise pour Paris. Elle était flanquée de Pagello qui écrivait à son père : "Je suis au dernier stade de ma folie... Demain, je pars pour Paris où je quitterai la Sand." »

XIX

ADIEU, TOUT CE QUE J'AIMAIS !

« Voilà, dis-je à A. C'est fini. Nous sommes tous tant que nous sommes, et même les plus jeunes d'entre nous, et même les nouveau-nés, au dernier stade de cette folie collective que nous appelons la vie. Les hommes ne commencent jamais que pour finir aussitôt. George Sand a quitté Musset. Pagello va quitter George Sand. Et moi je te quitte, mon cher A, pour aller je ne sais où. Le monde se poursuit, bien sûr. George Sand, avant de mourir dans la tendresse et l'estime de Flaubert, a encore devant elle de nouvelles aventures : Chopin l'attend dans l'avenir, il l'attend à Majorque, il l'attend rue Pigalle, il l'attend rue Taitbout. Et, cinq ans avant sa mort à quarante-six ans, au fond du désespoir, usé par l'alcool, ruiné, couvert de dettes, ayant perdu le génie qui illuminait sa jeunesse, Musset sera élu à l'Académie française. George Sand et Musset s'accrochent encore l'un à l'autre pour souffrir un peu plus et nourrir leur passion. La page la plus cruelle et la plus ravissante de leurs amours traversées est sur le point d'être tournée. Nos trois jours à nous se terminent. Il y aura, après nous, d'autres rencontres et d'autres hommes, d'autres amours, d'autres aventures, d'autres défaites et d'autres victoires. Nos rapports touchent à leur fin. Et notre rapport, aussi.

— Tu ne peux pas me laisser ! cria A. Tu as encore tant de choses à me montrer dont tu ne m'as pas soufflé mot ! Ne vois-tu pas que le travail est très loin d'être achevé ? Donne-moi trois autres jours !

— Impossible, lui dis-je. On m'attend.

— Tu ne sais même pas qui, grommela A entre ses dents.

— Raison de plus, lui dis-je. Toute rencontre est une surprise. Mais un rendez-vous dont on ne sait rien et dont on ne sait pas avec qui est une surprise dans la surprise. Tu ne voudrais pas que O, ton ami O, fût en retard à cause de A ? »

A haussa les épaules.

« Si tu savais…, me dit-il.

— Je ne veux rien savoir de ce qui n'est pas de ce monde, lui dis-je. Je suis un de ces hommes dont les limites sont tracées par l'espace et le temps. Ce qui est hors du temps, je ne peux rien en dire. Je l'ignore. Mais j'y vais.

— Alors, me dit A, c'est fini ?

— Oui, lui dis-je. C'est fini. »

Il me regarda un instant, en silence, sans bouger. Et puis, il m'ouvrit ses ailes. Je m'y jetai sans un mot et je posai ma tête sur son épaule.

« Inutile, chuchota-t-il, de faire des phrases sur l'infini dont tu ne sais pas le premier mot. Les hommes — sauf peut-être Kant — ne disent jamais que des bêtises quand ils parlent de l'ailleurs où ne règne pas le temps. Mais je voudrais bien que tu m'apprennes, car Dieu est dans les détails et il n'y a qu'eux qui comptent aux yeux d'un esprit qui contemple les hommes, ce que devient Pagello.

— Tu as raison, lui dis-je, je te parlerai de choses minuscules jusqu'à mon dernier souffle. George Sand s'occupa de Pagello à Paris comme un cavalier entretient une danseuse. Pendant qu'elle regagnait le 19 quai Malaquais, elle installa Pagello dans une petite chambre du troisième étage d'un hôtel du quartier. Le prix de la chambre était de un franc cinquante par jour.

Alfred et George se revirent. En amis. Au milieu d'amis. Musset annonça sa décision de partir pour l'Espagne. Et il partit pour Baden-Baden. Quatre jours plus tard, elle partait seule pour Nohant, dans le Berry, qui était son port d'attache et son havre de grâce et où l'attendaient son mari, ses enfants, sa mère et ses amis, qui étaient fidèles et nombreux. Casimir, le mari, qui devait demander, plus tard, la Légion d'honneur à Napoléon III pour cause d'infortunes conjugales, avait poussé la complaisance jusqu'à inviter le docteur italien. Pagello avait refusé.

George et Alfred recommencèrent à s'écrire. Musset racontait à George que de jeunes femmes provocantes l'interrogeaient sur elle : "Chante, mon brave coq, me disais-je tout bas, tu ne feras pas renier saint Pierre." Il voulait écrire un livre sur elle : "Je ne mourrai pas sans avoir fait mon livre sur moi et sur toi (sur toi surtout). La postérité répétera nos noms comme ceux de ces amants immortels qui n'en ont plus qu'un à eux deux, comme Roméo et Juliette, comme Héloïse et Abélard. On ne parlera jamais de l'un sans parler de l'autre."

— Comme A et O ? suggéra A.

— Nous ne sommes pas amants, que je sache ? Je suis mort. Tu es un esprit. George Sand et Musset étaient des vivants dans la force de l'âge. George venait d'avoir trente ans et elle écrivait à Sainte-Beuve : "Je suis triste jusqu'à la mort, et je ne sais pas vraiment si je sortirai de cette affreuse crise du sixième lustre." La crise du sixième lustre, Alfred faisait de son mieux pour l'apaiser — ou pour l'exacerber. Le 1er septembre 1834 il envoyait à George, de

Baden-Baden, où il semble pourtant qu'il ait pris du bon temps, une lettre auprès de laquelle ses billets précédents prennent une allure de sobriété et presque de sécheresse :

"Je voulais te parler seulement de mon amour, ah ! George, quel amour ! Jamais homme n'a aimé comme je t'aime. Je suis perdu, vois-tu, je suis noyé, inondé d'amour ; je ne sais plus si je vis, si je mange, si je marche, si je respire, si je parle ; je sais que je t'aime. Je t'aime, ô ma chair et mon sang ! je meurs d'amour, d'un amour sans fin, sans nom, insensé, désespéré, perdu... Ils disent que tu as un autre amant. Je le sais bien, j'en meurs, mais j'aime, j'aime, j'aime, qu'ils m'empêchent d'aimer !"

— Je crois que c'est une chance, murmura A, de ne pas être un homme.

— Sur ce point, lui dis-je, les opinions diffèrent. George lui répondit, au crayon, d'un petit bois où elle était allée se promener seule et où elle lisait, brisée, la lettre de Baden-Baden : "Ah ! tu m'aimes encore trop, il ne faut plus nous voir... Ne m'aime plus, entends-tu bien ? Je ne vaux plus rien... Il faut nous quitter, vois-tu, il le faut puisque tu arrives à te persuader que tu ne peux guérir de cet amour pour moi qui te fait tant de mal... Adieu, mon pauvre enfant..."

Dans la même lettre qui semblait porter le dernier coup à la passion malheureuse de Musset, il y avait pourtant, pour Alfred en train de se morfondre au fond de la Forêt-Noire, comme un coin d'arc-en-ciel : George en avait assez de Pagello. "Lui qui comprenait tout à Venise, du moment qu'il a mis le pied en France, il n'a plus rien compris." Avec quelle ivresse Alfred devait lire ces lignes dans son auberge enfumée ! Derrière la condamnation de l'amour de Musset se profilait déjà la condamnation de l'amour de Pagello : "Tout de moi le blesse et l'irrite, et faut-il le dire ? il part, il est peut-être déjà parti à l'heure qu'il est, et moi, je ne le retiendrai pas."

Pagello quitta Paris et Alfred y revint. George se rendit de Nohant à Paris pour consoler le médecin et pour le renvoyer. Elle lui donna de l'argent, avec délicatesse, pour payer le voyage de retour à Venise. "Une lettre de George Sand, écrit ce benêt de Pagello, m'annonça la vente de mes tableaux pour quinze cents francs... Nos adieux furent muets. Je lui serrai la main. Elle était comme perplexe ; je ne sais pas si elle souffrait. Ma présence l'embarrassait..."

Vers le milieu d'octobre, Musset, de retour à Paris, écrivit à George Sand en réponse à une lettre qu'elle lui avait envoyée :

"Mon amour, me voilà ici… Tu veux bien que nous nous voyions — et moi si je le veux !… Ainsi, un mot, dis-moi ton heure. Sera-ce ce soir ? demain ? Quand tu voudras, quand tu auras une heure, un instant à perdre. Réponds-moi une ligne. Si c'est ce soir, tant mieux. Si c'est dans un mois, j'y serai. Ce sera quand tu n'auras rien à faire. Moi, je n'ai à faire que de t'aimer.

ton frère Alf[d]. »

Ils étaient frère et sœur. Ils redevinrent amants. L'enfer s'ouvrait à nouveau.

— Oh là là ! dit A.

— Les hommes ne savent pas ce qu'ils veulent. En politique, en amour, en littérature et en art, dans leur vie quotidienne, ils avancent sur des chemins qu'ils sont bien obligés de suivre parce qu'ils se sont mis, un beau jour, par hasard, par distraction, pour voir où ils menaient, par conviction aussi ou par enthousiasme, à y faire quelques pas. Pagello avait eu la chance de se retirer à temps du champ de bataille miné où il s'était aventuré. Restaient Musset et George Sand. Ils se mitraillèrent sans pitié.

Il y eut des soirs lumineux, comme ce dîner, quai Malaquais, vers la fin de l'automne 34, où George Sand et Musset réunirent autour d'eux un musicien français d'une trentaine d'années qui s'appelait Hector Berlioz, un jeune pianiste hongrois de vingt-trois ans du nom de Franz Liszt et le poète allemand Heinrich Heine. Heine trouva George Sand aussi belle que la Vénus de Milo.

Mais dès qu'il eut retrouvé et reconquis George Sand, Alfred de Musset se montra incapable de dominer la jalousie rétrospective que lui inspirait Pagello, pourtant disparu de la scène parisienne. Ce qui le tourmentait surtout, c'était de savoir à quel moment George Sand et le médecin étaient devenus amants. Avait-il rêvé quand il avait cru les voir, dans la pénombre de la chambre 13 de l'hôtel Danieli, sur la riva degli Schiavoni, en face de la Douane de mer, boire tous deux à la même tasse ? Avaient-ils été amants avant ou après son propre départ de Venise ? Il la torturait, il la harcelait de questions, de soupçons, de récriminations, il réclamait des détails, il se délectait de sa propre souffrance.

Le cycle infernal des scènes de jalousie et des billets passionnés était amplifié par le cercle des amis. Sainte-Beuve, Alfred Tattet, Gustave Planche, d'autres encore furent pris tour à tour dans le cirque des ragots. Alfred Tattet, un ami de Musset, était devenu un intime de Pagello. Il répéta à Musset les secrets d'alcôve que lui avait confiés le médecin de Venise. Musset parla de provoquer en duel Gustave Planche, critique à la *Revue des Deux Mondes*, qui répandait des rumeurs provenant sans doute de Tattet. Vers la mi-novembre, au jeune Jean-Jacques Ampère, le fils de l'inventeur de l'électrodynamique, l'amoureux transi de Juliette Récamier, qui était devenu l'ami de Chateaubriand dont il recevait des lettres sublimes sur la Grèce et sur la vieillesse...

— En annexe ! s'écria A.

— Trop tard ! lui répondis-je. Trop tard. La prochaine fois.

— La prochaine fois ? demanda A.

— Oui, lui dis-je. Dans cinq milliards d'années. Quand tu reviendras sur la Terre... au jeune Jean-Jacques Sainte-Beuve écrivait : "Cher ami, tout va son train, et les plus grands orages que je sache sont les ruptures de Lélia et de Rolla qui ont passé tout ce dernier mois à se maudire, à se retrouver, à se déchirer, à souffrir." Et sur un billet que lui avait adressé George pour l'inviter à dîner avec les enfants chez Pinson à cinquante centimes par tête, le bon Buloz jetait en hâte quelques notes qui ne sont parvenues jusqu'à nous que pour aller à Urql avec toi :

Brouille avec A. Affaire Pagello.
Confession de Tattet à Alf. — Scènes horribles
Elle avoue tout tristement, en se jetant aux
genoux d'Alfred et s'écriant : Pardonne-moi !
Achat d'une tête de mort pour enfermer la
dernière lettre d'A. et nouveaux pleurs
chez moi le 13 9bre, S. Beuve s'interpose
entre G. et A.

— Ô O ! s'écria A. Je voudrais que tu restes encore quelques jours avec moi pour me raconter tes hommes ! »

Je secouai la tête. A baissa la sienne, ou ce qui lui en tenait lieu.

« À la demande de Buloz, qui faisait faire les portraits

des collaborateurs de la *Revue des Deux Mondes*, George alla poser chez Delacroix dont l'atelier, au 15 du quai Voltaire, était à deux pas de chez elle. Moitié pour ressembler à ces femmes de Goya admirées par Alfred, moitié par sacrifice et par protestation contre la cruauté du destin, elle avait coupé ses longues boucles noires, comme Mathilde de La Mole dans *Le Rouge et le Noir*, et elle les avait envoyées à Musset. Le portrait de Delacroix donne l'image pathétique d'un jeune page égaré et pâli par les veilles, d'une Jeanne d'Arc amaigrie de la passion malheureuse, d'une Marie-Madeleine sans cheveux, mais avec larmes, avec croix et avec tête de mort. Elle montra à Delacroix — qu'elle appelle toujours Lacroix — les croquis de l'album que lui avait laissé Alfred. Il trouva que Musset avait beaucoup de talent et qu'il aurait fait un grand peintre, s'il avait voulu. Il essaya, comme il pouvait, de distraire George de son chagrin et de la consoler. "Laissez-vous aller, lui disait-il. Quand je suis ainsi, je ne fais pas le fier. Je ne suis pas né Romain. Je m'abandonne à mon désespoir, il me ronge, il m'abat, il me tue. Quand il en a assez, il se lasse à son tour, et il me quitte." Le chagrin hélas ! ne quittait plus George Sand.

Il y eut encore de bons moments. Un jour où Musset, comme souvent, était tombé malade, George enfila le tablier et coiffa le bonnet de sa servante qui s'appelait Sophie et se rendit chez les Musset pour aller soigner Alfred qui avait abandonné le quai Malaquais pour se réfugier chez maman. Tout se passa à merveille. La sœur d'Alfred ne l'avait jamais vue et sa mère fit semblant de ne pas la reconnaître. Elle le veilla toute la nuit.

Il y eut même des triomphes. En décembre, rompue, épuisée, résignée, elle était repartie pour Nohant. Musset lui envoya — c'était nerveux — une boucle de ses cheveux. Il reçut en échange une feuille du jardin de George. Le 14 janvier 1835, de retour à Paris, elle pouvait adresser un bulletin de victoire à Tattet qui avait été un des artisans de sa récente défaite :

"Monsieur,

Il y a des opérations chirurgicales qui sont fort bien faites et qui font honneur à l'habileté du chirurgien, mais qui n'empêchent pas la maladie de revenir. En raison de cette possibilité, Alfred est redevenu mon amant. Comme je présume qu'il sera bien aise de vous voir chez moi, je vous engage à venir dîner avec nous au premier jour de liberté que vous aurez. Puisse l'oubli que je fais de mon offense ramener l'amitié entre nous. Adieu, mon cher Tattet. Tout à vous.

George Sand."

— Oh là là ! dit A.

— Le répit dans la souffrance ne dura pas longtemps. Les scènes reprirent, les larmes, les effusions passionnées, les ruptures et les insultes suivies de billets éperdus, les alternances, de plus en plus rapides, de baisers et d'injures. Au temps de Pagello, c'était Musset qui avait écrit les lettres les plus délirantes. Elles étaient belles jusqu'à l'insoutenable. Parce que c'était elle, maintenant, qui se mettait à souffrir et à se débattre contre la rupture, ce fut le tour de George Sand. Dans sa correspondance avec Alfred, dans son *Journal intime*, elle pousse des cris d'agonie :

"J'ai trente ans, je suis belle encore, du moins je le serais dans quinze jours si je pouvais m'arrêter de pleurer. Ah ! si je pouvais me mettre à aimer quelqu'un ! Mon Dieu, rendez-moi ma féroce vigueur de Venise, rendez-moi cet âpre amour de la vie qui m'a prise comme un accès de rage au milieu du plus affreux désespoir. Faites que j'aime encore ! L'amour de la vie est-il donc un crime ?"

— Oh là là ! dit A.

— Ce que tu entends là, lui dis-je, ce sont les plaintes de la vie. On peut les pousser autrement. Avec moins de violence. Avec plus de retenue. Mais celles-là ne sont pas mal. Les romans de Mme Sand, je te les abandonne volontiers. Tu n'auras pas besoin de faire figurer *Indiana* ni *Lélia* dans les annexes du rapport. Ni même *La Petite Fadette*, ni *La Mare au diable*, ni *François le Champi*, qui sont de jolis livres : ils te chargeraient inutilement. Mais ce que George crie à Alfred qui a fini de l'aimer après lui avoir tant promis, c'est la vie même des hommes. Tu la prendras avec toi et tu l'apporteras aux gens d'Urql.

"Et si je courais quand l'amour me prend trop fort ? Si j'allais casser le cordon de sa sonnette jusqu'à ce qu'il m'ouvrît la porte ? Si je m'y couchais en travers jusqu'à ce qu'il passe ? Si je me jetais dans ses bras ? Si je lui disais : Tu m'aimes encore. Tu vois bien que je t'aime, que je ne peux aimer que toi. Embrasse-moi, ne disons rien, ne discutons pas. Dis-moi quelques douces paroles. Caresse-moi puisque tu me trouves encore jolie malgré mes cheveux coupés, malgré les deux grandes rides qui se sont formées depuis l'autre jour sur mes joues… Quand tu sentiras ton irritation revenir, renvoie-moi, maltraite-moi, mais que ce ne soit jamais avec cet affreux mot : *dernière fois !* Je souffrirai tant que tu voudras, mais laisse-moi quelquefois, ne fût-ce qu'une fois par semaine, venir chercher une larme, un baiser qui me fasse vivre et me donne du courage. Mais tu ne peux pas ! Ah ! que tu es las de moi ! Et que tu t'es vite guéri !"

Elle essayait aussi de se guérir. Elle n'y parvenait pas. Elle se rejetait vers ce qu'elle savait faire. Elle se promettait d'écrire un livre. Pour la première fois de sa vie, elle avait du mal à travailler. Elle voyait bien que Franz Liszt la regardait avec intérêt. Elle ne réussissait pas à s'intéresser à lui. "Qu'est-ce que Buloz me disait donc hier de M. Liszt ?… Est-ce qu'il a pensé sérieusement un instant que j'allais aimer M. Liszt ?… Si j'avais pu aimer M. Liszt de colère, je l'aurais aimé, mais je ne pouvais pas… Je serais bien fâchée d'aimer les épinards car, si je les aimais, j'en mangerais, et je ne peux pas les souffrir." D'ailleurs, "M. Liszt ne pensait qu'à Dieu et à la Sainte Vierge qui ne me ressemble pas absolument". Liszt, dont Heine écrivait qu'il aimait "fourrer son nez dans toutes les marmites où Dieu mijote l'avenir du monde", se décidera pourtant à aimer une mortelle : ce sera Marie d'Agoult. Et parce que le monde n'en finit pas de fournir matière au rapport, la fille de Liszt et de Marie d'Agoult, un beau jour, épousera Richard Wagner.

— Wagner !… gémit A. *Parsifal* !… Ravello !… La villa Rufolo !… Dis ! Tu me parleras de Wagner ? »

Et il me tirait par la manche.

« C'est ça, lui dis-je. Compte là-dessus.

Elle était la plus forte des deux. Mais elle était à bout. Il fallait mettre fin à cette lutte épuisante avec l'ange qui s'achevait en agonie. Elle en appelait encore à ce Dieu auquel elle ne croyait plus : "Ah ! rendez-moi mon amant et je serai dévote et mes genoux useront les pavés des églises." Lui écrivait encore : "Je t'aime, je t'aime, je t'aime, adieu. Adieu ma vie, mon bien. Adieu mes lèvres, mon cœur, mon amour." Elle partit la première. Elle s'enfuit à Nohant, en cachette. Elle avait déjà écrit dans son *Journal intime* une des plus belles pages d'amour de l'histoire de ces hommes auxquels tu t'intéresses et auxquels, plus que personne, appartenait cette femme aux cheveux coupés emportée par la passion :

"Ô mes yeux bleus, vous ne me regarderez plus ! Belle tête, je ne te verrai plus t'incliner sur moi et te voiler d'une douce langueur ! Mon petit corps souple et chaud, vous ne vous étendrez plus sur moi, comme Élisée sur l'enfant mort, pour me ranimer ! Vous ne me toucherez plus la main comme Jésus à la fille de Jaïre, en disant : 'Petite fille, lève-toi !' Adieu mes cheveux blonds, adieu mes blanches épaules, adieu tout ce que j'aimais, tout ce qui était à moi ! J'embrasserai maintenant, dans mes nuits ardentes, le tronc des sapins et les rochers dans les forêts en criant votre nom et quand j'aurai rêvé le plaisir, je tomberai évanouie sur la terre humide."

— Oh là là ! dit A.

— Le monde continue. Il mêle les rires aux larmes et la bassesse à l'éclat. Le comte Rodolphe Apponyi, qui est jeune attaché à l'ambassade d'Autriche à Paris, nous raconte, dans son *Journal*, une scène qui se déroule un ou deux ans plus tard. Un soir, chez Mme Émile de Girardin, qui tient salon littéraire, un de "ces jeunes barbouilleurs de papier qui font du sentiment dans leurs romans à vingt-cinq sous la page et qui ne sont pas moins déplacés dans leur conversation que dans leurs écrits" est présenté à l'ambassadrice d'Autriche. Il s'agit d'Alfred de Musset. Le poète a une réputation détestable : "Il se roule sur les canapés, met ses jambes sur la table, se coiffe d'un bonnet dans le salon, fume des cigares." Mais c'est un habitué de la princesse Belgiojoso. Aussi l'ambassadrice l'invite-t-elle à venir la voir un soir où elle a convié des gens de lettres.

Le soir venu, Musset arrive, "sentant la pipe à faire horreur". Il s'approche d'une table où sont assises, outre l'ambassadrice et le comte Apponyi, la princesse de Béthune, la marquise de Jumilhac, la princesse de Craon, et quelques autres dames de la plus haute société. La conversation roule sur Venise où vient de se tuer, par amour pour la princesse Charlotte Bonaparte, le peintre Léopold Robert. Musset dit que lui aussi a manqué de mourir l'année dernière à Venise.

Pour témoigner au poète un intérêt poli, le comte Apponyi observe avec sagacité que l'idée de mourir seul à l'étranger, sans parent, sans ami, a quelque chose de terrible.

"Sans doute, répond Musset. J'étais soigné, heureusement, mieux que par un ami et mieux que par un parent : j'avais une compagne adorable et fidèle.

— Et vous l'avez perdue depuis ? demande l'ambassadrice.

— Mme de Musset est morte ? s'inquiète la princesse de Béthune.

— Oh ! non, répond le jeune poète, je n'ai jamais été marié. C'était Mme Dudevant avec qui je voyageais en Italie. C'est à elle que je dois la vie. C'est elle qui m'a soigné avec cet amour et cette tendresse dont elle seule est capable."

"Un silence suivit ce discours, écrit dans son *Journal* le comte Apponyi. À ce singulier aveu, toutes les dames s'entre-regardèrent. Celles d'entre elles qui ne savaient pas rougir avaient peine à ne pas rire. Et les hommes, moi comme les autres, n'étant pas maîtres de nous retenir, nous nous sauvâmes dans la bibliothèque pour donner libre cours à notre hilarité."

La vie n'en finit pas de poursuivre ses arabesques et ses contradictions. Ses bégaiements. Ses reniements. À un ami qui lui disait : "Oh ! que les lettres à Musset sont belles ! Mme Sand a une belle âme !" Sainte-Beuve, qui avait été le guide de l'enfer où avaient brûlé les deux amants, répondait : "Oui, une belle âme et une grosse croupe." À la fille du bon Buloz en train de contempler un portrait de George Sand, Jules Sandeau, l'ancien amant de George, alors "frisé comme un saint Jean de la Nativité", déjà sur le chemin de la calvitie et de l'Académie, murmurait : "Regarde bien cette femme, petite, c'est un cimetière, tu entends ? Un cimetière !" Et, pour que les choses soient bien rondes et bien fermées, il devenait l'amant de Marie Dorval que George Sand avait tant aimée et préférée à tant d'hommes : "Si tu me réponds vite, en me disant pour toute littérature : *Viens !* je partirai, eussé-je le choléra ou un amant…"

— Oh là là ! disait A.

Le plus dur était encore tapi dans l'avenir. "La femme Sand", écrira Baudelaire…

— Je le connais, coupa A :

Je te donne ces vers afin que, si mon nom…

— C'est lui, répondis-je. "La femme Sand est le Prudhomme de l'immoralité. Elle n'a jamais été artiste. Elle a le fameux style coulant cher aux bourgeois…"

— Ah ! me dit A, c'est tout toi.

— Tu crois ? demandai-je d'une voix blanche.

— Il me semble, me dit A.

— Ah bon ! lui dis-je. "Elle est bête, elle est lourde, elle est bavarde ; elle a, dans les idées morales, la même profondeur de jugement et la même délicatesse de sentiments que les concierges et les filles entretenues. Que quelques hommes aient pu s'amouracher de cette latrine, c'est bien la preuve de l'abaissement des hommes de ce siècle. Je ne puis plus penser à cette stupide créature sans un certain frémissement d'horreur. Si je la rencontrais, je ne pourrais m'empêcher de lui jeter un bénitier à la tête."

— Oh là là ! dit A. Voilà des choses que tu ne verrais jamais à Urql.

— Je pense bien, lui dis-je. Ce sont des spécialités de notre vieille maison. Comme le chagrin et la mémoire. Quelques années après ses funestes amours, Alfred de Musset retourna dans la forêt de Fontainebleau où les deux amants s'étaient promenés ensemble, où il avait donné les premiers signes du délire qui devait le frapper à Venise et où ils avaient pensé se tuer. Il revit aussi, de loin, George Sand au théâtre. Elle riait. Il la trouva belle. Il rentra chez lui et, d'une traite, en une nuit, il écrivit *Souvenir* :

La foudre maintenant peut tomber sur ma tête ;
Jamais ce souvenir ne peut m'être arraché !
Comme le matelot brisé par la tempête,
Je m'y tiens attaché.

Je ne veux rien savoir, ni si les champs fleurissent,
Ni ce qu'il adviendra du simulacre humain,
Ni si ces vastes cieux éclaireront demain
Ce qu'ils ensevelissent.

Je me dis seulement : "À cette heure, en ce lieu,
Un jour, je fus aimé, j'aimais, elle était belle."
J'enfouis ce trésor dans mon âme immortelle
Et je l'emporte à Dieu.

— Attends un peu ! s'écria A. Dieu, est-ce qu'il ne l'avait pas maudit ?

— Ça ne fait rien, lui dis-je. Les hommes sont comme ça. »

XX

RÉPÉTITION GÉNÉRALE

« Ô A ! dis-je à A.

— Ô O ! me répondit A.

— Voici que nous allons partir chacun de notre côté. Je me demande avec angoisse si je t'ai bien servi. Quelle image le rapport donnera-t-il de ce monde à nos lecteurs, les esprits d'Urql ?

— Je ne sais pas, me dit A. Je ne sais plus. Il me semble qu'à t'écouter et à me promener avec toi j'ai cessé d'être un esprit et que je suis devenu un homme.

— Alors, va raconter les hommes aux esprits, tes confrères.

— J'essaierai, me dit-il. Parce qu'ils n'ont aucune idée de ce que peuvent être la vie et les hommes, ce ne sera pas commode.

— Tu leur diras le temps, l'histoire, le passé et l'avenir ?

— Je leur dirai.

— Tu leur diras le présent, éternelle agonie, et la liberté qui se glisse, titubante, ivre d'orgueil, illusion éclatante, entre le passé et l'avenir ?

— Je leur dirai.

— Tu leur diras la machine ronde, les algues au loin, la naissance de la conscience, la puissance formidable de la pensée ?

— Je leur dirai.

— Tu leur diras le soleil, le ciel bleu, les nuages sur la mer ?

— Je leur dirai.

— Tu leur diras nos passions, l'argent, l'amour qui nous dévore, l'ambition, le remords, le secret, le pardon, tout ce qu'ils ne peuvent pas connaître parce que c'est le lot des hommes, et des hommes seuls ?

— Je leur dirai.

— Tu leur diras l'impossibilité et la soif de savoir, la vérité et la justice qui s'en vont toujours un peu plus loin, le remplacement de la nature par le pouvoir des hommes, la marche inéluctable des idées et des choses, les livres, les outils, l'espérance et la peur ?

— Je leur dirai.

— Tu leur diras Marie ?

— Je te promets : je leur dirai.

— Tu leur diras notre histoire, tu leur diras toutes nos histoires ?

— J'essaierai, me dit-il.

— Bon, alors, vas-y ! lui dis-je. Retourne à Urql. »

Il fit battre ses ailes.

Je versai quelques larmes. Peut-être sur lui. Peut-être sur moi. Peut-être sur le monde où nous avions passé trois jours aux côtés l'un de l'autre et qui était si triste et si gai.

« Ô O ! me dit-il.

— Ô A ! lui répondis-je.

— Voilà que je ressens, à mon tour, comme une crainte d'être inférieur à ma tâche et de me révéler incapable de bredouiller le moindre mot quand les autorités d'Urql m'interrogeront sur ton monde.

— Mais non ! lui dis-je. Ça ira. Souviens-toi des parapluies, de la rue du Dragon, du connétable de Bourbon, de la piazza Campitelli, des algues vertes et bleues.

— J'aimerais mieux…, me dit-il.

— Quoi encore ? demandai-je.

— Que tu me poses quelques questions pour savoir où j'en suis. »

Il nous restait quatorze minutes. J'en pris une pour réfléchir à ce que j'allais lui demander. Je respirai un bon coup.

« Que font les hommes ? lui dis-je.

— Ils vivent, me répondit-il.

— Qu'est-ce que vivre ? demandai-je.

— C'est mourir, me dit-il. La mort s'enclenche à la naissance.

— Excellent, lui dis-je. *Entre la naissance* et la mort, à quoi s'occupent les hommes ?

— À suivre leur désir et à ruser avec leurs passions. Et tantôt vers le haut et tantôt vers le bas.

— N'y a-t-il pas chez les hommes quelque chose d'obscur et de clair qui s'appelle la liberté ?

— Elle lutte avec l'avenir pour le changer en présent et elle prend dans le passé le nom de nécessité.

— Qu'est-ce qu'un homme, un sapin, une libellule, une éponge ?

— Du temps, sur un support.

— Le passé ?

— Disparu. Inflexible et très doux. Peut-être présent quelque part.

— L'avenir ?

— Absent. Implacable et flexible. Encore nulle part.

— Bien. L'argent ?

— Va aux riches. Fuit les pauvres.

— Le travail ?

— Plus il est dur, moins il est payé. Il est plus fatigant d'être mineur de fond qu'écrivain ou banquier.

— Sac de Rome ? demandai-je.

— 1527. Le connétable de…

— Ça va, lui dis-je. Je sais que tu sais. Aristote, Avicenne, Averroès, Kepler ?

— Ça ira, me dit A. Et Newton, et Einstein. Et le rayonnement de Hubble.

— Les Perses, les Carthaginois, les Aztèques, les Kafirs Siah-Posh et les Kafirs Amazulla ?

— O.K., m'assura A.

— Hortense Allart ?

— Chateaubriand, Stendhal. Sainte-Beuve. George Sand. Henry Bulwer-Lytton.

— Tu pourrais faire la même chose avec Mérimée, avec Louise Colet, avec Lucrèce Borgia, avec Cléopâtre, avec Pétrone, avec Victor Hugo ?

— Je crois que oui, me dit A. J'ai la liste complète de leurs œuvres, de leurs manies, de leurs amants et de leurs maîtresses.

— Vitesse de la lumière ?

— Trois cent mille kilomètres à la seconde. Rien ni personne ne va plus vite.

— Mon meilleur souvenir sur cette Terre ? À titre d'exemple, évidemment, ajoutai-je avec modestie.

— J'hésite, me dit-il. Symi. Sambuco. Ton arrivée. Ton départ. Presque rien. Presque tout. La neige sous le soleil. Un petit nombre de livres. Et Marie, bien entendu.

— Pas si mal, lui dis-je. Les ours, les crapauds, les aigles, le cloporte de Réaumur ?

— Monogames, me dit-il.

— Curieux, lui dis-je. Mais exact. Les papillons, les termites, les fourmis, les abeilles : pas de problème ?

— Pas le moindre, me dit-il. Tout est rangé à sa place.

— Les trous noirs ?

— Je les connais mieux que toi. L'attraction y est si forte qu'aucun rayon lumineux ne peut s'en échapper. On ne les décèle que par leurs effets. Ils avalent tout ce qu'ils touchent. Ils ouvrent sur un autre monde.

— La jalousie, la haine de soi, l'envie d'autre chose, l'hystérie, le noumène et la chose en soi, la lutte du maître et de l'esclave, l'inconscient structuré à la façon du langage, le désir de catastrophe ?

— Enfantin, me dit-il. À pleurer de facilité.

— Bon, lui dis-je. Ne va pas traiter, à Urql, avec trop de légèreté le petit-bourgeois de Trèves qui exploitait ses bonnes, le charlatan de Vienne. N'oublie pas, je te prie, que c'étaient des génies. Tu te souviens des dahlias, des tomates, du maïs ?

— Ils arrivent d'Amérique avec la syphilis, la pomme de terre, le tabac.

— Des pâtes, des mitres d'évêque, du conte de *Cendrillon* ?

— Ils viennent de Chine avec Marco Polo.

— De l'andouille de Vire, du bifteck pommes frites, du beaujolais nouveau, du château-margaux et du nuits-saint-georges ?

— Inoubliables, dit A. Et ils sont de chez toi.

— Le sacrifice, le pardon, la charité ?

— La lumière est l'ombre de Dieu.

— À quoi sert le monde ?

— Le sens du monde consiste, pour les hommes, à chercher un sens toujours caché aux hommes et dont la seule chose que les hommes sachent est qu'ils ne le trouveront pas.

— Finira-t-on un jour, avant la fin de ce monde, par le trouver malgré tout ?

— Bien sûr que non.

— Faut-il le chercher tout de même ?

— Bien sûr que oui.

— Didon et Énée ?

— Purcell.

— Le Cavalier polonais ?

— Rembrandt.

— Les romans français d'après la Seconde Guerre ?

— Aucune idée, me dit-il.

— Eh bien, lui dis-je, tout cela est parfait. Il semble que tu aies appris sur ce monde tout ce qu'il faut en savoir.

Reste une question décisive que les meilleurs esprits d'Urql ne manqueront pas de te poser : As-tu la moindre notion de ce que tu es venu faire ici-bas ?

— Bien sûr, me dit-il : rédiger avec toi un rapport sur le monde.

— Quelle espèce de rapport ?

— Un rapport exhaustif qui rende inutile toute autre expédition avant cinq milliards d'années.

— Et tu crois avoir réussi ? »

Il marqua le coup. Il hésita. Il prit un grand bol d'air.

« Je ne sais pas, murmura-t-il.

— Je t'accorde que ton guide a une part de responsabilité dans l'échec ou le succès de ton exploration. Mais la faute remonte à toi : l'entreprise était folle. Le monde est une totalité que même un esprit venu d'Urql n'est pas capable de cerner et dont le sens lui échappe comme il nous échappe à nous. Il fuit de partout, il se dérobe, il se dissipe à nos yeux et tu n'en rapporteras que des bribes à ceux qui t'ont envoyé.

Tous les esprits d'Urql vont se jeter sur toi pour te réclamer des détails sur le monde mystérieux et absurde d'où tu viens. Je refuserais, si j'étais toi, de répondre aux questions. Je leur tendrais le rapport et je m'enfermerais dans le mutisme et dans le souvenir de Marie et de ton ami O.

— Tu sais que l'idée m'est souvent venue de détruire le rapport et de faire comme si le monde n'avait jamais existé. Pas de soleil, pas de Sambuco, pas de parapluies, pas d'otaries. Pas de névrose d'existence et pas de Chateaubriand. Un échec de toute l'entreprise. Un grand silence. Une absence. Un secret entre toi et moi. Et entre le monde, les hommes, le temps qui passe, et peut-être aussi Dieu — ou ce qui en tient lieu.

— Jolie idée, lui dis-je. Et pourtant le monde existe. Tu vois bien : le rapport en parle.

— Peut-être pourrai-je essayer de faire croire aux gens d'Urql que le rapport seul existe et qu'il n'y a pas d'autre monde que le rapport lui-même ?

— Ah ! lui dis-je, je devine où tu veux en venir : puisque le rapport n'est rien d'autre que le monde, pourquoi donc le monde serait-il autre chose que le rapport ?

— Oui, dit A. Pourquoi ?

— Je crains, lui dis-je, que ça ne prenne pas. Ils se

douteront que le rapport n'est pas né de lui-même et qu'il y a, derrière, quelque chose d'inconnu.

— Ah ! me dit-il, y a-t-il toujours, derrière, quelque chose d'inconnu ? Rien n'est simple.

— Il n'est pas impossible que, justement, le monde le soit. Mais nous ne pouvons pas le savoir parce que la clé nous manque et que nous sommes dans le temps, qui brouille et complique tout, et dans ce sous-produit du temps que nous appelons l'espace.

— Peut-être le rapport aidera-t-il les gens d'Urql à y voir un peu plus clair ?

— Je le voudrais bien. Je n'en suis pas sûr. Dans le temps qui détruit tout mais conserve tout aussi, il faut veiller au moindre geste et à la moindre parole. Car chaque geste et chaque parole, et peut-être chaque pensée, sont inscrits quelque part sur des registres inconnus. Nous avons compliqué le monde au lieu de le résumer. Nous avons ajouté aux asperges, aux éphémères, à la guerre de Cent Ans, à la *Critique de la raison pure*, qui n'en demandaient pas tant. Nous avons rendu le monde plus opaque au lieu de le rendre plus transparent. Il était plus simple avant le rapport. Il l'est un peu moins depuis que le rapport l'alourdit.

— Mon Dieu ! dit A. La tête me tourne. J'ai le vertige du monde. Dis-moi ce que je dois faire.

— Retourne à Urql, lui dis-je. Et raconte-leur qu'il y a quelque part un monde invraisemblable qui semble aller de soi aux esprits qui l'habitent. Explique-leur que les hommes sont des esprits comme toi, mais chamboulés par le temps qui passe, par la mort qui les guette, par le corps aussi qu'ils trimbalent, qui leur permet de souffrir, qui leur permet d'être heureux, qui leur permet de penser et sans lequel ils ne seraient rien.

— Si je restais ici ? s'écria A. Si je me changeais en homme ? Si j'allais vivre avec Marie ?

— Tu ne peux pas, lui dis-je. C'est dans les romans que, changés d'abord en crapaud, en chauve-souris, en licorne, les esprits se transforment soudain en jeunes gens. Dans le monde où nous vivons, les hommes, et les dieux même, ne naissent que des hommes.

— Ne pourrais-je pas soutenir que je suis né d'un homme ? Tu me servirais de père…

— Et tu irais vivre avec Marie ? Puisque je serai ton père, ce sera une sorte d'inceste : j'aimerais mieux pas.

— Comme tu voudras, me dit-il.

— Merci beaucoup », lui dis-je.

Il me regarda avec plus de bienveillance qu'il ne m'en avait jamais montré.

« À l'égard des hommes et de leur monde, me dit-il, j'hésite entre l'horreur et une espèce de tendresse. Personne n'a fait plus de mal que vous, puisqu'il n'y a jamais eu que vous pour faire du mal dans toute l'histoire de l'univers et, au moment où le rideau tombe, au moment de vous quitter pour cette éternité que vous traitez de néant, j'ai envie de me lever et de vous applaudir.

— Tu me trouvais idiot, lui rappelai-je.

— Bien sûr, me dit-il. Tu l'es. Ce qu'il y a de plus grand en vous surgit de vos limites. Il y a du bien parce qu'il y a du mal. C'est parce que l'erreur est possible que la vérité mérite d'être poursuivie. Le monde prend un sens parce qu'il y a quelque chose de caché. On dirait que tout cela est réglé au quart de tour, brodé au petit point. Vous êtes des algues, des poissons, des primates sur lesquels ont passé, pour vous permettre de faire de la musique et des pièces de théâtre, pour vous apprendre la justice, pour vous donner une idée du bleu, du triangle, de l'infini, du calembour, quelques millions de millénaires. Vous êtes de la matière emportée par le temps. Vous êtes quelque chose comme de la poussière d'étoiles. Vous n'êtes presque rien, et pourtant presque tout. Vous êtes portés par la force des choses et par les générations successives. Vous êtes bordés par l'histoire. Vous profitez de ce que les hommes ont déjà fait avant vous. Vous ne savez rien sur rien. Les plus brillants d'entre vous, les plus illustres, les plus grands, inventent des choses minuscules, et aussitôt dépassées, dans le domaine des sons, des images, des mots, de la marche de l'univers. Et il semble pourtant qu'en chacun d'entre vous, dans le plus démuni et dans le plus imbécile, il y ait quelque chose de la flamme d'où est sorti le monde.

— Car c'est vraiment, Seigneur, le meilleur témoignage
Que nous puissions donner de notre dignité
Que cet ardent sanglot qui roule d'âge en âge
Et vient mourir au bord de votre éternité.

— Qu'est-ce que c'est encore que ça ? demanda A.

— Presque rien, lui dis-je. Ce sont des mots.

— Seraient-ce les mots, par hasard, que tu disais à Marie au temps où tu vivais ?

— Hélas ! non, lui répondis-je. Jamais mes mots n'ont volé aussi haut.

— J'imagine qu'ils volaient aussi haut que ceux de Chateaubriand à Juliette Récamier, que ceux de Musset à George Sand ou de George Sand à Musset ?

— Ne crois pas cela, lui dis-je. À l'extrême fin de sa vie, Chateaubriand rencontre Rachel chez Juliette Récamier. Rachel a dix-sept ans. Elle triomphe dans *Athalie*, elle a Paris à ses pieds. À demi paralysé, Chateaubriand se traîne jusqu'à elle et lui dit :

"Comme c'est triste, mademoiselle, de rencontrer une chose si belle quand on va mourir."

Alors Rachel se tourne vers lui, lui jette un regard insoutenable et, de la même voix avec laquelle elle récite tous les soirs le songe d'Athalie à des salles éperdues, elle lui dit :

"Mais, monsieur le vicomte, il y a des hommes qui ne meurent pas."

Rappelle-toi Sainte-Beuve en train de deviner le talent de Musset encore presque dans l'enfance, rappelle-toi l'empereur ou le pape en train de ramasser le pinceau de son peintre, rappelle-toi Alexandre, César, Évariste Galois, rappelle-toi Haydn et sa *Création*, Haendel et son *Messie* et Mozart et tous les Bach, rappelle-toi Vinci, qui avait tout deviné, et Giorgione, et Rembrandt, et Guillaume, le grand Guillaume :

Ma colombe ma blanche rade
Ô marguerite exfoliée
Mon île au loin ma Désirade
Ma rose mon giroflier

et Maupassant, qui faisait des chefs-d'œuvre avec des bouts de ficelle, et Joubert sur l'Adige et Marceau sur le Rhin…

— Et Flaubert sur le Nil, dit A.

— Et Offenbach et Oscar Wilde et Heine et Toulet, et toute la rafale de ceux qui, en cent ans, ont changé notre image : le rapport ne vaut rien, moi, je meurs tout entier et il y a des hommes, chez nous, qui sont pleins de génie.

— C'est drôle, me dit A. Il me semble que ce qui unit les hommes est plus fort que ce qui les distingue. Il me semble que chaque homme mérite qu'on se souvienne de lui comme d'un triomphe unique et d'un trésor digne d'amour. Il me semble que le seul génie, c'est le génie des hommes. »

Une fois encore, une dernière fois, je réfléchis un instant.

« Eh bien ! lui dis-je, au moins, quelle chance ! quel bonheur ! j'aurai été un de ces hommes. »

Alors, A s'avança vers moi et me prit dans ses bras.

ÉPILOGUE

Spectres du plein midi, revenants du grand jour,
Fantômes d'une vie où l'on parlait d'amour.

ARAGON.

MERCI ET PARDON

Merci. Tout était bien. Tout était simple. L'ordre régnait sur l'univers. Je me suis retrouvé seul au-dessus de la Douane de mer. Nous étions le 26 juin, un peu avant midi. Il m'était arrivé quelque chose que Marie n'oublierait plus : j'étais mort. Tout le reste, peut-être, je l'avais inventé. Le monde n'existait pas. L'espace et le temps étaient une illusion. Les autres étaient des reflets. La vie était un songe. Marx, Rancé, Lénine, le sac de Rome, les deux sexes en chiens de faïence, la piazza Campitelli à deux pas du Capitole et du théâtre de Marcellus, les parapluies de la rue du Dragon, la rivalité de Molé et de Chateaubriand, la lettre d'amour envoyée à George Sand par Musset : « Mon cher George, j'ai quelque chose de bête et de ridicule à vous dire : je suis amoureux de vous », le statère d'or de Chamilly, la porte des chiottes de l'Unesco et du Grand Central à New York, le dîner chez Lointier le 20 juin 1833, et même le soleil sur Symi et sur la vallée du Dragon au pied de Sambuco n'étaient rien d'autre qu'un rêve aux dimensions de l'univers, plein de cohérence et de surprises, et d'où naissaient pêle-mêle les bonheurs et les larmes.

Je m'étais réveillé : le songe s'était dissipé. Personne ne savait plus où il était passé. Il était tombé dans le néant sous le nom de souvenir. Je n'avais fait que rêver la réalité tout entière. Peut-être d'autres, après moi, et endormis comme moi dans l'espace et le temps, poursuivraient-ils le même cauchemar et les mêmes illusions ? Pour moi, j'en avais fini avec les tumultes du monde et ses incertitudes.

Les doutes étaient levés qui m'avaient tant tourmenté. Une certitude l'emportait, et pour l'éternité : j'étais sorti du temps. J'y étais entré dans le sein de ma mère — que son nom soit béni ! Je m'en étais retiré devant la Douane de mer. J'avais quitté mon corps où j'avais habité pendant quelques années. J'étais mort. L'ordre régnait sur l'univers. Tout, enfin, était simple. Tout était bien. Merci.

A s'était envolé pour les vertes prairies. Je l'avais vu s'élancer, invisible et radieux, vers la réalité : une autre réalité, qui m'attendait moi-même, hors de l'espace et du temps. L'éternité a beaucoup de noms : les uns l'appellent le ciel, le mont Sumeru, le ganaeden, le janna avec ses houris, le Walhalla des guerriers, le paradis des saints et des anges ; et les autres, le néant. Je me souvenais de A comme je me souvenais de Carpaccio, de Haydn, de Flaubert, de Fabrice del Dongo ou de mon amie Nane que je n'avais jamais rencontrés. Comme de la bataille d'Andrinople à laquelle je n'avais pas assisté. Le monde était un funambule un peu ivre, toujours en train de s'écrouler et toujours rattrapé par le souvenir et par l'être : A relevait, comme le monde, de l'empire des songes évanouis. Peut-être, comme Venise, comme le Saint Empire romain de nationalité germanique, comme le fameux *big bang* d'où tout était sorti, n'avait-il jamais existé, lui aussi, que dans ma pauvre tête jetée en cendres par Marie dans la lagune de Venise ? Je revoyais toute ma vie et la totalité du monde. Et c'était comme un mirage qui se serait dissipé.

Il n'y avait plus que ma mort. Le silence. L'éternité. L'infini qui commence lorsque tout est fini. Et l'amour de Marie. Tout le reste avait disparu. Tout ce que j'avais tant aimé, les livres, les jeunes filles au petit matin, merci pour les jeunes filles, les sapins sous la neige, l'arrivée dans les ports au coucher du soleil, le miel, les cyprès, le soir qui tombe, merci, le temps qui passe, merci, était tombé dans l'absence, dans un océan de néant qui se confondait avec l'être. Il y avait bien eu quelque chose de passager, de fugitif, d'inutile, d'évanoui : un rêve appelé réalité. Il n'y avait plus que la mort et l'amour de Marie.

Peut-être A était-il en train de raconter Marie à ses confrères incrédules devant tant de beauté ? Peut-être le rapport était-il déjà en train de circuler entre les mains des esprits d'Urql frappés de stupeur et de crainte devant l'invraisemblance du monde ? Au centre du rapport, et du coup au centre de tout, l'image de Marie, qui n'en finissait pas de briller dans un cœur qui avait cessé de battre, se répandait tout à coup jusqu'aux frontières de l'univers. Le monde était quelque chose qui ressemblait à l'amour, ou il n'était rien du tout.

J'avais beaucoup aimé A. J'avais passé avec lui, à parler du temps et de l'espace et de ce qui en surgissait, quelques heures inoubliables. Il avait enchanté ma mort en ressuscitant ma vie. Il s'était effacé comme le monde tout entier. Il était un souvenir parmi d'autres souvenirs. Aux yeux de l'éternité, il n'était ni plus ni moins réel que Cléopâtre ou Alaric. Il n'était ni plus ni moins un songe que la fondation de Rome ou que la Douane de mer. Je l'avoue : il me manquait. Tout ce que j'avais oublié de lui dire de la splendeur du monde — et ces trous dans le rapport m'était une vraie souffrance — me revenait à l'esprit.

« Quoi ! », me disais-je à moi-même puisque A n'était plus là, « pas un mot sur Bellagio en étrave sur le lac et où le soleil brillait, entre la pluie, avec beaucoup de douceur, pas un mot sur Péguy :

Femme, vous m'entendez : quand les âmes des morts
S'en reviendront chercher dans les vieilles paroisses,
Après tant de bataille et parmi tant d'angoisses,
Le peu qui restera de leurs malheureux corps…,

pas un mot sur le jeu d'échecs, sur l'éternel retour, sur le théorème de Gödel et sur celui de Fermat, sur la bataille de Panipat entre le fondateur de la dynastie des Grands Moghols qui portait le nom de Bâbur et le dernier des Lodi, pas un mot sur la structure mathématique de l'univers qui faisait que ce monde, qui était tout amour, n'était aussi, de part en part, qu'une succession de chiffres, et peut-être un chiffre unique, immense, mystérieux et secret, pas un mot sur Tombouctou, sur Gene Tierney dans *Laura*, sur Domenico Cimarosa et son *Matrimonio segreto*, sur *Les Métamorphoses* d'Ovide — "Que le jour fatal qui n'a de droits que sur mon corps mette, quand il voudra, un terme au cours incertain de ma vie : la plus noble partie de moi-même s'élancera, immortelle, au-dessus de la haute région des astres et mon nom sera impérissable. Les peuples me liront et, désormais fameux, pendant toute la durée des siècles, s'il y a quelque vérité dans les pressentiments des poètes, je vivrai" — ni sur celles d'Apulée, appelées aussi *L'Âne d'or*, l'ancêtre de tous les romans que nous lisons le soir, quand la nuit va tomber, dans les jardins publics ! Et j'appelle ça un rapport ! »

Le rouge me montait au front. J'aurais voulu vivre à nouveau pour combler tant de lacunes et tenter de donner à A une image moins désastreuse du monde où il était descendu. Mais il était trop tard. A s'était envolé pour Urql, le rapport sous son aile. Les gens d'Urql, à jamais, ne sauraient rien des Perses au temps des Sassanides, rien de Diderot et d'Alembert, rien des girafes au long cou, rien de la culture du riz ou de la canne à sucre, rien de Lucky Luciano ni de Jack l'Éventreur. Ils se feraient, à cause de moi, une idée fausse du monde, de la vie et des hommes. Le monde était si beau : je l'avais calomnié. Le monde était si divers : je l'avais simplifié jusqu'à la caricature. Le monde était si profond : et je l'avais à peine effleuré. J'en demandais, de loin, pardon aux esprits d'Urql qui étaient peut-être en train, les yeux hors de la tête, égarés, le cœur battant, de feuilleter le rapport et de me suivre à Sambuco, à Symi, sur la piazza Campitelli ou dans la rue du Dragon, sous un grand parapluie. A, hélas ! avait raison : j'étais un incapable, un niais, un bon à rien, et peut-être un misérable. Je n'avais rien fait, ou presque rien, de ce rêve tissé de temps que nous appelons le monde, que j'avais tant aimé et dont j'avais tout oublié.

Je demandais pardon. Je m'écroulais dans le ciel, pur de tous les nuages qui s'accrochaient encore à la seule planète à avoir produit des hommes, et je demandais pardon. Le dernier mot qui me venait à l'esprit et au cœur au moment de partir était le mot : "Pardon." J'avais déjà demandé pardon à A en train de s'en aller. Il m'avait pris dans ses bras. Je sanglotais sur son épaule. De la même voix avec laquelle j'avais tenté, mais en vain, tout au long de nos trois jours, de me souvenir, pour les gens d'Urql, de tant de beautés et de plaisirs qui faisaient de ce monde le lieu de l'enchantement et de tous les bonheurs, je bredouillais :

« Ô A !... Ô A !... »

Il me donnait des tapes dans le dos d'un air un peu distrait et me murmurait à l'oreille :

« Allons !... allons !... On ne va pas faire tout un foin sous prétexte qu'on est entré dans le temps pour une poignée de saisons et qu'on a été quelque chose comme une éponge développée, comme un singe supérieur… »

Je reniflais de plus belle. Je répétais :

« Pardon !… Oh ! pardon…

— Pardon de quoi ? me disait-il. Tu n'étais pas bon à grand-chose. Tu as fait ce que tu pouvais.

— Pardon ! bégayais-je. Pardon ! Pardon pour le monde ! Pardon pour moi ! Pardon pour le rapport ! »

A, d'un geste bourru, passa sa main sur ma tête.

« Que tu es bête ! » me dit-il.

Et il m'embrassa.

Fini de faire le malin. Je l'embrassai en pleurant.

Il s'envolait.

Je l'aimais.

Je le voyais, comme le monde, disparaître à mes yeux.

Quand il ne fut plus qu'un point dans l'espace infini, je pensai à Marie et, un pincement au cœur, je partis à mon tour, homme de tous les temps, benêt, vaurien, souvenir dans les souvenirs, âme parmi les âmes, pour mon éternité.

VOYEZ COMME ON DANSE

Pour Marie-Sarah.

Ce qui les faisait vivre, c'était l'amour de la vie.

GUSTAVE FLAUBERT.

Longtemps, je l'avais détesté : nous avions aimé la même femme. Et il était mon ami. Les choses, toujours si simples, sont souvent compliquées. Nous nous étions promenés ensemble, en riant, sur mer et sur la terre. Il me suffisait de penser à lui pour voir des ports pleins de bateaux, des rizières en terrasses et des champs de lavande. Il était grand, très calme, toujours égal d'humeur, implacable et sûr de lui. Il ne croyait à rien, il se moquait de tout. Il avait un don assez rare : c'était d'enchanter la vie. Hommes, femmes, enfants, animaux familiers, fonctionnaires des douanes ou des télécommunications, professeurs de métaphysique et vendeuses de supermarché, tous ceux qui l'avaient rencontré ne fût-ce qu'une fois ne l'oubliaient jamais. Les femmes surtout l'adoraient. Mais il savait aussi séduire les hommes. Il passait : un soleil intérieur se mettait à briller. Et maintenant, il était plongé dans les froides ténèbres et il allait descendre pour toujours sous cette terre qu'il avait parcourue. La vie, qu'il rendait si gaie, est une affaire assez sombre.

À la porte du cimetière, je suis tombé sur Gérard. Il parlait déjà aux photographes. Gérard est un ami. Nous ne nous aimons pas beaucoup, tous les deux. Et je crois que Romain ne l'aimait pas non plus.

« Pauvre Romain ! me dit-il.

— Pauvres de nous, lui dis-je. Il va falloir se passer de lui, et ce ne sera pas facile tous les jours. »

Romain n'avait pas voulu d'un enterrement religieux. Il

n'aurait eu pourtant que l'embarras du choix. Sa mère était une Juive allemande et les rabbins, comme les curés, comme les pasteurs, et peut-être les imams, auraient été trop heureux de le récupérer. À la suite d'aventures, dont il ne parlait jamais, dans les sables du désert et du Moyen-Orient, puis dans le ciel de Russie avec ceux de Normandie-Niémen, il était compagnon de la Libération et il dissimulait sous sa manche au lieu de les coudre dessus quelque chose comme des galons de commandant ou peut-être de colonel. Avec un peu de chance, on aurait pu lui monter un de ces ballets à grand spectacle dont les Invalides ont la recette.

Je rêvai quelques instants à cette cérémonie solennelle qui sortait tout armée de mon imagination et qui ne prendrait jamais place dans la réalité à la mémoire de Romain. Il m'était arrivé d'assister aux Invalides aux obsèques d'un autre Romain dont les masques et les pièges m'avaient longtemps fasciné et dont les livres m'avaient tant plu qu'il était devenu pour moi comme un ami lointain qu'on va saluer quand il s'en va : Romain Gary. Je me souvenais de tous les festons, de tous les falbalas combinés avec art pour nous monter le bourrichon : les deux tables en oblique à l'entrée de l'église avec les feuilles bordées de noir où les assistants inscrivaient leur nom et leur adresse ; les employés des pompes funèbres — et la formule « pompes funèbres » était pour une fois justifiée — en serviteurs de Charon qui connaissaient leur monde et qui installaient aux premiers rangs, en face de la famille, derrière une pancarte étonnante où étaient inscrits les mots : *Hautes Autorités*, des ministres et des écrivains ; les grandes orgues, les homélies, l'émotion des uns et la distraction des autres qui lisaient, pour s'occuper, sur les grandes plaques de marbre apposées çà ou là, les étapes foudroyantes de quelques militaires de la Révolution et de l'Empire dont les visages donnés en exemple aux générations à venir étaient représentés en médaillon : sous-lieutenants à seize ans, colonels à dix-neuf, généraux à vingt ans et la gloire ou la mort à vingt-cinq ; la sortie silencieuse de la foule dans la cour ; l'apparition du cercueil porté sur les épaules d'une demi-douzaine de soldats de la Légion étrangère dont le pas lent et cadencé résonnait entre les ailes closes du bâtiment élevé par Libéral Bruant et par Hardouin-Mansart sur les ordres du Roi-Soleil et où dormait l'Empereur ; les discours un peu trop longs qui valaient ce qu'ils valaient, mais on n'en était plus à cela près ni à chipoter sur le style ; les drapeaux qui s'inclinaient, la sonnerie aux morts et *La Marseillaise* qui éclataient au moment où personne ne s'y attendait plus pour faire passer un frisson sur l'échine du public et même des esprits forts les moins sensibles à ce genre de momerie et qui éprouvaient soudain un peu de mal à se défendre contre l'invasion de l'émotion et des bons sentiments surgis d'un passé évanoui et de ses images d'Épinal.

Rien de tout cela pour Romain. Il aimait trop le plaisir pour se laisser aller aux honneurs. Même posthumes, il s'y dérobait comme à une gêne, comme à une atteinte à sa liberté. Il avait interdit à son enterrement la moindre manifestation d'hystérie collective, de chagrin mêlé de larmes, d'émotion ou de regret. À plus forte raison les flonflons de la fête funèbre.

Parce qu'il vivait dans le présent, il se refusait à toute spéculation sur l'avenir après la mort et à tout rappel inutile du passé. La vie était faite, à ses yeux, pour être consommée sur-le-champ et sur place. La vie était un produit à dégustation immédiate et qui ne tolérait aucune tentative de conservation artificielle. Ce n'était pas la peine de l'emballer, de la couvrir de nœuds pour faire joli, de l'exhiber derrière soi ni de pousser de grands cris. Ce qui était fini était fini et on n'en parlait plus.

Les amours qui s'effilochent exaspéraient Romain. Il ne lui serait pas venu à l'idée d'aimer une femme qui ne l'aimait pas ou qui ne l'aimait plus. Tout ce qui ralentissait l'existence, tout ce qui s'attachait au passé ou regardait trop loin vers l'avenir lui paraissait insupportable. Il fallait aller vite et ne jamais regarder en arrière. Il s'étonnait un peu de me voir prendre du temps pour écrire des romans.

« Tu t'en donnes un mal, me disait-il, pour raconter des histoires qui sont toujours moins réussies que la réalité ! Est-ce pour faire parler de toi ? Ou ne peux-tu pas faire autrement ?

— Euh… répondais-je. C'est comme la peinture… ou la musique… On essaie de… On voudrait…

— Ou t'imagines-tu, ce qui serait pire, qu'il y aura encore des gens pour te lire dans cinquante ans ? Ça te fera une belle jambe quand tu seras mort. »

Le rêve de Romain était d'effacer derrière lui toutes les traces de son passage. Il ne voulait rien laisser traîner de son séjour dans ce monde dont il avait tout aimé et qui l'avait traité mieux que personne. Il poussait assez loin ce détachement encore à venir après tant d'attachements.

Le soir, sous une tente, sur un pont de bateau autour d'un bull shot — c'était, je crois, un mélange de vodka et de consommé de bœuf avec quelques gouttes de sauce anglaise ou d'angustura — ou d'un whisky sour — le plus souvent du bourbon avec du sucre et du citron, ou parfois de l'orange —, sur une altana de Venise qui dominait les toits de tuiles, il nous arrivait de parler de la vie, de la mort et du destin des hommes. Les étoiles fourmillaient dans le ciel. Nous les regardions en silence. Je lui demandais à quoi il croyait. Je savais déjà la réponse : il ne croyait à rien.

« Quoi ! lui disais-je. À rien ?

— Mais si ! me disait-il. Au soleil. À l'eau. À la neige sur les montagnes. Aux couleurs de ce monde. À l'amitié. Et peut-être même à l'amour.

— À un plan de l'univers ?

— À quoi ? me disait-il.

— À un dessein de l'histoire. À un sens des choses derrière les choses. À un mystère caché de l'autre côté des apparences.

— À une Providence ? Sûrement pas. Je ne crois à aucun Dieu. Et s'il y en avait un, ce serait à ses partisans d'en apporter la preuve.

— Et après la mort ?…

— Après la mort, tu le sais bien, tout le monde le sait, mais on ne veut pas se l'avouer parce qu'on a peur tout simplement, après la mort, il n'y a rien. Nous mourons comme les arbres rongés par le temps qui passe ou frappés par la foudre, comme ces oiseaux de mer dont nous ramassions de temps en temps, tu te rappelles ? sur une plage de Corse ou de Grèce, les corps inanimés, et nous périssons tout entiers.

— Alors, quand tu mourras, il n'y aura pas de prêtre, pas de chants, pas d'espérance, pas de prières ?…

— Des prières ? Pour quoi faire ? Non, bien sûr, je ne veux rien.

— Ton nom sur une dalle, c'est tout ? »

Il hésitait un instant.

« Mon nom ?… »

Je le voyais réfléchir.

« Mon nom sur une dalle ? Je crois que c'est déjà beaucoup… C'est trop. C'est très inutile… À quoi bon ?…

Non, non, je ne veux rien du tout. Pas de prières. Pas de pensée. Dans le genre, tu sais…

— Oui, lui dis-je, dans le genre Porto-Riche : “Je laisserai un nom dans l’histoire du cœur.” Ou dans le genre : “Il naquit au xixe. Il mourut au xxe. Il vécut au xviiie.” Ou encore La Rouërie, et il faut reconnaître que c’était assez bien : “Le mal qui l’emporta fut sa fidélité.”

— Voilà. Quelle horreur ! Surtout, pas de discours. J’ai toujours détesté les discours. Pas de pensée. Pas de dates. Même pas de nom. On me jettera dans un trou, et c’en sera fait de moi.

— Eh bien, lui dis-je, ce ne sera pas gai. »

Ce n’était pas gai. Nous pleurions tous. On pleure toujours les morts quand ils nous quittent parce que nous ne les verrons plus ici-bas — même si nous gardons au cœur comme un espoir obscur de les retrouver plus tard et ailleurs. Romain, c’était pire. Nous étions assez nombreux à l’avoir beaucoup aimé et il ne nous laissait pas la moindre chance de jamais le revoir ni ici ni ailleurs, sous quelque forme que ce fût. Il avait tenu une place immense dans la vie de beaucoup d’entre nous et il disparaissait pour toujours, sans nous tendre la moindre perche où raccrocher nos rêves. Il était là, dans une caisse de bois qui allait descendre dans un trou, et chacun d’entre nous, à tour de rôle, c’était la moindre des choses, c’était le service minimum, et c’était très sinistre et très triste, irait jeter une rose sur ce qui restait de lui.

J’étais arrivé au cimetière avec beaucoup d’avance. À part les photographes qui étaient déjà à pied d’œuvre et qui s’agglutinaient autour de Gérard comme les docteurs de la Loi autour d’un Enfant Jésus affolé par les images, il y avait encore peu de monde et je marchais presque seul dans les grandes avenues bordées d’arbres et de tombes. C’était un matin maussade de mars où tombaient quelques gouttes. Le printemps pourtant commençait déjà, au loin, au prix de signes imperceptibles et d’efforts opiniâtres, à percer sous les nuages qui roulaient, là-haut, entre des coins de ciel bleu. Sauf que Romain était mort et que nous allions l’enterrer, c’était une journée comme les autres.

On aurait pu en parler de beaucoup de façons différentes. On pouvait indiquer la température, le degré d’humidité, l’état du sol et de l’air. On pouvait retracer, dans un style académique, l’histoire du cimetière, sa fondation, les personnages illustres qui y dormaient de leur dernier sommeil après avoir traversé l'existence avec plus ou moins d'éclat. On pouvait décrire du dehors, dans un genre plus moderne, les arbres, les tombes, les bâtiments du culte et de l'administration. On pouvait aussi, à la façon d'un Dieu malin et curieux qui lirait dans les consciences, entrer, comme tant d'autres qui ne doutaient de rien, dans les cœurs et les têtes et essayer d'imaginer les pensées obscures des rares passants qui, ouvriers, flâneurs ou parents de défunts, circulaient dans les allées. Le monde est fini — et il est inépuisable. Il s'impose à nous — et on peut tout en dire. Tout. Presque n'importe quoi. Et personne ne s'en prive.

Les choses, ce jour-là, s'organisaient autour de Romain. Il était, pour quelques heures, au cœur même de ma vie. Elle tournait autour de lui. C'était son jour et sa fête en larmes. Parce que nous étions amis et qu'il venait de partir pour jamais.

L'immense univers se réduisait à son souvenir. Depuis quarante-huit heures, depuis la nouvelle de sa mort qui m'avait foudroyé, je n'avais parlé que de lui, on pouvait presque dire que je n'avais pensé qu'à lui. La mort, comme l'amour, fait disparaître tout le reste. Il y avait lui et moi. Et les liens innombrables qui nous unissaient l'un à l'autre.

Je pensais à lui. Des images me revenaient. Je le revoyais à Venise, à Bali, au monastère Sainte-Catherine, dans le Sinaï, où nous étions allés ensemble. C'étaient de jolis souvenirs. De temps en temps, déjà, son visage s'effaçait : je ne parvenais plus à me le représenter. Il m'échappait. Il se dissolvait. Une espèce de panique s'emparait de moi. Je me demandais si j'allais bientôt être incapable de le faire revivre même en souvenir. C'est à ce moment-là que j'aperçus au loin, en train de marcher vers moi, les mains dans les poches de son vaste pardessus, la silhouette familière de Victor Laszlo.

Le manteau noir qui l'enveloppait était orné d'un col de fourrure. Il portait des gants, des bottillons de daim qui montaient assez haut et, comme toujours, son fameux nœud papillon à pois qui jouait le rôle d'un drapeau pour des milliers d'étudiants qui ne juraient que par lui. Ses yeux brillaient derrière ses lunettes et, sous ses cheveux blancs, il avait l'air, dans le décor sinistre du cimetière, de s'amuser à la folie.

Victor Laszlo était un curieux homme. Il était hongrois

d'origine et il enseignait à l'École pratique des hautes études. Qu'enseignait-il ? C'était difficile à dire. Victor Laszlo était linguiste. Il parlait une bonne vingtaine de langues et il avait commencé, à Paris et à Princeton, par donner des cours sur les langues tibétaines. Sous l'influence de Jacques Lacan dont il avait été le patient, puis l'élève à l'École normale et qui soutenait que l'inconscient est structuré comme un langage, il avait glissé à la psychanalyse et de là à presque tout. Il se disait mythologue et il étudiait, avec des mots savants, les structures cachées et les valeurs souterraines des civilisations. Il était surtout merveilleusement intelligent et ses cours aux Hautes Études attiraient, comme Bergson jadis ou Foucault au Collège de France, une foule bigarrée d'étudiants, de clochards en quête d'un peu de chaleur, de fonctionnaires ambitieux et de femmes du monde qui avaient eu des malheurs et que la religion ne suffisait plus à consoler. À la fureur des romancières et des auteurs de polars, son livre *Terreur et Langage*, dont Queneau assurait que les soixante premières pages avaient été rendues incompréhensibles par un mastic malencontreux, était resté huit mois dans la liste des succès de *L'Express*. Blondin prétendait que l'ouvrage n'était pas fait pour être lu, mais plutôt pour être là.

J'avais suivi moi-même, avec un mélange irritant d'agacement et d'admiration, quelques-uns de ses cours et j'avais fini par me lier sous réserve avec lui. Je l'avais rencontré un soir dans une maison familière, du côté du Panthéon, où se retrouvait régulièrement un petit groupe d'amis venus d'horizons différents et à qui il arrivait d'accueillir des invités extérieurs. C'était vers la fin du règne du général de Gaulle. Laszlo avait dit pis que pendre du président de la République qu'il avait imité avec beaucoup de talent et il avait fait rire à ses dépens, avec cruauté, presque avec violence, peut-être avec une sorte de haine, tout le public des habitués, parmi lesquels, outre le maître de maison et moi-même, Romain, Gérard et quelques autres. Le Général inaugurait le lendemain une exposition d'antiquités égyptiennes au musée du Louvre. J'étais venu avec Romain et contemplais d'un peu loin la foule des courtisans qui s'efforçait de prendre d'assaut le chef de l'État lorsque, à ma stupeur, j'aperçus mon Victor qui, à force de jouer des coudes, avait réussi à se planter devant le Général. Et je l'entendis débiter à haute et intelligible voix une profession de foi en bonne et due forme que personne ne lui demandait et qui se terminait par ces mots :

« Soyez sûr, monsieur le président de la République, que vous n'avez pas de partisan plus fidèle ni plus dévoué que moi. »

Il y a un passage de *L'Éducation sentimentale* de Flaubert qui m'a toujours enchanté. Frédéric Moreau, le héros, a un ami du nom de Sénécal. Un jour, sur une barricade si je me souviens bien, ou peut-être lors du sac des Tuileries, Frédéric Moreau, après l'avoir longtemps perdu de vue, se retrouve nez à nez avec Sénécal, mais du côté où il ne l'attendait pas. La première fois que je les ai lus et chaque fois que je me les répète, les mots de Flaubert m'ont fait battre le cœur : « Et Frédéric, béant, reconnut Sénécal. » C'est avec des sentiments du même ordre que j'observais Victor dans son numéro d'allégeance à sa victime de la veille.

Laszlo m'aperçut en train de le regarder avec stupéfaction. Il se tourna vers moi sans la moindre gêne apparente et me jeta en riant :

« Ah ! ah ! vous venez de me voir dans un de mes exercices de diablerie. Qu'en dites-vous ? Amusant, n'est-ce pas ? Et plutôt réussi. »

Il en fallait beaucoup pour l'ébranler si peu que ce fût dans la foi aveugle qu'il avait en lui-même.

« Vous venez pour Romain ? lui dis-je.

— Pour qui ou pour quoi voulez-vous que je vienne ? me répondit-il. Vous figurez-vous, par hasard, que je me promène parmi les tombes à la recherche d'inspiration funèbre et des fantômes du passé ?

— Je ne savais pas que vous étiez liés.

— L'étions-nous ? me dit-il. Je n'en suis pas très sûr. Mais j'étais ami de son père. »

Nous marchions maintenant côte à côte.

« Romain était un homme de plaisir, reprit-il. Et de désir. C'est ce qui m'intéresse en lui. Le désir est la clé de tout. Vous savez, les valeurs, les idéologies, la morale, les convictions… Je crois à l'histoire. C'est le désir qui fait l'histoire. Séduction, ambition, sainteté, désespoir… : il prend tous les visages. Il ne cesse jamais de se contredire. Il mène à tout, et même à rien. C'est la seule racine commune que j'aie trouvée à ces actions des hommes qui partent dans tous les sens. Ils font la guerre : c'est le désir.

Ils dorment : le désir. Ils ne font rien du tout : le désir. Ils se tuent : le désir. Ils chantent : le désir, toujours le désir. »

Et, dans l'allée du cimetière où nous étions heureusement encore seuls tous les deux, Victor Laszlo se mit à chanter. L'air de Leporello, je crois, tout au début de *Don Juan* :

Notte e giorno faticar
Per chi nulla sa gradir ;
Pioggia e vento sopportar,
Mangiare male e mal dormir !
Voglio far il gentiluomo,
E non voglio piu servir…

Il levait les bras, imitait les chanteurs, se moquait de lui-même, esquissait des pas de danse. On eût dit, surgi des tombes, qu'un orchestre invisible l'accompagnait en silence. C'était le neveu de Rameau ressuscité dans un cimetière, sous un ciel du mois de mars, vers la fin du XXe siècle. Je le regardais les yeux ronds et je ne pouvais m'empêcher d'admirer tant de liberté de pensée et de mouvement et ce sens du comique plus ou moins volontaire.

« Si je devais choisir quelqu'un pour incarner les années qui viennent de s'écouler, je n'irais pas chercher un penseur, un chef de guerre, un artiste, un sportif, je prendrais Romain. Parce qu'il était le plus libre d'entre nous et que son désir a reflété mieux que tout autre le monde où nous avons vécu. Savez-vous qu'il a fait la guerre de bout en bout avec un mélange de nonchalance et presque d'héroïsme ? »

Je murmurai que cette rumeur était parvenue jusqu'à moi.

« Les belles guerres, moi, vous savez ce que j'en pense : je m'en fiche un peu. Ce n'est pas ma tasse de thé. Mais ce qu'il y a d'important, hein ! Vous savez bien ce qu'il y a d'important ?… »

Je dus avouer, à ma courte honte, que je n'avais aucune idée de ce qui était important.

« Ce qui est important aujourd'hui, c'est ce qui n'était pas important hier. C'est quoi, hein ?… C'est quoi ?… »

Il me prenait par le bras en marchant et il le serrait si fort que j'eus soudain le sentiment d'être soumis à un interrogatoire de police mené par un inquisiteur au bord de l'hystérie et que la prochaine étape, pour me faire avouer un secret que je ne connaissais pas, serait très proche de la torture.

« Il y a des gens pour prétendre que vous êtes intelligent, mais vous n'en fournissez pas les preuves aux enterrements de vos amis. Ce qui n'était pas important hier parce que tout se passait en dehors sous les espèces du destin et qui est si important aujourd'hui parce que tout se passe en dedans sous la forme de l'engagement, mais c'est l'histoire, voyons ! Vous savez ce que c'est, l'histoire ?

— Vous devriez me l'apprendre, murmurai-je. C'est votre domaine, je crois ?

— Ah ! voilà le plus beau ! éclata-t-il. C'est aussi le vôtre. Ou ce devrait l'être. Vous écrivez des romans, m'a-t-on dit ? Qu'est-ce que vous racontez, dans vos romans ? »

Expliquer vers la fin de l'hiver dans une allée de cimetière à un professeur de linguistique aux Hautes Études ce que je racontais dans mes romans me parut au-dessus de mes forces.

« Si vous parlez d'autre chose que de l'histoire, j'aime mieux vous le dire tout de suite : vous perdez votre peine. Vous devez parler de l'histoire. Et pourquoi devez-vous parler de l'histoire ? Parce que, moi, je ne sais pas ce que c'est. Comme le temps pour saint Augustin : "Qu'est-ce donc que le temps ? Si personne ne me le demande, je sais bien ce que c'est ; mais si quelqu'un me le demande, et que je veuille l'expliquer, je ne sais plus ce que c'est." C'est aux romanciers de parler de l'histoire, parce que les historiens, à force de se demander ce qu'est l'histoire et d'essayer de l'expliquer, finissent par ne plus savoir de quoi ils parlent. »

La tête me tournait un peu.

« Peut-être parce qu'il ne s'interrogeait jamais sur elle, votre ami Romain donnait une assez bonne idée de l'histoire de notre temps. Savez-vous que son père était hitlérien ? »

Je tombais des nues. L'idée me venait tout à coup que Romain ne m'avait jamais parlé de son père. Ce silence ne suffisait pourtant pas à en faire un hitlérien.

« Hitlérien ? m'écriai-je.

— Il a même fait la guerre d'Espagne. Et pas du côté de Malraux, d'Hemingway ou d'Orwell. Rappelez-moi donc les titres de vos romans ?

— Heu… murmurai-je, accablé par ce coup du sort.

— Y parliez-vous de Staline et de Hitler ?

— Eh bien… lui dis-je, ça m'est arrivé… Oui, je crois bien me souvenir que, dans plusieurs de mes livres, j'ai parlé de Staline et j'ai parlé de Hitler…

— Il ne fallait pas parler d'autre chose. Tout le reste est assez inutile, surtout dans un roman. Ce n'est plus, dans ce siècle, l'ombre de son ange gardien qui accompagne chacun de nous : ce sont les ombres jumelles et ennemies de Staline et de Hitler. Les histoires d'amour, d'ambition, de succès et d'échecs, qui ont fait la fortune des romans du XIXᵉ, n'ont plus la moindre importance. Et même l'argent et Dieu, qui sont de fameux ressorts, ont beaucoup perdu de leur force et de leur influence. Ce que ne peuvent pas expliquer les historiens et que doivent rendre les romanciers à coups de petits détails vrais sur les cafés, sur l'opéra, sur les voyages, sur le temps qu'il fait et sur ce qui se raconte, c'est que l'existence quotidienne de trois générations successives, avant même Staline et Hitler, du temps de Lénine ou de la République de Weimar, et encore bien après eux, jusqu'à nous, aujourd'hui, et peut-être au-delà de nous, a été dominée par Hitler et Staline, par leur haine mutuelle, par leur complicité, par leur alliance passagère et par leur lutte à mort.

— Peut-être pourrait-on aussi, loin de Staline et de Hitler, bredouillai-je dans un souffle, croire à la liberté, au progrès, à la démocratie ?

— Vous voulez rire ? s'écria-t-il. Essayez donc d'écrire un bon roman sur le progrès de la démocratie et des idées libérales ! Tout le monde se moquera de vous et l'ennui submergera vos lecteurs. En littérature, la démocratie vaut le bonheur et les bons sentiments : une catastrophe. Ce qui donnera ses vraies couleurs, des couleurs assez vives, des couleurs noires et rouges, au temps que nous avons vécu, ce sont les flammes de l'enfer déchaînées par le communisme et le national-socialisme. Voilà ce qui compte ! À la bonne heure ! Enfin un peu de piment dans les potages insipides de la bourgeoisie conservatrice et du radical-socialisme ! Comme nous nous serions ennuyés sans Hitler et Staline ! Avec sa mère juive et son père nazi, Romain était bien placé pour tomber, un peu au hasard, d'un côté ou de l'autre. Il ne croyait à rien, vous le savez bien. Il aurait fait un bon S.S., vous ne croyez pas ?

— Mais non, dis-je d'une voix aussi ferme que possible, non, je ne le crois pas.

— Les événements vous donnent raison, puisqu'il n'a pas été un S.S. et qu'il a servi dans Normandie-Niémen aux côtés des Soviétiques, dont il détestait les idées, le régime et le mode de vie.

— Sans doute détestait-il plus encore les idées et le régime des nazis ?

— C'est bien possible, grommela-t-il. Mais vous savez comment et pourquoi il est parti pour l'Angleterre, le 21 ou 22 juin 40 ? »

Non, je ne le savais pas. Et c'était un peu vexant : jamais Romain ne m'avait soufflé mot de ce choix dont il était permis de penser qu'il était décisif.

« Il a tiré au sort. Il y avait une dame dans le coup et il était ivre mort. Il avait dix-sept ans. À dix-sept ans, vous savez, la conscience historique… On n'est pas sérieux quand on a dix-sept ans… Il avait un père armateur et fasciste qui l'emmenait en avion à partir de dix ans et l'avait fait piloter à quinze, les étudiants, à cette époque, étaient plutôt à droite et, comme tous les garçons de son âge, il lisait Drieu et Montherlant : *Gilles*, *Aux fontaines du désir*, *La Petite Infante de Castille* et surtout *Service inutile* et la “Lettre d'un père à son fils”. Vous avez lu la “Lettre d'un père à son fils” ?

— Heu… lui dis-je, il me semble que oui.

— “Il vous semble” !… Ah ! bon… Eh bien, *Service inutile*, ce n'était pas mal du tout. Un peu soufflé, peut-être… Un peu grandiloquent : “Nous sommes les chevaliers du néant… Je n'ai que l'idée que je me fais de moi pour me soutenir sur les mers du néant.” Vous vous rappelez tout ça ; et les attaques de Montherlant contre la “morale de midinette”. »

Oui, oui, je me rappelais, mais vaguement.

« Romain avait grandi là-dedans. Dans Gide aussi, évidemment… *Les Nourritures terrestres*… *L'Immoraliste*… Je crois me souvenir que Romain aimait beaucoup *Paludes*. Vous ne le connaissiez pas, en ce temps-là, vous n'étiez pas encore né…

— Mais si ! lui dis-je. J'étais né…

— Moi, j'étais un ami de son père qui était un fameux réactionnaire. Pas de ces libéraux mollassons d'aujourd'hui qui ont peur de leur ombre et qui ne jurent que par le marché. Le marché !... Vous voudriez mourir pour le marché, vous ? Il était nourri de Maurras et de Léon Daudet, il s'y connaissait en avions plutôt mieux que Malraux, il s'était battu à Valence et sur le front des Asturies du côté de Franco et il avait chanté le chant des phalangistes :

Cara al sol con la camisa nueva
Que bordaste de rojo ayer...

Il se remettait à chanter dans le cimetière désert et, s'immobilisant tout à coup et levant le bras droit, il faisait le salut fasciste devant les tombes ahuries.

« Ça, on pouvait se faire tuer pour des mots comme ceux-là... Ah ! là là ! ce sont de jolis souvenirs, hein !

— De jolis souvenirs ! m'écriai-je.

— Allons ! Ne jouez pas, je vous prie, à la jeune fille effarouchée. Nous sommes entre nous, mon vieux. Et si Romain était encore là, il se moquerait de vous. Quand j'étais jeune, il n'y avait que deux choses amusantes et assez proches l'une de l'autre pour se haïr à mort — et pour se comprendre à demi-mot : le fascisme et le communisme. Ils se sont compris d'ailleurs autant qu'ils se sont haïs, et il n'y a eu que les imbéciles pour pousser des cris d'orfraie à la signature du pacte germano-soviétique. Je vais vous dire un secret : dans le temps de ma jeunesse, quand j'étais si lié avec le père de Romain — mais tombeau, hein ! tombeau ! —, j'hésitais encore entre Staline et Hitler.

— Ah ! Vous hésitiez ? lui dis-je.

— C'était une époque épatante. Et pas seulement parce que j'étais jeune. C'était l'époque où de Gaulle dédiait ses livres à Pétain et où Drieu et Malraux étaient amis intimes. L'histoire qu'on étudie après coup est toujours assez loin de ce qu'était, en son temps, l'histoire en train de se faire. C'est la distinction qu'indiquent très bien les Allemands entre l'*Historie* des professeurs et la *Geschichte* des vivants. Vous n'ignorez tout de même pas que Drieu la Rochelle était le parrain d'un des fils de Malraux et que Malraux a tout fait, à la Libération, pour essayer de sauver Drieu ? »

Non, c'était une chance, je ne l'ignorais pas.

« Romain était amoureux d'une femme qui avait quinze ans de plus que lui : elle était la femme du préfet de police de Marseille. C'était plutôt elle, d'ailleurs, qui s'était prise de passion pour Romain. Elle était drôlement bien et elle n'avait pas froid aux yeux. Et lui avait un ami… tenez ! vous savez qui c'était ? Vous connaissez sûrement son nom : c'est le grand chancelier de la Légion d'honneur, le général Dieulefit. Ils étaient au lycée de Marseille, tous les deux, et ils étaient inséparables. L'hiver, ils faisaient du ski ensemble, et l'été, du bateau, dans les calanques de Cassis. Dès qu'ils avaient trois heures devant eux, ils partaient pour Istres rôder autour des avions.

« Le soir dont je vous parle, André m'a vingt fois raconté cette histoire, ils…

— André ?… demandai-je.

— André ? Mais secouez-vous un peu, mon vieux : c'était le père de Romain, le mari de la Juive allemande, le partisan de Franco, l'armateur de Marseille, le cinglé d'aviation. Ce soir-là, dans un bistrot du port, il y avait Romain, Hélène et Simon Dieulefit. Simon bouillait : il voulait préparer Saint-Cyr et il rêvait d'aller se battre. Déjà le nom et la voix d'un général à titre temporaire qui s'appelait Charles de Gaulle et qui avait eu le culot de désobéir et de s'envoler vers Londres commençaient vaguement à agiter les esprits. Simon Dieulefit n'avait qu'une idée en tête, c'était de le rejoindre. Vous pensez bien qu'Hélène, qui avait les yeux verts et des jambes interminables qui commençaient aux épaules pour descendre jusqu'à terre, ne pensait à rien d'autre qu'à retenir son Romain. C'était son petit garçon, et le petit garçon était déjà un homme.

« Romain s'était soûlé à mort et, ne sachant plus quoi faire entre Hélène et Simon qui le poussaient à hue et à dia, il décida tout à coup de tirer à pile ou face son départ pour l'Angleterre. Hélène, les larmes aux yeux et le cœur en compote, elle était fin soûle elle aussi, fut priée de jeter en l'air une de ses pièces de cent sous. Ils se précipitèrent à terre tous les trois pour regarder leur destin : c'était face.

« Le matin, à 5 heures, Simon et Romain s'embarquaient sur un rafiot qui partait pour Alger. Vous connaissez la fin de l'histoire.

— La fin de l'histoire… ? murmurai-je. Quelle fin de l'histoire ?

— Non, mais quel crétin ! souffla-t-il à voix basse et comme si j'étais absent. Il ne sait vraiment rien de rien. Je croyais que c'était votre ami ? Au beau milieu de la Méditerranée, Romain et Simon s'emparèrent du bateau à la façon d'Humphrey Bogart dans *To Have and Have Not* que nous appelons *Le Port de l'angoisse*… ou, peut-être, non… attendez !… c'était peut-être plutôt dans *Key Largo*… et le contraignirent par la force à se diriger sur Gibraltar. De Gibraltar… »

Les gens commençaient à arriver. De petits groupes se formaient dans l'auguste malaise inséparable des obsèques et des visites royales. Je me demandais ce que Romain, qui craignait l'ennui plus que le danger, aurait bien pu penser de son propre enterrement. Il aurait fui, j'imagine. Il aimait trop la vie. Il aurait emballé l'une ou l'autre des jeunes femmes qui étaient en train de pleurer sur sa disparition et il serait parti avec elle. Il menait les choses tambour battant et il me faisait souvent penser à un héros de roman qu'aurait joué Cary Grant aux côtés, peut-être, de Katharine Hepburn. Je n'avais ni son culot ni son indifférence. Je me tournai vers Victor :

« Allons-y ! » soupirai-je.

Il me donna congé avec une tape sur l'épaule et j'allai baiser la main de Margault Van Gulip. Elle me serra contre son cœur parce qu'elle aussi aimait Romain.

Il n'y avait rien de commun entre Victor Laszlo et Margault Van Gulip. Ils appartenaient à deux mondes différents et ils auraient très bien pu ne jamais se rencontrer. Leur seul lien était Romain. Et puis moi, du même coup. Margault, la reine Margault comme l'appelaient ses amis, se déplaçait rarement seule. Elle était toujours entourée d'admirateurs ou de bouffons qui étaient chargés de la protéger, de la distraire, de la faire rire et qu'elle nourrissait en échange. Au cimetière, ce jour-là, elle était flanquée de deux frères qui avaient beaucoup traîné, aux beaux jours de leur jeunesse, entre le Traveller's et les planches de Deauville ou de Monte-Carlo. L'un passait pour l'amant d'une de ces reines en exil qui faisaient rêver le jeune Proust, l'autre était soupçonné d'être *interdit* de casino pour avoir triché au jeu : on les avait baptisés Bourg-la-Reine et Choisy-le-Roi. Et la Grande Banlieue quand ils se promenaient ensemble.

Comme Victor Laszlo, Margault Van Gulip était une légende vivante. Sa beauté sombre et éclatante avait défrayé la chronique des Années folles de l'entre-deux-guerres. Pour rester dans le domaine de la seule littérature où elle avait joué un rôle qui était loin d'être négligeable, D'Annunzio déjà âgé, Aragon entre Nancy Cunard et Elsa Triolet, Paul

Morand au temps où il était diplomate avaient successivement ou simultanément succombé à ses charmes. Elle apparaît à plusieurs reprises, sous des visages très différents qui ajoutent à son mystère, dans des correspondances enflammées. Ses amies, ou elle-même, répandaient volontiers le bruit que la liaison officielle de Malraux avec Louise de Vilmorin ne faisait que dissimuler la passion que l'auteur de *La Condition humaine* et de *L'Espoir* aurait, très tôt, nourrie pour elle. Sous le titre *Une femme singulière*, Jules Romains lui avait consacré un roman transparent et un peu oublié, qui avait soulevé à l'époque des remous dans un petit milieu parisien, mais qui l'avait laissée de marbre. Elle flottait, souveraine adulée et cruelle, dans un rêve de souvenirs.

L'origine des grands mythes baigne toujours dans la brume. Les uns soutenaient qu'elle était née dans un bordel du Proche-Orient, les autres qu'elle était la fille d'un rabbin très pieux de Tunis ou de Tripoli. De temps en temps, elle laissait échapper, avec une feinte négligence, des images flamboyantes qui pouvaient renvoyer aussi bien à une enfance misérable qu'à des décors des *Mille et Une Nuits*. Très vite — *Dans l'Orient désert quel devint mon ennui*... —, elle s'était échappée avec une curiosité et une énergie sans limites vers de nouveaux destins. Elle s'était unie trois ou quatre fois à des maris dont les noms étaient moins célèbres que ceux de ses amants, mais dont la fortune était autrement considérable. Elle avait habité Rome, Londres, Venise, New York, Paris où sa maison du quai d'Anjou était devenue le rendez-vous de la mode, du théâtre, du journalisme et de la diplomatie. Elle affectait de ne pas garder le moindre souvenir de quelques-uns de ceux qui l'avaient approchée de très près, et beaucoup de ceux qui ne la connaissaient pas se vantaient d'appartenir au cercle restreint de ses intimes.

« Mon Dieu ! me dit-elle, comme nous avons aimé Romain, vous et moi ! »

Que pouvais-je répondre ?

« Vous souvenez-vous de Patmos ? » me demanda-t-elle avec un sourire où elle réussit à faire entrer — et les succès innombrables de la caricature ravagée par les ans que je tenais sous mes yeux et qui me tenait dans ses bras me revinrent aussitôt à l'esprit et au cœur — tout le bonheur du monde et toute sa désolation.

Si je me souvenais de Patmos ! J'avais vingt ans, ou un peu moins, un soleil de feu dévorait le ciel grec, le passé revenait en trombe m'emporter dans les plis de ses voiles enchantés et le cimetière, d'un seul coup, s'effondra dans un présent transformé en néant.

Je connaissais la Grèce : j'avais lu quelques pages d'Homère, d'Eschyle et de Sophocle, de Platon, de Thucydide. J'avais un faible pour Alcibiade et ses défauts si brillants. Je me rappelais Socrate en train de tremper ses doigts de pied dans la fraîcheur de l'Ilissos. Et la formule de Platon serinée par Alain à ses élèves de la khâgne d'Henri-IV : « σὺν ὅλῃ τῇ ψυχῇ εἰς τὴν ἀλήθειαν ἰτέον » — « il faut aller à la vérité de toute son âme ». Je savais par cœur la scène si belle de l'*Iliade* où Hector, le fils du roi Priam, en train de partir combattre les Grecs qui assiègent sa ville de Troie, fait ses adieux à Andromaque et où le panache en crins de cheval qui oscille au sommet du casque paternel effraie Astyanax, âgé de quelques années ou peut-être de quelques mois. Aussitôt, l'illustre Hector ôte ce casque terrifiant, le dépose sur le sol, prend son fils contre lui, le couvre de baisers et le remet enfin dans les bras d'Andromaque qui « le reçoit, dit Homère, sur son sein parfumé, avec un rire en pleurs » :

> ὣς εἰπὼν ἀλόχοιο φίλης ἐν χερσὶν ἔθηκε
> παιδ' ἑόν· ἡ δ' ἄρα μιν κηώδει δέξατο κόλπῳ
> δακρυόεν γελάσασα.

Le rire en pleurs d'Andromaque me transportait de bonheur. J'y voyais une des racines de ce monde romanesque qui, depuis déjà plusieurs siècles, double notre monde réel. Au terme d'une lente croissance, le roman se dégage peu à peu des héros et des dieux qui l'avaient tenu, enfant, dans le monde hellénique, sur les fonts baptismaux, il se tourne vers les hommes, vers leurs passions dévorantes et souvent contradictoires et il atteint enfin à sa maturité chez les barbares d'Occident, avec Rabelais et Cervantès : il naît chez Homère dans l'oxymoron de génie qui fait revivre sous nos yeux la mère d'Astyanax.

La Grèce, depuis longtemps, me faisait signe à travers les livres qui avaient beaucoup — et peut-être un peu trop — occupé ma jeunesse. La tête tournée par des aventures dans leur version imprimée, je ne m'étais jamais rendu sur les lieux où vivaient tant de héros qui valaient bien Swann, Gilles, Aurélien, mon amie Nane, Pandora ou Laura, le cavalier de *La Semaine sainte*, le héros malheureux du *Soleil se lève aussi* ou le bon Rick de *Casablanca* qui avait le cœur si tendre et les traits d'Humphrey Bogart : Antigone, Diotime, Achille, le subtil Ulysse, Périclès, ce voyou d'Alcibiade qui plaisait si fort à Socrate et toute cette ribambelle de philosophes qui me tourneboulaient. Quand l'occasion se présenta de partir pour la mer Égée et le Dodécanèse, je la saisis par les cheveux. Seigneur ! que la vie était belle quand j'avais dix-neuf ans ! Ou peut-être, plutôt, comme mes dix-neuf ans, à l'époque si pénibles, me paraissaient charmants quand je les revoyais, au loin, dépouillés de toute angoisse et de toute amertume, parés de toutes les vertus du souvenir et du passé, sous la lumière d'origine répandue d'un seul mot — le mot radieux de Patmos — dans le cimetière évanoui où reposait Romain par le sourire en larmes de Margault Van Gulip !

J'avais dix-neuf ans. Je venais d'être reçu à un de ces concours terrifiants et inénarrables où se recrute, selon les uns, l'élite de la nation et qui servent, selon les autres, à perpétuer en douceur la domination de la bourgeoisie. J'avais lu beaucoup de livres, je ne savais rien de la vie. Je nourrissais, dans un cœur enflammé de lectures, de grandes et vagues espérances où se mêlait en secret un peu d'appréhension devant un avenir inconnu.

Je ne sais plus qui, rue d'Ulm, eut une idée de génie. Peut-être le secrétaire général, qui s'appelait Jean Baillou ? Peut-être Louis Althusser, philosophe amical et marxiste qui occupait les fonctions de « caïman » et qui servait de lien entre les élèves et l'administration avant d'entrer dans les ténèbres qui allaient le mener, la vie est une machine à créer des bonheurs et à créer de la souffrance, à étrangler sa femme Hélène ? Peut-être, tout simplement, le directeur de l'École lui-même — et je ne sais même plus si c'était encore Pauphilet, spécialiste du Moyen Âge et d'*Aucassin et Nicolette*, ou déjà Hyppolite, agent de Hegel en France, traducteur éminent de la *Phénoménologie de l'esprit*, ou peut-être même Flacelière, victime en son temps d'un canular des normaliens sans cœur qui, non contents d'envoyer, en son nom et à son insu, une lettre de candidature à l'Académie française, avaient poussé la perfidie jusqu'à démentir son démenti dans les colonnes du *Monde* ? L'idée de génie consistait à organiser, à bas prix, à la fin du mois de juillet ou au début du mois d'août, pour quelques jeunes gens ivres d'idées et de formes, un voyage culturel et archéologique en Grèce.

L'idée n'était pas neuve. Quelques années plus tôt, une croisière restée célèbre dans les annales conjointes de l'hellénisme et de la rue d'Ulm avait déjà emmené en Grèce un groupe de normaliens où brillaient les noms, alors confidentiels, mais destinés plus tard à la célébrité, de Jacqueline de Romilly et de Roger Caillois. Caillois, encore très mince et séduisant dans son rôle de beau ténébreux avant de s'arrondir sous les espèces d'un Bouddha bon vivant, et déjà démoniaque avant de partir pour l'Argentine en compagnie de l'irrésistible Victoria Ocampo qui venait de se séparer de Drieu la Rochelle, avait frappé les esprits en négligeant Apollon au profit de Dionysos et en soulignant à plaisir tout ce que le ciel lumineux de l'Hellade dissimulait de souterrain, d'inquiétant et d'obscur. Nous partîmes joyeux sur les traces de nos anciens.

La mer, malgré le meltem qui soufflait assez fort, fut un enchantement. La terre était couverte de statues et de temples. Nous montions à l'Acropole, nous traînions dans les Propylées, dans le Parthénon, dans l'Érechthéion flanqué de son portique soutenu par les Corés appelées aussi Caryatides et dans le temple d'Athéna Niké ou de la Victoire aptère. Les temples, les statues, la colline des dieux avec ses moindres détails, nous les reconnaissions aussitôt parce qu'avant même de les voir nous en savions déjà presque tout. Nous allions dîner à Vouliagmeni sous les tonnelles de la taverne Léonidas. Nous embarquions à Pacha Limani, qui est un des ports du Pirée. Nous visitions Salamine, Égine, le cap Sounion, où nous cherchions avec fièvre, et d'ailleurs sans succès, la signature de Byron sur une des colonnes du temple de Poséidon, et Délos dont les *kouroi* et les lions nous montaient à la tête. Nous descendions vers Santorin avec des rêves d'Atlantide. Nous passions enivrés par le Dodécanèse. Le soleil nous brûlait, nous louions des bicyclettes ou des motobécanes pour nous promener dans les îles à travers les champs de lavande et nous nagions dans la mer des héros et des dieux.

Dans les dernières années de sa vie, saint Jean, le disciple bien-aimé, celui qui avait pleuré au pied de la croix aux côtés de la Vierge Marie et qui avait recueilli le corps pantelant du Christ supplicié, se retira à Patmos pour écrire l'Apocalypse. Patmos était la dernière île que nous devions visiter avant un long retour de nuit, sans escale, vers Athènes. Plusieurs îles grecques sont plates ; celle de Patmos est escarpée et le village de Chora, qui joue le rôle de capitale, est dominé par un monastère, Haghios Yoannis Theologos, dont la bibliothèque est célèbre. Nous débarquâmes comme tout le monde dans le petit port de Scala — beaucoup de ports grecs qui ont subi l'influence de Venise ou de Gênes portent le nom de Scala —, aux portes de Chora, et, comme tout le monde encore, nous nous préparâmes lentement à monter vers le monastère. Il faisait très chaud. Nous décidâmes de nous baigner avant d'attaquer l'ascension qui s'annonçait assez rude.

Nous venions à peine de nous jeter à l'eau qu'un surprenant véhicule apparut sur la plage presque déserte. C'était une petite voiture blanche et ouverte comme on en voit sur les golfs ou au cinéma, dans les grands jardins plantés de palmiers des hôtels exotiques. Elle était surmontée d'une espèce de dais chargé de protéger du soleil le conducteur et les passagers. De la voiture, qui tenait du robot à explorer la Lune, du bibelot de salon et de la papamobile, descendirent une dame brune avec des lunettes noires, vêtue d'une longue robe claire et très ample sous un grand chapeau de paille, et une jeune fille blonde en short et débardeur. Elles tirèrent de l'arrière de la voiture un grand panier d'osier qu'elles déposèrent sur le sable et dont elles se mirent à sortir, à la façon de sylphides prestidigitatrices et marines, des tomates, des œufs durs, un peu de jambon, des melons et deux bouteilles de vin. Il y avait parmi nous un spécialiste des présocratiques, un linguiste plutôt pointu qui ne jurait que par Hjelmslev, par Benveniste, par Chomsky, un historien des gnostiques et des Bogomiles, une philologue classique qui s'intéressait aux travaux de Ventris et Chadwick et au linéaire B. Nous regardions, les yeux ronds. Sous le soleil de l'*Odyssée*, c'était l'irruption du roman anglais dans un cours du Collège de France. C'était Mme Solario au quartier Latin.

Nous étions muets de saisissement. Il était presque impossible, dans la crique écrasée de soleil, de nous éviter les uns les autres. Ce fut Mme Solario qui ouvrit le feu avec simplicité.

« Je m'appelle Meg Ephtimiou. »

Après s'être présentée, elle nous distribua des fruits et des biscuits un peu durs. La jeune fille était allemande, avec un peu de sang russe qui lui relevait les pommettes et s'appelait Élisabeth.

« Elle joue du violon », dit Mme Solario.

Nous passâmes ensemble, étendus sur le sable, devisant et dormant, nous jetant dans l'eau de temps à autre, deux heures délicieuses et un peu raides. Quand les deux dames se levèrent pour regagner leur maison, elles nous proposèrent de venir avec elles. Il était exclu, de toute façon, de monter tous ensemble dans la papamobile. Nous nous scindâmes en deux groupes. Les uns, les plus nombreux, abandonnèrent à leur sort Mme Solario et la violoniste ; trois autres — et j'en étais — décidèrent d'accepter l'invitation. La philologue classique s'installa en voiture avec les dames. Le Quémenec et moi, avec l'aide d'Élisabeth, nous dénichâmes deux ânes chargés de nous hisser jusqu'à Haghios Yoannis Theologos. La maison de Mme Solario s'élevait derrière le monastère.

Le jour commençait à courir vers sa fin. Le soleil allait mettre longtemps à tomber en ces jours interminables de l'été. Il avait déjà dépassé la sauvagerie écrasante de midi. Une espèce de douceur se mettait dans les choses. Élisabeth, qui était arrivée bien avant nous dans sa voiture d'opérette, revenait à pied en arrière pour nous montrer le chemin. La maison de Mme Solario était une vieille et grande bâtisse aux murs épais qui avait dû servir jadis de demeure aux serviteurs du monastère. Maintenant, se succédaient, à des étages différents, trois terrasses envahies de fleurs rouges dont je répétais le nom avec enivrement : « bougainvillées, bougainvillées… » Et, à travers les bougainvillées, de chacune des terrasses se découvrait la mer. La philologue classique laissa échapper un léger sifflement.

« Bien entendu, s'écria Meg Ephtimiou, vous restez avec nous pour dîner et dormir. Vous pouvez même vous installer pour quelques jours. Je dois me rendre à Paris la semaine prochaine : ce serait une jolie idée de voyager tous ensemble. »

Demeurer, même quelques heures, dans le palais enchanté de Mme Solario posait des problèmes difficiles. Les normaliens en goguette hellénique repartaient tous, en principe, le soir même en bateau pour Athènes. Des sentiments contradictoires s'agitaient dans nos cœurs fragiles d'intellectuels en herbe. La philologue classique fut la première à craquer : elle décida de rejoindre le groupe qui visitait le monastère. Le Quémenec et moi n'hésitâmes pas beaucoup. Nous chargeâmes la disciple de Chadwick et Ventris d'annoncer notre défection au reste de la troupe : nous regagnerions Paris par nos propres moyens.

Le dîner sur la terrasse supérieure, aux chandelles, sous les étoiles, fut une espèce de rêve. Le vent était tombé. Il y avait des mèzés, des feuilles de vigne farcies, des souvlakis, des kephtés et du vin résiné. Il y avait surtout les amis de Mme Solario. Et, parmi eux, un grand type brun, vêtu de blanc, l'air d'un Inca, peut-être, ou d'un guerrier de légende surgi d'un bas-relief, un peu trop sûr de lui, qui parlait assez fort, et pour qui je ressentis aussitôt un mélange d'attirance et de méfiance spontanées. Il s'appelait Romain. C'est sur la terrasse de la maison de Meg Ephtimiou à Patmos que je le vis pour la première fois.

On me prenait par le bras. Je tournais la tête. Margault Van Gulip était déjà la proie d'un essaim de courtisans dont elle était le modèle et la patronne. J'apercevais le sourire, toujours un peu figé, d'un visage familier.

« Ah ! c'est toi ! murmurai-je. C'est rudement bien d'être venu. D'où arrives-tu ?

— De Toscane, me dit-il. Je serais venu sur la tête. »

Une bouffée de tendresse m'envahit. Je le pris par les épaules et je le regardai. Il y avait longtemps que je ne l'avais plus vu. Mais, répandus par les journaux et la télévision, ses traits étaient si célèbres qu'on avait le sentiment de l'avoir quitté la veille.

« Et ta femme ? demandai-je.

— Tu vas sûrement la voir. Elle doit me rejoindre ici.

— Tu travailles, j'imagine ?

— Toujours un peu, me dit-il.

— Un roman ?

— Si on veut. Une espèce de grosse machine. J'ai beaucoup de mal. »

Je me mis à rire.

« Je ne m'inquiète pas pour toi », lui dis-je.

Il soupira bruyamment.

Il n'avait pas beaucoup écrit. Mais chacun de ses livres avait fait du bruit et connu le succès. À l'École, déjà, où, en bon disciple de Raymond Ruyer, il s'intéressait aux gnostiques, il était réputé à la fois pour sa paresse et pour sa vivacité. Les marxistes, les trotskistes, les psychanalystes, les élèves de Lacan ou de Jean-Toussaint Desanti le traitaient avec un peu de condescendance. Quand, dans les années soixante, il avait obtenu le Goncourt pour son premier livre, *Adieu la vie, adieu l'amour*, qui avait tiré à six cent mille exemplaires avant d'être traduit en onze langues, ç'avait été une surprise. Sauf pour moi qui savais de quoi était capable son apparente nonchalance.

« Je t'ai vu parler à Laszlo, me dit-il. Je ne le connais pas. J'ai des choses à lui dire et à lui demander. J'aimerais bien que tu me présentes.

— Où est-il passé ? » demandai-je en regardant autour de moi.

Je l'aperçus tout à coup. Il était en train de parler à Margault Van Gulip, toujours serrée de près par la Grande Banlieue. Malgré cette présence encombrante, les deux légendes vivantes paraissaient enchantées l'une de l'autre.

« Viens », murmurai-je.

Et, le traînant derrière moi, je m'avançai vers Laszlo.

« Pardonnez-moi de vous interrompre, dis-je à la reine Margault, mais je voudrais vous présenter, à Victor Laszlo et à vous, l'auteur d'*Adieu la vie, adieu l'amour*.

— Ah ! c'est vous, le nouveau gnostique, dit Laszlo avec un mélange d'insolence et d'intérêt pour le nouveau venu. Je vous trouve plutôt mieux qu'à la télévision. Qu'est-ce qu'il ne faut pas faire, de nos jours, quand on prétend écrire !

— Ne m'en parlez pas, répondit Le Quémenec. Vous êtes orfèvre en la matière. »

Je regardai ma montre. Il y avait encore trois bons quarts d'heure avant l'apparition du convoi devant les grilles du cimetière. Les gens continuaient d'arriver. Je les reconnaissais presque tous : ils avaient été liés d'une façon ou d'une autre à la vie de Romain et à la mienne. Personne n'est jamais seul. Robinson n'existe pas : derrière le naufragé solitaire se profilent déjà Vendredi qui l'accompagne, Daniel De Foe qui en parle, et d'innombrables lecteurs. Le plus déshérité des clochards a eu un père et une mère et il a des voisins. L'existence des hommes est faite d'abord de rapports, de liens, de rencontres. Romain, de proche en proche, par personnes interposées, était lié au monde entier. Dans l'espace. Dans le temps. Il était comme un caillou qui vient de tomber dans le lac : voilà que les ondes, peu à peu, s'étendent jusqu'au rivage.

Le dîner sur la terrasse, j'en revoyais chaque détail. Un effet de l'âge, j'imagine. Ce que j'ai fait l'année dernière ou il y a quatre ou cinq ans, j'ai de plus en plus de mal à m'en souvenir. Mais les nuits et les jours de Patmos, j'y ai repensé si souvent depuis quelque cinquante ans — mon Dieu ! un demi-siècle déjà !... — qu'ils se sont gravés dans ma mémoire. Je revois le ciel qui brillait dans la nuit, la forme des constellations que nous regardions en silence, les bougainvillées dans l'ombre, les tuniques d'Élisabeth et de Mme Solario. Et j'entends la voix de Romain.

Je vais jusqu'à me souvenir des places que nous occupions après le dîner, à moitié allongés, la tête tournée vers les étoiles, dans les fauteuils d'osier ou sur les coussins répandus au hasard, avec une feinte négligence. Dans les romans que j'avais lus à l'École ou en khâgne figuraient des lectrices, des précepteurs, des dames de compagnie, des confesseurs qui passaient dans les larmes et dans des discours édifiants le plus clair de leur temps. Gouvernantes et abbés avaient été remplacés par une race nouvelle et hilare, appelée à un bel avenir, accourue d'outremer, qui parlait plutôt l'anglais que le français utilisé quotidiennement à la cour de Berlin, de Vienne ou de Saint-Pétersbourg : les hommes de loi et d'affaires. Étaient assis parmi nous un banquier et un avocat, en charge évidemment des intérêts de notre hôtesse et dont Meg Ephtimiou semblait incapable de se passer. J'ai oublié le nom du banquier. Peut-être Lepic ou Lapicque. Il avait occupé des postes assez importants chez Lazard Frères ou à la banque Stern avant d'être frappé par un mal qui appartient autant à notre époque que le cancer ou le sida : une dépression sévère qu'il n'avait pas soignée et qui l'avait jeté brutalement hors des chemins dorés qu'il parcourait jusqu'alors. Bien des années après notre rencontre à Patmos, au hasard d'une tournée de conférences organisée par l'Alliance française, Le Quémenec l'avait retrouvé, très vieilli, avec une barbe hirsute, vêtu à la diable, dans un coin perdu du Proche-Orient, à Sidon, à Alep ou à Tyr. L'avocat s'appelait Igor Föros. Il a fait fortune, comme chacun sait. Peut-être, au départ, avec les honoraires et les fonds de la famille Ephtimiou. Année après année, en Europe et hors d'Europe, il est devenu une puissance capable de faire vaciller d'un seul coup de Bourse la valeur du yen ou de notre bonne vieille livre sterling. On voit sa bouille dans tous les journaux de finance ou de mode sous la rubrique *people*. Peut-être pour se faire pardonner ses succès et ses richesses, il a créé une fondation, universellement réputée, qui s'intéresse surtout au football et à la peinture abstraite. Aux dernières nouvelles, il s'est converti au bouddhisme et il règne sur le Net.

Sauf erreur ou omission, pour parler comme les banquiers — et il n'est pas impossible que l'imagination soit venue donner à la mémoire un coup de pouce et de main —, les hôtes de Meg Ephtimiou, le soir de mon arrivée dont je me souviens comme d'hier, étaient rangés dans l'ordre suivant sur la terrasse de la maison de Patmos :

la mer

	I. Föros	M. Ephtimiou	Romain	
le monastère	le banquier	X X X X	Marina	*le jardin*
	Le Quémenec	Élisabeth	moi	

la maison

Drôle, vive, tenant déjà une place considérable en dépit de ses jeunes années, Marina était la fille, âgée de cinq ans, de Meg Ephtimiou. Nous avions dîné vers 10 heures ou 10 heures et demie du soir et Meg était arrivée sur la terrasse, dans une robe éblouissante de simplicité, ses cheveux tirés en arrière, avec sa fille dans les bras. En passant à table, et ce fut une des premières phrases que j'entendis de sa bouche, Romain m'avait glissé :

« D'ordinaire, dans les îles que j'ai beaucoup fréquentées, j'ai toujours vu dîner à 9 heures ou 9 heures et quart. Mais, qu'est-ce que vous voulez, la présence d'une enfant de cinq ans nous oblige tout naturellement à retarder un peu l'heure des repas. »

La petite était ravissante et, visiblement, elle était fascinée par Romain. Elle s'asseyait sur ses genoux, elle jouait avec ses cheveux qu'*il portait assez* longs et ils riaient tous les deux. Il aurait fallu être aveugle, et je l'étais en partie, abruti par les livres et par les études, pour ne pas voir que toutes les femmes présentes dans la maison étaient folles de Romain. Son charme s'exerçait d'ailleurs aussi sur les hommes. J'observais Le Quémenec, d'ordinaire railleur et plutôt sceptique, sur le point de succomber : il était séduit par Romain qui ne rappelait que de très loin les moralistes et les archéologues qui constituaient, aux alentours du Panthéon, notre pain quotidien.

Il y avait quelqu'un d'autre dont l'ombre silencieuse et discrète passait, de temps en temps, sous la lune. C'était un musulman, coiffé d'un fez rouge, qui répondait au nom de Béchir. Il était depuis longtemps au service de Meg Ephtimiou et il nous apportait du café, des boissons glacées, des cigarettes. De tous ceux qui étaient rassemblés, Dieu sait pourquoi, en ce soir de la préhistoire et qui allaient jouer un si grand rôle dans ma vie, c'était Béchir qui, par ses souvenirs égrenés comme à regret et par ses récits entrecoupés de réticences, m'entraînerait le plus loin.

Un peu à l'écart des groupes qui se constituaient par hasard ou par affinités dans le souvenir de Romain, il était en train de parler à Gérard. Difficile de rêver plus différents que ces deux-là. Béchir, qui avait vieilli, lui aussi, et qui ressemblait maintenant, dans un costume gris de bonne coupe, à une espèce de Dalio ou d'Omar Sharif au rabais, jouait souvent à l'extra chez les uns ou chez les autres à qui il était toujours prêt à rendre service. Il servait à table, il réparait le chauffage ou la télévision, il repeignait les cuisines, il conduisait, sur un coup de téléphone, les anxieux à Orly ou à Charles-de-Gaulle. Je l'avais retrouvé plus d'une fois dans les cadres les plus imprévus à l'occasion des dîners parisiens du dimanche soir. Et surtout chez Romain. Il était l'ami de tout le monde. Je l'avais même vu, un jour d'hiver, chez la reine Margault, remplacer au pied levé dans une partie de bridge un quatrième défaillant. Je me demandai un instant ce que Gérard et lui pouvaient bien se raconter.

Grand, mince, la physionomie vive et ouverte, Gérard était encore beau. De nous tous, c'était lui, peut-être, que l'âge avait le moins atteint. Il était charmant. Je l'avais connu assez tard, à l'époque où il écrivait, dans *L'Express* d'abord, au *Journal du Dimanche* ensuite, ses chroniques sur l'air du temps. Il avait tout pour lui, et même du talent. Ce qui l'avait perdu, c'était un goût effréné pour la publicité.

Il était partout. Dans les dîners. À la radio. À la télévision. En tête de tous les cortèges qui défilaient dans les rues. Dans toutes les fêtes du livre où il signait sans se lasser le recueil de chroniques qui l'avait maintenu plusieurs semaines en tête de liste des meilleures ventes : *Sans tambour ni trompette*. Je crois qu'il avait toujours peur de manquer quelque chose. Il courait derrière une mode, des célébrités, une rumeur qui étaient déjà dépassées. Ou peut-être fuyaitil, au contraire, en avant ? Il se jetait, tête baissée, dans l'inutilité. On l'avait vu dans des émissions où il poussait la chansonnette et faisait les pieds au mur. Un soir d'été, au bord d'une piscine, il s'était fait interviewer par une sirène glissée dans une queue de poisson en carton-pâte qui avait réussi à lui faire enlever tous ses vêtements à l'exception d'un caleçon, malheureusement violet.

« Rien n'est jamais très grave, lui avait dit Romain. Mais tu ne devrais pas porter des dessous violets.

— Et pourquoi pas ? s'était écrié Gérard, montant sur ses grands chevaux. Pourquoi ne porterais-je pas des caleçons violets ? »

Romain l'avait regardé avec beaucoup de calme et avait répondu :

« Parce que la télévision est en couleurs. »

Le caleçon violet et le mot de Romain avaient couru Paris et *Le Canard enchaîné* s'en était fait l'écho. Les relations s'étaient détériorées entre Gérard et Romain. Gérard était venu me voir.

« Tout le monde m'en veut. J'en ai assez. Donne-moi un conseil. Que faut-il faire ? Répondre ? Me battre en duel ? Flanquer une baffe à Romain ?

— Mais non ! lui avais-je dit. Ce qu'il faut, c'est disparaître.

— Disparaître ?

— Disparaître. Tu t'en vas. Tu te tais. Personne n'entend plus parler de toi. Plus de caleçons. Plus de chansons. Et, dans deux ans, tu verras, tout le monde te regrettera et, quand tu reparaîtras, on t'accueillera comme le Messie. »

J'entendais les idées se bousculer dans sa tête. Elles faisaient un bruit de crécelle.

« Deux ans ! Mais c'est impossible ! »

Depuis beaucoup plus de deux ans, Gérard annonçait une grande œuvre à laquelle il prétendait travailler avec acharnement. Il écrivait de petites choses qui avaient un peu de succès dans le sillage de *Sans tambour ni trompette* et qu'il traitait volontiers de citoyennes et festives. Je ne sais pas si c'étaient ses ennemis ou lui-même qui répandaient le bruit qu'il allait s'enfermer régulièrement quelques jours au Trianon Palace, à Versailles, pour se consacrer au monument. Rien n'était jamais sorti.

Il était malheureux, j'imagine. Il vivait, comme nous tous, dans un monde d'idées et de rêves qui doublait le monde réel. Et il s'en tirait assez mal. Très bien aux yeux du monde : un sondage dans *Paris-Match* sur les personnages qui représentaient le mieux la culture française d'aujourd'hui l'avait même placé en deuxième position, avant plusieurs grands savants, juste après un ministre. Très mal, je crois, à ses propres yeux, parce qu'il était très intelligent et qu'il se jugeait lui-même avec lucidité — et peut-être avec plus de sévérité encore que ses amis désolés.

Le tête-à-tête était étonnant entre Béchir et Gérard. C'était le premier degré contre le deuxième ou le troisième, c'était nature contre culture. Béchir ne savait presque rien du monde minuscule et raffiné où évoluait Gérard. Il avait longtemps vécu dans une atmosphère de Moyen Âge où les chiens, les chevaux, les arbres, des sentiments simples et rudes comptaient plus que les livres autres que le Coran. Il était plus petit que Gérard, mais une telle impression de force émanait de son corps râblé que l'autre — et peut-être tout autre — paraissait frêle auprès de lui. Ils parlaient de Romain, j'imagine. Le dialogue entre eux s'établissait autour de Romain mort comme il s'était établi entre Béchir et moi autour de Romain vivant.

Il faut bien dire que Marina était une petite fille irrésistible. Elle faisait ce qu'elle voulait de sa mère, et même des autres. Commencé si tard, le dîner s'était étiré sur plus d'une heure. Il était 11 heures et demie passées quand l'idée vint à Meg Ephtimiou qu'il était grand temps de coucher sa fille. Marina n'avait pas la moindre envie de se retrouver seule dans son lit. Une algarade s'ensuivit. Meg haussa la voix. Alors la petite, qui était lovée contre Romain, se dressa sur ses pieds et lança à sa mère :

« Est-ce que c'est comme ça qu'on parle à une toute petite fille ? »

Plus encore qu'à Meg ou à Élisabeth que je laissais à Romain et à Le Quémenec, je parlai beaucoup à Marina pendant les journées inondées de soleil de mon séjour à Patmos. Elle préférait Romain, bien sûr, mais elle mettait sa main dans la mienne et nous allions nous promener derrière le monastère ou sur les plages de l'île. Il y avait en ce temps-là dans les îles grecques, et surtout dans le Dodécanèse, beaucoup moins de monde qu'aujourd'hui. Peut-être parce que j'étais jeune, peut-être parce que la Grèce dont j'avais tant rêvé était toute neuve pour moi, peut-être parce que Marina était la première petite fille que je trouvais sur mon chemin, je garde un souvenir lumineux de mes promenades sur l'île avec une enfant de cinq ans qui me changeait de l'*Éthique à Nicomaque* et de la *Phénoménologie de l'esprit.* Elle parlait sans discontinuer, sautait d'une idée à l'autre, s'arrêtait à chaque pas pour regarder un papillon ou pour ramasser un caillou qu'elle m'apportait, un peu raide, avec solennité. Je lui racontais en échange les histoires d'Ariane ou de Phèdre, de la Belle Hélène, d'Ulysse, de Didon et d'Énée en m'arrangeant toujours pour qu'elles ne durent pas trop longtemps et que la fin soit heureuse. Malgré Racine et Euripide, Phèdre trouvait le bonheur entre Thésée et Hippolyte et, plus proche d'Offenbach que d'Homère, la Belle Hélène réussissait, par ses larmes et son charme, à mettre fin sans trop de casse à la guerre de Troie. Les tragédies les plus atroces s'achevaient par de grands goûters sur la plage où tout le monde s'embrassait. Marina était très contente. Elle répétait à Meg les mythes fondateurs et sanglants que je lui avais racontés à ma façon et elle lui déclarait qu'elle aimerait bien passer le reste de son existence avec Romain et moi — et, bien sûr, avec sa mère.

« Vous l'avez conquise, me disait Meg.

— C'est plutôt elle qui m'a conquis, répondais-je. Elle me mène par le bout du nez. »

La veille de mon départ, au bord de la mer où elle ramassait des coquillages, Marina fut renversée et roulée par une vague un peu plus forte que les autres. Elle se releva aussitôt. Sa robe d'été était trempée, l'eau coulait de ses cheveux sur son visage plein de sable. Elle revint parmi nous, se tenant très droite, les bras contre le corps, et, Ophélie sauvée des eaux, mi-tragique, mi-comique, se moquant un peu d'elle et déclamant un peu, elle s'écria avec une violence dominée :

« Mais qu'est-ce que je vais devenir ? »

Ce qu'elle allait devenir… Ce que nous allions tous devenir… Nous allions tous mourir, comme Romain, qui était le plus vivant d'entre nous. Mais avant d'aller à la mort, et c'était pire, nous allions tous passer par la vie.

J'y entrais à peine, dans la vie. D'autres autour de moi avaient déjà emprunté ses chemins tourmentés. Meg Ephtimiou repoussait de jour en jour son départ pour la France. Je ne m'en plaignais pas. Je n'avais rien à faire en France, rien à faire à Paris, rien à faire rue d'Ulm, à l'École, à la Sorbonne. Je flottais hors du temps. Avec Meg, avec

Romain, avec Marina, je me laissais bercer par une paresse enchantée où le soleil et la mer jouaient un rôle décisif. J'aimais la mer. J'aimais le soleil. Je les avais très peu connus. Les livres, les études, les grands auteurs, les doctrines et les idées, les salles obscures du soir en compagnie de Lubitsch, d'Ava Gardner, de Gary Cooper avaient dévoré ma jeunesse. Les îles grecques m'éblouissaient avec leurs maisons blanches, leurs ânes, leurs échappées soudaines sur la mer des dieux. Je finis par passer à l'ombre du monastère de Patmos une bonne quinzaine de jours ou peut-être près de trois semaines. C'étaient les plus belles heures de ma vie. Je faisais provision de bonheur.

Nous nagions. Nous pêchions des oursins. Nous nous promenions dans l'île. Nous nous retrouvions le soir sur la terrasse où, en français, en grec, en anglais, nous chantions sous la lune, parmi les bougainvillées qui surgissaient de l'ombre, des chansons de marins :

Chantons pour passer le temps
Les amours plaisantes d'une jeune fille
Qui prit l'habit d'un matelot
Et vint s'engager à bord du vaisseau…

ou :

My father was a Spanish captain
Went to sea a month ago…

ou des complaintes mélancoliques qui nous mettaient au bord des larmes :

When I was a bachelor
I lived all alone…

ou :

Compagnons de misère
Allez dire à ma mère
Qu'elle ne me verra plus
Je suis un enfant…
Vous m'entendez !
Qu'elle ne me verra plus
Je suis un enfant perdu

Un soir, pendant le dîner, il fut question d'îles lointaines dont je connaissais à peine le nom et qui me faisaient rêver : Kalymnos, Symi, Castellorizo… Symi ! Castellorizo ! Plus tard, beaucoup plus tard, j'allais me rendre dans ces îles qui devaient jouer un rôle immense dans ma vie. Elles étaient assez loin de Patmos. Castellorizo, surtout, était au bout du monde. C'est la plus méridionale des îles grecques. Elle élève ses rochers roses et ses maisons de toutes les couleurs, disposées en arc de cercle, en face du petit port turc de Kas qui me paraissait alors inaccessible et relever plutôt de la légende que de la réalité. Kalymnos, en revanche, était à une distance raisonnable. Romain commençait peut-être à s'ennuyer un peu : il ne cachait pas son envie de connaître ces terres inconnues et d'aller acheter les éponges qui font l'orgueil de l'île. Après des discussions interminables que nous faisions traîner pour le plaisir, nous décidâmes qu'une expédition serait lancée sur Kalymnos.

Nous embarquâmes de bon matin, Meg et sa fille, Romain, Béchir et moi, sur le voilier de la maison — était-ce un ketch ou un yawl ? — qui marchait surtout au moteur. Nous mîmes les voiles ce jour-là pour profiter d'un joli vent. Nous laissâmes Leros à bâbord et, au bout de quelques heures d'une navigation délicieuse et très gaie, avec Meg rayonnante, avec Romain dans le rôle, qu'il tenait à merveille car il savait tout faire, de commandant de bord, nous arrivâmes à Kalymnos.

Les maisons du port, cette année-là, étaient toutes peintes en vert. Chaque année, ou peut-être tous les deux ou trois ans, une autre couleur était adoptée par la communauté et la petite ville changeait d'aspect : elle devenait bleue, elle devenait jaune, elle devenait rouge ou blanche. Elle était verte pour nous. L'hôtel Acropolis, en ces temps-là, était le seul hôtel de l'île et il disposait de sept chambres. Quatre d'entre elles étaient déjà occupées par des Anglais et des Allemands dont nous avions aperçu les bateaux au passage. Nous nous répartîmes les trois autres pour une nuit. Meg et sa fille s'installèrent dans la plus belle et Romain dans une autre. Béchir et moi, nous partageâmes la troisième.

Les éponges étaient là. Nous en achetâmes des sacs entiers pour plusieurs années. Je me suis longtemps lavé, dans une espèce de bonheur minuscule et renouvelé, avec les éponges de Kalymnos. L'eau coulait sur mon visage avec une foule de souvenirs. Quand la dernière a été réduite à l'état de charpie, les années déjà avaient passé sur moi. Avec leurs espérances et avec leurs chagrins.

Marina était enchantée. Elle n'avait pas le mal de mer. Elle aimait le bateau. Les maisons vertes l'amusaient. Elle courait parmi les éponges et je la vois encore se rouler dans leurs vagues solides et douces. Nous nageâmes, nous nous promenâmes, nous rîmes à Kalymnos comme nous le faisions à Patmos. Nous dînâmes à l'Acropolis avec une pensée pour Élisabeth, Le Quémenec et les hommes d'affaires abandonnés à Patmos. Et, pour une fois, Marina épuisée par le vent de la mer, nous nous couchâmes de bonne heure.

Dans la chambre de l'hôtel, peinte à la chaux et minuscule, étendus sur nos lits, ne trouvant pas le sommeil, nous nous mîmes à parler, Béchir et moi. Pressé par mes questions, il me disait à voix basse, hésitante et un peu hachée, ce qu'avait été sa vie. J'étais cloué sur place. Le monde entier, un autre monde, déboulait dans le premier. La nuit, sur la terrasse de Patmos, nous regardions la lune et les étoiles. Les astres que nous voyions étaient situés à des distances très différentes les unes des autres et la lumière qu'ils nous envoyaient mettait, selon les cas, quelques secondes, ou quelques minutes, ou quelques années, ou plusieurs centaines de milliers d'années pour parvenir jusqu'à nous. Ce que me racontait Béchir venait aussi de très loin et m'emportait très loin.

Il était né, croyait-il, du côté du Caucase, ou peut-être un peu plus bas, et, franchement, il ne savait pas de qui.

« Pas de père, pas de mère, lui dis-je en riant et pour le consoler : un rêve pour beaucoup. Les parents gênent toujours. On ne pense qu'à les balancer.

— Facile à dire quand on en a, me répondit-il. Je n'avais personne. Personne pour s'occuper de moi, personne pour m'apprendre quoi que ce soit, et personne pour m'aimer. Pendant des années, je me suis débrouillé tout seul. Je suivais les uns, je suivais les autres. Je me suis retrouvé à six ans au Liban où j'ai appris le français grâce aux bonnes sœurs qui m'avaient recueilli et que j'ai fuies assez vite — ou qui m'ont mis à la porte. J'avais de mauvaises manières. Je survivais. Je faisais ce qu'il fallait pour ne pas mourir. Ce n'était pas gai tous les jours. Quand je suis tombé sur Mlle Meg — elle n'était pas beaucoup plus vieille que Marina aujourd'hui… ah ! si, un peu plus, tout de même... —, c'était comme un paradis qui s'ouvrait devant moi.

— Ah ! dis-je avec l'espoir d'en savoir un peu plus sur Mme Solario, la famille de Mme Ephtimiou...

— Enfin, sa famille... C'était elle, quoi ! Elle a été très bonne pour moi. Je ne l'ai plus quittée. Elle avait quinze ou seize ans quand je l'ai connue. J'en avais à peu près autant. Elle était déjà très belle. La vie, je t'assure, n'était pas aussi facile pour elle que pour Marina maintenant. Je l'ai aidée comme j'ai pu pour la remercier de ce qu'elle avait fait pour moi.

— Elle avait fait beaucoup ?...

— Beaucoup ? Elle m'a sauvé, oui ! Je ne serais pas ici avec toi, je crois que je ne serais nulle part si je ne l'avais pas rencontrée. Elle ne s'appelait pas Ephtimiou, en ce temps-là, elle ne possédait pas grand-chose : elle a tout partagé avec moi.

— Ah bon ! lui dis-je. Quelle chance pour toi ! Et toi, pour elle ?... »

Nous étions dans le noir, maintenant, chacun sur notre lit. Je me disais que nous tournions autour de la question capitale : les origines des êtres et des choses.

« J'aurais tout fait pour elle, me dit-il.

— Tout ? lui dis-je.

— Tout, murmura-t-il. D'ailleurs, je l'ai fait. »

Il y eut un silence.

« Si nous dormions ? » lui dis-je.

Je crois bien que je rêvai de Meg et de Béchir dans un décor des *Mille et Une Nuits* revu par Fellini. Il ronflait, l'âme en paix. Au matin, le soleil et la mer assiégeaient Kalymnos. Le soir, nous étions de retour à Patmos.

Je ne faisais rien. Je ne lisais pas. J'avais emporté des livres que je n'ouvrais jamais. J'avais beaucoup travaillé pendant quatre ou cinq ans. Maintenant, j'apprenais à vivre. C'était une tâche à plein temps. Il me semblait — avais-je tort ? peut-être ma paresse s'inventait-elle des alibis ? — que Meg Ephtimiou et sa fille de cinq ans m'apportaient plus que Platon et Spinoza et la *Critique de la raison pure* et Heidegger réunis. Quand je ne me promenais pas avec Marina sur la plage et les chemins de l'île, je tournais autour de Béchir. Il était calme et taciturne. Il ne me recherchait pas et il ne me fuyait pas. Il m'intriguait. J'allais à la pêche avec lui. Il se taisait beaucoup. Sous le soleil qui tapait fort dès le matin, je faisais avec lui l'apprentissage de quelque chose de très rond que j'avais longtemps ignoré : c'était le silence.

La rumeur des voix commençait à monter. Les gens parlaient à voix basse, mais leur nombre augmentait. Les allées vides entre les tombes se peuplaient peu à peu de voitures d'où descendaient des amis et quelques inconnus. Les groupes se faisaient plus denses. De temps en temps, un rire éclatait, vite étouffé par la gêne. Je m'interrogeais sur la part de la tristesse et des convenances chez ceux qui se rassemblaient dans le souvenir de Romain.

Il y avait le carré des fidèles, qui n'était pas encore au complet. Et, autour d'eux, tous ceux dont l'existence, un jour ou l'autre, avait croisé celle de Romain. Il y avait des absences surprenantes, et des présences qui ne l'étaient pas moins. Je croyais tout connaître de la vie de Romain : elle me débordait de partout. Le monde est plus grand que tout ce qu'on peut en dire.

Je sentais bien qu'il y avait des trous dans les confidences de Béchir — ou plutôt que ses confidences n'étaient qu'un tissu de trous. Impossible de me rappeler si c'est déjà à Patmos ou au contraire plus tard que j'appris — de la bouche d'un autre ? ou de la sienne ? — des choses obscures qui contrastaient avec la blancheur des maisons grecques sous le soleil de l'été. Ce n'est pas par hasard, j'imagine, que mes souvenirs, si précis quand il s'agissait de Marina ou des bougainvillées de la terrasse, se brouillaient tout à coup : comme Béchir lui-même, j'aurais voulu, sans doute, les laisser tomber dans l'oubli.

À l'époque, à peu près, où Romain, vous souvenez-vous ? quittait Marseille pour Gibraltar en compagnie de Simon Dieulefit, Béchir débarquait sur la Canebière. Un homme, en ce temps-là — il y en avait déjà eu, il y en aurait beaucoup d'autres —, était tombé dans la vie de Meg. Il était français. Pour quelques mois au moins, Meg le suivait aveuglément. Elle était venue le rejoindre accompagnée de Béchir. Et voilà qu'il partait pour l'Amérique sans s'encombrer de bagages ni de familiers. Elle partit seule avec lui.

Abandonné, perdu, Béchir, qui avait souvent rêvé de la France au Liban et en Afrique du Nord, arrivait dans un pays en train de s'effondrer au moment où beaucoup s'en allaient, et d'abord ceux ou plutôt celle à qui il s'était attaché. Dans la pagaille générale, il s'installait en France aussi clandestinement que les autres en sortaient. Il parlait assez bien un français passe-partout qui tenait alors la place qu'occupe l'anglais aujourd'hui. Il traîna plus d'un an dans une extrême solitude, sans existence légale, dérobant de quoi vivre, barbotant dans le marché noir, passant plusieurs fois, dans un sens ou dans l'autre, une ligne de démarcation qui ne représentait pour lui qu'une espèce de grand jeu dont il était facile, distrayant et plutôt honorable de transgresser les règles.

Les Français, qui s'étaient jetés dans les bras du Maréchal en juin 40 — que pouvaient-ils faire d'autre ? —, étaient, dans leur immense majorité, à la fois pétainistes et hostiles aux Allemands. Un béret sur la tête, des boursouflures dans le cœur, ils chantaient :

Maréchal ! nous voilà !
Tu nous as redonné l'espérance...

et s'occupaient d'abord de se nourrir, de se chauffer et de survivre au cœur d'un des pires désastres que le pays eût jamais connus. L'opposition organisée aux troupes d'occupation était encore dans les limbes en 1940 et au début de 1941. Quelques mois plus tard, Béchir aurait pu, tout naturellement, passer à la Résistance. J'imaginais un parcours qui, avec l'énergie et le courage que je lui connaissais, l'aurait mené assez haut dans l'estime générale et dans les rouages mystérieux de l'ascension sociale. Je le voyais, impavide et fidèle, aux côtés de Moulin, de Cavaillès, de Brossolette, échappant aux Allemands, repéré par de Lattre, remarqué par Malraux, quelques pas derrière de Gaulle et Bidault sur les Champs-Élysées en 1944. En été 41, un autre chemin s'offrait. Il le prit.

Je ne sais pas comment ni par qui Béchir entra en relation avec la L.V.F. On peut toujours rêver. Paris, presque vide, fantomatique et sans âme, d'une beauté à couper le souffle, est écrasé de chaleur. Les mains dans les poches, étranger au décor, peu affecté par des événements qui ne le concernent guère, sinon par l'absence de Meg à qui il ne cesse de penser, Béchir descend lentement la rue Royale. Quand il débouche sur la Concorde, entre le vieil hôtel, à sa droite, d'où Chateaubriand était parti pour l'Orient et le ministère de la Marine, à sa gauche, occupé par les Allemands, il s'arrête quelques instants pour contempler le spectacle. La place, immense et déserte, est hérissée de pancartes blanches qui indiquent, en allemand, à l'usage des troupes d'occupation, des directions et des bâtiments : *Kommandantur*, *Lazaret*, et portent des sigles innombrables qui sont pour lui du chinois. À beaucoup de fenêtres, sur plusieurs toits, flotte le drapeau rouge frappé de la croix gammée. Même lui qui ne sait rien du Paris d'avant-guerre ni de la vie ardente qui s'agitait ici quelques mois à peine plus tôt devine l'étendue d'un désastre qui a quelque chose de mythique. Il tourne à gauche vers les Tuileries. Il recule de quelques pas pour mieux jouir de ce qu'il voit. Il murmure à mi-voix : « Paris !… Paris !… » Et un choc le jette à terre.

De la voiture qui arrivait à fond de train de la rue de Rivoli jaillit une ombre blême, avec un nez en bec d'aigle, aussitôt suivie d'un secrétaire ou d'un garde du corps. L'ombre au nez en bec d'aigle se penche vers Béchir, étendu sur la chaussée. Il est encore sous le coup. La tête lui tourne un peu. On le porte dans la voiture.

À peine est-il assis que les idées lui reviennent. Il se sent parfaitement bien. La voiture roule lentement vers les berges de la Seine. L'ombre le regarde d'un air inquiet.

« Ça va ? lui dit-elle.

— Ça va très bien, dit Béchir.

— Vous voulez que je vous ramène quelque part ?

— Mais non ! Laissez-moi là.

— Vous êtes sûr que…

— Tout va bien. Ce n'est rien du tout. Je ne faisais pas attention.

— C'est moi qui allais trop vite. Je vous l'avais dit, Gaston… »

Gaston baisse la tête. C'est le chauffeur. Il ne répond pas. Béchir ne pense plus à rien d'autre qu'à sortir de cette voiture où il commence à étouffer.

« Ici ! Là, c'est parfait… »

Alors l'ombre tend à Béchir un carton de papier qui est une carte de visite. Béchir lit, très vite, un nom gravé en relief qui ne lui dit rien du tout, suivi de plusieurs lignes, en caractères plus petits, qu'il ne comprend pas davantage :

FERNAND DE BRINON Ambassadeur Délégué général du gouvernement français dans les territoires occupés

Ou alors, la nuit, entre Clichy et Pigalle. Ou du côté de Montparnasse. Un groupe qui sort d'une brasserie. Une brève bagarre. Béchir, qui passe dans la rue, nez en l'air, ne peut s'empêcher de se mêler de l'affaire. Il fait le coup de poing au hasard. Il désarme un gringalet en train de pointer un couteau contre un type un peu fort. Quand les choses se calment, quand quelques silhouettes se sont évanouies dans l'ombre, le type un peu fort serre la main de Béchir et lui dit :

« Viens me voir quand tu veux. Je ferai ce que je pourrai. Je m'appelle Jacques Doriot. »

Roman. C'est du roman. Bien sûr : c'est du roman. Je ne sais pas tout de Béchir — ni d'ailleurs de personne. Je comble les lacunes. Je reconstitue des carrières. Ce qui n'est pas du roman, c'est la Légion des volontaires français contre le bolchevisme. Il y a des affiches sur les murs. Peut-être, un beau matin de solitude et de chagrin, suffisent-elles, à la longue, à emporter le morceau. Après un meeting au Vél' d'Hiv', le 18 juillet 1941, où est lancée la L.V.F., après la revue, un mois plus tard, le 27 août, dans une caserne de Versailles, des premiers légionnaires, au cours de laquelle Paul Colette, un ouvrier ajusteur de Caen, tire sur Déat et sur Laval — qui a été arrêté et écarté du pouvoir par Pétain avant d'y revenir bientôt —, Béchir se retrouve en Allemagne. Sous l'uniforme allemand. Avec un petit écusson pour indiquer qu'il est français. Et le plus curieux, dans ce drame universel, c'est qu'il n'est pas français. À la conquête de la planète, le national-socialisme fait flèche de tout bois. Il y a des Italiens, des Roumains, des Français, des Hongrois, des Ukrainiens, des musulmans, des gens des pays Baltes et des gens venus d'Asie. La guerre brasse les nations, arrache les hommes à leurs foyers, déplace les populations. Les Allemands, bien entendu, tiennent tout d'une main de fer. Ils sont le peuple élu. L'histoire leur appartient. Mais, surtout à partir du moment où le vent va se mettre à tourner, ils ont besoin autour d'eux de mercenaires venus de partout.

Béchir, assez vite, se met à bredouiller quelques mots d'allemand. Il est vif, énergique, intelligent. Recommandé d'en haut, il est plutôt bien noté. Il passe par la Pologne et par la Moldavie. Quand il est envoyé sur le front russe, la foudroyante avance allemande est déjà stoppée par la masse inépuisable de l'Armée rouge, revenue de sa stupeur première et soutenue par toutes les ressources de l'industrie américaine.

La fin de l'automne 42 se passe encore assez bien. La guerre, dans la plaine russe, n'est plus la promenade de santé entreprise avec bonne humeur en Pologne et en France. C'est la guerre, quoi ! Avec ses alternances, avec ses aléas. L'unité de Béchir est engagée à plusieurs reprises, ramenée en arrière, expédiée enfin en première ligne du côté de Stalingrad. L'enfer se met à flamber.

C'est un enfer de glace. L'hiver est tombé d'un seul coup. Le froid est l'allié des Russes. Les Allemands, qui croyaient, comme à l'Ouest en 40, à une offensive éclair, sont démunis de tout. La fameuse préparation germanique est prise de court par le deuxième hiver de guerre russe. Le gros de la troupe ne sait pas encore que le conflit a déjà basculé. Avec l'entrée en guerre de l'Amérique, avec la mobilisation industrielle déclenchée par l'attaque japonaise, avec le débarquement en Afrique du Nord, un an à peine après le désastre de Pearl Harbor, les dés se mettent à rouler dans l'autre sens. Les puissants, les malins, ceux qui savent ont déjà compris et beaucoup passent d'un camp à l'autre. Pris dans un piège formidable, dans une nasse dont il ne sait rien et qui le dépasse de partout, Béchir ne se bat pas vraiment pour un Grand Reich qu'il ignore et dont il se moque. Il combat, parce qu'il le faut, un ennemi implacable, dénoncé à longueur de journée par une propagande qui ne cesse jamais. Il lutte surtout contre la neige et le froid.

Quelques gouttes, mais trois fois rien, tombent du ciel changeant. Il se tourne vers moi. Je le serre dans mes bras.

« Ah !… M. Romain !… » me dit-il.

J'écarte les bras, sans un mot. J'aime beaucoup Béchir. Il ne prononce pas volontiers des paroles inutiles. Je m'efforce de faire comme lui.

« Que deviens-tu ? lui dis-je.

— J'ai amené M. Schweitzer », me dit-il.

En dépit de son nom, André Schweitzer est un pied-noir. Il me suffit de l'évoquer, de le voir, de l'entendre pour que l'Algérie, l'Alsace, le second Empire, l'O.A.S. et le général de Gaulle dans sa version progressiste et toujours libératrice se bousculent à sa suite. Dans ce cimetière où ne se pressent en principe que des amis de Romain, il y a beaucoup de personnes pour qui je nourris, à défaut d'un mépris dont il faut être économe, une estime mitigée. J'éprouve quelque chose comme du respect pour les Schweitzer en bloc.

Les Schweitzer sont d'abord une famille. Une famille avec une histoire. Il y a des histoires de famille répugnantes. Elles ne manquent pas. Elles constituent le tableau de fond classique de pas mal de romans. Avec des viols, des incestes, des secrets lourds à porter, des façades d'honneur qui s'effritent sous le crime et l'argent, des notaires véreux, des séductrices vénéneuses et des femmes de haute vertu qui se changent en empoisonneuses. On alignerait sans trop de peine, comme tant d'autres, des volumes de feuilletons sur ce thème. L'histoire de la famille Schweitzer est franchement honorable. Et plutôt romantique sous ses dehors austères.

L'affaire remonte assez loin. Les Schweitzer sont des brasseurs alsaciens qui font fortune sous Louis-Philippe. Ils écoutent Guizot qui recommande à ses contemporains de s'enrichir par le travail. Ils développent leurs activités. Ils créent une chaîne de brasseries et s'étendent à la quincaillerie. Ils fondent de grands magasins. Ils lorgnent vers le textile. Un pied dans la bière et un pied dans la fringue, ils deviennent quelque chose comme une puissance régionale.

Ils sont protestants. Et sévères. Ce n'est pas le genre Morny. Ni *Le Nabab*. Ni *Nana*. Le cynisme ne règne pas. Ils ne font pas la fête. Ce n'est pas l'ambiance cotillon. Ils appliquent leurs principes à eux-mêmes avant de les appliquer aux autres. Ils ne renvoient pas volontiers ceux qui travaillent pour eux. Si vous ne craignez pas l'anachronisme, vous pourriez soutenir qu'ils ne licencient pas. On ne meurt pas sur la paille dans les affaires Schweitzer. Un Schweitzer devient maire de Colmar vers 1865.

Quand la guerre éclate en 1870, la famille ne cache pas son attachement à la France. Les Prussiens arrivent. Le Schweitzer maire de Colmar est fusillé. À la fin de 1871 ou au début de 1872, les Schweitzer quittent l'Alsace. Ils abandonnent à leur destin tous ceux qui étaient liés à eux, mais leur propre sort est à peine plus enviable : ils sont ruinés à blanc.

Ils partent pour Paris. Échec. Pour la Normandie, pour l'Auvergne : on leur fait plutôt grise mine. Alors, ils s'embarquent pour l'Algérie et ils recommencent de zéro dans la plaine de la Mitidja. Il faut imaginer, vers les débuts de la Troisième République, la découverte de l'Afrique du Nord par une famille ruinée de brasseurs alsaciens. Les Schweitzer se font accepter par des Arabes et des Kabyles qu'ils paient, qu'ils soignent, qu'ils éduquent et qu'ils font travailler. Ils travaillent eux-mêmes comme des fous. En moins de deux ans, ils s'enracinent. Ils étaient alsaciens. Ils veulent rester français. Ils deviennent algériens. C'est notre western à nous. C'est l'épopée des pieds-noirs.

« J'aime beaucoup tous les Schweitzer, dis-je à Béchir. Et surtout celui-là. Comment va-t-il ?

— Assez bien, je crois. Il était très ému. Il avait les larmes aux yeux en parlant de M. Romain.

— Ils ont fait la guerre ensemble, en Syrie, avant le départ de Romain pour la Russie.

— Ah ! » dit Béchir.

La neige qui avait vaincu la Grande Armée tombait sur la Wehrmacht.

À peu près à la même époque, sous le second Empire triomphant, bercé par les airs de *La Belle Hélène* et de *La Vie parisienne*, le baron Thénier est sénateur à vie. Les Thénier, c'est une autre paire de manches. Un Thénier vote la mort du roi à la Convention nationale. Son frère est nommé représentant en mission lors du siège de Toulon. Il se lie avec Bonaparte. Les deux frères participent, avec Sieyès, à la rédaction de la Constitution de l'an VIII, puis, sans Sieyès, à la préparation de l'Acte constitutionnel et du sénatus-consulte de l'an X, qui ouvrent la voie à l'Empire. L'un est envoyé par l'Empereur auprès du roi de Suède, Charles XIII, celui qui adopte Bernadotte ; l'autre siège au Conseil d'État. À la Restauration, ils se rallient l'un et l'autre à Louis XVIII et ils portent, avec un bel ensemble, la Légion d'honneur avec la fleur de lys. Ils deviennent pairs de France, l'un après l'autre, et, à eux deux, ils inspirent à Claudel le personnage peu reluisant de Turelure dans *L'Otage*. Le baron Thénier du second Empire est le fils de l'un et le neveu de l'autre.

Ami de Morny, d'Haussmann, d'Offenbach, ce baron Thénier-là était un gai luron. Il avait épousé une jeune fille d'une grande beauté qui appartenait à une vieille famille bretonne, catholique, royaliste et ruinée. Iphigénie chrétienne, elle était allée à l'autel comme à un sacrifice. Elle avait donné un fils mort en bas âge, puis une fille à son mari et elle le détestait. Lui courait le guilledou avec la bande à Morny.

Fils naturel de la reine Hortense et de Flahaut — fils sans doute lui-même de Talleyrand —, Morny était le demi-frère de Napoléon III. Cynique, brillant, séduisant, immoral, arbitre des élégances, c'était l'Alcibiade du second Empire, c'était un libertin du XVIIIe égaré dans le XIXe, c'était un personnage de Diderot ou de Beaumarchais revu par Offenbach et plongé dans les intrigues et les combinaisons de ce monde industriel en train de naître qu'allait dépeindre Zola. Il avait poussé au coup d'État et aidé plus que personne l'empereur à prendre le pouvoir. Il était partout à la fois et son activité s'étendait à tous les domaines. Il se produisait avec un succès constant sur trois scènes différentes : la scène politique, la scène mondaine, la scène financière. Il avait été ministre de l'Intérieur après le coup d'État, président du Corps législatif, ambassadeur auprès du tsar, membre du conseil privé. Il s'était enrichi, aux côtés de Benjamin Delessert, dans la fabrication du sucre à partir de la betterave. Il avait joué un rôle décisif dans le développement des chemins de fer français. Il avait fondé Deauville, appelé à un bel avenir. Il s'intéressait aux courses de chevaux. De son ambassade à Saint-Pétersbourg il avait ramené une jeune femme ravissante qui appartenait à la haute noblesse russe et dont on murmurait qu'elle était fille du tsar : la princesse Sophie Troubetzkoy. Elle avait dix-huit ans.

La baronne Thénier s'était liée avec la duchesse de Morny, née Troubetzkoy. On l'aperçoit derrière la duchesse dans un tableau célèbre de Winterhalter. Elles appartenaient l'une et l'autre à un monde évanoui, tourné vers le passé et qui regardait d'un peu haut ce qui était en train de surgir et les triomphes de leurs époux dans les domaines public et privé. Elles souffraient l'une et l'autre de la vie qui leur était imposée. La baronne prononça un jour un mot qui fut prêté à la duchesse avant de courir tout Paris : « Mon mari m'a tellement trompée que je ne suis même pas sûre que mes enfants soient de moi. »

« Où est-il ? demandai-je.

— Il doit être par là, me dit Béchir en regardant autour de lui. Je l'ai quitté à l'instant. »

Et j'aperçus en effet, non loin de moi, dans une foule de plus en plus dense, André Schweitzer en train de s'entretenir avec Victor Laszlo. J'allai vers eux.

« Nous parlions de vous, me dit Schweitzer.

— Et moi de vous, lui dis-je.

— Nous nous demandions, dit Laszlo, pourquoi vous écriviez. »

La formule était à peine aimable. Il me regardait par-dessus ses lunettes, l'air enchanté de son coup. Je m'efforçai, sans trop de peine, de ne pas laisser paraître le moindre signe de surprise, d'émotion ou de dépit : souvent, moi-même, je m'interroge là-dessus.

« Ce n'est pas un reproche, dit André Schweitzer avec sa bienveillance coutumière, ni une critique. J'aime bien vos livres. Ils m'amusent. C'est plutôt une question. Oui, pourquoi écrivez-vous ? Et pourquoi écrit-on ? Par distraction, comme disait Paul Valéry ? Ou pour devenir riche et célèbre, comme le prétendait, avec un peu de provocation, Pierre Drieu la Rochelle ?

— Vous connaissez, répondis-je, la formule si belle de Borges : Je n'écris ni pour moi ni pour ce mythe moderne, la foule. J'écris pour mes amis et pour adoucir le cours du temps.

— Bien sûr que nous la connaissons, glapit Victor Laszlo. Nous la connaissons même si bien qu'elle peut à peine passer pour une réponse. Elle nous laisse sur notre faim.

— Je me souviens que Romain me posait la même question que vous. Il s'étonnait du temps que je perdais à écrire au lieu de profiter de la vie qui passe si vite et de m'en amuser. “Tu ferais mieux de faire des choses, me disait-il, plutôt que de ne rien faire du tout et de rêvasser, ton crayon à la main. Les aventures, mieux vaut les vivre que les raconter.” Il aimait beaucoup, vous vous souvenez ? la peinture et la musique. Je lui disais : “Pourquoi peint-on ? Pourquoi chante-t-on ? Pourquoi fait-on de la musique ?”

— Vous arrive-t-il, me demanda André, de penser à la postérité ? »

Victor Laszlo laissa échapper un hennissement.

« Bah !... répondis-je, la postérité... Pourquoi ferais-je quelque chose pour la postérité ? Qu'a-t-elle donc fait pour moi ?

— Pirouettes, grommela Laszlo. Pirouettes, perlouètes, cacahouètes.

— D'accord, lui dis-je, d'accord. Mais la postérité, franchement, je m'en tape. Je ne détesterais pas, je l'avoue, que, vingt ans après ma mort, ou peut-être, ne lésinons pas, peut-être trente ou quarante, dans une bibliothèque, s'il en existe encore, un garçon ou une fille tombe sur l'un de mes livres, l'ouvre avec curiosité et le parcoure avec plaisir…

— C'est ça, reprit André, qui vous ferait écrire ?

— Pas vraiment, répondis-je. Je crois, pour tout dire, qu'on écrit par chagrin et aussi pour le plaisir. Oui… ce serait plutôt ça : indissolublement, le chagrin et le plaisir. Beaucoup de formes de chagrin. Beaucoup de formes de plaisir. Un pied bot, un malaise, une difficulté d'être ou la mort de Romain, par exemple. Ou un spectacle, une émotion, toute la beauté du monde. Et même, je ne sais pas, l'envie de vous dépeindre, vous, de raconter votre histoire et de fournir — mais à qui ? — comme une trace, si mince soit-elle, de votre passage sur cette terre.

— Peut-être aussi, siffla Laszlo, le plaisir assez vif d'embêter les copains ?

— Ah ! Pourquoi pas ? lui dis-je. C'est une jolie idée. Mais ce motif-là, je vous en laisse la responsabilité. »

Béchir revenait parmi nous.

« Monsieur… » demanda-t-il à André…

Une quinte de toux l'interrompit.

« Monsieur, répéta-t-il, souhaitez-vous que je vous ramène après la cérémonie ou rentrerez-vous par vos propres moyens ? Mme Van Gulip voudrait que…

— Merci, Béchir, répondit André Schweitzer, je crois que je me débrouillerai. Mais vous toussez ?

— Ce n'est rien, dit Béchir en riant. Je suis encore solide. »

Solide, il l'était. Un peu avant Noël, sa compagnie avait été mise à la disposition d'un général dont le nom lui était inconnu et qui s'appelait Friedrich Paulus. C'était du côté d'une ville où les combats étaient rudes et dont la seule évocation répandait la frayeur chez les plus aguerris : Stalingrad.

Le froid et l'intendance étaient pires que jamais. Béchir, qui venait d'un pays chaud, souffrait plus que les Alsaciens, les Flamands, les montagnards des Alpes ou du Massif central de l'hiver soviétique. Il enveloppait ses pieds dans des étoffes qui lui servaient de chaussettes, il s'emmitouflait dans des capotes arrachées aux mourants. Il avait appris à pisser sous abri : une nuit, il s'était levé pour un besoin naturel et l'urine, à son horreur, avait gelé sur place en une mince colonne transparente et jaunâtre. Les attentes, surtout, étaient insupportables. La chaleur de l'action reprenait son sens propre. On pensait moins au froid quand on risquait sa vie. Le moral des troupes, comme on dit, n'était ni haut ni bas : les hommes étaient retournés à un état sauvage où il ne s'agissait que de survivre. Dans la neige et les obus qui tombaient à qui mieux mieux, la nuit, écrasé d'une fatigue qui luttait contre le froid, il rêvait à Meg dont le visage s'effaçait. Il ne savait plus où la situer, dans quel décor l'imaginer : les plages du Liban, les longues avenues d'Alexandrie, les immeubles cossus du Caire étaient balayés, sous la tempête, par la vision abstraite d'une Amérique de légende. Enfoncé dans la neige qui pénétrait dans les bottes, dans les yeux, dans la bouche, sous la peau, il rêvait de palmiers.

La guerre était mécanique, aérienne, à longue distance. Les bombes pleuvaient de partout. Et, tout à coup, elle se rapprochait et se changeait en corps à corps. Il s'était battu à la baïonnette et au couteau contre des ombres surgies de nulle part. Sa vie tenait à un fil. Il était un pion parmi des millions d'autres, manœuvrés de très loin par des états-majors virtuels et il se battait sur place à la façon primitive des voyous de faubourg.

La vie était devenue une chose absurde et dégoûtante sur laquelle il n'était pas question de s'interroger si peu que ce fût. Il n'y avait qu'un seul but, un seul impératif : sauver sa peau, tuer les autres au lieu de se faire tuer, tâcher de vivre jusqu'au soir.

Il lui arrivait de se souvenir des bonnes sœurs qui lui enseignaient la morale. Ah ! ah ! C'était d'un comique achevé. Un soir, lors d'une attaque, il avait entendu une balle lui siffler à l'oreille. Il s'était jeté en avant. L'obscurité tombait. Il s'était retrouvé dans un trou d'obus recouvert par la neige aux prises avec un Kalmouk ou un Tatar dont il voyait les yeux bridés. La fureur s'était emparée de lui. Il l'avait poignardé en riant aux éclats sous l'image très distincte de sœur Thérèse de l'Enfant Jésus qui lui serinait le catéchisme.

Il avait vu agoniser près de lui son ami Étienne, de Montrouge, un ancien communiste qui avait suivi Doriot, son ami José, de Barcelone, un anarchiste du P.O.U.M. qui avait pris Staline en grippe, son ami Günther, de Garmisch-Partenkirchen, nazi de la première heure. L'un avait un œil arraché qui tenait encore au visage par quelques filaments sanglants, les intestins de l'autre lui sortaient du ventre et il les comprimait comme il pouvait de ses mains rongées par le gel. Ceux qui mouraient sur le coup étaient de drôles de veinards.

La peur le rendait fou. La haine le tenait debout. Deux jours après la mort assez lente de José, il était tombé, avec une dizaine de camarades, sur une patrouille soviétique retranchée dans une ferme. On avait échangé des coups de feu. Les autres, de l'autre côté, étaient terrorisés comme eux-mêmes. Béchir et les siens avaient réussi à incendier la ferme. C'était une bonne affaire. Une demi-douzaine de Soviétiques, les bras en l'air, semblables à des fantômes dans leur tenue de camouflage blanche, étaient sortis, hagards, blessés, les cheveux roussis et couverts de cendres, du bâtiment en flammes.

Un cri jaillit :

« Fusillons ces ordures ! »

L'ombre de sœur Thérèse de l'Enfant Jésus fit son apparition.

« Bien sûr que non ! cria Béchir. Ce sont des prisonniers. Nous allons les ramener avec nous. »

La nuit tombait. La neige aussi. Béchir et ses camarades avaient du mal à avancer. Plusieurs d'entre eux étaient blessés, eux aussi. Il fallait les porter. Un des Russes, du coup, réussit à s'échapper. On tira sur lui. Il s'écroula. Était-ce une ruse ? Il neigeait trop fort, il faisait trop froid pour courir après lui. Mort ou vivant, touché ou non, on le laissa sur place. Il se révéla bientôt impossible de regagner les lignes en s'occupant des blessés et en surveillant les prisonniers.

« Fusillons-les ! cria quelqu'un à nouveau.

— J'ai une autre idée », dit Béchir.

Ils s'étaient arrêtés sous un bouquet d'arbres hachés par la mitraille avec l'intention de prendre un peu de repos. Ils avaient allumé un feu et ils faisaient fondre de la neige dans des gourdes pour préparer un café chaud. Dès que les récipients étaient retirés des flammes, l'eau se remettait à geler. Les Russes, hébétés, tentaient en vain, comme ils pouvaient, sous les bourrades et les coups, de s'approcher du feu.

« Déshabillez-les », dit Béchir.

Il y eut un flottement chez les prisonniers, qui ne comprenaient pas. Une vague inquiétude, la stupeur, la terreur apparurent sur leur visage et dans leur attitude. Sous la menace des fusils, on leur enleva leurs capotes, leurs bonnets de fourrure, leurs gants. Il y avait des épaisseurs et des épaisseurs de coton et de laine. Tout leur fut arraché sans trop de ménagements. Il fallut les jeter à terre pour leur retirer leurs bottes et leurs pantalons. Ils se retrouvèrent étendus sur la neige en caleçon long et en chemise. Les yeux leur sortaient de la tête.

« Et alors ? » dit Béchir.

Les chemises et les caleçons furent déchirés brutalement.

« Debout ! » cria Béchir.

Des mitraillettes braquées sur eux, des couteaux entre les côtes, les Russes se mirent debout, pieds nus sur le sol gelé, les bras serrés contre la poitrine, dansant sur la neige comme sur des braises ardentes. Ils hurlaient de souffrance, ils se mettaient à genoux, ils imploraient pitié. Les autres leur envoyaient des boules de neige en riant. Sœur Thérèse de l'Enfant Jésus brillait par son absence.

Le feu jetait ses dernières flammes dans la nuit déjà close et s'éteignait peu à peu. Le ciel s'était éclairci. Il ne neigeait plus. Il devait faire quelque chose comme -35 ou -38, peut-être -40 degrés. Ils cessaient déjà de trembler. Le sang semblait se retirer de leurs corps qui devenaient blancs et rigides. Ils tombaient, l'un après l'autre, ils se couchaient sur le sol. Peut-être ne souffraient-ils même plus. Peut-être s'endormaient-ils lentement. Alors, Béchir et les siens prirent les bidons de neige fondue qu'ils avaient disposés sur les flammes et où l'eau déjà se remettait à geler. Et ils arrosèrent les corps nus et déjà immobiles d'un mélange d'eau glacée et de neige fondue en train de geler à nouveau. Très vite, sous la neige où ils étaient tombés, les corps formèrent des blocs de glace. Quand, soutenant leurs blessés, les hommes de Béchir, ayant repris leur marche, regardèrent vers l'arrière, ils ne distinguèrent plus dans l'ombre, à la place de ces corps qui avaient été vivants, que de minces monticules couverts d'un grésil blanc.

« Je n'en doute pas, dit André Schweitzer. Je sais bien que vous êtes solide. Mais vous devriez tout de même vous soigner. Tenez, prenez donc ça. »

Et, arrachant une page de son agenda, il gribouilla quelques mots de son écriture illisible de médecin fils de médecin et les tendit à Béchir.

« Merci, monsieur Schweitzer, dit Béchir en empochant le papier. C'est très gentil de votre part. »

La fille de la baronne Thénier était aussi belle que sa mère. Quand elle commença à sortir dans le monde, vers la fin du second Empire — il lui arriva même plus d'une fois de danser aux Tuileries avec le prince impérial qui devait trouver la mort, quelques années plus tard, sous les lances des Zoulous —, la baronne fut assez fière de produire en public une aussi jolie chose. Elle la menait elle-même aux bals de la Cour et d'ailleurs, elle ne la quittait pas d'une semelle, et la mère et la fille s'entendaient à merveille.

Elles se rendaient ensemble chez Worth, qui venait d'ouvrir sa maison à Paris, à deux pas de la place Vendôme. Elles choisissaient ensemble, sur des mannequins vivants qui, au scandale de beaucoup, présentaient ses créations, les robes de dentelle, de mousseline ou de gaze blanche, garnies de volants, bordées d'un filet de velours, que, sans la moindre fleur, sans le moindre ruban, le poignet peut-être orné d'un mince bracelet de perles blanches, porterait la jeune fille sur de grandes crinolines aplaties sur le devant, développées en long par-derrière, avec des tuniques de velours bleues ou roses, dégagées très bas sur une gorge que couvrirait, grâce à Dieu, une délicate *modestie*. Elles allaient ensemble dans des demeures misérables visiter les malades et les pauvres. Elles allaient ensemble aux spectacles où pouvaient se montrer des femmes honnêtes à une époque où la salle et la scène commençaient à être envahies également par une vulgarité qui les épouvantait.

Au bout de quelques mois de ce régime, les difficultés apparurent. Quelque distendues que fussent les relations entre le mari et la femme, la situation du baron exigeait une présence, sinon constante — elle aurait beaucoup gêné le baron —, du moins très fréquente de la baronne. Elle ne parvenait plus à se partager entre ses devoirs d'épouse et de mère.

« Mon ami, dit-elle un soir à son mari, je crois qu'il faudrait chercher une personne de bonne famille, et surtout de bonne éducation et de bonnes manières, peut-être anglaise ou espagnole, ou peut-être russe, pourquoi pas ? pour accompagner Hélène dans le monde où elle doit se montrer. Je ne peux ni la laisser y aller seule, bien entendu, ni trouver le temps nécessaire pour la suivre partout. Je ne vois pas d'autre solution à un problème qui me tourmente depuis quelque temps.

— Ma chère amie, lui dit le baron qui pensait à autre chose, dans ce domaine-là comme dans les autres ce que vous ferez sera bien. »

Il lui baisa la main et, ayant demandé sa voiture que menait un cocher du nom de Joseph qui était son âme damnée et que détestait la baronne, il sortit comme d'habitude.

Mme de Longemin, qui avait perdu son mari très jeune à la suite d'une chute de cheval deux ou trois ans plus tôt, n'était ni russe ni espagnole : elle appartenait à une famille ruinée et très convenable des Ardennes. Elle était blonde, mince et longue, d'une allure très réservée, avec un visage très calme et un peu froid. Hélène Thénier se lia aussitôt avec elle et elles devinrent vite inséparables. Mme Thénier était très satisfaite de ces dispositions et le baron lui-même, qui négligeait souvent sa femme et sa maison, daigna venir à plusieurs reprises prendre une tasse de thé avec sa fille et l'amie de sa fille.

Comment les choses se passèrent et comment le bruit s'en répandit, personne ne s'en souvenait plus. Ce qui est sûr, c'est que la rumeur d'une liaison entre Mme de Longemin et le baron finit par parvenir jusqu'aux oreilles de la baronne Thénier.

La baronne avait subi beaucoup d'avanies de la part de son mari et, par amour pour sa fille, elle avait tout supporté. L'imprévisible liaison du baron avec la dame de compagnie d'Hélène la frappa comme une gifle. Après avoir longuement hésité, elle s'ouvrit, avec délicatesse, de ses sentiments à sa fille, qui semblait d'ailleurs s'être éloignée, depuis quelque temps, de Mme de Longemin. La mère apprit avec stupeur que sa fille savait déjà tout depuis longtemps. Et que, n'osant pas en parler à sa mère, elle était indignée de la conduite d'un père qu'elle jugeait avec sévérité.

Mme Thénier était une femme très douce et soumise à son époux. Son égalité d'humeur dissimulait un caractère d'une force insoupçonnée et assez redoutable, qu'elle devait peut-être à des ancêtres qui s'étaient beaucoup battus. Une révolution se fit en elle contre un homme dont elle avait accepté la compagnie mais qu'elle n'estimait pas, qu'elle n'avait jamais aimé et qui l'avait trahie une fois de trop et trop près de ce qu'elle adorait d'une passion maternelle décuplée par le chagrin. Avec l'accord de sa fille, elle prit en quelques heures une résolution extrême. Elle vendit ses bijoux qui étaient très beaux et de très grande valeur, elle laissa une lettre au baron, elle quitta son hôtel du faubourg Saint-Germain sans esprit de retour, elle partit, je ne sais plus, pour Le Havre ou pour Nantes où elles s'embarquèrent toutes les deux sur un voilier qu'elle avait acheté dans la nuit avec son équipage.

« Alors, me dit Gérard en riant, il paraît que tu écris par chagrin et pour le plaisir ?

— Qui t'a dit ça ? demandai-je.

— C'est Laszlo, me dit-il. Il le répète à qui veut l'entendre.

— Tant mieux si je l'amuse. N'est-ce pas mieux d'écrire par chagrin et pour le plaisir que par goût du pouvoir et pour l'ennui du lecteur ?

— Fais tout de même gaffe, me dit-il. Tu sais bien qu'aujourd'hui la gaieté, le plaisir, le bonheur sont mal vus. Tu devrais gémir un peu plus. Est-ce que tu t'occupes des abîmes ? Non ? Occupe-toi des abîmes. Le grand écrivain est plutôt accablé. Et même souvent accablant.

— Je m'en fiche pas mal, lui dis-je. Et le grand écrivain peut aller se faire foutre.

— Comme tu y vas ! me dit-il.

— Longtemps, les grands écrivains n'ont pas boudé la gaieté. Rabelais ne pense qu'à rire. Le manchot de Lépante ne fait rien que de se moquer. Molière est triste et très gai. J'imagine qu'Horace, au bistrot, ne devait pas être de mauvaise compagnie. Rien n'est plus amusant que *Candide* ou les *Lettres persanes*. Malgré *Les Martyrs* et sa sacrée guerre d'Espagne, Chateaubriand, d'après Joubert et beaucoup d'autres, était bon garçon. Et le rire de Flaubert éclate dans sa correspondance.

— Le Quémenec n'est pas gai.

— Est-ce un grand écrivain ? Et puis le chagrin est là pour rendre à la gaieté un peu de cette élévation et de cette dignité dont il lui arrive de manquer.

— Le chagrin ? Quel chagrin ?

— Le chagrin », lui dis-je.

Il me regarda un peu de côté, en inclinant la tête comme il le faisait souvent pour réfléchir ou pour poser une question.

« Tu penses encore à Marina ? »

Il exagérait, comme toujours. Il en faisait trop. Je ne lui demandais rien. Il voulait paraître informé de ce qui ne le regardait pas.

« Tiens ! lui dis-je. La voilà. »

Marina arrivait. Je la guettais. Elle était grande, un peu myope, les épaules larges, vaguement absente. Sa fille de seize ou dix-sept ans à ses côtés, elle était toujours belle. Je m'avançai vers elle. Elle se jeta dans mes bras.

« Bonjour, ma chérie, lui dis-je.

— Oh ! Jean, me dit-elle, quelle tristesse ! »

Et elle se mit à pleurer à chaudes larmes dans mes bras qui la serraient contre moi. Les sanglots la secouaient. Je faisais de mon mieux pour les étouffer, je séchais ses larmes avec un grand mouchoir que j'avais tiré de ma poche et je lui caressais les cheveux.

« Il… il était… il était merveilleux ! me murmura-t-elle à grand-peine, en se reprenant à trois fois, le nez dans mon épaule.

— Merveilleux, lui dis-je.

— La vie… avec lui… avec lui…

— Oui, lui dis-je.

— Elle était belle », me dit-elle.

C'était exactement ce que je pensais.

La situation était embrouillée — il y avait… voyons… il y avait une vingtaine d'années… ou peut-être un peu plus ?… ou peut-être un peu moins ?… — quand Romain me proposa de partir seul avec lui pour la Méditerranée orientale sur un voilier qu'il venait de louer à un ami italien, antiquaire de son état. J'avais navigué plusieurs fois avec l'antiquaire, mais jamais sur ce bateau qui était mince et élégant et qui s'appelait l'*Aphrodite*. J'avais drôlement envie d'accepter l'invitation de Romain — et, en même temps, j'hésitais. Pour différentes raisons, que je pourrais énumérer en me donnant un peu de peine, je l'aimais moins que jamais. Il parlait très fort, il était trop sûr de lui, je ne partageais pas ses idées, il préférait le bourbon au whisky, les Cohiba aux Hoyo et aux Monte Cristo, et toutes les femmes lui tombaient dans les bras. Y compris celles, hélas ! auxquelles je tenais le plus.

Je crois, à vrai dire — descendons aux abîmes —, que ce dernier motif l'emportait sur les autres. Je me contorsionnais, je me faisais prier, j'allais jusqu'à inventer des problèmes de conscience. Il m'arrive de me demander si je n'étais pas vaguement ridicule.

« Allez ! viens ! me disait-il. Nous serons seuls tous les deux. »

« Ma parole ! me disais-je, il me parle comme à une fille. » Et, comme une fille, je cédai. Et je le remerciai. J'étais alors loin de Paris, en Amérique peut-être, ou en Inde, je ne sais plus.

« D'accord, lui télégraphiai-je. Je viens. Merci. »

À partir de là, ce furent quinze jours d'enchantement entre Grèce et Turquie. Nous ne passions pas notre temps à terre, nous ne faisions pas de courses, comme avec les filles, nous n'allions pas voir les tapis, les bracelets, les paniers en osier, les souliers pour la plage, nous ne visitions pas de ruines : nous restions en haute mer. Nous ne touchions les ports que pour faire de l'essence et de l'eau, pour acheter le poisson et les fruits que des barques de pêcheurs ne nous avaient pas apportés. Nous ne parlions pas beaucoup. Et jamais de nos amours. Nous lisions un peu. Nous écoutions de la musique. Nous ne faisions rien. Nous pêchions. Nous nagions. Nous dormions sur le pont. Nous regardions le soleil se coucher et la lune se lever. Marina avait raison : la grâce habitait Romain. Il rendait la vie merveilleuse.

« Bonjour, Isabelle. »

J'embrassai la fille de Marina. Je l'avais vue naître, cette enfant-là. Je n'étais pas loin de la considérer comme à moi.

« Bonjour, oncle Jean, me dit-elle. Maman est très secouée.

— Nous le sommes tous, lui dis-je.

— Je crois qu'elle l'aimait beaucoup.

— Moi aussi, lui dis-je. Nous l'aimions tous beaucoup.

— Elle pleure depuis deux jours.

— Il détestait les larmes, lui dis-je. Pleurer est très malsain. Et à peine convenable. Tu vas bien ?

— Pas trop mal », me dit-elle.

Ses yeux très pâles brillaient.

« Tu te maries ? Tu es fiancée ? »

Elle se mit à rire.

« Pas si vite, oncle Jean ! Vous êtes bien pressé ! Pas si vite ! Pas si vite ! Laissez-moi vivre encore un peu. »

Et dans le cimetière plein de larmes où nous attendions Romain sur le point d'arriver — et ensuite plus jamais il n'arriverait quelque part —, le rire d'Isabelle était comme une promesse de bonheur.

Pendant près de trois ans, elles firent le tour du monde. À Bombay, à Goa, à Hong Kong, à Panama, on avait fini par connaître le bateau des deux dames. Il fallait, à l'époque, moins de papiers qu'aujourd'hui. Les ports étaient presque déserts. On ne payait pas en dollars, mais en livres sterling ou en or. Elles essuyèrent des tempêtes. Elles eurent des crises de découragement. Mais Hélène était jeune : la vie d'aventures l'amusait. Et sa mère avait tant souffert de l'existence qui lui était imposée à Paris qu'elle respirait à pleins poumons l'air un peu rude de la liberté. On les vit à San Francisco, à Tahiti, en Afrique du Sud, à Mascate qui leur plut beaucoup et où elles restèrent quelque temps, accueillies par le sultan avec somptuosité. Elles étaient toujours seules, toutes les deux, accompagnées le plus souvent, à distance respectueuse, de deux marins qui les suivaient de loin et les protégeaient de tout désagrément.

Elles avaient fini par se lier avec le capitaine qui était un Maltais de toute confiance, avec une barbe blanche de prophète. Il était secondé par trois ou quatre marins de fondation, attachés depuis longtemps au navire. Le reste de l'équipage était volant et se renouvelait sans cesse. Il y avait eu de bonnes surprises et de mauvaises. On était tombé sur des voleurs, des maniaques, des tire-au-flanc, des incapables. Il n'y avait jamais eu de drame. On avait trouvé à Hong Kong un cuisinier chinois qui, à force d'ailerons de requin et de riz cantonais, avait réussi à s'élever à la hauteur d'une institution. À San Francisco était montée à bord une Hollandaise aventureuse qui avait eu des malheurs et qui servait, pas si mal, de chambrière à ces dames.

En deux ans, la baronne avait beaucoup changé. Elle était devenue une forte femme, aux gestes plus brusques, au teint hâlé. Les thés dans les vieux hôtels du Marais ou dans les demeures à la mode du faubourg Saint-Germain, les fêtes aux Tuileries, les promenades sous des ombrelles dans des voitures traînées par plusieurs chevaux, les laquais derrière soi en habit à la française, lui paraissaient appartenir à un monde englouti dont elle finissait par se demander s'il avait jamais existé : il était plus invraisemblable que les grandes plages de sable noir ou les temples de l'Inde avec leurs roues de pierre et leurs sculptures érotiques.

Brunie aussi par le vent, le soleil et la mer, Hélène, telle qu'elle se dépeint elle-même avec naïveté dans un journal intime que j'ai eu entre les mains, la taille très mince, les yeux clairs dans un visage plein, une fossette dans la joue, les cheveux tirés en deux tresses, était l'enchantement et l'angoisse de sa mère. La fille était très heureuse de la vie qu'elle menait ; la mère se reprochait de l'avoir entraînée dans une aventure sans issue : la fortune de mer fournit peu de maris. Elles avaient, le soir, de longues conversations qui roulaient sur l'avenir.

« Ma vie est finie, disait la baronne. La tienne commence. Tu ne peux pas passer ta jeunesse à courir les océans. »

Hélène éclatait de rire. Sa mère se tordait les mains, des bals de cour dans la tête.

Je regardais Marina. Elle se pendait à mon bras.

« Ta mère est là, lui dis-je. Elle parle avec Béchir.

— Ne me quitte pas, me disait-elle. Je ne veux pas que tu me quittes. »

Elle mettait sa main dans la mienne. Elle se serrait contre moi. Nous débarquions de l'avion. Nous montions dans le bateau. Nous étions debout à l'arrière. Le vent soufflait assez fort. J'avais sa main dans la mienne. Et nous riions au soleil.

Un beau jour, la baronne et sa fille arrivèrent à Alger. Elles aimèrent le port, la ville blanche, l'accueil amical de quelques Français qu'elles avaient connus à Paris. Elles décidèrent de souffler un peu et de visiter le pays.

On se mit en quatre pour elles. Déjeuners, dîners, promenades, excursions, autorités civiles et religieuses et pique-niques improvisés dans des paysages surprenants avec jeunes gens aux petits soins. Des événements terribles, dont elles ne savaient presque rien, s'étaient produits en France. Il y avait eu la guerre, la défaite, la Commune de Paris. L'Empire était tombé. La République avait été proclamée avec Thiers et Mac-Mahon. Elles écoutaient pendant des heures les récits d'une histoire pleine de fureur et de bruit qui s'était déroulée à leur insu. D'abord parti pour Londres, le baron Thénier végétait à Bruxelles.

On faisait fête partout aux deux dames qui avaient navigué sur tant de mers. Elles furent reçues chez le général qui commandait la garnison d'Alger et, à la stupeur, et parfois l'indignation, de beaucoup de colons, dans des palais arabes ou kabyles. Plusieurs bals attendrissants, qui rappelaient peut-être, bizarrement, les danses avec colonel,

Apaches au loin, clair de lune, émois de jeunes filles des vieux westerns américains, furent organisés en leur honneur. Un des plus réussis fut donné dans une grande maison non loin d'Alger où venaient de s'installer des colons qui arrivaient d'Alsace. Les colons étaient les Schweitzer. Leur fils, un grand gaillard vigoureux qui travaillait la terre, tomba, au premier coup d'œil, éperdument amoureux de la belle Hélène Thénier descendue de son voilier.

Depuis Siva et Parvati, depuis Cadmos et Harmonie, depuis Adam et Ève, l'histoire, jusqu'à nos jours, est faite d'abord d'unions, le plus souvent traversées. Intimidé par ces dames qui lui paraissaient à la fois si convenables et si hardies, le père Schweitzer mit ses gants blancs pour demander à la baronne la main de la jeune fille. Paul était un paysan rhénan qui vivait avec les Arabes. Hélène était une fleur de salon changée en aventurière. Hélène était catholique. Paul était protestant. On s'arrangea comme on put. La baronne était trop heureuse du sort fait à sa fille dont l'avenir l'inquiétait. L'archevêque d'Alger, Mgr Lavigerie, qui n'était pas encore cardinal, accepta de bénir les jeunes mariés, un peu à la sauvette, dans une cérémonie intime au fond de la cathédrale. Tout le monde semblait très content. La vie avance à coups d'enfants qui ne sortent des parents que pour les effacer. Un gros bébé arriva. C'était le grand-père d'André Schweitzer qui saluait Margault Van Gulip.

« Chéri, me disait Marina, surtout ne me quitte pas. »

Et elle se serrait contre moi.

J'ai toujours aimé les arrivées dans des villes inconnues. Nous nous tenions debout à l'arrière. Elle se serrait contre moi, elle mettait sa main dans la mienne. Le mince bateau de teck et d'acajou verni passait entre les faisceaux de pieux, enfoncés trois par trois et cerclés d'une bande de fer, qui délimitent les chenaux navigables dans les eaux basses de la lagune. On les appelle *bricole* ou *ducs-d'Albe*. Et sur chaque bricola était posée une mouette.

Le vent faisait voler ses cheveux. Elle riait dans le soleil. Elle pencha sa tête sur mon épaule et devint grave tout à coup.

« *Je n'oublierai* jamais, me dit-elle.

— Je ne te quitte pas », lui dis-je.

Elle souriait sous ses larmes.

Venise éclatait devant nous. Nous laissions au loin Torcello, Burano, Saint-François-du-Désert. Nous laissions

Murano à notre gauche, sa basilique romane dédiée à la Vierge et à saint Donat, la toile de Bellini dans l'église Saint-Pierre, à l'ombre de sa haute tour. Et nous laissions derrière nous Romain et Margault et une foule d'histoires et de liens qui se nouaient en énigmes pour mieux nous faire souffrir. Nous longions le cimetière dans l'île de San Michele, avec ses tombes de danseurs russes, de vieilles dames américaines, de colonels anglais. Les églises de Venise se découpaient sur le ciel. À droite, le campanile de la Madonna dell'Orto. À gauche, le campanile de San Francesco della Vigna. Au milieu, les deux blocs massifs de l'église des Gesuiti et de San Giovanni e Paolo. Derrière, dominant le tout, se déplaçant sous nos yeux au gré de la marche du canot, le campanile de Saint-Marc.

Soudain, par une sorte d'enchantement, nous entrions dans Venise comme dans un décor lointain enfin à portée de main, comme dans un navire de haut bord autour duquel nous tournions avant de l'attaquer. Nous parcourions des canaux qui donnaient dans d'autres canaux d'où surgissaient des gondoles. Nous levions les yeux vers les palais aux beaux balcons et aux fenêtres sculptées. Nous passions sous des ponts qui nous faisaient baisser la tête. Nous jouions le rôle convenu que nous étions venus chercher dans la ville immobile et rouge qui vivait de souvenirs et qui en fabriquait, et nous nous embrassions.

Nous débouchions dans le Grand Canal en face de Cà Pesaro. Marina poussait un cri. C'était la première fois qu'elle et moi mettions les pieds à Venise. Nous n'en connaissions rien. Nous découvrions tout. La beauté nous tombait dessus et elle nous suffoquait. Le marin qui conduisait le bateau nous indiquait avec négligence des palais, des églises, des monuments dont nous ignorions jusqu'au nom : Cà d'Oro à gauche, la Pescheria à droite, le Fondaco dei Tedeschi à gauche, le Rialto au-dessus de nous, le palais Grassi à gauche, Cà Rezzonico à droite, le pont de bois de l'Académie, et puis, très vite, en rafale, dans un décor soudain agrandi jusqu'au sublime par la main d'un géant, la Salute, la Douane de mer avec la statue de la Fortune sur le dos de ses deux atlantes et tout le bassin de Saint-Marc : la Zecca, la Marciana, le Campanile, la Piazzetta et le palais des Doges auxquels répondaient comme en écho, de l'autre côté du bassin, l'île, l'église, le campanile et le couvent de San Giorgio Maggiore. J'allais revenir vingt fois à Venise, trente fois, cinquante fois. Je finirais par connaître, sans Marina, hélas ! le moindre rio terà, le moindre sotoportego, la moindre salizzada, le moindre campiello ou campazzo de la ville de marbre et d'eau qui allait apparaître plus d'une fois dans mes livres. La première fois, comme toujours, serait toujours la seule.

« Je pense à tant de choses, me disait Marina en marchant à mes côtés et s'appuyant sur moi. Et toi, à quoi penses-tu ?

— Je pensais à Venise, répondais-je.

— Oncle Jean, me disait Isabelle, Romain m'avait toujours promis de me montrer l'Italie. Maintenant qu'il n'est plus là, m'emmènerez-vous à sa place ?

— Laisse Jean un peu tranquille, ma chérie, disait Marina. Est-ce le moment de l'ennuyer avec tes questions ?

— Elle ne m'ennuie pas, disais-je. Tu ne m'ennuies pas, ma chérie. Je crois que, depuis trois générations, le don de me réduire en esclavage est héréditaire dans ta famille. »

Marina me regarda et me sourit à travers ses larmes.

Le seul souvenir de Romain était encore capable de provoquer en moi quelque chose qui ressemblait à de la fureur. Même en ce moment où nous attendions d'un instant à l'autre l'entrée dans le cimetière de son convoi funèbre, des relents de rancune luttaient contre ma tristesse. Longtemps, j'avais cru que les sentiments étaient univoques et tranchés à la façon des corps simples ou des couleurs fondamentales : on aimait, on n'aimait plus, on détestait, on regrettait, on espérait, on préférait. J'avais appris qu'ils étaient ambigus et contradictoires et qu'il était possible de regretter ses bourreaux, de craindre ce qu'on espérait, d'aimer encore ceux qu'on n'aimait plus, de préférer ce qu'on détestait.

La foule commençait à se presser autour de moi. Je m'étais demandé en arrivant si nous serions nombreux et combien d'amis connus et inconnus prendraient la peine de se déranger et de venir jusqu'au cimetière. La réponse était là : beaucoup avaient pour Romain les mêmes sentiments que moi. Au cours de sa vie, qui n'avait pas été courte, il avait rencontré pas mal de monde. Il n'était pas seulement charmant. Il avait une carrière d'expert bien remplie et sa collection d'objets primitifs venus de Chine et d'Inde lui avait valu une assez large réputation. Il y avait là toute une faune, que je ne connaissais guère, de marchands et d'amateurs avec qui il avait noué des relations professionnelles. Il y avait aussi, de moins en moins nombreux à mesure que passaient les années, des compagnons de la Libération et des anciens de Normandie-Niémen, venus rendre hommage à l'un de leurs pairs. Il y avait des sportifs avec qui il jouait au tennis ou au golf, avec qui il allait skier à Chamonix, à Zermatt, à Cortina d'Ampezzo. Il y avait pas mal de mélomanes et d'amateurs d'opéra qui partageaient avec lui un amour ardent de la musique, de Mozart, bien sûr, de Haendel, de Schubert, mais surtout de Bach, qu'il avait découvert un peu tard et qu'il n'avait plus quitté.

Tout cela faisait des strates successives, des constellations mouvantes, aux contours flous, qui se croisaient et se mêlaient sans jamais se confondre. Tous étaient reliés à Romain par des liens invisibles et n'étaient pas toujours liés entre eux. Ici ou là, belles, rêveuses, mystérieuses et muettes, plusieurs femmes que je ne connaissais pas venaient s'ajouter à la foule de toutes celles que je ne connaissais que trop. Elles ouvraient comme des fenêtres sur un monde inconnu.

Le ciel se dégageait. Il ne pleuvait plus. On attendait. Le monde était absurde, tout à coup. Sous les visages d'André Schweitzer, de Béchir, de Marina et de sa fille, de Victor Laszlo, de Margault Van Gulip, que j'avais connue sous d'autres noms, de Le Quémenec ou de Gérard, répartis autour de moi en groupes labiles et fluctuants, je voyais dans l'espace ce qui avait défilé dans le temps.

Une sorte de vertige me prenait. Des personnes me serraient la main que je ne reconnaissais pas. Elles me rappelaient des souvenirs que j'avais oubliés, elles me racontaient des choses que je ne comprenais pas. J'aperçus soudain devant moi avec un vrai soulagement Albin et Lisbeth Zwinguely. J'allai les embrasser et une bouffée d'air frais m'emporta vers en haut.

Albin et Lisbeth étaient de braves gens qui habitaient un joli chalet de bois du côté de Guarda, entre Zernez et Scuol, au cœur de l'Engadine, dans les Grisons. Romain avait été le premier à se lier avec eux. Venant de Milan ou de Saint-Moritz, il se rendait par la route au festival de Salzbourg. Au cœur d'un paysage de rêve, à la suite de quelques secousses et d'un mince panache de fumée, sa voiture s'arrêta. Le téléphone portable n'était pas encore inventé. Après avoir marché, dans une solitude qui aurait été bienvenue dans d'autres circonstances, quelques kilomètres dans un sens et quelques kilomètres dans l'autre, il ne mit pas longtemps à comprendre que les garages ne se succédaient pas dans les Grisons avec la même fréquence qu'entre Genève et Lausanne. Il s'était installé pour lire au fond de la voiture quand une voix le héla. Albin Zwinguely, qui passait par là par hasard, ne se contenta pas de remorquer la voiture jusque chez lui et de farfouiller dans le moteur : comme il se faisait déjà un peu tard, il invita Romain à dîner et à coucher dans une chambre minuscule où le lit couvert d'une couette occupait toute la place et d'où la vue était très belle sur des prairies et sur la montagne. Romain passa une soirée et une nuit délicieuses, à la fois les plus gaies et les plus silencieuses qu'il eût jamais connues. Il revint au printemps, il revint en été, il revint en hiver. Et, vers la fin des années cinquante, il nous entraîna avec lui, André Schweitzer et moi, loin des rumeurs de la guerre froide, des événements d'Algérie, de l'expédition de Suez et du naufrage au large de New York de l'*Andrea Doria*.

Ce sont des souvenirs de paix, de bonheur, d'amitié. Nous avons été très heureux chez les Zwinguely. Au printemps et en été, Albin nous emmenait avec lui, tôt le matin, dans des promenades qui duraient jusqu'au soir et dont nous rentrions épuisés et ravis, des montagnes plein les yeux et des fleurs au chapeau. L'hiver, nous skiions avec lui sur des pentes vierges où la foule ne se pressait pas. Quand la folie des grandeurs nous montait à la tête, nous allions passer la journée à Davos où nous retrouvions, sans enthousiasme, des connaissances, des salons de thé et les embouteillages.

À une demi-heure de sa maison, il y avait un endroit, à la corne d'un bois, à la fin d'un sentier, sur une éminence assez abrupte d'un côté, en pente douce de l'autre, qui était cher à Albin. On y jouissait d'une vue où le calme se mêlait à la grandeur. Nous ne manquions jamais, à chaque séjour, d'y passer quelques instants : comme tout ce qui touche à une culture ou à la civilisation, l'amitié repose d'abord sur des rites.

Il y a quelques années à peine, nous étions retournés, tous les trois, en une sorte de pèlerinage du souvenir et de l'amitié, chez les Zwinguely. Après le dîner — viande des Grisons, salade, omelette aux pommes de terre, emmental ou gruyère, jus de pomme, vin du Valais —, Albin, la pipe au bec, les bras croisés sur le dossier de sa chaise enfourchée à l'envers, leva l'index de sa main droite et nous dit d'un ton mystérieux et malin :

« Demain, j'aurai une surprise pour vous. »

Le lendemain, il nous mena selon la coutume au lieu magique et sacré. Rien n'avait changé, mais, là où Albin avait l'habitude de se tenir pour regarder le paysage, un banc avait été installé. Et sur le dossier du banc était fixée une plaque de cuivre avec une inscription :

ALBIN'S BÄNKLI
zu seinem 65sten

Le banc était une idée des gens du pays, des voisins des Zwinguely : ils le lui avaient offert, en face de son spectacle préféré, en guise de cadeau d'anniversaire pour ses soixante-cinq ans. Nous nous sommes assis sur le banc, tous les quatre, et nous nous sommes tus longtemps. Au bout de plusieurs minutes que ne troublaient que le vent et le chant des oiseaux, André Schweitzer a dit :

« *Nous sommes restés un long moment dans un extrême silence.* »

C'était d'un type du nom de Basho, précisa-t-il, un poète japonais de la seconde moitié du XVIIe, auteur de *La Sente étroite du Bout-du-Monde*, à l'occasion d'une visite au temple de Kashino.

Et je lui ai répondu :

« *Assieds-toi en silence. Ne fais rien.*
Le printemps vient. L'herbe pousse toute seule. »

Ça, c'était d'un autre poète, japonais lui aussi, qui s'appelait, je crois, Zenni Kushu.

« Autant qu'il est possible à des hommes d'être heureux, murmura André, nous le sommes.

— Dis-le très vite, grommela Romain.

— Je vais vous raconter, annonça André, une histoire de bonheur.

— C'est le moment ou jamais », lui dis-je.

Et sur le petit banc d'Albin, adossé à la forêt, la montagne devant lui, serré entre Romain et moi, en hommage à Albin à qui nous devions ces instants, André Schweitzer, tout en jouant avec une branche morte qu'il avait ramassée, nous raconta son histoire.

« Vous savez peut-être, je crois que je vous ai déjà parlé de ces temps reculés, que mon grand-père était le fils de

Paul Schweitzer et d'une jeune fille qui s'appelait Hélène Thénier.

— Oui, lui dis-je, nous le savons.

— André Schweitzer — il portait le même prénom que moi — a eu un fils à son tour : c'était mon père. Mon père, qui était médecin comme moi, a suivi une vieille tradition de famille : il a épousé une jeune fille dont les parents avaient été ruinés à blanc quelques années avant le jeudi noir de Wall Street. Ils habitaient, dans le Lot, entre Dordogne et Aveyron, du côté de Saint-Cirq-Lapopie…

— C'était le village d'André Breton, dit Romain.

— Il n'y habitait pas encore, dit André. Mais ils étaient liés avec lui. C'est grâce à eux que Breton est venu pour la première fois à Saint-Cirq-Lapopie. J'ai encore chez moi un poème d'André Breton adressé à ma mère.

— Tiens ! dit Romain. J'aimerais bien le voir.

— Ça t'en bouche un coin, dit André. À une dizaine de kilomètres de Saint-Cirq-Lapopie, ils habitaient une grande et vieille maison à laquelle ils étaient très attachés et où ma mère avait passé son enfance. Quand il fallut la vendre, ce fut un drame antique, une espèce de *nô* à la sauce d'Occident. Les larmes coulèrent à flots. La mère, la grand-mère, l'arrière-grand-mère de ma mère étaient nées dans cette maison. Et elles y étaient mortes. Quitter la maison, c'était trahir, se renier, piétiner tout ce qu'on avait reçu en dépôt et qu'on n'était plus capable de transmettre… Vous avez connu ça, je crois… vous en avez même parlé dans…

— Oui, oui, dis-je très vite. Beaucoup de gens ont connu ça…

— La fin de la vieille demeure avait plongé ma mère, qui était encore toute jeune, dans une mélancolie dont elle avait du mal à sortir. Elle avait dû se séparer d'une dame très digne, Mme Loiseau, dont le nom chante encore dans ma mémoire et qui s'occupait de tout dans la maison, mais surtout de ma mère. Pour faire bonne mesure, on avait vendu l'âne sur le dos duquel elle se promenait enfant. Les grandes vacances étaient terminées, les petites filles modèles s'enfonçaient dans le passé. Il fallut mon père pour faire revenir un sourire sur les lèvres de ma mère. C'est une vraie chance pour moi : ils s'aimaient beaucoup, tous les deux.

« La cérémonie se déroula à Alger dans la cathédrale où, quelque cinquante ans plus tôt, le mariage de mes arrière-grands-parents avait été béni par Mgr Lavigerie. La robe de la mariée, le trousseau, le banquet, les fleurs, la famille, la dot jouaient encore, du temps de mes parents, un rôle considérable. J'imagine que les plus jeunes d'entre nous ignorent aujourd'hui jusqu'au sens du mot “trousseau”. La tâche de mes parents eux-mêmes était déjà simplifiée : tout le côté protestant de mon père mettait un peu sous le boisseau les falbalas catholiques ; et l'absence totale de dot du côté de ma mère réglait d'avance beaucoup de problèmes. Restait tout de même un rite auquel il n'était pas question de couper : c'était le voyage de noces.

« Où irait-on ? En Inde, à Hong Kong, à Manille, à Bali, sur les traces de la grand-mère ? Au Mexique ? Au Brésil ? Sur les lacs bavarois, dans le souvenir de Louis II, à la recherche du baroque ? Sur les lacs italiens ? Ma mère n'avait d'yeux que pour mon père. Elle avait perdu sa maison : les paysages ne l'intéressaient plus. Quand mon père lui proposa l'Andalousie, la mosquée de Cordoue, l'Alhambra de Grenade, la Giralda de Séville, elle acquiesça avec douceur. Elle s'en fichait. L'amour lui tenait lieu de tout. Mon père décida d'embarquer pour Marseille d'où la suite du voyage se ferait en voiture.

« Les jeunes mariés, comme on disait, débarquèrent à Marseille en fin d'après-midi. Ils montèrent à Notre-Dame-de-la-Garde, ils se promenèrent sur la Canebière, ils allèrent dîner dans l'hôtel le plus célèbre de la ville, le Noailles, qui n'existe plus aujourd'hui et où une chambre leur avait été réservée. Ma mère était épuisée. Elle tenait à peine debout, elle titubait de fatigue. Lorsque, vers la fin du dîner, mon père lui annonça que la chambre ne lui plaisait pas et qu'il avait télégraphié à une auberge en pleine campagne, qu'il connaissait et qui n'était pas trop loin, un peu au-delà d'Aix-en-Provence, pour en retenir une meilleure, elle crut qu'elle allait s'évanouir.

« Mon père la prit dans ses bras, la consola, lui expliqua avec douceur que la voiture était déjà là, qu'elle était très spacieuse et très confortable et qu'elle y dormirait beaucoup mieux que dans une chambre bruyante et peu agréable. Le voyage serait bref et elle se réveillerait dans un cadre délicieux où régnaient le silence et la paix. Ma mère était amoureuse et déjà soumise à son mari. Elle approuvait tout ce qu'il faisait.

“Je suis très fatiguée, lui dit-elle. Mais si tu penses que c'est mieux…

— Fais-moi confiance, lui dit-il : je suis sûr que ce sera mieux. Tu vas prendre une tisane avec quelque chose pour dormir et tu ne t'apercevras même pas de la route."

« Ma mère but la tisane, s'installa dans la voiture et s'endormit presque aussitôt dans les bras de son mari. Le voyage, qui devait être court, lui sembla long. De temps en temps, elle sortait de sa demi-inconscience, elle se réveillait de son sommeil, elle ouvrait un œil, elle s'agitait un peu.

"Dors, ma chérie, lui disait mon père. Dors."

« Elle se rendormait. Elle rêva de travaux gigantesques, de traversées du désert, d'ascensions dans la montagne. Quand elle se réveilla pour de bon, le soleil était déjà très haut dans un ciel qu'elle apercevait sous un angle familier. Elle se dressa dans son lit. Elle crut qu'elle devenait folle. Le moindre détail autour d'elle lui disait quelque chose d'un passé évanoui. Elle vit un âne par la fenêtre. Elle dévala comme en songe un escalier dont toutes les marches s'offraient d'elles-mêmes à ses pieds, elle eut à peine le temps de deviner, devant une fenêtre, la silhouette de Mme Loiseau et elle tomba en larmes dans les bras de son mari qui avait racheté en secret la maison de ses parents.

— Triomphe de la sensiblerie bourgeoise ! s'écria Romain en se levant du banc et en applaudissant. La bourgeoisie excelle dans deux registres opposés : le larmoyant et le désinvolte. Elle pleure et elle ricane, elle s'attendrit et elle se moque. Les ingrédients du larmoyant bourgeois — que représentent très bien un Sedaine dans la littérature et un Greuze dans la peinture, l'un et l'autre à la veille de la Révolution française qui marque la victoire et le début du règne de la bourgeoisie — sont le malheur, l'ordre des choses, la bonne conscience et l'argent. L'histoire de ton père illustre joliment ces quatre thèmes. »

Quelqu'un — Béchir peut-être ou la Grande Banlieue — lui ayant indiqué la présence de Marina, Margault Van Gulip s'avançait vers nous. Elle se déplaçait dans la foule avec l'allure d'un grand navire, fier de fendre les flots. Les gens s'écartaient devant elle, soit parce qu'ils la reconnaissaient, soit parce qu'elle leur en imposait. Elle impressionnait par sa présence, sa façon de se tenir malgré son âge, le sentiment qu'elle avait elle-même de sa place et de son rôle dans un monde à ses ordres. Il restait de sa beauté, qui avait été très grande et dont ne subsistait presque rien, une sorte d'ombre portée, d'aura intemporelle et magique dont les racines s'enfonçaient dans un passé très lointain et qui suffisait, par un miracle de tous les instants, à frapper d'admiration et presque de terreur tous ceux qui l'approchaient.

« Marina ! ma chérie ! » s'écria-t-elle d'assez loin.

J'étais toujours entouré d'Albin et Lisbeth d'un côté, de Marina et sa fille de l'autre. Marina s'accrochait à moi. Elle se pendait à mon bras. Elle me serrait la main. J'étais son rempart contre le malheur, sa bouée de sauvetage, son recours. Elle me prenait à témoin d'un chagrin qui redoublait le mien et qui luttait pourtant contre lui : il le redoublait parce que la souffrance de Marina était une souffrance pour moi ; et il luttait contre lui parce que l'attachement de Marina au souvenir de Romain réveillait en moi, au fond même de ma peine, tous les sentiments mêlés qu'il avait pu m'inspirer et l'antipathie que j'avais longtemps éprouvée pour son image de vainqueur professionnel. Plutôt pour moi que pour la reine Margault, plutôt pour elle-même que pour moi, j'entendis Marina murmurer à voix basse :

« Mais qu'est-ce que nous allons devenir ? »

Mais qu'est-ce que nous allons devenir... La douleur et le souvenir me frappèrent en même temps. Ce dernier jour dans l'île... Nous partions le lendemain. Le banquier et Föros nous avaient déjà quittés successivement pour New York et pour Londres où se traitaient les affaires, où les banques, bien sûr, mais aussi les musées, le théâtre, la musique, les enchères, et bientôt les livres et les maisons de couture vivaient d'une vie ardente et faisaient tout leur possible pour l'emporter sur Paris. Nous restions seuls, tous les six : Meg et sa fille, Romain, Élisabeth, Le Quémenec et moi.

Un peu de mélancolie se mêlait au bonheur de l'été en train de décliner. La veille de notre départ, un peu après la vague qui avait roulé Marina sur le sable et trempé sa robe d'été, Meg m'avait emmené faire en sa compagnie un dernier tour dans l'île. Nous avions longé le monastère Haghios Yoannis Theologos, nous avions marché trois quarts d'heure parmi les oliviers. La mer, au loin, apparaissait et disparaissait tour à tour au gré des accidents du chemin. Nous nous arrêtions souvent. Nous marchions, nous nous arrêtions, nous regardions la mer et les rivages de l'île, nous échangions quelques mots. Je la remerciais de son accueil, elle m'interrogeait sur ma vie et elle me parlait de la sienne.

J'avais dix-neuf ans, elle en avait trente ou trente-cinq, ou peut-être même quarante : je n'en avais pas la moindre idée. Elle était la beauté même et, à la différence de son compagnon de promenade, elle avait déjà beaucoup vécu. Elle en était à son deuxième ou troisième mari, un armateur grec évidemment, dont les pétroliers ne naviguaient pas dans la catégorie des Niarchos, des Onassis, des Livanos, des Goulandris, mais qui offrait le double avantage d'une fortune qui ne prêtait pas à rire et de séjours répétés en Irak, en Arabie Saoudite et aux États-Unis. Malgré ma naïveté qui touchait à la sottise, je compris assez vite que ce mari-là ne comptait pas beaucoup et que les deux premiers, mieux valait ne pas en parler.

« Je me suis mariée très tôt, sur un coup de tête, surtout pour fuir ma famille…

— Avec l'aide de Béchir, peut-être… dis-je en souriant, effrayé de mon audace.

— Tiens ! tiens ! Voyez-vous ça… vous en savez des choses… Ou vous croyez en savoir. Et comment, je vous prie, vous sont venues ces idées ?… »

La panique me prit. Je m'étais mis dans de beaux draps. Trahir Béchir qui m'avait fait confiance me faisait horreur. Je m'en tirai comme je pus.

« Béchir m'a intrigué… bredouillai-je. C'est un homme intéressant… Je me suis demandé quel rôle il avait bien pu jouer auprès de vous. J'ai imaginé des choses… Pardonnez-moi si j'ai été indiscret… »

Ce n'était pas si grave. Elle se fichait pas mal de ce que je pouvais bien penser. Elle se mit à rire. J'aimais son rire. « Vous êtes charmant », me dit-elle.

C'était la première fois qu'une femme me disait que j'étais charmant. La première fois, d'ailleurs, qu'une femme me disait quoi que ce fût. J'étais plus familier de l'oxymoron ou de l'aoriste, de l'impératif catégorique et du schématisme transcendantal que des rapports effrayants entre les hommes et les femmes. J'avais connu des femmes, des étudiantes comme moi, une serveuse de bar à Chamonix où je faisais du ski, une ouvreuse de cinéma rue des Feuillantines, mais très peu et très vite. Voilà qu'une femme me parlait, sur un îlot sacré, au bord de la mer grecque, et qu'elle me trouvait charmant. Et quelle femme ! Déesse dans le soleil, Meg Ephtimiou était une brune aux yeux bleus, aux longues jambes, à la fois d'une élégance et d'une simplicité à tomber à genoux devant elle. C'est ce que je fis aussitôt : je tombai à genoux devant elle, la mer en fond de tableau.

« Mais que se passe-t-il ? me dit Meg en riant. Que faites-vous ? Relevez-vous ! »

Je pris ses jambes entre mes bras.

« Je baise vos genoux, lui dis-je, comme les suppliants dans les tragédies grecques. »

Elle se pencha vers moi. Elle me caressa les cheveux, que je portais longs et raides, avec une mèche sur les yeux.

« C'est très joli », me dit-elle.

Et elle se laissa tomber, à son tour, à genoux en face de moi.

Nous restâmes ainsi quelques instants, immobiles, en silence, à genoux en face l'un de l'autre. Et puis, je la pris par les épaules et je posai un baiser sur le front.

« Voyez ma délicatesse, lui dis-je. Je baise vos genoux et votre front. Je saute ce qui ne m'appartient pas. »

C'était un truc que j'avais lu quelque part : une formule de Dumas, je crois, dans une lettre à Ida Ferrier, ou peut-être à une autre.

Elle me regarda sans rire, presque avec gravité et elle me caressa le visage avec un mélange de douceur et de rapidité.

« Que voulez-vous ? me dit-elle.

— Vous embrasser, lui dis-je très vite en me sentant rougir.

— Eh bien, me dit-elle, immobile, sans un geste, eh bien, embrassez-moi. »

Je me penchai vers elle, je la serrai contre moi et je baisai ses lèvres.

« J'aime Romain », me dit-elle.

Margault Van Gulip embrassait Marina, un peu raide, qui avait lâché mon bras. Elle l'avait rejointe et elle la serrait contre elle.

« Marina, ma chérie ! Quelle horrible journée ! D'où arrives-tu ? Comment te sens-tu ?

— J'arrive de New York. Je me sens triste, mais bien. Et vous ?

— Si vieille, tout à coup ! Si vieille… Et aussi triste que toi. Nous aimions tant Romain !

— Oui », dit Marina.

Elle se tut tout à coup. Elle resta silencieuse plusieurs secondes, l'air buté.

« Oui, reprit-elle avec effort, nous l'aimions. »

Elle s'était à nouveau emparée de mon bras. Elle me serrait la main si fort que je sentais ses ongles dans ma paume.

Tout le monde aimait Romain. Et moi aussi, j'aimais Romain. C'était la fête à Romain. Il était mort : tout le monde l'aimait. C'est la règle : on aime les morts. Ils ne vous font plus de mal. Ils ne vous font plus d'ombre. Et, pour compliquer encore un peu les choses, même quand il était vivant, j'avais aimé Romain que j'ai tant détesté.

Maintenant, il était franchement en retard. Je regardai ma montre. Il aurait dû être là depuis plusieurs minutes. La foule, dans le cimetière, donnait des signes de flottement. Elle était nombreuse, désormais. Et elle se mettait à caqueter. Les gens parlaient de leurs affaires, se donnaient des rendez-vous, se racontaient des histoires et les films qu'ils avaient vus. La vie se défendait comme elle pouvait contre la mort. Je fis signe à Béchir qui passait.

« Tu ne peux pas appeler le fourgon ? lui demandai-je.

— Bien sûr que si. J'ai mon portable et son numéro.

— Appelle-le. Et dis-moi où il est. »

L'hiver de Stalingrad n'avait été pour Béchir que l'antichambre de l'horreur. Il avait échappé par miracle, avec quelques autres, à l'encerclement par les Soviétiques des trois cent mille hommes du général Paulus, nommé maréchal par Hitler au plus fort de l'action. Sur le seul théâtre de Stalingrad, où assiégés devenus assiégeants et assiégeants devenus assiégés s'étaient battus rue par rue et maison par maison, les Allemands, en quelques semaines, avaient laissé cent cinquante mille morts sur le terrain et les Russes avaient fait quelque chose comme cent mille prisonniers dont vingt-quatre généraux et le maréchal lui-même. C'était une vision d'enfer où le sang, la neige, les obus, les grenades, les lance-flammes et les bombardements aériens se mêlaient aux cris des blessés auxquels, de part et d'autre, il était presque impossible de venir en aide et à la férocité des combattants qui se battaient pour leur peau. En janvier 43, un peu plus d'un an après l'entrée en guerre des États-Unis, deux mois après le débarquement américain en Afrique du Nord, six mois avant le débarquement allié en Sicile, la bataille de Stalingrad marque probablement le tournant de la guerre. Béchir était pris dans la tourmente. Il était un des pions innombrables et minuscules de la formidable partie qui se jouait entre les princes d'un monde devenu fou par la faute de quelques-uns — et plutôt, en vérité, d'un seul — qui avaient déclenché la machine infernale. La machine tournait maintenant toute seule et elle broyait sur son passage des millions de victimes.

Béchir était passé sous les ordres lointains d'un autre maréchal qui portait un de ces noms sonores qu'avaient illustrés, à la tête de l'Oberkommando de la Wehrmacht, après les Moltke, les Falkenhayn, les Hindenburg, un Bock, un Kluge, un Kleist, un Brauchitsch, un Rundstedt : il s'appelait Erich Lewinski von Manstein. Manstein n'était pas loin d'avoir le génie militaire d'un Rommel. Les hommes autour de Béchir murmuraient que c'était lui qui avait conçu le plan d'opérations contre la France en 1940. C'était lui qui s'était emparé de la Crimée un an avant Stalingrad. Et c'était lui, maintenant, pour rejeter l'ennemi à l'est du Donetz, qui fonçait vers Kharkov, pris par Rundstedt en octobre 41 et repris par les Russes en février 43. En mars 43, deux mois après Stalingrad, Béchir, pour la seconde fois, entrait à Kharkov.

Que pouvait bien penser, s'il avait le temps de penser, un homme comme Béchir dans le petit printemps russe de 1943 ? Il était alors à mi-chemin d'un itinéraire de cauchemar qui avait commencé dans l'enthousiasme au solstice de juin 41 avec l'opération Barbarossa et qui allait s'achever à Berlin, boue, sang, flammes, désespoir et décombres, dans les premiers jours blêmes de mai 1945. Comprenait-il à quelle cause il avait lié son destin ? Savait-il déjà, obscurément, ce qu'étaient en train de deviner dans les pays vaincus de l'Europe occidentale, en France, en Belgique, aux Pays-Bas, en Italie, dans les pays scandinaves, les malins et les puissants, sur le point de changer d'épaule leur fusil patriotique et de retourner leur veste ? Les territoires étaient occupés, et les gens, sur ces territoires, étaient occupés à prendre le vent de l'histoire et à rejoindre la poignée de ceux que leurs convictions avaient jetés, au plus fort de la nuit, dans un combat sans espoir. Lui, dans les plaines d'Ukraine balayées par la mitraille, n'avait guère le loisir de peser les chances et les enjeux. Il se battait depuis deux ans. Les yeux bandés, le cœur vide, il allait encore se battre pendant deux ans.

Quatre mois après sa deuxième entrée dans Kharkov, les blindés russes l'emportaient sur les blindés de Manstein qui luttait désormais contre des forces deux fois supérieures aux siennes, perçaient le front allemand à Koursk, au nord de Kharkov, et s'emparaient d'Orel. La bataille de Koursk marquait l'échec décisif de l'opération Citadelle imaginée par Manstein pour renverser le cours des événements. Deux mois plus tard, Kharkov était évacué par les Allemands et changeait de mains pour la quatrième et dernière fois en deux ans de combats. Smolensk, Kiev, Odessa, Sébastopol tombaient successivement. Les Russes avançaient sur le Dniepr, puis sur le Dniestr. Ils lançaient des offensives en Russie Blanche et vers les pays Baltes. Ils attaquaient, puis franchissaient les frontières polonaise et roumaine. La grande débâcle commençait.

Je le voyais à quelques mètres de moi, en train de téléphoner au fourgon qui transportait les restes de Romain, ancien de Normandie-Niémen, compagnon de la Libération, héros de l'Union soviétique. Où avait-il bien pu passer les nuits de Noël 41, de Noël 42, de Noël 43, de Noël 44 ? Je parvenais tant bien que mal à reconstituer son trajet. Noël 41, la guerre éclair était déjà terminée. La bataille de Moscou avait marqué son échec. Noël 42, c'était le drame de Paulus et l'enfer de Stalingrad. Noël 43, il devait être quelque part entre Kiev et Varsovie ou entre Kiev et Bucarest. Il y a beaucoup de zones d'ombre chez ceux qui nous sont le plus proches. J'ignorais presque tout des années américaines de Meg Ephtimiou ou de Margault Van Gulip. J'étais très loin de tout connaître des amours de Romain : au-delà de ce qui nous séparait, nous étions comme deux frères, mais jamais, au grand jamais, nous n'avions échangé de confidences sur les femmes de notre vie — qui nous étaient parfois communes. De Béchir aussi, j'ignorais beaucoup de choses. J'étais déjà étonné d'en savoir tant sur lui, grâce à ce que les autres m'avaient raconté à son propos, grâce surtout, tout simplement, à ce qu'il m'avait raconté lui-même, non seulement à Patmos, mais tout au long des années.

Il téléphonait, son portable à l'oreille. Marina était collée à moi, sa main toujours dans la mienne. Isabelle parlait à sa grand-mère. André Schweitzer faisait les cent pas en compagnie de Victor Laszlo et de Le Quémenec. La Grande Banlieue se répandait à droite et à gauche en sourires et en frétillements. La foule attendait Romain en train de venir vers nous.

« Ils arrivent, me dit Béchir. La circulation était très difficile. Ils sont à dix minutes d'ici, et peut-être maintenant à cinq. »

La circulation était très difficile aussi sur les routes de l'Europe orientale et de la Poméranie à la fin de 1944 et au début de 1945. Le chemin qu'il avait fait dans un sens deux ou trois ans plus tôt, Béchir le refaisait dans l'autre. Le recul de la Wehrmacht n'était pas l'écroulement, en 1939-1940, des troupes polonaises ou françaises sous les assauts des Panzer allemands qui ouvraient un âge nouveau dans l'histoire de la guerre — prévu peut-être seulement, dans le camp opposé, par un officier inconnu du nom de Charles de Gaulle. La retraite était encore contrôlée et organisée, mais le combat avait changé d'âme. À l'offensive victorieuse que rien ne semblait pouvoir arrêter succédait une défensive qui reposait sur de vagues espérances : les armes terrifiantes et révolutionnaires promises par le Führer, un renversement des alliances, une paix de compromis. Le débarquement en Normandie, le 6 juin 44 à l'aube, avait mis fin à cette longue période de grisaille et d'incertitude qui s'était ouverte à l'ouest avec le débarquement en Afrique du Nord, à l'est avec la bataille de Stalingrad et qui s'était étendue sur toute l'année 43. Hitler, qui avait fait rentrer la Sarre dans l'Allemagne, qui avait remilitarisé la Rhénanie en dépit du traité de Versailles, qui, de reniement en reniement et au mépris de la parole donnée, s'était emparé en quelques années de l'Autriche, des Sudètes, de la Bohême et de la Moravie, de la Slovaquie, de Memel, de Dantzig et de la Pologne, du Danemark et de la Norvège, des Pays-Bas, de la Belgique et du Luxembourg, de la France entière et d'une bonne partie de ses territoires, de la Yougoslavie, de la Grèce, de la Russie Blanche et de l'Ukraine, qui avait poussé jusqu'au Caucase et jusqu'aux portes du Caire, se battait maintenant en retraite sur trois fronts : à l'est, au sud, à l'ouest. Il avait marché dix ans de victoire en victoire. Voilà deux ans déjà qu'il marchait vers la défaite.

« Tiens-moi au courant, lui dis-je.

— Je vous interromps, s'excusa Mme Poliakov. Vous parlez à Béchir ?

— Oui, madame, lui dis-je.

— Ah ! que voulez-vous ? me dit-elle, j'ai du mal…

— Madame, lui dis-je, je vous comprends mieux que personne. »

Françoise Poliakov était la sœur aînée d'André Schweitzer. Quelques années avant la guerre, elle avait épousé, à Alger bien entendu, un ami de son frère, médecin comme lui, d'origine lituanienne, d'une laideur étonnante, beaucoup plus âgé qu'elle. Michel Poliakov était un des rares hommes — les femmes étaient innombrables — qui pouvaient se vanter d'avoir réussi, très tôt, à épater Romain. Romain, dont les études, à sa grande satisfaction je crois, avaient été brisées dans l'œuf par l'histoire et qui n'avait pas beaucoup lu, se trompait assez peu. Dans les années cinquante, pour une découverte dont je serais bien incapable de dire le moindre mot, Michel avait partagé avec un savant américain le prix Nobel de médecine ou de chimie, je ne sais plus. Michel, comme Romain, ne croyait pas à grand-chose et il détestait les honneurs. Comme pour les conjurer, nous nous étions laissés aller à une fête formidable. Nous avions bu et chanté toute la nuit dans une boîte russe de Paris dont nous avions brisé avec beaucoup de soin les assiettes et les verres.

Quelques jours plus tard, reprenant et améliorant une idée un peu oubliée d'Alfred Nobel, Michel avait écrit dans *Le Figaro*, sous le titre « Une belle mort », un article qui avait fait scandale. Il proposait au préfet de Paris la fondation d'un hôtel de suicidés où les clients pourraient trouver sans frais un repas préparé par les meilleurs cuisiniers, passer une soirée agréable dans les bras d'une personne de l'un ou l'autre sexe, dormir tout leur soûl dans un lit confortable, puis mourir à l'aube de façon rapide et indolore. Antoine Blondin avait sauté sur l'occasion et avait donné à *Arts*, à *La Parisienne* ou à *La Table ronde* une nouvelle intitulée *Les Hasards de la vie* où un candidat au suicide, après une soirée charmante avec une créature de rêve, renonçait à ses projets funèbres, épousait la créature, lui donnait beaucoup d'enfants, devenait président du Conseil économique et social et était reçu sous la Coupole par un cardinal de la sainte Église dont le discours était un chef-d'œuvre de silences et de subtilité.

Poliakov était juif. Dans ses jeunes années, bien avant son mariage, il avait exercé à Marseille où lui était arrivée une curieuse aventure qu'il m'avait racontée le jour de la fête pour le Nobel. Il était chez lui, un soir, après le dîner, à lire tranquillement dans son appartement du côté de la Bourse et du Vieux-Port quand on sonna à la porte. Il alla ouvrir sans méfiance et se trouva en face de deux hommes qui en soutenaient un troisième. Le blessé, qui ne cessait de gémir à la limite de l'inconscience, était atteint au ventre et perdait beaucoup de sang.

« Que s'est-il passé ? demanda Michel.

— T'occupe, dit le plus petit des deux acolytes. Tu le soignes et tu la boucles. »

Michel Poliakov leva les sourcils.

« Faut l'escuser », dit l'autre, qui était plus grand et plus fort.

Et, dans le langage le plus violent, il se mit à injurier son compagnon qui n'ouvrit plus la bouche.

« Il nettoyait son pistolet, reprit le plus grand, et…

— Je vois ça, dit Michel. Le mieux serait de le transporter à l'hôpital.

— Ah ! susurra le costaud, si nous pouvions éviter les complications… encore un transport qui est toujours risqué… les formalités qui sont si longues…

— Je comprends, dit Michel. Rapidité et discrétion, voilà ce que vous voulez. »

Pour lui témoigner sa gratitude pour tant d'intelligente vivacité, le costaud lui flanqua une bourrade qui faillit le faire tomber.

Le jeune docteur Poliakov disposait chez lui d'un cabinet, muni de quelques appareils, où il examinait ses patients. Il y fit entrer le blessé et le coucha sur un lit de camp. Un bref examen suffit à le convaincre que la blessure, spectaculaire et sérieuse, n'était pas mortelle. L'homme avait reçu une balle qui n'avait touché aucun organe vital. Il fallait extraire la balle, qui avait frôlé le foie et le pancréas, nettoyer, panser, recoudre ici et là, et ordonner un long repos. Michel installa le costaud dans le rôle imprévu d'infirmière, l'obligea à se laver les mains, lui colla entre les bras un certain nombre d'instruments et fit une piqûre au blessé qui ne tarda pas à perdre connaissance.

Avec ses préliminaires et ses suites immédiates, l'opération dura trois bons quarts d'heure. Personne ne disait rien. Le blessé dormait. Le médecin donnait des ordres brefs à l'acolyte infirmière. Quand tout fut terminé, Michel demanda aux deux anges gardiens s'ils avaient une voiture. Oui, bien sûr, ils en avaient une.

« Bon. Alors, c'est fini. Vous le portez dans la voiture, vous le déposez chez lui, vous le couchez… Il a une femme ?

— Il en a même plusieurs, ricana le plus petit.

— Tant pis pour lui, dit Michel. Elles l'empêchent de se lever et elles le gardent au lit entre elles pendant une dizaine de jours. Après : repos, sans les femmes, si possible. Il ne devrait pas y avoir de complications. S'il y en avait, voici mon téléphone : Colbert 02.33. Filez. »

Huit jours plus tard, le téléphone sonnait chez Michel Poliakov.

« Allô ! dit Michel.

— C'est moi, dit une voix d'homme.

— Ah ? bon, dit Michel. Vous, qui ?

— C'est moi. Vous me remettez ?

— Heu… dit Michel.

— C'est moi que vous avez soigné l'autre jour.

— Ah !… bien sûr. Ça va ?

— Ça va très bien. Je viens vous remercier. Qu'est-ce que vous voulez ?

— Mes honoraires, dit Michel, sont de trente-deux francs, cinquante centimes.

— Faites pas chier. Je suis pressé. Qu'est-ce que vous voulez ?

— Je veux exactement trente-deux francs, cinquante centimes.

— Vous êtes idiot, ou quoi ?

— Je suis médecin, dit Michel. Et il n'est pas exclu, en effet, que je sois un médecin idiot.

— Vous alors… Jamais vu ça…

— Trente-deux francs, cinquante centimes, répéta Michel.

— Écoutez, je vais pas vous envoyer trente-deux francs, cinquante centimes. C'est idiot.

— Ce n'est pas idiot, dit Michel. C'est le prix d'un idiot.

— Alors, je vous propose quelque chose. Je vous envoie rien du tout. Mais si un jour, on sait jamais, vous aviez besoin d'un coup de main, je m'appelle Carbone.

— Je m'appelle Poliakov, monsieur Carbone, dit Michel. Et vous me devez trente-deux francs, cinquante centimes. »

Et il raccrocha.

Les années passèrent. Michel Poliakov, qui avait épousé Françoise Schweitzer, était devenu un médecin très connu. Il s'était installé à Paris, boulevard Saint-Germain, presque au coin du boulevard Saint-Michel. Quand les Allemands entrèrent dans la capitale, en juin 40, il refusa de bouger.

Un soir de juillet 1942, quelques semaines après le

discours où Laval avait souhaité la victoire de l'Allemagne, Michel Poliakov essayait d'écouter la voix brouillée de Maurice Schumann à la radio de Londres lorsque la sonnette de la porte d'entrée retentit. En ces temps-là les sonnettes faisaient peur. Georges Bidault devait donner, un peu plus tard, une jolie définition — peut-être un peu vieillie — de la paix : la paix, c'est le matin, de bonne heure, quand on sonne à la porte, que vous sautez du lit, que vous allez ouvrir et que c'est le marchand de lait.

Michel Poliakov avait de bonnes raisons de craindre la sonnette. Françoise et lui avaient une petite fille de sept ou huit ans qu'ils avaient appelée Irène. Revenant de l'école un soir, vers la fin de l'hiver, Irène avait été effrayée par les pas de deux hommes qui semblaient la suivre. Elle s'était mise à courir. Les deux hommes avaient accéléré. Elle avait fini par s'arrêter et par se réfugier sous un porche. Les deux hommes étaient passés devant elle sans ralentir, mais l'un d'eux, se tournant vers elle, avait lancé très vite, mais distinctement :

« Une petite fille comme toi ne devrait pas rester à Paris. Dis-le à tes parents. »

Ce qui l'avait un peu rassurée, c'est qu'elle avait cru reconnaître en l'homme qui lui avait parlé le mari de la concierge, qui était une brave femme. Irène était rentrée chez elle et elle avait tout raconté à ses parents.

« Rappelle-moi donc ce qu'il fait, le mari de Mme Sassafras, avait demandé Françoise à Michel.

— Il est dans la police », avait répondu Michel.

Quatre jours plus tard, Michel refusant toujours de quitter Paris, Françoise Poliakov et sa fille Irène essayaient de gagner la zone libre. Il fallait passer la ligne de démarcation. Par peur d'attirer sur eux l'attention des forces d'occupation, les Poliakov n'avaient même pas essayé d'obtenir un de ces Ausweis qui permettaient le franchissement de la ligne. Des amis avaient indiqué à Françoise une petite route très sûre où il n'y avait jamais de contrôle. Elle s'y était engagée avec sa fille et elle approchait de la ligne de démarcation lorsqu'elle aperçut soudain avec horreur que deux voitures, devant elle, étaient arrêtées par un piquet de soldats allemands. Elle voulut reculer aussitôt. Mais déjà une autre voiture arrivait derrière elle. Elle était prise au piège.

Le ciel était couvert. Un vent glacial soufflait. L'angoisse s'emparait de Françoise : elle n'avait aucun autre papier que son permis de conduire. Elle avançait inexorablement, la tête vide, en automate, vers son destin incarné par un vieil officier S.S. qui contrôlait les autorisations de passage. Lorsque son tour arriva l'officier était en train d'allumer une cigarette. Il essayait de l'allumer en luttant contre le vent. Il s'abritait derrière sa casquette, en baissant la tête, et il protégeait de ses deux mains jointes une brève étincelle qui s'éteignait aussitôt. Le vent, à chaque coup, soufflait la flamme de son briquet. Il s'y reprit encore une fois, en se détournant et en arrondissant les épaules. Deux voitures, maintenant, attendaient derrière la mère qui tenait en silence la main de sa fille. Alors, avec impatience, avec irritation, d'un geste bref de la tête, tournant le dos à Françoise qui avait cessé de penser et qui respirait à peine, se protégeant des deux bras repliés, relevant le revers de sa capote, tirant en vain sur une flamme qui vacillait sous la tempête, il lui fit signe de passer. Françoise, depuis ce jour, vouait un culte aux fumeurs.

À peine Michel Poliakov eut-il ouvert la porte où la sonnette insistait et contre laquelle on se mettait à frapper qu'il se trouva en face de ce qu'il redoutait : deux grands gaillards silencieux, en manteau de cuir noir, qui l'invitaient à les suivre sans politesses inutiles.

« Maintenant ? demanda-t-il.

— Maintenant.

— Tout de suite ?

— Tout de suite.

— Puis-je emporter quelque chose ?

— Affaires de toilette. Deux chemises. Strictement l'essentiel.

— Donnez-moi trois minutes.

— Bon. Mais faites vite. On n'a pas de temps à perdre. »

Coincé dans la voiture entre les deux hommes qui l'encadraient de près et qui se taisaient obstinément, Michel voyait sa vie défiler dans sa tête et le Paris vide d'une nuit d'été défiler sous ses yeux. Il s'interrogeait sur sa destination. Le nom de Drancy était encore à peine prononcé avant l'été 42. Mais tout le monde savait que les juifs étaient pourchassés par les nazis. Beaucoup étaient contraints à une vie clandestine. Michel pensait à sa femme et à sa fille, et il se félicitait de les avoir envoyées dans la zone dite libre où, en ces temps de malheur et d'abjection, les risques semblaient moins grands.

La Citroën noire passait sur la rive droite, suivait les Champs-Élysées, débouchait sur la place de l'Étoile et empruntait les bas-côtés de l'avenue du Bois. En descendant de voiture, toujours solidement encadré, Michel se demandait si personne avait jamais mentionné devant lui une antenne de la Gestapo avenue Foch. On lui faisait monter jusqu'au premier étage un escalier de marbre aux dimensions monumentales. On sonnait. La porte s'ouvrait. Un personnage, toujours en noir, mais d'allure moins rugueuse, les accueillait sur le seuil. L'anxiété de Michel se changeait en étonnement ; et l'étonnement, en stupeur.

Il se trouvait dans une grande pièce un peu vide qu'on aurait pu qualifier de salon. Un grand canapé de cuir blanc au milieu, entouré de trois fauteuils. Des peaux de bêtes sur le sol. Quelques tableaux de Van Dongen ou de Jacques-Émile Blanche sur les murs. Un bar bien pourvu dans un coin. Pas le moindre uniforme, pas la moindre trace de dossiers ni d'administration. Michel se tenait debout, les bras ballants, guettant la catastrophe qui ne pouvait manquer de surgir de ce décor aseptisé et mondain.

« Asseyez-vous. »

Il s'assit.

« Que désirez-vous ? »

Ce qu'il désirait ? Rentrer chez lui.

« Rentrer chez moi », dit-il.

Un rire secoua le gardien policé.

« C'est à peu près la seule chose que je n'aie pas le droit de vous accorder.

— Prisonnier ?

— Oh ! C'est un bien grand mot… Mettons que vous êtes ici pour… pour…

— Pour un temps *indéterminé* ? dit Michel.

— Voilà ! Pour un temps indéterminé. »

Il y eut un silence.

« Voulez-vous boire quelque chose ?

— Un verre d'eau, dit Michel.

— Un verre de vin ? Avec un en-cas ? »

Il haussa les épaules. Le mot d'en-cas l'avait fait frémir.

Le gardien policé le laissa seul un instant. Il revint presque aussitôt, poussant une table roulante. Il y avait une assiette sur la table avec de petites choses oblongues que

Michel Poliakov repéra aussitôt et qu'il ne put s'empêcher de contempler d'un œil écarquillé : c'étaient des canapés de caviar et de saumon. Il y avait aussi un verre et une bouteille de vin rouge. Par un réflexe qui l'étonna lui-même, il jeta un regard sur l'étiquette poussiéreuse : c'était du cheval-blanc.

« Ils vont me fusiller », se dit-il.

« Bon appétit ! » lui lança le policé.

Il chercha à discerner la part d'ironie, de bienveillance, de cruauté que recelait ce souhait exprimé à voix basse. Et puis, il mangea les sandwiches et but trois verres de bordeaux.

Au bout d'une demi-heure, le policé revint et, lui demandant de le suivre, il le mena dans une chambre, petite mais confortable, flanquée d'un cabinet de toilette et où un lit était préparé.

« Vous allez rester là quelque temps, lui dit le policé. On vous apportera vos repas. Je suis obligé de vous enfermer. »

Il sortit, et Michel entendit la clé tourner dans la serrure.

Il passa là trois nuits et deux jours. Au matin du troisième jour, le policé reparut.

« Vous êtes libre », lui dit-il.

Michel Poliakov prit ses affaires et sortit.

Sur le palier, le policé lui tendit une enveloppe que Michel ouvrit dans la rue. Elle contenait trente-deux francs et cinquante centimes.

En rentrant chez lui, il apprit que des policiers armés étaient venus le chercher deux matins de suite et que, ne l'ayant pas trouvé, ils étaient repartis. C'était la rafle des juifs des 16 et 17 juillet 1942.

Un an et demi plus tard, Michel Poliakov, qui était entré dans la Résistance, tombait dans un piège sur lequel la lumière n'a jamais pu être faite. Il était arrêté par la Gestapo et déporté en Allemagne d'où il ne devait rentrer que par miracle une douzaine d'années avant le Nobel, vingt ans avant sa mort.

« … mais j'ai tenu à venir, me disait Françoise. Michel aimait tellement Romain…

— Oui, madame », lui dis-je.

Elle me regarda. Elle mit sa main sur mon bras.

« Ne soyez pas trop triste, me dit-elle. La vie continue… »

Je me taisais. J'admirais tous les Schweitzer. J'aimais beaucoup Françoise.

« Jean… me dit-elle d'une voix douce, Jean… À quoi rêvez-vous ?… À Romain ?

— À ce que vous m'avez dit », lui répondis-je.

Béchir venait vers moi en hâte.

« Le convoi arrive », me souffla-t-il.

Je le regardai si durement qu'il s'en aperçut.

« Qu'est-ce qui se passe ? me demanda-t-il avec une ombre d'inquiétude.

— Rien, lui dis-je. Mais tu as beaucoup de chance. »

La Légion des volontaires français contre le bolchevisme, qui avait compté, sous les ordres du colonel Labonne, puis du général Puaud, jusqu'à six mille cinq cents volontaires sur quelque vingt mille candidats, avait été dissoute en août 44, au moment de la libération de Paris — une dizaine de semaines après l'opération Overlord, le débarquement des Alliés en Normandie et la marche impavide du général Simon Fraser, futur Lord Lovat, qui commandait la 1st Special Service Brigade, à laquelle étaient intégrés un peu moins de deux cents Français, et qui s'avançait avec beaucoup de calme à la tête de ses hommes, accompagné de Bill Milin dont la cornemuse égrenait dans le matin, sous le sifflement des obus, les notes de *Blue Bonnets over the Border*. Deux mois plus tard, la plupart des Français qui avaient rejoint la Waffen S.S. étaient regroupés, avec quelques éléments venus de la Kriegsmarine, de l'armée Vlassov ou du Kosaken Kavalerie Korps du général S.S. Helmut von Panwitz, au sein de la division S.S. Charlemagne. La division Charlemagne fut pratiquement anéantie par les Soviétiques en Poméranie, au printemps 45, après l'occupation de la Prusse-Orientale par le général Tcherniakowski. La Wehrmacht qui avait conquis l'Europe presque entière et une bande de l'Afrique et qui mordait sur l'Asie ne contrôlait plus, à cette époque, qu'un étroit couloir allant de la Norvège au lac de Comacchio. Béchir fut du petit nombre de ceux qui, au début d'avril, parvinrent à survivre, à s'échapper et à gagner Berlin. Quelques jours plus tard, il se retrouva dans un détachement de quelque trois cents hommes qui participa sous les ordres du général S.S. Krukenberg à la défense de la capitale du Reich en train de s'écrouler et qui est à l'origine de la légende, colportée par Louis Pauwels et par Jacques Bergier dans *Planète* et dans *Le Matin des magiciens*, de la garde tibétaine et mongole autour de Hitler aux abois.

« Pourquoi beaucoup de chance, oncle Jean ? demandait Isabelle qui s'était approchée de moi et qui avait entendu mes derniers mots.

— Ce serait un peu long à t'expliquer, ma chérie », lui répondais-je en passant mon bras autour de ses épaules.

Le soir du 27 avril 1945, Béchir reçut l'ordre de se trouver à l'aube devant la porte de l'appartement de Hitler dans le bunker sous la Chancellerie où le Führer s'était installé depuis près de six mois. Béchir, comme il le put, avec les moyens du bord qui n'étaient pas fameux, nettoya son uniforme et les souliers qu'il avait récupérés sur un cadavre en Prusse-Orientale ou en Poméranie. Il vérifia ses armes, un fusil d'assaut et un Walther 7.65 auquel il tenait par-dessus tout et qui ne le quittait jamais. Le soleil n'était pas encore levé sur Berlin à l'agonie que Béchir était déjà installé à son poste aux portes du bunker.

Les heures passent. Le fracas des bombes parvient étouffé par l'épaisseur du béton. De temps en temps, un mouvement se produit. On voit se hâter, dans un sens ou dans l'autre, des généraux, des dirigeants S.S., des médecins, des infirmiers, le général von Greim qui a débarqué par miracle d'un avion piloté par une femme, Hanna Reitsch, et Joseph Goebbels en personne. La journée est déjà avancée quand un grand lieutenant blond fait signe à Béchir de pénétrer avec lui dans une pièce — c'est la salle des cartes du bunker — où la stupeur le cloue sur place : dans un état d'excitation manifeste, un verre à la main, entouré de plusieurs personnes, aux côtés d'une jeune femme brune d'une trentaine d'années, Adolf Hitler est en train de pérorer.

Béchir, comme tout le monde, avait été inondé sous les images du Führer, complaisamment distribuées par la propagande nazie. Il reconnut aussitôt le dictateur hystérique qui avait fanatisé tout un peuple, qui avait disposé du sort de millions de victimes innocentes emportées, dans son camp ou dans l'autre, par sa folie meurtrière — et qu'il avait servi. Hitler, pourtant, qui venait de fêter, la semaine d'avant, son cinquante-cinquième anniversaire, avait beaucoup changé. Dix mois plus tôt, dans la *Wolfschanze*, sa tanière de Rastenburg, en Prusse-Orientale, la bombe déposée par le colonel comte von Stauffenberg — un seul bras, trois doigts à la main gauche, un œil couvert d'un bandeau noir, style Erich von Stroheim dans le rôle du commandant von Rauffenstein de *La Grande Illusion* — sous la table où se tenait une conférence d'état-major avait sérieusement blessé le Führer. Elle avait fait des dégâts dans son entourage, et elle aurait pu le tuer si un des officiers présents, gêné par la serviette qui contenait la bombe, ne l'avait déplacée et posée un peu plus loin.

Ce n'était pas le premier attentat à échouer contre le dictateur. Ne remontons pas à la bombe lancée en novembre 39 au Bürgerbraükeller de Munich par l'horloger Georg Elser. Un an avant la tentative avortée du colonel von Stauffenberg, en mars 43, à huit jours de distance, le lieutenant Fabian von Schlabrendorff, puis le colonel Rudolf von Gersdoff avaient essayé de faire disparaître le Führer. Les deux fois, Hitler avait été sauvé par le froid. Le lieutenant von Schlabrendorff avait réussi à déposer deux paquets d'explosifs camouflés dans des bouteilles de cognac à bord de l'avion qui ramenait Hitler de Smolensk à Rastenburg. Une demi-heure après le décollage, un liquide corrosif devait attaquer un fil et libérer le détonateur. Mais des perturbations avaient contraint l'avion à s'élever plus haut que prévu et, à ces altitudes inhabituelles, le liquide avait gelé. Décidé à périr en même temps que le tyran au cours d'une cérémonie au musée de l'Armée, à Berlin, en l'honneur des héros morts, le colonel von Gersdoff avait dissimulé deux bombes sous sa capote et s'était attaché aux pas de Hitler. Les bombes devaient exploser au bout de sept minutes, mais le froid assez vif dérégla le mécanisme, prolongea d'une vingtaine de minutes le délai de mise à feu et sauva une fois de plus le Führer.

L'opération Walkyrie montée par le colonel von Stauffenberg avait des ramifications assez nombreuses. Son échec devait avoir de lourdes conséquences : sept mille arrestations, cinq mille exécutions et plusieurs suicides dans les rangs les plus élevés de la hiérarchie militaire, dont ceux du maréchal von Kluge et surtout du maréchal Rommel, sans doute le plus grand stratège allemand de la Seconde Guerre mondiale avec Manstein et Guderian, le maître des blindés. La danse de mort frappe au cœur de la vieille armée allemande.

Hitler, qui souffrait déjà de troubles cardiaques, d'une inflammation du côlon et de la maladie de Parkinson qui provoque des tremblements irrépressibles, a échappé à la mort, mais il sort très diminué de l'attentat de Rastenburg :

cheveux calcinés, brûlures aux jambes, plaies au dos provoquées par la chute d'une poutre, tympans éclatés, bras droit paralysé. Ni fou au sens clinique du terme ni dépendant de drogues dures, mais atteint de dépression et bourré de médicaments, il perd peu à peu la raison devant l'énormité du désastre qu'il a déclenché sur l'Allemagne et le monde.

Béchir mit quelques instants à saisir le sens de la scène à laquelle il assistait. Avec l'aide du grand lieutenant blond qui lui glissait de temps à autre de brèves informations à l'oreille, il finit par comprendre : le Führer venait d'épouser Eva Braun, sa maîtresse depuis une douzaine d'années.

C'était un spectacle hallucinant. Dehors, la capitale du Reich qui devait durer mille ans et régner sur l'Europe — et, au-delà, sur le monde — était réduite en cendres par les bombardements ; dans le bunker, le dictateur aux abois faisait des grâces à la jeune épousée et buvait du champagne. Béchir se demanda en un éclair ce que pouvait bien penser l'héroïne de la fête, dont il ne savait presque rien. Elle avait aimé cet homme, probablement, qui était responsable de la mort de millions d'innocents. Il était un assassin aux innombrables victimes, l'homme au monde, avec Gengis Khan, avec Tamerlan, avec Staline, avec quelques autres tout au long de l'histoire, à avoir fait couler le plus de sang. Elle avait rêvé d'être sa femme devant Dieu et la loi. Et son rêve se réalisait au moment même où il s'écroulait. Il devenait en même temps réalité et cauchemar. Béchir la regardait. À côté du souvenir de Meg que quatre années d'enfer n'avaient pas effacé, elle était insignifiante. Ils plaisantaient, tous les deux, le mari et la femme, en se tenant par la main. Ils parlaient de Berchtesgaden et de leurs longues promenades dans les Alpes de Bavière entre Berchtesgaden et Bad Reichenhal, sur la frontière autrichienne, à la recherche d'edelweiss sur les flancs du Watzmann. Béchir voyait les grandes plaines blanches de Russie et d'Ukraine couvertes de neige et de cadavres. Il entendait les cris de José et de Günther, qui venait lui aussi des Alpes de Bavière — un peu plus à l'ouest : de Garmisch-Partenkirchen —, en train d'agoniser.

Adolf Hitler faisait maintenant le tour de la foule très restreinte de ceux qui avaient assisté à son mariage. Il n'y avait là ni Goering, aviateur mirobolant, Tartarin germanique, en semi-disgrâce depuis l'échec de la bataille d'Angleterre, successeur désigné, récemment désavoué et accusé de trahison ; ni Rudolf Hess, l'ami de cœur à la tête faible, détenu en Angleterre depuis son parachutage en Écosse, sur les terres du duc de Hamilton, en 1941 ; ni Himmler, exterminateur des juifs, chef cruel et sans talent des S.S. et de la Gestapo, en train de négocier en vain, par l'entremise du comte Bernadotte, la reddition de la Wehrmacht. Goebbels, en revanche, était présent, avec sa femme et ses six enfants qui étaient tous très blonds. Hitler leur caressait les cheveux en passant et échangeait quelques mots avec leur père, maître de la propagande, chargé de la répression contre les ennemis du régime, partisan de cette guerre totale en train de se retourner, au-dessus de leurs têtes, contre ses promoteurs.

Il se dirigeait vers Béchir, qui arborait la croix de fer sur son vieil uniforme rapetassé.

« *Wo haben Sie das Eiserne Kreuz erhalten ?* demanda-t-il en pointant le doigt sur la décoration.

— *In Stalingrad, mein Führer !* répondit Béchir en se mettant au garde-à-vous.

— *Ach ! so !...* reprit-il d'une voix traînante. *Ach ! so !...* »

Si longtemps menaçant, hystérique, tonitruant, le ton devenait rêveur. Les yeux se perdaient dans le vague. Peut-être rêvait-il à sa première grande défaite, à la bataille où le destin avait enfin basculé, où le sort de la guerre s'était joué.

Sous les yeux étonnés du petit cercle des intimes, il s'attardait devant Béchir. Il l'interrogeait brièvement, il lui demandait d'où il venait. Béchir répondait en quelques mots : Caucase, Syrie, Liban, Égypte, France. Hitler hochait la tête, l'air absent. Il s'éloignait lentement, appuyé sur sa femme, le visage et le bras agités de tremblements et de tics nerveux. Il s'arrêtait soudain. Il revenait en arrière. Il se plantait à nouveau devant Béchir. Il bredouillait quelques mots à peine audibles. Béchir avait cru comprendre quelque chose comme :

« *Die Welt !... die weite Welt !... die ganze Welt...* »

Quelques jours plus tard, la cérémonie achevée, les participants éparpillés, Béchir recevait l'ordre de se tenir, dès le lendemain, à la disposition du Führer.

« Oncle Jean, me dit Isabelle avec sa moue enfantine qu'elle cultivait avec soin, ma grand-mère vous réclame.

— Où est-elle ? demandai-je.

— Derrière vous, me dit-elle. Il y a deux minutes à peine, elle parlait à Mme Poliakov. »

Je me dirigeai vers les deux dames en train de se séparer.

« On ne peut pas dire, murmura Margault Van Gulip, que vous vous occupiez beaucoup de moi. »

Formulé avec cette grâce qui lui appartenait en propre, le reproche n'était pas infondé. Happé par les uns et par les autres, courant de droite à gauche, inquiet du retard du fourgon mortuaire, emporté dans le passé par Béchir ou par André Schweitzer, j'avais négligé la reine Margault. Vedette des grands dîners parisiens, des fêtes de charité à New York et à Washington, des bals de Ferrières et de l'hôtel Lambert dans l'île Saint-Louis, amie de Louise de Vilmorin et de Jackie Kennedy, elle n'était pas habituée à un traitement de ce genre. Elle régnait en vedette : j'étais sur le point de la considérer comme une quantité négligeable. Elle était en droit de s'étonner d'autant plus de cette désinvolture apparente qu'elle n'était pas venue en spectatrice même privilégiée, en pièce d'honneur rapportée. Elle se voyait, je pense, dans le rôle d'une veuve douairière écrasée de douleur qu'il s'agissait d'accueillir avec tous les égards dus non seulement à son rang, mais à ses sentiments : comme plusieurs des femmes vêtues de noir que j'apercevais autour de moi, elle avait aimé Romain. En Grèce, quand elle s'appelait encore Ephtimiou, en Amérique, en Angleterre, en France, elle avait été, pendant des années, le grand amour de l'homme que nous enterrions.

« Excusez-moi, bredouillai-je. Il y a trop de monde. La tête me tourne. J'aurais dû rester auprès de vous.

— Ça ne fait rien », me dit-elle avec un sourire enjôleur et du ton de l'empereur de Chine en train de gracier un gibier de potence. « Vous savez bien que je vous pardonne toujours tout. »

J'imagine que, tout au long de leurs amours intermittentes, toujours traversées et toujours renaissantes, Romain et Meg, puis Romain et Margault avaient eu, l'un et l'autre, chacun de son côté, beaucoup à se pardonner et à se faire pardonner. Ils s'étaient quittés plus d'une fois. Ils s'étaient toujours retrouvés. L'âge, l'usure, les années et des circonstances un peu particulières avaient fini par venir à *bout de* ce qu'il faut bien appeler une passion. Une amitié exaltée du côté de Margault, vive et enfin fidèle du côté de Romain avait pris le relais. Chacun était la chose de l'autre et la mort de Romain était à coup sûr un crève-cœur pour Margault.

« Chère Margault, lui dis-je, je sais ce que vous ressentez. Je l'ai beaucoup aimé, nous avons couru le monde ensemble et je crois l'avoir connu autant qu'il était possible : il n'a jamais cessé d'être à vous.

— Merci, me dit-elle en mettant sa main sur mon bras, merci.

— Vous savez, lui dis-je en hésitant un peu, j'ai longtemps rêvé d'écrire un livre sur vous.

— Vraiment ? me dit-elle avec un mélange de satisfaction et de surprise. Vraiment ? Après *La Douane de mer* ? C'est absurde, voyons ! Je vous l'interdis formellement.

— Alors, j'écrirai peut-être un jour un livre sur Romain. Et vous y figurerez. »

Ce n'était pas une mauvaise idée de prendre Margault Van Gulip pour héroïne d'un roman qui se serait déroulé sur cinquante ou soixante ans, qui se serait passé un peu partout et qui aurait ramassé toute l'époque. Jules Romains s'y était déjà essayé, mais avec une partialité et une espèce de hargne que j'étais loin de partager. Il la dépeignait comme une arriviste qui ne reculait devant rien pour assurer son ascension et pour asseoir son pouvoir sur des hommes dont elle se servait avant de les rejeter. Je la voyais plutôt comme une reine qui aurait eu des malheurs et qui aurait construit sa légende sur les décombres de sa vie.

Margault Van Gulip avait un bon quart de siècle de plus que moi. À la différence de Romain qui n'avait jamais cessé d'entretenir avec elle des relations très étroites, la vie de Margault et la mienne n'avaient fait que se croiser à de lointains intervalles. Je l'avais connue en Grèce sous le nom de Meg Ephtimiou. Je l'avais retrouvée bien des années plus tard sous le nom de Margault Van Gulip. Ce qui s'était passé avant, entre-temps et après, je ne l'avais appris que par les récits des uns ou des autres, à commencer par Béchir et par Romain lui-même. Sur l'existence si brillante de la reine Margault avait toujours flotté comme un rideau de brume.

La longue dame brune et plutôt mystérieuse qui nous avait accueillis à Patmos n'était grecque que de nom et par accident. Elle venait du Proche-Orient et elle était américaine au moins autant que française. Elle n'avait pas vingt ans quand elle avait mis le pied pour la première fois, bien avant la Seconde Guerre, sur les quais de New York.

Elle venait d'échapper à sa famille, peut-être par un

premier mariage, plus mystérieux encore et plus bidon que les autres à venir, et, munie de la bénédiction de Béchir qui n'avait reculé devant rien pour l'aider et qui était décidé à sacrifier sa vie à son idole, elle était allée tenter sa chance dans le Paris des Années folles. Elle s'appelait Myriam en ces temps-là, et elle était à tomber. Avec l'audace de son âge, elle s'était présentée chez Coco Chanel, installée rue Cambon depuis une bonne dizaine d'années. La Grande Mademoiselle n'avait pas mis longtemps à deviner le parti qu'il était possible de tirer de la beauté sauvage de la jeune femme. C'était elle qui avait imposé à sa protégée le prénom de Meg qui était devenu célèbre presque du jour au lendemain dans la cabine de Chanel, et bientôt au-delà. L'époque de la taille sur les hanches avec jupe très courte et décolleté très bas dans le dos, l'époque des chapeaux cloches sur cheveux coupés très court avec perles et paillettes était déjà passée depuis plusieurs années. Les jupes avaient rallongé avec pans sur côtés et traînes. La gaine Scandale se mettait en place. On commençait à voir, sinon dans les rues de Paris, du moins à la campagne et sur les courts de tennis, des jeunes gens en chemise Lacoste à double maille piquée, ornée d'un crocodile, et en knickerbockers. Quand, enivrés de la mode française, alors à son apogée en même temps que notre littérature — les noms de Lanvin, de Chanel, de Schiaparelli, de Nina Ricci, de Balenciaga, de Grès n'étaient pas moins connus à travers le vaste monde que ceux de Bergson, de Claudel, de Valéry, de Proust, de Gide, de Paul Morand —, les Américains invitèrent Coco Chanel à leur présenter ses créations, elle leur envoya son mannequin préféré et déjà vedette. Meg s'embarqua au Havre sur le paquebot *Île-de-France* qui était encore flambant neuf et où plusieurs jeunes gens lui firent la cour. Quarante-huit heures après son passage devant la statue de la Liberté, son destin avait déjà basculé.

☆

Un mouvement se produisait. Béchir courait vers moi. Le fourgon, au loin, pénétrait dans le cimetière. Romain revenait parmi nous. La foule, maintenant très dense, s'alignait le long de l'allée où roulait lentement la longue voiture noire. Deux ou trois cents personnes, ou peut-être un peu plus, pensaient ensemble à Romain. Une grande âme collective, faite d'une foule d'émotions minuscules et séparées, naissait autour de ce qu'il était et de ce qu'il n'était plus. Marina sanglotait. Les larmes me venaient aux yeux.

Chacun se forgeait en soi-même sa propre image de Romain. Ces perspectives différentes ne coïncidaient pas toutes entre elles, mais elles renvoyaient toutes à une même réalité qui avait surgi dans la vie et le monde sous le nom de Romain et qui n'était plus qu'une vapeur dans la sphère des idées. Le cimetière était une île, un espace neutre et clos qui flottait sur le temps, une espèce de songe dominé par Romain, entre existence et néant. Lui qui, de son vivant, avait nourri tant de rêves régnait plus que jamais, pour quelques instants encore, sur les pensées tendues vers lui de toute une foule recueillie, rassemblée par son souvenir, son image et son nom.

Le fourgon se glissait entre les haies de ceux qui avaient aimé Romain ou qui l'avaient détesté, de ceux qui avaient vécu avec lui ou qui avaient seulement croisé son chemin, des indifférents qui étaient là par habitude ou par convenance sociale et de ceux dont le cœur était brisé de chagrin. Au passage de la voiture, Béchir passait sa main sur sa figure. André Schweitzer s'inclinait. Je faisais le signe de la croix. Les yeux de plusieurs jeunes femmes étaient rougis par les larmes. Margault Van Gulip était changée en statue. Marina, à nouveau, avait posé sa tête sur mon épaule et je la sentais trembler contre moi.

La vie autour de Romain défilait dans ma tête. Il y a des jours, des mois, des années interminables où il ne se passe presque rien. Il y a des minutes et des secondes qui contiennent tout un monde. La présence de Romain avait été si forte que son seul souvenir suffisait à effacer son absence. On eût dit, pour un peu, qu'il était toujours là pour animer ses propres obsèques et ressusciter le passé.

La tristesse qui nous envahissait venait des jours heureux que nous avions connus avec lui et de cette capacité qu'il avait plus que personne de donner à la vie l'allure d'une fête toujours nouvelle. Il ne savait pas grand-chose : il savait vivre. Si supérieur au savoir-faire, le savoir n'est presque rien auprès du savoir vivre. Pour beaucoup de ceux et de celles qui étaient autour de lui ce jour-là, la vie serait moins légère, moins gaie, moins lumineuse qu'avec lui.

Il y avait aussi, caché, un autre sentiment qui se faufilait en nous : par un paradoxe assez vif, Romain, qui était la vie même, nous contraignait par sa mort à penser à la nôtre. Il aurait détesté jouer ce rôle de moniteur de danse macabre. Il aurait voulu que sa mort fût l'occasion d'une fête à l'image de sa vie. C'était un échec : nous ne parvenions pas à dominer sans lui le chagrin de sa disparition. Il aurait fallu qu'il fût là pour nous consoler de son absence. Il n'aimait que la vie, il avait tout construit sur elle avec une sorte de génie. Voilà que la mort triomphait. Pour un instant au moins, la mort — une mort qui avait son visage — était plus forte que la vie.

Où était-il maintenant ? Nulle part, comme il le pensait dans les jours de sa présence ? Un froid glacial s'emparait de nous. Qu'il y eût quelque chose ou qu'il n'y eût rien après le tout petit nombre de printemps et d'étés, après la poignée d'automnes et d'hivers que nous avions passés sur cette terre qui se refermait sur lui, la tragi-comédie de la souffrance et du bonheur que nous avions jouée à sa suite avec tant de conviction s'effondrait dans le néant. S'il y avait un autre monde, ce monde-ci n'était rien. Et s'il n'y en avait pas, ce monde-ci était tout — mais c'était une farce monstrueuse et tout était moins que rien. Quand le fourgon passa devant moi, je pensai moins à Romain qu'à ce que nous pouvions bien faire pour l'emporter sur la mort.

Ce que nous pouvions faire, mortels, pour l'emporter sur la mort était à chercher dans la vie. Il fallait profiter des jours de notre vie pour trouver le secret qui la rendrait immortelle. Quel secret ? Y avait-il quelque chose au-delà du plaisir et d'une passion pour la vie qu'il avait cultivés comme personne ? Quel salut ? Cet élan vers l'avenir à travers le passé que nous appelons l'histoire ? L'art, à qui il arrive d'ouvrir — illusion ? — des rivages inconnus ? L'amour, dont il y a avantage à ne jamais rien dire ? Le temps d'un éclair, et c'était absurde, il me sembla que *Romain* me prenait par le bras et se penchait vers moi pour me livrer le secret.

Le 30 avril 1945, Béchir se retrouva en faction devant la porte du Führer dans le bunker de la Chancellerie. Sous des mètres et des mètres de béton, l'atmosphère était irréelle. Tout le monde savait que l'aventure qui avait commencé quelque douze ans plus tôt était terminée. Elle s'achevait dans le sang, les décombres et les larmes. Les armes de la terreur qui devaient renverser le cours de la guerre ne seraient prêtes que trop tard. C'étaient les États-Unis qui allaient lancer les premiers, cinq mois plus tard, contre le Japon, la première bombe atomique. Les négociations secrètes avec les uns ou les autres avaient échoué. Il ne restait plus qu'à mourir. Là-haut, on mourait déjà. Sous les bombes et les obus. Sous les coups des *katiouchas*, les orgues de Staline, qui frappaient avec régularité à intervalles de deux secondes. La violence mécanique déclenchée par Hitler avait fini par se retourner contre lui. Il l'avait emporté grâce aux chars et aux avions. Comme l'avait annoncé au plus fort de la nuit un général en exil et condamné à mort, les avions des Alliés l'emportaient sur les siens, les chars des Alliés l'emportaient sur les siens. Il s'était identifié à la puissance militaire : il était vaincu par ses propres armes. Monstrueuse et stupide, la guerre se dévorait elle-même. La force était détruite par la force.

Les nouvelles les plus folles circulaient. Heinz Linge, le valet de chambre du Führer, avait glissé à Béchir que l'horoscope de Hitler était parvenu à Goebbels : il indiquait qu'après une passe difficile les astres étaient sur le point de lui redevenir favorables. La rumeur de plusieurs disparitions qui n'étaient pas sans conséquences courait dans le bunker. La mort de Roosevelt, quinze jours plus tôt, avait réjoui le Führer qui ne manquait pas de voir dans la disparition d'un adversaire exécré comme un signe du destin. L'annonce, la veille même, de l'exécution de Mussolini et de sa maîtresse, Clara Petacci, arrêtés par les partisans à Dongo, sur le lac de Côme, et dont les corps avaient été pendus par les pieds à des crocs de boucher sur le piazzale Loreto à Milan, l'avait à nouveau assombri. On murmurait que le général Fegelein, beau-frère d'Eva Braun dont il avait épousé la sœur Gretl, venait d'être fusillé pour avoir tenté de négocier, aux côtés de Himmler, avec les Occidentaux. Le bruit se répandait surtout du suicide, dans le bunker même, de Goebbels et de sa femme, qui auraient tué leurs six enfants avant de se donner la mort. Partout des cadavres, par milliers et par centaines de milliers, des jambes et des bras arrachés, des yeux crevés par des balles ou des éclats d'obus, des visages défigurés, des infirmes, de grands brûlés, des monceaux de blessés qui réclamaient d'être achevés et des souffrances sans nom. L'ombre de cette mort qu'ils avaient déchaînée sur le monde flottait sur le crépuscule des maudits.

Un peu avant midi, Béchir se trouva soudain face à face avec le Führer qui sortait de sa chambre. Hitler s'était couché tard, comme toujours, et il se levait tard. Il posa sur Béchir des yeux égarés.

« Je vous connais… murmura-t-il.

— *Ja, mein Führer !* répondit Béchir au garde-à-vous.

— Vous étiez au mariage ?

— *Ja wohl, mein Führer !* répéta Béchir.

— Ah ! vous êtes le musulman à la croix de fer ! Il en aurait fallu beaucoup de la même trempe que vous. J'ai rêvé de l'Orient. C'est en Orient que tout se joue. On s'imagine, bien à tort, que mes ambitions se limitaient à l'Europe. Les gens pensent toujours à leur petite mesure. Je voyais plus loin que l'Europe. Ce qui m'intéressait, c'était le monde entier. Appuyée sur l'islam pour écraser le complot de la juiverie internationale, l'Allemagne national-socialiste aurait conquis la planète et l'aurait régénérée. »

Adossé au chambranle de la porte, le visage ravagé de mouvements convulsifs, s'efforçant de contenir le tremblement de son bras droit, l'ancien peintre autrichien, l'agitateur de réunion publique devenu maître du IIIe Reich exposait pour la dernière fois à un pauvre diable réchappé de l'enfer son plan d'empire universel. Il parlait comme en songe, à demi possédé, un peu de bave aux lèvres, à la façon de ces pythies de l'Antiquité qui annonçaient l'avenir dans des fumées d'encens, des lauriers sur le front. Lui, dans le fracas des bombes, sous les poussières d'une fin du monde, aux dernières heures d'une existence qui sombrait, après tant de triomphes, sous les malédictions, prophétisait un passé qui n'avait pas eu lieu et qui n'aurait jamais lieu.

Bien des années plus tard, Béchir m'avait raconté la stupeur qui, à quelques heures de la capitulation sans conditions de ce IIIe Reich allemand chargé d'établir par le feu et le sang un ordre nouveau pour mille ans, le frappait dans un coin du couloir qui traversait le bunker sous la Grande Chancellerie. Cette stupeur était telle qu'il ne se souvenait que vaguement des propos exaltés du Führer. Des secrétaires, des infirmières, la cuisinière de Hitler passaient et repassaient. Hitler venait de rédiger un double testament politique et privé où, après avoir annoncé son mariage, il désignait, au milieu d'un délire contre les Juifs, responsables de tous les maux, un nouveau et dernier gouvernement avec l'amiral Dönitz comme président du Reich, chef suprême de la Wehrmacht, et Joseph Goebbels comme chancelier. Maintenant, il brossait en quelques mots pour Béchir pétrifié les grandes lignes d'un rêve de pouvoir universel en train de s'écrouler.

Ce n'était pas seulement à la conquête du pétrole et pour couper l'Armée rouge et l'Empire britannique de leur approvisionnement en essence que Hitler avait lancé ses troupes à l'assaut du Caucase, à l'assaut du Terek, fleuve aux innombrables légendes, à l'assaut de l'Elbrouz au sommet duquel le drapeau à croix gammée est hissé par un détachement de la Wehrmacht le 21 août 1942. C'était avec des arrière-pensées et avec des objectifs d'une ambition autrement formidable.

Pour décisives qu'elles fussent dans la perspective de la lutte contre le bolchevisme, l'opération Barbarossa, l'offensive contre l'Armée rouge, la ruée vers le sud et vers le Caucase n'étaient qu'un élément d'un plan d'ensemble gigantesque. Le début de l'été 42 voit en effet une poussée des troupes allemandes sur un autre théâtre d'opérations très éloigné du front russe : la Tripolitaine, la Cyrénaïque, l'Égypte. La bataille du sable après la bataille de la neige.

Durant toute l'année 41, en une danse de pouvoir et de séduction, avec une alternance de succès et d'échecs, le maréchal Rommel, à la tête de l'Afrikakorps, a avancé vers l'est jusqu'à Marsa-Matrouh, puis reculé vers l'ouest, puis avancé à nouveau jusqu'à Bir Hakeim — où, commandée par Kœnig, la 4ᵉ brigade des Forces françaises libres résiste pendant quinze jours —, jusqu'à Tobrouk qu'il enlève en juin 42, jusqu'à El-Alamein qu'il atteint en juillet. Vers le milieu de l'été 42, il est aux portes d'Alexandrie et sur la route du Caire. Le rêve planétaire de Hitler semble sur le point de devenir réalité.

Selon le plan primitif qu'il a conçu à la veille de l'opération Barbarossa et qu'il ressasse une dernière fois à haute voix devant Béchir changé en statue, trois groupes d'armées distincts doivent converger vers l'Orient. Le premier est constitué par l'Afrikakorps du maréchal Rommel. Il pousse d'ouest en est, de l'Afrique vers l'Asie, le long de la Méditerranée. Il remonte le Nil vers Le Caire où adversaires des

Anglais et partisans de Hitler cousent déjà fébrilement des croix gammées sur de la toile rouge. Les forces de Montgomery détruites, derrière le Nil il n'y a plus rien : plus de défenses, plus de réserves. Port-Saïd et le canal de Suez tombent comme un fruit mûr. Après avoir bloqué le canal, Rommel poursuit sa promenade militaire à travers le Sinaï et la Palestine. Il cueille au passage Jérusalem, d'où les Juifs sont déportés, et atteint la Syrie.

Le deuxième groupe d'armées prévu par les directives de 1941 est celui du maréchal von Bock. Il part de Bulgarie, traverse le Bosphore, fonce à travers l'Anatolie, franchit les cols du Taurus et fait sa jonction avec l'Afrikakorps de Rommel dans le nord de la Syrie, à la hauteur d'Alep.

Après avoir escaladé le Caucase, le troisième groupe d'armées, celui du maréchal List, descendant vers le sud, passant d'Europe en Asie, s'empare de tout l'espace entre mer Noire et Caspienne, file à travers l'Irak et l'Iran et débouche sur le golfe Persique. Les trois groupes d'armées referment leurs tenailles sur le cœur de l'Empire britannique.

La situation en Asie, à cette époque, en 41-42, n'est pas défavorable au national-socialisme. L'influence du mufti de Jérusalem s'exerce au profit du Reich. L'Irak de Rachid Ali, l'ancien Premier ministre, est prêt à basculer dans le camp des Allemands. En Iran, Reza Chah, qui a renversé les Qadjars vingt ans plus tôt et fondé la dynastie des Pahlavi, est fasciné par Hitler. Il a été contraint de démissionner en faveur de son fils, mais il conserve encore de nombreux partisans. Dans l'esprit au moins du Führer, le Moyen-Orient tout entier est prêt, après le Proche-Orient, à tomber dans les bras des Allemands.

Hitler met la main sur les ressources en énergie de Bakou, de Mossoul, de Kirkuk et d'Abadan. Il dispose du pétrole de l'Irak, de l'Iran, de l'Arabie Saoudite. Il contrôle les routes maritimes et terrestres reliant la métropole aux Indes. Il coupe, à Suez, les communications de l'Angleterre avec son empire. L'approvisionnement de l'U.R.S.S. par les États-Unis à travers les deux ports iraniens de Khorramchahr et de Bandar Abbas est rendu impossible.

L'empire du monde se conquiert en Orient. En plus vaste, en plus formidable, Hitler reprend les desseins des grands conquérants. Il occupe, comme Bonaparte, l'Égypte et la Palestine. Comme Frédéric II Hohenstaufen, il annexe l'Orient au Saint Empire romain germanique. Installé sur le Tigre et l'Euphrate, où naît la civilisation, il pousse, comme Alexandre le Grand, vers l'Indus et vers l'Inde, origine des Indo-Européens, berceau de ces Aryens chers aux disciples de Gobineau et aux théoriciens du nazisme. Et, l'Armée rouge à genoux, l'Empire britannique éclaté, les États-Unis privés de pétrole, il dicte ses conditions au monde enfin libéré qui lui tresse des lauriers et qui attend ses ordres.

« *Mein Führer !* La cuisinière demande à quelle heure vous désirez déjeuner. »

C'était Heinz Linge qui posait la question après s'être approché en silence.

Adolf Hitler regarda autour de lui d'un air égaré.

« À 2 heures », décida-t-il.

Il se tourna vers le grand lieutenant blond qui, l'avant-veille, avait introduit Béchir dans la salle des cartes du bunker où se célébrait le mariage.

« Je voudrais bien savoir ce qui se passe là-haut.

— *Zu Befehl, mein Führer !* »

Le lieutenant posa ses yeux sur Béchir.

« On y va ?

— On y va », dit Béchir.

Ils sortirent du bunker tous les deux, avec d'infinies précautions, passant d'abord la tête, puis le corps tout entier hors de la masse de béton qui protégeait le réduit. Ce qu'ils virent les épouvanta : au milieu des décombres qui s'étaient encore étendus et constituaient maintenant un immense champ de ruines, sous le sifflement des obus, dans un décor d'apocalypse, avec des cadavres un peu partout, deux sergents de l'Armée soviétique hissaient le drapeau rouge sur la coupole du Reichstag, à quelques pas à peine du refuge du Führer.

Quand le lieutenant et Béchir regagnèrent le bunker, Hitler se mettait à table en compagnie de sa femme et de quelques intimes.

« Alors ? demanda-t-il. *Was ist los ?* »

Les deux hommes rapportèrent brièvement ce qu'ils avaient aperçu, le lieutenant exposant les faits, Béchir ajoutant en quelques mots un certain nombre de détails.

Hitler, soudain très calme, au bord de l'indifférence, les remercia tous les deux et leur serra la main. Ils étaient en train de se retirer quand le Führer les rappela.

Pointant le doigt vers le pistolet accroché au ceinturon de Béchir, il demanda :

« Qu'est-ce que c'est que ça ?

— Un Walther 7.65, *mein Führer !* répondit Béchir.

— Une arme très sûre, n'est-ce pas ?

— La meilleure de toutes, *mein Führer !* »

Hitler hésita un instant. Il lui mit la main sur l'épaule, regarda le pistolet avec insistance et finit par murmurer sur un ton de timidité imprévue :

« Prêtez-le-moi, voulez-vous ? »

Béchir, sans un mot, la mort dans l'âme car l'arme était son seul trésor, elle ne le quittait jamais et il y tenait plus qu'à tout, lui tendit le pistolet.

Quand le fourgon passa devant Margault Van Gulip réduite à l'état de statue, la mère de Marina avança le bras droit et de ses doigts tendus effleura la voiture.

La jeune femme dansait. Le lendemain même de son arrivée, entraînée par deux gandins aux cheveux noirs et gominés qui lui avaient fait la cour à bord de l'*Île-de-France*, Meg était allée passer une bonne partie de la nuit dans une boîte de Manhattan dont le nom m'échappait devant le convoi mortuaire. Ce n'était pas un de ces établissements d'une élégance raffinée dont El Morocco ou The Stork Club allaient plus tard donner l'exemple. Non. Plutôt une sorte de guinguette ou d'épicerie aménagée, une affaire de famille où des habitués s'amusaient entre amis. Quand on avait assez dansé au son d'un orchestre qui débitait les charlestons et les airs de jazz à la mode, on passait dans une arrière-salle où étaient installées des tables de jeu clandestines et où les initiés buvaient sec.

Au-delà des débats d'apparence entre républicains et démocrates, l'Amérique, en ce temps-là, était encore sous le coup d'une double série d'événements dominés, dans un cas comme dans l'autre, par le spectre de l'argent : la prohibition et le krach de Wall Street.

Le jeudi noir 24 octobre 1929, la Bourse américaine, qu'une spéculation effrénée avait fait monter en flèche, s'effondrait d'un seul coup. C'était une catastrophe financière qui laissait loin derrière elle la débâcle du système de Law, limitée à une frange étroite de privilégiés, ou le naufrage de l'emprunt russe. Une société s'écroulait sous le poids de sa réussite et de ce que les tragiques grecs appelaient jadis ʽυβϱις — la satisfaction insolente, l'orgueil trop sûr de lui. Des banquiers se jetaient par la fenêtre, d'innombrables spéculateurs étaient ruinés un peu partout, les répliques du séisme s'étendaient, de proche en proche, à la planète entière, les riches devenaient moins riches et souvent presque pauvres, les pauvres perdaient leur travail et tombaient dans la misère. Le krach de 29 occupe une place secondaire mais honorable dans la longue suite de désastres qui ont marqué le XXe siècle. Autant que les grandes guerres, les progrès des moyens de destruction, les idéologies meurtrières — autant aussi que les conquêtes de la science et de la technique, l'aspiration à la justice et à la paix, le règne de la télévision et de l'électronique —, il indique que le monde est en train de s'unifier et de se changer en une immense et unique entreprise. Il indique également que l'argent y est roi.

À l'époque où Meg débarquait à New York, les contrecoups du krach étaient encore très sensibles : parce qu'on avait touché à leur argent qui leur était aussi proche ou plus proche que la famille, les croyances, les modes de vie, la religion, les gens commençaient à ne plus croire à rien. La prohibition, c'était autre chose. À la fois plus gaie — l'alcool a quelque chose de plus amusant que les banques — et pourtant plus tragique — la chute des cours de la Bourse a fait moins de cadavres que l'interdiction de la vente et du transport des boissons alcoolisées —, la prohibition remontait déjà à une bonne dizaine d'années. Le soir où Meg danse comme une folle avec ses nouveaux amis, la fin de la prohibition et des massacres qu'elle a entraînés clignote déjà dans l'avenir. Elle est l'aveu d'un échec : dans le monde moderne de la circulation, il est difficile et peut-être impossible de s'opposer par la force à la marche des mœurs et au mouvement de l'opinion. Le legs le plus clair de la prohibition sera le développement formidable de la Mafia américaine et la puissance renforcée d'une race ancienne et toujours nouvelle : les gangsters.

À mesure que s'avance la nuit américaine, Meg oublie de plus en plus les deux gommeux de rencontre aux cheveux plaqués qui l'ont emmenée où elle est. Elle se détourne d'eux au profit de deux hommes autrement intéressants que sa beauté a frappés, qui écartent les gandins en leur tapant sur l'épaule et qui s'occupent d'elle avec une drôlerie et une attention qui la touchent. Ils sont liés entre eux par des nœuds qui semblent très forts et qui intriguent la jeune femme. L'un s'appelle Meyer Lansky. Il est juif. L'autre s'appelle Charlie Luciano, mais tout le monde l'appelle Lucky. Il est italien. Meg, malgré son jeune âge, en a déjà beaucoup vu. Elle est tout ce qu'on voudra, sauf une ravissante idiote. Elle ne met pas longtemps à comprendre que les deux hommes qui l'entreprennent, qui l'ont fauchée aux deux sauteurs dépités, incapables de lutter contre plus forts qu'eux et en train de bouder dans leur coin, se situent à la lisière — et plutôt de l'autre côté — de la légalité.

Ils ne sont pas les premiers à défier la société à l'ombre du drapeau étoilé. Depuis plus de deux cents ans se forge lentement la légende des gangsters américains et de la guerre de leurs gangs. Tout au long du XIXe, les Bowery Boys, les Dead Rabbits, les Daybreak Boys, les Plug Uglies, les Swamp Angels, les Forty Thieves ou les White Hands se disputent les femmes, les bonnes affaires, le jeu et le pavé des villes. Peu à peu, sur des bases ethniques qui restent fortes sur cette terre d'immigrés, se constituent trois grands groupes plus efficaces que les autres : les Irlandais, les Juifs, les Italiens.

Chassés de chez eux par la misère qui culmine avec la terrible famine de 1845-47, due à la maladie de la pomme de terre, les Irlandais sont là de bonne heure. Quand, fuyant les pogroms de l'Europe orientale, les Juifs arrivent en masse vers le milieu du XIXe, ils se sentent d'abord désarmés en face des Italiens et surtout des Irlandais. Ils apprennent peu à peu à se battre à armes égales et à rendre coup pour coup. Ils glissent insensiblement du shtetl, de la shul, de la bar-mitsva, de la lecture du kaddish au billard et aux salles de jeu clandestines. Ils échangent les histoires en forme d'énigme métaphysique contre des mitraillettes.

Les Italiens, comme les Irlandais, participent depuis longtemps aux guerres des gangs qui n'en finissent jamais et se nourrissent d'elles-mêmes. Ce sont des criminels à l'ancienne mode : œil noir, moustache épaisse, goût prononcé pour la vendetta et les meurtres symboliques. Ils ressemblent à ceux qui jouent dans *Le Parrain*. Par allusion à Pistol Pete, figure légendaire du Far West historique, les gangsters juifs, avec mépris, les baptisent « Mustache Pete ». N'en déplaise aux patrons juifs du crime, les Rothstein — le précurseur, le grand ancêtre, le Moïse du milieu, dont Scott Fitzgerald s'inspire pour son personnage de Meyer Wolfshiem dans *Gatsby le Magnifique* —, les Lepke, les

Shapiro, les Schultz, les Cohen, les Tic-Tac Tannenbaum, ce sont les Mustache Pete qui tiennent le haut du pavé de la clandestinité criminelle. Et, à partir de 1926, ils reçoivent un renfort inattendu. Mussolini, qui a pris le pouvoir à Rome en 1923, entreprend de démanteler l'Honorable Société sicilienne, la N'dranghetta en Calabre et la Camorra napolitaine. L'effet papillon joue à plein : il veut que les battements d'ailes d'un papillon au cœur de la forêt d'Amazonie déclenchent de proche en proche un typhon au Japon. Chassés de la baie de Naples et de Castellamare, des villages de Sicile et du fameux Corleone, les chefs du crime organisé débarquent à Manhattan.

Tout gang a deux ennemis, il se bat sur deux fronts : la police et les autres gangs. Et la lutte entre groupes rivaux est parfois plus rude que contre les forces de l'ordre. Dans le cas des Mustache Pete, la situation est encore compliquée du fait que des rivalités intestines entre Italiens se superposent aux bagarres contre les Juifs et contre les Irlandais.

Le milieu italien est solidement structuré. Il est constitué de familles qui ont chacune un *capo* à leur tête. Au sommet de la pyramide, un *capo di tutti capi*. Le *capo di tutti capi* a longtemps été Joe Massera. Le regard fixe et glacial, moins impressionnant que Marlon Brando, il mesurait un mètre soixante et avait surtout le chic pour esquiver les balles. Après s'être débarrassé successivement de ses ennemis et de ses amis, il était devenu Joe the Boss.

Quand déboule la nouvelle vague des chefs du crime exilés par le Duce, le ciel se couvre pour Joe Massera, the Boss. Entouré d'une centaine de gaillards qui n'ont pas froid aux yeux, qui n'ont rien à perdre puisqu'ils n'ont rien à eux et qui, à toutes fins utiles, pour ne pas insulter l'avenir, sont armés jusqu'aux dents, un nouveau venu, Salvatore Maranzano, affiche ses prétentions. La guerre des gangs fait rage. Les hommes tombent comme des quilles : dix, vingt, cinquante, peut-être plus, en quelques mois. Massera avait flingué ses rivaux. Maranzano va faire flinguer Massera.

Au fin fond du New York de la crise financière et de la prohibition, au cœur de la nuit qui vire déjà vers le jour, dans le vacarme assourdi de l'orchestre qui va bientôt plier bagage, parmi les joueurs de cartes et de dés qui ne tiennent plus debout et les machines à sous, ce sont ces contes de fées de la pègre que Meyer Lansky et Charlie Luciano glissent, en s'amusant de son éberluement et de son effroi, peut-être feint, à l'oreille de la jeune femme.

Lansky et Luciano sont amis intimes. S'en prendre à l'un, c'est affronter l'autre. Leurs liens remontent déjà loin. Quelque vingt ans plus tôt, le siècle n'est pas encore bien vieux, Meyer, gamin juif efflanqué, immigrant de fraîche date, marche seul dans la neige d'une petite rue de New York. Il ne pense à rien. Il rêve. La vie n'est pas gaie tous les jours pour un petit Juif égaré sur la terre promise de la finance et de la lutte pour la vie. Quand il lève les yeux, il se voit entouré d'une bande de jeunes Italiens dont le chef doit avoir cinq ou six ans de plus que lui.

« *Hi*, youpin ! dit le chef.

— *Hi*, répond Meyer en desserrant à peine les dents.

— Tu trouves ça prudent, reine des pommes, de te promener tout seul dans les rues de la grande ville ? »

Meyer ne répond pas. Il baisse les yeux et se tait.

« Il faut te protéger, youpin. Pour toi ce sera cinq *cents* par semaine. C'est donné. Aboule le fric, et une avance pour le mois.

— Va te faire foutre, lui dit Meyer en le regardant dans les yeux. Ta protection, tu peux te la carrer dans le cul. »

Le chef des Mustache Pete était Charlie Luciano. Le cran du petit youpin l'épate. Au lieu de s'étriper selon les règles, ils deviennent amis intimes. Bientôt, venus de milieux différents, et en vérité opposés, ils se considèrent comme frères de sang.

À une époque et dans un pays où la question des origines et de la religion — au sein de la clandestinité comme sur les sommets les plus élevés et les plus sophistiqués de la société — était encore brûlante, c'était un progrès formidable. Quand Arnold Rothstein, le précurseur légendaire, se lança sur une grande échelle dans la bataille contre la prohibition, Meyer Lansky et Charlie Luciano travaillèrent ensemble, main dans la main, pour le patron des gangsters juifs. S'ouvre une épopée du crime, la quête du Graal de la pègre.

Selon Rich Cohen qui raconte leurs aventures dans *Yiddish Connection*, Lansky avait fait la connaissance de Rothstein lors d'une bar-mitsva. Il entraîna son ami Charlie dans des expéditions de type militaire et dans la protection des camions qui transportaient le whisky prohibé. Un chauffeur à l'avant, deux hommes en armes à l'arrière, en guise d'escorte, comme dans les films de John Ford. Mais les ennemis n'étaient pas les Indiens, il n'y avait pas de jeune femme très belle, amoureuse d'un joueur ou sur le point d'accoucher, et la diligence traînée par six chevaux était remplacée par un fourgon blindé.

Contre la police, ce déploiement de forces ? Oui, bien sûr. Mais plus encore contre les autres gangs. Quand, surgis de nulle part, des foulards sur le visage, les pirates de la nuit attaquaient les camions, il était difficile de faire appel aux forces de l'ordre, contournées avec soin ou achetées à prix d'or. Mieux valait se défendre soi-même et exercer sa propre police en toute indépendance. En compagnie d'autres personnages toujours hauts en couleur qui allaient tenir de la place avant de tomber tour à tour sous les coups de rivaux ou de la société, Luciano et Lansky, apparemment indestructibles, excellaient dans cette tâche.

Meg écoute avec délices les récits pleins de sang et de simplicité de ses deux nouveaux amis. Ils n'ont pas l'air de se cacher. Ils parlent d'eux-mêmes en riant. On dirait des caissiers, des menuisiers, des avocats, des violonistes en train de raconter leur journée. Elle découvre un monde nouveau dont la violence et l'étrangeté lui plaisent. Quand ils évoquent les milliers de bouteilles de whisky jetées par un producteur canadien dans le lac Érié ou le lac Ontario et entraînées par le courant jusqu'aux rives américaines où les cueillent les bootleggers — c'est l'origine d'une marque respectable et puissante : Seagram —, elle s'amuse à la folie.

Elle regarde les deux hommes. Aucun des deux n'est vraiment beau. Ils sont habillés avec une recherche affectée qui est loin de l'élégance de la cabine de Chanel. Ils n'ont pas le charme des hommes qui font battre son cœur dans la réalité quotidienne, sur l'écran, au détour des récits des autres. Ce qui frappe chez eux qui frôlent la mort de si près, qui l'ont donnée si souvent, qui l'attendent en plaisantant, c'est un surcroît de vie. Ils jouent à épier la mort qui les guette de partout.

Et moi, je la regarde. Tout ce que je sais d'elle, c'est Romain et elle-même qui me l'ont raconté. L'idole de Béchir, le mannequin de Chanel, l'amie de Charlie Luciano, la jeune femme de Patmos, la reine Margault sous mes yeux, perdue dans le souvenir de Romain, sont une seule et même personne. Est-ce possible ? Je ne parle même pas des secrets qu'elle a gardés pour elle. On dirait qu'éparpillées dans le temps plusieurs existences différentes se superposent sous son nom — ou plutôt sous ses noms, puisque eux aussi ont changé. Les êtres humains sont incertains et divers comme ces nuages dans le ciel qui se transforment et disparaissent. Ce n'est que par commodité que nous les considérons comme des touts cohérents et fermés. Ils n'ont pas de qualité propre. Impossible de les réduire à une formule unique. La continuité n'est pas leur fort. Emportés dans le temps, victimes de leurs passions qui proviennent d'eux-mêmes sans doute, mais aussi de nulle part, ils n'ont de réalité que dans l'instant présent. Il n'est pas impossible de reconstruire leur passé. Personne ne peut prévoir leur avenir. Misère de la psychologie : nous ne pouvons rien faire d'autre que de les raconter.

« Mais le petit, là, Massera, demanda Meg, Joe the Boss, c'est vous qui l'avez tué ?

— Moi ? répondit Luciano en riant. Bien sûr que non. Tout ce que j'ai fait, c'est de déjeuner avec lui. »

Rien de plus exact. La guerre faisait rage entre les hommes de Massera et ceux de Maranzano. Lansky essayait de retenir Luciano qui, depuis qu'il travaillait pour Rothstein, avait eu des malheurs. Une nuit qu'il déchargeait une cargaison de whisky ou de drogue, quatre types plutôt violents, le visage masqué par un foulard, l'avaient fait monter de force dans une voiture et emmené faire un tour. « Faire un tour en voiture », dans le langage de l'Amérique de la fin des années vingt et des débuts des années trente, avait un sens très précis : c'était prendre un billet simple pour l'au-delà en compagnie d'anges gardiens qui ne vous voulaient pas de bien. Au terme de la balade, Charlie Luciano, tabassé à coups de gourdin et de crosse de pistolet, la gorge ouverte par un pic à glace, le visage tuméfié, fut jeté hors de la voiture et laissé pour mort. Il s'en tira pourtant et gagna à l'affaire le surnom de « Lucky » Luciano.

La guerre entre Italiens exaspérait Luciano.

« Quel gâchis ! disait-il. Ça coûte les yeux de la tête et il n'y a que les flics pour en profiter et s'en réjouir.

— Laisse tomber, lui disait Meyer. Attends qu'ils se *soient tous tués*. Après, on prendra le pouvoir. »

Un beau matin de printemps, lassé d'attendre, Lucky Luciano alla voir Maranzano, toujours entouré de ses gardes du corps à la Pancho Villa ou à la Zapata, dans les bureaux de Park Avenue où il cachait ses ambitions et les faisait bouillir. Ce qu'ils se dirent, seuls Meyer Lansky et eux-mêmes le savaient. Quelques jours après cette rencontre, Luciano invita Massera à déjeuner dans une trattoria italienne de Coney Island. Joe the Boss accepta.

« On pourra y dîner ? demanda Meg avec un petit rire.

— Bien sûr que oui, dit Luciano. Elle n'a pas bougé. Je vous y emmène demain soir. »

Une angoisse me prenait. Elle était rétrospective et mêlée d'ironie. Comment avais-je osé, une quinzaine d'années plus tard, sur un chemin de Patmos qui donnait sur la mer, embrasser une femme que Lucky Luciano avait emmenée un soir à la trattoria Scarpato à Coney Island ? Je regardais Margault. Elle avait été cette jeune femme avec Lucky Luciano, elle avait été cette jeune femme sur le chemin de Patmos. On ne voyait plus rien de ce qu'elle avait été. Elle était toujours la même, mais elle était devenue une autre. Elle s'appuyait sur Béchir. La vie était rude. Le temps passait sur nous. Ou nous passions dans le temps. Quelque chose d'obscur nous emportait du Caire à Coney Island, à Patmos, dans le cimetière où la cendre et le souvenir de Romain défilaient devant nous. La tête me tournait un peu.

Ils déjeunèrent ensemble, le *capo di tutti capi* et Charlie Lucky Luciano, de spaghetti alle vongole et de vitello tonnato, arrosés de chianti. Après l'espresso, devant une grappa, ils entamèrent une partie de poker. À 3 heures moins 2, Lucky Luciano, pris d'un besoin pressant, alla s'enfermer aux toilettes. À 3 heures et 40 secondes, la porte du restaurant vola en éclats, quatre ou cinq hommes firent irruption l'arme au poing et une fusillade nourrie cribla de balles le *capo di tutti capi.* Transformé en pantin, le corps de Massera fut jeté en l'air par le choc et retomba lourdement sur la table avec une main en l'air, encore crispée sur une carte rendue célèbre par la une de tous les journaux du lendemain : c'était un as de carreau.

Charlie expliqua à Meg que, de ce jour, chez les gangsters d'Amérique, l'as de carreau, comme la dame de pique chez Pouchkine, constituait un message de mort. Recevoir par le courrier du matin ou de la main d'un inconnu qui vous bousculait dans la rue ou frappait à votre porte une enveloppe, parfois un paquet, ou même un bouquet de fleurs, contenant un as de carreau, c'était comme si on vous annonçait que vous alliez faire un tour en voiture.

« Ce qu'il y a chez nous, disait Charlie, approuvé par

Meyer Lansky, c'est que nous vivons dans l'attente. Et qu'est-ce que nous attendons ? La trahison et la mort. Nous arrivons par la trahison, nous périssons par la trahison. L'important, c'est de trahir avant d'être trahi. C'est-à-dire de tuer avant d'être tué. Il faut frapper ceux qui vont frapper. C'est pourquoi l'indic, le donneur, le mouchard, la balance joue un si grand rôle chez nous. Le mouchard cherche à prévenir la police ou le gang adverse, et celui qui est mouchardé cherche à intercepter le mouchard avant qu'il n'ait réussi à établir le contact. C'est une course qui n'en finit pas, une partie de cache-cache sur les bords de la mort.

« Il arrive que la balance soit balancée elle-même. Il arrive qu'elle soit protégée par les uns pendant qu'elle est poursuivie par les autres. Il arrive que nous nous agitions pour sauver un rival ou même un policier haut placé qu'un minable veut abattre par vengeance personnelle. Si nous jugeons que le jeu n'en vaut pas la chandelle et qu'il est trop dangereux pour tous de bousculer l'ordre établi, nous pouvons nous ranger du côté des flics et descendre nous-mêmes le fauteur de troubles et de désordre. Le cas s'est déjà produit. Il se produira encore.

« Nous sommes d'une certaine façon garants de l'ordre et de la justice. Les gens nous redoutent, mais ils font appel à nous. Nous prenons, bien sûr, notre commission au passage. Nous mettons un peu de jeu dans les rouages abstraits de l'administration.

— À coups de mitraillette ? demanda Meg.

— À coups de mitraillette, répondit Luciano. Il y a une violence cachée de la société. Nous y répondons par une violence ouverte. Nous faisons sauter les barrières. Comment croyez-vous que nous survivons ? Parce que les gens nous craignent, mais aussi parce qu'ils nous aiment bien — même ceux qui nous détestent. Aux yeux des enfants surtout, nous faisons figure de héros plutôt que de réprouvés. Nous aidons les plus faibles à se défendre contre les plus forts.

« Et c'est nous qui prenons les risques. Nous ne savons *jamais comment l'*attente finira. Quand on frappe chez nous, le matin, à la porte ou à la fenêtre, nous sautons sur nos flingues : c'est peut-être la police, c'est peut-être des ennemis, c'est peut-être des amis qui ont viré ennemis, c'est peut-être même des ennemis que des embrouilles ont changés en amis. Il n'est même pas impossible que ce soient des amis qui sont restés des amis.

— Vous êtes amis, tous les deux ? » demanda Meg. Et elle faisait aller son index de l'un à l'autre très vite.

« Oui, dit Meyer Lansky. Nous sommes amis.

— Vous ne vous trahissez pas ?

— Non, dit Luciano, nous ne nous trahissons pas.

— Vous ne vous quittez jamais ?

— Si, bien sûr, nous nous quittons, dit Meyer. Vous savez, je suis juif. Et il est italien. Ce n'est pas la même chose.

— Mais vous pensez la même chose ? »

Ils se regardèrent. Et ils se mirent à rire.

« Écoutez, dit Luciano. Il vient de vous le dire : je suis italien, il est juif.

— Nous sommes dans le même bateau, dit Lansky. Nous faisons le même voyage. Nous nous tenons par la main. Notre destination n'est pas la même. Les Italiens n'ont qu'une idée : c'est de transmettre leur pouvoir à leurs enfants. C'est pour cette raison qu'ils ont établi des familles avec des *capi* à leurs têtes. Ce sont des féodaux. Nous, les Juifs, nous rêvons d'autre chose : c'est de nous fondre dans l'Amérique profonde. Nous sommes des arrivistes.

« Les Italiens fuient le système et cherchent à s'établir durablement dans ses marges : l'Honorable Société est une société parallèle. La clandestinité, pour nous, n'est pas une porte de sortie : c'est plutôt une voie d'accès. Disons les choses comme elles sont : un fils de gangster italien rêve de devenir *capo* ; un fils de gangster juif rêve de devenir avocat. Tous les deux font des détours : l'un veut rester dehors, l'autre voudrait bien entrer.

— Et maintenant, demanda Meg à Luciano, vous travaillez avec l'autre… là… Maranzano ? Vous êtes son bras droit ou quoi ? »

Luciano et Lansky se regardèrent à nouveau. Et ils se remirent à rire.

« Oui, dit Luciano, j'ai été son bras droit. C'était un organisateur formidable. Malheureusement, il n'est plus là.

— Il n'est plus là ? dit Meg.

— Non, dit Luciano.

— Écoutez, dit Lansky à Meg, vous êtes ravissante, vous êtes très sympathique, vous n'êtes même pas bête, il est 4 heures du matin, nous vous racontons des choses que nous n'avons jamais racontées à âme qui vive, mais nous ne vous connaissons pas. C'est peut-être la police qui vous envoie, ou un procureur, ou un méchant garçon qui nous en voudrait. Ou peut-être êtes-vous une de ces putains de journalistes qui recueillent des informations pour un article de merde. Remarquez, les récits que nous vous faisons et qui semblent avoir la chance de vous amuser un peu n'apprendraient rien à personne — parce que tout le monde les connaît déjà. Mais enfin, tout de même, il ne faut pas exagérer et nous n'allons pas vous livrer, sous prétexte que vous avez un joli nez et des seins qui font rêver, nos petits secrets jusqu'au dernier.

— Et si je me servais de ce que vous m'avez dit, demanda Meg dans un rire un peu forcé, que se passerait-il ?

— Oh ! dit Charlie, d'un ton négligent et avec un sourire enjôleur, vous qui êtes si charmante, on vous retrouverait dans la rivière avec des chaussures de ciment. »

La vérité était que Maranzano, surtout en face de Massera, arriéré et borné, était un génie du crime organisé. Il réunit autour de lui tous les hauts bonnets de la délinquance urbaine et entreprit de reconstruire le milieu. C'est lui qui jeta les bases de la division de la haute pègre en cinq familles — bientôt six — organisées militairement, avec un *capo* à la tête de chacune d'elles. Il y eut les familles Anastasia, Luchese, Profaci, Bonanno et la famille Luciano. On eût dit Frédéric II Hohenstaufen édictant les constitutions de Melfi ou l'empereur Napoléon distribuant des duchés et des principautés aux généraux de son entourage. Avec plus de continuité et de succès dans le temps : les grandes lignes de cette organisation subsistent encore aujourd'hui, même si le nombre des familles s'est beaucoup accru. Sur un point, cependant, Salvatore Maranzano prit la suite de Joe Massera : il se désigna lui-même comme *capo di tutti capi*.

C'était une erreur de taille, mais elle était volontaire. Le but de Maranzano était le pouvoir, tout le pouvoir. Il était bien décidé à abattre tous ceux qui lui résisteraient — comme Joe Massera avait abattu ses rivaux et comme *lui*, déjà, avait abattu Massera — et, en premier lieu, Luciano qui lui faisait de l'ombre après l'avoir servi.

Cinq ans après l'assassinat de Massera, un an ou un an et demi avant l'arrivée de Meg à New York, Maranzano convoqua Charlie Luciano et deux de ses amis, Costello et

Genovese, à son quartier général truffé de gardes armés et de tireurs d'élite. Charlie Luciano se garda bien de se rendre à cette invitation et consulta aussitôt Meyer Lansky. Lansky avait reçu des informations : des menaces pesaient à Chicago sur Al Capone qui venait lui-même de massacrer ses rivaux au cours de la fameuse nuit de la Saint-Valentin. Les renseignements se recoupaient. Il sautait aux yeux que Maranzano était en train de déclencher une opération de nettoyage général. Après avoir appris par des indicateurs à leur solde qu'un gangster irlandais venait d'être embauché à des fins obscures et probablement pour les abattre, Meyer Lansky et Lucky Luciano décidèrent de devancer Maranzano et de tuer celui qui voulait les faire tuer.

L'entreprise n'était pas commode. Le nouveau *capo di tutti capi* était retranché dans son quartier général comme dans un bunker. Il était gardé par des hommes qui étaient prompts à la gâchette et en qui il avait toute confiance. C'est là que l'alliance entre les Juifs de Lansky et les Italiens fidèles à Luciano allait porter tous ses fruits. Lansky comprit aussitôt que les Mustache Pete devaient rester hors du coup : tous les gangsters italiens étaient connus des gardes de Maranzano. Pour se débarrasser du *capo di tutti capi*, Luciano et Lansky recrutèrent des tueurs juifs dont les visages ne disaient rien aux hommes de Maranzano.

Des problèmes nouveaux se posèrent aussitôt. L'attaque du quartier général du *capo di tutti capi* avait été fixée à un samedi, jour où l'entourage de Maranzano était moins nombreux et peut-être moins attentif que d'habitude. Mais plusieurs des recrues de Lansky étaient des Juifs orthodoxes qui refusaient de tuer le jour du shabbat. Il fallut changer la date.

Le jour de l'opération — qui n'était pas un samedi —, les hommes de Lansky, tous juifs, se firent passer pour des agents fédéraux engagés dans une banale descente de police. Ils sortirent leurs insignes, collèrent les gardes du corps contre le mur à la façon des fédéraux, pénétrèrent dans le bureau de Maranzano et le flinguèrent proprement à coups de pistolets munis de silencieux avant de se retirer avec beaucoup de calme.

En sortant du quartier général, alors qu'ils se mettaient enfin à courir après s'être trompés de chemin plusieurs fois et s'être retrouvés dans les toilettes pour dames, ils tombèrent nez à nez avec le tueur irlandais embauché par

Maranzano pour assurer la grande lessive. L'Irlandais regarda d'un drôle d'air ces types hors d'haleine qui passaient en courant.

« Tire-toi ! lui lancèrent-ils. Les flics sont là ! »

Luciano et Lansky ne répétèrent pas l'erreur fatale commise par Maranzano. Ils reprirent ses formules en les démocratisant. Le poste de *capo di tutti capi* fut supprimé. Les Juifs et les Italiens, les Irlandais aussi, travailleraient tous ensemble. Le système serait dirigé par une espèce de conseil d'administration auquel participeraient tous les patrons du crime, les Anastasia, les Costello, les héritiers d'Arnold Rothstein et, bien sûr, Luciano et Lansky.

Bien des années plus tard, après pas mal d'aventures auxquelles Meg, apparemment si loin de tous ces événements, devait être mêlée étroitement, Luciano et Lansky allaient, rare exception pour des hommes de leur espèce, mourir l'un et l'autre dans leur lit. Grâce à eux et avec l'aide américaine, la Mafia sicilienne allait reconquérir, et au-delà, l'ensemble de ses positions ébranlées par Mussolini. Tout un pan de l'histoire de l'Italie, et en vérité de notre Europe d'après-guerre, relèverait ainsi de leur action.

Quand Meg les rencontre tous les deux le lendemain de son arrivée à New York, ils sont encore dans la force de l'âge et bouillonnent de projets : ils viennent de se débarrasser de Salvatore Maranzano et ils jettent les bases de leur pouvoir démocratique sur le milieu clandestin. Sous le nom de Syndicat du crime, ils structurent et dirigent la haute pègre. Toujours avides de nouveau et de sensationnel, les journalistes inventeront à leur propos une formule destinée à frapper les esprits : *Murder Incorporated* — ou mieux encore, et plus bref, *Murder Inc.*

La tête me tourne dans le cimetière et, dans la boîte de New York, la tête de Meg lui tourne aussi. Elle passera plusieurs années, entrecoupées d'absences, de voyages, de retours vers la France, d'aventures extérieures, avec Lucky Luciano. Et peut-être aussi avec Meyer Lansky. Je ne sais pas tout de ces années et je ne suis pas sûr que Margault Van Gulip, en train d'échanger quelques mots à voix basse avec la duchesse de Mercœur et le général Simon Dieulefit, grand chancelier de la Légion d'honneur, tienne à en conserver elle-même un souvenir très distinct.

Le fourgon s'arrêtait au milieu de la foule immobile. Béchir se précipitait. Les hommes en noir ouvraient la porte de derrière et descendaient le cercueil. Béchir les aidait. Romain était dans la caisse.

Béchir avait repris sa place dans le bunker, à la porte de la pièce où déjeunait le Führer. La cuisinière de Hitler, qui l'avait aperçu à plusieurs reprises en train de monter la garde et qui lui avait déjà adressé quelques mots, lui avait apporté une assiette de charcuterie et un verre de bière. Le temps passait. Béchir, qui avait à peine dormi depuis plusieurs nuits, sentait l'épuisement le gagner. Il marchait de long en large dans l'étroit couloir du bunker et revenait s'immobiliser devant l'appartement du Führer. Après l'agitation des jours passés et l'épisode du mariage, régnait un calme un peu oppressant. Les généraux et les officiers supérieurs avaient disparu, on ne voyait plus Goebbels, il n'y avait plus de réunions dans la salle des cartes.

Le silence fut rompu par un vol de secrétaires qui sortaient de l'appartement. Plusieurs d'entre elles pleuraient à chaudes larmes. Le Führer leur avait fait ses adieux et les avait embrassées. Deux ou trois hommes les suivaient d'assez près. Béchir ne les connaissait pas. Ils passèrent devant lui sans un mot.

Le claquement des deux coups de feu parvint très assourdi jusqu'au couloir du bunker. Ils auraient pu échapper à une oreille moins avertie. Béchir avait derrière lui une bonne dizaine de milliers d'heures de familiarité avec les armes à feu. Il comprit aussitôt que quelqu'un venait de tirer dans l'appartement du Führer. Il se jeta dans la porte au moment même où Heinz Linge en jaillissait dans l'autre sens. Le valet de chambre criait quelque chose que Béchir ne comprit pas tout de suite. Mais les mêmes mots revenant sans cesse, il finit par les saisir :

« Le Führer s'est tué ! Le Führer s'est tué ! Le Führer s'est tué ! »

Adolf Hitler, qui venait de fêter son anniversaire sous les décombres, avait cinquante-six ans et dix jours. Il avait choisi de faire périr son peuple avec lui. Il sembla à Béchir que derrière la stupeur et le chagrin du valet de chambre se dissimulait l'ombre d'un soulagement. La tension dans le blockhaus était devenue insoutenable. Elle se relâchait d'un seul coup. Dans l'angoisse de l'avenir et dans une sorte de fatalisme et d'abandon au destin dont la mort du Führer marquait enfin l'avènement.

Une petite foule, soudain, accourut de partout. Elle était

presque aussi nombreuse que pour le mariage. Y avait-il encore tant de monde dans les replis du bunker ? Les gens se précipitaient pour voir ce qui s'était passé. Ils poussèrent Béchir jusque dans la chambre du Führer.

Quarante-huit heures à peine séparaient le mariage des deux amants de la mort des deux époux. La ville, au-dessus, n'existait plus. Personne, en bas, n'avait plus de nouvelles de sa famille ou de ses amours. Les habitants du monde souterrain étaient à bout d'émotions. Ils se bornaient à constater que l'inévitable s'était enfin produit. Ils savaient depuis longtemps ce qu'ils se refusaient à penser. Le monde basculait. La disparition d'un seul homme déchirait tout à coup le voile que sa présence jetait sur tant d'horreur.

Les deux corps d'Adolf Hitler et de sa femme étaient étendus sur le lit. Un bras du dictateur et la tête d'Eva Braun touchaient presque le sol. Un pistolet était tombé à terre. Béchir le reconnut aussitôt. C'était son Walther 7.65.

☆

La foule s'était massée en rond autour du cercueil de Romain, déposé sur des tréteaux. Pour des raisons qui remontent assez loin, nous enterrons nos morts. C'est une de ces évidences que, pendant des siècles et des siècles, à l'instar de beaucoup d'autres, nous ne mettions guère en cause. L'idée de ne pas les enterrer paraît encore monstrueuse à beaucoup de vivants. Nous pensons comme Antigone, la fille d'Œdipe et de Jocaste : elle en veut à Créon qui refuse, pour des raisons politiques, d'ensevelir Polynice. Tout le célèbre débat entre Antigone et Créon, modèle de toute discussion philosophique ou morale, porte sur ce seul point de l'enterrement d'un mort. Nous pourrions faire autre chose de nos défunts que de les enfouir sous la terre. Nous pourrions les brûler, les manger, les jeter à la mer, les exposer sur des tours, les livrer aux bêtes sauvages, les bourrer d'herbes odorantes et les naturaliser. Au cours de leur brève histoire, les hommes ont adopté tour à tour, avec des intentions avouées ou cachées, dans des conceptions successives, parfois désespérées et parfois pleines d'espoir, de l'univers et du temps, ces différentes solutions. Personne ne sait ce que les hommes pourront bien faire de leurs morts dans dix mille ou cent mille ans.

La grande affaire de la vie, c'est la mort. La vie est là quelques années, la mort est là pour toujours. Notre naissance nous échappe. Notre mort nous appartient. Elle boucle notre vie et décide de son sens. Nous pouvons penser ce que nous voulons de ce qui se passe après la mort : quelque chose ou peut-être rien. C'était un point de désaccord, et parfois assez vif, compassion, ironie, irritation mêlées, entre Romain et moi.

Romain avait tout misé sur la vie. Il l'avait réussie. Il ne demandait rien d'autre. Il n'espérait rien d'autre. Il se moquait de la mort. Il n'en pensait rien du tout. Il aurait pu reprendre sur la mort le mot de Lytton Strachey : *I don't think much of it.* La mort l'avait rattrapé. La mort rattrape toujours la vie. Elle règne parce que la vie règne et toute vie, quelle qu'elle soit, se termine dans la mort. La seule question sérieuse est de savoir si cette mort, qui est le dernier mot de la vie, est le dernier mot de tout. Romain le croyait, de toutes ses forces.

Je me souvenais d'une promenade que nous avions faite à skis, pendant six ou sept jours, Marina, Romain et moi, dans les Alpes du Nord, entre la France, l'Italie et la Suisse. C'était le milieu du printemps. Il faisait encore froid et déjà très beau. Les marmottes sortaient à peine le nez hors des trous où elles avaient passé l'hiver. Les ruisseaux commençaient à surgir de partout et on les voyait frayer leur chemin à travers la glace et la neige. Il n'y avait que leur bruit sur les pierres et le chant de quelques oiseaux pour rompre le silence. Il nous arrivait de skier parmi les crocus et les primevères qui se mettaient à percer. Romain savait tout faire, ou presque, et il skiait très bien. Marina, qui avait longtemps vécu au milieu des montagnes de la Suisse, était l'élégance même, sur la neige comme ailleurs. Nous dormions dans des refuges encore vides en ces temps-là. Nous n'avions vu personne depuis trois ou quatre jours. Le soleil brillait dans un ciel sans nuages. Il effaçait tout le reste. Il n'y avait plus de passé. Il n'y avait plus d'avenir. Il n'y avait que le présent et le bonheur nous transportait.

Un soir, nous aperçûmes quelques maisons isolées. Je les connaissais déjà pour être passé par là quelques années plus tôt. Le paysage était très beau. Nous étions fatigués. Nous nous arrêtâmes pour souffler et pour regarder le soleil en train de se coucher derrière les hautes montagnes. Je racontai à Marina et à Romain que la neige, l'hiver, rendait les chemins impraticables et coupait toute communication avec le monde extérieur. Les corps de ceux qui mouraient ici à partir de la fin de novembre ou du début de décembre étaient hissés sur les terrasses que nous distinguions sur les toits des maisons. Ils attendaient là-haut, bien au froid, que l'hiver fût fini. Et, à la fonte des neiges, quand le printemps arrivait, on descendait les corps et on les emportait au cimetière du village où on les enterrait.

L'histoire plut beaucoup à Marina : elle la trouvait romantique.

« Quelle idée ! grommela Romain. Il n'y avait qu'à les faire bouillir ou à les découper en morceaux. On s'en fiche pas mal. Et eux aussi. »

Marina poussa les hauts cris.

Nous l'enterrions. Il s'en moquait. Nous pas. Nous avions renoncé aux troupes, aux Invalides, aux discours. Nous avions même renoncé au drapeau tricolore et à l'ordre de la Libération sur un coussin écarlate. Il n'y avait que le bois du cercueil et le chagrin de ceux dont il avait croisé et embelli la vie.

Longtemps, il avait été le plus jeune des Français qui avaient dit non à la défaite et à l'Occupation. Quand il était arrivé à Londres avec Simon Dieulefit après leur équipée maritime, les Français n'étaient pas nombreux. Ceux qui étaient déjà là, comme Morand, se hâtaient plutôt de partir et de regagner la France. C'était l'époque où, aux cent vingt-quatre hommes de l'île de Sein venus en cinq bateaux poursuivre la lutte avec lui, de Gaulle pouvait déclarer pour le meilleur et pour le pire : « Vous êtes le quart de la France. »

Peut-être parce qu'il n'y avait pas foule, les ralliés de juin 40 avaient une bonne chance de rencontrer de Gaulle lui-même ou, à défaut, un de ses compagnons immédiats. À l'adresse qu'un officier anglais leur avait indiquée — le 6, Seymour Place —, Simon et Romain furent reçus par *une* secrétaire qui venait de prendre ses fonctions et qui s'appelait Élisabeth. Elle les mena au lieutenant de Courcel.

Geoffroy de Courcel était un homme grand, réservé, déjà un peu britannique, qui avait eu l'audace et la chance de gagner Londres dans le même avion que le Général. Il accueillit les deux garçons en hâte mais avec la même courtoisie et la même cordialité qu'il accordait aux rares personnalités politiques et aux rares officiers supérieurs venus rejoindre de Gaulle. Simon lui déclara que la seule idée de rester en France sans se battre lui était insupportable. Courcel se tourna vers Romain.

« Et vous ? lui dit-il avec un sourire.

— Moi, dit Romain, j'ai tiré à pile ou face. »

Courcel rapporta le mot. Quelques jours plus tard, le 14 juillet, avec les marins de l'île de Sein et quelques autres, Romain fut passé en revue par de Gaulle.

« Ah ! lui dit le Général, c'est vous, Courte Paille. Je vous félicite et je vous fais tous mes vœux. »

Le surnom lui resta. J'ai vu chez Romain une photographie du Général avec quelques lignes manuscrites : « À Romain Courte Paille, le plus jeune des Français libres, mon compagnon des premiers jours, les plus sombres et les plus beaux, en témoignage d'estime et d'affection. Charles de Gaulle. »

Romain, qui savait lire et écrire, fut envoyé dans un bureau où il faisait des comptes. En moins de quinze jours, il devint fou. Il avait un grand avantage : il parlait anglais. Il alla voir un journaliste de haute taille, du nom d'Yves Morvan, qui se faisait appeler Jean Marin. Jean Marin lui confia un poste à la B.B.C. d'où de Gaulle avait lancé ses appels. C'était mieux : il corrigeait des textes, il cherchait des documents pour Maurice Schumann ou pour Jean Oberlé qui avaient mis sur pied l'émission « Les Français parlent aux Français ». Sous les violents bombardements de l'été et de l'automne 40 sur lesquels comptait Goering pour faire plier l'Angleterre, sous les porches des églises en flammes, dans les abris improvisés où une poignée de buveurs de whisky et de joueurs de cricket sauvait l'honneur du monde, il tombait surtout sur Molly qui avait des cheveux très blonds sagement serrés en chignon sur la nuque et qui était fraîche et ronde dans son strict uniforme.

Ils s'aimèrent la nuit, parmi les incendies, dans les hurlements des sirènes, ils se promenèrent le matin, aux aurores, dans les décombres de la nuit. Romain était fou de bonheur. Il aimait de Gaulle, qui était pauvre et grand. Il aimait les Anglais, qui étaient des héros, les seuls héros de l'époque. Il aimait Churchill dont il connaissait par cœur les discours et les mots : « Je n'ai rien d'autre à offrir que du sang, des peines, des larmes et des sueurs » ou : « Mussolini ? Un César de carnaval. » Il aimait surtout Molly, qui le rendait très heureux. Il avait un peu plus de seize ans dans l'Angleterre assiégée et qui ne se rendait pas.

Mais la vie délicieuse qu'il menait au cœur même du désastre, dans l'œil du cyclone comme dans une gondole à Venise par temps d'orage ou dans un palais des *Mille et Une Nuits* menacé par les djinns, ne correspondait ni à l'idée qu'il se faisait de la guerre ni à celle surtout qu'il se faisait de lui-même. La bataille d'Angleterre ne lui suffisait pas parce qu'il n'y jouait presque aucun rôle. Il retourna frapper à la porte de Courcel qui, après un passage à St. Stephen's House, un vieil immeuble assez sale, à deux pas de Whitehall, sur les quais de la Tamise, s'était installé à Carlton Gardens.

Romain obtenait toujours ce qu'il désirait. Son charme d'adolescent agissait déjà dans Londres en train de brûler.

Courcel le reçut à nouveau.

« Je sais piloter un avion, dit Romain.

— Rappelez-moi donc votre âge, murmura Courcel de sa voix la plus douce.

— Dix-sept ans, dit Romain.

— Et vous savez… s'étrangla Courcel.

— Oui », dit Romain.

Il se retrouva dans une base de la R.A.F. à plier des parachutes. Il passait son temps à se répéter : *Never so many owed so much to so few.* Un an plus tard, il était en Syrie, avec André Schweitzer, sous les ordres de Catroux et de Legentilhomme qui l'emportaient sur Dentz, fidèle à Vichy. Des tiraillements se produisirent autour du djebel Druze entre Français et Anglais. Romain vit passer avec délices une lettre du général de Gaulle au commandement britannique : « Je n'ai pas la prétention de vaincre l'Empire britannique, mais si vous n'avez pas évacué vos positions demain à midi, je vous attaque avec ma demi-brigade. » Ce qui deviendrait plus tard l'escadrille Normandie-Niémen était en train de se constituer. Romain passait le plus clair de son temps à fourrager dans les avions. Pilotes et mécaniciens avaient adopté ce jeune homme dont l'égalité d'humeur était si bienfaisante.

Il se promenait avec des pilotes sur la colline, non loin d'Alep, où une basilique paléochrétienne, avec une abside et un chevet remarquables, perpétue dans un décor ravissant le souvenir de saint Siméon Stylite qui passa trente-sept ans perché sur une colonne à bombarder de messages tous les grands de ce monde, quand, dans les ruines du narthex, il rencontra un lieutenant qui arrivait d'Angleterre. Le lieutenant avait une lettre pour lui. La lettre annonçait que Molly avait été tuée par une bombe tombée sur une école dont elle évacuait les enfants.

Nous nous tenions en silence autour du corps de Romain. Il n'y aurait pas de discours puisqu'il n'en voulait pas. Nous le laissions s'effacer, selon sa volonté. Il était parmi nous pour encore quelques minutes. Les uns priaient, sans doute. Pour lui. Pour le salut de cette âme à laquelle il ne croyait pas. Et aussi pour eux-mêmes. Les autres essayaient de se souvenir de ses traits, de leurs rencontres avec lui, de leurs conversations. D'autres encore pensaient à n'importe quoi, à leurs amours, à leurs affaires, à leurs rendez-vous de la journée, ou à rien du tout. Beaucoup avaient du chagrin et quelques-uns s'ennuyaient.

De l'autre côté du cercueil, absorbés dans leurs pensées, je voyais en face de moi Gérard, Béchir, Le Quémenec, le grand chancelier de la Légion d'honneur, Victor Laszlo, Albin Zwinguely, André Schweitzer et sa sœur, Françoise Poliakov. Ils ne bougeaient pas. Ils se taisaient. Albin pleurait. Françoise aussi. J'imaginais les mots que chacun d'eux aurait trouvés pour parler de Romain. Dans leurs discours différents nous l'aurions tous reconnu. Et aucun pourtant n'aurait dit les mêmes choses. Et si moi j'avais parlé, j'aurais encore dit autre chose.

J'aurais dit, je crois, que je l'avais détesté. Et que je l'avais aimé. Successivement. Et simultanément. J'aurais dit que jamais il ne m'avait été indifférent. J'aurais dit qu'il me manquait et que la vie sans lui allait être terne et vide. Parce qu'il était la vie même. Dans les chagrins, dans les épreuves, jusqu'à la mort, jusqu'au suicide, y compris le suicide, ce qui nous faisait tous vivre, c'était l'amour de la vie. Il l'aimait plus que personne.

J'aurais pu dire aussi qu'il me manquait autant qu'il manquait à Marina et à la reine Margault. Et que nous souffrions autant tous les trois. Mais ça, je ne l'aurais pas dit. Je n'aurais pas dit non plus qu'il manquait sans doute tout autant à plusieurs autres jeunes personnes dont j'ignorais jusqu'au nom et dont j'apercevais dans la foule les visages éprouvés. J'aurais dit, je crois, combien je m'étais amusé avec lui.

Comme nous avions ri tous les deux ! Je regardais Béchir. Sa vie avait été traversée d'aventures dramatiques. Il y avait pourtant chez lui un personnage comique où la solennité se mêlait à un snobisme acquis à force de fréquenter des personnages qui se croyaient importants. Prêté par la reine Margault, il s'était retrouvé souvent au service de Romain qu'il vénérait. Non content d'avoir appris l'allemand pendant les années de guerre, il avait fini par maîtriser le français aussi bien que l'arabe. Il le parlait sans accent, avec une certaine préciosité, avec un vocabulaire et des cuirs qui nous rappelaient la Françoise d'*À la recherche du temps perdu* et qui nous enchantaient. Un soir que Romain avait marqué un peu d'impatience à propos de je ne sais plus quoi, nous avions entendu Béchir proférer avec un mélange de retenue et d'élan ces paroles restées célèbres :

« Que Monsieur ne se mette pas hors de Monsieur ! »

Souvent, quand le ton montait entre nous au cours de l'une de nos discussions sur les sujets les plus variés — la peinture surréaliste, l'art nègre, la pornographie, la censure, l'Amérique et le Viêt-nam, le Général et l'Algérie — dont je me souvenais maintenant avec une douleur pleine de douceur, il suffisait à l'un de nous, pour faire revenir les rires et le calme, de lancer :

« Que Monsieur ne se mette pas hors de Monsieur ! »

Un jour où la reine Margault était venue déjeuner chez Romain avec les Le Quémenec et tout le clan Schweitzer et où Béchir avait servi à table, sanglé dans une veste bleue ou verte avec un col officier, son fez toujours sur la tête comme aux jours lointains de Patmos, le téléphone se mit à sonner après le café, vers le début de l'après-midi. Béchir alla répondre. Nous le vîmes revenir, plein d'importance, et se pencher vers Romain :

« Monsieur, lui dit-il à voix assez haute pour être entendu de toute l'assistance, c'est l'archiduc de l'Arsenal.

— Pardon ? dit Romain. Qui ça ?

— L'archiduc de l'Arsenal, répéta Béchir avec beaucoup de fermeté.

— L'archiduc de... Connais pas, bougonna Romain.

— Romain, lui dit Margault, va répondre. »

Romain soupira et se leva. Quelques minutes plus tard, il revenait en se tordant :

« C'était les Archives nationales. »

Le plus souvent, Béchir et Romain se tutoyaient. Nous

avions, un peu partout, fait les cent coups tous les trois. Mais quand il y avait du monde ou que les circonstances lui semblaient exiger un peu de solennité, il se drapait dans sa dignité. Je ne sais plus pourquoi Romain et moi — était-ce dans les années soixante ? ou dans les années soixante-dix ? — passions l'été à Paris. C'était le plein mois d'août et il faisait très chaud. Béchir était là, image imperturbable de la fidélité.

« C'est idiot, dis-je à Romain. Qu'est-ce qu'il fait ici ? Il faut l'envoyer quelque part. À la montagne. À la mer. À la campagne. Je crois qu'il ne connaît ni la Provence ni les Alpes.

— Tu as raison », me dit Romain.

Et il appela Béchir.

« Béchir, lui dit-il, tu devrais prendre des vacances. As-tu envie d'aller quelque part ? Sur la Côte ? À Chamonix ?

— Ah ! non, lui répondit Béchir. Merci beaucoup ! C'est gentil à toi. Mais les vacances, j'en ai soupé. On part, on traîne, on s'ennuie, on ne sait pas quoi faire et on dépense des sommes folles pour essayer de s'amuser. Et, après ça, au retour, on tire le diable par… »

Il nous regarda, Romain et moi, d'un air mi-offusqué, mi-goguenard et se redressa de toute sa taille.

« … Monsieur voit ce que je veux dire. »

Tout n'était pas aussi comique dans la vie de Béchir. Après la mort de Hitler, dans l'affolement général, il était sorti du bunker. L'air libre qui lui remplissait les poumons le grisa. Un instant, il se laissa envahir par un bonheur animal. Le spectacle autour de lui le rendit aussitôt à la réalité. Aussi loin qu'il pouvait voir, tout paraissait détruit. Il avait encore connu Berlin frappé à mort sans doute, mais debout. Sous les coups des bombes, des obus, des grenades, des orgues de Staline, la ville était un champ de ruines.

Il lui sembla d'abord que plus rien ne bougeait, que rien ne bougerait plus jamais. Berlin était changé en cimetière. Le temps était suspendu. Un vide pesait sur du vide. Une ombre sautait de temps à autre de décombre en décombre. On entendait le canon comme s'il tirait de la rue d'à côté, ou de ce qui en restait, et le claquement des mitrailleuses. Béchir, qui avait l'oreille fine et de l'expérience, distinguait au son les mitraillettes Soudarev que n'avaient pas encore remplacées les Kalachnikov, promises à un bel avenir. Les Russes étaient dans la ville. Le combat de rue rapproché avait succédé à l'abstraction meurtrière des bombardements.

Il avait gardé son fusil d'assaut avec lui. Il ne se disait pas : « Je vais me battre jusqu'au bout » ni « Tâchons de mourir dignement pour le Führer disparu et pour l'Allemagne à l'agonie. » Il se disait : « Je n'ai rien d'autre à faire. Je tirerai sur ce qui passera. »

Ce qui passa d'abord sous ses yeux, sans un cri, dans un silence de mort, ce fut un détachement de la Wehrmacht en retraite. Un défilé de fantômes de retour de l'enfer. Une masse informe de guenilles qui glissait dans le néant. Il croisa le regard d'un de ces hommes en fuite : il n'y avait plus dans ses yeux que la folie et la mort. Solitude de la force et misère de l'orgueil : il se souvenait de la formidable machine de guerre qui, dominant déjà l'Europe, partait, quatre ans plus tôt, à la conquête du monde. Il en restait ces débris qui tentaient de disparaître.

Sous le sifflement des balles, dans le fracas des bombes, il errait au hasard dans la ville assiégée sur le point de tomber, se mettant à l'abri sous des porches écroulés, évitant les projectiles et les trous d'obus. Il marchait, les yeux dans le vide, égaré, épuisé, soldat déjà perdu et encore aux aguets, croisant des femmes âgées ou des adolescentes qui poussaient des chariots pleins de vêtements surmontés d'un matelas, parfois d'une table ou d'une chaise, et une bande d'enfants qui pillaient les magasins éventrés. Il s'empara lui-même de deux bouteilles de bière et d'un peu de charcuterie qui traînait sur un étal parmi les éclats de verre.

La nuit tombait. Il dormit quelques heures dans un local dont les portes et les fenêtres avaient été arrachées par une bombe et où il avait trouvé un lit qui était à peine défoncé. Il n'y avait plus personne ni plus rien et tout était à tout le monde. Quand le soleil se leva sur Berlin effacé de la carte, expulsé de l'histoire, il descendit dans la rue, son fusil d'assaut sous le bras.

Il se retrouva au milieu de carcasses incendiées et d'arbres déchiquetés qui, dans un autre monde, dans une vie d'avant le déluge, avaient été Unter den Linden. Il remonta l'avenue jusqu'à la porte de Brandebourg. Les Russes étaient là.

Les retardataires se hâtaient. Ils se glissaient, la tête basse, avec le moins de bruit possible, parmi les assistants. Arrivés ensemble, Cazotte et Dalla Porta s'installaient auprès de moi. Romain les aimait beaucoup l'un et l'autre. Je les maudissais : ils me chassaient de Berlin.

« La circulation… me glissa Cazotte.

— Oui, je sais, murmurai-je. Un cauchemar. »

Avec leurs chars Staline, que Béchir avait vus si souvent couverts de neige, au loin, et leurs canons de 122 braqués à quarante-cinq degrés, le drapeau rouge claquant dans le ciel de Berlin, c'étaient les Russes de Joukov.

Gheorghi Konstantinovitch Joukov n'a pas encore cinquante ans. Depuis deux ans déjà, il est maréchal de l'Union soviétique. Il a été ouvrier d'usine, puis sous-officier dans l'armée impériale avant de devenir conseiller des républicains espagnols pendant la guerre civile et chef d'état-major de l'Armée rouge. Il a défendu Moscou contre les troupes de Brauchitsch et de Bock en 1941, lancé la contre-offensive à Stalingrad en 1942, contraint les Allemands à lever le siège de Leningrad en 1943. En compagnie des Koniev, des Malinovski, des Rokossovski, des Vorochilov, des Timochenko, il fait partie de cette pléiade de chefs militaires soviétiques qui ont gagné, contre les Allemands, la Deuxième Guerre mondiale.

L'irrésistible ascension de talents éclatants à qui l'ancien régime aurait bouché la voie constitue l'une des justifications les plus frappantes des révolutions politiques et sociales. C'est vrai dans tous les domaines. Plus évident encore dans la carrière des armes. Au début du règne de Louis XVI, les grands capitaines français ne sont pas légion. Vingt-cinq ans plus tard, les génies militaires se ramassent à la pelle. L'exemple soviétique est plus frappant encore. Malgré les purges de Staline qui ont décimé l'Armée rouge, les troupes soviétiques ont des chefs remarquables. Suffirait-il de se débarrasser des classes dirigeantes pour faire éclore de nouveaux talents ? Le principal argument — et il n'est pas très convaincant — qui pourrait être opposé à cette hypothèse est que, les révolutions des deux siècles écoulés ayant développé d'abord, pour une raison ou pour une autre, l'esprit de conquête militaire, il n'est pas surprenant de voir surgir de brillants généraux plutôt que des savants austères ou des économistes distingués. Il est permis aussi de soutenir que la guerre a été gagnée par une masse inépuisable qui disposait, grâce surtout aux capacités de production des usines américaines, du matériel le plus nombreux.

À la tête de la Ire armée de Russie Blanche, le maréchal

Joukov avait pénétré dans les faubourgs de Varsovie dès le 1er août 1944. Les patriotes polonais se soulèvent aussitôt contre l'occupant nazi, mais, sur l'ordre de Staline, Joukov piétine aux portes de la ville pendant près de six mois. Quand il entre enfin dans Varsovie le 17 janvier 45, les Allemands ont eu largement le temps d'écraser l'insurrection.

Le maréchal Rokossovski à sa droite, le maréchal Koniev à sa gauche — venu des plaines de Russie, Koniev serre la main de Patton venu d'Avranches et de Bretagne et qui s'est arrêté sur ordre à une centaine de kilomètres de Prague pour laisser le champ libre aux Soviétiques —, Joukov fonce sur Berlin au printemps 45. Le 2 mai, surlendemain du suicide de Hitler, il occupe la capitale où l'avant-garde de ses forces s'est infiltrée depuis une semaine. Quelques jours plus tard, c'est lui, en qualité de maréchal commandant un groupe d'armées, qui signe à Berlin, au nom de l'U.R.S.S., un peu moins de quatre ans après le déclenchement de l'opération Barbarossa, cinq ans, presque jour pour jour, après l'ouverture foudroyante des hostilités à l'Ouest, l'acte de capitulation de la Wehrmacht. Au cours de la campagne, plusieurs Français ont évolué dans l'entourage plus ou moins proche du maréchal. Parmi eux, un petit-fils du maréchal Foch qui porte le nom de Fournier-Foch et qui, prisonnier des Allemands, a réussi à s'évader quelques semaines plus tôt ; et Romain qui se bat aux côtés des Russes depuis bien plus longtemps.

On ne connaît pas ceux qu'on connaît. On ne connaît même pas ceux qu'on aime. J'avais du mal à m'imaginer Romain sous l'uniforme militaire. Je l'avais vu habillé de toutes les façons possibles : en habit, en smoking, en costume gris ou en tweed, en short, en maillot de bain, en tenue de plongeur, en cuisinier en train de préparer des beurek ou des spaghetti carbonara, en doge de Venise pour un bal au palais Labia, en gondolier, en chasseur. Je l'avais vu tout nu ou dans un manteau de fourrure qui lui venait de son grand-père. Je l'avais vu en skieur et en marin. Je ne l'ai jamais vu en uniforme. Il avait pourtant passé sous les *drapeaux,* comme on dit, cinq années interminables. Et, pendant plus de trois ans, les drapeaux étaient rouges.

Margault Van Gulip donnait des signes de fatigue. Quel âge pouvait-elle bien avoir ? Quatre-vingts ans, à coup sûr. Peut-être quatre-vingt-dix ? Non, quatre-vingt-dix, ce n'était pas possible. Je cherchais en hâte dans mes souvenirs comme une jeune femme en retard qui, rentrée chez elle prendre une douche à son retour du travail, fouille nerveusement son sac pour y trouver ses clés avant de sortir dîner. Quel que fût mon aveuglement de normalien rassoté, ébloui par la grande vie, il était exclu qu'elle approchât de la cinquantaine quand je l'avais embrassée sur le chemin de la mer. Et il était invraisemblable que cette femme si droite, en face de moi, si ferme malgré son épuisement et malgré son chagrin, autour de laquelle traînaient encore de vagues effluves de beauté, vît déjà ses cent ans la menacer au loin. Je calculais rapidement : elle devait osciller entre quatre-vingt-deux et quatre-vingt-six ans. Je m'avançai vers elle pour la soutenir, pour qu'elle s'appuyât sur mon bras.

« Venez, lui dis-je. Appuyez-vous sur moi. »

Elle me regarda. Je pensais à Patmos.

« Merci, mon petit Jean », me dit-elle.

Ah ! Peut-être quatre-vingt-huit. Gérard et Le Quémenec étaient déjà partis à la recherche d'une chaise où l'asseoir. Dans un monde où tout change, où tout passe son temps à bouger, le temps est la seule chose à ne jamais bouger, à ne jamais changer. Il bouge, mais il ne bouge pas. Il change, mais il ne change pas. L'espace s'accroît, le monde s'use, les idées se transforment, tout fout le camp. Le temps règne, immuable. Immuable et torrentueux, immuable et tout-puissant. Il y a le temps d'abord, et tout le reste après, et dedans. Sinon pour l'éternité — le temps, évidemment, n'est pas l'éternité, il ne se confond pas avec elle —, du moins pour les siècles des siècles, il passe, il nous emporte, il reste semblable à lui-même et il détruit tout ce qu'il trimballe et qui passe sous son joug en mourant après être passé, dans l'autre sens, sous son joug en naissant.

Ils revenaient tous les deux, Gérard et Le Quémenec, sans avoir trouvé l'ombre d'une chaise parmi les tombes du cimetière. Plus rapide, plus efficace, Béchir avait pensé à la voiture dans laquelle il avait amené André Schweitzer et il reparaissait avec elle. Nous installions la reine Margault sur la banquette arrière où elle se reposait quelques instants. Alertés par notre manège, Cazotte et Dalla Porta venaient lui tenir la jambe. Ils s'y connaissaient en temps tous les deux : l'un, Cazotte, nomade de l'érudition, spécialiste d'Innocent III, de Frédéric II Hohenstaufen, du royaume de Jérusalem et, bizarrement, du Proche-Orient ancien, amateur, comme Romain, de toutes les formes d'art primitives, l'étudiait dans le passé où il se dissimulait et se révélait à la fois ; l'autre, Dalla Porta, professeur de physique théorique à l'université de Berkeley, chargé de mission, à la Nasa, ami intime de Romain qui le considérait tantôt comme quasi génial et tantôt comme un demi-fou, traquait le temps dans l'espace avec lequel, à mesure que les observations se rapprochaient des origines et de la singularité du big bang, il finissait par se confondre.

Myriam, dite Meg, passa cinq ou six ans avec Lucky Luciano. Elle habitait la France, il vivait aux États-Unis. L'un et l'autre, bien sûr, eurent beaucoup d'aventures extérieures au cours de leurs années communes. Mais, sur l'*Île-de-France*, puis sur le *Normandie*, elle venait le voir en Amérique six ou huit fois par an et, peut-être parce qu'ils étaient si souvent séparés, ils se retrouvaient toujours avec bonheur. Ils donnaient l'exemple même de la fidélité dans l'infidélité. Chacun apportait à l'autre ce que l'autre n'avait pas : une extrême liberté et des charges assez lourdes, un peu d'air de Paris et les affaires de Cosa Nostra, l'insouciance et le pouvoir.

Meg avait conquis la confiance de Lucky Luciano — il s'appelait de son vrai nom Salvatore Luciano — et de Meyer Lansky — Meier Suchowljansky, né en Biélorussie — qui ne l'accordaient pas à grand monde. Ils lui racontaient ce qui se passait dans le milieu de la Mafia américaine. Al Capone tenait Chicago et les syndicats de *teamsters* et de *roofers* — les camionneurs et le bâtiment. Lucky Luciano régnait sur les dockers de New York.

« Ah ! » disait Meg, son verre de whisky à la main, « ça doit faire pas mal de gens. Des centaines, peut-être… Des milliers ? »

Luciano et Lansky se regardaient en riant.

« Ça dépend, disait Meyer.

— De quoi ? demandait Meg.

— Du niveau », disait Meyer.

Les gangsters eux-mêmes, les membres des six familles aux ordres des *capi* — elles allaient grimper jusqu'à vingt-quatre au fil des années —, étaient quelques milliers, une dizaine, ou peut-être, à tout casser, une vingtaine de milliers. Mais les soldats qu'ils utilisaient, les tueurs, les auxiliaires, les agents d'exécution à qui on pouvait faire appel à travers tout le pays en cas de nécessité étaient plus de cent mille. Et le nombre de ceux qu'ils contrôlaient, des employés, des travailleurs anonymes qui ignoraient eux-mêmes qu'ils étaient manœuvrés par la Mafia, avoisinait le million.

« Ah ! fichtre ! s'écriait Meg. Et vous ne vous faites jamais prendre ? »

Ils riaient de plus belle.

« Mademoiselle, lui disait Meyer avec solennité, apprenez que l'Amérique est une démocratie et que l'argent y joue un rôle décisif. Entre démocratie et argent, il y a moyen de se débrouiller. Le nombre de ceux que nous contrôlons est élevé, le nombre de ceux que nous achetons est plus élevé encore. Nous achetons tous les jours des journalistes, des chefs de parti, des juges, des représentants, des sénateurs, des secrétaires d'État. Et puis, grâce à Dieu, dans une démocratie la justice n'obéit pas au pouvoir. Elle est indépendante. Les seuls à nous emmerder vraiment, ce sont les quelques milliers de G-men de ce bon vieux Edgar Hoover. Tu vois sa tronche, à Edgar Hoover ? Elle traîne un peu partout. Il a derrière lui tous ces raseurs du F.B.I. qui ont la manie d'écouter ce que nous disons au téléphone en toute ingénuité. Les juges, heureusement, ne l'entendent pas de cette oreille et ils voient à juste titre dans les écoutes téléphoniques une atteinte aux droits de l'homme et aux libertés individuelles. Nous avons des avocats, d'excellents avocats. Nous les payons très cher, mais ils nous rendent service. Entre la répression et nous, parce que nous sommes en démocratie et parce que nous avons de l'argent, le combat est inégal : nous sommes beaucoup plus forts que ceux qui nous courent après et qui aboient à nos chausses.

— Il y a encore autre chose, disait Luciano. En démocratie, le pouvoir, le vrai pouvoir, dépend d'abord de l'information. Nous sommes très bien informés. Dans nos coffres, à la banque, nous n'avons pas seulement des dollars. Nous avons aussi des photographies. Et sur une de ces photographies, devine ce que je vois ?

— Je ne sais pas, disait Meg. Le président des États-Unis en train de baiser Ava Gardner ?

— Tu brûles, disait Luciano. Edgar Hoover en travesti, vêtu d'une robe de femme, avec des porte-jarretelles.

— Et alors ? disait Meg.

— Et alors, chez nous, une affaire comme celle-là peut faire mal. Nous sommes une démocratie avec de l'argent, d'accord — et avec des principes puritains. Il faut se débrouiller avec ça. Nous nous débrouillons assez bien. Hoover sait que nous savons, et il se tient tranquille. Pas seulement par prudence, mais aussi parce qu'il considère le crime organisé comme un moins grand danger que le communisme pour l'ordre établi qu'il est chargé de défendre. Il raconte à qui veut l'entendre que la Mafia est un conte de fées, un bobard inventé par les maires des grandes villes pour justifier leurs échecs. Et l'autre jour encore, il a déclaré aux journalistes : "Il n'y a pas de Mafia en Amérique."

— Ce que je crois, disait Meyer Lansky qui était un peu parti et qui parlait avec lenteur, c'est que, tout compte fait, avec nos problèmes et nos contradictions, nous avons de beaux jours devant nous. Lucky est italien et sicilien ; je suis un juif de Russie Blanche. Mais nous sommes d'abord américains. Et nous sommes fiers de l'être. Les vieilles structures autoritaires vont se déglinguer de plus en plus. Le fascisme, le nazisme sont les fleurs pestilentielles d'un système à bout de souffle. La démocratie américaine va se répandre sur le monde. Toi qui es plus jeune que nous, tu verras ça, ma petite. Et ce que nous avons aimé ici régnera un peu partout.

— La démocratie ? disait Meg. Les droits de l'homme ? Les libertés individuelles ? L'argent ?

— Et la Mafia, disait Luciano en levant son verre.

— Je me sens très bien, dit Margault. Je veux retourner là-bas. »

Elle descendait de voiture. Entre Cazotte et Dalla Porta, suivie de Béchir et de moi, elle regagnait le cercle autour de Romain, qu'avaient déjà rejoint Le Quémenec et Gérard. Aidés de Marina et de sa fille, les hommes en noir distribuaient les roses que les assistants allaient jeter sur la tombe. Une angoisse s'emparait de moi. Elle remplaçait la mélancolie. Quoi ! Nous allions verser des larmes et quelques fleurs sur le corps de Romain et nous allions rentrer chez nous ! Sans la moindre parole et sans le moindre chant. Les mots me venaient en foule. Il me semblait, à tort sans doute, que j'aurais su parler de Romain. Que j'aurais été capable de dire la place qu'il avait tenue dans nos vies et les sentiments très forts qu'il nous avait inspirés. J'aurais voulu aussi que nous chantions quelque chose autour de lui — et presque n'importe quoi. Nous avions souvent chanté ensemble depuis les soirs évanouis de la terrasse de Patmos. Il aimait chanter, et il chantait très bien. Nous aurions pu chanter le *Magnificat* ou le *Salve Regina*, réciter le kaddish, au son peut-être du choffar, ou une sourate du Coran, entonner *La Butte rouge* ou *Le Temps des cerises* ou une de ces chansons de marins qui, même au temps du bonheur, nous faisaient chavirer. Quelque chose enfin qui aurait fait passer sur le souvenir de Romain le souffle des grands espaces et la bénédiction de quelqu'un. N'importe quoi qui eût permis à un ailleurs et, pourquoi pas ? au nom de Dieu d'entrer dans notre tristesse.

Mais il avait dit non. Il ne voulait pas. Nous avions bien souvent parlé ensemble de ces choses lumineuses et si gaies — et pourtant si obscures. Un soir, en Corse peut-être, dans les calanques de Piana, ou peut-être, je ne sais plus, dans la baie de Kekova, sur la côte turque, qu'il aimait par-dessus tout, au pied d'un château byzantin, entre les tombes lyciennes qui surgissent de la mer, en bateau en tout cas, vers l'extrême fin de l'été, je l'avais ébranlé. Je lui avais rapporté la formule d'un rabbin qui m'avait beaucoup frappé et qui le frappa lui aussi : « Ce qu'il y a de plus important, c'est Dieu — qu'il existe ou qu'il n'existe pas. »

« Ah ! me dit-il.

— N'est-ce pas ? » lui dis-je.

Nous nous étions tus longtemps. Ce n'était pas difficile : beaucoup d'étoiles brillaient très fort au-dessus de nos têtes silencieuses. Il me semble d'ailleurs que le plus clair de mon temps avec Romain, je l'ai passé à me taire. Après un long silence, je me souviens d'avoir dit :

« Le coup de génie de Dieu, c'est peut-être d'avoir créé un monde réel qui laisse planer le doute sur sa propre réalité. »

Il y eut encore un long silence. Au bout d'un quart d'heure ou de vingt minutes, Romain se tourna vers moi.

« Je vais me coucher. Bonne nuit. »

Il alla jusqu'à l'échelle qui menait aux couchettes. Il revint vers moi et me lança :

« Tu ne m'auras pas comme ça. »

Jamais je n'ai entendu de la bouche de Romain la moindre attaque contre les religions, leurs rites, leur clergé, leurs croyances. Je ne l'ai jamais entendu dire un mot contre Dieu. Il ne s'en moquait pas, il ne le défiait pas. Dieu simplement n'existait pas pour lui. Il ne croyait ni à l'âme, ni à la vie éternelle, ni à la résurrection des corps, ni au ciel ni à l'enfer, ni à quelque Messie que ce fût, ni à un créateur de l'univers. Il ne traitait pas Dieu comme ces imprécateurs dont la passion farouche peut toujours apparaître comme un amour inversé. Il le traitait comme Proust — qu'il aimait beaucoup et qu'il semblait avoir lu — dans la *Recherche du temps perdu* : il n'en parlait jamais. Il l'ignorait. Dieu ne comptait pas pour lui. Il y avait deux vers de Pindare, traduits par Paul Valéry, qui lui avaient beaucoup plu quand je les lui avais cités : « Ô mon âme ! n'aspire pas à la vie immortelle, mais épuise le champ du possible. »

Il était pourtant sensible, dans le catholicisme surtout, à un mélange de splendeur et de simplicité et à ce tremblement d'émotion qui s'empare des fidèles — dont il n'était pas — devant les rites immuables surgis de la nuit des temps. Je me souvenais d'un voyage que nous avions fait en Syrie, il n'y avait pas très longtemps, sur les lieux mêmes où il avait passé quelques mois avant de se rendre en U.R.S.S. Nous étions allés à Damas voir la mosquée des Omeyades et le tombeau de Saladin, à Hama où nous avions pensé à Barrès devant les norias sur l'Oronte, au Krak des chevaliers, à Palmyre évidemment où le souvenir de Zénobie étincelait dans le désert au lever du soleil. Nous avions poussé jusqu'à l'Euphrate où presque tout était né. Et puis, d'Alep, nous étions montés jusqu'à Saint-Siméon où, un demi-siècle plus tôt, il avait appris la mort de Molly. Nous avions fait le tour des ruines de la basilique et nous nous étions arrêtés derrière l'impressionnant chevet de la plus vieille peut-être des grandes absides chrétiennes. Romain était un peu ému des souvenirs qui l'assaillaient. Il s'était assis, immobile, sur un fût de colonne renversée et nous rêvions tous les deux : lui, sans doute, à la vie ; et moi, peut-être, à la mort. Je m'étais éloigné de quelques pas et je regardais le soir tomber sur la colline.

Le silence autour de nous fut soudain rompu par un groupe bruyant d'Italiens excités. Il y avait des filles parmi eux et tout ce petit monde s'agitait à grands cris sans trop se soucier du cadre ni du sang des chrétiens qui avait coulé à flots sur ces pierres. L'un des hommes sortit un ballon et tous les Italiens se mirent à jouer au football dans les ruines de l'église. Quelques-uns esquissèrent deux ou trois pas de danse. La plupart s'étendirent sur le sol pour se reposer un peu après l'effort et tous riaient très fort.

Ce qui se passa alors fut assez surprenant. Les Italiens se levèrent et ils tirèrent de petites valises des espèces de tuniques qui étaient des chasubles. Ils enfilèrent les chasubles, ils se réunirent en silence autour de l'un d'entre eux qui avait des cheveux blancs et ils se mirent à chanter. Nous mîmes quelques instants à comprendre, Romain et moi, qu'ils étaient tous des prêtres et qu'ils chantaient la messe au pied de la basilique élevée à la mémoire de Siméon le Stylite.

Ils la chantaient avec une telle grâce et avec une telle ferveur que les larmes nous vinrent aux yeux. C'était un spectacle bouleversant. Les ruines, la colline sacrée, le ballon dans un coin, le ciel si bleu sur les femmes agenouillées en prière, le chant du *Sanctus* qui s'élevait dans le silence : nous avons chanté avec eux.

« Il y a des moments, me dit Romain, où il faut défendre ses Thermopyles. »

Romain aimait la musique plus que tout. Il avait longtemps fréquenté Mozart qu'il plaçait au plus haut et dont il connaissait tout. Il l'écoutait chez lui à longueur de journée, il se précipitait à Salzbourg et à Aix-en-Provence, il s'était lié avec les spécialistes qui étaient légion et dont plusieurs étaient présents au cimetière, et il discutait avec eux. C'était en se rendant à Salzbourg, venant de Zurich ou plutôt, je crois, de Milan, pour écouter *Les Noces de Figaro* ou *Così fan tutte* qu'il était tombé sur Albin Zwinguely. Dans les dernières années de sa vie, il avait fait preuve d'un peu d'infidélité : il s'était tourné vers Bach, et il ne jurait plus que par lui. Je l'avais surpris plus d'une fois en train d'écouter en boucle les cantates 19 et 20 ou la cantate du Café. Il me disait qu'il n'avait plus besoin de rien ni de personne d'autre pour être heureux et que Bach suffisait à remplacer pour lui tout ce qu'il avait tant aimé dans cette vie. Je lui glissais le mot de Cioran : « Dieu doit beaucoup à Bach », et il était enchanté.

J'en profitais pour pousser mon avantage.

« Puisque Bach est une espèce de créancier d'un Dieu toujours absent et qu'il tient lieu de tout le reste, on pourrait jouer quelque chose de lui le jour où toi ou moi… »

Il réfléchissait à peine.

« Ce serait un peu poseur, tranchait-il, tu ne crois pas ? Pour moi, en tout cas, je préfère rien. »

Ce n'était pas la peine d'insister. Il l'avait dit et redit : ni fleurs ni musique. Ni même son nom sur une pierre.

J'en viens à me demander si l'absence à son enterrement

de tout rituel, de tout chant, de toute parole liturgique n'est pas à l'origine de ces quelques pages que j'écris à la mémoire de Romain. Vanité pour vanité, fariboles pour fariboles, échange prières importunes contre souvenirs épars et monument funéraire contre ouvrage genre roman. Il ne voulait rien du tout et je lui donne des mots.

En septembre 42, avec le groupe de chasse Normandie, il quitte la Syrie pour gagner, par l'Iran, en avion et en train, le territoire de l'U.R.S.S. De Rayak, en Syrie, à Bakou, puis à Ivanovo, au nord-est de Moscou, où l'entraînement se poursuit sur des Yak 7, et enfin à Kalouga, sur le front, six bons mois s'écoulent. Le commandant Pouliquen passe ses pouvoirs au commandant Tulasne. Quand Tulasne sera porté disparu au cours d'un combat aérien en été 43, le commandant Pouyade prendra la direction. La première victoire aérienne du groupe est remportée en avril 43 : un avion allemand est abattu par deux Français. Un mois plus tard, le maréchal Keitel, à la tête de l'Oberkommando der Wehrmacht, signe un ordre stipulant que tout pilote français tombé sur le front russe entre les mains des Allemands devra être fusillé. Quand l'hiver arrive, la formation Normandie, qui compte alors soixante-douze victoires et à qui le général de Gaulle a conféré l'ordre de la Libération, se replie sur Toula, au sud-ouest de Moscou, avec ses six pilotes survivants.

Au début de 1944, le groupe est renforcé d'une quatrième escadrille. Sa transformation en régiment et son intégration dans la 303e division aérienne soviétique marquent le début de la deuxième campagne qui se déroule en Russie Blanche. En novembre 44, le régiment reçoit de Staline, en témoignage de reconnaissance, le nom de « Normandie-Niémen ». Au terme de la troisième campagne, qui s'achève en Allemagne, près de neuf cents combats auront été livrés en quatre mille heures de vol. Plus de quarante pilotes sur une centaine auront été tués. Plus de deux cent cinquante victoires auront été remportées.

Romain ne parlait pas volontiers des cinq années qu'il avait passées en Angleterre, en Syrie, en U.R.S.S. et en Allemagne entre dix-sept et vingt-deux ans. Il fallait le harceler pour qu'il consente à prononcer le nom de Normandie-Niémen, formation française de chasse engagée sur le front germano-russe entre 1942 et 1945, titulaire de sept citations à l'ordre de l'armée soviétique, titulaire des ordres du Drapeau rouge et d'Alexandre Nevski, titulaire de la Légion d'honneur, de la médaille militaire et de la croix de la Libération. Le peu que j'ai pu savoir de Normandie-Niémen, ce n'est pas de lui que je l'ai appris. J'ai dû aller le chercher dans des livres et auprès de ses camarades survivants, Roland de La Poype et les autres. Quand je l'interrogeais avec avidité sur ce fragment d'épopée qu'il avait contribué à écrire, il se mettait à rire, et il se taisait. Si j'insistais encore, au risque de l'irriter, il murmurait entre ses dents qu'il n'y avait pas grand-chose à raconter et qu'il avait été très heureux.

Je lui demandais s'il était devenu communiste à force de vivre avec des Soviétiques.

« Communiste ? Bien sûr que non. J'ai beaucoup aimé les Russes, qui étaient courageux et qui se battaient pour leur pays. Ceux au moins qui m'entouraient, je ne suis même pas certain qu'ils aient été très attachés au marxisme-léninisme ni à l'Internationale communiste : ils s'en moquaient plutôt. Ils étaient russes. »

J'ai toujours connu Romain très éloigné des débats politiques qui passionnaient les Français. Peut-être était-ce dû à son séjour en Union soviétique ? Il sortait d'un milieu conservateur, imprégné d'Action française, très hostile au communisme. Une pente naturelle aurait pu le mener vers Pétain et Vichy. Mais il avait rencontré le général de Gaulle, il était devenu gaulliste et il avait combattu aux côtés des Soviétiques. Une espèce d'ébranlement s'était produit en lui. Toute sa vie, il garderait au Général une fidélité à toute épreuve et, toute sa vie, la politique lui paraîtrait un jeu ambigu et inconséquent où les ennemis d'hier se changent en amis d'aujourd'hui avant de redevenir les ennemis de demain et où personne ne peut jamais répondre des conséquences de ses choix.

« Les mathématiques, disait-il, sont une science exacte où on ne sait jamais de quoi on parle ni si ce qu'on avance est vrai. La politique répond à la même définition, avec cette différence que la politique n'est même pas une science exacte. »

Et il donnait pour exemples la France acharnée à renforcer la Prusse au détriment de l'Autriche ou les gens de Samarkand qui vivaient dans la terreur des invasions chinoises et qui, un beau matin, voient surgir de nulle part des conquérants inconnus qui sont vêtus de blanc et ne ressemblent pas aux Chinois de leurs cauchemars : les Arabes.

De tous les Français de Normandie-Niémen, c'était peut-être Romain qui avait noué avec les Russes les liens les plus étroits. Par les femmes d'abord, évidemment. Quand j'avais demandé à Romain comment il avait fait pendant quatre ans, de dix-huit à vingt-deux ans, pour se passer de femmes, il m'avait répondu :

« Il y a deux règles. La première est qu'on s'en passe très bien. Que font les moines, les marins, les explorateurs, les soldats ? Ils se portent à merveille. La seconde règle, qui, évidemment, contredit la première, est qu'il y a de jolies personnes partout. »

À Toula, le rôle de la jolie personne fut joué par une certaine Tamara. Elle était attachée au mess des officiers et elle prendra le relais de Molly, la Londonienne. Elle était ukrainienne, charmante, plutôt potelée avec deux fossettes sous les pommettes haut placées, et un peu cuisinière. Romain était très beau. Il le savait. Il s'en moquait. Et il s'en servait. Il n'avait pas pour ambition de faire de sa vie une œuvre d'art. Mais il avait le génie de la transformer, dans les circonstances les plus difficiles et en apparence les plus hostiles, en un perpétuel instrument de plaisir. Les hommes de plaisir sont souvent haïssables. Romain s'en tirait bien : irritant pour beaucoup, il était pour Tamara un héros de plaisir.

Le problème était que Tamara, qui comprenait un peu l'allemand, ne parlait pas un mot de français. Et Romain, dont l'anglais était la seconde langue, ne savait pas le russe. Ils s'entendirent très bien tous les deux, avec des rires et des gestes. Et, jour après jour, dans les longues soirées de l'hiver russe qui rendait impossible toute sortie aérienne, Romain apprit le français à Tamara et Tamara apprit le russe à Romain. Ce fut un amour linguistique.

Inventée par Romain, la formule n'avait pas échappé à Victor Laszlo et je ne serais pas étonné qu'elle fût un des motifs inavoués de sa présence au cimetière. Il l'avait cueillie au vol dans un dîner où Romain, éméché, avait, pour une fois, parlé de Toula et de Tamara. Sans jamais reconnaître sa dette, Laszlo en avait fait la matière d'une série de cinq cours à l'École normale de la rue d'Ulm sur « Éros glossophile : une épiphanie sémiophore ». Sur le thème de la langue et l'amour, de la langue de l'amour, de l'amour de la langue, de la langue dans l'amour, de l'amour dans la langue, il avait joué sans se lasser sur le double sens du mot langue et sur un mélange, dosé avec science, d'érotisme, d'érudition et de subtilité verbale. Le succès de l'entreprise avait été considérable. *Le Monde des livres* lui avait consacré une longue et savante étude sous le titre : « Que faites-vous de votre langue ? » *Libération* s'était fendu d'une double page intitulée : « Tirez un coup ! tirez la langue ! » Dans le cadre d'une enquête sur « La grande misère de l'Université » à laquelle collaboraient plusieurs membres de l'Institut — et d'ailleurs moi-même —, *Le Figaro* avait publié un encadré de quelques lignes transparentes et vengeresses : « De qui se moque-t-on ? »

Tamara avait fui l'Ukraine envahie par les Allemands. Dès que Romain et elle furent en mesure d'échanger quelques mots, elle lui raconta des choses qu'elle avait tues depuis plus de deux ans et qu'elle ne pouvait dire qu'à lui parce qu'il n'était pas russe. Les Ukrainiens supportaient avec difficulté le joug très lourd de Moscou. Ils avaient reçu la Wehrmacht sans beaucoup d'hostilité et plutôt avec des sentiments qui allaient de l'indifférence au soulagement et parfois à l'enthousiasme. Les Allemands eux-mêmes avaient été surpris de cet accueil qui avait contribué à la rapidité de leur avance. En quelques mois, la brutalité de l'occupant avait renversé la situation. En Russie Blanche, sur une population d'une dizaine de millions d'habitants, un million de personnes furent massacrées, d'abord les Juifs, puis les partisans. Un million de maisons furent détruites. En Ukraine, qui comptait quelque cinquante millions d'habitants, où avait été constituée une division de Waffen-S.S. ukrainiens, où quelques milliers d'hommes de l'armée nationale relevaient de la Wehrmacht et où une armée insurrectionnelle luttera pendant des années à la fois contre les Allemands et contre les partisans soviétiques, il y eut entre six et huit millions de morts. Et deux millions d'hommes furent déportés en Allemagne au titre du travail forcé. Un jour, en veine de confidences, Romain me raconta que Tamara, impatiente de se faire comprendre de ce compagnon qui parlait si mal le russe, traçait du bout des doigts le nombre des morts dans la neige avec une croix derrière les chiffres. Et, devant l'air effaré du Français, elle riait dans ses larmes.

Ce n'était pas seulement avec les femmes que s'était lié

Romain. Il avait beaucoup d'amis à tous les échelons de l'armée soviétique. Les Russes l'avaient adopté et ce furent eux, à vrai dire, mécaniciens ou lieutenants, parfois même un commandant que le seul nom de Paris faisait rêver, qui lui apprirent à piloter sur des Yak 9 ou 3. À la fin de 44, au début de la campagne de Prusse, les Français de Normandie-Niémen abattirent en une seule journée entre vingt et trente avions ennemis sans subir une seule perte. Romain, à lui seul, avait deux victoires à son actif. On fêta l'événement à grands coups de vodka. Tout le monde était là, y compris Tamara. Plusieurs Soviétiques se mirent à boire de l'eau de Cologne que leur avaient donnée les Français. Romain tenait l'alcool quand il le fallait. Pendant que beaucoup roulaient à terre parmi les Russes et les Français, Romain et un colonel soviétique qui devait rejoindre le lendemain le maréchal Joukov continuaient avec obstination à échanger des toasts à la santé de la France, de la Russie, du maréchal Staline, du général de Gaulle, et à la santé l'un de l'autre.

Quelques mois plus tard, au-dessus d'une plaine d'Allemagne où se déroulait une bataille de chars en bordure de forêt, Romain, à nouveau, abattit coup sur coup deux avions ennemis avant d'être touché lui-même par une rafale de mitrailleuse. Le moteur en feu, son appareil piqua en vrille vers le sol. Au dernier instant, il sauta. À quelque distance de lui, son avion explosait. Déclenchement. Roulé-boulé. Il se retrouva à terre, tâtant ses membres, sans autre blessure qu'une estafilade au bras gauche, d'où coulait un filet de sang. Il se banda le bras à la hâte. Il n'avait pas fini de plier son parachute qu'un ronflement le surprit. Il se retourna, aux aguets : un char soviétique en pleine action passait lentement auprès de lui. De la coupole ouverte il vit tomber un corps sans vie. Il regardait immobile, l'air absent, reprenant son souffle, encore sonné par sa chute quand le pilote du char, d'un geste vif, lui fit signe de grimper. Il obéit. Il ne mit pas longtemps à comprendre ce que l'autre attendait de lui. Remplaçant le serveur qui venait d'être tué, il commença à tirer sur un groupe de chars allemands aux prises avec les Russes. Il en toucha au moins un.

Quand la bataille s'acheva par la retraite de l'ennemi, Romain enleva son casque et cria au Russe qui l'avait fait monter :

« *Franzouski !* »

Le chef de char leva le pouce.

La formation de chars roula encore quelque temps. Elle finit par parvenir dans un gros bourg à moitié détruit où régnaient beaucoup d'agitation et un joyeux désordre. Grâce aux leçons de Tamara, Romain ne tarda pas à apprendre où il était tombé : au siège de l'état-major de la VIIIe armée de la Garde.

Un colonel se précipitait vers Romain, le serrait dans ses bras, l'embrassait sur la bouche. C'était le colonel soviétique avec qui, quelques mois plus tôt, il avait bu vodka sur vodka. Le colonel l'entraînait, le prenait par le bras blessé, lui arrachait un cri de douleur, lui faisait traverser tout un groupe d'officiers supérieurs qui discutaient entre eux, le poussait dans un bureau où un personnage était assis derrière une table couverte de cartes. Romain, qui ne l'avait jamais vu, le reconnut aussitôt : c'était le maréchal Joukov qui commandait toutes les forces de la Ire armée de Russie Blanche.

À l'entrée de Romain, le maréchal, qui avait évidemment été prévenu de l'arrivée d'un pilote aux victoires à répétition, se leva et s'avança. De taille moyenne, massif, le regard bleu-gris, il resta un instant immobile à observer le Français qui le saluait, le bras gauche plein de sang. Puis il ouvrit les bras et, à son tour, à la russe, il l'embrassa sur la bouche.

Il recula d'un pas, dit quelques mots en russe que Romain ne comprit pas, prit une décoration sur sa large poitrine — c'était l'Étoile de l'ordre pour la guerre patriotique, 1re classe — et l'agrafa sur la vareuse de Romain soudain épuisé, au bord de l'évanouissement et au garde-à-vous.

Il retourna derrière son bureau, s'assit et demanda à Romain s'il comprenait le russe.

« *Da russki ni poni mai* », répondit Romain avec un accent exécrable.

Le maréchal sourit et se mit à parler français. Il dit à Romain qu'il savait ce que les Français de Normandie-Niémen et lui-même Romain avaient accompli au cours de la grande guerre patriotique sur le point d'entrer dans sa phase finale. Il le félicita de sa valeur et de ses succès et lui demanda son grade dans l'armée française.

« Lieutenant, monsieur le maréchal », répondit Romain toujours au garde-à-vous.

Joukov se tourna vers l'aide de camp derrière lui et murmura à nouveau une phrase ou deux en russe que Romain ne comprit pas mieux que les premières. Il revint au français et se pencha en avant, appuyant les poings sur la table.

« Pourquoi le maréchal Foch à la tête de l'armée française n'est-il pas entré dans Berlin en 1918 ? lui lança-t-il tout à trac. J'ai posé la question à son petit-fils. Je la pose à vous, qui êtes français vous aussi. »

Romain écarquilla les yeux et écarta légèrement les bras en signe d'impuissance.

« Moi, dit Joukov, j'irai à Berlin.

— Oui, monsieur le maréchal, dit Romain.

— Nous irons ensemble », dit-il en se levant et en flanquant une bourrade à son interlocuteur, sur son bras droit heureusement.

« Oui, monsieur le maréchal, répéta Romain, immobile.

— Et après, dit Joukov, j'irai jusqu'à Brest. »

Romain ne comprit pas tout de suite. Un instant, il pensa que le maréchal parlait de Brest-Litovsk, qui était loin derrière eux. Joukov vit dans l'œil de Romain une lueur d'égarement.

« Jusqu'à Brest en Bretagne », cria-t-il en frappant sur la table.

Pendant quelques secondes, Romain resta muet de saisissement. Tout tournait autour de lui. Et puis, toujours au garde-à-vous, il répondit :

« C'est bien loin, monsieur le maréchal. »

Joukov éclata de rire.

Romain, à bout de forces, tomba évanoui sur le sol.

Les roses étaient distribuées. Le plus dur était à venir. Les hommes du fourgon s'approchaient et prenaient place aux quatre coins de la lourde caisse de bois. Je n'osais plus penser à lui qui était couché là-dedans. Dix jours plus tôt, nous étions sortis dîner tous les deux et nous avions beaucoup ri. Nous étions allés au Voltaire, sur les quais, en face du Louvre, pas très loin de Gallimard. Nous avions pris des œufs à l'oseille et deux chateaubriands béarnaise. Nous avions bu un bordeaux, toujours le même. Il portait la cravate de tricot noir qui ne le quittait jamais. Il sentait vaguement l'eau de Lanvin. J'avais connu deux personnes qui laissaient derrière elles le même signal immuable qui les identifiait. L'une était Pierre Brisson, dont le bureau du

Rond-Point embaumait l'eau de Lanvin. Et l'autre était Romain. Nous avions parlé de Mitterrand, de deux ou trois articles qui nous avaient frappés par leur drôlerie ou leur stupidité, d'Ava Gardner dans *Pandora*, de Gene Tierney dans *Laura*, du dernier livre de Le Quémenec où il y avait une bourde à la première page, du *Journal* de Jules Renard et de celui d'André Gide, qui n'aimait pas Renard. Pour respecter les rites, nous avions échangé les recettes acides de Renard qui nous servaient de mots de passe : « Une fois que ma décision est prise, je balance longuement » ou « Le succès des autres m'ennuie, mais moins que s'il était mérité ».

Nous savions bien que tout cela appartenait à un théâtre fragile dont nous étions les acteurs pour une série limitée de représentations. Que le temps passait. Que l'avenir arrivait. Mais parce que nous étions amis et que nous étions contents de l'être, nous nous laissions aller à penser — nous savions que ce n'était pas vrai, mais nous faisions comme si — que les choses allaient longtemps rester ce qu'elles étaient. Et puis Romain était mort et tout s'était écroulé, comme tout s'écroule toujours. Je n'irai plus jamais dîner nulle part avec lui.

Qu'est-ce que c'était que ce monde où rien ne nous est jamais donné que pour nous être retiré ? Dalla Porta assurait que les mécanismes de l'univers étaient réglés avec une rigueur et une minutie merveilleuses. Ceux de la vie n'étaient pas mal non plus. Une cruauté subtile les avait mis au point : ils fournissaient du bonheur pour vous en donner une idée avant de vous en priver. Ils permettaient aux cœurs de s'attacher pour mieux les faire souffrir de leur séparation. Les sanglots secouaient Marina qui enfouissait sous ses mains un visage à l'envers. De grosses larmes coulaient sur les joues trop fardées et flétries par le temps de Margault Van Gulip.

La catastrophe emprunta les traits d'un futur candidat républicain à la présidence des États-Unis qui devait se faire battre successivement par Roosevelt et par Truman : Thomas Dewey. Dewey avait une petite moustache drue, des cheveux coiffés avec soin et une solide aversion pour les gangsters et leurs souliers à bout pointu. Quand, pour rassurer les électeurs qui commençaient à croire que le pays était aux mains des gangsters, il fut nommé procureur spécial en charge du crime organisé, le rideau se leva. Lucky Luciano, à cette époque — c'était au début de 1936 —, vivait sous le nom de Mr. Ross au Waldorf Astoria, chambre 39 D. C'est là qu'il recevait Meg — parmi beaucoup d'autres — quand elle venait le voir à New York.

Avec son ami Meyer Lansky, qui cultivait avec soin ses millions de dollars dans un anonymat sans la moindre paillette, Lucky Luciano était alors l'un des hommes les plus puissants d'Amérique. Il était aussi l'un des plus flamboyants. Il ne contrôlait pas seulement les docks de New York, il était en même temps un des rois de la nuit. Tous les soirs, on le voyait dans les endroits à la mode en compagnie de filles plus spectaculaires les unes que les autres. La plus belle était Meg.

Beaucoup de gangsters — Al Capone, à Chicago, par exemple — avaient été coincés pour fraude fiscale. Dewey décida de faire tomber Luciano sur la prostitution. Le procureur avait installé ses bureaux dans la tour du Woolworth Building. Un beau soir d'hiver, une rafle monstre dans les rues chaudes ramena au Woolworth Building des centaines de filles, de sous-maîtresses, de maquereaux, de tenanciers de bar. Pendant des heures et des heures, Dewey les interrogea en tête à tête, l'un ou l'une après l'autre. Un nom revenait toujours dans les aveux des prostituées épuisées : c'était celui d'un certain Mr. Ross, qui habitait au Waldorf Astoria. Dewey, qui avait déjà sa petite idée, n'eut pas beaucoup de peine à identifier Mr. Ross avec Lucky Luciano. Quand les hommes du F.B.I. vinrent l'arrêter au Waldorf, il était avec Meg.

« Qui c'est, celle-là ? demanda un flic.

— Pas touche, répondit Luciano. C'est la femme de Malone. Elle s'occupe de nos œuvres.

— On l'embarque », dit le flic.

Malone, un immigré italien, était l'avocat de la Mafia et de Lucky Luciano. Il était louche, célibataire, un peu gras et payé à la fois par la police et par le milieu. Meg, qui aurait pu être poursuivie pour complicité de proxénétisme et qui ne l'avait jamais vu, l'épousa le surlendemain à Las Vegas et ne fut pas inquiétée. Au terme d'un *procès de trois semaines,* Lucky Luciano, qui avait été mouillé — et acquitté — dans des affaires de vol, de chantage, de contrebande, de drogue, de racket et de meurtre, fut déclaré coupable par le jury sur les cinq cent cinquante-huit chefs d'accusation préparés avec soin par le procureur fédéral et condamné pour proxénétisme à une double peine de trente et cinquante années de réclusion criminelle.

« Des peines qui, l'une dans l'autre, aboutissent pratiquement à la perpétuité, c'est quand même beaucoup, dit-il à Meg, pour un délit qui n'a rien à voir avec tout ce que j'ai pu faire. »

Mrs. Malone, qui ne passa pas une seule nuit, autant que je sache, sous le même toit que Me Malone, se montra d'un dévouement à toute épreuve pour le client de son mari. Elle fut la meilleure des collaboratrices de tout le bataillon d'avocats que Meyer Lansky lança à la rescousse du condamné. Elle allait le voir dans sa prison, elle lui apportait son courrier et les plats qu'il aimait, elle lui remontait le moral et se faisait l'écho pour lui de la rumeur du monde. Attachés l'un et l'autre à la démocratie et au pays d'accueil dont ils tournaient les lois, Lucky Luciano et Meyer Lansky étaient très hostiles au nazisme et au fascisme. Parce que lui et les siens avaient été chassés de Sicile, Luciano était l'ennemi de Mussolini. Parce qu'il était l'ami de Meyer Lansky, il était l'ennemi des nazis. L'un du fond de sa cellule, l'autre dans les repaires où il se terrait s'inquiétaient des événements qui se déroulaient en Europe.

En février 42, deux mois après Pearl Harbor et l'entrée en guerre des États-Unis, le paquebot *Normandie*, sur lequel Meg avait si souvent voyagé et sur lequel elle avait connu plus d'une aventure passagère, réquisitionné par l'année américaine et transformé en transport de troupes, prit feu alors qu'il était à quai sur l'Hudson River. Les sous-marins allemands avaient déjà coulé une bonne centaine de navires marchands dans l'Atlantique. Les services secrets s'inquiétèrent. Ils se demandèrent s'il s'agissait d'un sabotage et ouvrirent une enquête. Ils entrèrent en contact avec des dockers influents qui portaient pour la plupart des noms italiens. Les renseignements recueillis menaient tous vers Meyer Lansky. Meyer Lansky, consulté à son tour, déclara qu'un seul homme, à sa connaissance, était capable de faire face à la situation. C'était Lucky Luciano — et il était en prison.

Le F.B.I., bien informé, se tourna vers Me Malone — et d'abord vers Mrs. Malone. Elle mit des conditions à sa coopération. Elles furent toutes acceptées sur instructions personnelles du président Roosevelt qui plaçait le sort de la guerre au-dessus des histoires subalternes de gangsters.

Lucky Luciano fut installé dans une cellule plus confortable et bénéficia d'un régime de faveur. Il put communiquer comme il voulait avec son avocat et avec la femme de son avocat qui étaient autorisés, l'un et l'autre, ensemble ou séparément, à venir passer la nuit avec lui. Mrs. Malone, qui était si charmante, partagea son temps entre la fréquentation de la prison et celle des membres du gouvernement, entre les gangsters et les officiels. Elle faisait passer les messages dans un sens et dans l'autre. À New York et à Washington, à Miami, à Hollywood, où se tournaient les chefs-d'œuvre de Capra ou de Lubitsch contre la dictature nazie, on l'aperçut plus d'une fois en compagnie de Sumner Welles ou de Cary Grant.

Quand Churchill et Roosevelt se rencontrèrent à Casablanca, en janvier 43, au lendemain de Stalingrad, pour discuter de la conduite de la guerre et du débarquement en Sicile, elle faisait partie, avec le titre d'assistante personnelle du secrétaire d'État, de la délégation américaine. À l'issue d'un dîner, elle fut présentée au Premier ministre de Sa Majesté, qui ne sembla pas insensible à sa grande séduction. Le général de Gaulle était là aussi, en même temps que Giraud. À l'un de ses collaborateurs qui lui demandait ses sentiments à l'égard de la maîtresse d'un gangster notoire qui était aussi la femme d'un avocat marron, le Général répondit :

« Par des voies détournées, qui rappellent, d'un peu loin, celles de la Providence, Mme Malone apporte à la cause commune une contribution originale à laquelle elle ajoute, non sans charme, un cachet bien français — et je l'en félicite. »

Luciano, en échange, par l'entremise de Meg et par celle de Lansky, transmettait ses ordres aux *capi* des dockers. Bientôt, sortant de sa retraite volontaire et de sa semi-clandestinité, Meyer Lansky, flanqué, pour plus de prudence, de son avocat, Me Malone, et de la femme de celui-ci, put se présenter, dans un immeuble sous haute surveillance de Church Street, à Manhattan, aux chefs des services secrets *de la Marine* — les James Bond américains — et leur déclarer :

« Je peux vous promettre une chose : il n'y aura pas d'agents nazis dans le port de New York et les sous-marins allemands ne parviendront pas à s'y glisser. »

À la tête d'une fortune de plusieurs milliards de dollars,

inculpé à plusieurs reprises de fraude fiscale et toujours acquitté, Meyer Lansky tentera de se réfugier en Israël d'où il sera expulsé par Mme Golda Meir qui prononcera des paroles devenues célèbres : « Pas de Mafia en Israël ! » Il achèvera sa vie en petit bourgeois de Floride, écrasé de dollars, oublieux du passé et plutôt apeuré, qui va promener son chien, le soir, en compagnie de veuves de pétroliers et d'anciennes actrices happées par l'anonymat, dans les avenues du quartier. Une crise cardiaque l'achèvera à Miami en 1983, à l'âge de quatre-vingt-un ans. Margault Van Gulip se rendit à ses obsèques. Il avait réalisé le rêve suprême de tout gangster de haut vol : il était mort de vieillesse.

Quand l'état-major américain établit ses plans d'invasion de la Sicile, deux personnes extérieures furent mises dans le secret : l'une était Lucky Luciano ; l'autre, Mrs. Malone — mais non son mari, l'avocat.

« Dear Meg, lui dit le général Eisenhower, je compte de votre part sur un silence absolu, même à l'égard de votre mari.

— Dear Dwight, lui répondit Meg, mon mari n'est pas un problème. C'est tout juste si j'échange dix mots par semaine avec lui. Plus sérieusement : je vous promets de ne rien dire à personne — ni même à mon amant.

— Ah ! dit le général, lui, c'est sans importance : il est déjà au courant.

— Ce n'est pas de celui-là que je parle », reprit Meg.

Du fond de sa prison, qui était devenue presque coquette, Lucky Luciano déborda d'activité. Comme Siméon le Stylite du haut de sa colonne, il correspondait avec tout ce qui comptait. Il alerta ses amis dans les villages les plus reculés de Sicile. Il dessina pour les services de renseignements de l'armée des cartes détaillées de l'île et il demanda aux siens, là-bas, d'être prêts à accueillir les troupes américaines et à les guider dans les labyrinthes siciliens. Et puis, il remua ciel et terre pour être libéré et pour conseiller lui-même, sur place, les opérations de débarquement. Il envoya Meg voir Clark, Marshall, Patton, à nouveau Eisenhower et Sumner Welles en personne. Elle dépensa des trésors d'énergie et de charme. En vain. Il ne fut pas libéré. Le refus du gouvernement ne le découragea pas. En échange d'une promesse d'amnistie générale, qui fut respectée avec rigueur, il indiqua aux services secrets tout l'organigramme de la Mafia sicilienne, de sa centaine de familles, de ses milliers d'affiliés et il mit à leur disposition une formidable organisation criminelle qui ne le cédait qu'à celle qu'il avait longtemps dirigée aux États-Unis mêmes avec Meyer Lansky.

Un an après la victoire finale, en 1946, la demande de mise en liberté présentée par Meg Malone au nom de Luciano fut enfin prise en considération et visée par Thomas Dewey. Lucky Luciano fut libéré sur parole et expulsé en Italie où, richissime retraité qui pourrait fournir matière à un roman prodigieux, il succombera, quinze ou vingt ans plus tard, comme son ami Meyer Lansky, à une crise cardiaque. La séparation entre l'ex-Mrs. Malone, divorcée de son mari depuis quelque temps déjà, et Lucky Luciano intervint alors que l'ancien patron des dockers de New York était encore en prison. Tout se passa très simplement et, de part et d'autre, sans la moindre affectation. Quelques années plus tard, l'ancien mari de Meg, l'avocat de la Mafia, était assis dans un fauteuil, le visage couvert de mousse, en train de se faire raser par son barbier, quand il vit dans le miroir devant lui deux personnages vêtus de noir et chapeau sur la tête entrer dans la boutique, revolver à la main. Il n'eut pas le temps de dire « ouf ». Ils ouvrirent le feu et le tuèrent, faisant une veuve qui s'en fichait.

Les quatre hommes se baissèrent et soulevèrent le cercueil qu'ils posèrent sur leur épaule. La foule s'écarta. Ils passèrent lentement tous les cinq, les quatre hommes et le mort, entre les deux haies de larmes qui se formèrent d'elles-mêmes sur le passage du cortège. On entendait dans le silence les pas hésitants des porteurs de cadavre. Ils quittèrent l'allée où le cercueil avait été exposé pour emprunter un chemin qui menait, entre les tombes, à un trou étroit qu'on avait creusé dans la terre. Sans monument, sans pierre, sans inscription, sans rien. Ils déposèrent le cercueil sur le bord du trou et, se relevant après l'effort, ils attendirent à nouveau. Qu'attendaient-ils ? On ne sait pas. La tension et la douleur étaient aussi palpables qu'un objet matériel. Tout le monde se taisait. Personne ne regardait personne. Écrasée de chagrin, la foule flottait sur le fil entre absurde et mystère. On entendit un bruit d'animal pris au piège : c'était Béchir qui pleurait.

La cérémonie fut très simple et très gaie. Le charme de Romain avait encore frappé : le maréchal Joukov s'était coiffé du Français qui comptait douze victoires. Avec l'autorisation du commandant Pouyade, soucieux des bonnes relations entre Français et Russes, il l'avait pris auprès de lui à l'état-major de la Ire armée de Russie Blanche. Un matin de printemps, de bonne heure, déjà sur le territoire allemand, un peu après le franchissement de l'Oder, le drapeau rouge fut hissé devant les troupes rassemblées. Il y eut des discours et des remises de décorations : Drapeau rouge, Étoile rouge, ordre de la guerre patriotique de 2e classe, ordres de Souvorov ou d'Alexandre Nevski. Les choses traînaient un peu en longueur lorsque Romain, mêlé aux officiers soviétiques, vit apparaître le maréchal Joukov, acclamé par ses hommes. Le maréchal réclama le silence, prononça quelques mots et remit lui-même une douzaine de croix de l'ordre de la guerre patriotique, 1re classe. Et puis, il se pencha vers un aide de camp, fit un signe de la main et sur un mât voisin de celui où flottait le drapeau rouge fut hissé le drapeau français.

« Tu me croiras si tu veux, me dit Romain la seule fois où il me parla de l'événement, mais ça m'a fichu un coup. »

Il reçut encore un autre coup en voyant s'installer auprès de lui un petit groupe de camarades français parmi lesquels Marcel Albert, Roland de La Poype, Jacques André, Marcel Lefèvre qui avaient déjà obtenu les plus hautes distinctions soviétiques. Et un coup encore en apercevant dans la foule des nouveaux arrivants le visage radieux de Tamara.

« J'avais une boule dans la gorge », me dit-il.

Le maréchal donna lecture du décret du Présidium du Soviet Suprême de l'U.R.S.S. qui accordait à Romain le titre de héros de l'Union soviétique. Des applaudissements éclatèrent. Romain s'avança vers Joukov qui l'embrassa sur la bouche.

« C'était nerveux », me dit-il.

Romain sursauta en entendant son nom précédé — la surprise était complète — du titre de *podpolkovnik*. Un *podpolkovnik* était quelque chose comme un lieutenant-colonel. Le cadeau arbitraire et d'une partialité révoltante de Joukov valut à Romain, quelques années plus tard, en France, de passer devant une sorte de tribunal militaire, intermédiaire entre une cour martiale et un conseil de discipline. Il s'agissait de régler la situation exorbitante d'un lieutenant d'aviation élevé, à titre étranger, au rang de lieutenant-colonel. La cour trancha la poire en deux : en considération de ses mérites, et avec une mise en garde qui frôlait l'avertissement, Romain fut nommé commandant.

Ce qui toucha le plus Romain, c'est que le nouveau *podpolkovnik* fut chargé par le maréchal de distribuer lui-même quelques décorations à des militaires soviétiques. Un Français décernant sur le front germano-soviétique des médailles russes à des Russes : le spectacle n'était pas banal. Quelque chose se noua dans la poitrine de Romain quand il vit surgir devant lui le dernier uniforme sur lequel il devait agrafer une étoile : c'était Tamara. Sous un tonnerre d'applaudissements, il l'embrassa sur la bouche.

Deux semaines plus tard, au titre de héros de l'Union soviétique, Romain fut invité à se rendre à Moscou. Transports, hôtel, restaurants, tous les frais étaient payés. La neige fondait. La Moskova brisait ses glaces. Romain passa à Moscou quelques jours délicieux en compagnie de Tamara qui avait demandé et obtenu une permission. La main dans la main, ils visitèrent le Kremlin, les églises de l'Assomption, de l'Annonciation, de l'Archange-Saint-Michel, la place Rouge et la cathédrale Saint-Basile, le mausolée de Lénine, se promenèrent le long du fleuve et dans le cimetière de Novodvichi, poussèrent jusqu'à Zagorsk et à ses monastères qui émurent Tamara jusqu'aux larmes et la précipitèrent dans un semblant de crise mystique. Romain fut obligé pour la calmer de la prendre longuement dans ses bras.

Le surlendemain, ils décidèrent de passer la soirée au Bolchoï. À l'affiche : *Roméo et Juliette* de Prokofiev. Quand ils se présentèrent au guichet, on leur déclara que toutes les places étaient déjà louées et que la salle était pleine. Tamara parlementa avec les employées. Elles appelèrent un contrôleur qui appela le directeur. Le directeur était un vieil homme aux cheveux blancs, d'une courtoisie raffinée. Il s'entretint quelques instants avec Tamara et invita les deux jeunes gens à le suivre. Il les installa en coulisse et, avant le lever du rideau, il s'avança sur le devant de la scène et s'adressa au public.

« Camarades, dit-il, la direction du théâtre Bolchoï vous remercie de votre présence et de votre fidélité. J'espère que ce soir encore vous apprécierez le spectacle qui va vous être présenté. Je ne serai pas long : j'ai une information à vous communiquer et une requête à vous présenter. L'information : nous avons parmi nous ce soir un aviateur français qui combat sur le front avec nos troupes et à qui son courage a valu le titre de héros de l'Union soviétique. La requête : la salle est pleine, il n'y a plus une seule place libre, deux d'entre vous accepteraient-ils de céder leurs sièges au héros et à son amie soviétique ? Les deux spectateurs qui voudraient bien se lever recevraient bien entendu un bon pour le soir de leur choix. Merci. »

Et il s'inclina.

Il y eut un grand silence sous les ors du Bolchoï. Et puis, d'un seul élan, toute la salle se leva.

Les quatre hommes se baissaient, prenaient en main les cordes posées à même le sol et les fixaient au cercueil.

Romain entra à Berlin avec le gros des troupes de Joukov le 1er mai 45. Il était habillé de façon invraisemblable : des bottines américaines aux pieds — elles lui avaient été données par un officier américain qui venait de Torgau, sur l'Elbe, où Russes et Américains avaient fait leur jonction —, il avait gardé son pantalon d'aviateur français et il portait une vareuse et un bonnet soviétiques, avec les insignes de *podpolkovnik*, l'ordre du Drapeau rouge et l'Étoile pour la guerre patriotique de 1re classe.

Devant la porte de Brandebourg, il regarda le ciel et les ruines autour de lui et il respira un grand coup.

« Je suis à Berlin, se dit-il. La guerre est finie et nous l'avons gagnée. »

Une bouffée de bonheur l'envahit. Elle était mêlée d'accablement. Romain n'aimait pas la guerre. Il la faisait parce qu'il fallait la faire. Mais il ne l'aimait pas. Il l'avait faite contre des gens qui l'aimaient et qui étaient responsables du désastre où ils avaient entraîné leur pays, et beaucoup d'autres en même temps. En ce jour d'ivresse où il touchait au but, et des millions d'hommes avec lui, il se souvenait des horreurs en Ukraine et en Russie Blanche dont lui avait parlé Tamara, de toutes celles dont l'écho était parvenu jusqu'à lui et de celles dont lui-même avait été le témoin. C'était une masse de souffrances inouïe, un chant de mort qui n'en finissait pas. De Molly à Tulasne, il était entouré depuis cinq ans de corps mutilés et sans vie. Sa jeunesse était faite de cadavres et de larmes. Il avait pris la guerre avec une sorte d'inconscience et presque avec gaieté parce qu'il était très gai lui-même et ennemi de tout ce qui pèse, ennemi de la grandiloquence et de la pompe funéraire. La vie n'était pas gaie. Le monde était sinistre. Il était épouvanté de ce que les hommes si misérables étaient capables de faire.

L'horreur était partout. Elle était dans les deux camps. Quelques jours plus tôt, une demi-douzaine d'officiers soviétiques lui avaient proposé de venir chasser avec eux. Il avait accepté et il avait éprouvé un sentiment étrange à se promener en Poméranie sans le moindre souci, sans se tenir sur ses gardes, un fusil sous le bras : les cibles vivantes sur lesquelles il tirait ne risquaient pas de répliquer. Les chasseurs, sur leur chemin, avaient croisé un cortège étonnant : des chameaux chargés d'armes et de ravitaillement, menés par des conducteurs tatars ou mongols, venus des steppes d'Asie centrale, des Républiques musulmanes, pieds nus dans leurs sandales. Des chameaux dans les plaines de Pologne et d'Allemagne ! Romain pensa aux éléphants d'Hannibal dans les Alpes. Vers la fin de la journée, les chasseurs parvinrent à une grande et belle propriété où ils entrèrent naturellement comme chez eux et où ils aperçurent cinq corps alignés côte à côte sous un drap devant le perron : la propriétaire du lieu, qui appartenait à la vieille aristocratie militaire et prussienne, et ses quatre filles venaient de se suicider pour échapper à l'avance des troupes soviétiques. Les cinq cadavres étaient sur le point d'être jetés dans les tombes creusées d'avance, sur les ordres de la douairière, par le vieux jardinier en larmes qui avait encore connu, bien avant la Première Guerre, dans les dernières années du siècle précédent, l'empereur Guillaume Ier et son terrible ministre : Otto von Bismarck. C'était un monde qui finissait.

Beaucoup d'ouvrières, de commerçantes, de filles de ferme avaient été violées. Romain lui-même avait assisté à plusieurs reprises à des scènes de pillage et de viol qui pouvaient passer pour des réponses aux massacres d'Ukraine et de Russie Blanche. Les débordements soviétiques dont Romain avait été le témoin duraient en général deux ou trois jours avant le rétablissement de l'ordre par des unités d'élite.

Il arrivait à la tragédie de prendre le visage de la comédie. En avril 45, après le passage de l'Oder, Romain avait rencontré un médecin militaire soviétique, rescapé de Stalingrad, qui venait de recevoir une lettre de sa femme. Le malheureux médecin était effondré et Romain avait fait ce qu'il pouvait pour le consoler tant bien que mal : sa femme le croyait mort depuis novembre 42 et elle lui annonçait la naissance de trois enfants nouveaux dont le premier seul était de lui.

Au-delà des cruautés et des malheurs de la guerre qui étaient de tous les temps et de tous les pays — les grandes invasions, les expéditions des Mongols, la guerre de Trente Ans ou les guerres de Vendée n'étaient pas non plus des parties de plaisir — s'élevait l'ombre d'un désastre obscur qui ne s'appelait pas encore la Shoah, dont l'ampleur et les mécanismes étaient encore incertains et qui allait prendre bientôt des proportions monstrueuses. Au cours de l'été 44, avec un groupe d'officiers soviétiques, Romain s'était rendu à Treblinka, à une soixantaine de kilomètres au nord-est de Varsovie, que les troupes soviétiques venaient d'atteindre. Dans les tout derniers jours d'avril, il avait rencontré l'officier américain qui lui avait donné ses bottines : les noms d'Auschwitz, de Buchenwald, de Dachau avaient été prononcés. La veille même de son entrée dans la capitale du Reich qui devait durer mille ans, il avait pu s'entretenir avec des femmes et des enfants que les Russes venaient de libérer à Ravensbrück.

« Je suis juif, se disait Romain en serrant les poings. Ma mère est juive. Je suis juif. »

Après cinq ans de guerre, il s'étonnait de la légèreté avec laquelle, cinq ans plus tôt, à Marseille, il avait joué sa vie. Il lui avait fallu beaucoup de temps et d'épreuves, supportées avec gaieté tant qu'il s'agissait des siennes qui n'étaient pas redoutables, pour comprendre à quel point il avait choisi le bon camp. Fusiller des otages ou des partisans pouvait encore s'inscrire, à la triste rigueur, dans les dures lois de la guerre qui n'ont de loi que le nom. Exterminer des Juifs parce qu'ils étaient juifs et seulement parce qu'ils étaient juifs était inexpiable.

« On oublie tout, disait Romain à l'officier américain qui venait de Torgau. On oublie tout. On oublie les guerres. Mais la passion des Juifs va peser sur le monde. »

Romain était heureux parce que le camp des vainqueurs auquel il appartenait était en même temps le camp de la vérité, de la justice et du bien qui l'emportait sur le mal. Il admirait Roosevelt et surtout Churchill qui, seul, abandonné de tous, voué à une mort certaine, enfermé dans son île comme dans une forteresse, avait résisté à Hitler. Il vénérait de Gaulle qui, envers et contre tous, avait sauvé l'idée qu'on pouvait se faire de la France. Il respectait Staline.

Bien des années plus tard, il me racontait combien le massacre par les Allemands à Katyn de plus de vingt mille officiers polonais prisonniers l'avait bouleversé.

« C'était une preuve nouvelle — elle n'était pas nécessaire — de la sauvagerie des Allemands. Des soldats capables de ce crime étaient capables de tout. Et puis… »

Il se taisait. Il faisait un geste de la main.

« Et puis… ? lui disais-je.

— Et puis, me disait-il, la vérité a commencé à filtrer. On a essayé de l'étouffer mais elle a fini par éclater. Les assassins de Katyn n'étaient pas allemands : ils étaient russes.

« Pour moi, l'affaire de Katyn a été deux fois un drame, une tragédie à double détente, un révélateur inversé. Je découvrais peu à peu les abominations des nazis. Je vivais parmi les Russes. Leur courage m'épatait. Je me suis mis à les aimer. Je n'étais pas communiste, mais j'étais tout disposé à accorder à Staline un préjugé favorable. J'ignorais tout des camps de concentration soviétiques et des millions de morts du régime. Quand les Russes m'ont parlé de Katyn, j'ai partagé leurs sentiments. Je n'ai appris que beaucoup plus tard qu'il y avait au moins un doute sur la responsabilité du massacre. À vrai dire, je n'ai pas accepté aussitôt l'idée que les Russes pourraient être coupables. Il a fallu que ce soit eux qui rétablissent la vérité et qu'ils reconnaissent leur crime eux-mêmes pour être enfin convaincu. Ç'a été pour moi un choc terrible. J'ai regardé le siècle autrement. Tout le monde mentait. Mon camp aussi était capable de tout. Je n'ai plus cru à rien. Je finissais par me demander si Truman, qui avait lancé la bombe atomique sur Hiroshima et Nagasaki, n'était pas, lui aussi, coupable de crime contre l'humanité. Sa chance était d'être vainqueur et d'avoir été plus rapide que ses monstrueux adversaires qui n'auraient pas hésité un instant, s'ils avaient pu, à en faire autant — et pis — que lui. »

Il se mettait à rire. Il me tapait sur l'épaule.

« Je deviens pompeux, me disait-il. Je raconte ma guerre et mes états d'âme. N'en parlons plus. Tu le sais bien : je ne crois à rien. Ni à Dieu ni à Staline. Staline — et je m'en veux — a tenu plus longtemps. »

Devant la porte de Brandebourg, Staline tenait encore. Et même mieux que jamais. Il l'avait emporté sur la plus formidable machine de guerre de tous les temps. Son ombre victorieuse s'étendait sur le monde. L'encens des peuples montait vers lui. De grands esprits l'adulaient. Les drapeaux rouges frappés de la faucille et du marteau étaient hissés un peu partout. L'armée soviétique, qui avait laissé sur les champs de bataille plus de huit millions de morts, se déployait dans Berlin occupé. Près d'un siècle après le *Manifeste du parti communiste*, vingt-cinq ans après l'assassinat de Karl Liebknecht et de Rosa Luxemburg, grâce à la victoire de Staline sur Hitler qui, quatre ans plus tôt, avait attaqué le premier avec quelque deux cents divisions, six mille chars, trois mille avions avant d'être submergé par le nombre, le communisme s'installait, la plupart pensaient pour toujours, au cœur même de l'Europe.

Romain était entré dans la ville en ruine à bord d'une voiture de commandement qui ne cessait de tomber en panne et que son chauffeur, Evgueni, réparait avec des bouts de ficelle. Les Russes avaient gagné la guerre dans des machines qui ne marchaient jamais et qu'ils faisaient rouler tout de même. La voiture lâcha à cent mètres de la porte de Brandebourg. Romain continua à pied. Le canon s'était tu. On entendait encore, de temps en temps, de rares rafales isolées : des tireurs grimpés sur les toits et qui vendaient chèrement leur peau. Au bout de quelques minutes, il tomba sur un groupe de soldats soviétiques qui bousculaient un Allemand à l'uniforme déchiré.

« Que se passe-t-il ? demanda-t-il en russe.

— Rien, répondit un sergent. On le fusille. »

Romain regarda l'Allemand. Il n'était pas grand. Il était brun, avec une bonne bouille. Sous une barbe de huit jours, il semblait avoir une trentaine d'années, ou peut-être un peu plus. Il allait se coller de lui-même contre ce qui restait d'un mur et attendait avec calme l'ordre de faire feu et la rafale finale.

« Il avait une arme, dit le sergent. Et il s'en servait. »

Et il brandissait le fusil d'assaut dont il s'était emparé.

« Eh bien, dit Romain, un prisonnier de plus.

— Bah ! reprit le sergent. On en a déjà trop. Mieux vaut le fusiller.

— Non, dit Romain. On ne fusille pas les prisonniers. »

Le sergent ricana.

« Si on ne le fusille pas, qu'est-ce qu'on en fait ? On ne va pas le coltiner avec nous toute la journée.

— Je le prends en charge », dit Romain.

Il y eut un léger flottement. Le sergent, comme à regret, regarda les insignes et les décorations de Romain.

« Comme tu voudras, *tovaritch podpolkovnik* », finit-il par lâcher.

Et, abaissant le fusil d'assaut qu'il tenait à la main, il leva l'autre bras avec un geste des doigts. Les cinq ou six soldats remirent l'arme à la bretelle.

Sortant son Nagant, Romain fit signe à son prisonnier de le suivre. À ce moment-là, remise en état de marche par Evgueni, sa voiture débouchait d'Unter den Linden qui n'était plus que décombres. Ils y montèrent tous les deux. Romain rangea le revolver dans son étui.

« Merci », dit en français le prisonnier qui paraissait à bout de forces.

Romain le regarda de côté, la main près de l'étui qu'il n'avait pas refermé.

« Tu n'es pas allemand ? lui demanda-t-il.

— Non.

— Tu es français ?

— Non.

— Tu n'es pas alsacien ?

— Non.

— Je m'en doutais, dit Romain. Tu n'en as pas l'air. Et alors ? »

L'homme haussa les épaules. Il n'avait pas envie de parler.

« Italien ? insista Romain. Espagnol ?

— Non.

— Alors… Kirghize, kalmouk, tchétchène ? Musulman ?… Arabe, peut-être ?

— On peut dire ça.

— Armée Vlassov ?

— Non. »

Il y mettait franchement de la mauvaise volonté.

Romain, qui sentait la moutarde lui monter au nez, se jeta sur lui et le bourra de coups de poing que l'autre esquivait de son mieux en levant les bras devant son visage.

« Imbécile ! Qu'est-ce qui a bien pu t'entraîner du côté des assassins ? Pourquoi es-tu allé là-bas ? Par haine du communisme ?

— Je m'en foutais, du communisme.

— Alors, tu es trop bête. Ce n'est tout de même pas

l'attachement à Hitler ni au national-socialisme qui t'a précipité chez les S.S. ? Ce n'est pas l'argent non plus ? Une femme ? Un chagrin ? C'est quoi ?

— Le hasard, répondit-il d'une voix lasse.

— Ah ! dit Romain, le hasard a bon dos. J'en sais quelque chose. Il faut l'apprivoiser, s'en servir, l'incliner dans le bon sens. Toi qui n'étais pas allemand, tu n'as pas essayé de t'échapper à un moment ou à un autre ?

— Non.

— Tu n'as pas pu ou pas voulu ? »

L'homme à l'uniforme en lambeaux haussa à nouveau les épaules. La voiture fit une embardée pour éviter un corps qui gisait sur le sol.

Il y eut un silence.

« Qu'est-ce que tu faisais à Berlin ?

— J'appartenais à la garde de Hitler. »

Romain se prit la tête entre les mains.

« À la garde de Hitler ! lui dit-il. Quel abruti ! Qu'est-ce que je vais faire de toi ? Tu te rends compte ? Non, mais tu te rends compte ?

— Oui », dit Béchir.

Et, pour la troisième fois en quelques minutes, tournant le dos à Romain, regardant dans le vide, il haussa les épaules.

Chacun de son côté, Romain et Béchir m'avaient raconté la scène tous les deux, en des termes presque identiques. Leur intimité datait de là. Béchir devait tout à Romain, et d'abord la vie. Le cercueil de Romain descendait lentement dans la fosse sans inscription où il allait reposer pour les quelques années que nous appelons l'éternité. Béchir pleurait à chaudes larmes.

« J'aurais voulu, me souffla-t-il entre deux hoquets, j'aurais tant voulu mourir pour lui. »

Je voyais Laszlo aux côtés de Béchir. Je repensai en un éclair à ce qu'il m'avait dit sur la place de Hitler et de Staline dans le monde d'aujourd'hui et dans les livres qui prétendaient le décrire. Les liens, déjà anciens, que l'histoire avait tissés entre Béchir et Romain, jetés par la force des choses dans deux camps opposés, étaient indestructibles. Seuls ceux de la passion étaient plus forts encore. Marina, pliée en deux, était soutenue par sa fille. Margault Van Gulip n'avait plus de larmes pour pleurer.

☆

La terre ne le recouvrait pas encore, mais elle l'enserrait déjà de partout. Le monde qu'il avait tant aimé, s'il avait pu le voir d'où il était couché, lui serait apparu sous la forme d'un rectangle de ciel gris. Nous le pleurions comme s'il avait été immortel. Et puis nous pensions, très vite, que chacun d'entre nous, un peu plus tôt, un peu plus tard, descendrait aussi, à son tour, sous la terre.

Ce jour-là, au cimetière, pour beaucoup de raisons, je n'aurais pas détesté être à la place de Romain. J'étais un peu comme Béchir : j'aurais accepté sans trop de peine d'échanger mon sort contre le sien. Il aimait la vie plus que moi, j'étais plus curieux que lui de ce qu'il pouvait bien y avoir au-delà de la mort. Ouvrez-vous, portes de la nuit ! Ah ! Elles s'ouvrent : et derrière, il n'y a rien. Oui, peut-être… Peut-être avait-il raison. Peut-être n'y avait-il rien, malgré mes espérances, au-delà de ce corps qui emportait dans le néant une âme qui ne vivait que par lui. Le pire est toujours possible. Usé par le temps, travaillé par un doute qui ne l'effleurait jamais, j'étais prêt à tout au poker de la vie — et à payer pour voir. Lui, sûrement pas. Il s'en fichait.

Il y avait beaucoup de choses dont Romain s'occupait assez peu : la mort, la religion, l'argent, la politique, les journaux, le passé et l'avenir. Il menait une vie installée dans le présent, assez indifférente aux grands problèmes et aux débats dont on nous rebattait les oreilles et, en fin de compte, très physique. La clé de l'affaire était peut-être d'une simplicité consternante : il avait une bonne santé. Pas d'asthme ni de rhume des foins à la façon de Proust. Pas de vertiges dans le style Pascal ou Kafka. Il n'était pas épileptique comme Flaubert ou Dostoïevski, il n'avait pas de pied bot comme Byron. Aucune de ces misères qui apparaissent souvent dans des aveux d'artistes et d'écrivains. Et j'ai bien peur que ses érections n'aient été plus complètes que celles d'un Aragon.

« Franchement, me disait-il quand je l'entreprenais, je n'ai aucune raison d'écrire. »

Quand je m'étais lié avec lui, je l'avais naturellement interrogé sur les chemins qu'il avait empruntés. Ils étaient assez simples. Par la force des choses, il n'avait fait aucune étude. Il s'était arrêté en première au lycée Thiers de Marseille et, à l'âge où il aurait dû passer ce qu'on appelait alors le bachot, il farfouillait dans les avions de l'Angleterre en flammes. À son retour de la guerre, pendant deux ou trois ans, il avait lu beaucoup plus qu'il ne voulait bien l'avouer. Non pas, selon la formule, tout ce qui lui tombait sous la main, mais tout ce qu'il fallait lire. Que faut-il lire ? Mais ce qu'on a envie de lire. Par une chance merveilleuse, Romain n'avait jamais eu envie de lire que de bons livres. Je ne l'ai jamais vu lire un de ces romans à la mode qui sont oubliés en six semaines, ni un prix littéraire, ni les livres dont parlaient les journaux et les hebdomadaires qu'il ne lisait pas non plus. Il avait mis le nez dans Saint-Simon, dans Chateaubriand, dans Proust, dans quelques autres — et il n'en parlait jamais.

Il n'avait jamais travaillé au sens qu'on donne couramment à ce mot : jamais de bureau, jamais d'horaires, jamais de dossiers, jamais de patron, ni de clients, ni de subordonnés. Il détestait travailler. Il avait un don : il se trompait très peu. Il ne savait pas grand-chose et il devinait tout. Sa familiarité avec des peintres, des écrivains, des musicologues, des savants comme Cazotte, des astrophysiciens comme Dalla Porta m'avait d'abord étonné. L'explication n'était pas compliquée : il ne disait pas de bêtises.

Au lendemain de la guerre, il avait été invité en U.R.S.S. avec plusieurs héros de l'Union soviétique. Délaissant les cérémonies officielles qui lui paraissaient insupportables, il était parti, par autorisation spéciale, pour Samarkand et Boukhara dont les noms le faisaient rêver. Les Occidentaux autorisés à se rendre en Ouzbékistan étaient extrêmement rares à cette époque. Romain fut l'un des premiers Français à visiter le tombeau de Tamerlan découvert à Samarkand par des archéologues russes le jour même ou le lendemain du déclenchement de l'offensive allemande contre l'U.R.S.S., le 21 juin 41. La beauté du lieu, pourtant très abîmé par des travaux de toute sorte et par des constructions envahissantes, le transporta de bonheur. Il se renseigna sur Tamerlan dont il ne connaissait guère que le nom et dont il ne savait rien. Et, de fil en aiguille, sur les Mongols et sur Gengis Khan. Il apprit avec délices qu'une rumeur, au XIIIe siècle, avait couru le camp des croisés : leurs ennemis musulmans étaient attaqués sur leurs arrières.

Les chrétiens s'imaginèrent aussitôt que cet agresseur tombé du ciel était le Prêtre Jean, un souverain mythique et chrétien, descendant peut-être de Salomon et de la reine de Saba, dont la tradition situait le royaume quelque part entre les Indes et l'Éthiopie. Mais l'allié putatif n'était pas le Prêtre Jean : c'était le sauvage Gengis Khan, plus hostile que personne aux principes du christianisme, à la tête de ses bataillons de Mongols. L'histoire enchantait Romain.

De Samarkand, de Boukhara, il rapporta quelques babioles : un tapis de soie qui lui avait plu, un poignard ancien avec son fourreau, quelques bijoux, une boîte incrustée de pierres taillées assez grossièrement. À peine arrivé à Paris, il téléphona à son ancien condisciple du lycée Thiers, son plus vieil ami avec Simon Dieulefit : Adrien Cazotte qui était entré à l'École de la rue d'Ulm à peu près en même temps que moi et qui commençait à se spécialiser dans l'étude des civilisations de l'Orient ancien. Ils déjeunèrent ensemble au Balzar, et Romain, qui habitait une chambre d'étudiant du côté de la rue Mouffetard, lui montra ses trésors, étalés sur son lit.

Cazotte les examina assez longuement en silence. Et puis il émit un sifflement.

« Tu as payé ça combien ?

— Bah ! dit Romain, je ne sais plus très bien. J'ai payé en roubles. Je dirais entre trois mille et cinq mille francs le tout. Je me suis fait rouler ?

— Enfin… dit Cazotte. Il y a bien quelqu'un qui s'est fait rouler. Mais ce n'est sûrement pas toi. À vue de nez, je dirais que tes trucs, là, valent, aujourd'hui, à Paris, entre cent et deux cents fois ce que tu as dépensé. »

Romain eut un joli geste. La plus belle pièce de sa collection en voie de constitution, le tapis de soie rose et bleu du début du XVIIe, il l'offrit au musée Guimet. Il se lia du coup avec des archéologues et des historiens d'art qui comprirent aussitôt que ce jeune homme de vingt-cinq ans n'était ni un érudit, ni un margoulin, ni un marchand en quête d'affaires, mais un amateur qui avait du goût et qu'ils eurent plaisir à aider de leurs conseils.

Il repartit plusieurs fois pour la Russie. Au cours d'un de ses voyages, il retourna à Téhéran où il était passé quelques années plus tôt, en venant de Syrie, avec ses camarades de l'escadrille Normandie. Il poussa jusqu'à Ispahan, jusqu'à Chiraz, jusqu'à Persépolis. L'Iran l'éblouit.

Dans la capitale de Shah Abbas, il traîna longuement sur Maydan Shah aux belles mosquées et dans les jardins de Tchehel-Sotoun, le palais des Quarante-Colonnes, qui reflète dans un bassin son architecture de légende. Il revint avec des bijoux scythes en or aux motifs végétaux et animaliers, un petit lion de pierre cueilli au Luristan ou à Persépolis, des miniatures persanes et des tissus anciens. Le petit lion de pierre, il me l'avait donné. J'aurais voulu le jeter sous la terre avec lui, mais je savais qu'il n'aurait pas aimé voir la mort, même à travers un objet, l'emporter sur la vie.

Chaque année, Romain allait passer quelques semaines en Asie. Sous prétexte de reportages pour le journal où j'écrivais, et pour préparer un livre qui allait s'appeler *La Gloire de l'Empire*, je l'avais accompagné en Inde, en Afghanistan, en Chine. Au bord de la fosse où on l'avait jeté — et l'idée qu'il était dans un trou creusé pour lui sous la terre glaçait le sang en moi et me faisait pousser un gémissement que j'avais du mal à étouffer —, les images me revenaient en foule : je me revoyais à Xian avec lui devant la grande pagode de l'Oie sauvage ou dans la forêt des stèles où je lui avais montré la célèbre colonne aux inscriptions syriaques qui témoignait de la pénétration jusqu'en Chine des doctrines nestoriennes, ou au tombeau de T'sin Che Houang-ti, gardé par l'immense armée de ses soldats de terre cuite, ou encore à Guilin, où il ne cessait de pleuvoir et où les vols de grues au-dessus des pics escarpés semblaient sortir vivants d'une de ces peintures chinoises qui nous paraissaient inventées : remplacé par les gardes rouges, il n'y manquait que le vieux sage dans sa robe blanche en train de méditer, un pinceau à la main ; à Bamiyan, en Afghanistan, au pied de l'Hindou Kouch, devant les deux statues colossales du Bouddha, ou au bord des lacs suspendus de Band i Amir qui se déversent les uns dans les autres à trois mille mètres d'altitude ; dans le temple de Khajuraho, avec ses hauts-reliefs érotiques, ou dans celui de Konarak, sur ses roues de pierre sculptées, ou à l'hôtel, délicieusement décati, du South Eastern Railway à Puri où nous nous préparions, sous les immenses ventilateurs de bois qui tournaient très lentement, à assister au cortège foisonnant, coloré, un peu inquiétant en l'honneur de Lord Jagannath, avatar et parèdre de Vishnou.

Malraux rapportait d'Indochine des statues khmères arrachées à l'un ou l'autre des innombrables temples d'Angkor. Romain rapportait de partout des objets qu'il avait achetés — le plus souvent à bas prix — et qui excitaient l'admiration et l'envie des connaisseurs. Il avait un goût très sûr et, lui qui ne savait rien, se mit à acquérir en même temps que ses vases, ses animaux fabuleux, ses statuettes de jade, des connaissances assez étendues et surtout très précises sur les arts de l'Orient. Année après année, il rassembla un petit nombre de chefs-d'œuvre qui lui permettaient de vivre avec beaucoup d'agrément.

Romain était tout ce qu'on voudra : charmant, séduisant, cynique, courageux, généreux, égoïste. Attachant et insupportable. Beaucoup de ceux qui se pressaient aujourd'hui dans le cimetière l'aimaient surtout parce qu'il avait la séduction des cyniques et le charme des égoïstes. Dans le monde qui l'entourait, il avait d'abord cherché à être libre. C'était cette liberté qui enchantait la vie. La sienne d'abord, et celle des autres.

C'était fini. Les mots n'avaient plus de sens en ce qui le concernait. Il ne pensait plus rien. Nous ne pouvions plus parler qu'au passé de cet être de chair et de sang que nous avions aimé sous le nom de Romain. Ce qu'il avait été n'était plus. De la matière sans vie. Un corps en décomposition. Un peu de poussière à venir. Il ne recevait plus du monde ni chaleur ni lumière. Il ne lui apportait plus cette gaieté et cette mélancolie inséparables de la vie. Il était jeté dans son trou et il attendait que la terre sur laquelle il avait dansé vienne l'écraser de son poids et le suffoquer à jamais.

Le dernier acte se jouait. Les hommes en noir relevaient les cordes qui avaient servi à descendre le cercueil. Ils les enroulaient, ils les rangeaient. Ils avaient fait leur travail. Bientôt, ils allaient rentrer chez eux. Une fois encore, une dernière fois, j'aurais voulu voir bénir ce corps qui retournait à la terre et entendre s'élever des chants en l'honneur d'on ne sait quoi. De la vie, de la mort et de ce monde si cruel. La foule piétinait dans les allées du cimetière. La première à s'avancer, avec sa rose à la main, fut Margault Van Gulip.

C'était la première fois que Romain mettait les pieds en Amérique. Au lieu de débarquer à New York comme la plupart des Européens, il était arrivé par l'ouest. Par la Chine, par le Japon et par l'Indonésie. Il avait vu Kyoto et Nara, et le temple de Borobudur, avec ses stûpas bouddhiques. Il avait traversé le Pacifique. Il avait passé quinze jours à San Francisco et à Los Angeles. Et puis, il était parti pour New York. Truman était président des États-Unis. La guerre de Corée battait son plein, le maccarthysme sévissait. Romain était allé traîner au Met, au MoMA, à la Frick Collection. Quand il s'aventurait dans un musée, ce qui n'était pas très fréquent, il ne courait pas volontiers d'un tableau à un autre. Il en choisissait un et se plantait devant lui pendant un bon bout de temps, et puis il s'en allait. À la Frick, le *Cavalier polonais* de Rembrandt lui avait beaucoup plu. Au Metropolitan, il était resté longtemps devant un tableau de Manet qui avait l'air d'illustrer une nouvelle de Maupassant et qui s'appelait *En bateau* — ou *Boating*. Il représentait une barque avec deux personnages assis l'un auprès de l'autre : un homme avec une moustache, coiffé d'un canotier, plutôt bellâtre, maillot de corps et pantalon blancs, une femme, un peu mystérieuse, dissimulée derrière une voilette, de longs cheveux sur sa robe bleu pâle. L'eau montait derrière eux jusqu'au haut du tableau.

En sortant du musée, Romain vit une jeune femme y entrer. Ce n'était plus le temps des rigueurs victoriennes exportées en Nouvelle-Angleterre. Ce n'était pas encore l'époque de ce puritanisme féministe qui interdit aux femmes américaines tout contact avec un homme. C'était une de ces après-guerres qui, comme toutes les autres, permettait enfin aux hommes de retrouver les femmes. Il la regarda distraitement d'abord, puis avec une attention un peu plus appuyée. Il la trouva belle. L'allure d'une reine. Avec une gaieté intérieure. Il eut la vague impression qu'elle l'avait aussi aperçu et qu'elle lui avait jeté oh ! pas même l'ébauche d'un sourire : juste un de ces coups d'œil rapides qui sont très loin de constituer un signe d'intelligence mais qui suffisent pourtant à reconnaître en silence une existence lointaine et une présence étrangère. Il eut envie de lui parler. Elle tenait tantôt par la main et tantôt dans ses bras un enfant de deux ou trois ans. Les enfants, comme les chiens, permettent parfois aux hommes de s'adresser aux femmes. Vêtu de bleu et de blanc selon les recettes traditionnelles, cet enfant-là était charmant, et ce charme suffit à intimider Romain. Il hésita un instant à revenir sur ses pas et à rentrer dans le musée qu'il venait de quitter. Le ridicule le retint.

« Je ne vais tout de même pas, se dit-il, tourner autour d'une femme qui traîne un marmot derrière elle. »

Après avoir fait mine de pénétrer à nouveau dans le musée, il s'en éloigna à regret. Il lui sembla, mais c'était peut-être une illusion, que le regard de la jeune femme, à peine entrevu à nouveau derrière lui, se teintait d'une ombre d'ironie.

Le début de l'automne est souvent beau à New York. Romain, comme tout le monde, avait été impressionné par la ville verticale et par la nouveauté radicale que représentait pour lui l'accumulation des gratte-ciel qui cohabitaient encore avec les vieux autobus rouges et avec le métro aérien qui passait au-dessus de la Troisième Avenue et qui vivait ses derniers jours sous le nom, alors familier, depuis longtemps abandonné en ce sens, *d'Elevator*. La guerre n'était pas si loin et, se souvenant de Berlin, il imaginait les ruines qu'auraient pu provoquer parmi les *skyscrapers* une bombe comme celle d'Hiroshima ou une attaque aérienne du genre de celles qu'il avait connues. En sortant du Metropolitan, il se jeta dans Central Park et s'y promena avec bonheur. Le nombre et l'animation des jeunes gens l'étonnèrent : sur la quarantaine de millions de morts de la guerre — militaires et civils —, les Russes en comptaient un peu moins de vingt millions et les Allemands un peu moins de huit millions ; les Américains, sur tous les théâtres d'opérations, avaient perdu moins de trois cent mille hommes. Ils avaient fait la guerre hors de leurs frontières et ils l'avaient gagnée sans en souffrir autant que leurs alliés et leurs ennemis.

Adrien Cazotte, l'ami marseillais et savant de Romain, avait un frère, plus âgé d'une douzaine ou d'une quinzaine d'années, qui était consul général à New York.

« Téléphone-lui si tu passes par New York, avait dit Adrien à Romain. Il aime la musique et la peinture. Tu t'entendras bien avec lui. »

Rentré à son hôtel — c'était l'Algonquin, 42e ou 43e Rue Ouest, entre la Cinquième et la Sixième Avenue : il payait sa chambre onze dollars —, Romain, après avoir traîné quelques instants dans le bar, appela le consulat. Il obtint sans aucune peine le frère d'Adrien qui l'accueillit avec chaleur et lui indiqua aussitôt qu'il organisait pour le surlendemain un dîner en l'honneur d'un célèbre pianiste d'origine polonaise dont le nom ne disait pas grand-chose à Romain.

« Nous allons au Pavillon. C'est un restaurant assez

connu, 57e Rue Est, je crois. Joignez-vous à nous. Je serai enchanté de faire la connaissance d'un Français dont mon frère m'a parlé si souvent. »

Romain accepta.

Le surlendemain, croyant naïvement qu'il était convenable de respecter l'heure précise qui lui avait été indiquée, il arriva le premier au Pavillon, encore presque vide. Un peu gêné, il bavarda avec le consul, un homme assez grand, plutôt sympathique, un peu solennel, et ils parlèrent de la pluie et du beau temps en attendant les invités. Quand ils se présentèrent les uns après les autres, le trouble de Romain s'accrut : les femmes étaient très habillées, avec des bijoux un peu partout, tous les hommes, comme le consul lui-même, étaient en smoking — *dinner jacket.* Lui seul portait un costume sombre, une chemise bleue et, déjà, son éternelle cravate de tricot noir qu'il traînait partout avec lui. Il s'excusa auprès de son hôte.

« Aucune importance, lui dit le consul. C'est une espèce de jeu auquel nos amis aiment à jouer, mais que personne ne prend au sérieux. Et les Américains sont les gens les plus simples du monde. »

Le dîner était loin d'avoir épuisé ses réserves de surprises. Juste après le pianiste polonais, accueilli avec un mélange assez frappant de gaieté et de respect, la dernière invitée fit son entrée dans le Pavillon. Romain la reconnut aussitôt avec une espèce de choc qui n'était pas désagréable au creux de l'estomac : c'était la jeune femme du Metropolitan.

Guidée par le consul, elle fit le tour des convives. Elle les connaissait presque tous, elle en embrassa plusieurs. Quand vint le tour de Romain, le consul le présenta avec quelques mots élogieux. Romain attrapa au vol le nom de l'inconnue.

« … qui est un des rares Français à porter le titre de héros de l'Union soviétique ; et voici, cher ami, Mme Meg Ephtimiou dont il est permis de dire qu'elle est une des reines de New York. »

Ils se regardèrent en riant.

« Vous vous connaissez déjà ? demanda le consul avec curiosité.

— Mon Dieu ! répondit Romain. Suffisamment pour nourrir de ma part une lointaine admiration. »

L'inconnue du musée était plus belle encore que l'autre jour. Sur une jupe noire qui descendait à mi-mollet et qui s'élargissait vers le bas, elle portait un bustier, noir également, qui, accentuant les hanches, lui faisait la taille étroite. Ses épaules larges sur cette taille si mince, ses yeux rieurs et très bleus sous les cheveux bruns assez longs lui donnaient l'allure d'une statue de la gaieté et de la vie.

On se tenait debout, un verre à la main, échangeant des propos anodins pour faire passer le temps. Et puis, tout à coup, dans un léger brouhaha, à l'invitation du consul, la dizaine d'invités passa dans une petite salle à manger. Autour d'une table ronde où verres et couverts étaient disposés parmi des anémones et des renoncules mêlées de verdure et de mousse, des cartons écrits à la main à l'encre bleue indiquaient les places des convives. Romain était assis à côté de la rieuse du Metropolitan. La vie n'était pas mauvaise.

Je la voyais devant moi, immobile, figée dans son rêve évanoui, sa rose encore à la main. Le geste suspendu, perdue dans un chagrin dont les vagues successives n'en finissaient pas de la submerger, elle s'efforçait désespérément de freiner la marche du temps. Elle ne pouvait pas se résoudre à jeter cette première fleur sur la caisse où gisait son passé.

« J'ai toujours eu de la chance, dit Romain en s'installant. Je vous remercie d'être si belle et d'être assise à côté de moi. »

Elle riait. Les mots venaient d'eux-mêmes. Toute gêne était abolie. Ils parlaient avec une liberté qui les étonnait eux-mêmes.

« Pardonnez-moi, dit Romain, mais il y a une question que je ne peux pas garder pour moi. M'avez-vous aperçu, avant-hier, au Metropolitan ? Vous êtes-vous rendu compte de l'effet que vous produisiez sur moi ? »

Elle se mit à rire à nouveau. Était-ce des choses qu'on demandait à une jeune femme qu'on ne connaissait pas ? Non, bien sûr, qu'est-ce qu'il croyait ? elle ne gardait aucun souvenir précis de leur rencontre au musée… Il lui semblait pourtant que le visage de Romain ne lui était pas tout à fait étranger… Elle l'avait, évidemment, déjà vu quelque part… Et elle le regardait.

« C'est curieux, lui dit-il, je ne connais personne ici. Et vous, il me semble que je vous connais depuis toujours.

— Voulez-vous, lui dit-elle à voix basse, que je vous explique qui sont ces gens que vous ne connaissez pas et avec qui nous dînons ?

— Je préférerais, lui murmura-t-il, vous entendre parler de vous.

— Tant pis, lui dit-elle. Je commence par les autres. »

Elle passa rapidement sur Oleg Cassini et Suzy Parker, deux vedettes obligées du Tout-New York de ce temps-là, et sur quelques autres qui défrayaient, à un titre ou à un autre, les chroniques d'Elsa Maxwell ou de Suzy Knickerbocker. Elle s'arrêta un peu plus longuement à une dame aux cheveux mauves, assez forte, déjà d'un certain âge, qui était assise à la droite du consul. C'était une des hôtesses les plus célèbres de New York. Elle recevait beaucoup. Elle s'occupait de musique, de conférences, de culture et elle se dépensait en faveur de l'Alliance française.

« Elle va sûrement vous inviter, dit Meg Ephtimiou.

— Avec vous ? demanda Romain.

— Plutôt avec Arthur.

— Avec Arthur ?

— Arthur Rubinstein », dit Meg.

Arthur Rubinstein était le pianiste d'origine polonaise, déjà très célèbre, en l'honneur de qui était donné le dîner et dont le nom ne disait rien à Romain. C'était un homme de petite taille, d'une soixantaine d'années, très rapide, à la physionomie vive, étonnamment changeante, presque comique, dont les cheveux bouclés se dressaient sur la tête, et qui parlait toutes les langues.

« C'est un génie, dit Meg. Il triomphe partout. Mais surtout dans Chopin. »

Il était assis à la droite de l'hôtesse francophile et, comme toute la table, il parlait en français.

« Tout le monde les guette, chuchota Meg. C'est amusant de les voir ensemble.

— Pourquoi ça ? demanda Romain.

— Vous assistez à une réconciliation qui n'est pas loin d'être historique. »

Elle lui raconta en baissant encore la voix qu'il y avait quelques années, vers le début de la guerre en Europe, ou peut-être même juste avant la guerre, l'hôtesse aux cheveux mauves avait demandé à Arthur, un mois ou un mois et demi à l'avance, de venir jouer chez elle.

« Nous dînerons tous ensemble, et puis vous vous mettrez au piano et le bonheur descendra d'en haut avec vous. »

Elle lui avait demandé ses conditions pour une soirée et

ils s'étaient mis d'accord sur un prix qui leur paraissait raisonnable et à l'un et à l'autre.

Rubinstein se méfiait un peu de la mécène qui passait pour accumuler les cuirs et les gaffes. On racontait que, reçue à Rome par le pape, elle s'était adressée à lui en l'appelant « Très Saint-Siège », et qu'à la veille de la guerre en Europe elle se répandait en inquiétudes et en lamentations à propos du Corridor du Dancing. Elle avait invité le trio Pasquier à venir jouer chez elle et on assurait qu'à la fin de la soirée elle avait glissé une enveloppe à Pierre Pasquier devant ses deux frères ébahis en susurrant :

« C'est pour vous permettre d'élargir votre petite formation. »

Quinze jours avant le concert, comme pour justifier ses interrogations et lui donner raison, Arthur avait reçu une lettre ampoulée de la dame. Elle lui annonçait que le vice-président des États-Unis et le président du Sénat assisteraient, non seulement à la soirée, mais au dîner. Elle lui expliquait que, dans ces conditions, tout l'équilibre de la table était à revoir. Et, en fin de compte, elle demandait à Arthur Rubinstein de ne venir qu'après le dîner. En compensation, elle lui proposait d'ajouter 25 % à la somme d'abord envisagée.

Arthur avait répondu par un billet qui avait couru tout New York et que Meg récita mot pour mot à Romain :

Madame,

Votre lettre de mercredi m'est bien parvenue. Je vous en remercie. Si je n'ai plus l'obligation de dîner avec vous, je serai heureux de vous consentir un rabais de 25 % sur mes prétentions primitives.

Yours sincerely,

ARTHUR RUBINSTEIN.

L'histoire amusa Romain. Il regarda d'un autre œil le héros de l'affaire dont il devint plus tard un fervent admirateur et un ami assez proche. Il jeta aussi un regard encore plus intéressé et curieux sur la jeune femme si vive qui la lui avait racontée.

Pendant qu'Arthur Rubinstein, apparemment réconcilié avec son bourreau transformé en victime, faisait pleurer de rire les invités en se livrant à d'irrésistibles imitations de Truman, de Chaplin, de Dalí et de ses confrères musiciens, Meg et Romain s'occupaient l'un de l'autre comme s'ils avaient été seuls à la table du Pavillon — et peut-être seuls au monde.

Ils parlèrent de Truman, de Dewey, qui avait été, trois ans plus tôt, son concurrent malheureux à l'élection présidentielle, de Joseph McCarthy, sénateur républicain et ardemment anticommuniste du Wisconsin, du général MacArthur, qui voulait poursuivre son offensive jusqu'au-delà de la frontière chinoise et qui venait d'être relevé par Truman de son commandement en Corée, du rapport du sénateur Kefauver sur le crime organisé et de la fille de Meg Ephtimiou, qui s'appelait Marina. Ils parlèrent surtout d'eux-mêmes.

« Dewey, demandait Romain, vous le connaissez ?

— Oui, disait Meg, oui, je l'ai connu. Il avait une moustache. Il l'a toujours.

— Vous l'avez connu ! disait Romain fasciné par la main de Meg qui tenait une cigarette.

— J'ai été liée à un de ses adversaires.

— Un de ses adversaires politiques ?

— Pas vraiment, disait Meg. C'était Lucky Luciano.

— Lucky Luciano ? demandait Romain. Qui est-ce ?

— Un gangster, disait Meg. Un des chefs de la Mafia. »

Ils parlèrent de la Mafia, de la prohibition, des dockers de New York, du procès monté par Dewey contre Lucky Luciano, du débarquement en Sicile. Tout ce que lui disait Meg, Romain le croyait. Et il avait raison puisque tout était vrai.

« Alors, disait Romain, j'imagine que le rapport Kefauver doit vous intéresser ?

— Ça me rappelle des souvenirs, disait Meg. J'ai décroché. Je me suis rangée des voitures. Je me suis mariée.

— Avec Lucky Luciano ?

— Non. Avec son avocat.

— C'est le père de votre fille ?

— Non. Le père de ma fille est mon deuxième mari. Ou plutôt le troisième. Il s'appelle Ephtimiou. C'est un pétrolier grec. »

Ils parlèrent de Malone, qui vivait encore en ces temps-là, et d'Ephtimiou, toujours entre la Grèce et les États-Unis, qu'elle avait épousé il y avait deux ou trois ans, de Molly, de Tamara, du général de Gaulle et de Churchill qu'ils avaient croisés tous les deux, des gants de Rita Hayworth dans *Gilda* dont le triomphe était encore récent, et de *Notorious* d'Alfred Hitchcock — que Romain appelait *Les Enchaînés* — où Ingrid Bergman, en mission secrète à Rio de Janeiro, descend l'escalier du nazi, empoisonnée par les méchants, à moitié évanouie de bonheur, dans les bras de Cary Grant.

Les mots qu'ils échangeaient étaient comme les pièces obscures d'un jeu mystérieux et sans règles qu'ils ne connaissaient pas et auquel ils s'abandonnaient. Ils les avançaient tour à tour avec prudence et audace, avec une sorte de gourmandise qui les écartait de la soirée et du monde pour les jeter l'un contre l'autre.

« Votre fille… disait Romain, votre fille… elle était en bleu et blanc. De loin, je n'ai pas deviné tout de suite si c'était une fille ou un garçon. Et puis, elle m'a paru ravissante. J'ai bien failli rentrer dans le musée que je venais de quitter pour la suivre et la revoir. »

Meg Ephtimiou riait. Elle riait très bien. Avec franchise, sans rétention ni excès. Romain aimait la voir rire. Et plus encore la faire rire.

« Ma fille est tout pour moi. Quels que soient les sentiments d'un père pour son fils, et plus encore pour sa fille — et j'en connais qui les poussent jusqu'à une espèce de folie —, l'amour d'une mère pour l'enfant qu'elle a porté en elle est quelque chose que les hommes ne peuvent pas imaginer. La vie m'a beaucoup amusée. Maintenant, le monde entier se limite à ma fille. »

Romain comprit aussitôt que le troisième mari ne comptait guère plus que les deux premiers.

« Son père, lui demanda-t-il, vous l'avez connu à New York ?

— À Nassau, lui dit-elle. J'étais avec des amis. Il avait un bateau.

— Un grand bateau ?

— Un grand bateau. »

Elle le regardait. Romain voyait ses yeux en train de le regarder. Et le bleu de ces yeux était clair et profond et presque comme délavé par les succès de la vie qui étaient autant de chagrins.

Le consul se levait. Il frappait de son couteau le verre où il avait bu son pomerol ou son saint-émilion. Il prononçait quelques mots qui étaient accueillis par un murmure flatteur. Il remerciait la dame aux cheveux mauves qui avait tant fait pour la culture française. Applaudissements. Il saluait le talent, ou plutôt le génie du cher Arthur Rubinstein qui prenait des mines impayables en écoutant son éloge. Applaudissements. Entre poire et fromage ou entre brie et crêpes Suzette, il avait quelques mots pour chacun, y compris pour Meg Ephtimiou, ambassadrice d'un charme français où se mêlaient l'Égypte, la Grèce, les États-Unis d'Amérique et auquel le général de Gaulle lui-même n'avait pas été insensible. Applaudissements discrets. Petits sourires entendus. Avant de se rasseoir, comme s'il s'en souvenait tout à coup, il parla d'une pièce rapportée qu'il était heureux de recevoir dans ce coin si français sur cette terre de liberté et qui incarnait en notre temps la plus pure tradition d'un héroïsme de légende qui se confondait avec notre pays. Applaudissements. Approbation sur tous les sièges.

« Alors ? murmura Meg, vous êtes un héros ?

— Vous voyez bien, dit Romain. Ou vous l'entendez. Vous n'allez pas discuter ? Mrs. Je-ne-sais-plus-qui est la culture française ; Arthur Rubinstein est un pianiste de génie ; et moi, je suis un héros.

— Arthur est vraiment un génie. C'est un homme exceptionnel.

— Je ne demande qu'à le croire, dit Romain. Mais j'ai envie de m'en aller. »

Le dessert arrivait. Les crêpes Suzette, entourées de framboises. Il fallait bien rester.

« Vous vous êtes battu aux côtés des communistes ? demanda Meg.

— Oui, dit Romain.

— Comment étaient-ils ?

— Formidables, dit Romain.

— Vous avez assisté à la chute de Berlin ?

— Oui », dit Romain.

Arthur Rubinstein s'adressait à travers la table à Meg Ephtimiou. Il lui disait des choses aimables et un peu fleuries qui la faisaient sourire. À voix très haute, Mrs. Je-ne-sais-plus-qui invitait Romain à son prochain dîner. Il remerciait et s'excusait : il quittait New York dans deux jours.

« Je connais quelqu'un, dit Meg d'une voix absente, qui était aussi à Berlin quand la ville est tombée.

— Ah ? dit Romain.

— Mais il était de l'autre côté.

— Ce sont de ces choses qui arrivent, dit Romain. Moi

aussi, j'en ai croisé pas mal, des types de l'autre côté. Et il s'en eſt tiré ?

— Oui, dit Meg. Il s'en eſt tiré. J'ai même des nouvelles de lui et j'espère bien le revoir à mon retour à Paris. Mais je crois que c'était moins une. Il s'en eſt fallu de très peu.

— La chance, dit Romain. Le hasard.

— Vous croyez au hasard ?

— Comment n'y croirais-je pas puisque je vous ai trouvée et retrouvée ? Sérieusement, je ne crois presque à rien d'autre. Et c'eſt déjà beaucoup puisque le hasard eſt la forme moderne de la Providence. Il y a des trous dans la nécessité des lois, dans l'enchaînement mécanique des effets et des causes. Vous pouvez les appeler Providence, vous pouvez les appeler hasard. L'essentiel eſt de sauter dessus et de les apprivoiser.

— Vous sautez sur les trous ? demanda Meg. Vous les apprivoisez ? »

Romain rougit légèrement. Il se mit à rire pour cacher son embarras.

« Vous vous moquez de moi, je crois.

— Je n'oserais jamais, dit Meg. Et je n'en ai même pas envie. »

Ils se regardèrent tous les deux. À la table du Pavillon, en présence du consul général de la République à New York, de Mrs. Je-ne-sais-plus-qui qui avait des cheveux mauves, un penchant pour les gaffes et un faible pour la France, d'Oleg Cassini et de Suzy Parker qui faisaient le vert et le sec dans les milieux à la mode, d'Arthur Rubinſtein qui mêlait son génie au génie de Chopin pour le bonheur des hommes, Romain prit en silence la main de sa voisine. Elle la lui laissa.

Mi-solennel, mi-rigolard, le patron du Pavillon, qui s'appelait Soulé ou Soulet et que le consul tutoyait, apportait lui-même le café avec de petites choses noires et vertes à la menthe et au chocolat que Romain n'avait jamais vues ni goûtées. Lâchant la main de Meg, il en prit deux, très vite, et il les croqua.

« Si on se tirait ? souffla-t-il.

— Tirons-nous », dit Meg.

Ils se levèrent de table les premiers. Prétextant des téléphones et des affaires urgentes de très bonne heure le matin, ils allèrent remercier le consul général et s'excuser auprès de lui et de ses hôtes d'honneur. Arthur se montra charmant avec eux et les invita l'un et l'autre à venir le voir à New York, à Paris ou en Suisse, s'ils passaient par là.

À peine se trouvèrent-ils dehors qu'ils éprouvèrent un soulagement, mêlé d'un peu d'angoisse délicieuse devant leur liberté. Il pleuvait doucement sur New York. Les gouttes résonnaient sur l'*awning* du Pavillon — cette espèce de longue marquise en toile, tenue par une armature métallique, qui, frappée du numéro et de l'indication de la rue, souvent aussi du nom de l'entreprise, précède l'entrée de la plupart des établissements de la ville. Ils restèrent immobiles quelques instants, hésitant sur la conduite à tenir et sur ce qu'ils ressentaient.

« Eh bien… » dit Romain.

Elle leva la tête.

Il la prit par les épaules.

« Merci, lui dit-il.

— Vous n'avez pas l'intention, lui demanda-t-elle, de m'emmener à El Morocco ?

— Je danse très mal, s'excusa-t-il.

— Dragueur, lui lança-t-elle en riant. Dragueur, mais pas danseur.

— Vous savez… », lui dit-il.

Et il se tut.

« Oui ?… lui dit-elle.

— C'est un bonheur pour moi de vous avoir rencontrée. »

La voiture de Meg arrivait, conduite par le chasseur qui avait été la chercher sous la pluie.

« Où allez-vous, non-danseur ? demanda Meg.

— À l'Algonquin, dit Romain.

— Vous n'avez pas de voiture ?

— Non, dit Romain. Je suis un pauvre voyageur.

— Montez », dit Meg.

Ils roulèrent tous les deux sous la pluie qui tombait. Le silence n'était rompu que par le bruit de métronome que faisaient les essuie-glace. Les rues succédaient aux rues, avec leurs blocs d'immeubles d'où surgissaient soudain des géants élégants ou trapus. Meg prenait les tournants avec une ombre de nervosité. Seuls dans la voiture, ils étaient plus étrangers l'un à l'autre qu'au cœur de la foule du Pavillon. Ils se souvenaient tout à coup qu'ils ne se connaissaient pas. Un vague malaise s'emparait d'eux.

« Pensez-vous, demanda enfin Romain, que nous nous reverrons ?

— Pourquoi non ? dit Meg.

— Pourquoi oui ? dit Romain.

— Je m'imaginais que c'était vous, dit Meg, qui croyiez au hasard ?

— Je crois surtout qu'il faut l'aider. »

Ils se turent à nouveau, murés dans un silence qui glissait à une sorte d'hostilité dont ils ne parvenaient pas à s'échapper. Tout à coup, Romain s'écria :

« Arrêtez ! »

Elle freina brutalement. Il sauta de voiture et se perdit dans la pluie.

« Attendez-moi ! »

Il reparut quelques instants plus tard, les bras chargés de roses. Il avait aperçu un de ces marchands de la nuit qui vendent des fleurs dans les restaurants : il poussait une vieille voiture d'enfant bourrée de roses rouges et blanches. C'était un Afghan ou un Indien, peut-être un soldat de l'ancienne armée de feu cet empire des Indes auquel Lord Mountbatten, flanqué de Lady Mountbatten, née Edwina Ashley, l'admiratrice de Gandhi, l'amie de Nehru, venait d'accorder l'indépendance. L'Indien avait vu un homme jaillir du rideau de pluie et lancer :

« *How much ?*

— *How many ?* avait demandé l'Indien avec un accent à couper au couteau.

— *All of them !* » avait crié Romain.

Il les jetait par brassées dans la Chevrolet bleu ciel où la pluie entrait par la porte ouverte avec l'odeur des roses. Meg Ephtimiou ne disait rien. Ils se mirent à rire tous les deux.

Ils riaient encore quand Meg, ralentissant, montra du doigt une grande maison.

« J'habite ici, dit-elle.

— Laissez-moi là, dit-il. Mon hôtel n'est pas loin. Il pleut déjà moins fort. Je rentrerai à pied.

— Comme vous voudrez », dit-elle.

Ils rangèrent la voiture à quelques mètres. La pluie avait presque cessé.

« Aidez-moi, voulez-vous, à monter le jardin. »

Ils prirent les fleurs à pleins bras et pénétrèrent dans la maison, semant des roses sur leurs pas. Il y en avait partout.

Romain en avait mis dans sa veste et les serrait contre lui. Le visage de Meg disparaissait derrière les siennes. Elle marchait dans les roses.

Elle introduisit comme elle put sa clé dans la serrure. Ils entrèrent dans une grande pièce où deux canapés tendus d'un tissu rayé étaient disposés face à face autour d'une table basse, couverte de livres et de revues. Une lampe s'alluma. Ils jetèrent les fleurs sur la table, sur les divans, sur le sol, et ils restèrent debout, tous les deux, immobiles et stupides.

« Merci pour les fleurs », dit enfin Meg en souriant.

Il se baissa, ramassa trois roses, les tendit à la jeune femme. Elle les reçut, les respira, regarda Romain, et se tut.

Il la prit dans ses bras et lui baisa les lèvres. Elle céda aussitôt et passa ses deux mains qui tenaient encore les fleurs derrière la nuque du jeune homme.

Margault Van Gulip laissa tomber sa rose sur le corps de Romain.

Nous nous avançâmes en hâte, Béchir et moi, pour la soutenir juste à temps : elle était en train de vaciller et de perdre l'équilibre. Elle s'effondra dans nos bras.

Les yeux qu'elle avait fermés sur le bord de la tombe, elle les rouvrit aussitôt. Elle me tenait par la main et elle répétait :

« Mon petit Jean ! mon petit Jean ! »

Se préparant lui aussi à lancer sa fleur sur le cercueil, André Schweitzer était à deux pas de Margault. Il se pencha sur elle, lui prit le pouls, posa la main sur son front.

« Ce n'est rien, dit-il en se relevant et en se tournant vers moi. Juste un peu d'émotion. »

Juste un peu d'émotion… Ah ! voilà : juste un peu d'émotion. Nous en avions eu, des émotions. Elles surgissaient de partout, elles se succédaient au pas de charge, elles se chassaient les unes les autres, elles nous submergeaient et se confondaient avec notre vie. Elles naissaient de l'amour, bien sûr, et de la beauté, mais aussi du sport, de la science, de l'histoire, de la politique. Il n'y a pas de formule pour résumer un tout qui est toujours autre chose que ce qu'il est. Derrière André Schweitzer, j'apercevais Dalla Porta et Adrien Cazotte. C'étaient des hommes rigoureux et peu enclins à la sensiblerie. Ils avaient été tordus, eux aussi, par l'émotion comme de vulgaires midinettes. Ils avaient été bouleversés l'un et l'autre par bien autre chose que cette passion déchirante qui s'était emparée de Margault Van Gulip. Le monde les avait brûlés.

Rien n'est plus faux que l'image du savant impassible à la recherche de la vérité. J'avais souvent vu Adrien Cazotte précipité dans des transes par une inscription sumérienne ou élamite qu'il ne parvenait pas à déchiffrer ou par une lettre d'Innocent III ou d'Innocent IV à Frédéric II Hohenstaufen que le hasard lui avait fait découvrir au milieu des papiers laissés par un érudit de province ou dans les archives de Palerme. Il ne pensait plus à rien d'autre, il en rêvait la nuit, il se réveillait en sueur, poursuivi par les ombres du pape, de l'empereur, des rois d'Ourouk et de Lagash ou de Sargon d'Akkad, il était plus ému qu'une jeune fille emportée par l'amour.

Le cas de Dalla Porta était plus frappant encore. Il entretenait une liaison avec le mystérieux univers et avec chacune de ses composantes dans l'infiniment petit et dans l'infiniment grand. L'énigme des trois premières secondes après le big bang créateur, les quatre forces fondamentales qui ne sont peut-être que trois à tenir le monde ensemble et à l'empêcher de s'écrouler, l'existence mythique de l'antimatière, le problème de la quantité de masse cachée dans l'univers, l'éventualité douteuse d'un big crunch qui succéderait au big bang pour remplacer notre univers en expansion par un univers en contraction le plongeaient dans des états plus proches de l'illumination mystique que de la froide analyse. Quand il parlait des neutrons, des leptons, des bosons, des gravitons, des gluons, de toute cette quincaillerie qui grouillait derrière les apparences dont nous étions prisonniers, quelque chose l'habitait qui n'était pas loin de la possession. Les quarks surtout l'agitaient. Souvent, en l'écoutant parler de ces petites choses indicibles, l'idée m'était venue qu'il les aimait d'amour.

L'expression *quark* avait été forgée, non par un physicien ou un mathématicien, mais par un écrivain, James Joyce, dans un roman célèbre, *Finnegans Wake*, paru à la veille de la Seconde Guerre mondiale. Le mot, à l'origine, ne signifiait rien du tout, mais Joyce, dans l'arbitraire le plus complet, lui avait donné le sens de truc, de machin, de débris, de poussière. Les microphysiciens avaient repris l'expression et distingué une demi-douzaine de variétés de quarks qui s'agitaient par paires au creux de la matière — bien au-dessous de ces atomes que les Grecs croyaient indivisibles — et auxquels ils avaient donné des noms étrangement poétiques : *up*, *down*, *strange*, *charm*, *beauty* ou *bottom*, *top*, soit *u*, *d*, *s*, *c*, *b*, et *t*. Quand Dalla Porta évoquait ces différentes familles de quarks, auxquelles trois couleurs — rouge, vert, bleu — étaient en outre associées, un sourire extatique se formait sur ses lèvres.

Je me souvenais que Romain lui avait demandé un jour avec naïveté si toutes ces particules dont il parlait avec gourmandise existaient vraiment ou si elles n'étaient que des noms donnés par l'observateur aux phénomènes observés et qui ne désigneraient pas grand-chose dans la réalité. Que n'avait-il pas dit là ! Dalla Porta s'était déchaîné. Tout l'univers de l'infiniment petit, qui répond, en sens inverse, à l'infiniment grand, avait défilé sous nos yeux écarquillés. Il nous avait expliqué qu'entre deux barres imaginaires distantes d'un millimètre pouvaient être alignés côte à côte quelques millions d'atomes. Et que chacun de ces atomes recelait lui-même tout un monde, minuscule et immense, aux mystères insondables.

Au confluent de l'infiniment petit et de l'infiniment grand qui ne cessaient jamais de renvoyer l'un à l'autre, il nous avait fait tourner la tête avec nos origines. Quinze milliards d'années avant nous, onze milliards d'années avant l'apparition de la vie sur notre planète, dix milliards d'années avant la naissance du Soleil et de la Terre, une fraction infinitésimale de seconde après le big bang, quand le tout, d'une densité et d'une chaleur inconcevables, était dix millions de milliards de milliards de fois plus petit que l'atome minuscule et déjà invisible, ce qu'il appelait le « mur de Planck » — un mur qui s'élevait à l'écart de nos lois et dans une nuit à nos yeux très obscure — constituait une barrière infranchissable pour l'esprit de l'homme. Elle nous interdisait de rien savoir de ce qui avait bien pu se passer tout au début du tout, quand il n'y avait encore rien — ou peut-être presque rien.

Profitant de son avantage et de notre ahurissement, et pour faire bonne mesure, il était descendu du big bang à notre vie quotidienne et nous avait assuré qu'à chaque seconde cent milliards de neutrinos, des particules fantomatiques en provenance du Soleil, traversaient à notre insu chaque centimètre carré de notre peau avant de parcourir la Terre de part en part et de poursuivre leur course dans l'espace vide et pourtant surpeuplé. Rien de surprenant à cette performance : le premier neutrino venu — que faire d'autre que de le croire ? — est capable de franchir, sans le moindre dommage et sans que son mouvement en soit modifié si peu que ce soit, une épaisseur de plomb de plusieurs milliers de kilomètres. Il ajoutait que les neutrinos, on s'en doutait, sont difficiles à distinguer et que leurs rapports avec la matière sont extrêmement distants. Et comme si ces horreurs, qui étaient autant d'enchantements, ne lui suffisaient pas, il avait achevé le travail en appelant à la rescousse des particules élémentaires non seulement — bien entendu — rigoureusement invisibles, mais encore indétectables par quelque méthode que ce fût et qu'il appelait les *wimps* — *Weakly Interactive Massive Particles.*

L'expression *wimps*, il la traduisait en français par le joli mot de…

« De trublions ? disait Romain.

— De mauviettes », disait Carlo.

Ah ! oui, le minuscule, l'imperceptible, la matière au bord extrême de l'effacement et de l'évanouissement, c'était épatant. L'immense au bord de l'infini n'était pas mal non plus.

Ce que Carlo préférait à tout, c'était, par une belle nuit d'été ou par une nuit d'hiver froide et claire, s'installer en plein air avec nous sur une terrasse ou dans un jardin et regarder les étoiles. Elles étaient loin et l'univers en expansion — c'était un astrophysicien du nom de Hubble qui avait découvert et prouvé que le tout n'était pas immobile et qu'il croissait à la façon d'un arbre, d'une tumeur, d'un enfant — n'en finissait pas, depuis quinze milliards d'années, de reculer ses frontières. Il se livrait alors, pour notre instruction, avec l'infiniment grand, au même exercice, mais en sens inverse, qu'avec l'infiniment petit : si la distance de la Terre au Soleil, qui est de cent cinquante millions de kilomètres, était représentée par un millième de millimètre, telle étoile dont j'ai oublié le nom serait à cent mille kilomètres et telle autre à cinq cent mille. Nous étions moins que rien dans un monde si démesuré que nous étions incapables de nous le représenter — et peut-être étions-nous pourtant les seuls à pouvoir le concevoir. Nous nous écrasions sur nos sièges et nous nous demandions avec angoisse s'il était encore nécessaire de nous couper les cheveux et de nous laver les dents.

Des centaines de milliards de galaxies constituées chacune de centaines de milliards d'étoiles tissaient une immense tapisserie cosmique. Dans un coin de la tapisserie, au fin fond de la banlieue d'une de ces galaxies que nous appelons la Voie lactée, sur une planète proche d'une étoile qui porte le nom de Soleil, *Sol, el Sol, il Sole, die Sonne, the Sun*, apparaissait, au terme — provisoire — d'une lente évolution, une créature — c'était nous — capable de s'émouvoir de la beauté et de l'harmonie inexplicables du monde et douée d'une conscience et d'une intelligence qui lui permettaient de s'étonner de l'univers qui lui a donné naissance.

Ce qui nous avait le plus frappés, Romain et moi, c'était une remarque très simple qu'il avait laissée tomber négligemment en contemplant les chandelles qui fourmillaient dans le ciel.

« Nous nous imaginons, en les regardant, qu'elles sont toutes à peu près sur le même plan, accrochées au-dessus de nos têtes à une voûte céleste plus ou moins régulière. Elles sont en réalité à des distances toujours énormes mais très différentes les unes des autres. Elles sont beaucoup plus éloignées entre elles que nous ne sommes éloignés de la plus proche d'entre elles. La lumière qui en vient et qui nous permet de les voir se déplace à une vitesse considérable, mais qui n'est pas infinie : trois cent mille kilomètres à la seconde. La Lune, dans notre banlieue, est distante de la Terre d'un peu moins de quatre cent mille kilomètres : il nous faut donc un peu plus d'une seconde pour la voir. Nous mettons huit minutes — faites le calcul — pour recevoir des images du Soleil qui est à cent cinquante millions de kilomètres : tant que nous ne nous serons pas échappés de notre Terre, il nous est interdit de savoir ce qui s'est passé sur le Soleil il y a moins de huit minutes. Pour nous, la question : "Comment était le Soleil il y a trois minutes ?" a aussi peu de sens que la question : "Quel était l'aspect de l'univers avant son premier milliardième de seconde ?" ou que la question : "Qu'y a-t-il à trente mille kilomètres au sud de Paris ?" puisque la Terre est ronde et que sa circonférence est de quarante mille kilomètres.

« Les images qui nous parviennent d'objets célestes très lointains peuvent être antérieures aux débuts de l'homme ou de la vie sur notre Terre. Il y a des astres perdus au fond de l'univers qui sont morts depuis longtemps quand nos télescopes les surprennent. Parce que c'est la lumière qui nous apporte toute image et que sa vitesse est finie, s'éloigner dans l'espace, c'est s'éloigner dans le temps. Nous pouvons remonter ainsi, non pas jusqu'à l'origine de l'univers qui est un événement singulier et inaccessible qui échappe à nos lois…

— Le mur de Planck, disait Romain.

— Le mur de Planck, disait Carlo,… mais jusqu'à treize ou quatorze milliards d'années avant nous. L'espace et le temps sont inséparables l'un de l'autre. »

Quand Carlo prononçait ces mots dont je me souvenais en un éclair, et bien d'autres encore dont nous avions peine, Romain et moi, à saisir le sens exact, son visage s'illuminait et un frisson l'agitait qui relevait autant, et peut-être plus, de la passion que de l'intelligence.

Il parlait de la lumière qui ne vieillit jamais, au point que pour une particule qui se déplace à la vitesse de la lumière le temps cesse d'exister, des trous noirs qu'il est impossible de voir parce que la gravité et l'attraction y sont si fortes qu'elles empêchent la lumière de s'échapper, des six ou neuf ou onze dimensions enroulées et entortillées de Kaluza-Klein et des espaces de Calabi-Yau auxquels nous ne comprenions rien du tout, de la théorie M qui est si obscure que même la signification de M — pour mystère, peut-être ? ou pour magie ? — n'est pas établie avec certitude, de la théorie des cordes ou des supercordes, Saint-Graal encore brumeux de la physique moderne, qui s'efforce d'unifier les deux systèmes de l'univers élaborés par une poignée de visionnaires de génie dans la première moitié du XXe siècle, qui, avant d'être l'âge des nationalismes, du communisme, de l'électricité, des moyens de transport et de la vitesse, du jazz, du cinéma, de la pilule, de l'abandon du cheval et de la ruine du passé et de la tradition, est d'abord et avant tout l'âge de la physique mathématique : la mécanique quantique de Planck, de Bohr, de Heisenberg, de Broglie, qui rend compte de l'infiniment petit, et la relativité générale d'Einstein, qui explique l'infiniment grand.

Il citait la fameuse formule d'Einstein dont on a donné deux traductions ou peut-être deux versions rigoureusement contradictoires, et en fin de compte également vraies et pénétrantes : « Ce qu'il y a de plus incompréhensible dans l'univers, c'est qu'il soit compréhensible » ou « Ce qu'il y a de plus compréhensible dans l'univers, c'est qu'il est incompréhensible ». Nous finissions en général par la question de Leibniz qui est sans doute la seule qui n'aura jamais de réponse parce qu'elle est la seule qui vaille vraiment d'être posée : « Pourquoi y a-t-il quelque chose au lieu de rien ? »

Juste un peu d'émotion… Ah ! oui, un peu d'émotion. André Schweitzer se relevait et se tournait vers moi. La reine Margault se redressait. Elle passait la main sur son front. Elle effaçait comme par miracle les traces de l'âge et de la douleur qui avaient ravagé son visage. Elle redevenait d'un seul coup une vieille dame très digne, capable de se dominer et qui savait tenir son rang.

À peine commencé, le défilé des vivants devant la tombe du mort s'était soudain arrêté. Tout le monde se taisait. Chacun comprenait obscurément qu'il s'était passé quelque chose. Mais trop d'éléments manquaient pour permettre à l'événement de prendre son sens avec clarté. Le monde paraît souvent confus et obscur parce que la clé fait défaut qui expliquerait tout d'un seul coup. Plus tard, après l'enterrement, chez le coiffeur, dans les dîners de Paris, au bureau, dans la rue, quand deux personnes se rencontraient qui avaient assisté aux obsèques, les hypothèses les plus fantaisistes, qui frôlaient toujours la vérité mais qui ne l'épuisaient pas, se mettaient à courir. « Elle a eu un malaise », disait l'un. « On m'assure qu'elle est malade », disait l'autre. « Quelque chose ou quelqu'un lui a beaucoup déplu », assurait le troisième. Nous étions un tout petit nombre à savoir ce qu'il en avait coûté à Margault Van Gulip de jeter la première rose sur le corps de Romain.

Nous nous mettions à quatre, Dalla Porta, Cazotte, André Schweitzer et moi, pour ramener la reine Margault à la voiture dénichée par Béchir. Elle s'asseyait à nouveau, elle se laissait tomber sur le siège arrière, elle nous faisait un signe de la main.

« Allez ! allez ! Je vais très bien. Il faut retourner là-bas… »

Nous obéissions. Nous retournions là-bas. André, le visage gris, me prenait par le bras.

« Mon Dieu ! me disait-il. Mon Dieu !… »

Mon Dieu !… Souvenir, souvenir… Ce n'était pas la première fois qu'André Schweitzer me disait : mon Dieu ! Dans le bref trajet de la voiture à la tombe, je le revoyais à Paris, effondré, livide, le front barré de rides, la tête entre les mains, dans un bistrot de la rue de Verneuil, je crois, au printemps 62. C'était la période trouble, agitée d'attentats, qui précédait la signature des accords d'Évian et l'indépendance de l'Algérie. Il était gaulliste et pied-noir : il était mal parti. Il était un colon installé par le passé sur les terres du Maghreb et il avait appris à respecter et à aimer le monde musulman et arabe qui l'entourait : il était déchiré par l'histoire, si chère à Victor Laszlo, et condamné par tout ce qu'il admirait — et peut-être par lui-même.

Je ne me souvenais pas de tout ce qu'il m'avait raconté d'une voix altérée par l'émotion. J'étais arrivé le premier, un journal à la main, *Le Monde* probablement, ou *Le Figaro*, dont les gros titres tournaient tous autour de l'issue espérée et fatale de la guerre d'Algérie. Il m'avait rejoint quelques minutes plus tard, en compagnie de Romain. Il s'était assis, il avait pris le journal que j'avais posé sur la table et il avait dit :

« Mon Dieu !… »

Nous l'avions laissé parler. Je ne connaissais pas l'Algérie. Romain non plus, sauf erreur. André y était né, il y avait vécu. Il nous raconta comment les événements que nous voyions ici du dehors s'étaient passés là-bas du dedans. Du dedans… Pas tout à fait. Le cœur de l'Algérie était musulman et arabe. André était blanc, français, chrétien — et colon.

Les choses venaient de loin. On pouvait les faire remonter à l'année de Diên Biên Phu et de la conférence de Genève entre le Viêt-minh et la France. René Coty venait d'être élu, dans le petit matin, au treizième tour de scrutin, président de la République. Pierre Mendès France était président du Conseil. La Tunisie et le Maroc étaient sur le point d'accéder à l'indépendance. Seule l'Algérie, qui constituait trois départements, était attachée à la métropole par des liens apparemment indissolubles. « L'Algérie, c'est la France », avait déclaré Mendès France. Et la totalité des hommes politiques de droite et de gauche estimaient impossible de transiger lorsqu'il s'agissait de défendre, comme ils disaient, l'intégrité de la République.

Le 1er novembre, jour de la Toussaint, déclenchée par une dizaine de chefs historiques de la Révolution — Ahmed Ben Bella, Hocine Aït-Ahmed, Mohamed Boudiaf, Mohamed Khader, Belkacem Krim… —, qui devaient tous, à une seule exception près, puisque toute révolution dévore d'abord ses enfants, finir par l'exil ou la mort violente, l'insurrection éclatait. L'été d'après, un jour du mois d'août, à midi, une quarantaine d'attaques étaient lancées en même temps. Un peu moins de deux cents civils étaient égorgés, dont une cinquantaine d'enfants. En représailles, entre mille et mille cinq cents musulmans étaient exécutés. La guerre d'Algérie commençait.

De Guy Mollet à Jacques Soustelle et à Massu, de la semaine des barricades avec Lagaillarde et Ortiz au putsch des généraux avec Salan, Challe, Jouhaud et Zeller, du 13 mai 58 aux accords d'Évian et au référendum de 1962, du détournement de l'avion de Ben Bella et de l'affaire du bazooka à Georges Bidault et à l'O.A.S., elle allait entraîner, toutes pertes confondues, plus d'un demi-million de morts et, quelques années à peine après l'écroulement de la République, le régime de Vichy, la rivalité Pétain-de Gaulle, la gloire et les convulsions de la Libération, ébranler une deuxième fois la conscience nationale.

Alsaciens d'origine, les Schweitzer s'étaient établis au sud-ouest d'Alger au lendemain de la guerre franco-prussienne de 70. La maison, qui s'organisait autour d'un patio, s'appelait Dar al Mizan. Elle était grande, basse, pas très belle, entourée de vignes, d'oliviers, de citronniers et d'orangers. Au printemps, on partait, son cabasset rempli de cocas, de soubressade, de merguez, de kemias, de tramousses, retrouver les voisins dans les bois ou sur les plages autour d'un méchoui ou d'une paella. Les soirs de fête, il y avait des rougets frits, des sardines grillées, des crevettes, des oursins, des figues de Barbarie, des jujubes, des amandes vertes, des cantaloups et des clémentines. Et, bien sûr, de la choucroute : elle était chargée — comme les cigognes — de rappeler l'Alsace évanouie. Le soleil écrasait le paysage et les cœurs. En montant sur les hautes terrasses, les jours de très beau temps, au-dessus d'une forêt d'oliviers, on pouvait voir la mer.

Un matin d'été, de bonne heure, en sortant de chez lui, André Schweitzer aperçut un corps allongé à quelques mètres de la maison. André était médecin. Il se précipita. Il se pencha sur lui et le reconnut aussitôt : c'était Ahmed, le jardinier, qui était lié à la famille depuis plus de trente ans et qui avait fait la guerre pour nous avec les troupes de Juin. Il n'y avait plus rien à faire pour lui : il était mort, égorgé. Son ventre, vidé de ses viscères, était bourré de pierres.

La mort d'Ahmed marqua l'irruption du tragique de l'histoire dans la vie privée, traditionnelle et si calme, du clan de Dar al Mizan. Les gens riches vivent dans un monde à la fois évident et transparent. Un monde très solide et qui ne pose pas de questions, un monde qui pèse d'un poids très lourd et qui ne pourrait pas être autrement, car les choses sont ce qu'elles sont — un monde aussi dont personne ne s'occupe, un monde dont la présence se confond avec l'absence. Ahmed faisait partie de la maison comme un cousin nécessaire et un peu lointain. On finissait par ne plus le voir. Ahmed mort tint plus de place dans les conversations de Dar al Mizan qu'il n'en avait jamais tenu tant qu'il était vivant.

Des souvenirs déjà lointains et enfouis dans un oubli plus ou moins volontaire remontèrent soudain à l'esprit. On se rappela qu'Ahmed avait une sœur plus jeune que lui. Par chance ou par malchance, pour son bonheur ou son malheur, elle était très jolie. Ce qui ne l'empêchait pas d'avoir fait des études très brillantes pour l'époque. Elle travaillait à la direction d'un de ces hôtels de légende inséparables de l'image que donnait alors Alger : le Saint-Georges ou l'Aletti. Quand, venus du Wyoming ou de l'Arizona, bien nourris et très sains, peu avares de promesses et de discours flatteurs, les Américains étaient arrivés en Algérie après le débarquement en Afrique du Nord, ils avaient fait la cour aux filles avec deux idées en tête. L'une était politique et élevée : c'était l'anticolonialisme ; l'autre était moins éthérée : c'était l'envie de les baiser. Dans le tourbillon de l'époque, à peu près au moment de l'assassinat de Darlan par Bonnier de La Chapelle, Aïcha, qui était kabyle et dont les yeux verts venaient peut-être des Vandales, était devenue la maîtresse d'un lieutenant arraché par l'histoire à une ferme puritaine et prospère des plaines à blé du Nouveau Monde.

« Je les ai rencontrés plusieurs fois, tous les deux, disait André, sur les plages autour d'Alger ou dans les restaurants à la mode. C'était un roman qui aurait pu ressembler en plus gai, dans la fraîcheur et le charme, à une page des *Noces* de Camus : le sable à Tipasa et le soleil sur la mer. Il tourna très vite au cauchemar. Un cauchemar sentimental doublé d'un cauchemar historique. Le sexe et l'histoire font des cocktails explosifs. Les Américains rentrèrent chez eux, et le lieutenant aussi, après être passés par la Sicile et avoir remonté toute la botte pour donner une leçon de démocratie aux descendants de Marius, de Machiavel, de Cavour et de Garibaldi, dévoyés par le Duce. Abandonnée par son lieutenant, la tête tournée par la vie qu'il lui avait fait mener et surtout par celle qu'il lui avait fait espérer, Aïcha coucha pendant quelques semaines avec le fils de mon frère, qui était, comme on disait alors, plutôt bien de sa personne. Ce n'était pas une bonne idée. Nous nous sommes tous conduits comme il fallait s'y attendre.

— Je vois ça, dit Romain.

— Mon neveu s'appelait Jacques. En ces temps-là, avant de devenir sombre et exalté, il était gai et charmant. Ses parents étaient protestants comme moi et ils ne plaisantaient pas avec des mœurs qui, en Algérie comme dans la province française, étaient encore rigoureuses. La présence américaine en Afrique du Nord précédait le réveil du nationalisme algérien qui se situait lui-même dix ou douze ans avant l'explosion de mai 68. On éloigna Jacques au plus vite. Après avoir fait la campagne d'Italie sous les ordres du maréchal Juin — non loin d'Ahmed qu'il rencontra à plusieurs reprises et du lieutenant américain d'Aïcha —, il fut envoyé à Marseille et à Aix-en-Provence pour terminer ses études. Quand il revint en Algérie, Aïcha avait basculé du côté de la révolution et lui était devenu un partisan résolu de l'intégration algérienne et de l'égalité des droits entre Français et musulmans. À peu près les idées que défendra un peu plus tard, au gouvernement général, un homme de culture et de gauche : Jacques Soustelle. »

André se souvenait. Nous l'écoutions. Il parlait de la haine qu'on sentait monter d'un côté et de l'autre, des instants de bonheur qui se faisaient de plus en plus rares, de l'angoisse quotidienne, de l'agitation dans les rues des grandes villes et du trouble des cœurs.

Au lendemain de la guerre, l'Algérie comptait quelque neuf millions de musulmans, dont un million de chômeurs et un peu moins d'un million d'Européens. Grâce au décret Crémieux, près de cent cinquante mille juifs avaient reçu, depuis de longues années, la nationalité française. De plus en plus fort à mesure du passage des années, les musulmans avaient le sentiment que les promesses prodiguées pendant la guerre par les Américains d'abord, par les Français ensuite étaient loin d'être tenues, que leurs attentes étaient déçues, que leur avenir était bouché, que le paradis s'éloignait et le bonheur avec lui. Au moment même où la guerre prenait fin en Europe avec la chute de Berlin et la capitulation de la Wehrmacht, une révolte avait éclaté à Sétif. D'après les chiffres officiels, la répression avait entraîné la mort de mille cinq cents musulmans. En réalité, au moins quatre ou cinq fois plus. Étouffé par l'indignation, Jacques se battait pour ses idées et essayait de nouer le plus de liens possible avec les musulmans qu'il considérait comme ses frères. C'est lui, un beau matin de l'été 55, que la mort d'Ahmed, qui ne cachait pas son attachement aux Schweitzer et au système qu'ils représentaient pour le meilleur et pour le pire, frappa le plus cruellement. Il n'était pas au bout de ses peines.

André Schweitzer reprenait sa place dans la file immobile qui piétinait sur place, dans un vague murmure, devant la tombe de Romain, tous les yeux tournés vers la grande dame âgée qui venait de se trouver mal. Je le voyais auprès de moi, charmant, les traits tirés, livré sans défense aux douleurs qui l'accablaient. Il avait gardé sa fleur à la main. Il la jeta dans la tombe.

Le défilé reprit. L'ordre de préséance imposé par le protocole dans les cérémonies officielles volait en éclats dans les cimetières comme devant les tables de communion, dans l'intimité familiale ou dans les grandes catastrophes. Après la reine Margault et André Schweitzer, c'était le tour de la jeune femme qui lavait les cheveux de Romain chez un coiffeur du côté de l'Alma auquel il était fidèle depuis des années. La tête baissée, les bras croisés sur la poitrine, elle était tout en noir, un peu trop blonde, l'air farouche, avec cette moue héritée des vieux films de Bardot qui revenait à la mode chez les jeunes filles de cette fin de siècle, et elle pleurait à chaudes larmes. Elle était suivie par le général Simon Dieulefit, grand chancelier de la Légion d'honneur, qui avait été le compagnon de Romain au cours de leur escapade maritime de Marseille à Gibraltar et aux côtes de l'Angleterre dans les temps héroïques, il y avait plus d'un demi-siècle.

Je me souvenais, dans mon enfance, aux temps du Front populaire, aux temps de la montée de Hitler et des articles dans *L'Aube* de Georges Bidault qui avait été mon professeur d'histoire, en seconde, à Louis-le-Grand, combien les drames de la Grande Guerre et les récits des anciens combattants sur Verdun ou le Chemin des Dames, vingt ans plus tôt, me paraissaient éloignés, perdus dans une brume évanouie qui m'était étrangère. Déjà vieilles de près de soixante ans, la défaite de la France, l'arrivée de Pétain sur les ruines de la République, l'apparition cachée du général de Gaulle, qui nous avaient tant bouleversés et qui continuaient à nous agiter, étaient trois fois plus reculées dans le temps. Elles appartenaient à un monde ancien que la marche accélérée de l'histoire avait effacé et rejeté dans la légende. Le temps changeait en souvenirs, en archives, en vieilleries poussiéreuses l'ardeur des passions qui brûlaient nos jeunesses réduites soudain en cendres. La Deuxième Guerre mondiale était aussi lointaine que la guerre de Cent Ans ou les campagnes de Napoléon. Même Mai 68, où un monde nouveau avait semblé naître des décombres du passé et d'une tradition renvoyée aux vieilles lunes avec brutalité, relevait de la préhistoire.

Derrière le grand chancelier s'avançait un petit garçon de sept ou huit ans, embarrassé par sa rose, qui était le neveu de Romain. Les événements de 68 s'agitaient pour lui dans un brouillard plus lointain et plus vague que ne l'étaient pour mon enfance l'affaire des inventaires ou le meurtre de Gaston Calmette, directeur du *Figaro*, par Mme Joseph Caillaux. Selon la prédiction d'Ionesco qui avait annoncé, du haut d'une fenêtre, aux jeunes gens en colère en train de l'acclamer que leur destin était déjà scellé et qu'ils deviendraient tous des notaires, beaucoup de révoltés du mois de mai s'étaient changés en ministres, en hommes d'affaires, en directeurs généraux, en inspecteurs de cette Éducation nationale qu'ils aspiraient à détruire. J'en voyais plusieurs dans la foule qui piétinait devant la tombe de Romain. Ils avaient fait fortune dans l'électronique ou dans l'économie digitale, ils s'étaient réveillés plus bourgeois que les bourgeois qu'ils dénonçaient naguère, ils roulaient dans des voitures noires, ils fumaient des cigares en étudiant des budgets et, ralliés au libéralisme sous ses formes les plus modernes et les plus radicales, ils se faisaient protéger des manifestations de paysans par ces mêmes C.R.S. sur lesquels, trente ans plus tôt, ils jetaient des pierres en les traitant de S.S. Pour le petit Pierre, en train de lancer sa rose sur le cercueil de son oncle, et même pour ses aînés, Mai 68 se distinguait à peine, en plus farce, de la Fronde, des révolutions de 1830 ou de 1848, de la Commune de Paris. C'était vieux et barbant. Et, plus loin encore, la guerre d'Algérie était quelque chose d'obscur et de compliqué qui s'enfonçait dans la boue et les déserts du passé. Parmi la foule qui se pressait autour de la tombe de Romain, elle n'était plus douloureuse et vivante que pour André Schweitzer.

Plusieurs années après la mort d'Ahmed, que les audaces de sa jeune sœur dans les domaines les plus divers avaient toujours épouvanté, Aïcha déposait des bombes dans Alger-la-Blanche quadrillée par les parachutistes. Jacques Schweitzer militait, un peu dans le vide, pour une Algérie où les musulmans seraient des Français à part entière. De temps à autre, il leur arrivait encore de se rencontrer entre une manifestation de pieds-noirs contre le gouverneur général et l'explosion d'une Jeep piégée par le F.L.N. Avec les sentiments mêlés de ceux qui se sont aimés et que la vie a séparés. Et en adversaires opposés par l'histoire et par la politique. L'éternel dialogue se répétait entre eux : d'un côté, les esclaves révoltés et conscients de leur nombre qui n'avaient rien à perdre ; de l'autre, leurs maîtres, pris au piège de l'histoire et saisis par le doute, qui proposaient plus de justice pour assurer une paix où les moins aveugles d'entre eux voyaient leur seul salut.

« Je le sais bien, disait Jacques : tu me détestes.

— Toi, non, disait Aïcha. Je te connais. Tu es un faible. Mais tous les tiens, sûrement. Je les connais aussi.

— Tu ne crois pas qu'il pourrait y avoir un monde où nous serions égaux, où nous aurions les mêmes droits et où nous n'aurions plus besoin de nous haïr les uns les autres ?

— Trop tard ! disait Aïcha. C'est la guerre. Il n'y a plus place chez nous pour les gens comme mon frère. Il n'y a plus place chez vous pour les gens comme toi. Il faut qu'un camp gagne et que l'autre perde. Vous avez perdu en Indochine, au Maroc, en Tunisie. Vous perdrez aussi en Algérie. Et c'est nous qui gagnerons.

— Avec ceux qui ont tué Ahmed ?

— Vous avez tué beaucoup plus de monde que nous n'en tuerons jamais.

— Cessons de tuer, disait Jacques.

— Partez, disait Aïcha. Faites la paix. Libérez-nous. Vous savez bien ce que c'est : vous vous êtes battus contre les nazis, et vous êtes nos nazis. »

Jacques la quittait désespéré. Il se sentait coupable de

toutes les façons possibles. Leurs relations privées étaient un échec. Et elles étaient un échec parce qu'elles s'inscrivaient dans une situation sociale et dans une histoire qui les débordaient de partout et qui ne leur offraient pas d'issue.

Un beau soir, une nouvelle explosive parvint à Dar al Mizan : Aïcha avait été arrêtée par les parachutistes. Il faut lui rendre cette justice : la famille Schweitzer, qui avait les réflexes sociaux propres à sa classe et qui avait toujours vu d'un mauvais œil la liaison entre Jacques et Aïcha, se mobilisa aussitôt. André et Jacques se précipitèrent à Alger et remuèrent ciel et terre. La bataille d'Alger battait son plein. On les renvoya de service en service et de bureau en bureau. Ils montèrent jusqu'à Massu, jusqu'à Salan, jusqu'au résident général, qui était alors Robert Lacoste. Ils mirent deux jours à apprendre qu'Aïcha était morte.

L'affaire fit un bruit énorme. Les journaux de Paris, *L'Express*, *Le Monde*, *France-Observateur* dénoncèrent la torture, dont Aïcha avait été la victime. *Le Figaro* affirma qu'elle s'était suicidée pour ne pas parler, pour ne pas livrer les noms de ceux qui posaient les bombes avec elle et de ceux, venus de France, qui leur apportaient leur soutien. D'un côté et de l'autre de la Méditerranée, Aïcha devint la Vierge noire et blanche de la révolution algérienne. Jacques Schweitzer, qui ne s'était jamais bien remis ni de sa liaison ni de sa rupture avec elle, sombra dans un état qui fit craindre pour sa vie. C'était la version dégradée et pied-noir de *Bérénice*, une tragédie larmoyante dans le style des Lumières transposée au Maghreb. Quelques années plus tard, plus ou moins converti à un catholicisme qui permettait aux remords de se frayer un chemin, sinon plus facile, du moins plus contrôlé vers la paix retrouvée, il entrait, sans devenir moine, dans un couvent de chartreux. L'ordre, comme disait l'autre, se met de lui-même autour des choses.

Le 13 mai 58 fut pour les Schweitzer, éprouvés par l'histoire et par leur propre situation, une formidable espérance. Ils étaient gaullistes. André s'était battu en Syrie, aux côtés de Romain, contre les gens de Vichy avant de rejoindre Leclerc. Le général de Gaulle allait venir à bout du guêpier algérien. Comment ? On ne savait pas. Sans doute en suivant les idées généreuses de Jacques Schweitzer et de Soustelle et en faisant de tous les Algériens des Français à part entière.

L'exaltation du printemps, l'unité retrouvée, la foi aveugle et la folle espérance des partisans de l'intégration ne durèrent pas longtemps. Le passage du Général de l'Algérie française à l'autodétermination et à l'indépendance bouleversa les esprits peut-être autant que l'effondrement de la France sous les coups des Panzer et des Stuka. Un monde s'écroulait. C'était celui de l'empire des Indes, de la domination blanche, de la distinction et de la hiérarchie des races, d'un ordre des choses ébranlé par l'histoire et ses gros bataillons au fond de l'horizon et qui s'apercevait soudain avec stupeur qu'il n'était pas éternel.

La guerre d'Algérie dure huit ans. Pendant les quatre premières années, la violence monte de part et d'autre. Au terrorisme révolutionnaire répond le terrorisme d'État. La situation empire à tel point qu'il devient impossible d'éviter une solution extérieure à un système qui donne des signes d'épuisement. C'est la chance du général de Gaulle qui piaffe depuis douze ans aux portes de l'établissement et qui sort de son désert pour sauver une Algérie en train d'entraîner la métropole dans son propre désastre. S'il arrive, le Général, aux yeux au moins des progressistes et des intellectuels, c'est contre les droits de l'homme, contre le monde moderne, contre les partisans de l'indépendance et contre l'évolution inéluctable des esprits et de l'histoire. Pour l'État et sa raison qu'il incarne mieux que personne. Pour le vieil ordre traditionnel. Pour l'unité de la nation et pour l'armée dont il sort. Il se passe, à ce moment-là, juste au milieu de la guerre de huit ans, quelque chose de stupéfiant. La guerre tourne autour d'un pivot qui est le retour du grand homme — et, au lieu de partir dans le sens attendu par tout le monde, par la presse, par l'opinion internationale, par ceux qui savent ou qui croient savoir, par l'homme de la rue, elle part dans le sens opposé. Espéré et appelé par les partisans de l'Algérie française dont il est le dernier recours, le Général se prononce en faveur de l'autonomie, puis de l'indépendance. Dominée par de Gaulle, la deuxième partie de la guerre ne se fait plus contre ceux qui le craignaient et le haïssaient : elle se fait contre ceux qui l'ont fait venir pour les sauver.

Le prodigieux renversement remet la France dans le sens de l'histoire. Il prend à contre-pied les intellectuels abasourdis qui ont du mal à admettre que c'est leur adversaire, traité de fasciste, qui fera ce que leurs amis ont été incapables de faire : mettre fin à la guerre, non par la répression, mais par l'indépendance. Il prend aussi à contre-pied ceux qui l'ont fait revenir au pouvoir et qui ne comprennent plus. La souffrance des partisans de toujours répond à la surprise des adversaires d'hier, et elle est plus grande encore.

La règle du jeu moderne, surtout en France, est pourtant simple à saisir : sur les problèmes décisifs, la politique de chaque camp ne peut être menée que par le camp opposé. Il était impossible à Guy Mollet, à la gauche, aux démocrates estampillés de donner l'indépendance à l'Algérie : ils auraient été balayés aussitôt. Inversement, il sera aussi, plus tard, impossible à la droite de s'opposer aux syndicats et de faire les réformes que chacun savait nécessaires : dans un pays ardemment démocrate et ardemment conservateur où chaque groupe de pression défend ses privilèges avec résolution et jalousie, les masses auraient vite fait de descendre sur le pavé. Il faut évidemment ajouter qu'en Algérie la stature du Général lui permettait — et à lui seul — de réussir l'impossible.

L'histoire marche. Elle rend évident ce qui paraissait impossible. Personne, à l'enterrement de Romain, quelque trente-cinq ou quarante ans après les événements, ne pouvait plus imaginer en Algérie une autre solution que celle du Général. Romain lui-même, qui était assez loin d'être un intellectuel de gauche ni même, il faut l'avouer, un intellectuel tout court, avait compris très vite, avant tout le monde, que les autres hypothèses étaient d'avance condamnées.

« Sur le plan militaire, disait-il à André, la guerre est gagnée. Qui doute que l'armée française soit plus puissante que le F.L.N. ? Et alors ? À notre époque, gagner une guerre ou la perdre n'a plus beaucoup d'importance. Il y a quelque chose, sous nos yeux, qui est devenu plus fort que tout : c'est l'opinion générale. »

Romain ne se privait pas d'être brutal dans ce qu'il disait. Il n'épargnait ni les hommes ni les femmes. André Schweitzer se taisait. C'était un homme déchiré et divisé contre lui-même.

L'opinion n'est pas une réalité objective qui est donnée une fois pour toutes. On la travaille, on la transforme. La France était pétainiste en 1940 ; elle était gaulliste en 1944. De Gaulle, qui était un homme de droite, a constaté avant les autres, et avant les hommes de gauche, que l'opinion publique en Algérie ne pouvait pas basculer en faveur de la France. Et que la France, qui n'était pas décidée à mener jusqu'au bout une politique de répression, n'y avait pas intérêt. Il a choisi la seule voie qui s'inscrivait dans l'avenir. Dans la douleur et les larmes, il a été aussi grand en 1960 qu'il l'avait été vingt ans avant.

Il arrive à l'histoire d'être joyeuse et gaie. Il lui arrive aussi d'être sinistre. Malgré les épreuves, l'aventure de la France libre était portée par l'espérance d'un peuple ; malgré le caractère inéluctable des décisions à prendre, la fin de la guerre d'Algérie fut pour un million de Français un désastre sans nom. Pour la seconde fois en un quart de siècle, la conscience nationale souffrit mort et passion. Les partisans de l'Algérie française s'estimèrent trahis par le Général : avec Soustelle, avec Salan, avec Bidault, avec Hélie de Saint-Marc, avec tant d'officiers qui se faisaient une certaine idée de la parole donnée, ils se jetèrent dans l'O.A.S. où Jacques Schweitzer lui-même milita quelques mois. Ils furent les vaincus de l'histoire. Est-ce si grave d'être vaincu quand on croit à sa cause ? Il leur restait de chanter qu'ils ne regrettaient rien. Le choc fut plus dur encore pour ceux des Français d'Algérie qui, comme les Schweitzer, étaient acquis à de Gaulle. Ils le suivirent — dans le désespoir.

Quand nous écoutions, Romain et moi, André Schweitzer rue de Verneuil, nous avions devant nous un homme brisé par une histoire qu'il ne refusait pas. Il savait que de Gaulle avait choisi le seul chemin possible et que l'avenir lui donnerait raison. Il savait aussi ce que ce chemin représentait pour lui et pour tout ce qu'il aimait. Il acceptait un destin qui lui faisait horreur.

« Maintenant, nous disait-il, les dés sont jetés. Ils rouleront jusqu'au bout. Il n'y a plus de recours puisque le Général est passé de l'autre côté. Ce n'est pas assez dire qu'il veut l'indépendance. Il la veut contre ceux qui se sont battus pour l'unité de la nation et qu'il poursuit de sa vengeance au nom de cette nation. Et ce n'est pas assez dire qu'il n'y a plus d'espoir. Il invite les siens, dont je suis, à étouffer tout espoir. Le chemin tracé par de Gaulle est d'autant plus cruel que c'est un chemin de croix pour volontaires. Il appelle les siens à se battre contre tout ce qu'il représentait et aux côtés de ceux qui n'ont cessé de le vomir.

« Nous sommes perdus, ce n'est rien. Nous allons quitter

nos terres, nos maisons, nos cimetières, nos souvenirs. On peut passer là-dessus. D'autres ont connu le même sort. Mais, par un raffinement de cruauté peut-être unique dans l'histoire, nous allons laisser derrière nous tous ceux qui nous ont fait confiance et qui ont choisi un pays — c'était le nôtre — qui, sous prétexte de se sauver et d'aller vers l'avenir, les trahit et les abandonne. Des centaines, des milliers, des dizaines de milliers d'Ahmed vont souffrir et mourir par notre faute. Nous sommes ruinés : je l'accepte. Nous irons vivre ailleurs. Nous sommes déshonorés : je l'accepte aussi. Nous en périrons tous. »

Dans le bistrot de la rue de Verneuil, André Schweitzer pleurait. Nous l'attrapions par l'épaule, nous lui tapions dans le dos, nous regardions en l'air pour lui donner le temps de se ressaisir avant de reprendre l'avion et de regagner une dernière fois Dar al Mizan où la vie en sursis ne devait pas être gaie. En sortant sur le trottoir, quand nous nous sommes quittés, Romain me dit seulement :

« Un sentimental, j'ai peur. »

C'était un reproche que personne, j'imagine, n'aurait osé faire à Romain.

Un an plus tard, à la fin du printemps, les accords d'Évian signés, l'exode commençait. En quelques jours, suivis d'une soixantaine ou d'une centaine de milliers de harkis qui avaient pu échapper à leur sort et qui s'en allaient n'importe où, un million de pieds-noirs, parmi lesquels les Schweitzer, quittaient à jamais l'Algérie.

Vous savez bien ce que sont ces départs imposés par l'histoire. D'Adam et Ève chassés du paradis terrestre par l'ange armé d'une épée de feu au bon vieil Énée qui s'échappe de Troie en flammes, son pauvre père sur le dos — il s'appelait Anchise, vous vous rappelez ? — pour aller se faire chanter par Virgile dans un best-seller assez célèbre, de Boabdil, le dernier des rois maures, chassé de Grenade par les Rois Catholiques Ferdinand et Isabelle — « Cesse de pleurer comme une femme sur un royaume que tu n'as pas su défendre comme un homme ! » — à Scarlett O'Hara, alias Vivian Leigh, contrainte de fuir Atlanta incendiée par les Nordistes de Sherman et de Grant dans leurs uniformes bleus, c'était comme un long sanglot qui roulait d'âge en âge. Une dizaine d'années après notre rencontre de la rue de Verneuil, j'allais raconter moi-même dans *Au plaisir de Dieu* la fin d'un vieux château arraché par l'histoire à mon grand-père Sosthène. La souffrance qui naissait de ces déchirements où l'histoire écrasait de son poing tout ce que nous avions aimé et qui tombait tout à coup dans un passé évanoui, personne n'en avait parlé aussi bien que notre vieux vicomte mélancolique et breton, séducteur patenté qui ne craignait pas le harem, mais à l'imagination catholique, inventeur de frissons nouveaux qui portait son cœur en écharpe : « Rompre avec les choses réelles, ce n'est rien ; mais avec les souvenirs !… Le cœur se brise à la séparation des songes. » André Schweitzer, le cœur brisé, ne parvenait pas à se séparer de ses songes.

Un quart de siècle après les événements qu'il nous avait racontés, un film de Sydney Pollack, avec Robert Redford et Meryl Streep, allait faire verser beaucoup de larmes. C'était *Out of Africa.* Le film était tiré d'un livre de Karen Blixen : *La Ferme africaine.* À peu près au même moment, un autre ouvrage de Karen Blixen, *Le Festin de Babette*, qui tournait autour d'un dîner dans une petite ville scandinave, fournissait au cinéma un chef-d'œuvre restreint et un peu confidentiel, un chef-d'œuvre pour initiés. *Out of Africa* fut un triomphe universel. C'était une histoire d'amour dans le pays des Massaïs et des lions, avec de jolies images et toute une série de répliques inoubliables, lancées par un Redford triomphant et une Meryl Streep au mieux d'une forme mélancolique. Au début du film, une voix off se souvenait : *I had a farm in Africa…* À la fin du film, il n'y avait plus autour d'une tombe que des lions fatigués et des guerriers en armes. Nos yeux devenaient humides et des picotements se faisaient sentir dans notre gorge. André Schweitzer avait une ferme en Algérie.

Le défilé se poursuivait. Les fleurs commençaient à s'accumuler sur le cercueil de Romain et une odeur de roses flottait vaguement dans l'air. Appuyée sur Béchir, marchant à contre-courant du flot de ceux qui s'éloignaient de la tombe après avoir jeté leur rose, Margault Van Gulip revenait lentement parmi nous. Elle rejoignait le petit groupe qui s'était formé autour de moi et de quelques autres derrière le trou où reposait Romain. Nous pensions à lui, immobiles, et nous regardions passer, un par un, en silence, la foule de ceux qui étaient venus, parfois d'assez loin, pour un dernier adieu dans ce matin de mars encore maussade et presque froid.

Tout un monde piétinait devant nous. Des grands et des

petits, des superbes et des humbles, des riches dans des fourrures ou des manteaux à col de velours, des pauvres et des timides qui ne savaient pas comment se tenir. Un peu plus de femmes que d'hommes. Et un grand nombre d'inconnus dont je me demandais avec surprise, presque avec irritation, quels étaient leurs liens avec Romain. Près d'une personne sur deux ne me disait rien du tout. Des relations de travail, peut-être, des camarades de sport, des amis de la famille que je n'avais jamais rencontrés ? Des visages m'étaient familiers mais les noms m'échappaient. Tout cela formait des réseaux innombrables qui renvoyaient sans fin à des amours, à des affaires, à des plaisirs, à des voyages dont, si proche de Romain, j'ignorais presque tout. Je me disais que le cimetière envahi par Romain était l'image du monde et, de lien en lien, le comprenait tout entier.

Je pensais obscurément à ceux qui n'étaient pas là et qui avaient compté pour Romain. Molly n'était pas là, et Tamara n'était pas là. Peut-être Tamara, devenue une vieille dame très convenable ou tombée dans l'alcoolisme, vivait-elle encore quelque part, dans une ville d'Ukraine ou de Russie, à Moscou ou à Kiev ? Était-elle restée communiste ou s'était-elle ralliée à ce vieux soûlot libéral de Boris Eltsine ? Arthur Rubinstein n'était pas là : il avait rejoint Chopin depuis plusieurs années. Et le frère d'Adrien Cazotte, l'ancien consul général à New York, n'était pas là non plus : il avait été ambassadeur en Afrique, au Pérou, auprès de la F.A.O. à Rome, et il était mort lui aussi. Et on avait prononcé des discours sur sa tombe.

Autour de ce cadavre qui avait tant aimé la vie, nous célébrions le triomphe de la mort. Malgré ses recommandations, l'enterrement de Romain était moins gai qu'il ne l'avait espéré. Des bouffées de métaphysique nous montaient à la tête : c'était le moment ou jamais. Il n'y avait que la mort qui comptait dans la vie et nous avions été très fous de penser à autre chose. Très fous : oui, sûrement. Avec quelle force, avec quel bonheur nous l'avions tous été ! Tout finit par la mort, mais tant qu'elle n'est pas là, par un miracle d'oubli indéfiniment renouvelé la vie règne sans partage.

Françoise Poliakov, très droite, était en train de passer devant nous. Elle s'y connaissait en chagrins et en deuils. Six membres de sa belle-famille n'étaient jamais revenus d'Auschwitz, de Ravensbrück, de Bergen-Belsen. La santé de son mari avait été ruinée par la déportation. Tout ce qu'on peut souffrir sous le soleil, elle l'avait souffert dans son cœur. Elle jeta sa rose, très vite. Et elle vint vers moi. Elle m'embrassa. Elle embrassa son frère André qui se tenait auprès de moi. Et puis, elle fit quelque chose d'épatant : elle tendit la main à Béchir.

« Pour Romain… », me murmura-t-elle.

Je m'inclinai devant elle et je lui baisai la main.

En la voyant s'éloigner, je pensais à une autre cérémonie que m'avait racontée Michel, son mari. Dans le camp où il était déporté, un enfant de quinze ans avait blessé un gardien au cours d'une tentative d'évasion qui avait échoué. Il allait être pendu. Tous les détenus étaient rassemblés, dans le petit matin, pour assister au supplice. L'enfant parut, entouré de kapos. Il s'avança vers l'échafaud monté par ses camarades. Alors, tous se mirent à chanter. Des cantiques de Noël, des chansons de marins, des rengaines populaires. Et l'enfant chantait avec eux.

« Avant l'horreur, me disait Michel, ce fut un moment bouleversant. De paix. Presque de bonheur. Tous s'étaient agenouillés. Et l'enfant qui allait mourir passait en chantant, un sourire sur les lèvres, dans les rangs des chanteurs agenouillés devant lui. »

Les Poliakov, comme les Schweitzer, se faisaient souvent accompagner à travers les épreuves par un sentiment de paix et de sérénité.

Après plusieurs personnes que je ne connaissais pas ou que je ne reconnaissais pas, dont deux filles assez jeunes, au visage plat, de type asiatique, ce fut le tour de Victor Laszlo. Peut-être pour cacher quelque chose, son ennui, son indifférence, ou peut-être au contraire son émotion, l'inquiétude de se trouver parmi des gens qui ne constituaient pas son milieu naturel, il faisait le pitre, à son habitude. Il se balançait comme un ours en esquissant un pas de danse, il agitait sa rose sous le nez de Le Quémenec qui était à côté de lui et il déclamait à voix haute des bribes de vers de circonstance :

Rose, reiner Widerspruch…

Et rose, elle a vécu ce que vivent les roses…

Afin que, vif ou mort, ton corps ne soit que roses.

Die Rose ist ohne Warum; sie blühet weil sie blühet,
Sie ach't nicht ihrer selbst, fragt nicht ob man sie siehet.

Rose au cœur violet, fleur de sainte Gudule…

Roses blanches, tombez! vous insultez nos dieux,
Tombez, fantômes blancs, de votre ciel qui brûle…

Comme un casque guerrier d'impératrice enfant
Dont, pour te figurer, il tomberait des roses.

Et il agitait ses doigts vers le sol pour imiter une pluie de roses.

Déjà quand je lui avais parlé avant la cérémonie dans le cimetière encore vide, il m'avait paru exalté et plutôt bizarre. L'idée me vint soudain qu'il était shooté à mort. Il citait souvent dans ses cours le mot de Flaubert sur la création littéraire: « Il faut se monter le bourrichon. » Il devait se le monter tous les matins à coups d'amphétamines ou de coke. Il avait cueilli une fille au passage — était-elle venue pour Romain ou se trouvait-elle là par hasard? — avec des cheveux verts coupés en brosse et une petite pierre bleue en piercing au menton. Il la serrait de près et l'entraînait avec lui en lui glissant des choses à l'oreille qu'elle ne devait comprendre qu'à moitié: elle gloussait d'un air vague et se reprenait aussitôt en regardant autour d'elle avec effarouchement.

Il lui tenait la main et ils lancèrent, à eux deux, une seule rose dans la tombe. En passant devant moi, Laszlo me glissa:

« Vous savez bien, cher ami, que Romain nous aurait préférés, elle et moi, à tout ce joli monde… »

Et, pivotant avec grâce sur lui-même, il avait balayé d'un geste large la foule médusée autour de lui.

Je n'allais tout de même pas laisser un mythologue en goguette annexer Romain à son délire de prépotence.

« Ah! lui répondis-je, rien de moins sûr: vous savez bien que Romain était imprévisible. »

Déjà Le Quémenec approchait à son tour. Il était avec sa femme qui venait de le rejoindre. Il avait épousé Élisabeth quelques mois après leur rencontre à Patmos. Elle jouait du violon. Il écrivait ses livres. Elle habitait Paris. Lui se promenait à travers le monde. Pour oublier son succès. Il enseignait l'histoire du Moyen Âge à Montpellier quand le Goncourt lui était tombé dessus. Comme une rosée bienfaisante et comme une catastrophe. Les cinquante francs du prix — et ses suites — avaient bouleversé sa vie.

Aucun pays dans le monde entier ne vénère ses écrivains à l'égal de la France. Aux États-Unis, en Chine, dans le monde arabe, en Allemagne ou en Suisse, écrire est une profession, le plus souvent ignorée du grand nombre et parfois méprisée. En France, c'est un sacerdoce qui relève encore de la légende et de la mythologie. C'est à peu près tout ce qui reste d'une domination française en matière de culture qui va de Descartes, de Richelieu, de la première du *Cid*, des traités de Westphalie à Proust, à Gide, à Valéry et à l'effondrement du pays en 1940. Ce qui a survécu, c'est moins la littérature que le mythe de l'écrivain. Ce qui s'est écrit chez nous depuis un demi-siècle est souvent honorable et ne casse pas trois pattes à un canard. Le prestige du livre français s'est effondré à l'étranger. Mais tout écrivain brille encore, au moins dans l'esprit des Français, de tous les feux mal éteints de Voltaire et de Hugo. Les courtisanes à la Nana ou à la Cléo de Mérode, les hommes en blanc, les pompiers, les hôtesses de l'air, les cyclistes, les grands cuisiniers ont successivement fait rêver — avant les vedettes du ballon rond — les enfants de nos écoles et les jeunes gens fiévreux. Demeurent toujours les écrivains. Survivants archéologiques des époques disparues, ils restent le sel de notre terre. Ils sont les pierres témoins de notre grandeur évanouie. Toute une foule de fidèles les consultent comme des mages qui en sauraient plus que les autres.

Sur tous les sujets possibles, des missiles de croisière à la révolution iranienne, de la chute du communisme aux aventures de la vache folle, sans même parler de la grammaire, des épreuves du bac, de l'évolution des mœurs et des disparitions successives des historiens, des philosophes, des abonnés du petit écran et des signataires de pétitions, les médias en lévitation avaient interrogé Le Quémenec, et ses lunettes et sa barbe étaient reconnues un peu partout. Quand il se promenait dans la rue, la stupeur et l'émerveillement se peignaient sur le visage des passants qui se retournaient sur lui. Il y avait Piaf, Maurice Chevalier, Cerdan, le général de Gaulle, Bardot, Bobet, Zinedine

Zidane, Depardieu et Deneuve. Et puis Sartre. Et Le Quémenec.

Je crois qu'il souffrait de cette gloire — ou de cette notoriété. Elle lui avait été un bonheur, et tout de suite après un fardeau. Il l'avait espérée et cherchée, elle lui pesait maintenant, affreusement. Il la jugeait usurpée. Peut-être d'abord parce qu'il doutait de lui-même. Il vivait, par la faute du Goncourt, sur les autres plutôt que sur lui, sur une réputation plutôt que sur une conviction. Développé sans doute par sa formation et par son passage rue d'Ulm, ce qu'il y avait de meilleur et de plus fort en lui, c'était l'esprit critique. Il finissait par se voir lui-même sous les traits d'un imposteur.

Il se souvenait avec angoisse de l'attente, un premier lundi de novembre, du coup de téléphone libérateur qui allait lui annoncer le verdict des dix du Goncourt réunis chez Drouant, place Gaillon, entre l'Opéra, la Bourse et la Comédie-Française. Il y avait dans la banque les gnomes de Zurich ; il y avait dans la littérature les mandarins du Goncourt. En termes d'efficacité médiatique, ils laissaient loin derrière eux leurs rivaux désuets et couverts de broderies du quai Conti contre qui ils avaient été rassemblés par Edmond de Goncourt en souvenir de son frère Jules et dont personne ne s'occupait plus dans les rédactions parisiennes. Dépositaires exclusifs de l'arme absolue de leur prix qui faisait autant de bruit en éclatant que des élections générales ou une coupe de France de football, ils étaient aussi craints et à peine moins puissants que les Dix de la Sérénissime. Réduits à l'état de potaches guettant leurs résultats, Le Quémenec et ses semblables attendaient le verdict avec la même fébrilité qu'un gangster devant la cour d'assises, un malade devant le médecin qui consulte ses radios, un boursicoteur endetté devant les cours de la Bourse. Nourrie par toutes les rumeurs de la presse et de l'édition, l'incertitude devenait intolérable. Nous avions déjeuné avec lui, la veille du prix, Romain et moi, au premier étage du Flore, à Saint-Germain-des-Prés.

Les écrivains français ont longtemps aimé à se retrouver pour parler ensemble de ce qui les intéressait. La Fontaine, Molière, Boileau et Racine allaient boire un coup au Mouton blanc ou à la Pomme de pin sur la montagne Sainte-Geneviève vers 1660 ; les Encyclopédistes constituaient une société de savants et de philosophes qui se retrouvaient au

Procope ou dans les salons de Mme du Deffand ou de Mme Geoffrin ; les romantiques se réunissaient à l'Arsenal, chez Nodier, flanqué de sa fille Marie, ou rue Notre-Dame-des-Champs, chez Hugo ; Paul Valéry, André Gide, Paul Claudel, Maurice Barrès, Henri de Régnier se rendaient tous les mardis chez Mallarmé, rue de Rome ; au Cyrano ou ailleurs, le surréalisme était d'abord un groupe d'écrivains et de peintres. Depuis la mort de Sartre, il n'y avait plus guère à Paris de cafés littéraires, de même qu'il n'y avait plus, depuis longtemps, ni écoles, ni chapelles, ni cénacles, ni salons. Mais le rite des déjeuners restait toujours vivant dans le milieu des écrivains ou des éditeurs, comme dans les cercles de la mode, de la banque, des affaires, du cinéma, de la presse, de presque tout. La vie littéraire parisienne, qui s'était longtemps confondue avec les ruelles des précieuses, avec les dîners Magny où se rencontraient les Flaubert, les Goncourt, les George Sand, les Zola, avec les salons de la duchesse de Guermantes ou de Mme Verdurin, avec les réunions feutrées, et toujours mensongères, des académiciens, avec les caves bruyantes ou les cafés à la mode de Saint-Germain-des-Prés, se réduisait maintenant aux déjeuners entre le boulevard Saint-Michel, le boulevard Saint-Germain et la Seine. On se rencontrait, on se téléphonait et on déjeunait ensemble. C'était un rite. C'était comme ça. Orphelins de toute doctrine et de toute idéologie, les écrivains de la fin du siècle étaient des isolés qui communiquaient avec le monde en déjeunant en famille au cœur d'un périmètre étroit dont ils connaissaient toutes les rumeurs.

Le Quémenec, ce jour-là, cachait mal sa nervosité.

« Ça va ? lui demandait Romain.

— Je te dirai ça demain », répondait L.-F.G.

Il y a des écrivains dont tout le monde connaît le prénom : Victor Hugo ou Marcel Proust, Rudyard Kipling, Jules Verne, Oscar Wilde. Il y a des écrivains dont le prénom est le plus souvent ignoré : Barbey d'Aurevilly, Villiers de L'Isle-Adam, Saint-John Perse, Aragon, Ionesco, Cioran et même Saint-Simon ou Montesquieu. Depuis ses années d'école, Le Quémenec, qui s'appelait Louis-Frédéric Guillaume, oubliait volontiers son prénom. Quand il l'utilisait, il l'abrégeait, selon une mode du temps — les fameuses apocopes, les fameux acronymes —, en L.-F.G. La presse, qui avait fait ses choux gras des J.-J.S.-S., des B.-H.L., des

D.S.-K., s'imita encore elle-même comme à l'accoutumée et se jeta sur L.-F.G. avec voracité.

« C'est si grave ? demandait Romain.

— Ça change la vie, disait L.-F.G. Du jour au lendemain, le prix te rend riche et célèbre.

— Mais tu t'en fiches, disait Romain. Tu n'écris pas pour ça.

— Je m'en fiche… je m'en fiche… disait Le Quémenec avec une drôle de grimace. Oui, bien sûr, je m'en fiche… mais j'aimerais mieux l'avoir. »

Il passa le lendemain des heures abominables, glissant de l'espoir au doute, sursautant à chaque sonnerie, au bord de la crise cardiaque, incapable de rien faire d'autre que d'attendre dans l'angoisse, se méprisant de sa faiblesse et incapable de la surmonter. Il avait vu par la fenêtre, instruments du destin, tenailles ardentes de torture, les voitures de la radio et de la télévision s'installer à sa porte.

« Quand tu les entendras démarrer, annonça-t-il à sa femme en laissant retomber le rideau qu'il avait écarté pour jeter un regard dans la rue, c'est que le Goncourt aura été donné à un autre. »

Le Quémenec, avec toutes ses limites, n'était pas idiot. Il savait très bien qu'il était un jouet entre les mains de puissances qui le dépassaient de très loin.

« Ah ! disait-il, il y a une stratégie littéraire. »

Longtemps, la littérature avait reposé sur des œuvres. Elle reposait maintenant sur des tactiques, appuyées sur des pouvoirs. Elle était encore, en partie, une question de talent. Mais elle était liée plus que jamais à un jeu compliqué de structures et de réseaux. Le lien entre l'auteur et le lecteur était submergé sous une foule de relations annexes. Le plaisir que pouvait donner un livre ne comptait déjà presque plus. L'œuvre elle-même s'effaçait. Ce qu'on appelait jadis une œuvre se réduisait au rôle d'un pion sur l'échiquier littéraire. La littérature était une partie de go. Une bataille. Une épreuve de force à l'intérieur d'un grand jeu dominé par le commerce et par la politique. Elle n'était plus rien qu'une guerre menée avec d'autres moyens. Le Goncourt, comme les autres prix, ne couronnait plus seulement des auteurs : il couronnait aussi des éditeurs. Il y avait entre eux un équilibre à respecter. Des alternances s'imposaient. Des échanges se négociaient. La littérature était un art. Elle était aussi une Bourse où des coups se jouaient.

Quand, en ce lundi de novembre où il pleuvait à torrents, le téléphone sonna chez les Le Quémenec terrés dans leur attente, L.-F.G., écrasé par l'angoisse, réduit en miettes par l'espérance, ne trouva pas la force de soulever le répondeur. Il regarda sa femme. Elle eut pitié de lui. Elle décrocha. Elle écouta un instant. Elle bredouilla :

« Ah ! bon. Merci. »

Et elle raccrocha. Il était debout, très pâle, immobile, muet, statue de la fatalité et de l'indécision, au milieu de la pièce.

Elle se tourna vers lui. Elle cria :

« Ça y est ! Tu l'as ! »

Il se jeta vers elle. Il la prit dans ses bras. Le bonheur le submergeait. L'instant d'après, le téléphone se remettait à grésiller, on sonnait à la porte, l'éditeur s'annonçait, la télévision et la radio prenaient possession pour trois semaines de leur victime consentante.

Le pur bonheur avait duré quinze secondes. L'agitation heureuse s'étala sur deux mois. Tout autant que l'échec, le succès a ses drames. Peu à peu, dans le bonheur qui était né de l'attente pénétra à nouveau une variété nouvelle et plus cruelle de l'angoisse. La première angoisse venait d'un doute sur l'avenir : le Goncourt, oui ou non, lui serait-il décerné ? La réponse tant espérée avait mis fin à l'incertitude et l'avait hissé à des hauteurs où il était l'égal de ceux qu'il admirait. La deuxième angoisse, après le succès, portait sur le passé : était-il digne de ces honneurs ? les avait-il mérités ? pouvait-il les accepter en son âme et conscience ? Cette angoisse-là était pire que la première parce qu'il n'y avait pas d'avenir qui pût la dénouer.

Le Quémenec se souvenait, dans sa seconde angoisse, des arguments employés pour calmer la première : les prix étaient une loterie, ils étaient le fruit du hasard et des combinaisons, ils ne couronnaient jamais ceux qui auraient dû l'être. Toutes ces consolations qu'il s'était prodiguées pour conjurer le mauvais sort se retournaient contre lui dans la bonne fortune. Il était peut-être assez sûr de son talent pour mépriser l'échec ; il n'en était pas assez sûr pour assumer le succès.

À mesure que montaient les ventes de son livre, l'inquiétude montait avec elles. Quand le tirage dépassa cinq cent mille pour s'établir autour de six cent mille, la panique s'empara de L.-F.G. Il savait avec certitude que jamais, au grand jamais, il n'atteindrait plus pareil chiffre. Il se sentait vidé par son triomphe. Il doutait d'être capable de rien écrire dans un avenir assombri par le succès.

Quand nous étions tombés sur lui, Romain et moi, par hasard, rue des Saints-Pères, cinq ou six mois après son prix, il semblait l'ombre de ce qu'il était dans les temps bénis où la gloire l'avait encore épargné.

« J'en ai marre ! nous dit-il. Mais marre !... »

Et, à la façon des jeunes gens de ce temps-là, il se passait la main à plat sur sa tête qui commençait à se dégarnir.

« Marre de quoi ? demanda Romain, toujours impitoyable. Tu voulais le prix. Tu l'as eu. Ses cinquante francs ont fait des petits. Avec six cent mille exemplaires vendus, tu es riche et célèbre. C'est ce que tu souhaitais, je crois. De quoi te plains-tu ? »

Il se plaignait de tout. Il ne supportait plus les reflets que lui renvoyaient les journaux ou la télévision. Il ne supportait plus son nom répété par tous les échos. Il ne supportait pas non plus qu'on cessât de parler de lui. Sa maison d'édition avait installé dans l'entrée une grande photo de lui à laquelle visiteurs, personnel, auteurs chevronnés, débutants intimidés ne pouvaient pas échapper. Son image lui faisait horreur. Quand, au bout de quatre mois, elle fut enfin retirée il alla se plaindre avec véhémence : on le traitait comme un chien.

Accourus auprès du grand homme, le directeur littéraire, l'attachée de presse, la demoiselle du téléphone essayaient de l'apaiser. Sa fureur retomba. Il se calma d'un seul coup.

« Après tout, lâcha-t-il après un instant de réflexion, bien fait pour moi. C'est une sacrée leçon que vous me donnez là. Et vous avez raison. »

Il était engagé dans une fuite en avant où le succès et l'échec ne se distinguaient plus l'un de l'autre et où il haïssait également et ses maux et leurs remèdes.

Romain insistait :

« Tu l'as voulu, Dandin ! Pense un peu à ceux qui souffrent parce qu'ils n'ont pas eu de prix. Pense à tous ceux, un peu partout, qui voudraient être à ta place. Et si, vraiment, c'est trop dur, alors fais comme si tout ce cirque n'avait jamais existé. Donne l'argent aux pauvres. Rentre chez toi, et écris. Et si tu ne peux pas écrire, alors fais ce que tu peux. Et tâche, selon de vieilles recettes, de vouloir ce que tu as. »

L.-F.G. secouait la tête d'un air douloureux.

« C'est moins facile que tu ne crois, disait-il. Les choses sont plus compliquées. Tu connais les lois de Parkinson ?… »

Oui, oui, Romain les connaissait : le travail restant le même, le personnel chargé de l'exécuter augmente de 2 % par an…

« C'est ça, disait Le Quémenec. Il y a aussi le principe de Peter : tout individu tend à s'établir à son niveau d'incompétence maximum. C'est ce qui explique la composition des organes directeurs de toutes les administrations publiques ou privées et les carrières mystérieuses de nos hommes politiques. Il me semble que, moi aussi, j'ai fini par atteindre quelque chose de ce genre. »

Ce discours perpétuel, indéfiniment ressassé, devenait très irritant.

« Écoute, lui dis-je tout à coup avec un peu de brutalité, je finirai par croire que tu te tourmentes à plaisir, que tu pèses des œufs de mouche avec des toiles d'araignée, et que le Goncourt n'y est pour rien.

— Pour rien ! éclata-t-il. Pour rien ! Ce n'est pas assez dire qu'il a été le révélateur de mon incapacité : il a construit pièce par pièce les mécanismes de mon malheur. J'ai voulu l'avoir, c'est vrai. Et je regrette de l'avoir eu.

— Et la gloire ? dit Romain.

— Franchement, dit-il, j'ai pitié de la gloire.

— Ah ! murmurai-je, la sainte… la sainte…

— Qu'est-ce que tu marmonnes ? dit Romain.

— Rien, rien, répondis-je.

— De qui parles-tu ?

— De sainte Thérèse d'Ávila.

— Quoi ! dit Romain.

— “Que de larmes seront versées sur des prières exaucées !” »

C'était le tour de Gérard. Je le regardais s'avancer et passer devant nous. Il est impossible de juger les gens. Parce qu'on ne les connaît pas. Gérard lui-même… Étions-nous équitables à son égard ? Dieu sait s'il était agaçant. Il n'avait jamais cessé de nous irriter, Romain et moi, par son amour des médias et de la publicité. Il y avait pire : sa vie entière semblait prévue, combinée, soumise à un programme établi d'avance avec un soin maniaque. Un jour, avec un peu d'imprudence et de vanité mêlées, il nous avait montré son agenda qui était plein comme un œuf. Aussi peu surprenants que possible, les programmes de lecture et les numéros de téléphone de personnages influents et utiles voisinaient avec des rendez-vous sur toutes les chaînes de radio et de télévision. Tous les endroits où il fallait être pour entendre ce qu'il fallait entendre et pour voir ce qu'il fallait voir — pour être vu aussi et entendu où et quand il le fallait — étaient marqués d'une petite écriture appliquée et nerveuse.

« Quelqu'un qui suit la mode, me disait Romain, dont le nom ne cesse jamais de paraître dans les journaux, qu'on voit sans arrêt à la télévision, qui est ami de tout le monde, qui partout et toujours se trouve là où il doit être et qui n'en finit pas de prévoir son avenir, ne peut pas être tout à fait bon. On n'aurait pas idée de l'emmener avec soi à la chasse au tigre.

— "Fou ! lui dis-je. Fou ! trois fois fou à lier, celui qui calcule ses chances, qui met la raison de son côté !"

— Qu'est-ce que c'est encore que ça ? me dit-il.

— Musset, lui dis-je. *Les Caprices de Marianne*, acte II, scène IV. »

L'indulgence n'était pas le fort de Romain. Il aimait bien avoir des ennemis, fût-ce parmi ses amis. Se faisant une certaine idée de Gérard, Romain l'avait jugé une fois pour toutes et il l'avait condamné.

« J'ai beaucoup d'amis que je n'aime pas, me disait-il. Mais celui-là, je le déteste. »

Je penchais plutôt, pour une fois, à plus de bienveillance. Détester Gérard était très exagéré. Peut-être se sentait-il perdu dans ce monde derrière lequel il courait ? Parmi tant de personnages qui appelaient la méfiance et le mépris, il n'y avait pas de quoi accabler à ce point un garçon à qui nous ne pouvions reprocher que des faiblesses et des ridicules. Qui n'en a pas ? Mais Romain cultivait l'art d'avoir des têtes de Turc. Son choix était tombé sur Gérard avec une allégresse cannibale et il n'en démordait pas.

De tant de mains successives, les roses tombaient sur Romain. Le flux ne s'arrêtait plus. Les vivants défilaient devant la tombe du mort. Chacun d'eux me rappelait un épisode ou un autre de notre vie commune. Des voyages, des pays, des repas en commun, des amours et des haines, des discussions sans fin, des réactions honorables ou honteuses. J'étais sans cesse renvoyé à des époques plus ou moins reculées. Les acteurs étaient les mêmes — et ils étaient différents. Le temps avait passé. Les visages, les silhouettes, le langage, les façons de se tenir et de marcher avaient beaucoup changé. Nous étions tous emportés dans le mystère de la vie et du temps. Dans le mystère aussi de la conscience individuelle : le temps est un mystère, chaque vie est un mystère. Les pensées et les sentiments de ceux qui lançaient les fleurs me restaient obscurs. Peut-être à eux-mêmes leur étaient-ils obscurs ? De ceux qu'on connaît le mieux, on peut rapporter les gestes, les paroles, les habitudes, les manières d'être ; personne ne peut deviner, si ce n'est par des reconstructions arbitraires, leurs motifs, leurs desseins, leurs plus secrets cheminements. Ils n'appartiennent à personne — et pas même à ceux qui se présentent comme leurs propriétaires. Dans le secret de l'inconscience et de l'obscurité, ils sont le domaine du Seigneur tout-puissant qui sonde les reins et les cœurs et de son Jugement dernier.

Là-bas, dans un repli de la file, j'apercevais Marina, appuyée sur sa fille. Plusieurs jeunes femmes éperdues, des avocats marrons, des homosexuels, des conseillers financiers, des animateurs de radio, deux ou trois hommes politiques à la retraite, une bonne sœur sous un voile gris me séparaient encore d'elle. Une fatigue me prenait. J'aime beaucoup dormir et depuis quelques nuits j'avais très peu dormi. Le monde me paraissait moins gai. J'étais peut-être cyclothymique :

Himmelhoch jauchzend, zum Tode betrübt...

Et Romain n'était plus là pour me transmettre un peu de sa passion pour la vie.

À quoi rimait tout ce cirque ? De quoi nous occupions-nous ? On naît, on souffre, on est heureux, on regarde le monde, on rêve un peu, on meurt. Tout le reste était de la frime. De la cérémonie. Du poussage de col. De l'établissement social. La pression collective était plus forte que jamais. Nous nous imaginions à tort que nous marchions vers toujours plus de raison, vers toujours plus de liberté et nous appelions progrès cet accroissement de lumière. Nous ne cessions jamais d'être rattrapés par les pesanteurs et les conformismes que nous nous vantions de laisser derrière nous.

Ils piétinaient, l'un derrière l'autre. L'idée me traversa

soudain qu'ils faisaient partie, eux aussi, de la pesanteur sociale et que j'avais mal servi Romain. Il n'aurait pas voulu de cette foule autour de sa dépouille. Il aurait fallu s'en tenir à l'essentiel, tailler dans l'inutile, l'enterrer à cinq ou six : Margault, Béchir, Marina, les Schweitzer, Cazotte, Dalla Porta… exclure tous les autres et aller boire, dans le souvenir, à la gaieté de la vie. Nous l'avions trahi de toutes les façons : nous étions trop nombreux, nous pleurions au lieu de rire comme il l'avait souhaité, nous acceptions les rites qu'il avait toujours refusés, et nous les lui imposions.

Comme il est difficile d'être libre ! Romain l'avait été. Nous le rattrapions au dernier instant. Nous le couvrions de fleurs. Toute une foule s'emparait de lui. Il était la proie des autres. Vivre, c'est dépendre des autres. Il avait essayé de l'oublier. Nous le lui rappelions avec des roses.

Chacun est prisonnier de sa famille, de son milieu, de son métier, de son temps. Nous sommes les prisonniers de l'histoire. Les hommes ne sont pas égaux, non seulement parce qu'ils n'ont pas tous, grâce à Dieu, les mêmes talents et les mêmes faiblesses, mais parce que leur vie se déroule à des époques et dans des conditions différentes. Entre un citoyen grec du temps de Périclès et un Byzantin au lendemain de la chute de Constantinople, entre un Romain du Ier siècle et un Romain du VIe, entre un Espagnol du Siècle d'or et un Aztèque au temps de la conquête, l'histoire suffisait, à elle seule, à creuser des abîmes.

Nous avions été jetés dans une des périodes les plus sombres de l'histoire. Elle s'ouvre avec la guerre de 14. Elle ne se clôt qu'en 89, avec la chute du mur de Berlin. Elle aura duré trois quarts de siècle. Trois quarts de siècle de violence, de haine, de mensonges, de crimes. Trois quarts de siècle où beaucoup de ceux qui auraient dû s'attacher à la justice et à la vérité se sont laissé aveugler par les idéologies meurtrières et rivales. Trois quarts de siècle de collaboration avec une forme ou une autre d'imposture intellectuelle.

À l'époque du triomphe, chez les esprits les plus éclairés, de la raison et de l'humanisme pacifiste, les catastrophes se succèdent à un rythme accéléré : la Première Guerre mondiale, déclenchée pour des motifs qui, avec le recul, apparaissent futiles jusqu'à l'invraisemblable ; dix ans plus tard, la crise économique et la grande dépression ; quelques années plus tard, le déferlement de la vague national-socialiste ;

puis, un monstre chassant l'autre, quarante ans d'angoisse, de menaces nucléaires, de guerre froide pouvant se changer à chaque instant en un conflit ouvert. Le plus étrange est que l'angélisme cohabite tout au long avec l'apocalypse annoncée ou déjà en action. Jamais époque n'a résonné de plus de proclamations lénifiantes, de plus d'exigences morales, de plus de bonnes intentions — et jamais n'ont coulé autant de fleuves de sang.

Comme tous ceux de son époque, et de la mienne, Romain baignait dans le sang. C'était le temps des assassins. Nous étions entraînés dans des flots de douleur. L'art, la littérature, le théâtre, le cinéma, la peinture, la philosophie, et jusqu'à l'air du temps, étaient teintés de rouge et de noir. Les deux guerres mondiales, les camps de concentration, la Shoah, la banalisation de la torture, la multiplication des prises d'otages, la violence mêlée de chantage, le terrorisme d'État et le terrorisme contre l'État laissaient des traces en nous. L'air du temps était lourd. Il fallait prendre sur soi pour être libre. Il fallait prendre sur soi aussi pour être gai. Romain prenait sur lui.

Les grandes catastrophes passées, il en restait un souvenir, un parfum d'angoisse, une hystérésis d'horreur. Malgré les progrès formidables de la science — ou peut-être à cause d'eux —, malgré un niveau de vie toujours accru et toujours inégal, il y avait, depuis des années, comme un malaise dans notre civilisation.

Il était permis de penser que le malaise, si sensible, qui flottait ce matin-là sur la tombe de Romain était moins lié à notre temps qu'à la mort et à la condition humaine. Et que toutes les époques ont gémi sur leur sort en se comparant à celles qui les avaient précédées. Chaque génération s'imagine qu'elle trimballe avec elle une inquiétude, un frisson nouveau, des façons inouïes de sentir et de penser, une inquiétude originale. Peut-être, tout simplement, étions-nous des hommes comme les autres. Les hommes sont des primates dotés d'une conscience. Et l'angoisse est une dimension constitutive de la conscience.

Il y avait pourtant de quoi nourrir, dans la foule qui nous entourait, des inquiétudes et un malaise. Un mal obscur offusquait toute tentation de bonheur. Par une ruse merveilleuse de la raison, la racine du mal n'était pas à chercher dans la faiblesse ni dans la sottise des hommes, mais dans leur puissance et leur triomphe. Elle n'était pas liée à l'échec : elle était liée au succès. Obscurément, tous ceux qui jetaient des fleurs sur le corps de Romain avaient peur de l'avenir préparé par la science. Le progrès montrait sa face d'ombre.

Nous étions, à coup sûr, de plus en plus puissants. Et de plus en plus, pour de bonnes ou de mauvaises raisons, nous nous méfiions de notre puissance. Nous avions déjà peur de l'avenir quand il nous échappait. Maintenant, c'était nous qui le construisions de toutes pièces. Et il nous faisait plus peur encore que quand il nous était imposé par une Providence, une nature, une histoire sur lesquelles nous ne pouvions rien. Le ciel qui risquait de nous tomber sur la tête sortait de nos propres ateliers. Je pensais à Romain, égoïste professionnel, arriéré par conviction, partisan d'une abstention, teintée de résignation, de je-m'en-foutisme, de sagesse et de zen, qui relevait à la fois d'un pessimisme conjoncturel et d'un optimisme surprenant chez cet adversaire de toute transcendance qui faisait confiance à la nature :

« Cessez d'animer ! s'écriait-il. Cessez de développer ! Cessez de communiquer ! »

Je lui disais que son programme était réactionnaire. Il se mettait à rire. Je lui disais que l'avenir était digne d'intérêt parce que c'était là que nous allions passer le reste de notre vie. Il me regardait avec pitié :

« La seule chose qui m'intéresse, c'est le présent. C'est toujours dans le présent que nous passons notre vie. »

Pour faire un peu le malin, je partais sur la science et sur ses découvertes époustouflantes dont m'avaient parlé Cazotte et Dalla Porta. Je lui disais que l'histoire ne se laissait pas arrêter et qu'elle allait vers une complexité croissante capable de mener à n'importe quoi et dont il était de plus en plus difficile de prévoir les conséquences et les effets bienfaisants ou pervers.

« Le progrès fait rage, ricanait-il en haussant les épaules.

— Tu es comme tout le monde, lui disais-je : tu ne craches pas dessus. Tu roules en voiture, tu prends l'avion, tu téléphones, tu te soignes…

— Pas beaucoup, me disait-il.

— Pas beaucoup, mais tout de même… tu prends le train, tu te chauffes. Tu condamnes ce dont tu te sers.

— Je m'en sers, oui, bien sûr, je m'en sers. Je m'en sers, mais je ne le sers pas. »

Il ne servait rien ni personne. Il s'efforçait d'être libre. Il savait être heureux.

Une jeune femme lançait sa rose. C'était une Vénitienne à qui une vengeance amoureuse avait valu son heure de gloire. Elle était la maîtresse d'un de ces Italiens qui n'en finissent pas de mépriser les femmes sous couleur de les aimer et qui coupent la queue de leur chien à la façon d'Alcibiade pour mieux faire parler d'eux. Une histoire célèbre en son temps l'avait pris pour héros. On racontait qu'en compagnie de deux de ses camarades de la même farine il était entré dans un de ces établissements vénitiens où sortent de machines étincelantes des tasses minuscules d'un café extrêmement fort. Le premier des trois avait commandé un café serré : *stretto*. Le deuxième, renchérissant, avait lancé : *strettissimo*. Et lui, d'une voix lasse, avait laissé tomber : *chiuso* — fermé. Il avait quelques années de moins qu'elle et, après deux ou trois saisons semées de Biennales, de Lions d'or et de promenades à Chioggia, à Malamocco ou aux îles dans des motoscafi rugissants, il l'avait négligée pour une jeune actrice hongroise dans le genre des sœurs Gabor : d'un talent moins éclatant que leur longue chevelure blonde.

Anna-Maria descendait de Bianca Cappello. D'une vieille famille patricienne, d'une beauté meurtrière, Bianca Cappello, il y avait quatre siècles, était, à quinze ans, la maîtresse secrète d'un Vénitien de la petite bourgeoisie. Trompant la surveillance paternelle, elle allait retrouver son amant tous les soirs en laissant à demi ouverte la porte de son palais où elle rentrait au petit matin. Les passions des hommes sont en nombre limité et elles tournent en rond autour de nous. Une nuit, la porte fut refermée par un jeune marmiton qui sortait lui aussi, à l'insu de Bianca, des bras de sa maîtresse, une couturière du quartier. Bianca Cappello n'hésita pas longtemps. Ne pouvant rentrer chez elle, elle retourna chez son amant, lui demanda s'il l'aimait et, sur sa réponse positive mais un peu affolée, méprisant toutes les convenances et les risques les plus sérieux, s'enfuit à Florence avec lui.

À la suite d'aventures plus invraisemblables les unes que les autres, Bianca Cappello, qui n'avait pas froid aux yeux et qui cultivait comme un des beaux-arts l'audace politique et amoureuse, devint la maîtresse du grand-duc de Toscane et finit par l'épouser. Montaigne la rencontre au cours de son voyage en Italie et parle d'elle dans son *Journal*. En butte aux avances de son beau-frère, le cardinal de Médicis, animé à son tour d'une passion où se mêlaient l'amour et la haine, elle décida de l'empoisonner. Par un malheureux concours de circonstances, son mari, le grand-duc, survint dans sa belle villa de Poggio a Caiano, au pied du Monte Albano, à l'instant même où elle offrait au cardinal le gâteau empoisonné qu'elle avait préparé en secret. Le grand-duc revenait de la chasse. Il avait faim : il avança la main pour prendre une tranche de la pièce montée. S'interposer, crier, tenter d'arrêter le geste de son mari aurait suffi à la trahir. Elle le laissa s'emparer du gâteau et elle en choisit elle-même en riant un morceau. Le grand-duc et sa femme succombèrent presque aussitôt dans de cruelles souffrances et le cardinal de Médicis monta sur le trône de Toscane.

L'ombre de Bianca Cappello, si prompte à la décision, faisait honte à Anna-Maria. Je la voyais devant moi, si douce et l'air buté. Les hommes sont imprévisibles, les femmes encore davantage, et les Italiennes plus que personne. Venise est une petite ville où le soleil et l'eau font bouillir les passions. L'occasion de se venger lui fut fournie par la Fenice, qui n'avait pas encore brûlé pour la seconde fois et qui brillait au cœur de Venise des mille feux de sa rampe. Il y avait fête, ce soir-là. Ce n'était pas Vivaldi, ce n'était pas Goldoni, ce n'était pas Verdi. Le théâtre accueillait un opéra chinois qui racontait en musique les aventures de Hiuan-tsang.

Au VIe ou VIIe siècle, mille ans après le Bouddha, un demi-millénaire après l'introduction du bouddhisme en Chine, Hiuan-tsang était un de ces bouddhistes chinois qui, bravant tous les dangers, franchissaient déserts et montagnes pour aller se recueillir sur la terre du Bouddha. Le pays de l'Éléphant. Jambudvîpa. Ou Tien zhu, ou Shen du, ou Xian dou, ou encore Yin du — c'est-à-dire l'Inde. S'étendant sur une dizaine ou une douzaine d'années, le voyage, aller et retour, se confondait avec une vie. Les pèlerins affrontaient des aventures sans nombre, mouraient de froid et de chaud, se noyaient dans les fleuves, rencontraient des moines, des bandits, des princesses, des armées de singes. Ils adoraient les dents — il y en avait bien une centaine, semées un peu partout — et les cheveux de l'Éveillé. Fatigué de Carpaccio, de Tiepolo, de Palladio et de Longhena, des régates sur le Grand Canal et des bals organisés dans des palais branlants par des Américaines que la vieille Europe rendait folles, tout Venise se souvenait que, sous forme de pâtes, de mitres, de poudre à canon, de contes — Cendrillon vient d'Asie —, la Chine avait été présentée à l'Europe par un des plus illustres de ces intermédiaires vénitiens qui vivaient de rencontres : Marco Polo. Et, plutôt petit, rouge et or sous son grand plafond bleu, enchanteur pour les yeux et l'imagination, le théâtre était plein.

Anna-Maria était l'amie du régisseur de la Fenice. Ils avaient chanté ensemble à la chorale de San Zaccaria ou de San Giovanni in Bragora. Par lui, sous des prétextes mensongers — « nous sommes tous si liés… nous formons une petite bande qui ne se quitte jamais… ne séparez pas le *gruppetto*… » —, elle avait obtenu un fauteuil juste derrière celui qu'avait loué le volage pour la Hongroise-à-la-belle-chevelure qu'il tenait par la main. Au moment le plus pathétique, lorsque Hiuan-tsang tombe aux mains des Thugs, adorateurs cruels de Lord Jagannath et de la déesse Kali, assoiffés de sang l'un et l'autre, Anna-Maria sortit de son sac une solide paire de ciseaux, plus proche peut-être d'un sécateur. Les yeux de tous les spectateurs étaient rivés sur le Maître de la Loi. Entouré de bandits qui attendaient, le sabre à la main, l'ordre de leur chef pour lui couper la tête, il tournait sa pensée vers le mont Sumeru et réussissait à les convertir par son courage et sa sagesse aux préceptes éternels du Bouddha : l'amour et la compassion pour les êtres vivants, les Trois Précieux, les Cinq Défenses, les Six Pâramitâ qui sont les six moyens de parvenir à l'autre rive et d'obtenir à jamais la délivrance finale. À l'instant précis où les Thugs, vaincus par sa force morale, s'inclinaient un à un devant Hiuan-tsang au lieu de le mettre à mort, Anna-Maria, en silence, saisit la longue natte blonde qui retombait derrière le dossier du fauteuil et pendait devant elle. Et, très haut, le plus près possible du crâne et des racines plutôt châtain foncé — elle les remarqua aussitôt — des cheveux si blonds et si beaux, elle la trancha d'un coup sec.

L'affaire de la natte fit du bruit à Venise. Elle enchanta *Romain* qui ne tarda pas beaucoup à rendre à Anna-Maria — et au-delà — sa joie de vivre évanouie. Elle jetait sa rose dans la tombe.

La sœur vêtue de gris nous croisait en inclinant la tête. C'était une originale. Et une sainte. Elle s'y connaissait en roses et en fleurs : elle en distribuait aux intouchables hors caste en train d'agoniser dans les mouroirs de Calcutta. Elle s'occupait de ceux pour qui il n'y avait plus rien à faire. Au lieu de leur apporter de la nourriture qu'ils ne pouvaient plus avaler ou des livres qu'ils n'avaient jamais pu lire, elle leur offrait ces formes, ces couleurs, ces parfums inutiles par excellence qu'on donne exclusivement à ceux qui n'ont besoin de rien parce qu'ils ont déjà tout : des fleurs. Au scandale de beaucoup qui pensaient qu'il y avait d'autres urgences, à l'admiration de quelques-uns, elle couvrait de fleurs odorantes et très gaies les souffrances et les plaintes de ceux qui, au terme d'une vie qu'ils auraient peu de motifs de regretter, allaient mourir tout seuls. Elle traitait comme des princes ceux qui n'avaient jamais rien eu et à qui, au dernier moment, comme on rattrape en hâte sur le quai de la gare ou sur la marche de l'autobus un ami en train de partir auquel on a oublié de dire quelque chose d'essentiel, elle rendait un peu de leur dignité piétinée.

Romain, de passage à Calcutta où il était descendu dans un palace somptueux avec quatre restaurants différents et des boutiques de luxe, avait entendu parler d'elle avec un peu de distraction. Un soir, en rentrant dans le hall de son hôtel après un dîner bien arrosé avec des Anglais d'Oxford et des Japonais amis de Mishima qui récitaient Proust en français, il avait buté sur quelque chose de mou. C'était une femme en mauvais état. En si mauvais état qu'elle rendit l'âme dans ses bras. Allons bon. Le lendemain matin, il avait envoyé à la sœur une somme qui permettait d'acheter toutes les boutiques de fleurs de la ville. La sœur et lui étaient restés en relations et, c'était un rite, chaque fois qu'elle passait par Paris, austère, très gaie, toujours vêtue de gris, il l'invitait à dîner.

Elle était suivie par un raseur qui, depuis longtemps déjà, poursuivait Romain de ses offres de service et de ses sollicitations. Il voulait à tout prix faire des choses avec lui. Quoi ? Presque n'importe quoi. C'était un pompeux qui aimait les discours. La dernière fois que nous l'avions rencontré, c'était à l'occasion de je ne sais quelle médaille qu'il remettait à Gérard. Il en avait profité pour prononcer une allocution qui, après être remontée au grand-père, au père, aux oncles et tantes de Gérard, après avoir passé en revue ses publications les plus obscures et les moindres détails d'une vie plutôt banale, s'était mise à traîner en longueur et n'en finissait plus. Carlo Dalla Porta, qui bâillait à côté de moi, avait du mal à dissimuler son impatience.

« Oh ! la la ! me soufflait-il.

— J'allais le dire », lui murmurais-je.

Pour passer le temps, il me raconta à voix basse la cérémonie autrement brève au cours de laquelle Léon Blum avait remis à Louis de Broglie — à qui Einstein avait écrit un jour : « Vous avez soulevé un coin du grand voile… » — les insignes de commandeur ou de grand officier de la Légion d'honneur. Blum, l'air d'un long lévrier, s'était contenté de jeter très vite au père de la mécanique ondulatoire qui n'avait pas de peine à afficher derrière son haut col dur un air absent et gêné :

« Monsieur, vous appartenez à une famille où le talent était héréditaire jusqu'à ce que le génie y entrât. »

Et il lui avait collé la cravate ou la plaque.

Ils défilaient toujours. Une majorité de catholiques — et il faudrait établir des nuances entre les catholiques de tradition, de routine, de conviction, de raison, entre les gauchistes et les intégristes, entre les pratiquants et les sympathisants — mêlés à des protestants — luthériens ou calvinistes —, des juifs — ashkénazes ou séfarades —, des musulmans — sunnites ou chiites, quelques-uns ismaéliens —, des athées plus ou moins déclarés et toute une foule d'indifférents qui ignoraient ce qu'ils croyaient et qui renonçaient à s'occuper de problèmes insolubles dont il était impossible de rien dire ni même de rien penser. Rien n'était plus flou que l'image que les hommes se faisaient de l'univers et de leur propre existence.

Le monde changeait très vite. Je pensais à mes parents et à mes grands-parents, à ceux de Romain ou de Margault Van Gulip, à ceux des créatures qui se succédaient devant moi. Une cérémonie comme celle-là était inimaginable il y avait trois siècles, ou même deux, ou peut-être seulement cent ans. La planète s'était unifiée. Elle était devenue fluide. Les barrières et les règles étaient tombées en même temps que les valeurs qu'elles étaient chargées de défendre. Les interdits étaient levés. Les distances étaient abolies. Les croyances religieuses s'étaient émoussées. L'entropie avait marché au pas de charge. Il y avait des pans entiers de l'histoire qui s'étaient effondrés, des scènes qu'on ne verrait jamais plus. Des perruques aux redingotes, des crinolines aux pantalons, des jaquettes aux blue-jeans et aux vestes de velours, des carrosses et des diligences aux automobiles qui encombraient les allées du cimetière, l'aspect des gens avait changé, et leurs façons de penser s'étaient modifiées avec leurs façons de se vêtir et de se déplacer.

Les grandes fêtes dont on m'avait parlé ou dont j'avais lu les récits dans les livres de Morand, de Proust, de Chateaubriand, de Saint-Simon avaient disparu dans les abîmes du souvenir. Des idées bornées de toute part avaient été réduites en poussière. Un monde de lenteur et de distinction — dans tous les sens du mot —, de chevaux et de calèches, de précepteurs et de valets de pied en habit à la française, de dames de compagnie et de soubrettes en noir et blanc, un tablier autour de la taille, un bonnet de dentelle sur la tête, de bals de cour, de chasse à courre, dont j'avais encore connu les derniers feux et le déclin mélancolique, avait rejoint dans ce néant ambigu que nous appelons le passé les mercenaires de Venise ou de Gênes, les tournois, les destriers, les troubadours, les tailleurs de pierre des cathédrales, les arquebusiers, les vestales, les haruspices, les jeux du cirque. Un jour, nos façons d'être qui nous semblaient si naturelles, si inévitables, si difficiles à abandonner s'évanouiront aussi à la façon des toges, des pourpoints, des jugements de Dieu, des cours d'amour : elles paraîtront vieillottes et absurdes à des novateurs pleins d'audace et de confiance en eux et déjà condamnés à leur tour au ridicule et à l'oubli.

Le carrousel n'en finissait pas de tourner, et de plus en plus vite. Les paysages changeaient jusqu'au vertige. Les savoirs se multipliaient et se chassaient les uns les autres. Politiques, sociales, économiques, intellectuelles, amoureuses aussi et privées, les façons d'être et de penser se succédaient sans fin et se fusillaient à bout portant. Toujours plus riches, toujours plus profondes, les conceptions de l'univers offraient à chaque instant des points de vue inédits sur une réalité qu'elles faisaient surgir du néant. Le monde dont nous ne découvrions qu'à travers nos sens les couleurs et les formes et à qui nous ne donnions ses structures que grâce à notre conscience était un kaléidoscope. Le kaléidoscope s'emballait et nous proposait, dans l'émerveillement et la crainte, des spectacles toujours semblables et pourtant toujours nouveaux.

Derrière ce chamboulement perpétuel, le monde bougeait très peu. L'espace et le temps régnaient partout. Le Soleil était là. La Lune aussi, la mer, les montagnes, les grands fleuves, le dessin des continents, les créatures sans nombre, les orques, les castors, les abeilles, les fourmis avec leur organisation militaire, les passions constantes et alternées des hommes, le goût du pouvoir, l'amour de l'amour, la puissance souveraine de l'esprit. Nous avions le désert, les collines au printemps, les vignobles en automne, la Méditerranée qui était une des patries des choses visibles et invisibles que nous aimions le plus. Il était possible et permis de s'éloigner un peu des vicissitudes souvent lassantes de l'histoire pour se réfugier dans l'essentiel qui ne changeait jamais.

Dans l'essentiel qui ne changeait jamais… Peut-être y avait-il ailleurs, personne ne savait où ni comment, quelque chose d'essentiel qui ne changeait jamais. Ce n'était sûrement pas la Méditerranée, ni la Terre, ni le Soleil, ni la danse des abeilles, ni la suite des hommes ; ce n'était ni la vie, ni l'amour, ni la pensée ou l'esprit tels que peuvent les concevoir notre pensée et notre esprit. Le Soleil et la Terre, et l'univers lui-même, étaient aussi changeants et aussi passagers que nos idées et nos mœurs. Ils changeaient plus lentement — mais ils changeaient tout de même. Ils naissaient d'autre chose, ils se développaient, ils jouaient le grand rôle qui leur était imparti — et ils allaient déjà, au loin, vers leur disparition. Les étoiles dans le ciel et les passions des hommes se transformaient et mouraient comme les modes et les rites, comme les constructions de la science, comme les empires universels et leurs institutions.

Qu'est-ce qui ne change pas ? Tout passe. Des textes bouddhiques et de l'Ecclésiaste aux élégiaques et aux romantiques, c'est la chanson des hommes. Il n'est rien sous le soleil qui ne finisse par disparaître. Et le Soleil lui-même… Les débuts de la philosophie se confondent avec la recherche désespérée et allègre de ce qui pourrait bien être immuable. Si, sur la côte enchanteresse de la mer Égée, un, deux, trois siècles avant Socrate, avant Platon, avant Aristote, Thalès de Milet, Anaximandre, Anaximène, d'autres encore construisent leurs systèmes sur l'eau, sur l'air, sur le feu ou sur n'importe quoi, c'est qu'ils sont à la recherche de ce qui fonde, dans la permanence et dans l'immobilité, le décor toujours en train de s'écrouler où nous vivons tous les jours. Ils se trompent, bien entendu. Ni l'air, ni le feu, ni tout le reste — ni la guerre ou l'Olympe, comme le soutiennent les poètes — ne sont à l'origine de tout, puisqu'ils appartiennent eux-mêmes à ce monde qui ne se fait que pour se défaire et qui commence à mourir à l'instant même où il naît. Du moins l'origine de la philosophie, qui s'occupe aussitôt de la philosophie de l'origine, a-t-elle le mérite de distinguer deux forces, deux exigences dans le fouillis du monde : un élan vers le mobile et vers le passager, un élan vers l'immuable et vers l'éternité. À la veille de l'âge classique de l'architecture et de la sculpture, de la philosophie, de l'histoire et de la tragédie, deux immenses philosophes incarneront ce déchirement des hommes entre le mobile et l'immobile, entre le passager et l'éternel, entre la multitude des créatures et l'unité de l'être : Héraclite et Parménide.

Qu'est-ce qui dure au lieu de passer ? Qu'est-ce qui est au lieu de naître, c'est-à-dire de mourir ? Tout ce qui vit, bien sûr — les animaux, les arbres, les plantes, les éponges, les amibes, les plus infimes bactéries —, n'existe que pour la mort. Et de la matière elle-même, des pierres sur le chemin, des astres dans le ciel, de la nature entière, il est permis de dire qu'un cycle les emporte d'un début vers une fin. Un fil continu court des étoiles à la pensée. La pensée vient des hommes, les hommes naissent de la vie, la vie sort de la matière. Et tout se rue vers la mort et vers le néant.

Devant la tombe de Romain, sous le flot ininterrompu de ceux qui, l'espace d'un instant, évoquaient en pensée son image corporelle — une image composite et assez étrange puisque, pris lui-même dans le torrent de la vie, il n'était plus à vingt ans ce qu'il était à six ans ni à soixante-cinq ans ce qu'il était à quatorze —, je rêvais vaguement à l'éternel.

Éternel, où es-tu, si tu n'es pas de ce monde ? C'était une de ces questions que Romain se gardait bien de poser. Installé d'emblée dans l'œil même du cyclone, dans ce cœur brûlant du temps que nous appelons le présent, il aurait ri de moi qui, parlant de l'ineffable dont personne ne peut parler, pétais plus haut que mon cul. Mêlée à sa présence qui avait été si forte pour nous, son absence me fournissait deux clés. Deux réponses opposées à la question interdite. Une de ces réponses, qu'il n'aurait pas refusée, était d'une simplicité enfantine. Il y avait bien, hors de ce monde, plein de formes, de couleurs et de bruits, à son extrême limite, le touchant, le frôlant, s'en écartant aussitôt, quelque chose d'éternel où Romain venait de tomber : c'était le néant.

Quand on est mort, c'est pour longtemps. Il y avait, à coup sûr, une éternité du néant. Elle nous faisait, à titre posthume, une bonne farce et une belle jambe : nous sortions, chacun de nous, des tumultes de la vie pour entrer dans une éternité qui n'était plus là pour personne. Ne bougeant plus, ne changeant pas, le néant se confondait avec l'éternité. Il y avait un lézard : tant que nous étions là, rien n'était éternel ; quand l'éternité était là, c'était nous qui n'y étions plus. Il nous suffisait de tourner le dos à nous-mêmes pour être engloutis par l'éternité. Nous étions si liés aux tourments de la vie et à ses vicissitudes que nous nous trouvions hors d'état de profiter de cette paix éternelle. D'un côté, le changement, la mobilité, le passage, le jour qui sort de la nuit, la nuit qui succède au jour, la mort qui est un autre nom de la vie et son effet-retard : de ce jeu-ci, nous en étions ; de l'autre, le repos sans fin, la paix, l'éternité : de cette réalité-là, nous, ce que nous appelions nous, étions exclus à jamais. Nous étions encore là pour mourir, nous n'étions plus là dans la mort.

Il y avait, après le néant, une seconde réponse à la question sur l'éternité que Romain se gardait bien de poser : c'était le temps.

De tout ce que nous pouvons voir, entendre, toucher, sentir, imaginer, concevoir et penser, il y a une chose, et une seule, en dehors du néant, qui peut aspirer à l'éternel : c'est le temps. Il est permis de soutenir que le temps est passager comme le monde, qu'il a un début comme le monde et qu'il finira comme le monde ; et il est permis d'imaginer que le temps est éternel comme le néant.

Il n'est pas impossible que le temps soit éternel. Il précéderait l'univers et il lui survivrait. Il survivrait aux hommes, à la vie, au Soleil et aux astres. Il survivrait à tout après avoir tout précédé. Le monde serait né dans le temps et il mourrait dans le temps. Le temps, immuable, ne serait pas seulement éternel : il serait l'Éternel. Le Soleil serait son image passagère et mobile. Le firmament le représenterait à nos yeux égarés. Les dieux l'incarneraient pour des générations successives. Il serait permis de l'adorer. Il régnerait sur la vie comme le néant sur la mort.

Romain, qui, trop impatient de vivre, ne s'embarrassait jamais d'aucun souci de cet ordre, aurait sans doute accepté, un peu vite et sans trop discuter, l'une et l'autre réponse à la question non posée : le temps était éternel de ce côté-ci de la vie ; et le néant, de l'autre. Sur la tombe de Romain, entre les délires de Staline et de Hitler, la natte d'Anna-Maria, les amours de la reine Margault, les crimes de la Mafia, je rêvais d'éternité. Je rêvais au néant et je rêvais au temps.

Souvent, Romain et moi, nous avions écouté Carlo Dalla Porta nous parler du big bang. Nous avions réussi à comprendre qu'il y avait une certitude, établie par Hubble : c'était que l'univers était en expansion. Et qu'il y avait une hypothèse qui répondait assez bien aux exigences de cette expansion : c'était le big bang. Acceptée par les uns, contestée par les autres, l'hypothèse du big bang avait le mérite de proposer une interprétation cohérente de l'évolution de l'univers. Une pointe d'épingle minuscule au-delà — ou en deçà — de toute imagination, d'une densité et d'une chaleur proprement inconcevables, explose. Tout l'avenir du monde se joue dans les trois premières secondes. Ensuite, l'expansion de l'univers sort tout naturellement de l'explosion primitive.

L'espace, c'était encore assez simple : il ne cessait de s'étendre. Le débat portait sur le temps. Dans quoi se produisait le big bang ? Première réponse : dans le temps. Le big bang, dans ce cas-là, ne créait pas grand-chose puisque l'essentiel le précédait déjà. Deuxième réponse : dans rien. Dans ce cas-ci, le big bang était vraiment créateur. On voit bien que, dans un cas comme dans l'autre, le brouillard règne sur les origines. Si le temps précède le big bang, d'où vient alors le temps ? Si le big bang crée le temps, comment diable fait-il ? Autant il est possible, sinon d'imaginer, du moins de concevoir une explosion primitive à l'origine de toute matière, autant il est difficile — et en vérité impossible — de comprendre comment quoi que ce soit puisse inventer le temps.

Il était très clair que le temps était inexplicable. Il suffisait d'y penser pour que la tête nous tourne. Qu'est-ce que c'était que ce truc qui nous filait entre les doigts, dont il était impossible de parler, et qui était au cœur de tout — et de nous-mêmes ? Il était inutile de chercher des miracles dans le monde où nous habitions : le temps était le seul miracle — mais c'était un miracle. Un miracle perpétuel, un miracle de tous les instants. Et un miracle universel, un miracle de tous les lieux. Carlo Dalla Porta m'avait vingt fois expliqué que le temps régnait d'un bout à l'autre de l'immense univers. Il était le même pour les cent milliards d'étoiles de notre Galaxie, et il était le même pour les cent milliards d'autres galaxies jusqu'aux limites de l'univers. L'histoire, la pensée, l'enchaînement des causes et des effets, les lois de la physique et de la mathématique, la nécessité qui régnait sur le monde n'étaient possibles que dans le temps. Et, reflet lui-même de la loi mathématique et de la nécessité, le temps se déroulait inexorablement.

Ce temps inexorable n'arrêtait pas de bouger. Il était une naissance perpétuelle et une mort perpétuelle. Le passé mourait à chaque instant pour donner naissance au présent et, simultanément, le présent — dans lequel nous ne cessions jamais de vivre et qui n'existait presque pas — mourait aussitôt pour donner naissance à l'avenir. Le temps n'est que paradoxe et contradiction : on pouvait dire tout aussi bien que l'avenir, à chaque instant, tombait dans un présent qui n'avait rien de plus pressé que de tomber dans le passé. C'était une métamorphose en boucle, l'image même de cette vie où naître est un autre nom pour mourir.

Le présent, si cher à Romain, était, au cœur du temps, ce qui ressemblait le plus à l'éternel. Il était toujours là. Mais il n'en finissait pas de disparaître. C'était une éternité précaire, toujours en forme d'évanouissement, toujours en voie de renaissance. C'était une espèce d'éternité — mais une éternité de pacotille, une éternité d'illusion.

Le cercueil de Romain disparaissait sous un tapis de roses. Je me répétais : « Le présent est une illusion… le temps est une illusion… la vie est une illusion… » Et je m'en voulais de trahir Romain au moment même où il ne pouvait plus me répondre. Oui, bien sûr, nous avions souvent parlé ensemble du temps et de l'éternité. Je lui disais que le triomphe assuré de la mort enlevait beaucoup de leur prix aux bonheurs de la vie. Et, à chaque fois, il m'avait cloué le bec. Il me semblait, à tort peut-être, qu'il éludait le problème parce qu'il était vivant. Maintenant qu'il était mort, il pouvait enfin me répondre. Le malheur était justement qu'il ne pouvait plus me répondre. Le système était verrouillé.

Le temps était lié au monde. Il était, au cœur du monde, l'enveloppant, le contenant et pourtant enveloppé et contenu, une image mobile de l'éternité. Une chose était sûre : il n'y avait pas de monde sans temps. Une chose était douteuse : y avait-il du temps sans monde ? Avant le monde ? Après le monde ? Expansion sans fin de l'univers ou retournement théâtral du big bang en big crunch, ce monde, un beau jour, dans un beau milliard de millénaires, finirait par disparaître. Y aurait-il encore, après la fin de tout comme avant son début, quelque chose pour couler, pour durer, pour exister dans le paradoxe à la façon du temps ?

Ce qu'il y avait de bien quand on se mettait à partir sur le temps, c'est qu'on pouvait rêver sans fin. Dans l'état actuel du savoir, l'origine de notre univers remonterait à une quinzaine de milliards d'années avant nous. Le Soleil et la Terre dateraient de quelque cinq milliards d'années. Pendant quelque dix milliards d'années, le Soleil et la Terre ne roulent pas encore dans les cieux. Que pouvait bien représenter le temps avant l'alternance des années, des saisons, du jour et de la nuit ? La vie n'apparaît sur notre planète — ailleurs aussi peut-être, personne n'en sait rien ; mais en tout cas sur notre planète — qu'un milliard d'années environ après la mise en place du Soleil et de la Terre, sans même parler de la Lune. Que pouvait bien être le temps avant la vie, avant les plantes et les arbres, avant les bactéries et les amibes, avant la naissance de tout ce qui va mourir assez vite ? Il faut plus de trois milliards d'années pour que de la vie, qui est sortie de la matière, sorte à son tour la conscience. Quand, dans un monde où alternent le jour et la nuit, où se succèdent les saisons, où défilent les années, apparaît enfin la pensée de l'homme, il est possible, sinon de comprendre, du moins de constater que quelque chose d'impalpable et pourtant de réel, que quelque chose d'ineffable et pourtant de calculable, que quelque chose d'incompréhensible et pourtant d'évident, est en train de nous envelopper, de creuser son chemin en nous, de nous emporter, de se confondre avec nous, de nous emberlificoter de toutes les façons possibles et imaginables : le temps. Dans la pensée des hommes, le temps est une énigme insoluble — mais il est quelque chose. Avant la pensée des hommes, le temps est déjà presque tout — mais il n'est presque rien.

Le temps, qui est lié à l'univers et qui est lié à la vie, est lié à la pensée des hommes. Il ne prend son sens que par elle. Et ce sens, si banal, si évident, est en même temps — ah ! ah ! mais comment dire autrement ? — si incompréhensible et si mystérieux que les hommes, évidemment, mais aussi toute vie, toute existence et le monde tout entier prennent d'emblée une allure transcendante, miraculeuse et proprement métaphysique.

Sur le bord de sa tombe où une jeune femme en larmes, encore une, et que je ne connais pas, est en train de jeter sa fleur, j'entends d'ici Romain :

« Qu'est-ce que c'est encore que ce charabia ? Qu'est-ce que ça veut dire : "transcendant" ? Qu'est-ce que ça veut dire : "miraculeux" ? Et qu'est-ce que ça veut dire : "métaphysique" ? »

Ce que ça veut dire, Romain ? Ce que ça veut dire, transcendant, miraculeux, métaphysique ? Ça veut dire que le temps ne se suffit pas à lui-même. Et la meilleure preuve, et la plus simple, est que tout ce qui vit va mourir et que tout ce qui existe va finir, un jour ou l'autre, par cesser d'exister. Tout est dans le temps, et nous sortons du temps. Il n'y a rien d'autre que le temps, et il y a autre chose que le temps.

Tu es mort, Romain, et je mourrai aussi. Tous, tous ceux qui sont ici en train de penser à toi, et tous les autres aussi, tous ceux d'ici et d'ailleurs, tous ceux d'hier et de demain, tous, nous mourrons aussi. Nous sommes nés : nous mourrons. Nous sortirons du temps où nous étions entrés. Tout ce qui vit est dans le temps : tout ce qui vit en sortira. Et tout le reste aussi : les plaines et les rivières, les montagnes couvertes de neige et les collines de Toscane, les rivages de la mer et toutes les îles au loin, les continents, les astres, les terribles neutrinos et les galaxies aux confins de l'univers, tout, jusqu'aux derniers replis, tout, jusqu'aux limites du tout, sera expulsé du temps.

Comme nous l'avons aimé, ce temps ! S'il y a tant de monde ici pour te jeter des fleurs, c'est que tous ont compris que tu régnais sur le temps. Tu l'avais dominé, tu le tenais en lisière. Tu ne t'occupais jamais du passé, et très peu de l'avenir. Tu t'étais établi sur le présent comme en pays conquis, et tu le changeais en fête. Tu avais le génie de la vie parce que tu avais maîtrisé le temps. Chacun de ses instants était pour toi une promesse de bonheur.

Tu savais, bien sûr, que le temps te quitterait et que tu quitterais le temps. Tu t'arrangeais du néant comme tu t'arrangeais du temps. C'est là, combien de fois en avons-nous parlé et combien de fois nous sommes-nous tus, que je me séparais de toi.

Ce qu'il y avait de paradoxal dans l'éternité douteuse du temps, c'était qu'il était l'image même de la mobilité. Le temps pouvait-il, à la fois, être l'immobilité et la mobilité ? Pouvait-il couler sans cesse et se confondre avec l'éternel ? Je ne croyais pas que le temps, icône du passager et du discontinu, pût jamais aspirer à la gloire de l'éternel. Dans le meilleur des cas, tout ce que pouvait espérer le temps, c'était d'être l'image harassée et le regret de l'éternité. Il en était le reflet. Il en était le symbole, le messager, l'annonciateur. Il en était aussi le sous-produit, torturé et complexe. Il était le bouffon de l'éternité.

Romain pensait tranquillement que le temps était éternel comme le néant l'était aussi. Je pensais que le temps était bien trop léger, trop divers, trop instable et discontinu pour aspirer à l'éternité. Et que le néant était trop absurde et trop vide pour se confondre avec elle. Romain était pour l'absurde : le temps avait toujours existé et existerait toujours ; le néant était la fin de tout ; et la vie n'avait pas d'autre sens que celui que lui donnait le plaisir. J'étais pour le mystère : le temps naissait du big bang comme l'univers lui-même ; le néant était du non-être et le non-être n'était pas ; et, si grand, si enchanteur, le bonheur de la vie, que cultivait si bien Romain, venait d'abord de son secret.

La vie était un secret. Le monde était un secret. Nous étions jetés dans une énigme dont la solution ne nous était pas donnée et ne nous serait jamais donnée. Il n'y avait qu'une chose de sûre : le système de l'univers était un mécanisme merveilleusement combiné. Quelles que fussent leurs conceptions, souvent très diverses et très éloignées les unes des autres, de son origine et de son développement, tous les savants sans exception, les physiciens, les astronomes, les biologistes, les paléontologues, les chimistes, les gens de l'infiniment grand et de l'infiniment petit, et ceux des sciences de la terre, étaient d'accord sur un point, et peut-être sur un seul : tout, dans l'univers, est calculé de si près — et peut-être par personne — que le moindre dérèglement, un millième de millimètre, un centième de seconde, un quart de degré ou de milligramme en plus ou en moins, suffirait à détruire un équilibre global qui repose sur un fil, sur un cheveu, sur beaucoup moins qu'un souffle. Animée ou inanimée, ce que réussit la nature relève sans cesse du prodige. Dans les récits de Dalla Porta, le soir, sous les étoiles, dans les nuits de printemps ou d'été, revenaient fréquemment des formules qui comparaient tel ou tel phénomène souvent banal de la nature à la maîtrise d'un archer qui, sans trembler, enverrait sa flèche magique dans le noir d'une cible située à des centaines de kilomètres, à la performance d'un joueur chanceux — ou trop habile — qui tirerait trente fois de suite, et dans l'ordre, à la table du casino de Deauville ou de Monte-Carlo, le valet de trèfle, la dame de cœur, le roi de carreau et l'as de pique.

Le moins qu'on pût dire de l'univers était que le hasard et la nécessité y faisaient bien les choses. Comment ? Pourquoi ? Ah ! c'était un secret. Alors, peut-être que quelque chose, ou quelqu'un, une force mystérieuse, une volonté toute-puissante… Ah ! c'était encore un secret. L'origine, protégée par le mur de Planck, si cher à Dalla Porta : un secret. La fin, inévitable, assurée, calculée scientifiquement pour le Soleil et les astres, pour la Terre et pour nous, mais toujours imprévisible : un secret. Notre propre mort, sûre et certaine (pourquoi sûre et certaine ? Pour la seule et bonne raison que tous les autres sont toujours morts et que tout finit toujours par finir ?) : un secret. Le hasard : un secret. Et la nécessité (pourquoi la nécessité est-elle si nécessaire ?) : un secret. Nous nous imaginions voir clair et nous avancions les yeux bandés.

Le temps était notre prison. Nous la décorions à notre gré, nous mettions des rideaux aux fenêtres et des fleurs sur le balcon, mais nous n'avions pas le droit de sortir. Nous n'avions même pas de gardiens. Il était tout simplement impossible de s'échapper. Tout autour de la prison s'étendait un monde hostile et froid, ou peut-être lumineux, mais personne n'en savait rien parce que personne jamais n'en était revenu. Quelques-uns s'étaient évadés : ils n'avaient jamais donné de leurs nouvelles. Nous occupions notre temps comme nous pouvions. Il y avait des directeurs, des greffiers, des aumôniers, des musiciens. Les uns ramassaient les ordures, les autres donnaient des ordres et agitaient les clés. Nous embellissions la prison et, de temps en temps, nous la saccagions. Nous édictions des règlements, nous organisions des fêtes, nous avions des chiens, des chats, des poissons rouges, nous faisions pousser des arbres, nous écrivions des poèmes et des contes de Noël dans le bulletin de l'établissement. Et nous rêvions beaucoup sur les terres inconnues qui entouraient la prison et qu'explorait Romain.

La fatigue pesait sur nos épaules à tous. Margault Van

Gulip semblait reprendre des forces à mesure que nous en perdions. Je m'étais levé très tôt. Il y avait plus de trois heures que j'étais entré dans le cimetière et que toute ma vie passée défilait sous mes yeux. Le pire était peut-être qu'elle allait continuer. L'idée m'accablait tout à coup qu'elle allait se poursuivre sans Romain. La vie était très injuste. La place qu'il occupait était démesurée au regard de ses talents, de son action, de son rôle dans l'histoire. Il avait beaucoup de talent, mais moins qu'une foule d'inconnus qui allaient mourir tout seuls et oubliés de tous. Il avait pesé sur le monde, mais d'une façon insignifiante en comparaison de ces peintres, de ces musiciens, de ces hommes politiques, de ces savants, de ces philosophes qui avaient changé notre vie et notre regard sur le monde. Qu'avait-il donc pour que nous fussions si nombreux à le pleurer ? Qui peut le dire ? Le charme de Romain, à la façon d'un philtre, avait agi sur nous.

« Je m'éveille le matin, écrit quelque part Montesquieu, avec une joie secrète, je vois la lumière avec une espèce de ravissement. Tout le reste du jour, je suis content. » Romain aussi était content. C'était sa force et sa faiblesse. Il n'avait pas joué un grand rôle dans le siècle qui s'achevait et qui, avec ses massacres, ses fausses fêtes, ses maladies successives, ses otages et ses chantages, la part démesurée et ambiguë — trop d'amour et trop de haine — qu'il avait faite à l'argent, ses entraînements monstrueux, l'écroulement de toute foi et de toute espérance, son refus de la gaieté et son goût de la dérision, sa formidable hypocrisie, avait été à coup sûr un des plus sinistres de l'histoire. Il n'avait pas suivi le mouvement. Il avait marché à contresens des courants de son temps. Il n'avait pas marqué son époque. Fuyant la mode comme la peste, il n'avait imité personne : il avait été inimitable.

Appuyée sur Isabelle, Marina paraissait. Depuis le début, je l'attendais. Je voulais la voir se pencher à son tour sur le corps mort de Romain.

☆

Tout ça, Margault Van Gulip et la crise de 29, le big bang et la Mafia, la bataille de Stalingrad et le statut du temps, je m'en fichais éperdument. Pendant plus de vingt ans, j'avais aimé Marina.

Oui, bien sûr, j'avais aussi fait autre chose. Les livres, les films, les pièces de théâtre donnent une idée très fausse de l'amour qui est leur principal fournisseur : ils le dépeignent toujours comme s'il submergeait la totalité de l'horizon et du champ d'activité de ceux qu'il a frappés. Il la submerge, mais sans la faire disparaître. Je n'étais pas resté immobile à cultiver une passion qui m'envahissait pourtant tout entier. Je m'étais promené à travers le monde, j'avais écrit des livres, je m'étais occupé d'un journal, le monde ne s'était pas arrêté. J'avais mené une vie qui était comme toutes les autres : elle était soumise à l'époque et au milieu où elle se déployait. Et elle tournait tout entière autour de l'image de Marina.

Un beau matin, les rêves aussi ont une fin, j'avais des études à poursuivre, Paris nous réclamait, il fallait bien rentrer, nous avions tous quitté Patmos où, sous le soleil qui tapait si fort, sous les étoiles des nuits d'été, j'avais été si heureux avec Romain, avec Béchir, avec Meg Ephtimiou. Nous nous étions séparés dans un hall d'aéroport selon les rites les plus éculés : en promettant de nous revoir. Et puis Meg était montée avec sa fille et Romain dans une grosse voiture qui était venue les chercher, et chacun avait suivi son chemin.

La guerre s'éloignait. C'était le milieu du siècle. Les années cinquante. L'époque d'Eisenhower, du triomphe de Mao Tsé-toung, de la guerre de Corée, de la mort de Staline, de la montée de Khrouchtchev. Les deux Bergman régnaient, Ingrid qui épousait Rossellini après le tournage de *Stromboli* et Ingmar qui nous donnait coup sur coup *Sourires d'une nuit d'été*, *Le Septième Sceau*, *Les Fraises sauvages.* Sartre, en France, occultait toute la scène. Je descendais en voiture — *Italiam ! Italiam !* — vers les villages perchés de Toscane et d'Ombrie où les garçons portaient des chemises blanches pour se promener le soir avec les filles entre les tombes étrusques ou le long des remparts. Je me liais avec Romain. Il voyait beaucoup Meg Ephtimiou dont il me racontait les aventures américaines et il me donnait de temps en temps des nouvelles de la petite fille qui m'avait tant amusé sur la terrasse de Patmos : elle apprenait à lire, elle avait perdu une dent, elle allait à l'école, elle montait à cheval avec son père, elle se mettait à danser. Je souriais.

« Tu te souviens ? lui disais-je : notre arrivée sur la terrasse, les maisons vertes de Kalymnos, les mots de Marina… »

Oui, il s'en souvenait.

« C'était une enfant délicieuse…

— Oui, disait Romain, délicieuse. Comme tous les enfants. Je me demande ce qu'elle deviendra. »

Meg Ephtimiou était très amoureuse de Romain. Elle était la première de ces femmes sur qui je voyais agir les pouvoirs de Romain. Elle était aussi la plus belle et la plus séduisante. Toutes les autres, et elles n'allaient pas manquer, lui seraient, selon la règle, de très loin inférieures. Ce qui se passait entre eux, il n'en parlait pas beaucoup. J'étais alors moins proche de lui que je ne devais le devenir. Je crois même me rappeler que je m'étais demandé, tout au début de nos relations, s'il n'était pas le père de Marina. C'était absurde, naturellement, puisqu'elle était déjà née quand il avait rencontré sa mère à New York. Meg avait rêvé, j'imagine, d'épouser Romain qui avait plusieurs années de moins qu'elle. Et Romain lui-même avait dû tourner et retourner cette idée-là dans sa tête. Mais il lui était impossible de sacrifier ce qu'il mettait par-dessus tout : sa liberté. Ils s'aimèrent passionnément, ils ne s'attachèrent pas l'un à l'autre par des liens officiels, ils eurent, chacun de son côté, d'innombrables aventures et, passant leur temps à se séparer, ils ne se quittèrent jamais.

Romain détestait trop toutes les institutions pour passer jamais devant un maire, un pasteur, un rabbin ou un prêtre. Au fil de plusieurs mariages plus malheureux les uns que les autres, Meg se changea en Margault. Ted Van Gulip, le dernier en date de ses maris, dirigeait aux Pays-Bas et aux États-Unis une chaîne de journaux et de télévision qui avait puissamment contribué à l'élection très serrée — presque aussi serrée que celle de Bush junior à la fin du siècle — de John F. Kennedy contre Richard Nixon en 1960. Elle le rencontra dans un dîner à la Maison-Blanche, à peu près à l'époque des premiers bombardements américains sur le Viêt-nam du Nord, le soir même de l'éviction de Khrouchtchev par Brejnev et Kossyguine à Moscou. Trois semaines plus tard, sur un coup de tête, déjà divorcée de Spiro Ephtimiou, toujours amoureuse de Romain mais convaincue, après une dispute et une discussion assez rude, qu'elle ne serait jamais sa femme, elle épousait le tycoon, comme on disait alors. Il avait échappé en 1956 au naufrage de l'*Andrea Doria*. Une douzaine d'années plus tard, quatre ans après son mariage avec celle qu'il appelait Margault, son avion privé s'écrasa en Floride. Margault était à Paris, avec Romain.

Je ne m'occupais plus beaucoup, en ces temps-là, de Meg en train de se muer en Margault ni de sa fille Marina. Elles n'étaient pas loin, l'une et l'autre, d'être sorties de ma vie. La petite avait été collée par sa mère dans une école en Suisse — au Rosay peut-être, ou peut-être plutôt à Montessano. On racontait qu'à un journaliste ou à un banquier américain qui lui demandait dans un dîner où sa fille faisait ses études, la mère de Marina avait été incapable de répondre : elle ne se rappelait plus où elle avait bien pu la fourrer. La mère, je le crains, ne s'occupait pas beaucoup de sa fille. Je travaillais, je faisais du ski, je partais de temps en temps pour l'Asie avec Romain. Dans nos brèves conversations passait, fugitivement, l'ombre éclatante et un peu mystérieuse de notre hôtesse de Patmos.

L'image que nous nous faisons de notre vie écoulée est très loin d'être quelque chose comme une banque de données fournies par un ordinateur. C'est un jeu de glaces où nous imaginons et où nous reconstruisons au moins autant que nous nous souvenons. Devant la tombe de Romain, j'entendais encore sa voix résonner à mes oreilles. Sur la muraille de Chine, dans les vignes du Chianti entre Florence et Sienne, dans la cour des lions de l'Alhambra de Grenade, à Puri en attendant Lord Jagannath ou au pied de la formidable citadelle de Chitorgarh qui avait résisté si longtemps aux envahisseurs moghols, elle me parlait de Meg Ephtimiou qui allait devenir Margault Van Gulip ou qui l'était déjà devenue : elle éveillait en moi, à l'époque, le souvenir déjà lointain de Patmos qui me renvoyait, à son tour, à Marina encore tout enfant. Je ne l'avais pas revue depuis tant d'années et j'avais du mal en écoutant Romain à imaginer sa silhouette de jeune fille et ses traits modifiés par un temps toujours plus puissant que nos rêves.

En regardant tomber les roses sur le corps de Romain, je me souvenais de moi en train de me souvenir et d'inventer un avenir maintenant changé en passé et différent, bien sûr, de ce que je supposais. Je me transportais de Chine ou de l'Inde en Grèce et en Suisse, de l'Espagne ou de l'Italie aux États-Unis et en France. Je courais en esprit à travers les années. Par la force de la mémoire, je remontais le temps et je le descendais. Je voyais le visage de Romain, de Marina, de Meg transformée en Margault vieillir ou rajeunir d'un seul coup. J'étais le maître d'un monde qui me dépassait de partout. Je me promenais où je voulais dans l'espace et dans le temps, mais je n'étais ailleurs qu'en restant ici, je n'étais jamais dans le passé ou dans l'avenir qu'à travers le présent.

C'étaient des présents successifs : le présent de Patmos, les présents, avec Romain vivant, en Italie ou en Inde, le présent actuel au bord de la tombe de Romain mort. Le seul présent qui comptait au regard de tous ces présents évanouis ou à venir était le dernier de ces présents innombrables qui n'en finissaient pas de se chasser et de se remplacer : comme dans ces films de terreur où les issues se bloquent et se verrouillent les unes après les autres, tous les passés retrouvés, tous les avenirs possibles m'enfermaient dans ce présent qui était le seul réel et qui fuyait déjà à son tour.

Au jeu des consciences innombrables qui se jettent sur le monde et les unes sur les autres s'ajoute le jeu du souvenir et de l'imagination. Ce qui finit par s'évanouir dans cette accumulation d'allers et retours, c'est le monde lui-même. Il fond sous les regards. Il disparaît derrière les approches. Il se réduit à un jeu de reflets, d'échos, de mises en abîme vouées d'avance à l'échec. Battu de tant de vagues qui se heurtent autour de lui et se combattent les unes les autres, il n'est plus rien que ces vagues.

Un beau jour, Marina reparut à mes yeux. Elle était la même, évidemment, et elle était une autre. C'était un peu avant ou un peu après, je ne sais plus, plutôt un peu après, les événements de 68. Peut-être à l'Odéon. Ou au Vieux-Colombier. Un théâtre, en tout cas. Il me semble que le général de Gaulle était encore au pouvoir. Elle avait dix-neuf ans, un peu moins, un peu plus. L'âge de sa fille Isabelle que je voyais devant moi.

Marina était presque aussi belle que sa mère. Malgré sa ressemblance avec elle, je ne l'aurais pas reconnue. Je l'avais regardée une ou deux fois à cause de sa jeunesse rayonnante et de cette gaieté très retenue qui — j'allais l'apprendre plus tard, mais on pouvait déjà le deviner chez la petite fille de Patmos — serait sa marque propre. Elle vint vers moi et me dit, en souriant, très droite, inclinant à peine la tête, sur le ton le plus simple, comme si nous nous connaissions depuis toujours, ce qui était d'ailleurs le cas :

« Je suis Marina. »

Je répondis :

« Marina ?… »

Et puis le passé me revint en trombe et je la serrai contre moi.

Le temps passa encore. C'est son métier. Quelques années plus tard, je publiai ce livre, dont j'ai déjà dit quelques mots, où apparaissaient plusieurs des endroits, en Inde, en Chine, en Afghanistan, où je m'étais rendu avec Romain : *La Gloire de l'Empire.* Des étudiants m'invitèrent à en parler avec eux dans une salle de la Sorbonne. Au premier rang : Marina. Cette fois-ci, je la reconnus aussitôt. Je parlai surtout pour elle. Elle me posa une question. Je lui répondis en l'appelant « Mademoiselle ». Quand tout le monde se sépara, je lui proposai d'aller ensemble au Balzar ou chez Lipp. Elle accepta aussitôt. Nous parlâmes de la Grèce et des États-Unis.

Elle se souvenait vaguement, mais à peine, de Patmos. Je lui décrivis la petite fille qui se promenait le long de la mer, sa main d'enfant dans la mienne. Je lui racontai ce qu'elle était et comme elle m'avait enchanté sur la terrasse sous les étoiles. Elle riait. Elle riait ce soir-là comme elle riait dans l'île.

Je l'interrogeai sur la Suisse où elle avait vécu, sur l'Amérique où sa mère passait une partie de son temps. Je découvrais des pans entiers de son histoire, des continents inconnus dont je ne savais presque rien : son père, Spiro Ephtimiou, toujours entre la Grèce, le Koweït, l'Arabie Saoudite et les États-Unis, le ranch du Wyoming, les traversées interminables en bateau avec ses parents et une nanny anglaise dont j'ignorais jusqu'au nom et qui s'appelait Miss Prism.

Je me gardai bien de lui dire ce que je savais de sa mère par Romain, et qu'elle ne savait pas : le rôle joué par Meg auprès de Lucky Luciano ou les circonstances du mariage avec Me Malone. L'image qu'elle avait de Margault était si loin de celle que je m'en faisais dans mes propres souvenirs et surtout d'après les rares récits de Romain qu'on pouvait finir par se demander s'il s'agissait de la même personne.

Nous parlâmes de Béchir qui était pour elle comme une vieille potiche précieuse et un peu usée, comme une vénérable institution, nous parlâmes de Romain. Le monde n'en finit pas de tourner autour de lui-même. Elle voyait trop peu sa mère que beaucoup évoquaient avec tant d'émotion.

Le passé un peu flou de cette étoile si brillante ne la laissait pas indifférente. Quand elle prononçait son nom, une espèce d'inquiétude se mettait à flotter.

« Dites, me demandait-elle, est-ce que c'est vrai qu'elle a bien connu D'Annunzio ? »

D'Annunzio ! Il ne manquait plus que l'amant flamboyant de la Duse. Je ne savais presque rien des relations de Meg et de l'auteur, si vieilli qu'il semblait appartenir à un monde disparu, de *L'Enfant de volupté* et du *Feu*. Oui, on racontait qu'elle avait été l'amie d'Aragon avant ou après Nancy Cunard et que D'Annunzio, déjà âgé, l'avait beaucoup admirée quand elle appartenait à la fameuse cabine de Chanel. À la différence de l'aventure avec Malraux qui ne faisait guère de doute, qu'y avait-il de vrai dans ces rumeurs éparses ?

« Ta mère, lui répondais-je, a connu beaucoup de monde. Tu sais combien elle est belle. Quand je l'ai vue à Patmos, elle avait l'air d'une déesse descendue de l'Olympe.

— Ah ! oui, me disait-elle, elle est si belle. »

Il y avait dans sa voix une tendre admiration et quelque chose de lointain qui sonnait comme un reproche.

Elle me demandait :

« Vous êtes très lié avec Romain ? »

Je lui répondais :

« Je l'aime beaucoup.

— Moi aussi, murmurait-elle.

— Tu le vois souvent ?

— Pas très souvent, me disait-elle. Il voit beaucoup maman. »

Il était déjà tard. Nous nous quittâmes sur le boulevard Saint-Germain. Avec ce mélange de gaieté et de mélancolie qui allait, des années durant, être la couleur de notre amour.

Elle ne pleurait plus. Immobile sous le pâle soleil qui éclairait le cimetière à travers les nuages, je la regardais, immobile elle aussi, toujours appuyée sur sa fille, devant la tombe de Romain. Elle était parmi les derniers de la longue file qui, pendant une heure ou deux, avait piétiné sur place. Marina. Elle s'était confondue avec ma vie. Et avec celle de Romain.

Quelques jours plus tard, je dînais avec Romain, Cazotte, Dalla Porta et Gérard chez les Le Quémenec. Romain s'envolait le lendemain de bonne heure pour les États-Unis où Margault l'attendait. Il voulait se coucher tôt. Nous partîmes tous les deux assez vite.

Je lui racontai en sortant que j'avais revu Marina.

« Ah ! me dit-il.

— Ça m'a fait plaisir de la retrouver. Tu dois la rencontrer plus souvent que moi. J'étais tombé sur elle par hasard au théâtre il y a deux ans et puis à nouveau je l'avais perdue de vue. Elle est venue à la Sorbonne pour une réunion d'étudiants. Elle est très sympathique. Et elle est rudement bien.

— Oui, dit Romain. Pas mal.

— Pas mal ?...

— Mieux que pas mal, si tu veux. Mais un peu insistante. »

Je le regardai.

« Tu n'as pas l'air enthousiaste », lui dis-je.

Nous descendions la rue Soufflot. Il s'arrêta. Il alluma une cigarette.

« Je la trouve très bien, me dit-il.

— Mais... ? lui dis-je.

— Je préfère sa mère.

— Je comprends ça. Et alors ?

— Elle me court après », me dit-il.

Il y avait dans l'expression de Romain quelque chose de si brutal — ce qui lui était assez habituel — et presque, pour une fois, de si vulgaire que la stupéfaction dut se lire sur mon visage.

« Remets-toi », me dit-il.

Et il me tapa sur l'épaule.

J'éclatai de rire.

« Plains-toi ! lui dis-je. Elle était une si jolie petite fille quand elle était enfant ! Tu te souviens d'elle à Patmos quand elle sautait sur nos genoux ?

— Si je m'en souviens... me dit-il. Oui, elle était charmante.

— Franchement, personne n'ira prétendre qu'elle est moins bien aujourd'hui. »

Nous nous étions remis à marcher. Nous approchions du Luxembourg.

« Elle te plaît ? » me dit Romain, mains dans les poches, cigarette aux lèvres.

« Oui, bien sûr, lui dis-je. Beaucoup.

— Eh bien ! Sois gentil. Occupe-toi un peu d'elle. »

M'avait-elle dit : « Appelez-moi » ? Lui avais-je dit : « Je t'appellerai » ? Je ne sais plus. Je lui avais en tout cas demandé son numéro de téléphone. Elle me l'avait donné. Étais-je déjà amoureux d'elle sur le trottoir du boulevard Saint-Germain au croisement de la rue du Four, devant la Rhumerie martiniquaise où, au fil des années, se retrouvaient tant de nos amis ? Étais-je déjà amoureux d'elle le soir avec Romain devant le Luxembourg ? Je ne crois pas. Il me semble plutôt qu'elle me faisait un peu pitié. Les quelques mots échangés avec Romain m'avaient laissé un sentiment d'incertitude et de trouble. Par la faute peut-être de Romain, quelque chose s'était glissé entre lui et moi : c'était elle. Elle avait tout, ou presque tout, et elle avait l'air perdue et comme abandonnée. Plus que toute autre, elle donnait l'image de la détresse éclatante des jeunes gens de vingt ans.

Elle jetait sa rose. Je baissai les yeux. Je n'osais pas la regarder. Elle venait vers moi. Je la prenais dans mes bras. Isabelle allait parler à son père et à sa grand-mère et nous laissait seuls tous les deux.

Je l'avais appelée. Nous nous étions retrouvés. Nous nous donnions rendez-vous à des coins de rue, devant des bouches de métro. De temps en temps, les paroles prononcées par Romain après le dîner chez les Le Quémenec me passaient encore par la tête. Mais je les chassais assez vite. Nous étions allés au cinéma. *Casque d'or. Rashômon.* Nous avions revu ensemble les vieux films que sa mère et Romain avaient déjà vus à New York. Nous avions aimé *Notorious* et son escalier de terreur enchantée, *The Shop Around the Corner* où par un suprême raffinement il ne se passe jamais rien, *Casablanca* — « *Play it again, Sam…* » —, *Philadelphia Story* où le voilier est si « yawr » dans la bouche de Hepburn, la première, l'incomparable, et le mystérieux *Grand Sommeil* auquel nous n'avions rien compris. Peut-être parce que c'était pendant ce film-là que, pour la première fois, nous nous sommes embrassés.

« Voilà, me disait-elle.

— Mon Dieu ! lui disais-je. Maintenant, il faut que tu oublies.

— Oublier ! me disait-elle. Je n'oublierai jamais.

— Mais si ! tu oublieras. Tu as une vie devant toi.

— J'ai ma fille », me disait-elle.

À quelques pas de nous, Isabelle parlait toujours avec Gérard et avec sa grand-mère.

« Tu avais son âge, lui dis-je, quand nous avons vu *Le Grand Sommeil.* »

Il y eut un sourire sur son pauvre visage.

« Tu te souviens ? me dit-elle.

— Moi non plus, lui dis-je, je n'oublierai jamais. »

Nous ne parlions pas de la même chose.

Je n'étais plus un enfant. J'avais trente-trois ou trente-quatre ans. La tête de Marina sur mon épaule ou sur mes genoux, nous avions souvent compté. Elle avait quinze ans, trois mois et vingt-deux jours de moins que moi. J'avais déjà écrit plusieurs livres. Ils étaient assez loin d'être des chefs-d'œuvre, mais ils n'étaient pas passés tout à fait inaperçus. Quelques années plus tard, j'allais occuper des fonctions qui auraient dû m'empêcher de me conduire comme un gamin. Je me laissais aller au torrent comme si j'avais dix-huit ans. Bonheur et malheur, démons et merveilles, ce sont les plus beaux souvenirs de ma vie. Et, ma vie maintenant derrière moi, il me semble que ce sont les seuls.

Si invraisemblable que ce silence puisse paraître, il y avait deux questions que, dans les premiers temps au moins de nos tumultueuses relations, je n'osais pas poser à Marina. La première concernait Romain. Il m'avait parlé d'elle. Je n'eus pas le courage de la faire parler de lui. La seconde nous concernait elle et moi. Très vite, je lui dis combien j'avais besoin d'elle. Je ne lui demandai jamais si elle avait besoin de moi. J'avais peur de ses réponses.

Ce furent, pour moi au moins, des jours inoubliables et des nuits de délire. Il me semblait que Marina ne m'avait jamais quitté depuis l'époque lointaine de Patmos où elle était une enfant. Tout ce qui était son absence n'avait jamais existé. Elle était la douceur, l'abandon, la tendresse. Si simple, si évidente, sa seule présence me suffisait.

Nous ne parlions pas beaucoup.

Je lui disais :

« Je suis si heureux avec toi. »

Elle me regardait. Elle me disait :

« Embrasse-moi. »

Elle se jetait contre moi. J'avais un bandeau sur les yeux.

Elle se jetait contre moi. Le défilé était terminé. La foule se faisait moins dense. Elle commençait à s'éparpiller. On entendait au loin des voitures démarrer. La tension était tombée d'un seul coup. La vie quotidienne reprenait. La mort ne rassemblait plus en un faisceau serré les pensées des uns et des autres. Les employés du cimetière et ceux des pompes funèbres reprenaient possession du terrain qu'ils avaient abandonné pour quelques heures aux amis de Romain. Le cercueil avait disparu. Il était couvert de roses avant d'être couvert de terre.

J'entraînais Marina. Je l'arrachais à la mort et au passé. Je l'entraînais avec moi vers le groupe composé de sa mère et de sa fille, de Gérard, de Béchir.

Je lui disais.

« Partons. »

Nous partions. Nous quittions Paris, nous allions ailleurs, et presque n'importe où. À Rome, à Florence, à Venise, où, par une espèce de miracle, ni elle ni moi n'avions jamais mis les pieds, à Londres, à Salzbourg. Nous partions beaucoup. Nous fuyions. Que fuyions-nous ? Le décor de chaque jour. Qui fuyions-nous ? Tout le monde, et peut-être d'abord ceux qui nous étaient le plus proches : Margault Van Gulip et Romain. Il y eut une période, dans les années soixante-dix, où nous partions sans cesse. Souvent un week-end sur deux ou sur trois. Parfois tous les week-ends. Tous les droits d'auteur de mes premiers livres y passaient. Marina était très libre — peut-être trop : c'était son drame. Son père était absent. Sa mère, souvent au loin. Romain ne s'occupait pas d'elle. Ses études d'histoire de l'art, plutôt floues, lui permettaient de s'en aller à peu près quand elle voulait. De ces absences répétées, mon travail souffrait sans doute. À la stupeur de beaucoup, je quittai plusieurs postes à la seule fin de disposer d'un peu plus de temps à consacrer à Marina. Et, dans ces années-là, j'écrivis au moins deux livres auxquels j'aurais mieux fait de travailler un peu plus. Plusieurs critiques ne se privèrent pas, et ils avaient raison, de me le faire savoir.

On s'en fichait pas mal. Nous partions. Quel bonheur ! Le plus souvent vers le Sud. Quel soleil ! À toutes les saisons possibles, nous avons traîné sur les bords de la Méditerranée. Nous sommes allés à Capri et à Portofino, à Trani et à Otrante, à Palerme, à Cefalù, à Corfou et à Zante. Souvent, l'été surtout mais aussi au printemps ou à l'automne, nous nous installions pour quinze jours, pour trois semaines, parfois pour un mois ou pour deux. Quand je regarde en arrière, je vois Marina dans le soleil.

Béchir venait me parler. Il y avait des problèmes à régler.

Il fallait organiser les retours. La Grande Banlieue qui était venue dans la voiture de la reine Margault était déjà casée. Béchir les avait installés tous les deux, Bourg-la-Reine et Choisy-le-Roi, aux côtés de Victor Laszlo dans un minicar qu'il avait pensé à faire venir dès le début de la cérémonie. Le général Dieulefit avait accepté sans trop se faire prier de ramener la coiffeuse blonde dans sa voiture à cocarde. Albin et Lisbeth Zwinguely, qui étaient arrivés en taxi, n'avaient plus de voiture pour rentrer. Cazotte avait perdu ses lunettes en s'occupant de Margault. Plusieurs qui étaient venus de loin et qui voyaient l'heure avancer demandaient s'il y avait un bistrot dans les environs où il serait possible de déjeuner. Marina était toujours auprès de moi.

Nous nous étions promenés ensemble sur l'Aventin qui est si calme du côté de Sainte-Sabine et de la villa des chevaliers de Malte où, comme des milliers et des milliers de touristes, nous étions bon public, nous regardions Saint-Pierre à travers le trou de la serrure. Nous nous étions promenés le long de l'Arno, dans les jardins Boboli et au pied de San Miniato. Nous nous étions promenés à Vérone devant les portes de bronze de Saint-Zénon, sous le balcon de Juliette, autour de Sainte-Anastasie où nous étions allés voir la croupe blanche du cheval de la princesse de Trébizonde, de l'autre côté du Ponte Pietra où s'était installé Dietrich von Bern, plus connu de nos jours sous le nom de Théodoric de Vérone, et dans le Giardino Giusti qui tirait son nom des Giusti del Giardino. En échange d'un regard, d'un sourire, de sa main dans la mienne, j'offrais le monde à Marina.

Peut-être parce que je l'aimais et qu'elle était si jeune, je garde de cette époque un souvenir enchanté. Je n'étais pas agité de ces passions funestes qui empoisonnent l'existence : l'avarice, le goût de l'argent, l'ambition, la poursuite des honneurs, la jalousie, l'envie. Je suivais d'un œil lointain les carrières des gens de mon âge. Les uns devenaient députés et bientôt ministres ou secrétaires d'État, les autres écrivaient des livres aux tirages impressionnants et recevaient des prix, d'autres encore occupaient des postes flatteurs ou gagnaient beaucoup d'argent dont ils ne faisaient pas grand-chose. Les succès des autres sont la punition des paresseux. J'étais si heureux avec Marina qu'ils m'étaient indifférents. Ils m'amusaient plutôt. Ils me faisaient pitié. Nous buvions des cafés aux terrasses sous le soleil.

Nous lisions Blondin ou Vialatte, les romans d'Evelyn Waugh ou de Nancy Mitford, les récits de voyage d'Eric Newby ou de Patrick Leigh-Fermor, *Un petit tour dans l'Hindou-Kouch* ou *Le Temps des offrandes*, la série des *Jeeves* de Wodehouse. Plutôt des irréguliers que les prix Nobel ou ceux de l'Académie. Nous étions égoïstes et frivoles. Nous nous mettions rarement en colère contre les événements et les hommes parce que nous les ignorions. Le monde se débrouillait sans nous. Nous avions fini par en savoir un bout sur Carpaccio ou sur Piero della Francesca.

Deux ou trois étés de suite, nous avions lâché l'Italie pour l'une ou l'autre des îles grecques. Nous louions pour pas cher des maisons qui étaient loin des villages et tout près de la mer. Les voitures, les journaux, les faits divers, les impôts, les débats de société et les institutions, nous les laissions derrière nous avec Margault et Romain. À Naxos, notre fenêtre donnait sur un champ de lavande. À Symi, nous avions un figuier au milieu du jardin. J'écrivais à son ombre un livre sur mon enfance qui allait s'appeler *Au plaisir de Dieu*. Nous avions lu cette devise à Rome, Marina et moi, sur le linteau d'un oratoire tout rond bâti par un cardinal bourguignon à deux pas de San Giovanni a Porta Latina.

Nous marchions sur le sable, nous dormions beaucoup, nous ne voyions personne, nous nous baignions à tout bout de champ, nous nous nourrissions de tomates, de mèzés, de feuilles de vigne farcies, de tzatziki. Les journaux de Paris arrivaient une fois par semaine au port où nous n'allions pas les chercher. C'était une vie magnifique. Rencontré par hasard un matin boulevard Saint-Michel, Gérard m'avait demandé avec une sorte de stupeur :

« Mais vous ne vous ennuyez pas, seuls, là-bas, tous les deux ? »

Non, nous ne nous ennuyions pas. Nous ne faisions presque rien. Nous nous aimions.

Nous contournions Romain. Les mots qu'il avait employés devant moi au bas de la rue Soufflot, je ne parvenais pas à les oublier. Je les repoussais le plus loin possible. Ils s'obstinaient, ils s'agitaient, ils aspiraient à la lumière. Je leur tapais sur la tête. Ils se tenaient tranquilles, mais ils ne disparaissaient pas. Il m'arrivait de me demander si Marina et Romain ne se voyaient pas derrière mon dos. Cette idée-là aussi, je la chassais aussitôt. Tout un réseau d'omissions s'était établi entre nous trois. Romain n'avait plus prononcé devant moi le nom de Marina. Ni Marina ni moi, nous n'évoquions jamais l'ombre envahissante et absente de Romain. Je ne savais que par lui les liens obscurs qui s'étaient tissés entre eux. Elle ne pouvait pas deviner que Romain m'avait parlé d'elle avec une lassitude accablée. Tout cela faisait un grand silence.

Je serrais des mains. La coiffeuse blonde m'embrassait. Je lui promettais d'aller la voir. Les Zwinguely, que Béchir empilait dans la voiture d'un ambassadeur à la retraite, m'invitaient dans leur chalet des Grisons pour nous promener ensemble sur les chemins de montagne, pour écouter un peu de Bach et pour parler encore de Romain. Un père jésuite m'assurait à mi-voix qu'il y avait beaucoup de demeures dans la maison du Père. Je lui répondais que j'avais déjà entendu ça quelque part. Le rabbin ami de Romain me racontait qu'il l'avait reçu dans sa synagogue deux ou trois ans plus tôt, à l'occasion de la bar-mitsva d'un neveu. Le rabbin, qui était séfarade, avait demandé à Romain s'il se considérait encore, en souvenir de sa mère, comme appartenant à la religion juive.

« Oh ! lui avait dit Romain, je suis très éloigné de toute religion quelle qu'elle soit. Si j'étais quelque chose, je crois que, comme ma mère, je serais un juif ashkénaze.

— Eh bien, lui avait répondu le rabbin avec un pâle sourire, vous voilà deux fois étranger dans cette maison de Dieu. »

Le silence fut rompu un matin glorieux de mai dans la chambre 17 de l'hôtel Caruso Belvedere à Ravello.

Longtemps, j'ai beaucoup aimé les hôtels. On arrive, on repart, rien ne vous encombre jamais, ni livres, ni habitudes, ni routine meurtrière. Personne ne sait que vous êtes là. La sœur de votre père, le contrôleur du fisc, votre rédacteur en chef, votre camarade de classe qui tient à fêter avec vous son trentième anniversaire de mariage ont perdu votre trace. On ne s'occupe pas du chauffage ni du ravitaillement. On se donne l'air d'un grand-duc en descendant dans des établissements d'une modestie de bon aloi et on paie tout en bloc. Après avoir fréquenté, surtout en Italie, du côté de Sienne, de Lucques, de Montepulciano, de Todi, d'Orvieto, une bonne douzaine d'hôtels délicieux, nous avions envisagé, Marina et moi, de rédiger une sorte de guide en forme de récit de voyage où auraient été passés en revue les musées, les églises, les marchands de chemises et de chaussures, les événements historiques et les souvenirs littéraires, les points de vue sur les vignes et les cyprès, les trattorie, les hôtels, les pensions de famille et les chambres chez l'habitant. Nous avions écumé la Toscane et l'Ombrie où nous étions un peu comme chez nous et dont nous finissions par connaître toutes les routes. Nous avions même repéré les quelques routes blanches, les quelques chemins de terre qui subsistaient encore. Après la Toscane, nous avions exploré les Marches, les Abruzzes, les Pouilles inoubliables. La vie est plus forte que tous les triomphes de la mort : devant la tombe de Romain, je pensais encore aux Pouilles comme à une promesse de bonheur.

Et puis nous étions partis pour Naples. Il y avait beaucoup de monde sur la côte entre Positano et Amalfi. Nous avions filé vers l'intérieur, à travers la vallée du Dragon, en direction de Ravello.

Ravello est calme, légendaire et sublime. Elle a ses lettres de noblesse dans la littérature. Wagner écrit *Parsifal* dans les jardins de la villa Rufolo qui sont à jamais pour nous le jardin de Klingsor. Le roman de Styron, *La Proie des flammes*, s'ouvre sur une description de Sambuco : Sambuco, c'est Ravello. Dans la villa Cimbrone, rivale enivrante de la villa Rufolo, Greta Garbo et Stokowski vivent — trois jours durant — un amour éternel. À cause de son nom peut-être où nature et culture brillent d'un feu comique et jumeau, nous étions descendus au Caruso Belvedere.

Margault revenait vers moi appuyée sur Cazotte qui avait retrouvé ses lunettes les Zwinguely faisaient des signes à travers les vitres de leur voiture diplomatique Béchir serrait la main du rabbin New York les Grisons les plaines d'Ukraine sous la neige le général de Gaulle à Casablanca avec la femme de l'avocat de Lucky Luciano le valet de chambre de Hitler qui s'appelait Heinz Linge le caleçon violet de Gérard à la télévision la main de Marina dans la mienne sur la plage de Patmos le succès de Le Quémenec qui surgissait de ses chagrins et son chagrin à son tour qui surgissait de ses succès Tamara à Toula et Molly sous les bombes le corps sans vie d'Ahmed avec des cailloux dans le ventre devant Dar al Mizan la messe des Italiens à Saint-Siméon-le-Stylite le cheval blanc de Poliakov dans le salon de Carbone les espérances et les échecs les amours et les roses tout dansait autour de moi.

Le monde entier sortait d'une réplique de Béchir, d'une décision de Romain, d'un regard de Marina, d'un olivier de Ravello. Il n'y avait rien dans l'espace, il n'y avait rien dans le temps et dans ses profondeurs qui ne renvoyât à autre chose. Rien n'était suspendu. Rien n'était arrêté. Tout roulait, tout se mêlait. Le yin et le yang, le plein et le vide, les ordures et les étoiles. Pour trouver quelque chose de plus solide que le reste, nous nous précipitions aux origines : de la pensée, de la vie, de la matière, de l'énergie. Il y avait la naissance pour chacun d'entre nous, le surgissement de la conscience pour ceux que nous appelons les hommes, le big bang pour l'univers. Tout était pris dans le cycle, tout supposait toujours autre chose. La grande roue tournait sans fin. Le train de l'histoire, de la vie et de tout le reste encore plus loin ne s'arrêtait jamais. On pouvait le prendre n'importe où. On pouvait sauter dedans avec Mahomet, avec le Christ, avec le Bouddha, avec les présocratiques, avec Abraham, ou les débuts de l'agriculture, ou l'invention du feu, avec cette vieille bique de Lucy, avec l'apparition dans le firmament du Soleil et de la Terre. Je n'avais pas de telles ambitions. Je grimpais à la gare, quarante secondes d'arrêt, buffet, correspondances en tout genre, du Caruso Belvedere.

J'ouvrais les volets. Le soleil entrait dans la chambre 17 qui était simple et inoubliable. Quelques jours plus tôt, l'hiver à bout de forces traînait encore ses guêtres dans les rues de Paris. Les citronniers éclataient dans la vallée du Dragon. Les oliviers levaient les bras vers le ciel en témoignage d'allégresse. On voyait la mer au loin, derrière les vignes et les cyprès.

Je regardais le monde. Il était beau. Je me retournais pour appeler Marina. Elle dormait encore. Sa tête, sous ses cheveux châtain très clair, presque blonds, reposait sur son bras replié. Le drap la couvrait à demi et la dénudait en même temps. Les lignes de son corps étaient si pures qu'elles donnaient une idée de la perfection ici-bas. Je m'arrêtais, saisi. Je regagnais la fenêtre. On entendait un chant d'oiseau. Le cri d'un enfant. Plus rien. Le bleu du ciel dévorait tout. La vallée scintillait, immobile, silencieuse, écrasée de soleil. Les plans successifs menaient jusqu'à la mer des sirènes et d'Ulysse. C'était un spectacle d'éternité et de paix. J'allais m'étendre sur le lit où dormait Marina.

Elle s'éveilla. Je la pris dans mes bras. Je sentais son

souffle sur mes lèvres. Son souffle, ses mains, ses jambes si fines et si longues. Il n'y avait plus rien d'autre. Le monde se confondait avec elle. Sa bouche, son ventre, ses seins qui étaient très ronds. Ce qu'il y a de plus profond chez l'homme, c'est la peau. Nous nous attardions sur le plus profond. Nous échangions nos dons. Elle me rendait ce que je lui offrais. À l'extrême limite de la souffrance, juste avant, le bonheur me submergea.

Nous restâmes longtemps allongés sur le lit. Nous ne disions rien. Nos mains se touchaient. Elle avait sa tête sur ma poitrine. Je l'écoutais respirer. Ce n'était pas le moment de faire le malin, d'inventer des choses inutiles et brillantes. Je lui disais :

« Je suis bien. »

Elle me disait :

« Moi aussi. »

Je me levais. J'allais à la fenêtre. Je l'appelais :

« Viens ! Le soleil est là. »

Elle venait. Je la serrais contre moi. Nous regardions les vignes, les oliviers, les citronniers, les cyprès. Et, au loin, qu'y avait-il ? La mer.

Nous rentrions dans la chambre. Je la jetais sur le lit. Nous nous embrassions en riant. Elle voulait se lever. Je la retenais. Elle cédait. Je posais mes mains sur ses épaules. Je lui disais :

« Tu es belle. »

Elle me caressait la joue. Peut-être un peu trop vite. Je lui disais :

« Ne me quitte pas. »

Elle riait. Alors, je lui pris les poignets qu'elle avait minces et doux et je lui dis :

« Je t'aime. »

Elle me regarda assez longuement, sans sourire, comme si elle voyait autre chose à travers moi.

« J'aime Romain », me dit-elle.

☆

C'était fini. Romain était enterré. Ils étaient tous repartis. Vers les États-Unis, vers l'Angleterre, vers la Russie, vers la Provence et la Normandie, vers le XVIIIe et vers Neuilly.

Restait le dernier carré. Toujours les mêmes. Les fossoyeurs étaient à l'œuvre. Ils jetaient des pelletées de terre sur le cercueil de Romain. Les premiers cailloux roulant sur le cercueil avaient fait un bruit sinistre. Après, c'était comme un ruissellement à effacer le passé. Béchir et moi, Cazotte, Dalla Porta, nous essayions d'écarter de la tombe de Romain en train de se remplir de terre Margault Van Gulip et sa fille Marina.

J'avais tenu trois semaines. Pas une fois, je n'avais dit à Marina un seul mot sur Romain. Je voyais Romain de temps en temps. Nous ne parlions jamais de ce qui s'était glissé entre nous. Entre Marina et moi, la vie continuait. Et elle était devenue impossible. Les mots dévastent les sentiments. Ce qui n'est pas dit n'existe pas vraiment. À peine sont-elles exprimées que les passions se déchaînent. Les choses que je ne voulais pas voir, mais que tout le monde savait puisqu'elles avaient été dites, étaient d'une simplicité effrayante : Romain qui était l'amant de Margault et que Margault aimait n'aimait pas Marina. Mais Marina l'aimait et j'aimais Marina. C'était une tragédie de Racine au temps de la guerre froide.

Nous étions tous mal pris. La mère et la fille avaient envie du même homme et Marina ne couchait avec moi que parce qu'elle ne pouvait pas coucher avec Romain. Les écailles me tombaient des yeux. Comme le monde, si compliqué, si obscur, devient soudain simple et clair quand on en connaît les ressorts ! Ce qu'il y avait d'incompréhensible pour moi dans l'attitude de Marina, c'était sa réserve à mon égard alors qu'elle semblait toujours avoir besoin de moi. Elle se jetait sur moi pour que je la protège de Romain et elle finissait par se convaincre que c'était moi qui la séparais de lui. Elle m'aimait à la place de Romain et elle m'en voulait de la serrer dans mes bras alors qu'elle aurait voulu être serrée dans les siens.

Ce furent des jours assez rudes. Au bout de trois semaines, n'en pouvant plus, poussé à bout par la souffrance, je lui cassai le morceau. Nous étions assis sur deux chaises dans le jardin du Luxembourg. Des enfants nous envoyaient leur ballon dans les jambes. Nous le renvoyions du pied en faisant semblant de rire et je lui expliquais lentement, m'avançant toujours un peu plus dans ce que j'aurais dû et voulu taire, que non seulement Romain était l'amant de sa mère, mais qu'il m'avait chargé en toutes lettres de m'occuper un peu d'elle pour la détourner de lui. À mesure que je parlais, deux choses insaisissables et puissantes s'échappaient de ma bouche, nous entouraient tous les deux, nous enveloppaient de leurs plis, s'étendaient aux dimensions du Luxembourg, de la ville, du pays tout entier, de l'univers autour de nous et, inexistantes dans l'inexistant mais à jamais ineffaçables, s'inscrivant je ne sais où, ravageant tout sur leur passage, nous envahissaient tous les deux : c'était la honte pour moi, le désespoir pour elle.

Elle pleurait dans mes bras. Elle n'avait jamais cessé de pleurer dans mes bras. À Patmos déjà, le jour où une vague l'avait renversée et roulée sur le sable, après s'être écriée, dans sa robe qui lui collait à la peau et sous ses cheveux trempés, et nous avions tous ri : « Mais qu'est-ce que je vais devenir ? », elle s'était jetée dans mes bras et je l'avais consolée. Nous tournions le dos à la tombe qui s'enfonçait dans le passé et elle pleurait dans mes bras.

L'enfer commençait. Je n'en avais eu jusque-là qu'une idée assez vague. Elle avait longtemps gardé pour moi du fond de son chagrin une affection un peu lasse. Je crois, je n'osais pas me l'avouer mais l'évidence m'accablait, je crois que, d'un seul coup, dans le jardin du Luxembourg, au milieu des enfants, en leur renvoyant le ballon qu'ils nous envoyaient dans les pieds, elle se mit à me détester et à se détester à travers moi. Elle aimait Romain et elle le haïssait parce qu'il ne l'aimait pas. Elle aimait sa mère et elle la haïssait parce que sa mère aimait Romain. Et, après avoir cru m'aimer pour la seule raison que je l'aimais et qu'elle avait besoin d'être aimée, elle me haïssait parce que j'avais essayé de l'écarter de Romain en lui racontant le piège qu'il avait monté contre elle et où je l'avais entraînée.

Elle s'était donnée naguère à moi avec une indifférence dissimulée sous la tendresse et l'ardeur. Elle se donna encore à moi avec un désespoir qui se mêlait au mépris. Être méprisé par ce qu'on aime est une souffrance cruelle. Nous voyagions toujours. Il y eut des nuits atroces dans des endroits de rêve.

« Monsieur, me disait Béchir, maintenant, il faut partir. »

Margault me prenait sa fille. Elle la retirait de mes bras pour la prendre dans les siens. Marina disait très bas :

« Maman ! oh ! maman ! »

Elles étaient, toutes les deux, secouées de sanglots. Et

Béchir, Cazotte, Dalla Porta et moi, nous ne savions plus quoi faire.

Que pouvais-je inventer d'autre ? J'étais retourné voir Romain. Il allait très bien, merci. Il était très calme. Il m'annonça qu'il venait de perdre de l'argent et qu'il s'en fichait selon son habitude. Il se moquait de tout et il aimait la vie. Je lui dis que Marina, par ma faute, ou la nôtre, ou peut-être la sienne propre car elle était fragile, était en train de devenir folle et de mourir de chagrin. Je lui dis que nous nous étions beaucoup amusés mais qu'il y avait un temps pour tout, un temps pour vivre, comme disait l'autre, et un temps pour mourir, un temps pour rire et un temps pour pleurer, et que, si nous voulions qu'elle vive et qu'elle cesse de pleurer, il fallait faire quelque chose.

« Quelque chose ? me dit Romain en levant un sourcil.

— Oui, lui dis-je. Quelque chose. Mais je ne sais pas quoi. »

Nous nous étions mis à marcher. Je me retournais une dernière fois. Je vis les ouvriers du cimetière qui, leur tâche accomplie, posaient déjà leurs pelles et s'épongeaient le front.

J'avais affreusement peur. Peur de je ne savais quoi. Peur pour Marina. Peur pour moi aussi, bien sûr. Peur aussi que Romain, pour une fois, ne fût pas à la hauteur.

« Et toi, me dit-il, tout roule ? »

Je haussai les épaules. Oui, il y avait des moments où je le détestais.

« Eh bien, me dit-il avec un grand sourire, on va voir ça. Un whisky sour ? »

Et il alla chercher des citrons.

C'était passé maintenant. C'était un monde évanoui. Il suffit d'attendre. Tout s'en va. On change, on meurt, on finit par sourire de ce qui vous torturait, ce qui vous faisait sangloter a perdu son venin. On voit défiler sous ses fenêtres les cadavres des passions mortes. Les choses s'organisent autrement. De la mort du Général, il faisait une réussite, vous vous souvenez ? et de la fin des Beatles à l'irrésistible ascension de François Mitterrand, en passant par *Starwars* et par *Orange mécanique*, par *Imagine* de John Lennon, par la mode *Peace and Love* et par les manteaux longs sur les mini-jupes et les shorts, toutes les années soixante-dix avaient pris pour moi les couleurs de mon amour pour Marina.

Nous suivions bien entendu, d'un peu loin, ce qui se

passait dans le monde. Je me souviens que nous avions appris à Symi la mort de Pompidou, que nous étions dans les Pouilles quand le colonel Netanyahou se faisait tuer à Entebbe. Il m'arrivait même d'écrire ici ou là un article sur la guerre du Kippour ou sur la visite de Nixon à Pékin. Le moindre mot, le moindre regard de Marina, sa main dans la mienne, le mouvement qu'elle faisait pour rejeter ses cheveux en arrière étaient plus importants à mes yeux que tous les soubresauts qui agitaient la planète. Quand je pensais à ce qu'avait été ma vie dans les années Marina, j'en venais à me dire que l'histoire était une sorte d'écume à la surface des événements et qu'il n'y avait rien d'autre que ce qui s'agitait dans nos cœurs.

Ce qui s'agitait dans nos cœurs… Longtemps, j'avais cru qu'il ne s'y passait pas grand-chose et que ce qui s'y passait était tout blanc ou tout noir. On aimait, on n'aimait pas, on n'aimait plus, on en aimait un autre, ou une autre, c'était d'une simplicité et d'une fraîcheur désarmantes. Je m'éloignais de Romain, je me rapprochais de Marina : c'était l'enfance de l'art. Je pensais que mon amour pour Marina allait prendre la place laissée vide par mon amitié pour Romain. La révélation assez brutale de l'amour de Marina pour Romain ne transformait pas seulement mon ami en étranger, mais en adversaire. Du coup, je changeais mon fusil d'épaule. Les règles du jeu se modifiaient, mais le jeu restait le même. Je me mettais à caresser l'idée qu'il serait, sinon délicieux, du moins très commode de traiter Romain en ennemi. C'était compter sans les ressources inépuisables de ce qui nous sert de cœur.

On pourrait soutenir que Romain traita la situation à la façon d'un stratège qui prend ses décisions après avoir pesé le fort et le faible des armées en présence. On pourrait soutenir — et beaucoup l'ont soutenu — qu'il fit preuve en l'occurrence d'un cynisme à toute épreuve. On pourrait soutenir aussi — et c'est l'interprétation que je ne tardai pas à adopter moi-même — qu'il ne trama aucune intrigue, qu'il ne poursuivit aucun dessein et qu'il se contenta de se laisser aller à son génie familier. Il appela Marina et il l'invita à dîner.

« C'est ce que tu voulais ? » me dit-il.

Était-ce ce que je voulais ? C'était en tout cas ce que voulait Marina. Elle était exquise, capricieuse, obstinée et changeante, vaguement inquiétante. Elle était arrivée à ses fins. Elle tenait sa vengeance — nous ignorions sur quoi. Sur sa mère, peut-être, tout simplement. L'ombre de sa mère flottait toujours au loin. Entre Marina et Romain dont le jeu m'échappait, je ne savais plus très bien où j'en étais. J'étais largué. Tout se passait hors de moi, loin de mes idées bornées et de mes propres désirs. J'assistais aux événements. Margault les acceptait. Romain les dominait. Et, par un comble de raffinement et d'involontaire cruauté, il n'était pas exclu qu'il s'en fichât royalement.

Ils se virent tous les deux. Je le voyais encore. Je la voyais toujours. L'envie me prenait de disparaître, mais je ne disparaissais pas. J'avais vécu avec Marina des journées de bonheur qui ressemblaient à l'enfer. La peur m'envahissait de descendre à des abîmes qui peuplaient déjà mes cauchemars. On ne va jamais assez loin dans l'imagination des sentiments : je me retrouvai soudain, par miracle — et par la grâce de Romain —, dans quelque chose d'obscur qui avait des allures de paradis.

Un beau matin d'automne, aux temps où, après vingt-cinq ans de gaullisme et de libéralisme post-gaulliste, l'union de la gauche s'apprêtait à prendre le pouvoir en France pour un autre quart de siècle entrecoupé d'éclipses, Romain me dit :

« Nous partons. »

Plusieurs fois déjà, il m'avait dit :

« Nous partons. »

Et nous étions partis tous les deux pour l'Inde, pour la Chine, pour les côtes de Turquie où nous avions cueilli ensemble des souvenirs que je n'oublierais plus. Cette fois-ci encore, il me disait :

« Nous partons. »

Nous partions. Mais nous ne partions plus seuls. Marina était avec nous.

Nous marchions lentement. Margault Van Gulip s'appuyait sur sa fille et sur sa petite-fille. Nous approchions du portail par où nous étions entrés. Notre petit groupe de six ou huit avançait dans le silence. Nous ne savions plus quoi dire. De temps en temps, l'un de nous levait les yeux vers le ciel et émettait quelques considérations sur le climat de l'Île-de-France au début du printemps.

Béchir se portait à ma hauteur.

« Je crois, monsieur, me dit-il avec solennité, que tout s'est passé le mieux possible.

— Merci, mon cher Béchir, lui répondis-je. Tout a été parfait. Et toi, tu as été épatant. Romain aurait été content de toi.

— Merci, monsieur », me dit-il.

Il avait de temps en temps des allures britanniques.

C'était la fin de septembre. Nous retournions là-bas. À Samos, à Symi où j'avais passé, seul avec Marina, tant d'heures filées de soie à l'ombre de notre figuier, à Rhodes, à Kalymnos où nous avions des souvenirs, à Fethiye, à Kas, à Castellorizo. Le bateau était un Swann noir. Il appartenait à Spiro Ephtimiou qui, depuis quelque temps déjà, le louait chaque année à Romain et il avait fière allure. Il y avait un marin à bord qui portait le nom de Pacha avec une ombre d'arrogance. Il s'occupait de tout. Et, grâce à Dieu, il s'entendait assez bien avec Romain qui, lui aussi, s'occupait de tout. Le début de l'automne est le plus souvent très beau en Méditerranée. Nous eûmes vingt jours éblouissants.

Nous avons fait plus tard, tous les trois, beaucoup d'autres voyages. En Espagne, au Maroc, en Égypte, en Autriche, en Grèce encore, en Italie bien sûr. Nous avons écumé les mers et labouré la neige. Nous nous sommes promenés sur les routes. Et, méprisant les rumeurs qui n'étaient pas toujours bienveillantes, faisant taire les murmures avec une souveraine autorité, Margault Van Gulip, qui à défaut d'être toute jeune était encore très belle, s'était plus d'une fois jointe à nous. Cette fois-ci était la première où Marina se retrouvait, comme sur la terrasse de Patmos, entre Romain et moi. Elle riait à nouveau. Elle était heureuse. Il y avait de quoi. Le décor choisi par Romain était une cure à lui seul. C'était une machine à fabriquer du bonheur.

J'étais déjà venu dans la région en tête à tête avec Romain. Nous avions servi d'éclaireurs. Nous avions défriché le terrain sans nous y enfoncer. Nous restions en haute mer le plus souvent possible. Maintenant, nous explorions chaque crique, nous descendions à terre, nous nous arrêtions dans les ports, nous flânions dans les boutiques de tapis ou de bijoux en toc, nous remontions les fleuves, nous découvrions des temples en ruine et des théâtres antiques.

Le Swann de Spiro Ephtimiou battait pavillon panaméen, ce qui facilitait les allées et venues entre côtes turques et îles grecques. Symi est pris en pince entre deux bandes de terres turques, et l'île de Castellorizo — la plus reculée de toutes les îles grecques —, qui me faisait déjà rêver aux temps lointains de la terrasse de Patmos, est à quelques encablures de la ville turque de Kas. Mais, tout au long de la seconde moitié du XXe siècle, entrer dans les ports de Symi ou de Castellorizo était pour un bateau turc un rêve presque impossible. Et gagner les côtes turques à partir des îles qui leur font face constituait pour un voilier grec l'équivalent marin des douze travaux d'Hercule. Sur notre Swann panaméen, qui s'appelait *Yasmina*, nous passions des unes aux autres sans trop de difficulés.

Margault Van Gulip n'en pouvait plus de marcher. Elle avait tenu à venir à pied avec nous jusqu'aux portes du cimetière. Ses forces l'abandonnaient à nouveau. Béchir arrivait au volant de la voiture qu'il était allé chercher. Aidée de sa petite-fille, elle s'asseyait pour la deuxième ou troisième fois sur la banquette arrière de la voiture de Béchir. Marina, quelques instants, restait seule avec moi. Le soleil perçait à travers les nuages et inondait soudain le cimetière.

« Tiens ! me dit-elle en s'efforçant de sourire, c'est le soleil de Symi. Tu te souviens ? »

Si je me souvenais de Symi et de son soleil ! Toutes différentes, toutes semblables, les images de Symi se bousculaient en moi. J'y étais venu avec Marina, j'y étais venu avec Romain, j'y étais revenu avec Romain et Marina. Ma vie se rangeait en cercle, en épisodes, en cascades autour de moi.

De Symi à Rhodes, de Rhodes à Fethiye, de Fethiye à Kas, de Kas à Castellorizo, les souvenirs m'envahissaient en foule. Certains étaient très vifs : le figuier de Symi avec Marina ou les troupeaux de chèvres qui dégringolaient de la colline jusqu'à la porte de notre jardin dans un vacarme assourdissant de clochettes ou la vue que nous avions de notre maison sur l'anse presque fermée de Pedi au bout de laquelle, rêveurs, irréels, comme sur la scène truquée d'un théâtre à grand spectacle, passaient lentement les bateaux ; un bain avec Romain entre trois petites îles de la baie de Fethiye qui nous avait rendus si heureux que nous poussions des cris et que nous chantions à tue-tête des cantiques de Noël qui faisaient un drôle d'effet au cœur d'un été brûlant ; au lendemain d'un dîner dans la taverne d'Alexis au fond de la vieille ville de Rhodes, la découverte émerveillée de la blancheur antique de Lindos. D'autres étaient plus flous : avec qui avais-je nagé au lever du soleil, à une heure et demie de bateau de Fethiye, le long de l'île de Djemila — que nous appelions Saint-Nicolas —, couverte de ruines byzantines ? avec qui avais-je grimpé, au-dessus du petit port de Finike, jusqu'aux ruines d'Arikanda, la vertigineuse villégiature d'été des Grecs aisés de la Lycie hellénique ou hellénistique ? Avec Marina ? Avec Romain ? Avec Marina et Romain ? Le génie de Romain était dans sa présence : elle effaçait le passé, elle bouleversait les cœurs, elle donnait un sens nouveau aux passions et aux paysages.

« Ah ! murmurait Marina, accrochée de nouveau à mon bras, comme il va nous manquer ! »

Je regardais Marina. Je regardais Margault dont j'apercevais le visage ravagé à travers les vitres de sa voiture. C'était vrai : il nous tenait tous ensemble. Nous nous voyions assez peu à Paris. Chacun y menait ses affaires à son gré. Je déjeunais avec Romain. Romain dînait avec Margault et il dînait avec Marina. Je rencontrais Marina. Nous nous débrouillions comme nous pouvions dans une espèce de brouillard. Et puis nous repartions tous ensemble pour la Toscane ou pour un chalet de montagne entouré par la neige. Plus encore qu'au changement des mœurs et à la liberté des esprits — après tout, Byron ou Rimbaud au XIXᵉ et d'innombrables figures du XVIIIᵉ, des silhouettes légères de la Régence aux personnages sulfureux de Vivant Denon ou de Choderlos de Laclos, étaient plus libres que nous —, notre vie était liée aux moyens de communication qui avaient éclaté dans la seconde moitié de notre siècle évanoui : le train, l'automobile, l'avion. Elle était inimaginable dans le siècle précédent où la passion triomphait mais où la voiture et l'avion n'existaient pas encore. Notre Grand Tour, notre Voyage en Italie, notre Voyage en Orient n'étaient plus des épisodes passagers, accidentels et uniques : ils se répétaient sans cesse, ils se confondaient avec nous. Nous vivions dans un monde qu'avait décrit Morand dans *Rien que la terre* à mi-chemin des deux guerres : « L'enfant demandera : Puis-je courir aux Indes ? Et la mère répondra : Emporte ton goûter. »

Paris bruissait parfois de l'écho de nos expéditions. Il y avait eu des ragots, des stupeurs, des ricanements. Et puis, comme toujours, le silence s'était fait. Tout le monde savait autour de nous que nous nous promenions ensemble à travers le vaste monde et on nous fichait la paix.

Romain tenait tout en main. Autant que je me souvienne, et il n'est pas exclu que ma mémoire m'ait trahi plus d'une fois, et peut-être volontairement, il n'y eut jamais entre nous de crise tragique ni même ouverte. Ce qui se passait dans nos cœurs était une autre affaire. Entre bonheur et malheur, entre acceptation et révolte, entre le souvenir ébloui et l'oubli nécessaire, une espèce d'équilibre avait fini par s'établir. Il y a dans une nouvelle foudroyante de Borges un personnage du nom de Funes qui n'oublie jamais rien. Il se souvient de tout dans le moindre détail, de l'arbre sous lequel il était assis par un matin d'été, de chaque branche de cet arbre, de chacune de ses feuilles et des nervures de chaque feuille, de la bête à bon Dieu sur une de ces nervures, et il finit par mourir, écrasé par sa mémoire. J'oubliais sûrement beaucoup. Sauf Romain, sans doute, toujours content d'un sort qui lui était indifférent, nous nous efforcions tous, Margault, Marina, moi-même, d'oublier l'idée que nous avions pu nous faire d'un destin différent. Et, parmi tant de souvenirs qui se heurtaient les uns aux autres et qui se combattaient, cet oubli salvateur nous permettait de survivre.

Nous ne parlions pas beaucoup. Nous n'avions pas besoin de parler. Sur le pont de nos bateaux successifs en Méditerranée orientale, le long des plages désertes, aux terrasses des cafés d'une petite ville de Toscane ou d'Ombrie, dans les neiges du Tyrol, de Carinthie, des Dolomites, Marina semblait heureuse. Elle revivait. Son rire me rendait malheureux et heureux. Le monde était un bonheur et il n'était qu'un chagrin. Romain était avec moi comme il avait toujours été : simple, direct, sans détours. Il était implacable, il n'était pas faux jeton. Il traitait Marina en princesse arrachée aux enfers par ses soins éclairés et Margault comme une reine avec une tendre déférence. Elle régnait, d'une certaine façon. Et Romain régnait aussi. Sur elle d'abord. Et puis sur nous. Nous étions tous ses sujets.

Gérard nous attendait à la porte du cimetière. Il avait beaucoup parlé, j'imagine, aux journalistes de *Match* et du *Journal du Dimanche* et aux photographes de presse. Romain intriguait la presse autant par son absence — il ne paraissait jamais nulle part — que par la légende mystérieuse qui avait fini par se forger autour de son passé de combattant, d'aventurier, de séducteur, d'amateur d'art oriental, de personnage en marge de toutes les institutions auxquelles il appartenait pourtant en qualité de compagnon de la Libération, de héros de l'Union soviétique et de mécène des musées de France. Il jouait très bien de cette ambiguïté et Gérard, derrière lui, jouait très bien, à son profit, de la notoriété qui s'attachait à son ami défunt.

« Alors, m'avait dit un jour Gérard, en sortant d'une émission de Bernard Pivot à laquelle nous participions tous les deux, lui pour *Sans tambour ni trompette*, moi pour *Le Juif errant*, je crois, ou pour *La Douane de mer*, alors, vous couchez ensemble tous les quatre, la mère, la fille, Romain et toi ? »

Il commençait à me courir.

« C'est très exagéré, lui répondis-je. Malgré tous mes efforts, ni Romain ni Margault n'ont jamais voulu de moi. »

Le plus curieux, le plus intéressant était que ce même Gérard qui me donnait des leçons, devait, voyez comme on danse, entrer, lui aussi, dans la ronde — pour une durée, il est vrai, assez courte : pendant deux années et demie, vers le début du long règne de François Mitterrand, il avait été, très officiellement, le mari de Marina. Et, très officiellement aussi, il était le père d'Isabelle.

Il embrassait Marina. Il embrassait sa fille. Je crois qu'il était fier d'elles, et il avait raison. Peut-être aussi, Dieu me pardonne, était-il assez fier d'être entré dans notre groupe. Fût-ce pour un temps limité et pour ainsi dire par raccroc. L'histoire de Gérard et de Marina était étroitement liée à l'histoire de Romain et à la mienne — et elle leur était très étrangère. Marina, à Paris, voyait souvent Gérard et elle continuait à partir pour les Pouilles et pour les Cyclades avec Romain et moi qui nous moquions de lui. Gérard était insupportable, et il était très beau. Romain et moi l'avions pris pour tête de Turc parce qu'il était insupportable. Et peut-être aussi, Dieu me pardonne encore, parce qu'il était très beau. Il nous irritait beaucoup. Pour de bonnes raisons. Et aussi pour de mauvaises. Il n'était pas tout à fait exclu que Marina eût décidé de l'épouser pour se venger de Romain — et accessoirement de moi — comme elle avait décidé de coucher avec moi pour se venger de Romain et d'aimer Romain pour se venger de sa mère.

« Mon chéri, me disait Marina, veux-tu que nous déjeunions ou que nous dînions ensemble, un de ces soirs, toi et moi, avec Isabelle et son père, pour parler encore un peu de Romain ? »

Nous allions sortir du cimetière où Romain reposait

pour cette éternité à laquelle il ne croyait pas. Les choses se brouillaient dans ma tête. J'hésitai un instant. Je poussai une sorte de soupir.

« Je ne sais pas, lui répondis-je. Pardonne-moi. Je ne suis pas sûr. Il faut que nous nous ressaisissions tous. Peut-être devrions-nous chacun rester un peu seul avec nos souvenirs. »

Nous étions de nouveau en Méditerranée orientale, de retour une fois de plus dans ce bout du monde dont j'avais tant rêvé. Nous arrivions de Kekova sur un bateau déglingué où rien ne fonctionnait plus et qui ne rappelait que de très loin notre Swann éblouissant de naguère. Nous avions passé quatre jours parmi les tombes lyciennes qui surgissent de la mer au pied des ruines d'un château byzantin. Paradis des navigateurs, la baie de Fethiye, plus au nord, est une suite ininterrompue de criques plus ravissantes les unes que les autres et où la forêt tombe dans la mer. Nous avions fini par en connaître tous les recoins, tous les arbres où nous amarrer, tous les mouillages où il faisait bon nous arrêter pour voir le soleil se lever avant de nous jeter dans une eau transparente. Kekova est plus mystérieuse. C'est une mer intérieure semée de petites îles et presque entièrement fermée par une longue île parallèle à la côte où s'élève le château. La nuit, sous la lune, le spectacle de Kekova est d'une grandeur et d'un charme incomparables. Les fameux Peuples de la mer qui, avec les Hyksos et les Hittites, constituèrent une des menaces les plus sérieuses pour l'Égypte des pharaons venaient peut-être de cette côte si belle, encore presque déserte à l'époque où nous la fréquentions et aujourd'hui surpeuplée, qui s'étend d'Éphèse, de Smyrne, de Bodrum — l'ancienne Halicarnasse — jusqu'à Fethiye et à Kekova. C'est sur cette côte que sont nées la géométrie et la philosophie. C'est sur cette côte qu'ont été élevés, du mausolée d'Halicarnasse au temple de Diane ou à la bibliothèque de Celsus à Éphèse, quelques-uns des monuments les plus impressionnants de l'histoire des hommes. Les Grecs, les Perses, les Romains, les Byzantins, les Arabes, les Turcs Ottomans se sont succédé et se sont massacrés dans ces paysages enchanteurs. La culture, je dois le dire, était le cadet de nos soucis. Nous cherchions surtout, parmi les ruines sans âge, des criques bien closes où nous baigner au pied des hautes falaises, le long des oliviers et des pins maritimes qui descendaient jusqu'au rivage.

Après avoir quitté Kekova, nous étions remontés vers le petit port charmant de Kas où Romain et moi avions pillé les boutiques pour couvrir mère et fille de bijoux bon marché. De Kas, nous avions gagné l'île de Castellorizo dont la silhouette se découpait sur la mer.

Le bateau entre dans la rade de Castellorizo : le rideau se lève sur une scène de théâtre. Serrées en arc de cercle, parmi, d'un côté, les nobles maisons de pierre couleur de miel, très strictes, de l'autre la chapelle et la capitainerie toutes blanches sur la mer très bleue, les maisons du vieux port forment un mince décor régulier où se mêlent, du bleu au rouge en passant par le vert et le jaune, toutes les couleurs de l'arc-en-ciel. Au début du siècle dernier, Castellorizo était une ville de quelque vingt mille habitants. Chassée par la guerre et la misère, la population presque entière est partie pour ailleurs — et surtout pour l'Australie. Reste, sous le soleil de feu, un décor fantôme, d'une gaieté oppressante, où errent quelques pêcheurs qui réparent leurs filets, des femmes qui lavent leur linge et des enfants en train de jouer. C'est là, sous une treille, à côté d'une table occupée par un pope crasseux et une fille en jeans d'une beauté à couper le souffle, que Marina nous annonça que Gérard lui avait demandé de l'épouser.

C'était une surprise pour nous tous. Pour elle aussi, peut-être. Et peut-être pour Gérard dont nous nous demandions, devant notre ouzo et notre vin résiné, quelle mouche d'audace l'avait piqué. À notre surprise se mêlait un vague sentiment d'indignation : comment osait-il ? Le tout débouchait dans une stupeur : Marina ne semblait pas écarter avec toute la vigueur et l'ironie nécessaires une hypothèse aussi insensée.

« Il n'était même pas à Patmos », murmurai-je à mi-voix.

Nous nous mîmes tous à rire. Et Romain ajouta quelques mots qui n'étaient sans doute pas indispensables :

« Tu n'es pas heureuse avec nous ? »

Oui, j'aimais beaucoup Romain, et Marina, bien sûr, l'aimait encore beaucoup plus que je ne l'avais jamais aimé. Mais, non, elle n'était pas heureuse. Ou, du moins, elle était moins heureuse que nous ne l'imaginions — et qu'elle ne l'imaginait. Devant les maisons de toutes les couleurs qui faisaient de Castellorizo un des endroits les plus beaux et les plus étranges de cette planète, elle éclata en sanglots.

« Mais que se passe-t-il ? » dit Romain.

Margault prit sa fille par les épaules et la serra contre elle.

« J'attends un enfant », murmura Marina.

Je regardai Romain.

« À notre époque !... » me souffla-t-il.

Gérard partait. Il était venu à moto. Il repartait à moto. D'une certaine façon, je l'enviais. Il avait été le mari d'une femme qui, les êtres sont si étranges, n'avait jamais voulu m'épouser. Le mariage de Gérard et de Marina a longtemps peuplé mes cauchemars. Il me fallait faire un effort, maintenant, pour me souvenir de ce qui m'avait tant tourmenté. De Symi, de Fethiye, de Kekova, de Castellorizo, de la taverne Alexis à Rhodes, de la taverne Léonidas à Vouliagmeni, aux portes d'Athènes, des vignobles du Chianti, de l'arrivée à Venise, je n'avais rien oublié. Il fallait bien survivre : les sombres images de la cérémonie s'étaient effacées de ma mémoire.

J'étais le témoin de Marina. Romain était le témoin de Gérard. Je crois me rappeler que Marina avait imposé ses choix à son mari. Et même à Romain, d'une sérénité implacable, et à moi. Gérard était fou de sa femme, et je pouvais le comprendre. Elle faisait de lui ce qu'elle voulait. Elle le traînait derrière elle à la façon d'un vaincu et elle le ramassait avec ses affaires au moment de partir. Un beau jour, assez vite, elle partit sans le ramasser.

Il mettait son casque, il faisait tourner son moteur. Isabelle s'installait derrière lui. Elle était sa fille, après tout : c'était encore l'époque où les enfants portaient le nom de leur père et elle portait son nom. Elle se tournait vers moi, elle criait :

« Au revoir, oncle Jean. »

Elle m'appelait oncle Jean.

Je lui disais :

« Au revoir, Isabelle. »

Elle se penchait un peu vers moi et elle me disait :

« Vous m'emmènerez en Italie ? »

Je me mettais à rire. Je lui disais :

« Doucement. Un peu de calme. Je suis sûr que tu trouveras mieux. »

Ils s'en allaient, tous les deux. Son père lui avait mis un casque sur la tête et elle le tenait par la taille. Nous levions la main. Elle souriait dans le vent. Cazotte et Dalla Porta, qui étaient allés se promener ensemble, sous le soleil reparu, dans les allées du cimetière, nous rejoignaient pour saluer, avant de partir, la reine Margault et sa fille. Nous regardions tous ensemble, comme si c'était la nef de Tristan et Yseult ou le bateau du grand Virgile, s'éloigner la moto qui portait Isabelle.

« Je me demande, murmurai-je, ce qu'elle va devenir. »

Ce qu'elle allait devenir ? Mais la même chose, bien sûr. Mais autre chose, évidemment. Le monde bougeait. L'histoire marchait. L'avenir allait verser dans des outres nouvelles, dont nous n'avions aucune idée, le vin ancien des sentiments, des passions, des espérances de toujours. Sa nouveauté ferait d'abord horreur à nos vieilles habitudes et à l'image que nous nous faisions d'un monde immuable et à jamais immobile. Et puis, ce qui était si jeune et si neuf vieillirait à son tour et un autre avenir, à son tour, remplirait de stupeur nos successeurs accablés.

Plus Dupond et Dupont que jamais, Cazotte et Dalla Porta poursuivaient leur discussion sur ce que la science et la technique allaient nous apporter dans les trente années devant nous. Ils proféraient des pauvretés avec intelligence. Des progrès inouïs, bien sûr. Des catastrophes, évidemment. Ce qu'il y avait de bien dans le nouveau qui s'avançait masqué, c'était qu'il ne ressemblait jamais à rien de ce que nous connaissions déjà, à rien de ce que nous étions capables d'imaginer et même de concevoir. Il n'y avait qu'une chose de certaine : nous allions, une fois de plus, comme toujours, nous adapter sans trop de peine à l'inimaginable et à l'inconcevable. Dans la douleur, peut-être, dans l'émerveillement, dans l'effroi, dans l'impatience de l'avenir et dans sa crainte en même temps. Et tout ce qui nous paraissait aujourd'hui, autour de nous, si évident, si assuré, si impossible à ébranler sans mettre fin d'un coup à la fragilité du monde serait frappé de vieillissement, d'aveuglement incurable et d'absurdité. Nous n'avions pas fini d'avoir peur, nous n'avions pas fini d'être heureux.

Nous étions le dernier carré : Margault et sa fille, Béchir, Dalla Porta, Cazotte, André Schweitzer et moi. Nous restions immobiles, ne voulant pas nous quitter, ne sachant plus quoi nous dire.

« Il faut rentrer chez vous, maintenant, dit Schweitzer à Margault.

— Oui, dit Margault, partons. »

Comme nous étions partis ! Peut-être ces départs

n'étaient-ils rien d'autre que la forme moderne de l'éternelle inquiétude. Nous partions parce qu'il nous était impossible de rester seuls en face de nous. Nous partions parce que nous avions peur. Peur de nous-mêmes, d'abord. Peur de la vie aussi, et du monde autour de nous. Nous nous jetions dans le monde parce que nous avions peur de lui.

André Schweitzer soutenait la reine Margault en la prenant par le bras. Cazotte et Dalla Porta entouraient Marina. Un instant, je fermai les yeux. Aux portes du cimetière où reposait Romain, le temps était encore aboli. Il flottait, épars, autour des dates inscrites sur les dalles du cimetière et dans les cœurs des vivants penchés sur leur passé. Nous allions passer les grilles : le temps nous reprendrait.

Qu'avais-je fait ? J'avais vécu. Bien ou mal, n'importe. J'avais passé sur cette terre où tout ce qu'il était permis de connaître, les hommes, les femmes, les sentiments, les idées, la couleur des nuages, les souvenirs de l'enfance, l'espérance de l'avenir, avait passé aussi. Et Romain aussi était passé sur cette terre. Il n'était pas mort parce qu'il était malade ou parce qu'il en avait assez : il était mort parce qu'il était vivant. Les vivants sont faits pour mourir. La mort fait partie de la vie. Chacun ne vit que pour mourir. Il était inutile de pleurer sur la mort puisqu'elle était nécessaire. Mais il était permis de regretter les vivants : Romain, avant de mourir, avait vécu mieux que personne. Il avait rendu ses couleurs à une vie souvent pâlotte. Il avait réenchanté un monde désenchanté. C'était pour cette raison que nous étions venus si nombreux et que nous étions si tristes.

Les images de Romain se confondaient en moi. Venues de tant de bords différents, elles n'en faisaient plus qu'une seule. Il n'était plus ni vieux ni jeune. Il prenait tout à coup son visage d'éternité. Ce que j'avais vu de mes yeux et entendu de sa bouche se mêlait à ce que les uns ou les autres m'avaient raconté de lui. Tout n'était pas glorieux, tout n'était pas plaisant. Beaucoup, sans doute, avaient le droit de le juger avec sévérité. Moi-même, je l'avais souvent condamné et je l'avais détesté. Il avait donné à sa vie, et à la nôtre, une saveur inimitable.

Je le revoyais sur la neige, sur un bateau, dans une de ces voitures qu'il conduisait très vite et avec beaucoup de sûreté, à la terrasse d'un café où il buvait sec en fumant un cigare qu'il jetait assez vite, dans un de ces paysages insignifiants qu'il transformait aussitôt à force d'énergie et de gaieté. Il était passé maître dans l'art d'épuiser les possibles et de se servir de la vie. Il savait très bien ne rien faire et rester dans sa chambre. Nous nous étions beaucoup amusés avec lui dans une maison minuscule et sans le moindre intérêt coupée du monde par la neige. Il n'était prisonnier d'aucune règle ni d'aucune chapelle. Il aurait pu être stoïcien, bouddhiste, épicurien, taoïste. Il assumait à merveille ses innombrables contradictions. Il ne croyait presque à rien et il était juif et chrétien. Les explications l'ennuyaient. Il était à chaque instant plein de cynisme et d'enthousiasme. Il aimait un monde dont il se moquait.

« Il s'est tué, n'est-ce pas ? me souffla André Schweitzer en me prenant à part.

— Oh ! lui dis-je, je crois plutôt qu'il a cessé de vouloir vivre. »

Loin des euphémismes de notre époque, Romain, avec le temps, était devenu un vieillard. C'était la plus banale et la plus étonnante des aventures : un jeune homme plein de feu s'était changé en vieillard qui avait tiré de sa vie tout ce qu'elle pouvait lui offrir. Deux ou trois fois, il m'avait dit en riant :

« C'était très bien. »

Et cet usage de l'imparfait qui ne lui était pas familier avait résonné en moi comme un signal d'alerte : il n'avait pas l'habitude de regarder vers le passé.

Il n'était pas impossible que des détails minuscules l'eussent éloigné de ce monde qu'il avait tant aimé. Il m'avait confié avec une espèce de gêne, presque de honte, qu'il avait vu un médecin qui lui avait recommandé de ne pas monter trois fois par jour de quatre cents à trois mille mètres, de ne pas plonger sous la mer pour un oui ou pour un non sous prétexte d'oursins, de corail ou d'épaves. Il y avait plus sérieux. Il avait feuilleté un roman qui venait de faire grand bruit et qui lui avait beaucoup déplu. Comme je lui assurais, pour une fois, que le livre n'était pas sans talent et qu'il montrait peut-être vers quoi nous nous dirigions tous, il m'avait murmuré :

« Alors, c'est que je vieillis. »

Je m'étais récrié. Il m'avait dit :

« En politique, en art, dans la vie de chaque jour, les échecs n'ont aucune importance. Ce qui est plus embêtant, c'est quand tu as le sentiment que les choses s'organisent autrement, qu'elles se brouillent autour de toi et que tu ne parviens même plus à comprendre ce qui se passe. Tu as l'impression d'être expulsé du monde par la marche de l'histoire. »

Je m'étais mis à rire.

« Il y a des jours comme ça.

— Ou des années.

— C'est un problème de foie.

— Ou de foi. Il y a un moment où l'envie te prend de laisser les choses et les gens se débrouiller tout seuls. C'est ce qu'ont dû ressentir les hommes de Neandertal submergés par ceux de Cro-Magnon, les Aztèques ou les Incas exterminés par les Espagnols, les Romains de la décadence sous la pression des Barbares, les Byzantins à l'époque de la chute de Constantinople, les derniers féodaux, les derniers salons où se retrouvaient des personnages qui s'habillaient pour causer dans une langue immobile, les derniers allumés de la chasse à courre que j'ai encore connus avec leurs bombes, leurs trompes, leurs rites de mort très gais, leurs habits rouges ou bleus, le dernier réduit des partisans de Staline ou de Hitler qui n'étaient pas ma tasse de thé. J'ai toujours pensé que le monde ne cessait de commencer. Peut-être aussi que, de temps en temps, anxieux de se renouveler, il se met à finir.

— Je croyais que tu faisais profession de te moquer des vicissitudes de l'histoire ?...

— Je m'en fiche pas mal. Mais il arrive à l'air de se raréfier. »

L'air qui commençait à manquer à Romain était une nouveauté. Il y avait eu aussi l'histoire de la chronique de Gérard. C'était une affaire si insignifiante que je l'avais presque oubliée. Dans *L'Express* ou *Le Point*, ou peut-être *Le Nouvel Observateur*, je ne savais plus, Gérard avait entrepris une sorte de typologie contemporaine : une série de croquis anonymes et transparents où apparaissaient successivement une femme politique — tout le monde avait reconnu Martine Aubry —, un chef d'entreprise — Messier —, une syndicaliste — Nicole Notat —, un chanteur, une sportive, un écrivain, un militaire, un grand bourgeois, un retraité... C'était du Gérard tout craché : brillant, fabriqué, spirituel, inutile. Tout ce que détestait Romain. Sous le titre « Le Séducteur », il avait esquissé un portrait plutôt déplaisant de Romain lui-même en héros jouisseur et fatigué.

« Je t'apporte quelque chose qui va te faire rire », avais-je annoncé à Romain, l'article de Gérard sous le bras.

Pas du tout. Romain, dont ce n'était pas l'habitude, et peut-être simplement parce que Gérard l'irritait par nature et par vocation, avait marqué le coup. Il l'avait marqué d'autant plus qu'une très jeune fille, que je n'avais jamais rencontrée et dont j'ignorais jusqu'au prénom et à la couleur des cheveux, était entrée dans sa vie. Il n'était pas impossible qu'elle eût fait partie de la foule qui s'était pressée au cimetière, mais je ne disposais pas du moindre indice pour la reconnaître parmi les jeunes femmes assez nombreuses qui avaient défilé devant la tombe. Romain m'avait seulement confié que, pour la première fois, plus qu'avec Margault, plus qu'avec Molly ou Tamara, plus, évidemment, qu'avec Marina qui était, pour lui, je le crains, comme une espèce de bonne œuvre à laquelle le bienfaiteur finit par s'attacher, il avait enfin le sentiment, délicieux et troublant, de voir sa propre vie glisser au second plan. Ce sont de ces choses que les hommes passent pour dire aux femmes qui les occupent. Je croirais volontiers qu'ils se les disent aussi à eux-mêmes. S'ils mentent — c'est bien possible — à l'objet de leur désir, ils se mentent aussi à eux-mêmes.

Je n'en savais pas plus. Ni si cette passion était vraiment un amour, ni si elle était heureuse ou malheureuse, ni si elle avait duré plus que l'espace de quelques soirs. J'en étais venu à me dire que le plus grave pour Romain, tel que je le connaissais, si prompt à s'écarter de ce qui ne lui convenait pas, de ce qui ne se précipitait pas aussitôt dans son sens, était un amour heureux et durable qui aurait peut-être été, par un paradoxe un peu cruel, le premier effet et le premier signe de son âge.

« Personne ne se tue, disais-je à André Schweitzer, à cause de quelques lignes irritantes ou en raison de la marche d'une histoire collective qui ne vous concerne pas personnellement. Ni même pour une aventure de plus ou de moins après une longue lignée de passions. Surtout quand vous êtes, comme Romain, un modèle d'équilibre et, nous le savons bien, vous et moi, d'indifférence profonde. Personne ne se tue par agacement.

— Et par excès de bonheur ? » dit André.

J'hésitai un instant.

« Ah ! lui dis-je. Évidemment… »

Les autres rappliquaient autour de Margault et de sa fille.

« Mais que s'est-il passé, demandai-je très vite, pour que se pose même la question ?

— Oh ! me souffla André Schweitzer, presque rien. Deux trucs qu'on ne prend plus et trois autres qu'on absorbe, consciemment ou inconsciemment. Presque rien, vraiment. Un hasard, peut-être. Une imprudence. Une coïncidence fâcheuse. Même pas de quoi s'interroger. Subsiste l'ombre d'un doute. Toute mort est un mystère parce que toute vie est un mystère.

— Il aimait la vie.

— Il l'aimait tant qu'il aurait eu horreur de la voir s'affadir. Il devenait vieux, vous savez. Il régnait sur lui-même, et accessoirement sur les autres et sur le monde autour de lui, avec moins de sûreté et d'éclat. Il rentrait dans le lot commun qu'il avait fui si longtemps avec obstination. La naissance est le lieu de l'inégalité. L'égalité prend sa revanche avec l'approche de la mort. Il devait commencer, comme on dit, à sentir le poids des années. L'avenir se faisait moins vif et le passé, plus insistant. Comme Margault d'ailleurs, il était de ceux qui supportent assez mal que la vie et leur corps ne tournent plus à plein régime. Ce qui les faisait vivre…

— Oui, je sais, lui dis-je, c'était l'amour de la vie. »

Je le voyais triomphant sur le pont d'un bateau, dans la rue bordée de boutiques qui monte tout droit du port de Kas vers un tombeau lycien, assis sur les marches d'un des escaliers de la place de Todi, au pied du Cervin que nous contemplions avec bonheur, debout sur nos skis, appuyés sur nos bâtons, jetant un regard en arrière après l'avoir dévalé, dans un bistrot des Halles ou de Saint-Germain-des-Prés, devant la masse octogonale de Castel del Monte ou dans les vignes du Chianti, à l'ombre des gratte-ciel de la Cinquième Avenue aux côtés de Meg Ephtimiou. Il était vivant. Il était mort.

Margault Van Gulip me faisait signe de m'approcher. Comme elle avait été belle ! Je me la rappelais à Patmos, sur le chemin le long de la mer où je m'étais agenouillé à ses pieds. Il ne restait de sa beauté que l'ombre d'un souvenir. La vie était un songe dont personne ne savait s'il s'achevait sur un réveil.

« Oh ! mon petit Jean ! Il faudra venir me voir.

— Je vous le promets, lui dis-je.

— Nous parlerons », me dit-elle.

Nous parlerions. De sa vie, de ses amours, du passé, de Romain. Il y a deux bonheurs dans la vie. Le premier est la vie. Le second, déjà moins fort, plus subtil peut-être mais moins fort, est le souvenir mélancolique du bonheur de la vie. Il y a des gens pour penser que la vie n'a pas d'autre but que d'aboutir à un livre ou à une œuvre d'art. Pas d'autre but que le récit, la transfiguration, le rêve. Nous aurions pu indéfiniment nous raconter le passé et le transformer à notre gré. Aurions-nous pu faire autre chose que ce que nous avions fait ? Romain aurait-il pu épouser la reine Margault ? Aurais-je pu, de mon côté, épouser Marina ? Aurions-nous pu, lui et moi, être tout à fait différents de ce que nous avions été ? Notre existence à chacun est un rêve chaotique dont la nécessité naît du hasard.

Romain se serait moqué de ces ruminations inutiles. Il était ce qu'il était. Il ne laissait pas le moindre espace où glisser un regret, un remords, un regard en arrière. Il ne cessait jamais de coïncider avec lui-même. Sa bonne santé s'opposait à ces rêves d'animal malade qui nourrissent toute littérature et toute métaphysique. Je l'entendais d'ici :

« Quand vous aurez fini vos exercices spirituels et d'enculer vos mouches, nous pourrions aller nager. »

Il détestait ces interrogations sur le passé et l'avenir où je me complaisais. À tort ou à raison, il était convaincu que le passé était mort, qu'il ne nous apprenait rien, qu'il était absurde de s'en occuper et que l'avenir démentait toujours ce qu'on pouvait en attendre. Rien ne l'irritait autant que les débats sur l'avenir de l'univers et de l'homme, sur la fin du roman, sur le réchauffement de la planète, sur l'apparition d'êtres nouveaux, surgis d'ailleurs ou du génie des savants et des *ingénieurs*, sur le monde virtuel qui allait succéder au monde réel où il vivait.

« Oui, bien sûr, il va y avoir autre chose. Mais nous ignorons quoi. Nos descendants, dans mille ans, riront de nos prédictions. Nous ne savons pas bien d'où nous venons, nous ne savons pas du tout où nous allons. Il n'y a qu'à laisser faire ce que nous ne pouvons pas empêcher. Les remèdes, le plus souvent, sont plutôt pires que le mal. La seule éternité qui vaille est celle de l'instant présent. Et ce que je préfère chez lui, c'est qu'il ne dure pas trop longtemps. »

La tentation m'était venue plus d'une fois d'écrire quelque chose sur Romain. Un soir, sur la terrasse derrière le Capitole d'où la vue s'étend sur le Forum, sur la Curie où Jules César avait été poignardé par Brutus et sa bande, sur les colonnes des temples détruits et les arcs de triomphe en ruine de la Rome impériale — c'était à cet endroit précis qu'une procession de moines à travers les décombres avait fait naître chez Gibbon la première idée de *Decline and Fall of the Roman Empire* —, je lui avais parlé de ce projet qui me trottait vaguement par la tête. Mon ambition était plus mince que celle de l'historien anglais. Elle parut pourtant exagérée à Romain. Il m'avait regardé d'un drôle d'air et puis, à ma stupeur, il m'avait débité des vers que je ne connaissais pas :

Il est temps que je m'ébatte
Et que j'aille aux champs jouer.
Bons dieux ! qui voudrait louer
Ceux qui, collés sur un livre,
N'ont jamais souci de vivre !

Que nous sert l'étudier
Sinon de nous ennuyer ?
Corydon, marche devant,
Sache où le bon vin se vend,
Fais refroidir la bouteille,
Cherche une feuilleuse treille
Et des fleurs pour me coucher.

Versons ces roses en ce vin,
En ce bon vin versons ces roses
Et buvons l'un à l'autre afin
Qu'au cœur nos tristesses encloses
Prennent en buvant quelque fin.

« Qu'est-ce que c'est que ça ? lui dis-je, un peu éberlué.

— Ronsard, me dit-il. Arrête tes conneries. Les livres sont devenus si nombreux que leur temps est fini. Rimbaud, Valéry, André Gide, ils ont tous jeté leurs livres — et même parfois, tu te rends compte ? ceux qu'ils avaient écrits eux-mêmes.

— Ah ! m'écriai-je. Quelle époque !

— Roulez, torrents de l'inutilité… Allons boire quelque chose. »

Il m'étonnait toujours. Il ne croyait à rien, il se moquait de tout et il savait plus de choses que je ne pensais.

Un autre soir, souvenir, souvenir, que me veux-tu ?… au coucher du soleil, sur le pont d'un bateau qui nous emmenait tous les quatre — Margault, sa fille, Romain et moi — à travers les Cyclades, je l'avais entendu murmurer quelques mots. Je lui demandai ce qu'il marmonnait.

« Presque rien, me répondit-il.

— Il me semble… lui dis-je.

— Une chanson », me dit-il.

Si tu veux, faisons un rêve.
Montons sur deux palefrois,
Tu m'emmènes, je t'enlève.
L'oiseau chante dans les bois.

Je suis ton maître et ta proie.
Partons ! C'est la fin du jour.
Mon cheval sera la joie,
Ton cheval sera l'amour.

Viens ! sois tendre, je suis ivre.
Oh ! les verts taillis mouillés !
Ton souffle te fera suivre
Des papillons réveillés.

Allons-nous-en par l'Autriche.
Nous aurons l'aube à nos fronts.
Je serai grand et toi riche
Puisque nous nous aimerons.

Tu seras dame et moi comte,
Viens ! mon cœur s'épanouit,
Viens ! nous conterons ce conte
Aux étoiles de la nuit.

« Eviradnus ! m'écriai-je.

— Bravo ! me dit-il. Tu pourras revenir la semaine prochaine. »

Nous distinguions, au loin, la masse sombre de Santorin. La vie avec ce cynique d'un égoïsme monstrueux et qui faisait profession de dédaigner les livres était très poétique.

Margault Van Gulip embrassait sa fille sous les yeux attendris de Cazotte et de Dalla Porta.

« On ne lui aurait pas donné le bon Dieu sans confession, grogna André Schweitzer comme s'il lisait dans mes pensées.

— Ah ! ça, non ! Et pourtant…

— Et pourtant, nous l'aimions. »

Je levai les bras au ciel.

« Oui, lui dis-je, nous l'aimions.

— Ah ! me dit-il. Il n'y a de chance que pour les voyous.

— Voyou est peut-être un peu fort ? Vous ne croyez pas ?

— Il avait tout le charme des mauvais garçons, me dit-il. Et… »

Et les larmes lui vinrent aux yeux.

Je lui posai la main sur l'épaule.

« Que Dieu l'accueille dans sa paix, murmura-t-il, et dans sa miséricorde. »

J'entendais le rire de Romain.

« Amen », bredouillai-je.

André Schweitzer était un grand chrétien.

« Voulez-vous, lui demandai-je, que nous rentrions ensemble ? »

Il était venu avec Béchir. Les choses, pour le retour, s'arrangeaient autrement. Béchir ramenait Marina et la reine Margault. J'avais proposé à Cazotte et à Dalla Porta de les déposer sur leur chemin. Il y avait de la place pour André. Béchir venait vers moi.

« Je m'occupe de Mme Meg et de sa fille, me dit-il.

— C'est très bien, lui dis-je. Je crois que tout le monde s'est débrouillé pour rentrer. Voyons… Mme Poliakov avait sa voiture. Les Zwinguely sont partis avec l'ambassadeur. La Grande Banlieue et Victor Laszlo sont montés dans le minibus que tu as eu la bonne idée de faire venir. Le grand chancelier a soulevé la coiffeuse dans sa voiture à cocarde. Isabelle, qui était venue avec sa mère, est partie avec son père…

— Grand bien lui fasse, grogna Béchir.

— Un peu de charité, lui dis-je. Ce n'est pas le moment de râler. Gérard est un gentil garçon. Et, physiquement, il est plutôt mieux que nous tous.

— Oui, dit Béchir, j'aimerais mieux être lui que d'être obligé de le voir. »

Je ne pus m'empêcher de rire.

« On dirait du Romain. Maintenant qu'il n'est plus là, tu ne vas pas te mettre à l'imiter ?

— Oh ! non, monsieur, me dit-il. Je n'oserais pas. »

Je lui serrai la main.

« Il t'aimait beaucoup.

— Oui, monsieur », me dit-il.

Et il se détourna.

Je menais à leur voiture les deux dames appuyées l'une sur l'autre. Béchir, très droit, tenait la portière. Margault Van Gulip m'enveloppa dans ses bras en bredouillant quelque chose où traînait encore le nom de Patmos. J'embrassai Marina.

« À bientôt », me dit-elle.

Je m'inclinai. La voiture démarra. Le monde était imprévisible et il était très comique : conduites par un vétéran de la Wehrmacht et de la division Charlemagne qui avait été, dans les derniers cercles de l'enfer, un des compagnons les plus proches de Hitler, l'ancienne maîtresse de Lucky Luciano sous le nom de Meg Ephtimiou et sa fille Marina qui m'avait tant occupé pendant de si longues années pleuraient dans les bras l'une de l'autre le seul homme qu'elles eussent jamais aimé : un héros de l'Union soviétique, un personnage sans foi ni loi, un séducteur réactionnaire qui les avait croisées toutes les deux, un beau matin de printemps, à New York, au lendemain de la guerre, dans le hall d'entrée du Metropolitan.

Les ombres se levaient dans le jardin des morts. Il y avait les chars de l'armée allemande entre les plaines d'Ukraine écrasées de soleil et les ruines de Stalingrad sous la neige de l'hiver. Il y avait la Mafia, des collines de Sicile aux gratte-ciel de New York et de Chicago. Il y avait un maréchal soviétique en route pour la Bretagne, la poitrine barrée de médailles : c'était Joukov. Il y avait Tamara et Molly dont personne, sauf moi et peut-être quelques vieillards au fond de la campagne anglaise ou dans une isba de bois, ne connaissait plus les noms et qui pleuraient en silence dans leur coin.

Tout le passé du monde nous tombait sur les épaules. Romain avait rejoint une compagnie autrement plus nombreuse que la terre des vivants : celle des morts pour l'éternité. Il avait retrouvé Molly, tuée par une bombe au milieu des enfants, et les victimes de Stalingrad et les disparus de Normandie-Niémen et le consul général de France à New York qui l'avait invité au Pavillon, mais aussi les quatre-vingts milliards d'êtres humains qui étaient passés sur cette planète. Beaucoup soutiennent que nos destins sont liés à la configuration des astres au moment de notre naissance. Il est plus vraisemblable — Victor Laszlo était un pitre, mais il avait raison — qu'ils sont liés surtout aux événements de l'histoire. Les hommes de ma génération ne seraient pas les mêmes sans la double catastrophe des deux grandes guerres mondiales. Ils ne seraient pas les mêmes sans la crise de 29. Ils ne seraient pas les mêmes sans les cauchemars jumeaux de Staline et de Hitler. Les Français seraient-ils ce qu'ils sont sans l'effondrement de 40, sans l'affaire Dreyfus, sans la gloire et la chute de l'empereur Napoléon, sans la grande Révolution ? Les Anglais seraient-ils ce qu'ils sont sans l'empire des Indes et l'habeas corpus ? Les Allemands, sans Goebbels, sans Heine et sans Goethe, sans Hegel, sans Luther, sans les Hohenstaufen ? Les Noirs, sans l'horreur de la traite et de la déportation ? Les Juifs, sans Babylone, sans Titus, sans la destruction du temple de Jérusalem, sans l'Inquisition, sans la Shoah ? Et les Américains sans la guerre de Sécession et sans Christophe Colomb ? Serions-nous tous ce que nous sommes si une météorite tombée du ciel n'avait pas entraîné la destruction des dinosaures il y a soixante-cinq millions d'années ?

Romain avait tort : le passé pesait sur nous au moins autant que le présent. Nous étions d'abord ce que nous avions été. Et même ce que nous avions été sous les espèces des autres. Peut-être étions-nous aussi ce que nous avions envie de devenir quand nous serions déjà morts. Le passé et les morts nous commandent autant que le milieu où nous vivons aujourd'hui. Et l'image que nous nous faisons de notre avenir est plus décisive pour notre présent que notre présent lui-même. Nous ne sommes, dans le présent, que souvenir et projet.

Romain à peine disparu, voilà que je me mettais déjà à *le trahir*. Aux portes du cimetière où nous allions le laisser enseveli sous cette terre qu'il avait tant aimée, je me demandais, immobile et rêveur, ce qu'il aurait bien pu me répondre. Oh ! il m'aurait répondu. J'entendais son rire résonner entre les tombes et je sentais son bras me prendre par les épaules. Je le sentais de loin, je l'entendais en silence. Car il appartenait désormais, lui aussi, à ces forces du passé auxquelles il ne croyait pas.

« Vous venez ? » me demandait André.

Cazotte et Dalla Porta attendaient auprès de lui.

« Allons-y », leur dis-je.

Et nous nous dirigeâmes tous les quatre vers ma voiture que j'avais laissée à deux pas du cimetière.

C'était une vieille Mercedes qui avait plus de vingt ans et qui avait couru sur toutes les routes d'Europe, jusqu'à la Turquie, à l'Afghanistan et aux Indes. Romain s'était souvent assis sur ses sièges qui commençaient à s'user. Nous marchions à pas lents, tous ensemble, avec un vague sentiment de culpabilité et de gêne parce que nous étions vivants et que Romain était mort, et tous les rêves de ce monde nous suivaient en cortège.

Le monde, qui était si beau, était une aventure où l'absurde le disputait au sublime. Chaque fois que les hommes mettaient l'accent sur l'absurde, il répondait par sa beauté. Et chaque fois qu'ils insistaient, à la façon de Romain, sur le bonheur d'y vivre et sur sa gaieté, il répliquait par la mort et par la souffrance. Nous avions beaucoup pleuré sur la mort de Romain qui aimait tant la vie.

« Voulez-vous que je conduise ? » me demandait André.

Je lui répondais :

« Oui, je veux bien. »

Je me sentais un peu éprouvé.

Dalla Porta et Cazotte s'installaient sur les sièges arrière. À peine assis aux côtés d'André Schweitzer, je glissai une cassette dans l'autoradio de la voiture. C'était une cantate de Bach. La BWV 147 : *Herz und Mund und Tat und Leben* — « Le cœur, la bouche, les actions et la vie ».

« Dieu… commença Schweitzer.

— Ah ! lui dis-je, on connaît ça : portrait du Tout-Puissant en débiteur de l'artiste… Ça faisait rire Romain. »

Nous roulions vers Paris sur une route qui traversait la banlieue.

« Je me demande, dit André, s'il nous voit et nous entend ?

— Oh ! voyons ! dit Dalla Porta. C'est une question qu'il n'aurait pas posée.

— Je sais bien, dit André, mais elle se pose tout de même. »

Nous écoutions les airs de Bach, si beaux, si consolants, porteurs de grandeur et de paix, toujours un peu semblables à eux-mêmes dans leur savante simplicité, si facilement reconnaissables. J'aurais voulu les entendre sur la tombe de Romain. Maintenant que je n'étais plus sous le coup de son interdiction, je lui dédiais en esprit ce bonheur déchirant.

Le temps était changeant. Il faisait frais et beau. Le soleil perçait à travers les nuages. Nous étions dans un drôle d'état parce que nous étions vivants et guettés par la mort. Nous ne savions plus quoi dire : nous étions écrasés d'inconnu.

De grosses boules d'amour se formaient un peu partout. Dans nos gorges, dans nos cœurs, dans les jardins publics et sur les terrains vagues entre les grands immeubles. Tout était balayé par une vague de mystère.

« Vous devriez, me dit Cazotte derrière moi en me mettant la main sur l'épaule, écrire quelque chose sur notre ami. »

Je restai un instant silencieux. Je me souvenais de la conversation avec vue sur le Forum et de ce que Romain pensait des livres.

« Je ne suis pas sûr, répondis-je, que cette idée l'eût enchanté. Il n'aimait pas tellement les livres. Il trouvait qu'il y en avait trop.

— Il n'avait pas tort, dit Dalla Porta.

— Le Quémenec m'a raconté qu'il en recevait cinq ou six tous les jours. Et une bonne vingtaine les jours de pointe, en haute saison — au printemps ou à la rentrée d'automne où ils tombent en masse, comme des feuilles mortes. Il a fait une étude sur leur emballage. Il prétend que les plus mauvais sont les mieux protégés et les plus difficiles à extraire de leur enveloppe couverte de papier collant. Il a fini par les prendre en grippe et par les jeter à pleins tombereaux. Faut-il mêler Romain, malgré lui, à ce cirque ?

— Ce qu'il préférait, dit André, c'était le silence. »

Nous nous tûmes tous les quatre. C'était vrai : il n'aimait *pas le bruit*, les cris, les paroles. Il détestait les gloses et les commentaires, si caractéristiques de notre temps. Il se taisait beaucoup.

« Il se tait pour toujours, dit Cazotte. J'imagine que les anges ne bavardent pas beaucoup.

— Moins que nous, en tout cas.
— Mon Dieu ! là-bas, au moins, c'est le silence.
— De la musique, peut-être ? dit André. La musique des anges. La musique des sphères. Le grand concert des mondes. Il aimait la musique.
— N'y a-t-il pas quelque chose, demandai-je, comme une rumeur de l'univers ?
— Bien sûr, dit Dalla Porta. Il y a une rumeur fossile qui nous vient du big bang. L'univers est un spectacle et il est un murmure.
— La question, dit André Schweitzer, n'est pas tant de savoir si l'âme est immortelle ni si nous survivons à titre personnel. Que nous vivions après la mort comme nous vivions dans la vie est hautement improbable. La question est de savoir s'il y a un secret de l'univers et si, d'une façon ou d'une autre, nous sommes appelés à le connaître.
— Y a-t-il un secret ? demandai-je.
— Un secret ? dit Dalla Porta. Oui, bien sûr, il y a un secret. Il y a même une foule de secrets. La science n'est faite que d'énigmes que nous ne cessons de déchiffrer les uns après les autres et les unes après les autres.
— Un seul secret ? demandai-je. Un secret unique qui résumerait tous les autres ? »
Dalla Porta hésita un instant.
« Newton y croyait. Et Laplace. Et Einstein. Tous les génies de la science ont cru que le monde était simple. Très difficile et très simple. Très complexe et très simple. Ils ont cru que le monde était élégant, qu'il était le modèle de toute harmonie, qu'il ne s'en allait pas n'importe où, n'importe comment, à vau-l'eau et que Dieu, comme on dit pour faire vite et commode, ne jouait pas aux dés. À la fin de sa vie, Einstein cherchait avec désespoir la formule unique qui unifierait la théorie quantique de Planck, de Heisenberg, de Bohr et sa propre théorie de la relativité. L'unification des champs du savoir était devenue sa hantise.
— Une formule unique ?
— Oui, une formule unique.
— Mais, dans votre esprit, dit Cazotte, j'imagine que, contrairement à ce que semble penser André Schweitzer, la découverte du secret de l'univers est l'affaire des vivants plutôt que l'affaire des morts ? »
Pendant quelques instants, on n'entendit plus rien que la

cantate 147 qui tenait lieu de réponse à l'ensemble des questions qui n'étaient pas posées.

« Voilà le point, murmurai-je. Qui détient le secret ? Les vivants ou les morts ?

— C'est une question presque absurde, dit Dalla Porta. La réponse est trop claire. Les vivants existent. Les morts n'existent plus.

— Pas si sûr », dit André.

La musique de Bach. Les voitures autour de nous. Le soleil qui brillait dans un ciel dégagé. Nous arrivions à un carrefour.

« Je tourne à droite ? demanda Schweitzer.

— Non, dit Cazotte. Prenez à gauche, c'est plus court. Et puis, après, à droite.

— Ne croyez-vous pas, reprit Schweitzer, que Romain aujourd'hui, d'une façon ou d'une autre, en sait plus que les vivants ?

— Il n'y a plus de Romain, dit Dalla Porta.

— Peut-être s'est-il transformé ?

— Transformé ? Oui, bien sûr : il s'est changé en poussière. C'est d'ailleurs ce qu'il pensait. Vous le savez bien : il ne s'imaginait pas un instant qu'il resterait de lui quoi que ce soit. Il était persuadé qu'il disparaîtrait tout entier.

— Mais les vivants, demanda Cazotte, les vivants, vous croyez que les vivants, un jour, découvriront le secret ?

— Oui, je le crois », dit Dalla Porta.

Encore un silence. Nous étions dans notre voiture comme dans un monde protégé.

« C'est bien possible, lui dis-je. Et il faut le souhaiter. Mais ces hommes si malins, si savants, si dominateurs et si sûrs d'eux, ils finiront bien, un beau jour, comme les dinosaures et comme tout, par disparaître jusqu'au dernier ?

— Sans aucun doute, dit Dalla Porta. Les hommes ne sont pas là pour l'éternité. Ils passeront comme tout le reste. C'est écrit sur le mur.

— Alors, lui demandai-je, que deviendra le secret qui n'appartient qu'aux vivants ? Quand le Soleil ne sera plus là, quand la Terre sera morte, quand les hommes auront disparu, qui connaîtra le secret ? »

Nous entrions dans une agglomération. La circulation devenait plus dense. Il y avait du monde partout, des transports en commun, des panneaux aux carrefours, des affiches sur les murs, toutes les rumeurs de la vie moderne.

« Un ordinateur, peut-être ? murmura Cazotte.

— Je ne crois pas, dit André Schweitzer, que la clé de l'univers puisse jamais appartenir à un ordinateur.

— Bah ! dit Dalla Porta. Il y a des clés qui se perdent. Il peut y avoir des secrets qui disparaissent. Nous saurons tout de l'univers et nous sombrerons avec lui.

— *Ami, nous raisonnons de l'humaine tourmente*
Comme deux matelots qui reviennent au port...

— De qui est-ce ? demanda Cazotte.

— Je ne sais plus, répondis-je. C'est Romain qui me l'a appris :

... L'olive est au pressoir, le vin est dans la tonne,
Une rieuse enfant nous verse le muscat.
Un vent frais a cueilli la verveine et la menthe
Pour nous envelopper des charités du sort.
Ami, nous raisonnons de l'humaine tourmente
Comme deux matelots qui reviennent au port...

— Il nous manque, murmura Cazotte.

— Il se moquerait de nous, lui dis-je. Il nous enverrait nous faire foutre.

— Il n'est plus qu'un souvenir, dit Schweitzer. Mais je crois au souvenir plus qu'aux ordinateurs.

— Quand l'univers tout entier aura disparu à son tour et ne sera plus qu'un souvenir, qui se souviendra de l'univers ?

— La fin de l'univers est une hypothèse assez lointaine, dit Dalla Porta.

— Une hypothèse ? demandai-je.

— Une certitude, si vous y tenez. Mais lointaine. Très lointaine.

— Pourtant, expansion indéfinie et glaciale du big bang ou retournement torride en big crunch, ça se passera bien un jour ?

— Il semble que oui, dit Dalla Porta.

— Pensez-vous que tout, absolument tout — les hommes, la Terre, le monde et son histoire, la pensée, l'univers —, puisse sombrer et disparaître sans laisser aucune trace, à la façon d'un rêve qui n'aurait pas de rêveur ?

— Je n'en sais fichtre rien, répondit Dalla Porta.

— Ah ! vous qui savez presque tout, vous ne savez pas grand-chose.

— Un jour, nous saurons tout.

— Nous ne saurons jamais tout, dit Cazotte.

— Quand vous dites “nous”, demanda André Schweitzer, de qui parlez-vous ?

— Des hommes, dit Dalla Porta. Y a-t-il quelqu'un d'autre pour penser l'univers ? Vous ne croyez tout de même pas à un Dieu créateur portant la barbe, lançant la foudre, pesant le pour et le contre et décidant de notre sort ? Un jour, les hommes sauront tout d'eux-mêmes et de l'univers autour d'eux.

— Oui, dit Cazotte. Nous parlons des hommes. Ils ne sauront jamais rien du secret de l'univers. Ils en sauront de plus en plus sur ses mécanismes. Ils ne sauront jamais rien de sa signification. Ils sauront tout du “Comment ?”. Ils ne sauront jamais rien du “Pourquoi ?”. Les civilisations se sont succédé. Chacune a cru en savoir un peu plus que celles qui l'avaient précédée et s'approcher enfin de la dernière vérité. Et toutes…

— Et toutes avaient raison, coupa Dalla Porta. Elles constituent les étapes d'une marche vers la vérité à travers le progrès et ses vicissitudes. Les hommes ne cessent jamais d'en savoir un peu plus et un jour viendra où nous saurons tout sur tout.

— Je crois à la science autant que vous, dit André, mais elle finit toujours par poser plus de problèmes qu'elle n'en résout et elle n'épuisera jamais un univers qui est plus grand qu'elle et dont le secret est ailleurs.

— Ailleurs ? dit Dalla Porta.

— Oui, dit Schweitzer. Ailleurs.

— Il n'y a pas d'ailleurs. Il y a le savoir des hommes. La science ne sait pas encore tout, mais elle pourra tout savoir.

— Il y a autre chose que la vie, il y a autre chose que le monde. Il y a de l'esprit ailleurs que dans la pensée des hommes. Nous ne pouvons rien en savoir, nous ne pouvons pas en parler, mais nous sentons qu'il y a quelque chose au-delà de nous.

— Ce dont on ne peut pas parler, dit Dalla Porta, il faut le taire.

— Il y a un ailleurs. Je crois que Romain y est entré et que nous y entrerons tous.

— Il n'y a pas d'ailleurs, et nous n'irons nulle part.

— Eh bien, leur dis-je, il n'y a plus qu'à attendre. »

Nous nous mîmes à rire tous les quatre dans la voiture qui nous ramenait du cimetière où nous avions jeté des roses sur le corps de Romain.

Nous roulions. Tout le long du trajet, Romain était assis à côté de moi, ou alors derrière, entre Cazotte et Dalla Porta. Je me retournais pour lui parler. Je le voyais, je l'entendais. Sa voix. Son rire. Sa présence envahissante. Sa force de conviction. Tout ce qui avait tenu une si grande place dans notre vie. Peut-être était-ce son âme qui s'attachait à nous ? Mais non : c'était son souvenir. Ce souvenir aussi finirait par s'effacer. Il s'attardait encore.

Comme une prière qui s'élevait vers son absence à jamais, je récitais en moi-même les moments fugitifs et les lieux périssables que nous avions aimés. Une fois encore, une dernière fois, je nous voyais sur la mer, tous les deux, au large d'Amorgos ou de Folegandros, dans la baie de Fethiye, sous le château de Kekova, ne faisant rien du tout ou nous jetant à l'eau, heureux d'être vivants et heureux d'être libres. Je nous voyais à Rome, sur les marches de l'escalier de la Trinité-des-Monts envahi par les fleurs ou dans l'île Tibérine, à Bamiyan devant les deux Bouddhas que personne après nous ne contemplera plus jamais, dans les boutiques du Caire ou d'Ispahan où il achetait d'un œil sûr ce qu'il y avait de plus beau, dans les déserts de Gobi ou du Taklamakan, à la terrasse des cafés d'Urbino, de Bari ou de Palerme où nous lisions, fous de bonheur, les journaux de la région et où nous nous exercions à bredouiller l'italien avec des jeunes gens de rencontre et avec les marchandes de poisson, de melanzane ou de zucchini, dans les fauteuils défoncés de l'hôtel du South Eastern Railway à Puri, non loin de Bhubaneswar, sous les grands ventilateurs qui tournaient si lentement.

Ah ! bien sûr, nous n'avions pas épuisé le monde. Peut-être — peut-être… — y avait-il mieux à garder de ce monde évanoui ? D'autres faisaient l'histoire, se jetaient dans l'action, se battaient au Bangladesh ou en Afghanistan, recevaient le Nobel ou le Pulitzer, écrivaient des livres de génie, tournaient des films, soulevaient les foules, devenaient ministres de quelque chose après s'être fait élire quelque part. Nous nous contentions d'être heureux.

Romain m'avait passé le goût ardent du bonheur, si étranger à notre temps ravagé de désastres. La mélancolie et le chagrin, la médiocrité aussi, s'attrapent comme une mauvaise fièvre. Il y avait quelque chose de contagieux dans le bonheur qu'il cultivait à contre-courant de la mode. Contre la bêtise au front de taureau, il défendait le bonheur, comme une citadelle assiégée. Je gardais le souvenir non seulement de tant d'aventures avec lui, mais d'images lumineuses où il ne figurait pas et qui portaient pourtant son empreinte. Et parfois dans le paradoxe. Car, si je lui devais de tant aimer l'instant présent et le monde autour de nous, il était parvenu aussi à empoisonner, par sa présence d'abord, par son absence ensuite, des pans entiers de mon existence. Sur la chambre 17 de l'hôtel Caruso Belvedere à Ravello, sur tant de salles de cinéma et de coins de Paris au printemps ou en automne pesait l'ombre de Romain. Sans le vouloir peut-être, par cette force des choses dont il s'arrangeait si bien, rattrapant toujours tout, naturel jusqu'à la cruauté, bourreau chéri de ses victimes, allant parfois pour moi jusqu'à se confondre avec le malheur, il m'avait appris le bonheur.

C'était une chance d'avoir vécu. Avec lui. Et sans lui. De m'être promené sur le Ponte Vecchio et au pied de San Miniato, derrière l'arc des Changeurs et Saint-Georges-au-Velabre et la Bocca della Verità. D'être passé en motoscafo entre Cà Pesaro et Cà d'Oro, sous le pont de l'Académie, le long des Zattere, en face du Redentore. D'avoir marché sur du sable. D'avoir glissé sur la neige. D'avoir écouté des cantates et des chants populaires. D'avoir regardé le Lake Palace du balcon d'une chambre démesurée du Shiv Niwas d'Udaïpur. D'avoir vu Arthur Rubinstein imiter Charlie Chaplin. D'être resté assis en silence auprès de Romain silencieux. On pouvait bien mourir puisqu'on avait vécu. C'était un trésor pour toujours.

« À quoi penses-tu ? » me demandait André.

À quoi je pensais ? À Romain, bien sûr. À quoi d'autre, ce jour-là, aurais-je bien pu penser ? Au monde qu'il avait enchanté. À ce rêve toujours brisé et toujours renoué qu'était notre longue histoire dont il était le centre. À Ahmed, si proche d'André qui me jetait en conduisant un regard de côté, et à son *ventre bourré de cailloux*. À Aïcha que je n'avais jamais connue. À la traversée de l'Atlantique sur de grands navires qui mettaient près d'une semaine entre Le Havre et New York. À Stalingrad, à Alger, à Berlin au printemps de 1945. Au meurtre de Maranzano par une bande de gangsters juifs un jour qui n'était pas le samedi.

À saint Siméon Stylite qui correspondait avec l'empereur et le pape du haut de sa colonne. À Victor Laszlo au carrefour de l'histoire, du langage et du sexe. À deux Hélène oubliées de tous — et de vous : la femme du préfet de police qui voulait retenir Romain auprès d'elle à Marseille et la fille de la baronne Thénier qui épouse un Schweitzer à Alger au temps de Mgr Lavigerie. Au général de Gaulle et au maréchal Joukov à qui un jeune aviateur de fortune s'attache successivement.

Nous roulions. J'avais aimé Marina et l'affaire avait mal tourné. Marina avait aimé Romain qui était l'amant de sa mère. Ce sont de ces choses qui arrivent. Il faut se débrouiller avec elles. Nous appartenions au monde. Il nous enserrait de partout. Peut-être n'était-il rien sans nous puisqu'il disparaissait quand nous fermions les yeux, quand nous nous bouchions les oreilles, quand nous cessions d'y penser et qu'il n'existait qu'à travers nous. Nous n'existions qu'à travers lui. Nous étions de la même étoffe que les étoiles et les pierres. Mais, à la différence des cailloux, à la différence des trous noirs, nous espérions toujours autre chose, nous nous interrogions sur le monde dont nous étions une parcelle et dont la beauté nous chavirait.

Des fils innombrables nous rattachaient à tout. Dans l'espace. Dans le temps. J'étais à New York avec Margault, à Toula avec Romain, à Ravello et à Symi avec Marina. Je faisais la guerre avec Normandie-Niémen, j'infiltrais les dockers avec la Mafia sicilienne, je traversais l'Atlantique dans des robes de Chanel sur le paquebot *Île-de-France*. Le monde était en moi comme j'étais dans le monde.

Dans la voiture conduite par Schweitzer, avec Cazotte et Dalla Porta assis côte à côte derrière moi, l'ombre de Romain, que j'avais tant détesté et que j'avais tant aimé, flottant autour de nous, il me semblait soudain m'épanouir aux dimensions de ce monde qui m'appartenait autant que je lui appartenais. J'étais ces choses obscures qu'on appelait le bien et le mal. J'étais Staline. J'étais Hitler. J'étais Lucky Luciano et tous ceux de la Mafia. J'étais le dernier des clochards couché dans le métro. J'étais le monde entier puisque j'étais capable de le penser.

J'étais lié à tous les vivants, aux arbres dans les forêts, au sable sur les plages, à toutes les étoiles au fond des galaxies. J'étais lié au passé à travers mes parents et les parents de mes parents jusqu'aux générations où la trace de l'homme se perdait dans les marécages du vivant. J'étais lié à l'avenir dont j'annonçais la venue et qui, pour une part au moins, allait sortir de moi comme je sortais, accident minuscule, de la totalité du passé qui menait jusqu'à moi. Ce qui était arrivé à Romain, à Margault, à Marina, à tous les autres, m'était arrivé à moi-même. J'étais Romain dans sa tombe. J'étais la vie à venir.

« Et là ? demandait Schweitzer.

— Tout droit », disait Cazotte.

Tout passe — c'est le modèle des lieux communs. Romain avait raison. Tout s'en va, tout fout le camp, rien ne subsiste de nous-mêmes ni du monde. Romain, qui aimait tant la vie, était mort. Et nous qui revenions de l'avoir enterré avec un sentiment de chagrin, de bonheur et de honte parce que nous étions vivants, nous allions tous mourir, les uns après les autres. Et le Soleil et la Terre finiraient bien par mourir à leur tour. Depuis le big bang, tout commence à mourir à l'instant même de naître. L'univers n'est qu'élan vers l'usure et la mort.

Tout passe. Coup de tonnerre, roulements de tambour. Tout passe — et pourtant tout subsiste. Car ce qui a été, et l'univers entier est dans ces quelques mots, ne peut pas cesser d'être.

Dieu lui-même, s'il existe, ne pourrait pas faire que ce qui a été ne soit pas. Emportées par le temps, les choses du monde où nous vivions étaient assez simples, et elles étaient compliquées : ce qui a été n'est plus ; et ce qui a été, ne fût-ce qu'une fois et pour un seul instant, a pourtant été pour toujours. Rien de ce qui est apparu dans le temps ne peut disparaître dans le néant. Tout ce qui fait semblant d'être ne cesse de s'en aller. Et rien de ce qui a été ne peut être effacé. Tout ce que nous avons accompli d'honorable et tout ce que nous avons accompli de honteux est inscrit dans le passé. Le paradis et l'enfer ne sont peut-être rien d'autre que le souvenir de nos actes : leur sens peut être changé tant que l'histoire se poursuit, mais ils sont là pour toujours. Romain était mort. Mais il avait vécu. Comme *tout ce qui a été*, les milliards d'êtres humains, les civilisations disparues, toute une vie grouillante à jamais évanouie, comme les enfants morts et les printemps enfuis, il était à jamais puisqu'il avait été.

« On arrive », disait André Schweitzer.

On arrivait. On arrive toujours. La question était : où ?

Les gens n'en pouvaient plus de souffrir et de mourir. Et le monde était beau et il y avait des jeunes gens qui attendaient tout de l'avenir. L'histoire était mal fichue, jusqu'à l'abjection, jusqu'au scandale. Et elle était montée à miracle puisque nous aimions encore cette vie qui était décevante et cruelle. Si nous la racontions, cette vie, à des esprits venus d'ailleurs et qui ne sauraient rien de ce monde que nous appelons réel, une stupeur épouvantée se peindrait sur leur absence de visage.

Il y avait autre chose que cette réalité qui n'était peut-être qu'un rêve. Il y avait autre chose que ce bonheur et cette vie qui ne faisaient que passer et que Romain avait tant aimés. Ce n'était pas le néant. C'était le contraire du néant : ce qui se dissimulait derrière les trompeuses apparences, ce qui permettait de couler aux torrents du périssable, ce qui soutenait le monde et le temps et le rire de Romain, et qui durait à jamais.

« Tiens ! grommela Cazotte. Encore une folle. »

C'était une grande fille en survêtement, cheveux rouges et très courts, écouteurs aux oreilles, enfermée dans son rêve, qui se frayait un chemin dans la ville à contresens des voitures. Elle courait sur la route et riait au soleil.

C’EST UNE CHOSE ÉTRANGE À LA FIN QUE LE MONDE

PROLOGUE

LE FIL DU LABYRINTHE

Un beau matin de juillet, sous un soleil qui tapait fort, je me suis demandé d'où nous venions, où nous allions et ce que nous faisions sur cette Terre.

*

LE RÊVE DU VIEUX

*

LE FIL DU LABYRINTHE

D'où nous venons ? De très loin. Derrière moi, il y avait des fleuves de sperme et de sang, des montagnes de cadavres, un rêve collectif et étrange qui traînait sous des crânes, dans des inscriptions sur des pierres ou du marbre, dans des livres, depuis peu dans des machines — et que nous appelons le passé. Et des torrents, des déserts, des océans d'oubli.

*

LE RÊVE DU VIEUX

Il n'y avait rien.

*

LE FIL DU LABYRINTHE

Où nous allons ? Qui le sait ? Devant moi, il y avait… qu'y avait-il ? Autre chose. Autre chose qui n'existait pas encore et que nous appelons l'avenir. Quelque chose de différent, et même de très différent — et pourtant de semblable. Autre chose, mais la même chose. Et la mort.

*

LE RÊVE DU VIEUX

Il n'y avait rien.

Pas de rires, pas de larmes, pas d'arbres, pas de nuages. Pas de lumière. Pas de réponses et pas de questions. L'éternité. Le vide. L'infini.

*

LE FIL DU LABYRINTHE

Et nous qui avons la chance d'être nés et de ne pas être déjà morts, que faisons-nous sur cette Terre ?

De grandes choses, de belles choses. Des découvertes, des conquêtes, des inventions, des chefs-d'œuvre. Et de petites choses médiocres, insignifiantes, souvent consternantes, parfois déshonorantes.

J'ai beaucoup dormi. J'ai perdu beaucoup de temps. J'ai commis pas mal d'erreurs. Ce qu'il y avait de moins inutile sous le soleil, c'était de nous aimer les uns les autres.

Nous avons roulé de progrès en progrès. Ils ont toujours tout changé de nos façons de sentir, de penser et de vivre. Ils n'ont jamais rien changé à notre humaine condition : naître, souffrir et mourir.

Nous avons fait presque tout de ce que nous étions capables de faire — et, en fin de compte, presque rien.

*

LE RÊVE DU VIEUX

Il n'y avait ni espace ni temps. Il y avait autre chose. Il n'y avait rien. Et le rien était tout.

*

LE FIL DU LABYRINTHE

La vie est très gaie. Elle est brève, mais longue. Il lui arrive d'être enchanteresse. Nous détestons la quitter. Elle est une vallée de larmes — et une vallée de roses. *In hac lacrimarum valle. In hac valle rosarum.*

J'ai beaucoup ri. Le monde m'amuse. J'aime les mots, l'ironie, le ski au printemps, le courage, les côtes couvertes d'oliviers et de pins qui descendent vers la mer, l'admiration, l'insolence, les bistrots dans les îles, les contradictions de l'existence, travailler et ne rien faire, la vitesse et l'espérance, les films de Lubitsch et de Cukor, Cary Grant, Gene Tierney, Sigourney Weaver et Keira Knightley. J'ai eu de la chance. Je suis né. Je ne m'en plains pas. Je mourrai, naturellement. En attendant, je vis.

Les imbéciles pullulent, les raseurs exagèrent et il arrive à de pauvres types, à une poignée d'égoïstes — j'appelle égoïstes ceux qui ne pensent pas à moi — de se glisser parmi eux. Mais beaucoup de personnes m'ont bien plu. J'en ai aimé quelques-unes et, même quand elles ne m'aimaient pas, ou pas assez à mon goût, c'était assez délicieux. Je n'ai pas pleuré sur la vie. J'étais content d'être là.

*

LE RÊVE DU VIEUX

Il n'y avait rien. Mais le tout était déjà dans le rien. Et le temps et l'histoire étaient cachés sous l'éternel.

*

LE FIL DU LABYRINTHE

J'ai beaucoup parlé des sociétés passagères où nous avons vécu. Je ne me suis pas fait avec mes propres forces. Je ne suis pas assez suffisant ni assez satisfait de moi-même pour croire que je ne dois rien aux autres. Je dois tout à ceux qui sont venus avant moi et qui m'ont instruit et élevé. Je suis le fruit d'un passé d'où je sors. Les origines me concernent comme elles vous concernent tous. Et elles m'intéressent.

*

LE RÊVE DU VIEUX

Dans ce rien qui était le tout, il y avait quelque chose de lumineux et d'obscur dont aucun esprit humain ne peut dire ni penser quoi que ce soit. C'était le Vieux.

*

LE FIL DU LABYRINTHE

Ce qu'il y a de mieux dans ce monde, de plus beau, de plus excitant, ce sont les commencements. L'enfance et les matins ont la splendeur des choses neuves. L'existence est souvent terne. Naître est toujours un bonheur. Il y a dans tout début une surprise et une attente qui seront peut-être déçues mais qui donnent au temps qui passe sa couleur et sa vigueur. Connaître, c'est connaître par les causes. Comprendre, c'est remonter aux origines. Dans la forêt, dans la savane, sur la mer, dans les sables du désert, le commencement des commencements, le début de toutes choses est le mythe majeur des hommes.

*

LE RÊVE DU VIEUX

Et de mon rien, interdit à ceux qui vivent dans le temps, est sorti votre tout.

QUE LA LUMIÈRE SOIT !

LE FIL DU LABYRINTHE

Les dinosaures avaient disparu depuis belle lurette — depuis quelque chose comme soixante-cinq millions d'années. Mais les hommes ne le savaient pas. Les hommes de ce temps-là ne savaient même pas qu'un très grand animal qu'aucun être humain n'avait jamais vu et que nous appelons dinosaure eût jamais existé. Ces ancêtres de nos ancêtres ne savaient pas que, quelques centaines de milliers d'années plus tôt, leurs propres ancêtres étaient venus d'Afrique. Et que les ancêtres de leurs ancêtres utilisaient leurs quatre membres pour se promener dans les arbres ou dans la savane. Ils ne savaient presque rien. Beaucoup moins que nous, en tout cas, qui, par un paradoxe surprenant, en savons beaucoup plus qu'eux sur un passé de plus en plus lointain. Ils étaient encore tout jeunes. Plus forts et plus habiles que nous, ils avaient l'esprit embrumé. Et ils étaient peu nombreux. Quelques milliers, peut-être. Moins sans doute tout au début. Quelques dizaines de milliers un peu plus tard dans cette histoire dont ils ouvraient la marche. L'équivalent d'une foule d'aujourd'hui dans un stade de football ou à un concert de rock. Beaucoup moins que les cortèges d'une manifestation de masse sur les places et les avenues d'une capitale contemporaine. Ils étaient le sel de la terre, et ils l'ignoraient. Ils survivaient.

Ils se tenaient debout. Ils levaient les yeux vers le ciel. Ils se servaient de leurs mains pour fabriquer des instruments qui leur permettaient de chasser, de pêcher, de se défendre contre leurs ennemis. Ils veillaient sur un feu qu'ils avaient domestiqué et qu'ils se passaient comme un trésor de génération en génération. Ils mouraient très jeunes — le plus souvent avant trente ans. Ils riaient. Ils sifflaient à la façon des oiseaux. Ils se mettaient à parler. Il leur arrivait de chanter. Les plus doués d'entre eux dessinaient sur des pierres les animaux ou les objets qui leur étaient familiers : des chevaux, des bisons, des poissons, des flèches. Ils jouaient de la flûte. Ils faisaient de la couture. Ils s'essayaient à des techniques nouvelles et à se servir du feu pour cuire des aliments ou des figurines en argile. Ils commençaient une histoire qui n'en finirait plus. Et des idées obscures germaient dans leur cerveau.

Ils habitaient, je ne sais pas, dans des grottes, dans des huttes, sur des pilotis au bord des lacs ou au milieu des marais, dans des espèces de nids accrochés dans les arbres. Se succédaient déjà des étés très chauds et des hivers très froids. Souvent, il pleuvait, il neigeait, il y avait du vent. La foudre et le tonnerre exprimaient la colère des puissances inconnues qui régnaient là-haut, à l'abri des maux qui accablaient les créatures misérables vivant le long des fleuves ou au fond des forêts ou parmi les collines. Quand il faisait beau, la nuit, il arrivait à un enfant ou à un vieillard de quarante ans, échappé par miracle aux maladies, aux bêtes féroces, à la guerre contre des bandes ennemies, de contempler les étoiles qui brillaient au-dessus de leurs têtes renversées en arrière. Un sentiment d'effroi et d'admiration descendait dans leur cœur. Qui pouvait bien tenir ces flambeaux scintillants et pleins de vie qui semblaient trouer la voûte nocturne, sinon des esprits exilés de cette terre ou emprisonnés par d'autres esprits plus puissants ou peut-être chargés d'observer les humains ? De temps en temps, une traînée brillante traversait le firmament et semait l'angoisse sur la Terre habitée. Le retour régulier du Soleil et les phases de la Lune nourrissaient des légendes inépuisables et de plus en plus compliquées. Parfois, rarement, une fois tous les cent ans ou tous les deux cents ans, en l'absence de tout nuage, le Soleil en plein jour ou la Lune la nuit se dérobaient soudain aux regards sans raison apparente. La terreur s'emparait des plus braves. Des foules épouvantées promettaient aux divinités du ciel et de la terre tout ce qu'elles pouvaient désirer : de la nourriture, des richesses, des parures et des masques, le sang de créatures immolées à la survie de l'univers. Il y a quelques centaines de milliers d'années, les hommes ne possédaient pas la terre où ils avaient surgi : ils étaient possédés par des esprits dont dépendait leur destin et qui habitaient chaque parcelle de l'univers autour d'eux.

Déjà, et pour la première fois, dans les forêts ou dans le bush, dans la savane, dans les collines, au bord de la mer ou des grands fleuves, Asiatiques ou Européens, Africains depuis toujours ou Américains beaucoup plus tard, ces primates sont des hommes. Des hommes à plein titre. Des hommes comme vous et moi. Habillés à la mode d'aujourd'hui, vous les remarqueriez à peine dans le métro ou dans la rue. Ils ne constituent pas des espèces différentes. Ils sont ce genre humain auquel nous appartenons. Eux et nous — quels que soient les groupes désignés par ce *nous* —, nous avons une origine commune. Nous venons tous de la même source. Nous sortons tous de la même matrice. Nous sommes tous des Africains modifiés par le temps.

La seule différence qui compte est imposée par le sexe : il y a des hommes et il y a des femmes, et il faut un homme et une femme pour qu'il y ait un enfant. Pendant des milliers de millénaires, et jusqu'à nous en tout cas, les deux sexes s'unissent pour que l'histoire continue.

L'histoire bougeait lentement. Les hommes étaient tout jeunes : ils n'avaient pas de passé. Ils n'avaient que de l'avenir. Ils marchaient pour aller ailleurs. En ce temps-là, la Terre, si petite pour nous, était encore immense. Pour que ces espaces sans fin et tout faits d'inconnu puissent être parcourus, il a fallu du temps. Il y a eu du temps, et du temps, et encore du temps, et toujours du temps comme il y avait de l'espace. Les premiers hommes étaient toujours sûrs de trouver du nouveau derrière un horizon qui n'était jamais le dernier. Et le temps aussi se déroulait sans pitié et sans fin. Les millénaires s'entassaient : l'immensité du temps répondait à l'immensité de l'espace. La Terre était sans bornes et les souvenirs s'effaçaient.

*

LE RÊVE DU VIEUX

S'ils se croient capables, eux tous, et surtout lui, de comprendre quoi que ce soit à l'espace et au temps, ils se trompent cruellement. Et ils se tromperont toujours.

Le sexe. Oui, bien sûr : avec la mort, c'est une des clés du système. Parce que l'univers n'est rien d'autre qu'un système gigantesque où tout se tient et se commande. Il y a du sexe parce qu'il y a la mort, il y a la mort parce qu'il y a du sexe. Et une foule inépuisable d'autres choses qu'à force de tâtonnements ils découvriront peu à peu — mais seulement en partie. Jusqu'à la fin de l'aventure, jusqu'au bout du système, le sens de l'aventure et le secret du système leur échapperont à jamais.

La magie. Ils peuvent toujours se moquer et se croire supérieurs aux hommes des premiers temps. Il n'est pas plus absurde de croire à des forces dont on ne sait rien, qu'on ne voit pas, qu'on n'entend pas, que de croire à une glande pinéale entre l'âme et le corps, à un éther qui serait présent partout pour expliquer la propagation des ondes lumineuses, à la fin de l'histoire avant la fin du temps, à la régulation du marché par une main invisible, au jeu d'un hasard et d'une nécessité qui suffiraient à expliquer l'univers et la vie, ou aux statues miraculeuses.

*

LE FIL DU LABYRINTHE

Dans la vallée du fleuve Jaune, dans la vallée de l'Indus, entre le Tigre et l'Euphrate, à Ur, à Uruk, à Mari, à Ebla, à Akkad, à Lagash, dans le pays de Sumer, dans la vallée du Nil, en Égypte, en Anatolie, à Çatal Hôyük, ou à Jéricho — pourquoi là plutôt qu'ailleurs ? parce que la Providence des Pères de l'Église et de Bossuet, la raison des Lumières, l'esprit absolu de Hegel, la dialectique matérialiste des marxistes, l'histoire en un mot est bien obligée de s'incarner dans l'espace comme elle s'incarne successivement dans le temps —, surgissent les débuts encore balbutiants de l'agriculture et de la ville. Des rois apparaissent. Leurs noms parviennent jusqu'à nous. Ils s'appellent Sargon d'Akkad, Hammurabi, Sennachérib, Assurbanipal, que nous connaissons plutôt sous le nom de Sardanapale, Khéops, Khéphren,

Mykérinos, Pépi, Thoutmès, Aménophis, Ramsès. Ils se confondent avec les dieux qui se font une place parmi les esprits et les mythes dans la pensée des hommes. Ils se marient entre eux. Ils cultivent l'hérédité. Ils laissent à leurs enfants des trônes et des richesses. Pour célébrer leurs exploits, pour compter les vaches et les chèvres, pour tenir registre des moissons, une invention de génie transforme la parole qui se perd dans les airs en une trace sur la pierre, sur l'argile, sur le papyrus : l'écriture.

L'écriture est récente : quelque cinq mille ans avant nous. Après le big bang, la vie, la pensée, le langage, le feu, ou d'autres bouleversements que j'aurais oubliés, elle marque le sixième ou le énième début de notre longue histoire. La dernière étape est très brève. Qu'est-ce que cinq mille ans au regard des deux ou trois cent mille ans des hommes, des quelques millions ou dizaines de millions d'années des primates ou des vertébrés, des trois milliards et demi d'années de la vie, des cinq milliards d'années de notre système solaire, des treize milliards sept cents millions d'années de l'univers avant nous ? Moins sans doute que la vie ou la pensée, mais avec brutalité et puissance, l'écriture change le cours des choses, accélère le rythme des changements longtemps resté si lent, ouvre aux esprits éblouis une carrière presque sans bornes, fonde l'histoire qu'elle relate et préserve, nous transmet les rêves, les craintes, les attentes des civilisations disparues.

*

LE RÊVE DU VIEUX

Cessez de courir. Arrêtez-vous un instant. Prenez deux minutes pour réfléchir un peu et répondre à une question parmi beaucoup d'autres. Croyez-vous que la vie, la pensée, le langage, l'écriture étaient nécessaires de toute éternité ? Ou pensez-vous, au contraire, que la vie, la pensée, le langage, l'écriture auraient pu ne pas apparaître et ne jamais exister ?

*

LE FIL DU LABYRINTHE

Les Babyloniens, les Égyptiens, les Chinois, les Indiens, et les Grecs après eux, se sont fait une idée du monde où ils vivaient. Tous ont inventé des histoires invraisemblables, souvent proches les unes des autres, où fables et visions se mêlent avec génie, où les forces de la nature dansent des sarabandes qui reflètent leurs propres angoisses et leurs propres espérances, où dieux et déesses n'en finissent pas de s'accoupler pour engendrer d'autres dieux et d'autres déesses dont les arbres généalogiques rempliraient des pages entières.

Dans le delta du Tigre et de l'Euphrate, Anut, la mère du monde, couche avec Apsu, le dieu de la mer, pour mettre au jour Anu, le dieu du ciel ; et puis elle couche avec Anu pour donner naissance à Éa, le dieu de la terre, et à Sin, le dieu de la lune, d'où sortiront en cascade, dans cet ordre ou dans un autre, Samash, le dieu du soleil, Ishtar, déesse de l'amour et de la fécondité, Mardouk, le maître de l'univers, vainqueur de Tiamat, déesse du mal, qu'il coupe en deux morceaux, et les quelque six cents autres divinités des gens de cette région.

À peu près à la même époque, en Égypte, dans la vallée du Nil, Atoum, fils de la déesse du ciel, Nout, s'unit à Nun, l'eau primordiale, et, sous le nom de Râ, dieu du soleil vénéré par les prêtres d'Héliopolis, sert de source au *ba*, âme du monde, et à la foule innombrable du panthéon égyptien : Geb, dieu de la terre ; Osiris, à la double nature, dieu mystérieux de la civilisation et du bien, qui ressuscite de la mort et dont une forme est le Nil ; Isis, déesse de la lune, sa sœur inséparable et son épouse pour toujours ; Seth, à tête de chien, dieu de la violence et des ténèbres ; Amon, dieu de l'air, souverain suprême des prêtres de Thèbes, qui l'assimilent à Râ ; Anubis, à tête de chacal, dieu de la mort et de l'embaumement ; Apis, le dieu-taureau ; Hathor, la déesse-vache ; Horus, à tête de faucon ; Sebek ou Sobek, le dieu-crocodile ; Sekhmet, la déesse-lionne ;

Thot, le dieu à tête d'ibis, patron des scribes et des écrivains, célébré par les Grecs sous le nom d'Hermès Trismégiste ; Aton, surtout, le disque solaire, qui, assimilé à son tour à Râ, l'emportera, un temps, sur Amon et se hissera, grâce à Aménophis IV, le mari de Néfertiti, devenu Akhenaton, à la dignité suprême de dieu créateur de l'univers et de souverain unique du monde. Et tous les autres, qui jouent un rôle de chaque instant dans la vie et la mort des Égyptiens de l'Antiquité et dont la redécouverte, il y a un siècle ou deux, bouleversera le monde savant et, au-delà des spécialistes, la foule immense des curieux et des touristes.

En Chine, deux millénaires avant Confucius et Lao-tseu, dont le fameux *Tao-te King* popularise le *tao* — la *voie*, le principe à l'origine de la vie, le cours des choses — et la cosmologie du *yin* et du *yang*, les deux forces polaires opposées — le *yin* : la terre et la lune, féminines, sombres, humides ; le *yang* : le ciel et le soleil, forts, masculins, lumineux, créateurs —, les dieux et les déesses constituent une formidable bureaucratie céleste qui dirige l'univers.

Partout, en ce temps-là, les prêtres sont des savants et les savants ne se distinguent pas des prêtres. Le spectacle du firmament et la marche des astres dans la nuit entraînent des observations où les chiffres commencent à se mêler aux intrigues des déesses et des dieux. Le lever et le coucher du Soleil et de la Lune, le mouvement des planètes, la connaissance du zodiaque permettent de relever des régularités, d'élaborer des calendriers, et même de prévoir les éclipses. Une amorce de mathématique et de géométrie est nécessaire à la construction des pyramides dans la vallée du Nil, des ziggourats entre le Tigre et l'Euphrate, des temples un peu partout. Mais ni la contemplation du ciel ni le maniement des chiffres ne parviennent à se dégager des préoccupations mythologiques. Les astres et leur parcours servent surtout à deviner un avenir qui ne dépend que des dieux. Dans ce temps-là, les esprits les plus forts et les plus savants sont soumis aux puissances infernales ou célestes. Les astronomes sont des astrologues. Ce qui se lit dans le ciel, ce n'est pas l'univers : c'est le destin des empires et des hommes.

✶

LE RÊVE DU VIEUX

Tout roule. L'histoire se fait, et elle a un sens. Il y aura des hommes pour soutenir que l'histoire n'est que bruit et fureur et qu'elle n'a pas de sens : ils auront tort. D'autres, au contraire, prétendront connaître le sens caché de l'histoire et ils tenteront de l'imposer par la violence et au prix de grandes souffrances : ce seront des imposteurs. La nécessité de l'histoire n'apparaîtra jamais que dans le passé. Et avec une telle force que rien ne semblera plus évident et peut-être plus prévisible que l'histoire en train de se faire. Encore une erreur. Encore une illusion. L'histoire est une nécessité aléatoire. Son avenir m'appartient. Son sens est un mystère. Et seule la fin du temps éclairera ce mystère.

✶

LE FIL DU LABYRINTHE

Parmi les textes les plus anciens dont nous puissions disposer figurent les Védas indiens : ils remontent à la première moitié du IIIe millénaire avant notre ère, peu de temps après les débuts de l'écriture. Bien avant les épopées interminables du *Mahabharata* et du *Ramayana*, bien avant cet Indien de génie qui invente le zéro parvenu ensuite jusqu'à nous à travers les Arabes et que nous connaissons sous le nom d'Aryabhatta.

Les Védas, et notamment le Rig-Veda, donnent une idée de la pensée hindoue antique, entre panthéisme et polythéisme, avec des traces de monothéisme, à l'époque où les Aryens, Indo-Européens venus du nord-ouest, envahissent la vallée de l'Indus et l'emportent sur les Dravidiens autochtones. Parmi les divinités révérées — forces de la nature, astres, ciel, terre, vent, feu *(agni)*, plantes, vin *(soma)*… —, une place à part est réservée à l'*Unique*, celui qui seul était déjà là avant la création : « Rien n'existait alors, ni visible ni invisible. Il n'y avait point de mort, point d'immortalité. Rien n'annonçait ni le jour ni la nuit. Lui seul respirait, ne formant aucun souffle, renfermé en lui-même. Il n'existait que lui. Au commencement, l'amour fut en lui. Et de sa sagesse jaillit la première semence. »

Aux Védas peuvent être associés les Upanishad, plus tardifs. Ils traitent de ces questions qui, de tout temps, ont tourmenté l'esprit des hommes : l'origine de l'univers, l'essence du divin, la nature des choses et de l'âme. C'est en s'unissant à l'esprit universel *(Brahman)* que l'esprit individuel *(Atman)*, après sa migration à travers différents corps physiques, parviendra à la libération finale. Cette union en pleine conscience, cette identification suprême est « la vérité d'entre les vérités ». Les Upanishad exerceront une influence profonde sur Schopenhauer. Tout au long de sa vie, ils constitueront une de ses lectures favorites et ils lui apporteront un réconfort à l'instant de sa mort.

Dérivé des *textes des sarcophages* et des *textes des pyramides*, le fameux *Livre des morts* égyptien est surtout composé, à partir du milieu du IIe millénaire, de manuscrits funéraires sur papyrus, sur textiles ou sur cuir. Ils sont supposés fournir une garantie de survie à ceux qui sont déjà morts et à ceux qui sont encore vivants, mais pas pour longtemps, car ils sont des morts en sursis, des morts qui n'ont pas encore adopté leur forme définitive et inéluctable. Les plus anciens de ces textes sont antérieurs de quelques siècles à Ramsès II, le grand pharaon, le constructeur de temples, l'adversaire, puis l'allié des Hittites, le vainqueur proclamé de la bataille incertaine de Qadesh, le père d'une bonne cinquantaine d'enfants officiels, à Moïse qui fuit l'Égypte avec ses Hébreux avant de leur donner les Tables de la Loi, et à la guerre de Troie qui se déroule là-haut, à l'autre bout du monde connu, sur la côte nord-ouest de cette Anatolie que nous appelons l'Asie Mineure.

Gilgamesh est le héros d'aventures aussi célèbres en Mésopotamie et dans tout le Proche-Orient ancien que, plus tard et ailleurs, celles d'Ulysse, d'Alexandre le Grand, du roi Arthur ou de Roland, de Sindbad le marin ou de Don Quichotte. La version la plus complète de l'*Épopée de Gilgamesh* provient de la bibliothèque d'Assurbanipal à

Ninive, mais les plus anciens manuscrits consacrés au héros remontent bien plus loin, à une époque antérieure à Homère et même à la guerre de Troie. Gilgamesh lui-même a probablement existé. Il n'est pas impossible qu'il ait été un personnage historique et le souverain d'Uruk, dans le pays de Sumer, en basse Mésopotamie, non loin du golfe Persique, il y a près de cinq mille ans. Il serait né d'un souffle ou peut-être d'un démon, et il aurait régné cent vingt-six ans.

Ses exploits, les légendes autour de son nom, la postérité, l'écriture qui se répand font de lui un des premiers héros de l'humanité en train de prendre conscience d'elle-même et de se projeter dans des demi-dieux surgis de ses rêves et de son imagination. Il est entouré de personnages devenus célèbres eux aussi — son ami Enkidu, qui descend aux Enfers avant d'être victime de la jalousie des dieux, ou la cabaretière Siduri, installée aux confins du monde, qui lui conseille, plusieurs millénaires avant Faust, de jouir de l'instant présent — et, tantôt aux côtés des déesses et des dieux et tantôt sous leurs foudres, il n'en finit pas de lutter contre des monstres, contre des géants, et surtout contre la mort. La mort est son obsession. À une époque où se déchaînent la violence et des massacres inséparables de la lutte pour le pouvoir, toutes les formes de survie au-delà de la mort sont la grande affaire des hommes. Ils cherchent les réponses dans les astres, dans le culte des dieux et dans les livres sacrés.

*

LE RÊVE DU VIEUX

Les hommes, j'ai pitié d'eux, ils m'amusent, je les admire. La plus belle des prières, c'est leur ardeur à me connaître. Et à m'inventer. Les meilleurs d'entre eux, qui se trompent, bien entendu, autant qu'on peut se tromper, j'aime beaucoup ce qu'ils font. Et, de temps en temps, je les aide. À dire n'importe quoi — et même parfois la vérité. À me traîner dans la boue. À m'élever des statues. Je leur souffle des idées, des phrases, des couleurs et des sons. Alors, ils murmurent : « Ça vient d'en haut… » Quand ils chantent, quand ils peignent, quand ils écrivent, leurs musiques, leurs formes, leurs tableaux et leurs mots sont l'encens que je préfère. Si j'étais un homme, je passerais mon temps à les regarder, à les écouter et à les lire.

*

LE FIL DU LABYRINTHE

Il y a un peu moins de trois mille ans, sur les bords de la Méditerranée orientale, s'ouvre une époque prodigieuse. Toutes les époques ont leurs prodiges et apportent à l'histoire leur lot de désastres et de miracles. Mais cette période-là est si riche en débuts et en inventions de tout genre qu'elle prend sans trop de peine dans la mémoire des hommes l'allure d'un printemps de l'histoire.

Au IXe siècle avant notre ère, en Asie Mineure, dans une région où les gens parlaient une langue d'origine indo-européenne que l'on appelle le grec, naît le premier et le plus grand poète de ce temps — et peut-être de tous les temps : Homère. Sept villes encore récentes et déjà triomphantes de cette époque et de ce coin du monde se disputent l'honneur de lui avoir donné le jour ; nous ne savons presque rien de sa vie, la légende le présente aveugle, il n'est pas sûr qu'il sût écrire. Il est considéré comme l'auteur de deux poèmes épiques d'une beauté accablante et encore capables, après tant de siècles, de nous donner beaucoup de bonheur : l'*Iliade* et l'*Odyssée*.

L'*Iliade* raconte quelques jours d'une guerre qui se serait déroulée quatre cents ans avant Homère — à peu près à l'époque de Moïse et de Ramsès II en Égypte — et qui aurait duré neuf ans. D'un côté, les Troyens du roi Priam, flanqué de ses deux fils, Hector, l'aîné, le mari d'Andromaque, et Pâris, qui a enlevé Hélène, la femme de Ménélas, roi de Sparte ; de l'autre, les Grecs de Ménélas qui vient récupérer son bien, de son frère Agamemnon, le puissant roi de Mycènes — fils d'Atrée, un méchant ; mari de Clytemnestre, père d'Iphigénie et d'Oreste —, d'Achille, fils de Pélée et roi des Myrmidons, et d'Ulysse, roi d'Ithaque.

Les assaillants sont soutenus par Héra, la Junon des Romains, et par Athéna, à qui, dans un concours de beauté organisé par les dieux, Pâris a eu l'imprudence de préférer Aphrodite, c'est-à-dire Vénus, célébrée plus tard par tant de sculpteurs et de peintres, de Phidias et de Praxitèle à Botticelli, à Titien, à Rubens. Les Troyens sont protégés par Arès, dieu de la guerre, appelé Mars par les Latins, et, bien sûr, par Aphrodite. Une bonne partie de la mythologie grecque, à peu près aussi délirante que les panthéons de Memphis et de Thèbes, de Sumer ou de Babylone, et de la littérature classique, ramassis d'héroïsme et de crimes, est ainsi rassemblée autour de Troie par Homère. Le poème s'ouvre sur la colère d'Achille qui refuse de se battre aux côtés d'Agamemnon qui lui a fauché une captive à laquelle ils tiennent tous les deux et il se clôt sur les funérailles d'Hector tué par Achille qui a repris le combat pour venger la mort de Patrocle, son ami le plus intime, tombé sous les coups du fils aîné de Priam.

L'*Odyssée* est le récit des aventures d'Ulysse dont le retour chez lui après la chute de Troie est sans cesse retardé par une série ininterrompue d'incidents, de catastrophes et d'obstacles où jouent un rôle décisif un certain nombre de dieux, de déesses et de femmes : Poséidon, c'est-à-dire Neptune, roi de la mer et ébranleur du sol, encore Athéna, Calypso, Circé, Nausicaa, semblable à un jeune palmier. Ulysse met une dizaine d'années à regagner Ithaque où l'attendent sa femme Pénélope, en proie aux outrages des prétendants qui en veulent à sa beauté, à son trône et à ses richesses, son fils Télémaque, quelques rares partisans restés obstinément fidèles à leur maître malgré sa longue absence et son vieux chien Argos qui sera le premier à le reconnaître avant de mourir de bonheur.

Composés à l'aube de l'écriture, ces deux poèmes épiques, dont l'un est un récit de guerre et l'autre le plus formidable des romans d'aventures, ont été longtemps récités par des aèdes avant même d'être couchés par écrit. Homère lui-même est un aède, c'est-à-dire un chantre. Il chante ses vers en s'accompagnant d'une cithare à trois ou quatre cordes, il est un de ces rhapsodes qui parcourent les villes et les campagnes pour faire connaître les poèmes qu'ils ont composés, que beaucoup savaient déjà par cœur, que les amateurs répétaient, que les enfants des écoles, dans le monde grec tout entier et d'un bout à l'autre de l'Empire romain, puis de l'Empire byzantin, apprenaient dès l'âge le plus tendre. L'écriture, et, bien plus tard, l'imprimerie les répandent largement et les rendent immortels.

Toute la littérature occidentale sort de l'*Iliade* et de l'*Odyssée* où sont déjà présents les thèmes de la guerre, des voyages, de l'amour, de l'amitié, des passions, de l'ambition, du courage, de la rivalité, du pouvoir, de la compassion, de l'argent, de la fatalité, de la mort, du hasard, de la mer. Il est permis de soutenir que, non seulement Eschyle, Sophocle, Euripide, mais aussi, de Virgile à James Joyce, l'auteur d'*Ulysse*, et à Borges, en passant par Dante, par Ronsard —

> *Je veux lire en trois jours l'*Iliade *d'Homère,*
> *Et pour ce, Corydon, ferme bien l'huis sur moi…*

— par le Tasse, par Cervantès, par Shakespeare, par Corneille et par Racine, par Goethe et par Chateaubriand, par Lautréamont, par Offenbach avec *La Belle Hélène*, par Péguy — « Rien n'est plus vieux que le journal de ce matin, et Homère est toujours jeune… » — et par Jean Giraudoux qui fait revivre Hector, Andromaque et Hélène dans *La guerre de Troie n'aura pas lieu*, toute notre littérature n'est qu'un commentaire sans fin et une poursuite, par des moyens différents, de l'*Iliade* et de l'*Odyssée*.

*

LE RÊVE DU VIEUX

Tous les peuples sont élus. Les Chinois, qui sont jaunes et qui sont nombreux, se sont considérés longtemps comme le milieu d'un monde qu'ils finiront bien par dominer tout entier. À l'inverse d'une Chine qui est chinoise depuis la nuit des temps, il n'y a pas d'Inde du tout. L'Inde est un pot-pourri, un mille-feuille, un ramasse-miettes de races, de langues, de religions, de modes de vie. Les Indiens tiennent ensemble par un miracle sans fin et ils sont chers à mon cœur. À Damas, à Bagdad, à Cordoue, à Grenade, avec leurs conquêtes, leurs mosquées, leurs observatoires, leurs traductions et leurs *Mille et Une Nuits*, les Arabes incarnent à la fois la culture et la puissance. Les Anglais sont un grand peuple qui, pour son propre compte ou à travers l'Amérique, a imposé sa langue, ses reines, son thé, son *habeas corpus* et sa démocratie, son tweed, ses Rolls-Royce, sa boxe et son rugby à l'ensemble des cinq continents. Parcourant les mers sous le nom de Vikings et les grands fleuves sous le nom de Varègues, les gens du Nord ont marqué de leur empreinte la Russie, qui leur doit son nom, l'Ukraine, la Normandie — et les Normands, à leur tour, ont conquis l'Angleterre, la Sicile et les Pouilles, toute l'Italie du Sud, jusqu'à Rome, reine du monde avec César, Auguste, Hadrien, Marc Aurèle, avant de donner à l'histoire un de ses héros de légende, l'empereur Frédéric II, génie universel, seul souverain chrétien à devenir sans guerre le roi de Jérusalem. Le monde germanique a Bach, qui a tant fait pour moi, et Feuerbach, Marx, Nietzsche, Freud, qui ont tant fait contre moi. Et les uns et les autres, et peut-être surtout mes ennemis qui ont souhaité et annoncé ma mort, je les admire et je les aime avec une sorte de passion. Les Portugais naviguent sur tous les océans, du Brésil à l'Afrique et aux Indes. Quoi de plus beau que de naviguer ? Les Espagnols sont fiers et mystiques et, quand ils ne se battent pas, il leur arrive de peindre. Je ne dirai rien des Français : Péguy s'est chargé mieux que personne de prononcer leur éloge. Ni des Italiens : leurs peintres, leurs sculpteurs, leurs architectes, leurs musiciens, leurs saints aussi, et la forme de leurs collines suffisent à éclairer le monde d'une lumière de matin. Il n'y a que les Suisses dont j'aurais un peu de mal à raconter quoi que ce soit : ils sont heureux dans leurs montagnes où ils passent leur temps à élever des vaches et des comptes en banque. Deux peuples, pourtant, m'épatent plus que les autres parce qu'ils ont fait plus que les autres pour rendre si excitante la seule histoire qui se soit jamais déroulée : ce sont les Juifs et les Grecs.

Les Juifs m'ont inventé, et c'est une grande affaire. Les Grecs sont les premiers à avoir percé mes secrets.

*

LE FIL DU LABYRINTHE

Deux cents ans après Homère, toujours en Asie Mineure et toujours sur les bords de cette Méditerranée orientale comblée de dons par les dieux, dans une région appelée Ionie où l'*Iliade* et l'*Odyssée* étaient déjà dans l'esprit et sur les lèvres de beaucoup, un personnage appelé Thalès, qui passait pour distrait et pour très maladroit dans la vie de chaque jour à force de contempler les étoiles, soupçonne que la Lune est éclairée par le Soleil et fonde la première école de philosophie et de géométrie. Dans ces temps anciens, la profession de philosophe n'existait pas encore : les philosophes étaient en même temps, et peut-être surtout, des savants, des mathématiciens et des astronomes. Ils s'intéressaient à des phénomènes naturels comme les éclipses du Soleil et de la Lune, aux nombres et aux calculs, aux figures de la géométrie et à leurs propriétés. C'étaient des esprits très puissants et, par rapport au savoir de leur temps, des esprits universels. Ils avaient découvert la vertu des chiffres et d'une raison capable d'expliquer un certain nombre de situations ou d'événements et d'établir des relations qui semblaient apporter un peu d'évidence et de stabilité dans l'incertitude de ce monde.

Une révolution s'amorçait. Elle était fondée sur une notion à peu près intraduisible que les Grecs appelaient le *logos*. *Logos* est un mot grec qui apparaît à cette époque, qui sera repris plus tard, dans un sens légèrement différent, par Platon, puis par saint Jean l'Évangéliste, et qui signifie « raison », « loi », « logique », « discours », « verbe », « nécessité universelle ». Le *logos* s'exprime dans le langage et il constitue la voie privilégiée pour atteindre à la nature des choses, à leur essence, à leur être. Il est lié à la mathématique et à la géométrie. Il marque la fin de l'opinion vague et fluctuante, des approximations hâtives, de la superstition, de la magie. Le miracle grec consiste à sortir du monde de la mythologie pour entrer, grâce au *logos* et au prix d'un effort surhumain, dans le monde de la science. La science naît dans cette Asie Mineure grecque qui avait déjà donné le jour à Homère et à ses épopées, et, plus largement, dans cette Méditerranée orientale façonnée par la Grèce et qui, pour deux millénaires, va devenir le centre du monde.

Ce que découvrent les Grecs, à partir du VIe siècle avant notre ère, en un mouvement d'une extraordinaire puissance, c'est que la nature offre un sujet de réflexion et de spéculation dont les dieux peuvent être écartés. L'homme se substitue à la mythologie dans des constructions intellectuelles chargées de rendre compte des phénomènes de la nature. La géologie, la météorologie, la biologie, l'astronomie, la nature tout entière se met à relever des chiffres et de la mathématique. Pythagore, pour qui « les nombres sont les éléments de toutes choses », élabore les premiers théorèmes et fonde les mathématiques. Par une intuition foudroyante, Leucippe et Démocrite imaginent que la matière peut être morcelée en atomes. Euclide découvre les principes de la géométrie.

Comme les Portugais, les Espagnols, les Hollandais, les Anglais beaucoup plus tard, les Grecs étaient des marins. L'expérience de chaque jour leur avait appris qu'un bateau qui s'éloigne sur la mer par beau temps semble s'enfoncer peu à peu sous l'horizon lointain et qu'inversement un navire qui s'approche offre d'abord ses voiles, puis sa coque à la vue de ceux qui l'observent à partir du rivage. Les voyages sur la mer leur avaient aussi enseigné que l'étoile Polaire apparaissait plus bas sur l'horizon dans les régions au sud de la Méditerranée que dans le Nord. Les Grecs avaient enfin fini par comprendre — ce que d'autres, avant eux, avaient deviné avec plus ou moins d'évidence — que les éclipses de la Lune étaient dues au passage de la Terre entre le Soleil et la Lune : ils avaient observé que l'ombre projetée sur la Lune était toujours ronde, ce qui supposait que la Terre fût ronde. Avec les Grecs, la Terre cesse définitivement de se présenter sous la forme d'un disque plat habité d'un seul côté, comme l'imaginaient encore beaucoup de prêtres ou de sages des premiers temps, pour prendre la forme parfaite d'une sphère.

*

LE RÊVE DU VIEUX

La Terre est ronde. Non, elle n'est pas posée sur le dos d'une tortue, elle ne flotte ni sur une fleur de lotus ni sur un océan soutenu par des géants et des anges enlacés, elle n'est pas un disque plat. Comme c'est curieux : elle est tout ce qu'il y a de plus simple. Elle est ronde. Ou à peu près ronde. À l'époque de Babylone, de l'Égypte ancienne, de l'Ionie, les plus savants le savent déjà, mais les gens de la rue ne le savent pas encore. La vérité, ou ce qui en tient lieu dans le temps, avance en ordre dispersé. Plusieurs siècles après nos Grecs, il y aura encore des philosophes, des écrivains, des gens d'Église et d'étude qui refuseront d'imaginer des hommes la tête en bas et une pluie qui tomberait en montant. Et beaucoup de marins, jusqu'à l'aube des temps modernes, redouteront les abîmes qui pourraient les engloutir au bout des mers inconnues.

*

LE FIL DU LABYRINTHE

Ce qui suscite avant tout l'étonnement des grands esprits du monde grec de ce temps, des premiers géomètres, des premiers philosophes, c'est le spectacle du changement. Tout change toujours sous le soleil, tout passe, tout ne cesse de s'écrouler. L'*Iliade* et l'*Odyssée* avaient dépeint avec génie la précarité de la condition humaine : les rois perdent leur trône sous les coups des ennemis, les reines et les princesses sont réduites en esclavage, tous les hommes finissent par mourir.

Au dernier siècle avant Jésus-Christ, reprenant ces mêmes thèmes, Lucrèce écrira dans son *De natura rerum* : « Ne vois-tu pas que les pierres elles-mêmes subissent le triomphe du temps ? Les hautes tours s'effondrent, les rochers volent en poussière ; les temples, les statues des dieux s'affaissent, trahis par l'âge ; ils se dégradent sans que la divinité puisse reculer l'instant fatal de la destruction ni faire obstacle aux lois de la nature. »

La vie de chaque jour offre des exemples sans fin de ces bouleversements et de cette instabilité universelle. Le lait tourne, les fruits pourrissent, l'eau gèle, la glace fond, nous passons notre temps à vieillir. Un chêne se dresse dans une forêt, nous le coupons, nous le débitons à la hache, nous mettons le feu aux bûches, des flammes s'élèvent, vacillent, disparaissent : le chêne s'est transformé en cendre. Un coup de vent disperse la cendre. Le chêne, les bûches, le feu lui-même, la cendre, tout disparaît. Et nous aussi.

Emportés dans cette débâcle, nous avons pourtant le sentiment qu'il y a quelque chose qui dure derrière les choses qui changent. Au cœur de l'éphémère universel, un noyau obscur semble persister. La question posée en Ionie par les philosophes du VIe siècle avant notre ère est celle-ci : « Qu'est-ce qui persiste à travers le changement ? Quelle est la substance qui sert de fondement à tous ces phénomènes qui se succèdent sans trêve ? » Les uns, comme Thalès, répondaient : « C'est l'eau. » D'autres soutenaient : « C'est l'air. » Ou : « C'est le feu. » Ou : « C'est l'infini. »

Les réponses n'avaient pas beaucoup d'importance. Ce qui allait compter dans l'histoire des hommes et dans leur soif de savoir, c'était la question : « Qu'est-ce qui dure derrière ce qui passe ? »

Deux grands philosophes vont s'emparer de cette question. L'un, né à Éphèse, appartient encore à la glorieuse école ionienne : c'est Héraclite. L'autre, originaire d'Élée, une ville de la Grande Grèce, c'est-à-dire d'Italie du Sud, est le nom le plus illustre de l'école éléate : c'est Parménide.

Héraclite, que les anciens Grecs avaient déjà surnommé l'Obscur et dont nous ne possédons que des fragments toujours un peu mystérieux, met l'accent sur la lutte et la tension entre des forces opposées de la nature qui ne cessent de se combattre. Il répète volontiers que tout s'écoule et que vous ne vous baignez jamais dans le même fleuve parce que l'eau n'en finit pas de couler et de se renouveler. Pour lui, la seule chose qui persiste à travers le changement, c'est le changement lui-même. C'est un génie. Il a compris que, sous le soleil au moins, il n'y a rien d'éternel. Il est le philosophe du multiple, des contraires, du devenir, du combat, de l'écroulement et du changement.

Contemporain et adversaire farouche d'Héraclite, Parménide voit bien que le monde autour de lui ne cesse jamais de changer. C'est un monde d'apparence et de l'apparence ne peut surgir la vérité. La seule vérité tient en deux mots : « L'être est. » Si l'être est, il est impossible que le non-être soit. Le non-être ne peut pas être pensé. Il ne faut même pas en parler : « Le non-être ne doit pas être nommé. » Nous voilà très loin du combat des contraires d'Héraclite. Unique, incréé, immuable, absolument calme, l'être est parfait à la façon d'un cercle ou d'une sphère. « Il est nécessaire de dire et de penser que seul l'être est ; un rien, en revanche, n'est pas. Pénètre-toi bien de cela. » Parménide aussi est un génie. Il a découvert qu'il n'y avait un monde que parce qu'il y avait de l'être. Et que la seule chose qu'il soit permis de dire de l'être, c'est qu'il est.

En face d'Héraclite qui, par son jeu de l'écoulement et des contraires, est le père de la dialectique, Parménide est le fondateur de l'ontologie, c'est-à-dire de la connaissance, non des choses, des étoiles, des minéraux, des plantes, des animaux, de l'homme, de la vie, de tout ce qui change, mais de l'être en tant qu'être. Pour Héraclite, tout bouge, tout change, tout s'écroule. Pour Parménide, l'être est, et c'est assez.

Tout au long de l'histoire de la philosophie, ou tout simplement de l'histoire des hommes, Héraclite et Parménide sont restés comme deux symboles, comme deux pôles opposés. Autour de cette interrogation originelle : « Qu'est-ce qui dure derrière ce qui passe ? » et de leurs réponses contradictoires, ils ouvrent le chemin à tous ceux qui leur succéderont. Des siècles et des siècles après eux, certains esprits peuvent être dits « ioniens » et d'autres, « éléates ». Avec sa théorie des « Idées » — l'Idée du Grand, l'Idée du Beau, l'Idée du Juste… —, qui, cachées dans l'absolu, sont la vraie réalité, la réalité dont dépend l'être des choses dans le monde, Platon est un disciple de génie de ce Parménide qu'il admire et qu'il dépasse de très loin. Avec son système de la « cause première » et de la forme qui détermine la matière et la fait passer de « l'être en puissance » à « l'être en acte », Aristote s'inscrit dans la lignée d'un Platon qu'il fait descendre du ciel sur la terre. Au XVIIe siècle, Spinoza, avec sa conception de la « substance », flanquée de ses

« attributs » et de ses « modes », qui nous rappelle l'école de Milet et l'être de Parménide, est, lui aussi, un philosophe ouvertement éléate. *L'Évolution créatrice* de Bergson est une longue réflexion sur la possibilité ou l'impossibilité de penser le non-être. Au XIXe, en revanche, Hegel, puis Karl Marx et Engels appartiennent avec éclat à l'école ionienne. Ils lui empruntent le thème de l'affrontement de la thèse et de l'antithèse et, à travers le renversement marxiste de la dialectique idéaliste de Hegel en matérialisme dialectique et en dialectique de la nature, ils donnent une vie nouvelle à la vieille dialectique du combat des contraires et du changement d'Héraclite.

✶

LE RÊVE DU VIEUX

Ce n'est pourtant pas compliqué : le temps passe et je dure, l'histoire se déroule et l'être est. Derrière les tribulations du monde, il y a quelque chose qui lui permet de changer sans cesse et de rester le même à travers les changements : c'est moi. L'herbe pousse, les enfants meurent. Derrière le monde qui se fait et s'écroule, qui ne se fait que pour s'écrouler, qui s'écroule et se refait, il y a cet être immobile, éternel, infini, hors de l'espace et du temps, qui hante l'esprit des hommes plongés dans l'espace et dans le temps et guettés par une mort dont il leur est interdit, à eux qui comprennent tout, qui changent tout, qui se croient la fin de tout, de jamais rien savoir.

✶

LE FIL DU LABYRINTHE

Après Homère, et avec Eschyle, Sophocle, Euripide, les trois « tragiques », les deux plus grands noms de l'Antiquité grecque sont Platon et Aristote. Si différents les uns des autres par leurs genres et leur esprit, et si proches pourtant par la langue et l'élévation, ces six écrivains vont dominer la pensée, la littérature, la philosophie occidentales pendant plus de deux millénaires. Et, en vérité, jusqu'à nous. À partir de la Renaissance, qui marque un retour à l'Antiquité après le long Moyen Âge, et surtout entre le XVIIe et le XXe siècle, le monde et l'image que nous nous en faisons se mettent à changer de plus en plus vite. Nos ancêtres et nos maîtres sont Homère, Platon, Aristote et ceux qui, depuis quatre siècles, se sont insurgés et ont lutté contre leur domination.

Platon est un des plus grands parmi les philosophes. Il est aussi un écrivain qui se réfère souvent à Homère. Il invente un genre littéraire nouveau qu'il porte d'emblée à son point d'excellence : le dialogue. D'une beauté physique remarquable, Platon sort d'une famille aristocratique et illustre. Il met en scène son maître Socrate, d'origine modeste, qui était lourd et laid, qui n'a pas écrit une seule ligne et dont le prestige et l'influence sur ses disciples n'ont sans doute jamais été égalés. Les dialogues platoniciens — le *Banquet*, le *Phédon*, le *Phèdre*, où les cigales chantent à tue-tête sous les platanes et où Socrate et Phèdre trempent leurs pieds dans l'Ilissos, le *Protagoras*, la *République*, le *Théétète*, le *Timée* et tant d'autres — rapportent les conversations entre Socrate et un certain nombre d'interlocuteurs dont le rôle principal semble se limiter à approuver le maître mais consiste aussi, et c'est plus important, à relancer et à approfondir sa réflexion. Socrate interroge. Il parle et il écoute. Le plus souvent, il commence par poser une question :

« Dis-moi, qu'est-ce donc, à ton avis, que le Beau ? »

Ou :

« Qu'est-ce que le Bien ? »

Ou encore :

« Qu'est-ce que la Justice ? »

L'interlocuteur répond. La méthode socratique, telle que la présente Platon, consiste à accepter d'emblée sa réponse.

« Ah ! bon, c'est ce que tu penses. Il s'ensuit alors que…

— Évidemment », répond l'autre.

« Donc, nous sommes obligés de dire…

— Bien sûr, Socrate. Tu as raison. »

Ainsi se poursuit, de fil en aiguille, l'enchaînement des évidences, jusqu'à ce qu'il aboutisse à une conclusion apparemment incontestable. C'est alors que tout se joue et que Socrate revient au premier énoncé :

« Mais n'avons-nous pas dit tout à l'heure que… ? Et ne s'ensuit-il pas que… ? »

— Ah ! c'est certain, Socrate.

— Mais alors, nous voilà contraints de dire… »

Un autre fil de raisonnement se déroule à partir de la première réponse qui avait été donnée, un fil qui conduit ailleurs que le précédent — et, le plus souvent, à un résultat opposé. Jusqu'au moment où Socrate finit par constater :

« Mais comment est-ce possible ? Tout à l'heure, nous étions parvenus à une première conclusion ; maintenant, nous aboutissons à une autre conclusion, bien différente. »

C'est le moment de l'embarras, de la perplexité, de l'expérience du non-savoir. La tradition a appelé ce processus l'*ironie socratique*, première ébauche de ce doute philosophique que nous retrouverons chez Descartes. La fameuse formule de Socrate : « Je sais que je ne sais rien » n'est pas l'expression d'une modestie excessive. Elle signifie que le philosophe, qui croyait savoir et qui découvre qu'il ne sait pas, ne se satisfait plus de ces apparences du vrai dont, par facilité, par faiblesse, pour aller plus vite, nous nous contentons le plus souvent. Ce qu'il poursuit, c'est moins une vérité absolue, presque impossible à atteindre, que l'exigence, sans cesse recommencée, d'une vérité toujours plus haute.

Sous le couvert de Socrate qui est à la fois son modèle et son porte-parole, au point qu'il nous est difficile de faire la part de Socrate et celle de Platon dans les discours que Platon, au fil de ses dialogues, met dans la bouche de Socrate, l'auteur du *Banquet* et de la *République* croit aux nombres, à la géométrie, à une réalité cachée derrière les choses sensibles et leur trompeuse apparence, à cette immortalité de l'âme dont Socrate, dans le *Phédon*, parle avec splendeur au moment de mourir. Et puis, reprenant les idées émises par Pythagore deux siècles plus tôt et les modifiant — Pythagore faisait tourner la Terre, la Lune, le Soleil et toutes les planètes connues autour d'un feu central invisible —, il croit que la Terre est une sphère immobile au centre de l'univers et que le Soleil, la Lune, les planètes et les étoiles tournent autour de la Terre à une vitesse constante capable de rendre compte avec une exactitude suffisante du mouvement des objets célestes, capable surtout, tant bien que mal, selon une formule utilisée à l'époque, de « sauver les apparences ».

*

LE RÊVE DU VIEUX

Il y a moins d'idées que d'êtres humains. Modifiés par le temps et par les circonstances, les mêmes thèmes reviennent, sous des formes différentes, à des époques successives. L'être passe de Parménide à Platon, de Platon à Spinoza, de Spinoza à Heidegger. La dialectique passe d'Héraclite à Hegel et de Hegel à Marx. L'ironie et le doute passent de Socrate à Descartes et de Descartes à Kierkegaard. L'idée d'un centre de l'univers est de tous les temps. Tantôt, c'est un feu ; tantôt, c'est la Terre ; tantôt, c'est le Soleil. Jusqu'à ce que les hommes découvrent, après Pascal et Einstein, qu'il n'y a pas de centre du tout.

*

LE FIL DU LABYRINTHE

Platon est un poète, un mathématicien, un metteur en scène et un philosophe. Aristote est un savant, un naturaliste, un biologiste et un philosophe. Il est le disciple de Platon et son opposé. Platon procède par petites touches, souvent presque hésitantes, par tableaux successifs, et, avec le personnage de Socrate, par questions et réponses. Aristote est le premier à construire un système rigoureux où tout le savoir de son temps est rangé et organisé. Il donne forme à ce savoir et cette forme, en retour, imprègne de son sens toute la matière qu'elle contient. En forçant un peu le trait, on pourrait voir dans Platon un artiste proche d'un peintre qui donnerait à contempler des images venues d'un monde plus beau et plus élevé que le nôtre et dans Aristote un sculpteur très savant qui ferait surgir d'un bloc de marbre les créatures et les choses de ce monde où nous vivons. Dans son *École d'Athènes* au Vatican, Raphaël représente Platon levant l'index vers le haut et Aristote l'abaissant vers le bas.

Ce qui occupe et Aristote et Platon, qui croient l'un et l'autre à une réalité dissimulée derrière les apparences, c'est la doctrine de l'être, c'est l'ontologie. Platon cherche l'être dans le ciel des Idées éternelles et immuables où Socrate espère se rendre après sa mort. Aristote, avec le jeu de la matière et de la forme, des causes et des effets, fait descendre sur notre Terre et dans la vie de chaque jour un peu de la perfection secrète de l'être.

Aristote pensait que la Terre appartenait à ce monde changeant et imparfait où la vie, la fatigue et la mort le disputent à la perfection de l'être. Dans ce monde, constitué de terre, d'eau, d'air et de feu, le mouvement naturel était vertical. Toute chose allait en ligne droite, de haut en bas ou de bas en haut. L'air et le feu montaient vers le ciel, la terre et l'eau tombaient vers le sol. L'univers, en revanche, le monde parfait, celui du Soleil et des étoiles qui tournaient autour de la Terre, ne connaissait ni l'usure ni la mort. Il n'avait ni début ni fin. Il était immuable et éternel.

Revu et corrigé cinq cents ans plus tard par un astronome grec d'Égypte du nom de Ptolémée, qui fait la synthèse des connaissances acquises durant les quelques siècles précédents, l'univers platonicien et aristotélicien prend sa forme définitive. Le Soleil, la Lune, les planètes et les étoiles tournent selon un mouvement circulaire autour de la Terre immobile. La Terre occupe la position centrale, entourée de huit sphères de cristal concentriques qui portent respectivement la Lune, le Soleil, les cinq planètes connues à l'époque — Mercure, Vénus, Mars, Jupiter, Saturne — et enfin les étoiles. À la sphère la plus extérieure sont attachées les étoiles qui sont fixes, qui conservent la même position les unes par rapport aux autres et qui tournent en bloc. Ce qu'il y a au-delà de cette dernière sphère dépasse le savoir des hommes.

Le modèle de Ptolémée va s'imposer pendant près de deux millénaires avant d'être attaqué sur deux points essentiels : d'abord, il semble de moins en moins sûr que la Terre soit au centre de tout, et les quatre cavaliers de l'Apocalypse, Copernic, Galilée, Kepler, un peu plus tard Newton, proposent une autre hypothèse, plus hardie, plus séduisante et qui rend mieux compte des mouvements apparents des astres dans le ciel ; et puis, beaucoup plus tard, d'autres esprits audacieux vont finir par se demander si l'univers est vraiment aussi éternel et aussi immuable que le soutenait Aristote.

*

LE RÊVE DU VIEUX

La question pour les hommes est moins de savoir si j'existe ou si je n'existe pas — et *exister* est un drôle de verbe quand il s'applique à l'être : peut-on dire que l'*être existe* ? L'être est, c'est une affaire entendue ; existe-t-il ? c'est une autre histoire — que de suivre l'idée et l'image que les générations successives se sont faites, dans des régions différentes, de ce rêve évident et tout à fait invraisemblable auquel elles donnent le nom de Dieu. Dans leur tête et dans leur cœur, je vais, je viens, je disparais, je reparais. Les premiers hommes m'ignorent. Mon règne s'établit assez tard. Avec Abraham. Avec Aton, brièvement, à Tell el-Amarna, en Égypte, au temps d'Aménophis IV. Avec Moïse. Avec Jésus. Avec Mahomet. Dans le sillage des Barbares, qui sont tous chrétiens — à l'exception des Huns — et qui l'emportent sur l'Empire romain, je triomphe pendant des siècles, pendant cette longue période qu'ils appellent le Moyen Âge, puis tout au long des règnes des califes de Bagdad, de Charles Quint, de Louis XIV, des Bourbons, des Habsbourg, des Médicis, des Romanov, des sultans de la Sublime Porte. Je donne des signes de faiblesse sous les Lumières, je clignote sous les Révolutions — en Toscane, en Angleterre, en France, en Russie, en Chine — et sous la démocratie. Le grand vent de la science me dessèche. Je dépéris. J'agonise. Ma mort est proclamée par Karl Marx et par Nietzsche. Je renais de mes cendres avec Chateaubriand, avec Dostoïevski, avec Péguy, avec Claudel, avec T. S. Eliot, avec Soljenitsyne, avec des bergers, des couturières, des repris de justice un peu partout et le poivrot du coin.

*

LE FIL DU LABYRINTHE

Centré autour d'une Terre immobile, l'univers d'Aristote n'avait ni début ni fin. Il était éternel. Plusieurs siècles avant Aristote, vers l'époque de Ramsès II et de notre vieille guerre de Troie, il y avait pourtant l'amorce d'un autre modèle du monde. Attribuée à Moïse, rédigée en hébreu bien avant d'être traduite en grec par les Septante et en latin par saint Jérôme, la Genèse, premier livre de la Torah des juifs, s'ouvre sur des mots fameux, appelés à un grand avenir :

Au commencement, Dieu créa le ciel et la terre.
La terre était informe et vide ; les ténèbres régnaient sur l'abîme, et l'esprit de Dieu planait sur les eaux.
Dieu dit : Que la lumière soit ! Et la lumière fut. Dieu vit que la lumière était bonne ; et Dieu sépara la lumière d'avec les ténèbres. Dieu appela la lumière jour, et il appela les ténèbres nuit. Ainsi, il y eut un soir, et il y eut un matin : ce fut le premier jour.

Plusieurs choses considérables et nouvelles apparaissent dans ces lignes fondatrices de plusieurs religions et plus célèbres que tous les ouvrages parus avant ou après elles : un premier jour, un commencement du monde, un Dieu créateur de l'univers — et d'abord de la lumière qui précède tout le reste.

La Torah constitue le début et le sommet de l'Ancien Testament, où figurent aussi les Prophètes, les Livres historiques, le Livre de Job, les Psaumes, les Proverbes, l'Ecclésiaste et le Cantique des cantiques. Un peu plus ou un peu moins d'un millénaire plus tard, suivi du Nouveau Testament, composé des quatre Évangiles, d'un certain nombre d'Épîtres, pour la plupart de saint Paul, et de l'Apocalypse de saint Jean, l'Ancien Testament fait partie de la Bible des chrétiens qui allait nourrir la pensée et l'œuvre d'une foule innombrable de croyants et notamment de deux des plus illustres parmi les Pères de l'Église et les théologiens chrétiens : saint Augustin et saint Thomas d'Aquin.

Converti à trente-trois ans, après une vie dissolue et plusieurs années d'études en philosophie, auteur des *Confessions*, un des plus beaux textes de toute la littérature philosophique, et de *La Cité de Dieu*, ouvrage historique et politique rédigé au lendemain du sac de Rome par Alaric, roi — d'ailleurs chrétien — des Wisigoths, Augustin est un grand lecteur de Platon, de Plotin, de Cicéron. Huit siècles plus tard, l'ambition de Thomas d'Aquin est de réaliser une synthèse entre l'univers éternel du système d'Aristote — qui avait presque disparu d'Europe pendant le Moyen Âge avant d'y être ramené, en traduction, après un détour par l'Afrique du Nord et l'Espagne grâce surtout à des penseurs juifs et arabes — et la conception judéo-chrétienne d'un monde créé par Dieu.

Augustin et Thomas partagent une même croyance : ils ont l'un et l'autre cette vision intérieure de l'univers à laquelle des siècles de tradition chrétienne — reprise, en des termes différents, à partir du VIIe siècle, par l'islam de Mahomet — ont donné le nom de *foi*.

Pour Augustin, comme pour la plupart des autres penseurs chrétiens, se pose la question des rapports entre la foi et la raison. Héritière du *logos* grec, la raison a ses critères propres et ses exigences impérieuses. Elle ne se laisse pas intimider, elle ne tolère pas d'interruption, elle ne connaît pas de limites à ses interrogations. La foi, de son côté, se réfère à une Révélation qui est, pour le croyant, plus proche de la vérité que tout ce que la raison peut lui faire connaître, car la source de la Révélation n'est autre que Dieu lui-même — ce même Dieu qui nous a donné la raison. Et ce Dieu, dont tout dépend et qui sait tout d'avance, est le premier objet que la foi aidée par la raison ou la raison aidée par la foi s'efforcent de comprendre.

Entré dans l'ordre des dominicains que saint Dominique venait de fonder et reconnu par l'Église catholique comme le « docteur angélique », saint Thomas d'Aquin, à la différence de saint Augustin dont les *Confessions* sont plus proches de la démarche fluide d'un Platon que de la rigueur aristotélicienne, emprunte à Aristote l'aspiration à un savoir systématique — mais en y introduisant non seulement un Dieu créateur de l'univers, mais toute une hiérarchie des anges, formes pures intermédiaires entre la matière et l'être suprême qui est Dieu. Chargés notamment d'assurer la rotation des sphères cristallines d'Aristote et de Ptolémée et de veiller à la bonne marche de la machine céleste, les anges sont les mécaniciens du ciel.

Saint Thomas et saint Augustin ne s'opposent pas seulement sur le choix d'un schéma systématique ou souple. Mais aussi par leur tempérament, par leur manière d'être, par leur façon de penser et d'écrire et sur leur conception de la vie publique et de l'État. Chantre de la beauté et de la bonté de la création, saint Augustin souligne l'incapacité de l'homme à faire son salut par lui-même. Il est du côté de la grâce.

Saint Thomas est du côté de l'ordre. Il remonte tout le long de la chaîne des êtres connus jusqu'aux anges et jusqu'à Dieu. Pour saint Augustin, qui assiste à l'écroulement de l'Empire romain et à ce coup de tonnerre qu'est la chute de la Ville éternelle, l'État est une conséquence du péché originel. Il s'en méfie. Pour saint Thomas, toujours soucieux d'unification sans exclusion ni rupture, l'Église et l'État vont ensemble comme la grâce et la raison. Pour Augustin, la Cité de Dieu où règne la grâce est coupée de la Cité des hommes abandonnée aux intrigues et au mal, à ce qu'il y a de pire dans la raison. Pour Thomas, au contraire, il y a continuité entre le ciel et la terre. Le sens du tragique, de la déchirure, de la coupure lui est étranger. Il resserre entre l'Église et l'État les liens rompus par Augustin.

Philosophe de la grâce et de la prédestination, saint Augustin, au loin, mènera aux jansénistes, à Port-Royal, à Pascal. Partisan des anges et de la résurrection des corps, mais attaché à l'expérience et à toutes les continuités hiérarchiques des choses de ce monde, saint Thomas marquera de son empreinte et façonnera plus que personne la doctrine de l'Église catholique.

*

LE RÊVE DU VIEUX

Est-ce que j'existe ? Dans la tête et le cœur d'une foule innombrable, oui, sans le moindre doute. Jamais rêve de gloire ou d'amour n'a occupé les esprits avec tant de force et de constance que la folie de Dieu. Sous les noms les plus divers, sous les formes les plus invraisemblables, il y a quelque chose qui court de génération en génération : c'est moi. Que feraient les hommes s'ils ne me cherchaient pas ? Ils me cherchent — et ils ne me trouvent pas. S'ils me trouvaient, ils ne penseraient plus à moi. Parce qu'ils me cherchent sans me trouver, parce qu'ils me nient, parce qu'ils m'espèrent, la seule pensée de Dieu ne cesse jamais de les occuper tout entiers. Je suis un Dieu caché. Dieu vit à jamais parce que les hommes doutent de lui.

*

LE FIL DU LABYRINTHE

Athos, Porthos, Aramis, les trois mousquetaires d'Alexandre Dumas, étaient quatre. Les trois mousquetaires du monde nouveau sont un chanoine polonais, un astronome allemand, un mathématicien italien : Copernic, Kepler, Galilée. Quelques mois après la mort du dernier des trois naît le quatrième, et le plus grand de tous, le d'Artagnan de la cosmologie, Newton, un Anglais. À eux quatre, ils bouleversent l'univers d'Aristote et de saint Thomas d'Aquin.

Les artisans de ce renversement sont, bien sûr, plus de quatre. Un Nicolas de Cues, cardinal allemand du XVᵉ siècle, un Tycho Brahé, astronome danois qui pensait — avant de mourir à Prague d'un éclatement de la vessie pour n'avoir pas osé se retirer à temps d'un banquet interminable auquel assistait l'empereur romain germanique — que les planètes tournaient autour d'un Soleil qui tournait lui-même autour de la Terre, un Giordano Bruno, moine italien de saint Benoît, qui imaginait un nombre infini de mondes habités par un nombre infini de créatures, brûlé vif à Rome pour hérésie, jouent, parmi beaucoup d'autres, des rôles importants dans le grand complot qui, aux yeux de l'Église, semble dirigé contre l'ordre éternel voulu et établi par la divine Providence. Parmi tous ces acteurs, heureux ou malheureux, de la recherche de la vérité et du grand bouleversement, l'histoire des hommes retient surtout les noms de Copernic et de sa révolution, de Kepler et de ses ellipses, de Galilée et de son procès — et, après eux, mais d'abord et avant tout, le nom de sir Isaac Newton et de sa mécanique céleste.

Que propose Copernic ? Il propose de remplacer le modèle traditionnel d'Aristote et de Ptolémée, centré sur la Terre, par un modèle plus simple, centré sur le Soleil. C'est une révolution comparable en importance à la découverte du feu par les hommes de la préhistoire ou à l'invention de l'écriture. L'homme, mesure de toutes choses pour les Grecs, est déchu de son trône au centre de l'univers. Il est emporté dans un tourbillon où il n'est plus qu'un détail parmi d'autres. Pour Copernic, le Soleil est immobile au milieu de l'univers et les planètes — dont la nôtre — décrivent autour de lui des orbites circulaires.

Exposé non seulement, par prudence, sous le couvert de l'anonymat, mais de façon purement théorique et comme une simple hypothèse qui ne risquait pas de déclencher les foudres de l'Église catholique, ce modèle radicalement nouveau est repris et corrigé par Kepler qui avait étudié la théologie à Tübingen avant de se consacrer aux mathématiques et à l'astronomie. Kepler découvre que les orbites des planètes présentent la forme non pas d'un cercle, mais d'une ellipse.

Inventeur de la physique expérimentale, auteur d'expériences importantes sur la chute des corps, fondateur des sciences de la nature modernes, Galilée confirme et met en forme l'image du monde présentée comme un modèle mathématique et une hypothèse de travail par le chanoine Copernic. Il devient le champion de l'univers héliocentrique et traite de « simples d'esprit » les tenants de l'univers traditionnel où l'homme créé à l'image de Dieu est au centre du monde pensé par son créateur. C'est la goutte d'eau qui fait déborder le vase. L'Église ne peut plus fermer les yeux. Galilée est cité à comparaître devant l'Inquisition romaine, et il est condamné. Placé en résidence surveillée dans la petite ville d'Arcetri, près de Florence, il y meurt aveugle au terme de quelques années. Il est douteux qu'il ait jamais prononcé à propos de notre planète la formule fameuse : « *Eppur' si muove !* — Et pourtant, elle tourne ! »

*

LE RÊVE DU VIEUX

Les hommes découvrent et ils inventent. Quand ils découvrent, les unes après les autres, les lois cachées de la nature et ce qu'ils appellent la vérité, ils font de la science. Quand ils se livrent à leur imagination et qu'ils inventent ce qu'ils appellent de la beauté, ils font de l'art. La vérité est contraignante comme la nature. La beauté est libre comme l'imagination.

Copernic découvre. Galilée découvre. Newton découvre. Einstein découvre. Et chacun d'eux détruit le système qui le précède.

Homère invente. Virgile invente. Dante invente. Michel-Ange, Titien, Rembrandt, Shakespeare, Racine, Bach et Mozart, Baudelaire, Proust inventent. Et aucun d'entre eux ne détruit les œuvres qui le précèdent.

*

LE FIL DU LABYRINTHE

Le progrès technique joue un rôle décisif dans la construction du nouveau modèle de l'univers. Galilée est le premier à braquer vers le ciel un petit télescope inspiré d'un nouvel instrument hollandais et doté d'une lentille d'environ trois centimètres de diamètre, capable de grossir trente-deux fois et de faire passer le nombre des étoiles visibles dans la Voie lactée de quelques milliers à quelques millions. Il annonce, de loin, le grand télescope en forme de parabole perché, vers le milieu du XXe siècle, sur le mont Palomar et les télescopes géants de quinze mètres de diamètre qui, un peu partout, se profilent à l'horizon et qui permettent de distinguer des objets célestes des millions de fois moins lumineux que l'étoile la plus faible visible à l'œil nu.

Au cœur de ce progrès technique, la lumière de Dieu telle que la chante la Genèse. Après tant d'efforts déployés pour capturer la lumière se pose le problème de la retenir prisonnière. Il s'agit d'enregistrer l'image aperçue dans le ciel pour la conserver et l'étudier. La découverte de la photographie à la fin du premier quart du XIXe siècle par le Français Nicéphore Niépce ouvre des perspectives nouvelles et permet de fixer sur une plaque de verre ou sur du papier l'image de milliers d'étoiles.

L'essor de l'aviation et la conquête de l'espace font franchir une nouvelle étape dans la maîtrise de la lumière : placé en orbite il y a à peine une vingtaine d'années, le télescope spatial Hubble met à notre portée, avec dix fois plus de détails, des astres cinquante fois moins lumineux que ceux que nous présentaient les plus grands télescopes au sol.

La vitesse de la lumière est très grande — et même plus grande que tout : trois cent mille kilomètres à la seconde. Mais sa propagation n'est pas instantanée : la lumière met huit minutes pour nous parvenir du Soleil qui est à cent cinquante millions de kilomètres de la Terre, elle nous fait voir des étoiles mortes depuis longtemps, elle nous permet d'apercevoir des objets célestes qui remontent aux débuts de l'univers. Voir loin dans l'espace grâce aux télescopes d'aujourd'hui, c'est voir loin dans le temps.

*

LE RÊVE DU VIEUX

Ce qu'il y a d'intéressant dans le roman du monde, c'est qu'il faut du temps pour que l'énigme se résolve. La découverte du passé est réservée à l'avenir. Les hommes, par la pensée, font en sens inverse le chemin suivi par l'histoire. Plus le monde vieillit, plus il en apprend sur sa jeunesse. Les hommes, à leurs débuts, ne savaient rien sur l'origine des choses. Ils en savent de plus en plus grâce au temps qui se déroule. Le passé s'éclaire à mesure qu'il s'éloigne. Ce n'est qu'à l'extrême fin du monde qu'une partie au moins des secrets de ses débuts obscurs pourront être révélés.

*

LE FIL DU LABYRINTHE

Trois cents ans après la grande peste noire venue d'Orient qui avait frappé l'Europe et l'Asie et tué près de cent millions de personnes au milieu du XIVe siècle, le fléau ravageait encore beaucoup de villes et surtout beaucoup de ports. À Venise — où la peste avait emporté en quelques semaines d'été de 1576 plus du quart de la population, dont le vieux Titien, enseveli aux Frari entre son *Assomption* et sa *Madone Pesaro* —, Baldassare Longhena, pour remercier la Vierge de la fin de l'épidémie en 1630, avait élevé, derrière la Douane de mer, l'église de la Salute. Marseille sera atteinte plus tard, en 1720.

En 1666, pour échapper à la maladie qui sévit à Londres — bientôt en proie, comble d'infortune, à un incendie gigantesque qui ravagera les quatre cinquièmes de la Cité — et dans la plupart des villes, un jeune Anglais du nom d'Isaac Newton, qui vient d'achever des études brillantes à l'université de Cambridge, se réfugie chez sa mère, à la campagne. À vingt-trois ans, dans cette maison du Lincolnshire, il bouleverse le système de l'univers d'Aristote, de Ptolémée et de saint Thomas d'Aquin, déjà ébranlé par les découvertes de Copernic et de Galilée. En quelques mois, à l'écart de tout et de tous, alors que la peste poursuit ses maléfices autour de lui, il invente le calcul différentiel et infinitésimal, fait des découvertes fondamentales sur la nature de la lumière et découvre le principe de la gravitation universelle.

Comme Héraclite et Parménide qui se regardent en chiens de faïence, comme Aristote encadré par Platon et par Ptolémée, comme Galilée qui prend la suite de Copernic et de Kepler, Newton est loin d'être seul. À peu près à la même époque, un philosophe allemand du nom de Leibniz, adversaire et ami du juif portugais Spinoza qui vit à Amsterdam, travaille lui aussi sur le calcul infinitésimal. Et un mathématicien et astronome hollandais appelé Huygens poursuit, lui aussi, avec des idées très différentes, des recherches pleines d'avenir sur la nature de la lumière. Huygens est persuadé que la lumière est faite d'ondes ; Newton croit qu'elle est composée de corpuscules. Il faudra attendre Niels Bohr, Louis de Broglie et la mécanique ondulatoire pour établir, au XXe siècle, que la lumière est composée de particules qui ondulent.

Ce qui fait l'importance et la gloire de Newton aux yeux de ses contemporains et de ses successeurs, c'est qu'il propose une loi universelle qui remplace tous les systèmes du monde antérieurs et donne un visage radicalement nouveau à cet univers où sont jetés des hommes qui, par un miracle toujours inexpliqué, sont capables de le comprendre, de percer ses secrets et presque de le recréer.

*

LE RÊVE DU VIEUX

Il n'y a jamais eu qu'un roman : c'est le roman de l'univers. Et il y a un seul romancier : c'est moi. Les autres, ceux qui écrivent des livres, qui obtiennent des distinctions et qui ramassent des lecteurs, qui deviennent célèbres et dont les noms flottent sur les lèvres des hommes, se contentent de combiner autrement, en se servant du langage que je leur ai donné, des fragments de ma création. On peut dire la même chose de ceux qui peignent et qui sculptent, qui font des films et du théâtre, de la musique, des opéras : ils se servent des yeux, des mains, des oreilles que je leur ai donnés pour rassembler des spectateurs, des auditeurs et des admirateurs prêts à les acclamer.

Il y a l'amour, le savoir, l'intelligence, la curiosité, l'ambition et tous leurs succédanés : la rivalité, la haine, l'envie, la jalousie, la fureur, la bêtise, la folie. Il y a la guerre, le chagrin, le malheur, la révolte. Vous mettez tout cela ensemble, vous secouez le *puzzle*, vous en faites tomber des morceaux, vous peignez des Vierge, des courtisanes et des pommes, vous sculptez des saints et des héros, vous élevez des pyramides, des temples, des cathédrales, des échangeurs et des ponts suspendus, vous écrivez des romans, des tragédies, des farces, des Mémoires, des symphonies, des systèmes de l'univers, des manuels du pêcheur ou du parfait bricoleur et des théogonies. Vous aimez, vous souffrez, vous vous souvenez, vous vous massacrez, vous découvrez des cieux : c'est le roman du monde.

*

LE FIL DU LABYRINTHE

Pour dire les choses en une phrase, Newton découvre la loi de la chute des corps et l'applique au modèle de l'univers établi par Copernic et par Galilée.

L'origine de cette découverte est une image d'Épinal aussi célèbre que les légendes d'Adam et Ève dans le Paradis terrestre à la veille de leur chute, d'Œdipe aveugle guidé par sa fille Antigone, de Balzac en robe de chambre entouré de Vautrin et de Lucien de Rubempré devant sa tasse de café, de Proust cloué par l'asthme dans son lit de douleur parmi le flot de paperolles d'où sortira la *Recherche.* Au fond de la campagne anglaise, haies basses, pelouses très vertes, arbres fruitiers, ciel bleu pâle parsemé de nuages, Isaac est assis dans l'herbe à l'ombre d'un pommier. À quoi pense-t-il ? À rien peut-être. À Dieu. À ses études. Au mystère du monde et de l'être. Une pomme tombe de l'arbre sur sa tête ou à ses pieds. Une idée foudroyante lui traverse l'esprit : la pomme tombe du pommier parce qu'elle est attirée par la Terre.

Cette idée si simple — plus simple que celle d'Archimède jaillissant de son bain pour aller crier : « *Eurêka !* J'ai trouvé ! » dans les rues de Syracuse, aussi simple que celle de Christophe Colomb décidant, puisque la Terre est ronde, de partir à la rencontre des Indes par l'ouest au lieu d'aller les chercher par l'est comme tous les autres — va transformer le monde.

Découverte par Newton dans la campagne anglaise au temps de la peste de Londres, la loi de la gravitation universelle stipule que tout corps est attiré par tout autre corps selon une force d'autant plus grande que les corps sont plus massifs et plus proches. Le coup de génie de Newton est de faire le lien entre la chute de la pomme dans le jardin de sa mère et les mouvements de la Terre autour du Soleil et de la Lune autour de la Terre. La pomme, la Lune, la Terre et tous les astres dans le ciel obéissent à une seule et même loi : l'attraction universelle.

Les anciens modèles sont mis en pièces. Il n'y a plus de distinction entre le ciel et la Terre. Il n'y a plus de sphères de cristal, il n'y a plus d'anges pour les mettre en mouvement. Il y a une loi unique pour un monde où tout est toujours en mouvement et où tout est lié.

Newton ne se contente pas d'expliquer comment les corps se meuvent, il développe aussi les mathématiques complexes nécessaires à l'analyse de ces mouvements. Une fois lancé, un corps sur lequel ne s'exerce aucune force continue à se déplacer en ligne droite à la même vitesse. Mais tout corps attirant tout autre corps selon une force proportionnelle à la masse des deux corps et à leur distance entre eux, la Lune, au lieu de poursuivre son chemin tout droit, tourne autour de la Terre et la Terre, au lieu de continuer, elle aussi, tout droit, tourne autour du Soleil.

Si la Lune ne tombe pas comme la pomme sur la Terre, c'est que son mouvement naturel constitue une force qui s'oppose à la force de gravité. Cette force — dite centrifuge — qui repousse la Lune de la Terre est exactement égale et opposée à la force de gravité. Si la force d'attraction gravitationnelle l'emportait sur la force centrifuge, la Lune tomberait sur la Terre comme la pomme. Si la force centrifuge née du mouvement de la Lune l'emportait au contraire sur la force de gravitation, la Lune échapperait à l'attraction de la Terre et irait se perdre dans l'espace infini. Mais les deux forces s'équilibrent et s'annulent. La Lune s'obstine à tourner autour de la Terre comme la Terre s'obstine à tourner autour du Soleil. Et les lois de Newton prédisent avec exactitude les mouvements réguliers de la Terre, de la Lune et des autres planètes.

Trois quarts de siècle après la mort de Newton, Pierre Simon de Laplace, mathématicien et astronome français, fils de cultivateur, protégé de d'Alembert, examinateur du jeune Bonaparte à l'École royale militaire, professeur à l'École normale et à l'École polytechnique, spécialiste du calcul des probabilités, ministre de l'Intérieur le temps d'un éclair au lendemain du 18 Brumaire, comte d'Empire et marquis sous la Restauration, présente à Napoléon sa *Mécanique céleste*, inspirée des travaux de Newton et de ses successeurs. L'Empereur lui fait remarquer que Dieu n'apparaît nulle part dans son système du monde.

« Sire, lui répond Laplace, Dieu est une hypothèse dont j'ai cru pouvoir me passer. »

*

LE RÊVE DU VIEUX

La révolution copernicienne, la loi de la gravitation universelle, les opinions du marquis de Laplace ne me font ni chaud ni froid. Je ne cesse jamais d'admirer les hommes et leurs efforts pour me comprendre et pour comprendre mon univers. Mais je ne cesse pas non plus de m'amuser des labyrinthes où ils se débattent, où ils prétendent m'enfermer et où ils essaient de me perdre.

Ce qui m'étonne le plus, c'est de voir mon nom mêlé à ces révolutions cosmologiques et à ces systèmes successifs. Ce n'est pas mon système qui s'écroule avec Newton. Ce qui s'écroule, c'est un système des hommes remplacé par un autre système des hommes. S'il y a quelque chose qui disparaît dans ce bouleversement, ce n'est pas l'image de Dieu, c'est une certaine idée que les hommes se forgeaient de l'univers qui les entoure et dont ils font partie. Moi, je ne bouge pas. Pendant les travaux, mes affaires continuent.

Les sphères de cristal étaient absurdes. Les anges étaient inutiles. Je n'y étais pour rien. C'étaient les hommes qui les avaient inventés. Voilà qu'avec la gravitation universelle ils inventent autre chose qui rend mieux compte des apparences, mais qui ne répond pas mieux à la question de savoir pourquoi les choses sont comme elles sont dans le ciel et sur la Terre. La réalité est toujours là. Et elle n'est rien d'autre que mon rêve toujours inexpliqué.

Un jeune Anglais de génie découvre que les astres dans le ciel tournent les uns autour des autres avec une précision telle qu'ils évitent à la fois de s'éloigner les uns des autres en une folie dissipative et de tomber les uns sur les autres en un magma indicible. Qu'est-ce qui les fait tourner ? Les hommes proclament, et ils ont raison, que c'est la loi de l'attraction universelle et de la gravitation. La loi ne fait qu'exprimer ma puissance avec beaucoup plus de rigueur que toutes les sphères de cristal et tous les anges réunis.

*

LE FIL DU LABYRINTHE

Chassé par Copernic de sa place au centre du monde, jeté par Newton dans un univers mécanique, l'homme restait une créature créée par Dieu à son image. Ses ancêtres ne remontaient pas très loin et il gardait dans son cœur le souvenir enchanté de la vie idyllique et pleine de noblesse qu'ils avaient menée, avant la faute, dans le décor de rêve du Paradis terrestre. L'illusion n'allait pas durer longtemps. Une épreuve plus cruelle que toute la cascade des modèles successifs de l'univers l'attendait vers le milieu du Second Empire, au temps de Morny, d'Offenbach, de la reine Victoria, de la *Carmen* de Mérimée. Un Anglais, grand chasseur de bécasses et collectionneur de papillons, publie un ouvrage explosif : *De l'origine des espèces.*

Charles Darwin n'était pas le premier à s'occuper de la classification des êtres vivants. L'ancêtre est un naturaliste suédois du XVIIIe siècle, Carl von Linné. Pour Linné — contrairement à Diderot qui, à peu près à la même époque, écrit avec génie : « Tous les êtres circulent les uns dans les autres. Tout est en un flux perpétuel. Tout animal est plus ou moins homme, tout minéral est plus ou moins plante, toute plante est plus ou moins animal. Il n'y a qu'un seul individu, c'est le tout. Naître, vivre et passer, c'est changer de forme » —, les espèces, créées par Dieu, sont fixes et obéissent à « une loi éternelle de reproduction et de multiplication ». Les chiens font des chiens, les chats font des chats.

Fondateur de la paléontologie, le Français Georges Cuvier entreprend des recherches sur les fossiles. Constatant leur diversité, il voit dans ces vestiges des preuves de l'existence d'espèces passées et disparues — mais non de l'évolution. Il reste fixiste. Les deux premiers naturalistes partisans d'une évolution des espèces et du transformisme sont Geoffroy Saint-Hilaire et Jean-Baptiste Lamarck.

Reprenant une idée de Goethe qui imaginait « qu'on pourrait déduire toutes les formes végétales d'une seule » et que toutes les plantes provenaient de variations sur le thème d'un archétype primordial, Geoffroy Saint-Hilaire — à qui Balzac dédie *Le Père Goriot* « comme un témoignage d'admiration de ses travaux et de son génie » — soutient que, d'un point de vue théorique, « il n'y a qu'un seul animal ». Tout animal habite soit à l'intérieur soit à l'extérieur de son squelette : les insectes ont leur squelette — leur carapace — à l'extérieur de leur corps ; les vertébrés — un mammifère, un oiseau, un reptile, un poisson… — ont leur squelette à l'intérieur de leur corps. La création, pour lui, résulte de la mise en jeu par le Créateur de quelques lois simples.

Jean-Baptiste Lamarck, de son côté, défend l'idée d'une complexité croissante des êtres vivants, il croit à leur diversification en fonction du milieu où ils évoluent et à l'hérédité des caractères acquis. Sa description de la girafe est célèbre : « On sait que cet animal, le plus grand des mammifères, habite l'intérieur de l'Afrique et qu'il vit dans des lieux où la terre, presque toujours aride et sans herbage, l'oblige de brouter le feuillage des arbres. Il résulte de cette habitude que son col s'est tellement allongé que la girafe atteint à six mètres de hauteur. » Lamarck ne croyait pas à une origine commune à l'ensemble des êtres vivants. Pour lui, les transformations successives et héréditaires se déroulaient en parallèle, chaque espèce se transformant et se diversifiant progressivement, à partir d'origines distinctes. Sa *Philosophie zoologique* paraît en 1809. La même année naît Charles Darwin dont la gloire éclipsera les vues novatrices et profondes de Lamarck.

*

LE RÊVE DU VIEUX

Dieu est hors du temps. Mais il est aussi dans le temps parce que les hommes qui le pensent, qui l'adorent, qui le combattent sont emportés dans le temps. Dieu est éternel, et il a pourtant une histoire — qui est l'histoire des hommes.

Dans cette histoire de Dieu et des hommes, il y a, entre le milieu du XIXe siècle et le début du XXIe, un peu plus de cent cinquante ans qui sont rudes pour un Dieu dénoncé et traqué par les hommes.

*

LE FIL DU LABYRINTHE

Grand et fort, de santé médiocre, fils tranquille et soumis d'un médecin considéré et honorablement connu à l'époque, bon père, bon époux, plutôt conformiste, cet apôtre de la révolution la plus décisive des temps modernes passait, dans sa jeunesse, pour une tête en l'air. « Vous ne vous souciez que de la chasse, des chiens et des rats, grondait son père, le médecin. Vous serez une honte pour votre famille et pour vous-même ! » La tête en l'air, qui suit à Oxford quelques cours de botanique, se prépare à devenir pasteur quand une chance imprévue s'offre à elle : on lui propose de partir, au titre d'homme de compagnie du capitaine Robert Fitz-Roy, âgé de vingt-six ans et au caractère difficile, pour un très long voyage d'étude. Il accepte. Il embarque sur le *Beagle* qui, le 27 décembre 1831, « après avoir été plusieurs fois rejeté vers les rivages par de lourdes rafales de vent du sud-ouest », lève l'ancre à Plymouth pour un tour du monde de cinq ans. Le 2 octobre 1836, le *Beagle* est de retour à Falmouth.

Tout au long de cette navigation de cinq ans, au Brésil, en Argentine, aux îles Falkland, à la Terre de Feu, au Chili, aux îles Galápagos d'où il ramène toute une série de pinsons, en Australie, aux îles Cocos, à l'île Maurice, en Afrique du Sud, il recueille des informations, il accumule des observations, il amasse des découvertes — et il contracte une fièvre qui ne le quittera plus jamais. Un quart de siècle plus tard, après avoir lu Malthus, qui soutient que les hommes sont trop nombreux sur la Terre parce que la population croît selon une progression géométrique — 1,2,4,8,16,32... — alors que les moyens de subsistance augmentent selon une progression arithmétique — 1,2,3,4,5,6... —, et épousé sa cousine Emma qui lui donnera dix enfants, il publie à Londres, le 24 novembre 1859, *De l'origine des espèces* qui connaît un succès inouï : tirée à mille deux cent cinquante exemplaires, la première édition est épuisée dans la journée. Le succès prend aussitôt l'allure d'un scandale sans précédent. Vingt-trois ans plus tard, la tête en l'air sera enterrée, aux côtés d'Isaac Newton, à l'abbaye de Westminster.

Que dit l'auteur de cette bombe ? Il affirme que toutes les espèces vivantes descendent d'un ancêtre commun et qu'une sélection naturelle, inspirée de Malthus, élimine les moins adaptés. Non seulement tous les hommes sont frères, mais tous les êtres vivants sont cousins et partagent la même origine, d'une effroyable modestie. Darwin se garde bien d'évoquer dans son ouvrage la parenté entre l'homme et le singe. Mais nul ne s'y trompe. Le livre de Darwin tisse des liens étroits entre l'humanité et le règne animal, entre les singes et les hommes, et il heurte les sentiments d'une immense majorité de lecteurs.

En juin 1860, sept mois après la parution de son livre, un débat historique se déroule à Oxford devant sept cents personnes. D'un côté, le féroce évêque d'Oxford, Samuel Wilberforce ; de l'autre, un fervent partisan de l'évolution, le physiologiste et embryologiste Thomas Huxley, surnommé « le bouledogue de Darwin », grand-père de deux frères illustres : Julian Huxley, biologiste, professeur de zoologie, premier directeur général de l'Unesco, et Aldous Huxley, romancier et essayiste, auteur, au scepticisme corrosif et paradoxal, influencé sur le tard par le bouddhisme et par l'Inde, de toute une série de chefs-d'œuvre étourdissants, parmi lesquels *Contrepoint* et *Le Meilleur des mondes*.

Un dialogue célèbre, déjà saisi par la légende, qui l'a sans doute embelli, s'instaure entre Wilberforce et Huxley. L'évêque demande au partisan de Darwin si c'est par son grand-père ou par sa grand-mère qu'il entend descendre du singe. Et Thomas Huxley lui réplique qu'il préfère de loin avoir un singe pour ancêtre plutôt qu'un évêque imbécile qui refuse de regarder la vérité en face.

C'est que, beaucoup plus que les systèmes de Copernic ou de Newton, le transformisme et la théorie de l'évolution constituent une révolution aux conséquences meurtrières pour la religion et la foi. L'homme n'est plus créé par un Dieu qui le façonne à son image : il sort d'un processus sans volonté extérieure et sans cause, sans aucune finalité et dépourvu du moindre sens qui lui serait imposé du dehors. Déjà chassé du centre de l'univers, le voilà dépouillé de sa couronne de fleuron suprême de la création. Il est à l'image de ces singes dont il est le cousin plutôt qu'à celle d'un Dieu dont il n'est plus le fils. Si Darwin a raison, à quel stade d'une évolution qui s'étend sur des millions d'années une âme d'origine divine aurait-elle pu être introduite dans le corps de ces hommes qui sortent d'animaux qui sortent eux-mêmes de plantes qui sortent elles-mêmes de bactéries ? Nous sommes des primates, des oiseaux, des poissons, des arbres, des algues, des bactéries, de la poussière d'étoiles. Où pourrait bien se glisser le péché originel ? Si les singes et nous, les chiens et les chats, les tigres, les éléphants, les tortues et les éponges, les algues et les bactéries avons tous une source commune, Dieu a-t-il encore un rôle dans l'évolution de la vie ? Occupe-t-il encore une place dans ce monde livré à lui-même ?

Au moment où l'homme découvre l'humilité de ses origines, l'orgueil l'envahit : la théorie de l'évolution a rendu Dieu superflu.

*

LE RÊVE DU VIEUX

Et l'évolution, d'où sort-elle ? De rien, de l'air du temps, du hasard, de la nécessité ? La nécessité, la loi, les nombres, l'ordre des choses, ce ne serait pas moi ? Le hasard, la surprise, l'inattendu, l'avenir, ce ne serait pas moi ? Et le temps, ce n'est pas moi, peut-être ? Et le rien, ne serait-ce pas moi ? Je suis le tout et le rien. Le tout, c'est moi. Et le rien aussi. Tout ce qui se passe dans leur monde qui est d'abord le mien ne provient que de moi. Et quand ils croient qu'il n'y a rien, c'est encore moi qui suis là.

Ils me refont le coup de la gravitation. Ils découvrent peu à peu et mes voies et mes lois parce que je leur permets de les découvrir et ils me les jettent à la figure en poussant les hauts cris : « Le Vieux n'est plus bon à rien ! Le Vieux est devenu inutile ! » Si j'étais un de ces hommes dénoncés comme orgueilleux et arrogants par le chasseur de bécasses converti à la taxinomie et qui se réclament des singes dont ils se savent différents, je leur lancerais : « Poussière d'étoiles ! mon cul. »

*

LE FIL DU LABYRINTHE

L'Église catholique ne met pas longtemps à réagir. Dès 1860, un an après la parution de l'ouvrage de Darwin, à peu près à l'époque de la controverse entre Wilberforce et Huxley, l'épiscopat allemand prend officiellement position contre les théories de l'auteur à l'occasion d'un concile spécial tenu à Cologne. Il déclare que l'origine du corps humain né de l'évolution à partir d'espèces animales supérieures est en contradiction avec l'Écriture sainte et doit être rejetée comme incompatible avec la foi catholique. Il faudra attendre le milieu du XXᵉ siècle pour que le Vatican autorise les chercheurs catholiques à travailler sur le problème, toujours non résolu, d'une évolution du corps de l'homme. En 1996, Jean-Paul II affirme, à propos de l'évolution, que « la théorie est plus qu'une hypothèse ». L'origine du genre humain à partir d'un couple primitif cesse de constituer un article de foi. Elle reste une croyance largement répandue au sein de l'Église catholique.

Dans les pays à majorité protestante, et notamment aux États-Unis, la réaction est plus vive encore. Fondamentalistes et évangélistes ont du mal à accepter que les êtres humains ne descendent pas d'Adam et d'Ève. En 1924, le Tennessee est le premier État de l'Union à interdire l'enseignement de la théorie de l'évolution. L'année d'après, un procès, appelé le « procès du singe », est intenté avec succès à un professeur de biologie qui faisait remonter au règne animal la généalogie des êtres humains. En 1981, l'Arkansas et la Louisiane envisagent de renvoyer dos à dos créationnisme et évolution en attribuant un temps égal à l'enseignement des deux théories. La Cour suprême s'y oppose : elle déclare que le créationnisme n'est pas une théorie scientifique, mais une doctrine religieuse. En 2008, alors que le candidat républicain, John McCain, bien qu'adhérant personnellement au darwinisme, estime que « chaque Américain devrait être informé des deux théories », le candidat démocrate, Barack Obama, se déclare hostile à l'enseignement du créationnisme dans les écoles publiques. En 2004, d'après un sondage de l'institut Gallup, 45 % des Américains croient que « Dieu a créé les humains dans leur forme actuelle ». En 2009, 48 % des Américains estiment que la théorie de l'évolution est « la meilleure explication de la vie sur la Terre ».

*

LE RÊVE DU VIEUX

Mes ennemis s'agitent et s'enhardissent contre moi ; et ceux qui me haïssent injustement se sont multipliés.

Ils me rendent le mal pour le bien ; ils me déchirent parce que je m'attache au bien.

Ils ont percé mes mains et mes pieds, ils ont compté tous mes os.

Ils sont là à me regarder, à me considérer ; ils se sont partagé mes vêtements, ils ont tiré au sort ma tunique.

Oui, bien sûr, les choses ont changé. Longtemps, le destin des hommes a dépendu de Dieu. Maintenant, après Newton et Darwin, et surtout après Marx, Nietzsche et Freud, le destin de Dieu dépend des hommes.

Mais qui croira que le sort de l'être est entre les mains des créatures ? L'être est, et il n'y a rien d'autre à en dire.

*

LE FIL DU LABYRINTHE

Darwin était un homme attachant et modeste : « Étant donné la médiocrité de mes capacités, il est vraiment surprenant que j'aie aussi considérablement influencé l'opinion des hommes de science. » Il avait été bouleversé par sa propre découverte et il s'était éloigné lentement, graduellement, presque à contrecœur et contre sa volonté, de la foi de son enfance. Quelques années après son mariage, bien avant la publication de son grand ouvrage, il confie à un ami qu'il est « presque entièrement convaincu que les espèces ne sont pas immuables ». Et il ajoute : « C'est comme confesser un meurtre. » Toute sa vie, il a conservé une lettre de sa femme Emma où, après lui avoir parlé du « danger d'abandonner la révélation », elle lui écrivait : « Je serais extrêmement malheureuse si je pensais que nous ne nous appartenons pas l'un à l'autre pour l'éternité. » Sur cette lettre, il avait griffonné de sa main ces mots fiévreux et un peu heurtés : « Quand je serai mort, sache que bien souvent j'ai embrassé et pleuré sur ça. »

Ce qui donne à sa théorie de l'évolution des espèces son intensité dramatique, c'est moins l'origine commune, la parenté étroite entre les êtres humains et le règne animal, la sélection naturelle, la lutte pour la vie, inspirée de Malthus — *struggle for life* —, que l'élimination radicale de tout projet d'ensemble, de toute volonté extérieure, de toute intention divine et de toute finalité. La création du monde par Dieu, c'était toute l'histoire déterminée d'emblée sous forme de projet et attirée par une fin établie à l'avance. La théorie de Darwin substitue à cette odyssée divine, à cette théodicée une descendance avec modifications infimes, aléatoires et répétées où survivent les plus aptes et les mieux adaptés. La création se change en émergence et peut enfin être pensée sans Créateur.

Darwin avait d'abord considéré que « l'être humain — le merveilleux être humain » pouvait constituer une exception dans le mécanisme de l'évolution. « Je ne suis pas un athée, écrivait-il ; j'ai simplement libéré le Créateur de toute responsabilité dans cette longue aventure, merveilleuse et tragique, terrifiante, absurde et cruelle, qui nous a donné naissance. » Mais l'évidence s'impose : non, l'homme « n'est pas une exception ». Il doit être « soumis à la même loi ». Douze ans après *De l'origine des espèces* qui reste prudent et à peu près muet sur ce sujet, *La Généalogie de l'homme* lève toute ambiguïté et applique à l'être humain les lois de l'évolution. Semblable à toutes les autres espèces, l'homme n'a pas besoin de Dieu.

*

LE RÊVE DU VIEUX

« Hier, je me suis endormi dans l'herbe et je me suis réveillé avec un chœur d'oiseaux qui chantaient autour de moi, avec des écureuils qui grimpaient aux arbres, avec un pivert qui riait, et c'était une scène ravissante, et je me moquais comme d'une guigne de l'origine de ces oiseaux et de ces animaux. » Qui a écrit ces lignes ? C'est Darwin. Le même Darwin parle quelque part de « l'infinité des formes les plus belles et les plus merveilleuses ». Et il ajoute que là est « la question la plus intéressante, la véritable âme de l'histoire naturelle ».

Le monde n'est pas un chaos. Il y a de l'ordre dans l'univers. Et il y a de la beauté dans l'univers. D'où vient l'ordre ? D'où vient la beauté ? Personne n'ôtera de la tête de beaucoup d'êtres humains l'idée que le monde est un projet en œuvre et qu'en dépit de tant de mal et de tant de souffrances, il garde un sens caché.

La science d'aujourd'hui détruit l'ignorance d'hier et elle fera figure d'ignorance au regard de la science de demain. Dans le cœur des hommes il y a un élan vers autre chose qu'un savoir qui ne suffira jamais à expliquer un monde dont la clé secrète est ailleurs.

*

LE FIL DU LABYRINTHE

Darwin ne découvre pas seulement les lois de l'évolution et de la sélection naturelle, il bouleverse aussi la chronologie de l'univers et de la vie.

L'âge de l'univers a fait l'objet depuis la nuit des temps de spéculations innombrables et contradictoires. En dépit de la généalogie et de la mythologie des dieux de l'Olympe qui s'engendrent les uns les autres avant de devenir immortels et de donner naissance au Ciel, à la Terre, à l'Océan, Aristote, comme la plupart des philosophes grecs, pensait que le monde était éternel. Les juifs et les chrétiens, au contraire, croyaient à un début de l'univers : la Bible enseigne que Dieu créa le monde en six jours avant de se reposer le septième, origine du shabbat juif, du dimanche chrétien, du vendredi musulman. Pour saint Augustin, l'univers a quelque cinq mille ans. Au XVIIe siècle, au terme d'une enquête minutieuse sur les chronologies bibliques qui a dû lui coûter beaucoup de temps et d'efforts, l'archevêque anglican James Ussher fixe la date de la création du monde au 23 octobre 4004 avant Jésus-Christ, entre neuf heures du matin et quatre heures de l'après-midi. Bossuet croit encore à un univers âgé de quelques milliers d'années. Buffon hésite entre des durées très diverses — de soixante-quinze mille à deux cent mille ans. Il incline, en fin de compte, avec prudence, à plusieurs centaines de milliers d'années, mais indique : « Plus nous étendrons le temps et plus nous approcherons de la vérité et de la réalité de l'emploi qu'en a fait la Nature. » Beaucoup de fondamentalistes américains attachés à la Bible sont toujours persuadés que la création du monde remonte à quatre mille ans. Quelques-uns d'entre eux poussent l'audace jusqu'à dix mille ans — date approximative de la fin de la dernière glaciation. À qui leur objecte la découverte avérée de roches, de plantes, d'ossements bien antérieurs à la date supposée de la création, ils répondent que Dieu, en même temps que le monde, a créé les fossiles pour éprouver ses fidèles.

Pour la première fois, la théorie darwinienne de l'évolution réunit la botanique, la paléontologie, l'embryologie et la zoologie dans la biologie, une science générale de la vie, capable d'expliquer l'émergence, au cours de centaines de millions d'années, des bactéries, des algues bleues, des organismes multicellulaires, des méduses, des invertébrés, des plantes vertes, des poissons, des insectes, des forêts, des premiers oiseaux, des reptiles et des dinosaures — qui, pour une raison ou pour une autre, peut-être la chute d'un astéroïde, sont rayés de la carte il y a soixante-cinq millions d'années —, des mammifères, des fleurs et des vertes prairies, et enfin des primates d'où sortent successivement, il y a quelques instants à peine, les différentes images de l'homme, de l'*Homo habilis* qui se sert de ses mains pour construire des outils et de l'*Homo erectus* qui marche sur ses deux pieds de derrière et qui regarde le ciel à notre *Homo sapiens* qui se pense lui-même et qui pense l'univers.

La formidable différence entre le monde immuable des Grecs, de Descartes, de Newton et le monde de l'évolution, c'est que Darwin fait sortir la vie d'une longue histoire qui s'étend sur des millions et des millions d'années.

Dans sa *Critique de la raison pure*, parue à la veille de la Révolution française et qui est à la philosophie ce que la révolution copernicienne est à l'astronomie, Kant passe en revue quatre fameuses apories — c'est-à-dire quatre alternatives sans issue, quatre contradictions auxquelles il est impossible d'échapper et auxquelles il donne le nom d'« antinomies ». La quatrième antinomie concerne l'opposition dans l'univers entre la contingence et la nécessité ; la troisième, le caractère rigoureusement déterminé de notre monde et la possibilité d'y accomplir des actes apparemment libres ; la deuxième, l'indivisibilité ou la divisibilité à l'infini de la matière. La première antinomie kantienne est la plus simple et la plus dramatique : le monde est-il fini ou est-il infini ? Kant constate en conclusion qu'il est impossible de choisir entre les deux thèses : il n'est permis de se prononcer ni pour un monde fini ni pour un monde infini. Trois quarts de siècle après la publication de la *Critique de la raison pure*, *De l'origine des espèces* ne résout pas l'alternative établie par Kant et réputée par lui insoluble. En exposant sa théorie de l'évolution, Darwin fait autre chose, et mieux : il ouvre un chemin nouveau, il allonge l'histoire de la vie et du monde et lui attribue dans le temps des dimensions jusqu'alors impensables.

Kant appartient à la fin du XVIIIe siècle. Darwin publie sa grande œuvre vers le milieu du XIXe. Il faudra attendre la deuxième moitié du XXe siècle pour qu'il puisse être possible d'envisager une origine — une origine en vérité très lointaine, mais tout de même une origine — à ce monde qui avait été considéré successivement comme clos et comme infini et qui, en fin de compte, n'est peut-être pas éternel.

*

LE RÊVE DU VIEUX

Leurs peintres, leurs sculpteurs, leurs écrivains, leurs philosophes m'imaginent souvent irrité, accablé, vindicatif, en colère. Je ne suis, bien sûr, rien de tout cela. Si j'étais quelque chose d'humain, de trop humain, je serais plutôt enchanté de mon œuvre et léger comme ces anges que leurs ailes empêchent de tomber dans les abîmes des pensées et des sentiments qui vous agitent, vous autres, les hommes, emportés par l'orgueil.

Il arrive au monde de me causer du chagrin. Mais le plus souvent il m'amuse. Il est plein de surprises. Ce qui m'est ôté par Darwin m'est rendu par Einstein.

*

LE FIL DU LABYRINTHE

Ce que découvre le XXe siècle, grâce aux techniques nouvelles et aux mathématiques qui s'épaulent les unes les autres, c'est que l'univers est fait de deux immensités opposées et symétriques — l'immensément grand et l'immensément petit — auxquelles il est impossible de penser sans éprouver un vertige et que tout bouge et se déplace, et dans l'une et dans l'autre, à des vitesses stupéfiantes.

Une galaxie est un ensemble d'une centaine, d'un millier, d'une dizaine de milliers de milliards d'étoiles. La Terre appartient à une galaxie plutôt modeste que nous appelons la Galaxie tout court ou, plus poétiquement, la Voie lactée et qui contient cent milliards de soleils. À des milliards de kilomètres se situe la galaxie la plus proche de la nôtre, une galaxie jumelle baptisée Andromède.

La Terre nous entraîne à trente kilomètres par seconde autour du Soleil qui se jette à son tour, et nous avec lui, autour du centre de la Voie lactée à deux cent trente kilomètres par seconde. La Voie lactée et sa lointaine compagne Andromède tombent l'une vers l'autre à quatre-vingt-dix kilomètres par seconde. Elles appartiennent toutes les deux à ce que les astronomes appellent le « groupe local ». Ce groupe local se déplace, à son tour, à six cents kilomètres par seconde vers l'amas ou le superamas de la Vierge, de l'Hydre et du Centaure. La danse bien réglée des étoiles ne s'arrête pas là : cet ensemble qui défie l'imagination tombe lui-même vers une autre grande agglomération de galaxies dont nous ne savons presque rien et que les astronomes, faute de mieux, ont surnommé le « Grand Attracteur ». Au-delà du Grand Attracteur se déploient une centaine ou un millier, on ne sait pas bien, de milliards de galaxies.

Ce ballet cosmique qui emporte chacun de nous ne constitue qu'un épisode très mineur de la mécanique céleste mise en marche par Copernic, par Galilée, par Newton et présentée à l'état de brouillon par le malheureux Laplace à l'Empereur des Français qui s'imaginait puissant parce qu'il régnait sur l'Europe. Trois autres constructions intellectuelles vont bouleverser à nouveau l'idée que nous nous faisons du monde autour de nous : l'observation de la fuite des galaxies, la constatation du rayonnement fossile de l'univers et enfin, et surtout, la théorie de la relativité générale.

*

LE RÊVE DU VIEUX

Ah ! très bien ! les choses s'arrangent. Je suis un maître de ballet. Je danse avec le monde. On peut toujours me mettre dehors et me jeter à la porte. Voilà que je rentre par la fenêtre.

*

LE FIL DU LABYRINTHE

Edwin Hubble — qui devait donner plus tard son nom au télescope spatial — était un avocat américain qui avait renoncé au barreau pour se consacrer aux étoiles. Après avoir démontré pour la première fois l'existence de corps célestes au-delà de notre Voie lactée, Hubble fit une observation cruciale : en plus des mouvements d'attraction locale ou régionale que nous venons d'évoquer, les galaxies lointaines, où que nous regardions dans l'immense univers, semblent fuir à toute allure, et d'autant plus rapidement qu'elles sont plus éloignées. Le gigantesque système des galaxies ne se contente pas de remplir l'espace : à la manière d'un ballon qui ne cesserait jamais de se gonfler, il est en expansion dans toutes les directions à une vitesse prodigieuse et accélérée.

Cette constatation entraîne une hypothèse : dans un passé lointain, les objets célestes ont été plus proches les uns des autres et il existe un moment, il y a quelques milliards d'années, où ces différents objets étaient rassemblés en un point minuscule qui constituait à lui seul tout l'univers de l'époque et où la densité de l'univers était infinie. Ce qui naissait peu à peu des observations d'Edwin Hubble, c'était l'idée encore floue de la possibilité d'une expansion de l'univers à partir d'un événement primitif à l'état d'hypothèse.

*

LE RÊVE DU VIEUX

Tiens ! Voyez-vous ça !

Ce n'est pas à moi que vous allez apprendre que les hommes ont des sens destinés à beaucoup d'usages — et notamment à voir et à entendre, à regarder et à écouter.

✶

LE FIL DU LABYRINTHE

Hubble s'était servi de ses yeux pour contempler le ciel et pour construire sa théorie. Trente-cinq ans plus tard, ce sont des oreilles qui entrent en jeu. Une équipe de deux chercheurs testaient pour la compagnie de téléphone Bell une espèce de radar, un détecteur de sons ultrasensible, quand elle fut gênée par un bruit insolite qui semblait venir de nulle part. Les deux physiciens inspectèrent leur instrument et découvrirent des fientes d'oiseaux à l'intérieur du détecteur. Ils pensèrent avoir été victimes d'un volatile et reprirent leur recherche après nettoyage. Le bruit était toujours là. Quelle que fût la direction dans laquelle le détecteur était pointé, et le jour et la nuit, bien que la Terre tourne autour de son axe et autour du Soleil, le bruit était toujours le même. Les deux hommes mirent un peu de temps à comprendre que ce qu'ils entendaient, c'était la musique de la création. Leur radiotélescope percevait la survivance fossile du rayonnement né du phénomène primordial qu'avait annoncé Edwin Hubble.

La fuite des galaxies découverte par Hubble et le rayonnement fossile qui baigne tout l'univers constituaient une forte présomption en faveur d'un début de l'univers et d'un événement singulier et violent qui se serait poursuivi jusqu'à nous et au-delà par une expansion de l'univers. Restait à fournir à ces observations un cadre d'ensemble où elles puissent prendre place et se déployer. Ce sera l'œuvre d'Albert Einstein et de sa théorie de la relativité générale.

✶

LE RÊVE DU VIEUX

Albert Einstein en restaurateur de la foi et en Père de l'Église ! Franchement, j'aurai tout vu.

*

LE FIL DU LABYRINTHE

Dès 1905, avec sa théorie de la relativité restreinte, Albert Einstein avait démontré que l'espace et le temps n'étaient pas universels, absolus et indépendants l'un de l'autre comme l'imaginait Newton et comme nous le croyons encore volontiers, mais qu'ils étaient inextricablement liés et qu'ils variaient en fonction du mouvement de leur observateur. Tout voyageur en avion qui s'empêtre dans les fuseaux horaires et qui, soit dans le sens du Soleil soit à contresens du Soleil, ne sait plus où il en est, peut déjà se faire une vague idée des relations difficiles entre l'espace et le temps et de leur interaction. Jouant avec la lumière et sa propagation, les télescopes géants qui permettent de voir très loin dans le temps en regardant très loin dans l'espace illustrent assez bien les mystères de la relativité. Contrairement à ce que semble indiquer leur trompeuse dénomination, les années-lumière ne fournissent pas une mesure du temps, mais de l'espace. Une année-lumière est la distance parcourue en une année par la lumière qui se déplace à la vitesse de 300 000 kilomètres à la seconde — soit un peu moins de dix mille milliards de kilomètres. Exactement : 9 460 milliards de kilomètres. Dans l'immense univers, les années-lumière mêlent allègrement l'espace et le temps.

Que nous apprend la relativité restreinte ? Elle nous apprend que plus vous vous déplacez vite dans l'espace, plus le temps ralentit. C'est étrange, mais c'est comme ça. Le fameux exemple des jumeaux dont l'un part dans l'espace à bord d'une fusée très rapide pendant que l'autre reste à terre a fait tourner beaucoup de têtes : quand le voyageur de l'espace revient dix ans plus tard d'après sa montre et son calendrier, son frère resté à terre a vieilli de vingt ans. Plus vous vous approchez de la vitesse de la lumière, plus le temps s'écoule lentement. Pour éviter de vieillir, il faut aller très vite. À la vitesse de la lumière, l'idée que nous nous faisons du temps explose littéralement.

Déjà difficile à imaginer, et même à concevoir, la relativité restreinte n'était pourtant que l'introduction à un mystère plus impénétrable encore. Entre 1914 et 1916, en pleine guerre mondiale, éclate une nouvelle passée inaperçue sous le fracas des bombes : Einstein annonce la fin du règne de Newton et la naissance d'une nouvelle théorie de la gravitation universelle, baptisée relativité générale.

La Lune tourne autour de la Terre. Selon Newton, elle était en équilibre entre la force gravitationnelle qui l'attirait vers la Terre et la force centrifuge, résultant de son mouvement naturel, qui l'éloignait de la Terre. L'univers de Newton est un monde de forces qui s'annulent. Avec Einstein, les forces disparaissent. La courbure de l'espace les remplace. Ce que découvre Einstein et qui heurte si fort notre sens commun, c'est que la vitesse dilate et allonge le temps et que la matière courbe l'espace. Selon la formule de Trinh Xuan Thuan dans *La Mélodie secrète*, « c'est l'espace devenu actif qui conduit le bal et dicte les mouvements. Einstein libère l'espace de sa rigidité. L'espace élastique peut s'étirer, se rétrécir, se déformer au gré de la gravité. Et c'est la forme finale de cet espace qui dicte les mouvements des objets ou de la lumière qui le traversent ».

Cet univers en mouvement perpétuel aurait dû, d'entrée de jeu, être décrété en expansion. Mais, à l'époque, l'idée d'un univers en expansion était encore dans les limbes. Pour maintenir la fiction d'un univers statique, Einstein se résigne à toute une série d'astuces subalternes qu'il regrettera plus tard amèrement et qu'il qualifiera de « plus grosse erreur de [s]a vie ». C'est seulement quatorze ans plus tard, en 1929, après avoir appris la découverte de la fuite des galaxies qui entraînait la possibilité d'un univers en expansion, qu'Einstein alla rendre visite à Edwin Hubble au mont Wilson et que, renonçant à son univers statique, il adopta le modèle d'un monde en expansion qui fournissait un cadre idéal aux observations sur la dispersion des galaxies et sur le rayonnement fossile. La voie était ouverte à l'hypothèse d'une explosion primordiale à l'origine d'une expansion qui se poursuit encore sous nos yeux.

*

LE RÊVE DU VIEUX

« Que la lumière soit ! » C'est avec la lumière que s'ouvre le Livre de la Création, des prophètes et des saints. C'est avec la lumière que se construit l'univers de la science, des savants et des hommes. La lumière ! Pas les couleurs ! La lumière. Ce qui permet au monde d'être créé, d'être vu, d'être mesuré, d'être compris et expliqué. Qu'il y ait comme un lien entre la lumière de l'univers et les lumières de l'esprit est un miracle permanent. « Ce qu'il y a de plus incompréhensible, disait le père de la relativité générale, c'est que le monde soit compréhensible. »

*

LE FIL DU LABYRINTHE

Le nom de « big bang » fut donné par dérision, vers le milieu du xxe siècle, à l'explosion primordiale. L'inventeur de la formule était un astronome, Fred Hoyle, qui était hostile à la théorie d'un monde en expansion et partisan d'un univers toujours semblable à lui-même, dit « univers stationnaire ». Le big bang n'a jamais été et n'est toujours qu'une hypothèse — mais une hypothèse très vraisemblable et admise désormais par une immense majorité de physiciens et d'astronomes. À l'extrême fin du xxe siècle et au début du xxie, une minorité de savants et de commentateurs scientifiques dénoncent pourtant encore le « caractère totalement incroyable » du big bang que « rien, ni dans la théologie ni dans la métaphysique », ne dépasse en absurdité : « Si cette description de la genèse cosmique provenait de la Bible ou du Coran plutôt que du Massachusetts Institute of Technology, on la traiterait à coup sûr de mythe délirant. » Un physicien suédois digne de considération traduit assez bien ce rejet : « Le big bang est un mythe, peut-être un merveilleux mythe qui mérite une place d'honneur dans un zoo qui abriterait déjà le mythe hindou de l'univers cyclique, l'œuf cosmique chinois, le mythe biblique de la Création en six jours, le mythe cosmologique de Ptolémée et beaucoup d'autres encore. »

L'Église catholique, en revanche, a vu aussitôt dans le big bang une sorte de revanche sur la redoutable théorie de l'évolution. Elle s'est empressée de tirer à elle le modèle standard de l'explosion primordiale et, dès 1951, elle l'a déclaré officiellement en accord avec la Bible.

*

LE RÊVE DU VIEUX

Bon. Ils ont raison. Mais je crains toujours qu'ils ne me compromettent.

*

LE FIL DU LABYRINTHE

Avec le big bang, que les dernières estimations situent avec une relative précision il y a treize milliards sept cents millions d'années, l'univers devient à la fois fini et infiniment grand. Il est aussi infiniment petit. Au vertige des étoiles répond le vertige des atomes. Un monde immense tourne au-dessus de nous, un monde immense tourne au-dessous de nous. Le travail de recherche et de découverte accompli par un Hubble ou un Einstein dans l'infiniment grand avec l'univers en expansion et la relativité générale, d'autres le font dans l'infiniment petit avec la théorie des quanta et le principe d'incertitude.

Dès les tout débuts du XXe siècle, précédé au loin par Lucrèce, puis par Montaigne qui écrit dans ses *Essais* : « On dict que la lumière du Soleil n'est pas d'une pièce continuë, mais qu'il nous elance si dru sans cesse nouveaux rayons les uns sur les autres que nous n'en pouvons appercevoir l'entre deux », le physicien Max Planck fait à Berlin une découverte décisive, la plus importante sans doute depuis Newton : l'énergie de la lumière et des autres rayonnements n'est pas émise ou absorbée de façon continue, mais d'une façon discontinue, que les physiciens appellent « discrète », et sous formes de petits paquets baptisés « quanta » par Max Planck. Coup sur coup, Niels Bohr, à Copenhague, l'Allemand Werner Heisenberg, son disciple, et l'Autrichien Erwin Schrödinger développent, souvent indépendamment l'un de l'autre, une théorie des quanta dans cet infiniment petit qui semble refléter étrangement l'infiniment grand. Réconciliant ainsi Newton et Huygens, Bohr découvre non seulement — c'est le principe dit « de complémentarité » — que les électrons sont à la fois une particule et une onde, mais encore qu'ils tournent autour d'un noyau atomique en suivant une trajectoire à la façon de la Lune qui tourne autour de la Terre et de la Terre qui tourne autour du Soleil. Un ballet cosmique minuscule se déroule très bas au fond des choses, dans un abîme qui semble n'avoir pas de limite, comme un ballet cosmique gigantesque se déroule là-haut, au-dessus de nos têtes, très loin dans un ciel qui défie toute mesure. Mais dans l'infiniment petit une surprise nous attend.

*

LE RÊVE DU VIEUX

Ah ! les malins ! Comme ils savent mettre en scène la pièce que j'ai écrite ! Et le pire est qu'il leur arrive de siffler l'auteur. Il y en a même pour prétendre que l'auteur n'existe pas et que la pièce s'est écrite toute seule.

*

LE FIL DU LABYRINTHE

Le marquis de Laplace, celui-là même qui avait dit à Napoléon que Dieu était inutile, pensait que l'univers se résumait à un jeu de causes et d'effets, chaque cause étant d'abord un effet, chaque effet devenant cause à son tour, et que, pour une intelligence capable de connaître toutes les forces de la nature, l'avenir se présenterait avec une évidence comparable à celle du passé. Ce déterminisme rigoureux et naïf, la mécanique quantique allait le faire voler en éclats.

Un quart de siècle après la découverte des quanta par Max Planck — les découvertes s'enchaînent les unes aux autres, mais il leur faut du temps pour mûrir —, Werner Heisenberg formule son célèbre « principe d'incertitude ». De quoi s'agit-il ? Pour calculer la vitesse d'une particule et sa situation future, il faut l'éclairer par un quantum de lumière. Le quantum de lumière perturbe la particule, modifie sa vitesse et sa situation de façon imprévisible et empêche leur mesure simultanée et précise, quelle que soit la perfection de l'instrument utilisé. La réalité est transformée du fait même d'être regardée. Le principe d'incertitude de Heisenberg est une propriété fondamentale et inéluctable du monde.

Le principe d'incertitude — où se retrouve le thème cher à Einstein de l'influence de l'observateur sur le phénomène observé — a bouleversé de nouveau l'idée que nous nous faisons du monde autour de nous. Il marque la fin du rêve de Laplace — et de Copernic et de Descartes et de Newton — d'élaborer une théorie de la science et un modèle de l'univers rigoureusement déterminés. Même aujourd'hui, trois quarts de siècle plus tard, ce bouleversement n'est pas admis par nombre de philosophes et de savants et fait l'objet de polémiques. Il est permis d'imaginer qu'un être surnaturel, hors du temps et de la lumière, pourrait observer l'univers sans le perturber. Pour les hommes, en tout cas, et pour une observation donnée, la mécanique quantique est incapable de prédire le résultat spécifique d'une mesure individuelle. Quand on sait où se trouve un électron, on ne peut pas savoir ce qu'il va faire. Son lieu et sa vitesse ne pouvant pas être mesurés simultanément, son avenir devient flou : il ne peut être prévu que sous forme statistique. Le « flou quantique » introduit un élément irréductible d'imprévision et de hasard dans la science et dans l'univers.

En dépit du rôle décisif qu'il avait joué dans le développement de la science moderne, Einstein s'opposa fermement à la mécanique quantique. Il n'a jamais admis que l'univers soit gouverné par le hasard et par l'indétermination. Le 4 décembre 1936, il écrit au physicien Max Born une des lettres les plus célèbres de l'histoire du monde, aussi célèbre que les lettres — inventées par le faussaire Vrain-Lucas — de Jésus à Marthe pour lui annoncer la résurrection de Lazare ou de Cléopâtre à César pour lui donner des nouvelles de leur fils Césarion, ou que les lettres, très réelles et sublimes, de Musset à George Sand ou de George Sand à Musset, ou encore celle de Zola sur Dreyfus ou celles de Marcel Proust à Gaston Gallimard qui font pleurer de bonheur tous ceux qui aiment la littérature : « Il faut prêter beaucoup d'attention à la mécanique des quanta. Mais une voix intérieure me dit que ce n'est pas le vrai Jacob. La théorie apporte beaucoup, mais du mystère du Vieux elle nous rapproche à peine. En tout cas, je suis persuadé que le Vieux ne joue pas aux dés. »

*

LE RÊVE DU VIEUX

Voilà. Je ne voudrais pas avoir l'air de triompher à la façon immodeste des hommes. Mais voyez ce qui se passe. La nécessité me tue. Dieu est mort. Le hasard me ressuscite. Et puis, le hasard me menace à son tour. Le monde s'en va à vau-l'eau. La nécessité me renfloue. Mes ennemis passent leur temps à hurler à ma mort et à verser sur ma fin des larmes, souvent de crocodile. Je passe mon éternité à revivre dans le cœur de mes créatures.

À la fin des années soixante du vieux siècle écoulé, une

inscription était apparue sur les murs d'une grande université américaine :

DIEU EST MORT signé : NIETZSCHE

Une main, humaine je crois, avait effacé le blasphème et écrit à la place :

NIETZSCHE EST MORT signé : DIEU

POURQUOI Y A-T-IL QUELQUE CHOSE AU LIEU DE RIEN ?

LE MONDE EST BEAU

J'ai beaucoup aimé ce monde que tant de grands esprits ont tenté de comprendre. Je n'avais pas l'ambition de percer ses secrets. Je ne l'ai jamais accusé, je ne l'ai jamais calomnié, je n'ai pas cherché à le fuir ni à le dénigrer : je m'entendais bien avec lui. J'ai surtout aimé m'y promener. Longtemps, pour un oui ou pour un non, je suis parti, sur un coup de tête, n'importe quand, n'importe où.

J'emportais quelques livres de voyages dont la naïveté ou la drôlerie, parfois le génie, toujours le talent, ajoutaient beaucoup au charme des paysages qui défilaient sous mes yeux : l'*Odyssée* d'Homère, Hérodote, Xénophon, les expéditions de notre vieux Dumas dans le Caucase ou à Naples, les *Promenades dans Rome* de Stendhal, *Le Roi des montagnes* d'Edmond About, *Le Voyage du condottiere* d'André Suarès, la correspondance entre Lawrence Durrell et Henry Miller, *Le Temps des offrandes* de Patrick Leigh Fermor, *Bagages non accompagnés* d'Evelyn Waugh, *L'Usage du monde* de Nicolas Bouvier, *Un petit tour dans l'Hindou Kouch* d'Eric Newby. Lisez-les. Vous verrez.

Les noms jouaient un grand rôle dans ma folie des départs ; Chichicastenango, Antigua, Mahabalipuram, Positano, Famagouste, Ascoli Piceno, Symi, Oaxaca, Louxor et Assouan, Machu Picchu, Doura Europos, l'Alhambra de Grenade et les jardins de Cordoue, Syracuse, Samarkand, Peshawar et la passe de Khyber me faisaient signe en silence et leurs syllabes enchantées me séduisaient de loin. Je cédais. J'arrivais. Je les ai aimés à la folie.

Les ports surtout m'ont beaucoup fait rêver. Et les bateaux aussi. Les voiliers, noirs ou blancs, et les caïques paresseux, je les regardais arriver et partir pour ailleurs et je me disais que le monde était à coup sûr un des endroits les plus délicieux où passer un peu de son temps. Je ne méprisais personne, j'en admirais quelques-uns. Le soleil me tapait sur la tête. L'avarice, la vanité, l'envie m'étaient assez étrangères. Je n'avais pas envie de faire fortune ni carrière, de devenir député, de recevoir le Nobel, de laisser un nom dans l'histoire des hommes. Je ne me montais pas le bourrichon. Je dormais bien. Longtemps, je me suis promené dans le monde, mains dans les poches, le nez en l'air. Et le monde était beau.

*

BAINS DE MER

Autant l'avouer tout de suite. Il y a quelque chose d'un peu risible, et peut-être d'un peu poseur, qui m'a donné de grands bonheurs : c'était de nager dans la mer. Je sais : j'ai eu de la chance. J'ai nagé dans beaucoup de mers de notre vieille planète. J'ai nagé sous le Pain de Sucre, à Rio de Janeiro, à l'ombre du Corcovado et de son christ géant, et le long des plages de Copacabana et d'Ipanema, encore vierge, en ce temps-là, de toute habitation. À Bahia de tous les saints, cher au grand Jorge Amado, à Recife, à Carthagène. J'ai nagé au Mexique, à Cancún, à Acapulco, à Careyes. En Floride, en Californie, à Big Sur, hanté par Miller, Hemingway et Kerouac, et à Santa Barbara. À Tahiti et à Bora Bora, à Phuket et à Bali. J'ai surtout nagé en Méditerranée.

Si j'ai aimé quelque chose dans mon passage parmi vous, et si long et si bref, c'est la Méditerranée. Quelques-uns des plus beaux souvenirs de ma vie sont liés à la mer des *dieux*, *d'H*omère et de la Sérénissime. J'ai nagé à Venise, au Lido, à Dubrovnik, à Hvar, à Korcula, à Mljet qui est une île avec un lac et une île dans le lac, à Capri, à Sant'Agata sui Due Golfi, à Amalfi, dans les eaux d'Ithaque et de Corfou, dans les Sporades du Nord et du Sud, à

Rhodes, à Chypre, à Saint-Jean-d'Acre et à Carthage. J'ai nagé en Corse qui est la plus belle île de la Méditerranée, à Porto, à Girolata, au milieu des îles Lavezzi et dans la baie de Saint-Florent.

Je me souviens d'un bain sous les grands arbres de Skyathos, dans les Sporades du Nord, où la femme que j'aimais avait été piquée par une guêpe, d'un autre à Pedi, riche en chèvres, dans le Dodécanèse, où les maisons étaient bleues et où l'anse était si fermée qu'on croyait nager dans un lac, d'un autre encore, en face de Kas, sur la côte turque, au large du petit port de Castellorizo, la plus méridionale des îles grecques, où une grotte célèbre abrite des phoques destinés aux touristes et où, disposées en rond, les maisons peintes en bleu, en vert, en rose pâle ou en ocre constituent le plus ravissant de tous les théâtres marins.

Je me souviens…, je me souviens… Je me souviens d'un bain entre trois rochers dans la baie de Fethyie qui est d'une beauté à couper le souffle, d'un autre dans la baie de Kekova où un olivier très rond près d'une chapelle en ruine m'avait rendu presque fou de bonheur, d'un autre encore et sans fin au creux d'une anse d'Ithaque qu'Ulysse venait de quitter et où il n'allait pas tarder à revenir.

Il paraît que plus de 90 % de la vie de la planète s'est déroulée dans l'eau. Il m'en restait peut-être quelque chose. Ce qu'il y avait de bien dans ces bains, dans cette mer, dans ces oliviers et ces pins qui tombaient des montagnes, c'est que toute pensée et presque tout sentiment, excepté le bonheur, en étaient expulsés. J'étais un fragment du paysage, au même titre que les rochers, que les chênes verts sur le rivage, que l'eau où j'étais plongé. J'étais là. J'étais au monde. Et je ne pensais à rien entre le ciel et la mer.

*

UN COUP DE FOUDRE

Un jour d'été, sur une des côtes de cette Méditerranée orientale où tout a commencé il y a deux mille cinq cents ans, il s'est passé quelque chose.

J'avais longtemps nagé dans une espèce de ravissement. Je sortais de l'eau. Le soleil, là-haut, tapait toujours aussi fort. Le ciel était toujours aussi bleu et aussi implacable. Les cigales chantaient. Je m'asseyais sur le tronc d'un arbre abattu par la tempête ou sur un bout de colonne renversée. Je rêvais à tous ceux qui, depuis trois ou quatre millénaires, étaient passés dans ces lieux aux temps d'Homère ou d'Alexandre, de Cléopâtre et de Marc-Antoine, de Justinien, de Dandolo. J'étais là à mon tour. Un vertige me prenait. Peut-être à cause de mes deux heures de nage et de l'effort que je venais de fournir, les choses autour de moi basculaient d'un seul coup. Les arbres, les rochers, le soleil sur la mer, la beauté des couleurs et des formes, tout me devenait étranger et opaque. Le monde perdait de son évidence. Il n'était plus qu'une question. Enivrante, pleine de promesses. Gigantesque, pleine de menaces. Je me disais : « Qu'est-ce que je fais là ? » Je fermais les yeux. La foudre me frappait. Pourquoi y a-t-il quelque chose au lieu de rien ?

*

LE MONDE M'ÉTONNE

La question n'était pas neuve. Leibniz se l'était déjà posée — *Cur aliquid potius nihil ?* — et Heidegger l'a reprise. Elle ne m'a plus quitté. Elle est devenue une hantise.

Vous savez ce que c'est quand vous avez une idée en tête. Elle ne vous lâche pas jour et nuit. Vous n'avez plus de répit. Vous devenez bizarre. Non seulement ma propre existence — c'est assez fréquent, je crois —, mais le monde autour de moi me paraissaient invraisemblables. Tout m'étonnait. D'être là, que le soleil brille, que la nuit tombe, que le jour se lève. Que j'écrive ces lignes et que vous les lisiez. Qu'il y ait quelque chose qu'à tort ou à raison nous *appelons* « le réel » ou « la réalité » et qui me semblait se rapprocher soudain dangereusement d'une sorte de subtile illusion ou d'un rêve récurrent.

*

JE LIS DES LIVRES

Je lisais des livres. Je me renseignais. J'apprenais que Descartes avait commencé par se demander s'il rêvait et par mettre en doute tout ce qu'il savait ou qu'il croyait savoir. Et que de ce doute était sortie au moins la certitude de l'existence du sujet qui doutait — c'est-à-dire de sa propre personne. C'était déjà quelque chose. J'apprenais qu'un évêque anglais du nom de Berkeley pensait que tous les objets matériels, l'espace et le temps, le monde entier n'était qu'une illusion. Un adversaire, après avoir pris connaissance de la théorie de Berkeley, s'écriait : « Je la réfute ! » et il heurtait du pied une grosse pierre devant lui.

Ce n'était pas tant ma propre existence qui me préoccupait. Ni l'existence du monde autour de moi. Les philosophes font semblant de croire qu'ils n'existent pas et que le monde n'existe pas. Ils savent très bien qu'ils appartiennent à ce monde et que la vie est un peu là, et l'univers aussi. Ils savent que mieux vaut soigner les fractures et les grippes, qu'il faut payer son loyer, qu'il y a un code de la route. Ce que nous ignorons et ce qui me tourmentait, c'est ce que nous faisons dans ce monde dont nous ne parvenons pas à connaître l'origine et le sens.

*

UN MONDE INÉPUISABLE

Du haut de la mer de Glace, M. Perrichon, chez Labiche, l'avait déjà remarqué : l'homme est tout petit et le monde est très grand. L'histoire, la vie, l'univers sont inépuisables.

Tout au début, au big bang, notre tout est encore presque rien : il est minuscule, plus petit qu'une tête d'épingle, qu'un grain de sable, qu'une poussière invisible à l'œil nu.

Mais il y a déjà du gigantesque en lui : la température, la densité, l'énergie. Et tout l'avenir du monde. Le chêne est déjà dans le gland. L'être humain tout entier est déjà dans l'enfant, dans le fœtus, dans la rencontre du spermatozoïde et de l'ovule. Et l'invention de l'écriture, les conquêtes d'Alexandre, la fin de l'Empire romain, la destruction de Bagdad par les Mongols d'Hulagu, la prise de la Bastille, la révolution russe, la chute du mur de Berlin, et vous et moi sommes déjà dans le big bang.

Dix milliards d'années après le big bang, quand, pour une raison ou pour une autre, la vie surgit sur la Terre, l'univers est déjà immense. Les galaxies se sont éloignées les unes des autres et dans un coin perdu de l'une de ces galaxies naissent coup sur coup ces choses familières et étranges : la vie, les différentes espèces, les primates, les hommes, la pensée.

Dès que l'homme apparaît, il y a quelques centaines de milliers d'années à peine, la complexité du tout fait un bond prodigieux. Les sentiments, la mémoire, l'imagination, la pensée, plus tard la parole, plus tard encore l'écriture et l'électronique multiplient indéfiniment les formes diverses de la réalité. Les livres sont innombrables, mais en nombre limité. Les paroles sont presque illimitées, les sentiments des êtres humains et leurs songes le sont tout à fait.

Il y a toujours plus dans le monde que tout ce que vous pouvez imaginer. Plus d'espace autour de vous toujours en train de s'augmenter, plus de temps derrière vous et aussi devant vous, plus d'étoiles dans le ciel, plus de vie passée et future, plus de passions et plus de rêves dans le cœur des humains. Les créateurs, même de génie, ressentent ce décalage avec un mélange d'orgueil et de désespoir. Quand Léonard peint *La Joconde*, quand Mozart achève *Don Juan*, quand Dante écrit la *Divine Comédie*, ils savent, bien sûr, qu'ils sont en train d'ajouter à la création un chef-d'œuvre qui traversera les temps. Mais ils savent aussi qu'ils ne laissent derrière eux, quelque sublimes qu'ils puissent être, qu'un tableau, qu'un opéra, qu'un livre de plus parmi beaucoup d'autres.

*

LES DEUX VOIES

Ce monde inépuisable, il n'existe que deux voies pour tenter d'en rendre compte : l'art et la science. D'un côté, des peintres, des musiciens, des poètes, des romanciers, des philosophes, des mystiques ; de l'autre, des astronomes, des physiciens, des biologistes, des mathématiciens. Pour les uns et pour les autres, il s'agit d'une tâche infinie et d'avance désespérée. « Il y a plus de choses dans le ciel et sur la terre, dit Hamlet à Horatio, que n'en rêve votre philosophie. »

La poésie est la voie, sinon la plus aisée, du moins la plus répandue. Il est même superflu de s'évertuer à écrire des poèmes, des romans, des essais : l'amour, qui est la poésie même, suffit à donner un sens à la vie. Chaque amoureux a dans l'amour le sentiment de posséder le monde entier à travers l'être aimé. La clé du royaume lui est livrée. Il ne se pose plus de questions. Inutile de chercher plus loin. Toute la beauté de l'univers lui est enfin révélée. L'art et la littérature ne sont peut-être rien d'autre que la traduction sublimée d'une pulsion sexuelle.

S'il y a une clé de l'univers, elle est mathématique. Les Grecs anciens pensaient déjà que le savoir et la sagesse étaient réservés aux mathématiciens : « Que nul n'entre ici s'il n'est géomètre. » Les nombres — d'où viennent-ils ? — n'ont jamais cessé de se confondre avec la structure de l'univers. Ils sont les piliers de la création. « *Dum Deus calculat, fit mundus* — Dieu calcule, et le monde se fait. »

Le triomphe des grandes théories de l'univers repose sur une conjonction de l'observation et des mathématiques. Les exemples sont nombreux d'objets célestes découverts, avant toute vérification expérimentale, par le seul raisonnement mathématique. Un des cas les plus célèbres est celui de la planète Neptune dont l'astronome Le Verrier, vers le milieu du XIXe siècle, avant toute confirmation par l'observation, annonça par le seul calcul la position exacte. Au siècle suivant, le mathématicien russe Alexander Friedmann ou le chanoine belge Georges Lemaître construisirent dès les années vingt, bien avant la découverte de la fuite des galaxies, des modèles purement mathématiques qui prédisaient avec exactitude l'expansion de l'univers que Hubble allait établir grâce à l'expérimentation.

Dans mon ignorance, j'ai longtemps cru que les mathématiques étaient une espèce de jeu cohérent et abstrait qui n'avait qu'un rapport lointain avec la réalité. Le propre des deux théories majeures de notre temps, la théorie de la relativité générale et la théorie des quanta, est de coller au contraire de très près à ce que nous appelons la réalité. Les prédictions théoriques d'Einstein sur la courbure de l'espace furent confirmées expérimentalement à plusieurs reprises et notamment dès 1919, à l'occasion d'une éclipse totale du Soleil. Les mesures prises par des observateurs envoyés en Afrique recoupèrent en tout point les intuitions mathématiques d'Einstein. Le compte rendu, très technique et abstrait, adressé à Albert Einstein après le succès de l'expérience se terminait par ces mots tout simples : « Félicitations pour votre génie. » De son côté, la théorie très ardue des quanta — dont Bohr se plaisait à dire : « Si vous prétendez avoir compris la théorie des quanta, c'est que vous ne l'avez pas comprise » — est vérifiée chaque jour par les transistors, par les lasers, par la télévision. La bombe atomique et toute notre quincaillerie électronique nous prouvent, parfois avec trop d'abondance, que les théories d'Einstein et le flou quantique sont bel et bien parmi nous.

*

IL N'Y A PAS DE FORMULE DU MONDE

La théorie de la relativité générale ne s'applique qu'à l'infiniment grand. La théorie des quanta s'applique exclusivement à l'infiniment petit. Il y a une « particularité », il y a un moment unique où l'infiniment petit et l'infiniment grand sont inextricablement mêlés : c'est le big bang, pointe d'épingle minuscule, poussière imperceptible, portée à une température et à une densité si énormes qu'elles sont difficiles à imaginer. Pour en savoir plus sur cette explosion originelle et paradoxale, une théorie unitaire, une sorte de théorie quantique de la gravitation, était nécessaire. Tout au long de la fin de sa vie, Albert Einstein s'efforça, mais en vain, d'élaborer une telle théorie unifiée qui engloberait les lois de la gravitation et de l'électrodynamique.

Après la Seconde Guerre, Werner Heisenberg proposa à son tour, à l'aide de la théorie des quanta, et de nouveau sans succès, une théorie unitaire de la matière. Tout récemment, la théorie des cordes et des supercordes, la cosmologie de Kaluza-Klein ou la redoutable théorie M — M comme magie, comme mystère, comme mythe ? — ou d'autres théories encore qui tablent sur un univers ou sur une infinité d'univers comportant, au lieu de nos trois dimensions d'espace plus la dimension du temps, jusqu'à une douzaine de dimensions d'espace-temps cachées et enroulées sur elles-mêmes, n'ont pas encore passé avec succès l'épreuve de la vérification expérimentale. Chaque fois, la tentative d'aboutir à une théorie unifiée, à une formule globale du monde, s'est soldée par un échec.

Dans sa *Brève histoire du temps*, qui a connu un succès planétaire, le physicien Stephen Hawking, paralysé de la tête aux pieds, atteint d'une maladie irréversible qui lui interdit de communiquer autrement que par ordinateur, appelait de ses vœux une grande théorie unifiée qui nous permettrait de « connaître la pensée de Dieu ». Cette « théorie du tout », Hawking lui-même reconnaissait qu'elle ne serait pas capable de répondre à la question : « Pourquoi y a-t-il quelque chose au lieu de rien ? » Toute théorie unifiée possible « ne sera jamais qu'un ensemble de règles et d'équations. Qu'est-ce qui insuffle le feu dans ces équations et produit un univers qu'elles pourront décrire ? L'attitude habituelle de la science — construire un modèle mathématique — ne peut pas répondre à ces questions ».

Même cette théorie unifiée qui ne suffirait pas à expliquer le surgissement de l'univers, Hawking a abandonné, il y a à peine cinq ou six ans, tout espoir de pouvoir l'élaborer. Quelques années avant la Seconde Guerre, un mathématicien autrichien du nom de Gödel, ami proche d'Einstein, avait énoncé le théorème peut-être le plus important du XXe siècle. D'après ce théorème, il y a toujours dans tout système mathématique « des formules qui ne peuvent être ni démontrées ni prouvées ». « Nous ne sommes pas des anges qui regardent l'univers de l'extérieur, enchaîne Stephen Hawking. Bien au contraire, nos modèles et nous-mêmes sommes des parties de l'univers que nous décrivons. Une théorie physique se réfère à elle-même comme dans le théorème de Gödel. On peut donc s'attendre à ce qu'elle soit ou contradictoire ou incomplète. »

Le monde inépuisable dont nous faisons partie, aucun ouvrage de génie, aucune théorie unifiée, aucune formule de l'univers ne sera jamais capable d'en livrer le secret dans sa totalité. Tout ce que les hommes peuvent faire, c'est de bricoler dans le temps avant de disparaître à jamais.

*

LE MONDE EST UN ROMAN

Le monde où nous vivons n'est pas seulement inépuisable. Avec la lumière, avec le temps, mystère des mystères, avec cette chose inouïe qu'est la vie, avec cette chose plus inouïe encore qu'est la pensée, il est aussi, et surtout, invraisemblable. Il est bien plus invraisemblable que tous nos romans, toutes nos tragédies, tous nos opéras, que *Don Quichotte*, que *Phèdre*, que *Les Noces de Figaro*, que *Tristan et Isolde* qui lui empruntent tout ce qui nous surprend et tout ce que nous admirons.

Il nous paraît aller de soi pour la seule raison que nous y sommes habitués. Il nous étonne, il nous déçoit, il nous fait peur, il nous enchante. Selon une formule ambiguë, il est « normal ». En vérité, ce monde que nous appelons « normal » est très étrange et diablement compliqué.

Incomparable dans cet exercice, la science découvre ses lois. Ces lois sont nécessaires, mais elles sont aussi arbitraires. La Terre n'était pas obligée de tourner autour du Soleil, le jeu des causes et des effets aurait très bien pu ne jamais se produire, la suite des nombres premiers — et d'ailleurs des nombres tout court, qui reflètent l'infini — est un mystère insondable, et chacun d'entre nous, avec notre corps, nos pensées, nos sentiments, nos passions, est le plus improbable de tous les mécanismes qui aient jamais été assemblés dans ce monde ou dans un autre.

Chacun sait que, si tout roman est une histoire qui aurait pu être, l'histoire elle-même, d'un bout à l'autre, est un roman qui a été. Mais ce n'est pas seulement l'histoire qui est un roman, et le plus extraordinaire qui soit. L'univers tout entier, avec tout ce qu'il contient, est un roman fabuleux. C'est pour cette raison, et non pour attirer le chaland, que les pages que vous lisez se présentent sous la rubrique : « roman ».

*

LE SECRET ET L'ÉNIGME

Le principal personnage du roman de l'univers fait son entrée assez tard : c'est la vie.

Dix milliards d'années se déroulent sans la vie. Ce que pouvaient être le monde, l'espace, le temps, la lumière sans personne pour rien voir, rien écouter, rien sentir, rien comprendre nous reste mystérieux. Notre système solaire se met en place un peu plus ou un peu moins d'un milliard d'années avant l'apparition de la vie. Que pouvait bien être le temps sans alternance du jour et de la nuit ? Que pouvait bien être un espace où il n'y avait ni nord ni sud, ni haut ni bas, ni aucun repère d'aucune sorte ? Que pouvait être une lumière en l'absence de tout œil capable de la percevoir ? On dirait une blague : treize milliards sept cents millions d'années ne trouvent un début d'explication, longtemps sous forme de délire, que depuis l'apparition de la pensée, il y a quelques dizaines de milliers d'années. Et un tableau d'ensemble — toujours contestable, mais enfin à peu près cohérent — remonte à peine à cent ans.

L'univers attendait-il la vie, la vie attendait-elle la pensée pour donner un sens au passé ? Longtemps, en tout cas, le roman de l'univers a été un secret. Grâce à la science, le secret s'est changé en énigme.

*

LE PLUS BANAL DES MIRACLES

La vie est le plus banal des miracles. Elle est si évidente qu'elle échappe à toute définition. Selon une formule célèbre et négative qui révèle notre impuissance à la cerner de plus près, elle est l'ensemble des forces qui résistent à la mort. Les plus savants ne savent pas très bien comment elle fait pour commencer. Par un ancêtre universel, sans doute, commun à tous les êtres vivants : une cellule baptisée LUCA *(Last Universal Common Ancestor).* De cette cellule sortent les bactéries, les plantes, les arbres, les fleurs, les méduses, les hirondelles, les cobras, les baleines, les éléphants, les dauphins, les rats, les bonobos, et nous.

Comment surgit LUCA ? On a été jusqu'à supposer que des germes venus d'autres planètes auraient pu se développer sur la Terre. Mais personne n'y croit plus. Alors, par hasard, peut-être, en partant de la matière, dans une eau très chaude, chargée de carbone, d'acides aminés et de sels minéraux, avec une chance sur des millions ? Pour une raison ou pour une autre, il y a trois milliards et demi d'années, sur une Terre encore toute jeune, âgée à peine de cinq cents millions d'années, ou un peu plus, tout à coup, la vie est là.

Le propre de cette vie qui nous paraît si naturelle, c'est qu'elle est faite d'individus. La vie aurait pu être, je ne sais pas, une force collective et informe, un nuage dans le ciel, un océan, une tempête, une ruée sauvage. Pas du tout. Elle se débite en fragments indépendants les uns des autres, capables de se rapprocher et de s'unir, mais autonomes et distincts. Des bactéries à l'homme, la vie est morcelée et discontinue. Elle a quelque chose de quantique.

Et elle se met, quoi de plus simple ? quoi de plus naturel ? — mais est-ce si naturel ? est-ce si simple ? — à s'engendrer elle-même.

*

DISTINGUER ET UNIR

Tout se passe comme si le mouvement naturel de la création consistait à distinguer et à unir. D'abord à distinguer. Ensuite à unir de nouveau ce qui a été d'abord distingué. Treize ou quatorze milliards d'années après le big bang, la vie, comme l'univers, semble répondre à ce schéma.

Le monde est fait d'éléments différents qui coexistent dans l'espace et qui se succèdent dans le temps. Il y a le ciel, la Terre, la Lune, le Soleil, les étoiles, les planètes, les océans, les saisons. Et puis, il y a les êtres vivants, et le moindre d'entre eux — et sur notre planète et ailleurs s'il en existe — vaut plus et mieux que toutes les masses de matière de toutes les galaxies et de tous les amas de galaxies.

À l'intérieur des espèces qui sortent toutes de LUCA et ensuite les unes des autres à la façon d'un jeu à la fois gigantesque et minuscule, chaque être vivant a son propre parcours. À nos yeux au moins, rien ne ressemble plus à une fourmi qu'une autre fourmi, à une abeille qu'une autre abeille, mais telle fourmi est avalée par un lézard et telle autre poursuit son chemin, telle abeille est écrasée par une fourchette ou un couteau et telle autre s'envole vers des fleurs nouvelles avant de mourir à son tour. Les trajectoires des hommes et des femmes dans l'espace et dans le temps n'en finissent pas de nourrir nos ambitions, nos rêves, nos souvenirs, les conversations des familles, les livres d'histoire, les romans. Toute vie, de la plus humble à la plus complexe, des bactéries jusqu'à nous, est une anecdote entre hérédité et milieu, une histoire individuelle avec un début et un terme, et, en fin de compte, un destin.

*

LE SIXIÈME JOUR

Une des caractéristiques de la vie, et un de ses privilèges, est la capacité à se reproduire. L'eau, l'air, les pierres ne se reproduisent pas. Seuls les êtres vivants se livrent sans se lasser à un double exercice qui suffit à les définir : ils disparaissent et ils reparaissent, ils meurent et ils ressuscitent, différents et semblables.

Vivre, c'est d'abord mourir. Les plantes, les fleurs, les arbres, les oursins, les koalas et vous mourez parce que vous avez vécu. Et vous ne vivez que pour mourir. Mais vivre, c'est aussi détenir le pouvoir de transmettre à d'autres, par une sorte d'acte magique que les hommes appellent l'amour et où se mêlent orgueil, plaisir, hasard et tous les mécanismes les plus rigoureux de la nécessité, cette vie qui nous échappe. La mort et l'amour sont les deux faces inséparables de la vie. Nous nous reproduisons parce que nous allons mourir. Et nous devons mourir parce que nous nous reproduisons.

Chez les mammifères, chez les primates, chez les hommes, la reproduction passe par la sexualité. Qui se reproduit ? Des individus séparés. Ils se reproduisent pour permettre à la vie de prendre des formes nouvelles qui répètent pourtant, au moins en partie, les formes anciennes appelées à disparaître. Les enfants sont la mort des parents qui se ruent vers leur propre fin dans le vertige du plaisir.

Cette tâche est, par excellence, notre exercice le plus familier. Il occupe tout un pan de nos imaginations et de notre temps. Il nourrit la plupart de nos romans, de nos films, de nos tragédies, de nos comédies et de nos opéras. C'est aussi, mais nous n'y pensons jamais, une de nos démarches les plus étonnantes. L'idée que, pour maintenir l'ordre du monde, pour assurer la continuité de l'histoire de la vie et de l'humanité, pour permettre à la pensée de poursuivre son travail sur l'univers, il faille rapprocher deux individus de sexe différent est, malgré sa banalité, ou peut-être à cause de sa banalité, de nature à provoquer pas mal de questions et de perplexité.

Le plus remarquable est que, chez les hommes, le soin de permettre à l'histoire de se poursuivre est confié à leur propre décision — soutenue par un plaisir si vif qu'il finit parfois par prendre une allure métaphysique. Qu'il y ait un Dieu ou non, c'est aux hommes — terme générique qui embrasse les femmes — qu'il appartient à chaque instant de répéter ce sixième jour célébré par la Genèse — « Dieu vit ce qu'il avait fait, et voici, cela était très bon » — et de recréer sans cesse par leurs propres forces ce qu'il y a de plus précieux dans l'univers.

*

DANS LE CREUX DE LA MAIN

Dans cet univers inépuisable et assez peu vraisemblable, les hommes ne se contentent pas de se reproduire et de mourir comme tous les êtres vivants. Ils font beaucoup d'autres choses — mais, d'abord et avant tout, ils pensent.

C'est quoi, penser ? C'est se faire une idée de soi-même et du monde autour de soi. Qui se fait une telle idée ? Seul, autant que nous le sachions, dans l'immensité de l'univers, un individu minuscule jusqu'à l'inexistence : moi — c'est-à-dire nous. Il y a plus de distance entre l'univers et l'homme en train de le penser qu'entre un grain de sable et l'océan. Mais le grain de sable, qui est moins que rien, est capable — miracle inouï — de se penser lui-même et de penser le tout.

L'homme se sert de son cerveau qui est situé dans son corps. Le corps est une mécanique, c'est une affaire entendue. Dès 1687, au temps de Louis XIV, le philosophe Leibniz, celui qui posait la question : « Pourquoi y a-t-il quelque chose au lieu de rien ? », écrit à Arnauld : « J'accorde que, dans toute la nature corporelle, il n'y a que des machines. » Il n'est pas exclu qu'on puisse exprimer la pensée sous forme d'équations et il est impossible de penser dès que le corps a cessé de vivre. Il reste qu'il y a entre la pensée de l'individu, sa tête, son crâne, son cerveau, ses neurones et l'univers jusqu'au big bang, jusqu'aux plus lointaines galaxies comme une secrète connivence. On ne se lassera pas de répéter la formule d'Einſtein déjà apparue dans ces pages : « Ce qu'il y a de plus incompréhensible, c'eſt que le monde soit compréhensible. »

Leibniz, encore Leibniz, soutenait que le monde était composé d'atomes d'énergie imperceptibles et indeſtructibles qu'il avait baptisés « monades ». Le propre de chaque monade était de refléter l'univers tout entier qui était donc présent en chacun de ses points. Dans le syſtème de Leibniz, la connexion qui avait tant frappé Einſtein entre l'univers et notre pensée était établie d'entrée de jeu.

Il eſt possible — probable ? — que le monde soit traversé par des courants qui tissent des liens encore myſtérieux entre ses composantes. Il y a déjà trois quarts de siècle une expérience fameuse, appelée, d'après les initiales de ses auteurs, le « paradoxe EPR » et à laquelle Einſtein — le E de EPR — s'était intéressé avec méfiance, montrait que deux particules, par exemple de lumière, issues d'une même source reſtent dépendantes l'une de l'autre, reliées l'une à l'autre et en contact permanent quelle que soit la diſtance qui les sépare.

Tant dans l'infiniment grand que dans l'infiniment petit se manifeſte ce qui a été appelé « l'indivisibilité quantique ». « Aucun homme n'eſt une île, complet en soi-même, écrivait John Donne il y a quelque quatre cents ans. Chaque être humain eſt une partie du continent, une partie du tout. Ne demande jamais pour qui sonne le glas : il sonne pour toi. » Un ordre global règne dans ce monde où chaque partie contient le tout et où le tout reflète chaque partie. L'univers eſt un syſtème dont les éléments sont liés les uns aux autres. Nous partageons avec tout ce qui exiſte une longue hiſtoire commune ; nous sommes, comme tout le reſte, de la poussière d'étoiles ; les iguanes, les chauves-souris, les bruyères, les sapins dans les montagnes sont nos parents plus ou moins proches ; et, selon la formule de William Blake, « chaque homme tient l'infini dans le creux de sa main ».

*

À QUOI PENSENT LES HOMMES ?

Les hommes vivent. Ils sont là. Pas depuis très longtemps. Pour combien de temps ? Personne ne le sait. Mais, enfin, ils sont là. Et ils pensent.

À quoi pensent-ils ? À plaire, à aimer, à leur santé, à jouer aux échecs, à payer leurs impôts, à partir en vacances, à gagner de l'argent, à ne pas rater le train, à prendre le pouvoir, à monter un piège, à l'emporter sur le voisin, à collectionner des timbres-poste, à faire la révolution. Dans le meilleur des cas, à sauver une vie, à peindre des fleurs ou la Vierge, à écrire un opéra, à édifier un bâtiment. Et puis, comme moi un matin d'été sur les bords de la Méditerranée, ils se demandent ce qu'ils font là, d'où ils viennent et où ils vont.

*

LE PRÉSENT : ÉTERNEL — OU QUASI ÉTERNEL

Ces hommes qui pensent avec leur corps vivent dans quelque chose de curieux et presque d'inexprimable, qui est l'évidence même, qui n'a aucune réalité — et que nous appelons le présent.

Le présent est une prison sans barreaux, un filet invisible, sans odeur et sans masse, qui nous enveloppe de partout. Il n'a ni apparence ni existence, et nous n'en sortons jamais. Aucun corps, jamais, n'a vécu ailleurs que dans le présent, aucun esprit, jamais, n'a rien pensé qu'au présent. C'est dans le présent que nous nous souvenons du passé, c'est dans le présent que nous nous projetons dans l'avenir. Le présent change tout le temps et il ne cesse jamais d'être là. Et nous en sommes prisonniers. Passagère et précaire, affreusement temporaire, coincée entre un avenir qui l'envahit et un passé qui la ronge, notre vie ne cesse jamais de se dérouler dans un présent éternel — ou quasi éternel — toujours en train de s'évanouir et toujours en train de renaître.

*

L'AVENIR : IMPRÉVISIBLE

Dans le système de l'univers, l'avenir est opaque et il est imprévisible. C'est son rôle. C'est sa vocation. Le triomphe du christianisme, la conquête arabe sept cents ans plus tard, la carrière du Saint Empire romain germanique, l'ascension de Staline et de Hitler, la chute du mur de Berlin étaient imprévisibles — et d'ailleurs imprévus. Bien avant les hommes et rétrospectivement, la constitution du système solaire et l'éclosion de la vie avaient des chances infimes de se produire et étaient imprévisibles.

Depuis toujours, la raison des hommes a essayé de franchir cette barrière d'opacité et de prévoir l'avenir. Ils ont d'abord espéré chaque jour, dans la crainte et le tremblement, que le Soleil allait briller demain matin comme il avait brillé aujourd'hui. Rien n'était moins sûr. Et rien n'était l'objet d'autant de vœux et de prières. Beaucoup d'hommes ont péri de mort violente pour obtenir des dieux tout-puissants la grâce de voir le Soleil se lever à nouveau.

Plus tard, les calendriers, les projets, les horaires, les feuilles de route, les budgets, les plans ont tenté d'apprivoiser un avenir rétif et toujours incertain. Le plus souvent, l'attente des hommes a été déçue et leur volonté contrariée. L'avenir, dont personne ne sait où il se trouve, est, selon la formule d'Homère, « sur les genoux des dieux ».

Il est nulle part et il ne manque jamais d'arriver. Riche d'une infinité de possibles qui ne cessent de se réduire à mesure qu'il se rapproche du présent, l'avenir déboule sur nous avec une obstination cruelle. D'abord semblable au présent avec lequel il se doit d'être toujours compatible, et pourtant déjà étranger avant de devenir radicalement différent de tout ce que nous avons pu connaître auparavant, l'avenir est la surprise même, l'inattendu toujours attendu et une sorte de stupeur qui ne tarde jamais beaucoup à se changer en évidence.

*

LE PASSÉ : ÉVANOUI

Le passé, lui, est donné. Il n'est pas absent comme l'avenir. Il n'est pas non plus éternel — ou quasi éternel — et volatil comme le présent. Il est donné. Mais il est évanoui.

Il est parti. Il a disparu. Le voilà rejeté à jamais dans un drôle de statut. Il a été, il n'est plus, mais il est encore dans une certaine mesure.

Jusqu'à l'invention de l'écriture, le passé n'avait pas d'autre lieu que le cerveau des hommes. Il pouvait y avoir des traces, des vestiges, des héritages. Il fallait la raison et le langage pour les interpréter. L'écriture a permis de fixer dans l'espace les événements qui se sont succédé dans le temps et d'en tenir registre. Elle est la béquille qui permet à la mémoire d'aller et de venir avec plus de facilité.

Les premiers textes dont nous disposons font le compte du bétail, énumèrent les moissons, rappellent les hauts faits des rois protégés par les dieux dont ils descendent en droite ligne. Des chiffres et des noms dont il serait difficile de se souvenir à la longue sans un catalogue et une nomenclature. Plus tard, les choses se compliquent, et des millions et des millions de livres, en attendant films et machines, maintiennent en état de survie artificielle un passé tombé dans les pommes, privé de conscience et hors d'état de se défendre tant contre des interprétations contradictoires que contre l'oubli.

Grâce à la science, un passé de plus en plus lointain se dévoile à nos yeux. Jusqu'aux abords du XIXe siècle, conformément aux enseignements de la Bible et de la Genèse qu'il n'était pas question de remettre en question, le passé de l'homme comptait à peine quelques milliers d'années. Darwin ajoute des millions et des millions d'années à la jeunesse, à l'enfance, à la généalogie de l'humanité. Un prêtre tchèque dans l'ancienne Autriche-Hongrie, Johann Mendel, en découvrant les lois de l'hérédité, puis Crick et Watson, en établissant la structure en double hélice de l'ADN et en définissant le code génétique, apportent une confirmation éclatante et un complément d'information à la vision de Darwin. Au-delà des primates et des singes qui sont nos cousins les plus proches, au-delà des dinosaures disparus soixante-cinq millions d'années avant nous, au-delà des méduses et des algues vertes, les ancêtres de l'homme remontent aux origines de la vie, il y a un peu moins de quatre milliards d'années.

Les journalistes nous parlent d'aujourd'hui. Les romanciers, d'hier et de demain. Les historiens, de la dizaine ou de la vingtaine de siècles qui nous précèdent. Quelques centaines de milliers ou quelques millions d'années sont le lot des anthropologues et des préhistoriens. Quelques dizaines ou quelques centaines de millions d'années, c'est le lot des embryologistes et des zoologistes. Quatre milliards d'années, c'est celui des biologistes. Physiciens et mathématiciens nous emmènent encore beaucoup plus loin — jusqu'au big bang, il y a treize milliards sept cents millions d'années. La question est de savoir ce que nous allons trouver tout au bout de l'aventure à rebours, au commencement plein de mystère de toutes les choses de ce monde.

*

AU COMMENCEMENT DES CHOSES

Au début, le big bang. Nous connaissons le chemin qui a mené à cette hypothèse. Allons vite. Trois éléments, parmi d'autres, ont joué dans cette démarche un rôle essentiel.

Le premier est l'intelligence humaine. Ce sont les hommes qui découvrent les secrets de l'univers. Il ne leur est pas permis de deviner ce qui va se passer dans l'avenir — sauf peut-être que tout a une fin, que nous mourrons tous et que l'univers disparaîtra comme tout le reste sans exception. L'avenir leur est fermé. Le passé, en revanche, leur est ouvert. Il n'a d'existence que dans leur tête, mais des liens mystérieux unissent les hommes à l'univers et leur permettent de le comprendre.

Le deuxième est la lumière. C'est elle qui nous permet de vivre sous le Soleil et de distinguer les êtres et les choses autour de nous. Sans elle, il n'y aurait pas d'êtres humains, il n'y aurait pas de vie, il n'y aurait pas d'amour et il n'y aurait pas de monde. C'est elle aussi qui nous permet de voir l'univers jusqu'aux confins de l'espace-temps. La lumière apparaît dès les premières lignes de la Genèse. Et c'est d'elle que nous nous servons pour remonter le cours du temps et pour tenter de savoir d'où nous venons.

Longtemps, les hommes se sont imaginé que l'œil émettait des rayons et que ces rayons allaient de l'œil vers les objets. Pythagore pensait que l'œil projetait une sorte d'antenne subtile et très sensible qui permettait de voir. C'est beaucoup plus tard que le parcours a été inversé et qu'animée d'une vitesse considérable mais non infinie la lumière est allée des objets vers nos yeux. C'est alors qu'elle est devenue ce formidable instrument qui nous fait voir des étoiles depuis longtemps disparues et qui nous apporte, à travers l'espace, des nouvelles du temps de César, de la guerre de Troie, de la conquête du feu ou du règne des dinosaures. Descartes croit encore à une propagation instantanée de la lumière. Nous savons aujourd'hui que la lumière va très vite — et pourtant assez lentement au regard de l'immensité de l'espace. Nous voyons le Soleil tel qu'il était il y a huit minutes, la galaxie Andromède telle qu'elle était il y a deux millions d'années, l'amas de la Vierge tel qu'il était il y a quarante millions d'années, les quasars, aux confins de l'univers, tels qu'ils étaient il y a une dizaine de milliards d'années.

Le troisième élément est le temps.

*

TEMPS ET POUVOIR

Le temps, depuis toujours, est lié au pouvoir : une des prérogatives majeures de tout pouvoir politique ou religieux est de le dominer et de le manier à son gré, de le découper en séquences, de fixer les dates des vacances et des fêtes, de décider de l'heure d'hiver ou de l'heure d'été. Les Chaldéens, les Égyptiens, les Chinois, les Indiens, les Mayas l'étudient, le mesurent, l'interprètent grâce aux savants et aux puissants, et à leur bénéfice. En 46 av. J.-C., pour mettre fin à un désordre insupportable qui risquait de décaler de plusieurs mois les fêtes de la moisson ou des vendanges et pour installer son calendrier julien, Jules César, après avoir consulté un astronome d'Alexandrie du nom de Sosigène, impose une « année de la confusion » de quatre cent quarante-cinq jours. Un millénaire et demi plus tard, pour corriger les dérives croissantes du calendrier julien qui menacent à leur tour au loin, Grégoire XIII, à la perplexité de Montaigne, supprime froidement dix jours en trop entre le 4 et le 15 octobre 1585 et donne son nom au calendrier grégorien.

La diffusion du nouveau calendrier est immédiate dans les États catholiques. Les pays protestants renâclent. Beaucoup n'adopteront la réforme qu'au cours du XVIIIe siècle. Les pays orthodoxes, plus tard encore. D'où toute une série de paradoxes. Un voyageur dans l'Allemagne du XVIIe siècle, divisée en États catholiques et en États protestants, peut arriver à destination avant d'être parti. Shakespeare et Cervantès meurent tous les deux le 23 avril 1616, mais l'Espagnol, le premier, à Madrid, au cœur de l'Espagne catholique, le samedi 23 avril 1616 dans le calendrier grégorien, l'Anglais, dix jours plus tard, à Stratford-upon-Avon, Warwickshire, le mardi 23 avril 1616 dans l'ancien calendrier julien, c'est-à-dire le 3 mai dans le calendrier grégorien.

Les problèmes liés au temps ne se limitent pas à la coïncidence la plus étroite possible entre le mouvement des astres et nos calendriers. Le temps nous pose des questions autrement décisives et qui débordent de loin la brève histoire des hommes.

*

D'OÙ VIENT LE TEMPS ?

Le temps a façonné le monde autour de nous avant de nous façonner nous-mêmes. L'univers n'est rien d'autre que le big bang travaillé par le temps. La question qui se pose aussitôt est toute simple, et affreusement compliquée : le big bang se situe-t-il dans le temps ou a-t-il créé le temps — on n'ose pas dire « en même temps » mais enfin « avec » tout le reste ?

Beaucoup de savants ne croient pas à une explosion primitive. La majorité d'entre eux y croit. Parmi ceux qui y croient, les uns pensent que le temps est antérieur au big bang et donc que le big bang est un événement qui prend place dans le temps ; reprenant, souvent sans s'en douter, une idée émise, il y a un peu plus d'un millénaire et demi, par saint Augustin qui soutenait que Dieu avait créé le temps avec l'univers, les autres pensent que le big bang est à l'origine du temps comme il est à l'origine de l'espace.

Un argument en faveur de cette dernière hypothèse vient de l'étroite liaison entre le temps et l'espace. Nous savons depuis Hubble et ses successeurs que l'espace est en expansion. Il est en expansion parce qu'il est créé par le big bang minuscule et immense il y a treize milliards sept cents millions d'années. Inséparable de l'espace, pourquoi le temps n'aurait-il pas été, lui aussi, créé, à l'origine de toutes choses, par l'explosion primordiale ?

*

LE TEMPS EST UN MYSTÈRE

Le temps nous est si proche et si consubstantiel que nous nous interrogeons très peu sur son étrange nature. Nous ne savons rien de ce temps qui n'accompagne pas seulement l'univers et la vie depuis leurs origines, mais qui les constitue. « Si tu ne me demandes pas ce qu'est le temps, disait saint Augustin, je sais ce que c'est. Dès que tu me le demandes, je ne le sais plus. » Seize cents ans plus tard, les progrès sont minces : « Il est impossible, écrit Hawking, de dire en quoi consiste le temps. »

Il semble qu'à la différence de tout le reste, le temps ne soit fait ni de particules ni d'ondes, qu'il n'occupe aucun espace, qu'il n'ait ni masse, ni température, ni odeur, ni saveur, qu'il soit le comble de la complexité et le comble de l'abstraction, qu'il se confonde à la fois avec tout et avec rien.

Des savants contemporains assurent qu'il est réversible, et même qu'il n'existe pas. Longtemps, de telles assertions m'ont plongé dans la perplexité. J'avais le sentiment que le temps était omniprésent et qu'il avait une flèche qui allait d'hier vers demain, de notre naissance à notre mort, du big bang à la fin du monde. Nous naissons, nous mourons : il n'y avait presque rien d'autre, sinon quelques anecdotes passagères liées à l'amour, à l'ambition, à la guerre, à la curiosité, aux passions de l'âme. Voilà que de grands esprits me le présentaient comme une équation réversible ou même sans existence du tout. Je suffoquais.

L'invraisemblable mécanisme du temps, avec son avenir inépuisable qui ne se change à chaque instant en un présent éternel et insaisissable que pour se transformer aussitôt en un passé fantomatique et toujours victorieux, me paraissait se confondre avec l'ordre du monde. Le temps produisait tout : les espèces animales et l'*Iliade* et l'*Odyssée*, les grands empires universels et une rixe entre deux bandes dans une banlieue de Hong Kong. Il suffisait d'attendre, et tout survenait. Ce mécanisme implacable, sans jamais le moindre raté, qui nous conduisait comme par la main jusqu'au seul fragment prévisible de l'avenir, c'est-à-dire notre tombe toujours ouverte, la science le réduisait en poudre.

La tête me tournait. Et puis, l'idée m'est venue qu'il restait peut-être dans le temps quelque chose de son origine où l'immensément grand était inextricablement mêlé à l'immensément petit et où le tout et le rien se distinguaient à peine. Le temps est tout dans ce monde et, au regard de l'éternité et de l'infini, ce monde n'est presque rien. Identique à lui-même jusqu'aux galaxies les plus éloignées et jusqu'aux quarks les plus imperceptibles, le temps règne d'une main de fer sur l'univers et sur la vie — et, élastique et variable, il est l'ombre d'une ombre. Le plaisir, la douleur, l'ennui, le travail, la pensée, la vitesse, la masse de la matière, la proximité d'un trou noir d'où la lumière ne peut pas s'échapper suffisent à l'étirer, à le dilater, à le contracter jusqu'à l'inexistence. Peut-être courbé comme cet espace auquel il est lié, le temps est extraordinairement compliqué et puissant et il est subtil jusqu'à l'évanouissement. Il est inexplicable. Il est le mystère même.

Faut-il voir dans ce temps, qui a fabriqué l'univers et qui n'existe pas, comme la signature sur ce monde d'une puissance qui lui serait extérieure ?

*

L'INIMAGINABLE

Depuis quelques années, les hommes remontent le temps jusqu'au big bang. Ils parcourent en esprit avec une relative aisance les treize milliards sept cents millions d'années qui nous séparent de l'origine. Ils en connaissent toutes les étapes, ils voient, grâce à la lumière, notre propre système solaire, les galaxies les plus lointaines, l'univers tout entier en train de se constituer, ils s'approchent de très près, à quelques fractions de seconde, de l'explosion originelle — et ils se heurtent à un mur apparemment infranchissable. C'est le fameux mur de Planck — appelé aussi temps de Planck —, du nom de ce physicien que nous avons déjà vu découvrir les quanta vers le début du siècle dernier.

Qu'est-ce que le mur de Planck ? Accrochons nos ceintures. Le mur de Planck est un temps, égal à 10^{-43} seconde, qui indique le moment, juste après l'explosion originelle, où notre physique perd pied, où les limites de nos connaissances sont atteintes. Les trois premières secondes de l'univers sont décisives. Et l'extrême début de la première seconde nous reste inaccessible. Pour dépasser le temps de Planck, il faudrait une théorie quantique de la gravité où la force gravitationnelle serait unie aux autres forces, théorie qui reste encore à construire.

Le temps de Planck est inimaginablement bref. Tout est inimaginable à l'instant du big bang. Ce qui deviendra notre immense univers est alors dix millions de milliards de milliards de fois plus petit qu'un atome. Il est inimaginablement chaud et dense. Son énergie est inimaginablement grande. Et le temps de Planck, qui dresse son mur devant notre science, est inimaginablement court : 0,000… seconde après l'explosion primordiale. Le premier chiffre non nul ne survient qu'après quarante-trois zéros qu'il serait un peu gauche et poseur de reproduire ici. « La durée d'un flash photographique, nous dit l'astrophysicien Trinh Xuan Thuan, occuperait un milliard de milliards de milliards de fois plus de temps dans l'histoire entière de l'univers que le mur de Planck n'en occupe dans une seconde. »

C'est là, au cœur de cette particularité où s'arrêtent les lois dont nous nous servons chaque jour dans notre exploration de la nature, que s'imposerait la théorie unifiée dont nous évoquions tout à l'heure l'impossibilité et à laquelle Einstein a travaillé avec acharnement et en vain dans les trente dernières années de sa vie. Pour le moment au moins, rien à faire : la relativité générale et sa gravité qui règnent sur l'infiniment grand refusent avec obstination de s'unir à ce que Trinh Xuan Thuan appelle « les seigneurs de l'infiniment petit ».

Peut-être le rêve de l'unification de la mécanique quantique avec la relativité sera-t-il réalisé dans l'avenir ? Aujourd'hui, en tout cas, le mystère le plus profond continue à planer autour du mur de Planck. Derrière l'inimaginable rôde l'inconcevable.

*

UNE LONGUE RÊVERIE

En démocratie, le premier venu a le droit de s'installer au comptoir du Café du Commerce et de commenter les faits et gestes du gouvernement au pouvoir et de l'opposition. Ce livre-ci est une sorte de Café du Commerce de la cosmologie et de l'histoire du monde. L'auteur a pris la posture du ravi de la crèche, de Garo, le benêt toujours émerveillé de La Fontaine, du Candide de Voltaire : il est mû par l'étonnement et par l'admiration. Le spectacle du monde le surprend, l'enchante et le remplit d'une allégresse terrifiée.

L'histoire du monde, à elle toute seule, est déjà une sorte de songe. Le récit des efforts des hommes pour tenter de comprendre cette histoire est un autre songe. Les hypothèses qui vont maintenant défiler sont du songe sur du songe. Comme l'univers lui-même, comme la vie de chacun de nous, ce livre est une longue rêverie.

*

DERRIÈRE LE MUR

Depuis le succès de l'hypothèse du big bang, une question se pose avec insistance : derrière le mur de Planck, qu'y a-t-il ?

Si le big bang a créé le temps comme il a créé l'espace, le mot « avant » n'a plus de sens au-delà du mur de Planck — ou en deçà, comme on voudra — puisque de ce côté-là du mur le temps n'existe pas encore : aux yeux des lois de notre monde il n'y a rien. Même pas ce vide qui suppose de l'espace.

Rien ? Il est difficile de croire que notre tout a surgi de rien, que les galaxies en train de s'enfuir, la Voie lactée, notre système solaire qui tourne depuis longtemps, la Bible, l'*Iliade* et l'*Odyssée*, la naissance de Bouddha, les conquêtes d'Alexandre, la Grande Muraille de Tsin Che Houang-ti, l'Empire romain, la crucifixion du Christ Jésus, le Coran, les splendeurs de Bagdad, les croisades, la chute de Constantinople, l'invention de l'imprimerie, les Grands Moghols en Inde, la Révolution française et les lignes que vous lisez sont sortis de rien. Il faut plutôt imaginer que, de l'autre côté du mur de Planck, « avant » la particularité du big bang, il y a *autre chose.* Autre chose dont, naturellement, il est impossible de parler.

Après Platon et Aristote, le plus grand nom de l'histoire de la philosophie, l'auteur d'un renversement métaphysique qui s'inspire de la révolution entreprise par Copernic dans le domaine de la cosmologie, c'est Emmanuel Kant. Ce qu'établit Kant dans sa célèbre — et difficile — *Critique de la raison pure*, c'est que l'espace et le temps sont, pour les hommes, les conditions nécessaires et universelles de toute expérience et de tout savoir. La nature et toutes les choses de ce monde ne nous sont jamais données, sous forme de phénomènes, qu'à travers l'espace et le temps. En dehors de l'espace et du temps, et par opposition aux « phénomènes » — c'est-à-dire à ce qui nous apparaît —, Kant reconnaît l'existence d'une réalité profonde et inaccessible qu'il appelle les « choses en soi ». L'accès aux choses en soi nous est rigoureusement interdit : elles sont pour nous une sorte de *x* mystérieux, une interrogation, une angoisse, une inconnue — mais une inconnue indispensable, car sans elle il n'y aurait rien.

Ce qu'il y a derrière le mur de Planck, c'est autre chose que tout ce que nous pouvons imaginer ou même concevoir — peut-être une réalité d'une autre nature et d'un autre ordre, plus ou moins comparable à la chose en soi de Kant.

*

DIEU

Derrière le mur de Planck, notre logique ne joue plus. Seule, la mathématique peut encore prétendre que la puissance des nombres ne s'arrête pas aux confins de l'espace et du temps. Mais aucune vérification expérimentale ne peut être entreprise ni même envisagée. De l'autre côté du mur, la définition fameuse de la mathématique est plus tentante que jamais : « Une science où personne ne sait jamais de quoi on parle ni si ce qu'on dit est vrai. »

Le big bang et le mur de Planck marquent les limites entre le domaine des phénomènes et de l'expérimentation qui nous est familier et un *no man's land* inconnu dont nous ne pouvons rien savoir et qui n'existe peut-être même pas. Nos sens n'y ont pas accès. Nos lois n'y fonctionnent plus. Si bien adaptée au monde autour de nous, l'intelligence humaine ne peut pas le concevoir. C'est le règne de la fiction, du roman non écrit, de la poésie sans paroles. C'est le royaume de l'espérance. C'est le royaume de la foi. Chacun peut y mettre ce qu'il veut. Et même le refuser et n'y voir qu'une illusion, une mystification, une imposture.

C'est cette nuit obscure que les hommes appellent Dieu.

*

DIEU ET LES HOMMES

Ce que les hommes ne comprennent pas, ils le mettent sur le compte de puissances auxquelles ils donnent des noms de dieux. Un pan immense de notre histoire est lié à cet exercice. On dirait qu'une des activités principales de l'humanité est d'inventer des religions. Selon la Genèse, Dieu a créé l'homme à son image. Les hommes ont pris leur revanche : ils ont créé des dieux à leur image. Les noms des dieux couvrent — le plus souvent assez mal — leurs propres craintes et leurs propres ambitions. Ils se servent d'un monde qu'ils ne connaissent pas pour exercer leur pouvoir sur ce monde qu'ils connaissent.

L'idée d'un Dieu tout-puissant à qui pourraient être attribuées la création de l'univers et sa conservation surgit assez tard dans l'histoire des hommes. Longtemps, ils ont accordé à des forces magiques, puis à des mythes, et enfin à des généalogies improbables et interminables de dieux et de déesses à visage animal ou humain les pouvoirs inconnus dont ils étaient les jouets. Peu à peu, des dieux plus puissants, plus habiles ou plus chanceux l'emportent sur les autres : Brahma, Vishnou, Siva, Isis, Osiris, Amon-Râ et Aton, Apollon, Dionysos, Athéna, Mars, Vénus et Junon, Poséidon ou Neptune, Héphaïstos ou Vulcain, surtout Zeus et Jupiter, qui sont les rois des dieux, ou encore Ahura-Mazda ou Mithra largement oubliés aujourd'hui et qui ont connu leur heure de gloire.

Le Dieu unique apparaît avec Abraham, qui a peut-être existé il y a quelques milliers d'années, à peu près à l'époque de la diffusion de l'écriture, toujours du côté de ce Tigre et de cet Euphrate d'où sort toute civilisation. Dans ses versions juive, chrétienne, beaucoup plus tard — entre Clovis et Charlemagne chez nous — musulmane, le Dieu unique conquiert une grande partie du monde. Ce qu'il y a de commun à Jérusalem et à Byzance, à Bagdad et à Rome, à Constantin et à Grégoire le Grand, à Théodoric et à Théodora, à saint Augustin et à Mahomet, à Charlemagne, à Haroun al-Rachid, à Dante, à Mehmet II, à Michel-Ange, à Charles Quint, à Shakespeare, à Cromwell, à Descartes, à Louis XIV, à Racine, à Akbar, à Newton, à Robespierre, à Washington, à Pétain et à de Gaulle, c'est Dieu.

L'idée que les hommes se font de Dieu a fait couler beaucoup de sang. Dieu est un grand pourvoyeur de guerres et de crimes de toutes sortes. Plus encore que la soif de pouvoir ou la passion de l'argent avec lesquelles il lui arrive de se confondre. Les hommes trouvent en Dieu ou dans l'idée qu'ils se font de lui une vérité absolue qu'il s'agit d'utiliser et de répandre par le fer et par le feu. Les croisades, l'Inquisition, le djihad, la conquête de l'Amérique, l'exploitation de l'Afrique et des Africains, la politique d'expansion de la Sublime Porte turque, la conquête de l'Inde par les Moghols musulmans ne sont pas des souvenirs de paix. L'intolérance et la cruauté s'y mêlent au goût de l'aventure, à la puissance et à la grandeur. Dieu, le plus souvent, fait bon ménage avec la culture, avec la beauté, avec l'argent et avec la violence.

*

DIEU FAIT HOMME

Le coup de génie du christianisme, ce qui le distingue de toutes les autres religions, c'est l'Incarnation. Dieu se fait homme, le Fils de l'Homme est Dieu et, d'une certaine façon, l'homme devient Dieu. À travers tous les schismes et toutes les hérésies, d'Arius à Nestorius et aux monophysites, l'Église n'a jamais cessé de s'attacher à ce point essentiel : le Christ est Dieu et il est homme. Dieu ne peut pas être connu, mais Jésus peut être aimé. L'impossible savoir s'est changé en amour.

Ce que Dieu veut, nous ne le savons pas. Ce que le Christ nous dit, c'est qu'il faut aimer Dieu et les hommes. Quelles que puissent être les opinions professées à l'égard d'une institution humaine qui a duré d'ores et déjà plus longtemps que toutes les autres, force est de reconnaître la grandeur et l'intelligence du christianisme : il laisse Dieu où il est, c'est-à-dire ailleurs, et il transfère à l'homme le pouvoir de régner sur le monde, de le changer et d'attendre la fin des temps.

La doctrine de l'Église a été élaborée au cours de conciles successifs. Elle est le fruit de discussions et de débats entre de grands esprits et beaucoup d'intérêts particuliers. Un célèbre concile tenu à Éphèse a longtemps été appelé le « brigandage d'Éphèse ». On raconte que Luther, de passage à Rome, épouvanté par les querelles de personnes qui s'y donnaient libre cours et par l'atmosphère qui y régnait, se serait écrié qu'il devait y avoir une parcelle de divine vérité dans cette religion corrompue pour qu'elle ne se fût pas déjà écroulée sous le poids de ses fautes.

Comme tout dans ce monde, y compris peut-être la nature, comme le judaïsme, comme l'islam, comme le bouddhisme, le christianisme et l'Église catholique sont une construction humaine. Et cette construction humaine se réclame d'un Dieu qui, sous les espèces du Saint-Esprit, inspirerait les conciles et les papes et serait présent à chaque être humain dans l'eucharistie. Ce Dieu à qui Jésus s'adresse dans ses derniers instants : « *Eli, Eli, lama sabachtani ?* Mon Dieu, mon Dieu, pourquoi m'as-tu abandonné ? », que savons-nous de lui ?

Pas grand-chose en vérité.

*

« HYMNE DE SAINT GRÉGOIRE DE NAZIANCE »

Ô toi, l'au-delà de tout,
Comment t'appeler d'un autre nom ?
Quelle hymne pourra te chanter ?
Aucun mot ne t'exprime,
Quel esprit pourra te saisir ?

Tu es au-delà de toute intelligence.
Seul, tu es indicible
Car tout ce qui se dit est sorti de toi.
Seul, tu es inconnaissable
Car toute connaissance est sortie de toi.

De tous les êtres tu es la fin.
Tu es unique.
Tu es chacun et tu n'es personne.
Tu n'es pas un seul être
Et tu n'es pas l'ensemble de tous les êtres.

Tu as tous les noms.
Comment t'appellerai-je,
Toi, le seul qu'on ne puisse nommer ?
Ô toi, l'au-delà de tout,
Comment t'appeler d'un autre nom ?

*

L'AUTEUR ! L'AUTEUR !

L'auteur ne se propose pas de rédiger un traité de théologie, un catéchisme pour enfants ou pour adultes, une œuvre de combat ou de propagande. Pour diverses raisons, qui ont été exposées ailleurs, il a été élevé — cette double filiation se sent peut-être ici ou là — à la fois dans la religion catholique et dans un esprit de tolérance laïque.

Il est agnostique. Il ne sait pas. Il aimerait bien savoir. Ou, au moins, en savoir un peu plus. Il écrit ces pages pour tenter d'y voir un peu plus clair.

*

LES DEUX QUESTIONS

Au moins une fois dans la vie de chacun d'entre nous, deux questions — et deux questions seulement —, toutes simples et peut-être sans réponse, mais auxquelles il est difficile de se soustraire et autour desquelles nous tournons depuis le début de ces pages, ne peuvent pas manquer de se poser.

La première : Dieu existe-t-il ?
La seconde : Qu'y a-t-il après la mort ?

*

HEURS ET MALHEURS D'ANSELME ET DE L'ONTOLOGIE

Longtemps, théologiens et philosophes ont misé sur les preuves de l'existence de Dieu. Ils en faisaient leurs choux gras. Ils les tiraient de leurs poches. Elles pleuvaient comme à Gravelotte. Elles passaient pour irréfutables — et elles n'ont jamais réussi à convaincre que ceux qui étaient déjà convaincus. La plus célèbre d'entre elles était l'argument de saint Anselme, appelé aussi « argument ontologique ». C'était tout simple : Dieu est parfait ; la perfection implique l'existence ; donc Dieu existe.

Kant a réduit en pièces l'argument ontologique : Dieu n'est pas un phénomène dont nous puissions nous faire quelque idée claire que ce soit. Nous sommes incapables de rien dire de certain de Dieu. Nous ne pouvons ni prouver ni réfuter son existence.

Une preuve irréfutable de l'existence de Dieu n'est pas seulement impossible. Elle serait surtout une catastrophe. Une catastrophe, bien sûr, pour les incroyants, pour les athées, pour les ennemis de Dieu. Mais une catastrophe aussi pour les croyants et pour toutes les Églises. Ce qui fait la puissance de Dieu aux yeux des hommes, c'est que, même quand nous croyons en lui, nous ne savons pas s'il existe. Le mystère est au cœur de la foi.

Comme beaucoup de grands savants, Bertrand Russell ne croyait pas à Dieu. Un de ses amis lui demanda pourtant un jour ce qu'il répondrait à Dieu si, par extraordinaire, il se retrouvait après sa mort en face du juge suprême, créateur de toutes choses. Russell réfléchit un instant. Et il lâcha : « Pas assez de preuves ! »

Je crains que le prix Nobel ne se soit laissé entraîner par ses habitudes de logicien et de mathématicien. Dieu n'a que faire de preuves : il les laisse aux savants et aux philosophes. Dieu n'est pas une expérience de physique : il ne cherche pas à s'imposer de façon décisive. Dieu n'est pas une équation : il fuirait plutôt l'évidence. Dieu n'est pas un politicien : il ne tente pas de se faire élire à coups de promesses et d'arguments. L'ambition de Dieu n'est pas d'être irréfutable. S'il existe, il lui suffit d'une seule chose : il lui suffit d'être — et c'est assez.

Dieu, par essence, est inconnu et caché. Dans la religion juive, il est à peine permis de prononcer son nom. Il déclare à Moïse que le voir, c'est mourir. Quand les légions romaines envahissent le Saint des Saints du Temple de Jérusalem, lieu mystique par excellence où seul le grand-prêtre avait le droit de pénétrer, elles découvrent avec stupeur un sanctuaire entièrement vide et nu. Dans la religion musulmane, il est interdit de le représenter. Son évidence détruirait toute religion. Dieu est une idée pure dans un autre monde que le nôtre. Il est tension. Il est espérance. Il est un rêve infini. Kant l'a vu mieux que les théologiens et les Pères de l'Église : Dieu n'est pas un savoir. Il est une croyance.

*

CROIRE ET SAVOIR

Ce qu'il y a de bien avec Dieu, c'est que la familiarité avec lui n'est pas réservée à ceux qui savent. On peut ne rien savoir et croire à Dieu. C'est un cas assez fréquent. On peut tout savoir, ou presque tout, et ne pas croire à Dieu. C'est une attitude presque aussi répandue. On peut aussi ne rien savoir et croire que Dieu est une faribole. Et on peut même savoir tout ce qu'il est possible de savoir et pousser la naïveté jusqu'à croire encore à Dieu. « Tout est immense, écrit Péguy avec une ombre de provocation, le savoir excepté. » Et il ajoute : « Nos connaissances ne sont rien auprès de la réalité connaissable, et d'autant plus, peut-être, auprès de la réalité inconnaissable. »

Le monde est inépuisable et Dieu n'est pas de ce monde. S'il existe, c'est ailleurs. Et aussi dans le cœur de ces hommes qui ont besoin d'autre chose que ce monde auquel ils appartiennent.

*

ENCORE MOI

Je ne sais pas si Dieu existe mais, depuis toujours, je l'espère avec force. Parce qu'il faudrait qu'existe tout de même ailleurs quelque chose qui ressemble d'un peu plus près que chez nous à une justice et à une vérité que nous ne cessons de rechercher, que nous devons poursuivre et que nous n'atteindrons jamais.

De temps en temps, je l'avoue, le doute l'emporte sur l'espérance. Et, de temps en temps, l'espérance l'emporte sur le doute. Ce cruel état d'incertitude, cette *« fluctuatio animi »* pour parler comme Spinoza, ne durera pas toujours. Grâce à Dieu, je mourrai.

*

J'AI EU DE LA CHANCE

Je mourrai. J'aurai vécu. Je me suis souvent demandé ce que j'avais fait de cette vie. La réponse était assez claire : je l'ai aimée. J'ai beaucoup aimé ce monde. Je n'ai pas demandé à y venir. J'y ai été jeté. Pour combien de temps ? Je ne sais pas. (Mais je commence à le deviner.) Par qui ? Je ne sais pas. Pourquoi ? Je ne sais pas. Je sais seulement que j'y ai été heureux.

J'ai eu de la chance. Mon siècle était une rude époque. Toutes les époques, j'imagine, ont connu des malheurs. Même la Grèce de Périclès, même l'Italie de la Renaissance, même le XVIIIe siècle français, en apparence si délicieux. Mais, en matière de désastres, de cruauté, de douleurs, le XXe siècle a été gâté. Beaucoup autour de moi ont connu de grandes souffrances. La haine, la guerre, la mort, la maladie, la pauvreté, le désespoir ont frappé à coups redoublés le monde de mon temps. Le pays et la langue auxquels j'appartenais ont lentement décliné à mesure que je vieillissais. Auréolée de sa victoire sur les empires centraux, la France d'entre les deux guerres était encore au centre de l'univers. La marche vers la Seconde Guerre a été un chagrin illuminé par des livres plus brillants que jamais. La défaite de 1940 a été le coup le plus dur jamais porté à ce pays. Les six années de guerre ont été une horreur. Le monde en est sorti brisé et comme désenchanté. L'image qui restera de ce temps n'est pas très brillante. La science et la technique ont fait des progrès inouïs. Elles ont rendu la vie plus facile et moins dure — et elles commencent à faire peur. Je crois, je me trompe peut-être, que les hommes espéraient mieux. On assure qu'Einstein, à la fin de sa vie, aurait préféré être plombier.

Dans ce désenchantement général, j'ai fait ce que j'ai pu. Parce qu'elle avait été pour moi d'une indulgence criante, j'ai essayé de rendre la vie moins sombre et parfois presque gaie. C'était la moindre des choses.

Dans ce jeu du chagrin et de la gaieté, les questions se bousculaient : Pourquoi cette chance ? Qui remercier ? Pourquoi les autres étaient-ils déportés, fusillés, pendus, exécutés à la hache, enlevés à vingt ans par la vitesse ou le cancer, accablés de malheur, écrasés par le sort — et pas moi ? J'ai la goutte et le rhume des foins, je suis sourd, je m'évanouis de temps à autre, je fais l'amour moins souvent et je cours beaucoup moins vite : c'est embêtant — mais enfin je ne me plains pas. J'ai eu de la chance. Merci. Peut-être plus que d'autres. Pardon.

Je n'ai pas seulement eu de la chance. Je suis né. Pourquoi ? J'ai participé à cette grande aventure des hommes — dont ils s'occupent si peu. Pourquoi ? Pourquoi y a-t-il des hommes ? Pourquoi y a-t-il un monde ? Pourquoi y a-t-il quelque chose au lieu de rien ?

*

UNE AVENTURE DU BARON DE MÜNCHHAUSEN

Dieu est invraisemblable, c'est une affaire entendue. L'absence de Dieu est plus invraisemblable encore.

Beaucoup d'astrophysiciens et de spécialistes de la cosmologie soutiennent que l'univers s'est constitué de lui-même par le jeu du hasard et de la nécessité. Le hasard étant lui-même un croisement accidentel de nécessités, demandons-nous d'où surgissent l'enchaînement des effets et des causes et cette notion de nécessité que l'évidence ne protège pas des interrogations. La nécessité est aussi réelle et aussi arbitraire que tout le reste de l'univers : l'espace, le temps, la matière, la vie, l'évolution…

Les Aventures du baron de Münchhausen — d'où est issue, en pleine Révolution, pour amuser les bourgeois secoués par la Terreur, la version française de *Monsieur de Crac en son vieux castel* — ont connu un grand succès dans l'Europe germanique à la fin du XVIIIe siècle. Ce qui arrive dans cette bande dessinée de génie au baron Karl Hieronymus von Münchhausen — qui, dans la vie réelle, était né à Hanovre avant de s'engager dans l'armée russe pour se battre contre les Turcs — est follement distrayant.

Émule de Lucien de Samosate et de Cyrano de Bergerac, précurseur de Dumas, de Jules Verne, de H. G. Wells, de Tintin et de l'opération Apollo, il part notamment pour la Lune assis sur un boulet de canon. Au cours de ses pérégrinations, il lui arrive, parmi des dizaines d'autres, une aventure éprouvante : il tombe dans un marais qui manque de l'engloutir. Il se sort de cette fâcheuse situation par un stratagème très habile : il se tire lui-même par les cheveux et par les bottes et il parvient à s'extirper, sans aucune aide extérieure, de l'abîme où il s'enfonçait.

Les astrophysiciens qui plaident pour un univers qui sort tout seul du néant se réclament ouvertement, sans la moindre vergogne et avec un humour corrosif dont on ne peut que les féliciter, du baron de Münchhausen. Le tout se dégage du rien en un mouvement baptisé *« bootstrap »* en souvenir du baron. C'est une plaisante invention. Quelque invraisemblable qu'il puisse paraître, Dieu, en comparaison, a un côté familier et popote d'une rassurante banalité.

*

DIEU HORS DU TEMPS

Beaucoup d'arguments, souvent convaincants, ont été avancés contre Dieu. Il n'est pas difficile de l'attaquer. Nous sommes des hommes et, aux yeux des hommes, rien — ou presque rien — de plus absurde que Dieu. Deux cents ans avant saint Augustin, un apologiste chrétien l'avait déjà compris : « *Credo quia absurdum* — Je crois parce que c'est absurde. »

Un des arguments des adversaires de Dieu repose sur une régression à l'infini. À supposer que Dieu ait créé le monde, et qu'il soit la cause de toutes choses, il nous faudrait un autre Dieu qui soit la cause de ce Dieu créateur et ainsi de suite à l'infini. Autant imaginer que l'univers lui-même est éternel et qu'une série continue de catastrophes, de débuts et de fins, avec ou sans big bang, s'enchaîne sans répit en un cycle sans fin. C'est ce que pensent — et c'est bien leur droit — beaucoup de ceux qui ne croient pas à Dieu.

Une telle conception n'est ni plus ni moins incompréhensible pour l'esprit humain qu'un Dieu créateur. « Avant » le big bang, de l'autre côté du mur de Planck, nous sommes de toute façon dans l'ineffable et dans l'impensable. Surtout si le temps, à l'image de l'espace, est créé par le big bang. Le privilège de Dieu est d'arrêter sur lui la course infernale des causes et des effets. En l'absence du temps et de son déroulement, Dieu échappe à cet enchaînement des effets et des causes. Il constitue une sorte d'abcès de fixation du mystère et de l'absurde. S'il existe, il est ce que les anciens philosophes appelaient *causa sui*, cause de lui-même, sa propre cause. Chez Baruch de Spinoza encore, ce juif portugais que nous avons déjà rencontré et qui vivait en Hollande vers le début du règne de Louis XIV, Dieu est « substance ». La substance de Spinoza n'est plus, comme dans l'école de Milet, au VIe siècle avant notre ère — rappelez-vous —, ni l'eau, ni l'air, ni le feu, ni rien de cet ordre. La substance, pour Spinoza, c'est l'être en tant qu'il est son propre fondement, c'est l'être dans son autosuffisance absolue et qui ne dépend de rien d'autre que de soi. La substance, pour Spinoza, rejeté par les juifs d'Amsterdam et qui ne passe pour athée qu'aux yeux de ceux qui ne l'ont pas lu, c'est Dieu. Elle est éternelle parce qu'elle est intemporelle, c'est-à-dire étrangère au temps.

Cette idée d'un Dieu hors du temps peut sembler folle. Elle l'est à nos yeux à nous, qui, pour la durée de notre vie, sommes plongés dans le temps. Elle ne l'est pas beaucoup plus que toutes les constructions édifiées, les unes après les autres, pour échapper à l'hypothèse d'un Dieu créateur de l'univers. Au-delà du big bang, avec Dieu ou sans Dieu, nous ne pouvons que reconnaître notre impuissance et constater que nos lois ont cessé de jouer — ou ne sont pas encore mises en place, tels le Soleil ou notre Terre ou la Lune avant leur apparition dans l'immense firmament.

*

LE MONDE EST UNE ÉNIGME

Nous voilà parvenus à un tournant de notre trop longue excursion. Que savons-nous ? Grâce à la science, beaucoup de choses, si longtemps ignorées, peu à peu découvertes — et presque rien. Presque tout, en vérité. Sauf l'essentiel. Un enfant de sept ans en sait plus aujourd'hui sur l'univers autour de lui et sur son propre corps qu'Aristote et Descartes. Et tous nos prix Nobel réunis n'en savent pas plus sur le temps qui passe, sur la mort, sur le sens de l'univers, sur le destin des hommes, sur une autre vie possible ou peut-être impossible qu'un gamin d'Ur ou de Thèbes, de Milet ou d'Élée, ou de l'Athènes de Périclès.

On dirait que le monde, réglé avec tant de rigueur pour poursuivre sa carrière depuis la nuit des temps, est construit aussi, de lui-même ou du dehors, pour demeurer une énigme. Si merveilleusement articulée avec l'infiniment petit et l'infiniment grand, avec les atomes et les photons, avec les bactéries, avec les galaxies, avec les étoiles dont elle provient, adaptée comme par miracle à l'univers sans bornes, je ne crois pas que la pensée des hommes soit jamais capable de résoudre cette énigme.

*

LA SCIENCE EST UNE TÂCHE INFINIE

Le tout eſt un rébus, une devinette, une interrogation béante, une énigme. Pour avancer dans cette énigme aussi loin que possible, nous avons une seule ressource : notre pensée. Et un seul outil : la science.

La science n'en eſt qu'à ses débuts. Elle fera des choses inouïes. Elle modifiera les climats, la face de la planète, la condition des hommes, elle leur permettra de s'échapper de la Terre, elle conquerra d'autres mondes, elle inventera d'autres soleils, elle allongera notre vie au-delà de l'imaginable et elle la transformera de fond en comble. Il n'eſt pas impossible qu'elle franchisse le mur de Planck. Ce qui eſt impossible, c'eſt qu'elle fournisse la clé de l'énigme.

La science progresse : c'eſt son métier et sa gloire. À mesure qu'elle progresse, son horizon s'élargit. Parce que l'univers eſt inépuisable, chaque problème résolu ouvre sur un nombre toujours croissant de queſtions. Au point que ce que nous ne savons pas, au lieu de se reſtreindre, aurait plutôt tendance à s'accroître à la façon d'un ballon qui ne cesserait de se gonfler. La science n'atteint jamais son but parce que le but n'en finit pas de se dérober — et qu'en vérité il n'y a pas de but : la science eſt une tâche infinie. Sa grandeur eſt de se présenter comme un rêve toujours inassouvi.

*

LA RÉALITÉ EST UN RÊVE

La science n'eſt pas seule à prendre l'allure d'un rêve infini dont les porteurs sont les hommes. L'ensemble de ce que nous appelons réalité peut être considéré comme un rêve collectif, interminable, d'une cohérence admirable, plein de douceur et de violence, rêvé successivement et simultanément par tous les êtres humains. Il est plongé dans le temps et il se transforme avec lui. Il passe de génération en génération et d'esprit en esprit. Il est borné pour chacun par la mort inéluctable. Il commence avec les uns, il se poursuit avec les autres. Il reprend sans se lasser là où il s'était arrêté. S'il n'y avait plus d'êtres humains pour rêver ce long rêve, il n'y aurait plus de réalité. Il y aurait peut-être encore des étoiles, des rochers, des bruyères, des sapajous. Mais il n'y aurait personne pour les rêver, pour les relier en un tout, pour s'interroger sur eux et pour leur donner l'ombre d'un sens.

La science décrypte le rêve et elle en fait partie. Elle croit l'emporter sur lui, l'expliquer, le conquérir. Elle est un rêve dans le rêve. Aussi fort, aussi puissant. Peut-être plus puissant encore et en tout cas plus cohérent que le rêve dont elle est le rêve. Mais emporté par lui.

*

LE VERTIGE DU MONDE

La science ne peut pas m'apprendre — comment le pourrait-elle ? — si Dieu existe ou non. Mais la nécessité et le hasard m'étonnent plus que jamais.

Ce qui me surprend dans le hasard, c'est son accumulation. J'ai des yeux — et ils voient. Sclérotique, choroïde, rétine, cornée, iris, pupille, humeur aqueuse et vitreuse, cristallin. Quoi de plus simple ? (et de plus compliqué). J'ai des oreilles pour entendre. Tympan, marteau, enclume, étrier, limaçon. Presque invraisemblable. Et alors ? Il y a des étoiles dans le ciel. Elles ne tombent pas les unes sur les autres, elles ne s'enfuient pas n'importe où, elles suivent un chemin qui se laisse découvrir et un destin qui se calcule. Surtout les nuits d'été, c'est un joli spectacle, mais nous y sommes habitués et bien peu s'y attardent. Le Soleil nous éclaire, nous réchauffe et nous permet de vivre. Nous n'allons pas fêter Noël là-dessus. Tout est réglé dans l'univers avec une précision accablante. Qu'on ne nous casse pas les pieds avec des détails inutiles. Le temps s'écoule et il dure, il passe et ne passe pas. Et nous ne savons rien de lui. C'est comme ça. N'en parlons plus.

Un hasard, rien de plus courant. Deux hasards, pourquoi pas ? Trois hasards, passe encore. C'est la foule des hasards, tous allant dans le même sens, dans le sens de la matière en train de se constituer, dans le sens de la vie en train de naître, dans le sens de l'histoire en train d'avancer, qui commence à me tourner la tête.

L'univers dans son entier, ses règles immuables, sa cohérence, son harmonie, le Soleil, les étoiles, la lumière, les fleurs des champs et tout le reste que je vous épargne, ah ! et le temps aussi, et moi par-dessus le marché pour rêver toutes ces choses, ça fait tout de même beaucoup. J'ai le vertige du monde.

Et tout ce qu'on me raconte pour me remettre sur la bonne voie et me convaincre de la capacité du tout à se produire lui-même me semble invraisemblable. Y compris cette vieille lune déjà un peu décatie, ce gri-gri de sorcier tombé du ciel sans crier gare : la conjonction quasi magique du hasard et de la nécessité qui suffirait à expliquer le surgissement de l'univers. Il faudrait pour s'en contenter une sacrée dose de crédulité. À voir se succéder et disparaître tour à tour tant de théories différentes et souvent opposées, il y a des moments où vous finissez par vous demander si, encore et toujours, ce qui vieillirait le moins, ce ne serait pas le Vieux.

*

SI DIEU N'EXISTE PAS...

Dieu existe-t-il ? Dieu seul le sait.

Longtemps, les hommes ont fait comme si Dieu existait. Ce n'était pas fameux. Guerres, exploitation, violence, crimes de toutes sortes, mensonges. Mais restait l'espérance.

Depuis un siècle ou deux, un peu plus, un peu moins, beaucoup font comme s'il n'existait pas. Le progrès est douteux. Le monde est désenchanté. Guerres, exploitation, violence, crimes de toutes sortes, mensonges. Et très peu d'espérance.

L'ambition de ce livre est d'inverser le mouvement et de donner ses chances à un Dieu dont il est aussi impossible de prouver l'existence que la non-existence.

Rendre sa chance à Dieu, c'est, du même coup, rendre ses chances à l'homme. Si Dieu n'existe pas, je ne donne pas cher des hommes. Si Dieu n'existe pas, qu'il nous prenne en pitié !

*

L'ÊTRE EST, ET C'EST ASSEZ

Pourquoi y a-t-il quelque chose au lieu de rien ?

Parce qu'il y a de l'être pour l'emporter sur le néant. L'être est. C'est assez.

Et le choix des mots est libre : nous pouvons l'appeler Dieu.

LA MORT :
UN COMMENCEMENT ?

NOUS MOURRONS TOUS

Le système du temps enferme notre présent, où nous pouvons, sinon tout, du moins beaucoup, entre deux domaines qui échappent à notre puissance : le passé, plein d'ombre et de mystères, et l'avenir, inconnu.

Nous ne savons rien de l'avenir. Sauf une chose : nous mourrons tous. Les nombres, les mathématiques, la science sont irréfutables. Notre mort aussi. Elle est une des rares certitudes dont nous puissions nous targuer. De l'Ecclésiaste et de Pyrrhon, le maître du scepticisme, à Montaigne, à Descartes et au désespéré qui va se jeter par la fenêtre parce qu'il ne croit plus à rien, les hommes peuvent tout mettre en doute — sauf leur mort inéluctable. Même les fous, même les sages, même les puissants, même les rois, même le Fils de Dieu puisqu'il s'était fait homme, savent qu'un jour ils mourront. Tous le savent dur comme fer, mais, pour pouvoir continuer à vivre, ils font semblant de l'oublier. Les hommes ont peur de la mort et ils ensevelissent sa pensée comme ils ensevelissent leurs semblables. « On n'entend dans les funérailles, écrit Bossuet avec une espèce de sauvagerie, que des paroles d'étonnement de ce que ce mortel est mort. »

*

LES HOMMES SONT ÉGAUX PARCE QU'ILS MEURENT

S'il y a quelque chose à quoi je crois, c'est à l'égalité entre les hommes. Il y a de bons et de mauvais livres, des imbéciles et des subtils, des Chérubin et des Quasimodo, des garçons et des filles qui courent plus vite que les autres, des saints et des assassins. Mais ces distinctions n'entraînent aucune hiérarchie. Un prix Nobel, un professeur au Collège de France, un champion du monde, une beauté reconnue, un cardinal ou un grand rabbin et la dernière des crapules ne valent ni plus ni moins que vous ou moi.

Il faut pourtant être aveugle pour soutenir que le destin des uns vaut le destin des autres. Notre vie à tous est commandée par l'histoire, la géographie, le climat, le milieu, le tempérament, les dons, le hasard. Une de ses caractéristiques est son injustice. Certains ont tout. Beaucoup n'ont rien. L'histoire n'est faite que de ces contrastes.

Si différents les uns des autres, les hommes n'en sont pas moins égaux. Ils sont égaux parce qu'ils meurent.

*

VIVRE, C'EST MOURIR

Rien ne nous prouve que nous mourrons. Un homme — ou une femme — jeune et en bonne santé aurait plutôt tendance à se sentir immortel. Par une sorte de miracle évident et le plus souvent passé sous silence à cause de son évidence même, chacun de nous pense et agit comme s'il n'allait jamais mourir. Spinoza en rajoute : « L'homme libre ne pense à rien moins qu'à la mort, et sa sagesse est une méditation non de la mort, mais de la vie. »

L'ennui est que notre vie se confond avec notre mort.

« Philosopher, nous dit Montaigne au rebours de Spinoza, c'est apprendre à mourir. » Et encore : « mourir est la plus grande besoigne que nous ayons à faire. » Tout être vivant signe, en naissant, un pacte tacite avec la mort. Vivre, c'est mourir. Et mourir est une chance : ne peuvent être appelés à mourir que ceux qui ont vécu. Nous sommes des morts en sursis. Proust, en une formule saisissante, parle quelque part des vivants comme de morts qui n'ont pas pris leurs fonctions.

*

UN AUTRE MUR, UNE AUTRE STUPEUR

De cette mort, nous, les vivants, nous ne savons rien. Nous n'avons jamais rien su. Nous ne saurons jamais rien. On dirait qu'un autre mur de Planck, plus infranchissable encore que le premier, et plus paradoxal, nous en interdit, non pas l'accès, mais la connaissance. La mort ne se laisse pas penser. La condition humaine se résume peut-être à cette constatation : notre seule certitude, nous ne pouvons rien en dire.

*

UNE MATIÈRE DE RÊVE

L'univers est en expansion, le monde se transforme, les espèces évoluent, le corps humain se délite, les idées changent. Depuis qu'il y a de la vie sur cette planète, la mort est restée la même. Il n'y a peut-être que deux choses qui n'ont pas bougé depuis les origines : le temps, qui n'arrête pas de passer, et la mort, immobile et absente — et pourtant aux aguets.

Le temps et la mort sont une matière de rêve pour un écrivain : il n'y a pas de documentation et le sujet est vierge. On en a beaucoup parlé, mais toujours en vain. « La mort, écrit Paul Valéry, nous parle d'une voix profonde pour ne rien dire. » Sur le temps et la mort, nous en savons autant que les hommes de la préhistoire.

*

NOUS NE MOURRONS PAS : NOUS MOURONS

Le lecteur me pardonnera de lui parler de sa fin avec tant d'insistance. C'est que la mort ne cesse jamais de nous accompagner. Nous ne mourrons pas : nous mourons. À chaque instant de notre vie, nous sommes en train de mourir.

La mort n'est pas un accident qui risque de survenir. Elle peut, bien entendu, nous frapper n'importe quand. La voix publique le dit très bien : « Un accident est si vite arrivé… » Mais elle n'est pas un accident. Il n'y a que ses circonstances pour être accidentelles. Nous sommes sur Terre pour aimer, pour être heureux, pour nager dans la mer, pour nous promener dans les bois. Peut-être même pour faire de grandes choses ou pour jouir de la beauté. Peut-être. Nous vivons surtout pour mourir. Heidegger, au siècle dernier, nous l'a ressassé jusqu'à plus soif : l'homme est un être-pour-la-mort.

*

LA MORT N'EST PAS UNE ANECDOTE

On ne peut pas dire n'importe quoi ni vivre n'importe comment. La vie est brève, l'éternité est longue, chacun de nous est un être-pour-la-mort : impossible de ne pas nous demander ce qui nous attend de l'autre côté de ce pont que nous avons à franchir. Tout dans notre parcours relève de l'anecdote — sauf la mort.

*

DIEU ET LA MORT

Les deux questions que nous nous sommes posées — Dieu existe-t-il ? Qu'y a-t-il après la mort ? — n'en font qu'une. Si Dieu n'existe pas, la mort est la fin de tout. Personne n'ira croire à une vie éternelle si Dieu n'est qu'illusion. S'il existe au contraire un je ne sais quoi lumineux et obscur que nous nous risquons à appeler Dieu, une place pourrait être faite à des espérances plus ou moins invraisemblables aux yeux des vivants.

Notre sort pour l'éternité est lié à l'idée que nous nous faisons de Dieu.

*

LA CENDRE ET LA SEMENCE

Disons les choses d'une phrase : la mort, pour un chrétien, pour un musulman, pour un juif pratiquant, n'est pas à craindre — mais à espérer. Elle met fin à des tentations, à des souffrances et à une illusion. Elle nous précipite aux pieds de Dieu. Elle nous ouvre les portes de la vraie vie. Elle est un commencement. L'auteur du *Soulier de satin* a fait graver sur sa tombe ces mots audacieux : « Ici reposent la cendre et la semence de Paul Claudel. »

La mort de ceux qu'ils aiment devrait être pour les croyants un jour d'allégresse au lieu d'un jour de deuil. Chacun d'entre eux devrait attendre la mort, qu'il n'a pas le droit de se donner, avec une impatience de tous les instants. C'est ce que pensaient nos grand-mères. Et c'est ce qu'elles faisaient. C'est ce que faisaient les croisés, c'est ce que font les *feddayin*, dans le crime et dans la terreur. Les devises des carmélites espagnoles le rappellent avec éclat : « Souffrir ou mourir » et « Je meurs de ne pas mourir ». Pour un croyant, la vie consiste à se préparer à la mort. À la limite, croire en Dieu, c'est préférer la mort à la vie.

*

ÉLOGE DE L'ATHÉISME

On ferait volontiers l'éloge de ceux qui, ne croyant à rien, ni à Dieu, ni au diable, ni à un autre monde, n'ont pas d'autre choix que de préférer la vie à la mort. Ils l'aiment avec violence puisqu'ils n'ont rien d'autre à aimer. Et, sans que Dieu le leur ordonne, il leur arrive aussi d'aimer les autres hommes.

Pascal, dans ses *Pensées*, oppose le salut éternel à l'assouvissement de quelques caprices passagers. Mettant en balance un bien infini et des satisfactions d'un moment aussitôt oubliées, son pari repose sur l'intérêt qu'il y a à croire. Comme les autres croyants, les chrétiens espèrent jusque dans l'autre monde un bonheur ineffable. Et celui qui leur est promis après la mort et pour l'éternité dépasse de l'épaisseur d'un monde ceux de la vie d'ici-bas.

Parce qu'ils font le bien pour le bien, sans le moindre souci de rémunération posthume, comment ne pas voir que les incroyants, au contraire, sont capables mieux que personne de donner un exemple qui vaille d'être suivi ? « La seule tristesse, disait Léon Bloy qui devait être insupportable dans la vie de chaque jour mais qui était chrétien, la seule tristesse est de ne pas être un saint. » Ne croyant pas à Dieu, n'espérant aucune récompense, persuadés du néant dans lequel ils entreront à la fin de leur vie, les athées qui auront aimé leur prochain comme eux-mêmes et plus qu'eux-mêmes ont droit au titre de saint. Et seuls ils peuvent espérer être assis à jamais à la droite de ce Seigneur auquel ils ne croient pas.

*

LA VIE EST LONGUE, ET ELLE EST COURTE

La vie est belle. Il lui arrive d'être cruelle. Mais, enfin, elle est belle. Et, quelle qu'elle soit, pour une raison ou pour une autre, par une espèce de miracle, nous y sommes attachés.

Elle est pleine de soleil, de collines au printemps, de platanes le long des routes, de rencontres, de lettres d'amour, de départs pour les îles, pour Naples, pour Ravello, pour Louxor et Assouan, pour Oaxaca, pour Cipango, de grandes espérances et de projets un peu fous, de hasards et de miracles, de patience et de beauté. On a fondé une famille, on construit des choses qui durent, on écrit des chefs-d'œuvre. On finirait presque par être heureux.

Et, si longue, souvent interminable, tout à coup, elle est courte. Elle est finie. Elle s'en va.

*

« LA JEUNESSE EST UNE CHOSE CHARMANTE... »

« La jeunesse est une chose charmante : elle part, au commencement de la vie, couronnée de fleurs comme la flotte athénienne pour aller conquérir la Sicile et les délicieuses campagnes d'Enna. La prière est dite à haute voix par le prêtre de Neptune ; les libations sont faites avec des coupes d'or ; la foule, bordant la mer, unit ses invocations à celles du pilote ; le péan est chanté, tandis que la voile se déploie aux rayons et au souffle de l'aurore. Alcibiade, vêtu de pourpre et beau comme l'Amour, se fait remarquer sur les trirèmes, fier des sept chars qu'il a lancés dans la carrière d'Olympie.

Mais, à peine l'île d'Alcinoüs est-elle passée, l'illusion s'évanouit. Alcibiade banni va vieillir loin de sa patrie et mourir percé de flèches sur le sein de Timandra. Les compagnons de ses premières espérances, esclaves à Syracuse, n'ont pour alléger le poids de leurs chaînes que quelques vers d'Euripide. »

De quoi s'agit-il ? D'un des passages les plus célèbres des *Mémoires d'outre-tombe.* Explication de texte.

Dans l'Athènes de la seconde moitié du ve siècle avant le Christ — la plus belle période de la Grèce et peut-être de toute l'histoire des hommes —, Alcibiade est le jeune homme le plus brillant de sa génération. Il appartient à l'illustre famille des Alcméonides et il est le neveu de Périclès qui, entouré d'Aspasie, la femme qu'il aime, de Zénon d'Élée, le disciple de Parménide, de Phidias, de Sophocle, d'Hérodote, d'Hippodamos de Milet, l'architecte, de tant d'autres, vient de faire de sa cité qui règne sur la mer et où s'élève l'Acropole la capitale resplendissante de la civilisation et de l'art classique. À la mort de Périclès, emporté par la peste, Alcibiade a vingt ans. D'une beauté merveilleuse, il est assoiffé de pouvoir, de plaisirs et aussi de savoir.

Nous le connaissons bien. Platon nous le montre, dans ses dialogues, assis aux pieds de Socrate qu'il écoute avec passion. Le philosophe au physique ingrat a vingt ans de plus que le beau jeune homme dont il a sauvé la vie à dix-huit ans à la bataille de Potidée, au début de la guerre du Péloponnèse, et dont il est ouvertement amoureux. C'est que, selon la règle de l'époque, Alcibiade, qui plaît aux femmes à la folie, plaît tout autant aux hommes. Au point que le prude Moyen Âge finit par ne plus savoir à quel sexe le vouer. Dans sa fameuse « Ballade des Dames du temps jadis », Villon le transforme en femme :

Dictes-moi où, n'en quel pays
Est Flora, la belle Romaine,
Archipiada, ne Thaïs
Qui fut sa cousine germaine ;
[...]
Mais où sont les neiges d'antan !

Archipiada, c'est Alcibiade changé en femme par un coup de baguette poétique et magique.

Si follement doué, si insouciant, très vite célèbre, artisan de sa propre légende, Alcibiade enchaîne les séductions, les aventures, les scandales. Il règne sur la mode, sur les cœurs, sur les jeux Olympiques. Il a les chiens les plus rares et les plus beaux d'Athènes et, pour épater les badauds, il leur fait couper la queue. Il est l'ancêtre et le modèle de tous les jeunes gens ambitieux et gâtés par le sort qui attendent tout de la vie avec une sorte de hauteur et qui voudront, bien des siècles plus tard, du beau Brummell, de Rastignac, du comte d'Orsay à Oscar Wilde et à Saint-Loup, se faire une place au soleil en scandalisant les bourgeois.

Mais Alcibiade ne veut pas seulement être heureux : plus que la philosophie et l'amour, ce qui fascine le neveu de Périclès, c'est l'action, la politique, le pouvoir. Il pousse les Athéniens à lancer une opération navale de type colonial contre la Sicile, et il parvient à les convaincre. Ce que chante Chateaubriand, c'est le départ pour « les délicieuses campagnes d'Enna » de la flotte commandée par Alcibiade alors âgé de trente-quatre ans et au sommet du succès et de sa gloire. Le dieu vers qui montent les prières de la foule n'est pas Neptune, qui est un dieu romain, mais Poséidon, dieu grec de la mer, qui sera, bien plus tard, assimilé à Neptune. Poséidon ne règne pas seulement sur les flots. Il est aussi « l'ébranleur du sol » capable de déchaîner de terribles catastrophes. C'est ce qu'il va faire.

Sa protection fait défaut à l'expédition d'Alcibiade, dont j'ignore si elle est vraiment passée au large de l'île d'Alcinoüs, qui était le roi des mystérieux Phéaciens dans l'*Odyssée* d'Homère : les Athéniens, qui ont tenu tête à l'immense empire perse quelques dizaines d'années plus tôt et qui ont fini par le vaincre, subissent un désastre à Syracuse. Ceux des compagnons d'Alcibiade qui échappent à la mort finissent dans les fameuses latomies, ces carrières de pierres qui subsistent encore aujourd'hui et où les Syracusains enfermaient leurs prisonniers. La tradition veut que, pour tenter d'oublier leur malheur, les Athéniens captifs récitaient des vers d'Euripide, un peu comme les forçats à la chaîne ont longtemps chanté des chants de marche ou les galériens, sur leurs bancs, des chansons de marins.

La fin, assez sinistre, de la vie d'Alcibiade tombe comme la foudre. Elle est expédiée en quelques mots. Roulant de complot en complot, réfugié d'abord à Samos avant un retour en force à Athènes suivi d'un nouvel exil, le neveu de Périclès trouve la mort en Phrygie, au fond de la Turquie d'aujourd'hui, dans les bras de Timandra, sa dernière maîtresse.

Que signifie ce roman d'aventures transfiguré par le génie de Chateaubriand, ce navet de série B porté à l'incandescence, ce peplum qui aurait pu être mis en scène par Hollywood avec Newman ou Redford dans le rôle d'Alcibiade, Faye Dunaway ou Kim Basinger — ou peut-être Ava Gardner ou Gene Tierney ? — dans le rôle de Timandra, Richard Burton dans celui de Périclès, Orson Welles en Poséidon, Charles Laughton en Socrate ? Il chante la brièveté tragique de notre vie à tous.

« La jeunesse est une chose charmante : elle part, au commencement de la vie, couronnée de fleurs comme la flotte athénienne… » Ah ! voilà la jeunesse qui s'enfuit à tire-d'aile, voilà le temps qui passe, plus rapide que la flèche, voilà la vie qui se rue vers son terme. Déjà Timandra nous attend quelque part pour nous faire mourir sur son sein.

*

ENTRE DEUX NÉANTS

Il est très possible qu'il n'y ait rien après la mort et qu'elle mette un point final aux espérances des hommes. « Ouvrez-vous, portes de la nuit ! s'écrie Montherlant. Elles s'ouvrent. Et derrière, il n'y a rien. » Ceux qui ne croient pas à Dieu et qui pensent que l'univers n'a pas besoin d'une puissance extérieure pour naître et pour subsister n'ont aucune raison ni même aucun désir de compter sur quoi que ce soit après la fin de la vie. Nous naissons par des mécanismes qui nous sont bien connus, nous entrons dans le temps, nous mourons, nous en sortons : une pelletée de terre, un tas de cendres, peut-être l'écume d'une vague, et tout est dit.

Où étions-nous avant de naître ? Nulle part. Où serons-nous une fois morts ? Nulle part. Nous venons du néant, nous y retournons, c'est tout simple. Nous étions absence et rien. Nous serons absence et rien. Délicieuse et cruelle, la vie est une parenthèse qui n'a pas d'autre signification qu'elle-même. L'univers ne renvoie à rien d'autre. La vie non plus.

Il y a bien quelque chose qui s'appelle le monde. Il disparaîtra tout entier comme nous disparaissons nous-mêmes. Il y a bien quelque chose qui s'appelle l'histoire. Elle a sa logique propre, mais elle n'a pas de sens. Quand les hommes auront disparu comme disparaissent toutes choses, il n'y aura personne pour se souvenir d'eux. Le monde est beau. L'histoire existe. Cette beauté et cette existence sortent du néant pour retourner dans le néant. Il y a un grand rêve qui est le monde. Et dans ce grand rêve, un autre rêve qui est la vie. Et dans ce rêve, encore un rêve qui est notre existence. Et tous ces rêves n'ont pas de sens, et ils sont absurdes.

*

LE CŒUR DU PROBLÈME

Après tant de tours et de détours, par Socrate et par Alcibiade, par Spinoza, par Chateaubriand, par l'évidence et par la stupeur, après tant d'incertitudes et de contradictions, nous voilà au cœur du problème.

Le cœur du problème, c'est de savoir — ou plutôt de deviner, d'imaginer, de jouer à pile ou face, de décider presque à l'aveugle — si toute vie est absurde ou si le monde a un sens.

*

CARTES SUR TABLE

Jouons cartes sur table : j'ai du mal à croire que, réglé avec tant de rigueur, si évidemment fait pour durer, emporté par un temps d'une subtilité et d'une complication extrêmes et qui est le mystère même, l'univers n'ait aucun sens.

Lentement ou tout à coup, dans une dernière catastrophe, les hommes disparaîtront comme ils sont apparus : personne ne peut se bercer de l'illusion qu'ils sont là pour toujours. Le dernier homme liquidé, j'ai beaucoup de mal à croire que tout se passera comme s'ils n'avaient jamais existé.

J'ai même du mal à croire que la vie de chacun d'entre nous ne soit qu'une farce tragicomique.

*

LES HOMMES ONT BESOIN DE SENS

Nous menons une existence faite de rencontres et où règne le hasard. Le plus souvent nous naviguons à vue. À la question : « Qu'avez-vous fait de votre vie ? », il n'est pas aisé de répondre. Nous essayons malgré tout de trouver dans notre parcours un semblant de cohérence, fût-ce dans le désordre et dans le refus. Les hommes ont besoin de sens comme ils ont besoin d'eau, de lumière ou d'air.

Une activité parmi d'autres s'acharne à mettre de l'ordre dans le hasard et à donner un sens à des phénomènes apparemment épars et sans lien entre eux : la science.

Pour elle, avec évidence, le monde présente une cohérence rigoureuse. Il répond à une logique cachée et profonde. La science est liée à un secret qu'elle s'efforce d'arracher à la matière et à la nature. L'univers, dans son fonctionnement et dans le moindre de ses détails, ne lui apparaît pas comme absurde.

Elle accepte pourtant volontiers l'idée que des règles si strictes sortent du néant et finissent dans le néant, que la vie de ces hommes capables de comprendre l'ordre des choses s'achève par une mort absurde et que cet univers, si sévèrement structuré en chacune de ses composantes, n'ait pas le moindre sens dans sa totalité.

*

LE MYSTÈRE EST NOTRE LOT

Soutiendrons-nous que le monde sans Dieu est absurde et qu'il serait moins absurde avec Dieu ? Bien sûr que non. Souvenons-nous de notre formule : *« Credo quia absurdum. »* Dieu aussi est absurde pour nous autres, pauvres humains.

Personne n'est capable d'échapper au vertige qui nous prend devant le monde et devant notre destin. Nous n'en finissons jamais de nous heurter à de l'incompréhensible. Tout ce que nous pouvons faire, et c'est déjà immense, c'est de nous interroger sur la mort et sur Dieu.

Ce qui est impossible, c'est de prétendre que les choses sont comme elles sont et que nous n'avons pas à nous poser des questions. Avec Dieu ou sans Dieu, nous sommes plongés dans le mystère. Parce que le temps passe et que la mort est là, le mystère est notre lot. « La plus belle expérience que nous puissions faire, disait Einstein, est celle du mystère. »

*

À LA LUMIÈRE DE L'ÊTRE

Il y a une différence entre le mystère d'avant-notre-naissance et le mystère d'après-notre-mort, comme il y a une différence entre le mystère de l'autre-côté-du-mur-de-Planck et le mystère de l'après-la-fin-des-temps : cette différence est la vie, cette différence est l'histoire, cette différence est la conscience que nous pouvons en prendre. Chacun de nous, comme le monde lui-même, est entré dans le temps. Et chacun de nous se demande ce qu'il est venu y faire.

Entrer dans le temps, c'est, d'une certaine façon, participer à l'être. Le temps, toujours en train de s'écouler, nous sépare de la permanence immobile et radieuse de l'être. Mais, parce que nous sommes capables de penser, il nous en donne une idée, il nous le montre de loin, par moments — dans un tableau du Titien, de Rembrandt, de Degas, dans une cantate de Bach ou dans l'andante déchirant du *Concerto 21* de Mozart, dans un poème de Ronsard ou d'Aragon, dans la théorie de Newton ou dans celle de Darwin, dans une formule mathématique, dans l'effort, dans la découverte, dans l'enthousiasme, dans la création, dans l'amour, dans la charité, dans la joie —, il fait miroiter sa splendeur à nos yeux prisonniers. Nous le savons depuis Platon : le temps est l'image mobile de l'éternité.

Dans le sens opposé à cette flèche du temps qui va du big bang à la fin des haricots et de notre naissance à notre mort, l'avenir n'est nulle part avant de se changer en présent, puis en passé. Et le passé aussi est nulle part — mais, à la différence de l'avenir, il a subi l'épreuve du feu, il a transité par l'existence, il s'est brûlé les ailes à la lumière de l'être. L'avenir est nulle part, mais, ressuscité par notre mémoire, le passé est quelque part — bien malin qui dira où. De la même façon, l'univers n'était nulle part avant le big bang et il sera quelque part après la fin des temps. Et nous, nous n'étions nulle part avant notre naissance, mais nous serons peut-être quelque part après notre mort — bien malin qui dira où.

*

LA SŒUR DU SOUVENIR

« Dieu, écrit Michel-Ange, a donné une sœur au souvenir. Il l'a appelée l'espérance. » J'ai beaucoup aimé le passé. J'ai toujours préféré l'avenir. J'ai passé mon temps et ma vie à espérer autre chose. Au-delà de ce monde et au-delà de la mort, j'espère encore autre chose. Mais quoi ?

✶

LE TEMPS EST UNE ILLUSION

J'ai toujours été réticent à prendre pour argent comptant l'idée indienne et bouddhiste de la réincarnation, l'idée musulmane d'un paradis de houris, l'idée chrétienne de la résurrection de la chair. Mourir, c'est sortir du temps. Le temps est une parenthèse, une illusion, un songe, et peut-être un mensonge. Le génie populaire le sait depuis toujours : « Quand on est mort, c'est pour longtemps. » Mourir, c'est entrer dans l'éternité. Quelques printemps, quelques étés — et, à jamais, l'éternité.

Quel est le statut de cette éternité ? Nous ne pouvons pas le savoir. Mais nous avons le droit d'espérer.

✶

UNE FOLLE ESPÉRANCE

Chacun fait bien comme il veut. J'espère qu'il y a, après la mort, quelque chose dont je ne sais rien. J'espère qu'il y a, hors du temps, une puissance que, par approximation et pour plus de simplicité, nous pouvons appeler Dieu.

Je n'ai pas d'autre foi que cette folle espérance.

✶

DOUTER EN DIEU

Exprimée ou tacite, cette folle espérance me porte depuis toujours. Je ne crois pas à grand-chose. Je me dis souvent, avec une ombre de regret, avec un peu d'inquiétude, que je ne crois presque à rien. Je ne crois ni aux honneurs, ni aux grandeurs d'établissement, ni aux distinctions sociales, ni au sérieux de l'existence, ni aux institutions, ni à l'État, ni à l'économie politique, ni à la vertu, ni à la vérité, ni à la justice des hommes, ni à nos fameuses valeurs. Je m'en arrange. Mais je n'y crois pas. Les mots ont remplacé pour moi la patrie et la religion. C'est vrai : j'ai beaucoup aimé les mots. Ils sont la forme, la couleur et la musique du monde. Ils m'ont tenu lieu de patrie, ils m'ont tenu lieu de religion.

Ceux qui ne croient pas à Dieu font preuve d'une crédulité qui n'a rien à envier à celle qu'ils reprochent aux croyants. Ils croient à une foule de choses aussi peu vraisemblables que ce Dieu qu'ils rejettent : tantôt au hasard et à la nécessité, tantôt à l'éternité de l'univers ou à ce mythe qu'ils avalent tout cru d'un temps dont l'origine ne poserait pas de problèmes. À l'homme surtout, à l'homme, sommet et gloire de la création, chef-d'œuvre d'orgueil et trésor pour toujours, et à l'humanisme. J'ai le regret de l'avouer : je ne crois à rien de tout cela. Si je croyais à quelque chose, ce serait plutôt à Dieu — s'il existe. Existe-t-il ? Je n'en sais rien. J'aimerais y croire. Souvent, j'en doute. Je doute de Dieu parce que j'y crois. Je crois à Dieu parce que j'en doute. Je doute en Dieu.

Je suis un bon garçon. Au-delà même des mots et de leur musique, leur servant de source et de but, quelque chose de très obscur m'attache aux autres hommes. Je préfère qu'on ne les torture pas, qu'on ne les massacre pas, qu'on ne les méprise pas, qu'on ne les détruise pas, qu'on ne les humilie pas d'une façon ou d'une autre. Je crois que la vie — et pas seulement la vie des hommes — doit être respectée. Parce qu'une même espérance nous unit les uns aux autres et nous soutient tous ensemble. C'est cette espérance que les pédants, je crois, appellent la transcendance.

*

IL Y A AUTRE CHOSE QUE CE MONDE

Soyons bref : il y a autre chose que ce monde.

*

Y A-T-IL AUTRE CHOSE QUE CE MONDE ?

Ah ! bien sûr, il y a d'abord ce monde. Et beaucoup sont convaincus qu'il n'y a rien d'autre que ce monde. Sa seule marche, que nous appelons « histoire », suffit pourtant déjà à nous donner le tournis.

*

L'HISTOIRE DES HOMMES

L'histoire est la forme que prend le temps pour forger le destin des hommes. Durant des milliards d'années, le temps coule sans les hommes et il constitue, à partir du big bang, un univers qui n'a presque aucune réalité puisqu'il n'y a personne pour le penser. Les hommes surgissent. Ils sortent de la matière — et ils se mettent à penser. Pour le meilleur ou pour le pire, ils prennent le relais de Dieu à la tête des affaires. Et, aussitôt, de la tête aux pieds, ils sont plongés dans l'histoire. Regardez : ils sont dedans jusqu'au cou.

Il y a, en vérité, deux histoires distinctes. D'abord l'histoire de l'univers en train de se faire et que Dieu seul peut connaître. Et puis l'histoire organisée et racontée par la pensée des hommes. Dans la suite des événements qui s'enchaînent et se bousculent au sein d'une multiplicité et d'une complexité croissantes, les hommes effectuent un tri et un classement plus ou moins arbitraires. Et ils composent des récits qui ne coïncident pas toujours entre eux et qu'*ils* appellent l'histoire.

Que se passe-t-il dans cette histoire qui n'est jamais totale, ou qui ne l'est que pour Dieu — si (refrain) il existe ? Des sociétés se constituent, des conflits éclatent sans cesse et un peu partout, des empires naissent et meurent, des découvertes se succèdent, de grandes choses se font, les lumières se répandent, les idées évoluent, les mœurs se transforment, le climat se modifie, tout ne cesse jamais de bouger et de rester semblable à travers les changements. Le mot fameux du *Guépard* — « Il faut que tout change pour que tout reste pareil » — ne s'applique pas seulement au prince Salina et à l'aristocratie sicilienne : il s'applique à l'histoire.

Des théories s'édifient. D'Hérodote, de Thucydide, de Tite-Live, de Tacite, d'Ibn Khaldun à Gibbon et à Michelet, de grands esprits cherchent à comprendre le destin caché des hommes. Pour Marx, la réalité est économique et sociale. Pour Freud, le rôle du sexe est déterminant. Spengler croit que les cultures vieillissent et déclinent comme les personnes. Toynbee voit la clé de l'affaire dans un défi — *a challenge* — que se lanceraient les hommes. Fukuyama s'imagine que l'histoire se termine sous nos yeux. Huntington parle d'un choc des civilisations. Chaque époque a ses perspectives, ses illusions, ses coups de génie, ses craintes et ses espérances.

Montaigne est le meilleur des historiens quand il voit dans le monde une « branloire pérenne ». S'il y a une leçon de l'histoire, c'est que tout passe sous le soleil et que tout continue. Il n'est rien d'assuré dans l'histoire des hommes. Rien n'est jamais acquis pour toujours. Les institutions, les systèmes, les doctrines, les hommes passent leur temps à s'élever et à être abaissés. C'est le sort des empires, des religions, des amours et des ambitions.

On dirait que l'histoire se résume à une lutte entre les forts et les faibles. Les forts, naturellement, l'emportent sur les faibles. Dieu, comme chacun sait, est du côté des vainqueurs. Mais, en fin de compte, par une ruse constante de l'histoire, ce sont les plus faibles qui deviennent les plus forts. Les maîtres règnent, les tyrans exterminent, les orgueilleux tiennent le haut du pavé. Et partout, à la longue, les esclaves l'emportent sur les maîtres, les peuples sur les tyrans, les humbles sur les orgueilleux. Le secret foudroyant et consolant de notre monde est, sinon que les plus faibles gagnent à tous les coups, du moins que les plus forts finissent toujours par perdre. C'est la règle. C'est la loi.

Pour ne prendre que quelques exemples éclatants et récents, les Chaldéens, les Assyriens, les Mèdes et les Perses s'imposent tour à tour avant de se détruire les uns les autres, les Grecs anciens le cèdent aux Romains, l'Empire romain est envahi par les Barbares, l'Empire byzantin est vaincu par les Turcs, la Sublime Porte victorieuse ne tardera pas beaucoup à s'effondrer à son tour, le Saint Empire romain se défait, l'Espagne, l'Angleterre, la France triomphent avant de décliner, l'Allemagne national-socialiste et la Russie communiste semblent, aux yeux de leurs partisans, de leurs victimes et même de leurs adversaires, installées pour mille ans et elles disparaissent assez vite, l'une après l'autre, dans le néant. Il n'est pas sorcier de prédire, à contre-courant de l'opinion générale, que les États-Unis, la Chine, l'Inde, le Brésil, le monde musulman n'occupent ou n'occuperont une place prédominante que pour reculer comme leurs prédécesseurs. Ce n'est qu'une question de dates et de temps. Nous ne verrons peut-être pas, nous autres, les vivants, la résurrection d'une Afrique noire, mère de l'histoire et aujourd'hui malheureuse. Mais son retour triomphal au premier rang du monde est inscrit avec certitude dans un avenir plus ou moins lointain. À la fin, il y aura un monde unifié où les races auront disparu dans une préhistoire évanouie, il y aura un autre monde dont personne ne peut rien dire.

Rien, sinon que, dans leur vie publique comme dans leur vie privée, les hommes n'ont régné, ne règnent, ne régneront que pour être abattus. Par la mort pour les individus. Par l'histoire pour les peuples. Et il n'y a pas d'exception. Princes, consuls, pharaons, rois, empereurs, tsars, califes et sultans, rajahs et nizams, chefs rebelles ou populaires, puissants de tout poil, tous finissent comme la statue colossale de Ramsès II qui mesurait près de vingt mètres de haut et pesait quelque mille tonnes et dont les débris gigantesques jonchent la cour d'entrée du Ramesséum de cette Thèbes aux cent portes que nous appelons Louxor.

*

« NE DITES PAS À DIEU… »

Qu'est-ce que vous voulez que je vous dise ? L'histoire n'avance pas au hasard. Elle ne va pas n'importe où ni n'importe comment. Elle ne divague pas en titubant à la façon d'un homme ivre. Elle est cruelle, et souvent atroce. Mais elle a sa logique propre, implacable et terrible. Il y a un sens de l'histoire. Nous le discernons dans le passé. Nous ne le connaissons pas dans l'avenir. Il est caché comme Dieu lui-même. Les hommes font l'histoire, mais ils ne savent pas l'histoire qu'ils font. On pourrait soutenir qu'ils la font malgré eux.

Le plus frappant est que la liberté de chacun n'empêche pas une sorte de déterminisme statistique et global. Même s'il nous est impossible de connaître les motivations infinies des individus, nous savons avec certitude le nombre des personnes qui circuleront samedi soir sur le pont des Arts ou qui visiteront dimanche le Kremlin ou l'abbaye de Westminster. Nous savons que nous serons demain neuf milliards sur cette Terre. Il y a un parallélisme entre l'indétermination des particules microscopiques de la physique quantique dont nous parlaient Niels Bohr ou Heisenberg et le libre arbitre des individus. L'une et l'autre sont réels et incapables de modifier la marche inéluctable du monde macroscopique.

On finit par se demander s'il vaut la peine de s'agiter et d'agir. Après avoir entendu des astronomes parler de l'immensité de l'univers, Cioran hésite à se laver les dents. Les préceptes de vie du Sermon sur la montagne valent peut-être aussi pour l'histoire : « Voyez les lis des champs : ils ne travaillent ni ne filent. Et pourtant, je vous le dis : Salomon lui-même, dans toute sa gloire, n'a pas été vêtu comme l'un d'eux. » Agir est toujours douteux. Le monde et son histoire nous débordent de partout. Nos jugements sont incertains. Nos choix sont ambigus. Nous ignorons ce que nous faisons. Et le monde devenant de plus en plus complexe et de plus en plus unifié, nous l'ignorerons de plus en plus. Nous ne cessons jamais d'organiser des événements qui nous échappent et des mystères qui nous dépassent.

Les exemples se pressent en foule de décisions historiques qui passent d'abord pour des succès avant de se retourner contre les intentions de ceux qui les ont prises. Le traité de Versailles fait le lit de Hitler. Le soutien accordé par la monarchie française à la Prusse contre l'Autriche se révélera un désastre. D'innombrables tyrans ont tiré du néant les ambitieux qui les détrôneront. Ce qu'il y a de plus proche de l'échec, c'est le succès. Le cri de sainte Thérèse d'Avila m'a toujours ébloui : « Que de larmes seront versées sur des prières exaucées ! » Niels Bohr, comme en écho, donne ce conseil à Einstein : « Ne dites pas à Dieu ce qu'il doit faire. »

Dieu sait ce qu'il doit faire. Et l'histoire sait mieux que nous ce qu'elle recèle dans son sein.

*

QU'EST-CE QU'UN BON LIVRE ?

Les bons livres sont ceux qui changent un peu leurs lecteurs. Les modèles : la Bible, l'*Iliade* et l'*Odyssée*, le Coran, les *Essais* de Montaigne, *Le Cid* de Corneille, les *Pensées* de Pascal, les *Fables* de La Fontaine, *Bérénice* de Racine, le *Faust* de Goethe, les *Mémoires d'outre-tombe*, *Le Capital* de Karl Marx, *De l'origine des espèces* de Darwin, *Les Frères Karamazov* de Dostoïevski, *Trois essais sur la théorie de la sexualité* de Freud, le *Journal* de Jules Renard, les opérettes d'Offenbach, *Les Nourritures terrestres* de Gide, Horace, Omar Khayyam, Rabelais, Cervantès, Leopardi, Henri Heine, Oscar Wilde, Conrad, Borges, Cioran…

Je ne sais pas si ce livre est bon ni s'il aura changé, si peu que ce soit, ses lecteurs. Il m'a changé, moi. Il m'a guéri de mes souffrances et de mes égarements. Il m'a donné du bonheur, une espèce de confiance et la paix. Il m'a rendu l'espérance.

*

UN SENTIMENT D'EN-AVANT

Avec cette confiance, avec cette espérance, le monde prend de l'élan, de la hauteur, de la gaieté. Un sentiment d'en-avant s'empare soudain de lui. Il se met à danser. Il donne envie de chanter. Il n'est plus orphelin, il n'est plus inutile. Il a cessé d'être absurde. Il est toujours une énigme. Mais, même si son sens nous échappe, il a enfin un sens.

*

UN BONHEUR M'ENVAHIT

Un bonheur m'envahit. Le monde est toujours le même. Mais il a changé de signification. Les hommes et moi n'en sommes plus les uniques responsables. Chacun de nous est le chaînon d'une chaîne qui nous dépasse de très loin. Une puissance inconnue qui est autre chose que l'ensemble des hommes veille sur la marche de leur histoire et, au-delà de leur histoire, sur l'espace et le temps.

Je lève les yeux. Le Soleil brille. Par une chance miraculeuse, il luit, immuable, omniprésent, jusque sur les recoins les plus inaccessibles de la grosse boule appelée Terre. Je comprends que des hommes l'aient longtemps adoré. Notre vie dépend de lui. Il nous chauffe et nous éclaire. Il répand sa lumière. Toute la beauté du monde est liée à ses rayons. Il est l'image de la régularité et de la permanence. Après nous être si longtemps demandé s'il allait se lever demain comme il s'était levé hier, on croirait volontiers qu'il est là pour toujours. Il est pourtant apparu à une époque et dans des conditions dont nous connaissons les grandes lignes. Et il disparaîtra dans un avenir que nous sommes capables de mesurer. Tout passe. Symbole du beau, du bien, de l'un, le Soleil aussi.

Le soir vient. La nuit tombe. Les astres sont là. Nous savons tout de leurs mouvements, de leur nature, de leur destin. Nous connaissons les liens qui les unissent à nous qui ne sommes, après tout, que de la poussière d'étoiles. « Nous sommes tous dans le caniveau, écrit Oscar Wilde, mais certains d'entre nous regardent les étoiles. » Rêvons un peu. Passager et très fort, évident et fragile, un fil court de leur splendeur à ma vie de chaque jour.

Je me promène dans ce monde. La Terre qui a été si grande est devenue toute petite. Il m'est plus facile d'aller aujourd'hui à Bali, aux Samoa, à la Terre de Feu, et demain sur la Lune, qu'il y a deux ou trois siècles à Chartres, à

Périgueux, à Rochefort, à Annecy. Le passé nous étonne et nous devient obscur. L'avenir est invraisemblable et il se changera très vite en un passé poussiéreux et vieilli. La vie est simple et claire. Et elle n'est que mystère.

Les nuages arrivent. Il pleut. Encore un miracle. Encore une chance. Après le temps et la lumière, il y a l'eau. Il y a de l'eau, des océans, des lacs, des fleuves, des rivières, des glaciers, des cascades. Il y a des montagnes et des collines, des vallées et des cols, des plaines et des forêts. Il y a les arbres. Et ils sont le charme même. Un peu de la beauté du monde s'est installée dans les arbres. Il y a des chênes, des platanes, des pins maritimes et des pins parasols, des cyprès, mon Dieu ! des oliviers, des vignes, des roses de sable et des déserts.

Il y a des hommes. Des éléphants, aussi. Des chameaux, des rats, des musaraignes, des hiboux, des girafes et des chats. Mais il y a des hommes. Et des femmes. Les femmes sont des hommes comme les autres. Et les hommes, en retour, font de leur mieux pour être des femmes comme les autres. Toutes les femmes sont des hommes et — encore une chance — un homme sur deux est une femme. Tout ce qui est différent dans ce monde est pourtant semblable. Et tout ce qui est semblable est pourtant différent.

Tout est né d'un presque rien qui était déjà le tout et le temps a changé ce presque rien en notre tout ou en notre presque tout avant de changer à nouveau, dans un avenir plus ou moins lointain, notre tout ou notre presque tout en presque rien ou en rien. Nous sommes tous des singes, des éponges, des algues, des étoiles. Nous sortons tous du même presque rien. Nous retournerons tous à presque rien. Et entre rien et rien, nous sommes tous des fragments minuscules et séparés d'un tout auquel nous appartenons et auquel nous sommes attachés par des liens innombrables.

Les hommes ont du génie. Ils pensent. Vous voyez ce que je veux dire ? Ils ont dominé le feu et les chevaux. Ils ont inventé les outils, la roue, l'agriculture, l'écriture, l'industrie, l'électronique. Ils ont construit des villes plus belles les unes que les autres — Jéricho, Babylone, Memphis, Thèbes, que nous appelons Louxor, Persépolis, Athènes avec son Acropole, Halicarnasse devenu Bodrum, Éphèse, Milet, Pergame, Rome au bord du Tibre et sur ses sept collines, Byzance sur sa Corne d'or, Venise dans ses marais, Bagdad, ville d'Haroun al-Rachid et des *Mille et Une Nuits*,

Samarkand, où est enterré Tamerlan, Ispahan et Chiraz, Sienne, où travaillaient Duccio, Simone Martini, les deux Lorenzetti, Pisano, Pinturicchio, la Florence des Médicis, émules et rivaux de Périclès et de Frédéric II Hohenstaufen, Bergame si haut perché, Hampi, la « Ville de la Victoire », aux trésors sans nombre, fondée par des princes telugu en 1336, détruite en 1565 par une coalition des sultanats musulmans du Deccan, Ascoli Piceno, où vit toujours le souvenir de Cola dell'Amatrice, Lecce, Fatehpur Sikri, la ville du grand Akbar qui voulait mêler toutes les religions, abandonnée dès son achèvement parce que l'eau y manquait, et Paris et New York, toujours debout et triomphants, mais peut-être pas pour très longtemps — et, à coup sûr, pas pour toujours —, des pyramides, des temples, des mausolées, des mosquées, des cathédrales, des ponts, des viaducs, des échangeurs d'autoroutes. Ils ont sculpté des lions, des déesses et des dieux, des Vierge, des saints, des amants. Ils ont peint des christs en croix, des assomptions, des baigneuses et des pommes. Ils ont écrit des poèmes —

C'est une chose étrange à la fin que le monde
Un jour je m'en irai sans en avoir tout dit
Ces moments de bonheur ces midis d'incendie
La nuit immense et noire aux déchirures blondes

— des messes, des cantates — « *Ein feste Burg ist unser Gott* » ou « *Wachet auf, ruft uns die Stimme* » ou « *Herz und Mund und Tat und Leben* » ou l'aria « *Heute noch, heute noch* » de la *Cantate du Café* —, des ballets, des opéras, des divertissements, des romans. Ils ont cultivé la terre et ils l'ont épuisée. Ils ont rendu le monde plus beau et ils l'ont saccagé.

Nous sommes entourés des abîmes du néant, ou de ce que nous appelons le néant et qui est peut-être un autre tout plus réel que le nôtre, nous en sortons et nous y retournons. Et le mal est parmi nous. Il est mêlé à la beauté et il lui arrive de se confondre avec elle. La beauté, le bien et le mal, la justice, la vérité, le hasard et la nécessité, notre liberté, l'histoire nous font tourner la tête. Nous sommes des rats dératés qui courent dans tous les sens, des grelots déchaînés et sonores, des pantins ivres d'eux-mêmes, des nains aux rêves de géants.

Tout ce qui est né mourra. Tout ce qui est apparu dans le temps disparaîtra dans le temps. Au commencement des choses, il y a un peu moins de quatorze milliards d'années, il n'y avait que de l'avenir. À la fin de ce monde et du temps, il n'y aura plus que du passé. Toute l'espérance des hommes se sera changée en souvenir. En souvenir pour qui ? Il n'y aura plus que ce rien éternel qui se confond avec tout, dont le monde est sorti, où il retournera, et que nous appelons Dieu.

*

L'ADMIRATION

Comme tout ce qui paraît ici-bas, ce livre touche à sa fin. Voilà que du monde et des hommes surgissent quatre sentiments plus forts les uns que les autres et auxquels je m'abandonne.

Le premier a quelque chose de vieillot et, il faut bien le dire, de ringard. C'est l'admiration.

Admiration pour le temps, la lumière, la nécessité, le hasard.

Admiration pour un ordre des choses si évidemment immuable et si évidemment passager.

Admiration pour les hommes et pour leur génie.

Admiration pour cette beauté pleine de mystère qui a fait couler des flots de paroles et d'encre, et dont il est presque impossible de rien dire d'un peu sûr.

Le Soleil se lève et se couche. Les saisons se succèdent. Les galaxies se promènent avec leurs étoiles par milliards. Les protons, les neutrons, les électrons, les neutrinos, les particules de toute sorte et les quarks et les wimps à l'existence douteuse tournent les uns autour des autres. L'histoire des hommes avance, toujours imperturbable et toujours renouvelée, de son début vers sa fin. Les enfants apparaissent, ils grandissent, ils vieillissent, ils meurent, ils disparaissent. Tout change. Tout reste semblable. Les formes des nuages et des collines, les arbres dans le matin, les champs de lavande le soir, quelques vers de Virgile ou de Toulet —

Ibant obscuri sola sub nocte per umbram...

ou

Un chemineau navarrais
Nous joua de la guitare.
Ah ! que j'aimais la Navarre
Et l'amour et le vin frais...

— quelques mesures de Haendel ou de Schubert, les robes des moines en fuite dans un tableau de Carpaccio ou le rêve de Piero della Francesca sous la tente où dort l'empereur suffisent à éclairer le monde et à nous emporter.

*

LA GAIETÉ

Le deuxième est la gaieté. S'il y a autre chose que le monde, ce monde-ci ne prête qu'à rire. Ce qui n'est pas éternel est souvent délicieux mais toujours passager et toujours insignifiant. À l'admiration se mêle un peu d'indifférence, une bonne dose d'ironie, une ombre de mépris. Les rêves des hommes sont pleins de grandeur — et ils sont dérisoires. À commencer par les miens. Les plaisirs nous enchantent — et ils sont l'ombre d'une ombre. Le seul sort du bonheur est de se changer en souvenir. La meilleure attitude à l'égard de ce monde et de son histoire, et d'abord et avant tout des réussites sociales et des grandeurs d'établissement si ardemment poursuivies, est de les tenir à distance. Sortir de la poussière et retourner à la poussière ne mérite en aucun cas un excès de révérence. La vie est un songe et le mieux est d'en rire. Je ne cesse de me moquer de moi-même et des autres. J'ai toujours essayé de m'amuser de la brièveté de la vie.

*

LA GRATITUDE

Le troisième est la gratitude. Cette vie étrange et si brève m'a été indulgente. Je l'ai beaucoup aimée. Je me suis longtemps demandé qui je devais remercier. Ce livre est destiné à régler la question.

*

TOUT EST BIEN

Le quatrième et dernier de ces sentiments auxquels je ne peux pas me soustraire, je ne sais quel nom lui donner. C'est un mélange de chagrin, de pitié et d'espérance.

Il y a du mal. Le mal naît avec l'homme et avec la pensée. Il n'existe pas avant eux, il est au cœur de l'histoire, il la fait avancer. Et il est aussi mystérieux que la beauté ou le temps.

Le temps, le génie, la beauté… Oui, bien sûr… La pauvreté, la famine, la sécheresse, les séismes, la maladie, la dépression, le mensonge, l'amitié trahie, la passion malheureuse, la violence, le désespoir règnent aussi sur le monde. On me demande ce que je fais. Ce que je fais ? Je fais ce que je peux. J'espère.

J'espère que les hommes ne souffriront pas toujours. Ou qu'ils souffriront un peu moins. J'espère qu'il y aura enfin un peu de bonheur pour ceux qui n'en ont jamais eu. J'espère — est-ce assez bête ! — que la justice et la vérité, si souvent contrariées, sont, ici-bas d'abord, et peut-être même ailleurs, autre chose que des cymbales et des illusions. Il faut toujours penser comme si Dieu existait et toujours agir comme s'il n'existait pas.

Il y a, chez les hommes, et seulement chez les hommes, un élan vers la beauté et vers la vérité et une soif d'espérance.

Tout est bien.

REMERCIEMENTS

Je remercie Homère, Platon, Virgile, Lucrèce, saint Augustin, Montaigne, Descartes, Pascal, Spinoza, Leibniz, Kant, Bergson, Heidegger et les autres du bonheur qu'ils m'ont donné.

*

Parmi nombre d'autres ouvrages, je dois beaucoup à deux livres dont je me suis abondamment servi :

Jeanne Hersch, *L'Étonnement philosophique*, « Folio », Gallimard ;

Trinh Xuan Thuan, *La Mélodie secrète*, Fayard.

*

Je remercie Dominique Arnouil qui me supporte depuis longtemps — et qui déchiffre mon écriture.

INDEX DES NOMS DE PERSONNES ET DE LIEUX

Les noms de lieux sont en italique

COMME UN CHANT D'ESPÉRANCE

Dans ton Néant j'espère trouver le Tout.

GOETHE, *Faust.*

Contenant la promesse du Tout, le Rien désigne le Non-être, le Non-être n'étant autre que ce par quoi l'être advient.

FRANÇOIS CHENG,
Cinq méditations sur la mort.

PROLOGUE

L'idée, chère à Flaubert, d'un roman sur rien m'a longtemps travaillé en silence. Elle m'est revenue en mémoire par un détour bizarre. Pour préparer deux de mes livres récents — *C'est une chose étrange à la fin que le monde* et *Un jour je m'en irai sans en avoir tout dit* —, je me suis intéressé en néophyte à un domaine qui m'était étranger et qui a fait depuis cent ans des progrès fascinants : la physique mathématique et la cosmologie.

Parvenant, comme par miracle, en suivant des chemins divers, à des conclusions identiques, qu'est-ce que les mathématiciens et les astronomes ont découvert de notre vivant, les uns en théorie et par le calcul, les autres par l'expérience et par l'observation ? Pour dire les choses en un mot, que l'univers a une histoire. C'était un coup de tonnerre dans le ciel de la science.

Longtemps, de grands esprits, Aristote en tête, ont pensé que le monde était immobile et éternel. Les Grecs, qui ont presque tout inventé il y a deux mille cinq cents ans sur les côtes de l'Ionie, c'est-à-dire de la Turquie d'aujourd'hui — la géométrie, la mathématique, la philosophie, le théâtre, l'éloquence, la démocratie… —, n'avaient pas manqué de remarquer, se référant tout naturellement aux deux astres les plus brillants au firmament du jour et de la nuit, que tout ne cessait jamais de changer sous le soleil et dans ce qu'ils appelaient notre monde sublunaire. Une formule d'Héraclite, né à Éphèse, est restée célèbre : πάντα ῥεῖ — tout passe. Mais derrière les changements qui se succédaient dans son sein, le monde lui-même ne bougeait pas. Il était là. C'est tout ce qu'on pouvait en dire. Rival d'Héraclite, Parménide soutenait à Élée, en Grande-Grèce, autrement dit en Italie du Sud, que l'être est et que le non-être n'est pas. Le non-être ne devait même pas être évoqué : il était impossible d'en parler. Pour Socrate, pour Platon, pour Aristote, successeurs de Parménide et d'Héraclite, l'homme était la mesure de toutes choses et la Terre sur laquelle il régnait était immobile et éternelle au centre de l'univers, immobile comme elle et éternel comme elle.

Un certain nombre de populations qui ont longtemps passé pour primitives au regard de la culture grecque avaient une autre vision de l'univers qui les entourait. Le monde, pour elles, était sorti du néant après des aventures qui prenaient, en Mésopotamie, en Égypte, aux Indes, en Chine, en Afrique, en Amérique précolombienne, dans les pays scandinaves — et d'ailleurs en Grèce même pour l'homme de la rue —, les formes les plus diverses. D'innombrables mythes, pleins d'animaux fabuleux, de tortues géantes, de chevaux à huit jambes, de serpents à plumes, de fleurs de lotus, d'arbres enchantés, de fontaines magiques, de potiers divins, de généalogies compliquées de déesses et de dieux qui s'engendraient les uns les autres et de nourrissons nés par miracle, prétendaient rendre compte du commencement de ces choses qui prenaient la place de leur absence et que nous appelons le monde.

Un peuple, en particulier, s'était construit autour d'un livre sacré qui devait jouer un rôle considérable dans la brève histoire des hommes. C'était un petit peuple venu de Mésopotamie sous la conduite d'Abraham et installé en Méditerranée orientale : les Hébreux.

Le texte qui ouvrait leur Torah — la future Bible des chrétiens — s'appelait la Genèse. Elle racontait la création en six jours, par un Dieu caché qu'il était interdit de représenter et auquel il était à peine permis de donner un nom, d'un monde qui n'était pas éternel. Dans la crainte et le tremblement, les juifs appelaient leur Dieu Jéhovah, ou Jahvé, ou Elohim, ou Adonaï. Il faisait sortir du néant le ciel et la terre, la lumière, les arbres, les animaux et enfin, sous les noms d'Adam et d'Ève, l'homme et la femme. Les formules de la Genèse sont les paroles les plus célèbres de toute l'histoire des hommes : « Au commencement, Dieu créa le ciel et la terre… Il dit : *Que la lumière soit !* Et la lumière fut… Dieu appela la lumière jour et il appela les ténèbres nuit. Ainsi, il y eut un soir et il y eut un matin : ce fut le premier jour. »

Depuis une centaine d'années, les calculs et les observations de mathématiciens, de physiciens et d'astronomes de génie — Planck, Gamow, Friedmann, Lemaître, Einstein, Hubble, Bohr, Heisenberg, beaucoup d'autres — ont établi que l'univers était en expansion à la suite d'une explosion primitive, il y a treize ou quatorze milliards d'années. Très loin du récit de la Bible, le monde vu par la science est pourtant, sur un point essentiel, plus proche de l'enseignement de la Genèse que des conceptions d'Aristote : il a eu un début et il aura une fin. Il avait une histoire.

*

Ce qui m'a le plus intéressé dans cette formidable aventure du savoir qui va de la découverte fondamentale par Hubble de l'éloignement continu et accéléré des galaxies entre elles, confirmée par la découverte accidentelle du rayonnement fossile par Penzias et Wilson, à la découverte par l'équipe du C.E.R.N. à Genève du boson de Higgs, dit, improprement et par exagération médiatique, le « boson de Dieu », c'est l'impossibilité de remonter dans le passé au-delà — ou en deçà, comme vous voudrez — d'une fraction infinitésimale de seconde après l'explosion primitive d'où sort le grain de poussière minuscule qui deviendra l'univers.

On dirait une blague. À un millionième, ou à un milliardième, ou à un centième de milliardième de seconde, je ne sais pas, après le début du début — il faut imaginer 0 seconde, 000… suivie encore d'une quarantaine de zéros avant que surgisse enfin un 1 —, s'élève soudain un mur infranchissable. Ce n'est pas un mur religieux, théologique, poétique, philosophique, idéologique. Non. C'est un mur scientifique. Il s'appelle le « mur de Planck ».

Au-delà du mur de Planck, nos lois ne sont plus valables. Les lois universelles qui s'appliquent d'un bout à l'autre de notre immense univers ne fonctionnent plus. La toute-puissante physique mathématique qui nous a révélé tant de secrets hoquette, bafouille, perd pied et s'arrête pile. Tout se passe comme si un malin génie jaillissait tout à coup au seuil de notre univers sur le point de voir le jour en brandissant une pancarte : « Au-delà de cette limite, votre science n'a plus cours. »

C'est la pancarte brandie il y a treize ou quatorze milliards d'années par le malin génie qui m'a remis à l'esprit l'idée, émise par le père de *Salammbô* et de *Madame Bovary*, d'un roman sur rien.

*

Flaubert pensait que le romancier n'avait pas besoin d'événements. Gide ne dit pas autre chose dans *Les Faux-Monnayeurs* quand il veut « dépouiller le roman de tous les éléments qui n'appartiennent pas spécifiquement au roman ». « Les événements externes, précise-t-il, les accidents, les transmutations appartiennent au cinéma. Il sied au roman de les lui laisser. » Au cinéma, bien sûr, et au journalisme. Les journalistes ont un besoin ardent d'événements. Ils aiment surtout ce qui se passe dans le monde de surprenant et de bizarre : la guerre, le crime, les excès du pouvoir, de l'argent, du sexe, les catastrophes, les tsunamis, les accidents d'avion, les trains qui arrivent en retard. Une histoire italienne — les Italiens ne détestent pas se moquer d'eux-mêmes avec élégance — illustre l'idéal du journalisme d'aujourd'hui. Sur le quai de la gare de Palerme ou de Naples, un voyageur consulte sa montre et dit au chef de gare : « Le train d'aujourd'hui n'a que dix-sept minutes de retard. — Ah ! monsieur, lui répond l'employé, c'est le train d'hier qui a vingt-quatre heures et dix-sept minutes de retard. » L'écrivain a le droit de s'intéresser ou de ne pas s'intéresser aux soubresauts de l'histoire, à ses anecdotes, à ses rebondissements. Son domaine, ce sont les mots. Les mots sont pour Gide au service de l'imagination : « Le romancier, d'ordinaire, écrit-il, ne fait point suffisamment crédit à l'imagination du lecteur. » Flaubert va plus loin encore. L'imagination, pour le romancier, est encore de trop : la littérature se suffit à elle-même.

Quand Flaubert parle d'un roman sur rien, il se démarque d'Eugène Sue, de Ponson du Terrail et même du cher et grand Dumas qui, dans ses *Mémoires* comme dans ses romans, nous entraîne au galop dans d'inépuisables aventures. Contre Jules Verne, qui avait une espèce de génie, contre Sherlock Holmes ou Arsène Lupin ou James Bond qui nous ont tant amusés, ce que défend Flaubert, c'est le style. Les livres ne survivent pas grâce aux histoires qu'ils racontent. Ils survivent grâce à la façon dont elles sont racontées. La littérature est d'abord un style qui éveille l'imagination du lecteur.

*

Un roman sur rien tel que l'appelait de ses vœux l'auteur de *L'Éducation sentimentale* est, en vérité, un paradoxe, une chimère, un pari intenable, une illusion. Même sur rien, le romancier est bien obligé de raconter quelque chose. Il a beau écarter le plus d'événements, d'anecdotes, de rebondissements possible, il reste toujours des détails, des nuances, des reflets, des riens qui sont encore quelque chose à rapporter et à décrire. Ce qu'il y a proprement d'indicible et d'inouï derrière le mur de Planck, avant la fraction minuscule à quarante-trois zéros qui suit notre fameuse explosion primordiale, c'est qu'il n'y a ni nuances, ni reflets, ni suppositions, ni hypothèses, ni aucun de ces riens qui nous occupent tous autant. C'est tout simple : il n'y a rien.

C'est ce rien de rien — sa nature, ses conséquences — qui m'a paru fournir le plus beau des sujets de roman, le seul qui réponde vraiment au vœu mélancolique exprimé par Flaubert.

*

Les hommes se sont souvent interrogés sur le néant. Celui d'après la mort, d'abord ; celui d'avant le monde, ensuite. Est-ce le même ? Qui le sait ? Et surtout, dans un cas comme dans l'autre : est-ce vraiment un néant ? N'y a-t-il vraiment rien dans ce que nous appelons le néant ? Il n'est pas exclu qu'il y ait quelque chose. Il est certain que rien n'est sûr.

Il n'est pas sûr qu'il ne reste rien, après la mort, d'un passé évanoui, d'un être jadis vivant, d'un homme ou d'une femme qui a eu des pensées, des passions, des souvenirs, des projets. Il n'est pas sûr non plus que le monde où nous vivons ait surgi du néant, que notre tout soit sorti de rien. Le contraire n'est pas sûr non plus. La vérité est que sur l'avant-notre-monde comme sur l'après-notre-mort nous ne savons rien. Nous pouvons croire. Nous pouvons rêver. Nous pouvons espérer. Nous ne pouvons pas savoir.

Déployés dans l'espace et dans le temps, notre savoir et notre puissance sont bornés avec rigueur, là-haut, dans le passé, par notre fameux mur de Planck, et là-bas, dans l'avenir, par notre non moins fameuse mort.

Tout ce que nous pouvons faire, et en deçà et au-delà, c'est inventer, rêver, imaginer. Dans la vie de chaque jour, nous passons notre temps à nous heurter au monde et aux autres. Il y a le désir, l'argent, la passion, la folie, la carrière, les voyages, le succès, le désespoir, la mémoire et l'histoire. C'est une tragédie, c'est une comédie, c'est souvent une farce, et parfois un opéra. Avant et après, de l'autre côté des deux murs, c'est de l'imagination pure : c'est un roman. Assez loin de *La Princesse de Clèves*, d'*Adolphe*, de *La Chartreuse de Parme* ou de la *Recherche*, c'est ce roman que j'ai essayé d'écrire.

*

Toute ressemblance avec des personnages ayant réellement existé serait le fruit du hasard. La formule traditionnelle prend ici toute sa valeur. S'il y a quelque chose — qui sait ? — après notre mort, il est certain, en tout cas, que ce ne peut être qu'*autre chose.* Et s'il y a quelque chose — qui sait ? — avant notre univers, ce ne peut aussi être qu'*autre chose.* Tout le problème, quand on se met à parler de ce néant dont selon Parménide il est impossible de parler, est que cet *autre chose* doit être traduit dans la langue de notre monde et de notre vie. C'est cette traduction que je propose aujourd'hui en me gardant d'oublier que toute traduction est toujours une trahison — et le plus souvent une erreur, une faute ou un délire.

I

Il n'y avait rien. Et ce rien était le tout. Le tout et le rien se mêlaient l'un à l'autre et se confondaient l'un avec l'autre.

Il n'y avait pas d'étoiles. Il n'y avait pas de nuages. Il n'y avait ni arbres, ni ruisseaux, ni coccinelles, ni guerriers. Il n'y avait pas de paroles. Ni de rêves. Il n'y avait pas de formes, il n'y avait pas de couleurs et il n'y avait pas de musique. Il n'y avait même pas de sphères. Ni de passé. Ni d'avenir. Et il n'y avait pas de nombres. Il n'y avait rien.

Pour donner une idée de ce rien qui était le tout, il faudrait une nuit obscure. Un silence complet. Un vide absolu. Quelque chose comme une page blanche où la page et le blanc et, bien sûr, l'œil pour les voir seraient encore de trop.

Une nuit, un silence, un vide — ne parlons même pas de la page blanche — ne peuvent donner qu'une idée très imparfaite du néant avant l'univers et avant le mur de Planck. Supprimez les êtres vivants, les choses, le Soleil et la Lune, les étoiles, jusqu'aux couleurs et aux sons, jusqu'à l'air qu'on respire, jusqu'aux ondes et aux atomes, faites le vide et le noir sans la moindre lueur et sans le moindre bruit — il restera toujours quelque chose : il restera l'espace et ce fantôme sans chair et sans os, sans la moindre présence et pourtant implacable, que nous appelons le temps.

Avant le monde et son train, il n'y avait pas d'espace et il n'y avait pas de temps. Il y avait bien quelque chose :

c'était l'éternité. L'éternité se confondait avec le tout et avec le rien.

II

Il y a quatorze milliards d'années, un peu plus, un peu moins, une explosion se produit. C'est notre bon vieux big bang où commence tout ce que nous sommes. En surgit quelque chose d'indicible et de minuscule, à une température et d'une densité qui défient l'imagination. À partir de cette pointe d'épingle, des milliards de fois plus petite qu'un grain de sable ou de poussière, l'espace sort du néant. Il n'en sort pas immuable ni armé de pied en cap. Il entre par une petite porte et à pas mesurés dans une phase d'expansion qui se poursuit encore aujourd'hui.

Inséparable de l'espace, le temps se met à couler. En naissent les étoiles, les galaxies, le Soleil et la Lune, la Terre, la guerre du feu, les pyramides d'Égypte, la chute de Troie, l'Acropole d'Athènes, la Grande Muraille de Chine, les *Confessions* de saint Augustin, *Le Songe de sainte Ursule* par Carpaccio et *Le Songe de Constantin* par Piero della Francesca, la *Cantate du café* de Bach et *La Vie parisienne* d'Offenbach. J'écris ces mots. Et vous les lisez. Le monde s'est mis en marche. Que s'est-il donc passé ?

III

Depuis ses origines, l'univers fonctionne à coups de hasards et de nécessité. Depuis quelques millénaires, les hommes, qui sont des créatures étonnantes nées de ces hasards et de cette nécessité avec des pensées, des souvenirs et des projets, essaient de comprendre cet univers. Ils se sont d'abord imaginé que des forces magiques se cachaient derrière les choses. Ils ont cru ensuite à une foule de déesses et de dieux qui vivaient au-dessus d'eux et qui décidaient de tout. Ils ont fini par adorer un Dieu unique et tout-puissant qui régnait sur le monde. Plus tard encore, un peu partout, beaucoup ne croient plus à ces légendes d'en haut si longtemps caressées. Ils espèrent que la science parviendra, un jour, dans un avenir lointain, à tout expliquer de ce monde invraisemblable dans lequel, sans le vouloir, nous avons tous été jetés. Et qu'elle suffira à répondre à toutes les questions que nous sommes en droit de poser.

Depuis trois mille ans, et surtout depuis un peu plus d'un siècle, de notre vivant ou du vivant de nos parents, la science a découvert que la Terre était ronde, qu'elle tournait autour du Soleil, que sur la Terre comme dans le ciel tous les objets sans exception s'attiraient les uns les autres, que les galaxies se dispersaient dans l'espace, que l'univers était en expansion et qu'avant d'avoir une fin inéluctable au loin il avait eu un début. Un mystère profond entoure pourtant cette fin et peut-être plus encore ce début. Comment était-on passé du rien à ce que nous appelons notre tout, de l'éternité à notre temps, et du néant à ce monde toujours en train de se développer et de courir vers son terme ?

IV

Il est permis de penser que l'immense univers avec sa Terre minuscule dans un coin reculé où est née la pensée constitue, une fois pour toutes, un événement singulier, sans pareil, unique et qu'il n'y a rien d'autre ni avant lui, ni après lui, ni autour de lui. Mais il ne manque pas de bons esprits pour imaginer que des univers sans nombre, baptisés *multivers*, accompagnent ce monde qui nous paraît déjà démesuré. Peut-être des multivers sans fin s'enchaînent-ils les uns aux autres dans une alternance en accordéon d'extinctions et de renaissances ? Peut-être notre big bang n'est-il que le choc de deux multivers sur le point de donner naissance à notre monde d'aujourd'hui ? Pourquoi pas ? Un certain nombre de calculs purement mathématiques semblent aller dans ce sens. Toute vérification expérimentale, en revanche, est par définition exclue. Instrument formidable dans l'espace et le temps, la mathématique est une science où personne ne sait jamais de quoi on parle

— de pommes, de poires, de particules, de points, d'étoiles, de galaxies, d'univers… — ni si ce qu'on dit a une réalité. Les choses se passent en tout cas comme si notre big bang constituait un début absolu. La formule *comme si* pourrait d'ailleurs servir de clé à tout ce qui va maintenant défiler sous nos yeux.

V

Le hasard et la nécessité qui assurent le fonctionnement du monde ont pu aussi présider à sa naissance et à sa création.

À peine ces mots sont-ils écrits que les questions fusent de toutes parts. Si le hasard et la nécessité sont à l'origine de notre univers, d'où vient l'espace, tantôt plein, tantôt vide, et toujours universel ? Et d'où vient ce temps qui nous paraît si simple et qui est d'une affreuse et cruelle complication ? D'où vient la nécessité elle-même, car il n'y a pas de nécessité de la nécessité ? Et le hasard est-il vraiment capable de produire un monde où règne un ordre réglé par une rigueur implacable ?

Le hasard suffit, en effet, à expliquer tout ce qui relève d'une évolution qui est la clé de la vie. Et à expliquer, au-delà de la vie, l'histoire de l'univers. Mais ni l'espace, ni le temps, ni la nécessité ne sont le fruit de l'évolution. Ils sont là. Ils sont donnés. Ils sont massifs et inexplicables. Ils ne proviennent pas du hasard. Le hasard règne sur les avatars de la matière, de la vie, de l'histoire. Il ne suffit pas à rendre compte de l'espace, ni du temps, ni de ces lois d'airain qui font tourner l'univers.

VI

En face et à la place d'un hasard aveugle et d'une nécessité qui serait surgie de nulle part, une autre hypothèse, tout aussi étrange et à peine plus absurde, mais peut-être plus rassurante, en tout cas plus romanesque et largement répandue, met au cœur du big bang ce mélange de tout, de rien et d'éternité que nous avons pris l'habitude d'appeler Dieu.

Aux yeux au moins des hommes enfermés dans le temps, Dieu, hors du temps et du monde, n'est rien d'autre que rien. Mais comme ce rien, avant l'explosion primordiale, constituait le tout, Dieu se confond aussi avec le tout. Il est d'abord le vide. L'absence et le refus du monde et du temps. La nuit obscure de l'âme chantée par les mystiques. Il est aussi le plein. Il est aussi la lumière. La gloire du jour. La joie du Soleil qui éclaire notre monde et des étoiles qui brillent dans les ténèbres. La masse énorme de l'histoire. Dieu n'est rien. Dieu est tout et il est le tout. Dieu est l'éternité. Il nous arrive d'ailleurs de l'appeler l'*Éternel*.

Le fond de l'affaire tient en deux mots : si Dieu existe, il est esprit — « L'esprit de Dieu se mouvait sur les eaux… » — et il est volonté — « Dieu dit : *Que la lumière soit !* Et la lumière fut… ». La science a rejeté les causes finales qu'Aristote conservait dans sa célèbre classification des quatre types de causes : la cause matérielle, la cause formelle, la cause efficiente et, plus importante que les trois premières, la cause finale — le terme *finale* ne signifiant pas qu'un processus se termine, qu'il prend fin, mais qu'il a un *but*, et donc un *sens*. L'univers a-t-il un but et un sens ? Le débat est entre Aristote et la science. Si Dieu existe, il est volonté — la volonté de Dieu va avec son omniscience puisqu'il sait tout et avec sa toute-puissance puisqu'il ne lui est rien d'impossible — et il est vision d'un avenir qui ne repose que sur lui et qui a un but et un sens.

VII

Dieu est peut-être esprit et il est peut-être volonté. Il est surtout *autre chose* que tout ce que nous pouvons connaître. Impossible aux hommes, prisonniers de l'espace et du temps, de le comprendre ni de l'imaginer. Ni même de le concevoir.

Dieu, bien entendu, n'est ni un homme ni une femme, ni un Blanc, ni un Noir, ni un Rouge, ni un Jaune, ni un vieillard, ni un enfant. Il n'est pas un fantôme. Il n'est pas une apparition. Il n'est sûrement pas un miracle : le miracle, ce n'est pas lui, ce sont ses créatures. Il n'est pas un éclair, il n'est pas un trait de lumière et il n'est ni une ombre ni une forêt obscure. Dieu ne peut pas être exprimé par les mots dont nous nous servons sur ce grain de poussière minuscule, perdu dans le gigantesque univers, où nous avons surgi, Dieu sait pourquoi. L'esprit de Dieu n'a rien de commun avec ce que nous appelons *esprit.* La volonté de Dieu n'a rien de commun avec ce que nous appelons *volonté.*

Nous ne pouvons parler de Dieu que par analogie. La parole de Dieu, qui va tant nous occuper, n'est qu'une figure de style et une analogie. Si Dieu était quelque chose, ce qu'il n'est pas, il serait plutôt un silence et une absence d'une densité infinie. Ou une idée pure et sans bornes qui ne renverrait qu'à elle-même. Ou une équation mathématique dotée, comme par enchantement, d'une formidable énergie et d'un feu intérieur d'où surgiraient toutes choses. Dans l'une au moins des trois religions du Livre et du monothéisme — le christianisme, auquel j'appartiens —, les peintres, les sculpteurs, les philosophes, les poètes n'ont jamais hésité à représenter un Dieu qui était pure absence et qu'ils appelaient Dieu le Père. Comme Michel-Ange ou Raphaël, comme la Bible — ou la Torah —, je me permettrai, moi aussi, avec humilité et audace, de faire apparaître et parler un Dieu dont nous savons tous très bien qu'il n'était et qu'il n'est que silence et absence.

VIII

Il est impossible aux habitants de ce monde de se faire la moindre idée du néant, de l'infini et de Dieu. La tâche inverse d'inventer un monde à partir du rien et de son éternité peut paraître, à première vue, aussi désespérée. Les galaxies, le Système solaire, la vie, l'histoire, la pensée étaient aussi invraisemblables aux yeux du vide et de l'Éternel que Dieu aux yeux du monde et du temps. Il y a pourtant un abîme entre les deux regards. D'un côté, les hommes, minuscules insectes perdus dans l'immensité, sont incapables de se représenter Dieu ; de l'autre, Dieu tout-puissant, sans le moindre effort, sans la moindre hésitation, voit se dérouler dans sa totalité et dans ses moindres détails l'histoire de ce monde qui n'a pas toujours existé.

IX

La tradition, la légende, le redoutable sens commun toujours impatient de se tromper imaginent souvent Dieu sur le point de prendre la décision de créer le monde. Ils le présentent même parfois en train d'hésiter. Aurait-il pu créer un autre univers que le nôtre ? A-t-il pesé le pour et le contre avant de passer à l'action ? Aurait-il pu choisir de ne rien faire jaillir du néant infini ? Toutes ces interrogations n'ont naturellement aucun sens.

Dieu ne pouvait pas hésiter, délibérer, choisir entre plusieurs solutions. Non pas seulement parce qu'il est tout-puissant et que l'hésitation n'est pas dans son caractère ni l'incertitude dans son tempérament. Mais d'abord et surtout parce que toute hésitation, tout choix, toute délibération ne peut se dérouler que dans le temps. Tout ce qui relève d'une démarche intellectuelle, du désir, de l'histoire est lié au temps. Le temps ne coule pas dans l'éternité. Il est impossible de se représenter Dieu en train d'hésiter entre plusieurs modèles du monde à la façon d'un acheteur qui hésite longuement entre deux modèles de voiture ou d'équipement électroménager.

Il faut aller plus loin. Dieu n'a pas pu *décider* de créer l'univers. Aucune succession d'instants, aucun cortège de possibles n'est concevable hors du temps. Ni aucune décision. La création du monde ne se situe pas à un instant précis. Elle était décidée, elle était acquise de toute éternité. Ou plutôt elle était, elle est, elle sera décidée et acquise de toute éternité.

Ce n'est pas assez dire que le monde réel est le meilleur des mondes possibles. Tous les autres sont imaginaires. Le nôtre, tout à coup, s'est mis à exister.

X

En imagination, l'univers né du néant ou de ce que nous appelons le néant aurait pu être différent de celui que nous connaissons et qui nous est devenu familier. Il aurait pu être immobile, fixé une fois pour toutes, sans aucun imprévu, gravé dans un marbre sans faille. Un paradis immuable ou un enfer sans issue. Il aurait pu être chaotique, sans la moindre règle, charmant d'incertitude ou d'un désordre effroyable. Il aurait pu n'être rien du tout ou être n'importe quoi. Il est tout à fait autre chose.

Il est changeant et réglé à la façon d'une symphonie, d'une série d'équations, d'un tableau mouvant et divers, d'un roman imprévu et pourtant prévisible et, en fin de compte, nécessaire, qui se poursuit de chapitre en chapitre. Il est ce rêve cohérent, tantôt plein de délices et tantôt très cruel, que nous appelons réalité. Il est fait de changement, d'évolution, de développement et de lois. Il est construit sur quelque chose de stupéfiant, de radicalement absent du néant de la mort ou de l'infini. Quelque chose qui, par un miracle sans cesse recommencé, nous paraît tout simple et tout naturel. Quelque chose d'obscur et de lumineux qui est lié à l'espace et que nous appelons le temps.

XI

Avec son passé qui n'est plus, son avenir qui n'est pas encore et son éternel présent toujours en train de s'évanouir entre souvenir et projet, le temps est la plus prodigieuse de toutes les machineries. Aucun phénomène de la nature, aucune invention humaine, aucune combi*naison de l'*esprit, aucune intrigue de roman, de cinéma, de théâtre ou d'opéra, si compliquée qu'elle puisse être, ne lui parvient à la cheville. À un être venu du néant éternel et qui ne connaîtrait rien de notre monde, il serait impossible d'expliquer cette transformation d'un avenir en passé à travers un présent qui nous semble si simple et si évidente.

L'avenir n'est nulle part et il ne manque pourtant jamais de nous tomber dessus. Le passé n'est plus, mais il a été et, d'une certaine façon, il est pourtant encore, mais personne ne sait où. Le présent est une espèce d'éternité au rabais, d'éternité de pacotille, sans cesse pressé de passer et pourtant toujours là.

Cauchemar apprivoisé, très antérieur à l'homme, le temps est lié à la pensée de façon si troublante qu'une sorte de vertige naît de sa seule évocation. Indicible et inconcevable, le temps est encore plus difficile à penser que ce néant dont Parménide assurait qu'il ne fallait même pas en parler. Planant si loin au-dessus de notre misérable condition, l'éternité elle-même prend au regard du temps l'allure d'un jeu d'enfant. Contrairement aux apparences une fois de plus trompeuses, le temps est un miracle et l'éternité est toute simple.

XII

Le temps est la marque de fabrique laissée par Dieu sur l'univers. Il naît dans la première fraction infinitésimale de notre longue aventure. Il se jette sur le monde dans l'explosion primordiale à laquelle, pour rire, nous avons donné le nom de big bang.

Impossible de mieux marquer ce qu'il y a d'immense et de dérisoire dans notre réalité qui est mouvement et croissance, qui est progrès et déclin. Dès le premier instant, si triomphal, la fin est déjà inscrite. Parce que toute chose commence avec le temps meurtrier, la naissance de ce tout qui nous paraît éternel avec son soleil et sa lune, avec ses étoiles, avec ses jours et ses nuits qui se succèdent sans se lasser, avec sa longue histoire, avec ses drames et ses bonheurs, n'est rien d'autre que l'annonce de sa mort. Dieu lâche le temps sur le monde pour le créer et le détruire. Alpha et Oméga. Vishnu et Siva. Le début appelle la fin. La mort est l'autre nom de la vie. Comme la naissance de chacun d'entre nous, la première fraction de seconde de cet univers encore tout neuf est déjà lourde de sa disparition.

Jailli du néant, le monde, plongé dans le temps, est, dès son origine, un retour au néant.

XIII

Tout à fait au début, le monde n'est presque rien. Et, tout à fait au début, il est déjà immense par sa température et par sa densité. Il était difficile à Dieu de mieux montrer d'un seul coup et avec plus d'éclat ce que seraient la matière, l'histoire, la vie, la pensée : à la fois rien et tout. Un torrent de grandeur et de fragilité.

Dans la première fraction de seconde de l'univers, la totalité de l'histoire du monde est déjà au travail. Il n'y a plus qu'à laisser le temps faire et défaire son œuvre. Dieu peut se retirer dans son néant infini. Le temps, qui n'était pas encore et qui règne déjà, suffit à le remplacer ici-bas.

Il ne le remplace pas tout seul. Indissoluble du temps, l'espace naît lui aussi de l'explosion primitive. À eux deux, mais différemment, ils sont la petite monnaie et les héritiers de Dieu, impatient de disparaître derrière sa création.

XIV

Dans le néant infini de Dieu — comme dans le néant de la mort pour chacun d'entre nous —, il n'y avait ni espace ni temps. Le coup de génie de Dieu est d'avoir créé l'espace et d'avoir créé le temps.

L'espace, comme chacun d'entre nous, surgit minuscule et rêveur de l'infini du rien. C'est la pointe d'épingle très dense et très chaude, dont on nous rebat les oreilles, une poussière, un grain de matière appelé à croître et à se développer. La science nous apprend que l'espace, né avec et *dans le big bang*, est, depuis treize milliards sept cents millions d'années, en expansion accélérée. Cette expansion se poursuit. Pour toujours ? Personne ne le sait. Il n'est pas impossible que le mouvement s'inverse et qu'une phase de contraction succède à la phase d'expansion. La science d'aujourd'hui incline pourtant plutôt vers une expansion continue qui s'achèverait au loin dans une dissolution glaciale et non dans un retour à la fournaise primitive. Inséparable de l'espace, le temps, lui, coule immuable et universel, toujours semblable à lui-même. Et il s'accumule.

Nous savons à peu près ce qu'est l'espace, ordre de la coexistence et de notre puissance, avec ses trois dimensions — et peut-être beaucoup d'autres, enroulées et cachées, invisibles à nos yeux. Nous ignorons ce qu'est le temps, ordre de la succession et de notre impuissance, dont l'univers entier et nous-mêmes subissons les effets et dont les physiciens assurent qu'il n'existe peut-être même pas. Autant l'avouer tout de suite : avec un espace si simple et si obscur, avec un temps si évident, si complexe et si improbable, nous vivons en plein mystère.

Dieu est sans doute un mystère. Mais le monde lui-même est aussi un mystère. Il faut nous rendre à l'évidence : du mystère du rien est sorti le mystère de notre tout. Un mystère a donné naissance à un autre mystère. Dieu, aujourd'hui, reste pour nous un mystère. Quant aux mystères de l'espace et du temps, toujours en train, l'un et l'autre, de se dilater et de s'accroître, nous nous sommes si bien habitués à eux qu'ils nous semblent familiers et d'une transparence à la fois terrifiante et tout à fait confortable.

XV

Nous vivons, rien de plus clair, dans un monde en train de se développer grâce à l'espace et au temps. À la différence du néant infini, où rien ne bouge jamais et dont la mort nous donne une idée, sa loi est le changement. Disons-le d'un mot : Dieu n'a pas créé un état permanent, une situation stable, un système bloqué sur lui-même : il a créé une histoire.

Cette histoire est confiée au temps. Elle a deux béquilles, deux ministres, deux lois qui se renforcent l'une l'autre : le hasard et la nécessité. Tout se passe dans ce monde comme si Dieu avait confié ses pouvoirs au temps, appuyé sur le hasard et la nécessité.

Dieu, en créant l'univers, s'est interdit lui-même à la

façon du joueur qui se ferme volontairement les portes du casino. Il s'est rendu inutile à la marche du monde. Au moins apparemment, puisque l'espace, le temps, la nécessité n'en finissent jamais, mais en secret, d'être soutenus par lui.

XVI

Pour soutenir l'univers confié non pas aux archanges Gabriel ou Michel ni aux sephiroth de la kabbale mais à ces deux constructions d'un génie évidemment très au-dessus de ce monde et très au-delà de l'entendement des hommes que sont l'espace et le temps, Dieu a donné naissance aux nombres.

Tout au long de l'histoire de la pensée, il n'a pas manqué de grands esprits pour défendre la thèse de l'éternité des nombres. Comme tout le reste (y compris Dieu ?), les nombres sont en vérité une invention et une conquête des hommes. Nous savons désormais que les nombres apparaissent en Mésopotamie, trois mille ans avant notre ère, dans les royaumes d'Élam et de Sumer, à l'emplacement de l'Irak d'aujourd'hui. Ce sont les hommes qui les pensent, les organisent, les combinent, ce sont eux qui leur donnent leurs noms et qui en tirent les principes et les conséquences qui se confondent, comme chacun sait, avec l'univers lui-même. Mais comme tout le reste aussi, les hommes ne peuvent penser les nombres que parce que Dieu a créé les conditions nécessaires pour qu'ils puissent les penser.

Les nombres ne règnent pas dans le rien. L'éternité du néant est indifférenciée. Ce n'est pas seulement une nuit où, selon une formule utilisée à propos de la philosophie idéaliste allemande, toutes les vaches seraient noires ; c'est une nuit où il ne serait pas encore possible de distinguer les vaches les unes des autres ni de les compter. Dans le néant comme dans la mort, les nombres n'existent pas plus que les couleurs ou les formes.

En créant l'espace et le temps, Dieu, qui est l'Un absolu et unique, crée simultanément cette quincaillerie stupéfiante qui nous paraît si banale : des unités éparpillées, capables d'être rassemblées mais distinctes et qui ne se confondent plus avec lui. L'Un donne naissance aux autres. Du rien qui était tout surgissent des individus qui peuvent se réunir et se combiner, mais qui sont séparés les uns des autres.

XVII

Avec l'espace et le temps, avec les nombres, avec la nécessité et le hasard tombés tous ensemble de cette main de l'Éternel dont nous savons bien qu'elle n'est pas une main et de son esprit qui n'a rien à voir avec le nôtre, le monde sort du néant.

XVIII

Au moins en deçà du mur de Planck, nous connaissons désormais à peu près, grâce aux progrès de la science et plus particulièrement de la physique mathématique, les détails de l'explosion primitive et nous pouvons comprendre et expliquer *comment* les choses se sont passées au cours des premières minutes et surtout des fameuses trois premières secondes de l'univers. Le *pourquoi* nous échappe complètement. Le *comment* relève de la science. Le *pourquoi* appartient au roman.

La question du *pourquoi* ne se pose que dans l'hypothèse d'un Dieu créateur. Elle ne se pose pas dans l'hypothèse d'un univers né du hasard. Mais si le *pourquoi* est éliminé par le hasard, nous avons vu que le hasard lui-même est éliminé à la fois par la rigueur inflexible de l'ordre du monde et par le surgissement de l'espace et du temps qu'il est difficile de porter à son crédit. Nous voilà une fois de plus rejetés du côté de Dieu, personnage principal du formidable roman sur rien qu'est la naissance du monde. Qu'est-ce qui a bien pu pousser Dieu à faire sortir notre tout de ce tout primitif qui se confondait avec rien ? Pourquoi y a-t-il quelque chose au lieu de rien ?

XIX

La première réaction d'un individu né et installé sur le troisième objet céleste massif à tourner autour du Soleil, la plus simple, la plus élémentaire, est de croire que le monde est sorti du néant pour parvenir jusqu'à lui.

Le décor est majestueux. Plusieurs milliards d'années depuis le rien. Quelque chose comme cinq milliards d'années depuis la mise en place, dans un coin reculé du ciel en expansion, du Soleil et de cette Terre où il va se mettre à habiter. Trois milliards et demi d'années, un peu plus, un peu moins, depuis les débuts hasardeux et encore timides de la vie d'où il sort. Et puis la marche triomphale vers la station debout, vers le chant, vers le rire, vers l'amour, vers l'homme et sa pensée, il y a quelques dizaines de milliers d'années à peine, un clin d'œil, un fétu de paille. De quoi lui tourner la tête et le rendre ivre d'orgueil au lieu de l'accabler, comme il faudrait, d'un sentiment d'humilité parmi tant de grandeur.

Les dinosaures avant leur disparition, les vertébrés, les primates dont nous descendons ne se croyaient pas au centre d'un univers fait pour eux. Cette conviction naïve est venue aux hommes avec leur pensée. Parce que cette pensée leur permettait de comprendre leur passé après l'avoir reconstitué à la façon d'un détective fier de résoudre une énigme, ils se sont imaginé que l'histoire universelle aboutissait à eux et qu'ils étaient la fin et comme le couronnement de l'immense édifice né, pour les uns d'un pur et simple hasard étrangement organisateur, pour les autres de la main d'un Dieu mystérieusement créateur.

L'apparition de la pensée est à coup sûr l'événement le plus important de l'histoire de l'univers depuis sa sortie du néant. On dirait que le monde est créé pour la seconde fois. Selon une méthode très différente de la première. La première : un coup de tonnerre dans le vide. La seconde : une greffe sur ce qui existe déjà. Dans les deux cas : une lente évolution à partir d'un point de départ minuscule vers de prodigieuses conséquences.

Capable, par un nouveau mystère, de s'emparer et de

rendre compte, grâce au cerveau abrité dans sa tête, derrière ses yeux, son nez, ses oreilles et sa bouche, du tout d'où elle sort et qui l'entoure, de son passé parti ailleurs et de son avenir en pointillé, la pensée a quelque chose de foudroyant qui la rapproche du divin. On peut comprendre qu'elle ait rendu fou de puissance et d'orgueil le misérable primate qui avait décroché le gros lot grâce à elle. Et qu'elle l'ait convaincu qu'il était le seigneur, le but, la fin dernière de la création.

Nous voilà loin du rien par quoi tout a commencé. La création d'abord, la pensée ensuite sont de formidables machines à noyer le néant sous les flots successifs de ce rêve de Dieu que nous appelons le réel. La matière, avec ses atomes, ses électrons, ses positrons, ses protons, ses neutrinos, ses quarks et tout le tremblement. La lumière, avec ses photons, et longtemps personne pour la voir. L'eau. L'air. Les étoiles. Les galaxies. Et puis la pensée qui vous reprend tout ça, qui l'emballe, qui le transforme et qui lui donne un sens — ou une absence de sens, mais qui réclame un sens. Oui, de quoi devenir fou.

Fou de grandeur. Fou de petitesse. La pensée pense le monde. Elle pense Dieu. Elle se pense elle-même. Elle pense aussi la vie de tous les jours, les impôts, la scarlatine, l'argent, la carrière, la sottise, la vanité, la jalousie. Elle est la reine de la longue histoire racontée par le temps sous les yeux d'un Dieu remplacé par les hommes.

Elle aurait tort, pourtant, la pensée triomphante, de croire qu'elle est le but et la fin de l'histoire. Notre passé se compte en millions et en milliards d'années. Notre avenir aussi. Il n'est pas impossible que d'ici quelques millions ou quelques milliards d'années — ou peut-être demain — sorte de la pensée quelque chose d'aussi nouveau, d'aussi puissant et d'aussi inimaginable pour les hommes que la vie pour les étoiles ou la pensée pour les algues.

Nous autres les hommes, nous autres les femmes, nous sommes le sommet et le chef-d'œuvre de la création. Les dinosaures l'ont été aussi, il y a cent millions d'années, son chef-d'œuvre et son sommet. On les trouve maintenant, avec beaucoup de gaieté, sous la terre, dans les musées, dans des films entre Katharine Hepburn et Cary Grant. En dépit de leur pensée et malgré leur orgueil, je doute un peu que le sort lointain des hommes soit beaucoup plus enchanteur que celui des dinosaures. C'est drôle : s'il fallait parier, je parierais plutôt sur Dieu, tombé si bas dans nos sondages, que sur les hommes si contents d'eux.

XX

En dépit de la formule célèbre d'Einstein — « Dieu ne joue pas aux dés » —, Dieu est un joueur qui n'en finit jamais de donner des preuves de son faible pour le hasard. Régie par les lois implacables de la nécessité, l'histoire universelle est aussi, simultanément et indissolublement, un grand jeu de hasard où tout ce qui paraîtra inéluctable dans le passé aura été d'abord imprévisible dans l'avenir.

Le plus souvent opposés l'un à l'autre, le hasard et la nécessité sont étroitement liés. On dirait que le hasard est l'agent secret de la nécessité et que l'un et l'autre sont au service de Dieu.

Dans le grand jeu de l'univers, à l'image indéfiniment répétée de l'explosion primitive, à l'image aussi de l'origine de la vie — et même, d'une certaine façon, de l'origine de chacun d'entre nous —, des flots de nécessité sortent de hasards minuscules.

Comme dans n'importe quel jeu, il y a dans le jeu de l'histoire, avant et après la vie et la pensée, des gagnants et des perdants, des vainqueurs et des vaincus. Les hommes attribuent souvent les hasards qui ont décidé de leur destin à ce qu'ils appellent leur étoile. Il n'y a pas de grande figure, de conquérant, de découvreur, d'inventeur, de créateur qui n'ait pas, au moins une fois dans sa vie, été servi par le hasard. Une rencontre. Une occasion. Une situation passagère à saisir par les cheveux. Les Grecs anciens honoraient un petit dieu appelé Kairos, qui veillait sur l'instant opportun, sur le moment précis où il fallait s'emparer de l'avenir. L'empereur Napoléon, qui, plus que personne, croyait à son étoile, avait l'habitude de demander à l'officier à qui il avait l'intention de confier un commandement s'il était heureux — c'est-à-dire s'il avait de la chance.

Chacun d'entre nous a eu au moins une chance : celle d'être né. Comme toutes les chances, cette chance originelle aussi peut se retourner. Pour des raisons différentes et à peu près innombrables — l'argent, l'amour, la santé, l'orgueil, la vanité, toutes les passions, des plus hautes aux plus basses, tous les froissements de l'esprit et du corps —, il y a des gens malheureux. Beaucoup maudissent le hasard qui les a fait sortir de ce néant où personne ne souffre jamais. « Les enfants que je n'ai pas eus, disait Cioran, ne savent pas tout ce qu'ils me doivent. » Et déjà l'Ecclésiaste : « J'ai préféré l'état des morts à celui des vivants ; et j'ai estimé plus heureux celui qui n'est pas né encore et n'a pas vu les maux qui sont sous le soleil. »

XXI

Tout un aspect de notre monde n'est jamais étudié, et rarement évoqué : c'est son côté comique. Un comique amer, naturellement. Un comique cruel. Très comique, malgré tout. Dès ce début si minuscule avec des détails gigantesques et de grandes espérances encore enfouies sous le chaos et dues à un hasard ironique ou à un Dieu qui s'amuse de ses pouvoirs sans bornes.

L'histoire offre sans aucun doute de quoi sourire et de quoi rire. Passons assez vite sur ce qu'il y a d'amusant et de gai dans le comportement des animaux, familiers ou moins familiers, qui nous entourent. Ne parlons même pas des jeux de mots, des saillies des vainqueurs ou des vaincus, des dernières paroles des mourants, des traits d'esprit, des situations irrésistibles. Quand Villiers de l'Isle-Adam s'écrie sur son lit de mort : « Eh bien ! on s'en souviendra de cette planète ! », quand Woody Allen, soucieux d'une vie douteuse après la mort, finit par se demander s'il y a même une vie avant la mort, quand une actrice célèbre répond à un journaliste qui lui demande combien elle a eu de maris : « En comptant les miens ? », comment ne pas rire de notre humaine condition ? Nature et culture fourmillent de drôlerie.

Les gaietés du hasard sont évidemment accidentelles. Dieu, en revanche, si c'est à lui que nous devons d'être là, est un joueur invétéré. On soutiendrait volontiers que sa création est un grand jeu, tragique bien entendu, mais aussi comique où, tous, nous tenons, plus ou moins bien, nos rôles. Le pouvoir est une comédie, l'argent est une comédie, la vie sociale est une comédie, le sexe est la plus tragique et la plus comique des comédies, tous les péchés capitaux, à commencer par l'orgueil, sont de formidables comédies.

XXII

Que l'histoire, si souvent comique, soit aussi et d'abord tragique, tout le monde le sait, personne n'en doute. Elle est tragique parce que, sortis du néant grâce aux mécanismes habituels du hasard et de la nécessité, nous retournons au néant par le jeu de ces mêmes mécanismes. « Dieu, nous dit Paul Valéry, a fait le monde de rien. Le rien perce. » Le rien perce tout au long de nos vies misérables et brillantes. Et, à la fin, après avoir joué avec nous comme le chat avec la souris, il se jette sur nous et il nous dévore. L'histoire est une parenthèse au cœur de l'éternité. Les hommes sont une parenthèse au cœur de l'histoire. Chacun de nous est une parenthèse au cœur de la foule des hommes. Tout cela fait un cortège d'exceptions qui courent vers le désastre, un feu de paille qui ne pense qu'à s'éteindre. Tu es poussière et tu retourneras en poussière.

Le monde est une vallée de larmes. Et une vallée de roses. La vie est une fête. Une fête délicieuse et très gaie. Et une fête sinistre. Comme l'indiquent avec évidence ses premiers pas hors du rien entre surabondance et absence, l'univers est un oxymore.

XXIII

Il y a du mal dans le monde. Et dans des proportions si effrayantes que, de Job au goulag et à la Shoah, de la chute de Troie, de Carthage, de Rome, de Bagdad, de Constan*tinople, de Berlin* au tremblement de terre de Lisbonne, aux éruptions du Vésuve ou du Krakatoa, aux raz de marée un peu partout ou aux famines en Chine, les hommes se sont beaucoup interrogés sur un Dieu qui permet tant de souffrance. Et qui peut-être l'organise. Quand ils s'obstinent à croire en lui, il leur arrive de le maudire. Et quand ils ne le maudissent pas, ils inventent quelqu'un d'autre, aussi invraisemblable que Dieu, qu'ils appellent Lucifer, ou le diable, ou Ahriman, ou Seth, ou Ah Puch. Les anciens Grecs et les anciens Romains s'imaginaient avec plus ou moins de conviction que les dieux se disputaient entre eux et que Héphaïstos ébranlait la terre et la mer pour embêter Aphrodite, sa femme volage, ou que Jupiter, de mauvaise humeur, à bout de patience ou simplement indifférent, laissait Mars déclencher des guerres sanglantes. Apparemment insoluble et avec Dieu et sans Dieu, le problème du mal et de la souffrance n'en finit pas de tourmenter les hommes.

Le mal n'existe pas avant les hommes qui le maudissent. La souffrance existe avant les hommes, mais le mal n'apparaît qu'avec eux. Pendant des milliards d'années, l'univers se développe dans des tourbillons où, jumeaux ennemis et complices, le hasard et la nécessité se livrent des batailles sans fin. Ni la souffrance ni le mal n'y ont la moindre place. Arrive la vie. Le mal n'est toujours pas là. Mais la souffrance déjà pointe le bout de son nez. Parce qu'il est plongé dans le temps, le monde n'en finit pas à la fois de changer, de vieillir, de se dégrader et de se renouveler. Bien plus résistantes que nous, même les bactéries se transforment. Les amibes dépérissent. Bleues ou vertes, les algues meurent. Et les éponges. Et les méduses. Bientôt, les prédateurs poursuivent leurs proies, les font souffrir et les détruisent. Inséparable de la vie, la mort rôde déjà. Et puis, la pensée surgit. Et le mal avec elle.

Tout se passe comme si Dieu avait mis de force un marché cruel entre les mains de la vie : « J'introduis la vie dans l'univers, mais la souffrance l'accompagne. » Il récidive avec la pensée : « Je te donne la pensée, pourrait-il dire à l'homme, mais, en plus de la souffrance et de la mort qui sont la loi de la vie, tu auras aussi le mal. Et, parce que tu seras libre, tu en seras responsable. »

Bien sûr, ce que la souffrance est à la vie, le mal l'est à la pensée : un compagnon, un moniteur, une mise en garde. Ça nous fait une belle jambe. Ce que nous voudrions savoir, c'est bien autre chose : la souffrance et le mal ont-ils le moindre sens ?

XXIV

Les hommes sont libres. Ou ils se croient libres. Ils sont, en vérité, si étroitement maintenus dans un fragment dérisoire de l'espace et dans leur époque d'où il leur est interdit de s'échapper que leur fameuse liberté, dont ils font si grand cas, n'est que trompe-l'œil et illusion.

Ils s'imaginent volontiers pouvoir agir sur le futur et sur l'histoire à venir, mais rien n'est plus nécessaire que l'histoire une fois faite et que le passé accompli. En dépit d'un avenir imprévisible, l'histoire est à jamais immuable. Et même dans l'avenir, s'il est impossible de prévoir les actions et les réactions des individus, il est possible et presque facile de prévoir les mouvements de masse. Personne ne peut savoir si vous franchirez le 15 août prochain le Gothard ou le Golden Gate, si vous traverserez la Manche ou le canal de Suez. Mais le nombre global des personnes qui se livreront ce jour-là — librement et nécessairement — à ce genre d'activité est tout à fait prévisible. Même si les décisions des individus sont aléatoires et indéterminées, la probabilité des grands nombres relève de calculs assez bien maîtrisés.

Le comportement des êtres humains à l'échelle de l'univers si infiniment grand ne semble pas très différent du comportement des particules dans l'infiniment petit. Tout le monde sait qu'en dépit du déterminisme qui commande la réalité macroscopique, un certain degré d'incertitude règne au niveau des électrons et des autres particules dont il est impossible de déterminer avec précision à la fois la vitesse et la position. De la même façon, il est impossible de prévoir le comportement d'un individu microscopique de notre genre alors même que l'histoire et l'univers poursuivent imperturbablement leur chemin de nécessité.

Peut-être osera-t-on suggérer qu'à l'image des particules, *leurs* prédécesseurs, les créatures humaines sont libres d'aller à droite ou à gauche, de prendre une décision ou une autre, de choisir tel ou tel chemin, mais que la nécessité de l'histoire de la vie de l'univers en est à peine affectée. Les hommes sont capables de faire preuve de violence, de cruauté, d'avidité, de refuser la justice et la vérité, de trahir leurs serments, de céder à leurs passions, d'écraser les plus faibles. Ils sont capables de choisir le mal. L'histoire s'en fiche. Elle continue. Sinon dans le bien, du moins pour le meilleur du seul monde possible et réel.

XXV

L'immense avantage de Dieu, qui est si peu vraisemblable, est de donner au monde, invraisemblable lui aussi, une espèce de cohérence et quelque chose qui ressemble à l'espérance. Sous l'œil et sous la main de Dieu, l'histoire, incompréhensible sans Dieu, cruelle et paradoxale avec lui, prend un semblant de sens : elle est un discours qui se poursuit, un roman en route vers sa fin, un labyrinthe mis en mouvement. C'est un parcours et un jeu — accidenté comme tous les parcours, incertain comme tous les jeux. C'est une énigme en attente de sa solution hors du temps. C'est une épreuve.

XXVI

Avec Dieu c'est tout simple : la vie des hommes est une épreuve et le monde est le théâtre où se joue cette épreuve.

Toute vie est une lutte contre les éléments, un effort pour subsister, un rôle à jouer pour cet acteur qu'est tout être vivant. La vie est une épreuve pour l'éphémère, pour la fourmi et pour l'abeille, pour le chien et le chat, pour l'âne, pour le chameau, pour le lion dans le désert. Et elle est une épreuve pour l'homme doué de pensée et de liberté.

Au bout de toute vie, il y a un terme de l'épreuve : c'est la mort. Les justes, les bons, les gens de bien qui ont affronté la souffrance et qui n'ont pas cédé au mal ni succombé à la tentation seront récompensés : ils verront Dieu. La vérité leur sera donnée. Ils échapperont au néant et aux flammes de l'enfer où seront jetés les méchants qui auront fait le mal. Instruments de l'épreuve divine, la souffrance et le mal sont enfin justifiés.

XXVII

Ce ne sont pas les philosophes, les astronomes, les physiciens, les chimistes, les mathématiciens qui ont dissipé ce rêve du bonheur après la mort. C'est un navigateur qui avait pensé devenir pasteur, un homme qui aimait la nature et ses espèces, le plus grand des anthropologues, des préhistoriens et des biologistes : c'est Darwin.

Rassemblant la botanique, la paléontologie, l'embryologie et la zoologie dans la biologie, Darwin découvre deux choses qui changent l'image que nous pouvions nous faire de l'univers et de l'homme. D'abord, que le monde et la vie remontent à beaucoup plus loin que ne l'imaginaient saint Augustin, saint Thomas d'Aquin, Bossuet ou même Buffon : à des millions et à des milliards d'années au lieu de quelques milliers. Ensuite, que tous les êtres vivants descendent d'un ancêtre commun, que les plantes sont nées d'une bactérie primitive, que les animaux sortent des plantes et que l'homme est un animal qui s'est mis à penser et un primate modifié. Pressenties déjà par Diderot dans un texte étonnant, puis par Goethe qui se demande si toutes les formes végétales ne proviendraient pas d'une origine unique, ces découvertes allaient bouleverser notre idée du tout autour de nous et du rien avant nous et après nous.

Personne ne pense sérieusement qu'il puisse y avoir, après la mort, une vie éternelle ni un paradis pour les lézards, pour les fauvettes, pour les gorilles, les bonobos ou les chimpanzés. Personne ne pense sérieusement qu'il puisse y avoir, après la mort, autre chose que rien pour les vivants autres que les hommes. Comment pourrait-il y avoir, après la mort, pour les hommes qui sont des singes bavards et savants, des primates adonnés à la poésie et aux *mathématiques*, des animaux doués d'une longue mémoire et faiseurs de projets, autre chose que pour les créatures dont ils descendent en droite ligne — c'est-à-dire rien ?

XXVIII

Personne, en revanche, ne pense sérieusement qu'il n'y ait pas un abîme entre les méduses, les scorpions, les araignées et même les fourmis et les abeilles, si douées, ou les singes, si subtils qu'ils puissent être, et ce que nous appelons les hommes. En dépit de Darwin et de son transformisme, il y a une frontière infranchissable et d'une clarté surprenante entre les autres créatures vivantes et nous.

XXIX

Nous en sommes là : pour les uns, nous sommes des primates améliorés et nous subirons, après notre mort, le sort des vertébrés et des mammifères auxquels nous appartenons et des singes qui sont nos cousins ; pour les autres, nous sommes radicalement différents de toutes les autres créatures vivantes et il y a en nous comme un pâle reflet du divin.

Faut-il soutenir que la pensée, le langage, le goût de la vérité et de la beauté, le sens du bien et du mal, tout ce qu'on a longtemps ramassé sous le vocable aujourd'hui à peu près disparu de *conscience*, suffit à assurer toute la différence, après la mort, entre rien et l'espérance de quelque chose d'ineffable ? L'image que nous nous faisons, dans un sens ou dans l'autre, du grand roman du tout se joue sur cette ligne de partage entre le néant et Dieu.

XXX

Il n'y a qu'un choix, en fin de compte, et tout se joue dans ce choix : entre le néant travaillé par le hasard et Dieu. Nous ne pouvons rien savoir du néant avant le big bang ni du néant après notre vie. Les choses sont si bien tricotées que le mur de Planck et le mur de la mort sont également infranchissables. Mais nous pouvons nous faire une idée de ce qui est possible et de ce qui est impossible. Si l'univers est le fruit du hasard, si nous ne sommes rien d'autre qu'un assemblage à la va-comme-je-te-pousse de particules périssables, nous n'avons pas la moindre chance d'espérer quoi que ce soit après la mort inéluctable. Si Dieu, en revanche, et ce que nous appelons — à tort — son esprit et sa volonté sont à l'origine de l'univers, tout est possible. Même l'invraisemblable. D'un côté, la certitude de l'absurde. De l'autre, la chance du mystère.

Beaucoup, tout au long de l'histoire, et surtout de notre temps, ont choisi l'absurde. Avec ses conséquences. Il y a de la grandeur dans ce choix. Du désespoir. De l'orgueil. De la grandeur. Peut-être par tempérament, parce que j'ai aimé le bonheur, parce que je déteste le désespoir, j'ai choisi le mystère. Disons les choses avec une espèce de naïveté : il me semble impossible que l'ordre de l'univers plongé dans le temps, avec ses lois et sa rigueur, soit le fruit du hasard. Du coup, le mal et la souffrance prennent un sens — inconnu de nous, bien entendu, mais malgré tout, un sens. Du coup, je m'en remets à quelque chose d'énigmatique qui est très haut au-dessus de moi et dont je suis la créature et le jouet. Je ne suis pas loin de penser qu'il n'y a que l'insensé pour dire : « Il n'y a pas de Dieu. » Je crois en Dieu parce que le jour se lève tous les matins, parce qu'il y a une histoire et parce que je me fais une idée de Dieu dont je me demande d'où elle pourrait bien venir s'il n'y avait pas de Dieu.

XXXI

Un des arguments les plus forts de ceux qui ne croient pas en Dieu est que Dieu n'a pas créé les hommes à son image, mais que les hommes ont créé Dieu à la leur. Je ne prends pas du tout à la légère cette boutade en forme de renversement. Non seulement les hommes ont créé Dieu à leur image — que pouvaient-ils faire d'autre, enfermés dans ce monde ? —, mais Dieu les a encouragés dans cette activité. Puisque, pour ceux au moins qui se disent chrétiens, il est descendu parmi nous et s'est changé en homme. Le propre du christianisme, qui se distingue à cet égard de toutes les autres religions, est que Dieu s'est fait homme et qu'il est amour.

Dans beaucoup de religions, les dieux se changent en hommes. Fils d'Alcée, roi de Tirynthe, petit-fils de Persée, Amphitryon avait épousé Alcmène, fille du roi de Mycènes. Alcmène était très belle et elle était fidèle. Pour parvenir à ses fins, qui n'étaient guère honnêtes, Zeus prit l'apparence d'Amphitryon et eut d'Alcmène abusée un fils qui devait devenir célèbre : c'était Hercule. Dieu majeur de l'Égypte ancienne, Osiris était aussi un homme, tué par son frère Seth et ressuscité par Isis qui recousit pièce par pièce les morceaux de son corps réduit en miettes par l'assassin.

Fils de Dieu comme nous tous, Jésus ne dit nulle part qu'il est Dieu. Il se dit seulement envoyé par le Père et il déclare, par la bouche de Jean, XIV, 7 : « Je suis le chemin, la vérité et la vie. Nul ne vient au Père que par moi. » Et il dit encore, Jean, XV, 12-17 : « Aimez-vous les uns les autres, comme je vous ai aimés. Il n'y a pas de plus grand amour que de donner sa vie pour ses amis. Vous êtes mes amis si vous faites ce que je vous commande [...]. Ce que je vous commande, c'est de vous aimer les uns les autres. » Marc, XII, 29-31, s'exprime presque dans les mêmes termes. À un scribe qui lui demande quel est le premier de tous les commandements, Jésus répond : « Voici le premier [...] : Tu aimeras le Seigneur, ton Dieu, de tout ton cœur, de toute ton âme, de toute ta pensée et de toute ta force. Voici le second : Tu aimeras ton prochain comme toi-même. Il n'y a pas d'autre commandement plus grand que ceux-là. » Matthieu, XXV, 35-41, met en scène le Fils de l'homme dans sa gloire qui déclare aux justes : « J'ai eu faim, et vous m'avez donné à manger ; j'ai eu soif, et vous m'avez donné à boire ; j'étais étranger, et vous m'avez recueilli ; j'étais nu, et vous m'avez vêtu ; j'étais malade, et vous m'avez visité ; j'étais en prison, et vous êtes venus vers moi. » Les justes, étonnés, lui demandent : « Seigneur, quand t'avons-nous vu avoir faim, et t'avons-nous donné à manger ? ou avoir soif et t'avons-nous donné à boire ? quand t'avons-nous vu étranger et t'avons-nous recueilli ? et nu, et t'avons-nous vêtu ? quand t'avons-nous vu malade ou en prison, et sommes-nous allés vers toi ? » Alors, le Fils de l'homme devenu roi de l'univers leur répond : « Je vous le dis en vérité, toutes les fois que vous avez fait ces choses à l'un de ces plus petits de mes frères, c'est à moi que vous les avez faites. » Dans Luc, XVII, 20-21, aux pharisiens qui lui demandent quand viendra le royaume de Dieu, Jésus répond : « Le royaume de Dieu ne vient pas de manière à frapper les regards. On ne dira point : il est ici, ou : il est là. Car voici : le royaume de Dieu est au milieu de vous. »

Le royaume de Dieu est au milieu de vous… Aimez-vous les uns les autres… Toutes les fois que vous avez fait ces choses à l'un de ces plus petits de mes frères, c'est à moi que vous les avez faites… La seule façon d'aimer Dieu est de servir les hommes. Par ses origines, la doctrine de Jésus est un humanisme.

Si Dieu se fait homme, l'homme, pour la première fois, dans le christianisme, se hisse à la hauteur du divin. Un des titres que Jésus, Fils de Dieu, se donne le plus volontiers est celui de Fils de l'homme.

Il est impossible aux hommes de connaître Dieu qui n'appartient pas à ce monde qu'il a tiré de rien. Ils ne peuvent ni l'imaginer ni le concevoir. Ils ne peuvent se faire une idée de lui qu'à travers les hommes. Dans une autre religion, l'islam, Mahomet, qui n'est pas Dieu, est son prophète et il faut passer par lui pour atteindre Dieu comme il est nécessaire pour les chrétiens de passer par le Christ, qui est Fils de l'homme et de Dieu, pour pouvoir atteindre Dieu.

Pour les hommes au moins, Dieu n'est rien sans les hommes.

XXXII

C'est comme ça : pour les hommes au moins, Dieu n'est rien sans les hommes. Si vous voulez aimer Dieu, il faut aimer les hommes. Vous ne pouvez pas aimer Dieu sans aimer les hommes. Vous pouvez aussi haïr Dieu et haïr les hommes. Beaucoup ont choisi cette voie-là. Je ne leur fais pas grand crédit au commerce de l'âme. Je suis de ceux qui croient qu'il est très beau mais très difficile et assez désespéré d'aimer les hommes sans aimer Dieu. Parce qu'il y a quelque chose au-dessus des hommes qui nous est inconnu et nous pousse à aimer les hommes au lieu de les détester. Quelque chose que nous ne pouvons nous représenter, imparfaitement bien entendu, dans la crainte et le tremblement, dans une sorte de paradoxe et presque d'absurdité apparente, qu'à travers les hommes et que nous appelons Dieu.

Dieu sans les hommes est un rêve vide, très proche de rien, un néant infini, une éternité d'absence. Il est une invitation à la solitude et à l'orgueil. Il mène à l'intolérance, à une espèce de folie et souvent à l'horreur. Les hommes sans Dieu sont guettés par une autre forme d'orgueil et par l'absurde dans toute sa pureté. Ils sont, eux aussi, sur le chemin de l'horreur et de la folie.

XXXIII

Une idée comme une autre, et peut-être moins absurde que les autres : Dieu nous a donné la vie pour que nous en profitions. Pour que nous soyons heureux. Pour que nous nous supportions et que nous nous aimions les uns les autres. Et pour que nous chantions les louanges de l'Éternel dans les interstices de la pensée et du mal.

XXXIV

J'ai aimé Dieu, qui n'est rien aux yeux des hommes qui ne sont rien. Je n'ai détesté ni les hommes ni les femmes. Et j'ai aimé la vie qui est beaucoup moins que rien, mais qui est tout pour nous. Je chanterai maintenant la beauté de ce monde qui est notre tout fragile, passager, fluctuant, et qui est notre seul trésor pour nous autres, pauvres hommes, aveuglés par l'orgueil, condamnés à l'éphémère, emportés dans le temps et dans ce présent éternel qui finira bien, un jour ou l'autre, par s'écrouler à jamais dans le néant de Dieu et dans sa gloire cachée.

XXXV

Il y a d'abord le Soleil. Il règne. Il est là. Nous ne vivons que par lui. Il est l'inverse trompeur du néant. Trompeur, parce qu'il ne fait que camoufler le néant auquel lui non plus, au bout du chemin, il ne réussira pas à échapper. Valéry le dit très bien :

Soleil, Soleil !… Faute éclatante !
Toi qui masques la mort, Soleil, […]
Tu gardes les cœurs de connaître
Que l'univers n'est qu'un défaut
Dans la pureté du Non-être.

Au sud de la France, sur un cadran solaire, en occitan ou dans un dialecte latin :

Sine Soleo Sileo
Sans le Soleil, je me tais

Quand il se couche, nous nous couchons. Quand il se lève, nous revivons. Nous passons. Il demeure. Il est pour nous, mortels, l'image de l'éternité. On est en droit de se dire qu'il est là pour toujours. Et pourtant, comme vous, comme moi, comme nous tous et comme le reste, il passera, lui aussi.

Éclatant, gigantesque, source et promesse de vie, divinité dans le ciel, il est le symbole de ce monde. Et il n'est presque rien. Il y a des milliards et des milliards d'astres comme lui à travers l'univers. Il n'est devenu le Soleil que parce qu'il y a des hommes sur cette Terre qu'il éclaire et réchauffe. Quand le Soleil disparaîtra, les hommes ne seront plus rien. Mais si les hommes, comme c'est probable, disparaissaient avant lui, le Soleil ne serait plus rien qu'une pauvre étoile parmi les autres.

Une étoile passagère. Et une étoile errante. La Terre tourne autour du Soleil qui se déplace dans la Voie lactée, notre Galaxie, qui ne cesse elle-même de s'éloigner, et de plus en plus vite, des autres galaxies. Depuis que notre tout est sorti du rien, tout bouge à toute allure partout autour de nous. Dans l'espace. Et dans le temps.

Le Soleil, en attendant, est la beauté du monde. Le monde est beau parce que le Soleil est là. Et il est beau un peu partout. Sur la mer, sur le désert, sur les montagnes, sur les fleuves et sur les rivières — et même, mais il a du mal, sur nos grandes villes et sur les usines dans leurs banlieues. Il est permis de soutenir qu'il n'y aurait pas de beauté, ni dans la nature ni dans l'art, s'il n'y avait pas de Soleil. Ce qu'il y a de mieux dans le Soleil, c'est la lumière.

XXXVI

Depuis à peine cent ans, nous savons tout de la lumière. Nous savons qu'elle est faite de particules élémentaires sans masse qui se présentent en même temps comme des ondes et que nous appelons des photons, qu'elle transporte du passé, qu'elle se déplace plus vite que tout, qu'elle fait en moins d'une seconde sept fois le tour de la Terre, qu'elle met une seconde à nous parvenir de la Lune, huit minutes à nous parvenir du Soleil et des millions et des millions d'années à nous parvenir des étoiles les plus éloignées de notre misérable Système solaire et de notre Galaxie.

Oui, comme de presque tout le reste — sauf le temps —, nous savons tout de la lumière. Sauf l'essentiel. Nous savons comment ça marche, comment ça fonctionne. Nous savons la capturer, nous savons la conserver, nous savons la décomposer et la recomposer. Nous savons comment nos yeux la reçoivent et comment nous la percevons. Nous ne savons pas d'où vient le lien si banal et si fort entre la lumière qui se balade et la vision que nous en avons, ni pourquoi il s'est établi. Ah ! bien sûr, c'est tout simple, c'est comme ça. Mais ç'aurait pu être autrement et il est au moins douteux que le hasard ait suffi à ce miracle.

XXXVII

Ni peintre ni sculpteur, ni musicien d'ailleurs, ni mathématicien, ni physicien, ni astronome, aussi peu doué pour les arts que pour les sciences, j'ai beaucoup aimé la lumière. La lumière du jour, le matin, m'a toujours enchanté. Je me réveillais de bonne humeur parce que, rayonnante ou couverte, la lumière était là. Sur Positano, sur Amalfi, sur Ravello et ses jardins, sur la vallée du Dragon, sur Dubrovnik, sur Korčula ou sur Hvar, sur Ithaque ou sur Kash, sur Symi ou sur Castellorizo, sur Karnak ou sur Udaipur, sur les places, les églises, les palais, les escaliers de Gubbio, d'Urbino, de Todi, de Spolète, d'Ascoli Piceno, et même de Pitigliano ou de Borgo Pace, assez dénuées, toutes les deux, de beautés fracassantes, d'Ostuni, de Martina Franca, des petites villes de Toscane, d'Ombrie, des Pouilles, d'Andalousie ou du Tyrol, elle m'a rendu presque fou de bonheur. Plus que les paysages, plus que la plupart des personnages, pourtant souvent enchanteurs ou subtils, que j'ai eu la chance de rencontrer, plus que l'eau, ce miracle, plus que la beauté des arbres, plus que les ânes et les éléphants, plus peut-être que les livres, plus peut-être même que le ski au printemps, la mer au fond des criques ou les femmes qui m'ont donné tant de bonheur en apparaissant, en restant et parfois en s'en allant, ce que j'ai le plus aimé dans ce monde où j'ai déjà passé pas mal de temps, c'est la lumière.

Presque autant que le temps, moins cruelle, plus tendre, moins secrète et moins mystérieuse, mais tout aussi répandue à travers tout l'univers, la lumière m'a toujours semblé murmurer en silence quelque chose de Dieu.

XXXVIII

Présent partout, éternellement absent, Dieu se dissimule dans ce monde. Chacun peut pourtant dresser, comme un chant d'espérance, la liste des événements ou des occasions où il se manifeste soudain — parfois de façon surprenante — avec une sorte d'évidence et d'éclat. Incomplète jusqu'au scandale, stochastique et discutable, voici la mienne qui vaut ce qu'elle vaut et sûrement pas davantage :

— La Genèse, l'Ecclésiaste, l'Évangile de saint Jean.
— Le temple de Karnak à Louxor.
— Le temple de Ramsès II à Gournah.
— L'*Iliade* et l'*Odyssée*.
— L'Acropole d'Athènes.
— Rome entière.
— Palmyre.
— Le groupe de porphyre représentant les deux augustes et les deux césars, au coin de la basilique Saint-Marc et du palais des Doges à Venise.
— Les *Confessions* de saint Augustin.
— Saint-Siméon, près d'Alep.
— La mosquée des Omeyyades à Damas.
— Le chant grégorien.
— Les « Quatre Grandes » abbayes de Provence.
— Fatehpur Sikri.
— Les portes de bronze de San Zeno Maggiore à Vérone.
— Les portes du baptistère de Florence par Ghiberti.
— La *Princesse de Trébizonde* par Pisanello dans l'église Sant'Anastasia de Vérone.
— Le triptyque de *La Bataille de San Romano* par Uccello à Florence, Paris et Londres.
— Le *Saint Augustin* de Carpaccio à la Scuola di San Giorgio degli Schiavoni à Venise.
— Les fresques de Michel-Ange à la chapelle Sixtine.
— *Le Songe de sainte Ursule* par Carpaccio à l'Académie de Venise.
— *Le Songe de Constantin* par Piero della Francesca dans l'église San Francesco à Arezzo.
— Presque tout Ronsard.
— *Le Cavalier polonais* de Rembrandt (peut-être un faux ?) à la Frick Collection de New York.
— La *Présentation de la Vierge au Temple* de Titien à l'Académie de Venise.
— La *Madone Pesaro* de Titien aux Frari de Venise.
— La *Crucifixion* du Tintoret à la Scuola di San Rocco de Venise.

— Le tombeau d'Humayun à Delhi.
— Les stances de *Polyeucte* et la traduction des *Psaumes* de Corneille.
— *Andromaque*, *Bérénice* et *Phèdre* de Racine.
— Presque tout Bach, et d'abord sa *Messe en si* et ses *Cantates*.
— *Le Messie* de Haendel.
— *La Création* de Haydn.
— Tout Mozart — et d'abord l'*andante* du *Concerto 21*.
— Presque tout Schubert.
— Plusieurs passages et les dernières pages des *Mémoires d'outre-tombe*.
— *À Villequier* de Victor Hugo.
— Presque tout Baudelaire.
— Plusieurs poèmes de Verlaine.
— *Sur l'eau* de Manet.
— *La Ballade de la geôle de Reading* d'Oscar Wilde.
— Presque tout Péguy.
— Plusieurs poèmes d'Aragon.
— *La Couronne de plumes* d'Isaac Bashevis Singer.
— Un soir de la fin de l'été sur un bateau à voiles à travers le Dodécanèse, dans la baie de Fethiye ou au large de Castellorizo.
— Les calanques de Porto en Corse.
— Une descente à skis, au printemps, de la Maurienne vers l'Italie.
— La vue sur la Jungfrau, le Mönsch, l'Eiger et le Schreckhorn des hauteurs autour de Berne.
— Plusieurs poèmes d'Apollinaire.
— La mort de ceux qu'on aime.
— Une nuit d'été sous les étoiles.
— La charité et l'amour pour les hommes de ceux qui ne croient pas en Dieu.
— Un enfant, soudain, n'importe où, dans la rue ou à la maison.

XXXIX

Dieu est dans le temps, dans la lumière, dans la marche des astres. Il est aussi dans le vent, et dans l'eau, dans la fleur qui s'ouvre, dans la chenille qui devient papillon, dans l'éléphant qui voit le jour, dans l'autruche qui sort de sa coquille, dans tout ce qui naît et qui change. Il est aussi dans ce qui meurt et dans ce qui disparaît, dans le soleil qui se couche, dans Troie livrée aux flammes, avec le marin emporté par la mer et avec le vieillard en train d'agoniser sur son lit d'hôpital. Tout ne se passe que par lui, grâce à lui et en lui — qui est toujours absent. La nature est l'œuvre de Dieu et Dieu, qui est si loin au-dessus de nous, se confond aussi avec elle. *Deus sive natura*, enseignait le bon Baruch de Spinoza qui, avec Descartes et Leibniz, entre Platon ou Lucrèce et Kant, Hegel, Heidegger, est un de ceux qui se sont interrogés avec le plus de profondeur sur l'univers et les hommes.

Dieu n'est pas seul à animer notre tout et à le faire fonctionner en son absence. Il y a quelqu'un d'autre et, cette fois, très présent, sans qui le monde n'aurait aucune existence — ou une existence si pauvre qu'il ne viendrait à l'idée de personne de s'en occuper ni même de l'évoquer : c'est l'homme. Sans Dieu, il n'y aurait pas d'histoire, mais ce sont les hommes qui font l'histoire.

Souvent anglais, parfois allemands, de grands esprits ont soutenu que le monde n'existe que parce que nous le percevons. Parce que nous le voyons, l'entendons, le sentons, l'éprouvons. Il y avait pourtant avant les hommes quelque chose que nous sommes en droit d'appeler un univers en formation : de l'énergie, un espace en expansion, un temps qui apprenait à couler, des particules, des ondes, des atomes, des molécules, des étoiles, des galaxies, un Soleil et une Terre avec de l'eau et avec des continents. Mais ce quelque chose n'existait presque pas. Il était pure attente.

La vie lui donne une histoire avec de l'imprévisible. La pensée lui donne un sens. Parce qu'il a quelqu'un en mesure de lui répondre, le monde s'éveille à l'être. La lumière se met à briller. Les couleurs se distinguent les unes des autres et forment un tableau éblouissant. Longtemps absents comme les couleurs, les sons commencent à se faire entendre. Une odeur enivrante sort enfin de la terre et de l'eau. Il n'y avait rien avant le monde. Le monde avant la vie n'est encore presque rien. Le monde avant la pensée est déjà quelque chose — mais vraiment pas grand-chose. Le monde ne devient ce qu'il est — c'est-à-dire tout pour nous — qu'avec l'arrivée de l'homme. Jusqu'à faire oublier

Dieu par sa créature, son instrument et son héritier. Dieu a fait sortir le monde du néant pour que l'homme puisse le créer.

À la fameuse question de Leibniz que nous avons déjà rencontrée sur notre chemin : « Pourquoi y a-t-il quelque chose au lieu de rien ? », il y a une seule réponse possible : « Parce que Dieu a distingué le tout du rien. » Mais, à l'intérieur de cette réponse, il y a une autre réponse, incluse, subalterne et annexe : « Parce que Dieu a confié à l'homme le tout tiré du rien pour qu'il en fasse un monde où, grâce à l'espace et au temps, à la nécessité et au hasard, l'absence se change en présence et le mystère en raison. » Avec ses sens et sa pensée, l'homme crée une seconde fois le monde tiré par Dieu du néant infini et de l'éternité du rien.

XL

Le monde n'existerait pas sans Dieu et il ne serait rien sans les hommes. Les hommes, nous le savons déjà, ne sont pas le but, ni le sommet, ni la fin dernière de la création. Mais ils en sont une étape obligée et les architectes associés. Il y a une matière, des choses, des formes, des couleurs et des sons, des objets en un mot, parce qu'il y a un sujet pour les voir ou les entendre, pour les sentir et pour les penser. On pourrait aller — et on est allé — jusqu'à se demander s'il y aurait des objets s'il n'y avait pas de sujet. Le monde n'est rien d'autre que la représentation que nous nous en faisons. Sans sujet, pas d'objets — ou des objets de pur néant.

Il est pourtant remarquable qu'en français au moins, et dans plusieurs autres langues, le mot *sujet*, qui exprime un tel pouvoir créateur à l'égard des objets, s'attache aussi aux créatures soumises, d'une façon ou d'une autre, à une autorité supérieure : le roi et ses sujets ; dix millions de sujets ; un mauvais sujet ; sujet à l'impôt, à des crises, à la colère. Pascal : « L'homme est sujet à la mort. » Mme de Sévigné : « Je vous plains d'être sujette à des humeurs noires. » Et Corneille : « Rome est sujette d'Albe. » Rien de plus haut que le sujet pensant qui donne formes, couleurs et vie aux objets autour de lui ; rien de plus misérable que le sujet dépendant, guetté par le hasard et la mort, assez proche d'une marionnette ballottée par les flots et déjà promise à l'oubli. Entre le monde sur lequel il règne et Dieu qui règne sur lui, l'homme est un sujet aux deux sens de ce mot : presque un roi d'un côté et presque un esclave de l'autre. Comme l'univers lui-même à ses premiers débuts, l'homme est un oxymore : tout, ou presque tout, dans ce monde dont il est responsable, qu'il développe et qu'il transforme, il n'est rien, ou presque rien, au regard de ce Dieu qui lui a confié l'univers.

XLI

Dans les dernières années du XVIIe siècle était affiché dans l'église de Baltimore, petite ville anglaise établie depuis peu au fond de la baie de Chesapeake, dans le Maryland, le texte suivant que je dois — vivent les libraires, si menacés aujourd'hui ! — à l'obligeance de l'excellente librairie « Le Bleuet » à Banon, dans les Alpes-de-Haute-Provence.

Le nom de Dieu n'apparaît pas dans ces lignes anonymes, dépourvues de signature. Elles donnent, me semble-t-il, une image assez belle et assez haute de ce que peut être, aujourd'hui comme hier, une vie d'homme ou de femme dans ce monde plein de tumultes.

Allez tranquillement parmi le vacarme et la hâte et souvenez-vous
de la paix qui peut exister dans le silence.
Sans aliénation, vivez autant que possible
en bons termes avec toutes personnes.
Dites doucement mais clairement votre vérité.
Écoutez les autres, même les simples d'esprit et les ignorants :
ils ont eux aussi leur histoire.
Évitez les individus bruyants et agressifs :
ils sont une vexation pour l'esprit.
Ne vous comparez avec personne :
il y a toujours plus grands et plus petits que vous.
Jouissez de vos projets aussi bien que de vos accomplissements.
Ne soyez pas aveugle en ce qui concerne la vertu qui existe.
Soyez vous-même.
Surtout n'affectez pas l'amitié.

Non plus ne soyez cynique en amour car il est,
en face de tout désenchantement, aussi éternel que l'herbe.
Prenez avec bonté le conseil des années
en renonçant avec grâce à votre jeunesse.
Fortifiez-vous une puissance d'esprit
pour vous protéger en cas de malheur soudain.
Mais ne vous chagrinez pas avec vos chimères.
De nombreuses peurs naissent de la fatigue et de la solitude.
Au-delà d'une discipline saine, soyez doux avec vous-même.
Vous êtes un enfant de l'univers. Pas moins que les arbres et les étoiles.
Vous avez le droit d'être ici.
Et, qu'il vous soit clair ou non,
l'univers se déroule sans doute comme il le devait.
Quels que soient vos travaux et vos rêves, gardez, dans le désarroi bruyant de la vie, la paix de votre cœur.
Avec toutes ses perfidies et ses rêves brisés, le monde est pourtant beau.

XLII

Dieu est dans la nature sur le mode de l'absence, et il est hors de la nature sur le mode de la présence. Dieu est caché partout, mais il règne au-dessus de nous dans ce que notre ignorance appelle le vide, le néant et le rien. Avant que le monde fût monde et après la fin des temps, le rien et le tout étaient de toute éternité et seront à jamais une seule et même chose. Il n'y a pas de vide parce que, hors de l'espace et du temps, le vide est plein de Dieu. Et le néant n'existe pas parce qu'il se confond avec Dieu.

Puisque rien ne peut sortir de rien, comment l'univers peut-il sortir du néant ? La question agite les hommes depuis qu'ils sont capables de penser. Et ils ont inventé mille fables et d'innombrables subterfuges pour éviter l'invraisemblable vérité : Dieu tire le monde de rien, c'est-à-dire *de lui*-même. Dieu est le néant d'où surgit notre tout. Il n'existe pas au sens où existent les choses et les êtres plongés dans l'espace et le temps. Il est de toute éternité puisqu'il est à la fois le rien et le tout, l'être et le néant.

Il est impossible aux hommes de comprendre quoi que

ce soit à ce rien qui échappe aux lois qui nous gouvernent. Et qui, pour nous autres — fantômes égarés dans l'orgueil et sur notre misérable planète perdue dans une banlieue lointaine de l'immense univers et contrainte, devinez donc par qui, de tourner pendant quelques milliards d'années avant de disparaître à jamais —, ne peut être, par définition, qu'une énigme insoluble.

Il nous est seulement permis de nous raccrocher, dans le délire de la raison et dans le désespoir, à cette folle espérance : Dieu n'existe pas, mais il est. Il n'est rien d'autre que rien — c'est-à-dire tout. Et il nous envoie, de très loin, ou plutôt d'ailleurs, des signes chiffrés et transparents : son Fils, des prophètes, des chefs-d'œuvre improbables et plus grands que les hommes, le temps, la lumière, une beauté déchirante, la vérité, poursuivie d'âge en âge avec obstination et pourtant hors d'atteinte, une justice toujours boiteuse, la fin de tout sans exception et notre mort à tous qui n'aurait pas le moindre sens si la gloire de Dieu — avant même de régner sur notre tout à nous qui n'est qu'une parenthèse, un rêve, une illusion toute-puissante — ne régnait pas aussi et déjà sur ce tout primordial dont l'autre nom est ce rien où nous retournerons et que, dans notre folie, nous appelons le néant.

JE DIRAI
MALGRÉ TOUT
QUE CETTE VIE
FUT BELLE

σὺν ὅλῃ τῇ ψυχῇ εἰς τὴν ἀλήθειαν ἰτέον

Il faut aller à la vérité de toute son âme

PLATON.

PERSONNAGES

MOI : Magistrat intègre, sévère, bienveillant, ironique.
Dans les milieux intellectuels et à la mode, souvent surnommé *Sur-Moi* avec une ombre de dérision en raison de ses hautes fonctions et de l'idée qu'il s'en fait.

MOI : C'est moi. Plaisirs, travail, ambitions, foutaises et Cie.

ENTRE AUTRES : politiques, artistes, écrivains, journalistes, femmes du monde, putains, fonctionnaires nationaux ou internationaux, chauffeurs, médecins, banquiers, éditeurs, marins, mannequins, facteurs, soldats, chômeurs, hôtesses de l'air, escrocs, génies, etc.

(Le cumul est autorisé.)

DÉCOR

Le décor est le monde.

Avec ses mers, ses fleuves, ses montagnes, ses forêts, ses palais, ses châteaux, ses jardins, ses vieilles pierres, ses églises et ses temples, ses synagogues et ses mosquées, ses échangeurs et ses ponts, avec ses lois partout les mêmes et avec ses visages innombrables et toujours différents dans l'espace et dans le temps, il fait peur et il est beau.

ACCUSÉ, LEVEZ-VOUS !

MOI : Accusé, levez-vous !
MOI : Même assis, je ne tiens pas debout.
MOI : Alors, restez assis.
MOI : Merci.
MOI : Mais ne vous vautrez pas.
MOI : Je tâcherai de me tenir aussi droit que possible.
MOI : N'en faites pas trop.
MOI : Juste ce qu'il faut.
MOI : Vous savez pourquoi vous êtes là ?
MOI : Aucune idée.
MOI : Aucune idée, vraiment ?
MOI : Vraiment.
MOI : Pas la moindre ?
MOI : Pas la moindre. Je suis là, c'est tout.
MOI : Pas d'inquiétude ? Pas de soupçons ?
MOI : Mon Dieu…
MOI : Vous êtes né…
MOI : Oui.
MOI : Vous voyez bien !
MOI : Ah ! évidemment…
MOI : Quand ?
MOI : Mes parents m'ont souvent assuré que j'étais né le 16 juin 1925, quelques jours avant l'été, entre la fin de la Première Guerre mondiale et la grande crise tout aussi mondiale. Mais, franchement, je n'en sais rien. Ce n'est pas beaucoup plus qu'une rumeur qui court, appuyée, je crois, sur des liasses de papiers qui se répètent les uns les autres.

Sans aucune garantie. Mon identité me paraît souvent très floue et plus proche d'une fiction juridique que d'une évidence scientifique.

MOI : Où ?

MOI : J'ai longtemps essayé de faire croire que j'étais né dans l'*Orient-Express* ou à Rumeli Hisar, sur la côte européenne de la Turquie. C'est-à-dire nulle part. Ou partout. Citoyen du monde. Cosmopolite. Je crois, en vérité, être né à Paris, rue de Grenelle, dans le VIIe arrondissement. Il faut bien s'accrocher quelque part. Je suis français. Et fier de l'être. Mais, à quelques semaines à peine, je me mets à voyager. Je pars pour la Bavière. Je parle allemand avant de parler français. Et si je chantonne quelque chose autour de mes quatre ou cinq ans, ce n'est pas :

> Ainsi font, font, font
> Les petites marionnettes…

mais :

> *Hänschen klein*
> *Ging allein*
> *In die weite Welt hinein…*

MOI : Nom et prénom ?

MOI : Jean, Bruno, Wladimir, François de Paule Lefèvre d'Ormesson.

MOI : Jean, passe encore. Le Baptiste ou l'Évangéliste ?

MOI : Le bien-aimé. L'Évangéliste.

MOI : Mais pourquoi Bruno, pourquoi Wladimir et pourquoi François de Paule ?

MOI : Bruno était un prénom courant dans la famille de ma mère. Wladimir était le prénom du frère cadet de mon père. Mon père s'appelait André. Mon oncle Wladimir est né en Russie où mon grand-père était en poste. Et nous descendons tous d'une sœur de saint François de Paule. Tous les Ormesson depuis quatre ou cinq siècles s'appellent François ou Françoise de Paule.

MOI (consultant ses notes) : D'après plusieurs témoignages, vous auriez droit à un titre ?

MOI : J'appartiens à une famille, probablement d'artisans, qui acquiert un semblant de notoriété au XVIe siècle. Parmi d'innombrables greffiers, notaires, juristes, intendants qui formeront la caste modeste et orgueilleuse des parlementaires, elle se met, avec un esprit d'indépendance, au service du roi. L'histoire commence à la fin du XIVe siècle, du côté d'Enghien, avec un Pierre Lefèvre. Elle se poursuit avec Olivier Ier, conseiller de Michel de L'Hospital et président de la Chambre des comptes. Charles IX veut le mettre à la tête de ses finances, mais Olivier d'Ormesson refuse la charge.

« J'ai mauvaise opinion de mes affaires, aurait dit le roi, puisque les honnêtes gens ne veulent point s'en mêler. »

Après des Adam (?), des Jean, des Nicolas, des André, la gloire de la famille est Olivier, troisième du nom, qui laisse un *Journal* bien connu des historiens et joue un rôle important dans la seconde moitié du XVIIe siècle. Vantons-nous un peu. Un dicton courait à l'époque : « Courageux comme un Guise, spirituel comme un Mortemart, honnête comme un Ormesson. » Dans leur lutte contre Fouquet, maître des finances, protecteur des arts et lettres, seigneur de Belle-Isle qu'il a plus ou moins fortifiée et de Vaux-le-Vicomte, le plus beau château de France au temps où Versailles n'existe pas encore, Louis XIV et Colbert sont convaincus que le rigoureux Olivier d'Ormesson sera leur meilleur instrument pour abattre le fastueux surintendant qui commence à les inquiéter.

Coup de théâtre, longuement commenté dans ses lettres à sa fille par Mme de Sévigné, proche des Ormesson et amie dévouée du mécène de Vaux-le-Vicomte : Olivier d'Ormesson juge, en son âme et conscience, que Fouquet, assurément coupable, ne l'est pas beaucoup plus que tant d'autres — notamment Mazarin ou Colbert lui-même, ennemi juré de l'accusé. Il ne mérite pas la peine de mort. Olivier d'Ormesson opine pour l'exil. Mécontent de tant d'insolence, le roi « commue » l'arrêt d'exil en prison à perpétuité et envoie Fouquet, sous la garde de d'Artagnan, devenu d'ailleurs son ami, dans la sinistre prison de Pignerol.

Désavoué, ruiné, déchu de toutes ses fonctions par un Louis XIV rancunier, Olivier d'Ormesson est mis au ban de la société. Au siècle suivant, les Ormesson n'en obtiennent pas moins du roi, pris peut-être d'un remords rétrospectif, un titre héréditaire : l'aîné de la famille est marquis. Théoriquement, au moins. Plus tard, la République ne reconnaît, du bout des lèvres, que les titres de prince et de duc.

Les cadets, dont je suis, n'ont d'ailleurs droit qu'à des

titres de courtoisie, c'est-à-dire à rien du tout. Chateaubriand a réglé l'affaire une fois pour toutes en distinguant dans l'histoire de ceux qui se disent ou qu'on appelle les *aristocrates* trois étapes successives : l'âge des services, l'âge des privilèges et l'âge des vanités.

MOI : Profession ?

MOI : Comme vous y allez ! Cette question-là, je me la suis posée toute ma vie.

Suffisance, peut-être, orgueil, arrogance, je crois pouvoir dire : écrivain. Je suis un écrivain français au temps où les écrivains français, hier encore triomphants à travers le vaste monde, sont en voie, sinon de disparition — il y en a encore beaucoup, et peut-être de plus en plus —, du moins de déclin : ils comptent moins aujourd'hui qu'il y a un siècle ou deux. Je suis le dernier des Mohicans. Un chef-d'œuvre en péril. Une fin de dynastie. Une espèce de dinosaure menacé d'extinction. Il me faudrait des pages et des pages pour expliquer ma réponse.

MOI : Ne vous montez pas le bourrichon. Commençons par le commencement. Vous arrivez en Bavière. Pourquoi ?

MOI : Mon père était diplomate. Il appartenait à une tribu encore autorisée, en ces temps-là, à rouler, avec des plumes sur la tête, dans des carrosses traînés par huit chevaux blancs et entourés de cavaliers en uniforme de parade. Sept ans après la fin de la Première Guerre, la République espérait séparer la bonne Bavière de la mauvaise Prusse. Pure illusion. Si une ombre de résistance se manifeste à Hitler, ce sera plutôt dans les vieilles familles aristocratiques de Prusse. Un ambassadeur représente la France à Berlin. À Munich, il devrait n'y avoir qu'un consul. À la rigueur, un consul général. Mais pour servir les rêves, vite déjoués, du gouvernement français, mon père est ministre plénipotentiaire en Bavière.

MOI : Quel est le rôle de votre père ?

MOI : Mon père, dont j'ai longuement parlé dans plusieurs de mes livres, était un conservateur ou un ultraconservateur en matière de mœurs et un chrétien de gauche en politique. Un disciple du Sillon et de Marc Sangnier. Il était ardemment républicain et ardemment démocrate. Avec une nuance de jansénisme. Il combinait un conservatisme social, un idéalisme politique et une extrême rigueur morale. À la façon de ses maîtres, Aristide Briand, Louis Barthou, Philippe Berthelot, il était partisan du rapprochement franco-germanique. Il admirait la culture allemande. Très ennemi de la guerre, au bord parfois de l'antimilitarisme, il croyait avec force à la réconciliation entre les adversaires de la tuerie de 1914.

Sa mission en Bavière est exceptionnellement longue : huit ans. Quand il arrive à Munich en 1925, Hitler, qui a raté son putsch, est en prison. Quand il quitte la Bavière en 1933, Hitler est Reichskanzler.

MOI : Quelles étaient les relations de votre père avec le national-socialisme ?

MOI : Exécrables. Si mon père détestait quelque chose, c'était la dictature. L'évolution de l'Allemagne et de la Bavière a été pour lui une déception et un chagrin.

MOI : Pouvez-vous me dire quelque chose de la vie quotidienne à Munich vers la fin des années 1920 ?

MOI : Mes parents s'étaient fait beaucoup d'amis en Bavière. Des Allemands et des étrangers. Parmi les collègues de mon père, il y avait un nom illustre : le nonce du pape, le futur cardinal Pacelli, qui deviendra Pie XII. J'ai souvent raconté l'histoire du déjeuner ou du dîner du nonce à la légation de France.

J'avais un frère, de quatre ou cinq ans plus âgé que moi. Il était plutôt solitaire et un peu sauvage. Je l'aimais et je l'admirais. Quand je l'agaçais trop, il m'appelait « le moustique ». Mes parents apprirent un beau jour qu'à dix ou douze ans il se faisait de l'argent de poche en jouant le rôle de ramasseur de balles sur les courts de tennis de Munich. Je me souviens de l'affaire comme d'un joli scandale aux allures de catastrophe.

Le matin de la visite du nonce, mes parents font la leçon à Henry. Il est prié d'être très poli, bien propre sur lui, les mains lavées, les cheveux coiffés avec soin, et de ne pas dire de gros mots. Le repas se passe à merveille. Henry se tient fort bien. La dernière bouchée avalée, mon frère, renvoyé dans sa chambre, prend congé de l'éminence en parfait gentleman. Il incline la tête avec respect, il baise l'anneau du nonce et il s'en va. Mais, sur le pas de la porte, il se retourne tout à coup et lance d'une voix de stentor :

« Au revoir, mon vieux ! »

Tout le monde fait semblant de n'avoir rien entendu. Mes parents sont effondrés. Mais ils espèrent encore que le désastre a échappé au nonce. Selon la tradition, mon père accompagne le futur cardinal jusqu'à sa voiture un flambeau allumé à la main. Et il rejoint ma mère avec accablement, mais plus ou moins rassuré par le calme apparent de l'illustre invité qui ne laisse rien paraître.

Quarante ans plus tard, mon frère, inspecteur général des Finances, à la tête d'une mission au Vatican, présente ses respects à Pie XII dans une brève allocution. La délégation est en train de se retirer quand le Saint-Père fait un geste de la main vers mon frère, le retient un instant et lui demande :

« Vous ne dites plus *mon vieux* au pape ? »

Mes parents, qui lisaient assez peu, de temps en temps des livres d'histoire et rarement des romans, aimaient beaucoup la musique. Munich les comblait. Ils écoutaient du Bach, du Haendel, du Haydn, du Mozart, du Richard Strauss — et des opérettes. Les noms de Bruno Walter ou de Richard Tauber me reviennent à l'esprit. Et, bien entendu, les refrains de Franz Lehar et de *L'Auberge du Cheval blanc* de Ralph Benatzky — *Im Weissen Rössel am Wolfgangsee* :

Das ist ein Traum, das ist zu schön um wahr zu sein...

Beaucoup de Français venaient à Munich rendre visite à mes parents. Parmi eux, un Rothschild, très lié avec mon père qui le tutoyait — familiarité très rare chez lui. Le baron Robert était descendu d'un taxi à la porte de la légation et mon père avait réglé la course.

« Qu'est-ce que je te dois ? avait demandé le baron Robert.

— Rien du tout », avait évidemment répondu mon père.

Mais dans les réunions où il emmenait son ami, il le présentait comme « le baron de Rothschild, dont je suis le créancier ». Nous nous amusions de peu de chose avec une sorte de naïveté.

La légation était située sur les bords de l'Isar qui arrose Munich. Il y avait, parmi beaucoup d'autres, deux endroits où se retrouvait la société élégante du coin : un hôtel, le Bayerischer Hof ; un restaurant, le Vierjahreszeiten où, un peu plus tard, Joseph Goebbels et sa femme Magda allaient installer leur quartier général et accueillir leurs amis — notamment les deux des six sœurs Mitford qui inclinaient vers le national-socialisme alors que Jessica se prétendait communiste et irait se battre en Espagne dans les rangs républicains : Diana, qui devait épouser Oswald Mosley, le chef des fascistes anglais, avec Goebbels lui-même pour témoin, et Unity, qui se faisait appeler Walkyrie, qui était amoureuse d'Hitler et qui allait se loger dans la tête une balle dont elle ne mourrait même pas. Les deux établissements contribuaient, avec la musique, la célèbre Pinacothèque, les boutiques de mode, les fêtes de la bière et de la saucisse, à la réputation de la ville qui se présentait volontiers comme un petit Paris bavarois.

MOI : Ne noyez pas le poisson. Parlez-moi plutôt de vous et de vos souvenirs d'enfance.

MOI : Contrairement à une réputation peu fondée, ma mémoire est médiocre.

MOI : Faites un effort.

MOI : Je ne fais que ça. Je ne me souviens vraiment que de ce que j'ai lu. Ce que j'ai vécu, en bien ou en moins bien, je l'oublie avec une facilité déconcertante. Il me semble le plus souvent inventer ce que je prétends me rappeler. On a plus d'une fois accusé mes romans d'être des espèces de Mémoires. Si j'écrivais mes Mémoires, ils seraient un roman. Je me souviens du passé avec désinvolture. Je prépare l'avenir avec une sorte de nonchalance. Je ne vis que dans le présent. Mon témoignage sera suspect de partialité et d'invention.

MOI : N'exagérez pas tout de suite.

MOI : Mon existence à Munich tournait, en dehors de mes parents et de mon frère étroitement unis à moi et omniprésents à chaque instant, autour de deux personnes, toutes les deux allemandes : ma gouvernante, Lala ; un chauffeur dont je me souviens très bien, je ne sais trop pourquoi, Mederer. Fräulein Heller, que j'appelais Lala, me donnait des fessées avec une brosse à cheveux — côté poils dans les cas graves. Je la trouvais belle. Je l'adorais. Mederer m'emmenait me promener dans un bois où se tenaient des kermesses et où s'élevait une centrale électrique dont j'avais du mal à prononcer le nom allemand. J'avais cinq ou six ans. Une quinzaine d'années plus tard, pendant que nous déplacions nos petits drapeaux rouges sur la carte de l'Europe et que nous fêtions notre victoire aux côtés de Staline, je me suis souvent demandé avec tristesse et effroi ce qu'étaient devenus dans la tourmente et Lala et Mederer.

Mon père n'avait pas de fortune personnelle. L'argent ne l'intéressait pas beaucoup et l'ennuyait plutôt. C'est pour cette raison que le château de famille, Ormesson, à une quinzaine de kilomètres de Paris — Diderot le comparait, à cause de ses douves, à une bouteille de champagne renversée dans un seau à glace —, était passé aux mains de Wladimir, le frère cadet que mon père aimait tendrement. Très bien physiquement, très aimable, élégant et charmant, formé au Maroc à l'école de Lyautey, puis installé à Ormesson où il recevait le Tout-Paris avant de connaître une carrière brillante, Wladimir avait épousé une Cubaine qui portait le nom époustouflant de Maria Concepcion — ou Conchita — Guadalupe de Malo y Zayas-Bazan. Sa fortune ne prêtait pas à rire. Mon père n'était pas démuni pour autant. Il avait épousé la fille du propriétaire d'un autre château, plus vieux, plus grand, plus illustre qu'Ormesson et qui allait jouer dans ma vie un rôle considérable : Saint-Fargeau.

Je crois que le mariage de mon père et de ma mère — nous ne savons jamais grand-chose de la vie sentimentale et sexuelle de nos parents — était un mariage arrangé. Il allait se transformer en mariage d'amour. Je n'ai jamais vu mon père sans veste, sans col dur, sans cravate. Et je n'ai jamais perçu ni chez mon père ni chez ma mère la moindre velléité de regarder une autre femme ou un autre homme. Si quelque chose a marqué mon enfance, c'est l'amour. Un amour calme, sans tempêtes, sans fureur. Mais un amour fort. L'amour durable des parents entre eux. L'amour exigeant des parents pour leurs enfants. L'amour, mêlé de respect, des enfants pour leurs parents.

Mon père aimait beaucoup la compagnie des femmes. Une caricature le représentait entouré de femmes supérieures : une géante, une fille haut perchée sur un tabouret de bar, une femme de ménage juchée sur une échelle. Il les préférait aux hommes, qu'il soupçonnait souvent d'être malhonnêtes ou brutaux. À notre stupeur, lui que les chevaux intéressaient si peu avait acheté un chapeau melon ou peut-être même haut de forme pour accompagner aux courses une Argentine d'une beauté célèbre, Mme Martinez de Hoz. Mais ce qu'il aimait chez les femmes — nous en riions souvent —, c'était de converser avec elles. Et, même s'il ne roulait pas sur l'or, méprisant plutôt l'argent avec sincérité, son existence quotidienne et celle de sa famille étaient pourtant assurées puisqu'il gagnait sa vie en travaillant et qu'il était diplomate. J'ai passé une moitié de mon enfance dans des châteaux de famille et l'autre moitié sous les lambris dorés des salons de la République dans les pays étrangers.

MOI : Voilà déjà beaucoup de choses qui se mêlent et s'enchevêtrent : des mariages, l'argent, des châteaux, la République, la tradition et la démocratie. Il y a du louche là-dessous.

MOI : Rien de très louche. Il y a la vie. Elle est souvent compliquée.

D'origine modeste, fiers pourtant de leur lignée, les Ormesson appartiennent pendant deux ou trois siècles à la caste remuante et orgueilleuse de la noblesse de robe. Assez loin de la noblesse d'épée chère au duc de Saint-Simon et dont les grands noms remontent aux origines de la monarchie française, la noblesse de robe tient une place importante à partir du XVIe siècle aux côtés du roi et souvent contre lui.

Les Séguier ou les Lamoignon, exécrés par le même Saint-Simon, un peu plus tard les Maupeou, les d'Aguesseau, les Malesherbes, puis les Molé ou les Pasquier, leurs lointains héritiers, sont des noms qui se confondent avec l'histoire de France. Les Ormesson font partie de cette troupe, sans cesse ballottée entre principes et ambitions et qui s'enrichit peu à peu. Les uns et les autres participent avec enthousiasme aux Lumières et aux débuts de la Révolution. Et beaucoup d'entre eux sont victimes de la Terreur. Au XIXe siècle, leurs successeurs constituent le fer de lance de la bourgeoisie triomphante. À l'image de Louis-Philippe, fils de régicide et roi des Français, ils sont des espèces de bâtards déchirés entre une tradition à laquelle ils se rattachent et une démocratie qu'ils contribuent à installer.

Pour honorables et respectables qu'ils soient, ces représentants de ma famille de sang et d'esprit sont bien moins intéressants que les révolutionnaires d'extrême gauche ou que les héros risque-tout à la Bonaparte, à la Bernadotte, à la Murat, à la Moreau — peut-être même sont-ils moins intéressants que les réactionnaires renfrognés, désespérés et recuits à la Cadoudal, à la Bonald, à la Maistre, à la Barbey d'Aurevilly. Bien plus tard, Charles de Gaulle sera à lui tout seul le dernier représentant de ces trois familles à la fois.

Loyalistes, indépendants et proches du jansénisme vers la fin de l'Ancien Régime, libéraux aux temps de la Restauration et de la monarchie de Juillet, démocrates sous la

République, les Ormesson ont servi tous les régimes, sauf l'Empire. Successeur de Necker, le père de Mme de Staël, un Ormesson est contrôleur général des Finances — sans grand succès... — en 1783. Assez vite, il cède la place à Calonne. Élu maire de Paris en 1792, il refuse le poste. Avant d'être guillotiné, un autre d'Ormesson contribue à sauver ce qui deviendra notre Bibliothèque nationale d'aujourd'hui.

Il n'est pas facile de suivre l'évolution de la fortune familiale au XVIIIe et au XIXe siècle. Ruinée par Louis XIV, il semble qu'elle se soit rétablie au XIXe. Un de mes arrière-grands-pères était l'heureux propriétaire de quatre villas sur l'actuelle promenade des Anglais à Nice, à peu près à la hauteur de l'hôtel Negresco. Malheureusement, il a eu l'idée funeste de les vendre autour de 1900. La crise de 1929 et le krach de plusieurs banques auxquelles nous étions plus ou moins liés par des liens familiaux n'ont pas arrangé les choses.

J'ai déjà indiqué, juge au-dessus de tout soupçon, que mon père attachait peu d'importance à l'argent. Aussi peu qu'à la météorologie, au sport, à la voyance, à la mystique, au snobisme. Il croyait au mérite, au travail, à la raison et à la démocratie. Nous avions des chauffeurs, des cuisiniers, des maîtres d'hôtel, des femmes de chambre et même des valets de pied parce que mon père avait un rang à tenir. C'était une habitude, un tic, une manie vaguement irritante : comme son père, comme son frère Wladimir plus tard, comme son beau-frère, le mari de sa sœur Yolande qui avait un peu de génie et, à l'instar de plusieurs femmes de la famille, un léger grain de folie, il représentait la France à l'étranger.

L'argent de la République, mon père ne le gardait pas pour lui. Il le dépensait au service de l'État dont il était le serviteur. Il se moquait de ses collègues qui faisaient grand usage de glace pour économiser le champagne ou qui rognaient sur les fleurs et sur les menus des dîners officiels pour se constituer des retraites. La représentation de la France, aux yeux de mon père, ne tolérait pas les mesquineries.

Il y avait pourtant quelque chose qui ne collait pas toujours avec son attachement passionné à la démocratie et qui ne cessait de m'étonner : c'était sa conception du *milieu*.

MOI : Le *milieu* ? C'est quoi, ça ? Parlez-moi un peu de ce *milieu* qui ne devait pas être, j'imagine, celui de la Mafia ni des mauvais garçons ?

MOI : C'était une affaire de langage, de tenue, de manières de table. Les Anglais du siècle dernier, autour des années 1960 ou 1970, avaient inventé la distinction entre *U* et *Non-U* — sans qu'on ait jamais su très bien ce que signifiait la voyelle *U*. *University*, peut-être ? Ceux qui en sortaient et ceux qui n'en sortaient pas ? Ou peut-être plutôt *upper class* et *non-upper class* ? Aux yeux de mon père, de ma mère, de mes grands-parents, de leurs amis et connaissances, en dépit des différences, souvent considérables, d'origine, de fortune, de religion, d'opinions politiques, s'imposait un code de conduite auquel il n'était pas question de ne pas se soumettre.

Une façon de s'habiller d'abord. Il y avait des tenues de cérémonie, de deuil, de voyage, de sport, de printemps et d'hiver. On portait le smoking, l'habit, le frac, des vêtements d'intérieur, des vestes de velours ou de tweed, des chapeaux hauts de forme, des feutres, des melons, des souliers noirs ou jaunes, des escarpins, des mocassins, des manteaux noirs et des houppelandes. Les femmes, naturellement, suivaient des modes changeantes, commandées par des couturiers qui s'appelaient Worth, Chanel, Lanvin ou Balenciaga — j'ai entendu un ami de mon père, Pasteur Vallery-Radot, qui s'en fichait un peu, dire que sa femme s'habillait chez Madeleine Ciaga —, Rochas, Carven, Fath ou Dior. Les romans décrivaient sans se lasser les robes des femmes du monde, des courtisanes, des aventurières, des vedettes.

Chaque classe sociale avait ses codes et ses tenues et il était impératif de s'y tenir. Les hommes pouvaient se vêtir à la mode de leurs pères ou de leurs grands-pères. Ils avaient aussi le droit d'innover — jusqu'à un certain point. Un soupçon d'originalité pouvait être toléré, entraînant une ombre d'ironie ou de réprobation. Le genre artiste, les styles campagnard ou dandy n'étaient pas exclus. Mais les règles restaient sévères. Il était impossible de porter une pochette assortie à la cravate ou une cravate à pois sur une chemise à rayures, et les souliers jaunes ne pouvaient être exhibés qu'après le Grand Prix de Longchamp.

Le langage était un domaine plus subtil encore que le vêtement. Une grossièreté de langage était acceptable sous certaines conditions. Il était permis de dire « Merde » ou

« Connard », mais interdit de prononcer des mots tels que « Mince ! » ou « Au plaisir ! ». « Bonjour ! » au contraire, « Bonsoir ! », « Merci », « Pardon ! » étaient recommandés. Mais « Bon appétit ! » ou « Bonne continuation ! » étaient bannis avec rigueur. On avait le droit et peut-être le devoir de « causer », mais « échanger » était intolérable. On disait « 10 heures du soir » et « après le dîner », mais jamais « 22 heures », réservé à la S.N.C.F., ni « ce midi ». Nous prenions des petits déjeuners, nous déjeunions, nous goûtions, nous dînions, nous soupions, nous raffolions des raouts et des médianoches, nous croquions et nous chipotions, mais nous ne « mangions » jamais. La seule idée de « manger avec » Pierre ou Paul suffisait à nous révulser. La convivialité, la solidarité, le partage n'étaient pas notre fort. Nous discriminions. La comtesse Greffulhe

— Deux yeux noirs dans du tulle :
La comtesse Greffulhe —

et la comtesse de Chevigné traitaient Proust, qui les adorait toutes les deux et qui s'inspirera d'elles pour sa duchesse de Guermantes, avec méfiance et distance. Elles le trouvaient « collant », indiscret et bavard. Dans mon milieu, sauf mon père, on communiquait très peu, on ne parlait pas beaucoup. Ou on parlait de chasse, de fêtes, de mariages, d'enterrements — les enterrements, souvent assez gais malgré les larmes puisque les morts avaient la chance de voir Dieu, étaient des fêtes comme les autres — et du temps qu'il faisait. Le mieux, le plus souvent, était de se taire et de ne rien dire du tout.

MOI : N'en faites rien. Innovez.

MOI : Les codes du milieu culminaient avec les manières de table. Des pages et des pages, des manuels, des travaux savants ont été consacrés par des femmes du monde, par des ethnologues, par la baronne Staffe et par Claude Lévi-Strauss aux sacro-saintes manières de table. Les parents apprenaient aux enfants à ne pas parler la bouche pleine, à ne pas mettre leurs coudes sur la table, à peler les poires et les pêches, à se servir comme il fallait du couteau, de la fourchette et de la cuillère.

Aucun de ces instruments ne devait jamais, en aucun cas, reposer à la fois sur la table et sur l'assiette. Ils avaient le droit d'être placés sur la table. Ils avaient le droit d'être posés sur l'assiette. Mais jamais, au grand jamais, à la fois sur l'une et sur l'autre.

Le milieu, aux yeux de beaucoup ou de quelques-uns, et aux yeux de mon père, républicain et démocrate avec sincérité, était d'abord une façon de se tenir. Léon Blum, Sacha Guitry et le duc de Brissac se tenaient à peu près de la même façon. Et, en ce sens, ils appartenaient au même milieu. Léon Blum, peut-être avec un peu plus d'élégance et, bien entendu, de culture. Il était ami de Gide et de Paul Valéry. Sacha Guitry avec désinvolture et un semblant de provocation. Le duc de Brissac, parce qu'il était le duc de Brissac, avec un peu plus de sans-gêne et de laisser-aller bon enfant. Il était polytechnicien et il aimait Sully Prudhomme.

Le milieu culminait dans le mariage. On se mariait dans son milieu. Et de préférence avec un peu de fortune. La terreur des parents était de voir leur rejeton se marier hors de son milieu. L'erreur à ne pas commettre est de croire que le milieu se réduisait à l'argent. Mieux valait épouser quelqu'un sans le moindre sou mais de son milieu que quelqu'un bourré de fric mais hors de son milieu.

Il va sans dire, témoin du temps qui passe, que, si chère à mon père, la notion de milieu est l'une des grandes victimes du mouvement des idées et du changement des mœurs. Elle survit encore, mais pâlotte et à la marge. On n'imagine toujours pas le Premier ministre arrivant à l'Assemblée nationale en débardeur et en jean. Mais enfin chacun a tendance aujourd'hui à s'habiller comme il veut. Les règles sont devenues floues. Peut-être pas au Jockey Club. Mais à l'Académie, à l'église, dans les conseils d'administration, et même au gouvernement. La cravate est encore portée un peu partout. Mais un peu partout, elle peut aussi ne pas l'être.

Entre portable et McDo, les manières de table ne sont plus que matière à plaisanterie. Les choses changent si vite que les règles du savoir-vivre n'en finissent pas d'être bousculées, même dans les régions de la société où elles régnaient sans partage. À l'époque de mon père, il ne serait venu à l'idée d'aucun homme de son *milieu* — et de celui d'Édouard Herriot, de Léon Blum, de Sacha Guitry, de Maurice Chevalier — de rester assis à table devant une femme debout. Aujourd'hui, la maîtresse de maison ne cessant de se lever pour s'occuper de la cuisine, tout homme se prétendant bien élevé se doit de rester assis sous peine de ridicule ou d'affectation blessante. Tout le monde sait que les règles du langage se défont peu à peu et que chacun s'exprime aujourd'hui à son gré. Et l'idée de se marier dans son milieu est devenue pour tous les jeunes gens une sorte de conte de bonne femme pour enfants arriérés.

MOI : Vous parlez, vous parlez… Faut-il vous rappeler que nous sommes toujours à Munich et que vous avez entre six et huit ans ? Avez-vous des amis ? Des amies ? Un début de vie sentimentale — ou peut-être sexuelle ?

MOI : On voit bien, honorable Sur-Moi, que vous êtes de votre temps. Même à six ans, je suis déjà beaucoup plus vieux. J'ai beau fouiller dans ma mémoire — et pas seulement à Munich, mais aussi, plus tard, à Bucarest ou au Brésil —, ni ami ni amie.

Je ne farfouille pas sous la table, je ne m'enferme pas dans les toilettes, je ne joue pas au docteur. Je ne grandis pas à l'ombre de Freud. Ni du Gide de *L'Immoraliste* ou de *Si le grain ne meurt*. Mais plutôt du catéchisme, de la comtesse de Ségur, de Corneille et de Lamartine. C'est bien plus tard seulement que j'essaierai, tant bien que mal, et plutôt mal que bien, de me rattraper un peu.

MOI : Nous verrons cela en son temps. Tenons-nous-en plutôt, pour le moment, à ce que vous faites à Munich.

MOI : Ce que je fais dans une Bavière d'après-guerre ravagée, comme le reste de l'Allemagne, par une inflation galopante dont le spectre hante encore les esprits ? Je commence à apprendre l'orthographe et le calcul dans les jupes de ma mère.

L'orthographe, que j'ai pourtant naturelle, m'apparaît non seulement comme un cortège d'exceptions mais comme un abîme d'arbitraire. *Imbécile* et *imbécillité*, *chariot* et *charrette* me plongent dans des gouffres de perplexité. Et je me demande, je m'en souviens très bien, pourquoi 2 et 2 ne font pas 22 au lieu de 4. Et je lis. Je lis à peu près tout ce qui peut me tomber sous la main. Les affiches sur les murs, les ordonnances des médecins, les prospectus dans la rue, les journaux pour enfants. Tintin n'est pas encore né. Mes préférés sont Bicot et Bibi Fricotin. Un peu plus tard, les Pieds Nickelés.

Bicot, capitaine du club des Rantanplan, a une sœur, Suzy, qui est snob et des amis dépenaillés qui s'appellent Jules, Ernest et Auguste. Il joue au foot avec eux. Ou peut-être au base-ball. Quand il participe à un concours de pastèques et qu'il avale des pastèques jusqu'à la nausée pour décrocher le grand prix qui, tonnerre de Dieu !, sera encore une pastèque, je me tordais de rire. Quand, mécontent de sa sœur pour une raison ou pour une autre, Bicot lui déclare pour l'embêter devant le groupe de jeunes bêcheuses dont elle aime à s'entourer qu'il va dire à ces dames comment elle a découpé la culotte beige qu'il déteste dans le velours des rideaux, j'étais transporté de bonheur.

Les Pieds Nickelés, c'était autre chose. Avec les trois escrocs rigolards et flemmards — Croquignol au long nez, Filochard et son bandeau sur l'œil, Ribouldingue à la barbe hirsute —, c'était le poison de la transgression que j'absorbais sans me lasser. Je les suivais avec passion dans les restaurants de luxe où ils grugent le patron en fumant ses cigares, sur les plages à la mode où ils ratent leurs coups tordus et dans les voitures longues et rapides où, toujours hilares et goguenards, ils fuient les flics vers de nouvelles aventures.

MOI : Vous vous foutez de moi ? Ne perdez pas le temps du tribunal. Nous ne sommes pas là pour écouter vos fadaises. Comment se sont formés votre caractère incertain et votre personnalité plutôt douteuse ?

MOI : Je n'étais ni sanguin, ni colérique, ni mélancolique, ni imperturbable. J'appartenais à la famille bénie et maudite des grands nerveux qui sont le sel de la terre. Nerveux, mon père l'était peut-être plus encore que moi. J'ai cru comprendre, beaucoup plus tard, qu'il avait été soigné dans sa jeunesse pour des troubles nerveux qui se combinaient avec un rhume des foins carabiné dont j'ai hérité à mon tour.

Une des phrases que j'entends le plus souvent dans mon enfance est : « Le petit est agité » ou « Le petit est fatigué. » Le petit, c'était moi. Ma *fatigue*, aux yeux de mes parents, se traduisait par mon agitation. À la fin de notre séjour en Bavière, vers l'âge de sept ou huit ans, ma mère, un beau jour, fait venir un médecin qui me recommande, je l'entends encore d'ici, de me reposer « en ne pensant à rien ».

« Penser à rien, lui dis-je, c'est impossible. Je pense tout le temps à quelque chose. »

Presque à rien, d'ailleurs. Mais, enfin, à quelque chose.

Je me rappelle vaguement la fille d'un tailleur de Munich qui doit avoir quelques années de plus que moi et qui porte une robe rouge. Elle me plaisait beaucoup. Je pensais souvent à elle. J'aurais aimé la revoir. Mais ce qui me marque, j'imagine, même à l'âge de six ans, beaucoup plus que les amours enfantines, c'est l'histoire en train de se faire. Et elle n'est pas très gaie. Dans l'Allemagne de cette époque, l'amertume de la défaite, les conditions du traité de Versailles, trop faible pour ce qu'il avait de dur, trop dur pour ce qu'il avait de faible, l'inflation, le chômage, la crainte du communisme, la désagrégation sociale font le lit du national-socialisme.

J'ai raconté plus d'une fois un de mes souvenirs les plus anciens. Je suis installé au balcon de la légation et je regarde défiler derrière un drapeau rouge avec une drôle de croix noire dans un cercle d'argent une troupe de jeunes gens qui chantent — très bien — sous les applaudissements de la foule. Entraîné par l'allégresse générale, j'applaudis à mon tour. Et, surgi soudain par surprise derrière moi, mon père m'allonge, avec beaucoup de douceur, la seule gifle qu'il m'ait jamais donnée.

Plus tard — j'invente peut-être le lien avec la scène que je viens de raconter —, mon père, qui était la tolérance même, m'explique qu'il y a une limite à la tolérance : c'est l'intolérable.

L'intolérable, je l'ai connu, jour après jour, au petit déjeuner. Vers la fin du séjour à Munich de mon père qui avait sauvé pas mal de Juifs allemands en leur accordant des visas et qui ne cachait pas son opinion sur Hitler, le courrier nous apporte tous les matins des lettres d'injures, des menaces, des photos du ministre de France découpées dans les journaux avec les yeux crevés. Je comprends entre six et huit ans que le monde, si calme et si rassurant entre mes deux parents, aux côtés de mon frère, avec Lala et Mederer, est délicieux et tragique.

Le Quai — le sacro-saint Quai d'Orsay, c'est-à-dire le ministère des Affaires étrangères — finit par s'émouvoir de la situation difficile de mon père à Munich en 1933, année de la prise du pouvoir par le national-socialisme. Il décide de l'envoyer à Bucarest, en Roumanie.

MOI : Vous avez détesté la Bavière ?

MOI : Je l'ai beaucoup aimée. En dépit d'Hitler. Ses lacs, ses châteaux, ses églises baroques, ses Alpes au loin sont le décor de mon enfance. Ses garçons en culottes de cuir avec leurs larges bretelles — j'ai porté moi-même une de ces lourdes culottes qui vous transformaient en fils de Minos et de Pasiphaé — et ses filles blondes aux yeux bleus que nous apercevions rassemblés autour de la fontaine au cœur des villages que nous traversions à bord de la Renault conduite par Mederer, j'avais envie de les connaître et de jouer avec eux. J'écoutais mes parents parler de Linderhof, de Hochschwangau, de Neuschwanstein, les châteaux enchantés et délirants où Louis II de Bavière, le roi romantique et fou, petit-fils de Louis Ier, l'amant de Lola Montez, recevait Richard Wagner et sa femme Cosima, la fille de Liszt et de Mme d'Agoult. J'aimais déjà les mots et les noms venus d'ailleurs. Je rêvais de Nuremberg dont on me vantait les beautés, de l'Allgäu, de Berchtesgaden, appelé à devenir tristement célèbre, de Garmisch-Partenkirchen où les jeunes Bavarois allaient se livrer à un sport qui m'intriguait déjà : le ski. J'aimais surtout les lacs de Bavière aux noms pleins de charme et de mélancolie : l'Ammersee, le Chiemsee, le Tegernsee — théâtre, un an après le départ de mon père, de la première tuerie du national-socialisme : le massacre des S.A. de Röhm par les S.S. d'Hitler —, le Starnbergersee. Mes parents louaient pour les beaux jours une villa à Tutzing sur les bords du Starnbergersee. Bien avant Saint-Fargeau et les forêts de Puisaye, un peu de mon cœur est resté à Tutzing que j'aimais à la folie, qui s'est changé en souvenir dans un temps disparu et que je ne reconnaîtrais sans doute même plus si me venait à l'esprit l'idée funeste de retourner à tâtons dans cette légende évanouie.

MOI : Ça va, ça va. Ne vous emballez pas. N'en parlons plus. Vous voilà en route pour les Carpates.

MOI : Nous avons entrepris trois fois le voyage de Paris à Bucarest. La première fois en train, grâce à une branche de l'*Orient-Express*. Trois jours et deux nuits en train de luxe, aux cabines entièrement de bois. Une espèce de rêve ambulant. La deuxième fois en voiture à travers la Suisse, l'Autriche, la Tchécoslovaquie — un pays disparu —, les plaines interminables de la Puszta hongroise et la Transylvanie. Tous les rêves et les charmes de la *Mitteleuropa*. Je suis un enfant de la Bavière et de la *Mitteleuropa*. Quelque part en Hongrie, c'est-à-dire nulle part, nous nous sommes perdus et nous avons appelé à notre secours un paysan qui se trouvait là par hasard. Nous lui avons demandé en allemand où menait la route que nous avions empruntée. Il nous a longuement regardés et il nous a répondu avec calme :

« *Geradeaus.* » « Elle va tout droit. »

La troisième fois, nous avons choisi le bateau. Nous nous sommes embarqués à Venise. Nous sommes passés par Istanbul où Rumeli Hisar et Anadolu Hisar, les deux tours jumelles élevées par les Ottomans sur les deux rives du Bosphore, m'ont plu au moins autant que Sainte-Sophie, la mosquée Suleymaniye ou Topkapi. Et nous avons débarqué à Constanza, en Roumanie, sur les bords de la mer Noire — la ville où Ovide, exilé par Auguste pour des raisons obscures, pleurait toutes les larmes de son corps et écrivait ses *Tristes* et ses *Pontiques* en rêvant des délices perdues de sa Rome bien-aimée.

C'était la première fois que, dans une espèce de brouillard très bref, je découvrais cette Venise où je devais être si heureux plus tard et revenir si souvent. J'avais neuf ans. Les palais, les musées, le pont du Rialto, l'Arsenal, la basilique Saint-Marc, l'invraisemblable palais des Doges, si léger vers le bas et si massif vers le haut, les splendeurs de la Sérénissime me passaient par-dessus la tête. Le souvenir que j'en garde est très vague. Beaucoup plus vague que celui de la tempête violente que nous réservait la mer Noire. La mer Noire, que les Romains, par antiphrase, appelaient le Pont-Euxin — c'est-à-dire la mer bienveillante ou hospitalière —, peut être redoutable. Je me souviens presque avec horreur de ces heures cruelles, non pas de peur, mais, pire, de mal de mer.

Nous débarquions. C'était le bonheur. Après avoir franchi les Portes de fer, un paysage inconnu s'ouvrait enfin à nous. Le Danube coulait au loin. Nous pénétrions en Valachie. Et nous arrivions à Bucarest.

Bucarest, en ces temps-là, était le bout, sinon de l'univers, du moins de l'Europe, et tout un chacun y parlait le français. Dans la rue, vous pouviez demander l'heure ou votre chemin en français au premier venu avec de bonnes chances de succès. Je suis retourné à Bucarest vers la fin du siècle dernier. Je me doutais bien que le français avait reculé. Je m'imaginais que l'allemand l'avait remplacé. C'était une erreur. Aujourd'hui, en Roumanie comme ailleurs, après un demi-siècle de tragédies et d'épreuves, la *lingua franca* est l'anglais.

Tout le monde, en 1933, parlait notre langue à Bucarest

non seulement parce que le français régnait encore sur l'Europe depuis les traités de Westphalie, depuis Frédéric II de Prusse, ami de Voltaire, depuis la Grande Catherine, amie de Diderot, depuis les précepteurs, les gouvernantes, les actrices, les cuisiniers français du XIXe siècle, mais aussi parce que la Roumanie était un pays non pas slave comme on le croit trop souvent, mais latin. Plus tard, au Conseil exécutif de l'Unesco, j'entendrai un président de séance, venu de l'Inde ou d'Amérique du Sud, classer les États membres par grandes régions culturelles : les pays anglo-saxons, les pays latins, les pays scandinaves, les pays germaniques, « les pays slaves : Pologne, Yougoslavie, Bulgarie, Roumanie, U.R.S.S… », et je verrai le délégué roumain se lever avec indignation :

« Monsieur le président ! La Roumanie n'est pas un pays slave, mais un pays latin ! »

Les Français, à cette époque, n'en savaient guère plus sur la Roumanie que notre président indien ou sud-américain. Il arrivait aux dépêches du Quai d'Orsay lui-même de confondre, à la fureur de mon père, Bucarest avec Budapest. Tout opposait pourtant la Roumanie à la Hongrie, profondément divisées sur le problème épineux de la Transylvanie, disputée entre les deux nations. Mais un point les unissait : à la différence de la Pologne, de la Bulgarie, de la Serbie, de la Croatie, de la Slovénie et de la Russie, ni la langue hongroise ni la langue roumaine ne sont des langues slaves : le hongrois est une langue finno-ougrienne, le roumain est une langue latine.

À partir de Trajan, les légions établies sur le limes de l'Empire romain ont laissé des traces profondes dans l'ancienne Dacie. Avec des emprunts nombreux aux cultures turque, allemande et slave, la langue roumaine, assez proche du portugais, est fille de la Rome antique. Au bout de quelques semaines, nous parvenions, sinon à lire le journal, du moins à comprendre sans trop de peine de quoi il retournait.

Très vite, mon père se sentit très à l'aise dans son nouveau poste. Je crois que les trois années qu'il passa à Bucarest furent parmi les plus heureuses de sa vie. La Roumanie, entre les deux guerres, était une petite nation récente, agricole, plutôt pauvre, encore à l'écart de la modernité mais détentrice d'une richesse qui commençait à compter : le pétrole. Dès qu'il avait été question de son transfert à Bucarest, mon père, toujours scrupuleux à l'excès, avait tenu à vendre, pour mieux rester au-dessus de tout soupçon, le peu de valeurs pétrolières qu'il détenait en Bourse. Sa décision ne lui coûta pas beaucoup. Il n'aimait pas la Bourse ni ceux qui y spéculaient. Et, tout au long de sa mission, son action fut, de très loin, plus politique qu'économique.

Il s'était lié avec deux hommes qui jouaient un rôle important sous le règne du roi Carol II, un Hohenzollern, fils de Ferdinand Ier : Gheorghe Tataresco et Nicolas Titulesco.

Tataresco était président du Conseil, mais le plus remarquable des deux était Titulesco. L'air d'un Mongol venu du fond de l'Asie, d'une intelligence brillante, très ami de la France dont il maniait la langue avec une rare perfection, Titulesco, qui avait présidé la Société des Nations, annonciatrice de nos Nations unies et chère au cœur de mon père mais bientôt vouée à l'impuissance, jouissait, à cette époque, d'une grande réputation en tant que ministre roumain des Affaires étrangères.

Coincée entre l'Allemagne, à qui elle devait sa dynastie royale, et l'U.R.S.S. de Staline, la situation de la Roumanie à l'époque où Hitler prenait le pouvoir à Berlin était très difficile. Ses relations avec la Hongrie, déjà mauvaises à cause du brandon de discorde que constituait la Transylvanie, étaient devenues pires encore depuis que le régent Horthy, ancien aide de camp de l'empereur François-Joseph d'Autriche et ancien commandant en chef de la flotte austro-hongroise — d'où son titre paradoxal d'amiral dans un pays sans aucun accès à la mer —, régnait en dictateur à Budapest. Déjà lié à l'Italie de Mussolini, Horthy n'allait pas tarder à se rapprocher de l'Allemagne d'Hitler. La Roumanie, en revanche, avait établi sous le nom de « Petite Entente » des liens avec la Yougoslavie et la Tchécoslovaquie. Comme Nicolas Titulesco, mon père était très attaché à la Petite Entente à qui le rapprochement germano-yougoslave et surtout le démembrement de la Tchécoslovaquie à Munich en 1938 allaient porter des coups fatals.

Le problème majeur de la Roumanie à partir de 1933 était de survivre entre les pressions opposées de l'Allemagne nationale-socialiste d'Hitler et de la Russie communiste de Staline. C'était un exercice sans cesse répété d'équilibre et de haute voltige. S'il fallait absolument choisir entre ces deux maux, entre la peste et le choléra, mon père, qui était très loin d'avoir des sympathies d'extrême gauche, penchait, dans l'urgence, comme Churchill et de Gaulle plus tard, et comme Titulesco, pour un rapprochement avec l'U.R.S.S. Il pensait que le péril le plus grand et le plus immédiat venait d'Hitler qui accumulait mensonge sur mensonge et d'un national-socialisme dont il avait pu mesurer l'insatiable appétit.

À plusieurs reprises, mon père fut invité à participer en observateur au Conseil des ministres roumain. Il tirait de ce privilège et de cet hommage rendu à la France satisfaction et fierté.

MOI : Vous aviez entre huit et onze ans. J'imagine que cette haute politique passait un peu au-dessus de votre tête, que vous ne compreniez pas grand-chose à ces jeux du pouvoir et que vous reconstruisez après coup tout ce qui vous échappait en ces temps-là ?

MOI : La politique était mêlée intimement à notre vie familiale. Les noms des Duca, des Bratianu, des Iorga, des Maniu m'étaient, à dix ans, aussi familiers que les noms de Briand, de Barthou, de Chautemps ou de Blum. Et je me souviens très bien de la soirée du 9 octobre 1934 et de l'accablement de mon père à la nouvelle qu'il venait d'apprendre.

MOI : Quelle nouvelle, enfant prodige ? Que s'est-il donc passé de si important pour vous le 9 octobre 1934 ?

MOI : Le 9 octobre 1934, le roi Alexandre Ier de Yougoslavie, en visite officielle en France, et Louis Barthou, fervent défenseur de la Petite Entente, partisan d'une alliance contre Hitler avec l'U.R.S.S. et ministre des Affaires étrangères dans le gouvernement Doumergue, sont assassinés à Marseille par les oustachis ultranationalistes d'Ante Pavelitch. Pour mon père, c'était un désastre et la fin de grandes espérances. Je le vois encore effondré sur une chaise et pleurant à chaudes larmes. Ce moraliste conservateur en avance sur son temps était un grand nerveux comme moi, et plus encore que moi, et un sentimental rentré.

MOI : Si vous le voulez bien et si votre implication autour de neuf ou dix ans dans les arcanes de la politique internationale vous en laisse le loisir, j'aimerais beaucoup en savoir un peu plus sur votre vie à Bucarest entre les deux guerres et sur les souvenirs personnels que vous pouvez en garder.

MOI : Au cœur de Bucarest courait l'avenue la plus célèbre de toute l'Europe de l'Est : la Calea Victoriei. Sur une place au bout de la Calea Victoriei s'élevait un hôtel mythique, construit dans les premières années du XXe siècle sur le modèle de l'hôtel Meurice et du Ritz à Paris : le fameux Athénée Palace, centre de toutes les élégances, de toutes les conversations et de toutes les intrigues. La résidence était située, et l'est toujours, je crois, strada Biserica Amzei. Un escalier de quelques marches menait à un jardin qui me paraissait immense et où nous avions le droit de nous promener et de jouer, mon frère et moi. Une photographie de l'époque, que je garde comme un trésor, représente mon père entre ses deux fils sur les marches de cet escalier. Mon père est en uniforme. Henry et moi portons une tenue assez étrange qui est censée s'inspirer des costumes d'Eton. Cette photographie n'est pas la seule à me rappeler les jours évanouis de mon enfance. Sur une autre, prise à Munich, je respire, demi-nu, à l'âge d'un an ou un an et demi, une rose effeuillée. Sur une autre encore, un peu plus tard, je suis déguisé en Indien. Une troisième, toujours à Munich, reproduit un tableau où, coiffé à la Jeanne d'Arc, je suis vêtu, presque en fille, d'une espèce de blouse rouge. Le nom de l'auteur du tableau, une femme peintre allemande, me revient soudain à l'esprit : Tina Ruprecht, ou quelque chose comme ça. Une quatrième — jamais trop de jalons sur le chemin de la vie, jamais trop de souvenirs, jamais trop de sentiments — me représente en enfant de chœur aux côtés de mon frère et de mon cousin Jacques dans la chapelle du château de Saint-Fargeau.

À l'intérieur de la résidence de France à Bucarest, je me souviens, au premier étage, d'une sorte de mezzanine, d'un balcon arrondi, d'où il était possible d'observer les allées et venues des invités en train de pénétrer dans la légation. Mon frère et moi, nous nous y installions volontiers en spectateurs ironiques. Un soir, le dîner a été troublé par un phénomène terrifiant qui se produisait dans la région à intervalles réguliers : un tremblement de terre. Les lustres se balançaient au plafond, les murs se fendillaient, la vaisselle tombait à terre. Les invités restaient assez calmes : ils étaient habitués.

Mes parents recevaient beaucoup. Parmi les silhouettes familières figuraient notamment deux femmes exceptionnelles, célèbres en leur temps, bien oubliées aujourd'hui et avec qui mon père s'était lié : Marthe Bibesco et Hélène

Vacaresco. Elles poursuivaient l'une et l'autre de leurs assiduités mon père qui les appréciait et les aimait beaucoup l'une et l'autre. Et elles se détestaient avec une belle ardeur.

Ces deux dames éminentes n'étaient pas les seuls sujets roumains à illustrer la langue et la culture françaises. Tzara, le fondateur du groupe Dada à Zurich pendant la Première Guerre, était d'origine roumaine. Le sculpteur Brancusi ou l'historien Mircea Eliade, auteur du *Mythe de l'éternel retour* et des *Techniques archaïques de l'extase*, étaient eux aussi à la fois roumains et français. Et je devais, plus tard, beaucoup aimer et admirer Emil Cioran, le moraliste désespéré et allègre, auteur du *Précis de décomposition*, des *Syllogismes de l'amertume*, de *La Chute dans le temps*, et Eugène Ionesco dont *La Cantatrice chauve*, *Les Chaises*, *Le roi se meurt* ont été autant de triomphes.

« C'est embêtant », dis-je un soir à Cioran au retour d'un dîner, « maintenant, vous qui vous plaigniez tant du monde et qui méprisiez le succès, vous voilà fêté et célèbre.

— Ah ! me répondit-il, heureusement, j'ai un ulcère. »

Frappé de la maladie d'Alzheimer, il devait mourir de bien autre chose. Peu de temps avant sa disparition, François Nourissier lui apporta sur son lit à l'hôpital un bouquet de violettes. Il prit les violettes et il les mangea.

La plus célèbre de toutes les Roumaines à Paris fut la comtesse de Noailles, que Maurice Barrès admirait tant. Auteur du *Cœur innombrable*, des *Éblouissements*, de *L'Honneur de souffrir*,

> Mon cœur, mon pauvre cœur, qui eut tant de courage
> Pour ce qu'il désirait…

ou

> La joie qui m'envahit quand c'est vous qui souffrez…

elle était née Brancovan, vieille famille roumaine d'origine grecque.

Très belle, très cultivée, la princesse Bibesco appartenait, elle aussi, à une famille illustre, alliée ou liée à de grands noms français. Un autre de ses membres, un cousin de Marthe, fils d'un hospodar de Valachie, était un ami très proche de Proust. Inspiré surtout par Robert de Montesquiou et peut-être par Bertrand de Salignac-Fénelon, le personnage de Saint-Loup dans *À la recherche du temps perdu* emprunte quelques-uns de ses traits à Antoine Bibesco. À l'occasion d'un voyage d'Antoine en Belgique, Proust avait pondu quelques vers de mirliton qui ne sont pas passés à la postérité :

Imbibe, imbibe, Escaut,
Imbibe un Bibesco…

En Roumanie, Marthe Bibesco habitait aux environs de Bucarest une propriété de famille où nous nous rendions souvent : Mogosoaia. À Paris, installée quai Bourbon, au bout de l'île Saint-Louis, elle allait devenir intime de tout ce qui comptait alors en France et ailleurs : Proust encore, Cocteau, Mauriac, Paul Valéry, Henry de Jouvenel, le père de Bertrand, qui devaient jouer l'un et l'autre un rôle dans la vie de Colette, Vita Sackville-West, épouse de Harold Nicolson, homosexuel, ministre de Churchill et auteur d'un fameux *Journal*, Violet Trefusis dont les amours avec Vita Sackville-West inspirèrent Virginia Woolf — elle-même éprise de Vita — pour son roman *Orlando*, tous les Rothschild, et surtout l'abbé Mugnier, surnommé « l'apôtre du boulevard Saint-Germain » ou « le petit frère des riches », avec qui elle devait échanger une correspondance célèbre, publiée sous le titre : *Vie d'une amitié*. À l'issue d'un dîner élégant, un fêtard de ses amis lançait à l'abbé Mugnier qui avait brillé de tous ses feux :

« Ah ! l'abbé, on vous enterrera dans une nappe !

— Oui, répondait l'abbé, mais ce sera une nappe d'autel. »

Vers la fin de la vie si ardente et si pleine de la princesse Marthe entre Bucarest et Paris, le général de Gaulle lui rendit hommage :

« Pour moi, vous êtes l'Europe. »

Avant de se rapprocher de la France jusqu'à se confondre avec elle et écrire dans notre langue plusieurs ouvrages qui ont connu leur heure de gloire — *Le Perroquet vert*, *Catherine Paris*, *Au bal avec Marcel Proust* ou *Katia*, biographie romancée de la princesse Dolgorouki, maîtresse puis épouse morganatique du tsar Alexandre II —, elle avait entretenu, notamment avec le Kronprinz Guillaume, des amitiés allemandes que lui reprochait amèrement sa rivale, Hélène Vacaresco.

Beaucoup moins favorisée que Marthe par l'histoire et

par la nature, mais profondément francophile et, elle aussi, d'une intelligence brillante, Hélène cultivait avec succès un art volontiers délaissé par les femmes depuis la Renaissance italienne et la Révolution française : elle était éloquente. Elle avait proposé à mon père une conférence dialoguée qui fut prononcée, sauf erreur de ma part, à la salle Pleyel à Paris. Le thème était *L'Amour et l'Amitié.*

« Vous parlerez de l'amitié comme Cicéron, lui avait-elle dit. Je parlerai de l'amour comme tout le monde. »

Un jour, à Bucarest, Marthe Bibesco invita mon père à dîner pour tel ou tel jour.

« Ce soir-là, lui répondit-il, je ne peux pas : je dîne avec Hélène. »

La princesse ne cacha pas son mécontentement.

« Au moins, lui lança-t-elle, ne vous trompez pas. Le devant, c'est le côté où il y a la broche. »

MOI : Revenons à vous. Que faites-vous à Bucarest ? Qu'espérez-vous ? Que pensez-vous ?

MOI : Ma mère ne suffisait plus à me dispenser son enseignement. J'étais flanqué d'une institutrice comme dans les films des années 1930. Je l'avais vue avec méfiance succéder à Lala que j'avais perdue dans les larmes et dans le désespoir.

Elle s'appelait Mlle Ferry-Barthélemy et elle allait m'accompagner pendant plusieurs années. Je suivais toujours les cours par correspondance de l'école Hattemer, installée alors, je crois, rue de l'Université à Paris. Je travaillais plutôt bien et je ne détestais ni la grammaire, ni l'histoire, ni les textes classiques. J'avais un peu plus de mal avec le calcul et surtout avec les sciences naturelles. Mes parents avaient fini par abandonner leur ambition de m'apprendre le piano. Peut-être, à ma honte et à mon grand regret, étais-je une espèce d'imbécile notamment musical à l'image de mon respectable grand-père paternel que sa carrière diplomatique amenait à écouter assez souvent une *Marseillaise* qu'il ne reconnaissait jamais et qu'il confondait volontiers, au moins selon une légende familiale, avec le *Boléro* de Ravel. On m'a souvent reproché ma fausse modestie. La vérité est que, dès l'enfance, non seulement la musique, mais la danse, la peinture, l'architecture, la fête elle-même avec ce qu'elle peut avoir d'officiel et d'obligatoire, tout un pan immense de notre fameuse culture, m'était étranger. Il a été question à plusieurs reprises de me confier le ministère de la Culture. Ce n'était qu'une rumeur. Et, grâce à Dieu, elle était infondée. J'aurais été à coup sûr un détestable ministre.

Ce qui m'occupait surtout, c'était d'éviter d'aller jouer au palais royal avec le prince Michel, le fils du roi Carol, qui avait à peu près mon âge. Là aussi, mes parents renoncèrent sans trop tarder, pour des raisons assez particulières, à me contraindre à cette corvée. Ils nourrissaient un culte pour la très belle reine Marie de Roumanie, petite-fille à la fois de la reine Victoria et du tsar Alexandre II, et mère du roi Carol. Sa photo, ornée d'une dédicace affectueuse, a longtemps trôné, à Bucarest, puis à Rio et enfin rue du Bac à Paris, sur la table de ma mère. Mon père, en revanche, réprouvait avec une douceur implacable le comportement du fils de la reine, qui affichait ouvertement sa liaison avec Magda Lupesco élevée à la dignité de maîtresse officielle avant de finir en épouse de son royal amant. Il ne tenait pas vraiment à me voir fréquenter une maison, fût-elle régnante, où se déroulaient de telles turpitudes. Ces scrupules, aujourd'hui invraisemblables, faisaient bien mon affaire.

Je devais retrouver plus tard sur ma route la flamboyante maîtresse roumaine à Saint-Domingue ou à Haïti où m'avait envoyé une mission de l'Unesco. Je découvrais avec ravissement que le journal local confondait allégrement deux légendes assez éloignées l'une de l'autre mais entourées toutes les deux d'une sorte d'aura mystérieuse : Lupesco et Unesco.

Ce qui me plaisait le plus, c'étaient les voyages officiels où j'accompagnais mes parents dans les différentes régions de la Roumanie. En Moldavie, alors encore roumaine, et en Bucovine où m'éblouissait la splendeur des églises orthodoxes recouvertes, à l'intérieur comme à l'extérieur, de fresques du XVe ou du XVIe siècle : Sucevitsa, Moldovitsa, Voronetz… À Sinaia, au cœur des Carpates, où les jeunes Roumains commençaient à s'initier aux plaisirs de la neige grâce à d'étonnants skis en bois sur lesquels les chaussures étaient fixées de façon définitive par de longues lanières qui ne laissaient aucun jeu à la cheville ni à la jambe. Dans les propriétés reculées des Brancovan où nous nous rendions en hiver sur la neige dans des traîneaux tirés par de grands chiens ou par des chevaux. On voyait au loin des points noirs qui se déplaçaient assez vite sur la neige. C'étaient des loups. Peut-être seulement aux fins de m'amuser, nous disposions de morceaux de viande crue que nous jetions négligemment par-dessus nos épaules pour éviter d'être attaqués par ces monstres féroces qui, de toute évidence, avaient d'autres idées en tête que de nous dévorer.

Dans la Roumanie de cette époque, encore largement agricole, les vieilles familles traditionnelles — les Bibesco, les Brancovan, les Cantacuzène, les Ghika, les Cuza, les Stirbey… — continuaient à tenir une place importante. On raconte qu'au cours d'une réception au palais toute une série de Ghika sont présentés au roi Ferdinand, le prédécesseur de Carol II : le prince Constantin Ghika, le prince Georges Ghika, le prince Nicolas Ghika… Arrive le tour d'un garçon de sept ou huit ans, le prince Michel Ghika.

« Si jeune, murmure le roi, et déjà Ghika… »

L'établissement était menacé moins par une extrême gauche très faible en ce temps-là — un jeune ouvrier de dix-huit ans du nom de Nicolas Ceausescu entre au parti communiste en 1936 — que par la Garde de fer de tendance fascisante, détestée par mon père. Bientôt, la Roumanie devra céder la Bessarabie à l'U.R.S.S. de Staline et la Transylvanie à la Hongrie de Horthy, bientôt le roi Carol II instaurera un régime dictatorial annonciateur de la prise de pouvoir par le maréchal Ion Antonesco qui engagera le pays aux côtés d'Hitler dans la guerre contre l'U.R.S.S. Mais mon père n'est déjà plus là. En 1936, le premier gouvernement de Front populaire, réunissant socialistes et radicaux, avec le soutien sans participation des communistes, s'est installé en France sous la présidence de Léon Blum. Il élève mon père à la dignité d'ambassadeur de France — le nombre d'ambassadeurs avant la Seconde Guerre ne dépassait guère la quinzaine — et l'envoie au Brésil.

MOI : « Mon père ! Mon père ! » Vous n'avez que ce mot à la bouche et vous l'agitez comme une crécelle. Au fond, vous avez un père…

MOI : Oui.

MOI : … et vous en abusez. Vous avez de la chance d'ailleurs de voir encore flotter son ombre au-dessus de vous. Sans lui, vous n'êtes presque rien. Et peut-être moins que rien.

MOI : C'est bien possible.

MOI : Il y a des choses chez vous que je n'aime pas du tout.

MOI : Moi non plus.

MOI : Vous savez quoi ?

MOI : Ma taille, peut-être ? Elle n'est pas haute. Ou peut-être mon nez ? Il est gros.

MOI : Ne plaisantez pas. Ce n'est ni le lieu ni le moment.

MOI : Loin de moi l'idée de plaisanter. J'aurais beaucoup aimé être grand. J'étais tombé sur une photographie qui représentait Cary Grant et son ami Randolph Scott en pantalons et chandails blancs. Elle m'a fait longtemps rêver. J'aurais souhaité leur ressembler.

MOI : Vous plaidez coupable ?

MOI : Coupable de quoi ?

MOI : Comment « de quoi ? » ! D'abord, vous êtes le type même du privilégié…

MOI : Je ne l'ai jamais nié. Les artistes souvent, les écrivains parfois, les politiques presque toujours aiment à se prétendre non privilégiés. Je me souviens d'un candidat à des fonctions importantes qui se présentait comme « fils de cheminot ». Son père était président de la Compagnie internationale des wagons-lits. J'ai toujours reconnu que j'étais né avec une cuillère d'or dans la bouche.

MOI : Une cuillère ! Toute une batterie de cuisine, oui ! Châteaux. Fortune. Hérédité. Mariages. Études. Carrière. Bourdieu aurait vu en vous le paradigme et l'archétype sur quoi fonder ses théories. Mais il y a plus grave.

MOI : Plus grave ?

MOI : Vous ne vous exprimez pas trop mal. Et vous savez ce que Roland Barthes disait du langage ?

MOI : Pas du tout. Je n'ai pas beaucoup lu Bourdieu, Barthes, Sartre que je ne mettais pas très haut, ni les tenants de la nouvelle critique. Sauf exception — *Les Mots*, par exemple —, ce que je connais d'eux ne m'a jamais enchanté. Ils me barbaient un peu. Je préférais Feydeau, Oscar Wilde ou Wodehouse,

MOI : Wodehouse ?

MOI : La principale invention de Wodehouse est un *butler* de génie du nom de Jeeves qui passe son temps à tirer son patron Bertram Wooster des situations impossibles où, coincé entre ses tantes Augusta et Agatha, le malheureux ne cesse de se fourrer.

MOI : Ça ne m'étonne pas de vous et de votre légèreté. Barthes assurait que le langage était fasciste. Il y a du fasciste en vous. Ce n'est pas par hasard que votre souvenir le plus ancien est une adhésion au national-socialisme.

MOI : J'avais cinq ou six ans…

MOI : L'âge ne fait rien à l'affaire. C'est votre vérité qui parlait. Je ne serais pas surpris d'apprendre que vous ayez trouvé assez belle la cathédrale de lumière des grandes fêtes de Nuremberg et que vous ayez eu un faible pour Ernst von Salomon, pour *Les Falaises de marbre* d'Ernst Jünger, pour *Notre avant-guerre* ou pour *La Nuit de Tolède* de Robert Brasillach. Coupable ! vous dis-je, coupable !

MOI : Ni Jünger ni Salomon n'étaient favorables au national-socialisme. Et je ne me sens pas coupable. Ou, du moins, pas coupable de sympathie pour le national-socialisme. Mon père…

MOI : Cessez de vous abriter derrière le père qui vous sert d'alibi. Allez-vous, un de ces jours, vous détacher un peu de lui et vivre votre propre vie ? Assez de l'histoire de la gifle ! assez de l'histoire du repas avec le futur pape ! Nous les connaissons déjà depuis longtemps. Vous quittez la vieille Europe. Il est grand temps de vous mettre à votre compte.

MOI : Je n'ai encore que onze ans…

MOI : Il y a beaucoup d'enfants, à onze ans, qui sont déjà quelque chose. Vous, qui n'êtes presque rien, vous arrivez en Amérique du Sud, au Brésil. Ah ! bien sûr, vous n'êtes pas Rimbaud, ni Lautréamont, ni même Cendrars ! Et pourtant, quelle aventure !

MOI : L'aventure commence avant même de débarquer à Rio de Janeiro, alors capitale d'un Brésil où Brasilia, ville nouvelle, créée de toutes pièces dans les années 1950, n'existe pas encore. Les avions, eux, sillonnent le ciel depuis le début du siècle et la Première Guerre mondiale leur assure un développement spectaculaire et une popularité croissante. Mais aucune ligne commerciale ne relie encore le Brésil à la France. Pour se rendre en Amérique, la seule solution est le bateau et la traversée de l'Atlantique Sud demande près de trois semaines.

Nous prenons au Havre un navire qui, quatre ans plus tard, entrera dans l'histoire : le *Massilia.* Souvenez-vous : en juin 1940, le pays s'effondrant, un certain nombre de parlementaires, parmi lesquels Daladier, Mandel, Mendès France, Jean Zay, s'embarquent à Bordeaux sur mon cher vieux *Massilia* pour une tragi-comédie qui va les emmener en Afrique du Nord où elle se terminera en drame.

En 1936, à l'époque où le Front populaire arrive au

pouvoir en France, la vie est encore très calme à bord du *Massilia* où la cuisine et les cabines de première classe sont dignes des meilleurs hôtels. Les voyageurs s'installent à bord comme pour une villégiature. En trois semaines, des liens se tissent. Des habitudes se forment. Des amitiés s'ébauchent. Des amours naissent. Honneur suprême : nous dînons plusieurs soirs à la table du commandant, le « pacha », maître à bord après Dieu. Le jour, étendus sur des chaises longues, nous lisons ou nous bavardons. Ou nous jouons, sur le pont, à des courses de petits chevaux de bois qui avancent à coups de dés. Loin de toute agitation et de toute obligation, un peu de repos et un peu d'ennui vaguement émerveillé. Une sorte de rêve ambulant sur la mer. Un îlot mobile dans l'espace. Une parenthèse dans le temps. Parvenues par radio, des nouvelles de France et du monde sont distribuées sur des feuilles volantes. Vapeur et communications en plus, nous sommes plus proches des caravelles et des bateaux à voile d'hier que des Boeing et des Airbus de demain. Nous nous souvenons du cher Henry J.-M. Levet, déjà bien oublié, et de ses *Cartes postales* :

> L'*Armand Béhic* (des Messageries maritimes)
> File quatorze nœuds sur l'océan Indien.
> Le soleil se couche en des confitures de crimes
> Dans cette mer plate comme avec la main.

Au coucher du soleil, mi-sceptiques, mi-excités, nous guettons, légende ou réalité, le fameux rayon vert. Après le *pot au noir* — une zone de pluies et de calmes tropicaux entre cinq et dix degrés de latitude nord que j'ai longtemps baptisée avec conviction le *poteau noir* —, le passage de l'équateur est l'occasion de festivités et de mascarades, genre courses en sac et déguisements, plus ou moins réussies. Bon enfant, toujours débordé, le commissaire de bord s'évertue à faire régner sur mer pendant vingt et un jours une atmosphère de gaieté un peu voulue et surjouée.

Le plus clair de mon temps, je le passe aux côtés d'un chef mécanicien délicieux qui m'a pris sous son aile et en amitié. Je suis petit, assez frêle, plutôt vif, très naïf. Il me montre ses machines, s'occupe de moi, me fait rire. Mes parents sont enchantés et le remercient chaleureusement de me prendre en charge. Je me garde bien de leur dire qu'il m'a proposé avec gentillesse et sans la moindre obstination, sous des prétextes artistiques, de me photographier tout nu. J'ai refusé. Avec simplicité et avec fermeté. Quand mes parents, à la fin du voyage, lui expriment à nouveau leur gratitude pour tant de soins amicaux, je me demande en silence si leur naïveté ne l'emporte pas sur la mienne.

Les femmes m'ont toujours beaucoup plu. Je crois qu'il m'est arrivé de plaire un peu à des hommes. Bien des années plus tard, en khâgne à Henri-IV ou à l'École de la rue d'Ulm, j'ai beaucoup aimé Jean Beaufret. De quinze ou vingt ans plus âgé que moi, c'était un jeune philosophe très doué qui avait contribué à faire connaître en France Martin Heidegger, à qui il était allé rendre visite dans sa retraite de la Forêt-Noire où s'ouvraient, comme autant de clairières dans l'opacité de l'Être, les fameux chemins forestiers connus en allemand sous le nom de *Holzwege*. Il m'épatait. Nous nous promenions tous les deux le long du boulevard Saint-Michel et il me faisait en toute simplicité des propositions qui n'étaient guère dissimulées. Je bredouillais que, non, franchement, ça ne me disait pas grand-chose. Alors, il insistait :

« Ce n'est pas parce que je t'enculerai trois ou quatre fois…

— Tant que ça ? demandais-je.

— … que tu passeras de l'autre côté. »

Un peu plus tard, à Londres, où j'étais censé apprendre l'anglais à dix-neuf ou vingt ans et où je passais mon temps, enfermé dans une chambre d'hôtel minable, à lire *Aurélien* et *Le Paysan de Paris*, ce qui me manquait le plus, c'était une douche ou une baignoire. J'étais tombé par hasard, je ne sais plus trop comment, sur un Français plutôt plaisant qui avait la chance d'être descendu au Ritz. Il me proposa d'y venir prendre un bain. J'acceptai aussitôt avec beaucoup de gratitude.

La salle de bains du Ritz me convenait tout à fait. J'y passai avec délice, me pomponnant et traînant, une bonne demi-heure, ou peut-être un peu plus. Quand je sortis de mon bain, le Français — ou bien était-il belge ? — m'attendait de pied ferme, nu comme un ver, un peignoir à la main, dans la salle de bains d'abord, puis dans la suite qui était spacieuse et où le divan et la table de verre me servirent de remparts.

MOI : Il doit y avoir en vous quelque chose d'homosexuel. Avec sans doute une pointe de perversité. Vous n'avez jamais cédé ?

MOI : J'aime beaucoup les homosexuels. Au point que quelques-uns de mes amis m'ont nommé, il y a quelques années déjà, homosexuel d'honneur. Ce qui m'a valu une lettre d'une baronne qui, énumérant plusieurs épisodes de mon existence, depuis les liens de mon père avec Léon Blum jusqu'à mon diplôme d'honneur, en passant par des événements que nous rencontrerons plus tard, honorable Sur-Moi, terminait son poulet par cette exécution capitale : « Je ne vous serre pas la main. »

De Socrate et d'Alcibiade à Proust et à Gide, en passant par Michel-Ange, je trouve souvent les hommes qui aiment les hommes plus vifs et plus amusants que les hommes qui aiment les femmes, que j'ai pourtant tant aimées. J'ai souvent partagé des appartements ou même des chambres avec des compagnons de la manchette à qui me liaient des amitiés qui me restent très chères. Mais la seule idée de laisser qui que ce soit franchir mes Thermopyles ne m'a jamais traversé.

Je ne sais plus à quelle époque — sans doute vers la fin des années 1970 ou au début des années 1980 — je me trouvais au Maroc avec un de mes neveux. Nous étions installés pour quelques jours en famille à Marrakech et nous avions poussé tous les deux une pointe jusqu'à Zagora, puis jusqu'à Ouarzazate où la nuit était tombée tout à coup. Revenir très tard à Marrakech ne me disait rien qui vaille. Il y avait un hôtel à Ouarzazate. J'allai trouver le directeur et lui demandai, en m'excusant de n'avoir rien réservé, s'il disposait encore d'une chambre pour mon neveu et pour moi. Il me répondit :

« Oh ! bien sûr, monsieur d'Ormesson ! Avec plaisir. J'ai déjà reçu, dans ma jeunesse, M. Gide et son neveu. »

Une histoire qui m'avait amusé me revenait à l'esprit. On raconte que Gide, accompagné d'un de ses neveux, tombe par hasard sur un jeune homme à qui il avait été lié quelque temps plus tôt. Il présente les deux garçons l'un à l'autre.

« Ah ! dit l'ancien au nouveau, moi, c'est l'année dernière que j'étais le neveu d'André. »

On raconte encore que Gide en Algérie ou au Maroc, après avoir couché avec un très jeune Arabe à qui il n'avait pas révélé son nom qui ne lui aurait d'ailleurs rien dit, lui avait offert un cadeau très modeste en ajoutant :

« Je te donne peu de chose. Mais quand tu seras plus grand, tu pourras te vanter d'avoir été très cher au cœur de François Mauriac. »

Vers la fin de notre traversée survint un événement mineur et, pour nous au moins, presque sensationnel : on appela mon père au téléphone. Était-ce le commandant, le commissaire de bord, mon cher chef mécanicien ? Non. C'était le ministre brésilien des Affaires étrangères qui appelait de Rio le nouvel ambassadeur de France pour lui souhaiter la bienvenue au Brésil. Nous avions des plaisirs simples. Le coup de téléphone en pleine mer à une époque où la technique était encore dans l'enfance nous agita tous beaucoup pendant un bon bout de temps.

Après une vingtaine de jours de voyage sans autre horizon que la mer toujours vide et toujours recommencée, l'arrivée en bateau à Rio de Janeiro fut un de ces enchantements dont le souvenir illumine toute une vie. Le navire entra lentement dans la baie de Guanabara, passa devant le Pain de Sucre, longea d'un côté Niteroi, de l'autre la montagne du Corcovado surmontée de la statue géante du Christ. Le soleil brillait avec force. Mon cœur éclatait. Nouveau Michel Strogoff, version équatoriale, sur le pont du *Massilia*, je regardais de tous mes yeux. Mille fois décrit avec enthousiasme depuis la découverte de la baie en janvier 1502 par des Portugais qui s'imaginèrent qu'il s'agissait de l'embouchure d'un grand fleuve inconnu — d'où le nom de la ville — et depuis le passage trop bref du Français Villegaignon un demi-siècle plus tard, c'était un spectacle d'une grandeur et d'une beauté à couper le souffle.

À peine nous étions-nous immobilisés dans le port de Rio grouillant de bateaux, d'embarcations, de marins, de fonctionnaires, de curieux, que la chaleur nous tomba dessus. Mon père souffrit beaucoup. Il avait le rhume des foins avec une violence inouïe et il supportait mal ce soleil des tropiques que j'accueillais avec bonheur.

Un an et demi plus tard, dans les premières semaines de 1938, une seconde traversée de l'Atlantique se révéla plus fascinante encore que le premier voyage sur le vieux *Massilia*. Nous étions rentrés en France à la fin de 1937 pour retrouver mon frère Henry qui était resté à Paris afin de préparer son bachot — on ne parlait pas encore de bac

— dans une école de la rue de Monceau où il faisait le désespoir de ses maîtres et de son directeur, M. Daumas, qui envoyait à mes parents des lettres pathétiques. Et aussi pour passer quelques semaines de repos sous un climat moins éprouvant pour mon père qui avait du mal à se remettre de l'été tropical qui commence en décembre au sud de l'équateur.

Mon père avait appris que le *Normandie*, joyau flambant neuf de la marine française — il avait moins de trois ans —, qui faisait régulièrement le trajet Le Havre — New York et qui avait arraché au *Queen Mary* le fameux Ruban bleu, récompense du navire le plus rapide entre l'Europe et New York, allait, par exception, traverser l'Atlantique Sud en un voyage unique qui le mènerait jusqu'à Rio de Janeiro et à Buenos Aires. Nous décidâmes aussitôt de retourner au Brésil à bord du *Normandie* dont les trois cent treize mètres transportaient près de deux mille passagers à la vitesse, inouïe pour l'époque, de trente nœuds.

Ce furent, à nouveau, de longues journées de rêve. Fêté partout, attirant les foules à chaque escale, le *Normandie* passa par Nassau, capitale des Bahamas, et par Port of Spain dans l'île de Trinidad avant d'atteindre Rio et de poursuivre son trajet jusqu'à Buenos Aires. Je n'avais jamais fréquenté un de ces palaces dont je contemplais les lumières de loin et qui me faisaient rêver. À Garmisch-Partenkirchen dans les Alpes bavaroises, à Venise, à Sinaia au fond des Carpates, nous descendions dans des hôtels confortables mais qui étaient loin d'être des palaces. Le luxe de la salle à manger, plus grande que la galerie des Glaces à Versailles, et de la suite aux dimensions impressionnantes et décorée avec goût, dans le style Art déco, où nous étions installés à bord du *Normandie* me tournait un peu la tête. Je n'étais pas seul à m'émerveiller. L'arrivée à Rio fut un triomphe. Personne n'aurait osé prédire ce jour-là que, quatre ans à peine plus tard, en février 1942, ce seigneur des mers allait brûler et couler dans le port de New York.

Rio de Janeiro, en ces temps reculés, était encore une vieille ville traditionnelle avec un seul gratte-ciel : le siège du journal *A Noite*. Les plages succédaient aux plages avec leur sable couleur de miel. Flamengo, Botafogo, Copacabana — la plus célèbre —, Ipanema, Leblon… Copacabana était déjà entièrement construite, avec son fameux palace, le plus somptueux de la ville et déjà une légende d'un bout du monde à l'autre. Mais Ipanema et Leblon, aujourd'hui surpeuplées, étaient encore des espaces presque vierges.

L'ambassade de France était située à Flamengo, si mes souvenirs sont exacts. C'était une grande maison avec un jardin. Bien des années plus tard, je suis revenu un jour à Rio où l'Académie brésilienne des lettres, qui comptait quelques sièges réservés à des étrangers, m'avait fait l'honneur de m'élire au siège laissé vacant par le décès de Roger Caillois qui avait succédé à André Malraux.

MOI : Un peu de calme, voulez-vous. Et un peu de décence.

MOI : Descendant d'avion, une voiture devait m'emmener à l'hôtel, qui s'appelait, je crois, l'hôtel Gloria, où m'attendaient quelques-uns de mes futurs confrères, dont le secrétaire perpétuel qui portait un prénom gothique : Austrogesilo de Athayde. Pris d'une inspiration subite, je demandai au chauffeur de bien vouloir me conduire d'abord pour quelques instants à cette ambassade où j'avais passé tant de jours heureux. C'était l'époque où Brasilia se mettait à remplacer Rio dans le rôle de capitale. J'arrivai juste à temps devant la vieille ambassade pour assister à un spectacle déchirant qui m'arracha quelques larmes : d'énormes bulldozers étaient sur le point de détruire la vieille maison au charme désuet qui avait abrité les bureaux de mon père et les souvenirs de ma jeunesse évanouie. Je compris aussitôt, pour la première fois avant d'innombrables expériences encore à venir, que notre passage dans ce monde était un rêve fragile et que l'histoire se chargeait avec une rigueur impitoyable non seulement de préparer du nouveau, mais de réduire à néant tout ce passé éphémère qui se confondait avec nous.

J'ai beaucoup aimé les deux années cruciales, de 1936 à 1938, que j'ai passées au Brésil alors en train d'effacer son passé colonial pour accéder à ce statut de grande puissance qui est désormais le sien. Le Brésil n'était pas encore entré dans ce consortium qui allait devenir célèbre vers la fin du siècle dernier : B.R.I.C.S. — Brésil, Russie, Inde, Chine, Afrique du Sud. Quelques amis âgés de mes parents se souvenaient encore du temps de l'empire. C'est à cette charnière du passé et du présent que se situait mon séjour. Je ne comprenais qu'obscurément cette marche de l'histoire qui m'emportait avec elle. Je me contentais en ces temps-là de me promener à cheval dans la solitude encore sauvage de la grande plage d'Ipanema, où ne s'élevait alors qu'un seul bâtiment, anachronique et vieillot : le Country Club.

Les promenades autour de Rio étaient toutes enchanteresses. Je me souviens de la Tijuca, de Vista Chinesa, des favelas, aujourd'hui incandescentes, où nous nous rendions avec confiance et innocence, du Pain de Sucre qu'on atteignait par un téléphérique rendu célèbre dans le monde entier grâce à James Bond, et, un peu plus loin, à quelques heures en voiture, de la petite ville de Petropolis où toutes les ambassades disposaient alors d'une villa dans un climat plus frais grâce à l'altitude et qui devait jouer un rôle, cinq ou six ans plus tard, dans l'histoire littéraire : désespérés par l'effondrement de la vieille Europe occupée par les troupes d'Adolf Hitler, Stefan Zweig et sa femme allaient s'y donner la mort le 22 février 1942.

Un beau jour, à Petropolis, se produisit un événement assez rare qui avait rempli de stupeur une dame brésilienne d'un certain âge, mi-gardienne mi-confidente : il était tombé quelques flocons de neige. Originaire de Bahia, notre vieille amie n'avait jamais vu de neige de toute sa vie et elle contemplait avec une espèce de terreur ce spectacle de la nature qui lui apparaissait comme un miracle. Je pensais pour ma part avec une nostalgie amusée aux deux ou trois mètres de neige qui avaient enfoui mon enfance sous le souvenir en Bavière où je chantais — un peu faux :

O Tannenbaum, O Tannenbaum,
Wie grün sind deine Blätter…

ou en Roumanie où, à des températures de moins dix ou de moins quinze, nous passions des heures en traîneau, enveloppés dans des fourrures.

Des détails minuscules et dérisoires restent fixés dans ma mémoire. Il y avait dans la villa de l'ambassade d'Angleterre une piscine où tous les enfants du corps diplomatique venaient en foule se baigner. Plusieurs maladies ayant frappé les jeunes baigneurs, on décida de procéder à un examen de l'eau de la piscine. Un spécimen de cette eau fut prélevé dans une fiole et envoyé à un laboratoire. Le verdict tomba assez vite : « Urine normale, avec quelques microbes encore en cours d'examen. »

MOI : Croyez-vous vraiment, désastreux tête en l'air, que ce genre de témoignages — la neige à Petropolis, une piscine polluée… — soit de nature à intéresser le tribunal ?

MOI : J'en doute un peu. Autant que vous. Mais la vie quotidienne est faite de ces incidents. Et je m'en souviens avec plus de précision que de la vie politique et intellectuelle à Rio de Janeiro deux ou trois ans avant la catastrophe qui allait entraîner la mort de Stefan Zweig et le déclin de cette vieille Europe que nous avions tous tant aimée.

L'existence de mon père à Rio lui convenait moins qu'à Bucarest. Il entretenait de bonnes relations avec Itamaraty, le Quai d'Orsay brésilien, mais non seulement la politique, à son grand regret, tenait moins de place au Brésil que les questions économiques, mais le pouvoir était assuré de façon quasi dictatoriale par un personnage surprenant avec qui ses liens étaient moins étroits qu'avec Tataresco ou Titulesco : Getulio Vargas. L'opposition libérale était inexistante ou muselée. Un nom qui me fascinait, je ne sais trop pourquoi, et dont je me souviens encore, je ne sais pas non plus pourquoi, était celui de Carlos Prestes. Incarcéré par Vargas, Prestes était le chef du parti communiste brésilien.

Un des prédécesseurs de mon père à l'ambassade de Rio de Janeiro était un poète illustre : Paul Claudel. Et, comme si son génie ne suffisait pas, il avait à ses côtés au titre d'attaché culturel le musicien Darius Milhaud dont une des pièces porte ce titre éloquent : *Saudades do Brasil.* Et on trouve dans *Le Soulier de satin* — lors de la présentation interminable à Paris de ce chef-d'œuvre qui devait donner plus tard un de ses plus beaux rôles à Ludmila Mikaël, Sacha Guitry s'écria : « Pourvu qu'il n'y ait pas la paire… » — des traces évidentes de la culture brésilienne.

Tous les diplomates français n'avaient pas la stature de l'auteur du *Soulier de satin.* Juste avant mon père, l'ambassadeur Louis Hermitte avait vu arriver avec mauvaise grâce le nouvel arrivant destiné à lui succéder. Il était resté sur place et dénonçait à qui voulait l'entendre le nouveau représentant de la France qu'il traitait volontiers de « marquis rouge » sous prétexte qu'il était l'envoyé de Léon Blum et du Front populaire. Mon père souffrit beaucoup de ces attaques entre collègues. Elles contribuèrent à donner à sa mission sous le grand soleil brésilien un caractère un peu mélancolique.

Les souvenirs me reviennent en foule. Je n'ai pas oublié des jours heureux comme la venue à Rio de plusieurs acteurs et actrices de la Comédie-Française que mes parents accueillirent avec joie et fierté. Ils jouèrent une pièce de Racine, *Iphigénie* peut-être, ou peut-être *Andromaque*. Il y eut une grande fête dans les jardins de l'ambassade avec un impromptu rédigé pour l'occasion et dont quelques bribes, Dieu sait pourquoi, traînent encore dans ma mémoire :

Car un messager grec est toujours attendu…

Je me rappelle aussi des moments cruels comme cette nuit de décembre 1936, l'année de notre arrivée, en plein été brésilien, où une nouvelle désastreuse vint bouleverser notre maison : piloté par Jean Mermoz, l'hydravion *Croix-du-Sud* — un Latécoère — venait de disparaître dans l'Atlantique entre Dakar et Natal. Le chagrin de mon père, dont l'indifférence n'était pas le fort et qui vivait l'histoire comme une affaire de famille, fut aussi vif qu'à l'annonce de l'assassinat de Louis Barthou à Marseille. Quelques jours plus tard, l'épopée aérienne se poursuivait triomphalement malgré les drames et les échecs : sur le même trajet exactement, de Dakar à Natal, Maryse Bastié était la première femme française à traverser l'Atlantique Sud à bord de son Caudron Simoun. Mon père revivait.

MOI : Mermoz, l'archange blond…, Maryse Bastié, l'héroïne française… Bien, très bien. Mais vous ? Où en étiez-vous ? Vous ne viviez pas, j'imagine, à onze ou douze ans, que par grandeur interposée ? À nouveau, que faisiez-vous ? Que pensiez-vous ?

MOI : Je vais encore vous décevoir. Je ne faisais presque rien. Je travaillais, à l'ombre de ma mère. J'apprenais le calcul, l'histoire de France, le latin. Je ne pensais pas beaucoup. Je n'avais pas de grands rêves. J'étais consciencieux et plutôt abruti. Je n'avais toujours pas d'ami. Je n'avais aucune amie. J'attendais le courrier. Il m'apportait par bateau et avec beaucoup de retard les instructions et les corrigés du cher et vieux cours Hattemer qui constituait, avec mes parents, mon seul et unique horizon.

Mon frère Henry me manquait. Il languissait à Paris, où il était censé travailler dans sa boîte à bachot — dont il gardait, je crois, un souvenir horrifié. Le fond de l'affaire, qui n'est pas à mon honneur, est que, besogneux et cafard, je travaillais assez bien et qu'il travaillait plutôt mal. Henry était un de ces rebelles qui s'installent au fond de la classe, près du poêle, pour en faire le moins possible. En Roumanie, déjà, mes souvenirs les plus vifs étaient liés à l'arrivée des notes hebdomadaires envoyées par le cours Hattemer. Les miennes étaient bonnes. J'étais un pauvre type. Les siennes étaient désastreuses. Mes parents l'engueulaient. Je l'admirais. Il voulait devenir marin. Toute la famille ricanait. Le concours de l'École navale est une épreuve difficile. Il n'y parviendrait jamais. Ma mère, je le crains, était en admiration devant moi. J'étais son préféré. En désespoir de cause, nous avions abandonné mon frère aîné à Paris dans l'institution dont il était la honte et qui faisait son malheur, et je continuais, à Rio, à faire le bonheur de mes parents en collectionnant des bons points dont je rougissais en silence. Nous verrons un peu plus tard, honorable Sur-Moi, comment mon frère s'est vengé. Le voyou, ce sera moi. Et le héros, ce sera lui.

Mon père rongeait son frein à l'ombre du Corcovado. Il était ambassadeur de France. Il avait le rhume des foins. Il s'ennuyait un peu. Le sort de la vieille Europe l'inquiétait de plus en plus. Il suivait de loin avec horreur l'ascension d'Hitler. Ce qui se passait en France le tourmentait affreusement. Hostile à l'extrême droite, à l'Action française, à la Cagoule, aux ligues, fidèle à Briand, à Philippe Berthelot, à Alexis Leger — en poésie, Saint-John Perse —, au souvenir de Stresemann dont il ne restait déjà presque rien, pacifiste jusqu'à l'antimilitarisme, il commençait à se demander s'il n'aurait pas mieux valu attaquer Hitler en 1934, en 1935 ou en 1936. Il se mettait à songer, à regret peut-être, peut-être avec soulagement, à prendre sa retraite et à retourner à Paris. Il croyait de plus en plus la guerre inévitable et il se refusait à rester plus longtemps loin de cette France qu'il sentait en danger.

Les fêtes, la vie facile, l'insouciance se poursuivaient au Brésil. Le grand événement à Rio, dans tout le pays et presque déjà dans le monde entier, était le carnaval. La tête toute pleine des événements en France et en Europe, nous y assistâmes deux fois avec des sentiments mêlés et une gaieté mélancolique et un peu forcée. Ignorant de tout racisme — aux États-Unis, avec une goutte de sang noir, vous étiez noir ; au Brésil, avec une goutte de sang blanc, vous étiez blanc —, un peuple entier se jetait avec une ferveur bon enfant dans tous les délires de la fête. Ivres de l'éther projeté par les fameux lance-parfum, dansant du matin au soir et du soir au matin dans une atmosphère électrique, attachés aux grands chars où se trémoussaient, dans une allégresse monstrueuse, des fées, des dragons, des Napoléon, des sorcières et des reines d'un soir à moitié nues, Brésiliens et Brésiliennes, irrésistibles d'insouciance et de gaieté, chantaient à tue-tête :

Mamãe, eu quero,
Mamãe, eu quero,
Mamãe, eu quero mamar.
Dá a chupeta, dá a chupeta pro bebê não chorar

et s'abandonnaient à un bonheur qui leur faisait oublier tous les chagrins de la vie et tous les troubles du monde.

Mes parents…

MOI : Ah ! vos parents…

MOI : Oui, mes parents… C'étaient eux d'abord qui comptaient pour moi. Je ne vais pas vous raconter que j'écrivais à douze ans des romans, des nouvelles, des tragédies classiques, que j'étais, avant la lettre, une Françoise Sagan ou une Minou Drouet au masculin, que je roulais dans ma pauvre tête de grands projets d'avenir, que la foi ou la révolte me jetaient hors de moi. Non. J'essayais de traduire Cicéron et Tite-Live, de comprendre les équations du second degré, d'apprendre la liste des reines de France. J'étais un petit garçon plutôt éveillé mais très soumis et vaguement chafouin dans les jupes de ma mère, un bon élève un peu hypocrite et, comme mon frère l'avait appris à ses dépens, affreusement agaçant.

Je commençais pourtant à me constituer peu à peu un petit monde autour de moi où les contradictions ne manquaient pas. J'avais trouvé un héros dont je ne savais pas encore que Jean-Paul Sartre allait voir en lui « le Cyrano de la pègre » : c'était Arsène Lupin. Son haut-de-forme, son écharpe blanche, son monocle me faisaient rire et m'enchantaient. J'aimais le voir échapper à l'inspecteur Ganimard et se déguiser en Paul Sernine ou en don Luis Perenna. Je nourrissais déjà en secret, presque inconnue de moi-même, comme une soif de transgression. Je souffrais d'une maladie infantile difficile à détecter : l'absence de rébellion.

Un peu plus haut, je me mettais aussi à aimer les contes et légendes d'ailleurs et de partout que je devais à ma mère ou à Mlle Ferry, les mythologies de la Grèce et de l'Inde, les pharaons d'Égypte — Ramsès II ou Thoutmès III, appelé aujourd'hui Thoutmosis — que je confondais entre eux et ce personnage mystérieux surgi d'une Mésopotamie dont je ne savais presque rien et qui s'appelait Gilgamesh. Il était accompagné d'une cantinière établie, c'était bizarre, sur les « confins du monde ». La cantinière me faisait rêver. J'aimais beaucoup rêver.

Mes parents, eux, essayaient de s'entourer de ces Brésiliens francophiles et brillants qui ne manquaient pas à Rio. Les Fontes, les Guinle, qui avaient de grosses fortunes, les membres de l'Académie — dansent encore dans ma pauvre tête les noms alors éclatants d'Amoroso Lima, d'Osorio de Almeida ou d'Afranio Peixoto qui avaient succédé au grand Machado de Assis, sorte d'Anatole France brésilien, auteur des *Mémoires posthumes de Braz Cubas*, fondateur, à l'extrême fin du XIXe, de l'Academia Brasileira de Letras —, quelques journalistes de haut vol, des médecins et des chercheurs, des femmes du monde qui rêvaient de Maxim's, de la rue de la Paix ou de l'avenue Montaigne et des intellectuels qui ne détestaient pas, à la façon d'un Assis Chateaubriand, ajouter des noms de chez nous à leurs noms de chez eux et qui parlaient un français étincelant à l'admiration de mon père. « Il parle français comme un étranger » était un de ces éloges qu'en avance sur son temps il aimait déjà décerner.

Le Brésil était pour moi comme le soleil d'une vie nouvelle. *Muito obrigado.* Il se changeait pour mon père en exil loin du pays en danger. Au début de 1938, n'en pouvant plus d'angoisse, ce grand nerveux très calme demanda sa retraite anticipée et nous rentrâmes à Paris.

EMPORTÉ PAR LE TEMPS

MOI : Mesurez-vous, misérable petit Moi, l'étendue de votre chance ? L'amour de vos parents. Une vie lisse et facile. Des décors qui changent aussi vite qu'au théâtre. Dans les douze ou treize premières années de votre existence parmi les tumultes du temps, bordée et protégée de toute atteinte par le hasard ou par la Providence, tout vous est donné à foison. Vous n'avez même pas à faire le moindre effort ni à ouvrir la bouche : toutes les délices du monde sont déjà à vos pieds. Beaucoup n'ont rien. Vous avez tout.

MOI : Je n'ai pas tout. Ma santé est fragile. J'étais un enfant chétif et nerveux qui ne supportait pas, dans ses premières semaines, le lait même maternel. Pour éviter le pire, il a fallu m'élever comme une petite chose en péril et au jus de carotte. Vous devriez me voir, distingué Sur-Moi, sous les traits d'un lapin.

Je ne sais plus très bien dans quelles circonstances, lors d'un passage à Paris en tout cas, je ne sais pas non plus quel médecin m'a enlevé les amygdales. Un souvenir plutôt vague de douleur et de sang. Était-ce utile ? J'en doute un peu. Même en médecine, la mode frappait encore et déjà. Très jeune, presque dans l'enfance, par paresse peut-être, ou par une forme d'indifférence et de soumission au destin, je pensais que le mieux était de laisser faire la nature ou le Bon Dieu.

Mes premières années ne tournaient pas autour de ma santé. L'essentiel était ailleurs. Nous étions catholiques. Républicains, démocrates, libéraux, tolérants. Mais aussi catholiques. Ou peut-être plutôt chrétiens. Les temps n'étaient pas encore à la solidarité, au partage, à l'altruisme. Aux grands principes ni aux discours. Vous le savez déjà : nous étions une caste. Mais aussi une secte. Sans grand tapage, sans excès, avec une sorte de modération, nous étions disciples du Christ Jésus. Et le Royaume de Dieu était d'abord parmi nous. Ce que m'apprenaient inlassablement mes parents qui me voulaient poli, attentif, convenablement vêtu, sociable, c'était de penser aux autres.

Nous savions que, quelque part, au loin, dans d'autres mondes inconnus et assez difficiles à imaginer, en Afrique ou en Chine, des enfants manquaient d'eau et mouraient de faim. Je récoltais avec soin le papier d'argent qui entourait mes bonbons, mes gâteaux, mes cadeaux et, par des canaux pleins de mystère, je les envoyais aux petits Chinois que j'étais invité à aimer.

Il est assez remarquable que mon père, si ardemment républicain, fût aussi franchement hostile à tout un large pan de la doctrine et de l'action de la République : la colonisation. Il pensait que les colonies ne constituaient pas une solution très heureuse et qu'il y avait d'autres moyens d'aider les populations dans le malheur.

Le malheur du monde ne nous était pas présent à la façon d'aujourd'hui où la misère de partout nous parvient aussitôt en temps réel. La télévision n'existait pas. Mais, à défaut d'images venues d'ailleurs, mon père et ma mère m'apprenaient sans relâche à ne pas trop m'occuper de moi, à ne pas me faire remarquer, à ne pas parler de moi et à me mettre à la place des autres — du prochain, de notre vieille tante malade et folle, des inconnus au loin dans des mondes fabuleux — par l'imagination.

Il n'était pas besoin de beaucoup d'imagination pour comprendre que le malheur, si longtemps rejeté au loin et réservé aux autres dans des contrées lointaines, était sur le point de frapper à notre porte. Comme dans une pièce bien réglée, dans un drame aux ressorts huilés avec beaucoup de soin, nous arrivâmes en France juste à temps pour assister au honteux soulagement et à l'humiliation des accords de Munich. La mécanique du désastre et du déclin était déjà engagée.

On raconte — Sartre se fait l'écho de la scène dans un de ses romans — que Daladier, revenant de Munich où, en compagnie de Chamberlain, il a rencontré Hitler pour sauver la paix en reculant, aperçoit avec effroi du haut de son avion une foule déjà dense rassemblée au Bourget. Il est d'abord persuadé qu'elle s'est réunie pour le huer et l'accabler. Quand il comprend qu'elle est là pour exprimer sa joie et pour l'acclamer, il s'écrie :

« Ah ! les cons ! »

Nous n'arrivions pas en avion au Bourget. Au terme d'un long voyage de retour en bateau, nous rentrions chez nous dans un lieu de légende qui remontait loin dans le passé et qui était destiné à jouer un grand rôle dans mon modeste avenir : Saint-Fargeau.

MOI : Nous y voilà… Obsession sur obsession. Après le toc de votre père, voici le toc de Saint-Fargeau. Je m'y attendais un peu. Rien ne nous sera épargné. Vont défiler, l'un après l'autre, jour après jour, sous nos yeux un peu lassés et sous des formes diverses, les époques successives de votre mythologie personnelle. Quel ennui !…

MOI : Rassurez-vous, très estimé Sur-Moi : pour me défendre le mieux possible dans ce procès qui me dépasse, j'ai suivi, à mes débuts dont il n'y avait pas grand-chose à dire, un ordre de marche chronologique qui me paraissait commode. Encore deux ou trois ans de cet exercice et les événements, les rêves, les hasards, les changements de perspective deviendront si nombreux qu'il faudra bien abandonner cet ordre chronologique et un peu plan-plan pour une série de tableaux dont j'espère qu'ils parviendront à couvrir le paysage de ma mince existence. Il vous appartiendra alors de l'explorer afin de mener à bien votre travail d'investigation.

MOI : Ne me dictez pas ma tâche, petit Moi insolent. Le tribunal fait bien ce qu'il veut de ce que vous racontez. Contentez-vous de répondre à mes questions. Nous voilà à Saint-Fargeau. De quoi s'agit-il ?

MOI : Il s'agit d'un château. Beaucoup plus vieux, beaucoup plus grand, beaucoup plus chargé d'histoire qu'Ormesson. Ormesson est une jolie bâtisse du XVIe, remaniée au XVIIIe, avec un beau parc, dessiné par Le Nôtre, où se sont promenés Mme de Sévigné, Turenne, Racine, Boileau, La Fontaine, Bossuet et Diderot. Saint-Fargeau est un monument qui appartient depuis des siècles au patrimoine national.

MOI : Ne vous vantez pas. Sous une apparente modestie, j'ai déjà remarqué chez vous comme une tendance assez fâcheuse à la satisfaction.

MOI : Je ne me vante pas. Et je suis tout, sauf satisfait. À l'origine, Saint-Fargeau est un pavillon de chasse élevé, vers la fin des années 900, par Héribert, comte d'Auxerre, frère bâtard de Hugues Capet. Des familles puissantes, les Bar d'abord, puis les Chabannes modifient le décor, élèvent des tours rondes, remanient la demeure qui finit par se changer en un château aux dimensions imposantes. Il devient, parmi beaucoup d'autres, la propriété de Jacques Cœur, fils d'un marchand de Bourges, qui poursuit une carrière brillante et se retrouve maître des monnaies à Bourges, puis grand argentier de Charles VII. Accusé de spéculation, et même, en dépit de toute vraisemblance, d'empoisonnement sur la personne d'Agnès Sorel, il est arrêté, réussit à s'échapper, gagne Rome où il est bien accueilli, reçoit du pape le commandement d'une flotte destinée à soutenir Rhodes contre les Turcs et trouve, au terme d'une vie d'aventure étonnante, la mort sous les murailles de Chio, en Grèce. Saint-Fargeau tombe dans l'escarcelle de la Grande Mademoiselle, fille de Marie de Bourbon-Montpensier et de Gaston d'Orléans, frère agité et médiocre de Louis XIII.

Dite la Grande Mademoiselle, Anne Marie Louise d'Orléans, duchesse de Montpensier, joue un rôle important vers les débuts de la deuxième moitié du XVIIe siècle. D'un physique plutôt ingrat racheté par une immense fortune, elle caresse d'abord l'idée d'épouser son cousin germain qui n'est autre que Louis XIV. Mais, prise dans les remous de la Fronde, saisie d'ambition, liée aux adversaires du cardinal Mazarin, elle en vient à faire tirer le canon de la Bastille sur les troupes royales pour sauver son ami Condé en mauvaise posture au faubourg Saint-Antoine en 1652. Après la victoire du cardinal, elle se retire dans son domaine de Saint-Fargeau.

Embelli par François Le Vau, frère de Louis Le Vau, l'architecte du Louvre, de Vaux-le-Vicomte et de Versailles, le château de Saint-Fargeau prend alors l'aspect qu'il conserve encore aujourd'hui : une cour intérieure immense au cœur d'un pentagone de brique rose flanqué de cinq grosses tours et d'une chapelle précédée d'un escalier en éventail. Sous les ardoises d'un toit qui s'étend sur un hectare et demi se cache un trésor d'architecture : une charpente de bois, aux dimensions plutôt rares, assez semblable à une immense nef de navire, sans la moindre trace de métal, et qui fait rêver les visiteurs. Autour du château, un parc à l'anglaise avec un grand étang bordé par deux allées parmi beaucoup d'autres : l'allée des Arbres verts et l'allée des Soupirs.

La Grande Mademoiselle règne sur une cour nombreuse et brillante. Les cuisines du château sont vastes et fameuses. La tradition veut qu'Anne Marie Louise ait été charmée par un marmiton en train de siffler des airs délicieux avec beaucoup de talent : c'était Lully, qui allait connaître une grande carrière. Mais de tous les noms illustres liés à Saint-Fargeau, le plus surprenant, sinon le plus célèbre, est celui de Lauzun.

Antoine Nompar de Caumont La Force, duc de Lauzun, était laid, spirituel, d'une audace et d'une insolence sans bornes. Ses manœuvres, souvent d'un goût douteux — il s'était dissimulé sous le lit du roi pour surprendre sa conversation —, lui avaient valu l'hostilité de Mme de Montespan. À bout de patience, Louis XIV, au terme d'une dispute, après avoir brisé sa canne pour éviter de frapper l'intrigant, s'était résolu à l'exiler et à l'emprisonner dans la sinistre forteresse de Pignerol où il allait retrouver un personnage autrement intéressant et que nous avons déjà rencontré : Nicolas Fouquet. Incorrigible, Lauzun réussit, en passant par une cheminée de la prison, à séduire la fille du malheureux Fouquet venue rejoindre son père.

Tant de provocations et d'aventures avaient tourné la tête à la Grande Mademoiselle. Elle qui avait tout ne rêvait plus que d'une chose qui se heurtait à l'opposition résolue de Louis XIV : épouser le vilain et séduisant Lauzun. Une résolution si ferme finit par l'emporter sur l'hostilité du roi : elle épousa son duc. Le mariage, bien entendu, ne tarda pas beaucoup à se révéler malheureux. Comme la plupart des aventurières de cette époque flamboyante, qui n'avaient pas eu froid aux yeux dans leur jeunesse agitée, la Grande Mademoiselle terminera sa vie dans la piété et dans la dévotion. Lauzun, en secondes noces, épousera la belle-sœur du duc de Saint-Simon, l'auteur des fameux *Mémoires*.

L'histoire de Saint-Fargeau ne se termine pas avec la Grande Mademoiselle. À sa mort, le domaine est acheté par un des financiers les plus fortunés — avec Samuel Bernard — de la fin du XVIIe siècle : Antoine Crozat. Crozat, à son tour, revend le château, son parc, ses forêts, à une famille de parlementaires déjà assez notoires, les

Le Pelletier. Ils vont entrer avec éclat dans notre histoire nationale sous le nom, bientôt illustre, de Le Pelletier de Saint-Fargeau.

MOI : N'exagérez pas.

MOI : Je n'exagère pas. Si j'utilisais le vocabulaire qui vous est familier, honorable Sur-Moi, je dirais volontiers que Louis-Michel Le Pelletier de Saint-Fargeau est une gloire citoyenne. Président à mortier au parlement de Paris, député de la noblesse aux États généraux, il se rallie aux patriotes dès juillet 1789, réclame le rappel de Necker et l'abolition de la peine de mort, fait rayer le blasphème de la liste des crimes et délits, se lie avec Robespierre, siège avec la Montagne à la Convention nationale, présente un rapport, qui fait du bruit, sur l'éducation des enfants et finit par voter la mort du roi — aux côtés de Philippe d'Orléans, dit Philippe Égalité, père du roi Louis-Philippe — le 20 janvier 1793.

Je tombai un jour sur le comte de Paris.

« Monseigneur, lui dis-je, nous avons un point commun : nous descendons tous les deux de régicides. »

Sa réaction fut mitigée.

Louis XVI est guillotiné le 21 janvier. Le jour même, Louis-Michel dîne chez Février, au Palais-Royal, à peu près à l'emplacement du Véfour d'aujourd'hui. Il achève son repas quand pénètre dans l'établissement un ancien garde royal du nom de Pâris. Un dialogue s'engage :

« Es-tu Le Pelletier de Saint-Fargeau ?

— Oui.

— Et tu as voté la mort du roi ?

— Ma conscience le voulait.

— Voici ta récompense. »

Et Pâris plonge son épée dans le cœur du conventionnel.

L'affaire fait un bruit énorme. Du jour au lendemain, Louis-Michel Le Pelletier de Saint-Fargeau devient, aux côtés de Marat, assassiné dans sa baignoire par Charlotte Corday, l'autre icône de la Révolution. Le corps sanglant du conventionnel est exposé aux regards et à la vénération du public. Louis David peint le cadavre en un tableau célèbre mais disparu. Louis-Michel a une fille de sept ou huit ans du nom de Suzanne. Robespierre la prend dans ses bras, la présente à la Convention nationale et prononce ces mots passés à la postérité :

« Citoyens, voici votre fille. Enfant, voici tes pères. »

Cette scène qui semble sortie d'un roman a au moins deux conséquences. La première est que le château de Saint-Fargeau, propriété du héros-victime à la fortune fabuleuse, traverse sans la moindre dégradation l'épreuve de la Terreur. C'est tout juste si les armes de la Grande Mademoiselle — AMLO, Anne Marie Louise d'Orléans — sont pilonnées sur les façades du château qui sort indemne de la tourmente. La seconde conséquence, que j'ai souvent rapportée, fait partie intégrante à la fois de l'histoire artistique de la France et de ma saga familiale.

À la mort de David, ardent Jacobin rallié avec éclat à l'Empereur et exilé en Belgique sous la Restauration, toute une partie de l'œuvre du peintre fut mise en vente. Par un phénomène assez courant, Suzanne, la fille de Louis-Michel, la mascotte de Robespierre, la Shirley Temple de la Convention nationale, s'était détournée des idées de son père et avait embrassé avec chaleur la cause de la monarchie. Elle racheta à chers deniers — le bruit courut de cent mille francs-or — le tableau représentant Le Pelletier de Saint-Fargeau sur son lit de mort. Les exécuteurs testamentaires du peintre n'ignoraient pas les convictions de la fille du conventionnel. Ils lui firent promettre de ne pas détruire le tableau. La légende familiale veut que le chef-d'œuvre de David ait été muré quelque part dans les tours rondes, massives et roses du château de Saint-Fargeau.

C'est dans cette terre de légendes et dans ces rêves très gais en dépit de tant de sang que je débarquai en arrivant des tropiques, de la petite ville romanesque de Petropolis et de la baie de Flamengo entre le Pain de Sucre et le Corcovado. Mes grands-parents m'attendaient.

Mes grands-parents paternels, je les avais perdus avant ma naissance. Ma grand-mère maternelle était chez elle : depuis le conventionnel, Saint-Fargeau était toujours passé par les femmes. Suzanne Le Pelletier avait eu une fille qui avait eu une fille qui avait eu une fille qui avait eu une fille et le tout aboutissait à ma grand-mère, Valentine. Catholique très pieuse et plutôt effacée, Valentine, qui avait dû être belle dans sa jeunesse, appartenait à la vieille famille bretonne des Boisgelin où étaient apparus successivement, et entre autres, des maréchaux de camp et un cardinal. À en croire les paroles d'une sonnerie de trompes de chasse :

Boisgelin, la vie que tu mènes
Ne saurait plus longtemps durer,
Tu perdrais en une semaine
Ta terre de Beaumont-le-Roger

les Boisgelin ne détestaient pas mener la vie à grandes guides.

Valentine avait épousé Jacques Anisson du Perron, descendant d'une lignée lyonnaise de libraires et d'imprimeurs qui avait donné sans interruption, entre la fin du XVIIe siècle et le milieu du XIXe, des directeurs à l'Imprimerie royale, puis à l'Imprimerie nationale. Sa fortune ne devait pas être négligeable puisqu'elle lui avait permis de reprendre le château de Saint-Fargeau. Il était petit, râblé, capitaine de cavalerie et franchement réactionnaire. Élevé par les jésuites, il lisait et parlait le latin assez bien. Il s'était entretenu en latin avec des amis hongrois qui ne parlaient pas le français et il s'étonnait de ne pouvoir faire de même avec moi qui, ayant étudié la langue de Virgile et de Cicéron pendant une bonne douzaine d'années, étais bien incapable de soutenir une conversation en latin. Il avait été en garnison à Abbeville où était née, un 15 août, ma mère, qui s'appelait Marie.

Parce que nous arrivions à Saint-Fargeau vers la fin de juin ou le début de juillet pour la durée des vacances d'été, je revois le château, sa cour rose, son étang, son parc à l'anglaise avec ses chênes et ses sapins, sous des flots de soleil. Des incendies successifs avaient détruit toute une aile de la vieille demeure. Une bonne quarantaine de chambres avaient été abandonnées. Une demi-douzaine seulement étaient encore habitées — sans la moindre eau courante et avec seulement deux salles de bains d'une austérité remarquable et tout à fait vieillottes.

Toute l'économie de la maison reposait sur un ménage de vieux serviteurs sorti d'un ouvrage de la comtesse de Ségur et qui faisait partie de la famille. Lui s'appelait Jean Gonnin ; et elle, Marie-Louise. Jean Gonnin faisait tout et apportait à table, dans la salle à manger creusée dans une des tours gigantesques du château, sous un lustre étonnant et assez laid, composé de trompes de chasse, des plats d'une frugalité et le plus souvent d'une médiocrité surprenantes. Provenant de la cuisine démesurée et lointaine, héritée de la préhistoire, ils avaient tout le temps de refroidir au cours d'un trajet interminable qui, comportant un escalier de bois glissant et très raide, tenait du tour de force et de l'exploit sportif. Marie-Louise ne faisait pas grand-chose et apparaissait chaque matin dans chaque chambre, pour la toilette du jour, avec à la main un broc plutôt modeste d'une eau qu'elle présentait comme chaude.

J'aimais dormir…

MOI : Ça ne m'étonne pas.

MOI : … Je me réveillais tard le matin. Je guettais le soleil à travers les rideaux et le bruit du râteau manié par le jardinier sur le gravier au pied des tours. Pour la première fois, je me sentais chez moi. À l'abri. Loin des tumultes du monde qui avaient plus de peine à parvenir jusqu'à Saint-Fargeau, à deux heures de Paris, qu'en Bavière, en Valachie ou dans la baie de Guanabara.

Je me levais. Je traînais dans le billard, dans le petit salon, dans le grand salon, dans la bibliothèque. Deux fois par mois, l'horloger, M. Machavoine, venait remonter les horloges du château. Une de mes occupations favorites était de le suivre de pièce en pièce avec un sentiment de béatitude qui relevait de la transe. J'aimais ses gestes de magicien, sa précision, sa lenteur. J'écoutais avec délice sonner les pendules, les cartels, les horloges anciennes installées sur des éléphants ou entourées de nymphes guerrières. Je sortais. J'allais m'installer sous les tilleuls auprès de ma grand-mère, assise dans une étonnante cahute d'osier qui la protégeait du soleil et du vent. Moi, je m'offrais au contraire le plus possible au soleil et je me plongeais dans la lecture de *La Petite Illustration* qui publiait en ce temps-là des pièces de théâtre. J'aimais *Knock ou le Triomphe de la médecine* de Jules Romains, et *Topaze* de Pagnol, plus tard Achard ou Roussin, et surtout Flers et Caillavet dont *Le Roi* ou *L'Habit vert* me transportaient de bonheur. Vingt ans plus tard, j'allais entendre avec joie Vladimir Jankélévitch interrogé à la télévision sur Beckett ou Pinter répondre que oui, bien sûr, ce théâtre-là l'intéressait beaucoup, mais qu'il ne pouvait s'empêcher de lui préférer Robert de Flers et Caillavet. Et puis j'allais me promener dans le parc, autour de l'étang, le long de l'allée des Soupirs ou de l'allée des Arbres verts. Je prenais ma bicyclette. Je poussais jusqu'à ces grandes forêts de chênes qui font la gloire de la Puisaye, autour du chapelet d'étangs dont les noms, aujourd'hui encore, me font monter les larmes aux yeux : l'étang du Talon, l'étang du Parre, l'étang Lelu, l'étang des Coqs (prononcer : des Cos), l'étang des Quatre Vents, et le plus vaste de tous, qui était la proie des pêcheurs : le Bourdon.

La Puisaye, avec Saint-Fargeau pour capitale, avec Bléneau, Toucy et Saint-Sauveur, la patrie de Colette, est une petite région française, à l'extrême nord de la Bourgogne, entre le Loing et la Loire, couverte, comme son nom l'indique, de forêts et de points d'eau. Si je m'enracine quelque part — on connaît l'apostrophe célèbre d'André Gide à Maurice Barrès : « Où voulez-vous, Monsieur Barrès, que je m'enracine ? » —, c'est en Puisaye. Je suis un cosmopolite poyaudin et toujours émerveillé, égaré plus tard un peu partout autour de la Méditerranée : en Grèce, en Turquie, au Moyen-Orient, en Égypte, et surtout en Italie.

MOI : Rien de tout cela ne vous sera reproché.

MOI : J'espère bien.

MOI : Mais pas mal d'autres choses…

MOI : C'est bien possible. Nous arrivions à Saint-Fargeau au début de l'été 1938, à la veille de Munich. J'avais treize ans. J'allais entrer dans la classe de troisième. Je me souviens comme si j'y étais de cette fin d'été où nous étions pendus à l'énorme radio de bois qui nous lançait à la volée des nouvelles — régulièrement désastreuses — d'Hitler, flanqué de ses sbires, de Mussolini et de son gendre Ciano, de Neville Chamberlain, l'homme au parapluie, d'Anthony Eden, courageux, démissionnaire, futur ministre de Churchill, toujours si élégant, et d'Édouard Daladier, « le taureau du Vaucluse ».

Pour trois raisons au moins, j'étais, à treize ans, ardemment hostile aux accords de Munich. La première était politique et familiale. Élevé dans l'exécration du national-socialisme, il m'était impossible de croire aux promesses du Führer. Je me répétais la formule de Churchill : « Vous aviez le choix entre le déshonneur et la guerre. Vous avez choisi le déshonneur. Et vous aurez la guerre tout de même. » La deuxième était égoïste et scolaire : le succès trompeur de Munich mettait fin à une période d'incertitude qui laissait en suspens une rentrée pleine de menace pour moi puisqu'elle marquait mon retour dans un système d'éducation dont j'étais un des rares jeunes Français à tout ignorer. La troisième raison relevait de fantasmes assez sombres : je me demande si je n'avais pas, tout au fond de moi-même, une soif secrète et à peu près inavouable de catastrophes. J'étais guetté par l'indifférence. Il me fallait lutter contre elle. Ce que je craignais par-dessus tout, c'était qu'il ne se passât rien.

MOI : Tiens donc !…

MOI : Nous y reviendrons, je crains. Le calice de Munich étant bu jusqu'à la lie, la rentrée devenait inévitable. Mes parents m'avaient inscrit à Bossuet, un collège privé et catholique de la rue Guynemer dont les élèves suivaient les cours du lycée Louis-le-Grand. Chaque jour, nous traversions le Luxembourg — où il nous arrivait aussi de jouer au ballon ou aux barres — pour nous rendre rue Saint-Jacques. Je ne garde presque aucun souvenir de Bossuet, mais Louis-le-Grand reste vivant en moi à cause d'un professeur qui allait prendre place à plusieurs titres — inégaux — dans notre histoire nationale : Georges Bidault.

Georges Bidault enseignait l'histoire dans une classe de troisième du lycée Louis-le-Grand en 1938. Démocrate-chrétien — on disait alors : démocrate populaire —, il écrivait aussi avec régularité des articles dans un journal proche des idées de mon père : *L'Aube*, où il combattait avec ardeur la capitulation de Munich. Un jour, avec stupidité, j'avais apporté en classe et déployé le journal de mon professeur. J'entends encore sa voix métallique et brève qui me remettait à ma place. Au sortir de mon enfance solitaire, Georges Bidault était pour moi le premier d'une longue série qui allait jouer un rôle immense dans ma vie : ces maîtres auxquels m'attacheraient l'affection et l'admiration. Jean Hyppolite, René Cassin, Paul Rivet, André Leroi-Gourhan, Jean-Pierre Vernant, Jacques Rueff, Roger Caillois, Emmanuel Berl, Jeanne Hersch, beaucoup d'autres encore allaient s'inscrire successivement dans ce cortège auquel je dois tant. Au point que j'ai souvent caressé l'idée d'écrire un livre sur un thème magnifique qui allait de Socrate et Alcibiade à Vladimir Jankélévitch et Lucien Jerphagnon, en passant par Platon, par Aristote et Alexandre le Grand, par Boileau, par La Bruyère, par Bossuet, par Jean-Jacques Rousseau et Chateaubriand, par Rimbaud, par Alain, par les peintres florentins ou vénitiens, par les artisans, par les gens du spectacle, du cheval ou du cirque : *Maître et disciple*.

Ce qui dominait, en ce temps-là, mon existence en développement, c'étaient deux combinaisons de circonstances et d'événements extrêmement différentes, l'une privée, l'autre publique : mes études et la politique.

L'école, le lycée, le travail et l'effort passaient avant tout. Avec, hélas, au bout du trajet, l'ombre menaçante du baccalauréat qui me remplissait de frayeur. Mes parents veillaient avec une tendre férocité à la priorité de ces obligations. Elles se limitaient d'ailleurs à un horizon de deux ou trois ans. Je n'avais, à treize ans, pas la moindre idée de ce que je voulais faire plus tard. Ces mots de *plus tard* recelaient pour moi quelque chose d'inquiétant et je me refusais à y penser. Petit bourgeois studieux, je m'attachais d'abord à la semaine qui venait, au trimestre en cours, au bilan de mon année scolaire. Sous la conduite d'un abbé dont j'ai oublié le nom — peut-être me sera-t-il fourni par un lecteur quasi centenaire ? — et qui avait, je crois, de l'affection pour moi, l'école Bossuet m'avait envoyé à Rome en compagnie de toute ma classe. Dans cette ville où je me rendais pour la première fois et que, dix ou quinze ans plus tard, j'allais aimer à la folie, je me suis beaucoup ennuyé. Les musées n'étaient pas mon fort. Je passais mon temps à dormir.

MOI : Déjà médiocre, peut-être ?

MOI : Très perspicace Sur-Moi, vous m'enlevez les mots de la bouche. De mes voyages à travers le monde dans mes toutes premières années, je n'avais tiré ni un poème, ni une fable, ni une chanson, ni un dessin pour ma mère. À l'entrée dans l'adolescence, je n'avais aucun grand rêve ni la moindre ambition. J'étais peut-être éveillé, peut-être même assez vif. Mais j'avais, je l'avoue, un côté abruti, ou en tout cas benêt, déjà bien affirmé. J'étais plutôt content, non pas de moi, mais de mon entourage. Même sans rien faire, je ne me suis jamais ennuyé avec moi. J'aimais respirer l'air du temps et vivre sans fracas me plaisait assez bien.

L'autre grande affaire de mes treize ou quatorze ans était la politique. En Bavière et en Roumanie, elle avait déjà envahi mon enfance. De retour en France, en Puisaye, à Paris, elle pesait sur mes minces épaules de tout son poids écrasant. Plus tard, sous Mitterrand, sous Hollande, je me suis un peu inutilement énervé. Mais je savais très bien que tout ce qui me paraissait alors si absurde et si inquiétant et que je dénonçais avec vigueur n'était que roupie de sansonnet à côté de la tragédie aux allures de catastrophe qui enveloppait mon enfance et mon adolescence. Pour parler un langage marxiste, ce qui est venu plus tard n'était qu'un *remake* en forme de grimace d'un passé dramatique. Avec la mort de Staline, le monde, qui se survivait tant bien que mal, était entré dans une zone de torpeur, dans une sorte de marécage où le seul danger, le vrai risque était l'endormissement dans la médiocrité. Quand j'avais dix ans, douze ans, quatorze ans, la vie, qui pour moi se concentrait sur mes études et sur le spectre d'un baccalauréat dérisoire, était guettée à chaque instant par deux ogres plus menaçants que le loup de nos fables, que la bête du Gévaudan, qu'un Barbe bleue cosmique : c'étaient Hitler et Staline. Et il fallait choisir entre eux.

MOI : Ne nous excitons pas, petit Moi.

MOI : L'Espagne déchirée avait donné un avant-goût des convulsions de l'Europe. Le philosophe José Bergamin avait deux neveux qui ne voulaient s'engager ni dans le camp des communistes ni dans le camp des fascistes.

« Il faut choisir », leur dit leur oncle.

Ils tirèrent au sort. L'un tomba sur l'extrême droite, l'autre tomba sur l'extrême gauche. Ils furent tués tous les deux.

Dans l'Europe en charpie, l'année de disgrâce 1938 s'achevait sur une incertitude qui, aux yeux au moins de mon père, n'était que trop certaine. L'image clé que je garde de l'année 1939 se situe dans ce jour de septembre où tombe de la bouche de ces pythies modernes qu'étaient alors, à défaut d'une télévision encore tapie dans l'avenir, la radio et la presse, la nouvelle désastreuse et enfin porteuse de vérité du pacte germano-soviétique conclu à Moscou entre Molotov, l'homme de Staline, et Ribbentrop, l'homme d'Hitler. Je vois encore sous mes yeux, j'entends de mes oreilles mon père me dire, un journal à la main, avec évidence et avec un désespoir qui se trompait rarement :

« C'est la guerre. Elle est là. Elle est inévitable. »

Une semaine plus tard, à propos de Dantzig qui n'était qu'un prétexte, elle était déclarée.

MOI : La guerre ! On dirait vraiment, petit Moi ridicule, que, plus encore que vos études, apparemment sacro-saintes, elle a dominé votre enfance, votre existence entière et le monde autour de vous…

MOI : En doutez-vous un instant, grand Sur-Moi de génie ? Elle était le fruit amer et nécessaire de tout ce qui s'était passé de médiocre et de gigantesque depuis ce jour fatal de l'été 1914 où un archiduc autrichien est assassiné à Sarajevo par un inconnu de dix-neuf ans qui fait connaître au monde le nom de Gavrilo Princip. Une bonne centaine de millions de morts allaient surgir, en trente ans, de ce coup de feu qui déclenche l'engrenage mécanique de tant de folies et de stupidités. S'ouvrait devant l'Europe en train de creuser sa tombe le temps des assassins.

MOI : Croyez-vous vraiment, mon pauvre petit, que le monde et l'histoire n'ont pas été depuis toujours, depuis la nuit des temps, la proie des assassins ? Je crains que vous n'oubliiez cet Empereur venu de Corse dont vous vous êtes un peu occupé, la guerre de Sept Ans, la guerre de Trente Ans, la guerre de Cent Ans, les grandes invasions, les horreurs de cette Rome que vous admirez tant, la guerre du Péloponnèse, si minuscule et si atroce, dont nous parle Thucydide.

MOI : Pardonnez-moi, grand Sur-Moi omniscient. Je n'oublie rien du tout. Mais il y a quelque chose qui s'appelle le progrès. Le progrès est un Janus à deux faces. C'est une bénédiction. Et c'est une malédiction. Le progrès, si merveilleux, si recherché à bon droit, est une formidable machine à engendrer le bien et à multiplier le mal. Les hommes vivent plus longtemps. D'une certaine façon qu'il est difficile de contester, ils vivent de mieux en mieux. Et, d'une certaine façon encore, ils vivent de moins en moins heureux. Ils deviennent plus nombreux — trop nombreux —, plus savants et plus forts. Ils peuvent tuer plus de gens. Ils peuvent en faire souffrir un nombre sans cesse croissant. Depuis ce jour du mois de septembre où mon père m'annonce la guerre et qui renvoie lui-même à cet autre jour d'été où l'héritier d'un grand empire se fait assassiner dans une petite ville des Balkans, une série de désastres vont déferler sur le monde. Les camps de concentration, les goulags, la Shoah, les bombardements massifs, le nucléaire, les souffrances liées au système colonial, les mensonges et les crimes deviennent notre pain quotidien. Pendant quatre ou cinq ans, et plus encore, à des degrés différents, directement ou indirectement, à titre personnel ou par solidarité, à travers la transparence et la communication, chacun de nous, cher Sur-Moi, ne sera plus que douleur. Ce que je suis avant tout, c'est un enfant de la guerre.

MOI : Vous vous prenez pour qui ? Pour un imprécateur cosmique ? On se calme. Je vous connais un peu. Ce que vous êtes avant tout, petit Moi ridicule, c'est un héritier, un jouisseur et un cynique professionnel. Ne montez pas sur vos grands chevaux.

MOI : Je vous remercie, Sérénissime Sur-Moi. Je me laisse souvent aller. La guerre éclatait. Avant même de prendre, plus de huit mois durant, la forme sournoise et angoissante de la fameuse drôle de guerre, formule inventée peut-être par Roland Dorgelès ou peut-être par Maurice Noël dans *Le Figaro*, sorte de sursis en forme d'adieu à la douceur de vivre, avec ses communiqués lénifiants, insipides et répétitifs, avec cette attente hagarde qui brisait les nerfs, avec l'annexe norvégienne et le drame finlandais, elle était une énigme et une interrogation : Paris allait-il être bombardé ? Paris allait-il être détruit ? Par les gaz ? Par cette fameuse cinquième colonne aux ordres des Allemands et entourée de mystère ? Mes parents décidèrent de s'installer à Ormesson, à quelques minutes, en ces temps-là, de Paris, chez mon oncle Wladimir et ma tante Conchita. Quittant à nouveau les bancs normaux de l'école et du lycée, je poursuivis toute ma seconde aux côtés de mes cousins André et Antoine qui avaient à peu près l'âge de mon frère et le mien.

Ces quelques mois d'immersion dans la famille de mon oncle restent un souvenir lumineux, assombri par la guerre. Très lié avec Pierre Brisson, homme de presse puissant qui avait pris la direction du *Figaro* en 1936, il était — avec André Siegfried qui régnait aux Sciences Po de la rue Saint-Guillaume et avec le charmant Gérard Bauër, petit-fils d'Alexandre Dumas, qui écrivait sous le nom de Guermantes, à droite de la première page du *Figaro*, des chroniques ravissantes sur la vie parisienne et les canards du bois de Boulogne — une des vedettes majeures du journal où il s'occupait surtout de politique internationale. Très beau, comme vous le savez déjà, perpétuel Sur-Moi, très brillant, très gai, passant son temps à Paris dans les milieux de la littérature, du théâtre, de la presse, du pouvoir, il faisait de chaque déjeuner et de chaque dîner comme une fête permanente.

Longtemps, à Saint-Fargeau, au cours des mois d'été, j'avais pris mes repas avec mon frère Henry et mon cousin Jacques — le fils de Roger, frère de ma mère —, qui était mon meilleur et, en vérité, mon seul ami et que j'aimais tendrement, dans la petite salle à manger d'enfants attenante à la grande. Et même dans la grande, il ne se passait pas grand-chose. Des voisins de campagne et le doyen

Voury, curé de Saint-Fargeau, successeur du doyen Mouchoux qui croquait des noix entières, y compris la coque, y faisaient de temps en temps une apparition fugitive. Mais la conversation ne s'élevait jamais beaucoup au-dessus des chasses à courre, des mariages et des enterrements, des oncles et des tantes, des cousins, des cousines et du temps qu'il faisait. Mon père essayait bien de l'orienter vers Louis-Michel Le Pelletier et son destin tragique. Mais la pâte ne prenait jamais et un silence glacial entourait le souvenir du régicide dans une famille où le 21 janvier, date de l'exécution de Louis XVI, restait un jour de deuil. À Ormesson au contraire, l'actualité politique, intellectuelle, artistique, littéraire défilait à toute allure.

Les hommes politiques — les femmes politiques n'existaient pas encore à l'exception de Louise Weiss, européenne convaincue, pacifiste et féministe, et de Geneviève Tabouis, nièce des deux frères ambassadeurs Jules et Paul Cambon, éditorialiste (peut-être subventionnée par Moscou) qui commençait volontiers ses bulletins d'information par une phrase devenue sa marque de fabrique : « Attendez-vous à savoir... » —, les journalistes, les écrivains constituaient l'entourage naturel de mon oncle Wladimir. Il nous rapportait leurs propos et leurs opinions et ils venaient souvent eux-mêmes s'asseoir à sa table. J'ouvrais de grands yeux et j'écoutais de toutes mes oreilles. Quand nous restions entre nous, Wladimir nous racontait avec talent des histoires passées ou présentes. Un soir, il nous parla des frasques d'une de nos arrière-arrière-grands-mères dont le tableau ornait la salle à manger ou le petit salon d'Ormesson. Le lendemain matin, au réveil, nous constations que le tableau, que ne soutenait plus un fil trop usé, était tombé à terre.

Plusieurs fois par mois venait déjeuner ou dîner, et parfois même coucher, un vieil ami de la famille que nous appelions l'oncle Félix. Plutôt grand et massif, très simple, toujours bienveillant, l'oncle Félix m'entraînait souvent avec lui dans de longues promenades qui nous menaient jusqu'aux bois entourant Ormesson. Il aimait les livres et la poésie et il me racontait les amours de Racine avec la Champmeslé ou la jeunesse de Chateaubriand, terrifié par son père au cours des soirées sinistres de Combourg rapportées dans les *Mémoires d'outre-tombe.* J'avais quatorze ans. J'écoutais avec passion ces récits de grandeur et d'exaltation. Il lui arrivait de temps en temps de citer de mémoire des scènes entières de Racine ou de Corneille :

POLYEUCTE

Je vous aime
Beaucoup moins que mon Dieu, mais bien plus que moi-même.

PAULINE

Au nom de cet amour, ne m'abandonnez pas.

POLYEUCTE

Au nom de cet amour, daignez suivre mes pas.

PAULINE

C'est peu de me quitter, tu veux donc me séduire ?

POLYEUCTE

C'est peu d'aller au ciel, je veux vous y conduire.

PAULINE

Imaginations !

POLYEUCTE

Célestes vérités !

PAULINE

Étrange aveuglement !

POLYEUCTE

Éternelles clartés !

PAULINE

Tu préfères la mort à l'amour de Pauline !

POLYEUCTE

Vous préférez le monde à la bonté divine !

PAULINE

Va, cruel ; va mourir ; tu ne m'aimas jamais.

POLYEUCTE

Vivez heureuse au monde, et me laissez en paix.

ou de glisser comme par mégarde des passages du *Sermon sur la mort* de Bossuet :

C'est une étrange faiblesse de l'esprit humain que jamais la mort ne lui soit présente, quoiqu'elle se mette en vue de tous côtés et en mille formes diverses. On n'entend dans les funérailles que des paroles d'étonnement de ce que ce mortel est mort. Et je puis dire, Messieurs, que les mortels n'ont pas moins de soin d'ensevelir les pensées de la mort que d'enterrer les morts mêmes.

Ou encore de réciter les vers écrits par Hugo à la mort de Claire qui avait vingt ans et qui était la fille de Juliette Drouet et du sculpteur Pradier :

Ils ont ce grand dégoût mystérieux de l'âme
Pour notre chair coupable et pour notre destin,
Ils ont, êtres rêveurs qu'un autre azur réclame,
Je ne sais quelle soif de partir le matin.

Quand nous reverrons-nous où vous êtes, colombes,
Où sont les enfants morts et les printemps enfuis,
Et tous les chers amours dont nous sommes les tombes,
Et toutes les clartés dont nous sommes les nuits ?

Vers ce grand ciel clément où sont tous les dictames,
Les aimés, les absents, les êtres purs et doux,
Les baisers des esprits et les regards des âmes,
Quand nous en irons-nous ? Quand nous en irons-nous ?

En disant ces mots :

Quand nous en irons-nous ? Quand nous en irons-nous ?

il frappait le sol de sa canne. Je ne connaissais pas le mot *dictames* et j'étais muet de stupeur et d'admiration.

Bien des années plus tard, j'allais rencontrer Gustave Thibon, l'auteur trop oublié de *L'Échelle de Jacob* qui me récitait de nouveau, de sa belle voix rocailleuse à l'accent du Midi :

Quand nous reverrons-nous où vous êtes, colombes…
Quand nous en irons-nous ? Quand nous en irons-nous ?

Et je devais me lier avec un autre géant, plus grand et plus massif encore que l'oncle Félix : Kléber Haedens. Kléber venait de *L'Action française* et était un disciple de Maurras, comme Thierry Maulnier. Ils détestaient tous les deux le pathétique du romantisme. Thierry Maulnier, dans son *Anthologie de la poésie française*, n'avait retenu de Hugo qu'un seul vers isolé :

Quel dieu, quel moissonneur de l'éternel été…

Et Kléber tentait en vain de me persuader du vide abyssal de la pensée de Hugo. Je me souvenais, en l'écoutant, de la voix et de la canne de l'oncle Félix. Et je me répétais en moi-même :

Quand nous en irons-nous ? Quand nous en irons-nous ?

Je dois beaucoup à l'oncle Félix et à cette famille qui l'entourait et qui a été très bonne pour moi. Je me rappelle qu'un jour, à je ne sais plus quelle occasion, Noël peut-être, ou le 1er janvier 1940, elle me remit en cadeau les œuvres complètes de Bergson.

MOI : C'est cette famille-là que, quelques années plus tard, vous alliez vous hâter de trahir ?

MOI : Implacable Sur-Moi, on ne peut rien vous cacher. Dans une douzaine d'années, c'est-à-dire dans quelques pages, demain ou après-demain, comme dans une pièce bien conçue où les coups de théâtre et les retournements ne manquent pas, je me verrai contraint devant vous à plaider enfin coupable. Pour l'instant, tout va bien. Ou plutôt pas trop mal. *So far, so good*, comme s'écrie l'Américain qui, tombant du soixante-quinzième étage, passe devant le dixième. La guerre est là, mais elle ne fait pas encore rage. Elle chemine, souterraine. Elle est dans les esprits beaucoup plus que dans les faits. Une vague espérance lutte encore avec l'angoisse. Nous nous forçons à croire, sans y croire tout à fait, dans une sorte d'optimisme mêlé de mauvaise foi, dans une espèce de pessimisme toujours baigné d'illusions, que le pire n'est pas toujours sûr.

L'automne se passe dans la crainte et dans le tremblement. L'hiver lui succède, avec, déjà, une ombre d'habitude. Peut-être la guerre va-t-elle durer comme ça ? Peut-être Hitler va-t-il mourir d'un coup de pistolet ou d'une attaque cardiaque ? Peut-être le monde sera-t-il sauvé de l'apocalypse annoncée ? Le printemps arrive. Il est très doux. Chanté par Aragon, mai 1940 est radieux. Un matin, pourtant, mon cousin André que j'aime beaucoup et avec qui je vais me promener souvent dans les bois d'Ormesson, moins grands, moins somptueux que les forêts de Puisaye, passe à toute allure dans les pièces du château en criant à tue-tête :

« Les Allemands sont entrés en Belgique ! »

Les cinq années de la plus terrible des guerres de toute l'histoire des hommes s'ouvraient soudain devant nous.

Après huit mois d'attente, l'arme au pied, à l'abri du mythe trompeur de la ligne Maginot, le sort de la bataille de France s'est joué en une dizaine de jours. Je ne vous parlerai pas, honorable Sur-Moi, de nos tribulations privées qui sont sans intérêt ni du drame national que le monde entier connaît. Le 10 mai 1940 est peut-être la date la plus sombre de notre longue épopée. Et le début d'un déclin militaire, politique, économique et culturel. Dix siècles d'histoire glorieuse s'effaçaient d'un seul coup. Un grand pays s'effondrait.

Nous avons fait comme tout le monde. Mon père voyait avec horreur le national-socialisme s'emparer de la France. Nous avons quitté Paris, déclaré ville ouverte. L'exode. Moulins. Le passage de la Loire. Dans un hôtel de Brive plein à craquer — c'était, je crois, La Truffe noire —, j'ai dormi sur un billard. Bordeaux. La demeure improbable d'une vieille tante à l'esprit dérangé : le château…

MOI : Encore un château !

MOI : … de Lézignan-la-Cèbe, construit au XVIIe pour un Montmorency, près de Pézenas, cher à Molière, dans l'Hérault. Je n'ai pas entendu à la radio l'appel du 18 juin. Mais dès la fin du mois, par des canaux mystérieux, j'étais gaulliste.

Le mois d'après, en juillet, mon père, ambassadeur à la retraite, est nommé par Pétain à la tête de la Croix-Rouge française. Il va lui falloir travailler à Vichy. Il nous installe, ma mère et moi, flanqués de mon cousin Jacques et de sa mère, ma blonde et délicieuse tante Anne-Marie dont le mari est prisonnier en Allemagne, dans la modeste pension Bon Accueil à Royat et il m'inscrit en première, pour préparer mon bachot, au lycée Blaise-Pascal à Clermont-Ferrand. Un tramway, passant par Chamalières, relie Royat à la place de Jaude, au cœur de Clermont-Ferrand. L'Angleterre, assiégée, avec Churchill au pouvoir, est seule à tenir tête — mais pour combien de temps ? — à Hitler triomphant. Les États-Unis sont neutres et penchent plutôt vers Pétain que vers de Gaulle. La Russie soviétique n'est pas neutre : elle est l'alliée de l'Allemagne. L'espérance n'est plus qu'une lueur qui clignote avant de s'éteindre. L'avenir du monde est sinistre. À l'image du sort misérable de la patrie, notre existence s'annonce rude.

Elle le sera encore plus. Une page d'honneur, presque de gloire, s'inscrit dans la vie de mon père. Au début d'août, mon père se rend à Vichy. Il y reste vingt-quatre heures. Et il démissionne. Aucune loi antijuive n'est encore promulguée : une telle mesure aurait aussitôt entraîné le refus de mon père. Mais il apprend sur place que les Juifs allemands réfugiés en France pour fuir le régime national-socialiste vont être rendus à Hitler. Son sang ne fait qu'un tour : il se retire. Un demi-siècle plus tard, je ferai remarquer à François Mitterrand, président de la République, qui avait mis trois ans à s'éloigner de Vichy, qu'il avait suffi de quelques heures à mon père pour rejeter l'ordre nouveau. Il vint, très calmement, s'installer avec nous à la pension Bon Accueil.

C'est là que j'écoutai les premiers discours, si beaux, du maréchal Pétain, prononcés avec émotion et d'une voix chevrotante : « Je viens, le cœur serré... » « Je tiens les promesses, même celles des autres... » « La Terre, elle, ne ment pas... » Bien des années plus tard, j'allais me lier étroitement à un homme que j'ai beaucoup admiré et aimé : Emmanuel Berl, l'auteur de *Sylvia* et de *Mort de la pensée bourgeoise*. Il m'avait écrit une lettre indulgente et amicale à propos d'un de mes livres. Ses éloges m'avaient tellement ému que je n'avais pas réussi à le remercier par écrit. Les mots ne me venaient pas. Je me promenais avec sa lettre dans ma poche. Un jour, n'en pouvant plus, j'ai sonné à sa porte. Au 36, si je ne me trompe, de la rue de Montpensier, derrière le Palais-Royal. Une dame vint m'ouvrir. C'était Mireille, l'auteur de *Couchés dans le foin*, la fondatrice du Petit Conservatoire. Toujours abruti, je ne la reconnus pas. Occupée par ses élèves, parmi lesquelles Françoise Hardy, elle me mena à son mari que, je n'ai jamais su pourquoi, elle appelait Théodore. Était-ce à cause de *Théodore cherche des allumettes*, petit chef-d'œuvre de Courteline ? Il m'accueillit de façon exquise. Et je devins son ami.

J'allais le voir deux fois par semaine. Il me recevait en fumant de petits cigares appelés, je crois, Panther, vêtu presque toujours d'un simple pyjama, souvent seulement du pantalon, parfois seulement de la veste, et couché dans son lit. Il prononçait des paroles qui coulaient en moi comme du miel.

« Je ne vois plus grand monde, me disait-il d'un air détaché. Je cause un peu avec Malraux et un peu avec vous. »

Un soir, je tombai chez lui, passablement excité…

MOI : Ça vous arrive, il me semble.

MOI : Pas très souvent. De temps en temps.

« Les gens racontent n'importe quoi, lui lançai-je. Vous savez ce qu'ils inventent ? On a osé prétendre devant moi que c'est vous qui aviez écrit les premiers discours de Pétain !…

— Mais c'est tout à fait vrai, me dit-il du ton le plus serein.

— Quoi ! m'écriai-je. Vous qui êtes juif, socialiste…

— Plutôt communiste », me dit-il.

Il était communiste comme je suis évêque.

« Enfin, lui dis-je, au comble de l'exaltation, vous êtes juif et de gauche, qu'est-ce qui vous a pris ?

— Ils étaient si faibles, me dit-il. Il fallait bien les aider. »

Les discours suivants de Pétain, nous ne les écoutions plus. Quand ils étaient annoncés, tous les pensionnaires de la maison Bon Accueil se rassemblaient autour de l'immense radio de bois. Mes parents et moi, nous écoutions les nouvelles qui étaient toutes mauvaises et, dès le début de l'intervention du malheureux maréchal, nous nous retirions en silence. Nous n'espérions plus grand-chose, sauf peut-être un miracle.

Au lycée de Clermont-Ferrand, je fis trois rencontres : un maître, un ami et comme l'ombre d'un amour.

MOI : Tiens !…

MOI : Comme vous me diriez : ne nous emballons pas.

Le maître était le professeur de français en classe de première au lycée Blaise-Pascal. Il s'appelait M. Nivat. Je ne l'ai jamais revu après mon départ de Royat, mais je garde son nom dans mon cœur. J'ai su plus tard que son fils était un spécialiste reconnu des affaires russes. Et j'ai rencontré avec une vraie émotion sa petite-fille au *Grand Journal* de Canal Plus. Il nous parlait de La Fontaine, de Racine, de Jean-Jacques Rousseau. Je l'écoutais avec bonheur. Il m'est arrivé de lui remettre deux ou trois dissertations — on parlait alors de « compositions » — qui ont eu la chance de lui plaire. Il avait pour moi des trésors d'indulgence. Il m'a envoyé au Concours général de français où j'ai bâclé une copie dont je savais en l'écrivant qu'elle était à peu près nulle. Plus tard, j'ai été invité plus d'une fois à ces dîners de lauréats du Concours général qui constituent comme une mafia très distinguée. J'ai été obligé d'avouer que j'avais bien participé à cette épreuve digne d'estime mais sans décrocher la moindre médaille. Je n'ai pas fait honneur à mon cher M. Nivat que je ne remercierai jamais assez : je lui dois — après l'oncle Félix — mes premiers émois littéraires. Il m'a appris à aimer ces navigateurs audacieux, ces aventuriers de l'esprit, ces êtres de légende que sont les écrivains.

L'ami s'appelait Jean-Paul Aron. Il était alsacien, charmant, juif, très doué et très drôle, homosexuel. Je l'ai beaucoup aimé. Son père appartenait, je crois, à l'université de Strasbourg, repliée à Clermont-Ferrand. Neveu, peut-être lointain, de Raymond Aron, il fut le premier de mes amis intimes et nous nous disputions dans la gaieté malgré la tristesse des temps les faveurs de M. Nivat et les premières places à son cours de français. Notre occupation principale était de tracer, assez tôt — dès l'hiver 1940-1941 —, des croix de Lorraine sur les murs de Clermont-Ferrand. Nous parlions aussi inlassablement des livres que nous commencions à aimer et des écrivains que nous découvrions dans le désordre et dans l'enthousiasme de la jeunesse. Et, rite immuable des amitiés naissantes, nous nous ramenions sans fin l'un l'autre à nos demeures respectives.

Plus tard, agrégé de philosophie, auteur de deux livres très originaux et presque célèbres, *Le Mangeur du XIXe siècle* et *Les Modernes*, il devait connaître, comme il se doit, des bonheurs et de grands malheurs : la couverture du *Nouvel Observateur* et un sida affronté avec un courage digne d'admiration. La vie était passée. Nous nous étions un peu perdus de vue. Je n'ai jamais cessé d'avoir pour lui, le premier de mes amis, la plus fidèle affection.

L'amour n'était peut-être qu'une ombre, un rêve, une illusion. J'avais maintenant un peu plus de quinze ans et aucune femme, jamais, n'était entrée dans ma vie. Je n'allais pas au bordel, je ne lisais aucune publication pornographique, je n'avais jamais caressé ni embrassé une fille. Je soutiendrais volontiers qu'une des clés de la suprématie, prétendue ou réelle, de la culture occidentale, en France, en Allemagne, en Angleterre, en Italie ou en Espagne, aux États-Unis, au XIXe siècle et dans la première moitié du XXe, est à chercher dans le retard de l'éveil sexuel des adolescents. Tout le temps arraché au sexe — et, bien entendu, aux drogues, dont le règne n'était pas encore arrivé — était consacré aux études. Travailler au lieu de baiser était peut-être une perte de temps, mais aussi un avantage considérable dans la marche en avant au cœur d'une société. Ma naïveté dans le domaine érotique était si considérable que j'ignorais jusqu'à son existence.

Dans le tramway Royat-Clermont-Ferrand que j'empruntais chaque jour, il m'arriva un beau soir une curieuse aventure. J'étais assis à côté d'une jeune femme, au physique plutôt ingrat, qui enseignait les sciences au lycée Blaise-Pascal et que je croisais de temps en temps. Elle se mit à me parler avec une sorte de violence amicale et d'agressivité mêlée de gaieté qui me laissèrent muet de surprise. Je m'en ouvris à Jean-Paul Aron et à quelques camarades. Ils m'assurèrent en se tordant de rire que l'affection de la jeune femme pour moi était connue de tous et la fable du lycée. Était-ce vrai ? Je l'ignore. Une espèce de terreur s'était emparée de moi. Au lieu de m'en inquiéter, j'aurais mieux fait de m'amuser de cette révélation peut-être sans le moindre fondement. Ou peut-être, on ne sait jamais, rassurante et plutôt flatteuse.

Le ravitaillement en Auvergne au cours de l'hiver de disgrâce 1940-1941 n'était pas dramatique. Les restrictions étaient supportables. La cuisine du lycée Blaise-Pascal et de la pension Bon Accueil était aussi convenable que possible. Mais l'hiver avait été glacial. La météorologie, en ces jours cruels où le chauffage laissait à désirer, prenait une importance démesurée. Au printemps radieux chanté par Aragon et à un été ensoleillé avaient succédé un hiver très dur et un printemps peu engageant. Ma mère et ma tante Anne-Marie s'occupaient activement du Secours national et distribuaient le mieux qu'elles pouvaient des vêtements chauds à ceux qui en manquaient. Mes parents eux-mêmes et ma tante souffrirent beaucoup du froid. Plus rien ne retenait mon père dans le voisinage de Vichy. Nous décidâmes en bloc de descendre vers le soleil.

Nous nous retrouvâmes à Nice, je ne sais plus trop comment ni pourquoi. J'imagine que Nice avait paru plus calme que Marseille et moins chère qu'Aix-en-Provence. J'imagine aussi que la réputation du lycée Masséna à Nice avait pesé dans la balance.

Nice me parut délicieuse. Il faisait beau. La ville était

plaisante. Les environs immédiats, ravissants. Nous n'avions plus froid. Mais toute médaille a son revers : le ravitaillement à Nice était désastreux. Le lait, le beurre, le fromage, les légumes et la viande ne manquaient pas trop à Royat. Le souvenir lumineux que je garde de Nice s'accompagne presque exclusivement de topinambours et de rutabagas. Nous refusions tout recours au fameux marché noir. J'ai eu faim à Nice, très rigoureux Sur-Moi. Au point que j'ai volé de quoi manger. Ma tante Anne-Marie conservait dans une armoire de sa chambre d'hôtel à Cimiez quelques pots de confiture. J'en ai dérobé un. Elle s'en aperçut aussitôt et ses soupçons tombèrent sur moi assez vite. Je fondis en larmes et j'avouai.

MOI : J'imagine que, dans ces conditions, petit Moi pris la main dans le sac, vous comprenez, à défaut d'approuver, ceux qui volent parce qu'ils ont faim ?

MOI : J'admire les convictions, mais je crois aux situations. Que de moralistes passeraient du côté de ceux qu'ils condamnent s'ils se trouvaient soudain dans la même situation qu'eux ! Si vous me demandez ce que je pense de la faim dans le monde, je vous répondrai qu'il est difficile d'accepter le contraste entre ceux qui ont tout et ceux qui n'ont rien. C'est sur les meilleures méthodes pour réduire ce contraste qu'il est permis de s'opposer les uns aux autres. Il est très bon de faire maigrir les gros si c'est pour engraisser les maigres. Mais vous connaissez les proverbes chinois si subtils. L'un d'entre eux est célèbre : « Quand les gros maigrissent, les maigres meurent. »

MOI : Vous n'êtes pas mort. Vous n'avez même pas trop maigri.

MOI : Je n'ai jamais été très gros. Le pot de confiture de ma tante ne m'a pas beaucoup engraissé. Et malgré la faim, malgré la guerre, malgré l'angoisse, j'ai beaucoup aimé Nice. Et la Provence. Et le Midi. C'est peut-être de ce temps-là que date ma passion pour cette Méditerranée qui a joué un si grand rôle dans ma vie.

Vous ne serez pas très étonné d'apprendre, très subtil Sur-Moi, que ce qui a d'abord compté pour moi à Nice, c'est le lycée Masséna. Et, au cœur du lycée Masséna, une discipline nouvelle et le maître qui l'enseignait. La discipline nouvelle, c'était la philosophie. Et le maître s'appelait Fouassier.

M. Fouassier, qui n'a pas laissé un nom éclatant dans

l'histoire de la philosophie française, était d'abord un tempérament et, si j'ose dire, une gueule. Il présentait aux yeux de ses interlocuteurs fascinés un visage léonin entouré d'une couronne de cheveux blancs. Je découvrais avec lui, à tâtons, un monde dont j'ignorais tout.

Vers la fin du premier trimestre, M. Fouassier nous donna un devoir à rédiger en classe. Huit ou quinze jours plus tard, il nous rendit nos copies avec ses corrections. Il commença par la meilleure. Ce n'était pas la mienne. Vint la deuxième. Ce n'était pas mon tour non plus. Puis la troisième, la quatrième, la cinquième et ainsi de suite. Toujours rien. J'étais plus mort que vif. Le dernier devoir expédié sans autre forme de procès, il ajouta :

« J'ai gardé pour la fin une copie exceptionnelle dont je vais vous donner lecture. »

C'était la mienne. Et il se mit à me lire à haute voix. De temps en temps, il s'interrompait :

« Excellent… Remarquable… Très bien vu… »

Et il poursuivait :

« Très bon… Bien… Pas si mal… »

Venait une faiblesse :

« On peut ne pas être d'accord. »

Son ton changeait imperceptiblement :

« Là, c'est un peu moins bien… Tiens ! c'est franchement médiocre ! »

À la fin, il me rendit ma copie avec humeur :

« C'est beaucoup moins bon que je ne pensais. »

Je garde le souvenir de M. Fouassier. Il ne m'a pas vraiment donné le goût de la philosophie, mais il a éveillé ma curiosité.

À la fin du troisième trimestre, au printemps 1942, à l'époque où les choses commençaient lentement à aller un peu moins mal, où les Allemands, encore vainqueurs, marquaient le pas en Russie et en Cyrénaïque, c'étaient les épreuves du baccalauréat de philosophie. J'avais passé l'année précédente, sans gloire exagérée mais sans difficulté, le bac de français à Clermont-Ferrand. La seconde partie s'annonçait plus incertaine. En cause, les mathématiques, les sciences naturelles et surtout la cosmologie. Un demi-siècle plus tard, j'allais m'intéresser passionnément à l'astronomie, au big bang, à l'histoire de l'univers. Mais la cosmologie avait été introduite — à bon droit — par le régime de Vichy dans le programme du baccalauréat. Je me refusais pour cette raison à lui prêter la moindre attention. Le résultat fut qu'à l'épreuve du bac, sur un sujet que j'ai effacé avec soin de ma mémoire, je recueillis un 2 sur 20 dans cette estimable discipline. C'était une catastrophe. Je compris aussitôt que j'allais devoir redoubler.

Je passai les autres épreuves avec un accablement mêlé de résignation. Vint la géographie. J'étais bon en histoire, mais, en dépit de mes voyages d'enfance et de jeunesse, plutôt médiocre en géographie. L'examinateur était une jeune femme blonde, assez charmante. Elle me tendit, avec un sourire, une urne où étaient déposés un certain nombre de billets pliés avec soin où figuraient les questions soumises aux candidats. Je fermai les yeux, je plongeai la main dans l'urne — et je tirai : « Le Brésil ».

Après avoir rappelé que le Brésil était grand comme seize fois la France, je le divisai en trois parties : la côte ; l'intérieur du Sud ; le *Nordeste* avec son *sertão* et l'Amazonie autour de Manaus. Avec imprudence et un nouveau sourire, mon examinatrice me demanda quelle partie je choisissais. Je choisis la côte et la divisai en trois parties : le Nord avec Bahia et Belem ; le centre autour de Rio de Janeiro ; le Sud avec São Paulo, Porto Alegre et Minas Gerais. À nouveau, j'eus le choix. Je pris la région de Rio et, de fil en aiguille, je descendis jusqu'à trois quartiers de Rio que je connaissais bien : Flamengo, Botafogo, Copacabana. Le piège était dressé. Il se refermait, non pas sur le candidat, mais sur l'examinatrice. Je me retrouvai, au cœur de la ville que j'avais habitée, dans la rue derrière l'ambassade. Je demandai à mon bourreau devenu soudain ma victime si elle préférait m'entendre parler de la pharmacie, de la boutique de nouveautés ou d'un square avec une fontaine. La situation devenait franchement cocasse. Nous commencions à nous amuser tous les deux.

« Quelle note vous donneriez-vous ? me demanda-t-elle.

— 18 ou 19 », répondis-je.

Je fus reçu de justesse.

Ce n'était pas seulement la cosmologie qui m'opposait avec modestie au régime de Vichy. Mes parents s'étaient plus ou moins liés avec un jeune professeur plutôt plaisant, peut-être même franchement sympathique, qui s'agitait beaucoup en faveur de l'ordre nouveau. Il s'obstinait à faire chanter

Maréchal, nous voilà !
Tu nous as redonné l'espérance…

aux élèves du lycée et je m'obstinais à refuser de chanter.

Après la Libération, je l'ai retrouvé assez actif dans les cercles gaullistes. Les vestes commençaient à se retourner avec lenteur et prudence. La cruauté de l'époque était atténuée à Nice par la douceur du climat. La division des esprits entre gaullistes et pétainistes jusque dans le sein des familles sévissait comme dans le reste du pays. Mais la mer, le soleil, la beauté des paysages parvenaient, non pas à faire oublier l'atroce dureté des temps, mais à la rendre supportable.

Une minuscule société s'était constituée autour de nous. Le préfet des Alpes-Maritimes, Marcel Ribière, était un ami de ma tante Anne-Marie. Il devint l'ami de mes parents. C'était un honnête homme. Il appartenait à cette catégorie de hauts fonctionnaires restés en place sous Pétain et qui faisaient de leur mieux pour protéger les adversaires du régime. Son fils, gaulliste, allait acquérir une certaine notoriété après la guerre, moins par ses fonctions de député que par un duel qui l'opposa à Gaston Defferre et qui fit du bruit dans Landerneau. Je me souviens aussi d'un grand gaillard d'origine et au patronyme russes ou baltes dont j'ai oublié le nom — il me revient à l'instant : peut-être Korf ou Korff ?… — qui traînait un titre de baron derrière lui. Il emmenait ma mère et ma tante au théâtre ou au cinéma. On se demande pourquoi, un refrain affligeant d'une opérette bien-pensante de l'époque, qui faisait sans doute allusion à Pétain et à ce que Maurras appelait la « divine surprise », me trotte encore dans la tête :

Et ouf ! On respire…
Et ouf ! Ça va mieux !…

Nous ne roulions pas sur l'or. Il fallait se nourrir, payer l'hôtel de Cimiez où nous habitions, acheter des souliers et quelques fringues. L'argent commençait à manquer. Les soirs de fête, nous allions dîner dans l'un ou l'autre des restaurants de la ville — peut-être, folie, pour Noël ou le Nouvel An, à La Maison rouge près du port. Le baron Korff égrenait ses souvenirs qui étaient souvent distrayants. Il nous parlait d'une jeune actrice, bien oubliée aujourd'hui, mais qui devait faire une jolie carrière. Après Yves Montand et Gary Cooper, Gisèle Pascal allait vivre plusieurs années avec le prince Rainier de Monaco qui la quitterait pour épouser Grace Kelly. En 1942, Monaco, si proche de Nice, nous semblait un mirage, un mythe, une légende. Nous aurions pourtant pu y vivre dans l'aisance au lieu de nous retrouver à Nice dans la gêne : le poste de ministre d'État, réservé à un Français, avait été proposé à mon père. Mais vous commencez à le connaître : sans la moindre hésitation, il avait décliné cet honneur lucratif.

Un soir, sur la promenade des Anglais, mon père tomba sur une jeune fille dont il connaissait la famille : Liliane Fould. Elle était en larmes. Essayant de la consoler, il apprit qu'elle était fiancée à un Rothschild, Élie, qui était prisonnier en Allemagne. Liliane voulait se marier par procuration, mais, dureté des temps, elle ne trouvait personne pour l'accompagner à la mairie et remplir les papiers nécessaires. Tous ses amis se défilaient.

« Mais moi, lui dit mon père, je vous accompagnerai volontiers. »

C'est ainsi que Liliane Fould, devenue, grâce en partie à mon père, la baronne Élie de Rothschild, finit par régner, avec quelques autres, sur Paris, rue Masseran d'abord, puis rue de Courcelles, et sur Royaumont.

J'imagine que c'est surtout à cause de moi et pour moi que mes parents envisagèrent de revenir à Paris malgré l'occupation allemande. J'avais seize ans. Je n'avais pas la moindre idée de ce que je voulais faire après le baccalauréat. À vrai dire, ce dont j'avais surtout envie, c'était de ne rien faire du tout.

Très attaché à ses convictions, mais libéral et tolérant, mon père nous avait souvent répété à mon frère et à moi qu'il nous laissait libres de choisir notre avenir — à condition, bien entendu, de servir l'État. Je le comparais volontiers au vieux Ford qui proposait à ses acheteurs des voitures automobiles de la couleur qu'ils souhaitaient — à condition qu'elles fussent noires. Ah ! bien sûr. Nous étions libres : nous pouvions devenir diplomate, conseiller d'État, inspecteur des Finances, membre de la Cour des comptes, gouverneur de la Banque de France ou préfet, mais en aucun cas banquier, marchand de biens, artiste peintre, footballeur, chanteur ou producteur de cinéma. Mon père nourrissait une particulière méfiance à l'égard des hommes d'affaires et des comédiens. J'avais un faible pour les acteurs. Il redoutait comme la peste de me voir monter sur les planches ou gagner de l'argent.

Je n'avais aucune envie de devenir banquier ni artiste. J'avais remarqué assez tôt que quand un doux vieillard demandait à une petite fille ce qu'elle voulait faire plus tard, elle répondait volontiers infirmière ou vétérinaire. Les garçons se voulaient plutôt pompier ou pilote de ligne. J'avais un peu honte de constater que je n'avais aucune espèce de préférence. Je le savais en secret mais il m'était impossible d'exprimer ce que je ressentais. La vraie réponse à la terrible question : « Que voudrais-tu faire plus tard ? » était : « Rien. »

Je me souviens, l'été, à Saint-Fargeau, avant et après la guerre, de redoutables promenades à pied autour de la pièce d'eau où mon père me demandait avec une tendre insistance ce que je comptais faire de ma vie. La question roulait en torrent dans ma tête. Et aucune réponse ne me venait à l'esprit.

Un demi-siècle plus tard, je découvrais avec bonheur un texte de François Mauriac. L'auteur du *Bloc-notes*, de *Thérèse Desqueyroux*, du *Nœud de vipères* et du *Désert de l'amour* assurait qu'à défaut d'une vocation affirmée dès l'enfance un des signes les plus sûrs de la volonté de consacrer sa vie à la littérature était le refus de toute autre activité et de toute autre ambition.

J'aimais ne rien faire. J'aimais rêver — de préférence à rien. J'aimais attendre. Attendre quoi ? Précisément, rien. J'aimais étudier. Je ne tenais pas tellement à vivre. Peut-être, après une enfance très heureuse, redoutais-je l'épreuve de la vie. Je craignais comme la peste de m'engager dans l'une ou l'autre des voies que m'offrait l'existence.

Peut-être aussi avais-je compris obscurément que les études, pour dire les choses en un mot, représentaient la meilleure façon de ne pas travailler. Ou du moins de ne pas choisir un de ces compartiments du travail qui constituaient autant de pièges dont il vous est impossible de sortir dès que vous avez glissé dans l'engrenage l'ombre d'un doigt de pied.

J'aimais beaucoup lire. Ou faire semblant de lire. À la différence du théâtre ou du cinéma qui vous imposent leur rythme, il y a un style de lecture très proche de la rêverie. N'allez pas croire qu'il s'agisse de paresse. C'est à peu près l'opposé. Au lieu de lire bêtement, à la suite, le livre qui vous est proposé, vous vous arrêtez, au contraire, à chaque ligne pour ajouter au texte quelque chose de votre cru. Pour enrichir l'extérieur d'un peu d'apport intérieur. Pour y mêler vos sentiments et votre propre expérience. Pour vous approprier l'œuvre étrangère qui vous est proposée.

Après Maurice Leblanc et son Arsène Lupin — inspiré, avais-je appris avec délice, d'un certain Marius Jacob qui laissait des billets aux victimes de ses cambriolages : « Je reviendrai quand les meubles seront authentiques », ou à Pierre Loti un mot pour s'excuser auprès de lui avec un billet de dix francs en dédommagement du trouble involontaire qu'il lui avait causé —, j'étais passé à Dumas. *Les Trois Mousquetaires*, bien sûr, *Vingt ans après*, *Le Vicomte de Bragelonne*, mais peut-être surtout les irrésistibles *Mémoires*. J'avais un faible pour l'histoire de l'écrivain célèbre qui apprend un beau soir la mort subite à midi d'un nègre qui signait du nom illustre un feuilleton remis chaque soir à 6 heures précises pour paraître le lendemain dans un grand quotidien. Que faire ? Rien d'autre que d'attendre la catastrophe. Il rentre chez lui égaré, passe une nuit agitée, se hâte dès le matin d'acheter, le cœur battant, le journal qu'il déplie — et où il découvre avec stupeur, comme s'il ne s'était rien passé, la suite du feuilleton. La clé de l'énigme est que le nègre avait un nègre qui, en l'absence d'informations, s'était contenté de poursuivre, sans rien changer à la routine, son travail habituel.

Ou l'histoire des insurgés dans Paris révolté qui tirent sans beaucoup de succès sur les troupes royales et qui voient un grand type dans une redingote noire — un ancien militaire peut-être ? — les regarder avec mépris. Ils lui lancent des quolibets.

Un dialogue s'engage.

« Passez-moi un fusil, dit l'homme avec autorité. Je vais vous montrer. »

On lui jette un fusil. Il épaule. Il tire. Et un capitaine s'effondre dans les rangs d'en face.

« Bravo, le bourgeois ! crient les insurgés. Avec nous ! Avec nous !

— Certainement pas », répond le grand gaillard vêtu de noir en rendant le fusil. « Ce ne sont pas mes opinions. »

Au-delà de Dumas et de ses folles aventures, au-delà de Leblanc et de son gentleman-cambrioleur, il m'arrivait de lire des romans plus récents. J'aimais beaucoup les romans, plutôt méprisés par mon père. Il m'incitait surtout, avec des arrière-pensées, à m'intéresser à l'histoire et aux livres politiques qui me tombaient des mains. Ma mère admirait *Jean Barois*, dossier dialogué du scientisme et de la religion, ficelé par Roger Martin du Gard. Bien plus tard, j'allais découvrir avec gourmandise *Les Mémorables* de Maurice Martin du Gard, cousin de Roger, qui traçaient un portrait excitant du milieu littéraire en France entre les deux guerres. Dès quatorze ou quinze ans, grâce à ma mère, j'imagine, je m'étais plongé dans les huit ou neuf volumes des *Thibault* de Roger Martin du Gard dont André Gide disait qu'il n'était peut-être pas un artiste ni un grand écrivain, mais à coup sûr « un gaillard ».

L'histoire des deux frères — Antoine, le médecin, et Jacques, le rebelle — m'avait transporté un peu au-dessus de moi-même. Au début de la troisième partie, Jacques Thibault, après l'échec de la fugue entreprise avec son ami de cœur, Daniel de Fontanin, et après l'amère expérience du pénitencier où il a été enfermé par son père, est reçu au concours de l'École normale supérieure. L'épisode m'avait fait rêver. Je pensais souvent à Jacques Thibault, en révolte contre son père et brûlé d'un feu intérieur qui me plongeait dans des abîmes. L'École de la rue d'Ulm, dont je n'avais jamais entendu parler, se mit à me trotter dans la tête. Peu de temps après, je devais la retrouver au début des *Hommes de bonne volonté*, gigantesque monument en vingt-sept tomes de Jules Romains dont j'aimais surtout *Knock* et *Les Copains*.

Dans le deuxième volume de la série, *Le Crime de Quinette*, deux normaliens, Jallez et Jerphanion, se promènent sur les toits de la fameuse École et emploient des mots bizarres, comme *khâgne* ou *turne*, qui commençaient à me turlupiner. Un troisième livre, puis un quatrième enfonçaient encore le clou. Le héros d'*Augustin ou Le Maître est là*, de Joseph Malègue, qui avait frôlé le prix Goncourt cinq ou six ans avant la guerre, est reçu, lui aussi, au concours de l'École normale. Et, dans *Notre avant-guerre*, qui venait de paraître sous l'occupation allemande, Robert Brasillach, dont je ne partageais aucune idée, parlait de la rue d'Ulm avec drôlerie et pour moi d'une façon pleine de mystère comme d'un concours très difficile pour entrer dans une école qui n'existait pas. Un rêve, quoi.

Le monde brûlait autour de moi. Au moment où l'espérance, qu'il fallait avoir chevillée au corps dans les deux années terribles qui vont de l'été 1940 à l'été 1942, relevait lentement la tête, les conditions de vie devenaient de plus en plus dures.

L'avenir de l'Europe restait sombre. Le mien était aussi opaque que celui de la planète. Je ne savais qu'une chose, je n'avais qu'une certitude : pas de carrière ! Toute carrière me faisait horreur. J'en venais jusqu'à refuser avec obstination toute forme de succès. Réussir me répugnait. Je compris assez vite que la seule façon de ne pas entrer à titre irrémédiable dans une vie professionnelle qui me paraissait un cauchemar était de se jeter dans les livres et de faire des études.

Dès le début du printemps 1942, à Nice, dans cette partie de la France qu'on appelait alors « la zone non occupée » ou « la zone libre », mes parents décidèrent, à cause de moi et en dépit des risques qu'ils couraient, de rentrer à Paris. Mon père ne cessait de m'interroger sur ce que j'avais envie de faire. Son vœu secret, qu'il ne cherchait ni à me dissimuler ni à m'imposer, était de me voir hanter les Sciences Po chères à André Siegfried et à beaucoup d'autres sommités pour me présenter plus tard, comme Philippe Berthelot, comme Claudel, comme Morand, comme Giraudoux et comme lui, au concours des Affaires étrangères et devenir diplomate. Je freinais des quatre fers.

« Mais enfin, me disait-il, qu'est-ce que tu as en tête ? Il faudra bien te décider à prendre un chemin ou un autre et à faire quelque chose. »

Justement, je ne voulais rien faire du tout et je n'avais en tête que des rêves de liberté. Je bredouillais les mots sacrés d'*hypokhâgne* et de *khâgne*. Ils ne disaient pas grand-chose à mon père. Et à peine plus à moi-même. Mais j'avais déjà compris que la Providence était là pour faire les choses à ma place. Elle prenait, comme toujours, le visage de mon père. C'est lui qui, presque à contrecœur, se renseigna sur cette École normale supérieure dont il avait plutôt tendance à se méfier un peu. Il apprit avec plaisir que Jaurès, Léon Blum, Édouard Herriot ou Jean Giraudoux y étaient passés successivement et que deux classes spéciales, appelées première supérieure préparatoire et première supérieure ou, familièrement, hypokhâgne et khâgne, formaient, dans un certain nombre de lycées, les candidats à cette école. Deux lycées en particulier jouissaient d'une grande réputation : Henri-IV et Louis-le-Grand. Il fallait, pour y entrer, un dossier assez solide. Les recommandations de Nivat pour le français et de Fouassier pour la philosophie étaient assez éloquentes dans mon carnet scolaire où ne faisaient tache que la cosmologie et, dans une certaine mesure, les sciences naturelles, qui n'entraient pas en ligne de compte pour la section Lettres de la rue d'Ulm. L'affaire fut bouclée sans trop de peine et nous rentrâmes à Paris pour permettre au petit génie d'aller enfin faire ses preuves. À une de ses connaissances qui le félicitait du succès au baccalauréat de sa progéniture, mon père avait répondu devant moi :

« Ah ! bien sûr, les examens… On verra ça quand il s'agira de concours. »

Mes parents n'eurent pas à regretter leur décision de regagner Paris. Non seulement ils eurent la chance de ne pas être inquiétés, mais le 8 novembre 1942 les troupes anglo-américaines débarquaient au Maroc et occupaient sans trop de peine toute l'Afrique du Nord française. En représailles, les Allemands et les Italiens occupèrent la zone libre. L'histoire continuait. Et elle devenait de plus en plus tragique. À Nice et en Corse, les forces peu encombrantes des Italiens de Mussolini devaient bientôt être remplacées par les Allemands d'Hitler. C'est à Nice, le 30 mars 1944, que, parmi beaucoup d'autres, Simone Veil et les siens allaient être arrêtés. Déportés en Lituanie, son père et son frère disparaissent. Sa mère meurt dans ses bras à Auschwitz. Seules Simone et deux de ses sœurs rentrent vivantes de l'enfer et revoient Paris.

MOI : Vous et les vôtres n'avez pas beaucoup souffert de l'occupation allemande. Vous la traversez sans trop de dégâts. On dirait que, là encore, vous survolez en première classe les horreurs de votre temps.

MOI : C'est vrai. Nous avons échappé au pire pendant quatre longues années. Mes parents ont souffert du froid. Moi, pas beaucoup. Quelques années plus tard, une jeune femme mécontente allait se séparer de moi. Elle me jeta avec irritation :

« Je ne me rappellerai rien de toi. »

Et, se tournant soudain vers moi, elle ajouta avec bonté :

« Sauf ta régulation thermique. »

J'ai eu faim à Nice. Mais, à la différence d'une autre

Simone, la grande Simone Weil qui refusait à Londres de se nourrir mieux que les Français de France, victimes de leur carte de ravitaillement, je n'en suis pas mort. L'âge, dans les époques troublées, est un facteur décisif. Survivre est souvent une question de génération. J'étais jeune. Mon père, en revanche, était déjà presque vieux. Nous sommes tous passés entre les gouttes, mon père, ma mère, mon frère et moi.

Avant la guerre, à l'époque où mon père préparait sa retraite, mes parents avaient acheté un appartement rue du Bac à Paris, presque au coin de la rue de Varenne, à deux pas de la maison où Chateaubriand était mort en 1848. Le 97 de la rue du Bac était une vieille demeure de la famille Salm, dont l'hôtel principal, rue de Solferino, abrite aujourd'hui la Grande Chancellerie de la Légion d'honneur. Au premier étage sur la rue, un large escalier de pierre menait à un petit appartement ravissant et biscornu, orné de boiseries XVIIIe. Il y avait une entrée, un petit salon, un grand salon, une bibliothèque, une salle à manger et une chambre assez modeste pour mes parents, avec une salle de bains plutôt médiocre. La cuisine était malcommode et en contrebas. Un escalier de bois en colimaçon débouchait, dans un second étage improbable, sur une chambre minuscule et très basse de plafond où je dormais sur la cour. Je ne me rappelle pas où pouvait bien dormir mon frère. Dans la bibliothèque, peut-être ? Ou peut-être chez des cousins ou chez des relations ? L'appartement était un rêve pour mes parents qui avaient des goûts très simples, mais qui aimaient les belles choses et recevoir des amis. J'ai vécu quinze ou vingt ans dans cet endroit somptueux et un peu de guingois, presque en face, quand il était à Paris, de Romain Gary dont je ne savais presque rien ou plutôt rien du tout avant de lire avec enthousiasme *Éducation européenne*, *Lady L* et *La Promesse de l'aube*.

Mon père menait une vie très calme, et presque retirée. Ma mère aimait, avec mesure, sans tapage, le théâtre, les concerts, les expositions, le cinéma. Je me souviens du plaisir avec lequel elle avait assisté, il y a déjà de longues années, à la représentation par la Comédie-Française de *L'École des femmes* où triomphait Adjani encore presque enfant.

« J'ai vu une pièce merveilleuse, me disait-elle, et jouée à ravir par Pierre Dux dans le rôle d'Arnolphe et, dans le rôle d'Agnès, par une jeune actrice inconnue dont j'ai oublié le nom. Je suis sûre qu'elle fera une grande carrière. Elle a un immense talent, malgré un physique ingrat. Quel dommage qu'elle ne soit pas plus belle ! »

J'ai appris très vite que des couleurs et des goûts… Isabelle Adjani m'a toujours paru très belle.

À l'extrême fin de 1942 ou en 1943, mon père reçut une lettre d'un de ses anciens collègues allemands qu'il avait connu à Bucarest et pour qui il avait, en dépit de ses attaches avec le régime national-socialiste, de l'estime et de l'amitié : Schulenburg. Après avoir représenté l'Allemagne en Roumanie, Schulenburg avait été le dernier ambassadeur d'Allemagne en U.R.S.S. avant le déclenchement de l'opération Barbarossa en juin 1941.

L'ambassadeur, qui aimait les livres, écrivait à mon père pour lui dire qu'il était entré en possession d'un ouvrage du XVIIIe siècle aux armes de notre famille et qu'il se proposait de le lui offrir en souvenir des années passées ensemble à Bucarest.

Mon père n'hésita pas longtemps. Il adressa à son collègue une lettre de remerciements implacable et courtoise qu'il nous lut avant de l'envoyer. Il lui disait combien il était touché de cette pensée délicate et qu'il aurait été heureux d'une rencontre après tant d'années écoulées. Mais, malheureusement, il lui était impossible de recevoir un cadeau d'un Allemand au moment où Hitler mettait l'Europe à feu et à sang. Il lui était même impossible d'accueillir chez lui un compatriote du dictateur. Un jour, ajoutait-il, quand Hitler aurait été vaincu et que la guerre aurait pris fin, il serait heureux de retrouver son collègue et de fêter avec lui la paix retrouvée.

Je me souviens de cette lecture comme si j'entendais encore la voix très calme et très douce de mon père. Nous avions tous les larmes aux yeux. En changeant les dates, les personnages et les événements, je me suis servi de cette lettre dans un des chapitres d'un livre que j'allais écrire trente ans plus tard : *Au plaisir de Dieu*.

La vie, rue du Bac, était sinon austère, du moins assez sérieuse et sévère. Mon père, dans une version républicaine, démocratique et libérale, me faisait souvent penser au maître de Santiago dont Montherlant avait dépeint la rigueur.

Cette rigueur était tempérée par la gaieté. Les repas en

commun étaient toujours très animés. Nous riions beaucoup et nous nous moquions volontiers des familles compassées et silencieuses qui s'ennuyaient ferme autour de la table et n'échangeaient pas un mot. Contrairement à beaucoup des nôtres, nous passions notre temps à parler.

Je me souviens d'une autre lettre qui m'avait beaucoup frappé. Mon père avait constaté une erreur en sa faveur dans le calcul de ses impôts. Il avait écrit une lettre à cheval — il aimait bien cette expression — au percepteur ou au contrôleur pour se plaindre de cette erreur et pour réclamer un redressement. La lettre m'avait épaté, mais elle ne m'avait pas étonné : mon père répétait souvent que rien n'était plus naturel que de payer des impôts. Et que plus ils étaient élevés, plus il y avait lieu de se réjouir — puisqu'ils témoignaient de l'aisance de ceux qu'ils concernaient.

Mes parents, qui n'avaient jamais, ni lui ni elle, conduit une automobile de toute leur vie, conservaient à leur service un chauffeur-cuisinier-maître d'hôtel qui répondait au nom d'André. André était très sympathique, un peu benêt et très snob. Un jour, après le déjeuner, le téléphone sonne. André répond et s'avance vers mon père :

« Monsieur l'ambassadeur, au bout du fil, l'archiduc de l'Arsenal.

— Qui ça ? » s'étrangle mon père.

Quelques instants plus tard, il revient vers nous en se tordant de rire.

« C'étaient les Archives nationales. »

Plusieurs années après, en plein été, mes parents étaient partis pour Saint-Fargeau ou peut-être pour un tour en Italie ou à Salzbourg et j'étais resté seul à Paris avec André pour travailler. André me gênait plutôt. J'aurais beaucoup aimé profiter de ma déréliction pour inviter qui je voulais à partager ma solitude.

« André, lui dis-je un jour d'un ton patelin, vous ne voudriez pas partir un peu en vacances ?...

— En vacances ? Certainement pas. Vous savez bien ce que c'est. On part je ne sais trop pour où, on s'amuse, on dépense tout ce qu'on a — et on rentre chez soi pour tirer le diable par... Monsieur le comte voit ce que je veux dire. »

Avec son escalier monumental et ses boiseries XVIIIe, le 97 de la rue du Bac reste lié pour moi d'abord au rêve inaccessible, puis à l'ombre chargée de gloire de l'École de la rue d'Ulm. Le soleil de Nice et une certaine insouciance au milieu des désastres étaient loin. Chaque matin, à l'aube, les yeux, pour parler comme Ronsard, encore cillés de sommeil, je me levais en somnambule dans ma chambre entresolée où un plus grand que moi aurait eu de la peine à se tenir debout pour me rendre en autobus, à travers un Paris désolé et obscur, au lycée Henri-IV, derrière le Panthéon. Je passais devant la dernière demeure de Chateaubriand avec une pensée pour l'Enchanteur dont les *Mémoires d'outre-tombe* commençaient déjà à m'éblouir. Je me traînais comme en rêve jusqu'à mon usine à savoir.

Je disposais, en ces temps-là, de très peu de vêtements. Mes chaussettes étaient trouées et mes souliers en loques. Il était hors de question de m'acheter ni même de trouver où que ce fût de quoi les remplacer. Tous les jours, je m'habillais de la même façon et je portais le plus souvent de lourdes chaussures de ski inusables, venues peut-être de Sinaia, dans les Carpates, ou d'un bref séjour dans les neiges d'Auron ou de Beuil, aux environs de Nice. Elles pesaient un bon poids et m'empêchaient de marcher. Marcher, d'ailleurs, pour aller où ? Le théâtre, le cinéma, les concerts étaient des terres inconnues. Deux activités seulement occupaient tout mon temps : travailler beaucoup et dormir trop peu. J'arrivais au lycée, excité, heureux, terrifié par les autres, toujours plus mort que vif. Un monde nouveau s'ouvrait à moi. C'était un enchantement et une angoisse.

J'avais toujours vécu à l'abri de ma famille…

MOI : Nous savons cela. Passons ! Passons !

MOI : … avec des séjours brefs et très doux, malgré la dureté des temps, au lycée Blaise-Pascal et au lycée Masséna. L'hypokhâgne, puis la khâgne du lycée Henri-IV, c'était autre chose : une sorte de paradis et, en même temps, d'enfer. À Munich, à Bucarest, à Rio, au cours Hattemer par courriers interposés, à l'école Bossuet, à Clermont-Ferrand, à Nice, j'étais presque toujours premier ou deuxième — sauf en cosmologie… — sans me donner trop de mal. À Henri-IV, tout à coup, au milieu de petits génies venus d'un peu partout avec de grandes espérances, je me retrouvais, stupeur et désespoir, parmi les derniers. Je souffrais beaucoup. Je serrais les dents. Je commençais à me demander ce que je faisais là. J'ai lu récemment je ne sais plus où qu'une jeune fille brillante, habituée en hypokhâgne à être toujours première et tombée en khâgne au rang de deuxième, avait tenté de se donner la mort. J'aurais pu la comprendre. Attisé par un monde en feu dont nous ne savions pas grand-chose, le chagrin se mêlait à l'exaltation.

Trois ou quatre géants pour qui je nourris aussitôt une admiration sans bornes avaient fait leur entrée dans ma vie comme dans une ville conquise : c'étaient mes maîtres, mes professeurs.

Le premier s'appelait Jean Boudout. Grand, élégant, un peu distant derrière ses lunettes, il enseignait le français. Je ne sais pas, très distingué Sur-Moi, si son nom dit encore aujourd'hui quelque chose à quelqu'un. Sa façon d'aborder les grandes œuvres de notre littérature m'avait aussitôt enchanté. Il les situait, bien entendu, dans leur époque et dans leurs ambitions. Mais le cadre, les dates, les influences n'étaient pas l'essentiel. L'essentiel, c'était le texte. Boudout traquait le texte jusqu'à épuisement. Il lui faisait rendre gorge. Il le poursuivait dans ses derniers retranchements. Nous pouvions passer des heures avec lui sur quelques vers isolés.

L'aveu déchirant de Bérénice :

> J'aimais, Seigneur, j'aimais, je voulais être aimée

entraînait derrière soi tous les torrents de l'amour, le désir, l'humilité, l'orgueil, la jalousie. Ailleurs, la réserve, la force de l'habitude, toutes les violences d'une passion inutilement combattue jaillissaient de ces autres mots, si mesurés, si invincibles :

> Un je ne sais quel charme encor vers vous m'emporte.

De temps en temps, la beauté sortait de formules réputées inacceptables et qu'il aurait fallu rejeter, comme cet amoncellement de *que* catastrophique et sublime :

> Je sais que c'est beaucoup que ce que je demande.

Plus tard, lisant, par exemple, l'admirable *Plain-chant* de Jean Cocteau, si plein de pièges et de chausse-trapes et hanté par Cléopâtre qui n'est jamais nommée :

> Rien ne m'effraie plus que la fausse accalmie
> D'un visage qui dort.

Ton rêve est une Égypte et toi, c'est la momie
Avec son masque d'or.

Où ton regard va-t-il sous cette riche empreinte
D'une reine qui meurt
Lorsque la nuit d'amour t'a détruite et repeinte
Comme un noir embaumeur ?

Abandonne, ô ma reine, ô mon canard sauvage,
Tes siècles et tes mers.
Reviens flotter dessus, regagne ton visage
Qui s'enfonce à l'envers.

je pensais à Boudout qui aurait fait jaillir de ces vers la vipère cachée sous les figues, les galères d'Actium, l'amour fou de Marc-Antoine, l'aube de l'Empire romain, toute la splendeur cachée de la mer intérieure, et qui aurait souligné non seulement l'opposition entre la familiarité quotidienne du *canard sauvage* et le plus haut lyrisme, mais aussi l'attente du mot *rivage* — remplacé par *visage* — après le mot *regagne.*

Boudout, le grand Boudout, que son nom soit béni, enseignait moins l'histoire de la littérature que la littérature même. Nivat, au lycée Blaise-Pascal, m'avait mené comme par la main jusqu'au parvis du temple où se jouaient les mystères. Boudout, à Henri-IV, m'a présenté en personne tous les acteurs du drame. Il m'a fait comprendre et aimer ces mots dont étaient faits les grands livres. Quelque chose de nouveau et qui est au cœur de toute littérature faisait irruption dans mon train-train de chaque jour : c'était le style.

Je connaissais déjà un peu, avant Boudout, les livres et les écrivains. En dépit de Fouassier, je ne savais presque rien de la philosophie. Ce que j'en avais appris ne m'avait pas passionné. La logique, la morale, la psychologie m'ennuyaient plutôt. La métaphysique, j'ignorais ce que c'était. Il y avait Bergson, bien sûr. Mais il flottait un peu dans le vide à mes yeux égarés. Les rats dans les laboratoires, les tests de Rorschach et les autres, la *Gestalt* alors si à la mode, la classification des sentiments et des passions, les fameuses valeurs, le labyrinthe des tropes et des syllogismes ne me disaient rien qui vaille. En hypokhâgne à Henri-IV, j'accueillis avec estime mais sans enthousiasme excessif un premier professeur de philosophie du nom de Bénézet. La foudre me tomba dessus avec Jean Hyppolite.

Je dois à la vérité, vénérable Sur-Moi, d'avouer que je ne comprenais presque rien à ce qu'il nous racontait. Hyppolite était un spécialiste de Hegel. Il avait entrepris une traduction française de la *Phénoménologie de l'esprit* qui faisait autorité et publié deux ouvrages devenus des objets de culte dans le monde de l'Université : *Introduction à la « Philosophie de l'histoire » de Hegel* et *Genèse et structure de la « Phénoménologie de l'esprit »*. Je m'étais jeté sur ces trois ouvrages qui constituaient le pain quotidien de mes camarades les plus doués. C'était pour moi, cher et illustre Sur-Moi, comme du chinois céleste et tout à fait opaque. Je versais des larmes de sang.

Mais je m'accrochais. J'écoutais bouche bée, dans une espèce de sommeil hypnotique, mon maître bien-aimé. Jean Hyppolite avait des problèmes de respiration, quelque chose comme de l'asthme. Chaque parole du prophète envoyé parmi nous pour nous initier aux mystères de la philosophie de l'histoire et de la phénoménologie avait toutes les peines du monde à jaillir de sa gorge. Elle parvenait jusqu'à nous lourde de tout le désir et de toute la misère du savoir.

Le plus étrange était qu'Hyppolite s'adressait souvent à moi comme si j'avais compris quelque chose à ce qu'il m'enseignait. Il m'encourageait avec bonté. Il lui arrivait de me demander mon avis. Je bredouillais n'importe quoi. Je l'aimais.

Deux de mes camarades étaient très proches de lui et brillaient de mille feux à mes yeux écarquillés. L'un et l'autre ont fait de grandes carrières. Le premier était Jean Laplanche. L'autre était Claude Lefort.

Jean Laplanche était très calme et plutôt silencieux. Une impression de force et de sérénité se dégageait de sa personne qui se situait à l'extrême opposé de toute superficialité et de toute esbroufe. Son bras droit était frappé de naissance par une espèce d'atrophie qui lui donnait quelque chose de sévère et presque de pathétique alors qu'il était très amical et très gai. Je devais découvrir beaucoup plus tard que ce philosophe remarquable jouissait d'une fortune qui le mettait à l'abri du besoin. Sa famille était propriétaire d'un des crus les plus prisés de Bourgogne et du château de Pommard. D'une simplicité parfaite, d'une loyauté sans faille, un mot le résumait : la profondeur. Après avoir été reçu à l'École normale et à l'agrégation de philosophie, il allait devenir un psychanalyste de réputation mondiale. Je l'ai beaucoup admiré et aimé.

À l'automne 1942, Claude Lefort s'appelait encore Claude Cohen. Il était grand, sec, impérieux, plutôt sévère. Un beau jour, en pleine occupation allemande, il est arrivé dans notre classe en nous disant que son nom était désormais Lefort et qu'il ne tolérerait aucune allusion à son identité antérieure. Soutenu par nos professeurs et par l'unanimité de ses camarades, il est entré sans le moindre problème dans son nouveau personnage. Autant que je me souvienne, je n'ai jamais vu ni dans l'hypokhâgne ni dans la khâgne d'Henri-IV l'ombre d'une étoile jaune. Je me rappelle très bien nos maîtres en train de signer le procès-verbal des présences et des absences. Souvent l'un ou l'autre d'entre nous, et souvent plusieurs le même jour, étaient de toute évidence absents. Ils étaient toujours marqués présents sans aucune hésitation par nos professeurs imperturbables.

Claude Lefort était aussi intelligent et aussi brillant que Jean Laplanche. Il était plus hautain, plus sarcastique, plus lointain. Il m'intimidait davantage. Et lui et Jean Laplanche faisaient partie d'un monde qui m'était étranger et obscur et qui me fascinait : ils étaient trotskistes. Ils appartenaient à une branche du trotskisme qui me faisait rêver autant que les chevaliers Teutoniques ou que la secte des Assassins dirigée par Hassan al-Sabbah, le Vieux de la Montagne, le maître de la sombre forteresse d'Alamut, que je découvrais à cette époque dans des livres qui me tournaient la tête. Ils étaient trotskistes tendance Lambert. Ce que signifiait ce détail capital, je ne le savais pas. Mon admiration se doublait d'ignorance.

Dans la lignée de Hegel, Jean Hyppolite nous introduisait dans l'univers du marxisme. Il nous expliquait que Marx avait renversé et remis à l'endroit la dialectique de Hegel. Je lisais un peu de Marx comme je lisais un peu de Hegel. Avec moins de difficulté, mais avec autant de passion. Les rapports des trotskistes avec les communistes, dont ils étaient si proches et qu'ils haïssaient avec tant de violence, me plongeaient dans des abîmes de perplexité. J'étais idiot.

Comme Hyppolite lui-même, Lefort et surtout Laplanche avaient de l'indulgence pour moi. À ma stupeur, apparemment ignorants de ma dévotion à leur égard, ils me traitaient en égal. Plus tard, un troisième larron allait se joindre à notre troupe et préparer avec Laplanche et moi l'agrégation de philosophie. C'était Jean-Bertrand Pontalis. Il était lui aussi trotskiste comme tout le monde.

À la façon de Laplanche, les Lefèvre-Pontalis n'étaient pas vraiment dans la misère. Ils étaient les neveux ou les petits-neveux de Louis Renault, le constructeur d'automobiles, qui, peut-être à son cœur défendant, avait versé, comme beaucoup d'industriels, d'éditeurs, d'artistes, d'écrivains, dans la collaboration avec les Allemands. J'aurais beaucoup aimé interroger Jean-Bertrand sur Louis Renault — et encore plus sur cette belle Mme Renault qui avait été une des passions de Drieu la Rochelle. Mais J.-B. — tout le monde l'appelait et l'a toujours appelé J.-B. — n'aimait pas beaucoup évoquer cette parenté. Il était fin, charmant, cultivé, la civilisation même — et lui aussi, naturellement, il était trotskiste, tendance Lambert. Le trotskisme tendance Lambert, qui n'était guère pour moi qu'un refrain clandestin et une sorte de ritournelle, envahissait de tous côtés ma jeunesse abrutie.

Jean-Bertrand avait un frère qui s'appelait Jean-François. À la différence de Jean-Bertrand, j'ai très peu connu Jean-François. Mais sa légende, elle aussi, me tournait une tête qui ne demandait qu'à tourner. Aux yeux de beaucoup autour de moi, il était plus cultivé, plus brillant, plus intelligent encore que Jean-Bertrand. Ami de Louise de Vilmorin qui nous apparaissait comme un mirage un peu lointain, très répandu dans les milieux huppés de Paris, il était mondain et secret. Presque mystérieux. Et homosexuel. On racontait qu'il s'était installé au Ritz, place Vendôme, pour écrire un roman. Le bruit courait que le livre, que personne n'avait lu, était un chef-d'œuvre. Un jour, Jean-François mourut. Les siens se rendirent dans la chambre qu'il occupait au Ritz. Ils découvrirent un dossier qui avait toutes les apparences d'un interminable manuscrit. Ils l'ouvrirent avec curiosité et une espèce d'émotion. Toutes les pages étaient blanches.

Jean-Bertrand Pontalis n'était pas en hypokhâgne ni en khâgne avec nous. Il nous rejoignit deux ans plus tard, Laplanche et moi, dans notre turne de la rue d'Ulm pour travailler ensemble, tous les trois. Je rougis encore d'un épisode, très savant Sur-Moi, qui n'est pas à mon honneur. Nous préparions des thèmes qui pouvaient surgir à l'écrit ou à l'oral de l'agrégation de philosophie : la dialectique, la transcendance, l'origine, la limite, la mémoire… Un beau jour, notre choix se porta sur : la grâce. Nous avions chacun quinze jours pour apporter le fruit de nos profondes réflexions. J'avais, en ce temps-là, d'autres soucis plus futiles…

MOI : Peut-on savoir lesquels ?…

MOI : Plus tard, très honorable Sur-Moi, plus tard… J'arrivai à notre réunion sans le moindre biscuit. Je n'avais rien préparé du tout, mais je ne voulais pas sembler me dérober et je me lançai dans une description de l'animal familier qui incarnait le mieux à mes yeux la grâce souveraine : le chat. Je fus très vite interrompu par l'indignation de J.-B. et de Jean qui ne me cachèrent pas qu'ils hésiteraient désormais à travailler avec un individu aussi paresseux, aussi incapable que moi, et aussi dénué, non seulement de talent et d'esprit philosophique, mais tout simplement de la moindre dignité. La grâce n'a cessé de me poursuivre toute ma vie comme une espèce de fantôme assoiffé de vengeance. De saint Augustin et de Pélage à Jansénius et à Pascal, sans oublier La Fontaine ou Watteau, je l'ai vénérée et traquée sans répit.

Laplanche et Pontalis allaient jouer l'un et l'autre un rôle important dans le monde intellectuel. Ils rédigèrent ensemble le célèbre *Vocabulaire de la psychanalyse* qui devait constituer pour tous les praticiens un manuel de base. Pour des motifs inconnus de moi, ils finirent par se brouiller à mort et par se séparer. Laplanche partagea son temps entre son métier et Pommard. Pontalis entra au comité de lecture de Gallimard et écrivit des livres délicieux et savants : *Loin*, *Fenêtres* ou *Le Dormeur éveillé*.

J'admirais Claude Lefort autant que Laplanche et Pontalis, mais j'étais moins lié avec lui. En une occasion, il m'a étonné et presque rempli d'effroi. Existaient encore, en ces temps-là, de vagues cérémonies de bizutage des nouveaux. Elles étaient assez douces, stupides par nature et surtout l'occasion de s'amuser un peu. À ma stupeur, Claude, qui s'était acharné sur un jeune benêt effaré, avait fini par se déchaîner dans une espèce d'exaltation que j'avais d'abord crue feinte mais qui en vint à prendre des allures presque inquiétantes. Il exigea de sa victime qu'elle se jetât à ses genoux et qu'elle lui renouât les lacets de sa chaussure qui venaient de se délier. Et à la façon d'un guerrier mède ou aztèque, il lui posa son pied sur la tête. Je lui fis le reproche de cette humiliation qui avait quelque chose de déplaisant et presque de cruel. Il me répondit, je crois, qu'il n'avait rien à foutre des belles âmes. Nous ne parlâmes plus jamais de ce menu incident. Mais je ne parvins jamais à l'oublier, même quand Claude Lefort, intellectuel du premier rang, publia des ouvrages importants sur Machiavel et sur la démocratie.

Deux autres professeurs sont demeurés vivants dans ma mémoire. L'un était Alba. Lui aussi était une icône. Il enseignait l'histoire moderne et d'abord la période 1789-1815. Trépané ou blessé de guerre, je ne sais plus, il portait sur le front une violente cicatrice qui le défigurait. Il était aussi glacial et lointain qu'Hyppolite et Boudout étaient proches et bienveillants. Il était un admirateur et un disciple de Robespierre et il avait contribué à un ouvrage qu'il avait révisé de fond en comble et qui jouait un rôle considérable dans notre vie de khâgneux : le célèbre manuel d'histoire de Malet et Isaac consacré à la Révolution et à l'Empire. Ce livre ne nous quittait jamais. Il était notre bible au même titre que les *Dialogues* de Platon, l'*Éthique* de Spinoza, la *Critique de la raison pure* ou la *Phénoménologie de l'esprit*. Nous le connaissions par cœur et nous nous amusions à réciter les pages qu'un camarade nous présentait de loin et à l'envers. André Alba répandait autour de lui à la fois le respect et la terreur. Il m'a toujours témoigné une bienveillance indulgente dont je lui reste profondément reconnaissant — à lui et à sa mémoire.

L'autre, historien lui aussi, mais de la Grèce et de Rome, était un homme modeste et exquis, une sorte de Nimbus au cœur d'enfant, un funambule plein de tendresse qui se perdait dans ses fiches et bégayait d'émotion. Il s'appelait Dieny. Il nous emmenait du côté de l'Observatoire étudier un fameux plan en relief de la Rome des Césars dont nous connaissions le moindre recoin et nous nous moquions de lui qui se moquait de lui-même. Je l'adorais et il me semblait souvent que nous étions avec lui d'une cruauté insupportable. Il ne s'en formalisait jamais et sa douceur angélique et désordre finissait par l'emporter sur notre brutalité. Il y a quelques années à peine, bien après sa disparition, j'ai entretenu avec son fils une brève correspondance où nous célébrions son souvenir.

Boudout, Hyppolite, Alba, Dieny formaient la constellation qui, brillant au-dessus de moi, occupait tout mon temps. Je n'étais jamais sorti du cocon délicieux et vaguement étouffant de ma famille…

MOI : Ah ! nous le savons. Surtout n'y revenons pas.

MOI : … L'hypokhâgne puis la khâgne d'Henri-IV, mes professeurs et mes camarades m'en offraient une autre, une famille de rechange, très différente de la première et qui prenait tout à coup à mes yeux écarquillés une formidable importance. D'autant plus que dans les deux années scolaires 1942-1943 et 1943-1944, il n'y avait rien d'autre autour de moi.

Paris était occupé. Le Havre, Saint-Nazaire, Lisieux, Argentan, Saint-Étienne, tant d'autres villes côtières ou de nœuds ferroviaires commençaient à être bombardés par les Anglais ou les Américains. Au point qu'un journal du Havre allait afficher à la Libération un titre sur huit colonnes : « Nous vous attendions dans la joie, nous vous accueillons dans le deuil ». À la radio de la collaboration, que nous écoutions le moins possible, Jean Hérold-Paquis avec violence, Philippe Henriot avec un grand talent profitaient de ces drames pour répandre leurs mensonges. Nous reprenions des forces en tentant d'attraper à la radio de Londres quelques bribes de Maurice Schumann, de Jean Marin, de Pierre Bourdan, de Jean Oberlé ou de Pierre Lazareff qui animaient l'émission *Les Français parlent aux Français*. Il n'était pas question de s'amuser, de se distraire, de partir en week-end. Je travaillais le samedi comme tout le monde et le dimanche autant et plus que les autres jours. Nous vivions dans l'angoisse et, sinon dans la pauvreté, du moins sans le moindre luxe et sans la moindre distraction. Nous n'étions pas malheureux : nous vivions aussi dans l'espérance. Nous croyions dur comme fer à la victoire de la France libre et au général de Gaulle. Et un monde nouveau s'ouvrait à moi. Il était fait de livres et il était intérieur.

Vingt-cinq ans plus tard, le surprenant psychodrame connu sous le nom bénin des « événements de mai 1968 » devait me laisser au bord de l'hostilité et, en tout cas, en plein scepticisme pour une raison toute simple : l'attachement à mes maîtres. Lorsque j'appris qu'une poubelle d'ordures avait été déversée à Nanterre sur la tête du doyen Ricœur, l'indignation me prit. L'hostilité, non seulement à de Gaulle, mais aux maîtres, c'était trop.

Pendant deux ans, je travaillai comme jamais. Je prétendais, bien entendu, ne rien faire du tout. Mais je me jetais dans le thème latin, dans la version grecque, dans Kierkegaard et dans Spinoza avec une sombre obstination. J'aimais les livres. J'aimais apprendre. Déboulèrent tout à coup dans l'obscure exaltation de chaque jour deux événements d'inégale importance qui étaient pour moi et pour tous autour de moi comme le couronnement plein d'angoisse des vingt-quatre derniers mois et dont l'évidence, pour attendue qu'elle fût depuis longtemps, nous frappa soudain avec violence : le débarquement en Normandie et le concours de l'École normale. L'histoire du monde n'en finissait pas de se mêler à ma modeste existence.

La guerre sur le sol français bouleversa nos études. Il devint très vite évident que les épreuves du concours ne pourraient pas se tenir, comme prévu, à la fin du printemps 1944. Elles furent reportées au début de 1945. Et, en khâgne comme ailleurs, l'année scolaire s'acheva dans un joyeux bordel qui permettait à chacun de s'occuper d'autre chose et d'abord de participer à la Résistance nationale.

En entrant dans la clandestinité, mon frère avait déjà réussi à échapper au fameux — à l'époque — Service du travail obligatoire, ou S.T.O., dont le but était de fournir des travailleurs aux nazis. À partir du début du printemps 1944, il se montra assez actif dans la Résistance parisienne. Quand les troupes anglo-américaines se rapprochèrent de Paris, il me remit, rue de Babylone, dans un des centres de la Résistance, une mitraillette entre les mains. Et il l'assortit d'un certain nombre de recommandations. Pendant les quelques jours où je me familiarisais avec la manipulation de ladite mitraillette, nos camarades m'observèrent. Le verdict tomba assez vite : la mitraillette me fut retirée. On me donna en compensation une bicyclette enveloppée de bonnes paroles et on me chargea de transporter à travers la capitale des messages et des colis.

À quelques jours de la Libération, un de mes chefs me confia un paquet assez volumineux que je fixai tant bien que mal à l'arrière de ma bicyclette avec l'ordre exprès de le remettre en silence à un inconnu qui m'attendait et avec lequel je n'aurais pas le moindre mot à échanger.

Quittant la rue de Babylone, je parvenais en vue de Saint-François-Xavier quand une colonne de blindés allemands apparut au fond de l'avenue des Invalides. Je freinai brutalement. Avec tant de violence que le paquet se détacha du vélo, se déchira en tombant et répandit sur le pavé des flots de brassards frappés de la croix de Lorraine. En un éclair, je me vis arrêté, déporté, fusillé. Des passants se précipitaient, ramassaient les brassards, rafistolaient le paquet, le remettaient sur mon porte-bagages. La colonne allemande poursuivit son chemin.

Je poursuivis le mien. Je parvins sans plus d'encombres à l'adresse indiquée. Je sonnai. Mon mystérieux correspondant m'ouvrit. Je le reconnus aussitôt : c'était Georges Bidault.

Les noms de Jean Moulin, de Pierre Brossolette, d'Honoré d'Estienne d'Orves, de Guy Môquet, de beaucoup d'autres m'ont fait rêver et ont provoqué chez moi quelque chose qui ressemblait à un peu de honte. Ce sont surtout ceux de l'escadrille Normandie-Niemen que j'ai enviés et admirés. Et les aventures de Roger Stéphane, avec qui je devais me lier plus tard, m'ont beaucoup amusé. À la Libération, Roger Stéphane s'était emparé, avec quelques autres, de la préfecture de police. À la suite de cet exploit, il s'était présenté au général de Gaulle.

« Mon général, lui avait-il dit avec une ombre de forfanterie, je m'appelle Roger Stéphane. Je suis juif, homosexuel, communiste et gaulliste.

— Stéphane ! avait grogné le Général, vous ne trouvez pas que vous exagérez un peu ? »

Le jour même ou la veille de la libération de Paris, comme d'innombrables Parisiens, nous nous étions rendus, mon frère et moi, place de la Concorde, déjà noire de monde. Jaillissant soudain de la rue de Rivoli ou de la rue Royale, une Citroën noire, probablement de la police ralliée à la Résistance, fit lentement le tour de la place. Installé à la portière ou sur un marchepied, un homme en bras de chemise faisait signe à la foule, avec autorité, de s'éloigner au plus vite. Les passants s'éparpillèrent de tous côtés et la plupart d'entre eux refluèrent vers le jardin des Tuileries. Quelques instants plus tard, des coups de feu éclataient. Les forces de police insurgées s'emparaient du ministère de la Marine occupé par les troupes allemandes.

Nous avions pénétré, avec beaucoup d'autres, dans le jardin des Tuileries quand nous nous aperçûmes que nous étions sur le point d'être encerclés par des Allemands surgis de nulle part. Nous nous jetâmes, mon frère et moi, vers la porte qui donnait sur la Seine. Trop tard ! Un piquet de soldats de la Reichswehr contrôlait déjà la sortie.

Mon frère passa sans difficulté : il avait de faux papiers parfaitement en règle. Moi, j'avais une vieille carte d'identité tout à fait authentique, mais établie à Nice en 1941. Elle parut louche aux Allemands qui me firent signe de rester parmi eux. Je vis mon frère me regarder avec désespoir.

Une inspiration subite me fit dire quelques mots en allemand au lieutenant ou au capitaine qui surveillait la porte. Je lui expliquai que j'habitais Nice trois ans plus tôt. Et puis je fus sauvé par un Juif allemand qui aimait beaucoup la France. Je ne sais trop pourquoi je me mis à réciter le début de la *Lorelei* d'Henri Heine, le plus célèbre, sans doute, le plus populaire, le plus connu de tous les poèmes de la littérature allemande :

Ich weiss nicht was soll es bedeuten
Dass ich so traurig bin.
Ein Märchen aus uralten Zeiten
Es kommt mir nicht aus dem Sinn.

Die Luft ist kühl und es dunkelt
Und ruhig fliesst der Rhein.
Der Gipfel des Berges funkelt
Im Abendsonnenschein.

L'Allemand poursuivait :

Die schönste Jungfrau sitzet
Dort oben wunderbar.
Ihr goldenes Geschmeide blitzet.
Sie kämmt ihr goldenes Haar.

Je reprenais :

Sie kämmt es mit goldenem Kamme
Und singt ein Lied dabei
Das hat eine wundersame
Gewaltige Melodei.

« File ! me lança l'officier, et que je ne te revoie pas ! »

Mon frère m'avait attendu de l'autre côté des Tuileries. Nous passâmes en courant à perdre haleine le pont de Solferino. Il me tenait par la main. Les balles sifflaient au-dessus de nos têtes. Un homme fut tué devant nous. Une plaque rappelle sa mort sur le pont. À peine parvenus rive gauche du côté de la gare d'Orsay, transformée aujourd'hui en musée, nous nous précipitâmes dans un bistrot pour téléphoner à notre mère rue du Bac et pour la rassurer. À quelques centaines de mètres à peine de nous, elle ne savait encore rien de ce qui se passait à la Concorde et aux Tuileries.

« Ne t'inquiète pas ! hurlait mon frère, hors de lui d'émotion. Nous allons bien. Nous arrivons.

— J'espère bien », répondait ma mère du ton le plus calme et presque un peu sec. « Ne soyez pas trop en retard pour le repas. »

C'était Paris en août 1944. Nous retrouverons vingt-quatre ans plus tard, en mai 1968, cette même coupure entre deux quartiers très proches l'un de l'autre, le premier ignorant tout de ce qui se passait dans le second.

Au début de septembre, le général de Gaulle formait un gouvernement provisoire avec Georges Bidault au Quai d'Orsay. À la satisfaction de mon père, le nouveau ministre des Affaires étrangères me prit avec lui, dans un poste subalterne, à son cabinet. J'y restai à peine deux mois — assez longtemps pourtant pour me persuader de deux vérités d'inégale importance. La première était qu'une irrémédiable hostilité opposait Georges Bidault au général de Gaulle. Le plus intéressant était qu'à cette époque-là le Général apparaissait comme un homme de droite et Bidault comme un opposant de gauche porté à dénoncer un dictateur dans l'homme du 18 Juin. Moins de vingt ans plus tard, l'hostilité entre les deux hommes serait plus vive encore — mais avec une inversion de taille, due aux événements d'Algérie : le Général avait l'appui de la gauche et Georges Bidault était passé à l'extrême droite.

La seconde révélation était d'ordre privé : je n'avais pas tardé à comprendre que je préférais de très loin *Phèdre*, *Candide*, les *Fables* de La Fontaine, les lettres de Mme de Sévigné au travail de cabinet, et les études, si dures fussent-elles, aux fastes de la vie politique. Dès octobre, je retrouvai avec joie Boudout, Hyppolite, Alba, Dieny et la khâgne d'Henri-IV. Avec joie. Et avec angoisse. Pour la promotion 1944 de l'École normale supérieure, bousculée par le débarquement et la Libération, la date du concours d'entrée était fixée au milieu de l'hiver 1944-1945.

Le rêve éveillé se poursuivait. Le cauchemar aussi. Je lisais un peu de Platon, ça allait, de Descartes, ça allait encore, d'Aristote et de Spinoza, c'était déjà plus rude, de Hegel et de Heidegger, et je m'obstinais à ahaner et à perdre pied. Nos professeurs descendaient du piédestal au milieu des idées où nous les avions installés pour nous donner des conseils de bachotage et des recettes de succès. Nous allions jusqu'au bout de nos forces intellectuelles et physiques. Pâles, presque hâves, nous maigrissions à vue d'œil. Nous ne mangions pas à notre faim. Nous manquions de sommeil. Nous étions les fantômes de ce que nous avions été. Enfin le grand jour arriva et nous nous retrouvâmes tous dans les salles gigantesques et sinistres de la rue de l'Abbé-de-l'Épée ou de la bibliothèque Sainte-Geneviève pour ces séances de torture de six ou huit heures où, presque à pile ou face, se jouait notre existence.

Très savant Sur-Moi, je n'ai pas l'intention de vous rapporter en détail les épreuves auxquelles nous fûmes soumis…

MOI : Non. C'est inutile pour l'enquête.

MOI : … D'autant plus inutile que je les ai oubliées avec le plus grand soin. Je me rappelle seulement que le sujet de philosophie tournait autour d'une formule de Piaget, le grand théoricien suisse du développement de la pensée chez l'enfant, sur les mystères de l'épistémologie correspondant terme à terme avec les sombres évidences de la logique.

Trois semaines ou un mois plus tard, la publication de la liste des admissibles aux épreuves de l'oral était encore une épreuve. J'avais bien essayé, selon la plus sainte des traditions, d'obtenir d'un de ces huissiers que nous appelions des *tangentes* la communication de mes notes à l'écrit, censées demeurer secrètes. Vous filiez vingt francs de l'époque à la tangente et elle vous glissait vos notes à l'oreille. La tangente à qui je m'adressai empocha les vingt francs — et ne me livra jamais mes notes. Le larron anonyme était un bienfaiteur inconnu. Il agissait, je l'appris plus tard, par pure bonté d'âme et pour ne pas me décourager : mes notes étaient très médiocres. Assez bonnes pourtant pour permettre à mon nom de figurer en queue de la liste fatidique des admissibles.

L'oral se passait rue d'Ulm. Les souvenirs m'en reviennent comme en rêve, et en foule. Ma première épreuve : le latin. Une lettre, plutôt difficile, de Cicéron. Le résultat ne fut pas étincelant. J'appris après le concours que, s'ajoutant à mes notes peu reluisantes de l'écrit, ma piètre performance en latin m'avait fait considérer comme perdu par les membres du jury : ils me rayèrent en esprit de leur liste. La philosophie se passa plutôt bien. Le grec aussi. L'allemand et l'anglais ne posaient pas de problème. L'examinateur de français était un universitaire distingué, très bien de sa personne, sympathique, homosexuel, un peu solennel, à qui il était peut-être permis de reprocher une prudence excessive et un certain manque de courage. Il était lié avec plusieurs écrivains, et notamment avec Étiemble, spécialiste de littérature comparée, auteur alors assez célèbre et aujourd'hui oublié du *Mythe de Rimbaud* et de *Parlez-vous franglais ?* J'étais appelé à retrouver Jean Thomas à l'Unesco où il allait occuper les fonctions imposantes de directeur général adjoint. Et je devais finir par nouer avec lui des relations d'amitié. Il me proposa un passage de Rousseau, tiré des *Rêveries du promeneur solitaire*, où il était question d'une nuit passée sous les étoiles.

Jean-Jacques Rousseau n'était pas mon auteur favori. J'aurais préféré de très loin un sonnet de Ronsard, de Ménard ou de Théophile de Viau, une scène de Corneille ou de Racine, une fable ou un conte de La Fontaine, une lettre de Mme de Sévigné à sa fille, une lettre de Voltaire à d'Alembert, à Mme du Deffand ou à Frédéric de Prusse, ou un extrait de *Candide*, un poème de Hugo, de Vigny, de Baudelaire ou de Verlaine. Mais enfin la nature, le temps qui passe, le souvenir, la mélancolie, les débuts du romantisme et du règne de la météorologie dans la littérature me convenaient assez bien. Avec sa nonchalance de mandarin indulgent et vaguement désabusé, Jean Thomas me décerna une bonne note. Restait l'histoire. L'histoire moderne — sur la fin de l'Ancien Régime, je crois : mes souvenirs sur ce point sont un peu flous — passa comme une lettre à la poste. L'histoire ancienne me mit en présence d'Henri-Irénée Marrou.

Henri-Irénée Marrou — il tenait à ses prénoms et à leur ordre immuable — était un de ces hommes d'exception qui font honneur à l'Université. Il était chauve, très savant, catholique, bienveillant, d'un abord délicieux. Lié à Jérôme Carcopino, qui avait été un grand historien de l'Antiquité avant de devenir pendant quatorze mois ministre de l'Instruction publique du maréchal Pétain, il n'avait jamais cessé d'être son ami malgré leurs divergences politiques. Il m'interrogea sur les combats de gladiateurs dans la Rome antique. Je lui déballai toute l'affaire : la vogue inouïe des jeux et leur coût exorbitant, les Samnites, les chrétiens, les esclaves, les belluaires, les rétiaires, les hoplomaques, les andabates, les mirmillons, avec leurs boucliers, leurs tridents, leurs cnémides et leurs filets plombés. Et, en prime, la suppression des combats en 404 de notre ère. Il me regardait avec indulgence.

« C'est très bien, commenta-t-il en se penchant vers moi. Vous aurez de toute façon une note excellente. Mais, dites-moi, comment étaient-ils vêtus ? »

Je réfléchis un instant.

« Ils étaient nus.

— Excellent, me dit-il. Ils avaient pourtant un petit quelque chose sur eux. Si vous m'indiquez ce que c'était, je vous mets 18. »

Je respirai un bon coup. Et je lui fis une réponse dont je me souviens encore aujourd'hui parce que, dix ou quinze ans plus tard, Marilyn Monroe devait m'imiter en réplique à la question :

« Que mettez-vous la nuit pour dormir ?

— Un peu de 5 de chez Chanel. »

Je jouai le tout pour le tout :

« Un peu d'huile, murmurai-je.

— C'est parfait », me dit-il.

Le jour des résultats, une atmosphère d'angoisse régnait dans le hall d'entrée du 45 de la rue d'Ulm qui grouillait d'une foule d'élèves, de professeurs, d'amis, de parents et de curieux. Deux infirmières en blouse blanche étaient tapies dans un coin et une ambulance était garée dans la cour au cas où un candidat ou sa mère se trouverait soudain mal. Une rumeur sourde animait l'auguste institution frappée d'une espèce d'hystérie contenue depuis des mois et peut-être des années. Le bruit cessa soudain : le directeur de l'École, ou son secrétaire général, s'avançait vers le micro, une feuille de papier à la main. Un grand silence se fit. Un peu de notre vie était en jeu. Tissé, comme toujours, de hasard et de nécessité, le destin nous tombait dessus.

« Sont admis à l'École normale supérieure, promotion *1944* :

« Premier…

« Deuxième…

« Troisième… »

La liste s'égrenait. À mesure qu'elle s'allongeait, les chances d'être cité augmentaient et diminuaient. Augmentaient, parce que les chances d'être cinquième, sixième, septième, étaient plus grandes que d'être premier ou deuxième ; diminuaient, parce que nous savions tous que sur les centaines de candidats une dizaine seulement seraient reçus.

« Septième…

« Huitième… »

J'étais neuvième. Sur dix. Avant-dernier de la section des Lettres. Ce n'était pas brillant. Quelqu'un m'embrassait : c'était la tangente bien-aimée qui m'avait fauché vingt francs.

Je rentrai rue du Bac dans un état d'ivresse. Mes parents m'attendaient, plus morts que vifs.

« Je suis reçu ! » criai-je sur le pas de la porte.

Le bonheur de mes parents faisait plaisir à voir. C'était une scène de Greuze au siècle du nucléaire. En ce temps-là encore, le rêve de toute famille populaire ou bourgeoise était de voir son rejeton entrer dans le temple de la rue d'Ulm. Nous nous jetions, mes parents, mon frère, André et moi, dans les bras les uns des autres. Tout basculait autour de moi. La guerre était gagnée contre la dictature du national-socialisme et j'étais normalien.

Deux traditions étaient encore, en ce temps-là, très vivantes autour de la rue d'Ulm. L'une était assez générale dans l'ensemble des grandes écoles : c'était le bizutage ; l'autre était propre à l'École normale : le canular — ou *khanular*.

Des canulars célèbres avaient été montés par les normaliens : une fausse visite de Lindbergh à Paris en voiture décapotable qui avait attiré des foules enthousiastes ou la fameuse affaire des Poldèves. Les Poldèves — qui n'existaient pas — étaient une population victime de menées intolérantes et racistes et menacée par la dictature. Un homme politique français — entièrement inventé —, du nom d'Hégésippe Simon, avait pris la défense des malheureux Poldèves et organisait réunion de soutien sur réunion de soutien. Une manifestation importante avait été notamment prévue à Poil, dans la Nièvre. Des invitations avaient été lancées à des personnalités du premier rang et ces voyous de normaliens exhibaient avec férocité les réponses qui leur étaient parvenues : « J'aurais été heureux de partager à Poil avec vous les valeurs… » ou « Je regrette de ne pouvoir me rendre à Poil en votre compagnie… »

Quelques années plus tard, un malheureux directeur de

l'École normale, l'estimable M. Flacelière, devait être la proie de ses cruels élèves qui avaient communiqué au journal *Le Monde* une fausse lettre de candidature de M. Flacelière à l'Académie française. Le directeur de l'École avait aussitôt envoyé un démenti au *Monde*. Les garnements avaient adressé aussi sec au journal une nouvelle fausse lettre de M. Flacelière : elle se plaignait des manœuvres insidieuses menées par des adversaires anonymes contre sa candidature qu'il maintenait bien entendu contre vents et marées.

Deux bizutages, entre autres, avaient marqué ma promotion. Comme chaque année, il y avait parmi nous un *prince tala* — c'est-à-dire un élève qui s'occupait de ses camarades catholiques, le mot *tala* venant peut-être de l'expression « *va-t-à la* messe ». Notre prince tala à nous était René Rémond, qui devait jouer plus tard un rôle important à Sciences Po et à l'E.N.A. On lui organisa une réception à l'archevêché qui lui parut très étrange : elle se passait au Sphinx ou au One-Two-Two, l'une ou l'autre des maisons de passe qui existaient encore à Paris avant le succès de Marthe Richard et leur fermeture.

L'autre bizutage me concernait. Mes bourreaux m'avaient emmené en voiture jusqu'à la gare de Lyon où, dans un coin obscur, ils m'avaient déshabillé et enroulé dans une couverture avant de me transporter devant un wagon du train direct pour Dijon. À l'instant du départ, ils m'avaient jeté dans le wagon en retirant la couverture. Nu comme un ver dans le train qui prenait de la vitesse, je m'étais enfermé dans les toilettes, négligeant les insultes et les coups de poing dans la porte des voyageurs impatients de vider leur vessie. Jusqu'au moment où un contrôleur très étonné, se servant de sa clé, se présenta devant moi. Je lui expliquai mon cas. Il me prêta sa casquette. Je descendis en hâte à Dijon en portant devant moi la casquette du contrôleur à la façon des Anciens comme une feuille de vigne ferroviaire et bizarre.

Trois ans durant, rue d'Ulm, je n'ai presque rien fait. En dépit de ma pose et de mes assertions (qui tendaient à suggérer un talent transcendant), j'avais beaucoup travaillé en hypokhâgne et en khâgne. J'étais au bord de la consomption. Je me reposais. Quand on me demandait ce que je faisais à l'École, je répondais la vérité : j'allais au cinéma.

En 1945-1946, nous avions à rattraper, en France, cinq ans de productions anglaises et surtout américaines de génie.

Avec *To Be or not to Be* ou *Le ciel peut attendre*, avec *Casablanca*, avec *Vous ne l'emporterez pas avec vous* ou *Monsieur Smith au Sénat*, avec *L'Impossible M. Bébé*, avec *Philadelphia Story — Indiscrétion*, en français —, avec *Laura*, les Lubitsch, les Curtiz, les Capra, les Howard Hawks, les Cukor, les Preminger faisaient irruption dans notre vie. Le cinéma américain n'était pas seul à me fasciner. Mes années d'enfance un peu partout, puis mes années de travail m'avaient éloigné aussi des films européens et même français. Je découvrais Greta Garbo, Marlene Dietrich, Jean Gabin, Annabella, Arletty, *Les Enfants du paradis* en même temps qu'Hollywood. Il m'arrivait souvent d'aller au cinéma — aux Ursulines ou au Studio Christine — trois fois par jour : à 2 heures, à 5 heures et après le dîner.

L'idée de faire des films m'a traversé l'esprit bien avant l'envie d'écrire des livres. Mais j'ai compris très vite que c'était un rêve impossible : je ne sais pas travailler en équipe. Diriger un film est une entreprise collective et de longue haleine. Montaigne au petit pied, je procède plutôt par sauts et par gambades. Ce que je préfère dans le travail, c'est la solitude.

Je commençais, cher et illustre Sur-Moi, à deviner mes forts, qui étaient minces, et mes faibles, qui étaient nombreux. J'étais vif et rapide, je comprenais assez vite. Trop vite, à coup sûr. Les efforts soutenus m'étaient assez étrangers. Un de mes camarades de la rue d'Ulm — il s'appelait Brun, si mes souvenirs sont exacts — s'était moqué de moi avec drôlerie et justesse.

— Il arrive très excité. Il annonce qu'il a lu trois livres qui lui ont beaucoup plu : le premier, il ne l'a pas lu ; le deuxième, il l'a oublié ; et le troisième n'est pas très bon.

MOI : Ce témoignage est précieux. Il sera retenu contre vous.

MOI : J'ai lutté contre le caractère un peu faible qu'il suppose. Je m'en suis beaucoup voulu de mon côté superficiel. J'ai écrit des livres plutôt longs et jamais assez ennuyeux pour combattre cet élan vers la légèreté et vers l'indifférence. « Glissez, mortels, n'appuyez pas ! » la formule chère à Proust m'a longtemps poursuivi. J'ai eu un penchant non seulement pour Toulet, léger comme de la cendre, mais pour Rostand, pour Guitry, pour Tristan Bernard. Tantôt je me détestais et tantôt je me disais que le plus important était d'aller avec audace dans le sens de ses faiblesses pour tenter, peut-être en vain, de les changer en forces. J'ai aimé m'amuser.

Entre deux séances de cinéma, entre deux lectures clandestines et enchantées d'ouvrages aussi peu à la mode que *Le Jardin d'Épicure* ou *La Châtelaine du Liban*, je m'occupais un peu de mes études. Cette tâche infinie se résumait surtout à des visites successives dans le bureau de notre caïman.

Le *caïman*, rue d'Ulm, était un personnage intermédiaire entre un camarade et un professeur. La tradition voulait que ce fût un normalien, un peu plus âgé que les nouveaux venus, chargé de les diriger dans le labyrinthe de leurs travaux. Notre caïman était un philosophe au sommet de la célébrité : c'était Louis Althusser.

Spécialiste du jeune Marx, Althusser était communiste et charmant. J'ai appris plus tard avec étonnement qu'il était très lié, jusqu'à l'intimité, avec Jean Guitton, mon confrère catholique et de droite à l'Académie française. La littérature et la philosophie règnent très loin au-dessus des divergences politiques. Comme Hyppolite, comme Alba, Althusser a été avec moi d'une bienveillance et d'une indulgence presque sans limites.

« L'un de nous deux, me disait-il avec un bon sourire, finira bien par mettre l'autre en prison ou par le faire fusiller. En attendant, je t'aiderai tant que je pourrai. »

Je l'ai mis à rude épreuve. Surtout pour plaire à mon père, je m'étais inscrit dans la filière de la préparation à l'agrégation d'histoire. Mais une crise sentimentale vint bousculer mes projets : j'étais tombé amoureux.

MOI : Amoureux !… Dites-nous ça.

MOI : J'étais tombé amoureux de la philosophie. Comme la plupart des normaliens, je fréquentais assez peu la Sorbonne. Mais à l'enseignement d'Hyppolite qui m'avait bouleversé s'étaient ajoutées d'autres influences. Celle de Beaufret, introducteur de Heidegger en France, celle d'Alquié, oscillant entre Descartes et le surréalisme, qui ouvrait son cours de khâgne à Louis-le-Grand par ces fortes paroles proférées en bégayant et avec un accent du Sud-Ouest :

« Vous aurez entendu trois rumeurs me concernant : que j'étais homo-homosexuel, que je fréquentais les b-bordels et que j'avais ramassé ma femme dans une m-maison de passe… De ces trois assertions, il n'y en a que d-deux de vraies. »

Celle de Vladimir Jankélévitch, auteur d'un ouvrage irrésistible : *Le Presque-rien et le Je-ne-sais-quoi* et qui aimait la musique et le théâtre. Celle de Martial Gueroult dont une série de cours sur Malebranche, qui n'était plus guère en odeur de sainteté, m'avait ébloui. Celle enfin de Bachelard qui, derrière sa barbe blanche et d'une voix rocailleuse, nous parlait des rêves, de l'eau, du feu, des forêts.

Comme beaucoup d'histoires d'amour, ma passion pour la philosophie était une passion malheureuse. J'aimais la philosophie beaucoup plus qu'elle ne m'aimait. Et comme ces amants peu payés de retour, je cachais mes sentiments. Je tournais autour de la philosophie sans me déclarer ouvertement. J'essayais de me rapprocher insensiblement, mais le plus près possible, de ces monstres sacrés qu'étaient pour moi Platon, Spinoza et Leibniz. Un jour, n'y tenant plus, j'allai trouver Althusser pour lui dire que je renonçais à l'histoire pour les lettres.

Il m'accueillit avec douceur.

« Je crois que tu étais fait pour l'histoire. Mais tu es bon aussi en lettres. Je t'inscris en préparation de l'agrégation de lettres. »

Je ne vais pas vous raconter ma vie…

MOI : Que faites-vous d'autre ?

MOI : … mais je m'engageai avec imprudence dans l'étude des textes du Moyen Âge. Bientôt, les serments de Strasbourg et le traité de Verdun, les vingt-neuf vers de la *Cantilène de sainte Eulalie*, notre premier poème en langue romane,

> *Buona pulcella fut Eulalia,*
> *Bel avret cor, bellezour anima…*

Aucassin et Nicolette et tant d'autres merveilles me devinrent presque insupportables. C'était injuste. Je n'y pouvais rien. L'amour est sourd et aveugle. Dans un délire de mauvaise foi où se mêlait de la paresse, je me disais que le grec et l'allemand étaient les deux voies d'accès obligées de toute approche philosophique et, en même temps, que l'étude de l'allemand ne me donnerait pas beaucoup de peine puisque je parlais déjà assez bien la langue de Goethe et de Hölderlin. Plus chafouin que jamais, je retournai voir Althusser. Et je lui fis part de mon désir de consacrer ma vie entière à la littérature allemande.

Il me regarda avec stupeur.

« Quelle mouche te pique ? Pourquoi cette agrégation d'allemand ? Par facilité ? La prochaine fois, parce qu'il n'y a pas d'agrégation d'alphabet, tu viendras m'annoncer que tu prépares l'agrégation de grammaire. Enfin, tu fais comme tu veux. »

Il faut aller vite…

MOI : C'est ça. Bonne idée.

MOI : … Trois mois plus tard, une quatrième fois, j'allai frapper à la porte d'Althusser. Malgré son affabilité coutumière — et je peux le comprendre —, il me reçut assez mal.

« Tu ne viens tout de même pas m'annoncer une fois de plus que tu changes d'agrégation ?

— Justement, si ! » lui dis-je d'un ton léger mais d'une voix qui tremblait.

« Et tu choisis quoi ? La gymnastique ? Le calcul mental ? La poésie champêtre ? »

Je me lançai à l'eau.

« La philosophie », lui dis-je.

En apparence au moins, Althusser était très calme. Et il avait le teint assez pâle. Je le vis se lever brusquement et son visage tourna au rouge.

« Écoute. Il faut que je te dise. Je te connais un peu. Je t'aime bien. Tu peux passer l'agrégation que tu veux. Histoire, lettres, allemand : tu seras reçu partout. Il n'y a qu'une agrégation où tu seras refusé à coup sûr : la philosophie. C'est comme si tu te présentais à l'agrégation de droit public ou de mathématiques. Tu n'y connais rien. Maintenant, c'est toi qui décides.

— La philosophie », lui dis-je.

Quelques années plus tard, j'allais apprendre avec une émotion mêlée de stupeur la fin tragique de la carrière d'Althusser : dans un de ces accès de violence teintée de folie dont il était coutumier, il avait étranglé sa femme Hélène. Nous savions tous, à l'École, qu'il y avait des jours où il fallait éviter de fréquenter Althusser. La presse de tous les bords se déchaîna contre lui. Je fus un des rares à le défendre dans un journal de droite, *Le Figaro Magazine*.

À cette époque, j'avais vingt ans. Je mettais les livres si haut — surtout la fameuse couverture blanche des Éditions Gallimard qui me rendait à peu près fou avec son filet noir et ses deux filets rouges — que l'idée d'écrire à ce qu'on appelait encore, en ce temps-là, un « grand écrivain » ne me venait pas à l'esprit. Il y avait pourtant un poète pour qui j'avais une telle admiration que l'envie de le rencontrer devint presque irrésistible. *La Soirée avec M. Teste*, *La Jeune Parque*, *Charmes*, *Le Cimetière marin* surtout m'avaient ébloui. Je me répétais sans fin :

Honneur des hommes, saint LANGAGE,
Discours prophétique ou paré,
Belles chaînes en quoi s'engage
Le dieu dans la chair égaré.
Illumination, largesse !
Voici parler une Sagesse
Et sonner une auguste Voix
Qui se connaît quand elle sonne
N'être plus la voix de personne
Tant que des ondes et des bois…

ou :

Soleil, soleil !… Faute éclatante !
Toi qui masques la mort, soleil…
Tu gardes le cœur de connaître
Que l'univers n'est qu'un défaut
Dans la pureté du non-être…
Toujours ce mensonge m'a plu
Que tu répands sur l'absolu,
Ô roi des ombres fait de flamme !

Le bruit courait que Paul Valéry accueillait volontiers les jeunes gens qui l'admiraient. Je lui écrivis une lettre. Il me répondit qu'il m'attendait.

Je remontais la rue de Villejust, qui s'appelle aujourd'hui rue Paul-Valéry. J'apercevais une maison de passe assez fameuse — celle de Mme Claude, peut-être ? — d'où sortaient beaucoup de jeunes femmes distinguées qui faisaient les beaux jours des hebdomadaires et des revues de mode, et je me disais que j'aurais mieux fait d'aller leur rendre visite à elles plutôt qu'à un académicien, si plein de génie fût-il. Au 40 de la rue de Villejust, je montais l'escalier jusqu'au troisième étage. Je sonnais. Paul Valéry me serrait la main.

De quoi nous avons parlé, je n'en ai plus la moindre idée. Je bafouillais, j'imagine. Tout ce que je sais, c'est qu'au bout de quelques instants Paul Valéry, assis dans son fauteuil en costume sombre croisé, me demanda ce que je faisais. J'étais là un peu pour ça.

« Je viens de renoncer, lui dis-je, faraud, à l'agrégation d'histoire. »

Il se leva, me prit dans ses bras, me regarda droit dans les yeux et me dit :

« Comme vous avez raison ! L'histoire ne sert à rien. Elle ne nous apprend rien sur un avenir plus important que le passé et qui ne le répète jamais. Et que faites-vous maintenant ? »

Avec une orgueilleuse modestie qui pouvait enfin s'exprimer, je lui répondis :

« Je prépare l'agrégation de philosophie. »

Le vieil écrivain se laissa retomber sur son fauteuil, prit sa tête entre les mains et s'écria, l'air navré :

« Mais c'est pire ! »

J'aurais dû savoir que la philosophie et l'histoire étaient les deux bêtes noires du grand homme. Il l'a écrit plus d'une fois. Il ne croyait pas à l'histoire et il pensait que la philosophie n'a pas d'autre intérêt que de démontrer à un public restreint que A est plus intelligent que B.

« Mais alors, murmurai-je, effondré, que faut-il faire ?

— Des mathématiques ! » me dit-il.

Les mathématiques étaient un domaine très étranger à ma famille. Ni mon père, ni mon frère, ni moi ne les avions beaucoup fréquentées. Vous vous souvenez de mon frère, impeccable Sur-Moi ? Le bon à rien, le nullard, le cancre, le mauvais élève. Il aurait tant aimé être marin et il avait renoncé à l'École navale sous les risées de la famille. Voilà qu'à la Libération Michel Debré, sur les instructions du Général, décide de créer de toutes pièces une institution appelée à un bel avenir : l'École nationale d'administration — la fameuse, trop fameuse, E.N.A. Sous les regards apitoyés de mes parents, Henry nous annonce son intention de se présenter au premier concours de la nouvelle école. À la surprise générale, il est reçu. Et, trois ans plus tard, il en sort premier.

Il restait quelque chose chez mon frère du cancre magnifique qu'il avait longtemps été. Chacun fait ce qu'il peut. Le misérable petit génie, incertain et fluctuant — c'était moi —, avait, vous vous en souvenez, l'orthographe naturelle. J'aurais peut-être pu réussir l'agrégation de grammaire. Henry, lui, s'obstinait à semer autour de lui, avec largesse et grand bonheur, de prodigieuses fautes d'orthographe. Dans sa copie principale, le jury en avait compté, si je me souviens bien, un peu plus d'une trentaine. Le sujet s'y prêtant, il avait écrit six ou sept fois les mots fatidiques de *servisse publique.* Reconnaissant qu'il était le premier, le jury de l'E.N.A. estima qu'il était difficile de mettre major de sa promotion un candidat qui parlait de *servisse publique.* Il fut deuxième. Ce qui ne l'empêcha pas de sortir brillamment dans l'inspection des Finances. Bourdieu ! Bourdieu ! Bourdieu ! Badiou, Piketty, Autain et tous les autres ! Pour la bourgeoisie héréditaire et régnante, l'inspection des Finances valait bien la rue d'Ulm. Re-larmes de joie. Re-scène de Greuze. Salut, Henry ! J'étais le chouchou de notre mère. J'ai bien peur de t'avoir fait chier avec mon côté agaçant et mes conneries de bon élève. Mais je t'aimais. Salut, Henry ! Je t'admirais et je t'aimais.

J'ai passé, je ne sais plus, trois ou quatre ans rue d'Ulm. Sous les toits de l'École, autour du bassin des *Ernests* — une sorte de vasque boueuse où traînaient des poissons rouges —, les normaliens, qui se retrouvaient tous à l'heure du *pot*, c'est-à-dire des repas, se répartissaient en *turnes.* Les turnes étaient des cabinets de travail qui accueillaient entre trois et cinq élèves. Nous étions cinq dans ma turne : Guichemerre, la crème des hommes, qui était fort et lourd ; Guicharnaud, mince, élancé, élégant, qui a fait une carrière brillante de professeur de littérature française dans les universités américaines ; Bellaunay, pasticheur et poète de talent, publié par Bernard de Fallois ; Laplanche ; et moi. Nous avons souvent invité des amis dans notre turne de la rue d'Ulm. Deux visites surtout restent gravées dans ma mémoire : Édith Piaf d'abord, puis Léo Ferré sont venus nous voir et ont chanté quelques instants pour nous.

Il est tout à fait clair que la place tenue au XIXe siècle par les poètes — la popularité de Chateaubriand, de Lamartine, de Musset, de Béranger, l'enterrement de Victor Hugo en 1885 qui provoqua, dit-on, une hausse sensible de la natalité à Paris neuf mois plus tard… — est occupée de nos jours par les chanteurs et les chanteuses. Piaf, Trenet, Aznavour, Barbara, Ferrat, à qui m'opposa, un jour, à propos de Saigon et du Cambodge, une chanson fameuse en son temps, plusieurs autres peut-être, inestimable Sur-Moi, auraient pu aspirer à siéger quai de Conti. La poésie est réservée aujourd'hui à une très mince fraction de la population — à ceux qu'on appelait jadis « l'élite » et qui ont perdu sinon leur raison d'être, du moins leur importance et la faveur de la masse. La poésie a été remplacée dans l'esprit de nos contemporains par la chanson, par les médias et, nous le verrons un peu plus tard, par la science et la technique.

Je me souviens que nous avions le sentiment, rue d'Ulm, mes camarades et moi, d'être arrivés trop tard et que la grande époque de l'École normale supérieure, illustrée par tant de noms de Péguy à Jaurès, de Léon Blum à Édouard Herriot, de Jean Giraudoux à Raymond Aron, à Nizan et à Sartre, était déjà derrière nous. À ma promotion ou à celles qui m'entouraient appartenaient pourtant quelques bons esprits : Alain Peyrefitte, Jean-François Revel, qui s'appelait encore Ricard, René Rémond, l'auteur catholique d'une célèbre *Histoire des droites en France*, Alain Touraine, Michel Foucault qui allait connaître la gloire avec *Les Mots et les Choses*, Jean Delumeau, Lucien Sève, illustration du parti communiste, Gilbert Simondon — le dixième et dernier de ma promotion —, auteur d'un ouvrage important : *Du mode d'existence de l'objet technique*, Jacques Le Goff, Paul Veyne et un garçon enlevé à la fleur de l'âge dans un accident de voiture : Jean-Jacques Rinieri. Roger Stéphane, qui lui avait voué une passion, lui consacrera un livre.

Entre les gouttes, entre les chansons de Ferré et de Piaf, entre deux séances de cinéma, entre les visites à Althusser, je passais à la Sorbonne toute une série de certificats de licence dont je n'ai pas grand souvenir et j'avançais vaille que vaille, dans la rédaction d'un diplôme d'études supérieures, qui ne cassait pas trois pattes à un canard, sur le bon Baruch de Spinoza que je m'étais mis à aimer. Au bout de trois ans, je me présentai au concours de l'agrégation de philosophie. Je fus refusé la première fois…

MOI : Ah ! enfin l'échec prévu et annoncé par votre maître et ami, le caïman…

MOI : … et reçu la seconde. Et même la première fois, j'avais des excuses.

MOI : Ah ! bien sûr ! rebut de l'humanité. Bien sûr ! Et quelles excuses, je vous prie ?

MOI : Il me faut faire ici, juge du ciel et de l'enfer, comme un détour sentimental.

J'avais un ami dont le fils, désinvolte et brillant auteur de théâtre, cinéaste et acteur, coqueluche du public français, est devenu très célèbre : Édouard Baer. Plus sérieux que lui, son père occupait des fonctions qui ne déchaînent pas nécessairement des torrents d'hilarité : il était conseiller maître à la Cour des comptes. Tout aussi sprituel et amusant que son fils, Philippe Baer était surtout un des hommes les plus intelligents que j'aie jamais rencontrés. Grand lecteur, dévoré bien entendu de l'envie d'écrire, il avait l'esprit critique si développé qu'à peine avait-il commencé à rédiger quelques lignes il se voyait contraint de renoncer : elles ne se situaient jamais à la hauteur de ses ambitions et de ses espérances.

À la différence de tant de mes confrères qui s'aigrissent sur le tard — Georges Duhamel, à la fin de sa vie, écrit *Le Livre de l'amertume* —, que mon procès, très rigoureux Sur-Moi, me soit au moins l'occasion de célébrer les hommes et les femmes que j'ai admirés et aimés. Philippe Baer a été mon ami le plus cher et le plus gai. Son originalité et sa drôlerie le faisaient adorer de tous ceux qui l'approchaient. Je ne sais plus si c'est après mon admission rue d'Ulm ou après mon succès à l'agrégation de philosophie que Philippe m'a glissé, mi-figue, mi-raisin :

« On ne peut pas dire que tu as été reçu par faveur. Non. Tu as été reçu par erreur. »

En ces temps préhistoriques nous étions amoureux, Philippe Baer et moi, chacun de notre côté. Et malheureusement, très haut placé Sur-Moi, malheureusement de la même personne.

MOI : Ah ! vous voilà adversaires…

MOI : Point du tout, trône de justice. Au lieu de nous opposer l'un à l'autre, cette communauté d'entreprise nous a plutôt rapprochés.

Il faut vous dire, arbitre des duels, des tournois, des élégances, que l'objet de notre flamme commune était une femme qui sortait de l'ordinaire. Sa beauté, sa douceur, son élégance, son charme étaient reconnus par tous.

MOI : Vous refusez, bien entendu, de nous livrer son nom ?

MOI : Je ne refuse rien du tout. Nine avait dix ou quinze ans de plus que moi. Elle aurait aujourd'hui plus de cent ans. Je crois qu'il y a prescription. Non pas prescription du respect, de l'admiration, de la tendresse. Mais prescription des règles sociales.

Née d'un père inventeur, Nine appartenait à une famille

dont tous les membres étaient beaux. Sa mère, Raymonde, laisse le souvenir d'une beauté célèbre. On raconte que quand elle entrait, le soir, chez Maxim's, les dîneurs cessaient de dîner et l'orchestre, un instant, s'arrêtait de jouer. Les enfants de Nine sont restés fidèles à la tradition familiale. Sa fille, Victoire, a fait tourner beaucoup de têtes d'artistes, d'acteurs, d'hommes d'État ou d'affaires, de vieillards et d'étudiants. De Gianni Agnelli, le patron de Fiat, à Sam Spiegel, le producteur d'*African Queen*, de *Sur les quais*, du *Pont sur la rivière Kwaï* et de *Lawrence d'Arabie* en passant par Pompidou et Giscard, elle n'a pas manqué d'admirateurs.

J'ai oublié où et comment j'ai rencontré Nine. Je sais seulement qu'un drame venait de bouleverser son existence. Un mariage d'amour, qui avait fait la une de tous les hebdomadaires et de toutes les revues de mode de l'époque, l'avait unie avant la guerre à un descendant du geôlier et ami — rappelez-vous, prince de la mémoire — de Nicolas Fouquet : le fameux d'Artagnan. D'après certains témoignages, il n'est pas impossible, étoile de justice, que Nine ait fait preuve d'une ombre d'imprudence et d'innocente coquetterie. Pierre l'avait en tout cas quittée pour une autre. Abandonnée par son mari dont elle était toujours amoureuse, Nine s'était laissé adorer par Philippe Baer d'abord, puis par moi.

Avant ou après, je ne sais plus, sa sortie de l'E.N.A. et son entrée à la Cour des comptes, Philippe avait passé quelques mois en Argentine au titre d'attaché culturel à l'ambassade de France. Mentionnons-le au passage : nommé par de Gaulle, l'ambassadeur en Argentine était, à cette époque, mon oncle Wladimir. Nine était allée le rejoindre — non pas mon oncle, mais Philippe — à Buenos Aires. Vous imaginez, Sur-Moi des cœurs et des passions, dans quel état d'égarement se trouvait alors mon ami. Et dans quel état d'égarement je me suis trouvé moi-même quelques années plus tard quand Nine, à mon tour, a jeté les yeux sur moi.

Je ne suis pas sûr, impeccable Sur-Moi, qu'elle m'ait jamais pris très au sérieux. Je l'amusais peut-être, je la distrayais — comme Philippe — de son chagrin d'amour, elle faisait un peu plus que de me supporter : elle m'aimait bien, je crois. Elle m'acceptait auprès d'elle. Elle me faisait perdre la tête. J'étais fou d'elle.

Elle habitait une grande maison rue Cavé, sur la place

de Bagatelle, à Neuilly. J'y venais souvent dîner ou prendre le petit déjeuner. Entre Eugène, maître d'hôtel engoncé et fidèle, factotum, homme à tout faire, et Julie, la cuisinière au grand cœur, qui faisait tourner la boutique, la vie ressemblait à un jardin enchanté, à une nouvelle de Stendhal. J'y retrouvais Paul Valéry dans le rôle d'un admirateur qui avait laissé à Nine, en témoignage de tendresse, une mèche de ses cheveux poivre et sel. Pour accentuer peut-être mon côté enfantin, Julie me préparait une Blédine ou une Phosphatine Falières dont j'étais amateur, ou une de ses fameuses soupes aux légumes dont je garde encore le souvenir. De temps en temps, j'étais convié à des dîners plus solennels. L'idée funeste vint à Nine d'organiser un dîner chez elle la veille même du premier jour du concours d'agrégation. Il n'était pas question pour moi de ne pas me rendre à son invitation.

Pour mon malheur assistait à ce dîner un monstre sacré de la littérature et du théâtre de ce temps-là : Henry Bernstein. Grand, fort, massif, terriblement *prepotente*, pour parler comme les Italiens, peut-être déjà un peu dépassé mais encore vigoureux, auteur de plusieurs pièces, aujourd'hui bien oubliées et qui furent des triomphes, au titre le plus souvent composé de six lettres — *La Rafale*, *Le Voleur*, *Espoir*, *Samson*, *Elvire*... —, Henry Bernstein était une espèce de légende. En 1914, au procès de Mme Caillaux, meurtrière de Gaston Calmette, le directeur du *Figaro*, où il déposait comme témoin de l'accusation, il avait déclaré sous les applaudissements du public qu'il partait pour une guerre où il était impossible de se faire remplacer par sa femme pour tirer sur l'adversaire. Il avait surtout une réputation bien établie, et qu'il cultivait avec soin, de séducteur professionnel. Il avait multiplié des liaisons qui faisaient les beaux jours des gazettes — notamment avec Ève Curie, la fille de Pierre et Marie Curie. Il me traita avec une condescendance amusée. J'étais bête et orgueilleux. J'étais surtout amoureux. Bernstein leva le camp vers 1 heure et demie du matin. Je mis mon point d'honneur à rester jusqu'à 2 heures. Après quatre heures d'un sommeil agité, je me levai à 6 heures pour passer mon concours, je ne sais plus, rue de l'Abbé-de-l'Épée ou à la bibliothèque Sainte-Geneviève. Je tombais de sommeil et d'agitation mêlés. Il n'y eut pas de miracle. Un an plus tard, j'y retournais avec plus de succès.

MOI : Henry Bernstein ne vous a pas fauché Nine ?

MOI : Non, mon vieux. Cet honneur était réservé à un autre. Le 3 juin 1950, Maurice Herzog, à la tête d'une équipe où figuraient notamment Louis Lachenal, Raymond Rebuffat et Lionel Terray, atteignait le sommet de l'Annapurna dans l'Himalaya. C'était une épopée dont le récit fit le tour de la planète. Les journaux du monde entier, la radio, la télévision naissante rapportèrent tous les détails de la conquête du géant de plus de huit mille mètres, l'ivresse du triomphe, les gants perdus par le vainqueur, ses mains et ses pieds gelés, son long martyre, l'amputation de ses doigts et de ses orteils.

Maurice Herzog ressemblait à Clark Gable. Il cumulait tout ce qui pouvait plaire dans les années d'après-guerre : il était à la fois une victime et un héros. Sa renommée était grande : elle touchait à la gloire. Des foules innombrables l'acclamaient. Il y avait eu Maurice Chevalier. Il allait y avoir Johnny Hallyday. Il y avait de Gaulle, Tintin et lui. Paris ne tarda pas à organiser une rencontre entre Maurice et Nine. Que voulez-vous qu'il se passât ? Il fut ébloui par elle. Elle l'aima.

MOI : Et qu'êtes-vous devenu, pauvre laissé-pour-compte ?

MOI : Je suis devenu leur ami, et à elle et à lui. J'ai souvent skié avec Maurice Herzog qui, malgré ses mains et ses pieds si cruellement atteints, s'était remis avec courage au tennis et au ski. Nommé par de Gaulle secrétaire d'État à la Jeunesse et aux Sports, Maurice m'a pris à son cabinet. Je m'y suis beaucoup ennuyé. Plus encore que chez Bidault. Parmi d'autres corvées, je représentais le ministre à la Commission de contrôle du cinéma. J'avais déclaré d'emblée que je voterais toujours l'autorisation. Un film aussi réussi et aussi innocent que *Jules et Jim* de François Truffaut — où Jeanne Moreau chantait *Dans le tourbillon de la vie* — avait suscité des oppositions. Dans ce cas comme dans d'autres, plus épineux, j'ai emporté le morceau en assurant que des situations analogues se présentaient sans cesse dans ma propre famille.

Je n'en avais pas fini, illustre maître des romans et des coups de théâtre, avec Maurice Herzog. Nous le retrouverons plus tard.

MOI : Nous en étions restés à cette agrégation de philosophie à laquelle votre amie Nine ne semble pas avoir été tout à fait étrangère.

MOI : À mon premier essai, le président du jury d'agrégation était un sociologue vieilli sous le harnais : le doyen Davy. À ma seconde tentative, c'était un philosophe, un médecin, un biologiste qui s'était beaucoup interrogé sur les relations difficiles entre normal et pathologique : Georges Canguilhem. Mon écrit, une nouvelle fois, avait été très moyen. À l'oral, je me suis bien débrouillé avec un texte en grec ancien qu'à ma propre stupeur j'avais compris sans trop de peine. Et j'ai tiré comme sujet principal un thème fait sur mesure : la promesse. J'ai parlé du temps qui passe et qui dure et du langage qui s'efforce de l'arrêter par la parole donnée. Après l'épreuve, Georges Canguilhem m'avait reçu avec bonté.

« Ce n'était pas mal du tout, votre dégagement sur la lutte entre le temps et le langage. Mais vous donniez un peu l'impression d'avoir une tasse de thé devant vous. »

La tasse de thé de Canguilhem m'a longtemps poursuivi.

MOI : Gentil rebut de l'histoire, sautillant petit Moi, le tribunal a percé votre système de défense. Vous ne jouez pas, comme beaucoup, le délire, la folie, l'inconscience, l'irresponsabilité. Non. Vous êtes plus malin que ça. Vous vous présentez plutôt comme une sorte de bouchon en train de flotter gaiement sur les eaux de la culture. Vous plaidez la légèreté, le goût de vivre, l'amusement devant le spectacle du monde. Vous devez commencer à vous douter des motifs de votre mise en examen : vous n'êtes pas devenu seulement un écrivain — ce qui compte déjà et encore beaucoup dans le pays où nous vivons —, mais une espèce de marque qui, à tort ou à raison, fait rêver les jeunes gens. Quelque chose comme un Schweppes de la culture si vous voulez, ou un Coca-Cola de bas étage, ou encore le bas nylon d'hier.

MOI : C'est trop d'honneur.

MOI : Et le méritez-vous, cet honneur dérisoire et exagéré ? Par quelles basses manœuvres, par quels coups de chance hasardeux y êtes-vous parvenu ? Vous êtes, à vous tout seul, le comble de l'abus social. Vous êtes le fruit d'une caste qui a su jouer à fond le jeu démocratique. Voilà pourquoi, vous et moi, nous sommes là aujourd'hui. En tentant de vous faire passer pour une bulle de champagne, vous essayez de vous attirer l'indulgence du tribunal, et peut-être du public que je n'hésiterai pas à faire évacuer s'il se manifeste avec excès.

MOI : Votre perspicacité, inestimable Sur-Moi, m'éblouira toujours. J'étais quelque chose comme un poids plume au milieu de poids lourds. Un amateur perdu parmi des professionnels. Un veinard entouré de tâcherons. Je souffrais peut-être un peu de cette indignité et de ce décalage. En même temps montaient en moi deux sentiments assez forts dont vous avez déjà reconnu les effets et qui devaient me marquer à jamais : l'étonnement et l'admiration. Une minute, monsieur le bourreau ! Une minute, je vous prie, pour présenter ma défense.

MOI : Une minute — mais pas plus.

MOI : L'étonnement, d'abord. J'ai toujours été étonné. Je n'en suis pas encore revenu, je n'en reviens toujours pas, je n'en reviendrai jamais. Dès l'enfance, d'être là. Une espèce d'étranger dans un monde d'emblée étrange. J'étais étonné d'être bavarois, d'être roumain, d'être *carioca* — c'est-à-dire brésilien de Rio. Et puis j'ai été étonné d'être normalien. Étonné d'être en fin de compte quelque chose, même au rabais, comme une espèce de philosophe. Étonné d'avoir pénétré dans le saint des saints et d'être devenu un écrivain. Je me mettais assez bas dans un monde mis très haut. Dès mes plus jeunes années, j'étais porté à l'admiration.

Vous le savez mieux que personne, très savant Sur-Moi qui présidez à tant de procès : à force de promesses non tenues et de ces fameuses valeurs trop souvent piétinées, par la faute de l'ambition et de l'hypocrisie, grâce surtout aux médias qui sont une loupe grossissante, ce qui règne aujourd'hui, c'est la dérision. Il faut savoir se moquer de tout, il faut savoir rire de tout. À la télévision, l'éternel sourire, le rire à gorge déployée, la drôlerie toujours forcée sont un impératif catégorique et une obligation morale. Nous passons notre temps à voir des politiques nous annoncer des catastrophes avec une mine réjouie. Tout peut être source de plaisanterie. Très indulgent Sur-Moi, ce jeu-là, moi aussi, je sais, pardonnez-moi, le jouer assez bien. Demandez aux amuseurs de la place de Paris : je suis un bon client. Mais, par-dessous et au-delà, mon truc, et il n'est pas feint, c'est l'admiration.

Je marche à l'admiration. J'ai admiré mes parents.

MOI : Ah !

MOI : J'ai admiré mon frère. J'ai admiré mes maîtres. J'ai admiré mes camarades. Et les grands livres. Et leurs auteurs.

Et les grands hommes. De Ramsès II à Alcibiade, d'Alexandre le Grand au général de Gaulle. Et les femmes, plus que tout. D'Aspasie, de Théodora, d'Hypatie, de Louise Labé — si elle a jamais existé — à Pascaline, à Nine, à Victoire, à Sarah, à Julie, à Françoise, à Ayyam, à Kate, à Anne-Marie, à Ariane, à Sonia, à deux ou trois inconnues à qui je n'ai même pas parlé mais que j'ai croisées sur mon chemin. Et les hommes et les femmes de la vie de chaque jour, qui souffrent et sont si gais.

Sur-Moi des fleurs et des forêts, j'ai admiré le monde. Rien de plus vieillot ni de plus ringard que l'admiration. Dès mes plus jeunes années et tout au long de mon âge, j'ai été et je suis et ringard et vieillot. Ce que j'aime, c'est admirer.

MOI : Eh bien, vous l'avez fait, votre numéro sur l'étonnement et sur l'admiration. Bon. N'en parlons plus. Mais vous avez prononcé quelques noms de jeunes femmes. Quel âge avez-vous, au point où nous en sommes ?

MOI : Dix-neuf ou vingt ans.

MOI : Alors, à cet âge-là, j'imagine tout de même que d'autres femmes que Nine sont entrées dans votre vie ? Pouvez-vous enfin, à ce stade avancé du procès, nous dire quelques mots de votre sexualité ?

MOI : Je vois bien, très obstiné Sur-Moi, que nous tournons autour de l'affaire depuis pas mal de temps. Et je sais comme tout le monde que la première chose que nous cherchons dans un livre — surtout s'il n'est pas bon —, ce sont les pages qui relèvent, de plus ou de moins près, de l'érotisme ou de la pornographie. Quand nous nous ennuyons à feuilleter un roman de qualité courante, nous nous jetons avec hâte sur la fameuse petite secousse. Laissez-moi pourtant vous rappeler en préface aux révélations que vous attendez, très rigoureux Sur-Moi, un thème que nous avons déjà abordé : la supériorité, pendant deux ou trois siècles, de ce qu'il est permis d'appeler en gros la culture occidentale tient sans doute en grande partie au retard imposé aux pulsions sexuelles. Tout le temps gagné sur l'amour était consacré aux études. Longtemps, je ne me suis pas couché de bonne heure. Longtemps, j'ai travaillé au lieu de baiser.

Cela dit, pour une raison ou pour une autre, j'étais franchement en retard. C'est dans ma turne de la rue d'Ulm, désertée par mes camarades égarés en Sorbonne, que, sauf erreur ou omission, pour parler comme les banquiers, j'ai connu pour la première fois ce tourbillon qui a tant agité les dieux de l'Inde et de la Grèce, les personnages des *Mille et Une Nuits*, Catulle, l'Arétin, Ronsard, Casanova, Choderlos de Laclos, Victor Hugo, Pierre Louÿs, chacun de nous, et que Phèdre aurait tant voulu partager avec Hippolyte.

MOI : Enfin ! Nous allons peut-être parler d'autre chose que de votre père et du pape, que des ministres roumains, que de la guerre qui vous a épargné et de Spinoza.

MOI : À nouveau, très respecté Sur-Moi : ne nous emballons pas.

Je n'ignore pas que mon plaidoyer est plein d'erreurs et d'à-peu-près qui ne manqueront pas d'être relevés par des témoins dignes de foi. Je vous ai déjà prévenu, dès le début des auditions : ma mémoire est pleine de trous et, si beaucoup de mes romans sont en fait des souvenirs, mes souvenirs, à leur tour, ne sont guère que du roman. Mais enfin, au-delà des oublis, des falsifications involontaires et des pures et simples inventions, un procès est tout de même d'abord un effort vers la vérité. Ma vérité, la voici. La plupart des hommes se présentent sous les traits de grands chasseurs, d'automobilistes remarquables et de grands amants. Je ne chasse pas, je suis un conducteur plutôt médiocre et un amant très moyen à qui il est arrivé, pas trop souvent tout de même, de connaître cette infortune immortalisée par Stendhal sous le nom de fiasco. Puisque j'ai aimé le monde et la vie, j'ai aussi aimé les femmes. Et même à la folie. Plusieurs, comme mes parents, comme Boudout, comme Hyppolite, comme Canguilhem, comme mes maîtres, mais différemment, ont été bonnes avec moi. Beaucoup m'ont résisté. Selon une formule que j'ai souvent employée mais qui revient à Yann Moix à la première ligne de ses *Jubilations vers le ciel*, ce que les femmes préfèrent chez moi, c'est me quitter. Si jamais une de ces femmes qui se sont refusées à moi était prise soudain d'un remords rétrospectif et difficilement explicable, qu'elle se console aussitôt : elle n'a pas perdu grand-chose.

Ce qu'il faut dire, flambeau du monde, c'est qu'il n'y a rien d'autre que *l*'amour. Pour moi, comme pour Stendhal, comme pour beaucoup, j'imagine, l'amour a été la plus grande affaire de ma vie. Et peut-être la seule. J'ai aimé le soleil, la lumière, la mer — la Méditerranée, surtout, notre mer intérieure —, le ski au printemps, les livres, les chats, le cassoulet, les oliviers. J'ai surtout aimé l'amour. Du plus bas au plus haut. Le plaisir, la tendresse, la passion, la folie. Et leurs inépuisables combinaisons. Quand l'amour, le vrai amour, se combine à l'amour, il n'y a rien de plus fort, de plus grand, de plus beau. Je comprends très bien qu'il tourne la tête et les cœurs. Ce que quelques-uns cherchent dans les livres, dans la musique, dans le spectacle de la nature, dans le pouvoir ou dans l'argent, dans la drogue ou la mystique, l'amour le donne à chacun d'entre nous. Dans le sexe et hors du sexe, il offre à chacun le plus fort et le plus beau sentiment d'éternité qu'il nous soit permis de connaître. Il nous transporte au-dessus de nous-mêmes, il nous fait comme rois et possesseurs du monde, il frappe tout ce qui n'est pas lui d'insignifiance et de nullité. Avec le déshonneur, la ruine, la douleur physique ou morale, il nous fournit un des seuls motifs de mettre fin à notre vie.

Des aventures des dieux de l'Olympe à l'atroce Sade et au délicieux Pierre Louÿs, d'Horace et de Catulle à Proust et à Breton, de Tristan et Yseult — « Non, ce n'était pas du vin, c'était la passion, c'était l'âpre joie et l'angoisse sans fin et la mort » — à Jean Genet, d'Andromaque et de Didon à Ninon de Lenclos et à Juliette Drouet, de *Phèdre* à *Aurélien*, toute la littérature tourne, de près ou de loin, autour de l'amour et du désir.

Ronsard :

Aimons donc bel et beau,
Baisons tout à notre aise
Puisque plus on ne baise
Par-delà du tombeau

Hugo :

Elle était déchaussée, elle était décoiffée,
Assise, les pieds nus, parmi les joncs penchants.
Moi qui passais par là, je crus voir une fée
Et je lui dis : Veux-tu t'en venir dans les champs ?

Elle me regarda de ce regard suprême
Qui reste à la beauté quand nous en triomphons
Et je lui dis : Veux-tu, c'est le mois où l'on aime,
Veux-tu nous en aller sous les arbres profonds ?

Elle essuya ses pieds à l'herbe de la rive,
Elle me regarda pour la seconde fois,
Et la belle folâtre alors devint pensive.
Oh ! comme les oiseaux chantaient au fond des bois !

Comme l'eau caressait doucement le rivage !
Je vis venir à moi dans les grands roseaux verts
La belle fille heureuse, effarée et sauvage,
Les cheveux dans les yeux, et riant au travers.

Ou :

Elle défit sa ceinture,
Elle défit son corset…
Puis, troublée à mes tendresses,
Rougissante à mes transports,
Dénouant ses blondes tresses,
Elle me dit : Viens ! Alors…

— Ô Dieu ! joie, extase, ivresse,
Exquise beauté du corps !
J'inondai de mes caresses
Tous ces purs et doux trésors

D'où jaillissent tant de flammes.
Trésors ! Au divin séjour
Si vous manquez à nos âmes,
Le ciel ne vaut pas l'amour.

Baudelaire :

Mère des souvenirs, maîtresse des maîtresses,
Ô toi, tous mes plaisirs ! ô toi, tous mes devoirs !
Tu te rappelleras la beauté des caresses,
La douceur du foyer, et le charme des soirs,
Mère des souvenirs, maîtresse des maîtresses !

Les soirs illuminés par l'ardeur du charbon,
Et les soirs au balcon, voilés de vapeurs roses,
Que ton sein m'était doux ! que ton cœur m'était bon !
Nous avons dit souvent d'impérissables choses
Les soirs illuminés par l'ardeur du charbon…

Verlaine :

J'arrive tout couvert encore de rosée
Que le vent du matin vient glacer à mon front.

Souffrez que ma fatigue à vos pieds déposée
Rêve des chers instants qui la délasseront.

Sur votre jeune sein laissez rouler ma tête
Toute sonore encore de vos derniers baisers.
Laissez-la s'apaiser de la bonne tempête
Et que je dorme un peu puisque vous reposez.

Et Aragon :

Je suis plein du silence assourdissant d'aimer

L'amour !... L'amour !... Le seul ennui est que les chansons, les films, les mauvais romans l'ont usé jusqu'à la corde. Un jour, peut-être, l'amour ne sera plus nécessaire à la propagation de l'espèce. Le clonage, les robots, les progrès de la science le rendront presque inutile. Peut-être aussi le pouvoir, inquiet de ses ravages, le mettra-t-il, qui sait ?, au ban de la société et interdira-t-il sa pratique. Alors, il sera temps de nouveau de le célébrer et de le chanter. En attendant, pour se distinguer des autres, une certaine discrétion semble s'imposer avec force.

Il est vrai aussi que, ringard comme toujours et, sur ce point au moins, franchement réactionnaire, je ne parle pas volontiers de mes moments d'intimité.

MOI : Faites un effort, je vous prie.

MOI : Un beau jour est apparue rue d'Ulm une jeune femme fort séduisante. Je peux bien parler d'elle en ce procès avec toute liberté d'abord parce qu'il ne s'est rien passé entre nous, et ensuite parce qu'elle-même a parlé de moi dans ses souvenirs. Elle s'appelait Marie-Pierre. Son père, Pierre, était chef d'une des familles les plus anciennes de France. Sa mère, May, qui appartenait à une grande lignée industrielle, était, au vu et au su de tout le monde, la maîtresse de Paul Morand, qui parle d'elle plus d'une fois dans ses *Mémoires inutiles.*

Marie-Pierre est la première femme qui ait fait battre mon cœur. Pourquoi riez-vous ?

MOI : Je ne ris pas. Je vous écoute. Vous m'étonnez. Continuez.

MOI : Je crois me rappeler qu'à Nice ou aux environs de Nice, dans la neige peut-être, à Auron ou à Beuil d'où venaient les chaussures de ski dont j'ai déjà fait état devant le tribunal, deux jeunes filles juives, qui étaient sœurs, m'avaient un peu agité. À ma grande honte, j'ai oublié leur nom. Mais j'ai souvent pensé à elles quand les révélations sur Auschwitz ou Birkenau ont commencé à nous bouleverser.

Marie-Pierre n'était pas belle à la façon de Rita Hayworth ou d'Ava Gardner. Ni de Gene Tierney. Mais elle avait des fossettes, un charme inexplicable et une intelligence assez vive. Elle jouait de la guitare. Ni Laplanche ni moi, sa guitare enchantée ne nous a laissés de marbre. Marie-Pierre, dans ses souvenirs, raconte que je voulais l'épouser. L'idée, à cette époque, d'épouser qui que ce fût, ni d'autres ni elle-même, ne m'est jamais passée par la tête. Mais que Marie-Pierre m'ait plu, c'est un fait indéniable et qui peut être consigné dans les actes de mon procès.

MOI : Il le sera. Greffier !...

MOI : Avec ses fossettes et sa guitare, Marie-Pierre, qui faisait rêver toutes les mères des garçons, plus ou moins doués, du faubourg Saint-Germain, allait être reçue à l'agrégation de philosophie et devenir professeur — à Amiens, si je me souviens bien. Avant de reparaître dans ma vie d'une façon surprenante sur laquelle nous aurons sans doute l'occasion de revenir. Le monde, Sur-Moi du destin, n'en finit pas de se tricoter — et, chose curieuse, autour de moi. Comme autour de chacun. Mais, auparavant... Ah ! auparavant...

MOI : Que se passe-t-il, petit Moi ? Vous avez l'air ému.

MOI : Comment ne le serais-je pas, ineffable Sur-Moi ? Vous me faites revivre ma jeunesse. Marie-Pierre plaisait beaucoup à Laplanche. Et Laplanche lui plaisait. Un sentiment bizarre, que je ne connaissais pas et que j'allais connaître très peu, s'emparait soudain de moi. C'était la jalousie.

Je lisais Proust en ce temps-là. J'avais déjà, à vrai dire, pénétré dans son monde une dizaine d'années plus tôt. J'étais tombé, à Saint-Fargeau, sur un volume dépareillé de sa formidable cathédrale de mots. J'aimais Lupin à cette époque, peut-être même encore la comtesse de Ségur, peut-être déjà Cyrano. Proust m'était tombé des mains. Je me mettais, à Henri-IV et rue d'Ulm, à nourrir pour lui une passion presque sans bornes. J'étais très peu musicien : j'écoutais Bach pendant des heures. Au regard de mes camarades qui ne cessaient jamais d'avaler livres sur livres, j'avais très peu lu : je me plongeais dans Proust avec un bonheur sans fin. D'*Un amour de Swann* au *Temps retrouvé*, je vivais avec Françoise, avec Odette, avec Charlus et Julien, avec le clan Verdurin, avec notre belle duchesse de Guermantes. Ce qui me frappait le plus chez Proust, c'était sa drôlerie. Il passe souvent pour trop long et même parfois pour ennuyeux. Il ne cessait jamais, non seulement de m'émerveiller par des formules brèves et incisives : « J'appelle ici amour une torture réciproque » ou « L'amour, c'est l'espace et le temps rendus sensibles au cœur », mais aussi de me faire rire. Je dois vous avouer, très sérieux Sur-Moi, que toute grande littérature me paraît toujours amusante. Je crois, comme Voltaire, que tous les genres sont bons, hors le genre ennuyeux — qui a atteint des sommets dans la seconde moitié du siècle passé.

MOI : Des noms ! des noms !

MOI : Tout le monde les connaît. Ils ont triomphé dans le roman, dans la critique littéraire, dans la sociologie, jusque dans le théâtre et le cinéma. Tous les plus grands, au contraire, brillent par la gaieté. Ne parlons même pas de Rabelais ou de Cervantès, créateurs ironiques et comiques du roman moderne. Mais Chateaubriand, Stendhal, Flaubert, Zola lui-même m'ont toujours paru pleins de drôlerie. Et Cioran. Et Ionesco. Et Claudel. Sans même parler de Chaplin. J'irai un peu plus loin — et peut-être trop loin : je soutiendrais volontiers que Kafka est un auteur comique. Il y a du comique dans son *Procès.* Il y a du comique dans sa *Métamorphose.* Je sais, bien entendu, que *La Métamorphose* est une tragédie existentielle. Mais si l'histoire d'un type qui se change en coléoptère n'est pas en même temps un sujet de comédie, je veux bien être pendu.

MOI : Méfiez-vous. Vous risquez de l'être.

MOI : À mes yeux de ce temps-là, dans la turne de la rue d'Ulm, l'essentiel chez Proust, le plus beau, le plus fort — le plus interminable aussi —, c'était la jalousie. Je me demandais si Marie-Pierre ne préférait pas Laplanche à ma modeste personne. Et le pire — c'est une malédiction dans ma vie où tout se répète toujours — était que je la comprenais.

Vous savez ce que c'est dans les histoires d'amour et dans la jalousie : toujours…

MOI : Ne me prenez pas pour complice de vos basses turpitudes, libidineux personnage. Ni même pour votre témoin. Je ne suis pas un témoin. Je suis votre juge.

MOI : Pardonnez-moi, noble Sur-Moi… toujours l'inattendu

arrive. L'inattendu, cette fois-là, est tombé comme la foudre. Marie-Pierre était allée au cinéma. Je me demandais dans la douleur si c'était avec Laplanche. Mais ce n'était pas avec Laplanche. C'était avec un autre. Avec un garçon un peu plus âgé que nous. Je ne sais pas trop pourquoi — parce que c'était le film que Marie-Pierre était allée voir avec lui ? parce que c'était le film que je suis allé voir moi-même pour me changer les idées ? — mais mon histoire avec Marie-Pierre est restée marquée du sceau de *Mädchen in Uniform.* Vous vous souvenez de la scène où l'essaim de jeunes filles descend un escalier en criant « Manuela ! Manuela ! » ?…

MOI : Vous n'allez pas nous faire maintenant le coup du critique de cinéma ? Laissez tomber Manuela. Qui était ce jeune homme qui surgit dans votre vie ?

MOI : C'était Simon Nora. Le monde se tricotait encore. Simon était le fils d'un grand médecin à qui était arrivée une étonnante aventure. Dans sa jeunesse, avant la guerre, le docteur Nora exerçait à Marseille. Un soir, déjà tard, on sonne à sa porte. Il ouvre. Deux hommes vêtus de cuir noir en transportent un troisième, plutôt en mauvais état.

« Accident », lance un des deux hommes qui sont avares de leurs paroles.

Le docteur Nora examine le patient.

« Vous vous moquez de moi ? Cet homme a reçu deux balles.

— T'occupe, dit le plus bavard d'un ton sec. Tu le soignes, c'est tout. »

Le docteur Nora extrait les deux balles, nettoie la plaie, pose un pansement.

« Ce ne sera pas trop grave. J'ai fait ce qu'il fallait. Dix jours de repos. Pas d'alcool. Pas de femmes. Maintenant, vous emmenez votre homme. »

Les trois gaillards s'en vont, les uns soutenant toujours l'autre, à moitié dans les vapes. Le docteur Nora est déjà, à Marseille, un homme très occupé. Il ne pense plus à l'affaire.

Quinze jours plus tard, le téléphone sonne. Il décroche.

« Allô ! Ici Carbone. »

Carbone était à l'époque un des truands les plus célèbres de Marseille. Un de ceux qui, plus tard, allaient collaborer avec les Allemands. C'était encore la vieille école. Violente, mais avec des règles.

« Bonjour, monsieur », répond le docteur, à qui le nom ne dit pas grand-chose.

« Vous m'avez soigné, vous m'avez guéri. Je viens vous remercier. Qu'est-ce que je peux faire pour vous ?

— Me régler ce que vous me devez.

— Qu'est-ce que je vous dois ?

— Trente-sept francs cinquante centimes. C'est le tarif. »

Le franc, à cette époque, plus de dix ans avant la guerre, était encore assez fort.

« Vous vous foutez de moi. Vous voulez quoi ? Une voiture ? Un bateau ? Un compte en Suisse ?

— Je veux trente-sept francs cinquante, monsieur.

— Allez vous faire… »

Et la conversation est coupée.

Dix ans passent. Ou douze. Ou quinze ans, peut-être. Le docteur Nora fait une belle carrière. Il s'installe à Paris. La guerre éclate. Il est de ces grands bourgeois juifs violemment attachés à la France. Il décide, envers et contre tous, de rester à Paris occupé par les Allemands.

Un jour du printemps 1942, on sonne, comme bien souvent, à la porte du médecin. La bonne va ouvrir. Elle revient, affolée, vers Nora.

« Il y a là deux messieurs un peu bizarres qui veulent vous parler à tout prix. Je leur ai dit…

— Ne vous inquiétez pas, Marie, dit le docteur, qui a déjà compris. J'y vais. »

Il y va et il trouve deux gaillards vêtus de cuir à la mine patibulaire.

« Messieurs ?…

— Pas de questions. Vous nous suivez.

— Puis-je au moins, demande Nora, embrasser ma femme et emporter quelques vêtements ?

— Vous ne prenez rien du tout. Vous embrassez votre dame et vous venez. »

Dans la voiture qui l'emmène, le docteur Nora est résigné. Beaucoup d'amis l'avaient prévenu. C'était une folie pour un grand médecin juif de rester à Paris sous l'occupation nationale-socialiste. Il ne les avait pas crus. Il comptait sur sa bonne étoile. Et peut-être sur la France. Maintenant, c'était fini.

On ne lui avait pas bandé les yeux. Pour la dernière fois sans doute, il voyait Paris défiler sous ses yeux. Le boulevard Saint-Germain, le pont sur la Seine, la Concorde, les Champs-Élysées presque vides. Il s'aperçoit avec un peu de surprise que la voiture prend l'avenue du Bois. Il se rappelle que la Gestapo avait des bureaux avenue Foch. La Citroën noire s'arrête en effet devant un immeuble plutôt cossu. On descend. On pénètre dans un grand hall. Toujours entre les deux hommes qui étaient venus le chercher. On prend l'ascenseur. On entre dans un appartement qui n'avait pas l'air d'une prison — et même pas d'un bureau. Au fond d'un petit salon assez mal décoré, avec des croûtes plus que médiocres et des couleurs criardes, le docteur Nora, à sa surprise effrayée, découvre un guéridon avec une bouteille de champagne.

Ça signifie, se dit-il, qu'ils vont me faire disparaître tout de suite. Mais quand même…

Un troisième homme, encore vêtu de noir, s'avance vers lui.

« Je suis chargé de vous demander si vous désirez quelque chose…

— Oui, répond le docteur.

— Quoi donc ?

— Ma liberté.

— Ah ! ça, dit l'homme en éclatant d'un rire sinistre, c'est la seule chose impossible. »

Le docteur Nora passa deux jours et deux nuits dans l'appartement cossu et hideux de l'avenue Foch. On le nourrit convenablement. On lui apporta de quoi se raser. Le troisième jour, l'homme en noir reparut. Il avait une enveloppe à la main.

« Vous allez reprendre la voiture qui vous a amené ici.

— Pour aller où ? demanda Nora.

— Vous verrez bien. On vous donnera cette enveloppe quand vous serez arrivé. »

Le docteur Nora remonta en voiture. Il se demanda à nouveau où et quand il allait être exécuté. Ou peut-être partait-il pour une prison moins confortable après cet étrange intermède ? Ou vers une gare de triage ? Perdu dans ses pensées qui n'étaient pas très gaies, il s'aperçut soudain qu'il était de retour devant sa propre maison. Il tourna la tête, son enveloppe à la main. La voiture et ses occupants avaient déjà disparu. La concierge de l'immeuble se précipitait vers lui.

« Ah ! docteur ! Quel bonheur de vous revoir ! J'étais si

inquiète. La Gestapo est venue vous chercher. J'ai dit que vous n'étiez pas là. Ils sont repartis. Vous avez vu cette horreur de la rafle du Vél'd'Hiv ? »

Immobile, égaré, écoutant à peine la brave femme qui s'obstinait à parler, le docteur Nora, d'un geste machinal, avait ouvert son enveloppe. Elle contenait trente-sept francs et cinquante centimes.

MOI : Ah ! bravo, petit Moi ! C'est une jolie histoire. Mais ne vous imaginez pas qu'elle vous vaudra la moindre indulgence de la part du tribunal.

MOI : Le docteur Nora avait trois fils. Disparu il y a peu de temps, Jean était médecin comme son père. Historien, éditeur chez Gallimard, patron de la fameuse collection des « Idées », cheville ouvrière, avec Marcel Gauchet, de la revue *Le Débat*, mon ami depuis toujours, Pierre sera rendu célèbre par son travail sur les lieux de mémoire. Mais l'aîné était Simon.

Simon Nora avait joué un rôle important dans la Résistance. Il avait participé à des combats dans le maquis. Il avait été un des premiers et des plus brillants élèves de la nouvelle École nationale d'administration d'où il était sorti inspecteur des Finances. Il passait pour un compagnon de route du parti communiste alors au sommet de son pouvoir. Vingt-cinq ou trente ans plus tard, il devait rédiger avec Alain Minc un rapport sur les problèmes de l'informatique. Il allait surtout au cinéma avec la version mutine et française des fameuses sœurs Mitford. Je ne sais pas qui, de lui ou d'elle, j'admirais et en même temps détestais davantage. Tous les feux de l'enfer se mettaient à me brûler.

Il y a un sentiment dont je n'ai pas encore fait état devant vous, très équitable Sur-Moi, et qui m'a longtemps travaillé en sourdine : c'était l'indifférence…

MOI : Mais si ! Vous avez déjà parlé de votre indifférence à propos des risques de guerre à la veille des accords de Munich…

MOI : … Elle me menaçait assez gravement. Peut-être parce que mes parents m'avaient pris en charge tout entier jusqu'à un âge avancé, peut-être parce que mon tempérament me portait plutôt à la passivité et à une sorte de paresse, les choses, les circonstances, les personnes m'étaient assez égales. Je laissais faire. Je laissais aller. J'attendais les catastrophes avec une sorte d'impatience.

MOI : Le tribunal vous savait déjà médiocre, petit Moi

insensible. À plusieurs détails, il vous a pesé et trouvé bien léger. Mais à ce point-là…

MOI : Ne me condamnez pas trop vite, grand fléau de justice. Les hommes — terme générique qui embrasse les femmes — sont d'étranges créatures. Ils sont rarement ce qu'ils sont. J'étais indifférent. Et j'étais passionné. Le grand jeu des idées me mettait hors de moi. Le destin des gens me rendait fou. Au point que j'avais inventé, à mon usage personnel, à peu près en ces temps qui sont en train de nous occuper, une curieuse notion faite de bric et de broc : l'indifférence passionnée. Elle ramassait des thèmes en apparence inconciliables : l'admiration et la paresse, la résignation et l'étonnement. La jalousie, du coup, me faisait plutôt du bien. Elle réduisait en cendres mon insidieuse indifférence. Je crains, radieux Sur-Moi, d'être un incorrigible optimiste. Dans le chagrin, dans les pires souffrances, j'ai toujours cherché le bien capable de surgir du mal. « Entre le chagrin et rien, écrit Faulkner quelque part, je choisis le chagrin. » Je vivais enfin puisque j'étais jaloux.

Marie-Pierre rompit les codes de sa tribu et, à l'effroi des siens, épousa Simon Nora. C'était un mélange des *Liaisons dangereuses* et de *La Demoiselle d'Avignon* et une sacrée leçon pour l'indifférent passionné, abandonné sur le sable.

MOI : D'après plusieurs témoignages — et tout ce que vous venez de déclarer à l'instant au tribunal et d'ailleurs déjà vers les débuts de votre audition les confirmerait plutôt —, il y aurait chez vous un peu plus que des traces de mondanité et de snobisme. Pouvez-vous confirmer ou infirmer cette vision de votre parcours ?

MOI : Dans le tricot cosmique dont je suis la maille la plus infime, il me faut alors revenir, image de la justice, au château de ma mère. Tout au long de mes années d'hypokhâgne et de khâgne, qui se confondent avec l'occupation étrangère du territoire national, Saint-Fargeau avait disparu de l'horizon à mes yeux fixés avec obstination sur Hyppolite et sur Boudout, sur Bachelard, sur Jankélévitch. Après la Libération, au temps de la rue d'Ulm, le château de Jacques Cœur, de la Grande Mademoiselle, de Le Pelletier de Saint-Fargeau et de mes grands-parents monarchistes avait ressuscité des morts. Je ne m'y rendais pas les week-ends, consacrés, en principe, au travail : la distance de Paris était encore trop longue. Les cent soixante-cinq kilomètres qui séparaient les deux pôles de mon univers privé constituaient un barrage. Les autoroutes ne l'avaient pas encore emporté sur l'espace. Il fallait emprunter la fameuse Nationale 7, chère à Charles Trenet, et le voyage n'était pas loin de demander une journée. On déjeunait sur la route, le plus souvent à Souppes, et on arrivait harassés dans le soir en train de tomber. Mais à Pâques et pour les grandes vacances, suivie de ses bagages qui parvenaient par la Petite Vitesse, la famille entière s'installait en Puisaye. La tête se mettait de nouveau à tourner pour l'indifférent passionné.

MOI : Elle tourne beaucoup, votre tête.

MOI : Elle ne fait que ça, immuable Sur-Moi. Le contraste était trop fort entre le trotskisme bientôt travaillé par l'existentialisme que célébraient mes amis et le deuil rituel de l'Ancien Régime écroulé que portaient mes grands-parents. À Paris, Léon Blum, vu de la rue d'Ulm, était le gérant de la bourgeoisie capitaliste. À Saint-Fargeau, il était l'incarnation du bolchevique, déguisé en ministre, le couteau entre les dents. Rue d'Ulm régnaient bientôt pêle-mêle Sartre, patron incontesté d'un existentialisme qui descendait jusque dans les boîtes de nuit, Lacan et ses diableries, ses pièges à snobs, sa redoutable intelligence, ses jeux de maux et de mots, Althusser bien entendu, en un mot tout l'orchestre du crépuscule de la bourgeoisie emportée par le pétainisme, et l'attente du Grand Soir. À Saint-Fargeau, les Boisgelin, les Mortemart, les d'Harcourt, les Castries — nous prononcions *Castre* : les *Castre* vivaient à *Castri* —, les Broglie — nous prononcions *Breuil* : les *Breuil* vivaient à *Brogli* —, les La Tremoille — nous prononcions *La Trémouille* — revenaient en masse et en force. À Paris, je regardais en avant vers la der des ders et vers l'écroulement de notre société avec une sorte d'impatience égarée qui luttait avec succès contre l'indifférence. À Saint-Fargeau, je regardais en arrière sans trop de nostalgie. Le nom de Le Pelletier de Saint-Fargeau, vous le savez déjà, Sur-Moi implacable de la marche de l'histoire, n'était jamais prononcé à la table familiale tout occupée par la chasse à courre et le regret des temps passés. J'étais coupé en deux. Au-delà de l'étonnement et de l'admiration, ce qui se développait dans le cœur de l'indifférent passionné, c'était une schizophrénie historique.

MOI : Oui. Vous n'êtes pas seulement léger. Vous êtes aussi un malade. Greffier ! Notez le diagnostic : schizophrénie historique.

MOI : Ce qui se passait à Saint-Fargeau, où une de mes tantes demandait à ma mère avec une courtoisie implacable ce qui m'avait poussé à devenir maître d'école, c'est que l'histoire y prenait un retard pathétique. Je n'étais pas tout à fait insensible à la grandeur des sentiments exprimés par les personnages de La Varende ou de Michel de Saint-Pierre — ces vieux gentilshommes qui mouraient, impavides, dans les ruines de leur passé. Joué par Henri Rolland au théâtre Hébertot, *Le Maître de Santiago* d'Henry de Montherlant m'avait impressionné. Comme m'avait impressionné aussi — presque autant, sur un autre registre, que *Le Dialogue des Carmélites* de Georges Bernanos, en haut, dans le ciel — le dialogue, en bas, à ras de terre, plus léger et pourtant éloquent, au sein de la Chambre des députés entre un dirigeant socialiste et un de mes oncles qui, pour protester contre la lourdeur des impôts, agitait devant lui sa montre en or au bout d'une chaîne :

« Vous voulez me la prendre !

— Non, monsieur », avait répondu Jean Jaurès ou peut-être Léon Blum. « Non, monsieur. Elle retarde. »

Il y a eu un temps, vers le milieu du XIXe siècle, où le domaine de Saint-Fargeau, hérité du conventionnel à la fortune considérable et ami de Robespierre, image même de la bourgeoisie triomphante et proche du Turelure de Claudel dans *L'Otage*, s'étendait, en partie au moins, sur trois départements nés de la Révolution : l'Yonne, la Nièvre, le Loiret. Quelque chose comme vingt ou vingt-cinq mille hectares. Au fil des années, les fermes, les bois de chênes, les layons, les étangs s'étaient réduits peu à peu. J'ai encore connu un peu plus de cinq mille hectares. Ils entretenaient le château, ses briques roses, ses charpentes, ses toits d'ardoises qui couvraient à eux seuls un peu moins d'un hectare.

On racontait l'histoire, j'espère inventée, d'un de mes arrière-grands-pères juché avec Jules, son garde-chasse bien-aimé, sur une des tours de Saint-Fargeau. Mon aïeul demandait :

« Que vois-tu, mon cher Jules ?

— Monsieur le marquis, je vois des champs, des prés, des fermes, des étangs, des forêts de chênes et de hêtres.

— Eh bien, Jules, tout ça est à moi. Et maintenant, ferme les yeux.

— Oui, Monsieur le marquis.

— Que vois-tu ?
— Je ne vois plus rien, Monsieur le marquis.
— Eh bien, Jules, ça, c'est à toi. »

L'histoire me remplissait de honte. De retour à l'École, je retrouvais mes trotskistes. Ils remplaçaient mes tantes sorties de Proust ou qui l'avaient inspiré. Et je chantais avec eux *La Butte rouge* et *La Jeune Garde* :

La butte rouge, c'est son nom, l' baptême s' fit un matin
Où tous ceux qui grimpaient roulaient dans le ravin.
Aujourd'hui, y a des vignes, il y pousse du raisin.
Qui boira d'ce vin-là boira l'sang des copains.

ou :

Prenez garde ! Prenez garde !
Vous, les sabreurs, les bourgeois, les gavés et les curés !
V'là la jeune garde, v'là la jeune garde,
Qui descend sur le pavé.
C'est la lutte finale qui commence.
C'est la révolte de tous les meurt-de-faim.
C'est la révolution qui s'avance
Et qui s'ra victorieuse demain !
Prenez garde ! Prenez garde !
À la jeune garde.

Je retournais à Saint-Fargeau. Les soucis de mon grand-père et l'angoisse de ma mère devant les problèmes financiers qui devenaient de plus en plus aigus me remplissaient de tristesse. Mon grand-père finit par mourir. Un mot nouveau et terrible faisait son apparition : l'indivision. Saint-Fargeau était partagé entre ma mère et ses trois frères : Roger, le mari d'Anne-Marie et le père de Jacques que vous connaissez déjà, omniscient Sur-Moi ; Alexandre, dit Toto, le plus charmant des flambeurs, que le sens du devoir et les scrupules inutiles n'étouffaient pas vraiment ; et Henri, le plus terne des trois, célibataire recuit, amateur d'histoires de commis voyageur. Tenir, dans ces conditions, devenait de plus en plus difficile. On m'envoya voir Malraux, alors ministre des Affaires culturelles, pour lui faire une proposition : la famille envisageait de faire don de Saint-Fargeau à l'État. Malraux parut intéressé.

« Ce qu'il faudrait, me dit-il entre deux tics, c'est que

vous flanquiez le don du château de… mettons en gros un million de francs…

— Si nous avions un million de francs à ajouter à la donation, lui répondis-je, nous garderions Saint-Fargeau. »

Il fallut bien, un beau jour, dans le chagrin, dans les larmes, se résigner à vendre. Quelques années plus tard, indifférent passionné, très conscient des limites de mes capacités, ravagé de culpabilité, remâchant mon chagrin devant la douleur de ma mère frappée à mort par la fin de ses rêves, je remplaçais le château de pierres que je n'avais pas su conserver par un château de mots et j'écrivais un livre dont le sujet était la marche de l'histoire, la crise du monde moderne, la fin d'une société, et dont le succès amer me faisait plaisir et ne me consolait pas : *Au plaisir de Dieu.*

MOI : Le tribunal prend acte de votre chagrin, et il le comprend, petit Moi écrasé par sa médiocrité. Vous avez beaucoup souffert ?

MOI : J'ai oublié de préciser, Sur-Moi de la raison, que je suis né sous le signe des Gémeaux. Je ne crois pas, bien entendu, à ces superstitions d'un autre âge. Mais il faut avouer que j'ai souvent du mal à choisir, qu'une fois ma décision prise je balance encore longuement et que si je suis quoi que ce soit, c'est d'abord et surtout un tissu de contradictions. Pour reprendre une formule chère à Paul Valéry, je suis rarement de mon avis. La fin de Saint-Fargeau m'a été un chagrin surtout à cause de ma mère dont la mère, la grand-mère et les arrière-grands-mères jusqu'à la sixième ou huitième génération étaient nées et mortes dans le château aux briques roses. Mon chagrin à moi était mêlé de soulagement. Un poids trop lourd pour moi m'était retiré par l'histoire.

MOI : *Au plaisir de Dieu* était votre premier livre ?

MOI : Non, très génial Sur-Moi, bienfaiteur des Arts et des Lettres. Non. Loin de là. *Au plaisir de Dieu* était, je ne sais plus, mon sixième ou septième livre. Mais le plus populaire. Celui, sans doute, qui a eu le plus de succès. J'y racontais l'histoire d'une famille, largement inspirée de la mienne, mais en fin de compte inventée, entre 1904 ou 1905 et 1968. La part du souvenir et la part de l'imagination sont difficiles à établir. Un jour où je signais *Au plaisir de Dieu* dans une fête du livre ou à l'occasion d'une séance de dédicaces, il m'est arrivé une minuscule aventure qui m'avait amusé, et même intéressé. *Au plaisir de Dieu* à la main, une dame déjà âgée s'était avancée vers moi pour me dire des choses aimables :

« J'ai beaucoup aimé votre livre. Un détail m'a pourtant étonnée. J'ai bien connu votre oncle Wladimir. Je n'ai pas trouvé trace de son nom dans vos pages.

— Madame, lui avais-je répondu, mon livre est plein de souvenirs et d'événements vécus. Mais il est aussi et surtout un roman. Il suit la réalité de très loin et beaucoup de ses thèmes sont inventés.

— Inventés ! m'avait-elle dit, l'air consterné. Inventés ! Et moi qui croyais que vous aviez tant de talent… »

Je me souviens de l'origine de l'aventure d'*Au plaisir de Dieu.* Je passais quelques jours à Salzbourg, au Tyrol, où m'avait envoyé une institution internationale qui apparaîtra bientôt, et je me promenais le soir sur une des collines qui entourent la ville. Je tournais, en ce temps-là, autour d'un projet encore vague qui pourrait succéder à *La Gloire de l'Empire* que je venais de publier. Tout à coup, l'ensemble du livre se présenta à moi. Inspirée évidemment des *Buddenbrook* de Thomas Mann et des *Forsyte* de Galsworthy, ce serait une fresque, qui s'étendrait sur près d'un siècle. Les trois personnages principaux seraient le temps qui passe, un château en train de tomber lentement des mains de la famille et un grand-père atrabilaire, réactionnaire et attachant qui se situerait au centre et au cœur de l'affaire. Le titre du livre allait m'être fourni, un peu plus tard, au cours d'un autre voyage, à Rome cette fois-là. Un peu après les Thermes de Caracalla s'élève la belle église San Giovanni a Porta Latina. À quelques pas de l'église, un cardinal bourguignon, du nom d'Adam, avait fait édifier, à l'emplacement — légendaire — où saint Jean l'Évangéliste…

MOI : Le vôtre ?

MOI : Le mien… aurait été soumis (en vain) à l'épreuve de l'huile bouillante, un petit oratoire chargé de célébrer le miracle : San Giovanni in Oleo. Bramante peut-être, Borromini plus certainement auraient travaillé à l'édifice. Sur le linteau au-dessus de la porte, une inscription en français m'avait enchanté : *Au plaisir de Dieu.*

Le livre tout entier reposait sur la figure du grand-père. Je l'avais baptisé Sosthène. Sosthène de Plessis-Vaudreuil, heureux propriétaire du château de Plessis-lez-Vaudreuil, était entièrement inventé. Situé en Haute-Sarthe, département qui n'existe pas, Plessis-lez-Vaudreuil était évidemment Saint-Fargeau, en Puisaye, dans l'Yonne. Sosthène, au contraire, ne présentait aucun trait de mon grand-père véritable, capitaine de cavalerie sans histoires, élevé chez les jésuites qui lui avaient appris le latin. Sosthène était le fruit de mon imagination. Et s'il ressemblait à quelqu'un, c'était plutôt à ma mère, dont la tendresse autoritaire et inflexible prenait souvent des allures d'épopée.

Sosthène avait des petits-fils. Parmi eux, le narrateur — c'était moi, un moi truqué, bien entendu — et surtout Claude, qui avait des traits de Laplanche et qui jouait dans le roman, derrière Sosthène évidemment, un rôle assez important. Il y avait aussi un régisseur, des cousins russes, un chanoine inspiré des doyens Mouchoux et Voury, une actrice qui ressemblait vaguement à Martine Carol et une famille d'industriels, les Remy-Michault, qui renflouait pour un temps les malheureux Plessis-Vaudreuil.

Bien accueilli par la presse et par les lecteurs, *Au plaisir de Dieu* allait recevoir un renfort inespéré. Robert Mazoyer, qui avait déjà réalisé avec succès plusieurs séries pour la télévision, avait aimé le livre. Il le porta à l'écran.

Pour moi au moins, et peut-être pour pas mal d'autres, ce fut une aventure. Pendant des mois et des mois, nous avons travaillé. Robert surtout, entouré d'une équipe déjà assez nombreuse. Le résultat a été une série de neuf heures : six épisodes d'une heure et demie chacun. Il n'y avait, en ces temps qui relèvent de la préhistoire, que deux chaînes de télévision. *Au plaisir de Dieu* passait sur l'une d'entre elles à 8 heures et demie du soir. Un beau jour, l'audience a atteint des chiffres inimaginables aujourd'hui où le nombre des chaînes a explosé. Grâce à Robert, à son équipe et à ses interprètes, le film fut un succès.

Tout dépendait de l'acteur chargé d'interpréter le grand-père. Nous avions pensé, Robert et moi, à Burt Lancaster ou à Laurence Olivier. L'un et l'autre avaient marqué de l'intérêt pour le rôle. Mais, pour l'un et pour l'autre, il eût fallu prévoir trois ou quatre fois le budget total de l'entreprise. Jean Gabin ou François Périer auraient pu aussi faire l'affaire. En fin de compte, un peu comme un pis-aller, Robert s'était décidé pour un acteur qui s'était déjà fait remarquer dans pas mal de films. Il meurt au début d'un chef-d'œuvre — *Les Tontons flingueurs* — où, dans le rôle d'un parrain de la pègre, il confie, sur son lit d'agonie, sa fille à Lino Ventura. C'était Jacques Dumesnil.

Jacques Dumesnil donna au personnage du grand-père dans *Au plaisir de Dieu* une espèce de grandeur. Le rôle de Sosthène de Plessis-Vaudreuil fut le dernier de Jacques Dumesnil. Il avait pris plaisir, je crois, à l'interpréter. En compagnie de ses amis, ou chez lui à Rillieux-la-Pape, près de Lyon, ou dans les rues de Paris, on ne l'appelait plus que « monsieur le duc ». Des inconnus l'abordaient pour le féliciter et pour obtenir quelques mots griffonnés de sa main. Il s'était confondu avec son personnage.

Ce qui m'avait le plus frappé dans le tournage d'*Au plaisir de Dieu*, c'était l'usage du temps. Trente ou trente-cinq ans plus tard, passant de l'autre côté de la caméra, j'allais retrouver avec des sentiments mêlés le même emploi si surprenant du temps.

Toute l'histoire m'avait amusé. Un beau matin, vers la fin du quinquennat de Nicolas Sarkozy, le téléphone sonne chez moi.

« Allô !

— Allô ! Ici Étienne Comar. Je suis le producteur du film *Des hommes et des dieux*.

— *Des hommes et des dieux* ! Je vous félicite. »

Je connaissais *Des hommes et des dieux*. C'était un très beau film sur les moines de Tibhirine.

« Je prépare un nouveau film inspiré des relations entre François Mitterrand et sa cuisinière. La cuisinière sera Catherine Frot. Le Président devait être joué par Claude Rich…

— Claude Rich et Catherine Frot ! C'est une belle affiche.

— Mais Rich est indisponible. Le premier tour de manivelle était prévu dans quelques jours. Je ne vous cacherai pas que je suis dans une situation difficile. J'ai cherché des comédiens. Ils sont tous pris. Je me suis rabattu sur des hommes politiques. Aucun ne veut se mouiller. Je suis descendu plus bas encore : des gens de la télévision, des animateurs, des journalistes, des écrivains. Votre nom est sorti. Je vous donne vingt-quatre heures pour me répondre oui ou non.

— Vingt-quatre heures ?

— Pas une de plus.

— C'est beaucoup trop. Il me faut une minute. Je vous dis oui tout de suite. »

C'est ainsi que j'ai interprété, aux côtés de Catherine Frot, le rôle du président de la République dans *Les Saveurs du palais*.

Ce n'était pas la première fois que j'étais tenté de faire l'acteur. Au cours d'un déjeuner offert par Jean Gachassin, un ancien du rugby passé au tennis, à l'occasion d'un match à Roland-Garros, j'avais eu la chance de rencontrer Bernard Murat qui dirigeait, et qui dirige encore avec succès, le théâtre Édouard-VII. Nous nous étions bien entendus. Il me proposa d'interpréter, aux côtés, cette fois, de Pierre Arditi, le rôle du père dans une pièce de Sacha Guitry : *Mon père avait raison*. Je crus défaillir de bonheur.

Bernard Murat et Pierre Arditi me firent passer quelques tests. Ils m'assurèrent avec indulgence qu'on pouvait toujours essayer. C'était la fin du printemps. J'appris mon rôle, qui était bref, en été. Et je revins, faraud, au théâtre Édouard-VII, d'autant plus que ma prestation se limitait au premier acte et que je pourrais, chaque soir, rentrer très tôt chez moi pour travailler à un livre que j'étais en train d'achever.

J'étais trop optimiste. Bernard Murat m'apprit qu'il fallait attendre la fin de la pièce pour saluer le public. Il me proposa une loge confortable où je pourrais m'installer pour m'occuper de mon livre. Je tournai et retournai le problème dans ma pauvre tête. J'hésitais. Je finis par me convaincre que je devais d'abord terminer mon livre et je renonçai au rôle qui m'avait fait rêver. Il n'est pas tout à fait exclu que ma décision ait tiré une épine du pied à Bernard et à Pierre et qu'elle les ait plutôt soulagés. Ils me remplacèrent par François Berléand et le couple Arditi-Berléand connut un grand succès.

J'avais appris à mes dépens qu'au théâtre comme au cinéma le temps joue un rôle essentiel. Si vous me demandiez, très patient et impatient Sur-Moi, en quoi consistent, au stade de la fabrication, la télévision et le cinéma…

MOI : Je vous le demande.

MOI : … je vous répondrais : ils consistent à attendre.

J'ai beaucoup attendu au cours du tournage d'*Au plaisir de Dieu*. J'ai beaucoup attendu en incarnant le président de la République dans *Les Saveurs du palais*. Dans la première aventure, je suis souvent resté immobile et enchanté, pendant des heures et des heures, à attendre les quelques phrases que devaient prononcer, et répéter, et répéter encore Jacques

Dumesnil et ses camarades. Dans la seconde, pendant trois semaines, je me suis levé à 6 heures du matin pour être à 8 heures sur les lieux du tournage, à l'Élysée, ou à Chantilly, ou encore quelque part à Paris. L'habillage, la coiffure, le maquillage prenaient entre une et deux heures. Vers 10 heures et demie, j'étais prêt. Je me mettais à attendre. Entre 11 heures et midi, je prononçais trois phrases. À plusieurs reprises. Trois fois, quatre fois, souvent dix fois.

« Comment était-ce ? demandais-je, l'air penaud.

— Exécrable », me répondait Christian Vincent, le réalisateur, auteur de *La Discrète* quelques années plus tôt, avec un doux sourire.

Et nous recommencions. Avec l'aide de Catherine Frot qui faisait preuve à mon égard d'une patience inlassable. Et puis nous déjeunions. Souvent sous une tente. C'était gai et plutôt bon. Après le déjeuner, nous luttions comme nous pouvions contre l'envie de dormir qui nous envahissait. Entre 4 et 5 heures de l'après-midi, je balbutiais encore quelques mots, avec l'espoir, vite démenti, de rentrer enfin chez moi.

« Attendez ! Juste quelques minutes. On fait un raccord dans un quart d'heure. Après, ce sera fini. »

Le quart d'heure durait une heure et demie. J'arrivais chez moi, épuisé de n'avoir rien fait, juste à temps pour dîner et dormir.

Pendant le tournage d'*Au plaisir de Dieu* entre Mazoyer et Dumesnil, autre chose que le maniement du temps m'avait retenu, et même ému. C'était le décor. Une grande partie des neuf heures de la série a été filmée à Saint-Fargeau qui ne nous appartenait plus. Non seulement les promenades de Jacques Dumesnil et de sa famille de fiction autour de la pièce d'eau où m'entraînait jadis mon père, m'interrogeant sur mon avenir dans l'allée des Soupirs et dans l'allée des Arbres verts, mais les conversations sous les tilleuls autour de la table de pierre, les repas dans la salle à manger sous le lustre composé de trompes de chasse, les bals dans le grand salon ou la bibliothèque où le nouveau doyen, l'abbé Bernard Alphonse, faisait danser les actrices me rappelaient, dans la fiction et la répétition, les réalités et les bonheurs du passé évanoui. Quand Mazoyer se mit à filmer le dernier repas de Sosthène et des siens sous le lustre aux trompes de chasse, puis le départ à jamais, loin de la cour aux briques roses, l'émotion me submergea. La fiction nous faisait revivre une seconde fois les douleurs de la séparation. Nous pleurions tous. « Rompre avec les choses réelles, écrit Chateaubriand, ce n'est rien. Mais rompre avec les souvenirs !... Le cœur se brise à la séparation des rêves. »

Pour répondre aux allégations du tribunal sur ma mondanité, mon snobisme, mon caractère superficiel, ma légèreté, je me suis attaché, vaille que vaille, à la filière Saint-Fargeau où ce qui comptait d'abord, c'étaient les places à table et où les jeunes gens baisaient la main de mes tantes. Un beau jour, le duc de Windsor vint déjeuner chez nous. Une question se posa aussitôt : qui mettre à droite, le duc ou le curé du village ? La tradition l'emporta. Dieu premier servi. Ma mère prit à sa droite le cher doyen Voury et à sa gauche l'ex-roi d'Angleterre.

MOI : Peut-être pourrions-nous passer à autre chose, traîne-savates des tréteaux et des dîners placés, qu'à vos expériences de saltimbanque et à vos leçons de savoir-vivre ?

MOI : Peut-être encore un regard, curateur des spectacles, du côté des saltimbanques et sur mon faible pour les tréteaux ?

MOI : Si c'est utile pour l'enquête et s'il le faut, allons-y — mais ne vous laissez pas entraîner.

MOI : Je ne suis pas spécialiste de Napoléon...

MOI : Il semble au tribunal, et à son grand regret, que, volant de fleur en fleur, vous n'êtes, en vérité, pas spécialiste de grand-chose...

MOI : Ah !...

> Papillon du Parnasse et semblable aux abeilles,
> Je suis chose légère et vole à tout sujet.
> Je vais de fleur en fleur et d'objet en objet...

MOI : Êtes-vous devenu fou ? C'est quoi, ce galimatias ?

MOI : Oh ! presque rien. C'est d'une de mes idoles. C'est de La Fontaine. N'y pensons plus.

Je ne suis pas spécialiste de Napoléon. Mais, lisant, entre deux de mes livres, l'un que je venais d'achever, l'autre que j'hésitais à écrire, les *Mémoires* de Mme de Rémusat, les *Mémoires* de Mme de Chastenay, les *Mémoires d'une femme de qualité* — qui sont un faux de Lamothe-Langon — et surtout *Les Récits d'une tante*, chef-d'œuvre de Mme de Boigne, l'adversaire brillante et en fin de compte assez tendre du vicomte de Chateaubriand, j'avais été frappé par toute une série de mots à l'emporte-pièce de Bonaparte Premier consul. Une évidence s'imposait : il y avait chez Bonaparte, comme chez Talleyrand, tout un côté XVIIIe siècle qui avait été étouffé par les circonstances, par la Révolution, par la guerre, par l'ambition. Avant de devenir empereur et solennel, Napoléon Bonaparte était vif, curieux de tout, incisif et presque spirituel. Il n'avait pas seulement du génie : il était très intelligent. L'idée me vint presque aussitôt d'écrire quelque chose sur le Premier consul et surtout sur ces instants stupéfiants où un adversaire farouche de la monarchie, partisan de la Convention nationale et ami de Robespierre, nourrit soudain l'ambition de monter à son tour sur un trône impérial.

Roman ? Essai ? Je n'hésitai pas longtemps. Les mots de Bonaparte étaient si forts qu'un dialogue s'imposait. Je le composai en trois semaines. Une pièce de théâtre ne doit pas être écrite dans le long terme comme un roman, mais dans le mouvement comme un article.

J'avais d'abord pensé à une confrontation entre les deux esprits les plus brillants de l'époque : Bonaparte et Talleyrand. Mais le courant ne passait pas. Chacun des deux monstres sacrés faisait son numéro en se méfiant de l'autre et les choses n'avançaient guère. L'idée me vint soudain de remplacer le diable boiteux par celui qui devait rester pendant quinze ans, comme deuxième consul d'abord, puis comme archichancelier de l'Empire, le deuxième personnage de l'État : Cambacérès. Les choses aussitôt s'enchaînèrent comme en rêve.

Cambacérès était intelligent, homosexuel et bourré de contradictions. Jean-Louis Bory, dans un joli livre, le présente comme une girouette — et il a raison —, mais la girouette s'est révélée d'une fidélité exemplaire à l'Empereur, dont il était peut-être amoureux. L'intéressant chez lui est qu'à la différence de Talleyrand il était ardemment républicain, ce qui l'avait amené à voter la mort du roi. Aussi résiste-t-il, ou tente-t-il de résister au charme et à la magie du verbe de Bonaparte. Mais, au fil du dialogue, il recule pied à pied et finit par se plier avec armes et bagages à la volonté de son vainqueur.

Les mots tombaient en rangs serrés des lèvres de Bonaparte et de son deuxième consul. Plus d'une fois, je ne me suis pas privé de prêter à Cambacérès des formules de Talleyrand ou de Fouché. Quelques années plus tard, à Napoléon qui lui rappelait, sur un ton de reproche, qu'il avait voté la mort de Louis XVI, Fouché répondait :

« Sire, c'est le premier service que j'ai eu le bonheur de rendre à Votre Majesté. »

J'ai emprunté la réplique à Fouché pour la mettre dans la bouche du deuxième consul qui avait d'ailleurs flanqué son vote d'une proposition de sursis lui permettant de fournir une deuxième réponse à la question de Bonaparte :

« Mais vous avez tout de même voté la mort du roi ?

— Oh ! à peine… »

La pièce achevée, je l'avais soumise au jugement de plusieurs pontes du théâtre. La sentence était tombée comme un couperet : il n'y avait pas les ressorts dramatiques nécessaires pour espérer un succès. *La Conversation* — emprunté à Pinter à qui je présente mes excuses, le titre m'avait été soufflé par ma fille — a été jouée plus de trois cents fois à Paris et s'est promenée longtemps en province et en Suisse.

Tout le mérite de l'affaire revenait à deux acteurs merveilleux et encore jeunes, l'un et l'autre anciens élèves de Jean-Laurent Cochet, que j'avais eu la chance et le mérite de dénicher : Maxime d'Aboville et Alain Pochet. Maxime d'Aboville, qui avait déjà porté à la scène le *Journal d'un curé de campagne* de Bernanos et des pages de l'histoire de France, a été un Bonaparte plus vrai que nature. Et Alain Pochet a incarné avec finesse Jean-Jacques Régis de Cambacérès, archichancelier de l'Empire, duc de Parme.

La pièce a été accueillie au théâtre Hébertot par Pierre Franck, puis au Petit Montparnasse par Myriam de Colombi. À la première au théâtre Hébertot dans un désordre indescriptible, j'avais le trac. Le théâtre est pour un écrivain une expérience intéressante. Le succès d'un livre, quel qu'il soit, reste toujours abstrait. Au théâtre, au contraire, le contact immédiat avec le public est une source toujours neuve d'émotion et de plaisir.

MOI : À la garde ! À la garde ! Maintenant plus de recours, plus de parenthèse, plus de faux-fuyant : nous passons au cœur du délit, c'est-à-dire à ce qu'il faut bien appeler votre parcours et votre carrière.

MOI : Ma carrière ?… Les mots, maître de mon destin, sonnent bizarrement à mon oreille. Je n'ai pas de carrière.

Je ne voulais pas en avoir et je n'en ai pas eu. Je suis passé de livre en livre, d'occupation en occupation et de prétexte en prétexte. Pour y comprendre quelque chose il nous faut remonter en arrière et suivre la double filière littérature — Unesco.

J'étais normalien et agrégé. Du coup, j'étais déjà au service de l'État, j'étais déjà fonctionnaire. Je touchais un traitement. Modeste. Mais enfin, un traitement. Il me fallait prendre un poste. Le soleil, les filles qui étaient supposées le rechercher, la beauté du décor : je demandai Aix-en-Provence. Le ministère me fit répondre qu'Aix-en-Provence était plutôt réservé au *cacique*, c'est-à-dire au premier de la promotion. Je n'étais pas premier. La neige. Le ski. Je demandai Grenoble. Ah ! comme c'était désolant ! On venait de donner Grenoble. Mais on avait bien mieux pour moi. Un vrai petit trésor. J'étais un veinard. Tiens ! Vraiment ? Et c'est quoi, ce rêve à moi destiné ? C'était Bryn Mawr. Bryn Mawr ? C'est quoi, ça, Bryn Mawr ? C'était une université aux États-Unis — avec six mille jeunes filles. Je crus que j'allais défaillir de bonheur. Et je partis pour Saint-Fargeau parce que c'était l'été.

À Saint-Fargeau, je retrouvai mes grands-parents, mes tantes plus ou moins élégantes…

MOI : Passons, petite fleur des pois. Passons…

MOI : … mon cousin Jacques, surtout, celui que j'aimais par-dessus tout. Nous n'avions pas grandi ensemble puisque j'étais enfoui sous la neige des Carpates et des Alpes ou écrasé par le soleil des tropiques. Mais je l'avais toujours retrouvé avec bonheur chaque été quand nous revenions en France pour les vacances. Et nous repartions tous les deux à bicyclette pour le Cormerat, pour Montréal, pour la Grange-Arthuis où une bien jolie Micheline devait…

MOI : Peut-être pourrions-nous éviter à l'avenir ce perpétuel *name-dropping* qui vous vaut une si fâcheuse réputation, petit Lord Fauntleroy…

MOI : … Nous allions surtout nous perdre dans les layons de la grande forêt de chênes où le soleil avait peine à percer et nous baigner dans les fameux étangs du Parre, du Talon, des Quatre Vents, du Bourdon, que nous avons déjà rencontrés, radieux Sur-Moi de la nature sauvage. Est-ce là que j'attrapai une fièvre qui se révéla comme une espèce de poliomyélite passagère mais assez violente qui portait le nom délicat de spirochétose ? Elle me jeta en tout cas dans mon lit pendant plusieurs semaines et me valut ma première apparition dans la presse nationale : un article du *Monde*, que vous pourriez retrouver, Sur-Moi de tous les médias, vers la fin de l'année de disgrâce 1949 ou le début de 1950, sous le titre : « Un cas de spirochétose en France ». Ma température monta jusqu'à plus de quarante et un…

MOI : Nous voilà maintenant dans la rubrique médicale ! Comme c'est intéressant, ridicule petit Moi…

MOI : … Ma mère me crut perdu. J'allais mourir de la fièvre. On m'enveloppa, toute une nuit de cauchemar, dans des draps bien glacés et je finis par m'en tirer. Le poste de Bryn Mawr avait été confié, entre-temps, à un autre qui avait bien de la chance.

Au début du printemps, je me retrouvai debout, mais plutôt faible et vacillant. Je me promenais pâle et à pas lents du côté de la rue du Bac et de la maison mortuaire du cher Chateaubriand quand je tombai par hasard sur un ami de mes parents qui habitait cité de Varenne, à quelques pas à peine de la maison paternelle. C'était un personnage important. C'était Jacques Rueff.

Jacques Rueff, que son saint nom aussi soit béni par les dieux tout-puissants, était économiste. Les plans Pinay-Rueff et Rueff-Armand ont marqué leur époque. Il était l'auteur d'ouvrages qui avaient compté : *Le Péché monétaire de l'Occident* et *Combats pour un ordre financier* — et même d'un opéra bouffe historique et social sur l'aventure humaine — et allait être élu à l'Académie française au fauteuil de Jean Cocteau à qui Paul Valéry avait ouvert la voie en lui confiant, le soir de sa propre élection :

« Tu pourras y aller : ils reçoivent la canaille. »

Rueff me demanda des nouvelles de ma santé et me confia ses soucis : il venait d'être nommé à un poste au nom solennel, il était le tout nouveau président du Conseil international de la philosophie et des sciences humaines, créé par l'Unesco pour succéder à l'Institut international de coopération intellectuelle, auquel Valéry et Bergson avaient collaboré à l'ombre de feu la Société des Nations.

« C'est fâcheux, *me dit-il*, mais je n'ai pas vraiment le temps de me consacrer comme il faudrait à ces nouvelles et très prenantes fonctions. Vous ne connaîtriez pas, par hasard, un normalien de vos camarades qui pourrait venir m'aider, au moins quelques semaines, jusqu'à l'été ?

— Un normalien de mes amis ?…, bredouillai-je. Mais

peut-être… si j'en étais capable, mais peut-être… qu'en pensez-vous ?… pourrais-je moi-même faire l'affaire ? Je devais partir pour l'Amérique, mais le poste a été donné à un autre. Je suis libre comme l'air. »

L'affaire fut bouclée en moins de temps qu'il n'en faut pour le dire. J'arrivai à l'Unesco avec le titre époustouflant de secrétaire général adjoint du Conseil international de la philosophie et des sciences humaines.

« Rien que cela ?… », murmura en se moquant la fille de Jacques Rueff qui était encore toute jeune, qui ne manquait pas d'esprit et qui s'appelait Carine.

Il se trouvait — je passe au plus vite sur les détails…

MOI : Vous faites bien, grotesque petit Moi. Passons, passons… Passons vite au déluge…

MOI : Il se trouvait que le fameux Conseil international de la philosophie et des sciences humaines était flanqué d'une revue, indépendante de l'Unesco mais subventionnée par elle, dont le rédacteur en chef était Roger Caillois. Caillois devint mon autre patron — et mon ami.

Roger Caillois était un écrivain français du premier rang. Il aimait boire et manger. Ses plats préférés étaient le bœuf à la ficelle, le foie gras et tout ce qu'il y avait de plus lourd dans la cuisine bourgeoise française. Aussi, plutôt enveloppé, avait-il l'air d'un Bouddha bienveillant, ironique et savant. Et il pensait si fort et si vite qu'il lui arrivait de bégayer.

Il s'intéressait à une foule de thèmes disparates et sans liens réels entre eux : la fête, le sacré, le jeu, la guerre, les papillons, les poulpes, les méduses — et, à la fin de sa vie, les pierres qu'il aimait d'un amour matériel et mystique et avec une science presque sans bornes. Il avait écrit des livres que je lisais avec passion : *Le Mythe et l'Homme*, *L'Homme et le Sacré*, *Les Jeux et les Hommes*, *Les Impostures de la poésie* et une nouvelle dans le genre de Borges : *Ponce Pilate*, où le Christ finit par être relâché par le procurateur romain et où l'histoire universelle prend un cours très différent de celui que nous avons connu. Seul un mage un peu dérangé rêve un autre monde irréel et invraisemblable — qui est tout simplement le nôtre.

Caillois n'était ni un romancier, ni un philosophe, ni vraiment un sociologue. C'était un grammairien qui avait un faible pour les pierres, un rationaliste qui aimait le mystère, un entomologiste qui s'intéressait à la théorie des jeux. Il était très difficile de lui coller une étiquette. Je crains que cette incertitude ne lui ait beaucoup nui et ne nuise encore à sa mémoire. Elle n'a pas empêché un grand écrivain, Octavio Paz, de lui consacrer dans *Le Monde*, au lendemain de sa mort, un bel article qui réunissait en faisceau toutes les facettes si diverses de sa curiosité et toutes les nuances d'une pensée éclatée.

On racontait que, dans sa jeunesse, il avait été mince et beau. Normalien lui aussi, il avait fondé avec Georges Bataille et Michel Leiris un mouvement littéraire vaguement sulfureux, proche du Grand Jeu de Daumal et connu sous le nom de Collège de sociologie. Des bruits un peu inquiétants et entièrement inventés, on raconte n'importe quoi, avaient alors couru sur des sacrifices humains. Caillois était, dans ces temps-là, l'ami d'une jeune normalienne qu'il avait emmenée en Grèce et qui s'appelait Jacqueline de Romilly. Jacqueline avait un culte pour la beauté classique incarnée par Apollon. Roger, lui, inclinait plutôt du côté de Dionysos. Longtemps ami de Breton et proche des surréalistes qu'il retrouvait au café Cyrano, il s'était séparé d'eux après une célèbre discussion à propos de haricots sauteurs importés du Mexique que Caillois, toujours ardent à mettre le mystère en pleine lumière, voulait ouvrir pour voir ce qu'il y avait dedans. Pendant la guerre, gaulliste, il avait vécu en Argentine où il s'était lié étroitement à une amie de Rabindranath Tagore, de Jules Supervielle, de Hermann Keyserling, de plusieurs autres : Victoria Ocampo.

Proche de Bioy Casares, qui avait épousé sa sœur Silvina, et de Jorge Luis Borges, Victoria Ocampo aimait les livres et ceux qui les écrivaient. Elle dirigeait à Buenos Aires une revue appelée *Sur*. Elle avait été, entre autres, la maîtresse de Pierre Drieu la Rochelle dont elle avait fait la connaissance à Paris et qu'elle avait entraîné à Buenos Aires — sans jamais pourtant lui confier un poste important dans sa revue. Elle l'accusait tendrement de toujours laisser tout tomber : sa fourchette au restaurant et ses fins de roman.

« Tu es Pierre, lui disait-elle, et sur cette pierre je ne construirai pas mon église. »

Très vite, au contraire, elle associa Roger Caillois à la direction de *Sur*. De retour à Paris, Caillois était entré aux Éditions Gallimard où il avait fondé une collection appelée à jouer un rôle considérable : « La Croix du Sud ». Toute une série de grands écrivains latino-américains — et, au premier rang, Jorge Luis Borges — ont été introduits en France grâce à « La Croix du Sud » et à Roger Caillois. Il me prit auprès de lui avec le titre de rédacteur en chef adjoint de la revue qu'il avait fondée à la force du poignet avec l'aide de l'Unesco et qu'en souvenir du philosophe qui se promenait dans les rues d'Athènes, une lanterne à la main, en quête de l'homme par excellence, il avait baptisée *Diogène*.

J'étais à la fois secrétaire général adjoint du Conseil international de la philosophie et des sciences humaines et rédacteur en chef adjoint de la revue *Diogène*. Vous commencez à me connaître un peu, illustre Sur-Moi de la culture universelle : la tête me tournait encore.

J'ai été très heureux à l'Unesco — ou plutôt en marge de l'Unesco. Je n'appartenais pas au système des Nations unies. Et je ne bénéficiais pas des avantages attachés au statut de fonctionnaire international. J'étais détaché auprès du C.I.P.S.H. par l'Éducation nationale. Avec un traitement de professeur à un niveau honorable. Un de mes rares motifs de fierté est d'avoir résisté à changer de statut et à entrer à l'Unesco. Une ou deux fois, un poste assez tentant aurait pu être à ma portée.

À cette époque, les salaires des Nations unies étaient très élevés. Le C.I.P.S.H. était une espèce de pension de famille intellectuelle au flanc de l'institution en forme de palace pour V.I.P. représenté par l'Unesco. Les traitements de l'Unesco étaient près de quatre fois supérieurs à ce que je gagnais dans mon bureau prêté par l'Organisation mère. Mais, par Caillois, par des camarades de Normale qui auraient pu être des philosophes ou des historiens du premier rang mais qui, happés par le système, rédigeaient pour les directeurs généraux successifs des discours très brillants dont il ne reste rien, par plusieurs autres encore, je savais que l'Unesco était une machine à broyer les individus et à dévorer leur temps. J'étais libre dans mon coin. J'étais mon propre maître. Plus ou moins consciemment, par paresse peut-être — bienheureuse paresse… —, par indifférence ou peut-être par volonté, je décidai de le rester.

Je faisais mon travail avec régularité et conscience. J'étais à mon bureau tous les jours de 9 heures à 1 heure et de 3 à 6. Et je n'y écrivais pas pour moi. Je n'avais de comptes à rendre qu'à Caillois — et, bien sûr, au secrétaire général dont j'étais l'adjoint puis, quand je suis devenu secrétaire général à mon tour, au président, le plus souvent absent. Je jouais le rôle d'une sorte de conseiller culturel, ne riez pas, sévère Sur-Moi, aux dimensions de la planète. Il s'agissait de soutenir un certain nombre de projets, de congrès, de colloques, de publications du domaine des sciences humaines. Le budget n'était pas négligeable. Il lui arrivait de s'élever, par an, à un million de dollars.

À la revue *Diogène*, Caillois faisait presque tout. Je ne faisais presque rien. Mais, grâce à Dieu, j'étais aidé. J'assurais les liens avec les auteurs dénichés par Caillois, je relisais des textes et je corrigeais les épreuves. De temps en temps, je proposais des articles que j'avais trouvés intéressants et que Caillois refusait le plus souvent, au grand dam des intéressés, les estimant trop spécialisés. Il s'en tenait, et il avait raison, à une ligne de conduite dont il ne s'écartait pas. *Diogène* était une revue internationale et interdisciplinaire des sciences humaines. Caillois croyait, bien entendu, à la division du travail intellectuel et aux vertus de l'analyse. Mais il pensait aussi que le temps d'une synthèse audacieuse et prudente était venu. Cette synthèse se devait d'éviter les généralités abusives et rester rigoureuse. Partisan d'une approche diagonale des différents domaines du savoir, le rêve de Caillois, qui avait longuement mûri son projet avant de le proposer et de l'imposer à l'Unesco, était de faire écrire un historien sur l'économie politique, un psychologue sur la grammaire, un historien de l'art sur la linguistique.

Je me souviens de quelques textes brillants. Le premier article dans le premier numéro de la revue, publiée par Gallimard, était, dans la lignée des travaux de Konrad Lorenz concernant notamment les oies sauvages, un essai du grand linguiste Émile Benveniste sur le langage des abeilles. L'article avait suscité un débat au Conseil exécutif de l'Unesco : un délégué, je ne sais plus de quel pays, s'était étonné de voir une revue des sciences humaines subventionnée par l'Unesco consacrer son ouverture à la danse des abeilles. Un autre article remarquable, tout à fait dans l'esprit de la revue, traitait sous la plume de Jacques-Louis Binet, célèbre hématologue, disciple de Jean Bernard et amateur de peinture, du *Radeau de la Méduse* de Géricault.

J'étais entré au C.I.P.S.H. grâce à Rueff pour une durée de trois mois. J'y suis resté plus de quarante ans, gravissant tous les échelons d'une dérisoire bureaucratie : secrétaire général adjoint, puis secrétaire général et enfin, durant de longues années — remplaçant Rueff et toute une série d'universitaires scandinaves, américains, australiens, néo-zélandais ou africains —, président.

Je me suis lié dans ces fonctions avec Kazantzakis, l'auteur d'*Alexis Zorba* et du *Christ recrucifié*. Avec Julio Cortazar. Avec Carlos Fuentes, grand écrivain mexicain qui allait représenter son pays à Paris et en Inde, et avec sa femme Silvia. Avec William Styron. Avec un Cubain de grand talent, proche des surréalistes, auteur très classique de plusieurs chefs-d'œuvre, *Le Royaume de ce monde*, *Le Partage des eaux*, *Concert baroque*, *Le Siècle des lumières* : Alejo Carpentier. Avec Mario Vargas Llosa dont j'aimais les livres — *La Tante Julia et le Scribouillard* ou *Tours et détours de la vilaine fille* — et qui devait devenir un ami très cher. Avec Yachar Kemal, que j'ai beaucoup aimé, le père de *Memed le Mince*, qui ne parlait que le turc et avec qui je m'entretenais à coups d'étreintes et de bourrades. Avec Hampate Ba, l'auteur de la formule fameuse : « Un vieillard qui meurt, c'est une bibliothèque qui brûle. » Avec Raymond Klibansky, l'auteur, avec Panofsky, d'un livre culte sur la mélancolie. Avec un Chinois philosophe et poète, du nom de Lin Yutang, véritable mine de proverbes — authentiques ou inventés — plus enchanteurs les uns que les autres : « À côté du noble art de faire faire les choses par les autres, il y a celui non moins noble de les laisser se faire toutes seules » ou : « Mieux vaut allumer une petite lanterne que maudire les ténèbres » ou : « Il faut faire vite ce qui n'est pas pressé pour pouvoir faire lentement ce qui est pressé. » Et surtout avec Borges dont *La Loterie de Babylone* ou *Le Jardin aux sentiers qui bifurquent* m'avaient bouleversé et pour qui j'avais une admiration sans bornes, au point d'aller deux fois le voir en Argentine où il m'accueillait avec bonté, déjà à demi aveugle, dans l'appartement de la rue Maipu, à Buenos Aires, où il vivait avec sa mère avant de rencontrer Maria Kodama qui adoucira ses vieux jours. Avec beaucoup d'autres. J'avais aussi un ami africain qui était chargé d'acheminer le courrier sur un chariot à travers les couloirs interminables de l'Organisation. Il était sympathique et subtil. Nous buvions souvent un café ensemble et je prenais plaisir à converser avec lui. Les années passèrent et je le perdis de vue. Un jour je le retrouvai et je lui demandai s'il s'occupait toujours du courrier.

« Non, me répondit-il. Je suis maintenant ambassadeur. »

C'était une promotion tout à fait méritée. Il a été un excellent représentant de son pays auprès du Conseil exécutif de l'Unesco.

Une jeune femme d'origine copte qui unissait à un point assez rare la beauté, l'intelligence et une volonté de fer, Ayyam Wassef, organisait avec succès un colloque sur un thème original : *Qu'est-ce qu'on ne sait pas ?* Je nous revois encore ensemble, tous les deux, elle et moi, au printemps, à la terrasse du Montalembert, ou ailleurs, en train de parler avec passion de ce projet qu'elle portait depuis longtemps et qui se confondait avec elle. Quelque temps plus tard, elle épousait un de mes amis les plus proches, François Sureau, avocat et poète, et vingt ans après je me suis souvenu de ce colloque en écrivant un livre sur le Rien et le Tout : *Comme un chant d'espérance*.

L'Unesco s'était entourée de Conseils qui assuraient le lien avec le monde universitaire et savant et qui couvraient tout le champ du savoir. Et parmi eux le Conseil international de la philosophie et des sciences humaines. Le C.I.P.S.H. était une fédération de sociétés savantes internationales où la culture et la science françaises jouaient tout naturellement un rôle important. Plusieurs délégués ont été pour moi des amis. Je me souviens d'un linguiste australien d'origine tchèque ou hongroise, le professeur Wurm, qui parlait, comme Georges Dumézil chez nous, une bonne trentaine de langues. Comme Dumézil encore, et comme Hagège, il assurait que le plus difficile était d'apprendre les quatre ou cinq premières. Après, tout s'enchaînait sans trop de peine. Il m'avait rempli de stupeur au cours d'un voyage dans la Chine de Mao où il s'était exprimé successivement dans différents dialectes chinois. Un soir, à Pékin, ou peut-être à Xi'an, à l'ombre de la pagode de l'Oie sauvage, je lui ai raconté le chagrin manifesté quelques semaines plus tôt, quai de Conti, par Georges Dumézil qui venait d'apprendre la mort, au fond du Caucase, du dernier vieillard à parler un dialecte que l'auteur de *Mythe et épopée* et lui étaient seuls à maîtriser.

Quelques figures, parmi beaucoup d'autres, restent très vivantes dans ma mémoire. Représenté trop brièvement par un Français, spécialiste de la peinture du XVIIe, au grand savoir et au grand charme, Jacques Thuillier, le Comité international d'histoire de l'art a envoyé plusieurs années de suite au C.I.P.S.H. et à l'Unesco un délégué pour qui j'ai nourri une affection très vive : Hans R. Hahnloser.

Hahnloser était suisse. Son père, Arthur Hahnloser, était médecin ophtalmologue. Il aimait la peinture et il comptait plusieurs peintres parmi ses patients. Quelques-uns d'entre eux ne roulaient pas sur l'or et s'acquittaient volontiers de leurs dettes auprès de leur médecin en lui remettant un tableau. Dès le premier tiers du siècle dernier, soutenu par son épouse Hedy Hahnloser-Bühler, Arthur Hahnloser se lia d'amitié avec Giovanni Giacometti, le père d'Alberto et de Diego, avec Valloton, avec Bonnard, avec Odilon Redon, avec Vuillard. Dans sa villa Flora à Winterthur, dans sa villa Paulina à Cannes, il finit par se trouver à la tête d'une remarquable collection de peinture moderne où ne manquaient ni les Matisse, ni les Van Gogh, ni les Cézanne, ni les Renoir. Élevé au milieu de tant de chefs-d'œuvre, leur fils, Hans, se consacra tout naturellement à l'histoire de l'art. Je me souviens de mon étonnement la première fois que je me rendis dans sa maison de Berne, située peut-être à Sonnenberg, si mes souvenirs sont exacts.

Dans le salon, dans la cuisine, dans la salle de bains, partout, étaient accrochés des dizaines de tableaux exceptionnels : des Vuillard, des Bonnard, des Valloton, des Signac, des Matisse, que sais-je encore… Je crus d'abord qu'il s'agissait de copies, avant de comprendre que la collection Hahnloser de peinture moderne était une des plus belles de Suisse — et sans doute d'Europe.

J'ai travaillé à l'Unesco avec plusieurs universitaires africains. Un homme de ma génération, Sur-Moi de l'histoire universelle, a assisté avec un intérêt passionné à l'ascension d'une Chine passée en moins de cent ans des derniers aux premiers rangs de la hiérarchie internationale. L'Afrique est aujourd'hui un continent malheureux et divisé, rongé par la corruption, la maladie, le terrorisme. Je suis de ceux qui croient qu'avant la fin de ce siècle l'Afrique sortira de sa torpeur infantile et de ses troubles d'adolescence. L'Afrique est à l'origine de l'aventure des hommes. Elle reprendra bientôt dans le concert de l'univers la place qui est la sienne. Asiatiques, Européens, Américains, Australiens ou Néo-Zélandais, nous sommes tous des Africains transformés par le temps. La musique, la peinture, la sculpture, la littérature africaines connaissent déjà et connaîtront encore plus le succès. Et nos arrière-petits-neveux verront l'économie africaine se développer et triompher à la façon de celles de la Chine, de l'Inde, du Brésil.

Pour dire les choses très en gros, l'Unesco dans son ensemble et les organisations savantes fédérées au sein du C.I.P.S.H. penchaient plutôt à gauche qu'à droite. Parmi les délégués qui représentaient les différents secteurs du savoir figurait, un peu paradoxalement, un astronome aux opinions franchement de droite qui s'intéressait aux sciences humaines. À un moment où la tension était particulièrement forte entre Palestiniens et Israéliens, je ne résistai pas, mû par une vraie curiosité, à demander au professeur Manneback vers quel camp allaient les sympathies d'un homme de droite tel que lui. Il me répondit :

« Oh ! Querelle de Sémites !… »

Au-delà de ces amitiés qui m'ont beaucoup apporté, il y a surtout un nom, très puissant Sur-Moi, que je voudrais prononcer. J'ai été beaucoup aidé, dans mes premières années à l'ombre de l'Unesco, par de grandes figures à qui je garde gratitude et respect. Compagnon de la Libération, prix Nobel de la paix, René Cassin, en particulier, m'avait invité à parler de mon travail au Congrès juif mondial dont il s'occupait. J'avais fait de mon mieux. Il avait eu la bonté de se montrer satisfait de mes minces interventions.

« Je ne suis pas sûr, me dit-il, que vous ayez un grand avenir dans votre poste à l'ombre de l'Unesco. Ne voudriez-vous pas venir travailler avec moi au Congrès juif mondial ? Et, un jour, pourquoi pas ?, vous pourriez me succéder.

— Je vois tout de même un problème, lui répondis-je. Je ne suis pas juif.

— Bah ! me dit-il, tout peut toujours s'arranger. »

Mais l'homme, le savant, l'ami dont le souvenir se confond pour moi avec mes années dans le sillage de l'Unesco est un historien de l'Antiquité romaine. Lié à Oxford, Sir Ronald Syme était anglais — ou plutôt néo-zélandais. Il était beau, élégant, plein de charme, très savant, ironique et très amusant. Comme presque tous au C.I.P.S.H., il parlait plusieurs langues à la perfection : l'anglais, naturellement, le français, l'allemand, l'italien et l'espagnol, un peu ou beaucoup de serbe et de turc, ce qui lui avait valu, je crois bien, d'exercer, notamment pendant la guerre, des fonctions plutôt mystérieuses au sein des services secrets britanniques. Il m'avait appris notamment le sens un peu rude du mot turc *yok*, qui signifie : « Non, non, non, et allez vous faire foutre. » Je n'étais pas le seul à être sensible à son accent, à ses manières et à sa drôlerie. Il était, lui aussi, très lié avec Jacqueline de Romilly qui m'a toujours parlé de lui avec affection et presque avec émotion.

Peu de savants ont été plus familiers que lui des institutions et de la littérature de la Rome antique. Spécialiste de la prosopographie romaine — c'est-à-dire de l'histoire des grandes familles de la République et de l'Empire — et des routes de l'Italie ancienne, il s'était intéressé à Salluste, à Tacite, à César. Il était surtout l'auteur d'un livre sur Auguste qui le situait au premier rang des historiens de l'Antiquité : *The Roman Revolution* — traduit en français et publié chez Gallimard par Pierre Nora dans sa « Bibliothèque des idées » sous le titre : *La Révolution romaine.* Un jour, les élèves de la rue d'Ulm invitèrent Ronald Syme à venir leur parler. Je le mis en garde :

« Le niveau de l'École normale est assez élevé et ses pensionnaires sont portés à l'ironie. Il faut veiller avec soin au sujet de votre conférence.

— Je vais y réfléchir », me dit-il.

Le lendemain ou le surlendemain, il me confia :

« Je vais leur parler de *Tacite et Proust.* »

Son intervention fut un triomphe.

J'ai parcouru avec lui le Mexique, la Chine, l'Égypte, l'Inde — et surtout l'Italie. Voyager à ses côtés était un enchantement. Il savait tout. Il s'amusait de tout. Si je dois à Roger Caillois un certain goût pour cette rigueur qui me manquait tant dans ma jeunesse, je dois à Sir Ronald une certaine vision d'un gai savoir où un perpétuel amusement ne cesse de se mêler aux exigences de la science.

Sir Ronald Syme, qui détestait la bureaucratie et s'endormait plus souvent que de raison aux réunions organisées par Jean Thomas, mon ancien examinateur de la rue d'Ulm devenu directeur général adjoint de l'Unesco, se moquait volontiers avec une belle allégresse et parfois avec cruauté de ses pairs qui en savaient moins que lui, des poncifs de la culture dominante et surtout des pontifes de l'administration.

Ma mère, avant de mourir, m'avait laissé trois préceptes : « Ne parle pas de toi. Ne te fais pas remarquer. Toute lettre mérite réponse. » Un jour où, comme d'habitude et avec un peu de ridicule, je me plaignais de mon courrier qui dévorait mon temps, Sir Ronald me donna un conseil en contradiction flagrante avec une des recommandations de ma mère et un peu surprenante dans une maison comme l'Unesco :

« *Never answer letters. People might die.* » « Inutile de répondre aux lettres. Les gens peuvent mourir. »

Il lui arrivait aussi, je l'avoue, de raconter des histoires qui ne volaient pas très haut. Mais j'étais bon public et elles me faisaient rire.

Il rapportait volontiers sa conversation avec un homme politique français du premier plan qui lui aurait déclaré, parlant d'un de leurs amis communs :

« Nous avons échangé quelques idées. C'est un personnage remarquable. Nous étions d'accord sur tout. »

Je lui faisais répéter sans fin l'histoire du dentiste qui s'occupe de la dent abîmée d'un évêque anglican. Le prélat pousse un soupir et s'écrie :

« *O Christ ! O Christ !*

— *Your Grace !* s'inquiète le dentiste. *Did I hurt you ?*

— *Oh ! no, my brave man ! I only wanted to know if I could utter the name of the Redeemer without whistling.* »

D'Emmanuel Berl à Claude Lanzmann, l'auteur de plusieurs chefs-d'œuvre — *Shoah*, *Le Lièvre de Patagonie*... —, à la voix grave et prenante, qui me parlait de Simone de Beauvoir, de Bossuet, du malheur des Juifs, des femmes de sa vie et de lui ; de Marc Fumaroli à Paul Veyne qui se demandait, entre Constantin le Grand et Julien l'Apostat, lequel des deux méritait vraiment le surnom d'apostat, et à Lucien Jerphagnon qui m'introduisait auprès d'Horace, de Plotin et de toute cette suite de Césars tardifs et venus de partout, pour qui la pourpre impériale n'était qu'une tunique de Nessus et la promesse d'un linceul, quelques personnages de mon temps ont enchanté mon passage sur cette terre. Je me suis attaché à eux. Historien néo-zélandais, ironique et railleur de la Rome antique, Sir Ronald Syme fait partie du cortège.

Vous ne serez pas très surpris, impeccable Sur-Moi, d'apprendre que j'ai commis plusieurs erreurs dans mes fonctions ébouriffantes.

MOI : Surpris ? Non, pas très.

MOI : Peu après mon arrivée, j'avais été chargé de réunir une commission d'historiens de l'art et de conservateurs d'un grand nombre de pays. Impatient de réussir un coup d'éclat, l'idée m'était venue d'inviter André Malraux. À ma surprise et pour mon malheur, il accepta. Fier comme Artaban, j'annonçai sa participation à tous mes invités. Se souvenant, hélas, de Bantea Srei, ils se décommandèrent l'un après l'autre.

Quelques années plus tard, un autre coup de maître faillit me coûter cher. Des sinologues m'avaient alerté : un projet de cartes linguistiques dans le cadre de la Chine de Mao présentait un grand intérêt. Mais les fonds nécessaires manquaient. Ne pourrais-je trouver quelques milliers de dollars pour aider les linguistes chinois ? Je m'entourai de toutes les précautions et de tous les avis nécessaires. Et je trouvai sans trop de peine les cinq ou six mille dollars précieux pour nos Chinois. Quelques semaines ou quelques mois passèrent. Un beau matin, je fus convoqué d'urgence par le directeur général de l'Unesco. Le directeur général était un personnage important. Quelques années avant mon arrivée, le premier titulaire du poste avait été Julian Huxley, le frère d'Aldous Huxley — l'auteur de *Contrepoint* et du *Meilleur des mondes* —, le petit-fils de Thomas Henry Huxley, ardent partisan de l'évolution des espèces, surnommé « le bouledogue de Darwin », à qui l'évêque Wilberforce avait lancé cette apostrophe restée célèbre :

« Il est possible que vous, vous descendiez d'un singe, mais madame ma mère, certainement pas. »

Je n'avais jamais eu l'occasion de rencontrer un de ces hauts fonctionnaires qui avaient presque rang de chef d'État et je me demandais avec une curiosité assez satisfaite ce qu'il pouvait bien me vouloir. Ce qu'il voulait, avec une impatience et une vivacité remarquables, c'était m'engueuler.

« C'est vous, d'Ormesson ? Plusieurs de mes collaborateurs m'ont dit du bien de vous. Je ne leur fais pas mes compliments. Je leur ai indiqué ce que je pensais d'eux. Vous êtes un personnage dangereux. L'ambassadeur des États-Unis sort de mon bureau. Il compte saisir d'une plainte le Conseil exécutif. Non, mais vous vous prenez pour qui ? Vous versez des fonds des Nations unies à un État qui n'en est pas membre ! »

L'algarade dura cinq bonnes minutes, avec menace d'une demande de renvoi adressée à mon président. Cinq ou six mille dollars, ce n'était pas la mer à boire. La tempête finit par se calmer. Plusieurs années plus tard, j'avais grimpé en grade. Je fus une fois de plus appelé par le directeur général. C'était un nouveau qui venait d'arriver et avec qui j'entretenais des relations — un peu lointaines — d'amitié.

« Ah ! Je voulais vous voir. C'est très curieux. La Chine communiste vient d'entrer aux Nations unies et donc à l'Unesco. J'ai reçu deux de ses délégués. Ils ne connaissent pas grand monde dans la maison. Vous savez ce qu'ils m'ont demandé ?

— Non, monsieur le directeur général.

— Ils m'ont demandé s'il n'y avait pas dans mes services un certain M. d'Ormesson qui, à leur connaissance, s'occuperait des projets savants dans le domaine des sciences humaines. Vous êtes si bien que ça avec les Chinois ? »

MOI : Vous avez encore beaucoup d'histoires comme celle-là, chargées de vous vanter un peu ?

MOI : Quelques-unes, illustre Sur-Moi, trône étincelant de la modestie universelle. Et celle que je vais vous raconter maintenant va encore vous renforcer dans l'opinion peu flatteuse que vous avez de mon snobisme, de ma mondanité et de mon goût pour les noms illustres.

J'ai beaucoup d'admiration pour les Broglie, famille française d'origine italienne qui a donné à notre pays des maréchaux de France, des ministres du premier rang et de grands savants. La plupart des vieilles familles d'Europe ont des devises, sublimes et un peu risibles, qui regardent en arrière. Les Mortemart-Rochechouart : « Avant que le monde fût monde, Rochechouart portait des ondes. » Les Esterhazy, grande maison hongroise : « Sous Adam III Esterhazy, Dieu créa le monde. » La devise des Broglie est : « Pour l'avenir. »

Léon Blum remit un jour la Légion d'honneur à Louis de Broglie, physicien de génie, découvreur de la mécanique ondulatoire, à qui Einstein avait écrit une longue et célèbre lettre — naturellement incompréhensible pour le commun des mortels et donc pour moi. Elle finissait par ces mots qui m'ont toujours fait battre le cœur : « Vous avez soulevé un coin du grand voile. »

Les discours de remise de la Légion d'honneur sont souvent d'interminables pensums. Au lieu de lui adresser, comme tout le monde, pendant quarante minutes un flot de paroles inutiles, Léon Blum lui avait dit avec simplicité et concision :

« Monsieur, vous appartenez à une famille où le talent était héréditaire jusqu'à ce que le génie y entrât. »

Et il lui avait collé son ruban rouge, sa cravate ou sa plaque.

L'histoire personnelle de Louis de Broglie, qui n'est pas loin de s'inscrire, avec les Planck, les Bohr et les Heisenberg, dans la lignée des Galilée, des Newton, des Einstein, est curieuse. Son frère aîné, Maurice, était lui-même un grand savant. Louis passait plutôt, et au mieux, pour un original. Il s'occupait d'une collection de timbres-poste et il s'intéressait aux échecs. C'était, de l'avis général, le moins doué de la famille. Un beau jour, Maurice de Broglie, dont la réputation dépassait déjà nos frontières, fut invité à assister en Belgique à une prestigieuse réunion de physiciens et de mathématiciens : le congrès Solvay. Sa mère lui demanda, comme une faveur, de se faire accompagner par son frère Louis.

« Ça lui changera les idées. Ça lui fera du bien.

— Mais à quoi s'occupera-t-il ? Il me sera impossible de passer mon temps avec lui.

— Bah ! Il se promènera en ville ou il ira au cinéma. »

Arrivés en Belgique, le jeune Louis, qui devait avoir autour de vingt ans, demanda à son frère Maurice de l'emmener au colloque.

« Tu t'ennuieras à mourir.

— Mais non ! Ça m'amusera beaucoup de te voir parmi tes pairs. »

À l'issue du congrès, auquel il avait assisté de bout en bout, Louis confia à Maurice son désir de se consacrer, lui aussi, à la physique mathématique. Vous connaissez la suite, admirable Sur-Moi.

L'Unesco avait décidé de réunir une conférence internationale de mathématiciens et de physiciens du plus haut niveau. La liste des participants me fut communiquée par le directeur général. Je remarquai aussitôt que le duc de Broglie y figurait. Il faut que vous sachiez, Sur-Moi universel, admirable puits de science, que les Broglie appartiennent à une double lignée : princière au titre du Saint Empire et ducale à titre français. Tous les Broglie ont droit au titre de prince. L'aîné de la famille est duc. À la mort du père de Maurice et de Louis, Maurice, l'aîné, était devenu duc. J'indiquai dans une note au directeur général que Maurice de Broglie, le duc, était un grand savant. Mais que le correspondant d'Einstein — il était déjà prix Nobel de physique — était son frère, le prince Louis de Broglie.

Les années passèrent. Maurice de Broglie mourut à son tour sans héritier mâle. Son frère Louis devint duc de Broglie. L'Unesco réunit à nouveau un colloque d'hommes et de femmes de science venus d'un peu partout. Louis de Broglie figurait parmi les invités sous son ancienne dénomination : prince de Broglie. Je barrai les mots et je les remplaçai par : duc de Broglie. Le coup de téléphone du directeur général ne tarda pas beaucoup :

« Écoutez, d'Ormesson, vous faites ça pour m'agacer ou quoi ? Quand je mets le duc de Broglie, vous me corrigez et vous me collez le prince de Broglie. Mais quand, sur votre propre suggestion, j'invite le prince de Broglie, vous me corrigez encore et vous revenez au duc de Broglie. Ça rime à quoi, tout ça ? »

MOI : Il me semble, grotesque petit Moi, que vous soyez assez content de vous dans vos activités publiques ?...

MOI : Tout au contraire, sublime Sur-Moi, ma stupidité m'atterre. Seul, ça passe encore. Tout baigne. Ou à peu près. Mais mettez trois personnes autour de moi : rien ne va plus. Jeune, j'aimais beaucoup le cinéma...

MOI : Nous savons ça.

MOI : ... Un jour, pour me faire plaisir, ma chère Cécile, à la voix rauque, qui m'avait déjà plusieurs fois emmené en Grèce avec elle et qui me voulait du bien, m'invita à déjeuner, sous un Manet éblouissant qui représentait Henry Bernstein enfant, avec Greta Garbo, de passage à Paris et dont elle était l'amie.

Le déjeuner fut charmant. Désireux de plaire, j'imagine...

MOI : Vous aimez plaire, ver de terre. Et surtout aux étoiles.

MOI : Hélas... Mais je me suis soigné. J'ai changé. Il m'arrive même souvent de déplaire sans déplaisir... Désireux donc de plaire à ma divine voisine, je me mets, assez bêtement, à fredonner à voix basse :

Ich bin von Kopf bis Fuss
Auf Liebe eingestellt...

C'était la chanson de *L'Ange bleu*. Impavide, sublime, Garbo ne moufte pas. Sûr de mon coup, comme les ivrognes, j'insiste avec lourdeur. Je chante un peu plus haut. Du côté de Greta, toujours rien. Je me dis qu'elle est sourde, ou idiote, ou peut-être les deux à la fois. Alors, je me penche vers elle et je lui glapis à l'oreille :

Ich bin von Kopf bis Fuss
Auf Liebe eingestellt…

Garbo se tourne vers moi et me lance d'un ton sec :

« Je crois que vous me confondez avec Marlene Dietrich. »

La fin du déjeuner fut plutôt fraîche.

L'histoire ne s'arrête pas là. Pas mal d'années plus tard, pardonnez-moi, Sur-Moi du dépouillement vainqueur, je dîne, quai d'Anjou, chez Georges et Claude Pompidou…

MOI : Vous ne trouvez pas, papillon affolé, que vous exagérez un peu ?…

MOI : Georges Pompidou était normalien. Les normaliens s'attirent entre eux. Il avait surtout un faible pour une jeune personne, dont je vous ai déjà cité le nom : Victoire, la fille de Nine. Victoire était une amie de Françoise que Pompidou aimait beaucoup aussi et qui se trouvait être ma femme. C'est pour cette raison, Sur-Moi des fleuves et des îles, que je dînais quai d'Anjou. Parce que je parlais allemand, j'étais placé aux côtés de Marlene Dietrich qui venait d'enterrer un de ses oncles en Allemagne et qui passait par Paris. Elle habitait avenue Montaigne et elle cultivait une réputation de solitude et de sauvagerie. J'ose à peine vous avouer, monument de noblesse et de discrétion, que je m'entendis assez bien avec l'impératrice rouge. Je lui parlais allemand, je la faisais rire. Elle me glissa :

« Peut-être pourriez-vous venir prendre le thé chez moi, avenue Montaigne, mardi prochain, à 4 heures et demie ?

— *Dienstag ? Halb fünf ? Einverstanden. Fabelhaft !* »

Je me rengorgeais. Je faisais un peu le malin.

« Mais attendez ! ajoutai-je, il faut, avant même mardi, que je vous raconte mon aventure avec Greta Garbo. »

Et je lui sors l'histoire que je viens de vous rapporter, mémoire vivante de l'univers.

Elle me jeta un regard glacial :

« Je crois que ce ne sera pas la peine de venir mardi avenue Montaigne. »

M'entretenir en tête à tête avec vous, juge suprême des cœurs et des esprits, même dans le cadre d'un procès, est presque une chance pour moi. Une angoisse, bien sûr. Et presque une chance, puisque nous sommes seuls. Ou presque. Vous le savez déjà : dès que se pressent autour de moi plus de six ou huit personnes, je perds tous mes moyens.

Dans les dernières années du siècle passé, de mon siècle, immortel Sur-Moi, résidait parmi nous un ambassadeur des États-Unis venu de la banque Lazard à New York. Félix Rohatyn devint aussitôt la coqueluche de Paris. Un beau soir de printemps ou d'automne, sa femme Elizabeth et lui donnèrent à l'ambassade de la rue du Faubourg-Saint-Honoré à Paris une fête mémorable où était reconstitué le décor du bastringue de Rick, alias Humphrey Bogart, amoureux fou d'Ingrid Bergman, plus belle que jamais dans ce navet sublime qu'était le film *Casablanca.* Peut-être vous souvenez-vous, maître de tous les médias, d'une fameuse *Marseillaise* chantée à pleins poumons. Et de la prière adressée par Ingrid Bergman au pianiste noir, ami de Rick :

« *Play it again, Sam !...* »

Est-ce au cours de cette fête ou à une autre occasion, raout ou dîner, qu'un peu égaré au milieu de la foule je tombe sur Jean-Claude Trichet, alors gouverneur de la Banque de France, avant de présider aux destinées de la Banque centrale européenne ? Je fais des efforts insensés pour aligner quelques mots sur la balance des paiements, sur le contrôle des changes et sur le déficit de notre commerce extérieur. Au sortir de l'ambassade, je retrouve Françoise qui me demande ce que j'ai fait pendant une heure parmi tant de personnes venues de tous les horizons.

« J'ai surtout parlé à Trichet, lui dis-je.

— Ça m'étonnerait, me dit-elle, Trichet n'était pas là. »

Je sens les nuages s'accumuler au-dessus de ma tête.

« Mais alors, avec qui ai-je bien pu m'entretenir ?

— Il me semble t'avoir vu dire quelques mots à Emanuel Ungaro. »

Le lendemain, ou quelques jours après, une de mes amies tomba sur Ungaro dans la rue de Bellechasse.

« Ton ami d'Ormesson, lui dit le grand couturier, n'est pas antipathique. Mais il est vraiment bizarre. Il ne m'a parlé que de dollars et de mouvements financiers. »

MOI : Et, tel que vous êtes, vous avez fait une grande carrière dans vos postes à la remorque de l'Unesco ?

MOI : Une grande carrière, non. Non, sûrement pas. Encore que...

MOI : Encore que, patibulaire déchet ?…

MOI : Encore que, tout à fait à mes débuts j'avais réussi à organiser, et en fait à sauver, une assemblée générale à risques et un peu menacée à laquelle participaient des historiens, des linguistes, des philosophes, des anthropologues, des historiens de l'art venus de tous les horizons. Parmi eux figurait un grand historien anglais, Sir Charles Webster. Au cours d'une conversation que m'avait rapportée en se tordant de rire Ronald Syme, peu porté aux effusions sentimentales et aux valses des récompenses, Charles Webster lui avait parlé de moi en termes indulgents et flatteurs.

« Il faudrait faire quelque chose pour ce jeune d'Ormesson qui ne me paraît pas mal du tout…

— Ah ! oui, avait répondu Syme d'un ton distrait. Mais quoi ? Il ne fait que son travail. Nous n'allons tout de même pas lui offrir une cravate ou une montre ?

— Non, bien sûr, avait dit Sir Charles, l'air rêveur. Mais peut-être… peut-être pourrait-il épouser une Anglaise ? »

MOI : Et vous avez épousé une Anglaise ?

MOI : Non. Je n'ai pas épousé une Anglaise. Et je n'ai pas non plus fait une grande carrière internationale. Je crains même d'avoir fait circuler une définition un peu cruelle de l'Unesco : « Un fromage sur un nuage. » Et d'avoir traité, non pas de langue de bois, mais de langue de guimauve les tirades interminables et souvent ampoulées des délégués au Conseil exécutif. Et j'ai vu avec un peu de chagrin les rênes de l'Unesco passer, au fil des ans, des mains des artistes et des créateurs aux mains des diplomates, puis des mains des diplomates aux mains des financiers.

Mais, vous le savez déjà, très digne Sur-Moi, j'ai aimé mes longues années à la marge de l'Unesco. Trop longues, peut-être. J'aurais dû quitter mes universitaires, mes colloques, mes travaux savants, mes bibliographies huit ou dix ans plus tôt. Et consacrer mon temps à écrire quelques livres de plus. Ah ! que voulez-vous ? J'étais attaché aux projets que nous avions soutenus et dont le caractère trop spécialisé et érudit soulevait parfois l'ironie et même l'irritation d'un Conseil exécutif qui ne voyait pas l'intérêt d'une bibliographie de la linguistique ou d'un corpus des vases antiques.

« Des fragments de vases, des tessons de bouteilles », avait grommelé un délégué de je ne sais plus quel pays.

Il arrivait à mon organisation savante d'être attaquée à l'Unesco, mais elle y était aussi défendue par des amis fidèles et passionnés. Impossible de ne pas citer ici, Sur-Moi des cours et des villes, le plus parisien des Brésiliens, un disciple d'Auguste Comte dont la devise *Ordem e Progresso* figure en portugais sur le drapeau brésilien, un familier de la culture française : Paulo de Berredo Carneiro.

Paulo Carneiro était l'éloquence même. Une éloquence qui paraîtrait aujourd'hui sans doute un peu datée — mais efficace et brillante. Au fil de ses interventions qui attiraient toujours une foule d'auditeurs, je l'ai vu et entendu subjuguer l'Assemblée générale et le Conseil exécutif en un français parfait où se jouaient toutes les nuances des sentiments et de l'émotion. Avant lui, un ambassadeur brésilien du nom de Souza Dantas avait fait longtemps les beaux jours et les belles nuits de Paris. Après lui, un troisième ambassadeur brésilien, fils d'un médecin célèbre qui avait découvert la maladie qui porte son nom, médecin lui-même, Carlos Chagas, allait prendre le relais et devenir mon ami.

Carlos Chagas ressemblait au professeur Nimbus. Il avait quatre filles. À la veille d'une de mes missions au Brésil, il m'avait donné leur numéro de téléphone. J'arrivai à Rio avec une vague angine et bourré d'antibiotiques. C'était la fin de l'automne ou l'hiver chez nous. La fin du printemps ou l'été au Brésil. Avec une belle inconscience, je me jetai — pour me guérir — sur la plage de Copacabana sous le soleil des tropiques qui n'a pas grand-chose à voir avec notre pâle soleil de Normandie ou d'Île-de-France. Le soir, dans ma chambre d'hôtel, comme à Saint-Fargeau au temps de la spirochétose, une fièvre élevée me tomba dessus. Je ne connaissais plus personne à Rio. Au bord de l'évanouissement, je composai le numéro que m'avait confié Carlos. Et je sombrai dans quelque chose entre coma et sommeil.

Je me réveillai la tête en feu, mais au paradis. Sortis d'un tableau de Raphaël, deux anges blonds m'entouraient. Je mis quelques minutes à comprendre que j'étais encore sur terre et que les deux créatures célestes au sourire enchanteur étaient les filles de Carlos Chagas. Elles étaient venues avec un médecin qui était sur la liste des candidats au Nobel : elles l'envoyèrent à la pharmacie m'acheter un thermomètre et des médicaments. Sur beaucoup de plans différents, je dois beaucoup au Brésil qui, avec la Bavière et la Roumanie, avec l'Italie évidemment, est ma deuxième patrie.

MOI : On dirait — c'est très curieux… — que le monde tourne autour de vous. Vous occupez un poste modeste dans l'organisation internationale du savoir. On pourrait attendre quelques réflexions, plus ou moins bienvenues, sur la place de la science et de la culture dans le monde moderne. Pas du tout. Vous nous parlez de votre fièvre et de quelques jeunes et belles personnes qui la font, j'hésite, ou monter ou tomber.

MOI : Le monde, immuable Sur-Moi, tourne autour de chacun de nous. Au point qu'il est permis de soutenir que l'univers n'existe que parce que nous existons. Selon la formule célèbre, une vie ne vaut rien, mais rien ne vaut une vie. Je croyais que j'étais là pour répondre de la mienne, sur la mienne et, à la limite, autour de la mienne.

MOI : Disons-le tout de suite — et passons à autre chose : vous n'avez joué aucun rôle dans l'histoire de l'annexe scientifique et culturelle de l'Organisation des Nations unies.

MOI : Pas le moindre, assurément. Et pourtant…

MOI : Et pourtant ?… Encore une gaffe, j'imagine ? Crachez donc le morceau, vaniteux petit Moi.

MOI : L'Unesco avait décidé de célébrer la figure et l'action d'un grand philosophe : Karl Marx. J'avais été chargé d'organiser un colloque international. Je m'étais mis au travail avec une espèce d'enthousiasme.

J'avais l'habitude de ce genre de manifestation. En mai 1968 déjà, j'avais réuni un colloque sur Kierkegaard où j'avais invité, parmi beaucoup d'autres, Jean-Paul Sartre et Marcuse. Si Marcuse était à Paris au printemps 1968, c'était, en partie au moins, à cause de moi. Pour le colloque sur Karl Marx, j'avais invité des Russes et des Américains, des philosophes et des historiens de ce que nous appelons aujourd'hui les « pays émergents » et que nous appelions alors les « pays non engagés » ou le « tiers monde », des communistes et des non-communistes — Raymond Aron, par exemple. Sir Ronald avait demandé à participer pour rendre hommage, selon ses mots, à « un bon travailleur ».

Les relations entre l'Unesco et les États-Unis, à cette époque-là, s'étaient beaucoup détériorées, jusqu'à devenir franchement mauvaises. Organisé par mes soins, le colloque sur Marx fut la goutte d'eau minuscule qui fit déborder le vase. L'ambassadeur d'Amérique auprès de l'Unesco était alors une femme, Mme Gerard si mes souvenirs sont exacts. Elle prit feu et flamme.

À cette époque, très multiple Sur-Moi, dans un autre épisode de notre saga dérisoire — *Quatre-vingt-dix ans chrono*… —, filière journalisme, j'écrivais chaque samedi un long éditorial dans *Le Figaro Magazine*, dirigé par un écrivain, auteur d'un livre sur lequel j'avais exprimé des réserves mais qui avait connu un grand succès, *Le Matin des magiciens* : Louis Pauwels. Disons les choses comme elles sont : *Le Figaro Magazine* de Pauwels était marqué franchement à droite. C'est là que les choses prennent un aspect comique. Dans un numéro du *Figaro Magazine*, quelques pages à peine après mon article qui ne s'inscrivait pas vraiment dans un contexte de gauche, figurait une grande photographie de Mme Gerard avec, à la main, une affiche annonçant le colloque Karl Marx à l'Unesco. L'ambassadeur des États-Unis dénonçait avec véhémence cette manifestation promarxiste dont elle ne citait pas l'organisateur. L'organisateur, c'était moi.

MOI : Peut-être pourrions-nous mettre fin ici, bureaucrate peu éclairé, à cette trop longue audition de vos exploits planétaires ?

MOI : Pardonnez-moi, implacable Sur-Moi, cette insistance, sûrement exagérée. J'ai passé plus de quarante années, à l'ancien hôtel Majestic d'abord, avenue d'Iéna, devenu de nos jours un palace international, puis rue Franklin, puis place de Fontenoy, puis rue Miollis, à l'ombre de l'Unesco. Rue Franklin, mon bureau était situé à côté de la maison où vécut longtemps Clemenceau. La lumière pénétrait à peine dans son cabinet de travail : un arbre dépendant du collège Franklin lui bouchait la vue. Des amis de Clemenceau l'invitaient à écrire au supérieur de Franklin pour lui demander d'élaguer la branche envahissante. Le Tigre se refusait avec obstination à toute démarche auprès d'un curé. Ses amis intervenant à son insu, le supérieur fit couper la branche. Clemenceau lui envoya une lettre de remerciements qui commençait par ces mots : « Mon Père — je peux bien vous accorder ce titre puisque vous m'avez donné le jour —… »

Vous comprendrez, ineffable Sur-Moi, que cette multitude de souvenirs liés à tant d'événements et d'amis inoubliables m'ait longtemps occupé.

MOI : Point final. Passons à autre chose. *(Consultant ses notes.)* Voyons…

MOI : Ah ! Un mot encore, très patient Sur-Moi. Vers la fin de mon séjour en forme d'imposture dans cette citadelle du savoir planétaire, il y aura encore une grande figure qu'il m'est impossible de passer sous silence. Comme dans un *nô* japonais, un personnage s'avance qui a compté pour moi presque autant, et peut-être plus — et ce n'est pas peu dire —, que Sir Ronald Syme. C'est une philosophe, une femme et une amie.

Mon correspondant le plus proche au sein même de la Grande Maison était le chef de la division de philosophie de l'Unesco. Un beau jour fut nommée à ce poste — parité obligeait déjà — une femme dont la réputation, déjà grande, m'inquiétait beaucoup.

De bonnes âmes m'avaient prévenu : elle était odieuse. Suisse d'origine polonaise, juive, communiste, d'un physique peu avenant, d'un caractère très difficile, elle allait me rendre impossible une vie jusqu'alors supportable. D'autres âmes, tout aussi bonnes, l'avaient alertée de son côté. Elle allait avoir affaire à un individu assez médiocre, très plein de lui-même, superficiel, mondain, dont il n'y avait rien à attendre : c'était moi.

La première fois que je la rencontrai, la mort dans l'âme, je fus aussitôt subjugué et ébloui. J'ose le dire, très tendre Sur-Moi, ce fut comme un coup de foudre. Elle, pour sa part, je crois, ne me détesta pas aussitôt. Elle s'appelait Jeanne Hersch.

Jeanne Hersch est une des femmes que j'ai le plus aimées. Elle enseignait la philosophie à Genève. Elle était l'élève favorite de Karl Jaspers, l'amie de Jean Starobinski, du père Fessard, de Raymond Aron. Elle n'a jamais cessé de me témoigner une bienveillance indulgente, affectueuse et sévère.

Sur les routes d'Italie qu'il connaissait comme sa poche, à Xi'an, à Lahore, aux quatre coins du monde, dans mon gourbi de la rue Miollis où j'arrêtais le chauffage en hiver pour raccourcir les visites des raseurs qui, s'ennuyant dans leur bureau ou à leurs réunions, venaient se distraire avec moi, Sir Ronald Syme a enchanté mon existence. Entre deux lettres à des auteurs, entre deux lectures d'épreuves, Roger Caillois m'a appris la rigueur, le sens des mots, une certaine forme d'exigence qui m'était étrangère. Jeanne Hersch m'a élevé un peu — très peu, bien sûr, très haut Sur-Moi —, mais enfin un peu au-dessus de moi-même.

Le peu que j'ai appris dans le domaine qui était censé être le mien, c'est à elle que je le dois. Je n'avais rien compris à la philosophie. J'avais lu Platon et Descartes. J'avais essayé de lire un peu de Spinoza et de Kant. Je me débattais parmi les présocratiques. Avec une patience et une douceur angéliques, elle a éclairé pour moi le monde obscur du savoir. Ne croyez pas, invraisemblable Sur-Moi, que j'aie bénéficié de leçons particulières dispensées par Jeanne Hersch. Mais à tout petits coups de réserves et de conseils, avec amitié, presque sans y toucher, elle m'a encouragé en me faisant à la fois honte de mon ignorance et confiance pour l'avenir.

Jeanne Hersch avait du caractère. Ses adversaires allaient jusqu'à prétendre qu'elle avait un caractère difficile. Je me souviens d'une séance de travail sur les droits de l'homme au Conseil exécutif de l'Unesco où, exaspérée par les atermoiements d'un certain nombre de délégués, elle avait soudain explosé et dénoncé, au scandale de beaucoup, une Organisation qui se grisait de grands mots et payait à un taux dérisoire les travailleurs étrangers en train de nettoyer les vastes fenêtres vitrées de la salle où travaillait le Conseil et qu'elle montrait du doigt.

Jeanne Hersch laisse derrière elle, sous le titre *L'Importance d'être un homme*, un ouvrage important sur la diffusion des droits de l'homme à travers la planète. Une maxime foudroyante figure dans ce recueil : « N'importe quel tyran est capable de faire chanter à ses esclaves des hymnes à la liberté. »

Un été, en Suisse, près de Fribourg, dans une maison de famille de ma femme Françoise, j'avais écouté en allemand, peu après notre rencontre, une série de cours radiophoniques de Jeanne sur l'histoire de la philosophie. J'avais, une nouvelle fois, été émerveillé par ce qui faisait le propre de sa pensée : une simplicité qui allait jusqu'à la racine des idées et des mots, une espèce de profondeur liée à la transparence. L'eau du savoir était si claire avec elle que vous vous y plongiez avec bonheur jusqu'à toucher le fond. Je lui demandai s'il existait un texte français de ces cours en allemand. Elle me répondit que oui. Je la suppliai de les publier chez un éditeur parisien.

« Je ne demande pas mieux, me dit-elle. Mais vous vous en occupez. »

Pour une fois, très actif Sur-Moi, je me suis occupé de quelque chose. J'ai pris ma tâche au sérieux. J'ai proposé, sans trop de succès, le texte de Jeanne Hersch à quelques éditeurs. Après plusieurs échecs, l'un d'eux, Éric Vigne, chez Gallimard, me proposa de le publier directement dans la collection de poche « Folio », sous le titre *L'Étonnement philosophique*.

À ma surprise enchantée — et à celle, je crois, de Jeanne Hersch —, le succès fut immédiat. Sans l'appui de la radio ni de la télévision, sans éloges dans la presse (sauf un mince article de votre humble serviteur dans *Le Figaro Magazine* qui ne pouvait pas passer pour une revue de philosophie), le tirage dépassa toute espérance.

Souvent, des jeunes gens, ou des parents de jeunes gens, ou de simples amateurs me demandent quelle pourrait être la meilleure introduction à la philosophie. Je réponds immanquablement : *L'Étonnement philosophique* de Jeanne Hersch dans « Folio ».

Presque tout ce que je sais en matière de philosophie, je l'ai, sinon découvert, du moins compris avec Jeanne Hersch. Un exemple, un seul, impatient Sur-Moi.

MOI : Bon. Si vous y tenez… Mais nous prenons du retard.

MOI : Tout au début de l'histoire du savoir, à Éphèse et sur la côte ionienne, ou à Élée, en Grande-Grèce — c'est-à-dire en Italie du Sud —, les présocratiques, Thalès, Anaxagore, Anaximandre et les autres, s'interrogent sur les fondements de l'univers et de l'existence. Les uns parlent de l'eau, les autres de l'air, d'autres encore du feu ou de l'infini — ἄπειρον —, personne ne comprend grand-chose à ce galimatias, qui ne repose d'ailleurs que sur des fragments épars, échappés à la destruction. Jeanne Hersch explique, souveraine, qu'il s'agit simplement de trouver, sous le changement, qui est la loi de ce monde, sous le passager et le périssable, dans ce temps qui emporte tout, quelque chose, enfin, d'immuable et de constant.

Plus tard, Héraclite, à Éphèse, et Parménide, à Élée, incarnent l'un le flot continuel du changement périssable — πάντα ῥεῖ, « tout passe » —, l'autre la permanence de l'Être auquel il est inutile et vain et, mieux encore, interdit, d'opposer le Néant : « L'Être est, le Non-Être n'est pas. » Toute l'histoire de la philosophie à venir se décline sur cette opposition : du côté de Parménide, l'être et la substance, Spinoza et Heidegger ; du côté d'Héraclite, la dialectique de Hegel et de Karl Marx.

MOI : Dites donc, jeune homme : il ne faudrait pas abuser. Saltimbanque de la culture, funambule du savoir, il me semble que vous ne détestez pas faire vos numéros. En voilà encore un. Il serait peut-être temps de vous arrêter et de revenir à un peu de modestie qui, à mon avis, vous siérait plutôt mieux.

MOI : Pardonnez-moi, cruel Sur-Moi. Un dernier mot, je vous prie…

MOI : Encore !

MOI : Lorsque Jeanne Hersch a quitté son poste à l'Unesco, savez-vous, prince de l'histoire faite et en train de se faire, par qui elle a été remplacée à la tête de la division de la philosophie ?

MOI : Vous êtes là pour nous le dire.

MOI : Par Marie-Pierre qui avait, entre-temps, après Simon Nora — pourquoi inventer des romans quand vous avez la vie ? —, épousé Maurice Herzog, lassé de Nine qui l'aimait trop, et dont elle était déjà, à son tour, séparée après lui avoir donné une fille, Félicité, qui allait allier la beauté au goût de l'écriture et publier sur son père un livre appelé à faire du bruit.

J'en ai fini, très patient juge et auditeur, avec le Conseil de la philosophie et des sciences humaines, avec Diogène et Caillois, avec l'Unesco, avec Sir Ronald, avec Jeanne Hersch. Nous pouvons passer…

MOI : C'est moi qui décide, vermisseau. C'est moi qui décide si nous allons passer à autre chose — et à quoi…

MOI : Je vous proposais humblement, Sur-Moi de la superbe et de l'autorité, de passer enfin à une autre filière…

MOI : Quelle filière, orgueilleux abruti ?…

MOI : La filière livres, grand Sur-Moi. La filière littérature.

MOI : Je pensais bien qu'il faudrait, un jour ou l'autre, en passer par là. Allons-y.

MOI : Vous vous souvenez peut-être, inaccessible Sur-Moi, que tout au long de mon enfance et durant une bonne partie de ma jeunesse je mettais les livres et la littérature si haut qu'ajouter quoi que ce fût à Homère, à Eschyle, à Horace, à Cervantès, me paraissait inutile et plutôt inconvenant. Un beau jour pourtant, au lendemain de l'agrégation, vers mes débuts à l'Unesco, l'envie me vint, irrésistible, de pondre quelque chose qui pourrait passer pour un livre.

MOI : Mais qu'est-ce qui vous a pris, Eugène Sue au rabais, Ponson du Terrail à la traîne ?

MOI : Très miséricordieux Sur-Moi, je voulais plaire à une fille.

MOI : Quelle fille ? Greffier !...

MOI : Même Landru, Sur-Moi des cours et des assises, même Landru invoquait le droit de s'abriter derrière le mur de la vie privée...

MOI : Avez-vous au moins été récompensé de votre délire d'amour et de littérature ?

MOI : Pas du tout, Votre Honneur. Elle préférait à juste titre les coureurs automobiles. De mon manuscrit, en tout cas, j'ai fait le meilleur usage. Je l'ai déposé, comme il fallait, sans la moindre recommandation, entre les mains de la demoiselle de l'accueil des Éditions Gallimard, situées, en ces temps reculés, au 5 de la rue Sébastien-Bottin, devenue de nos jours le 5 de la rue Gaston-Gallimard. Changement d'adresse, mais non de décor.

J'aurais pu envoyer mon ours par la poste. Mais j'habitais rue du Bac, à deux pas, au coin de la rue de Varenne. J'ai préféré jouer moi-même, en cette noble occurrence, le rôle d'Hermès aux pieds légers.

Depuis maintenant pas mal d'années, je reçois tous les jours que Dieu fait entre deux et cinq manuscrits. On dirait qu'une proportion non négligeable de nos contemporains s'est mise soudain à écrire avec mon nom en tête. Je ne suis ni critique ni éditeur. Le seul moyen d'être édité consiste à envoyer le fruit de ses nuits d'insomnie à l'une ou l'autre de nos maisons d'édition. Mes correspondants s'écrient volontiers :

« Mais vous le savez bien ! il faut être connu pour avoir une chance d'être édité. Le tout-venant n'est même pas lu... »

Tout est faux dans ces arguments. Les éditeurs font leur travail. Il leur arrive de se tromper, mais ils lisent les manuscrits. Et mon nom était totalement inconnu du milieu littéraire quand je me suis présenté, les mains nues, rue Sébastien-Bottin.

J'étais jeune — déjà plus très jeune... —, inepte, impatient, orgueilleux. Il aurait fallu attendre quelques semaines ou peut-être quelques mois une annonce anonyme d'acceptation ou de refus. J'attendis quinze jours une réponse manuscrite de Gaston Gallimard. Du genre de celles qu'il envoyait à Proust, à Gide, à Claudel. Elle ne venait pas. Un samedi soir, après le boulot, vers 6 heures et demie ou 7 heures, je déposai le double de mon chef-d'œuvre chez la demoiselle de l'accueil des Éditions Julliard, juste en face de Gallimard, au 30 de la rue de l'Université. Le dimanche matin, avant 8 heures, le téléphone sonnait chez mes parents, rue du Bac. C'était René Julliard.

Plutôt grand derrière ses lunettes, volontiers chaleureux, éditeur à succès de Françoise Sagan et de beaucoup d'autres, René Julliard avait passé une bonne partie de la nuit à lire mes élucubrations. Croyez-moi si vous voulez, dolmen de justice et d'impartialité, il était franchement enthousiaste.

« C'est un petit chef-d'œuvre. C'est aussi bien que Sagan. Ce sera un grand succès. »

Un bonheur m'envahit. Le contrat m'attendait. J'allai le signer aussitôt. Dans les années qui suivirent, René Julliard publia encore quatre ou cinq de mes livres. Aucun ne fut un grand succès. René Julliard me confiait sa perplexité. J'avais un adversaire. Et de taille. *Le Figaro* refusait toute mention de mon nom.

« C'est curieux, me disait Julliard. On dirait que c'est la guerre entre *Le Figaro* et vous. »

C'était la guerre. Par ma faute. Une double faute. *Le Figaro* était dirigé de main de maître par un grand journaliste. Pierre Brisson avait pris la tête du *Figaro* vers le milieu des années 1930. Le journal connaissait alors un tirage encore modeste. En moins de dix ans, Brisson l'avait hissé au premier rang de la presse française. Bon connaisseur du théâtre, auteur d'un beau *Molière*, Pierre Brisson, malheureusement, écrivait aussi des romans. Parce qu'il était le directeur d'un journal qui commençait à devenir puissant, la critique presque unanime chantait les louanges du romancier. À cette époque-là, l'idée d'écrire des livres ne me passait pas encore par la tête, mais des gazettes d'étudiants ou des journaux aujourd'hui disparus, tels, par exemple, qu'*Arts*, où apparaissaient de temps en temps les noms de Jacques Laurent, de Blondin ou de Nimier, me demandaient parfois des articles. On m'envoya *Double cœur* de Brisson pour lui tresser quelques lauriers. Je dis du livre ce que j'en pensais et ce qu'il fallait en penser : il était à peu près nul. Mais je ne pus m'empêcher de terminer l'article par une clausule un peu définitive : « Il y a tout de même une justice : on ne peut pas à la fois être directeur du *Figaro* et avoir du talent. »

Cette phrase malheureuse eut au moins deux conséquences. La première, immédiate : frappé d'excommunication majeure, rejeté d'emblée dans l'enfer de la liste noire, mon nom, pendant des années, a été banni avec rigueur des colonnes du *Figaro*. La seconde, à plus longue échéance : quinze ou vingt ans plus tard, Sur-Moi de l'ironie et des coups de théâtre, je devenais moi-même directeur du *Figaro*. Je réunissais les journalistes et je leur assurais qu'il était inutile de me rappeler ces paroles fatidiques : je me souvenais fort bien de les avoir prononcées.

Il me faut maintenant, prince de la souveraine justice, aller un peu plus loin. Dans l'hostilité du *Figaro* à mon égard, il y avait encore autre chose que ma phrase malheureuse ou peut-être trop heureuse sur les relations entre le journalisme et la littérature. À chaque fois que j'aborde un nouveau pli de ce tissu qui fait notre existence, il me semble toucher à l'essentiel. Mes parents étaient l'essentiel. Mes études étaient l'essentiel. La rue d'Ulm était l'essentiel. Les sciences humaines étaient l'essentiel. Les livres étaient l'essentiel. Voici qu'un essentiel nouveau se profile à l'horizon. Et cet essentiel nouveau, autour duquel semblent tourner enfin et ma vie et ce procès, juge suprême du Sur-Moi, c'est une faute que j'ai commise.

Il y avait d'un côté Saint-Fargeau, que vous commencez à connaître, Sur-Moi des tours et des forêts. Et de l'autre côté — un peu, si vous voulez, et pour me vanter sans fin, comme Méséglise et Guermantes — Ormesson, où vivaient Wladimir, le frère de mon père, la vedette du *Figaro*, l'ami de Pierre Brisson, sa femme Conchita et la tribu de mes cousins : trois filles et trois garçons. J'avais un faible pour André, le méchant garçon, si amusant, si séduisant, qui aimait les dames et le plaisir, et que le plaisir et les dames aimaient aussi en retour.

Le bruit courait qu'en Argentine il avait un peu écorné les biens de son père pour offrir des diamants à une actrice de la Comédie-Française — était-ce Lise Delamare ? — en tournée à Buenos Aires sous la houlette de Louis Jouvet. L'affaire rappelait, en moins sérieux, la détresse d'un représentant de la France dans un pays des Balkans dont le fils avait vendu à son profit des tapisseries appartenant à l'État. Le malheureux diplomate avait alors écrit à son ministre des Affaires étrangères à Paris une lettre de repentir restée célèbre. Elle s'ouvrait sur ces mots : « Père elle-même, Votre Excellence comprendra mieux que personne les sentiments… »

Le frère d'André, Antoine, dont le domaine était la musique, avait épousé une Espagnole, fille elle-même de diplomates. J'écris son nom en tremblant. Je ne l'ai plus jamais prononcé, enfouissant son souvenir dans un oubli honteux, le faisant apparaître ici ou là sous le masque de *C.* Elle s'appelait Charete.

Comme Marie-Pierre, Charete n'était pas une beauté dans le style de Grace Kelly ou de Marella, l'épouse de Gianni Agnelli, ou d'Anne-Marie Deschodt, la femme de Louis Malle, puis du peintre Rougemont. Elle était, comme on dit, beaucoup plus et beaucoup mieux. Elle avait la grâce, le charme, l'intelligence, la beauté du diable. Je ne voudrais pas me laisser aller, cher et illustre ami, à vous faire perdre votre temps…

MOI : Je ne perds pas mon temps. Je vous écoute. Et je ne suis pas votre camarade. Je suis votre juge.

MOI : Je vais le plus vite possible. Pour vous d'abord. Pour moi ensuite. Je voudrais que ce calice fût déjà derrière moi. Elle était vive et attirante. Nous ne cessions de nous voir. Antoine et Charete habitaient un pavillon devant le château où vivaient mon oncle Wladimir et ma tante Conchita — aux noms étranges et flamboyants. Ils me recevaient avec amitié. Je faisais le malin. Je voulais plaire. Une flamme habitait ma cousine. Elle s'ennuyait un peu. Un jeu de séduction se mettait lentement en place. Nous nous jetions vers l'abîme. Les yeux clos, et grands ouverts. J'avais le goût de la catastrophe. Vous connaissez l'histoire. Je l'ai déjà racontée. J'ai enlevé Charete. Nous sommes partis tous les deux.

MOI : Il n'y a pas de quoi se vanter.

MOI : Je ne me vante pas. Dans une famille comme la mienne, le vaudeville bourgeois se changeait en tragédie. *Vous savez ce que je suis*, estimable vieillard ?

MOI : Oui, je le sais. Mais c'est vous qui le direz.

MOI : Je suis un menteur et un traître.

MOI : Eh bien ! Nous y voilà.

MOI : Très doux vieillard, il y a pire.

MOI : Pire ?... Vraiment ?

MOI : Vraiment. N'insistons même pas sur la bassesse des sentiments qui m'agitaient. Peut-être avais-je contracté en hypokhâgne et en khâgne le virus de l'émulation. Il me fallait toujours l'emporter sur les autres, marquer mon territoire, masquer mes faiblesses sous d'apparents et dérisoires succès. J'étais coupable, pyramide d'innocence, à l'égard d'une famille qui m'avait traité avec indulgence et bonté. J'étais plus coupable encore à l'égard de Charete. Après l'avoir — faut-il dire : enlevée ? —, je l'ai abandonnée. Elle m'aimait peut-être. Je n'ai pensé qu'à moi. Quelque chose me submerge : c'est la honte.

MOI : Je vois ça. Le tribunal n'est pas dupe. Vous essayez de vous faire passer, au moins à vos propres yeux, pour une espèce de Valmont. Vous n'êtes qu'un traître — et un lâche.

MOI : Une phrase me brûle, torrent de la mémoire. Autour de ces années-là, une guérilla parisienne et littéraire m'opposa plus d'une fois à un des écrivains les plus brillants de ma génération : il s'appelait Bernard Frank. Je ne sais pas si son nom dit encore quelque chose aux jeunes gens d'aujourd'hui. Il était né dans l'entourage de Sartre et à l'ombre de la couveuse de talents que constituait alors la revue *Les Temps modernes*. C'est lui qui avait inventé le nom de *hussards* qu'il attachait à un groupe de jeunes gens exaltés et doués, emmenés par Nimier, par Blondin, par Jacques Laurent, par Michel Déon. Je n'appartenais pas aux hussards. Mais je virevoltais autour d'eux. Nous échangions, Bernard Frank et moi, des coups de poignard et de griffe. Bernard avait un grand talent. Il l'emportait sur moi. Jusqu'au jour où, grâce à la générosité de Jean Daniel et de son équipe, *Le Nouvel Observateur* m'ouvrit ses colonnes, où il officiait, pour répondre aux attaques de mon bourreau le plus intime. Je fis de mon mieux et je réglai mes comptes envers lui avec une ombre de succès. Un souvenir me vrillait : il m'avait lancé deux torpilles qui m'avaient secoué. La première : que je n'avais pas assez souffert pour devenir jamais quelque chose comme un grand écrivain ; la seconde : que ce qui me manquait le plus, c'était le courage.

Si le courage m'a jamais manqué, père de grandeur et d'équité, c'est d'abord avec Charete. Je me suis beaucoup accusé de m'être conduit de façon indigne à l'égard d'une famille qui ne m'avait fait que du bien. Je ne me suis pas assez accusé de m'être conduit plus mal encore à l'égard de Charete que j'avais poussée, par orgueil, par vanité, à aimer quelqu'un qui ne le méritait pas. Je me traîne à ses pieds. Qu'elle me pardonne, où qu'elle soit, d'avoir été contrainte par moi à finir par me mépriser.

Comme tous les menteurs, j'étais enfermé dans un cercle de feu. J'ai poussé mon père au désespoir. Il aimait son fils — c'était moi — et il aimait son frère. Impavide de partialité, ma mère essayait, mais en vain, de me soutenir. C'était une tâche sans espoir. Finissons-en, maître de justice. Condamnez-moi. Je me tairai.

MOI : Trop facile, fangeux rebut. Vous parlerez, au contraire. Vous ferez le malin. Mais tout ce qui va venir encore sera marqué de votre honte. Vous serez condamné à vivre dans le remords.

C'est moi maintenant qui vous le demande : parlez-moi de votre père qui était si lié avec son frère. Entre votre père et vous, je vois les rapports s'inverser. À l'affection, à la tendresse, à l'estime, qu'est-ce qui a bien pu succéder ?

MOI : Le souvenir de la fin de mon père que ma conduite avait désespéré est une plaie dans mon cœur. Je ne vous en dirai pas beaucoup plus, estimable vieillard. La crise de l'adolescence, j'ai dû la connaître très tard. J'ai été odieux avec mon père vieillissant. Je devais tenter, j'imagine, de me libérer coûte que coûte du poids que sa douceur écrasante faisait peser sur moi. À la soumission affectueuse, ou même tendre, que je lui témoignais se substituait peu à peu, sinon une hostilité, du moins une sorte de hargne. Il faut reconnaître, grand vieillard, que sa rigueur jansénisante ne me rendait pas la tâche facile. À l'âge de dix-neuf ou vingt ans, habitant toujours chez mes parents, par paresse, je suppose, ou par incapacité, déjà normalien ou sur le point de le devenir, je me ruais sur le téléphone dès qu'il se mettait à sonner. Car si mon père me précédait et distinguait une voix de femme ou de jeune fille en train de prononcer mon nom, je l'entendais répondre d'un ton irrité :

« Vous voulez parler à mon fils ? Qu'est-ce que vous lui voulez encore ? »

Peut-être m'est-il resté quelque chose de cette course perpétuelle et vaguement sexuelle au répondeur téléphonique : mes proches prétendent que je me précipite toujours en hâte vers la moindre sonnerie.

Des souvenirs par bribes. Je m'efforçais de lire, avec

peine, l'*Introduction à la philosophie de l'histoire* de Raymond Aron. À table, la conversation, toujours vive, en vient à rouler sur les grandes premières du théâtre français : le triomphe du *Cid* à la fin de 1636 ou au début de 1637, qui donne du jour au lendemain la gloire à Pierre Corneille ; la bataille d'*Hernani*, en 1830, avec Gautier en gilet rouge ; la première de *Cyrano de Bergerac* en 1896, l'enchantement du public, les applaudissements de la salle entière debout pendant près de vingt minutes, le président de la République ôtant sa Légion d'honneur pour la remettre à Rostand. Mon père aimait *Cyrano* qu'il savait par cœur comme tous ceux de sa génération — y compris la dédicace de la pièce à Coquelin par Rostand : « C'est à l'âme de Cyrano que je voulais dédier ce poème. Mais puisqu'elle a passé en vous, Coquelin, c'est à vous que je le dédie. » Je ne sais trop pourquoi, par snobisme probablement, par soumission à la mode intellectuelle autour de moi, je pris feu et flamme. Je comparai *Cyrano de Bergerac* aux *Cloches de Corneville* et je réduisis en cendres l'œuvre de Rostand qui devait, plus tard, m'enchanter à mon tour. Sur ce détail minuscule qui nous opposait pour la première fois, mon père ne cacha pas sa tristesse. Je trouvais sans trop de peine d'autres occasions de me heurter à lui. On eût dit que je les cherchais. Me revient soudain à l'esprit une discussion qui tournait autour du sentiment de l'honneur. Je me permettais de donner des leçons d'honneur à mon père.

Je suis tombé récemment, maître des psychologues et de leurs psychologies, sur une page de Stefan Zweig tirée de *La Confusion des sentiments*, où je me suis retrouvé autour de mes vingt ans : « La nature, conformément à son devoir mystique qui est de préserver l'élan créateur, donne à l'enfant l'esprit de révolte et le mépris des goûts paternels. Elle ne veut pas d'une succession tranquille et indolente, d'une simple continuation, d'une répétition d'une génération à l'autre : elle commence toujours par introduire la discorde entre les êtres de même nature et ce n'est qu'après un pénible et fécond détour qu'elle permet aux descendants de rejoindre la voie des aïeux. »

Avec mes hontes et mes folies, j'ai désespéré mon père. Il est mort dans une clinique de la rue Oudinot, à peu près à l'époque où René Julliard s'étonnait du peu de succès de mes premiers griffonnages. C'est presque avec soulagement, avec un bonheur amer, avec une sorte d'enthousiasme épuisé que j'écrivis d'une traite les pages qui, dans mon esprit, allaient être les dernières. Un salut au public. Un pied de nez. Une ultime révérence. Un testament ironique. *Au revoir et merci* constituait mon adieu à une littérature qui, comme la philosophie, ne voulait guère de moi.

Le temps passait. Il ne fait que ça. La guerre d'Algérie prenait fin. Mai 1968 déferlait.

MOI : Ah ! Vous allez enfin nous parler d'autre chose que de vous. Et nous allons en savoir un peu plus sur les temps que vous avez vécus : quel regard jetez-vous sur l'histoire en train de se faire dans la seconde moitié du siècle écoulé ? Quelle part prenez-vous à la marche des événements, au combat des idées ?

MOI : L'histoire en train de se faire, très illustre maître, je m'en suis un peu occupé, surtout à partir de la mort de Georges Pompidou : chacun a le droit de s'asseoir au café du Commerce et de raconter n'importe quoi. Je n'ai pourtant pas grand-chose à ajouter à ce que tout le monde connaît déjà : la ronde des ministères, l'éternelle querelle entre la gauche et la droite, le déclin du parti communiste, les drames de la décolonisation après les horreurs du colonialisme, la succession des grèves, la montée en force du sport, l'attente impatiente et le refus obstiné du changement, la méfiance, le mécontentement, le pessimisme croissants des Français. Longtemps, les Français ont passé pour gais, spirituels, légers, insouciants. Ils sont devenus, selon le mot fameux de Cocteau, des Italiens de mauvaise humeur.

Que s'est-il passé chez nous tout au long de la seconde moitié du XXe siècle, pendant que le communisme triomphait et déclinait, pendant que la Chine ressuscitait d'un long sommeil historique, pendant que l'Église catholique s'affaiblissait chez nous en attendant Jean-Paul II ? Presque rien. Deux choses seulement, mais décisives : grâce au général de Gaulle, la France vaincue a fini par rejoindre le camp des vainqueurs et, dans le même mouvement irrésistible de l'histoire, elle a perdu la presque totalité des territoires extérieurs qui composaient son empire. Tout le reste n'est qu'une écume plus ou moins honorable qui ne laissera aucun souvenir dans la mémoire des hommes. Personne ne se souviendra dans trois ou quatre cents ans de la suite des présidents et des gouvernements, de leurs minces ambitions et de leurs vastes intrigues, de leurs contradictions et de leur continuité, d'une sorte d'endormissement à la limite du déclin. Comme pour la guerre du Péloponnèse, pour la guerre de Cent Ans ou pour la guerre de Trente Ans, les trois guerres franco-allemandes qui nous ont tant bouleversés apparaîtront comme une seule guerre entrecoupée de fausses paix. Ne flottera dans la mémoire que le souvenir atroce des grands massacres de masse en Russie, en Allemagne, en Chine, au Cambodge, au Rwanda et ailleurs.

Dans les années 1950 ou 1960, je me contentais de m'occuper, en commis appliqué, en comptable à visière, de linguistique comparée, d'histoire de l'art baroque ou précolombien, de fragments de vases grecs, de fouilles en Égypte ou au Mexique, de philologie et de prosopographie romaines. J'étais à l'égard de la littérature militante dans la situation du fumeur qui a renoncé au tabac, du buveur qui refuse la moindre goutte d'alcool. Mon crayon ne me servait qu'à établir des documents destinés à mes assemblées générales, des projets de colloques, des comptes-rendus de débats. Je n'utilisais mon stylo qu'à envoyer, sur instruction de Caillois, des lettres de refus aux candidats à *Diogène.* Mais un poison secret faisait lentement son œuvre au plus profond de moi-même. Je me disais — oh ! de très loin, et tout bas... — que les paysages, les angoisses, les efforts, les échecs et les succès du savoir feraient un roman formidable.

J'avais renoncé à tout projet de carrière. Je savais très bien que j'étais dans une impasse. Sinon dans un cul-de-basse-fosse, du moins dans un cul-de-sac. Confortable. Mais sans avenir. J'étais agrégé. J'aurais dû m'atteler à une thèse de doctorat. Dans mon enfance, nul en cosmologie et faible en sciences naturelles, je rêvais souvent, la nuit, à des examens qui portaient sur la reproduction des dicotylédones ou des phanérogames vasculaires. À mes débuts de greffier et d'expert-comptable des sciences humaines, j'avais souvent des cauchemars en forme de thèse de doctorat. L'idée, très vague, d'un substitut à une thèse toujours manquée me rongeait lentement le cœur.

Plusieurs livres m'avaient marqué. Les travaux d'Hyppolite. L'*Introduction à la philosophie de l'histoire* de Raymond Aron, déjà citée. La biographie de Frédéric II Hohenstaufen par Ernst Kantorowicz, le plus beau morceau d'histoire qui me soit jamais tombé sous les yeux. Mes lectures successives de l'*Iliade* et de l'*Odyssée* ou des *Mille et Une Nuits.* Tout ce que j'avais pu grappiller sur Alexandre le Grand, sur

Gengis Khan, sur Tamerlan, sur Symmaque et sur Boèce, sur les empereurs byzantins de Justinien à Basile le Bulgaroctone qui avait renvoyé chez eux des milliers de prisonniers bulgares dont il avait fait crever les yeux et qui étaient emmenés, à raison d'un pour cent, par des guides qu'il s'était contenté d'éborgner. Les ombres de saint Augustin à Hippone, d'Arius et d'Hypatie à Alexandrie, de Zénobie à Palmyre.

L'Unesco m'avait expédié ou allait m'expédier en Égypte, en Iran, en Afghanistan, à Peshawar et à Samarkand. Je m'étais souvent assis sur des pierres ou des marbres qui avaient vu défiler des cortèges de conquérants, de héros, de savants et de saints. Des légions, des flottes, des découvertes, des inventions se promenaient dans ma tête. Je rêvais de ces Romains faits prisonniers par les Parthes, vendus par eux aux Chinois et établis dans le Lob Nor. Ou à ces gens de Samarkand que des miniatures nous montrent en train de vivre dans la terreur des invasions chinoises et qui voient déferler un beau jour, après les défaites d'Al-Qadisiyya et de Nehavend, non pas des cavaliers chinois ou mongols montés sur leurs petits chevaux, mais des envahisseurs inconnus, vêtus de burnous blancs et surgis de nulle part : les Arabes.

L'histoire des hommes m'agitait. Je l'avais négligée et abandonnée pour la philosophie. Elle me revenait en boomerang sous les espèces du roman. Le roman historique ne m'intéressait pas. C'était le roman de l'histoire qui me faisait rêver.

Je méprisais un peu les biographies romancées. Le savoir m'épatait et les canulars m'amusaient. J'aimais Bach et Offenbach. Je passais volontiers des travaux de Massignon, d'Élie Faure, de Braudel aux farces et attrapes des faussaires et des pasticheurs. La fameuse mystification de Vrain-Lucas, qui avait vendu à un membre de l'Institut des lettres de Cléopâtre à Jules César pour lui donner des nouvelles de leur fils Césarion ou de Lazare à saint Pierre pour annoncer sa résurrection, me remplissait de joie. Je montais jusqu'à la *Revue de métaphysique et de morale*, à *Gilgamesh*, au *Livre des morts* égyptien, à l'*Histoire secrète des Mongols*, au *Popol-Vuh* précolombien ; je descendais jusqu'à *L'Habit vert* et au *Roi* de Flers et Caillavet — chers à Jankélévitch —, à Sacha Guitry et à Victorien Sardou dont la pièce sur Théodora, ancienne courtisane devenue la femme toute-puissante de l'empereur Justinien, m'avait enchanté :

Sur les places publiques
Quand tu rôdais le soir,
À l'ombre des portiques
Chacun a pu t'avoir.

Ah ! ah ! Théodora !

Alors, beauté fatale,
Tu valais un sou d'or.
Que l'empereur détale,
Tu vaudras moins encor.

Ah ! ah ! Théodora !

Je devais beaucoup à mes amis préhistoriens, anthropologues, linguistes, historiens de l'art. Le soir, à Lahore ou au Zimbabwe, après nos colloques ou nos assemblées générales où nous discutions du budget de nos organisations savantes et de l'extension géographique de nos activités trop longtemps limitées à la France, à l'Angleterre, à l'Allemagne, au Benelux, à l'Italie, à l'Espagne et aux pays scandinaves, ils me racontaient des histoires fabuleuses sur nos origines africaines, sur la naissance du langage, sur les migrations de nos ancêtres en train de peupler l'Asie et l'Europe, sur l'éclosion de l'art entre technique et magie.

De mes lectures désordonnées, je retenais des bribes éparses qui me transportaient de bonheur. Des phrases aussi banales que la déclaration de Braudel, l'auteur d'un maître ouvrage rédigé en partie dans un camp de prisonniers en Allemagne, *La Méditerranée et le Monde méditerranéen à l'époque de Philippe II* : « J'ai aimé passionnément la Méditerranée » suffisaient à me mettre hors de moi. De Braudel encore, l'étonnant dialogue sur l'espace et le temps, sur la géographie et l'histoire entre un prince Sforza et un pêcheur provençal ou toscan.

Le prince Sforza : « La Méditerranée est une mer qui peut se révéler difficile. Quels sont les bons ports de la Méditerranée ? »

Le pêcheur : « Il n'y a que trois bons ports en Méditerranée : Carthagène, juin et juillet. »

Je me souvenais surtout des voyages sans fin que j'avais

entrepris d'un bout à l'autre de l'Italie en compagnie de Sir Ronald. Nous n'étions jamais seuls. Les ombres des Étrusques, des Samnites, des Sabins, des éléphants d'Hannibal, des compagnons de Spartacus arrachés à l'esclavage, se dressaient autour de nous. Nous partions à la chasse des œuvres de Piero della Francesca que nous découvrions un peu partout : à Borgo San Sepolcro, à Arezzo, à Urbino, à Rimini, à Spello, à Florence. Nous vénérions Carpaccio, Michel-Ange, Raphaël, Titien, le Tintoret, mais nous avions aussi un faible pour les portraits et les anecdotes du cortège des Rois mages de Benozzo Gozzoli dans la chapelle Médicis de Florence ou pour la vie d'Enea Silvio Piccolomini, devenu le pape Pie II, par le Pinturicchio — le « peinturlureur » —, dans la bibliothèque de la cathédrale de Sienne.

L'immense cathédrale de Sienne, qui ne devait être, à l'origine, que le transept d'un monument plus gigantesque encore, constituait, à elle toute seule, le but d'un voyage en Italie, l'occupation d'une vie entière, un enchantement de tous les instants. Nous entrions. Le pavement, dès le seuil, suffisait à nous éblouir. D'abord, l'image d'Hermès Trismégiste avec cette inscription qui m'a longtemps fait rêver : « *Contemporaneus Moisi* ». Et puis, les quatre Sibylles — Cumes, Thèbes, Éphèse, Érythrée —, récupérées sans vergogne par la sainte et subtile Église catholique et romaine. Et, bien sûr, tout le reste.

Une version rustique du somptueux pavement de la cahédrale de Sienne nous était offerte au cœur de la cathédrale d'Otrante, dans les Pouilles, à l'extrême pointe de la botte, par le pavement naïf, dû au prêtre Pantaleon vers le début du XIe siècle, où Alexandre le Grand est emporté vers le ciel par deux griffons ailés.

Le bon Enea Silvio, nous le retrouvions à Pienza, à deux pas de Montepulciano et de son époustouflante basilique érigée par Sangallo le Vieux et dédiée à saint Biagio. J'ai aimé à la folie et Montepulciano et San Biagio et Pienza. Les deux rues principales de Pienza, qui était alors une petite bourgade silencieuse et endormie, portaient les noms enchanteurs de *via dei Bacci* et de via dell'Amore. Je courais à droite et à gauche. Je poussais des cris de bonheur. Je songeais à m'établir à jamais entre Montepulciano et Pienza. Sir Ronald se moquait de moi et me disait du mal d'Auguste dont il s'était occupé dans sa *Roman Revolution* : il préférait César.

Il y avait Alexandre le Grand et son maître Aristote ; César encore qui versait des larmes amères sur son sort misérable à l'âge où Alexandre avait déjà trouvé la mort ; Galla Placidia, fille, sœur, femme, mère d'empereurs…

MOI : Toujours snob, hein, toujours mondain ?…

MOI *(haussant les épaules)* : … épouse éphémère du barbare Athaulf, successeur d'Alaric à la tête des Wisigoths, triomphante à Ravenne ; Théodoric le Grand, roi des Ostrogoths — le fameux Dietrich von Bern (c'est-à-dire de Vérone) des légendes germaniques —, qui organise, toujours à Ravenne, le banquet décisif de réconciliation entre ses Ostrogoths et les Hérules d'Odoacre, banquet au terme duquel chaque Ostrogoth poignarde le guerrier hérule assis auprès de lui ; le formidable Frédéric II Hohenstaufen, *Stupor mundi*, mi-souabe, mi-normand, qui devient, excommunié par le pape, roi de Jérusalem sans la moindre violence et qui réconcilie l'Orient musulman avec le monde germanique et avec la Sicile ; Jean du Plan Carpin, Guillaume de Rubroek, Marco Polo à Karakorum, sous la tente du Grand Khan, ou sur la route de la soie, Christophe Colomb et ses pairs qui se jettent sur des océans dont ils ne connaissent ni la nature ni le terme ; un petit lieutenant corse au nom imprononçable qui ressuscite une France exsangue et se retrouve à la fois l'égal du tsar de toutes les Russies et le gendre de l'empereur d'Autriche ; et Alcibiade et ses délires ; et Churchill et ses cigares ; et de Gaulle, le rebelle vaincu changé soudain en vainqueur ; et tous les autres, mes héros, mes maîtres, mes frères, mes égaux, tous faisaient dans ma tête un vacarme effroyable.

Un beau jour, n'y tenant plus, relaps et inconscient, je me suis à nouveau jeté dans un roman, inventé d'un bout à l'autre et plus vrai que nature. Il allait avoir six cents pages et commençait par ces mots qui me trottaient dans le cœur depuis des mois et des mois : « L'Empire n'avait jamais connu la paix… »

Je l'ai écrit avec patience, page après page, avec obstination et avec enthousiasme. Avec fatigue aussi. Parfois presque avec ennui. Il m'arrivait, le soir, après mon boulot à l'Unesco — j'étais un écrivain du dimanche et du soir —, de m'endormir sur mes feuillets. Je m'accrochais pourtant. Derrière chacun de mes personnages il y avait une situation ou un héros tirés de l'histoire des hommes ou de ma propre expérience : Romulus ou Remus, le Christ, Mahomet,

Bouddha, Confucius, Attila, Sir Ronald Syme ou Jeanne Hersch, la guerre entre Rome et Carthage, Stalingrad, Mehmet II, Louis Massignon ou l'Arménie.

L'affaire a duré des années. Entre-temps, je m'amusais. Je me baignais en Grèce ou en Corse. Encore un peu mondain, implacable Sur-Moi, il m'arrivait de dîner avec Marcel Pagnol ; avec Arthur Rubinstein qui me faisait rire et que j'admirais ; dans leur propriété de Louveciennes, le Cœur volant, avec Pierre et Hélène Lazareff, qui me proposaient d'écrire dans *Paris-Presse* et dans *Elle* ; avec Giscard ou Servan-Schreiber. Mais j'avais cessé de sautiller. Tous les week-ends et la nuit, je m'accrochais à ma tâche. Je m'amusais même au travail. À la page, je ne sais plus, mettons 164, j'écrivais : « le plus grand des historiens de l'Empire dit quelque part : … » À cet endroit, appel de note. Renvoyant à elle-même, la note, en bas de page, indiquait la source de la citation : « *La Gloire de l'Empire*, page 164. » Je me trompais aussi. Parfois gravement. Inspiré par le banquet de Ravenne organisé par Théodoric, je faisais revivre un repas formidable, censé se dérouler, quelque part entre les Apennins et le Caucase, autour du IVe siècle — aucune importance — avant ou après le Christ. Les princes et les capitaines dégustaient des crêtes de coq, des faisans, des vulves de truie, des poissons monstrueux qui recelaient des perles. Pour la foule des guerriers, une espèce de bouillie de maïs. Le malheur était que j'avais négligé un détail important : tout le monde sait que le maïs apparaît en Europe avec la découverte de l'Amérique. Des lettres plutôt à cheval, comme aurait dit mon père, m'arrivaient du quai de Conti, de la Sorbonne, du Collège de France. Je corrigeais en hâte : le maïs se changeait en orge.

Mon ours enfin léché, il fallait le placer. Le bon Julliard était mort. Bernard Grasset était mort aussi. Mais ses successeurs, et notamment son neveu, Bernard Privat, qui avait aimé mes premiers romans, me réclamaient un livre. J'allai trouver Bernard, mon chef-d'œuvre sous le bras. Je compris très vite l'embarras de mon ami.

« Tes livres précédents, me dit-il, valaient ce qu'ils valaient. Mais ils étaient gais et légers. On les lisait avec plaisir. Tu t'es tu longtemps. Voilà que tu reviens avec une grosse machine, ambitieuse peut-être, mais difficile à lire. Sévère. Presque rasante. Je ne suis pas sûr que les lecteurs

— et encore moins les lectrices — vont se jeter dessus avec impatience et désir. »

Dépité, ivre de chagrin…

MOI : Parce qu'il vous arrive d'avoir du chagrin, perpétuel bilboquet ?

MOI : Je ne fais rien d'autre, maître des larmes et du rire. Quand ce ne sont pas des chagrins d'amour, ce sont des chagrins professionnels. Vous croyez que c'était drôle d'assister à l'échec, ou au semi-échec, de mes quatre premiers livres ? Je versais des larmes de sang, je serrais les dents, j'errais avec désespoir dans les rues de Paris.

MOI : La Cour a du mal à vous imaginer la gorge serrée, les larmes aux yeux…

MOI : La Cour a tort, monsieur… Ivre de chagrin, je repris mon paquet sous le bras et le remis, tête basse, à mon maître et patron, Roger Caillois. Il le transmit au comité de lecture de Gallimard. Le comité chargea un écrivain breton, Michel Mohrt, auteur d'un beau livre, *La Prison maritime*, de rédiger un rapport. Michel aima mon délire. Son rapport fut positif. Claude Gallimard fit publier *La Gloire de l'Empire* sous la couverture blanche qui m'avait tant fait rêver au temps de ma jeunesse. Le livre fut bien accueilli. Jacques Le Goff écrivit dans *Le Nouvel Observateur* un article épatant qui parlait d'une « œuvre pionnière ». Je garde une gratitude éperdue au grand souvenir de Jacques Le Goff. Et Michel Mohrt devint pour tout le reste de nos vies et à lui et à moi mon ami le plus intime.

MOI : Ah ! tout s'arrange enfin ! Content de vous, n'est-ce pas ?

MOI : Non, monsieur. Épuisé. Je n'étais plus très jeune : j'avais quarante-cinq ans. J'avais donné tout ce que je pouvais. J'avais beaucoup travaillé. Autant, et plus peut-être, que pour le sacré procès que vous êtes en train d'instruire. Mais 1971, c'est vrai, marque une date dans ma vie. Toutes nos existences ne se déroulent pas sur un rythme identique. Il y a des temps faibles et des temps forts. 1971-1974 est pour moi une période faste. Plus tard, il y aura 1981. Et peut-être 2014 et 2015…

MOI : Ho là ! Nous verrons ça… N'allons pas plus vite que la musique. Un peu de calme, jeune homme !

MOI : *La Gloire de l'Empire* m'a ouvert plusieurs portes. Celle du quai de Conti, d'abord : je reçois en 1972, pour *La Gloire de l'Empire*, le Grand Prix du roman de l'Académie française. Celle de la N.R.F. ensuite : Claude Gallimard me fait entrer, cette même année, au comité de lecture de Gallimard.

MOI : Joli doublé. Racontez-nous ça, ver de terre enivré et vaguement ridicule.

MOI : Le comité de lecture de Gallimard m'a beaucoup plus intimidé que l'Académie française. D'un côté, une institution ; de l'autre côté, une légende. Toute ma jeunesse avait été fascinée par les filets rouges et noir de la couverture blanche des livres de la N.R.F. Gaston Gallimard, déjà âgé, siégeait encore, en silence, parmi les membres du comité hanté par l'ombre des grands ancêtres : Gide, Proust, Claudel, Malraux, Aragon… et où je vis arriver un beau jour un jeune homme d'une vingtaine d'années ou un peu plus qui était le fils de Claude, le petit-fils de Gaston et qui s'appelait Antoine. Conscient du trouble que j'éprouvais en pénétrant dans le Saint des saints, Caillois me prit à part à l'instant de mon arrivée et me bégaya à l'oreille :

« Vous serez ici aussi libre que po-possible. Vous p-pouvez être f-fasciste ou com-communiste, ça n'a aucune imp-importance. Je ne vous conseille pas de d-dire que vous aimez *Cyrano de Bergerac*. »

Un de mes bonheurs, au comité, fut de me lier avec Raymond Queneau. J'avais lu presque tous les livres du père de Zazie, qui habitait Neuilly comme moi, et j'ai eu la chance de le ramener souvent chez lui en voiture le mardi soir après le comité. J'aimais son rire irrésistible et je l'interrogeais sans me lasser sur ses amitiés surréalistes, sur l'Oulipo — Ouvroir de littérature potentielle — et sur les tenants et aboutissants de la maison Gallimard. J'apprenais avec un étonnement proche de la stupeur son retour à la foi de son enfance et aux formes les plus classiques et les plus traditionnelles de la littérature. Il se détournait des caves de Saint-Germain-des-Prés et il retournait sur l'Acropole auprès de Sophocle, et à Rome aux côtés de Virgile et d'Horace.

Les membres du comité de lecture se plaignaient souvent de la qualité médiocre des manuscrits qui leur étaient soumis. Mais les discussions étaient brillantes — même sur des textes insignifiants. Les formules de Paulhan étaient encore dans toutes les mémoires :

« J'ai reçu un petit texte très beau, dans le style de la Bible ou de l'Apocalypse. Je l'ai lu avec beaucoup de plaisir et d'intérêt. À refuser. »

J'écoutais avec enchantement Michel Mohrt parler d'un manuscrit qui relatait les espérances et les angoisses d'un transsexuel britannique dont la préoccupation principale était de savoir s'il avait encore le droit, étant devenu une femme, de porter une cravate aux couleurs de son club.

Je faisais lentement mon trou dans ce monde littéraire dont je ne savais presque rien…

MOI : Arriviste, peut-être ?…

MOI : Arriviste ? Je ne crois pas. J'aimais trop m'amuser pour être vraiment arriviste. Je prenais les choses comme elles venaient. Avec une ombre d'indifférence — et aussi avec gaieté. Je me liais avec des écrivains. Avec François Nourissier, pape des lettres, auteur de plusieurs livres que j'avais beaucoup aimés : *Un petit bourgeois*, d'abord, *À défaut de génie*, pas mal d'années plus tard ; avec Michel Déon, écrivain du premier rang, amateur d'îles, de Spetsai à l'Irlande, séducteur discret, dont tous les livres m'enchantaient ; avec Michel Mohrt surtout, déjà nommé, que j'ai aimé tendrement ; avec Pierre Combescot, l'auteur des *Funérailles de la Sardine*, des *Filles du Calvaire* qui décroche le Goncourt et des *Petites Mazarines* ; avec Gabriel Matzneff ou avec Pierre Bourgeade. Deux grands écrivains surtout ont beaucoup compté pour moi. L'un de droite : Paul Morand. L'autre de gauche : Aragon.

Mes rapports avec Paul Morand remontent assez loin. Mon père et lui ne s'aimaient pas beaucoup. Bien avant ma naissance, ils s'étaient retrouvés ensemble à Londres attachés d'ambassade auprès de Paul Cambon qui avait été pendant de longues années l'artisan principal de la nouvelle Entente cordiale. Un différend minuscule les avait déjà opposés dans ces temps reculés.

« Quel est le numéro de la dépêche du Quai qui nous est parvenue hier soir ? avait demandé mon père à Morand.

— Je crois que c'était la 267 ou la 268, avait répondu avec insouciance l'auteur de *L'Europe galante*.

— Je ne vous demande pas une opinion, avait répliqué mon père, mais un renseignement. »

Morand, apparemment, n'en avait pas trop voulu à son collègue. De passage en Allemagne, il avait envoyé à mon père, réputé pour son amour des généalogies, une ravissante carte postale que je crains d'avoir, comme d'habitude, classée, c'est-à-dire égarée, mais dont, heureusement, je me souviens encore :

Marquis, toi que dans la science
Des grands noms nul ne dégota,
C'est presque un cas de conscience
De penser à toi dans Gotha.

Plus tard, avec la guerre notamment, leurs relations se détériorèrent encore un peu plus. Morand fut nommé par Pétain à Bucarest, au poste qu'avait occupé mon père. Il écrivit un livre — *Bucarest* — qui faisait pendant à son *Londres*. Mon père n'apprécia pas beaucoup cet ouvrage et condamna formellement l'attitude de Morand — et surtout de sa femme, Hélène — pendant l'occupation allemande. Ce qu'il leur reprochait surtout, c'était leur antisémitisme. Un jour où j'avais invité Paul Morand à déjeuner, je demandai à ma mère si elle souhaitait venir à la maison avec lui.

« Eh bien ! » me répondit-elle avec cette résolution mêlée de tendresse et de brutalité qui la caractérisait, « tu n'es pas dégoûté. »

J'aimais les livres de Paul Morand. Je le voyais en cavalier mongol, les jambes un peu arquées, en train d'ouvrir toutes grandes à la littérature les portes du monde moderne. Ses nouvelles m'éblouissaient. *Milady* ou *Parfaite de Saligny* me paraissaient des chefs-d'œuvre. Lui avait pour moi une amitié doublée d'une affection teintée d'admiration pour ma femme qu'il trouvait élégante. Il est venu plus d'une fois déjeuner ou dîner avec nous. Fidèle à sa réputation d'homme pressé, il avait l'habitude de disparaître très vite après le repas. On racontait qu'à un banquet officiel au Quai d'Orsay, coincé entre des importants qui l'ennuyaient à mourir, il était passé, pour s'échapper au plus vite, sous la longue table en forme d'U d'où il était impossible de se défiler discrètement. Un soir, vers la fin de sa vie, après être arrivé autour de 8 heures, il nous a quittés un peu avant 10 heures pour sauter dans sa petite voiture rouge qui allait le mener, après un long et fatigant voyage de nuit, sur la tombe de sa femme à Trieste. Car il aimait Hélène qu'il avait trompée toute sa vie.

J'avais connu Morand par François Nourissier. Nous étions en Suisse tous les deux, François et moi, quand il me proposa d'aller rendre visite à Morand au château de l'Aile, à Vevey. C'était une maison bizarre, de style abencérage où, entouré de Jean et Simone Jardin, les parents de

Pascal, les grands-parents d'Alexandre, lui adoré de ses amis, ancien directeur du cabinet de Pierre Laval, elle très proche de l'auteur d'*Ouvert la nuit*, le grand écrivain s'était exilé loin d'une France qui lui était devenue hostile. J'avais un peu hésité, par fidélité à la mémoire de mon père. Citant Céline, qui avait fait bien pire que Morand, et plusieurs autres, François m'avait convaincu de la supériorité de la littérature sur tous les avatars de la politique. Bien des années plus tard, à la sortie des *Mémoires inutiles* de Morand auxquels Nourissier avait consacré une chronique vengeresse, je lui ai rappelé ce souvenir.

Entouré d'un halo d'antisémitisme, ambassadeur de Pétain en Roumanie et en Suisse, Morand devait devenir l'ami intime de Maurice Rheims qui était juif et gaulliste. Souvent, le dimanche, il venait participer aux dîners animés par le sourire et le charme de Maurice rue du Faubourg-Saint-Honoré, sous les Klimt et les Canaletto. Et c'était un spectacle étonnant de voir ces deux hommes que tout aurait dû séparer unis par quelque chose de lumineux et d'obscur où se mêlaient l'intelligence, l'ironie, un formidable appétit pour la vie et un peu de mépris pour les règles sociales et pour les conventions, auxquelles ils se pliaient pourtant l'un et l'autre avec une ombre de cynisme.

Maurice Rheims a été le premier commissaire-priseur à siéger sous la Coupole. Son métier — « votre coupable industrie », lui disait le général de Gaulle — et un goût très sûr lui avaient permis de rassembler des tableaux, des meubles, des objets qui constituaient une collection assez exceptionnelle. Federico Zeri, l'illustre historien de l'art italien, venait de temps en temps lui rendre visite rue du Faubourg-Saint-Honoré. Un jour, Maurice Rheims surprit sur le visage de Zeri, planté devant un joli Canaletto qui représentait évidemment une vue de Venise, comme une moue de désapprobation.

« Vous savez, lui glissa Maurice, vaguement vexé, ce n'est pas une copie. C'est un Canaletto.

— Je suis tout sauf aveugle », lui répondit Zeri qui ne portait pas dans son cœur les *vedutisti* vénitiens. « Je vois bien que c'est un Canaletto. C'est même ce que je lui reproche. Si vous n'y prenez garde, mon cher Maurice, vous finirez entre des murs couverts de Murillo, de Canaletto et de chats en train de jouer avec des pelotes de laine. »

Federico Zeri était célèbre et redouté pour ses jugements

peu conformistes et à l'emporte-pièce. Au terme de la restauration des fresques de Michel-Ange dans la chapelle Sixtine au Vatican, la presse, la télévision, la radio, les médias guettaient avec impatience la réaction du maître. Un journaliste l'interroge en frétillant :

« Alors, *Professore*, votre sentiment ?

— Quelle horreur ! lâche Zeri.

— Ah ! La restauration ne vous donne pas satisfaction ?

— La restauration est hors de question. Elle approche de la perfection. Ce qui est une horreur, ce sont, rendues à leur état d'origine, les couleurs criardes de Michel-Ange, hier encore si belles sous la patine du temps. »

Un soir du printemps 1973 — un ou deux ans après la parution de *La Gloire de l'Empire* —, le téléphone sonne chez moi. C'était Morand, pressé comme d'habitude. J'ai à peine le temps de répondre qu'une conversation rapide et hachée s'engage à fond de train :

« As-tu envoyé ta lettre ?

— Quelle lettre ?

— Ta lettre de candidature.

— De candidature à quoi ?

— À l'Académie.

— À l'Académie ? Je n'y pense même pas.

— Envoie-la. »

Et il raccroche.

Montherlant s'était donné la mort avec un poison doublé d'un coup de pistolet à une date inoubliable : le jour de l'équinoxe d'automne, le 21 septembre 1972. J'obéis à Morand et je me portai candidat au fauteuil laissé vacant quai de Conti par la disparition de l'auteur de *La Reine morte*, du *Maître de Santiago* et de *Service inutile*. Je n'aurais pas détesté parler sous la Coupole de la grandeur de Rome, des charmes de l'alternance et de formules qui m'avaient frappé : « Ouvrez-vous, portes de la nuit ! Les portes s'ouvrent. Et derrière, il n'y a rien. » Ou : « En prison ! En prison pour médiocrité ! » Ou : « Roulez, torrents de l'inutilité ! »

Mais j'appris très vite que Claude Lévi-Strauss, que je connaissais encore peu mais pour qui j'avais une grande admiration, envisageait lui aussi de se présenter au fauteuil de Montherlant. Claude Lévi-Strauss me traita avec une courtoisie confondante, comme si j'étais son égal. Je ne l'étais pas. Je me retirai.

Quelques semaines à peine avant Montherlant, à une

date inoubliable elle aussi, et tout à fait catastrophique pour un homme public — le 14 août 1972, en pleines vacances d'été où la France entière ne pense qu'à la plage et à se baigner —, était mort un autre grand écrivain : Jules Romains.

Vous savez déjà, mon cher Maître, le rôle qu'avaient joué dans ma jeunesse studieuse Jerphanion et Jallez sur les toits de la rue d'Ulm. Les vingt-sept volumes des *Hommes de bonne volonté* constituaient une fresque imposante. La doctrine de l'unanimisme, à laquelle Louis Farigoule, né à Saint-Julien-Chapteuil, dans le Velay, et dit Jules Romains pour des raisons encore mystérieuses, a attaché son nom, avait d'ores et déjà sa place dans l'histoire de notre littérature. *Knock ou le Triomphe de la médecine*, *Volpone*, *Donugoo Tonga*, *Les Copains*, surtout, avaient enchanté mes jeunes années. Quand les copains, Bénin, Broudier, Huchon, Lamendin et les autres, tournent inlassablement sans jamais se rencontrer autour de la mairie d'Ambert où ils ont rendez-vous mais qui, malheureusement, est ronde, quand l'un d'entre eux assure, pour faciliter les discussions avec un patron de bistrot, que sa capacité d'ingestion d'un liquide alcoolisé est exactement égale à un litre, une douce hilarité s'emparait de moi avec force. Je me portai candidat au fauteuil de Jules Romains en juin 1973. Je fus élu en septembre. Deuxième femme de l'auteur des *Copains*, Mme Jules Romains s'appelait Lise. Sa silhouette apparaît, aux environs de Nice, dans *Les Hommes de bonne volonté*. Elle me fit cadeau avec bonté de la cape de son mari.

MOI : Parlez-nous un peu de la Coupole du quai de Conti, traître et menteur bicorné, de ses rites, de ses discours, de ses mensonges et de ses querelles, des fameuses visites académiques auxquelles, je présume, vous vous êtes vous-même plié…

MOI : J'ai tout fait comme il fallait. Avec une ombre aussi d'ironie — non pas à l'égard de l'institution, mais à mon propre égard. Personne ne m'a contraint à me présenter à l'Académie. On ne m'y a pas traîné de force, les menottes aux poignets. J'ai souvent été critique envers l'Académie. Moins que Paul Valéry : « L'Académie est composée des plus habiles des gens sans talent et des plus naïfs des hommes de talent. » Moins que Jules Renard qui, dans son irrésistible *Journal*, appelle les académiciens : « le commun des immortels ». Encore candidat, j'ai raconté à la radio ou à la télévision l'histoire des deux académiciens qui se rencontrent :

« Comment va notre confrère Un Tel ? demande le premier.

— Oh ! à moitié gâteux, répond l'autre.

— Ah ! reprend le premier. Il va mieux. »

Mais je ne conserve que de bons souvenirs de l'Académie et je me garderai bien d'en dire le moindre mal.

Ce que j'ai trouvé quai de Conti, c'est d'abord des amis — et peut-être presque une famille. Il y a peu d'endroits, je vous assure, où je me sois autant amusé. Les conversations y sont toujours vives et très libres — et parfois même brillantes. J'ai passé plus de quarante ans à l'Académie française. Je me souviens très bien de ce que je pensais, quand j'étais jeune, des académiciens blanchis sous le harnais : ils avaient à peine l'âge que j'ai moi-même aujourd'hui — et je n'étais pas tendre avec eux. J'essaie à la fois de ne pas cracher dans la soupe et de ne pas me faire d'illusions sur l'immortalité académique. Vous vous rappelez, maître des grandeurs et des cérémonies, ce que disait Jean Cocteau : « Nous sommes immortels pour la durée de notre vie. Après, nous nous changeons en fauteuil. » Je n'ai détesté ni mon recoin à l'Unesco, ni mon bureau au *Figaro*, ni mon fauteuil quai de Conti. J'ai beaucoup aimé m'entretenir avec Maurice Druon et avec François Jacob, avec André Roussin et avec Marcel Pagnol, avec René de Obaldia et avec Eugène Ionesco. Avec François Cheng, l'auteur de *Cinq méditations sur la beauté* et de *Cinq méditations sur la mort.* Avec Marc Fumaroli.

Dix-septièmiste et spécialiste de la rhétorique passé à l'histoire de l'art, familier de La Fontaine, d'Ingres, de Perrault, de Chateaubriand, et critique du monde moderne, auteur de *L'État culturel* et de *La République des Lettres*, défenseur de la langue française et aussi connu en Italie ou aux États-Unis que chez nous, Marc Fumaroli m'apparaît comme un continuateur de la grande tradition des Braudel, des Lévi-Strauss, des Jacqueline de Romilly, et comme l'incarnation de ce qu'il était convenu d'appeler jadis la culture française. D'une curiosité sans bornes, d'une érudition époustouflante, il sait tout de Peiresc, de Nicolas de Cues, des jésuites, de Mme Vigée Le Brun ou de Mme de Duras. Il a tout lu et tout compris, ses livres sont devenus des classiques, sa conversation est un bonheur. J'ai pour lui affection et admiration. Vous savez, très grand homme, ce qu'a été pour moi l'Académie française ?

MOI : Eh bien, dites-le-nous !

MOI : Un honneur et un plaisir. À la question indéfiniment posée : « À quoi sert l'Académie française ? », Jean Dutourd répondait : « Elle sert à être beau. » Quand je suis arrivé quai de Conti, ce qui m'a d'abord frappé, c'était la beauté des hommes. Jean Delay était beau. Marcel Brion était beau. Julien Green était beau. Jacques de Lacretelle était pour Marcel Proust un des hommes les plus beaux qu'il eût jamais rencontrés. Plus tard, Michel Mohrt ou Bertrand Poirot-Delpech étaient aussi, comme disaient nos grands-parents, « très bien de leur personne ». Ne croyez pas que je me moque, prince de l'ironie. Il y avait à l'Académie plus et mieux que la beauté physique. Il y avait quelque chose qu'on hésiterait peut-être à appeler du génie — Chateaubriand avait du génie, Hugo avait du génie, Louis de Broglie avait du génie… —, mais qui était bien au-dessus du talent. Pendant de longues années, j'ai été assis, quai de Conti, entre Claude Lévi-Strauss à ma gauche et Jacqueline de Romilly à ma droite. Je n'ai pas à faire le malin.

Je me souviens… Je me souviens… Je me souviens d'une soirée chez Jacques de Lacretelle, l'auteur de *Silbermann*, où quelques confrères et moi étions allés trouver Maurice Druon, alors secrétaire perpétuel, pour lui exprimer nos doutes sur tel ou tel candidat qui ne nous paraissait pas avoir sa place quai de Conti. Maurice, qui était un ami du candidat contesté, nous avait regardés droit dans les yeux et, pointant son doigt tour à tour vers la poitrine de chacun d'entre nous, il nous avait dit d'une voix forte :

« Et toi, et toi, et toi, vous y êtes à votre place ? »

C'était drôle et élégant. Et c'était bien dans le goût de l'auteur des *Rois maudits* qui s'y connaissait en allure.

J'aurai vécu quai de Conti sous quatre secrétaires perpétuels successifs : Maurice Genevoix, Jean Mistler, Maurice Druon, Hélène Carrère d'Encausse. Je leur dois beaucoup…

MOI : Encore !…

MOI : Oui, monsieur, encore… Je dois beaucoup à beaucoup. À propos des héros de la Royal Air Force en 1940, Winston Churchill disait dans une formule éblouissante : « *Never so many owed so much to so few.* » Je pourrais dire, moi aussi, dans de moins hautes circonstances, que personne, jamais, n'a dû autant à autant. J'ai parlé de mes parents, j'ai parlé de mes maîtres, j'ai parlé de Jeanne Hersch, j'ai parlé de Berl et de Caillois, j'ai parlé de Sir Ronald, j'aurais pu parler de Françoise, ma femme, à qui je dois tant, j'aurais pu parler de mes médecins qui m'ont sauvé de la mort. Je peux bien parler de mes secrétaires perpétuels qui ont été mes amis.

Se moquant de sa petite taille, Maurice Genevoix employait une formule que je pourrais reprendre à mon compte. « Si vous voyez un trou dans la masse d'une foule nombreuse et dense, le trou, c'est moi. » Maurice Genevoix aimait sa Loire, ses forêts, ses braconniers, ses camarades de la Grande Guerre qui avaient tant souffert et dont il parlait comme personne. Oui, à lui et à Suzanne, sa femme, comme à Jean Mistler ou à Maurice Druon, je dois beaucoup.

J'étais gaulliste. Il y avait encore quai de Conti des partisans de Pétain. Pierre Benoit, Charles Maurras, Paul Morand, plusieurs autres avaient été du nombre. Abel Bonnard et Abel Hermant avaient franchement collaboré. Un distique courait à Paris sous l'occupation allemande :

> Quai Conti, tout est calme : on se serre la main.
> Pourtant les deux Abel sont tous deux des Caïn.

Plus tard, Jean Mistler, qui avait voté en juin 1940, à Bordeaux, avec la grande majorité de la Chambre du Front populaire, les pleins pouvoirs à Pétain, Jean Guitton, Michel Mohrt étaient encore plus proches du Maréchal que du Général. À l'Académie, un jeudi après-midi, Jean Mistler demande en séance s'il y a des volontaires pour se rendre à Verdun où doit se tenir une cérémonie de commémoration. Tout le monde baisse la tête et se tient à carreau. Soudain Jean Guitton lève la main : il est volontaire. Le perpétuel le remercie. Réponse de Jean Guitton qui ne manque pas de panache :

« Ne me remerciez pas. Je reste très fidèle au souvenir du maréchal Pétain. »

Michel Mohrt vivait dans le remords. Il avait donné en 1940 ou 1941 un article sur un thème littéraire à une revue pétainiste qui s'appelait, je crois, l'*État français*. Je lui apportai un jour, pour le rasséréner, rue du Cherche-Midi où il habitait, un numéro de l'*État français* qui datait de 1943 : il contenait un article politique de François Mitterrand.

Jean Mistler occupait un appartement au 11 de la rue de l'Université où devait habiter aussi, plus tard, Marc Fumaroli. Souvent, le matin de bonne heure, il descendait se promener dans la rue où il lui arrivait de rencontrer son voisin, René Julliard, qui sortait de chez lui, au 30. Un matin de printemps, très tôt, ils se retrouvent une fois encore sur leur trottoir familier. La conversation roule sur la guerre.

« Tout le monde, dit Mistler, attend le débarquement. Je dois vous dire, cher ami, que je n'y crois pas du tout. Ils ne réussiront jamais car…

— Avez-vous écouté, coupe Julliard, la radio ce matin ?

— Non, répond Mistler.

— Ils ont débarqué en Normandie, ce matin, 6 juin, à l'aube. »

Contrairement à ce que pensent l'extrême droite et l'extrême gauche, les fascistes et les communistes, tout n'est pas politique. Mistler, malgré tout, était un bon compagnon. Et sa femme nous préparait d'admirables cassoulets.

Aragon m'appelait : « Petit ». Druon m'appelait : « Mon grand ». Maurice Druon a été pour moi une sorte de parrain dans tous les sens du mot. Je l'ai connu compagnon de route de ce parti communiste qu'il allait, plus tard, attaquer avec virulence. Je le vois encore, rue de Varenne ou de Grenelle, l'œil ironique, d'une vivacité extrême, un rien solennel et un rien provocateur, au volant d'une voiture de grand luxe, en train de partir pour l'U.R.S.S. où le tirage de ses livres le mettait au rang d'une vedette. Je le revois à l'Académie où il faisait la pluie et le beau temps — le plus souvent la tempête : ses colères sont restées célèbres. Je le revois chez lui, rue de Lille ou dans sa maison de Faize, au fond du Bordelais, où il recevait ses amis — depuis des jeunes gens qu'il voulait voir s'installer quai de Conti jusqu'aux membres du Sacré Collège ou à Vladimir Poutine, ancien agent du K.G.B. devenu tsar de toutes les Russies, qui aimait les chevaux comme lui et qu'il avait à la bonne — avec une simplicité majestueuse de grand seigneur désabusé.

Les Grandes Familles, roman naturaliste plutôt de gauche, et *Les Rois maudits*, fresque historique plutôt de droite, lui avaient valu une célébrité qui dépassait nos frontières. Il était orgueilleux, chaleureux, prompt à monter sur ses grands chevaux, fidèle en amitié. Il aimait le succès et les femmes — qui le lui rendaient bien. Ses adversaires le craignaient, ses amis l'adoraient. D'une grande élégance d'allure et d'esprit qui le faisait parfois ressembler à Sacha Guitry, il avait connu d'innombrables aventures et il s'était marié deux fois. D'abord avec la fille d'un poète aujourd'hui oublié, Fernand Gregh, qui s'était présenté onze fois à l'Académie, avant de finir par être élu ; ensuite avec Madeleine qui occupa toute sa vie avec grâce et fermeté. Il formait avec Madeleine un couple très uni qui savait se faire respecter et même craindre et qui a tenu une grande place dans le Paris du gaullisme et du post-gaullisme. Pendant des années, il y a eu, au cœur du petit monde intellectuel de Paris, dans le sillage de Malraux ou d'Aragon, à gauche, Edmonde Charles-Roux, auteur d'*Oublier Palerme*, épouse de Gaston Defferre, présidente des Goncourt, et, à droite, secrétaire perpétuel de l'Académie française, Maurice Druon.

Un mystère, que Maurice Druon lui-même évoque avec subtilité et discrétion dans ses *Mémoires* en partie posthumes, règne sur sa naissance. Sa mère avait épousé le frère de Joseph Kessel, qui était comédien. Il se donna la mort à la naissance de Maurice. Maurice fut élevé par le second mari de sa mère, qui s'appelait Druon et qui lui laissa son nom.

Avant même ses succès littéraires, Maurice Druon avait connu un peu plus que la notoriété avec son *Chant des partisans*, écrit à Londres dans les années sombres en collaboration avec son oncle Joseph Kessel et Anna Marly.

> Ami, entends-tu le vol noir des corbeaux sur nos plaines ?
> Ami, entends-tu les cris sourds du pays qu'on enchaîne ?
> Ohé ! partisans, ouvriers et paysans, c'est l'alarme.
> Ce soir, l'ennemi connaîtra le prix du sang et des larmes…

Après la guerre, jusqu'à sa mort, il restera gaulliste et finira par s'en prendre avec fermeté et souvent avec violence aux adversaires du Général — communistes ou centristes. Georges Pompidou fera de lui, dans le dernier gouvernement Messmer, son ministre des Affaires culturelles. Il me proposa, à cette occasion, de devenir son directeur de cabinet. Je ne gardais pas un souvenir radieux de mes brefs passages dans les cabinets de Georges Bidault et de Maurice Herzog. Je souhaitais déjà me consacrer à mes livres. Je déclinai son offre et il ne m'en voulut pas.

Il y avait quelque chose de mirobolant dans les succès de Maurice. Il n'était pas seulement un des rares écrivains français à être traduits en russe, mais, dans le seul Brésil, la traduction portugaise de son *Tistou les pouces verts*, un ouvrage agricole et déjà écologiste à l'usage des enfants, avait dépassé le million d'exemplaires. Et son influence ne s'éteint pas avec sa disparition. Les auteurs d'une série telle que *Game of Thrones* qui triomphe à la télévision depuis trois ou quatre ans reconnaissent volontiers ce qu'ils doivent aux *Rois maudits*.

Plus encore peut-être qu'un écrivain, Maurice Druon était d'abord un personnage. Un personnage haut en couleur et qui ne laissait personne indifférent. Venu de l'extrême gauche, il avait fini par s'établir dans une sorte de grandeur solitaire et un peu hautaine, à l'écart de la mode et même du monde littéraire, d'où il s'élevait avec humeur contre le déclin de la France et d'où il lançait, sous les huées d'un établissement qui le dénonçait comme réactionnaire, ses mises en garde enflammées et bougonnes.

Spécialiste de l'histoire de la Russie, d'origine russe et géorgienne, descendante d'Orlov, le favori — répudié au bénéfice de Potemkine — de la Grande Catherine, Hélène Carrère d'Encausse est la première femme à occuper quai de Conti le poste de secrétaire perpétuel. Parmi les récifs de l'intrigue ordinaire et du mensonge élevé à la hauteur d'une institution, elle pilote avec le sourire et avec habileté le vaisseau de l'Académie. Elle veille à renforcer entre les membres, parfois butés, de la vieille famille les liens, souvent fragiles, de la cohérence et de l'amitié. Quand l'un ou l'une d'entre eux tombe malade ou connaît des ennuis, elle est toujours là, avec efficacité et bonté, pour lui venir en aide et le tirer d'affaire. On la critique et on l'estime. On admire son activité. On a pour elle plus de sentiments de respect et d'affection que n'en a jamais recueilli aucun de ses prédécesseurs masculins. Elle est la bonne fée, la cantinière, le proviseur, la maîtresse d'école d'une troupe de garnements insupportables et mutins qui lui tirent la langue dès qu'elle a le dos tourné et qui lui sont attachés. Elle est la mère d'Emmanuel Carrère, un des meilleurs écrivains français d'aujourd'hui, l'auteur de *La Classe de neige*, de *La Moustache* et du *Royaume*.

MOI : En avez-vous terminé, cher et illustre maître, avec votre sacrée Académie, ses pompes et ses œuvres ?

MOI : Pas tout à fait, perpétuel de mes deux, mais presque. Dans toute sa splendeur près de quatre fois séculaire, elle n'en mérite pas beaucoup plus. Fondée en 1634 ou 1635, à la veille du triomphe du *Cid*, de la naissance de Boileau et de la victoire de Rocroi, par Richelieu qui voulait garder la haute main sur ces inquiétants personnages que sont les écrivains, elle était destinée en principe à veiller sur la langue en rédigeant une grammaire qui n'a jamais vu le jour et un dictionnaire qui n'en finit pas et traîne d'âge en âge. Elle s'est changée au fil des ans en une société de notables toute prête à accueillir des médecins, des avocats, des ducs et pairs, élus parfois à moins de vingt ans, des hommes d'État, des maréchaux et des cardinaux — et, de temps en temps, des écrivains.

Un peu plus de sept cents académiciens se sont succédé depuis trois cent quatre-vingts ans sur leurs quarante fauteuils. Une quarantaine à peine ont laissé un nom derrière eux. Au fauteuil 12, le mien, aucune figure du premier rang, sauf Jules Romains : Habert, Cotin, Dangeau (non pas l'auteur du célèbre *Journal*, mais son frère), Morville, Terrasson, Thiard, Gaillard, Esménard, Jean Charles Dominique de Lacretelle, Biot, Carné, Blanc, etc.

Tous ces noms dont pas un ne mourra, que c'est beau !...

Au fauteuil 19, jusqu'à René Clair, brille, mais avec éclat, le seul nom de Chateaubriand. Au fauteuil 20, au fauteuil 21, au fauteuil 38, au fauteuil 40, presque personne jusqu'à Jules Lemaître et Thierry Maulnier, à Marcel Achard et Félicien Marceau, à Anatole France et Paul Valéry, au grand Malesherbes et à Jules Cambon. On pourrait passer en revue la quasi-totalité des fauteuils du quai de Conti : sur chacun d'entre eux, plus de bougies que de flambeaux, plus d'inconnus que de grands noms.

Les quatre siècles passés offrent pourtant de beaux feux. Au XVIIe : Corneille, Racine, Boileau, La Fontaine, La Bruyère, Fénelon, Massillon... Au XVIIIe : Montesquieu, Buffon, Voltaire, d'Alembert, Diderot, Condorcet... Au XIXe : Chateaubriand, Hugo, Vigny, Lamartine, Musset, Mérimée, Heredia, Leconte de Lisle... Au XXe : Anatole France, Paul Valéry, Paul Claudel, François Mauriac, André Maurois, Bergson, Montherlant, Paul Morand, Jean Cocteau, Claude Lévi-Strauss, Marguerite Yourcenar, Jacqueline de Romilly... Il y a des trous, bien sûr, et surtout des déchets, mais, franchement, ce n'est pas si mal.

La vérité, mon bon maître, la voici : l'Académie est une institution très illustre, au caractère indéfinissable, mi-indépendante, mi-publique, qui n'a que des rapports accidentels et lointains avec la littérature. De Corneille et Racine, de La Fontaine et Voltaire à Chateaubriand et Hugo, elle brille par ses choix, et de Molière et Rousseau à Baudelaire, à Zola, à Aragon, elle brille par ses erreurs. En dépit de ses faiblesses, elle a contribué sans aucun doute à l'éclat de notre culture et sa renommée n'est pas près de faiblir.

Ce que je retiendrai surtout, en fin de compte, de ce club de copains, de ce cercle familial, de cette confrérie de croque-morts ou de pénitents verts toujours à l'affût de funérailles nationales ou solennelles, sources inépuisables de souvenirs dans le passé et d'élections dans l'avenir, prince des farces et attrapes, c'est son esprit très français, ironique et railleur, qu'illustrent tant d'histoires indéfiniment répétées de génération en génération.

Le cardinal de Fleury, déjà âgé, recevant l'abbé de Bernis et grommelant que, lui vivant, jamais le jeune Bernis n'entrerait à l'Académie. Et Bernis répondant, avec une révérence :

« Cela ne fait rien, monseigneur. J'attendrai. »

Victor Hugo griffonnant sur son bulletin de vote, lors d'une élection où tous les candidats lui paraissaient, comme trop souvent, médiocres :

> Je ne voterai pas du tout
> Car l'intrigue a semé d'embûches
> Pour le génie et pour le goût
> Cette urne d'où sortent des cruches.

Le vieux Molé recevant le jeune Vigny et lui déclarant tout de go qu'il n'avait rien lu de lui :

« À mon âge, monsieur, je ne lis plus. Je relis. »

Albert de Mun recevant sous la Coupole le délicieux Henri de Régnier dont il réprouvait les romans pourtant bien innocents, mais qu'il jugeait libertins :

« Je vous ai lu, monsieur. Je vous ai même lu jusqu'au bout car je suis capitaine de cuirassiers. »

Selon une vieille tradition toujours en vigueur quai de Conti, Pierre Loti, ancien marin pomponné, et Victorien Sardou, qui habitait Marly-le-Roi, se détestaient cordialement. Loti envoya à Sardou une lettre dans une enveloppe rédigée en ces termes :

Monsieur Victorien Sardy

Marlou-le-Roi

Les postes françaises fonctionnaient. La lettre parvint à bon port. Sardou répondit à :

Monsieur Pierre Loto

Capitaine de vessie

Paul Valéry, faisant l'éloge d'Anatole France qu'il remplaçait sous la Coupole et qu'il n'aimait pas, lui préférant Mallarmé, s'arrangea pour ne pas citer une seule fois le nom de son prédécesseur, se contentant de laisser tomber comme par mégarde huit mots restés fameux :

« … cette France dont il avait pris le nom. »

L'amiral Lacaze qui souffrait du cœur et était soigné par son confrère le professeur Mondor, spécialiste de Mallarmé, nourrissait une vive antipathie à l'égard d'André Chaumeix, alors secrétaire perpétuel. Au cours d'une séance, l'amiral Lacaze, rouge de fureur, congestionné, n'en pouvant plus d'indignation, se leva de son fauteuil avec l'intention à peine dissimulée d'aller flanquer une torgnole au secrétaire perpétuel. Levant les bras au ciel, le professeur Mondor s'écria :

« Amiral ! Vos vaisseaux ! »

MOI : Vous voilà bien féru d'anecdotes et d'histoires prétendues drôles, bateleur des foires et des estrades. Je crois me souvenir avoir lu naguère de vous des ouvrages plus sérieux où seuls le Tout et le Rien avaient droit de cité…

MOI : Nous sommes dans le temps, monsieur. Et nous le remontons. Longtemps, j'ai aimé les anecdotes. Et je les défendais. J'y voyais comme la chair et la saveur très gaie de l'histoire en train de se faire.

MOI : Vous, en tout cas, immortel plaisantin, vous semblez n'avoir pas fait grand-chose dans votre fauteuil du quai de Conti…

MOI : Qu'ai-je donc fait à l'Académie, cher et illustre maître ? Vous avez raison : pas grand-chose, en vérité. Sauf une révolution. En 1981, j'y ai fait entrer, contre vents et marées, la première femme de sa longue histoire. Disons, une fois de plus, les choses comme elles sont : à tort ou à raison, mes estimables confrères ne voulaient d'une femme à aucun prix. L'Académie est une tribu. La tribu avait ses rites. Aucun règlement n'interdisait l'accès des femmes au sein de la vieille institution. Mais il y avait plus fort que le règlement. C'était la tradition. Ni Mme de Sévigné, ni Mme de Lafayette, ni Mme du Deffand, ni Julie de Lespinasse, ni George Sand, ni Anna de Noailles, ni Colette n'avaient jamais été élues. Il n'y avait aucune raison de modifier quoi que ce fût.

Je n'ai pas agi par féminisme, maître de vérité. Ni par complaisance. Je ne connaissais pas Marguerite Yourcenar. Je ne l'avais jamais rencontrée. J'admirais tout simplement l'auteur de *L'Œuvre au noir* et des *Mémoires d'Hadrien*. Avec une naïveté d'enfant, je ne voyais aucune raison de ne pas la prendre parmi nous.

Rien ne m'irrite davantage que la bienveillance des bonnes âmes qui me félicitent d'avoir contribué à l'élection d'une femme à l'Académie française. Je n'ai contribué à rien du tout. J'ai imposé Marguerite Yourcenar à une Compagnie attachée depuis toujours à ses particularités et qui répugnait au changement.

La bataille fut très rude. Les insultes ont fusé de partout. J'ai été traité de voyou. Un de mes confrères m'a accusé de soutenir la candidature d'une femme pour servir ma propre publicité. Il m'est arrivé de quitter, avec une indignation à peine feinte, notre salle des séances.

Les arguments, de part et d'autre, ont volé assez bas. Les plus modérés comparaient l'Académie à une tour Eiffel qui ne tiendrait que par la peinture, et peut-être par la rouille : la moindre éraflure risquait de jeter à bas le vénérable monument. Les plus excités s'interrogeaient avec angoisse. La règle de l'Académie est que tous ses membres sont égaux. Quand un maréchal, un prix Nobel, un ancien président de la République est élu, ses nouveaux confrères lui indiquent avec le sourire qu'en attendant une nouvelle élection il passera à son rang, c'est-à-dire le dernier. Qu'allait-il advenir quand Marguerite Yourcenar, membre toute fraîche éclose de la Compagnie, se présenterait devant une porte avec l'un ou l'autre de ses confrères ? Qui passerait en premier ? Elle, parce que c'était une femme ? Ou l'un de nous, parce qu'il était plus ancien ?

À ces arguments assez bas, je répondais, par des arguments plus bas encore :

« Vous ne voulez pas de femme ? Je vous en propose une qui cumule tous les avantages. Non seulement elle a un talent qui n'est pas loin du génie — ce n'est rien, ce n'est rien du tout —, mais encore elle ne vous encombrera pas beaucoup : elle habite l'Amérique, elle ne sera jamais là. »

Et, pour faire bonne mesure, j'ajoutais une flèche du Parthe, largement empoisonnée, que je devais à un autre écrivain que j'admirais beaucoup et qui ne portait pas Yourcenar dans son cœur, l'auteur de *Belle du Seigneur*, Albert Cohen :

« Je vois bien ce que vous craignez chez une femme : sa beauté, sa grâce, son charme, toujours capables du pire. Avec Yourcenar, tout risque est écarté. »

Marguerite Yourcenar fut élue contre les convictions et les vœux d'une large majorité parce qu'il était impossible de se déclarer ouvertement contre elle. Le jour du scrutin, la presse du monde entier, les radios de partout, toutes les télévisions assiégeaient le quai de Conti. Un journaliste me demanda :

« Alors ? qu'y a-t-il de changé à l'Académie française ? »

Je répondis :

« Désormais, il y aura deux toilettes. Sur l'une sera inscrit :

Messieurs

et sur l'autre :

Marguerite Yourcenar

L'Académie mit assez longtemps à faire entrer le mot *Madame* dans son vocabulaire. Pendant des mois et des mois, tous les discours solennels commençaient encore par : *Messieurs*.

J'avais réussi — mais à quel prix !... — avec Marguerite Yourcenar. J'échouai avec deux hommes que j'admirais beaucoup.

Le premier était Aragon. Il venait de démissionner de l'Académie Goncourt. À un dîner je ne sais plus où, il m'avait déclaré, avec un peu de provocation :

« Tu sais, petit, je suis snob...

— Vous êtes snob ! m'étais-je écrié. Venez à l'Académie. »

Je m'étais précipité quai de Conti. Je répétais à qui voulait m'entendre :

« Nous pouvons avoir Aragon ! »

La réponse ne se fit pas attendre :

« Ah ! très bien ! Qu'il écrive sa lettre de candidature et qu'il fasse ses visites. »

Il fallait évidemment déployer un tapis rouge — c'était le cas de le dire —, nous jeter à ses genoux et le supplier de nous faire l'honneur de venir parmi nous. L'image de l'Académie en aurait été changée.

Le second était Raymond Aron. Il faisait profession de dédaigner l'Académie. À la fin de sa vie, pourtant, en vieillissant, un changement se fit en lui.

« Vous m'avez souvent tanné, me dit-il, avec votre Académie. Ce qui est sûr, c'est que je ne veux pas être battu…

— Hugo l'a été, plusieurs fois, l'interrompis-je, avant d'être élu. Et Zola s'est présenté un nombre incalculable de fois…

— Ça m'est égal. Moi, je ne veux pas être battu. Mais je vous autorise à faire un tour d'horizon et à m'apporter vos conclusions. »

Je me mis au travail, et quelques semaines plus tard, je retournai le voir boulevard Saint-Michel.

« Je ne crois pas, lui dis-je à regret, qu'il faille vous présenter. Vous avez contre vous cinq catégories d'opposants. Les antisémites, d'abord, plus ou moins dissimulés… »

Il y avait encore, en ces temps reculés, quelques antisémites embusqués quai de Conti.

« … les Juifs, ensuite. Plusieurs d'entre eux estiment que ça va bien comme ça et que point trop n'en faut. Vous avez encore contre vous les antigaullistes. De droite ou de gauche, leur nombre n'est pas négligeable. Vous avez enfin contre vous, que vous le vouliez ou non, les gaullistes qui sont puissants. »

Maurice Schumann m'avait rapporté un de ses dialogues avec le Général. Ministre de la Recherche scientifique ou peut-être des Affaires sociales, il était allé faire signer quelques papiers par de Gaulle. Histoire d'engager une conversation, il lui avait glissé :

« Avez-vous vu, mon général, l'article de Raymond Aron dans *Le Figaro* d'aujourd'hui ? Il ne vous est pas très favorable. »

Le Général ne répond pas. Schumann le salue et reprend

ses dossiers. En se retirant, sur le pas de la porte, il entend de Gaulle qui soliloque :

« Aron ? Aron ? Est-ce ce personnage qui est journaliste au Collège de France et professeur au *Figaro* ? »

Devant Aron impassible, je résumais la situation :

« Ces quatre catégories-là — les antisémites, les Juifs, les antigaullistes, les gaullistes —, nous pourrions encore nous en accommoder. Mais il y a une cinquième catégorie, bien plus nombreuse et autrement redoutable : ceux à qui vous avez fait comprendre un jour ou l'autre que vous étiez plus intelligent qu'eux. »

Raymond Aron renonça à se présenter. Je le regrettai amèrement. Mais je crois qu'il avait raison : le risque était trop grand.

MOI : Pouvons-nous clore enfin ici le long chapitre de vos rapports avec les institutions ?

MOI : Pas encore, Président. Des institutions, j'en vois deux autres au moins dont je dois vous dire quelques mots. La première : le mariage. La deuxième : *Le Figaro*.

Près de dix ans après la mort de mon père, plus de dix ans avant l'Académie, je me suis marié. Pas plus que l'idée de devenir écrivain lorsque j'étais jeune, l'idée de me marier ne me traversait l'esprit. À dire vrai, j'étais plutôt hostile au mariage. Ce que j'aimais par-dessus tout, ce que j'ai toujours aimé, c'est la liberté. Je n'acceptais aucune limite. Je ne voulais d'aucun lien. Je ne détestais pas le changement. La solitude ne me faisait pas peur. Ma vie me plaisait. Mais Françoise me plaisait aussi. Elle était ravissante. Elle était douce, honnête et droite. Elle n'était pas tête en l'air. Elle avait toutes les qualités qu'on pouvait espérer d'une jeune femme. Et elle avait du caractère. Elle savait ce qu'elle voulait. Je n'avais pas envie de la perdre. Elle m'aimait. Je l'aimais. Je l'ai épousée.

Je me souviens — et elle aussi — que je suis allé à la mairie et à l'église sinistre de Saint-Jean-de-Passy où, au scandale de sa famille, elle portait un manteau jaune, comme un chien que l'on fouette. Peut-être parce que mes parents m'avaient donné l'exemple d'une union sans nuage, je savais très bien, dès le premier jour, que je n'étais pas fait pour le mariage. J'aimais trop les tempêtes. Je le répétais sans cesse à Françoise. Je lui ressassais qu'il était plus dangereux pour une jeune fille d'épouser un écrivain qu'un pilote de chasse ou un coureur automobile. Parce que tout écrivain tiendra toujours moins à son bonheur qu'à ses manuscrits, quelque médiocres qu'ils puissent être. Et, pire encore, qu'il acceptera et recherchera aventures, tribulations et même malheurs avec l'espoir qu'ils pourraient être de nature à nourrir ses romans. Elle prenait les choses en riant et avec gaieté. Elle m'épatait.

Je me souviens aussi que mon frère Henry était allé trouver son père. Ferdinand Béghin était un industriel de la vieille école, plus près du technicien que du financier. Il avait hérité d'un empire fondé sur le sucre et le papier et il l'avait considérablement développé. Un jour d'été, à la campagne où nous passions nos vacances, je l'ai beaucoup admiré. Un coup de téléphone venait de lui apprendre qu'une de ses machines, dans son usine du Nord, était tombée en panne et que personne ne parvenait à la réparer. Pendant une heure ou deux, de loin, au téléphone, il a réussi à remettre les choses en marche et à faire repartir la mécanique.

À sa stupeur, mon frère lui déconseilla de m'accepter dans sa famille. Un dialogue surprenant, qui m'a été rapporté des deux côtés, s'était engagé entre eux.

« Vous savez, murmurait Henry, je ne conseillerais à personne de prendre mon frère pour gendre.

— Quoi ! » s'écriait Ferdinand, pensant à sa fortune qui ne prêtait pas à rire, « vous me dites qu'il n'est pas honnête !

— Il est tout à fait honnête, insistait mon frère. Mais il n'est pas très sûr.

— Pas très sûr ! s'inquiétait mon futur beau-père. Il boit ? Il joue ?

— Il ne boit pas. Il ne joue pas. »

Par un joli paradoxe, c'était plutôt mon frère qui était joueur. Inspecteur des Finances, il aimait tellement les casinos que, par un excès de scrupule, il s'en était fait interdire l'accès pour ne pas être tenté par le diable.

« Il est malade ? Il a une tare ? demandait Ferdinand. Il y a quelque chose qui cloche dans votre famille ?

— Non, non, répondait Henry qui était la rigueur même, notre famille va très bien et mon frère est tout à fait normal. Mais il est d'une légèreté effrayante. Il est charmant et changeant. Il l'a déjà montré : il est prêt à toutes les folies. Il a désespéré mon père. Je ne voudrais pas qu'il vous déçoive. C'est mon devoir de vous le dire :

je le crois tout à fait incapable de faire le bonheur de votre fille. »

Henry me fit part de sa démarche et Ferdinand, éberlué, en fit part à Françoise. Elle me la raconta à son tour en se tordant de rire. J'eus beau lui affirmer que je partageais en tout point le jugement de mon frère. Rien n'y fit. C'était à prendre ou à laisser. Je ne voulais pas laisser. Je pris.

Je ne l'ai jamais regretté. J'espère que Françoise, de son côté, ne s'en est pas trop repentie. Je lui dois presque tout. Je ne sais pas si les craintes de mon frère se sont réalisées. Je sais que Françoise n'a jamais cessé d'être pour moi une espèce de rêve et de salut. La tendresse, le dévouement, une attention de tous les instants. À l'amour que je lui portais se sont ajoutés le respect, la gratitude, une affection profonde et sans fin.

En épousant Françoise, j'entrais dans une famille et j'en fondais une autre. La famille où j'entrais était très différente de la mienne. C'était une famille d'industriels du Nord qui avaient fait fortune dans le sucre grâce au blocus continental, à Benjamin Delessert et à la culture de la betterave qui remplaçait la canne à sucre. Le sucre avait mené au papier et Ferdinand Béghin s'était associé à Jean Prouvost, qui était passé lui-même de l'industrie textile à l'édition et dont le nom reste attaché à *Match*, à *Marie-Claire* et au *Figaro.* Les relations entre Ferdinand Béghin et Jean Prouvost avaient connu des phases successives où alternaient, à un rythme capricieux, rapprochements et hostilité.

Ce milieu, nouveau pour moi, et qui aurait surpris mon père (il aurait pourtant, j'imagine, s'il est permis d'évoquer les morts, beaucoup aimé Françoise), était bourré de gens intelligents qui se méfiaient des intellectuels. Ferdinand avait une sœur qui était la mère de Louis Malle. Le monde continuait à se tricoter autour de moi. L'auteur d'*Ascenseur pour l'échafaud*, des *Amants*, du *Souffle au cœur*, de *Zazie dans le métro*, devenait mon cousin germain et, avant ou après Alexandra Stewart et Candice Bergen, épousait Anne-Marie Deschodt dont j'avais toujours admiré la beauté et le charme et dont la mort récente a été pour moi un grand chagrin.

La mère de Françoise était suisse. Une maison près de Fribourg qui était dans sa famille depuis le XVIIIe siècle devenait un de mes séjours favoris. Avec une maison de rêve en Corse, près de Saint-Florent. Françoise avait deux sœurs que j'ai aimées tendrement : Roselyne et Pascaline. Chacune d'entre elles pourrait, sans aucune peine, fournir matière à romans. La planète entière se reconstruirait autour d'elles. Le plus important, pourtant, était ailleurs — mais je ne le savais pas : un enfant était né. Je m'en fichais un peu. Je le craignais plutôt : un enfant, c'était un lien de plus après celui — si dur — du mariage. Il n'allait plus être possible d'en faire à ma seule tête, de partir au loin pour un oui ou pour un non, de multiplier des existences que j'aurais voulues innombrables.

Il m'était souvent arrivé, le vendredi soir, en sortant de chez Gallimard ou d'ailleurs, avec Jean-François Deniau ou avec d'autres, de prendre ma voiture et de partir pour l'Italie. Le soleil se levait sur les bords de la Méditerranée, du côté de Menton ou de Portofino. Nous arrivions à Rome le samedi vers 2 heures. Nous déjeunions un peu tard sur la piazza Navona. Nous couchions n'importe où. Nous repartions le dimanche au début de l'après-midi et nous arrivions au bureau, épuisés de fatigue, le lundi, autour de 9 heures du matin. Ces délires-là étaient finis. J'étais attaché, ligoté, prisonnier.

Une espèce de carnet de naissance comportait des rubriques qui me paraissaient imbéciles : « Le père voudrait que l'enfant s'appelle… » et « La mère voudrait que l'enfant s'appelle… » Dans l'espace qui lui était réservé, Françoise, toujours prompte à la décision, avait écrit : « Héloïse » — moins à cause d'Abélard ou de Jean-Jacques qu'à cause du Plazza et d'une tortue menée en laisse. *Héloïse au Plazza* était une bande dessinée qui avait, à l'époque, connu un grand succès. Ma rubrique à moi était restée vierge : le nom que porterait l'enfant m'était indifférent. Le médecin accoucheur de Françoise me jugeait sévèrement et me traitait de tous les noms. Ne m'accusez pas trop vite, maître de justice. J'essaie de dire ma vérité. Elle n'est pas glorieuse — et je m'en repens amèrement. J'ai beaucoup aimé, plus tard, la jeune femme brillante, fondatrice d'une maison d'édition du premier rang, qu'est devenue Héloïse. Je m'en veux d'avoir perdu les années évanouies de sa petite enfance. À Héloïse, comme à Françoise, qui m'ont, toutes les deux, entouré de tendresse, je dois quelque chose qu'on pourrait appeler des excuses mais qui à mes yeux serait plutôt des remords.

La vie, vous savez ce qu'elle fait, maître des galaxies et

des astres dans le ciel : elle continue. Héloïse, à son tour, a été la mère d'une fille. J'ai reporté sur Marie-Sarah, et j'en demande pardon à ma fille, la tendresse et l'attention que j'avais mesurées à Héloïse.

MOI : Vous aimeriez peut-être nous arracher quelques larmes mêlées d'indignation. Nous savons, par bonheur, et par malheur pour vous, que le fond de votre nature est l'indifférence. Les choses vous sont égales. Et les êtres aussi. Vous avancez au hasard dans une sorte de brouillard. Vous brillez de temps en temps, mais rien n'a de sens pour vous. Je crains, mon pauvre ami, que le verdict de ce tribunal, dont vous devez commencer à reconnaître les motifs et la pertinence que vous faisiez semblant de contester à l'ouverture de ses débats, ne soit sévère pour vous.

MOI : Je vous baise les mains, maître de justice. Je me plie d'avance à vos décrets. J'essaie de vous guider comme je peux dans une enquête dont, à ses débuts au moins, je ne comprenais pas le sens. Qu'importe. Nous devons avancer. Il nous faut quitter, prince des destins et des générations, ce monde d'alliances et de parentés où nous nous sommes engagés pour un domaine nouveau où se côtoient et se combattent le meilleur et le pire : le journalisme.

MOI : Allons-y, vermisseau des marécages, imposteur flamboyant.

MOI : Une légende erronée s'est souvent répandue : j'aurais été élu à l'Académie française parce que j'étais directeur du *Figaro*. C'est le contraire qui est vrai : j'ai été élu à la tête du *Figaro* parce que j'étais le plus jeune des académiciens.

Une autre légende prétend que mon beau-père, qui avait, en effet, à travers le papier, eu des liens avec la presse et avec *Le Figaro*, était à l'origine de ma carrière de journaliste. C'est encore une erreur. Ferdinand Béghin venait de vendre à Jean Prouvost, dont il s'était beaucoup éloigné, ses actions du *Figaro* quand celui-ci me proposa pour le poste de directeur. Son choix était, à l'égard de mon beau-père, plutôt comme un camouflet ironique qu'un signe d'amitié.

Ministre de l'Information dans le dernier gouvernement Paul Reynaud, haut-commissaire à l'Information de Pétain pendant quelques jours, patron de *Paris-Soir*, qui deviendra *France-Soir*, de *Match*, qui deviendra *Paris-Match*, et de *Marie-Claire*, installé au coin de la rue François-Ier et de la rue

Pierre-Charron, entouré de personnages surprenants tels qu'Hervé Mille ou Gaston Bonheur qui lui donnaient du « patron », et de photographes qui étaient des vedettes du Tout-Paris et de la jet-set — Jean-Pierre Pedrazzini, qui allait trouver la mort à Budapest en 1956, Benno Graziani ou Willy Rizzo —, Jean Prouvost mériterait à lui tout seul une longue biographie. Suspect à la fois aux partisans du Général et à ceux du Maréchal, il s'était assuré la collaboration de Cocteau, de Saint-Exupéry, de Simenon, de Kessel, de Mac Orlan, de Pierre Lazareff, et il aimait ce qui brille à la première page des journaux. Mon élection sous la Coupole à quarante-sept ans sur la seule *Gloire de l'Empire* avait fait parler du plus jeune des académiciens. J'ai été, pendant des années, le benjamin du quai de Conti. Le temps passe, et très vite. Me voilà soudain, après Druon et Lévi-Strauss, le doyen d'élection. À l'époque, en 1973, Prouvost pensa à moi pour prendre les rênes du *Figaro* qui avait connu une longue grève meurtrière et qui flottait un peu depuis la mort de Pierre Brisson, directeur du journal de 1936 à 1964.

La désignation du directeur du *Figaro* n'était pas une mince affaire. Le propriétaire avait le droit de proposer un nom, mais la décision appartenait à un vote des journalistes. Il fallait tenir compte aussi, non seulement de la pression des syndicats, mais des humeurs d'un fameux Groupe des Cinq, composé d'amis et d'héritiers de Pierre Brisson et qui détenait quelque chose d'obscur et d'assez fort comme un droit moral sur le journal.

Ma première réaction fut d'aller voir Raymond Aron pour qui j'avais beaucoup d'admiration et dont tous les articles publiés par *Le Figaro* connaissaient un grand retentissement.

« Si vous souhaitez prendre la direction du journal, lui dis-je, je m'efface aussitôt. »

Le problème n'était pas seulement que Prouvost ne lui avait rien proposé, mais aussi et surtout qu'Aron lui-même n'avait aucune envie de se mettre sur le dos la charge écrasante et souvent ingrate de la direction d'un journal. Raymond Aron n'était pas fou. Très conscient de ce qu'il représentait, il voulait continuer à travailler en paix à ses livres et à ses articles sans se préoccuper des lourdes tâches d'intendance. Peut-être légèrement agacé par la promotion d'un jeune blanc-bec sans la moindre expérience, il me souhaita bonne chance et m'assura de son soutien. De mon côté, je pris la ferme résolution, que je n'ai jamais cessé de respecter, de considérer Raymond Aron comme mon maître en politique, en économie, en journalisme, et de lui faire en toutes circonstances la place la plus large et la plus respectueuse. Dans toute la mesure de mes pouvoirs, j'ai déroulé au *Figaro* un tapis rouge sous ses pas. Au point de m'attirer de la part des journalistes quelques commentaires ironiques dont je n'ai tenu aucun compte : l'évidence de la supériorité de Raymond Aron ne pouvait être mise en doute. S'il y a quelqu'un qui a fait honneur, dans la seconde moitié du siècle écoulé, non seulement au journalisme mais à la pensée politique, c'est bien Raymond Aron. La fameuse formule : « Mieux vaut avoir tort avec Sartre que raison avec Aron » n'était que l'illustration du dévoiement des esprits de l'époque. Entre Sartre et Aron, camarades à l'École normale, séparés par leurs choix politiques, l'histoire n'a pas tardé à rendre son verdict.

Les journalistes du *Figaro* ne savaient pas grand-chose de moi. Ils m'envoyèrent deux délégués chargés de m'ausculter dans mon gourbi de l'Unesco. Ils revinrent au journal avec leur conclusion :

« Il a les yeux de Michèle Morgan et le nez de Raymond Aron. »

Raymond Aron lui-même, qui jugeait, à juste titre, que je ne savais presque rien, se chargea de ma campagne électorale avec une bienveillance sarcastique. Son argumentation tenait en trois points :

« Il n'est pas tout à fait stupide. Votez pour lui ! Il a des opinions très fermes mais assez vagues. C'est très commode. Votez pour lui ! Il est d'une ignorance encyclopédique. Aucune importance. Votez pour lui ! »

Devenir directeur d'un grand quotidien comme *Le Figaro* constituait pour moi une sorte de rêve éveillé. Le pouvoir politique ne me disait rien qui vaille. Faire de la politique consiste à être persuadé qu'on a raison et que les autres ont tort. J'étais trop rarement de ma propre opinion pour m'engager dans cette voie. Je n'avais aucune envie de devenir député. Encore moins d'être ministre. Mais j'aimais écrire des articles. Le spectacle du monde et de l'histoire en train de se faire m'intéressait passionnément. Diriger un journal me paraissait le comble de la félicité. À la dernière minute cependant, j'éprouvai un doute sur ma capacité à exercer cette fonction difficile et dont je ne savais rien. Un sentiment, sinon d'angoisse, du moins d'inquiétude s'empara de moi avec force. J'hésitais. Je déclarai qu'une seule opposition me ferait renoncer à ma candidature. Ce recul, presque cet abandon, fit l'effet le plus positif. Je fus élu à l'unanimité.

Le Figaro, en ces temps-là, était installé au rond-point des Champs-Élysées, en face de Dassault et de ses *Jours de France*. La première fois que je pénétrai en patron de presse dans mon bureau somptueux et ovale d'où vous pouviez apercevoir, en vous penchant à peine, d'un côté la Concorde et de l'autre l'Arc de Triomphe, un sentiment m'envahit qui ressemblait à de l'orgueil. J'avais le pouvoir — ou cette apparence du pouvoir qui se confond si aisément avec lui.

Mes assistantes m'accueillirent. Elles succédaient à une figure légendaire qui avait été la secrétaire et la confidente de Pierre Brisson et qui portait le nom prédestiné de Mlle Parlebas. Les choses commencèrent plutôt mal. En ces temps reculés — il y a plus de quarante ans —, le téléphone portable n'existait pas. Aussi une de mes assistantes m'entreprit-elle aussitôt :

« Je dois pouvoir vous joindre à toutes les heures du jour et de la nuit. Chaque matin, j'aurai sous les yeux votre emploi du temps de la journée et je vous demanderai de m'indiquer les activités publiques et privées auxquelles vous pourriez vous livrer.

— Je sais qu'au *Monde*, lui dis-je, qui est un journal du soir, le premier comité de rédaction a lieu de très bonne heure. Et, si je suis bien renseigné, pour que personne ne se rendorme, la conférence se tient debout. *Le Figaro* est un journal du matin. Le comité se tient à 10 heures et demie et à 6 heures et demie du soir. Il me suffira donc d'arriver vers 9 heures et demie ou 10 heures. Demain, par exemple, je déjeune place Beauvau, au ministère de l'Intérieur. Je serai de retour au journal vers 3 heures moins le quart. Je le quitterai vers 7 heures et demie pour aller me changer : je dîne avec l'ambassadeur des États-Unis. Je sortirai de l'ambassade vers 10 heures et demie. Et je serai là à 11 heures et demie jusqu'à 1 heure du matin comme chaque soir.

— Et entre 10 heures et demie et 11 heures et demie », me demanda l'assistante en train de prendre des notes, « où serez-vous ? »

J'hésitai un instant.

« Suis-je obligé de vous le dire ?

— Oh ! Monsieur, me répondit-elle, c'est couvert par le secret professionnel. »

Mes débuts au journal furent pittoresques. Dès le premier jour, j'avais apporté au Rond-Point, avec l'intention d'y jeter un coup d'œil dans les rares moments libres dont je pourrais disposer, le brouillon de mon discours de réception au fauteuil de Jules Romains que je devais prononcer quelques semaines plus tard sous la Coupole. J'ai la mauvaise habitude de jeter par terre les papiers sur lesquels je travaille. À l'heure du déjeuner, avant de partir pour le ministère de l'Intérieur, j'avais ajouté ou supprimé quelques virgules à mon texte et j'avais tout laissé en plan. Ce que j'ignorais, c'était que la femme de ménage passait dans les bureaux à l'heure du déjeuner. À mon retour de la Place Beauvau, mon discours sur Jules Romains répandu sur la moquette avait disparu. Une rapide enquête m'apprit que les détritus, constitués surtout de tonnes de papier usé, étaient stockés dans la cour intérieure de l'immeuble du *Figaro*. Le métier de journaliste consiste à tout savoir tout de suite. Quand je me présentai dans la cour pour aller fouiller dans les poubelles — où j'allais, par miracle, retrouver mon manuscrit —, le journal entier était aux fenêtres pour voir le nouveau directeur s'agiter comme un dément, les mains dans les ordures.

Quelques jours plus tard, l'huissier de service — les huissiers du Rond-Point suivaient encore un protocole très strict et portaient l'habit avec une chaîne autour du cou ; les choses allaient changer du tout au tout avec l'installation rue Montmartre pour des raisons d'économie… — me remit une carte de visite, visiblement bricolée à peu de frais, où je lus avec surprise :

Madame Joseph Caillaux

Tout le monde sait que Mme Caillaux avait assassiné, en 1914, à la veille de la guerre, Gaston Calmette, alors directeur du *Figaro*, qui venait de publier des lettres compromettantes pour son mari en train d'instaurer — à 2 %… — l'impôt sur le revenu.

« Cette dame, me dit l'huissier, demande à être reçue.

— Faites-la entrer. »

Et, à ma stupeur, je vis débouler dans mon bureau, vaguement déguisé en femme, Jean Dutourd que je reconnus aussitôt. Je n'eus le temps ni de poser des questions ni de faire des politesses. Un chapeau à plumes sur la tête, une voilette devant les yeux, un boa autour du cou, il tenait à la main un pistolet à eau dont il me déchargea le contenu sur le nez.

Je n'étais pas directeur de la rédaction. J'étais directeur du journal, puis directeur général, et président du directoire. Une foule de problèmes syndicaux, économiques, sociaux ne cessaient de m'assaillir. Françoise prétendait que c'était elle qui m'annonçait par téléphone les grands événements politiques pendant que je discutais avec les associations de journalistes ou le fameux Groupe des Cinq. *Le Figaro* n'était pas encore automatisé. Il y avait encore des protes, des plombs, les vieilles techniques traditionnelles. Je m'entendais bien avec les typographes qui étaient communistes et savants et qui corrigeaient souvent les fautes de français des journalistes. Selon une vieille tradition, ils organisaient à l'arrivée de chaque nouveau directeur une cérémonie, un peu privée et presque clandestine, appelée *Ala* ou *Alla* parce qu'ils y buvaient *à la* santé du néophyte. Or, au cours de mes fréquents voyages en Italie, j'étais tombé, à Rome, sur une belle église moins connue que les grandes basiliques : San Giovanni a Porta Latina…

MOI : Vous nous en avez déjà parlé à propos d'*Au plaisir de Dieu.*

MOI : … et j'avais découvert que saint Jean à la Porte latine était le patron des typographes. Je trinquai avec eux dans le souvenir de saint Jean à la Porte latine et de Rome.

J'étais, bien entendu, entouré de nombreux conseillers, plus compétents que moi dans tous les domaines. Un honorable inspecteur des Finances s'occupait des problèmes économiques. Des journalistes chevronnés faisaient tourner la machine. Des noms innombrables me reviennent à la mémoire. J'en citerai seulement trois, parmi beaucoup d'autres : Jean Griot, qui vivait dans le culte du maréchal Joffre, qui aurait pu aspirer à la direction du journal et qui me fut d'un grand secours amical ; Max Clos, baroudeur chevronné et sympathique, qui exerça longtemps les fonctions décisives de rédacteur en chef ; Xavier Marchetti, venu de l'Élysée et de l'entourage de Pompidou — ce qui créa des remous dans la rédaction —, connaisseur subtil du milieu politique, qui ne cessa jamais de m'apporter une aide précieuse et qui devint très vite un ami.

Je m'étais présenté comme un directeur stagiaire et mes amis me recommandaient avec sagesse de me tenir sur la réserve et en arrière de la main lorsque éclatèrent coup sur coup deux événements dont la brutalité me projeta aussitôt, à mon corps défendant, sur le devant de la scène : la mort de Pompidou, le 2 avril 1974, et le premier choc pétrolier.

Il y avait dans la fin du président Pompidou comme un reflet des tragédies de Shakespeare. À la descente d'un avion qui le ramenait de Reykjavik, la France entière l'avait vu avec stupeur sur le petit écran soudain changé et défait. Jour après jour, sa santé se détériorait un peu plus. Avec des rémissions subites et incompréhensibles, comme la maladie elle-même. Tout le monde savait que le Président était gravement atteint mais personne — et peut-être pas lui-même — ne pouvait mettre un nom sur son mal mystérieux. Il continuait à travailler comme si de rien n'était et, conservant le silence, laissait les rumeurs poursuivre leur chemin. Tout le mois de mars fut un calvaire. Le 2 avril, après quelques heures passées chez lui, à Orvilliers, où il espérait se reposer un peu, il expira sur le chemin du retour à Paris. Sa mort fut un chagrin pour Françoise et pour moi qui étions liés avec lui. Elle me mit surtout brutalement en face de mes responsabilités. Une campagne présidentielle s'ouvrait. Quelle serait la position du *Figaro* ?

Le bruit avait couru que Pierre Messmer, Premier ministre, ou Edgar Faure pourraient se mettre sur les rangs. J'avais du respect pour Messmer et de l'amitié pour Edgar Faure. Quarante ans plus tard, Edgar Faure n'aurait pas manqué d'être mis en examen. Même son talent exceptionnel n'aurait pas suffi à le tirer d'affaire. Mais son intelligence et sa rapidité d'esprit ne cessaient jamais d'être empreintes de drôlerie et d'originalité. Ministre de l'Éducation nationale en 1968, il répétait en zézayant, à qui voulait l'entendre :

« Ne dites zamais qu'Edgar Faure a mis la pagaille à l'Éducation nationale. Dites : la pagaille a mis Edgar Faure à l'Éducation nationale. »

Il assurait volontiers que deux personnes seulement auraient pu éviter la Révolution de 1789 : la première était Turgot — mais il était mort. La seconde était Edgar Faure — mais il n'était pas né. Il répondait aux attaques qui ne manquaient pas contre lui en prétendant que ce n'était pas la girouette mais les vents qui changeaient.

Edgar n'était pas facile à épater. Il m'avait à la bonne à cause de Rutilius Namatianus. Un jeudi, à l'Académie, il murmura quelques vers latins d'un poète du début du ve siècle, assez peu connu, disait-il, contemporain de Sidoine Apollinaire et venu comme lui de la Narbonnaise.

« Inconnu ? glissai-je. Rutilius Namatianus : *De reditu suo.* »

Il me regarda, l'air surpris.

L'évidence s'imposa très vite : sans Messmer et sans Edgar Faure, l'affaire allait se jouer entre trois candidats : Jacques Chaban-Delmas, gaulliste, Premier ministre de Pompidou avant Pierre Messmer ; Valéry Giscard d'Estaing, l'homme du « Oui, mais… », ministre de l'Économie et des Finances ; et François Mitterrand qui, venu de la droite et premier secrétaire du parti socialiste depuis 1971, avait réussi à mettre sur pied avec Georges Marchais et les communistes le Programme commun de la gauche.

La rédaction s'agitait. Conduite par Michel-P. Hamelet, une délégation vint me trouver. Membre du fameux Groupe des Cinq, Hamelet était un curieux personnage. Très actif, assez vif, plutôt sympathique, il avait dû jadis être assez bien physiquement. Le bruit courait qu'il avait été introduit au *Figaro* par François Mauriac qui serait tombé sur lui le long des quais de Marseille. Et qu'il entretenait des liens étroits et lucratifs à la fois avec la Roumanie communiste de Ceausescu et avec plusieurs grandes entreprises françaises. À défaut d'un appui ouvert à François Mitterrand, il venait réclamer, au nom de la liberté de la presse, une stricte neutralité du *Figaro* dans la campagne qui s'ouvrait. Je lui répondis que la liberté de la presse ne consistait pas à pousser *L'Humanité* vers la droite ou *Le Figaro* vers la gauche, ni même à les confondre dans une commune neutralité. La liberté de la presse permettait à *L'Humanité* d'être un organe de gauche et au *Figaro* d'être un journal de droite.

La question du ralliement à Mitterrand réglée, restait un problème autrement épineux : *Le Figaro* devrait-il soutenir Chaban-Delmas ou Giscard d'Estaing ? J'étais un ami de Giscard et j'étais gaulliste. Aron inclinait vers Giscard. Jean Griot, Max Clos, Xavier Marchetti plutôt vers Chaban. Je me souvenais de mes débuts au *Figaro* avant même ma nomination au poste de directeur. Quelques années après la mort de Pierre Brisson, ils avaient marqué la fin de mon bannissement. C'était au temps où, coup de tonnerre, le général de Gaulle quittait le pouvoir à la suite de l'échec du référendum de 1969 : « Je cesse d'exercer les fonctions de président de la République… » Jean-Jacques Servan-Schreiber avait aussitôt écrit dans *L'Express* que « pour la première fois, il se sentait fier d'être français ». Je me promenais alors en Sicile et, à tout hasard, sous le coup de l'émotion, j'avais envoyé de Palerme au *Figaro* une chronique où, partisan ardent du Général, je demandais à Jean-Jacques Servan-Schreiber, qui avait à peu près mon âge, si vraiment il n'avait jamais eu d'autres occasions d'être fier de son pays. Quelques jours après, à ma stupeur, je découvrais à la première page du journal mon texte publié. Un peu plus tard, toujours en 1969 et toujours dans *Le Figaro*, j'avais écrit un ou deux articles pour soutenir Georges Pompidou contre Alain Poher. Au printemps 1974, j'hésitais cruellement entre Chaban et Giscard.

L'affaire se régla d'elle-même. En 1974, il n'y avait encore que deux chaînes de télévision en France. L'une d'elles avait invité Chaban. Il vint accompagné de Malraux. Pour une raison ou pour une autre — à deux ans de sa mort, Malraux apparut épuisé et au bout du rouleau —, l'émission fut un désastre. Jamais débat politique n'eut pareilles conséquences. La cote de popularité de Chaban-Delmas s'effondra d'un seul coup. Il devenait tout à fait clair que seul Valéry Giscard d'Estaing pouvait l'emporter sur François Mitterrand qui venait déjà de connaître un beau succès aux législatives de 1973 avec la poussée des deux formations de gauche unies dans le Programme commun. Quelques semaines plus tard, l'élection présidentielle confirma ces prévisions : Giscard fut élu président de justesse avec un peu plus de 50 % des voix contre un peu plus de 49 % à François Mitterrand.

La principale caractéristique du nouveau Président était l'intelligence. Il y a des gens qui ont une case de moins dans la tête. Lui en avait, avec évidence, une de plus que les autres. Il suffisait d'écouter quelques instants Valéry Giscard d'Estaing pour constater qu'il était d'une souplesse et d'une rapidité d'esprit merveilleuses. Il m'épatait depuis longtemps. J'étais lié avec lui sinon depuis l'enfance, du moins depuis ma jeunesse. De la Pléiade de Ronsard et de Du Bellay aux fameux dîners du Siècle, en passant par le

Salon bleu de la marquise de Rambouillet et par les Salons de Mme du Deffand ou de Julie de Lespinasse, par le Cénacle de Charles Nodier puis de Victor Hugo, par les dîners Magny où se retrouvaient Maupassant, Flaubert, George Sand, les frères Goncourt, et par le Café de Flore ou celui des Deux Magots, les Français ne détestent pas se retrouver en comité restreint pour discuter entre eux de choses futiles ou sérieuses. Un petit groupe informel réunissait dans les années 1950 ou 1960 Valéry Giscard d'Estaing, Simon Nora, Jean-Jacques Servan-Schreiber, quelques autres et moi-même. Nous avions tous à peu près le même âge et tous les autres étaient plus brillants, plus ambitieux, plus proches des réalités politiques et économiques que moi. Aucun n'avait encore atteint cette notoriété à laquelle ils aspiraient, mais tous étaient d'avance convaincus qu'ils y parviendraient. J'avais le sentiment qu'ils s'amusaient de ma légèreté et de mon ironie. Il m'arrivait, je l'avoue, d'être dépassé par leurs débats et par leur vocabulaire. Valéry, notamment, s'exprimait avec une recherche et une complexité qui me laissaient pantois. Sans cesser d'être toujours aussi éblouissant, il a beaucoup depuis lors simplifié son langage. À l'époque, je ne comprenais pas toujours les choses brillantes et obscures que lui et d'ailleurs les autres débitaient avec assurance, et je me disais souvent que je ferais mieux d'aller me promener dans ma chère Italie ou dans ces ports de Méditerranée où j'aimais ne rien faire et rêver à presque rien au milieu de ces bateaux que j'ai toujours aimés. Il m'arrivait de murmurer en moi-même les vers d'une simplicité biblique du bon Gabriel Vicaire :

> À quoi je rêve ? À rien peut-être.
> Je regarde les vaches paître
> Et la rivière s'écouler.

Ce n'était pas la première fois que je me retrouvais entouré de jeunes gens de mon âge qui entendaient bien faire parler d'eux. Je me souviens d'un déjeuner ou d'un dîner organisé par André François-Poncet, ambassadeur de France ou haut-commissaire, dans sa résidence de Schloss Ernich à Bad Godesberg en Allemagne, en 1954 ou 1955. Sur la dizaine de convives entre vingt et trente ans rassemblés par ses soins — Giscard, Deniau, Jobert, Cheysson, Jacques Duhamel, Guiringaud, Sauvargnargues, moi-même… —, j'ai été seul, je m'en consolais sans trop de peine, à ne pas devenir ministre ou secrétaire d'État.

Nous nous répétions à mi-voix les bons mots du flamboyant ambassadeur. À une dame qui lui demandait de ses nouvelles dans un souper après un rhume ou une grippe, il avait répondu, reprenant, j'imagine, un quatrain du XVIIIe ou de la fin du XIXe siècle :

> Toujours fidèle à ma conduite
> Et sans trop nuire à ma santé,
> Je tire encore deux coups de suite,
> L'un en hiver, l'autre en été.

À Jean-François Deniau, qui travaillait à ses côtés et qui lui avait parlé d'un bateau sur le Rhin en train de transporter du lignite, il avait répondu :

« Ce qui est chargé sur ce bateau m'est assez indifférent, mais je vous félicite de savoir que le mot *lignite* n'est pas du féminin. »

Giscard donnait la même impression de tout savoir et de tout exprimer avec bonheur et avec une ombre de hauteur. Un détail m'avait frappé. Au cours de l'une de nos réunions, nous avions comparé nos agendas. Celui de Valéry était bourré à craquer.

« Il doit toujours, me dit-il, être aussi plein que possible. Le moindre blanc me rend malade et me remplit d'angoisse. Et toi ? »

Je dus lui avouer non seulement que mes préférences allaient à un agenda entièrement vide, mais que, pour être aussi libre que je le souhaitais, je n'avais ni montre ni agenda. Plus tard, d'ailleurs, persévérant dans cette voie, je ne posséderai jamais ni portable, ni fax, ni ordinateur, ni tablette. Je ne tiens ni à être joint ni à être connecté.

« Alors », disait Forain, vers le début du siècle dernier, à un ami qui venait de se faire installer le téléphone, « alors, on te sonne, et tu y vas. »

Cette histoire d'agenda, je l'ai reprise dans un petit discours que je devais prononcer au musée d'Orsay à l'occasion de la remise à Valéry de son épée d'académicien. Après l'avoir félicité de son élection qui « l'élevait jusqu'à moi », j'avais opposé sa soif d'activité à mon penchant pour la paresse. Un des agréments de l'Académie est que l'affection et l'admiration y cohabitent volontiers avec une ombre de légèreté.

En 1974, *Le Figaro* a contribué, dans la mesure de ses moyens, à l'élection de Valéry Giscard d'Estaing à la magistrature suprême. Flanqué de ses fidèles lieutenants, Michel Poniatowski et Michel d'Ornano, Giscard s'est engagé avec détermination et courage dans la voie nouvelle des réformes. Il en a réussi plusieurs avec éclat. Il lui fallait, pour y parvenir, négocier avec ceux qui lui étaient plus ou moins hostiles. Il était tout naturel qu'il invitât plutôt ses adversaires que ses partisans qui lui étaient acquis. Une des rares fois où je me suis rendu à l'Élysée au cours du mandat de Giscard, je venais de publier un livre où je couvrais de fleurs Raymond Aron, mais où, selon mon habitude, je me laissais aussi aller à l'ironie et glissais une allusion à sa tendance à la paranoïa.

À peine avais-je franchi le seuil de l'Élysée qu'une bonne âme m'informe que Raymond Aron est là, ivre de fureur contre moi. Je me précipite vers lui et, lui rappelant l'admiration que je ne cessais de lui témoigner, je plaide ma cause avec repentance et humilité.

« Bon, me dit-il. N'en parlons plus. Je vous pardonne. »

Nous passons à table, Raymond Aron, le peintre Soulages, Aimé Césaire, plusieurs autres et moi. Entre la poire et le fromage, Raymond Aron se tourne vers moi et me lance :

« J'ai eu tort de vous pardonner. Paranoïaque ! paranoïaque ! Est-ce ma faute si j'ai toujours raison ? »

Souvent attaqué injustement — l'affaire des diamants de Bokassa était la première de ces prétendues « affaires », montées de toutes pièces dans le style du collier de la reine et destinées à jeter le discrédit sur un adversaire politique —, Giscard se heurta durant son septennat à d'immenses difficultés. Étaient-elles dues à un trait de caractère souligné par un mot, peut-être apocryphe, du général de Gaulle : « Son problème, c'est le peuple » ? Elles étaient liées en tout cas au second événement mentionné tout à l'heure, prince des triomphes et des crises, en même temps que la mort de Pompidou et survenu quelques semaines à peine après mon arrivée au *Figaro* : le premier choc pétrolier.

Due, je crois, à Jean Fourastié, la formule des *Trente Glorieuses* désigne les trente années qui s'écoulent entre la libération de la France et l'élection de Giscard. Le général de Gaulle, après avoir imposé les Français vaincus dans le camp des vainqueurs et mis fin aux aventures désastreuses du colonialisme, remet le pays sur ses rails. L'espoir renaît. L'économie repart. L'agriculture se porte bien. Georges Pompidou poursuit l'industrialisation de la France. Le chômage se stabilise à des niveaux acceptables. Le pouvoir d'achat augmente. Le parti communiste, après avoir atteint des sommets, entame son long déclin. Les Français déchirés se réconcilient entre eux. Le premier choc pétrolier s'abat comme la foudre sur le pays ressuscité. Ses conséquences se font sentir jusqu'au sein du *Figaro*. Je me vois contraint de procéder à cette horreur économique que résume une formule très nouvelle pour moi : un plan social.

L'obligation m'est imposée de me séparer d'un certain nombre de mes collaborateurs. Je mets un point d'honneur à ne pas faire figurer seulement des adversaires sur la liste fatale. À la suite de concertations et de débats cruels et sans fin, j'y inscris le nom de deux journalistes pour qui j'avais de l'estime et de la sympathie — et qui, bizarrement, allaient devenir après ces épreuves des amis encore plus chers : Bernard Pivot et Jean-Marie Rouart.

Bernard Pivot était déjà une figure du *Figaro littéraire*. Conscient de ses capacités, qui étaient grandes, et soutenu par Jean Prouvost, il souhaitait obtenir tout un secteur qui ne comprenait pas seulement la littérature, mais les spectacles, les loisirs et le sport. Bref, tout un pan considérable du journal, sauf la politique et l'économie. Les coups de téléphone et les messages — venus parfois de très haut — pleuvaient en sa faveur et aussi contre lui. Je dus me résigner à contrecœur à priver le journal de sa collaboration. Je le déplore encore aujourd'hui avec sincérité. Les indemnités légitimes qui lui furent versées lui permirent au moins de construire une piscine dans sa propriété du Beaujolais. Et peut-être ce coup du sort dont j'étais responsable fut-il aussi pour lui un coup de chance : il quitta la presse écrite pour la télévision où il allait jouer le rôle que chacun sait dans la sociologie littéraire et la culture de masse de notre temps. Il se vengea de moi de la façon la plus élégante : il donna mon nom à sa piscine avec une amicale ironie, et il m'invita une bonne vingtaine de fois à ses célèbres émissions, dues en partie aux heureuses conséquences de ma brutalité : *Ouvrez les guillemets*, *Apostrophes* et *Bouillon de culture*.

J'avais remarqué, un matin, à la première page du journal une chronique, pleine d'ardeur et de vivacité, consacrée à une affaire qui avait fait couler beaucoup d'encre et qui était allée jusqu'à provoquer la citation par Georges Pompidou de quelques vers d'Éluard : une enseignante, Gabrielle Russier, était tombée amoureuse d'un de ses élèves. L'auteur de la chronique était un jeune écrivain qui appartenait à une famille de peintres et d'artistes proche de Berthe Morisot, de Manet, de Degas, de Paul Valéry. Il aimait parler sentiments et idées, et il en parlait fort bien. Je me liai avec lui. C'était Jean-Marie Rouart.

J'ai toujours connu Jean-Marie charmant, chaleureux, enthousiaste, épris de littérature, grand lecteur, admirateur de Drieu, incapable de conduire une voiture, couvert de femmes qui conduisaient à sa place et se débattant comme il pouvait entre leurs charmes et leurs exigences. Non content de s'occuper avec talent des peines de cœur de ses contemporaines, dont il était devenu une sorte de spécialiste, il s'était engagé dans une enquête sur les entreprises pétrolières qui avait provoqué l'irritation et la réprobation de Raymond Aron. Au cours des discussions sévères qui entouraient l'établissement de la liste des proscrits, Aron avait demandé la tête du jeune journaliste. Pour dire toute la vérité, fléau de la justice, maître sans rival de l'impartialité, la version du coupable présumé était un peu différente. Il assurait que je lui avais promis une promotion s'il avait raison dans ses attaques contre les pétroliers et la porte s'il avait tort. Les faits avaient fini par montrer le bien-fondé de ses accusations — et je l'avais tout de même viré. Qui de lui, d'Aron et de moi était vraiment dans son droit au terme de ce sombre imbroglio ? Je n'en sais toujours rien. Mais, à tort ou à raison, je me ralliai comme d'habitude à l'opinion de Raymond Aron et j'inscrivis le nom de Jean-Marie Rouart sur la liste des condamnés.

Là encore, comme pour Pivot, je m'en suis beaucoup voulu. Quelques années plus tard, j'ai fait ce que j'ai pu pour ramener Jean-Marie Rouart au sein du *Figaro* où, grâce à son talent, il a occupé avec succès et durant de longues années le poste de directeur du *Figaro littéraire* — dont il m'a ouvert les portes avec la même générosité que Bernard Pivot à *Apostrophes*.

Patron des grandes causes et des grands enthousiasmes, je vous dois un aveu légèrement humiliant : …

MOI : Ah ! encore ! Mais vous ne faites rien d'autre, avec une charmante lucidité et en inculpé modèle, que de vous traîner dans la boue…

MOI : … je n'étais pas fait pour devenir chef d'entreprise. Je n'aime pas recevoir des ordres. Je n'aime pas non plus en donner. L'affaire du plan social me mit au bord de la dépression. Tout revers a sa médaille : je retrouvai très vite dans ma chambre bien close le bonheur oublié de lire autre chose que des comptes d'exploitation, des rapports et des articles : des romans et des nouvelles.

> Je veux lire en trois jours l'*Iliade* d'Homère
> Et, pour ce, Corydon, ferme bien l'huis sur moi.

Signé d'un nom que je ne connaissais pas, un livre enchanté et enchanteur m'était arrivé entre les mains : *La Couronne de plumes*. Jamais depuis Proust — en yiddish, cette fois, et avec des moyens si différents ! — l'universel n'avait été atteint à partir d'un particulier si restreint. Miracle de la littérature ! La duchesse de Guermantes, Mme Verdurin, le baron de Charlus et le faubourg Saint-Germain avaient été remplacés dans *La Couronne de plumes* par la femme du rabbin et par de jeunes Juifs exaltés et naïfs.

J'écrivis aussitôt un article émerveillé sur le torrent d'humanité qui courait tout au long de la rue Krochmala, dans les ghettos de Lublin ou de Varsovie, à travers les boutiques du boucher et du tailleur, la maison du rabbin, la synagogue, la yeshiva.

Ce fut, à mes dépens, un éclat de rire dans Paris. L'auteur, ignoré de moi, Isaac Bashevis Singer, était universellement connu et candidat au Nobel. Il n'y eut que Singer lui-même pour ne pas se moquer de moi. Quand il vint à Paris pour présenter un nouvel ouvrage qui venait d'être traduit en français, son éditeur lui demanda qui il souhaitait pressentir pour le présenter en Sorbonne ; Singer me désigna.

Je devais retrouver Singer sur le petit écran dans une conversation magnifique avec Henry Miller. La télévision, de temps en temps, nous réserve de ces surprises. Un dialogue éblouissant, par exemple, au piano, entre Barenboim et Sir Georg Solti. Ou plusieurs épisodes d'*Apostrophes* ou de *Bouillon de culture*. Notamment l'émission, pour en citer une parmi beaucoup d'autres, où Bukowski, ivre mort, avait donné — malgré lui ? — un spectacle époustouflant.

Ou cette autre où Bernard Pivot avait réuni autour de lui Jean Dutourd, déjà célèbre, Hector Bianciotti, encore inconnu, et plusieurs autres écrivains. À la fin de l'émission, Bernard, comme souvent, avait proposé un de ces jeux qu'il affectionnait en guise de conclusion :

« Quelle est pour vous la plus belle phrase de la littérature française ? »

Et il s'était adressé à Dutourd.

Dutourd, saisi au débotté, hésite quelques instants à peine et lance à voix forte le début de *Salammbô* :

« "C'était à Mégara, faubourg de Carthage, dans les jardins d'Hamilcar..." »

— Ah ! très bien », dit Pivot.

Et, se tournant vers Bianciotti :

« Vous trouvez ça beau, n'est-ce pas ? »

Hector se tait quatre ou cinq secondes — un temps infini à la télévision — et déclare avec un accent à couper au couteau :

« C'est hôrriblee !

— Horrible ? sursaute Bernard. Une des ouvertures les plus connues de Flaubert... Mais alors, pour vous, quelle est la plus belle phrase de la langue française ? »

Hector Bianciotti, cette fois, se tait pendant une éternité. Peut-être huit ou dix secondes. À la fin, les yeux mi-clos, il murmure :

« Je crrois que la plus belle phrrasse de la langue frrançaise, c'est : "Le fond de l'air est frrais." »

Du jour au lendemain, Hector Bianciotti, hispano-américain d'origine italienne tombé amoureux en Argentine de La Fontaine et de ses fables, était devenu une figure du paysage intellectuel français.

À l'une de ses émissions, Pivot m'avait invité avec Roger Peyrefitte, l'auteur des *Amitiés particulières*, de *Mort d'une mère*, des *Ambassades*, des *Juifs*, le cousin sulfureux d'Alain, mon camarade de la rue d'Ulm, député, ministre, confident du Général, observateur précoce du grand bond en avant de la Chine. Quelque temps auparavant, de son style incisif, Roger Peyrefitte avait écrit du mal de la mère d'une de mes amies. Je lui battais plutôt froid. Il s'en rendit compte assez vite et, pour m'embarrasser, me glissa à haute et intelligible voix :

« Vous souvenez-vous, mon cher ami, de cette journée à Bangkok où nous sommes allés ensemble au bordel ? »

Envoyé à Bangkok par l'Unesco, j'étais tombé en effet, dans le hall de mon hôtel, sur Roger Peyrefitte. Il était, comme moi-même, invité à déjeuner par l'ambassadeur de France. Nous nous rendîmes tous les deux à l'ambassade où il connaissait presque tout le monde. Et moi, personne. Il me présenta à plusieurs reprises :

« Vous connaissez Jean d'Ormesson avec qui je voyage ? »

La formule m'était indifférente. Mais j'eus une pensée pour ma mère à qui ces paroles, on ne sait jamais, risquaient de revenir. Je fis le tour de tous les convives :

« Je ne voyage pas avec M. Peyrefitte. Je l'ai rencontré dans le hall de l'hôtel. »

Après le déjeuner, l'ambassadeur nous proposa d'aller faire un tour dans un de ces fameux établissements de massage — parfois un peu poussé — qui faisaient le charme de la Thaïlande. Nous acceptâmes tous avec plaisir l'aimable invitation.

Chez Bernard Pivot, je pensai en un éclair que les explications à donner risquaient, comme ici, monument d'indulgence, de paraître un peu longues. Et si je niais bêtement les faits, il aurait beau jeu de me répondre que ma mémoire fléchissait. Je me contentai de lui jeter :

« Je m'en souviens très bien. C'était l'époque où je vous méprisais moins qu'aujourd'hui. »

Au terme de l'émission, le climat était devenu un peu frais. Bernard Pivot obtint que, pour la photo finale, nous nous serrions la main.

Toutes les émissions de radio et de télévision auxquelles je participais en tant que directeur du *Figaro* n'étaient pas aussi gaies et aussi décontractées qu'*Apostrophes* — que je prenais d'ailleurs très au sérieux. Une émission politique animée par une toute jeune journaliste qui devait faire une grande carrière — Arlette Chabot — s'était installée dans le paysage audiovisuel sous le titre de *Vendredi soir*. Le parti socialiste était représenté par Claude Estier. Le parti communiste par Roland Leroy, directeur de *L'Humanité*, qui est devenu pour moi un ami, ou par René Andrieu, amateur de Stendhal, séduisant, implacable, capable de tout. La droite et le centre droit tantôt par Pierre Charpy, tantôt par Henri Amouroux que j'aimais beaucoup, tantôt par moi. Nous nous engueulions ferme et les auditeurs nous écrivaient souvent pour nous demander si nous nous serrions tout de même la main. Non seulement nous nous serrions la main, mais nous déjeunions ou nous dînions souvent ensemble.

Un jour, j'avais pris un verre avec René Andrieu avant l'émission. Je lui avais raconté avec naïveté l'histoire de mon père nommé à la tête de la Croix-Rouge par Pétain avant de démissionner aussitôt et j'avais évoqué un article sur le Maréchal écrit dans *Le Figaro* en juin 1940, quand la France entière était pétainiste, par mon oncle Wladimir qui n'allait pas tarder à prendre avec ardeur le parti du Général. L'émission commence. René Andrieu prend la parole :

« J'ai hésité à participer à cette émission aux côtés de Jean d'Ormesson que je ne mets pas en cause personnellement, mais qui appartient à une famille notoirement fasciste… »

La stupeur me rendit muet. Aucune parole ne parvenait à sortir de ma bouche. À la fin de l'émission, je me jetai sur Andrieu :

« Tu es devenu fou, ou quoi ? Qu'est-ce qui t'a pris ? »

Andrieu se mit à rire et me répliqua simplement :

« Si tu ne veux pas faire de politique, tu n'as qu'à retourner écrire tes livres. »

Revenant au *Figaro* après l'émission, je trouvai mes amis consternés par mon silence. Ils ne me cachèrent pas qu'ils m'avaient jugé très faible. Je leur répondis qu'il m'avait été impossible de trouver le moindre mot, mais que j'avais compris la leçon : la politique est un jeu violent et un sport de combat.

J'ai eu plusieurs combats à mener au *Figaro*. Un des plus difficiles a été la réforme du journal.

Réformer est toujours compliqué. Réformer un journal est une entreprise diabolique. On risque toujours de décontenancer les anciens lecteurs et on n'est jamais sûr d'en susciter de nouveaux. *Le Figaro* avait pourtant besoin d'un sérieux coup de jeune. Le carnet mondain s'étalait sur le bas de plusieurs pages intérieures. On lisait d'abord, dans le haut du journal, les catastrophes habituelles. Et, en bas, on tombait sur l'annonce enchantée de la naissance de quelques bambins ou sur la baronne qui mariait sa fille. J'ai regroupé sur une seule page toutes les annonces du jour. J'ai cru que le ciel me tombait sur la tête. Ma pauvre mère souffrit beaucoup. Elle me montrait les lettres qu'elle recevait de ses amies qui la plaignaient d'avoir un fils comme moi, ennemi des traditions les plus saintes.

Il y avait des choix plus durs encore à faire. À la première page du *Figaro*, à droite, paraissait chaque matin une chronique parisienne. J'aimais beaucoup ces chroniques. Elles parlaient de tout et de rien, du temps qu'il faisait, d'un livre ou d'un concert, de la venue de l'automne, de la douceur de vivre. De Maupassant à Proust, de Gide ou de Valéry à Maurois ou à Giraudoux, sans même parler de Mauriac, de grands écrivains s'étaient succédé dans le journal et notamment à cette tribune où avait longtemps régné Gérard Bauër.

Cette chronique de première page à laquelle tant de lecteurs étaient attachés et que j'appréciais moi-même donnait au journal un côté traditionnel et vieillot qui finissait par lui nuire. La maquette du *Figaro* fut profondément remaniée. Et le résultat n'a pas été si désastreux.

Un dessinateur légendaire collaborait au journal : c'était Faizant. Plusieurs de ses dessins, souvent sur le général de Gaulle, étaient devenus célèbres. Les Jeunes Turcs de la réforme voulaient sa peau. Ils me harcelaient pour l'obtenir. De Forain ou Sennep à Plantu et à *Charlie hebdo*, j'ai toujours su l'importance des dessinateurs de presse. Je n'ai pas cédé. Faizant a continué longtemps à faire le bonheur des « fidèles abonnés ». Un soir, au détour d'une conversation avec Raymond Aron, je me laissai aller à un mouvement d'optimisme :

« Ce journal a bien de la chance d'avoir deux éditorialistes que tout le monde lui envie. »

Aron me lança un regard suspicieux et me demanda avec simplicité :

« Qui est l'autre ?

— Mais Faizant », lui répondis-je.

La conséquence du premier choc pétrolier qui coïncidait à peu près avec l'élection de Giscard et qui sonnait le glas des fameuses « Trente Glorieuses » ne tarda pas beaucoup : Jean Prouvost décida de vendre *Le Figaro*. Jean-Jacques Servan-Schreiber et plusieurs autres candidats se mirent aussitôt sur les rangs. La bataille fut chaude. Une figure nouvelle faisait son entrée dans le jeu et emportait le morceau : c'était Robert Hersant. Je ne sais pas, témoin et arbitre des générations et des âges, si le nom de Robert Hersant dit encore quelque chose aux moins de quarante ans. Il a marqué au fer rouge la fin de mon passage à la tête du *Figaro*.

Non seulement la réputation de Robert Hersant était

exécrable, mais il en rajoutait avec une sorte de férocité. Cynique, très sûr de lui, plutôt séduisant avec quelque chose de canaille, il était une sorte de fanfaron du vice. Il revendiquait volontiers plus de méfaits encore qu'il n'en avait commis. Le moins qu'on pouvait dire de lui, c'était qu'il s'était mal conduit dans sa jeunesse — notamment à l'égard des Juifs — sous l'occupation allemande. Proche des socialistes de la S.F.I.O. à Rouen, il avait fondé sous l'occupation un groupuscule ouvertement proallemand : Jeune Front. Blanchi par la loi d'amnistie de 1952, il se sentait au-dessus des lois. Ses méthodes faites de charme, de brutalité et de volonté de puissance étaient souvent contestables. Elles lui avaient valu le surnom, encore plutôt indulgent, de « papivore ». Ses démêlés avec des journaux régionaux, et notamment *Paris-Normandie*, ses liens avec *L'Auto-Journal* où il régnait en maître, ses manières brusques et son autoritarisme l'avaient fait craindre de l'ensemble de la profession qui lui était franchement hostile. Dans les dîners parisiens, l'évocation de son nom faisait à peu près le même effet que celle du nom de Le Pen quelques années plus tard.

L'hostilité générale qui lui était témoignée et les violentes attaques des médias amusaient plutôt Hersant. Il se sentait protégé. À bon droit. Ce symbole sulfureux d'une droite presque extrême était lié avec François Mitterrand. Je l'ai compris assez vite. J'avais fait, un jour, dans un de mes éditoriaux, une allusion à la décoration — accompagnée d'un serment de fidélité — que Mitterrand avait reçue de Pétain. Le matin même, à ma surprise, mon téléphone sonne. C'était Hersant.

« Oh ! non, pas vous, monsieur d'Ormesson ! Vous n'allez pas descendre à ces petitesses aujourd'hui oubliées… »

Vingt ans plus tard, en janvier 1996, à la mort de Mitterrand qui m'avait beaucoup ému, la télévision m'invita à une soirée d'hommage à laquelle participaient tout un lot de ministres, de présidents et de Premiers ministres. La parole me fut donnée très tard et je provoquai un peu de surprise en parlant des liens qui unissaient Mitterrand et Hersant. C'était la vérité. Entre 1965 et 1968, ils avaient appartenu l'un et l'autre à la même formation politique : la F.G.D.S. Et des échanges de services les avaient rapprochés. Hersant, député de l'Oise, n'avait pas voté, dans l'affaire de l'Observatoire, une demande de levée d'immunité à l'encontre de

Mitterrand. Et Mitterrand s'était bien gardé d'accabler Hersant à propos des modalités douteuses de son élection dans l'Oise à laquelle avaient été mêlées des célébrités telles que Martine Carol et qui avait fait couler des flots d'argent. Lorsque la radio et la télévision me harcelaient à propos des liens d'Hersant avec *Le Figaro*, je répondais volontiers que s'il était coupable de faits délictueux et de malversations, il n'y avait qu'à l'arrêter. Le pouvoir s'en gardait bien. Peut-être oserais-je avancer, maître des cours et des intrigues, qu'un intermédiaire très séduisant faisait le lien entre *Le Figaro* — qui ne l'a d'ailleurs jamais attaqué, même sur ses chaussures, laissant ce soin au *Monde* — et l'Élysée : c'était Roland Dumas.

L'irruption de Robert Hersant au rond-point des Champs-Élysées changeait profondément l'allure générale du journal. Avant lui, on y jouait au bridge avec des manières raffinées. Après lui, au poker avec une ombre de vulgarité.

Raymond Aron avait accepté le nouveau propriétaire pour éviter le pire. Sa caution me suffisait — mais elle m'était indispensable. Son départ, un peu plus tard, allait entraîner le mien.

Des intermédiaires officieux s'efforçaient de mettre de l'huile dans les rouages et d'améliorer mes relations avec Robert Hersant. Je me souviens d'un autre tribunal, plus amical que le vôtre, tout-puissant Sur-Moi, composé de Pierre Juillet et de Marie-France Garraud — dont les noms sont sans doute inconnus aux jeunes gens d'aujourd'hui — et qui m'avait — déjà ! — invité avec fermeté à comparaître devant lui. Lorsque je compris qu'il s'agissait de me donner des instructions, je me suis retiré avec une dignité qui me fait sourire aujourd'hui.

À l'arrivée de Robert Hersant, qui s'empressa de me confirmer dans mes fonctions et d'en accroître l'étendue, la presse, la télévision, la radio, tous les médias se jetèrent sur moi avec voracité. Une des questions récurrentes était :

« Avec quel argent Robert Hersant a-t-il acheté *Le Figaro* ? »

Ma réponse était simple :

« Avec l'argent du *Figaro*. »

Je ne croyais pas si bien dire. À peine Hersant était-il arrivé que nous quittions les splendeurs du Rond-Point pour un immeuble de la rue Montmartre, derrière la place des Victoires, où ni les bureaux, ni les huissiers, ni le train de vie ne payaient plus de mine. Ce qu'il y avait de plus frappant, c'était que tout ce qui avait été refusé à Prouvost avec indignation était offert à Hersant, qui savait ce qu'il voulait, avec une sorte de soumission. Tout à fait à mes débuts, nouveau directeur encore plein de naïveté, j'étais tombé sur Jean Prouvost au pied de l'immeuble du *Figaro*, sur le trottoir du Rond-Point.

« Je voudrais vous voir, m'avait dit Prouvost.

— Venez dans mon bureau, lui avais-je répondu. Nous serons au calme.

— Je ne peux pas », m'avait avoué à ma stupeur le propriétaire du *Figaro*, de *Match*, de *Marie-Claire*. « Je n'ai pas le droit d'entrer au *Figaro*. »

Hersant y était entré, au *Figaro*, en conquérant et en patron. Il faut bien reconnaître qu'il ne manquait pas de panache. À la télévision sévissait un provocateur plutôt sympathique mais d'un angélisme insupportable et retors du nom de Polac. Nous nous étions rencontrés plusieurs fois, par hasard, à l'aéroport de Roissy en partance pour Venise.

« Ah ! me disait Polac, c'est très frappant : à chaque fois que je vous vois, profiteur privilégié, vous partez pour Venise… »

Je lui avais répondu :

« À chaque fois que je vous vois, vous aussi, champion du progressisme militant, vous partez pour Venise. Mais moi, je n'en tire aucune conclusion et je ne vous le fais même par remarquer. »

Michel Polac avait invité Robert Hersant à son émission avec la ferme intention, à peine dissimulée, de le descendre en flammes. Beau joueur, il lui avait proposé de venir avec quatre personnes de son choix. Hersant avait décliné cette offre et, avec intelligence, il s'était jeté seul, ou flanqué d'un seul collaborateur, dans la fosse aux lions. Il apparut, du coup, à la fois comme une victime et, en fin de compte, comme le vainqueur.

Les succès ne manquèrent pas. Les dérapages, non plus. Sous la direction du duo Hersant-Pauwels — on m'assure que les relations du couple n'étaient pas au beau fixe, mais au moins il fonctionnait —, *Le Figaro Magazine* atteignit des sommets de tirage. Pas toujours avec des moyens extraordinairement raffinés. Un des atouts du magazine a été une trouvaille de Robert Hersant : quatre filles en maillots de bain ou en déshabillés vaporeux sur un bateau qui faisait le tour du monde.

Longtemps, j'ai donné chaque semaine dans ce journal de droite presque extrême un éditorial où je parlais souvent de films ou de livres que j'avais aimés — *Le Festin de Babette*, par exemple, ou *Out of Africa* de Sidney Pollack, inspirés l'un et l'autre de Karen Blixen, ou *Sur la route de Madison* de Clint Eastwood, ou encore *L'Homme qui prenait sa femme pour un chapeau* d'Oliver Sacks — et où je tentais de défendre des positions politiques et sociales un peu plus équilibrées. Je me souviens d'un article intitulé « Il ne faut pas prendre les enfants du Bon Dieu pour des canards sauvages » qui allait dans ce sens. Les étiquettes comptent si fort en France que, plus de vingt ans après mon dernier éditorial, des lecteurs, souvent en province — « dans les régions », comme on disait —, me parlaient encore de mon article de la semaine, qui n'existait plus depuis belle lurette.

Le succès du magazine tenait exclusivement au talent de Pauwels et d'Hersant. Surtout pendant les quatorze ans des deux mandats de Mitterrand, l'ancrage du *Figaro* dans l'opposition avait beaucoup aidé le journal. Bien plus que le soutien au pouvoir en place, l'opposition offre à la presse le climat le plus favorable.

À côté de ces succès, les échecs, les problèmes, les difficultés ne manquaient pas non plus. J'appris un matin qu'Hersant envisageait d'introduire au *Figaro* un de ses collaborateurs de *L'Auto-Journal* dont je ne savais rien et qui portait le nom de Balestre. Renseignements pris, Jean-Marie Balestre était un personnage adoré de ses amis mais qui avait eu pendant la guerre une conduite répréhensible. La rédaction s'énervait. Pour la première fois depuis mon arrivée, un parfum de grève se remettait à flotter. J'allai trouver Hersant. Un dialogue surprenant s'engageait.

LUI : Jean-Marie Balestre est un homme sympathique. Tous ceux qui le connaissent vous le diront.

MOI : Je n'en doute pas.

LUI : Où est le problème ? J'ai tout de même le droit de m'entourer des collaborateurs de mon choix ?

MOI : Le problème est dans le passé de votre ami.

LUI : Il a fait une très belle guerre.

MOI : Oui, bien sûr. Si belle qu'il a reçu la Croix de fer.

Balestre, qui avait précédé Oswald Mosley, le fasciste anglais, mari d'une des sœurs Mitford, à la tête d'un organisme automobile autour de la formule 1, s'était en effet battu pendant la guerre sous l'uniforme allemand. Le récit de ma conversation avec Hersant devant la rédaction en ébullition avait arraché quelques sourires amers parmi l'indignation. Les choses finirent par s'apaiser. Balestre n'arriva pas au *Figaro*. Il obtint un poste à la Socpresse, rue de Presbourg, le holding financier qui chapeautait les journaux de Robert Hersant. Mais l'alerte avait été chaude.

Je voyais très peu Hersant. Il nous arrivait de communiquer par téléphone. En vérité, il me fichait une paix royale. Sauf qu'il empoisonnait ma vie par sa réputation, il s'ingéniait à me la rendre aussi agréable que possible. Un beau jour de 1977, si mes souvenirs sont exacts, me vint une idée funeste…

MOI : Encore une !

MOI : J'invitai à déjeuner ensemble chez moi, à Neuilly, Raymond Aron et Robert Hersant.

Le déjeuner se passa sans histoires. Mais au café, tout à coup, à propos de rien, au détour d'une phrase, Robert Hersant laissa tomber quelques mots fatidiques qui, comme plusieurs autres choses, grandes ou petites, tout au long de ma vie, me sont toujours restés obscurs.

Hersant, par un accord tacite, ne se manifestait pas dans le journal qui lui appartenait. Une ou deux fois, peut-être, il était brièvement intervenu. Le 1er janvier, il présentait ses vœux aux lecteurs. C'était tout. Mais, ce jour-là, chez moi, de la voix la plus calme, il déclara :

« Je crois que je vais me mettre à écrire dans le journal. »

Je compris aussitôt qu'une bombe venait d'exploser. Je regardai Aron. Il ne disait rien. Mais il me sembla que son visage avait un peu pâli. Nous nous séparâmes assez vite. Quelques jours plus tard, sous des prétextes divers, mais je reste persuadé que les mots du café avaient joué leur rôle, Aron, imitant Mauriac à propos du Maroc pas mal d'années plus tôt, quittait *Le Figaro* pour *L'Express* où il allait écrire des articles jusqu'à sa mort en 1983.

L'intervention d'Hersant, sa gaffe — volontaire ? — me parurent d'autant plus inexplicables que le papivore ne mit jamais sa menace à exécution : il n'écrivit toujours pas dans les pages du *Figaro*. Pourquoi alors avoir prononcé des paroles à l'allure de provocation ? Par distraction ? Par inattention ? Par désir de déplaire ? Je ne peux pas croire qu'il souhaitait pousser au départ un Raymond Aron qui constituait avec évidence un atout pour le journal où il s'exprimait.

Le résultat pour moi le plus clair du retrait de Raymond Aron était un sentiment presque insupportable d'isolement. Avec Aron, j'étais soutenu et bordé. Sans Aron, j'étais perdu. Son éloignement ne constituait pas le seul de mes soucis. Dès mes premiers jours au journal, j'avais dû constater qu'il était impossible au directeur du *Figaro* de continuer à écrire des romans. Il pouvait peut-être, à la rigueur, recueillir ses articles, donner des livres politiques, collaborer à des ouvrages savants. Mais les romans étaient exclus.

Un thème nouveau m'occupait : les rapports entre littérature et journalisme. Il était tout à fait clair que les liens étaient étroits entre les deux professions, qualifiées l'une et l'autre d'« hystériques » par Paul Valéry. On pouvait soutenir qu'Hérodote était une sorte d'envoyé spécial des Grecs en Italie du Sud et dans l'Égypte encore mystérieuse. Ou que Xénophon jouait le rôle de correspondant de guerre des Grecs auprès de l'armée de Cyrus contre son frère Artaxerxès. Ce qui permettait au chroniqueur de recueillir ses carnets de campagne au cours de la retraite des Dix Mille et de les publier dans un ouvrage célèbre intitulé l'*Anabase*. Ni vraiment philosophe ni vraiment poète, auteur de tragédies plutôt médiocres et de brefs récits très réussis, assez bon historien, Voltaire est dans ses lettres un correspondant sans égal et un grand journaliste, plein de drôlerie et d'invention verbale. Hugo, dans *Choses vues*, est un journaliste de génie. Les obsèques de Chateaubriand, ou la mort de Balzac, abandonné par sa femme, Mme Hanska, en train de vivre d'autres amours, l'assassinat de la duchesse de Choiseul, née Sebastiani, illustre famille corse du Nebbio, par son mari pris d'une passion fatale pour la gouvernante des enfants, les scandales Teste et Cubières, ancêtres des « affaires » que nous avons vues croître et prospérer de nos jours, lui fournissent des chroniques éblouissantes. Joseph Kessel, l'oncle de Maurice Druon, est journaliste et romancier. François Mauriac est devenu célèbre grâce à ses grands romans : *Le Désert de l'amour*, *Thérèse Desqueyroux*, *Genitrix*, *Le Nœud de vipères* mais aussi, et peut-être surtout, grâce à son « Bloc-notes » du *Figaro*. Un écrivain ne sait jamais ce qu'il fait ni ce qu'il écrit : il n'est pas exclu que le « Bloc-notes » de Mauriac soit encore lu dans deux cents ans, au moins par les historiens, avec curiosité et intérêt, quand ses romans sur les Landes ou sur l'amour coupable et où la soupe aux choux sent un peu la strychnine seront peu à peu oubliés.

À côté de ces liens et de cette parenté, l'opposition entre journalisme et littérature commençait pourtant à m'apparaître plus frappante encore. Deux formules la résument. L'une est de Gide : « J'appelle journalisme ce qui sera moins intéressant demain qu'aujourd'hui. » L'autre est de Péguy : « Rien n'est plus vieux que le journal de ce matin, et Homère est toujours jeune. »

Commençons, cher et illustre maître, par le statut professionnel et social. Il met une différence évidente entre l'écrivain et le journaliste. Le journaliste appartient d'abord à une équipe. L'écrivain ne cesse jamais d'être seul. Quand Raymond Aron quitte *Le Figaro* pour *L'Express*, quand, un peu plus de vingt ans plus tôt, François Mauriac avait pris le même chemin à cause de la crise marocaine, il est permis de se demander si *Le Figaro* sera capable de survivre à ce choc. On raconte qu'à Mauriac, venu lui faire ses adieux dans mon bureau du Rond-Point et en train de se retirer, Pierre Brisson aurait lancé avec angoisse :

« François ! François ! qu'est-ce que *Le Figaro* va devenir sans vous ? »

Mauriac, se retournant sur le pas de la porte, aurait répondu :

« *L'Aurore.* »

En vérité, ni le départ de Mauriac ni celui d'Aron n'ont sonné le glas du *Figaro.* Et — contre-épreuve — quand l'un, puis l'autre ont fini, pour une raison ou pour une autre — le désaccord ou la mort — par quitter *L'Express*, *L'Express* non plus n'a pas sombré. Le titre est plus fort que le journaliste. Et l'écrivain, toujours, est désespérément seul.

On me dira, maître de la parole et de l'écrit, que l'écrivain est souvent moins seul qu'on ne le croit et qu'il ne le prétend. Lui aussi se fait souvent aider — et même au point d'ignorer ce que ses nègres ont écrit. Mais nous parlons ici des écrivains authentiques. Le journaliste, c'est une équipe. Et l'écrivain est solitude.

La matière à laquelle ils s'intéressent l'un et l'autre met aussi une différence entre l'écrivain et le journaliste. J'ai déjà raconté ailleurs l'histoire du train qui entre en gare de Palerme ou de Naples avec treize minutes de retard.

« Treize minutes, déclare un voyageur, en consultant sa montre, ce n'est pas trop mal.

— Ah ! monsieur, s'écrie le chef de gare, c'est le train d'hier qui a vingt-quatre heures et treize minutes de retard. »

Voilà de quoi nourrir un article à succès. Ce qui intéresse le journaliste, ce sont les trains qui déraillent ou qui arrivent en retard. Il préfère ce qui ne fonctionne pas. Ce qui l'oppose le plus souvent à toutes les formes du pouvoir. La vie quotidienne dans sa banalité est le domaine de l'écrivain. Ce qu'il aime dans les trains, c'est qu'ils arrivent à l'heure pour donner enfin la mort à Anna Karénine ou pour permettre aux amants de partir ensemble vers ailleurs. Les mauvais écrivains ne détestent pas inventer des intrigues aux limites du vraisemblable. L'écrivain digne de ce nom, trône de justice et d'équité, est le miroir de son temps.

On pourrait, avec prudence, aller un peu plus loin. La vie est le domaine du journaliste. D'une façon ou d'une autre, la mort ne cesse jamais de se pencher sur l'épaule d'Eschyle, de Dante, de Shakespeare, de Racine, de Chateaubriand ou de Proust et de jeter un peu de son ombre sur le grand écrivain.

Mais ce qui sépare surtout le journaliste de l'écrivain, c'est le mystère du temps. Le temps passe et il dure. Le journaliste est tout entier du côté du temps qui passe. L'écrivain est tout entier du côté du temps qui dure. Il est interdit au journaliste de réclamer si peu de temps que ce soit pour donner à l'article qui doit paraître le soir même plus de force et de tenue. Il est recommandé à l'écrivain de prendre tout son temps — de longues soirées d'hiver, des semaines entières de printemps, parfois des mois et des mois — pour effacer de ses textes la moindre faiblesse et la moindre imperfection. Le journalisme tient en un mot : urgent. L'écrivain vise l'essentiel.

Quand j'étais arrivé à la tête du *Figaro*, j'avais terminé le manuscrit du livre qui, né de la vente de Saint-Fargeau et succédant à *La Gloire de l'Empire*, devait paraître en 1974 : *Au plaisir de Dieu*. À partir de ma prise de fonction, je n'avais plus rien écrit. Ma vie avait beaucoup changé. Françoise, ma femme, travaillait de son côté. Elle se levait de bonne heure et rentrait le soir vers 6 heures. Je me levais tard, vers 9 heures, pour être au journal vers 10 heures ou 10 heures et demie. Je rentrais plus tard encore : jamais avant minuit, ou plutôt 1 heure du matin. Françoise dormait déjà. Nous communiquions par des billets que nous laissions sur notre table. Entre deux comités, entre deux rencontres avec les journalistes ou avec des chefs d'entreprise, je rédigeais des articles pour le journal. Tous les jours que Dieu fait, j'avais un déjeuner ou un dîner ave des ministres, des ambassadeurs, des confrères étrangers — et surtout des annonceurs. Les annonceurs et leur publicité faisaient vivre le journal. On aurait presque pu le distribuer gratuitement. Le drame de la presse, une quarantaine d'années plus tard, a été la chute de la publicité. À mon époque, il m'arrivait parfois de participer à deux déjeuners le même jour avec des annonceurs : l'un entre 1 heure moins le quart et 2 heures, l'autre entre 2 heures et 3 heures et quart. En quatre mois de ce régime, j'avais pris huit kilos. Où aurais-je pu trouver le temps d'écrire la moindre page hors de l'actualité immédiate ? Je souffrais beaucoup, maître des destins.

MOI : C'était bien fait pour vous, ambitieux au rabais.

MOI : Quand Raymond Aron s'est éloigné du journal, j'indiquai à Hersant que j'allais suivre son exemple. Il se mit à rire et m'assura qu'il tenait beaucoup à moi. Je lui répondis avec simplicité que je n'en doutais pas, mais que je partirais tout de même.

« Allons donc ! me dit-il. Personne n'aurait l'idée absurde de démissionner du fauteuil de directeur général du *Figaro* où la vie que je vous fais est des plus agréables.

— Je vais vous dire la vérité. Je ne suis pas sûr d'être fait pour tenir longtemps à ce poste que j'ai été fier et heureux d'occuper. J'ai envie d'écrire des livres. Et je ne crois pas pouvoir les écrire en restant à la tête du *Figaro*. J'ajouterai, pour être honnête, que votre réputation, opposée à celle d'Aron, me fournit le meilleur des arguments pour emporter ma décision.

— Vous ne partirez pas.

— Je partirai. »

Quelques jours plus tard, sur un détail dérisoire — la nomination d'un journaliste à la tête du service de politique étrangère —, j'envoyai à Robert Hersant ma lettre de démission.

La matinée fut un peu dure. Je me disais que la chance que j'avais eue d'être proposé et élu au poste de directeur du *Figaro*, je venais de la dissiper sur un coup de tête. Et puis, presque aussitôt, je compris que j'étais libre, que je n'avais plus qu'à travailler et que mon destin ne dépendait plus que de moi. Un grand bonheur m'envahit. J'allai déjeuner avec une amie. Dès le début de l'après-midi, je recevais un télégramme — il n'y avait peut-être plus de « petits bleus », mais il y avait encore des télégrammes — signé de Roger Caillois : « Bravo. Vous avez rejeté votre tunique de Nessus. Je vous embrasse. »

Maître des grandeurs et des devoirs, je conserve le meilleur souvenir de mon passage au *Figaro* où j'ai été remplacé par Franz-Olivier Giesbert, écrivain et journaliste, disciple de Jean Daniel, venu de l'*Observateur* — où Hersant n'était pas en odeur de sainteté — et destiné au *Point*, partisan brillant du « journalisme de connivence », terreur du pouvoir à peu près quel qu'il soit et à qui je consacrerais volontiers un long portrait. Mais toute tentative de description est inutile, tant il est déjà connu. On ajouterait volontiers : et tant il est contradictoire, insaisissable et complexe.

S'il y avait un coupable dans ces coups de théâtre successifs, le seul coupable de l'affaire, c'était moi. Du haut en bas des services et de la rédaction, j'avais été accueilli avec bienveillance et amitié. C'était un honneur pour moi d'avoir occupé ces fonctions pour lesquelles je n'étais sans doute pas fait. À côté de Pierre Brisson, mon prédécesseur au *Figaro*, ou d'Hubert Beuve-Mery, patron du *Monde* — à qui de Gaulle disait : « Quand je lis *Le Monde*, je rigole » —, je n'ai pas été un grand directeur de journal. Au moins *Le Figaro* n'avait-il pas sombré sous ma brève gouvernance. Je n'avais même pas eu à affronter la moindre menace sérieuse de grève. Et des souvenirs d'amitié et de gaieté me reviennent en foule à l'esprit.

Un jour, j'avais reçu un illustre collègue, le directeur japonais de l'*Asahi Shinbun*. Après force courbettes d'un côté et de l'autre, il m'interroge sur le tirage du journal. J'arrondis un peu les chiffres :

« Mon Dieu ! cinq cent cinquante mille, ou quelque chose comme ça…

— Oh ! je vous félicite. C'est très beau ! c'est très beau !…

— Mais vous, mon cher directeur et ami, je crois que vous faites beaucoup mieux ?…

— Oh ! à peine. Un peu plus de dix millions… »

Les histoires de journalistes sont aussi inépuisables que les histoires de théâtre que j'ai tant aimées et où apparaissent le plus souvent Sarah Bernhardt ou les deux Guitry.

Jean-Jacques Gautier, le dernier critique théâtral à remplir ou à vider une salle à Paris, m'avait raconté que, faisant les cent pas dans le hall du Rond-Point avec François Mauriac, ils étaient tombés sur une grande figure du journal qui s'était cassé le pied et qui boitait vers eux.

« Ah ! le pauvre ! » avait murmuré Mauriac à Gautier avec une compassion toute chrétienne et de sa voix inimitable et cassée. « Ah ! le pauvre ! ça va le gêner pour écrire. »

Un de mes souvenirs les plus cocasses est lié à un autre grand chrétien, ami proche et paradoxal du marxiste Althusser, le philosophe Jean Guitton. Il revenait de Rome où il était allé plaider auprès du pape, qui était alors Paul VI, la cause de l'indulgence pour les intégristes de Mgr Lefebvre qu'il appelait à la soumission.

« J'aurais voulu, me disait-il, assis auprès de moi, que Mgr Lefebvre prît la main de Paul VI et la baisât avec ferveur… »

Et, joignant le geste à la parole, s'agenouillant à mes pieds, il s'emparait de ma main à moi et la portait à ses lèvres.

À ce moment précis, la porte de mon bureau s'ouvre en coup de vent comme souvent et je vois Max Clos, directeur de la rédaction, un papier à la main, qui passe la tête sur le seuil.

« Jean, me lance-t-il avec vivacité, j'ai là une dépêche qui… »

Apercevant soudain Jean Guitton en train de me baiser la main, il se retire en hâte en murmurant :

« Oh ! pardon, monsieur ! »

Emporté par sa flamme, Jean Guitton, bien sûr, ne s'était douté de rien.

« … j'aurais tant voulu, continuait-il, que Mgr Lefebvre se jetât sur la poitrine du Saint-Père et…

— Ah ! très bien ! m'écriai-je en me levant à la hâte, mais laissez-moi d'abord fermer la porte à clé. »

MOI : Vous quittez la direction du *Figaro*. Que faites-vous ? Vous vous promenez ? Vous ne faites rien ?

MOI : Je retourne à l'Unesco. Je reprends mes fonctions au C.I.P.S.H. où mes amis universitaires m'accueillent de nouveau à bras ouverts : ils avaient laissé mon poste vacant, espérant mon retour. Au moment où je quittais la direction du *Figaro*, un conseiller d'État, ancien directeur du cabinet de Jacques Duhamel au ministère des Affaires culturelles, ancien président-directeur général de R.T.L., Jacques Rigaud, était candidat au poste de directeur général adjoint de l'Unesco. Il m'écrivit une lettre navrée, teintée de reproches et un peu amère où il déplorait ma décision de revenir à l'Unesco pour lui faucher à la dernière minute le poste qu'il convoitait et qui allait me revenir avec une désolante évidence. Je lui répondis, pour le réconforter, que je n'avais jamais été et que je ne serais jamais candidat à des fonctions à l'Unesco, que si j'avais quitté la direction du *Figaro*, ce n'était pas pour reprendre aussitôt d'autres chaînes presque aussi contraignantes et que je regagnais mon poste modeste auprès de mes savants et à la revue *Diogène* où j'étais appelé à succéder, sans jamais le remplacer, à Roger Caillois qui, à ma grande tristesse, allait bientôt mourir. Jacques Rigaud, qui n'en revenait pas, obtint son poste de directeur général adjoint.

Je continuais à collaborer au *Figaro* que je ne dirigeais plus mais auquel — tout le monde a le droit de s'asseoir au café du Commerce — j'envoyais des articles avec plus ou moins de régularité, ce qui permettait au *Canard enchaîné* de me féliciter sur le mode ironique d'être sorti par la porte pour rentrer par la fenêtre. La vérité, prince du temps qui passe et des destins en train de se faire, est que je n'avais plus qu'une seule idée en tête : c'était d'écrire des livres.

J'avais mis beaucoup de temps à savoir ce que je voulais. Le goût du plaisir, l'attrait des voyages, peut-être une certaine forme d'ambition qui battait la campagne, certainement la volonté de prouver à mon père qui n'était plus parmi nous que j'étais capable, moi aussi, de frayer mon chemin parmi les institutions, une bonne dose de paresse, de légèreté et d'indifférence avaient retardé l'aveu et la résolution. Tout à fait au début de notre conversation, juge suprême du bien et du mal…

MOI : Nous ne nous livrons pas à une conversation : nous procédons à un interrogatoire et nous instruisons un procès.

MOI : Tout à fait au début de mon interrogatoire et de mon procès, prince de la vérité, vous m'avez demandé quelle était ma profession. Je m'étais montré hésitant dans ma réponse. Voilà que je n'avais plus d'autre ambition que de devenir écrivain. J'avais cinquante ans. Cinquante ans ! Pendant cinquante ans, je m'étais promené en Italie et en Grèce, j'avais dîné en ville, j'avais couru les filles, j'avais rêvé de grandes choses et j'en avais fait de toutes petites, je m'étais jeté à droite et à gauche, je m'étais perdu dans les détails et j'avais erré dans le brouillard. Je ne regrette rien de ces essais ni de ces erreurs qui étaient aussi des bonheurs et qui m'ont beaucoup occupé. Mais j'aspirais à autre chose.

Depuis trois ou quatre jours, déjà, je réponds à vos questions. Il me semble tout à coup que je ne vous ai rien dit. Vous ai-je parlé de Lecce, d'Udaipur, de Louxor, de Castellorizo, d'Oaxaca, des jardins de Ravello ? Vous ai-je parlé de Robert de Billy et du 51 de la rue de l'Université ? Vous ai-je dit seulement combien j'ai aimé mon bref passage dans l'armée et que j'avais eu l'honneur de porter le béret rouge des parachutistes étrangers ? Vous ai-je glissé deux mots de mes relations tumultueuses avec François Mitterrand ?

MOI : Un peu de calme, jeune homme. Nous avons tout le temps. Nous allons reprendre tout cela. Vous nous avez déjà parlé de votre goût pour les voyages. Mais qui est Robert de Billy ?

MOI : Il y a beaucoup de Billy. Il y avait André Billy, qui était membre des Goncourt. Il y avait même plusieurs Robert de Billy. Le mien avait épousé la sœur du père de Nine. D'où le nom que nous lui donnions tous : oncle Robert. Il habitait à Paris le bel hôtel Pozzo di Borgo. Les Pozzo di Borgo sont une vieille famille corse. Le plus connu d'entre eux, Charles-André, était à la fin du XVIIIe siècle un ami de Paoli. Ennemi juré de Napoléon et conseiller du tsar Alexandre Ier, il fut ambassadeur de Russie en France sous la Restauration. La sœur de ma grand-mère Valentine que vous avez déjà rencontrée à Saint-Fargeau, maître des générations, avait épousé un Pozzo di Borgo. Et tous les Parisiens connaissent l'hôtel Pozzo di Borgo, 51 rue de l'Université, acheté, comme beaucoup de belles demeures parisiennes, comme l'hôtel Lambert, par exemple, par une grande fortune venue d'ailleurs. Les travaux immobiliers entrepris par l'acquéreur ont encombré pendant des années, autour de 2015, la rue de l'Université. Robert de Billy louait dans cet hôtel un appartement consacré tout entier à la réception. Il était composé d'une grande salle à manger et d'un immense salon flanqués d'une chambre minuscule. Il donnait chaque semaine dans ce décor de rêve qui ouvrait sur un jardin des déjeuners d'une vingtaine de personnes auxquels j'ai souvent été convié.

Pendant près de quatre siècles, à Paris, ailleurs en France, au cœur de la plupart des pays de l'Europe, les salons ont joué un grand rôle dans une vie sociale évanouie. Jusque vers le milieu du siècle dernier, plusieurs d'entre eux — ceux de Lise Deharme ou de Mme Bousquet, ceux surtout de la duchesse de La Rochefoucauld ou de Mme de Fels, sa belle-sœur, celui de Florence Gould qui recevait écrivains et actrices à l'hôtel Meurice, rue de Rivoli, plusieurs autres encore qui avaient pris le relais des grands salons de la princesse Mathilde ou de Marie-Laure de Noailles, l'amie de Cocteau et des surréalistes — servaient d'antichambre et de salle d'attente à l'Académie française. Remplacés d'abord par les cafés littéraires — la vogue des Deux Magots, du Café de Flore, de la Closerie des Lilas — puis définitivement par la télévision et par le Net, leur disparition a laissé désemparée cette honorable institution qui ne dispose plus de ces viviers où pêcher ses pensionnaires. Les déjeuners chez l'oncle Robert étaient moins spécialisés dans le recrutement littéraire. On y trouvait un peu de tout, venu d'un peu partout.

J'y ai rencontré beaucoup de belles étrangères, des écrivains, des ministres, des actrices, des danseuses et des journalistes. À la mort de Robert de Billy et avant les grands travaux entrepris par le nouvel acquéreur, le couturier Karl Lagerfeld s'est installé à son tour au 51 de la rue de l'Université qui a été longtemps, parmi beaucoup d'autres, dans la politique, dans la littérature, dans la mode, un de ces hauts lieux de la vie parisienne qui ont fait couler tant d'encre dans la presse et dans les romans.

MOI : Vous sortiez beaucoup, comme on dit. Vous aviez beaucoup d'amis ?

MOI : Quelques ennemis aussi.

MOI : Quelques ennemis ? Le bruit courait que vous n'en aviez pas…

MOI : J'en avais, grâce à Dieu. Un peu partout. À droite et à gauche. L'ami de tout le monde n'a rien de très fameux. Mais j'avais, il est vrai, plus d'amis que d'ennemis. Et dans des milieux très différents. Je pourrais vous fournir des listes qui n'en finiraient pas…

MOI : Fournissez ! Fournissez !

MOI : Comme il pourrait y avoir la liste des villes que j'ai aimées, des églises, des temples, des mosquées qui m'ont plu, des tableaux que j'ai admirés, de Masaccio et de

Carpaccio à Degas et à Balthus, des jardins où je me suis promené, des ports et des lacs où j'ai passé beaucoup de mon temps à rêver, il pourrait y avoir la liste des amis.

Il y aurait la liste des Pierre. Il y aurait la liste des Marie. Il y aurait la liste des Jacques, des Catherine, des Anne, des Pascaline. Chaque nom entraînerait des souvenirs, des projets, des voyages, des passions, et renverrait à son tour à d'autres noms, à d'autres sentiments et à d'autres thèmes, jusqu'à constituer des réseaux d'embranchements sans fin qui se confondraient avec la vie et avec le monde.

MOI *(consultant ses notes)* : Vous aviez des amis jusque chez les parachutistes ?...

MOI : Une des filles de mon oncle Wladimir avait épousé Pierre de Chevigné, compagnon de la Libération, ministre de la Défense sous la IVe République. Ses rapports avec de Gaulle étaient intéressants : partisan du Général, il s'était éloigné de lui et rapproché du M.R.P. et de Jean Lecanuet qui allait contribuer à mettre de Gaulle en ballottage au premier tour de l'élection présidentielle de 1965. Quand de Gaulle, après ses douze années de traversée du désert, est revenu au pouvoir en mai 1958, Pierre de Chevigné était, avec le socialiste Jules Moch, son collègue dans le dernier ministère Pflimlin, un de ceux qui se proposaient d'arrêter le général de Gaulle et de le traduire en justice.

Un peu moins d'une dizaine d'années avant le retour du Général — il était déjà ministre de la Défense —, je m'étais vanté un peu bêtement devant lui d'avoir été un des rares Français, non seulement à n'avoir jamais été à l'école, mais à n'avoir jamais fait de service militaire, ma classe — 1945 — étant exemptée. Le lendemain matin, rentré à son bureau de la rue Saint-Dominique, il prenait un décret soumettant à trois mois de service les seuls élèves de mon âge sortis des grandes écoles — Polytechnique, Centrale, Normale, etc. Et il m'expédiait au Mans, dans une unité du train des équipages.

Je lui adressai aussitôt une lettre où je lui disais qu'il aurait au moins pu m'affecter aux chasseurs alpins ou à cette Légion étrangère que j'ai toujours admirée. Il m'envoya à Vannes, chez les parachutistes étrangers.

Le chef des bérets rouges s'appelait, si mes souvenirs sont exacts, le colonel Langlais. Lui et ses parachutistes accueillirent presque en triomphe un type bizarre, à peu près seul de son espèce et rattrapé in extremis par ce qu'il était convenu d'appeler une troupe d'élite. Presque en triomphe — et avec une ombre d'ironie parce que le bruit avait couru que j'étais le cousin du ministre, et avec curiosité et un peu de méfiance parce que j'étais normalien. Plusieurs années avant la guerre d'Algérie, avant les porteurs de valises et avant Jean Genet, son *Balcon*, ses *Paravents*, les ponts n'étaient pas encore rompus entre parachutistes et intellectuels, mais les relations étaient déjà difficiles. J'ai fait de mon mieux. Eux aussi. J'ai beaucoup aimé l'armée et j'ai compris assez vite pourquoi toutes ces têtes brûlées avec leurs bérets rouges, leurs bottes et leurs poignards se tenaient prêtes à se faire tuer pour une solde misérable et pour leur colonel. Quelques années plus tard, c'est le colonel lui-même qui affrontait à la tête de ses hommes la mort à Diên Biên Phu.

Les parachutistes sont censés sauter dans le vide en se jetant d'un avion. Je suivis une semaine ou deux un entraînement accéléré où tenaient leur place une tour, des mouvements de gymnastique plutôt vifs et franchement nouveaux pour moi et des cours magistraux. Au mess et dans la cour se racontaient des histoires de parachutes qui ne s'ouvraient pas et de parachutistes qui s'enfonçaient de deux mètres dans la terre cultivée. Les accidents, à vrai dire, étaient extrêmement rares. Le problème était plutôt que, depuis des années, dans l'unité où je servais, il n'y en avait pas eu un seul. À considérer les statistiques et la loi des grands nombres, c'était à la fois rassurant et inquiétant.

Dans les avions modernes, le saut s'opère par une trappe qui s'ouvre sous vos pieds. Nous, nous disposions de vieux avions, des Junkers, si je ne me trompe, où nous passions par la porte pour nous jeter dans le vide. Les sauts se faisaient par *sticks*. Un stick était constitué d'une douzaine ou d'une quinzaine de gaillards qui se poussaient les uns les autres. Bizutage ou révérence, brimade ou sympathie, normalien et protégé, on s'abstiendrait de me pousser. J'aurais à décider moi-même si je voulais ou non passer la fameuse porte qui donnait sur le vide.

L'affaire était banale. Pour moi, elle était rude. J'avais peur. Se jeter du haut d'un avion n'est pas une démarche naturelle. Surtout quand personne n'est ni devant ni derrière vous pour vous entraîner et vous faire basculer dans le vide. C'est vous qui m'avez poussé, prince des armes et des arts. Vous et tous ceux qui allaient, plus tard, penser à moi avec méfiance ou indulgence et me juger. Aux yeux de mes camarades et de tous ceux qui viendraient après eux se pencher sur mon cas, si je ne sautais pas, j'étais déshonoré. J'ai sauté.

Vous tombez. Plus rien à faire. C'est trop tard. Vous n'avez plus le temps d'avoir peur. Il n'y a plus qu'à attendre. Les choses vont très vite et lentement. Soudain, le parachute s'ouvre. Un bonheur fou s'empare de vous. Vous flottez quelque part entre le ciel et la terre. Le parachute, dans mon cas, était automatique. Il s'est ouvert tout seul. Heureusement. Je me demandais si j'aurais été capable de tirer sur la ficelle. Et surtout de tirer le plus tard possible, pour profiter de la chute libre. J'imaginais, en flottant au-dessus des arbres et des champs, les sentiments de griserie et de fragile éternité que devaient éprouver les artistes de ce sport tout au long de leur ballet, retardé à l'extrême, sur le plancher mouvant de l'air.

Je quittai à regret mes camarades aux bérets rouges, leur simplicité, leur courage, leur amitié et leur colonel. À mon départ, quelques-uns d'entre eux vinrent me voir. Ils me mirent en garde. On ne savait jamais. N'importe quoi pouvait arriver. Si jamais des individus malveillants, des magistrats trop zélés, un pouvoir hostile, des gêneurs de toute espèce venaient à me chercher des noises, ils étaient là pour m'aider. Je les remerciai avec chaleur. J'ai toujours leurs noms sur un bout de papier. La plupart sont morts. Et les survivants doivent avoir un peu plus de cent ans.

Non pas l'armée, mais des situations de guerre où j'allais jouer un rôle minuscule m'attendaient au Liban et en Croatie. Depuis la fin de la Seconde Guerre mondiale, le Moyen-Orient n'a cessé de constituer un des abcès de fixation de la violence sur cette planète. Pris entre Israël, les Palestiniens et la Syrie, le Liban, qui avait longtemps eu le privilège d'être considéré comme la Suisse du Proche-Orient, était une sorte d'oxymore religieux, politique et social, une exception, un miracle. Les garçons et les filles continuaient à aller à la plage, les bombes explosaient sur la place des Martyrs et sur la place des Canons et la légende de Kamal Joumblatt, le chef druze, le père de Walid, dans son palais de Beiteddine, au cœur du Chouf, faisait rêver les jeunes gens. En 1989, sous la présidence d'Amine Gemayel, quand les bombes syriennes tombèrent sur Beyrouth, Frédérique Deniau, une amie de toujours, mit sur pied une expédition qui tenait du canular, du marketing politique et de l'illusion lyrique. Nous partîmes pour Chypre, d'où nous débarquâmes à Beyrouth sous les fleurs et quelques bombes.

Nous formions un petit groupe composé de Guy Béart qui avait écrit une chanson que les jeunes Libanais chantaient avec bonheur : *Liban libre, libre Liban*, de Jean Mauriac, le fils de François, de Daniel Rondeau qui allait devenir plus tard ambassadeur à Malte et à l'Unesco et écrire des romans, de Frédérique et de moi. J'ai, à nouveau, eu très peur, prince des batailles — moins des bombes que des taxis : pour éviter les bombes qui tombaient assez dru, les taxis roulaient à plus de cent à l'heure dans un Beyrouth déjà en ruine mais encore loin d'être désert. Le général Aoun était Premier ministre. Il me remit un passeport qui faisait de moi un citoyen libanais.

Quelques années plus tard, c'était en compagnie du mari de Frédérique que j'essuyais des balles tirées cette fois par des Serbes.

MOI : Ce « mari de Frédérique », était-ce Jean-François Deniau ?

MOI : Lui-même, génie des Carpates et de la Bastille. Charmant, brillant, ambitieux, désespéré en secret de n'être que lui-même, ce qui n'était déjà pas si mal, Jean-François Deniau était une sorte de Fantasio qui aurait rêvé de jouer le rôle de Lawrence d'Arabie. Il avait été élevé par sa mère dans l'idée que la présidence de la République était la moindre des situations auxquelles il était en droit d'aspirer. Pour obéir sans doute à de telles espérances, il reconstruisait le monde autour de lui avec une violence et un charme tout à fait indifférents aux contingences de la réalité.

Il avait préparé à Saigon, alors français, où il était allé retrouver son frère pour combattre à ses côtés, un des premiers concours de cette fameuse E.N.A. à l'origine de tant de légendes. Longtemps, le concours de la rue d'Ulm avait détenu le monopole des mots brillants ou subtils, le plus souvent inventés. À la question : « Qui a fait quoi ? Et en quelle année ? » Thierry Maulnier, qui s'appelait encore Talagrand, aurait répondu : « Alaric a éteint le feu sacré à Rome en 410. »

À la question, lancée au hasard : « Que se passa-t-il ensuite ? » j'étais censé moi-même avoir donné une sage réponse : « L'affaire échoua. »

Plus tard, signe des temps, ô rage, ô désespoir, à force d'uniformisation et d'ambition bureaucratique, l'École nationale d'administration avait détrôné l'École normale. On racontait qu'une candidate — parce qu'on ne prête qu'aux riches, l'histoire a été mise longtemps sur le compte de Ségolène Royal ou de Françoise Chandernagor, future auteur de *L'Allée du roi* et future membre des Goncourt —, interrogée à l'oral par un examinateur badin sur la différence, du point de vue légal et fiscal, entre un amant et un mari, aurait répondu :

« Oh ! monsieur, c'est le jour et la nuit… »

Un autre, à qui était posée une question insidieuse sur la profondeur de la Seine à Paris, aurait, un peu à la façon des rabbins ou des jésuites censés répondre toujours à toute question embarrassante par une autre question, demandé à son tour :

« Sous quel pont, monsieur ? »

Au moins selon la légende, Jean-François Deniau, qui savait beaucoup de choses, était tombé par malchance sur une des rares questions de politique économique dont il ignorait presque tout : la T.V.A. Avec assurance, sans la moindre hésitation, il était parti aussitôt dans une improvisation sur la Tennessee Valley Administration. Surpris mais bluffé, l'examinateur lui avait collé sans moufter — ou peut-être en mouftant ? — la note la plus élevée.

Inspecteur des Finances, proche de Giscard d'Estaing dont il devait orchestrer la campagne, Jean-François était d'abord un marin. Sur ce qu'il aimait par-dessus tout et qu'il connaissait mieux que personne il avait écrit un joli livre : *La mer est ronde*. J'ai souvent navigué avec lui sur son voilier l'*Amphitrite*. À bord, il faisait tout avec maîtrise. Je ne faisais rien. Un beau jour d'été, nous sommes partis de Saint-Tropez pour arriver à Saint-Florent, en Corse, d'où nous sommes repartis presque aussitôt pour Livourne. Au large de Capraia, un îlot rocheux au nord d'Elbe et de Montecristo, une tempête nous a surpris. D'abord légère, elle s'est assez vite renforcée. En proie à une de ces crises d'un paludisme contracté en Afrique, Jean-François, à la barre, faisait face aux éléments avec autorité. Moi, un peu vert, obéissant à ses ordres, j'écopais tant que je pouvais. La situation, dans la nuit qui tombait, devenait plutôt critique lorsque la côte de Livourne surgit tout à coup de l'ombre devant nous dans le rôle d'un mirage qui tenait du miracle. Le bateau était sur le point de couler quand nous entrâmes au port. Je n'avais pas assez écopé.

Jean-François Deniau n'était jamais satisfait. Ambassadeur en Espagne, proche du roi Juan Carlos qui affermissait son pays dans la démocratie, il m'avait invité à venir le voir à Madrid. Nous bavardions de choses ou d'autres, et probablement de littérature, dans le salon somptueux de l'ambassade lorsqu'un valet de pied ou un majordome en habit à la française vint lui murmurer à l'oreille que le ministre espagnol des Affaires étrangères l'appelait au téléphone.

Il se tourna vers moi :

« Ah ! mon pauvre vieux, me dit-il, l'air navré, tu vois où j'en suis tombé. »

Il était rêveur, courageux, séduisant. Toujours à la recherche d'autre chose. Le monde était pour lui une sorte de songe enchanté. Au même titre que Sean Connery ou Michael Caine, il aurait pu être un héros du film de John Huston : *L'Homme qui voulut être roi.* Monter un jour sur le trône d'Albanie ne lui paraissait pas exclu. Il se voyait assez bien en train de mettre fin à la guerre froide et de ramener la paix au Moyen-Orient ou en Afghanistan. Ami de présidents et de rois, de Massoud qu'il n'avait vu qu'une fois ou deux, fasciné par les services secrets, il se rangeait sans vergogne et avec beaucoup de naturel parmi les grands de ce monde. D'une santé vacillante, il était de ces êtres à l'imagination puissante à qui rien ne semble impossible et qui plient le monde à leurs vues. Participant à l'élaboration du traité de Rome et à la construction de l'Europe, traversant l'Atlantique à bord d'un voilier de fortune, toujours dans le secret des dieux et des princes de ce monde, il avait aboli la frontière entre la réalité et le rêve.

Ministre, ambassadeur, académicien, marin, Jean-François était aussi un baroudeur. Il n'allait pas laisser passer l'occasion de se battre pour Raguse, pour sa cathédrale baroque, pour sa célèbre *Placa*, pour ses couvents, pour son palais des recteurs — élus pour trois mois sous la belle devise *Obliti privatorum, publica curate* —, pour son palais Sponza, pour ses bibliothèques, ses fontaines, ses remparts, sa colonne de Roland, contre les successeurs communistes de Tito et contre Milosevic. Nous nous sommes embarqués à Bari sur un hydroglisseur pour tenter de gagner Dubrovnik encerclé par les Serbes.

J'ai beaucoup aimé la Croatie. L'éblouissement premier m'était venu de la Grèce et de ses îles que des amies successives, Cécile d'abord, Nine ensuite, puis Maia, une Grecque inoubliable, m'avaient fait découvrir en bateau. La Croatie était entrée bien plus tard dans ma vie, mais Split, l'ancien Spalato, construit dans les ruines du palais de Dioclétien, Hvar, Korcula, Mljet, petite île au nom imprononçable où un lac intérieur entoure une île dans l'île, une espèce d'île au carré, et surtout Dubrovnik, avec ses palais, ses églises et le souvenir de Marmont qui allait forger un verbe — *raguser* — à partir de Raguse, l'autre nom de Dubrovnik, m'avaient enchanté. Lorsque les canons de la Serbie communiste de Milosevic menacèrent Dubrovnik, je me déclarai prêt, avec une ombre de ridicule, à sauter en parachute sur la ville assiégée. Jean-François me convainquit d'aborder plutôt en bateau. Quand une grêle de balles siffla autour de nous, quand le patrouilleur 174 de la marine fédérale communiste nous menaça ouvertement, il nous parut plus sage de renoncer et de rebrousser chemin.

Quelques semaines plus tard, toujours de Bari, je retournai à Dubrovnik aux côtés de Bernard Kouchner et d'André Glucksmann. Nous débarquâmes dans des conditions difficiles. Mais enfin nous débarquâmes et Kouchner fut reçu avec enthousiasme dans une ville éprouvée. Il prononça un beau discours sur l'humanisme, les droits de l'homme et le devoir d'ingérence. Je me présentai, après lui, comme un égoïste amateur de belles choses qui ne pouvait être heureux que si les autres n'étaient pas trop malheureux.

L'armée elle-même, je devais la retrouver un peu moins de cinquante ans après mon passage chez les bérets rouges de Vannes. À la fin du printemps 1994, *Le Figaro* m'a envoyé dans un des plus beaux pays d'Afrique, le Rwanda, ravagé par le génocide perpétré par les Hutus à l'encontre des Tutsis. En à peine quelques semaines, près d'un million de morts. Comme au Cambodge avec les crimes des Khmers rouges, une proportion effarante de la population.

J'ai compris à nouveau au Rwanda pourquoi l'armée a pu, tout au long de l'histoire, et peut encore attirer tant de jeunes gens à la recherche de quelque chose d'un peu plus grand que soi-même à quoi se consacrer. Dans des circonstances effroyables, j'ai été heureux, presque à mon étonnement, de me retrouver parmi des soldats.

L'action de la France au Rwanda a fait l'objet de critiques

violentes. Le seul témoignage que je pourrais apporter est que l'armée a fait son devoir. En France, l'armée obéit aux représentants de la nation élus par le peuple. Elle a exécuté les ordres. Si responsabilité il y a, elle est politique. Comme était politique le drame sans nom des harkis, en 1962, qui a bouleversé les partisans et les admirateurs du général de Gaulle, laissant sur la France une tache qui ne s'effacera pas de sitôt.

MOI : Accusé ! Le tribunal me charge de vous rappeler à l'ordre. Vous aimez beaucoup la formule : « la tête me tournait… » et vous l'employez souvent. C'est vous, cette fois, qui nous faites tourner la tête. Vous prétendez vouloir vous consacrer à vos livres. Et vous nous parlez depuis deux heures des salons littéraires, de vos amis innombrables, de vos sauts en parachute, des troubles en Afrique et au Moyen-Orient et du sort des harkis. Il semble que vous ayez du mal à renoncer à la fois à la mondanité et à toutes les facettes du journalisme et du commentaire politique.

MOI : Vous le savez déjà, maître du proche et des lointains : ce que je suis d'abord, c'est un tissu de contradictions. Illustrant le mot de Wilde : « *Journalism is unreadable and literature is unread* », j'ai été déchiré entre journalisme et littérature. J'entends encore Morand — choqué par un de mes livres, en vérité assez médiocre, mais qui paraîtrait aujourd'hui d'une redoutable innocence et qu'on recommanderait volontiers aux institutions de jeunes filles —, pointant son doigt sur moi et me disant d'un ton sévère :

« Surtout pas de pornographie ! Et surtout, pas de journalisme ! »

L'injonction était bien intéressante de la part de l'auteur d'*Ouvert la nuit* et de *Rien que la Terre* dont la plupart des ouvrages sont des sortes de reportages sur le monde autour de nous — mais qui mettait, il est vrai, son journalisme dans ses livres.

Ce qui comptait pour moi, immuable Sur-Moi, ce qui compte encore au détriment de tout le reste, passager, futile et à quoi je n'attache presque aucune importance, c'étaient et ce sont les livres. J'en ai écrit quelques-uns.

MOI : Greffier ! *(Consultant ses notes.)* Il semble au tribunal que vous consacriez bien peu de votre temps à ces livres que vous aimez tant.

MOI : C'est vrai. Je me suis trop dissipé. J'ai pris trop de chemins de traverse. J'ai trop cherché à voir si, plus loin et ailleurs, l'herbe était plus verte et le spectacle, plus excitant. Avec ses bonheurs et ses horreurs, le monde et la vie m'ont trop plu. Je m'en repens. Mais, de tous côtés, les tentations étaient grandes — jusqu'à se changer parfois en obligations.

MOI : Vraiment ? En obligations ?

MOI : Oui, monsieur. En obligations. Ou en quasi-obligations auxquelles il était difficile et souvent impossible de se dérober.

Les plus anciens d'entre nous se souviennent peut-être encore d'un épisode parmi d'autres de la Seconde Guerre mondiale : peut-être avec l'idée d'opérer la jonction avec l'armée de Rommel aux portes de l'Égypte, les troupes allemandes du maréchal von Kleist avaient fait flotter le drapeau hitlérien au sommet de l'Elbrouz. Horreur sur horreur : Staline avait remplacé la croix gammée par un buste de lui-même. Pour effacer ces souvenirs, nous avons été quelques-uns, toutes opinions confondues, à déposer la Déclaration des droits de l'homme sur ce même sommet de l'Elbrouz, point culminant du Caucase à près de six mille mètres. Il y avait là, autour de Gilles de La Rocque, initiateur du projet, et de Jean-Noël Jeanneney et sa femme, Annie-Lou, une poignée de moniteurs de Val Thorens et de Courchevel, quelques journalistes politiques ou sportifs, et votre serviteur. Nous nous sommes accrochés à des mains courantes en fil d'acier qui déchiraient les gants et vous blessaient la paume et les doigts. Nous avons longé ces précipices qui faisaient rêver le bon Dumas et dont il nous livre la description dans son *Voyage au Caucase*. Nous avons emprunté des télésièges rudimentaires constitués de chaises de cuisine glissantes et sans rambarde qui oscillaient au-dessus du vide et nous flanquaient une frousse que je ne suis pas près d'oublier. Je m'en serais voulu, en vérité, de renoncer à cette ascension rustique en l'honneur de la démocratie. Mais ce que je voudrais surtout, juge des âmes et des cœurs, c'est citer à la barre un témoin de grand poids.

MOI : Faites ! faites donc !

MOI : Je ne peux pas. Il est mort. Et je ne voudrais pas faire parler les morts. Je me contenterai, avec votre autorisation, de rapporter des faits. J'ai entretenu des liens qui relèvent du paradoxe avec un des acteurs majeurs de notre histoire récente.

MOI : Prenez garde, jeune insolent ! Vous nous avez déjà fait le coup avec Pompidou et Giscard. Peut-être allez-vous sortir maintenant de votre manche le général de Gaulle ou le pape Jean-Paul II ?

MOI : Ce n'est pas le général de Gaulle que je voudrais faire entrer en scène. C'est son adversaire le plus virulent. Celui qui accusait le Général de « coup d'État permanent ». Celui que le Général, en retour, traitait sans fard d'« arsouille ».

MOI : Le tribunal vous serait reconnaissant, Pythie de café-concert, de renoncer à parler par énigmes.

MOI : L'affaire, patron de toutes les grandes causes, a commencé assez mal. En mai 1981, je publiais à la une du *Figaro* un article qui convoquait François Mitterrand, fraîchement élu à la présidence de la République, au tribunal de l'histoire. François Mitterrand était un adversaire. Je savais, pour reprendre une formule de Pierre Viansson-Ponté, éditorialiste au *Monde* et ami de Raymond Aron, auteur en 1968 de la phrase célèbre : « La France s'ennuie », qu'il avait « des relations difficiles avec la vérité ». Je n'avais pas oublié la ténébreuse affaire de l'Observatoire que beaucoup de Français avaient effacée de leur mémoire. Le sort de Giscard, lâché en pleine bataille par un Chirac calculateur, me paraissait cruel. Je n'avais aucune raison de ne pas en faire un peu trop. *Le Canard* ne m'a pas raté : il s'est demandé qui était cet inconnu qui se permettait de fixer un rendez-vous au président de la République. Le Président, lui, ne m'a pas raté non plus. Connaissant le narcissisme et la vanité de ceux qui écrivent, il a déploré, je ne sais plus trop dans quelles circonstances mineures, qu'un si bon écrivain — c'était moi — fût si stupide politiquement. Vous commencez à me connaître, immense inquisiteur : je lui ai écrit quelques mots pour le remercier de son indulgence. La machine était lancée.

Au cours de ses deux mandats, François Mitterrand m'a invité plus d'une fois à l'Élysée. Je me souviens d'un discours qui m'avait beaucoup frappé à l'occasion d'une remise de la Légion d'honneur à Jorge Luis Borges. Je me souviens de la présentation d'un nouvel académicien au président de la République, successeur de Louis XIV et protecteur de la Compagnie. Le quai de Conti m'avait désigné pour accompagner Michel Debré, récemment élu, dans sa visite protocolaire à François Mitterrand. Les deux hommes se connaissaient évidemment fort bien et, fruit de l'affaire du Bazooka et de l'affaire de l'Observatoire, se détestaient avec ardeur. Le Président serra la main à Debré et lui dit :

« Quelle curieuse idée, monsieur le Premier ministre, de vous être présenté à l'Académie française. »

Et il lui tourna le dos pour entamer avec moi une conversation qu'il fit durer trois bons quarts d'heure. Malgré tous mes efforts, il me fut impossible de ramener dans le circuit mon nouveau confrère qui ne prononça pas un seul mot.

Dans la voiture du retour, je rappelai à Michel Debré les premiers vers d'un sonnet d'amour et de haine d'Henry Becque, l'auteur un peu oublié des *Corbeaux* et de *La Parisienne* :

Je n'ai rien qui me la rappelle,
Pas de portrait, pas de cheveux.
Je n'ai pas une lettre d'elle.
Nous nous détestions tous les deux.

Je me souviens aussi d'une journée à Venise.

Il ne faisait pas très beau. Le temps était couvert. Je prenais un verre à la terrasse du Riviera, une de mes *trattorie* favorites, tout au bout des Zattere, non loin de San Sebastiano où l'histoire d'Esther, flanquée d'un petit chien, est racontée par Véronèse. J'étais avec Giovanni Volpi, le plus proche peut-être de mes amis italiens. Giovanni était le fils du ministre des Finances de Mussolini et d'une Italienne magnifique et puissante, fille d'un rabbin d'Oran, venue d'Afrique du Nord pour donner des bals somptueux, régner sur Venise et faire déposer ses cendres aux côtés du Titien dans la nef des Frari : Lili Volpi. Giovanni n'était pas seul. Il servait de guide à Lauren Bacall que j'admirais depuis toujours —

If you need me, just whistle… You know how to whistle, don't you ?
You put your lips together and you blow…

— et que je dévorais des yeux.

MOI : Peut-être la tête vous tournait-elle, vermisseau des lagunes ?…

MOI : Elle me tournait, patron. Elle me tournait même si

fort qu'en regardant au loin, du côté de la Salute et de la Douane de mer, j'aperçus une silhouette qui s'avançait à pas lents et qui me disait quelque chose. C'était François Mitterrand. Il venait, de toute évidence, du campo San Vio. Je savais que c'était sur ce campo que s'élevait le palais où vivait le peintre Music et où le Président habitait à Venise. Son chapeau sur la tête, une écharpe autour du cou, il était vêtu de ce manteau que tous lui connaissaient. Je m'excusai auprès de Lauren Bacall et je me levai pour aller à la rencontre de l'illustre promeneur.

Je le saluai.

« Que faites-vous là ? me dit-il.

— Je prends un verre, lui répondis-je du ton le plus dégagé, avec Lauren Bacall.

— Avec Lauren Bacall ? Vous avez bien de la chance. »

C'est moi qui ai présenté Lauren Bacall à François Mitterrand. Ou François Mitterrand à Lauren Bacall.

Le plus important pour moi était encore à venir. Un soir de mai 1995, le même téléphone qui, vingt-trois ans plus tôt, m'avait apporté la voix de Paul Morand me parlant d'une lettre que je n'avais pas envoyée se met à sonner à nouveau. Je décroche. J'entends :

« Ici François Mitterrand. »

Je me dis en un éclair que c'est une farce de Jean Dutourd, familier de ce genre d'exercice.

« Allez ! Jean, c'est toi ? »

Et j'entends à nouveau :

« Ici François Mitterrand. »

Cette fois, à coup sûr, je reconnais la voix.

Je bredouille :

« Ah ! bonsoir, monsieur le Président…

— Je voudrais vous voir.

— Je suis à votre disposition où et quand vous voudrez.

— Après-demain matin vous conviendrait-il ?

— Après-demain ? Heu… À moi, monsieur le Président, après-demain me convient parfaitement. Mais vous, vous ne pouvez pas : c'est après-demain, je crois, que vous remettez vos pouvoirs à Jacques Chirac.

— Je les remets à 11 heures. Si vous veniez à 9 heures, nous aurions deux bonnes heures devant nous. »

Le surlendemain, à 9 heures, je me pointe à l'Élysée. Dans la foule des badauds, quelques-uns me reconnaissent :

« Ah ! vous venez pour Chirac ?… »

Très digne, un peu grisé, je réponds :

« Non. Je viens pour Mitterrand. »

Un huissier à chaîne m'introduit. C'est le même que sous Pompidou, une vingtaine d'années plus tôt. Il me dit :

« Heureux de vous revoir, monsieur d'Ormesson. »

Je lui serre la main. Je monte quelques marches. Je retrouve le décor de l'appartement privé où je ne suis plus venu depuis longtemps. Il a beaucoup changé depuis Pompidou qui aimait l'art moderne. Il y a des caisses et des cartons un peu partout : le déménagement est prêt. Le docteur Tarot m'accueille. Il a succédé au docteur Claude Gubler, victime infortunée des faux certificats de santé que la pression officielle l'avait contraint à signer. Lorsque l'état du malade avait empiré et qu'il se révéla impossible de continuer à cacher l'évidence, le docteur Tarot le remplaça. D'un dévouement sans bornes, le docteur Jean-Pierre Tarot ne tarda pas à devenir le soutien le plus proche de François Mitterrand. Nous échangeons quelques mots et, très vite, le Président apparaît.

Amaigri, très pâle, le teint cireux, les traits tirés, il ne semble pas en grande forme. Je le soupçonne d'avoir longtemps dissimulé la maladie dont il se doutait depuis le début, mais j'admire son courage. Je lui demande des nouvelles de sa santé. Il me répond qu'il a beaucoup souffert, mais qu'il va mieux. La conversation s'engage.

Elle prend d'abord un tour politique. Avec une impartialité implacable, le Président me flingue la gauche comme la droite. Les noms défilent et tombent comme à Gravelotte, à gauche et à droite. Jacques Chirac est plutôt épargné. Le Président a pour son successeur de la sympathie et de l'estime. Mais tous les autres, les socialistes comme les autres… Et peut-être plutôt les socialistes que les autres.

C'est l'époque de l'affaire Bousquet. Secrétaire général de la police sous Vichy, René Bousquet avait signé avec Oberg, chef de la Gestapo en France, un accord sur la livraison des Juifs à l'Allemagne. Condamné par la Haute Cour, sa condamnation avait été relevée pour faits de résistance. Il avait été plus tard poursuivi à nouveau pour crimes contre l'humanité et venait d'être assassiné par Christian Didier à qui son coup de pistolet avait valu le quart d'heure de notoriété promis à tous par Andy Warhol. René Bousquet était un ami de François Mitterrand qui était fidèle en amitié. Venues surtout de la gauche, les attaques n'avaient pas manqué contre le Président. Évoquant le cas Bousquet et le tumulte qu'il avait suscité, je l'entendis avec stupeur prononcer ces quelques mots :

« Vous reconnaissez là, monsieur d'Ormesson, l'influence puissante et nocive du lobby juif en France.

— Monsieur le Président, lui dis-je, en vous écoutant, je crois entendre ma grand-mère qui était une sainte femme, mais qui ne portait dans son cœur ni les Juifs, ni les francs-maçons, ni les socialistes, ni les divorcés. »

En sortant de l'Élysée, je ne me précipitai pas dans les studios de radio ou de télévision pour répéter ce que m'avait confié François Mitterrand. À tort ou à raison, il me semblait qu'il ne m'avait pas invité au titre de journaliste, mais plutôt comme un ami lointain choisi, pour des raisons qui me restaient mystérieuses, comme dernier confident au terme de quatorze ans de mandat.

Beaucoup se sont interrogés comme moi sur les motifs de cette invitation. Beau-frère du Président, Roger Hanin donna à la presse qui lui demandait pourquoi, à son avis, j'avais été le dernier interlocuteur de François Mitterrand président de la République, son interprétation de l'affaire :

« Je connais bien François. Il aime beaucoup s'amuser. Je pense que, pour sa sortie, il a choisi le plus con. »

C'était une hypothèse qui ne peut pas être écartée. Tournant et retournant la question dans ma tête, j'en suis venu à imaginer plutôt, par suffisance sans doute, que François Mitterrand voulait donner l'image, à la fin de ses deux mandats, d'un homme d'État au-dessus des querelles partisanes et président de tous les Français.

Je me suis bien gardé de rendre publiques les confidences de mon interlocuteur, mais quelques années plus tard, dans un livre, je rapportai la formule sur le « lobby juif en France ».

Ce fut un beau tollé. Plusieurs de mes amis de gauche m'assurèrent n'être pas surpris par les paroles de Mitterrand : il leur avait déclaré à peu près la même chose.

« Peut-être, suggérai-je, pourriez-vous le dire publiquement ? »

Mais personne ne voulait prendre ce risque. Je crois qu'aujourd'hui une sorte d'accord s'est fait. François Mitterrand ne peut en aucun cas être taxé d'antisémitisme. Mais venu de la droite, détenteur de la Francisque, décoration décernée par Pétain à qui il avait prêté serment, entré tard en résistance, il avait gardé un certain nombre de réflexes qui se faisaient jour par à-coups. L'affaire Bousquet l'avait irrité. Il avait, devant moi, donné libre cours à des sentiments que, depuis longtemps et avec succès, il s'était contraint de réprimer.

Ce qu'il y avait de plus intéressant dans ma longue conversation avec lui, c'est ce qu'il m'a dit des communistes. Adversaire déclaré du général de Gaulle qu'il n'a cessé de combattre, il s'est révélé en même temps comme son continuateur. Non seulement il s'est glissé sans mal dans cette Constitution de la Ve République qu'il avait dénoncée avec violence avant de l'incarner, mais il a été, à la suite du Général, celui qui, après avoir mis sur pied le Programme commun de la gauche, a le plus contribué au déclin du communisme en France.

Il m'a fait honte de ma stupidité.

« Ce que vous n'avez pas compris, c'est que, comme votre de Gaulle, j'ai mis les communistes au pouvoir pour les embarrasser et pour mieux les combattre. Deux personnes, et deux personnes seulement, ont fait reculer le communisme en France : le général de Gaulle et moi. Peut-être aussi, ailleurs, Jean-Paul II. »

Il m'a longuement expliqué que la politique ne consistait pas à opposer le noir et le blanc, mais à travailler dans le gris pour dépasser les obstacles et les conflits. Je l'écoutais avec attention et avec une sorte d'admiration effrayée. Je me disais qu'il était plus intelligent que les autres. Il me disait qu'il avait toujours aimé les idées et les livres et que la littérature, à ses yeux, était bien au-dessus de la politique. Sur ce point au moins, je me sentais d'accord avec lui.

« Vous aimez Chardonne ? me demanda-t-il.

— Heu…, répondis-je, j'aime surtout Aragon…

— Ah !…, me dit-il d'un ton rêveur, vous aimez Aragon… »

Il aimait Chardonne, romancier du couple provincial, sentimental et bourgeois, à cause de cette Charente qui leur était chère à tous deux. Il me parla en détail de la Charente, de sa mère, de son enfance catholique, du 104 de la rue de Vaugirard où étaient passés tant de jeunes esprits chrétiens qui culminaient en Mauriac. De cette enfance si pieuse nous en vînmes au grand âge, à la vieillesse et à la mort. Je crois qu'il ne voulait pas me parler de Balladur ni de Jospin, mais du mystère de la mort et des forces de l'esprit.

J'étais le dernier à converser avec lui sous les lambris dorés du palais de l'Élysée, mais je n'avais pas été le seul. Il s'était souvent entretenu de ces problèmes des fins dernières avec bon nombre de visiteurs, de Marie de Hennezel au cher Jean Guitton.

De temps en temps, le docteur Tarot passait la tête par la porte :

« Monsieur le Président, vous n'avez plus qu'une demi-heure… »

« Monsieur le Président, M. Chirac arrive dans cinq minutes…

— Prévenez-moi quand il sera là, répondait le Président. Je suis déjà habillé de bleu. Je passerai directement » — et il souriait en me regardant et je me mettais à rire de bon cœur — « de M. d'Ormesson à M. Chirac. »

MOI : Que vous ayez aimé voyager, avoir des amis un peu partout, comprendre le monde autour de vous, vous baigner dans la mer, descendre des pentes à skis, sauter en parachute et, à la rigueur, rencontrer de temps à autre — avec un peu trop de satisfaction — les puissants de ce monde, personne ne vous le reprochera, gandin doré sur tranche. Que vous ayez même eu un faible, le plus souvent coupable, pour toutes les formes de plaisir, y compris les plus basses, passe encore. Mais vous vous êtes égaré dans des dédales minuscules et dans des obligations qui n'avaient pas le moindre sens. Vous citez souvent un mot de Talleyrand : « La vie serait supportable sans les plaisirs » — et vous avez perdu une bonne partie de votre temps à déjeuner et à dîner en ville.

MOI : Je plaide coupable, maître de la rigueur. Si c'était à refaire, je travaillerais davantage, avec plus de régularité, avec plus de discipline. J'essayerais de combler des lacunes désolantes : je n'ai lu ni Érasme, ni la *Somme* de saint Thomas d'Aquin, ni Avicenne, ni Averroès. Mais même les futilités, je ne les regrette pas vraiment.

Étaient-ce même des futilités ? Je n'en suis pas sûr. Il y a de grands spectacles collectifs qui sont presque des œuvres d'art, éphémères et virtuelles, à l'image du camp du Drap d'or, des tournois, des soupers de Louis XIV rapportés par Saint-Simon ou des feux d'artifice. Je n'ai pas connu les fêtes célèbres et chères aux chroniqueurs des Noailles ou d'Étienne de Beaumont. Je ne suis pas allé aux bals du marquis de Cuevas et de quelques autres étrangers qui venaient jeter par les fenêtres des hôtels parisiens des fortunes acquises ailleurs personne ne savait comment ni au fameux bal organisé par Charlie de Beistegui dans le palais Labia à Venise — et qui avait débordé, autour du palais, jusqu'à la piazzetta où la foule des passants avait pris le relais des snobs, là-haut, triés sur le volet.

Beaucoup de ces fêtes étaient très belles et faisaient les choux gras de *Paris-Match* et de *Vogue*. Chacune d'entre elles regardait en arrière et traînait derrière elle comme un parfum de nostalgie et de jamais plus. À chaque fois, des voix s'élevaient pour assurer que personne, dans l'avenir, ne verrait plus rien de semblable.

Je préférais, pour ma part, les déjeuners du dimanche chez les Lazareff dans leur maison du Cœur volant à Louveciennes ; les déjeuners de la rue de l'Université ; les déjeuners — avec la droite — à la Rivière, près de Fontainebleau, chez Alfred et Charlotte Fabre-Luce qui donnaient de si belles fêtes en Espagne ou en Grèce, puis, toujours à la Rivière — mais, cette fois, avec la gauche — chez Françoise, leur fille, et Tony Dreyfus ; les dîners entre amis avec Kléber et Caroline Haedens, avec Michel et Chantal Déon, avec François et Totote Nourissier, avec Félicien Marceau, avec Franz-Olivier Giesbert, avec Jean Tulard, avec Jacques et Suzanne Julliard, pour qui je n'ai jamais cessé d'avoir affection et admiration, dans leur maison de Bourg-la-Reine.

Il y a surtout un déjeuner, temple de la mémoire et de la fidélité, qui a joué un rôle décisif dans ma vie déjà longue. C'était le 3 avril 1974, le lendemain de la mort de Georges Pompidou, chez Claude et Simone Gallimard, au 17 de la rue de l'Université, au coin de la rue Sébastien-Bottin, aujourd'hui rue Gaston-Gallimard, dans l'immeuble qui abritait et abrite toujours les Éditions de la N.R.F. Je ne peux pas vous soumettre avec précision, maître des banquets et des cérémonies, le menu qui nous fut proposé, mais je me souviens encore des huit ou dix personnes — plutôt dix, je crois — installées autour de la table dont je pourrais vous fournir le plan.

Il y avait là, autour du maître de maison — fils de Gaston, le fondateur, l'éditeur et l'ami de Proust, de Gide, de Claudel, de tant d'autres… — et de Simone, sa femme, qui dirigeait le Mercure de France, beaucoup de passé et pas mal d'avenir : Paul Morand, dans le rôle du patriarche bienveillant, admiré et contesté ; Romain Gary, entouré de ses démons ténébreux et brillants, déjà séparé de Jean Seberg ; Félicien Marceau ; Pierre-Jean Rémy, qui occupait des fonctions importantes à l'O.R.T.F. avant de devenir directeur de la Villa Médicis à Rome, puis président de la Bibliothèque de France ; François Nourissier, qui venait de publier *Allemande* ; Jacqueline Piatier, qui, avant Josyane Savigneau, s'occupait des livres au *Monde* ; une jeune femme que je ne connaissais pas, brune aux yeux très bleus, un peu intimidée, en chemisier blanc, un collier de perles autour du cou, qui venait de sortir de l'adolescence et de rejoindre Simone rue de Condé ; et moi.

Auteur déjà admiré d'*Éducation européenne*, des *Racines du ciel*, de *La Promesse de l'aube*, Romain Gary paraissait peut-être — à tort — en légère perte de vitesse. Personne autour de la table ne pouvait deviner qu'il était l'auteur d'un roman qui allait paraître l'année d'après au Mercure de France sous le nom d'Ajar et lui valoir, hapax stupéfiant dans notre histoire littéraire, le prix Goncourt pour la seconde fois. Avec *La Vie devant soi*, Gary commençait dans l'ombre et le secret une deuxième existence.

François Nourissier n'était pas encore membre de cette Académie Goncourt dont il allait devenir le secrétaire général, puis le président. Ni Félicien Marceau, qui avait déjà écrit *Capri, petite île* et connu le succès au théâtre avec *L'Œuf* et *La Bonne Soupe*, ni Pierre-Jean Rémy, qui venait de publier, après *Le Sac du palais d'été*, et toujours chez Gallimard, *Adrian Putney, poète*, n'étaient encore membres de l'Académie française. Marceau n'allait y entrer que l'année d'après au fauteuil de Marcel Achard. Et Rémy, beaucoup plus tard, en remplacement de Georges Dumézil.

Élu moi-même six mois plus tôt, j'étais depuis quelques semaines à la tête du *Figaro* et je venais de recevoir ou j'étais sur le point de recevoir les épreuves de mon deuxième roman à paraître chez Gallimard et dont vous savez déjà presque tout, prince de la parole et de l'écrit : *Au plaisir de Dieu*.

Simone avait pris Morand à sa droite et Gary à sa gauche. J'étais assis entre Paul Morand et la jeune femme au collier que je ne connaissais pas. Elle me parut aussitôt la beauté, la vivacité, la grâce, le charme mêmes. Elle était la fille d'Olivier et de Suzanne Guichard, des proches du

Général, des artisans de son retour en 1958 et des amis de mon frère. Elle s'appelait Malcy Ozannat.

Le monde n'est fait que de rencontres. Par Malcy, j'ai fait la connaissance d'un Juif égyptien du nom de Sam Mansour avec qui elle était liée. De tous les hommes que j'ai pu connaître, c'était le plus séduisant — et ce ne sont pas ceux qui l'ont rencontré ne fût-ce qu'une fois qui me démentiront. Il avait épousé une poétesse égyptienne proche de Mandiargues, de Matta, d'Alechinsky et surtout d'André Breton et des surréalistes, et qui est morte assez jeune : Joyce Mansour. Avant de mourir lui-même. Sam est devenu mon ami.

Nous avons souvent dîné, Sam et moi, avec Maurice Rheims, qui s'y connaissait, lui aussi, en amitié et en charme et dont la conversation était tout sauf ennuyeuse, avec François et Totote Nourissier, avec Jean-François Deniau dont les histoires et le talent avaient quelque chose d'enchanteur, avec tous ceux que la seule présence et la grâce de Sam faisaient tomber de l'armoire.

Nous nous sommes surtout promenés ensemble, Sam et moi, à Venise et en Turquie, en Corse et dans le Midi, en fumant des cigares. Et, de jour et de nuit — je me souviens d'une nuit de septembre, dans la baie de Fethiye, que l'éclipse de la lune avait rendue féerique —, nous avons navigué de conserve du côté de Patmos, de Kalymnos et de Symi. Et ce sont des souvenirs qui ne me seront pas arrachés. Sur sa tombe, un matin de printemps, j'ai prononcé quelques mots où je les évoquais. Et, entrée dans ma vie le 3 avril 1974 autour de la table dressée au 17 de la rue de l'Université par Claude et Simone Gallimard, Malcy ne l'a plus quittée. Elle l'a changée et élevée.

Je pourrais consacrer plusieurs heures et plusieurs volumes à vous parler, juge suprême, de Malcy Ozannat. Je l'ai aimée, admirée, vénérée. Et je l'aime, je l'admire, je la vénère toujours. Je ne vous en dirai pas plus.

J'ajouterai seulement que plus aucun de mes livres n'aurait pu voir le jour sans sa présence et son concours. Sans elle, ce procès que vous vous êtes fait un devoir — et peut-être un plaisir ?... — d'instruire contre moi, maître de justice et de compassion, aurait été un désert et une torture.

À la fin de juin ou au début de juillet 2014, un peu plus de quarante ans après le 3 avril 1974, Antoine Gallimard, le fils de Claude et de Simone, le petit-fils de Gaston, qui venait de m'annoncer l'entrée dans la Pléiade de plusieurs de mes livres, m'invitait à déjeuner de nouveau, comme un souvenir du passé, comme une fête pour l'avenir, au 17 de la rue de l'Université avec Jean-Marie Rouart, devenu l'un de mes amis les plus proches et les plus chers, et avec Malcy Ozannat. C'était bien.

Je pensais à Proust, à Gide, à Valéry, à Montherlant, à Aragon qui m'avait tant occupé :

C'est une chose étrange à la fin que le monde
Un jour je m'en irai sans en avoir tout dit
Ces moments de bonheur ces matins d'incendie
La nuit immense et noire aux déchirures blondes

Il y aura toujours un couple frémissant
Pour qui ce matin-là sera l'aube première
Il y aura toujours l'eau le vent la lumière
Rien ne passe après tout si ce n'est le passant

Je dirai malgré tout que cette vie fut telle
Qu'à qui voudra m'entendre à qui je parle ici
N'ayant plus sur la lèvre un seul mot que merci
Je dirai malgré tout que cette vie fut belle

IL Y A AU-DESSUS DE NOUS COMME UNE PUISSANCE INCONNUE

MOI : Ah ! cette fois-ci, satisfait, j'imagine ?

MOI : Pas tellement.

MOI : Pas tellement ?

MOI : Vous savez ce qui se passe, maître de vérité ?

MOI : Non. Dites-le-nous.

MOI : Je m'interroge…

MOI : Ah ! vous vous interrogez… Comprenez-vous enfin, icône à la redresse, pourquoi vous passez devant ce tribunal ?

MOI : Je peux le comprendre.

MOI : Ah ! vous *pouvez* le comprendre…

MOI : Un de mes forts et un de mes faibles est de comprendre presque tout.

MOI : Je m'en doutais, outrecuidant matamore : vous ne cessez de vous vanter. Sous des dehors de modestie qui ne trompent plus grand monde, vous vous mettez assez haut.

MOI : Je me mets très bas. Loin de me vanter, je me désole plutôt. Personne depuis Socrate a plus douté de soi que moi. Quand je prétends comprendre presque tout, je ne parle ni de la théorie des cordes qui me semble très obscure, ni du théorème de Fermat que je serais bien incapable de résoudre, ni de l'origine de la vie dont j'ignore tout comme tout le monde, ni des tables tournantes auxquelles je ne crois pas, ni de la barbarie toujours en train de renaître de ses cendres. Je ne sais presque rien.

MOI : Vous parlez de quoi, alors, torrent de suffisance, quand vous prétendez tout comprendre ?

MOI : Quand j'assure tout comprendre, je parle du destin des hommes, de leurs passions, de leur éternel désir, de leurs folies et des règles qu'ils s'imposent pour tenter de vivre ensemble. Tout est possible. Tout peut arriver. Qui suis-je pour porter un jugement ? Je condamne très peu. Vous, vous condamnez. Moi, j'essaie de comprendre.

MOI : Je vois ça. Je l'avais déjà deviné. Vous flottez au fil de l'eau. Vous ne choisissez pas. Vous prenez ce qui se présente. Tout vous amuse. Rien ne vous retient. Vous ne regardez jamais un peu plus haut que vous-même.

MOI : Pardonnez-moi, monsieur. Il me semble parfois, de temps en temps, que j'essaie un peu de m'élever.

MOI : De vous élever ?

MOI : Oh ! très peu. Mais j'essaie.

MOI : Vous devez avoir du mal.

MOI : Beaucoup de mal.

MOI : Depuis quatre ou cinq jours, depuis près d'une semaine, depuis le début de ce procès, vous avez beaucoup parlé…

MOI : Oui. Trop peut-être.

MOI : Beaucoup, en tout cas… À mon tour de vous dire quelque chose. Toute vie quotidienne, avec ses routines et ses obligations, est guettée par la médiocrité. Les hommes ne sont grands que par leurs rêves et leurs convictions. Ce qui les hisse au-dessus d'eux-mêmes, c'est la foi, la science, la beauté, le souci de la justice ou de la vérité, l'amour de la patrie ou des misérables.

MOI : Vous avez raison. J'ai toujours eu beaucoup d'admiration pour les gaullistes, les peintres, les juifs, les sculpteurs, les musiciens, les musulmans, les astronomes, les catholiques et les médecins.

MOI : Mais vous, vermisseau des marais, le moins qu'on puisse dire est que vous avez du mal à vous élever au-dessus de votre bassesse. Vous bricolez à ras de terre, vous naviguez à vue. Le tribunal, dans sa mansuétude, a rejeté l'accusation d'arrivisme portée contre vous. Vous n'êtes même pas un arriviste. Vous êtes d'une légèreté confondante et d'une indifférence coupable — vous l'avouez vous-même — à l'égard de toute grandeur et de toute profondeur. Vous ne croyez pas à grand-chose…

MOI : C'est vrai. Et même à rien, peut-être. Ou à presque rien.

MOI : Je ne serais pas surpris que vos modèles fussent

Oscar Wilde, Lytton Strachey, Paul-Jean Toulet, tous ceux qui, ne croyant à rien, jouent avec les mots et les vices. Ce que vous voudriez être, je le crains, à l'étage le plus bas, et ce que vous n'êtes même pas, c'est une espèce de Talleyrand de café du Commerce qui parlerait un peu de tout et qui retomberait toujours sur ses pattes. Un prince de Ligne de la canaille et sans le moindre esprit. Un Alcibiade de pacotille.

MOI : Je reconnais bien là, grand juge des Enfers, compagnon de Minos, d'Éaque et de Rhadamanthe, l'infinie indulgence du tribunal à mon égard. Ne parlons même pas de Talleyrand, ni du prince de Ligne, ni d'Alcibiade qui sont trop grands pour moi. Je vous remercie, non pas de m'avoir comparé, même de loin, à Oscar Wilde, à Lytton Strachey ou à Paul-Jean Toulet, mais d'avoir au moins pensé à m'inscrire dans leur sillage.

J'aime beaucoup Oscar Wilde qui se moquait des snobs, des puissants, des importants, et qui mettait la beauté au-dessus des platitudes et des lieux communs : « Nous sommes tous dans le caniveau, mais quelques-uns d'entre nous regardent les étoiles. »

J'aurais voulu avoir pour maître Lytton Strachey qui, fils d'une suffragette et d'un colonel de l'armée des Indes qui devait finir général, était l'amant de Keynes, l'illustre économiste, et ce que les Anglais appellent *a champagne socialist* — c'est-à-dire un de ces insupportables bobos de la gauche caviar. Objecteur de conscience, il était passé, un peu comme moi avec vous, maître de justice, devant un tribunal militaire. Le colonel l'interroge :

« Un soudard ennemi s'apprête à violer votre femme...

— Je n'ai pas de femme.

— ... votre fiancée...

— Je n'ai pas de fiancée.

— ... l'être que vous aimez, enfin, si vous êtes capable d'aimer quelqu'un, que faites-vous ?

— *I try to interfere.* »

L'inceste l'intéressait :

« *All my family was threatened by incest. As far as I am concerned, my sister was protected by her sex, and my brother by his looks.* »

Strachey avait été au bord de la mort à la suite d'une grave maladie. Son amie Dora Carrington, incomparable comme lui et qui appartenait comme lui au fameux groupe de Bloomsbury — elle était amoureuse de Lytton, mais ce qui plaisait à Lytton, c'était plutôt son mari —, lui demande quels sont ses sentiments à l'égard de la mort.

« Que ressentez-vous en face de cette mort inéluctable ?
— *I don't think much of it.* »

Avec Homère, Omar Khayyam, Hafiz, Ronsard, Corneille et Racine, Musset, Baudelaire, Henri Heine, Apollinaire et Aragon, Paul-Jean Toulet, l'auteur léger, alcoolique, drogué et suprême de *Mon amie Nane* et des *Contrerimes*, est un de mes poètes préférés :

> À Londres, je connus Bella,
> Princesse moins lointaine
> Que son mari le capitaine
> Qui n'était jamais là…

Ou, moins léger :

> Ô vie, tu n'es que signes, masques et symboles,
> mais peut-être qu'un jour nous saurons de quoi.

Ou :

> Et grave ces mots sur le sable :
> Le rêve de l'homme est semblable
> Aux illusions de la mer.

Ou encore :

> Si vivre est un devoir, quand je l'aurai bâclé,
> Que mon linceul au moins me serve de mystère.
> Il faut savoir mourir, Faustine, et puis se taire :
> Mourir comme Gilbert en avalant sa clé.

Gilbert, prince de la mémoire, dont Vigny devait se souvenir dans *Stello*, était un poète du XVIIIe, ennemi de Voltaire, des libertins, des philosophes et du progrès, qui, pris de délire, s'était enfoncé une clé dans la gorge.

MOI : Je ne vous laisserai pas prendre ce ton de spectateur insolent et frivole de votre propre bassesse. Vous êtes incorrigible. Vous plaisantez de tout en pédant ricaneur. Vous êtes une image de la médiocrité et vous amusez le tribunal, ou vous pensez l'amuser, en lui jetant à la tête, après les noms des Broglie, des Berl, des Morand, des

Aragon, des Rothschild ou des Nourissier, des fragments de poèmes insipides.

MOI : Je vous ai parlé de Louis de Broglie, prince des hauts lieux et des grands destins, parce que c'était un génie. Je n'ai pas connu tant de génies. Je n'allais pas laisser passer celui-là. Je n'ai pas connu Proust. Il était mort avant ma naissance. Je n'ai connu ni Einstein ni Picasso. J'ai rencontré Paul Claudel, j'ai rencontré Charlie Chaplin et j'ai rencontré Louis de Broglie qui était presque l'égal d'Einstein et qui avait du génie. Je vous ai parlé de Berl parce que je l'aimais et parce qu'il a joué un rôle dans l'histoire de notre pays et de sa littérature. Je vous ai parlé des Rothschild parce qu'il est impossible d'évoquer notre temps sans tomber sur leur légende.

Au moins telle que nous la connaissons, l'histoire commence vers la fin du XVIIIe siècle avec Mayer Amschel qui envoie ses cinq fils à la conquête du monde — d'où les cinq flèches dans les armes de la famille. Elle se poursuit avec Waterloo : par un coup de chance ou par ruse, peut-être par le biais de l'interception d'un message, en tout cas grâce à un de ces délits d'initiés qui, en ces temps-là, n'étaient pas encore des délits, un des Rothschild est informé avant tout le monde de la victoire de Wellington — et il en profite à la Bourse. L'aventure continue en France où ils s'établissent et où, après avoir inspiré Balzac pour son personnage du baron de Nucingen avec son accent d'outre-Rhin, ils jouent un rôle de premier plan dans les négociations avec Bismarck en 1871. Ils essaiment en Angleterre et le nom de Rothschild devient un nom commun au même titre que Crésus ou que Rockefeller. Quand le général de Gaulle, en 1962, veut remplacer Michel Debré, laminé — *carbonisé*, comme on dit aujourd'hui — par l'issue de la guerre d'Algérie, il enlève Georges Pompidou, normalien, agrégé de lettres, aux Rothschild qui l'avaient déjà repéré et qui le poulottaient. Les protestations fusent de partout, mais Pompidou va passer sans trop de peine de la banque Rothschild à l'hôtel Matignon et de l'hôtel Matignon au palais de l'Élysée. Triomphe de la droite libérale et capitaliste ? Pas si vite, juge équitable ! Candidat des socialistes, soutenu par les communistes et par la gauche extrême, François Hollande, au détour d'un célèbre discours au Bourget, dénonce dans la finance l'ennemi à abattre, mais dans le deuxième ministère Valls, Emmanuel

Macron, ministre de l'Économie, vient de la banque Rothschild. Et *Libération*, le journal de Sartre et de la gauche, n'a longtemps survécu que grâce à un Rothschild. Droite et gauche réunies, l'histoire des Rothschild depuis près de deux siècles est inséparable de l'histoire de la France. Comme elle est inséparable de l'histoire d'un écrivain qui leur était lié de très près par des liens familiaux et que j'ai beaucoup aimé : François Nourissier.

J'ai déjà évoqué à plusieurs reprises le nom de François Nourissier et je pourrais sans trop de peine, maître du souvenir, vous esquisser son portrait.

MOI : Vous en mourez d'envie. Je vous écoute. Mais essayez, accusé prétentieux, de ne pas pousser trop loin ce mélange d'impertinence et de frivolité qui vous caractérise. Vous avez trois minutes.

MOI : François Nourissier était lorrain. Son père était mort à ses côtés, quand il était enfant, dans une salle de cinéma. Dès sa jeunesse, François était brillant et sombre. Et il était ambitieux. Je crois qu'il était malheureux parce qu'il était obligé de vivre avec une créature pour qui il n'avait ni estime ni affection : c'était lui-même. Il mettait tout son talent à se détester avec ardeur. Il se trouvait laid, ce qu'il n'était pas plus qu'un autre. Il aurait voulu être beau et il n'était qu'intelligent. Je l'admirais beaucoup. Nous étions très amis. Je ne suis pas sûr qu'il m'aimât autant que je l'aimais. Il se vengeait sur le monde de cette haine violente qu'il éprouvait pour lui-même.

De l'encre la plus noire, il a écrit deux beaux livres où il se fustigeait avec un mépris plein d'orgueil : *Un petit bourgeois* et *À défaut de génie*. La vie qu'il avait souvent maltraitée en lui-même et dans les autres — y compris ses plus proches, et même sa femme, Totote — n'a pas tardé à se venger. Dans les dernières lignes d'*À défaut de génie*, il s'adresse à lui-même de cette plume implacable et nerveuse qui a fait son succès :

« Marre, on vous dit ! Vous avez fait votre temps. On vous a applaudi — vous vous rappelez ? —, on vous a un peu malmené, juste assez pour que vous vous sentiez vivant. Mais maintenant c'est assez joué, cassez-vous. Du balai, du vent, ouste ! Si vous faites vite, on vous regrettera peut-être. »

Il n'a pas fait vite. Pendant des mois et des mois, au fond d'une clinique de la rue Chardon-Lagache, son agonie a été interminable. Miss P. — c'est-à-dire la maladie de Parkinson — ne relâchait plus son étreinte. Un soir où j'allais le voir, je suis tombé dans le couloir sur une de nos amies communes en train de surgir d'une chambre, l'air égaré.

« Mais où est donc François ? me demanda-t-elle. Je ne le trouve nulle part.

— Il est dans la chambre d'où vous sortez », lui dis-je.

Elle ne l'avait pas reconnu.

La dernière fois où je l'ai vu, il m'a murmuré, et je le comprenais assez mal derrière son lacis de tuyaux emmêlés à sa barbe, une phrase qui détonnait dans ce décor et dans cette fin de vie sinistre :

« Nous avons bien rigolé. »

Il ajoutait aussitôt, d'une voix à peu près inaudible :

« Méfie-toi des loups. Je ne sais pas ce qu'ils ont. Ils rôdent autour de moi. »

Rilke, dans une prière, supplie le Seigneur de donner à chacun la mort qui lui revient et qui convient à sa vie. La mort de François a été cruelle. Nous avons célébré ses obsèques dans un crématoire anonyme au fond du Père-Lachaise. Il n'y avait pas grand monde pour se souvenir des cendres de ce pape des lettres dont les bulles faisaient trembler les cafés littéraires. Totote n'était plus là. Teresa Cremisi, qui était son amie, Françoise Chandernagor, qui siégeait chez Drouant avec lui, et sa fille Paulina ont prononcé les paroles qu'il fallait. Ses titres de secrétaire général, puis de président de la Société littéraire des Goncourt l'ont accompagné jusqu'au bout. Les grandeurs d'établissement sont des couronnes et des chaînes d'or dont le poids vous entraîne dans l'oubli. Ambigu et vivant, amical et puissant, malade et pathétique, j'ai beaucoup aimé François Nourissier qui était le contraire de ce que j'aurais voulu être.

MOI : Le contraire de ce que vous auriez voulu être ? Mais vous, qu'est-ce que vous vouliez être ? Si le tribunal pouvait enfin le savoir !

MOI : Vous le savez bien, maître de la grandeur et de l'abnégation. Je croyais l'avoir déjà expliqué en long et en large, et peut-être jusqu'à plus soif : je ne voulais rien du tout. Je voulais être heureux.

MOI : Heureux ! Mais, malheureux, vous qui avez fait des études et lu Homère, et Platon, et Pascal, et Corneille, et Heidegger — ou qui prétendez les avoir lus —, n'avez-vous pas compris que ce qui nous tire vers le bas et nous précipite dans le malheur, c'est ce culte du bonheur et la folie de sa recherche ? Vous ne croyez à rien. Vous êtes comme un bouchon qui flotte au cours de l'eau. Vous serez jugé et condamné pour indifférence au monde et pour médiocrité.

MOI : Pour médiocrité, Votre Honneur, je veux bien. J'en fais plutôt profession. Mais pour indifférence au monde, je proteste avec la dernière énergie. Si j'ai aimé quelque chose, si quelque chose m'a plu, si quelque chose m'a fasciné jusqu'à la passion et à la folie, ce n'est pas ma personne dont je me moque comme d'une guigne et dont nous n'avons que trop parlé, c'est le monde autour de moi.

Vous n'avez pas tort, très perspicace Sur-Moi, de mettre en doute ma connaissance des textes classiques. Contrairement à une réputation erronée et flatteuse que j'ai déjà démentie et qui me prête beaucoup de lectures et beaucoup de mémoire, j'ai très peu lu. Presque rien à côté de ceux que j'ai aimés et admirés : Claude Lévi-Strauss, Marc Fumaroli, Paul Veyne, Edgar Morin, Vladimir Jankélévitch ou Jean-Pierre Vernant. Et toujours les mêmes textes.

Il se trouve que j'ai lu l'Ecclésiaste et que j'ai lu le cher et grand Cioran. Ils disent à peu près la même chose. Très différemment, bien sûr. Et pourtant le même refrain. Toujours la même chanson. Toujours le même chagrin. L'Ecclésiaste :

« J'ai préféré l'état des morts à celui des vivants, et j'ai estimé plus heureux celui qui n'est pas né encore et n'a pas vu les maux qui sont sous le soleil. »

Et Cioran :

« Les enfants que je n'ai pas eus ne savent pas tout ce qu'ils me doivent. »

J'admire l'Ecclésiaste et je mets Cioran très haut. Et je pense exactement le contraire de ce qu'ils entendent nous enseigner. Chaque jour, je bénis le ciel, ou je ne sais quel autre premier moteur, de m'avoir permis de passer comme un long week-end parmi ces illusions que nous appelons réalité.

J'ai tout aimé de ce monde calomnié par mes maîtres, Cioran et l'Ecclésiaste. Je sais bien, comme Renan et comme eux, que la vie est peut-être triste, qu'elle est en tout cas semée d'échecs et de chagrins et qu'elle est vouée à la mort. Mais je crois aussi qu'elle est belle et qu'il faut apprendre à l'aimer. J'ai essayé de l'aimer et d'être, dans cette vallée de larmes, aussi heureux que possible.

Vous vous êtes moqué de moi, impitoyable Sur-Moi, parce que, de Philippe Baer, le père d'Édouard, à Jeanne Hersch ou à Jacqueline de Romilly, d'Emmanuel Berl à Ronald Syme ou à Lucien Jerphagnon — et je ne dis rien de Marcel avec qui je suis descendu plus d'une fois à skis vers la Maurienne et l'Italie ni de tant de jeunes filles dont j'ai chéri les mains, le visage et les jambes interminables qui descendaient jusqu'au sol —, j'ai aimé beaucoup d'hommes et de femmes à qui je dois beaucoup. J'ai aimé aussi à la folie une foule de choses très simples, presque toujours méprisées et passées sous silence et qui ne figurent pas souvent dans nos romans à la mode.

MOI : Du calme, jeune homme ! Du calme ! Ne montez pas sur vos grands chevaux. Ne vous excitez pas.

MOI : Ne m'interrompez pas tout le temps, exaspérant Sur-Moi. Oui, j'ai été léger, superficiel, mondain. J'ai fui l'ennui et la pompe et la solennité. J'ai aimé rire et m'amuser. Je me suis efforcé de ne pas me prendre au sérieux. Mais j'ai toujours su que le monde et la vie — ou ce théâtre d'ombres que nous appelons le monde et la vie — étaient à prendre au sérieux. J'ai toujours su en secret qu'il y avait, derrière les chagrins et la gaieté, autre chose que le plaisir et les divertissements. Et même autre chose que les mots qui m'ont donné tant de bonheur. Et peut-être même autre chose que ces passions du cœur où se mêlent le grave et le frivole et que nous appelons l'amour.

Plus encore, peut-être, qu'Aragon ou Morand et tous les autres maîtres dont je vous ai tant parlé, plus encore, peut-être, que ces femmes toujours si belles dont je me suis tant occupé, j'ai beaucoup aimé l'eau.

MOI : L'eau ?

MOI : Oui. L'eau.

MOI : L'eau… Vous m'étonnerez toujours.

MOI : Nous descendons tous des bactéries, des algues bleues ou vertes, des primates et de l'Afrique. Nous sommes tous des Africains surgis lentement de l'eau. Peut-être parce que nous sortons tous de l'eau qui a été partout sur cette planète où nous vivons, j'ai aimé à la folie cette eau qui semble n'être rien du tout à nos yeux égarés et qui, pour nous au moins, est pourtant presque tout.

Il y a maintenant deux ans, très miséricordieux Sur-Moi,

ou peut-être trois, j'ai été assez malade. Quand une de ces infirmières ou de ces filles de salle, venues souvent de loin et dont je bénis les noms, me tendait un verre d'eau, je lui trouvais, à mon horreur, un goût insupportable. J'ai su que j'étais guéri grâce aux progrès de la science et aux soins de mes médecins quand boire un verre d'eau fraîche m'est devenu à nouveau un bonheur.

L'eau ! Je ne sais pas à qui je dois l'eau. À un mécanisme plein de mystère ? À une succession de hasards ? À un dieu ? Ou à Dieu ? Boire un verre d'eau, après l'effort, l'été, sous le soleil, a toujours ouvert pour moi comme une porte du paradis. J'ai aimé l'eau qui me coulait dans la gorge. J'ai aimé l'eau où je me jetais sous les flammes de l'été. Je voudrais faire le portrait de l'eau comme celui d'une personne. Il y a beaucoup d'eaux différentes et l'eau du lac de Trasimène n'est pas l'eau des torrents du Tyrol. L'eau de la Seine n'est pas l'eau de Patmos comme le portrait de François n'est pas le portrait de Jean-Marie. Ni le portrait de Sir Ronald, celui de Jacqueline ou de Jeanne. Jongleuse perpétuelle, fantôme métaphysique, l'eau est toujours l'eau, évanescente et subtile, sans couleur et sans forme, prenant toutes les couleurs et prenant toutes les formes. Mais il y a des eaux que je préfère.

L'eau que je préfère est celle de notre mer intérieure : la Méditerranée. L'eau de la Corse plutôt que l'eau de Toulon ou de Marseille. L'eau de la Méditerranée orientale plutôt que l'eau des Baléares ou des Kornati, en Croatie. L'eau surtout des Sporades — Sporades du Nord, Sporades du Sud —, l'eau de Skiathos, de Rhodes, de Symi et de Castellorizo.

Cette eau-là, maître du changement et des métamorphoses, est une eau presque vivante, chargée de sel sans doute, mais aussi d'histoire et de mythes. Elle n'a ni jambes ni ailes, elle ne court pas, elle ne rampe pas — et pourtant elle se déplace. Elle n'a pas la parole, mais elle parle à nos sens. La marée monte et descend, les vagues déferlent, les fleuves roulent, les torrents grondent. Il y a une odeur de l'eau, il y a une musique de l'eau, aussi vraie, aussi belle que la fameuse musique des sphères.

L'eau n'est pas vivante. Mais elle est source de la vie. Elle est la vie elle-même. Il n'y a de vie que parce qu'il y a de l'eau. Comme les Aztèques et bien d'autres populations, j'ai toujours adoré le Soleil. J'ai toujours adoré l'eau qui nous paraît si simple et qui est une matière paradoxale jusqu'à l'invraisemblable, un mélange de rêve et de réalité d'une complication infinie et une espèce de miracle.

Qu'ai-je donc fait de cette existence qui m'a été prêtée à titre précaire pour quelques dizaines à peine de printemps et d'étés, prince de l'éphémère et de l'éternité ? Tout au long de six mois de l'année, j'ai espéré me replonger dans cette eau dont nous sommes tous sortis. J'ai attendu avec impatience ses reflets et ses remous. Et pendant six mois, d'avril à octobre, un peu partout dans ce monde que j'ai aimé plus que moi-même, mais surtout à Amalfi, à Positano, à Sant'Agata sui Due Golfi — quel nom ! —, à Paxos et à Antipaxos, à Patmos, à Kalymnos, à Skyros ou à Alonissos, je me suis jeté en elle avec un bonheur qui n'avait pas de fin.

MOI : Bon. Voulez-vous que nous arrêtions là le chapitre — déjà long... — des bains de mer ?

MOI : Plus près encore de la vie, de l'autre côté de la vie, dans une vie végétale entre le minéral et l'animal, j'ai beaucoup aimé les arbres. Jeanne Hersch parlait très bien de l'eau, profonde et transparente comme devrait l'être la pensée. Et elle parlait très bien des arbres dont les racines poussent dans la terre et dont les branches montent vers le ciel. Les fleurs passent très vite. De mémoire de rose, personne, parmi elles, n'a jamais vu mourir un jardinier. Leur charme et leur beauté sont liés à l'éphémère. Les arbres, eux, vivent longtemps. Ils voient mourir beaucoup de forestiers et de bûcherons. Ils n'ont besoin de personne pour s'élancer dans les airs. Il leur arrive pourtant d'être le fruit d'une pensée et d'un projet. Ils échappent alors à ceux qui les ont fait naître et pousser. Et quand ils ne leur servent pas de gibet ou de cercueil, ils leur survivent de très loin. J'ai beaucoup aimé les arbres. Surtout les chênes dans le Nord, les cyprès et les oliviers dans le Sud, en Toscane, en Ombrie, dans les Pouilles ou dans le Dodécanèse. Je pourrais vous parler, maître de la compassion, de cyprès et d'oliviers qui m'ont été aussi proches que des êtres humains. À tel ou tel olivier du côté d'Arezzo, de Castellina in Chianti, d'Ostuni ou d'Otrante, dans les baies de Fethiye ou de Kekova, il m'est arrivé de donner un nom propre, de réciter trois ou quatre vers et d'offrir quelques dons. La mort de beaucoup d'oliviers dans les Pouilles m'a été une peine aussi vive qu'un chagrin d'amour.

MOI : Vous vous en remettrez, je crois. Allez-vous encore, pour amuser la Cour, faire jaillir de votre chapeau de nouvelles fanfreluches ?

MOI : L'eau. Les arbres. Montons encore un peu plus haut vers Frédéric II Hohenstaufen et ses faucons, vers Carpaccio, ses lions autour de saint Jérôme, son petit chien aux pieds de saint Augustin, vers Apollinaire, ses carpes et ses dromadaires :

Dans vos viviers, dans vos étangs,
Carpes, que vous vivez longtemps…

ou :

Avec ses quatre dromadaires,
Don Pedro d'Alfaroubeira
Courut le monde et l'admira.
Il fit ce que je voudrais faire
Si j'avais quatre dromadaires.

J'ai beaucoup aimé les chats, insolents, amoureux du soleil et chantés par Baudelaire et par Chateaubriand, les ânes, les éléphants, les fourmis et les abeilles dont le langage est si savant. Je n'écrase pas volontiers une fourmi sur un chemin de forêt. Je me refuse à tuer une abeille en train de danser autour de moi. Avec leur air si triste, les ânes, chers à Apulée, à Buridan et à Francis Jammes, ont toujours été pour moi des modèles de sagesse et de résignation à notre destin inexorable. Et je connais des éléphants qui se souviennent encore de leurs existences antérieures sous forme de prince sur son trône ou de sage dans une forêt, et avec qui je discuterais plus volontiers qu'avec nos pédants de service.

Mais ce que j'ai vraiment aimé de ce monde auquel vous me prétendez indifférent, trône de justice et de vérité, ce que j'ai préféré au journalisme et à la politique, et même au sommeil, aux livres, à l'eau, aux arbres, aux chats et aux éléphants, ce dont je me souviendrai surtout de cette planète quand je l'aurai quittée, ce sont deux choses bizarres, dont il est à peu près impossible de parler et qui n'ont presque pas d'existence tant elles nous sont proches et présentes à chaque instant et en tout lieu : la lumière et le temps.

MOI (dans un soupir) : Nous voilà, je le crains, repartis pour un tour.

MOI : J'ai aimé la lumière. Je ne parle même pas des couleurs qui sont sa récompense, son ornement et son luxe. Je parle de cette lumière dont les savants n'ignorent plus rien, dont j'ignore presque tout et qui nous offre tout ce qui existe : les arbres, les jardins, les rivières et les fleuves, les plaines avec leurs moissons, les montagnes sous la neige, les girafes et les autruches, les étoiles dans le ciel et le corps et le visage des autres.

La nuit, je ne sais pas trop pourquoi puisqu'il y a tant d'étoiles dans le ciel, mais ceux qui savent le savent, tout est sombre et noir. Le matin, avec le soleil, on se demande pourquoi, mais la loi est la loi, la lumière se lève sur la planète où nous habitons. « Je m'éveille le matin, écrit Montesquieu, avec une joie secrète. Je vois la lumière avec une espèce de ravissement. Tout le reste du jour, je suis content. » Du plus loin que je me souvienne, prince de la mémoire, j'ai aimé le matin, j'ai aimé sa lumière. Vous ne l'ignorez pas, vous me le reprocheriez plutôt, dormir me plaisait beaucoup. En Bavière, dans les Carpates, à l'ombre du Pain de Sucre, à Saint-Fargeau au bruit du râteau sur le gravier de la cour, à Symi au son des clochettes des chèvres qui couraient devant ma porte, à Venise, campo San Vio ou sur les Zattere, à Saint-Florent au pied du cap Corse, me réveiller dans la lumière m'était un délice, une confiance et une joie.

La lumière m'étonnait.

MOI : C'est vous qui m'étonnez. La Cour croyait que vous n'aimiez que les livres.

MOI : Je n'avais pas besoin de livres, estimable Sur-Moi, pour me poser des questions sur le plus banal des miracles. C'était drôle, cette présence des choses grâce à cette lumière dont personne ne s'occupe dans la vie de chaque jour. Quand vous m'interrogiez, juge du bien et du mal, sur mon enfance où je ne faisais presque rien, et même sur ma jeunesse et même sur mon âge mûr où je ne faisais pas beaucoup plus, j'aurais dû vous répondre que, presque à mon insu, presque sans m'en douter, mais avec une obstination qui avait quelque chose de benêt, je bénissais cette lumière qui m'était tout, sauf évidente.

Plus tard, j'ai essayé de me renseigner sur cette dispensatrice brillante de l'ombre qu'était pour moi la lumière. J'ai appris sans trop de surprise que quelques grands esprits de cette Grèce d'hier à qui nous devons tant de plaisirs et de savoir s'étaient servis de la lumière pour se faire une idée du monde qui les entourait. Sur la côte aujourd'hui turque de l'Ionie alors grecque ou à Alexandrie en Égypte, longtemps capitale de la culture, Anaximandre, Aristarque de Samos, Ératosthène et quelques autres plantent des bâtons dans le sol et observent l'ombre que ces repères projettent autour d'eux et qui se déplace lentement selon la marche apparente du soleil dans le ciel. Cette ombre, ce mouvement, cette lumière fournissent la base d'une science qui ne va plus cesser de se développer jusqu'à nous pendant plus de deux mille ans.

Longtemps la lumière est restée mystérieuse. Les plus savants des temps anciens ne savaient même pas dans quel sens elle gagnait ses batailles. Allait-elle de l'œil à l'objet ou de l'objet à l'œil ? Aristote et Euclide, Épicure et Galien diffèrent à ce propos d'arguments et d'opinion. Il faudra un bon bout de temps pour que la question soit tranchée. Et à peine est-elle réglée qu'un débat nouveau s'instaure : la lumière est-elle faite d'ondes ou est-elle faite de particules ? Huyghens tient pour les ondes et Newton pour les particules. Il faudra attendre Louis de Broglie pour apprendre, du vivant des plus âgés d'entre nous, que la lumière — disons les choses en deux mots et très en gros —, ce sont des particules qui ondulent.

MOI : Ne vous égarez pas, pédant de village et de café-concert. Les particules qui ondulent n'ont pas grand-chose à faire avec le procès qui nous occupe.

MOI : Vous n'imaginiez tout de même pas, Himalaya de la pensée, que j'allais me contenter de vous débiter des souvenirs d'enfance et de jeunesse ? Je ne me mets pas très haut, mais je ne suis pas tombé assez bas pour vous livrer ce qu'il est convenu d'appeler des Mémoires. J'ai toujours prétendu m'intéresser à l'avenir beaucoup plus qu'au passé. Regarder vers l'avant plutôt que vers l'arrière. Et vouloir faire du nouveau. Qu'est-ce qui est nouveau aujourd'hui ? Et qu'est-ce qui a de l'avenir ? La science, évidemment. Elle a marqué notre temps et elle m'a marqué moi-même. Tout au long de mon procès, vous avez essayé, greffier transcendantal, de m'arracher des confidences sur les influences que j'ai subies et les leçons que j'ai suivies. Ce qui m'a le plus épaté depuis trois quarts de siècle, ce sont les progrès de la science.

MOI (consultant ses notes) : Je me suis laissé dire que vous n'y connaissiez rien…

MOI : Je n'y connais rien. Mais Tycho Brahe, Hubble, Stephen Hawking, Hubert Reeves ou Trinh Xuan Thuan m'ont enchanté et hissé un peu au-dessus de moi-même, tout autant, un peu plus tôt, que Ronsard ou Toulet, Andromaque dans Homère, Polyeucte ou Carpaccio. Je ne pouvais pas ne rien dire de Toulet. Comment pourrais-je ne rien dire de la lumière et du temps, de tant de merveilles et de charmes, devant la Cour qui m'interroge ?

MOI : Soit. Mais ne traînez pas.

MOI : Je vais le plus vite possible. Je cours la poste. J'ose espérer que les grandes lignes de ma défense se préciseront peu à peu, que vous en serez satisfait et que la Cour me rendra justice.

La lumière, bizarrement, maître des fables et des merveilles, est liée au temps par des liens très étroits. Elle va très vite. Elle va même plus vite que tout : trois cent mille kilomètres à la seconde. Elle fait en une seconde sept fois le tour de notre Terre. Il lui faut à peine plus d'une seconde pour nous parvenir de la Lune qui est à quatre cent mille kilomètres de nous. Et huit minutes pour nous venir du Soleil à cent cinquante millions de kilomètres. Il y a un certain nombre de questions auxquelles il est impossible de répondre. Par exemple : « Qu'y a-t-il au nord du pôle Nord si vous continuez à marcher ? » Il n'y a rien évidemment. Ou peut-être le pôle Sud ? Et encore : « Quelle est la situation actuelle du Soleil ? » Impossible de donner la réponse. Ce que nous connaissons, c'est la situation du Soleil il y a huit minutes. Pour avoir une idée de sa situation actuelle, il nous faut patienter huit minutes de plus.

Il y a quelques années, une nouvelle époustouflante nous tombait sur le dos : échappées des laboratoires du C.E.R.N., à Genève, où se poursuivaient les recherches qui devaient aboutir à la découverte du fameux boson de Higgs, appelé improprement et par exagération le « boson de Dieu », des particules recueillies par un observatoire en Italie du Nord se seraient déplacées plus vite que la lumière. L'affaire était inquiétante. Si la nouvelle était confirmée, tout ce qu'il est convenu d'appeler le « système standard » du cosmos, à commencer par le big bang et l'expansion accélérée de l'univers, s'écroulait d'un seul coup. La réponse ne tarda pas. L'information était fausse.

Ce qui est vrai en revanche et autrement important, et d'une simplicité effrayante, c'est que la lumière transporte du passé. Longtemps les plus savants ont cru à une propagation immédiate de la lumière. La lumière va très vite, mais sa vitesse n'est pas infinie. Au regard, non seulement de l'infini, mais de l'immensité de l'univers autour de nous — sans doute cent milliards de galaxies, chacune contenant en moyenne une centaine de milliards d'étoiles telles que notre Soleil —, on peut dire qu'elle traîne, qu'elle musarde, qu'elle lambine. Nous voyons des étoiles qui ont disparu depuis longtemps. Si des extraterrestres nous observent, ce n'est pas nous qu'ils voient, mais, selon la distance, Jules César, le siège de Troie, Ramsès II, la guerre du feu ou nos bons vieux dinosaures, disparus de cette planète depuis quelque chose comme soixante-cinq millions d'années. De quoi justifier avec éclat une formule qui ne nous vient ni d'un astronome, ni d'un mathématicien, ni d'un philosophe, mais d'un écrivain sudiste, réactionnaire et prophétique, auteur de quelques chefs-d'œuvre, *Lumière d'août*, *Sanctuaire*, *Le Bruit et la Fureur*, *Absalon ! Absalon !*, William Faulkner : « Non seulement le passé n'est pas mort, mais il n'est même pas passé. »

MOI : Je vous ai laissé parler — et vous avez beaucoup parlé. Mais la Cour, de nouveau, a un peu de mal à croire que la lumière ait joué un tel rôle dans une vie aussi légère et aussi dissipée que la vôtre.

MOI : La Cour se trompe à nouveau. J'ai aimé la lumière comme on aime un être aimé. Je me souviens d'un matin de printemps à Ravello, au-dessus d'Amalfi, il y a déjà de longues années. J'habitais une chambre — la 12, je crois — dans un hôtel délicieux et plutôt modeste qui portait le nom enchanteur de Caruso Belvedere. Voilà une paye déjà que le bon vieux Caruso Belvedere a disparu pour laisser la place à un palace somptueux qui s'appelle toujours Caruso mais qui a jeté par-dessus bord le Belvedere et son charme. Sous le ciel sans un nuage avec la mer au loin, j'ouvrais mes volets sur les rhododendrons, les magnolias, les citronniers de la vallée du Dragon. Une jeune femme dont j'ai fait l'héroïne d'un de mes premiers livres dormait encore derrière moi. La lumière me tomba dessus.

Je sais bien que cette lumière n'était pas toute seule. Elle était accompagnée et soutenue par toute une série de légendes qui font la gloire de Ravello. À deux pas du Caruso Belvedere, tout au début du dernier siècle, André Gide avait écrit *L'Immoraliste* dans un vieux palais décati au-dessus de la cathédrale. William Styron, un peu plus tard, avait décrit Ravello sous le nom de Sambuco dans *Put that House to Fire*, traduit en français sous le titre : *La Proie des flammes.* Gore Vidal avait rêvé à la splendeur et aux horreurs de la Rome impériale et de sa propre existence dans une maison de Ravello qui donnait sur la mer Tyrrhénienne. Pour le jardin magique de Klingsor dans son *Parsifal*, où figurait déjà le souvenir de la cathédrale de Sienne, Richard Wagner s'était inspiré de la grâce et de la beauté des terrasses de la Villa Rufolo. Et D. H. Lawrence. Et Beckett. Et, comble de la félicité, Greta Garbo et Leopold Stokowski : ils ont connu ensemble trois nuits de passion et de folie dans une chambre inoubliable — où je devais dormir moi-même il y a quelques années — de la Villa Cimbrone avant de retomber dans les tumultes meurtriers des studios d'Hollywood, des médias et de la gloire. Tous ces rêves, c'est vrai, étaient là, dans mon dos, entre mer et collines. Mais la lumière emportait tout.

Cette lumière, ce miracle, cette ombre faite de flammes, ce soleil triomphant, je les ai retrouvés, tout au long de mes années, sur les temples de Louxor et les palais de Jaisalmer, sur les baies de Fethiye et de Guanabara, sur Skyros, sur Symi, sur la petite église blanche de San Giorgio au large de Castellorizo, sur les oliviers de Kekova, d'Ostuni ou d'Otrante.

Après l'eau, la lumière a fait de nous ce que nous sommes. Les hommes ne vivent et ne pensent que parce qu'il y a un Soleil au-dessus d'eux. Maître de la vérité, j'ai aimé les livres, des femmes, mes maîtres, quelques idées et les mots. J'ai surtout aimé le Soleil. J'ai aimé la lumière.

MOI : La Cour vous écoute, adorateur du Soleil et de sa lumière. Mais elle s'interroge. Elle se demande si vous n'exagérez pas et si vous ne l'emmenez pas en bateau pour un déjeuner de soleil.

MOI : Je peux me passer de presque tout. J'aime beaucoup lire, m'amuser, me pencher sur le passé, imaginer l'avenir, me promener dans le monde. Mais je peux très bien, comme chacun, et comme vous, plaisant et lassant Sur-Moi, me passer de livres, de plaisir, de souvenirs, d'imagination et de voyages. J'ai besoin du Soleil. J'ai besoin de lumière. Sans lumière, je ne suis rien.

Nous n'existons que par le Soleil. Le Soleil n'a pas toujours existé. Il est apparu bien avant que nous n'apparussions.

Et pour que nous pussions apparaître. Et il disparaîtra. Nous disparaîtrons avant lui. Parce que tout, dans le tout, n'a jamais cessé d'apparaître avant de disparaître et de retomber dans le rien. Les hommes, les dinosaures, la vie, l'eau, le Soleil, l'univers. Tout a commencé par commencer. Tout finira par finir. Vous aussi. Très vite. Et moi. Tout aussi vite.

Parce que au-dessus de vous et de moi, grand Sur-Moi du présent, au-dessus de la beauté et du malheur du monde, au-dessus de Cioran et de l'Ecclésiaste, au-dessus de la vie, au-dessus de l'eau, au-dessus du Soleil et de la lumière, il y a encore autre chose : il y a le temps.

MOI : Ah ! nous n'y échapperons pas. Après le toc du père et du grand-père, après le toc de Saint-Fargeau, après le toc des livres et la tirade sur la lumière, voici la scie du temps.

MOI : Si je me suis jamais, très omniscient Sur-Moi, occupé de quelque chose, si jamais la Cour aurait dû s'entretenir de quelque chose avec moi, si jamais enfin j'ai souhaité en silence vous parler de quelque chose, c'est d'abord du temps. Le reste n'est rien. Le temps est tout. Le temps… Le temps… Le temps, et rien d'autre. Il n'y a rien d'autre que le temps.

Le temps est un mystère. Mathématiciens et physiciens nous enseignent qu'au moins dans l'infiniment petit le temps n'existe pas et qu'il est très possible de s'en passer. Je veux bien les croire. Mais nous vieillissons et nous mourons. Pour l'univers et pour nous, tout se passe comme si le temps était le maître absolu. D'une banalité extrême et au cœur de notre vie de chaque jour, présent et tout-puissant d'un bout à l'autre de notre univers où il règne sans partage, il constitue la matière première de toutes nos sciences, de la préhistoire et de l'histoire à la physique et à l'astronomie, de l'archéologie à la biologie et à l'économie politique — et nous ne savons pas ce que c'est.

De la matière, de l'eau, de la lumière, de l'air, des gaz, des ondes, des particules élémentaires, des structures dissipatives et de tout le reste, nous savons presque tout. Nous connaissons leur origine, leur composition, leurs mécanismes. Nous savons d'où sort l'espace. Il naît du big bang dans des circonstances que la science nous apprend et qui semblent relever plutôt de la fable que de la science : une dimension inférieure de très loin aux particules les plus infimes, une température et une densité supérieures à tout ce que nous pouvons imaginer. De ce point de départ hallucinant qui renvoie à la nursery toutes les inventions les plus folles de la science-fiction sort tout ce que nous sommes et tout ce qui existe, et d'abord un espace en expansion accélérée. Du temps, nous ne savons rien et son origine nous demeure inconnue.

« Si tu ne me demandes pas ce qu'est le temps », disait déjà saint Augustin dans une page fameuse du livre XI de ses *Confessions*, « je sais ce que c'est. Mais dès que tu me le demandes, je ne sais plus ce que c'est. » Et, près de deux mille ans plus tard, de nos jours, comme en écho, Stephen Hawking, l'astronome paralysé et génial, le reconnaît : « Nous ne savons pas ce qu'est le temps. »

Le plus étonnant est que ce temps dont nous ne savons rien et qui peut-être n'existe même pas, nous ne cessons d'en parler comme s'il se confondait avec nous — « Quelle heure as-tu ? », « Quel jour sommes-nous ? », « Où étions-nous l'année dernière ? », « Que ferons-nous demain ? » —, de nous en souvenir, de le prévoir, de le manier, de le découper, de l'organiser à notre gré. La domination du temps est le propre et la marque du pouvoir. En Mésopotamie, en Égypte, en Chine, chez les Aztèques, les Mayas ou les Incas, dans la Grèce antique ou à Rome, et chez nous, le pape, les empereurs, les rois, les pharaons, les mages et les prêtres, le peuple souverain et ses assemblées sont les maîtres du calendrier.

Tout le monde sait qu'en l'an de Rome 708 — 46 avant J.-C. —, avec l'aide de Sosigène, un astronome d'Alexandrie, Jules César instaure une année de quatre cent quarante-cinq jours, appelée « année de la confusion », et réforme un calendrier romain devenu fou où les fêtes de la moisson ou des vendanges étaient célébrées en hiver. Un millénaire et demi plus tard, en 1582, Grégoire XIII supprime à son tour sans trembler dix jours de ce calendrier julien qui commence déjà à dériver à son tour et qu'il remplace par notre calendrier grégorien. L'un après l'autre, les pays catholiques adoptent sans trop tarder la réforme. En octobre pour l'Italie, en décembre pour la France. Les pays protestants ou orthodoxes traînent du pied. Du coup, Shakespeare et Cervantès meurent à la même date — le 23 avril 1616 —, mais non pas le même jour : l'un le mardi 23 avril 1616, l'autre le samedi 23 avril 1616. Du coup, un voyageur allemand peut mettre onze jours pour passer d'une ville à l'autre, ou arriver au contraire à destination onze jours avant son départ. Du coup, la révolution d'Octobre en Russie se déroule pour nous en novembre.

Banal, omniprésent, tout-puissant, inconnu de tous, le temps est un mécanisme d'une invraisemblable complication. Au regard du temps, l'éternité, sur laquelle nous nous interrogeons avec stupeur et angoisse, est d'une simplicité biblique. Imaginez, mon bon maître, un esprit venu d'ailleurs, un ange descendu du ciel, un Candide transcendantal sorti de l'éternité et qui n'aurait jamais entendu parler du temps. Comment lui expliquer l'abracadabrant scénario d'un avenir qui n'est nulle part et qui vous tombe dessus pour vaciller dans le présent avant de se changer aussitôt en passé ?

Le plus clair de l'affaire, qui laisse loin derrière elle les imaginations les plus folles et tous les films d'épouvante, est que, coincé à l'étroit entre un avenir en train d'arriver et un passé qui s'en va, le présent n'existe pas. Un soupir, un clin d'œil. Un éclair. Moins que rien. Le drame et le triomphe du drame comique que nous vivons…

MOI : Vous voulez, j'imagine, dire *cosmique* ?

MOI : Le drame et le triomphe du drame comique que nous vivons est que, sous des torrents d'acclamations, à la stupeur de tous, à notre émerveillement, l'univers depuis toujours, la vie depuis qu'elle est là, les hommes avec leur gloire misérable et leur pensée si puissante n'ont jamais cessé d'habiter ce néant. Tout ce qui existe n'existe jamais que dans cette absence perpétuelle que nous appelons le présent.

MOI : Ah ! évidemment…

MOI : Oui, évidemment… Il y a de quoi devenir fou. Le temps a joué dans ma vie un rôle plus important que tout ce que j'ai pu vous raconter au cours des quelques jours que nous avons passés ensemble. Je n'ai jamais cessé d'être hanté par le temps et de me sentir accablé de son effondrement et de sa ruée torrentielle. Tous mes livres tournent autour de cette fuite au cœur de l'illusion que nous appelons réalité.

Je me souviens qu'enfant la simple marche du temps me trottait dans la tête. Je crois me rappeler que c'est chez un médecin où ma mère m'avait emmené que j'ai vu pour la première fois avec une sorte de terreur et de fascination un de ces monstres à quartz…

MOI *(souriant)* : ... une de ces montres à quartz...

MOI : ... un de ces monstres à quartz où les aiguilles du temps sont remplacées par l'affichage de chiffres qui se succèdent sans trêve. Un malaise m'avait envahi. Aujourd'hui encore, le spectacle d'une de ces machines à traduire la durée me met un peu hors de moi.

Le temps ne peut être saisi par nous qu'au travers de l'espace. Notre calendrier est lié exclusivement au Soleil et à la marche des astres autour de lui. Notre façon de le mesurer s'exprime par le mouvement des aiguilles sur un cadran ou par la succession de chiffres sur un écran. L'espace et le mouvement sont réquisitionnés en permanence pour tenter, toujours en vain, de fixer la fuite du temps. Notre sentiment intérieur de la durée n'a presque rien à voir avec cette mobilisation spatiale et mécanique du temps. Les sabliers, les clepsydres, les montres, les pendules, les cartels, les horloges nous livrent un temps aseptisé, homogène, embaumé. La durée intérieure est un oiseau sauvage. Le temps de l'ennui passe beaucoup plus lentement que le temps de la joie. Le temps de l'amour est une flèche ; le temps du chagrin, un escargot.

Je me suis souvent demandé, maître de l'éternité, ce que pouvait bien signifier le temps avant les hommes et avant le Soleil. Le temps, lié pour nous à la marche des astres dans le ciel, entretient des liens étroits avec la pensée des hommes. Une idée un peu trouble vient alors à l'esprit. Nous le savons désormais : les hommes et leur pensée sont le produit du temps ; serait-il possible, inversement, d'imaginer que le temps n'a de sens que par les hommes ? Le temps coulait sans doute avant eux. Il coulait même avant ce second big bang qu'est l'éclosion improbable et encore inexpliquée de la vie sur notre planète de second ordre. Mais, comme le monde lui-même, il ne signifiait rien, il n'avait aucun sens. Il ne constituait que la pierre d'attente d'une construction encore à venir : le temps allait produire des hommes qui seraient enfin capables de lui donner un sens.

Le temps avant les hommes n'était pas grand-chose. Mais enfin le Soleil brillait déjà dans le ciel et le jour et la nuit se succédaient sur la Terre. La vie éclate sur notre planète il y a un peu plus de trois milliards d'années. Et le Soleil se met en place il y a cinq milliards d'années. Pendant les neuf milliards d'années qui précèdent, il n'y a ni pensée, ni hommes, ni Terre, ni Soleil. Qu'était le temps tout au long de ces milliards d'années ? Une pure durée ? Mais une durée suppose une pensée pour l'éprouver et la saisir. Une alternance de conjonctions et de situations ? Mais il n'y avait ni jour, ni nuit, ni même de Terre ou de Soleil. Penser le temps avant les hommes et avant le Soleil est presque aussi difficile que de penser Dieu lui-même. On finit par se demander ce que pouvaient bien signifier les milliards d'années qui s'écoulent avant le mouvement des astres dans le ciel et avant notre pensée.

MOI : Il ne faudrait pas oublier, audacieux jeune homme au trapèze volant, que ce qui nous occupe ces jours-ci, c'est d'abord votre procès. Vous avez longtemps, vers les débuts de cette session, joué la légèreté et l'évaporation. Il semble maintenant à la Cour que vous déplacez le débat de votre personne vers la condition humaine en général, et, au-delà, vers l'éclosion de la vie et vers l'univers depuis sa création. La ficelle est un peu grosse. Nous n'instruisons pas le procès de l'humanité et du monde, mais d'un individu assez peu recommandable et qui se trouve être vous.

MOI : Nous sommes tous liés au monde, et je le suis plus que personne. Vous m'avez attaqué, inénarrable dolmen, sur mon indifférence au monde. Je voudrais me présenter à vos yeux éclairés, juge de mon destin, comme un enfant de cet univers qui a mené jusqu'à moi et qui nous mènera demain, vous, et moi, et tous les autres, vers des choses effrayantes et suprêmes dont nous n'avons aucune idée. Vous ne pouvez pas me juger sans comprendre d'où je viens. Et peut-être ne pouvez-vous pas me juger sans essayer au moins de deviner — peut-on faire plus que d'essayer de deviner ? — où nous allons. Car ce que vous jugez en vérité dans ma personne et au-delà de cette personne sans le moindre intérêt, ce sont tous les hommes, depuis toujours et pour toujours malheureux et coupables.

MOI : Coupables ? Coupables de quoi ?

MOI : Coupables de quoi ? Je ne sais pas. Coupables en tout cas. Ni plus ni moins que moi. Peut-être d'exister ? Oui, c'est ça : coupables d'exister. Parce que c'est avec eux et avec leur pensée que le mal se glisse dans le monde. Avant les hommes, pas de mal. Pas l'ombre du moindre mal. Mais dès que les hommes surgissent, malheureux et coupables en dépit de leurs triomphes, le mal est comme chez lui en même temps que la pensée et il règne presque en maître. Pourquoi ne régnerait-il pas sur moi puisqu'il règne sur nous tous ?

MOI *(troublé)* : La séance est levée. La Cour se retire pour délibérer.

. . . .

MOI *(de retour dans son fauteuil après s'être absenté brièvement pour consulter ses collègues)* : La Cour vous autorise, dans sa grande indulgence, à poursuivre votre défense.

MOI : Je vous remercie, juge équitable. Puisque, au-delà de ma personne, c'est désormais de l'homme en général que la Cour instruit le procès, arrêtons-nous quelques minutes, dolmen chargé d'histoire, sur ce phénomène peu vraisemblable dont je ne suis, avec une modestie digne d'estime, qu'un exemplaire parmi beaucoup d'autres.

Ce qu'il faut dire d'abord, c'est que nous sommes si peu de chose qu'il est permis de soutenir que nous ne sommes rien. Les hommes ont cru longtemps — quoi de plus naturel ? tout ne cesse jamais de tourner autour de chacun d'entre nous — qu'ils étaient le centre du monde. Bon nombre de peuplades primitives s'imaginaient avec simplicité que leur communauté constituait les hommes par excellence. Les Chinois appelaient leur pays l'empire du Milieu. Les Grecs, qui ont ouvert tant de chemins, qui ont presque tout inventé et qui sont à l'origine de tout ce que nous aimons, pensaient que l'homme est la mesure de toute chose. Et les juifs et les chrétiens, qui étaient le sel de la terre, lisaient dans leurs livres sacrés que Dieu, tout au début, avait créé l'homme à son image — Adam d'abord, Ève ensuite. Depuis Moïse qui était en bons termes avec Dieu, depuis Socrate et Platon qui enseignaient que notre monde n'est que le reflet d'une réalité cachée et plus haute, depuis le Christ qui était Dieu lui-même, depuis Mahomet qui faisait descendre sur terre, grâce à l'ange Gabriel sous le nom de Gibrail ou Djibril, les volontés d'Allah, les hommes ont beaucoup progressé et beaucoup décliné.

MOI : Beaucoup décliné ?...

MOI : Ils fréquentaient les dieux dont ils descendaient en droite ligne. Et voilà qu'ils se retrouvent en primates, avec des bactéries et des algues pour grands-mères. Ils en savent, bien sûr, beaucoup plus sur l'univers, sur son histoire, sur leur propre personne, ils sont autrement plus puissants qu'hier dans tous les domaines où ils ont roulé de triomphe en triomphe, et l'orgueil les submerge — mais, ayant perdu leurs illusions, réduits à leurs propres forces, se méfiant d'eux-mêmes et de leurs pouvoirs toujours croissants, ils ont dégringolé du piédestal où ils s'étaient juchés et ils ont rapetissé.

MOI : Les hommes n'ont fait que croître et grandir. Ils ont élargi leur horizon. Ils ont inventé la morale, la solidarité, l'égalité. C'est vous qui avez rapetissé, nain dérisoire et verbeux, c'est vous qui avez dégringolé dans votre estime et dans celle de vos semblables. N'oubliez pas le rôle que vous jouez dans cette enceinte où vous restez accusé et ne rejetez pas sur les autres votre propre indignité.

MOI : Chacun de nous s'est de plus en plus rétréci jusqu'à se réduire à presque rien. Et d'abord pour la raison la plus simple : nous sommes devenus trop nombreux.

Quand Caïn tue Abel, il fait disparaître un quart de l'espèce humaine. À l'origine, nous étions rares et précieux. Les hommes ont été quelques milliers. Quelques centaines peut-être. Peut-être quelques dizaines. Et puis, lentement, ils se sont multipliés. Pendant des siècles et des siècles, ils ont été quelques millions. Le premier milliard, bonheur et catastrophe, a été atteint du vivant de nos parents. Et, tout à coup, grâce au progrès de la science, de la médecine, de la morale publique, la machine s'est emballée. Demain, chacun de nous, devenu banal, superfétatoire, irritant, gênant pour les autres, constituera une fraction de plus en plus négligeable d'une humanité en proie à l'expansion comme l'univers lui-même et à une inflation meurtrière.

Et non seulement chacun de nous — moi, bien entendu, et vous aussi, prince du royal secret — n'est plus qu'une goutte d'eau dans les torrents de l'humanité, mais l'ensemble des hommes lui-même est soudain comme un grain de sable dans un univers toujours plus étendu. Notre Système solaire, naguère impressionnant, se révèle minuscule au regard de notre galaxie que nous appelons la Voie lactée. Et notre galaxie, à son tour, s'est assez vite changée en un fétu de paille dans un champ gigantesque. Et, à tort ou à raison, pour faire bonne mesure, quelques-uns se risquent à penser qu'il y a une multitude et peut-être, personne n'en sait rien, peut-être une infinité d'autres univers que le nôtre. Je vous le dis avec tout le respect dû à vos hautes fonctions mais avec fermeté : vous n'êtes rien, majestueux Sur-Moi — et moi, si loin de vous et de votre grandeur, je suis bien moins que rien.

Mais, battez tambours, sonnez trompettes, voilà, miracle, que le rien, le moins que rien — c'est moi — se voit, comme par enchantement, investi d'un pouvoir qui n'est pas loin de le hisser, et de me hisser, au niveau du divin. Ce pouvoir, quel est-il ? Vous l'avez déjà deviné, maître de sagesse...

MOI : Bah ! Vous allez encore sortir de votre besace une de ces menteries ou de ces flatteuses inventions chargées de vous faire valoir aux yeux du tribunal...

MOI : Il pense.

MOI : Ah !... bon. Pour une fois, nous allons nous élever vers cet esprit et cette âme dont vous sembliez jusqu'à présent à peu près tout ignorer...

MOI : Comme vous diriez : ne nous emballons pas. Il pense, oui. Mais il pense avec son corps.

En guise d'esprit et d'âme, les hommes et les femmes ont au-dessus de leur visage, au sommet de leur tête, protégé par leur crâne, quelque chose de rond, de mou et de franchement bizarre qui est, en dépit de tout et de notre dérisoire petitesse, au centre de l'univers : un cerveau.

Avec des neurones, des synapses, des trucs compliqués en grand nombre qui lui permettent, au rien, au moins que rien, de se souvenir du passé, d'imaginer l'avenir, de calculer, d'héberger des vapeurs fluctuantes et dissipatives difficiles à expliquer et même à concevoir — des sentiments, des rêves, des passions, des croyances —, et d'agir sur le monde.

Le plus merveilleux et le plus stupéfiant est que tous ces cerveaux, tous différents et tous semblables, font surgir un même monde qui n'aurait sans eux presque aucune existence et qui, grâce à eux, devient compréhensible. « Ce qu'il y a de plus incompréhensible, disait Einstein, c'est que le monde soit compréhensible. » Au point que de bons esprits sont allés jusqu'à imaginer que le monde n'avait aucune réalité et qu'il était créé de toutes pièces par le cerveau des hommes. Hypothèse aussitôt démentie par le cerveau lui-même : du cerveau naît la pensée, d'où sort la science, qui établit que l'univers existait — ou faisait semblant d'exister — avant les hommes et leur pensée.

Issue de cette matière peu engageante et à peine ragoûtante que nous appelons le cerveau, la pensée des hommes vole sans se lasser de succès en succès. On fait de tout avec la pensée. Du plus haut au plus bas. Des dieux, de l'argent, des conquêtes, des plaisirs, des légendes, des bassesses, beaucoup de bien et beaucoup de mal. On fait surtout l'histoire.

Un des triomphes les plus éclatants du cerveau de l'homme et de sa pensée est la reconstitution sous le nom d'histoire d'un passé qui sans nous aurait disparu corps et biens sans laisser la moindre trace.

Sauf rare exception, chacun de nous est familier de son père et de sa mère. Nous les connaissons, nous nous souvenons d'eux. Nous avons, en général, une idée de nos quatre grands-parents. L'affaire se complique avec nos huit arrière-grands-parents. J'ai souvent du mal à retrouver les noms de mes arrière-grands-parents. Je suis persuadé que ses arrière-grands-parents sont pour ma petite-fille une terre tout à fait étrangère. Les seize parents de mes arrière-grands-parents, en tout cas, je suis, comme tout le monde, incapable de rien en dire.

À mesure que nous remontons de plus en plus haut dans le passé, un joli paradoxe se présente à nous : nos ascendants, au loin, deviennent à la fois de plus en plus nombreux jusqu'à l'inimaginable et de moins en moins nombreux puisque, dans des temps très reculés, le nombre des hommes diminue. À la limite, aux origines, le nombre des ancêtres devrait être à la fois immense et minuscule. La clé de l'énigme est évidemment à chercher dans une multiplication des mariages consanguins. D'une façon ou d'une autre, nous descendons tous des Bourbons et des Médicis, de Gengis Khan, qui avait beaucoup de femmes un peu partout car son empire était grand, et de Tamerlan, d'Auguste ou de Jules César. Et avec plus d'évidence encore des peintres de Lascaux, des combattants de la guerre du feu, de Lucy et de ces primates qui se promenaient dans les arbres couvrant alors le Sahara. Tout ce passé existe. Mais flou et vide de sens, il relève pour nous de l'imagination.

La science, elle, a ressuscité des morts, dans l'anonymat bien sûr, mais avec précision et exactitude, non seulement toute la suite des hommes depuis leurs débuts obscurs et toute l'aventure de la vie depuis ses origines — qui posent encore beaucoup de questions —, mais, en un effort inouï, tous les millénaires sans nombre de l'univers avant les hommes et avant la vie.

Les historiens, les préhistoriens, les anthropologues, les biologistes passent le relais aux géologues, aux astronomes, aux physiciens, aux mathématiciens et, s'appuyant successivement sur des textes, sur des correspondances, sur des témoignages, sur des inscriptions, sur des fossiles, puis sur l'observation du ciel et sur la théorie, les uns et les autres font revivre sous nos yeux un formidable passé évanoui. Nous savons presque tout de Lénine, de la reine Victoria et de Disraeli, de Bismarck, de Napoléon Bonaparte, de Louis XIV, de Charles Quint, de la découverte de l'Amérique, de la chute de Constantinople, de Hulagu et de Kubilai, de Charlemagne et de Haroun al-Rachid, de la flopée des empereurs romains, de Ts'in Che Houang-ti, d'Alexandre le Grand et de la guerre de Troie. Mais aussi de l'origine de l'écriture et des débuts de l'agriculture et de l'art, des grandes migrations des Africains vers l'Asie et l'Europe, du passage des primates à l'homme qui se tient debout et qui se met à penser. Et, au-delà, des premières formes de la vie, de la mise en place de notre Système solaire, de la fuite des galaxies qui s'éloignent les unes des autres et de ce début de toutes choses qui semble relever plutôt de la légende que de cette science qui nous l'enseigne : le big bang.

Ce que notre cerveau nous apprend, c'est que nous sortons d'une longue histoire qui a des allures d'épopée, d'opéra, de roman. Avec un début et une fin. Avec des personnages qui ne sont autres que nous-mêmes. Une sorte de jeu paradoxal et un peu effrayant se met alors en place : nous sortons de cette histoire, mais c'est nous qui lui donnons son sens ; nous ne serions rien sans elle, mais elle n'est rien sans nous ; nous sommes les personnages de ce roman primordial, mais c'est nous qui l'avons écrit — ou au moins découvert. Nous sortons de cette histoire, mais elle sort de nous.

Me voilà au cœur de la plus formidable ou plutôt de la seule aventure qui ait jamais existé. Toutes les autres, tout ce que nous vivons, inventons, racontons, dessinons ou rêvons, tout ce que nous appelons art, littérature, industrie, expérience, exploit, n'est qu'une pâle imitation, un fragment, une reconstitution maladroite et partielle de sa splendeur sans pareil.

MOI : Accusé ! Dès que la Cour, dans son infinie mansuétude, vous laisse le moindre champ, vous en abusez sans vergogne. Ce long charabia n'a rien à voir avec votre défense et n'apporte pas grand-chose à la cause de l'humanité. Pour la dernière fois, je vous rappelle à l'ordre.

MOI : Pour la dernière fois ! Ah ! Je le souhaite beaucoup. Je commence à en avoir par-dessus le dos, pernicieux vieillard, de vos perpétuelles interventions. Laissez-moi, je vous prie, mener à ma guise ma défense devant le tribunal.

Pendant des jours et des jours, tout au long des sessions successives du procès qui m'a été intenté — on se demande un peu par qui ? —, je vous ai parlé de mon enfance, de mes études, de mes rêves, de mes essais et erreurs, d'une foule de détails inutiles. Pas une fois la Cour et vous-même ne m'avez interrogé sur l'essentiel : sur ce que je crois.

Une allusion, par-ci, par-là. Vous le savez déjà : je crois à très peu de chose. Je l'ai dit et répété : à presque rien. Mais à presque rien de ce monde emporté par le temps. À presque rien sous le Soleil et dans ce que les Grecs appelaient le monde sublunaire. Je ne crois pas beaucoup aux règles, aux institutions, à tous les ponts aux ânes de la routine et de la solennité. Je suis heureux et fier d'être français. Plus fier d'être européen. Plus fier encore et surtout plus heureux d'être un homme et de participer à cette vie aux côtés des chats, des ânes, des éléphants, des cyprès, des oliviers qui me sont si proches et si chers. Je baisse un peu la voix : je ne crois pas beaucoup à ces fameuses valeurs dont vous vous gargarisez, Sur-Moi de la pompe et du protocole. Je suis persuadé, par exemple, que la liberté de la presse et de la pensée doit être défendue ou que la démocratie est, aujourd'hui, pour nous, le moins mauvais des régimes. Mais j'y suis attaché comme les sabreurs et les grognards de la Grande Armée étaient attachés à l'Empereur, comme nos ancêtres étaient attachés à la monarchie légitime, comme Virgile ou Horace étaient attachés à l'Empire romain, comme les Athéniens ou les Égyptiens étaient attachés à Athènes, à leurs dieux, à leurs institutions ou à leurs pharaons. Tout ce qui est dans le temps passera avec le temps, et rien de ce qui appartient à ce monde passager et fragile ne mérite plus qu'un respect un peu lointain et un accord ironique. On peut très bien mourir, rien de plus honorable, pour sa patrie, pour ses idées, pour ceux qu'on aime. Mais seul ce qui est éternel mérite un attachement sans réserve ni restriction.

Qu'est-ce qui est éternel ? Nous le savons très bien. L'éternité, c'est ce qui nous attend. Nous sommes destinés à l'éternité parce que nous sommes nés et parce que nous mourrons. La vie n'est que le vestibule et la préface de la mort. Naître n'est rien d'autre que commencer à mourir. Les choses sérieuses commencent avec la mort. Nous vivons peu de temps et nous serons morts pour toujours. Que nous croyions ou non à quelque chose après la mort, nous entrerons tous dans l'éternité au moment même où nous sortirons du temps — c'est-à-dire à l'instant de notre mort. La seule question est de savoir si cette éternité est vide et sans le moindre sens ou si elle est pleine d'une espérance obscure capable de lui donner une sorte de signification.

Un des arguments les plus forts de ceux qui sont persuadés que la mort débouche sur le néant est que ce qui se passe après notre mort ne fait que reproduire ce qui se passait avant notre naissance. Où étions-nous avant de naître à ce monde et dans le temps ? Nulle part. Où serons-nous après notre sortie de ce monde et du temps ? Nulle part. Tout le long de notre vie, nous courons du rien au rien. Peut-être est-il pourtant permis de suggérer qu'entre ces deux événements, entre le rien du début et le rien de la fin, s'est déroulée une aventure stupéfiante qu'il est impossible de traiter à la hâte et par-dessus la jambe : la vie.

Vous vous souvenez peut-être, maître de la mémoire, de Vladimir Jankélévitch, auteur d'un livre au titre enchanteur : *Le Presque-rien et le Je-ne-sais-quoi.* Une de ses formules m'avait frappé : « La vie est éphémère. Mais le fait d'avoir vécu cette vie éphémère est un fait éternel. » C'est sur ce fait éternel que je prie la Cour de se pencher un instant.

MOI *(bougonnant, de mauvaise humeur)* : Bon. Eh bien ! que voulez-vous ? Penchons-nous. Penchons-nous.

MOI : Nous vivons dans le temps. Tout passe. Tout se défait. Tout se précipite vers l'usure, le vieillissement et la mort. Pourtant, écrit Spinoza, « nous sentons, nous éprouvons que nous sommes éternels ». Nous sentons-nous vraiment éternels, immortels, capables de vaincre le temps ? Je n'en suis pas très sûr. Mais que se dresse, en face de cette abstraction qu'est notre perpétuel présent toujours en train de s'éc(r)ouler, quelque chose de vague comme un désir ou un rêve d'éternité, je le crois volontiers.

La vérité, c'est que nous sommes trop grands pour nous. Nous sommes déchirés entre notre petitesse et notre grandeur, entre notre misère et notre puissance. Il n'est rien d'impossible au pouvoir d'un esprit enfermé dans un corps destiné à pourrir et qui n'apparaît que pour se hâter de disparaître. Chacun d'entre nous est un roi très puissant, enchaîné, glorieux, misérable, voué à la poussière et dévoré d'espérance.

Dévoré d'espérance et plongé dans l'incertitude. La mort, qui est la règle, nous apparaît à la fois comme un but et comme un scandale. Rappelez-vous, Sur-Moi de la mémoire, l'oncle Félix entre Bossuet et Hugo dans les bois d'Ormesson :

On n'entend dans les funérailles que des paroles d'étonnement de ce que ce mortel est mort.

Et :

Quand nous en irons-nous où vous êtes, colombes,
Où sont les enfants morts et les printemps enfuis
Et tous les chers amours dont nous sommes les tombes
Et toutes les clartés dont nous sommes les nuits ?

Quand nous en irons-nous ? Quand nous en irons-nous ?

Nous ne savons pas pourquoi nous sommes nés. Et nous ne savons pas si mourir est une malédiction ou une bénédiction.

Je suis là. Je vis. La fameuse question de Descartes, une des plus célèbres de la philosophie : « Est-ce que j'existe ? Est-ce que je vis ? Est-ce que je suis ? » est une farce. Il est très possible que la vie, l'histoire, l'univers ne soient qu'une sorte de rêve. Mais aucun être humain ne met en doute qu'il participe à ce rêve, qu'il en est un acteur, qu'il est entré dans le temps. Il nous suffit de souffrir, de rire, d'avoir du plaisir ou du chagrin pour savoir avec certitude que nous appartenons à ce monde. Personne ne se demande s'il est. Bien sûr que je suis. Mais chacun d'entre nous ne cesse jamais de se demander, avec plus ou moins d'insistance, avec plus ou moins d'inquiétude, ce qu'il risque de devenir après avoir rendu ce que nous appelons avec délicatesse notre « dernier soupir ».

Jeté dans la vie sans avoir rien demandé, je m'interroge sans fin sur ce que je suis venu faire à bord de cette galère, toujours en train de sombrer et de renaître sous d'autres formes. Venue de l'expérience des autres et d'une sorte d'évidence intérieure, il n'y a qu'une chose de sûre : à la fin, la mort l'emporte. Je vais mourir. Et vous aussi.

Nous ne pouvons rien savoir de ce qui nous attend après la mort — quand nous serons sortis du temps. Rien, peut-être ? Oui, peut-être rien… Ou peut-être quelque chose dont il est impossible de rien dire. Ce qu'il y a de remarquable, c'est cette coupure si franche entre, d'un côté, la vie et le temps, de l'autre, la mort et l'éternité. On pourrait presque soutenir que tout est organisé pour que nous ne sachions rien ni sur notre origine ni sur notre fin. J'ai consacré un petit livre à ce double mystère du rien qui nous encercle : le rien avant le big bang, de l'autre côté du mur de Planck, très loin dans le passé, et le rien après notre mort, demain ou après-demain.

Vivre nous occupe beaucoup. Rien de plus légitime. Spinoza, encore lui, nous rappelle que la philosophie est méditation de la vie, et non de la mort. Tout ce que nous avons à notre disposition, c'est la vie et le temps. C'est d'eux seuls qu'il nous est permis de nous servir, de jouir et de parler. Nous ne pouvons pas en sortir. Ou plutôt, nous en sortons avec évidence — rien de plus banal que la mort —, mais le mystère le plus profond entoure le passage obligé et ce qu'il y a derrière lui. À la mort comme à la naissance, on dirait que nous sortons de la réalité pour entrer dans un rêve. Ou peut-être que nous sortons d'un rêve pour entrer dans la réalité. Le début est un mystère et la fin est un mystère. Et le comble, c'est que l'entre-deux — la vie, le temps, l'histoire, l'univers — est un mystère aussi.

MOI : Je vois bien que pour tenter de vous en tirer, vous essayez de faire croire à la Cour que votre vie, si banale, est en réalité un mystère…

MOI : Elle est un mystère. Comme toutes les vies. Mais nous sommes si habitués à ce mystère que nous nous y sentons comme un poisson dans l'eau. L'éternité nous effraie et la mort nous fait peur. La vie et le temps, au contraire, nous semblent aller de soi. Rien de plus étrange pourtant que ce qui nous est si familier. Le simple fait d'être là m'a toujours étonné. Et le mystère du temps me paraît insondable.

Si j'ai accepté, trône de justice et de patience, insupportable vieillard, de me présenter devant cette Cour à laquelle j'aurais pu me dérober sans trop de peine, ce n'était pas pour vous raconter des fadaises sur les rives de l'Isar, sur les monastères de Bucovine, sur le Pain de Sucre et le Christ du Corcovado, sur la Grande Mademoiselle, sur la khâgne d'Henri-IV, sur une organisation culturelle, sur un grand quotidien, sur la Coupole du quai de Conti, sur de misérables aventures littéraires, c'était d'abord et surtout pour vous dire qu'au moins à mes yeux, rendus, je veux bien le croire, moins perçants par le temps qui passe et par l'âge, le monde est un mystère. Il est aussi, je le crois, une espérance et un secret.

MOI : Greffier ! Si vous dormez, surtout réveillez-vous. Et prenez note, je vous prie. C'est bien intéressant : non content de discerner un mystère dans l'histoire, le menteur professionnel croit à un secret de l'univers. Et il nourrit des espérances. Quel secret ? Quelles espérances ? On ne sait pas. Et peut-être ne le sait-il pas lui-même.

MOI : J'imaginais qu'un juge se devait d'être impartial. Et que l'usage n'était pas de se moquer d'un inculpé réputé innocent…

Je ne crois pas, bien entendu — qui pourrait le croire ? — que les hommes soient à l'origine de leur passage sur cette terre, qu'ils soient leur propre cause. La vie leur est donnée — ou plutôt prêtée —, ils ne la tirent pas d'eux-mêmes ni du néant. Je ne crois pas non plus qu'ils soient le fruit du hasard. Je suis persuadé que le hasard joue un grand rôle dans l'univers et surtout dans la vie où il se sent comme chez lui. J'ai du mal à croire qu'il suffise à expliquer la multitude presque infinie des miracles qui président à notre vie quotidienne et à la marche de l'histoire.

L'œil est un miracle et voir est un miracle. L'oreille est un miracle et entendre est un miracle. Le corps du scorpion, de la fourmi, de l'abeille, du dauphin et de l'homme est un miracle. La procession des astres dans un espace en expansion accélérée est un miracle et l'histoire est un miracle. Et il n'y a pas de miracle plus surprenant que le réglage si rigoureux des lois de l'univers. Cent fois, mille fois, le monde aurait pu, et peut-être dû, s'effondrer. Tout a toujours tenu. Et marché. Très mal, bien sûr. Et au mieux.

Voltaire, dans *Candide*, se moque avec talent de Leibniz qui soutient que tout est toujours au mieux dans le meilleur des mondes. Le meilleur des mondes est le plus souvent médiocre, injuste, cruel, et parfois atroce. Mais enfin, il est là. Il a de jolis côtés. Il affronte les tempêtes. Il tient le coup dans les désastres. Il peut même arriver, de temps en temps, un soir d'été très doux, une compagnie heureuse, un enfant quelque part, je ne sais pas, moi, un cigare, un verre de vin, un bon film, un mot d'esprit, ce que nos grands-mères appelaient « une bonne action », quelques brasses dans la mer au large de Kas ou de Girolata, qu'un peu de bonheur se glisse soudain dans nos vies. Le tout résiste et fonctionne. Est-il permis de mettre sur le compte du hasard l'aventure de l'univers et la suite de l'histoire ?

Un hasard, deux hasards, trois hasards, rien de plus banal ni de plus naturel dans un monde où n'en finissent pas de se croiser les chemins et les destins de la nécessité. Mais une avalanche de hasards allant tous dans le même sens d'une permanence et d'une marche en avant à travers récifs et périls, il faut pour accepter ce conte de bonne femme prise de vertige métaphysique une dose peu vraisemblable de naïveté et de crédulité.

MOI : Peut-être, au terme de ces journées épuisantes où vous n'avez livré à la Cour que des bribes d'insignifiance, pourrions-nous espérer savoir enfin quelque chose de ce que vous pensez — s'il vous arrive de penser — et de ce que vous proposez à la place du jeu classique du hasard et de la nécessité ?

MOI : Si je crois à quelque chose, funeste vieillard, c'est à un ordre des choses. En nous et autour de nous, avant la vie et les hommes et après la vie et les hommes, il y a un ordre des choses. Parce que nous sommes dans une histoire, cet ordre des choses ne cesse jamais de changer. Mais il ne cesse jamais non plus de durer et de régner sur notre tout et sur le temps qui passe. Il règne sur la matière inerte et il règne sur la vie. Il règne sur les hommes et sur leur pensée qui est liée au cerveau. Sous les masques les plus divers, derrière les déguisements les plus fous, il ne desserre jamais son étreinte.

Les hommes sont libres, bien entendu. En un peu plus de trois milliards d'années, la vie franchit avec lenteur et succès toutes les étapes successives entre l'inertie de la matière et la liberté de l'esprit, en passant par le mouvement, l'automatisme, le réflexe conditionné, l'organisation spontanée et réglée, le souvenir, la sensibilité, et enfin l'indépendance, le choix, le rêve, le projet, la liberté et l'amour. Oui, nous sommes libres. Nous pouvons aller à droite ou à gauche, accepter, refuser, inventer, faire à peu près ce que nous voulons d'une vie que nous n'avons pas choisie. Nous pouvons même mettre fin à cette vie. Chacun est maître de ses décisions et n'en fait qu'à sa tête — ou s'imagine n'en faire qu'à sa tête. Les mouvements de masse sont déjà plus aisés et presque faciles à prévoir. Mais surtout les limites de notre fameuse liberté surgissent soudain de partout — jusqu'à crever les yeux. Nous ne pouvons pas voler dans les airs par nos propres moyens, revenir en arrière, revivre le passé, refuser d'être né, faire que ce qui a été ne soit pas, être un autre que nous-même. Nous sommes enfermés dans l'histoire et en nous. Notre liberté ne nous permet pas d'échapper à l'histoire. Nous pouvons donner un sens nouveau au passé et, dans une certaine mesure, le modifier. Nous pourrons, dans l'avenir, changer tout de notre monde. Et nous pourrons, dans l'avenir, changer tout de nous-même, de notre corps, de notre pensée, de notre personnalité. Nous le ferons, pour le meilleur ou pour le pire. Mais nous serons toujours dans l'histoire. Selon la formule de Raymond Aron, les hommes font l'histoire, mais ils ne savent pas l'histoire qu'ils font. Nous sommes libres — mais dans l'histoire et dans le temps. Nous n'avons le droit d'échapper ni au monde, ni à nous-mêmes, ni à la mort.

Ce que je crois, cher et illustre maître, misérable vieillard — et c'est pour cette raison que je ne crois pas à grand-chose —, c'est que l'histoire de l'univers, de la vie et des hommes n'est pas seulement une aventure, un roman, une épopée, un opéra, mais une sorte d'immense théâtre qui était vide avant nous et dont nous sommes les acteurs. Nous montons sur les planches en naissant. Nous sortons de scène en mourant. Entre la naissance et la mort, nous débitons notre texte. Ce texte nous est dicté par l'espace et le temps, par l'histoire, par la géographie, par notre situation. Nous avons le droit d'improviser, bien sûr. Nous pouvons le retoucher. Mais dans des limites très étroites.

Il y a des rôles magnifiques et de grands acteurs. Et il y a des utilités. Tous les acteurs sont égaux. Mais il y a des vedettes dont on se souvient longtemps. Des acteurs comme Homère, Platon, Alexandre le Grand, Gengis Khan, Rembrandt, Shakespeare, Goethe, Napoléon Bonaparte,

Chateaubriand, Tolstoï, Proust, Churchill, Staline ne sont pas oubliés. Nous avons en mémoire leurs gestes et leurs répliques. Leur talent. Leur génie. Le souffleur, l'ouvreuse, le machiniste dans la coulisse, le décorateur, la maquilleuse sont encore des acteurs. Et le public lui-même n'est composé que d'acteurs. Et la foule dans la rue, les étrangers de passage, les banquiers, les sans-abri, les malades à l'hôpital, les militaires dans leur caserne, les condamnés dans leur prison : tous des acteurs, rien que des acteurs. Les peintres, les sculpteurs, les architectes, les musiciens, les amants et les écrivains : des acteurs. Et les lecteurs des acteurs. Grands ou petits, heureux ou malheureux, de génie ou médiocres, puissants ou misérables. Tous des acteurs, avec leur rôle à jouer.

Jouer est obligatoire. Vous n'avez pas le choix. Vous pouvez vous taire et bouder dans votre coin : vous jouerez en silence le rôle du boudeur ou de la boudeuse. Vous pouvez rire de tout et vous moquer du monde et de vous-même : ce sont aussi de jolis rôles. Vous pouvez ne rien faire — et on vous oubliera. Vous pouvez râler, vous mettre en colère, maudire l'auteur ou le metteur en scène : si vous le faites avec force, vous laisserez un nom dans l'histoire du théâtre.

Chacun change de rôle au cours de sa vie. Les rôles d'enfant sont délicieux. Les chérubins sont légion. Les détestables vieillards tels que vous, perpétuel Sur-Moi, père de la patrie, en train de rabâcher leur texte, nous les connaissons par cœur. Il n'y a pas de relâche. Et il n'y a pas de retraite : nous mourons tous sur scène comme Molière. On passe directement du théâtre et de la tragi-comédie, qui prend assez souvent des allures d'hôpital, aux mystères de l'autre monde. Sous les applaudissements, sous les sifflets, dans les larmes le plus souvent, ou dans une complète indifférence.

Vous imaginez bien, haut magistrat chargé d'honneurs, qu'un théâtre de cette sorte n'est pas l'œuvre du Saint-Esprit — à moins, justement, qu'il ne le soit. Il ne sort pas de rien. Il a besoin d'un projet, de plans, de devis, d'énergie. Il lui faut un architecte. Un scénariste. Un metteur en scène. Un romancier. Je crois que derrière le roman de l'univers, avec ses structures si précises et ses rebondissements, et derrière le grand théâtre de la vie, avec son intrigue si bien ficelée, ses dialogues si brillants, ses anecdotes sans fin, son style loué de toutes parts, son mélange si savant de tragique et de comique, il y a comme une puissance inconnue.

MOI : Quelle puissance ?

MOI : Quelle puissance ? Je n'en sais rien. Comment voulez-vous que je le sache ? Comme vous, comme tous les autres, j'appartiens au théâtre de l'univers et du temps. Il ne m'est permis d'en sortir que par la porte de la mort. Et il sera alors trop tard pour vous donner de mes nouvelles. Que nous ne dépendions pourtant ni de nous-mêmes ni du hasard, mais d'un pouvoir inconnu dont nous ne pouvons rien dire, je le crois avec force, j'en suis persuadé. L'univers tout entier nous le crie à tue-tête.

Quelle puissance ? Une énergie, peut-être ? Ou une équation mathématique ? Ou un flux quantique ? Quelque chose, en tout cas, d'inexprimable pour nous, d'inconcevable par notre cerveau, d'inouï aux yeux des hommes, quelque chose dont nous ne pouvons parler que dans l'imagination et par analogie. Très au-delà de nos mots. Très au-delà de ce monde et du temps. Avec, espérons-le, nous n'en savons rien du tout, mais il est toujours permis d'espérer, quelque chose de plus invraisemblable encore qui ressemblerait de loin, oh ! de très loin, à ce que nous appelons l'amour.

MOI : Mais dites-moi, mon cher ami…

MOI : Vous me l'avez assez répété : je ne suis pas votre ami. Vous instruisez mon procès. Je réponds comme je peux aux questions que vous me posez.

MOI : Mais dites donc, accusé, cette puissance au-delà de tout, dont on ne peut pas parler, d'où sortirait l'univers et qui serait mue par l'amour, ne serait-elle pas très proche de ce qu'il est convenu d'appeler Dieu ?

MOI : Ce dont nous ne savons rien et dont il est impossible de rien dire, vous pouvez bien lui donner le nom que vous voulez. Les juifs, qui refusent de le représenter — entrant pour la première fois dans le temple de Jérusalem, les légionnaires romains sont stupéfiés d'une sobriété qui va jusqu'à la nudité —, hésitent à lui donner un nom : ils l'appellent en tremblant et presque à contrecœur Jéhovah, ou Iahvé, ou Élohim, ou Adonaï. Les chrétiens le font descendre parmi les hommes. Les musulmans l'adorent sous le nom d'Allah. Platon parle du Souverain Bien ou de l'Idée du Bien. Aristote, d'un premier moteur. Spinoza voit en Dieu la totalité de l'être : « *Deus sive Natura* ». Pour Leibniz, Dieu est la monade des monades. Pour Hegel, la forme la plus haute de l'esprit absolu. Pour Kierkegaard, Dieu est le paradoxe, la vérité et le Christ.

MOI : Et vous, l'inculpé, le nain de jardin, l'inepte nageur des deux rives, que répondez-vous à la Cour qui vous pose la seule question qui vaille et que chacun doit affronter au moins une fois dans sa vie : oui ou non, croyez-vous à Dieu ?

MOI : S'il faut répondre par oui ou par non, je réponds : oui, sans balancer, comme Spinoza, comme Einstein, comme Jaspers, comme Bergson, comme saint Grégoire de Naziance dans sa prière si belle :

> Ô toi, l'au-delà de tout,
> Comment t'appeler d'un autre nom ?
> Quelle hymne pourra te chanter ?
> Aucun mot ne t'exprime.
> Quel esprit pourra te saisir ?
>
> Tu es au-delà de toute intelligence.
> Seul, tu es indicible
> Car tout ce qui se dit est sorti de toi.
> Seul, tu es inconnaissable
> Car toute connaissance est sortie de toi.

MOI : Comme Grégoire de Naziance, comme Augustin, comme Leibniz, comme Kierkegaard, croyez-vous, philosophe de nursery, théologien à la manque, que Dieu a créé le ciel et la Terre ?

MOI : Le mot *Dieu* est ambigu. Le mot *créé* est ambigu. Pour quelque pouvoir que ce soit, il n'est pas question, avant l'espace et le temps, de prendre soudain la décision de créer l'univers. Parce que toute décision se situe dans le temps. De la puissance inconnue, très loin au-dessus de nous, découlent de toute éternité les conditions nécessaires à la naissance d'une histoire. Et, d'un bout à l'autre de son histoire, le monde ne cesse jamais d'être créé et soutenu par cette puissance inconnue. En un sens, hors du temps, dans le vide de l'éternité, il n'y a pas vraiment de décision de créer l'univers. Et, en un autre sens, dans le temps, il est permis de parler d'une création continue.

En vérité, incapables de penser quoi que ce soit hors du temps, les hommes ne peuvent rien dire de Dieu. À peine ont-ils le droit de prononcer son nom. Grâce à la science, en revanche, ils peuvent tout, ou presque tout, savoir de ce monde dans le temps.

Pour nous au moins, tout commence avec le mur de Planck. Avec le big bang. Avec l'explosion primitive chargée de déclencher un espace qui n'existe pas encore et qui sort, minuscule par la taille, démesuré par la chaleur et la densité, d'un rien qui, dans l'éternité, c'est comme ça, c'est très simple, se confond avec le tout. À partir de ce rien qui était tout, au long d'un peu moins de quatorze milliards d'années, l'expansion de l'univers se poursuit à un rythme accéléré pour donner notre tout à nous — une autre sorte de tout, immense, dérisoire, passager, toujours en train de changer et de gonfler dans l'espace et dans le temps, et qui n'est peut-être presque rien. Une illusion peut-être ? Un rêve que nous appelons réalité ? La scène imaginaire et trompeuse où nous nous agitons ? En tout cas, puisque ce monde, au loin, les savants nous l'apprennent, va vers sa destruction, une parenthèse entre les deux grands riens immobiles et secrets qui constituent le grand tout que nous avons le droit d'appeler Dieu.

Pour résumer d'un mot le mythe fondateur de ce qu'il est convenu d'appeler la création de l'univers, on pourrait dire que Dieu ne tire le monde de rien — c'est-à-dire de lui-même qui est à la fois le rien et le tout — que pour le rejeter dans le rien.

MOI : La Cour vous écoute avec des sentiments mêlés, mais je dois reconnaître que vous finissez par m'amuser... Le monde avec vous prend volontiers l'allure d'une course-poursuite transcendantale où physique mathématique et Bible seraient interprétées par James Bond.

Votre science, dont vous ne savez rien mais dont vous parlez beaucoup, nous assure que le big bang crée l'espace. Croyez-vous, cosmologue des Folies-Bergère, philosophe en barboteuse, qu'il crée aussi le temps ?

MOI : Pernicieux vieillard, vous n'avez cessé de m'interrompre et de me dénigrer depuis les débuts de ce procès interminable. Me voilà contraint à un aveu de nature à vous enchanter parce qu'il me couvre de confusion.

Personne ne le conteste : le big bang est à l'origine de *notre espace*. C'est étrange, c'est invraisemblable, c'est plus difficile à croire que toutes nos fables pour enfants — mais c'est vrai. Il le crée à partir de la pointe d'épingle infiniment minuscule qui va donner naissance à notre espace en expansion. Est-il aussi à l'origine du temps ? La question est controversée. J'ai longtemps cru, dans le sillage de saint

Augustin, que le temps était lié à l'éclosion du monde. Je le crois toujours. Mais que le temps sorte au même titre que l'espace de l'explosion primitive, je ne le crois plus. Pour tout dire d'une seule phrase, j'ai dû reconnaître à ma courte honte que la physique mathématique, dont je m'étais méfié à tort, avait raison contre moi : le temps — ce temps dont je me suis tant occupé comme d'une réalité presque vivante, divisée en trois hypostases qui se succéderaient sans se lasser : l'avenir, plongé dans l'ombre, l'étrange présent toujours en fuite, le passé dévorant, et qui coulerait comme un long fleuve emportant tout sur son parcours —, ce temps-là n'existe pas.

MOI : Il n'existe pas ! Mais vous lui avez consacré toute une partie de votre vie ! Et même de votre procès. Vous n'avez parlé que de lui. Hier encore, et avant-hier, vous voyiez dans le temps comme le fondement et la clé de l'univers, de la vie et de la pensée. Permettez-moi de vous le dire : un peu de votre fameuse réputation repose sur le long traitement que vous lui avez réservé. Je pressentais déjà que cette réputation était usurpée. Voilà que vous confirmez avec éclat et que vous justifiez mes pires soupçons.

MOI : Eh bien ! sur ce point au moins, votre procès n'aura pas été inutile. Je plaide coupable. Je viens à résipiscence. Le temps est tout. Mais il n'est rien. C'est un autre nom de l'univers. L'espace existe, et il peut être dominé. Le temps n'existe pas, et il est invincible.

Nous vieillissons, naturellement. Nous mourons. Tout passe. Tout disparaît. Mais il n'est pas très surprenant que mathématiciens et physiciens ne trouvent pas trace dans leurs calculs de ce temps omniprésent — et pourtant impossible à cerner, à saisir, à définir et à expliquer. Il est omniprésent, il est le fondement et la clé de l'univers, de la vie et de la pensée — mais il n'a pas de réalité.

L'espace a une réalité. Dès ses débuts si modestes et si rapides, il se développe à un rythme hallucinant. Il est là. Il est possible de l'observer, de le parcourir, de l'imaginer, plein ou vide. Pour stupéfiant que soit un pareil événement, un pareil exercice, il est permis de concevoir son apparition et son extension. Il est impossible de se faire une idée, même approximative et figurée, de l'origine de cette abstraction portée à l'incandescence que serait un temps en train d'apparaître et de se mettre à couler. Il n'apparaît pas et il ne coule pas pour la raison la plus simple : il n'existe pas.

Ou, du moins, il n'existe pas en tant que tel. Il n'est pas une réalité. Il n'a pas d'existence propre. Il n'y a pas de temps vide comme il peut y avoir un espace vide. Le temps n'est rien d'autre qu'une dimension — ou plutôt *la* dimension — nécessaire et universelle de tout ce qui est appelé à exister à partir du big bang.

Il ne faut pas dire que le monde se produit dans le temps. Il faut dire que le temps se produit dans le monde. L'univers est une succession puisqu'il est une histoire. Chaque fragment, chaque instant, chaque détail, si mince soit-il, et tout l'ensemble de cette histoire est entraîné vers l'usure, la disparition et l'oubli. Le temps n'existe pas, mais tout ce qui existe, et nous, nous sommes emportés vers la mort. Le temps est plus proche de la mort que de la vie. Il est plus proche de l'absence que de la présence. Il est plus proche de Dieu que du monde. Il est comme la marque de la puissance inconnue sur les choses d'ici-bas. C'est cet élan vers le néant ou du moins vers autre chose que nous ramassons d'un mot sous ce vocable prestigieux qui ne couvre qu'une abstraction : le temps.

Le temps ne coule pas, tout seul et sans support, à la façon d'une vague qui emporterait tout sur son passage. Le temps est une propriété de la création. Il se confond avec elle. Il est la création même. Il n'existe que par et dans les facettes innombrables de toutes les choses créées. L'avenir surtout n'existe pas. Il n'est pas tapi quelque part, on ne sait où, pour nous tomber sur le paletot à tous les coups de l'horloge. L'avenir est à chaque instant créé à partir de rien, c'est-à-dire de ce présent qui n'existe pas non plus puisqu'il ne cesse jamais d'être déjà du passé. Créé par qui ? Par nous, bien sûr, au moins en seconde ligne, par les hommes, par leur pensée, par leur action. Mais d'abord, comme le big bang lui-même, comme l'espace, comme l'univers, comme tout, par la puissance inconnue que les uns appellent Dieu et les autres, le hasard. Dieu — ou le hasard — ne cesse de créer le monde, et les hommes sont associés par leur pensée à la création continue de ce monde sorti de l'éternité du rien et destiné, un jour ou l'autre — qui en doute ? —, à y retourner en détail ou en bloc, sous les espèces d'abord de la mort de chacun d'entre nous, ensuite de cette fin des temps dont nous parlent les textes sacrés et de cette fin du monde que nous prédit la science.

Le temps est un secret et un mystère. Il ne coule pas, mais tout tire vers sa fin et la mort nous attend. La vie est un élan vers la mort. Nous ne pouvons rien sur la mort. Mais nous pouvons, sinon tout, du moins beaucoup dans notre vie et sur notre vie. Vivre consiste à oublier la mort qui est notre seul destin et à profiter des quelques années, des quelques saisons qui nous ont été accordées dans un coin reculé de l'univers par la puissance inconnue.

C'est une affaire entendue : mystère entre deux mystères, la vie est une fête et elle est une épreuve. Pour moi et pour les autres, juge implacable, modèle de toutes les vertus, sinistre personnage, j'ai essayé d'en tirer du plaisir, et peut-être même du bonheur. J'ai aimé être heureux. J'ai compris assez vite que vouloir être heureux tout seul n'était pas seulement une bassesse, mais une illusion. Oui, ici ou là, j'ai peut-être donné aux autres un peu de ce bonheur que j'ai tant poursuivi. Je n'aurais pas détesté rester dans la mémoire des hommes pour leur avoir été utile d'une façon ou d'une autre. De loin au moins, l'épitaphe de Crillon, le compagnon d'Henri IV : « Le roi l'aimait. Les pauvres le pleurèrent » m'a toujours fait rêver. J'ai pourtant passé le plus clair de mon temps à être inutile. Vous m'avez accusé de médiocrité. C'est vrai : je n'ai pas fait grand-chose. Et dans les entreprises où je me suis risqué, j'ai échoué plus d'une fois. Je me suis souvent trompé. J'ai fait ce que j'ai pu. J'attends bien d'autres jugements que ceux de cette Cour de pacotille que je ne mets pas très haut.

MOI : Vous n'avez pas qualité, arrogant délinquant, à vous prononcer sur les mérites de la Cour. Souvenez-vous que vous êtes et restez accusé. Et...

MOI : Écoutez, grand escogriffe, assez fait le malin. Vous vous êtes acharné, depuis plus d'une semaine maintenant — le temps a beau ne pas exister, il passe tout de même très vite —, à me houspiller et à nous emmerder. Le moment me semble venu pour votre blanche hermine, pour votre croix d'honneur et pour vous de vous taire un peu tous les trois et de rentrer dans votre coquille.

MOI : Quoi ! Quelle impudence ! J'étouffe. Je me disais aussi... Je ne me suis pas trompé... Vous n'êtes qu'un paltoquet... Gardes !...

MOI : Ça va bien comme ça. Nous sommes d'accord. Je

ne suis pas grand-chose. Mais toi, tu es deux fois pas grand-chose. Un pas grand-chose au carré.

MOI : Pas grand-chose ! Toute une carrière au service de…

MOI : Ne te donne pas tant de mal. Tout le monde sait que la Cour n'a pas la moindre existence. Elle a moins de réalité encore que ce temps dont j'ai tant parlé à tort et à travers. Et toi, tu n'es rien du tout.

MOI (au bord de l'apoplexie, s'épongeant le front avec un mouchoir à carreaux) : Rien du tout !

MOI : Rien du tout. Ou alors, cette chose immense : un personnage de roman.

Hélas ! Tu n'es même pas M. de Pourceaugnac. Tu n'es même pas Scapin dans son sac ridicule. Tu es bien incapable de rivaliser avec le comte Mosca ou avec Charles Bovary ou avec notre narrateur bien-aimé. Quelle honte pour moi ! Tu n'es même pas Guignol. Tu es très loin d'être Didon abandonnée par Énée sur les rivages de Carthage ou Ariane laissée pour compte sur son île au milieu de la mer Égée par Thésée amoureux de sa sœur Phèdre. Tu n'arrives pas à la cheville de la belle Calypso, aux charmes inexprimables, à l'éternelle jeunesse. Ni de Circé, l'enchanteresse qui changeait les hommes en porcs. Encore moins de Nausicaa, semblable à un jeune palmier, inoubliable à jamais. Je n'ai pas eu la force ni le génie nécessaires pour faire vivre et agir un de ces personnages de rêve plus vrais que la réalité. Tu es une fiction. Je te laisse tomber. Voilà. La perte n'est pas si grande.

Même à moi, qui ne suis presque rien, tu dois pourtant quelque chose. J'ai fait passer ton ombre sur une scène minuscule. Je t'ai fait vivre — oh ! à peine. Juste ce qu'il faut pour occuper le terrain. Sans assez de muscles ni de nerfs. Avec trop peu de talent pour affronter les siècles. Le temps d'un soupir aux yeux de mes lecteurs.

Des gardes pénètrent dans la Cour et emportent sur une civière mon Sur-Moi qui se débat en proférant des flots de paroles solennelles et dénuées d'intérêt.

LE CHEMIN,
LA VÉRITÉ ET LA VIE

Franchement, il n'y avait pas de quoi grimper au mât et rameuter tout le quartier. Il m'est arrivé une aventure assez banale qu'ont connue pas mal de garçons et de filles autour de moi ou ailleurs et dont j'ai peut-être eu tort de parler si longuement — mais je ne parviens pas à m'y faire : je suis né. Je me suis glissé quelque part dans l'espace et le temps. C'est une expérience très étrange. Je ne suis pas près de l'oublier.

Il me semble parfois que les choses se sont faites presque toutes seules et que je n'y suis pour rien. Je n'ai pas choisi de naître. Je ne suis pas arrivé n'importe quand. On ne m'a pas déposé n'importe où. Je n'ai pas débarqué hier devant Troie, entre Achille et Ulysse. Ni avant-hier pour la guerre du feu. Ni demain ou après-demain parmi des robots distingués et de plus en plus savants. Non. Je me suis retrouvé sans le vouloir entre deux guerres mondiales, au temps de Staline et d'Hitler, dans un corps qui, bon gré, mal gré, a été le mien pour toujours — c'est-à-dire pour un éclair.

Je suis tombé comme de la lune dans un vieux pays qui vient de loin, chargé de gloire et de souvenirs, couvert de plaies et de bosses, perclus de querelles et de divisions, sûr de lui et de son charme, au bord de la suffisance, et déjà sur son déclin. Il a été pendant des siècles le plus fort, le plus riche, le plus séduisant. Il se retrouve appauvri et bougon. Tout semble se déglinguer de partout. Sa langue surtout, son bien le plus précieux, qui brillait de mille feux et régnait sur l'Europe qui régnait sur le monde, se défait de jour en jour. Confucius le savait déjà à l'époque de Platon et de Sophocle : il faut prendre garde aux mots. Une langue qui faiblit, c'est un pays qui vacille.

Nous nous imaginons toujours être le centre du monde. Mais la Chine, l'Inde, le Brésil, l'Afrique du Sud, des émirats improbables, hier encore regardés de très haut, se mettent avec férocité à nous manger des pâtés sur la tête. L'histoire se détourne de la terre des grands rois et des grands capitaines, de tant de peintres et de poètes, aux confiseurs de génie et aux femmes de légende. La fête est finie. On ferme. Les salons, les jardins, les calembours, la gaieté, la puissance et l'élégance, la hauteur et la grandeur sont tombés dans l'oubli. Il n'y a plus que l'argent pour faire encore le malin et tenir le haut du pavé. La crainte de l'avenir a remplacé l'insouciance et un air de chagrin se respire dans les rues.

Ah ! je vous entends d'ici. La fameuse ritournelle. Une sorte de long gémissement : « C'était mieux avant. » Non, ce n'était pas mieux avant. Avant, il y avait des guerres, tout le monde mourait plus tôt, les pauvres étaient plus pauvres encore, tous souffraient davantage. La vie était plus difficile. Personne ne supporterait de revenir en arrière. Les gens sont plus heureux aujourd'hui qu'ils ne l'étaient hier. Mais ils ne le savent pas. Ce n'est jamais mieux avant. Ni pire. C'est sans fin la même chose.

Le monde est rude autour de nous. Il l'a toujours été. Depuis le jardin d'Éden et la fin de Neandertal détruit par Cro-Magnon, il n'a jamais été paisible. Tout va le plus souvent assez mal — c'est-à-dire plutôt bien. Avec des catastrophes et avec des bonheurs. Tout oscille toujours entre ascension et déclin. L'histoire ne cesse jamais d'être un désastre et une fête. Le progrès frappe comme un sourd et à coups redoublés. Et il entraîne avec lui un cortège de souffrances toujours mêlées d'espérance.

La clé de l'affaire, c'est que le monde est en train de changer. Il a toujours changé. Mais — sauf tout au début où les choses, m'assure-t-on, se bousculent à une allure effarante — il changeait très lentement. On pouvait compter sur l'avenir. Avec quelques coups de théâtre qui vous laissaient pantois — la conquête du feu, l'invention de la roue, de l'agriculture, de la ville ou de l'écriture… —, demain ressemblait plus ou moins à hier. Voilà que le manège s'est soudain emballé. Tout s'est mis sous nos yeux à changer de plus en plus vite. Et peut-être un peu trop vite.

Dans ce tohu-bohu, je n'ai que trois convictions.

La première est la plus simple et la plus lumineuse : rien n'est plus beau que ce monde passager, si cruel et si gai, éclairé et réchauffé — quelle chance ! — par une étoile que nous appelons le Soleil et où — quelle chance ! — il y a de l'eau, des chèvres, des montagnes, des histoires de guerre et des chagrins d'amour, des chiffres, des livres, des secrets, ces oliviers et ces éléphants dont j'ai déjà trop parlé, des ambitions, des passions, des idées soudain nouvelles qui éclatent comme des grenades et des rêves de jeunes filles. En dépit de tant de malheurs et de tant de chagrins, c'est un bonheur d'être né.

Apparemment opposée à la première, la deuxième a quelque chose de plus sombre : naître, c'est commencer à mourir et la vie que j'ai tant aimée est une espèce d'illusion appelée avec évidence à se dissiper au plus vite et à périr à jamais. Cette deuxième conviction l'emporte de loin sur la première. Avec ses bonheurs et sa tristesse, avec ses drames et ses enchantements, l'existence sur cette terre m'apparaît comme un sas, une sorte de stage, une épreuve, un examen de passage — mais vers quoi, et vers où ?

Ma troisième conviction est la moins assurée et la plus contestable. Elle prend la forme d'un pari : je ne crois pas à un hasard qui aurait organisé, avec une rigueur et un génie surprenants, le monde autour de moi, et moi-même par-dessus le marché. Malgré tous mes doutes, je mets mon espérance dans une nécessité obscure et dans une puissance inconnue où je vois la source de cette vérité, de cette justice et de cette beauté dont nous ne connaissons que les reflets et qu'il est convenu d'appeler Dieu.

Il n'est pas sûr que Dieu soit mort ni que le monde soit absurde. Je penche plutôt pour un secret, une énigme, un mystère qui ne dépendent pas de moi, qui renvoient à autre chose et qui me restent obscurs.

Il n'y a, en fin de compte, qu'une seule chose de certaine : je vais mourir. La vie a été pour moi une aventure plutôt plaisante. J'attends, sans impatience, une autre espèce d'aventure, aussi banale et aussi excitante que mon arrivée sur les planches de cet illustre théâtre : l'heure de ma retraite et de mes adieux à la scène. J'imagine déjà le tableau, dans le genre, par exemple, de ces vignettes naïves où une famille effondrée s'abandonne au chagrin. Un peu d'exaltation. De la sobriété. De l'émotion. Beaucoup de dignité. Quelques larmes. Peut-être des dames en noir. Le défunt était si charmant. Et je me désole de mon absence à mes propres funérailles. Un peu de gaieté fera défaut.

Le temps va venir très vite où je vais me trouver devant Dieu. Où je vais me trouver devant Dieu… Pour nous, pauvres vivants, tout est sujet à caution et à doute dans ces mots incertains. Quand je me trouverai devant Dieu, il n'y aura peut-être plus rien du tout. Il n'y aura plus de temps. Je ne serai plus là pour comprendre qu'il n'y a rien. Et il n'y aura peut-être pas de Dieu.

Je ne sais pas si Dieu existe. Dieu, ou la nature, m'a refusé le don de la foi. Qui suis-je pour répondre par oui ou par non à une question qui nous dépasse ? Dieu, ou la nature, ne m'a pas permis de décider d'un secret et d'un mystère si loin au-dessus de moi. Dans le doute qui me harcèle et souvent m'envahit brille pourtant l'espérance. Unamuno dit quelque part que croire à Dieu consiste peut-être à espérer qu'il existe. Alors, oui, je crois à Dieu. Parce que j'espère qu'il existe.

Quand je paraîtrai devant ce Dieu à qui je dois tout — ma vie, mes bonheurs, mes chagrins, l'univers autour de moi, le soleil sur la mer, ma gaieté qui était vive et mes doutes qui étaient cruels —, je me jetterai à ses pieds et je lui dirai :

« Seigneur, pardonnez-moi. Je vous ai beaucoup trahi. J'ai été indigne de la grandeur et de la confiance que vous m'aviez accordées puisque, dans votre bonté, vous m'avez donné le jour et laissé libre de mes choix. Ma médiocrité, je la vomis avec force, mais hélas ! un peu tard. Je n'ai été ni un héros, ni un martyr, ni un saint. Je me suis occupé de moi beaucoup plus que de ceux que vous m'aviez confiés comme frères. J'ai été indigne des promesses dont vous m'aviez comblé. J'ai reçu beaucoup plus que je n'ai jamais donné. La paresse, la vanité, l'indifférence aux autres, le goût de gagner, le délire de vouloir être toujours au premier rang des premiers, je leur ai trop sacrifié. J'ai vécu dans le tumulte et dans l'agitation. J'ai recherché le bonheur, et trop souvent le plaisir.

« Vous le savez, mon Dieu. J'ai aimé les baies, votre mer toujours recommencée, votre Soleil qui était devenu le mien, plusieurs de vos créatures, les mots, les livres, les ânes, le miel, les applaudissements dont j'avais honte, mais que je cultivais. J'ai aimé tout ce qui passe. Mais ce que j'ai aimé surtout, c'est vous qui ne passez pas. J'ai toujours su que j'étais moins que rien sous le regard de votre éternité et que le jour viendrait où je paraîtrais devant vous pour être enfin jugé. Et j'ai toujours espéré que votre éternité de mystère et d'angoisse était aussi et surtout une éternité de pardon et d'amour.

« Je n'ai presque rien fait de ce temps que vous m'avez prêté avant de me le reprendre. Mais, avec maladresse et ignorance, je n'ai jamais cessé, du fond de mon abîme, de chercher le chemin, la vérité et la vie. »

INDEX DES NOMS DE PERSONNES

INDEX DES NOMS DE LIEUX

NOTICES ET DOCUMENTS

LE VAGABOND QUI PASSE SOUS UNE OMBRELLE TROUÉE

NOTICE

Le Vagabond qui passe sous une ombrelle trouée est paru le 17 mai 1978, quatre ans après *Au plaisir de Dieu.* Cet intervalle s'explique très simplement : « l'entrée au *Figaro* était la renonciation à la littérature, c'est clair[1] ». Une fois refermée ce qui ne fut pas vraiment une parenthèse enchantée, il s'agissait de renouer le fil de l'œuvre, et directement dans le sillage de l'*opus* précédent. Nous revoilà donc dans le décor désormais familier de Plessis-lez-Vaudreuil, cette fois nommé de son vrai nom, Saint-Fargeau, en quatre lieux emblématiques du château de famille : pièce d'eau, salon, bibliothèque, chapelle, au fil des quatre saisons (hommage au Vénitien Vivaldi, à Haydn le très aimé ?), distribuées de manière à s'ouvrir sur les promesses du printemps. À beaucoup d'égards, *Le Vagabond* se présente comme un commentaire arabesqué dans les marges d'*Au plaisir de Dieu.* Là où le mentir-vrai de Jean d'Ormesson avait inextricablement mêlé fiction et réalité, c'est la réalité qui est restituée sans prisme déformant. En fait, la structure en apparence rigoureuse et solide de l'ouvrage, et sa disposition quadripartite, apparaissent très largement en trompe l'œil : volontairement lâche et délié, le propos est trop souple pour se couler docilement dans le plan qu'on semble lui imposer. Il se déploie certes non au hasard, mais avec un maximum de fluidité, des raccords subtils ou problématiques, des transitions indécises ou escamotées, dissimulant assez mal de véritables embardées, bref une plasticité souvent très infidèle au programme que semblait induire « l'emploi du temps » initial ; le matériau autobiographique n'obéit ici qu'à la logique associative du rêve éveillé, qui n'est pas celle du discours méthodique et rationnel.

1. Bernard Pivot, « Jean d'Ormesson s'explique », entretien avec l'auteur, *Lire*, juin 1978 (reproduit plus loin dans la section « Documents », p. 1462).

« Souvenirs d'égotisme », pourrait-on dire avec Stendhal, et aussi librement que lui.

Dès le premier coup d'archet, à tonalité proustienne — « Longtemps, je me suis demandé[1] » —, il s'agit d'introduction et de rétrospection. Qu'ai-je fait de ma vie ? La pièce d'eau est un miroir, mais pas celui de Narcisse, de Thaïs ou de la faustienne Marguerite : Jean d'Ormesson ne lui demande pas de lui confirmer que sa beauté sera éternelle, mais se plonge dans ses regrets pour s'interroger sur ce qui l'a fait ce qu'il est. C'est à la psychanalyse que l'on songe ici forcément, avec l'évocation si prégnante de la figure paternelle, surgie du fond des eaux. Déjà présente dans *Au revoir et merci*, dans *Au plaisir de Dieu*, elle était restée à l'arrière-plan, à l'ombre jupitérienne de l'aïeul. Si le père revient, c'est parce que visiblement son fils n'a pas encore vraiment liquidé la question de ses rapports avec lui, et souffre à son égard d'une obscure mais opiniâtre culpabilité. Tout en déclarant hautement que pour lui la formule fameuse de Sartre dans *Les Mots* (« il n'y a pas de bon père, c'est la règle[2] ») lui demeure strictement lettre close, il se reproche sinon de n'avoir pas été un bon fils, du moins de n'avoir pas été celui que son géniteur espérait. Il confesse[3] qu'il l'a désespéré pour des raisons toutes privées, tenant à sa vie sentimentale, dont il ne dira rien ; mais le contentieux est aussi lié à des orientations intellectuelles et à un style de vie qui ne correspondaient pas aux attentes du grand serviteur de l'État[4] : nonchalance, dissipation, dérobade devant la « carrière » (l'horrible mot !) s'ouvrant pourtant toute grande — trop grande, justement. De sorte qu'*a posteriori* le rejeton qui, selon les critères familiaux, a gaspillé sa jeunesse, est tenté de considérer le *cursus honorum* qui fut ensuite le sien, et son accablante accumulation de reconnaissances institutionnelles, comme le rachat, ou l'expiation d'une faute originelle à l'égard de Papa. S'il a glané tant de lauriers, ce ne serait que pour compenser un manque fondateur ; le trop-plein masquerait un trop peu. De même, s'il a écrit *Au plaisir de Dieu*, ce serait pour rebâtir en paroles le fief dont il s'était révélé incapable de sauver les pierres. Quoi qu'on pense de ce scénario, il pose une question têtue, et l'on voit bien que ce débat entre lui-même et lui-même, le fils aimant son père, mais ne pouvant renoncer à ce qui l'en éloigne, ne reçoit pas de solution tranchée : qui est le véritable Jean ? Et où est-il ? Dans la consécration de son personnage officiel, ou secrètement, dans son art de la fugue impénitent ? Quand on a raflé la mise, il y a évidemment une certaine coquetterie,

1. *P. 7. Cet incipit sera repris tel quel dans C'était bien* (Gallimard, 2003 ; rééd. coll. « Folio »). Voir celui de *Voyez comme on danse* : « Longtemps, je l'avais détesté » (p. 651). Comme si, après Proust, tout livre ne pouvait commencer qu'en mimant le sien.

2. Jean-Paul Sartre, *Les Mots* ; *Les Mots et autres écrits autobiographiques*, Bibl. de la Pléiade, p. 8.

3. Voir l'entretien avec B. Pivot, « Documents », p. 1461.

4. Rappelons que le père de Jean d'Ormesson fut ambassadeur de France.

comme on le lui a abondamment fait remarquer — mais, à son habitude, il a désarmé ses censeurs en en convenant le premier —, à professer son goût pour le ratage, son mépris pour la réussite et les grandeurs d'établissement, à prétendre qu'on est foncièrement un incapable et qu'on ne s'épanouit comme un *lazzarone* napolitain que dans le *farniente* au soleil. Si l'on prend soin d'ajouter qu'on n'écrit que pour être heureux, et non pas pour laisser au patrimoine de l'espèce quelque impérissable chef-d'œuvre, on passe pour un adepte de la provocation pure. Pourtant, il faut croire à la sincérité plurielle de Jean d'Ormesson, croulant sous des distinctions qu'il ne lui est jamais venu à l'idée de refuser, et aussi « quelque part » orphelin inconsolé de n'avoir pu à temps convaincre son père qu'au fond il ne l'avait pas trahi — sans pour autant se trahir soi-même. Difficile de tenir les deux bouts de la chaîne : peut-on à la fois servir et déserter ? Telle est bien, en termes baudelairiens, la « double postulation » qui a écartelé Jean d'Ormesson et l'a obligé à inventer des compromis, par définition bancals, où l'on n'empêchera jamais personne de soupçonner une bonne dose de mauvaise foi, mais où l'on peut aussi, et nous semble-t-il surtout, reconnaître une exigence réelle de lucidité et d'honnêteté.

Rien n'est plus essentiel chez Jean d'Ormesson que la fidélité au monde passé[1]. Il consacre, dans *Le Vagabond qui passe sous une ombrelle trouée*, des pages admirables à l'anatomie de ce lieu en apparence si simple et si profondément complexe, dont nos contemporains ont perdu l'idée : le salon, espace fondamental de civilisation, qui se croyait sans doute éternel et s'est peu à peu délité sous les coups de boutoir du temps qui passe et érode les certitudes, unique sujet de Jean d'Ormesson, qui s'éprouve entièrement pris en écharpe dans la dialectique toujours mouvante de ce qui « tient » et de ce qui se défait. C'est pour lui le contraire même d'une spéculation abstraite, il la vit dans les strates de sa mémoire et quasiment dans son corps héréditaire, si l'on ose dire, puisqu'il lui faut, *nolens volens*, assumer le trauma qu'a représenté, dans sa famille maternelle, parangon de catholicisme et de monarchisme éperdus, le surgissement monstrueux de la négativité et du mal absolu, en la personne du régicide (et donc parricide et déicide) Le Peletier de Saint-Fargeau, dont la fille s'est acharnée à tuer l'abominable souvenir — par un nouveau parricide, paradoxalement destiné à réparer l'ancien… Lorsque, sans l'avoir choisi, on hérite dans ses gènes de pareilles tragédies inextricablement historiques et intimes, où un héros panthéonisé de la Révolution incarne en même temps le démon, il est bien difficile de préciser, voire de comprendre d'« où l'on parle », comme on l'intimait volontiers en mai 68. Sauve-t-il des reliques ? Pose-t-il les fondations de l'avenir ? Libéral dans l'âme mais conservateur, épris de tradition mais passionné

1. Voir la Préface, p. x.

pour la liberté avec un certain penchant au désordre, il est de droite pour la gauche (voyez mes ailes), de gauche pour la droite (vive les rats !). Cela n'est pas confortable tous les jours, mais vous offre des amis dans les deux camps. Et du reste, comme Stendhal, Jean d'Ormesson professe qu'à ne fréquenter que des gens pensant comme soi, on rencontrerait beaucoup d'imbéciles. Au moins peut-on tâcher d'exposer et d'explorer les termes du dilemme, et jouer de leur tension.

Attaché à se représenter à ses propres yeux et à ceux des autres comme un « rêveur définitif », absorbé dans le temps labyrinthique, en dialogue permanent avec les morts, et sollicité par l'urgence de l'inactualité, Jean d'Ormesson se rend compte que, dans son parcours, les trois années qu'il vient de vivre comme directeur du *Figaro* peuvent apparaître comme une hernie difficilement compréhensible, voire un pas de clerc injustifiable. Qu'allait-il faire dans cette galère ? Il éprouve donc le besoin de s'en expliquer à chaud. Il a lui-même suggéré qu'impuissant à conserver Saint-Fargeau, il avait accepté l'aventure dans l'idée que peut-être, sur le plan intellectuel, il pourrait le reconquérir autrement[1]. Les éclaircissements qu'il apporte, de son point de vue, sur les difficultés de la cohabitation entre le propriétaire, le *tycoon* Robert Hersant, au passé plutôt brumeux, et l'austère éditorialiste Raymond Aron qu'il considère comme le premier analyste politique de France, sinon d'Occident[2], avec lui-même comme instable tampon[3], intéressent les historiens du journalisme, mais relèvent aussi et surtout de la panoplie littéraire. C'est à la fois du Balzac (*Illusions perdues*, mais où le brillant rédacteur Lucien de Rubempré aurait pris le fauteuil du gestionnaire Andoche Finot) et, transposé dans le milieu du quatrième pouvoir, du Chateaubriand : Jean d'Ormesson est entraîné dans les mêmes affres de l'homme de pensée ou de plume égaré dans l'action que le noble vicomte devenu ministre et devant composer avec les sales petitesses de l'univers politicien. Pour Jean d'Ormesson, diriger *Le Figaro*, c'était s'occuper des Affaires étrangères. Devenu chef d'entreprise et responsable d'un millier de salariés, il fait ce qu'il peut dans les conditions pénibles qui lui sont imposées, mais il reste qu'il s'est hasardé dans quelque chose qui n'était pas pour lui. Comme Stendhal, il n'aimait ni commander ni être commandé. Il a essayé, très beylistement encore, d'avoir un pied dedans, un pied dehors (Henri Beyle, au service de Napoléon, se voyait comme « un curieux détaché à l'armée[4] ») ; mais comment être au

1. Voir l'entretien avec B. Pivot, « Documents », p. 1461.
2. *Entretien avec Pierre Démeron, Lui,* août 1978.
3. Raymond Aron n'a d'ailleurs pas apprécié que, dans *Le Vagabond qui passe sous une ombrelle trouée*, Jean d'Ormesson se soit « un peu trop présenté comme l'enfant Jésus entre deux monstres » (*ibid.*). Ni qu'il ait évoqué son orgueil, touchant parfois à la paranoïa : « Paranoïaque !... Paranoïaque !... Est-ce ma faute si j'ai toujours raison ? » (Jean d'Ormesson, François Sureau, *Garçon de quoi écrire*, Gallimard [1989], coll. « Folio », p. 378).
4. Stendhal, *Vie de Henry Brulard* ; *Œuvres intimes*, Bibl. de la Pléiade, t. II, p. 938.

centre tout en restant à la périphérie, diriger tout en gardant ses distances ? « Le recul devant le monde est une des formes du talent[1]. » Mais dans le cas présent, c'était mission quasi impossible, et il a bien fallu en tirer le bilan. Certes, il y avait Malraux… Au fond, en acceptant d'emprunter « le dernier des chemins de traverse », de s'amuser avec « le plus beau des jouets », de saisir « la plus glorieuse des occasions de fuite devant la littérature[2] », au profit de ce que les marxistes appelaient la *praxis*, Jean d'Ormesson avait encore succombé à une tentation d'écrivain.

Le « vrai métier de l'animal », comme disait son confrère grenoblois, il le savait bien, c'était de noircir du papier. Après cette excursion, sans doute très instructive (et qu'il ne regrette pas), mais éprouvante sur la fin, il s'agissait de se remettre au travail, au vrai. Il lui fallait se prouver qu'il était encore capable de faire un livre[3]. Un de ces livres indéfinissables, dont l'indéfinition est devenue sa marque de fabrique : mi-autobiographie, mi-essai, mi-roman. On pense d'autant plus à la fameuse recette du pastis marseillais que Jean d'Ormesson s'est comparé à Pagnol : n'aura-t-il pas, lui aussi, célébré « la gloire de son père » et « le château de sa mère » ? Par rapport à *Au revoir et merci*, il n'était plus le même : le premier ouvrage était « un livre de souvenirs en préface » ; celui-ci, « un livre de souvenirs écrit en postface. Je ne dis pas que ma vie est terminée, mais elle est tellement engagée qu'elle ne sera plus guère rectifiée[4] ». Rapport d'étape, en quelque sorte ; dans ce cycle saisonnier, il se voit à l'automne. Serait-il désormais sa « saison mentale », comme pour Apollinaire ? Automne de lui-même, automne d'un monde fatigué dont il dresse l'inventaire mélancolique — mais non désespéré —, avec le sentiment d'être « le premier des derniers des Mohicans », et l'aspiration somme toute humble — mais résolue — à occuper « un strapontin dans le grand opéra délabré de la littérature française » (on songe à Barbey d'Aurevilly : « Je ne suis qu'un mascaron dans la cathédrale, mais je suis dans la cathédrale[5] »).

Jean d'Ormesson a désigné la structure du *Vagabond qui passe sous une ombrelle trouée* comme une structure en spirale[6] : ce sont toujours, dirait-on, les mêmes figures, mais ce ne sont jamais les mêmes, parce qu'elles sont envisagées chaque fois à des étages différents ; leur éclairage, le point de vue qu'on a sur elles les modifient et les font apercevoir sous des aspects nouveaux, à l'image du temps, *semper idem et semper aliud.* C'est cette fascination qui

1. P. 119.
2. *Garçon de quoi écrire*, p. 384.
3. Entretien avec Pierre Lhoste, *Nice-Matin*, 2 juillet 1978.
4. Entretien avec P. Déméron déjà cité.
5. Lettre de Jules Barbey d'Aurevilly à *L'Intransigeant*, s.d. [1884], *Correspondance générale*, Philippe Berthier et Andrée Hirschi éd., Les Belles Lettres, 1989, t. IX, p. 113.
6. Sur l'explication du caractère rhapsodique de ses œuvres, voir la Préface, p. XVI.

penche Jean d'Ormesson sur l'abîme des arbres généalogiques dont il aime munir ses ouvrages, en guise de « pièces à conviction » rien moins que convaincantes. Le lacis des rhizomes, envisagé non pas avec l'œil clinique de Claude Bernard ou de Zola, mais avec l'œil visionnaire de Borges, y donne à ressentir concrètement le vertige que nous inspire le nœud des inextricables contingences dans lesquelles il faut s'enfoncer avant de parvenir là-bas, tout au bout, à situer ce fragile relais monosyllabique, inexpulsable pourtant lui aussi et nécessaire : *moi*. Et l'on comprend pourquoi ces archives rêveuses offrent au poète de l'Histoire un gisement incomparable, qui lui permet de fantasmer sur l'antériorité et, en toute irresponsabilité scientifique, d'en faire littérature. C'est de cette source d'état civil imaginaire que proviennent directement les deux grands morceaux de bravoure du *Vagabond qui passe sous une ombrelle trouée* : la splendide aventure de Lady Ann et de Lord Fitz-Gerald, parfait spécimen de ces « récits tragiques » à la François de Rosset ou à la Bandello tellement à la mode à la Renaissance et au XVIIe siècle, et dont la veine se poursuit jusqu'aux *Chroniques italiennes* de Stendhal, à Mérimée, aux *Diaboliques* et *Une page d'Histoire* de Barbey, voire au-delà, chez Jouve, Morand et Yourcenar (Jean d'Ormesson évoque superbement « ces poudres intérieures et secrètes qui font sauter nos vies[1] ») ; et, dans une sorte de *coda* où se réverbère encore *La Gloire de l'Empire*, la démente cavalcade qui conduit de Rome au Pérou en passant par la Norvège, télescope Vikings et Incas, Byzance et New York, Énée et Éric à la Barbe blanche, dans une anticipation de ce que sera, avec *La Douane de mer*, la tentative d'embrasser en les brouillant les pièces d'un puzzle total. On pourrait ne pas apercevoir le lien entre les deux épisodes et les enjeux du *Vagabond qui passe sous une ombrelle trouée*, les considérer comme des hors-d'œuvre purement jouissifs, où Jean d'Ormesson se donne carte blanche pour se défouler dans un romanesque échevelé, complètement délesté et ludique. Ce serait méconnaître la logique endurante de ses préoccupations qui, sous des allures d'une désinvolture à la fois innée et cultivée, poursuit en réalité avec constance, depuis *La Gloire de l'Empire*, un dessein dont il ne dévie pas et qu'on pourrait résumer tout simplement — si l'on ose dire — par l'auscultation toujours recommencée de la grande toile de Gauguin : *D'où venons-nous ? Que sommes-nous ? Où allons-nous ?* Respirant l'haleine de ce gouffre, il essaie philosophiquement, et surtout littérairement, de transvaser sans fin le passé dans l'avenir, l'avenir dans le passé, vivant en somme au *futur antérieur*, ce temps peut-être impensable, qu'il affectionne et lui a toujours paru doté d'« une puissante charge métaphysique[2] ».

C'est forcément (se) poser la question religieuse. « Je suis chrétien », confesse avec simplicité Jean d'Ormesson, sans le claironner

1. P. 49.
2. *Garçon de quoi écrire*, p. 20.

comme le nouveau converti Polyeucte. Le christianisme, il l'a reçu sans l'avoir demandé, en même temps que son nom ; baptême oblige comme noblesse ; comment pourrait-il les apostasier ? Ils sont en lui, ils sont depuis deux mille ans — ce qui n'implique nullement l'adhésion à un appareil dogmatique considéré avec respect, mais aussi perplexité. Jean d'Ormesson voudrait croire mais, comme on l'a fait remarquer[1], son *Ce que je crois* est surtout un *Ce dont je doute*. Sans compter qu'il n'entend pas se mutiler de l'apport des autres grandes religions. L'évolution moderne du christianisme lui semble épouser le mouvement général des esprits, en minorant la verticalité (et donc l'autorité) au profit d'une horizontalité sans rivages, où le Christ n'est plus que l'amour du prochain. Ce qui certes n'est pas rien, mais paraphe l'effacement des pères, tendance lourde de la modernité. Cela constaté, qu'on ne compte pas sur lui pour se livrer aux jérémiades d'un décliniste professionnel et entonner le poncif du « tout fout le camp[2] ».Tout est immuable et pourtant se transforme, et, sans rien oublier de ce qui le défigure, il faut aimer le monde tel qu'il est aujourd'hui, pire sans doute qu'auparavant, mais aussi tellement meilleur ; l'aimer sans illusions, en balance précaire entre scepticisme et espérance, enthousiasme et cynisme, et surtout, surtout, surtout : gaiement.

Et c'est ici, *in fine*, que s'éclaire l'enseigne du *Vagabond qui passe sous une ombrelle trouée*, l'*opus* « maoïste » du directeur du *Figaro*. Non : contrairement à certains mandarins germanopratins (qui s'en sont d'ailleurs très bien remis), il n'a pas dans son bureau ovale du Rond-Point, presque aussi célèbre que celui de la Maison-Blanche, brandi le petit livre rouge ni célébré les bienfaits de la Révolution culturelle. Il s'est pourtant reproché d'avoir cédé à l'air du temps en titrant, le jour de la disparition du Grand Timonier : « Mort d'un géant », au lieu de « Mort d'un assassin » ou « Une vieille fripouille rend son âme à Confucius[3] ». En empruntant une métaphore délicatement poétique à l'un des monstres sacrés du XXe siècle, un de ses terribles accoucheurs d'Histoire, il rappelle cette vérité oubliée que même les ogres ont leurs jardins secrets (le jour on écorche sans pitié le genre humain, le soir on dessine d'exquises estampes). Et surtout, en proposant trois interprétations de son dire, aussi autorisées et divergentes que possible[4], il illustre le caractère miragineux des catégories dans lesquelles on essaie d'enfermer le réel : de cette chinoiserie, que peut-on comprendre ? Que peut-on juger ? Est-il au monde deux êtres aussi diamétralement opposés que Mao et Jean, deux destins aussi incompatibles que les

1. Voir Bertrand Poirot-Delpech, « Gloire du funambule », *Le Monde*, 19 mai 1978 (reproduit plus loin dans la section « Documents », p. 1450).
2. Qu'il semblera reprendre littéralement à son compte dans *C'était bien* (voir p. 55), mais pour aussitôt le corriger : la nation disparaîtra, l'homme aussi, et ce n'est pas une raison pour renoncer à se défendre.
3. *Garçon de quoi écrire*, p. 390.
4. Voir p. 3.

leurs ? Et pourtant, c'est le premier qui, parlant de lui-même, offre au second une image séduisante de ce qu'il est ou voudrait être. Un passant[1], un baladin du monde occidental, « inutile et rieur[2] », dansant sur les chemins de la vie, sous son parasol clownesque qui le désigne à la commisération des importants et des sérieux, et à l'amitié complice des gamins. Avec ses trous, il ne le protège de rien. Mais rien de plus précieux que les trous. Ce sont les trous du moi (ses faiblesses, ses limites, ses pauvretés) qui font de lui « le plus irremplaçable des êtres », comme l'enseignait le gourou gidien à son Nathanaël. Ce sont les trous du monde qui font de lui une de ces « pierres de rêve », chinoises, justement, dont Roger Caillois a si bien parlé. L'écrivain écrit à la fois pour les colmater et pour en creuser d'autres. Et Jean d'Ormesson ne tisse sa toile que pour mieux la trouer.

Accueil de la critique.

Après *Au plaisir de Dieu* qui, sous ses riches arborescences, suivait une ligne descendante implacablement simple, et dont la composition obéissait à un puissant principe paradoxal, celui de la décomposition, *Le Vagabond qui passe sous une ombrelle trouée* pouvait à juste titre décontenancer : les vingt-cinq millions de téléspectateurs qui avaient suivi le feuilleton, au fond traditionnel — même si le sujet en était précisément la mise au tombeau d'une tradition —, de la chute de la maison de Plessis-lez-Vaudreuil se trouvaient devant un ouvrage qui, s'il se rattachait au précédent par des liens explicites, par d'autres traits allait tout à fait ailleurs et autrement. Bien malin qui aurait pu assigner à cet objet littéraire non identifié une place dans la nomenclature des genres officiellement reconnus. Le sujet, ici, observe Bernard Pivot, c'est le livre lui-même, n'obéissant qu'à une souveraine et capricante liberté[3]. François Nourissier voit bien les « coups de tabac » en tous sens qui risquent de détourner Jean d'Ormesson de son cap, mais relève que ces « dérapages[4] » sont en fait extrêmement contrôlés : ce n'est pas pour rien que l'auteur a célébré les joies du skieur. Au-delà des digressions, excursus et apparemment brusques embardées, un élément unificateur agit : ce n'est rien d'autre que l'ambition « de faire mot de toute aventure ». Ce qui rassemble finalement ces ingrédients *a priori* si disparates, c'est que leur hybridité même se fond dans le creuset d'une forme *sui generis* qui, dirait pédantesquement un de ces Diafoirus philosophes que Jean d'Ormesson

1. Relevons, dans le poème d'Aragon (*Les Yeux et la Mémoire*) auquel il a emprunté pas moins de trois de ses titres, ce vers : « Rien ne passe après tout si ce n'est le passant » (*Œuvres poétiques complètes*, Bibl. de la Pléiade, t. II, p. 6).
2. P. 207.
3. Voir l'entretien avec Bernard Pivot, « Documents », p. 1459.
4. François Nourissier, « Au plaisir de Jean », *Le Point*, 22 mai 1978. Nourissier consacre deux articles au *Vagabond*, voir sa « Lettre au "vagabond qui passe" », *Le Figaro*, 20-21 mai 1978 (reproduit plus loin dans la section « Documents », p. 1452).

ne veut surtout pas être, les « subsume » en une production de langage hors des catégories admises, où, sans avoir l'air d'y toucher, se déploie un art de déchiffrer le sens de l'expérience d'écriture.

Voilà qui, sous le sourire légendaire des yeux bleus, fait affleurer une profondeur que camouflent la pudeur et — qui l'eût cru ? — une certaine timidité. Saluée par Max-Pol Fouchet et Bertrand Poirot-Delpech, elle corrige une image qui, ainsi que le remarque René Tavernier[1], peut horripiler : les Athéniens ne supportaient plus qu'on leur parle d'Aristide le Juste, certains sont atteints d'urticaire à force de voir Jean l'Heureux collectionner les succès. C'est visiblement le cas d'Angelo Rinaldi. Selon lui, le goût du bonheur serait le seul anticonformisme d'un personnage ne pouvant réussir à se faire prendre pour ce qu'il croit être : il incarnerait même l'anti-dandy, puisque le véritable dandy est « un solitaire sans ressources qui joue sa vie ou sa carrière sur une insolence ou un défi ». Ce qu'on peut en revanche lui reconnaître, c'est qu'il relève « par une transfusion d'intelligence, et un joli tour de main de chroniqueur, le niveau de la littérature convenable[2] ». « Convenable », Jean d'Ormesson ? On ne saurait plus doucereusement lui faire de la peine.

La plupart des critiques ont été sensibles à la délicatesse, voire à la sophistication d'une tentative et d'une pratique beaucoup plus complexes qu'il n'y paraît. Pétri de contradictions qu'il endosse pleinement, et dont la tension motrice le voue, pour le plaisir du lecteur, à un *perpetuum mobile*, Jean d'Ormesson distille, selon Alain Bosquet, « le confort d'une subtile incertitude », de même que, pour Jean Blot, il nous invite à nous tenir en équilibre instable sur « le pont subtil qui sépare l'acceptation de l'adhésion[3] ». Gageons que Jean d'Ormesson paraphe le mot attribué à Valéry : « il n'y a que les moules qui adhèrent ». Impossible à étiqueter, rétif à toute affiliation, il n'est sans doute nulle part ailleurs que dans la culture qui chez lui devient création[4]. C'est ce qui procure aux lecteurs, dit fort justement Alain Bosquet, « le frisson de se croire civilisés ».

Si tout le monde s'accorde à saluer le morceau de bravoure généalogique qui, du Romain Symmaque, conduit improbablement aux Incas (et à Jean d'Ormesson), songe éveillé où Philippe Sénart voit à juste titre un « essai de mystification transcendantale », à une hauteur où « le canular se revêt de dignité philosophique » et n'est plus qu'un moyen, « par l'invention confinant au délire et par

1. Voir Max-Pol Fouchet, « *Le Vagabond qui passe sous une ombrelle trouée* de Jean d'Ormesson », *VSD*, 6 juillet 1978 ; B. Poirot-Delpech, « Gloire du funambule » (« Documents », p. 1450) ; René Tavernier, « Jean d'Ormesson : *Le Vagabond qui passe sous une ombrelle trouée* », *Le Progrès* (Lyon), 9 juillet 1978.

2. Angelo Rinaldi, « D'Ormesson : heureux ! », *L'Express*, 5 juin 1978.

3. Alain Bosquet, « Jean d'Ormesson, civilisé », *Le Quotidien de Paris*, 9 juin 1978 ; Jean Blot, « Jean d'Ormesson, *Le Vagabond qui passe sous une ombrelle trouée* », *La Nouvelle Revue Française*, décembre 1978.

4. Fr. Nourissier, « Au plaisir de Jean ».

l'intuition, de rechercher la vérité et de la prouver par l'absurde[1] », les avis sont plus partagés sur tout ce qui concerne *Le Figaro*. Pour Pierre de Boisdeffre, cette séquence « aurait pu donner lieu à un autre livre, à une enquête sur la presse, différente de style et de ton. Mais elle n'avait peut-être pas sa place ici. (Il est difficile de nous faire prendre l'affrontement de M. Hersant et de M. Raymond Aron pour une épopée)[2] ».

Henry Bonnier juge l'affaire « longuette et si peu importante », et suggère qu'elle « semble cacher, comme à dessein, des rêves plus graves, des rêves plus secrets[3] ». Que la blessure en tout cas soit encore vive, en témoigne d'ailleurs la sèche mise au point qu'a cru devoir publier l'ancien président de la société des rédacteurs du journal, Denis Périer-Daville[4] : « Jean d'Ormesson est peut-être un grand écrivain, mais il a été un bien mauvais directeur. / Il a tort de s'en vanter. Quand un funambule tombe de son fil, il est seul à en souffrir. Lui a fait le malheur du *Figaro* ».

Ce qui fait en revanche l'unanimité, c'est l'émotion — là, on ne joue plus — avec laquelle il évoque ses parents. Un critique anonyme mais très intuitif a vu dans *Le Vagabond qui passe sous une ombrelle trouée* une sorte de « Lettre au père » qui évoque celle de Kafka, fût-ce « par antinomie[5] ». Quant au recopiage pieux de l'article consacré à sa mère au moment de sa mort, et qui pourrait être signé d'un enfant, tant les mots en sont simples et naïfs, Jean Blot, avec l'intelligence du cœur, y a vu à juste titre une manifestation du « plus beau des courages : celui des sentiments[6] ».

DOCUMENTS

PRIÈRE D'INSÉRER DE L'ÉDITION ORIGINALE

(Éditions Gallimard, 1978)

[Ce prière d'insérer a été rédigé par Michel Mohrt.]

Les fées se sont penchées sur le berceau de Jean d'Ormesson. Elles lui ont préparé un fauteuil à l'Académie, un autre fauteuil à la direction du grand quotidien du matin, *Le Figaro*, un troisième fauteuil à l'ombre de l'UNESCO. Avec une grande liberté d'allure.

1. Philippe Sénart, « Jean d'Ormesson et Roger Ikor devant leur temps », *France catholique-Ecclesia*, 9 juin 1978.
2. Pierre de Boisdeffre, « La Revue littéraire », *Revue des Deux Mondes*, juillet 1978.
3. Henry Bonnier, « Du côté de chez Jean », *Le Méridional-La France*, 28 mai 1978.
4. Denis Périer-Daville, « Réponse à Jean d'Ormesson d'un autre vagabond privé d'ombrelle », *Témoignage chrétien*, 12 octobre 1978.
5. *L'Écho de la Bourse*, 28-30 juillet 1978.
6. Jean d'Ormesson a republié *in extenso* cet article dans *Le Rapport Gabriel* (1999).

Jean d'Ormesson s'assied alternativement dans l'un de ces trois fauteuils, auxquels il ajoute souvent celui d'un avion long-courrier.

Dans ce livre — est-ce un roman ? est-ce un essai ? — l'auteur d'*Au plaisir de Dieu* fait un bilan plein d'humour et de malice de sa propre vie, de sa réussite éclatante, qui le surprend lui-même. Il évoque d'abord la mémoire de son père, ambassadeur de France, dont il trace un admirable portrait.

Qui est ce « vagabond » qui passe sinon Jean lui-même ? Quand dit-il la vérité ? Quand rêve-t-il ? La jeune Irlandaise Lady Ann a-t-elle existé ? A-t-elle connu avec Lord Fitz-Gerald, colonel aux Gardes, un amour tragique ? Leur histoire est si belle que nous ne cherchons pas à démêler la fiction de la réalité.

Autre épisode étonnant de ce livre, c'est celui de l'arrivée des Vikings au Pérou, au xᵉ siècle. Cette épopée maritime est un chapitre de *La Gloire de l'Empire*, alors que l'histoire de Lady Ann est un chapitre d'*Au plaisir de Dieu*. L'histoire, la poésie, les deux sources d'inspiration de l'écrivain.

Ce livre, comme seul un fervent de Chateaubriand pouvait en écrire (la prose de Jean nous fait penser plus d'une fois à celle du vicomte — au fait, sont-ils parents ?), s'achève sur une profession de foi religieuse que l'on ne peut lire sans émotion. Et de dessous son ombrelle trouée, le vagabond prestigieux nous jette un regard plein d'ironie et d'amitié.

Réception.

BERTRAND POIROT-PELPECH

« GLOIRE DU FUNAMBULE »

« Le Monde », 19 mai 1978

Si vous voulez faire carrière au service de l'État, il n'y a pas mieux que de naître d'Ormesson et de suivre, autour de la pièce d'eau du château familial, les conseils d'un adorable père ambassadeur. Mais si vous vous rêvez écrivain, c'est-à-dire de la graine de détraqué traqué, ce comble de la veine, pour peu que vous y ajoutiez le don du plaisir, peut tourner à la poisse.

De cette douce malédiction, l'auteur d'*Au revoir et merci* s'est brillamment amusé alors qu'il n'était encore qu'un normalien dilettante, payé par l'UNESCO pour mettre en romans minces (c'est lui qui le dit), ses amours de vacances. Douze ans ont passé pendant lesquels l'adolescent, dont lui-même et les siens redoutaient l'incurable légèreté, est devenu immortel, orphelin, quinquagénaire, directeur du *Figaro*, et auteur de deux best-sellers nullement frivoles. De quoi commencer à faire sérieux, à se prendre au sérieux ? Et en tout cas, de quoi mettre à jour ses expériences, ses convictions et ses chimères.

Ce nouveau tour de pièce d'eau, c'est encore en funambule que l'entreprend Jean d'Ormesson, son titre le dit assez, et on ne le changera pas ; mais sa fantaisie charmeuse se révèle la politesse d'une réelle gravité.

Lui n'en démord pas. Quitte à faire douter de sa modestie, maintenant qu'œuvres et honneurs ont lesté sa biographie, il continue à se proclamer incapable et de peu d'importance. M. Hersant parle-t-il de sa « faiblesse », il y voit un compliment. Coquetterie de vedette que l'obscurité crucifierait ? À peine. On le croit quand il assure que, comme à Lacordaire et à Montherlant, la gloire lui fait pitié, et qu'il s'inclut dans sa tendresse pour les perdants. Décrocher le Nobel, tomber « si bas » ? Il y songe.

S'il a souhaité diriger *Le Figaro* et siéger quai Conti, c'est uniquement pour se faire pardonner ses péchés de jeunesse par son père, dont il ne cesse de retoucher le portrait de grand humaniste libéral avec une insistance inconsolable. De même jure-t-il n'avoir inventé le château d'*Au plaisir de Dieu* et son duc inébranlable que pour rendre à sa mère un domaine perdu et célébrer sa permanence.

La piété filiale sert ainsi de fil secret au livre, et au funambule pour braver, ombrelle en main, le vide de l'avenir.

L'héritier ne s'est pas contenté d'honorer ses privilèges de naissance. Il les a transformés en avantages intellectuels. Il y a puisé, avec quelque avance sur son temps, une réhabilitation du plaisir : un plaisir moins béat que ne l'ont fait croire ses fringales d'Italie vers 1950, et baigné parfois d'un soleil noir… Enfin, après avoir commencé à écrire « sans savoir quoi », il a apporté à la production littéraire des années 70 la contribution considérable de *La Gloire de l'Empire* et d'*Au plaisir de Dieu*, dont le manque apparent de sérieux n'a caché l'importance qu'aux imbéciles.

Sa modestie qu'on peut croire feinte parfois est authentique en littérature, et payante. Au lieu de vouloir s'égaler risiblement à Nietzsche ou à Proust, comme tant de ses contemporains, il a accepté de se situer dans la descendance de Bourget, de Bordeaux, de Toulet ou de Renard. Il aurait pu ajouter Jules Romains, à qui il n'a pas succédé par hasard rue d'Ulm et sous la Coupole : ici encore, à propos de prétendus ancêtres romains ou irlandais, il illustre, comme dans *La Gloire de l'Empire*, les charmes et les profondeurs insoupçonnées de la mystification.

Grâce à quoi il occupe beaucoup mieux qu'un « strapontin » dans la littérature, et la tête d'une « arrière-garde » dont dépend finalement la survie du roman, aux yeux du public, sinon des professeurs.

Car le roman est menacé, ainsi que l'écrit et toute la culture qui a baigné notre bonheur d'exister. Jean d'Ormesson en est conscient *et inquiet. Sans dramatiser*, parce qu'il a horreur de ça, son *Vagabond* glisse souvent vers un *Ce que je crois* ou plutôt un *Ce dont je doute*. L'Occident, selon lui, est à son automne, et pas seulement la classe qui l'a dominé. Le socialisme a cessé d'être un recours acceptable. La jeunesse est livrée à un monde où l'avoir dévore l'être, sans plus de projet que de mémoire.

Face à cette crise des valeurs, d'Ormesson s'affirme chrétien, persuadé qu'une force invisible et les morts veillent sur nous, tourné vers l'avenir mais fidèle au passé, horrifié par le marxo-freudisme mais aussi par les « goulags spirituels » de l'Occident, partagé entre sa défiance de l'humanisme et sa foi en une nature humaine déjà présente à l'époque de Cro-Magnon, entre l'éternel et le contingent, le tout de l'individu et son néant, bref hésitant sans cesse entre les contraires.

Nous touchons là au plus typique de sa pensée, de son caractère, de son style. Pas un ancêtre qui ne soit défini par ses contradictions ou loué de ses contrastes. Se dit-il las de la politique ? C'est pour y revenir plus qu'on ne lui demande. Défend-il les principes ? C'est pour les transgresser. La famille ? C'est pour lui préférer l'individu. Ses amours ? Ni tragiques ni gaies. Les objets ? Il les adore et s'en moque. L'histoire va à la fois vite et lentement, dans l'espoir et le désespoir…

Est-ce la marque de son signe zodiacal, les Gémeaux ? Jamais épuisé dans ce qu'il fait, souvent autre qu'on le croit, ailleurs qu'on l'imagine et tout près, notamment, de l'adversaire, il préférera toujours la contradiction à l'étroitesse d'esprit ou à l'obstination.

Il arrive que cette souplesse, quand il s'agit d'opinions ou de concepts, donne un peu le tournis. Mais elle gage un libéralisme, une tolérance à toute épreuve, et dépasse le trait de caractère pour atteindre à la sagesse, sinon à la philosophie.

Natura non facit saltus pourrait se dire à son propos : on ne naît pas sauteur ou danseur, on le devient. En moins tragique que la double postulation baudelairienne ou que le dualisme de Montherlant, le balancement est ce qui tient le funambule d'Ormesson en équilibre sur le fil précaire de sa vérité.

Ce n'est pas parce qu'il met les intuitions foudroyantes au-dessus des traités opaques que cet agrégé de philo manque de sérieux. Et si, pour prouver Dieu, ce Don Juan se fait volontiers Sganarelle — Allons, ce monde n'est pas sorti de rien ! —, ce n'est pas pour l'abandonner dans sa niche — « Si Dieu existe c'est son problème », a-t-on lu drôlement, sur les murs de 68 — mais pour L'aider à sauver les hommes, et Lui servir d'« agent secret ».

Opposer le mystère de l'oscillation au vertige de l'absurde, c'est aussi entretenir un rapport fécond avec le temps, perdu aux deux bouts du fil. Le temps, pour d'Ormesson, c'est Dieu même. Il le frôle dans le plaisir comme dans la détresse. C'est l'air sans lequel l'hirondelle de Kant ne volerait pas. C'est son espace, c'est là que se nouent son œuvre et sa vie.

Avoir été : d'autres se désolent de devoir se conjuguer un jour au futur antérieur ; pas lui. Les printemps d'après sa mort, il les hume par avance, il s'en réjouit dans les siècles des siècles. Car il est l'Homme à lui tout seul. Il est le Printemps. Le bonheur rend généreux, autre avantage.

Voilà ce que dit le vagabond d'Ormesson, mine de rien, et qui justifie son titre. L'*Ombrelle trouée* dont Mao aurait parlé à Edgar Snow veut peut-être dire « sans foi ni loi », ou encore « sans Dieu ni maître », comme le livre l'insinue avec un flou érudit du plus pur style *Gloire de l'Empire.* Mais elle pourrait surtout être portée en retouche au blason ou à l'épée de l'auteur. Ce sont à la fois les protections qu'il a reçues et les faiblesses dont il prend la mesure, et sur lesquelles, comme l'oiseau sur l'air, il s'appuie.

Dans une prose dont le talent ému fait on ne sait quel pont entre Chateaubriand et Giraudoux, le dernier chapitre suggère, jusqu'au vertige, l'avancée coulée ou subitement interdite, sur son fil de nuit, de l'humanité funambule.

Toute la légèreté de Jean d'Ormesson est là : il nous laisse nous apercevoir qu'il est profond.

FRANÇOIS NOURISSIER

« LETTRE AU "VAGABOND QUI PASSE" »

« Le Figaro », 20-21 mai 1978

Cette lettre ne ressortit évidemment pas au genre de la critique. Ton livre, selon la façon dont on le considère, est intimiste, polémique, nombriliste, savant, narquois, ambitieux, gamin, proustien, satisfait, inquiet, émouvant, lyrique, indiscret et même étrangement pudique. Comment faire tenir tout cela dans une « analyse littéraire » ?

À l'époque déjà fabuleusement lointaine où existaient encore « le Rond-Point » et le fameux bureau ovale, là où se dresse aujourd'hui un mur vertigineux avec ses fenêtres ouvertes sur le ciel, certains s'offusquaient de te voir parfois régner sur *Le Figaro* en col roulé. Tu te donnais, à leur effroi, des airs de matelot ou de moniteur de ski en ce lieu où se pratiquaient traditionnellement le gilet, la cravate et l'air engoncé.

Peut-être les mêmes censeurs seront-ils agacés de te voir, à lire son début, publier un livre qui semble avoir été écrit, lui aussi, en col roulé ? alors que *La Gloire de l'Empire* appartenait à ta période UNESCO-rue d'Ulm et *Au plaisir de Dieu* à ton style « Vieilles Maisons Françaises », *Le Vagabond qui passe* paraît renouer avec ton époque mocassins et cabriolet. Nous avons en commun quelques souvenirs de fêtes, de mer, de neige et d'amitié : ils m'autorisent à écrire de ton livre, moi aussi, en déboutonnant mon col. C'est ainsi qu'il faut t'aborder : à la paresseuse et non à la solennelle.

On te comprendra mieux, car l'unité de ta vie, où se succèdent et se bousculent tous les genres, me paraît être dans ces moments *solaires dont tu parles si bien*, quand tu n'as qu'un vieux blue-jean, un maillot de bain et jamais un sou en poche, et que tu t'émerveilles que l'été soit si beau et les femmes si séduisantes. C'est là ton style et ton secret : tu t'émerveilles. On ne comprendrait rien au *Vagabond qui passe* si l'on ignorait que tu te prends très sincèrement, parfois, pour un vagabond (un vagabond de luxe, mais tout de même...) et que tu n'auras jamais fini de louer le ciel pour avoir fait la neige si glissante, la Méditerranée si brûlante, l'Histoire si peuplée et la vie si savoureuse. Au *Rien que la terre* de Morand tu opposes un « toute la terre » d'autant plus gourmand et reconnaissant que tu y ajoutes le ciel, auquel tu crois, et dont tu parles avec une retenue de bon aloi puisque Dieu est une vieille relation de ta famille, ainsi qu'il était noté dans ton dernier roman.

Dans *Le Vagabond*, tu insistes beaucoup sur la métamorphose de la vie aux environs de 1970, quand tu écrivis *La Gloire de l'Empire*, afin d'unifier les divers territoires et tentations de ta vie, connus un grand succès, fus élu benjamin de l'Académie française et devins le seigneur de la forteresse *Figaro*. Il faut le dire, pareille pluie de réussites, chances, triomphes, c'est rare ! On eût dit que les planètes de ton ciel astrologique, touchées par quelque grâce, accumulaient à plaisir sur ta tête la générosité des fées et l'amitié des hommes. Tu fus à cette époque extraordinairement plaisant à contempler, comme tous les hommes comblés. Là-dessus, avec une charmante insolence, tu écrivis un roman épatant, qui devint *illico* un film à succès. Comme on dit, tu avais la pêche. Il fallut les diverses crises que traversa le journal, et ton engagement politique déterminé, pour que te vînt l'envie de composer ce livre où se reflètent à la fois tes triomphes et tes bagarres, ton émerveillement et ton inquiétude.

Il semble que tu accentues à l'excès cette coupure en deux de ta vie. À l'excès, puisque ce livre que tu publies ressemble par bien des points à ceux — *Du côté de chez Jean*, *Au revoir et merci* — que tu feins de considérer avec un peu de condescendance. Tu étais déjà tout entier dans ces livres-là, comme tu es toujours tout entier dans *Le Vagabond*. Tu parlais déjà avec une merveilleuse affection de ton père, et du soleil, et du temps qui passe, comme tu le fais dans *Le Vagabond*. Peut-être as-tu tendance à accorder un peu trop d'importance au *Figaro*, au courrier surabondant, à l'Académie, aux prestations télévisées, aux *signes* de la réussite ? L'unité profonde et passablement mystérieuse d'une vie me semble plus importante, et la clarté d'un cheminement, et l'épanouissement d'une carrière.

Tu n'as pas procédé par mutation brusque : de la désinvolture à la gravité, de la paresse au labeur, du vagabondage à l'enracinement. Tu as tranquillement engrangé, au long des années, toutes ces images et ces nostalgies avec lesquelles, un jour, on nourrit une œuvre. Tu as préparé ta maturité de main de maître : en restant vraiment jeune. Du petit garçon privilégié au jeune homme insolent et doué, puis au nomade « culturel », enfin à la « vedette » de ces récentes années, on sent s'exprimer, logiquement, harmonieusement une seule vitalité, se former une seule vie.

C'est cette vie qui palpite dans *Le Vagabond qui passe* et fait la qualité merveilleuse du livre. On t'y voit successivement ébloui et méfiant, content et mécontent de toi, rudoyant M. Hersant, détaillant des subtilités juridiques et chantant la gloire de l'été, parlant de ta famille avec une justesse parfaite et de ton travail avec une gravité allègre : je te le disais, UNE VIE. Prévisible ? Toute tracée ? Couverte de chances ? Allons donc ! Rien n'est plus difficile que d'accomplir ses virtualités — pour jargonner un peu. Il y faut de la lucidité, du naturel et une bonne dose de courage. C'est pourquoi les plus belles pages du *Vagabond*, à mon estime, sont celles où tu dis ta gratitude envers les tiens, ta fidélité à ton milieu et à ta foi, les raisons et les secrets de ton travail de romancier.

Ce sont les morceaux où presque inconsciemment, tu retraces ce cheminement idéal, cet « itinéraire » comme on disait il y a vingt ans, sans rien gommer, tant il est vrai que ta réussite est d'être devenu exactement celui que tu étais fait pour devenir.

Simplement, alors que tant d'êtres de qualité se réalisent en mineur, toi tu chantes ta vie en majeur, à pleine voix, et en mêlant des éclats de rire à cet hymne à la joie que tu entonnes de la vallée Blanche aux vagues de la mer Égée, des bibliothèques aux plages, des salons aux aéroports.

Mais comme j'ai été long, déjà ! Il me faut penser à ces paresseux qui se fient au jugement qu'impriment les journaux et se dispensent d'aller eux-mêmes explorer les livres. S'ils allaient croire que tu as écrit une sorte d'autobiographie triomphante, de livre de souvenirs ! Je dois vite les détromper. Tu as perçu le danger et, sur la fin de ton parcours, tu rends la main au vieux coursier romanesque qui piaffait au fond de son écurie. Tout d'un coup tu n'y tiens plus et tu redeviens romancier. Tu le redeviens comme on voyage, comme on rêve. L'invention de tes ascendances fabuleuses, à elle seule, compose une fable, un abrégé de mythologie, une sorte de poème aux trois dimensions de l'Histoire. C'est le sommet de ton livre et tu le sais bien. À la fin d'un recueil de bilans, de confidences et de propos familiers tu as crayonné une esquisse à la Borges, pour donner l'échelle et réduire la première personne à sa modeste dimension. Nous avons reçu le message, sois tranquille : désormais te tient le démon Roman et il n'est pas près de te lâcher. Tu proclames ton art romanesque : « Le monde tout entier et la vie tout entière, toute l'histoire et tous les hommes. » Mazette ! Tu ne risques plus guère d'être classé parmi les émules de la marquise de La Fayette. Bon vent, cher Jean ! Je comprends pourquoi tu as les yeux clairs et la peau tannée : tu as décidé de n'écrire qu'au péril du temps et de la mer. Tu es le Viking du quai Conti.

BERNARD PIVOT

« JEAN D'ORMESSON S'EXPLIQUE »

ENTRETIEN AVEC L'AUTEUR

« Lire », juin 1978

[Les questions et les commentaires de Bernard Pivot figurent en italique ; les notes de bas de page sont de la rédaction de « Lire ».]

— *Quelle est votre profession, Jean d'Ormesson ?*
— J'essaie d'être écrivain.
— *Qu'y a-t-il de marqué sur votre passeport ?*
— Écrivain.
— *Même du temps où vous étiez directeur du « Figaro » il y avait marqué « écrivain » ?*
— Non, il y avait « journaliste ».
— *Donc vous avez changé ?*
— Oui, mon passeport était arrivé à expiration en février 78, j'ai fait mettre « écrivain ».
— *Mais quand vous êtes entré au « Figaro », en février 1974, avec le titre de directeur, vous avez abandonné votre carrière naturelle, qui est celle d'un écrivain, pour le journalisme ?*
— Tâchons d'être franc. Ce que j'essaie, oui, c'est d'être écrivain. Et il y a très longtemps que je m'y emploie, aidé par de nombreux maîtres qui étaient en général de gauche et à qui je garde une profonde gratitude. Et puis il y a eu l'éditeur René Julliard, et ce que je vais vous raconter répond très directement à votre question : « Quel est votre métier ? » J'avais déposé le manuscrit de mon premier livre chez Gallimard sans aucune lettre d'introduction (je dis ça pour les jeunes gens d'aujourd'hui qui écrivent, à vous ou à moi, pour obtenir une lettre de recommandation auprès des éditeurs), j'ai déposé mon manuscrit chez le concierge et j'ai attendu trois semaines. Au bout de trois semaines, je me suis affolé. Or, je sais maintenant qu'il faut laisser plutôt six mois aux lecteurs des maisons d'édition. Un samedi soir — on travaillait le samedi, à cette époque — j'ai déposé un double de mon manuscrit chez Julliard et, le lendemain, le dimanche matin à 8 heures, René Julliard me téléphonait pour me faire signer un contrat. Il l'avait lu dans la nuit ! Et Julliard, que j'aimais beaucoup, m'a promis une carrière à la Sagan. Il m'avait promis le succès pour mon premier livre. Il me l'a promis pour mon second, puis pour mon troisième, il me l'a promis encore pour mon quatrième. Mais non, rien, j'étais un peu désespéré, et c'est à ce moment-là que j'ai écrit *Au revoir et merci* dont le titre a plusieurs sens, notamment celui-ci : merci à la littérature et au revoir à la littérature. C'était avouer que j'essayais d'être un écrivain. Et puis j'ai été nommé, proposé par Prouvost et élu par les représentants du journal, directeur du *Figaro* : c'est cela qui m'a fait connaître du public. Entre les quelques milliers d'exemplaires de mes livres et les 500 000 exemplaires quotidiens du *Figaro*, il n'y avait pas de commune mesure !

Tout de même, Jean d'Ormesson avait obtenu le Grand Prix du roman de l'Académie française dès 1971 avec « La Gloire de l'Empire », dont le succès ne fut pas mince. Mais il est vrai que « Au plaisir de Dieu » parut quelques mois après l'installation de son auteur dans le fauteuil éditorial du

Figaro et que, cette fois, le public fit un triomphe au romancier, encore jeune et déjà académicien et directeur de journal.

— *Aujourd'hui, aux yeux du public vous êtes plus écrivain que journaliste ou plus journaliste qu'écrivain ?*

— Eh bien, j'ai craint que je ne fusse plus journaliste qu'écrivain…

— *Vous avez publié « Le Vagabond qui passe sous une ombrelle trouée » pour vous prouver que vous êtes toujours capable d'écrire des livres ?*

— Oui, vous avez tout à fait raison. Dans un salon du *Figaro*, il y a la collection des portraits des directeurs du journal. J'avais pris les noms de ceux que je connaissais, qui étaient des gens relativement illustres : Brisson, Alphonse Karr, Villemessant, Flers, Capus, et j'avais cherché quelques renseignements sur eux dans le *Larousse.* Pour Capus, par exemple, j'avais lu qu'il avait été élu à l'Académie française en 1914 et que, directeur du *Figaro*, « il consacra ses dernières années au journalisme ». J'ai considéré cela comme une catastrophe ! Je me suis dit : « Eh bien, voilà, je n'écrirai plus ! C'est fini ! » Et j'étais très embêté…

Je puis personnellement témoigner qu'effectivement le bonheur et la fierté de Jean d'Ormesson d'occuper le fameux bureau ovale du Rond-Point des Champs-Élysées (aujourd'hui démoli) étaient gâchés à l'idée qu'il ne trouverait peut-être plus jamais le temps d'écrire des livres. Sans compter qu'il se rappelait son mot cruel et fameux à propos d'un roman d'un de ses prédécesseurs à la tête du journal, Pierre Brisson : « Il y a tout de même une justice : on ne peut pas à la fois être directeur du "Figaro" et avoir du talent. » Mais Robert Hersant veillait, qui rendit Jean d'Ormesson à la littérature…

— Oui, vous savez, le directeur du *Figaro* ou de tout autre grand journal n'a pas le temps d'écrire des livres. Ou alors il écrit des livres bâclés. Le métier d'écrivain et le métier de journaliste ont en commun ceci : ce sont des métiers auxquels il faut se donner entièrement, donc incompatibles. Oh ! certes, si vous êtes directeur du *Figaro*, vous pouvez écrire à la rigueur un livre sur les institutions de la Ve République… Sincèrement je pense que les institutions sont mauvaises pour le talent. Surtout aujourd'hui. Les institutions ne marchent pas bien avec le talent. Je doute qu'on puisse être général d'armée et écrire un roman. N'importe qui peut écrire un bon roman, un garçon de restaurant par exemple. Mais je douterai toujours qu'un général d'armée le puisse. Pourquoi ? Parce qu'il est à la tête d'une institution et que cette activité requiert toute son énergie, tout son temps, toutes ses facultés. Si on me dit : « Voilà un roman épatant d'un chauffeur de taxi », je demanderai à le lire. Je serais surpris qu'on puisse me dire : « Voilà un roman épatant du ministre de l'Éducation nationale. »

— *Mais enfin, Chateaubriand…*

— Oui, Chateaubriand. Il y a trois grandes exceptions : Jules César, qui était empereur et, à mon sens, un excellent écrivain ; Saint-Simon, qui était duc et pair et un très grand écrivain ; et Chateaubriand, qui était ambassadeur et ministre des Affaires étrangères et qui a écrit de très bons livres.

— *Et Claudel ? Saint-John Perse ?*

— Oui, du côté des ambassades, on peut en trouver quelques-uns : Claudel, Saint-John Perse, Giraudoux, Morand…

— *Ils étaient bien plongés dans les institutions, ces écrivains-là !*

— Oui, c'est vrai. Je fais peut-être des phantasmes inversés.

— *Une phrase me choque dans votre livre, c'est celle-ci : « Ce que je suis fondamentalement, c'est un incapable. » Vous vous fichez du monde ?*

— Non, navré ! J'en suis absolument convaincu. Je vous le jure. Supposez qu'il se passe des événements graves — on en est toujours à la veille, d'ailleurs — et que la littérature n'intéresse plus les gens, qu'est-ce que je peux faire d'autre que d'écrire ? Quoi ? Nous vivons dans une civilisation où les gens ont suffisamment de loisirs, d'argent — voyez comme c'est fragile, tout ça ! — pour acheter des livres. Mais s'il fallait survivre, s'il fallait chercher un métier, s'il me fallait vendre des trucs, j'en serais incapable ! Je suis incapable de faire des affaires, je suis incapable d'arranger une maison. Si le chauffage saute, ici, je ne sais pas le réparer. Si ma voiture tombe en panne, je n'ai rien d'autre à faire qu'à aller chercher un mécanicien !

— *Et si on vous demande de diriger un journal ?*

Rires. Jean d'Ormesson est capable de rire de bon cœur de lui-même.

— Nous vivons dans un drôle de système ! Parce que vous avez écrit des livres qui ont eu du succès, on peut vous mettre dans un conseil d'administration, vous projeter à la tête de quelque chose ! On peut même vous nommer ministre…

— *Ça vous paraît scandaleux ?*

— Scandaleux, non, mais fragile, oui. Évidemment on n'en est plus au temps où on plaçait à des postes importants des jeunes gens dont les pères étaient ducs et pairs. Le système, aujourd'hui, est plus équitable, mais il n'est pas à l'abri de tout soupçon. Parce que vous avez obtenu le premier prix de thème latin — que je n'ai pas eu — et de discours grec, on dit : « Tiens ! il va être capable de diriger une entreprise… »

— *Et parce que vous avez reçu le Grand Prix du roman de l'Académie française on vous appelle au « Figaro » ?*

— Avouez que le lien de cause à effet n'est pas évident ! Un bon romancier ne fait pas nécessairement un bon directeur de journal…

— *Et un bon directeur de journal n'est pas forcément un bon écrivain ?*

— Oui, que Jacques Fauvet[1], que Philippe Tesson[2] me pardonnent, c'est évident ! Ce qui est sûr, c'est que nous vivons dans un système qui privilégie les activités de l'esprit, Roger Caillois a dit là-dessus beaucoup de choses pertinentes.

— *Il me semble qu'une des raisons qui vous ont fait accepter le poste de directeur du « Figaro », c'était que si vous ne preniez pas une revanche sur votre père, du moins vous étiez content de lui montrer, bien qu'il fût déjà mort, ce dont vous êtes capable…*

— C'est évident et je vous jure que ce n'est pas de la littérature. Non pas une revanche, mais au contraire une offrande filiale. Mon père est un homme, que beaucoup de gens âgés ont connu, à la fois très modeste, extraordinairement attaché au passé, au milieu, à la tradition, et en même temps extraordinairement ouvert à l'avenir. C'était un ami de Léon Blum ; il était ambassadeur du Front populaire, et la France socialiste ne l'épouvantait absolument pas, à condition bien sûr qu'on lui permette de respecter ses traditions, les jolies manières et l'idée sacro-sainte du milieu. C'était un curieux mélange. L'idée de se marier en dehors de son milieu lui aurait paru quelque chose de scandaleux, mais il aurait accepté un régime de gauche et presque d'extrême gauche. Il était très tendre, c'était un père merveilleux. J'ai souvent dit que la phrase de Sartre : « Il n'y a pas de bons pères, c'est la règle », m'était totalement incompréhensible. Mon père était très content de ce que j'aie fait de bonnes études, de ce que je sois entré à l'École normale, et très inquiet d'un certain côté léger chez moi, un peu changeant, un peu superficiel, tout ce côté-là qui m'a moi-même inquiété plus tard. Mon avenir le tourmentait beaucoup. Il me disait souvent qu'avec tous mes talents, je serais probablement un raté, parce que je voudrais toucher à tout. Et cette idée d'être un raté me tourmentait. De sorte que l'Académie française et *Le Figaro* ont été pour moi l'occasion de me retourner vers mon père et de lui dire : « Tu vois, ça a tout de même marché ! »

— *Vous êtes un raté qui a réussi ?*

— C'est une formule merveilleuse ! Ce serait l'idéal ! Parce qu'il y a chez le raté, que mon père détestait tellement, il y a une grande liberté, une espèce de refus de se plier à un certain jeu, à la routine, il veut tout et toujours remettre en cause, il veut sans cesse recommencer, toutes choses qui me tentent, c'est vrai…

— *Vous êtes fasciné dans tous vos livres par les ratés, à condition qu'ils aient du talent…*

— Naturellement ! Rater complètement sa vie, c'est un peu embêtant… Je n'aime pas la notion de carrière, et je l'aime si peu que je n'ai pas fait ce que j'aurais dû faire, c'est-à-dire Sciences Po, puis conseiller d'État ou diplomate. J'ai préféré l'École normale et

1. Directeur du *Monde*.
2. Directeur du *Quotidien de Paris*.

la philosophie. Althusser[1] me disait : « Écoute, tu peux faire n'importe quelle agrégation, sauf celle de philosophie parce que tu es très faible. » C'est naturellement celle que j'ai faite.

— *Vous écrivez : « L'esprit de sérieux me fait horreur. » Alors on se dit : comment un homme pour qui l'esprit de sérieux est condamnable a-t-il pu accepter la direction d'un journal comme « Le Figaro » ?*

— De temps en temps, je me le demande aussi ! Il y a une belle phrase de Stendhal sur Napoléon : « Il avait enfermé sa vie dans une comédie grave. » C'est beau, non ?

— *Un dernier mot sur votre père. Vous écrivez : « Mon père était un janséniste qui adorait les bals. » Vous, vous n'êtes pas janséniste…*

— … Et je n'aime pas les bals ! Je déteste ça ! Un : je n'aime pas danser. Deux : je n'aime pas sortir le soir. Trois : je n'aime pas tellement les fêtes, les trucs comme ça.

— *Vous voulez dire que vous n'êtes pas un mondain ?*

— Oui, je regrette de le dire, mais je ne suis pas un mondain. On croit que je le suis parce que je m'entends bien avec les gens et que j'aime parler avec eux. Mais non, aux bals et aux soirées je préfère les livres.

Ce qui n'empêche pas Jean d'Ormesson d'être un homme très actif qui avoue aimer beaucoup le plaisir. La littérature et l'amour ne sont pour lui qu'une seule et même chose. Ajoutez à cela un goût très marqué pour l'invention romanesque, le canular historique et culturel dont « La Gloire de l'Empire » fut l'illustration la plus spectaculaire. Est-il plus sérieux dans ce livre de souvenirs ? « Si j'écrivais des Mémoires au lieu de ces pages un peu bizarres dont on ferait bien de se méfier… » [p. 73]. « Est-ce qu'on ne triche pas toujours un peu quand on écrit un livre — et peut-être celui-ci ? » [p. 65]. « Dès que j'écris, j'invente » [p. 93].

— *Cette très belle histoire romantique des amours de Lady Ann Kingston avec le colonel Fitz-Gerald, qui seraient de vos aïeux, est une pure invention ?*

— Absolument pas ! non, non ! C'est une histoire de famille.

N'en croyez rien. Et il ose écrire : « Je descends d'Ann Kingston et de Gerald Fitz-Gerald comme je descends aussi de magistrats très intègres et de serviteurs de l'État. » À l'entendre, Jean d'Ormesson descendrait de la terre entière ! La boulimie généalogique de cet homme-là est effrayante.

— Je veux bien avouer que la famille Plessis-Vaudreuil, que l'on a vue dans *Au plaisir de Dieu*, à la télévision, n'est pas proprement la mienne. Vous voyez, je fais un pas en avant vers la vérité…

— *Vous dites davantage : vous avouez que le grand-père, qui a été joué magnifiquement par Jacques Dumesnil, eh bien, c'était votre mère !*

— Oui, c'est ma mère qui s'en rapprochait le plus. Et non pas

1. Philosophe marxiste.

mon père et non plus mon grand-père qui était un officier de cavalerie.

— *D'où vous vient ce goût de la mystification ? Vous aimez fourvoyer votre lecteur ?*

— J'ai lu l'autre jour, extraite d'une histoire des Celtes, une citation qui m'a beaucoup frappé : « Les Celtes entrèrent dans l'histoire par leur incapacité de différencier le réel de l'imaginaire. »

— *Vous êtes un Celte ?*

— Peut-être que je descends des Celtes !

— *Encore !*

— Je fais peu de différence entre l'imaginaire et le réel, c'est vrai. De temps en temps je me dis que *Le Figaro* n'est pas plus vrai que les Plessis-Vaudreuil : les personnages de la littérature vivent exactement dans mon esprit sur le même mode que les personnages réels. Rastignac n'a ni plus ni moins de réalité que Napoléon, puisque tous deux sont morts. Entre un personnage qui a vécu et qui est mort et un personnage inventé, il n'y a aucune différence. Où vivent-ils ? Ils vivent dans notre souvenir et notre imagination. On me dira : « Mais Napoléon, on voit son chapeau ! » Et je vous répondrai : « De Rastignac on sait tout ce que Balzac en a dit ! » On en sait beaucoup plus sur Rastignac que sur Napoléon.

— *Mais quand vous parlez de personnages réels d'aujourd'hui, Robert Hersant et Raymond Aron, par exemple, vous dites la vérité ?*

— Je ne prétends jamais dire la vérité. Notre formation de journaliste nous apprend assez que le même événement dans *Libération*, dans *Minute*, dans *Le Figaro* ou dans *L'Observateur*, n'est pas relaté exactement de la même façon. Si je ne prétends pas dire la vérité, je joue, et j'y tiens, la carte de l'objectivité. Je dis honnêtement ce que moi j'ai ressenti et comment j'ai vu les choses. Je suis honnête, je ne truque pas, je ne garde pas pour moi les choses que je sais. Et puis à peine vous ai-je lâché cela que je me dis que ce n'est pas vrai : il y a des tas de choses que je sais et que je ne dis pas dans le livre. Il est évident que je ne dis pas tout, d'abord parce que je n'ai pas la place ni le temps de tout dire, que tout n'est pas intéressant, et, allons plus loin, qu'il y a peut-être des choses que je sais et que je ne souhaite pas dire. Je ne dis peut-être pas tout sur des faits très importants — très importants pour moi —, par exemple sur les motifs qui m'ont fait rester quand Hersant est arrivé au *Figaro* alors que je voulais partir. C'est que je ne suis pas le seul à détenir… je ne dis pas des secrets…

— *Des secrets politiques ?*

— Oui, politiques. Et puis, par tempérament, étant porté à inventer, il fallait que je me retienne pour que Aron et Hersant ne se transforment pas en personnages de roman. Pour employer le vocabulaire de mon père ou de Couve de Murville : ce n'était pas convenable de faire faire à Aron et à Hersant des gestes de personnages de roman.

— *Vous écrivez que vous êtes prêt à renoncer à vos privilèges économiques et sociaux. C'est vrai, ça ?*

— Je vous répondrai par une phrase de Stendhal qui est belle : « Ami lecteur, je voudrais t'éviter de haïr et d'avoir peur. » Et si je suis prêt à renoncer à un certain nombre de privilèges, c'est parce que — certes je suis solidaire de ma famille, mettons même de ma classe — je ne veux pas partager sa crainte perpétuelle de perdre une partie de sa situation. Cela empoisonne la vie ! Alors j'aime mieux y renoncer tout de suite et tâcher de mener, en dehors de ces craintes, une vie aussi agréable que possible.

— *Voilà un renoncement qu'aurait pu vous reprocher votre père. Et vous avouez dans votre livre que vous avez désespéré votre mère parce que vous n'avez pas été capable de sauver le château de famille.*

— Non, j'ai désespéré mon père pour des motifs très différents, rigoureusement privés sur lesquels je ne dirai rien. Ce sont des raisons d'ordre sentimental, des affaires de cœur. Quant à ma mère, oui, à ses yeux j'aurais dû racheter le château de Saint-Fargeau. Mais il y fallait une grosse fortune que je n'avais pas.

— *N'êtes-vous pas entré au Rond-Point des Champs-Élysées comme vous seriez revenu dans le château de famille, c'est-à-dire avec l'idée d'en être le sauveur ? Est-ce que « Le Figaro » n'a pas été un autre Saint-Fargeau ?*

— C'est très possible. On croit que les gens obéissent à des motifs politiques et, en réalité, ils obéissent — nous le savons depuis cinquante ou soixante ans — à des motifs tellement plus mystérieux. Il est certain que la chute de Saint-Fargeau, qui a donné naissance avec une clarté aveuglante à *Au plaisir de Dieu*, n'est peut-être pas tout à fait étrangère à l'idée qu'il fallait reconstruire un Saint-Fargeau ailleurs et que ce que je n'avais pas pu faire à Saint-Fargeau je le ferais sur le mode intellectuel au Rond-Point des Champs-Élysées.

— *Vous dites à un moment que vous avez de la tendresse pour les perdants et ça m'a rappelé une anecdote qui va vous amuser. Dans le jury du prix Médicis il y avait Roland Barthes. Il sort de la salle à manger où le jury avait décerné son prix et quelqu'un lui dit : « Ah ! je suis ravi, c'est votre candidat qui a gagné ! » Alors Roland Barthes : « Oui, mais ça m'ennuie d'être du côté des gagnants. »*

— C'est épatant. Barthes quelquefois m'irrite fabuleusement, lorsqu'il dit par exemple que le langage est fasciste, et quelquefois je me sens très proche de lui. Je ne sais pas si ça lui fera plaisir, d'ailleurs. C'est vrai, les camps gagnants, ça n'est jamais bien. Je n'ai pas fait une Résistance glorieuse mais, déjà en 40, j'étais partisan du général de Gaulle. Le seul moment où j'ai un peu flanché, c'est en 44 : tous ces vainqueurs, cet afflux vers les vainqueurs…

— *Il en fallait bien, des vainqueurs !*

— Oui, il en faut, naturellement. Mais il faut aussi savoir dominer sa victoire, me semble-t-il. Quand j'ai quitté la direction du *Figaro*, l'été 77, on s'est étonné que je souhaitais continuer à y écrire. Or, à ce moment-là, la victoire de la gauche paraissant à peu près assurée, je ne voulais pas qu'on puisse croire que je me défilais. L'après-mars 1978 s'annonçant, pour les gens de la majorité, comme une période très sombre, cela m'a incité à rester au *Figaro*. Et puis, après mars 78, je ne crois pas qu'on puisse me reprocher d'avoir entonné le péan des vainqueurs. J'ai peut-être plutôt fait le contraire. Gagner, c'est une chance, mais il ne faut pas en abuser.

— *Donc vous n'avez pas quitté « Le Figaro » pour n'être pas accusé de vous désolidariser du camp des futurs perdants ?*

— Et vous voyez la malédiction ! Je me suis encore retrouvé dans le camp des vainqueurs…

— *« La littérature n'est peut-être rien d'autre qu'un bon usage des catastrophes. » C'est une très belle phrase. Elle est de vous. Alors je me dis que votre entrée au « Figaro » a été une catastrophe et votre départ une autre catastrophe, ce qui vous a permis d'écrire « Le Vagabond qui passe sous une ombrelle trouée ».*

— Pour ce qui est de l'organisation de ma vie, mon entrée au *Figaro* a été une bien plus grande catastrophe que mon départ. Car l'entrée au *Figaro* était la renonciation à la littérature, c'est clair.

Et « Le Vagabond qui passe sous une ombrelle trouée » est un retour enjoué à la littérature, la fonction et la vertu essentielles de ce livre étant un éloge du livre, du roman, du style, des mots, comme si Jean d'Ormesson manifestait sa joie de retrouver des compagnons perdus pendant quelques années.

— *Tout compte fait, peu importe les châteaux, « Le Figaro », la politique, l'histoire, la seule chose qui compte pour vous, c'est la littérature…*

— C'est évident. L'éternité, c'est ce qu'il y a de plus fragile, c'est du papier. Qu'est-ce qui reste de tout le passé ? Non pas les idées, parce qu'elles s'envolent, mais des mots écrits. Ma drogue, ma passion, c'est une phrase qui me plaît. Une citation me rend fou. Pour quelque chose qui est bien dit par Oscar Wilde ou par Chateaubriand, je donnerais tout ! En même temps nous vivons dans une époque où la littérature est menacée. Mon idée n'est pas tellement de dire : il y a eu de grands écrivains entre les deux guerres, vous les connaissez, et aujourd'hui la relève n'est pas prise. Et il est vrai que la littérature française a baissé pendant que d'autres montaient : la turque, qui était absente, l'argentine, la brésilienne, la colombienne, la cubaine avec l'immense Carpentier ! Mais il y a plus grave : cette idée tout à coup qu'on se demande si la littérature est quelque chose d'éternel. Et si la littérature disparaissait ? Là-dessus, dans son dernier livre[1] Roger Caillois a l'air de dire que la culture est si extraordinairement fragile et même tellement étouffante qu'on peut vouloir s'en débarrasser. Et qu'adviendra-t-il du roman ? L'épopée était liée à la féodalité, la tragédie à

1. *Le Fleuve Alphée* (Gallimard).

l'aristocratie, et le roman est lié à la bourgeoisie et à la lutte du prolétariat contre la bourgeoisie. Je ne dis pas que nous allons nécessairement vers le communisme, mais nous allons obligatoirement vers un déclin de la bourgeoisie. Qui le niera ? Inutile de se dire : mais non, la bourgeoisie, elle, elle tiendra éternellement ! Évidemment pas ! L'aristocratie n'a pas tenu, la bourgeoisie ne tiendra pas non plus. Est-ce qu'elle entraînera le roman dans sa chute ? Ce n'est pas sûr, mais ce n'est pas exclu. Et une littérature sans romans, avec des mémoires et des essais, ce n'est pas très gai !

— *Vous n'êtes pas très optimiste !*

— Rassurez-vous, il y aura autre chose. Quoi ? Je ne sais pas. Je crois qu'il y a de nouveaux équilibres qui se font mystérieusement, soit parce que c'est dans la nature des choses, soit parce que quelqu'un y veille. Ça s'arrangera, mais nous ne savons pas comment.

— *Je vais vous soumettre une série de quinze adjectifs qui sont appliqués à votre personne, que j'ai trouvés sous la plume de commentateurs de votre œuvre ou de votre carrière, ou que j'ai entendu dire à votre propos. Je vous demanderai de me citer les trois qui vous paraissent le mieux vous définir. Il y a : insouciant, désinvolte, léger, farceur, paresseux, dilettante, sceptique, ironique, appliqué, cynique, séducteur, faible, enjôleur, libéral, égocentrique.*

— Je récuse « faible » dont je connais l'origine[1]. Dilettante ? Si on me voyait travailler à mes livres, on ne dirait pas que je suis dilettante ! Eh bien, je choisirai : désinvolte, ironique, libéral. Mais je me flatte un peu ? On pourrait y ajouter égocentrique. Vous savez, je suis facile à vivre, plutôt agréable, comme les égoïstes. Les gens qui veulent sauver le monde et qui pensent aux autres sont insupportables, assommants.

— *Pensez-vous que vous seriez un petit peu moins célèbre, un petit peu moins apprécié de vos lecteurs si vous aviez les yeux moins bleus ?*

— Cette idée me plaît. Et si j'avais dix centimètres de plus, vous vous rendez compte ?

— *Si vous aviez eu à choisir entre la carrière de De Gaulle et celle de Proust ?*

— Proust ! Proust, sans aucune hésitation… Et pourtant j'ai une immense admiration pour de Gaulle, qui est le dernier des grands hommes. Mais je vais vous terrifier : entre Toulet et de Gaulle : Toulet ! Mais ne me faites pas descendre à Henri Bordeaux ou à René Bazin ! Je dirai : il vaut mieux être Paul Morand que de Gaulle, bien que je sois tout à fait du côté de De Gaulle contre Paul Morand.

1. Robert Hersant avait accusé Jean d'Ormesson d'être un homme faible.

LA DOUANE DE MER

NOTICE

« Je peux dire que j'ai trimé comme un bœuf à ce livre, je suis presque mort[1]. » Jean d'Ormesson, d'ordinaire leste comme Voltaire, aurait-il cette fois tâcheronné à la Flaubert ? Il est vrai qu'une critique italienne a diagnostiqué dans l'ouvrage un « syndrome de Bouvard et Pécuchet[2] » : la même ambition encyclopédique, certes ; mais les deux « bonshommes » flaubertiens copiaient ; Jean d'Ormesson crée.

Paru exactement trois ans après *Histoire du Juif errant*, le 13 janvier 1994 (achevé d'imprimer le 16 décembre 1993), *La Douane de mer* semble revenir sur ses pas, puisque Jean d'Ormesson nous ramène à Venise. Si variée d'aspect soit-elle, son œuvre cherche à rabouter ses fragments et à écrire un seul livre. Dans l'avant-propos au premier tome de cette édition, lui-même évoque une « mosaïque [...] dont les morceaux épars renvoient les uns aux autres[3] ». Nous revoilà donc au même endroit, incomparablement aimanté, dont il nous a dit que pour lui il n'en était pas au monde de « plus chargé de passé et de sens[4] ». Et encore avec une Marie, qui pourrait être la même, à moins que, comme chez Nerval, elle ne soit aussi une autre[5]. Et le dispositif dialogique est repris à l'identique : dans l'ouvrage précédent, Marie interrogeait Simon Fussgänger qui lui racontait son histoire (le narrateur, venu avec Marie en classique escapade amoureuse, étant de plus en plus marginalisé, en *terzo* sinon *incommodo*, du moins inutile et jusqu'à complète élimination). Ici, c'est un certain O qui répond aux intarissables questions d'un certain A. Ces initiales n'ont évidemment pas été choisies au hasard. O est et n'est pas Jean d'Ormesson, comme H(enry) B(rulard) est et n'est pas H(enri) B(eyle), et ce dédoublement permet de glisser dans les échanges des éléments d'autobiographie sans risquer d'être taxé d'obscénité narcissique. Comme il est explicitement

1. Propos retranscrits par Jacques de Decker, « Une grande histoire d'O », *Le Soir* (Belgique), 12 janvier 1994.

2. Gabriella Bosco, « D'Ormesson e la sua (poco) *Divina Commedia* », *La Stampa*, 25 janvier 1994.

3. « Avant-propos de l'auteur », t. I de la présente édition, p. LXXXV.

4. *Histoire du Juif errant*, t. I de la présente édition, p. 1105. Voir les déclarations à G. Bosco : « C'est le centre absolu, pour moi. Chacun, du reste, a le sien. Pour Salvador Dali, le centre du monde était la gare de Perpignan. Pour moi c'est la Douane de mer. » (Nous traduisons.)

5. Venise et Marie reparaîtront dans un chapitre du *Rapport Gabriel*.

précisé, c'est aussi l'Oméga, qui avec l'Alpha déploie en entier l'arc-en-ciel alphabétique et semble embrasser la totalité du langage. O et A permettent à Jean d'Ormesson, qui aime rimer avec polisson, des facéties phonétiques (« À A », « oh ! O », « ô A ! », etc.), mais leur duo n'a rien de frivole. Il s'agit ni plus ni moins, comme toujours chez un auteur qui n'a pas froid aux yeux et que seuls les vastes programmes intéressent, d'expliquer tout simplement, si l'on ose dire, à quelqu'un qui n'en saurait absolument rien, les hommes et leur biotope, l'espace, le temps, la vie, la mort, tous problèmes, aurait dit Vialatte, « remontant à la plus haute antiquité ». Poser en somme la question leibnizienne, élémentaire non moins qu'abyssale : pourquoi y a-t-il quelque chose plutôt que rien ? Bon courage !

Le postulat de départ est un accident de circulation dans le trafic de l'invisible, entre un esprit qui vient de se détacher du corps qu'il habitait, et un autre qui d'aventure passait par là, en provenance d'un astre lointain au nom imprononçable (Urql[1]). L'apparition d'O et son geste inaugural sont paradoxaux, puisque son entrée en scène coïncide avec son décès, et qu'il commence en finissant (mais peut-être, après tout, O et A se mordent-ils la queue et se suivent-ils en boucle, dans un cycle sans fin ?). Au pied de la Salute, mal nommée pour l'occasion, à moins qu'elle ne promette une incertaine rédemption, O gît dans les bras éplorés de Marie, transfigurée en *pietà*, ce qui ne saurait étonner parmi tant de tableaux d'église. Ce fait divers finalement banal — un touriste terrassé par une crise cardiaque — offre un bel exemple de ce qui sera l'un des axes de la réflexion ultérieure sur les entrelacs impénétrables de la contingence et de la nécessité, des causes et des effets. L'improbable choc entre A, envoyé par ses compatriotes galactiques pour enquêter sur la pluralité des mondes, et O, surpris par l'infarctus, va se révéler providentiel : A ne pouvait assurément tomber sur meilleur informateur que O, qui a tant aimé cette vie qu'il vient de perdre et qui, immensément cultivé, recru d'expérience et de savoir, en connaît à fond l'histoire et les richesses ; de son côté, O va peu à peu s'apprivoiser à l'extraterrestre en lui racontant l'humanité, et jusqu'à devenir presque un frère. « Chanterez-vous quand serez vaporeuse ? » demandait ironiquement Valéry à son âme[2]. Jean d'Ormesson donne ici la réponse : délivrée des bandelettes charnelles, elle peut même se faire des amis.

1. On pense au « Tlön Uqbar Orbis Tertius » de Borges (*Fictions*). Dans le monde sidéral du Web, URQL est aujourd'hui un acronyme désignant un « Uniform Resource Locator Qualifier List », ce qui confirme l'intuition onomastique de Jean d'Ormesson. L'accident est supposé survenir un 26 juin, date visiblement fétiche pour l'auteur ; dans *L'amour est un plaisir*, le narrateur se faisait renvoyer par son patron ce jour-là. Comme les dates dont Stendhal parsème ses manuscrits et qui renvoient à des événements de sa vie sentimentale, le 26 juin semble un souvenir funeste pour Jean d'Ormesson.

2. Paul Valéry, « Le Cimetière marin », *Œuvres*, Bibl. de la Pléiade, t. I, p. 150.

On voit en quoi *La Douane de mer* s'articule directement sur *Histoire du Juif errant* et pousse en quelque sorte sa logique à bout. Condamné à marcher sans trêve[1], son protagoniste a traversé tous les lieux et tous les siècles, mais cet immortel malgré lui est un homme et le reste ; tandis que l'inconsistant A demeure dans l'étrangèreté radicale de qui n'a jamais endossé la guenille humaine, ni participé à ses aventures. Il vient d'un inconcevable ailleurs. Si Ahasvérus, Cartaphilus, Isaac Laquedem, Simon, ou quel que soit le nom qu'on lui donne au fil des épisodes du feuilleton toujours *à suivre*… de ses identités successives, semble les essayer comme autant de costumes d'emprunt, A, lui, n'en a jamais connu d'autre que celle d'Esprit pur, en dehors de toutes les catégories pensables d'espace et de temps. Et en tant que tel, il offre à Jean d'Ormesson une figure idéalement plastique pour essayer de faire entrevoir la fascinante et terrifiante liberté d'un être existant sur le mode incompréhensible du *totum simul*, et auquel on veut révéler la dureté et la fécondité des limites qui sont le lot des vivants.

La structure de l'ouvrage affiche une parfaite rigueur : trois journées, divisées chacune en vingt chapitres, et flanquées d'un prologue et d'un épilogue. Le défi est de déverser dans ce contenant d'un équilibre ostentatoirement symétrique et strict son exact contraire : le bouillonnement impossible à endiguer, anarchique, contradictoire, toujours renouvelé et toujours débordant, des phénomènes follement complexes et inépuisablement divers, tout en étant d'une essentielle monotonie, qui constituent l'être-au-monde de l'*Homo sapiens*, envisagé dans toutes ses dimensions, depuis les cors au pied jusqu'à *Tristan et Yseult*. Pour parler comme Claudel, « l'immense octave de la création ». Devant l'ampleur de pareille tâche, la tête tourne. Jean d'Ormesson ne s'est jamais caché de vouloir faire concurrence, non pas comme Balzac à l'état civil (car camper des personnages doués de psychologie n'est pas sa tasse de thé), mais — la tentative est quasi prométhéenne — au *liber scriptus* dont parle le *Dies irae* et qui, au jour du Jugement, sera apporté devant le trône du Très-Haut, registre suprême et définitif, Livre absolu, unique et remplaçant tous les autres, puisqu'en lui *totum continetur*. A ignore tout de nous. O entreprend donc de le déniaiser en le plongeant par degrés dans le bain océanique de l'humanité en tous ses états. Jean d'Ormesson affectionne l'expression « vertige du monde », qui revient à maintes reprises sous sa plume. Il l'a empruntée à Aragon, et dit qu'elle l'a « toujours ébloui[2] ». C'est exactement cet effet-là qu'il entreprend de produire, et jusqu'à la suffocation, en multipliant les perspectives dans des miroirs toujours prismatiques, en faisant ricocher à l'infini échos

1. *La Douane* inverse la donnée du *Juif* : celui-ci ne peut parvenir à mourir, alors qu'O. meurt d'emblée.

2. Jean d'Ormesson, François Sureau, *Garçon de quoi écrire*, Gallimard (1989), coll. « Folio », p. 240. On la retrouve maintes fois, en particulier comme titre d'une séquence de *C'est une chose étrange à la fin que le monde* (voir p. 1025).

et reflets, en entassant démesurément et en mélangeant systématiquement les noms de lieux et de personnes, en brouillant les cartes de la chronologie et de la géographie, pour illustrer l'éternel retour de Nietzsche et les séduisantes moirures de son voile de Maïa.

La basse continue, le socle de ce qui pourrait apparaître comme la juxtaposition absurde d'éléments arbitraires, dont la permanente mouvance rappelle ce que le cher Chateaubriand disait de la Bretagne — que tout y a changé, « hors les vagues, qui changent toujours[1] » —, n'est rien d'autre, par un renversement définitoire de la condition humaine, que le Temps, son inventivité toujours renaissante et son radotage irrémédiable, son mouvement acharné de construction et de destruction. Temps envisagé dans son découpage pratique (d'où un cours magistral sur les avatars du calendrier), mais surtout dans ses implications philosophiques. Héraclite, Parménide : impossible de sortir des mâchoires de cette tenaille qui, malgré tous nos efforts parfois sublimes pour lui échapper, nous tient et nous tiendra jusqu'à ce que disparaisse, forcément, l'ultime spécimen d'un vertébré qui ne se sera jamais résigné à se satisfaire de ses infirmités. Pour donner presque physiquement à son lecteur la sensation de la multiplicité du décor qui l'entoure, et que son regard habitué ne perçoit plus, Jean d'Ormesson sature son texte d'énumérations niagaresques. Leur caractère hétéroclite jusqu'à la démence, relevant d'une poétique généralisée de l'incongru, et d'un inventaire de Prévert planétaire en *travelling* accéléré, qui agite jusqu'à la frénésie le kaléidoscope du donné en ses continuelles métamorphoses, est destiné à faire ressentir ce qu'est la malédiction et le prodige (le « misérable miracle », eût dit Michaux) de la durée à quelqu'un qui, évoluant dans l'éternel et hors de toute incarnation, précisément n'évolue pas et ignore délices et supplices du mourir que par paresse ou aveuglement on appelle vivre. Ce fourre-tout, salmigondis, décrochez-moi-ça, bazar, capharnaüm, de choses, d'idées, d'émotions, d'époques, d'événements, de lieux et d'êtres, ce *name dropping* échevelé, brassé à perpétuité dans le grand malaxeur de l'Histoire, O s'enchante à en détailler à l'ignare A le jaillissement incessant, toujours autre et toujours le même, qu'il mime à sa manière par un rabâchage où convergent le fantastique de l'érudition à la Borges et le malaise de la liste infinie d'Umberto Eco.

Dans *Au revoir et merci*, le jeune agrégé s'était défini comme « un intellectuel de nursery[2] ». Ou de classe terminale, peut-être ? Jean d'Ormesson, qui avec Renan définit la philosophie comme « la plus ennuyeuse des sciences inexactes[3] », n'a pas fait mystère de ses relations difficiles avec elle. Il s'est approprié — il s'y réfère souvent — l'injonction platonicienne qu'aimait à répéter Alain à

1. Chateaubriand, *Vie de Rancé* ; *Œuvres romanesques et Voyages*, Bibl. de la Pléiade, t. I, p. 1046.

2. *Au revoir et merci*, t. I de la présente édition, p. 60. C'était en fait un mot que lui avait appliqué Giovanni Agnelli (voir *Garçon de quoi écrire*, p. 88).

3. *Au revoir et merci*, t. I de la présente édition, p. 50.

ses élèves du lycée Henri-IV, d'« aller à la vérité de toute son âme », mais, à la fois par suite d'une relative modestie conceptuelle qu'il confesse de la meilleure grâce du monde et qui lui interdit de viser aux plus hauts sommets où se hissent les créateurs de concepts et les bâtisseurs de systèmes, dont instinctivement il se défie, et aussi par politesse, il récuse la rebutante tartine abstraite et préfère la « philosophie amusante », comme jadis, le jeudi après-midi, on proposait aux enfants des séances récréatives de « physique amusante ». Il n'est pas certain que, dans ses abondants développements toujours recommencés, O évite les « tunnels », mais il se prémunit contre ce danger par le procédé du dialogue : les interventions de A, le Persan ou le Huron de service (la référence au XVIIIe siècle va de soi), le hors-venu dont l'étonnement nous étonne et permet de mettre au jour les questions qu'on s'est déshabitué de poser, viennent, entre « Ouf ! » et « Oh là, là ! », agréablement alléger ce que pourrait avoir de pesant l'exposé théorique trop compact. S'il convient volontiers n'avoir jamais été ennemi d'un brin de pédantisme, O ne veut pas pour autant abuser de sa position de pédagogue (comme le Juif errant, à qui Marie, fascinée, trouvait tout de même « un côté prof[1] »), et avec ses remarques ahuries, goguenardes ou espiègles, avec son langage dont parfois la verdeur argotique vient salubrement désacraliser ce que toutes ces considérations de fond risquent de lourdeur monumentale, il aère la dissertation khâgneuse et la transforme en exercice de maïeutique enjouée. Son souci étant avant tout d'éviter « l'abstraction indigeste », d'où la forme dialoguée : « elle permet la fluidité, contribue à dissimuler l'échafaudage… Mon idéal est là : que l'on ne voie surtout pas les coutures, que tout glisse dans le flux de la conversation, comme en se jouant[2] ». Cela dit, il est vrai, pour citer Courteline, qu'« il pleut des Vérités premières », et que le lecteur, pour les recueillir, tend « son rouge tablier », mais comment faire autrement quand on se propose, comme Jean d'Ormesson, d'explorer et de dire, en mots simples et loin de tout pensoir escarpé interdit à la foule, les grands paramètres qui nous définissent et nous situent dans l'univers ? Rien que ça ? Rien que ça.

Bariolage, bigarrure, macédoine d'un carrousel endiablé, « *Divine Comédie* ironique[3] », tragi-comédie aux milliards d'actes divers qui n'en finissent jamais de s'inventer, de se répéter, de s'emboîter, théâtre de mirages et palais des glaces où les éclats du réel se recomposent sans cesse en configurations que notre myopie tend à juger aléatoires, alors qu'elles obéissent peut-être à une intentionnalité supérieure qui nous échappe — le « Dieu écrit droit par lignes tordues » du *Soulier de satin* —, c'est cette matière protéiforme et qui semble ignorer l'entropie que Jean d'Ormesson entend

1. *Histoire du Juif errant*, t. I de la présente édition, p. 1349.
2. Propos recueillis par J. de Decker, « Une grande histoire d'O ».
3. Propos recueillis par G. Bosco, « D'Ormesson e la sua (poco) *Divina Commedia* ».

étreindre, si cette entreprise peut avoir un sens, puisque au lieu d'orienter elle déboussole, au lieu d'éclairer l'énigme elle l'épaissit, au lieu de rassurer elle égare sur des sables mouvants, et qu'il est vain de prétendre fixer une identité par essence migratrice et gazeuse. C'est finalement la notion même de réalité qui s'effiloche, ce qu'il est convenu d'appeler « la vie » se révélant un *nescio quid* évanescent, insaisissable, inconnaissable et mystificateur, miné de chausse-trapes, rongé de doutes, un festival d'anamorphoses enchanteresses ou terribles, où nous tâtonnons parmi les ombres d'une caverne de Platon aux dimensions de l'espace-temps. Comme au début d'*Histoire du Juif errant*, Borges vient à la rescousse, avec son rêveur qui se demande si quelqu'un (un dieu, qui sait ?) n'est pas en train de le rêver lui-même. Sourdement désagrégée par cet universel principe d'irréalité, la pseudo-solidité du donné — qui n'est d'ailleurs qu'un prêté — se démaille et s'amincit jusqu'à se faire pellicule superficielle flottant sur un élément inqualifiable, à la fois fuyant et têtu, qui nous interdit en tout cas d'y pousser des racines.

Dans cette fluidité généralisée, cette hémorragie continue qui en même temps le constitue et le dissout, l'être se cramponne avec la ferveur d'un désespoir qu'il s'agit à tout prix d'occulter — c'est puéril, bien entendu, mais en respirant l'haleine du gouffre, nous ne sommes plus que des enfants angoissés — à la bouée de sauvetage que lui offre la mémoire de certains lieux et de certains moments d'exception, parfaits, ne laissant plus rien à désirer, et dont l'évocation pleine de gratitude apparaît comme un rituel talismanique contre la mort. O a parcouru en tous sens le globe terraqué. Avec Marguerite Yourcenar, il a fait « le tour de la prison ». Il en connaît non seulement tous les sites les plus prestigieux, mais les recoins secrets. Le monde est sa maison. Et les litanies de noms nostalgiques qu'il égrène font remonter des images heureuses, des expériences inoubliables, de celles dont on se dit, comme l'adolescent Henri Beyle à Rolle en 1796, avant de franchir les Alpes avec Bonaparte, lorsqu'il entend le son des cloches planer sur le lac Léman : pour une telle minute, il vaut la peine d'avoir vécu. Pour O, on ne s'en étonnera pas, plus encore que les destinations lointaines qui l'ont pourtant souvent émerveillé, les bords du *mare nostrum* sont la source jamais tarie de l'émotion dans la beauté. Méditerranéen dans l'âme comme Fernand Braudel, parce que c'est là qu'est né et a éclos tout ce qui lui semble mériter qu'on y consacre sa vie, c'est en Grèce et en Italie qu'il a trouvé, sous la forme la plus essentielle, le bonheur du pur être-là : dans l'île de Symi[1] (déjà tendrement saluée dans une comptine d'*Au plaisir de Dieu*[2]), et en ces zones pour lui particulièrement érogènes du corps amoureux de l'Italie : Venise bien sûr, la ville *written on water*, mais

1. Dans le Dodécanèse, à une heure de navigation de Rhodes.
2. *Au plaisir de Dieu*, t. I de la présente édition, p. 824.

aussi les petites cités toscanes, et Ravello la haut perchée sur sa falaise amalfitaine, où Wagner retrouve Greta Garbo pour des amours clandestines. Ce qu'il y a d'unique en ces endroits bénis, c'est tantôt la réunion de quelques-unes des plus grandes réussites de l'art humain, tantôt l'idéale et harmonieuse fusion de la nature et de la culture, du paysage et des monuments, tantôt la nudité de la mer « allée avec le soleil » (Rimbaud), sans rien qui vienne parasiter la réverbération réciproque de leur vide métaphysique, plénitude du grand Rien rendue sensible dans l'euphorie de la peau et de l'être entier, au-delà ou en deçà de toute pensée, dans le divin *farniente* d'un ici et maintenant absolument comblé. Et dans des conditions de grand confort, il va de soi, ce qu'avec une charmante candeur, dans *Au revoir et merci*, Jean d'Ormesson appelle « la plus simple des vies de luxe[1] ». Comme dit l'ami Morand : « Il ne se passait rien, je n'espérais rien, je ne donnais rien, je recevais tout. Des millions d'années m'avaient attendu pour m'offrir ce cadeau suprême : une matinée sous une treille[2] ». Ou le Zurichois Gottfried Keller, qu'aurait pu citer le germaniste averti, dans son *Abendlied* : « *Trinkt, o Augen, was die Wimper hält / Von dem goldnen Überfluss der Welt*[3] *!* ». Ou encore, dans le poème peut-être le plus bref qui existe, et pourtant le plus vaste : « *M'illumino / d'immenso*[4] ».

En esprit, O revient sans cesse à ses lieux saints à lui, pour s'y ressourcer dans la confiance : tout n'est donc pas absurde, ni perdu. Comme Camus a eu Tipasa[5], O a eu Symi, et malgré l'effroyable pléthore dans ce monde de catastrophes, de malheurs, de violences et d'injustices, ce trésor intime ne lui sera pas enlevé. Mieux que quiconque, il sait qu'on lui reprochera d'être inconscient, égoïste, de s'aménager dans son coin un bonheur de privilégié. C'est vrai, répond-il, préférant l'ingénuité d'un aveu honnête aux contorsions de la mauvaise foi. O ne voit pas ce qu'il y a de criminel à jouir des dons du monde, même s'il sait fort bien qu'ils ne sont malheureusement pas (encore ?) à la portée de tous. Pas de scrupules ni d'excuses : mais, avec, il va de soi, le ferme propos de ne pas ajouter pour sa part la plus petite contribution à l'énorme fardeau des désastres collectifs, une disposition d'accueil à tout ce que la vie peut apporter de joie. Quand on se sent menacé d'être submergé par la grisaille existentielle, voire par l'ennui distingué d'un cocktail Gallimard, avoir la liberté de prendre la décapotable et, avec une aimée ou un ami, rouler toute la nuit pour se retrouver avec un *espresso* bien serré sur le quai de Portofino rosi par le soleil levant : il est des instants où la vie peut ressembler à l'idée qu'on

1. *Au revoir et merci*, t. I de la présente édition, p. 92.
2. Paul Morand, *Venises*, Gallimard, 1971, p. 27.
3. « Buvez, mes yeux, ce que vos paupières peuvent retenir de la profusion dorée du monde ! » (« Chant du soir »).
4. Giuseppe Ungaretti, « Mattina ».
5. Voir Albert Camus, « Noces à Tipasa », *Noces* ; *Œuvres complètes*, Bibl. de la Pléiade, t. I, p. 105-110, et « Retour à Tipasa », *L'Été* ; *Œuvres complètes*, t. III, p. 608-615.

s'en fait. Que le philosophe se divertisse à prouver, avec d'excellents arguments, que le présent n'existe pas ; il sait aussi qu'il n'y a que lui ; c'est lui qui, en des visitations où l'on peut reconnaître le visage profane de la Grâce (l'adjectif *profane* est d'ailleurs peut-être de trop), nous regonfle du désir de poursuivre le fil d'une histoire personnelle dont nous ne voulons pas savoir, parce que nous le savons trop bien, où et comment elle finira, mais dont nous ne pouvons pas renoncer à espérer qu'entre deux inévitables traversées du désert, elle nous ménagera avec mansuétude quelques haltes dans de merveilleuses oasis.

L'« Honneur des Hommes, Saint LANGAGE[1] » (Valéry), est évidemment au cœur des méditations d'O, qui forment la basse continue de sa chaotique chevauchée à travers les scénographies toujours mutantes et toujours identiques où se meuvent les hommes. Lui-même a été écrivain. Il l'est aussi outre-tombe : ses conversations torrentielles avec A n'ont d'autre but que d'aboutir à un livre, ce fameux « rapport » qui revient de façon lancinante[2] (il reparaîtra cinq ans plus tard dans *Le Rapport Gabriel*), et n'est autre que l'ouvrage que nous tenons dans nos mains. Le projet de l'écrire l'écrit déjà, ce « livre des livres », cette Bible dont le fantasme, de son propre aveu, aura toujours tracassé Jean d'Ormesson. On ne s'étonne pas que, dans le panorama des « vacations » humaines, pour parler comme Montaigne, et vu leur bilan mitigé, la littérature apparaisse comme l'une des traces les moins contestables et les plus honorables que peut laisser de son passage éphémère le seul animal qui sait qu'il doit mourir (mysticisme à part, Jean d'Ormesson est profondément pascalien). En multipliant à notre tour les références, nous pastichons le lettré qui feuillette son anthologie privative et truffe littéralement son propos de citations empruntées au *thesaurus* de la Bibliothèque de Babel et que malicieusement il se garde souvent d'attribuer[3], dans un jeu d'allusions et de devinettes qui sont autant de clins d'œil complices entre *happy few* : si l'on reconnaît *illico* Baudelaire, Hugo, Racine, Aragon, Chateaubriand, La Fontaine, Goethe, Apollinaire et bien d'autres sans qu'il soit nécessaire de les nommer (de même qu'au détour d'une phrase sont convoqués Alcibiade, Érostrate et Empédocle par la simple mention d'un chien, d'un temple et d'un volcan : *intelligenti pauca*), O dont la chair n'a pas été triste, mais qui en tout cas a lu tous les livres, abrite dans sa mémoire de mort tout frais d'innombrables échos, bruissant comme une forêt baudelairienne. Loin des auteurs consacrés du patrimoine mondial de l'UNESCO

1. Paul Valéry, « Charmes », *Œuvres*, Bibl. de la Pléiade, t. I, p. 136.
2. Voir, par exemple, p. 229, 240-242.
3. Nous n'avons relevé qu'un seul lapsus : l'épigraphe du troisième jour (« Eh bien, on s'en souviendra, de cette planète »), attribuée à Barbey d'Aurevilly (voir p. 506), est en réalité de Villiers de l'Isle-Adam — erreur rectifiée par ailleurs dans *Comme un chant d'espérance* (voir p. 1091). Elle figure sur la tombe de Leonardo Sciascia dans son cimetière sicilien de Racalmuto.

des lettres, visiblement pour lui la seule Internationale qui vaille, il arrache à l'oubli des poètes méconnus comme Maurras ou Anne-Marie Kegels, des moins connus comme Banville, Toulet, Henri de Régnier, voire qui gagnent à ne pas être connus, comme le calamiteux Louis Bouilhet, et chez les prosateurs des *minores* comme Maurice Bedel ou René Boylesve ; ou alors, chez un classique archi-panthéonisé, une stupéfiante pépite ignorée : ainsi ce « Le moment où je vous parle est déjà loin de moi » (déjà cité dans *Histoire du Juif errant*), où Boileau prouve qu'il a lu Bergson. Dans l'affolante perspective où le temps n'est pas envisagé comme un déroulement linéaire et sagittal, mais comme un écheveau de télescopages et de tête-à-queue où *l'avant* et *l'après* ne sont plus des notions pertinentes — O rêve d'écrire un best-seller intitulé *Histoire de l'avenir depuis les temps les plus reculés*[1] —, lorsqu'on lit par exemple dans les *Tableaux de voyage* de Heine :

> La vie est vraiment un trop agréable divertissement, et le monde si merveilleusement compliqué ; il est le rêve d'un dieu pris de vin, qui s'est éclipsé à l'anglaise du festin des dieux, et s'est couché sur une étoile solitaire, sans savoir qu'il crée tout ce dont il rêve… Les produits de ses songes sont tantôt bigarrés et extragavants, tantôt raisonnables et harmonieux… L'*Iliade*, Platon, la bataille de Marathon, Moïse, la *Vénus de Médicis*, la cathédrale de Strasbourg, la Révolution française, Hegel, les bateaux à vapeur, etc., sont quelques-unes des bonnes idées issues de ce rêve divin et créateur… Mais tout cela fera long feu ; un jour, le Dieu se réveillera, frottera ses yeux endormis, sourira… Et notre monde retournera au néant : il n'aura jamais existé[2].

on comprend qu'à l'évidence Heine avait lu Jean d'Ormesson.

Comme tous ses ouvrages, *La Douane de mer*, presque à chaque page, cache comme des œufs de Pâques des renvois, implicites ou non et pas toujours assortis de guillemets, à des textes aimés, que les membres de la famille sont invités à identifier, vérifiant ainsi qu'ils appartiennent à la même communauté. Et bien entendu, sur ce plan comme sur les autres, il s'agit de montrer que tout renvoie à tout, et que le furet de la littérature se joue des frontières, des langues et des époques. Le « Je meurs » initial, qui a l'air si simple, c'est aussi le *Ich sterbe* de Tchékhov dont ce furent les mots suprêmes, et Nathalie Sarraute qui les glosera dans *L'Usage de la parole*. La littérature universelle, en expansion alluviale ininterrompue, n'est qu'un palimpseste où l'écrivain, déposant sa couche de texte sur la somme des strates antérieures, d'improgrammables effets de mixage, de filigrane et de capillarité font que tous se retrouvent

1. Projet pris au mot par Jacques Attali (*Une brève histoire de l'avenir*, Fayard, 2006).
2. Heinrich Heine, *Idées. Le Livre du Tambour Le Grand, 1826* ; *Tableaux de voyage*, trad. Florence Baillet, Les Éditions du Cerf, 2000, p. 128.

peu ou prou en chacun et dans une sorte de contemporanéité intemporelle. L'immense *corpus* si disparate ne fait qu'un, ce prodigieux magma en fusion se reverse incessamment en lui-même, ce qui explique à la fois que Jean d'Ormesson se recycle perpétuellement (il reprend dans *La Douane de mer*, par exemple, les amours de cette « fripouille bien-aimée » de Chateaubriand avec Natalie de Noailles, déjà longuement évoquées dans *Histoire du Juif errant*), et qu'il trouve dans l'Histoire une potentialité infinie de romans virtuels — Schéhérazade étant son modèle avoué —, dont, par O interposé, il fournit de nombreux échantillons inventés, transposés ou vrais, qu'il s'agisse du *seppuku* d'un samouraï, du *sati* d'une veuve indienne, d'un Aztèque découvrant son premier Espagnol ou d'un héros de l'escadrille Normandie-Niémen[1], du marquis de Chamilly (héros d'une parfaite nouvelle à la Maupassant), de Musset et de George Sand : autant de scénarios possibles ou véridiques, qu'O bat comme des cartes tirées au hasard, dont chacune pourrait donner lieu à un développement romanesque. Félix Fénéon rédigeait des « nouvelles en trois lignes ». O écrit des romans en trois pages. Un double adultère bourgeois sur un bateau de croisière entre Marseille et Gênes, une paternité de treize ans au fin fond du Wyoming agricole, des cinq à sept lesbiens *alla bolognese*, un viol qui finit bien en Roumanie, des tribulations politiques en pays balte : partout et toujours le désir et ses magnifiques aberrations, l'Histoire avec ses absurdités grandioses, et leurs capricieuses arabesques dessinant la tapisserie de Pénélope qu'on appelle le temps. De sorte que lire Jean d'Ormesson, c'est lire beaucoup plus que Jean d'Ormesson, et non seulement les ouvrages qu'il a écrits, mais ceux, littéralement innombrables, qu'il aurait pu écrire. Et qu'en un sens il a écrits, comme ces *Mémoires d'outre-tombe*, dont *La Douane de mer* se plaît à emprunter l'illustre dernier mot pour le faire sien : « éternité ». Comme dans la liste des *dramatis personae* qui ouvre *Au revoir et merci*, Jean d'Ormesson se flatte volontiers d'avoir eu « par procuration » les mêmes maîtresses que son grand homme. Il lui vole aussi ses chefs-d'œuvre, avec un parfait naturel. Si tout est dans tout, tout est à tous.

Au terme de ce voyage au bout, non de la nuit, mais de ce *chiaroscuro* caravagesque dans lequel se débattent les hommes, on est un peu surpris qu'O se livre à une vigoureuse profession de foi de non-humanisme : « S'il y a un nom que j'exècre — et une distinction que je décline — c'est le nom d'humaniste ». Chez quelqu'un qui se réfère volontiers, implicitement ou non, à Malraux (l'art comme anti-destin et protestation d'un être fini malade d'infini), voyons là une certaine méfiance, ou plutôt une méfiance certaine, envers les grands mots solennels ou les beaux slogans un peu trop sonores, du genre : « Tenter de donner conscience aux

1. On reconnaît, dans les protagonistes imaginaires de ce micro-roman, le très réel capitaine Maurice de Seynes et son mécanicien Vladimir Belozub, que Staline ordonna d'inhumer dans le même tombeau.

hommes de la grandeur qu'ils ignorent en eux », pourtant repris en épigraphe dans *Histoire du Juif errant*, ou « Mort, où est ta victoire ? », que ne peut s'empêcher de citer O. Mais d'ordinaire, O, et à travers lui son jumeau putatif, ne se hausse pas du col et préfère se fixer une ambition plus modeste. Il n'oublie pas qu'à faire l'ange on fait la bête, et dans *Au revoir et merci* Jean d'Ormesson proposait « une formule révisée à l'usage des humanistes : l'homme est un goinfre chieur, buveur, pisseur, dormeur et baiseur, mais qui s'obstine à vouloir toujours autre chose[1] ». Le reste n'est que « balançoires ». Or, il y a indiscutablement grandeur, elle est dans cet effort perpétuellement entravé, mais on ne doit jamais minorer la dimension fatale de ces entraves, qui sont l'homme, aussi et d'abord, avec leur émouvante nécessité. En refusant de les nier, O ne croit pas, comme certains idéalistes à tous crins, que l'homme soit un dieu tombé qui se souvient des cieux ; l'homme n'est jamais tombé, il est peu à peu monté et aspire à monter encore, mais sans jamais répudier ou abdiquer tout ce qui le retient au sol. À travers les déclarations d'O, on déchiffre sans peine les articles essentiels du *credo* de Jean d'Ormesson : sur un grand fond de scepticisme souriant — il y a du bien parce qu'il y a du mal, à travers l'erreur travaille la vérité — et de refus de se torturer inutilement pour savoir où l'on va, puisqu'on ne le saura jamais et que, pour y aller, de toute façon, mieux vaut suivre un chemin aussi agréable que possible, il faut faire ce qu'on peut là où l'on est, accepter sans minauder ce qu'on a reçu, sans s'en faire accroire non plus avec toutes ces histoires d'âge d'or, en arrière ou en avant, usées jusqu'à la corde et mangées aux mythes (pour reprendre un calembour balzacien). Il y a sans doute progrès, mais problématique et nébuleux ; soyons donc patients, travaillons de notre mieux et surtout essayons de sauver ce qui peut l'être, transmettons l'héritage. Le chroniqueur mélancolique de la désintégration qu'est l'auteur d'*Au plaisir de Dieu* (nos *Buddenbrook* et nos *Forsyte* à nous) a toujours à l'esprit le sidérant passage de ses *Mémoires*[2] où Chateaubriand imagine Bossuet, après la mort des bibliothèques, croassé par le corbeau du dernier curé dans le monde en ruine. Et, pour descendre des hauteurs à la fois du clocher et de l'éloquence sacrée, mais dire la même chose, O déroule un désopilant apologue, digne de « La Dent d'or » de Fontenelle, sur un objet innommablement scatologique retrouvé dans trente mille ans par des archéologues qui, pour l'expliquer, rivaliseront des hypothèses les plus délirantes[3]. De quoi rabattre notre caquet et nous rappeler à l'ordre d'une

1. *Au revoir et merci*, t. *I* de la présente édition, p. 109.
2. Chateaubriand, *Mémoires d'outre-tombe*, livre VII, chap. 10, Bibl. de la Pléiade, t. I, p. 250.
3. Cet épisode burlesque (p. 443-450) a été inspiré par le texte « Report on Grand Central Terminal » de Leo Szilad, que Claude Lévi-Strauss avait communiqué à Jean d'Ormesson en 1973, ainsi qu'en atteste une lettre conservée dans le Fonds Lévi-Strauss à la B.N.F.

saine humilité. Ce que nous sommes et faisons est tellement peu de chose, tellement menacé ; un jour viendra où plus rien n'en sera compris. En attendant, avec nos petites pelles et nos petits seaux, bâtissons quand même nos châteaux de sable.

Le cheminement confus de la caravane humaine est balisé de phares dont il dépend de nous que la lumière dure le plus longtemps possible. Sans tomber dans le prêchi-prêcha, O nous exhorte à cultiver autant que nos moyens nous le permettent ce qui fait de nous autre chose qu'une simple « algue » — variation sur le roseau pensant —, ce que nous sommes pourtant aussi. Dans la modestie toute sartrienne (quoique *Les Mots* ne soient pas cités[1]) de se savoir « tout un homme, fait de tous les hommes et qui les vaut tous et que vaut n'importe qui ». C'est ce message qu'Â va rapporter aux improbables habitants d'Urql, qui en seront sans doute fort surpris. Mais, au fil de *La Douane de mer*, l'être impensable venu d'ailleurs s'est peu à peu humanisé. O a réussi à lui faire entrevoir la noblesse de la fragilité, l'émotion de cette « fête en larmes[2] » qu'est la vie transitoire ; il a compris qu'en héritant de ce que Cocteau appelle « l'ennui mortel de l'immortalité », il n'a peut-être pas reçu la meilleure part. « C'est une chose étrange à la fin que le monde[3] », déchirante et splendide — « épatante », dit Jean d'Ormesson d'un mot un peu suranné, qui lui ressemble. Bref, lui qui, dès l'âge de quarante et un ans, commençait à prendre congé (*Au revoir et merci*), et depuis n'a cessé de répéter la cérémonie des adieux, comme s'il était déjà parti ou s'apprêtait à partir, ainsi qu'en témoignent ses titres testamentaires, mais non crépusculaires (*Qu'ai-je donc fait ?*, 2008 ; *Un jour je m'en irai sans en avoir tout dit*, 2013 ; *Je dirai malgré tout que cette vie fut belle*, 2016), il ne cesse de nous encourager à dire *oui*. Un oui non pas *quoique*, mais *parce que*. Sans rien ignorer de ce qui indigne ou désespère. Il est des paris apparemment plus héroïques. En est-il de plus sages ? Au moment de ce départ si souvent anticipé, on pourra redire, avec reconnaissance, comme il l'avait déjà dit dans *Le Vagabond qui passe sous une ombrelle trouée* : « Tout est bien[4] ». Stendhal confiait dans les *Promenades dans Rome* que, après avoir vu l'Italie, il souhaitait boire l'eau du Léthé, tout oublier et recommencer le voyage. Jean d'Ormesson, quant à lui, ne voudrait pas revivre et pense que la pire des punitions serait d'être immortel. Mais si, contrairement à Stendhal, il est rassasié, comme lui il n'est pas un ingrat.

1. Ils l'ont été en épigraphe du *Vagabond qui passe sous une ombrelle trouée* et le seront de nouveau dans *C'était bien*.

2. Jean d'Ormesson affectionne cette expression, qu'il donnera pour titre à un ouvrage publié en 2005. Comme il l'expliquera dans *Voyez comme on danse*, il l'a empruntée à l'*Iliade* : Andromaque « riant en pleurs » avec son fils Astyanax quand Hector la quitte pour aller guerroyer (voir p. 667).

3. Vers d'Aragon donné en titre à un volume publié en 2010.

4. P. 57. En 2003, Jean d'Ormesson publiera *C'était bien*.

Accueil de la critique.

La critique a été quasi unanime à saluer *La Douane de mer*, mis à part un de ces éreintements en règle[1] dont un écrivain peut se féliciter, tant ils sont d'une incompréhension caricaturale : comparé à M. Jourdain, à Joseph Prudhomme (peut-être à cause du parapluie, qui joue un rôle considérable), Jean d'Ormesson y est accusé de « transformer ses romans en cours de civilisation pour étudiants de l'Alliance française » — on voudrait espérer que les cours de l'Alliance française sont tous de ce niveau ! —, de se noyer dans « une bouillabaisse de culture » (pourtant, on n'est pas à Marseille, mais à Venise), voire de vouloir faire croire, en omettant sciemment les guillemets, que l'« aboli bibelot d'inanité sonore » de Mallarmé est de lui… Il ne serait finalement qu'un « raseur de génie ». Serait-ce une bien involontaire allusion flatteuse à certain barbier bondissant forcément très proche de l'ancien directeur du *Figaro* ?

Justement. Ce à quoi, dans son ensemble, la presse a été sensible, c'est à la virtuosité d'une chorégraphie éblouissante, menée tambour battant avec un abattage qui évoque pour Jean-Louis Ezine les grandes heures du *musical* américain : « Jean d'Ormesson a le génie de paraître frivole pour se faire pardonner d'être un écrivain ambitieux. Il est si courtois que même l'ennui ne le fait pas bâiller. À chacun de ses romans, il voudrait faire oublier sa vocation à peine pensée de penseur des fins dernières, mais c'est plus fort que lui : à chacun de ses romans, Jean d'Ormesson refait le monde. Avec lui, c'est toujours comme en khâgne, monade et limonade, ou comment faire pétiller Leibniz sans avoir l'air d'en rien secouer. C'est le Fred Astaire de la phénoménologie[2]. »

Gageons que cette référence a ravi le futur auteur de *Voyez comme on danse* (2001), cinéphile assidu des petites salles obscures du Quartier latin. On sort de ce maëlstrom, de ce *zapping* comme le disent plusieurs critiques, dans un état d'« hébétude heureuse[3] ». Enchanté, mais fourbu, comme il est naturel après tant d'orbites dans le cosmos. Plusieurs lecteurs se posent la question de savoir si cette fable survitaminée n'est pas victime d'un excès de richesse. Pour Jacques Franck,

> on suit l'enchaînement des numéros avec amusement, mais un peu comme les amateurs de courses à Vincennes : les chevaux repassent parfois plusieurs fois devant les tribunes.

1. Jean-Baptiste Mauroux, « À tant étaler sa culture, Jean d'Ormesson n'est-il pas devenu un raseur de génie ? », *La Liberté* (Suisse), 5-6 février 1994.
2. Jean-Louis Ezine, « Le Douanier du gai savoir », *Le Nouvel Observateur*, 13 janvier 1994.
3. J. de Decker, « Une grande histoire d'O ».

Ces répétitions peuvent lasser, mais très vite l'intérêt rebondit[1].

Pour Annie Coppermann, *La Douane de mer* est à consommer avec modération :

> Peut-être, ici, s'est-il laissé un peu prendre au piège de son « O », pur esprit qui, n'ayant plus les pieds sur terre, ne s'est sans doute pas rendu compte qu'il en disait un peu trop pour les lourds humains que nous sommes. Mais personne ne nous oblige à ingérer d'un coup ce brillant cours de planétaire métaphysique[2].

Selon Françoise Xenakis, Jean d'Ormesson a trouvé le point d'équilibre : « un Jean d'Ormesson en état de grâce, plus malin, plus vif que jamais, sait toujours s'arrêter pour vous faire un clin d'œil juste avant que vous ne trouviez que la culture est lourde quand il y en a trop[3] ! ». Jean-Edern Hallier introduit une distinction : « Avec Jean d'Ormesson, il y a toujours cette réussite, qui est le propre des esprits distingués : ce n'est pas du cultureux, mais du cultivé. » En cela, il est admirablement français :

> … et pour le meilleur, avec ses qualités de sous-entendus et de litote. Si *La Douane de mer* vous paraît un peu longue, elle n'est pas faite pour être lue à la suite. C'est une méditation de chevet ; il faut feuilleter, et soudain lire quinze pages d'affilée. Alors, ça danse. Il y a la jolie jetée de jarret, l'entrechat, le fouetté, le pas de deux. Il sait être profond tout en restant charmant. Il est français au sens voltairien du terme : superficiel et profond[4].

La critique romaine Gabriella Bosco parle de « l'enthousiasme mêlé de perplexité » de ses collègues parisiens[5]. Il est vrai que l'évolution de Jean d'Ormesson a pu surprendre : entré dans les lettres « par la porte discrète du petit roman de bonne compagnie », il s'est ensuite fixé des objectifs beaucoup plus ambitieux qu'on ne s'y serait attendu ; et pour ce « marginal de luxe », la révision à la hausse de ses projets n'a pas été une toquade ; « il s'avéra qu'il s'obstinait dans la hauteur de vue[6] ».

Et il n'a pas eu tort, si l'on en croit Marc Lambron :

1. Jacques Franck, « Comment dire l'histoire de la Terre et des hommes », *La Libre Belgique*, 12-13 février 1994.
2. Annie Coppermann, « Le Livre de l'histoire du monde », *Les Échos*, 1er février 1994.
3. Françoise Xenakis, « Des histoires qui se ressemblent », *Page*, mars-avril 1994.
4. Jean-Edern Hallier, « La Leçon de philo de Jean d'Ormesson », *Paris Match*, 27 janvier 1994 ; *ibid.*, pour la citation suivante.
5. Elena Guicciardi, « L'Attila di Gallimard », *La Repubblica*, 18 janvier 1994.
6. J. de Decker, « Une grande histoire d'O ».

> Redouterait-il de se voir rappeler au Jugement dernier qu'il valsait chez Agnelli quand Michel Foucault écrivait *Les Mots et les Choses* ? Toujours est-il que M. d'Ormesson a brossé en 550 pages son Popol Vuh, son planétarium, son fleuve Alphée. En ajoutant à la gloire de l'empire celle du monde, il tient son pari : livrer précocement un testament pyrotechnique et gai. [...]
>
> Tout cela brassé, traversé, revisité par un agrégé en choses terrestres qui mettrait un peu de New Age dans les œuvres complètes de Georges Dumézil. Le ton, pour parler comme un Anglais du XVIIIe siècle, est légèrement *fudded* — enivré sans être soûl. [...]
>
> L'ensemble est d'une ambition rare, entre le grand roman d'ampleur latino-américaine et la cosmographie en forme d'autoportrait. Peut-être Jean d'Ormesson s'est-il souvenu de ces romans au fil du souffle qu'Aragon égrenait dans les années 60, quand il n'y avait plus rien à perdre puisque tout avait été gagné. Tout conspire à l'aider : il est de la dernière génération qui ait une familiarité giralducienne avec les mythes ; et puis *Le Figaro* assidûment pratiqué vaccine finalement contre les idées générales[1].

Il n'empêche : Jean d'Ormesson désoriente, ainsi qu'il apparaît avec éclat dans l'écart des références pour l'appréhender. Pour certains, c'est un « Peter Pan savant[2] », à l'inoxydable innocence ; pour d'autres, c'est le roi des Huns réincarné. Là où il passe, rien ne repousserait plus :

> Ce roman de tous les romans est aussi une idée de roman, un non-roman, la condamnation du roman au silence. D'Ormesson est l'Attila de chez Gallimard : il faut derrière lui la terre brûlée. Après cela, toutes les entreprises de narration traditionnelles paraîtront niaises, viscérales, pornographiques, idéologiques, polluées par je ne sais quelle crasse subjective. Romanciers, mes frères, flinguez-vous[3] !

Et pourquoi ? Parce que Jean d'Ormesson ruinerait ce qui fait le fonds de commerce du genre depuis toujours. Dans *La Douane de mer*, on ne trouve rien du bon vieux vocabulaire psychologique habituel :

1. Marc Lambron, « La Terre, sa vie, son œuvre », *Le Point*, 15 janvier 1994.
2. Christine Arnothy, « Le Vol plané », *Le Parisien*, 22 janvier 1994.
3. François Nourissier, « Jean d'Ormesson : big bang romanesque », *Le Figaro magazine*, 15 janvier 1994 ; *ibid.*, pour la citation suivante (l'article est reproduit plus loin dans la section « Documents », p. 1484).

> Les mots les plus employés par Jean d'Ormesson dans son roman sont : le tout, le rien, la vie, la mort, l'espace, le temps, l'histoire, le monde, le sens, la pensée, l'infini, etc. On se croirait dans un paysage de Tanguy ou, mieux, de Giorgio De Chirico : l'auteur invente le roman métaphysique. Mais il ne le traite pas à la façon péremptoire et solennelle que le surréalisme, par exemple, eût préconisée, mais avec une sorte de familiarité rieuse, rapide, désolée, apprise plutôt chez Voltaire. De sorte que *La Douane de mer* tient à la fois du dialogue (ou du conte) philosophique, de la BD, du roman unanimiste-simultanéiste-et-universel, de la prouesse normalienne et de la *Confession d'un enfant du siècle*.

Et Jean-Marie Rouart de confirmer : Jean d'Ormesson est un « terroriste du roman » :

> [...] le but de ce pétroleur est de déconstruire le roman, le dynamiser en le dynamitant, le subvertir afin de le plier à ses obsessions. Le charme de cette explosion, c'est qu'elle reste de la littérature. De la meilleure, de la vraie, qui toujours se moque de la littérature[1].

En fait, observe Chantal Liaroutzos, d'emblée Jean d'Ormesson liquide le roman :

> Admettons que l'intrigue de la très grande majorité des romans consiste à différer le plus longtemps possible la réponse à ces deux interrogations fondamentales : le héros mourra-t-il (de quelle manière ?), et/ou le héros fera-t-il l'amour (avec qui ?). Dans le dernier roman de Jean d'Ormesson, on peut dire que la question ne se pose pas[2].

Mais, comme le relève finement Jean-Marie Planes[3], s'il recourt à des techniques littéraires contemporaines (collages, intertextualité, amuissement des personnages, dilution du « diégétique », etc.), voire, pourrait-on ajouter, à des procédés cinématographiques comme le *split screen*, c'est non pas pour rompre avec l'héritage du passé, en faire table rase, c'est pour le récupérer « avec astuce et culot » au profit de la tradition culturelle. Le contraire en somme de Chénier : sur des pensers antiques faire des vers nouveaux.

Reste qu'on peut diverger sur la portée réelle de la tentative. Dans une lecture aigre et sans aucune empathie, Josyane Savigneau

1. Jean-Marie Rouart, « Subversif », *Le Figaro littéraire*, 14 janvier 1994.
2. Chantal Liaroutzos, « Une encyclopédie romanesque », *Le Magazine littéraire*, février 1994.
3. Jean-Marie Planes, « Jean d'Ormesson. L'Histoire et O », *Sud-Ouest*, 30 janvier 1994.

veut n'y voir qu'un symptôme d'époque, la nôtre, « celle du "tout est dans tout et réciproquement", "rien n'a de sens, donc je vais vous dire l'univers, du big bang à mercredi en huit", celle des gourous qui parlent si bien à une foule de crédules ayant perdu l'usage du langage ». En ce sens, plus qu'un roman, plus qu'un spectacle, *La Douane de mer* serait « le catéchisme de la fin du millénaire. Succès garanti ». On n'est guère convaincu par cette interprétation décourageante qui tire déjà Jean d'Ormesson du côté de Michel Houellebecq (dont le premier roman, *Extension du domaine de la lutte*, paraîtra quelques mois plus tard), et il semble plus pertinent, et surtout plus fécond, d'imaginer avec Christine Arnothy les étudiants du futur se penchant sur les écrits du surdoué et, devant cette bizarre orchidée éclose d'un terreau millénaire pour réjouir des Esseintes, se demandant « s'il avait été un créateur ou une créature surgie de la culture de notre Occident ». Puisque, à la fois metteur en scène et comédien, il entre lui-même dans la distribution du grand *show*.

Si (presque) tout le monde salue le raffinement du jeu, certains résistent à son charme, qu'ils jugent évanescent. Ainsi Bertrand Leclair :

> Un ongle manucuré glissant sur une table de marbre : le geste est joli, mais la trace est infime et fugitive. Jean d'Ormesson, dans son dernier roman, *La Douane de mer*, veut expliquer le monde, ambition louable en ces temps d'initiation. Il récuse la petite intrigue pantouflarde, tue son héros [...] La langue est élégante, l'ironie légère, cela va vite, beaucoup de noms sont cités, ça tourne au jeu de piste [...], mais l'auteur, exquis, nous rattrape toujours au bord du puits de notre béante inculture. [...] quand vous refermez le livre, une fine buée, subtile et délicate, dérive sur le marbre. Il vous reste trente secondes pour crier au génie. Car la buée, hélas, est éphémère[1].

On laissera le dernier mot à Pol Vandromme, dans son appréciation aussi clairvoyante qu'équitable :

> Cette réussite est affaire de ton et de style, donc, exemplairement, une réussite littéraire. Un savoir encyclopédique au départ ; à la fin, un gai savoir qui, à l'inverse de celui des essayistes appliqués à la synthèse, s'ingénie à disperser ce qui avait été rassemblé dans les manuels, à jeter le trouble, à donner le tournis, exciter le caprice, stimuler la cabriole. (Le conseil de Baudelaire : il faut toujours être ivre, est ici appliqué à la lettre). Un art d'écrire avec naturel

1. Bertrand Leclair, « Auteurs reconnus cherchent renouveau, désespérément », *Infomatin*, 7 février 1994.

sur des sujets qui se prêtent d'habitude aux embarras pédantesques, en sorte que cette prose qui coule de source, familière et ingénieuse, épouse le rythme allègre du plus entraînant des récits.

Jamais, dans la littérature contemporaine, un agrégé de philosophie (Jean d'Ormesson avait eu la politesse de faire oublier son titre universitaire) n'était parvenu à mettre aussi bien une intelligence rusée en accord avec des mots vifs. Le monde ainsi se célèbre comme il doit l'être quand il veut l'être convenablement : avec une ferveur qui se soumet sans cesse à l'épreuve de l'ironie, avec une foi qui est une longue suite d'objections contre elle. Jean d'Ormesson laisse au préceptorat l'illusion de croire que l'univers s'explique. Là où il se trouve, à l'avant-garde, loin des schémas répertoriés, en euphorique finaud, la philosophie est une sagesse romanesque et le roman lui-même une forme nouvelle de liberté, bravoure de virtuose[1].

DOCUMENTS

PRIÈRE D'INSÉRER DE L'ÉDITION ORIGINALE

(Éditions Gallimard, 1994)

L'auteur meurt à la première ligne. Au moment où il survole, avec un sentiment de mélancolie dû à sa situation, la Douane de mer à Venise, il tombe sur un esprit venu d'Urql, dans une lointaine galaxie, pour étudier l'univers.

L'esprit surgi d'ailleurs s'appelle A. Il considère avec stupeur une planète dont il ne sait rien et qu'il a du mal à comprendre. Le défunt s'appelle O. Avant de quitter à jamais pour une destination inconnue les bonheurs et les plaisirs de notre vallée de larmes, O va présenter le monde à son nouvel ami.

Trois jours durant, à l'usage des gens d'Urql qui ont le malheur d'ignorer que nous sommes le centre de tout, A et O, aile contre aile, parcourent l'espace et le temps et rédigent un rapport sur la Terre et les hommes.

1. Pol Vandromme, « Le Chef-d'œuvre de d'Ormesson », *Le Courrier de Gand*, 11 février 1994.

Réception.

FRANÇOIS NOURISSIER

« JEAN D'ORMESSON : BIG BANG ROMANESQUE »

« Le Figaro magazine », 15 janvier 1994

On peut se demander ce que devient, à la mort d'un homme, cette somme — à la fois énorme et dérisoire — de savoir, d'émotions, d'informations, de souvenirs accumulés une vie durant. Le monde n'existe que dans la mémoire des hommes, et dans celle des livres, mais c'est la même chose. De sorte qu'un peu du monde disparaît chaque fois que meurt un homme. Pour partie, le relais de la connaissance est assuré ; pour partie, par suite d'une déperdition irrémédiable, elle tombe au néant. C'est, sous une autre forme, la vieille question du reflet dans le miroir : l'image existe-t-elle quand nul œil n'est là pour l'enregistrer ? La réalité du monde existe-t-elle si plus aucune mémoire n'est là pour la contenir, l'affirmer, au besoin la *raconter* ?

C'est à une curiosité et à une angoisse de cet ordre — fixer, résumer, archiver le monde — qu'obéit, semble-t-il, le roman de Jean d'Ormesson intitulé *La Douane de mer.* Titre énigmatique, fortuit, et qui correspond davantage à un caprice sentimental de l'auteur qu'à l'intention d'éclairer le contenu du livre. Loin de moi l'intention de lui en souffler d'autres, mais je vais citer quelques-uns de ceux que je pourrais donner à cette chronique, titres qui, ma foi, auraient convenu aussi au roman. Lesquels ? « Le Monde, mode d'emploi » ; « Comment peut-on être humain ? » ; « Visite de l'Atlantide » ; « Notre Pic de la Mirandole » ; « Brève histoire de l'infini » ; « Fable de l'ineffable » ; « Histoire de l'histoire » ; « À la recherche du temps perdu » ; « Le Tour du monde en trois jours »...

On le devine, ces emprunts approximatifs à Proust, Perec, Pierre Benoit, Montesquieu, Jules Verne, Jean Duché et à l'auteur lui-même sont destinés à *donner l'échelle.* Les mots les plus employés par Jean d'Ormesson dans son roman sont : le tout, le rien, la vie, la mort, l'espace, le temps, l'histoire, le monde, le sens, la pensée, l'infini, etc. On se croirait dans un paysage de Tanguy ou, mieux, de Giorgio De Chirico : l'auteur invente le roman métaphysique. Mais il ne le traite pas à la façon péremptoire et solennelle que le surréalisme, par exemple, eût préconisée, mais avec une sorte de familiarité rieuse, rapide, désolée, apprise plutôt chez Voltaire. De sorte que *La Douane de mer* tient à la fois du dialogue (ou du conte) philosophique, de la BD, du roman unanimiste-simultanéiste-et-universel, de la prouesse normalienne et de la *Confession d'un enfant du siècle.* Car il y a beaucoup de nostalgie, de doux regrets, de sagesse crépusculaire dans cet éblouissant morceau de bravoure. Le narrateur de *La Douane de mer*, baptisé O, meurt à la première ligne. À peine trépassé, il croise dans le ciel de Venise un Persan

— pardon : un pur esprit — nommé A, venu de la lointaine planète d'Urql étudier notre univers.

O et A font bientôt affaire : l'un aidera l'autre, pendant trois jours, à établir un « rapport » sur notre monde, qui ne le contiendra pas tout entier, mais laissera un témoignage utile aux autres galaxies et aux prochains millénaires, quand nous serons redevenus poussière d'astre. On n'est pas plus ambitieux sur le fond, ni plus accessible dans la forme : l'auteur écrit la langue la plus limpide, brève, didactique. Style rebelle à l'académisme, simplifié à l'extrême. Je crois n'avoir buté que sur deux imparfaits du subjonctif : pages [393] et [543]. C'est à cette discipline que l'auteur doit de pouvoir, sans dérouter le lecteur, passer du plus quotidien au plus abstrait : « Je ne crois qu'à l'anecdote et à la métaphysique. »

De fait, deux manières : le tourbillon universel, l'énorme prolifération du vécu, et les *exemples*. Dans le tourbillon — sa passion — Jean d'Ormesson s'abandonne à une sorte d'ébriété encyclopédique, au balancement des paradoxes, au pouvoir ludique et incantatoire de la liste, de l'énumération, de la série. C'est du rase-mottes sur l'espace-temps dans un avion supersonique. Puis, soudain, l'auteur s'arrête. Il plonge un trépan romanesque dans le tuf du monde et en extrait ce que les géologues nomment des *carottes*, qui sont autant de haltes, d'échantillons, d'illustrations : ritournelles familières ou hauts faits intimidants. La bataille de Verdun, l'histoire du calendrier, un fait divers en Amérique, la rivalité Mollé / Chateaubriand, un viol qui tourne à la comédie, le siège d'une ville imaginaire, le sacrifice d'un pilote de Normandie-Niémen, etc. Le roman, comme un gigantesque entonnoir, se doit de tout absorber, tout fixer, tout faire concourir à la morale et à la métaphysique de l'auteur, qui sont optimistes, érudites, voyageuses, élégiaques, désespérées. Le monde est absurde et inexplicable, mais il est merveilleux.

Comme le remarquait Mme Yourcenar : ce n'est pas drôle d'être prisonnier sur la terre, encore faut-il avoir tenté au moins le tour de sa prison. Et voilà un autre titre fort convenable : « Le Tour de la prison », tour que facilite évidemment le romancier en faisant de ses deux interlocuteurs des esprits, des passe-muraille et, si j'ose dire, des « passe-temps ».

Si nous revenons à ces « peintures métaphysiques » de De Chirico que nous évoquions ci-dessus, nous remarquerons qu'elles présentent toujours des perspectives vides, des arcades désertes, des statues ou chevaux figés par quelque cataclysme. D'où vient que le roman de Jean d'Ormesson les évoque, qui est pourtant voué au grouillement, à la profusion, au foisonnement ? Il y a là un mystère. Le pullulement des personnages n'empêche pas le roman d'être abstrait (comme il y a eu un art *abstrait*), une épure, une composition, le fruit d'une réflexion. Et pourtant quelle foule ! Que de sang, de sueur et de larmes ! Les familiers de l'auteur se nomment Alaric et Mme Récamier, Kant et le connétable de Bourbon (sac de Rome,

1527), Platon et P.-J. Toulet, Confucius et Benvenuto Cellini, Darwin et Ava Gardner, Jésus et George Sand… (Me voilà en train de céder au péché mignon du romancier…) Les autres personnages, les obscurs, les sans-grade, sont enrôlés au service de l'histoire du monde telle que la jalonnent les héros, les amants légendaires, les penseurs géants, les conquérants mythiques. Ce chant d'amour pour la terre des hommes nous propose une intuition de ce qui échappe peut-être à toute démonstration : que la totalité absorbe et dérobe les détails. Que la totalité dévore le réalisme, et peut-être la réalité. Même de Marie, l'amoureuse du narrateur, entre les bras de qui il est mort à la Douane de mer, nous ne connaîtrons guère que les cheveux noirs, les yeux bleus et la liberté avec laquelle elle accepte de marcher sous le parapluie d'un inconnu. Rien ne se passe comme « dans les romans ».

Ce roman de tous les romans est aussi une idée de roman, un non-roman, la condamnation du roman au silence. D'Ormesson est l'Attila de chez Gallimard : il faut derrière lui la terre brûlée. Après cela, toutes les entreprises de narration traditionnelles paraîtront niaises, viscérales, pornographiques, idéologiques, polluées par je ne sais quelle crasse subjective. Romanciers, mes frères, flinguez-vous !

L'intention était d'écrire un livre qui soit à la pratique romanesque ordinaire ce que le big bang est à l'histoire du monde : une origine qui donne peut-être la prescience juste de ce que sera la fin. Roman à l'état naissant et/ou roman ultime : en tout cas, une lecture extraordinairement stimulante. Jean d'Ormesson est parvenu à écrire à la fois pour le lecteur lambda, qui s'amusera beaucoup, pour le savant, qui jubilera, et pour le confrère ou professeur, qui se pencheront sur cette *Douane de mer* en se demandant : « Mais comment est-ce fait ?… »

ENTRETIEN DE JEAN D'ORMESSON AVEC PASCALE FREY

« Lire », janvier 1994

— *Vous mourez à la première page de votre livre. Est-ce que vous vous envolez vers le paradis ou vers l'enfer ?*

— Je ne le sais pas encore, mais je ne crois pas beaucoup à l'enfer. Une des clés de ce livre, c'est que nous ne savons pas. Tout ce que nous faisons dans la vie, notre conversation d'aujourd'hui, les romans que j'ai écrits, sert à dissimuler notre ignorance. Dans quelques années, une quarantaine de saisons peut-être, ce sera fini pour moi. Et je ne sais pas où j'irai. Je pense que nous mourrons tous. Et encore, comment le savons-nous ? Pas de la même façon que deux et deux font quatre. Nous le savons, mais nous ne le croyons pas tellement. Nous le savons comme nous savons que le soleil se lèvera demain, parce qu'il s'est toujours levé. Peut-être y a-t-il un enfer, peut-être n'y en a-t-il pas. Peut-être y a-t-il quelque chose que nous ne pouvons pas nommer, et peut-être n'y a-t-il rien du tout.

— *Dans votre précédent roman, « Histoire du Juif errant », vous racontiez l'histoire d'un immortel. Aujourd'hui, votre héros est un mort.*

— La vie, la mort, c'est la même chose. Ce sont deux faces d'une même réalité. Nous vivons pour mourir, nous mourons parce que nous vivons. Il n'y a de mort évidemment que parce qu'il y a une vie. L'une et l'autre sont liées au temps dans lequel nous sommes plongés. Nous sommes heureux dans le temps, nous souffrons dans le temps et la mort est notre dernier lien avec le temps : nous le délions en mourant. Il n'existe probablement pas d'autre problème philosophique que le temps. La science actuelle peut permettre de penser que le temps a été créé dans la singularité du big bang. Ou qu'il a surgi avec lui. J'ai eu la chance d'en parler avec le prix Nobel de physique, Georges Charpak. Pour lui, le big bang, qui n'est pour beaucoup qu'une hypothèse parmi d'autres, est acquis. La biologie, l'astrophysique, l'histoire de la matière puis de la vie sont tellement extraordinaires que j'ai eu envie de faire un livre là-dessus. Je trouvais cela plus intéressant que M. Untel rencontre Mme Unetelle, ils s'aiment, elle le trompe, ce qui est tout de même un petit peu lassant. Pourquoi écrit-on ? On écrit parce que quelque chose explose en vous. Et c'est pourquoi, souvent, vous commencez un livre à la suite d'un choc sentimental. La littérature est proche de la psychanalyse, de la confession, du cri et, malgré Valéry qui pensait le contraire, de l'enthousiasme… J'ai ressenti quelque chose qui n'était pas si loin d'une passion amoureuse avec cette idée du big bang.

— *Vous faites débuter votre roman à Venise, à « La Douane de mer », comme dans « Histoire du Juif errant ». Décidément !*

— J'aurais pu mourir n'importe où. C'est d'ailleurs une chose à laquelle je vous conseille de ne pas trop penser. Quand vous sortirez de cette maison, vous serez un tout petit peu plus proche de votre mort qu'en y entrant. Et le monde, n'en doutez pas, sera un tout petit peu plus proche de sa fin. J'aurais pu mourir — je mourrai — à Maubeuge, à Paris ou ailleurs. Mais je pensais que ce serait bien de mourir à la Douane de mer, qui est le centre de Venise. C'est là qu'accostaient les bateaux venus d'Orient, là que sont arrivés tous les chefs-d'œuvre de Constantinople — les quatre chevaux de Saint-Marc, par exemple —, là où Orient et Occident se rencontrent. C'est là aussi que le Juif errant s'asseyait et racontait ses histoires. Je meurs à la Douane de mer, un joli endroit, et sans trop de souffrances, vite, ce qui est une sorte de fantasme. Et je présente le monde à un esprit venu d'Urql et qui en ignore tout. Une fois que vous avez pensé à ça, le livre est fait.

— *Ce roman est l'histoire d'une rencontre entre un être humain et un pur esprit venu d'une planète lointaine. Mais est-ce aussi une histoire d'amour ?*

— Effectivement, je meurs vite et je rencontre un esprit. Dans *La Douane de mer*, tout est vrai, sauf l'esprit venu d'ailleurs. Ce livre commence comme un roman de science-fiction. Mais dès la deuxième page, on comprend que l'on va étudier notre monde comme si on ne le connaissait pas du tout. L'idée m'a enchanté. Je ne suis pas le premier à avoir inventé ça — les *Lettres persanes* emploient le même procédé à l'égard de la France expliquée à Rica et Usbek —, mais j'ai essayé d'élargir la perspective. Et pour visiter ce monde, il a un guide, le narrateur. Ce livre est une espèce d'autobiographie. Et finalement, on peut dire aussi que c'est un roman d'amour. C'est l'histoire d'un monsieur qui a rencontré une dame !

— *Et si vous nous organisiez une visite guidée…*

— Il y a d'abord les choses immenses qu'il faut expliquer, comme le temps, l'espace, la vie. Il existe au moins trois épisodes essentiels dans notre histoire : le big bang, survenu il y a quinze milliards d'années, où quelque chose sort de rien ; le deuxième événement remonte à quatre milliards d'années, lorsque de la matière sort la vie ; le troisième enfin, vieux de trois millions d'années, provoque la naissance d'un homme, et donc de l'espérance, de l'amour, de la mémoire. Ensuite, j'expliquerai les toutes petites choses : le vin, le café, s'asseoir à une terrasse, se baigner dans la mer, le ski, les steaks pommes frites. Enfin, je dirai qu'entre ces choses immenses et les petites, il y a Chateaubriand, la religion, la science, l'art. Nous vivons tous un roman policier, dont le suspense est autrement grave que de savoir qui a tué qui. Nous devons trouver d'où nous venons et où nous allons. En même temps, nous camouflons cette question, car nous savons que nous ne la résoudrons pas. Je pense que j'accepte très bien ma mort. En un sens je m'en réjouis, car je suis curieux de savoir ce qui va se passer. Si l'on me donnait à choisir entre vivre éternellement et mourir avec une seule chance de savoir ce qui se passera après, je choisirais la mort. Je crois que notre existence est métaphysique, que le seul intérêt de notre vie est de comprendre à quoi elle sert. Je pense qu'aimer la vie, c'est accepter la mort.

— *Dans votre roman le narrateur, qui vous ressemble, affirme qu'il a aimé à la folie son passage sur cette terre.*

— J'ai peu de regrets, peu de remords, aucune rancune. Je crois qu'il n'y a personne que je déteste. C'est un sentiment délicieux. C'est très fatigant de détester. Je ne suis pas un activiste, pas un militant. Il y a des gens, évidemment, que j'aime mieux que d'autres ! Je crois que je peux le dire maintenant, parce qu'on me l'a tellement reproché : j'aime la vie légère. Et je crois qu'une certaine légèreté demande plus d'efforts que la pesanteur, les leçons de morale, la gravité, l'ennui qui s'en dégage. La légèreté est associée à la superficialité et à l'éparpillement, qui m'ont toujours menacé. Mais elle est liée aussi à une certaine grâce, au charme, au plaisir. Il y a une dignité devant le temps qui passe et qui s'évanouit et elle peut prendre l'allure d'une acceptation désinvolte. Je ne suis pas sûr qu'une fois mort, j'aurais envie de revenir sur cette terre.

Mais si je revenais, je referais la même chose. J'accorderais cependant une place plus grande à deux choses : au plaisir justement. Puisque je l'aime, allons-y ! Et à la littérature. Je m'en veux parfois de ne pas avoir renoncé à tout ce que j'ai fait ici ou là — à l'UNESCO ou dans le journalisme que j'ai beaucoup aimés — pour camoufler l'essentiel. Mais après tout, les passions de la vie, des plus hautes aux plus basses, comme l'argent par exemple, font partie de la vie.

— *Au fil de votre œuvre, on retrouve des thèmes récurrents comme la religion, la mort, l'amour. Ce n'est pas très nouveau ?*

— Ce sont les trois seules choses réellement importantes. Elles ne sont pas nouvelles : elles sont éternelles. Je crois qu'il faut tenir à la fois à la légèreté de la vie et à sa profondeur. La religion existera toujours, sous une forme ou sous une autre. L'homme s'interrogera toujours sur ce qu'il fait. Il y aura toujours une énigme, donc il y aura toujours des questions. Quant à l'amour, les hommes ne cessent de le réinventer. Dans le plaisir, dans la souffrance, dans la solitude. J'ai essayé, dans *La Douane de mer*, de faire quelque chose de nouveau, car on parle toujours de la crise de la littérature. Ce n'est pas pour rien qu'il y a eu le surréalisme, le nouveau roman. On ne peut pas éternellement réécrire, en moins bien, Maupassant, Flaubert, Proust.

— *Après avoir parlé de Dieu, du Juif errant, vous affirmez avoir écrit, avec « La Douane de mer », une biographie de l'éternel. Vous n'y allez pas de main morte !*

— J'avais publié de petits livres, *L'amour est un plaisir*, *Au revoir et merci*. Et j'ai accompli un dernier effort. Après sept romans, je restais complètement inconnu. J'en ai tenté un dernier, pour réunir les deux mondes dans lesquels je vivais, l'UNESCO et la littérature. Et ce fut *La Gloire de l'Empire*, suivi de *Dieu, sa vie, son œuvre*, qui remportèrent immédiatement un gros succès. C'est à ce moment que j'ai commencé à m'intéresser à cette biographie de l'éternel.

— *« Écrire vous accable », dites-vous volontiers. Vraiment ?*

— On a souvent envie de cesser d'écrire : on se demande si ça en vaut la peine et si on est capable. Si on a l'audace d'ajouter quelque chose aux milliers de livres publiés, c'est parce qu'un espoir fou vous anime : que ce soit le dernier livre, le livre absolu. Écrire est difficile, parce qu'on est toujours dépassé par son livre. On ne sait pas l'accueil qu'il va avoir. Je vois très bien les articles que l'on pourrait rédiger sur mon dernier roman : « M. d'Ormesson se met à penser. Il a tort. » Ou : « Non seulement, c'est médiocre, comme avant, mais cela devient emmerdant ! » Je suis pris dans une contradiction. Je n'ai qu'une envie, écrire. Et en même temps, la plume me tombe des mains : pourquoi ajouter quelque chose à Flaubert, à Aragon, à Valéry ? Je ferais mieux d'aller au cinéma ou me promener.

— *Vous croyez vraiment que les mots renouvellent et constituent le monde ?*

— Cela est très frappant dans la Genèse : Dieu dit que la lumière soit, et la lumière fut. Et dans le Nouveau Testament, « Au début était le verbe ». C'est le langage qui crée l'homme. On vit dans un code permanent. La littérature, la ville, la machine à laver, l'automobile, le voyage, la banque, la religion, l'art sont des codes. Sans code, vous mourez de faim. Les marginaux sont des gens qui essaient de refuser le code, mais ils le paient cher. Il faut cependant alléger ce code. Moi, j'ai tenté de le faire, en gagnant de quoi vivre pour être indépendant. Peut-être ne me suis-je pas arrêté assez tôt. Après *La Gloire de l'Empire*, je me suis dit : je lâche tout. Et puis j'ai eu peur. Après *Au plaisir de Dieu*, je me suis dit : je lâche tout. Et je n'ai pas osé. Je ne l'ai fait qu'il y a un an. Aujourd'hui, je suis écrivain, mais j'ai perdu du temps à cause du code. J'aurais pu écrire beaucoup d'autres romans.

— *S'il n'y a rien de pis pour un homme que de ne croire en rien, en quoi croyez-vous ?*

— Je suis plutôt un esprit sceptique, très tolérant, toujours sûr que les autres ont plus raison que moi, mais je crois pourtant à un tout petit nombre de choses : je crois qu'il y a un plan de l'Univers. Je ne crois pas que l'Univers se développe au hasard. Je crois qu'il y a quelqu'un ou quelque chose. Je crois d'abord qu'il y a un mystère, un problème, et que s'il n'y avait pas de problème, nous ne serions pas là. Je crois qu'il y a quelque chose à savoir. Je crois en Dieu, parce que j'espère qu'il y en a un pour que la vie de ceux qui souffrent ne soit pas perdue à jamais. J'y crois mal, bien entendu, parce que les hommes ne peuvent rien savoir de Lui. Les hommes ne peuvent pas regarder plus haut que les autres hommes — et ils ne cessent pourtant d'essayer. Je crois que les hommes sont égaux en dignité, et que c'est le hasard qui met une différence entre eux. Et je crois qu'il faut trouver un moyen de s'élever. Tout le problème est de s'élever, de se distinguer, sans se séparer des autres hommes. Je pense que l'on peut s'élever grâce à la générosité, la charité, le dépouillement. On ne s'élève pas en s'enrichissant, mais en s'appauvrissant.

— *Dans ce cas, quel échec que votre vie !*

— J'ai effectivement beaucoup apprécié l'argent, les voyages, les voitures. Aujourd'hui, j'y tiens beaucoup moins. Et je sais surtout que tout cela n'a aucune importance. De là à tout abandonner, c'est peut-être trop me demander, mais je renonce volontiers aux honneurs. À vingt ans, j'étais si bête que je travaillais. J'ai eu un bon moment entre trente et cinquante ans. J'avais compris que le plaisir était plus important que le travail. C'est là que je n'ai pas écrit les quarante livres que j'aurais pu écrire ! Maintenant, je suis en train de quitter le plein âge de l'homme. Il est peut-être temps d'envisager à faire retraite, de penser à Dieu pour qu'il pense à moi. Il faut se dire que les épreuves font partie de la vie, que la mort, c'est bien, que les échecs vous apprennent quelque chose. Moi, je crois qu'il y a un sens au monde, un sens à la vie.

Il faut dire oui, mais en passant par le non. La victoire du Christ passe par la mort. Cette idée est géniale.

— *Pour en revenir à des choses plus prosaïques, comment vit-on et explique-t-on un succès comme le vôtre ?*

— Le succès, on le traite comme la Légion d'honneur. On ne le recherche pas, on ne le refuse pas, et on ne s'en occupe pas. Je ne veux pas me présenter comme un petit saint. J'ai cherché le succès, bien sûr, la célébrité. J'ai aimé la télévision, la radio, la publicité. La recherche du succès est un désastre pour les écrivains, mais l'amorce du succès constitue un ressort. Il faut se détacher du succès, et je crois qu'il ne faut même pas se dire que l'on écrit pour un public. Si vous me donnez le choix entre deux cents lecteurs dans cent ans, ou deux cent mille aujourd'hui, je choisis les deux cents dans cent ans. Mais je suis si modeste que je pense qu'il vaut peut-être mieux compter sur aujourd'hui que sur demain ! Je pense avoir remporté du succès car, à plusieurs reprises, et c'est une chance, j'ai précédé dans mes livres un mouvement qui était en train de se faire. *Au plaisir de Dieu* présentait un thème à contre-courant, célébrant la famille, détruite par Mai 68. Avec *La Gloire de l'Empire*, j'ai imaginé un genre aujourd'hui répandu, l'histoire-fiction. *La Douane de mer* risque de plaire à des gens qui se posent des questions métaphysiques.

— *Vous mourez donc à « La Douane de mer ». Et si vous pouviez vous réincarner ?*

— J'aimerais mieux ne pas me réincarner. Dieu sait que j'ai aimé la vie, mais je trouve que ça va bien comme ça. Je ne voudrais pas en tout cas me réincarner en ministre, en directeur de banque… Mais, après tout, pourquoi pas en aventurier, en corsaire ou en Marco Polo ? Partir de Venise pour la Chine, revenir, et mourir à la Douane de mer, honoré par la Sérénissime, couvert de bijoux.

— *Vous ne renoncerez donc jamais au succès…*

— On est indécrottable !

ENTRETIEN DE JEAN D'ORMESSON AVEC JEAN-MARIE PLANES

« Gironde magazine », printemps 1994

— *La dernière fois que nous avons parlé ensemble (il s'agissait de votre roman précédent, « Histoire du Juif errant »), vous m'aviez dit : « J'ai voulu faire un roman de la totalité. » « La Douane de mer » est également un très gros livre. Que mettez-vous derrière ce concept : roman de la totalité ?*

— Je suis peut-être devenu un peu mégalomane, un peu paranoïaque. En réalité, ce que j'aurais voulu, c'est que chacun des lecteurs de *La Douane de mer* puisse se retrouver dans ce livre, comme certains avaient pu le faire dans un livre également ambitieux, mais un peu raté, *Dieu, sa vie, son œuvre*, ou plus récemment dans le *Juif errant*. Dans ce roman-ci, l'auteur, qui s'appelle O, meurt à la première ligne et, au moment de s'envoler, rencontre un esprit qui s'appelle A et qui arrive d'une autre planète. Les six cents pages de *La Douane de mer*, c'est la présentation du monde à A par O. Et le sentiment que j'ai essayé de traduire dans ce roman de la totalité, c'est l'étonnement. Qu'est-ce que je fais là ? Qu'est-ce que signifie ma vie ? Qu'est-ce que ce monde où je suis ? Nous avons tous, à un moment ou un autre, ce sentiment. C'est le sentiment de A. Et c'est pour le dissiper que O tente d'expliquer à A ce qu'est Mozart, ce qu'est Haydn, ce que sont les Éditions Gallimard, la lamproie à la bordelaise, le château Lafite et le café qu'on prend avec des copains.

— *Il cherche à lui expliquer bien d'autres choses. L'histoire de la planète depuis le big bang, l'histoire des religions, le Christ, le Bouddha, l'histoire de la pensée, Hegel, Kant et votre cher Spinoza, l'histoire de l'art, l'histoire des mentalités… Tout y passe.*

— Ce que j'ai aimé en Italie, c'est qu'on ne va pas simplement dans les musées, on se promène dans les rues et sur les places, on prend des expressos dans les *trattorie*. C'est dans une promenade métaphysique et sentimentale que O entraîne A. Il lui explique les choses de la vie quotidienne et il lui explique ce qu'est l'amour. Il lui parle de la nourriture, du sommeil, du linge (nous attachons plus d'importance à nos vêtements qu'à l'histoire de la peinture), et il lui parle de la mort, ou du temps. Ce qui n'est pas simple. Comment définir les évidences ? Saint Augustin disait : « Si tu ne me demandes pas ce qu'est le temps, je sais ce que c'est. Mais dès que tu me demandes ce qu'est le temps, je ne sais plus ce que c'est. » Alors si nous, humains, nous sommes embarrassés pour dire ce qu'est le temps, imaginez A qui est un esprit pur ! Il est éberlué ! Eh bien, il m'a semblé que parler du temps, de l'amour, de la mort, c'était un thème de roman formidable, plus intéressant que : M. X rencontre Mme Y, ils s'aiment, ils se trompent, ils se quittent, ils se retrouvent… J'aime mieux parler de l'origine du monde, et de la vie de chacun d'entre nous.

— *Est-ce que l'amour, c'est un sujet de conversation entre deux personnages désincarnés ? Il me semble qu'un critique a noté : « Voilà un livre où l'on jouit peu ! »*

— Je ne suis pas sûr qu'on jouisse si peu dans ce roman. O est bien obligé d'expliquer le monde tel qu'il est. Quand vous écouterez les nouvelles, ce soir, à la télévision, vous entendrez un chapelet de catastrophes et de drames. Il n'y a pas de vie qui n'ait connu, très vite, beaucoup de malheur. Et en même temps la vie est un bonheur perpétuel. C'est ce que j'appelle « une fête en larmes ». Pour les vivants, la vie n'est vraiment rien, mais c'est tout. Et dans ce livre on jouit beaucoup. De la beauté des paysages, de la mer, du ski. On jouit les uns des autres. La grande affaire de la vie de O, c'est Marie, et ce fil rouge court tout au long du roman. Ce livre qui est une sorte d'inventaire du monde est aussi une célébration du monde. Le monde, c'est tout de même ce que l'on a inventé de mieux. Le monde est infâme, mais nous l'acceptons.

— *Vous passez pour un homme attaché à la tradition, et vos premiers romans étaient de facture plutôt classique. À propos de « La Douane de mer », il a été écrit que vous y faisiez exploser le roman, que vous étiez un « dynamitero » du genre.*

— Là encore, je ne voudrais pas avoir l'air de donner dans la mégalomanie, mais il est possible — j'ose à peine le dire — que *La Douane de mer* marque une date dans l'histoire du roman. *La Douane de mer* doit jeter un tout petit pétard dans l'histoire du roman. Après tout, d'autres, plus grands que moi, en ont lancé aussi, et de plus importants. Les surréalistes, Joyce, ont détruit l'image traditionnelle de la littérature. Ce qui est amusant, c'est vrai, c'est que je suis un homme attaché à la tradition. Je n'écris pas dans *L'Idiot international* ni dans *Libération*. Mais en vérité ce qui m'intéresse dans le passé, c'est qu'il nous prépare à l'avenir. Il faut laisser les morts enterrer les morts. Nous ne pouvons pas faire mieux, nous ne pouvons pas faire aussi bien que Zola ou que Maupassant. Est-ce la peine de récrire Flaubert ? Oui, j'ai essayé de faire quelque chose de nouveau. Je rappelais hier avec des amis la devise des Broglie, « Pour l'avenir ». Bien sûr, je ne vous dis pas d'arrêter de lire Proust. Il faut lire Proust, Chateaubriand, et même Dante (peut-être pas tout…), mais pour tenter de faire autre chose. Je voudrais rappeler le mot de Woody Allen que j'aime tellement : « L'avenir m'intéresse, parce que c'est là que j'ai l'intention de passer mes prochaines années. »

— *Il y a une idée qui est à la mode, c'est celle du « tout culturel ». Tout se vaut, Balthus, le Coca-Cola, les docksides, Boulez, etc. On a reproché à Jack Lang d'avoir accueilli sous les lambris dorés des palais de la République un groupe de rap, qui portait le nom exquis de « Nique ta mère », aussi solennellement que s'il s'agissait de l'orchestre philharmonique de Vienne. Est-ce qu'un livre comme le vôtre, qui aligne sur le même plan les différentes religions, les diverses explications du monde, Aragon, Chateaubriand, mais aussi Labiche ou Gaston Leroux, est-ce qu'un tel livre n'est pas caractéristique d'une fin de siècle où les espérances sont mortes, les idéologies exténuées, où tout est dans tout, où le scepticisme se généralise ? Ce roman de la totalité est-il un roman du scepticisme total ?*

— C'est la question essentielle. Je suis en effet de ceux qui pensent qu'on nous a raconté beaucoup d'histoires. Il y a une désaffection de la politique parce que les gens sont fatigués des paroles. Mais ça va beaucoup plus loin. Nous avons vécu une période passionnante où le communisme s'est présenté comme la fin de l'Histoire. Et l'Histoire a sonné la fin de ce qui se présentait comme la fin de l'Histoire. Ça nous a fait un choc, et c'est vrai un peu dans tous les domaines. Je crois très profondément à l'égalité des hommes. Et pas seulement l'égalité en dignité. Je crois très profondément que beaucoup de choses qui sont faites par certains pourraient fort bien l'être par d'autres. Les conditions dans lesquelles on met les hommes sont peut-être plus importantes que les facultés développées par les individus. Quand Nasser a nationalisé le canal de Suez, un des arguments des adversaires de cette nationalisation était : il n'y a que les Européens qui peuvent piloter les bateaux dans ce canal. Eh bien, les Arabes pilotent tout à fait convenablement ! Oui, nous voyons que les hommes sont égaux, nous sommes déçus par les idéologies et nous allons vers un monde plus ou moins aplati. Mais est-ce que ça veut dire que tout est dans tout ? Bien sûr que non. Dans *La Douane de mer*, O n'aime pas les hommes également ! Il aime Marie ! Il le répète suffisamment. L'objet de son amour est unique. D'autre part, si je crois assez profondément que nous ne pouvons pas atteindre à la vérité — il faudrait reprendre là les analyses tout à fait classiques de Kant —, est-ce une raison pour renoncer à la recherche de la vérité ? Est-ce que vous croyez que nous arriverons à la justice parfaite ? Mais est-ce un motif pour ne pas aller vers plus de justice ? Ce que l'homme fait, c'est qu'il cherche un absolu dans un monde relatif. Je ne vais pas me donner le ridicule d'une comparaison avec Kant, qui est un scepticisme et un idéalisme à la fois, mais ce livre est une apologie du scepticisme, et à l'intérieur de ce scepticisme, c'est une apologie de l'effort vers quelque chose de supérieur.

— *Il y a un qualificatif qui a souvent été attaché à Jean d'Ormesson, c'est « léger ». Or vous êtes normalien, agrégé de philosophie. Le « Juif errant » se voulait roman de la totalité historique. Ici, ce serait plutôt la totalité de la pensée. Vous souhaitez être pris pour un penseur ?*

— Quelle horreur ! Quelle horreur ! Je dirais que *La Douane de mer* est un mélange de métaphysique et d'anecdote. Le livre est bourré de petites histoires. Une Roumaine qu'on viole, un ménage sur un bateau de croisière, un type qui perd une monnaie d'or à laquelle il tient, un garçon de douze ans qui a une maîtresse de vingt-cinq ans, des anecdotes qui racontent la condition humaine. Mais il est vrai que ce livre est un peu ce que Hemingway appelait une métaphysique « *with handles* », de la philosophie avec poignées. J'ai essayé de rappeler que j'étais agrégé de philosophie, et dans un deuxième temps de le faire oublier. Je mets en place un échafaudage philosophique qui est détruit. Je crois beaucoup qu'il y a une légèreté qui est en dessous du sérieux, et qui ne vaut pas grand-chose, et une légèreté au-dessus du sérieux, et qui est plus que le sérieux. Après tout, qu'est-ce qui est plus léger que Mozart ?

VOYEZ COMME ON DANSE

NOTICE

Deux ans après *Le Rapport Gabriel* (Gallimard), *Voyez comme on danse* paraît chez Robert Laffont le 13 septembre 2001. D'après l'auteur, c'est un retour au « roman-roman[1] », « c'est même le premier roman à part *Le Vent du soir* où il n'y a pas Dieu, d'esprit, d'anges, ni papa ni maman… ».

La donnée est on ne peut plus simple : le récit des obsèques d'un ami dans un cimetière parisien. Mais cette apparente linéarité cache une structure contrapuntique d'une grande complexité : tout au long de la cérémonie, le narrateur ne cesse d'évoquer les souvenirs qui le lient au défunt et à ses proches, en un jeu mémoriel sophistiqué. Du point de vue formel, l'ouvrage apparaît en fait comme l'un des plus travaillés de Jean d'Ormesson. De son propre aveu[2], certaines pages ont été refaites dix-huit fois ! De quoi retoucher l'image d'un écrivain doué d'une scandaleuse facilité. Œuvre « chorale », comme on aime à dire aujourd'hui, *Voyez comme on danse* est aussi, d'évidence, une œuvre fortement cinématographique.

Et d'abord par son emprunt fondateur au film culte de Joseph Mankiewicz *La Comtesse aux pieds nus* (1954)[3]. Ava Gardner est dans sa tombe, et Humphrey Bogart se souvient. On ensevelit Romain, et Jean se souvient. Mais aussi et surtout par le procédé des *flash-backs* systématiques, employé avec une remarquable virtuosité. Le texte est un montage très élaboré d'allers-retours entre présent et passé (le *fort / da* freudien ?), qui dessinent une marqueterie fluide de séquences, ici plus brèves, là plus longues, se succédant tantôt brusquement, comme par un effet de collage, tantôt au contraire en fondu enchaîné d'une extrême subtilité (par exemple la rose que vient d'offrir Romain à Meg le soir de leur première étreinte à New York et celle qu'elle jette sur son cercueil à Paris se surimprimant l'une sur l'autre en douceur ; ou encore le « partons » de Jean à la fin de l'enterrement coïncidant sans transition avec les départs délicieux de jadis avec Romain

1. Entretien avec Anthony Palou, *Le Figaro littéraire*, 20 septembre 2001 ; *ibid.*, pour la citation suivante.
2. Voir l'entretien avec A. Palou déjà cité.
3. Ainsi qu'il le confie à Thierry Ardisson dans l'émission « Tout le monde en parle », France 2, 15 septembre 2001.

pour l'Italie[1]). Ce dialogisme permanent entre ce qui est — la désolation d'un groupe amical venu saluer une dernière fois celui qui les a abandonnés — et ce qui fut — les aventures et les enjeux si riches et si mystérieux qui les ont liés à lui — ne relève bien sûr pas exclusivement de la technique qui, au demeurant, « passionne » Jean d'Ormesson[2]. Toute technique, on le sait bien, et Sartre l'a rappelé, renvoie à une métaphysique : si, ainsi que Jean d'Ormesson l'a lui-même souligné[3], la question capitale dans ce roman est celle de la suture, elle induit forcément une méditation sur le temps. Il arrive que des morceaux du patchwork ou du *crazy quilt* soient juxtaposés en contrastes violents, comme par des embardées, ou secousses, qui font de la durée une suite d'éclats épars dont on perçoit mal d'abord comment ils peuvent se rassembler en une vivante unité ; il arrive aussi que de la minute actuelle on glisse souplement dans les eaux de la remémoration, comme si le tissu conjonctif du temps était homogène. Autrement dit, sous une forme cette fois romanesque, Jean d'Ormesson revient encore à ses préoccupations de toujours. Mais peut-on lui reprocher de rabâcher ? Puisqu'il n'aime rien tant que d'illustrer l'inventivité toute littéraire de l'existence, en mettant en présence des interlocuteurs qui n'auraient jamais dû se rencontrer, nous lui prêterons les paroles du rustique Pierrot dans le *Don Juan* de Molière : « Je dis toujours la même chose parce que c'est toujours la même chose, et si ce n'était pas toujours la même chose, je ne dirais pas toujours la même chose »... Il s'égare donc derechef avec prédilection dans le dédale de l'avant, du maintenant, de l'après et de leurs inextricables imbrications, de leurs reflets, de leurs diaprures qui ne cessent de se contaminer réciproquement, puisqu'il n'est aucune frontière entre ces catégories qu'on ne distingue que pour la commodité du discours. Elles sont foncièrement poreuses et s'envahissent mutuellement. Faulkner, que Jean d'Ormesson a lu, disait : « le passé n'est jamais mort. Il n'est même pas passé[4] ». Et le présent est pénétré d'avenir par tous les pores. *Voyez comme on danse* scénarise éloquemment les hantises familières d'un écrivain rêvant les infrarouges et les ultra-violets qui nimbent le noyau de réalité immédiate appréhendé par nos sens. Ces radiations invisibles sont pour lui l'essentiel.

Rien n'effraie, on le sait, le biographe de Dieu, ou celui qui, dans *La Douane de mer*, a fait avec tant de naturel converser deux ectoplasmes autour de tout ce qui est advenu sur notre globe à

1. *Voir* p. 813 et 873.
2. Jean d'Ormesson, François Sureau, *Garçon de quoi écrire*, Gallimard (1989), coll. « Folio », p. 21.
3. Entretien avec A. Palou déjà cité.
4. Jean d'Ormesson cite à maintes reprises cette formule de Faulkner qui se trouve dans *Requiem pour une nonne* ; *Œuvres romanesques*, Bibl. de la Pléiade, t. IV, p. 508.

partir de l'explosion cosmogonique séminale. La présence au cimetière, parmi les amis consternés du défunt, d'un astrophysicien de haut vol autorise quelques échappées dissertatives, auxquelles le lecteur de Jean d'Ormesson est accoutumé, sur l'énigme de l'Origine, mais ici, contrairement à ce qui se produit ailleurs, l'auteur ne largue pas les amarres pour nous perdre dans les gouffres intergalactiques ; on reste les pieds sur terre — cette terre qui accueille la dépouille de Romain —, et même dans un segment chronologique bien délimité : le XXe siècle, ses pompes et ses œuvres (avec remontée en amont jusqu'à ses antécédents du Second Empire). Jean d'Ormesson s'est proposé de faire tenir l'ensemble de ce siècle bourré jusqu'à la gueule d'événements exorbitants dans les trois heures que dure la réunion funèbre. C'est évidemment une gageure, digne de cette troupe d'outre-Manche qui joue tout le théâtre de Shakespeare en une heure et demie. Le *Ring* de Wagner a lui aussi été l'objet de pareil traitement jivaro. Il va de soi que de tels *digests* imposent d'élaguer les détails et de se concentrer sur les grandes lignes de force, sans renoncer pour autant à aller explorer dans les marges, pourvu qu'elles fussent significatives.

L'échantillon d'humanité qui, parmi les sépultures, communie dans le chagrin et la rétrospection est aussi divers que possible (le seul ciment qui les rassemble est leur affection pour le disparu), et cette diversité soigneusement choisie offre à Jean d'Ormesson l'opportunité de tisser une trame dont on suit, du début à la fin, la tresse de fils contrastés. À première vue, certains sembleraient incompatibles avec d'autres, et pourtant les contradictions superficielles s'effacent dans un ensemble symphonique supérieur, incompréhensible peut-être, et qui n'est rien d'autre que la vie. Comment justifier rationnellement que Béchir, devenu S.S., soit sauvé dans les ruines de Berlin par Romain, à la fois compagnon de la Libération et héros de l'Union soviétique ? L'esprit s'affole devant ce monstrueux court-circuit. Outre ce qui relève de l'inexplicable — la pulsion qui, dans l'échange d'un regard, réconcilie en humanité vainqueur et vaincu : on songe au vers du jeune poète Wilfred Owen, engagé volontaire et tué une semaine avant l'armistice de 1918, et que Benjamin Britten intégrera à son *War Requiem* : « *I am the enemy you killed, my friend* » —, il y a une vertigineuse conjonction de hasards dans ce qu'on appelle si justement *l'irréel du passé* : si Béchir n'avait pas traversé tel jour, à telle heure, la place de la Concorde, s'il n'y avait pas été renversé par une voiture, si dans cette voiture ne s'était pas trouvé Fernand de Brinon, notoire et important collabo, il ne se serait pas engagé dans la Légion des volontaires français, n'aurait pas vécu le siège de Stalingrad et ce n'est pas lui qui, attaché à la garde du Führer, lui aurait fourni l'arme de son suicide. Si Romain, dix-sept ans, n'avait pas un soir de soûlerie dans un bistrot de Marseille, pour trancher le nœud gordien des pressantes sollicitations en sens contraire de sa maîtresse et de son ami, joué à pile ou face[1], il n'aurait pas rejoint de Gaulle à Londres (le plus jeune des Français libres), il n'aurait pas servi dans l'escadrille Normandie-Niémen et n'aurait pas été décoré par le maréchal Joukov. Ces deux épopées antagonistes, qui n'ont rien à voir avec les convictions idéologiques et ce qu'on entend par « engagement », sont en réalité profondément identiques et convergent dans l'aléatoire, qui n'est qu'un des visages indéchiffrables de l'inéluctable. À quoi tiennent les choses ? Dans les carrefours cruciaux de notre existence, pourquoi choisissons-nous (mais choisissons-nous ?) une voie plutôt qu'une autre ? Jean d'Ormesson perd pied et nous avec lui devant ces aiguillages qui, de proche en proche, finissent pas sceller des destins, comme dans ces jeux où, reliant l'un à l'autre des points numérotés, l'enfant extrait peu à peu de leur fouillis *a priori* inextricable la surprise d'un éléphant ou d'un clown : depuis le début, sans le savoir, on allait vers *ça*. Bien sûr, l'enchaînement des circonstances, aussi improbable qu'implacable, relève de la logique incohérente du « maraboutdeficelle », mais pour le voltairien Jean d'Ormesson, qui se portraiture volontiers en Candide, c'est aussi le côté de Pangloss, le providentialiste, qui finit toujours par conclure qu'au-delà de leur aberration immédiate, qui désoriente nos yeux de myopes, les événements ont raison et, au bout du compte, tout est bien. C'est que, sans le savoir, Pangloss est un romancier et, comme ses collègues, fait son miel des luxuriantes invraisemblances du vrai.

Voyez comme on danse nous entraîne donc dans une sarabande d'épisodes qui sont autant de micro-romans où l'Histoire, « avec sa grande hache[2] », comme dit Georges Perec, se mêle intimement aux petites histoires de chacun. La destinée de la famille Schweitzer, de l'Alsace conquise par la Prusse à l'Algérie perdue par la France. Celle de Michel Poliakov, futur prix Nobel, juif arrêté par les nazis et miraculeusement épargné grâce à la protection d'un voyou phocéen qu'il a jadis soigné sans poser de questions[3]. Celle surtout de la grande figure flamboyante et emblématique du roman, véritable Fregoli identitaire, puisqu'elle est tout à la fois Myriam, Meg, Margault (*M*, en tout cas, comme « aime »), Ephtimiou et Van Gulip. C'est autour de son extravagante trajectoire que tout s'organise, depuis ses débuts incertains, son mannequinat chez Chanel, ses amours avec le mafieux légendaire Lucky Luciano (qui nous valent un reportage inattendu et très renseigné — il est vrai que Jean d'Ormesson a approché Frank Sinatra — sur les parrains de la haute pègre new-yorkaise et la mettent en relation avec le général Eisenhower pour préparer le débarquement américain en Sicile !), son armateur grec, sa villa de Patmos (bonjour à l'ami

1. Le « pilotis » de cette situation est donné dans *Le Rapport Gabriel* et *Je dirai malgré tout que cette vie fut belle*, p. 1221-1223.

2. Georges Perec, *W ou le Souvenir d'enfance*, *Œuvres*, Bibl. de la Pléiade, t. I, p. 661.

3. Épisode réel, dont la clef est révélée dans *Je dirai malgré tout que cette vie fut belle*, p. 1234-1237.

Michel Déon[1]) où — voyez comme tout se noue et se joue — elle invite un jour à pique-niquer sur la plage une bande de copains normaliens venus découvrir les paysages de leurs humanités. Rencontre fortuite et inscrite dans les astres depuis le commencement des temps : M. a une petite fille, qui deviendra une femme, et que Jean aimera… Indice pour *happy few*, Jean d'Ormesson évoque en passant, et sans en donner la clef, le personnage aussi fascinant qu'énigmatique de Madame Solario, héroïne éponyme d'un magnifique roman publié anonymement en 1956 et longtemps attribué à Winston Churchill[2], ce qui, par la bande, renvoie à Romain qui a approché le bouledogue au cigare. M a eu mille vies, tournant en brillantes girandoles autour d'un point « explosant-fixe[3] », eût dit André Breton : Romain. Et, peu ou prou, les vies de tous les assistants aux funérailles ont elles aussi tourné autour de leur couple, qui officiellement n'en était pas un et pourtant, dans les confus remous des sentiments et du monde, offrait peut-être le seul repère par rapport à quoi s'orienter.

Selon une confidence de Jean d'Ormesson, Romain a réellement existé. N'en cherchons pas le modèle[4]. Ce qui est certain, c'est que *Voyez comme on danse* est aussi un « tombeau de Romain Gary », par les points de contact évidents entre la biographie imaginaire du protagoniste et celle, bien réelle, de l'auteur de *La Promesse de l'aube*, dont les obsèques aux Invalides sont d'ailleurs évoquées « en abyme » à propos de celles de « Romain[5] ». Ce qui est remarquable dans ce personnage, c'est qu'il est absolument dénué de psychologie et à ce titre échappe aux emplois traditionnels tels que les distribue le genre romanesque. On sait que Jean d'Ormesson a fait siennes les critiques sartriennes contre la psychologie[6]. Romain, de ce point de vue, est une pure absence : il n'est qu'une présence physique, soleilleuse, parfaitement amorale, dont la proximité suffit à enchanter la vie, et, par la séduction de son aura, il exerce sur autrui une emprise dont il est impossible de se défendre ; il lui suffit de paraître pour régner. Économe de mots, il a une manière intense, rayonnante, contagieuse, d'habiter le monde ; il a le génie de la simplicité. Une plénitude sensible sans rien qui vienne la parasiter. Skier. Mettre à la voile le long des côtes turques. Nager nu. S'offrir à la chaleur, à la lumière. Ne pas penser. Et Jean d'Ormesson de hanter une fois de plus ses criques fétiches et, par Romain interposé, de célébrer les joies intemporelles du corps méditerranéen.

1. Michel Déon, *Le Rendez-vous de Patmos*, Plon, 1965 ; rééd. Gallimard, coll. « Folio ».
2. Il est aujourd'hui rendu à la romancière américaine Gladys Huntington.
3. André Breton, *L'Amour fou*, *Œuvres complètes*, Bibl. de la Pléiade, t. II, p. 687.
4. Voir l'entretien avec A. Palou déjà cité. Il semble en tout cas partiellement inspiré de Sam Mansour, que Jean d'Ormesson évoque dans *Je dirai malgré tout que cette vie fut belle* : « de tous les hommes que j'ai pu connaître, c'était le plus séduisant ».
5. De lui, Jean d'Ormesson a dit : « Je l'admirais en tant qu'homme, j'aurais aimé être son ami » (entretien avec Daniel Martin, *Le Populaire*, 15 juin 2014).
6. Voir *Garçon de quoi écrire*, p. 83.

On égrène le chapelet mythique : Castellorizo, Kalymnos, Symi… On en revient toujours là, tout est là. Et dans l'évidence parfaite, euphorique, de l'être-là, le monde et ses miroitements enchevêtrés se dissolvent comme une illusion, on goûte de divines minutes, à déchirante saveur d'éternité. Romain, qui s'est trouvé au cœur d'un des bouleversements majeurs de l'Histoire, a pris congé d'elle et ne vit que dans, par et pour la merveille de l'instant. On comprend l'ambivalence des sentiments que lui porte Jean, intellectuel patenté qui ne peut s'empêcher de l'admirer pour ce que lui-même n'a pas : cette splendide faculté de se passer des idées. Sans parler, bien entendu, de leur rivalité amoureuse.

Dédié à sa petite-fille, *Voyez comme on danse*, on le devine, est plus que d'autres ouvrages lié à la vie la plus personnelle de Jean d'Ormesson. Cet écrivain à qui l'on a parfois reproché de parler trop de lui (et qui en convient du reste avec bonne grâce) est aussi un grand taiseux[1]. En ce qui concerne la vie privée, il pense comme Royer-Collard qu'elle doit rester « murée ». Déclarer sans aucune fausse honte qu'il a beaucoup aimé les femmes est évidemment une manière de ressembler davantage à son jumeau d'élection Chateaubriand, mais nous n'en saurons pas davantage sur ses Juliette, Natalie, Pauline, Cordélia ou Hortense à lui — pas plus d'ailleurs que sur sa légitime Céleste. Dans *Voyez comme on danse*, il parle (ou semble parler ?) en son nom propre, il cite ses propres ouvrages. Voudrait-il nous faire croire qu'il a réellement aimé une femme qui ne l'aimait pas, parce qu'elle en aimait un autre, qui ne l'aimait pas, il ne s'y prendrait pas autrement. Le lettré ne manque évidemment pas de relever que, sur un mode dégradé, il revit *Andromaque* ou *Bérénice* : la littérature est une tunique de Nessus, on ne lui échappe pas, elle magnifie nos minces anecdotes, ce qui les rend à la fois plus nobles et plus misérables. Entre les membres du quatuor très « Cocteau » qui cingle sur les eaux vineuses que les yeux du vieil aède aveugle voyaient sans les voir, comment nommer exactement ce qui circule ? Maître du *sfumato*, Jean d'Ormesson nous laisse rêver à la nébuleuse érotique qui lie entre eux, et sépare, ces êtres qui s'aiment et (donc ?) se font souffrir. Elle reste en dehors des mots. Défaite de l'écrivain, qui est peut-être aussi sa plus belle réussite.

De la portée autobiographique de *Voyez comme on danse*, le lecteur ne saurait évidemment être juge. Il ne peut que l'entrevoir, chez un écrivain de soixante-seize ans qui contemple, béante, la fosse d'un homme qui, pour le meilleur et pour du moins bon, a été au cœur aimanté de sa vie et qui, forcément, anticipe *in petto* d'autres mises en terre. Ce qu'il retient, c'est une fois encore la quête du bonheur, vécue comme une ardente obligation, dans un monde dont le moins qu'on en puisse dire est qu'il ne la favorise

1. « J'ai beaucoup parlé de moi, mais souvent pour ne rien dire de moi » (entretien avec Marie-Adam Affortit, *Paris Match*, 28 août 2010).

pas. Le titre ne doit pas abuser. Emprunté à une charmante comptine (« Entrez dans la danse / Voyez comme on danse / Chantez, dansez / Embrassez qui vous voudrez / La rose ou le rosier / ou la semelle de mon soulier »), il semble revenir à l'innocent paradis enfantin, à ces jardins où l'on fait la ronde et d'où nul n'a encore été expulsé. Mais comment oublier que cet Éden, ou plutôt le rêve que nous en avons, chevillé à l'âme, a été ravagé tout au long du siècle par les plus atroces démentis ? Deux conflits mondiaux, communisme, nazisme, guerres, massacres et génocides en tout genre. Ce n'est pas pour rien que c'est à Patmos, où il est forcément comme chez lui, que s'enclenchent pour Jean l'engrenage du désir et de la souffrance et celui de la mémoire collective. Sous le refrain puéril, l'Apocalypse : « Écoutez. Je suis Jean. J'ai vu des choses sombres[1]. » Et même si l'on n'en a pas été personnellement victime, il n'est pas possible de ne pas en porter le fardeau. Il n'est pas possible de ne pas savoir que les instants d'extase cueillis auprès des êtres aimés dans la beauté du monde sont volés. Le thème de la danse, qui faufile tout le livre, c'est aussi, sous son visage le plus glaçant, la danse macabre. Et, plus généralement, le « branle » universel, bouffon et tragique, dans lequel, pour oublier la mort, s'agite une espèce inquiète qui a congédié Dieu.

Mais ici comme ailleurs, pour Jean d'Ormesson le dernier mot ne reste pas aux fatalités mortifères. Au retour du cimetière, accompagné par une cantate de Bach qui témoigne de la capacité du génie humain à « défendre ses thermopyles », comme l'a dit jadis Romain dans les ruines de la basilique de Saint-Siméon en Syrie, il nous laisse sur une suprême image, toute simple et quotidienne, celle d'une jeune fille bien de son temps (survêtement, cheveux rouges, écouteurs aux oreilles) courant à contresens des voitures et riant aux éclats. On songe à Pierre Michon : « Que cherchons-nous dans les livres, entre deux batailles, sinon une jeune fille en robe rouge qui danse, et qui nous appelle[2] ? » Contre la mort, la mort toujours recommencée, la jeunesse invincible, avec ses transgressions tranquilles et sa confiance insolente, comme une promesse de résurrection. Bien entendu, de même qu'en histoire les horizons réputés indépassables sont toujours dépassés, cette jeunesse se fanera, elle se rangera des voitures et son rire s'éteindra sans doute peu à peu. On s'élance avec Rimbaud — qui pourtant, lui aussi, a dit : « On ne part pas[3] » — et l'on devient sans savoir comment un personnage de Flaubert (Jean d'Ormesson aime à rappeler Ionesco qui, de son balcon, intime aux étudiants de mai 68 d'avoir à déguerpir et prophétise qu'ils finiront tous notaires[4]). Mais, outre que le pire n'est pas toujours sûr, il y aura

1. Victor Hugo, *Les Contemplations* (VI, IV).
2. Pierre Michon, « Un aérolithe à la tête », *Pierre Michon*, Cahiers de l'Herne, 2017, p. 77.
3. Rimbaud, *Une saison en enfer*, *Œuvres complètes*, Bibl. de la Pléiade, p. 249.
4. Voir *Garçon de quoi écrire*, p. 330.

eu ce moment de grâce absolue, ce « *ktèma eis aei* », comme dit l'helléniste, ce trésor pour toujours, et les puissances de néant ne prévaudront pas contre lui. L'inconnue danse. Romain a dansé sa vie. Jean d'Ormesson, qui confesse détester les bals et n'avoir jamais su danser[1], danse les pages qu'il lui offre, et qui seront son seul monument funéraire. Nietzsche disait qu'il ne pourrait croire qu'en un dieu qui saurait danser. Ce dieu qui éternellement fait et défait, et danse sur le monde sa pavane infinie de mort et de vie, il est vénéré en Inde, où l'auteur l'a maintes fois rencontré. Chorégraphe œcuménique du temps, le chrétien agnostique Jean d'Ormesson est aussi un disciple de Çiva qui ne s'ignore pas.

Accueil de la critique.

Voyez comme on danse a été publié en plein raz-de-marée de la rentrée littéraire de l'automne 2001, ce qui a surpris François Nourissier :

> En choisissant de paraître en septembre, et non en janvier ou en mai comme son statut de star lui imposait de le faire, Jean d'Ormesson ne savait pas que cette rentrée consacrerait un genre romanesque obsédé de sexe, un renoncement général à la « belle écriture », un approfondissement de leur « différence » revendiqué par les « écrivaines ». Tout ce qui lui est étranger. Sa présence, un peu à l'écart (vous avez vu les photos de groupe et les « montages » dans les journaux), prend ainsi un sens de narquois étonnement[2].

Sans aller jusqu'à dire que, par provocation, en se mêlant délibérément au tout-venant de la désolante production contemporaine, il tirerait un coup de pistolet au milieu d'un concert, le fait est qu'il marque par l'exemple en quoi il n'en est pas. Et il détonne, pour son plus grand profit bien entendu.

Jean-Paul Enthoven confirme :

> Après tout, semble-t-il démontrer avec tact, pas besoin d'être sinistre à la Houellebecq, ou méchant à la Angot, ou trash tendance *Inrocks*, pour explorer la solitude de l'homme sans Dieu. Ni de sacrifier à la chair triste pour faire moderne[3].

1. Voir l'entretien avec A. Palou déjà cité.
2. François Nourissier, « À l'ami disparu », *Le Figaro magazine*, 15 septembre 2001 (reproduit plus loin dans la section « Documents », p. 1505).
3. Jean-Paul Enthoven, « Tourne, tourne, roue magique… », *Le Point*, 14 septembre (reproduit plus loin dans la section « Documents », p. 1502).

Jean-Pierre Tison observe, lui, que la publication automnale présente un autre avantage, commercial celui-là :

> Le succès que connaît ce livre depuis sa sortie devrait encore s'amplifier au moment des fêtes, puisque, sans croire au Père Noël, l'académicien considère toujours la vie comme un cadeau[1].

De fait, relève Bernard Pivot, le titre en lui-même proteste contre un certain air du temps, et affiche un programme forcément attractif :

> D'Ormesson est incapable d'écrire « Voyez comme on galère », « Voyez comme on souffre », « Voyez comme on s'embête ». Le bonheur, ou l'ivresse mélancolique qui en tient lieu, est son affaire. Il a la générosité de laisser la détresse aux autres. À chacun ses compétences[2].

Et l'enseigne ne ment pas. À Jean-Claude Lebrun[3], Jean d'Ormesson apparaît ici « au meilleur de sa forme », manifestant « une stupéfiante vitalité », une liberté exceptionnelle : « de plus en plus dégagé des convenances et des accointances » et, avec l'âge, portant sur la vie en général et la sienne en particulier « un regard comme lavé des illusions et des colères », il n'a jamais paru aussi proche de lui-même. Patrick Grainville confirme et relève que, bourré de figures apocryphes, l'ouvrage est pourtant traversé par l'émotion et la voix vraies de l'auteur[4].

Bernard Pivot rappelle le coup de griffe de Bernard Frank : « Jean d'Ormesson est trop normalien pour être un bon romancier », mais c'est pour le relativiser aussitôt :

> C'est vrai quand il s'emploie à justifier son agrégation de philosophie en se faisant le biographe de Dieu, ou, inspiré par le big bang, en s'éclatant avec « presque rien sur presque tout ».
>
> Or, il n'est jamais meilleur que lorsqu'il redescend sur terre pour faire des portraits, tisser des destins, organiser des rencontres, nouer des intrigues, lier la volonté et le hasard, jouer avec le temps — le temps, son grand mot, son obsession — et se raconter derrière des masques si transparents qu'ils n'en sont plus. C'est ce d'Ormesson-là,

1. Jean-Pierre Tison, « Nous nous sommes tant aimés », *Lire*, décembre 2001.
2. Bernard Pivot, « Voyez comme il danse », *Le Journal du Dimanche*, 2 septembre 2001.
3. Jean-Claude Lebrun, « Jean d'Ormesson. La vie est un roman », *L'Humanité*, 4 octobre 2001.
4. Voir Patrick Grainville, « Jean d'Ormesson. La valse du siècle », *Le Figaro littéraire*, 20 septembre (reproduit plus loin dans la section « Documents », p. 1508).

romanesque, romantique, tireur de bords, de ficelles, de rubans, brillant manipulateur de l'improbable qu'on a plaisir à retrouver, la jambe et le verbe agiles, dans *Voyez comme on danse*[1].

François Nourissier qualifie d'« unanimiste[2] » la technique des allers-retours systématiques entre le présent des obsèques et le surgissement des souvenirs et ne s'en étonne pas, chez quelqu'un qui, sous la Coupole, occupe le fauteuil qui fut celui de Jules Romains… Comme on pouvait s'y attendre de sa part, Patrick Grainville salue quant à lui le baroquisme d'une structure savamment décentrée et démultipliée, ses collages en éruption et en expansion, son simultanéisme effréné et supérieurement maîtrisé. Performance remarquable, et ardue, le difficile étant de cacher l'art par l'art même. Les critiques s'accordent à juger que Jean d'Ormesson y est magistralement parvenu, avec cette « merveille mélancolique et enjouée[3] » où, en trois heures, le bruit et la fureur d'un siècle *out of joint* ne viennent pas à bout d'une petite chanson.

DOCUMENTS

Réception.

JEAN-PAUL ENTHOVEN

« TOURNE, TOURNE, ROUE MAGIQUE… »

« Le Point », 14 septembre 2001

Depuis quelques romans — depuis toujours ? —, l'officiel Jean d'Ormesson cache bien son je. On le croit frivole ? Mais c'est en pascalien, ou en spinoziste, qu'il se divertit. Jouisseur ? Oui, à l'évidence, mais son plaisir, curieusement, se décline sur fond de néant. Mondain ? Égotiste ? D'humeur champagne ? Et pourtant, ce galant vibre comme personne à la puissance des tragédies collectives ou des destins brisés. Après tout, semble-t-il démontrer avec tact, pas besoin d'être sinistre à la Houellebecq, ou méchant à la Angot, ou trash tendance *Inrocks*, pour explorer la solitude de l'homme sans Dieu. Ni de sacrifier à la chair triste pour faire moderne. Sa dernière fresque, tout de prose en Cinémascope, est, à cet égard, une merveille mélancolique et enjouée. C'est une *Vie de Rancé ravivée par un hédoniste en grande forme*. Un *Précis de décomposition* emballé dans une étoffe très couture. Ici, la vie — et,

1. B. Pivot, « Voyez comme il danse ».
2. Fr. Nourissier, « À l'ami disparu », « Documents », p. 1505.
3. J.-P. Enthoven, « Tourne, tourne, roue magique… », « Documents », p. 1502.

surtout, l'amour de la vie — mène la danse. Tempo macabre ou allègre. L'auteur ne se refuse rien…

Au départ, donc, un enterrement — comme au début de *Lewis et Irène* — où l'on prend congé d'un certain Romain. Jean d'Ormesson est là, parmi d'autres qui aimèrent le défunt, et qui le pleurent selon leurs souvenirs. Car ce Romain — a-t-il existé ? Est-ce un autoportrait rêvé de l'auteur par lui-même ? — était un type épatant : beau, courageux, tombeur de filles, loyal, un peu juif, compagnon de la Libération. Avec cet aîné, Jean s'est promené en Toscane et à Venise, il s'est baigné à Symi, il a partagé des fêtes, des idées, des mots — et une femme. Romain, prétend-il, lui était supérieur en tout. C'était un surdoué de la sensation. Un élu lumineux. Un de ces êtres qui n'accomplissent rien de mémorable, qui ne sont ni écrivains, ni riches, ni académiciens, mais dont le charme rafle tout, et qui éblouissent à la manière des comètes. Or cet homme est désormais un cadavre. De vieilles dames, qui furent d'ardentes maîtresses, lui jettent une dernière rose. Des rivaux blanchis et des presque fantômes lui font un ultime cortège dont le narrateur va tirer chaque fil, puis les mêler, afin de remonter le temps…

On est alors embarqué dans une odyssée singulière où, de l'infime à l'énorme, du battement de cœur à la chute du IIIe Reich, d'un cyprès de Ravello au big bang, tout se tient, et se défait. La vieille dame qui se recueille devant le cercueil de Romain fut, l'ignoriez-vous ? la compagne de Lucky Luciano. Et qui se douterait que le chauffeur qui conduit sa limousine, un certain Béchir, fut le dernier compagnon de Hitler ? En quelques lignes, on est au Caire, à Coney Island, sur des skis, à Naxos dans un champ de lavande, dans la carlingue d'un avion de l'escadrille Normandie-Niémen, avec des élégantes en Chanel. On croise la course des astres et des hirondelles, Meyer Lansky, le maréchal Joukov, la bande de Spirito et Carbone, la crise de 1929 et la peau soyeuse d'un premier amour. Ça tangue de partout. Et, face à un tel chaos de sentiments, de grâces enfuies, de désirs, d'idéologies, l'auteur de ce roman se contente de transcrire le bruit du monde. « Le temps passe, écrit-il, c'est son métier… »

Cette fresque, du coup, devient une arche immense où un Noé romancier stocke tout ce qui parade dans sa mémoire. Le Déluge menace. Il faut faire vite. Il faut nommer chaque plaisir fugace. Chaque chose vue et savourée. Il faut résister au temps et s'accrocher à la roue magique qui tourne, et tourne, tandis que des générations d'amants ou d'ennemis se ruent vers un néant qui est sans doute aussi glacé que la tombe du glorieux Romain. La mort nous est promise ? Soit. Mais, avant d'y parvenir, autant passer par le chemin de la vie. C'est ce que suggère Jean d'Ormesson, qui, en la circonstance, révèle son profil le plus noir. Pour peindre cet univers aimanté par la ruine, il se sert d'une prose sèche et ample. Avec mille motifs cérébraux incrustés dans une mosaïque plus sucrée. Avec des drôleries — « Il ne faut pas, dit Béchir, que cela mette Monsieur hors de Monsieur… » — coupées de prières païennes. Ici, on s'amuse et on gémit. Et on s'enrichit, au passage, d'une sagesse quasi taoïste. Le vide ou le plein ? le rien ou l'être ? la vie ou son contraire ? Allons, tout ça n'est pas si différent…

FRANÇOIS NOURISSIER

« À L'AMI DISPARU »

« Le Figaro magazine », 15 septembre 2001

Voyez comme on danse : le joli titre ! Devise, il vaudrait *Au plaisir de Dieu*. D'ailleurs, Dieu ou Jean, il y a toujours quelqu'un, dans les livres de Jean d'Ormesson, qui prend plaisir — justement ! — à réciter des poèmes, nager, skier, bronzer, séduire, refaire — merci, monsieur Grousset ! — le bilan de l'Histoire, bref, à vanter le résultat de ces fameux sept jours de grands travaux dont l'écrivain n'a jamais cessé de chanter la succulence et la gloire. Alexandre flâne sur la rive de l'Indus en compagnie d'une belle ; le cœur de Charles Trenet fait boum pour la métaphysique ; les espadrilles d'un normalien s'effilochent sur les dalles vénitiennes ; un habit vert prend de mauvais plis dans la naphtaline : nous sommes dans le vif du sujet.

J'ai lu *Voyez comme on danse* il y a deux mois : quels souvenirs en ai-je gardés ? Expérience profitable : certains romans ont été écrits à l'encre sympathique (oh ! si sympathique !) et, faute de chaleur et d'affection, leur texte ne livre pas ses charmes. Jean d'Ormesson est ainsi : pour bien l'aimer il faut déjà l'aimer, retrouver avec lui les rimes et l'air d'une chanson. J'ai moins dans la mémoire tel ou tel de ses romans qu'une seule longue histoire composite, ensoleillée, secrète, émerveillée qu'il a composée de livre en livre, de vie en vie. D'une certaine fête, en 1956, à Neuilly, pour la publication de *L'amour est un plaisir*, à cette apparition, au troisième millénaire, sous la couverture inattendue de Laffont, en patriarche de l'automne romanesque, il me semble n'avoir lu qu'un seul roman : une histoire pleine de silence et de douceur, racontée par un sage.

Voyez comme on danse est le portrait d'un homme, Romain, recomposé pendant que se déroulent ses obsèques. Procédé de narration assez classique où les amateurs reconnaîtront, entre autres, *La Comtesse aux pieds nus*. Romain, c'est un héros — LE héros. À la guerre, à l'amour, à la mer, à la montagne, toutes les femmes en sont folles, tous les hommes tombent sous son charme. Don Juan, avant tout, veut aimer et être aimé. Le narrateur n'échappe pas à cette fatalité. Hélas, il a aimé, il aime la même femme que Romain : devrait-il le haïr ? Ce serait mal connaître ce long été bleu qu'est la vie selon Jean. Ce délicieux malheur que lui a imposé Romain (ou qu'il imposait à Romain ?), la mort de son ami va-t-elle la raviver, l'apaiser ? Allons, la vie n'est pas si simple (ni si compliquée, ajouterait aussitôt l'auteur) ! L'occasion est trop belle de raconter une fois de plus la mer grecque, les rues romaines et, en passant, l'histoire du siècle.

Comment s'y prend-il ? Simultanéisme ? Unanimisme ? L'auteur oublie qu'il occupe à l'Académie le fauteuil de Jules Romains (tiens…) et il use du procédé le plus simple : d'une ligne à l'autre du récit on saute vingt ans, dix mille kilomètres, par un simple glissement : l'Histoire ne se divise pas, elle est homogène, dense, infiniment excitante. Le monde est à vous : Patmos et Stalingrad, Venise et Berlin, d'Ormesson invente, pastiche ou maquille les personnages dont il a besoin. Qui sont Victor Laszlo, Béchir, Margault Van Gulip, Cazotte, Schweitzer ? Peu importe, puisqu'ils introduisent dans le roman Hitler et le maréchal Joukov, Lucky Luciano et Romain Gary. La rue d'Ulm et le bunker ultime dans Berlin en flammes n'auront plus de secret pour le lecteur. Lecteur qui aura un peu le tournis : est-ce bien la vie de l'irrésistible Romain qu'on lui raconte ? ou celle de l'irrésistible Jean ? Le roman est un grand jeu, un dîner de têtes, un jeu de rôles, un ballet : « Entrez dans la danse, voyez comme on danse… » Vous connaissez la chanson : « Embrassez qui vous voudrez… »

En choisissant de paraître en septembre, et non en janvier ou en mai comme son statut de star lui imposait de le faire, Jean d'Ormesson ne savait pas que cette rentrée consacrerait un genre romanesque obsédé de sexe, un renoncement général à la « belle écriture », un approfondissement de leur « différence » revendiqué par les « écrivaines ». Tout ce qui lui est étranger. Sa présence, un peu à l'écart (vous avez vu les photos de groupe et les « montages » dans les journaux), prend ainsi un sens de narquois étonnement. Il pourrait paraphraser le mot de Diaghilev à Cocteau : « Étonne-moi », et lancer le même défi à cette génération si agitée, brutale et amusante qui nous succède. Mais la vraie constatation ne se fait-elle pas en sens inverse ? Que pensent les nouveaux venus de ce gros roman classique et désinvolte à la fois, dont l'auteur sait tout et dont le héros ne croit à rien ? Il y a quelque chose de barbare dans le goût du bonheur et le scepticisme absolu de Romain. Le bonheur, c'est peut-être ce qui reste quand on a tout oublié ? Il faut avoir la mémoire bien faite et bien pleine pour s'offrir ce luxe suprême de préférer à tout un caïque en mer Égée.

PATRICK GRAINVILLE

« JEAN D'ORMESSON : LA VALSE DU SIÈCLE »

« Le Figaro littéraire », 20 septembre 2001

Voyez comme on danse raconte un enterrement. On y jette tout du long des roses sur le cercueil de Romain, ces mêmes roses qu'il offrait aux femmes par brassées… Romain, ce soleil éteint. Lugubre ? Non, car la cérémonie va convoquer pour ainsi dire le monde entier, tous ses avatars bariolés. « Je voyais dans l'espace ce qui avait défilé dans le temps. » Romain rameute autour de sa tombe le narrateur, son ami et peut-être son ennemi, des femmes, de grandes égéries flamboyantes, des historiens, des astrophysiciens, des écrivains, des linguistes huppés, toutes les Pythies s'empressent, célébrités internationales, mais aussi de parfaits inconnus. Tout ce qu'un siècle a sécrété, forgé, malaxé en matière d'humanité.

Car Romain, c'est quelqu'un entre rien et tout ! Héros et anti-héros, guerrier et libertin affranchi de toute conviction politique, après avoir flirté avec le communisme. Entre Romain Gary, Gary Cooper, Casanova, Cioran…

Romain l'athée, l'indifférent, dont la seule idole est l'instant présent, bat le rappel du temps : Hitler et Staline ni plus ni moins. La paire ! Cet enterrement déterre les monstres, tous les destins, les questions majuscules. Voilà un défunt qui féconde un déferlement luxuriant. Tout d'Ormesson est là. Sa volubilité tous azimuts, son bruissement de Babel…

Partout dans l'univers : branle-bas d'Éros et de Thanatos. Quelle pulsion régnera à la fin ? Qui fera avouer à l'éternité sa vérité ? Le néant ou l'intarissable secret vivant du temps ?

Le narrateur, c'est Jean d'Ormesson. On le reconnaît novice, à dix-neuf ans, agrégé de philo de Normale sup. Rompu à Spinoza, saturé de grec et de latin. Il sait tout sans avoir rien vécu. Ce jouvenceau savant rencontre Romain sur une île grecque, en compagnie d'une certaine Meg. La villa est splendide, la maîtresse de maison prodigue. Et Marina, sa petite fille, amuse et fascine notre héros, que tant de grâce enfantine nettoie de toutes ses spéculations de potache. Bien sûr, on retrouvera Marina ! Plus tard et plus grande ! Car tout va se nouer là, dans cette Méditerranée qui est l'absolu de d'Ormesson. Son gène bleu. Sa part d'azur et sa fidélité solaire. Un seul bain de mer, la découverte d'une crique, le corps à corps sensuel avec le monde éclipsent tous les tracas, tous les débats philosophiques. Je ne croirais en l'homme que s'il danse sur la mer mêlée au soleil, proclamerait volontiers l'auteur, après Nietzsche et Rimbaud.

Romain, pour le moment, est le roi des lieux, leur Dionysos doré. Plus tôt, à dix-sept ans, sur un pari, il a rejoint de Gaulle à Londres, s'est engagé dans l'escadrille Normandie-Niémen, est entré à Berlin en compagnie de Joukov. Mais ce démarrage héroïque n'a été que fortuit, car Romain passera ensuite le plus clair de sa vie au diapason du plaisir sans transcendance. L'attaque de sa carrière tambour battant nous vaut tout de même la peinture de la démesure cannibale du siècle : *nazisme et stalinisme* jumeaux. *Comme vécus* du dedans et par tous les bouts. Sous les canines mêmes de l'ogre bicéphale, s'embusque Béchir, autre personnage clé qui deviendra, après la guerre, le serviteur zélé de Romain. Béchir, musulman du Caucase que le pur hasard, là encore, précipite dans le mauvais camp, celui de la Wehrmacht. Il deviendra un proche, un larbin du Führer auquel il refilera son révolver pour que, dans son bunker, il tire sur son empire délétère.

D'Ormesson fait fort. Il fourre son nez partout. Il met les pieds dans toutes les bottes pour voir comme elles trottent vers l'horreur.

Mais ses héros de prédilection ne sont pas des fanatiques, des militants rengorgés de leur cause. Plutôt des jongleurs, des acrobates du destin. C'est pourquoi ils sont séduisants et paradoxaux. Ils croisent les plus grands crimes sans en attraper l'acide. Des miraculés !

Côté dames, la star, c'est Margault, la maîtresse de Romain, *alias* Myriam ou Meg, l'hôtesse de la villa grecque, mannequin de Coco Chanel, maîtresse de Lucky Luciano pendant la crise de 1929. Elle favorisera avec la Mafia le débarquement de Sicile. Et de Gaulle, à Casablanca, la regarde évoluer avec une indulgence narquoise ! La passion de Margault et de Lucky Luciano nous plonge au cœur du gangstérisme mythologique, de ses clans, de ses leaders juifs et italiens, de leur alliance. Là encore, l'élan vital saborde la logique, multiplie les pieds de nez. Les deux pachas mafieux périront dans leur pieu !

D'Ormesson est un baroque qui ne saurait en rester là. Son architecture se décentre et se démultiplie sans cesse. Entre dans la danse, parmi beaucoup d'autres, la double et très romanesque saga des Schweitzer et des Thénier qui remonte au Second Empire. La baronne Thénier n'a pas supporté d'être cocue. Elle rompt brutalement avec son milieu fastueux, s'embarque en compagnie de sa fille Hélène. On les retrouvera en Inde et partout. Métamorphosées et aventurières effrénées. Tel est l'idéal du romancier : ces volte-face, ces vicissitudes pirouettantes. Les Thénier finiront par s'unir aux Schweitzer en Algérie. Et de nous conter dans la foulée la colonisation et son issue sanglante ! D'Ormesson a toujours cultivé ce genre à sa démesure : l'encyclopédie de cape et d'épée, l'odyssée documentaire piaffante, l'érudition rocambolesque. Comme s'il ne fallait pas perdre une miette du festin, des folles arabesques de la destinée personnelle et des sédiments fondamentaux de l'histoire. Le roman s'élance justement, à l'intersection des deux séries galopantes… Ainsi, André Schweitzer est arrêté pendant la guerre par les fascistes. C'est la pente carnassière de l'histoire et de l'idéologie raciste. Mais un voyou va lui sauver momentanément la vie. Et voilà une contingence toute romanesque. Le sel est là. Cette pincée d'étincelles dans l'opacité.

D'Ormesson fonctionne comme un collage en éruption, en expansion. Il bifurque tout le temps, sans transition, digresse pour établir de nouvelles symétries dans le chaos du temps, ruptures et raccords inopinés… Tout fout le camp, mais tout se recoupe, se tisse, se tient et se creuse d'intimité. La tapisserie se déploie autour de Romain mort, bigarrée de ténèbres et de flammes.

La cible de ce simultanéisme effréné, c'est le tout. Sur le cadavre de l'ami de toujours, la vie prolifère, diffuse son irradiant virus. « Je me souvenais de moi en train de me souvenir. » Le romancier est là, dans l'épaisseur du temps et sa volatilité, l'ubiquité, la multiplicité des points de vue. Mais à la crête de ce chamboulement perpétuel règne le couple de Romain et du narrateur. Des doubles décalés. Comme si le premier était l'ombre de l'autre, son complément radical, sa contrepartie crue. « J'avais aimé Romain que j'avais tant détesté. » Car entre les deux amis il y a Marina, une très jeune femme. Oui, la fillette époustouflante du début, dans la villa grecque, l'héroïne de l'éblouissement solaire.

Et c'est le cœur du roman. Dans le séisme de l'histoire : cette convulsion douce et cruelle. Un trio charcuté, manipulé par Mélusine moirée de désirs. C'est pourquoi on écrit : « Par chagrin et pour le plaisir. » Larmes d'Éros. D'Ormesson évoquait, d'entrée de jeu, ce rire en pleurs d'Andromaque, quand Hector part à la guerre. Cette manière de sanglot solaire. Un oxymore. La vie est ce télescopage des contraires, leurs monstrueuses noces, leur excès et leur extase. Ce roman bourré de figures apocryphes est traversé par la voix, l'émotion vraie de l'auteur. La rivalité de Romain et de son ami outrepasse le théâtre amoureux. Elle est philosophique. Le narrateur s'insurge devant la thèse purement matérialiste selon laquelle l'existence débouche sur le rien… D'Ormesson tente d'échapper au néant en agitant avec acharnement les questions du temps et de l'éternité. Il y revient à tout bout de champ. Il ne lâche pas l'énigme, appelant à la rescousse la physique quantique, les quarks, le mur de Planck, la théorie des cordes censée réconcilier la relativité d'Einstein et le comportement des particules élémentaires. Jean d'Ormesson se régale de la cuisine de l'univers. Il en traque la sublime recette. Il voudrait un filet de sens, une trace d'ineffaçable. Comme si rien ne disparaissait, que l'éternité réverbérait en secret tout ce que le monde a vécu. C'est le secret. La clé du livre, son inquiétude et sa joie. Sa double émotion amoureuse et spirituelle. Comme une rémanence bleutée dans la nuit cosmique. Une Méditerranée de reflets, une buée de souvenirs intacts. Cela donne à ce carnaval humain sa nuance de sortilège d'outre-tombe, aux intempérances de la fresque son halo frissonnant.

C'EST UNE CHOSE ÉTRANGE À LA FIN QUE LE MONDE

✶

COMME UN CHANT D'ESPÉRANCE

NOTICE

C'EST UNE CHOSE ÉTRANGE À LA FIN QUE LE MONDE

Publié chez Robert Laffont le 19 août 2010, *C'est une chose étrange à la fin que le monde* a pris pour titre un vers d'Aragon, tiré du recueil *Les Yeux et la Mémoire* (1954), d'ailleurs cité sans référence à la fin[1].

Sur la couverture, il se présente comme un « roman[2] », ce qui n'a pas manqué de surprendre certains critiques. De fait, on chercherait en vain ce qui caractérise le genre depuis toujours : des personnages évoluant au fil d'une intrigue. Et pourtant, en un sens, c'est bien de cela qu'il s'agit. Comme souvent chez Jean d'Ormesson, grand maître de l'hybride, Dieu parle, l'aventure humaine se déroule comme un phylactère et aboutit à une méditation personnelle sur le sens éventuel du monde. S'y fondent, en ce que Chateaubriand eût appelé « une unité indéfinissable[3] », une mise en scène métaphysique, de longs développements historiques et une réflexion philosophique émaillée d'éclats autobiographiques. Si ce mixte déroutant peut néanmoins légitimement se réclamer du roman, c'est, selon l'auteur, parce que l'univers n'est rien d'autre que le roman de Dieu. Aucun roman écrit de plume terrestre, fût-ce le plus foisonnant, ne saurait rivaliser avec l'inimaginable totalité romanesque concoctée par un Auteur suprême pour y plonger notre espèce, depuis notre lointaine *Urmutter* Lucy surgie un jour quelque part dans le rift est-africain, jusqu'à la tasse de thé où un jeune homme de santé délicate trempe une madeleine et à tous les drames que nous relate le journal de ce matin. Dieu est le romancier absolu, indépassable, intégral, dont les gens de lettres ne sont que les confrères microscopiques et dérisoires. Jean

1. Aragon, *Les Yeux et la Mémoire*, *Œuvres poétiques complètes*, Bibl. de la Pléiade, t. II, p. 8. Voir ici p. 1051.
2. Cette mention n'a pas été reprise dans l'édition Pocket, 2011.
3. Chateaubriand, « Avant-propos », *Mémoires d'outre-tombe*, Bibl. de la Pléiade, t. I, p. 2.

d'Ormesson ne s'en excepte pas, mais en se perchant « sur l'épicycle de Mercure », comme dit Montaigne, à une altitude inaccessible, en se mettant sans façon à la place de Dieu, en le faisant soliloquer comme Péguy, il nous (et se) donne la flatteuse illusion de dominer, si ce n'est de comprendre, ce qui le dépasse et pourtant nous constitue : la raison de notre être-au-monde. Un jour, dans son île mythique de Symi, sortant ruisselant de la mer, Jean d'Ormesson anadyomène a reçu une brusque révélation (c'est sa « scène primitive » à lui) : en ce lieu, en cet instant, au chant des cigales, devant l'éternité du ciel et des eaux, dans le souvenir de tous ceux, inconnus ou illustres, qui depuis des millénaires l'avaient précédé, d'un seul coup il a ressenti une immense stupeur d'exister. Brusquement rien ne lui a plus paru aller de soi. *Mais qu'est-ce que je fais là*[1] ? En se posant tout à trac cette question, il réinventait en quelque sorte la philosophie, qui commence comme on sait par l'étonnement[2]. Et cet ébranlement des fausses évidences, cette rimbaldienne « minute d'éveil » a déclenché en lui un processus qui l'a amené à affronter les interrogations fondamentales.

Ce qui est désarmant chez Jean d'Ormesson, c'est qu'il est le premier à envisager et à mesurer ce qu'il peut y avoir de naïf dans sa démarche, voire son côté, comme il le dit lui-même, « café du commerce ». Il évoque sans crainte du rapprochement les frissons pascaliens qui parcourent l'échine de M. Perrichon, se sentant si petit devant la mer de Glace. Il court délibérément le risque d'être accusé (il l'a été) d'aligner des truismes en remuant les mots si aisément creux, si dangereusement vagues et élastiques de vie, de mort, de temps, de hasard, de nécessité… Entités sonores non moins que solennelles, dont l'insondable contenu semble condamner ceux qui les font résonner à un pur cliquetis rhétorique. Il nous semble au contraire que, loin de céder à la facilité, en décidant de se colleter avec ces effrayantes chimères, qui sont pourtant au cœur incontestable — fût-il inconnaissable — de notre condition, il manifeste un vrai courage : celui d'oser l'apparente banalité. De La Fontaine, Gide disait qu'il est « banal supérieurement[3] ». On pourrait décerner le même compliment paradoxal à Jean d'Ormesson qui, lui aussi, en auscultant inlassablement ces catégories fondatrices par définition rebelles à tout démontage analytique, semble parfois enfoncer des portes béantes — ces portes de la nuit dont parle Montherlant (qu'il cite), et derrière lesquelles il n'y a rien. Son pari est de réussir à renouveler si possible l'approche de ces notions dont, depuis qu'il y a des

1. C'est comme un « essai de réponse » à cette question que sera présenté *Guide des égarés* (Gallimard / Héloïse d'Ormesson, 2016). En exergue à *Au revoir et merci*, était cité le *Journal* de Jules Renard : « Qu'est-ce que je fous là, mon Dieu ! Qu'est-ce que je fous là ? » Au centre du *Rapport Gabriel* se trouvait déjà la « sortie de bain ».

2. Dans les remerciements de son livre, il salue celui de son amie Jeanne Hersch, *L'Étonnement philosophique* (1993).

3. André Gide, *Journal*, Bibl. de la Pléiade, t. I, p. 173.

hommes et qu'ils essaient de penser l'impensable, on a fait le tour en tous sens sans jamais parvenir, faut-il le dire, à les épuiser, ni peut-être même à les formuler. Puisque le fond est sans fond, reste la forme, où l'on peut innover.

Le dispositif de la première moitié de l'ouvrage est original. Il commence par un blanc[1], un vide d'où pourtant, on ne sait ni pourquoi ni comment, va éclore quelque chose. Comment du non-être peut-il sortir de l'être ? Casse-tête et pont aux ânes auquel Jean d'Ormesson ne se dérobe pas. Selon l'humeur, on pourra voir dans la hantise de ce genre de problèmes un passe-temps vain, puéril ou mandarinal, ou à l'inverse l'ambition la plus haute qu'on puisse offrir à une créature douée d'intelligence. La plupart des humains naissent, vivent et disparaissent « *sicut nubes… quasi naves… velut umbra*[2] », sans avoir eu le loisir ou le désir de se les poser. C'est sans doute un luxe, et, dans l'existence telle qu'elle va, la faculté d'émerveillement reste en jachère, apanage des poètes, des fous, des enfants, des philosophes — la famille des inutiles, en somme. À partir du néant matriciel se tricote une trame alternée entre « le Vieux » (ainsi que l'appelait Einstein avec une affection bourrue) qui, des balcons du ciel, commente la situation générale de son « rêve », c'est-à-dire, comme chez Borges, du monde, et, au-dessous, les tribulations des mortels. Dans le double registre de cette structure étagée, on aura reconnu celle de l'*Iliade*, avec toutes les passerelles volantes, religieuses ou esthétiques (qui sont sans doute les mêmes) que dès leur apparition les hommes n'ont cessé de jeter et d'inventer entre les deux niveaux de l'En-Haut et de l'Ici-Bas, de ce que les doctes appellent immanence et transcendance. Jean d'Ormesson nous fait alors assister à l'épopée de l'espèce, qui est aussi une odyssée de l'espace — on songe bien sûr au film de Stanley Kubrick (1968) et à son télescopage entre préhistoire et science-fiction —, depuis les grognements de l'*Homo erectus* (il se souvient alors de Rosny aîné) jusqu'à notre siècle qui, pas plus que les précédents, ne sait où il va, mais y va. Cette trajectoire ô combien complexe et mouvementée n'est rien d'autre que le cheminement d'autant de Thésée sans Ariane dans le labyrinthe de l'Histoire, dont un narrateur extrêmement pédagogue nous permet de suivre les détours et les étapes majeures, dans un zoom à couper le souffle qui nous ramène à nous tels que nous sommes aujourd'hui, mais enrichis d'une énorme mémoire collective dont nous ne savions plus qu'elle nous habitait et nous façonnait. Victor Hugo s'était contenté du « mur des siècles ». À Jean d'Ormesson il faut au moins celui des millénaires. Comme dans certains documentaires botaniques, nous assistons donc en accéléré au

1. Voir p. 919. Dans l'édition originale, la première mention « Le Rêve du Vieux » est suivie d'une page blanche.

2. Épigraphe des *Mémoires d'outre-tombe* de Chateaubriand (« Comme un nuage… Comme des navires… comme une ombre » : emprunts à trois versets du livre de Job (respectivement, XXX, 15 ; IX, 26 et XIV, 2).

développement de la fleur humaine : naissance de l'écriture, production de mythes cosmogoniques, Védas, Upanishads, livre des morts égyptien, Gilgamesh, Homère, les Grecs, Héraclite et Parménide, Platon, Aristote, Ptolémée, Augustin et Thomas d'Aquin, Copernic, Kepler, Galilée, Newton, Laplace, Darwin, Einstein, Hubble, Planck, Heisenberg… Le spectacle est époustouflant, avec un *casting* d'enfer, « introduisant » sans cesse, comme on dit à Hollywood, de nouvelles stars d'exception.

De son empyrée, Dieu considère ce Cinémascope inouï avec des sentiments mêlés, puisque lui-même, selon l'esprit du temps et les idées mouvantes des hommes, rayonne, clignote ou s'éclipse avant de reprendre des couleurs. À la fois dans le temps et hors du temps, puisqu'il n'existe que pensé, adoré et combattu par les hommes, l'Éternel dépend d'eux et a aussi une histoire. Lorsqu'il entend Laplace déclarer à Napoléon que lui, Dieu, est une hypothèse dont le mathématicien et astronome a cru pouvoir faire l'économie, il goguenarde : tu causes, tu causes, c'est tout ce que tu sais faire[1]… Comme il a tout lu (puisqu'il a tout écrit), cet Être qu'on imaginerait plutôt guindé connaît la petite Zazie et parle à l'occasion comme elle : « Poussière d'étoiles, mon cul[2] ! » rétorque-t-il vertement à ceux qui croient pouvoir le congédier, sans se douter que c'est lui encore qui se cache dans ce refus de lui. En fait, il s'amuse. Ce que Darwin lui ôte, Einstein le lui rend : « Ce qu'il y a de plus incompréhensible, c'est que ce monde soit compréhensible[3]. » Flanqué à la porte, le Vieux rentre par la fenêtre. Pasteur l'avait déjà formulé : « Un peu de science éloigne de Dieu, beaucoup y ramène. » Les derniers développements de la recherche (mécanique ondulatoire, théories de la relativité et des *quanta*, principe d'incertitude) laissent le débat ouvert. On sait qu'on ne sait pas ; la science d'aujourd'hui est l'ignorance de demain. Depuis Socrate, a-t-on avancé ?

Ce qui est indubitable, c'est le talent professoral de Jean d'Ormesson, qui pourtant n'a jamais enseigné[4]. On admire sa vulgarisation intelligente et d'une exemplaire clarté. Ce cours magistral pourrait être assommant. Rien de plus vivant, de plus palpitant au contraire : les avatars et les avanies de Dieu sont bien du roman (voire du feuilleton). Les choses les plus ardues sont rendues accessibles à tous, sur fond d'information solide, d'honnête homme il va sans dire, en ne se piquant de rien et surtout pas de faire de l'effet en professionnel jargonnant. Certains esprits chagrins pourront trouver que le parti pris de simplicité abaisse le niveau, et jugeront avec dédain qu'il s'agit là d'un de ces manuels à la

1. Voir p. 982.
2. P. 967. Jean d'Ormesson et Raymond Queneau se sont liés d'amitié au comité de lecture de Gallimard.
3. P. 979.
4. Si ce n'est quelques mois, après l'agrégation, au lycée Rollin (actuellement Jacques-Decour).

mode, qui survolent une question « pour les nuls ». On préfère être sensible à l'honnêteté exempte de prêchi-prêcha avec laquelle sont rappelés des enjeux existentiels que, dans la futilité ambiante, tout s'ingénie à occulter.

Depuis le big bang, 13 milliards 700 millions d'années… et moi, et moi, et moi ? Pour ne pas perdre pied dans les affolants sables mouvants du temps, ne reste qu'à s'accrocher au souvenir d'instants indiscutables, tellement intenses qu'ils sont restés imprimés sur notre peau (le bronzage méditerranéen), et offrent la preuve tangible que nous aurons bien été là, et que cette joie ne nous sera pas ôtée. Pour le reste, mystère et boule de gomme, disait le Vieux, qui se sait assez hors de portée pour ne pas détester la familiarité : « derrière l'inimaginable rôde l'inconcevable ». *Obscurum per obscurius*. Dans la seconde partie de son ouvrage, Jean d'Ormesson se penche avec tendresse sur tous les « bricolages » auxquels nous nous livrons dans l'étreinte du temps, à la fois implacable et insaisissable, afin d'oublier que naître, c'est mourir. On ne s'étonne pas qu'il renvoie à Montaigne, visiblement de plus en plus présent à l'horizon de sa pensée, mais un Montaigne qui assiérait son antique sagesse et son héritage stoïcien sur les travaux les plus en pointe de l'astrophysique et de la cosmologie modernes. Dans la coulisse, son ami Trinh Xuan Thuan lui souffle les éléments scientifiques qui lui permettent de faire le point sur l'état actuel de la question sans réponse. Jean d'Ormesson n'a pas, et pour cause, ambition de faire œuvre de spécialiste. Il vise seulement à indiquer les grandes perspectives des savants, et surtout à en nourrir une obsédante rêverie sur le *terminus a quo* et « la fin des haricots », qui prennent chacun d'entre nous dans leurs serres symétriques et ne laissent à notre brève intervention sur le théâtre du monde, à nos « performances » ou « installations » dans le musée terrestre, que l'illusion consolatrice d'un espace de liberté avec l'increvable espoir de laisser une trace. Plus qu'il ne l'a jamais fait encore, Jean d'Ormesson s'interroge sur sa relation intime avec cette *noche oscura* que même les mystiques appellent Dieu. Avec lui nous révisons notre théologie passablement rouillée, et redécouvrons des merveilles comme cette hymne de saint Grégoire de Naziance (IVe siècle)[1] qui déjà dit tout ce qu'on peut dire de Dieu avec des mots — qu'il est hors des mots :

Ô toi, l'au-delà de tout,
Comment t'appeler d'un autre nom ?
Quelle hymne pourra te chanter ?
Aucun mot ne t'exprime,
Quel esprit pourra te saisir ?
Tu es au-delà de toute intelligence.

1. P. 1015 ; cette hymne est de nouveau citée dans *Je dirai malgré tout que cette vie fut belle* (p. 1403) et dans le *Guide des égarés* (p. 110-111).

Seul, tu es indicible
Car tout ce qui se dit est sorti de toi.
Seul, tu es inconnaissable
Car toute connaissance est sortie de toi.
De tous les êtres tu es la fin.
Tu es unique.
Tu es chacun et tu n'es personne.
Tu n'es pas un seul être
Et tu n'es pas l'ensemble de tous les êtres.
Tu as tous les noms.
Comment t'appellerai-je,
Toi, le seul qu'on ne puisse nommer ?
Ô toi, l'au-delà de tout,
Comment t'appeler d'un autre nom ?

Il confirme que nos lumières, dont nous sommes si fiers, n'éclairent que comme de pauvres quinquets. L'idée même de progrès apparaît aberrante en un domaine où, avec Spinoza, Jean d'Ormesson s'éprouve incapable d'échapper à la *fluctuatio animi* et se voit réduit à des formulations paradoxales autant que modestes, car ici il ne s'agit plus de faire le malin (mais on ne peut s'empêcher de le faire un peu quand même) : « Je doute de Dieu parce que j'y crois. Je crois à Dieu parce que j'en doute. Je doute en Dieu[1]. » Dieu vivra tant qu'il y aura des hommes pour douter de lui. Tant pis pour saint Anselme et son argument ontologique supposé pulvériser l'athéisme et qui ne tient pas la route. En rédigeant ce livre, Jean d'Ormesson a voulu se mettre davantage au clair avec lui-même, tout en redonnant ses chances à une divinité trop souvent niée (ou prouvée) avec simplisme, et qu'il lui semble autant impossible de confirmer que de réfuter. S'il ne tenait qu'à lui, il ne demanderait pas mieux que de lui conférer l'existence : ce serait tellement pratique, et résoudrait tant de problèmes embrouillés. Malheureusement, il nous faut continuer à patauger dans le clair-obscur, à vrai dire plus obscur que clair. Jean d'Ormesson aimerait pouvoir partager la foi granitique d'un Claudel, enfouissant dans son tombeau, en même temps que ses cendres, la semence de sa future résurrection[2]. Mais il ne faut ni forcer son naturel ni « se monter le bourrichon[3] » en croyant croire, alors que tout en souhaitant croire, on voit aussi les raisons de ne pas croire. Il faut également saluer la noblesse et la sainteté purement laïques de tous ceux qui, n'escomptant aucune rétribution métaphysique de leurs mérites dans cette vallée de larmes, pratiquent pourtant activement un amour du prochain parfaitement désintéressé. Persuadés de ne

1. P. 1043. Franz-Olivier Giesbert voit dans cet aveu un « ormessonnisme » typique (*Le Point*, 26 août 2010).
2. « Ici reposent les restes et la semence de Paul Claudel », dit son épitaphe à Brangues (Isère).
3. P. 986.

pas être récompensés d'un ciel chimérique, ils auront aimé pour aimer, et rien n'est plus beau ni gratuit[1]. Stendhal lui aussi était dégoûté par les martyrs, dont selon lui le fanatisme est alimenté par un calcul : ils escomptent bien un retour sur investissement. C'est confondre Dieu avec le CAC 40.

Jean d'Ormesson ne veut surtout pas jouer les rabat-joie. S'il voit sans cesse et partout à l'œuvre les puissances de mort, il n'en jouit que davantage à évoquer les images triomphalement lumineuses de la jeunesse en fleur, dont, en un ébouriffant excursus, il fait d'Alcibiade la figure emblématique. Sa fin lamentable ne pourra raturer ce moment de grâce absolue dans les siècles des siècles. Il y a les chefs-d'œuvre laissés par le roseau pensant, peignant, sculptant, composant, bâtissant, et qui, de loin, nous donnent une idée, *sicut in aenigmate*, de « la permanence immobile et radieuse de l'être[2] ». N'y aurait-il qu'eux, le jeu en vaut la chandelle et la partie mérite d'être jouée. Plus il s'achemine vers sa conclusion, plus *C'est une chose étrange à la fin que le monde* devient personnel et proche de la confession. Ce livre, dont l'auteur se demande, ou feint de se demander, s'il n'a pas été trop ambitieux[3], et qui ne voulait surtout pas être celui d'un intellectuel, se fait examen de conscience et, au moment de se clore, apparaît comme un acte de thérapie spirituelle : en lançant cette bouteille à la mer, Jean d'Ormesson ignore si ceux qui la recueilleront verront leur vie changée ; mais elle l'a changé, lui : « [Cet ouvrage] m'a guéri de mes souffrances et de mes égarements. Il m'a donné du bonheur, une espèce de confiance et la paix. Il m'a rendu l'espérance[4]. » Le critique s'éloigne discrètement : on est bien au-delà des enjeux de simple littérature.

COMME UN CHANT D'ESPÉRANCE

Aussitôt après avoir terminé *Un jour je m'en irai sans en avoir tout dit* (2013), Jean d'Ormesson écrit *Comme un chant d'espérance* en un mois, d'une traite : « C'est comme si j'avais copié quelque chose qui était en moi[5]. » Il faut, bien entendu, faire toute sa part à la grave épreuve de santé que l'auteur vient de victorieusement traverser (huit mois d'hôpital, 20 % de chances de s'en tirer).

1. Dans *Comme un chant d'espérance*, Jean d'Ormesson nuancera ce sentiment : « Je suis de ceux qui croient qu'il est très beau mais très difficile et assez désespéré d'aimer les hommes sans aimer Dieu » (p. 1100). Pourtant, aux médecins athées qui l'ont soigné en 2013 avec un dévouement admirable, il dira : « Vous qui ne croyez à rien, vous serez assis à la droite de ce Dieu auquel vous ne croyez pas » (entretien avec Christophe Henning, *Panorama*, mars 2015).

2. P. 1041.

3. « J'ai peut-être pété plus haut que mon cul », déclare-t-il sans ambages à François Busnel (« La Grande Librairie », le 9 septembre 2010 ; paroles citées par Basile de Koch, « L'Impossible Monsieur Bébé », *Valeurs actuelles*, 16 septembre 2010).

4. P. 1048.

5. Entretien avec Nicolas Ungemuth, *Le Figaro magazine*, 7 juin 2014.

Publié le 12 juin 2014 chez Héloïse d'Ormesson, l'ouvrage s'inscrit dans le droit-fil de *C'est une chose étrange à la fin que le monde*, dont il apparaît comme un codicille ou un *post-scriptum*, voire un résumé synthétique. Il répond à un défi littéraire, dont Flaubert (que tant d'écrivains considèrent comme « le patron ») avait caressé le fantasme : celui de rédiger un roman sur rien, et qui ne tiendrait que par la force du style. Or quoi de plus rien, si l'on ose dire, que l'inqualifiable Rien primordial et (sans doute) final ? Pour sinon l'écrire, du moins l'évoquer, il faut inventer une forme inédite de romanesque scientifique au fait des plus récentes découvertes de la physique mathématique et de la cosmologie, qui devient forcément aussi un romanesque métaphysique, puisqu'il rencontre la théodicée et pose inévitablement la question de Dieu. Ce faisant, Jean d'Ormesson entreprend à sa manière de réconcilier poètes et « sachants », claquemurés dans leur langage et leur vision spécifiques, et qui ne se comprennent pas[1].

Il reprend donc son exposé bien rodé de professeur à l'Université pour tous (cours du soir) : entre l'infranchissable mur de Planck (celui qui s'élève lors « d'une fraction infinitésimale de seconde après l'explosion primitive d'où sort le grain de poussière minuscule qui deviendra l'univers[2] ») et la frontière non poreuse de la mort, nous tâtonnons, mutilés de notre en-deçà et de notre au-delà, réduits aux conjectures et tourmentés par des spéculations dont le dernier mot, tel un mirage, recule au fur et à mesure que nous avançons. *Quid* des tenants et aboutissants de notre univers ? Ne devrions-nous pas d'ailleurs parler plutôt de *multivers* sans fin, s'enchaînant les uns aux autres « dans une alternance en accordéon d'extinctions et de renaissances[3] » ? Et Dieu dans tout ça ? Tout en postulant que « si Dieu était quelque chose, ce qu'il n'est pas, il serait un silence et une absence d'une densité infinies », Jean d'Ormesson, « avec humilité et audace[4] », ose faire apparaître et parler ce *Deus absconditus* dont le mutisme éternel nous terrifie et nous aimante inépuisablement. Familier de Celui que Chateaubriand appelait « le grand célibataire des mondes[5] », il en a approché ce que, faute de terme adéquat, on hésite à appeler la psychologie : en tout cas, il sait que « l'hésitation n'est pas dans son caractère ni l'incertitude dans son tempérament[6] » (!). Entre ceux qui, à la suite du génial Darwin, considèrent que nous sommes des « primates améliorés » et ceux qui discernent en nous quelque chose qu'aucune

1. Céline Walter, « Jean d'Ormesson. Tout est bien », entretien avec l'auteur, *Libération*, 6 juillet 2014. Dans *Je dirai malgré tout que cette vie fut belle,* Jean d'Ormesson confie qu'il s'est souvenu du colloque organisé par son amie Ayyam Wassef sur le thème : « Qu'est-ce qu'on ne sait pas ? ».
2. P. 1071.
3. P. 1077.
4. P. 1080.
5. Chateaubriand, *Génie du christianisme*, première partie, livre I, chapitre IX ; voir *Essais sur les révolutions – Génie du christianisme*, Bibl. de la Pléiade, p. 1695 (variante).
6. P. 1081.

autre créature vivante ne possède et qui est comme un reflet du divin (« la pensée, le langage, le goût de la vérité et de la beauté, le sens du bien et du mal, tout ce qu'on a longtemps ramassé sous le vocable aujourd'hui à peu près disparu de *conscience*[1] »), Jean d'Ormesson éloigne de lui l'amer calice de l'absurde et choisit la fécondité du mystère. Il fait siens les psaumes XIV et LIII : « *Dicit insipiens in corde suo : non est Deus* ». Et la phrase de Miguel de Unamuno : « croire en Dieu, c'est avant tout, et par-dessus tout, vouloir qu'il existe ». Il aime cette célèbre histoire juive (qui figure sur la couverture de l'édition originale), où deux rabbins se confient : « L'important c'est Dieu, qu'il existe ou non. » Né sous le signe astral de la dualité (les Gémeaux), il ne peut s'empêcher de ressentir quelque ironie quand il assiste à la messe, mais ne supporte pas qu'on critique en sa présence la religion catholique, au sein de laquelle il mourra, si elle veut bien de lui, assisté par un prêtre[2]. En attendant, rien ne lui semble plus sublime, dans le christianisme, que la trouvaille de l'Incarnation : en se faisant par amour Fils de l'Homme, Jésus hausse l'homme jusqu'à la divinité et manifeste que Dieu a besoin de nous.

L'ouvrage se termine donc logiquement sur un cantique d'action de grâces pour la beauté de la vie et du monde, à commencer par le don incomparable de la lumière, que salue, entre François d'Assise et les Aztèques[3], un adorateur du Soleil. Cité par Jean d'Ormesson, Valéry disait : « Dieu a tout fait de rien. Mais le rien perce[4]. » C'est indéniable, hélas. Mais lui-même prend le parti contraire, et, dans les failles du monde, préfère rêver sur ce qui affleure du tout. Il est émouvant — on dirait un enfant qui, avant de s'endormir, fait dans sa chambre l'inventaire de ses menus trésors : bille d'agate, plume de geai, trèfle à quatre feuilles, hanneton séché, coquillage où l'on entend la mer… — de lire la liste des sites, monuments, livres, tableaux, musiques fétiches qui, au long d'une longue vie, lui auront donné l'impression, aussi irréfutable qu'illusoire peut-être, que *Quelqu'un* était là. Il aime citer ce mot de Vladimir Jankélévitch : « Si la vie est éphémère, le fait d'avoir vécu cette vie éphémère est un fait éternel[5]. » Au moment de partir, ce sera son bagage. Ce fut son paradis d'avant-tombe. Anticipation de l'autre ? « Grand peut-être », disait Rabelais. On ne s'étonne pas que, dans ce catalogue de ses fétiches privés, figure « presque tout Péguy[6] » — le célébrant de la « deuxième Vertu », la « petite fille Espérance ». Cela dit, Jean d'Ormesson ne voudrait pas que ce livre fût considéré comme son testament. Ni comme le dernier : « À une

1. P. 1097.
2. Entretien avec Étienne de Montéty, *Le Figaro*, 12 juin 2014.
3. Voir *ibid.*
4. Paul Valéry, *Mauvaises pensées et autres*, *Œuvres*, Bibl. de la Pléiade, t. II, p. 907.
5. Voir *Je dirai malgré tout que cette vie fut belle*, p. 1395.
6. P. 1106.

époque, chacun de mes livres était le dernier. C'est que j'étais beaucoup plus vieux qu'aujourd'hui[1]. »

Accueil de la critique.

La recension de *C'est une chose étrange à la fin que le monde* par Philippe Lançon est très caractéristique de ceux qui ne ressentent pas d'empathie pour Jean d'Ormesson. On ne se permet pas de l'éreinter froidement, mais on le traite sur un ton de condescendance ironique. Avec autant de constance que celui-ci revient à ses thèmes favoris, traités à sa manière inimitable qui est tout simplement son style — et dont il serait bien embarrassé de changer, car, ainsi qu'il aime à le rappeler, contrairement à Giono il n'en aura eu qu'un —, ces critiques peut-être sourdement jaloux alignent toujours les mêmes reproches :

> On ne donne pas plus l'âge de Jean d'Ormesson que ceux des dames qu'on a toujours vues au salon : ce serait indélicat pour lui, et pour soi-même. Il est sans âge, il les a tous. Son public a 7 ans, 77 ans. Ses yeux clairs luisent entre les meubles de style, les reproductions assez bonnes de tableaux de maître. Ses livres sont des conversations au bridge, on les suit sans déplaisir et sans écouter. Ils fument le thé, mouillent les madeleines, tendent le velours des rideaux. Ils font glisser le temps qui passe[2].

Ce serait, dans tout son confort factice, « le négligé chic monté sur lapalissades ». Ces « Maximes du pauvre » auraient pour qualité première, comme certains manteaux, d'être prêtes à porter, mais aussi réversibles. Cela n'empêche pas de saluer un indéniable charme, mais indissociable de limites soulignées avec gourmandise :

> Car ce qui serait chez tout autre un défaut est, chez Jean d'Ormesson, une qualité : ses livres s'arrêtent toujours au seuil de l'éclat, de l'original, du surprenant, du gênant, de l'intéressant, mais cette limite semble un signe de délicatesse, presque de générosité : plus que d'un manque, on y sent l'effet d'une courtoisie, d'une légèreté — d'une fermeté. Leur banalité soyeuse et bien structurée éclaire les uns sans assombrir les autres. Trop de talent et de surprise pèseraient sur son public. Ils affirmeraient, diviseraient, excluraient. L'essence de Jean d'Ormesson, dans ce livre comme dans les autres, est de rassurer en rassemblant — de séduire sans menacer, comme en suspension. Il est le gai savoir

1. Entretien avec Daniel Martin, *Le Populaire*, 15 juin 2014.
2. Philippe Lançon, « Gai savoir et juste milieu », *Libération*, 16 septembre 2010 ; *ibid.*, pour les citations suivantes.

> consensuel, éduqué, compréhensif, sans reproches et sans importance, dont la démocratie française a besoin pour rêvasser cette forme particulière d'avenir : son passé. Tout en lui respire la joie qui flotte, le juste milieu. C'est le mot de La Bruyère : « Un esprit médiocre croit écrire divinement ; un bon esprit croit écrire raisonnablement. » Cela ne va pas sans indifférence, ni cette espèce de dureté qu'un mot, ici ou là, révèle : « L'herbe pousse, les enfants meurent. » Jean d'Ormesson n'adhère pas plus au sens qu'il ne colle au cœur.

En coupant de son contexte[1] une phrase où il choisit de ne lire qu'une monstrueuse sécheresse et une inhumaine insensibilité, le critique gauchit, ou plutôt droitise avec malignité une pensée qui illustre la parfaite indifférence de la nature à l'égard de la créature, thème immémorial s'il en fut jamais (ne citons que Vigny : « On me dit une mère et je suis une tombe[2] »). Mauvais procès.

D'autres, heureusement, affichant moins de parti pris ou de snobisme (dans sa variété anti-snob), estiment non seulement que l'ouvrage est réussi, mais qu'il manifeste chez Jean d'Ormesson l'accession à un équilibre inédit[3]. Le philosophe Roger-Pol Droit[4] ne cède pas à la facilité de le prendre de haut avec un apprenti penseur et apprécie en gourmet la recette d'un cuisinier certes amateur, mais supérieurement doué :

> Prenez des questions. Choisissez-les simples, compréhensibles par tous, mais impossibles à résoudre. Par exemple : le monde a-t-il un sens ? Dieu existe-t-il ? Pourquoi y a-t-il quelque chose plutôt que rien ? Laissez de côté l'air grave. Évitez comme la peste concepts et références. Faites comme si, un matin, tout ça vous tombait dessus. Découpez ces grandes interrogations en fines lamelles, nappez d'une couche d'histoire universelle, saupoudrez d'un rien de Platon, de Hegel, de Darwin, ajoutez un zeste de Heidegger, un soupçon de Max Planck. Intitulez le tout « roman » et prenez l'air ingénu. Vous

1. C'est Dieu qui prononce les phrases suivantes : « Ce n'est pourtant pas compliqué : le temps passe et je dure, l'histoire se déroule et l'être est. Derrière les tribulations du monde, il y a quelque chose qui lui permet de changer sans cesse et de rester le même à travers les changements : c'est moi. L'herbe pousse, les enfants meurent. Derrière le monde qui se fait et s'écroule, qui ne se fait que pour s'écrouler, qui s'écroule et se refait, il y a cet être immobile, éternel, infini, hors de l'espace et du temps, qui hante l'esprit des hommes plongés dans l'espace et dans le temps et guettés par une mort dont il leur est interdit, à eux qui comprennent tout, qui changent tout, qui se croient la fin de tout, de jamais rien savoir » (p. 944).

2. Alfred de Vigny, « La Maison du berger », v. 292, *Œuvres complètes*, Bibl. de la Pléiade, t. I, p. 127.

3. Selon Éric Naulleau, « On n'est pas couchés », *France 2*, 18 septembre 2010.

4. Roger-Pol Droit, « Banalité du miracle », *Le Monde des livres*, 26 août 2010 (reproduit plus loin dans la section « Documents », p. 1521-1522).

> croirez tenir la recette de Jean d'Ormesson. La vôtre sera ratée.

Ce qui, pour Roger-Pol Droit, empêche de se moquer, c'est que l'auteur « se coltine, mine de rien, aux limites de nos savoirs, à l'insurmontable ignorance qui incite à philosopher. Il s'étonne comme au premier jour, et tente, si l'on peut dire, de penser à mains nues ». Le compliment n'est pas mince. Et cette tentative se fait non seulement sans lourdeur, mais avec « une grâce à l'ancienne, cette manière d'alléger le ton en ne conservant des idées qu'un simple tracé ». Glissons, mortels, n'appuyons pas !

Pour Franz-Olivier Giesbert, qui croit, et il a raison, à la sincérité de sa démarche, Jean d'Ormesson ne cesse de se bonifier et de prendre de la hauteur. Son entreprise ici relève du tour de force. « On pourrait y voir la marque d'une boursouflure terminale d'académicien statufié, mais non, l'auteur mène cette titanesque entreprise sans enflure ni moulinets, avec la vraie modestie des vrais érudits. Si la culture est ce qui reste quand on a tout oublié, alors il s'agit là d'un monument à sa gloire[1]. »

Quant à Bruno Frappat, il est heureux de rajeunir, suspendu aux lèvres de l'Oncle Jean : « Le dernier livre de Jean d'Ormesson ressemble aux Histoires de l'Oncle Paul qui ont réjoui notre jeunesse. L'Oncle disserte, raconte, étale sa science universelle sans cuistrerie. Et nous, neveux aux mines ébahies, nous le suivons avec délice dans cette randonnée philosophique. » En écoutant ce conteur émérite, nous revivons les tourments de l'adolescence tracassée par les redoutables devinettes que lui posent, comme à Louxor, les Sphinx entre lesquels elle doit passer : « comme le grand adolescent est gai, talentueux, limpide dans l'expression, le lecteur glisse avec bonheur, grâce à lui, sur le fleuve des grands questionnements ». Belle leçon d'un ouvrage « aisé et profond », « simple et requinquant[2] ».

Pas de voix discordante dans l'accueil réservé à *Comme un chant d'espérance*, où la critique salue un « *credo* libre et brillant[3] », en se posant une fois de plus la question du genre de l'ouvrage : s'agit-il d'un essai ?

> Après lecture, on se dit que le mot porte trop de gravité. Il ne rend pas justice à la vivacité du plus aimé de nos académiciens. On a plutôt envie d'utiliser un vocabulaire issu de la musique ou du théâtre : divertimento, impromptu ou encore variations. Cet ouvrage est une fête pour l'esprit

1. Franz-Olivier Giesbert, « Jean d'Ormesson, l'homme qui "doute en Dieu" », *Le Point*, 26 août 2010.
2. Bruno Frappat, « De la joie d'être », *La Croix*, 16 septembre 2010.
3. Christophe Henning, « Jean d'Ormesson, *Comme un chant d'espérance* », *Études*, juillet 2014.

> […]. En somme, ce livre nous propose à nouveau le pari de Pascal, mais pétillant comme un verre de champagne. Par moments, le lecteur est sur ses gardes. Jean d'Ormesson n'est-il pas comme un abbé de cour joué par Bernard Giraudeau dans le film *Ridicule* de Patrice Leconte ? Établissant l'existence de Dieu par une causerie brillantissime dans un salon de Versailles, l'ecclésiastique concluait en s'adressant au roi : « Je pourrais tout aussi bien démontrer le contraire quand il plaira à Votre Majesté. » Mais non, ce « chant d'espérance », aussi étourdissant soit-il, est tout sauf désinvolte ou cynique[1].

Il est plus que jamais urgent de lire Jean d'Ormesson : « au-delà de l'exercice de style, au-delà de la quête acharnée du comment et du pourquoi de notre univers, ce "chant d'espérance" compose un brillant hymne à la paix, à la beauté, à l'amour des uns et des autres tout en offrant une leçon de vie qu'il serait bon d'enseigner à cette jeunesse qui endeuille notre actualité en ayant fait le choix de la haine[2] ». Et « il est beau, il est noble » qu'un homme qui approche de la nuit « tente de se mettre à jour avec sa foi. Il s'en acquitte en modeste. Et c'est bien[3] ».

DOCUMENTS

C'EST UNE CHOSE ÉTRANGE À LA FIN QUE LE MONDE

ROGER-POL DROIT

« BANALITÉ DU MIRACLE »

« Le Monde des livres », 26 août 2010

Prenez des questions. Choisissez-les simples, compréhensibles par tous, mais impossibles à résoudre. Par exemple : le monde a-t-il un sens ? Dieu existe-t-il ? Pourquoi y a-t-il quelque chose *plutôt que rien ?* Laissez de côté l'air grave. Évitez comme la peste concepts et références. Faites comme si, un matin, tout ça vous tombait dessus. Découpez ces grandes interrogations en fines lamelles, nappez d'une couche d'histoire universelle, saupoudrez d'un rien de Platon, de Hegel, de Darwin, ajoutez un zeste de

1. Guillaume Goubert, « Le Pari de Pascal, méthode champenoise », *La Croix*, 9 juillet 2014.
2. Béatrice Arvet, « Jean d'Ormesson, *Comme un chant d'espérance* », *La Semaine* (Metz-Nancy), 19 juin 2014.
3. Jean-Paul Enthoven, « Le Pari mystique de Jean d'O », *Le Point*, 12 juin 2014 (reproduit plus loin dans la section « Documents », p. 1524).

Heidegger, un soupçon de Max Planck. Intitulez le tout « roman » et prenez l'air ingénu. Vous croirez tenir la recette de Jean d'Ormesson. La vôtre sera ratée.

Parce qu'il joue, lui, pour de vrai. Assez rusé pour être réellement candide. Assez factice pour sonner juste. Suffisamment hâbleur pour émouvoir. Du coup, même dans son rôle d'énergumène officiel, il finit par charmer. Certes, quand il s'obsède de l'insondable étrangeté du monde, on peut d'abord sourire. À mesure, toutefois, persistant à sourire, on cesse de se moquer. Car il se coltine, mine de rien, aux limites de nos savoirs, à l'insurmontable ignorance qui incite à philosopher. Il s'étonne comme au premier jour, et tente, si l'on peut dire, de penser à mains nues.

Les solutions qu'il se bricole ne prétendent à rien de neuf. Si Dieu paraît bien invraisemblable, son inexistence le serait plus encore. L'espoir serait dans l'histoire, en postulant qu'elle ne soit pas un conte raconté par un idiot, mais l'élucidation progressive du mystère des origines. Mais ce qui est inimitable, c'est cette sorte de grâce à l'ancienne, cette manière d'alléger le ton en ne conservant des idées qu'un simple tracé. « Le monde m'amuse », dit l'auteur. « Les hommes, ils m'amusent », lui répond Dieu, surnommé ici « Le Vieux ». En fait, tout le monde se révèle exposé à bien des surprises, à commencer par celle de l'existence.

Car, si le XXe siècle a enseigné la banalité du mal, ce livre s'exerce, à sa mesure, à persuader de la banalité du miracle que constitue l'univers, qui s'étend de la galaxie à la tasse de thé. Dans ce périple, il fait montre de cette légèreté, allègrement coupable et obstinément innocente, où se sont illustrés, plus en France que partout ailleurs, des promeneurs considérables, de Montaigne à Proust. Commun dénominateur : parler de l'essentiel comme d'une bagatelle, en passant. Jean d'Ormesson est peut-être le dernier spécimen de cette espèce disparue.

Mais pourquoi diable cette suite de réflexions stylées et de dentelles méditatives devrait-elle être dénommée « roman » ? « L'univers tout entier, avec tout ce qu'il contient, est un roman fabuleux », écrit d'Ormesson. À ce compte, il va devenir difficile de discerner ce qui n'est pas un roman. Il faudrait donc prévoir de changer bientôt d'étagère Einstein, Darwin, le Pentateuque et *tutti quanti*. On peut considérer que ce n'est qu'un détail. Mais chacun sait que tout y loge, Dieu et diable inclus. La chose étrange, à la fin, c'est la littérature.

COMME UN CHANT D'ESPÉRANCE

JEAN-PAUL ENTHOVEN
« LE PARI MYSTIQUE DE JEAN D'O »
« Le Point », 12 juin 2014

Puisque le facétieux, le très léger, le grave, le jouisseur, le curieux, l'épatant Jean d'Ormesson a passé sa vie à se poser des questions d'envergure tout en ayant la courtoisie de les envelopper d'enthousiasme et de joie de vivre, nul ne s'étonnera que, crépuscule oblige, il abatte enfin son jeu avec panache. Et s'impose, *in fine*, un face-à-face explicite avec les seules alternatives qui vaillent : croire ou ne pas croire ? Dieu ou l'absurde ? L'être ou le néant ?

À cet inéluctable rendez-vous il se présente en double tenue d'apparat : d'un côté, l'émotion, l'hédonisme, les bains de mer, le charme, la facétie ; de l'autre, la métaphysique, l'astrophysique, le big bang, le hasard, la nécessité, les Pères de l'Église et les théories du temps ou de la lumière. Son beau souci : comment penser le rien d'où l'homme a jailli et auquel, fatalement, l'entropie le destine ? Ce rien est-il, au moins, riche d'un petit quelque chose ? À moins que ce rien ne soit un tout, le Tout, c'est-à-dire l'œuvre d'un Créateur ? La rationalité, chez Jean d'O, recense ce vrac d'énigmes en se gardant bien de les résoudre. Mais l'impatience, l'intuition, le goût du pari, qui habitent l'autre moitié de son esprit, prennent tous les risques. Y compris celui d'un *credo*.

Sur le fond, le normalien-académicien ne sait plus à quel savant se vouer : les plus subtils ont établi que l'Univers avait une origine, donc qu'il aura une fin. Que tout, précisément, sort d'un rien où le temps lui-même n'a pas commencé et où l'espace infini tient sur une tête d'épingle. Des télescopes prodigieux ont traqué l'instant zéro, s'en sont rapprochés, mais ont buté sur un mur infranchissable, le fameux « mur de Planck », qui ne se situe qu'à quelques nano-mini-secondes (une quarantaine de zéros après la virgule, avant qu'apparaisse une décimale…) du grand bang, mais c'est pendant ce laps de temps que tout s'est joué. Jean d'Ormesson n'aime pas ce mur qui lui dissimule le nom du grand artificier. Chacun en est là : on ne sait rien, on imagine, on invente le boson de Higgs, les quarks, les protons, les neutrinos, l'énergie noire, les trous du même nom, mais rien n'y fait. Retour à la case départ, quitte à faire dix détours par Aristote et Parménide. Les religions, l'art, la poésie, les fanatismes les plus pittoresques peuvent prospérer à leur aise : puisque Dieu existe peut-être, tout est possible-impossible. Homme créé à l'image de Dieu ? Dieu humanisé ? Allez savoir. Jean d'O lui-même n'en sait rien. Mais il faut se décider.

Le temps, qui, à la longue, a fini par commencer, menace de s'achever.

Alors, que faire ? Comment conjuguer le souci de son salut à la perfection d'un paysage ? La chapelle Sixtine et l'argument ontologique de saint Anselme ? La grâce d'un vers ou d'un miracle mozartien et la volonté de donner un sens à toutes ces merveilles éphémères ? Avec trente ans de moins, Jean serait resté, je pense, le païen magnifique qu'il fut avec éclat et constance. Et l'Italie, les femmes, le ski de printemps, les décapotables, Chateaubriand auraient suffi à étancher sa soif d'absolu horizontal. Mais l'heure est venue, pour lui qui nous devance à peine, de se couvrir auprès de l'assureur en chef, de s'offrir une ligne directe avec le Patron. Entre « la certitude de l'absurde et la chance du mystère », Jean d'O choisit le camp du « Dieu caché » et de l'espérance. Cioran ne lui en voudra pas. Spinoza et saint Augustin applaudiront. Nous aussi, quoique sur un mode plus sceptique. Il est beau, il est noble que cet homme, qui appartient de droit à notre patrimoine national, tente de se mettre à jour avec sa foi. Il s'en acquitte en modeste. Et c'est bien.

THOMAS MAHLER

« JEAN D'ORMESSON ET TRINH XUAN THUAN, DIALOGUE COSMIQUE »

« Le Point », 3 juillet 2014

L'un est un astrophysicien émérite, découvreur de la plus jeune galaxie connue à ce jour, mais qui n'a pas oublié de faire écouter la « mélodie secrète » de l'Univers à ses congénères plus terre à terre. L'autre est un académicien rieur qui, après les bains de mer, les chaussures italiennes et Chateaubriand, s'est découvert sur le tard une vocation de détective cosmique. Trinh Xuan Thuan et Jean d'Ormesson se connaissent depuis longtemps, mais n'avaient jamais partagé leurs points de vue dans un entretien croisé. « Le Point » a réuni ce duo dépareillé, l'un en tenue austère de savant, l'autre, dandy flamboyant, en costume crème et cravate en tricot. L'écrivain demande d'abord à son ami s'il lui ferait « le grand bonheur » de préfacer le deuxième volume à paraître de ses œuvres en Pléiade, avant d'enchaîner sur d'autres étoiles plus lointaines. Et c'est ainsi que le salon des d'Ormesson à Neuilly, peuplé de reliques et de portraits de glorieux ancêtres, se transforme en planétarium ouvert sur le grand vertige de l'infini…

THOMAS MAHLER : *On sent beaucoup d'amitié entre vous…*

JEAN D'ORMESSON : Il faut que je vous dise tout de suite que nous nous connaissons depuis longtemps, mais dans un rapport de maître à disciple. Peu de livres m'ont ébloui et bouleversé comme *La Mélodie secrète* (1988). Thuan a une influence énorme sur moi. Je l'ai lu avant de le connaître.

TRINH XUAN THUAN : J'ai tout de suite senti chez Jean un grand intérêt pour le destin de l'Univers. Ses questions métaphysiques ressemblaient beaucoup aux miennes. Est-ce que l'Univers a un sens ? Sommes-nous gouvernés par la nécessité ou le hasard ?

TH. M. : *Oscar Wilde disait que « nous sommes tous dans le caniveau, mais quelques-uns d'entre nous regardent les étoiles ». C'est votre cas à tous les deux, non ?*

J. D'O. : C'est vrai, sauf que Thuan, lui, sait de quoi il parle. Moi, je suis tout de suite perdu. Outre son livre, un autre ouvrage, *Une brève histoire du temps*, de Stephen Hawking, m'avait également ébloui. Mais, pour dire la vérité, autant j'ai lu le livre de Thuan d'un bout à l'autre, autant j'ai rapidement été perdu dans celui de Hawking… Je ne peux pas vraiment parler des étoiles avec Thuan, car je sais trop peu de choses. On va encore m'accuser de fausse modestie. Hélas, ce n'est pas le cas. Thuan est capable de parler de tout ce dont je me suis occupé dans ma vie. Moi, je suis incapable de parler des trois quarts des sujets dont Thuan s'occupe.

TR. X. TH. : C'est faux ! Jean est un homme cultivé qui bien sûr ne maîtrise pas les équations, mais comprend les choses essentielles.

J. D'O. : Plus que de la vulgarisation, je dirai que Thuan fait de la cosmologie avec poignées. C'est-à-dire que n'importe quel bachelier peut comprendre ses livres.

TH. M. : *Rares sont pourtant les écrivains contemporains à s'intéresser à Planck, Heisenberg, Higgs ou Bohr…*

J. D'O. : Quand j'ai passé mon bac, c'était hélas sous l'Occupation. Le régime de Vichy avait, à juste titre d'ailleurs, introduit la cosmologie dans le programme. Comme c'était Vichy, je n'ai pas voulu étudier cette matière. J'ai ainsi eu 2 sur 20 en cosmologie. Heureusement, j'ai rattrapé la note en géographie en tombant sur le Brésil, où j'avais vécu pendant trois ans *(rires)*. Bien plus tard, j'ai lu un livre d'un certain Charles Percy Snow, qui s'appelait *Les Deux Cultures*. Il expliquait que, si certains scientifiques avaient une vague idée de la littérature, un écrivain en revanche ne pouvait plus rien comprendre à la science. Ça m'avait beaucoup frappé. Avec beaucoup d'audace, je me suis dit que j'allais essayer de réunir un peu la science et la littérature. Parce que je suis convaincu que la science a remplacé l'élan formidable de la jeunesse pour la poésie au XIXe siècle. Vous savez que Chateaubriand est porté en triomphe par les étudiants en 1830. Vous savez aussi que neuf mois après la mort de Victor Hugo, en 1885, la natalité à Paris marque une grande hausse, car tout le monde avait « fêté » son enterrement. La poésie était au cœur des jeunes gens. Mais qui aujourd'hui songerait à porter même un grand poète comme Yves Bonnefoy en triomphe ? La science a remplacé la poésie. J'ai donc essayé de prendre dans la science ce qu'un bachelier pouvait comprendre. Mais, au moment d'étudier la relativité et la physique quantique, je dois vous confesser que j'ai été très heureux de lire cette phrase sous la plume de Niels Bohr : « Si vous croyez que vous avez compris la théorie quantique, c'est que vous ne l'avez pas comprise » *(rires)*.

TH. M. : *Et quel est le verdict du professeur en astrophysique sur les ouvrages cosmologiques de l'élève Jean d'Ormesson ?*

TR. X. TH. : Jean comprend très bien les développements principaux et en tire les conséquences métaphysiques et philosophiques qui découlent de cette nouvelle vision du monde apparue au début du XXe siècle. J'aime beaucoup son amour de la vie, son espérance. Bien sûr, on peut, avec les mêmes éléments, prendre une attitude complètement opposée. Jacques Monod, dans *Le Hasard et la Nécessité*, livre qui a fait date, concluait que l'âme a émergé par hasard dans un Univers qui lui est complètement indifférent. L'homme a été rapetissé au fur et à mesure des découvertes. On pensait qu'on était au centre, jusqu'à ce que Copernic relègue la Terre au rang de simple planète. Puis on a considéré que le Soleil était au centre de la Voie lactée, alors qu'il n'est qu'une sorte de banlieue dans une Voie lactée qui comprend 100 milliards de soleils. À la fin du XIXe siècle, on pensait que l'Univers se réduisait à la Voie lactée, jusqu'à ce que « Hubble » montre qu'il y a d'autres nébuleuses au-delà de notre Voie lactée. On sait maintenant que l'Univers observable, c'est environ 100 milliards de galaxies. Vraiment, nous sommes réduits à rien. C'est la conclusion pessimiste de Monod. L'Univers se soucie comme d'une guigne de nous, et tout est hasard pour lui. Steven Weinberg, prix Nobel de physique, dit également que, plus on comprend l'Univers, plus il nous apparaît dépourvu de sens. Mais je ne partage pas ces avis. Et je suis très heureux de voir que Jean a aussi l'espérance comme réponse plutôt que le désespoir. Je pense ainsi que la cosmologie moderne a réenchanté le monde, parce qu'elle a redécouvert l'ancienne alliance entre l'homme et le cosmos. Depuis 1957, nous savons que nous sommes tous des poussières d'étoiles et que tous les éléments stables, excepté l'hydrogène et l'hélium, sont nés des étoiles et des supernovas. Toute la complexité et la beauté du monde dépendent de ces étoiles. Outre ce lien cosmique, j'avance un deuxième argument que l'on nomme généralement le principe anthropique. On s'est aperçu que, si l'on variait un tant soit peu les constantes physiques qui déterminent l'Univers — vitesse de la lumière, constante de gravité… — ou les conditions initiales qui ont permis sa naissance, les étoiles ne se seraient pas formées et, sans elles, nous ne serions pas là pour en parler. En ce qui concerne par exemple la densité de l'Univers, cette précision est équivalente à 10^{-60}. Ce qui veut dire qu'il y a un réglage extrêmement précis et que si vous changiez un chiffre à la soixantième décimale, il n'y aurait pas eu l'apparition d'une conscience pour appréhender *la beauté et la complexité* de l'extraordinaire organisation de l'Univers. Du moment qu'il y a une forme de vie et de conscience dans l'Univers, cela a du sens. Jean l'appelle Dieu. Moi j'appelle cela un principe créateur. Il me semble que les choses, dès les premières fractions de seconde du big bang, ont été réglées pour notre émergence. Jean ne parle que des hommes. Pour moi, il s'agit de toutes sortes de vies ou d'intelligences extraterrestres. Si les lois physiques et les lois biologiques sont universelles, je ne vois vraiment pas pourquoi nous serions les seuls dans l'Univers.

J. D'O. : La loi des grands nombres et des statistiques impose les extraterrestres. Mais tant qu'on ne les aura pas vus, je garde un doute. Comme l'explique si justement Thuan, le système solaire n'est rien par rapport à notre galaxie, qui n'est elle-même rien par rapport à l'Univers…

TR. X. TH. : … et il y a aujourd'hui l'hypothèse des multivers, c'est-à-dire des Univers multiples.

J. D'O. : Exactement. Mais tout de même, nous qui ne sommes rien avons quand même fait des choses extraordinaires. L'idée que nous avons pu reconstituer le passé non seulement de l'homme et de la vie, mais de l'Univers sur 14 milliards d'années, c'est quand même inouï ! L'homme n'est presque rien, mais en même temps il y a quelque chose de divin en lui. Thuan parle bien de la lumière. Voilà un phénomène extraordinaire. Non seulement la lumière va à toute allure, mais elle transporte du passé.

TR. X. TH. : « Elle transporte du passé »… Très belle formule !

J. D'O. : Ce n'est pas un astronome ou un philosophe qui a dit ça, mais un écrivain. C'est Faulkner. Il a écrit que « non seulement le passé n'est pas mort, mais il n'est même pas passé ». Si ces extraterrestres dont vous parlez existent, on sait qu'en nous observant ce n'est pas nous qu'ils aperçoivent, mais Jules César, la guerre du feu ou les débuts de la Terre !

TH. M. : *Le temps, voilà un mystère qui a autant passionné les scientifiques que les écrivains…*

J. D'O. : C'est le plus stupéfiant. Depuis que l'Univers existe, il n'a jamais été que dans le présent. Il y a un éternel présent. Le seul ennui, c'est que ce présent n'existe pas. Si je vous dis « c'est maintenant le présent », c'est déjà du passé, car le moment où je vous parle est loin de moi. Nous vivons donc dans quelque chose qui n'existe pas. La preuve que ce monde est éminemment métaphysique. Il y a deux riens qui nous entourent. L'un qui est bloqué par le mur de Planck il y a 14 milliards d'années, et l'autre qui peut se produire dans dix minutes ou dans cinquante ans, c'est-à-dire la mort. Avant, qu'est-ce qu'il y a ? Après, qu'est-ce qu'il y a ? Peut-être rien. Peut-être quelque chose. On est dans le domaine du roman. À ceux qui me reprochent d'avoir ainsi appelé mon dernier livre « roman », je réponds que ce n'est pas un ouvrage scientifique ou philosophique, mais une promenade de l'imagination dans ce qui était avant nos origines.

TH. M. : *La science est aujourd'hui celle qui stimule le plus notre imaginaire ?*

J. D'O. : Oui. La science elle-même d'ailleurs est un formidable roman. Je vous donne un exemple que Thuan connaît sûrement très bien. À peu près à la même époque, un savant français, Marcellin Berthelot, et un de ses confrères anglais ont dit tous les deux : « Nous savons à peu près tout maintenant. » Quinze ans après, il y a eu Einstein, Hubble, la relativité, le quantique, Bohr… Tout a éclaté !

TH. M. : *Que change le big bang dans notre vision de l'Univers ?*

J. D'O. : Vous savez que le mot big bang a été utilisé pour la première fois par le physicien anglais Fred Hoyle, qui voulait dénigrer ce modèle.

TR. X. TH. : Il voulait un Univers stationnaire, sans histoire.

J. D'O. : Justement. Qu'est-ce que la science, et non pas la religion, a prouvé avec le big bang ? Elle a prouvé que l'Univers avait une histoire. C'est-à-dire un début et une fin. Est-ce un début absolu ? S'il existe des multivers, non. Mais il y a quand même un début, et il y aura une fin. Tout passe, y compris le Soleil et notre galaxie.

TR. X. TH. : À la fin du siècle dernier, une autre découverte majeure a été faite sur l'accélération et l'expansion de l'Univers. Il semble maintenant que l'Univers va avoir une dilution éternelle. À la fin, dans quelques milliards d'années, on ne pourra même plus voir les autres galaxies. Il n'y aura plus d'astronomes comme moi, car l'espace entre les galaxies sera tellement important que l'Univers deviendra très noir. À terme, toutes les étoiles s'éteindront, et la vie ne sera plus possible, faute d'hydrogène, qui est le carburant.

TH. M. : *Jean, vous auriez aimé découvrir une galaxie comme Trinh Xuan Thuan l'a fait ?*

J. D'O. : J'en aurais été bien incapable ! Comme le coucou qui se jette dans le nid de la pie, j'essaie de grappiller chez Thuan ce qui peut me servir dans cette promenade à travers l'Univers, où naturellement l'idée de Dieu est consolante. Même si Dieu est une illusion, c'est une illusion extraordinairement réconfortante.

TH. M. : *Votre goût pour la religion — bouddhisme ou catholicisme — ne vous est-il pas, à tous les deux, revenu l'âge venant et la mort approchant ?*

J. D'O. : Je n'ai pas beaucoup changé. Je me suis toujours intéressé à Dieu et à la mort. Mais je n'étais pas un enfant très pieux, et mon catholicisme est rempli de paganisme. Je suis né dans la religion catholique, j'espère mourir dans la religion catholique si elle veut bien de moi. Mais je suis un catholique bizarre, un catholique agnostique, qui ne sait pas. En revanche, tout le monde a le droit d'espérer. Donc j'espère. J'essaie de concilier l'idée que Dieu n'est peut-être pas impossible avec ce que nous savons de la science. Ce ne sont d'ailleurs pas tellement les astronomes qui ont mis Dieu en péril. Copernic était chanoine, Galilée tellement catholique qu'il est passé devant l'Inquisition, Newton s'avérait très croyant. Non, c'est Darwin qui bouleverse tout. Bossuet croit encore que le monde a 6 000 ans. Buffon va jusqu'à 75 000 ans… Mais c'est Darwin qui découvre qu'on a derrière nous des millions et des millions d'années, et que nous descendons tous d'un ancêtre commun. Ça, c'est un problème. Mais je pourrais vous donner autant de preuves de l'existence de

Dieu que de son inexistence. Contre Richard Dawkins [biologiste anglais, fervent militant de l'athéisme et auteur de *Pour en finir avec Dieu*, N.D.L.R.], je suis tout prêt à réciter le catéchisme. Et contre le catéchisme, je suis tout prêt à réciter Dawkins. Je ne sais donc pas. Je ne vais même pas jusqu'à croire. Je me contente d'espérer.

TR. X. TH. : Moi aussi, je suis un bouddhiste agnostique, comme Jean est un catholique agnostique. C'est vrai que j'ai été élevé dans la tradition bouddhique. Mais c'était un bouddhisme pratique, sans aspect philosophique. C'est finalement l'astrophysique qui m'a amené à la religion. Je réfléchissais constamment aux questions des origines, de l'espace et du temps. Naturellement, j'ai ainsi voulu savoir si la vision du monde du Bouddha pouvait se concilier avec la science. Ma rencontre avec Matthieu Ricard a été un déclic, car lui aussi avait une formation scientifique, tout en lisant le sanskrit et en connaissant très bien les sources bouddhiques. Nous avons discuté. Et c'est comme ça que j'ai beaucoup progressé en ce qui concerne la pensée métaphysique du bouddhisme.

J. D'O. : Je me rappelle une émission de télévision où je ne sais plus qui s'est adressé au dalaï-lama en lui posant cette question : « Est-ce votre Dieu qui vous permet d'être si serein ? » Et le dalaï-lama de répondre : « Mais il n'y a pas de Dieu ! »

TH. M. : *Un autre point en commun entre vous est votre vénération de Jorge Luis Borges…*

J. D'O. : Borges, c'est notre maître !

TR. X. TH. : Borges a beaucoup étudié les concepts d'infini. Avec beaucoup d'intuition, il a écrit en 1941 un conte fantastique intitulé « Le Jardin aux sentiers qui bifurquent », qui est devenu, quinze ans après, une interprétation possible de la mécanique quantique à travers le concept d'Univers parallèles de Hugh Everett.

J. D'O. : Le monde avec Borges est fantastique, invraisemblable. Ça, c'est très important. Parce que Dieu, disons le mot, est tout à fait invraisemblable. Mais est-ce que notre monde à nous n'est pas aussi invraisemblable ? Borges montre ça très bien. S'il y a un miracle, ce n'est pas Dieu. C'est la créature ! C'est le monde qui est stupéfiant.

TH. M. : *Dans ce grand dilemme entre le hasard et la nécessité, vous penchez ainsi tous les deux pour la nécessité…*

TR. X. TH. : C'est un pari pascalien, mais je parie sur la nécessité.

J. D'O. : Avec Sartre, on a beaucoup vécu dans l'idée que l'homme était entièrement libre. Mais est-il si libre que ça ? Il appartient d'abord à un espace. C'est vrai qu'il a fait des progrès dans ce domaine. Durant mon enfance encore, si on épousait quelqu'un d'un village éloigné de quarante kilomètres, on épousait un étranger. Aujourd'hui, je pense que nous allons vaincre l'espace en colonisant une bonne partie de l'Univers. Mais nous resterons prisonniers de notre époque. Nous ne pouvons pas changer de temps. L'espace est la forme de notre puissance, mais le temps est la forme de notre impuissance. Notre liberté est donc quand même très restreinte. Je me demande ainsi si les hommes ne sont pas comme ces particules dont on ne peut pas savoir exactement ce qu'elles vont faire, mais dont l'action globale est connue. On ne peut par exemple pas prévoir le chemin que Thuan ou vous allez prendre en partant d'ici. Mais on connaît exactement le nombre de personnes qui traverseront cette nuit le pont de Neuilly. Globalement, le déterminisme règne.

TR. X. TH. : C'est le principe de la mécanique quantique. On ne peut pas prédire en même temps la position exacte ou la vitesse exacte d'une particule. Mais avec un ensemble de particules, on peut.

TH. M. : *Jean, on a l'impression que vous préférez aujourd'hui la compagnie des savants à celle des hommes politiques ou des écrivains…*

J. D'O. : Je vous livre ma hiérarchie : tout à fait en bas les hommes politiques, un peu au-dessus les journalistes, encore au-dessus les écrivains, et vraiment plus haut les hommes de science. Mais il y a peut-être encore mieux que les hommes de science : les saints !

TR. X. TH. : Quand j'étais jeune, au California Institute of Technology, Mecque des scientifiques, je côtoyais des prix Nobel. Je pensais naïvement que quelqu'un qui était si créatif en sciences, qui avait découvert de si belles choses sur la nature était un être supérieur. Mais le génie scientifique ne mène pas au génie humain. J'admire beaucoup Einstein, car il avait cet amour du prochain, très rare. Mais je n'aurais pas aimé fréquenter Newton, car c'était quelqu'un d'exécrable.

J. D'O. : Comme le disait Léon Bloy dans une belle formule, « la seule tristesse, c'est de ne pas être un saint ». Aujourd'hui, j'ajouterai : « Et puis de ne pas être un astronome » *(rires)*.

JE DIRAI MALGRÉ TOUT QUE CETTE VIE FUT BELLE

NOTICE

Je dirai malgré tout que cette vie fut belle a été publié le 1er janvier 2016 aux Éditions Gallimard. Jean d'Ormesson a confié[1] qu'il l'avait commencé quatre ans plus tôt, avant de tomber malade, de le reprendre et de l'achever.

Non nova, sed nove : c'est sans doute avec cette locution latine,

1. Pauline Sommelet, « Jean d'Ormesson. Sa vie est un roman », entretien avec l'auteur, *Point de vue*, 27 janvier-2 février 2016 (reproduit plus loin dans la section « Documents », p. 1541).

empruntée aux anciennes pages roses du dictionnaire, qu'on pourrait le mieux résumer l'impression produite par cet *opus* dont l'étrange construction ressemble à une pyramide reposant sur la pointe : un récit autobiographique très développé, suivi d'une sorte de « mode d'emploi » philosophique, avec un bref envoi très personnel. Pour ce qui est du récit proprement dit, il déroule aux lecteurs un film familier. Organisés selon le fil d'une chronologie linéaire, défilent les épisodes bien connus déjà narrés dans *Le Rapport Gabriel* (1999) : la Bavière, Bucarest, le Brésil, Saint-Fargeau, la khâgne du lycée Henri-IV, la rue d'Ulm, l'UNESCO, l'Académie, *Le Figaro*... On repasse par des chemins depuis longtemps balisés. Le plaisir ici n'est pas de découverte et de surprise, mais de confirmation, d'inflexion et de modulation à la marge : dans la forme « thème et variations », chère à Jean d'Ormesson, l'essentiel est dans les variations. Ici ou là apparaissent des détails nouveaux, ou qu'on n'avait pas remarqués ; l'accent est mis sur des aspects jusque-là restés plus discrets. Jamais sans doute on n'avait vu l'impénitent dilettante en homme d'action sur les points chauds du globe, parfois sous les balles (à Beyrouth, à Dubrovnik, au Rwanda) — ce qu'on pourrait appeler « la tentation Malraux » ? —, ou dans d'improbables expéditions à la Jules Verne (escalader les 6 000 mètres de l'Elbrouz dans le Caucase, pour y déposer un exemplaire de la Déclaration des droits de l'homme). Le voile de la vie privée se lève plus qu'il ne l'avait encore fait. De son propre aveu[1], il parle dans ce livre de choses dont il a très peu parlé, et ce fut difficile pour lui de les aborder : son remords de ne pas avoir suffisamment entouré l'enfance de sa fille, sa rencontre avec celle en qui, plus Chateaubriand que jamais, il reconnaît sa Juliette Récamier. Anecdotes déjà maintes fois contées, mais qu'on retrouve avec joie parce qu'elles sont toujours savoureuses, digressions inattendues (par exemple sur les Rothschild), portraits surtout qu'on ne se fatigue pas de revoir parce qu'on y relève des touches encore inaperçues (Roger Caillois, Sir Ronald Syme, Paul Morand, Maurice Druon, Jean-François Deniau, François Nourissier, Jeanne Hersch, Mitterrand...), Jean d'Ormesson nous entraîne dans le roman vrai, fluide et quasi picaresque, de sa vie, mais ne veut surtout pas avoir l'air d'écrire bêtement, comme tout le monde, ses *Mémoires* : il n'est tout de même pas « tombé aussi bas », dit-il avec une (feinte) indignation ; sans pour autant, comme Malraux encore, donner des *Antimémoires* qui, savamment chamboulés ou détricotés, n'en restent pas moins des *Mémoires*. Napoléon disait : « Ma vie est un roman qui m'intéresse beaucoup. » Jean d'Ormesson qui, ainsi qu'il l'a souvent répété, « pour la modestie, ne craint personne », en dit autant et nous le prouve avec un spectacle à l'éclatante distribution, où même les figurants ont du talent. Mais comment ne pas donner le sentiment qu'on ressert les mêmes plats et rendre

1. Entretien avec Sébastien Dubos, *La Dépêche du Midi*, 17 janvier 2016.

attrayante une narration aux épisodes attendus, parce que devenus classiques ?

C'est là qu'intervient l'innovation technique qui réussit à faire du neuf avec du vieux. Auteur d'une pièce de théâtre — on l'oublie trop souvent —, Jean d'Ormesson a une prédilection pour la forme dialoguée, qu'il a déjà exploitée, avec maestria, dans *Histoire du Juif errant* et *La Douane de mer*. Est-ce un hommage à Platon, mis en exergue une fois de plus, avec sa maïeutique, qui suppose l'entrelacs de deux voix[1] ? Toujours est-il que l'échange entre un couple d'interlocuteurs lui semble la formule la plus vive et la plus efficace pour arracher la réflexion philosophique à la désincarnation. Ici il ne s'agit plus de spéculation, mais d'examen de conscience. La trouvaille est d'avoir redonné son sens romain au *for intérieur*, c'est-à-dire originellement au *forum* où se tenaient débats et procès. On avait déjà eu *Rousseau juge de Jean-Jacques*. Voici d'Ormesson juge de Jean. On avait vu Diderot se demander *Est-il bon ? Est-il méchant ?* et instaurer entre Jacques le fataliste et son maître, entre le neveu de Rameau et son partenaire du café de la Régence, des confrontations d'idées et de comportements qui ne faisaient que projeter en des personnages de fiction des tensions internes à Diderot lui-même, lequel, déjà, bien avant Valéry, était loin « d'être toujours de son avis » : Jean d'Ormesson aime à citer cette déclaration admirable, que Stendhal aurait contresignée, lui qui disait qu'au moment même où il soutenait avec ardeur une position quelconque, il apercevait nettement les excellentes raisons qu'il aurait pu avoir de soutenir, avec une ardeur non moindre, la position adverse. Toute coagulation mortifère de la pensée devient impossible si l'on est capable de maintenir la tension électrique entre deux pôles à l'aimantation contraire, dont la mutuelle contestation produit une formidable énergie.

Jean d'Ormesson fait donc comparaître Moi devant *Moi*. Moi est vraiment lui, tel qu'il est et s'appréhende, avec ses lacunes, ses misères, ses manies, ses désirs, son tempérament, son catalogue des « j'aime » et « je n'aime pas », pour le meilleur et pour le moins bon ; bref, comme chez Molière, « c'est moi, Messieurs, sans nulle vanité[2] ». *Moi*, c'est ce qu'en bonne vulgate freudienne, il est convenu d'appeler le *Sur-moi*, c'est-à-dire l'instance de contrôle, de censure et de refoulement, le gendarme intériorisé, la police de la conscience qui veille à maintenir à distance les menaces libidinales (le dangereux « ça »), et à ne jamais s'en laisser impressionner ni déborder. Tracassé depuis toujours par un obscur sentiment de culpabilité fort compréhensible chez quelqu'un à qui tout a été offert à profusion sans qu'il ait eu à lever le bout du petit doigt pour le mériter, qui sait parfaitement (et à qui l'on n'a cessé de

1. Voir p. 1115.
2. Molière, *Le Misanthrope*, acte V, scène dernière, *Œuvres complètes*, Bibl. de la Pléiade, t. I, p. 721.

seriner) qu'il est un monstre sinon un salaud de privilégié s'étant donné seulement la peine de naître, l'accusé choisit donc de mettre une fois pour toutes sur table les pièces du dossier, et ce devant un tribunal sans la moindre indulgence : lui-même. Bien que, d'entrée de jeu, tel le prévenu kafkaïen, il prétende qu'il n'a « aucune idée » de ce qu'on lui reproche, il est très vite clair que les chefs d'inculpation sont accablants et qu'il les connaît parfaitement : immaturité, irresponsabilité, frivolité, lâcheté, vanité, paresse, inconséquence, en un mot ce péché mortel de médiocrité qui, chez Montherlant, suffit à envoyer en prison. Sans le citer, Sur-moi se réfère implicitement au festin de Balthazar et à son terrible *Mane, Thecel, Phares* : Moi a été pesé et trouvé « bien léger ». Pour présenter sa défense et convaincre le juge-procureur qu'il fait pourtant le poids, Moi doit tout naturellement déplier sa personnalité et son histoire : ainsi se trouve justifié, par la mise en scène judiciaire, le réemploi de matériaux déjà largement utilisés.

Ce qui est remarquable et ressortit à une véritable dramaturgie, c'est que les rôles ne sont pas figés. Déjà, dans *La Douane de mer*, nous avions assisté à l'évolution progressive des relations entre le questionneur venu d'ailleurs et le questionné ci-devant terrestre : alors qu'au début ils n'avaient strictement rien à partager, ils finissaient par communiquer, véritablement se comprendre et s'aimer. Ici, c'est tout le contraire. Loin de l'impartialité olympienne dont il devrait faire preuve, l'accusateur public se montre dès l'abord brutal, agressif, méprisant et malmène sans pitié un malheureux qu'il entend visiblement écrabouiller d'emblée. Mais Moi a de la ressource et ne tarde pas à le montrer. Peu à peu le rapport des forces s'inverse en sa faveur, ainsi que l'indiquent l'abondance et la verve des métaphores de plus en plus vénéneusement fleuries dont il se sert pour désigner son bourreau, lequel perd peu à peu de son mordant et maîtrise de moins en moins son affaire.

À la fin, le monde est à l'envers, puisque c'est le juge qu'on doit évacuer, pantelant, sur une civière, mis K.-O. par le déferlement rhétorique irrépressible de l'accusé poussé à bout, et qui le tue symboliquement après lui avoir rappelé que c'est à lui seul qu'il doit l'existence, puisqu'il l'a tiré du néant pour le faire monter sur les tréteaux de son théâtre personnel. Il n'aura été qu'un juge de papier. *In fine*, Jean d'Ormesson crève donc l'illusion qu'il a lui-même créée, comme Pirandello ou ces comédiens japonais qui ôtent leurs masques au moment des saluts. Aucun verdict n'aura été prononcé : ni condamnation ni relaxe ; le procès est interrompu *sine die* par la débandade de Sur-moi, programmée en fait dès l'origine. Jean d'Ormesson a lui-même expliqué : « Le Sur-moi m'emmerde, peut-être le Moi a-t-il tous les défauts, mais c'est lui que j'aime[1]. » Moi, c'est moi — et à Dieu vat ! Ainsi se clôt sur un

1. Propos rapporté par Franz-Olivier Giesbert dans « Les Secrets de l'Écrivain-Soleil », *Le Point*, 31 décembre 2015.

armistice sans doute provisoire la contestation que Jean d'Ormesson ne cesse d'entretenir, voire d'attiser, entre lui et lui.

Dans cet essai de mise au point honnête, pour prendre mesure de ce qui est vraiment lui-même, et de tout ce qui, au fil du temps, a pu se déposer de concrétions adventices, factices et inessentielles autour de son noyau central, il faut faire la part du besoin de se mettre au clair avec soi à la suite de certaines attaques dont il avait été l'objet. Saluant à sa manière sa pléiadisation, Romaric Sangars, dans un pamphlet délicatement intitulé *Suffirait-il d'aller gifler Jean d'Ormesson pour arranger un peu la gueule de la littérature française ?*[1], s'était cruellement demandé :

> Car qu'incarne Jean d'Ormesson ? Tout compte fait presque rien. Ce qu'il a produit n'est qu'un incessant bavardage dénué du moindre style mais glaviotant avec gourmandise une érudition de surface n'ayant d'autre effet que de se donner un air philosophe et charmant à l'heure du thé, entouré de trois vieilles filles du centre droit, sans s'apercevoir, ravi de gloussements divers, qu'à l'extérieur le monde s'écroule.

Légitimement blessé, l'intéressé — à qui ces propos, tout injustes ou excessifs qu'ils soient, n'apprenaient rien qu'il ne se soit dit maintes fois à lui-même — a estimé qu'il pourrait faire beaucoup mieux dans l'instruction à charge[2]. Il en rajoute donc volontiers dans le dénigrement insultant à l'égard de ce triste sire qu'est Moi. Mais il ne saurait aller jusqu'à épouser à fond la querelle qu'il s'invente à lui-même. Il est pétri d'insuffisances, ses manques sont criants, c'est une affaire entendue, mais enfin il a mieux à faire que de battre éternellement sa coulpe et de s'excuser d'être ce qu'il est.

On pourrait trouver superfétatoire la deuxième partie, si l'on ne savait qu'entre le début et la fin de *Je dirai malgré tout que cette vie fut belle* s'est intercalé le combat, d'abord douteux, et finalement victorieux, contre la maladie, auquel Jean d'Ormesson ne fait qu'une brévissime allusion[3]. On comprend sans peine que pareille expérience donne au récit d'une vie une perspective dont l'urgence fait de la mort tout autre chose qu'une notion abstraite. Une chose est de savoir, depuis toujours, ni plus ni moins qu'un grimaud de la classe de philosophie apprenant ce qu'est un syllogisme, que tous les hommes sont mortels, or Jean d'Ormesson est un homme, donc Jean d'Ormesson est mortel, autre chose est de lutter dans sa chair contre l'emprise de la camarde. Pour le dire en termes

1. Romaric Sangars, *Suffirait-il d'aller gifler Jean d'Ormesson pour arranger un peu la gueule de la littérature française ?*, Pierre-Guillaume de Roux, 2015.
2. Voir Pauline Sommelet, « Jean d'Ormesson. Sa vie est un roman », entretien avec l'auteur (reproduit plus loin dans la section « Documents », p. 1541).
3. P. 1375-1376.

pédants, ce qui était spéculatif et scolastique se fait très concrètement et douloureusement existentiel et incarné. Le rescapé est le premier à estimer que chez lui les considérations sur le temps et ses paradoxes (le temps qui passe, le temps qui dure) sont une « scie » à laquelle il ne peut s'empêcher de revenir. Mais d'avoir bien failli traverser sans retour le fleuve qu'avait repassé Orphée leur donne une légitimité indiscutable et les gage d'une charge d'angoisse qu'on ne saurait sans pharisaïsme invalider. Il a conquis le droit d'en parler, parce qu'il a été tout près d'y rester. Certains ont fait mine de s'offusquer qu'avec son titre, volé pour la troisième fois au même poème d'Aragon[1], Jean d'Ormesson ait introduit dans une existence comblée un « malgré tout » qui détonne. À quoi un homme à qui tout a souri peut-il bien renvoyer avec cet adverbe supposant qu'il lui a fallu triompher de pénibles épreuves ? S'agit-il d'une pose pour se rendre intéressant ? On sait combien la flèche perfide de Bernard Frank (« Tu n'as pas assez souffert pour être un grand écrivain[2] ») l'a poursuivi. Pierre Assouline le trouve « gonflé » (*sic*) d'oser se présenter en victime, alors que toute tragédie lui aura été épargnée. Dans sa réponse, l'interpellé n'évoque pas ses tribulations de santé, et explique que pour lui la vie aura été belle « malgré le monde qui m'entoure. C'est difficile, vous savez, de passer pour l'écrivain du bonheur. J'ai beaucoup lutté contre cette étiquette quand la littérature est généralement faite de chagrin[3] ».

Ce n'est pas le lire que voir en lui un inconscient traversant béatement le XXe siècle et ses horreurs sans que ses chemises londoniennes et ses chaussures romaines en reçoivent la moindre éclaboussure. Il n'a cessé d'en parler. Ni cessé d'affirmer qu'elles ne sauraient avoir le dernier mot. Certes, dans le crève-cœur du monde tel qu'il va depuis toujours (guerres, famines, injustices), on ne peut être heureux que *malgré*. Mais, comme le disait Chamfort, n'a-t-on le choix qu'entre se briser et se bronzer ? Contre et malgré ce *malgré*, on a le droit, et sans doute même le devoir d'élever non pas un écran qui le cache, mais une protestation qui le rachète. Et en l'absence d'une croyance religieuse, dont il constate en lui-même l'infirmité, celle-ci ne saurait finalement être autre chose que l'adhésion éblouie de reconnaissance et d'admiration à la beauté du donné et au génie de l'homme, qui nous permet, *malgré tout*, de donner du sens à ce qui peut-être n'en a pas.

« J'admire l'Ecclésiaste et je mets Cioran très haut. Et je pense exactement le contraire de ce qu'ils entendent nous enseigner. Chaque jour, je bénis le ciel, ou je ne sais quel autre premier moteur, de m'avoir permis de passer comme un long week-end

1. Aragon, *Les Yeux et la Mémoire*, *Œuvres poétiques complètes*, Bibl. de la Pléiade, t. II, p. 8.
2. Voir p. 1281.
3. Entretien avec Pierre Assouline, *Le Magazine littéraire*, avril 2016.

parmi ces illusions que nous appelons réalité. » Illusions délicieusement sensibles et dont celui qui a bien failli en être privé célèbre avec une naïveté assumée de « benêt » enthousiaste l'inépuisable et simplissime merveille : les eaux et forêts, la lumière surtout, « le plus banal des miracles », que nous devrions adorer à chaque minute de notre vie, si nous n'étions pas si distraits, c'est-à-dire si ingrats. Et telle est la raison pour laquelle il a accepté de répondre à la citation du tribunal qu'il a lui-même convoqué : non pour la nostalgie facile d'égrener des souvenirs, mais pour dire que le monde est « un mystère, [...] une espérance et un secret » autour desquels on ne peut que rôder, avec les entrevisions des poètes et les découvertes des savants, dans une fabuleuse épopée qui, avec lui, comme le lui reproche aigrement un Sur-moi bien en peine d'en faire autant, prend volontiers l'allure d'« une course-poursuite transcendantale où physique mathématique et Bible seraient interprétées par James Bond[1] ». Peut-on imaginer scénario plus palpitant, effets spéciaux plus spectaculaires, écran plus intégral et plus multidimensionnel, dans l'infini mouvant des espaces-temps en expansion ? Jean d'Ormesson comme protagoniste d'« heroïc fantasy » ou de BD intergalactique, gentleman explorateur comme Arsène Lupin était gentleman cambrioleur, et toujours escorté dans sa mission de créatures de rêve, pour le seconder ou pour le perdre... Comment mieux finir — c'est-à-dire, qui sait, commencer ?

Les brèves pages finales ne goguenardent plus. Comme un comédien qui, délaissant son texte, parle en son nom propre, Jean d'Ormesson répète ce qu'il dira à « Dieu » quand il paraîtra devant lui, mais il a cessé de jouer. À une journaliste l'interrogeant sur son propos, il répond qu'il se situe « entre un procès, une confession chrétienne et une psychanalyse[2] ». C'est probablement plus proche de la confession chrétienne. Après le festival d'arlequinades virtuoses, c'est l'heure de l'humilité non feinte, de la bonne foi à défaut de la foi, de la nudité dernière qui rejoint la première. En intitulant ce qui, provisoirement, ne peut qu'apparaître comme des *ultima verba* « le chemin, la vérité et la vie », il reprend littéralement des paroles de Jésus après la Cène. Le roman se termine en prière agnostique d'un homme de bonne volonté, qui ne regrette rien et, fidèle à lui-même, salue la compagnie exactement comme il l'avait déjà fait, quelque peu prématurément, un demi-siècle plus tôt : « au revoir et merci ».

Accueil de la critique.

Les critiques, dans leur ensemble, ont été sensibles à ce qu'a de provocant, de dynamique, d'intensément vivant la forme dialoguée

1. Respectivement, p. 1374, 1169 (pour « benêt »), 1379, 1398 et 1404. Dans *Le Rapport Gabriel*, l'archange surnommé « Gaby 007 » est désigné comme « un James Bond au service de Dieu ».
2. Entretien avec Maryvonne Ollivry, *Le Parisien magazine*, 29 janvier 2016.

ici adoptée, cette « furieuse partie de ping-pong verbal » entre « Dr Jean et Mister d'Ormesson[1] ». Tous n'ont pas été convaincus par la bonne foi de « l'accusé » : si Laurent Dandrieu estime

> [qu']il affronte vaillamment, frontalement, cette insatisfaction de lui-même qui parcourt toute son œuvre, main dans la main avec cette complaisance dont on l'accuse et qui est peut-être sa sœur jumelle, ou l'autre visage du Janus qu'est en toute chose cet écrivain plus tourmenté qu'il veut bien le laisser paraître[2],

d'autres jugent que ce « concentré d'autodérision vacharde[3] » est largement en trompe l'œil. Le procès serait biaisé ou truqué. Dans ses « souriantes autoflagellations[4] », le pseudo-pénitent se débrouillerait toujours pour qu'on lui ménage les circonstances atténuantes, et « ses contritions sonnent comme des pirouettes[5] ». Quoi qu'il en soit, Bernard Pivot observe que ce qui est incroyable avec lui, « c'est que ses élans de mauvaise conscience procurent à sa plume des bonheurs de style, ses états d'âme des pages d'allégresse ou de gratitude[6] ». Sans qu'on sache comment, chez lui l'ombre finit toujours par devenir lumière, et paradoxalement plus il proteste de sa nullité, de sa faiblesse, de ses manquements — modestie immodeste qui met mal à l'aise certains (« à la centième occurrence, il faut bien l'avouer, le procédé commence à devenir fastidieux littérairement et suspect psychologiquement[7] ») —, moins on y croit et moins on croit qu'il y croit lui-même. Pierre Assouline remarque que, de toute façon, Jean d'Ormesson désamorce avec une habileté consommée tous les reproches qu'on pourrait articuler contre lui en les incluant lui-même dans sa défense retorse : il plaiderait coupable pour mieux s'innocenter[8].

Tout le monde relève que, dans cet ouvrage d'arrière-saison « un peu décousu[9] », l'auteur reprend avec entrain beaucoup de matériaux qui ne sont pas de la première fraîcheur et qu'il a déjà largement exploités auparavant — ce que Jérôme Dupuis appelle drôlement ses « tubes[10] ». Mais on sait que le propre des fans est

1. Marie Chaudrey, « Le Beau Numéro du magicien d'O. », *La Vie*, 31 décembre 2015.
2. Laurent Dandrieu, « D'Ormesson à la barre », *Valeurs actuelles*, 28 janvier-3 février 2016.
3. Clara Dupont-Monod, « Les papys font de la résistance », *Le Parisien magazine*, 29 janvier 2016.
4. Jacques Franck, « Un interrogatoire farfelu », *La Libre Belgique*, 11 janvier 2016.
5. Jérôme Dupuis, « Tics et tocs de Jean d'O », *L'Express*, 6-12 janvier 2016.
6. Bernard Pivot, « Jean d'Ormesson, le bonheur à plein nez », *Le Journal du Dimanche*, 27 décembre 2015.
7. J. Dupuis, « Tics et tocs de Jean d'O ».
8. Pierre Assouline, « Histoire d'O », *La République des livres*, 1er mars 2016.
9. Jean Sévilla, « Jean d'Ormesson, chronique du temps qui passe », *Le Figaro magazine*, 22-23 janvier 2016.
10. J. Dupuis, « Tics et tocs de Jean d'O ».

de ne jamais se lasser de leurs morceaux préférés. Ils ne se plaignent pas, au contraire. Bernard Pivot, qui connaît pourtant par cœur la plupart de ces histoires, en redemande : « Jean d'Ormesson ressemble à ces conteurs des veillées d'autrefois dont on appréciait d'autant plus les récits qu'on se reprochait de les avoir déjà oubliés[1]. » Pour certains, si l'on ne devait posséder dans sa bibliothèque qu'un seul volume de Jean d'Ormesson, ce serait celui-ci parce qu'il contient tous les autres et que l'auteur ne s'est jamais aventuré aussi loin dans l'aveu : « Ce livre le révèle tout entier. C'en est fini de la pudeur et du secret. Jean d'Ormesson dit tout — ou presque tout[2]... » Tout est dans le « presque », évidemment. De toute façon, avec lui on est arrivé au point où le personnage a fini par occulter l'écrivain et empêcher celui-ci d'être envisagé pour lui-même : il est devenu intouchable — une « mascotte nationale », une « icône bleu-blanc-rouge[3] » qui selon d'aucuns manifesterait un symptôme inquiétant sur l'état actuel de la société française. L'engouement populaire autour de ce qu'il incarne signifierait que tout le monde se retrouve dans la conviction que « c'était mieux, forcément mieux avant ». C'est évidemment ne pas l'avoir lu, puisqu'il n'a cessé d'affirmer tout le contraire.

Cela dit, son parti pris de bonne humeur, s'il agace quelques lecteurs qui regrettent de n'entendre jamais chez lui « le moindre *Miserere*, le moindre *De profundis*[4] », ne parvient pas, aux yeux de Franz-Olivier Giesbert, à cacher un arrière-fond beaucoup plus sombre : celui du « dernier requiem d'un monde en démolition avant l'engloutissement définitif. D'où la mélancolie qui nous étreint, parfois, en suivant les aventures de Jean qui rit[5] ». Au-delà de ce qu'il raconte, et qui est si enlevé qu'on ne s'en lasse pas — un critique pose qu'il « continue de ne rien raconter, et de le raconter si bien »[6] —, même pour ceux qui ne sont pas de sa famille d'esprit, et en particulier résistent à ses développements philosophiques, jugés de style « nouille[7] », son véritable chef-d'œuvre, c'est lui-même, « et l'amour qu'il se porte. Impossible de ne pas reconnaître que jusqu'au bout il aura incarné cette élégance subtile et narcissique dont il est devenu, au fil des ans, une sorte d'ambassadeur idéal — cette élégance qu'on appelle l'esprit français ». Confirmation en vient d'un côté qu'on n'aurait peut-être pas attendu, si l'on ne savait combien l'admiration militante de

1. B. Pivot, « Jean d'Ormesson, le bonheur à plein nez ».
2. Dominique Bona, « Jean d'Ormesson, *Je dirai malgré tout que cette vie fut belle* », *Version Femina*, 8 février 2016.
3. Maurice Szafran, « Le Cas Jean d'O, nouvel écrivain national... », *Le Magazine littéraire*, mars 2016.
4. J. Franck, « Un interrogatoire farfelu ».
5. Franz-Olivier Giesbert, « Les Secrets de l'Écrivain-Soleil », *Le Point*, 31 décembre 2015.
6. Philibert Humm, « Jean d'Ormesson se fait justice », *Paris Match*, 6 janvier 2016.
7. Didier Jacob, « Au plaisir de Jean d'O », *L'Obs*, 21 janvier 2016 ; *ibid.*, pour la citation suivante.

Jean d'Ormesson pour Aragon poète, et dont son titre témoigne pour la troisième fois, lui a valu la sympathie de supposés ennemis de classe. Pour Jean-Claude Lebrun dans *L'Humanité*, aucun doute : son culte des « valeurs suprêmes » que sont « plaisir, beauté et liberté » relève chez lui d'une vérité essentielle. Aucune « part de comédie », comme disait Malraux :

> En la matière, sa sincérité et sa générosité n'apparaissent jamais feintes. La frappante sobriété des dernières pages, sur le temps, la mort et l'hypothétique existence d'une énergie appelée Dieu, autre version du pari pascalien, confirme qu'il serait malvenu de prendre à la légère ce livre galopant et pétillant[1].

Au-delà de ce qui les séparait du prévenu, les camarades en avaient bien jugé.

DOCUMENTS

PRIÈRE D'INSÉRER DE L'ÉDITION ORIGINALE

(Éditions Gallimard, 2016)

Pour se défendre dans un procès qu'il s'intente à lui-même, l'auteur fait défiler au galop un passé évanoui. Il va de l'âge d'or d'un classicisme qui règne sur l'Europe à l'effondrement de ce « monde d'hier » si cher à Stefan Zweig. De Colbert, Fouquet, Bossuet ou Racine à François Mitterrand, Raymond Aron, Paul Morand et Aragon.

Mais les charmes d'une vie et les tourbillons de l'histoire ne suffisent pas à l'accusé :

« Vous n'imaginiez tout de même pas que j'allais me contenter de vous débiter des souvenirs d'enfance et de jeunesse ? Je ne me mets pas très haut, mais je ne suis pas tombé assez bas pour vous livrer ce qu'on appelle des Mémoires. »

Les aventures d'un écrivain qui a aimé le bonheur et le plaisir en dépit de tant de malheurs cèdent peu à peu la place à un regard plus grave sur le drame qui ne cesse jamais de se jouer entre le temps et l'éternité, et qui nous emportera.

1. Jean-Claude Lebrun, « C'est bien plus qu'un bilan », *L'Humanité*, 8 février 2016.

Réception.

BRUNO FRAPPAT

« LE MYSTÈRE DE SOI-MÊME »

« La Croix », 7 janvier 2016

En matière de critique comme en matière d'éloge, on n'est jamais mieux servi que par soi-même. Une preuve éclatante, brillante, joyeuse, en est fournie par le dernier livre de l'ami de tous : Jean d'Ormesson. Dans cet ouvrage, dont le titre est tiré d'un beau poème d'Aragon, l'académicien sémillant et disert que le monde nous envie s'attaque à un personnage complexe (MOI) sous l'œil sourcilleux d'un procureur vachard également baptisé MOI mais avec pour pseudo le mot « sur-Moi ».

Préparant le travail des futurs biographes du nonagénaire national (il est né en 1925) qui siège là où il faut être pour compter (Académie, télévision, édition), d'Ormesson revient sur son passé, non plus sous forme de roman ou de scénario de film mais, tout bêtement, de récit chronologique d'une fort longue et belle vie dans l'histoire. Avec portraits sensibles, étapes marquantes, petites larmes de rigueur, choses lues, anecdotes délicieuses un peu inventées et un maximum de sincérité apparente pour dissuader les futurs fouilleurs de poubelle qui seraient tentés d'amoindrir la superbe de leur sujet d'étude. Le travail de démolition de Jean d'Ormesson, nul n'est plus qualifié que son sur-moi pour le mener sous nos yeux. IL n'est pas tendre pour le MOI principal, ce MOI sournois qui plane au-dessus de l'autre comme un ange gardien de la paix, comme l'ange vengeur des grands principes.

Le dialogue est violent, parfois, on ne s'envoie pas dire les amabilités. On s'insulte, voire s'injurie, d'un Ormesson l'autre, se traitant de jocrisse, de menteur, de « nain de jardin », de mondain ridicule, de délinquant inutile, de pitre vain qui aura passé sa vie en futilités et vanités sans intérêt pour la modification de l'humaine condition.

Tout ce que certains détestent chez le vibrion de notre littérature et ses apparitions publiques marquées d'un sourire jovial prêt à mordre dans ce qui passe, tout cela revient sous sa plume même. C'est qu'il se voit vivre depuis longtemps, le bougre, et qu'il a eu le loisir d'observer ses qualités (éminentes) et ses défauts (établis). Au procès d'Ormesson, il occupe lui-même le siège du ministère public avec pas mal d'efficacité, en en rajoutant forcément pour *susciter en nous de la sympathie* pour l'accusé trop accusé de tous les péchés de l'humanité.

Car, après tout, ce jeune homme perpétuel né sous tant de bonnes étoiles de fortune et de rang, cette vie de château, d'honneur, de gloire et de beauté dont nous connaissions déjà les principaux avantages et personnages — à force de lectures agréables —, au nom de quoi faudrait-il les condamner ? Au nom d'une certaine idée de l'altruisme ? Par condamnation de l'« indifférence » qu'il brandit constamment comme constitutive de sa personnalité ? Le versant souriant d'une forme de nihilisme ?

Il connut le bonheur et en fut heureux. Il aima la vie et elle le lui rendit. Les femmes aussi (bien qu'il ne s'appesantisse guère sur le sujet). À l'approche de la fin du parcours, la longue méditation sur le temps et l'espace, par laquelle se termine son épais volume, est une sorte de testament spirituel à la hauteur de l'esprit « khâgneux » qu'il développe au fil de son témoignage. Retour à l'essentiel après tant d'escapades dans l'illusoire et le toc des notoriétés. Dieu dans tout ça ? IL en formule l'hypothèse, jusqu'à imaginer la rencontre au sommet, dans quelque temps, et le dialogue entre eux deux. Ferme, courtois, sans reproche réciproque et même un peu marqué par la gratitude de l'homme et l'amour du divin.

Au moment de planter, au sommet du château que fut sa vie, le dernier fanion sur la plus haute tour, Jean d'Ormesson, qui regrette d'avance de ne pouvoir être présent à ses propres obsèques, a bien gagné le droit, nous semble-t-il, d'être lu et aimé jusqu'au bout. Parachevant une œuvre dont nous ne savons pas ce que les « jeunes gens » du futur feront ou sauront. Il vaut mieux le lui dire de son vivant.

PAULINE SOMMELET

« JEAN D'ORMESSON. SA VIE EST UN ROMAN »
ENTRETIEN AVEC L'AUTEUR

« Point de vue », 27 janvier 2016

— *Comment vous est venue l'envie d'écrire cette « autoanalyse » où vous rendez des comptes à un personnage inquisiteur que vous appelez votre « Sur-Moi » ?*

— Ce sont des souvenirs en forme de procès avec une nuance lointaine de cure de psychanalyse. J'en ai eu l'idée en lisant des articles qui m'étaient consacrés, souvent amicaux, mais parfois un peu acides, où revenait le reproche d'éparpillement et de superficialité. Je me suis dit que je ferais beaucoup mieux dans le genre critique ! Je l'ai commencé il y a quatre ans, avant d'être malade, et je l'ai poursuivi.

— *Quel regard portez-vous sur la psychanalyse ?*

— C'est très simple, je n'ai aucun recours à elle. À l'École normale, j'ai été très lié à deux psychanalystes célèbres, Pontalis et Laplanche. J'ai aussi suivi les cours de Lacan, un type brillant, parfois un peu clownesque. Je regardais tout ça avec un peu d'ironie, à tel point que mes amis me disaient : « Ton hostilité est telle qu'elle relève elle-même de la psychanalyse. »

— *Vous lui préférez la confession ?*

— La psychanalyse est un pis-aller de la confession, même si cette dernière recule énormément. Quand je songe à ce qu'elle représentait pour mes grands-parents… Si je devais exprimer en un mot ce que je pense du monde d'aujourd'hui, je choisirais le mot « changement ». Ce monde a changé. Il a toujours changé, mais la domestication du feu, l'invention de l'écriture ou de la roue étaient des changements qui allaient très lentement. Un homme de mon âge a connu des bouleversements immenses, dans tellement de domaines ! J'ai connu la révolution qui a mené de l'écriture à l'électronique, puis celle du numérique. Je suis très ringard : je n'ai ni mail, ni portable, ni fax. À l'époque, je me suis refusé à prendre un Minitel. J'ai bien fait puisque c'est désormais une antiquité. Ainsi, on peut toujours dire que je n'ai pas tous ces instruments car j'attends les prochains.

— *Nous venons de traverser une année éprouvante. Comment faites-vous pour conserver cette légèreté qui vous caractérise ?*

— La légèreté, c'est La Fontaine et c'est Mozart. Mozart est léger, mais il est aussi d'une profondeur inouïe. C'est le mot d'Hofmannsthal : « L'important, c'est la profondeur. Où ça ? Naturellement, à la surface. » Je revendique cette légèreté, mais elle a aussi une autre facette, qui est la mélancolie. Je suis souvent passé pour un écrivain du bonheur. Pourtant, je sais bien que la vie est très dure. Le mot de Cioran, « Les enfants que je n'ai pas eus ne savent pas ce qu'ils me doivent », est tellement vrai ! Et en même temps, je pense le contraire. C'est un bonheur d'être né. Ce monde désastreux, j'ai eu la chance de le traverser en première classe. Il m'a semblé que cela demandait quelques devoirs, dont celui de dire merci. Ce livre est donc un festival de gratitude. Il y a un sentiment un peu démodé que j'éprouve cependant très fort, c'est l'admiration. Je dois beaucoup à mes parents, à mes maîtres que j'ai tant aimés et aux écrivains comme Paul Morand ou Aragon.

— *L'amour de la littérature traverse d'ailleurs votre œuvre comme un fil rouge. Vous a-t-il aidé à rester gai ?*

— Les mots ont particulièrement compté pour moi. La littérature a été une aide concrète et constante. Elle m'a uni aux personnes les plus variées, notamment quelqu'un comme François Mitterrand. Je m'en veux parfois de ne pas m'être consacré uniquement à elle. Je me rappelle Paul Morand qui chaque fois qu'il me voyait me disait : « Surtout, pas de journalisme ! Et surtout, pas de pornographie. » Vous savez, ma pornographie est modeste. Aujourd'hui, on la donnerait à lire à des jeunes filles de quatorze ans…

— *Votre livre, qui commence avec de nombreuses anecdotes sur votre biographie, se termine par une réflexion métaphysique. Vous êtes un peu comme ces courtisanes du* XVII*e* *siècle qui, après avoir beaucoup profité de la vie et de ses plaisirs, deviennent de grandes mystiques à la fin de leur vie…*

— Comme vous avez raison ! J'aime beaucoup le XVIIe siècle. Toutes ces femmes merveilleuses qui ont de l'ambition, de l'argent et des aventures en nombre ! La duchesse de Montbazon, qui était très belle, avait pour amant le jeune Rancé, un abbé de cour. Un jour, alors qu'il était parti chasser, elle est tombée malade et elle est morte. Comme elle était très grande, elle ne pouvait pas rentrer dans son cercueil. On lui a donc coupé la tête. Quand Rancé est rentré, il s'est précipité dans sa chambre et il a vu le spectacle de cette femme si belle, la tête coupée sur sa poitrine. À partir de là, il est devenu le réformateur de la Trappe. La légende veut que le crâne qui figure sur nombre de ses portraits soit celui de la duchesse de Montbazon. Toutes ces femmes qui ont commencé comme des courtisanes et fini comme des saintes… Mon livre, c'est un peu cela.

— *Vous écrivez que vous vous sentez plus chrétien que catholique. Mais vous incarnez un peu ce que les protestants reprochent aux catholiques, vous avez beaucoup péché pour être beaucoup pardonné…*

— Je suis chrétien car je crois qu'il faut aimer les gens. François Hollande, dans le discours charmant qu'il a fait en me remettant la Légion d'honneur, m'a demandé en riant : « Mais comment faites-vous pour être aussi populaire ? » Je crois que j'aime les gens, et qu'en retour les gens m'aiment un peu aussi. Mais je suis aussi catholique car je crois que nous avons une sorte de devoir de profiter du bonheur tout en sachant que ça ne vaut pas grand-chose. Le plaisir, c'est franchement condamnable. J'en ai connu des formes très hautes, comme le ski, mais aussi des très basses. Il y a une formule formidable : « *Peccate fortifer* », il faut pécher sérieusement. Et vous savez pourquoi ? Parce qu'il y a le repentir. On en revient aux courtisanes. Ou alors : « Aime, et fais ce que tu veux. »

— *Évidemment, il faut s'entendre sur ce qu'aimer veut dire…*

— Bien sûr, cela va de l'amour du ruisseau à l'amour mystique, en passant par l'amour des autres. Vous savez ce qui me manque le plus ? La foi. Si vous me demandez si Dieu existe, je vous réponds que je n'en sais rien. Je l'espère, sinon la vie est vraiment une terrible comédie. J'espère qu'il existe quelque chose qui s'appelle la justice, la vérité, dont nous n'avons que de lointains reflets ici-bas.

— *Certains remords affleurent en effet au fil des souvenirs, notamment celui d'avoir déçu votre père…*

— Ne me parlez pas de cela car je vais fondre en larmes. J'en parle par écrit, je suis incapable de l'évoquer à l'oral. Mon père, sûrement, est mort en pensant que j'étais un voyou. Vous savez, je méprise les honneurs. Pas le fait d'être entré dans la « Bibliothèque de la Pléiade », mais enfin la Légion d'honneur, la direction d'un journal, vous croyez que c'est à cela que je penserai quand je mourrai ? En revanche, je suis sûr que si j'ai dirigé *Le Figaro*, si je suis entré à l'Académie, c'était comme des bouquets que je déposais sur la tombe de mon père pour qu'il me pardonne. Dans ma famille, les bons sentiments coulaient à flots, c'en était presque dégoûtant. S'il y a quelqu'un qui a mis la merde, c'est moi.

— *Vous rendez aussi hommage à votre femme ?*

— J'ai été un très mauvais mari, alors que j'ai une femme merveilleuse. Je suis un catholique qui ne sait pas si Dieu existe, un gaulliste qui met l'Europe au-dessus de tout, et je trouve que le mariage est une institution insensée. Ne vous mariez jamais !

— *Vous êtes pourtant très fier de votre fille et de votre petite-fille ?*

— Évidemment, mais c'est ma femme qui a entièrement élevé ma fille. Encore un remords. Je me suis rattrapé avec ma petite-fille. C'est délicieux, les petits-enfants, parce qu'ils ne dépendent pas vraiment de vous, on est délivré d'un poids. Mais elles sont toutes deux épatantes. Je suis fier que ma fille soit devenue éditrice. Quant à ma petite-fille, elle a vingt ans et probablement mon caractère. Elle prend tout en riant ! Pourtant, nous savons bien que les temps seront plus durs pour sa génération que pour la nôtre. C'est préoccupant. C'est pour cela qu'il faut garder l'espérance. Écrire des livres, et lire de la poésie. Quand je pense à certains poèmes d'Aragon… « Ô mon jardin d'eau fraîche et d'ombre / Ma danse d'être mon cœur sombre / Mon ciel des étoiles sans nombre / Ma barque au loin douce à ramer. » Ma danse d'être… N'est-ce pas merveilleux ?

TABLES

TABLE DES MATIÈRES

NOTICES ET DOCUMENTS

TABLE DES COPYRIGHTS
relatifs aux Documents

Pages 1449-1452. Bertrand Poirot-Delpech, « Gloire du funambule » : © Succession Bertrand Poirot-Delpech.

Pages 1452-1454. François Nourissier, « Lettre au “Vagabond qui passe” » : © Succession François Nourissier.

Pages 1454-1463. Bernard Pivot, « Jean d’Ormesson s’explique », entretien avec l’auteur : © Bernard Pivot et Jean d’Ormesson, pour leurs propos respectifs.

Pages 1482-1484. François Nourissier, « Jean d’Ormesson : big bang romanesque » : © Succession François Nourissier.

Pages 1484-1489. « Entretien de Jean d’Ormesson avec Pascale Frey » : © Pascale Frey et Jean d’Ormesson, pour leurs propos respectifs.

Pages 1489-1492. « Entretien de Jean d’Ormesson avec Jean-Marie Planes » : © Jean-Marie Planes et Jean d’Ormesson, pour leurs propos respectifs.

Pages 1502-1504. Jean-Paul Enthoven, « Tourne, tourne, roue magique… » : © Jean-Paul Enthoven.

Pages 1504-1505. François Nourissier, « À l’ami disparu » : © Succession François Nourissier.

Pages 1505-1508. Patrick Grainville, « Jean d’Ormesson : la valse du siècle » : © Patrick Grainville.

Pages 1521-1522. Roger-Pol Droit, « Banalité du miracle » : © Roger-Pol Droit.

Pages 1523-1524. Jean-Paul Enthoven, « Le Pari mystique de Jean d’O » : © Jean-Paul Enthoven.

Pages 1524-1530. Thomas Mahler, « Jean d’Ormesson et Trinh Xuan Thuan, dialogue cosmique » : © Thomas Mahler, Trinh Xuan Thuan et Jean d’Ormesson, pour leurs propos respectifs.

Pages 1540-1541. Bruno Frappat, « Le Mystère de soi-même » : © Bruno Frappat.

Pages 1541-1544. Pauline Sommelet, « Jean d’Ormesson. Sa vie est un roman », entretien avec l’auteur : © Pauline Sommelet et Jean d’Ormesson, pour leurs propos respectifs.

Ce volume, portant le numéro
six cent trente-cinq
de la « Bibliothèque de la Pléiade »
publiée aux Éditions Gallimard,
mis en page par Rosa Beaumont Composition
à Awans,
a été achevé d'imprimer
sur Bible des Papeteries Bolloré Thin Papers
le 3 septembre 2018
par Normandie Roto Impression s.a.s.,
à Lonrai,
et relié en pleine peau,
dorée à l'or fin 23 carats,
par Babouot à Lagny.

ISBN : 978-2-07-274613-0.

N° d'édition : 323232 – N° d'impression : 1802634.
Dépôt légal : septembre 2018.

Imprimé en France.